2666

2666

로베르토 볼라뇨 장편소설
송병선 옮김

이 책은 실로 꿰매어 제본하는 정통적인 사철 방식으로 만들어졌습니다.
사철 방식으로 제본된 책은 오랫동안 보관해도 손상되지 않습니다.

알렉산드라 볼라뇨와 라우타로 볼라뇨에게

권태의 사막 한가운데 있는 공포의 오아시스!
— 샤를 보들레르

죽음이 임박했다는 사실을 알자, 로베르토는 자신의 작품『2666』을 5부 소설에 걸맞게 다섯 권으로 나누어 출판해 달라는 말을 유언으로 남겼다. 그러면서 다섯 권을 각각 1년 간격으로 출판해야 한다고 당부했고, 심지어 출판인과 협상해야 할 가격까지 구체적으로 지시했다. 죽기 며칠 전에 로베르토는 직접 아나그라마 출판사 사장인 호르헤 에랄데에게 이런 결정을 전하면서, 자기 아이들의 경제적 미래를 해결했다고 생각했다.

그가 죽자 로베르토의 문학 작품 유언 집행자로 지정된 이그나시오 에체바리아는 로베르토가 남긴 이 작품과 작업 노트들을 읽고 연구한 후, 그다지 현실적으로 도움이 되지 못하는 대안을 제안한다. 작품의 문학적 가치를 존중하여 호르헤 에랄데와 함께 로베르토의 결정을 뒤집고서『2666』을 먼저 단 한 권에 모든 분량을 담아 출판하기로 변경한 것이다. 아마 로베르토도 자신의 병이 최악으로 진행되지 않았다면, 그렇게 했을 것이라고 생각한다.

차례

작가 상속인의 말 9

비평가들에 관하여 13
아말피타노에 관하여 169
페이트에 관하여 237
범죄에 관하여 357
아르킴볼디에 관하여 635

초판에 부치는 말 885
옮긴이의 말 — 악의 반복과 이성적 사유의 해체 889
로베르토 볼라뇨 연보 903

비평가들에
관하여

비평가들에 관하여

장클로드 펠티에는 1980년 파리에서 크리스마스를 보내던 시절에 베노 폰 아르킴볼디의 작품을 처음으로 읽었다. 당시 그는 열아홉 살로 대학에서 독일 문학을 공부하고 있었다. 문제의 책은『다르송발』이었다. 청년 펠티에는 당시 그 소설이 3부작(영국을 주제로 하는『정원』과 폴란드를 주제로 삼는『가죽 가면』, 그리고 말할 필요도 없이 프랑스를 주제로 전개되는『다르송발』)의 일부라는 사실을 몰랐다. 그러나 어린 나이에서 비롯된 그러한 무지, 실수, 또는 서지학적 공백은 소설을 읽으면서 느낀 놀라움을 전혀 감소시킬 수 없었다.

그날부터, 아니 그 작품의 첫 독서를 마친 늦은 밤 시간 이후부터, 그는 열정적으로 아르킴볼디의 마니아가 되었고, 그 작가가 쓴 다른 작품들을 찾아다니기 시작했다. 하지만 쉽지 않은 일이었다. 파리에서조차 1980년대에 베노 폰 아르킴볼디의 책을 구하는 데에는 온갖 종류의 어려움이 수반되었다. 그의 대학 도서관에 있는 독일 문학 서고에는 아르킴볼디에 관한 그 어떤 참고 문헌도 없었다. 그의 교수들은 그에 관해 들어 본 적이 없었다. 어느 교수가 그의 이름을 들어 본 적이 있다고 했다. 그러나 10분 후, 놀랍고도 화나게 펠티에는 그 교수가 이름을 들어 보았다는 사람은 이탈리아 화가라는 사실을 알았고, 그 화가에 대해서도 마찬가지로 전혀 모른다는 사실을 깨달았다.

펠티에는『다르송발』을 펴낸 함부르크 출판사에 편지를 썼지만, 결코 답장을 받지 못했다. 그는 또한 파리에 있는 몇 안 되는 독일 문학 전문 서점도 돌아다녔다. 아르킴볼디라는 이름은 독일 문학 사전과 프로이센 문학 특집호를 발행한 어느 벨기에 잡지에 나와 있었는데, 그 잡지가 농담으로 그런 건지 진담으로 그런 건지 결코 알 수 없었다. 1981년 그는 독문과의 친구 셋과 함께 바이에른 지방으로 여행을 떠났고, 뮌헨의 포랄름 거리에 있는 조그만 서점에서 다른 책 두 권을 발견했다. 1백 페이지도 안 되는 얇은 책의 제목은 〈미치의 보물〉이었고, 그리고 또 다른 한 권은 앞서 언급했듯이 영국을 소재로 삼은『정원』이었다.

새롭게 찾아낸 책 두 권을 읽자, 그가 아르킴볼디에 관해 이미 가지고 있는 생각이 더욱 굳어졌다. 1983년, 그러니까 스물두 살 때 그는『다르송발』번역 작업에 착수했다. 번역해 달라고 부탁한 사람은 아무도 없었다. 당시에는 어떤 프랑스 출판사도 이름이 이상한 그 독일 작가의 작품을 출판하는 데 관심이 없었다. 펠티에가 번역을 시작한 것은 근본적으로 그가 그 작품을 좋아했고, 작업을 하면서 즐거웠기 때문이다. 물론 그는 자기가 졸업 논문으로 아르킴볼디에 관한 소개 글을 실어 번역본을 제출할 수도 있을 것이며, 미래에 쓸 박사 학위 논문의 기초가 될 수도 있으리라는 생각도 했다. 하기야 그렇게 되지 않으리란 법도 없지 않은가!

그는 1984년에 최종 번역본을 탈고했다. 그리고 파리의 어느 출판사는 주저하면서 결론을 내지 못한 채 그 원고를 몇 번이나 읽은 다음, 마침내 출판을 수락하고 아르킴볼디의 책을 펴냈다. 처음에 그 소설은 1천 부 이상 팔릴 것 같지 않았지만, 긍정적이면서 서로 모순되고, 심지어는 너무 과장된 서평을 두어 개 받은 후, 초판 3천 부가 모두 팔리면서 2쇄, 3쇄, 4쇄로 가는 문을 열었다.

그즈음 펠티에는 이미 이 독일 작가가 쓴 작품 열다섯 권을 읽은 후였고, 두 권을 번역한 상태였다. 그는 거의 만장일치로 프랑스 전역에서 베노 폰 아르킴볼디에 관해 최고 전문가로 인정받고 있었다.

그러자 펠티에는 자기가 처음으로 아르킴볼디의 책을 읽은 시절을 떠올렸다. 다락방에 살던 젊고 가난한 자기 모습을 보았다. 그는 어두운 다락방에 살던 다른 열다섯 사람과 세면대를 함께 쓰면서 그곳에서 세수를 했고 칫솔질을 했다. 그리고 차라리 뒷간 혹은 분뇨 구덩이라고 말하는 편이 나은 불결하고 비위생적인 화장실에서 똥을 누었다. 그런 화장실 역시 다락방에 살던 열다섯 명과 함께 썼는데, 그들 중 몇 사람은 이미 대학에서 학위를 취득하고 고향으로 돌아갔거나, 아니면 파리에 있지만 좀 더 점잖고 쾌적한 장소로 옮겨 갔다. 그러니까 초목처럼 하는 일 없이 소일하거나 혹은 극도의 더러움으로 서서히 죽어 가면서 그곳에 계속 남아 있는 사람은 몇 되지 않았다.

이미 말한 대로, 그는 단 한 개의 희미한 전등 아래서 독일어 사전 위로 등을 구부린, 금욕적인 자기 자신을 보았다. 지방이라고는 하나도 없이 살과 뼈와 근육으로 이루어진 채 의지만 지닌 삐쩍 마르고 완고한 자기 모습을 보았다. 성공하는 데만 열중하기로 작정한 사람 같았다. 어쨌거나 그건 파리에 사는 학생의 극히 정상적인 모습이었다. 하지만 그 모습은 마치 그에게 마약처럼 작용했다. 눈물을 흘리게 만드는 마약, 즉 19세기의 감상주의적인 네덜란드 시인이 말한 것처럼 감정의 수문, 그러니까 처음에는 자기 연민처럼 보이지만 실제로는 그렇지 않은 것(그렇다면 그게 무엇일까? 분노일까? 아마 그럴지도 모른다)의 수문을 열게 하는 약이었다. 그리고 그는 생각하고 또 생각했지만, 단어나 말이 아니라 젊은 수습생 시절의 고통스럽고 힘든 모습을 그리며 자꾸 생각했다. 아마도 아무 소용도 없었을 기나긴 밤을 그렇게 보낸 후, 그는 마음속으로 두 가지 결론을 이끌어 냈다. 첫째는 당시까지 그가 살던 삶이 이제는 이미 끝났다는 사실이었고, 둘째는 화려하게 빛날 경력이 그의 앞에 펼쳐졌으며, 이 빛을 지키려면 그

다락방의 유일한 증거로 계속 굳은 의지를 지녀야 한다는 것이었다. 이 과제는 그리 어려워 보이지는 않았다.

　　장클로드 펠티에는 1961년에 태어났고, 1986년에는 이미 파리에서 독일 문학 교수로 일하고 있었다. 피에로 모리니는 1956년에 나폴리 근처 조그만 마을에서 태어났으며, 1976년에 처음으로 베노 폰 아르킴볼디의 책을 읽었다. 그러니까 펠티에보다 4년 먼저 읽은 것이다. 그러나 1988년이 되어서야 비로소 독일 작가가 쓴 첫 번째 소설 『비푸르카리아 비푸르카타』[1]를 번역했고, 이 작품은 이탈리아 서점에서 영광을 누리기는커녕 거의 아무런 주목도 받지 못했다.

　　반드시 언급해야 할 것은 이탈리아에서 아르킴볼디의 상황은 프랑스와 전혀 달랐다는 사실이다. 사실 모리니는 그의 작품을 처음으로 번역한 사람이 아니었다. 사실대로 말하자면, 모리니의 손에 들어온 아르킴볼디의 첫 번째 소설은 1969년에 콜로시모라는 사람이 에이나우디 출판사에서 번역 출간한 『가죽 가면』이었다. 『가죽 가면』 이후, 이탈리아에서는 1971년에 『유럽의 강』이, 1973년에는 『유산』이, 그리고 1975년에는 『철도 완성』이 번역되어 출간되었다. 그리고 그 이전인 1964년에는 로마의 어느 출판사가 전쟁 이야기가 대부분인, 〈베를린의 암흑가〉라는 제목의 단편소설집을 출판했다. 그래서 아르킴볼디는 이탈리아에서 전혀 알려지지 않은 작가라고는 말할 수 없었다. 물론 그가 베스트셀러 작가였다거나 혹은 어느 정도 성공을 거두었다거나 아니면 약간이나마 성공을 거두었다고 말할 수는 없었다. 오히려 그는 전혀 팔리지 않은 작가였으며, 그의 책들은 서점에서 가장 먼지가 많이 쌓인 책장 선반에서 슬픈 표정을 짓고 있거나, 아니면 헐값으로 싸게 팔리거나, 아니면 출판사 창고에 잊힌 채 있다가 폐지 값으로 처리될 운명이었다.

　　물론 모리니는 이탈리아 독자들이 아르킴볼디의 작품에 거의 관심을 보이지 않는다는 사실에 굴하지 않았고, 『비푸르카리아 비푸르카타』를 번역한 후 밀라노와 팔레르모에서 발행되는 두 잡지에 아르킴볼디에 관한 글 두 편을 써서 보냈다. 하나는 『철도 완성』에서 운명의 역할이 어떤 것인지에 관한 것이었고, 다른 하나는 에로티시즘 소설의 외관을 취하는 『레타이아』[2]와 『비치우스』에 나타난 양심과 죄의 여러 모습에 관한 글이었다. 『비치우스』는 펠티에가 뮌헨의 고서점에서 발견한 『미치의 보물』처럼 1백 페이지가 되지 않는 짧은 소설이었는데, 베른주의 한적한 마을 뤼첼플뤼의 목사로 여러 설교집을 썼을 뿐만 아니라 예레미아스 고트헬프라는 필명을 내세워 작가로도 활동한 알베르트 비치우스의 삶에 관한 이야기를 서술하는 책이었다. 두 편은 모두 잡지에 실렸고, 모리니가

---

　1 갈색 해조류의 일종으로, 이 해초의 추출액은 암세포 번식을 억제하는 것으로 알려져 있다. 이하 모든 주는 옮긴이 주이다.

　2 그리스 신화에서 자신이 여신보다 아름답다고 자랑하다가 신들의 벌을 받아 돌이 된 여인. 그녀의 남편 올레노스 역시 돌이 되어 그녀의 운명을 함께 나눈다.

아르킴볼디라는 인물을 소개하면서 쓴 글이 너무 설득력 있거나 아니면 사람들의 이목을 끄는 힘이 있었는지 그때까지의 모든 장애를 극복하게 되었다. 그리고 1991년에 피에로 모리니의 두 번째 번역 작품인『성 토마』가 이탈리아에서 출판되었다. 당시에 모리니는 토리노 대학에서 독일 문학을 가르쳤고, 의사들이 다발 경화증을 앓고 있다고 진단한 상태였다. 이미 그는 이상하고도 커다란 사고를 당해서 평생 휠체어에 있어야만 하는 신세였다.

마누엘 에스피노사는 다른 경로를 통해 아르킴볼디에게 이르렀다. 모리니와 펠티에보다 더 젊은 에스피노사는 대학 학부 과정 첫 2년 동안 독일 문학이 아니라 스페인 문학을 공부했다. 여러 애달픈 이유가 있지만, 그중에서도 에스피노사는 작가가 되고 싶다는 이유 때문에 그렇게 한 것이다. 그가 잘은 아니지만 그나마 안다고 말할 수 있는 독일 작가는 위대한 세 문인이었다. 한 명은 횔덜린이었다. 에스피노사는 열여섯 살 때에 자신의 운명이 시에 있다고 믿었고, 그래서 눈에 들어오는 시집이란 시집은 모두 읽었기 때문이었다. 또 다른 문인은 괴테였다. 고등학교 마지막 학년 때 유머가 풍부한 어느 선생님이『젊은 베르테르의 슬픔』을 읽으면 아마도 그와 유사한 영혼을 발견할 수 있을 거라고 추천했기 때문이었다. 그리고 마지막 문인은 실러였는데, 그가 그 작가의 희곡 한 편을 읽었기 때문이었다. 나중에서야 비로소 그는 독일 현대 작가의 작품을 알게 되었는데, 그 작가의 이름은 에른스트 윙거[3]였다. 그를 알게 된 것은 무엇보다도 삼투 작용 때문이었다. 그러니까 그가 존경하면서도 마음 깊은 곳에서는 지독히 증오하는 마드리드 작가들이 쉬지 않고 윙거에 관해 말했기 때문에 그에게 다가온 것이었다. 그래서 에스피노사가 제대로 아는 독일 작가는 한 사람이며, 그는 바로 윙거라고 말할 수 있었다. 처음에는 그 작가의 작품이 대단하다고 생각했다. 작가의 많은 작품들이 스페인어로 번역되어서 그 책들을 찾아 읽는 데 전혀 어려움이 없었기 때문이다. 그는 아마도 그토록 쉽지 않기를 바랐을 것이다. 한편 그가 자주 만나던 사람들은 윙거의 열성 독자였을 뿐만 아니라, 그들 중 몇몇은 그의 작품을 번역한 사람들이기도 했다. 그러나 에스피노사는 그런 것에 그다지 관심을 기울이지 않았다. 그가 선망하던 영광은 작가로서 빛나는 영광이었지 번역가의 영광이 아니었기 때문이다.

그렇게 몇 년이 흘렀다. 이런 경우 세월은 조용하면서도 무자비하게 지나기 마련이다. 그리고 에스피노사는 몇 가지 불행을 겪으면서 생각을 바꾸었다. 가령 그리 오래지 않아서 윙거를 추종하던 그룹은 자기가 생각한 것처럼 윙거에 열광하는 것이 아니라, 모든 문학 그룹처럼 계절 변화를 따른다는 사실을 깨달았다. 실제로 그들은 가을에 윙거를 따랐지만, 겨울이 되면 갑자기 바로하[4]

---

3 Ernst Jünger(1895~1998). 독일 작가로, 대표작으로는 제1차 세계 대전의 경험을 서술한『강철 폭풍』이 있다.
4 Pío Baroja(1872~1953). 스페인 98세대 소설가. 대표작으로는 소설『과학의 나무』가 있으며, 극히 절제된 표현과 간결하고 꾸밈 없는 문체를 사용하기로 유명하다.

추종자로 변했으며, 봄에는 오르테가[5]를 따랐고, 여름에는 심지어 그들이 모이던 술집 겸 카페를 버리고 거리로 나가 카밀로 호세 셀라[6]를 기리는 목가시를 읊조렸다. 그런 표현 행위에 좀 더 쾌활하고 카니발적인 정신이 스며들어 있었다면, 근본적으로 애국적이었던 젊은 에스피노사는 기꺼이 무조건적으로 받아들였을 것이다. 그러나 그는 사이비 윙거 추종자들과는 달리 그런 행동을 전혀 진지하게 받아들일 수 없었다.

더 심각한 문제는 그 그룹의 일원들이 소설을 쓰려 하는 그에 관해 어떤 생각을 하는지 알면서 시작되었다. 그들의 의견은 너무나 부정적이어서 어떤 때는 ― 예를 들면 잠을 이루지 못하고 뜬눈으로 밤을 새우던 때면 ― 그 사람들이 자기에게 떠나라고 은근히 요구하는 것은 아닌지, 그들을 이제 그만 못살게 굴라고 하는 것은 아닌지, 그의 얼굴을 다시는 보고 싶어 하지 않는 것은 아닌지 심각하게 생각했다.

그것보다 더욱 그를 실망에 빠뜨린 것은 윙거가 직접 마드리드에 모습을 보였을 때였다. 윙거 추종자 그룹은 윙거가 엘에스코리알[7]을 방문하도록 계획을 잡아 주었다. 사실 엘에스코리알을 방문하겠다는 것은 스승인 윙거의 괴팍한 변덕 때문이었다. 그런데 에스피노사가 어떤 역할을 맡아도 좋다면서 그 여행에 참가하려 하자, 그들은 이 영광을 누리게 해주지 않았다. 마치 윙거 추종자인 체하는 사람들이 그를 독일인의 근위대원이 되기에는 충분한 자질을 갖추지 못했다고 간주했거나, 혹은 그가, 즉 에스피노사가 젊은 혈기에 사로잡혀 어렵고 심오한 질문으로 그들을 당황하게 만들지도 모른다고 두려워하는 것 같았다. 하지만 공식적으로는 그가 독일어를 할 줄 모르지만 윙거와 함께 여행을 떠나는 사람은 모두 독일어를 하기 때문이라고 설명했다. 아마도 관대하게 대하고자 하는 충동에 사로잡혀 그렇게 말한 것 같았다.

그렇게 에스피노사가 윙거 추종자인 체하는 사람들과 교제한 이야기는 끝나 버렸다. 그 이후부터 고독이 시작되었고, 종종 모순적이거나 실현할 수 없는 목표(아마도 넘쳐흐를 정도로 많은 목표)를 꾸준히 세우는 일이 시작되었다. 이 시기에 그는 편안히 밤을 보낼 수 없었고, 즐거운 밤을 보낼 수는 더욱 없었다. 하지만 에스피노사는 그런 시절 초기에 자신에게 많은 도움이 된 두 가지를 깨달았다. 하나는 그가 결코 소설가가 되지 않을 것이라는 사실이었고, 다른 하나는 나름대로 자기가 용감한 청년이라는 것이었다.

또한 그는 자기가 사무치는 원한을 품고 있고, 분노로 가득한 사람이며, 그런 분노를 분비하는 사람이라는 사실도 깨달았다. 그리고 자신의 고독을 달래 주고

5 José Ortega y Gasset(1883~1955). 20세기 스페인의 철학자이자 문화 비평가로, 대표 저서로 『대중의 반란』 등이 있다.

6 Camilo José Cela(1916~2002). 스페인 소설가. 대표작으로는 『파스쿠알 두아르테 가족』이 있으며, 1989년 노벨 문학상을 수상했다.

7 스페인의 수도 마드리드 서북쪽에 있는 펠리페 2세의 궁전. 수도원을 겸하여 축조되었다.

마드리드의 비와 추위를 견디게 해줄 수만 있다면, 누가 되든지 아마도 그 누군가를 손쉽게 죽일 수 있는 사람이라는 사실도 알았다. 하지만 그는 이런 깨달음을 숨기는 편을 택했다. 대신 그는 결코 작가는 되지 않을 것이며 자기가 용기 있는 사람이라는, 새롭게 발굴한 내용을 최대한 이용해야 한다는 것에 온 정신을 집중했다.

그래서 그는 스페인 문학을 공부하면서 대학 공부를 계속했다. 하지만 동시에 독문과에도 등록했다. 그는 밤에 네다섯 시간만 잠을 잤고, 나머지 시간은 공부하는 데 모두 바쳤다. 독문학 과정을 마치기 전에, 베르테르와 음악의 관계에 관해 20페이지 분량의 에세이를 썼고, 그것은 마드리드의 문학 잡지와 괴팅겐 대학의 잡지에 실렸다. 그는 스물다섯 살이었을 때 이미 스페인 문학과 독문학 과정을 마친 상태였다. 1990년에는 베노 폰 아르킴볼디에 관한 논문으로 독문학 박사 학위를 받았고, 1년 후 바르셀로나의 어느 출판사는 그 논문을 출판했다. 그 당시 에스피노사는 독문학 강연회나 토론회의 단골손님이었다. 그의 독일어 실력은 아주 훌륭하다고 말할 수는 없었지만, 그래도 평균 이상이었다. 그는 또 영어와 프랑스어도 구사했다. 모리니와 펠티에처럼 괜찮은 직장에서 일하며 상당한 수입을 올렸으며, 학생들과 동료 교수들에게 가능한 정도까지 존경을 받았다. 그는 아르킴볼디뿐 아니라 어떤 다른 독일 작가의 작품도 절대 번역하지 않았다.

모리니와 펠티에, 에스피노사에게는 아르킴볼디 이외에도 공통점이 있었다. 세 사람은 강철 같은 의지의 소유자들이었다. 사실 그것 이외에도 그들에게는 또 다른 공통점이 있었지만, 이것에 관해서는 나중에 이야기할 생각이다.

반면에 리즈 노턴은 일반적으로 대단한 의지를 지닌 여자라고 불릴 수 있는 사람은 아니었다. 다시 말하면, 그녀는 중장기 계획을 세우지도 않았고, 그런 계획을 달성하기 위해 전력을 다하는 사람도 아니었다. 전혀 야심적이지 않았다. 그녀가 아플 때면 그런 사실은 쉽게 눈에 띄었고, 행복할 때면 그녀가 느끼는 행복감은 쉽게 전해졌다. 그녀는 결정적인 목표를 분명하게 설정할 수 없었고, 그 목표를 향해 꾸준히 노력할 능력도 없는 사람이었다. 적어도 그녀가 무조건적으로 추구하거나 약속할 정도로 그녀에게 매력적으로 보이거나 흥미롭게 다가온 어떤 목표도 없었다. 그녀에게는 개인적인 것에 적용되는 〈목표 달성〉이라는 말은 야비하고 쩨쩨한 속임수처럼 보였다. 그래서 이런 〈목표 달성〉보다는 〈삶〉이라는 말과, 아주 드문 경우이기는 했지만 〈행복〉이라는 말을 더 좋아했다. 윌리엄 제임스[8]가 말했듯이, 의지력이 사회적 요구와 연관이 있다면, 그래서 담배를 끊는 것보다 전쟁터로 나가는 것이 더 쉽다면, 리즈 노턴은 전쟁에 참가하는 것보다는 담배를 끊는 것을 더욱 쉽게 생각한 여자라고 말할 수 있다.

8 William James(1842~1910). 미국 심리학자, 철학자. 실용주의 철학 운동과 기능주의 심리학 운동을 주도했다.

그녀가 학생이었을 때 누군가가 이런 것을 이야기해 주었고, 그녀는 몹시 그 말을 좋아했다. 그렇지만 그 말을 듣고 그녀가 윌리엄 제임스를 읽은 것은 아니었다. 그때도 그랬고, 그 이전에도 그랬으며 그 이후에도 마찬가지였다. 그녀에게 독서는 쾌락과 직접적으로 연결되어 있을 뿐이었다. 모리니나 에스피노사, 펠티에가 생각한 것처럼 지식이나 수수께끼 혹은 구문이나 말의 미로와 직접적인 관련이 있는 게 아니었다.

그녀가 아르킴볼디를 발견하게 된 것은 나머지 세 사람들처럼 시적이지도 않았고, 정신적 충격을 주었기 때문도 아니었다. 1988년, 그러니까 스무 살이었을 때, 그녀는 베를린에서 석 달을 살았다. 그때 독일인 남자 친구가 그녀가 모르는 어느 작가의 소설을 빌려 주었다. 그런데 작가 이름을 보자 그녀는 어리둥절해졌다. 그래서 남자 친구에게 어떻게 이탈리아 사람의 성을 가졌으며, 그러면서도 어느 정도의 귀족 가문임을 의미하는 전치사인 〈폰〉이라는 말을 이름 뒤에 가질 수 있는 독일 작가가 있느냐고 물었다. 독일 남자 친구는 어떻게 대답해야 할지 알 수 없었다. 그래서 아마도 필명일 거야, 하고 그는 대답했다. 그러면서 독일에서는 남성의 이름이 모음으로 끝나는 경우는 흔하지 않다고 덧붙이면서, 그녀가 처음에 느낀 어리둥절함을 더욱 어리둥절하게 만들었다. 여성들의 이름은 그런 경우가 넘쳐흐르지만, 남성 이름의 경우에는 분명히 그렇지 않았다. 그 소설은 『눈먼 여인』이었고, 그녀는 그 작품이 마음에 들었다. 하지만 베노 폰 아르킴볼디의 나머지 작품을 구입하러 서점으로 뛰쳐나갈 정도는 아니었다.

다섯 달 후 그녀는 다시 영국에 돌아와 있었다. 리즈 노턴은 우편을 통해 독일인 친구에게서 선물 하나를 받았다. 익히 추측할 수 있는 것처럼, 그것은 아르킴볼디의 또 다른 소설이었다. 그녀는 그 작품을 읽었고 마음에 들었다. 그래서 학교 도서관에서 이탈리아 성을 가진 독일 작가의 또 다른 작품들을 찾았고, 두 권을 발견했다. 그중 하나는 이미 베를린에서 읽은 소설이었고, 다른 하나는 『비치우스』였다. 이 두 번째 작품을 읽자, 그녀는 달려 나갔다. 대학의 사각형 안뜰에는 비가 내렸고, 사각형 하늘은 마치 로봇이나 우리와 비슷하게 만들어진 어느 신이 얼굴을 찡그린 모습처럼 보였다. 공원의 잔디 위로 빗방울이 비스듬히 떨어졌지만, 그 비스듬한 빗방울들이 하늘로 올라가고 있다고 해도 그다지 의미의 차이는 없었을 것이다. 그런 다음 비스듬한 빗방울은 이내 둥근 빗방울이 되었고, 그것들은 풀잎의 버팀대 역할을 하던 흙으로 흡수되었다. 풀잎과 흙은 이야기를 나누는 것처럼 보였다. 아니, 이야기하는 게 아니라 논의하는 것 같았다. 하지만 그들의 말은 바스락바스락거리는 소리에 불과해 거의 알아들을 수 없었다. 마치 거미줄을 짜는 소리나 순식간에 이루어진 구토처럼 거의 들리지 않았다. 그날 오후에 차를 마시는 대신 노턴은 마치 선인장을 달여 만든 환각제를 마신 것 같은 느낌이었다.

하지만 사실 그녀는 차만 마셨고, 마치 어떤 목소리가 그녀의 귀에 끔찍한 기도문을 외는 것처럼 자기가 공포에 질려 있다고 느꼈다. 그 기도문의 말들은 그녀가 학교에서 멀어짐에 따라 점점 희미해졌고, 비는 그녀의 회색 치마와 앙상한 무릎, 그리고 예쁜 발목을 비롯해 약간의 것만 더 적셨다. 노턴이 공원을 가로질러 뛰어가기 전에 우산 집는 것을 잊어버리지 않았기 때문이었다.

펠티에, 모리니, 에스피노사와 노턴이 처음으로 모두 만난 것은 1994년 독일의 브레멘에서 개최된 현대 독일 문학 학회였다. 펠티에와 모리니는 이미 그 전에, 그러니까 동독이 죽어 가며 신음하던 1989년에 라이프치히에서 열린 독문학 세미나에서 만난 적이 있었다. 그리고 그해 12월에 만하임에서 개최된 독문학 심포지엄에서 다시 만났다. 만하임 심포지엄은 호텔도 형편없었고 음식도 좋지 않았으며, 조직도 엉망인 최악의 학회였다. 1990년 취리히에서 열린 현대 독문학 포럼에서 펠티에와 모리니는 에스피노사를 만났다. 에스피노사는 1991년에 네덜란드의 마스트리흐트에서 열린 20세기 독문학 학회에서 펠티에를 다시 만났다. 펠티에는 〈하이네와 아르킴볼디: 수렴의 길〉이라는 제목의 글을 발표했고, 에스피노사는 〈에른스트 윙거와 베노 폰 아르킴볼디: 분산의 길〉이라는 제목의 논문을 발표했다. 그 이후부터 그들은 전문 학술지에서 서로의 글을 읽었을 뿐만 아니라 서로 친구가 되거나, 아니면 우정과 유사한 것이 그들 사이에서 자라났다고 말해도 크게 틀린 말은 아닐 것이다. 1992년에 아우크스부르크에서 개최된 독문학 세미나에서 펠티에와 모리니, 에스피노사는 다시 만났다. 세 사람은 아르킴볼디에 관한 글을 발표했다. 몇 달 전부터 베노 폰 아르킴볼디가 독일 문학자들뿐만 아니라 상당한 수의 독일 작가와 시인이 참석할 중요한 회의에 참가하려고 계획한다는 소문이 돌았다. 그러나 결정적인 순간에, 그러니까 회의 개막 이틀 전에 아르킴볼디의 책을 출판하는 함부르크의 출판사로부터 작가가 참석하지 못하게 되었다며 심심한 사과를 표하는 전보를 받았다. 모든 면에서 그 학회는 실패작이었다. 펠티에의 평가에 따르면, 유일하게 관심을 보일 만한 발표는 아르노 슈미트(여기에도 독일 고유 이름이 모음으로 끝난다)의 작품에 관한 어느 베를린 노교수의 강연뿐이었다. 그리고 그런 평가에 에스피노사도 동의했고, 그만큼은 아니지만 모리니도 어느 정도 그 의견에 동조했다.

그들은 많은 자유 시간을 누릴 수 있었다. 그래서 그들은 아우크스부르크의 관광지를 산책하면서 시간을 보냈다. 펠티에의 의견에 따르면, 하찮고 지질한 곳이었다. 에스피노사에게도 마찬가지로 그 도시는 하찮고 지질해 보였다. 하지만 모리니는 약간만 하찮고 지질하다고 생각했다. 그러나 어쨌거나 에스피노사나 펠티에는 이탈리아 친구의 휠체어를 밀면서 하찮고 지질하다고 생각했다. 그 당시 모리니의 건강은 그다지 좋지 않았다. 아니, 하찮고 지질했다는 편이 옳았다. 그래서 그의 두 동료이자 친구는 상쾌한 바람을 약간 쐬는 것이 모리니에게 그다지 나쁘지 않을 것이라고, 아니 그의 건강에 유익할 것이라고 여겼다.

1992년 파리에서 개최된 다음 독일 문학 학회에는 펠티에와 에스피노사만이
참가했다. 그들과 함께 초청을 받은 모리니는 당시 평소보다 더 건강이 좋지 않은
상태였고, 그래서 그의 주치의는 여러 가지 중에서도 특히 여행은 짧다고 할지라도
피하는 것이 좋겠다고 충고했다. 그 학회는 그다지 나쁘지 않았다. 스케줄이 꽉 차
있었지만, 펠티에와 에스피노사는 서로 시간을 내서 생쥘리앵르포브르 근처
갈랑드 거리에 있는 조그만 식당에서 함께 식사를 했다. 그곳에서 그들은 각자의
계획과 관심사에 관해 말한 것 이외에도 디저트를 먹는 시간에 슬픔에 잠긴
이탈리아 동료의 건강(좋지 않은 건강, 허약한 건강, 볼품없는 건강)에 관해
생각했다. 건강이 좋지 않은 상태였지만 그는 아르킴볼디에 대한 책을 시작했는데,
아르킴볼디에 관한 위대한 작품, 그러니까 독일인의 작품을 커다란 검은 상어라고
한다면 그 옆에서 오랫동안 헤엄치면서 안내하는 동갈방어 역할을 할 수 있는
작품이 될 책을 저술하기 시작했다. 펠티에는 이탈리아 학자와 전화로 나눈 대화
내용에 따라 이렇게 설명했지만, 그의 말이 진실인지 아니면 농담인지는 확신하지
못했다. 펠티에와 에스피노사 두 사람은 모리니의 연구를 높이 평가했지만, 마치
오래된 성안에 있거나 아니면 오래된 성 주변의 해자 아래로 파놓은 지하 감옥
안에 있는 것처럼 말한 펠티에의 이야기는 갈랑드 거리에 있는 조그맣고 평화로운
식당에서 위협적인 소리처럼 들렸고, 그렇게 점잖고 기분 좋은 분위기에서 시작한
그 저녁의 대화에 종지부를 찍는 데 도움을 주었다.

이런 일이 있었지만, 어느 것도 펠티에와 에스피노사가 모리니와 유지하던
관계를 해치지는 못했다.

세 사람은 1993년 이탈리아의 볼로냐에서 열린 독일어 문학회에서 다시
만났다. 또한 세 사람은 베를린에서 출판되었고 아르킴볼디 작품에 헌정된 학술지
『문학 연구』46호에 함께 글을 게재했다. 세 사람이 그 베를린 잡지에 기고한 것은
처음이 아니었다. 44호에는 아르킴볼디와 우나무노의 작품에 나타난 신의 관념에
대한 에스피노사의 글이 실렸다. 그리고 모리니는 38호에 이탈리아에서의 독문학
교육 상황에 관한 글을 발표했다. 또한 펠티에는 37호에 프랑스와 유럽 내에서
가장 중요하다고 평가받는 20세기 독일 작가들에 관한 개괄적인 글을 기고했다.
덧붙이자면, 이 글은 하나 이상의 반론과 심지어 질책의 글 두어 개를 유발했다.

그러나 우리에게 중요한 것은 46호다. 아르킴볼디 연구자들이 이룬 서로
반목적인 두 그룹, 즉 펠티에와 모리니와 에스피노사로 이루어진 그룹과
슈바르츠와 보르흐마이어와 폴로 이루어진 그룹을 분명하게 보여 줄 뿐만 아니라,
리즈 노턴의 글도 실렸기 때문이었다. 펠티에는 리즈 노턴의 글이 믿을 수 없을
정도로 날카롭고 훌륭하다고 평가했으며, 에스피노사는 매우 논리적이고 설득력이
있다고 했으며, 모리니는 흥미롭다고 말했다. 게다가 그 누구의 청탁도 받지
않았지만, 그녀의 글은 프랑스인과 스페인인, 그리고 이탈리아인의 비평문이나
논문과 같은 의견을 취하고 있었다. 그녀는 그들의 글을 여러 차례에 걸쳐

인용하면서, 학술지에 실리거나 소형 출판사에서 출판된 그들의 글과 논문을 아주 잘 안다는 사실을 보여 주었다.

펠티에는 그녀에게 편지를 쓰자고 생각했지만, 결국 그렇게 하지 않았다. 에스피노사는 펠티에에게 전화를 걸어 그녀와 접촉하는 게 좋은 생각이 아니냐고 물었다. 그러고서 두 사람은 모리니에게 묻기로 결정했다. 모리니는 어떤 의견도 밝히지 않았다. 그들이 리즈 노턴에 관해 아는 것은 그녀가 런던의 어느 대학에서 독문학을 강의한다는 사실뿐이었다. 그리고 그들처럼 정교수가 아니라는 사실도 알았다.

브레멘에서 열린 독문학 학회에서는 한바탕 소동이 일어났다. 모리니와 에스피노사의 지원을 받은 펠티에는 나폴레옹이 예나에서 그랬듯이 독일의 아르킴볼디 학자에게 뜻하지 않은 기습 공격을 감행했으며,[9] 이내 브레멘의 카페와 술집에는 폴과 슈바르츠, 보르흐마이어의 백기가 게양되었다. 그 싸움에 참가했던 독일 소장파 교수들은 처음에 당황하면서 이 사건에 관해 말을 삼갔지만, 이내 펠티에와 그의 친구 편을 들었다. 청중의 대다수는 괴팅겐에서 기차나 밴을 타고 온 대학생들이었는데, 펠티에의 격렬하고 강경한 해석을 전폭적으로 지지했다. 이들은 아르킴볼디의 작품이 디오니소스적인 축제, 마지막 카니발, 혹은 마지막에서 두 번째에 대한 비전이라는 펠티에와 에스피노사의 해설에 열광했다. 이틀 후, 슈바르츠와 그의 앞잡이들이 반격을 개시했다. 그들은 아르킴볼디와 하인리히 뵐[10]을 비교했다. 그리고 책임감에 관해 말했다. 그들은 아르킴볼디와 우베 욘손[11]을 비교했다. 그리고 고통에 대해 말했다. 그들은 아르킴볼디와 귄터 그라스[12]를 비교했다. 그러면서 시민의 의무를 이야기했다. 보르흐마이어는 심지어 아르킴볼디를 프리드리히 뒤렌마트[13]와 비교하면서 유머에 관해 말했고, 모리니는 그것을 뻔뻔함의 극치라고 생각했다. 그때 하늘이 보낸 것처럼 리즈 노턴이 모습을 드러냈고, 조금 빠르긴 했지만 정확하고 훌륭한 독일어를 구사하던 이 금발의 아마조네스는 드세[14]나 란[15]처럼 그들의 반격을 요절냈다. 그녀는

---

9 예나-아우어슈테트 전투라고도 불린다. 프랑스 군대 12만 2천 명과 프로이센·작센 군대 11만 4천 명이 맞붙은 이 전투에서 나폴레옹은 프리드리히 2세 시대의 프로이센 구식 군대를 격파했고, 그 결과 1807년 7월 틸지트 조약에 따라 프로이센의 영토는 절반으로 줄어들었다.

10 Heinrich Böll(1917~1985). 독일의 소설가. 주로 제2차 세계 대전의 혼란한 사회와 인간을 그렸다. 1972년 노벨 문학상을 받았다.

11 Uwe Johnson(1934~1984). 폴란드 출신의 독일의 시인이자 소설가. 독일에서 가장 관심을 받는 작가 중 한 사람이다.

12 Günter Grass(1927~2015). 독일의 작가로서 시집, 희곡, 소설 등 다방면의 작품을 썼다. 1959년 노벨 문학상을 수상했다.

13 Friedrich Dürrenmatt(1921~1990). 스위스의 극작가. 부조리 연극에서 출발, 전통적 비극을 부정하고, 과장, 풍자, 진실 폭로로, 비뚤어진 사회와 정신을 역설적으로 제시했다.

14 Louis Charles Antoine Desaix(1768~1800). 프랑스의 군인. 프랑스 혁명 전쟁 중에 독일·이집트·이탈리아 원정에서 프랑스 군대를 이끌고 활약했다. 특히 프랑스 군대가 슈바르츠발트를 지나 후퇴할 때에 유능한 지휘관으로서의 자질을 보여 주었다.

그리멜스하우젠[16]과 그리피우스[17]를 비롯해 다른 많은 작가들에 관해 설명했으며, 심지어 파라셀수스[18]라는 이름으로 널리 알려진 테오프라스투스 봄바스투스 폰 호헨하임에 관해서도 말했다.

바로 그날 밤 펠티에, 모리니, 에스피노사, 노턴은 강가에 위치한 좁고 긴 술집에서 함께 식사했다. 한자 동맹 시절의 오래된 건물들이 줄지어 선 어두운 거리에 있는 식당이었다. 몇몇 건물은 마치 버려진 나치 사무실 같았다. 그들은 이슬비에 젖은 계단을 내려가서 그 술집에 도착했다.

이보다 더 무시무시한 장소는 없을 거야. 리즈 노턴은 생각했지만, 저녁 식사는 오랫동안 기분 좋게 이루어졌다. 펠티에와 모리니, 에스피노사는 전혀 딱딱하게 굴지 않았고, 그래서 그녀는 편안한 기분으로 그곳에 있을 수 있었다. 물론 그들 작업의 대부분을 알았지만, 그녀를 놀라게(물론 기분 좋게) 한 것은 그들 역시 그녀가 쓴 몇몇 글을 안다는 사실이었다. 대화는 네 단계로 전개되었다. 우선 그들은 보르흐마이어에게 한 혹평에 관해, 그리고 갈수록 무자비하고 혹독해지던 노턴의 공격 앞에서 보르흐마이어가 갈수록 허둥지둥한 것에 관해 깔깔거리고 웃었다. 그런 다음 미래의 만남, 특히 미네소타 대학에서 열리게 될 아주 이상한 학회에 관해 말했다. 그 학회에는 교수와 번역가, 독일 문학 전공자들이 5백 명 이상 참석할 예정이었지만, 모리니는 충분한 근거를 가지고 그 학회가 날조된 장난에 불과할지도 모른다고 의심했다. 그런 다음 그들은 베노 폰 아르킴볼디와 거의 알려지지 않은 그의 삶에 관해 토론했다. 펠티에부터 평상시에는 가장 말이 없다가 그날 밤 유달리 수다스러웠던 모리니까지, 모두가 그에 관한 일화와 풍문을 재검토했고, 이미 알려진 모호한 정보를 수없이 비교했으며, 자기가 좋아하는 영화 주변을 계속 맴도는 사람들처럼 위대한 작가의 행방과 삶의 비밀에 관해 숙고하며 추측했고, 마지막으로 축축하게 젖은 채 환히 빛나는 거리를 거닐면서(브레멘은 가끔씩 덜컹거리고 움직이면서 짧고 강력한 전기를 내뿜는 발전기인 양 간헐적으로만 반짝거렸다), 자기 자신들에 관해 이야기했다.

네 사람 모두 미혼이었고, 그래서 그걸 고무적인 신호라고 생각했다. 네 사람은 모두 독신이었다. 하지만 리즈 노턴은 남동생과 함께 런던의 아파트에서 살았다. 그녀의 남동생은 비정부 기구에서 일하면서 세계 방방곡곡을 돌아다니다가 1년에 몇 번만 영국에 들르기 때문에 사실상 혼자 사는 것과 마찬가지였다. 네 사람은 모두 자신의 일과 직장에 온몸을 바쳤다. 차이가 있다면,

15 Jean Lannes(1769~1809). 프랑스의 장군. 이탈리아 원정 중에 데고 전투(1796)에서 용맹을 떨쳐 나폴레옹의 주목을 받았으며 그해에 장군이 되었다.

16 Hans von Grimmelshausen(1622?~1676). 독일 바로크 문학 작가. 17세기 독일의 중요 산문 작가로 꼽히며, 당시 유행하던 궁정 소설과는 다른 작품을 썼다.

17 Andreas Gryphius(1616~1664). 독일의 시인, 극작가. 독일 희곡의 새로운 면을 개척하여 독일의 셰익스피어라고도 불린다.

18 Paracelsus(1493?~1541). 르네상스 시대 독일의 혁명적 연금술사, 의화학자, 철학자. 학문 세계의 중세적 풍습을 타파하는 데 힘썼다.

펠티에, 에스피노사와 모리니는 박사였고, 펠티에와 에스피노사는 자신들의
대학에서 독문과 학과장을 맡고 있었지만, 노턴은 최근에 박사 논문을 준비하고
있었으며, 자기 대학의 독문과 학과장이 될 것이라고는 기대하지도 않는다는
점이었다.

그날 밤 잠들기 전에 펠티에는 학회에서 있었던 논쟁을 떠올리는 대신, 강가의
도로를 따라 걷는 자기 모습과 자기 옆에서 걷던 리즈 노턴을 생각했다. 그리고
모리니의 휠체어를 밀던 에스피노사와 브레멘의 조그만 동물들을 보고 웃던 네
사람을 기억했다. 그 동물들은 서로의 등에 사이 좋고 천진난만하게 올라타고는
그들, 혹은 아스팔트에 드리운 그들의 그림자를 지켜보았다.

그날 낮과 밤 이후, 네 사람은 일주일이 멀다 하고 정기적으로 서로 전화를
걸었다. 전화 요금 따위는 생각하지도 않았고, 전화를 거는 시간도 가리지 않았다.

종종 리즈 노턴은 에스피노사에게 전화를 걸어 모리니와 전날 통화를 했는데
약간 우울한 듯했다고 말하면서 그의 안부를 물었다. 그러면 바로 그날
에스피노사는 펠티에에게 전화를 걸어 노턴의 말에 따르면 모리니의 건강이
악화되었다고 알려 주었다. 그러면 펠티에는 즉시 모리니에게 전화를 걸어
다짜고짜 그의 건강 상태에 관해 물으면서 그와 함께 웃었고(모리니는 자기 건강에
관해 결코 심각하게 이야기하려고 하지 않았기 때문에), 그의 작업에 대해 그다지
중요하지 않은 말들을 주고받았다. 그런 다음에는 전화 통화의 기쁨을 푸짐하고
맛있는 저녁 식사를 한 다음으로 미루기로 하고서 밤 12시에 영국 여자에게 전화를
걸었다. 그리고 익히 예상할 수 있듯이, 모리니는 괜찮고 몸 상태는 정상이며
안정적이라고 말해 주었고, 노턴이 우울했다고 생각한 것은 이탈리아인의
자연스러운 상태라고 알려 주었다. 그리고 이탈리아 사람은 기후 변화에
민감하다고 말하면서, 그러니까 아마도 토리노의 날씨가 좋지 않았거나, 아니면
아마도 그날 밤 모리니가 무슨 꿈인지는 몰라도 악몽과 같은 것을 꾸었을 거라고
덧붙이면서 그날 순환한 전화 통화를 마무리하곤 했다. 그리고 다음 날이나 이틀
후에는 다시 모리니가 에스피노사에게 아무 이유도 없이 전화를 거는 것으로
시작했다. 안부를 묻는 게 전부였다. 그는 그저 한참 동안 전화로 말하면서,
변함없이 그다지 중요하지 않은 것에 관해 이런저런 이야기를 나누었다. 가령
모리니와 에스피노사는 영국식 대화 습관을 자기들의 것으로 만든 것처럼 날씨에
관한 소견을 말했고, 볼만한 영화를 추천하기도 했으며, 최근 서적들에 대해
침착하고 냉정한 평을 하기도 했다. 다시 말하면, 전반적으로 졸리거나 께느른한
전화 통화였지만. 에스피노사는 이상하게도 열심히 그 이야기를 들었다. 아니,
열심히 듣거나 좋아하는 것처럼 가장했거나, 아니면 적어도 교양 있게 관심을
보이는 척했는지도 모르는 일이었다. 그리고 모리니는 자기 인생이 그 전화 통화에
달린 것처럼 주의를 기울였으며, 이틀 후나 아니면 불과 몇 시간 후 에스피노사가
노턴에게 전화를 걸어 대화를 나눌 때도 그런 태도는 반복되었다. 그런 다음

노턴이 펠티에에게 전화를 걸고, 펠티에가 모리니에게 전화를 걸 때도 그대로 되풀이되었다. 이런 모든 과정은 며칠 후에 다시 시작되었다. 그러면 통화는 매우 전문적인 암호, 즉 아르킴볼디 작품의 기호 의미와 기호 표기, 텍스트, 하위 텍스트와 곁텍스트가 되었으며, 『비치우스』의 마지막 부분에 있는 언어적·물리적 영토를 재정복하는 것으로 바뀌었다. 이런 경우는 영화나 독문학과의 문제에 관해 말하거나, 혹은 아침부터 밤까지 각자의 도시에서 쉬지 않고 흘러가는 구름에 관해 말하는 것과 마찬가지였다.

그들은 1994년 말에 아비뇽에서 개최된 전후 유럽 문학 세미나에서 다시 만났다. 노턴과 모리니는 자기가 속한 대학의 기금에서 여비를 지원받았지만 청중의 자격이었고, 펠티에와 에스피노사는 아르킴볼디 작품의 중요성에 관한 비평을 발표했다. 펠티에의 글은 고립성, 즉 아르킴볼디 작품 전체가 유럽 전통과 결별하고 있지는 않지만, 독일의 문학적 전통과 분리된다는 단절성에 초점을 맞추었다. 에스피노사가 발표한 글은 그가 그동안 쓴 글 중에서 가장 마음에 들어 하는 것 중 하나였다. 그는 아르킴볼디라는 인물을 감추고 있는 미스터리를 중심으로 글을 전개하면서, 누구도, 심지어 그의 책을 출판한 출판인조차도 실질적으로 아르킴볼디에 관해서 아무것도 모른다고 발표했다. 그러고는 그의 책에는 책 표지의 날개나 뒤표지에 작가의 사진이 실려 있지 않으며, 그의 생애에 관한 자료도 〈1920년 프로이센에서 태어난 독일 작가〉라는 최소한의 설명에 그치고 있으며, 비록 언젠가 그의 출판인이 『슈피겔』지 기자에게 그의 육필 원고 중 하나가 시칠리아에서 도착했다고 밝히긴 했지만, 그가 살았던 곳조차도 아직 베일에 싸여 있으며, 아직 살아 있는 그의 세대 작가 중에서 그 누구도 그를 보았다는 사람이 없다고 밝혔다. 또한 독일뿐만 아니라 나머지 유럽 국가에서도, 이미 사라진 작가들이나 백만장자 작가들이나 죽은 작가들의 전설을 좋아하는 미국에서도, 작품의 판매량이 증가하고 있으며, 독문과뿐만 아니라 대학 안팎을 비롯해 구전 문학과 시각 예술을 사랑하는 수많은 대도시에서 그의 작품이 널리 읽히기 시작하고 있지만, 독일어로 된 작가의 평전은 하나도 없다고 말했다.

밤이 되면 펠티에, 모리니, 에스피노사, 노턴은 함께 저녁을 먹으러 가기도 했고, 또 어떤 때는 예전부터 알던 독문학 교수들 한두 명과 함께 가기도 했다. 그 교수들은 이른 시간에 호텔로 돌아가거나, 아니면 그 모임의 끝까지 남아 있더라도 마치 아르킴볼디 연구자들이 이루는 네 개의 각이 침투 불가능한 지역이며 그런 밤 시간에는 외부인들의 간섭에 과격하게 반응할 수 있다는 사실을 아는 것처럼 조용히 뒤에 머물곤 했다. 그리고 마지막에는 항상 그들 네 사람만이 남아서, 우중충하고 관료적 냄새를 풍기는 브레멘의 거리를 거닐 때처럼, 그리고 미래에도 그들을 기다리는 수많은 거리를 거닐 것처럼, 즐겁고 행복하게 아비뇽의 거리를 거닐었다. 왼쪽에 펠티에를 두고 오른쪽에는 에스피노사를 둔 채 노턴이 모리니의 휠체어를 밀거나, 아니면 펠티에가 왼쪽에 에스피노사를 두고 모리니의 휠체어를 밀고 노턴은 그들 앞에서 거꾸로 걸어가면서 스물여섯 살 나이에 걸맞게 함박웃음을 터뜨리곤 했다. 그러면 그 멋진 웃음소리에 이내 나머지 세 사람도 노턴을 따라 힘껏 웃었다. 하지만 마음속으로는 틀림없이 그렇게 따라 웃지 않고 그냥 노턴을 바라보기만 했으면 좋겠다고 생각하거나, 아니면 네 명이 나란히 유명한 강의 낮은 둑에서 발길을 멈추기를 원했을지도 모르는 일이었다. 다시 말하면, 이제 더는 거칠지 않은 강에서 서로 이야기를 끊지 않은 채 독일 작가에 관한 그들의 강박 관념에 관해 말하거나, 비조차도 방해할 수 없는 긴 침묵을 지키며 다른 사람의 지성을 시험하고 음미하고자 했을지도 몰랐다.

1994년 말에 펠티에는 아비뇽에서 돌아왔다. 그는 파리의 자기 아파트 현관문을 열어 바닥에 가방을 놓았다. 그리고 위스키 한 잔을 따르고서 커튼을 걷고 평소의 경치를 보았다. 유네스코 건물을 배경으로 삼는 브르퇴유성의 일부였다. 그는 재킷을 벗고 위스키 잔을 부엌에 놓고서 자동 응답기의 메시지를 들었다. 눈꺼풀이 무겁고 졸음이 온다고 느꼈지만, 침대에 들어가 자는 대신 옷을 벗고 샤워를 했다. 또한 거의 발목까지 내려오는 목욕 가운을 두르고서 컴퓨터를 켰고, 그때서야 비로소 리즈 노턴이 보고 싶으며, 그 순간 노턴과 함께 있기 위해서라면, 그러니까 단지 대화를 나눌 뿐만 아니라 침대에도 함께 있으면서 그녀를 사랑한다고 말하고 노턴의 입에서 그녀 역시 그를 사랑한다는 말을 들을 수만 있다면, 무엇이든 바칠 수 있다는 것을 깨달았다.

에스피노사도 이와 비슷한 것을 경험했다. 그러나 두 가지 면에서 펠티에와 약간 달랐다. 첫째는 마드리드의 아파트에 도착하기도 전에 리즈 노턴과 함께 있고 싶다는 충동이 엄습했다는 것이다. 이미 비행기에서 그는 노턴이 이상적인 여인이며 그가 항상 찾고자 하던 여자라는 사실을 알고서 고통받기 시작했다. 둘째는 비행기가 스페인을 향해 시속 7백 킬로미터로 날아가는 동안 초음속으로 그의 머리를 스쳐 지나간 영국 여인의 이상적인 모습 속에 펠티에가 상상한 것보다 훨씬 많은 섹스 장면이 있었다는 사실이다.

반면에 아비뇽에서 토리노까지 기차를 타고 간 모리니는 여행 내내 『일 마니페스토』 신문의 문화 부록을 읽었고, 그런 다음 (아마도 모리니가 휠체어에 탄 채로 플랫폼에 내리도록 도와줄) 두 검표원이 이미 목적지에 도착했다고 알려 줄 때까지 잠을 잤다.

리즈 노턴의 머리로 어떤 생각이 스쳐 지나갔는지는 말하지 않는 편이 나을 것 같다.

그러나 네 아르킴볼디 연구자들의 우정은 예전과 마찬가지로 유지되었다. 그것은 네 명이 거스를 수 없는 더 큰 힘에 종속된 관계로 그 누구도 흔들 수 없었기 때문이다. 비록 그렇게 하는 것은 개인적 욕망을 뒤로 미뤄야 한다는 것을 의미했지만, 네 사람은 그런 운명에 순응했다.

1995년에 그들은 암스테르담에서 개최된 현대 독문학 공개 토론회에서 다시 만났다. 그 토론회는 비록 강연장은 달랐지만 모두 동일한 건물에서 열렸으며, 프랑스 문학과 영문학과 이탈리아 문학을 포함한 심포지엄의 일부였다.

말할 필요도 없이 이 흥미로운 심포지엄에 참석한 사람들 대부분은 현대 영문학이 논의되는 발표장으로 몰렸다. 그곳은 독문학 토론장 옆방이었고, 두 발표장은 예전처럼 돌로 만든 벽이 아니라, 석회를 얇게 바른 허름한 벽돌로 만든 벽으로 나뉘어 있었다. 그래서 큰 소리와 비명 소리, 특히 영문학 토론장에서 치는 박수 소리를 독문학 발표장에서도 들을 수 있었다. 마치 양쪽 발표장이나 대화의 장소가 단 한 곳이며, 영문학 전공자들이 독일 문학자들을 조롱하거나 무시하면서 완전히 압도하는 것 같았다. 청중에 대해서는 말할 필요도 없었다. 영문학(혹은 영국계 인도 문학) 토론에 참석한 숫자는 독문학 토론에 참석한 몇 안 되는 진지한 사람들과 비교가 되지 않을 정도로 많았다. 하지만 독문학 토론장의 최종 결과는 매우 만족스러웠다. 모두 알다시피, 소수의 토론이 벌어지는 곳에서는 모든 사람이 다른 사람의 말을 경청하고 생각하고, 그 누구도 소리 지를 필요가 없으며, 따라서 더 생산적이거나, 적어도 많은 사람들이 모인 대화보다는 편하기 때문이었다. 반면에 다수가 모인 토론장에서는 필수적으로 간략하게 요점만 말해야 하며, 일련의 주장들은 제시되자마자 사라지는 대회로 변질될 우려가 상존했다.

그러나 문제의 핵심으로, 혹은 토론의 핵심으로 들어가기 전에, 사소하지만 이 심포지엄의 결과에 적지 않은 영향을 끼친 사항을 지적할 필요가 있다. 조직 위원들은 시간 부족이나 자금 부족을 이유로 스페인과 폴란드, 스웨덴 현대 문학을 배제했다. 그러나 마지막 순간에 변덕을 부리면서 예산 대부분을 영문학의 스타들에게 호화로운 편의를 제공하는 데 할애했다. 그리고 남은 돈으로 프랑스 소설가 세 명과 이탈리아 시인이자 단편 작가 한 명, 그리고 독일 작가 세 명을 초청했다. 세 독일 작가 중에서 두 명은 이제는 통일된 서베를린과 동베를린의 소설가였다. 두 사람 모두 약간의 명성만 누리는 작가였다. 이들은 기차 편으로 암스테르담에 도착했으며, 별 세 개짜리 호텔에 머물렀지만 아무런 불평도 하지 않았다. 그리고 다른 한 사람은 더욱 알려지지 않은 인물로, 그에 관해 아는 사람은 아무도 없었다. 심지어 많은 독일 작가들과 직접 대화를 나누었거나 아니면 그런 방법이 아니더라도 현대 독문학에 관해 상당히 많이 아는 모리니조차도 모르는 작가였다.

이 익명의 슈바벤 출신 작가는 대담 시간(혹은 토론 시간)을 기자로서, 그리고 문예면 편집자로서, 또한 인터뷰에 몹시 신중한 모든 창작자의 인터뷰 담당자로서 겪은 일들을 회상하면서 시작했다. 그런 다음 자기가 조그만 외딴 마을, 그러니까 잊혔지만 문화에 관심을 보이는 마을에서 문화 홍보원으로서 일하던 시기를 떠올리다가, 갑자기 뜬금없이 아르킴볼디의 이름을 입에 올렸다. 아마도 에스피노사와 펠티에가 이끈 지난 좌담회에 영향을 받은 것 같았다. 슈바벤 출신 작가는 자기가 흑해 해변과 동프리슬란트 제도를 마주 보며 빌헬름스하펜의

북쪽에 자리 잡은 프리슬란트 마을의 문화 홍보원으로 일하던 당시에
아르킴볼디를 만났다고 말했다. 프리슬란트는 추운, 그것도 아주 추운 지역이었다.
아니, 춥다기보다는 습기가 많은 지역이었고, 그것도 뼛속까지 스며드는, 소금기
밴 습기가 기승을 부리는 곳이었다. 그곳에서 겨울을 나는 방법은 딱 두 가지가
있었는데, 하나는 간경화증에 걸릴 때까지 술을 마셔 대는 것이고, 다른 하나는
마을의 공회당에서 음악을 듣거나(보통 아마추어 현악 4중주단), 아니면 각지에서
작가들을 초청해 대화를 나누는 것이었다. 이 작가들에게는 마을에 하나밖에 없는
하숙집에 방을 제공하고, 왕복 기차표를 구입할 수 있는 돈을 지불하는 게
고작이었다. 사실 그들이 타고 오는 기차는 오늘날 독일의 기차와는 상당히
달랐지만, 그 기차에 오르면 아마도 사람들은 더욱 이야기하기 좋아하고 더욱 교양
있어지며 그들의 이웃에게 더 관심을 보이는 것 같았다. 어쨌거나 강연료를 받고
왕복 교통 비용을 제한 후에 작가는 그 장소를 떠나 돈을 약간 들고 자기
집으로(그들의 집은 때로 프랑크푸르트나 쾰른의 단칸방에 불과하기도 했다)
돌아가곤 했다. 그런 작가들의 경우, 특히 시인들의 경우 자기 시집의 몇 페이지를
읽고 마을 사람들의 질문에 대답을 해준 다음, 판매대를 설치하여 자기 작품을
팔아 약간의 부수입을 올리면서 돈을 조금 손에 쥐었다. 그 당시에는 그런 행동을
누구도 나쁜 눈으로 바라보지 않았기 때문이다. 작가가 읽는 것이 마음에 들거나,
아니면 낭독이 감동적이거나 흥미롭거나 생각을 하게 만들면, 사람들이 그 작가의
책을 한 권 살 수도 있었기 때문이었다. 즐거운 낭독의 밤에 대한 추억을 간직하기
위해서 책을 구입하는 경우도 종종 있었다. 그러고는 차가운 바람이 프리슬란트
마을의 좁은 거리로 소리를 내며 지나가고 너무나 추워 살이 에이는 동안, 행사가
끝난 지 이미 몇 주일이나 지난 후지만 각자 집에 틀어박혀 그 당시 구입한 시나
단편소설을 읽고 또 읽곤 했다. 항상 전깃불이 들어오는 게 아니었기 때문에 기름
램프의 불빛 아래서 읽는 경우도 이따금 있었다. 물론 전쟁이 끝난 지 얼마 되지
않았고 사회적·경제적 상처가 아물지 않았기 때문이다. 어쨌거나 현재의 작품
낭송회와 거의 비슷했다. 차이가 있다면 그 당시의 판매대에는 자비 출판한
시집들이나 단편집들이 전시되었지만, 지금은 출판사들이 직접 그런 판매대를
설치한다는 것이다. 그런데 슈바벤 사람이 문화 홍보원으로 일하던 그 마을에 어느
날 한 작가가 도착했다. 바로 베노 폰 아르킴볼디였다. 구스타프 헬러나 라이너 쾰
혹은 빌헬름 프라인(모리니가 나중에 독일 작가 백과 사전을 찾았지만 아무런
성과도 없었던 작가들) 수준의 작가였다. 그는 아무 책도 가져오지 않았고, 당시
집필 중이던 두 번째 소설의 두 장(章)을 낭독했다. 슈바벤 사람은 첫 번째 작품이
바로 그해에 함부르크에서 출판되었다고 기억했다. 그러면서 슈바벤 작가는
자기가 그 작품을 전혀 읽지 않았지만, 첫 번째 소설이 존재했다는 것만은
분명하다고 주장했다. 아르킴볼디는 마치 그렇게 의심할 것을 예견했다는 듯 첫
번째 작품 한 권을 가져왔던 것이다. 그 책은 1백 페이지 정도 되는, 아니 아마도
조금 더 긴, 그러니까 120페이지나 125페이지 정도 되는 짧은 소설이었다.

아르킴볼디는 소설을 재킷 주머니에 넣어 가지고 왔다. 그런데 이상하게도 슈바벤 작가는 주머니에 밀어 넣은 소설보다도 아르킴볼디의 재킷을 더 선명하게 기억했다. 그 짧은 소설의 표지는 꼬깃꼬깃 구겨지고 더러워져 있었다. 처음에는 아주 진한 아이보리색이었거나 밀처럼 엷은 노란색이었거나 혹은 눈이 부실 정도의 금색이었을 테지만, 당시는 색이 바래 흐려져 있었고, 제목과 작가 이름, 그리고 출판사 이름만 간신히 읽을 수 있었다. 반면에 재킷은 잊을 수 없었다. 목 칼라가 솟아 눈과 비와 추위에서 효과적으로 보호해 줄 수 있는 검은 가죽 재킷이었다. 두꺼운 스웨터를 하나 입거나 스웨터 두 장을 껴입고 그 위에 입어도 그런 사실을 전혀 눈치챌 수 없을 정도로 헐렁했다. 재킷에는 양쪽에 주머니가 나란히 달렸고, 마치 낚싯줄로 꿰맨 것처럼 크지도 않고 작지도 않은 단추 네 개가 일렬로 늘어서 있었다. 그러면서 그는 독일 비밀 경찰인 게슈타포가 입던 가죽 재킷을 떠올렸지만, 왜 그랬는지는 모르겠다고 말했다. 물론 그 당시 검은 가죽 재킷이 유행이었고, 그런 재킷을 살 돈이 있는 사람이거나 물려받은 사람이라면, 그 재킷이 무엇을 떠올리게 하는지 생각하지 않고 입었다고 덧붙였다. 프리슬란트 마을에 도착한 작가는 베노 폰 아르킴볼디였다. 스물아홉이나 서른 살 때의 젊은 베노 폰 아르킴볼디였다. 바로 그 사람이 그곳에 있었고, 슈바벤 작가는 그를 기차역으로 마중 나가 기다렸다가 하숙집까지 데려다주면서, 아주 고약한 그곳 날씨에 관해 말했다. 그런 다음 그를 공회당으로 데려갔으며, 아르킴볼디는 그곳에 아무 판매대도 설치하지 않고 아직 미완성이던 소설의 두 장을 읽었던 것이다. 낭독이 끝나자 슈바벤 사람은 마을 술집에서 그와 저녁을 먹었고, 그 자리에는 학교 여선생님과 어느 과부가 동석했다. 그 과부는 문학보다는 음악이나 미술을 더 좋아했지만, 음악이나 미술이 없을 것이라고 체념하게 되면 결코 문학의 밤을 반대하거나 싫어하지 않는 사람이었다. 저녁 식사 동안에 어느 정도 대화를 계속 이어 나간 사람은 바로 그녀였다. 그러면서 슈바벤 출신 작가는 저녁이라고 해봤자 소시지와 감자에 맥주를 곁들인 것에 불과했으며, 그 마을의 예산을 생각해 볼 때 그 이상의 것에 낭비할 수 있는 수준이 아니었다고 회상했다. 그리고 아마도 대화를 계속 이어 나갔다고 하는 것은 정확한 표현이 아니며, 그보다는 대화의 주도권을 쥐고서 이끌어 나갔다고 말하는 편이 더 나을 것이라고 덧붙였다. 그리고 테이블 주변에 있던 남자들, 그러니까 소금에 절인 생선 판매에 종사하는 시장 비서, 걸핏하면 꾸벅꾸벅 조는, 심지어 포크를 잡고 있는 동안에도 졸기 일쑤인 늙은 교사, 그리고 슈바벤 사람과 친한 친구였던 다정한 시청 직원 프리츠는 고개를 끄덕이거나, 아니면 누구보다도 예술에 관해서는 많이 알던 그 무서운 여자의 말을 부정하지 않도록 주의를 기울였다. 사실 그녀는 슈바벤 사람보다도 아는 게 더 많았고, 이탈리아와 프랑스를 여행하기도 했으며, 심지어 언젠가는 잊을 수 없는 대서양 횡단선을 타고 부에노스아이레스에 가기도 했다. 1927년인가 1928년이었던 것 같았어요. 그 도시가 육류 공급의 중심지였을 때였지요. 당시 냉동선들은 고기를 가득 싣고 항구를 떠났는데 그건 정말이지 일대 장관이었다고 해요. 몇백 척이 빈 배로 와서 수많은 고기를 싣고 세계 각지를 향해 떠나곤 했어요. 그녀, 그러니까 그 부인이 갑판에 모습을 드러낼 때면, 가령 밤에 졸려서건 뱃멀미를 해서건 혹은 몸이 좋지 않아 갑판으로 나갈 때면, 난간에 기대어 눈을 어둠에 익숙해지게 하는 걸로 충분했어요. 그러면 항구의 모습에 너무나 놀란 나머지, 즉시 잠이건 뱃멀미건 다른 가벼운 질병의 흔적이건 즉시 사라져 버렸기 때문이지요. 그녀의 신경계는 무조건적으로 그 광경 앞에 굴복하는 수밖에 다른 도리가 없었어요. 그 광경이란 죽은 소 몇천 마리의 고기를 마치 개미처럼 배의 창고로 옮기는 이민자들의 행렬이었는데, 희생된 송아지 몇천 마리의 고기가 실린 깔판의 움직임이라고 하는 편이 나을 터였죠. 그 엷은 빛깔은 새벽부터 해 질 녘까지, 심지어 야간 근무 시간까지도 항구의 모든 곳을 물들였어요. 전혀 요리되지 않은 티본 부위, 허리 부위, 석쇠에 거의 구워지지 않은 갈비에서 새어 나오는 엷은 붉은색이었어요. 정말로 소름 끼치는 장면이었죠. 하지만 다행히도 당시엔 과부가 아니었던 그 부인은 단지 첫날 밤만 그걸 보았지요. 그날 이후 그들은 배에서 내려 부에노스아이레스에서 가장 비싼 호텔에 투숙했어요. 그런 다음 그녀는 오페라를 보러 갔고, 그다음에는 농장으로 갔죠. 그곳에서 노련한 기수인 그녀의 남편은 농장주 아들과의 경주를 받아들여 이겼어요. 그러고 나서 아들의 오른팔이라고 말할 수 있는 농장 일꾼인 어느 가우초[19]와도 시합을 벌였는데, 그와의 시합마저 이겼죠. 그러자 가우초의 아들이 도전했어요. 그 청년은 열여섯 살이었고, 갈대처럼 비쩍 말랐지만 눈은 날카롭고 총명해 보였어요. 부인이 어린 가우초를 바라보자 청년은 머리를 숙였다가 곧 고개를 조금 들고는 사악한 시선으로 그녀를 쳐다보았어요. 그녀는 몹시 기분이 상했고, 뭐 이런 무례한 코홀리개가 다 있어! 하고 생각했어요. 그러는 동안 그녀의 남편은 빙긋이 웃으면서, 독일어로 〈당신이 깊은 인상을 주었나 봐〉라고 말했어요. 그런 농담을 들었지만, 부인은 전혀 재미있어하지 않았지요. 그런 순간이 지나자 어린 가우초가 말에 올라탔고, 두 사람은 달리기 시작했어요. 어린 가우초는 정말로 빠르게 말을 몰았어요. 너무나 열심히 말을 잡고 몰아서, 마치 말과 하나가 된 것 같았죠. 그 아이가 땀을 뻘뻘 흘리면서 채찍을 휘둘렀지만, 결국 경주에서 이긴 사람은 그녀의 남편이었어요. 기병대의 대위였다는 사실이 쓸데없는 건 아니었어요. 농장 주인과 주인의 아들은 의자에서 일어나 박수를 쳤지요. 정말 보기 드물게 훌륭한 패자였어요. 또한 나머지 초대 손님들도 아낌없이 박수를 보냈어요. 독일인은 정말 훌륭한 기수였어요. 보기 드문 기수였죠. 하지만 어린 가우초는 결승점에, 그러니까 현관 쪽에 도착했지만 훌륭한 패자의 모습이 아니었어요. 그의 얼굴에는 불쾌하고 성난 표정이 아로새겨져 있었죠. 그는 머리를 푹 숙였어요. 남자들이 프랑스어로 말하면서 현관 주위로 흩어져 차가운 샴페인을 찾는 동안, 부인은 혼자 우두커니 남은 어린 가우초에게 다가갔어요. 어린 가우초는 왼손으로 말고삐를

19 남아메리카의 팜파스에 사는 주민을 일반적으로 이르는 말. 식민국이던 스페인, 포르투갈 사람과 원주민의 혼혈.

32

잡고 있었어요. 그리고 길고 커다란 정원 안쪽에서는 어린 가우초의 아버지가 독일인이 탔던 말을 끌고 마구간으로 가고 있었어요. 그때 그녀는 그가 도저히 알아들을 수 없는 말로 너무 슬퍼하지 말라고, 아주 훌륭한 경주를 했지만 자기 남편 역시 훌륭한 기수였고 더 많은 경험을 했다고 말했어요. 하지만 그 말은 어린 가우초에게 달처럼 들렸지요. 그러니까 아주 천천히 다가오는 폭풍처럼 달을 가리며 지나가는 구름과 같았어요. 어린 가우초는 맹금 같은 눈으로 부인을 올려다보았어요. 그녀의 배꼽에 칼을 꽂고 가슴까지 쫙 갈라 버릴 기세였지요. 부인이 기억하는 바에 따르면, 그의 눈은 서투른 젊은 푸주한처럼 이상한 광채로 빛났어요. 어린 가우초가 그녀의 손을 잡고 집 반대편으로 이끌었을 때 아무런 저항도 하지 않고 그를 따라간 것은 바로 그 이상한 광채 때문이었어요. 그가 데려간 곳은 쇠를 주조해서 만든 퍼걸러[20]가 있는 곳이었어요. 퍼걸러는 꽃과 나무로 둘러싸여 있었는데, 그녀가 평생 한 번도 보지 못한 것, 아니 그 순간 자기가 평생 한 번도 보지 못했다고 생각한 것들이었죠. 심지어 정원에서 분수도 보았는데, 돌로 만든 분수였어요. 그 분수대는 작은 다리 하나로 지탱되었는데, 중앙에는 살포시 웃는 표정의 혼혈 지품천사가 춤을 추고 있었어요. 반은 유럽인이고 반은 식인종의 모습이었어요. 분수대는 지품천사의 발밑에서 솟아나는 세 개의 물줄기로 영원히 젖어 있었고, 하나의 검은 대리석으로 조각되어 있었어요. 부인과 어린 가우초는 오랫동안 그 분수를 지켜보았어요. 그런데 농장주의 먼 여자 사촌(혹은 농장주가 기억 기능을 지닌 수많은 뇌 주름 사이에서 잊어버린 정부)이 왔고, 퉁명스럽고 딱딱한 영어로 그녀의 남편이 얼마 전부터 그녀를 찾아 헤매고 있다고 전해 주었어요. 부인은 머나먼 여자 사촌의 팔에 이끌려 매혹적인 정원에서 걸어 나왔지요. 그때 어린 가우초가 그녀를 불렀어요. 아니면 그녀가 그렇게 생각했는지도 모르는 일이었죠. 뒤를 돌아보자, 그 가우초는 씩씩거리며 몇 마디를 했어요. 부인은 그 아이의 머리를 쓰다듬으면서 여자 사촌에게 어린 가우초가 무슨 말을 했느냐고 물었어요. 부인의 손가락이 어린 가우초의 억세고 숱 많은 머리카락 속에 파묻혀 있는 동안, 여자 사촌은 잠시 머뭇거리는 것 같았어요. 그러자 거짓말이나 빙빙 돌리는 말을 참지 못하는 성격인 부인은 즉시 그가 한 말을 그대로 번역해 달라고 했어요. 여자 사촌은 이렇게 말했지요. 저 가우초가 말한 것은…… 저 가우초가 말한 것은…… 주인이…… 그녀의 남편이 마지막 두 경주에서 이기도록 모두 준비해 놓았다고……. 그러고서 여자 사촌은 입을 다물었고, 어린 가우초는 자기 말고삐를 질질 끌면서 정원의 반대편 끝을 향해 떠났어요. 부인은 파티 장소로 다시 돌아왔지만, 어린 가우초가 마지막 순간에 고백한 내용을 한순간도 머릿속에서 지울 수 없었어요. 바보같이 말이에요. 아무리 생각해도 어린 가우초의 수수께끼 같은 말을 이해할 수 없었어요. 그 수수께끼는 파티가 끝날 때까지 지속되었고, 그녀는 너무나 괴로운 나머지 침대에 들어가서도 이리저리 몸을 뒤척이며 잠을 이루지 못했어요. 그리고 다음 날

20 포도나 장미 등의 덩굴을 올리기 위하여 시렁처럼 꾸며 놓은 것.

오랫동안 말을 타고 산책하고 고기를 구워 먹는 동안에도 그녀는 줄곧 그 생각만 했어요. 부에노스아이레스에 돌아와서도 그녀는 그 말을 한시도 떨쳐 버릴 수 없었고, 호텔에 머무르거나 아니면 독일 대사관이 주최한 환영회에 참석하거나 혹은 영국 대사관이나 에콰도르 대사관이 주최한 환영회에 갈 때에도 그 생각을 지워 버릴 수 없었어요. 그 수수께끼는 배가 유럽을 향해 떠난 며칠 후에야 비로소 해결되었어요. 어느 날 밤, 그러니까 새벽 4시경에 부인은 갑판으로 산책을 하러 나왔어요. 자기가 어느 위도에 있는지 어느 경도에 있는지, 아니면 1억 620만 제곱킬로미터의 소금물에 완전히 둘러싸여 있는지, 혹은 부분적으로 둘러싸여 있는지 같은 것은 알지도 못했고 관심도 없었어요. 부인은 일등실 승객들이 사용하는 갑판에서 담배에 불을 붙였어요. 아무것도 보이지 않고 단지 소리만 들리는 광활한 바다를 멍하니 바라보았어요. 그런데 바로 그때 기적처럼 수수께끼가 해결되었어요. 그러고서 슈바벤 작가는 말했어요. 바로 이야기의 그 지점에서 부인은, 그러니까 한때는 부자였고 권력이 있었으며 똑똑했던(적어도 그녀 나름대로는) 프리슬란트 여인은 입을 다물었어요. 미사를 드릴 때만큼이나 종교적인, 아니 그 정도가 아니라 미신적일 정도의 침묵이 전후의 구슬픈 독일 술집을 사로잡았어요. 그곳의 모든 사람이 갈수록 거북함을 느꼈고, 남아 있던 소시지와 감자를 급히 먹어 치우고 술잔에 맥주가 한 방울도 안 남도록 모두 마셔 버렸어요. 마치 그 부인이 어느 순간에라도 복수의 여신처럼 울부짖을지 모른다고 두려워하는 것 같았지요. 그래서 배를 든든하게 채우고 거리로 나가 추위를 견디며 집에 도착하도록 준비하는 게 현명하다고 판단한 것 같았어요.

그때 부인이 이렇게 말했죠.

「이 수수께끼를 풀 수 있는 사람 있나요?」

그렇게 말했지만, 그녀는 어떤 마을 사람도 쳐다보고 있지 않았어요.

「수수께끼의 답이 무언지 아는 사람 있어요? 이 수수께끼를 풀 수 있는 사람 없나요? 내게 귓엣말로 답을 속삭여도 좋으니, 답이 무언지 말해 줄 수 있는 사람이 하나도 없나요?」

그녀는 자기 접시를 쳐다보면서 이 모든 말을 했어요. 접시에는 그녀가 주문한 소시지와 감자가 거의 손도 대지 않은 채 그대로 있었어요.

바로 그때였어요. 부인이 말하는 동안 고개를 숙이고 먹기만 하던 아르킴볼디가 목소리를 높이지도 않은 채, 그건 환대의 행위였으며, 농장주와 그의 아들은 부인의 남편이 첫 번째 시합에서 질 것임을 확신했고, 그래서 전 기병대 대위가 이기도록 두 번째와 세 번째 경주를 준비한 것이라고 말했어요. 그러자 부인은 그의 눈을 바라보면서 웃더니, 그런데 왜 남편이 첫 번째 시합에서 이긴 것이냐고 물었어요.

「왜지요? 그 이유가 무엇이지요?」 부인이 물었어요.

그러자 아르킴볼디가 대답했어요.

「틀림없이 농장주의 아들은 부인의 남편보다 더 말을 잘 타고 더 훌륭한 말을 가지고 있었습니다. 하지만 마지막 순간에 우리가 자비나 인정이라고 부르는 것을 느낀 겁니다. 다시 말하면, 그와 그의 아버지가 즉석에서 마련한 파티에 흠뻑 빠진 나머지 터무니없는 생각을 했던 거지요. 그는 모든 걸 넓은 아량으로 푸짐하게 베풀어야만 했고, 그래서 자신의 승리도 그에게 양보해야만 한다고 여긴 것입니다. 거기 있던 모든 사람도 그렇게 되어야 한다고 생각했지요. 심지어 정원으로 당신을 찾으러 갔던 여자도 그렇게 생각했을 겁니다. 그렇지 않은 사람은 어린 가우초뿐이었지요.」

「그게 전부예요?」 부인이 물었지요.

「하지만 어린 가우초는 아니었지요. 당신이 거북한 분위기로 그와 조금만 더 있었더라면, 아마 그가 당신을 죽여 버렸을 거라고 난 생각해요. 그게 농장주와 아들이 원하던 방향은 아닐지라도, 그 가우초의 관점에서는 아량을 베푸는 행위였을 테니까요.」

그 말을 듣자 부인은 자리에서 일어나 즐거운 밤을 보냈다면서 모든 사람에게 감사의 말을 전하고서 떠났지요.

이렇게 이야기를 끝낸 후 슈바벤 작가가 말했다. 잠시 후 나는 아르킴볼디와 함께 그의 하숙집으로 향했어요. 다음 날 그를 기차역으로 데려다 주려고 다시 하숙집에 들렀지만, 그는 이미 떠나고 없었답니다.

대단한 슈바벤 작가야. 에스피노사가 말했다. 난 그가 필요해. 펠티에가 말했다. 너무 그를 못살게 굴지 말고 너무 관심 있는 것처럼 보이지 않도록 하는 게 좋아. 모리니가 충고했다. 이 사람은 신중하게 다뤄야 해요. 그러니까 그를 다정하게 대해야 한다는 말이에요. 노턴이 말했다.

그러나 슈바벤 사람은 이미 자기가 말해야 할 것을 모두 말한 상태였다. 그들은 그에게 다정하게 굴면서 암스테르담 최고의 식당으로 저녁 식사 초대를 했고, 그에게 칭찬을 아끼지 않았으며, 후한 대접이 무엇이고 돈을 낭비하는 행동이 무엇인지에 관해 말했고, 조그만 시골 마을에 갇힌 문화 홍보원의 운명에 관해 말했다. 그러나 그의 입에서는 어떤 흥미로운 말도 들을 수 없었다. 네 사람은 마치 모세를 만난 것처럼 그의 말을 모두 기록하려고 애썼다. 슈바벤 사람은 그런 사실을 눈치챘고, 그러자 더욱 수줍어하면서 말을 아꼈고 더 신중해졌다(그건 지방의 문화 홍보 담당이었다는 사람에게서 좀처럼 찾아볼 수 없는 현상이라고 에스피노사와 펠티에는 지적했고, 그래서 그들은 슈바벤 사람이 일종의 협잡꾼일지도 모른다고 생각했다). 위험한 냄새를 맡은 늙은 나치처럼 〈침묵의 계율〉을 맹세한 사람 같았지만, 정말로 그런 걸 약속했는지는 확인할 길이 없었다.

보름 후, 에스피노사와 펠티에는 며칠간 휴가를 받아 함부르크로 가서 아르킴볼디의 편집자를 찾았다. 편집 주간이 그들을 맞이했다. 주간은 비쩍 말랐고 키가 훤칠했으며 예순 살가량 먹었고, 이름은 빠르다는 의미를 지닌 슈넬이었지만,

실제로 그의 행동은 굼뜨기 짝이 없었다. 매끄러운 갈색 머리카락을 지녔고, 관자놀이 부분에 흰머리가 희끗희끗하게 났지만, 그것은 오히려 그의 젊은 외모를 강조해 주었다. 그가 악수를 하려고 자리에서 일어났을 때, 에스피노사뿐만 아니라 펠티에도 그가 동성애자일 것이라고 확신했다.

「그 게이는 내가 지금껏 보아 온 어떤 작자보다도 더 장어와 비슷해.」 에스피노사는 나중에 펠티에와 함께 함부르크를 거닐면서 이렇게 말했다.

펠티에는 내심 그의 의견에 동조하면서도, 그런 동성애 혐오 발언을 나무랐다. 슈넬은 어두컴컴한 진흙탕 속에서 헤엄치는 물고기, 즉 장어와 흡사한 점이 있었다.

물론 슈넬은 그들이 아직 알지 못하는 것에 관해 그다지 많이 말해 줄 수 없었다. 슈넬은 아르킴볼디를 한 번도 만난 적이 없었고, 번역본과 원본의 쇄가 거듭되면서 갈수록 많아지던 인세는 스위스 은행 계좌로 입금한 것이다. 2년에 한 번씩 작가에게서 지시 사항을 받았는데, 대개는 이탈리아 소인이 찍힌 편지로 받았다. 물론 출판사 문서철에는 출판사 주인인 부비스 부인에게 보낸 그리스, 스페인, 모로코 우표가 붙은 편지가 보관되어 있었지만, 그는 그 편지들을 한 번도 읽은 적이 없었다.

「부비스 부인을 제외하고 직접 베노 폰 아르킴볼디를 만난 사람은 출판사에 단지 두 사람뿐입니다.」 슈넬이 그들에게 말했다. 「홍보부장과 편집부장입니다. 내가 이곳에 일하러 들어왔을 때 아르킴볼디는 이미 사라진 지 한참 후였습니다.」

펠티에와 에스피노사는 두 여자 부장과 이야기를 나누게 해달라고 부탁했다. 홍보부장의 사무실은 식물과 사진으로 가득 차 있었다. 그 출판사에서 펴낸 작가들의 사진만 있는 게 아니었다. 그녀가 사라진 작가에 관해 그들에게 들려준 말이라고는 그가 아주 좋은 사람이라는 이야기뿐이었다.

「키가 컸어요. 아주 컸어요. 세상을 떠난 부비스 씨와 함께 걸어갈 때면, 마치 ti, 아니 li 같았어요.」 그녀가 말했다.

에스피노사와 펠티에는 그녀의 말이 무슨 뜻인지 도대체 알아들을 수 없었다. 그러자 홍보부장은 종이쪽지에 l 자를 쓰고 나서 i를 썼다. 아니 아마 le라고 쓴 것 같았다. 그런 우리의 추측은 맞았다.

그녀는 다시 동일한 종이에 다음과 같이 썼다.

Le

「L은 아르킴볼디고 e는 돌아가신 부비스 씨예요.」

홍보부장은 웃었고, 회전의자에 기대어 잠시 아무 말 없이 그들을 쳐다보았다. 그런 다음 그들은 편집부장과 이야기했다. 그녀는 홍보부장과 거의 비슷한 나이였지만, 성격은 그다지 쾌활하지 않았다.

그녀는 그들에게 그렇다고, 실제로 오래전에 아르킴볼디를 만났지만, 이제는 그의 얼굴이나 성격을 기억하지 못하며 그들에게 말해 줄 만한 어떤 이야기도 떠오르지 않는다고 말했다. 그녀는 그가 출판사에 마지막으로 있었던 때도 기억하지 못했다. 그러더니 부비스 부인과 말하는 게 좋을 것이라고 조언하고는, 아무 말도 없이 교정지 교열에 전념하면서 다른 편집부원들의 질문에 대답했고 다른 사람들과 전화로 통화했다. 에스피노사와 펠티에는 전화 통화자들이 아마도 번역자들일 것이라고 동정 어린 표정으로 생각했다. 두 사람은 출판사를 떠나기 전에 실망하지 않고 기운을 내면서 슈넬의 사무실로 다시 찾아갔고, 그에게 앞으로 계획된 아르킴볼디에 관한 강연과 세미나에 대해 말했다. 슈넬은 공손하고 예의 바르게 그들의 말을 경청하고서 필요한 것이 있으면 언제든지 도움을 요청하라고 말했다.

파리와 마드리드로 돌아갈 비행기를 기다리는 것 이외에는 그다지 할 일이 없었기 때문에 펠티에와 에스피노사는 함부르크를 돌아다녔다. 그렇게 산책하다가 그들은 피할 수 없이 창녀들이 우글거리고 스트립쇼가 벌어지는 지역으로 들어갔다. 그러자 두 사람은 침울해졌고, 서로 상대방에게 사랑과 실연의 이야기를 들려주었다. 물론 그들이 사랑한 여자들의 이름이나 날짜를 밝히지는 않았다. 그러니까 매우 추상적인 용어로 말한 것이다. 어쨌거나 겉으로 보기에 그들의 불행에 대해 초연하고 차갑게 말했지만, 그 대화와 산책은 그들을 더 깊은 슬픔의 늪에 빠지게 만들었다. 어느 정도였느냐 하면, 두 시간 후 두 사람은 마치 숨이 막히는 것 같은 느낌을 받을 정도였다.

그들은 택시를 타고 호텔로 돌아오는 동안 아무 말도 하지 않았다.

그런데 그곳에 깜짝 놀랄 만한 소식이 기다리고 있었다. 호텔 안내 데스크에 두 사람에게 보낸 슈넬의 메모가 있었던 것이다. 그 메모에서 그는 그날 아침 그들과 대화를 한 후 부비스 부인에게 이야기를 하기로 결심했고, 부비스 부인이 그들을 만나는 데 동의했다고 설명했다. 다음 날 아침 에스피노사와 펠티에는 출판사 사장의 아파트로 찾아갔다. 아파트는 함부르크의 구도시에 있는 오래된 건물의 3층이었다. 기다리는 동안 그들은 한쪽 벽에 걸린 액자들 속의 사진을 쳐다보았다. 다른 두 벽에는 수틴[21]의 유화 한 점과 칸딘스키의 그림이 걸렸고, 그 이외에도 그로츠와 코코슈카, 앙소르의 데생 몇 점이 있었다. 그러나 에스피노사와 펠티에는 사진에 더욱 많은 관심을 보였다. 사진에는 항상 그들이 경멸했거나 존경했지만 어쨌거나 읽은 작가들이 있었다. 토마스 만과 부비스, 하인리히 만과 부비스, 클라우스 만과 부비스, 알프레트 되블린과 부비스, 헤르만 헤세와 부비스, 발터 베냐민과 부비스, 안나 제거스와 부비스, 슈테판 츠바이크와 부비스, 베르톨트 브레히트와 부비스, 포이히트방거와 부비스, 요하네스 베허와 부비스, 아르놀트 츠바이크와 부비스, 리카르다 후흐와 부비스, 오스카 마리아 그라프와 부비스가 찍힌 사진들이었다. 그들의 몸과 얼굴, 그리고 희미한 배경은 모두 완벽하게 액자에 들어가 있었다. 사진 속의 인물들은 누군가가 지켜본다는 사실

21 Chaim Soutine(1894~1943). 리투아니아 태생의 프랑스 표현주의 화가.

따위는 전혀 개의치 않는 죽은 사람들처럼 순진한 표정을 지은 채 거의 열정을
주체하지 못하는 두 대학교수를 뚫어지게 바라보았다. 부비스 부인이 모습을
드러냈을 때, 두 사람은 부비스 옆에 있는 사람이 반나치 투쟁을 벌인 한스
팔라다[22]인지 아닌지 확인하려고 머리를 맞대고 있었다.

그래요, 그는 팔라다예요. 흰 블라우스와 검은 스커트를 입은 부비스 부인이
말했다. 그 말을 듣자 두 사람은 고개를 뒤로 돌렸고, 나이 지긋한 여자를 볼 수
있었다. 한참 후에 펠티에가 고백한 바에 따르면, 그녀의 모습은 마치 마를렌
디트리히[23]와 아주 흡사했다. 그러니까 나이에도 불구하고 강한 결단력을 그대로
간직했으며, 구렁텅이의 언저리에 매달리지 않은 채 호기심을 가지고 우아하게
심연으로 빠지는 여인의 모습이었다. 그러니까 〈앉아서〉 심연으로 떨어지는
여자였다.

「내 남편은 모든 독일 작가를 알았고, 독일 작가들은 내 남편을 사랑하고
존경했지요. 물론 몇몇 사람은 나중에 그에 관해 입에 담지 못할 말을 했고, 심지어
정확하지 않은 말도 했지만 말이에요.」 부비스 부인은 미소를 지으며 말했다.

그들은 아르킴볼디에 관해 말했고, 부비스 부인은 차와 케이크를 가져왔다.
그러나 그녀는 차를 마시지 않고 보드카를 마셨고, 에스피노사와 펠티에는 무척
놀랐다. 부인이 그토록 이른 시간에 마시기 시작했다는 사실이 아니라, 그들에게
술을 마시겠느냐고 묻지도 않고 자기 혼자 마셨기 때문이었다. 물론 권했다
하더라도 그들은 거절했을 터였다.

부비스 부인이 말했다. 「출판사에서 아르킴볼디의 작품을 완벽하게 알던
유일한 사람이 바로 부비스였지요. 그가 그의 책을 모두 출판했어요.」

그러나 그녀는 어느 정도까지 타인의 작품을 이해할 수 있는 것인지 자문했고,
더불어 두 사람에게도 그런 질문을 던졌다.

「가령 나는 그로츠의 작품을 몹시 사랑해요.」 그녀는 벽에 걸린 그로츠의
그림을 가리키면서 말했다. 「하지만 내가 정말로 그의 작품을 알고 있을까요? 그의
이야기를 들으면 나는 빙긋이 웃지요. 그리고 종종 그로츠는 내가 웃도록 그림들을
그렸다고 생각하지요. 때때로 그 웃음은 큰 웃음소리가 되고, 웃음소리는 나
스스로도 어떻게 할 수 없는 폭소로 변하기도 해요. 언젠가는 어느 미술 비평가를
만났어요. 물론 그로츠를 좋아하는 비평가였지요. 하지만 그는 그의 작품 회고전에
참석하거나 그의 유화나 데생을 전문적으로 연구해야 할 때면 매우 우울해하곤
했어요. 그런 침울하고 슬픈 상태는 꽤 오랫동안 지속되었지요. 그 예술 비평가와
나는 한 번도 그로츠의 작품에 관해 말하지 않았지만, 그는 내 친구였어요. 그런데
나는 그로츠의 그림을 볼 때 어떤 결과가 나타나는지 그에게 말했어요. 처음에는

---

22 Hans Fallada(1893~1947). 20세기 초반의 독일 작가. 여러 직업을 거쳐 얻은 경험을 바탕으로 사회 비판적
인 소설을 썼다.

23 Marlene Dietrich(1901~1992). 독일의 영화배우 겸 가수. 이지적이고 육감적인 매력을 지닌 매혹적인 여배
우였다.

내 말을 믿지 않으려고 하더니 이내 고개를 이쪽저쪽으로 마구 흔들기 시작하더군요. 그런 다음 모르는 사람을 보듯이 나를 아래위로 쳐다보았어요. 나는 그가 미쳤다고 생각했지요. 그러고서 우리 우정은 끝이 났어요. 얼마 전에 그가 아직도 내가 그로츠에 관해 아무것도 모르며, 내 미학적 취향은 암소의 취향이나 같다고 말한다는 소리를 들었어요. 그래요, 나에 관해서 그가 무슨 말을 해도 괜찮아요. 그로츠는 날 웃게 만들어 줘요. 하지만 그는 그로츠의 그림을 보면 우울해지죠. 그런데 누가 그로츠를 정말로 안다고 말할 수 있겠어요?」

부비스 부인은 잠시 쉬더니 말을 이었다. 「지금 이 순간 누군가가 문을 두드리고, 내 옛 친구인 미술 비평가가 들어온다고 가정해 보지요. 그는 이곳에, 그러니까 내 옆에 있는 소파에 앉아요. 그리고 당신 둘 중 한 사람이 서명이 되지 않은 그림을 한 점 꺼내고는, 그것이 그로츠의 그림이라고 확신하면서 팔고 싶다고 말해요. 난 그 그림을 보며 웃고, 그런 다음 수표장을 꺼내 그림을 구입해요. 미술 비평가는 그 그림을 보지만 슬퍼하지도 않고, 내게 다시 생각해 보라고 권유하려고 하지요. 그는 그게 그로츠의 그림이 아니라고 생각해요. 하지만 난 그렇다고 여기지요. 두 사람 중에서 누구의 생각이 맞을까요?」

그러더니 부비스 부인은 에스피노사를 가리키며 다시 말을 시작했다. 「아니면 반대의 이야기를 상정해 보지요. 당신이 서명이 되지 않은 그림을 꺼내 그게 그로츠의 그림이라고 말하면서 판매하려고 합니다. 나는 웃지 않고 그 그림을 차갑게 살펴보지요. 선과 그 선에 담긴 힘, 그리고 풍자적 분위기를 높이 사지만, 그림의 그 어떤 요소도 내게 기쁨을 선사하지 못하지요. 그런데 미술 비평가는 그 그림을 면밀하게 살펴보더니, 평소와 마찬가지로 우울한 표정을 지으면서 물건값을 제안하지요. 그의 저금을 초과하는 액수지요. 그 제안이 받아들여지면, 그는 끝도 없이 우울한 오후를 수없이 보내야만 합니다. 나는 그의 마음을 바꾸려고 애쓰지요. 그 그림이 내게 웃음을 주지 않기에 의심스러워 보인다고 말합니다. 그러자 마침내 비평가는 내가 그로츠의 그림을 성숙한 사람처럼 보고 있다면서, 축하를 하지요. 두 사람 중에서 누구 생각이 옳을까요?」

그런 다음 그들은 다시 아르킴볼디에 관해 말했고, 부비스 부인은 아르킴볼디의 첫 번째 소설인 『뤼디케』가 출간된 이후 베를린의 어느 신문에 실린 흥미로운 서평을 보여 주었다. 슐라이어마허라는 사람이 쓴 그 글은 몇 마디로 소설가의 성격을 요약하려고 애쓰고 있었다.

지성: 중간
성격: 간질병적
학식: 엉망
이야기 구성 능력: 엉망
문장: 엉망

평균적 지성을 지녔으며 학식이 엉망이라는 사실은 충분히 이해할 만했다. 그런데 그의 성격이 간질병적이라는 것은 무슨 뜻이었을까? 아르킴볼디가 간질을 앓고 있었다는 것일까? 그의 머리가 정상이 아니라는 것일까? 그가 알 수 없는 성질의 질병을 앓았다는 것일까? 아니면 도스토옙스키를 읽지 않고는 못 배기는 사람이라는 말일까? 그 글에는 작가의 외모에 대한 설명은 하나도 없었다.

「슐라이어마허라는 사람이 누군지 우리는 결코 알아낼 수 없었지요.」 부비스 부인이 말했다. 「세상을 떠난 내 남편은 종종 아르킴볼디 자신이 그 서평을 썼을지도 모른다면서 농담을 했어요. 그러나 남편뿐만 아니라 나도 그게 진실이 아니라는 사실을 알았지요.」

정오가 가까이 되어 이제 떠나야 할 시간이 되자 펠티에와 에스피노사는 용기를 발휘해 질문 하나를 던졌다. 그들이 정말로 중요하다고 여기던 질문이었다. 바로 그들이 아르킴볼디를 만나도록 도와줄 수 있느냐는 것이었다. 부비스 부인의 눈이 반짝거렸다. 나중에 펠티에가 리즈 노턴에게 말한 바에 따르면, 마치 화재 장면을 지켜보는 것 같았다. 그러나 사납게 날뛰는 불꽃이 아니라, 몇 개월 동안 불탄 끝에 꺼지기 일보 직전에 있던 불꽃이었다. 그녀는 고개를 가볍게 가로저으면서 부정적으로 답했고, 펠티에와 에스피노사는 아무리 애원해 봤자 헛수고일 것임을 깨달았다.

그런데도 그들은 잠시 그곳에 더 머물렀다. 집의 어딘가에서 이탈리아 대중가요의 부드러운 선율이 흘러나왔다. 에스피노사는 그녀에게 아르킴볼디를 아는지, 그녀의 남편이 살아 있었을 때 그를 직접 만나 본 적이 있는지 물었다. 부비스 부인은 그렇다고 대답하고는, 그 노래의 마지막 후렴 부분을 흥얼거렸다. 두 친구에 따르면, 그녀의 이탈리아어는 매우 훌륭했다.

「아르킴볼디는 어땠지요?」 에스피노사가 물었다.

「아주 키가 컸어요.」 부비스 부인이 말했다. 「아주 컸어요. 정말로 장대처럼 길었어요. 오늘날 태어났다면, 아마도 농구 선수가 되었을 거예요.」

비록 그녀가 그렇게 말하기는 했지만, 아르킴볼디가 난쟁이라고 했더라도 그들에게는 마찬가지였을 것이다. 호텔로 돌아오는 택시 안에서 두 친구는 그로츠와 부비스 부인의 잔인하면서도 해맑은 미소를 생각했다. 또한 사진으로 가득한 그 집에서 받은 인상에 관해서도 생각했다. 많은 작가와 찍은 사진들이 있었지만, 유독 그들이 관심을 보이던 유일한 작가의 사진만 빠졌던 것이다. 비록 두 사람은 인정하려고 하지 않았지만, 그들이 홍등가에서 얻은 전광석화 같은 통찰력이 부비스 부인의 집에서 감지한 그 어떤 새로운 사실보다 더 중요하다고 믿었거나 직감했다.

좀 더 노골적으로 말하자면, 홍등가인 장크트 파울리를 걷는 동안 펠티에와 에스피노사는 아르킴볼디를 찾는다 해도 결코 자신들의 삶이 채워질 수 없다는 것을 깨달았다. 그의 책을 읽고 연구하고 분석할 수는 있지만, 그와 함께 배꼽을 잡으며 웃을 수도 없고, 그와 함께 슬퍼하며 눈물을 흘릴 수도 없었다. 그것은 아르킴볼디가 항상 그들과 멀리 떨어진 곳에 있기 때문이기도 했으며, 또한 그들이 그의 작품 안으로 깊이 들어가면 갈수록 그의 작품이 탐험자들을 집어삼키기 때문이기도 했다. 다시 간단하게 말하자면, 펠티에와 에스피노사는 우선 장크트 파울리에서, 그리고 후에는 죽은 부비스 씨와 작가들의 사진이 걸린 부비스 부인의 집에서 그들이 원하는 것은 사랑이지 전쟁이 아님을 깨달았다.

오후에 그들은 공항으로 가는 택시를 또다시 함께 탔다. 각자의 비행기를 기다리는 동안, 그들은 사랑과 사랑의 필요성에 관해 말했다. 하지만 반드시 필요한 것 이상의 비밀을 더 캐물으려 하지 않았다. 다시 말하면, 일반적인 비밀 혹은 추상적인 용어만 나열했다. 먼저 비행기에 오른 사람은 펠티에였다. 에스피노사의 비행기는 30분 후에 출발할 예정이었다. 혼자 있게 되자, 에스피노사는 리즈 노턴을 생각하기 시작했고, 그녀를 사랑할 가능성이 있을지 생각했다. 그는 그녀를 상상했고, 그런 다음 자기 자신을 상상했다. 두 사람이 마드리드의 아파트를 함께 사용하면서, 함께 슈퍼마켓에 가고, 독문과에서 함께 일하는 모습을 상상했다. 또한 벽 하나만으로 분리된 자기 서재와 그녀의 서재, 그녀와 함께 마드리드의 훌륭한 식당에서 친구들과 함께 식사하고 함께 집으로 돌아와 커다란 욕조에서 함께 목욕하고 커다란 침대를 함께 사용하는 장면을 상상했다.

그러나 선수를 친 사람은 펠티에였다. 아르킴볼디 작품의 편집인과 만난 지 사흘 만에, 그는 예고도 없이 런던에 나타났다. 그리고 리즈에게 최근 소식을 전해 주고는, 해머스미스 식당에서 저녁을 먹자고 초대했다. 대학의 러시아어과 동료에게 미리 추천을 받아 정해 놓은 곳이었다. 거기서 두 사람은 굴라시[24]와 비트를 곁들인 완두콩퓌레, 요구르트를 곁들이고 레몬을 뿌려 부드럽게 만든 생선 요리를 먹었다. 촛불과 바이올린이 어우러지고, 진짜 러시아인들과 러시아 사람들로 가장한 아일랜드 사람들에게 정성 어린 시중을 받은 저녁 식사였다. 모든 관점에서 다소 과도한 면이 있었고, 요리의 관점에서는 조악하고 미심쩍은 면이 없지 않았다. 그들은 식사를 하면서 보드카 몇 잔과 보르도산 포도주 한 병을 마셨다. 펠티에의 눈이 튀어나올 정도로 엄청난 돈이 들었지만, 그럴 만한 가치가 있었다. 식사가 끝난 후 노턴이 그를 자기 집으로 초대했기 때문이다. 공식적으로 그들은 아르킴볼디와 부비스 부인이 밝힌 의외에 사실에 관해 의견을 나누었다. 물론 그의 첫 번째 책에 관해 슐라이어마허라는 비평가가 쓴 경멸적인 비평에

---

24 매운 양념을 한 쇠고기채소스튜 요리.

관해서 말하는 것도 잊지 않았다. 그런 다음 두 사람은 깔깔거리며 웃었고,
펠티에는 노턴의 입술에 아주 재치 있고 교묘하게 키스를 했다. 그러자 영국
여인은 더 뜨거운 키스로 화답했다. 아마도 저녁 식사와 보드카, 그리고 보르도산
포도주 덕분인 것 같았지만, 펠티에는 그것이 미래의 약속이라고 생각했다. 그런
다음 두 사람은 침대로 가서 한 시간 동안 사랑을 나누었고, 영국 여자는 잠들었다.

그날 밤 리즈 노턴이 잠든 동안, 펠티에는 자기가 에스피노사와 함께 독일의
호텔 방에서 공포 영화를 보던 머나먼 시절의 오후를 떠올렸다.
일본 영화였는데, 영화 첫 부분의 어느 장면에 10대 여자아이 둘이 나타났다.
한 아이가 이야기를 들려주었다. 고베에서 방학을 보내던 어느 남자아이에 관한
이야기였다. 남자아이는 친구들과 놀러 거리로 나가고 싶었다. 그러나 바로 그가
가장 좋아하는 텔레비전 프로그램이 방영되는 시간이었다. 그래서 아이는
비디오테이프를 넣고서 녹화기가 녹화를 하도록 준비해 놓은 다음, 거리로 나갔다.
그런데 문제는 그 아이가 도쿄 출신이었다는 것이다. 도쿄에서는 그 프로그램이
34번 채널에서 상영되는 반면에 고베에서 34번 채널은 빈 채널이었다. 그러니까
아무것도 나오지 않고 단지 지직거리는 화면만 보인 것이다.
집에 돌아오자 아이는 텔레비전 앞에 앉아서 비디오 녹화기를 작동시켰다.
그리고 자기가 좋아하는 프로그램 대신에 얼굴이 하얀 어느 여자가 나타나 그가
죽을 것이라고 말했다.
그게 전부였다.
그때 전화벨이 울렸고, 아이는 전화를 받았다. 그런데 여자의 목소리가
들리더니 농담일 것이라고 생각하느냐고 물었다. 일주일 후 아이는 마당에서 죽은
채 발견되었다.
이 모든 걸 첫째 여자아이가 다른 여자아이에게 말해 주었고, 첫째 여자아이는
말하는 내내 배꼽을 잡고 웃는 것 같았다. 다른 여자아이는 죽을 정도로 겁에
질렸다. 하지만 첫 번째 여자아이, 그러니까 이야기를 해주던 아이는 그 어느
순간이라도 바닥에서 떼굴떼굴 구르면서 웃을지 모른다는 인상을 풍겼다.
펠티에는 에스피노사가 첫째 여자아이는 별 볼 일 없는 정신병 환자며, 다른
여자아이는 지독한 멍청이고, 그 영화는 둘째 여자아이가 놀라서 공포에
사로잡히는 대신 첫째 여자아이에게 입 다물라고 말했다면 아마도 좋은 영화가
되었을 것이라고 말했다는 사실을 기억했다. 그것도 점잖거나 교양 있게 말하는 게
아니라, 경우에 맞게 이렇게 말해야 한다고 지적했다. 〈입 닥쳐, 빌어먹을 년아.
뭐가 그렇게 우스워? 죽은 남자애 얘기를 하면서 흥분하는 거야? 죽은 애 얘기를
하면서 질질 싸는 거야, 남자에 굶주린 미친년아!〉
그들은 그런 유의 말을 계속했다. 그리고 펠티에는 에스피노사가 너무나
열심히 말했다는 것을 떠올렸다. 심지어 그는 둘째 여자아이가 첫째 여자아이에게
사용해야만 할 목소리와 태도까지도 흉내 냈다. 그리고 나자 펠티에는 텔레비전을

꺼버리고 각자의 방으로 돌아가기 전에 그 스페인 사람과 술집에 가서 술이나 한잔 하는 게 가장 좋은 방법일 거라고 생각했다. 또한 펠티에는 그 순간 에스피노사에게 애정을 느꼈다는 사실을 기억해 냈다. 사춘기 시절과 지독히 뜨겁게 함께 나눈 모험들과 조그만 마을의 오후들을 생각나게 만드는 그런 애정이었다.

그 주에 리즈 노턴의 집 전화는 매일 오후에 서너 번씩 울려 댔고, 그녀의 휴대전화는 매일 아침 두세 번 울렸다. 펠티에와 에스피노사에게 온 전화였다. 두 사람은 아르킴볼디를 핑계 삼아 전화를 건 본심을 숨기려고 애썼지만, 그런 핑계는 채 1분도 넘지 못했고, 두 교수는 자신들이 정말로 원하는 내용으로 넘어가곤 했다.
펠티에는 독문과 동료들과 장학금을 달라고 조르는 스위스의 젊은 시인이자 교수, 파리의 하늘(보들레르와 베를렌, 방빌을 떠올리면서), 해 질 녘에 전조등을 켜고 집으로 돌아가는 자동차들에 관해 말했다. 에스피노사는 절대 고독 속에서 정리한 자기 서재, 아프리카 음악 밴드가 산다고 생각하는 이웃집에서 가끔씩 들려오는 희미한 북소리, 마드리드와 라바피에스와 말라사냐의 동네들, 그리고 밤에 시간을 가리지 않고 돌아다닐 수 있는 그란 비아 주변 지역에 관해 말했다.

이 기간 동안 에스피노사와 펠티에는 모리니에 관해 완전히 잊었다. 단지 노턴만이 가끔씩 그에게 전화를 걸어 평소 나누던 대화를 나누었다.
모리니는 나름대로 완전히 그들의 시야에서 사라져 있었다.

이내 펠티에는 내킬 때마다 런던으로 여행하는 습관이 생겼다. 거리도 가깝고 이용할 교통수단이 많다는 점에서 가장 쉽게 런던으로 갈 수 있는 사람이었다.
그는 여러 차례 방문했지만, 모두 하룻밤만 머무는 여행이었다. 펠티에는 9시가 약간 넘은 시간에 도착했고, 10시에는 파리에서 미리 예약해 놓은 식당으로 가 노턴을 만났으며, 밤 1시에는 이미 그녀와 침대에 함께 있곤 했다.
리즈 노턴은 뜨거운 열정의 소유자였다. 하지만 그녀의 열정은 지속성에 한계가 있었다. 그다지 상상력이 풍부하지 못했기 때문에, 사랑을 하는 동안 그녀는 자기가 주도권을 잡겠다거나 아니면 자기가 해야 하는 것이 무엇인지 생각하지도 않은 채 애인이 제안한 모든 게임에 전력을 다했다. 이런 섹스 시간은 보통 세 시간을 넘지 않았다. 그래서 새벽의 첫 햇살을 볼 때까지 사랑하고자 하던 펠티에를 가끔씩 슬프게 만들었다.
섹스가 끝난 후 펠티에를 가장 좌절에 빠뜨린 것은 이것이었다. 즉, 노턴은 두 사람 사이에서 싹트고 있는 것을 솔직하게 살펴보는 대신, 학술적 주제에 관해 말하고자 한 것이다. 펠티에는 노턴의 차가운 태도가 자기 자신을 지키려는 매우 여성적인 태도라고 생각했다. 그런 차가운 장벽을 무너뜨리려고 어느 날 밤 그는 자기가 그동안 누구와 연애했는지 이야기하기로 결심했다. 그는 자기가 알았던 여자들을 길게 나열했고, 리즈 노턴의 차가운, 아니 무관심한 시선 앞에서 그 여자들에 관해 설명했다. 그녀는 그다지 충격을 받은 것 같지도 않았고, 그의 고백에 상응한 이야기를 들려주려고 하지도 않았다.

아침이 되면 펠티에는 택시를 부른 후, 그녀가 깨지 않도록 조용히 옷을 입고는 공항으로 향했다. 그리고 떠나기 전에 잠시 침대 시트 속에서 손발을 뻗고 자는 그녀를 묵묵히 바라보면서, 가끔씩 너무나 사랑으로 가득 찬 나머지 그곳에서 눈물을 터뜨릴 것 같다고 느낄 때가 한두 번이 아니었다.

한 시간 후, 리즈 노턴의 자명종이 울리기 시작했고, 그러면 그녀는 벌떡 일어났다. 샤워를 하고 물을 끓이고, 우유를 넣은 차를 마시고, 머리카락을 말린 다음 자기 아파트를 세세하게 살펴보았다. 마치 지난밤에 찾아온 사람이 그녀의 소중한 물건을 훔쳐가지나 않았는지 걱정하는 것 같았다. 거실과 그녀의 침실은 거의 항상 엉망진창이 되어 있기 일쑤였고, 그래서 그녀를 짜증 나게 만들었다. 그녀는 조바심을 내면서 사용한 컵을 치웠고, 재떨이를 비웠고, 침대 시트를 걷어 냈고, 깨끗한 침대 시트를 다시 깔았다. 그리고 펠티에가 책장에서 꺼내 바닥에 늘어놓은 책들을 제자리에 끼워 놓았고, 부엌의 와인 랙에 포도주 병을 다시 꽂은 다음, 옷을 입고 학교로 가곤 했다. 학과 동료들과 모임이 있으면 모임으로 갔고, 그렇지 않으면 도서관에 틀어박혀 다음 수업 시간이 될 때까지 일하거나 책을 읽었다.

어느 토요일에 에스피노사는 그녀에게 마드리드로 와야만 한다고 말했다. 그러면서 자기가 그녀를 초대하는 것이며, 그해의 그 계절에 마드리드는 세상에서 가장 아름다운 도시고, 게다가 절대로 놓쳐서는 안 될 베이컨[25] 회고전이 벌어진다고 덧붙였다.

「내일 갈게요.」 노턴이 그에게 말했다. 그가 전혀 예상도 하지 못한 대답이었다. 그녀를 초대하려고 한 것은 단지 그의 소망이었을 뿐, 그녀가 정말로 초대를 수락할 것이라는 실제의 가능성을 염두에 둔 것이 아니었기 때문이다.

그녀가 다음 날이면 자기 아파트에 나타날 것임이 확실해지자, 두말할 필요도 없이 에스피노사는 갈수록 흥분했고 어찌할 바를 몰랐다. 두 사람은 멋진 일요일을 보냈고(에스피노사는 그렇게 되도록 최선을 다했다), 밤에 함께 침대에 누웠다. 그들은 옆집의 북소리를 들으려고 애썼지만, 아무 소리도 들을 수 없었다. 마치 바로 그날 그 아프리카 밴드가 다른 스페인 도시로 순회 공연을 떠난 것 같았다. 에스피노사는 그녀에게 물어볼 것이 많았지만, 정작 그런 시간이 되자 아무것도 질문하지 않았다. 그럴 필요가 없었던 것이다. 노턴은 자기가 펠티에와 사랑을 나누었다고 말했다. 물론 그녀는 이런 말을 사용한 것이 아니라 훨씬 모호한 용어,

25 Francis Bacon(1909~1992). 영국계 아일랜드 화가로, 대담성과 소박함, 강렬함과 원초적 감정을 담은 화풍으로 잘 알려졌다.

그러니까 우정을 나누었다거나 아니면 서로 친구로 자주 만나는 사이, 혹은 이와 비슷한 말을 써서 이야기했다.

에스피노사는 언제부터 연인 관계였느냐고 묻고 싶었지만, 그의 입에서는 단지 한숨만 새어 나왔다. 노턴은 친구가 많다고 했지만, 그게 그냥 친구로서의 친구인지 아니면 연인으로서의 친구인지 분명하게 말하지 않았다. 그리고 열여섯 살 때 포터리 레인에 살던 서른네 살의 실패한 음악가와 첫 경험을 한 이후 항상 그랬으며, 그녀는 그걸 자연스러운 일이라고 본다고 말했다. 여자와 독일어로 사랑(혹은 섹스)에 관해서 한 번도 말한 적이 없던 에스피노사는 그녀와 함께 벌거벗고 침대에 누운 채 그녀가 그걸 어떻게 생각하는지 정확하게 알고 싶었다. 그가 그 점에 관해 전혀 이해할 수 없었기 때문이다. 하지만 그는 단지 고개만 끄덕였을 뿐이었다.

그런 다음 정말로 깜짝 놀랄 만한 일이 일어났다. 노턴은 그의 눈을 쳐다보고서, 그가 그녀를 안다고 생각하느냐고 물었다. 에스피노사는 그녀를 잘 모른다고, 아마도 어떤 면은 알지만 그러지 못한 면도 있을 것이고, 그녀에 대한 커다란 존경심을 느끼며, 아르킴볼디 작품의 연구자이자 비평가로서의 업적을 높이 평가한다고 말했다. 그러나 노턴은 자기가 결혼한 적이 있으며, 이제는 이혼한 몸이라고 말했다.

「그런지 전혀 몰랐어요.」에스피노사가 말했다.

「그래요, 그건 사실이에요. 난 이혼녀예요.」노턴이 말했다.

리즈 노턴이 런던으로 돌아가자, 에스피노사는 노턴이 마드리드에 머물던 지난 이틀보다 더 안절부절못했다. 한편 두 사람의 만남은 그가 희망하던 것이 이루어졌다는 점에서 성공적이었다. 그건 의심의 여지가 없었다. 특히 침대에서 두 사람은 마치 오래전부터 아는 사이처럼 서로를 이해하고, 서로 생각이 같으며, 서로 잘 어울리는 것 같았다. 그러나 섹스가 끝나고 노턴이 말할 마음이 내키자, 모든 게 바뀌었다. 영국 여인은 최면 상태로 들어갔다. 에스피노사는 그녀에게 속마음을 털어놓을 여자 친구가 한 명도 없는 모양이라고 추측했다. 그러면서 마음속으로 그런 고백은 남자에게 해야 하는 게 아니라 다른 여자들이 들어 줘야만 하는 것이라고 생각했다. 가령 노턴은 월경 주기나 달에 관해 말했고, 어느 순간에라도 공포 영화로 변할 수 있는, 흑백 영화에 관해 말했는데, 이런 이야기들은 에스피노사를 엄청나게 우울하게 만들었다. 그래서 노턴이 비밀을 털어놓고 나자, 에스피노사는 옷을 입고 노턴과 팔짱을 낀 채 저녁을 먹으러 나가거나, 혹은 친구들과의 비공식적 모임에 나가는 데 초인적인 노력을 기울여야만 했다. 펠티에와의 일을 머릿속에서 지워야 했기 때문이다. 사실 그 일만 생각해도, 그러니까 에스피노사는 누군가가 펠티에에게 그가 리즈와 함께 잤다고 말할지 모른다는 생각만 해도 소름이 끼쳐 머리카락이 쭈뼛쭈뼛 섰다. 이 모든 게 에스피노사를 불안하게 만들었고, 그래서 혼자 있을 때면 위에 뭔가가

얽힌 듯 거북했으며, 화장실로 달려가고 싶었다. 노턴은 자기에게도 바로 그런 일이 일어났다고(하지만 왜 그녀에게 그런 말을 하게 했던가!) 설명했다. 바로 1미터 90센티미터의 거구이자 안정된 성격이 아닌 옛 남편을 만났을 때였다. 그는 자살하거나 혹은 살인을 저지를 수 있는 사람이었고, 아마도 시시한 범죄자나 훌리건일 수도 있었다. 그리고 그의 문화나 교육 수준은 그가 어렸을 때 친구들과 술집에서 부른 옛 노래 정도가 고작이었을 수도 있었다. 또한 텔레비전을 믿는 개자식이며, 종교적 근본주의자들 같은 편협하고 뒤틀린 정신의 소유자였을 수도 있었다. 어쨌거나 솔직하게 말하자면, 한 여자가 가질 수 있는 최악의 남편이었다.

에스피노사는 더 깊은 관계로는 나아가지 않겠다고 다짐하면서 스스로를 안심시켰지만, 나흘 후에, 그러니까 마음이 안정되자 다시 노턴에게 전화를 걸어서 만나고 싶다고 말했다. 노턴은 런던이나 마드리드 중에서 어디가 좋으냐고 물었다. 에스피노사는 그녀가 원하는 곳에서 만나자고 대답했다. 노턴은 마드리드를 선택했다. 그러자 에스피노사는 자기가 이 세상에서 가장 행복한 사람이라는 느낌을 받았다.

노턴은 토요일 저녁에 도착했고, 일요일 밤에 떠났다. 에스피노사는 그녀를 엘에스코리알로 데려갔고, 그런 다음 그들은 플라멩코 쇼를 보러 갔다. 그는 노턴이 몹시 행복해한다고 생각했고, 그러자 자신도 몹시 즐거웠다. 토요일 밤에서 일요일까지 그들은 세 시간 동안 사랑을 나누었다. 그리고 세 시간 후에 노턴은 전처럼 말하기 시작한 것이 아니라, 피곤하다면서 침대로 자러 갔다. 다음 날 샤워를 한 다음 그들은 다시 사랑을 나누고서 엘에스코리알에 갔다. 돌아오는 길에 에스피노사는 펠티에와 만난 적이 있느냐고 물었다. 노턴은 그렇다고, 장클로드가 런던으로 왔다고 말했다.

「그는 잘 지내요?」 에스피노사가 물었다.

「예. 우리 이야기를 들려주었어요.」 노턴이 말했다.

에스피노사는 초조해했고, 길에만 온 정신을 집중했다.

「뭐라고 하던가요?」 그가 물었다.

「내 문제라고 했어요. 머잖아 내가 결정해야 할 것 같아요.」 노턴이 말했다.

어떤 평도 하지 않았지만, 내심 에스피노사는 펠티에의 행동을 우러러보았다. 이 프랑스 사람은 어떻게 페어플레이를 하는지 잘 알아 하고 생각했다. 그때 노턴이 그는 어떻게 생각하느냐고 물었다.

「나도 대략 똑같이 생각해요.」 에스피노사는 그녀를 쳐다보지 않은 채 거짓말을 했다.

잠시 그들은 침묵을 지켰다. 그런 다음 노턴은 자기 남편에 관해 말하기 시작했다. 이번에도 그녀는 끔찍한 이야기를 들려주었지만, 에스피노사는 어떤 충격도 받지 않았다.

펠티에는 일요일 밤에 에스피노사에게 전화를 걸었다. 에스피노사가 노턴을 공항에 내려 준 직후였다. 그는 말을 돌리지 않고 곧장 본론으로 들어갔다. 그러면서 에스피노사가 이미 아는 것을 자기도 안다고 했다. 에스피노사는 전화를 걸어 주어 고맙다고 했고, 그가 믿건 그렇지 않건 자기도 그날 밤에 그에게 전화를 걸어야겠다고 생각했는데, 펠티에가 먼저 전화를 걸었다고 설명했다. 펠티에는 그의 말을 믿는다고 말했다.

「그럼 이제 우리가 어떻게 해야 할까?」에스피노사가 말했다.

「시간이 해결하도록 해야지.」펠티에가 대답했다.

그런 다음 두 사람은 살로니카에서 개최되었으며, 단지 모리니만 초대받았던 이상한 강연회에 관해 말하기 시작했고 실컷 웃었다.

살로니카에서 모리니는 경증 발작을 겪었다. 어느 날 아침 그는 호텔 방에서 눈을 떴는데, 아무것도 볼 수 없었다. 장님이 되어 있었다. 처음에는 공포에 사로잡혔지만, 이내 자기 자신을 다시 통제할 수 있었다. 그는 침대에 누워 가만히 있으면서 다시 자려고 시도했다. 유쾌한 것들을 생각하기 시작했고, 몇몇 어릴 때의 장면이나 몇몇 영화, 몇몇 얼굴의 사진을 떠올리려고 노력했지만, 아무 소용이 없었다. 그는 침대에 앉아 주변을 더듬거리며 휠체어를 찾았다. 그러고서 휠체어를 폈고, 생각보다 훨씬 힘들이지 않고 그 안에 앉았다. 그런 다음 아주 천천히 방 안에 있는 유일한 창문 쪽으로 방향을 잡으려고 노력했다. 발코니와 맞닿은 창문에서는 누렇게 헐벗은 언덕과 사무실이 가득한 건물을 볼 수 있었다. 그리고 그 건물 꼭대기에는 살로니카 근교라고 추정되는 지역의 별장을 선전하는 부동산 회사의 네온사인 광고도 있었다.

아직도 개발되지 않는 그 지역은 〈아폴로 주거지〉라는 이름을 자랑했고, 전날 밤 모리니는 네온사인 광고가 깜빡거리면서 켜지다가 꺼지는 것을 반복하는 동안, 손에 위스키 잔을 든 채 발코니에서 그 광고를 유심히 쳐다보았다. 마침내 창가에 도착하여 창문을 열자, 그는 현기증이 나며, 머지않아 기절할 것이라고 느꼈다. 우선 그는 침실 문을 찾아서 아마도 도움을 요청하거나 아니면 복도 한가운데로 넘어지는 편이 좋을 것이라고 생각했다. 하지만 이내 침대로 돌아가는 게 최선의 방법이라고 결정했다. 한 시간 후, 그는 열린 창문으로 들어오는 빛과 자신의 땀 때문에 잠에서 깨어났다. 그는 리셉션 데스크에 전화를 걸어 자기에게 온 메시지가 있느냐고 물었다. 아무것도 없다는 대답이 돌아왔다. 그는 침대에서 옷을 벗고 자기 옆에 이미 펼쳐져 있는 휠체어로 돌아갔다. 샤워를 하고 깨끗한 옷으로 갈아입는 데 30분가량이 걸렸다. 그런 다음 밖을 쳐다보지도 않은 채 창문을 닫고서 방에서 나가 강연회가 열리는 곳으로 향했다.

네 사람은 1996년 잘츠부르크에서 열린 현대 독일 문학 심포지엄에서 다시 만났다. 에스피노사와 펠티에는 매우 행복해 보였다. 반면에 노턴은 쌀쌀맞고 거만한 척하며 잘츠부르크에 도착했고, 그 도시의 아름다움과 문화 공연에도 아무 관심을 보이지 않았다. 모리니는 점검해야 할 책들과 서류를 가득 들고서 나타났다. 마치 이번 잘츠부르크의 만남이 그가 가장 바쁜 시간에 이루어진 것 같았다.

네 사람 모두 같은 호텔에 투숙했다. 모리니와 노턴에게는 3층에 있는 305호와 311호가, 그리고 에스피노사에게는 5층의 509호가, 펠티에에게는 6층에 있는 602호가 각각 배정되었다. 호텔은 글자 그대로 독일 오케스트라와 러시아 합창단에게 침략당한 것 같았으며, 복도와 계단에서는 끊임없이 음악 소리가 울려 퍼졌다. 마치 음악가들이 쉬지 않고 서곡들을 흥얼거리거나 아니면 정신적이고 음악적인 잡음이 호텔에 설치된 것처럼, 어떤 때는 시끄럽고 또 어떤 때는 조용한 소리가 흘러나왔다. 에스피노사와 펠티에는 그런 음악 소리를 전혀 귀찮아하지 않았고, 모리니는 전혀 눈치채지 못한 것 같았다. 그러나 노턴은 말하고 싶지 않은 여러 가지 중에서도 이런 소리가 잘츠부르크를 염병할 도시로 만든다고 소리쳤다.

물론 말할 것도 없이 펠티에나 에스피노사는 단 한 번도 노턴의 침실로 찾아가지 않았다. 에스피노사가 한 번 찾아갔던 방은 펠티에의 방이었고, 펠티에가 두 번 찾아갔던 방은 에스피노사의 방이었다. 두 사람은 원자 폭탄의 불덩어리나 마른번개처럼, 소위원회 형태의 심포지엄이나 복도를 통해 삽시간에 번지던 소식을 듣자 어린아이처럼 흥분했다. 아르킴볼디가 그해 노벨 문학상 수상자 후보라는 소문이었다. 도처에 있는 아르킴볼디 연구자들에게 그것은 말할 수 없는 기쁨의 원인이었을 뿐만 아니라, 승리와 보복이기도 했다. 그래서 어느 날 밤 바로 그곳 잘츠부르크의 〈붉은 투우〉 맥줏집에서 수많은 건배를 외치면서 주요 두 학파를 이루던 아르킴볼디 학자들은 평화를 선포했다. 즉 펠티에와 에스피노사가 이끄는 아르킴볼디 학자들과 보르흐마이어와 폴, 그리고 슈바르츠의 의견에 동조하는 학자들이 서로 상대방의 차이와 해석 방법을 존중하고, 서로 상대방에 대한 파괴 행위를 중지하며, 그들이 함께 공동의 노력을 기울이자는 것이었다. 실질적인 용어로 바꾸어 말하자면, 펠티에는 그가 어느 정도 영향력을 발휘하는 잡지에 슈바르츠의 글이 출판되는 걸 더는 금지하지 않을 것이며, 슈바르츠는 그가 신적인 존재로 추앙받던 잡지에 펠티에의 연구가 출판되는 걸 더는 막지 않겠다는 거였다.

펠티에와 에스피노사처럼 흥분에 사로잡히지 않은 모리니는 자기가 아는 한 그 순간까지 아르킴볼디가 독일에서 어떤 중요한 상도 받지 않았다고 가장 먼저 지적한 사람이었다. 실제로 아르킴볼디는 독일에서 중요한 상을 하나도 수상하지 못했다. 서적 연합회가 주는 상이나 비평가들이 수여하는 상, 혹은 독자들이 주는 상이나 출판인들이 주는 상을 하나도 받지 못한 것이다. 특히 출판인들이 수여하는 상이 있는지는 모르겠지만, 그런 게 있다면 아르킴볼디가 최고의 세계 문학상 후보자로 올랐다는 것을 안 독일 동포들이 국가 문학상이나 어떤 상징적인 상이나 특별 명예상을 수여하거나 아니면 적어도 한 시간짜리 텔레비전 인터뷰 정도는 당연히 할애할 것이라고 기대했고, 그건 지극히 이치에 맞는 생각이기도 했다. 하지만 그런 일은 하나도 일어나지 않았고, 그러자 아르킴볼디 연구자들은 이번에도 하나가 되어 몹시 분노했다. 하지만 그들은 아르킴볼디가 계속해서 아무런 상도 받지 못하는 형편없는 대우를 받는다는 사실에 절망하지 않고 그들의 노력을 배가했다. 그들은 좌절하면서 강인해졌고, 그들이 보기에는 생존하는 최고의 독일 작가일 뿐만 아니라 생존하는 유럽 최고의 작가인 사람을 문명국이 너무 부당하게 대우하는 것에 자극을 받았다. 이것은 결국 아르킴볼디의 문학, 심지어는 생애 연구가(그에 관해 아무것도 알지 못한다고 말할 수는 없었지만 거의 아는 게 없었기 때문에) 홍수처럼 쏟아지게 만들었다. 그리고 동시에 많은 독자들을 만들었지만, 그들 대부분은 그 독일 작가의 작품이 아니라 너무나도 특별한 작가의 삶, 혹은 허구적 삶에 매료되었다. 또한 그 작가가 아주 특별하다는 사실이 입에서 입으로 전해졌고, 그러자 독일 내에서 판매량이 놀라울 정도로 늘어났다. 슈바르츠와 보르흐마이어와 폴의 그룹이 최근에 동참시킨 디터 헬펠트가 독일에 있었다는 것과도 무관하지 않은 현상이었다. 이것은 또한 그의 작품을 번역하거나 아니면 예전의 번역본을 재출간하도록 촉진하는 역할을 했다. 아르킴볼디의 작품은 한 권도 베스트셀러가 되지 않았지만, 이탈리아에서는 2주 동안 소설 베스트셀러 열 권 중에서 9위를 차지했으며, 프랑스에서도 마찬가지로 2주에 걸쳐 소설 부문 베스트셀러 스무 권 중에서 12위를 차지했다. 스페인에서는 그런 목록에 한 번도 들지는 않았지만, 어느 출판사가 다른 스페인 출판사가 가지고 있던 몇 권의 저작권과 아직 스페인어로 번역되지 않은 그의 다른 작품들의 저작권을 모두 구입했다. 이런 식으로 일종의 아르킴볼디 전집이 시작되었는데, 그리 나쁜 사업이 아니었다.

영국의 섬들에서는 아르킴볼디가 계속해서 소수의 독자들에게만 읽히는 작가로 남아 있었다는 사실을 언급하지 않을 수 없다.

아르킴볼디의 열기가 한창이던 시절에 펠티에는 그들이 암스테르담에서 함께 만나는 기쁨을 누린 슈바벤 출신의 사람이 쓴 글을 하나 발견했다. 거기서 슈바벤 작가는 이미 그들에게 말한 것을 대부분 그대로 적고 있었다. 즉, 아르킴볼디가 프리슬란트의 마을을 방문했을 때의 모습과 부에노스아이레스로 여행한 어느 부인과 이후에 함께한 저녁 식사에 관해서 쓰고 있었다. 『로이틀링겐 모닝 뉴스』 신문에 실린 그 글은 한 가지 면에서 그들이 들은 것과 달랐다. 이 글에서 슈바벤 작가는 빈정대는 목소리로 부인과 아르킴볼디가 나눈 대화를 그대로 게재했다. 그녀는 그가 어디 출신이냐고 묻는 것으로 시작했다. 아르킴볼디는 프로이센 사람이라고 대답했다. 부인은 그의 이름이 명문가의 것, 즉 프로이센 지주 계급의 것이 아니냐고 물었다. 아르킴볼디는 아마도 그럴 가능성이 매우 높다고 대답했다.

그러자 부인은 베노 폰 아르킴볼디의 이름을 중얼거렸다. 마치 금화를 깨물어 보면서 정말로 금인지 확인하려는 것 같았다. 즉시 그녀는 그 이름을 들어 본 적이 없다며, 지나가는 말로 다른 이름들을 언급하면서, 아르킴볼디에게 아느냐고 물었다. 아르킴볼디는 모른다고, 자기가 프로이센에 관해 아는 것이라고는 숲밖에 없다고 대답했다.

「하지만 당신 이름은 이탈리아에서 온 것 같아요.」 부인이 말했다.

「프랑스입니다. 위그노의 이름이지요.」 아르킴볼디가 대답했다.

이 대답을 듣자 부인은 미소 지었다. 슈바벤 사람은 그녀가 한때는 매우 아름다운 여인이었다고 말했다. 심지어 당시의 어두운 술집에서 그녀가 웃을 때에 틀니가 움직이는 바람에 한 손으로 다시 맞추어야만 했지만, 여전히 아름다워 보였다. 그녀가 틀니를 제대로 맞추는 이런 행동도 우아함이 결여되지 않았던 것이다. 부인은 너무나 자연스럽고 편안하게 어부들이나 농부들을 상대했고, 그래서 그들의 존경과 사랑을 한 몸에 받았다. 홀몸이 된 지는 이미 오래였다. 가끔씩 그녀는 말을 타고 해변의 모래 언덕을 산책했다. 어떤 때는 북해의 바람에 시달려 샛길을 하염없이 방황해야 했다.

펠티에는 어느 날 아침 세 친구에게 슈바벤 사람이 쓴 글을 이야기했다. 그들은 잘츠부르크 거리로 나가기 전에 호텔에서 아침 식사를 하고 있었다. 그런데 그들의 의견과 해석은 너무나 달랐다.

에스피노사와 펠티에는 슈바벤 사람이 아르킴볼디가 낭독을 하러 간 그 시기에 아마도 부인의 정부였을 것이라고 말했다. 그러나 노턴은 슈바벤 사람이 기분 상태나 청중의 유형에 따라 사건을 다르게 이야기하며, 아마도 그 자신도 정말로 무슨 말이 오갔는지, 그리고 그 중대한 만남에서 무슨 일이 일어났는지 기억하지 못할 가능성도 충분하다고 지적했다. 모리니는 슈바벤 사람이 아르킴볼디와 닮은 인물의 기괴한 분신, 즉 쌍둥이 형제이며, 인화된 사진의 원판과 같다고 설명했다. 즉, 인화된 사진은 시간이 흐를수록 점점 더 커지고 강해지고 숨 막힐 정도의 무게감을 지니게 되지만, 시간과 운명에 의해 반대 과정을 밟게 되는 네거티브 필름과의 연관성은 유지한다. 그러나 본질적으로 두 이미지는 어느 정도 동일하다고 설명했다. 부연해서 말하자면, 두 사람은 모두 히틀러 치하라는 공포와 야만의 시대에 젊은이였으며, 두 사람 모두 제2차 세계 대전의 참전 병사였고, 두 사람 모두 작가였으며, 두 사람 모두 파산에 직면한 국가의 시민이었고, 두 사람 모두 서로 만나 알아보았을 때는 일정한 직업이 없이 빈둥거리는 부랑아 처지였다. 그러니까 아르킴볼디는 배고픔과 싸우는 작가였고 슈바벤 사람은 의심할 여지 없이 문화가 전혀 중요한 관심사가 아닌 시골 마을의 〈문화 홍보원〉이었던 것이다.

찢어지게 가난하고 당연히 보잘것없는 슈바벤 사람이 실제로 아르킴볼디라고 생각할 수는 없을까? 이런 질문을 던진 사람은 모리니가 아니라 노턴이었다.

대답은 부정적이었다. 우선 슈바벤 사람은 키가 작으며 허약한 체격이었고, 그래서 아르킴볼디의 신체적 특징과 전혀 부합하지 않기 때문이었다. 귀부인은 비록 그의 할머니뻘도 될 수 있었지만 그의 정부일 것이라는 펠티에와 에스피노사의 설명이 훨씬 더 그럴 듯했다. 슈바벤 사람은 부에노스아이레스를 여행한 부인의 집에 매일 오후마다 터벅터벅 걸어가서 차가운 소시지와 과자로 주린 배를 채우고 차 한잔을 마셨을 것이다. 그리고 슈바벤 사람은 전 기갑 부대 대위 과부의 등을 마사지해 주었을 것이다. 그런 동안 울고 싶은 욕망을 부추기는 프리슬란트의 구슬픈 빗물이 창문을 때렸을 터다. 물론 그 비는 슈바벤 사람을 울게 하지는 않았지만 창백하게 만들었을 테고, 그는 가장 가까이 있는 창문으로 다가가서 미친 듯이 퍼붓는 〈비의 커튼〉 너머로 바라보았을 것이다. 그러다가 부인이 거만하게 그를 부르면 슈바벤 사람은 자기가 왜 창문으로 갔는지도 모른 채, 그리고 무엇을 보려고 했는지도 모른 채 창문에서 등을 돌렸을 것이다. 그리고 그 순간, 즉 창문에 아무도 없고 단지 방 안에서 채색된 조그만 유리 램프만이 깜빡거릴 때, 바로 그녀는 모습을 보였을 터였다.

그들은 잘츠부르크에서 전반적으로 유쾌한 시간을 보냈다. 비록 그해에 아르킴볼디가 노벨상을 타지는 못했지만, 우리 네 친구의 삶은 계속 순조롭게 흘러갔다. 그러니까 유럽 대학의 독문과라는 잔잔한 강물 위로 흘러갔지만, 이런저런 조그만 문제가 있기는 했다. 그것은 식후에 가미되는 후추 약간이나 겨자 약간, 혹은 식초 약간처럼 정돈된 삶, 혹은 밖에서 보기에는 정돈된 것처럼 보이는 그들의 삶을 확인시켜 주는 것이기도 했다. 비록 네 사람은 모든 사람처럼 자신들의 십자가를 짊어지고 갔지만, 노턴의 십자가는 유독 인광을 내뿜는 유령과 같은 이상한 것이었다. 그녀는 괴물이나 갖고 있을 악과 결점을 자기의 전남편이 지닌 속성으로 부여하면서 마치 그를 잠재적 위협이 되는 듯 품위 없게 자주 언급하곤 했기 때문이다. 그러나 그 폭력적인 괴물은 한 번도 모습을 보이지 않았다. 말로만 위협했을 뿐이지, 한 번도 행동으로 옮기지 않았던 것이다. 하지만 노턴은 그렇게 말하면서, 에스피노사나 펠티에가 한 번도 보지 못한 존재에게 형체를 부여했고, 그래서 노턴의 전남편은 마치 그들의 꿈에서만 존재하는 것 같았다. 그러다가 스페인 사람보다 더 예리하고 현명한 펠티에는 노턴의 무의식적인 비방, 즉 끝없는 불평들이 아마도 그런 멍청이를 사랑하고 결혼했다는 것이 너무나 창피한 나머지, 그녀가 스스로에게 부과한 형벌임을 깨달았다. 물론 펠티에의 생각은 잘못된 것이었다.

그즈음 펠티에와 에스피노사는 자신들이 공동으로 소유한 연인의 현 상태가 걱정된 나머지 두 번에 걸쳐 긴 전화 통화를 했다.
먼저 전화한 사람은 프랑스 사람이었고, 그 통화는 한 시간 15분 동안 지속되었다. 그리고 사흘 후 에스피노사가 전화를 걸었고, 그 통화는 두 시간 15분 동안 이루어졌다. 통화가 한 시간 반 정도 되었을 때, 펠티에는 그에게 전화를 끊으라고, 전화비가 아주 많이 나올 테니 자기가 즉시 그에게 전화를 걸겠다고 했지만, 스페인 사람은 단호하게 그 제안을 거부했다.

에스피노사는 펠티에의 전화를 기다렸지만, 펠티에가 건 첫 번째 전화 통화는 거북하고 어색하게 시작했다. 두 사람은 조만간 그들이 곧 해야만 하는 말을 꺼내기가 몹시 힘들다는 것을 알았다. 처음 20분 동안은 비극적인 말투였고, 그 시간 동안 운명이란 단어가 열 번이나 사용되었고, 우정이란 말은 스물네 번이나 사용되었다. 리즈 노턴의 이름은 쉰 번이나 나왔지만 그중 아홉 번은 아무런 이유도 없이 사용되었다. 파리라는 말은 일곱 번 나왔고, 마드리드는 여덟 번 나왔다. 사랑이라는 단어는 두 번 사용되었는데, 두 사람이 각각 한 번씩 사용했다. 공포라는 말은 여섯 번, 행복은 단 한 번에 그쳤다(에스피노사가 사용했다). 결심이라는 말은 열두 번 이용되었다. 유아론(唯我論)이란 용어는 일곱 번에 걸쳐 사용되었고, 완곡어법이라는 말은 열 번이나 발음되었다. 범주라는 말은 단수와 복수를 모두 합쳐서 아홉 번 나왔다. 그리고 구조주의라는 용어는 펠티에가 단 한 번 사용했다. 미국 문학이라는 말은 세 번 나왔다. 저녁 식사나 점심 식사 혹은 아침이나 샌드위치라는 말은 모두 열아홉 번 사용되었다. 눈이나 손, 혹은 머리카락과 같은 단어는 열네 번 나왔다. 그러자 대화가 좀 더 부드럽게 흘러갔다. 펠티에는 에스피노사에게 독일어로 우스운 이야기를 했고, 에스피노사는 웃었다. 그러자 에스피노사도 펠티에에게 독일어로 농담을 했고, 펠티에 역시 웃었다. 그렇게 실제로 두 사람은 같은 생각에 뒤얽혀, 그러니까 어두운 들과 바람, 피레네산맥의 눈과 강과 외로운 거리, 그리고 파리와 마드리드를 에워싼 끝없는 변두리를 지나 그들의 목소리와 귀를 하나로 만드는 분위기에 휩싸여 깔깔거리고 웃었다.

두 번째 통화는 첫 번째 통화보다 훨씬 길었다. 거기서 그들은 간과하고 넘어갔던 모호하거나 의심스러운 모든 점을 분명하게 설명하려고 시도하는 친구들처럼 대화를 나누었다. 그들은 기술적이거나 논리적인 대화를 거부하고, 대신 노턴과 희미할 정도로만 연결된 주제로만 대화를 나누었다. 그들이 느끼는 감정의 격동과 전혀 관련이 없었으며, 아무런 어려움 없이 말을 꺼냈다가 거두어들이고서 다시 주요 주제인 리즈 노턴으로 언제든 돌아갈 수 있는 그런 내용들이었다. 두 번째 통화가 거의 끝나갈 무렵, 두 사람은 리즈 노턴이 그들의 우정을 깨뜨린 복수의 여신이나 피로 물든 날개를 지닌 검은 상복을 입은 여인이 아니며, 오 페어[26]로 아이들을 보살피는 일로 시작했지만 이내 마법을 배워 자기 자신을 동물로 변신시키는 헤카테[27]가 아니라는 것도 인정했다. 오히려 그들은

26 무료로 숙식을 제공받으며 가사를 돕고 아이들을 돌보는 여자.
27 그리스 신화에서 달, 대지, 지하 등 세 여신이 한 몸이 된 신으로, 천상과 지상과 바다에서 위력을 떨치며 부와 행운을 가져다준다고 한다.

그동안 자신들이 의심한 것과 받아들인 것이 무엇인지 발견하게 해주면서 그 우정을 더욱 공고하게 만드는 천사로 그녀를 받아들였다. 그러나 펠티에와 에스피노사는 전적으로 확신하지 못하던 것, 자신들이 문명인이며, 고귀한 감정을 느낄 수 있는 사람들이고, 일상적이고 통례적으로 앉아서 하는 일에 파묻혀 인품이 떨어진 두 명의 무정하고 매정한 사람들이 아니라는 것을, 그날 밤 자신들이 관대하고 고결한 사람이라는 것을 깨달았다. 너무나 관대하다는 것을 깨달은 나머지, 그들이 함께 있었다면 자신들의 가치가 내뿜는 광채에 눈이 부셔 그것을 축하하러 나갔을 터였다. 하지만 그건 분명히 그리 오래 지속되지 않는 광채일 터였다(모든 미덕이 인정받는 순간은 짧다. 이럴 때만 제외하면 미덕은 광채도 없고 다른 주민들에게 둘러싸인 어두운 동굴에서 살기 때문이다. 게다가 몇몇 주민은 위험하기 그지없다). 그들은 술 마시며 떠들 수 없고 축하할 수도 없자, 영원한 우정이라는 무언의 약속을 하는 것으로 이런 자신들의 가치를 축하했고, 전화를 끊은 다음에는 각자 책으로 가득한 아파트에서 아주 천천히 위스키를 마시면서, 창문 밖으로 펼쳐진 밤을 쳐다보았다. 아마도 그들은 무의식적으로 슈바벤 사람이 과부의 창문 밖에서 찾으려고 했지만 찾지 못했던 것을 찾는 것 같았다.

누구든지 익히 예상할 수 있듯이 모리니는 세 남자 중에서 마지막으로 자기도 노턴을 좋아하고 있음을 알게 된 사람이었다. 모리니의 경우 감정의 수학이 항상 제대로 작동하는 것은 아니었기 때문이다.

노턴이 처음으로 펠티에와 잠자리를 하기 이전에, 모리니는 이미 그런 가능성을 엿보았다. 펠티에가 노턴 앞에서 행동하는 모습 때문이 아니라, 노턴의 초연함, 즉 모호한 초연함 때문이었다. 그것은 보들레르가 권태라고 부르고, 네르발이 우울이라고 부르던 것으로, 영국 여자 동료가 어떤 남자와도 은밀한 관계를 시작할 수 있도록 만들기에 적합했다.

물론 그는 노턴이 에스피노사와 관계를 가질 것이라고는 예측하지 못했다. 노턴이 그에게 전화를 걸어 그들 두 사람과 뒤얽혀 있다고 이야기하자, 모리니는 소스라치게 놀랐다. (그러나 노턴이 펠티에와 얽혀 있으며, 런던 대학의 동료 교수나 심지어 학생과도 연정을 나누었다고 말했다면 놀라지 않았을 것이다.) 하지만 그는 교묘하게 그런 놀라움을 숨겼다. 그런 다음 다른 것을 생각하려고 했지만, 그럴 수가 없었다.

그는 노턴에게 행복하냐고 물었다. 노턴은 그렇다고 대답했다. 그는 그녀에게 보르흐마이어가 이메일로 새로운 소식을 전해 주었다고 말했다. 그러나 노턴은 그다지 관심이 없는 것 같았다. 그러자 그는 그녀에게 남편에 대한 소식을 들었느냐고 물었다.

「전남편 말인가요?」 노턴이 말했다.

아니었다. 옛 여자 친구가 그녀의 전남편이 또 다른 옛날 여자 친구와 살고 있다고 말해 주려고 전화를 건 적이 있었지만, 그녀는 전남편에 관해 아무것도 알지 못했다. 모리니는 그 여자가 매우 친한 친구였냐고 물었다. 노턴은 그 질문을 이해하지 못했다.

「누가 친한 친구였다는 거지요?」

「지금 당신 전남편과 사는 여자 말이에요.」 모리니가 말했다.

「그와 사는 게 아니라 그를 부양하고 있어요. 그건 분명히 다른 거지요.」

「아, 그래요.」 모리니가 말했다. 그는 주제를 바꾸려고 했지만 아무것도 생각이 나지 않았다.

아마 내 병에 관해 말해야 할 것 같아. 그는 씁쓸히 생각했다. 그러나 그는 결코 그런 말은 하지 않을 터였다.

그즈음에 모리니는 네 명 중에서 가장 먼저 소노라주에서 일어난 살인 사건에 관한 기사를 읽었다. 그 기사는 『일 마니페스토』에 실렸는데, 사파티스타 반군 게릴라를 취재하기 위해 멕시코로 갔던 이탈리아 여기자가 쓴 것이었다. 그 소식은 끔찍하기 짝이 없었다. 이탈리아에도 연쇄 살인범들이 있었지만, 열 명 이상을 죽인 경우는 매우 드물었다. 반면에 소노라에서는 그 수가 1백 명을 족히 넘어섰다.

그는 『일 마니페스토』의 기자를 생각했고, 그녀가 멕시코의 남단에 위치한 치아파스로 갔는데, 그의 지리 지식이 잘못되지 않았다면 멕시코의 북쪽, 좀 더 정확하게 말하자면 북서쪽에 있으며 미국과 국경을 이루는 소노라 지방의 사건에 관한 기사를 썼다는 것이 몹시 이상했다. 그는 그녀가 버스로 여행하는 모습을 상상했다. 멕시코시티에서부터 북쪽의 사막 지대에 이르는 긴 여행일 터였다. 그는 그녀가 치아파스의 밀림에서 일주일을 보낸 후 지겨워했으리라고 상상했다. 그녀가 마르코스 부사령관과 말하는 모습을 상상했다. 그녀가 멕시코의 수도에 있는 모습을 머릿속으로 그렸다. 아마도 그곳에서 누군가가 소노라 지방에서 일어나고 있는 일을 그녀에게 말해 주었음이 분명했다. 그녀는 이탈리아로 가는 비행기를 타는 대신, 버스 티켓을 구입해서 소노라주로 향하는 긴 여행을 하겠다고 결심했을 것이다. 순간적으로 모리니는 그 기자와 함께 여행하고 싶다는 억누를 수 없는 욕망을 느꼈다.

죽을 때까지 그녀를 사랑하게 될 거야 하고 그는 생각했다. 한 시간 후 이미 그는 그 문제를 완전히 잊어버렸다.

얼마 후 그는 노턴이 보낸 이메일을 받았다. 노턴이 그에게 전화를 걸지 않고 편지를 썼다는 것이 다소 이상했다. 그러나 편지를 읽은 후, 그는 노턴이 가능한 한 가장 정확한 방식으로 자신의 생각을 표현할 필요성을 느꼈으며, 그런 이유로 편지를 쓰는 편을 택했다는 것을 알았다. 편지에서 그녀는 자기가 이기주의라고 부른 것, 즉 실제건 상상이건 자신의 불행을 사색하면서 구체화했던 이기주의를 용서해 달라고 부탁했다. 그런 다음 그녀는 자기가 마침내 전남편과 여태껏 지속하던 기나긴 싸움을 해결했다고 말했다. 어두운 구름이 그녀의 삶에서 사라진 것이다. 이제 그녀는 행복해졌고 즐겁게 노래를 부르고자 했다. 또한 아마도 지난주까지만 해도 그를 사랑했을지 모르지만, 이제는 남편과 함께한 과거의 일부는 그녀의 행복을 위해 완전히 버렸다고 맹세할 수 있다고 덧붙였다. 새로운 열의를 가지고 다시 일에 매진할 것이며, 인간을 행복하게 해주는 사소하고 일상적인 것들에 열성을 다하고 싶다고 노턴은 말했다. 또한 당신에게, 인내심 많은 나의 피에로에게 이런 사실을 가장 먼저 알려 주고 싶었어요, 하고 덧붙였다.

모리니는 세 번이나 그 편지를 읽었다. 그는 실망감을 감추지 못했다. 그리고 노턴이 그녀의 사랑과 그녀의 전남편, 그리고 그와 함께 살았던 모든 게 지나간 일이 되었다고 말하는 것을 보자, 그녀가 큰 착각을 하고 있다고 생각했다. 그 어떤 것도 과거의 일로 남아 완전히 잊힐 수는 없기 때문이다.

정반대로 펠티에와 에스피노사는 이런 의미가 담긴 어떤 내밀한 편지도 받지 못했다. 펠티에는 에스피노사가 눈치채지 못한 걸 눈치챘다. 런던에서 파리를 오가는 여행이 파리에서 런던으로 가는 여행보다 갈수록 더 빈번해졌다. 두 번에 한 번 정도 노턴은 선물을 가지고 모습을 드러냈다. 에세이 모음집이거나 예술 서적, 혹은 그가 결코 보지 못할 전시회 카탈로그를 비롯해 심지어 셔츠나 손수건도 선물로 가져왔다. 예전만 하더라도 한 번도 일어나지 않던 일이었다.

그것만을 제외하고는 모든 게 똑같았다. 그들은 사랑을 했고, 함께 외출해서 저녁을 먹었으며, 아르킴볼디에 관한 최근 소식에 관해 토론했다. 그러나 그들이 한 쌍의 커플로 어떤 미래를 구상하고 있는지는 한마디도 하지 않았다. 별로 자주 있는 일은 아니었지만, 에스피노사가 대화의 화제로 등장할 때마다, 두 사람은 철저하게 공정하고 신중한 말투, 무엇보다도 우정 어린 말투를 구사했다. 몇몇 밤에 그들은 사랑을 하지 않은 채 서로 껴안고서 잠들기도 했다. 그러면 펠티에는 에스피노사와는 그런 일이 일어나지 않았을 것이라고 확신했다. 하지만 그건 그의 착각이었다. 노턴과 스페인 사람의 관계는 종종 그녀가 프랑스 사람과 유지하던 관계를 충실하게 복사한 것이었기 때문이다.

음식은 달랐다. 파리의 음식이 더 훌륭했다. 환경과 무대도 달랐다. 파리가 더 현대적이었다. 그리고 언어도 달랐다. 에스피노사와는 대부분 독일어로 말했지만, 펠티에와는 대부분 영어로 말했기 때문이다. 그러나 전반적으로 살펴본다면, 차이점보다는 공통점이 더 많았다. 물론 그녀는 에스피노사와도 섹스를 하지 않고 밤을 보낸 적이 있었다.

노턴에게는 속마음을 털어놓을 친구가 없었지만, 그런 친구가 있어 두 남자 친구 중에서 누가 침대에서 더 훌륭하냐고 노턴에게 물었다면, 그녀는 딱히 누구라고 대답할 수 없었을 것이다.

가끔씩 그녀는 펠티에가 좀 더 노련한 애인이라고 생각했다. 그리고 또 다른 때에는 에스피노사가 그렇다고 생각했다. 객관적으로 바라보면, 그러니까 엄격하게 학술적 관점에서 말한다면, 펠티에가 에스피노사보다 더 많은 참고 문헌을 보유했다. 에스피노사는 지식보다는 직감에 더 의존했고, 스페인 사람이라는 단점을 지녔다. 다시 말하면 에로티시즘을 외설과 혼동하고 포르노를 식분증[28]과 헷갈리는 문화에 속해 있었다. 에스피노사가 아무 말도 하지 않은 것으로 보아, 그는 정신적 도서관에서 분명히 이런 실수를 저지르고 있었다. 사실 그가 사드 후작의 작품을 처음으로 읽은 것은 『쥐스틴』과 『규방 철학』이 아르킴볼디가 1950년대에 쓴 소설과 연관이 있다고 말하는 폴의 글을 보았기 때문이었다.

반면에 펠티에는 이미 열여섯 살 때에 너무나 훌륭한 사드 후작의 작품을 읽었고, 열여덟 살 때에 대학의 두 여자 동료와 스리섬을 했고, 사춘기 시절에 이미 에로티시즘 만화를 좋아했으며, 어른이 되어서는 이성적으로 자제하면서 17세기와 18세기의 음탕한 문학 작품을 수집했다. 비유적인 용어로 말하자면, 펠티에는 에스피노사보다 산의 여신이며 아홉 무사의 어머니인 므네모시네와 더욱 친숙한 사람이었다. 그러나 간단하고 분명하게 말해, 펠티에는 참고 문헌 덕택에 사정을 하지 않은 채 여섯 시간을 참으며 사랑할 수 있었다. 반면에 에스피노사는 두 번이나 세 번 사정하면 거의 초주검이 되기 일쑤였지만, 의지력과 기운 덕택에 여섯 시간을 버틸 수 있었다.

이미 그리스인들에 관해 말했으니, 에스피노사와 펠티에는 각자 빙퉁그러진 방식으로 자신이 오디세우스의 화신이라고 믿었다고 말할 수 있었다. 또한 두 사람은 모리니를 마치 오디세우스의 충성스러운 친구 에우릴로코스라고 여겼다. 그에 관해서는 『오디세이아』에서 전혀 다른 두 성격의 이야기가 서술된다. 첫 번째 이야기는 그가 돼지로 변하지 않으려고 도망치는 장면을 언급하는데, 이것은 그의 현명함과 고독하고 개인주의적 성격, 그리고 신중하기 그지없는 회의론과 늙은 뱃사람의 교활함을 암시한다. 반면에 두 번째 일화는 불경스럽고 신성 모독적인 모험을 서술한다. 제우스 혹은 다른 강력한 신의 소 떼가 태양의 섬에서 평화롭게 풀을 뜯는데, 이를 보고 갑자기 에우릴로코스는 엄청난 식욕이 동했고, 유식한 말로 친구들을 속여 소 떼를 죽이고 함께 파티를 벌이자고 유혹한다. 그 말을 들은 제우스, 혹은 또 다른 신은 극도로 분노하면서, 에우릴로코스에게 잘난 체하는 똑똑한 현자이거나 무신론자 혹은 프로메테우스처럼 행동했다고 욕을 퍼부었다. 문제의 그 신은 에우릴로코스의 행위 때문에 몹시 분노를 느꼈다. 그러나 그것은 그의 소들을 먹었다는 사실보다 그의 배고픔을 정당화한 논리 때문이었다. 결국 이 향연 때문에 에우릴로코스가 탄 배는 난파되고 모든 선원이 죽은 것이다. 펠티에와 에스피노사는 모리니에게도 그런 일이 일어날 것이라고 생각했다. 물론 의식적이 아니라 두서없이, 즉 직관적으로 생각한 것이다. 다시 말하면 두 친구의 영혼 속에

28 대변 또는 배설물을 먹는 것.

자리 잡은 극히 작고 어두운 부위에서 고동치는 미세한 기호, 즉 모호한 생각의 형태를 띠었던 것이다.

1996년 말에 모리니는 악몽을 꾸었다. 펠티에와 에스피노사와 자신이 돌로 만든 테이블에 둘러앉아 카드놀이를 하는 동안 노턴이 수영장으로 다이빙하는 꿈이었다. 에스피노사와 펠티에는 수영장에 등을 돌리고 있었다. 그건 처음에 일반적인 호텔 수영장처럼 보였다. 그들이 카드놀이를 하는 동안, 모리니는 다른 테이블과 파라솔, 그리고 수영장 양쪽으로 늘어선 접이식 의자들을 쳐다보았다. 저 멀리에는 진한 초록색 울타리를 둘러 놓은 공원이 있었다. 마치 방금 비를 맞은 듯이 반짝반짝 빛났다. 점차 사람들이 그곳을 떠나더니, 야외 공간이나 바, 혹은 호텔 침실이나 조그만 스위트룸과 연결된 문으로 사라졌다. 모리니는 조그만 스위트룸이 2인용 침실과 조그만 주방과 욕실로 이루어졌을 거라고 상상했다. 얼마 지나지 않아 바깥에는 아무도 남지 않았다. 심지어 얼마 전까지만 해도 그들 주변에서 부산을 떨며 일하던 지겹고 따분한 종업원들도 보이지 않았다. 펠티에와 에스피노사는 계속 카드놀이에 몰두했다. 그는 펠티에 옆에서 여러 나라의 동전뿐만 아니라 수북이 쌓인 카지노 칩들을 보았고, 그래서 펠티에가 이기고 있다고 추측했다. 하지만 에스피노사는 전혀 패배의 기색을 보이지 않았다. 그 순간 모리니는 자기 카드를 보았고 손써 볼 도리가 없다는 것을 알았다. 그는 쓸데없는 패를 버리고서 카드 네 장을 달라고 한 다음, 쳐다보지도 않고 돌로 만든 테이블에 엎어 놓았다. 그리고 다소 힘들게 자기 휠체어를 움직이기 시작했다. 펠티에와 에스피노사는 그에게 어디로 가느냐고 묻지 않았다. 그는 휠체어를 수영장 가장자리로 밀었다. 그제야 비로소 그는 수영장이 얼마나 커다란지 깨달았다. 모리니는 적어도 폭이 3백 미터는 되고, 길이는 3킬로미터가 넘는다고 추산했다. 수영장의 물은 어두운색을 띠었으며, 몇몇 부분에서는 항구에서 떠다니는 것 같은 기름 반점을 볼 수 있었다. 노턴의 흔적은 그 어디에도 없었다. 모리니는 소리쳤다.

「리즈!」

그는 자기가 수영장 반대쪽 끝에서 그림자를 보았다고 믿으면서, 휠체어를 그 방향으로 밀었다. 정말로 긴 길이었다. 한번 그는 뒤를 돌아보았다. 펠티에와 에스피노사는 이미 그의 시야에서 사라져 있었다. 그 테라스 지역은 안개로 뒤덮여 있었다. 그는 계속 앞으로 나아갔다. 수영장의 물이 모서리로 기어 올라가는 것처럼 보였다. 마치 어느 부분에서 돌풍이 몰아치거나 아니면 그보다 더 심한 일이 벌어지는 것 같았다. 하지만 모리니가 앞으로 나아가던 곳에서는 모든 게 잔잔했고 조용했다. 폭풍이 몰려올 것이라는 징후는 아무것도 없었다. 잠시 후 안개가 모리니를 휘감았다. 처음에는 계속 앞으로 나아가려고 애썼지만, 이내 휠체어를 탄 채 수영장 안으로 떨어질 위험에 처했다는 사실을 깨달았고, 무모한 모험을 감행하지 않기로 마음먹었다. 눈이 어느 정도 안개에 적응되자, 그는 수영장에서 불룩 튀어나온 바위를 보았다. 마치 검은 암초가 반짝거리는 것 같았다. 그는 이걸 전혀 이상하지 않다고 생각했다. 그는 수영장 모서리로 다가가서 다시 리즈의 이름을 큰 소리로 외쳤다. 그러나 이번에는 다시 그녀를 볼 수 없을지 모른다는 두려움에 가득 차 있었다. 휠체어의 바퀴가 반만 더 돌아도 수영장으로 충분히 떨어질 수 있는 거리에 있었다. 그러자 그는 수영장이 텅 비었으며, 깊이가 엄청나다는 사실을 알았다. 마치 자기 발 앞에서 물기 묻고 곰팡내 풍기는 검은 타일들 사이로 크고 깊은 구멍이 난 것 같았다. 바닥에서 그는 어느 여자의 모습을 본 듯했다(보았다고 확신할 수는 없었기 때문에). 그녀는 바위 옆으로 향하고 있었다. 모리니는 다시 소리를 지르고 손짓을 하려 했다. 그러나 그때 누군가가 뒤에 있다는 느낌을 받았다. 순간적으로 그는 두 가지를 확신했다. 그게 사악한 존재이며, 그 존재는 모리니가 고개를 뒤로 돌려 그의 얼굴을 보길 바란다는 것이었다. 아주 조심스럽게 그는 뒤로 휠체어를 밀었고, 계속해서 수영장 모서리를 따라가면서 자기를 쫓는 존재를 쳐다보지 않으려고 안간힘을 썼다. 그리고 바닥으로 내려가도록 도와줄 사다리를 찾았다. 그러나 당연하게도 수영장의 한쪽 구석에 있어야 할 사다리가 그 어디서도 보이지 않았다. 몇 미터 뒤로 간 다음 모리니는 멈추었다. 그리고 뒤로 돌아 모르는 사람의 얼굴을 쳐다보면서, 두려움을 애서 참았다. 그건 자기를 뒤쫓으며 거의 숨 쉴 수 없을 정도로 사악한 악취를 내뿜는 사람이 누구인지 점점 분명하게 안다는 것 때문에 생긴 두려움이었다. 그때 안개 사이로 리즈 노턴의 얼굴이 나타났다. 더 젊은 노턴이었다. 아마도 스무 살이나 그 이전의 모습인 것 같았다. 그녀는 그를 심각한 표정으로 너무나 뚫어지게 바라보았고, 모리니는 의도적으로 그렇게 쳐다보는 그녀의 눈을 피해야만 했다. 그럼 수영장 바닥에 있던 사람은 누구일까? 모리니는 아직도 그 사람을 볼 수 있었다. 그 자그마한 얼룩은 이제 산처럼 커져 버린 바위를 기어오르려고 애썼다. 너무나 멀리 있는 그 모습을 보려고 한 까닭에 그의 눈에는 눈물이 가득 고였고, 그는 마치 자기의 첫사랑이 미로 속에서 몸부림치는 모습을 보는 것처럼 하염없는 슬픔을 느꼈다. 아니면 아직 쓸모 있는 두 다리를 지녔지만 가망 없는 바위 오르기에서 어찌할 바 모르는 자기 자신의 모습을 보는지도 몰랐다. 그러나 그건 피할 수 없는 일이었고, 그래서 피하지 않는 편이 더 바람직했다. 그는 그런 모습이 귀스타브 모로[29]나 오딜롱 르동[30]의 그림과 흡사하다고 생각했다. 그런 생각이 들자 다시 노턴을 쳐다보았고, 그녀는 이렇게 말했다.

「이제 되돌아갈 수 없어요.」

그는 그 말을 귀로 들은 게 아니라, 자기 머릿속에서 직접 들었다. 노턴은 텔레파시로 전할 수 있는 힘을 얻었어. 그는 생각했다. 그녀는 나쁜 여자가 아니라 착한 여자야. 내가 느낀 건 사악함이 아니라, 텔레파시야. 그는 이렇게 생각하면서

---

29 Gustave Moreau(1826~1898). 프랑스의 상징주의 화가. 성서 이야기와 신화를 많이 그렸다.
30 Odilon Redon(1840~1916). 프랑스의 상징주의 화가이자 판화가.

꿈의 방향을 돌리려고 했지만, 마음 한가운데에서는 그 방향이 고정되어 있으며 피할 수 없다는 것을 알고 있었다. 그러자 영국 여인은 독일어로 이제 되돌아갈 방법은 없다고 반복해서 말했다. 그런데 역설적이게도 그녀는 그에게 등을 돌리더니 수영장과 반대 방향으로 걸어갔고, 안개 사이로 거의 보이지 않던 숲으로 사라졌다. 그 숲에서는 빨간 광채가 흘러나왔고, 노턴은 그 붉은 광채 안으로 사라진 것이다.

일주일 후, 그러니까 네 가지 다른 방법으로 꿈을 해석한 후 모리니는 런던으로 여행했다. 여행을 하겠다는 결심은 그의 평소 습관에서 완전히 벗어난 것이었다. 그는 조직 위원회가 비행기 티켓과 호텔 비용을 부담하는 학회와 모임에 참가할 때만 여행하는 사람이었기 때문이다. 이번에는 그런 습관과 전혀 달리, 아무런 강연이나 모임도 없었고, 순전히 자비로 교통비와 호텔비를 부담했다. 그러나 도와 달라는 리즈의 전화를 받고 가는 것이라고도 말할 수 없었다. 단지 나흘 전에야 그는 그녀와 통화를 했고, 자기가 너무 오랫동안 런던을 가보지 않았다면서 그곳으로 여행할 계획이라고 말했기 때문이다.

그가 그런 생각을 밝히자, 노턴은 몹시 반가워하면서 자기와 함께 있자고 제안했다. 그러나 모리니는 이미 호텔을 예약해 놓았다고 거짓말했다. 개트윅 공항에 도착하자, 노턴이 그를 기다리고 있었다. 그날 두 사람은 모리니의 호텔 근처에 있는 식당에서 함께 아침 식사를 했고, 밤에는 노턴의 집에서 저녁을 먹었다. 식사는 맛이 없었지만 모리니는 정중하게 칭찬을 아끼지 않았다. 저녁 식사를 하는 동안, 두 사람은 아르킴볼디와 갈수록 커져 가는 그의 명성, 그리고 아직도 밝혀야 할 수많은 공백에 관해 말했다. 그러나 디저트 시간에 대화는 좀 더 개인적인 이야기, 즉 회상의 성격이 짙은 것으로 방향을 틀었다. 그렇게 3시까지 함께 있다가 그들은 택시를 불렀고, 노턴은 모리니가 건물의 오래된 엘리베이터를 타도록 돕고, 그런 다음에는 여섯 개의 계단으로 이루어진 층계를 내려가도록 도와주었다. 이탈리아 사람이 회고한 바에 따르면, 모든 면에서 그가 예상한 것보다 더욱 즐겁고 화기애애한 시간을 보냈다.

아침 식사와 저녁 식사 사이에 모리니는 혼자 있었다. 처음에 그는 방에서 나갈 엄두를 내지 못했지만, 후에는 너무나 지겨운 나머지 호텔 주변을 한 바퀴 돌아보기로 결심했고, 그 산책은 결국 하이드 파크까지 이어졌다. 공원에서 그는 생각에 잠겨 그 누구도 쳐다보거나 그 어떤 것도 눈여겨보지 않은 채 무작정 돌아다녔다. 몇몇 사람은 궁금하다는 표정으로 그를 쳐다보았다. 휠체어를 탄 지체 부자유자가 그토록 단호하고 그토록 안정된 리듬으로 움직이는 걸 본 적이 없기 때문이었다. 마침내 움직임을 멈추었을 때, 그는 이탈리아 정원이라고 불리는 곳에 있었다. 하지만 전혀 이탈리아식으로 보이지 않았다. 그는 젠장, 가끔씩 사람들은 자기들 눈앞에 있는 것을 오만무례하게도 무시해 버려 하고 중얼거렸다.

그는 기운을 차리는 동안 진 재킷 주머니에서 책을 꺼내 읽기 시작했다. 잠시

후 그는 누군가가 인사하는 소리를 들었고, 그런 다음 커다란 체구가 나무 벤치에
털썩 주저앉는 소리를 들었다. 그도 거구에게 인사했다. 그 사람의 머리카락은
황갈색이고 희끗희끗했으며, 제대로 감지 않아 더러웠다. 적어도 110킬로그램은
나갈 것 같았다. 둘은 잠시 서로 쳐다보았고, 그 거구는 모리니에게 외국인이냐고
물었다. 모리니는 이탈리아 사람이라고 대답했다. 거구는 그가 런던에서 사는지
알고 싶어 하더니, 읽고 있는 책의 제목이 무엇이냐고 물었다. 모리니는 런던에
살지 않으며, 자기가 읽던 책은 안젤로 모리노의 『후아나 이네스 데 라 크루스
수녀의 요리책』이라고 대답했다. 그리고 멕시코의 수녀에 관한 책이지만, 물론
이탈리아어로 적혀 있다고 덧붙였다. 그 수녀의 몇 가지 요리법과 생애에 관한
책이었다.

　「그 멕시코 수녀는 요리하는 걸 좋아했나요?」 커다란 체구의 사람이 물었다.

　「어느 정도는 그랬지요. 하지만 시도 쓴 수녀랍니다.」 모리니가 대답했다.

　「난 수녀들을 믿지 않아요.」 거구가 말했다.

　「이 수녀는 위대한 시인입니다.」 모리니가 말했다.

　「난 요리책을 보면서 음식을 해 먹는 사람을 믿지 않아요.」 마치 모리니의
말을 듣지 않은 것처럼 거구가 다시 말했다.

　「그럼 누굴 믿습니까?」 모리니가 물었다.

　「아마도 배고플 때 먹는 사람들이겠지요.」 익명의 거구가 말했다.

　그런 다음 거구는 자기가 오래전에 머그잔을 만드는, 오로지 머그잔만 만드는
회사에서 일했다고 설명했다. 가령 〈미안, 난 지금 커피 마시는 시간!〉 혹은
〈아빠는 엄마를 사랑해〉 또는 〈하루의 마지막 잔인가 인생의 마지막 잔인가〉처럼
평범한 격언이나 모토 혹은 농담이 적혀 있거나 아무런 의미도 없는 말이 새겨진
머그잔이었다. 그런데 어느 날 머그잔의 문구가 완전히 바뀌었고 문구 옆에 그림을
넣기 시작했다. 분명히 수요 때문이었던 것 같았다. 처음에는 흑백이었지만, 이런
생각이 성공을 거두자 컬러 그림으로 바뀌기 시작했다. 어떤 건 익살스러웠고,
어떤 건 관능적인 그림이었다.

　「심지어 월급도 올려 주었지요. 이탈리아에도 그런 머그잔이 있나요?」 그가
물었다.

　「물론이지요. 영어로 문구를 삽입한 것도 있고, 이탈리아어로 적힌 것도
있지요.」 모리니가 대답했다.

　「그래요, 모든 게 먹고살기 위한 거지요.」 익명의 거구가 말했다. 「우리
노동자들은 더욱 즐겁게 일했어요. 관리자들도 더욱 행복하게 일했어요. 공장장은
행복해 보였어요. 그러나 그런 잔을 제작하면서 두 달이 지나자, 나는 내 행복이
인위적이라는 것 알았어요. 나는 다른 사람들이 행복한 것을 보면서 나 자신이
행복하게 느껴야만 한다는 것을 알았고, 그래서 나 자신이 행복하다고 느낀
거예요. 하지만 실제로는 행복하지 않았어요. 정반대였어요. 월급이 오르기 전보다
더 가련한 인간처럼 느껴졌어요. 난 내가 우울한 시기를 보내고 있다고 생각하고서

그런 걸 생각하지 않으려고 애썼어요. 그러나 석 달째가 되자, 더는 아무 일도 없는
척하면서 보낼 수가 없었어요. 놀랄 정도로 시무룩해졌지요. 전보다 더욱 폭력적이
되었고, 사소한 것에도 화를 냈어요. 또 술을 마시기 시작했지요. 그렇게 정면으로
문제와 맞섰고, 마침내 그런 특별한 유형의 머그잔을 더는 만들고 싶지 않다는
결론에 이르렀어요. 당신에게 자신 있게 말하는데, 밤만 되면 나는 검둥이처럼
고통받았어요. 나는 내가 미치고 있다고 생각했고, 내가 무엇을 하는지 혹은 무슨
생각을 하는지도 알지 못했어요. 심지어 그때 떠올린 몇 가지 생각은 무섭기까지
했어요. 어느 날 나는 관리자 중 한 사람과 만났지요. 난 그런 바보 같은 머그잔을
만드는 게 지겹다고 말했어요. 그 관리자는 좋은 사람이었어요. 이름이 앤디였지요.
항상 노동자들과 대화하려고 노력하던 사람이었지요. 그는 내게 우리가 전에
만들던 머그잔을 만들고 싶냐고 물었어요. 난 바로 그거라고 대답했지요. 진심으로
말하는 거예요, 딕? 그는 물었어요. 난 정말로 진지하게 말하는 거라고 대답했어요.
그러자 새로운 머그잔 때문에 더 일을 많이 해야 하나요? 관리자는 물었어요. 난
전혀 그렇지 않다고, 일은 동일하다고, 그러나 전에는 머그잔들이 내게 해를
끼치지 않았지만 지금의 컬러 머그잔들은 내게 상처를 준다고 말했어요. 그게 무슨
말이죠? 앤디가 다시 물었어요. 내가 한 말 그대로라고, 그러니까 전에는 그
빌어먹을 머그잔들이 날 힘들게 하지 않았지만 지금은 내 마음을 모두
갉아먹는다고 대답했지요. 그런데 지금의 머그잔들이 더 현대적이라는 것을
제외하고 무슨 차이가 있는 거지요? 앤디가 물었어요. 나는 바로 그거라고
대답했어요. 전에는 머그잔들이 그다지 현대적이지 않았고, 심지어 그것들이 내게
상처를 주려고 했을지라도 그렇게 하지 못했을 것이라고 대답했어요. 머그잔들이
나를 찌른다고 느끼지 않았는데, 지금은 그 빌어먹을 머그잔들이 무장한
사무라이들의 지랄 같은 칼처럼 보인다고, 그래서 나를 미치게 만든다고
덧붙였어요. 어쨌건 한참 동안 대화를 나누었어요. 관리자는 내가 하는 말을
차분하게 들었지만, 한마디도 제대로 이해하지 못했어요. 다음 날 나는 임금을
정산해 달라고 요청하고서 공장을 떠났지요. 그리고 다시는 일하지 않았어요.
그것에 대해 어떻게 생각하나요?」

모리니는 대답하기 전에 잠시 머뭇거렸다.

그리고 마침내 말했다.

「모르겠어요.」

「거의 모든 사람이 그렇게 말하지요. 모르겠다고요.」익명의 거구가 말했다.

「그럼 지금 당신은 뭘 하나요?」모리니가 물었다.

「아무 일도 하지 않아요. 더는 일하지 않아요. 난 런던의 거지랍니다.」익명의
거구가 말했다.

마치 내게 관광 명소를 가르쳐 주는 것 같아. 모리니는 생각했지만 큰 소리로
말하지 않으려고 조심했다.

「그 책을 어떻게 생각하나요?」거구가 물었다.

「무슨 책요?」 모리니가 물었다.

익명의 거구는 두꺼운 손가락 하나로 팔레르모의 셀레리오 출판사가 펴낸 책을 가리켰다. 모리니가 조심스럽게 손에 들고 있던 책이었다.

「아, 이것 말이군요. 내가 보기에는 아주 훌륭해요.」 그가 답했다.

「그럼 몇 가지 요리법을 내게 읽어 줄 수 있나요?」 익명의 거구는 모리니가 다소 위협적이라고 느낄 수 있는 말투로 말했다.

「그럴 시간이 있을지 모르겠군요. 여자 친구와 약속한 곳으로 가야만 하거든요.」 모리니가 말했다.

「여자 친구 이름이 뭐지요?」 익명의 거구는 마찬가지로 다소 위협적인 말투로 물었다.

「리즈 노턴이에요.」 모리니가 말했다.

「리즈, 아주 예쁜 이름이군요. 이런 질문을 해도 괜찮을지 모르겠지만, 당신 이름은 뭐지요?」 거구가 말했다.

「피에로 모리니예요.」 모리니가 말했다.

「흥미롭군요. 당신 이름은 이 책 저자 이름과 거의 동일하군요.」 익명의 거구가 말했다.

「아닙니다. 내 이름은 피에로 모리니이고, 이 책의 저자는 안젤로 모리노입니다.」 모리니가 말했다.

「괜찮다면 말인데요…… 최소한 몇 가지 요리의 이름이라도 읽어 주십시오. 난 눈을 감고서 그 요리를 상상하겠습니다.」 익명의 거구가 말했다.

「좋아요.」 모리니가 말했다.

익명의 거구는 눈을 감았고, 모리니는 천천히, 그리고 배우와 같은 말투로 후아나 이네스 데 라 크루스 수녀의 것으로 추정되는 몇 가지 요리 제목을 읽었다.

치즈로 만든 크로켓

흰 연성 치즈로 만든 크로켓

가운데가 텅 빈 크로켓

크레페

계란 노른자로 만든 스펀지케이크

가늘게 자른 계란

생크림으로 만든 스펀지케이크

호두 스펀지케이크

갈색 꽃잎으로 만든 스펀지케이크

비트로 만든 스펀지케이크

달콤한 버터와 설탕으로 만든 스펀지케이크

일반 크림으로 만든 스펀지케이크

마메이 스펀지케이크

마메이 스펀지케이크에 이르자, 모리니는 익명의 거구가 이미 잠들었다고 생각하고서 이탈리아 정원을 떠났다.

다음 날은 첫날과 매우 비슷했다. 이번에 노턴은 호텔로 그를 데리러 왔고, 모리니가 계산을 하는 동안 자동차 트렁크에 이탈리아인이 가져온 유일한 가방을 넣었다. 거리로 나오자, 노턴은 그가 전날 하이드 파크로 갔던 것과 똑같은 길로 운전했다.

모리니는 그걸 알았고 조용히 거리를 지켜보았다. 잠시 후 공원이 나타났는데, 마치 밀림 영화처럼 잘못 채색되었으며, 끔찍할 정도로 슬프면서도 과장되었다는 인상을 주었다. 그녀는 자동차 운전대를 꺾어 다른 거리로 접어들었다.

그들은 노턴이 발견한 주거 지역에서 함께 식사를 했다. 강 근처에 있는 동네로, 과거에는 공장 두 개와 배를 수선하는 드라이 독이 있던 곳이었다. 그러나 이제는 새로 단장한 건물에 옷가게와 식료품점, 그리고 최신 식당들이 들어서 있었다. 크기로 보면 조그만 옷가게는 노동자들이 사는 집 네 채와 동일해. 모리니는 계산했다. 식당은 12제곱미터, 아니 최대 16제곱미터 정도였다. 리즈 노턴의 목소리는 그 동네와 그곳을 다시 뜨게 만든 사람들의 노력을 침이 마르도록 칭찬했다.

모리니는 〈다시 뜨다〉라는 말이 바다 분위기를 풍기기는 하지만 부적절하다고 생각했다. 반대로 디저트를 먹는 동안 그는 또 울고 싶어졌다. 좀 더 정확하게 말하자면 노턴의 얼굴에서 눈을 떼지 않은 채 의자에서 살며시 미끄러져 넘어지면서 기절하고서 다시는 깨어나고 싶지 않았다. 그러나 이제 노턴은 이 동네로 살러 온 첫 번째 사람인 어느 화가에 관해 이야기를 늘어놓았다.

그는 서른세 살가량 먹은 젊은 남자였고, 미술계에서는 알려진 인물이었지만 일반적으로 유명하다고 부를 수는 없는 사람이었다. 사실 그가 이곳에 살러 온 이유는 화실 임대료가 어느 곳보다도 저렴했기 때문이다. 그 시절에 이 동네는 지금처럼 활기찬 곳이 아니었다. 그때까지도 사회 보장 공단에서 연금을 받는 늙은 노동자들이 살고 있었지만, 젊은이들이나 아이들은 이미 그곳에 없었다. 여자들은 찾아보려야 찾을 수가 없었다. 아마도 이미 죽었거나 아니면 바깥으로 나오지 않은 채 하루 종일 집 안에서만 보내는 것 같았다. 동네에는 술집이 딱 하나 있었는데, 그곳도 동네의 나머지 부분과 마찬가지로 폐허가 되어 버린 상태였다. 간단하게 말하자면, 그곳은 고독하고 늙어 빠진 장소였다. 그러나 이것이 화가의 상상력에 불을 지폈고 그에게 일할 마음을 불러일으킨 것 같았다. 그 역시 고독한 사람이었다. 아니, 고독해야 편안하게 느끼는 사람이었다.

그래서 그는 동네를 보고 전혀 놀라지 않았다. 오히려 반대로 동네를 사랑하게 되었다. 그는 밤에 집으로 돌아오는 걸 좋아했고, 그 누구와도 마주치지 않은 채 거리를 걷고 또 걷는 걸 즐겼다. 그는 가로등 색깔과 집 정면에서 흩어지는 가로등

불빛을 마음에 들어 했다. 그리고 그가 움직일 때마다 함께 움직이던 그림자도
좋아했다. 잿빛으로 그을린 새벽에 그가 단골로 들르는 술집에 모이던 과묵한
사람들도 그는 좋아했다. 고통, 혹은 고통에 대한 기억도 마음에 들었다. 그
동네에서 그것들은 글자 그대로 말할 수 없는 무언가에 의해 흡수되었고, 이런
과정 이후에 공허함으로 변해 버렸다.

　　그런데 중요한 것은 그가 어느 때보다도 열심히 일하기 시작했다는
사실이었다. 1년 후 그는 와핑 지역에 있는 대안 공간인 에마 워터슨 갤러리에서
전시회를 열었고, 엄청난 성공을 거두었다. 그는 무언가를 시작했는데, 나중에
그것은 신데카당 운동 혹은 영국의 수욕주의라는 이름으로 알려졌다. 이 학파의 첫
전시회에는 가로 3미터에 세로 2미터짜리 커다란 그림들이 주로 걸렸다. 난파된
것과 마찬가지인 그가 살던 동네의 잔해를 다양한 톤의 회색들로 그린 것이었다.
마치 화가와 동네 사이에 전적인 공생과 협력이 있던 것 같았다. 다시 말하면, 어떤
때는 화가가 동네를 그린 것 같았고, 또 어떤 때는 동네가 야만적이고 음울한
붓놀림으로 화가를 그린 것 같았다. 그림은 나쁘지 않았다. 어쨌거나 전시회는
나머지 그림들보다 훨씬 작은 중심 작품이 아니었다면 성공을 거두지도 못했고
반향을 일으키지도 못했을 터였다. 그리고 그 대작은 몇 년 후에 수많은 영국
미술가들을 신데카당 운동의 길로 이끄는 데 중요한 역할을 했다. 적절하게 감상할
경우(그러나 누구도 이 그림을 제대로 감상하고 있는지 확신할 수 없었다), 가로
2미터에 세로 1미터인 이 그림은 자화상들의 생략 부호일 수도 있었고, 또한 보는
각도에 따라서 자화상들의 나선이 되기도 했다. 그 그림 한가운데에는 화가의
오른손이 미라 상태로 걸려 있었다.

　　사건은 다음과 같이 일어났다. 어느 날 아침, 이틀간 열심히 자화상 작업을 한
후, 화가는 그림을 그리던 손을 잘랐다. 즉시 그는 자기 팔에 지혈대를 하고서
오른손을 그가 알고 지내던 박제사(剝製師)에게 가져갔다. 박제사는 자기 역할이
어떤 것인지 이미 잘 알고 있었다. 그런 다음 그는 병원으로 갔고, 의사는 출혈
부분을 지혈했으며, 팔을 꿰매 주었다. 그런데 어느 순간 누군가가 그에게 어떻게
그런 사고를 당했느냐고 물었다. 그는 작업을 하는 동안 실수해서 손을 커다란
칼로 잘랐다고 대답했다. 의사들은 잘린 손이 어디에 있느냐고 물었다. 봉합할 수
있는 가능성이 있었기 때문이었다. 그는 병원으로 오던 도중에 너무나 화가 치밀고
고통스러워서 강물에 던져 버렸다고 대답했다.

　　전시된 그림들은 천문학적인 가격이었지만 모든 그림이 팔렸다. 대작이라고
일컬어지던 작품은 커다란 그림 네 점과 함께 런던의 금융 지구인 시티에서 일하던
아랍인의 손에 들어갔다. 얼마 후 화가는 미쳤고, 당시 그는 결혼한 몸이었기
때문에 그의 아내는 그를 스위스의 로잔인지 몽트뢰인지 근교에 있는 요양소로
보내는 수밖에 다른 방법이 없었다.

　　그는 아직도 그곳에 산다.

　　반면에 화가들이 그 동네로 옮겨 오기 시작했다. 무엇보다도 임대료가 싸다는

64

게 이유였지만, 또한 현대에 가장 과격한 방법으로 초상화를 그린 그 화가의
전설에 매료되었기 때문이기도 했다. 그 후 건축가들이 이사를 왔고, 그런
다음에는 리모델링했거나 수리한 집을 구입한 가족들이 옮겨 왔다. 그러자
옷가게와 연극 연습실, 최신식 식당 들이 들어왔고, 마침내 런던에서 유행의
첨단을 걷는 동네로 변모했으며, 이제는 과거와 달리 전혀 값싼 동네가 아니었다.

「이 이야기를 어떻게 생각해요?」

「어떻게 생각해야 할지 모르겠어요.」 모리니가 말했다.

울고 싶다는 욕망 혹은 실신하고 싶다는 마음은 계속 남아 있었지만, 그는
애써 참았다.

그들은 노턴의 아파트에서 차를 마셨다. 그때서야 노턴은 에스피노사와
펠티에에 관해 우연하게 입을 열기 시작했다. 마치 그 문제가 너무나 잘 알려져
있어서 모리니와 함께 논의하거나 그가 관심을 보일 필요도 없다는 것 같았다.
노턴은 그가 몹시 초조해한다는 것을 눈치챘지만 되도록이면 질문을 던지지
않으려고 조심했다. 이런 경우에 꼬치꼬치 캐어묻는 것은 마음을 진정시키는 데
거의 도움이 되지 않음을 잘 알았기 때문이다. 심지어 그녀 자신도 관심이 없는 것
같았다.

모리니는 즐겁게 오후를 보냈다. 그는 안락의자에 앉아 노턴의 거실을
바라보았다. 그녀의 서재와 하얀 벽에 걸린 액자 안의 인쇄된 그림, 그녀의
사진들과 알 수 없는 기념품들, 가구를 고르는 것처럼 너무나 단순한 것들 속에
표현된 그녀의 취향 — 멋을 알고 포근하며 전혀 잘난 체하지 않고 겸손한 취향 —
을 감상했으며, 심지어 영국 여자가 매일 아침 집에서 나가기 전에 틀림없이
쳐다보았을 가로수가 줄지어 있는 거리의 일부도 바라보았다. 그러자 마음이
편안해졌다. 마치 여자 친구의 이런 다양한 면모들이 그를 포근하게 감싼 것
같기도 했고, 마치 그런 것들이 긍정적인 표현, 즉 어린아이처럼 그가 이해하지는
못하지만 기운을 북돋는 말처럼 작용한 것 같았다.

그곳을 떠나기 조금 전에 그는 아까 들은 이야기 속 화가의 이름을 물었다.
그리고 행운을 가져다준 그 끔찍한 전시회의 카탈로그를 가지고 있느냐고 물었다.
화가의 이름은 에드윈 존스예요. 노턴이 말했다. 그런 다음 일어나더니 책으로
가득한 책장 선반을 뒤졌다. 그녀는 두툼한 카탈로그를 찾아 그걸 이탈리아
사람에게 내밀었다. 카탈로그를 펼치기 전에 모리니는 너무나 편안한 바로 그
순간에 굳이 이걸 볼 필요가 있을까 자문했다. 하지만 그렇게 하지 않으면 난 죽고
말 거야라고 생각하고서 카탈로그를 펼쳤다. 카탈로그라기보다는 존스의 화가
경력을 모두 담은, 아니 담으려고 노력한 예술 서적 같았다. 존스의 사진은 첫
페이지에 실렸다. 스스로 손을 절단하기 이전의 그 사진은 카메라를 응시하면서
수줍은 듯, 아니면 비웃듯이 살포시 미소 짓는 스물다섯 살 청년을 보여 주었다.
머리카락은 검고 곧았다.

「선물로 줄게요.」 그는 노턴이 말하는 소리를 들었다.

「고마워요.」 그가 대답하는 소리가 들렸다.

한 시간 후 두 사람은 함께 공항으로 출발했고, 그로부터 한 시간 후 모리니는 이탈리아를 향해 날아가고 있었다.

그즈음 당시까지 하찮은 존재에 불과하던 어느 세르비아 비평가이자 베오그라드 대학의 교수는 펠티에가 자문해 주던 잡지에 흥미로운 글을 게재했다. 그 글은 오래전에 어느 프랑스 비평가가 사드에 관해 소소한 정보를 찾아내 소개한 글을 떠오르게 했다. 그 프랑스 비평가가 발견했다는 것은 후작의 세탁소 방문, 어느 연극인과의 관계에 대한 비망록, 의사가 처방해 준 의약품 이름이 담긴 처방전, 단추의 위치와 색깔을 명시한 짧은 남자용 상의 제작 주문서 등등이었고, 그의 글은 이런 사드의 행적을 어렴풋이 증언하는 낱장의 종이를 그대로 복제한 것으로 이루어져 있었다. 이 모든 자료에는 긴 각주가 달렸고, 거기에서는 단 한 가지 결론, 즉 사드가 실제로 존재했다는 사실만을 이끌어 낼 수 있었다. 사드는 옷을 세탁했고, 새로운 옷을 구입했으며, 시간이 흐르면서 역사에서 완전히 지워져 버린 존재들과 서신을 교환했던 것이다.

세르비아 사람의 글도 매우 흡사했다. 하지만 이 경우에 그가 추적한 인물은 사드가 아니라 아르킴볼디였다. 그리고 그의 글은 독일에서 시작하여 프랑스와 스위스, 이탈리아와 그리스를 거쳐 다시 이탈리아로 돌아와 아마도 아르킴볼디가 모로코행 비행기표를 구입한 것으로 보이는 팔레르모의 어느 여행사에서 끝나는 시시콜콜하고 아무런 도움도 안 되는 연구였다. 세르비아 사람은 아르킴볼디를 어느 늙은 독일인이라고 말했다. 그리고 노인이라는 말과 독일인이라는 말을 비밀을 밝혀 내는 마술 지팡이나 되는 양 무차별적으로 사용했다. 동시에 이 글은 극단적으로 구체적인 비평 문학이자 비사색적인 문학, 그러니까 사상도 없고 긍정이나 부정도 없으며, 의심도 없고 안내자로 도움을 주겠다는 의도나 찬성이나 반대도 없는 문학 연구의 특징을 그대로 보여 주었다. 그러니까 단지 실체적이고 명백한 요소를 찾으면서, 그것들을 평가하지 않은 채 차갑게 보여 준 것이다. 다시 말하면 모사의 고고학이었고, 따라서 복사의 고고학이라고 말할 수 있는 글이었다.

펠티에는 세르비아 사람의 글에 호기심을 느꼈다. 그 글을 출판하기 전에, 그는 에스피노사와 모리니, 노턴에게 사본을 보냈다. 에스피노사는 그것이 어떤 실마리를 제공할 수 있다고 말했다. 그러더니 그런 식으로 연구하고 글을 쓰는 것은 책벌레에 불과한 최하급 연구자가 하는 일이라 생각하지만 아르킴볼디 연구에서 이런 아무 생각 없는 외골수들이 존재하는 것도 좋을 것 같다고 했다. 노턴은 아르킴볼디가 조만간 마그레브[31]에서 생을 마감할 것이라는 여자만의 직감을 항상 가지고 있었다고 평했다. 그러면서 세르비아인의 글에서 유일하게

31 북아프리카 북서부, 즉 모로코, 알제리, 튀니지, 때로는 리비아를 포함하는 지방.

중요한 것은 베노 폰 아르킴볼디의 이름으로 예약된, 즉 모로코의 수도 라바트로 출발할 예정인 이탈리아 비행기를 타려고 일주일 전에 구입한 비행기표라고 지적했다. 지금부터 우리는 아틀라스산맥의 동굴에서 길을 잃어버린 그를 상상할 수 있어요. 그녀는 말했다. 한편 모리니는 아무 의견도 밝히지 않았다.

　여기서 우리는 그 글의 적절한 (혹은 부적절한) 이해를 위해 분명하게 밝혀야 할 게 있다. 실제로 베노 폰 아르킴볼디의 이름으로 예약이 하나 되어 있었다. 그러나 예약만 되어 있었을 뿐 예약 확인이 되지 않았고, 비행기 출발 시간에 베노 폰 아르킴볼디라는 사람은 공항에 나타나지 않았다. 세르비아인의 관점에서 이 문제는 너무도 분명했다. 사실 아르킴볼디는 손수 예약을 했다. 우리는 그가 호텔에서, 아마도 무언가로 인해 흥분했거나, 혹은 아마도 술에 취했거나, 심지어는 잠에 취했다고, 그러니까 중대한 결정이 이루어질 때처럼 메스꺼운 냄새가 약간 풍기는 혼돈의 시간을 보냈다고 상상할 수 있다. 혹은 그가 이탈리아 항공사인 알리탈리아 여직원과 통화하다가 그의 여권에 적힌 이름으로 예약을 하지 않고 실수로 필명을 주었다고 상상할 수도 있다. 그리고 다음 날 항공사로 직접 가서 본명으로 비행기표를 구입하여 실수를 바로잡았을 수도 있었다. 이랬다면 이건 모로코로 향하는 비행기에 왜 아르킴볼디라는 사람이 없었는지 설명해 주는 이유가 될 수 있었다. 물론 다른 가능성들도 여전히 있었다. 가령 비행기 시간이 임박하자, 두 번 혹은 네 번 다시 생각한 끝에 아르킴볼디가 여행을 하지 않겠다고 결심했을 수도 있었다. 혹은 여행을 하려고 결심했지만, 마지막 순간에 모로코가 아니라 미국 같은 나라로 갔을 수도 있었다. 아니면 그 예약은 단순히 장난이거나 아니면 오해에서 비롯된 것일 수도 있었다.

　세르비아인의 글에는 아르킴볼디를 육체적으로 묘사하는 대목이 있다. 그 묘사가 슈바벤 사람의 글에 바탕을 두고 있다는 것은 쉽게 알 수 있었다. 물론 슈바벤에 있었을 당시 아르킴볼디는 젊은 전후 작가였다. 세르비아 사람이 한 것이라고는 출판된 책 한 권만을 들고 1949년에 프리슬란트에 나타난 그 젊은이를 늙게 만든 것뿐이었다. 그러니까 그는 그 젊은이를 이제는 많은 작품을 쓴 일흔다섯에서 여든 살 사이의 늙은이로 만든 것이다. 하지만 기본적으로는 동일한 특징을 지니고 있었다. 마치 아르킴볼디가 대부분 사람들과는 달리 세월이 흘러도 계속해서 동일한 인물인 것처럼 묘사하고 있었다. 세르비아 사람은 그의 작품으로 판단해 보건대, 우리의 작가가 의심할 여지 없이 매우 완고한 사람이라고 말했다. 노새처럼 고집 세고, 코끼리처럼 완강한 사람이었다. 그리고 시칠리아의 가장 슬픈 저녁 시간에 모로코로 여행하겠다는 계획을 세웠다면, 비록 그가 법적인 이름 대신 실수로 아르킴볼디라는 필명으로 예약을 했더라도, 그토록 완고한 사람이 왜 다음 날 생각을 바꾸었는지, 왜 이번에는 자기의 법적인 이름과 여권으로 비행기표를 구입하러 여행사로 가지 않았는지, 왜 아프리카 북부의 어떤 나라든 가리지 않고 혼자 비행기를 타고 매일 하늘을 가로지르는 늙고 외로운 수많은 독일인 중 하나처럼 비행기에 탑승하지 않았는지 등과 같은 것은 전혀 받아들일 수 없는 논리였다.

나는 외로운 늙은이야. 펠티에는 생각했다. 늙고 고독한 수많은 독일인들 중 하나였다. 독신 기계[32] 같았다. 그는 자기 자신이 금방 늙어 버리는 독신 기계 같다고, 여행에서 돌아오자 순식간에 늙어 버린 다른 독신 기계들을 발견하는 고독한 독신 기계 같다고, 혹은 소금상이 되어 버린 또 다른 독신 기계를 보는 고독한 남자 같다고 여겼다. 알리탈리아를 타고 토마토소스스파게티를 먹고 키안티 와인이나 그라파를 마시면서 매일 양수(羊水)를 건너는 몇천, 아니 몇백 명의 〈독신 기계〉 같았다. 살며시 눈을 감고 퇴직자의 천국은 이탈리아에 없다고 확신하면서(따라서 유럽 어느 곳에도 있을 수 없다), 코끼리들의 매장지인 아프리카나 아메리카의 복잡한 공항으로 날아가는 수많은 〈독신 기계〉들 같았다. 그건 빛의 속도로 다가오는 커다란 묘지였다. 왜 이런 걸 생각하는지 모르겠어. 펠티에는 생각했다. 벽의 반점들과 피부의 반점들 때문이야. 펠티에는 자기 손을 쳐다보면서 생각했다. 빌어먹을 세르비아 놈.

이미 글이 출판되었을 때, 에스피노사와 펠티에는 세르비아 사람의 접근 방법에 결정적인 결함이 있다는 것을 인정해야만 했다. 연구 논문이나 문학 비평, 해석적 에세이, 심지어 필요할 경우에는 정보 전달 목적의 팸플릿이라도 되어야 했지만, 허구와 미완성 탐정 소설을 뒤섞어 놓은 이 혼성물은 아니야. 에스피노사는 단정했다. 그리고 펠티에는 자기 친구의 의견에 전적으로 동의했다.

그즈음에, 그러니까 1997년 초에 노턴은 변화하고 싶은 욕망을 느꼈다. 휴가를 갖고 싶었다. 아일랜드나 뉴욕으로 가고 싶었다. 불현듯 에스피노사와 펠티에에게서 떠나고 싶었다. 그녀는 두 사람과 런던에서 만나자고 약속했다. 펠티에는 전혀 심각하지는 않은 일이, 혹은 적어도 전혀 결정적이지는 않은 일이 일어나리라고 어느 정도 직감했다. 그래서 차분한 자세로 그녀의 말을 들어 주고 자기는 말을 거의 하지 않겠다고 작정하고서 약속 장소로 나갔다. 반대로 에스피노사는 최악의 일이 일어날지 몰라 두려워했다. (노턴이 두 사람과 약속을 하고는 그녀가 펠티에를 더 좋아하지만, 그에게 그들의 우정은 변함이 없을 것이라고 보장하면서, 심지어 곧 치러질 결혼식에 그에게 증인으로 와달라고 초대할 수도 있다고 생각했다.)

노턴의 아파트에 먼저 모습을 보인 사람은 펠티에였다. 그는 노턴에게 심각한 일이 있느냐고 물었다. 노턴은 에스피노사가 도착하면 그 문제에 관해 논의하고 싶다고, 그러면 자기가 똑같은 말을 두 번 하는 수고를 줄일 수 있을 것이라고 말했다. 그들은 서로 대화를 나눌 만한 중요한 것이 없었기 때문에, 날씨에 관해

32 들뢰즈와 가타리의 용어. 만남을 통해 스스로 즐거움과 쾌락을 생산하는 존재를 일컫는다.

말하기 시작했다. 하지만 펠티에는 이내 싫증 내면서 주제를 바꾸었다. 그러자 노턴은 아르킴볼디에 관해 말하기 시작했다. 새로운 대화 주제에 펠티에는 거의 안절부절못했다. 그는 다시 세르비아 사람에 관해 생각했고, 다시 가난한 작가이며 늙고 외롭고 아마도 인간 혐오증을 가진 작가(아르킴볼디)에 관해 숙고했으며, 또다시 노턴이 나타나기 이전까지 자기가 인생을 살면서 헛되이 보낸 세월을 떠올렸다.

에스피노사는 늦어지고 있었다. 내 인생 전체가 지랄 같아. 펠티에는 이렇게 생각하면서 경악했다. 그런 다음, 우리가 팀을 이루지 않았다면, 그녀는 이미 내 것이 되었을 거야 하고 생각했다. 또 그런 다음 상호간의 이해와 우정과 친근함과 협력 관계가 존재하지 않았다면, 그녀는 이미 내 것이 되었을 거야 하고 생각했다. 그리고 잠시 후, 이런 것들이 없었다면, 그녀를 만나지도 못했을 거야 하고 생각했다. 그러고 나서, 아마도 우리는 아르킴볼디에게 각자 관심을 기울였고, 그런 관심은 우리의 우정에서 나온 게 아니기 때문에 만날 수 있었을지도 몰라 하고 생각했다. 또한 그녀가 나를 잘난 체하고 너무 차가우며 거만하고 자부심 강하며 지적인 엘리트주의자라고 여기면서 날 싫어했을지도 몰라 하고 생각했다. 〈지적인 엘리트주의자〉라는 말이 재미나게 들렸다. 에스피노사는 지체되고 있었다. 노턴은 아주 차분해 보였다. 사실 펠티에 역시 아주 차분해 보였지만, 실제로 그가 느끼는 것은 그런 것과 거리가 멀었다.

노턴은 에스피노사가 늦게 도착하는 게 전혀 이상하지 않다고 말했다. 비행기들은 종종 연착하니까요. 펠티에는 에스피노사가 탄 비행기가 화염에 휩싸여 쇠가 일그러지면서 굉음을 내고 마드리드 공항의 활주로에 불시착하는 장면을 상상했다.

「텔레비전을 켜는 게 좋을 것 같아요.」 그가 말했다.

노턴은 그를 쳐다보고서 살며시 미소 지었다. 난 절대 텔레비전을 켜지 않아요. 그녀는 웃으면서 말하고는, 펠티에가 그런 걸 아직도 모른다는 사실에 의아해했다. 물론 펠티에는 알고 있었다. 그러나 텔레비전을 보는 게 좋겠어요, 화면에 부서진 비행기가 나오지 않는지 보는 게 좋겠어요, 하고 말할 엄두를 내지 못했다.

「텔레비전 켜도 될까요?」 그가 물었다.

「물론이지요.」 노턴이 말했다. 펠티에는 텔레비전 버튼 위로 몸을 숙이면서 그녀를 홀깃 쳐다보았다. 너무나 자연스럽고 밝은 표정으로 찻잔을 준비하거나 아니면 이 방에서 저 방으로 옮기면서 그에게 방금 보여 준 책을 제자리에 꽂거나, 에스피노사가 아닌 다른 사람에게 걸려 온 전화를 받았다.

그는 텔레비전을 켰다. 여러 채널을 돌렸다. 싸구려 옷을 입고 턱수염이 텁수룩한 남자를 보았다. 그리고 흙 트랙을 걷는 흑인 무리를 보았다. 정장을 입고 넥타이를 맨 두 사람이 천천히 말하는 것을 보았다. 두 사람 모두 다리를 꼬고 있었고, 그 뒤로 나왔다 사라지는 지도를 자주 쳐다보았다. 그는 〈딸…… 공장……

모임…… 의사들…… 이런 게 불가피해요〉라고 말하는 뚱뚱한 부인을 보았다. 그렇게 말한 후 부인은 희미하게 미소 짓더니 시선을 떨어뜨렸다. 그는 벨기에 장관의 얼굴을 보았다. 앰뷸런스와 소방차에 둘러싸여 착륙 활주로 한쪽에서 연기를 무럭무럭 내뿜는 비행기의 잔해를 보았다. 그는 노턴을 큰 소리로 불렀다. 그녀는 아직도 전화로 이야기하고 있었다.

에스피노사가 탄 비행기가 충돌했어. 이번에 펠티에는 목소리를 높이지 않고 말했다. 노턴은 텔레비전을 보는 대신 그를 쳐다보았다. 화염에 싸인 비행기가 스페인 비행기가 아니라는 것을 아는 데는 불과 몇 초도 걸리지 않았다. 소방대원들과 구조대원들 옆으로는 걸어서 현장을 벗어나는 승객들이 보였다. 어떤 사람은 절룩거렸고, 어떤 사람은 담요를 둘렀으며, 어떤 사람은 충격을 받아서인지 두려워서인지 얼굴이 일그러졌지만, 겉으로 보기에는 아무 상처도 입지 않았다.

20분 후 에스피노사가 도착했다. 저녁을 먹는 동안 노턴은 펠티에가 사고 난 비행기에 에스피노사가 탑승했다고 생각했다는 사실을 말해 주었다. 에스피노사는 웃었지만, 아주 이상한 표정으로 펠티에를 바라보았다. 노턴은 그걸 눈치채지 못했지만, 펠티에는 즉시 포착했다. 마치 우연히 두 사람을 만난 것처럼, 그리고 두 사람에게 런던으로 오라고 분명하게 말하지 않은 것처럼 노턴의 태도는 완벽하게 정상적이었지만, 모든 면에서 그건 슬픈 저녁 식사였다. 그녀가 그들에게 말해야 할 것을, 두 사람은 그녀가 말하기도 전에 추측했다. 즉, 노턴은 두 사람과의 낭만적 관계를 청산하고 싶다는 것, 적어도 당분간은 그렇게 하고 싶어 한다고 말할 것이라고 예측했다. 두 사람의 예측대로 그녀는 생각할 시간이 필요하고 자기 일에 집중하고 싶다는 핑계를 댔다. 그런 다음 두 사람 중 누구와도 우정을 깨뜨리고 싶지 않다고 말했다. 그녀에게는 생각할 시간이 필요했다. 그게 전부였다.

에스피노사는 단 하나의 질문도 던지지 않고 노턴의 설명을 액면 그대로 받아들였다. 반면에 펠티에는 이런 결정이 그녀의 전남편과 관련이 있는지 묻고 싶었다. 하지만 에스피노사의 태도를 보고, 입을 다무는 편을 택했다. 식사를 마친 후, 그들은 노턴의 차를 타고 런던 시내로 드라이브를 나갔다. 펠티에는 뒷좌석에 앉겠다고 고집을 부렸지만, 노턴의 눈에서 신랄한 빛을 보자 아무 자리에나 앉아도 괜찮다고 말을 바꾸었다. 하지만 그는 바로 뒷좌석에 앉게 되었다.

크롬웰 로드를 따라 운전을 하는 동안, 노턴은 그날 밤 아마도 가장 적절한 것은 두 사람과 함께 잠자리를 하는 것일지도 모른다고 말했다. 에스피노사는 웃더니 재미있다는 표정을 지으며 농담으로 받아들였다. 그러나 펠티에는 노턴이 농담하는 건지 확신하지 못했고, 자기가 스리섬에 참여할 준비가 되어 있는지는 더욱 자신이 없었다. 그런 다음 세 사람은 켄징턴 가든에 있는 피터 팬 동상 근처에서 해가 지기를 기다렸다. 그들은 커다란 참나무 옆에 있는 벤치에 앉았다. 노턴이 가장 좋아하는 곳이었다. 그녀는 어렸을 때부터 그 장소에 매력을 느끼곤 했다. 처음에 그들은 잔디에 누운 몇몇 사람을 보았지만, 점차 그들 주변은 비어 가기 시작했다. 커플들이나 우아하게 옷을 차려입은 여자들은 짝을 이루어 급히 서펀타인 갤러리나 앨버트 기념비 방향으로 발길을 옮겼다. 그리고 구겨진 신문을 든 남자들이나 유모차를 끄는 어머니들은 반대 방향인 베이스워터 로드를 향해 빠르게 걸음을 재촉했다.

어둠이 넓게 펼쳐지기 시작할 무렵, 그들은 젊은 커플을 보았다. 스페인어로 말하던 그 커플은 피터 팬 동상으로 다가갔다. 머리가 긴 여자는 아주 근사했다. 그 여자는 마치 피터 팬의 다리를 만지려는 것처럼 한 손을 내밀었다. 그녀와 함께 있던 남자는 키가 컸고, 턱수염과 콧수염을 기르고 있었다. 그는 주머니에서 수첩을 꺼내더니 무언가를 적었다. 그러고 나서 큰 소리로 말했다.

「켄징턴 가든.」

여자는 이제 동상이 아니라 호수를 바라보았다. 아니면 그 산책길과 호수 사이에 놓인 잔디와 잡초 틈에서 움직이는 무언가를 보는 것 같기도 했다.

「뭘 보는 걸까요?」 노턴이 독일어로 물었다.

「뱀 같아요.」 에스피노사가 말했다.

「여기에 뱀 같은 건 없어요!」 노턴이 말했다.

그때 여자가 남자를 불렀다. 로드리고, 이리 와서 이것 좀 봐. 청년은 그녀의 소리를 듣지 못한 것 같았다. 그는 가죽 재킷 주머니에 수첩을 넣고서 조용히 피터 팬 동상을 바라보고 있었다. 여자는 상체를 숙였고, 잎사귀 아래로 무언가가 호수 방향으로 기어갔다.

「진짜 뱀인 것 같아.」 펠티에가 말했다.

「그럴 거라고 했잖아.」 에스피노사가 말했다.

노턴은 아무 대답도 하지 않고서 좀 더 자세히 쳐다보려고 자리에서 일어났다.

그날 밤 펠티에와 에스피노사는 노턴의 아파트 거실에서 불과 몇 시간만 눈을 붙였다. 비록 소파 침대와 카펫을 사용할 수 있었지만, 잠을 푹 잘 수 있는 방법은 없었다. 펠티에는 사고 난 비행기에 관해 말하고 설명하려고 했지만, 에스피노사는 모든 것을 이해했으니 어떤 설명도 필요하지 않다고 말했다.

새벽 4시에 두 사람은 불을 켜고 함께 책을 읽기로 합의했다. 펠티에는 인상주의 그룹에 속한 첫 번째 여성이었던 베르트 모리조[33]의 작품에 관한 책을 펼쳤다. 그러나 얼마 지나지 않아 그 책을 벽에 던져 버리고 싶다는 느낌을 받았다. 반면에 에스피노사는 여행 가방에서 아르킴볼디의 최신작인 『머리』를 꺼냈고, 페이지 여백에 적어 놓은 주석을 검토하기 시작했다. 보르흐마이어가 편집인으로 있는 잡지에 실으려고 생각한 에세이의 핵심을 이루는 주석들이었다.

에스피노사의 주장에 펠티에도 동의했다. 그것은 이 소설로 아르킴볼디가 자신의 문학 여정에 종지부를 찍고 있다는 거였다. 에스피노사는 『머리』 이후 출판

33 Berthe Morisot(1841~1895). 프랑스의 인상주의 화가이며 판화가.

시장에서 더는 아르킴볼디의 새 책을 볼 수 없을 것이라고 말했다. 그러나 또 다른 유명한 아르킴볼디 연구자인 디터 헬펠트는 작가의 나이에만 바탕을 둔 그 생각이 너무 위험하다는 의견을 밝혔다. 그러면서 『철도 완성』이 출판되었을 때에도 똑같은 말이 있었다는 것을 떠올려 주었다. 심지어 몇몇 베를린 대학의 교수들은 『비치우스』가 출판되었을 때에도 그렇게 말했다. 새벽 5시에 펠티에는 샤워를 하고서 커피를 만들었다. 6시에 에스피노사는 다시 잠들어 있었지만, 6시 반에 몹시 언짢은 기분으로 잠에서 깼다. 그리고 6시 45분에 두 사람은 택시를 불렀고 거실을 정리했다.

에스피노사는 짧막한 작별 편지를 썼다. 펠티에는 그 편지를 흘낏 쳐다보고서 잠시 생각하더니, 자신도 짧은 편지를 남기기로 결정했다. 떠나기 전에 그는 에스피노사에게 샤워를 하지 않겠느냐고 물었다. 마드리드에서 할게. 그곳의 물이 더 좋거든. 스페인 사람은 대답했다. 그래, 그건 사실이야. 펠티에는 말했다. 그러나 그 대답은 너무나 바보 같았고 그의 환심을 사려고 하는 것 같다는 생각이 들었다. 그런 다음 두 사람은 아무 소리도 내지 않고 그곳을 떠났고, 이미 여러 번 그런 것처럼 공항에서 아침을 먹었다.

펠티에는 비행기를 타고 파리로 돌아가는 동안 자기도 모르게 전날 밤 벽에다 집어던져 버리고 싶었던 베르트 모리조에 관한 책을 생각했다. 왜 그랬을까? 펠티에는 자기 자신에게 물었다. 베르트 모리조가 마음에 들지 않았기 때문일까, 아니면 어느 순간 그녀가 대표하던 것이 마음에 들지 않았기 때문일까? 사실 그는 베르트 모리조를 좋아했다. 갑자기 그는 노턴이 그 책을 산 게 아니라 자기가 샀다는 사실을 깨달았다. 그리고 그 책을 선물 포장지에 싸서 파리에서 런던으로 가져온 사람은 바로 자신이며, 노턴이 평생 처음 본 베르트 모리조가 초기에 그린 복제 그림들이 그 책에 들어 있었고, 펠티에는 그녀 옆에서 그녀의 목덜미를 애무하면서 베르트 모리조가 그린 각각의 그림에 관해 이야기해 주었다는 사실을 떠올렸다. 그럼 이제는 그 책을 선물한 걸 후회하는 것일까? 물론 아니었다. 그럼 그 인상주의 여성 화가가 그들의 헤어짐과 관련이 있었던 것일까? 그거야말로 말도 안 되는 황당한 생각이었다. 그렇다면 왜 그 책을 벽에 던져 버리고 싶었던 것일까? 그러나 더욱 중요한 것이 있었다. 그날 밤 울부짖는 인디언 마법사처럼 노턴의 아파트를 배회했지만 결국 실현시키지 못한 스리섬의 가능성을 생각하는 대신, 왜 그는 베르트 모리조와 그녀에 관한 책, 그리고 노턴의 목덜미를 생각한 것일까?

에스피노사는 비행기를 타고 마드리드로 돌아가는 동안, 펠티에와는 달리 자기가 아르킴볼디의 마지막 소설이라고 여긴 작품을 생각했다. 그가 생각한 것처럼 그게 맞는다면, 아르킴볼디의 소설은 더는 없을 것이며, 그러면 그게 의미할 모든 것을 생각했다. 또한 불길에 휩싸인 비행기와 펠티에의 숨겨진 욕망(그 후레자식은 매우 현대인인 척했지만, 자기에게 유리할 때만 그랬다)에 대해 생각했다. 그리고 비행기 창문을 바라보고 비행기 엔진을 쳐다볼 때마다, 얼른 마드리드로 돌아가고 싶어 죽을 지경이었다.

펠티에와 에스피노사 두 사람은 한동안 서로에게 전화를 걸지 않았다. 펠티에는 이따금 노턴에게 전화를 걸었다. 노턴과의 대화는 갈수록, 그러니까 어떻게 말해야 할지 모르겠지만, 갈수록 딱딱해졌다. 마치 두 사람의 관계는 상대방에 대한 예의 때문에 유지되는 것 같았다. 그리고 전과 마찬가지로 모리니에게 자주 전화했다. 그와의 관계는 하나도 변하지 않았다.

에스피노사에게도 똑같은 일이 일어나고 있었다. 그러나 그는 노턴의 말이 진심이었다는 사실을 깨닫는 데 조금 더 시간이 걸렸다. 물론 모리니는 두 친구 사이에 무슨 일이 생겼다는 사실을 눈치챘지만, 신중한 탓인지 아니면 게으른 탓인지 — 설부르면서 동시에 고통스러운 게으름이 그를 부여잡고서 놓아주지 않곤 했다 — 모르는 척했다. 그리고 펠티에와 에스피노사는 그런 그의 태도에 고마워했다.

심지어 어느 정도 에스피노사와 펠티에가 이끄는 쌍두마차를 두려워하던 보르흐마이어도 두 사람과 각각 서신 교환을 하면서 무언가 새로운 일이 있다는 것을 눈치챘다. 그것은 바로 두 사람이 그때까지 공유했고, 그들의 것이기에 지극히 설득력 있던 방법론에 관한 은근한 암시, 즉 미미할 정도의 의심이나 약간의 거부와 같은 것을 감지했기 때문이었다.

그즈음 베를린에서 독일어 문학회가 열렸고, 슈투트가르트에서 20세기 독문학에 관한 학회도 개최되었으며, 함부르크에서는 독문학 심포지엄이 열렸고, 마인츠에서는 독일 문학의 미래에 대한 강연회가 있었다. 노턴과 모리니, 그리고 펠티에와 에스피노사는 베를린 학회에 참가했지만, 이런저런 이유로 네 사람은 아침 식사 시간에 단 한 번만 만날 수 있었다. 게다가 버터와 잼을 차지하려고 집요하게 싸우는 다른 독일어 문학자들에게 둘러싸여 있었다. 펠티에, 에스피노사와 노턴은 슈투트가르트 학회에 참가했고, 펠티에는 에스피노사가 슈바르츠와 의견을 주고받는 동안 노턴과 단둘이 이야기할 수 있었다. 그리고 에스피노사가 노턴과 이야기할 차례가 되자, 펠티에는 디터 헬펠트와 함께 슬그머니 자리를 떴다.

이번에 노턴은 자기 친구들이 서로 말하지 않으며, 어떤 때는 서로 만나지 않으려고 피한다는 사실을 알았다. 그러자 노턴은 두 사람의 불화에 어느 정도 책임을 느꼈으며, 그런 사실에 영향을 받지 않을 수 없었다.

함부르크에서 개최된 심포지엄에는 에스피노사와 모리니만 참석했다. 함부르크에 있게 되자, 그들은 어떻게 하든지 따분하게 시간을 보내지 않으려고 애썼고, 그래서 부비스 출판사를 찾아가서 슈넬에게 인사를 했지만, 부비스 부인을 만날 수는 없었다. 그들은 그녀에게 주려고 장미 한 송이를 샀지만, 그녀는 모스크바를 여행하고 있었던 것이다. 이 여자는 어디서 그렇게 기운을 얻는지 모르겠어요. 슈넬은 그들에게 말하면서 기분 좋은 웃음을 터뜨렸다. 에스피노사와 모리니는 그 웃음이 다소 과장되었다고 생각했다. 출판사를 떠나기 전에 그들은 슈넬에게 장미꽃을 건네주었다.

마인츠 강연회에는 펠티에와 에스피노사만 참석했다. 이번에는 서로 만날 수밖에 없었고, 자신들의 생각을 밝힐 수밖에 없었다. 당연히 처음에 두 사람은 서로 피하려 했다. 대부분은 점잖게 그랬지만, 몇 번은 퉁명스럽게 그래야만 했다. 그러나 결국 두 사람은 말을 할 수밖에 없었다. 그 일은 밤늦은 시간에 호텔 바에서 일어났다. 여러 웨이터 중에서 가장 젊고 키가 크며 금발에 생기가 없는 웨이터만 남아 있었다.

펠티에는 바의 끝에 앉아 있었고, 에스피노사는 반대편 끝에 앉아 있었다. 시간이 흐르면서 바 안의 사람들이 점차 뜸해졌다. 그리고 마지막으로 두 사람만 남았을 때, 프랑스 사람이 일어나 스페인 사람 옆에 자리를 잡았다. 두 사람은 강연회에 관해 말하려고 했지만, 얼마 지나지 않아 그런 방향으로 나아가려고 하거나 나아간다는 것은 우스꽝스러운 행동임을 깨달았다. 화해하고 내밀한 것에 관해 말하는 기술을 좀 더 잘 터득한 펠티에가 다시 첫발을 내디뎠다. 그는 노턴에 관해 물었다. 에스피노사는 아무것도 모른다고 솔직하게 털어놓았다. 그런 다음 가끔씩 그녀에게 전화를 걸지만, 마치 낯선 여자와 말하는 것 같은 느낌이라고 말했다. 〈낯선 여자〉라는 말은 펠티에가 추측한 것이었다. 종종 알아들을 수 없게 말을 생략하면서 자기 자신을 표현하던 에스피노사는 노턴을 〈낯선 여자〉라고 부르지 않았고 〈바쁜 여자〉 같다고 말했으며, 그런 다음에는 〈얼빠진 여자〉 같다고 말했기 때문이다. 한동안 노턴의 아파트 전화가 그들의 대화 속에 등장했다. 하얀 손이 잡고 있는 하얀 전화기, 낯선 여자의 하얀 팔이 그들 대화에 떠다녔다. 그러나 그녀는 낯선 여자가 아니었다. 두 사람이 그녀와 함께 잠자리를 했기 때문에 낯선 여자가 아니었다. 오, 하얀 암사슴, 작은 암사슴, 하얀 암사슴이라고 에스피노사는 중얼거렸다. 펠티에는 그가 고전 작품을 인용한다고 생각했지만, 그것에 관해 아무 말도 하지 않았다. 그는 그들이 정말 적이 되기를 바라느냐고 물었다. 그 질문을 받자 에스피노사는 소스라치게 놀란 것 같았다. 마치 그런 질문을 받으리라고는 전혀 생각하지 않은 것 같았다.

「그건 말도 안 돼, 장클로드.」그가 말했다. 그러나 펠티에는 그가 대답을 하기 전에 오랫동안 생각했다는 것을 눈치챘다.

밤이 끝날 무렵 두 사람은 완전히 술에 취했고, 젊은 종업원은 그들이 바에서 나갈 수 있도록 도와주어야만 했다. 그날 밤 이후, 펠티에는 무엇보다도 왼팔과 오른팔로 각각 그들을 붙잡고 로비의 엘리베이터까지 데려간 종업원의 힘을 떠올렸다. 그와 에스피노사는 마치 열다섯 살도 안 된 사춘기 소년인 것처럼, 마치 두 연약한 소년인 것처럼 젊은 독일 종업원의 힘센 손안에서 꼼짝도 하지 못했다.

경험 많은 다른 종업원들은 이미 퇴근한 후, 바의 영업 시간이 끝날 때까지 남았던 종업원이었다. 얼굴과 체격으로 판단해 보건대, 시골 청년이거나 노동자였던 것 같았다. 또한 그는 속삭이는 것 같은 소리를 기억했다. 나중에야 그것이 일종의 웃음소리라는 것을 알았다. 시골 출신 종업원에 끌려가는 동안에 난 에스피노사의 웃음소리였다. 마치 그 상황이 우스꽝스러울 뿐만 아니라, 그가 고백할 수 없었던 슬픔의 배기 밸브인 것처럼 자그마한 웃음소리, 신중하기 그지없는 웃음소리였다.

노턴을 만나지 않고서 이미 석 달 이상이 지난 어느 날이었다. 두 사람 중 한 사람이 다른 사람에게 전화를 걸어 주말에 런던에서 만나는 게 어떠냐고 제안했다. 펠티에나 에스피노사 중에서 누가 전화를 걸었는지는 알 수 없다. 이론적으로 보면, 신의나 우정 — 비록 이 두 개는 같은 것이긴 하지만 — 을 몹시 소중하게 여기는 사람이 전화를 건 주인공인 게 분명했다. 그러나 사실 펠티에나 에스피노사도 그런 미덕을 소중하게 여기는 사람은 아니었다. 당연한 소리지만, 두 사람은 말로만 우정이나 신의를 받아들인 것이고, 수락의 정도도 약간 차이를 보였다. 그러나 실천적인 면에서는 말과는 달리 두 사람 중 그 누구도 우정이나 신의를 믿지 않았다. 그들은 열정을 믿었고, 사회적 행복이나 공적 행복이 혼합된 형태의 행복을 믿었으며(두 사람은 모두 사회당에 투표했지만 이따금씩 투표를 포기하는 경우도 있었다), 자아실현의 가능성을 믿었다.

그러나 확실한 것은 한 사람이 다른 사람에게 전화를 걸었고, 다른 사람이 좋다면서 제안을 수락했으며, 어느 금요일 오후에 런던의 공항에서 만났다는 사실이다. 두 사람은 공항에서 택시를 탔고, 먼저 호텔로 향했다. 그리고 저녁 식사 시간이 다가올 무렵 다른 택시를 타고(그들은 이미 제인 & 클로이 식당에 세 사람이 갈 것이라고 예약을 해놓았다) 노턴의 아파트로 향했다.

운전사에게 택시 요금을 지불한 후, 보도에서 두 사람은 불 켜진 창문을 쳐다보았다. 택시가 멀어져 가는 동안 그들은 리즈의 그림자, 사랑스러운 그림자를 보았고, 그런 다음 마치 악취 풍기는 공기가 위생용 탈지면 광고 중에 불쑥 새어 나온 것처럼, 한 남자의 그림자를 보았다. 그러자 두 사람은 얼어붙고 말았다. 에스피노사는 한 손에 장미 다발을, 펠티에는 고급 선물 포장지로 포장한 제이컵 엡스타인[34]의 작품집을 들고 있었다. 그러나 팬터마임은 거기서 끝나지 않았다. 한 창문에서 노턴의 그림자가 팔을 움직였다. 마치 상대방이 이해하지 않으려고 하는 것을 설명하려는 것 같았다. 다른 창문에서 남자의 그림자는 입을 떡 벌린 오직 둘뿐인 관객들이 전율하도록 훌라후프를 돌리는 것 같은 동작을 취했다. 아니, 펠티에와 에스피노사에게 훌라후프를 돌리는 듯 보이는 동작을 취했다. 먼저 엉덩이, 그리고 다리와 상체와 심지어 목을 돌린 것이다! 비꼼과 냉소가 넌지시 담긴 행동이었다. 커튼 뒤에서 남자가 옷을 벗었거나 안달하고 있다면 그렇지 않을

34 Jacob Epstein(1880~1959). 미국 태생의 영국 조각가. 공공 장소에 설치하는 예술 작품에서 금기시된 주제에 도전했다.

수도 있었지만, 이번 경우에 해당하는 건 분명히 아니었다. 그것은 하나의 동작
아니면 일련의 동작으로 냉소가 담겨 있을 뿐 아니라 잔인함과 자신감도 표현했다.
너무나 노골적인 자신감이었다. 그것은 그가 아파트에서 가장 힘이 세고 가장 키가
크고 가장 근육질이며, 훌라후프를 돌릴 수 있는 사람이라는 뜻이었다.

그러나 리즈의 그림자가 보여 주는 행동에는 무언가 이상한 게 있었다. 그들은
그녀를 잘 안다고 믿었고, 그들이 아는 한도에서 노턴은 모욕을 당하면서 가만히
있을 사람이 아니었다. 더군다나 자기 집에서 그런 모욕을 받고 그냥 놔둘 사람이
아니었다. 그럴 가능성이 없었기 때문에, 그들은 마침내 남자의 그림자가
훌라후프를 돌리는 것도 아니고, 리즈를 모욕하는 것도 아니라, 서로 웃는
것이라고, 그녀를 비웃는 게 아니라 그녀와 함께 웃는 거라고 결론 내렸다. 그러나
노턴의 그림자는 웃는 것처럼 보이지 않았다. 얼마 후 남자의 그림자가 사라졌다.
아마도 책을 보러 갔거나, 아니면 욕실이나 부엌으로 간 것 같았다. 아마도 소파에
털썩 앉아서 아직도 웃고 있을지 모르는 일이었다. 그러더니 즉시 노턴의 그림자가
창가로 다가왔다. 한순간 그림자가 작아지는 것 같더니 커튼을 한쪽으로 젖히고
눈을 감은 채 창문을 열었다. 마치 런던의 밤공기를 들이마실 필요가 있는 것
같았다. 그러더니 눈을 뜨고 아래를, 심연을 바라보다가 그녀는 그들을 보았다.

그들은 마치 방금 택시에서 내린 것처럼 그녀에게 인사를 했다. 에스피노사는
장미 다발을 공중으로 흔들었고, 펠티에는 책을 흔들었다. 그리고 노턴의
당황스러워하는 얼굴을 일부러 보지 않으려는 것처럼 건물 입구로 향했고, 리즈가
입구를 열어 주길 기다렸다.

그들은 이미 모든 걸 잃어버렸다고 확신했다. 그들은 아무 말도 하지 않고
계단을 올라갔고, 아파트 문이 열리는 소리를 들었다. 그들은 그녀를 보지
않았지만, 두 사람 모두 노턴의 빛나는 모습이 층계참에 있을 것이라고 예감했다.
네덜란드 담배 냄새가 났다. 문간에 기댄 채 노턴은 마치 오래전에 죽은 두 친구를
보듯이, 마치 바다에서 돌아오는 망령인 것처럼 두 사람을 바라보았다. 거실에서
그들을 기다리던 남자는 그들보다 어렸다. 아마도 1960년대가 아니라 1970년대
초나 중반에 태어난 사람 같았다. 그는 터틀넥 스웨터를 입었지만, 스웨터의 목은
축 처져 있었다. 그리고 색 바랜 청바지에 스니커즈를 신었다. 노턴의 학생이거나
아니면 임시 선생님 같은 인상을 풍겼다.

노턴은 그가 알렉스 프리처드이며 친구라고 말했다. 펠티에와 에스피노사는
악수를 하며 웃었지만, 자기들의 미소가 애처롭다는 것을 알았다. 반대로
프리처드는 웃지 않았다. 2분 후 그들은 모두 앉아 있었다. 세 사람은 아무 말 없이
위스키를 마셨다. 오렌지주스를 마시던 프리처드는 노턴 옆에 자리를 잡았고, 한쪽
팔을 그녀 어깨 위에 올려놓았다. 그녀는 처음에 그런 행동에 신경을 쓰지 않았다.
(사실 프리처드의 긴 팔은 소파 등에 놓여 있었고, 거미나 피아니스트처럼 긴 그의
손가락만이 가끔씩 노턴의 블라우스를 스쳤다.) 그러나 시간이 흐를수록 노턴은

더욱 초조해했고, 부엌이나 침실에 갔다 오는 일이 더욱 빈번해졌다.

펠티에는 몇 가지 주제로 대화를 시도했다. 그는 영화와 음악, 그리고 최근의 연극 작품에 관해 말하려고 했지만, 심지어 에스피노사의 도움도 받지 못했다. 아무 말도 없는 그는 마치 프리처드와 경쟁하려는 것처럼 보였다. 그러나 프리처드의 침묵은 한눈을 팔기도 하고 주의를 기울이기도 하는 관찰자의 침묵이었고, 에스피노사의 침묵은 고통을 받으며 수치심을 느끼는, 관찰당하는 사람의 침묵이었다. 누가 먼저 시작했는지는 모르지만, 갑자기 그들은 아르킴볼디 연구에 관해 말하기 시작했다. 그들의 공통된 연구 대상에 관해 말을 꺼낸 건 아마도 노턴이었을 것이다. 프리처드는 그녀가 돌아오기를 기다렸다가, 다시 팔을 의자 등으로 뻗고는 거미 손가락 같은 것을 영국 여자의 어깨에 올려놓았다. 그러면서 독일 문학은 사기라고 생각한다고 말했다.

마치 누군가가 농담을 한 것처럼 노턴은 웃었다. 펠티에는 프리처드에게 독일 문학에 대해 무엇을 아느냐고 물었다.

「사실 많이 알지는 못해요.」 청년이 말했다.

「그럼 당신은 백치요.」 에스피노사가 말했다.

「적어도 아는 체하는 바보라고 말할 수 있지요.」 펠티에가 말했다.

「어쨌거나 〈바둘라케〉지요.」 에스피노사가 말했다.

프리처드는 〈바둘라케〉라는 말의 의미를 알아듣지 못했다. 에스피노사가 스페인어로 말했기 때문이었다. 노턴도 그 말이 무슨 뜻인지 알아듣지 못했고, 그 의미를 알고 싶어 했다.

「〈바둘라케〉라는 말은…….」 에스피노사가 말했다. 「앞뒤가 맞지 않는 사람을 의미해요. 이 단어를 바보들에게 적용할 수도 있지만, 바보들 중에서도 논리가 맞는 사람이 있어요. 그래서 〈바둘라케〉라는 말은 앞뒤가 맞지 않는 바보들에게 적용되지요.」

「지금 나를 모욕하는 겁니까?」 프리처드가 물었다.

「모욕당했다고 생각하나요?」 땀을 뻘뻘 흘리기 시작한 에스피노사가 물었다.

프리처드는 오렌지주스 한 모금을 마시고는, 그렇다고, 정말로 자기는 모욕당하는 느낌을 받았다고 말했다.

「그렇다면 당신은 문제가 있군요.」 에스피노사가 말했다.

「〈바둘라케〉의 전형적인 반응이지요.」 펠티에가 덧붙였다.

프리처드는 소파에서 일어났다. 에스피노사는 팔걸이의자에서 일어났다. 노턴은 이제 그만하라고, 두 사람은 멍청한 아이들처럼 행동하고 있다고 지적했다. 그러자 펠티에는 웃음을 터뜨렸다. 프리처드는 에스피노사에게 다가가더니, 가운뎃손가락처럼 긴 집게손가락으로 그의 가슴을 툭툭 쳤다. 한 번, 두 번, 세 번, 네 번 툭툭 치면서 이렇게 말했다.

「첫 번째 것은 당신들이 날 모욕하는 게 마음에 들지 않기 때문이오. 두 번째 것은 나를 바보 취급하는 게 마음에 들지 않기 때문이오. 세 번째 것은 빌어먹을

스페인 사람이 날 비웃는 게 마음에 들지 않기 때문이오. 네 번째 것은 당신이 내게
더 말할 게 있다면 거리로 나가자는 것이오.」

에스피노사는 펠티에를 쳐다보았고, 그에게 어떻게 하는 게 좋겠느냐고
물었다. 물론 독일어로 말했다.

「나가지 마.」 펠티에가 말했다.

「알렉스, 당장 여기서 나가요.」 노턴이 말했다.

프리처드는 실제로 누구도 때릴 마음이 없었기 때문에, 노턴의 뺨에 키스를
하고는 두 사람에게는 작별 인사도 하지 않고 그곳을 떠났다.

그날 밤 세 사람은 제인 & 클로이에서 저녁을 먹었다. 처음에는 조용히 말을
아꼈지만, 포도주를 마시자 기분이 좋아졌고 결국 웃으면서 그녀의 집으로
돌아갔다. 그러나 그들은 노턴에게 프리처드가 누구냐고 물으려 하지 않았고, 그녀
역시 불쾌하기 그지없는 홀쭉한 청년이 누구인지 드러낼 만한 말을 한마디도 하지
않았다. 반대로 저녁 식사가 거의 끝날 무렵 그들은 자기 자신들에 관해 말했고,
서로에게 느끼던 우정이 아마도 영원히 깨어질 찰나였다고 말했다.

그들은 섹스가 너무나 멋져서(그들은 거의 즉시 이런 부사를 사용한 것을
후회했다), 감정뿐 아니라 지적 유사성에 바탕을 둔 우정에 장애가 되었다는 데
동의했다. 그러나 펠티에와 에스피노사는 각자 상대방 앞에서 그들에게 가장
이상적인 것은, 그리고 그들이 생각하기에 노턴에게도 가장 좋은 것은 그녀가
결정적으로, 그리고 정신적 쇼크를 주지 않은 채(펠티에는 연착륙하기 위해
노력하라는 것이라고 말했다), 그들 중에서 하나를 선택하거나 아니면 아무도
선택하지 않는 것이라고 분명하게 말했다. 그러자 에스피노사는 어떤 경우라도
결정은 그녀의 손, 즉 노턴의 손에 있으며, 그녀가 원하는 시간에, 그녀가 가장
편리한 시간에 결정을 해도 좋으며, 그런 결정을 하지 않아도 무방하고, 그런
결정을 늦추거나 미루거나 연기하거나 질질 끌거나 혹은 그녀가 죽을 때까지
무기한 지체하더라도 그들은 개의치 않는다고 말했다. 그러면서 리즈가 그들과
어정쩡한 관계를 유지하고 있는 지금 이 순간뿐만 아니라, 그녀의 실제
애인이었거나 공동 애인이었던 과거와 마찬가지로 그녀를 사랑하기 때문이라고
설명했다. 또한 그녀가 한 사람을 선택한 뒤에도, 아니면 그녀의 소망에 따라
아무도 선택하지 않은 뒤라도(이 경우 함께 괴로움을 나눌 것이니, 즉 어느 정도
괴로움의 강도가 약해질 것이니 아주 약간만 더 괴로울 것이다) 그녀를 사랑할
것이라고도 말했다. 그 말을 듣자 노턴은 질문을 하나 던지면서 대답했다. 의심의
여지 없이 어느 정도 수사적이었지만, 또한 충분히 나올 수 있는 그럴듯한
질문이었다. 즉, 그녀가 어떤 선택을 할지 생각하면서 시간을 보내는 동안, 그들 중
한 사람, 가령 펠티에가 그녀보다 더 젊고 예쁘고 또한 더 부자고 훨씬 더 매력적인
여학생과 갑자기 사랑에 빠지면 어떻게 하냐는 것이었다. 그렇다면 그녀는 계약이
파기된 것으로 여기고서 자동적으로 에스피노사도 포기해야만 할까? 아니면

반대로 이제는 스페인 사람이 그녀에게 남은 유일한 사람이라 그를 택해야만 하는 것일까? 이 질문을 받자, 펠티에와 에스피노사는 그런 예가 실제로 이루어질 가능성은 매우 희박하며, 그런 일이 일어나건 일어나지 않건 간에 그녀는 원하는 대로 할 수 있으며, 심지어 그녀가 수녀가 되고자 한다면 그렇게 해도 된다고 대답했다.

「우리 두 사람은 당신과 결혼하고 싶어 하고, 당신과 함께 살고자 하며, 당신과 아이들을 낳고, 당신과 함께 늙어 가고 싶은 거예요. 그러나 지금, 우리가 살아가는 이 순간에 우리가 원하는 유일한 것은 당신과의 우정을 간직하는 거예요.」

그날 밤 이후 런던으로 가는 비행기 여행이 재개되었다. 어떤 때는 에스피노사가 나타났고, 또 어떤 때는 펠티에가 모습을 보였으며, 두 사람이 함께 나타나는 경우도 있었다. 이런 일이 일어나면, 두 사람은 항상 이용하던 호텔에 머물렀다. 미들섹스 병원 근처 폴리 거리의 조그맣고 불편한 호텔이었다. 노턴의 집에서 나올 때면, 그들은 자주 호텔 근처를 산책했다. 일반적으로 아무 말 없이 실망한 표정으로, 그리고 다소 피곤한 얼굴로 산책을 했다. 함께 그녀를 방문하는 동안 기분 좋게 즐거운 표정을 지어야만 했기 때문이다. 여러 번 그들은 길거리의 가로등 아래 가만히 서서 병원을 드나드는 앰뷸런스를 지켜보았다. 영국 간호사들은 힘껏 소리쳐 말했지만, 그 시끄러운 목소리는 그들이 서 있는 곳까지 이르지는 못했다.

어느 날 밤, 그들은 이상할 정도로 텅 빈 병원 입구를 지켜보면서 왜 그들이 함께 런던에 올 때면, 둘 중 누구도 리즈의 아파트에 머물지 않았는지 서로에게 물었다. 아마도 예의를 차리느라 그랬을 거야. 그들은 서로 생각했다. 그러나 둘 중 누구도 그런 종류의 예의를 지키는 사람이 아니었다. 또한 처음에는 머뭇거리다가 나중에는 격렬하게 왜 세 사람이 함께 잠자리를 하지 않는 것인지도 생각했다. 그날 밤 희미한 초록색 불빛이 병원 문에서 새어 나왔다. 수영장 색깔처럼 밝은 초록색이었다. 그리고 남자 간호사 한 명이 보도 가운데에서 선 채로 담배를 피웠다. 그리고 주차된 차 중에서 헤드라이트가 켜진 차가 한 대 있었다. 둥지의 불빛처럼 노란빛을 띠고 있었다. 그러나 일상적인 둥지가 아니라, 핵폭탄 투하 이후의 둥지, 즉 확신성이 들어갈 공간은 없고, 추위와 절망과 무관심만이 들어갈 수 있는 둥지였다.

어느 날 밤, 파리에서인지 마드리드에서인지 모르겠지만 누군가가 노턴과 전화 통화를 하는 동안, 그 주제를 꺼냈다. 놀랍게도 노턴은 자기 역시 오래전부터 그 가능성을 생각했다고 말했다.

「난 우리가 그걸 제안할 것이라고는 생각하지 않아요.」 전화로 이야기하던 남자가 말했다.

「나도 알아요. 당신들은 그걸 두려워해요. 당신들은 내가 첫발을 내딛길 기다리고 있어요.」 노턴이 말했다.

「모르겠어요. 아마도 그렇게 단순할 것 같지는 않아요.」그 사람이 전화로 말했다.

그들은 두어 번에 걸쳐 다시 프리처드를 만났다. 멀대 같은 그 청년은 더는 전처럼 언짢아하지 않았다. 그러나 그들의 만남은 우연하게 이루어졌고, 사실 그 시간은 너무나 짧아서 무례하게 굴거나 폭력이 오갈 수도 없었다. 에스피노사는 프리처드가 노턴의 아파트를 나설 때 그곳에 도착했고, 펠티에는 계단에서 그와 단 한 번 마주쳤다. 이 마지막 만남은 짧았지만 의미가 있었다. 펠티에는 프리처드에게 인사했고, 프리처드도 펠티에에게 인사했으며, 이미 두 사람이 서로 지나쳤을 때 프리처드가 뒤로 돌더니 휘파람 소리로 그를 불렀다.

「충고 하나 해줄까요?」그가 말했다. 펠티에는 놀란 표정으로 그를 바라보았다. 「당신이 충고를 원치 않는다는 건 알아요. 하지만 그것과 상관없이 충고를 해주겠어요. 조심하세요.」프리처드가 말했다.

「뭘 조심하라는 거지요?」펠티에가 간신히 목소리를 내서 물었다.

「메두사를 조심하세요.」프리처드가 말했다. 「메두사를 조심하세요.」

그런 다음 계단을 계속 내려가기 전에 이렇게 덧붙였다.

「그녀를 손에 넣게 되면, 그녀는 당신을 폭발시켜 버릴 거예요.」

잠시 펠티에는 멍하니 서서 계단을 내려가는 프리처드의 발소리를 들었다. 그런 다음 건물의 현관문이 열리고 닫히는 소리가 들렸다. 더는 정적을 참지 못하게 되자, 그는 생각에 잠겨 어둠 속 계단을 올라갔다.

그는 프리처드와 있었던 일에 대해 노턴에게 한마디도 하지 않았다. 그러나 파리로 돌아왔을 때, 그는 지체하지 않고 에스피노사에게 전화를 걸어 그 불가해한 만남을 이야기했다.

「이상해. 마치 예고하는 것 같은데 협박 같기도 해.」스페인 사람이 말했다.

「그것뿐만이 아니야. 메두사는 포르키스와 케토가 낳은 세 딸 중 하나야. 고르고라고 불리는 세 바다 괴물이지. 헤시오도스에 따르면, 그녀의 두 자매인 스테노와 에우리알레는 불사(不死)의 몸이었어. 하지만 메두사는 그렇지 않았어.」펠티에가 말했다.

「그리스 신화를 읽고 있었어?」에스피노사가 물었다.

「집에 돌아오자마자 가장 먼저 한 일이 그거야. 이걸 들어 봐. 페르세우스가 메두사의 머리를 잘랐을 때, 그녀의 몸에서 괴물 게리오네우스의 아버지 크리사오르와 페가소스라는 천마(天馬)가 나왔어.」펠티에가 말했다.

「페가소스가 메두사의 몸에서 나왔다고? 젠장.」에스피노사가 말했다.

「그래, 날개 달린 말 페가소스 말이야. 내게 그 동물은 사랑을 의미해.」

「정말로 페가소스가 사랑을 의미한다고 생각하는 거야?」에스피노사가 물었다.

「그래.」

「이상해.」에스피노사가 말했다.

「그래, 프랑스 고등학교에서 배우는 것들이야.」펠티에가 말했다.

「넌 프리처드가 이런 내용을 알 거라고 생각해?」

「불가능한 일이지. 그걸 누가 알겠느냐만, 어쨌든 나는 아니라고 생각해.」펠티에가 말했다.

「그럼 그 모든 게 뭘 의미한다고 생각해?」

「프리처드는 우리가 보지 못하는 위험을 내게, 아니 우리에게 경고하는 거야. 아니면 노턴이 죽은 후에야 내가, 아니 우리가 진정한 사랑을 발견할 것이라고 말하고자 한 것 같아.」

「노턴이 죽은 후에?」에스피노사가 물었다.

「물론이지. 아직도 못 알아듣겠어? 프리처드는 자기 자신을 페르세우스, 그러니까 메두사를 죽인 사람으로 보고 있어.」

한동안 에스피노사와 펠티에는 마치 귀신에 홀린 사람처럼 이리저리 떠돌아다녔다. 아르킴볼디가 유력한 노벨 문학상 후보라는 소문이 다시 떠돌았지만, 그들은 신경 쓰지 않았다. 두 사람은 대학에서의 일이나 전 세계 독문학 잡지에 정기적으로 기고하는 일, 그리고 수업이나 심지어 마치 몽유병자나 마약에 취한 탐정처럼 참석하던 학회에도 관심을 보이지 않았다. 그들은 그곳에 있었지만, 그곳에 없는 사람이나 마찬가지였다. 그들은 말했지만 생각은 다른 곳에 있었다. 정말로 그들이 관심 있었던 것은 프리처드였다. 거의 모든 시간 노턴을 맴돌고 있던 프리처드의 불길한 모습만 생각했다. 노턴을 메두사 혹은 한 명의 고르고로 본 프리처드, 과묵한 관객인 그들이 거의 아는 게 없던 프리처드만 생각했던 것이다.

그런 정보 부족을 메우려고 그들은 몇 가지를 대답해 줄 수 있던 유일한 사람에게 프리처드에 관해 물어보기 시작했다. 처음에 노턴은 입을 열려고 하지 않았다. 그들이 예측한 대로, 그는 선생님이었다. 대학교가 아니라 고등학교에서 가르치는 선생님이었다. 그리고 런던이 아니라 본머스 근처에 있는 조그만 마을 출신이었다. 그는 1년 동안 옥스퍼드 대학교에서 공부했고, 그런 다음 런던으로 옮겨 와 그곳 대학에서 학업을 마쳤다. 에스피노사와 펠티에는 왜 그가 그랬는지 도저히 이해할 수 없었다. 그는 좌파였다. 아니, 실용 좌파였다. 노턴에 따르면, 언젠가 그는 노동당에 들어가겠다고 말했지만, 그 계획은 결코 행동으로 구체화되지 않았다. 그가 가르치는 학교는 이민자 가족 출신 학생들이 상당수를 차지하는 공립 학교였다. 그는 충동적이고 관대하지만, 그다지 상상력이 뛰어난 사람은 아니었다. 펠티에와 에스피노사가 이미 익히 짐작하던 바였다. 그러나 이런 사실을 확인했어도 그들은 마음을 놓을 수 없었다.

「그 자식은 상상력이 없을 수 있지만, 나중에 전혀 예기치 않은 순간에 공상적인 행동을 할 수 있어.」에스피노사가 말했다.

「영국은 이런 종류의 빌어먹을 놈들로 가득해.」펠티에의 의견이었다.

어느 날 밤, 마드리드에서 파리로 전화 통화를 하는 동안, 두 사람은 자신들이 갈수록 프리처드를 증오한다는 사실을 깨달았다. 그리 놀라운 사실은 아니었다. 사실대로 말하자면, 그들은 전혀 놀라지 않았다.

그들이 참석한 다음 학회는 〈20세기의 거울: 베노 폰 아르킴볼디의 작품〉이라는 제목으로 이틀간 볼로냐에서 개최되었다. 이탈리아의 젊은 아르킴볼디 학자들과 유럽 여러 나라에서 온 아르킴볼디 신구조주의자들로 성황을 이룬 학회였다. 그들은 모리니에게 최근 몇 달 동안 일어난 일과 노턴과 프리처드와 관련하여 그들이 품은 모든 두려움을 말해 주기로 결심했다.

모리니는 그들이 마지막으로 만났을 때보다 약간 더 건강이 나빠졌는데(스페인 사람이나 프랑스 사람 모두 그런 사실을 눈치채지 못했다) 호텔 바와 학회 본부 근처 작은 음식점, 그리고 그 도시의 구도심에 있던 값비싼 레스토랑에서 그들의 말을 차분하게 들었다. 또한 구체적인 목적지 없이 볼로냐의 거리를 거니는 동안에도 에스피노사와 펠티에는 모리니의 휠체어를 밀면서 한순간도 멈추지 않고 말했다. 마침내 두 사람이 현실이건 상상이건 자신들이 관여된 이런 뒤얽힌 사랑의 문제에 관해 어떻게 생각하느냐고 묻자, 모리니는 단지 둘 중 하나라도, 아니면 두 사람 다 노턴에게 프리처드를 사랑하거나 그에게 끌리는지 물어보았느냐고 질문했다. 두 사람은 아니라고 솔직하게 털어놔야만 했다. 그러면서 그건 미묘한 문제이고, 그들의 예민한 감성과 섬세함 때문에, 그리고 무엇보다도 노턴을 배려하여 그런 질문을 하지 않았다고 덧붙였다.

「내가 보기에 두 사람은 그것부터 시작했어야만 해.」모리니가 말했다. 그는 거리를 너무 빙빙 돈 까닭에 현기증이 나고 몸이 좋지 않다고 느꼈지만, 한 번도 불평하거나 한숨을 내쉬지 않았다.

(이 지점에서 〈네 이름을 떨치고서 잠을 자라〉는 속담은 진실이라는 것을 지적할 필요가 있다. 〈20세기의 거울: 베노 폰 아르킴볼디의 작품〉 강연회에서 에스피노사와 펠티에의 공헌은 말할 가치조차 없었다. 그들의 참여는 아무리 좋게 보더라도 전혀 쓸모없었으며, 나쁘게 말하면 긴장병에 걸린 것 같았기 때문이다. 그들은 마치 갑자기 기진맥진했거나 멍해진 사람들 같았으며, 너무 일찍 늙어 버렸거나 충격 상태에서 헤어나지 못한 것 같기도 했다. 스페인 사람과 프랑스 사람이 이런 종류의 행사에서 늘 기운찼으며 심지어 때로는 시끄럽기까지 했다는 것을 알던 몇몇 참석자는 이런 변화를 눈치챘다. 또한 대학을 갓 졸업한 남녀들, 박사 학위증의 잉크가 채 마르지도 않은 신참 아르킴볼디 연구자들도 그런 사실을 눈치챘다. 이들은 마치 하느님에 대한 믿음을 강요하려는 선교사들처럼 수단 방법을 가리지 않고 아르킴볼디에 대한 자신들의 개인적 해석을 강요하려고 계획하고, 그렇게 하는 것이 악마와 계약을 맺는 것이라 하더라도 개의치 않는

사람들이었고, 철학적이 아니라 글자 그대로의 경멸적 의미로 이성주의자들이기도 했으며, 문학뿐만 아니라 문학 비평에도 그다지 관심이 없는 사람들이었다. 반복해서 말하자면 대부분 그들은 명민하고 합리적이었지만, 막대기로 동그라미도 그릴 수 없는 얼간이들이었다. 그들조차 펠티에와 에스피노사가 잠깐 들른 볼로냐에 있어도 있지 않은 것과 똑같고, 참석해도 참석하지 않은 것과 똑같다는 사실을 눈치챘다. 하지만 정말로 두 사람이 중요하게 생각하는 게 무엇인지는 감지할 수 없었다. 그것은 바로 그곳에서 아르킴볼디에 관해 말한 모든 것, 그리고 타인의 시선 앞에서 자신을 드러내는 방식, 즉 지혜 부족으로 식인종에게 희생될 사람들의 걸음걸이에 대한 절대적 권태감이었다. 두 사람은 〈항상〉 굶주리고 탐욕스럽고 열정적인 식인종, 다시 말하면 30대 후반에 성공했다고 우쭐대는 얼굴이었다. 그들은 따분함에서 광기로 옮겨 가는 자신들의 표정을 보지 못했다. 그 표정이 더듬거리는 핵심적인 말은 오로지 세 단어, 그러니까 〈날 사랑해 줘〉였다. 아니면 세 단어와 한 문장으로 구성된 〈날 사랑해 줘. 내가 널 사랑하게 해줘〉였지만, 그 말을 알아듣는 사람은 아무도 없었다.)

그래서 두 유령처럼 볼로냐를 떠돌던 펠티에와 에스피노사는 다음 번 런던 방문에서 마치 꿈이나 현실 속에서 달리기를 하거나 조깅을 하는 사람들처럼 거의 숨을 헐떡거리면서, 그러나 중간에 말을 끊지 않은 채, 볼로냐 강연회에 참석할 수 없었던 사랑스러운 리즈에게 프리처드를 사랑하느냐고, 그를 원하느냐고 물었다.

그러자 노턴은 아니라고 말했다. 그런 다음 아마도 그럴지 모른다고 하면서 이 점에 관해 분명한 대답을 하기 어렵다고 말했다. 그러자 펠티에와 에스피노사는 그들은 알 필요가 있다고, 다시 말하면 분명하게 확인해 주길 바란다고 말했다. 그러자 노턴은 왜 지금 프리처드에게 관심을 보이느냐고 물었다.

그러자 펠티에와 에스피노사는 거의 눈물을 흘리면서 지금이 아니면 언제냐고 되물었다.

노턴은 질투하는 것이냐고 그들에게 물었다. 그 질문을 받자 그들은 그런 말은 너무 심하며, 질투는 그것과 아무런 관련도 없고, 그동안 지켜 왔던 우정을 생각한다면 그들이 질투한다고 비난하는 것은 모욕과 같다고 대답했다.

그러자 노턴은 단지 질문에 불과하다고 말했다. 펠티에와 에스피노사는 그토록 상처를 입히거나 헐뜯는, 혹은 좋지 않은 의도의 질문에 대답할 수 없다고 말했다. 그런 다음 그들은 저녁 식사를 하러 갔고, 세 사람은 평소 주량 이상으로 술을 마시면서 어린아이들처럼 즐거워했고, 질투와 질투가 불러오는 비참한 결과에 관해 의견을 주고받았다. 또한 질투의 불가피성에 관해서도 말했고, 질투가 한밤중에 중요한 것이라는 듯 질투의 필요성에 관해 말했다. 그것은 때로는 사람들이 쳐다보면서 즐거워하는 타인의 상처나 달콤함이 무엇인지 말하지 않기 위해서였다. 그리고 식당에서 나오자 택시를 타고 계속해서 질투에 관해 말했다.

파키스탄 사람인 택시 기사는 처음 몇 분 동안 마치 자기 귀를 믿을 수 없다는 듯이 아무 말 없이 세 사람을 쳐다보고는 파키스탄 말로 뭐라고 말했다. 택시는 함스워스 공원과 임페리얼 전쟁 박물관을 지났고, 브룩 거리와 오스트럴 거리를 지났고, 그런 다음 제럴딘 거리를 지나면서, 공원을 한 바퀴 빙 돌았다. 아무리 생각해도 불필요하게 빙빙 돌았다. 노턴이 길을 잃어버렸다고 지적하면서 어떤 길을 잡아야 제대로 방향을 잡는지 가르쳐 주자, 택시 기사는 알아들을 수 없는 파키스탄어를 더는 중얼거리지 않은 채 다시 잠자코 있다가, 런던의 도로는 미로 같아서 정말로 자기가 방향을 잃어버렸다고 인정했다.

그러자 에스피노사는 빌어먹을 택시 기사가 아무런 의도도 없이 보르헤스를 인용했다면서, 보르헤스는 언젠가 런던을 미로와 비교했다고 말했다. 그러자 노턴은 보르헤스가 말하기 훨씬 이전에 디킨스와 스티븐슨이 똑같은 비유를 사용하여 런던을 묘사했다고 대답했다. 택시 기사는 그들의 이런 말을 더는 참고 들을 수 없었던 것이 분명했다. 즉시 파키스탄 사람인 자기는 그들이 언급한 보르헤스가 누구인지 알지 못하며, 역시 그들이 언급한 유명한 디킨스와 스티븐슨의 작품도 읽지 않았다고 말했기 때문이다. 그러면서 자기는 택시 기사로 런던과 그 거리들을 잘 알아야 하지만 그러지 못하다고 설명하면서, 바로 그런 이유로 런던을 미로와 비교했다고 덧붙였다. 하지만 품위와 예절이 무엇인지는 잘 알며, 자기가 택시에서 들은 바에 따르면, 여기에 있는 여자, 그러니까 노턴은 점잖지 못하고 품위도 없으며, 자기 나라에서는 그런 여자를 지칭하는 이름이 있는데, 우연의 일치로 런던에서도 동일한 단어를 사용한다고 말했다. 그 단어는 바로 〈쌍년〉이나 〈씨팔년〉 혹은 〈갈보〉였다. 그러면서 억양으로 판단해 보건대 이곳에 있는 신사들은 영국인이 아니며, 자기 나라에는 그런 남자들을 지칭하는 말도 있다고 밝혔다. 그건 바로 〈뚜쟁이〉나 〈남창〉 혹은 〈색골〉이었다.

전혀 과장 없이 말하자면, 이 말을 들은 아르킴볼디 연구자들은 소스라치게 놀랐고 그래서 반응하는 데 다소 시간이 걸렸다. 그러니까 택시 기사가 그런 몰골사나운 말을 내뱉은 것은 제럴딘 거리였는데, 그들은 세인트조지 거리에 이르러서야 비로소 말을 할 수 있었다. 그들이 할 수 있었던 말은 고작 〈여기서 내릴 테니 당장 택시를 세워요〉였다. 아니면 〈이 더러운 택시를 당장 세워요. 우리는 여기서 내리겠어요〉와 같은 말이었다. 그러자 파키스탄 운전사는 지체하지 않고 그렇게 했다. 그는 택시를 세우면서 동시에 택시 미터기를 가리키며 승객들에게 요금을 내라고 알려 주었다. 노턴과 펠티에는 아마도 그의 모욕적인 언사에 놀란 나머지 그걸 기정사실, 혹은 마지막 장면이나 마지막 인사로 받아들였고, 그게 비정상적이라고 여기지 않았다. 그러나 에스피노사는 더는 참을 수 없었고, 택시에서 내리면서 동시에 운전사 쪽 문을 열더니 갑자기 그를 끌어내렸다. 운전사는 단정하게 옷을 입은 신사가 그런 일을 하리라고는 전혀 예상하지 못했다. 그리고 그가 전혀 예상치도 못하게 이베리아반도 사람은 그에게 마구 발길질하기 시작했다. 처음에는 에스피노사 혼자만 그렇게 했지만, 그가 다소 지치자 펠티에가 배턴을 이어받았다. 노턴은 소리를 지르면서 그러지 말라고 말리려고 했다. 그러면서 폭력으로는 아무것도 해결되지 않으며, 오히려 이 파키스탄 사람이 매질을 당한 후에는 더욱 영국인들을 증오할 것이라고 말했다. 그러나 영국인이 아닌 펠티에는 그런 말에 전혀 개의치 않았고, 에스피노사는 더욱 그랬다. 두 사람은 파키스탄 사람의 몸에 발길질을 해대면서 동시에 그에게 영어로 욕을 퍼부었다. 그 동양 사람이 쓰러져 바닥에 웅크리고 있다는 것에는 전혀 상관하지 않고 발길질을 하고 또 해댔다. 이번 발길질은 살만 루슈디(두 사람 모두 좋은 작품을 쓴다고 여기지 않는 작가였지만, 그의 이름을 입에 올리는 게 적절하다고 생각했다)를 위해, 이번 발길질은 파리의 페미니스트들을 대신해서(당장 멈춰요 하고 노턴이 소리쳤다), 이번 발길질은 뉴욕의 페미니스트를 대신해서(이러다 사람 죽겠어요 하고 노턴은 그들에게 소리쳤다), 이번 발길질은 발레리 솔라나스[35]의 망령을 위해 하고 말하면서 계속 발길질을 해댔다. 넌 개새끼야 하고 말하면서 그들은 그가 의식을 잃고 눈을 제외한 머리의 모든 구멍에서 피가 나올 때까지 그렇게 했다.

발길질을 멈추자, 그들은 잠시 그들이 그때까지 경험해 보지 못한 평온함을 느꼈다. 너무나 이상한 평온함이었다. 마침내 그들이 그토록 꿈꾸던 스리섬을 한 것 같았다.

펠티에는 사정한 것 같은 느낌을 받았다. 정도의 차이는 약간 있었지만, 에스피노사도 마찬가지였다. 어둠 속에서 그들의 모습을 보지도 못한 채 멍하니 쳐다보던 노턴은 오르가슴을 몇 번 경험한 것 같았다. 세인트조지 도로로 차가 몇 대 지나갔지만, 그들 세 사람은 그 시간에 차를 타고 가는 사람들의 눈에 띄지 않았다. 하늘에는 별 하나도 떠 있지 않았다. 그러나 밤은 맑았고, 그들은 아주 자세하게 모든 걸 볼 수 있었다. 마치 갑자기 천사가 그들에게 야간 투시경을 씌워 준 것처럼, 심지어 가장 조그만 것들의 윤곽도 볼 수 있었다. 세 사람은 자신들의 피부가 매끄러우며, 만져 보면 몹시 부드러울 것이라고 느꼈지만, 실제로는 땀을 흘리고 있었다. 순간적으로 에스피노사와 펠티에는 파키스탄 사람이 죽었다고 믿었다. 노턴의 머리로도 그와 비슷한 생각이 스쳐 지나갔음이 분명했다. 그녀가 택시 기사 위로 몸을 숙이고서 맥박이 뛰는지 살펴보았기 때문이다. 그녀는 마치 다리뼈가 탈골된 것처럼 몸을 움직여 숙이면서 괴로워했다.

사람들 한 무리가 노래를 부르며 가든 로에서 나왔다. 그들을 웃고 있었다. 세 남자와 두 여자였다. 그들은 움직이지 않은 채 머리를 그 방향으로 돌려서 기다렸다. 그 무리는 그들이 있는 곳으로 걸어오기 시작했다.

「택시야. 저들은 택시를 잡으려는 거야.」 펠티에가 말했다.

그 순간에야 비로소 그들은 택시의 실내등이 켜져 있다는 걸 알았다.

「가자.」 에스피노사 말했다.

---

35 Valerie Solanas(1936~1988). 미국의 급진파 페미니스트 작가. 1968년 앤디 워홀을 죽이려고 시도한 것으로 유명하다.

펠티에는 노턴의 어깨를 부축하고서 그녀가 일어나도록 도와주었다. 에스피노사는 이미 운전석에 앉아 있었고 그들에게 서두르라고 요구했다. 펠티에는 노턴을 뒷좌석에 민 다음 택시에 탔다. 가든 로에서 나온 무리는 택시 기사가 쓰러져 있는 구석으로 곧장 갔다.

「살아 있어요. 숨 쉬고 있어요.」 노턴이 말했다.

에스피노사는 차를 출발시켜 그곳에서 벗어났다. 템스강 반대편에, 올드 매럴러번 근처 조그만 거리에 택시를 버려 두고 그들은 한참을 걸었다. 그들은 노턴에게 무슨 일이 있었는지 설명하려고 했지만, 그녀는 그들이 집까지 데려다 주지도 못하게 했다.

다음 날 호텔에서 푸짐한 아침 식사를 하는 동안, 그들은 파키스탄 택시 기사에 관한 뉴스가 있는지 신문에서 찾아보았다. 그러나 어디에도 그에 관한 기사는 없었다. 아침을 먹고 그들은 호텔을 나가 선정적인 기사를 주로 게재하는 타블로이드판 신문을 샀다. 거기에도 그에 관한 기사는 아무것도 없었다.

그들은 노턴에게 전화를 걸었고, 노턴은 이제 전날 밤처럼 화가 난 것 같지 않았다. 그들은 그날 오후 그녀를 만나야만 한다고 말했다. 그녀에게 해줘야 할 중요한 말이 있다고 했다. 노턴은 자기도 그들에게 해줘야 할 중요한 말이 있다고 대답했다. 남는 시간을 죽이려고 두 사람은 그 지역 주변을 산책하러 나갔다. 몇 분 동안은 미들섹스 병원을 드나드는 앰뷸런스를 지켜보면서 즐겼고, 응급실로 들어가는 환자와 부상자를 상상했고, 그 부상자들 속에서 그들이 심하게 때린 파키스탄 사람의 얼굴을 보는 것 같았다. 그러다가 그것도 지겨워지자, 그들은 좀 더 차분한 마음으로 채링 크로스 거리를 따라 스트랜드 거리로 향했다. 당연한 일이지만, 그들은 서로 비밀을 털어놓았다. 서로 자기의 마음을 활짝 열었다. 그들이 가장 걱정하던 점은 경찰이 그들을 추적해 결국 체포할지도 모른다는 것이었다.

「택시를 버리기 전에 손수건으로 내 지문을 지웠어.」 에스피노사가 털어놓았다.

「나도 알아. 네가 하는 것을 보고, 나도 똑같이 했어. 내 지문과 리즈의 지문을 지웠어.」 펠티에가 말했다.

갈수록 차분하게 그들은 마침내 자기들에게 택시 기사를 마구 때리도록 만든 일련의 사건들을 되돌아보았다. 의심의 여지 없이 프리처드는 그 사건의 발단이었다. 그리고 고르고, 즉 불사의 나머지 두 자매와 떨어진, 순수하고 죽어야만 할 운명의 메두사도 원인 제공자였다. 또한 은근한, 아니 은근하지 않은 협박도 마찬가지였다. 그리고 초조함도 거기에 가세했고, 그 빌어먹을 무식쟁이의 무례한 행동도 사건들의 일부를 이루었다. 그들은 속보로 그 사건이 전해지는지 전해지지 않는지 알기 위해 라디오를 가지고 있었으면 하고 바랐다. 그들은 길에 쓰러진 몸을 때리는 동안, 두 사람이 느낀 점에 대해 이야기했다. 꿈과 섹스에 대한

갈망이 혼합된 느낌이었다. 가련하고 불쌍한 그 작자를 강제로 범하고 싶다는
욕망이었을까? 그건 절대 아니었다! 오히려 두 사람은 자기들끼리 섹스하는 것
같았다. 마치 자기 자신들의 몸속을 후비는 것 같았다. 그것도 긴 손톱과 빈손으로.
물론 긴 손톱을 가진 사람이 반드시 빈손이어야 한다는 법은 없었다. 그러나 그런
종류의 꿈에서 그들은 후비고 또 후비면서 피부를 찢어 버리고 혈관을 끊어 버리며
중요한 기관들에 구멍을 냈다. 무엇을 찾고 있었던 것일까? 그들은 몰랐다. 그리고
그 단계에서는 그런 것에 관심도 없었다.

　　오후에 그들은 노턴을 만났고, 자기들이 알거나 프리처드에 관해 두려워하던
모든 것들을 이야기했다. 고르고, 고르고의 죽음에 관해 말했다. 그리고 버럭
감정을 폭발시키는 여자에 관해서도 말했다. 그녀는 그들이 말을 마칠 때까지
잠자코 들었다. 그런 다음 그들을 안심시켰다. 프리처드는 파리 새끼 한 마리도
죽일 수 없는 사람이에요 하고 그들에게 말했다. 그들은 모기 새끼 한 마리 죽일 수
없다고 주장했지만 엄청난 일을 벌였던 앤서니 퍼킨스[36]를 생각했지만, 그 점에
관해 토를 달지 않는 편을 택하고서 그녀의 주장을 납득하지 못한 채 받아들였다.
노턴은 자리에 앉더니 자기는 전날 밤에 일어난 일을 전혀 이해할 수 없다고
말했다.
　　그들은 비난의 말을 피하기 위한 방법으로 그 파키스탄 사람에 관해서 들은 게
있느냐고 물었다. 노턴은 그렇다고, 지역 텔레비전 방송에 뉴스가 나왔다고 말했다.
친구들로 이루어진 어느 무리, 아마도 가든 로에서 나오던 그 사람들이 택시
기사를 발견하고 경찰에 신고했을 터였다. 갈비뼈 네 대가 골절되었고, 뇌진탕
증상을 보이며, 코뼈도 부러졌다. 윗니는 모두 빠졌다. 지금 그는 병원에 입원해
있었다.
　　「내 잘못이야. 그가 입에 담지 못할 말을 하자, 그만 흥분해서 나 자신을
제어할 수 없었어.」 에스피노사가 말했다.
　　「당분간 서로 만나지 않는 게 좋겠어요. 차분하게 이 문제를 생각해 봐야 할 것
같아요.」 노턴이 말했다.
　　펠티에는 작은 소리로 동의했지만, 에스피노사는 계속해서 자기 탓을 했다.
그래서 노턴이 자기를 만나지 않겠다는 건 일리가 있지만, 펠티에까지 만나지
않겠다는 것은 부당하다고 말했다.
　　「말도 안 되는 소리는 이제 그만해.」 펠티에가 조그만 소리로 말했고,
에스피노사는 그때야 비로소 정말로 자기가 멍청한 소리를 지껄였다는 것을
알았다.
　　그날 밤 두 사람은 각자의 집으로 돌아갔다.

---

36 Anthony Perkins(1932~1992). 미국의 배우. 히치콕 감독의 「사이코」에서 정신 이상 살인자 베이츠 역을 맡
았다.

마드리드에 도착한 에스피노사는 사소한 신경 쇠약을 경험했다. 집으로 가는 택시 안에서 그는 손으로 눈을 가리고는 남몰래 울음을 터뜨렸지만, 택시 기사는 그가 운다는 사실을 눈치채고서 무슨 일이냐고, 혹시 아픈 건 아니냐고 물었다.

　　「괜찮아요. 단지 약간 불안할 뿐이에요.」에스피노사가 말했다.

　　「여기 마드리드 사람인가요?」택시 기사가 물었다.

　　「그래요. 마드리드에서 태어났어요.」에스피노사가 말했다.

　　잠시 두 사람은 아무 말도 하지 않았다. 그런 다음 택시 기사가 다시 질문을 퍼부으면서 축구를 좋아하느냐고 물었다. 에스피노사는 그렇지 않다고, 자기는 축구뿐만 아니라 다른 스포츠에도 전혀 관심이 없다고 대답했다. 그러고서 갑작스럽게 대화에 종지부를 찍지 않으려고 전날 밤에 한 사람을 거의 죽일 뻔했다고 덧붙였다.

　　「정말입니까?」택시 기사가 물었다.

　　「그래요. 거의 그를 죽일 뻔했어요.」에스피노사가 말했다.

　　「왜 그랬던 겁니까?」택시 기사가 물었다.

　　「미칠 듯이 화가 났어요.」에스피노사가 말했다.

　　「외국에서 말입니까?」택시 기사가 물었다.

　　「그래요.」에스피노사는 처음으로 웃으면서 말했다.「여기에서 멀리 떨어진 곳이에요. 게다가 그 작자는 아주 이상한 직업을 가지고 있어요.」

　　반면 펠티에는 전혀 신경 쇠약을 경험하지 않았고, 그를 아파트까지 데려다준 택시 기사와도 말을 하지 않았다. 집에 도착하자 그는 샤워를 했고, 올리브유와 치즈로 이탈리아 파스타를 조금 만들었다. 그런 다음 이메일을 확인했고 몇몇 메시지에 답장을 했으며, 훌륭하지는 않지만 재미있는 젊은 프랑스 작가의 소설과 문학지 하나를 손에 들고 침대로 갔다. 잠시 후 그는 잠들었고 아주 이상한 꿈을 꾸었다. 그는 노턴과 결혼했고 절벽 근처에 있는 커다란 집에서 살았다. 절벽에서는 일광욕을 하거나 아니면 해안에서 그리 멀리 가지 않고서 수영을 즐기는 사람들로 가득한 해변이 내려다보였다.

　　낮 시간은 짧았다. 창가에서 그는 거의 끊임없이 계속해서 해가 지고 뜨는 것을 지켜보았다. 종종 노턴은 그가 있는 곳으로 와서 무언가 말했지만, 결코 그 방의 문지방을 넘어오는 법은 없었다. 해변의 사람들은 항상 그곳에 있었다. 가끔씩 그는 밤에도 그들이 집으로 돌아가지 않거나, 어두워지면 모두가 함께 집으로 갔다가 해가 뜨기 전에 긴 행렬을 이루어 다시 해변으로 돌아온다는 인상을 받았다. 그리고 어떤 때는 눈을 감으면 마치 갈매기처럼 해변 위를 선회할 수 있었고, 가까이에서 수영을 즐기는 사람들을 볼 수 있었다. 갖가지 유형의 사람들이 있었지만 대부분이 30대나 40대, 혹은 50대의 성인들이었다. 그런데 그들은 몸에 오일을 바르거나, 샌드위치를 먹거나, 관심이 있다기보다는 예의상 친구나 친척 혹은 함께 목욕 수건을 두르고 있는 사람의 대화에 귀를 기울이는 등 하찮은 일에 집중한다는 인상을 풍겼다. 가끔씩 사람들은 조심스럽게 자리에서 일어나 구름 한 점 없고 잔잔하며 투명한 파란색 수평선을 바라보기도 했지만, 그 시간은 1초나 길어도 2초가 넘지 않았다.

펠티에는 눈을 뜰 때면 수영하러 온 사람들의 행동에 관해 생각했다. 그들이 무언가를 기다린다는 건 분명했지만, 그들의 기다림 속에서 그토록 필사적인 게 무엇인지는 말할 수 없었다. 단지 일정 시간마다 그들은 좀 더 정신을 바짝 차리고서 1초나 2초 동안 수평선을 뚫어지게 쳐다보았으며, 그런 다음 한 순간도 머뭇거리지 않고 다시 자연스럽게 해변에서 보내는 시간의 흐름에 합류했다. 수영하는 사람들을 관찰하는 데 온 정신을 쏟은 나머지 그는 노턴을 잊어버렸다. 아마도 그녀가 집에 있을 것이라고, 그러니까 집 안에서 들려오는 소리, 다시 말하면 창문이 없거나 아니면 바다나 북적대는 해변이 아니라, 들판이나 산이 바라보이는 창문만 있는 방에서 종종 들려오는 소리로 그녀가 집에 있다는 사실을 입증할 수 있다고 믿는 것 같았다. 그는 한참 꿈을 꾸고 났을 때에야 자기가 책상과 창문 옆 의자에서 자고 있었다는 것을 알았다. 틀림없이 그는 몇 시간 자지 못했다. 심지어 해가 질 때도 눈을 해변에 고정한 채, 즉 시커먼 캔버스나 우물 바닥과 같은 검은 것에, 그리고 빛이 보일 경우에는 회중전등의 흔적이나 모닥불의 깜빡거리는 불꽃을 뚫어지게 바라보면서 가능한 한 많은 시간 동안 깨어 있으려고 애썼다. 그는 시간 개념을 잃어버리고 있었다. 창피하기도 하고 동시에 흥분되기도 한 혼란스러운 장면을 막연하게 기억했다. 책상 위에 놓인 종이들은 아르킴볼디의 육필 원고거나 육필 원고라는 말을 듣고 구입한 것들이었다. 그런데 그 종이들을 자세히 살펴보면서, 그는 원고가 독일어가 아닌 프랑스어로 적혀 있다는 것을 알았다. 그의 옆에는 전화기가 한 대 있었지만 전화가 걸려 오는 법이 결코 없었다. 날은 갈수록 더워졌다.

어느 날 아침, 정오가 가까워 올 즈음에 그는 수영하러 온 사람들이 행동을 멈추고 평소와 마찬가지로 모두가 동시에 수평선을 바라보는 장면을 보았다. 아무 일도 일어나지 않았다. 하지만 처음으로 사람들은 뒤로 돌아 해변을 떠나기 시작했다. 몇 명은 두 언덕 사이로 난 흙길로 살그머니 떠났고, 어떤 사람들은 돌과 덤불을 붙잡고서 탁 트인 들판으로 향했다. 또한 몇 명은 절벽 방향으로 모습을 감추었다. 그는 그들의 모습을 볼 수 없었지만, 그들이 천천히 벼랑을 기어오르기 시작했다는 것을 알았다. 이제 해변에 남은 것이라고는 덩어리, 그러니까 누런 구덩이에서 불쑥 내민 검은 얼룩뿐이었다. 순간적으로 펠티에는 해변으로 내려가 필요한 모든 예방 조치를 취하면서 구덩이 바닥에 있는 얼룩을 덮어야만 하지 않을까 망설였다. 하지만 걸어서 해변까지 가려면 너무 멀다는 것을 생각만 해도 땀이 나기 시작했고, 마치 일단 마개를 열면 닫을 수 없는 것처럼 갈수록 더욱 땀을 흘렸다.

그때 그는 바다가 진동하는 걸 보았다. 마치 바닷물 역시 땀을 흘리는 것 같기도 했고 바닷물이 끓기 시작하는 것 같기도 했다. 거의 감지할 수 없는 끓음이 잔물결 위로 흩어졌고 그것은 파도를 이루어서 해변에 이르러 부서졌다. 그러자 펠티에는 현기증을 느꼈고 바깥에서 벌 떼 소리가 난다는 걸 알았다. 벌 떼 소리가 멈추자, 그것보다 더 고약한 침묵이 집 안과 온 주변에 드리워졌다. 펠티에는 노턴의 이름을 소리쳐 불렀지만, 마치 침묵이 도와 달라는 그의 비명을 삼켜 버린 듯 아무도 그의 부름에 달려오지 않았다. 그때 펠티에는 울음을 터뜨렸고, 반짝이는 바다 밑에서 어떤 석상의 잔해가 솟아 나오는 걸 보았다. 시간과 물에 침식되어 형태 없이 흐느적거리는 커다란 돌덩이였다. 그러나 손 하나, 손목 하나, 그리고 팔의 일부는 아직 분명하게 볼 수 있었다. 이 석상은 바다에서 나와 해변 위로 솟아올랐다. 너무 끔찍한 모습이었지만 동시에 아주 아름다웠다.

며칠 동안 펠티에와 에스피노사는 각자 서로 파키스탄 운전사의 일로 인해 양심의 가책을 느꼈고, 그 운전사의 모습은 유령이나 발전기처럼 그들의 죄의식 주변을 빙빙 돌았다.

에스피노사는 그런 행동이 자신의 진정한 모습, 즉 폭력적이고 외국인을 혐오하는 극우주의자의 모습을 드러내는 것이 아닐까 생각했다. 반대로 펠티에는 자신의 죄의식을 불러일으키는 것은 그가 이미 바닥에 쓰러져 있던 파키스탄 운전사에게 발길질을 해댔다는 사실이며, 솔직히 그것이 스포츠 정신에 위배되기 때문이라고 여겼다. 그렇게 할 이유가 뭐가 있었지? 그는 자기 자신에게 물었다. 택시 기사는 이미 상응한 벌을 받았고, 그래서 폭력 행위에 또 다른 폭력 행위를 덧붙일 필요가 없었던 것이다.

어느 날 밤 두 사람은 전화로 오랫동안 이야기했다. 그들은 각자의 두려움을 털어놓았다. 두 사람은 서로 상대방에게 기운을 북돋아 주었다. 하지만 몇 분 후 그들은 다시 그 사건에 유감을 표시했다. 그러나 마음속으로는 진짜 극우주의자이고 여성 혐오증을 지닌 놈은 파키스탄 사람이라고, 진짜 폭력적인 놈은 파키스탄 사람이라고, 편협하고 배워 먹지 못한 놈은 파키스탄 사람이라고, 그런 일이 일어나게 만든 장본인은 절대적으로 파키스탄 사람이라고 확신했다. 사실대로 말하자면, 그럴 때 택시 기사가 그들 앞에 나타났다면, 그들은 틀림없이 그를 죽여 버리고 말았을 것이다.

그들은 매주 떠나던 런던 여행을 오랫동안 잊어버렸다. 그들은 프리처드와 고르고를 잊었다. 그들은 아르킴볼디를 잊었고, 그의 명성은 그들이 그에게 등을 돌리는 사이 계속해서 커져만 갔다. 그들은 자신들의 작업도 잊었고, 아무렇게나 독창성 없는 글을 썼다. 마치 그들 제자들의 글이거나 아니면, 정년이 보장된 지위나 더 많은 월급을 준다는 모호한 약속을 하면서 아르킴볼디 연구를 위해 각 학과에서 차출한 조교수들의 작품 같았다.

어느 학회가 열리는 동안, 좀 더 구체적으로 말하자면 폴이 아르킴볼디와 전후 독일 문학의 굴욕에 관해 멋진 강연을 하는 동안 두 사람은 베를린의 창녀촌을 찾았고, 늘씬하고 다리가 긴 두 금발 여자와 잤다. 한밤이 다 되어 그곳에서 나오면서 그들은 너무나 행복하고 즐거운 나머지 폭우 속 아이들처럼 노래를 부르기 시작했다. 그들의 인생에서 새로운 경험이던 창녀들과의 사랑은 유럽 여러 도시에서 여러 번 반복되었고, 마침내 마드리드와 파리에서 그들의 일상이 되었다. 다른 사람이었다면 여학생들과 잠자리를 했을 수도 있다. 그러나 다른 여자와 사랑에 빠지는 것을 두려워하거나 노턴을 사랑하지 않게 될까 두려워하던 그들은 창녀들에게 눈을 돌렸다.

파리에서 펠티에는 인터넷을 통해 창녀들을 찾았고, 거의 항상 최고의 결과를 얻었다. 마드리드에서 에스피노사는 『엘 파이스』 신문의 섹스 도우미 지면에서 창녀를 찾았다. 이 신문의 문화 부록은 『ABC』 신문의 문화 부록과 마찬가지로 포르투갈의 영웅들이 우글거렸고 아르킴볼디에 관해 거의 말하지 않았다. 그런 점에서 적어도 이 지면만은 문화 부록보다 더 믿을 만하고 실용적인 서비스를 제공했다.

「그래.」에스피노사는 펠티에와 대화하면서 투덜댔다. 아마도 무언가 위로의 말을 듣고 싶었던 것 같았다. 「우리 스페인 사람들은 항상 뒤처진 촌놈들이야.」

「그건 사실이야.」펠티에는 어떤 대답을 해야 할지 정확하게 2초만 생각한 후 그렇게 말했다.

창녀촌에서의 모험에서도 그들은 상처를 입지 않고 무사히 나오지 못했다.

펠티에는 바네사라는 여자를 알게 되었다. 그녀는 유부녀였고 아들 하나를 데리고 살았다. 종종 그녀는 남편과 아이를 만나지 않은 채 몇 주를 보내곤 했다. 그녀에 따르면, 그녀 남편은 성자였지만, 몇 가지 흠을 지녔다. 예를 들면 아랍인, 좀 더 정확하게는 모로코 사람이었으며, 굼떴다. 그러나 바네사의 말로는 전반적으로 좋은 사람이었다. 거의 어떤 이유로도 화를 내는 법이 없었고, 화를 낼 때에는 다른 남자들과 정반대로 폭력적이지 않았고 교양이 없지도 않았다. 오히려 갑자기 이해할 수 없이 너무나 크게 나타나는 세상 앞에 우수에 젖고 슬프며 비탄으로 가득 찬 모습을 보이곤 했다. 펠티에는 그 아랍인이 그녀가 창녀로 일하는 것을 아느냐고 물었다. 그러자 바네사는 그렇다고, 그걸 알지만, 개인의 자유를 굳게 믿기에 전혀 개의치 않는다고 말했다.

「그렇다면 네 기둥서방이군.」펠티에가 말했다.

이 말을 듣자 바네사는 그럴 수도 있다고 대답했다. 그러면서 잘 생각해 보면 그렇지만, 자기 여자들에게 과도한 요구를 하는 다른 기둥서방들과는 다르다고 말했다. 그 모로코 사람은 그녀에게 아무것도 요구하지 않았다. 그녀 역시 일종의 습관적 게으름, 즉 영속적인 무기력에 빠진 시기도 있었고, 그러자 세 사람은 경제적 어려움에 직면했다고 바네사는 말했다. 그 시기에 모로코인은 당시 상황에 순응하면서, 세 사람이 궁핍한 상태에서 벗어날 수 있도록 잡일이라도 찾으려고 했지만, 그다지 운이 따르지 않았다. 그는 이슬람교도였고 종종 메카를 향해 엎드려 기도했지만, 의심의 여지 없이 다른 이슬람교도와는 달리 자기 나름대로의 원칙에 충실한 이슬람교도였다. 그에 따르면 알라신은 모든 것을, 혹은 거의 모든 것을 허락했다. 다만 누군가가 의식적으로 아이에게 상처를 주는 행위는 허락되지 않았다. 아이를 학대하거나 죽이거나 혹은 죽도록 유기하는 행위는 철저히 금지되었다. 그 이외의 것은 모두 상대적이었고, 결국 허용되었다.

한번은 바네사가 펠티에에게 그들이, 그러니까 그녀와 그녀의 아들과 모로코인이 함께 스페인으로 여행했다고 말했다. 그들은 바르셀로나에서 모로코 사람의 동생과 만났다. 그는 뚱뚱하고 키가 큰 프랑스 여자와 살고 있었다. 모로코 사람은 바네사에게 그들이 음악가라고 설명했지만, 실제로는 거지였다. 그녀는 그 시절만큼 모로코인이 행복해하는 모습을 본 적이 없었다. 그는 항상 웃으면서 이야기를 들려주었고, 바르셀로나 동네를 걸어 다니면서도 절대 지친 기색을 보이지 않았다. 그렇게 그는 근교, 즉 도시 전체와 지중해의 어렴풋한 빛이 내려다보이는 산에 이르렀다. 바네사에 따르면, 그토록 기운이 왕성한 남자는 보지 못했다. 물론 그렇게 기운이 넘치는 아이들은 본 적이 있었다. 하지만 그 수는 많지 않았고 몇 명에 불과했다. 그러나 어른 중에서는 한 명도 본 적이 없었다.

펠티에가 바네사에게 그녀의 아들 역시 모로코 사람의 아들이냐고 묻자, 창녀는 아니라고 대답했다. 그녀의 대답 속에는 그 질문이 마치 그녀 아들을 멸시하는 것처럼 공격적이거나 상처를 입힌다는 사실이 분명하게 드러났다. 그 아이는 백인이며 금발에 가깝다고 그녀는 말했다. 잘못 기억하는 게 아니라면, 그녀가 모로코인을 만났을 때 아이는 여섯 살이었다. 내 인생에서 가장 끔찍한 시기였어요. 그녀는 말했지만, 왜 그랬던 건지 자세히 설명하지는 않았다. 모로코 사람의 출현 역시 천우신조라고 할 수는 없었다. 그를 알게 되었을 때 그녀는 힘든 시기를 보내는 와중이었지만, 그는 글자 그대로 배고파 굶어 죽어 가던 차였다.

펠티에는 바네사를 좋아했고, 그래서 여러 번 만났다. 그녀는 키가 훤칠했고 그리스 여자처럼 코가 오뚝했으며, 거만하고 강철 같은 시선을 지녔다. 그녀는 문화를 경멸했는데, 특히 책 문화를 경멸했다. 그건 여하튼 여학생적인 것이었다. 그러니까 순수함과 우아함이 너무나 청순하게 뒤섞인 것이라, 펠티에는 바네사가 무식한 말을 하든 말든 그 누구도 그걸 염두에 두지 않을 정도라고 생각했다. 어느 날 밤 사랑을 한 후 펠티에는 벌거벗은 채 일어나 책장에서 아르킴볼디의 소설을 찾았다. 잠시 머뭇거린 다음, 『가죽 가면』으로 결정했다. 운이 따른다면 바네사가 그 소설을 마치 공포 소설처럼 읽을 수 있으며, 그 소설의 불길한 부분에 매력을 느낄지도 모른다고 생각한 것이다. 책 선물을 받자 처음에 그녀는 놀랐고, 그런 다음에는 감동했다. 그녀는 고객들에게 주로 옷이나 신발, 혹은 속옷 등을 선물받는 데 익숙했기 때문이었다. 사실 그녀는 책 선물을 받자 몹시 행복해했다. 그리고 펠티에가 아르킴볼디란 사람이 누구이며, 그 독일 작가가 자기 인생에 어떤 역할을 했는지 설명해 주자 더욱 기뻐했다.

「마치 당신의 일부를 내게 선물하는 것 같아요.」 바네사는 말했다.

이 말을 듣자 펠티에는 당황했다. 실제로 그 말은 어느 정도 사실이었기

때문이었다. 아르킴볼디는 이제 그의 일부였고, 그가 몇몇 사람과 함께 그 독일
작가를 다른 방식으로 읽기 시작하면서 그에게 속해 있었다. 그런 그의 독서,
그러니까 아르킴볼디의 작품처럼 야심 찬 책 읽기는 지속될 것이기 때문이었다.
이런 책 읽기는 오랫동안 아르킴볼디의 작품과 보조를 함께했고, 그것은 그런
새로운 방식의 책 읽기가 고갈되거나 혹은 아르킴볼디의 글쓰기, 즉 감동과 의외의
사실을 일깨워 주는 아르킴볼디 작품의 능력이 고갈될 때까지(그러나 그는 이걸
믿지 않았다) 계속될 터였다. 하지만 다른 한편으로 그것은 사실이 아니었다.
그것은 가끔씩, 특히 그와 에스피노사가 런던 방문을 중지하고 노턴과 만나기를
멈춘 이후부터 아르킴볼디의 작품, 즉 그의 장편과 단편은 완전히 낯설어 보였고,
아무런 형태도 없고 불가사의한 언어 덩어리처럼 보인 것이다. 다시 말하면,
변덕스럽게 나타났다가 사라지는 것이었고, 글자 그대로 핑계였으며 가짜
문이었다. 또한 살인자의 다른 이름, 즉 장클로드 펠티에가 아무런 이유 없이
당황한 상태에서 자살로 삶을 마감하게 될지도 모르는 암모니아수로 가득한
호텔의 욕조였기 때문이다. 바로 그런 이유였다.

　그가 예상한 대로, 바네사는 그 책에 대해 어떻게 생각하는지 결코 말하지
않았다. 어느 날 아침 그는 그녀와 함께 집으로 갔다. 그녀는 이민자들로 가득한
날품팔이꾼들의 동네에 살았다. 그들이 도착했을 때, 그녀의 아들은 텔레비전을
보고 있었고, 바네사는 왜 학교에 가지 않았느냐고 아이를 나무랐다. 아이는 배가
아프다고 말했고, 바네사는 즉시 허브티를 만들어 주었다. 펠티에는 그녀가
부엌에서 움직이는 것을 보았다. 바네사는 끝없이 기운을 썼지만, 그 기운의
90퍼센트는 쓸데없는 행동이었다. 집은 완전히 엉망이었다. 그는 집 안 무질서의
일부는 아이와 모로코인 때문이라고 생각했지만, 근본적으로는 그녀의 잘못
때문이었다.

　잠시 후 부엌에서 나는 소리(숟가락이 바닥에 떨어지는 소리, 컵이 깨지는
소리, 차를 끓여야 하는데 허브가 도대체 어디에 있느냐고 물으면서 외치는
소리)를 들은 모로코 사람이 나타났다. 아무도 두 사람을 소개시키지 않았는데,
그들은 악수를 했다. 모로코인은 키가 작은 말라깽이였다. 얼마 지나지 않아
아이가 그보다 더 크고 힘이 세질 것 같았다. 그는 짙은 콧수염을 달았고, 대머리가
되어 가고 있었다. 펠티에에게 인사를 한 후, 잠이 덜 깬 채로 소파에 앉아 아이와
함께 만화 영화를 보기 시작했다. 바네사가 부엌에서 나오자 펠티에는 이제 자기는
가야겠다고 말했다.

　「여기 있어도 괜찮아요.」 그녀가 말했다.

　그는 그녀의 이런 대답에 다소간의 호전성이 내포되었다고 생각했지만, 이내
바네사는 그런 여자라는 걸 떠올렸다. 아이는 차를 한 모금 마시더니 설탕이 덜
들어갔다고 투덜댔고, 펠티에가 이상하고 수상쩍다고 생각한 잎사귀가 둥둥
떠다니며 김이 모락모락 나는 찻잔을 더는 건드리지 않았다.

　그날 아침, 대학에 있는 동안 그는 남는 시간을 바네사를 생각하며 써버렸다.

그녀를 다시 만났을 때, 그들은 사랑을 하지 않았지만, 그는 마치 사랑을 한 것처럼 그녀에게 돈을 주었다. 그리고 나서 그들은 여러 시간 동안 이야기했다. 잠들기 전에 펠티에는 몇 가지 결론에 이르렀다. 즉, 바네사는 감정적 차원뿐만 아니라 육체적으로도 중세 시대에 살기에 완벽하게 어울리는 여자라는 사실이었다. 그녀에게 〈현대적 삶〉은 아무 의미가 없었다. 그녀는 대중 매체보다 자기가 두 눈으로 직접 보는 것을 더욱 믿었다. 그녀는 의심이 많았고 용감했다. 하지만 역설적이게도 그녀는 용감성 때문에 사람들(이를테면 웨이터, 기차 검표원, 곤경에 처한 친구들)을 쉽게 믿었고, 그런 사람들은 거의 항상 그들에 대한 그녀의 신뢰를 저버리거나 배신했다. 이런 배신은 그녀를 미쳐 버리게 만들어서 거의 상상 이상의 폭력적인 상황으로 이끄는 일도 있었다. 또한 그녀는 원한을 품고 있었고, 에두르지 않고 사람들의 면전에서 직설적으로 말하는 것을 자랑스러워했다. 그녀는 자기 자신을 자유로운 여자로 여겼고, 모든 것에 대한 대답을 가지고 있었다. 자기가 이해하지 못하는 것에는 관심을 보이지 않았다. 그녀는 미래를 생각하지 않았으며, 심지어 자기 아들의 미래도 생각하지 않았다. 그녀는 오로지 현재, 영원한 현재만 생각했다. 그녀는 예뻤지만 자신이 예쁘다고 여기지 않았다. 그녀의 친구 반 이상은 모로코 이민자들이었고, 그녀는 절대 르펜[37]에게 투표하지 않았지만, 이민이 프랑스를 위태롭게 만든다고 생각했다.

「창녀들과는 섹스를 해줘야 해.」 펠티에가 바네사에 대해 말한 날 밤에 에스피노사가 지적했다. 「심리 분석자로 창녀에게 봉사할 필요는 없어.」

에스피노사는 친구와 달리 어떤 창녀의 이름도 기억하지 못했다. 한쪽으로는 육체들과 얼굴들이 있었고, 다른 한쪽으로는 일종의 통풍관처럼 로레나, 롤라, 마르타, 파울라, 수사나 등의 이름이 흘러갔지만, 그것은 육체 없는 이름들, 이름 없는 얼굴들에 불과했다.

그는 결코 똑같은 여자를 두 번 다시 만나지 않았다. 그는 도미니카 여자 한 명, 브라질 여자 한 명, 안달루시아 여자 세 명, 그리고 카탈루냐 여자 한 명과 잠을 잤다. 처음부터 그는 말 없는 사람이 되어야 한다고, 그리고 옷을 단정하게 입고서 돈을 지불하고 자기가 원하는 것을 말하거나 때로는 몸짓으로 지시하고는, 마치 그곳에 있지 않았던 사람처럼 옷을 입고 떠나야 한다는 것을 알았다. 그는 마치 국적이 특별한 것인 양 자신을 칠레 여자라고 홍보하는 칠레 여자와 콜롬비아 여자라고 홍보하는 콜롬비아 여자도 알게 되었다. 그는 프랑스 여자 한 명과 폴란드 여자 두 명, 러시아 여자 한 명, 우크라이나 여자 한 명, 그리고 독일 여자 한 명과도 사랑했다. 어느 날 밤 그는 멕시코 여자와 잠자리를 했는데, 그때까지 만난 여자 중에서는 최고였다.

평소처럼 에스피노사와 멕시코 여자는 호텔로 들어갔다. 아침에 눈을 떠보니

37 Jean-Marie Le Pen(1928~). 프랑스 극우 민족주의자로, 국민 전선의 창립자이며 총재다. 이민 제한을 주장했으며 사형 찬성론자이고 유럽 통합 반대론자다.

멕시코 여자는 이미 그곳에 없었다. 그날은 정말로 이상했다. 마치 그의 내면에 있는 무언가가 폭발해 버린 것 같았다. 그는 벌거벗은 채 양쪽 발을 바닥에 놓고 침대에 한참 동안 앉아서, 불분명한 것을 떠올리려고 애썼다. 그런데 샤워를 하면서, 허벅지 안쪽에 얼룩이 있다는 것을 깨달았다. 마치 누군가가 그곳을 빨았거나 혹은 그의 왼쪽 다리에 거머리를 놓았던 것 같았다. 멍든 흔적은 아이의 주먹만 했다. 처음에 그는 창녀가 자기에게 러브 마크를 새겨 놓았다고 생각하면서 그걸 떠올리려고 애썼지만, 그럴 수가 없었다. 그가 기억할 수 있는 유일한 이미지는 자기가 그녀 위에 있었으며, 그녀의 다리가 그의 어깨 위에 있었고, 알아들을 수 없는 모호한 말들이 오갔다는 것뿐이었다. 그런데 음탕한 내용이었을 그 말을 자기가 했는지 혹은 멕시코 여자가 했는지는 알 수 없었다.

며칠 동안 그는 그녀를 잊었다고 믿었다. 그런데 어느 날 밤 창녀들이 모여드는 마드리드 거리에서, 그리고 카사 데 캄포 공원에서 그녀를 찾는 자기 자신을 발견했다. 어느 날 밤 그는 그녀를 보았다고 믿고 쫓아가 어깨를 툭툭 쳤다. 그러나 고개를 뒤로 돌린 여자는 스페인 사람이었고, 전혀 멕시코 여자와 비슷하지 않았다. 또 다른 밤에 그는 꿈속에서 그녀가 말한 것을 기억했다고 생각했다. 그는 자기가 꿈을 꾸고 있다는 것을 알았고, 그 꿈이 악몽이 되어 끝날 것임을 알았으며, 그녀의 말을 잊어버릴 가능성이 높고 아마도 그렇게 하는 게 나을 것이라는 사실도 알았다. 그러나 잠에서 깨어나기 전에 그 말을 기억하려고 모든 노력을 기울이겠다고 다짐했다. 꿈속에서는 하늘이 느릿느릿 회전했고, 그는 잠에서 깨어나려고 용을 썼고, 불을 켜려고 노력했으며, 소리를 지르려고 온 힘을 다했다. 자기가 외치는 소리로 잠에서 깨어나기 위해서였다. 그러나 집 안의 전등은 나가 버린 것 같았고, 외침 소리 대신에 남자아이나 여자아이, 혹은 멀리 있는 방에 숨어 버린 어느 동물의 소리처럼 단지 희미한 신음 소리만 들렸다.

잠에서 깨어나자 말할 필요도 없이 그는 자기가 멕시코 여자에 관한 꿈을 꾸었으며, 이 여자는 희미한 불빛이 비치는 복도에 서 있었고 그는 모습을 드러내지 않은 채 그녀를 주시했다는 것만 기억했을 뿐, 나머지는 전혀 떠올리지 못했다. 멕시코 여자는 벽에 있는 무언가를 읽는 것 같았다. 마치 마음속으로 글을 읽을 줄 모르는 여자처럼 낙서나 음탕한 내용의 글자를 하나하나씩 천천히 소리 내어 읽었다. 그는 며칠간 계속해서 그녀를 찾아 헤맸지만, 이후 지쳐 버렸다. 그리고 나서 헝가리 여자 한 명과 스페인 여자 두 명, 감비아 여자 한 명, 세네갈 여자 한 명, 그리고 아르헨티나 여자 한 명과 잠자리를 했다. 그는 다시는 그녀 꿈을 꾸지 않았고, 마침내 잊을 수 있었다.

모든 상처를 치유해 주는 시간은 마침내 그들의 양심에서 런던의 폭력 사건으로 감염되었던 죄의식을 지워 주었다. 어느 날 두 사람은 아주 밝은 모습으로 각자 본연의 일로 돌아갔다. 마치 창녀들과 보낸 시기가 지중해로 가는 휴양용 크루즈였던 것처럼, 그들은 보기 드물게 정력적으로 다시 글을 쓰고 강연회나 학회에 참석했다. 그들은 사랑 모험을 즐기는 초창기 그들의 삶에서 퇴장시켰고, 이후에는 까마득히 잊어버렸던 모리니와의 만남을 재개했다. 그들은 이탈리아 사람이 평소보다 약간 더 상태가 좋지 않다는 것을 알아차렸지만, 예전과 마찬가지로 그는 따뜻했고 똑똑했으며 생각이 깊었다. 그러니까 토리노 대학의 교수는 그들에게 단 한 가지도 묻지 않았고, 단 하나의 비밀이라도 털어놓으라고 요구하지 않았다. 어느 날 밤 두 사람이 적지 않게 놀랄 일이 일어났다. 펠티에가 에스피노사에게 모리니는 선물과 같다고 말한 것이다. 신들이 그들 두 사람에게 수여한 상이라는 것이다. 그건 아무런 근거도 없는 말이었고, 그 말에 관해 논한다는 것 자체가 유치함이라는 진흙탕으로 들어가는 것이나 마찬가지였다. 하지만 펠티에와 똑같이 생각하고 있던 에스피노사는 다르게 표현하긴 했지만, 즉시 그 말에 동의했다. 인생은 그들에게 다시 미소 짓고 있었다. 두 사람은 몇몇 학회로 함께 여행했다. 그들은 미식의 즐거움을 만끽했다. 강연 원고를 읽었고 아무 걱정도 없이 명랑한 표정을 지었다. 그들 주변에서 멈추어 삐걱거리며 녹슬던 것들이 모두 다시 제대로 움직이기 시작했다. 이제 다른 사람들의 삶도 그들의 눈에 과장 없이 있는 그대로 보이기 시작했다. 그리고 양심의 가책은 어느 봄날 밤에 터뜨리는 웃음처럼 사라져 버렸다. 그들은 다시 노턴에게 전화를 걸기 시작했다.

재회하게 되자 깊이 감격한 펠티에와 에스피노사와 노턴은 바, 아니 조그만 카페테리아에서 만나기로 약속했다. 보통 바보다 약간 더 커다란, 이색적인 갤러리에 딸린 카페테리아였다. 정말로 아주 작은 가게인 것 같았다. 그곳에는 테이블 두 개와 카운터 하나만 놓여 있었다. 카운터도 어깨를 맞대고 앉아야 겨우 네 명 정도가 앉을 수 있을 정도의 크기였다. 네덜란드 대사관에서 아주 가까운 하이드 파크 게이트에 위치한 그 갤러리의 주요 기능은 그림 전시였지만, 중고 서적이나 옷, 혹은 신발을 팔기도 했다. 세 사람은 완전히 민주적인 국가이기에 네덜란드를 존경한다고 말했다.

노턴에 따르면 그곳은 마르가리타 칵테일을 런던에서 가장 훌륭하게 만드는 곳이었다. 펠티에와 에스피노사는 매우 관심을 보이는 척했지만, 실제로는 그런 것엔 거의 관심이 없었다. 물론 그들은 그 업소의 유일한 손님이었고, 주인인지 그 업소의 유일한 종업원인지 모를 사람은 그 시간에도 잠을 잤거나 아니면 막 깨어난 것 같은 인상을 풍겼다. 그의 표정은 펠티에와 에스피노사의 얼굴과는 정반대였다. 두 사람은 아침 7시에 일어나 비행기를 탔고, 둘 다 항공편이 지연되는 것을 참아야 했지만, 얼굴에는 생기가 흘렀고 기운이 넘쳤으며, 런던의 주말을 최대한 즐기기 위한 만반의 준비가 되어 있었다.

처음에는 대화를 시작하기가 힘들었고, 그건 정말 사실이었다. 펠티에와 에스피노사는 그 침묵을 이용해 노턴을 뚫어지게 쳐다보았다. 평소와 마찬가지로 예쁘고 매력적이었다. 때때로 그녀는 옷걸이에서 옷을 내리고 그것들을 다시

96

뒷방으로 가져가고 그곳에서 다시 똑같은 옷이나 비슷한 옷을 가지고 나와 다른 옷들이 걸렸던 장소에 거는 갤러리 주인의 종종걸음을 쳐다보면서 한눈을 팔았다.

펠티에와 에스피노사는 침묵을 거북스러워하지 않았지만, 노턴은 숨 막혀 하는 것 같았다. 그녀는 빠르고 맹렬할 정도로 그들을 만나지 못한 기간 동안 자신의 교육 활동에 관해 말했다. 그건 따분한 주제였고, 이내 소재가 고갈되고 말았다. 노턴은 곧 하루 전과 이틀 전에 자기가 무슨 일을 했는지 말했지만, 다시 말할 거리가 떨어지고 말았다. 잠시 다람쥐처럼 웃으면서 세 사람은 마르가리타를 마셨다. 그러나 침묵은 갈수록 참기 어려워졌다. 마치 침묵 속에서, 침묵으로 단절된 시간 속에서 잘린 말들과 잘린 생각들이 천천히 형체를 갖추는 것 같았다. 그것은 결코 무관심하게 지켜볼 연기나 춤이 아니었다. 그래서 에스피노사는 스위스 여행을 설명하는 게 적절할 것이라고 생각했다. 노턴이 그곳에 함께하지 않았기 때문에 아마도 그녀를 즐겁게 해줄 수 있으리라 여겼다.

에스피노사는 스위스 방문에 관해 말하면서 정돈된 도시나 주시하지 않을 수 없는 강들이나 초록색 옷으로 뒤덮인 봄의 산허리를 빠뜨리지 않았다. 그런 다음 그곳에 모인 세 친구는 일을 끝내고 나서 기차를 타고 시골로 향했다고 말했다. 그들은 몽트뢰와 베른 지역의 알프스산맥 기슭 사이에 있는 마을들 중 하나로 갔다. 베른 지역의 알프스산맥 기슭에서 그들은 택시를 전세 냈고, 그 택시는 꾸불꾸불하지만 잘 포장된 도로를 따라 요양 병원이 있는 곳으로 향했다. 그 병원은 19세기 말 스위스 정치인인지 금융가인지 하는 사람의 이름을 따서 오귀스트 드마르 병원이라고 불렸는데, 흠잡을 데 없는 그런 이름 뒤에는 은밀하게 현대화한 정신 병원이 숨겨져 있었다.

펠티에와 에스피노사는 그런 곳에 찾아가려고 생각하지 않았다. 그건 모리니의 생각이었다. 어떻게 알았는지는 모르지만, 이탈리아 사람은 20세기 말의 가장 불온한 화가 중 하나로 여겨지는 사람이 그곳에 산다는 사실을 알고 있었다. 아니, 그렇지 않을지도 몰랐다. 어쩌면 이탈리아 사람이 그런 말을 하지 않았을지도 모른다. 어쨌거나 그 화가의 이름은 에드윈 존스였고, 그는 그림을 그리던 오른손을 잘랐고, 그걸 방부 처리한 뒤 일종의 다중 자화상처럼 보이는 그림에 붙였다.

「왜 이 이야기를 내게 하지 않은 거죠?」 노턴이 말을 끊었다.

에스피노사는 어깨를 살짝 들었다가 내렸다.

「이미 당신에게 이야기했다고 생각했어요.」 펠티에가 말했다.

그러나 몇 분 후 그는 그녀에게 그런 말을 하지 않았다는 사실을 깨달았다.

모든 사람이 놀라게끔, 노턴은 전혀 어울리지 않게 큰 웃음을 터뜨렸고, 마르가리타를 다시 주문했다. 잠시 동안 계속해서 옷을 내렸다가 다시 걸던 업소 주인이 칵테일을 가져오는 동안, 세 사람은 침묵을 지켰다. 그런 다음 노턴의 부탁으로 에스피노사는 이야기를 다시 시작해야만 했다. 그러나 그는 이야기를 계속하고 싶어 하지 않았다.

「네가 이야기해.」 에스피노사가 펠티에에게 말했다. 「너도 거기에 있었으니까.」

펠티에는 아르킴볼디 연구자 셋이 높이 솟은 철문을 쳐다본 것으로 이야기를 시작했다. 그 철문은 오귀스트 드마르 정신 병원에 온 것을 환영하는 것일 수도 있고, 아니면 그 병원의 출구를 봉쇄하거나 부적절한 손님들이 들어오는 것을 막는 것일 수도 있었다. 아니, 그의 이야기는 몇 초 이전의 장면에서 시작했다. 에스피노사와 휠체어에 탄 모리니는 철문과 잘 가꾸어진 오래된 숲의 그늘에 가려 오른쪽에서 왼쪽으로 사라지던 쇠 울타리를 지켜보고 있었다. 그러는 동안 펠티에는 차에서 몸을 반쯤 꺼내고서 택시 기사에게 요금을 지불하고는, 그들을 데리러 마을에서 오도록 적절한 시간을 정했다. 그런 다음 세 사람은 고개를 돌려 정신 병원의 그림자를 바라보았다. 도로 끝에서 부분적으로 볼 수 있던 그 그림자는 마치 15세기의 요새 같았다. 그러나 건물이 그런 것이 아니라 무기력한 모습이 그것을 쳐다보는 사람에게 그런 효과를 준 것이었다.

그렇다면 무엇을 떠올리게 만들었을까? 아주 이상한 느낌이었다. 가령 아메리카 대륙이 발견된 적 없다는 확신, 그러니까 다른 말로 하자면 결코 존재하지 않았다는 확신을 주었다. 그리고 이것은 어느 정도 지속된 경제 성장이나 정상적인 인구 증가, 혹은 헬베티아 공화국[38]의 민주주의 발전에 저해 요소도 아니었다. 어쨌거나 사람들이 여행하는 동안에 함께 교환하고 공유하는 이상하고 쓸데없는 생각 중 하나였어. 이것처럼 너무나 분명하게 아무런 목적도 없는 여행이라면 더욱 그래. 펠티에는 말했다.

그런 다음 그들은 스위스 정신 병원의 모든 절차와 관료주의적 형식을 통과했다. 마침내 그 기관에서 치료를 받는 정신 병자는 한 명도 보지 못한 채, 그들은 불가사의한 표정을 지은 중년 여간호사의 안내를 받아 병원 뒤뜰에 있는 조그만 별채에 도착했다. 뒤뜰은 엄청나게 넓고 경관이 화려했지만, 내려가는 경사면을 보자 모리니의 휠체어를 밀던 펠티에는 그곳이 정신 장애자 혹은 중증의 정신 장애자들을 그다지 안정시킬 수 없을 것이라고 생각했다.

놀랍게도 별채는 소나무로 둘러싸여 있고 낮은 벽을 따라 장미가 덩굴을 드리운, 아늑하고 포근한 장소였다. 그리고 내부에는 영국 시골의 안락 시설을 모방한 1인용 소파들과 벽난로, 참나무 책상과 반은 빈 책장(책 제목이 영어인 것도 몇 권 있기는 했지만 거의 모두는 독일어와 프랑스어였다), 모뎀을 장착한 컴퓨터 한 대가 놓인 컴퓨터 책상, 나머지 가구와 어울리지 않는 터키 소파, 수세식 변기와 세면대를 비롯해 심지어 미닫이 달린 샤워실까지 갖춘 욕실도 있었다.

「환자들이 형편없는 환경에서 사는 건 아니야.」 에스피노사가 말했다.

펠티에는 창문으로 가서 경치를 바라보고자 했다. 산기슭에서 그는 도시를 보았다고 생각했다. 아마도 몽트뢰일 거라고 생각했거나 아니면 택시를 전세 냈던

---

38 나폴레옹이 스위스에 세운 중앙 집권적 공화국(1798~1803).

마을이라고 생각했을 것이다. 어쨌거나 호수는 눈에 보이지 않았다. 에스피노사는 창문으로 다가가, 그 집들이 마을일 것이라고, 몽트뢰는 절대 아닐 것이라고 생각했다. 모리니는 문에 시선을 고정하고는 휠체어에 가만히 앉아 있었다.

문이 열리자 모리니는 가장 먼저 그를 보았다. 에드윈 존스는 곧은 머리카락의 소유자였다. 그러나 정수리 부분에서는 이미 머리가 빠지기 시작했고 피부도 창백했다. 특별할 정도로 키가 크지는 않았지만, 여전히 비쩍 말랐다. 그는 회색 터틀넥 스웨터와 얇은 가죽 재킷을 입었다. 그가 가장 먼저 눈길을 준 것은 모리니의 휠체어였다. 느닷없이 눈앞에 이런 구체적인 사물이 나타나리라고는 생각지도 못했다는 듯 그는 놀라워하면서도 기분 좋은 표정이었다. 한편 모리니는 손이 없는 그의 오른팔을 쳐다보지 않을 수 없었고, 비어 있어야 할 재킷 소맷부리에서 손이 하나 나와 있는 것을 확인하고 소스라치게 놀랐다. 그러나 이쪽은 전혀 즐겁지 않은 놀라움이었다. 물론 그것은 의수(義手)였다. 하지만 너무나 정교하게 만들어져서, 그것이 의수임을 이미 아는 차분한 관찰자만이 사람이 만든 손임을 감지할 수 있었다.

존스 뒤로 간호사가 들어왔다. 그들을 그곳으로 데려온 간호사가 아닌 다른 간호사였다. 약간 더 젊고 훨씬 더 밝은 금발이었다. 그녀는 창가에 있는 의자에 앉아서 두꺼운 책을 꺼내더니 존스와 방문객들을 잊어버린 채 읽기 시작했다. 모리니는 자신을 토리노 대학의 문학 교수이며 존스 작품의 팬이라고 소개했고, 이어서 그의 친구들을 소개했다. 그때까지 줄곧 선 채로 움직이지 않던 존스는 에스피노사와 펠티에에게 손을 내밀었고, 두 사람은 조심스럽게 그와 악수했다. 그러고 난 뒤 존스는 책상 옆 의자에 앉아, 마치 그 별채에 오로지 두 사람만 있다는 듯 모리니만 쳐다보았다.

처음에 존스는 대화를 시작하려고 살며시, 거의 느끼지 못할 정도로 노력했다. 그는 모리니에게 자기 작품을 구입했느냐고 물었다. 모리니의 대답은 부정이었다. 그는 아니라고 말하고는, 존스의 작품은 너무나 비싸서 살 수 없었다고 덧붙였다. 그때 에스피노사는 간호사가 한시도 눈을 떼지 않고 읽고 있는 책이 20세기 독일 문학 선집이라는 것을 알았다. 그는 팔꿈치로 펠티에에게 그 사실을 알렸고, 펠티에는 궁금하다기보다는 차가운 냉기류를 깨기 위해 수록된 작가들 중에 베노 폰 아르킴볼디가 있느냐고 간호사에게 물었다. 바로 그 순간 모든 사람은 어느 까마귀의 노래, 아니 울음소리를 들었다. 간호사는 그렇다고 대답했다. 존스는 눈을 깜빡거리기 시작하더니 이내 눈을 감고서 의수로 얼굴을 문질렀다.

「그 책은 내 겁니다. 내가 빌려 준 겁니다.」 존스가 말했다.

「믿을 수 없는 일이군요. 우연치고는 기막힌 우연입니다.」 모리니가 말했다

「물론 난 이 책을 읽지 않았습니다. 독일어를 모르거든요.」

에스피노사는 그렇다면 어떤 이유로 그 책을 샀느냐고 물었다.

「표지 때문입니다.」 존스가 말했다. 「한스 베트의 그림이지요. 훌륭한

화가랍니다. 그건 그렇고, 우연을 믿거나 혹은 믿지 않으려고 하지 마십시오. 이 세상 모두는 하나의 우연입니다. 내 친구는 이런 식으로 생각하는 게 잘못되었다고 말해 주더군요. 내 친구는 기차로 여행하는 사람에게 세상은 우연이 아니라고, 심지어 기차가 여행자가 모르는 지역, 그러니까 여행자가 평생 다시는 볼 수 없을 지역을 지나가더라도 우연이 아니라고 말했습니다. 그리고 출근하려고 잠에 취한 채 아침 6시에 일어나는 사람에게도 세상은 우연은 아니랍니다. 이미 축적되어 온 고통에 또 다른 고통을 덧붙이는 사람에게도 그렇습니다. 고통은 쌓이는 법이고, 그것은 현실이야, 고통이 커질수록 우연의 가능성은 더욱 적어지는 거지, 하고 내 친구는 말했습니다.」

「우연이 사치 같은 거라고 생각하는 겁니까?」 모리니가 물었다.

그때 존스의 독백을 계속 듣던 에스피노사는 간호사 옆에 있는 펠티에를 보았다. 그는 한쪽 팔꿈치를 창틀에 괴고서 다른 한 손으로 아주 예의 바르게 아르킴볼디의 단편소설이 수록된 페이지를 찾도록 간호사를 도와주고 있었다. 금발의 간호사는 의자에 앉아 무릎에 책을 올려놓았고, 펠티에는 약간 거드름을 피우는 자세로 그녀 곁에 섰다. 그의 옆에는 창틀이, 창밖에는 장미 넝쿨이, 그 너머로는 잔디밭과 숲이 펼쳐졌다. 저녁 어스름이 산마루와 산골짜기와 외롭게 서 있는 바위들을 지나 앞으로 나아가고 있었다. 또한 그림자는 전에는 아무 모서리도 없던 곳에 모서리를 만들면서 감지할 수 없도록 별채의 내부를 가로질러 기어왔다. 한순간 어렴풋한 그림이 갑자기 벽에 모습을 드러냈고, 둥근 원들은 소리 없이 폭발한 것처럼 흐릿해졌다.

「우연은 사치가 아닙니다. 그것은 운명의 또 다른 얼굴이자 그 이외의 또 다른 무엇입니다.」 존스가 말했다.

「또 다른 무엇이란 게 뭐지요?」 모리니가 물었다.

「너무 간단하고 이해하기 쉬운 것이기에 내 친구도 그걸 포착하지 못했습니다. 아직도 그를 내 친구라고 부를 수 있을지 모르겠지만, 어쨌건 내 친구는 인간다움을 믿었고, 그래서 질서, 즉 그림의 질서와 말의 질서를 믿었습니다. 그는 그런 질서가 바로 그림이 된다고 생각했습니다. 그는 구원을 믿었습니다. 그리고 마음속으로는 심지어 진보도 믿었을 겁니다. 그런데 우연이란 자신의 본질에 얽매인 우리에게는 완전한 자유처럼 보입니다. 우연이란 법칙을 따르지 않습니다. 그것이 법칙을 따른다 하더라도, 우리는 그것을 모릅니다. 이런 비유를 사용해도 될지 모르겠지만, 우연이란 시시각각 지구상의 모든 곳에 모습을 보이는 하느님과 같습니다. 어리석은 피조물들에게 이해할 수 없는 몸짓을 하는 이해할 수 없는 하느님입니다. 그 허리케인에서, 즉 뼛속의 파열에서 성찬식이 이루어집니다. 우연과 그 흔적의 성찬식, 즉 우리와 그 흔적의 성찬식입니다.」

그때, 바로 그때 에스피노사뿐만 아니라 펠티에도 모리니가 작은 소리로 너무나 하고 싶던 질문을 던지는 소리를 들었다. 아니, 감지했다고 말하는 편이 옳았다. 그러면서 상체를 너무나 앞으로 기울인 나머지, 그들은 그가 휠체어에서 떨어지지 않을까 걱정했다.

「왜 스스로 손을 자른 거죠?」

모리니의 얼굴은 정신 병원 뒤뜰을 가로지르며 굴러오는 마지막 햇빛에 관통된 것처럼 보였다. 존스는 대수롭지 않게 질문을 들었다. 그의 태도는 휠체어에 탄 사람이 그 전에 그보다 앞서 찾아온 수많은 사람들처럼 그 해답을 찾아 자기를 찾아왔다는 것을 익히 안다고 암시해 주었다. 존스는 미소 짓더니 오히려 모리니에게 질문했다.

「이 인터뷰를 출판할 작정입니까?」

「절대로 그렇지 않습니다.」 모리니가 말했다.

「그렇다면 왜 그런 질문을 하는 겁니까?」

「당신에게서 직접 그 말을 듣고 싶습니다.」 모리니가 속삭이듯 말했다.

펠티에가 보기에 존스는 천천히 연습하는 것 같은 몸짓으로 오른손을 들더니, 대답을 기다리는 모리니의 얼굴에서 불과 몇 센티미터 떨어지지 않은 곳에서 그 손을 보여 주었다.

「당신이 나 같은 사람이라고 생각합니까?」

「아닙니다. 나는 예술가가 아닙니다.」 모리니가 대답했다.

「나 역시 예술가가 아닙니다.」 존스가 말했다. 「당신이 나 같은 사람이라고 생각합니까?」

모리니는 고개를 좌우로 흔들었고, 그러자 그의 휠체어도 마찬가지로 움직였다. 잠시 존스는 가느다랗고 핏기 없는 입술에 희미한 미소를 지으며 그를 바라보았다.

「당신은 내가 왜 그런 일을 했다고 생각합니까?」 존스가 물었다.

「모르겠어요. 솔직히 말하면 모르겠습니다.」 모리니가 그의 눈을 응시하면서 말했다.

이탈리아인과 영국인 주위로는 이제 어둠이 가라앉았다. 간호사가 불을 켜려고 일어나려 했지만, 펠티에가 한 손가락을 자기 입술에 갖다 대면서 그렇게 하지 못하도록 했다. 간호사는 자리에 도로 앉았다. 간호사의 신발은 흰색이었다. 펠티에와 에스피노사의 신발은 검은색이었다. 모리니의 신발은 갈색이었다. 존스의 신발은 흰색이었는데 도시의 포장도로에서 장거리를 달리는 데 적합하도록, 혹은 크로스컨트리 경주용으로 제작된 것이었다. 그들이 알프스에 오는 밤의 차가운 어둠으로 빠지기 전에, 펠티에가 본 마지막 장면은 움직이지 않는 신발 색깔과 그 모양이었다.

「내가 왜 그렇게 했는지 말해 주지요.」 존스가 말했다. 그는 처음으로 군인처럼 딱딱하고 꼿꼿한 자세를 풀고서 몸을 숙이더니, 모리니에게 다가가서 귓엣말로 뭔가를 말했다.

그런 다음 몸을 일으켜 에스피노사에게 가서 매우 정중하게 악수를 했다. 그리고 펠티에와도 악수를 하고서 별채를 떠났다. 간호사도 그를 따라 나갔다.

불을 켠 뒤 에스피노사는 면회를 시작할 때나 끝낼 때 존스가 모리니와 악수하지 않았다는 사실을 그들이 전혀 눈치채지 못했다고 지적했다. 펠티에는 자기는 그런 사실을 알았다고 대답했다. 그러나 모리니는 아무 말도 하지 않았다. 잠시 후 처음에 본 간호사가 도착했고, 그들을 출구까지 배웅해 주었다. 뒤뜰을 가로지르는 동안 그녀는 입구에서 택시 한 대가 그들을 기다린다고 말했다.

택시는 그들을 몽트뢰로 데려갔고, 그들은 그곳의 헬베티아 호텔에서 밤을 보냈다. 세 사람은 몹시 피곤했기 때문에 저녁을 먹으러 나가지 않기로 결정했다. 그러나 두어 시간 후 에스피노사는 펠티에의 방에 전화를 걸어 배가 고프다고, 아직 열린 식당이 있는지 찾아 보러 호텔 주변을 둘러봐야겠다고 말했다. 펠티에는 그에게 기다리라고, 함께 가겠다고 말했다. 호텔 로비에서 만나자, 펠티에는 모리니의 방에도 전화했느냐고 물었다.

「응, 그랬어. 하지만 받지 않았어.」에스피노사가 말했다.

그들은 이탈리아인이 이미 잠든 게 분명하다고 결론 내렸다. 그날 밤 그들은 늦게, 그리고 약간 비틀거리며 호텔에 도착했다. 다음 날 아침 그들은 모리니를 찾으러 그의 방으로 갔지만, 그는 그곳에 없었다. 호텔 종업원은 컴퓨터에 기록된 바에 따르면, 피에로 모리니 고객이 전날 밤 12시에, 그러니까 펠티에와 에스피노사가 이탈리아 식당에서 저녁을 먹고 있을 때, 객실료를 치르고 호텔을 떠났다고 말했다. 그 시간에 호텔 프런트로 내려와 택시를 불러 달라고 한 것이다.

「밤 12시에 떠났단 말인가요? 어디로 갔지요?」

물론 호텔 종업원은 알지 못했다.

그날 아침 모리니가 몽트뢰의 어떤 병원이나 몽트뢰 주변에 있지 않다는 것을 확인한 후, 펠티에와 에스피노사는 기차를 타고 제네바로 향했다. 제네바 공항에서 그들은 토리노에 있는 모리니의 집에 전화를 걸었다. 그러나 들리는 것은 오로지 자동 응답기 소리뿐이었고, 두 사람은 마구 욕을 퍼부었다. 그런 다음 두 사람은 각자 비행기를 타고 자기가 사는 도시로 날아갔다.

마드리드에 도착하자마자 에스피노사는 펠티에에게 전화했다. 이미 한 시간 전에 집에 도착한 펠티에는 모리니에 관해 아직 새로운 소식을 듣지 못했다고 말했다. 하루 종일 에스피노사뿐만 아니라 펠티에도 모리니의 자동 응답기에 갈수록 절망적인 짧은 메시지를 남겼다. 이틀째 되는 날, 두 사람은 정말로 초조해 미칠 지경이었고, 심지어 즉시 토리노로 날아가서 모리니를 발견하지 못할 경우 경찰에 신고해야겠다는 생각도 했다. 그러나 경솔하게 성급한 행동을 해서 웃음거리가 되고 싶지는 않았고, 그래서 어떤 조치도 취하지 않았다.

사흘째 되는 날도 둘째 날과 똑같았다. 그들은 모리니에게 전화를 걸었고, 자기들끼리도 전화를 주고받았다. 그들은 그가 무슨 행동을 하고 있을지 몇 가지 가능성을 고려했고, 모리니의 정신 건강과 부정할 수 없는 그의 성숙함과 양식을 믿고서, 아무것도 하지 않았다. 나흘째 되는 날, 펠티에는 직접 토리노 대학으로 전화를 걸어 독문과에서 임시로 일하던 오스트리아 청년과 통화했다. 오스트리아 청년은 모리니가 있을 만한 곳을 전혀 알지 못했다. 펠티에는 독문과 비서를 바꿔 달라고 부탁했다. 그러자 오스트리아 청년은 비서가 아침을 먹으러 나갔는데, 아직 돌아오지 않았다고 말했다. 펠티에는 즉시 에스피노사에게 전화를 걸어 자기가 통화한 내용을 낱낱이 이야기했다. 에스피노사는 자기도 전화를 걸어 행운이 따르는지 시험해 보겠다고 말했다.

이번에 전화를 받은 사람은 오스트리아 청년이 아니라 독문과 남학생이었다. 그러나 그 학생의 독일어 실력은 그다지 뛰어나지 못했고, 그래서 에스피노사는 이탈리아어로 말했다. 그는 학과 비서가 돌아왔느냐고 물었다. 학생은 자기 혼자 있고, 모든 사람이 아마도 아침 식사를 하러 나간 것 같으며, 학과 사무실에는 아무도 없다고 말했다. 에스피노사는 토리노 대학에서는 몇 시에 아침 식사를 하며, 얼마나 오랫동안 아침 식사를 하는지 알고 싶어 했다. 학생은 에스피노사의 빈약한 이탈리아어를 알아듣지 못했고, 에스피노사는 두 번이나 더 똑같은 질문을 반복해야만 했다. 두 번째에는 약간 공격적인 말을 사용했다.

학생은 가령 자기는 거의 아침을 먹는 경우가 없지만, 그건 아무 의미도 없으며, 각자가 자신들의 취향이 있는 법이라고 말했다. 무슨 말인지 아시겠습니까?

「알겠어요.」 에스피노사가 이를 악물고 말했다. 「하지만 난 학과의 책임 있는 위치에 있는 사람과 말해야 해요.」

「제게 말씀하세요.」 학생이 말했다.

에스피노사는 모리니 박사가 최근에 수업을 빠뜨린 적이 있느냐고 물었다.

「글쎄요, 잠깐 생각할 시간을 주세요.」 학생이 말했다.

그때 에스피노사는 누군가가, 그러니까 바로 그 학생이 모리니…… 모리니…… 모리니라고 중얼거리는 소리를 들었다. 그러나 그 소리는 그 학생의 소리처럼 들리지 않고 마치 마법사의 목소리, 아니 좀 더 정확하게 말하자면 여자 마법사의 목소리, 즉 로마 제국 시대의 점쟁이가 주문을 외는 소리처럼 들렸다. 그 목소리는 현무암 샘에서 똑똑 떨어지는 물소리 같았지만 이내 귀청이 떨어지도록 포효하면서, 아니면 몇천 개의 목소리가 합쳐진 듯한 커다란 소리를 내면서, 또는 강물이 범람한 커다란 강처럼 모든 목소리의 운명이 똑같을 것이라는 굉음을 내면서 부풀어 오르고 넘쳐흘렀다.

「어제 수업이 있었지만 오지 않으셨어요.」 잠시 생각한 후 학생이 말했다.

에스피노사는 고맙다고 말하고는 전화를 끊었다. 그날 오후 그는 모리니의 집에 다시 한번 전화를 걸었고, 그런 다음 펠티에에게 전화했다. 두 사람 모두 집에 없었다. 그는 자동 응답기에 메시지를 남기는 것으로 만족해야 했다. 그리고 그는 생각하기 시작했다. 하지만 그의 생각은 단지 바로 방금 전에 일어난 일, 그러니까 엄밀한 과거, 거짓말같이 거의 현재처럼 보이는 과거로만 돌아갔다. 그는 모리니의 자동 응답기 목소리, 다시 말하면 간단하지만 정중하게 피에로 모리니의 전화번호이며 용건이 있으면 메시지를 남겨 놓으라고 녹음된 모리니의 목소리를 떠올렸다. 이어서 펠티에의 전화입니다 하고 말하는 대신 의심의 여지가 없도록 자기 전화번호만 반복하고서 전화를 건 사람에게 이름과 전화번호를 남기라고 부탁하고 나중에 자기가 전화하겠다고 막연히 약속하는 펠티에의 목소리가 떠올랐다. 그날 밤 펠티에는 에스피노사에게 전화를 했고, 두 사람은 각자가 느끼던 불길한 예감을 떨쳐 버린 후, 며칠 더 기다리면서 통속적인 히스테리에 빠지지 말기로 하고, 모리니가 무엇을 하든 그는 아주 자유롭게 그렇게 할 권리가 있으며, 그 점에서 그들은 그가 무언가를 못 하도록 어떤 것도 할 수 없으며 해서도 안 된다는 사실을 끊임없이 상기하자는 데 의견 일치를 보았다. 그날 밤 스위스에서 돌아온 이후 처음으로 그들은 편하게 잠잘 수 있었다.

이튿날 아침 두 사람은 피로가 가신 몸과 차분한 마음으로 일하러 갔다. 그러나 오전 11시에, 즉 동료들과 점심을 먹으러 나가기 조금 전에 에스피노사는 도저히 참을 수가 없어서 토리노 대학의 독문과에 다시 전화를 걸었다. 하지만 전과 마찬가지로 아무 도움이 되지 못했다. 얼마 후 펠티에가 파리에서 그에게 전화를 걸어 노턴에게 이런 사실을 알리는 게 좋을지에 관해 논의했다.

그들은 이해득실을 따졌고, 적어도 그에 관해서 구체적인 정보를 알게 될 때까지는 모리니의 프라이버시를 침묵의 베일 뒤로 숨겨 놓기로 결정했다. 이틀 후, 거의 자동적으로 펠티에는 모리니의 아파트에 전화를 했고, 이번에는 누군가가 전화를 받았다. 펠티에는 반대편 전화에서 친구의 목소리를 듣자 너무나 깜짝 놀랐다.

「이건 있을 수 없는 일이에요! 어떻게 이럴 수가 있어요! 이건 불가능한 일이에요!」 펠티에가 말했다.

모리니의 목소리는 평소와 똑같았다. 펠티에는 기쁨의 인사를 했고 이제 안심했다는 말을 했다. 그리고 이제는 불길했을 뿐만 아니라 도저히 이해할 수 없는 당황스러운 꿈에서 깨어났다고 말했다. 대화 도중에 펠티에는 즉시 에스피노사에게 알려야만 한다고 말했다.

「아무 데도 가지 않을 거죠?」 펠티에는 전화를 끊기 전에 물었다.

「내가 어디로 가면 좋겠어?」 모리니가 말했다.

그러나 펠티에는 에스피노사에게 전화를 걸지 않았다. 그는 위스키 잔에 술을 붓고는 부엌으로 갔고, 그런 다음 욕실로 갔고, 그 후에는 서재로 가면서 집 안의 모든 불을 켜놓았다. 그런 다음에야 비로소 에스피노사에게 전화를 걸어 모리니에게 아무 일도 없었고 무사하다고, 자기가 방금 전에 그와 통화를 했다고, 하지만 계속해서 통화를 할 수는 없는 상황이라고 말했다. 전화를 끊은 후, 그는 다시 술잔에 위스키를 따라 마셨다. 반 시간 후 에스피노사는 마드리드에서 모리니에게 전화를 했다. 사실이었다. 그는 무사했다. 최근 며칠 동안 자기가 어디에 있었는지 말하려고 하지는 않았다. 단지 휴식이 필요했다고, 생각을 정리할 필요가 있었다고 말했다. 그에게 질문 공세를 퍼붓고자 하지 않았던 에스피노사에 따르면, 모리니는 무언가를 숨기려는 인상을 풍겼다. 그런데 그게 무엇일까?

에스피노사는 전혀 짐작할 수 없었다.

「사실 우리는 그에 관해 아는 게 거의 없어.」펠티에가 말했다. 그는 모리니, 에스피노사, 그리고 전화가 지겨워지기 시작했다.

「건강은 어떤지 물어봤어?」펠티에가 물었다.

에스피노사는 그렇다고, 모리니가 잘 지낸다고 자신 있게 말했다고 전해 주었다.

「그럼 지금 당장은 우리가 할 일이 없네.」펠티에는 슬픈 말투로 결론지었다. 에스피노사는 그런 뉘앙스를 놓치지 않았다.

잠시 후 두 사람은 전화를 끊었고, 에스피노사는 책을 들고 읽으려고 했지만, 그럴 수 없었다.

종업원인지 갤러리 주인인지 알 수 없는 사람이 계속해서 옷을 내렸다가 거는 동안, 노턴은 모리니가 사라진 며칠 동안 런던에 있었다고 말했다.

「첫 이틀은 혼자 보냈어요. 내게 단 한 번도 전화하지 않았어요.」

내가 모리니를 만났을 때, 그는 자기가 박물관을 찾아다녔으며, 방향도 정하지 않은 채 잘 모르는 런던의 동네들, 그러니까 희미하게 체스터턴[39] 이야기를 떠올리게 만들고 브라운 신부의 그림자가 신앙적이 아닌 형태로 아직 배회하고 있지만 체스터턴과는 아무런 상관도 없는 동네들을 떠돌아다녔다고 말했어요. 마치 자신의 고독한 방황을 너무 극적으로 만들지 않도록 하려는 것 같았어요. 그러나 사실 노턴은 그가 커튼을 건 채 호텔 방에 처박혀서 여러 시간 동안 건물 뒤편의 별 볼 일 없는 경치를 감상하면서 책을 읽었을 것이라고 상상했다. 그런 다음 그는 그녀에게 전화를 걸어서 점심을 먹자고 했다.

물론 노턴은 모리니의 목소리를 듣고 그가 런던에 있다는 걸 알게 되자 무척 기뻐했다. 그리고 약속한 시간에 호텔 로비로 갔다. 모리니는 휠체어에 앉아 무릎에 꾸러미를 하나 올려놓은 채, 각양각색의 짐 가방들로 로비를 소란스럽게 만드는 투숙객들과 방문객들이 움직이는 모습, 그들의 피로에 지친 얼굴, 그리고 별똥별처럼 그들의 몸을 따라다니는 향수 냄새를 차분하고 무관심하게 바라보았다. 또한 모리니는 벨보이들의 근엄하면서도 안절부절못하는 행동들과 지배인이나 부지배인의 눈 아래 철학자들에게 새겨진 다크서클도 바라보았다. 그 관리자들은 항상 재기 발랄함을 발산하는 조수 둘을 대동했다. 그리고 그 조수들의 발랄함은 몇몇 젊은 여자가 간절하게 희생되고 싶어서 유령과 같은 웃음의 형태로 방출하는 바로 그런 생기 넘치는 발랄함을 띠었다. 다시 말하면 모리니가 혹시 골치 아픈 문제가 생길지 몰라서 보지 않으려고 하던 그런 발랄함이었다. 노턴이 도착하자, 두 사람은 노팅힐에 있는 식당으로 갔다. 그녀가 최근에 알게 된 브라질 스타일의 채식 식당이었다.

모리니가 이미 이틀을 런던에서 보냈다는 사실을 알자, 노턴은 도대체 무엇을

---

39 G. K. Chesterton(1874~1936). 영국 언론인이자 소설가. 탐정 소설 〈브라운 신부 시리즈〉를 썼다.

하고 있었냐고, 왜 자기에게 전화를 하지 않았느냐고 물었다. 그러자 모리니는 체스터턴의 이름을 들먹이더니, 산책을 하며 시간을 보냈다고 말했다. 그리고 휠체어를 탄 사람에게 수없이 장애물이 많은 토리노와는 달리, 런던은 장애인을 위한 시설이 잘 갖추어져 있다면서 칭찬을 아끼지 않았다. 또한 몇몇 고서점도 찾아갔으며, 책 몇 권을 샀다고 했지만, 그 책이 무엇인지는 말하지 않았다. 그리고 셜록 홈스의 집을 두 번 방문했으며, 베이커 거리는 자기가 가장 좋아하는 거리 중 하나라고, 그 거리는 불구가 되어 버린 교양 있는 중년 이탈리아 남자이자 탐정 소설을 좋아하는 독자에게는 시대를 초월한, 시간과 상관없는 곳이라고 말했다. 그러면서 그곳은 왓슨 박사의 이야기가 사랑스럽게(그가 실제로 사용한 단어는 〈사랑스럽게〉가 아니라 〈흠 하나 없이〉였다) 보존된 거리라고 덧붙였다. 식사를 마친 후 그들은 노턴의 집으로 갔고, 모리니는 그녀에게 주려고 구입한 선물을 건네주었다. 브루넬레스키[40]에 관한 책으로, 네 나라의 네 사진 작가가 찍은, 위대한 르네상스 건축가가 지은 동일한 건물들의 훌륭한 사진들이 수록되어 있었다.

「그들의 해석이 실려 있어요. 프랑스 사진 작가가 가장 훌륭해요.」모리니가 덧붙였다.「내 마음에 가장 들지 않는 사람은 미국 작가지요. 너무 요란해요. 브루넬레스키를 조명하려는 욕망이 너무 강해요. 너무 브루넬리스키가 되려고 하지요. 독일 사진 작가는 나쁘지 않지만, 난 프랑스 사람이 최고라고 생각해요. 당신은 어떻게 생각하는지 곧 말해 주면 좋겠군요.」

노턴은 한 번도 본 적 없지만 종이와 장정 자체만으로도 훌륭한 책이었다. 어쩐지 눈에 익은 느낌이었다. 다음 날 두 사람은 극장 앞에서 만났다. 모리니는 호텔에서 입장권 두 장을 이미 구입했고, 그들은 형편없는 통속 희극을 보면서 깔깔대며 웃었다. 노턴이 모리니보다 더 웃어 댔다. 몇몇 대목에서 모리니는 런던 사투리를 제대로 알아들 수 없었기 때문이다. 그날 밤 두 사람은 함께 저녁 식사를 했고, 노턴이 그날 낮 동안에 무엇을 했느냐고 묻자, 모리니는 켄징턴 가든과 하이드 파크에 있는 이탈리아 정원을 방문했으며, 구체적인 방향 없이 이리저리 돌아다녔다고 털어놓았다. 하지만 무슨 이유에서인지 노턴은 그가 공원에 가만히 앉아서 가끔씩 분명하게 구별할 수 없는 무언가를 보려고 고개를 길게 쭉 뺐으며, 대부분의 시간 동안 눈을 감고 잠자는 척했을 것이라고 상상했다. 저녁 식사를 하는 동안, 노턴은 모리니에게 그가 희극을 보면서 이해하지 못한 것들을 설명해 주었다. 그제야 모리니는 그 연극이 자기가 생각한 것보다 훨씬 더 형편없었다는 사실을 알았다. 하지만 배우들의 연기력은 훨씬 높이 평가하게 되었다. 호텔로 돌아오자, 그는 휠체어에서 내리지 않은 채 그저 옷가지 몇 개만 벗었다. 그는 꺼진 텔레비전 앞에 있었고, 텔레비전 수상기는 그의 모습과 객실을 분별력을 갖추고 두려움을 아는 사람이라면 결코 무대에 올리지 말라고 충고하고 싶은 연극 작품의

---

40 Filippo Brunelleschi(1377~1446). 르네상스 건축 양식의 창시자 중 한 사람. 미술 원근법을 발견하여 공간의 깊이를 표현한 이탈리아 조각가로, 피렌체의 산타마리아 델 피오레 대성당의 돔 건축으로 유명하다.

유령들처럼 비추었다. 그때 그는 그 연극 작품이 어쨌거나 그다지 나쁘지
않았으며, 오히려 좋았다고, 자기 역시 웃었고 배우들은 훌륭했다고, 좌석은
편안했으며 입장료도 그리 비싸지 않았다고 결론지었다.

다음 날 그는 노턴에게 이제 돌아가야 한다고 말했다. 노턴은 그를 공항까지
데려다주었다. 그들이 기다리는 동안, 모리니는 우연을 가장한 목소리로 존스가 왜
오른손을 절단했는지 그 이유를 알 것 같다고 말했다.

「어떤 존스 말이에요?」 노턴이 물었다.

「에드윈 존스, 당신이 전에 내게 알려 준 화가.」 모리니가 말했다.

「아, 에드윈 존스. 그 이유가 뭐죠?」 노턴이 물었다.

「돈 때문이지요.」 모리니가 말했다.

「돈 때문이라고요?」

「그는 자본의 흐름, 즉 투자를 믿었어요. 투자하지 않는 사람은 돈을 벌지
못한다는 것, 그런 종류의 생각을 하고 있었어요.」

노턴은 곰곰이 생각하는 표정을 짓고는, 그럴 수도 있을 거라고 말했다.

「돈 때문에 그랬던 거예요.」 모리니가 말했다.

그 후 노턴은 처음으로 펠티에와 에스피노사에 관해 물었다.

「내가 여기에 있었다는 사실을 두 사람이 모르게 해줘요.」 모리니가 말했다.

노턴은 의아한 표정으로 그를 쳐다보고는, 비밀을 지킬 테니 걱정하지 말라고
말했다. 그런 다음 토리노에 도착하면 전화를 해달라고 부탁했다.

「물론이지요.」 모리니가 말했다.

여승무원 한 명이 그들에게 다가와 말을 했고, 잠시 후 웃으면서 사라졌다.
승객들의 줄이 움직이기 시작했다. 노턴은 모리니의 뺨에 키스를 하고서 공항을
떠났다.

풀이 죽었다기보다는 생각에 잠겨 그들이 갤러리를 떠나기 전에, 그곳
주인이자 유일한 직원은 가게가 곧 문을 닫을 것이라고 이야기했다. 금란으로 만든
옷을 팔에 건 채, 그는 갤러리가 자기 집의 일부이며, 시대를 앞서 산, 존경스러운
여인인 자기 할머니가 소유했던 집이라고 말했다. 할머니가 세상을 떠나면서 집은
세 손자에게 이론적으로는 공평하게 상속되었다. 그러나 그 손자 중 하나였던 그는
그 당시 카리브해에 살았고, 그곳에서 마르가리타 칵테일을 배우는 일뿐만 아니라
첩보 수집 임무를 띤 스파이 활동을 했다. 모든 면에서 그는 이미 사라진 부류에
속했다. 나는 악습에 물든 히피 스파이였어요. 그는 자기 자신을 설명했다.
영국으로 돌아오자 그는 사촌들이 집을 완전히 차지했다는 사실을 알았다.
그때부터 그들과의 소송이 시작되었다. 하지만 변호사 수임료는 비쌌고, 마침내 방
세 개를 소유하는 것으로 해결해야만 했다. 그러고 그곳에 갤러리를 만든 것이다.
사업은 실패였다. 그림도 팔리지 않았고, 중고 옷도 팔리지 않았으며, 불과 몇몇
사람만 그의 칵테일을 맛보러 왔던 것이다. 그는 내 고객들에게 이곳은 너무

세련된 동네예요 하고 말하더니, 이제 갤러리들은 리모델링한 낡은 노동자 동네에 있고, 바는 전통적으로 바들이 모인 지역에 있고, 이 동네 사람들은 남이 입던 옷을 사는 사람들이 아니거든요 하고 설명했다. 노턴과 펠티에와 에스피노사가 이미 자리에서 일어나 거리로 나 있는 조그만 철제 계단으로 내려가려고 할 때, 갤러리 주인은 게다가 최근에는 자기 할머니의 유령이 나타나기 시작했다고 알려 주었다. 이 고백을 듣자 노턴과 그의 동료들은 관심을 보였다.

그 유령을 봤어요? 그들은 물었다. 그래요, 난 봤습니다. 갤러리 주인은 말했다. 「처음에는 물소리나 물거품 소리처럼 그저 이상한 소리만 들렸어요. 이 집에서 한 번도 들어 본 적이 없는 소리였지요. 그러나 이 집을 각 층으로 나누어 팔았고, 그런 다음 새로운 화장실이 설치되었기 때문에, 전혀 들어 보지 못한 소리가 나는 것도 어느 정도 일리가 있다고 생각했지요. 그런데 이후에는 신음 소리가 들려왔어요. 고통 때문이라기보다 좌절과 당혹감 때문에 내는 소리였어요. 마치 할머니의 유령이 자기가 살던 옛집을 돌아다니면서 그 집을 알아보지 못해서 내는 신음 소리 같았어요. 집이 더 작은 집 여러 채로 나뉘었고, 할머니가 기억하지 못하는 벽들이 생겼고, 할머니가 품격이 떨어진다고 여겼을 현대식 가구들도 놓였고, 전에는 그 어떤 거울도 없던 곳에 거울이 설치되었으니까요.」

가끔씩 주인은 너무나 우울하고 슬픈 나머지 가게에서 잠을 잤다. 물론 귀신 소리나 신음 때문에 의기소침했던 것이 아니라, 사업이 잘 되지 않아 거의 파산 직전이었기 때문이다. 그즈음의 밤에 그는 죽은 사람의 세상과 산 사람들의 세상에 대해서 아무것도 이해할 수 없다는 듯 위층을 돌아다니는 할머니의 신음 소리와 발소리를 아주 분명하게 들을 수 있었다. 어느 날 밤 그는 갤러리를 닫기 전에 한쪽 구석에 있던 유일한 거울에 할머니의 모습이 비친 것을 보았다. 고객들이 옷을 입어 보고 자신에게 어울리는지 보도록 그곳에 놓아 둔 빅토리아 양식의 전신 거울이었다. 그의 할머니는 벽에 걸린 그림 중 하나를 쳐다보고 있었고, 그런 다음 시선을 옷걸이에 걸린 옷으로 옮겼으며, 또한 갤러리에 놓인 탁자 두 개를 최악의 모욕인 것처럼 바라보았다.

할머니는 끔찍스러워하면서 몸을 부들부들 떨었어요. 갤러리 주인은 말했다. 그가 할머니를 처음이자 마지막으로 본 것이 바로 그때였다. 하지만 지금도 이따금씩 그는 위층에서 할머니의 발소리를 다시 듣고 있었다. 전에는 존재하지 않았던 벽들 사이로 이동하는 게 분명했다. 에스피노사가 그에게 카리브해에서 어떤 종류의 일을 했느냐고 묻자, 그는 슬픈 표정을 지으며, 모든 사람들이 생각하는 것과 달리 자기는 미치지 않았다고 자신 있게 말했다. 스파이였지만, 인구 조사 사무소나 통계 부서에서 일하는 다른 사람들과 마찬가지였지요 하고 말했다. 갤러리 주인의 말을 들은 그들은 몹시 침통해했는데, 그들 역시 왜 그랬는지 이유를 정확히 알 수는 없었다.

툴루즈에서 열린 세미나에서 그들은 로돌포 알라토레를 알게 되었다. 그는

멕시코 청년이었고, 산만하기 그지없는 글에 아르킴볼디의 작품을 포함시키고
있었다. 창작 지원금을 받아 현대 소설을 쓰기 위해 분투하면서 ─ 그러나 헛된
노력처럼 보였다 ─ 시간을 보내던 멕시코 청년은 몇몇 강연회에 참석했고, 노턴과
에스피노사를 찾아와서 자신을 소개했지만, 두 사람은 그의 말을 들으려 하지도
않고 피해 버렸다. 그와 대화하는 걸 거절하면서 시간을 허비하지 않았다. 그러자
그는 펠티에에게 자기를 소개했지만, 펠티에 역시 그의 인사를 완전히 무시했다.
아르킴볼디의 사도들 주변으로 몰려와 우글대던 젊은 유럽 대학생들 무리와 전혀
차이가 없었기 때문이다. 그를 더욱 믿지 못하게 만든 것은 알라토레가 독일어를
할 줄 모른다는 사실이었고, 그 때문에 처음부터 그는 자격이 없다고 평가를 받은
것이었다. 한편 툴루즈 세미나는 참석자 동원이란 측면에서 대성공이었다. 그리고
이전의 여러 학회나 강연회에서 서로 알게 된 비평가들과 전문가들은 적어도
겉으로는 서로 다시 만나게 되어 즐거워하는 듯 보였고, 이전에 있었던 논의를
계속 진행시키고 싶어 했다. 그래서 멕시코 청년은 집으로 돌아가야 했지만, 그의
집은 오직 책과 원고만이 기다리는 음산한 장학생의 방에 불과했기에 그러려고
하지 않았다. 그렇다면 한쪽 구석에 자리를 잡고 깊이 생각하는 척하면서 마구
웃는 수밖에 없었고, 결국 그는 이걸 택했다. 이런 입장 때문에 혹은 이런 입장을
취하는 바람에 그는 모리니에게 시선을 고정할 수 있었다. 모리니는 휠체어에
틀어박혀 다른 사람들의 인사에 건성으로 대답했으며, 적어도 알라토레의 눈에는
자기 처지와 비슷한 고독한 모습을 보여 주었다. 잠시 후 그는 모리니에게 자기
자신을 소개했고, 멕시코 사람과 이탈리아 사람은 툴루즈 거리를 따라 산책을
나갔다.

먼저 그들은 알폰소 레예스[41]에 관해 말했다. 모리니가 꽤 잘 아는 사람이었다.
그런 다음 후아나 수녀에 관해 말했다. 모리니는 자기 자신처럼 보이던 모리노, 즉
멕시코 수녀의 요리법을 요약한 모리노의 책을 결코 잊을 수 없었다. 그러고서
그들은 알라토레의 소설에 관해, 그러니까 그가 쓰려고 계획한 소설과 그때까지 쓴
소설 한 편에 관해 이야기를 주고받았고, 멕시코 청년이 툴루즈에서 어떻게
사는지, 그리고 짧지만 무한히 길어 보이는 겨울날들, 알라토레의 몇 안 되는
프랑스 친구들(사서, 아주 드문드문 만나는 에콰도르 출신의 또 다른 장학생,
그리고 멕시코를 독특하다 생각하기도 하고 모욕적으로 비하하기도 하던 바텐더),
그가 멕시코시티에 놔두고 왔으며 그 당시 진행 중이던 자기 소설과 우울함에 관해
길고 단조로운 이메일을 매일 보내던 친구들에 관해 말했다.

전혀 중요하지 않은 작가가 전형적으로 보여 주는 어설픈 자부심으로
알라토레가 무의식중에 말한 바에 따르면, 멕시코시티의 이 친구들 중 한 명이
〈얼마 전에〉 아르킴볼디를 만났다.

모리니는 그의 말에 많은 관심을 기울이지 않았고, 알라토레가 볼만한

---

41 Alfonso Reyes(1889~1959). 멕시코 출신의 시인이자 소설가, 수필가. 20세기 초반 라틴 아메리카의 대표적
인 지식인이다.

곳이라고 여기던 모든 장소로 자신을 밀고 가도록 놔두었다. 그런데 그곳들은 관광객이 정말로 반드시 발길을 멈추고 감상해야만 하는 장소는 아니었지만, 어느 정도 흥미를 유발할 만한 장소였다. 마치 알라토레의 숨겨진 진짜 직업은 소설가라기보다는 관광 안내원인 것 같았다. 처음에 모리니는 이 멕시코 친구가 어쨌거나 아르킴볼디의 소설을 두 권밖에 읽지 않았다고 생각했다. 그래서 그는 멕시코인이 허풍을 떨고 있거나 잘못 알아들은 거라고, 그것도 아니면 아르킴볼디가 영원히 자취를 감추었다는 사실을 모른다고 여겼다.

알라토레가 들려준 이야기를 간략하게 요약하면 다음과 같았다. 에세이스트이자 소설가이자 시인인 그의 친구 이름은 알멘드로였다. 40대였으며, 오랫동안 친구들 사이에서는 〈돼지〉라는 별명으로 불렸다. 돼지가 한밤중에 전화를 받았다. 그는 잠시 독일어로 말하고 나서, 성급히 옷을 입고는 차를 타고 멕시코시티 공항 근처의 어느 호텔로 향했다. 그 시간에는 교통이 한적했지만, 그는 새벽 1시가 넘어서야 호텔에 도착했다. 호텔 로비에서 그는 직원 한 명과 경찰 한 명을 만났다. 돼지는 신분증을 꺼내 자기가 정부의 고위 관료임을 확인시켰다. 그러고서 경찰과 함께 3층의 어느 객실로 올라갔다. 그곳에는 또 다른 두 경찰과 늙은 독일인 한 명이 있었다. 그 독일인은 침대에 앉아 있었는데, 머리카락은 헝클어졌고, 회색 티셔츠와 청바지를 입었으며, 맨발이었다. 마치 경찰이 잠자던 그를 급습한 것 같았다. 독일인은 옷을 갈아입지 않은 채 자고 있었던 게 틀림없다고 돼지는 생각했다. 어느 경찰은 텔레비전을 보고 있었다. 다른 경찰은 벽에 기대어 담배를 피웠다. 돼지와 함께 그곳에 도착한 경찰은 텔레비전을 껐고, 그들에게 자기를 따라오라고 말했다. 벽에 기대 있던 경찰은 왜 그러느냐고 설명을 요구했지만, 돼지와 함께 온 경찰은 입 닥치라고 경고했다. 경찰들이 방을 떠나기 전에 돼지는 독일어로 도난을 당했느냐고 물었다. 늙은 독일인은 아니라고 말했다. 그들은 돈을 원했지만, 아무것도 훔쳐 가지는 않았던 것이다.

「알았습니다. 그나마 조금씩 나아지는 것 같군요.」 돼지가 독일어로 말했다.

그러고서 경찰들에게 어느 경찰서 소속이냐고 묻고 그들이 나가게 내버려두었다. 경찰들이 떠나자, 돼지는 텔레비전 옆에 앉아서 괜찮으냐고 물었다. 늙은 독일인은 아무 말 없이 침대에서 일어나더니 욕실로 들어갔다. 그는 거구였다고 돼지는 알라토레에게 메일을 보냈다. 그런 다음 키가 거의 2미터는 되었거나, 아니면 적어도 1미터 95센티미터는 되었는데, 어쨌거나 거구였고 당당했어, 하고 덧붙였다. 노인이 욕실에서 나왔을 때 돼지는 이제 그가 신발을 신고 있다는 사실을 알았고, 멕시코시티로 드라이브를 나가기 원하는지, 아니면 무언가 마시러 가길 원하는지 물었다.

「졸리면 말씀하세요. 당장 이곳에서 나가겠습니다.」 그가 덧붙였다.

「내 비행기는 아침 7시에 출발해요.」 노인이 말했다.

돼지는 시계를 보았다. 이미 새벽 2시가 지나 있었다. 그는 뭐라고 말해야 할지 몰랐다. 알라토레처럼 그는 노인의 문학 작품에 관해 아는 게 거의 없었다.

스페인어로 번역된 그의 작품은 스페인에서 출간되었고, 멕시코에 도착하는 데 다소 시간이 걸렸다. 3년 전에 그가 출판사 대표였을 때, 그러니까 새 정부의 고위급 문화 관료 중 하나가 되기 전에, 『베를린의 암흑가』를 출판하려고 시도했지만, 바르셀로나의 어느 출판사가 이미 저작권을 가지고 있었다. 그는 어떻게 그 노인이 자기 전화번호를 알아냈고 누가 그 노인에게 자기 전화번호를 주었을까 의아했다. 노인이 대답하지 않을 것이라고 생각하고서 질문을 던졌다. 그런데 그 질문을 받자 노인은 행복해했고, 그런 반응은 노인을 작가이자 사람이라고 어느 정도 확인시켜 주기에 충분했다.

「나갈 수 있어요. 그러고 싶군요.」 돼지가 말했다.

노인은 회색 티셔츠 위에 가죽 재킷을 걸치고서 그를 따라왔다. 돼지는 그를 가리발디 광장으로 데려갔다. 두 사람이 그곳에 도착했을 때 사람은 많지 않았다. 관광객 대부분은 이미 호텔로 돌아갔고, 술주정뱅이들과 밤샘꾼들, 그리고 늦은 저녁을 먹으려는 사람들과 최근 축구 경기에 관해 말하던 마리아치 악단[42] 단원들만 남아 있었다. 광장으로 향하는 거리 주변으로 그림자들이 살금살금 걸어오더니 간혹 발길을 멈추고 그들을 살펴보았다. 돼지는 정부에서 일하면서부터 항상 휴대하고 다니던 권총을 만지작거렸다. 그들은 곧바로 술집으로 들어갔고, 돼지는 돼지고기타코를 주문했다. 노인은 테킬라를 마셨고, 그는 맥주 한 잔을 마셨다. 노인이 타코를 먹는 동안, 돼지는 그동안 삶이 얼마나 바뀌었는지 생각했다. 불과 10년 전만 하더라도 그가 이 술집으로 들어와 이 사람처럼 키가 큰 사람과 독일어로 말하기 시작했다면, 아마도 그들에게 욕을 퍼붓거나 하찮은 꼬투리를 잡아서 그들에게 화를 내는 사람이 반드시 있었을 터였다. 그리고 금방이라도 싸움이 벌어질 듯했을 것이고, 돼지는 그런 사람에게 미안하다거나 설명을 해주고는 테킬라 한 잔을 권하면서, 험악한 분위기를 간신히 모면했을 터였다. 하지만 셔츠 아래에 권총을 휴대하고 다니는 행동이나 정부의 고위직으로 일하는 것이 성인(聖人)의 분위기를 풍기게 해 심지어 청부 살인자들이나 주정뱅이들이 멀리 있어도 그런 것을 감지할 수 있게 만드는 것처럼, 이제는 누구도 그들의 대화를 방해하지 않았다. 개자식들, 겁쟁이들, 이 자식들은 내 냄새를 맡고 있어. 아마 놀라서 바지에 오줌을 지리고 있을 거야. 돼지는 생각했다. 그러고서 볼테르(왜 하필 볼테르야, 빌어먹을 놈아?)를 생각하기 시작했고, 그러고는 얼마 전부터 그의 머릿속을 맴돌던 오래된 주제에 관해 생각했다. 지금 그가 가지고 있는 연줄을 고려할 때 적어도 대사로 부임할 수 있었다. 그는 유럽 주재 대사, 적어도 문정관 직책을 요구할 생각이었다. 문제는 대사관에서 일하면 단 한 직책의 월급, 즉 대사의 월급만 받을 수 있다는 것이었다. 독일인이 먹는 동안, 돼지는 멕시코를 떠나면 어떤 장점과 단점이 있을까 재보았다. 좋은 점은 의심의 여지 없이 작가로서 다시 일할 기회를 가질 수 있다는

---

42 멕시코의 대중 민속 음악을 연주하는 악단으로 멕시코 문화의 상징으로 자리 잡았다. 가리발디 광장은 마리 아치 악단의 메카로 여겨진다.

것이었다. 그는 이탈리아나 이탈리아 근처에서 살 테고, 오랜 시간을 토스카나와 로마에서 보내면서 피라네시[43]와 그의 상상의 감옥에 관한 에세이를 쓰겠다는 생각에 매료되었다. 그는 멕시코의 실제 감옥이 아니라 몇몇 멕시코 감옥을 상상으로 그린 그림에 바탕을 두고서 피라네시의 상상의 감옥을 추정할 수 있으리라고 여겼다. 단점 중 하나는 의심의 여지 없이 권력과 물리적으로 멀어진다는 것이었다. 권력과 멀어지는 것은 결코 바람직하지 않았다. 그는 그것을 아주 일찍, 그러니까 실제 권력을 부여받기 이전에, 다시 말하면 그가 출판사 대표로 아르킴볼디의 작품을 출판하려고 애썼을 때 깨달았다.

「그런데 말이지요.」 그가 갑자기 말했다. 「사람들은 당신이 실종되었다고, 아니 죽었다고 여기고 있지 않습니까?」

노인은 그를 쳐다보고서 점잖게 웃었다.

바로 그날 밤, 펠티에와 에스피노사, 노턴은 알라토레의 입에서 재차 독일인의 이야기를 들은 후, 알멘드로에게 전화를 걸었다. 일명 돼지라고 불리는 그는 알라토레가 들려준 이야기를 기꺼이 에스피노사에게 다시 말해 주었다. 전반적으로 비슷한 내용이었다. 어떤 의미에서 돼지와 알라토레의 관계는 선생과 학생, 혹은 형과 아우 관계라고 말할 수 있었다. 사실 알라토레가 툴루즈에 체류할 수 있도록 장학금을 얻어 준 사람이 바로 그였다. 이것은 돼지가 동생을 어떻게 평가하는지 어느 정도 분명하게 보여 주었다. 그는 좀 더 좋은 장소에 좀 더 번지르르한 장학금을 얻어 줄 수도 있는 사람이었다. 그리고 말할 필요도 없이 아테네나 카라카스에 문정관으로 임명할 수도 있었고, 그건 알라토레에게 아주 커다란 도움이 되지 못했을지 몰라도 어느 정도는 도움이 되었을 터였다. 그랬다면 알라토레는 진심으로 그런 조치에 감사했을 것이다. 그러나 사실대로 말하자면 그는 툴루즈에 체류하도록 얻어 준 하찮은 장학금도 우습게 여기지 않았다. 그는 다음에 돼지가 자기에게 좀 더 커다란 아량을 베풀 것이라고 확신했다. 한편 알멘드로는 아직 쉰 살이 되지 않았고, 그의 작품은 멕시코시티라는 경계를 넘어서는 거의 알려지지 않았다. 그러나 멕시코시티에서, 그리고 솔직하게 말하자면 몇몇 미국 대학에서 그의 이름은 낯익었다. 심지어 너무 익숙하다고도 말할 수 있었다. 그 늙은 독일인이 정말로 아르킴볼디고 어떤 장난꾼도 아니라고 가정한다면, 아르킴볼디가 어떻게 그의 전화번호를 손에 넣을 수 있었을까? 돼지가 믿는 바에 따르면, 그 전화번호를 준 사람은 아르킴볼디의 독일인 편집자 부비스 부인이었다. 에스피노사는 당황함을 감추지 못한 채, 그에게 그 고명한 부인을 아느냐고 물었다.

「물론이지요. 난 베를린에서 열린 파티에 있었어요. 몇몇 독일인 편집자가 모인 문화 〈차례아다〉[44]였지요. 거기서 우리는 그녀를 소개받았습니다.」 돼지가

---

43 Giovanni Battista Piranesi(1720~1778). 이탈리아의 제도사이자 판화가, 건축가, 예술 이론가.

44 차례아다는 로데오를 의미한다. 여기서는 문화를 대표하는 출판인들이 한데 모인 파티를 일컫는다.

말했다.

　도대체 문화 〈차레아다〉가 뭐지? 하고 에스피노사는 종이에 썼고, 모든 사람이 그 종이를 보았다. 그러나 그 쪽지를 본 사람 중 알라토레만이 그게 무슨 의미인지 해석할 수 있었다.

　「틀림없이 내 명함을 그녀에게 주었을 겁니다.」 멕시코시티에서 돼지가 말했다.

　「그리고 당신 명함에 당신 집 전화번호가 적혀 있었겠지요.」

　「그래요. 그녀에게 A형 명함을 주었던 것 같습니다. B형 명함에는 사무실 전화만 적혀 있거든요. 그리고 C형 명함에는 내 비서의 전화번호만 적혀 있습니다.」 돼지가 말했다.

　「무슨 소린지 알겠습니다.」 에스피노사가 인내심을 발휘하면서 대답했다.

　「D형 명함에는 아무것도 적혀 있지 않습니다. 빈 종이에 내 이름만 적혀 있습니다.」 돼지가 웃으면서 말했다.

　「아, 알겠어요. D형 명함에는 단지 당신 이름만 적혀 있군요.」

　「그래요. 단지 내 이름뿐이지요. 전화번호도 없고, 직책도 적혀 있지 않으며, 내가 사는 거리를 비롯해 아무것도 없지요. 아시겠습니까?」 돼지가 말했다.

　「알겠습니다.」 에스피노사가 말했다.

　「틀림없이 부비스 부인에게 A형 명함을 주었습니다.」

　「그리고 그녀가 그 명함을 아르킴볼디에게 주었겠군요.」 에스피노사가 말했다.

　「맞습니다.」 돼지가 말했다.

　돼지는 새벽 5시까지 독일 노인과 함께 있었다. 저녁 식사를 마친 후(노인은 몹시 배가 고팠고, 타코와 테킬라를 더 주문했다. 그러는 동안 돼지는 타조처럼 고개를 숙이고서 권력과 우수[憂愁]에 관해 생각했다), 그들은 소칼로[45] 주변을 산책했고, 그곳에서 광장과 황무지에 백합처럼 피어난 아즈텍 유적을 방문했다. 돼지의 표현에 따르면 돌꽃 속에 피어난 또 다른 돌꽃들이었다. 그는 그것들이 분명히 어떤 결론도 이끌어 낼 수 없는 혼돈, 즉 더 심한 혼돈으로밖에 이끌 수 없는 혼돈이라고 말했다. 그렇게 그와 독일인은 소칼로 주변의 거리를 걸으며 산토도밍고 광장으로 향했다. 낮 시간에는 타자기를 구비한 대서사들이 아치형 입구 아래 자리를 잡고서 편지를 대신 써주거나 혹은 법정 소송 서류나 청구 서류를 작성해 주는 곳이었다. 그런 다음 레포르마 거리에 있는 천사 석상을 보러 갔지만, 그날 밤 천사 석상에는 조명이 꺼져 있었다. 그래서 환상 교차로를 도는 동안, 돼지는 차창을 열고 위를 바라보던 독일인에게 천사 석상을 보여 주지는 못하고 설명만 해줄 수 있었다.

　새벽 5시에 그들은 호텔로 돌아왔다. 돼지는 담배를 피우며 로비에서 그를 기다렸다. 노인이 엘리베이터에서 내렸다. 그는 여행 가방 하나만 달랑 든 채 회색

45　멕시코시티의 중앙 광장.

티셔츠와 청바지를 그대로 입고 있었다. 공항으로 가는 길은 텅 비어 있었고, 돼지는 빨간불이 켜진 신호등을 여러 번 무시하고 통과했다. 그는 대화 주제를 찾으려고 했지만 불가능했다. 식사를 하는 동안, 그는 전에도 멕시코에 온 적이 있느냐고 물었고, 노인은 아니라고 대답했다. 그러자 그는 이상하다고 생각했다. 유럽 작가들 대부분은 최소한 한 번 이상 그곳을 방문하는 게 관례였기 때문이다. 그러나 노인은 그때가 처음이라고 말했다. 공항 근처에 이르자 자동차들이 많아졌고, 교통은 더는 원활하지 않았다. 그들이 주차장으로 들어가자, 노인은 작별 인사를 하려고 했지만, 돼지는 그와 함께 가겠다고 고집을 부렸다.

「가방 주세요.」 그가 말했다.

바퀴가 달린 가방은 거의 무게가 나가지 않았다. 노인은 멕시코시티에서 에르모시요로 날아갈 예정이었다.

「에르모시요라고요? 그게 어디에 있죠?」 에스피노사가 물었다.

「소노라주에 있는 곳입니다.」 돼지가 말했다. 「멕시코의 북서쪽에 위치한 소노라주의 주도입니다. 미국과 국경을 이루는 곳이지요.」

「소노라에서 뭘 할 생각입니까?」 돼지가 물었다.

노인은 마치 어떻게 말해야 할지 잊어버린 것처럼 대답하기 전에 잠시 머뭇거렸다.

「어떤지 보고 싶어서요.」 그가 말했다.

돼지는 확신하지 못했지만, 아마도 그가 말한 것은 그곳을 관광하고 싶다는 게 아니라 뭔가를 배우고 싶다는 의미라고 추정했다.

「에르모시요를요?」 돼지가 물었다.

「아니요, 산타테레사를요. 그곳에 가본 적 있나요?」 노인이 물었다.

「아니요. 문학 강연을 하러 두어 번 에르모시요에 간 적은 있습니다. 오래전 일이지요. 하지만 산타테레사에는 가본 적이 없습니다.」 돼지가 말했다.

「커다란 도시라고 알고 있어요.」 노인이 말했다.

「그렇습니다, 큰 도시입니다. 공장도 있고 또한 문제도 있는 곳이지요. 그곳이 그리 멋진 장소라고는 생각하지 않습니다.」

돼지는 자기 신분증을 꺼냈고, 노인과 탑승구까지 동행할 수 있었다. 헤어지기 전에 그는 명함을 주었다. A형 명함이었다.

「문제가 생길 경우에는 언제든지 전화하십시오.」 그가 말했다.

「고마워요.」 노인이 말했다.

그런 다음 그들은 악수를 했고, 돼지는 이후 그를 만날 수 없었다.

그들은 자신들이 아는 모든 것을 그 누구에게도 말하지 않기로 했다. 입을 다무는 것은 누군가를 배신하는 게 아니라 경우에 맞게, 신중하고 분별 있게 행동하는 거야. 그들은 판단했다. 그들은 재빨리 아직도 사람들에게 헛된 기대감을 갖게 하는 것은 좋지 않다고 확신했다. 보르흐마이어에 따르면, 아르킴볼디라는 이름은 금년 노벨 문학상 후보자 명단에 있었다. 지난해에도 그의 이름은 후보자군에 끼여 있었다. 그러나 아직은 헛된 기대일 뿐이었다. 디터 헬펠트의 말에 따르면, 스웨덴 왕립 아카데미 회원인지 아니면 왕립 아카데미 회원의 비서인가 하는 사람이, 아르킴볼디가 수상자로 결정될 경우 그가 어떤 반응을 보일지 알아보기 위해 그의 편집자와 만났다. 이미 여든 살이 넘은 사람이 뭐라고 말할 수 있을까? 가족도 없고 자식도 없으며 알려진 얼굴도 아닌 여든 살 넘은 사람에게 노벨상이 무슨 중요성을 가질 수 있을까? 부비스 부인은 그가 몹시 좋아할 것이라고 말했다. 아마 아무에게도 묻지 않은 채 팔릴 책만을 생각하면서 그렇게 말했을 것이다. 그런데 남작 부인은 책이 얼마나 팔리는지, 함부르크에 있는 부비스 출판사 창고에 얼마나 많은 책들이 쌓이는지 관심을 보이며 걱정했을까? 아니었어요, 분명히 아니었습니다. 디터 헬펠트는 말했다. 남작 부인은 아흔 살에 가까웠고, 창고의 상태에 대해서는 전혀 관심을 보이지 않았다. 그녀는 밀라노, 파리, 프랑크푸르트로 수없이 여행을 다녔다. 종종 프랑크푸르트 도서전의 부비스 출판사 부스에서 그녀가 셀레리오 부인과 말하는 모습이 보이기도 했다. 혹은 모스크바 주재 독일 대사관에서 샤넬 정장을 입은 채, 그녀의 시종 역할을 하던 두 러시아 시인과 함께 겨울의 차가운 추위가 닥치기 이전인 가을에는 비교할 수도 없이 아름다운 러시아의 강과 불가코프[46]에 관해 열을 내며 토론하기도 했다. 가끔씩은 부비스 부인이 아르킴볼디가 존재한다는 사실도 잊은 것 같다는 인상을 주었어요. 펠티에는 말했다. 멕시코에서는 그런 것이 지극히 정상적이지요. 청년 알라토레는 말했다. 어쨌거나 슈바르츠에 따르면, 그는 유력 후보에 속해 있었기 때문에, 노벨 문학상을 수상할 가능성은 있었다. 그리고 스웨덴 왕립 아카데미 회원들이 변화를 원할지도 모르는 일이었다. 아르킴볼디는 참전 병사였고, 제2차 세계 대전의 탈영병으로 아직도 도망쳐 다니며, 힘들던 시절의 유럽을 떠올리게 만드는 사람이었다. 또한 그는 심지어 상황주의자들[47]도 존경한 좌파 작가였다. 그는 요즘 유행하는 것처럼 화합할 수 없는 것들을 화합하려고 주제넘게 나서는 사람이 아니었다. 생각해 봐요, 아르킴볼디가 노벨상을 수상하고, 그 순간에 우리는 아르킴볼디의 손을 잡고 모습을 드러내는 거예요. 펠티에가 말했다.

그들은 아르킴볼디가 멕시코에서 무엇을 하고 있는지 이해할 수 없었다. 왜 여든 살도 넘은 사람이 한 번도 가보지 않은 나라로 여행한 것일까? 갑작스럽게 왜 그 나라에 관심을 보인 것일까? 집필 중인 소설의 무대를 연구하고 관찰하려는 것일까? 이것은 가능성이 없다고 그들은 생각했다. 네 사람 모두 이제는

46 Mikhail Bulgakov(1891~1940). 우크라이나의 작가. 독특한 사상과 기법으로 20세기 소련 문학의 걸작으로 꼽히는 『거장과 마르가리타』, 『개의 심장』을 썼다.
47 진실을 따르기보다는 처한 상황에 유리하도록 좌우 어느 쪽으로든 움직이는 사람들을 의미하며, 프랑스 5월 혁명 당시 주도적인 역할을 했다.

아르킴볼디가 더는 작품을 출간하지 않을 것이라고 믿었기 때문이다.

아무 말도 하지 않았지만 그들은 좀 더 쉽고 단순한 추론, 즉 아르킴볼디가 수많은 독일이나 유럽 노인들처럼 관광을 하러 멕시코에 갔다는 쪽으로 기울었는데, 그것 역시 이상스럽기는 마찬가지였다. 역시 앞뒤가 맞지 않는 추측이었다. 그들은 대인 혐오증에 걸린 늙은 프로이센 사람이 어느 날 아침에 잠에서 깨어났더니 이미 미쳐 있었을 것이라고도 상상해 보았다. 노인성 치매의 가능성도 생각했다. 그러나 그들은 이런 가정들을 무시하고, 돼지가 말한 것만 철저하게 생각했다. 아르킴볼디가 도망치고 있었던 것은 아니었을까? 아르킴볼디가 갑자기 다시 도망쳐야만 하는 새로운 이유를 발견한 것은 아니었을까?

처음에 노턴은 그의 흔적을 찾아 나서는 데 가장 열의를 보이지 않은 사람이었다. 아르킴볼디의 손을 잡고 유럽으로 돌아오는 그들의 모습이 마치 납치범 그룹의 모습처럼 상상되었던 것이다. 물론 아르킴볼디를 납치하겠다고 생각한 사람은 아무도 없었다. 심지어 그들은 그에게 질문 공세를 퍼부으려는 마음도 없었다. 에스피노사는 그를 보는 것만으로도 행복할 것이라고 말했다. 펠티에는 『가죽 가면』에서 그 가죽 가면이 누구의 피부로 만들어진 것이냐고 물을 수만 있어도 흡족할 것이라고 말했다. 모리니는 그들이 소노라에서 그에게 찍어 줄 사진들을 볼 수만 있어도 그것으로 충분할 터였다.

네 사람 중에서 그 누구도 어떻게 생각하느냐고 의견을 묻지 않았지만, 알라토레는 펠티에와 에스피노사, 모리니와 노턴과 서신을 통해 우정을 나누기 시작할 수만 있다면, 그리고 아마도 그들만 괜찮다면 종종 그들이 사는 도시로 찾아갈 수만 있어도 충분히 만족할 터였다. 단지 노턴만이 자기 생각을 말하지 않았다. 하지만 마침내 그녀도 함께 여행을 떠나기로 결정했다. 아르킴볼디는 그리스에서 살 것이라고 생각해요. 디터 헬펠트는 말했다. 그러면서 그게 아니면 죽었을 것이라고 사람들은 믿는다고 전했다. 하지만 세 번째 가능성도 있지요. 디터 헬펠트는 말했다. 우리가 아르킴볼디라고 아는 작가가 실제로는 부비스 부인일지도 모른다는 것이었다.

「그래요, 그래요.」 우리의 네 친구가 말했다. 「부비스 부인이에요.」

떠나기 직전에 모리니는 여행을 하지 않기로 결정했다. 건강이 좋지 않아서 여행을 할 수 없어. 그는 말했다. 마찬가지로 건강이 극히 허약했던 마르셀 슈보브[48]는 1901년에 모리니보다도 더 열악한 조건 속에서 태평양 어느 섬에 있는 스티븐슨의 무덤을 찾아가는 여행을 감행했다. 오랜 시간이 걸리는 여행이었는데, 처음에는 라 시오타호, 다음에는 폴리네시아호, 그 후에는 마나푸리호를 탔다. 1902년 1월에 그는 폐렴에 걸려 거의 죽을 뻔했다. 슈보브는 〈칭〉이라는 중국 하인과 함께 여행했는데, 그 하인은 배를 타자마자 뱃멀미를 했다. 아니면 바다가

48 Marcel Schwob(1867~1905). 19세기 말 프랑스의 소설가이자 학자.

거칠어 뱃멀미를 했을 수도 있었다. 어쨌거나 거친 파도와 뱃멀미로 인해 넌더리나는 여행이었다. 한번은 슈보브가 배의 특별실 침대에 누워서 죽기 일보 직전이라고 느끼고 있는데, 누군가가 자기 옆에 눕는 걸 알았다. 침입자가 누구인지 보려고 고개를 돌리자 그것이 자기의 동양 하인이라는 걸 알았다. 그의 피부는 마치 양상추처럼 시퍼렜다. 아마도 바로 그 순간에야 비로소 그는 자기가 어떤 종류의 모험을 감행하는 건지 깨달은 듯했다. 수많은 고난과 고초 끝에 사모아섬에 도착하자, 그는 스티븐슨의 무덤을 찾아가지 않았다. 너무 아팠기 때문이기도 했지만, 아직 죽지도 않은 사람의 무덤을 찾아갈 이유가 없었기 때문이기도 했다. 그는 여행을 통해 스티븐슨이 자기 안에 살고 있다는 깨달음을 얻었던 것이다.

슈보브를 존경하던(좀 더 정확하게 말하자면, 존경이라기보다는 애정을 느꼈다) 모리니는 처음에 자기가 소노라로 여행할 수 있다고 생각했다. 그것은, 작기는 하지만 그 프랑스 작가에 대한 경의이자 동시에 프랑스 작가가 찾아가려고 했던 영국 작가에 대한 경의이기도 했다. 그러나 토리노로 돌아가자 그는 자기가 여행할 수 없다는 것을 깨달았다. 그래서 친구들에게 전화를 걸어 의사가 단호하게 그런 종류의 일을 금지했다고 거짓말을 했다. 펠티에와 에스피노사는 그의 설명을 받아들이면서, 이번에야말로 반드시 성과를 얻어 내고야 말 탐색 작업에 대해 정기적으로 전화를 걸어 알려 주겠다고 약속했다.

그러나 노턴은 달랐다. 모리니는 자기가 여행할 수 없으며, 의사가 여행을 엄하게 금지했고, 매일 그들에게 이메일을 보낼 계획이라고 몇 번이나 말했다. 심지어 그는 웃으며 농담까지 했지만, 노턴은 그 농담을 이해하지 못했다. 이탈리아 사람들의 농담이었던 것이다. 이탈리아 사람, 프랑스 사람, 그리고 영국 사람이 비행기를 탔는데, 거기에는 낙하산이 단 두 개만 있었다. 노턴은 그걸 정치적 성격의 농담이라고 생각했다. 하지만 사실 그것은 어린아이들의 농담이었다. 그러나 모리니가 들려주는 방식 때문에, 비행기(처음에 엔진 하나가 망가지고, 그리고 또 다른 엔진 하나가 망가지자 추락하기 시작한)에 탄 이탈리아 사람은 베를루스코니[49]와 흡사해 보였다. 노턴은 거의 입을 열지 않았다. 단지 음음, 음음, 음음이라고만 말했다. 그러고 나서 그녀는 피에로, 잘 자요 하고 아주 달콤한 영어로, 모리니조차 참을 수 없을 정도로 달콤하다고 생각할 만큼 달콤한 영어로 작별 인사를 하고서 전화를 끊었다.

모리니가 그들과 함께 여행을 가지 않는다는 사실을 안 노턴은 다소 기분이 상했다. 그들은 다시 전화 통화를 하지 않았다. 모리니는 아마도 전화를 걸었을 수도 있었다. 그러나 그는 자기 방식대로, 그리고 친구들이 아르킴볼디를 찾아 떠나기 전에, 마치 사모아의 슈보브처럼 먼저 여행을 떠났다. 그건 용감한 사람의 무덤에서가 아니라, 일종의 체념으로 끝날 여행이었다. 새로운 경험이라고도 말할 수 있었는데, 일상적으로 체념이라고 부를 수 있는 것도 아니었고, 인내나 순응도

49 Silvio Berlusconi(1937~2023). 이탈리아의 기업인이며 정치인. 세 번에 걸쳐 이탈리아 총리가 되었다.

아니고, 일종의 온순한 상태, 즉 절묘하고 이해할 수 없는 겸손한 행동이었기 때문이다. 그래서 모리니는 아무런 이유도 없이 울었고, 그가 자기 것으로 보았던 이미지는 강이 되기를 포기하는 강처럼, 혹은 자기가 불타는지도 모른 채 지평선에서 불타 버리는 나무처럼 점점, 그리고 어찌할 도리 없이 분해되었다.

펠티에와 에스피노사, 노턴은 파리에서 멕시코시티로 여행했다. 멕시코시티에서는 돼지가 그들을 기다리고 있었다. 그들은 호텔에서 첫날 밤을 보내고, 다음 날 아침 에르모시요로 날아갔다. 도대체 무슨 일이 벌어지고 있는지 제대로 알지 못하던 돼지는 그토록 저명한 유럽 학자들을 접대한다는 사실에 몹시 감격했다. 하지만 그들이 예술 궁전이나 멕시코 국립 대학교, 멕시코 대학에서의 강연을 하나도 수락하지 않자 그는 실망했다.

멕시코시티에서 보낸 첫날 밤에 에스피노사와 펠티에는 돼지와 함께 아르킴볼디가 머물렀던 호텔로 갔다. 호텔 종업원은 어떤 문제도 제기하지 않고 그들에게 컴퓨터를 보게 해주었다. 돼지는 마우스를 가지고 환한 화면 속에서 그가 아르킴볼디를 만난 날짜 아래로 나타나는 이름들을 순차적으로 내렸다. 펠티에는 그의 손톱에 때가 끼어 있는 걸 보고, 왜 그가 돼지라는 별명을 갖게 되었는지 이해했다.

「여기 있네요. 이겁니다.」 돼지가 말했다.

펠티에와 에스피노사는 멕시코 사람이 가리키는 이름을 찾았다. 한스 라이터, 하룻밤, 현금 결제라고 적혀 있었다. 그는 신용 카드를 사용하지도 않았고, 객실의 미니 바를 열어 보지도 않았다. 그들은 호텔로 돌아갔다. 돼지가 멕시코시티의 관광 명소를 보고 싶지 않느냐고 물었지만, 아뇨, 우리는 관심이 없습니다, 하고 대답했다.

그러는 동안 노턴은 호텔에 머물렀다. 잠이 오지는 않았지만, 이미 침실의 불을 모두 끄고는 텔레비전을 켜서 아주 작은 소리로 틀어 놓았다. 침실의 열린 창문으로 희미하게 웽웽거리는 소리가 들려왔다. 마치 거기에서 멀리 떨어진 곳에서, 멕시코시티의 어느 변두리 동네에서 사람들에게 대피하라고 울리는 소리 같았다. 그녀는 그게 텔레비전 소리라고 생각하고 텔레비전을 껐지만, 소리는 계속 들려왔다. 그녀는 창문에 기대어 도시를 바라보았다. 깜빡거리는 불빛의 바다가 남쪽으로 넓게 펼쳐졌다. 창문으로 몸을 반쯤 내놓자, 웽웽거리는 소리가 들리지 않았다. 공기는 차가웠지만, 그런 공기를 쐬자 그녀의 기분은 한층 나아졌다.

호텔 입구에서 벨보이 둘이 한 손님과 택시 기사와 설전을 벌이고 있었다. 손님은 술에 취해 있었다. 벨보이 중 한 사람이 그의 어깨를 부축했고, 다른 벨보이는 택시 기사의 말을 들었다. 택시 기사의 행동으로 판단해 보건대, 그는 갈수록 흥분했다. 잠시 후 차 한 대가 호텔 앞에 멈추었고, 그녀는 그 차에서 에스피노사와 펠티에가 내리더니, 이내 멕시코 사람이 따라 내리는 것을 보았다. 위에서 보았기 때문에 자기 친구들인지 확신할 수 없었다. 어쨌거나 그들이라

할지라도, 다르게 보였다. 그들은 다르게 걷고 있었다. 훨씬 더 남자답게 걸었다. 〈남자답다〉는 말을 무엇보다도 걷는 모습에 적용할 수 있을지는 모르겠지만, 노턴에게는 그 말이 너무나 괴기스럽게, 머리도 없고 다리도 없는 난센스처럼 들렸다. 멕시코 사람은 자동차 열쇠를 벨보이 중 한 사람에게 주었고, 그런 다음 세 사람은 호텔로 들어왔다. 돼지의 자동차 열쇠를 받은 벨보이는 차 안으로 들어갔다. 이제 택시 기사는 술 취한 사람을 부축하는 벨보이에게 과장된 몸짓을 했다. 노턴은 택시 기사가 더 많은 돈을 요구하고, 호텔의 술 취한 고객은 그 이상의 요금을 지불하려고 하지 않는다는 인상을 받았다. 그녀가 있는 곳에서 그녀는 술 취한 사람이 미국 사람일 것이라고 생각했다. 카키색이나 카푸치노 색깔, 혹은 밀크 커피 색깔의 바지 위로 흰 셔츠를 내놓았다. 나이는 짐작할 수 없었다. 다른 벨보이가 다가오자, 택시 기사는 두 발짝 뒷걸음치더니 그들에게 뭐라고 말했다.

위협적인 행동이야. 노턴은 생각했다. 그때 벨보이 한 명, 그러니까 술 취한 손님을 부축하던 벨보이가 갑자기 달려들어 그의 멱살을 잡았다. 그런 반응을 전혀 예측하지 못한 택시 기사는 간신히 뒷걸음쳤지만 벨보이를 떨쳐 버릴 수는 없었다. 오염 물질로 가득한 게 분명한 검은 구름으로 뒤덮인 하늘로 비행기의 불빛이 나타난 것 같았다. 노턴은 놀라서 눈을 들었다. 마치 벌 몇백만 마리가 호텔을 포위한 것처럼, 온 하늘에서 윙윙거리는 소리가 나기 시작했기 때문이다. 순간적으로 자살 테러나 비행기 사고가 일어날지도 모른다는 생각이 그녀의 머리를 스쳤다. 호텔 입구에서는 두 벨보이가 바닥에 쓰러진 택시 기사를 때리고 있었다. 그러나 계속해서 쉬지 않고 발길질을 하는 건 아니었다. 그들은 네 번이나 여섯 번 정도 발길질을 했다가 멈추고는, 그에게 말할 기회나 떠날 기회를 주었다. 그러나 배를 움켜쥐고 몸을 구부린 택시 기사는 입을 벌려 그들에게 욕을 내뱉었고, 그러자 두 벨보이는 다시 발길질을 시작했다.

비행기는 어둠 속에서 약간 더 내려왔고, 노턴은 비행기 창문을 통해 승객들의 기대 가득한 얼굴들을 볼 수 있을 거라고 생각했다. 그런 다음 기체는 한 바퀴 돌더니 다시 올라갔고, 몇 초 후 다시 한번 구름의 배 속을 관통했다. 비행기가 구름 속으로 사라지기 전에 그녀가 마지막으로 본 것은 빨간 빛과 파란 빛을 반짝이는 비행기의 미등이었다. 그녀가 다시 아래를 향해 눈길을 돌렸을 때, 호텔 프런트에 있던 종업원 한 명이 나와서 마치 부상을 당한 듯 거의 걸을 수 없던 술 취한 손님을 부축했다. 그런 동안 두 벨보이는 택시 기사를 택시가 아니라 지하 주차장으로 끌고 갔다.

그녀는 호텔의 바로 내려가고 싶은 충동을 느꼈다. 그곳에 가면 멕시코인과 담소를 나누는 펠티에와 에스피노사를 만날 수 있다고 생각했다. 하지만 마침내 창문을 닫고 침대 속으로 들어가기로 결정했다. 윙윙거리는 소리는 계속 들려왔고, 노턴은 에어컨 소리일 것이라고 생각했다.

「지금 택시 기사와 벨보이들이 일종의 전투를 벌이고 있습니다. 선전 포고
없는 전쟁, 밀고 밀리면서 긴장의 순간과 휴전의 순간이 있는 전쟁이지요.」돼지가
말했다.

「그럼 이제 무슨 일이 일어날까요?」에스피노사가 물었다.

그들은 호텔 바에 앉아 있었다. 거리가 내다보이는 커다란 창문 옆이었다.
바깥 공기는 액체처럼 축축했다. 검은 물, 흑옥의 감촉 같았다. 손을 뻗어
만지작거리고 싶게 만드는 그런 공기였다.

「벨보이들이 택시 기사에게 가르침을 줄 겁니다. 택시 기사가 다시 호텔로
오려면 시간이 꽤 걸릴 겁니다. 팁 때문이지요.」돼지가 말했다.

그런 다음 돼지는 전자 수첩을 꺼냈고, 그들은 각자의 수첩에 산타테레사 대학
총장의 전화번호를 적었다.

「오늘 그에게 말했습니다. 여러분께 최대한의 도움을 드리라고
부탁했습니다.」돼지가 말했다.

「여기서 누가 택시 기사를 데리고 나가지요?」펠티에가 물었다.

「자기 발로 나갈 겁니다. 주차장에서 정신을 잃도록 두들겨 팬 다음 물동이로
차가운 물을 뿌려 그를 깨울 겁니다. 그가 차를 타고 줄행랑을 치도록 말입니다.」
돼지가 말했다.

「벨보이들과 택시 기사들이 전쟁 상태에 있으면, 손님이 택시가 필요할
경우는 어떻게 하지요?」에스피노사 말했다.

「그러면 호텔이 콜택시 회사에 전화를 겁니다. 콜택시들은 모든 사람과
평화롭게 지내지요.」돼지가 말했다.

두 사람이 돼지와 작별 인사를 하려고 호텔 입구로 나갔을 때, 그들은
주차장에서 절룩거리며 나오는 택시 기사를 보았다. 얼굴도 멀쩡했고, 옷도 전혀
젖은 것 같지 않았다.

「틀림없이 거래를 했을 겁니다.」돼지가 말했다.

「거래라고요?」

「벨보이들과의 협상이지요. 돈 말입니다. 그들에게 돈을 준 게 분명합니다.」
돼지가 말했다.

순간적으로 펠티에와 에스피노사는 돼지가 길 건너편에 있는, 불과 몇 미터
떨어지지 않은 곳에 주차해 있던 택시를 타고 떠날 것이라고 생각했지만, 돼지는
살짝 고갯짓을 하며 벨보이에게 자기 차를 가져오라고 지시했다.

다음 날 아침 그들은 에르모시요로 날아갔고, 공항에서 산타테레사 대학
총장에게 전화를 걸었다. 그런 다음 차를 한 대 렌트해서 국경을 향해 출발했다.
공항을 나가면서, 세 사람은 소노라주가 무척 밝다는 사실을 깨달았다. 마치 빛이
태평양으로 가라앉으면서 그 공간에 엄청나게 커다란 포물선을 만들어 놓은 것
같았다. 그런 빛 속에서 여행을 하니 배고픔이 느껴졌다. 그러나 노턴은 그런 빛이

마지막까지 배고픔을 단호하게 참겠다는 욕망을 불러일으킬지도 모른다고
생각했다.

　　그들은 남쪽에서 산타테레사로 들어갔다. 그 도시는 최소한의 신호만 보내도
즉시 움직일 준비가 되어 있는, 커다란 집시나 난민 수용소처럼 보였다. 그들은
멕시코 호텔 4층에 있는 객실 세 개를 빌렸다. 세 방은 모두 똑같았지만, 실제로는
서로 다르게 보이게 만드는 조그만 특징들로 가득했다. 에스피노사의 방에는
커다란 그림이 걸려 있었다. 그림에는 사막이 있었고, 왼쪽으로는 마치 기갑 부대
병사들이거나 승마 클럽 회원들처럼 낙타색 셔츠를 입고 말을 탄 사람들이 보였다.
노턴의 방에는 거울이 한 개가 아니라 두 개 있었다. 첫 번째 거울은 다른 방들처럼
문 옆에 있었고, 두 번째 거울은 반대편 벽에, 그러니까 거리가 내다보이는 창문
옆에 걸려 있었다. 그래서 특정 지점에 서면, 두 거울이 서로를 비추는 게 보였다.
펠티에의 욕실 변기는 커다란 조각이 깨져 있었다. 언뜻 보면 보이지 않았지만,
변기의 앉는 부분을 들면, 깨진 부분이 마치 개 짖는 소리처럼 갑작스럽게 눈에
들어왔다. 빌어먹을, 어떻게 누구도 이걸 수리하지 않은 거야? 펠티에는 생각했다.
노턴은 그렇게 상태가 형편없는 변기를 한 번도 본 적이 없었다. 약
20센티미터가량이 깨져 있었다. 하얀 도자기 변기 아래에는 마치 벽돌에 사용되는
점토처럼 붉은 물체가 보였다. 변기에서 떨어져 나간 조각은 반달 모양이었다.
마치 망치로 쳐서 떼어 낸 것 같았다. 아니면 누군가가 이미 바닥에 쓰러진 어떤
사람의 머리를 들어 욕실 변기에 갖다 박은 것 같다고 노턴은 생각했다.

　　산타테레사 대학 총장은 다정하면서도 수줍어하는 듯 보였다. 그는 키가
컸으며, 마치 매일 깊은 생각에 잠겨 오랫동안 들판을 산책한 것처럼 약간
거무스름한 피부를 지녔다. 그는 그들에게 커피를 대접하면서 차분하게 그들의
이야기를 들었고, 실제로는 관심이 없었을지라도 관심을 보이는 척했다. 그런 다음
대학을 돌아보자며 그들을 데리고 나갔고, 건물들을 가리키면서 거기에 어떤 단과
대학들이 있는지 차근차근 설명해 주었다. 주제를 바꾸려고 펠티에가 소노라주의
햇빛에 관해 말하자, 총장은 사막에서 보는 낙조에 관해 말하면서 그곳 소노라나
인근의 애리조나에 살려고 온 몇몇 화가를 언급했지만, 그들은 그 화가들의 이름을
들어 본 적이 없었다.

　　총장실로 돌아오자 그는 세 사람에게 다시 커피를 주었고, 어느 호텔에서
묵느냐고 물었다. 그들이 호텔 이름을 말하자, 그는 종이에 호텔 이름을 적고는
재킷 위쪽 주머니에 넣었다. 그런 다음 자기 집에서 저녁을 먹자고 했다. 잠시 후
그들은 그곳을 떠났다. 총장실에서 주차장까지 가는 동안, 그들은 잔디밭으로
걸어가는 남녀 학생들을 보았다. 그런데 바로 그 순간 스프링클러가 작동했다.
학생들은 비명을 질렀고 그곳에서 벗어나려고 뛰기 시작했다.

그들은 호텔로 돌아오기 전에 차를 타고 도시를 둘러보았다. 도시가 너무나 혼란스러운 나머지 그들은 웃음을 터뜨렸다. 그때까지만 해도 그들은 그다지 기분이 좋지 않았다. 상황을 지켜보면서 그들을 도와주는 사람들의 말을 들었지만, 오로지 보다 큰 전략의 일부로만 그랬던 터였다. 호텔로 돌아오는 동안 비호의적인 환경에 있다는 느낌이 사라졌다. 하지만 〈비호의적〉이라는 말은 적절한 단어가 아니었다. 그것은 그들이 인정하길 거부하는 언어를 사용하는 환경이었으며, 그들이 목소리를 높이거나 말다툼을 하지 않는 한 그들의 존재를 부각시킬 수 없는 환경이었다. 하지만 그렇게 할 생각은 추호도 없었다.

호텔에서 그들은 문과 대학 학장인 아우구스토 게라의 메모를 보았다. 메모의 수신자는 그의 〈동료들〉인 에스피노사, 펠티에, 노턴으로 되어 있었다. 〈존경하는 동료들에게〉라고 그는 한 치의 비아냥거림도 없이 적었다. 메모를 보자 그들은 더욱 깔깔거리고 웃었지만, 이내 즉시 슬픔에 잠겼다. 〈동료〉라는 우습고 엉뚱한 단어는 나름대로 유럽과 이 유목 지역 사이에 강화 콘크리트로 만든 가교를 드리웠기 때문이다. 마치 아이의 울음소리를 듣는 것과 같아. 노턴은 말했다. 메모 쪽지에서 아우구스토 게라는 그들이 그 도시에서 즐겁고 행복하게 보내길 기원했을 뿐만 아니라, 〈베노 폰 아르킴볼디의 전문가〉라는 아말피타노 교수에 관해서도 언급했다. 그러면서 그가 그들에게 가능한 한 모든 도움을 주려고 바로 그날 오후에 호텔로 찾아갈 것이라고 덧붙였다. 작별 인사는 사막과 생기를 잃은 정원을 비교하는 시적인 문장으로 치장되어 있었다.

그들은 호텔에서 나가지 않고 베노 폰 아르킴볼디 전문가를 기다리기로 했다. 바의 창문 밖으로 놀라운 선인장들, 특히 몇 개는 거의 3미터에 달하는 선인장들로 장식된 테라스에서 일부러 술에 취하는 미국 관광객들의 모습을 보자 그들도 마찬가지로 그곳에 있기로 결정한 것이었다. 가끔씩 관광객 중 한 사람이 테이블에서 일어나, 반쯤 메마른 식물로 뒤덮인 난간으로 가서 거리를 쳐다보곤 했다. 그런 다음 비틀거리면서 남자 동료와 여자 동료들이 있는 테이블로 되돌아왔고, 잠시 후에 자리에서 일어난 사람이 추잡하고 아주 재미있는 이야기를 들려준 것처럼 모두가 배꼽을 잡고 깔깔 웃었다. 그들 중 그 누구도 젊지 않았지만, 그렇다고 늙은 사람도 없었다. 그들은 40~50대의 관광객들로, 아마도 바로 미국으로 돌아갈 사람들 같았다. 점차로 호텔의 테라스에는 사람들이 더 많이 들어찼고, 마침내 빈 테이블이 하나도 남지 않게 되었다. 밤이 동쪽에서 살금살금 다가와 테라스를 뒤덮기 시작했고, 테라스의 스피커에서는 윌리 넬슨[50]의 노랫가락이 흘러나왔다.

술 취한 사람 중 하나가 그 노래를 알아들었는지 소리를 지르며 일어났다. 에스피노사와 펠티에, 노턴은 그가 춤을 출 것이라고 예상했지만, 그러는 대신 그는 테라스의 난간으로 가더니 목을 쭉 빼고서 아래위를 쳐다보았고, 그런 다음 차분하게 그의 아내와 친구들이 있는 곳으로 돌아가서 앉았다. 이 사람들은 반쯤

---

50 Willie Nelson(1933~). 미국의 싱어송라이터로, 컨트리 음악계의 거장.

미쳤어. 에스피노사와 펠티에는 중얼거렸다. 반면에 노턴은 거리와 테라스, 그리고 호텔 객실에서 이상한 일이 벌어지고 있다고 생각했다. 심지어 비현실적인 것처럼 보이던, 적어도 논리적으로 납득할 수 없이 택시 기사와 벨보이들이 싸우던 멕시코시티도 그렇다고 생각했다. 그러나 그녀가 이해할 수 없는 이상한 일은 멕시코뿐만이 아니라 유럽에서도 일어났다. 세 사람이 만난 파리 공항에서도, 그리고 아마도 그 전에 모리니가 그들과 함께 여행하지 않겠다고 거절한 것도 그랬고, 그들이 툴루즈에서 알게 된 매우 불쾌한 청년도 그랬으며, 디터 헬펠트와 그가 전한 아르킴볼디에 관한 갑작스러운 소식 모두 그녀에게는 이상하게 생각되었다. 심지어 아르킴볼디와 아르킴볼디가 이야기한 모든 것에 이상한 일이 일어나고 있었다. 또한 그녀는 자기 자신에게도 이상한 일이 일어나고 있다고 여겼다. 아르킴볼디의 책을 읽고 글을 쓰고 해석하는 자기 자신도 알아볼 수 없었던 것이다. 물론 그건 아주 갑작스럽게 느끼는 감정에 불과했지만 말이다.

「네 방의 변기를 수리해 달라고 했어?」 에스피노사가 물었다.

「그래, 어떤 조치든 좋으니 조치를 취해 달라고 말했어. 그런데 프런트에서는 방을 바꾸는 게 좋을 것 같다고 했어. 내게 3층 객실을 주고 싶어 해. 그래서 괜찮다고, 난 그냥 내 방에 머무를 계획이라고, 내가 떠난 다음에 변기를 수리하라고 말했어. 난 우리 모두가 함께 같은 층에 있길 원해.」 펠티에가 미소를 지으며 말했다.

「잘했어.」 에스피노사가 말했다.

「프런트 직원은 욕실 변기를 바꿀 생각이지만 적당한 모델을 찾지 못했다고 말했어. 그리고 내게 호텔에 대해 부정적인 인상을 갖고 떠나지는 말라고 부탁했어. 어쨌거나 다정한 사람이었어.」 펠티에가 말했다.

아말피타노에 대한 비평가들의 첫인상은 그다지 좋지 않았다. 평범하기 그지없는 그 장소와 완벽히 들어맞는 인상이었다. 그나마 사막 속에 자리잡은 이 커다란 도시는 독특하면서도 지역 색채로 가득한 곳으로, 즉 어떻게 보면 엄청나게 풍요로운 풍경의 또 다른 증거처럼 보일 수도 있었다. 반면에 아말피타노는 오로지 조난자의 모습, 즉 엉망으로 옷을 입은 사람이자 존재하는 것 같지도 않은 대학의 존재감 없는 교수로, 패배할 수밖에 없는 야만족과의 전투에 참가한 졸병으로밖에 보이지 않았다. 혹은 덜 감상적인 통속극 차원에서 말하자면, 하이데거가 멕시코와 미국의 국경 지대에서 태어나는 불행을 당했다면, 하이데거를 한입에 삼켜 버리고 말았을 변덕스럽고 유치한 야수의 등에 타고는 자기 땅에서 풀을 뜯어 먹는 우수에 잠긴 철학 교수라고 말할 수 있었다. 에스피노사와 펠티에는 그의 모습에서 실패한 사람, 무엇보다도 유럽에서 살았고 가르쳤기 때문에 실패한 사람을 보았고, 두껍고 거친 외피로 자기를 보호하려고 했지만 선천적으로 점잖은 그의 자질이 즉시 드러난다는 것을 알아챘다. 반대로 노턴은 그가 매우 슬픈 사람이며 그의 인생은

성큼성큼 빠른 속도로 꺼져 가고, 무엇보다도 그들에게 그 도시의 안내자로
봉사하는 것이 그의 마지막 소망이라는 인상을 받았다.

그날 밤 세 비평가는 상대적으로 이른 시간에 잠자리에 들었다. 펠티에는
자기의 욕실에 있는 변기 꿈을 꾸었다. 둔탁한 소리에 그는 잠을 깼고, 벌거벗은 채
침대에서 일어났다. 그리고 문 아래의 틈으로 누군가가 욕실의 불을 켜놓은 걸
보았다. 처음에 그는 노턴이라고, 심지어 에스피노사일지도 모른다고 생각했지만,
욕실로 다가가면서 두 사람 중 누구도 그럴 수 없다는 사실을 깨달았다. 문을 열자
욕실은 텅 비어 있었다. 바닥에서 그는 커다란 핏자국을 보았다. 욕조와 욕조
커튼에는 아직 완전히 딱딱하게 마르지 않은 물질이 더덕더덕 묻어 있었다.
처음에는 진흙이거나 토사물이라고 생각했지만, 머지않아 똥이라는 걸 알게
되었다. 그가 똥을 보자 느낀 역겨움은 피를 보았을 때 느낀 두려움과 비교가 되지
않았다. 역겨움을 느끼자마자 그는 잠에서 완전히 깨어났다.

에스피노사는 사막의 그림을 꿈꾸었다. 꿈속에서 에스피노사는 몸을 일으켜
침대에 앉았다. 그리고 그곳에서 가로 1.5미터 세로 1.5미터짜리 화면으로
텔레비전을 보는 것처럼, 움직이지 않은 채 화사하게 빛나는 사막을 응시할 수
있었다. 그의 눈에 손상을 입히고도 남을 노란 태양 광선이 내리쬐었고, 사막
위에는 말을 탄 사람들이 있었다. 그런데 말의 움직임과 말을 탄 사람들의
움직임은 거의 감지되지 않았다. 마치 우리의 세상과는 전혀 다른 세상에 사는 것
같았다. 에스피노사가 보기에 그들의 속도는 느렸다. 속도 개념이 달랐다. 그는 그
그림을 쳐다보는 사람이 누구건 그를 미치지 않도록 만드는 것은 바로 그 느린
속도 때문임을 알았다. 그런 다음 목소리들이 들려왔다. 에스피노사는 그 목소리를
들었다. 거의 들리지 않는 목소리였다. 처음에는 사막이나 호텔 방 혹은
꿈속이라는 제한된 공간 위로 떨어지는 별똥별처럼 단음절이나 짧은 신음 소리에
불과했다. 그는 뿔뿔이 흩어진 몇 마디는 알아들을 수 있었다. 〈신속함〉, 〈절박함〉,
〈빠름〉, 〈민첩함〉 같은 말들이었다. 말들은 마치 죽은 고기 한가운데를 관통하는
독초처럼 방의 희박하고 뜨거운 공기 속으로 파고들어 갔다. 우리의 문화라고 어느
목소리가 말했다. 우리의 자유라는 말도 들렸다. 〈자유〉라는 말은 에스피노사에게
빈 강의실에서 채찍을 휘두르는 소리처럼 들렸다. 그는 식은땀에 흠뻑 젖은 채
잠에서 깨어났다.

노턴은 꿈속에서 두 거울에 비친 자신의 모습을 보았다. 하나는 앞에 있는
거울이었고, 다른 하나는 뒤에 있는 거울이었다. 그녀의 몸은 약간 비스듬히
기울어져 있었다. 그녀가 앞으로 가려는 건지 뒤로 가려는 건지 자신 있게
말하기는 불가능한 자세였다. 마치 영국의 해 질 녘처럼 방 안은 희미했다. 불 켜진
램프는 하나도 없었다. 거울 속에 비친 그녀의 모습은 마치 외출할 것처럼 옷을
입고 있었다. 맞춤 회색 정장을 입었는데 그건 참으로 이상한 일이었다. 노턴이
1950년대 패션 잡지의 페이지를 떠올리게 만드는 자그마한 회색 모자와 함께 이

옷을 입는 경우는 거의 없었기 때문이다. 비록 보이지는 않았지만, 아마도 검은색 펌프스를 신었을 것이다. 그녀의 몸은 꼼짝도 하지 않아서, 무기력과 무방비를 떠올리기에 충분했다. 하지만 그녀는 무엇을 기다리느라 자리를 떠나지 않는지, 도대체 무슨 신호를 기다리느라 두 거울이 서로 마주 보는 공간에서 벗어나 문을 열고 사라지지 않는지 스스로에게 물었다. 어쩌면 복도에서 소리를 들었을까? 어쩌면 누군가가 침실 문 앞을 지나가면서 침실 문을 열려고 한 것은 아닐까? 길을 잃은 호텔 손님일까? 프런트에서 보낸 직원, 혹은 객실 담당 메이드일까? 그러나 절대적인 침묵이 흐르는 데다 기나긴 초저녁의 침묵에 차분함도 약간 깃들어 있었다. 갑자기 노턴은 거울에 비친 여자가 자기가 아니라는 사실을 깨달았다. 그녀는 두려움과 호기심을 느꼈고, 움직이지 않으면서 가능한 한 면밀하게 거울 속의 모습을 살펴보았다. 객관적으로 나와 똑같다고, 그렇지 않다고 내가 생각할 이유는 없다고 그녀는 마음속으로 말했다. 이 여자는 나야. 그녀는 확신했다. 하지만 그때 노턴은 여자의 목을 뚫어지게 보았다. 터지기 직전처럼 퉁퉁 불거진 핏줄이 귀에서 내려와 어깨뼈 쪽으로 사라졌다. 핏줄은 진짜라기보다는 그린 것처럼 보였다. 난 여기를 떠나야 해, 노턴은 생각했다. 노턴은 여자가 있는 정확한 장소를 찾아내려고 방 안을 이리저리 세심하게 살펴보았지만, 여자의 모습을 볼 수 없었다. 그러자 그녀는 두 거울에 여자의 모습이 비치려면, 입구가 좁은 통로와 방 사이에 있어야만 한다고 생각했다. 하지만 그녀는 여자의 모습을 볼 수 없었다. 거울 속에서 여자를 보았을 때, 그녀는 변화를 눈치챘다. 거의 감지할 수 없을 정도지만 여자의 목이 미세하게 움직인 것이다. 나 역시 거울 속에 비치고 있어. 노턴은 혼잣말로 중얼거렸다. 그리고 계속 움직인다면, 결국 우리 두 사람은 서로를 쳐다보게 될 거야. 우리의 얼굴을 서로 보게 될 거야. 노턴은 주먹을 불끈 쥐고 기다렸다. 거울 속의 여자도 마찬가지로 초인적인 노력을 하는 것처럼 주먹을 불끈 쥐었다. 회색 빛이 방으로 들어왔다. 노턴은 바깥에서, 그러니까 거리에서 불길이 사납게 치솟았다는 인상을 받았다. 그녀는 땀을 흘리기 시작했다. 고개를 숙이고서 눈을 감았다. 거울을 다시 쳐다보았을 때, 여자의 퉁퉁 부은 핏줄은 더욱 불거져 있었고, 그녀의 윤곽이 나타나기 시작했다. 도망쳐야만 해. 그녀는 생각했다. 그리고 장클로드와 마누엘은 어디에 있을까라고도 생각했다. 그녀는 마찬가지로 모리니도 생각했다. 그녀는 단지 텅 빈 휠체어와 그 뒤로 엄청나게 크고 도저히 들어갈 수 없을 만큼 빽빽한 숲을 보았다. 너무나 짙은 초록색이라 거의 검은색 같았고, 잠시 후에야 그곳이 하이드 파크라는 사실을 알았다. 노턴이 눈을 떴을 때, 거울 속 여자의 시선과 그녀 자신의 시선이 방 안의 불특정한 지점에서 서로 교차했다. 거울 속 여자의 눈은 그녀의 눈과 똑같았다. 광대뼈와 입술, 이마와 코도 똑같았다. 노턴은 울음을 터뜨렸다. 슬프거나 아니면 두려워 운다고 생각했다. 나와 똑같아. 하지만 여자는 죽어 있어. 그녀는 생각했다. 그녀는 시험 삼아 미소를 지어 보았고, 그러고서 두려움에 질려 얼굴이 일그러졌다. 화들짝 놀란 나머지 노턴은 뒤를 돌아보았지만, 뒤에는 아무도 없고 객실의 벽만

덩그렇게 있었다. 여자는 다시 그녀에게 미소를 지었다. 이번에 미소는 일그러진
표정이 아니라 깊은 절망감의 표정에서 나왔다. 그런 다음 여자는 다시 그녀에게
미소를 지었고, 조마조마한 표정이었다가 무표정해지더니 초조한 표정을 지었고,
다시 체념한 표정을 지었다. 모든 광기의 모든 얼굴 표정이 여자 얼굴에
아로새겨졌고, 그런 표정을 지을 때마다 여자는 항상 미소 지었다. 그러는 동안
마음의 평정을 되찾은 노턴은 수첩을 꺼내서 마치 자신의 운명, 혹은 지상에서
얻을 행복의 몫이 거기에 있는 것처럼 재빠르게 일어난 모든 일을 기록했고,
잠에서 깰 때까지 그 일을 계속했다.

아말피타노가 그들에게 자기가 1974년에 『무한한 장미』를 번역해서 어느
아르헨티나 출판사에서 출간했다고 말하자 그에 대한 비평가들의 견해가
바뀌었다. 그들은 그가 어디서 독일어를 배웠는지, 어떻게 아르킴볼디의 작품을
알게 되었는지, 그리고 아르킴볼디의 작품 중 어떤 책들을 읽었는지, 그에게
어떻게 생각하는지 물었다. 아말피타노는 칠레의 독일 학교에서 독일어를
배웠으며, 어렸을 때부터 그 학교에서 공부했지만, 대수롭지 않은 문제로 인해
열다섯 살 때 공립 학교로 전학을 가야만 했다고 말했다. 기억에 따르면, 그는 스무
살 때에 아르킴볼디의 작품을 만났는데, 당시 산티아고의 도서관에서 『무한한
장미』, 『가죽 가면』, 『유럽의 강』을 독일어판으로 빌려 읽었다. 그 도서관은 단지 그
세 권과 『비푸르카리아 비푸르카타』만 소장하고 있었다. 그는 이 마지막 책을 읽기
시작했지만 끝까지 읽지는 못했다고 말했다. 그 도서관은 공공 도서관으로, 어느
독일 사람이 소장 도서를 기부하여 많은 책을 구비하게 되었다. 그 독일인은
독일어로 된 많은 책을 갖고 있었는데, 죽기 전에 산티아고에 있는 뉴뇨아 동네의
관계 당국에게 기부한 것이다.
물론 아말피타노는 아르킴볼디를 좋게 평가했다. 그러나 그것은 비평가들이
독일 작가에게 느끼던 존경심과는 큰 거리가 있었다. 이를테면 아말피타노는 그가
귄터 그라스나 아르노 슈미트[51]처럼 훌륭한 작가라고 생각했다. 비평가들은
『무한한 장미』를 번역하게 된 것이 그의 생각이었는지 아니면 출판사의 청탁에
따른 것이었는지 알고 싶어 했다. 그러자 아말피타노는 자기의 기억에 따르면 그런
생각을 한 것은 아르헨티나 출판인들이었다고 했다. 그러면서 그는, 그 당시 나는
힘닿는 데까지 번역을 했고, 게다가 원고 교열자로도 일했습니다 하고 말했다.
그가 아는 한, 그 번역판은 해적판이었다. 하지만 그런 생각을 하게 된 건 한참 후의
일이었고, 그것이 확실하다고 장담할 수도 없었다.
그에게 훨씬 더 너그러워지고 친절해진 비평가들은 1974년에 아르헨티나에서
무엇을 했느냐고 물었다. 그러자 아말피타노는 그들을 쳐다보더니 자기의
마르가리타 칵테일을 바라보았다. 그런 다음 마치 여러 번 반복한 것처럼 1974년에

51 Arno Otto Schmidt(1914~1979). 독일의 소설가. 일종의 전위파 작가로, 마인츠 문학 대상, 서독 산업 문학
대상, 괴테상을 수상했다.

자기는 칠레에서 일어난 쿠데타 때문에 아르헨티나에 있었고, 쿠데타 때문에
망명의 길을 택해야만 했다고 말했다. 그러고서 너무 장황하게 표현해서
미안하다고 했다. 모든 게 습관이 되지요. 그가 말했지만 비평가 중 누구도 그의 이
마지막 말에 많은 주의를 기울이지 않았다.

「망명은 끔찍할 것 같아요.」 노턴이 동정하면서 말했다.

「사실 지금 나는 그걸 자연스러운 옮김, 그러니까 나름대로 운명을, 혹은
일반적으로 운명이라고 여기는 것을 파괴하는 데 도움을 주는 것으로 봅니다.」
아말피타노가 말했다.

「하지만 망명은 불편한 점들과 건너뜀, 그리고 단절로 가득합니다. 그것들은
대략 반복되며, 우리가 하고자 하는 중요한 일을 모두 힘들게 합니다.」 펠티에가
말했다.

「내가 운명을 파괴한다고 말한 게 바로 그런 점 때문입니다. 그러나 다시 한번,
여러분에게 사과해야겠군요.」 아말피타노가 말했다.

다음 날 아침 그들은 호텔 로비에서 기다리던 아말피타노를 만났다. 칠레 대학
교수가 그곳에 없었다면, 그들은 틀림없이 자신들이 꾼 전날 밤의 악몽에 관해
서로 말했을 테고, 무엇이 백일하에 드러났을지는 누구도 알 수 없는 일이었다.
그러나 그곳에 아말피타노가 있었고, 네 사람은 함께 아침 식사를 하면서 그날의
활동을 계획했다. 그들은 가능성들을 면밀히 점검했다. 우선 아르킴볼디가 대학에
모습을 보이지 않았다는 사실은 분명했다. 적어도 인문 대학에는 모습을 드러내지
않았다. 산타테레사에는 독일 영사관이 없었고, 따라서 그곳으로 움직였을지도
모른다는 가능성은 애초부터 제외되었다. 그들은 아말피타노에게 그 도시에
호텔이 몇 개 있느냐고 물었다. 그러자 그는 잘 모르지만, 아침 식사가 끝나자마자
즉시 확인해 줄 수 있다고 대답했다.

「어떻게요?」 에스피노사가 의아해했다.

「호텔 프런트에 물어보면 됩니다. 그들은 시내와 근교에 있는 모든 호텔과
모텔 목록을 가지고 있을 겁니다.」 아말피타노가 말했다.

「그렇군요.」 펠티에와 노턴이 말했다.

그들은 아침 식사를 마치자, 아르킴볼디를 이곳까지 여행하게 만든 동기가
무엇일까 다시 한번 추측해 보았다. 그때 아말피타노는 세 사람 중 그 누구도 직접
아르킴볼디를 만나 본 적이 없다는 사실을 알았다. 왜 그랬는지 정확히 말할 수는
없었지만, 그는 그 이야기가 몹시 흥미롭고 재미있다고 여겼다. 그리고 그들에게
아르킴볼디가 누구도 만나고 싶어 하지 않는다는 게 분명한데, 무엇 때문에 그를
만나려 하느냐고 물었다. 우리는 그의 작품을 연구하기 때문입니다. 비평가들은
말했다. 그러면서 그는 죽어 가고 있으며, 20세기 최고의 독일 작가가 그의 작품을
가장 잘 아는 독자들과 이야기할 기회도 갖지 못하고 죽는다는 것은 옳지 않은
일이라고 덧붙였다. 우리는 유럽으로 돌아가자고 그를 설득하려고 해요. 그들은

말했다.

　그러자 아말피타노가 말했다. 「난 20세기 최고의 독일 작가는 카프카라고 생각했어요.」

　그렇다면 전후 시대 최고의 독일 작가, 혹은 20세기 후반의 가장 훌륭한 독일 작가라고 말할 수 있지요. 비평가들은 말했다.

　「페터 한트케[52]를 읽어 봤습니까? 토마스 베른하르트[53]를 읽어 봤습니까?」 아말피타노가 그들에게 물었다.

　우우. 비평가들이 야유했고, 아침 식사가 끝날 때까지 아말피타노는 그들의 공격을 받아 『옴에 걸린 앵무새』[54]의 주인공처럼 되었다. 그러니까 마지막 깃털까지 뽑힌 채 속을 훤히 드러내야만 하는 신세가 되었다.

　프런트에서 그들은 도시의 호텔 목록을 받았다. 아말피타노는 대학에서 전화를 거는 게 어떠냐고 제안했다. 아우구스토 게라와 비평가들의 관계가 굉장히 좋아 보였고 그게 아니면 게라가 그들에게 두려움이 배제되지 않은 존경심, 즉 경외심을 느끼고 있는 것처럼 보였기 때문이다. 그것은 허영심과 아양이 들어 있는 두려움이었고, 그런 아양과 두려움 뒤에는 교활함이 웅크리고 있었다. 즉, 기꺼이 협조하겠다는 게라의 의지는 네그레테 총장의 소망에 따른 것이었지만, 아말피타노는 게라가 유명한 유럽 교수들의 방문에서 무언가 이득을 챙기려고 한다는 걸 너무나 분명하게 알았다. 특히 우리 모두는 미래가 미스터리라는 걸 알며, 우리가 언제 길이 휘어질지, 혹은 얼마나 이상한 장소로 우리의 발길이 향할지 절대 정확하게 알 수 없기 때문이다. 그러나 비평가들은 대학 전화를 사용하자는 제안을 거부했고, 각자 방에서 자신들의 비용으로 전화를 걸었다.

　시간을 절약하기 위해 에스피노사와 노턴은 에스피노사의 방에서 전화를 걸었고, 아말피타노와 펠티에는 펠티에의 방에서 전화를 걸었다. 한 시간 후, 그 결과는 몹시 실망스러웠다. 어떤 호텔에도 한스 라이터라는 사람의 이름이 기재되어 있지 않았기 때문이다. 두 시간 후, 그들은 전화 통화를 중지하고 바에 내려가 술을 한잔하기로 결정했다. 이제 남은 것은 호텔 몇 개와 도시 근교에 있는 몇몇 모텔뿐이었다. 아말피타노는 그 목록을 꼼꼼하게 살펴보더니, 목록에 있는 모텔들 대부분은 대실을 주목적으로 하거나 정체를 숨긴 사창가이며, 독일인 관광객이 투숙했을 것이라고는 상상하기 힘든 장소라고 말했다.

　「우리는 독일인 관광객이 아니라 아르킴볼디를 찾고 있어요.」 에스피노사가 말했다.

　「그렇군요.」 아말피타노는 말했다. 그리고 실제로 그는 모텔에 있는

---

　52 Peter Handke(1942~　). 오스트리아 출신 작가. 『말벌들』로 등단했으며 실험적 희곡 「관객 모독」으로 명성을 얻었다.

　53 Thomas Bernhard(1931~1989). 오스트리아의 작가. 현대 독일어권 문학을 대표하는 작가로 손꼽힌다.

　54 호세 호아킨 페르난데스 데 리사르디José Joaquin Fernández de Lizardi(1776~1827)의 작품으로, 〈옴에 걸린 앵무새〉라는 별명을 가진 페드로 사르니엔토의 일생을 이야기하며, 라틴 아메리카 최초의 소설로 여겨진다.

아르킴볼디를 상상할 수 있었다.

　문제는 아르킴볼디가 무엇 때문에 이 도시로 왔느냐는 거예요. 노턴이 말했다. 잠시 토론한 끝에 세 비평가들은 결론에 이르렀고, 아말피타노는 그들의 의견에 동의했다. 즉, 그저 친구를 만나려고 산타테레사로 왔거나, 혹은 집필 중인 다음 소설에 필요한 정보를 수집하려고, 또는 이 두 가지 이유를 동시에 충족시키기 위해서 왔다는 것이었다. 펠티에는 친구의 가능성에 더욱 무게를 두었다.

　「옛 친구일 거예요. 다시 말하면, 그처럼 독일인일 겁니다.」펠티에가 추측했다.

　「만난 지 아주 오래된 독일 친구이겠지요. 아마 2차 세계 대전이 끝난 후부터 만나지 못했을 수도 있어요.」에스피노사가 말했다.

　「전우일 거예요. 아르킴볼디에게 매우 중요한 사람인데, 그 사람은 전쟁이 끝나자마자 사라졌거나 아니면 전쟁이 끝나기 전에 자취를 감추었을 수도 있어요.」노턴이 말했다.

　「하지만 아르킴볼디가 한스 라이터라는 사실을 아는 사람이겠지요.」에스피노사가 말했다.

　「반드시 그럴 필요는 없어요. 아마도 아르킴볼디의 친구는 한스 라이터와 아르킴볼디가 동일인이라는 생각조차 하지 못할 수도 있어요. 그는 단지 라이터만을 알고, 라이터와 어떻게 만날 수 있는지만 알 수도 있어요.」노턴이 지적했다.

　「하지만 그럴 가능성은 거의 없어요.」펠티에가 말했다.

　「그래요, 그럴 가능성은 희박해요. 그러려면 라이터가 친구를 마지막으로 만났을 때부터, 그러니까 대략 1945년부터 주소를 한 번도 바꾸지 않았다고 가정해야 하거든요.」아말피타노가 지적했다.

　「통계적으로 보면, 1920년에 태어난 독일 사람치고 평생 한 번도 주소를 바꾸지 않은 사람은 단 한 명도 없어요.」펠티에가 말했다.

　「그 친구가 아르킴볼디에게 연락한 게 아니라, 아르킴볼디 쪽에서 그 친구에게 연락했을 수도 있지요.」에스피노사가 말했다.

　「남자가 아니라 여자 친구일 수도 있어요.」노턴이 말했다.

　「여자 친구라기보다는 왠지 남자 친구일 것 같아요.」펠티에가 말했다.

　「남자 친구도 아니고 여자 친구도 아니라면, 지금 우리 모두는 어둠 속에서 더듬으며 길을 찾는 거나 마찬가지예요.」에스피노사가 말했다.

　「그렇다면 왜 아르킴볼디가 여기로 왔을까요?」노턴이 물었다.

　「남자 친구일 거예요. 아주 사랑하는 남자 친구일 거예요. 아르킴볼디가 이 여행을 해야만 했을 정도로 충분히 소중한 남자 친구일 거예요.」펠티에가 말했다.

　「우리가 잘못 생각하는 거라면? 알멘드로가 우리에게 거짓말을 했거나, 혼동했다면? 혹은 그가 속은 거라면 어떻게 하지요?」노턴이 물었다.

　「어떤 알멘드로를 말하는 거지요? 엑토르 엔리케 알멘드로 말인가요?」

아말피타노가 물었다.

「그래요, 바로 그 사람이에요. 그 사람을 알아요?」 에스피노사가 물었다.

「개인적으로 아는 사이는 아니에요. 하지만 알멘드로가 제공한 정보일 경우, 나라면 아주 신뢰하지는 않을 겁니다.」 아말피타노가 말했다.

「왜 그렇죠?」 노턴이 물었다.

「음, 그건 그가 근본적으로 먹고사는 데 가장 큰 관심을 보이는 전형적인 멕시코 지식인이기 때문이에요.」 아말피타노가 말했다.

「모든 라틴 아메리카 지식인들의 가장 큰 관심사가 먹고사는 문제 아닌가요?」 펠티에가 말했다.

「그렇다고 말하지는 않겠습니다. 예를 들면, 글 쓰는 데 더욱 관심을 보이는 사람도 있으니까요.」 아말피타노가 대답했다.

「자, 그럼 그게 무슨 말인지 설명해 주십시오.」 에스피노사가 말했다.

「사실은 어떻게 설명해야 할지 모르겠어요.」 아말피타노가 말했다. 「멕시코 지식인과 권력의 관계는 아주 오래된 이야기입니다. 이건 모든 지식인이 그랬다는 말은 아닙니다. 아주 훌륭한 예외도 있으니까요. 또한 권력에 굴복하는 사람들이 나쁜 마음을 먹고서 그렇게 했다고 말하는 것도 아닙니다. 권력에 완전히 복종하고 헌신하는 사람들조차 반드시 그런 것은 아니니까요. 그건 그저 일자리 중 하나에 불과하다고 말할 수도 있을 겁니다. 그런데 그건 국가를 위해 일하는 자리입니다. 유럽의 지식인들은 출판사나 신문사에서 일하거나 아니면 아내들이 먹여 살립니다. 혹은 부모들이 부유해서 그들에게 매달 용돈을 줍니다. 그것도 아니면 노동자들이거나 범죄자들이지만, 나름대로 일하면서 정직하게 삽니다. 멕시코에서 지식인들은 국가를 위해 일합니다. 이것은 아르헨티나를 제외한 라틴 아메리카의 모든 국가로 확장될 수 있습니다. 제도혁명당 아래서도 그랬고, 국민행동당 아래서도 마찬가집니다. 한편 지식인은 국가의 열렬한 수호자일 수도 있고, 국가의 매서운 비판자일 수도 있습니다. 국가는 그런 것에 개의치 않습니다. 국가는 그를 부양하며 조용히 지켜봅니다. 본질적으로 무용지물인 이런 작가 무리를 대규모로 거느리면서 국가는 그들을 이용합니다. 어떻게 이용하느냐고요? 악마를 쫓아내고 민족 정서를 바꾸거나 적어도 동요하도록 만듭니다. 그리고 존재하는지 존재하지 않는지 아무도 확실하게 모르는 구멍에 석회를 바르지요. 물론 항상 그런 식은 아닙니다. 지식인은 대학에서 일할 수도 있습니다. 아니, 좀 더 정확하게 말하자면, 미국 대학으로 일하러 갈 수도 있습니다. 미국 대학의 문학 전공 학과들은 멕시코 대학의 문학 전공 학과들처럼 형편없지만, 그렇다고 해서 라틴 아메리카의 지식인이 국가의 이름으로 말하는 사람 혹은 더 나은 직장, 즉 좀 더 나은 보수를 제안하는 사람에게 늦은 시간에 전화를 받는 일이 없다는 것을 의미하지는 않습니다. 그러면 그 지식인은 자기가 그런 보수를 받을 자격이 있다고 생각합니다. 지식인들은 항상 자기가 더 많은 돈을 받을 자격이 있다고 믿는 사람들이니까요. 이런 메커니즘은 어느 정도 멕시코 작가들의 귀를 솔깃하게 만듭니다. 그들을 미치게 만듭니다. 가령 어떤 사람은 일본어도 모른 채 일본 시를 번역하는 일에 착수합니다. 그리고 어떤 사람들은 술만 마시면서 시간을 탕진하지요. 멀리 갈 것도 없이 내가 보기에 알멘드로는 이런 두 가지 일을 합니다. 당신들이 잘 이해할지는 모르겠지만, 멕시코에서 문학은 유치원, 보육원, 어린이 방과 같습니다. 기후는 좋고, 밝은 햇빛이 내리쬡니다. 그러면 당신은 집에서 나가 공원에 앉아서 발레리[55]의 책을 펼칩니다. 발레리는 아마도 멕시코 작가들이 가장 즐겨 읽는 작가일 것입니다. 그런 다음 당신은 친구들의 집으로 가서 담소를 나눌 수 있습니다. 그러나 당신의 그림자는 이미 당신을 따라다니지 않습니다. 어느 순간에 조용히 당신을 떠나 버리는 것이지요. 당신은 그런 걸 모르면서 그런 제안을 받아들이지만, 그런 사실을 깨달았을 때에는 이미 당신의 빌어먹을 그림자는 더는 당신과 함께 없지요. 물론 그건 여러 방법으로 설명할 수 있습니다. 태양의 고도를 이유로 댈 수도 있고, 모자를 쓰지 않은 머리에 햇볕을 받아 건망증이 심해졌다고 말할 수도 있으며, 술을 너무 마셔서 그렇다는 핑계를 댈 수도 있고, 고통으로 가득 찬 지하 탱크와 같은 것들이 움직이기 시작해서 그렇다고 둘러댈 수도 있지요. 또한 아주 우연하게 일어날 일들이 두려워서 그렇다고 할 수도 있고, 막 모습을 드러내기 시작한 질병 때문이라고, 혹은 자신의 허영심이 상처를 입어서 그렇다는 구실을 댈 수도 있고, 평생 단 한 번만이라도 제 시간을 지키고자 하는 소망 때문이라고 말할 수도 있지요. 그러나 분명한 것은 당신의 그림자가 사라지고 당신은 순간적으로나마 그걸 잊을 것이라는 사실입니다. 그렇게 당신은 그림자 없이 일종의 무대와 같은 것에 도착하고, 현실을 해석하거나 재해석하거나 그걸 노래하기 시작합니다. 사실 그건 앞 무대이고, 앞 무대 뒤에는 커다란 터널이 있지요. 그것은 갱도와 같은 것이거나 아니면 엄청난 규모의 갱도로 들어가는 입구와 같은 겁니다. 그러니까 동굴이라고 말합시다. 하지만 역시 갱도라고 말할 수도 있지요. 갱도 입구에서는 알아들을 수 없는 말들이 나옵니다. 의성어일 수도 있고, 분노의 말들, 혹은 유혹이거나 유혹적인 분노의 말들, 또는 단지 중얼거리는 소리거나 속삭이는 소리, 혹은 신음 소리에 불과할 수도 있지요. 분명한 것은 아무도 그걸 볼 수 없다는 점이지요. 보인다고 말할 수 있는 건 오로지 갱도의 입구뿐입니다. 무대 장치, 즉 빛과 그림자의 조화와 시간 조작은 갱도 입구의 진정한 모습을 관객의 시선에서 숨깁니다. 사실, 앞 무대에 가장 가까이 있는 관객들만이, 그러니까 오케스트라석과 가까이에 있는 관객들만이 위장한 두꺼운 베일 뒤로 무언가의 모습을 볼 수 있지요. 그것이 진정 무엇인지는 볼 수 없지만, 적어도 그것의 희미한 모습은 볼 수 있습니다. 다른 관객들은 앞 무대 너머에 있는 것을 전혀 보지 못합니다. 아니, 그들은 그런 것에 아무 관심도 없다고 말하는 편이 나을 듯하군요. 한편 그림자 없는 지식인들은 항상 관객과 마주하면서 앞 무대에 등을 돌리고 있고, 그래서 뒤통수에 눈이 달리지 않은 한, 그 어떤 것도 볼 수 없습니다. 그들은

---

55 Paul Valéry(1871~1945). 20세기 전반 프랑스의 시인, 비평가, 사상가. 20세기 최대 산문가로 꼽힌다.

단지 갱도 안에서 나오는 소리만 들을 수 있지요. 그리고 그 소리를 해석하거나 재해석하거나 재창조합니다. 말할 필요도 없이 그들의 작업은 형편없습니다. 그들은 허리케인을 감지하는 대목에서 수사법을 사용하고, 분노가 폭발한다고 느끼는 대목에서는 웅변적이 되려고 하며, 단지 귀가 먹먹하고 쓸모없는 침묵만 존재하는 곳에서 운율의 법칙을 유지하려고 애씁니다. 그들은 삐악삐악, 멍멍, 야옹야옹이라고 말하지요. 그들은 체구가 어마어마한 동물이 존재하거나 존재하지 않는다는 사실을 상상할 수 없는 사람들이기 때문이지요. 한편 그들이 일하는 무대는 아주 예쁘고 아주 잘 설계되었으며 아주 쾌적한 곳입니다. 그러나 시간이 흐르면서 그 크기는 갈수록 작아집니다. 이렇게 무대가 좁아져도 매력은 전혀 망가지지 않습니다. 단지 갈수록 작아지고, 더불어 객석 수도 갈수록 줄어들고, 물론 관객도 갈수록 감소할 뿐입니다. 물론 이 무대 옆에는 다른 무대들이 있습니다. 시간이 흐르면서 갈수록 커진 새로운 무대들이지요. 거기에는 아주 커다란 미술이란 무대가 있습니다. 관객들은 얼마 되지 않지만, 모두 우아하다고 말할 수 있지요. 영화와 텔레비전이란 무대도 있습니다. 이곳의 수용 능력은 엄청납니다. 객석은 항상 만원이고, 앞 무대는 해를 거듭할수록 비약적으로 커집니다. 가끔씩 지식인들의 무대에서 연기하는 사람들은 초대 배우로 텔레비전이라는 무대로 갑니다. 관점이 약간 바뀌긴 했지만 이 무대에서도 갱도 입구는 동일합니다. 아마도 위장하기 위한 베일이 조금 더 두꺼워졌을 수도 있지만, 역설적으로 그럴 경우에는 불가사의한 유머 감각을 보여 줍니다. 하지만 그럴 때에도 악취를 풍깁니다. 물론 이런 유머가 깃든 위장술은 많은 해석을 낳습니다. 그리고 종국에는 관객에게 최대의 편의를 베풀거나 관객의 집단적 시선이 아무런 어려움을 겪지 않도록 두 가지 해석으로 축소됩니다. 때때로 텔레비전이라는 무대에 영원히 자리를 잡는 지식인들도 있습니다. 갱도의 입구에서는 계속해서 포효하는 소리가 나오고, 지식인들은 그 소리를 오역합니다. 이론적으로 그들은 언어의 대가들이지만, 사실은 언어를 풍부하게 만들 능력도 없는 사람들입니다. 그들이 던지는 최고의 말은 맨 앞줄에 앉은 관객들이 말하는 소리를 듣고서 되뇌는 말입니다. 그런 관객들은 〈채찍질 고행자〉라고 불립니다. 그들은 병든 사람들이고, 종종 잔혹한 말을 만들어 내고, 그들의 사망률은 상당히 높지요. 일과 시간이 끝나면 그들은 극장 문들을 닫고 갱도의 입구들을 커다란 강철판으로 덮습니다. 지식인들은 그곳을 떠납니다. 달은 통통하고, 밤공기는 먹기에 적합할 정도로 깨끗합니다. 몇몇 술집에서 노랫소리가 들리고, 길가에서도 그 가락을 들을 수 있습니다. 이따금 어느 지식인이 집으로 향하는 발길을 돌려 그런 술집 중 한 곳으로 들어가 메스칼[56]을 마십니다. 그러면서 어느 날 자기에게 일이 생긴다면 어떻게 될까 생각합니다. 하지만 이내 그런 생각을 그만두지요. 그는 아무것도 생각하지 않습니다. 그는 단지 술을 마시고 노래를 부릅니다. 종종 그는 자기가 전설적인 독일 작가를 보고 있다고 생각합니다. 그러나 그가 실제로

---

56 오아하카 지방 특산의, 용설란을 발효시켜 증류한 술.

본 것은 그림자일 뿐입니다. 가끔씩 그는 자신의 그림자만을 보았을 뿐이지요. 그 그림자는 지식인이 가로대에 목을 매어 자살하거나 스스로 혈관을 잘라 목숨을 끊지 않도록 매일 밤 집으로 돌아간 것이지요. 그러나 그는 자기가 독일 작가를 보았다고 맹세하고 그걸 확신하면서, 자신의 행복을 비롯해 자기가 왜 질서를 지키며, 왜 난리법석을 떨고, 왜 주정뱅이 같은 정신을 지녔는지 해석하지요. 다음 날은 날씨가 화창합니다. 태양은 광채를 내뿜지만 화상을 입힐 정도는 아닙니다. 그러면 사람들은 그에 맞게 긴장을 풀고 집에서 나와 자신의 그림자를 끌고 다니다가, 공원에서 발길을 멈추고 발레리의 시를 읽을 수 있답니다. 죽을 때까지 그렇게 한답니다.」

「당신이 말한 내용을 하나도 이해하지 못하겠어요.」 노턴이 말했다.

「사실 말도 안 되는 소리를 지껄였습니다.」 아말피타노가 말했다.

나중에 그들은 남은 호텔과 모텔에 전화를 걸었다. 어떤 곳에도 아르킴볼디는 머물고 있지 않았다. 몇 시간 동안 그들은 아말피타노의 말이 맞는다고, 알멘드로의 정보는 아마도 과열된 상상의 결과일지도 모른다고, 아르킴볼디의 멕시코 여행은 단지 돼지의 뇌 주름 속에만 존재하는 것이라고 생각했다. 그들은 책을 읽고 술을 마시며 그날의 나머지 시간을 보냈고, 누구도 호텔에서 나가려고 하지 않았다.

그날 밤 노턴은 호텔 컴퓨터에서 이메일을 살펴보다가 모리니에게서 이메일이 한 통 와 있는 것을 발견했다. 편지에서 모리니는 마치 날씨보다 말하기 더 좋은 주제가 없는 것처럼 밤 8시부터 시작하여 새벽 1시까지 쉬지 않고 토리노에 떨어지던 비스듬한 빗발에 관해 말했다. 그러고서 진심으로 노턴에게 멕시코 북부에서 더 좋은 날씨를 맞이하길 바랐다. 그는 그곳에는 절대 비가 내리지 않으며, 오직 밤에만 날씨가 쌀쌀하고, 그것도 사막에서만 그럴 것이라고 믿었다. 그날 밤 편지 몇 통에 답장을 한 후(모리니의 편지에는 답장하지 않았다), 노턴은 방으로 올라가 머리를 빗고 이를 닦았으며, 얼굴에 수분 크림을 바른 뒤 잠시 침대에 앉아 바닥에 발을 대고서 생각에 잠겼다. 그런 다음 복도로 나가 펠티에의 방문을 두드렸다. 그러고서 에스피노사의 방문을 두드렸다. 아무 말도 하지 않은 채 두 사람은 그녀의 방으로 따라왔고, 그녀는 두 사람과 함께 새벽 5시까지 사랑을 했다. 5시가 되자 비평가들은 노턴의 지시에 따라 각자의 방으로 돌아갔고, 그곳에서 깊은 잠에 빠졌다. 그러나 노턴은 깊은 잠에 빠지지 않고 침대 시트를 정리했고, 방의 불을 껐지만, 눈을 붙일 수는 없었다.

그녀는 모리니를 생각했다. 아니, 좀 더 정확하게 말하자면 휠체어를 탄 채 그녀가 한 번도 가보지 않은 토리노의 아파트 창문에서 거리와 앞 건물들의 정면을 쳐다보는 모리니를 보았다. 그는 끊이지 않고 내리는 비가 어떻게 떨어지는지 지켜보고 있었다. 그의 아파트 앞에 있는 건물들은 회색이었다. 거리는 어둡고 널찍한 가로수 길이었다. 하지만 차는 단 한 대도 지나가지 않았다. 20미터 간격으로 심은 가로수 몇몇은 비쩍 말라 있었다. 시장이나 도시 계획자의 고약한 장난이라고 말할 수 있을 정도였다. 하늘은 아주 두껍고 축축한 담요를 덮은 담요 위에 또 다른 담요를 펼쳐 놓은 것 같았다. 모리니가 바깥을 내다보던 창문은 거의 발코니 창문처럼 컸지만, 폭은 그리 넓지 않고 좁아서 아주 기다란 모양이었다. 그리고 빗물이 흘러내리던 유리는 너무나 깨끗한 나머지 유리라기보다는 오히려 아무것도 섞이지 않은 순도 1백 퍼센트의 수정처럼 보였다. 창틀은 흰색으로 칠한 나무로 만들어졌다. 방에는 불이 켜져 있었다. 나무쪽으로 모자이크한 바닥은 반짝거렸고, 책들이 꽂힌 책장은 세심하게 정돈되었으며, 벽에는 질투 날 정도로 고상한 그림들이 몇 점 걸려 있었다. 카펫은 깔리지 않았고, 검은색 가죽 소파와 1인용 흰색 가죽 소파 두 개로 이루어진 거실의 가구들은 휠체어가 움직이는 데 거치적거리지 않게 배치되었다. 반쯤 열린 이중문 뒤로는 어둠에 잠긴 복도가 펼쳐졌다.

그런데 모리니에 관해서는 무슨 말을 할 수 있을까? 휠체어에 앉은 그의 자세는 어느 정도 자포자기에 빠진 듯 보였다. 마치 밤에 내리는 비와 잠든 이웃집을 쳐다보면 그의 모든 희망이 이루어질 것 같다는 듯한 자세였다. 그러니까 어느 정도 자포자기에 빠진 사람의 표정이었다. 가끔씩 그는 양팔을 휠체어의 팔걸이에 놓았고, 어떤 때는 한 손에 머리를 기대고 휠체어의 팔걸이에 팔꿈치를 갖다 댔다. 죽기 직전인 청년의 발처럼 기운이 하나도 없는 그의 발은 그가 입기에는 너무나 커서 헐렁해 보이는 청바지로 덮여 있었다. 그는 칼라 부분의 단추를 채우지 않은 흰 셔츠를 입었고, 왼쪽 손목에는 시계를 찼는데, 시계가 손목에서 빠질 정도는 아니었지만 시곗줄이 매우 헐거웠다. 그는 신발이 아니라 밤처럼 반짝거리는 검은색 천으로 만든 아주 낡은 실내화를 신었다. 그가 걸친 옷은 무척 편안해 보였고, 집 안을 돌아다니기에 적당한 듯했다. 그리고 모리니의 행동으로 판단하건대, 그녀는 그가 다음 날 일하러 갈 마음이 없거나 아니면 직장에 느지막이 가려고 생각한다고 거의 확신할 수 있었다.

그가 이메일에서 말한 것처럼 창문 밖의 비는 비스듬히 내렸다. 피곤한 표정을 지으며 조용히 입 다문 채 버려진 사람 같은 모습을 취한 모리니의 태도에는 아무런 불평 없이 몸과 육체를 불면증에 내맡긴 숙명적인 농부에게서 볼 수 있는 것이 스며 있었다.

다음 날 그들은 공예품 시장을 둘러보러 나갔다. 처음에는 산타테레사 근처에 사는 사람들이 매매하고 교환하는 장소이며, 그 지역의 장인들과 농부들이 수레나 노새에 물건을 싣고 도착하는 곳이고, 심지어 노갈레스와 비센테 게레로의 목축 업자들도 가축을 데려오고 아과 프리에타와 카나네아의 상인들도 말을 끌고 오는 곳이라고 생각했다. 하지만 이제 그 시장은 피닉스에서 온 미국 관광객들 때문에 간신히 유지되었다. 미국인들은 버스나 차량 서너 대에 나눠 타고 도착해서 해가 지기 전에 그 도시를 떠났다. 그러나 비평가들은 그 시장이 마음에 들었고, 아무것도 살 생각이 없었지만 마침내 펠티에는 돌에 앉아 신문을 읽는 남자 토기 조각을 헐값에 구입했다. 그 남자는 금발이었으며, 조그만 악마 뿔 두 개가 이마에서 솟아 나와 있었다. 한편 에스피노사는 카펫과 서라피[57]를 파는 노점의 여자아이에게서 인도 카펫 하나를 샀다. 사실 카펫이 그다지 마음에 들지는 않았다. 하지만 여자아이가 너무나 친절하고 다정했기에 그는 그녀와 이런저런 말을 하면서 한참을 보냈다. 에스피노사는 여자아이에게 어디서 왔느냐고 물었다. 아주 먼 곳에서 카펫을 들고 그곳까지 왔다는 인상을 받았기 때문이다. 하지만 여자아이는 바로 그곳 산타테레사에서, 그 시장의 서쪽에 있는 동네에서 왔다고 대답했다. 또한 자기가 고등학교에서 공부하고 있으며, 일이 잘되면 간호사가 되기 위해 공부할 계획이라고 말했다. 에스피노사의 취향으로 볼 때 여자아이는 너무 마르고 작았지만, 그는 아이가 예쁠 뿐만 아니라 똑똑하다고 생각했다.

아말피타노는 호텔에서 그들을 기다렸다. 그들은 그에게 점심을 먹으러 나가자고 초대했고, 그런 다음 네 사람은 산타테레사에 있는 모든 신문사를 찾아갔다. 각 신문사마다 그들은 알멘드로가 아르킴볼디를 멕시코시티에서 만났다는 날짜보다 한 달 이전에 발행된 신문부터 전날까지의 신문을 모두 면밀히 살펴보았다. 그러나 아르킴볼디가 그 도시로 지나갔다는 사실을 보여 주는 단 하나의 흔적도 찾지 못했다. 우선 그들은 부고란을 살폈다. 그런 다음 사회면과 정치면을 읽었고, 심지어 농업과 목축에 할애된 지면까지도 읽었다. 한 신문에는 문예면이 없었다. 어떤 신문은 책 소개와 산타테레사에서의 예술 활동에 관해 매주 한 면을 할애했지만, 아마도 그 면을 스포츠로 채우는 게 더 값진 일일 것 같았다. 저녁 6시에 그들은 한 신문사 밖에서 칠레 교수와 헤어졌고, 호텔로 돌아왔다. 그들은 샤워를 했고, 그런 다음 각자 자신의 이메일을 살펴보았다. 펠티에와 에스피노사는 모리니에게 메일을 보내 중요한 것을 발견하지 못했다고 알렸다. 그들은 각각의 메일에서 그런 상황이 곧 바뀌지 않는다면 최대한 이틀 정도만 더 머물다가 유럽으로 돌아갈 것이라고 했다. 노턴은 모리니에게 메일을 쓰지 않았다. 지난번에 받은 편지에도 답장하지 않았고, 마치 무언가를 말하려다가 마지막 순간에 그렇게 하지 않는 편을 택하기로 한 것처럼 하염없이 빗물만 바라보면서 움직이지 않는 모리니와 마주치고 싶지도 않았던 것이다. 그 대신 두 친구에게 아무 말도 하지 않은 채, 그녀는 전화로 멕시코시티에 있는 알멘드로에게 전화를 걸었다. 몇 번 실패한 끝에(돼지의 여비서와 집의 가정부는 노력했지만, 영어를 알아듣지 못했다), 돼지와 통화할 수 있었다.

부러울 정도의 인내심을 가지고 돼지는 스탠퍼드 대학에서 갈고닦은 영어를 사용하여 아르킴볼디가 세 경찰관에게 신문을 받은 그 호텔에서 그에게 전화를 건 이후 일어난 모든 일을 다시 말해 주었다. 그는 전혀 모순되지 않게 아르킴볼디와

---

57 멕시코에서 숄로 사용하는 화사한 모포.

처음으로 만난 순간을 비롯하여 가리발디 광장에서 그와 함께 보낸 시간 동안 주고받은 이야기를 다시 들려주었다. 그리고 호텔로 돌아왔으며, 거기서 아르킴볼디는 가방을 들고 호텔을 나섰고, 자기는 그를 공항까지 배웅해 주었으며, 공항까지 가는 동안 두 사람 다 거의 아무 말도 하지 않았고, 공항에서 아르킴볼디는 에르모시요로 가는 비행기를 탔으며, 이후 그를 만나지 못했다고 차근차근 말했다. 이 순간부터 노턴은 아르킴볼디의 신체적 모습만을 물었다. 그러자 알멘드로는 그가 1미터 90센티미터가 넘을 정도로 컸으며, 머리카락은 희끗희끗했고 숱이 많았지만, 뒤통수 부분에서는 빠져 있었으며, 말랐고, 틀림없이 힘이 셌을 것이라고 설명했다.

「노인, 아주 노인이군요.」 노턴이 말했다.

「아니에요, 그렇지 않다고 말하고 싶군요. 그가 가방을 열었을 때, 약이 잔뜩 있는 걸 보았어요. 그의 피부는 검버섯으로 뒤덮여 있었어요. 가끔씩 몹시 피곤한 기색을 보였지만, 곧 기운을 회복했어요. 아니, 금방 기운을 되찾은 것처럼 행동했지요.」 돼지가 말했다.

「눈은 어땠나요?」 노턴이 물었다.

「파란색이에요.」 돼지가 답했다.

「아니, 그걸 물은 게 아니에요. 나도 파란 눈이라는 건 알아요. 그의 모든 책을 한 번 이상 읽었거든요. 파란 눈이 아니라는 건 있을 수 없는 일이지요. 내가 묻고 싶은 건 눈이 어땠는지, 그의 눈을 보고 당신이 어떤 인상을 받았느냐는 거예요.」

전화선 반대편에서 긴 침묵이 흘렀다. 마치 돼지는 그런 질문을 받으리라고는 전혀 예상하지 못한 것 같았다. 아니, 그 자신도 그런 질문을 여러 번 던졌지만 아직도 해답을 발견하지 못한 것 같았다.

「대답하기 힘듭니다.」 돼지가 말했다.

「당신은 내 질문에 대답해 줄 수 있는 유일한 사람이에요. 오랫동안 누구도 그를 만나지 못했어요. 그리고 이런 말을 해도 될지는 모르겠지만, 이런 점에서 당신은 특권적인 상황에 있어요.」

「제기랄.」 돼지가 말했다.

「뭐라고요?」 노턴이 물었다.

「아니에요, 아무것도 아니에요, 난 생각하고 있어요.」 돼지가 말했다.

그리고 잠시 후에 다시 말했다.

「그는 장님의 눈을 가졌어요. 그가 장님이라고 말하는 게 아니에요. 단지 장님의 눈과 똑같다는 거예요. 하지만 그 점에 대해서는 내가 잘못 본 것일 수도 있어요.」

그날 밤 그들은 네그레테 총장이 준비한 파티에 갔다. 그들은 나중에야 비로소 그 파티가 그들을 위해 계획되었음을 알았다. 노턴은 집 안의 정원을 둘러보면서 총장 부인이 하나씩 이름을 말해 주던 식물들을 보며 감탄을 금치 못했다. 하지만 이후 그녀는 그 모든 이름을 잊어버렸다. 펠티에는 오랫동안 게라 학장과 담소를 나누었다. 또한 프랑스어로 작품을 쓰던 멕시코인에 관한 박사 논문을 파리에서 썼다는 다른 교수와도 한참 동안 이야기했다. 프랑스어로 작품 활동을 한 멕시코인이라고요? 펠티에가 묻자, 그래요, 그래요, 정말로 독특하고 대단하며 뛰어난 작가지요, 하고 대학 교수는 말하면서 그의 이름을 여러 차례 거론했다. 페르난데스라는 사람이었던가? 아니면 가르시아라는 사람이었던가? 대학 교수는 그가 몹시 불행한 운명을 맞이했는데, 그건 그가 셀린[58]과 드리외 라 로셸[59]의 친한 친구였으며 협력자였고, 샤를 모라스[60]의 제자기 때문이라고 설명했다. 레지스탕스가 총살을 했어요. 모라스가 아니라 멕시코 사람을 말이에요. 그런데 그는 정말로 마지막 순간까지 남자답게 행동했지요. 겁에 질려 꼬리를 내리고 독일로 도망친 많은 프랑스 동료들처럼 행동하지 않았답니다. 그 대학교수는 덧붙였다. 이 페르난데스던가 아니면 가르시아라는 작가는(로페스나 페레스였던가?) 집을 떠나지 않고 멕시코 사람의 긍지를 잃어버리지 않은 채 당당하게 레지스탕스 요원들이 오기를 기다렸고, 그들이 그를 거리로 내려오게 하여(질질 끌고 내려왔을까?) 벽에 내동댕이치면서 총을 쏘았을 때도 전혀 다리에 힘이 빠지지 않았다.

한편 에스피노사는 파티 내내 네그레테 총장과 몇몇 유명 인사와 함께 앉아 있었다. 그들은 파티 주선자와 동갑내기로, 오로지 스페인어만 할 줄 알고 영어는 거의 모르는 사람들이었다. 그는 쉴 새 없이 성장하고 발전한 산타테레사의 최근 상태를 침이 마르도록 칭찬하는 말을 참고 들어야만 했다.

세 비평가 중에서 누구도 밤새 아말피타노와 함께 있었던 사람을 그냥 지나치지 않았다. 그는 피부가 아주 하얀, 잘생기고 건장한 청년이었다. 그는 찰거머리처럼 칠레 교수에게 착 달라붙어 있었고, 가끔씩 연극 배우 같은 몸짓을 하며 마치 미쳐 가는 사람처럼 얼굴을 찡그렸다. 또 어떤 때는 아말피타노가 말하는 소리에 온 정신을 집중하여 들으면서 계속해서 고개를 가로저었다. 거의 발작하며 부정하는 것 같은 조그만 몸동작이었다. 마치 앙심을 품고 대화의 보편적 법칙을 거스르거나, 아니면 아말피타노의 말(그의 얼굴 표정으로 판단하건대 꾸지람)이 결코 목표에 적중하지 못한 채 빗나가고 있다는 걸 보여 주려는 것 같았다.

그들은 몇 가지 제안을 받고 한 가지 의문을 품은 채 저녁 식사 장소를 떠났다. 몇 가지 제안이란 다음과 같았다. 현대 스페인 문학 강연(에스피노사), 현대 프랑스

---

58 Louis-Ferdinand Céline(1894~1961). 프랑스의 소설가로 전복적이고 풍자적인 소설을 발표했다. 대표작으로 『밤의 끝까지 가는 여행』이 있다.

59 Pierre Drieu la Rochelle(1893~1945). 프랑스의 소설가. 제1차 세계 대전 후 유럽 청년들이 겪는 불안을 묘사했다. 나치에 협력하였으며, 제2차 세계 대전이 끝나자 자살했다. 대표작으로 『도깨비불』, 『질』이 있다.

60 Charles Maurras(1868~1952). 프랑스의 시인이며 비평가이고 사상가. 〈악시옹 프랑세즈〉를 결성하여 왕정주의와 국가주의를 주장했으며 대독 협력자였다. 대표작으로 『베네치아의 여인』과 『프시케를 위하여』가 있다.

문학 강연(펠티에), 현대 영문학 강연(노턴), 베노 폰 아르킴볼디와 전후 독일
문학에 대한 훌륭한 강연(에스피노사, 펠티에, 노턴), 유럽과 멕시코의 경제·문화
관계에 관한 심포지엄 참가(에스피노사, 펠티에와 노턴을 비롯하여 게라 학장과
대학의 두 경제학 교수), 시에라 마드레 산기슭 방문, 그리고 마지막으로
산타테레사 근처의 목장에서 열리는 양 통구이 파티 참석이었다. 수많은 대학
교수들이 참석할 대규모의 통구이 파티였다. 게라에 따르면, 그 파티는 아주
아름다운 경치 속에서 열릴 터였다. 하지만 네그레테 총장은 오히려 그곳 경치는
거칠고 척박해서 어떤 사람들은 좋아하지 않는다고 지적했다.

　　의문은 이것이었다. 즉 아말피타노가 동성애자일지도 모르며, 눈빛이 간절한
그 열렬한 청년은 그의 애인일 가능성이 있다는 것이었다. 온몸에 소름이 끼치는
의심이었다. 밤이 끝나기 전에 그들은 의문의 청년이 바로 총장의 오른팔이며
아말피타노의 직속 상관인 게라 학장의 외아들이라는 사실을 알았기 때문이다.
그들이 커다란 오해를 한 것이 아니라면, 게라는 자기 아들이 무슨 짓을 하고
돌아다니는지 전혀 알지 못했다.

　　「이 작자는 총탄 세례를 받으며 삶을 마감할 수도 있어.」에스피노사가 말했다.

　　그런 다음 그들은 다른 것들에 관해 말했고, 나중에 녹초가 된 몸을 이끌고
자러 갔다.

　　다음 날 그들은 차를 타고 도시를 둘러보러 드라이브를 나갔다. 마치 보도를
걷는 키 큰 독일 노인을 정말로 만날 수 있다는 희망을 가진 사람들처럼, 전혀
조급해하지 않은 채 아무 곳이나 되는대로 차를 몰았다. 도시의 서쪽 지역은
가난하기 그지없었다. 거리 대부분은 비포장이었고, 버려진 재료로 급히 지은
집들이 바다를 이루었다. 시내 중심가는 오래되었다. 3층이나 4층짜리 낡은
건물들이 늘어섰고, 아케이드를 이룬 광장들은 거의 버려진 상태나 다름없었으며,
돌이 깔린 거리에서는 와이셔츠 바람의 젊은 사무 직원들과 등에 커다란 꾸러미를
멘 원주민 여자들이 급히 발길을 재촉했다. 그들은 길모퉁이에서 어슬렁거리는
창녀들과 젊은 폭력배들을 보았다. 흑백 영화에 등장하는 전형적인
멕시코인들이었다. 동쪽으로는 중산층과 상류층이 사는 동네가 있었다. 거기에서
그들은 정성스럽게 가지치기한 가로수들이 늘어선 거리와 아이들 놀이터, 그리고
쇼핑 센터들을 보았다. 대학 역시 그 지역에 자리 잡고 있었다. 북쪽에서는 버려진
공장들과 창고들을 보았고, 기념품 가게들과 술집들이 즐비한 거리도 보았다. 또한
조그만 호텔들도 보았는데, 누구도 잠을 자려고 이용하지는 않는 그런
호텔들이었다. 변두리로 더 나아가자, 거기에는 가난하지만 덜 복잡한 동네가
있었고, 몇몇 넓은 공터에는 가끔씩 학교가 솟아 있었다. 남쪽에서 그들은 철길과
판잣집으로 둘러싸인 허름한 축구장들을 보았다. 그리고 심지어 차에서 내리지도
않은 채 한 경기를 지켜보기도 했다. 죽을 정도로 병약한 사람들과 거의 아사
직전인 사람들이 벌이는 경기였다. 그리고 거기서 산타테레사와 연결된 두 고속

도로와 쓰레기장으로 변해 버린 협곡을 보았다. 또한 절룩거리거나 수족이 절단된 것처럼, 혹은 무분별하게 커져 가는 동네들도 보았고, 가끔씩 멀리서 공장 창고 건물들의 희미한 모습, 그러니까 마킬라도라[61]의 지평선도 보았다.

모든 도시처럼 그 도시도 무한했다. 가령 동쪽으로 계속 나아가면, 어느 순간 중산층 동네가 끝나면서 도시 서쪽에서 본 모습을 그대로 보여 주듯이 빈민가가 모습을 드러냈다. 그러나 여기서는 빈민가가 좀 더 거친 지형, 이를테면 언덕이나 계곡, 옛 목장의 잔해나 메마른 강바닥과 뒤섞여 있었다. 그런 지형은 사람들로 초만원이 되지 않도록 하는 데 어느 정도 기여했다. 북쪽에서는 미국과 멕시코의 경계를 이루는 울타리를 보았는데, 이곳에서는 차에서 내려 울타리 너머로 애리조나의 사막을 자세히 쳐다보았다. 서쪽에서는 두 공장 지대를 빙빙 돌았다. 그곳은 빈민가로 둘러싸여 있었다.

그들은 도시가 시시각각 커져 간다고 확신했다. 산타테레사의 끝머리에서 그들은 황무지를 노려보면서 걸어 다니는 검은대머리독수리 떼를 보았다. 이곳에서는 쇠콘도르라고 부르는 새로, 조그마한 맹금류였다. 그들은 쇠콘도르가 있는 곳에는 다른 새가 없다는 사실을 알았다. 그들은 산타테레사에서 카보르카로 향하는 도로변 어느 모텔에서 테킬라와 맥주를 마셨다. 테라스에서는 그곳의 경치가 훤히 잘 보였다. 해 질 녘이 되자 하늘은 육식 식물처럼 보였다.

그들은 호텔로 돌아오면서, 아말피타노가 게라 학장의 아들과 함께 기다린다는 것을 알았다. 게라의 아들은 멕시코 북부 음식 전문 식당에서 저녁을 먹자고 그들을 초대했다. 그 식당은 어느 정도 고급스럽긴 했지만, 음식 맛은 전혀 그렇지 않았다. 그들은 칠레 교수와 학장 아들의 관계는 동성애가 아니라 소크라테스적인 것에 더 가깝다는 사실을 깨달았다. 아니, 그렇게 믿었다. 그러자 어느 정도 마음이 놓였다. 뭐라고 딱히 설명할 수는 없었지만, 세 사람 모두 아말피타노를 점점 좋아하게 되었기 때문이다.

사흘 동안 그들은 마치 해저 세계에 있는 것처럼 살았다. 텔레비전을 보면서 가장 이상하고 가장 하잘것없는 뉴스를 찾았고, 아르킴볼디의 소설을 다시 읽으면서 갑자기 그의 작품을 이해할 수 없었으며, 오랫동안 낮잠을 잤고, 밤에는 테라스를 마지막으로 떠났으며, 마치 전에는 한 번도 그러지 않았다는 듯 자신들의 어린 시절에 관해 말했다. 처음으로 그들 세 사람은 형제자매인 것처럼 혹은 이제 더는 속세의 대부분에 관심이 없는 돌격 부대의 퇴역 군인인 것처럼 느꼈다. 그들은 술에 취했고, 늦게 일어났으며, 단지 아주 가끔씩만 아말피타노와 함께 외출을 해서 도시를 돌아다녔다. 그리고 아마도 나이 지긋한 독일 관광객 행세를 하고 있을 사람의 관심을 끌 만한 관광지들을 방문했다.

[61] 미국과 멕시코의 접경지대인 티후아나, 후아레스, 에로이코 노갈레스에 주로 위치한 자유 무역 지대의 가공 무역 공장들.

그들은 양고기 통구이 파티에 참석했다. 모든 게 불확실한 행성에 도착한 우주인처럼 세 사람은 신중하고 조심스럽게 행동했다. 통구이 파티가 열린 마당에서는 연기가 모락모락 나는 구덩이 몇 개를 보았다. 산타테레사 대학교 교수들은 시골 생활의 솜씨를 보여 주는 데 보기 드문 재능을 과시했다. 두 교수는 말을 타고 경주를 벌였다. 다른 교수는 1915년에 유행한 코리도[62]를 불렀다. 투우를 잡기 위해 고리를 던지는 경기에서, 몇몇 사람이 올가미 밧줄로 자신들의 행운을 시험했는데, 성공한 사람도 있었고 그러지 못한 사람도 있었다. 목장의 십장처럼 보이던 사람과 본채에 틀어박혔던 네그레테 총장이 모습을 드러내자, 사람들은 구덩이에서 통구이를 끄집어냈다. 고기 냄새와 뜨거운 흙냄새가 가느다란 연막처럼 마당으로 퍼졌다. 그 냄새는 마치 살인자들 앞을 떠도는 안개처럼 모든 사람을 감쌌고, 여자들이 옷과 피부에서 통구이 냄새를 풍기면서 고기 담은 그릇을 테이블로 가져오는 동안, 신기하게 사라졌다.

그날 밤, 통구이 고기 때문인지 아니면 마신 술 때문인지, 세 사람은 악몽을 꾸었다. 그리고 잠에서 깨어났을 때 꿈을 기억하려고 애썼지만, 그럴 수가 없었다. 펠티에는 한 장의 종이 꿈을 꾸었다. 그는 그 종이의 앞과 뒤를 보았고, 모든 방법을 동원하여 점점 더 빨리 종이를 움직였으며 또 어떤 때는 그의 머리를 움직이기도 했지만, 그 안의 의미를 전혀 알아낼 수 없었다. 노턴은 한 그루 나무의 꿈을 꾸었다. 영국의 참나무였는데, 어느 시골에서 그녀는 그 나무를 들어서 한 곳에 옮겨 놨다가 다시 다른 곳으로 여러 차례 옮겼지만, 완전히 마음에 드는 장소를 찾을 수는 없었다. 어떤 때는 참나무에 뿌리가 없었고, 또 어떤 때는 뱀이나 고르고의 머리카락처럼 긴 뿌리가 질질 끌렸다. 에스피노사는 카펫을 파는 여자아이 꿈을 꾸었다. 그는 아무 카펫이나 하나를 사고 싶었고, 여자아이는 그에게 쉬지 않고 이것저것 하나씩 차례로 많은 카펫을 보여 주었다. 소녀의 가냘프고 까무잡잡한 팔은 한시도 가만히 있지 않았고, 그래서 그는 입을 열 수가 없었다. 그는 그녀에게 아주 중요한 것을 말할 수도 없었으며, 그녀의 팔을 붙잡고 다른 곳으로 데려갈 수도 없었다.

다음 날 아침 노턴은 아침 식사를 하러 내려오지 않았다. 그들은 그녀가 아픈 모양이라고 생각하면서 그녀에게 전화를 걸었다. 하지만 노턴은 잠을 자고 싶을 따름이라면서 자기 없이 그날 일정을 소화하라고 부탁했다. 기운이 빠진 두 사람은 아말피타노를 기다렸고, 그런 다음 차를 타고 도시의 북동쪽을 향해 출발했다. 서커스장이 설치되는 곳이었다. 아말피타노의 말로는, 서커스단에는 쾨니히 박사라는 독일 마술사가 있었다. 그는 전날 밤 그 사실을 알게 되었는데, 통구이

---

[62] 멕시코의 민요. 주로 역사와 농부들의 삶, 그리고 사회적으로 중요한 정보에 관해 노래하는 일종의 대중 서사 가요다.

파티에서 집에 도착할 무렵, 누군가가 그 동네의 모든 마당에 뿌려 놓은 한 장짜리 조그만 전단지를 본 것이었다. 다음 날 대학으로 가려고 버스를 기다리던 길모퉁이에서, 하늘색 벽에 붙은 컬러 전단지를 본 것이었다. 서커스단의 스타들을 광고하는 전단지였다. 그 가운데 독일 마술사가 있었고, 아말피타노는 쾨니히 박사라는 사람이 변장한 아르킴볼디일지도 모른다고 생각했다. 냉정하게 점검한 결과, 바보 같은 생각이라고 여겼지만, 비평가들의 사기가 너무나 저하되어 있었기 때문에 서커스단을 찾아가 보자고 제안하는 게 그다지 나쁘지는 않으리라고 생각했다. 아말피타노가 비평가들에게 그 이야기를 하자, 그들은 마치 학생들이 가장 멍청한 반 친구를 쳐다보듯이 그를 바라보았다.

「아르킴볼디가 서커스단에서 무슨 일을 하겠어요?」 그들이 차에 올라타자, 펠티에가 말했다.

「나도 몰라요. 당신들은 전문가고, 나는 단지 그 사람이 우리가 여기서 만나는 첫 번째 독일인이라는 사실만 알 뿐입니다.」 아말피타노가 말했다.

서커스단의 이름은 〈국제 서커스〉였다. 밧줄과 도르래로 이루어진 복잡한 장치로(아니면 비평가들 눈에 그렇게 보이는 장치로) 커다란 텐트를 치던 몇몇 사람이 그들에게 서커스단의 단장이 사는 이동 주택을 가르쳐 주었다. 단장은 약 쉰 살 정도 먹은 치카노[63]였으며, 코펜하겐부터 스페인의 말라가까지 유럽 대륙을 순회하는 유럽 서커스단에서 오랫동안 일한 사람이었다. 그는 조그만 마을에서 연기하면서 성공과 실패를 거듭했는데, 마침내 자기가 태어난 캘리포니아의 얼리마트로 돌아가기로 결심했고, 그곳에서 서커스단을 창설했다. 그리고 〈국제 서커스〉라는 이름을 붙였다. 그가 애초부터 가졌던 생각 중 하나가 전 세계의 공연자들을 데리고 있는 것이었기 때문이다. 그러나 결국 공연자들 대부분은 멕시코인과 미국인이었다. 그리고 가끔씩 중앙아메리카 사람들이 일자리를 찾으러 왔고, 한번은 미국의 어떤 서커스단에서도 고용하려고 하지 않았던 일흔 살가량의 캐나다인 조련사를 데리고 있기도 했다. 그는 자기 서커스단이 화려하거나 웅장하지 않지만, 치카노가 주인으로 있는 첫 번째 서커스단이라고 말했다.

순회 공연을 하지 않을 때에 그들은 얼리마트에서 그리 멀리 떨어지지 않은 베이커스필드에 머물렀다. 그들의 동계 숙소가 있는 곳이었다. 그리고 가끔씩 멕시코의 시날로아에도 캠프를 차렸지만, 그곳에서는 그리 오래 머물지 않았다. 그가 멕시코시티로 여행을 가서 과테말라 국경까지 이르는 남부 도시들과 공연 계약에 서명하는 동안만 그곳에 체류했고, 그런 다음에는 다시 베이커스필드로 귀환하곤 했다. 외국인들이 쾨니히 박사에 관해 묻자, 서커스단 단장은 그들이 그 마술사와 소송을 벌이고 있는지, 아니면 그가 갚아야 할 빚이 있는지 알고 싶어 했고, 아말피타노는 그렇지 않다고, 그럴 수가 없다고 황급하게 대답하면서, 그곳에 있는 사람들은 각각 스페인과 프랑스의 유명 대학 교수들이라고 설명했고,

---

63 멕시코계 미국인.

사실대로 말하자면 자기도 산타테레사 대학의 교수라고 덧붙였다.

「그렇다면 좋습니다. 그게 사실이라면, 쾨니히 박사를 만날 수 있도록 주선해 주겠습니다. 내가 보기에는 쾨니히 박사도 대학 교수였던 것 같습니다.」치카노 단장이 말했다.

그의 말을 듣자 비평가들의 심장이 쿵쿵 뛰기 시작했다. 그들은 서커스단의 주인을 따라 이동 주택들과 바퀴 달린 우리들 사이를 지나갔고, 마침내 어느 면에서 보나 서커스단 텐트의 끝이 틀림없는 곳에 이르렀다. 그곳 너머로는 오직 누런 땅과 시커먼 오두막들, 그리고 멕시코와 미국의 경계를 따라 펼쳐진 울타리만 눈에 들어왔다.

「그는 조용한 걸 좋아해요.」그들이 아무것도 묻지 않았는데도, 단장은 이렇게 말했다.

그는 손가락 마디로 마술사의 조그만 이동 주택의 문을 두드렸다. 누군가가 문을 열었고, 어둠 속에서 어느 목소리가 무엇 때문에 왔느냐고 물었다. 단장은 자기라고 말했고, 자기와 함께 몇몇 유럽 친구가 있는데, 그에게 인사를 하고자 한다고 설명했다. 그렇다면 들어와요. 그 목소리가 말했다. 그들은 단 하나밖에 없는 계단을 올라가 이동 주택 안으로 들어갔다. 배의 현창(舷窓)보다 조금 커다란 두 창문에는 커튼이 드리워져 있었다.

「여기에 우리 모두가 어떻게 앉아야 할지 모르겠군요.」단장은 이렇게 말하면서, 즉시 커튼을 걷었다.

그곳에 있는 유일한 침대에는 대머리이며 다갈색 피부를 지닌 남자가 누워 있었다. 검은색의 헐렁한 짧은 바지만 입은 그가 힘들게 눈을 깜빡거리면서 그들을 쳐다보았다. 그 작자는 기껏해야 예순 살 정도였다. 그래서 그는 그들이 찾는 대상에서 즉시 제외되었다. 하지만 잠시 그곳에 있기로 했고, 최소한 그들을 맞이해 주어 고맙다는 말이라도 해야겠다고 결심했다. 셋 중에서 기분이 가장 좋았던 아말피타노는 그들이 작가인 독일 친구를 찾는데, 그를 찾을 수가 없었다고 설명했다.

「그렇다면 내 서커스단에서 그를 찾을 것이라고 생각했단 말입니까?」단장이 물었다.

「그가 아니라 그를 아는 사람을 찾을 수 있다고 생각했습니다.」아말피타노가 말했다.

「난 절대 작가를 고용하지 않습니다.」단장이 말했다.

「난 독일인이 아닙니다. 난 미국인이고, 내 이름은 앤디 로페즈입니다.」쾨니히 박사가 말했다.

이렇게 말하면서 그는 옷걸이에 걸린 가방에서 지갑을 꺼내 그들에게 운전 면허증을 내밀었다.

「당신의 마술은 어떻게 이루어졌지요?」펠티에가 영어로 물었다.

「난 벼룩을 사라지게 하면서 시작합니다.」쾨니히 박사가 말했고, 다섯 사람 모두 웃음을 터뜨렸다.

「정말입니다.」 단장이 말했다.

「그런 다음 비둘기를 사라지게 하고, 그다음에는 고양이를, 그다음에는 개를, 그리고 한 아이를 사라지게 하면서 내 마술은 끝납니다.」

〈국제 서커스〉를 떠난 후, 아말피타노는 자기 집에서 점심을 먹자고 초대했다.

에스피노사는 뒤뜰로 나갔고, 거기서 책 한 권이 빨랫줄에 걸려 있는 걸 보았다. 어떤 책인지 알아보려고 다가가지는 않았지만, 집 안으로 들어왔을 때 아말피타노에게 무슨 책이냐고 물었다.

「라파엘 디에스테[64]가 쓴 『기하학 유언Testamento geométrico』입니다.」 아말피타노가 말했다.

「갈리시아의 시인 라파엘 디에스테 말인가요?」 에스피노사가 말했다.

「바로 그 사람이에요. 하지만 이건 시집이 아니라 기하학에 관한 책이지요. 디에스테가 고등학교 선생님으로 일할 때 떠올린 것들이지요.」 아말피타노가 말했다.

에스피노사는 펠티에에게 아말피타노가 말한 것을 통역해 주었다.

「그런데 뒤뜰에 걸려 있었어?」 펠티에가 미소를 지으며 말했다.

「응. 마치 말리려고 꺼내 놓은 옷처럼 말이야.」 아말피타노가 냉장고에서 먹을 것을 찾는 동안 에스피노사가 말했다.

「콩 좋아하나요?」 아말피타노가 물었다.

「아무거나 괜찮습니다. 이제 우리는 모든 음식에 적응했어요.」 에스피노사가 말했다.

펠티에는 창가로 다가가서 책을 쳐다보았다. 오후의 부드러운 산들바람을 맞아 책 페이지들이 거의 감지되지 않을 정도로 흔들렸다. 펠티에는 밖으로 나가 책이 있는 곳으로 다가가더니 유심히 살펴보았다.

「빨랫줄에서 빼지 마.」 에스피노사가 뒤에서 말하는 소리가 들렸다.

「이 책은 여기에 말리려고 둔 게 아니야. 이곳에 오랫동안 이렇게 있었어.」 펠티에가 말했다.

「나도 그럴 거라고 예상했어. 하지만 건드리지 않고 집 안으로 들어가는 게 좋을 것 같아.」 에스피노사가 말했다.

창가에서 아말피타노는 입술을 깨물면서 그들을 지켜보았다. 그러나 적어도 그 순간만은 그런 몸짓이 절망이나 무력함의 표시가 아니라, 깊고 무한한 슬픔의 증거였다.

비평가들이 뒤로 돌리는 조짐을 보이자, 아말피타노는 뒷걸음쳐서 급히

---

64 Rafael Dieste(1899~1981). 스페인의 시인이며 단편 작가이자 희곡 작가. 스페인의 27세대에 속하며 스페인의 방언인 갈리시아어와 스페인어로 작품 활동을 했다. 대표작으로는 『사랑스러운 붉은 가로등』, 『펠릭스 무리엘은 어떻게 세상에 나왔을까』 등이 있다.

부엌으로 돌아갔다. 그리고 그곳에서 음식을 준비하는 데 온 정신을 쏟는 척했다.

그들이 호텔로 돌아오자, 노턴은 다음 날 떠나겠다고 알렸고, 그들은 마치 오래전부터 그 말을 기다린 것처럼 별로 놀라지 않으면서 그 소식을 들었다. 노턴이 예약한 비행기표는 투손에서 출발하는 것이었다. 택시를 타려고 계획한 그녀는 만류했지만, 그들은 공항까지 그녀를 배웅해 주기로 결정했다. 그날 밤 그들은 늦게까지 이야기를 나눴고, 노턴에게 서커스단을 찾아간 이야기를 들려주면서, 아무런 진전이 없다면, 아무리 늦어도 사흘 후엔 자기들도 떠날 것이라고 약속했다. 그러고서 노턴은 자러 가려고 했고, 에스피노사는 산타테레사에서의 마지막 밤을 함께 보내자고 제안했다. 노턴은 그의 말을 잘못 이해하고서 단지 자기 혼자만 떠나는 것이며, 그들에게는 아직도 그 도시에서 보낼 밤들이 남았다고 말했다.

「내 말은 세 사람이 함께 있는 마지막 밤이란 의미예요.」 에스피노사가 말했다.

「침대에서요?」 노턴이 물었다.

「그래요, 침대에서.」 에스피노사가 대답했다.

「좋은 생각 같지는 않네요. 혼자 자고 싶어요.」 노턴이 말했다.

그래서 그들은 노턴을 엘리베이터 앞까지 바래다주었고, 그런 다음 다시 바로 돌아와 블러디메리[65] 두 잔을 주문하고는, 조용히 칵테일을 기다렸다.

「내가 큰 실수를 한 것 같아.」 바텐더가 그들에게 술을 가져오자 에스피노사가 말했다.

「나도 그렇다고 생각해.」 펠티에가 말했다.

「그런데 이것 알아?」 잠시 침묵을 지킨 후 에스피노사가 말했다. 「이번 여행 내내 우리는 단 한 번만 그녀와 침대에 있었어.」

「물론 나도 알아.」 펠티에가 말했다.

「그게 누구 탓일까? 노턴의 탓일까, 우리 탓일까?」 에스피노사가 물었다.

「모르겠어. 사실대로 말하자면, 최근 며칠 동안 사랑을 나누고 싶은 마음이 전혀 없었어. 넌?」 펠티에가 말했다.

「나도 마찬가지야.」 에스피노사가 말했다.

그들은 다시 잠깐 침묵을 지켰다.

「아마 그녀도 그랬을 거야.」 펠티에가 말했다.

그들은 아침 일찍 산타테레사를 떠났다. 떠나기 전에 아말피타노에게 전화를 걸어 미국으로 갈 예정이며, 아마도 하루 종일 호텔에 없을 것이라고 일러 주었다. 국경에서 미국 세관 관리는 자동차 등록증을 보자고 요구한 다음, 그들을 통과시켰다. 호텔 종업원이 가르쳐 준 대로 그들은 비포장도로로 들어갔고 잠시 개울과 나무로 가득한 구간을 가로질렀다. 마치 길을 잘못 들어 자체의 생태계를

---

65 보드카와 토마토주스를 섞어 만든 칵테일.

지닌 둥근 천장 속으로 들어간 것 같았다. 잠시 그들은 공항에 제시간에 도착하지 못할 수도 있으며, 심지어 목적지에 가지도 못한 채 길을 잃고 헤맬지도 모른다고 생각했다. 그러나 비포장도로는 소노이타에서 끝났다. 그곳부터 그들은 83번 도로를 탔고, 그런 다음 10번 고속 도로를 달려 투손에 도착했다. 공항에 도착했을 때는 아직도 커피 한 잔을 마실 시간과 유럽에서 다시 만나면 무엇을 할 것인가에 관해 말할 시간이 남아 있었다. 그러고 나서 노턴은 탑승구로 가야만 했고, 30분 후 그녀가 탄 비행기는 런던으로 가는 연결 비행기를 탈 뉴욕을 향해 이륙했다.

돌아올 때에 그들은 19번 고속 도로를 타고 노갈레스로 향했다. 리오 리코를 지난 후 다른 길로 빠져, 애리조나 쪽 국경선을 따라가기 시작해서 록힐에 도착했고, 거기서 다시 멕시코로 입국했다. 배도 고프고 목도 말랐지만, 어떤 마을에서도 멈추지 않았다. 오후 5시에 그들은 호텔에 도착했고, 샤워를 한 다음 식당으로 내려와 샌드위치를 먹고 아말피타노에게 전화를 걸었다. 그는 그들에게 호텔을 떠나지 말라고, 자기가 택시를 타고 10분 내로 도착하겠다고 말했다. 우리는 급한 일이 없어요. 그들은 말했다.

그 순간부터 펠티에와 에스피노사에게 현실은 종이로 만든 무대 배경이 찢어지는 것처럼 보였다. 종이 배경이 아래로 떨어지자 무대 뒤에 있는 것이 그대로 드러났다. 마치 누군가가, 아마도 천사가 눈에 보이지 않는 수많은 사람이 먹을 수 있도록 통구이를 몇백 개나 준비하는 것처럼 연기가 무럭무럭 솟아나는 광경이었다. 그들은 더는 아침 일찍 일어나지 않았고, 미국 관광객들과 뒤섞여 호텔에서 먹는 것도 그만두었으며, 시내 중심가로 옮겨 어두컴컴한 조그만 식당에서 아침(맥주와 매운 칠라킬레스[66])을 먹었고, 점심은 커다란 창문이 있는 환한 식당에서 먹었다. 종업원들이 창문 유리에 하얀 잉크로 그날의 점심 메뉴를 적어 놓는 식당이었다. 저녁은 아무 데서나 먹었다.

그들은 총장의 제안을 수락했고, 현대 프랑스 문학과 스페인 문학에 관해 두 번 강연을 했다. 사실 강연이라기보다는 호된 비난 같았지만, 적어도 청중, 그러니까 대부분 젊은이였고 피에르 미숑[67]과 올리비에 롤랭[68]의 독자거나 마리아스[69]와 빌라마타스[70]의 독자인 청중의 간담을 서늘하게 한, 나름의 미덕을 지닌 강연이었다. 그런 다음, 이번에는 함께 베노 폰 아르킴볼디에 관한 멋진 강의를 했다. 그들은 자신들이 혹평가라기보다는 해설자 혹은 논평자라고 느꼈다. 그런데 그들 안에서 무언가가 충동적 행동을 억제했다. 처음에는 감지할 수 없었지만, 그들은 조용히 운명적인 만남을 느꼈다. 청중 속에는 아말피타노

66 튀긴 토르티야에 소를 넣은 멕시코 전통 음식.
67 Pierre Michon(1945~). 프랑스의 작가. 대표작으로 『사소한 삶』, 『아들 랭보』 등이 있다.
68 Olivier Rolin(1947~). 프랑스의 소설가. 대표작으로 『미래 현상』, 『수단 항구』 등이 있다.
69 Javier Marías(1951~2022). 스페인의 소설가. 대표작으로 『너무나 하얀 마음』, 『내일 전쟁터에서 나를 생각하라』 등이 있다.
70 Enrique Vila-Matas(1948~). 스페인의 소설가. 대표작으로 『수직 여행』, 『몬타노의 악』 등이 있다.

이외에도 아르킴볼디의 젊은 독자가 세 명이나 있었고, 그 사실을 안 그들은 거의 울음을 터뜨릴 뻔했다. 프랑스어를 아는 그들 중 한 청년은 심지어 펠티에가 번역한 책 한 권을 들고 있었다. 인터넷 서점이 있기에 그런 기적이 가능했던 것이다. 그곳에서는 수많은 사람들이 실종되고 수많은 범죄가 저질러지지만, 아직 문화는 살아 숨 쉬었고, 끝없이 변화하면서 영원히 존재한다는 것을 보여 주었다. 그들은 그걸 이내 확인할 수 있었다. 강연회가 끝나자 펠티에와 에스피노사의 부탁으로 아르킴볼디의 젊은 독자들은 그들과 함께 대학의 환영회장으로 갔고, 그곳에서 조촐한 연회, 아니 좀 더 정확하게 말하자면 칵테일파티 혹은 준칵테일파티, 또는 유명 연사들을 위한 정중한 작은 모임이라고 말할 수 있는 것이 열렸다. 그리고 딱히 말할 주제가 없었기 때문에, 사람들은 독일인들이 모두가 아주 훌륭한 작가들이며, 소르본 대학이나 살라망카 대학이 역사적 의미를 지니고 있다는 등의 말을 했다. 그런데 그곳에서 공부한 교수가 두 명(한 사람은 로마법을 강의했고, 다른 한 사람은 20세기 형법을 가르쳤다) 있다는 사실을 알고 비평가들은 무척 놀랐다. 얼마 후 게라 학장과 총장실 비서는 그들을 따로 불러내어 강연료를 지불했다. 그리고 잠시 후 한 교수의 아내가 실신한 틈을 이용해, 그들은 그곳에서 몰래 빠져 나왔다.

그들과 함께 나선 사람들은 그런 종류의 파티를 혐오하지만 가끔씩 억지로 참석해야만 했던 아말피타노와 아르킴볼디 독자인 세 학생이었다. 우선 그들은 시내 중심가에서 저녁을 먹었고, 그런 다음 결코 잠드는 법이 없는 거리로 내려갔다. 그들이 빌린 차량은 컸지만, 빽빽하게 껴 앉아야만 했고, 보도로 지나가던 사람들은 궁금하다는 표정으로 그들을 쳐다보았다. 사실 그 보행자들은 거리의 모든 사람을 그런 표정으로 쳐다보았기 때문에, 뒷좌석에 비좁게 앉은 아말피타노와 세 학생을 보고는 이내 눈길을 다른 곳으로 돌렸다.

그들은 학생들 중 한 명이 아는 바로 들어갔다. 바는 넓었고, 뒷마당에는 나무와, 투계를 하기 위해 조그만 울타리를 친 공간이 있었다. 그곳을 추천한 학생은 아버지가 그곳으로 자기를 한 번 데려왔다고 말했다. 그들은 정치에 관해 이야기했고, 에스피노사는 펠티에에게 학생들이 말하는 내용을 통역해 주었다. 세 학생 모두 스무 살이 넘어 보이지는 않았고, 건강하고 생기 넘치는 표정을 보여 주었다. 배움에 대한 열망이 가득한 학생들 같았다. 반대로 그날 밤 아말피타노는 전에 없이 더 피곤하고 좌절감에 휩싸인 것 같았다. 펠티에는 낮은 목소리로 그에게 무슨 일이 있느냐고 물었다. 아말피타노는 고개를 저으면서 아무 일도 없다고 했다. 하지만 호텔로 돌아오자 비평가들은 연신 줄담배를 피우고 쉬지 않고 술을 마시면서 밤새 거의 입을 열지 않은 그들의 친구가 깊은 우울증에 사로잡혔거나, 아니면 심각한 신경 쇠약증에 시달리는 것 같다고 말했다.

다음 날 잠자리에서 일어났을 때, 에스피노사는 호텔 테라스에 앉아 있는 펠티에를 보았다. 그는 무릎 위까지 오는 짧은 바지에 가죽 샌들을 신고서, 아마도 그날 아침에 구입한 듯한 스페인어-프랑스어 사전을 들고 산타테레사의 조간 신문을 읽고 있었다.

「시내로 아침 먹으러 나갈래?」에스피노사가 물었다.

「아니. 이제 술도 지겹고, 내 위장을 망가뜨리는 음식도 지겨워. 난 이 도시에서 무슨 일이 벌어지고 있는지 알고 싶어.」펠티에가 대답했다.

그러자 에스피노사는 지난밤에 어느 학생이 들려준 살해된 여자들의 이야기를 떠올렸다. 단지 그 학생은 2백 명이 넘는다고 말했고, 그가 두세 번 반복해서 말해야 했다는 사실만 떠올렸다. 에스피노사뿐만 아니라 펠티에도 자신들의 귀를 믿을 수 없었기 때문이다. 그러나 에스피노사는 생각했다. 우리 귀를 믿지 않는다는 건 일종의 허세야. 누군가가 아름다운 걸 보면, 자기 눈을 믿을 수 없다고 말하지. 누군가가 우리에게 아이슬란드 자연의 아름다움…… 간헐천 온천수에서 목욕하는 사람들에 관해 말하면…… 실제로 우리가 그것을 사진으로 보았다 하더라도, 마찬가지로 우리의 눈을 믿을 수 없다고 말해……. 비록 분명히 그걸 믿고 있더라도……. 과장은 예의 바르게 감상하는 방법이야……. 우리는 상대방이 사실이에요 하고 말하도록 실마리를 주지……. 그러면 우리는 정말 굉장하다고 말해. 처음에는 믿을 수 없지만, 그런 다음에는 정말 굉장하다고 생각하는 거야.

지난밤 건강하고 강인하며 순수해 보이는 그 학생이 여자들이 2백 명 이상 죽었다고 자신 있게 말했다. 그러자 그와 펠티에도 아마도 그렇게 말한 것 같았다. 그러나 짧은 기간에 이루어진 일은 아닐 거라고 에스피노사는 생각했다. 1993년이나 1994년부터 지금까지일 거야……. 그리고 살해된 숫자는 더 많을 수도 있어. 아마도 2백5십 명이나 3백 명이 될 수 있어. 그 학생은 프랑스어로 정확한 숫자는 절대 알 수 없을 거라고 말했다. 인터넷 서점의 훌륭한 서비스 덕분에 구입할 수 있었기에, 펠티에가 번역한 아르킴볼디의 책을 한 권 읽은 학생이었다. 에스피노사는 생각했다. 그는 프랑스어를 제대로 말할 줄 몰랐어. 하지만 어떤 외국어를 제대로 말할 줄 모르거나 아니면 전혀 말할 줄 모르더라도 그걸 읽을 수는 있지. 어쨌거나 수많은 여자들이 죽었어.

「그런데 범인들은?」펠티에가 물었다.

「오래전부터 체포된 사람들이 있지만, 아직도 계속해서 여자들이 죽고 있어요.」학생 중 한 명이 말했다.

에스피노사는 아말피타노가 마치 그곳에 없는 사람처럼 입을 다물고 있었다고, 아마도 완전히 술에 취한 상태였을지도 모른다고 기억했다. 근처 테이블에는 세 명이 앉아 있었는데, 마치 그들의 주제에 몹시 관심이 있는 것처럼 때때로 그들을 쳐다보았다. 또 무엇이 기억날까? 에스피노사는 생각했다. 학생들 중 하나가 살인이 감염병처럼 번지고 있다고 말했다. 그리고 누군가는 모방 범죄 효과에 관해서도 말했다. 또 어떤 학생은 앨버트 케슬러라는 이름을 말하기도

했다. 어느 순간 에스피노사는 자리에서 일어나 화장실로 가서 토했다. 토하는
동안 그는 밖에서 누군가가, 아마도 손과 얼굴을 닦거나 아니면 거울 앞에서
몸치장을 하던 사람이 이렇게 말하는 소리를 들었다.

「괜찮으니 차분하게 토하시오, 친구.」

그 목소리를 듣자 마음이 진정되었어. 하지만 그건 그 순간 내가 불안하고
초조해했다는 것을 의미해. 그런데 내가 왜 그랬을까? 에스피노사는 생각했다.
그가 화장실에서 나왔을 때 그곳에는 아무도 없었다. 단지 바에서 희미하게
들려오는 음악 소리와 그것보다 더 낮고 발작적으로 하수관에서 들려오는 소리만
떠돌았다. 누가 우리를 호텔로 데려다 주었을까? 그는 의아해했다.

「누가 호텔까지 운전했어?」 그는 펠티에에게 물었다.

「너.」 펠티에가 대답했다.

그날 에스피노사는 호텔에서 신문을 읽는 펠티에를 놔두고 혼자 나왔다.
아침을 먹기엔 늦은 시간이었지만, 한 번도 가본 적이 없는 아리스페 거리의 바로
들어가 해장할 만한 것을 달라고 부탁했다.

「숙취에는 이것만큼 좋은 게 없답니다.」 바텐더가 그에게 말하면서 차가운
맥주 한 잔을 주었다.

배 속에서 꾸르륵 소리가 들렸다. 그는 먹을 것을 달라고 했다.

「케사디야 몇 개 드릴까요?」

「하나만 주세요.」 에스피노사가 말했다.

종업원은 어깨를 으쓱거렸다. 바는 텅 비어 있었고, 그가 아침에 드나들던
다른 바들과는 달리 아주 어둡지는 않았다. 화장실 문이 열리더니 아주 키가 큰
사람이 나왔다. 에스피노사는 눈이 몹시 아팠고, 다시 구역질을 느끼기 시작했지만,
키가 큰 사람의 모습을 보자 정신이 번쩍 들었다. 어둠 속이라 그의 얼굴도 볼 수
없었고, 나이를 어림짐작할 수도 없었다. 그러나 키가 큰 사람은 창문 옆에 앉았고,
황록색 햇빛이 그의 얼굴을 비추었다.

에스피노사는 그가 아르킴볼디가 될 수 없다는 사실을 깨달았다. 그는 도시를
방문한 농부나 목장 노동자처럼 보였다. 바텐더가 케사디야를 그의 앞에 놓았다.
그는 손으로 집다가 그만 손을 데고 말았고, 냅킨을 달라고 했다. 그런 다음
바텐더에게 케사디야 세 개를 더 갖다 달라고 했다. 바에서 나오자, 그는 공예품
시장으로 향했다. 몇몇 상인이 상품을 거두어들이거나 간이 테이블을 접고 있었다.
점심 시간이어서 사람들이 거의 없었다. 처음에는 카펫을 팔던 여자아이의 노점을
찾기가 몹시 힘들었다. 시장 거리는 더러웠다. 마치 공예품 대신 만든 음식이나
과일 혹은 채소를 파는 것처럼 더러웠다. 소녀를 보았을 때, 그녀는 카펫을 둘둘
말아 끝을 묶고 있었다. 그리고 가장 작은 카펫들, 그러니까 손으로 직접 짠
카펫들을 타원형 종이 상자에 넣었다. 그녀는 마치 먼 세상에 있는 것처럼 멍한
표정을 짓고 있었다. 에스피노사는 가까이 다가가서 카펫 하나를 어루만졌다.

148

그러고 자기를 기억하느냐고 그녀에게 물었다. 여자아이는 전혀 놀란 표정을 짓지 않았다. 그녀는 눈을 들더니 그를 쳐다보고서 너무나 자연스럽게 그렇다고 말했고, 그러자 그의 얼굴에는 미소가 아로새겨졌다.

「내가 누구죠?」에스피노사가 말했다.

「카펫을 하나 산 스페인 분이지요. 우리는 오랫동안 이야기했지요.」 여자아이가 말했다.

신문을 힘들게 읽은 후, 펠티에는 샤워를 하고 피부에 달라붙은 모든 때를 씻어 버리고 싶었다. 멀리서 아말피타노가 도착하는 것이 보였다. 그가 호텔로 들어와 종업원과 말하는 것이 보였다. 테라스로 들어오기 전에 아말피타노는 그를 알아보았다는 표시로 힘없이 한 손을 들었다. 펠티에는 자리에서 일어나 마시고 싶은 것을 주문하라고, 자기는 샤워를 할 작정이라고 말했다. 그는 자리를 뜨면서 마치 잠을 자지 못한 것처럼 아말피타노의 눈이 시뻘겋고 다크서클이 생긴 걸 보았다. 로비를 지나는 동안, 그는 생각을 바꾸었고, 호텔이 바 옆 조그만 방에 손님이 사용할 수 있도록 설치해 놓은 컴퓨터 두 대 중 하나를 켰다. 이메일을 살펴보다가, 그는 노턴이 보낸 장문의 편지를 발견했다. 거기서 노턴은 자기가 왜 그토록 갑자기 떠났는지 진정한 이유를 밝혔다. 그는 마치 아직도 술에 취한 것처럼 편지를 읽었다. 그는 전날 밤에 함께 있었던 아르킴볼디의 젊은 독자들을 생각했고, 아무런 이유도 없이 그들처럼 되고 싶었다. 그들 중 하나와 자기의 인생을 바꾸고 싶었다. 그러나 그런 욕망은 일종의 권태라고 생각했다. 그런 다음 엘리베이터 버튼을 눌렀고, 그가 그날 아침에 읽은 신문 중 하나와 똑같은 멕시코 신문을 읽던 일흔 살가량의 미국 여자와 함께 올라갔다. 옷을 벗는 동안 그는 에스피노사에게 어떻게 말해야 할지 생각했다. 아마도 에스피노사의 편지함에도 노턴이 보낸 편지가 기다릴 것 같았다. 난 어떻게 해야 하지? 펠티에는 생각했다.

변기에서 떨어져 나온 조각은 계속 그곳에 있었고, 몇 초 동안 그는 그 조각을 뚫어지게 바라보았고, 따뜻한 물이 몸으로 흘러내리도록 했다. 사리에 맞는 행동이 무엇일까? 그는 생각했다. 가장 분별 있는 행동은 돌아가는 일이었고, 가능한 한 어떤 결론도 유보하는 것이었다. 바로 그때 비눗물이 눈으로 들어왔고, 비로소 그는 변기 조각에서 눈을 뗄 수 있었다. 그는 얼굴을 샤워기 물줄기 아래에 갖다 대고서 눈을 감았다. 난 생각했던 것만큼 슬프지 않아. 그는 혼잣말로 중얼거렸다. 이 모든 것은 비현실적이야. 그는 생각했다. 그런 다음 샤워기를 잠갔고, 옷을 입고서 아말피타노를 만나러 아래층으로 내려갔다.

펠티에는 에스피노사와 함께 그의 이메일을 살펴보러 갔다. 그는 노턴이 보낸 편지 한 통이 있다는 것을 확인할 때까지 에스피노사의 뒤에 서 있었다. 그리고 그걸 확인하자 그녀가 그에게 말한 것과 똑같은 내용이 적혔을 것이라고 확신하고서, 컴퓨터에서 얼마 안 떨어진 곳에 있는 1인용 소파에 앉아 관광 잡지를 훑어보기 시작했다. 가끔씩 그는 눈을 들어 에스피노사를 바라보았다. 에스피노사는 컴퓨터 자리에서 일어날 생각을 전혀 하지 않는 것 같았다. 펠티에는 에스피노사의 등과 목덜미를 툭툭 치고 싶은 생각이 간절했지만, 어떤 행동도 하지 않는 편을 택했다. 에스피노사가 뒤를 돌아 그를 바라보자, 그는 자기도 똑같은 편지를 받았다고 말했다.

「믿을 수가 없어.」에스피노사는 한 줄기 가느다란 목소리로 말했다.

펠티에는 유리 테이블 위에 잡지를 놓고서 컴퓨터로 가까이 왔다. 그리고 거기서 노턴의 편지를 대충 훑어보았다. 그런 다음 선 채 한 손가락으로 자판을 두드리더니 자기 우편함을 찾아 에스피노사에게 그가 받은 편지를 보여 주었다. 그는 매우 점잖게 그걸 읽으라고 말했다. 에스피노사는 다시 얼굴을 화면으로 향했고, 여러 번 펠티에가 받은 편지를 읽었다.

「거의 똑같아.」그가 말했다.

「그래서 어떻단 말이야?」프랑스인이 말했다.

「같은 내용이라도 최소한 조금은 다르게 쓰는 예의를 차릴 수도 있었을 거야.」에스피노사가 말했다.

「이런 경우 예의란 미리 알려 주는 거야.」펠티에가 말했다.

그들이 호텔 테라스로 나왔을 때에는 이미 그곳에 거의 아무도 없었다. 흰 재킷과 검은 바지를 입은 종업원이 빈 테이블에서 술잔과 술병을 치우고 있었다. 난간 옆 한쪽 끝에서는 서른 살이 넘지 않은 한 커플이 손을 꼭 잡은 채 조용한 암녹색 거리를 쳐다보았다. 에스피노사는 펠티에에게 무슨 생각을 하느냐고 물었다.

「물론 그녀지.」펠티에가 대답했다.

그는 노턴이 마침내 결정을 내렸는데도 그들이 이곳에, 이 호텔에, 이 도시에 있는 것이 이상하다고, 적어도 신기하다고 말했다. 에스피노사는 그를 한참 동안 바라보더니 못마땅한 표정으로 자기는 토하고 싶은 심정이라고 말했다.

다음 날 에스피노사는 공예품 시장을 다시 찾아갔고, 그 여자아이에게 이름이 뭐냐고 물었다. 그녀는 자기 이름이 레베카라고 말했고, 에스피노사는 가벼운 미소를 지었다. 이름이 그녀에게 완벽하게 어울린다고 생각했기 때문이다. 세 시간 동안 그는 그곳에 서서 레베카와 대화를 나누었다. 그러는 동안 관광객들과 구경꾼들은 시장을 오가면서 마치 강제로 끌려온 사람들처럼 별 관심 없이 물건들을 살펴보았다. 단지 두 번만 손님들이 레베카의 노점으로 왔지만, 그들은 아무것도 구입하지 않고 그곳을 떠나 버렸다. 그러자 에스피노사는 죄책감을 느꼈다. 어떤 의미에서 그가 가게 앞에 끈덕지게 붙어 있어서 여자아이의 재수에 옴이 붙었다고 느낀 것이었다. 그는 다른 사람들이 샀을지도 모른다고 생각한 것을 구입함으로써 그런 불행을 보상해 주기로 작정했다. 그는 커다란 카펫 한 개와 조그만 카펫 두 개, 그리고 대부분 초록색으로 이루어진 서라피 한 개와 붉은색이

주조를 이루는 서라피 한 개, 그리고 서라피와 동일한 무늬를 가진 동일한 천으로 만들어진 배낭 종류를 하나 구입했다. 레베카는 곧 스페인으로 돌아갈 것이냐고 그에게 물었고, 에스피노사는 미소를 지으면서 아직 알 수 없다고 대답했다. 그런 다음 레베카는 한 아이를 불렀고, 아이는 에스피노사가 구입한 물건을 등에 지고서 그의 자동차가 주차된 곳까지 갖다주었다.

그 아이는 갑자기 모습을 드러냈다. 허공에서 떨어진 것 같기도 했고 북적대는 인파 속에서 나타난 것 같기도 했는데, 실상 그것은 마찬가지였다. 레베카가 아이를 불렀을 때의 목소리, 그녀의 말투, 그녀의 목소리에서 흘러나오는 권위는 에스피노사를 오싹하게 만들었다. 그는 아이를 따라가는 동안 상인들 대부분이 물건들을 집어넣기 시작했다는 사실을 깨달았다. 차에 도착하자 그들은 구입한 물건을 트렁크에 넣었고, 에스피노사는 아이에게 언제부터 레베카와 함께 일했느냐고 물었다. 누나예요. 아이는 말했다. 하지만 전혀 닮은 구석이 없다고 에스피노사는 생각했다. 그러고서 아이를 유심히 쳐다보았다. 아이는 키가 작았지만 강인해 보였다. 그는 아이에게 10달러짜리 지폐를 쥐여 주었다.

그가 호텔에 도착했을 때 펠티에는 테라스에서 아르킴볼디의 작품을 읽고 있었다. 에스피노사는 무슨 책이냐고 물었고, 펠티에는 미소를 지으면서 『성 토마』라고 대답했다.

「몇 번이나 읽었어?」 에스피노사가 물었다.

「몇 번인지 기억이 나지 않아. 하지만 이건 내가 가장 읽지 않은 작품 중 하나야.」 펠티에가 말했다.

나도 마찬가지야, 나도 마찬가지야. 에스피노사는 생각했다.

혼란스러운 나머지 갑작스럽게 말투가 바뀌는 약간의 차이만 있을 뿐이었다. 그건 편지 두 통이라기보다는 한 통에 가까웠다. 산타테레사, 그 끔찍한 도시는 나에게 생각하게 만들었어요. 그녀는 말했다. 몇 년 만에 처음으로 엄밀한 의미로 생각하게 되었다는 말이었다. 그러니까 그녀는 실질적이고 현실적이며 명백한 것들을 생각하기 시작했고, 또한 기억을 떠올리기 시작했다. 그녀는 자기 가족과 친구들, 그리고 직장을 생각했다. 그러면서 거의 동시에 가족과 보낸 장면이나 직장에서 일할 때의 장면, 그녀를 위해서나 아니면 그녀가 잊어버린 다른 사람을 위해 친구들이 술잔을 높이 들고 건배를 하던 장면을 떠올렸다. 멕시코는 상상도 안 되는 나라예요(여기서 그녀는 주제에서 빗나갔지만, 그건 에스피노사에게 보낸 편지에서만 그랬다. 마치 펠티에가 이해하지 못할 것이라고 생각했거나, 혹은 두 사람이 편지를 비교할 것이라는 사실을 이미 알았던 것 같았다). 문화 기관의 거물 중 한 사람이, 아마도 세련되었다고 여겨질 수 있는 사람이, 그것도 정부 조직에서 최고의 직위에 이른 작가가 〈돼지〉라는 별명으로 불리는데도, 모든 사람이 그걸 너무나 자연스럽게 받아들여요. 그녀는 이렇게 적었다. 그러면서 이런 현상, 즉

별명이나 혹은 무자비한 별명 혹은 그런 별명을 감수하고 받아들이는 행위를
오래전부터 산타테레사에서 벌어지고 있는 범죄 행위들과 연결시켰다.

어렸을 때에 내가 몹시 좋아하던 남자아이가 있었어요. 왜 그랬는지는
모르겠지만, 어쨌거나 그 아이가 좋았어요. 난 여덟 살이었고, 그 아이도
동갑내기였어요. 이름이 제임스 크로포드였지요. 아마도 굉장히 수줍어하는
아이였던 것 같아요. 다른 남자아이들하고만 이야기했고, 여자아이들과는 거리를
두었지요. 그 아이의 머리카락은 검은색이었고, 눈은 밤색이었어요. 항상 짧은
바지를 입고 다녔어요. 심지어 다른 아이들이 긴 바지를 입기 시작할 때에도 짧은
바지를 입었어요. 불과 얼마 전에 기억이 떠올랐는데, 내가 그 아이와 처음으로
말을 했을 때, 난 그를 제임스가 아니라 지미라고 불렀어요. 그 아이를 그렇게 부른
사람은 아무도 없었어요. 오로지 나만 그렇게 불렀어요. 우리 두 사람은 여덟
살이었어요. 그 아이의 얼굴은 매우 심각했어요. 그런데 왜 내가 그 아이와 말을
했을까요? 그 애가 책상에 무언가를 두고 왔던 것 같아요. 아마 지우개거나
연필이었을 거예요. 그게 무엇이었는지 지금은 잘 기억나지 않아요. 난 그
아이에게 말했어요. 지미, 너 지우개를 두고 왔어. 그래요, 난 미소 짓고 있었다는
사실을 기억해요. 그래요, 왜 내가 그 아이를 제임스나 짐이라고 부르지 않고
지미라고 불렀는지 그 이유가 떠올라요. 좋아했기 때문이었고, 그렇게 부르면서 나
자신이 기뻤기 때문이지요. 난 지미를 좋아했고, 그가 매우 잘생겼다고
생각했거든요.

다음 날 에스피노사는 아침에 일어나자마자 공예품 시장으로 갔다. 맥박이
평소보다 더 빠르게 뛰었다. 시장 상인들과 장인들은 막 노점을 차리기 시작했고,
돌이 깔린 거리는 아직 깨끗했다. 레베카는 카펫을 휴대용 간이 테이블 위에
정리하고 있었고, 그를 보자 미소 지었다. 상인들 몇몇은 서서 커피를 마시거나
음료수를 마시면서 다른 노점상과 이야기를 나누었다. 노점들 뒤에, 그러니까
오래된 아치문 아래나 더욱 긴 역사를 자랑하는 몇몇 상점의 차양 아래 보도에서는
사람들이 서로 밀치면서 투손과 피닉스에서 판매가 보장된 도자기 한 묶음의 도매
가격을 흥정했다. 에스피노사는 레베카에게 인사했고, 마지막 카펫들을 정리하는
그녀를 도와주었다. 그런 다음 함께 아침을 먹지 않겠느냐고 물었고, 여자아이는
그럴 수가 없다고, 이미 집에서 아침을 먹고 나왔다고 말했다. 하지만 포기하지
않고 에스피노사는 그녀의 남동생이 어디에 있느냐고 물었다.

「학교에 있어요.」레베카가 말했다.

「그럼 누구 도움을 받아 이 모든 물건을 가져오는 거죠?」

「우리 엄마가 도와줘요.」레베카가 말했다.

잠시 에스피노사는 침묵을 지키면서 바닥을 내려다보았다. 그녀에게 또 다른
카펫을 하나 사야 할지, 아니면 아무 말 없이 그곳을 떠나야 할지 몰랐다.

「그럼 점심을 함께 먹으면 어때요?」마침내 그가 물었다.

「좋아요.」여자아이가 말했다.

에스피노사가 호텔로 돌아왔을 때, 펠티에는 아르킴볼디의 작품을 읽고 있었다. 멀리서 보니 펠티에의 얼굴, 아니 사실상 그의 얼굴뿐만 아니라 그의 온몸이 부러울 정도로 평온함을 발산하고 있었다. 조금 더 가까이 다가가자, 그가 읽는 책은 『성 토마』가 아니라 『눈먼 여인』이라는 것을 알았다. 에스피노사는 다른 책을 다시 읽을 때 처음부터 끝까지 끈기 있게 읽은 적이 있느냐고 물었다. 펠티에는 눈을 들어 그를 쳐다보았지만 대답하지 않았다. 하지만 아르킴볼디가 고통과 치욕을 묘사하는 방법은 너무 놀랍다고, 아니 항상 그를 놀라게 한다고 말했다.

「미묘하고 섬세하지.」에스피노사가 말했다.

「그래, 맞아. 정말 섬세하고 미묘해.」펠티에가 말했다.

노턴은 편지에 이렇게 적었다. 산타테레사에서, 그 끔찍한 도시에서 나는 지미를 생각했지만, 무엇보다도 나 자신을, 여덟 살이었을 때의 나를 생각했어요. 처음에는 갑자기 이런저런 생각들이 마구 떠올랐고, 이미지들도 마구 떠올랐어요. 마치 내 머릿속에 지진이 일어난 것 같았어요. 어떤 기억도 정확하거나 분명하게 떠올릴 수 없었어요. 마침내 그렇게 할 수 있었지만, 그건 이루지 않은 것만도 못했어요. 나는 지미라고 말하는 나 자신을 보았고, 내 미소와 지미 크로포드의 심각한 얼굴, 몰려 있는 아이들, 그 아이들의 뒷모습, 잔잔한 물 같은 학교 운동장으로 갑작스러운 파도처럼 밀려드는 아이들을 보았어요. 나는 그 아이에게 그가 놓고 온 것, 그러니까 지우개나 연필을 놓고 왔다고 알려 주는 내 입술을 보았고, 내 눈이 그 당시 어땠는지를 보았어요. 그리고 다시 한번 내가 부르는 소리, 내 목소리의 음색을 들었어요. 여덟 살 여자아이가 극도의 예의를 갖추어 동갑내기 남자아이를 불러 지우개를 두고 왔다고 가르쳐 주던 그 목소리를 들었어요. 또한 학교에서 흔히 사용하는 제임스나 크로포드라는 이름으로 부르지 않고, 의식적이건 무의식적이건 애칭인 지미라는 이름으로 부르는 내 목소리를 들었어요. 그건 애정이 담긴, 개인적인 애정이 담긴 애정의 말이었어요. 그 순간, 그러니까 온 세상이기도 했던 그 순간에 나만이 그렇게 그를 불렀고, 어떤 면에서 그건 네 지우개나 연필을 두고 왔다고 알려 주는 말 속에 깃든 사랑과 배려를 표현하는 방식이었어요. 언어적으로 빈곤한지 아니면 멋진지 상관없이, 그건 단지 내 행복감의 표현이었지만 말이에요.

그들은 시장 근처의 싸구려 식당에서 점심을 먹었다. 그러는 동안 레베카의 남동생은 매일 아침 카펫과 간이 테이블을 실어 나르는 조그만 손수레를 지켰다. 에스피노사는 레베카에게 손수레를 그냥 놔두고 동생도 함께 점심을 먹으면 안 되느냐고 물었지만, 레베카는 걱정하지 말라고 대답했다. 그러면서 손수레를 아무도 지키지 않으면 십중팔구 누군가가 가져가 버릴 것이라고 덧붙였다. 식당 창문에서 에스피노사는 마치 한 마리 새처럼 카펫 더미에 올라 앉아 지평선을 바라보는 그 아이를 볼 수 있었다.

「먹을 걸 가져다줘야겠어요. 동생이 뭘 좋아해요?」 그가 말했다.

「아이스크림요. 하지만 여기에는 아이스크림이 없어요.」 레베카가 말했다.

잠시 에스피노사는 다른 가게로 아이스크림을 사러 나갈까 생각했지만, 돌아오면 여자아이가 그곳에 없을지도 모른다는 두려움에 사로잡혀 그 생각을 지워 버렸다. 그녀는 스페인은 어떠냐고 물었다.

「달라요.」 에스피노사는 아이스크림을 생각하면서 말했다.

「멕시코와 달라요?」 그녀가 물었다.

「아니에요. 지방마다 다르고 다양해요.」 에스피노사가 말했다.

그때 갑자기 에스피노사는 아이에게 샌드위치를 가져다주어야겠다고 생각했다.

「여기서는 그걸 〈토르타〉라고 불러요. 내 동생은 햄 샌드위치를 좋아해요.」 레베카가 말했다.

마치 공주나 대사 부인 같아. 에스피노사는 생각했다. 그는 여종업원에게 햄 샌드위치와 음료수를 포장해 줄 수 있느냐고 물었다. 그러자 여종업원은 어떤 햄 샌드위치를 원하느냐고 물었다.

「모든 게 다 들어간 걸로 달라고 하세요.」 레베카가 말했다.

「다 들어간 걸로 주세요.」 에스피노사가 말했다.

잠시 후 그는 샌드위치와 음료수를 들고 거리로 나와 여전히 손수레 꼭대기에 앉아 있던 아이에게 내밀었다. 아이는 처음엔 고개를 좌우로 흔들면서 배가 고프지 않다고 말했다. 에스피노사는 길모퉁이에 있는 세 아이를 보았다. 레베카의 동생보다 조금 더 나이가 들어 보이던 그 아이들은 웃음을 참으며 두 사람을 지켜보고 있었다.

「배가 고프지 않으면 음료수라도 마셔. 그리고 샌드위치는 보관하도록 해. 아니면 개에게 주거나.」 그가 말했다.

다시 레베카 옆에 앉자, 기분이 좋아졌다. 사실 기쁨으로 충만했다.

「이렇게 하면 안 돼요. 이건 바람직하지 않아요. 다음에는 세 사람이 함께 먹도록 해요.」 그가 말했다.

레베카는 포크를 허공에 든 채 그의 눈을 바라보더니, 입가에 희미한 미소를 지으며 음식을 입으로 가져갔다.

호텔에서는 펠티에가 텅 빈 수영장 옆에 있는 접의자에 드러누워 책을 읽고 있었다. 그 책의 제목을 보기도 전에 에스피노사는 그게 『성 토마』나 『눈먼 여인』이 아니라 아르킴볼디의 다른 책이라는 걸 알았다. 펠티에의 옆에 앉자, 그 책이 『레타이아』라는 걸 볼 수 있었다. 비록 그가 좋아하는 작품은 아니었지만,

펠티에는, 그의 표정으로 판단하건대, 그 작품을 다시 읽으면서 매우 즐거운 시간을 보냈고, 많은 걸 수확한 것 같았다. 그의 옆에 있는 접의자에 앉으면서 에스피노사는 펠티에에게 하루 종일 뭘 했느냐고 물었다.

「책 읽었어.」펠티에는 그렇게 대답하면서, 에스피노사에게 똑같은 질문을 했다.

「거릴 돌아다녔어.」에스피노사가 말했다.

그날 밤 두 사람이 함께 호텔 식당에서 저녁을 먹는 동안, 에스피노사는 그에게 줄 기념품을 포함해서 몇 가지 기념품을 샀다고 말했다. 그 이야기를 듣자 펠티에는 뛸 듯이 기뻐하면서, 어떤 기념품을 샀느냐고 물었다.

「인도 카펫이야.」에스피노사가 말했다.

힘들고 지겨운 여행 끝에 런던에 도착하자, 난 지미 크로포드를 생각하기 시작했어요. 노턴은 편지에서 말했다. 아니, 아마도 뉴욕에서 런던으로 가는 비행기를 기다리는 동안 그를 생각하기 시작한 것 같아요. 어쨌거나 지미 크로포드와 그를 부르던 여덟 살 때의 내 목소리가 이미 내가 아파트 열쇠를 꺼내는 순간 나와 함께 있었어요. 나는 불을 켰고, 가방을 현관에 내팽개치고는 부엌으로 가서 차를 만들었어요. 그런 다음 샤워를 하고 침대로 갔지요. 제대로 잠을 이루지 못할지도 모른다는 생각에, 수면제 한 알을 먹었어요. 잡지를 대충 살펴보았다는 기억이 나요. 그 끔찍한 도시를 배회하는 당신들을 생각했다는 기억도 나요. 호텔을 생각했다는 기억이 나요. 내 호텔 방에는 아주 기이하고 이상한 거울이 두 개 있었어요. 그곳을 떠나기 전 마지막 며칠 동안 나를 공포에 사로잡히게 만들었던 것이지요. 내가 잠들 것임을 알게 되었을 때, 내게는 간신히 손을 뻗어 불을 끌 힘만 남아 있었어요.

난 어떤 꿈도 꾸지 않았어요. 잠에서 깨어났을 때, 내가 어디에 있는지 몰랐지만, 그런 느낌은 불과 몇 초만 지속되었어요. 즉시 일상적으로 들려오는 거리의 소음을 확인했기 때문이지요. 모든 게 끝났어, 하고 생각했어요. 이제 충분히 휴식을 취했다고 느껴요. 이제 난 내 집에 있어요. 할 일이 많아요. 하지만 침대에 앉자, 아무런 이유나 동기도 없이 미친 사람처럼 울기 시작했어요. 하루 종일 그렇게 있었어요. 종종 내가 산타테레사를 떠나지 말고 당신들과 끝까지 함께 있었으면 좋았을 것이라고 생각했어요. 한 번 이상 공항으로 달려 나가 멕시코로 가는 비행기를 타야겠다는 충동을 느꼈지요. 그런 충동 뒤에는 그것보다 더 파괴적인 충동이 이어졌어요. 내 아파트에 불을 지르거나, 내 혈관을 끊어 버리거나, 더는 대학으로 돌아가지 않고 앞으로 영원히 거리의 여자처럼 살겠다는 충동이었지요.

어떤 잡지인지 이름은 기억나지 않지만, 내가 읽은 어느 취재 기사에 따르면 적어도 영국에서는 거리를 배회하는 여자들은 종종 끔찍한 굴욕을 감수해야 해요. 영국에서 여자 거지들은 집단 강간을 당하거나 집단 구타를 당해요. 그런 여자들이

죽은 채 병원 문 앞에서 발견되는 건 드문 일이 아니에요. 여자들에게 이런 짓을
하는 사람들은 내가 열여덟 살 때 생각한 것과는 달리 경찰이나 신나치주의를
추종하는 흉악범들이 아니라, 바로 남자 거지들이에요. 그래서 이런 상황이 더욱
씁쓸하게 느껴지는 거지요. 혼란스러운 나머지 이 도시를 한 바퀴 드라이브하러
밖으로 나갔어요. 기운을 차리고 아마도 함께 저녁을 먹을 수 있는 친구에게
전화를 걸려는 희망을 가지고 말이에요. 그런데 어떻게 된 일인지 모르게, 갑자기
나는 내가 에드윈 존스의 회고전이 열리는 화랑 앞에 있다는 것을 알았어요.
자화상에 붙이기 위해 오른손을 자른 그 화가 말이에요.

다음 방문에서 에스피노사는 여자아이에게 집까지 바래다주어도 좋다는
허락을 받는 데 성공했다. 에스피노사가 공장 노동자들이 두르는 낡은 앞치마를
걸친 뚱뚱한 여자에게 얼마 안 되는 임대료를 지불한 다음, 그들은 전에 점심
식사를 한 식당의 뒷방에 손수레를 보관했다. 그곳에는 빈 병 상자들과 칠리소스와
고기 통조림 더미가 널브러져 있었다. 그러고서 카펫과 서라피를 자동차 뒷좌석에
싣고, 세 사람이 앞 좌석에 끼여 앉았다. 아이는 기뻐했고, 에스피노사는 그날
어디서 식사를 하면 좋을지 아이에게 결정하라고 말했다. 그들은 시내의
맥도널드로 갔다.

여자아이의 집은 도시 서쪽 동네에 있었다. 신문에서 읽은 바에 따르면,
그곳은 대부분의 범죄가 일어나는 지역이었다. 하지만 레베카가 사는 그 동네와
거리는 어떤 불길한 징조도 보이지 않는 가난한 동네와 가난한 거리처럼 보였다.
그는 자동차를 집 앞에 세웠다. 집 앞에는 조그만 정원이 있었다. 입구에는 갈대와
철사를 엮어서 만든 화단 세 개가 있었는데, 모두 화분들과 초록색 식물들로 덮여
있었다. 레베카는 자기 동생에게 밖에서 차를 지키라고 말했다. 집은 나무로
지어졌고, 걸을 때마다 마루청이 속 빈 소리를 냈다. 마치 아래로 배수관이
지나가거나, 혹은 비밀의 방이 있는 것 같았다.

에스피노사가 예상한 것과는 반대로, 레베카의 어머니는 그에게 다정하게
인사를 했고, 음료수를 대접했다. 그러고서 직접 자기 아이들을 소개했다.
레베카에게는 두 남자 형제와 세 자매가 있었다. 그러나 첫째 언니는 결혼했기
때문에 이제는 그곳에서 살지 않았다. 여동생들 중 하나가 레베카와 너무나
닮았다. 차이점이라면 그녀보다 어리다는 것이었다. 그 동생의 이름은
크리스티나였는데, 집안의 모든 사람이 그 아이가 가족 중에서 가장 똑똑하다고
입을 모아 말했다. 적당히 시간을 보낸 후, 에스피노사는 레베카에게 자기와 함께
나가서 동네를 산책하자고 부탁했다. 집에서 나간 두 사람은 자동차 지붕 위에
올라가 앉은 아이를 보았다. 아이는 만화책을 읽으면서 입에 무언가를 물고
있었다. 아마도 사탕 같았다. 산책에서 돌아왔을 때에도 아이는 계속 그곳에
있었다. 하지만 이제는 아무것도 읽지 않았고, 사탕도 더는 입에 없었다.

그가 호텔로 돌아왔을 때 펠티에는 다시 『성 토마』를 읽고 있었다. 그가 옆에 앉자 펠티에는 책에서 눈을 들고는, 아직도 그가 이해하지 못했으며 아마도 절대 이해하지 못할 것들이 있다고 말했다. 에스피노사는 웃음을 터뜨렸지만 아무 말도 하지 않았다.

「오늘 아말피타노와 함께 있었어.」 펠티에가 말했다.

펠티에의 의견에 따르면, 칠레 교수는 신경 과민증에 시달렸다. 펠티에는 그에게 수영장에서 수영을 하자고 했다. 그러나 아말피타노에게는 수영복이 없었기 때문에, 펠티에는 호텔 프런트에서 수영복 한 벌을 빌렸다. 모든 게 제대로 되어 가는 것 같았다. 그러나 수영장에 들어가자, 아말피타노는 마치 악마라도 본 것처럼 꼼짝도 하지 않았다. 그런 다음 물속으로 가라앉았다. 펠티에는 그가 가라앉기 전에 양손으로 입을 가렸다는 것을 떠올렸다. 어쨌거나 아말피타노는 전혀 수영을 하려고 하지 않았다. 다행히 펠티에는 그곳에 있었고, 그래서 어렵지 않게 다이빙을 해서 그를 다시 수면 위로 끌어 올릴 수 있었다. 그러고서 그들은 각자 위스키를 마셨다. 아말피타노는 그에게 수영을 한 지 오래되었다고 설명했다.

「우리는 아르킴볼디에 관해 이야기했어.」 펠티에가 말했다.

그런 다음 아말피타노는 옷을 입었고 수영복을 반납하고서 그곳을 떠났다.

「그런 다음에는 뭘 했어?」 에스피노사가 물었다.

「샤워를 하고 옷을 입은 다음, 아래로 내려와 식사하고 계속 책을 읽었어.」

순간적으로 나는 갑작스럽게 극장의 불빛을 받아 눈이 부신 부랑자처럼 느껴졌어요. 노턴은 편지에서 말했다. 화랑에 들어가겠다는 마음은 전혀 없었어요. 하지만 에드윈 존스라는 이름이 자석처럼 나를 그곳으로 끌어당겼어요. 나는 화랑 문으로 다가갔어요. 유리로 된 문이었어요. 화랑 안에는 많은 사람들이 있었고, 흰 옷을 입은 웨이터들이 보였어요. 그들은 쟁반 위의 샴페인이나 적포도주 잔이 떨어지지 않도록 균형을 잡느라 거의 움직이지도 못했어요. 나는 기다리기로 결심했고, 다시 화랑 앞 보도로 나갔어요. 잠시 후 화랑은 비어 갔고, 들어가서 적어도 회고전의 일부를 볼 수 있다고 생각한 순간이 도래했어요.

유리문을 열자 이상한 느낌을 받았어요. 마치 그 순간 이후부터 내가 보거나 느끼는 모든 게 앞으로의 내 인생을 결정하게 될 것처럼 느꼈지요. 나는 일종의 풍경화 같은 그림 앞에 발길을 멈추었어요. 존스가 초기에 그린 서리주의 풍경화였는데, 우수에 잠겼으면서도 동시에 달콤하고 심오하며, 영국 화가들이 그린 영국 풍경화에서만 드러나는 약간의 과장성이 엿보였어요. 갑자기 그런 그림을 보는 건 이제 지겹다는 생각이 들었고, 그곳을 떠나려고 했어요. 그런데 그때 웨이터 한 명이 내게 다가왔어요. 아마도 케이터링 회사가 고용한 웨이터들 중에서 화랑에 남은 마지막 웨이터 같았어요. 쟁반에 포도주 잔 단 하나만 올려져 있었어요. 나만을 위해 특별히 가져온 잔이었지요. 그는 내게 아무 말도 하지 않았어요. 단지 포도주 잔을 주었고, 나는 그에게 살며시 웃으면서 잔을 받았어요.

그때 내가 있던 곳 반대편에서 전시회 포스터를 보았어요. 존스의 대표작인 손 잘린 그림을 보여 주는 포스터였어요. 거기에는 흰색 숫자로 그가 태어난 날짜와 죽은 날짜가 적혀 있었어요.

나는 그가 죽은 줄 몰랐어요. 노턴은 편지에 적었다. 그가 아직도 스위스의 안락한 정신 병원에서 살고 있다고 믿었어요. 자기 자신과 특히 우리 모두를 비웃던 그곳에서 말이에요. 내가 술잔을 떨어뜨렸다는 것을 기억해요. 키가 아주 크고 홀쭉한 커플이 그림을 보다가 매우 궁금하다는 표정으로 나를 쳐다보았다는 걸 기억해요. 마치 내가 존스의 옛 애인인 것처럼, 혹은 화가의 죽음을 갓 접한 미완성 활인화(活人畵)인 것처럼 날 바라보았어요. 나는 내가 뒤를 돌아보지도 않고 나왔고, 울어서가 아니라 비가 내려서 내 옷이 젖었다는 것을 깨닫게 될 때까지 오랫동안 거리를 걸어 다녔다는 걸 알아요. 그날 밤 잠을 이룰 수 없었어요.

아침마다 에스피노사는 레베카의 집으로 그녀를 데리러 갔다. 문 앞에 차를 주차하고서 커피 한 잔을 마신 다음, 아무 말 없이 카펫들을 뒷좌석에 넣고서 걸레로 차 외부의 먼지를 닦았다. 그가 기계 장치에 관해 조금이라도 알았더라면, 아마도 보닛을 열어 엔진을 들여다보았을 테지만, 그는 기계 장치와 엔진에 관해서는 문외한이었다. 게다가 자동차는 비단처럼 부드럽고 완벽하게 잘 달렸다. 그때쯤 여자아이와 남동생이 집에서 나왔고, 에스피노사는 마치 그런 일상이 오랫동안 이어져 온 것처럼 아무 말도 없이 그들에게 조수석 문을 열어 주었다. 그러고서 그는 운전석 문을 열고 걸레를 글러브 박스에 넣은 다음 공예품 시장을 향해 출발했다. 그곳에 도착하면 노점을 설치하는 일을 도와주었고, 그 일이 끝나면 근처 식당으로 가서 커피 두 잔과 코카 콜라 한 잔을 사서 가져갔다. 그리고 선 채로 그것들을 마시면서 다른 노점을 쳐다보거나, 아니면 그들을 둘러싼 낮지만 당당한 식민지풍 건물들이 이루는 지평선을 바라보았다. 에스피노사는 이따금 여자아이의 남동생에게 아침마다 콜라를 마시는 건 좋지 않은 습관이라고 말하면서 나무랐다. 그러나 에울로히오라는 그녀 남동생은 빙긋이 웃고는 그의 말에 귀를 기울이지 않았다. 에스피노사가 화를 내는 것은 90퍼센트 정도가 과장임을 알기 때문이었다. 나머지 아침 시간을 에스피노사는 레베카의 동네이자 산타테레사에서 그가 유일하게 좋아하는 그 동네에서 벗어나지 않은 채, 인근의 야외 카페에서 보냈다. 그곳에서 지방 신문을 읽고 커피를 마시며 담배를 피웠다. 화장실에 가서 거울에 비친 자기 모습을 볼 때면, 그는 자기 얼굴이 바뀐다고 생각했다. 난 이제 어엿한 신사 같아. 더 젊어진 것 같아. 마치 다른 사람이 된 것 같아. 종종 그는 혼잣말로 되뇌곤 했다.

그가 호텔로 되돌아오면, 펠티에는 항상 테라스에 있거나 아니면 수영장에 있거나, 혹은 라운지의 안락의자에 엎드려 『성 토마』나 『눈먼 여인』 혹은 『레타이아』를 다시 읽고 있었다. 아마도 아르킴볼디의 책들 가운데 그것들만

멕시코로 가져온 것 같았다. 에스피노사는 특별히 그 세 책에 관한 논문이나
에세이를 준비하느냐고 물었지만, 펠티에는 모호하게 대답했다. 처음에는
그랬다고, 그러나 이제는 아니라고 말했다. 단지 자기가 갖고 있는 책이
그것뿐이라 읽는다고 설명했다. 에스피노사는 자기 책을 빌려 줄까 생각했지만,
즉시 자기 가방에 숨겨 둔 아르킴볼디의 책을 잊고 있었다는 사실을 깨닫고 화들짝
놀랐다.

   그날 밤 나는 잠을 이룰 수 없었어요. 노턴은 편지에서 말했다. 난 갑자기
모리니에게 전화를 걸어야겠다고 생각했어요. 아주 늦은 시간이었고, 그 시간에
전화를 걸어 괴롭힌다는 것은 교양 없는 일이었어요. 그리고 나도 경솔하고
버릇없는 그런 나 자신을 용납할 수 없었지만, 그에게 전화를 했어요. 그의
전화번호를 돌렸고, 즉시 방 불을 껐다는 것을 기억해요. 마치 그런 어둠 속에
있으면 모리니가 내 얼굴을 볼 수 없을 거라고 생각한 것 같아요. 그런데 놀랍게도
그는 즉시 전화를 받았어요.
   「나예요, 피에로. 에드윈 존스가 죽었다는 것을 알고 있었어요?」 나는 그에게
말했어요.
   「그래요. 두 달 전에 죽었지요.」 토리노에서 모리니가 대답했어요.
   「하지만 난 지금, 오늘 밤에야 비로소 알았어요.」 내가 말했어요.
   「난 당신이 알 거라고 생각했어요.」 모리니가 말했어요.
   「어떻게 죽은 거죠?」 내가 물었어요.
   「사고였어요. 산책을 하러 나갔나 봐요. 정신 병원 근처에 있는 작은 폭포를
그리려고 했어요. 바위로 올라갔다가 미끄러졌고. 그의 시체는 50미터나 되는
계곡의 바닥에서 발견되었지요.」 모리니가 말했어요.
   「어떻게 그런 일이……」 내가 말했어요.
   「그런 일은 일어날 수 있는 법이에요.」 모리니가 말했어요.
   「산책을 하러 혼자 나갔나요? 그를 돌보던 사람이 아무도 없었어요?」
   「혼자 가지는 않았어요. 여간호사 한 명과 정신 병원의 힘센 젊은이, 그러니까
날뛰는 미친놈을 순식간에 제어할 수 있는 그런 사람 한 명이 함께 갔지요.」
모리니가 말했어요.
   나는 웃었어요. 〈날뛰는 미친놈〉이라는 표현을 듣자 처음으로 웃은 것이지요.
그리고 나와 전화 통화를 하던 모리니도 함께 웃었어요. 하지만 그 웃음은 그리
오래가지 않았어요.
   「그런 힘세고 운동선수 같은 청년들은 사실 보조원이라고 불리지요.」 내가
말했어요.
   「여간호사 한 명과 남자 보조원 한 명이 그와 함께 있었어요. 존스는 바위로
올라갔고 힘센 젊은이도 그의 뒤를 따라 올라갔지요. 존스의 지시에 따라
여간호사는 나무 그루터기에 앉아 책을 읽는 척했어요. 그때 존스가 이제는 꽤

159

능수능란해진 왼손으로 그림을 그리기 시작했어요. 폭포와 산과 바위의 돌출부, 숲과 태연하게 책을 읽는 여간호사가 포함된 풍경을 그렸어요. 바로 그때 사고가 일어났어요. 존스가 바위 위에서 일어나다가 미끄러진 거예요. 힘세고 강인한 청년이 그를 붙잡으려고 했지만, 결국 바닥으로 떨어지고 말았지요.」

그게 전부였어요.

잠시 우리는 아무 말도 없이 그대로 있었어요. 노턴은 편지에서 말했다. 그러다가 모리니가 침묵을 깨고 내게 멕시코에서의 일은 잘되었느냐고 물었어요.

「아니요, 아무런 성과도 없었어요.」 내가 말했어요.

그는 더 질문하지 않았어요. 나는 차분한 그의 숨소리를 들었고, 그도 빠르게 안정을 되찾던 내 숨소리를 들었어요.

「내일 전화할게요.」 내가 말했어요.

「좋아요.」 그는 이렇게 말했지만, 잠시 동안 우리 두 사람은 누구도 전화를 끊으려고 하지 않았지요.

그날 밤 난 에드윈 존스를 생각했어요. 이제 그의 회고전에 전시되어 있을 그의 손을 생각했어요. 정신 병원 보조원이 잡을 수 없어서 추락을 막을 수 없었던 그의 손을 생각했어요. 그가 떨어져 죽었다는 것은 너무나 분명한 사실이었지만, 마치 존스의 실제 삶과는 아무런 관련이 없는 거짓 설명 같았어요. 나는 보지 못했지만 당신들이 본 그 스위스의 풍경이, 그러니까 산과 숲이 있으며 반짝이는 바위와 폭포가 있고, 치명적인 계곡과 책 읽는 간호사가 있는 그런 풍경이 훨씬 더 현실적일 거예요.

어느 날 밤 에스피노사는 레베카를 데리고 춤을 추러 갔다. 두 사람은 산타테레사의 중심가에 있는 디스코텍에 있었다. 그녀는 한 번도 그곳에 가보지 않았지만, 그녀의 친구들이 가장 추천할 만하다고 말하던 곳이었다. 쿠바리브레[71]를 마시는 동안, 레베카는 그 디스코텍을 나서다가 두 여자아이가 납치되었고 얼마 후 주검으로 발견되었다는 이야기를 들려주었다. 그들의 시체는 사막에 버려져 있었다.

에스피노사는 살인범이 그 디스코텍을 자주 찾는다는 그녀의 말을 듣고 불길한 징조라고 생각했다. 그녀를 집에 데려다 주면서 그는 그녀의 입술에 키스를 했다. 레베카에게서는 술 냄새가 풍겼고, 피부는 몹시 차가웠다. 그는 그녀에게 사랑하고 싶으냐고 물었고, 그녀는 말없이 몇 번 고개를 끄덕였다. 그러자 두 사람은 앞 좌석에서 뒷자리로 옮겼고, 서로 사랑을 나누었다. 급하게 치른 섹스였다. 그러나 사랑이 끝나자 그녀는 아무 말 없이 고개를 그의 가슴에 묻었고, 그는 한참 동안 그녀의 머리카락을 어루만졌다. 밤공기는 너울거리면서 도착한 화공 약품 냄새를 풍겼다. 에스피노사는 그곳 근처에 제지 공장이 있을 것이라고 생각했다. 그리고 레베카에게 물었더니, 그녀는 그 근처에는 거주자들이 직접 지은

71 럼주에 콜라와 라임오렌지를 넣어 만든 칵테일.

집들과 텅 빈 들판만 있다고 말했다.

에스피노사가 호텔에 몇 시에 들어오든 상관없이, 펠티에는 잠을 자지 않고 책을 읽으면서 그를 기다렸다. 에스피노사는 이런 방식으로 그가 그들의 우정을 재확인시켜 주는 것이라고 생각했다. 한편 그 프랑스인이 잠을 이룰 수 없었고, 불면증 때문에 여명이 틀 때까지 텅 빈 호텔 라운지에서 책을 읽는 것일 가능성도 배제할 수 없었다.

종종 펠티에는 스웨터를 입거나 수건을 두른 채, 위스키를 홀짝홀짝 마시면서 수영장에 있기도 했다. 어떤 때는 국경을 그린 커다란 풍경화가 걸린 방에서 그를 찾아냈다. 국경에 한 번도 살아 본 적이 없는 화가가 그린 그림이라는 사실은 누구라도 즉시 알 수 있었다. 풍경화 속에 나타난 사람들의 근면함과 조화는 현실이라기보다는 소망임을 여실히 드러냈던 것이다. 야간 당직 종업원들도 펠티에가 주는 팁에 만족하여 그에게 아무것도 부족함이 없도록 해주려고 애썼다. 에스피노사가 도착하면 잠시 두 사람은 간단하고 다정하게 몇 마디를 주고받았다.

가끔씩 에스피노사는 호텔의 텅 빈 라운지에서 그를 찾기 전에 유럽에서 온 메일들, 그러니까 아르킴볼디의 소재에 관해 빛을 비추어 줄 헬펠트나 보르흐마이어의 메일이 있을지도 모른다는 기대에 부풀어 이메일을 살펴보았다. 그런 다음 펠티에를 찾았고, 그 후 두 사람은 각자 조용히 자신들의 방으로 올라갔다.

다음 날 아파트를 청소하고 서류들을 정돈했어요. 노턴은 편지에 적었다. 생각보다 훨씬 빨리 그 일을 마쳤어요. 오후에는 영화를 보러 갔고, 극장에서 나오자 마음은 안정을 되찾았지만, 영화 줄거리가 무엇인지, 주인공들이 누구인지 전혀 기억이 나지 않았어요. 그날 밤 친구와 저녁을 먹었고, 일찍 잠자리에 들었어요. 하지만 12시까지 잠을 이룰 수 없었어요. 아침 일찍 잠에서 깨어나자마자 아무런 사전 예약도 하지 않은 채 공항으로 달려가서 이탈리아로 가는 비행기표를 구입했어요. 나는 런던에서 밀라노로 날아갔고, 거기서 기차를 타고 토리노로 갔어요. 모리니가 문을 열어 주자, 나는 그곳에 머물려고 왔다고, 내가 호텔로 가야 할지 아니면 그의 집에 머물러야 할지 결정하라고 말했지요. 그는 내 질문에 아무 대답도 하지 않고, 휠체어를 한쪽으로 비키더니, 들어오라고 했어요. 나는 욕실로 가서 세수를 했어요. 내가 돌아왔을 때, 모리니는 차를 준비해 놓았고, 파란색 접시에 조그만 비스킷 세 개를 놓고서 먹어 보라고 했지요. 하나를 맛보았는데, 아주 맛있었어요. 안에 피스타치오와 설탕에 절인 무화과가 들어간 그리스 과자 같았어요. 나는 순식간에 비스킷 세 개를 먹어 치웠고 차 두 잔을 마셨어요. 그러는 동안 모리니는 전화를 걸었어요. 그런 다음 그는 앉아서 내 말을 들었고, 자주 질문을 던지면서 내 말을 끊었어요. 그리고 나는 기꺼이 그의 질문에 대답했지요.

몇 시간 동안 우리는 이야기를 나눴어요. 이탈리아의 우익과 유럽에서 재출현하는 파시즘에 관해, 이민자들과 이슬람 테러리스트들에 관해, 영국과 미국의 정책에 관해 이야기했어요. 대화하는 동안 내 기분은 점점 나아졌어요. 그런데 흥미로운 것은 우리가 토론하던 대화 주제가 울적하고 침울한 것이었다는 사실이에요. 난 더는 그 주제를 계속 토론할 수 없었고, 그래서 맛있는 비스킷을 더 달라고, 딱 하나만 더 달라고 부탁했어요. 그러자 모리니는 시계를 보았고, 내가 배고파하는 건 정상이라면서, 피스타치오 비스킷을 하나 더 주는 것보다 나은 것을 주겠다고, 토리노에 있는 식당에 예약을 했는데, 나를 데려가 그곳에서 저녁을 먹도록 하겠다고 말했어요.

식당은 벤치들과 석상들이 놓인 공원 한가운데에 있었어요. 내가 모리니의 휠체어를 밀었고 그가 내게 석상들을 보여 주었다는 걸 기억해요. 몇몇 석상은 신화에 나오는 모습이었지만, 어떤 것들은 밤에 사색에 잠긴 소박한 농민들의 모습이었어요. 공원에서는 다른 커플들이 산책을 했어요. 가끔씩 우리는 커플들과 만났고, 또 어떤 때에는 단지 그들의 그림자만 보았어요. 저녁 식사를 하는 동안, 모리니는 당신들에 관해 물었어요. 나는 아르킴볼디가 멕시코 북부에 있다는 정보는 거짓 단서이며, 아마도 그는 그 나라에 발도 들여놓지도 않았을 거라고 말했지요. 난 당신들의 멕시코 친구, 그러니까 돼지라고 불리던 위대한 지식인에 관해 이야기했고, 우리는 한참 동안 웃음을 참을 수 없었어요. 사실 나는 갈수록 기분이 좋아지고 있어요.

어느 날 밤 두 번째로 레베카와 자동차 뒷좌석에서 사랑을 나눈 후, 에스피노사는 그녀의 가족이 자신을 어떻게 생각하느냐고 물었다. 여자아이는 자기 자매들은 그를 근사한 남자라고 생각하며, 그녀의 어머니는 그가 신뢰할 수 있는 남자의 얼굴을 지녔다고 했다고 전했다. 화공 약품 냄새가 바닥에서 자동차를 들어 올리는 것 같았다. 다음 날 에스피노사는 카펫 다섯 개를 구입했다. 그녀는 왜 그토록 많은 카펫을 원하는 것이냐고 물었고, 에스피노사는 선물로 주려고 생각한다고 대답했다. 호텔로 돌아오자 그는 카펫들을 그가 자지 않는 침대 위에 올려놓고서 자기가 잠자는 침대에 앉았다. 순간적으로 그림자들이 물러갔고, 그는 현실을 희미하게 감지했다. 그는 현기증을 느꼈고, 눈을 감았다. 그리고 자기도 모른 채 잠들어 버렸다.

눈을 뜨자 배가 아팠고, 죽고 싶은 심정이었다. 오후에 그는 쇼핑을 하러 나갔다. 그는 란제리 상점과 여성용 옷 가게, 그리고 신발 가게에 들어갔다. 그날 밤 그는 호텔로 레베카를 데려왔고, 함께 샤워를 한 다음 끈팬티와 가터벨트, 검은 스타킹과 검은 테디[72]를 입혔고 검은색 하이힐을 신겼다. 그러고서 그녀가 그의 팔에서 전율을 느낄 때까지 사랑했다. 그런 다음 에스피노사는 저녁 식사 2인분을 침실로 가져다 달라고 주문했고, 저녁을 먹은 후 그녀를 위해 구입한 다른

72 슈미즈의 상반부와 낙낙한 팬티를 이은 여성용 속옷.

선물들을 주고서, 날이 밝아 올 때까지 다시 사랑을 나누었다. 그러고서 두 사람은
옷을 입었고, 그녀는 선물을 가방에 넣었다. 그는 그녀를 먼저 집까지
바래다주었고, 그런 다음 공예품 시장까지 데려다 주고는 그곳에서 노점 설치하는
일을 도와주었다. 그가 작별 인사를 하기 전에, 그녀는 다시 만날 수 있느냐고
물었다. 에스피노사는 그 이유를 전혀 알지 못한 채, 아마도 피곤해서인지 어깨를
으쓱거리고는 그런 건 알 수 없다고 말했다.

「아니에요, 당신은 알아요.」 그가 그동안 한 번도 들어 보지 못한 슬픈
목소리로 레베카가 말했다. 「멕시코를 떠나는 거죠?」 그녀가 그에게 물었다.

「언젠가는 떠나야만 해요.」 그가 대답했다.

그가 호텔로 돌아왔을 때, 펠티에는 테라스에도 없었고, 수영장에도 없었으며,
항상 혼자 책을 읽던 라운지에도 없었다. 그는 프런트에 그의 친구가 오래전에
나갔느냐고 물었다. 그러자 호텔 직원은 펠티에가 호텔을 나간 적이 없다고
대답했다. 에스피노사는 펠티에의 방으로 올라가서 문을 두드렸지만, 아무 대답도
없었다. 그는 다시 펠티에의 이름을 부르면서 여러 번 문을 두드렸지만 결과는
마찬가지였다. 그러자 그는 프런트에 있는 직원에게 혹시 펠티에에게 좋지 않은
일이 일어나지는 않았는지, 혹시 심장 발작을 일으키지 않았는지 두렵다고 말했고,
두 사람을 잘 아는 호텔 직원은 에스피노사와 함께 펠티에의 방으로 올라갔다.

「나쁜 일이 일어나지는 않았을 겁니다.」 엘리베이터를 타고 가는 동안, 직원은
이렇게 말하면서 그를 안심시켰다.

마스터키로 방문을 열었지만, 호텔 직원은 방 안으로 들어가지 않았다. 방은
어둠에 잠겨 있었고, 에스피노사는 불을 켰다. 침대 중 하나에서 목까지 침대
시트를 덮은 펠티에를 보았다. 그는 얼굴을 한쪽으로 약간 돌린 채 누워 있었고,
양손을 가슴 위에 겹쳐 놓았다. 에스피노사는 펠티에의 얼굴에서 한 번도 보지
못한, 평온한 표정을 보았다. 에스피노사가 그를 불렀다.

「펠티에, 펠티에.」

호기심을 이기지 못해 호텔 직원은 방 안으로 두어 발짝 내디뎠고, 그를
건드리지 말라고 충고했다.

「펠티에.」 에스피노사가 소리치면서 옆에 앉아 그의 어깨를 흔들었다.

그러자 펠티에는 눈을 뜨더니 되레 무슨 일이냐고 물었다.

「우리는 네가 죽었다고 생각했어.」 에스피노사가 말했다.

「아니야. 난 그리스 섬으로 휴가를 가서 그곳에서 보트를 빌리고, 하루 종일
다이빙하는 아이를 만나는 꿈을 꾸고 있었어.」 펠티에가 말했다.

「아주 아름다운 꿈이구나.」 에스피노사가 말했다.

「긴장을 풀어 주는 꿈이 분명합니다.」 호텔 직원이 말했다.

「그런데 가장 이상한 건…… 그 꿈에서 물이 살아 있었다는 거야.」 펠티에가
말했다.

토리노에서 보낸 첫날 밤의 몇 시간을 나는 모리니의 손님용 침실에서 보냈어요. 노턴은 편지에 적었다. 잠자는 데 아무런 문제가 없었어요. 그런데 현실인지 꿈인지 모르겠지만 갑자기 천둥 소리를 듣고 잠에서 깼어요. 난 복도 안쪽에서 모리니와 그의 휠체어 그림자를 봤다고 생각했어요. 처음에는 그걸 무시하고 다시 잠들려고 애썼어요. 그러다가 내가 본 것을 되짚어 정리해 보았어요. 복도에 휠체어 그림자가 있었지만, 이제는 복도가 아닌 거실에 내게 등을 돌린 모리니의 그림자가 있었어요. 나는 잠에서 깨어났고, 재떨이를 움켜쥐고서 불을 켰어요. 복도에는 아무도 없었어요. 거실까지 갔지만, 거기에도 아무도 없었어요. 몇 달 전만 해도 물을 마시고 다시 침대로 돌아갔을 거예요. 하지만 이제 어느 것도 그때로 되돌아갈 수는 없을 거예요. 그래서 모리니의 방으로 갔어요. 문을 열자 가장 먼저 침대 옆에 있는 휠체어가 눈에 들어왔어요. 이어서 규칙적으로 숨을 쉬는 모리니의 몸이 보였어요. 나는 그의 이름을 중얼거렸지요. 그는 움직이지 않았어요. 나는 목소리를 높였고, 모리니의 목소리가 무슨 일이냐고 내게 물었어요.

「당신을 복도에서 봤어요.」 내가 말했어요.

「언제요?」 모리니가 말했어요.

「조금 전에 천둥 소리를 들었을 때요.」

「비가 내려요?」 모리니가 물었어요.

「틀림없이 그럴 거예요.」 내가 대답했지요.

「난 복도로 나간 적이 없어요, 리즈.」 모리니가 말했어요.

「난 거기서 당신을 봤어요. 당신은 일어나 있었어요. 휠체어는 거실에 있었어요. 내 정면에 있었어요. 하지만 당신은 복도 끝에, 그러니까 거실에서 내게 등을 돌리고 있었어요.」 내가 말했어요.

「꿈이었겠죠.」 모리니가 말했어요

「휠체어는 내 앞에 있었지만, 당신은 내게 등을 돌리고 있었다니까요.」 내가 말했어요.

「진정해요, 리즈.」 모리니가 말했어요.

「진정하라는 말 따위는 하지 마세요. 날 바보 취급하지 마세요. 휠체어는 나를 쳐다보고 있었고, 당신은 그곳에 태연하게 서 있었지만 나를 쳐다보지는 않았어요. 알아듣겠어요?」

모리니는 팔꿈치를 괴고 잠시 생각에 잠겼어요.

「나도 그렇게 생각해요. 내 휠체어는 당신을 감시했고, 그런 동안 난 당신을 외면하고 있었어요, 그렇죠? 마치 휠체어와 내가 한 사람인 것처럼 혹은 하나의 존재인 것처럼 말이에요. 그리고 휠체어는 나쁜 놈이었어. 당신을 똑바로 쳐다봤기 때문이에요. 그리고 나 역시 나쁜 놈이었어요. 당신에게 거짓말을 했고, 당신을 쳐다보지 않았기 때문이죠.」

나는 웃음을 터뜨렸고, 곰곰이 생각해 보니 내게는 그가 절대로 나쁜 사람일 수 없다고, 그리고 그의 휠체어도 그에게 너무나 필요하고 도움이 되기 때문에 나쁠 수 없다고 말했지요.

나머지 밤 시간을 우리는 함께 보냈어요. 나는 그에게 한쪽으로 비키라고, 그렇게 내가 누울 자리를 달라고 부탁했고, 모리니는 아무 말 하지 않고 내가 시키는 대로 했지요.

「당신이 날 사랑한다는 것을 내가 왜 이토록 늦게 깨달았을까요?」 나중에 나는 그에게 말했어요. 「내가 당신을 사랑한다는 사실을 내가 왜 이토록 늦게 깨달았을까요?」

「모두 내 잘못이에요.」 어둠 속에서 모리니가 말했어요. 「그런 문제에서 나는 멍청하기 그지없거든요.」

아침에 에스피노사는 호텔 프런트 직원들과 경비원들, 웨이터들에게 그가 모아 놓은 카펫과 서라피 몇 개를 선물했다. 또한 그에게 방 청소를 해주러 오던 두 청소부에게도 카펫을 선물했다. 마지막 남은 서라피, 그러니까 빨간색과 초록색과 연자주색 기하학적 무늬가 새겨진 아주 예쁜 서라피는 가방에 넣고서 프런트 직원에게 그걸 펠티에에게 주라고 말했다.

「모르는 사람이 보낸 선물이라고 해주세요.」 에스피노사가 말했다.

프런트 직원은 그에게 윙크를 하고서 그렇게 하겠다고 말했다.

에스피노사가 공예품 시장에 도착했을 때, 그녀는 나무 벤치에 앉아 컬러 사진으로 가득한 대중음악 잡지를 읽고 있었다. 멕시코 가수들과 그들의 결혼, 이혼, 순회 공연, 골든 디스크, 플래티넘 앨범, 감옥에서 보낸 시절, 가련한 죽음 등의 소식이 실린 잡지였다. 그는 그녀 옆에, 즉 보도의 갓돌에 앉았고, 키스로 인사를 해야 할지 말아야 할지 머뭇거렸다. 맞은편에는 작은 토기 조각상을 파는 새로운 노점이 있었다. 에스피노사는 자기가 있는 곳에서 조그만 교수대를 보았고, 슬픈 표정으로 미소 지었다. 그러고서 레베카에게 동생이 어디에 있느냐고 물었고, 그녀는 여느 아침처럼 학교에 갔다고 대답했다.

주름이 자글자글한 여자가 마치 금방이라도 결혼할 것처럼 하얀 옷을 입고서 레베카와 말하려고 발걸음을 멈추었다. 그는 여자아이가 테이블 아래에 있는 도시락 위에 놔둔 잡지를 집고서 레베카의 친구가 떠날 때까지 훑어보았다. 그는 두어 번에 걸쳐 뭐라고 말하려고 했지만, 그럴 수가 없었다. 하지만 그녀의 침묵은 그다지 불쾌하지도 않았고, 슬픔이나 원한 같은 것을 암시하지도 않았다. 불투명하고 진한 침묵이 아니라 투명한 침묵이었다. 거의 아무런 공간도 차지하지 않는 침묵이야. 이런 침묵이라면 어떤 사람이든 얼마든지 익숙해질 수 있고 행복해질 수 있어. 에스피노사는 생각했다. 그러나 그는 결코 이런 침묵에 익숙해질 수 없을 터였고, 그 역시 그걸 잘 알았다.

앉아 있는 게 지루해지자, 그는 바에 가 카운터에서 맥주 한 병을 달라고 했다.

그의 주변에는 남자들만 있었고, 혼자 있는 사람은 아무도 없었다. 에스피노사는 끔찍스럽다는 시선으로 술집을 둘러보았고, 즉시 남자들이 술을 마시지만 무언가 먹기도 한다는 사실을 깨달았다. 그는 〈제기랄〉이라는 단어를 중얼거렸고 자기 신발에서 불과 몇 센티미터 떨어지지 않은 바닥에 침을 뱉었다. 그런 다음 맥주를 하나 더 주문하고서 반쯤 맥주가 든 병을 들고 노점으로 돌아갔다. 레베카는 그를 보고서 빙긋이 웃었다. 에스피노사는 그녀 옆 보도에 앉아 돌아오겠다고 말했다. 여자아이는 아무 말도 하지 않았다.

「난 산타테레사로 돌아올 거예요. 1년 안으로. 맹세할 수 있어요.」 그가 말했다.

「맹세하지 마세요.」 여자아이는 즐거운 표정으로 웃으면서 말했다.

「당신에게 꼭 돌아올 거예요.」 에스피노사는 마지막 남은 맥주 방울까지 마시면서 말했다. 「그러면 우리는 결혼할 수 있고, 당신은 나와 함께 마드리드로 갈 수 있어요.」

여자아이는 그러면 정말 좋을 거예요 하고 말하는 것 같았지만, 에스피노사는 그녀의 말을 들을 수 없었다.

「뭐라고요? 뭐라고요?」 그가 말했다.

레베카는 잠자코 있었다.

밤에 그가 돌아왔을 때, 펠티에는 수영장 옆에서 책을 읽으며 위스키를 마시고 있었다. 에스피노사는 옆에 있는 접의자에 앉아서 그들의 계획이 무엇이냐고 물었다. 펠티에는 웃으면서 책을 테이블 위에 올려놓았다.

「방에서 네가 보낸 선물을 보았어. 아주 멋진 선물이야. 게다가 매력적이기까지 해.」 그가 말했다.

「아, 서라피 말이군.」 에스피노사는 이렇게 말하면서 접의자에 털썩 등을 기댔다.

하늘에는 많은 별이 떠 있었다. 수영장의 청록색 물이 크림색 벽돌 벽까지 다다르는 일련의 반사광들 속에서, 테이블 위와 꽃과 선인장 화분 위로 너울거리며 춤추었다. 벽돌 벽 뒤로는 그동안 에스피노사가 성공적으로 피할 수 있었던 테니스장과 사우나가 있었다. 테니스장에서는 가끔씩 커다란 라켓 소리와 게임에 관해 이야기하는 작은 말소리만 들려왔다.

펠티에는 자리에서 일어나더니 걷자고 했다. 그는 테니스장으로 향했고, 에스피노사는 그의 뒤를 따라갔다. 테니스장의 불이 켜져 있었고, 배가 불룩 튀어나온 남자가 애를 쓰고 있었지만 경기는 서툴기 그지없었다. 수영장을 에워싼 파라솔들과 비슷한 어느 파라솔 아래의 나무 벤치에 앉아 경기를 지켜보던 두 여자가 깔깔거리며 웃었다. 그들 너머로, 그러니까 철사 울타리 뒤로 사우나가 있었다. 침몰한 배의 현창 같은 조그만 창문이 두 개 있는 시멘트 상자였다. 벽돌 벽 위에 앉아 펠티에가 말했다.

「우리는 아르킴볼디를 찾을 수 없을 것 같아.」

「난 며칠 전부터 알았어.」에스피노사가 말했다.

그 말을 하고서 에스피노사는 펄쩍 뛰더니 다시 또 펄쩍 뛰어서 벽 위에 앉았다. 그의 다리는 테니스장을 향해 흔들거렸다.

「하지만 난 아르킴볼디가 이곳 산타테레사에 있다는 걸 확신해.」펠티에가 말했다.

에스피노사는 자기 손을 쳐다보았다. 마치 자기 손이 다치지 않았는지 두려워하는 것 같았다. 여자 한 명이 자리에서 일어나 테니스 코트 안으로 들어갔다. 두 남자 중 한 사람 옆에 다가서더니, 그에게 귓엣말로 무언가를 속삭이고는 다시 코트에서 나왔다. 여자와 말한 남자는 양팔을 위로 번쩍 들더니 입을 벌리고서 고개를 뒤로 젖혔다. 하지만 아무 소리도 내지 않았다. 그 사람처럼 새하얀 옷을 입은 다른 남자는 상대방의 조용한 환희가 끝나고 다시 차분해지기를 기다렸다가 테니스 공을 토스했다. 경기는 다시 시작되었고, 여자들은 다시 웃기 시작했다.

「내 말을 믿어 줘.」펠티에는 아주 부드러운 목소리로 말했다. 마치 그 순간 꽃향기를 가득 머금고서 불어오는 산들바람 같았다. 「난 아르킴볼디가 여기에 있다는 걸 알아.」

「어디에?」에스피노사가 물었다.

「산타테레사 어딘가에, 적어도 이 주변에 있어.」

「그런데 왜 우리가 찾아내지 못한 걸까?」에스피노사가 말했다.

테니스를 치던 한 명이 바닥에 넘어졌고, 펠티에는 웃었다.

「그건 중요하지 않아. 우리가 멍청했거나 아니면 아르킴볼디가 숨는 데 일가견이 있기 때문이겠지. 하지만 그건 아무 의미도 없어. 중요한 건 다른 데 있어.」

「그게 뭔데?」에스피노사가 물었다.

「이곳에 있다는 사실.」펠티에는 말하고서 사우나, 호텔, 테니스장, 철조망, 불 꺼진 호텔의 대지 위로, 즉 저 멀리 있을 것이라고 추정되는 낙엽들을 가리켰다. 에스피노사는 목덜미에서 쭈뼛쭈뼛 소름이 돋았다. 사우나가 있는 시멘트 상자는 마치 내부에 죽은 시체가 있는 벙커 같았다.

「네 말을 믿어.」그가 말했다. 정말로 그는 자기 친구가 한 말을 믿었다.

「아르킴볼디는 여기에 있어. 그리고 우리도 여기에 있어. 아마 앞으로는 지금처럼 그와 가까이 있을 수 없을 거야.」펠티에가 말했다.

얼마나 우리가 함께 있게 될지 몰라요. 노턴은 편지에서 말했다. 내 생각에는 모리니도, 나도 그런 것에 그다지 신경 쓰지 않아요. 우리는 서로 사랑하고, 행복해요. 당신들이 이해하리라는 걸 난 알아요.

아말피타노에
관하여

산타테레사에 무엇을 하러 왔는지 나도 모르겠어. 그 도시에 일주일을 머문 끝에 아말피타노는 생각했다. 너도 몰라? 정말 너도 몰라? 그는 자기 자신에게 물었다. 정말이지 난 몰라. 그는 자기 자신에게 중얼거렸다. 그것보다 더 그의 생각을 분명하게 나타낼 수 있는 말은 없었다.

그는 침실 세 개, 모든 것이 구비된 욕실 한 개와 간단한 시설만 갖추어진 화장실 하나가 있는 작은 단층 주택에서 살았다. 부엌과 식당과 거실은 미국식으로 일체형이었고 창문은 서쪽으로 나 있었다. 또한 벽돌로 만든 조그만 베란다에는 산과 바다에서 불어오는 바람에 닳아 버린 나무 벤치 하나가 있었다. 북쪽에서 불어오는 바람은 갈라진 틈 사이로 파고들었고, 남쪽에서 불어오는 바람은 연기 냄새를 머금었다. 25년 전부터 보관해 온 책도 있었다. 많지는 않았지만, 모두가 낡은 것이었다. 그리고 최근 10년 사이 구입한 책도 있었다. 그건 그가 아무것도 개의치 않고 빌려 주는 책들이었다. 잃어버리거나 도둑맞아도 전혀 관심을 보이지 않을 책들이었다. 또한 가끔씩은 그가 알지도 못하는 발신자의 이름이 적힌 채 깨끗하게 포장되어 도착한 책들도 있었고, 심지어 펼쳐 보지도 않은 책들도 있었다. 잔디를 기르고 꽃을 심기에 완벽한 마당이 있었지만, 그는 그곳에 선인장을 제외하고는 어떤 꽃을 심는 게 가장 좋을지도 몰랐다. 그는 자기가 정원을 가꾸는 데 전념할 시간이 있다고 믿었다. 나무로 만든 문은 페인트를 칠할 필요가 있었다. 그리고 그는 매달 봉급을 받았다.

그에게는 로사라는 딸이 있었다. 로사는 평생 그와 함께 살았다. 좀처럼 믿기 힘든 일이었지만, 그건 사실이었다.

가끔씩 밤이 되면 그는 로사의 어머니를 떠올렸고, 어떤 때는 웃었고, 또 어떤 때는 눈물을 흘리고 싶었다. 그는 로사가 침실에서 자는 동안 서재에 틀어박혀 그녀를 기억했다. 거실은 텅 빈 채 조용했고, 불은 꺼져 있었다. 누군가가 주의를 기울여 무언가를 듣고자 한다면, 베란다에서 모기 몇 마리가 윙윙거리는 소리를 들을 수 있었을 것이다. 그러나 그 소리를 들으려고 하는 사람은 아무도 없었다. 이웃집들은 조용히 어둠에 휩싸여 있었다.

　　로사는 열일곱 살이었고 스페인 태생이었다. 아말피타노는 쉰 살이었고 칠레 태생이었다. 로사는 열 살 때부터 여권을 소지했다. 아말피타노는 그들이 여행을 갔을 때 몇 번에 걸쳐 묘한 상황과 마주쳤던 것을 기억했다. 로사는 유럽 공동체 시민이 사용하는 통로에서 입국 심사를 받았고, 아말피타노는 유럽 공동체 시민 이외의 입국자가 이용하는 문을 통해 입국 심사대를 통과해야 했기 때문이다. 처음에 로사는 불끈 화를 내면서 울음을 터뜨렸고 아버지와 헤어지려고 하지 않았다. 한번은 입국 심사대의 줄이 매우 다른 속도로 짧아지는 바람에, 그러니까 유럽 공동체 시민의 줄은 빠른 반면에 유럽 공동체 시민 이외의 줄은 느려 터지고 좀처럼 줄어드는 바람에 로사를 잃어버렸고, 반 시간이나 지나서야 로사를 찾을 수 있었다. 가끔씩 입국 심사대 관리들은 너무나 어리고 조그만 로사를 보면서 혼자 여행하는지, 아니면 누군가가 출구에서 기다리는지 물었다. 로사는 남아메리카 출신 아버지와 함께 여행하며, 바로 거기서 아버지를 기다려야 한다고 대답하곤 했다. 언젠가 그들은 로사의 가방을 검색했다. 아버지가 딸의 국적과 천진난만함을 이용하여 몰래 마약이나 무기를 밀반입할지도 모른다고 의심한 것이다. 그러나 아말피타노는 마약을 운송하거나 무기를 운반한 경우는 한 번도 없었다.

　　롤라였어. 항상 무기를 휴대하고 여행을 다니던 사람은 바로 롤라, 로사의 어머니였어. 아말피타노는 서재에 앉아 멕시코 담배를 피우거나 아니면 어두운 베란다에 서서 회상하곤 했다. 그녀는 칼날이 튀어나오는 잭나이프 없이는 어디에도 가지 않았다. 로사가 태어나기 전에 언젠가 그들은 공항 출국장에서 검사를 받았다. 공항 안전 요원은 롤라에게 왜 그 칼을 휴대하느냐고 물었다. 과일 껍질을 벗기려고요. 오렌지, 사과, 배, 키위, 그런 과일들요. 롤라는 말했다. 경찰은 잠시 그녀를 쳐다보더니 그대로 통과시켜 주었다. 이 사건이 있은 지 1년 하고 몇 달 뒤 로사가 태어났다. 2년 후 롤라는 집에서 나갔고, 그때까지도 그 잭나이프를 가지고 다녔다.

　　롤라는 자기가 좋아하는 시인이 산세바스티안 근처의 몬드라곤에 있는 정신 병원에 산다면서 그를 찾아갈 거라는 핑계를 댔다. 아말피타노는 밤새 그녀의 설명을 들었고, 그녀는 배낭을 꾸리면서 오래지 않아 그와 딸에게 돌아오겠다고 굳게 약속했다. 롤라는 자기가 그 시인을 알며, 아말피타노가 그녀의 삶에 들어오기 전 바르셀로나에서 열린 어느 파티에서 그를 만났다고 근래 들어 더욱 자주 주장했다. 롤라가 〈야만 파티〉라고 설명한 이 파티에서, 그러니까 한여름의 열기가 내리쬐고 빨간불을 켠 자동차들이 교통 체증에 시달리는 가운데서 모습을 드러낸 때늦은 파티에서 그녀는 그와 함께 잠을 잤고, 밤새 그와 사랑을 나누었다.

그러나 아말피타노는 그게 사실이 아니라는 걸 알았다. 그 시인은 동성애자일 뿐만
아니라, 롤라는 그가 자기 책 중 하나를 선물했을 때에야 비로소 그런 시인이
존재한다는 사실을 처음으로 들었기 때문이다. 롤라는 시인의 나머지 작품을 모두
구입했으며, 그 시인이 천재이고 외계인이며 하느님의 사신이라고 생각하는
친구들을 골랐다. 그 친구들은 상트보이[1]의 정신 병원에서 갓 나왔거나 아니면 몇
번에 걸쳐 재활 치료를 받았지만 다시 미쳐 버린 사람들이었다. 사실 아말피타노는
자기 아내가 머잖아 산세바스티안으로 떠날 것임을 알았다. 그래서 그 여행에 관해
이러쿵저러쿵 말하지 않았다. 대신 저금해 놓은 돈의 일부를 주면서 몇 달 내로
돌아오라고 부탁했고, 로사는 자기가 잘 돌보겠다고 약속했다. 롤라는 그의 말을
전혀 듣지 않는 것 같았다. 배낭을 다 꾸리자, 그녀는 부엌으로 가서 커피 두 잔을
준비하고는, 잠시 잠자코 있으면서 날이 밝기를 기다렸다. 아말피타노는 그녀가
흥미를 보일 만한, 적어도 시간이 지나가도록 도와줄 수 있는 대화 주제를
찾으려고 애썼지만 모두 허사였다. 아침 6시 반에 초인종이 울렸고, 롤라는 갑자기
움찔했다. 날 데리러 왔어요. 그녀는 말했다. 하지만 그녀가 그대로 앉아 있었기
때문에, 아말피타노는 자리에서 일어나 인터폰으로 누구냐고 물어야만 했다. 그는
나예요 하고 말하는 아주 희미한 목소리를 들었다. 누구라고요? 아말피타노가
물었다. 문 열어요, 나예요. 그 목소리는 다시 말했다. 누구라고요? 아말피타노가
다시 물었다. 거의 들리지 않던 그 목소리는 그의 거듭되는 질문에 화가 난 것
같았다. 나예요, 나, 나란 말이에요, 하고 말했다. 아말피타노는 눈을 감고서 아파트
건물의 현관문을 열었다. 그리고 엘리베이터의 도르래 소리를 들었고, 다시
부엌으로 돌아왔다. 롤라는 그대로 앉아서 남은 커피를 마시고 있었다. 아마
당신을 찾는 것 같아. 아말피타노가 말했다. 롤라는 그의 말을 들었다는 표시를
전혀 하지 않았다. 아이에게 작별 인사 할 거야? 아말피타노가 물었다. 롤라는 눈을
들더니 딸을 깨우지 않는 편이 나을 것 같다고 대답했다. 그녀의 파란 눈 주위에는
깊은 다크서클이 있었다. 그때 현관의 초인종 소리가 두 번 났고, 아말피타노는
문을 열어 주러 갔다. 키가 1미터 50센티미터도 채 되지 않을 아주 왜소한
여자였다. 그녀는 그를 흘낏 쳐다보고는 알아들을 수 없게 중얼거리며 인사했다.
그러고서 그의 옆을 스쳐 지나가더니, 마치 아말피타노보다 롤라의 습관을 더 잘
아는 것처럼 부엌으로 직행했다. 부엌으로 돌아온 아말피타노는 그 여자의 배낭을
눈여겨보았다. 냉장고 옆 바닥에 놓인 그 배낭은 롤라의 것보다 더 작았다. 마치
롤라의 배낭을 축소해 놓은 것 같았다. 여자의 이름은 인마쿨라다였지만, 롤라는
그녀를 임마라고 불렀다. 퇴근해서 돌아왔을 때 아말피타노는 두어 번 집에서
그녀를 본 적이 있었다. 그때 그녀는 이름을 알려 주면서 어떻게 불러 주었으면
하는지도 말해 주었다. 카탈루냐 말로 임마는 임마쿨라다의 애칭이었지만, 롤라의
친구는 카탈루냐 출신도 아니었고, 그녀의 이름도 m이 연속적으로 들어간
임마쿨라다가 아니라, 인마쿨라다였다. 발음상의 이유로 아말피타노는 그녀를

1 바르셀로나의 공항에 인접한 지역.

173

인마라고 부르는 걸 좋아했다. 하지만 그럴 때마다 아내는 그를 나무랐고, 결국 그는 그녀를 인마나 임마로 부르지 않기로 마음먹었다. 부엌문에서 그는 두 여자를 유심히 살펴보았다. 그는 자기가 예상한 것보다 훨씬 마음이 차분하다고 느꼈다. 롤라와 다른 여자는 포마이카 식탁에 시선을 고정하고 있었다. 그러나 그는 가끔씩 두 여자가 눈을 들고, 그가 그때까지 보지 못한 강렬한 시선을 주고받는다는 것을 눈치채지 않을 수 없었다. 롤라는 커피를 더 마시고 싶은 사람이 있느냐고 물었다. 나에게 말하는 거야. 아말피타노는 생각했다. 인마쿨라다는 고개를 가로저으면서, 시간이 없다고, 지금 움직이는 게 좋다고, 잠시 후면 바르셀로나에서 나가는 길이 막혀서 옴짝달싹하지 못할 것이라고 말했다. 마치 바르셀로나가 중세 도시인 것처럼 말하는군. 아말피타노는 생각했다. 롤라와 그녀의 친구는 자리에서 일어났다. 아말피타노는 두 발짝 앞으로 나아가서 냉장고 문을 열었고, 갑작스럽게 느낀 갈증을 달래려고 맥주를 꺼냈다. 그러나 그렇게 하기 전에 임마의 배낭을 한쪽으로 치워야 했다. 배낭은 안에 블라우스 두 벌과 여벌 바지 한 벌만 있는 것처럼 가벼웠다. 마치 태아 같아. 아말피타노는 생각하면서 배낭을 한쪽에 내려놓았다. 그러자 롤라는 그의 양 뺨에 키스를 했고, 그녀와 그녀의 친구는 집을 떠났다.

일주일 후 아말피타노는 팜플로나의 소인이 찍힌 롤라의 편지를 받았다. 편지에서 그녀는 그곳까지의 여행이 즐겁고 불쾌한 경험으로 가득했다고 말했다. 그러나 대부분 즐거운 경험이었다. 한편 불쾌한 경험은 불쾌하다고 불릴 수 있는 게 분명했지만, 〈경험〉이라는 말은 적절하지 않았다. 어떤 불쾌한 일도 우리를 불의에 습격할 수는 없어요. 임마는 이미 그런 걸 모두 겪었기 때문이에요. 롤라는 적었다. 이틀 동안 우리는 레리다에서 일했어요. 도로변에 있는 식당인데, 그곳 주인은 사과밭도 가지고 있어요. 이렇게도 말했다. 과수원은 컸고, 나무에는 벌써 푸른 사과들이 주렁주렁 매달려 있어요. 얼마 지나지 않아 사과 수확이 시작될 테고, 그래서 주인은 그들에게 그때까지 머물러 달라고 부탁했다. 임마가 주인과 말하는 동안, 롤라는 A형 야외 텐트 옆에서 몬드라곤에 사는 시인의 책을 읽었다. 그녀는 그때까지 출판된 이 시인의 모든 시집을 배낭에 넣어 갔던 터였다. 두 사람이 자던 그 텐트는 포플러나무의 그늘 아래에 설치했다. 그건 그녀가 그 과수원에서 본 유일한 포플러였는데 이제는 아무도 사용하지 않는 차고 옆에 있었다. 잠시 후 임마가 나타났지만, 식당 주인이 어떤 제안을 했는지 설명하려고 하지 않았다. 다음 날 그들은 또다시 누구와도 작별 인사를 하지 않은 채 다시 도로로 나가 히치하이크를 했다. 사라고사에 도착하자 그들은 임마가 대학을 다니던 시절의 옛 친구 집에서 잠을 잤다. 롤라는 너무나 피곤해서 일찍 침대로 갔고, 꿈속에서 웃음소리를 들었다. 그리고 곧이어 크게 비난하는 목소리를 들었다. 거의 모두 임마가 말한 것 같았지만, 역시 그녀 친구가 나무라는 다른 목소리도 있었다. 그들은 과거에 관해, 그러니까 프랑코주의와 맞서 싸우던 시절과 사라고사의 여자 감옥에 관해 말했다. 그들은 석유나 석탄을 채굴할 수 있었던 깊은 구멍과 지하 정글, 여자 자살 폭탄 특공대원에 관해서 말했다. 그러면서 그녀의 편지는 대화의 방향을 바꾸었다. 나는 레즈비언이 아니에요. 왜 당신에게 이런 소리를 하는지 모르겠어요. 왜 이런 말을 함으로써 내가 당신을 어린아이 취급 하는지 모르겠어요. 그녀는 적었다. 동성애는 거짓말이에요. 그것은 사춘기 때 우리에게 행해진 폭력 행위예요. 그녀는 말했다. 엄마는 그걸 알아요. 그녀는 그걸 알아요. 틀림없이 알고 있어요. 너무나 예리하고 명민하기 때문에 모를 리가 없어요. 하지만 그녀는 나를 도와주는 것밖에는 아무것도 해줄 수 없어요. 엄마는 레즈비언이에요. 매일 몇십만 마리의 암소가 희생되지요. 매일 초식 동물 한 무리, 아니 초식 동물 몇 무리가 북쪽에서 남쪽으로 계곡을 지나가요. 아주 느리게 걷지만 동시에 아주 빨라서 지금은 현기증이 날 지경이에요. 지금, 지금, 지금 바로 그런 느낌이에요. 내 말을 알아듣겠어요, 오스카르? 아니야, 난 이해할 수 없어. 아말피타노는 마치 갈대와 풀로 만든 구명 뗏목인 것처럼 두 손으로 편지를 든 채 그렇게 생각했다. 그리고 발로는 천천히 딸이 앉아 있는 흔들의자를 흔들었다.

그런 다음 롤라는 다시 몬드라곤의 정신 병원에서 위엄 있으면서도 구부정하게 누운 시인과 사랑을 나누었던 그날 밤을 회상했다. 당시 그는 자유의 몸이었어요. 그는 어떤 정신 병원에도 입원해 있지 않았어요. 그는 동성애자인 바르셀로나의 어느 철학가 집에 살았고, 그들은 함께 일주일에 한 번씩 혹은 보름에 한 번씩 파티를 열었지요. 당시 나는 아직 당신을 몰랐어요. 당신이 스페인에 도착했는지, 아니면 이탈리아나 프랑스, 혹은 라틴 아메리카의 더러운 구렁텅이에 있는지 알지 못했어요. 이 동성애자 철학자의 축제는 바르셀로나에서 유명했지요. 사람들은 시인과 철학자가 연인 사이라고 수군댔지만, 사실대로 말하면 연인처럼 보이지는 않았어요. 한 사람은 집과 사상과 돈을 가졌고, 다른 한 사람은 전설과 시와 맹목적인 신자 같은 열정을 지녔지요. 개 같은 열정, 온밤을 걸어 다녔거나 아니면 빗속에서, 그러니까 스페인의 끝없는 비듬의 폭풍 속에서 젊은 시절을 보내는 바람에 기진맥진했다가 마침내 머리 들이밀 곳을 찾은 개의 열정이었어요. 비록 그가 머리를 들이민 곳이 희미하게 그가 아는, 악취 풍기는 물 양동이일지라도 말이에요. 어느 날 행운의 여신이 내게 미소 지었고, 나는 그들이 여는 파티에 갔어요. 내가 개인적으로 철학자를 알았다고 말한다면, 그건 과장일 거예요. 난 그를 보았어요. 거실 한쪽 구석에서 다른 시인과 다른 철학자와 담소를 나누는 그를 보았지요. 내가 보기에는 그가 그들에게 강의라도 하는 것 같았어요. 그러자 모든 게 위선적인 분위기를 띠었어요. 손님들은 시인이 나타나길 기다렸어요. 그들은 이 시인이 그들 중 한 사람에게 갑자기 시비를 걸기를 기다렸지요. 아니면 그가 거실 한가운데에 있는 카펫 위에, 그러니까 『천일야화』에나 나올 것 같은 해진 튀르키예 양탄자에다 똥을 누길 기다렸어요. 너무나 닳고 닳은 양탄자, 그래서 종종 우리의 모습을 아래에서 비추는 양탄자였지요. 그러니까 내 말은 우리의 떨리는 몸이 명령하는 대로 양탄자가 거울로 변했다는 거예요. 그건 신경 화학 물질이 만들어 내는 경련이었어요. 그러나 정작 시인이 모습을 드러냈을 때는 아무 일도 일어나지 않았어요. 처음에는 모든 사람의 눈이 그를 쳐다보았어요. 그가 어떤 일을 할지 보기 위해서였지요. 그런 다음 각자 그때까지 하던 일을 계속했고, 시인은 몇몇 작가 친구에게 인사를 하더니 동성애자 철학자의 그룹에 합류했지요. 나는 혼자 춤을 추었고, 계속 혼자 춤을 추었어요. 새벽 5시에 나는 그 집에 있는 침실 중 하나로 들어갔어요. 시인이 내 손을 잡고 그곳으로 데려간 거지요. 옷도 벗지 않은 채 나는 그와 사랑을 하기 시작했어요. 나는 세 번이나 절정에 이르렀고, 그러는 동안 내 목에서 시인의 숨소리를 느꼈어요. 그는 한참이 지나서야 사정했어요. 희미한 어둠 속에서 나는 침실 구석에 세 명의 그림자가 있다는 걸 알았어요. 한 사람은 담배를 피웠어요. 또 한 사람은 쉬지 않고 뭔가를 중얼거렸어요. 세 번째 사람은 철학자였고, 나는 그 침대가 그의 것이며, 그 침실은 남의 험담을 즐기는 사람들이 말하듯이 그가 시인과 사랑을 나누는 방이라는 사실을 알았지요. 그러나 이제 사랑을 나누는 사람은 나였고, 시인은 내게 점잖게 굴었어요. 내가 유일하게 이해하지 못하던 것은 왜 다른 세 사람이 나를 쳐다보고 있었느냐는 것이에요. 물론 난 전혀 개의치 않았어요. 당신이 기억하는지 모르겠지만, 그 당시에 나는 어떤 것도 그다지 중요하게 생각하지 않았어요. 마침내 시인이 절정에 이르면서 비명을 지르고 고개를 돌려 세 친구를 바라보자, 나는 가임 기간에 있지 않다는 걸 애석해했어요. 난 그의 아들을 무척 갖고 싶었거든요. 사정을 한 그는 일어나 그림자들에게 다가갔어요. 그들 중 하나가 그의 어깨에 손을 올려놓았어요. 다른 한 사람은 그에게 무언가를 건네주었지요. 나는 침대에서 일어나 그들을 쳐다보지도 않은 채 욕실로 걸어갔어요. 거실에는 축제의 조난자들이 남아 있었어요. 욕실에서는 욕조에서 자고 있는 한 여자아이를 발견했어요. 난 얼굴과 손을 닦고 머리를 빗었어요. 욕실에서 나왔을 때, 철학자는 아직 걸을 수 있는 사람들에게 발길질을 해 내쫓고 있었어요. 그는 전혀 술이나 마약에 취한 것 같지 않았어요. 오히려 방금 잠에서 깨어 오렌지주스를 큰 잔으로 마신 사람처럼 생기가 넘쳐흘렀어요. 난 파티에서 알게 된 두 친구와 함께 그곳을 떠났지요. 그 시간에는 오로지 람블라스 거리의 〈드럭스토어〉라는 술집만 문을 열었고, 우리는 단 한 마디도 주고받지 않은 채 그곳으로 향했어요. 〈드럭스토어〉에서 나는 몇 년 전에 알게 된 한 여자를 만났어요. 그녀는 『아호블랑코』 잡지의 기자로 일했지만, 그곳에서 일하는 걸 그리 좋아하지 않았지요. 그녀는 자기가 마드리드로 가게 될지도 모른다고 말하기 시작했어요. 그러면서 내게 도시를 바꾸고 싶은 마음이 없느냐고 물었지요. 나는 어깨를 으쓱했어요. 그러고 도시는 모두 비슷해요, 하고 대답했어요. 사실대로 말하자면, 나는 시인을 생각했고, 그와 내가 방금 전에 한 일만 내 머릿속에 가득했어요. 동성애자라면 그런 일을 하지 않지요. 모든 사람이 그를 동성애자라고 말하지만, 나는 그렇지 않다는 걸 알았어요. 그런 다음 나는 감각의 착란[2]에 대해 생각했고, 그러자 모든 것을 깨달았어요. 시인이 길을 잃었고, 그는 길 잃은 아이이며, 나는 그를 구할 수 있다는 걸 알았지요. 그가 내게 준 많은 것들 중 일부를 그에게 되돌려 줄 수 있다는 것 알았어요. 거의 한 달 동안 나는 철학자의 집 앞에서 망을 봤어요. 언젠가 시인이 도착하는 걸 보고, 그에게 다시 한 번만 더 사랑을 해달라고 부탁할 수 있을 거라는 희망이 있었기 때문이지요. 어느 날 밤 나는 시인이 아니라 철학자를 보았어요. 그의 얼굴에서 무언가 좋지 않은 일이 벌어졌다는 것을 눈치챘어요. 그가 내게 더 가까이 오자(그는 날 알아보지 못했어요) 그의 한쪽 눈이 시퍼렇게 멍들었다는 걸 확인할 수 있었어요. 하지만 시인의 흔적은 보이지 않았어요. 가끔씩 나는 불이 켜진 것을 보면서 그가 몇 층에 있을까 추측하려고 애썼지요. 어떤 때는 커튼 뒤로 그림자들이 보였고, 어떤 때는 누군가가, 그러니까 나이 지긋한 여자거나 넥타이를 맨 남자거나 얼굴이 긴 청년이 창문을 열고 해 질 녘의 바르셀로나 시가지를 쳐다보았어요. 어느 날 밤 나는 시인이 나타나길 기다리거나 그 아파트를 염탐하는 사람이 나 혼자가 아니라는 사실을 알았어요. 열여덟 살 정도 먹은, 아니 그보다도 어린 남자아이가 맞은편 보도에서 조용히 망을 보았던 거예요. 그 청년은 내가 있다는 사실을 깨닫지 못했어요. 틀림없이 주의력이 부족하거나 몽상가였기 때문이었을 거예요. 그는 바의 야외 테이블에 앉아 코카 콜라 캔을 주문해서 천천히 마셨어요. 그러면서 학교 공책에 무언가를 끼적거리거나 내가 한눈에 알아볼 수 있는 책들을 읽었어요. 어느 날 밤 그가 야외 테이블에서 일어나 서둘러 떠나기 전에, 나는 그에게 다가가서 옆에 앉았어요. 그러고서 그가 뭘 하는지 안다고 말했지요. 당신은 누구죠. 그는 혼비백산하면서 물었어요. 나는 그에게 미소 짓고서 나도 그처럼 기다리는 사람이라고 대답했지요. 그는 마치 미친년 쳐다보듯이 날 바라봤어요. 오해하지 마, 난 미친 여자가 아니라 정신이 완전히 멀쩡한 여자야. 나는 그에게 말했어요. 그는 웃었어요. 당신은 미치지 않았을지 모르지만, 그렇게 보여요. 그러고서 계산서를 갖다 달라는 손짓을 하고서 자리에서 일어날 준비를 했지요. 그래서 그에게 나도 시인을 찾고 있다고 솔직하게 털어놓았어요. 그는 마치 내가 그의 이마에 권총을 겨눈 것처럼, 즉시 다시 자리에 앉았지요. 난 캐모마일차를 주문했고, 그에게 내 이야기를 들려주었어요. 그는 내게 자기도 시를 쓰며, 시인이 자기의 시 몇 편을 읽어 주기 바란다고 말했어요. 그에게 동성애자이며 매우 고독하냐고 물을 필요는 없었어요. 보여 줘요. 나는 말하고서 그의 손에서 공책을 빼앗았어요. 엉터리 시는 아니었어요. 유일한 문제는 그 시인과 똑같이 쓴다는 것이었지요. 이런 일들을 네가 겪었을 리 없어. 너는 너무 젊어서 이토록 많은 고통을 겪지는 못했을 거야. 난 그에게 말했지요. 그는 내게 믿어도 그만이고 안 믿어도 상관없다고 말하는 것 같은 몸짓을 했어요. 중요한 것은 이 시들이 훌륭하냐는 거예요. 그 청년은 말했지요. 아니야, 넌 그게 중요한 게 아니라는

2 랭보가 자신의 시론에서 사용한 용어로, 무뎌진 감각을 의도적으로 새롭게 조합하면 현실 세계 너머에 있는 미지의 세계에 도달할 수 있다는 의미.

177

사실을 잘 알아. 난 그에게 말했어요. 아니야, 아니야, 그건 아니야. 난 그에게 거듭 말했고, 마침내 그는 내 말이 맞는다고 인정했지요. 그의 이름은 호르디였고, 오늘날에는 아마도 대학에서 강의를 하거나 아니면 『라 반과르디아』나 『엘 페리오디코』 같은 신문에 서평을 쓰고 있을 거예요.

아말피타노가 받은 다음 편지는 산세바스티안에서 보낸 것이었다. 거기서 그녀는 헛소리를 하면서 미쳐 날뛰며 사는 시인을 방문하러 임마와 함께 몬드라곤의 정신 병원에 갔다고 적었다. 신부로 변장한 안전 요원들은 그들을 정신 병원으로 들여보내지 않았다. 산세바스티안에서 두 여자는 임마의 친구 집에 머물 작정이었다. 에두르네라는 바스크 출신 여자였다. ETA[3] 특공대원이었으나, 스페인에 민주주의가 이루어지자 무장 투쟁을 포기한 여자였다. 그녀는 두 사람에게 단 하룻밤만 재워 줄 수 있다고 말하면서, 자기는 할 일이 많으며, 남편도 예기치 않은 방문객들을 좋아하지 않는다는 핑계를 댔다. 그녀의 남편 이름은 혼이었으며, 실제로 그런 방문을 받으니 몹시 초조해하고 신경질적이 되었다. 롤라는 그런 사실을 확인할 수 있었다. 그는 몸을 부들부들 떨면서 마치 시뻘겋게 달아오른 토기 그릇처럼 얼굴을 붉혔다. 그는 아무 말도 하지 않았지만, 금방이라도 비명을 지를 것 같은 인상을 풍겼으며, 식은땀을 흘리면서 손을 떨었다. 그리고 마치 한 장소에 2분 이상은 가만히 있을 수 없는 사람처럼 수시로 장소를 바꾸면서 움직였다. 반대로 에두르네는 매우 느긋한 여자였다. 그녀에게는 어린 아들이 하나 있었고(두 사람은 그 아이를 보진 못했다. 임마와 롤라가 아이의 침실로 들어가려고 할 때마다 혼이 핑계를 대면서 들어가지 못하기 했기 때문이다), 그녀는 거리의 교육자로 거의 하루 종일 일했다. 마약에 의존해서 사는 가족들과 산세바스티안 대성당의 계단에서 왁시글거리면서 오로지 혼자 있도록 내버려두기만을 원하는 거지들을 가르치지요. 에두르네는 마치 농담하는 것처럼 웃으면서 설명했다. 단지 임마만이 그녀의 말을 이해했다. 롤라나 혼은 웃지 않았기 때문이다. 그날 밤 그들은 함께 저녁 식사를 했고, 다음 날 그 집에서 나왔다. 그리고 에두르네가 말해 준 싸구려 여인숙을 찾았고, 다시 히치하이크를 해서 몬드라곤으로 갔다. 역시나 그들은 정신 병원 시설로 들어갈 수 없었지만, 밖에서 그들이 볼 수 있는 모든 흙길과 자갈길을 유심히 쳐다보면서 기억에 아로새겼다. 또한 높은 회색 벽과 지면이 올라온 곳과 구부러진 곳을 비롯해 그들이 멀리서 본 정신 병자들과 병원 직원들의 산책도 기억 속에 아로새겨 놓았고, 예측 불가능한 간격으로, 혹은 그들이 이해할 수 없는 유형으로 계속 늘어선 나무들의 장벽도 기억해 놓았다. 덤불도 예외는 아니었는데, 그곳에서 파리 떼를 보았다고 생각한 그들은 몇몇 정신 병원 수용자와 아마도 한 명 이상의 병원 직원이 해가 지기 시작할 무렵이나 밤이 될 무렵에 그곳에 오줌을 쌌을 것이라고

3 Euskadi Ta Askatasuna. 〈자유 조국 바스크〉라는 의미로, 스페인 북부 바스크 지방의 분리 독립을 이루기 위해 1959년 결성된, 과격파 민족주의 조직이다.

추측했다. 그런 다음 두 여자는 도로변에 앉아 산세바스티안에서 가져온 치즈샌드위치를 말없이 먹었다. 아니, 몬드라곤의 정신 병원이 주변에 드리운, 잘린 그림자가 자신들의 모습이라고 생각하고 있었을지도 몰랐다.

세 번째 시도로 그들은 전화를 걸어 약속 날짜를 정했다. 임마는 바르셀로나 문학 잡지 기자 행세를 했고 롤라는 시인이라고 거짓말하고서 병원으로 들어갔다. 이번에는 그를 만날 수 있었다. 롤라는 그가 훨씬 늙어 보이고, 눈은 움푹 팼고, 머리숱이 전보다 더 적어 보인다고 생각했다. 처음에는 의사인지 사제인지 하는 사람이 동행했고, 그들은 그와 함께 파란색과 흰색으로 칠한 끝없이 긴 복도를 지났다. 그러고서 시인이 기다리는, 아무런 특징도 없는 방에 이르렀다. 롤라는 정신 병원 사람들이 그를 환자로 데리고 있다는 사실을 자랑스럽게 여긴다는 인상을 받았다. 모두가 그를 알았고, 시인이 정원을 거닐거나 아니면 날마다 하루 치 진정제를 받을 때면, 그에게 말을 건네곤 했다. 그들과 그만 남게 되자, 롤라는 그를 보고 싶었다고, 엔산체 지역에 있는 철학자의 집을 매일 찾아가 살펴본 적도 있었으며, 참을성 있게 그를 기다렸지만 만날 수 없었다고 말했다. 내 잘못이 아니에요. 난 최선을 다했어요. 그녀는 말했다. 시인은 그녀의 눈을 쳐다보더니 담배 한 대만 달라고 부탁했다. 임마는 두 사람이 앉은 벤치 옆에 서 있었고, 그에게 아무 말도 없이 담배를 내밀었다. 시인은 고맙다고 하더니, 참을성이라는 말을 되뇌었다. 나예요, 내가 바로 그랬어요. 내가 참을성 그 자체였어요. 롤라는 그를 뚫어지게 응시하면서 말했다. 그러나 곁눈질로는 임마가 라이터 불을 붙여 준 다음 가방에서 책을 꺼내더니 무한한 인내심을 지닌 아마존의 축소판처럼 선 채로 읽기 시작하는 모습을 보았다. 그녀가 책을 든 손에는 라이터가 아직 있었다. 그런 다음 롤라는 두 여자가 함께 그곳까지 어떻게 왔는지 말했다. 그녀는 국도와 비포장도로에 관해 말했고, 남성 우월주의에 사로잡힌 트럭 운전사들과 어떤 문제가 있었는지를 비롯해 도시들과 마을들에 관해 언급했다. 그리고 텐트를 치고 잠을 자기로 한, 이름 모를 숲과 강에 대해서도 말했으며, 주유소 화장실에 들어가 세수를 했다는 이야기도 들려주었다. 그러는 동안 시인은 입과 코로 담배 연기를 내뿜으면서 푸른색이 감도는 완벽한 원을 만들었다. 회색 소나기 구름처럼 보이기도 하던 담배 연기는 공원의 산들바람 속에서 흩어지거나 아니면 운동장 끝으로 날아갔다. 그곳에는 어두운 숲이 솟아 있었다. 숲의 나뭇가지들은 언덕에서 떨어지는 햇빛을 받아 은색으로 빛났다. 마치 숨을 돌리려는 사람처럼 롤라는 아무런 수확도 없었지만 흥미진진했던, 지난 두 번의 방문에 관해 말했다. 그런 다음 정말로 말하고 싶은 것을 그에게 말해 주었다. 다시 말해서, 그녀는 그가 동성애자가 아니라는 사실을 알며, 그가 정신 병원에 수감되어 있지만 그곳에서 도망치려고 한다는 사실도 알며, 학대받거나 불완전한 사랑은 항상 희망을 향한 여지를 남겨 두며, 희망은 그녀의 계획(혹은 정반대로 그녀의 계획은 희망)이고, 그가 그녀와 함께 정신 병원에서 도망쳐 프랑스로 떠나는 것으로 구체화할 것임을 안다고 말했다. 그럼 이 여자는? 매일 진정제 열여섯 알을 먹으면서 자신의 환상을 쓰던 시인은 물으면서, 마치 치마와 속치마가 콘크리트로 만들어져 앉을 수 없는 것처럼 아직도 서서 전혀 흔들림 없이 책을 읽던 임마를 가리켰다. 그녀는 우리를 도와줄 거예요. 롤라는 말했다. 사실 이 계획은 그녀가 구상한 거예요. 우리는 순례자들처럼 산을 넘어 프랑스로 건너갈 거예요. 생장드뤼⁴에 도착하면 파리로 가는 기차를 탈 거고요. 기차는 시골을 지나갈 거예요. 한 해 중에서 이 시기가 세상에서 가장 아름다워요. 파리에 도착하면 우리는 싸구려 호텔에 머물 거예요. 그게 임마의 계획이에요. 그녀와 나는 파리의 부자 동네에서 청소를 하거나 아이들을 돌보면서 일할 생각이고, 그러는 동안 당신은 시를 쓰게 될 거예요. 밤에는 우리에게 당신의 시를 읽어 주고, 나와 사랑을 하겠지요. 이것이 모든 걸 세세하게 고려해서 짠 임마의 계획이에요. 그렇게 서너 달이 지나면, 난 임신을 할 것이고, 그건 당신이 당신 혈통의 마지막이 아니라는 걸 보여 주는 결정적인 증거가 될 거예요. 이게 바로 원수 가족들이 가장 원하는 게 아니겠어요? 나는 몇 달 더 일을 할 테고, 출산할 시간이 되면 임마가 두 배로 일할 거예요. 우리는 거지 예언자나 아이 거지처럼 살아갈 거예요. 그러는 동안 파리의 눈은 다른 목표물, 그러니까 패션이나 영화, 노름이나 프랑스와 미국 문학, 음식, 국내 총생산, 무기 수출, 마취제 대량 생산과 같은 것에만 혈안이 되어 있을 거예요. 이 모든 건 우리 태아가 맞이할 처음 몇 달 동안만의 무대가 될 테죠. 그런 다음, 임신 6개월이 되면 우리는 스페인으로 돌아갈 거예요. 하지만 이번에는 이룬⁵ 국경이 아니라 카탈루냐 땅인 라혼케라나 포르트보우를 통해 들어갈 거예요. 시인은 관심 있게 그녀를 쳐다보았고, 또한 그가 기억하는 바에 따르면 약 5년 전에 쓴 그의 시에서 눈을 떼지 않던 임마도 관심을 갖고 쳐다보았다. 그러고서 다시 담배 연기를 내뿜었다. 이번 연기는 좀처럼 보기 힘든 형태를 띠었다. 마치 몬드라곤에 오랫동안 입원한 기간 내내 그토록 특이한 기술을 연마하는 데 전념한 것 같았다. 어떻게 만드는 거죠? 롤라가 물었다. 혀를 이용해서, 그리고 특정한 방법으로 입술을 오므리면 돼요. 그가 대답했다. 어떤 때는 플루트를 부는 것처럼, 또 어떤 때는 데인 것처럼 만드는 거지요. 그리고 어떤 때는 마치 오그라든 자지를 빨아 중간 크기로 만들 때처럼 하지요. 그리고 어떤 때는 선(禪) 활로 선(禪) 화살을 선(禪) 과녁을 향해 쏘는 것⁶처럼 하지요. 아, 이제 알겠어요. 롤라가 말했다. 그러자 당신, 시 한 편 읊어 봐요, 시인이 말했다. 임마는 그를 쳐다보더니 책을 조금 더 높이 들었다. 마치 책 뒤로 자기 자신을 숨기려는 것 같았다. 어떤 시요? 그녀가 묻자, 당신이 가장 좋아하는 시로 읽어요, 하고 시인이 대답했다. 모든 시가 마음에 들어요. 임마가 말했다. 자, 그럼 어서 시 한 편을 읽어 봐요. 시인이 말했다. 임마가 미로와 미로

---

4 니벨강 우안, 스페인과의 국경 부근에 있는 도시.

5 스페인 바스크 지방에 있는 국경 마을.

6 독일의 사상가 오이겐 헤리겔이 1920년대에 일본에 객원 교수로 체류하는 동안 일본 궁도의 명인 아와 겐조에게서 배운 궁도와 선(禪)을 기록한 『활쏘기의 선』의 내용을 지칭하는 것 같다. 이 책은 특히 서양 지식인과 사회 엘리트 계층 독자들에게 〈경이적인 고전〉으로 인정받아 왔다.

속에서 길을 잃은 아리아드네, 그리고 파리의 다락방에 사는 어느 스페인 청년에
관한 시를 하나 읽자, 시인은 그들에게 초콜릿[7]을 가지고 있느냐고 물었다. 아니요.
롤라가 대답했다. 요즘에 우리는 피우지 않아요. 우리는 당신을 이곳에서 꺼내는
데 모든 걸 집중하고 있거든요. 임마가 덧붙였다. 시인은 빙긋이 미소 지었다.
그러면서 나는 그런 종류의 초콜릿을 지칭하는 게 아니라, 카카오와 우유와
설탕으로 만든 초콜릿을 말하는 거예요. 시인은 말했다. 아, 알겠어요. 롤라는
말했고, 두 여자는 그런 종류의 먹을 것도 가지고 있지 않다고 말해야만 했다.
그들은 가방 속에 냅킨과 은박 포장지로 둘둘 만 치즈샌드위치 두 개가 있다는
것을 떠올리고서, 그걸 주겠다고 했지만 시인은 그들의 말을 듣지 못한 것 같았다.
해가 지기 시작하기 전에, 커다랗고 검은 새 한 무리가 공원을 선회하더니, 북쪽을
향해 사라졌다. 저녁 산들바람에 흰 가운을 나풀거리면서 자갈길로 의사가
나타났다. 그는 그들 옆으로 오면서, 마치 중고등 학교 시절의 친구처럼 이름으로
시인을 부르면서 반말로 몸이 어떠냐고 물었다. 시인은 멍한 표정으로 그를
바라보았고, 마찬가지로 반말을 사용하여 약간 피곤하다고 대답했다. 서른 살이 채
되어 보이지 않는 고르카라는 의사는 그의 옆에 앉더니 한 손을 이마에 갖다 댔고,
그런 다음 맥박을 쟀다. 멀쩡해, 아무 문제 없어. 의사는 말했다. 아가씨들은
어때요? 잠시 후, 그는 건강하고 쾌활한 웃음을 지으면서 물었다. 임마는 대답하지
않았다. 롤라는 그 순간 임마가 책 너머에서 죽어 간다는 느낌을 받았다. 아주
기분이 좋아요. 너무 오랫동안 못 만났는데, 이렇게 만나게 되어 얼마나 좋은지
모르겠어요. 롤라가 말했다. 그러니까 서로 아는 사이란 말인가요? 의사가 말했다.
난 아니에요. 임마는 대답하면서 책장을 넘겼다. 우리는 아는 사이예요. 우리는 몇
년 전에 바르셀로나에서 친구로 지냈지요. 그가 바르셀로나에 살았을 때 말이에요.
롤라는 대답했다. 사실 그녀는 낙오한 마지막 검은 새들이 날아오르기 시작하는
것을 뚫어지게 바라보면서 이야기했는데, 바로 그때 누군가가 정신 병원의 숨겨진
스위치를 올려 공원 불을 밝혔다. 우리는 단순한 친구 이상이었어요. 롤라가
말했다. 흥미롭네요. 고르카는 말하면서, 전깃불과 저녁 시간의 황금빛 광채로
물든 새 떼에서 눈을 떼지 않았다. 그게 언제였지요? 의사는 물었다. 1979년인지
1978년인지 잘 기억이 나지 않아요. 롤라는 희미한 목소리로 대답했다. 나를
경솔한 사람이라고 생각하지는 마세요. 의사는 말했다. 난 우리 친구의 일대기를
쓰고 있어요. 그러니 더 많은 자료를 얻을수록, 더 좋아요. 금상첨화죠. 그렇게
생각하지 않아요? 언젠가 그는 여기서 나갈 겁니다. 고르카는 눈썹을
어루만지면서 말했다. 언젠가 스페인 독자들은 그를 위대한 시인으로 인정할
겁니다. 난 스페인 사람들이 그에게 상을 줄 것이라고 말하는 게 아닙니다. 그에게
아스투리아스 왕자상이나 세르반테스상을 줄 것이라고 생각하지 않습니다. 그리고
그를 스페인 학술원의 자리에 앉힐 것이라고도 믿지 않습니다. 이렇게 표현해도
괜찮을지 모르겠지만, 스페인의 문학계는 출세주의자, 기회주의자, 아첨쟁이들로

7 대마초를 의미하는 은어.

이루어졌기 때문입니다. 그렇지만 언젠가 그는 이곳에서 나갈 겁니다. 이것에 관해서는 그 어떤 의문도 없습니다. 언젠가 나도 이곳을 떠날 겁니다. 그리고 내 환자들과 내 동료들의 환자들도 그렇게 할 겁니다. 언젠가는 마침내 우리 모두가 몬드라곤에서 나갈 것이고, 가톨릭교회가 탄생시킨, 자선을 목적으로 한 이 고귀한 기관은 텅 빌 겁니다. 그러면 내가 쓴 일대기는 어느 정도 관심의 대상이 될 테고, 난 그걸 출판할 수 있을 겁니다. 하지만 당신들도 이해하겠지만 그때까지 내가 해야 할 일은 자료와 이름을 수집하고 구체적인 날짜를 확인하고 이야기들이 옳다는 것을 증명하는 겁니다. 몇 가지는 그다지 마음에 들지 않고, 심지어 충격적이기까지 합니다. 그리고 어떤 것들은 오히려 지나치게 아름답습니다. 그 이야기들은 이제 무질서한 무게 중심 주변을 돌고 있습니다. 무질서한 무게 중심이 여기에 있는 우리 친구이자, 그가 우리에게 보여 주고자 하는 자기 자신의 명백한 질서입니다. 그러니까 언어적 성격의 질서지요. 거기에는 서술 전략이 숨겨져 있는데, 직접 경험한다면 언어적 무질서라고 말할 수도 있는 겁니다. 나는 그 전략을 이해한다고 여기지만 목적이 무엇인지는 아직 모릅니다. 상연되는 연극의 관객과 같은 처지일지라도 이런 언어의 무질서를 경험한다면 아마 거의 참을 수 없을 정도로 몸을 부들부들 떨게 될 겁니다. 의사 선생님, 당신은 멋진 사람이에요. 롤라는 말했다. 임마는 이를 갈았다. 롤라는 고르카에게 자기가 시인과 가진 이성애 경험을 들려주려 했지만, 그녀의 친구가 가만히 다가와서는 신발 코로 발목을 차면서 그렇게 하지 못하게 했다. 그 순간 다시 공중에 연기로 원을 만들던 시인은 바르셀로나의 엔산체 지역에 있던 집을 떠올렸고, 철학자를 기억해 냈다. 비록 그의 눈은 빛나지 않았지만, 뼈가 앙상한 얼굴, 그러니까 아래턱과 위턱, 그리고 움푹 팬 뺨은 빛났던 것이다. 마치 아마존에서 길을 잃었다가 세 명의 세비야 사제에 의해 구조된 것 같기도 했다. 혹은 머리가 세 개 달린 괴물 같은 한 사제에 의해 구조된 것 같았다. 물론 그런 괴물도 그를 겁줄 수는 없었지만. 그는 그렇게 롤라를 쳐다보면서 철학자에 관해 물었고, 그의 이름을 이야기했으며, 철학자의 집에서 머무를 때와 일하지 않은 채 바르셀로나에서 보낸 몇 달을 떠올렸다. 또한 그 당시 심한 장난을 했고, 자기가 구입하지도 않은 책들을 창문으로 던졌으며(그러면 철학자는 계단으로 달려 내려가 책들을 되찾아 오려고 했지만 그게 항상 가능한 건 아니었다), 음악을 크게 틀어 놓았고, 잠은 조금 자고 실컷 웃었으며, 번역가나 일급 서평가로, 즉 펄펄 끓는 물처럼 끊임없이 기발한 생각을 해내는 스타로 간헐적으로 일했다는 것을 기억했다. 그러자 롤라는 두려움을 느낀 나머지 손으로 얼굴을 가렸고, 임마는 마침내 가방에 시집을 넣고서 롤라와 똑같이 조그맣고 거친 손으로 얼굴을 가렸다. 고르카는 두 여자를 쳐다본 다음 시인을 바라보았고, 마음속으로 폭소를 터뜨렸다. 하지만 잔잔한 마음속으로 폭소가 가라앉기 전에, 롤라는 철학자가 얼마 전에 에이즈로 죽었다고 말했다. 이런, 맙소사, 맙소사. 시인이 말했다. 마지막에 웃는 사람이 이기는 거야. 시인은 덧붙였다. 아침에 일찍 일어나는 새가 항상 벌레를 잡는 건 아니야. 시인은 말했다.

그러자 당신을 사랑해요. 롤라는 말했다. 시인은 자리에서 일어나더니 임마에게 담배 한 대를 더 달라고 부탁했다. 내일 피울 겁니다. 시인은 말했다. 의사와 시인은 정신 병원으로 향하는 길로 멀어져 갔다. 롤라와 임마는 그곳을 떠나 출구로 향하는 길을 잡았고, 출구에서 다른 정신 병자의 누나와 역시 미친 노동자의 아들, 그리고 슬픈 표정의 여자와 마주쳤다. 몬드라곤 정신 병원에 수용된 사촌 동생을 만나러 온 여자였다.

다음 날 그들은 정신 병원을 다시 찾았지만, 병원 측은 그들에게 그 환자는 절대적 안정이 필요하다고 말했다. 그 이후 며칠 동안도 마찬가지였다. 어느 날 돈이 바닥났고, 임마는 다시 길을 나서기로 결심했다. 이번에는 남쪽으로, 그러니까 마드리드로 향할 작정이었다. 그곳에 민주주의 정부 시절 훌륭한 경력을 쌓은 그녀의 오빠가 살았는데, 그에게 돈을 빌려 달라고 손을 벌릴 생각이었다. 하지만 롤라는 여행할 기운이 없었고, 결국 롤라는 마치 아무 일도 없는 것처럼 태연하게 하숙집에서 기다리고 임마는 일주일 내에 다녀오기로 두 사람은 합의했다. 고독 속에서 롤라는 아말피타노에게 장문의 편지를 쓰면서 시간을 죽였다. 편지에서 그녀는 산세바스티안과 그녀가 매일 찾아가던 정신 병원 주변에서 자기가 어떻게 시간을 보내는지 말했다. 그녀는 쇠창살 울타리를 쳐다보면서 시인과 텔레파시로 접촉한다고 상상했다. 그러나 대부분은 근처 숲에서 공터를 찾아 책을 읽거나 아니면 조그만 꽃이나 풀잎을 주워 그것으로 꽃다발을 만들어 쇠창살 사이로 떨어뜨리거나 혹은 하숙집으로 가져갔다. 언젠가 한번은 도로에서 그녀를 태워 준 운전사가 몬드라곤 공동묘지를 보고 싶으냐고 물었고, 그녀는 그렇다고 대답했다. 그들은 자동차를 공동묘지 밖 아카시아나무 아래 세우고서 한참 동안 무덤 사이를 거닐었다. 묘비 대부분에 바스크 사람 이름이 새겨져 있었다. 그러다가 운전사의 어머니가 묻힌 곳의 벽감에 도착했다. 운전사는 그곳에서 그녀와 섹스를 하고 싶다고 말했다. 롤라는 웃었고, 공동묘지의 큰길을 걸어오는 방문객에게 그대로 보일지도 모른다고 상기시켰다. 운전사는 잠시 생각하더니, 제기랄, 당신 말이 맞아요라고 말했다. 그들은 좀 더 외진 장소를 찾았고, 그 행위는 15분도 지속되지 않았다. 운전사의 성은 라라사발이었다. 그는 이름이 있었지만, 말해 주려 하지 않았다. 그냥 라라사발이에요. 내 친구들이 날 그렇게 불러요. 그가 말했다. 그런 다음 그는 공동묘지에서 처음으로 사랑을 나누는 게 아니라고 롤라에게 말했다. 이미 그전에 비공식적인 애인, 디스코텍에서 알게 된 어느 여자를 비롯해서 산세바스티안의 창녀 둘과 그곳에서 성관계를 한 경험이 있었다. 떠날 무렵이 되자 그는 그녀에게 돈을 주려고 했지만, 그녀는 거부했다. 두 사람은 한참 동안 차 안에서 대화를 나누었다. 라라사발은 그녀에게 정신 병원에 친척이 있느냐고 물었고, 롤라는 자기 이야기를 그에게 들려주었다. 라라사발은 한 번도 시를 읽은 적이 없다고 말했다. 그러면서 롤라가 왜 시인에게 그토록 집착하는지 이해할 수 없다고 덧붙였다. 나도 당신이 공동묘지에서 섹스를 하려는 광기를 이해하지 못해요. 하지만 그것으로 당신을 판단하지는 않아요. 롤라는 말했다. 맞아요, 모든 사람은 자신만의 광기가 있지요. 라라사발은 인정했다. 정신 병원 문 앞에 도착하여 롤라가 차에서 내리기 전에, 라라사발은 살그머니 그녀의 주머니에 5천 페세타짜리 지폐를 넣어 주었다. 롤라는 그걸 알았지만, 아무 말도 하지 않았고, 나무 아래 내려 그곳에 혼자 남았다. 미친 사람들이 수용된 집의 철 대문 앞이었다. 바로 그녀의 존재를 완전히 무시하는 시인이 사는 곳이었다.

일주일이 지났지만, 임마는 아직 돌아오지 않았다. 롤라는 마음속으로 자그마한 체구에 무언가를 아무런 감정을 품지 않은 채 하염없이 쳐다보는 교양 있는 시골 여인의 얼굴, 혹은 광활한 선사 시대의 들판을 바라보는 고등학교 선생님의 얼굴로 임마를 그렸다. 또한 검은 옷을 입고서 옆이나 뒤를 돌아보지도 않고, 허둥대던 초식 동물의 흔적과 커다란 육식 동물의 흔적을 구별할 수 있는 계곡을 이리저리 돌아다니는 거의 쉰 살이 된 여자인 임마를 상상했다. 그리고 그녀가 교차로에 서 있는 모습을 상상했다. 많은 짐을 실은 대형 트럭들은 속도를 줄이지 않고 그녀 곁을 지나가면서 먼지구름을 일으켰지만, 그녀를 건드리지는 못했다. 마치 그녀의 머뭇거림과 무력함이 은총의 상태, 즉 운명과 자연과 그녀 동료들의 무자비함에서 그녀를 보호해 주는 반구형 덮개를 이룬 것 같았다. 아흐레째 되는 날, 하숙집 주인은 그녀를 거리로 내쫓았다. 그 순간부터 그녀는 기차역이나 서로 알지 못하는 몇몇 거지가 자던 버려진 창고나 정신 병원과 외부 세계의 경계를 이루는 툭 터진 들판에서 잤다. 그리고 어느 날 밤에는 히치하이크를 해서 공동묘지로 가서 텅 빈 벽감에서 잠을 잤다. 그런데 다음 날 아침 이상하게 기분이 좋았고 행복했다. 그래서 그곳에서 임마가 돌아오길 기다렸다. 그곳에는 먹을 물과 세수할 물, 그리고 양치할 물이 있었다. 게다가 그녀는 정신 병원에서 가까운 곳에 있었으며, 그곳은 조용한 장소이기도 했다. 어느 날 오후, 방금 세탁한 블라우스를 공동묘지의 벽에 기대 놓은 하얀 석판에 널려고 할 때였다. 그녀는 영묘(靈廟)에서 흘러나오는 목소리를 들었고, 발걸음을 그곳으로 옮겼다. 그 영묘는 라가스카 가족의 묘였는데, 상태로 보건대 오래전에 죽은 라가스카 가족 마지막 후손의 묘거나 아니면 가족이 모두 떠나는 바람에 그곳에 외롭게 버려진 묘임을 쉽게 추측할 수 있었다. 그 납골당에서 그녀는 회중전등 불빛을 보았고, 거기 있는 사람이 누구냐고 물었다. 제기랄이라고 말하는 목소리가 안에서 들렸다. 그녀는 도둑놈이거나 영묘를 복구하는 일꾼들, 혹은 무덤 도굴꾼들일 것이라고 생각했다. 야옹거리는 듯한 소리를 듣고 그녀가 떠나려는 순간 쇠창살을 친 납골당 문으로 라라사발의 창백한 얼굴이 보였다. 그때 한 여자가 나왔는데, 라라사발은 그녀에게 자동차 옆에서 기다리라고 지시했다. 한참 동안 롤라는 그와 대화했고, 팔짱을 낀 채 해가 벽감의 낡은 모서리들 뒤로 뉘엿뉘엿 떨어지기 시작할 때까지 공동묘지를 걸어 다녔다.

광기는 전염성이 강해. 아말피타노는 자기 집 현관 앞 바닥에 앉아 생각했다. 그러는 동안 하늘은 갑자기 구름으로 뒤덮였고, 더는 달이나 별, 그리고 소노라 북부 지역과 애리조나 남부 지역에서 쌍안경이나 망원경을 사용할 필요도 없이 관찰되기로 유명한 유령 불빛도 볼 수 없었다.

정말로 광기는 전염성이 있고, 친구들은 신의 은총과 같아요. 특히 혼자 있을 때에는 더욱 그래요. 이건 몇 년 전에 소인이 찍히지 않은 편지를 보내면서 롤라가 사용한 말이었다. 그 편지에서 롤라는 아말피타노에게 라라사발과의 우연한 만남에 관해 말했고, 그 만남은 바스크인이 그녀에게 1만 페세타를 빌려 줄 테니 그 돈을 받으라고 강요하고, 다음 날에도 그곳으로 돌아오겠다는 약속을 받는 것으로 끝났다. 그는 차에 타더니 자기를 초조하게 기다리던 창녀에게도 똑같이 그렇게 하라는 몸짓을 했다. 그날 밤 롤라는 열린 납골당으로 들어가고 싶은 충동을 억제하고 자기 벽감에서 잠을 잤다. 일이 조금씩 잘 풀리는 것 같아 행복했다. 날이 밝자 그녀는 걸레에 물을 묻혀 온몸을 닦았다. 그리고 이도 닦았고, 머리를 빗었으며, 깨끗한 옷을 입었다. 그런 다음 거리로 나가 히치하이크를 해서 몬드라곤 쪽으로 향했다. 마을에서 염소젖치즈 한 조각과 빵을 샀고, 광장에서 아침을 먹으며 허기를 달랬다. 사실 그녀는 언제 마지막으로 아침 식사를 했는지도 기억하지 못했다. 그런 다음 건설 노동자들로 가득한 카페테리아에 들어가 밀크커피를 한 잔 마셨다. 라라사발이 몇 시에 공동묘지에 오겠다고 했는지 이미 까마득히 잊어버렸지만, 이제 그런 건 중요하지 않았다. 마찬가지로 라라사발과 공동묘지, 그리고 마을과 이른 아침 시간에 부산한 마을 풍경도 관심의 대상이 아니었다. 카페테리아에서 나가기 전에 그녀는 화장실에 들어가 거울을 보았다. 그리고 큰길까지 다시 걸어 나왔고 히치하이크를 했다. 마침내 어느 여자가 차를 멈추고서 어디로 가느냐고 물었다. 정신 병원요. 롤라는 말했다. 대답을 듣자 여자는 몹시 당황했지만, 차에 타라고 말했다. 그녀 역시 그곳으로 가고 있었다. 누군가를 방문하러 가는 거예요, 아니면 그곳에 입원해 있는 환자예요? 여자는 물었다. 방문하러 가는 거예요. 롤라는 대답했다. 여자의 얼굴은 가냘프고 길었고, 거의 없는 것처럼 얇은 입술은 차갑고 빈틈없는 분위기를 풍겼다. 하지만 광대뼈는 예뻤고, 미혼이 아닌 직장 여성처럼 옷을 입고 있었다. 집과 남편도 있고, 아마 돌봐야 할 아이도 있는 여자 같았다. 우리 아버지가 그곳에 있어요. 여자는 솔직하게 말했다. 롤라는 아무 말도 하지 않았다. 병원 입구에 도착하자, 롤라는 차에서 내렸고, 여자는 혼자 병원 안으로 들어갔다. 한참 동안 그녀는 정신 병원의 울타리 근방을 어슬렁거렸다. 그녀는 말들의 울음소리를 들었고, 숲 너머 어딘가에 승마 클럽이나 승마 학교가 있을 것이라고 추측했다. 어느 순간 정신 병원과는 전혀 상관없는 한 집의 붉은 기와 지붕을 보았다. 그녀는 발길을 돌려 길을 되짚어 갔다. 그러고서 정신 병원 운동장이 가장 잘 보이는 울타리 쪽으로 돌아갔다.

태양이 하늘로 올라갈 무렵, 환자들이 허름한 슬레이트 병동에서 몰려나오더니 공원 벤치로 흩어져 담배에 불을 붙이고 피우기 시작하는 모습이 보였다. 그 가운데 시인을 보았다고 생각했다. 그는 두 환자와 함께 있었고, 청바지와 아주 헐렁한 흰색 티셔츠를 입은 모습이었다. 그녀는 그에게 팔을 흔들어 신호를 보냈다. 처음에는 마치 추워서 팔이 굳어 버린 것처럼 수줍게 흔들었지만, 그다음에는 눈에 띄게 흔들면서 아직 쌀쌀한 공기 속에서 이상한 그림을 그렸고, 레이저 광선처럼 급한 신호라는 걸 그가 알아채도록 애썼으며, 그를 향해 텔레파시 메시지를 보내려고 했다. 5분이 지날 무렵, 그녀는 시인이 벤치에서 일어났으며, 미친 사람들 중 하나가 그의 다리를 걸어차는 것을 보았다. 그녀는 비명을 지르고 싶었지만 애써 그런 충동을 억제했다. 시인은 몸을 돌리더니 자기를 때린 사람에게 발길질을 했다. 다시 자리에 앉았던 그 미친 사람은 가슴에 시인의 발을 맞고서 마치 조그만 새처럼 푹 고꾸라졌다. 그의 옆에서 담배를 피우던 사람이 일어나 10미터가량 시인을 뒤쫓으면서 그의 엉덩이에 발길질을 하고 등을 주먹으로 때렸다. 그런 다음 조용히 다시 자기가 앉아 있던 곳으로 돌아왔다. 그 벤치에서는 고꾸라졌던 정신 병자가 기운을 차리고서 가슴과 목과 머리를 문지르고 있었다. 그가 단지 가슴만 맞았다는 사실을 생각하면, 과장된 행동이라고 말할 수 있었다. 그 순간 롤라는 신호 보내기를 중지했다. 벤치에 앉았던 미친 사람 중 하나가 자위를 하기 시작했다. 호들갑스럽게 아파하던 다른 사람은 주머니를 뒤지더니 담배 하나를 꺼냈다. 시인은 그들에게 다가갔다. 롤라는 자기가 그의 웃음을 듣고 있다고 생각했다. 마치 너희들은 제대로 장난칠 줄도 몰라 하고 말하듯이 냉소적인 웃음이었다. 그러나 어쩌면 시인은 웃지 않을지도 몰랐다. 어쩌면 그가 웃고 있다고 생각한 건 내가 미쳤기 때문일지도 몰라요. 롤라는 아말피타노에게 보낸 편지에서 말했다. 어쨌거나 그녀가 미쳤건 그렇지 않건, 시인은 다른 두 사람이 있는 곳으로 다가가서 뭐라고 말했다. 미친 사람 중 누구도 대답하지 않았다. 롤라는 그들을 보았다. 미친 사람들은 땅바닥을 내려다보고 있었다. 지상에, 그러니까 풀잎 사이와 물렁한 흙덩어리 아래로 생명이 고동쳤다. 모든 게 물처럼 맑고 투명한 무의식적인 생명이었다. 하지만 시인은 아마도 불행한 두 동료의 얼굴을 쳐다보는 것 같았다. 우선 한 사람을, 그리고 다른 한 사람을 쳐다보면서 이제 의자에 앉아도 더는 위험하지 않을 거라고 알리는 신호를 찾으려 했다. 마침내 그런 신호가 떨어졌다. 그는 휴전이나 항복을 의미하는 것 같은 몸짓으로 손을 번쩍 들었고, 두 사람 사이에 앉았다. 마치 너덜너덜해진 깃발을 드는 사람처럼 손을 들었다. 그리고 각각의 손가락을 마치 불길에 휩싸인 깃발, 즉 결코 굴복하지 않는 사람들의 깃발인 것처럼 움직였다. 그는 가운데 앉더니 자위를 하던 사람을 쳐다보았고, 그에게 귀엣말을 했다. 이번에 롤라는 그 말을 듣지 못했지만, 시인의 왼손이 다른 미친 사람의 옷 속으로 슬그머니 들어가는 것을 보았다. 그런 다음 세 사람이 함께 담배 피우는 걸 보았다. 또한 시인의 입과 코에서 나오는 멋진 연기도 보았다.

아말피타노가 아내에게서 받은 다음 편지이자 마지막 편지에는 소인이 찍히지 않았고, 단지 프랑스 우표만 붙어 있었다. 거기서 롤라는 라라사발과 나눈 대화를 들려주었다. 제기랄, 당신은 행운아예요. 난 평생 동안 공동묘지에서 살기를 원했어요. 그런데 당신은 이곳에 도착하자마자 즉시 이곳에 살기 시작했어요. 라라사발은 말했다. 라라사발, 그는 좋은 작자였다. 그는 롤라에게 자기 아파트에 머무는 게 어떠냐고 제안했다. 그러면서 매일 아침 스페인에서 가장 위대하고 가장 자기기만적인 시인이 골학(骨學)을 공부하는 몬드라곤 정신 병원까지 데려다 주겠다고 했다. 그리고 어떤 대가도 바라지 않은 채 돈을 주었다. 어느 날 밤 그는 롤라에게 영화관에 가자고 했다. 그리고 또 어떤 날 밤에는 하숙집까지 함께 가서 임마에게서 아무런 소식도 없었느냐고 물었다. 어느 토요일 새벽, 밤새 사랑을 한 후 그는 롤라에게 청혼했다. 롤라가 자기는 결혼한 몸이라는 사실을 상기시켜 주었지만, 그는 기분 나빠 하거나 조롱당했다고 생각하지 않았다. 라라사발, 그는 괜찮은 남자였다. 그는 뒷골목 조그만 장터에서 그녀에게 치마 하나를 사주었고, 산세바스티안 중심가 가게에서 브랜드 있는 청바지 몇 벌을 사주었다. 그리고 진심으로 사랑했던 그의 어머니를 비롯해 그다지 가깝게 지내지 않는 자기 형제들에 관해 이야기했다. 어떤 것도 롤라에게 감명을 주지 못했다. 아니, 그녀에게 감동을 주었을지는 모르지만, 그가 기대하던 의미의 감동은 아니었다. 그녀에게 그 시절은 오랫동안 공중을 비행한 후 낙하산을 타고 천천히 내려오는 것처럼 느껴졌다. 그녀는 이제 매일 몬드라곤에 가지 않고, 사흘에 한 번씩만 갔다. 그리고 시인을 만날 수 있을 것이라는 희망은 품지 않았고 그저 어떤 신호라도 찾을 수 있지 않을까 하는 마음으로 쇠창살 문을 바라보았다. 하지만 그녀는 자기가 그 표시를 결코 알아볼 수 없거나 아니면 오랜 세월이 지난 후 모든 게 중요성을 상실했을 때에만 비로소 이해하게 될 것임을 이미 알았다. 때로 전화로 알리지도 않고 어떤 메모도 남기지 않은 채, 그녀는 라라사발의 집에서 잠을 자지 않았고, 그러면 라라사발은 자동차를 타고 공동묘지와 정신 병원, 그리고 그녀가 머물던 하숙집이나 산세바스티안의 거지들과 떠돌이들이 모이는 장소로 가서 그녀를 찾았다. 한번은 그녀를 기차역 대합실에서 발견하기도 했다. 그리고 또 어떤 때는 오로지 두 종류의 반대되는 사람들, 즉 너무나 바빠 시간이 없는 사람들과 너무나 시간을 정확하게 사용하는 사람들만이 걸어다니는 시간에 라 콘차 해변의 벤치에 앉아 있는 그녀를 발견하기도 했다. 아침에 식사를 준비하는 사람은 라라사발이었다. 밤에 직장에서 돌아와 저녁을 준비하는 사람도 그였다. 아침과 저녁 시간 사이에 롤라는 그저 물만 엄청나게 마셨고, 그 외에는 주머니에 들어갈 정도로 아주 작은 빵이나 롤빵 한 조각을 먹었다. 거리를 돌아다니기 전에 동네 길모퉁이 빵집에서 구입한 것이었다. 어느 날 밤 두 사람이 함께 샤워하는 도중에, 그녀는 라라사발에게 자기는 그곳을 떠날 생각이라면서 기차표 살 돈을 달라고 부탁했다. 내가 가진 돈을 모두 줄게. 하지만 내가 당신을

다시는 볼 수 없도록 이곳을 떠나게 돈을 줄 수는 없어. 그는 대답했다. 롤라는
조르지 않았다. 아말피타노에게 어떻게 돈을 구했는지 설명하지는 않았지만,
좌우간 그녀는 기차표를 살 정도의 돈을 구했고 이튿날 점심때 프랑스로 가는
기차에 몸을 실었다. 그녀는 잠시 바욘[8]에 머물렀다. 그런 후에 랑드[9]로 떠났다가
다시 바욘으로 되돌아왔다. 그녀는 포[10]와 루르드[11]에도 있었다. 어느 날 아침
그녀는 병에 걸린 사람들과 중풍 환자들, 뇌성 마비에 걸린 젊은이들, 피부암에
걸린 농민들, 불치병에 걸린 카스티야 관리들, 맨발의 카르멜회 수녀들처럼 옷을
입은 예의 바른 할머니들, 피부에 뾰루지가 뒤덮인 사람들, 그리고 눈먼 아이들이
가득 탄 기차를 보았고, 자기도 모르게 그들을 도와주기 시작했다. 마치 교회가
절망에 빠진 사람들을 돕고 이끌도록 청바지를 입혀 그곳에 배치한 수녀 같았다.
그 환자들은 기차역 바깥에 주차한 버스에 한 명씩 탑승하거나, 아니면 크고
잔인하며 늙었지만 건강한 구렁이의 비늘처럼 길게 줄을 섰다. 그때 이탈리아와
프랑스 북부에서 온 기차가 도착했고, 롤라는 마치 몽유병자처럼 그들 사이로
이리저리 오갔다. 그녀의 커다란 파란 눈은 깜박거리지도 않고 천천히 움직였다.
그동안 쌓인 피로가 그녀를 짓누르기 시작한 것이다. 그녀는 역의 모든 곳을
자유롭게 드나들 수 있었다. 몇몇 방은 응급실로 변했고, 그 외의 방들은 회복실로
삼았다. 가장 눈에 띄지 않는 곳에 자리 잡은 방 하나가 영안실이었다. 그곳에는
기차 여행에 필요한 기운을 갖지 못해 죽어 버린 시체들이 누워 있었다. 밤에는
루르드의 최신식 건물로 잠을 자러 갔다. 강철과 유리로 만들어진, 기능 중심의
괴물인 그 건물은 안테나를 곤두세운 채, 북쪽에서 떠내려 오거나 아니면 오합지졸
군대처럼 수만 많으면 힘도 세다고 믿으며 서쪽에서부터 행진하거나 또는
피레네산맥에서부터 마치 죽은 동물들의 유령처럼 내려오던 슬픔에 잠긴 크고 흰
구름 사이로 머리를 묻고 있었다. 대부분 그녀는 조그만 문을 열고서 쓰레기를
모으는 칸막이 방으로 들어가 그곳에서 잤다. 또 어떤 때는, 특히 혼란스럽게
뒤엉킨 기차들이 어느 정도 정리되었을 때는 기차역에, 그러니까 기차역 식당에
그대로 머물기도 했다. 그럴 때면 그 지역 노인들이 사주는 밀크커피를 마시면서,
그들이 들려주는 영화와 농사 이야기에 귀를 기울였다. 어느 날 오후 그녀는
임마가 장애인 부대의 호위를 받으며 마드리드에서 온 기차에서 내렸다고
생각했다. 그 여자는 임마와 키가 똑같았고, 임마처럼 길고 검은 치마를 입었으며,
임마처럼 슬프고 음울한 카스티야 수녀의 얼굴을 하고 있었다. 롤라는 가만히
앉아서 그 여자가 자기 옆으로 지나가길 기다렸다. 하지만 롤라는 그녀에게
인사하지 않았고, 5분 후 팔꿈치로 사람들을 밀어제치면서 루르드역을 빠져나갔고,
그렇게 루르드 마을을 떠났다. 그리고 큰길이 나올 때까지 걸어갔고, 그때서야

---

8 프랑스의 국경 도시로 비아리츠와 더불어 유명한 대서양 휴양지.
9 프랑스 남서부 아키텐주에 있는 지방.
10 프랑스 남서부 아키텐주의 피레네자틀랑티크 지방 수도. 온천지이자 겨울 스포츠의 중심지.
11 프랑스 남서부 피레네산맥 북쪽 기슭의 도시.

히치하이크를 시도했다.

5년 동안 아말피타노는 롤라에 관해 어떤 소식도 접할 수 없었다. 그런데 어느 날 오후, 딸아이와 어린이 공원에 있을 때 어린이 공원과 공원의 나머지 부분을 분리하는 나무 울타리에 기대고 있는 여자를 보았다. 그는 그 여자가 임마일 것이라고 생각했다. 그는 계속해서 그녀의 시선을 놓치지 않았고, 그 미친 여자의 관심을 사로잡은 아이가 자기 딸이 아니라 다른 남자아이라는 것을 알고는 비로소 마음을 놓았다. 그 남자아이는 짧은 바지를 입었고, 그의 딸보다 조금 더 나이가 많았다. 아이는 검고 매우 부드러운 머리카락을 지녔는데, 머리카락이 가끔씩 앞으로 흘러내려 아이의 눈을 가리곤 했다. 부모가 앉아서 아이들을 지켜볼 수 있도록 시청에서 설치해 놓은 벤치와 담 사이에는 산울타리가 안간힘을 쓰면서 자라려고 했다. 산울타리는 어린이 공원 바깥에 있는 늙은 참나무 옆에서 끝났다. 임마의 손, 햇빛과 차가운 강물로 거칠어진, 단단하고 마디가 큰 그녀의 손은 마치 개의 머리를 쓰다듬듯이 최근 다듬은 산울타리의 윗면을 어루만졌다. 그녀 옆에는 커다란 비닐 봉지가 있었다. 아말피타노는 그녀에게 다가갔다. 차분하게 걸어가려고 했지만, 그런 노력은 아무 소용이 없었다. 그의 딸은 미끄럼틀을 타려고 줄을 서 있었다. 갑자기, 그러니까 아말피타노가 임마에게 말을 걸기도 전에, 아이는 임마가 자기를 지켜본다는 것을 알았고, 한쪽으로 머리카락을 빗어 넘기고는 오른손을 들어 여러 번 그녀에게 인사를 했다. 그러자 임마는 그 신호를 기다렸다는 듯이 조용히 왼손을 흔들면서 아이에게 인사하고는, 인적이 많은 거리와 연결된 북쪽 문을 통해 공원을 빠져나갔다.

그녀가 떠난 지 5년 만에, 아말피타노는 다시 롤라의 소식을 듣게 되었다. 편지는 짧았고, 파리에서 발송한 것이었다. 그 편지에서 롤라는 커다란 사무실 건물을 청소한다고 말했다. 밤 10시에 시작해서 새벽 4시나 5시, 혹은 6시에 끝나는 야간 작업이었다. 모든 사람이 잠들었을 때, 모든 대도시가 그렇듯이 그 시간에 파리는 아름다웠다. 그녀는 지하철을 타고 집으로 돌아오곤 했다. 그 시간에 지하철은 세상에서 가장 슬프다. 그녀는 함께 사는 사람과의 사이에 브누아라는 또 다른 사내아이를 두고 있었다. 그녀는 또 병원에 입원한 적도 있다고 했다. 그러나 병명이 무엇인지 밝히지 않았고, 여전히 아픈지도 말하지 않았다. 그녀는 그 어떤 남자에 관해서도 말하지 않았다. 그녀는 로사에 관해 묻지 않았다. 그녀에게 로사는 존재하지 않는 것과 마찬가지야라고 아말피타노는 생각했지만, 나중에 반드시 그래야만 할 필요는 없다는 사실을 깨달았다. 그는 양손에 편지를 들고 잠시 울었다. 눈물을 닦는 동안 그는 그제야 편지가 타자로 친 것임을 알았다. 어떤 의심도 없이, 그는 롤라가 청소한다고 말하던 사무실 중 한 곳에서 편지를 썼다고 여겼다. 잠시 그는 모든 게 거짓말이라고, 롤라는 커다란 회사의 관리직이나 비서로 일한다고 생각했다. 그런 다음 모든 걸 분명하게 보았다. 그는 두 줄로 늘어선 책상 사이에서 진공 청소기를 보았고, 실내 식물 옆에 앉아 있는 맹견과 돼지의 잡종처럼 생긴 바닥 광택기를 보았으며, 파리의 불빛이 깜빡거리는 커다란 창문을 보았고, 청소 회사의 작업복, 그것도 파란색 낡은 작업복을 입고 책상에 앉아 편지를 쓰면서 아마도 아주 천천히 담배를 피울 롤라를 보았으며, 롤라의 손가락과 롤라의 손목과 롤라의 무표정한 눈을 보았고, 거울에 비친 또 다른 롤라를 보았다. 그 롤라는 요술 부린 것이 아니지만 요술 부린 사진처럼 무중력 상태로 파리의 하늘을 떠다니고 또 떠다니고, 또다시 파리의 하늘 위로 수심에 잠긴 듯 떠다니면서 가장 차갑고 가장 얼음장 같은 정열의 영토에서 메시지를 보냈다.

마지막 편지를 보내고 2년이 지난 후, 그러니까 아말피타노와 딸 로사를 버린 지 7년째 되었을 때, 롤라는 집으로 돌아왔지만 아무도 발견할 수 없었다. 3주 동안 그녀는 옛 주소들을 기억해 내고는 그곳에서 남편의 행방을 물어보았다. 몇몇 사람은 문도 열어 주지 않았다. 그녀가 누구인지 신원을 확인할 수 없었거나 아니면 이미 그녀를 잊어버렸기 때문이다. 다른 사람들은 단지 문간에서만 그녀를 맞이했다. 그녀를 믿지 못했거나 혹은 단순히 롤라가 주소를 잘못 찾아갔기 때문이다. 몇몇 사람은 그녀를 집 안으로 들어오게 해서 커피나 차를 마시겠느냐고 물었지만, 그녀는 결코 마시지 않았다. 딸과 아말피타노를 만날 생각에 마음이 급했기 때문이다. 처음에 그들을 찾는 작업은 맥 빠지는 일이었고 비현실적인 것처럼 보였다. 그녀는 자기 자신도 기억하지 못하는 사람들과 말했다. 밤이 되면 그녀는 외국인 노동자들이 빽빽이 들어차는 조그만 쪽방들이 줄지어 있는 람블라스 근처 하숙집에서 잠을 잤다. 그는 도시가 바뀌었다는 걸 알았지만, 어떤 점이 달라졌는지는 정확하게 말할 수 없었다. 하루 종일 걸어 다닌 후 저녁이 되면 그녀는 교회 계단에 앉아 잠시 숨을 돌리거나, 교회에 들어가고 나가는 사람들의 대화를 들었다. 대부분은 관광객이었다. 그리고 그리스에 관해서나 마녀 혹은 건강한 생활에 관해 프랑스어로 쓴 책을 읽었다. 가끔씩 그녀는 자기를 아가멤논과 클리타임네스트라의 딸 엘렉트라라고, 농부와 대중 틈에 섞여 사는 살인자라고, 심지어 FBI의 전문 요원들이나 그녀의 손에 동전을 던져 주는 자비로운 사람들조차도 이해할 수 없는 암살자라고 생각했다. 또 어떤 때는 메돈과 스트로피오스의 어머니,[12] 그러니까 저 멀리서 파란 하늘이 지중해의 하얀 팔 안에서 몸부림치는 동안 자기 아이들이 노는 모습을 창문에서 지켜보는 행복한 어머니처럼 느꼈다. 그녀는 필라데스와 오레스테스의 이름을 되뇌었다. 그 두 이름 속에 수많은 남자의 얼굴이 들어 있었지만, 정작 지금 그녀가 찾는 남자인 아말피타노의 얼굴은 없었다. 어느 날 밤 그녀는 남편의 옛 제자를 만났고, 그는 마치 대학생 시절에 그녀를 사랑한 사람처럼 즉시 그녀를 알아보았다. 옛 제자는 그녀를 자기 집으로 데려갔고, 원한다면 그곳에 얼마든지 있어도 괜찮다고 말했다.

12 오레스테스의 누이이자 필라데스와 결혼한 엘렉트라를 말한다.

190

그리고 그녀가 손님방을 사용할 수 있도록 배려해 주었다. 이틀째 되던 날 밤, 두 사람이 함께 저녁을 먹는 동안 옛 제자는 그녀를 포옹했고, 그녀는 마치 자기도 그런 게 필요한 것처럼 잠시 그렇게 하도록 내버려 두었다. 그런 다음 그의 귀에 대고 뭐라고 말했고, 옛 제자는 급히 그녀를 풀어 주더니 거실 한쪽 구석의 바닥에 앉았다. 몇 시간 동안 그녀는 의자에, 그는 바닥에 앉은 채 그대로 있었다. 바닥은 아주 이상한 황갈색 모자이크 나무로 되어서 촘촘하게 짠 밀짚 카펫처럼 보였다. 식탁 위 촛불이 꺼졌고, 그러자 그녀는 거실의 반대쪽 구석에 가서 앉았다. 어둠 속에서 그녀는 희미한 신음 소리가 들린다고 생각했다. 청년이 울고 있다고 생각한 그녀는 울음소리를 자장가 삼아 잠들었다. 이후 며칠 동안 옛 제자와 그녀는 아말피타노를 찾기 위해 몇 배나 노력을 기울였다. 그리고 마침내 아말피타노를 만났을 때, 그녀는 그를 알아보지 못했다. 그는 전보다 더 뚱뚱해졌고, 머리카락도 상당히 많이 빠진 듯했다. 그녀는 그를 멀리서 보았고, 잠시도 머뭇거리지 않고 그에게 다가갔다. 아말피타노는 낙엽송 아래에 앉아 멍한 표정으로 담배를 피우고 있었다. 많이 바뀌었네요. 그녀가 말했다. 아말피타노는 즉시 그녀를 알아보았다. 당신은 하나도 안 바뀌었네. 그가 말했다. 그녀는 고마워요라고 말했다. 그러자 아말피타노는 자리에서 일어났고, 두 사람은 그곳을 떠났다.

그 시기에 아말피타노는 산트쿠가트에 살았고, 그곳에서 그리 멀지 않은 바르셀로나 자치 대학에서 철학 강의를 했다. 로사는 마을의 공립 초등학교를 다녔고, 아침 8시 반에 집에서 나가 오후 5시가 되어서야 돌아왔다. 롤라는 로사를 보고서 자기가 어머니라고 말했다. 로사는 비명을 지르면서 그녀를 껴안았지만, 즉시 포옹을 풀고는 자기 방으로 달려가 숨어 버렸다. 그날 밤, 샤워를 하고 소파를 침대로 삼은 후, 롤라는 아말피타노에게 자기가 몹시 아팠으며, 아마도 곧 죽을지 몰라서 마지막으로 로사를 보고 싶었다고 말했다. 아말피타노는 다음 날 병원에 함께 가주겠다고 자청했지만, 롤라는 프랑스 의사들이 항상 스페인 의사들보다 훌륭했다고 말하면서 병원에 가는 걸 거부했다. 그러고는 가방에서 몇 가지 서류를 꺼냈는데, 그 증명서들에는 너무나 분명하게 그녀가 에이즈에 걸렸다는 말이 프랑스어로 적혀 있었다. 다음 날 대학에서 돌아오는 길에 아말피타노는 손을 잡고 기차역 주변을 산책하는 롤라와 로사를 발견했다. 그는 두 사람을 방해하고 싶지 않아서 상당한 거리를 두고 뒤따라갔다. 집에 도착했을 때, 둘은 함께 텔레비전을 보고 있었다. 나중에, 그러니까 로사가 잠들었을 때 그는 그녀의 아들 브누아에 관해 물었다. 그녀는 잠시 침묵을 지키더니 사진 같은 정확한 기억력으로 자기 아들 신체의 각 부분과 그의 모든 몸짓과 그가 놀라거나 경악할 때의 표정을 모두 떠올렸다. 그런 다음 브누아는 똑똑하고 감성적인 아이이며, 그녀가 죽을 것이라는 사실을 가장 먼저 알았다고 말했다. 아말피타노는 누가 그 아이에게 그런 걸 말해 주었느냐고 물었지만, 이내 체념하면서 자기가 그 대답을 안다고 믿었다. 그 아이는 누구의 도움도 없이 알았어요. 단지 나를 쳐다만 보면서 알아냈어요.

그녀가 말했다. 어머니가 죽을 거라는 사실을 안다는 건 아이에게 끔찍한 일이지.
아말피타노가 말했다. 하지만 아이에게 거짓말을 한다는 것은 더욱 끔찍한
일이에요. 아이들에게는 절대로 거짓말을 해서는 안 돼요. 롤라는 대답했다.
그곳에 있은 지 닷새째 되는 날, 프랑스에서 가져온 약을 거의 다 먹자, 그날 아침
롤라는 자기는 떠나야만 한다고 말했다. 브누아는 어려서 내가 필요해요. 아니에요,
사실 그 아이는 날 필요로 하지 않아요. 그러나 그게 그 아이가 어리지 않다는
의미는 아니지요. 솔직히 누가 누구를 필요로 하는지 모르겠어요, 하지만 분명한
것은 그 애가 어떻게 지내는지 내가 봐야만 한다는 거예요. 그녀는 말했다.
아말피타노는 쪽지 하나와 저금한 돈의 상당 액수가 들어 있는 봉투를 식탁 위에
올려놓았다. 퇴근하면서, 그는 롤라가 이미 집에 없을 것이라고 생각했다. 그래서
로사를 데리러 학교로 갔고, 걸어서 집으로 돌아왔다. 집으로 돌아온 두 사람은
롤라가 텔레비전 앞에 앉아 있는 걸 보았다. 하지만 텔레비전의 소리를 끈 채
그리스에 관한 책을 읽고 있었다. 세 사람은 함께 저녁 식사를 했다. 로사는 거의 밤
12시가 되어서 잠자리에 들었다. 아말피타노는 로사를 침실로 데려가서 옷을
벗기고는 담요를 덮어 주었다. 롤라는 나갈 준비를 하고서 가방을 들고 거실에서
그를 기다리고 있었다. 오늘 밤은 자고 가는 게 좋을 것 같아. 아말피타노가 말했다.
집에서 나가기에는 너무 늦은 시간이야. 이 시간에는 바르셀로나로 가는 기차가
없어. 그는 거짓말을 했다. 기차로 가지 않을 거예요. 히치하이크를 할 거예요.
롤라가 말했다. 아말피타노는 고개를 숙이고서 원하는 시간에 언제든지 가도
좋다고 말했다. 롤라는 그의 뺨에 키스를 하고서 떠났다. 다음 날 아말피타노는
아침 6시에 일어나 라디오를 켰다. 그 지역 고속 도로에서 히치하이크를 한 사람
중에서 죽었거나 강간당한 사람이 없는지 확인하기 위해서였다. 모든 게
정상이었다.

그러나 그가 상상한 그런 롤라의 모습은 오랫동안 그에게서 떠나지 않았다.
그것은 마치 얼어붙은 바다에서 요란한 소리를 내며 솟아오르는 기억 같았다.
하지만 사실상 그는 어떤 모습도 보지 못했고, 그건 그가 아무것도 기억할 것이
없다는 의미였다. 그가 기억할 수 있는 것은 단지 가로등 불빛을 받아 옆집 건물에
비친 롤라의 그림자, 거리를 걷는 그녀의 그림자뿐이었고, 그런 다음에는 꿈속에
나타난 그녀의 모습뿐이었다. 꿈에서 롤라는 산트쿠가트에서 나가는 도로 하나를
걸어 내려가고 있었다. 차가 거의 지나지 않아 텅 비어 버린 거리의 갓길을 걸었다.
차 대부분이 시간을 절약하려고 새로 생긴 고속 도로의 톨게이트로 향했기
때문이다. 그 여자는 가방의 무게에 짓눌려 구부정한 모습으로 아무런 두려움도
느끼지 않고 길가를 따라 걸었다.

산타테레사 대학은 마치 갑자기 쓸데없이 생각에 잠기기 시작한 공동묘지
같았다. 그것은 또한 텅 빈 디스코텍처럼 보이기도 했다.

어느 날 오후 아말피타노는 와이셔츠 바람으로 마당에 나갔다. 마치 광대한 자기 영토를 둘러보려고 말을 타고 나가는 봉건 영주 같았다. 그 전에 그는 서재 바닥에 앉아 부엌칼로 책 상자를 개봉했다. 그리고 이 상자 속에서 아주 이상한 책을 발견했다. 그가 구입했는지, 아니면 누군가가 선물을 한 것인지조차도 기억나지 않는 책이었다. 문제의 책은 1975년에 라코루냐의 카스트로 출판사가 발행한 라파엘 디에스테의 『기하학 유언』이었다. 그것은 아말피타노가 거의 모르던 학문인 기하학에 관한 책이 분명했다. 그 책은 모두 3부로 구성되어 있는데, 1부는 〈유클리드, 로바쳅스키, 그리고 리만에 관한 서론〉이었고, 2부는 〈운동 기하학〉에 할애되었으며, 3부에는 〈V 공리의 세 가지 증명〉이라는 제목이 붙어 있었다. 의심의 여지 없이 3부는 아말피타노에게 가장 불가해한 것이었다. 그는 무엇이 V 공리인지, 그게 어떻게 이루어진 것인지도 몰랐기 때문이다. 게다가 그는 그게 무언지 알고자 하지도 않았다. 하지만 그걸 그의 호기심 부족이라고 말할 수는 없을 것이다. 항상 그는 무언가를 궁금하게 여겼고, 많은 호기심을 지닌 사람이었기 때문이다. 그러니 아마도 그건 산타테레사를 매일 오후마다 휩쓰는, 그러니까 모진 태양이 내뿜는 건조하고 먼지투성이인 열기 때문이었을 것이다. 에어컨이 구비된 현대식 아파트에서 사는 사람이 아니면 누구도 그런 더위를 피할 수 없었고, 아말피타노 역시 그런 아파트를 가진 사람이 아니었다. 그 책은 작가의 몇몇 친구가 지원한 덕택에 출간된 것이다. 그 친구들은 마치 파티가 끝날 무렵에 찍은 사진인 양, 일반적으로 출판 정보가 수록되는 4페이지에서 불후의 삶을 누렸다. 거기에는 이렇게 적혀 있었다. 〈라파엘 디에스테에게 이 책을 헌정합니다. 라몬 발타르 도밍게스, 이사크 디아스 파르도, 펠리페 페르난데스 아르메스토, 프란시스코 페르난데스 델 리에고, 알바로 힐 바렐라, 도밍고 가르시아사벨, 발렌틴 파스안드라데와 루이스 세오아네 로페스.〉 아말피타노는 헌정받는 사람의 이름은 그냥 평범한 글자로 쓰고, 헌정하는 친구들의 성은 진한 글씨로 적어서 강조한다는 게 이상하다고 생각했다. 앞날개에는 『기하학 유언』이 실제로는 세 권이며, 〈각각의 책은 독립적이지만, 전체적인 흐름으로 보면 기능적으로 서로 관련되어 있다〉고 적혀 있었다. 그런 다음에 〈이 작품은 공간에 대한 디에스테의 생각과 연구의 마지막 디캔테이션이며, 기하학의 원리에 관한 방법론적 논의에는 공간의 개념이 포함되어 있다〉라고 덧붙였다. 그 순간 아말피타노는 라파엘 디에스테가 시인이라는 사실을 떠올렸다고 생각했다. 말할 필요도 없이 갈리시아의 시인이거나 갈리시아에 오랫동안 정착한 시인이었다. 그의 친구들과 후원자들도 물론 갈리시아 사람들이거나 갈리시아에서 오랫동안 산 사람들이었다. 디에스테는 아마도 갈리시아 지방에 있는 라코루냐 대학이나 산티아고 데 콤포스텔라 대학에서 강의를 했거나, 아니면 대학에서 강의조차 하지 못하고 중고등학교에서 선생님으로 있으면서 열다섯 살이나 열여섯 살짜리 아이들에게 기하학을 가르쳤을 것 같았다. 그러면서 디에스테는 창밖으로 겨울 내내 구름으로 뒤덮인 갈리시아의 하늘과 마구 퍼붓는 빗줄기를 바라보았을 것이다. 뒷날개에는 디에스테에 관한 자료가 있었다. 거기에서는 이렇게 말했다. 〈라파엘 디에스테의 작품들은 다양한 주제를 다루지만 대체로 수준이 고르며, 시적 창작과 이론적 창작은 단 하나의 지평을 향해 수렴된다는 개인적 창작 과정의 요구에 부응하는 것이다. 이 책은 『신병행론 개론』(부에노스아이레스, 1958)과 직접적인 관계를 맺고 있는 선행 연구며, 또한 가장 최근 작품이며 《이동성과 유사성》이라는 제목의 글과 함께 한 권으로 출판된 『엘레아의 제논과 《무엇이 공리인가》에 관한 차이점』과도 밀접한 연관이 있다.〉 그러니 디에스테가 기하학에 열정을 보이는 건 그다지 새로운 게 아니야. 얼굴에 미세 먼지 입자가 붙은 땀을 흘리며 아말피타노는 생각했다. 그리고 이런 새로운 분위기 속에서 이제 더는 그의 후원자들은 술이나 마시면서, 정치나 축구, 혹은 여자에 관해 말하려고 매일 밤 술집에 모이는 친구들이 아니었다. 그들은 눈 깜짝할 사이에 유명한 대학교수가 되었다. 물론 의심할 여지 없이 몇몇 사람은 퇴임했지만, 다른 사람들은 한창 활동하고 있고, 모두가 넉넉하게 살거나 아니면 상대적으로 넉넉하게 살았다. 물론 이것은 그들이 지방의 지식인들처럼, 다시 말하면 매우 고독하지만 또한 매우 자립적인 사람들처럼 가끔씩 밤에 모여 훌륭한 코냑이나 위스키를 마시면서, 아내들이, 혹은 홀아비일 경우 가정부들이 텔레비전 앞에 앉아 있거나 저녁을 준비하는 동안, 애인들과 가진 정사에 관해 전혀 말하는 경우가 없었다는 의미는 아니었다. 어쨌거나, 아말피타노에게 문제는 이 책이 어떻게 그의 책 상자에 있게 되었느냐는 것이었다. 반 시간 동안, 그다지 많은 관심을 기울이지 않은 채 디에스테의 책을 훑어보면서 그는 기억을 샅샅이 뒤졌고, 마침내 마지막에는 자기가 해결할 수 없는 미스터리라고 결론 내렸지만, 포기하지는 않았다. 그는 욕실에 틀어박혀 화장하고 있는 로사에게 그 책이 그녀의 것이냐고 물었다. 로사는 책을 물끄러미 쳐다보더니, 아니라고 대답했다. 아말피타노는 다시 한번 책을 살펴보라고, 그리고 그녀의 책인지 아닌지 분명하게 말해 달라고 부탁했다. 로사는 그에게 혹시 아프냐고 물었다. 한 군데도 아프지 않아. 하지만 이 책은 내 것이 아닌데, 내가 바르셀로나에서 부친 책 상자 안에 들어 있었어. 아말피타노는 말했다. 로사는 카탈루냐 말로 걱정하지 말라고 대답하고서 계속 화장을 했다. 내가 기억력을 상실하고 있는 것 같은데, 어떻게 걱정하지 않을 수 있겠어? 그도 카탈루냐 말로 대답했다. 로사는 다시 그 책을 물끄러미 쳐다보더니, 아마 내 책일지도 몰라요라고 말했다. 틀림없어? 아말피타노는 물었다. 아니에요, 내 책이 아니에요. 분명히 아니에요. 사실대로 말하면 이 책을 처음 봐요. 로사가 말했다. 아말피타노는 욕실 거울 앞에 자기 딸을 놔둔 채, 다시 황량한 마당으로 나왔다. 그곳의 모든 것은 탁한 갈색이었다. 마치 사막이 책을 손에 들고서 그가 새로 이사 온 집 주변에 자리 잡은 것 같았다. 그는 그 책을 구입했을 수도 있는 서점들을 생각해 보았다. 그는 첫 페이지와 마지막 페이지, 그리고 뒤표지에서 단서를 찾았고, 첫 페이지에서 〈포야스 노바스 서점, 몬테네그로 리오스 37번지, 전화

981-59-44-06, 981-59-44-18, 산티아고)라는 스탬프가 찍힌 걸 발견했다. 물론 이 서점은 칠레의 산티아고에 있는 것이 아니었다. 칠레의 산티아고는 그가 완전히 긴장한 상태로 서점 안으로 들어가는 자기 모습을 볼 수 있는 유일한 곳이었다. 그곳에서 그는 표지를 쳐다보지도 않은 채 아무 책이나 집어 책값을 지불하고 떠나곤 했다. 첫 페이지에 찍힌 산티아고는 스페인의 갈리시아에 있는 산티아고 데 콤포스텔라였다. 그 순간 아말피타노는 〈산티아고 가는 길〉을 따라 가는 순례 여행을 떠올렸다. 그는 마당 뒤쪽으로 갔다. 뒷마당 나무 울타리는 뒷집을 에워싼 시멘트 벽과 만났다. 그는 한 번도 그 벽을 눈여겨본 적이 없었다. 벽 위에 유리가 박혀 있군. 주인들은 원하지 않는 사람의 방문을 두려워하고 있어. 그는 생각했다. 오후의 태양이 벽 위에 박힌 유리에 반사되었다. 아말피타노는 다시 황량한 정원으로 발길을 옮겼다. 옆집 벽 위에도 마찬가지로 유리가 박혀 있었지만, 그곳에는 맥주병과 술병에 사용되는 푸른색과 갈색을 띤 유리가 대부분을 차지했다. 그런데 난 꿈에서조차 산티아고 데 콤포스텔라에 가본 적이 없어, 하고 아말피타노는 시인하면서 왼쪽 벽 그늘 아래에서 발길을 멈추었다. 그러나 사실 그건 거의, 아니 전혀 문제가 되지 않았다. 그가 바르셀로나에서 자주 찾아가던 몇몇 서점은 스페인의 다른 서점에서 직접 사들인 책들을 구비해 두었다. 그런 서점들은 재고를 정리하는 서점이나, 아니면 망해 버린 서점, 혹은 몇몇 경우에는 서점이자 배급사로 운영되는 곳에서 책을 구입하곤 했다. 아마도 이 책은 라이에 서점에서 샀거나, 아니면 내가 철학 서적을 구입하려고 갔던 라 센트랄 서점에서 여직원이 실수로 내 책 봉지에 넣었을 거야. 그는 생각했다. 그리고 그는 페레 짐페레르,[13] 로드리고 레이 로사,[14] 후안 비요로[15]가 바로 그 서점에서 비행기의 편리성과 비행기 사고, 그리고 이륙할 때가 착륙할 때보다 더 위험한지에 관해 논하고 있었기 때문에 그곳 여종업원이 너무나 흥분했다는 것을 떠올렸다. 하지만 실제로 일이 그렇게 된 거라면, 집에 도착해서 책을 담은 봉지나 꾸러미를 펼치면서 이 책을 발견했을 거야. 물론 집으로 돌아오는 길에 너무 끔찍하거나 놀라운 일이 발생하는 바람에 새로 산 책을 살펴보고 싶다는 욕망이나 호기심이 사라지지 않았다면 말이야. 아말피타노는 생각했다. 심지어 얼마 전에 거리에서 본 것에 충격을 받아, 가령 자동차 사고나 노상강도, 혹은 지하철역에서 일어난 자살 사건 같은 것을 두 눈으로 목격한 나머지 좀비처럼 책 꾸러미를 풀어서 새 책은 협탁 위에 놔두고 디에스테의 책을 책장에 꽂아 두었을 수도 있어. 하지만 그런 걸 봤다면 틀림없이 지금 그걸 기억할 것이고, 적어도 내 안에 희미한 기억이라도 남았을 거야. 아말피타노는 생각했다. 『기하학 유언』은 기억하지 못할지라도,

13 Pere Gimferrer(1945~). 스페인의 시인이자 비평가이며 번역가. 1985년에 스페인 학술원 회원으로 선출되었으며, 1998년에 스페인 국가 문학상을 탔다.

14 Rodrigo Rey Rosa(1958~). 과테말라의 작가이자 번역가. 대표작으로 『거지의 칼』, 『마법에 걸린 돌』 등이 있다.

15 Juan Villoro(1956~). 멕시코 작가이자 언론인. 2004년에 소설 『증인』이 스페인의 에랄데상을 타면서 스페인과 라틴 아메리카 지성계에 널리 알려졌다.

『기하학 유언』을 잊게 만든 사건은 기억할 거야. 그러나 사실 더 커다란 문제는 그 책을 어떻게 입수하게 되었는가에 관한 게 아니라, 아말피타노가 바르셀로나를 떠나기 전에 골라 놓은 책 상자 안에 어떻게 들어가서 산타테레사까지 오게 되었느냐는 것이었다. 얼마나 정신이 없었기에 그 책을 그곳에 넣은 것일까? 도대체 어떤 상태였기에 자기도 모른 채 그 책을 꾸리게 되었을까? 멕시코 북부에 도착하면 읽으려고 생각한 것일까? 그 책과 더불어 그와 전혀 상관없는 기하학을 읽기 시작하려고 생각한 것일까? 그렇게 계획했다면, 왜 아무것도 없는 곳 한복판에 세워진 그 도시에 도착하자마자 잊어버린 것일까? 그의 딸과 그가 동쪽에서 서쪽으로 날아오는 동안, 그 책이 기억에서 사라져 버린 것일까? 아니면 그가 산타테레사에서 책 상자들이 도착하기를 기다리는 동안 기억에서 사라진 것일까? 디에스테의 책은 시차증으로 자취를 감춘 것일까?

아말피타노는 시차증에 관해 매우 독특한 생각을 갖고 있었다. 항상 그렇게 여긴 것은 아니었기 때문에, 생각이라고 지칭하는 것은 아마도 과장일 터다. 그건 그저 느낌이었다. 생각의 흉내였다. 그건 마치 창문으로 다가가서 외계의 풍경을 바라보려고 하는 것과 같았다. 그는 누군가가 바르셀로나에 있으면, 부에노스아이레스나 멕시코시티에는 사람들이 더는 존재하지 않는다고 믿었다(아니, 그렇게 믿는다고 생각하고 싶었다). 시차는 그들이 존재하지 않는 사실을 숨기는 가면일 뿐이었다. 그래서 이 이론에 따르면, 우리가 존재하지 않던 도시나, 혹은 아직 제대로 모습을 갖출 만한 시간이 없었던 도시로 여행하면, 시차증이라고 알려진 현상이 일어난다. 그건 우리의 피로에서 생기는 것이 아니라, 우리가 여행하지 않았다면 그 순간에 자고 있을 사람들의 피로에서 생기는 것이었다. 아마도 그는 이와 비슷한 이야기를 장편인지 단편인지 모를 어느 SF 소설에서 읽었지만, 이미 그런 사실을 까마득히 잊어버린 상태였다.

한편 이런 발상 혹은 이런 느낌, 또는 이런 종작없는 생각들은 나름대로 만족스러운 측면을 지녔다. 그것들은 타인의 고통을 자기 자신의 기억으로 만들어 주었다. 길고 오래가면서 결국은 승리하는 고통을 인간적이고 짧은 시간 동안만 지속되며 항상 교묘하게 빠져나가는 개인의 기억으로 만들었다. 그것들은 시작도 끝도 없으며 종잡을 수 없는 아우성을, 그러니까 부정과 학대로 점철된 이야기를 항상 자살할 가능성이 있는 산뜻하게 구성된 이야기로 만들었다. 그리고 비록 자유가 영원하고 계속된 도피에만 소용이 있을지라도, 그런 도피를 자유로 만들어 주었다. 또한 일반적으로 제정신으로 알려진 것을 희생시키더라도, 혼란을 질서로 만들어 주었다.

나중에 아말피타노는 산타테레사 대학교 도서관에서 라파엘 디에스테의 삶과 작품에 관해 좀 더 많은 정보를 찾아냈다. 그 정보들은 그가 이미 짐작한 것을 확인해 주거나, 아니면 하이데거의 말(Es gibt Zeit, 시간은 주어져 있다)을 감히 인용하는 〈깨인 직관〉이라고 이름 붙인 서문에서 도밍고 가르시아사벨이 이미 추측한 것을 확인해 주었다. 그건 그렇고, 아말피타노가 중세 대지주처럼 그의 보잘것없고 메마른 땅을 돌아다닌 그 해 질 녘에, 그러니까 그의 딸이 중세 공주처럼 욕실 거울 앞에서 화장을 마치는 동안, 그는 자기가 그 책을 왜, 어디서 샀는지 전혀 기억해 낼 수 없었다. 또한 어떻게 자기가 그 책을 가장 아끼고 가장 사랑하는 다른 책들과 함께 꾸려 이 북적거리는 도시로, 즉 소노라주와 애리조나주 국경에서 사막과 맞서 싸우는 도시로 보내게 되었는지도 전혀 기억할 수 없었다. 그때, 바로 그때, 마치 가끔은 행복하고 가끔은 비참한 결과를 불러오면서 서로 연결되는 일련의 사건의 시작을 알리는 권총 소리처럼, 로사는 집에서 나와 친구와 함께 영화관에 갈 것이라며, 그에게 열쇠를 가지고 있느냐고 물었다. 그는 그렇다고 대답했고, 그러자 문이 갑자기 쾅 닫히는 소리가 들렸다. 그러고서 그는 로사가 울퉁불퉁한 포석이 깔린 좁은 길을 따라 그녀의 허리춤에도 미치지 못하는 조그만 나무 문으로 향하는 발소리를 들었다. 그런 다음 보도를 걸어가면서 버스 정류장을 향해 멀어져 가는 딸아이의 발소리를 들었고, 엔진에 시동을 거는 자동차 소리를 들었다. 아말피타노는 황량한 집 앞 정원까지 걸어갔고, 목을 길게 쭉 빼서 거리를 내다보았지만, 자동차도 볼 수 없었고, 로사의 모습도 볼 수 없었다. 그러자 그는 아직도 왼손에 들고 있던 디에스테의 책을 힘껏 꽉 쥐었다. 그러고서 하늘을 쳐다보았고, 아직 밤이 되지 않았는데도 너무나 크고 너무나 주름이 많이 잡힌 달을 보았다. 그런 다음 그는 다시 황폐한 뒤뜰로 갔고, 그곳에서 잠시 움직이지 않은 채, 좌우와 앞뒤를 쳐다보면서 자신의 그림자를 보려고 했다. 아직 대낮이었고, 서쪽으로, 그러니까 티후아나 방향으로 아직 햇빛이 반짝였지만, 그림자는 보이지 않았다. 그는 끈 네 개에 시선을 고정했다. 그 끈들의 끝은 각각 한쪽에 있는 조그만 축구 골대 같은 것에 매여 있었다. 1미터 80센티미터 정도 되어 보이는 두 말뚝은 땅에 박혔고, 다른 말뚝 하나는 수평으로 두 말뚝 끝에 연결되어 말뚝들을 좀 더 안정되게 만들어 주었다. 그리고 끈들은 수평 가로대에서 나와 집 안 벽에 고정된 갈고리에 매달려 있었다. 빨랫줄이었다. 그의 눈에 들어온 것은 목 칼라 언저리에 황토색 자수가 놓인 로사의 블라우스와 팬티 두 개, 그리고 아직도 물이 줄줄 흘러내리는 수건 두 개뿐이었다. 한쪽 구석에는 벽돌로 지은 허름한 오두막이 있었는데, 그곳에 세탁기가 있었다. 잠시 그는 그곳에 그대로 있으면서 빨랫줄이 매달린 수평 가로대를 손으로 잡고는 입을 벌리고서 숨을 쉬었다. 그리고 마치 산소가 부족한 사람처럼 숨을 몰아쉬며 오두막으로 들어갔고, 그가 딸아이와 함께 일주일 치 먹을 것을 구입하던 슈퍼마켓 이름이 적힌 비닐봉지에서 빨래집게 세 개를 꺼냈다. 칠레에 있을 때처럼 줄곧 〈강아지들〉이라고 부르던 것이었다. 그리고 그 빨래집게로 책을 집어서 빨랫줄 하나에 걸어 놓고는, 훨씬 차분한 느낌을 받으며 다시 집 안으로 들어갔다.

물론 그건 뒤샹의 생각이었다.

뒤샹이 부에노스아이레스에 체류했을 때 남긴 것으로는 유일하게
레디메이드[16] 하나만 존재하거나 보존되었다. 물론 그의 모든 삶은 일종의
레디메이드였다. 그건 불행을 달래고 동시에 비탄의 신호를 보내는 방법이었다.
캘빈 톰킨스는 이 점에 관해 이렇게 적고 있다. 〈그의 동생 수잔과 그의 절친한
친구 장 크로티는 1919년 4월에 파리에서 결혼했다. 뒤샹은 그들의 결혼 선물로
편지를 보냈다. 그 편지는 기하학 책을 그들의 아파트 베란다 빨랫줄에 걸어
고정하는 법을 가르쳐 주고 있다. 바람이《책을 살펴보고 문제들을 고르고,
페이지를 넘기고 그 페이지를 찢어 버릴 수 있도록》하기 위한 것이었다.〉곧 알 수
있겠지만, 뒤샹은 부에노스아이레스에서 단지 체스 게임만 한 게 아니었다.
톰킨스는 계속해서 이렇게 말했다. 〈뒤샹이 명명한 이《불행한 레디메이드》, 즉
기쁨이 배제된 레디메이드는 신혼부부에게 충격적인 선물이었을 것이다. 그러나
수잔과 장은 기분 좋게 뒤샹의 지시를 그대로 따랐다. 실제로 그들은 공중에
매달려 덜렁거리는, 펼쳐진 책 사진을 찍었다. 그 사진이 작품의 유일한 증거다.
작품이 자연의 4원소에 노출된 탓에 살아남을 수 없었기 때문이다. 나중에 수잔은
그 책을 그림으로 그렸고 그 그림에《마르셀의 불행한 레디메이드》라는 제목을
붙였다. 뒤샹은 카반에게 이렇게 설명했다.《레디메이드에 행복과 불행이라는
생각을 삽입한다는 게 몹시 재미있었습니다. 그리고 비와 바람과 휘날리는
페이지들, 그것이야말로 정말 흥미롭고 멋진 생각이었습니다.》〉여기서 난 내 말을
반복하고자 한다. 사실 뒤샹이 부에노스아이레스에 있는 동안 한 것이라고는
체스를 두는 것뿐이었다. 그와 함께 있던 이본은 그의 너무 과학적인 놀이에 지쳐
프랑스로 떠나 버렸다. 톰킨스는 이렇게 말한다. 〈최근 몇 년 동안 뒤샹은 어느
탐방 기자에게 그 기하학 책처럼《원칙으로 가득한 책의 진지함》을 비방하면서
즐겼다고 고백했다. 그리고 심지어 다른 기자에게는 험한 날씨에 노출되면서《책은
마침내 인생의 진실을 포착했다》는 사실을 암시했다.〉

그날 밤 로사가 영화관에서 돌아왔을 때, 아말피타노는 거실에 앉아
텔레비전을 보고 있었다. 그는 딸에게 자기가 디에스테의 책을 빨랫줄에 걸어
놓았다고 말했다. 로사는 마치 아무것도 알아듣지 못한 사람처럼 그를 물끄러미
쳐다보았다. 그러니까 내 말은 호스로 물을 책에 뿌렸거나 아니면 책이 물에
젖어서 그런 게 아니라, 단지 그게 자연의 공격에서 살아남을 수 있는지, 이 사막
기후에서 살아남을 수 있는지 보기 위해서 그랬다는 거야. 아말피타노는 말했다.
그러자 그의 딸은 아빠가 미치고 있는 게 아니길 바라요, 하고 말했다. 절대로
그렇지 않으니 걱정하지 마. 아말피타노는 대답하면서 정말로 즐겁고 상쾌한
표정을 지었다. 절대로 빨랫줄에서 내려놓지 말라고 말하고 싶구나. 그 책이

16 예술 작품화한 일상용품에 붙여진 용어로, 프랑스의 미술가 마르셀 뒤샹이 처음 만들어 낸 미적 개념.

존재하지 않는 것처럼 생각하도록 해. 알았어요. 로사는 말하고서 자기 방에
틀어박혔다.

다음 날 아말피타노는 학생들이 글을 쓰는 동안, 혹은 그가 강의하는 동안,
아주 단순한 기하학 도형을 그리기 시작했다. 삼각형이나 사각형이었고, 각각의
꼭짓점에 생각나는 대로 아무렇게나 이름을 적었다. 그건 운명이거나 무기력함
혹은 학생들과의 수업과 그 당시 그 도시에 자리 잡은 엄청난 더위 때문에 그가
느낀 엄청난 따분함의 산물이었다. 그건 다음과 같았다.

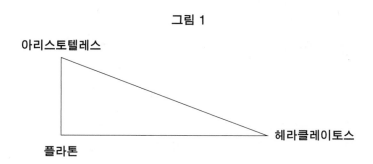

혹은 이랬다.

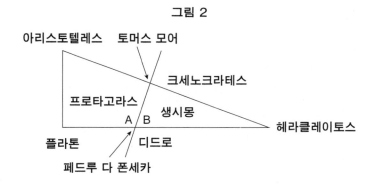

또는 이랬다.

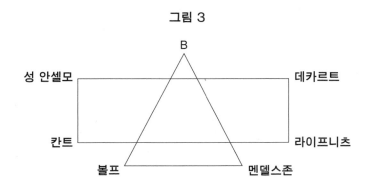

그는 연구실로 돌아오자 종이를 보았고, 쓰레기통에 던져 버리기 전에 잠시
자세히 살펴보았다. 그림 1은 따분함 이외의 설명은 불가능했다. 그림 2는 그림 1의
연장선상에 있는 것 같았지만, 추가된 이름들을 보니 제정신이 아닌 것 같았다.
크세노크라테스는 그곳에 있을 만한 자격이 있었다. 그건 어느 정도 일리가
있었다. 그리고 프로타고라스도 마찬가지였다. 하지만 토머스 모어와 생시몽이 왜
거기에 있을까? 디드로는 거기서 뭘 하는 것일까? 오, 하늘에 계신 아버지시여,
포르투갈의 예수회 신부이며, 아리스토텔레스에 대한 몇천 명의 해설자 중
하나지만, 족집게로 집듯이 아무리 살펴보아도 별 볼 일 없는 사상가에 불과한
페드루 다 폰세카는 왜 여기에 있는 것입니까? 반대로 그림 3은 어느 정도
논리성을 갖추었다. 10대 저능아, 혹은 다 해진 옷이지만 그래도 옷을 입고서
사막을 방황하는 10대 아이들의 논리였다. 모든 이름은 존재론적 의문에 관심을
가진 철학자들 부류에 속한다고 말할 수 있었다. 사각형과 겹쳐진 삼각형 꼭짓점에
나타난 B는 하느님이나 혹은 영적인 실재에서 나온 하느님의 존재라고 말할 수
있었다. 그때 비로소 아말피타노는 A와 B가 그림 2에도 나타났다는 사실을 알았고,
그가 아직 적응하지 못하는 더위가, 강의하는 동안 그의 정신에 영향을 끼쳤다는
것을 더는 의심하지 않게 되었다.

그러나 그날 밤 저녁을 먹고 텔레비전 뉴스를 본 후, 그리고 소노라주 경찰과
산타테레사시 경찰의 범죄 수사 방식에 분노하던 실비아 페레스 교수와 전화 통화를
한 후, 아말피타노는 서재의 책상에서 그림 세 개를 더 발견했다. 의심의 여지 없이 그
그림들을 그린 사람은 그였다. 사실 그는 다른 것들을 생각하면서 백지에 멍하니
낙서를 했다는 것을 기억했다. 그림 1(그러니까 그림 4)은 다음과 같았다.

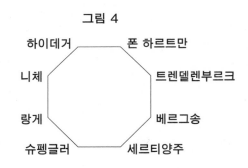

그림 4

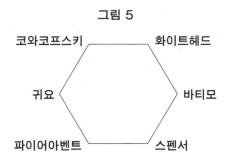

그림 5

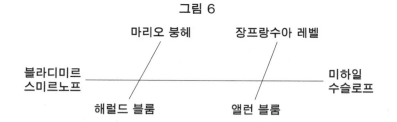

그림 6

마리오 붕헤   장프랑수아 레벨

블라디미르
스미르노프 ——————————————————— 미하일
                                                          수슬로프

해럴드 블룸   앨런 블룸

그림 4는 흥미로웠다. 트렌델렌부르크, 그가 트렌델렌부르크를 생각한 것은 이미 오래전 일이었다. 아돌프 트렌델렌부르크였다. 그런데 왜 지금 그를 생각한 것일까? 왜 베르그송과 하이데거, 그리고 니체와 슈펭글러와 함께 그를 생각한 것일까? 그림 5는 더욱 이상했다. 코와코프스키와 바티모의 출현과 더불어 지금까지 잊고 있었던 화이트헤드가 등장했기 때문이었다. 그러나 무엇보다도 불쌍한 귀요, 1888년에 서른네 살 나이로 죽었고, 몇몇 농담꾼이 프랑스의 니체라고 불렀으며, 이 넓은 세상에서 그의 추종자라고는 열 명이 넘지 않으며 실제로는 여섯 명에 불과한, 장마리 귀요가 뜻하지 않게 거기에 있었기 때문이다. 아말피타노는 이런 사실들을 알았다. 바르셀로나에 있을 때 스페인에서 유일한 귀요주의자를 만난 적이 있기 때문이다. 그 추종자는 카탈루냐 지방 헤로나 출신이었고, 수줍고 소심했지만 나름대로 열광자였으며, 그의 최대 숙원 사업은 귀요가 캘리포니아의 샌프란시스코에서 발행되는 어느 신문에 1886~1887년 사이에 영어로 실은 글을 찾는 것이었다. 그러나 그는 그 글이 시인지 철학 에세이인지, 아니면 신문 기사인지도 잘 몰랐다. 마지막으로 그림 6은 나머지 것들보다 더욱 이상했고 가장 철학적이지 않았다. 수평축의 한쪽 끝에 1938년 스탈린의 집단 수용소에서 실종된 블라디미르 스미르노프(모스크바의 첫 번째 여론 조작 재판 이후 1936년에 스탈린주의자들에 의해 총살된 이반 니키티치 스미르노프와 혼동하지 말아야 한다)가 등장하기 때문이다. 한편 수평축의 반대쪽 끝에는 어떤 잔혹한 짓이나 범죄 행위도 묵인할 준비가 되어 있는 공산당 사상가인 수슬로프의 이름이 나타나 있었다. 그러나 수평축은 두 사선과 교차하고, 사선들 위에서는 붕헤와 레벨의 이름을, 그리고 아래쪽에서는 해럴드 블룸과 앨런 블룸의 이름을 읽을 수 있었다. 그건 한마디로 농담과 같았다. 그러나 아말피타노가 이해할 수 없었던 농담이었다. 특히 블룸이라는 성을 지닌 두 사람의 출현은 더욱 이해할 수 없었다. 분명히 거기에는 재미가 깃들어 있었지만, 그게 무엇이었든 간에 그가 아무리 노력해도 결코 정확히 그 의미를 파악할 수 없었다.

그날 밤, 딸이 자는 동안, 그리고 산타테레사의 가장 유명한 라디오 방송국인 〈국경의 목소리〉에서 마지막 뉴스를 들은 후, 아말피타노는 정원으로 나갔다. 텅 빈 거리를 바라보며 담배 한 대를 피우고서, 그는 발이 구멍에 빠질지도 몰라 두려워하거나 아니면 그곳에 군림하는 어둠을 무서워하는 것처럼 머뭇거리며 뒤뜰로 향했다. 디에스테의 책은 그날 로사가 빨아 놓은 옷과 함께 걸려 있었다. 그

옷들은 전혀 움직이지 않았기 때문에, 마치 시멘트나 아니면 다른 무거운 재료로 만든 것처럼 보였다. 반면에 불규칙적으로 불어오는 산들바람은 책을 이리저리 흔들었다. 마치 원한에 사로잡혀 그 책을 흔드는 것 같기도 했고, 빨랫줄에 책을 고정하고 있는 빨래집게에서 떼어 내리려는 것 같기도 했다. 아말피타노는 얼굴에 산들바람을 느꼈다. 그는 땀을 흘렸다. 간헐적으로 불어오는 돌풍이 그의 작은 땀방울을 말려 주면서 그의 영혼을 오도 가도 못하게 했다. 마치 트렌델렌부르크의 서재에 있는 것 같아. 마치 수로의 갓길을 따라가는 화이트헤드의 걸음을 뒤쫓는 것 같아. 아말피타노는 생각했다. 그리고 내가 귀요의 병상으로 다가가서 조언을 청하는 것 같기도 해 하고도 생각했다. 그런데 그랬다면 그가 뭐라고 대답했을까? 행복하게 지내요. 이 순간을 즐겨요. 그리고 착하게 사세요, 하고 말했을 것이다. 아니면 반대로 당신은 누구지요? 여기서 뭘 하는 거지요? 어서 여기서 나가요, 하고 대답했을 것이다.

도와줘!

다음 날 대학 도서관에서 책을 찾다가 디에스테에 관해 더 많은 자료를 발견했다. 그는 1899년에 코루냐 지방 리안호에서 태어났다. 갈리시아어로 글을 쓰기 시작했지만, 이후에는 스페인어로, 아니 두 언어로 동시에 글을 썼다. 연극인이었으며 스페인 내전 동안에는 반파시스트였다. 그가 지지하던 쪽이 패배하자, 망명을 떠나 부에노스아이레스에 도착한다. 그곳에서 그는 이전에 발표한 세 작품을 수록한 『여행, 슬픔, 상실: 비극, 농담, 희극』을 1945년에 출간한다. 그는 또한 시인이자 수필가였다. 그리고 아말피타노가 일곱 살이던 1958년에 앞서 언급한 『신병행론 개론』을 출간한다. 단편소설 작가이기도 했던 그의 가장 중요한 작품은 「펠릭스 무리엘의 역사와 발명품」(1943)이다. 이후 그는 스페인으로 귀국해서 갈리시아로 돌아간다. 그리고 1981년에 산티아고 데 콤포스텔라에서 세상을 떠난다.

뭘 실험하는 거죠? 로사가 물었다. 무슨 실험? 아말피타노가 되물었다. 빨랫줄에 걸어 놓은 책 말이에요. 로사가 말했다. 사전적인 의미에서 말하는 실험은 아니야. 아말피타노가 말했다. 그런데 왜 거기에 있는 거죠? 로사가 물었다. 뒤샹의 아이디어인데, 기하학 책을 바깥에 걸어 놓고 그게 실생활의 어떤 부분을 배우는지 보고 싶다는 생각이 갑자기 들었어. 아말피타노가 말했다. 아빠는 그 책을 망가뜨리게 될 거예요. 로사가 말했다. 내가 아니라 자연이 그렇게 하겠지. 아말피타노는 대답했다. 그런데 아빠는 갈수록 제정신이 아닌 것 같아요. 로사가 말했다. 아말피타노는 빙긋이 웃었다. 책을 가지고 그렇게 하는 건 한 번도 보지 못했어요. 로사가 말했다. 그건 내 책이 아니야. 아말피타노가 말했다. 상관없어요. 어쨌든 지금은 아빠 책이니까요. 로사가 말했다. 참 이상해. 그렇게 느껴야만

하는데, 내 책이라고 느낄 수가 없거든. 게다가 난 내가 그 책에 아무런 해도 끼치지 않고 있다고 거의 확신해. 아말피타노가 말했다. 그럼 그걸 내 거라고 여기고 빨랫줄에서 내려놓으세요. 그러지 않으면 이웃 사람들이 아빠를 미친 사람이라고 여길 거예요. 로사가 말했다. 이웃 사람들이라고? 벽 위에 깨진 유리 조각을 박아 놓는 사람들 말이야? 그 사람들은 우리가 존재하는지도 몰라. 그들이야말로 나보다 천만 배는 더 미친 사람들이야. 아말피타노가 말했다. 아니에요. 그들 말고 다른 사람들도 우리 집 마당에서 무슨 일이 일어나는지 정확히 볼 수 있어요. 로사가 말했다. 누가 네게 그런 말을 하든? 아말피타노가 물었다. 아무도 그런 사람은 없었어요. 로사가 대답했다. 그럼 아무것도 문제 될 것 없어. 그런 어리석은 일에 신경 쓰지 마. 이 도시에는 빨랫줄에 책을 걸어 놓는 것보다 훨씬 끔찍한 일이 다반사로 일어나니까. 아말피타노가 말했다. 그 두 가지는 서로 다른 게 아니에요. 우리는 야만인이 아니에요. 로사가 말했다. 책을 그냥 놔두도록 해. 그 책이 없다고 생각해. 넌 기하학에 관심을 보인 적이 한 번도 없으니까. 아말피타노가 말했다.

매일 아침 대학으로 출근하기 전에, 아말피타노는 뒷문으로 나가 책을 지켜보면서 조금 남은 커피를 마셨다. 의심의 여지가 없었다. 그 책은 좋은 종이에 인쇄되었고, 장정도 자연의 습격을 충분히 견딜 만큼 튼튼했다. 라파엘 디에스테의 옛 친구들은 그에게 경의를 표하려고 좋은 재료를 사용한 것이었다. 그것은 몇몇 학식 있는 노인들(혹은 배운 사람이라는 분위기를 풍기는 노인들)이 다른 학식 있는 사람에게 보내는 작별, 즉 너무나도 이른 작별이었다. 아말피타노는 멕시코 북서쪽의 자연, 특히 그의 황량한 마당 안의 자연은 너무나도 보잘것없다고 생각했다. 어느 날 아침 대학으로 가는 버스를 기다리는 동안, 그는 마당에 잔디나 풀을 심어야겠다는 확실한 목표를 세웠고, 묘목을 파는 가게에서 조그만 나무를 사서 심은 다음 그 나무 주위에는 꽃을 심겠다고 굳게 다짐했다. 그렇지만 그다음 날 아침이 되면, 정원을 좀 더 쾌적하고 멋지게 만들 어떤 일도 무의미하다고 생각했다. 산타테레사에 오래 머물 생각이 없었기 때문이다. 지금 당장 돌아가야 해. 그런데 어디로 가지? 그는 혼잣말로 되뇌곤 했다. 그런 다음에는 도대체 왜 내가 여기로 온 거지? 왜 이 저주받은 도시로 내 딸을 데려온 거지? 내가 아직 여행해 보지 못한 몇 안 되는 빌어먹을 곳이기 때문일까? 내가 진심으로 원하는 것이 죽는 것이기 때문일까? 하고 자기 자신에게 물었다. 그러고는 빨래집게 두 개에 집혀 빨랫줄에 태연스럽게 매달린 디에스테의 책 『기하학 유언』을 바라보았다. 그러면 그 책을 빨랫줄에서 내려놓고서 여기저기에 마구 달라붙기 시작한 황토색 먼지를 떨어내야겠다는 마음이 들었지만, 그는 그렇게 할 엄두를 내지 못했다.

산타테레사 대학에서 퇴근한 후, 혹은 자기 집 현관 앞에 앉거나 학생들이 제출한 보고서를 읽으면서, 아말피타노는 권투를 몹시 좋아하던 아버지를 떠올렸다. 아말피타노의 아버지는 모든 칠레인이 빌어먹을 겁쟁이이며 나약한 인간들이라고 말하곤 했다. 당시 열 살이었던 아말피타노는, 아니에요 아버지, 이탈리아 사람들이 겁쟁이예요, 제2차 세계 대전만 봐도 금방 알 수 있어요, 하고 말했다. 아말피타노가 그렇게 말하면 아버지는 정색을 하고 아들을 쳐다보았다. 아버지의 아버지, 그러니까 아말피타노의 할아버지는 나폴리에서 태어났다. 그리고 아말피타노의 아버지도 칠레인이라기보다는 이탈리아 사람이라고 느끼곤 했다. 어쨌거나 그는 권투에 관해 이야기하길 좋아했다. 다시 말하면, 권투 잡지나 스포츠 잡지에 실린 권투 기사를 읽고서 권투에 관해 이야기하길 좋아했다. 이런 식으로 그는 타니의 조카들인 마리오 로아이사와 루벤 로아이사 형제에 관해 말했다. 또한 주먹에서 힘이라고는 찾아볼 수 없지만 기세 좋게 허세를 부리던 고드프리 스티븐스와 역시 타니의 조카였으며 주먹 힘은 좋지만 체력이 형편없는 움베르토 로아이사에 관해서도 말했다. 그리고 교활한 선수이며 권투에 몸을 바친 아르투로 고도이, 치안 출신의 이탈리아인이며 강한 체력과 주먹을 지녔으면서도 칠레에서 태어났다는 슬픈 운명 때문에 패배하고 만 루이스 비첸티니, 그리고 1라운드에서 심판이 발을 밟아 발목을 부러뜨리는 바람에 가장 황당하게 미국에서 세계 챔피언을 도둑맞은 〈타니〉에스타니슬라오 로아이사에 관해 말했다. 상상할 수 있니? 아말피타노의 아버지는 물었다. 상상이 되지 않아요. 아말피타노는 대답했다. 자, 그럼 내 주위에서 상대가 있다 생각하고 권투 연습을 해봐, 내가 네 발을 밟아 볼 테니. 아말피타노의 아버지는 말했다. 그러고 싶지는 않아요. 아말피타노는 말했다. 날 믿고 해봐. 아무 일도 없을 거야. 아말피타노의 아버지는 말했다. 나중에 할게요. 아말피타노는 말했다. 아니야, 지금 해야 해. 그의 아버지는 말했다. 아말피타노는 주먹을 쥐고 권투 연습을 하기 시작했고, 아버지 주변을 놀라울 정도로 날렵하게 움직이면서 왼손으로 이따금 잽을 날렸고, 오른손으로는 훅을 날렸다. 그때 갑자기 아버지가 움직이면서 그의 발을 밟았고 그걸로 그날 경기는 끝이었다. 아말피타노는 가만히 서 있거나 클린치를 하려 하기도 했고, 또 아버지를 밀치려고도 했다. 그러나 절대 발목이 골절되는 경우는 없었다. 내가 보기에는 주심이 일부러 그런 것 같아. 발을 아무리 세게 밟는다 해도 발목을 부러뜨릴 수는 없거든. 아말피타노의 아버지는 말했다. 그런 다음에는 고함과 호통이 이어졌다. 칠레 권투 선수들은 모두가 비실비실대는 인간들이야, 이 빌어먹을 나라 인간들은 모두가 염병할 놈들이야, 한 명 예외도 없이 사기당하면서도 좋아하고, 매수당하면서도 즐거워하고, 누군가가 시계만 풀라고 했는데도 기꺼이 바지까지 내리는 인간들이야 하고 말했다. 열 살 때 스포츠 잡지 대신에 역사 잡지, 특히 전쟁사와 관련된 잡지를 즐겨 읽은 아말피타노는 오히려 이탈리아 사람들이 그런 역할을 했다고 대답했고, 제2차 세계 대전을 되돌아보면 너무나 분명하다고 지적했다. 그러면 그의 아버지는 잠자코 있었고, 그런 다음에는 자기 아들을 바라보며 엄청나게 칭찬하면서 자랑스럽게 여겼다. 마치 그 아이가 어디에서 나왔는지 자기 자신에게 물어보는 것 같았다. 그러고서 다시 잠시 조용히

침묵을 지키고는, 마치 비밀을 이야기해 주는 것처럼 모기만 한 목소리로 이탈리아
사람 하나하나는 용감하다고 말했다. 그러나 많은 수가 모이면 그들은 도저히 가망
없는 광대와 같다는 사실을 인정했다. 그러면서 바로 그것 때문에 아직도 희망이
있다고 설명했다.

아말피타노는 앞문으로 나가 현관 앞에서 위스키 잔을 들고 걸음을 멈추고는,
차 몇 대가 멈춰 선 거리를 내다보기도 했다. 몇 시간 동안이나 주차되어 있는,
악취를 풍기는 차들이었다. 적어도 그에게는 양철 쪼가리와 피로 만들어진 것처럼
보였다. 그런 다음에 반 바퀴를 돌아서 집 안을 거치지 않고 정원 뒷마당으로
향했다. 바로 『기하학 유언』이 어둠 속에서 조용히 그를 기다리는 곳이었다. 익히
추론할 수 있듯이, 앞서 말한 행동을 하는 동안, 아말피타노는 자기가 아직은
희망을 지니고 있는 사람이라고 생각했다. 그의 혈관에 이탈리아 사람의 피가
흐르며, 또한 개인주의적이고 교양 있는 점잖은 사람이었기 때문이다. 그리고
권투를 좋아하지는 않지만, 나약한 겁쟁이가 아닐 수도 있었다. 하지만 그렇게
생각하노라면 디에스테의 책이 공중에서 펄럭거렸고, 산들바람이 검은 손수건으로
이마에 송송 맺힌 땀을 말려 주었다. 아말피타노는 눈을 감고 자기 아버지의
모습을 아무것이나 기억하려고 했지만, 모두 헛된 일이었다. 뒷문이 아니라 앞문을
통해 집 안으로 다시 들어갈 때면, 목을 길게 빼서 대문 너머를 살펴보면서, 양쪽
방향으로 거리를 둘러보았다. 어떤 밤에는 누군가가 그를 몰래 염탐한다는 인상을
받기도 했다.

아침마다 아말피타노는 디에스테의 책을 반드시 살펴보고는, 부엌으로
들어가서 싱크대에 커피 잔을 놓았다. 둘 중에서 먼저 집을 나서는 사람은 항상
로사였다. 보통 두 사람은 잘 다녀오라는 인사를 하지 않았다. 그러나 가끔씩
아말피타노가 평소보다 일찍 집 안으로 들어오거나 아니면 뒤뜰로 가는 걸
나중으로 미루면, 로사에게 조심하라고 이르거나 키스를 해주면서 잘 다녀오라고
인사를 했다. 어느 날 아침 그는 단지 잘 다녀오라는 말만 할 수 있었고, 그런 다음
식탁에 앉아 창문으로 빨랫줄을 쳐다보았다. 『기하학 유언』이 거의 감지할 수 없을
정도로 움직였다. 그러더니 한순간 움직이지 않았다. 옆집 마당에서 노래하던
새들이 조용해졌다. 순간적으로 모든 게 절대적인 침묵을 지켰다. 아말피타노는
거리에 면한 문에서 소리를 들었고, 집에서 멀어져 가는 딸아이의 발소리를
들었다고 생각했다. 그런 다음에 엔진에 시동을 거는 어느 자동차 소리를 들었다.
그날 밤 로사가 비디오테이프를 빌려 와 영화를 보는 동안, 아말피타노는 여교수
페레스에게 전화를 걸어 자기의 신경이 갈수록 예민해진다고 털어놓았다. 페레스
교수는 그를 안심시키면서, 너무 걱정할 필요 없다고, 몇 가지 예방책만 취하면
충분하다고, 다시 심각한 공포증에 걸릴 염려는 없다고 말했다. 그러면서
희생자들은 도시의 다른 지역에서 납치되었다는 사실을 떠올려 주었다.

아말피타노는 그녀의 말을 듣고는 갑자기 웃음을 터뜨렸다. 그리고 그녀에게
자기의 신경이 갈가리 찢겼다고 말했다. 페레스 교수는 그 농담의 의미를 깨닫지
못했다. 여기에서는 누구도 아무것도 이해하지 못해. 아말피타노는 벌컥 화를 내며
생각했다. 페레스 교수는 주말에 로사와 자기 아들을 데리고 교외로 나가자고
그에게 제안했다. 어디로 갈 건데요. 아말피타노는 거의 들리지도 않게 물었다.
도시에서 약 20킬로미터 떨어진 유원지에 가요. 아주 쾌적한 곳이에요. 젊은
아이들을 위한 수영장도 있고, 그늘이 드리운 널찍한 노천 카페가 있어서 그곳에서
석영(石英) 같은 산비탈을 내다볼 수 있어요. 검은 광맥을 지닌 은색 산이에요.
그녀가 말했다. 산꼭대기에는 검은 흙벽돌로 지은 조그만 예배당이 있지요. 일종의
채광창 같은 걸 통해서 들어오는 햇빛이 비치는 곳을 제외하면, 그 안은
어두컴컴해요. 그리고 벽에는 위험을 감수하고 치와와주와 소노라주를 나누는
산맥을 가로지른 19세기의 여행자들과 원주민들이 써놓은 봉헌 기도문이
가득해요.

     아말피타노는 산타테레사와 산타테레사 대학에서 처음 며칠을 끔찍하게
보냈다. 그러나 그런 사실을 거의 의식하지 못했다. 몸이 좋지 않았지만, 시차
때문이라고 생각하고서 무시해 버렸다. 어느 대학 동료, 그러니까 최근에 학위
과정을 마친 에르모시요 출신의 젊은 교수가 그에게 어떤 이유로 바르셀로나
대학이 아닌 산타테레사 대학을 선택하게 되었느냐고 물었다. 기후 때문이 아니길
바랍니다. 젊은 교수가 덧붙였다. 내가 보기에 이곳 기후는 더 바랄 게 없어요.
아말피타노가 대답했다. 아, 그래요, 저도 그 의견에 동의합니다. 제 말은 기후
때문에 이곳으로 온 사람들이 대부분 병에 걸렸고 그래서 선생님은 그런 경우가
아니길 바란다는 말이었습니다. 젊은 교수는 말했다. 아니에요, 기후 때문에
이곳을 선택한 게 아니에요. 바르셀로나 대학과 계약이 만료되었는데, 페레스
교수가 이곳에서 일하라고 날 설득했어요. 아말피타노는 말했다. 그는 실비아
페레스 교수를 부에노스아이레스에서 알게 됐고, 그 후 두 번에 걸쳐
바르셀로나에서 다시 만났다. 그 집을 빌리고 몇몇 가구를 구입해 준 사람도 바로
페레스 교수였다. 그리고 아말피타노는 어떤 오해도 불러일으키지 않도록, 첫
월급을 받기도 전에 그녀에게 빚을 갚았다. 집은 린다비스타 지역에 있었다.
중상류 계층이 사는 동네로 집은 1층이나 2층짜리 건물과 마당으로 이루어져
있었다. 커다란 나무 두 그루의 뿌리 때문에 울퉁불퉁해진 보도는 항상 그늘졌고
쾌적했다. 그러나 몇몇 대문 뒤의 건물들은 허물어져 갔다. 마치 그 집 식구들이
집을 팔 시간도 없이 급히 도망친 것 같았다. 그리고 페레스 교수의 말과는 달리, 그
동네에서 집을 얻기란 그리 어렵지 않았다는 걸 쉽게 추측할 수 있었다.
아말피타노가 산타테레사에 도착하고 나서 이틀째 되던 날, 페레스 교수는 그를
문과 대학 학장에게 소개해 주었다. 아말피타노는 학장이 별로 마음에 들지
않았다. 학장의 이름은 아우구스토 게라였는데, 뚱보들처럼 창백하고 윤기 흐르는

피부를 지녔지만 실제로는 갈비씨였고 강단 있는 사람이었다. 그는 그다지 자신만만한 것 같지는 않았지만, 활달한 성격과 지식과 군대식 태도를 교묘하게 결합함으로써 그런 모습을 숨기려 했다. 그는 철학을 많이 믿는 사람이 아니었고, 따라서 철학을 가르치는 것을 그다지 미더워하지 않았다. 솔직하게 말해서 그건 과학이 우리에게 제공하는 현재와 미래의 기적 앞에서 몰락해 가는 학문입니다. 그는 말했다. 그러자 아말피타노는 문학에 대해서도 그렇게 생각하느냐고 점잖고 교양 있게 물었다. 아닙니다, 당신이 믿든 그렇지 않든, 문학에는 미래가 있습니다. 문학과 역사는 미래가 있는 학문입니다. 아우구스토 게라가 말했다. 전기(傳記)를 생각해 보십시오. 과거에는 전기에 대한 수요나 공급이 없었지만, 오늘날에는 모든 사람들이 전기만을 읽지요. 물론 여기서 전기라고 말했지 자서전이라고는 하지 않았다는 사실을 명심하십시오. 사람들은 다른 사람의 삶을, 혹은 유명한 동시대인의 삶을 알고 싶어 안달합니다. 그들은 성공한 사람들과 유명한 사람들, 혹은 그런 성공과 유명을 거머쥘 찰나에 있던 사람들의 삶에 관심을 보이지요. 그리고 옛날의 〈친콸레스〉가 무엇을 했는지, 무언가를 배울 수 있는지 알고자 하는 갈증도 가지고 있지요. 물론 무엇이든 시키는 대로 할 준비는 되어 있지 않더라도 말입니다. 아말피타노는 정중하게 〈친콸레스〉가 무슨 뜻이냐고 물었다. 그 단어를 한 번도 들어 본 적이 없었던 것이다. 정말입니까? 아우구스토 게라가 물었다. 맹세합니다. 아말피타노가 말했다. 그러자 학장은 페레스 교수를 부르더니, 실비아, 친콸레스란 단어의 뜻을 아나요? 하고 물었다. 페레스 교수는 마치 애인처럼 아말피타노의 팔을 잡았고, 비록 단어 자체가 못 들어 본 말은 아니지만, 무슨 의미인지는 전혀 모르겠다고 솔직하게 털어놓았다. 빌어먹을 멍청이들 같으니라고! 아말피타노는 생각했다. 그러자 아우구스토 게라는 우리 멕시코 스페인어의 모든 단어처럼 〈친콸레스〉도 다양한 의미를 지녔지요, 하고 말했다. 우선, 그 단어는 벼룩, 빈대 같은 빨갛고 조그만 벌레들이 무는 걸 지칭한다는 걸 아시나요? 이렇게 물린 상처는 가렵고, 당연한 소리겠지만 물린 사람은 쉬지 않고 긁게 됩니다. 바로 거기서 두 번째 의미가 나옵니다. 즉, 가만히 있지 못하고 침착하지 못한 사람들, 그러니까 계속 꿈틀거리고 계속 긁어 대는 사람들, 그들을 억지로 지켜봐야만 하는 사람들을 불안하게 만드는 사람들을 지칭하지요. 그러니까 유럽의 옴과 같지요. 유럽에 넘쳐흐르는 옴 환자들, 공중화장실이나 프랑스, 이탈리아, 스페인의 끔찍스러운 변소에서 전염되는 옴 환자들처럼 말입니다. 그리고 그 의미에서 마지막 의미가 탄생합니다. 게라의 의미라고 말할 수 있는 건데, 그것은 한시도 정신적으로 가만히 있을 수 없는 지성의 여행자들이나 모험가들을 지칭하기 위해 사용됩니다. 아, 이제야 알겠습니다. 아말피타노는 말했다. 그러자 멋져요. 훌륭해요, 하고 페레스 교수가 말했다. 아말피타노는 학장실에서 이루어진 그 즉석 모임을 일종의 환영 모임이라고 생각했다. 거기에는 문과 대학의 다른 교수 셋과 게라의 비서가 참석했다. 게라의 비서는 캘리포니아산 샴페인병의 마개를 열어서 종이컵에 따라 참석자들에게 크래커와 함께 나누어 주었다. 그러고 난 후 게라의 아들이 학장실로 들어왔다. 스물다섯 살 정도 된 젊은이로, 검은 선글라스를 끼었고 캐주얼웨어를 입었으며, 피부는 까무잡잡했다. 그곳에 있는 내내 그는 한쪽 구석에서 자기 아버지의 비서와 이야기했고, 가끔씩 재미있다는 표정으로 아말피타노를 바라보았다.

교외로 소풍을 가기 전날 밤, 아말피타노는 처음으로 목소리를 들었다. 마치 그전에 거리에서나 아니면 잠자는 도중에 들은 적 있는 소리 같았다. 그는 그게 다른 사람들이 나누는 대화의 일부거나 아니면 자기가 악몽을 꾸는 것이라고 생각했다. 하지만 그날 밤 그는 그 목소리를 들었고, 그게 자기에게 말한다는 사실을 전혀 의심치 않았다. 처음에는 자기가 미친 거라고 생각했다. 목소리는 안녕, 오스카르 아말피타노, 부탁이니 놀라지 마, 나쁜 일이 일어나고 있는 건 아니니까, 하고 말했다. 아말피타노는 소스라치게 놀랐고, 벌떡 일어나 급히 딸아이의 방으로 달려갔다. 로사는 편안하게 잠들어 있었다. 아말피타노는 불을 켜서 창문 걸쇠가 제대로 걸렸는지 살펴보았다. 로사는 잠에서 깨어나 그에게 무슨 일이 일어났느냐고 물었다. 무슨 일이 있느냐고 물은 게 아니라 그에게 무슨 일이 일어난 것이냐고 물은 것이다. 내 얼굴이 몹시 안 좋아 보이는 게 분명해. 아말피타노는 생각했다. 그는 의자에 앉아 로사에게 자기는 너무나 신경이 예민한 상태며, 무슨 소리를 들었다고 여겼고, 그녀를 이 정 떨어지는 도시로 데려온 것을 후회한다고 말했다. 걱정하지 마세요. 아무 일도 아닐 거예요. 로사는 말했다. 아말피타노는 로사의 뺨에 키스를 하고서, 머리카락을 어루만지고는 문을 닫고 나갔다. 그러나 불을 끄지는 않았다. 잠시 후, 그가 거실 창문으로 정원과 거리와 움직이지 않는 나뭇가지들을 바라보는 동안, 로사가 침실 불을 끄는 소리를 들었다. 그는 아무 소리도 내지 않고 뒷문으로 나왔다. 손전등이 있었으면 좋겠다고 생각했지만, 그런 것에 개의치 않고 밖으로 나왔다. 아무도 없었다. 빨랫줄에는 『기하학 유언』과 그의 양말 몇 짝, 그리고 딸아이의 팬티 몇 장이 걸려 있었다. 그는 정원을 한 바퀴 돌았다. 현관 앞에는 아무도 없었다. 그는 대문으로 다가갔고, 집 밖으로 나가지 않은 채 거리를 살펴보았다. 마데로 거리에서는, 그러니까 버스 정류장으로 향하는 길에서는 개 한 마리밖에 볼 수 없었다. 버스 정류장으로 가는 개야. 아말피타노는 생각했다. 그는 자기가 있는 곳에서는 그게 족보 있는 개가 아니라 똥개라고 말할 수 있을 것이라고 생각했다. 킬트로[17]야. 아말피타노는 생각했다. 그러나 마음속으로는 웃었다. 너무나 칠레적인 말이었기 때문이다. 영혼 속에 남은 칠레의 흔적이었던 것이다. 선수들이 결코 상대편 선수들을 보지 못하고 아주 간혹 자기편 선수만 볼 수 있는, 아타카마 지방[18] 크기의 아이스하키 경기장 같은 영혼 속에 희미하게 남은 흔적이었다. 그는 다시

17 칠레 남부에 사는 마푸체족 언어에 기원을 둔 말로 〈개〉를 의미한다.
18 1843년부터 1974년까지만 존재한 칠레의 행정 지역으로 코피아포, 프레이리나, 바예나르 차냐랄 도(道)를 포함한다.

집 안으로 들어갔다. 그리고 현관문을 닫고 열쇠로 잠갔으며, 창문이 제대로
닫혔는지 다시 확인했고, 부엌 서랍에서 작고 단단한 칼을 꺼냈다. 그리고 그걸
1900년부터 1930년까지의 프랑스와 독일 철학사를 기술한 책 옆에 놔두고서, 다시
책상 앞에 앉았다. 목소리가 말했다. 내게 이게 쉬운 일이라고는 생각하지 마. 쉬운
일이라고 여긴다면, 그건 1백 퍼센트 잘못 생각하는 거야. 오히려 어렵다고 봐야
해. 90퍼센트는 어렵다고 봐야 해. 아말피타노는 눈을 감고서 자기가 미쳐 간다고
생각했다. 집에는 신경 안정제가 하나도 없었다. 그는 자리에서 일어났다. 그리고
부엌으로 가서 두 손으로 얼굴에 물을 뿌렸다. 키친타월과 소맷부리로 물을
닦았다. 그런 다음 자기가 경험하고 있는 환청 현상을 정신과에서 뭐라고 하는지
기억하려고 했다. 그는 다시 서재로 돌아왔고, 문을 닫은 다음 다시 책상에 앉아서
책상 위에 손을 대고서 고개를 숙였다. 목소리가 그에게 말했다. 날 용서해 주면
좋겠어. 부탁이니 마음을 가라앉혀. 부탁이니 제발 이걸 네 자유를 침해하는
거라고 여기지 말아 줘. 내 자유라고? 아말피타노는 깜짝 놀라서 생각했다.
그러면서 그는 벌떡 일어나 창문으로 가서 창문을 열고 정원과 벽이 있는 쪽을,
그러니까 유리 조각이 박힌 이웃집의 벽 쪽을 쳐다보았고, 깨진 병 조각에서
가로등 불빛이 반사되는 걸 보았다. 마치 밤늦은 그 시간에는 벽이 차단이라는
방어적 역할을 포기하고, 장식용으로 변하는 것 같은, 아니, 장난 삼아 장식용이
되려고 하는 것 같은, 초록색과 밤색과 주황색이 어우러진 아주 은은한 빛이었다.
겉만 번드르르한 안무가, 그러니까 이웃집 주인도 제대로 구별할 수 없는 안무의
아주 미세한 요소이자 초보적인 특징이 되어 버린 것 같았다. 다시 말하면,
안정성과 색깔, 혹은 공격적이거나 방어적인 요새의 본래 성격이 훼손된 것
같았다. 마치 벽에 덩굴나무가 자라는 것 같아. 아말피타노는 이렇게 생각하고서
창문을 닫았다.

그날 밤 목소리는 더는 들려오지 않았고, 아말피타노는 잠을 설쳤다. 마치
누군가가 그의 팔과 다리, 그리고 식은땀으로 흠뻑 젖은 몸을 할퀴는 것 같아서
자다가 몇 번이고 깜짝 놀라 벌떡 일어나곤 했던 것이다. 그러나 새벽 5시에 그런
고통은 끝났고, 꿈속에서 롤라가 나타나 커다란 울타리가 쳐진 공원에서 그에게
인사했다(그는 울타리 건너편에 있었다). 그리고 오래전부터 만나지 못한(아마도
다시는 만나지 못할) 두 친구의 얼굴과 먼지로 가득 덮였지만 그래도 참으로
훌륭한 철학 서적이 가득한 방이 나타났다. 바로 그 시간에 산타테레사 경찰은
도시 변두리의 공터에 반쯤 파묻혀 있던 다른 10대 여자아이의 시체를 발견했다.
서쪽에서 불어오던 강풍이 동쪽 산맥 비탈에 강하게 부딪쳤다. 강풍은
산타테레사를 지나가면서 먼지를 일으켰고 거리에 버려진 신문지들과 판지
조각들을 흩날렸으며, 또한 로사가 뒤뜰에 널어 놓은 옷도 펄럭이게 만들었다.
마치 그 바람, 즉 젊고 원기왕성하며 단명할 운명을 타고난 그 바람이
아말피타노의 셔츠와 바지를 입어 보고, 그 딸의 팬티 속으로 기어들어 『기하학

유언』을 읽으면서 도움이 되는 게 있는지 보려는 것 같았다. 그러니까 바람은 자기가 전속력으로 질주하던 거리와 집들의 이상한 풍경을 설명하거나 바람인 자기 자신을 설명해 주는 게 있는지 살펴보려는 듯했다.

아침 8시에 아말피타노는 발을 질질 끌며 부엌으로 갔다. 그의 딸이, 아빠 잘 잤어요? 하고 물었다. 그 의례적인 질문에 아말피타노는 어깨를 으쓱하는 것으로 대답했다. 로사가 그날 야외에서 먹을 음식을 사러 나가자 그는 밀크티를 준비했고, 거실로 가서 마셨다. 그런 다음 커튼을 걷었고, 페레스 교수가 제안한 야외 소풍을 갈 수 있는 상황인지 생각했다. 그는 그렇다고, 지난밤에 일어난 일은 아마도 그 지방 고유의 바이러스 공격이나 독감의 시작에 대한 신체 반응이었을 것이라고 결론지었다. 샤워를 하기 전에 체온을 쟀다. 열은 없었다. 10분 동안 샤워 물줄기 아래에 서 있으면서, 그는 지난밤 행동에 대해서 생각했다. 그러자 창피하기 그지없었고, 심지어 뺨도 불그레해졌다. 종종 머리를 들어 샤워기의 물을 얼굴에 직접 맞았다. 그 물은 바르셀로나의 물과 맛이 달랐다. 산타테레사의 물맛이 훨씬 진한 것 같았다. 마치 제대로 여과되지 않은 듯 흙 맛이 났고 여러 무기물을 가득 함유한 것 같았다. 그곳에 도착하면서 그는 바르셀로나에 있을 때보다 두 배나 더 양치질하는 습관을 갖게 되었고, 그것은 로사도 마찬가지였다. 마치 소노라 지방 지하수에서 나온 얇은 막이 치아를 뒤덮는 것처럼 치아가 검어지는 것 같았기 때문이다. 그러나 시간이 흐르면서, 매일 서너 번 양치질하는 습관으로 되돌아갔다. 외모에 훨씬 더 신경을 쓰는 로사는 계속해서 하루에 예닐곱 번씩 양치질을 했다. 그는 수업 시간에 누런 황토색 치아를 지닌 몇몇 학생을 보았다. 그러나 페레스 교수의 치아는 하얬다. 언젠가 한번 그는 정말로 소노라 지방에 있는 산타테레사 지역 물이 치아를 검게 만드는 게 사실이냐고 그녀에게 물었다. 페레스 교수는 알지 못했다. 처음 들어 보는 이야기예요. 그녀는 대답했고, 확인해 보겠다고 약속했다. 괜찮아요. 중요한 게 아니에요. 듣지 못한 걸로 해두세요. 아말피타노는 놀란 표정으로 말했다. 페레스 교수의 얼굴에서 그는 곤혹스럽고 불쾌한 기미를 눈치챘다. 마치 그 질문이 다른 질문, 즉 훨씬 더 공격적이고 상처를 줄 수 있는 질문을 숨기고 있을지도 모른다고 여기는 것 같았다. 입조심해야 해. 아말피타노는 샤워기 아래에서 흥얼거렸고, 몸이 완전히 정상으로 돌아온 것 같은 느낌을 받았다. 의심할 여지 없이, 그것은 때때로 무책임한 그의 성격을 보여 주는 증거였다.

로사는 신문을 두 개 들고 돌아와서 식탁에 올려놓았다. 그러고서 양상추와 토마토 조각과 마요네즈 혹은 사우전아일랜드소스를 넣은 햄샌드위치와 참치샌드위치를 만들기 시작했다. 그리고 샌드위치를 종이 타월로 둘둘 감고는 다시 알루미늄 포일로 쌌다. 그러고 나서 그것들을 비닐봉지에 담고서 조그만 밤색 배낭 안쪽에 넣었다. 배낭에는 반원 형태로 피닉스 대학교라고 적혀 있었다. 또

물병 두 개와 종이컵도 열 개가량 넣었다. 아침 9시 반에 페레스 교수의 자동차 경적 소리가 들렸다. 페레스 교수의 아들은 열여섯 살이었는데, 키가 작고, 얼굴은 사각이었으며 어깨는 마치 운동선수처럼 넓었다. 얼굴과 목의 일부는 여드름으로 가득했다. 페레스 교수는 청바지와 흰 셔츠를 입고 흰 스카프를 두른 모습이었다. 너무 커다란 검은 선글라스가 그녀의 눈을 덮고 있었다. 멀리서 보면 1960년대 멕시코 영화의 여배우 같아. 아말피타노는 생각했다. 차 안으로 들어가자 그의 환상은 순식간에 증발하고 말았다. 페레스 교수가 운전했고, 그는 그 옆에 앉았다. 그들은 동쪽으로 향했다. 고속 도로 처음 몇 킬로미터 구간은 하늘에서 떨어진 것 같은 바위들로 박음질된 작은 계곡을 관통했다. 어디서 나왔는지, 그리고 무엇과 연결되는지도 모를 화강암 덩이였다. 밭 몇 고랑, 혹은 눈에 띄지 않는 농부들이 페레스 교수나 아말피타노도 제대로 알지 못하는 과일들을 재배하는 땅뙈기들이 있었다. 이어서 사막과 산을 지났다. 그곳에는 방금 전에 지나온 고아 같은 바위들의 부모들이 있었다. 산은 화강암층과 화산암층으로 이루어졌고, 그 꼭대기는 새의 모양과 자태를 취하면서 하늘과 맞닿았다. 하지만 슬픔에 잠긴 새야. 아말피타노는 생각했다. 그러는 동안 페레스 교수는 두 아이에게 그들이 가는 장소(실제 바위를 파서 만든 수영장)에 관해 흥미롭고 신비로운 색채를 입혀 말했으며, 전망대에서 들리는 목소리는 분명 바람 때문에 일어나는 현상이라고 설명했다. 아말피타노는 고개를 돌려 자기 딸과 페레스 교수 아들의 표정을 보려고 했다. 그때 자동차 네 대가 그들 자동차 뒤에 늘어서서 추월할 기회를 엿본다는 것을 알았다. 그는 차량 네 대 안에 각각 행복한 가족이, 즉 어머니와 음식이 가득 든 소풍 가방과 두 아이, 그리고 차창을 내리고서 운전하는 아버지가 있을 것이라고 상상했다. 그는 딸에게 미소 짓고는 다시 고개를 돌려 고속 도로를 바라보았다. 반 시간 후 그들은 언덕을 올라갔고, 언덕 정상에서 그들 뒤로 펼쳐진 광활한 사막을 볼 수 있었다. 그는 더 많은 차들을 보았다. 그러면서 그들이 가려는 도로변의 휴게소나 식당, 혹은 카페나 모텔은 산타테레사 주민들이 즐겨 찾는 장소일 것이라고 상상했다. 그는 페레스 교수의 제안을 수락한 것을 후회했다. 그리고 어느 순간 잠들었다. 눈을 떴을 때 이미 그들은 목적지에 도착해 있었다. 페레스 교수의 손이 그의 얼굴에 있었다. 그것은 애무나 그 비슷한 걸로 해석될 수 있는 행동이었다. 마치 눈먼 여자의 손 같았다. 로사와 라파엘은 이미 차 안에 없었다. 그는 주차장이 거의 가득 찼으며, 햇빛이 크롬으로 도금한 것 같은 지면에서 반짝거리고, 약간 높은 곳에 노천 카페가 자리 잡은 걸 보았다. 한 커플이 서로 어깨를 감싸 안고서 그가 볼 수 없는 무언가를 응시하고 있었다. 눈부신 하늘에는 작은 구름들이 낮게 떠 있었고, 희미한 음악이 들려왔다. 그리고 노래를 부르는 건지 아니면 빠르게 중얼거리는 건지 전혀 알아들을 수 없는 목소리도 들렸다. 불과 몇 센티미터 떨어지지 않은 곳에서 그는 페레스 교수의 얼굴을 보았다. 그는 그녀의 손을 잡고서 얼굴에 키스를 했다. 그의 셔츠는 땀으로 축축하게 젖었지만, 그를 가장 놀라게 한 것은 여교수 역시 땀을 흘리고 있다는 사실이었다.

211

어쨌거나 그날 그들은 유쾌한 하루를 보냈다. 로사와 라파엘은 수영장에서 수영을 했고, 그런 다음 야외 테이블에 앉아 그들을 지켜보던 아말피타노와 페레스 교수와 합류했다. 그러고서 음료수를 주문했고, 식당 주변을 산책하러 나갔다. 몇몇 장소에서 산들은 거의 직각을 이루며 떨어졌다. 절벽이나 절벽 아래에는 색깔이 서로 다른 바위가 모습을 드러낸 커다란 틈이 보였다. 아니, 태양이 서쪽으로 도망치면서 사암층 사이에 끼어 있는 이질암과 안산암, 수직을 이루는 응회암 바위, 크고 납작한 현무암 바위들을 다른 색깔로 물들이는 것 같기도 했다. 이곳저곳에서 산허리에 매달린 소노라주 특유의 선인장이 이따금씩 모습을 보였다. 그 너머로는 많은 산들이 있고, 또 그 너머로는 작은 계곡들과 더 많은 산들이 있었다. 그리고 마지막으로 마치 구름의 묘지처럼 안개에 휩싸인, 혹은 아지랑이에 가린 광활한 공간이 펼쳐졌다. 그 뒤로는 치와와와 뉴멕시코, 텍사스가 있을 터였다. 바위에 앉아 이런 광경을 쳐다보면서, 그들은 아무 말 없이 식사를 했다. 로사와 라파엘은 각자의 샌드위치를 바꿔 먹자는 말만 했다. 페레스 교수는 생각에 잠긴 것 같았다. 그리고 아말피타노는 피곤하며 경치에 압도된 듯한 느낌을 받았다. 그는 그 경치가 젊은이들이나 어리석거나 사악하거나 둔감한 노인들, 그러니까 마지막 숨을 쉬는 순간까지 다른 사람들이나 자기 자신에게 불가능한 일을 강요하려는 노인들에게나 어울린다고 생각했다.

그날 밤 아말피타노는 아주 늦은 시간까지 잠을 이루지 못했다. 그는 집에 도착하자마자 먼저 뒤뜰로 갔다. 디에스테의 책이 아직 그대로 있는지 확인하기 위해서였다. 집으로 돌아오는 길에 페레스 교수는 다정하고 친절하게 하려고 애쓰면서 네 사람이 함께 나눌 수 있는 대화를 시작하려고 노력했다. 그러나 그녀의 아들은 내리막길이 시작되자마자 잠들었고, 얼마 후 로사도 얼굴을 창문에 기댄 채 잠들어 버렸다. 아말피타노 역시 머지않아 자기 딸의 예를 그대로 따랐다. 그는 어느 여자의 목소리를 꿈꾸었다. 하지만 페레스 교수의 목소리가 아니라 프랑스 여자의 목소리였다. 그녀는 그에게 기호와 숫자에 관해, 아말피타노가 이해할 수 없었던 것에 관해 말했다. 꿈속의 목소리가 〈망가진 역사〉 혹은 〈해체되었다가 다시 조립된 역사〉라고 부른 것이었다. 당연한 소리지만, 재조립된 역사는 다른 것으로 변하지요. 가장자리에 써놓은 낙서나 현명한 각주, 그리고 한참 동안 꺼지지 않는 웃음이 되지요. 그 웃음은 안산암 바위에서 유문암 바위로 뛰었다가 다시 응회암 바위로 건너가지요. 그리고 선사 시대의 바윗덩어리에서 일종의 수은, 즉 라틴 아메리카의 거울이 생겨나지요. 그건 바로 부와 가난을 비롯해 쓸데없이 멈추지 않고 변모하는 라틴 아메리카의 슬픈 거울이에요. 고통이라는 돛을 달고 항해하는 거울이지요. 목소리는 말했다. 그런 다음 아말피타노는 다른 꿈을 꾸었는데, 더는 누구의 목소리도 듣지 못했다. 아마도 그가 깊은 잠에 빠졌다는 의미일지도 몰랐다. 그는 자기가 한 여자를 향해 움직이는 꿈을 꾸었다. 어두운

복도 끝에서 단지 다리 두 개만 보이던 여자였다. 그러자 그는 코 고는 소리를
비웃는 누군가의 소리를 들었다. 바로 페레스 교수의 아들이었고, 그는 오히려
잘됐어라고 생각했다. 그들이 동부 고속 도로를 타고 산타테레사에 들어올 무렵,
그는 잠에서 깼다. 그 시간에 도로는 털털거리는 트럭들과 산타테레사 시장에서
돌아가거나 혹은 애리조나의 도시에서 돌아오는 픽업트럭으로 가득 차 있었다.
입을 벌린 채 침을 질질 흘리며 잔 탓에 그의 셔츠 칼라는 흠뻑 젖어 있었다. 잘됐어,
훨씬 잘됐어. 그는 생각했다. 만족스러운 표정으로 고개를 돌려 페레스 교수를
쳐다보는 순간, 그는 그녀의 얼굴에서 슬픈 기운을 감지했다. 각자의 아이들이 보지
못하도록 그녀는 가볍게 아말피타노의 다리를 어루만졌고, 아말피타노는 고개를
돌려 길거리의 타코 가게를 쳐다보았다. 거기서는 2인 1조를 이룬 경찰들이 허리에
권총을 찬 채 맥주를 마시면서, 이런저런 말을 나누며 새빨간 고추가 끓고 있는
가마솥 같은 검붉은 노을을 바라보고 있었다. 이제 그 가마솥의 마지막 거품이
서쪽에서 사라지려는 참이었다. 집에 도착했을 때, 이미 햇빛은 한 줄기도 남아
있지 않았다. 하지만 빨랫줄에 걸린 디에스테의 책은 산타테레사 근교나 그 안에서
본 어떤 것보다도 밝고 흔들리지 않으며 사리에 맞는 그림자를 드리우고 있다고
아말피타노는 생각했다. 그가 본 것은 기댈 곳 없는 이미지, 이 세상 모든 고아의 몸
안에 담긴 이미지, 파편들, 파편들이었다.

　　그날 밤 그는 두려워하면서 목소리를 기다렸다. 수업 준비를 하려고 했지만,
이내 자기가 죄다 아는 것을 준비하는 건 쓸모없다고 깨달았다. 그는 앞에 놓인
백지에 그림을 그리면 기본적인 기하학 도형이 다시 나타날까 생각했다. 그래서
얼굴 하나를 그렸다가 지워 버렸고, 다시 기억에서 지워진 얼굴을 기억해 내려고
했다. 그는 번개를 기억할 때처럼 쏜살같이 라몬 율[19]과 그의 환상적인 기계
장치들을 떠올렸다. 멋지지만 아무짝에도 쓸모없는 기계 장치였다. 백지를 다시
보니, 그는 이미 다음의 이름들을 세 줄로 적어 놓은 상태였다.

피코 델라 미란돌라	홉스	보이티우스
후설	로크	헤일스의 알렉산더
오이겐 핑크	에리히 베허	마르크스
메를로퐁티	비트겐슈타인	리히텐베르크
베네라빌리스 베다	룰	사드
성 보나벤투라	헤겔	콩도르세
요하네스 필로포노스	파스칼	푸리에
성 아우구스티누스	카네티	라캉
쇼펜하우어	프로이트	레싱

19 Ramon Llull(1232~1315). 라이문두스 룰루스라고도 알려져 있다. 스페인의 철학자이며 시인이며 신학자.
초기 카탈루냐어 작품을 남겼으며, 계산 이론의 선구자로 알려져 있고, 라이프니츠에게 큰 영향을 끼쳤다.

잠시 아말피타노는 수평과 수직으로, 중앙에서 바깥으로, 아래에서 위로 이름들을 읽고 또 읽었고, 건너뛰기도 하고 임의로 마구 읽기도 했다. 그러고서 웃음을 터뜨리며 모든 게 자명한 이치라고 생각했다. 다시 말하면, 너무나도 분명한 명제고 따라서 공식화할 필요도 없다고 생각한 것이다. 그런 다음 수도꼭지에서 물컵으로 물을 받아 마셨다. 소노라의 산에서 내려온 물이었다. 물이 목을 타고 내려가기를 기다리는 동안, 몸의 떨림이 멈추었다. 자기만이 느낄 수 있는 희미한 떨림이었다. 그는 끝이 없어 보이는 한밤중에 도시를 향해 흐르는 시에라 마드레[20]의 대수층을 생각했고, 또한 산타테레사에서 가장 가까운 곳에 숨었다가 올라오는 대수층에 관해, 치아에 엷은 황갈색 막을 입히는 그 물을 생각했다. 물을 마시고는 창문을 쳐다보았고, 길게 늘어진 그림자, 관처럼 보이는 그림자를 보았다. 빨랫줄에 걸린 디에스테의 책이 마당에 드리운 그림자였다.

　　그러나 목소리는 돌아왔고, 이번에는 그에게 게이처럼 굴지 말고 남자답게 처신하라고 애원하며 말했다, 아니 애원했다. 게이라고요? 아말피타노가 물었다. 그래, 게이처럼, 호모처럼 말이야. 목소리가 말했다. 동-성-애-자처럼이라고 목소리가 말했다. 목소리는 즉시 그에게 혹시 그런 부류가 아니냐고 물었다. 어떤 부류 말인가요? 아말피타노는 공포에 질려 물었다. 동-성-애-자. 목소리가 말했다. 아말피타노가 대답하기도 전에, 목소리는 서둘러 그것은 비유적인 의미며, 게이나 호모와는 아무 상관 없으며, 그런 성적 취향을 지녔다고 공언한 몇몇 시인에게 자기는 무한한 존경심을 느끼고, 그런 취향의 화가들이나 몇몇 정부 관리들에 관해서는 두말할 필요도 없다고 말했다. 몇몇 정부 관리라고요? 아말피타노가 물었다. 그래, 그래, 단명한 아주 젊은 관리들이지. 목소리가 대답했다. 자기도 모르게 공식 서류에 눈물을 흘린 관리들이야. 스스로 목숨을 끊은 사람들이지. 그러고서 목소리는 침묵을 지켰고, 아말피타노는 그냥 그대로 서재에 앉아 있었다. 한참 후, 아마도 15분쯤 후에, 아니 다음 날 밤에, 목소리는 말했다. 내가 네 할아버지, 그러니까 네 아버지의 아버지라고 가정해 보자고, 그렇다면 네 할아버지로서 난 너에게 개인적인 질문을 할 수 있어. 네가 원한다면 내 질문에 대답할 수도 있고, 그렇지 않으면 대답하지 않아도 좋아. 하지만 난 너에게 질문을 할 수 있어. 내 할아버지라고요? 아말피타노가 물었다. 그래, 네 할아버지야, 네 〈할배〉지. 그럼 질문을 하겠어. 넌 게이니? 이 방에서 뛰쳐나갈 거야? 넌 동-성-애-자니? 딸을 깨울 작정이야? 아니에요, 난 당신 말을 듣고 있어요. 그러니 할 말이 있으면 모두 해보세요. 아말피타노는 말했다.

　　그러자 목소리는 넌 게이니? 그렇지 않아? 하고 말했고, 아말피타노는 아니라고 대답하고서, 고개를 가로저었다. 난 달려 나가지 않을 거예요. 당신이 날

볼 수 있는지 모르겠지만, 당신에게 마지막 모습으로 내 등이나 내 구두창을
보이지는 않을 겁니다. 그러자 목소리는 볼 수 있느냐고? 볼 수 있느냐고? 솔직히
말하자면 나는 볼 수 있다고 말할 수 없어라고 말했다. 아니, 많이 볼 수는 없지.
여기 그냥 있는 것만 해도 난 충분히 힘들어. 어디를 말하는 거죠? 아말피타노가
물었다. 네 집이라고 생각해. 목소리가 말했다. 이곳은 내 집이에요. 아말피타노가
말했다. 그래, 나도 알아. 하지만 이제 조금 긴장을 푸는 게 어때? 목소리가 말했다.
난 긴장하고 있지 않아요. 내 집에 있으니까요. 아말피타노가 말했다. 그런데 왜
목소리는 내게 긴장을 풀라고 하는 것일까? 아말피타노는 생각했다. 그러자
목소리는 나는 오늘이 우리가 서로에게 유익할 긴 관계를 맺는 첫날이라고 생각해
하고 말했다. 그렇게 되려면 우리는 차분해져야만 해. 차분함만이 우리를 배신하지
않거든. 그러자 아말피타노는 그럼 그 이외의 모든 건 우리를 배신한다는 건가요?
하고 물었다. 목소리는 그래, 실제로 그렇지, 인정하기 힘들지만, 그러니까 너에게
인정해야만 한다는 사실이 힘들지만, 그게 바로 변치 않는 진리야 하고 말했다.
윤리가 우리를 배신하나요? 의무감이 우리를 배신하나요? 정직이 우리를
배신하나요? 호기심이 우리를 배신하나요? 사랑이 우리를 배신하나요? 용기가
우리를 배신하나요? 예술이 우리를 배신하나요? 그래. 목소리가 말했다. 모든 게,
정말로 모든 게 우리를 배신하거나, 아니면 바로 너를 배신하지. 그건 다른 거지만,
이 경우에는 마찬가지야. 차분함만이 결코 우리를 배신하지 않아. 그러나 그건
어떤 것도 보장하지 않는다는 점도 말해 주어야만 할 것 같아. 아니에요.
아말피타노는 말했다. 용기는 우리를 절대 배신하지 않아요. 자식에 대한 사랑도
마찬가지예요. 배신하지 않는다고? 목소리가 말했다. 그래요. 아말피타노는
말하면서 갑자기 자기가 차분해졌다는 걸 느꼈다.

그런 다음 그때까지 말한 모든 것처럼 그는 속삭이면서, 이 경우 차분함이
광기의 반대냐고 물었다. 그러자 목소리는 그에게 아니라고, 결코 아니라고, 다시
미칠지도 모른다는 두려움을 느낀다면 걱정하지 마, 넌 미치고 있는 게 아니야,
단지 뜻밖의 대화를 나누는 것뿐이야 하고 말했다. 그러니까 난 미치고 있는 게
아니라는 말이지요. 아말피타노가 말했다. 그래, 절대 아니야. 목소리가 말했다.
그러니까 당신이 우리 할아버지란 말이네요. 아말피타노가 말했다.
증조할아버지야. 목소리가 말했다. 그러니까 호기심과 정직함, 그리고 우리가
사랑하는 모든 게 우리를 배신하네요. 그래. 목소리가 말했다. 하지만 기운 내,
결국은 재미있으니까.

우정은 없지. 목소리가 말했다. 사랑도 없고 서사시도 없고 서정시도 없어.
모든 것에 이기주의자들이 꼴깍꼴깍하는 소리와 미소가 깃들어 있거든. 그건
사기꾼들의 속삭임과 배신자들의 재잘거림이자 출세주의자들의 킬킬대는 소리와
다르지 않아. 그런데 당신은 왜 동성애자들을 그토록 비하하는 거죠?

아말피타노가 물었다. 아무 이유도 없어. 목소리가 말했다. 그저 비유적인 의미로 그 단어를 사용하는 거야. 목소리가 지적했다. 그런데 우리는 산타테레사에 있는 거지? 다시 목소리가 물었다. 이 도시가 소노라주에 있는 것 맞지? 그 주에서 아주 중요한 도시가 맞지? 그래요. 아말피타노가 대답했다. 그래, 그럼 됐네. 목소리가 말했다. 예를 들자면 사회적으로 출세주의자가 되는 것은 게이가 되는 것과는 전혀 다른 거예요. 아말피타노는 말하면서, 마치 영화 속의 느린 동작처럼 머리카락을 쥐어뜯었다. 난 비유적 의미로 말하는 거야. 목소리가 말했다. 네가 내 말을 알아듣도록 그렇게 말하는 거라고. 난 지금 네가 내 뒤에 있고, 내가 동-성-애-자 화가의 화실에 있는 것처럼 말하는 거야. 혼돈이 지각 마비의 가면이나 희미한 악취에 불과한 화실에서 말하는 거야. 뱀의 혓바닥이 몸에서 떨어져 나와 스스로 절단된 상태가 되어 쓰레기 사이로 미끄러지듯 기어가는 것처럼, 의지의 원동력이 나머지 신체에서 떨어져 나오는 불 꺼진 화실에서 이야기하고 있어. 난 삶에서 가장 단순한 관점으로 말하는 거야. 넌 철학을 가르치지? 목소리가 물었다. 비트겐슈타인을 가르치지? 목소리가 물었다. 네 손이 정말 손인지 자문해 봤어? 목소리가 물었다. 나도 나 자신에게 그걸 물어보았어요. 아말피타노가 말했다. 하지만 지금은 더 중요한 것을 너 자신에게 물어봐야만 해, 그렇지 않아? 목소리가 말했다. 아니에요. 아말피타노가 말했다. 가령 왜 묘목 가게로 가서 씨앗이나 모종, 혹은 조그만 묘목을 사서 뒤뜰 한복판에 심으려고 하지 않는 거지? 목소리가 말했다. 그런 생각은 했어요. 아말피타노가 대답했다. 내가 상상할 수 있고 내가 가질 수 있는 정원이 어떤 것인지, 그렇게 하려면 어떤 도구와 어떤 모종이나 씨앗을 사야만 하는지 생각했어요. 그리고 네 딸도 생각했지. 목소리가 말했다. 또한 이 도시에서 매일 발생하는 살인 사건과 보들레르의 시에서 계집애 같은 성향을 보여 주는(이렇게 표현해서 미안하네) 구름에 관해서도 생각했지만, 네 손이 정말로 손인지에 관해서는 한 번도 진지하게 생각해 보지 않았어. 그렇지 않아요. 아말피타노가 대답했다. 난 그것에 관해 생각했어요. 생각했단 말이에요. 생각했다면, 지금 다른 음악 소리에 맞춰 춤을 추며 노래하고 있을 거야. 목소리가 말했다. 그러자 아말피타노는 입을 다물었고, 침묵은 일종의 우생학이라는 느낌을 받았다. 그는 시계를 보았다. 새벽 4시였다. 누군가가 차에 시동을 거는 소리가 들렸다. 잠시 후에 시동이 걸렸다. 그는 자리에서 일어나 창문을 내다보았다. 차들이 서 있었던 그의 집 앞은 텅 비었다. 그는 뒤를 돌아보고서 문손잡이에 손을 올려놓았다. 조심해. 목소리가 말했지만, 멀리서 들려오는 소리 같았다. 유문암, 안산암을 비롯한 화산암, 금광맥과 은광맥, 조그만 알들로 뒤덮여 돌처럼 굳어 버린 웅덩이들이 모습을 드러내는 산골짜기 바닥에서 들려오는 것 같았다. 그러는 동안 매 맞아 죽은 원주민 여자의 피부처럼 진홍색을 띤 하늘에서는 빨간 꼬리의 매들이 높이 날아올랐다. 아말피타노는 현관으로 나갔다. 왼쪽으로, 그러니까 집에서 10미터 떨어진 곳에서 검은색 자동차가 전조등을 켜더니 움직였다. 정원 앞을 지나가면서 운전사는 상체를 내밀고서 멈추지 않은 채 아말피타노를 쳐다보았다. 뚱뚱하고 아주 검은 머리카락을 지녔으며, 넥타이를 매지 않고 싸구려 양복을 입은 사람이었다. 자동차가 시야에서 사라지자, 아말피타노는 집으로 돌아왔다. 그가 현관문을 닫고 들어오자마자, 목소리는 마음에 들지 않는 사람이군 하고 말했다. 그러고서 이렇게 덧붙였다. 친구, 조심하게. 내가 보기에 이곳은 곪아 터질 지경이야.

당신은 누구고 어떻게 이곳에 왔지요? 아말피타노가 물었다. 그런 건 알아도 아무 소용이 없어. 목소리가 말했다. 아무 소용이 없다고요? 아말피타노는 파리처럼 속삭이듯 웃으면서 말했다. 아무 소용도 없고 의미도 없어. 목소리가 말했다. 질문 하나 해도 될까요? 아말피타노가 물었다. 해봐. 목소리가 대답했다. 정말로 당신은 우리 할아버지 유령인가요? 도대체 생각하는 거라고는, 쯧쯧. 목소리가 말했다. 물론 아니지, 난 네 아버지 영혼이야. 네 할아버지의 영혼은 더는 널 기억하지 못해. 그러나 난 네 아버지고, 널 절대 잊을 수 없지. 이제 알겠어? 예. 아말피타노가 대답했다. 그러니 이제 날 전혀 두려워할 필요가 없다는 걸 알았지? 예. 아말피타노는 다시 대답했다. 이제 쓸모 있는 일을 하도록 해. 문과 창문이 제대로 잠겼는지 확인하고 자러 가도록 해. 쓸모 있는 일이라고요? 예를 들면 그게 뭐지요? 아말피타노가 말했다. 가령 설거지를 해. 목소리가 말했다. 그러자 아말피타노는 담배에 불을 붙이고서 목소리가 제안한 것을 하기 시작했다. 넌 설거지를 해, 난 말을 할 테니. 목소리가 말했다. 이제 모든 게 안정을 되찾았어. 목소리가 말했다. 너와 나는 싸우는 게 아니야. 네가 두통을 느끼거나, 환청을 듣거나 혹은 맥박이 빨리 뛰거나 심장이 심하게 두근거린다면, 곧 두통과 환청은 사라질 것이고, 맥박이나 심장은 정상으로 돌아갈 거야. 목소리가 말했다. 네가 네 딸과 너에게 유용한 일을 하는 동안, 생각을 가다듬고 안정을 되찾을 거야. 목소리가 말했다. 알았어요. 아말피타노는 모기처럼 조그만 소리로 말했다. 그래, 이건 내시경 검사와 같아. 하지만 통증이 없지. 목소리가 말했다. 알았어요. 아말피타노가 다시 속삭였다. 그리고 그는 파스타가 남아 있는 그릇과 토마토소스가 묻은 냄비를 닦았고, 포크와 컵과 싱크대와 파스타를 먹은 식탁을 닦으면서 줄담배를 피웠고, 가끔씩 수도꼭지에서 물을 받아 홀짝홀짝 마시기도 했다. 아침 5시에 그는 욕실의 빨래 바구니에서 더러운 옷들을 꺼내어, 뒤뜰로 나가서 옷을 세탁기에 넣고 〈일반 세탁〉 버튼을 눌렀다. 그런 다음 빨랫줄에 걸린 채 까딱도 하지 않는 디에스테의 책을 쳐다보고서, 다시 거실로 돌아와 마치 마약 중독자 같은 눈으로 닦거나 정리하거나 빨래할 것이 없는지 살펴보았지만, 그럴 만한 것은 아무것도 찾을 수 없었다. 그러자 그는 자리에 앉아 그래, 아니야, 내가 기억할 수 없거나 아니면 아마도 기억할 수 있을 것 같기도 해 하고 중얼거렸다. 이제 모든 게 제대로 되었어. 목소리가 말했다. 모든 건 네가 익숙해지느냐의 문제야. 소리 지르지마, 땀을 흘리거나 펄쩍펄쩍 뛰지 마.

아침 6시가 지나자, 아말피타노는 옷도 벗지 않은 채 침대에 드러누웠고, 어린아이처럼 잠들었다. 9시에 로사가 그를 깨웠다. 그토록 개운한 느낌이 든 것은 실로 오랜만이었다. 그러나 학생들은 그날 아침의 수업을 도저히 이해할 수 없었다. 1시에 그는 단과 대학 식당에서 점심을 먹었고, 가장 눈에 띄지 않고 가장 멀리 떨어진 테이블을 차지했다. 페레스 교수를 보고 싶지 않았고, 다른 동료들과 마주치고 싶지도 않았으며, 특히 매일 교수들과 쉬지 않고 아부하는 몇몇 학생에게 둘러싸여 점심을 먹는 학장은 더욱 만나고 싶지 않았다. 그는 거의 남의 눈을 피하듯이 카운터에서 삶은 닭과 샐러드를 주문하고는, 그 시간에 식당을 가득 메운 젊은 학생들을 피하면서 전속력으로 자기 자리로 향했다. 그런 다음 앉아서 음식을 먹고, 전날 밤에 일어난 일만 줄곧 생각했다. 그는 자기가 전날 경험한 사건에 몹시 들떠 있다는 사실을 확인하고서 소스라치게 놀랐다. 나이팅게일이 된 것 같은 느낌이야. 그는 기쁜 마음으로 생각했다. 단순하고 구식이며 우스꽝스러운 표현이었지만, 현재 기분을 요약할 수 있는 유일한 말이기도 했다. 젊은 학생들이 깔깔거리고 웃으면서 큰 소리로 서로의 이름을 불렀고, 그릇 부딪치는 소리도 요란했기에, 그곳은 사색하기에 이상적인 장소가 될 수 없었다. 그러나 잠시 후, 그곳보다 더 좋은 장소가 없다는 걸 깨달았다. 비슷한 곳은 있을 수 있었지만 더 나은 곳은 없었다. 그래서 병에 담긴 생수를 쭉 들이켰고(수도꼭지에서 받은 물맛과 같지 않았지만, 그렇다고 아주 다르지도 않았다), 생각하기 시작했다. 우선 광기를 생각했다. 지금 자기가 미쳐 가고 있을 확률이 높다고 생각했다. 그리고 그런 생각(그리고 그럴 확률)이 들뜬 기분을 전혀 감소시키지 않는다는 사실을 알고 놀랐다. 그의 행복도 줄어들지 않았다. 내 흥분 상태와 행복은 고통을 받으며 폭풍의 날개 아래서 점점 커져 가. 그는 생각했다. 내가 미치는 게 맞을 수도 있지만, 어쨌건 기분이 좋아. 그는 생각했다. 그는 자기가 정말로 미치고 있다면 그게 갈수록 악화될지, 그러면 그의 기쁨이 고통과 무기력으로 변할지, 특히 자기 딸의 고통과 무기력의 원천이 될지 그 가능성을 심사숙고했다. 마치 엑스선 눈을 가진 것처럼, 그는 저축해 놓은 돈을 계산했고, 지금 가지고 있는 돈이면 로사가 바르셀로나로 돌아갈 수 있을 테고, 그러고도 무언가를 시작할 수 있는 돈이 될 것이라고 추산했다. 그런데 뭘 시작하지? 이 질문에는 대답하지 않는 편을 택했다. 그는 산타테레사나 에르모시요의 정신 병원에 수감된 자신의 모습을 상상했다. 유일하게 그곳을 가끔씩 찾아오는 페레스 교수와 바르셀로나에서 로사가 보낸 편지를 종종 받는 모습을 머릿속으로 그렸다. 그리고 로사가 바르셀로나에서 일을 하거나 공부를 마치고, 그곳에서 로사를 사랑하고 존중하고 보살필 책임감 강하고 상냥하고 다정한 카탈루냐 청년을 만나고, 그 청년과 함께 살면서 밤마다 영화관에 가고 7월이나 8월에 이탈리아나 그리스로 여행하는 걸 상상했다. 그는 상상대로 되는 것도 그다지 나쁜 것 같지는 않다고 생각했다. 그러고서 다른 가능성들을 살펴보았다. 물론 나는 귀신이나 유령 따위를 믿지 않아. 그는 생각했다. 하지만

그가 칠레 남부에서 어린 시절을 보냈을 때, 그곳 사람들은 〈메초나〉에 관해
말하곤 했다. 나뭇가지로 올라가서 말 탄 사람들을 기다렸다가 말 궁둥이로 떨어져
마치 사랑하는 연인처럼 그 카우보이나 밀수꾼의 등을 껴안고서 풀어 주지 않는
존재였다. 그녀의 포옹을 받으면 말을 탄 사람뿐만 아니라 말도 미쳤고, 이런
사람들은 두려움을 이기지 못하고 죽거나 아니면 계곡에 떨어져 죽었다. 혹은
콜로콜로[21]나 촌촌,[22] 수많은 개구쟁이 꼬마 요정들, 떠돌아다니는 영혼들, 잠자는
여인을 덮친다는 남자 악령, 잠자는 남자와 정을 통하는 여자 악령, 코스타산맥과
안데스산맥 사이를 거닐며 배회하는 허섭스레기 악마들도 있었지만, 그는 이런
것들을 믿지 않았다. 그가 철학 교육을 받았기 때문이 아니라(멀리 갈 것도 없이
쇼펜하우어는 유령을 믿었고, 틀림없이 니체에게도 귀신이 나타나 그를 미치게
만들었다), 유물론 교육을 받았기 때문이다. 그래서 그는 적어도 다른 정보들을
샅샅이 살펴보기 전까지는 유령의 가능성을 철저하게 일축했다. 그러나 목소리는
유령의 것일 수도 있었고, 그런 가능성을 배제할 수 없었다. 하지만 그는 다른
설명을 찾아내려고 애썼다. 한참 생각했지만, 그가 기를 써서 알아낸 것이라고는
떠돌아다니는 영혼의 경우뿐이었다. 그는 에르모시요의 예언자이며 〈산타〉라고
불리던 마담 크리스티나를 생각했다. 아버지에 관해서도 생각했다. 그러고서 자기
아버지가 떠돌아다니는 영혼이 되었을지라도 결코 목소리가 사용한 멕시코식
단어를 사용하지 않았을 테지만, 약간의 동성애 혐오증은 아버지와 완전히
맞아떨어지는 것이라고 단정 지었다. 그는 좀처럼 숨길 수 없는 행복감을
느끼면서, 자기가 어떤 골치 아픈 문제에 빠진 것일까 생각했다. 그날 오후에는 또
다른 강의 두 개를 마친 후 집으로 걸어왔다. 산타테레사의 중앙 광장을 지나면서,
그는 시청 앞에서 시위하는 여자들을 보았다. 그들이 든 어느 현수막에는 〈범인을
색출하여 처벌하라〉라고 씌어 있었고, 또 어느 현수막에는 〈부정부패는 이제
그만〉이라고 적혀 있었다. 식민지풍 건물의 흙벽돌 아치 아래에서 경찰들이
여자들을 감시했다. 그들은 시위 진압 경찰이 아니라, 수수한 경찰복을 입은
산타테레사의 일반 경찰이었다. 그곳을 지나가면서 그는 누군가가 자기 이름을
부르는 소리를 들었다. 고개를 뒤로 돌리자, 거리 맞은편 보도에 페레스 교수와
자기 딸이 보였다. 그는 두 사람에게 음료수를 마시자고 했다. 카페테리아에서
그들은 여자들의 실종과 살인에 관한 투명한 수사를 요구하는 시위라고 설명했다.
페레스 교수는 그에게 멕시코시티에서 온 페미니스트 세 명이 자기 집에 머무는데,
그날 밤 그들과 함께 저녁을 먹을 생각이라고 말했다. 두 사람도 참석하면
좋겠어요. 그녀는 말했다. 로사는 좋다고, 가겠다고 했다. 아말피타노는 자기도
전혀 문제가 없다는 의견을 표시했다. 그러자 그의 딸과 페레스 교수는 다시
시위대에 합류했고, 아말피타노는 가던 길을 계속 갔다.

21 칠레의 마푸체족 신화에 등장하는 사악한 유령.
22 칠레 중부 지방의 전설에 등장하는 귀신으로, 까마귀 울음소리로 죽음을 예고하는 불길한 징조로 여겨진다.

그러나 집에 도착하기 전에 누군가가 다시 그의 이름을 불렀다. 아말피타노 교수님이라고 누군가가 말하는 소리가 들렸다. 뒤로 돌았지만 아무도 볼 수 없었다. 이제 그는 도시 중심가에 있지 않았다. 그는 마데로 거리로 걸었고, 풍경은 4층짜리 건물에서 1950년대 캘리포니아의 가정집을 모방한 랜치하우스[23]로 바뀌었다. 그곳에 살던 사람들은 지금 아말피타노가 사는 동네로 이사했고, 그 집들은 허물어지기 시작한 지 오래였다. 몇몇 집은 아이스크림까지 파는 정비소로 개조되었고, 다른 집들은 건물을 개조하지 않은 채 빵 가게나 옷 가게로 변했다. 많은 집들이 의원과 이혼 전문 변호사 혹은 형법 전문 변호사 사무실임을 알리는 간판을 내걸었다. 또한 하루씩 방을 임대한다는 간판을 내건 집도 있었다. 몇몇 집은 독립된 가게 두세 개로 어설프게 나뉘어서, 신문이나 잡지, 혹은 과일이나 채소를 판매했다. 또는 지나가는 사람들에게 좋은 가격에 틀니를 제작해 준다고 약속하는 가게도 있었다. 아말피타노가 계속해서 길을 걸어가려고 하는 순간, 다시 그의 이름을 부르는 소리를 들었다. 그때 그는 보았다. 목소리는 보도 옆에 선 어느 차 안에서 흘러나왔다. 처음에는 그를 부르는 청년을 알아보지 못했다. 그는 자기 학생 중 하나라고 생각했다. 청년은 검은 선글라스를 끼었고, 검은 셔츠를 입고서 가슴까지 단추를 풀어헤치고 있었다. 그의 피부는 아름다운 선율의 노래를 부르는 가수나 푸에르토리코의 플레이보이처럼 아주 잘 그을었다. 타세요, 교수님, 집까지 태워 드릴게요. 아말피타노가 걸어가고 싶다고 말하려는 순간, 청년은 자기가 누구인지 신원을 밝혔다. 저는 게라 교수의 아들이에요라고 말하면서 차 문을 열더니 도로 쪽으로 내렸다. 도로로 지나가던 자동차들이 크게 경적을 울려 댔지만, 그는 전혀 아랑곳하지 않았다. 마치 위험을 경멸하는 표정이었고, 아말피타노는 그런 청년이 너무나 무모하다고 생각했다. 자동차를 한 바퀴 돈 청년은 그에게 다가와서 손을 내밀었다. 저는 마르코 안토니오 게라입니다. 그는 말했다. 그러면서 그가 단과 대학 교수진으로 합류하게 된 것을 축하하려고 그의 아버지 사무실에서 함께 샴페인으로 건배했었다고 상기시켜 주었다. 저를 두려워할 필요는 하나도 없습니다, 교수님. 청년은 말했다. 아말피타노는 그런 말에 놀라지 않을 수가 없었다. 젊은이 게라는 그의 앞에서 걸음을 멈추었다. 그는 그들이 처음 만났을 때처럼 미소를 지었다. 마치 자기 자신을 절대적으로 확신하는 저격병의 미소처럼 자신만만하고 조롱 섞인 미소였다. 그는 청바지를 입었고 카우보이 부츠를 신었다. 차 뒷좌석에는 진주색 상표가 달린 재킷과 서류가 가득 담긴 폴더가 있었다. 이곳을 지나가고 있었어요. 마르코 안토니오 게라가 말했다. 자동차는 린다비스타 지역으로 향했지만, 집에 도착하기 전에 학장의 아들은 뭐라도 좀 마시지 않겠느냐고 제안했다. 아말피타노는 예의 바르게 그의 제안을 거절했다. 그렇다면 교수님 집으로 들어가서 마시도록 하지요. 마르코 안토니오 게라가 말했다. 집에 마실 만한 게 하나도 없어요. 아말피타노는 변명했다. 더는 말하지 마세요. 이제 해결된 문제니까요. 마르코 안토니오 게라는 말했고,

처음으로 다른 방향으로 길을 잡았다. 이내 도시 풍경이 바뀌었다. 린다비스타 지역 서쪽에 있는 집들은 새로 지은 것들이었다. 몇몇 구역은 넓게 펼쳐진 들판으로 둘러싸여 있었고, 몇몇 거리는 아스팔트로 포장도 되지 않았다. 이런 지역들이 이 도시의 미래라고 말하지요. 하지만 저는 오히려 이 빌어먹을 도시에는 미래가 없다고 생각해요. 마르코 안토니오 게라가 말했다. 그는 자동차를 축구장으로 곧장 몰았다. 축구장 맞은편에는 울타리로 둘러싸인 커다란 창고 두어 개, 그러니까 커다란 저장소들이 보였다. 그 뒤로는 북쪽 지역의 쓰레기들이 떠내려가는 수로인지 개천인지가 흘렀다. 다른 빈터 근처에서 그들은 한때 우레스와 에르모시요를 연결하던 낡은 철길을 보았다. 개 몇 마리가 겁에 질린 표정으로 다가왔다. 마르코 안토니오는 창문을 내리고서 그 개들이 코를 킁킁거리며 자기 손을 핥도록 두었다. 왼쪽으로는 우레스로 향하는 고속 도로가 있었다. 자동차는 산타테레사를 벗어나기 시작했다. 아말피타노는 어디로 가는 거냐고 물었다. 게라의 아들은 아직도 진짜 멕시코 메스칼을 마실 수 있는 몇 안 되는 곳의 하나로 간다고 대답했다.

그 장소는 〈로스 산쿠도스〉[24]라는 이름을 지녔고, 길이는 30미터, 폭은 10미터가량 되는 직사각형이었다. 안쪽에는 금요일과 토요일마다 〈코리도〉나 〈란체라〉[25] 그룹이 연주할 수 있도록 조그만 무대가 설치되어 있었다. 바는 15미터가 넘지 않았다. 화장실은 밖에 있었는데, 마당을 통해서나 그 술집과 연결된 조그만 양철 판이 깔린 복도를 통해 곧장 갈 수 있었다. 사람이 많지는 않았다. 마르코 안토니오 게라가 이름을 알던 웨이터들이 그들에게 인사했지만, 누구도 다가와서 주문을 받지 않았다. 단지 불만 몇 개 켜져 있었다. 메스칼 〈로스 수이시다스〉[26]를 주문하라고 권하고 싶네요. 마르코 안토니오 게라가 말했다. 아말피타노는 다정하게 웃는, 좋다고, 하지만 딱 한 잔만 시키겠다고 했다. 마르코 안토니오 게라는 한 손을 들고서 손가락으로 딱 소리를 냈다. 저 자식들은 귀머거리인가 봐요. 그가 말했다. 그는 자리에서 일어나 카운터로 갔다. 그리고 잠시 후 술잔 두 개와 메스칼이 반쯤 든 병을 가지고 돌아왔다. 마셔 보세요. 그가 말했다. 아말피타노는 한 모금을 마셨고, 괜찮은 술이라고 생각했다. 병 바닥에 벌레가 한 마리 있어야 하는데, 저 인간 쓰레기들이 배가 고픈 나머지 먹어 치웠나 봐요. 마르코 안토니오 게라가 말했다. 아말피타노는 농담이라고 생각하고는 웃었다. 하지만 진짜 로스 수이시다스라는 걸 보장할 수 있어요. 그러니 마음 놓고 마셔도 괜찮아요. 마르코 안토니오가 말했다. 두 번째 잔을 입 안에 털어 넣으면서, 아말피타노는 정말로 훌륭한 술이라고 생각했다. 이제 더는 제조하지 않지요. 이 빌어먹을 나라의 수많은 것들처럼 말이에요. 마르코 안토니오가 말했다. 잠시 후

---

24 Los Zancudos. 〈모기들〉이라는 뜻.
25 멕시코의 전통 가요. 일반적으로 마리아치 악단들이 부르는 노래로, 사랑과 자연과 애국심을 노래한다.
26 Los Suicidas. 〈자살한 사람들〉이라는 뜻.

그는 아말피타노를 뚫어지게 쳐다보면서 말했다. 젠장 우리는 엉망진창이 되어 가고 있어요. 아마 당신은 눈치챘을 겁니다. 그렇죠, 교수님? 아말피타노는 분명히 박수 칠 상황은 아니라고 대답하면서, 자기가 무엇을 지칭하는 것인지 구체적으로 언급하지도 않았고 그것에 관해 자세하게 들어가려고도 하지 않았다. 이건 우리의 손안에서 붕괴되고 있어요. 마르코 안토니오 게라가 말했다. 정치인들은 다스릴 줄 몰라요. 중산층은 어떻게 하면 미국으로 갈 수 있을지만 생각하지요. 갈수록 많은 사람들이 마킬라도라 공장으로 일하러 와요. 내가 뭘 하는지 알아요? 아니요. 아말피타노가 말했다. 몇 개를 불태우는 거지요. 어떤 걸 말하는 거지요? 아말피타노가 물었다. 마킬라도라 공장 몇 개요. 아, 재미있는 생각이네요. 아말피타노가 말했다. 또한 군대를 거리로 보낼 겁니다. 그래요, 거리가 아니라 고속 도로로 말이에요. 배고픈 인간 쓰레기들이 계속해서 이곳으로 오지 못하도록 말입니다. 고속 도로 검문소로 말인가요? 아말피타노가 물었다. 그래요, 그것 말고는 다른 해결책이 없다고 생각합니다. 아마도 다른 해결책이 있을 거예요. 아말피타노가 말했다. 사람들은 모두 존경심을 상실했어요. 마르코 안토니오 게라가 지적했다. 타인에 대한 존경심과 자기 자신에 대한 존경심 모두를 잃어버렸지요. 아말피타노는 카운터를 바라보았다. 웨이터 세 명이 속삭이면서 그의 테이블을 곁눈질로 슬쩍 쳐다보았다. 아마도 나가는 게 좋을 것 같아요. 아말피타노가 말했다. 마르코 안토니오 게라는 웨이터들을 뚫어지게 바라보았고, 그들에게 음탕한 손짓을 하고서 웃었다. 아말피타노는 그의 팔을 잡고서 주차장까지 끌고 나왔다. 이미 밤이었고, 다리가 긴 모기를 커다랗게 그린 크고 밝은 간판이 금속 틀 위에서 반짝거렸다. 내가 보기에 이 사람들은 당신을 못마땅하게 생각하는 것 같아요. 아말피타노가 말했다. 걱정 마십시오, 교수님. 마르코 안토니오 게라가 말했다. 난 무장하고 있거든요.

집에 도착하자 아말피타노는 즉시 젊은이 게라를 잊어버렸고, 생각하는 것만큼 자기가 미치지 않았을지 모르며, 목소리 역시 떠돌아다니는 영혼이 아닐지 모른다고 생각했다. 그는 텔레파시를 생각했다. 그리고 텔레파시에 능한 마푸체족과 아라우코족을 생각했다. 그는 1백 페이지도 안 되는 아주 얇은 책을 떠올렸다. 론코 킬라판이라는 사람이 1978년에 출간한 책으로, 아말피타노가 유럽에 살 때 해학을 이해하던 그의 오랜 친구가 보내 준 것이었다. 킬라판이라는 사람은 인종 역사가, 칠레 원주민 연합회 회장 겸 아라우코 언어 학술원 원장과 같은 직함으로 자기 자신을 소개하고 있었다. 그 책은 〈오이긴스는 아라우코 사람〉이라는 제목을 달고 있었고, 부제는 〈아라우카니아의 비밀 역사에서 발췌한 열일곱 개의 증거〉였다. 제목과 부제 사이에는 아라우코 역사 심의회의 승인을 받은 작품이라는 문구가 적혀 있었다. 그런 다음에 실린 서문에는 이렇게 쓰여 있었다. 《서문》 우리가 칠레 독립 영웅들 속에서 아라우코 사람들과의 친족 관계를 발견하고자 한다면, 그건 어려운 일일 것이며, 그것을 증명하기란 더욱

힘든 일일 터다. 카레라 형제들,[27] 마케나,[28] 프레이레,[29] 마누엘 로드리게스[30]를
비롯한 다른 사람들의 핏줄 속에서는 단지 이베리아의 피만 흐르기 때문이다.
그러나 아라우코족과 친족 관계가 가장 환한 빛을 비추며 나타나는 곳은 바로
베르나르도 오이긴스[31]의 혈관이다. 그리고 그것을 증명할 수 있는 증거 열일곱
개가 존재한다. 베르나르도는 몇몇 역사가가 불쌍하게 여기면서 설명하듯
사생아가 아니다. 오히려 어떤 역사가들은 기쁨을 숨기지 못한다. 그는 칠레의
통치자이자 페루의 총독인 아일랜드 태생의 암브로시오 오이긴스[32]와
아라우카니아 지방의 주요 부족 중 하나인 아라우코족 여자 사이에서 태어난
용감하고 씩씩한 적출자다. 그들의 결혼은 아드마푸 법[33]에 따라 전통적인
가피툰(유괴 의식)을 치르면서 이루어졌다. 해방자의 전기는 그의 탄생 2백 주년을
맞는 이 시점에서 몇천 년 동안 지속되어 온 아라우코족의 비밀을 보여 준다.
리트랑*에서 종이로 건너가지만, 매우 충실하게 적고 있다. 그것은 에페우투페만이
할 수 있는 일이다.〉 푸에르토 사아베드라의 추장인 호세 R. 피치뉴알이 쓴 서문은
그렇게 끝났다.

　　이상야릇해. 아말피타노는 양손으로 책을 들고서 생각했다. 이상했다.
이상하기 그지없었다. 예를 들면, 유일한 별표가 그것이었다. 리트랑, 그것은
아라우코 사람들이 자신들의 글자를 새기던 석판이었다. 그런데 왜 리트랑이라는
단어 옆에는 별표를 하고, 아드마푸나 에페우투페 옆에는 별표를 하지 않았을까?
푸에르토 사아베드라의 추장은 모든 사람이 이 단어들을 익히 알 것이라고 추정한
것일까? 그리고 오이긴스가 사생아인지 아닌지에 관한 대목도 흥미로웠다.
〈베르나르도는 몇몇 역사가가 불쌍하게 여기면서 설명하듯 사생아가 아니다.
오히려 어떤 역사가들은 기쁨을 숨기지 못한다.〉 거기에 바로 칠레의 일상사가
스며들어 있었다. 칠레의 사적인 역사, 그들만이 은밀하게 아는 역사가 있었다.
사생아라는 이유로 조국의 아버지를 불쌍하게 여기며 설명하고 있었다. 혹은 이

　　27 호세 미겔 카레라와 후안 호세 카레라, 루이스 카레라를 지칭한다. José Miguel Carrera(1785~1821)는 칠레
의 정치인이자 군인으로 칠레 독립 전쟁에서 뛰어난 공적을 세웠다. Juan José Carrera(1782~1818)는 막내 동생 루이
스를 비롯한 다른 공화국 장교들과 독립 투쟁을 벌였으며, 스페인군에게 총살되었다. Luis Carrera(1791~1818)는 칠
레 독립 전쟁 초기 단계에 적극적으로 활동하다가 총살되었다.
　　28 Juan MacKenna(1771~1814). 아일랜드에서 태어나 1796년에 페루에 도착하고 1810년 칠레 독립 전쟁이 시
작하자 애국자들 편에 서서 독립 전쟁을 벌였다. 칠레 공병단의 창시자로 알려져 있다.
　　29 Ramón Freire(1787~1851). 칠레의 지도자로 독립 전쟁 동안 스페인군과 싸워 야전 총사령관이 되었다. 이
후 칠레 대통령을 역임했다.
　　30 Manuel Javier Rodríguez Erdoíza(1785~1818). 칠레의 변호사이자 정치인이자 군인. 〈반란의 아들〉로 널리
알려졌으며, 칠레 독립을 위해 투쟁한 주요 군인 중 하나다.
　　31 Bernardo O'Higgins(1778~1842). 호세 데 산마르틴과 함께 칠레 독립 전쟁에 참여하여 칠레를 독립시킨 지
도자. 흔히 칠레 창건자 중 하나로 여겨진다.
　　32 Ambrosio O'Higgins(1720~1801). 아일랜드 태생의 스페인 식민지 관리자. 칠레 총사령관(1788~1796)으
로 스페인 제국에 봉사했으며, 1796년부터 1801년까지 페루의 부왕(副王)으로 있었다.
　　33 〈대지의 풍습〉이라는 뜻으로 칠레와 아르헨티나에 거주하는 원주민 부족인 마푸체의 사회 행동을 지배하는
오래된 전통과 법, 권리와 규정 전체를 일컫는다.

점에 관해 기쁨을 숨기지 못한 채 전기를 쓰는 사람도 있었다. 정말 의미심장한 말이야. 아말피타노는 생각하면서, 처음으로 킬라판의 책을 읽었을 때 배꼽을 잡고 웃었던 일을 떠올렸다. 하지만 지금은 웃기는 하지만 슬픔이 밴 미소를 지으면서 읽었다. 아일랜드 사람으로서의 암브로시오 오이긴스는 의심할 여지 없이 훌륭한 웃음가마리였다. 오이긴스는 아라우코족 여자와 결혼했지만, 아드마푸 규율을 따랐고, 게다가 유서 깊은 가피툰, 즉 유괴 의식을 치렀다. 그는 유괴 의식이란 섬뜩한 장난이라고 생각했다. 그걸 생각할 때면 그에게는 단지 여성 학대, 강간, 뚱보 암브로시오가 원주민 여자와 마음 편히 사랑을 나누도록 계획된 장난만 떠올랐다. 나는 강간이란 단어가 힘없는 포유동물의 자그마한 눈을 보여 준다는 것 이외에는 아무것도 떠올릴 수 없어. 아말피타노는 생각했다. 그러고서 1인용 소파에 앉아 책을 손에 든 채 잠들었다. 아마도 무언가를 꿈꾸었을 것이다. 아주 짧은 꿈을 꾸었을 것이다. 아마도 자기의 어린 시절을 꿈꾸었을 것이다. 아니, 어쩌면 그렇지 않을 수도 있었다.

그런 후 그는 잠에서 깼고, 딸과 자기가 먹을 것을 준비했다. 그러고서 서재에 틀어박혔지만 끔찍할 정도로 피로를 느꼈고, 수업을 준비하거나 진지한 글을 읽을 수 없었다. 그래서 그는 체념하면서 킬라판의 책을 다시 집었다. 증거가 열일곱 개 있었다. 첫 번째 증거에는 〈아라우코 지방에서 태어났다〉라는 제목이 붙었다. 그곳에서 다음과 같은 글을 읽을 수 있었다. 〈칠레[1]라고 불리던 예크몬치[2]는, 지리적·정치적으로 현재의 그리스와 동일하며, 그리스처럼, 위도 35도와 42도 사이에 위치한 삼각주를 형성하고 있다.〉〈삼각주를 형성하고 있다〉가 〈삼각주로 형성되었다〉로 수정되어야 하며, 적어도 쉼표 두 개가 더 찍힌 문장 구성을 무시한다면, 첫 번째 단락에서 가장 흥미로운 것은 군사적인 성격을 띤다는 사실이었다. 처음부터 스트레이트 잽으로 턱을 가격하거나 모든 포대를 동원하여 적의 전선 한가운데를 향해 집중포화를 퍼붓는 느낌이었다. 각주 1은 칠레가 그리스어 단어이며, 〈머나먼 부족〉이라는 뜻이라고 밝혔고, 각주 2는 예크몬치란 〈국가〉를 뜻한다고 설명하는 것이었다. 그런 다음 칠레라는 예크몬치를 다음과 설명했다. 〈그것은 마우이스강부터 칠리구에강까지 뻗어 있으며, 아르헨티나의 서쪽까지 포함한다. 좀 더 정확하게 말하자면, 그곳에 군림하는 어머니 도시, 즉 칠레는 부탈레우푸강과 톨텐강 사이에 있다. 그리고 그리스처럼 서로 밀접한 관계를 지닌 동맹 부족들에 둘러싸여 있었다. 동맹 부족들은 쾨가 칠리체스 — 다시 말하면 칠레(칠리체스: 칠레 사람의) 부족들(쾨가)을 의미한다. 킬라판이 세심하게 기억해 내려고 한 것처럼 〈체〉는 사람을 뜻한다 — 에게 복종했고, 칠레 부족들은 동맹 부족들에게 과학과 예술과 운동, 그리고 무엇보다도 전쟁의 기술을 가르쳐 주었다.〉 그리고 나중에 킬라판은 이렇게 털어놓는다. 〈1947년(하지만 아말피타노는 이렇게 적은 것은 실수일 수 있으며, 1947년이 아니라 1974년이 아닐까 의심했다)에 나는 석판으로 둘러싸인 채 가장 중요한 쿠랄웨 아래에 있던 쿠리얀카의 무덤을 열었다. 남아 있는 것이라고는 카탄쿠라,[34] 메타웨,[35] 오리, 화살촉과 같은 흑요석 장신구뿐이었다. 장신구는 쿠리얀카의 영혼이 그리스 신화의 카론[36]과 동일한 센필카웨에게 바다를 건너 자기가 태어난 곳, 즉 바다에 있는 머나먼 섬으로 데려가 달라고 부탁하기 위해 지불해야만 했던 일종의 《통행료》였다. 이런 유품들은 테무코에 있는 여러 아라우코 박물관과 비야 알레그레에 있으며, 앞으로 개관될 몰리나 수도원장 박물관, 그리고 곧 개관되어 관객을 맞이할 산티아고의 아라우코 박물관으로 분산되어 보관되었다.〉비야 알레그레를 언급하면서, 킬라판은 아주 흥미로운 각주를 덧붙였다. 그는 이렇게 말했다. 〈과거에 와라쿨렌이라고 불린 비야 알레그레에는 이탈리아에서 고향으로 송환한 후안 이그나시오 몰리나 수도원장의 유해가 있다. 그는 볼로냐 대학의 교수였으며, 그곳에는 그의 석상이 코페르니쿠스와 갈릴레오 등 이탈리아 명사들의 석상이 늘어선 판테온 입구의 맨 앞에 있다. 몰리나에 따르면, 그리스인들과 아라우코 사람들 사이에는 의심할 여지 없는 유사성이 존재한다.〉 몰리나는 예수회 신부이자 박물학자였으며, 1740년에 태어나 1829년에 세상을 떠났다.

〈로스 산쿠도스〉 식당에서 메스칼을 마신 후 얼마 안 되어, 아말피타노는 다시 게라 학장의 아들을 만났다. 이번에 젊은이는 옷은 카우보이처럼 입었지만, 깨끗이 면도를 하고 캘빈클라인 오드콜로뉴 냄새를 풍겼다. 그렇다 하더라도, 모자까지 썼더라면 분명 진짜 카우보이처럼 보였을 것이다. 그가 아말피타노에게 불현듯 다가왔고, 그런 태도에는 다소 불가사의한 요소들이 숨어 있었다. 그날 늦은 시간에 아말피타노는 지나치게 긴 단과 대학 복도를 걷고 있었다. 그 시간에 복도는 아무도 없어서 썰렁했고, 다소 어둠에 잠겨 있었다. 그런데 그때 마르코 안토니오 게라가 마치 최악의 장난을 치듯, 혹은 그를 공격이라도 하듯 갑자기 한쪽 구석에서 불쑥 나타났다. 아말피타노는 놀란 나머지 펄쩍 뛰었고, 자동적으로 상대방을 주먹으로 때렸다. 저예요, 마르코 안토니오예요. 두 번째 주먹을 맞았을 때 학장의 아들이 말했다. 잠시 후 두 사람은 서로를 알아보았고, 마음을 진정시키고서 함께 복도 끝 불 켜진 사각형 방을 향해 걸어갔다. 그러면서 마르코 안토니오는 혼수상태에 빠지거나, 아니면 임상적으로 죽었다고 선언됐던 사람들의 이야기를 떠올렸다. 그런 사람들은 어두운 터널을 보고, 그 터널 끝에서 하얗거나 눈부신 광채를 보았다고 말하지요. 그리고 어떤 경우에 이 사람들은 먼저 세상을 떠난 사랑하는 사람이 나타나 손을 내밀거나 그들을 안심시키거나 변화가 일어날 시간이, 그러니까 1초도 안 되는 시간이, 아직 되지 않았으니 앞으로 나아가지 말고 되돌아가라고 부탁했다고 증언하기도 했어요. 교수님, 교수님은 어떻게

---

34 구멍 뚫린 돌.
35 점토 항아리.
36 그리스 신화에서 지옥의 강 스틱스에서 죽은 자를 저승으로 건네주는 뱃사공.

생각하세요? 죽기 일보 직전에 처했던 사람들이 이런 황당한 이야기를 만들어
내는 것이라고 생각해요, 아니면 진짜라고 생각해요? 그런 일이 죽음으로
신음하는 사람들의 꿈일까요? 아니면 실제 일어날 가능성이 있는 일일까요?
모르겠어요, 난 모르겠어요. 아말피타노는 퉁명스럽게 대꾸했다. 아직도 놀란
가슴이 가라앉지 않았고, 지난번 같은 만남을 반복하고 싶지 않았기 때문이다.
좋아요, 교수님이 제 생각을 알고 싶으시다면, 전 그게 사실이라고 생각하지
않아요. 젊은이 게라가 말했다. 사람들은 자기가 원하는 것을 보고 싶어 해요.
그런데 사람들이 보고자 하는 건 결코 현실에 상응하는 법이 없지요. 사람들은
마지막 숨을 거둘 때까지 비겁해요. 교수님에게만 말하는데, 일반적으로 말해
인간들은 모든 생명체 중에서 쥐새끼와 가장 가까운 존재들이에요.

　　아말피타노는 사후의 삶을 떠올리게 만드는 복도를 벗어나자마자 마르코
안토니오 게라의 손에서 빠져나가야겠다고 생각했다. 그러나 원하던 것과는 달리,
아말피타노는 아무런 불평도 못 하고 그를 계속 따라가야만 했다. 학장의 아들이
산타테레사 대학교 총장인 고명한 파블로 네그레테 박사의 그날 날짜로 된 저녁
식사 초대장을 들고 있었기 때문이다. 그래서 그는 마르코 안토니오의 차를 탔고,
마르코 안토니오는 그를 집으로 데려다주었다. 그러고는 아말피타노는 전혀
생각지도 못한 수줍은 표정을 짓더니, 아말피타노와 함께 초대받은 그의 딸이 몸을
씻고 옷을 갈아입는 동안 바깥에서 차를 지키면서 기다리겠다고 했다. 마치 그
동네에 도둑들이 들끓어서 그런다는 투였다. 물론 그의 딸이 구태여 씻고 옷을
갈아입을 필요는 없었다. 어쨌거나 로사는 마음 내키는 대로 입고 저녁 식사에
가도 상관없었다. 하지만 아말피타노는 적어도 양복을 입고 넥타이를 매고서
네그레테 박사의 집에 모습을 드러내는 게 더 바람직했다. 그건 그렇다 치고, 저녁
식사는 다른 세상의 것이 아니었기에 전혀 걱정할 필요가 없었다. 네그레테 박사는
단지 그를 만나고 싶었던 것이고, 대학 본관 총장실에서의 첫 만남이 안락하고
편안한 그의 집에서의 첫 만남보다 훨씬 냉랭했을 것이라고 생각했거나, 아니면
아말피타노에게 그렇게 알려 주려고 하는 것 같았다. 실제로 그의 집은 울창한
정원으로 둘러싸인 커다란 2층 저택이었다. 정원에는 멕시코 전역의 식물이
자랐고, 손님들이 끼리끼리 모일 수 있는 시원하고 그늘진 곳이 수없이 많았다.
네그레테 박사는 조용하고 과묵하며 생각이 깊은 사람이었고, 자기가 대화를
이끌기보다는 다른 사람들의 말을 듣는 걸 더 좋아했다. 그는 바르셀로나에 관심을
보였고, 젊었을 때 프라하에서 열린 학회에 참석했다는 사실을 떠올렸다. 그리고
지금은 캘리포니아 대학의 한 캠퍼스에서 가르치지만 과거에는 산타테레사 대학에
근무한 아르헨티나 교수에 관해 말했다. 그것을 제외하고는 저녁 식사 내내 입을
다물고 있었다. 외모로 판단해 보건대 그의 아내는 결코 아름다운 적이 없었다고
할 수 있었지만, 총장이 지니지 못한 기품을 지니고 있었다. 총장 부인은 총장보다
아말피타노를 훨씬 다정하게 대했고, 특히 로사에게 많은 관심을 기울였다. 그녀는

로사를 보자마자 자기와 마찬가지로 클라라라는 이름을 가진, 오래전부터 피닉스에서 사는 막내딸을 떠올렸다. 저녁 식사 도중에 아말피타노는 총장과 총장 부인이 애매하고 비밀스러운 시선을 교환한다는 사실을 눈치챘다. 그녀의 눈에서 아말피타노는 증오와 같은 기미를 감지했다. 반면에 총장의 얼굴에서는 갑작스러운 두려움의 빛이 나비의 날갯짓처럼 순간적으로 스쳐 지나갔다. 하지만 아말피타노는 그걸 눈치챘고, 나비의 날갯짓처럼 순간적으로 총장이 느끼는 두려움이 자기 피부에까지 스쳐 지나가기 일보 직전이라는 사실을 알았다. 다시 마음의 안정을 되찾고 저녁 식사에 초대받은 나머지 손님들을 보자, 그는 급히 판 구멍 같으며 불안한 악취가 새어 나오는 그 미세한 그림자를 아무도 감지하지 못했다는 것을 알았다.

그러나 오판이었다. 청년 마르코 안토니오 게라는 그걸 눈치챘다. 게다가 아말피타노가 눈치챘다는 것 역시 눈치챘다. 인생은 하잘것없어요. 정원으로 나오자 그는 아말피타노에게 귀엣말을 했다. 로사는 총장 부인과 페레스 교수와 함께 앉았다. 총장은 노대에 있는 유일한 흔들의자에 앉았다. 게라 학장과 다른 철학 교수 두 명은 총장 옆에 앉았다. 교수 부인들은 총장 부인 옆에서 앉을 자리를 찾았다. 미혼 독신인 세 번째 교수는 아말피타노와 마르코 안토니오 게라 옆에 서 있었다. 잠시 후 거의 할머니 나이의 늙은 하녀가 컵과 술잔이 가득 담긴 커다란 쟁반을 가지고 들어와서 대리석 테이블에 올려놓았다. 아말피타노는 그녀를 도와줘야겠다고 생각했지만, 자기 행동이 예의에 어긋난 것으로 오해받을 수도 있음을 알았다. 노인이 위태롭게 균형을 유지하면서 병 일곱 개를 더 가지고 모습을 드러내자, 아말피타노는 더는 그대로 있을 수 없어서 그녀를 도우러 갔다. 그를 보자 늙은 하녀는 눈을 둥그렇게 떴고, 쟁반이 손에서 미끄러지기 시작했다. 아말피타노는 비명을 들었다. 교수 부인 중 한 사람의 입에서 새어 나온 우스꽝스러운, 희미한 비명이었다. 그리고 그 순간, 그러니까 쟁반이 그녀의 손에서 떨어지려는 순간, 그는 젊은 게라의 그림자가 쟁반을 완벽한 균형 상태로 되돌려 놓는 것을 보았다. 괜찮아요. 부끄러워 마요, 차치타. 그는 총장 부인이 말하는 소리를 들었다. 그런 다음 젊은 게라가 술병들을 테이블 위에 올려놓고는 클라라 부인에게 술 진열장에 로스 수이시다스는 없느냐고 묻는 소리를 들었다. 그리고 게라 학장이 신경 쓰지 마십시오, 제 아들의 어리석은 생각입니다 하고 말하는 소리도 들었다. 또한 로사가 로스 수이시다스, 너무 예쁜 이름이에요 하고 말하는 소리도 들었다. 그러자 어느 교수 부인이 정말 독특한 이름이네요, 그래요, 정말이에요라고 말하는 소리도 들었다. 그리고 페레스 교수가 얼마나 놀랐는지 몰라요, 난 떨어질 거라고 생각했어요라고 말하는 소리를 들었다. 또한 어느 철학 교수가 대화 주제를 바꾸려고 멕시코 북부의 음악에 관해 이야기하는 소리도 들었다. 그리고 게라 학장이 북부의 밴드와 나머지 지방 밴드의 차이는 북부의 밴드가 항상 아코디언과 기타를 사용하면서 열두 줄짜리 기타 〈바호 섹스토〉와 일종의 〈브링코〉로 반주를 한다는 것이라고 말하는 소리를 들었다. 또한 음악에 관해 말하던 철학 교수가 브링코가 뭐냐고 묻는 소리도 들었다. 그러자 학장이 브링코란 예를 들자면 타악기 록 그룹의 드럼 세트, 혹은 케틀드럼이 될 수 있으며, 북부 음악에서 고유의 브링코는 레도바, 그러니까 좀 더 흔히 사용하는 용어로 말하자면 북채로 이해하면 된다고 설명하는 소리를 들었다. 그리고 네그레테 총장이 맞아요라고 말하는 소리도 들었다. 그런 다음 그는 위스키 한 잔을 받았고, 자기 손에 잔을 쥐여 준 사람이 누구인지 쳐다보았다. 그때 달빛을 받아 희끄무레한 젊은 게라의 얼굴을 보았다.

두 번째 증거는 의심할 여지 없이 아말피타노에게 가장 흥미로운 것이었다. 거기에는 〈아라우코 여인의 아들〉이라는 제목이 붙었고, 다음과 같이 시작했다. 〈스페인 사람들이 도착했을 때, 아라우코 사람들은 산티아고에서부터 의사소통 통로 두 개를 확보해 놓은 상태였다. 그건 바로 텔레파시와 아드킨투웨[55]였다. 놀라운 텔레파시 능력 때문에 라우타로[56]는 아직 어린 나이였지만 스페인 사람들에게 봉사하도록 어머니와 함께 북쪽으로 끌려왔다. 이렇게 라우타로는 스페인 사람들을 패배시키는 데 이바지했다. 텔레파시 능력자들은 죽을 수도 있었고 그러면 통신이 단절되기 때문에, 아드킨투웨가 만들어졌다. 1700년 이후에야 비로소 스페인 사람들은 아라우코 부족이 나뭇가지의 움직임을 통해 메시지를 보낸다는 것을 알았다. 그들은 아라우코 사람들이 콘셉시온시에서 일어나는 모든 것을 안다는 사실에 경악을 금치 못하면서 당황했다. 그들은 아드킨투웨를 발견할 수 있었지만, 결코 그걸 해석할 수는 없었다. 그들은 아라우코 사람들이 텔레파시 능력자라고는 전혀 의심하지 않았으며 《악마와의 계약》을 맺어 산티아고에서 일어나는 모든 일을 악마에게 전달받는 것이라고 여겼다. 아드킨투웨의 선 세 개가 수도에서부터 뻗어 나왔다. 하나는 안데스산맥의 버팀벽을 따라, 다른 하나는 해안을 따라, 그리고 세 번째 선은 중앙 계곡을 따라 형성되어 있었다. 원시인은 언어를 몰랐다. 원시인은 동물이나 식물처럼 뇌파로 의사를 전달했다. 의사소통을 위해 소리와 몸짓과 손의 움직임에 의지하게 되자, 텔레파시 능력이 사라지기 시작했고, 자연과 떨어져 도시에 살면서 이런 경향은 더 심해졌다. 아라우코 사람들은 두 종류로 글을 썼다. 하나는 프롬이라고 알려진 새끼줄 매듭[57]이었고, 다른 하나는 아덴투네물[58]이라고 알려진 쐐기 모양의 글쓰기였다. 그렇지만 그들은 결코 텔레파시를 통한 의사 전달을 등한시하지 않았다. 오히려 라틴 아메리카 전역과 태평양의 섬, 그리고 남쪽 끝에 흩어져 사는 몇몇 쾨가는 그 어떤 적도 부족 전체를 급습하지 못하도록 텔레파시 의사 전달 능력을 전문적으로 다루었다. 텔레파시를 통해 그들은 칠레 이주자들과 항상 연락을 취했다. 칠레 이주자들은 먼저 인도 북부에 정착했고, 그곳에서 아리아인이라고 불렸다. 그런 다음 고대 게르마니아로 향했고, 후에 펠로폰네소스로 내려갔다. 그리고 그곳에서 인도로 향하는 전통적인 경로와 태평양을 통해 칠레로 여행했다.〉 이런 글 다음에 난데없이 킬라판은 이렇게 말했다. 〈키엔쿠시는 여사제 마치[59]였다. 그녀의 딸 킨투라이는 어머니의 일을 물려받든지 아니면 첩자가 되든지 둘 중 하나를 선택해야만 했다. 그녀는 아일랜드 사람을 사랑하여 두 번째 것으로 결정했다. 그렇게 해서 그녀는 라우타로나 혼혈인인 알레호 같은 아들을 가질 희망을 품을 수 있었다. 그녀는 그 아이를 스페인 사람들 사이에서 기를 작정이었다. 그리고 스페인 사람들이 그들을 내쫓고 주인이 된 것처럼, 어느 날 그 아이는 정복자들을 마울레강 너머로 쫓아낼 군대를 이끌 터였다. 아드마푸의 법이 아라우코 사람들에게 예크몬치 밖에서 싸우는 걸 금했기 때문에 마울레강 너머로는 갈 수 없었던 것이다. 그녀의 희망은 현실이 되어, 1777년 봄[60] 팔팔이라는 곳에서 어느 아라우코 여자가 서서 출산의 고통을 견디고 있었다. 전통에 따르면, 약한 어머니에게서는 강한 아들이 태어날 수 없기 때문이었다. 그녀의 아들은 태어났고, 결국 칠레의 해방자가 되었다.〉

각주들은 본문이 명확한 설명을 하지 못했다는 듯 킬라판이 어떤 부류의 술 취한 배에 탑승했는지를 분명하게 보여 주었다. 각주 55에 아드킨투웨에 관해서 킬라판은 이렇게 적었다. 〈오랜 세월이 지난 후 스페인 사람들은 그 존재를 알게 되었지만 결코 의미를 해석할 수 없었다.〉 그리고 각주 56에는 이렇게 설명한다. 〈라우타로: 빠른 소리(《타로스》는 그리스어로 빠르다는 의미)〉. 그리고 각주 57에는 이렇게 적혀 있었다. 〈프롬: 그리스어 이름 프로메테우스를 축약한 단어. 프로메테우스는 신들에게서 글자를 훔쳐 인간들에게 준 티탄족.〉 한편 각주 58에는 〈아덴투네물: 쐐기형으로 된 비밀 문자〉, 각주 59에는 〈마치: 점쟁이, 예언하다라는 의미를 지닌 그리스어의 동사 만티스에서 파생된 말〉이라고 적었다. 한편 각주 60에서는 이렇게 설명했다. 〈봄: 아드마푸의 법은 아들들이 모든 과일이 무르익은 여름에 수태되어야 한다고 지시한다. 그래야만 대지가 모든 힘을 지니고 눈을 뜨는 봄에 태어날 수 있다. 모든 동물과 새는 이 시기에 태어난다.〉

이것으로 다음과 같은 결론을 내릴 수 있었다. (1) 모든 아라우코 사람, 적어도 이들 대부분은 텔레파시 능력을 지녔다. (2) 아라우코의 말은 호메로스의 말과 밀접한 관련을 맺고 있다. (3) 아라우코 사람들은 전 세계로 여행했다. 특히 인도와 고대 게르마니아와 펠로폰네소스로 여행했다. (4) 아라우코 사람들은 보기 드물게 훌륭한 항해자들이었다. (5) 아라우코 사람들에게는 두 종류의 글쓰기 방식이 있었다. 하나는 매듭에 바탕을 두고, 다른 하나는 쐐기 모양에 바탕을 두는데, 후자는 아직도 비밀에 싸여 있다. (6) 킬라판이 아드킨투웨라고 부르고, 스페인 사람들이 그 존재를 알았지만 끝내 해석할 수 없었던 의사소통 방식이 어떻게 이루어졌는지는 분명하지 않다. 혹시 산꼭대기처럼 전략적인 지역에 위치한 나뭇가지들의 움직임을 통해 메시지를 보낸 것은 아닐까? 미국의 평원에 살던 인디언들이 연기를 통해 신호를 보낸 것과 비슷하지 않을까? (7) 아드킨투웨와는 달리 텔레파시를 통한 의사소통이 전혀 발각되지 않았음에도 어느 순간 작동을 멈추었다면, 그건 스페인 사람들이 텔레파시 능력자들을 죽였기 때문이다. (8) 한편 텔레파시는 칠레의 아라우코 사람들이 인구가 많은 인도나 푸른 들판이 펼쳐진 독일처럼 멀리 떨어진 곳에 흩어져 있던 칠레의 이주자들과 항상 연락을 유지하도록 해주었다. (9) 이 모든 것에서 베르나르도 오이긴스 역시 텔레파시 능력자라고 유추해야만 할까? 이 책을 쓴 론코 킬라판은 텔레파시의 소유자라고 추론해야만 할까? 그렇다, 실제로 그렇게 추정해야만 한다.

또한 다른 것들도 추정할 수 있어. 그리고 조금만 더 노력을 기울이면 볼 수도 있어. 이렇게 생각하면서 부지런히 자기의 기분 상태를 측정하는 동안, 아말피타노는 뒤뜰에 걸려 어둠에 묻힌 디에스테의 책을 유심히 바라보았다. 가령 그는 책의 출판 연도인 1978년을 볼 수 있었다. 즉, 군사 독재 기간에 출간된 책이었다. 또한 그 책을 출판했을 때의 승리감과 고독, 그리고 두려움의 분위기를 유추할 수 있었다. 예를 들면 그는 약간 미쳤지만 또한 신중하기 그지없는 원주민 생김새의 신사가 산티아고의 산프란시스코 454번지에 있는, 유명한 우니베르시타리아 출판사의 출판업자들과 협상을 벌이는 모습을 볼 수 있었다. 그리고 인종 역사가이자 칠레 원주민 연합회 회장 겸 아라우코 언어 학술원 원장이 조그만 책을 출판하는 데 드는 비용이 얼마인지도 볼 수 있었다. 너무나 큰 돈이라 킬라판 씨는 정말 깎아야겠다는 생각보다는 허망한 기대감으로 액수를 깎으려고 하고, 출판사 경영자는 작업 비용이 과하지는 않다는 것을 알지만 킬라판 씨에게는 약간 깎아 줄 수 있다고 말한다. 특히나 그가 이미 완전히 탈고하고 교정까지 마친 책 두 권(『아라우코의 전설과 그리스의 전설』, 『라틴 아메리카인의 기원과 아라우코인, 아리아인, 원시 게르만인과 그리스인의 유사성』)이 더 있다고 밝히면서, 그 책들을 그곳으로 가져오겠다고 맹세하고 또 맹세하기 때문이다. 여러분, 우니베르시타리아 출판사에서 간행된 책은 첫눈에 구별됩니다. 아주 훌륭한 책이지요. 킬라판 씨는 이렇게 말하고, 이 마지막 말 때문에 출판업자, 혹은 출판사 책임자이거나 이런 문제를 다루는 훌륭한 직원은 감동하여 출판 비용을 약간 깎아 준다. 결정적인 말은 동사 〈구별된다〉와 〈훌륭한〉이라는 형용사다. 아, 아, 아, 아말피타노는 마치 갑자기 천식에 걸린 것처럼 숨 막혀 하면서 숨을 헐떡거린다. 아, 칠레.

물론 다른 무대를 상상하거나 다른 각도에서 그 슬픈 그림을 볼 수도 있었다. 그렇게 이 책이 독자의 턱에 잽(〈칠레라고 불리던 예크몬치, 지리적·정치적으로 현재의 그리스와 동일하며〉)을 날리기 시작한 것과 마찬가지로, 코르타사르[37]가 마음속으로 그린 능동적인 독자는 작가의 고환을 발로 차면서 독서를 시작할 수

---

37 Julio Cortázar(1914~1984). 아르헨티나의 소설가. 『팔방 놀이』에서 수동적 독자인 〈암컷 독자〉와 능동적 독자인 〈수컷 독자〉 개념을 언급한다.

있었고, 즉시 이 작가 속에서 허수아비, 즉 첩보 부대의 어느 대령에게 봉사하는 하인, 혹은 지식인인 체하려는 어느 장군의 하인 모습을 볼 수 있었다. 물론 칠레라는 점을 감안한다면, 이런 현상은 그리 이상하지 않았다. 오히려 그 반대였다면 더 이상했을 것이다. 칠레에서는 군인들이 마치 작가처럼 행동했고, 이에 지지 않으려는 듯 작가들은 군인처럼 행동했으며, 모든 유형의 정치인들은 작가나 군인처럼 행동했고, 외교관들은 멍청한 천사처럼 행동했으며, 의사와 변호사들은 도둑놈처럼 행동했다. 그렇게 지겨울 정도로, 그리고 낙담할 정도로 계속 열거할 수 있을 것이다. 그러나 다시 본론으로 되돌아가면, 킬라판이 그 책을 쓰지 않았을지도 모른다는 가능성이 제기된다. 그리고 킬라판이 그 책을 쓰지 않았다면, 마찬가지로 킬라판이라는 사람이 존재하지 않았을 가능성도 있다. 다시 말하면, 칠레 원주민 연합회 회장이라는 사람은 없을 수도 있는데, 여러 가지 이유 중에서도 아마도 그런 원주민 연합회는 없을 것이라는 게 가장 큰 이유다. 또한 아라우코 언어 학술원 원장이라는 사람도 없을 수 있는데, 아라우코 언어 학술원이란 것이 아예 존재한 적이 없을 수도 있기 때문이란 것이 한 이유다. 모든 게 거짓이다. 모두가 존재하지 않는다. 그런 관점에서 본다면 킬라판은 피노체트[38]의 필명이 될 수도 있어. 아말피타노는 생각하면서 창문 밖으로 디에스테의 책이 (아주 가볍게) 흔들리는 데 따라 자기 고개를 움직였다. 혹은 피노체트가 보낸 기나긴 불면의 또 다른 이름이 될 수도 있고, 매우 생산적인 그의 아침을 표현하는 이름이 될 수도 있었다. 피노체트는 아침 6시나 5시 반에 일어나 샤워를 하고 운동을 약간 한 다음, 서재에 틀어박혀 국제 언론의 모욕적인 기사들을 살펴보았고, 해외에서 칠레가 누리는 악명에 대해서 생각하곤 했기 때문이다. 그러나 과다한 상상을 할 이유도 없었다. 의심할 여지 없이 킬라판의 글은 피노체트의 글이 될 수도 있었다. 하지만 역시 아일윈[39]이나 라고스[40]의 글도 될 수 있었다. 킬라판의 글은 프레이[41]의 글이 될 수도 있거나(이건 많은 의미를 지닌다), 어느 우익 네오파시스트들의 글도 될 수 있었다. 론코 킬라판의 글에는 칠레의 모든 문체가 들어가 있을 뿐만 아니라, 보수주의자부터 공산주의자에 이르기까지, 신자유주의자들부터 MIR[42]의 늙은 생존자들에 이르기까지, 모든 정치 성향도 포함하고 있었다. 킬라판은 칠레에서 말하고 사용되는 고급 스페인어를

---

38 Augusto Pinochet(1915~2006). 살바도르 아옌데 사회주의 정권을 전복하고 1973년부터 1990년까지 칠레의 대통령을 지낸 군사 독재자.

39 Patricio Aylwin(1918~2016). 아우구스토 피노체트 장군의 군사 독재가 끝나고 칠레가 민주 정권으로 복귀한 이후 선출된 첫 번째 대통령으로 1990년부터 1994년까지 집권했다.

40 Ricardo Lagos(1938~). 변호사이며 경제학자이고 사회 민주당의 정치인으로, 2000년부터 2006년까지 칠레의 대통령으로 재임했다.

41 Eduardo Frei Ruiz-Tagle(1942~). 1994년부터 2000년까지 칠레의 대통령으로 있었으며, 우익 기독 민주당의 정치인이다.

42 혁명 좌익 운동의 약자. 1965년에 창설되었다. 1970년 사회주의자 살바도르 아옌데 대통령이 정권을 잡자 무력 투쟁을 중지하고 대통령 편에 서지만, 1973년 피노체트가 주도한 군사 쿠데타 이후 심한 탄압을 받았다. 1990년 칠레에 민주주의 정권이 수립되자, 〈함께 더 많은 일을〉 연합 운동의 일원으로 참여했다.

구사하며, 그의 말투에서는 몰리나 수도원장의 앙상한 코뿐만 아니라, 파트리시오 린치[43]의 살생, 에스메랄다호[44]의 끝없는 조난, 아타카마 사막과 풀을 뜯어 먹는 소 떼를 비롯해 구겐하임 장학금도 나타난다. 또한 군사 독재의 경제 정책을 찬양하는 사회주의자들, 호박튀김을 파는 길모퉁이, 〈모테 콘 우에시요〉,[45] 움직이지 않는 붉은 깃발 속에서 잔물결을 일으키는 베를린 장벽의 귀신들, 가정 폭력, 마음씨 착한 창녀들, 싸구려 주택들, 칠레에서는 〈원한〉이라고 부르고 아말피타노는 광기라고 부르는 것도 스며들어 있었다.

그러나 그가 정말로 찾던 것은 이름이었다. 오이긴스의 어머니인 텔레파시 능력자의 이름이었다. 킬라판에 따르면 그녀는 킨투라이 트레울렌으로 키엔쿠시와 와라망케 트레울렌의 딸이었다. 공식 역사에서 보면 이사벨 리켈메였다. 여기에 이르자, 아말피타노는 어둠 속에서 가볍게 흔들리던 디에스테의 책을 그만 바라보고, 앉아서 자기 어머니 이름 에우헤니아 리켈메(실제로는 필리아 마리아 에우헤니아 리켈메 그라나)를 생각하기로 마음먹었다. 그는 순간적으로 깜짝 놀랐다. 약 5초 동안 머리카락이 곤두섰다. 웃으려고 했지만 그럴 수 없었다.

난 당신을 이해해요. 마르코 안토니오 게라가 말했다. 그러니까 내가 잘못 생각하는 게 아니라면, 난 당신을 이해한다고 생각합니다. 당신은 나 같고, 나는 당신 같습니다. 우리는 행복하지 않습니다. 우리는 질식할 것 같은 분위기에서 삽니다. 우리는 아무 일도 없는 것처럼 가장하지만, 실제로는 잘못된 일이 일어나고 있습니다. 그게 무슨 일일까요? 우리는 빌어먹게도 질식하고 있습니다. 당신은 나름대로 그런 상황에서 벗어납니다. 나는 사람들을 때리거나 사람들이 나를 때리도록 합니다. 하지만 내가 벌이는 싸움은 하찮은 싸움이 아닙니다. 죽을 정도로 마구 때리는 싸움입니다. 비밀을 한 가지 말해 주지요. 가끔씩 나는 밤에 외출해서 당신이 상상할 수 없는 술집으로 갑니다. 그곳에서 게이인 양 행동합니다. 그러나 별 볼 일 없는 게이가 아니라, 세련되고 건방지고 빈정대는 게이, 소노라주의 가장 더러운 돼지우리에 있는 데이지[46]지요. 물론 내 안에는 게이 같은 부분이 눈곱만큼도 없어요. 돌아가신 우리 어머니 무덤을 두고 맹세할 수 있어요. 하지만 게이인 것처럼 위장하지요. 모든 사람을 무시하고 경멸하는, 돈 많고 거만한 게이처럼 행동하지요. 그러면 일어나야만 할 일이 일어나고 말아요. 두세 놈이 내게 밖으로 나가자고 하지요. 그리고 발길질이 시작되지요. 난 그걸 알지만 개의치 않아요. 가끔씩 그들이 내게 혼쭐나지요. 특히 내가 권총을 가지고 있을 때는 말이에요. 그리고 다른 때는 내가 혼쭐나지요. 하지만 신경 쓰지

43 Patricio Lynch(1824~1886). 칠레 해군 장성이며, 칠레가 볼리비아·페루 연합군과 싸운 태평양 전투에서 혁혁한 전과를 세웠다. 〈페루의 부왕〉 혹은 〈붉은 왕자〉라는 별명으로 불리며, 칠레의 영웅으로 여겨진다.
44 남미 태평양 전쟁에서 중요한 역할을 수행한 전함 중 하나로, 1879년 5월에 이키케 해상 전투에서 침몰했다.
45 칠레의 국민 음료로, 삶은 옥수수알이나 말린 복숭아를 넣은 주스.
46 동성애자를 의미한다.

않습니다. 난 이 빌어먹게 질식할 상황에서 벗어날 필요가 있으니까요. 내게는
친구가 몇 명 없지만, 그 친구들, 이미 대학을 졸업하여 변호사가 된 내 또래
친구들은 몸조심하라고, 내가 시한폭탄 같고 마조히스트라고 말한답니다. 내가
무척 좋아하는 어떤 친구는 나 같은 사람만 이런 것들을 누릴 수 있다고 말했지요.
문제에 휘말릴 때면 날 꺼내 줄 수 있는 아버지가 있기 때문이지요. 그러나 그건
순전히 우연의 일치일 뿐입니다. 나는 아버지에게 어떤 것도 요구하지 않았어요.
사실대로 말하자면, 내겐 친구가 없고, 친구를 갖고 싶지도 않아요. 적어도 멕시코
친구들을 갖고 싶지 않습니다. 우리 멕시코 사람들은 속이 썩을 대로 썩은
사람들이란 걸 아나요? 모두가 그렇습니다. 여기에는 한 명의 예외도 없지요.
멕시코 공화국 대통령부터 광대나 다름없는 마르코스 부사령관[47]까지 말입니다.
내가 마르코스 부사령관이라면, 뭘 하고 싶은지 아세요? 충분하고 강력한 병력이
있다면, 모든 병력을 동원하여 치아파스의 아무 도시나 하나 골라 공격할 겁니다.
거기서 내 불쌍한 원주민들을 죽여 버릴 겁니다. 그런 다음에는 아마도 마이애미로
가서 살 겁니다. 어떤 종류의 음악을 좋아하나요? 아말피타노가 물었다. 클래식
음악입니다, 교수님. 비발디, 치마로사, 바흐지요. 그럼 주로 어떤 책들을 읽지요?
전에는 가리지 않고 닥치는 대로 모두 읽었습니다, 교수님. 항상 책을 읽으며
지냈습니다. 하지만 지금은 시만 읽습니다. 오직 시만이 오염되지 않았거든요.
오직 시만이 장삿속에서 벗어나 있으니까요. 내 말을 이해하시는지 모르겠네요,
교수님. 물론 모든 시가 그런 것은 아니지만, 오직 시만이 몸에 좋은 음식이며,
시만이 빌어먹을 똥이 아닙니다.

젊은 게라의 목소리는 편평하며 무해한 파편이 되어 덩굴 식물에서
흘러나왔다. 그는 게오르크 트라클[48]이 내가 좋아하는 시인 중 하나입니다라고
말했다.

아말피타노가 완전히 기계적으로 수업을 하는 동안, 트라클이라는 이름은
바르셀로나의 집 근처에 있던, 로사에게 약이 필요할 때마다 달려가던 약국을
떠오르게 만들었다. 약국 종업원 중 하나는 10대에서 갓 벗어난 약사였다. 그는
너무 심할 정도로 말랐으며 커다란 안경을 썼는데, 그 약국 야간 당번 때마다 늘
책을 읽고 있었다. 어느 날 밤 아말피타노는 젊은 약사가 선반에서 약품을 찾는
동안, 대화로 어색한 분위기를 누그러뜨리려고 그에게 무슨 책을 좋아하며, 지금
읽고 있는 책이 무엇이냐고 물었다. 약사는 고개를 돌리지도 않은 채『변신』,
『필경사 바틀비』, 『순박한 마음』, 『크리스마스 캐럴』과 같은 종류를 좋아한다고

---

47 1994년 1월 1일 민주주의와 자유, 토지와 빵과 원주민에 대한 정의를 요구하며 공개적으로 모습을 드러낸 멕
시코 원주민 무장 그룹 사파티스타 민족 해방군의 대변인이자 사상가, 지휘자.
48 Georg Trakl(1887~1914). 오스트리아의 초기 표현주의 시인. 애수와 우울, 시대의 몰락에 대한 예감을 기본
음조로 하는 몽환적이고 음악적인 시들을 썼다.

대답했다. 그러고서 트루먼 카포티의『티파니에서 아침을』을 읽고 있다고 말했다.
『순박한 마음』과『크리스마스 캐럴』은 엄밀히 말해 책이라기보다는
중편소설이기에 예외로 치더라도, 책을 좋아하는 젊은 약사의 취향은 무언가를
드러내 주었다. 아마도 그는 전생에 트라클이었던지, 아니면 아마도 먼 옛날에
살았던 오스트리아 작가처럼 아직도 너무나도 절망적인 시를 쓰려고 마음먹은
사람 같았다. 그리고 그는 이론의 여지 없이 대작보다는 소품이라 할 수 있는
작품을 선호했다. 그는『소송』대신『변신』을,『모비딕』대신『필경사 바틀비』를,
『부바르와 페퀴셰』대신『순박한 마음』을,『두 도시 이야기』나『피크위크
페이퍼스』대신『크리스마스 캐럴』을 골랐다. 너무나 슬픈 역설이야. 아말피타노는
생각했다. 이제는 심지어 책을 좋아하는 약사조차도 위대하고 불완전하며
압도적인 작품들, 즉 미지의 세계 속에서 길을 열어 주는 작품들을 읽기 두려워해.
사람들은 위대한 스승들의 완벽한 연습 작품만 골라서 읽고 있어. 마찬가지
이야기지만, 그들은 위대한 스승들이 연습 경기 하는 걸 보고 싶어 해. 하지만
위대한 스승들이 무언가와 맞서 싸울 때, 그러니까 피를 흘리며 치명적인 상처를
입고 악취를 풍기면서 우리 모두를 위협하고 두려움으로 사로잡는 것과 맞서 싸울
때는 전혀 관심을 보이지 않아.

그날 밤 젊은이 게라의 호언장담이 아직도 그의 머릿속 깊숙한 곳에서 메아리
치는 동안, 아말피타노는 20세기의 마지막 공산주의 철학자가 장밋빛 대리석
마당에 나타나는 것을 보는 꿈을 꾸었다. 그는 러시아어로 말했다. 아니, 좀 더
정확하게 말하자면, 그의 커다란 몸은 러시아어로 노래하면서 새빨간 줄 친
마욜리카 도자기들이 있는 곳으로 성큼성큼 걸어갔다. 그것들은 평평한 마당
지면에서 일종의 분화구나 변소 구멍처럼 툭 불거져 나왔다. 최후의 공산주의
철학자는 검은 양복을 입고 하늘색 넥타이를 맸으며, 머리카락은 희끗희끗했다.
금방이라도 고꾸라질 것 같다는 인상을 풍겼지만, 그는 기적처럼 똑바로 서
있었다. 그가 부르는 노랫가락이 늘 한결같지는 않았다. 취태와 사랑을 기리는
발라드풍 팝 음악이나 탱고 노래 가사로 사용된 영어나 프랑스어 단어를 종종
뒤섞었기 때문이었다. 하지만 이렇게 다른 가사가 끼어드는 경우는 산발적이었을
뿐 오래 지속되지 않았고, 이내 다시 원래 노래로 되돌아왔다. 아말피타노는
러시아어 노래를 알아들을 수 없었지만(비록 꿈속이었지만, 신약의 복음서들과
마찬가지로 사람들은 언어에 대한 타고난 재능을 갖고 있었다), 가사가 매우
슬프다는 것을 직감했다. 마치 밤새 항해하면서 태어나 죽어야만 하는 인간의 슬픈
운명을 달과 함께 불쌍히 여기는 볼가강[49]의 사공 이야기나 탄식 같았다. 마침내
최후의 공산주의 철학자가 분화구인지 변소 구멍인지에 도착하자, 아말피타노는
그가 다름 아닌 보리스 옐친이라는 사실을 깨닫고서 경악을 금치 못했다. 이
사람이 최후의 공산주의 철학자란 말인가? 이런 터무니없는 꿈을 꾸는 나는

[49] 러시아 남동부를 지나 카스피해로 흘러 들어가는 유럽에서 가장 긴 강.

도대체 어떤 종류의 미친놈이 되어 가는 것일까? 그러나 꿈은 아말피타노의
영혼을 괴롭히지 않고 사이좋은 관계를 유지했다. 악몽은 아니었다. 게다가 가벼운
깃털처럼 일종의 행복감을 선사했다. 그때 보리스 옐친이 궁금하다는 표정으로
아말피타노를 쳐다보았다. 마치 아말피타노가 그의 꿈속에 들어온 사람이지,
자기가 아말피타노의 꿈속에 들어온 게 아니라는 것 같았다. 그러고서 이렇게
말했다. 동지, 내 말 잘 들으시오. 나는 동지에게 인간의 테이블이 가져야 하는 세
번째 다리가 무엇인지 설명하려고 하오. 그걸 동지에게 설명할 참이오. 그러고
나면 날 혼자 가만히 내버려두시오. 인생은 수요와 공급, 혹은 공급과 수요라오.
모든 게 그것으로 요약될 수 있소. 하지만 그렇게는 살 수 없소. 역사는 공허의
쓰레기 구덩이로 계속해서 무너져 내리고 있소. 인간의 테이블이 역사의 쓰레기
구덩이로 무너지지 않으려면 세 번째 다리가 필요하오. 그러니 받아 적으시오.
방정식은 바로 공급+수요+마술이오. 그런데 마술이 무엇이오? 마술은 서사시이며
동시에 섹스고 디오니소스의 안개며 놀이요. 그러고 나서 옐친은 분화구 혹은 변소
구멍에 앉아 아말피타노에게 잘린 손가락들을 보여 주었고, 자기의 어린 시절과
우랄 지방과 시베리아 지방, 그리고 눈 덮인 무한한 공간 속에서 배회하던
백호(白虎)에 관해 말했다. 그러더니 양복 주머니에서 조그만 보드카병을 꺼내고는
이렇게 말했다.

「이제 술을 한잔 마셔야 할 시간인 것 같소.」

술을 마신 후, 그는 사냥꾼처럼 교활한 눈을 가진 불쌍한 칠레 교수를
쳐다보았다. 그러고는 최대한 발랄하고 생기 있게 다시 노래를 흥얼거렸다. 그런
다음 그는 붉은 줄무늬가 새겨진 분화구로 혹은 붉은 줄무늬가 새겨진 변소 구멍
속으로 사라졌고, 아말피타노는 혼자서 구멍을 쳐다볼 엄두를 내지 못했다. 그것은
그가 잠에서 깨어날 도리밖에 없었다는 의미였다.

페이트에
관하여

언제 이 모든 걸 시작했지? 그는 생각했다. 언제 내가 가라앉은 거지?
희미하게 알던 아스테카의 어두운 호수다. 악몽이었다. 그런데 여기서 어떻게 나갈
수 있을까? 이 상황을 어떻게 해야 할까? 그런 다음 다른 질문들이 쏟아졌다.
정말로 내가 여기서 나가고 싶어 하는 것일까? 정말로 내가 모든 걸 놔두고 떠나고
싶어 하는 것일까? 그는 이런 생각도 했다. 이제 고통은 중요하지 않아. 아마도
우리 어머니가 돌아가시면서 모든 게 시작되었을 거야 하고도 생각했다. 그리고
고통은 중요하지 않아, 그것이 더욱 커지거나 참을 수 없을 정도가 아니라면
말이야 하고도 생각했다. 마찬가지로 빌어먹을, 아프잖아, 젠장, 아프잖아라고도
생각했다. 신경 쓰지 마, 개의치 마 하고도 생각했다. 그는 유령에 둘러싸여 있었다.

퀸시 윌리엄스는 그의 어머니가 세상을 떠났을 때 서른 살이었다. 어느 이웃
여자가 그의 직장으로 전화를 걸었다.
「퀸시.」 그녀가 말했다. 「에드나가 숨을 거두었어.」
그는 언제 어머니가 죽었느냐고 물었다. 전화선 저쪽에서 흐느끼는 여자의
울음소리가 들렸다. 그리고 다른 목소리도 들렸다. 아마도 마찬가지로 여자들
목소리인 것 같았다. 그는 어떻게 돌아가셨느냐고 물었다. 아무도 대답하지 않았고,
그는 전화를 끊었다. 그리고 어머니의 전화번호를 돌렸다.
「누구죠?」 어느 여자가 성난 목소리로 말하는 것이 들렸다.
그는 우리 어머니가 지옥에 있어라고 생각했다. 그는 다시 전화를 끊었다.
그리고 다시 전화를 걸었다. 이번에는 젊은 여자가 전화를 받았다.
「퀸시예요, 에드나 밀러의 아들이에요.」 그가 말했다.
여자는 뭐라고 외쳤지만, 알아들을 수 없었다. 그리고 잠시 후 다른 여자가
전화를 받았다. 그는 이웃집 여자를 바꿔 달라고 했다. 침대에 누워 있어요. 여자가
대답했다. 퀸시, 방금 전에 심장 발작을 일으켰어요. 우리는 앰뷸런스가 와서
그녀를 병원으로 데려가길 기다리고 있어요. 그는 자기 어머니에 관해서 물어볼
엄두를 내지 못했다. 욕설을 내뱉는 남자의 목소리가 들렸다. 남자는 복도에 있는
게 틀림없었고, 그의 어머니 아파트 현관문은 열려 있음이 분명했다. 그는 손을

이마에 대고서 전화를 끊지 않은 채 누군가가 뭐라도 설명해 주길 기다렸다. 두 여자의 목소리가 욕을 지껄인 남자를 나무랐다. 그들은 남자의 이름을 말했지만, 그는 그 이름을 분명하게 들을 수 없었다.

옆 책상에서 타이핑을 하던 여자가 무슨 일이 있는 거냐고 물었다. 그는 마치 중요한 것을 듣고 있는 것처럼 한 손을 올렸고, 고개를 가로저었다. 여자는 계속해서 타이핑을 했다. 잠시 후 퀸시는 전화를 끊고 의자 등에 걸린 재킷을 입고는 가봐야 한다고 말했다.

어머니의 집에 도착한 그의 눈엔 소파에 앉아 텔레비전을 보던 열다섯 살짜리 여자아이만 들어왔다. 그가 들어오는 것을 보자 여자아이는 벌떡 일어났다. 키는 1미터 85센티미터는 족히 되어 보였고, 아주 날씬했다. 청바지를 입었고, 마치 길고 품이 큰 겉옷처럼, 노란 꽃무늬가 새겨진 아주 헐렁한 검은 드레스를 걸치고 있었다.

「어디에 계셔?」 그가 물었다.

「방에요.」 여자아이가 말했다.

그의 어머니는 눈을 감고서 외출할 것처럼 옷을 입은 채 침대에 누워 있었다. 심지어 입술에도 립스틱이 칠해져 있었다. 단지 신발만 신지 않았다. 잠시 퀸시는 문간에 서서 어머니의 발을 쳐다보았다. 통통한 발가락 두 개에는 굳은살이 박여 있었다. 그는 또한 발바닥에서도 굳은살을 보았다. 그녀를 고통스럽게 했을 것이 분명한 커다란 굳은살이 몇 군데 있었다. 그러나 그는 자기 어머니가 루이스 거리에 있는 존슨 박사라는 발 전문가에게 갔다는 사실을 떠올렸다. 항상 그 사람만 찾아갔고, 그래서 굳은살 때문에 그다지 고통받지는 않았을 거라고 생각했다. 그런 다음에 어머니의 얼굴을 쳐다보았다. 마치 밀랍으로 만든 얼굴 같았다.

「이제 가봐야겠어요.」 여자아이가 거실에서 말했다.

퀸시는 방에서 나와 여자아이에게 20달러짜리 지폐를 쥐여 주려고 했지만, 여자아이는 돈을 받으려고 그 일을 한 건 아니라고 말했다. 그는 괜찮다고, 받으라고 재차 청했다. 마침내 여자아이는 지폐를 받아서 바지 주머니에 넣었다. 그렇게 하기 위해 그녀는 드레스를 엉덩이까지 걷어 올려야만 했다. 마치 수녀나 아니면 위험한 사이비 종교의 신자 같아. 퀸시는 생각했다. 여자아이는 그에게 종이쪽지를 내밀었다. 누군가가 동네 장의사 전화번호를 적어 준 종이였다.

「그 사람들이 모든 걸 책임지고 처리할 거예요.」 그녀가 근엄하고 침통한 표정으로 말했다.

「알았어.」 그가 말했다.

그는 이웃집 여자에 관해 물었다.

「병원에 계셔요. 아마도 심장 박동 조절 장치를 달고 있을 거예요.」 여자아이가 말했다.

「박동 조절기를?」

「그래요. 심장에 말이에요.」여자아이가 말했다.

여자아이가 떠나자, 퀸시는 자기 어머니가 이웃 사람들과 동네 사람들에게 많은 사랑을 받았지만, 얼굴이 분명하게 떠오르지 않는 어머니의 이웃집 여자는 누구보다도 어머니를 사랑했다고 생각했다.

그는 장의사에 전화를 걸었고, 트리메인이라는 사람과 이야기를 나누었다. 그에게 자기는 에드나 밀러의 아들이라고 말했다. 트리메인은 메모를 들춰 보았고, 여러 번 애도하면서 종이를 뒤졌다. 그 종이를 찾자 그는 잠시 기다리라고 하고서, 로런스라는 사람에게 전화를 바꿔 주었다. 이 사람은 그에게 어떤 등급의 장례식을 원하느냐고 물었다.

「간소하면서도 정성 어린 것으로요.」퀸시가 말했다. 「아주 간소하면서도 아주 정성 어린 것으로요.」

마침내 그들은 그의 어머니를 화장하기로 하고, 뜻밖의 사고만 없다면 장례식은 다음 날 저녁 7시에 장례식장에서 치르기로 합의했다. 7시 45분이면 모든 게 끝날 예정이었다. 그는 좀 더 빨리 장례를 치를 수 없느냐고 물었다. 그러나 대답은 부정적이었다. 그런 다음 로런스 씨는 조심스럽게 금전적인 문제에 접근했다. 아무 문제도 없었다. 퀸시는 자기가 경찰이나 병원에 전화를 해야만 하는지 알고 싶었다. 아닙니다, 그 문제는 이미 홀리 부인이 처리하고 있습니다. 로런스 씨가 말했다. 퀸시는 마음속으로 누가 홀리 부인인지 생각했지만, 짐작조차도 할 수 없었다.

「홀리 부인은 돌아가신 당신 어머니의 이웃입니다.」로런스 씨가 말했다.

「그렇군요.」퀸시가 말했다.

잠시 두 사람은 침묵을 지켰다. 마치 두 사람이 에드나 밀러와 그 이웃 사람의 얼굴을 기억하거나 재구성하려는 것 같았다. 로런스 씨가 목청을 가다듬었다. 그는 퀸시에게 그의 어머니가 어떤 교회를 다녔느냐고 물었다. 특별한 종교적 취향이 있는지 물었다. 퀸시는 자기 어머니가 추락 천사라는 기독교 교회의 신자였다고 대답했다. 그러면서 아니라고, 그 교회가 그렇게 불리지 않을지도 모른다고 말했다. 그는 교회 이름을 기억할 수 없었다. 그러자 사실은 그런 이름이 아니라, 속죄한 천사들이라는 기독교 교회입니다라고 로런스 씨가 말했다. 맞아요. 퀸시가 말했다. 그러고서 기독교 의식을 따르는 장례식이면 충분하고도 남는다면서, 종교적으로 선호하는 건 없다고 말했다.

그날 밤 그는 어머니 집의 소파에서 잤고, 딱 한 번 어머니의 침실에 들어가서 시체를 흘깃 쳐다보았다. 이튿날 해가 뜰 무렵, 장의사 직원들이 도착해서 그의 어머니를 데려갔다. 그는 잠에서 깨어나 그들을 맞이했고, 수표를 내주었으며, 그들이 소나무 관을 들고 어떻게 계단을 내려가는지 지켜보았다. 그런 다음 다시 소파에서 잠들었다.

　　잠에서 깨어나면서 그는 얼마 전에 본 영화에 관한 꿈을 꾸었다고 믿었다. 그러나 모든 게 달랐다. 작중 인물들은 흑백이었고, 그래서 꿈속 영화는 실제 영화 원판 같았다. 또한 전혀 다른 일들이 일어났다. 줄거리와 일화들은 똑같았지만 결말이 달랐거나, 아니면 어느 순간 갑자기 뜻하지 않게 변해서 완전히 다른 영화가 되어 버렸다. 그러나 무엇보다도 끔찍했던 것은, 꿈을 꾸는 동안 그는 내용이 반드시 그렇게 전개될 필요는 없음을 알았고, 영화와의 유사성도 감지했다는 것이었다. 그러면서 두 영화는 동일한 전제에서 출발하며, 그가 본 영화가 진짜 영화라면 다른 영화, 즉 꿈꾼 영화는 상세한 설명을 단 논평이거나 비평이 될 수 있으며, 반드시 악몽이 될 필요는 없다는 사실을 깨달았다고 생각했다. 어쨌거나 모든 비평은 악몽이 되는 거야 하고 생각하면서, 그는 이제 어머니의 시신이 떠나 버린 집에서 세수를 했다.

　　또한 그는 어머니가 그에게 뭐라고 했을까도 생각했다. 남자답게 되고, 너의 십자가를 지고 다니도록 해라.

　　직장에서는 모든 사람이 그를 오스카 페이트라고 불렀다. 그러나 다시 직장으로 되돌아갔을 때에는 누구도 그에게 말을 하지 않았다. 특별히 무슨 말을 해야 할 이유도 없었다. 그는 배리 시먼에 관해 수집해 놓은 메모를 잠시 쳐다보았다. 옆 책상의 여자는 자리에 없었다. 그래서 그는 메모를 서랍에 넣고 열쇠로 잠그고는 점심을 먹으러 나갔다. 엘리베이터에서 잡지 편집인과 마주쳤다. 그는 10대 살인에 관한 기사를 쓰는 젊고 뚱뚱한 여자와 함께 있었다. 그들은 고개를 끄덕여 인사를 나눈 후 각자 다른 길로 갔다.

　　그는 두 블록 떨어진 곳에 있는 싸고 맛있는 식당에서 프랑스식 양파수프와 오믈렛을 먹었다. 전날부터 아무것도 먹지 못했기 때문에, 음식을 먹자 기분이 좋아졌다. 음식값을 치르고 나가려는 순간 스포츠면에서 일하는 사람이 그를 불러 맥주 한잔 마시자고 청했다. 바에 앉아서 기다리는 동안, 그 기자는 그날 아침 시카고 근교에서 복싱을 담당하던 부서 책임자가 죽었다고 말해 주었다. 사실 복싱 담당 부서라는 건 좋게 말해 그렇다는 것이었다. 복싱을 담당하는 건 죽은 사람 뿐이었기 때문이다.

　　「어떻게 죽었는데?」 페이트가 물었다.

　　「시카고의 몇몇 흑인이 칼로 난자해서 죽였어.」 동료가 말했다.

　　웨이터가 바에 햄버거 하나를 올려놓았다. 페이트는 맥주잔을 비우고는 동료의 어깨를 손으로 툭툭 치면서 이제 그만 가봐야겠다고 말했다. 유리문 앞에 도착하자, 그는 고개를 돌려 손님들로 북적대는 식당과 스포츠부에서 일하는 기자의 뒷모습, 그리고 그와 함께 말하거나 아니면 서로 눈을 쳐다보면서 먹는 사람들, 또는 한시도 쉬지 않고 움직이는 세 웨이터를 바라보는 사람들을 바라보았다. 그러고 나서 문을 열고 거리로 나왔고, 다시 식당 내부를 쳐다보았다.

하지만 그 사이에 유리문이 있었기 때문에 모든 게 다르게 보였다. 그는 걷기
시작했다.

「언제 떠날 생각인가, 오스카?」부장이 물었다.

「내일요.」

「필요한 건 모두 준비되었어?」

「예, 아무 문제도 없습니다. 모두 준비되었어요.」페이트가 말했다.

「그래, 그런 태도가 마음에 들어.」부장이 말했다.「지미 로웰이 죽었다는 거
아나?」

「예, 얼핏 들었습니다.」

「시카고 근처 파라다이스 시티에서 죽었어. 그곳에 여자를 두었다더군.
자기보다 스무 살 어린 여자인데, 유부녀였대.」

「지미는 몇 살이었죠?」페이트가 무덤덤한 어조로 물었다.

「아마 쉰다섯 정도 되었을 거야. 경찰이 여자의 남편을 체포했는데, 우리
시카고 주재 기자에 따르면, 아마 그녀도 살인 사건에 연루되었을 거라고 하더군.」
부장이 말했다.

「지미는 거의 1백 킬로그램이나 나가는 거구 아니었나요?」페이트가 물었다.

「아니야, 지미는 거구도 아니고, 1백 킬로그램이나 나가지도 않았어. 대략
키는 1미터 70센티미터 정도고 몸무게는 80킬로그램 정도야.」부장이 말했다.

「제가 다른 사람과 헛갈렸나 봅니다.」페이트가 말했다.「종종 점심을 함께
먹던 레미 버튼이라는 거구와 혼동한 모양입니다. 엘리베이터에서 가끔씩
마주치곤 했죠.」

「그래. 지미는 거의 사무실로 출근하지 않았어. 항상 여행을 다녔지. 1년에 한
번 정도만 이곳에 모습을 드러냈어. 아마도 탬파에서 산 것 같아. 아니, 일정한
주거지 없이 호텔과 공항에서 평생을 보냈을지도 몰라.」부장이 말했다.

그는 샤워를 했지만 면도는 하지 않았다. 자동 응답기에 남겨진 메시지를
들었다. 그리고 사무실에서 가져온 배리 시먼에 관한 파일을 탁자 위에
올려놓았다. 깨끗한 옷으로 갈아입고 거리로 나갔다. 아직 시간이 있었기 때문에,
먼저 어머니의 아파트로 갔다. 그리고 그곳에서 악취가 풍긴다는 걸 알았다. 그는
부엌으로 갔고, 썩은 걸 하나도 발견하지 못하자 쓰레기봉투를 묶고는 창문을
열었다. 그런 다음 소파에 앉아 텔레비전을 켰다. 텔레비전 옆 선반에
비디오테이프가 몇 개 있었다. 잠시 그는 그것들을 살펴봐야겠다고 생각했지만,
거의 즉시 그런 생각을 떨쳐 버렸다. 틀림없이 어머니가 텔레비전 프로그램을
녹화해 놓았다가 나중에, 그러니까 밤에 본 비디오테이프임이 분명했다. 그는 좀
더 기분 좋은 걸 생각하려고 노력했다. 자기가 해야 할 모든 일을 마음속으로
훑어보려고 했다. 그러나 그럴 수 없었다. 잠시 꼼짝도 하지 않고 앉았다가,

텔레비전을 끄고 열쇠와 쓰레기봉투를 들고서 집에서 나갔다. 내려가기 전에 옆집 여자네 집 현관문을 두드렸다. 아무도 대답하지 않았다. 거리로 나온 그는 가득 찬 쓰레기 수거통에 쓰레기봉투를 던졌다.

장례식은 간소했고, 극단적으로 효율 위주였다. 그는 두어 가지 서류에 서명했다. 그리고 다른 수표를 건네주었다. 그는 먼저 트리메인의 애도를 받았고, 그런 다음 장례식이 끝날 무렵, 그러니까 어머니의 유골이 담긴 상자를 들고 가려는 찰나에 나타난 로런스 씨의 애도를 받았다. 서비스에 만족하십니까? 로런스 씨가 물었다. 장례식이 진행되는 동안 그는 영결식장 한쪽 구석에 앉아 있는 키가 큰 여자아이를 다시 보았다. 그 애는 어제와 마찬가지로 청바지에 노란 꽃무늬가 새겨진 검은 드레스를 입고 있었다. 그는 그녀를 쳐다보면서 다정하게 손짓하려고 했지만, 그녀는 그를 쳐다보지 않았다. 나머지 조문객들은 그가 모르는 사람들이었다. 여자들이 대부분이어서, 어머니의 친구들일 것이라고 추측했다. 마침내 참석자들 중 두 여자가 그에게 다가와서 뭐라고 말했지만 무슨 말인지 알아들을 수 없었다. 아마도 위로의 말이거나 비난의 말이었을 것이다. 그는 다시 어머니의 집으로 발길을 옮겼다. 비디오테이프 옆에 유골함을 놔두고서 다시 텔레비전을 켰다. 이제는 악취가 풍기지 않았다. 아파트 건물 전체가 침묵에 잠겨 있었다. 마치 아무도 없거나 아니면 모두가 급한 일을 하러 나간 것 같았다. 그는 창밖으로 장난을 치고 말하는(아니면 음모를 꾸미는) 몇몇 10대 아이를 보았는데, 두 가지를 동시에 하는 아이들은 없었다. 다시 말하자면, 그들은 잠시 장난을 치다가 멈추고는 모두 모여서 잠시 말하고서 다시 장난을 쳤다. 그런 다음에는 또 장난을 멈추고서 여러 차례에 걸쳐 똑같은 행동을 되풀이했다.

그는 그게 어떤 종류의 놀이인지, 말하기 위해 놀이를 멈추는 게 놀이의 일부인지, 아니면 그 아이들이 규칙을 모른다는 걸 분명히 보여 주는 표시인지 마음속으로 자기 자신에게 물었다. 그는 걷기로 작정했다. 잠시 후 배고픔을 느꼈고, 작은 아랍 식당(이집트 식당인지 요르단 식당인지는 알지 못했다)으로 들어갔다. 그는 잘게 썬 양고기 샌드위치를 갖다 달라고 했다. 식당에서 나오자 속이 좋지 않았다. 어둠에 묻힌 뒷골목에서 양고기를 토했고, 입에는 담즙과 향신료의 뒷맛이 남았다. 그는 핫도그 수레를 미는 남자를 보았다. 그 남자를 따라가서 맥주를 한 병 달라고 했다. 남자는 페이트를 마치 마약에 취한 사람이라는 듯 쳐다보았고, 자기에겐 알코올 음료 판매 자격이 없다고 말했다.

「그럼 여기서 파는 걸 주세요.」 페이트가 말했다.

남자는 코카 콜라 병을 내밀었다. 페이트는 돈을 지불하고서 한 병을 모두 마셨다. 그러는 동안 수레를 끌던 남자는 가로등이 희미하게 비추는 거리를 따라 내려갔다. 잠시 후 그는 영화관 출입구의 차양을 보았다. 그러자 10대였을 때 자기가 수많은 저녁을 그곳에서 보내곤 했다는 사실이 떠올랐다. 매표소 판매원이 알려 준 대로 영화는 이미 한참 전에 시작한 상태였지만, 그는 영화관으로 들어가기로 마음먹었다.

그는 단지 한 장면이 상영되는 동안만 의자에 앉아 있었다. 한 백인이 흑인 경찰 셋에게 체포되었다. 경찰들은 그를 경찰서가 아니라 비행장으로 데려갔다. 거기서 체포된 사람은 역시 흑인인 경찰 반장을 본다. 그 사람은 매우 영리해서 그들이 DEA(마약 단속국) 요원이라는 것을 금방 깨닫는다. 암묵적인 신원 보장과 설득력 있는 침묵을 통해 그들은 일종의 합의에 이른다. 그들이 말하는 동안, 백인은 창문을 내다본다. 그리고 착륙 활주로와 활주로 끝을 향해 이동하는 세스나 소형 비행기를 본다. 소형 비행기에서 그들은 코카인 상자를 내린다. 상자를 열고 벽돌 모양 코카인 덩이를 꺼내는 사람은 흑인이다. 그의 옆에 있는 다른 흑인 경찰이 코카인 덩이들을 불붙은 드럼통 안으로 던져 버린다. 노숙자들이 겨울밤에 몸을 덥히려고 사용하는 것과 비슷한 통이다. 그러나 이 흑인 경찰들은 부랑자가 아니라, DEA 요원이며, 단정하게 제복을 입은 정부 관리다. 백인은 창문에서 눈을 떼고, 반장에게 그의 부하가 모두 흑인이라는 사실을 지적한다. 그래서 더욱 사기가 드높지. 반장이 말한다. 그러고 나서 이제 당신은 가도 좋아 하고 말한다. 백인이 떠나자 반장은 미소 짓지만, 그 미소는 이내 찌푸린 표정으로 변한다. 그 순간 페이트는 자리에서 일어나 화장실로 향했고, 그곳에서 배 속에 남아 있던 나머지 양고기를 모두 토해 버렸다. 그런 다음 극장에서 나가 다시 어머니 집으로 돌아갔다.

문을 열기 전에, 그는 손마디로 이웃 여자의 현관문을 두드렸다. 그와 동갑내기 정도 돼 보이는 여자가 문을 열었다. 안경을 썼고, 머리에는 초록색 아프리카 터번을 두르고 있었다. 그는 자기 신원을 밝혔고, 이웃집 여자에 관해 물어보았다. 여자는 그의 눈을 쳐다보더니 안으로 들어오라고 했다. 거실은 그의 어머니 집과 비슷했고, 심지어 가구도 비슷해 보였다. 집 안에서 그는 여자 여섯 명과 남자 세 명을 보았다. 몇몇 사람은 서 있거나 부엌 문간에 기댔지만, 대부분은 앉아 있었다.

「난 로절린드예요. 당신 어머니와 우리 어머니는 아주 친한 친구였어요.」 터번을 두른 여자가 말했다.

페이트는 고개를 끄덕였다. 아파트 뒤쪽에서 흐느끼는 소리가 들렸다. 한 여자가 자리에서 일어나 방 안으로 들어갔다. 문을 열자 흐느낌은 더욱 커졌지만, 문이 닫히자 그 소리는 들리지 않았다.

「언니예요.」 로절린드가 진저리 난다는 몸짓을 하며 말했다. 「커피 마시겠어요?」

페이트는 그러겠다고 말했다. 여자가 부엌으로 가자, 서 있던 남자들 중 한 명이 가까이 다가와 홀리 부인을 만나고 싶으냐고 물었다. 그는 고개를 끄덕이면서 그렇다고 했다. 남자는 그를 침실까지 안내해 주었지만, 문 바깥에 머물렀다. 침대에는 이웃집 여자의 시체가 누워 있었고, 그녀 옆에는 한 여자가 무릎을 꿇고 기도하고 있었다. 그는 창문 옆 흔들의자에 앉은, 청바지와 노란 꽃무늬가 새겨진 검은 드레스를 입었던 여자아이를 보았다. 그녀의 눈은 벌겠고, 마치 그를 처음 보는 사람처럼 쳐다보았다.

　　방에서 나가 그는 단음절로 말하는 여자들이 앉은 소파 귀퉁이에 걸터앉았다. 로절린드가 그의 손에 커피 잔을 건네주자, 그는 그녀의 어머니가 언제 돌아가셨느냐고 물었다. 오늘 오후에요. 로절린드가 차분한 목소리로 말했다. 왜 돌아가셨어요? 연세 때문이에요. 로절린드는 미소를 지으며 말했다. 집으로 돌아온 페이트는 손에 커피 잔을 들고 있다는 사실을 깨달았다. 순간적으로 이웃 여자의 집으로 가서 커피 잔을 돌려주어야겠다고 생각했지만, 잠시 후 다음 날 그러는 게 나을 것이라고 결론 지었다. 그는 커피를 마실 수 없었다. 그래서 비디오테이프와 어머니의 유골함 옆에 커피 잔을 놓고서 텔레비전을 켰고, 집 안의 불을 끄고 소파에 드러누웠다. 그리고 소리를 묵음으로 했다.

　　다음 날 아침에 눈을 떴을 때, 눈에 가장 먼저 들어온 것은 만화 영화였다. 수많은 쥐들이 도시를 뛰어다니면서 조용히 비명을 질러 대고 있었다. 그는 리모컨을 손으로 잡고서 채널을 바꾸었다. 뉴스 채널이 나오자, 소리를 켰다. 그러나 볼륨을 아주 크게 올리지는 않고 자리에서 일어났다. 얼굴과 목을 씻었고, 물기를 닦는 동안 수건걸이에 걸린 그 수건이 어머니가 사용한 마지막 수건임이 거의 틀림없다는 것을 알았다. 그는 냄새를 맡았지만, 어떤 친숙한 냄새도 찾아낼 수 없었다. 욕실 선반에는 약병 몇 개와 보습 영양 크림이나 항염증성 크림 병들이 몇 개 놓여 있었다. 그는 사무실에 전화를 걸었고, 부장이 있느냐고 물었다. 사무실에는 단지 그의 옆 책상에 앉아서 사무 보는 여자만 있어서 그녀와 통화했다. 그는 몇 시간 내로 디트로이트로 출발할 예정이기 때문에, 잡지 사무실에 들르지 않을 거라고 말했다. 그녀는 이미 알고 있다고 말하면서, 그에게 행운을 빌어 주었다.

　　「사흘이나 나흘쯤 걸릴 거예요.」 그가 말했다.

　　그는 전화를 끊고 셔츠를 매만지고서, 현관 입구 옆에 걸린 거울을 보고 기운을 차리려고 했지만 허사였다. 일하러 가야 할 시간이었다. 그는 문손잡이를 잡고 가만히 서서, 유골함을 자기 집으로 가져가는 게 좋지 않을까 생각했다. 돌아오면 해야지. 그는 결심하고서 문을 나섰다.

　　집에 도착했지만, 배리 시먼에 관한 파일과 셔츠 몇 벌과 양말, 속옷 몇 장을 가방에 넣을 시간만 남아 있었다. 그는 의자에 앉았고, 자기가 몹시 초조하다는 사실을 깨달았다. 마음을 진정시키려고 애썼다. 거리로 나가자 비가 온다는 것을 알았다. 언제부터 비가 내리기 시작한 것일까? 지나가는 택시 중에 빈 차는 한 대도 없었다. 그는 어깨에 가방을 메고 보도의 가장자리에 붙어서 걷기 시작했다. 마침내 택시가 멈추었다. 문을 닫으려는 순간, 총소리와 비슷한 것이 들렸다. 그는

택시 기사에게 그 소리를 들었느냐고 물었다. 택시 기사는 영어를 거의 하지
못하는 히스패닉이었다.

　「뉴욕에서는 갈수록 더 환상적인 것들이 들리지요.」택시 기사가 말했다.

　「환상적인 것들이란 게 무엇이지요?」그가 말했다.

　「말 그대로예요. 환상적인 것들이지요.」택시 기사가 대답했다.

　잠시 후 페이트는 택시 안에서 잠들고 말았다. 가끔씩 눈을 떠서 아무도 살지
않는 것처럼 보이는 건물이나 비를 맞아 축축하게 젖은 회색 가로수 길이 스쳐
지나가는 것을 보았다. 그러다 다시 눈을 감고 잠들었다. 그가 잠에서 깨어나자,
택시 기사는 공항 몇 번 터미널에 내릴 것이냐고 물었다.

　「난 디트로이트로 갑니다.」그는 이렇게 말하고서 다시 잠의 세계로
빠져들었다.

　앞 좌석에 앉은 두 사람은 귀신에 관해 이야기를 나누고 있었다. 페이트는
그들의 얼굴을 볼 수 없었지만, 나이가 지긋하며, 아마도 예순 살이나 일흔 살 정도
되었을 것이라고 상상했다. 그는 오렌지주스를 달라고 했다. 여승무원은 나이가
마흔 살 정도 된 금발이었고, 목에 얼룩이 져 있었다. 흰 스카프로 가렸지만,
부지런히 승객들을 보살피고 접대하느라고 스카프는 아래로 미끄러져 내려와
있었다. 옆 좌석에 앉은 남자는 흑인이었고, 생수를 마시고 있었다. 페이트는
가방을 열고 시먼에 관한 서류를 꺼냈다. 앞자리 승객들은 이제 더는 귀신에 관해
말하지 않았고, 대신 보비라는 사람에 관해 말했다. 보비라는 사람은 미시간주에
있는 잭슨 트리에 살았고, 휴런호 옆에 오두막집을 가지고 있었다. 언젠가 한번 그
바비라는 사람은 배를 타고 나갔다가 배가 뒤집혔다. 있는 힘을 다해 그곳 주변을
떠다니던 통나무를 붙잡았다. 기적처럼 나타난 통나무였다. 그러고서 날이 밝기를
기다렸다. 하지만 밤에 물은 갈수록 차가워졌고, 온몸이 얼어붙으면서 기운을 잃기
시작했다. 그는 갈수록 기운이 빠진다고 느꼈다. 허리띠를 이용해 통나무에 자기
몸을 매려고 애썼지만, 아무리 노력해도 그렇게 할 수 없었다. 쉬워 보이지만,
실제로 자신의 몸을 떠다니는 통나무에 매는 것은 어려운 일이다. 그래서 그는
체념하고서, 사랑하는 사람들(여기서 그들은 지그라는 이름을 언급했다. 친구의
이름일 수도 있었고, 개나 애완용 개구리도 될 수 있었다)을 생각했고, 있는 힘을
다해 통나무를 붙잡았다. 그때 하늘에서 불빛을 보았다. 순진하게도 그는 그게
자기를 찾으러 나온 헬리콥터라고 생각하고서, 소리를 지르기 시작했다. 하지만
그때 헬리콥터는 덜거덕덜거덕 시끄러운 날개 소리를 내는데, 그가 본 불빛은
그렇지 않다는 생각이 머리를 스쳤다. 잠시 후 그는 그게 여객기라는 것을
깨달았다. 그가 통나무를 붙잡고 떠다니는 곳으로 커다란 여객기가
곤두박질치면서 충돌할 찰나였다. 갑자기 모든 피로감이 사라졌다. 그는 자기 머리
위로 비행기가 지나가는 것을 보았다. 비행기는 그에게서 약 3백 미터 떨어진 곳의
호수 물로 돌진했다. 두 번, 아니 세 번 폭발음이 들렸다. 그는 재앙이 일어난

곳으로 다가가야겠다는 충동을 느꼈고, 아주 천천히 그렇게 했다. 부표 같은 통나무를 제대로 조종하기가 어려웠기 때문이었다. 비행기는 두 동강 났고, 그중 한쪽만이 아직 물 위에 떠 있었다. 보비는 그곳에 도착하기 전에 남은 동강이마저 어두워진 호수의 물속으로 천천히 가라앉는 걸 보았다. 잠시 후 구조 헬리콥터들이 도착했다. 그들은 보비만을 발견했고, 그가 비행기에 탑승했던 사람이 아니라 낚시를 하다가 배가 뒤집히는 바람에 표류하게 된 사람이라고 말하자, 속았다는 느낌을 받았다. 어쨌거나 그는 한때 유명 인사가 되었지. 그 이야기를 들려주던 사람이 평했다.

「아직도 잭슨 트리에 살아?」 다른 사람이 물었다.

「아니야, 지금은 콜로라도에 사는 것 같아.」 이야기를 들려주던 사람이 대답했다.

그런 다음 그들은 스포츠에 관해 이야기하기 시작했다. 페이트의 옆 좌석에 앉은 사람은 물 한 병을 모두 마시고는, 손을 입으로 가져가면서 남모르게 트림을 했다.

「거짓말.」 옆 좌석의 흑인이 조그만 소리로 말했다.

「뭐라고요?」 페이트가 물었다.

「거짓말, 거짓말이에요.」 옆 좌석에 앉은 사람이 말했다.

맞아요. 페이트는 말했고, 그에게 등을 돌려 창문으로 구름을 쳐다보기 시작했다. 구름은 성당처럼, 혹은 그랜드캐니언보다 백배는 더 커다란 미로의 대리석 채석장에 버려진 조그만 장난감 교회처럼 보였다.

디트로이트에서 페이트는 차를 렌트했고, 렌터카 회사가 제공한 지도를 보고서 배리 시먼이 사는 동네로 차를 몰았다.

배리 시먼은 집에 없었지만, 한 아이가 그는 거의 항상 그곳에서 멀지 않은 〈피트의 술집〉에 있다고 말해 주었다. 그 동네는 포드와 제너럴 모터스의 퇴직자들이 모여 사는 동네 같았다. 그는 걸어가면서 5~6층짜리 건물들을 쳐다보았다. 계단에 쭈그리고 앉아 있는 노인들과 창문에 팔꿈치를 괴고 담배를 피우는 노인들만 있었다. 아주 가끔씩 길모퉁이에서 손을 맞잡고 둥그렇게 모여 선 남자아이들이나 줄넘기를 하는 여자아이들이 보이기도 했다. 주차된 자동차들은 좋은 차도 아니었고 최신 모델도 아니었지만, 정성을 다해 관리한 것 같았다.

술집은 잡초들과 야생화들이 가득한 공터 옆에 있었다. 식물들이 한때 그곳에 서 있던 건물의 잔해를 뒤덮었다. 옆 건물 한쪽 벽에서 그는 벽화를 보았다. 아주 이상야릇한 벽화였다. 둥근 시계의 모습이었다. 숫자가 있어야 할 곳에는 디트로이트의 공장에서 사람들이 일하는 장면이 그려져 있었다. 열두 장면은 각각 생산 라인 열두 단계를 표현했다. 그런데 각각 장면마다 반복해서 나타나는 사람이 한 명 있었다. 10대의 흑인 혹은 어린 시절을 아직 버리지 않았거나 버리려고 하지 않는, 팔다리가 길쭉하고 앙상한 흑인이었다. 그 흑인은 각 장면마다 다른 옷을

248

입었는데, 한결같이 그에게는 너무나 작았다. 사람들을 웃게 할 의도로 광대 역할을 맡은 게 분명했지만, 좀 더 주의 깊게 살펴보면 단지 웃기려고만 그곳에 있는 것이 아님을 알 수 있었다. 그 그림은 마치 미친 사람이 그린 것 같았다. 미친 사람의 마지막 작품 같았다. 모든 장면이 수렴되는 시계 한가운데에는 젤라틴으로 만든 것처럼 보이는 글자로 한 단어가 그려져 있었다. 〈두려움.〉

페이트는 술집으로 들어갔다. 그러고서 등 없는 의자에 앉아 바에서 일하는 사람에게 누가 밖의 벽화를 그렸느냐고 물었다. 얼굴에 칼자국이 깊이 팬, 예순 살가량 된 뚱뚱한 흑인 바텐더는 자기도 모른다고 말했다.

「이 동네의 어느 아이일 겁니다.」 바텐더는 중얼거렸다.

그는 맥주를 주문했고, 술집을 둘러보았다. 손님들 중에서 시먼을 분간할 수 없었다. 손에 맥주를 들고 그는 큰 소리로 배리 시먼을 아는 사람이 없느냐고 물었다.

「그를 찾는 사람이 누구요?」 디트로이트 피스톤스 프로 농구단 셔츠를 입고 하늘색 트위드 재킷을 걸친 키 작은 사람이 물었다.

「오스카 페이트요. 뉴욕의 『검은 새벽』 잡지 기자입니다.」 페이트가 말했다.

웨이터가 그에게 다가오더니 정말로 기자냐고 물었다.

「그래요, 난 『검은 새벽』의 기자입니다.」

「이봐요.」 땅딸막한 남자가 테이블에서 일어나지 않은 채 말했다. 「그건 잡지치고는 빌어먹을 이름이오.」 그와 카드놀이를 하던 다른 두 친구가 웃었다. 「개인적으로, 나는 너무나 새벽이 많아 지겹기 짝이 없소.」 땅딸보가 말했다. 「뉴욕의 형제들이 한 번이라도 석양과 관련된 기사를 다뤄 주면 좋을 텐데. 그게 하루 중에서 최고의 시간이니까, 적어도 이 빌어먹을 동네에서는 말이오.」

「돌아가면 그렇게 전하지요. 난 단지 취재 기사만 씁니다.」 페이트가 말했다.

「배리 시먼은 오늘 오지 않았소.」 페이트처럼 바에 앉은 노인이 말했다.

「몸이 좋지 않은 것 같소.」 다른 사람이 말했다.

「사실이오. 나도 그런 말을 들었소.」 바에 앉은 노인이 말했다.

「잠시 기다리겠습니다.」 페이트는 이렇게 말하면서 맥주잔을 비웠다.

바텐더는 그의 옆에 자리를 잡더니 자기도 한창때에는 권투 선수였다고 말했다.

「캘리포니아 남부의 애슨스에서 마지막 경기를 치렀지요. 백인 청년과 싸웠지요. 누가 이겼을 것 같아요?」 바텐더가 말했다.

페이트는 그의 눈을 쳐다보았고, 알 수 없는 표정을 지으며 맥주를 더 달라고 했다.

「내 매니저를 본 게 그 4개월 전이었지요. 나는 단지 트레이너하고만 동행해서 순회 경기를 했죠. 트레이너는 조니 터키라는 늙은이였는데, 그와 함께 캘리포니아와 남부와 북부의 도시를 돌아다니면서 싸구려 호텔에서 잠을 잤지요. 우리는 비틀거리고 불안정했어요. 나는 권투 경기에서 맞은 충격 때문이었고 그는 여든 살이 넘었기 때문이었지요. 그래요, 여든 살, 아니 여든세 살일지도 몰라요. 가끔씩 자기 전에 불을 끈 채, 우리는 나이에 관해 얘기했지요. 터키는 자기가 막 여든 살이 되었다고 말했어요. 하지만 나는 그가 여든세 살이라고 주장했지요. 그 경기는 미리 짜고 하는 거였어요. 프로모터는 내게 5라운드에 쓰러져야 한다고 했어요. 그리고 4라운드에서는 상대방이 내게 약간 충격을 주도록 하라고 지시했지요. 그러면 약속된 개런티의 두 배를 주겠다고 했어요. 물론 그것도 많은 돈은 아니었지요. 그날 밤 우리가 저녁 식사를 하는 동안, 난 그런 사실을 터키에게 말해 주었어요. 난 상관없네. 그는 말했지요. 아무 문제도 없어. 하지만 그 사람들은 약속을 하고서 지키지 않는 습관이 있다는 게 문제야. 이제 곧 자네도 알게 될 걸세. 그는 이렇게 말했죠.」

시먼의 집으로 돌아오는 길에 페이트는 약간 어지러웠다. 커다란 달이 건물들의 지붕 위로 솟아올랐다. 어느 건물 입구에서 한 작자가 그에게 다가와서 뭐라고 말했지만, 그는 그 말을 알아들을 수 없었다. 아니 도저히 용납하기 어려운 말을 한 것 같았다. 난 배리 시먼의 친구야, 이 개새끼야. 페이트는 말하면서 그 작자의 가죽 재킷 옷깃을 움켜잡으려고 했다.

「진정하게, 친구.」 그 작자가 말했다. 「진정하게, 마음을 가라앉히라고.」

현관 안쪽에서 페이트는 어둠 속에서 빛나는 누런 눈동자 여덟 개를 보았고, 그가 목덜미를 움켜쥔 그 작자의 덜렁거리는 팔에 순간적으로 달이 비추는 것을 보았다.

「죽고 싶지 않으면 여기서 꺼져.」 페이트가 말했다.

「진정하게, 친구. 먼저 날 좀 풀어 줘.」 그 작자가 말했다.

페이트는 그를 풀어 주고서 맞은편 건물 옥상 위로 달을 찾았다. 그는 달을 따라갔다. 그렇게 걷는 동안 옆 골목에서 소리가 들렸다. 마치 동네의 일부분이 막 잠에서 깨어난 것처럼 걷고 뛰는 소리였다. 시먼의 아파트 건물 옆에서 그는 자기가 렌트한 차를 보았다. 그리고 꼼꼼하게 살펴보았다. 하나도 긁히거나 도둑맞은 게 없었다. 그런 다음 그는 자동 현관의 벨을 눌렀고, 몹시 기분 나쁜 목소리가 누구냐고 물었다. 페이트는 자기 신원을 밝히고서 『검은 새벽』 잡지에서 보낸 사람이라고 말했다. 인터폰으로 만족스러워하는 작은 웃음소리가 들렸다. 들어와요. 그 목소리가 말했다. 페이트는 계단을 기어 올라갔다. 그리고 어느 순간 자기의 몸이 정상이 아니라는 것을 알았다. 시먼은 층계참에서 그를 기다리고 있었다.

「욕실 좀 쓸 수 있을까요?」 페이트가 말했다.

「우라질!」 시먼이 말했다.

거실은 작고 볼품없었다. 많은 책들이 도처에 흩어져 있는 게 보였고, 벽에 붙은 포스터들과 책장과 책상과 텔레비전 위로 널브러진 조그만 사진들도 보였다.

「두 번째 문이오.」

페이트는 그곳으로 들어가 토하기 시작했다.

잠에서 깨자 그는 시먼을 보았다. 시먼은 볼펜으로 글을 쓰고 있었다. 그의 옆에는 두꺼운 책 네 권과 종이로 가득한 서류철이 몇 개 있었다. 시먼은 안경을 쓰고 글을 썼다. 책 네 권 중에서 세 권은 사전이었고 다른 한 권은『요약 프랑스 백과사전』이었다. 대학에서도 들어 본 적이 없고 평생 들어 본 적이 없는 사전이었다. 창문으로 햇빛이 들어왔다. 그는 덮었던 담요를 치우고서 소파에 앉았다. 그리고 시먼에게 무슨 일이 있었느냐고 물었다. 노인은 안경 너머로 그를 쳐다보고서, 커피 한잔 하겠느냐고 물었다. 시먼은 최소한 키가 1미터 80센티미터는 족히 되는 듯했지만, 약간 구부정하게 걸어서 실제보다 작아 보였다. 그는 강연을 하면서 생계를 유지했고, 일반적으로 강연료는 그리 높지 않았다. 대개는 슬럼가에서 운영되는 학교 기관이나, 충분한 예산이 없는 진보적 성향의 소규모 대학에서 가끔씩 강연을 요청했기 때문이다. 몇 년 전에 그는『배리 시먼과 돼지갈비 먹기』라는 책을 출간했는데, 돼지갈비에 관해 아는 모든 요리법을 모아 놓은 책이었다. 대부분은 석쇠에 굽는 요리거나 통구이 요리였고, 거기에 자기가 어디서 배웠는지, 누가 어떤 상황에서 그런 요리를 가르쳐 주었는지에 대한 이상하거나 주목할 만한 자료를 덧붙여 놓았다. 그 책에서 가장 훌륭한 부분은 그가 감옥에서 만든, 으깬 감자나 사과소스를 곁들인 돼지갈비였다. 그는 원재료를 어떻게 구할 수 있는지, 요리를 포함한 수많은 것들이 금지된 곳에서 어떻게 요리를 할 수 있는지에 관해 설명했다. 그 책은 베스트셀러에 오르지는 못했지만, 다시 시먼의 이름을 입에 오르내리게 했고, 덕분에 시먼은 텔레비전 아침 프로그램에 몇 번 출연하여 그의 유명한 요리 몇 개를 직접 만들기도 했다. 이제 그의 이름은 다시 망각 속에 파묻혔지만, 그는 계속해서 강연을 하며 전국을 돌아다녔다. 그리고 가끔씩은 왕복 비행기표와 3백 달러를 받기도 했다.

그가 글을 쓰던 테이블 옆에, 그러니까 두 사람이 앉아서 커피를 마시는 테이블 옆에는 검은 재킷을 입고 검은 베레모와 검은 안경을 쓴 두 청년의 흑백 포스터 한 장이 붙어 있었다. 페이트는 오한을 느꼈지만, 포스터 때문이 아니라 속이 좋지 않았기 때문이었다. 그래서 커피를 한 모금 마신 후, 그 청년들 중 하나가 그냐고 물었다. 그렇소. 시먼이 말했다. 페이트는 두 사람 중에서 누가 그냐고 물었다. 시먼은 씩 웃었다. 남아 있는 이가 하나도 없었다.

「구별하기 힘들지요, 그렇지 않소?」

「모르겠습니다, 속이 너무 좋지 않아서. 속만 괜찮다면 틀림없이 알아낼 수 있었을 겁니다.」페이트가 말했다.

「오른쪽 청년이오, 키가 더 작은 사람.」시먼이 말했다.

「다른 사람은 누구죠?」페이트가 물었다.

「정말 모르는 사람이라고 확신하오?」

페이트는 잠시 다시 포스터를 쳐다보았다.

「매리어스 뉴얼이군요.」페이트가 말했다.

「맞소.」시먼이 말했다.

시먼은 재킷을 걸쳤다. 그러고 방 안으로 들어가더니 챙이 짧은 거무스름한 녹색 모자를 쓰고 나왔다. 어둠에 잠긴 욕실에서 컵에 담긴 틀니를 꺼내 조심스럽게 꼈다. 페이트는 거실에서 그런 모습을 지켜보았다. 시먼은 빨간 액체로 입 안을 헹군 다음 세면대에 뱉고는 다시 입을 헹구고서 이제 준비가 끝났다고 말했다.

그들은 렌트한 차를 타고 그곳에서 스무 블록 정도 떨어진 곳에 있는 리베카 홈스 공원으로 갔다. 아직 시간이 있었기에 차를 공원 한쪽에 멈추고서, 다리를 펴는 동안 대화를 나누며 시간을 보냈다. 리베카 홈스 공원은 컸고, 반쯤 부서진 울타리로 둘러싸인 중앙부에는 A. 호프먼 기념 사원이라고 명명된 어린이 공원이 있었다. 그러나 그곳에서 노는 아이들은 한 명도 보이지 않았다. 사실 어린이 공원은 그들을 보자마자 줄행랑 친 쥐새끼 두어 마리를 제외하고는 완전히 텅 비어 있었다. 참나무 숲 옆에는 희미하게 동양 냄새를 풍기는 누각이 서 있었다. 마치 러시아 정교회의 축소판 같았다. 그리고 누각 반대편에서는 랩 음악이 들려왔다.

「이런 빌어먹을 것을 혐오하오. 당신 기사에 그것만은 분명하게 적었으면 좋겠소.」시먼이 말했다.

「왜 그렇죠?」페이트가 물었다.

두 사람은 누각으로 걸어갔고, 누각 옆에서 이제는 완전히 말라 버린 연못 바닥을 보았다. 나이키 스니커즈 한 켤레가 말라 버린 진흙 위에 얼어붙은 흔적을 남기고 있었다. 페이트는 공룡을 생각했고, 그러자 다시 속이 메스꺼웠다. 그들은 누각을 한 바퀴 돌았다. 반대편에, 그러니까 몇몇 관목 옆에 대형 휴대용 카세트가 있는 것이 보였다. 거기서 음악이 흘러나왔다. 주변에는 아무도 없었다. 시먼은 자신이 랩을 좋아하지 않는데, 그것이 제안하는 유일한 탈출구는 자살이기 때문이라고 말했다. 그러나 의미 있는 자살조차도 아니지요. 나도 알고 있어요. 페이트가 말했다. 나도 알고 있소. 의미 있는 자살을 상상하기란 힘든 일이오. 그건 일반적인 것이 아니라오. 나는 두 번의 의미 있는 자살을 보았거나 그 근처에 있었지만 말이오. 난 그렇게 생각하오. 내 생각이 잘못되었을 수도 있소. 그는 말했다.

「왜 랩 음악이 자살로 이끈다고 생각합니까?」페이트가 물었다.

시먼은 그 질문에 대답하지 않고서 숲속으로 난 지름길로 그를 안내했다. 그 길을 벗어나자 잔디밭이 나왔다. 보도에서는 여자아이 셋이 줄넘기를 하고 있었다. 아이들이 부르는 노래 가사가 매우 이상했다. 팔과 다리와 혀가 잘린 여자에 관한 가사였다. 또 시카고의 하수구와 하수구 책임자 혹은 시배스천 도노프리오라는 공무원에 관한 가사도 있었다. 그러고서 시-시-시-시카고라고 반복하는 후렴구가 나왔다. 그리고 달의 인력에 관한 것도 있었다. 그런 다음 나무로 만든 여자의 다리와 철사로 만든 팔, 그리고 풀잎과 초목을 꼬아서 만든 혀가 자란다는 내용이 나왔다. 너무나 어리둥절한 나머지, 그는 자기 차가 어디에 있는 거냐고 물었고, 노인은 리베카 홈스 공원 맞은편에 있다고 대답했다. 두 사람은 스포츠에 관해 이야기하면서 길을 건넜다. 그리고 1백 미터 정도 걸어가서 교회 안으로 들어갔다.

그곳에서, 그러니까 설교대에서 시먼은 자기 삶에 관해 말했다. 로널드 K. 포스터 목사가 시먼을 소개했다. 그가 말하는 투를 보건대, 이미 시먼은 그 전에도 그곳에 섰던 것이 분명했다. 다섯 가지 주제를 다루겠습니다. 시먼이 말했다. 더 많지도 않고 더 적지도 않게 딱 다섯 개입니다. 첫 번째 주제는 〈위험〉입니다. 두 번째는 〈돈〉입니다. 세 번째는 〈음식〉입니다. 네 번째는 〈별〉입니다. 다섯 번째이자 마지막 것은 〈유용성〉입니다. 사람들은 웃었고, 어떤 사람들은 좋다는 신호로 고개를 끄덕였다. 마치 강연자에게 동의한다고, 그의 말을 듣는 것보다 더 좋은 것은 없는 듯 보였다. 한쪽 구석에서 페이트는 남자아이들 다섯을 보았다. 누구도 스무 살 이상은 되어 보이지 않았다. 그들은 검은 재킷을 입고 검은 베레모와 검은 안경을 썼다. 그 아이들은 무감각한 표정으로 시먼을 쳐다보았고, 그에게 욕을 하거나 박수를 치기 위해 그곳에 있는 것 같았다. 연단에서 노인은 구부정한 자세로 앞뒤로 오갔다. 마치 갑자기 연설문을 잊어버린 것 같았다. 그런데 뜻밖에도 설교자가 신호하자 합창단이 복음 성가를 노래했다. 노래 가사는 모세와 이집트에서 노예 신분으로 신음하던 이스라엘 백성에 관한 것이었다. 목사가 손수 피아노 반주를 했다. 그러자 시먼은 연단 가운데로 돌아와 한쪽 손을 올렸고(눈은 감고 있었다), 그러자 잠시 후 합창단의 노래가 그치면서 교회 안은 조용해졌다.

〈위험〉에 관하여. 모두가(혹은 신자들이 대부분) 기대하는 것과 달리, 시먼은 캘리포니아에서 보낸 유년 시절에 관해 말하기 시작했다. 그는 캘리포니아에 가보지 않은 사람들을 위해 그곳과 가장 흡사한 곳은 바로 마법에 걸린 섬이라고 설명했다. 아주 꼭 빼닮았습니다. 영화에서와 똑같습니다. 아니, 오히려 더 낫습니다. 사람들은 빌딩이 아니라 1층짜리 집에서 삽니다. 그는 말했다. 그리고 즉시 1층이나 기껏해야 2층밖에 되지 않는 집과 어느 날은 엘리베이터가 망가지고 또 어느 날에는 고장이 나는 4층이나 5층짜리 빌딩에 대한 비교를 시작했다. 단독 주택과 비교할 때 빌딩이 유일하게 더 나은 부분은 근접성이란 측면이었다. 빌딩으로 이루어진 동네는 거리를 짧게 만듭니다. 그는 말했다. 모든 게 가까이에 있습니다. 당신은 걸어서 식품을 사러 갈 수 있고, 가장 가까운 술집까지 걸어갈 수도 있으며(이 대목에서 그는 포스터 목사에게 윙크했다), 여러분의 교구에서 가장 가까운 교회나 박물관까지 걸어서 갈 수도 있습니다. 다시 말하면, 차를 타고 나갈 필요가 없다는 말입니다. 심지어는 차를 가지고 있을 필요도 없습니다. 그리고 여기서 그는 디트로이트의 어느 카운티와 로스앤젤레스의 어느 카운티에서 일어난 치명적인 교통사고에 대한 일련의 통계 수치를 인용하면서 비교했다. 그런 자동차들을 생산하는 곳은 로스앤젤레스가 아니라 디트로이트인데도 말입니다. 그는 말했다. 그는 손가락 하나를 들었고, 재킷 주머니에서 무언가 찾더니 기관지 폐렴 환자가 사용하는 흡입기를 꺼냈다. 모든 사람이 침묵을 지키며 기다렸다. 그는 힘껏 흡입기를 두 번 빨아들였는데, 교회의 가장 외딴 구석에서도 그 소리를 들을 수 있었다. 미안합니다. 시먼이 말했다. 그러고서 그는 자기가 열세 살 때에 운전을 배웠다고 밝혔다. 이제는 운전을 하지 않습니다. 하지만 난 열세 살 때 운전을 배웠고 그것을 자랑스럽게 생각하지 않습니다. 그 순간 그는 교회 회중석을, 그러니까 회중석 한가운데의 불분명한 지점을 응시하고서, 자기는 〈흑표범단〉[1]을 설립한 사람 중 하나였다고 말했다. 구체적으로 말하자면 매리어스 뉴얼과 내가 설립자였습니다. 그 순간부터 그의 연설은 약간 다른 방향으로 나아갔다. 마치 교회의 문이 열렸고, 뉴얼의 망령이 그 안으로 들어온 것 같았다, 하고 페이트는 수첩에 적었다. 그러나 마치 신자들을 곤경으로 몰아넣지 않으려는 것처럼 즉시 시먼은 뉴얼이 아니라 뉴얼의 어머니인 앤 조던 뉴얼에 관해 말하기 시작했다. 그러면서 생김새에 관해 말하자면 호감 가는 모습이었고, 직장에 관해 말하자면 세척기를 생산하는 공장에서 일했으며, 신앙에 관해 말하자면 매주 일요일 교회에 갔고, 근면함에 관해 말하자면 성체 접시처럼 아주 깨끗하게 집을 유지했으며, 다정함에 관해 말하자면 항상 모든 사람에게 미소를 지었고, 책임감에 관해 말하자면 항상 훌륭하고 현명한 충고를 주면서도 누구에게도 강요하지 않았다고 회상했다. 어머니보다 훌륭한 존재는 없습니다 하고 시먼은 결론지었다. 나는 매리어스와 함께 흑표범단을 창설했습니다. 우리는 무슨 일이든 개의치 않고 일했으며, 그 돈으로 민중이 자기방어를 할 수 있도록 엽총과 권총을 구입했습니다. 그러나 어머니는 검은 혁명보다 더욱 소중한 존재입니다. 나는 여러분에게 자신 있게 말할 수 있습니다. 길고 파란 많은 인생을 사는 동안, 나는 많은 것을 보았습니다. 나는 알제리에도 있었고, 중국에도 있었으며, 미국의 감옥에 수감된 적도 여러 번 있습니다. 그러나 어머니보다 더욱 소중하고 가치 있는 것은 없습니다. 나는 이곳에서 이 말을 할 뿐만 아니라, 어느 곳에 있더라도 시간에 구애받지 않고 이렇게 말합니다. 그는 쉰 목소리로 열변을 토했다. 그러더니 다시 용서를 구했고, 제단을 향해 몸을 돌렸다가 다시 신자들을 정면으로 바라보았다. 여러분도 모두 알다시피, 매리어스 뉴얼은 살해되었습니다. 그는 말했다. 여러분과 나처럼 피부가 검은 사람이 어느 날 밤 캘리포니아의 샌타크루즈에서 그를 죽였습니다. 나는, 매리어스, 캘리포니아로 돌아가지 마, 거기에는 경찰이 너무 많아, 우리를 잡으려고 쫙 깔렸단 말이야 하고 그에게 말했습니다. 그러나 그는 내 말을 귀담아듣지 않았습니다. 그는 캘리포니아를 좋아했지요. 그는 일요일마다 암석이 많은 해변으로 가서 태평양의 냄새를 맡길 좋아했지요. 우리 두 사람이 감옥에 있을 때, 나는 그에게 엽서를 받곤 했는데, 거기서 그는 자기가 그 공기를 들이마시는 꿈을 꾸었다고 말하곤 했습니다. 그건

---

1 Black Panther. 1965년 결성된 미국의 급진적인 흑인 운동 단체.

참으로 이상한 일이었습니다. 내가 알던 흑인들 중에서 바다를 그토록 좋아하는 사람은 몇 없었기 때문입니다. 아니, 그 누구도, 특히 캘리포니아에서는 누구도 바다를 좋아하지 않았다고 말하는 편이 옳을 것입니다. 하지만 나는 매리어스가 무엇에 관해 말하는지, 그의 말이 무엇을 의미하는지 압니다. 그래요, 솔직히 말하자면 이것에 관해, 그러니까 왜 우리 흑인들이 바다를 좋아하지 않는지에 관해 지론이 하나 있습니다. 그래요, 우리는 바다를 좋아합니다. 하지만 다른 사람들만큼 좋아하지는 않습니다. 지금 내 지론이 무엇인지 설명하고 싶지는 않습니다. 그건 다음 기회로 미루겠습니다. 매리어스는 내게 캘리포니아에서는 많은 게 바뀌었다고 말했습니다. 예를 들자면, 이제는 훨씬 많은 흑인 경찰이 있다는 것이었습니다. 그건 사실입니다. 그 점에서는 바뀌었습니다. 그러나 아직도 바뀌지 않고 계속 유지되는 것들이 있습니다. 물론 몇 가지는 바뀌었다는 점을 우리는 인정해야만 합니다. 매리어스도 그걸 인정했고, 우리가 그런 점에 어느 정도 공헌했다는 것을 알았습니다. 흑표범단은 그런 변화를 가져오는 데 일조했습니다. 우리의 모래알, 그러니까 우리의 덤프트럭을 가지고 우리는 변화를 도모했습니다. 그렇게 우리는 공헌했습니다. 또한 밤마다 잠을 자는 대신 울면서 지옥의 문을 상상한 매리어스의 어머니를 비롯해 다른 흑인 어머니들도 변화에 기여했습니다. 그래서 그는 캘리포니아로 돌아가서 여생을 그곳에서 살기로, 아무에게도 해를 끼치지 않고 편안하게, 그리고 아마도 가정을 이루고 아이들을 낳으면서 살기로 결심한 것 같습니다. 그는 항상 자기 첫 아들을 솔레다드 교도소[2]에서 숨을 거둔 어느 동료를 기리기 위해 프랭크라고 부르겠다고 말하곤 했습니다. 사실 죽은 친구들을 기리려면 아이를 최소한 서른 명은 가져야 했을 겁니다. 혹은 열 명을 낳아 하나당 세 사람의 이름을 붙여 줄 수도 있었겠지요. 아니면 다섯을 낳아 하나당 여섯 명의 이름을 붙여 줄 수도 있었을 겁니다. 그러나 사실 그는 아이를 한 명도 갖지 못했습니다. 어느 날 밤 그가 샌타크루즈 거리를 걸을 때, 어느 흑인이 그를 죽였기 때문입니다. 금전 문제 때문에 그를 살해한 것이라고들 합니다. 매리어스가 그 흑인에게 돈을 빚졌고, 그래서 그를 죽였다고들 말합니다. 하지만 그 말은 믿을 수 없습니다. 내가 생각하기에는 누군가가 돈을 주어 그를 살해하도록 시킨 겁니다. 그 당시 매리어스는 그 도시의 마약 불법 거래자들과 싸우고 있었고, 그게 누군가의 마음에 들지 않았던 겁니다. 아마도 그랬을 겁니다. 그 당시만 해도 나는 감옥에 있었기 때문에, 도대체 무슨 일이 있었는지 알지 못합니다. 나는 내 나름대로 추측했습니다. 너무나 많은 추측을 했습니다. 단지 난 매리어스가 샌타크루즈에서 죽었다는 것만 압니다. 그는 그곳에 사는 사람이 아니라 단지 며칠만 쉬러 갔습니다. 그러니 살인자가 그곳에 살던 사람이라고는 생각하기 어렵습니다. 다시 말하면, 살인자는 매리어스의 뒤를 쫓은 것입니다. 매리어스가 샌타크루즈로 간 것을 설명할 유일한 동기로 내가 생각할 수

---

2 1946년에 만들어졌으며, 악명 높은 〈노르테뇨스(북부인들)〉 갱단과 〈누에스트라 파밀리아(우리의 가족)〉 갱단이 1968년에 그곳에서 창단되었다.

있는 것은 바다뿐입니다. 매리어스는 태평양을 보고 그 냄새를 맡으러 간 것입니다. 그리고 살인자는 매리어스의 냄새를 쫓으면서 샌타크루즈로 간 것입니다. 그리고 우리 모두가 아는 일이 일어났습니다. 나는 가끔씩 매리어스를 생각합니다. 사실대로 말하자면, 내가 마음속으로 원하는 것 이상으로 자주 그를 떠올립니다. 그리고 캘리포니아의 해변에 있는 그를 봅니다. 예를 들면 빅 서[3]나 1번 고속 도로를 타고 올라가면서 피셔맨스 워프 북부의 몬터레이 해변에 있는 그를 상상하지요. 그는 우리에게 등을 돌린 채 전망대에 서 있습니다. 겨울이라 관광객은 별로 없습니다. 우리 흑표범단 단원들은 젊습니다. 누구도 스물다섯 살이 넘지 않습니다. 우리 모두는 무장했습니다. 하지만 무기는 차에 놔두었습니다. 우리의 얼굴에는 깊은 불만이 서려 있습니다. 바다는 포효합니다. 그때 나는 매리어스에게 다가가서 지금 당장 이곳을 떠나자고 말합니다. 매리어스가 뒤를 돌아 나를 바라봅니다. 그는 웃고 있습니다. 그는 모든 것을 초월했습니다. 그는 한 손으로 바다를 가리킵니다. 자기가 느끼는 것을 내게 말로 표현할 수 없기 때문이지요. 비록 내 형제가 바로 내 옆에 있지만, 나는 소스라치게 놀랍니다. 그러면서 생각합니다. 위험한 것은 바로 바다야.

〈돈〉에 관하여. 간단하게 말하자면, 시먼은 돈이란 필요한 것이지만, 사람들이 주장하는 것처럼 그토록 필요한 것은 아니라고 생각했다. 그는 〈경제적 상대주의〉라고 부르는 것에 관해 말했다. 그는 폴섬 교도소에서 담배 한 개비의 가치는 딸기잼이 담긴 조그만 병의 20분의 1이라고 말했다. 반면에 솔레다드 교도소에서 담배 한 개비의 가격은 딸기잼이 담긴 똑같이 조그만 병의 30분의 1에 해당했다. 그러나 월라월라 교도소에서는 담배 한 개비가 딸기잼 한 병 값과 동일했다. 여러 가지 이유가 있겠지만 아마도 월라월라 교도소의 죄수들이 음식에 대해 약간 세뇌되었던지, 아니면 갈수록 니코틴에 중독되어 단것을 몹시 경멸하면서, 하루 종일 폐에 연기나 불어넣으며 숨쉬기를 원하는 것 같았다. 돈은 근본적으로 미스터리입니다. 시먼은 말했다. 그는 자기가 돈에 관해 전혀 공부하지 않았기 때문에, 그 주제에 관해서 말하기에는 적합하지 않은 사람이라고 덧붙였다. 그럼에도 그는 두 가지를 말해야만 한다고 지적했다. 첫째는 가난한 사람들, 특히 가난한 아프리카계 미국인들이 돈을 쓰는 방식에 동의하지 않는다는 것이었다. 기둥서방 같은 작자가 리무진이나 링컨 컨티넨털을 타고서 동네를 돌아다니는 것을 보면, 피가 부글부글 끓습니다. 그는 말했다. 난 그런 것을 참을 수가 없습니다. 가난한 사람들이 돈을 벌면, 더욱 기품 있게 행동해야만 합니다. 그는 말했다. 가난한 사람들이 돈을 벌면, 그들의 이웃을 도와주어야만 합니다. 가난한 사람들이 많은 돈을 벌면, 아이들을 대학에 보내고 고아 한 명이나 더 많은 고아들을 입양해야만 합니다. 가난한 사람들이 돈을 벌면, 실제 벌어들인 액수의 반만 벌었다고 공개적으로 인정해야만 합니다. 자기 아이들에게 실제로 갖고 있는

---

3 캘리포니아 서부의 명승지로 태평양을 따라 160킬로미터가량 뻗은 바위 해안의 아름다운 경치를 자랑한다.

재산이 얼마인지 말해 주지 말아야 합니다. 그렇지 않으면 아이들은 모든 유산을 독차지하려 하고, 입양한 형제들과 나누려고 하지 않기 때문입니다. 가난한 사람들이 돈을 벌면, 비밀 자금을 만들어 미국의 감옥에서 썩어 문드러지고 있는 흑인들을 도울 뿐만 아니라, 세탁소나 술집, 비디오 대여점과 같은 소규모 사업을 시작하도록 도와야 합니다. 그래야 그들이 이익을 창출해서 나중에 공동체를 위해 완전히 재투자할 수 있기 때문입니다. 또한 장학금도 주어야 합니다. 장학생들이 불행한 최후를 맞이할 것인지 아닐지는 개의치 마십시오. 장학생들이 랩 음악을 너무 많이 들어서 자살로 생을 마감할 것인지, 아니면 흥분 상태에서 이성을 잃고 백인 교수와 동급생 다섯 명을 죽일 것인지는 생각하지 마십시오. 부자가 되는 길은 유혹과 좌절로 점철되어 있지만, 그렇다고 부자가 된 가난한 사람들이나 우리 공동체의 신흥 부자들이 이런 것에 기죽을 필요는 없습니다. 이 점을 중시해야 합니다. 바위에서 물을 짜내고, 사막에서도 물을 길어 올려야 합니다. 하지만 돈이 항상 시급한 문제가 될 것임을 결코 잊지 말아야 합니다. 시먼은 말했다.

〈음식〉에 관하여. 여러분이 아는 바와 같이, 나는 돼지갈비 때문에 부활했습니다. 시먼은 말했다. 처음에 나는 흑표범단의 일원이었고, 캘리포니아 경찰과 대적했으며, 그 후에는 전 세계로 여행을 다녔고, 미국 정부가 비용을 지불해 준 덕택에 여러 해를 감옥에서 살았습니다. 석방되었을 때, 나는 하찮은 존재가 되어 있었습니다. 이미 흑표범단은 존재하지 않았습니다. 사람들은 우리를 옛날 테러리스트 그룹으로 여겼습니다. 또 어떤 사람들의 마음속에 우리는 1960년대 아름다운 흑인 운동의 희미한 기억으로 남아 있었습니다. 매리어스 뉴얼은 이미 샌타크루즈에서 죽은 이후였지요. 몇몇 동료는 감옥에서 세상을 떠났고, 또 몇몇 동료들은 공개적으로 사과하고 새로운 삶을 시작한 상태였습니다. 공공 부서에서 일하는 흑인도 있고 흑인 시장도 있었으며, 흑인 기업가도, 유명한 흑인 변호사도 있었으며, 텔레비전과 영화계의 흑인 스타도 있었습니다. 흑표범단은 방해물에 불과했습니다. 그래서 내가 석방되어 거리로 나갔을 때는 더는 아무것도 남아 있지 않았습니다. 아니, 남은 게 거의 없었습니다. 단지 희미한 연기가 솟아오르는 악몽의 잔해밖에는 없었습니다. 우리가 10대였을 때 들어갔다가 어른이 되어 나오는, 그러니까 거의 늙은이의 몸이 되어 아무런 미래도 없이 나오는 그런 악몽이었지요. 오래 수감되어 있는 동안 우리는 우리가 할 줄 알던 것을 잊어버렸고, 감옥에서는 간수들의 잔인한 행동이나 몇몇 죄수의 가학적 행동 이외에는 배운 게 아무것도 없었기 때문입니다. 그것이 바로 나의 상황이었지요. 그렇게 가석방된 이후 처음 몇 달은 내게 슬프고 어스레한 시간이었습니다. 가끔씩은 아무 거리나 걸어가서 몇 시간씩 창문 옆에 앉아 깜빡거리는 불빛을 쳐다보면서 줄담배를 피웠습니다. 한 번 이상 내 머릿속으로 끔찍한 생각이 스쳐 지나갔다는 사실을 부인하지 않겠습니다. 오로지 한 사람만이 사심 없이 나를 도와주었습니다. 지금은 하늘나라에 있을 바로 우리 누나였지요.

누나는 디트로이트에 있는 집에 나를 머물게 해주었습니다. 아주 작은 집이었지만, 내게는 유럽의 어느 공주가 내가 마음 편히 쉬며 보낼 수 있도록 자기 성을 내준 것과 같았습니다. 나는 하루하루가 거의 똑같은 단조로운 나날을 보냈지만, 많은 경험이 축적된 오늘날 주저하지 않고 행복이라고 부를 수 있는 것을 가졌고 느낀 시간이었습니다. 그 당시 나는 정기적으로 두 사람만 만났습니다. 이 세상에서 가장 친절하고 온화한 우리 누나와 나를 감시하던 경찰관이었지요. 그 뚱뚱한 작자는 가끔씩 자기 사무실에서 내게 위스키 한 잔을 건네주면서, 어떻게 당신이 그토록 나쁜 사람이었는지 상상이 가지 않소, 배리 하고 말하곤 했지요. 언젠가 나는 그가 나를 화나게 하려고 그런 말을 한다고 생각했지요. 그리고 또 한번은 이 작자가 캘리포니아의 경찰 월급을 받고 있고, 나를 자극하고자 하며, 그런 다음에는 내 배에 총을 쏴버리려는 속셈이라고 생각했지요. 당신 것에 관해 말해 봐, 배리. 그는 내 성기를 지칭하면서 말했지요. 혹은 당신이 죽인 사람 사람들에 관해 말해 봐 하고 말하기도 했습니다. 자 말해 봐, 배리, 어서 말해 봐 하며 나를 추궁했습니다. 그러고는 책상 서랍을 열고서 기다렸습니다. 나는 그가 그곳에 무기를 보관한다는 사실을 알았지요. 그래서 난 말하는 수밖에 다른 도리가 없었습니다. 그에게 이렇게 말했습니다. 좋아요, 루, 말하지요. 난 마오쩌둥 주석을 만나지는 못했지만, 린뱌오[4]는 만났어요. 그가 공항으로 우리를 마중 나왔지요. 린뱌오는 후에 마오 주석을 죽이려고 했고, 결국 러시아로 도망치다가 비행기 사고로 죽고 말았어요. 작은 체구였지만 뱀보다도 더 영악한 사람이었어요. 린뱌오를 기억합니까? 그러자 루는 평생 린뱌오에 관해 한마디도 들어 본 적이 없다고 말했어요. 알았어요, 루. 그는 중공의 각료 혹은 중공의 총비서와 같은 사람이었어요. 나는 말했어요. 당시에는 그곳에 미국인들이 많지 않았어요. 그건 확실하게 말해 줄 수 있어요. 키신저와 닉슨을 위해 길을 닦아 놓은 사람들이 바로 우리라고 말할 수 있지요. 그렇게 루와 세 시간을 보낼 수 있었답니다. 루는 내가 뒤에서 죽인 사람들에 관해 말하라고 요구했고, 나는 내가 알던 정치인들과 국가들에 관해 말했지요. 그리고 마침내 나는 기독교가 요구하는 약간의 인내심을 가지고 그를 떨어낼 수 있었고, 이후로는 그를 한 번도 만나지 않았습니다. 아마도 루는 간경변증으로 죽었을 겁니다. 그리고 내 인생은 과거와 마찬가지로 불확실하고 일시적이라는 느낌을 받으며 앞으로 나아갔습니다. 그런데 어느 날 내가 잊어버리지 않은 게 있다는 것을 기억해 냈습니다. 요리하는 법을 잊어버리지 않은 것이지요. 나만의 돼지갈비 요리법을 잊어버리지 않았던 것입니다. 성녀와 다름없고, 음식에 관해 말하기를 몹시 좋아하던 누나의 도움을 받아 나는 머릿속으로 떠올릴 수 있는 모든 요리법, 그러니까 우리 어머니의 요리법과 내가 감옥에서 만들어 낸 요리법, 내가 매주 토요일에 집 옥상에서 누나를 위해 만들어

---

4 林彪(1907~1971). 중화 인민 공화국 원수를 역임한 정치가. 1971년 9월 마오쩌둥은 남부를 시찰하며 린뱌오를 비판했고, 린뱌오는 이를 자신의 제거 신호로 보고서 공군의 작전부장으로 있던 아들과 함께 마오를 암살하려고 기도했으나 실패했다. 이후 소련으로 망명하던 중 몽골 상공에서 비행기가 추락하여 사망했다.

낸 요리법을 적어 내려가기 시작했습니다. 여기서 말해야 할 것은 누나는 고기를 그다지 좋아하지 않았다는 것입니다. 책 쓰기를 마치자, 나는 몇몇 출판인을 만나려고 뉴욕으로 갔고, 그들 중 한 사람이 관심을 보였습니다. 나머지는 여러분이 모두 아는 이야기입니다. 책 때문에 나는 다시 대중의 입에 오르내리게 되었지요. 나는 요리와 기억을 결합하는 방법을 배웠습니다. 요리와 역사를 결합하는 법을 배웠답니다. 그리고 요리와 우리 누나부터 시작해서 수많은 사람의 친절에 대한 감사와 당혹감을 결합하는 법을 배웠습니다. 여기서 한 가지를 설명하고 싶습니다. 내가 당혹함이라고 말하는 것은 놀라움이라는 의미도 내포합니다. 그러니까 존경심을 불러일으키는 매우 특별한 것이라는 의미입니다. 마치 기적의 꽃처럼, 혹은 단 하루 동안에 피었다가 죽어 버리는 백합처럼 또는 물망초처럼 말입니다. 하지만 그것으로 충분하지 않다는 사실을 깨달았습니다. 유명하고 풍요로운 돼지갈비 요리로 영원히 살 수는 없었습니다. 돼지갈비는 해답이 될 수 없었습니다. 그러면 우리는 바꿔야만 합니다. 우리 자신을 되돌아보면서 바꿔야만 합니다. 비록 우리가 무엇을 찾는지 모르더라도, 찾는 방법을 알아야만 합니다. 이제 여러분에게 새로운 요리법을 말해 줄 테니, 내 말에 관심이 있는 사람들은 연필과 종이를 꺼내도록 하십시오. 그건 오렌지와 함께 오븐에 구운 오리 요리입니다. 매일 먹는 음식으로 추천하지는 않습니다. 값싼 요리가 아니고, 이 음식을 준비하려면 적어도 한 시간 반 이상이 걸리니까요. 하지만 두 달에 한 번쯤이나 누군가의 생일을 축하할 때는 그다지 나쁘지 않습니다. 이것들이 4인용 요리 재료입니다. 1.5킬로그램짜리 오리 한 마리, 버터 25그램, 통마늘 네 개, 묽은 육수 두 컵, 허브 한 다발, 토마토페이스트 한 숟가락, 오렌지 네 개, 설탕 50그램, 브랜디 세 숟가락, 식초 세 숟가락, 셰리 포도주 세 숟가락, 검은 후춧가루, 기름과 소금입니다. 그러고서 시먼은 단계별로 준비 과정을 상세히 설명했고, 설명이 끝나자 그는 그 오리는 정말 맛있고 훌륭한 요리라고 말했다.

〈별〉에 관하여. 그는 사람들이 수많은 종류의 별을 알거나, 안다고 믿는다고 말했다. 그는 밤에 볼 수 있는 별에 관해 말했다. 여러분이 80번 도로를 따라 디모인[5]에서 링컨[6]으로 운전을 하는데 차가 고장 납니다. 그리 심각한 고장은 아닙니다. 기름 부족이거나 라디에이터의 문제거나 타이어 펑크일 수도 있습니다. 그러면 우리는 차에서 내려 트렁크에서 잭과 스페어타이어를 꺼내 바퀴를 갈아 끼웁니다. 많이 잡아 봐야 반 시간이 소요됩니다. 그 일이 끝나면, 우리는 고개를 들어 별로 가득히 덮인 하늘을 봅니다. 은하수지요. 그는 또한 스포츠 스타에 관해 말했다. 그는 이들은 또 다른 별들입니다 하고 말하면서, 영화계 스타들과 비교했다. 그렇지만 그는 스포츠 스타의 생명은 일반적으로 영화계 스타의 삶보다

5 미국 아이오와주의 주도.
6 미국 네브래스카주의 주도.

훨씬 짧다고 지적했다. 기껏해야 스포츠 스타의 생명은 15년 정도 지속되는 게 고작이지만, 영화계의 스타가 젊어서 그 길로 들어섰다면 그 생명은 40년 혹은 50년도 갈 수 있다고 말했다. 이와 달리 디모인에서 링컨으로 가는 도중에 80번 도로 한쪽에서 볼 수 있는 별들의 생명은 몇백만 년도 될 수 있으며, 여행자가 그 별을 보는 순간 이미 몇백만 년 전에 죽은 별일 수도 있지만, 그런 사실을 전혀 알 수 없다고 지적하면서, 그것은 아직 살아 있는 별일 수도 있고, 아니면 이미 죽어 버린 별일 수도 있다고 덧붙였다. 때때로 여러분이 어떻게 생각하느냐에 따라 이 사실은 그다지 중요하지 않습니다. 그는 말했다. 우리가 밤에 쳐다보는 별은 겉모습의 왕국에 살기 때문입니다. 그것들은 꿈들이 겉모습에 불과한 것처럼 겉모습입니다. 그래서 방금 전에 타이어가 펑크 난 80번 도로의 여행자는 장대한 밤하늘 속에서 자기가 쳐다보는 것이 별인지, 아니면 반대로 꿈인지 알지 못합니다. 어떤 면에서는 서 있는 여행자도 꿈의 일부일 수 있습니다. 물방울이 우리가 물결이라고 부르는 더 커다란 물방울에서 떨어져 나온 것처럼, 그 꿈도 또 다른 꿈에서 떨어져 나온 것일 수도 있습니다. 그는 말했다. 여기에 이르자, 시먼은 별과 별똥별은 다른 것이라면서 주위를 환기시켰다. 별똥별은 별과 하등의 관계도 없습니다. 그는 말했다. 특히 지구와 직접 충돌할 궤도를 지녔다면 별똥별은 별과 아무 관계도 없고 꿈과도 아무런 관계가 없습니다. 그러나 아마도 분리의 개념, 즉 별똥별이 분리되었다는 게 아니라 별똥별로 인해 어떤 곳이 분리되는 것과 관련이 있을 겁니다. 그런 다음 바다의 별인 불가사리에 관해 말했고, 매리어스 뉴얼은 캘리포니아의 해변을 거닐 때마다 불가사리를 발견했는데, 어떻게 그랬는지는 누가 알겠느냐고 말했다. 그러나 역시 우리가 해변에서 발견하는 불가사리는 일반적으로 모두 죽어 있으며, 예외가 있긴 하지만 대부분 파도에 쓸려 온 시체들이라고 지적했다. 뉴얼은 죽은 불가사리와 아직 살아 있는 불가사리를 항상 구별할 줄 알았습니다. 시먼은 말했다. 어떻게 그랬는지 나는 모르지만, 그는 분간할 수 있었습니다. 그리고 죽은 불가사리들은 해변에 그냥 놔두었고, 살아 있는 불가사리들은 바다로 되돌려 보냈지요. 최소한 다시 한번 살 수 있는 기회를 가지도록, 바위 근처에서 바다로 던졌습니다. 단 한 번만 그는 살아 있는 불가사리를 집으로 가져와 태평양의 바닷물이 담긴 어항에 넣었습니다. 흑표범단이 갓 태어났을 때의 일이었는데, 당시 우리는 동네에서 차가 오가는 것을 지켜보면서 모든 시간을 보냈고, 전속력으로 달리는 차들이 아이들을 죽이지 못하게 하는 데 전념했습니다. 신호등 한두 개만 달아도 충분했지만, 시청은 신호등 하나도 달아 주려 하지 않았습니다. 그러니까 흑표범단의 역할 중 하나가 바로 교통 경찰 일이었지요. 그러는 동안, 매리어스 뉴얼은 불가사리를 돌보았다. 물론 이내 그는 수족관 펌프가 필요하다는 사실을 깨달았다. 어느 날 밤 그는 시먼과 막내 넬슨 산체스와 함께 그걸 훔치러 나갔다. 그 누구도 무기를 휴대하지 않았다. 그들은 백인들의 동네인 콜체스터 선에서 희귀한 물고기를 전문적으로 팔던 가게로 가서, 뒷문으로 들어갔다. 그들이 수족관 펌프를 손에 넣었을 때,

엽총을 든 작자가 나타났다. 시먼이 말했다. 나는 우리가 그곳에서 죽을 거라고 생각했습니다. 그러나 당시 매리어스는 쏘지 마세요, 쏘지 마세요, 내 불가사리를 위한 거예요, 하고 말했지요. 엽총을 든 자는 가만히 있었습니다. 우리는 뒷걸음질 쳤습니다. 그자는 앞으로 다가왔지요. 우리는 걸음을 멈추었습니다. 그자도 멈추었습니다. 우리는 다시 뒷걸음질 쳤습니다. 그자는 우리를 다시 따라왔습니다. 마침내 우리는 막내 넬슨이 모는 자동차에 도착했고, 그자는 불과 3미터도 되지 않는 곳에서 멈추었습니다. 차에 시동을 걸자, 그 작자는 어깨로 엽총을 올리더니 우리를 겨냥했습니다. 액셀 밟아. 나는 말했지요. 아니야, 천천히, 천천히 몰아. 매리어스가 지시했습니다. 자동차는 후진해서 큰길을 향해 굴러 나갔고, 그는 뒤에서 걸어오면서 엽총으로 우리를 겨냥하고 있었습니다. 지금이야, 액셀을 힘껏 밟아. 매리어스는 말했고, 막내 넬슨은 가속 페달을 힘껏 밟았습니다. 그 작자는 그대로 가만히 우리를 지켜보았고, 갈수록 그의 모습은 작아졌습니다. 나는 뒷거울로 그의 모습이 사라지는 걸 보았습니다. 물론 수족관 펌프는 매리어스에게 전혀 도움이 되지 않았고, 지극정성으로 보살폈음에도 불가사리는 1주일인가 2주일 후 죽어서 결국 쓰레기통에 버려졌습니다. 사실 별들에 관해 말할 때면, 우리는 비유적인 의미로 말합니다. 그걸 은유라고 합니다. 어떤 사람은 영화계의 별이야 하고 말합니다. 그럴 경우 은유를 사용하면서 말하는 겁니다. 우리는 하늘이 별들로 가득 뒤덮였다고 말합니다. 또 다른 은유지요. 누군가가 턱을 강타당해서 녹아웃이 되어 버리면, 우리는 그가 별을 보았다고 말합니다. 그것 역시 은유입니다. 은유는 겉모습 속에서 몰두하거나 혹은 겉모습의 바다에 그대로 있으려는 우리 나름의 방법입니다. 이런 의미에서 은유는 구명조끼와 같습니다. 그러나 물에 떠다니는 구명조끼가 있고, 납덩이처럼 바다 밑으로 그대로 가라앉는 구명조끼가 있다는 것을 잊지 말아야 합니다. 결코 잊지 않는 게 바람직합니다. 그러나 사실 별은 단 하나 있고, 그 별은 겉모습이 아니며, 은유도 아니고, 어떤 꿈이나 악몽에서 나타나지도 않습니다. 우리는 지금 밖에서 그걸 볼 수 있습니다. 바로 태양이지요. 이런 말을 해서 미안하지만, 태양만이 우리가 지닌 단 하나의 별입니다. 젊었을 때, SF 영화를 보았습니다. 우주선이 방향을 잃고 태양으로 접근합니다. 우선 우주인들은 두통을 느끼기 시작합니다. 그런 다음 모든 사람이 땀을 비 오듯 흘리고, 우주복을 벗지만 그런 뒤에도 미친 사람처럼 땀을 흘리고 탈수 상태가 됩니다. 태양의 중력이 굴하지 않고 그들을 끌어당깁니다. 태양은 우주선의 껍데기를 녹이기 시작합니다. 관객은 자리에 앉아 참을 수 없는 더위를 느끼지 않을 수 없습니다. 이제는 그 영화가 어떻게 끝났는지 기억나지 않습니다. 아마도 마지막 순간에 우주인들은 목숨을 구하고, 우주선의 방향을 바로잡아서 다시 지구로 향했을 겁니다. 광활한 우주에서 미친 듯 불타오르는 별, 엄청나게 커다란 태양을 뒤로한 채 말이죠.

〈유용함〉에 관하여. 그러나 태양은 유용합니다. 이마가 손가락 두 개 폭밖에 되지 않는 바보도 그건 잘 압니다. 시먼은 말했다. 가까이에 있으면 지옥이지만, 멀리 떨어져 있으면 매우 유용하고 아름답습니다. 그 사실을 인정하지 않을 존재는 뱀파이어밖에 없을 겁니다. 그런 다음 그는 과거에는 유용했지만, 즉 한때는 모두가 만장일치로 존경하고 우러러보았지만, 이제는 불신을 일으키는 것에 관해 말했다. 이를테면 1950년대의 미소지요. 미소는 여러분에게 모든 문을 열어 주었습니다. 그는 말했다. 그것이 여러분에게 길을 열어 줄 수 있었는지는 모르지만, 의심할 여지 없이 문은 열어 주었습니다. 하지만 이제는 누구도 미소를 믿지 않습니다. 전에는 당신이 세일즈맨이고 어느 장소에 들어가고자 한다면, 얼굴에 커다란 미소를 지으며 들어서는 게 최선이었습니다. 사업가이거나 비서, 혹은 의사나 극작가 또는 정원사일지라도 상관없이 똑같았습니다. 유일하게 미소를 짓지 않는 사람들은 경찰들과 교도관들이었습니다. 그들은 아직도 똑같습니다. 그러나 나머지 사람들은 모두 미소를 지으려고 최선을 다했습니다. 미국 치과 의사들의 황금기였지요. 물론 흑인들은 항상 웃었습니다. 백인들도 웃었습니다. 아시아인들도, 히스패닉도 마찬가지였습니다. 그러나 이제 우리는 미소 뒤에 최악의 적이 숨어 있을 수도 있다는 사실을 압니다. 다시 말하면, 이제 우리는 아무도 믿지 않습니다. 특히 미소 짓는 사람을 믿지 않습니다. 그들이 우리에게서 무언가를 얻으려고 하기 때문입니다. 그러나 미국 텔레비전은 미소와 갈수록 완벽해 보이는 치열로 가득합니다. 이 사람들은 우리가 그들을 믿기 바라는 것일까요? 아닙니다. 그렇다면 우리가 그들이 착한 사람이라고, 누구에게도 해를 끼치지 않을 사람이라고 생각하게 하려는 것일까요? 그것도 아닙니다. 사실 그들은 우리에게서 아무것도 원하지 않습니다. 그들은 단지 그들의 치아와 미소만 우리에게 보여 주려는 것입니다. 그들은 칭찬받는 것 이외에는 아무런 대가를 요구하지 않습니다. 그들이 원하는 건 바로 칭찬입니다. 그들은 우리가 쳐다봐 주기를 원합니다. 그게 전부입니다. 그들의 치열은 완벽하고, 몸매도 완벽하며, 예절도 완벽합니다. 마치 그들이 계속해서 태양에서 떨어져 나오는 조그만 불덩이인 것처럼 말입니다. 그러나 그것은 이글거리는 지옥의 불덩이이며, 오로지 지구상에서 숭배받기만을 원할 따름입니다. 내가 어렸을 때, 어린아이들이 치아에 교정기를 끼고 다녔는지는 기억이 나지 않습니다. 시먼은 말했다. 오늘날에는 그런 철삿줄을 매고 다니지 않는 아이를 거의 찾아볼 수 없습니다. 우리는 불필요한 것을 강요당합니다. 그것은 삶의 질을 개선시키지 않습니다. 단지 유행이거나 계급을 드러내는 변별적 요인으로만 작용할 뿐입니다. 그리고 유행이며 계급의 변별적 요인은 칭찬과 숭배를 요구합니다. 물론 유행은 그리 오래 지속되지 못합니다. 1년, 기껏해야 4년 정도밖에 생명력이 없으며, 그런 후에는 파멸의 모든 단계를 거칩니다. 반대로 계급의 변별성은 그것을 지니고 다니던 시체가 썩을 때에만 비로소 썩습니다. 그런 후 그는 육체가 필요로 하는 유용한 것에 관해 말하기 시작했다. 첫째는 균형을 이룬 식사입니다. 이 교회에서 비만한 사람들을 많이 봅니다. 여러분 중에서 몇 사람이나 채소를 먹는지 궁금합니다. 아마도 지금이 여러분에게 조리법을 알려 드리기에 적절한 시간일 겁니다. 이 요리는 〈레몬을 곁들인 방울양배추〉라고 불립니다. 자, 그럼 받아 적으십시오. 4인분 재료입니다. 방울양배추 8백 그램, 레몬 한 개의 즙과 즙을 내고 남은 찌꺼기, 양파 한 개, 파슬리 어린 가지 한 개, 버터 40그램, 검은 후추와 소금을 준비하십시오. 그리고 다음과 같이 만듭니다. 첫째, 배추를 깨끗이 씻고, 겉잎사귀들을 제거할 것. 양파와 파슬리를 잘게 썰 것. 둘째, 소금을 넣은 끓는 물에 20분 동안, 방울양배추가 흐물흐물해질 때까지 삶을 것. 그런 다음 물기를 잘 짜내서 한쪽에 보관할 것. 셋째, 버터를 두른 프라이팬에 양파를 약간 볶고, 레몬즙과 그 찌꺼기를 넣고 취향에 맞게 소금과 후추를 뿌릴 것. 넷째, 방울양배추를 넣어 소스와 함께 잘 버무리고, 몇 분간 다시 데운 다음 파슬리를 얹고 쐐기꼴로 자른 레몬으로 장식하여 차려 낼 것. 정말이지 이것은 손가락을 쪽쪽 빨아 먹을 정도로 맛있습니다. 시먼이 말했다. 콜레스테롤도 없으며, 간에도 좋고 혈압에도 특효가 있으며, 건강에 굉장히 좋은 음식입니다. 그러고서 그는 치커리와 새우 샐러드, 브로콜리샐러드 요리법을 알려 주고는, 사람은 단지 건강에 좋은 음식만 먹고 살 수는 없다고 말했다. 책을 읽어야 합니다. 그는 말했다. 텔레비전을 너무 많이 보지 말아야 합니다. 전문가들은 텔레비전이 시력에 큰 영향을 끼치지 않는다고 말합니다. 하지만 난 그 말을 믿지 않습니다. 텔레비전은 시력에 좋지 않으며, 휴대 전화는 더욱 의문입니다. 아마도 몇몇 과학자가 지적하듯이, 암을 유발할 수도 있습니다. 그 사실을 부정하지 않으며 긍정하지도 않지만, 분명한 것 하나만 말하고자 합니다. 내가 여러분에게 말하고자 하는 바는 책을 읽으라는 것입니다. 목사님은 내가 말하는 것이 사실임을 잘 아십니다. 흑인 남성 작가의 책을 읽으십시오. 흑인 여성 작가의 책도 읽으십시오. 그러나 거기서 멈추지 마십시오. 이것이 오늘 밤 내가 진정으로 여러분에게 하고 싶은 말입니다. 책을 읽는 것은 결코 시간 낭비가 아닙니다. 나는 감옥에서 책을 읽었습니다. 거기서 책을 읽기 시작했습니다. 아주 많이 읽었습니다. 마치 매콤한 돼지갈비를 먹듯이 마구 읽었습니다. 교도소에서는 이른 시간에 소등을 합니다. 그러면 침대로 들어가 소리를 듣습니다. 발소리, 비명 소리를 듣습니다. 감옥은 캘리포니아에 있는 것이 아니라, 태양과 가장 가까운 행성인 수성에 있는 것 같습니다. 여러분은 추위와 더위를 동시에 느낄 때가 있었을 겁니다. 그것은 당신이 혼자 있다고 느끼거나 아니면 아프다는 것을 분명하게 보여 주는 신호입니다. 물론 당신은 다른 것을, 멋진 것을 생각하려고 애쓰지만, 항상 그럴 수 있는 건 아닙니다. 가끔씩 가장 가까운 책상에 있는 간수가 램프에 불을 켜고, 그 램프의 빛줄기가 당신 감옥의 철창 사이로 파고듭니다. 내게는 셀 수도 없이 많이 그런 일이 일어났습니다. 잘못된 자리에 놓인 램프의 불빛, 혹은 위층 복도의 형광등, 혹은 옆 복도의 형광등 불빛이 내 감옥을 희미하게 비추었습니다. 그러면 나는 책을 들고 빛이 비추는 곳으로 가까이 가서 읽기 시작했습니다. 쉬운 일이 아니었습니다. 글자들과 단락들이 그 지하의 예측할 수 없는 세상 때문에 미쳤거나 아니면 무서워 벌벌 떠는 것 같았기 때문입니다. 그러나 상관하지 않고 읽고 또 읽었습니다. 때론 나 자신도 당황할 정도로 빠르게 읽기도 했고, 또 어떤 때는 마치 각각의 단어나 문장이 내 머리뿐만 아니라 내 모든 육체에 자양분이 되는 것처럼 아주 천천히 읽었습니다. 그렇게 여러 시간을 보낼 수 있었습니다. 잠을 자야 한다는 생각도 하지 않았고, 내가 내 흑인 형제들을 걱정한 탓에 감옥에 갇혔다는, 그리고 그 형제들 대부분은 내가 감옥에서 썩어 문드러지든 말든 전혀 개의치 않는다는 이론의 여지가 없는 사실도 잊었습니다. 나는 내가 무언가 유용한 일을 하고 있다는 사실을 알았습니다. 중요한 것이었습니다. 간수들이 걸어 다니거나 아니면 교대 시간에 자기들끼리 인사하는 동안에 나는 유용한 일을 했습니다. 말이 나왔으니 말인데, 그들은 다정하게 서로 인사했지만, 내게는 욕처럼 들렸습니다. 방금 전에 생각난 것인데 아마도 잘 생각해 보면 추잡하고 더러운 말이었을 겁니다. 나는 유용한 일을 하고 있었습니다. 어떻게 보아도 유용한 행동이었습니다. 독서는 생각하는 것, 혹은 기도하는 것, 혹은 친구와 말하거나 당신의 생각을 표현하는 것과 같습니다. 또한 그것은 다른 사람의 생각을 듣거나 음악을 듣는 것(아, 정말 그렇습니다)과도 똑같고, 경치를 감상하거나 해변을 산책하는 것과도 마찬가지입니다. 다정하기 그지없는 여러분은 지금 스스로에게 이렇게 물을 겁니다. 배리, 당신이 무슨 책을 읽었지? 하고. 나는 닥치는 대로 모두 읽었습니다. 그러나 무엇보다도 나는 내 인생의 가장 절망적인 순간에 독서를 했고, 내게 마음의 평화를 제공해 준 책을 선명하게 기억합니다. 그 책이 무엇일까요? 그 책이 어떤 책일까요? 『볼테르 전집 요약 다이제스트』입니다. 여러분에게 자신 있게 말하는데, 매우 유용한 책입니다. 적어도 내게는 많은 도움이 된 책입니다.

그날 밤 시먼을 집에 내려 준 다음, 페이트는 뉴욕의 잡지사가 예약해 놓은 호텔에서 잤다. 호텔 프런트 직원은 어제 그를 기다렸다면서, 그의 부장이 남긴 메시지를 건네주었다. 모든 일이 어떻게 되어 가느냐고 묻는 내용이었다. 방에서 그는 전화를 걸었고, 그 시간 잡지사에는 아무도 없을 것임을 알고서 자동 응답기에 노인과의 만남을 애매하고 어렴풋이 설명하는 메시지를 남겼다.

그는 샤워를 하고 침대에 들어갔다. 텔레비전에서 포르노 프로그램을 찾았다. 그리고 한 독일 여자가 흑인 둘과 사랑을 나누는 영화를 발견했다. 독일 여자는 독일어로 말했고, 흑인들 역시 독일어로 말했다. 그는 독일에도 흑인이 있을까 생각했다. 그러고는 포르노 영화에 지겨움을 느끼면서 무료 채널로 바꾸었다. 그는 쓰레기 같은 어떤 프로그램을 조금 보았다. 40대 초반인 뚱뚱한 여자가 서른다섯 살가량인 아주 뚱뚱한 남편과 서른 살가량인, 남편의 약간 뚱뚱한 새 애인에게 욕설을 들으며 참아야만 하는 프로그램이었다. 저놈은 분명히 게이일 거야. 그는 생각했다. 플로리다에서 방영되는 것이었다. 흰 블레이저코트와 카키색 바지를 입고 회녹색 셔츠에 상아색 넥타이를 맨 사회자만을 제외하곤 모두가 반팔을 입었다. 잠시 사회자는 몹시 언짢은 표정을 지었다. 뚱뚱한 남자는 몸짓을 하면서 마치 래퍼처럼 움직였고, 약간 뚱뚱한 그의 애인은 그를 마구 부추겼다. 반대로 뚱보의 아내는 조용히 관객을 쳐다보더니, 마침내 아무 말도 하지 않은 채 울음을 터뜨리고 말았다.

이건 여기서 끝나야만 해. 페이트는 생각했다. 그러나 그 프로그램, 아니 그 프로그램의 일부는 거기서 끝나지 않았다. 아내의 눈물을 보자 뚱뚱한 남자는 더욱 거세게 험한 말로 그녀를 공격해 댔다. 그가 말한 여러 가지 중에서, 페이트는 〈뚱녀〉라는 말을 들었다고 생각했다. 또한 남자는 더는 그녀가 계속해서 그의 삶을 망치도록 놔두지 않겠다고 말하기도 했다. 난 당신 남자가 아니야. 그는 말했다. 그리고 약간만 뚱뚱한 그의 애인도 당신 소유가 아니야, 이제는 정신 차리고 봐야 할 시간이야 하고 말했다. 잠시 후 앉아 있던 여자가 반응을 보였다. 여자는 자리에서 일어나 이제 더는 듣고 있을 수 없다고 말했다. 그녀는 남편이나 남편의 애인이 아니라 직접 사회자에게 말했다. 사회자는 그녀에게 진정하라고, 자제하라고 말했고, 동시에 말하고 싶은 게 있으면 말하라고 했다. 나는 속아서 이 프로그램에 왔어요. 여자는 계속 눈물을 흘리면서 말했다. 누구도 속아서 이곳으로 오지는 않습니다. 프로그램 사회자가 말했다. 비겁하게 굴지 말고 그가 당신에게 말하는 걸 잘 들어. 뚱보의 애인이 말했다. 내가 당신에게 하는 말을 잘 들어. 뚱보는 아내 주위를 빙빙 돌면서 말했다. 여자는 마치 그의 공격을 막는 완충기 역할을 할 수 있을 거라고 생각하는 듯 한 손을 들더니 무대를 떠났다. 약간만 뚱뚱한 여자는 의자에 앉았다. 잠시 후 뚱보도 자리에 앉았다. 관중 사이에 앉아 있던 사회자는 뚱보에게 무슨 일을 하느냐고 물었다. 지금은 일을 하지 않습니다. 하지만 얼마 전까지는 보안 요원으로 일했습니다. 그는 말했다. 페이트는 채널을 바꾸었다. 그리고 미니바에서 〈테네시 벌〉이라는 상표가 붙은 조그만 위스키병을 꺼냈다. 한 모금 마시자 속이 울렁거려 토할 것만 같았다. 그는 병마개를 덮고 다시 미니바에 갖다 놓았다. 그리고 얼마 후 그는 텔레비전을 켠 채 잠들었다.

페이트가 자는 동안, 멕시코 북부의 소노라주에 있는 산타테레사에서 어느 미국 여인이 실종되었다는 취재 뉴스가 방송되었다. 기자는 딕 메디나라는 멕시코계 미국인이었으며, 그는 산타테레사에서 살해된 여자들의 이름들을 길게 나열하면서, 그들 중 대다수는 아무도 시체를 인수하는 사람이 없었기에 공동묘지에 이름도 없이 묻혔다고 말했다. 메디나는 사막에서 말하고 있었다. 그의 뒤로는 고속 도로가 보였고, 더 멀리로는 작은 둔덕이 보였는데, 메디나는 방송 중에 그곳을 가리키면서 애리조나라고 말했다. 바람이 반소매 셔츠를 입은 기자의 검고 부드러운 머리카락을 헝클어뜨렸다. 이어서 몇몇 조립 공장 화면이 나왔고, 메디나는 모습을 드러내지 않은 채 그 국경 지역에는 실질적으로 실업 문제가 없다고 말했다. 좁은 보도에 줄을 서서 기다리는 사람들, 어린아이의 대변 색깔처럼 황토색을 띤 아주 미세한 먼지로 뒤덮인 픽업트럭들, 제1차 세계 대전의 폭탄 구멍처럼 생겨서 점차 쓰레기장으로 변해 가는 움푹 팬 땅이 화면에 나왔다.

그리고 스무 살이 채 되어 보이지 않는 깡마르고 까무잡잡하며 광대뼈가 툭 튀어나온 한 남자의 웃는 얼굴이 나왔는데, 메디나 기자는 그가 〈포예로〉 혹은 〈코요테〉로, 불법 이민자들을 미국 국경으로 안내하는 사람이라고 밝혔다. 메디나는 어떤 이름을 하나 말했다. 여자 이름이었다. 그다음에는 그 여자아이가 태어난 애리조나의 거리들이 화면에 나왔다. 그리고 메말라 버린 정원과 더러운 은색 그물망 울타리를 친 집들, 슬픔에 잠긴 어머니의 얼굴, 울다가 지쳐 버린 얼굴, 카메라를 뚫어지게 바라보면서 아무 말도 하지 않던, 어깨 넓고 키가 큰 아버지의 모습도 텔레비전 화면에 나왔다. 이 두 사람 뒤로 10대 여자아이 셋의 어두운 표정이 스쳐 지나갔다. 우리 집에 있는 또 다른 여자아이들 셋이에요. 어머니는 스페인어 억양의 영어로 말했다. 가장 큰 아이도 열다섯 살 이상은 되어 보이지 않는 세 여자아이는 집 안의 어둠을 향해 뛰어가기 시작했다.

텔레비전으로 이런 뉴스가 보도되는 동안, 페이트는 자기가 기사로 쓴 사람에 관한 꿈을 꾸었다. 세 가지 다른 기사가 거절당한 후 마침내 『검은 새벽』 잡지에 실린 첫 번째 기사였다. 그는 늙은 흑인이었다. 시먼보다 훨씬 늙었고, 브루클린에 살며, 미국 공산당 당원이었다. 페이트가 그를 알게 되었을 때 이미 브루클린에는 단 한 명의 공산주의자도 남지 않았지만, 그 사람은 계속해서 공산당 세포로서 역할을 수행하고 있었다. 그의 이름이 무엇이었을까? 그는 안토니오 울리세스 존스였다. 하지만 동네의 아이들은 그를 스코츠버러 보이라고 불렀다. 그는 또한 〈미친 늙은이〉 혹은 〈뼈다귀〉 또는 〈껍데기〉라고도 불렸다. 그러나 보통은 스코츠버러라는 이름으로 불렸는데, 여러 가지 이유 중에서도 안토니오 존스 늙은이가 앨라배마의 스코츠버러에서 일어난 사건[7]과 스코츠버러 재판을 비롯해서 스코츠버러에서 린치를 당할 뻔했지만 브루클린 동네에서 이제는 아무도 기억하지 않는 흑인들에 관해 자주 말했기 때문이었다.

페이트는 아주 우연히 그를 만나게 되었다. 그때 안토니오 존스는 여든 살가량 되었고, 브루클린의 가장 가난한 지역의 방 두 개짜리 아파트에서 살았다. 거실에는 테이블 하나와 술집에서 간이 의자로 사용하는 낡은 접의자가 열다섯 개 넘게 있었다. 의자는 나무로 만들어졌고 다리가 길면서도 등받이가 짧았다. 벽에는 적어도 2미터가 족히 되어 보이는 한 남자의 사진이 걸려 있었다. 그 남자는 당시의 노동자처럼 옷을 입었는데, 카메라를 똑바로 쳐다보면서 아주 하얗고 완벽한 치열을 드러내고는 웃는 소년의 손에서 학교 졸업장을 받고 있었다. 거구의 노동자 얼굴은 또한 아이의 얼굴과 상당히 닮아 있었다.

「저게 납니다.」 안토니오 존스는 페이트가 처음으로 그의 집으로 찾아갔을 때

---

7 1931년 열세 살에서 열아홉 살까지의 흑인 소년 아홉 명이 백인 소녀 두 명을 집단 강간한 혐의로 기소된 사건이다. 이 재판은 증인들의 모순된 증언과 불충분한 증거에도 불구하고 모두 백인으로 이루어진 배심원들에 의해 사형 또는 종신형이 선고됨으로써, 남북 전쟁 이후 흑인에 대한 최악의 차별로 간주된다. 이 아홉 소년을 스코츠버러 보이스라고 부른다.

그렇게 말했다. 「저 거구의 남자는 로버트 마르티요 스미스지요. 브루클린 시청 소속 보수 담당 노무자이자, 하수구 안으로 들어가는 전문가이며, 10미터짜리 악어와 싸우는 데도 일가견이 있는 사람이지요.」

그와 세 번에 걸쳐 대화하는 동안, 페이트는 그에게 많은 질문을 했다. 몇몇 질문은 노인에게 양심의 가책을 느끼게 하려는 목적을 띠었다. 그는 스탈린에 관해 물었고, 안토니오 존스는 스탈린은 개자식이라고 대답했다. 그는 레닌에 관해 물었고, 안토니오 존스는 레닌이 개자식이라고 대답했다. 그에게 마르크스에 관해 묻자, 안토니오 존스는 거기서부터 시작했어야만 했다고 말했다. 그러면서 마르크스는 아주 훌륭한 사람이라고 대답했다. 그 순간부터 안토니오 존스는 마르크스에 관해 열렬한 찬사의 말을 하기 시작했다. 그가 마르크스에 대해서 마음에 들어 하지 않는 것은 하나뿐이었다. 바로 그의 성마른 성격이었다. 존스는 이것을 가난 탓으로 돌렸다. 그러면서 가난은 질병과 원한을 불러올 뿐만 아니라 고약한 성미의 원인도 된다고 설명했다. 페이트의 다음 질문은 베를린 장벽의 붕괴와 그로 인해 생긴 실제 사회주의 체제의 몰락에 관해 어떻게 생각하느냐는 것이었다. 익히 예측 가능한 일이었습니다. 나는 그 일이 벌어지기 10년 전에 이미 그것을 예언했습니다. 안토니오 존스는 대답했다. 그러더니 갑자기 공산주의자들의 노래인 「인터내셔널」을 부르기 시작했다. 그는 창문을 열고서 페이트가 전혀 생각하지 못한 낮고 굵은 목소리로 첫 소절을 노래했다. 〈깨어라, 노동자의 군대! 굴레를 벗어 던져라!〉 노래가 끝나자 그는 페이트에게 특별히 흑인들을 위해 만든 성가 같지 않으냐고 물었다. 모르겠어요. 그렇게 생각해 본 적이 한 번도 없습니다. 페이트는 대답했다. 나중에 존스는 브루클린의 공산주의자들에 관해 생각나는 대로 설명했다. 제2차 세계 대전 동안에는 1천 명이 넘었지요. 전쟁 후에 숫자는 1천3백 명으로 늘어났습니다. 매카시즘이 시작되었을 때는 이미 약 7백 명에 불과했고, 매카시즘이 끝났을 때 브루클린에 남아 있던 공산주의자는 2백 명이 넘지 않았습니다. 1960년대에는 겨우 그 수의 반만 남았고, 1970년대 초에는 불굴의 용기를 지닌, 세포 조직 다섯 개에 흩어진 공산주의자 수는 30명도 채 되지 않았습니다. 1970년대 말에는 단지 열 명뿐이었습니다. 1980년대 초에는 그 수가 네 명으로 줄어들었습니다. 1980년대가 지나는 동안 네 명 중에서 두 명은 암으로 세상을 떠났고, 한 명은 누구에게도 아무 말 하지 않은 채 세포 조직에서 사라졌습니다. 아마도 여행을 떠났을 것이고, 떠나던 길이나 돌아오는 길에 죽었을 겁니다. 안토니오 존스는 생각에 잠겨 말했다. 분명한 것은 그가 다시는 모습을 드러내지 않았다는 겁니다. 본부에도 나타나지 않았고, 집에도 모습을 드러내지 않았으며, 자주 가던 술집에도 들르지 않았습니다. 아마도 딸과 함께 살러 플로리다로 갔을 겁니다. 그는 유대인이었고, 그의 딸은 그곳에 살았지요. 분명한 것은 1987년에는 오직 나 혼자만 남았다는 겁니다. 그리고 나는 아직도 이곳에서 공산주의자로 있습니다. 그는 말했다. 이유가 뭐지요? 페이트가 물었다. 잠시 안토니오 존스는 자기가 어떤 대답을 해야 할지 생각했다. 그리고 마침내 페이트의 눈을 쳐다보더니 말했다.

「누군가가 세포 조직을 운영해야 하기 때문입니다.」

존스의 눈은 조그마했고, 숯덩이처럼 새까맸으며 그의 눈꺼풀은 주름으로
가득했다. 속눈썹이 거의 없었다. 눈썹은 빠지기 시작했고, 가끔씩 동네를
산책하러 나갈 때면 커다란 검은 선글라스를 끼고 지팡이를 들었고, 집으로
돌아오면 문 옆에 지팡이를 놓아두었다. 그는 아무것도 먹지 않은 채 며칠 동안 지낼
수 있었다. 어느 정도 나이가 되면 음식이 몸에 좋지 않아요. 그는 말했다. 미국이나
외국의 어떤 공산주의자들과도 접촉하지 않았다. 단지 캘리포니아 대학교
로스앤젤레스 캠퍼스에서 퇴직한 민스키 박사와만 가끔씩 편지를 주고받을
뿐이었다. 15년 전까지만 해도 나는 제3인터내셔널[8]에 속해 있었고, 민스키는 내게
제4인터내셔널[9]에 가입하라고 설득했지요. 그는 설명했다. 그런 다음 이렇게
말했다.

「당신에게 아주 도움이 될 만한 책을 한 권 선물하지요.」

페이트는 마르크스의 『공산당 선언』을 선물할 것이라고 생각했다. 아마 거실
구석의 의자 아래마다 수북이 쌓인 책들 중에서, 안토니오 존스가 출간한 그 책이
몇 권 보였기 때문이었을 것이다. 그는 무슨 돈으로, 그리고 어떤 말로 출판인들을
구슬려 그 책을 출판했을까 생각했지만, 알 수 없는 일이었다. 하지만 페이트는
노인이 자신의 두 손에 쥐어 준 책이 『공산당 선언』이 아니라 휴 토머스[10]라는
사람이 쓴 『노예 무역』이라는 두툼한 책인 것을 알고는 깜짝 놀랐다. 한 번도 들어
본 적이 없는 작가였다. 처음에 그는 책을 받으려고 하지 않았다.

「이건 비싼 책이고, 틀림없이 당신은 이 책을 한 권만 가지고 있을 겁니다.」

그러자 존스는 걱정할 필요 없다고, 그 책은 자기가 돈을 주고 산 것이 아니라
지혜를 발휘해서 얻은 것이라고 대답했다. 그 말을 들은 페이트는 그가 책을
훔쳤을 것이라고 추측했지만, 역시 있음 직하지 못한 일이라고 생각했다. 노인은
그런 일을 할 수 있는 사람이 아니었기 때문이다. 물론 그가 도둑질을 할 서점에
공범자, 즉 존스가 책을 재킷 안에 넣어도 모른 척하는 젊은 흑인 직원이 있다면,
그럴 수도 있는 일이긴 했다.

몇 시간 후 아파트에서 책을 훑어본 그는 작가가 백인이라는 사실을 알았다.
영국 백인이었을 뿐만 아니라, 샌드허스트에 있는 영국 육군 사관 학교 교수였다.
페이트에게는 거의 교관, 짧은 바지를 입은 빌어먹을 영국 하사와 마찬가지인
직책이었다. 그래서 책을 한쪽에 놓아두고서 읽지 않았다. 한편 안토니오 울리세스
존스와의 인터뷰에 대한 반응은 좋았다. 페이트는 동료 기자들 대부분이 그 기사를
아프리카계 미국인의 흥미로운 세계로 들어가는 모험의 한계를 조금만 벗어나는

---

8 코민테른, 제3국제당이라고도 불리며, 블라디미르 레닌이 발기하여 1919년 3월 창설되었다가 1943년 5월
15일 해체된 마르크스-레닌주의당의 국제적 조직체다.

9 트로츠키주의 공산주의자들의 국제 연대 기구로, 1938년 파리에서 창립되었다. 스탈린의 코민테른으로는 국
제 노동자 계급을 이끌 수 없다고 판단한 레프 트로츠키와 다른 마르크스주의자들에 의하여 조직되었다.

10 Hugh Thomas(1931~2017). 영국 태생의 스페인 역사 전문가.

데 불과하다고 생각한다는 것을 알았다. 미치광이 전도사, 미치광이 전 재즈 뮤지션, 브루클린 공산당(제4인터내셔널) 최후의 미치광이 당원, 그리고 사회학적으로 진귀한 존재 이상은 아니었다. 그러나 동료들은 그 기사를 좋아했고, 얼마 후 그는 정규직 편집 기자가 되었다. 그는 다시는 안토니오 존스를 만날 수 없었다. 마찬가지로 다시는 배리 시먼을 볼 수 없을지도 모르는 일이었다.

그가 잠에서 깨어났을 때에는 아직도 어둠이 가시지 않았다.

디트로이트를 떠나기 전에 그는 그 도시에서 유일하게 버젓한 서점으로 갔고, 샌드허스트의 영국 육군 사관 학교 전 교수인 휴 토머스가 쓴 『노예 무역』을 구입했다. 그런 다음 우드워드 도로를 따라 시내를 한 바퀴 둘러보았다. 그리고 그리크타운 식당에서 커피 한 잔과 토스트로 아침 식사를 해결했다. 마흔 살 정도 되는 금발 여종업원이 다른 것을 더 먹지 않겠느냐고 묻자, 그는 그렇다고 대답했다. 그러자 종업원은 아프냐고 물었다. 그는 위장이 조금 불편한 상태라고 대답했다. 종업원은 이미 테이블에 갖다준 커피 잔을 들더니, 위에 더 좋은 게 있다고 했다. 잠시 후 그녀는 아니스와 〈볼도〉라고 불리는 허브를 함께 넣어 끓인 차를 가지고 돌아왔다. 페이트가 맛본 적 없는 차였다. 처음에는 그 차를 마시려고 하지 않았다.

「커피가 아니라 이 차가 바로 당신에게 필요한 거예요.」종업원이 말했다.

키가 크고 날씬했으며, 아주 커다란 가슴과 예쁜 엉덩이를 지닌 여자였다. 검은 치마에 흰 블라우스를 입고 굽이 없는 신발을 신고 있었다. 잠시 두 사람은 아무 말도 없이 무언가를 기다리면서 그대로 있었다. 마침내 페이트가 어깨를 으쓱하고서 차를 한 모금씩 마시기 시작했다. 그러자 종업원은 환한 미소를 지으면서 다른 손님을 접대하러 갔다.

그는 호텔에서 객실 요금을 치르는 동안 뉴욕에서 온 메시지를 발견했다. 그가 들어 보지 못한 목소리는 가능한 한 빨리 그의 부장이나 스포츠부 부장에게 연락을 취해 달라고 부탁했다. 그는 로비에서 전화를 걸었다. 옆자리 여기자가 받았고, 여기자는 부장을 찾아볼 테니 기다리라고 했다. 잠시 후 그가 들어 보지 못한 목소리는 자기가 스포츠부 책임자인 제프 로버츠라고 신원을 밝혔다. 그는 권투 경기에 관해 말하기 시작했다. 카운트 피케트의 시합이네. 그런데 경기를 취재할 사람이 아무도 없다네. 그는 말했다. 그 책임자는 마치 오래전부터 오스카를 알고 지낸 것처럼 말하면서, 라이트 헤비급에서 할렘의 희망인 카운트 피케트에 관해 쉬지 않고 말했다.

「그런데 그게 나와 무슨 상관이 있지요?」페이트가 물었다.

「그럼 말해 주지, 오스카.」스포츠부 책임자가 말했다. 「지미 로웰이 죽었고, 아직 그를 대체할 사람을 찾지 못했다는 건 자네도 잘 알 걸세.」

페이트는 시합이 디트로이트나 시카고에서 열릴 것이라고 추측했고, 뉴욕을 떠나 며칠 보내는 것도 나쁘지는 않을 거라고 생각했다.

「권투 시합을 취재해서 기사를 쓰라는 건가요?」

「그렇다네, 오스카. 다섯 페이지 분량이네. 피케트에 관한 간단한 프로필과 그 권투 시합, 그리고 지역 냄새를 약간 풍기게 쓰면 되네.」로버츠가 말했다.

「경기 장소가 어디죠?」

「멕시코네. 자네가 일하는 부서보다 우리는 더 두둑한 출장 수당을 지급한다는 사실을 참고하게.」스포츠부 책임자가 말했다.

가방을 챙긴 후 페이트는 마지막으로 시먼의 집으로 향했다. 노인은 책을 읽으면서 무언가를 적고 있었다. 부엌에서는 향신료와 기름에 볶은 양파와 마늘 냄새가 풍겼다.

「떠납니다. 작별 인사를 하러 왔습니다.」그가 말했다.

시먼은 먹을 것을 대접하고 싶은데, 아직 시간이 있느냐고 물었다.

「아닙니다, 시간이 없습니다.」페이트가 대답했다.

두 사람은 포옹했고, 페이트는 계단을 세 개씩 펄쩍펄쩍 뛰어 내려왔다. 마치 급하게 거리로 나가려는 사람이나 아니면 친구들과 오후 시간을 마음껏 놀려고 하는 어린아이 같았다. 디트로이트 웨인 카운티 공항으로 차를 모는 동안, 그는 시먼의 이상한 책들, 그러니까 『요약 프랑스 백과 사전』과 그가 보지는 못했지만 시먼이 감옥에서 읽었다고 말한 『볼테르 전집 요약 다이제스트』에 관해 생각하기 시작했다. 그러고는 폭소를 터뜨렸다.

그는 공항에서 투손으로 가는 비행기표를 구입했다. 커피숍의 바에 팔을 괴고 기다리는 동안, 이미 몇 년 전에 세상을 떠난 안토니오 존스가 등장한 지난밤의 꿈을 떠올렸다. 그 당시와 마찬가지로 그는 존스가 무엇 때문에 죽었을까 자기 자신에게 물었다. 그에게 떠오른 유일한 대답은 늙었기 때문이라는 것이었다. 어느 날 안토니오 존스는 브루클린 거리를 걷다가 피곤하다고 느꼈고, 보도에 주저앉았다. 그리고 몇 초 후에 그는 이 세상과 영원히 작별했다. 아마 우리 어머니에게도 비슷한 일이 일어났을 거야. 페이트는 생각했지만, 마음속으로는 그게 사실이 아님을 알았다. 비행기가 디트로이트 공항을 이륙했을 때는 이미 폭풍우가 도시 위로 비를 쏟아붓고 있었다.

페이트는 샌드허스트에서 교수를 지낸 그 백인이 저술한 책을 펼쳤고, 361페이지부터 읽기 시작했다. 거기에는 이렇게 적혀 있었다. 〈니제르강의 삼각주 너머로, 아프리카 해안은 마침내 남쪽을 향해 다시 방향을 튼다. 그곳 카메룬에서 18세기 말에 리버풀 상인들은 새로운 분야의 무역을 시작했다. 훨씬 더 남쪽에 있고 케이프 로페즈 북쪽에 위치한 가봉강도 마찬가지로 1780년경에 노예 지역으로 왕성한 활동을 하기 시작한다. 존 뉴턴 신부는 이 지역에 《내가 아프리카에서 만난 가장 인간적이고 도덕적인 사람들》이 산다고 생각했다. 아마도 그것은《그 당시 그들이 유럽인과 가장 관계가 없었던 사람들이었기》때문일 것이다. 그러나 육지에서 멀리 떨어진 곳에서 네덜란드인들은 이미 오래전부터 코리스코섬(포르투갈어로 이 말은《번개》를 의미한다)을 노예 무역의 중심지는 아니었지만 일반 무역의 중심지로 이용하고 있었다.〉그런 다음 그 책에 상당히 많이 삽입된 삽화 중 하나를 보았다. 황금 해안[11]에 있는〈엘미나〉요새, 1637년에 덴마크인들에게 점령된 포르투갈의 요새 사진이었다. 350년 동안 엘미나는 노예 무역의 중심지였다. 그 요새 위로, 그리고 언덕 꼭대기에 건설된 조그만 주둔 기지 위에서는 페이트가 알아볼 수 없는 깃발이 나부꼈다. 어느 왕국의 깃발일까? 그는 생각하다가 눈을 감고 다리 위에 책을 놓고 잠들었다.

투손 공항에서 그는 자동차를 렌트했고, 도로 지도를 구입하고서 도시를 빠져나와 남쪽으로 향했다. 사막의 건조한 바람이 아마도 그의 식욕을 일깨운 것 같았다. 그래서 그는 도로변에 식당이 나타나면 차를 멈추기로 마음먹었다. 동일한 모델, 동일한 색깔의 셰보레 카마로 두 대가 경적을 울리며 그를 추월했다. 그는 두 사람이 자동차 경주를 한다고 생각했다. 아마도 엔진을 개조하여 마력을 올린 자동차들 같았다. 차체가 애리조나의 태양 아래서 반짝였다. 그는 오렌지를 파는 작은 농장을 지나갔지만, 차를 멈추지 않았다. 그 농장은 고속 도로에서 1백 미터쯤 떨어져 있었고, 커다란 나무 바퀴가 달린 낡은 수레에 차일을 친 오렌지 노점은 길가에 있었다. 멕시코 아이 둘이 그 노점을 지키고 있었다. 약 2킬로미터를 더 가 그는〈코치세 매점〉이라고 불리는 가게를 보았고, 주유소 옆 널따란 공터에 주차했다. 카마로 두 대가 상단에 붉은 줄무늬, 하단에는 검은 줄무늬가 있는 깃발 옆에 서 있었다. 깃발 한가운데에는 흰색 원이 있었는데, 거기서 치리카우아 자동차 클럽이라고 쓴 글자들을 읽을 수 있었다. 순간적으로 그는 셰보레 카마로의 운전자 둘이 인디언임이 틀림없을 거라고 생각했지만, 잠시 후 그런 생각은 터무니없다는 것을 깨달았다. 그는 식당 한쪽 구석에, 그러니까 자기 자동차가 보이는 창문 옆에 앉았다. 옆 테이블에는 두 남자가 있었다. 한 사람은 젊고 키가 컸으며, 컴퓨터 공학 교수처럼 보였다. 그는 느긋한 미소를 지었고, 놀라울 때나 두려울 때, 혹은 아무 때나 가끔씩 양손을 얼굴로 가져갔다. 다른 사람의 얼굴은 보이지 않았지만, 그의 일행보다 나이가 훨씬 많은 것이 분명했다. 그의 목덜미는 두툼했고 머리카락은 하얬으며, 안경을 끼었다. 그는 말하거나 들을 때에 무감각하게 있으면서, 몸짓을 하지도 않았고 움직이지도 않았다.

그에게 주문을 받으러 온 여종업원은 멕시코 사람이었다. 그는 커피를 주문하고서, 몇 분 동안 메뉴를 대충 훑어보았다. 그는 클럽샌드위치가 있느냐고 물었다. 여종업원은 고개를 가로저었다. 그럼 스테이크 주세요. 페이트는 말했다. 소스를 곁들인 스테이크를 드릴까요? 종업원이 물었다. 어떤 소스지요? 페이트가 물었다. 고추와 토마토, 양파, 고수로 만든 소스예요. 그 밖에 다른 향신료도 몇

11 아프리카 기니만 연안의 일부. 금의 주산지였기 때문에 황금 해안이라는 지명이 붙었다.

가지 넣지요. 좋아요, 한번 먹어 보지요. 페이트가 말했다. 종업원이 돌아가자, 그는 식당을 살펴보았다. 한 테이블에서 그는 인디언 둘을 보았다. 한 명은 어른이었고, 다른 한 명은 10대였다. 아마도 아버지와 아들인 것 같았다. 다른 테이블에서는 멕시코 여자와 함께 있는 두 백인을 보았다. 거의 똑같이 생긴 남자들로 쉰 살가량 된 일란성 쌍둥이였다. 쌍둥이 형제는 마흔다섯 살가량인 멕시코 여자에게 홀딱 빠져 있는 게 틀림없었다. 이 사람들이 카마로의 주인이야. 페이트는 생각했다. 또 식당 전체에서 자기를 제외하고는 흑인이 아무도 없다는 사실 역시 눈치챘다.

옆 테이블의 젊은 남자는 영감에 관해 말했다. 당신이 우리에게 영감을 준 사람입니다 하는 말이 들렸다. 머리가 센 남자는 그런 건 전혀 중요하지 않다고 했다. 젊은 남자는 양손을 들어 얼굴로 가져가더니 의지력에 관해, 즉 응시할 수 있는 힘에 관해 말했다. 그런 다음 양손을 얼굴에서 떼더니 반짝이는 눈으로 이렇게 말했다. 나는 자연스러운 시선, 즉 자연의 왕국에서 유래하는 시선이 아니라, 추상적인 의미의 시선을 말하는 거예요. 그러자 백발 노인은 물론이지, 하고 말했다. 당신이 유레비츠를 체포했을 때라고 젊은 남자가 말했다. 그때 그의 목소리는 귀청이 터질 것 같은 디젤 엔진의 굉음에 묻혀 버렸다. 대형 트레일러가 빈터에 차를 대고 있었던 것이다. 종업원은 페이트가 주문한 커피와 소스를 곁들인 스테이크를 가져왔다. 젊은 남자는 아직도 백발 남자가 붙잡은 유레비츠라는 사람에 관해 말하고 있었다.

「힘든 일은 아니었어.」백발 남자가 말했다.

「엉성한 살인자였지요.」젊은 남자가 말하면서, 마치 재채기를 할 것처럼 한 손을 입으로 가져갔다.

「아니야. 치밀한 살인자였어.」백발 남자가 말했다.

「그렇군요! 나는 변변치 못한 살인자라고 생각했어요.」젊은 남자가 말했다.

「아니네, 아니야. 꼼꼼하고 면밀한 살인자였어.」백발 남자가 말했다.

「어떤 살인자가 더 힘들죠?」젊은 남자가 물었다.

페이트는 고기 한 조각을 잘랐다. 두껍고 부드러웠으며, 맛도 좋았다. 소스는 맛있었다. 특히 매운맛에 길든 사람이라면 더욱 좋아할 것 같았다.

「엉성한 자들이지. 행동 양식을 설정하기 힘들거든.」백발 남자가 말했다.

「하지만 설정할 수 있지 않나요?」젊은 남자가 물었다.

「시간과 수단만 충분하다면, 뭐든지 할 수 있지.」백발 남자가 대답했다.

페이트는 한 손을 들어 종업원을 불렀다. 멕시코 여자는 쌍둥이 중 한 사람에게 머리를 기댔고, 다른 사람은 그런 상황이 일반적이라는 듯 빙긋이 웃었다. 페이트는 그녀가 결혼을 했으며, 남편은 그녀를 안고 있는 쌍둥이 중 한 사람이지만, 그들의 결혼이 다른 형제의 사랑을 잠재우거나 희망을 꺾을 수는 없었다고 생각했다. 인디언 아버지는 계산서를 갖다 달라고 했고, 그러는 동안 어린 인디언은 어디선가 만화책을 꺼내서 읽었다. 페이트는 빈터에 트럭을 세운 운전사가 걸어오는 걸 보았다. 그는 주유소 화장실에서 돌아오면서 조그만 빗으로 금색 머리카락을 빗었다. 종업원은 페이트에게 무엇이 필요하냐고 물었다. 그는 다시 커피 한 잔과 커다란 컵에 물을 담아 갖다 달라고 했다.

「우리는 죽음에 익숙해졌어요.」젊은 남자가 말하는 소리가 들렸다.

「항상 그랬지.」백발 남자가 말했다. 「항상 그랬어.」

19세기에, 좀 더 정확히 말하자면 19세기 중엽이나 말에, 사회는 단어라는 직물을 통해 죽음을 여과하게 되었어. 백발 남자가 말했다. 그 당시의 기사나 글을 읽으면, 거의 범죄 행위가 일어나지 않았거나, 아니면 살인 행위 하나가 전국을 떠들썩하게 만들 수 있는 사건이었다고 생각하게 될 거야. 우리는 우리의 집이나 우리의 꿈 혹은 우리의 환상 속에서 죽음이 일어나지 않기를 원해. 그러나 사실은 사지가 절단되는 사건들과 온갖 종류의 강간, 심지어는 연쇄 살인과 같은 끔찍한 범죄들이 일어났지. 물론 연쇄 살인 사건의 살인자들은 대부분 절대로 체포되지 않았어. 당시에 일어난 가장 유명한 사건들을 생각해 봐. 아무도 누가 〈잭 더 리퍼〉[12]인지 몰라. 모든 게 단어라는 여과기를 통과하면서 우리에게 두려움을 불러일으키도록 적절하게 바뀌는 거야. 아이가 무서워할 때 어떻게 하지? 눈을 감아. 강간당하고 살해될 것이라면 아이는 어떻게 하지? 눈을 감지. 그러고 나서 소리를 지르지만, 가장 먼저 하는 행동은 눈을 감는 거지. 말은 그런 목적에 봉사하는 거야. 그런데 참으로 이상해. 인간의 광기와 잔인한 행위의 전형은 우리 시대 사람들이 만들어 낸 것이 아니라, 우리 조상들이 만들어 낸 것이거든. 말하자면 그리스인들이 악을 만들었고, 우리 모두의 내면에 있는 악을 보았지만, 그런 악에 대한 증거들이나 증언들은 이제 더는 우리에게 충격을 주지 못해. 그것들은 모두 우리에게 쓸데없는 것이거나 무의미한 것으로 다가와. 아마 광기에 관해서도 똑같이 말할 수 있을 거야. 이 가능성의 영역을 보여 준 사람들은 그리스인들이지만, 이제 그것도 우리에게 아무런 의미를 주지 못해. 아마 자네는 모든 건 바뀐다고 말하고 싶을 거야. 물론 모든 건 바뀌지. 그러나 범죄의 원형은 바뀌지 않아. 마찬가지로 우리의 본성 역시 바뀌지 않아. 아마도 당시 상류 사회는 너무나 작았기 때문이라는 것이 가장 그럴싸한 설명이 될 거야. 나는 지금 19세기, 18세기, 17세기에 관해 말하는 거야. 의심의 여지 없이 그 당시 사회는 작았어. 사람들 대부분은 성 바깥에서 살았지. 가령 17세기에는 노예선으로 운반되던 상품들, 그러니까 판매될 목적으로 버지니아로 항해하던 흑인들 중 적어도 20퍼센트는 목숨을 잃었어. 그런 일에 동요하는 사람도 없었고, 버지니아 신문 1면에 대문짝만 하게 장식되지도 않았으며 노예 수송선 선장을 교수형에 처하라고 요구하지도 않았어. 이와는 달리 어느 농장주가 미쳐서 자기 이웃을 죽이고, 그런 다음 말을 타고 자기 집으로 돌아가 말에서 내리자마자 아내를 죽였다면, 즉 모두

12 1888년 8월 31일부터 11월 9일까지 2개월에 걸쳐 영국 런던의 화이트채플 지역에서 최소 다섯 명이 넘는 매춘부를 엽기적인 방법으로 잇따라 살해한 연쇄 살인범을 일컫는다.

273

두 사람을 죽였다면, 버지니아 사회는 적어도 6개월 동안은 공포에 사로잡히고, 말을 탄 살인자의 전설은 세대를 거듭해 내려오면서 오랫동안 지속되었지. 프랑스 사람들을 예로 들어 보지. 1871년의 파리 코뮌[13] 동안 몇천 명이 살해되었지만, 누구도 그들을 위해 눈물 한 방울 흘리지 않았어. 그 당시에 칼 가는 사람이 아내와 늙은 어머니(장모가 아니라 친어머니라네)를 죽인 다음 경찰의 총격을 받아 사살되었지. 그 소식은 프랑스의 모든 신문에 실렸을 뿐만 아니라, 유럽의 다른 신문들에도 게재되었고, 심지어 뉴욕의 신문『이그재미너』에도 기사가 실렸어. 왜 그랬을까? 파리 코뮌에서 죽은 사람들은 사회의 일부가 아니었어. 노예선에서 죽은 흑인들 역시 사회의 구성원으로 여겨지지 않은 거야. 반면에 프랑스의 어느 지방 도시에서 살해된 여인과 버지니아의 말을 탄 살인범은 사회의 일원이었어. 즉, 그들에게 일어난 일은 글로 남기고 읽힐 만한 가치가 있었던 것이지. 그러니까 말은 무언가를 드러내는 것보다 오히려 숨기려는 목적으로 더욱 많이 사용된 거야. 아니, 무언가를 드러낼 수도 있었지. 하지만 무엇을 드러냈을까? 솔직히 말하건대, 나는 그게 무엇인지 모르겠네.

　젊은이는 양손으로 얼굴을 가렸다.
　「이번이 첫 번째 멕시코 여행은 아니지요?」 그는 얼굴에서 손을 떼며 고양이 같은 미소를 지으면서 물었다.
　「그렇다네. 몇 년 전에 잠시 그곳에 있으면서 도와주려 했지만, 그럴 수 없는 상황이었네.」 백발이 성성한 남자가 말했다.
　「그런데 왜 이번에 다시 간 거죠?」
　「아마도 상황을 살펴보기 위해서일 거야. 난 친구 집에 있었네. 몇 년 전에 있을 때 사귄 친구였지. 멕시코 사람들은 친절하고 다정하다네.」 백발 남자가 말했다.
　「공무 출장이 아니었나요?」
　「그렇다네. 아니었어.」 백발 노인이 대답했다.
　「그곳에서 일어나는 일에 대해 개인적으로 어떻게 생각하세요?」
　「여러 가지 생각을 가지고 있네, 에드워드. 난 내 동의 없이 어떤 생각도 출판되지 않길 바라네.」
　젊은이는 양손으로 얼굴을 가리고서 말했다.
　「케슬러 교수님, 절대 활자화하지 않겠습니다.」
　「그렇다면 좋네.」 백발의 남자가 말했다. 「내가 확신하는 세 가지 사실을 말해 주겠네. 첫째는 그 도시에 사는 모든 사람이 사회 밖에 있다는 걸세. 그러니까 모든 사람이 로마의 경기장에 있는 옛 기독교인들과 같다는 말이야. 둘째는 서로 다른 사람들에 의해 범죄가 저질러졌다는 걸세. 셋째는 그 도시가 씩씩하며 박력이 있는

13 1871년 3월 18일부터 5월 28일까지 프랑스 민중이 세운 세계 최초의 사회주의 자치 정부. 단기간에 불과했지만 사회주의와 공산주의 운동에 큰 영향을 주었다.

것처럼 보인다는 것이네. 이루 말할 수 없는 방법으로 발전하는 것 같아. 하지만 그곳 사람들이 할 수 있는 최고의 일은 밤에 사막으로 나가서 국경을 건너는 것이지. 이건 한 명의 예외도 없이 모두에게 적용될 수 있는 것이네.」

붉게 번쩍이는 석양이 지기 시작할 무렵, 쌍둥이들뿐만 아니라 인디언들도, 그리고 옆 테이블에 앉았던 사람들도 이미 식당을 떠난 지 오래였다. 페이트는 손을 들어 계산서를 갖다 달라고 하기로 마음먹었다. 그에게 먹을 것을 갖다준 종업원이 아닌 까무잡잡하고 통통한 다른 여종업원이 계산서를 갖다주면서, 먹은 것이 모두 마음에 들었느냐고 물었다.

「모두 맛있었어요.」페이트는 주머니에서 지폐를 찾으면서 말했다.

그러고서 다시 석양을 응시했다. 그는 자기 어머니, 어머니의 이웃집 여자, 잡지사, 뉴욕의 거리들을 말할 수 없는 슬픔과 피로감에 사로잡혀 생각했다. 그는 샌드허스트에 있는 영국 육군 사관 학교 교수의 책을 펼치고서 아무 곳이나 읽었다. 〈많은 노예선 선장들은 노예들 대부분을 서인도에 인도하는 순간 자신들의 임무를 완수했다고 여겼다. 그러나 종종 노예 판매 이익금을 빠른 시간 내에 받지 못해서, 돌아가는 길에 싣고 갈 설탕을 화물로 선적할 수 없었다. 또한 상인들과 선장들은 도착한 항구에서 그들이 자비로 가져간 물건 가격을 얼마나 받을 수 있을지도 확신할 수 없었다. 게다가 대농장주들은 몇 년이 지나서야 노엣값을 치르기도 했다. 그래서 종종 노예를 인도하면서 유럽 상인들은 설탕이나 인디고, 혹은 면화나 생강을 받는 대신 환어음을 받는 편을 택했다. 그것은 런던에서 이 상품들의 가격이 얼마나 될지 예측 불가능하기 때문에, 그러니까 너무 쌀 수도 있기 때문이었다.〉인디고, 설탕, 생강, 면화. 정말 예쁜 이름들이야. 그는 생각했다. 그리고 인디고 관목의 붉은 꽃과 구릿빛으로 반짝이는 검푸른 반죽을 떠올렸다. 또한 인디고 풀로 화장한 여인이 샤워기 밑에서 몸을 씻는 모습도 상상했다.

그가 자리에서 일어나자, 통통한 종업원이 다가와서 어디로 가느냐고 물었다. 멕시코로 갑니다. 페이트가 말했다.

「그럴 거라고 추측했어요. 그런데 멕시코 어디로 가죠?」종업원이 말했다.

카운터에 기대어 요리사는 담배를 피웠고, 그들을 쳐다보면서 그의 대답을 기다렸다.

「산타테레사요.」페이트가 말했다.

「그리 멋진 곳은 아니에요. 하지만 크고 디스코텍도 많고, 즐길 만한 곳도 많아요.」종업원이 말했다.

페이트는 빙긋이 웃으면서 바닥을 내려다보았고, 사막의 석양이 바닥 타일을 아주 은은한 붉은색으로 물들였다는 것을 알았다.

「난 기자예요.」그가 말했다.

「범죄 사건에 관해 쓸 생각이군요.」요리사가 말했다.

「무슨 말인지 모르겠네요. 난 이번 주 토요일에 열릴 권투 경기를 취재하러 갑니다.」페이트가 말했다.

「누가 시합하죠?」요리사가 물었다.

「카운트 피케트, 뉴욕 출신의 라이트 헤비급 선수입니다.」

「한때 나도 열렬한 팬이었지요. 내기를 걸고 권투 잡지도 사서 읽었지만, 어느 날 그만두기로 결심했죠. 이제는 권투 선수들의 이름도 모릅니다. 뭘 좀 마시지 않겠어요? 이 식당이 내는 겁니다.」요리사가 말했다.

페이트는 카운터에 앉아서 물을 한 잔 갖다 달라고 했다. 요리사는 웃더니 자기가 아는 바로 기자는 모두 술을 마신다고 말했다.

「나도 마시지요. 하지만 지금은 속이 별로 좋지 않아서요.」페이트가 말했다.

물 한 잔을 따라 준 다음, 요리사는 카운트 피케트가 누구와 싸우는지 알고 싶어 했다.

「상대방 이름은 잘 기억나지 않네요. 여기 적어 놨어요. 멕시코 선수 같은데…….」페이트가 말했다.

「이상하네요. 라이트 헤비급에는 훌륭한 멕시코 선수가 없어요. 20년에 한 번 정도씩 헤비급 선수는 나타나는데, 그런 사람은 보통 미치거나 총에 맞아 죽지요. 하지만 라이트 헤비급 선수는 없어요.」요리사가 말했다.

「그럼 잘못 알았나 봅니다. 멕시코 선수가 아닐지도 몰라요.」페이트가 인정했다.

「아마 쿠바나 콜롬비아 선수일 겁니다. 하지만 콜롬비아에도 전통적으로 훌륭한 라이트 헤비급 선수는 없지요.」요리사가 말했다.

페이트는 물을 마시고서 자리에서 일어나 다리를 쭉 폈다. 이제 가야 할 시간이야. 그는 생각했다. 그러나 사실 그는 그 식당이 마음에 들었다.

「여기서 산타테레사까지는 얼마나 걸립니까?」그가 물었다.

「상황에 따라 달라요. 국경이 트럭들로 가득 차면, 국경을 지나는 데만 30분을 기다릴 수도 있어요. 여기서 산타테레사까지는 세 시간 거리고, 국경 통과에 15분에서 45분이 걸리지요. 그러니까 대략 네 시간 걸린다고 말할 수 있지요.」요리사가 말했다.

「여기서 산타테레사까지는 한 시간 반이면 충분해요.」종업원이 말했다.

요리사는 그녀를 쳐다보고서 그건 차에 따라 다르고, 운전사가 그 지역을 얼마나 잘 아느냐에 따라서도 다르다고 말했다.

「사막에서 운전해 본 적 있나요?」

「아닙니다, 처음입니다.」페이트가 말했다.

「쉽지 않아요. 쉬워 보이지요. 이 세상에서 가장 쉬운 일처럼 보이지요. 하지만 절대 쉽지 않아요.」요리사가 말했다.

「맞는 말이에요. 특히 밤에는 그렇지요. 난 밤에 사막에서 운전하는 게 무서워요.」종업원이 말했다.

「사소한 실수를 하거나, 잘못 길을 잡으면, 잘못된 방향으로 50킬로미터를 달려야만 하는 경우도 생겨요.」 요리사가 말했다.

「아직 햇빛이 있으니, 지금 떠나는 게 나을 것 같군요.」 페이트가 말했다.

「마찬가지예요.」 요리사가 말했다. 「앞으로 5분만 지나면 어두워질 테니까요. 사막의 해 질 녘은 결코 끝나지 않을 것처럼 보이지만, 어떤 예고도 없이 갑자기 끝나 버려요. 마치 누가 갑자기 불을 끈 것처럼 말이에요.」

페이트는 다시 물 한 컵을 달라고 부탁하고서, 창가로 가서 물을 마셨다. 떠나기 전에 더는 아무것도 먹지 않을 생각인가요? 요리사가 묻는 소리가 들렸다. 그는 대답하지 않았다. 사막이 그의 시야에서 사라지기 시작했다.

그는 두 시간 동안 라디오를 켜고 피닉스의 재즈 방송을 들으며 어두운 도로를 달렸다. 주택과 식당, 그리고 하얀 꽃이 핀 정원이 있고 차들이 엉망으로 주차되어 있는 장소들을 지났다. 그러나 그곳에서는 아무런 불빛도 비치지 않았다. 마치 주민들이 모두 그날 밤에 죽었고 공중에 아직도 피 냄새가 떠돌아다니는 것 같았다. 그는 달빛이 비치는 언덕의 모습을 보았다. 또한 낮게 깔린 구름도 보았는데, 움직이지 않고 가만히 있다가 어느 순간 먼지구름을 일으키는 변덕스러운 돌풍에 쫓겨 급히 서쪽으로 달려갔다. 자동차의 전조등 불빛을 받자, 아니면 전조등이 만든 그림자 덕택에, 먼지구름은 멋진 옷을 입은 것처럼 보였다. 먼지구름이 방랑자거나, 혹은 길을 따라 깡충거리는 유령 같았다.

그는 두 번 길을 잃었다. 처음 길을 잃었을 때는 뒤로, 즉 식당이 있는 곳이나 투손으로 되돌아가려고 했다. 두 번째 길을 잃었을 때는 파타고니아라고 불리는 마을에 다다랐고, 그곳 주유소에서 일하던 청년이 산타테레사로 가는 가장 쉬운 길을 가르쳐 주었다. 파타고니아에서 나온 그는 말 한 마리를 보았다. 자동차의 불빛을 받자 말은 고개를 들어 그를 쳐다보았다. 페이트는 차를 멈추고서 기다렸다. 말은 검은색이었는데, 잠시 후 움직이더니 어둠 속으로 사라졌다. 그는 메사[14] 옆을 지났다. 아니, 그렇게 생각했다. 메사는 거대했고, 윗부분은 완전히 평평했으며, 한쪽 기슭에서 반대편 끝까지 적어도 5킬로미터는 되었다. 바로 도로 옆으로 벼랑이 나타났다. 그는 차에서 내렸고 자동차의 전조등을 그대로 켜둔 채 시원한 밤공기를 한껏 들이마시면서 오줌을 쌌다. 이어서 일종의 골짜기가 나타날 때까지 계속 내리막길이었다. 처음 보았을 때 그 골짜기는 엄청나게 커 보였다. 그리고 골짜기 가장 외딴 구석에서 불빛 하나를 보았다고 생각했다. 그러나 그 불빛은 무엇이라도 될 수 있었다. 아주 천천히 움직이는 트럭 대열일 수도 있었고, 마을 입구의 불빛일 수도 있었다. 아니면 그에게 어린 시절과 10대 시절을 떠올리게 만든 그 어둠에서 얼른 빠져나오고 싶다는 소망 때문에 그가 상상한 불빛일 수도 있었다. 어린 시절과 10대 시절 사이의 어느 순간에, 그다지 어둡지 않고 그다지 황량하지 않지만 이것과 어느 정도는 유사한 경치를 꿈꾸었다고

14 하나 이상의 가파른 사면이 있는 평평한 고원.

생각했다. 그는 어머니와 이모와 함께 버스를 타고 가고 있었다. 그들은 뉴욕에서 근교의 어느 마을로 짧은 여행을 가는 중이었다. 그는 창문 옆에 앉았고, 건물과 고속 도로만 보이는 경치는 전혀 바뀌지 않았다. 그런데 불현듯 들판이 나타났다. 그 순간, 아니 아마도 그 전에 이미 해가 지기 시작했고, 그는 나무들을 바라보았다. 작은 숲이었지만, 그의 눈앞에서 숲은 커져 갔다. 그때 그는 조그만 숲 가장자리로 걸어오는 사람을 하나 보았다고 생각했다. 마치 밤의 공습을 원하지 않는 사람처럼 성큼성큼 걷고 있었다. 그는 그 사람이 누구일까 생각했다. 그게 그림자가 아니라 사람이라는 것만 알 수 있었다. 셔츠를 입고 걸음을 옮길 때마다 팔을 흔들었기 때문이다. 그 남자는 너무 고독해 보였고, 그래서 페이트는 자기가 더는 그를 쳐다보지 않고 어머니를 껴안으려 했다는 사실을 떠올렸다. 그러나 그렇게 하지 못하고, 버스가 숲을 지나고 다시 길 옆에 줄지은 건물과 공장과 창고가 나타날 때까지 눈을 뜨고 있어야만 했다.

지금 그가 지나는 계곡은 그 작은 숲보다 훨씬 더 어두웠고 훨씬 더 고독했다. 그는 길가를 따라 성큼성큼 걷는 자기 모습을 보고 있다고 상상했다. 그러자 온몸이 후들후들 떨렸다. 그리고 어머니의 유골이 담긴 함과 그가 돌려주지 않은 이웃집 여자의 커피 잔을 떠올렸다. 이제 커피는 한없이 차가워졌을 것이다. 그리고 이제 더는 아무도 보지 않을 어머니의 비디오테이프도 떠올렸다. 그는 차를 멈추고 새벽이 밝아 오기를 기다려야겠다고 생각했다. 그러나 본능적으로 흑인이 길가에 차를 세우고 그 안에서 자는 건 애리조나에서 가장 신중하지 못한 행동이라는 것을 알았다. 그는 라디오 채널을 바꾸었다. 스페인어로 어느 목소리가 고메스 팔라시오에서 두랑고주에 있는 고향으로 돌아와 자살한 한 가수의 이야기를 들려주기 시작했다. 그런 다음 란체라 노래를 부르는 여자의 목소리가 들려왔다. 계곡을 향해 운전하는 동안 그는 잠시 그 노래를 들었다. 그런 다음 다시 피닉스의 재즈 방송국에 주파수를 맞추었지만, 이제 더는 그 채널을 찾을 수 없었다.

국경의 미국 쪽에는 엘 어도비라고 불리는 마을이 있었다. 전에는 흙벽돌 공장이었지만, 이제는 가정집들과 가전제품 가게들이 모여 있었다. 대부분 기다란 주요 도로를 따라 늘어서 있었다. 거리 끝에는 환하게 불을 밝힌 빈터가 나왔고, 그런 다음에는 바로 미국 출입국 사무소가 나왔다.

국경 출입국 관리소 관리는 그에게 여권을 보여 달라고 요구했고, 페이트는 여권을 주었다. 여권 옆에 기자 신분증이 있었다. 출입국 관리소 관리는 살인 사건에 관한 기사를 쓰려고 가는 것이냐고 물었다.

「아닙니다. 토요일 권투 경기를 취재하러 갑니다.」 페이트가 말했다.

「무슨 권투 경기지요?」 출입국 관리소 관리가 물었다.

「카운트 피케트의 시합입니다. 뉴욕 출신의 라이트 헤비급입니다.」

「한 번도 그 이름을 들어 본 적이 없습니다.」 관리가 말했다.

278

「아마 곧 세계 챔피언이 될 겁니다.」페이트가 말했다.

「그랬으면 좋겠군요.」관리가 말했다.

그런 다음 페이트는 멕시코 국경 쪽으로 1백 미터가량 나아갔고, 차에서 내려 트렁크와 자동차 서류, 여권과 기자 신분증을 보여 주어야만 했다. 그러자 멕시코 출입국 관리소 관리는 그에게 몇 가지 서류를 작성하라고 했다. 멕시코 관리들의 얼굴은 피로에 지쳐 졸린 표정이었다. 출입국 관리소 창구에서 그는 두 나라를 가르는 길고 높은 울타리를 보았다. 가장 멀리 떨어진 울타리 구간에서 그는 울타리 위에 앉아 머리를 깃털에 파묻은 검은 새 네 마리를 보았다. 춥겠습니다. 페이트가 말했다. 무척 춥습니다. 페이트가 방금 전에 작성한 서류를 살펴보던 멕시코 관리가 말했다.

「새들 말입니다. 춥겠어요.」

관리는 페이트의 손가락이 가리키는 방향을 쳐다보았다.

「독수리들이지요. 이 시간에는 항상 추워하지요.」관리가 말했다.

그는 산타테레사 북쪽에 있는 〈라스 브리사스〉라는 모텔에 묵었다. 고속 도로에는 이따금씩 애리조나로 향하는 트럭들이 지나갔다. 트럭들은 가끔 도로 건너편에 있는 주유소 옆에 멈추었고, 그런 다음 다시 출발하거나 아니면 운전사들이 내려 벽을 하늘색으로 칠한 휴게소에서 무언가를 먹었다. 아침에는 대형 트럭이 거의 지나지 않았고, 승용차와 소형 트럭만 지났다. 페이트는 너무나 피곤한 나머지 자기가 몇 시에 잠들었는지도 몰랐다.

눈을 뜬 그는 침실에서 나가 모텔의 프런트 직원과 이야기했고, 도시의 지도를 하나 달라고 부탁했다. 프런트 직원은 스물다섯 살가량 되어 보이는 남자였는데, 적어도 그가 라스 브리사스에서 일하기 시작한 이후부터는 지도가 있는 것을 본 적이 없다고 말했다. 그러면서 그에게 어디로 갈 예정이냐고 물었다. 페이트는 자기가 기자이며 카운트 피케트의 권투 경기를 취재하러 왔다고 알려 주었다. 카운트 피케트 대 메롤리노 페르난데스의 경기군요. 프런트 직원은 말했다.

「리노 페르난데스예요.」페이트가 말했다.

「여기서는 그를 메롤리노라고 부릅니다.」직원이 미소를 지으며 말했다. 「그런데 누가 이길 거라고 생각해요?」

「피케트지요.」페이트가 말했다.

「두고 봐야겠지요. 하지만 내가 보기엔 잘못 생각하는 것 같습니다.」

그런 다음 프런트 직원은 종이 한 장을 뜯더니, 경기가 열릴 예정인 〈아레나 델 노르테〉권투 경기장에 어떻게 갈 수 있는지 정확한 설명을 곁들이면서 지도를 그렸다. 지도는 페이트가 기대한 것보다 훨씬 훌륭했다. 아레나 델 노르테 권투 경기장은 1900년대의 낡은 극장처럼 보였다. 그곳 한가운데에 링을 설치한 모양이었다. 관리 사무실에서 페이트는 기자증을 발급받았고, 피케트가 머무는 호텔이 어디냐고 물었다. 그러자 사무실 직원은 미국 권투 선수는 아직 도시에 도착하지 않았다고 말해 주었다. 그가 만난 기자들 중에는 영어를 하는 기자가 두 명 있었는데, 그들은 페르난데스를 인터뷰하러 갈 생각이었다. 페이트는 그들에게 자기가 함께 가도 괜찮으냐고 물었고, 기자들은 어깨를 으쓱거리더니, 아무 문제 없다고 말했다.

그들이 페르난데스와 기자 회견을 할 호텔에 도착했을 때, 권투 선수는 멕시코 기자들과 이야기하고 있었다. 미국 기자들은 영어로 그에게 피케트를 이길 수 있다고 생각하느냐고 물었다. 페르난데스는 그 질문을 알아듣고서 그렇다고 말했다. 미국 기자들은 피케트의 시합을 본 적이 있느냐고 물었다. 페르난데스는 질문을 알아듣지 못했고, 멕시코 기자 중 한 사람이 그 말을 통역해 주었다.

「중요한 것은 자기 자신의 힘을 믿는 겁니다.」 페르난데스는 이렇게 말했고, 미국 기자들은 그의 대답을 수첩에 적었다.

「피케트의 경기 전적을 압니까?」 미국 기자들이 그에게 물었다.

페르난데스는 질문을 통역해 주길 기다렸고, 그런 후에 자기는 그런 것에 신경 쓰지 않는다고 대답했다. 미국 기자들은 킬킬거리며 숨죽여 웃고는 그의 전적이 어떻게 되느냐고 물었다. 그러자 30전 25승(18KO) 3패 2무라고 말했다. 나쁘지 않군. 미국 기자 중 한 명이 말했고, 계속해서 그에게 질문 공세를 퍼부었다.

기자들 대부분은 산타테레사 중심가에 위치한 〈호텔 소노라 리조트〉에 묵었다. 페이트가 그들에게 자기는 도시 외곽에 있는 모텔에 묵는다고 말하자, 그들은 모텔을 나와 소노라 리조트에 방을 구하라고 권했다. 호텔에 들른 페이트는, 그곳에서 멕시코 스포츠 기자단 총회가 열린다는 것을 알았다. 이들 대부분은 영어를 구사할 수 있었고, 적어도 첫인상에 따르면 그들은 그가 만난 미국 기자들보다 훨씬 더 다정하고 친절했다. 호텔 바에서는 몇몇 사람이 누가 이길 것인지 내기를 걸고 있었다. 대개는 행복하고 아무런 근심도 없어 보였다. 그러나 결국 페이트는 그냥 자기가 머물던 모텔에 그대로 남기로 결정했다.

소노라 리조트의 전화 박스에서 그는 수신자 부담으로 잡지사에 전화를 걸었고, 스포츠면 책임자를 바꿔 달라고 부탁했다. 그와 통화한 여자는 사무실에 아무도 없다고 말해 주었다.

「사무실이 비었어요.」 여자가 말했다.

그녀는 코맹맹이에 쉰 목소리였고, 뉴욕의 비서처럼 말하지 않았다. 마치 공동묘지에서 막 도착한 시골 사람처럼 말했다. 이 여자는 죽은 자들의 행성을 직접 가본 사람일 거야. 그리고 자기가 무슨 말을 하는지도 몰라. 페이트는 생각했다.

「나중에 다시 전화 걸지요.」 페이트는 이렇게 말하고서 전화를 끊었다.

페이트의 자동차는 메롤리노 페르난데스를 인터뷰하려는 멕시코 기자들의 자동차를 따라가고 있었다. 멕시코 권투 선수는 산타테레사 외곽의 농장에 캠프를 차렸다. 멕시코 기자들의 도움이 없었다면 도저히 찾지 못했을 장소였다. 그들은 포장도 되지 않고 불도 켜지지 않은 채 거미줄처럼 얽혀 있는 거리들을 따라 변두리 지역으로 차를 몰았다. 가난한 사람들이 때때로 쓰레기를 수북이 쌓아 놓은 빈터들과 목초지를 지난 후, 그는 활짝 펼쳐진 들판이 나올 찰나라는 인상을 받았지만, 다시 또 다른 동네가 나타났다. 이번에는 흙벽돌로 지은 집들이 가득한 곳으로, 더 오래된 동네였다. 집들은 함석 슬레이트와 낡은 포장 재료로 지은 판잣집들이 대부분이었다. 포장 재료들은 햇빛과 때때로 내리는 비를 견뎌 내면서, 시간의 흐름과 더불어 돌처럼 단단해진 듯 보였다. 그곳에서 자라는 야생 잡초만이 아니라 심지어 파리도 다른 종류에 속한 것 같았다. 그런 다음 어두워지기 시작하는 지평선처럼 거무스레한 흙길이 눈에 들어왔다. 흙길은 도랑을 따라 나란히 나 있고, 먼지 덮인 나무 몇 그루가 길을 따라 늘어서 있었다. 연이어 울타리의 일부가 눈에 들어왔다. 길은 갈수록 좁아졌다. 이건 마차가 다니는 길이야. 페이트는 생각했다. 실제로 마차의 바큇자국을 볼 수 있었지만, 낡은 가축 차량이 지나간 흔적일지도 모르는 일이었다.

메롤리노 페르난데스가 머물던 농장은 낮고 긴 건물 세 개로 이루어진 곳이었다. 건물들은 시멘트처럼 딱딱하고 메마른 흙 마당 주변을 에워쌌고, 흙 마당에는 허름하기 그지없는 링이 설치되어 있었다. 그들이 링에 도착했을 때, 링에는 아무도 없었고, 마당에는 단 한 사람만이 가는 나뭇가지로 엮어 만든 의자에 앉아 자고 있었다. 그는 자동차 소리를 듣자 화들짝 잠에서 깼다. 그 사람은 크고 퉁퉁했으며, 얼굴은 상처 자국으로 뒤덮여 있었다. 멕시코 기자들은 그를 알았고, 그와 이야기하기 시작했다. 빅토르 가르시아라는 남자였는데, 오른쪽 어깨에 문신이 새겨져 있었다. 페이트는 그 문신을 보고 흥미롭다고 생각했다. 문신은 웃통을 벗은 남자가 교회의 안마당에서 무릎을 꿇은 뒷모습이었다. 그의 주변에는 여성의 모습을 한, 적어도 열 명은 되는 천사들이 어둠 속에서 날아다니며 모습을 드러내고 있었다. 마치 독실한 신자의 기도를 듣고 모여든 나비 같았다. 나머지는 어둠에 묻혀 희미한 모습이었다. 기술적 관점에서 문신은 매우 훌륭했지만 감옥에서 새긴 모양이었다. 문신사의 경험이 아니라 도구와 잉크가 부족했다는 인상을 주었기 때문이다. 그러나 그 장면은 사람들의 마음을 불안하게 만들기에 충분했다. 페이트가 기자들에게 그 사람이 누구냐고 묻자, 메롤리노의 스파링 파트너 중 하나라고 대답했다. 그때 마치 그들을 창문에서 지켜보기라도 한 듯, 어느 여자가 음료수와 차가운 맥주를 가득 담은 쟁반을 가지고 마당으로 나왔다.

잠시 후 멕시코 권투 선수의 트레이너가 모습을 드러냈다. 하얀 셔츠와 하얀 스웨터를 입은 그는 그들에게 훈련 시간 이전이나 이후 중 언제 메롤리노에게 질문하길 원하느냐고 물었다. 당신이 원하는 대로 하지요, 로페스. 어느 기자가 말했다. 여러분에게 요깃거리를 좀 갖다 드렸나요? 트레이너는 물으면서 음료수와 맥주 근처에 앉았다. 기자들은 아니라며 고개를 가로저었고, 트레이너는 자리에 앉은 채로, 가르시아에게 부엌으로 가서 간단히 먹을 것을 가져오라고 지시했다. 가르시아가 돌아오기도 전에, 메롤리노가 사막으로 나 있는 오솔길 중 하나를 따라 모습을 드러냈다. 운동복 바지를 입은 흑인이 그를 뒤따라왔다. 흑인은 스페인어로 말하려고 애썼지만, 그의 입에서 나오는 것은 오로지 욕설뿐이었다. 농장 안마당으로 들어오면서 그들은 누구에게도 인사를 하지 않은 채 시멘트로 만든 저수통으로 가더니, 얼굴을 씻고 대야에 물을 담아 상체에 물을 끼얹었다. 물기를 닦지도 않고 운동복 상의를 입지도 않은 채, 그제야 그들은 비로소 인사를 하러 왔다.

흑인은 캘리포니아의 오션사이드 출신이었다. 아니면 적어도 로스앤젤레스에서 자라긴 했지만 오션사이드에서 태어난 사람으로, 이름은 오마르 압둘이었다. 그는 메롤리노의 스파링 파트너로 일했고, 페이트에게 자기는 잠시 멕시코에 머물면서 거주할 생각이라고 말했다.

「경기 후에는 뭘 할 거죠?」 페이트가 물었다.

「있는 힘을 다해 살아남아야지요.」 오마르가 말했다. 「모든 사람이 그렇게 하지 않나요?」

「돈은 어디서 구할 거죠?」

「아무 데서나. 여기는 생활비가 싼 나라예요.」 오마르가 말했다.

거의 몇 분마다 아무런 이유도 없이 오마르는 미소를 지었다. 염소수염과 공들여 가꾼 콧수염과 더불어 돋보이는 아름다운 미소였다. 그러나 역시 거의 몇 분마다 화난 표정을 지었다. 그러면 염소수염과 콧수염도 위협적인 면모로 바뀌었고, 더없이 험악한 표정이 되었다. 페이트가 그에게 프로 권투 선수인지, 아니면 어디선가 시합을 벌인 적이 있는지 묻자, 그는 〈시합한 적이 있어요〉라고 말했지만, 더는 설명하지 않았다. 그리고 메롤리노 페르난데스가 이길 가능성에 관해 묻자, 그는 그건 공이 울릴 때까지 누구도 알 수 없다고 말했다.

권투 선수들이 옷을 입는 동안, 페이트는 흙 마당을 둘러보면서 주변을 쳐다보았다

「뭘 봅니까?」 오마르 압둘이 묻는 소리가 들렸다.

「경치요. 슬픈 풍경이네요.」 그가 말했다.

그의 옆에서 스파링 파트너가 지평선을 슬쩍 훑어보더니 이렇게 말했다.

「원래 들판은 이렇지요. 이 시간이면 항상 슬프지요. 여자들에게는 빌어먹을 경치랍니다.」

「어두워지네요.」 페이트가 말했다.

「아직 스파링할 정도의 햇빛은 있습니다.」 오마르 압둘이 말했다.

「훈련이 끝나면 당신들은 뭘 하지요?」

「우리 모두 말입니까?」 오마르 압둘이 물었다.

「그래요, 권투에서는 어떻게 부르는지 모르겠지만 팀원 전체가 말입니다.」

「식사하고 텔레비전을 봅니다. 그런 다음 로페스 씨는 자러 가고, 메롤리노

역시 자러 갑니다. 우리 나머지 사람들은 자러 갈 수도 있고, 계속 텔레비전을 볼 수도 있고, 아니면 도시로 산책을 나갈 수도 있지요. 이게 무슨 말인지는 알겠지요?」 그는 미소를 지으며 말했다. 그 미소는 어떤 것도 의미할 수 있었다.

「몇 살입니까?」 페이트가 문득 물었다.

「스물두 살요.」 오마르 압둘이 대답했다.

메롤리노가 링에 올라갔을 때, 태양은 서쪽으로 사라지고 있었고, 트레이너는 불을 켰다. 집 안에 전기를 공급하는 자가 발전기가 만들어 낸 불빛이었다. 가르시아는 한쪽 구석에서 머리를 숙인 채 가만히 서 있었다. 그는 이제 무릎까지 내려오는 검은 복싱 팬츠를 입고 있었다. 자는 것 같았다. 그런데 불이 켜지자 고개를 들고서, 마치 신호를 기다리듯이 잠시 로페스를 쳐다보았다. 웃음을 멈추지 않던 어느 기자가 종을 쳤고, 그러자 스파링 파트너는 방어 자세를 취하더니 사각형 링 한가운데로 나아갔다. 메롤리노는 보호 헬멧을 쓰고서 가르시아 주변을 맴돌았다. 가르시아는 두어 번 레프트 잽만 날렸고, 한 번이나 두 번 정도 가격을 하려고 했다. 페이트는 기자 중 한 사람에게 스파링 파트너가 보통 보호 헬멧을 쓰지 않느냐고 물었다.

「쓰는 게 정상이지요.」 기자가 말했다.

「왜 헬멧을 쓰지 않는 거죠?」 페이트가 물었다.

「누가 아무리 많이 그를 가격하더라도, 이제 더는 그에게 아무런 해도 입힐 수 없기 때문이지요.」 기자가 말했다. 「내 말이 무슨 뜻인지 알겠어요? 그는 어떤 주먹도 느끼지 못해요. 미쳤단 말이에요.」

3라운드를 시작할 찰나, 가르시아는 링에서 내려왔고, 오마르 압둘이 올라갔다. 이 청년은 상체에 아무것도 걸치지 않았지만, 운동복 바지는 그대로 입고 있었다. 그의 움직임은 멕시코 스파링 파트너보다 훨씬 날렵하고 빨랐으며, 메롤리노가 그를 구석으로 몰려고 하면 잽싸게 빠져나왔다. 권투 선수와 그의 스파링 파트너는 상대방을 다치게 할 의도가 없다는 게 분명했다. 그들은 계속 움직이면서 가끔씩 말을 했고 빙긋이 웃곤 했다.

「코스타리카에서 쉬는 거야? 자, 어서 덤벼 봐. 눈을 뜨란 말이야.」 오마르 압둘이 말했다.

페이트는 기자에게 그가 무슨 말을 하는 거냐고 물었다.

「아무 의미도 없는 말이에요. 저 빌어먹을 놈은 스페인어라고는 욕만 배웠어요.」 기자가 말했다.

3라운드가 끝나자 트레이너는 시합을 중지시켰고, 집 안으로 들어갔다. 메롤리노도 그를 따라 들어갔다.

「마사지사가 기다리고 있어요.」 기자가 말했다.

「누가 마사지사지요?」 페이트가 물었다.

「우리도 보지 못했어요. 결코 마당으로 나오지 않을 겁니다. 아마 장님일 거예요, 알겠죠? 평생을 먹으면서 부엌에서 보내거나, 똥을 싸면서 욕실에 처박혀 있거나, 아니면 맹인들의 언어로 된 책을 읽으면서 방바닥에 누워서 평생을 보내는 선천적인 맹인이지요. 그런데 그 언어를 뭐라고 부르지요?」

「루이 브라유가 만든 점자지요.」 다른 기자가 말했다.

페이트는 완전히 어둠에 잠긴 방에서 책을 읽는 마사지사를 상상했고, 그러자 온몸에 약간 소름이 돋았다. 아마도 행복과 비슷한 감정을 느낄 거야. 그는 생각했다. 가르시아는 물통에서 차가운 물을 세숫대야에 떠서 오마르 압둘의 등에 뿌려 주고 있었다. 캘리포니아 출신의 스파링 파트너가 페이트에게 한쪽 눈을 찡긋했다.

「어땠습니까?」 그가 물었다.

「나쁘지는 않았어요.」 페이트는 다정하게 말하려고 그냥 그렇게 말했다. 「하지만 피케트가 훨씬 좋은 조건에 있을 것 같다는 인상을 받았어요.」

「피케트는 하찮고 시시한 선수예요.」 오마르 압둘이 말했다.

「그를 아나요?」

「두어 번 텔레비전에서 권투하는 모습을 봤지요. 그 빌어먹을 놈은 제대로 발을 놀릴 줄도 몰라요.」

「그렇죠. 사실 난 그를 한 번도 본 적이 없거든요.」 페이트가 말했다.

오마르 압둘은 놀란 표정을 지으며 그의 눈을 쳐다보았다.

「사실이에요. 우리 잡지사의 권투 전문 기자가 지난주에 죽었고, 이 시합을 취재할 기자가 없었기 때문에 날 파견한 거예요.」

「메롤리노에게 내기를 거세요.」 잠시 침묵을 지킨 후 압둘이 말했다.

「행운을 빕니다.」 페이트는 떠나기 전에 이렇게 말했다.

돌아오는 길은 훨씬 짧아 보였다. 잠시 그는 멕시코 기자들이 탄 자동차의 미등을 쫓아갔다. 그는 그들의 차가 산타테레사의 아스팔트 도로로 접어들자 어느 식당 옆에 서는 것을 보았다. 그도 그들 옆에 차를 세웠고, 어떤 계획이 있느냐고 물었다. 식사를 할 겁니다. 기자 중 한 사람이 말했다. 배는 고프지 않았지만, 페이트는 그들과 함께 맥주 한잔 하는 데 동의했다. 기자 중 한 사람은 추초 플로레스였고, 산타테레사 지역 신문과 라디오 방송국에서 일했다. 다른 기자, 그러니까 농장에 있을 때 종을 친 사람은 앙헬 마르티네스 메사로, 멕시코시티의 스포츠 신문 기자였다. 마르티네스 메사는 키가 작았고, 쉰 살 정도 되어 보였다. 추초 플로레스는 페이트보다 키가 조금 작은 정도였고, 서른다섯 살이었으며, 항상 미소가 떠나지 않는 사람이었다. 대략 마르티네스 메사와 플로레스의 관계는 무뚝뚝한 스승과 감사하는 제자의 관계라고 페이트는 직감했다. 그러나 마르티네스 메사의 무뚝뚝함은 거만함이나 우월감에서 나오는 것이 아니라, 피로 때문이었다. 그런 피로감은 심지어 지저분한 복장에서도 감지되었다. 그의 양복은 더러웠고 얼룩이 덕지덕지 졌으며, 신발도 닳아서 윤이 전혀 나지 않았다. 그러나 그의 제자는 정반대였다. 그는 유명 상표의 양복을 입었고, 유명 상표 넥타이를 매었으며, 황금 커프스 단추를 했다. 아마도 자기 자신을 멋쟁이라고 여기는 것 같았다. 멕시코 기자들이 프렌치프라이를 곁들인 석쇠 구이 소고기를 먹는 동안, 페이트는 가르시아의 문신을 생각하기 시작했다. 그러고서 그 농장의 고독과 자기 어머니의 집을 지배하는 고독과 비교했다. 그는 아직 그곳에 있는 어머니의 재를 생각했다. 또한 죽은 이웃집 여자도 생각했다. 배리 시먼이 사는 동네를 생각했다. 멕시코 기자들이 먹는 동안, 그의 기억이 빛을 비추는 모든 것이 그에게는 황폐하고 쓸쓸하게 보였다.

마르티네스 메사를 소노라 리조트에 내려 준 후, 추초 플로레스는 마지막으로 한 잔만 더 하자고 고집을 부렸다. 호텔의 바에는 여러 기자들이 있었다. 그들 중에서 페이트는 미국 기자들 몇 명을 보았고 그들과 이야기하고 싶었다. 그러나 추초 플로레스는 다른 계획을 가지고 있었다. 두 사람은 산타테레사 시내 뒷골목에 있는 술집으로 향했다. 형광색으로 벽을 칠하고, 꾸불꾸불한 바가 설치된 술집이었다. 그들은 위스키와 오렌지주스를 주문했다. 바텐더는 추초 플로레스를 알았다. 바텐더라기보다는 술집의 주인 같다고 페이트는 생각했다. 그의 움직임은 퉁명스럽고 권위적이었다. 심지어 허리에 달린 행주로 컵의 물기를 닦을 때에도 그랬다. 그러나 그는 스물다섯이 넘지 않은 젊은 청년이었다. 한편 추초 플로레스는 뉴욕과 뉴욕의 저널리즘에 관해 말하느라고 바텐더에게 그다지 관심을 기울이지 않았다.

「나는 그곳에 가서 살고 싶어요.」 그가 솔직하게 말했다. 「히스패닉 라디오 방송국에서 일하고 싶어요.」

「그런 방송국이 많이 있지요.」 페이트가 말했다.

「나도 알아요, 나도 압니다.」 추초 플로레스는 마치 오랫동안 그 일을 연구했다는 듯 말했다. 그러고서 스페인어로 방송하는 두 방송국 이름을 언급했지만, 페이트는 한 번도 들어보지 못한 이름이었다.

「당신이 일하는 잡지사 이름이 뭐지요?」 추초 플로레스가 물었다.

페이트는 이름을 말해 주었고, 추초 플로레스는 잠시 생각한 후 고개를 가로저었다.

「아무리 생각해도 모르겠군요. 큰가요?」 그가 말했다.

「아니에요, 크지 않아요. 할렘의 잡지지요. 무슨 말인지 알겠어요?」 페이트가 말했다.

「아니요. 모르겠어요.」 추초 플로레스가 말했다.

「소유주가 아프리카계 미국인들인 잡지라는 말이에요. 편집인도 아프리카계 미국인이고, 거의 모든 기자도 아프리카계 미국인이지요.」 페이트가 말했다.

「정말인가요? 그게 가능한가요? 그래도 객관적 보도가 가능한가요?」 추초 플로레스가 물었다.

그 순간 페이트는 추초 플로레스가 약간 술에 취했다는 사실을 눈치챘다. 그는 추초 플로레스가 방금 전에 한 말을 생각했다. 사실 거의 모든 기자가 흑인이라고 말한다는 건 아무런 근거도 없는 위험한 발언이었다. 그는 단지 편집부에서만 흑인들을 보았을 뿐, 주재 기자들은 알지도 못했다. 아마도 캘리포니아에는 치카노도 있을 거야. 그는 생각했다. 아마 텍사스에도 그럴지 모르는 일이었다. 그러나 텍사스에 어떤 기자도 두지 않았을 가능성도 있었다. 그랬다면 텍사스나 캘리포니아 주재 기자를 파견하여 권투 취재 임무를 맡기지 구태여 그를 디트로이트에서부터 보낼 이유가 없지 않을까?

몇몇 여자아이가 추초 플로레스에게 와서 인사했다. 여자들은 마치 파티에 가는 것처럼 옷을 입었다. 하이힐을 신었고 디스코텍에 걸맞은 옷차림새였다. 한 여자아이는 머리카락을 금발로 물들였고, 아주 까무잡잡한 여자아이는 수줍고 과묵한 것 같았다. 금발 여자아이가 바텐더에게 인사했고, 그러자 바텐더는 고개를 끄덕였다. 마치 그녀를 잘 알지만 그다지 믿지 않는 것 같은 표정이었다. 추초 플로레스는 그를 뉴욕의 유명한 스포츠 기자라고 소개했다. 그 순간을 이용해 페이트는 멕시코 기자에게 자기는 스포츠 기자가 아니며, 주로 정치적이고 사회적인 문제를 취재한다고 말했다. 그러자 추초 플로레스는 큰 관심을 보였다. 잠시 후 다른 사람이 도착했고, 추초 플로레스는 그를 애리조나 국경 남쪽에서는 영화에 관해 가장 많이 아는 사람이라고 소개했다. 그 사람의 이름은 찰리 크루스였고, 그는 환한 미소를 지으면서 추초 플로레스가 말하는 것을 한마디도 믿지 말라고 말했다. 그는 비디오테이프 대여점 체인의 주인이었고, 직업상 많은 영화를 보았다. 그러나 그게 전부예요. 난 어떤 전문가도 아니에요. 그가 말했다.

「비디오테이프 대여점을 몇 개나 갖고 있지? 자, 내 친구 페이트에게 말해 줘.」 추초 플로레스가 말했다.

「세 개.」 찰리 크루스가 말했다.

「이 녀석은 돈방석에 앉아 있어요.」 추초 플로레스가 말했다.

금발로 물들인 여자아이는 로시타 멘데스였다. 추초 플로레스에 따르면, 그의 애인이었다. 그리고 찰리 크루스의 애인이기도 했고, 지금은 댄스홀의 주인과 사귀고 있다.

「그게 로시타지요. 항상 그랬지요. 그게 그녀의 본성이지요.」 찰리 크루스가 말했다.

「당신 본성이 뭐지요?」 페이트가 물었다.

그다지 썩 훌륭하다고 볼 수 없는 영어로 여자는 그건 즐겁게 사는 거라고 말했다. 인생은 짧아요. 그런 다음 잠시 침묵을 지키면서 페이트와 추초 플로레스를 번갈아 쳐다보았다. 마치 자기가 방금 전에 말한 것에 대해 생각하는 것 같았다.

「로시타는 약간 철학자적 기질도 갖고 있어요.」 찰리 크루스가 말했다.

페이트는 고개를 끄덕였다. 다른 두 여자아이가 그들에게 다가왔다. 그들은 더 어렸고 추초 플로레스와 바텐더만 알았다. 페이트는 두 여자아이 모두 열여덟 이상은 되지 않았을 것이라고 짐작했다. 찰리 크루스는 그에게 스파이크 리[15]를 좋아하느냐고 물었다. 그럼요. 페이트는 대답했지만, 사실은 별로 좋아하지 않았다.

「그는 멕시코 사람 같아요.」 찰리 크루스가 말했다.

「그럴 수도 있겠군요. 흥미로운 관점이군요.」 페이트가 대답했다.

「그럼 우디 앨런은요?」

「좋아합니다.」 페이트가 말했다.

「그 사람 역시 멕시코인 같지만, 멕시코시티나 쿠에르나바카의 멕시코 사람 같아요.」 찰리 크루스가 말했다.

「칸쿤 출신의 멕시코 사람 같지요.」 추초 플로레스가 말했다.

페이트는 그들이 무슨 말을 하는 건지 전혀 이해할 수 없었지만, 빙긋이 웃었다. 그들이 자기를 놀린다고 생각했다.

「그럼 로버트 로드리게스는요?」 찰리 크루스가 물었다.

「좋아해요.」 페이트가 말했다.

「그 염병할 놈은 멕시코 사람이지요.」 추초 플로레스가 말했다.

「로버트 로드리게스의 비디오테이프를 하나 갖고 있어요. 아주 소수의 사람만 본 영화지요.」 찰리 크루스가 말했다.

「〈엘 마리아치〉인가요?」 페이트가 물었다.

「아니에요. 그건 모든 사람이 본 영화지요. 로버트 로드리게스가 전혀 알려지지 않았을 때 제작한 영화가 있어요. 배고파 죽을 만큼 가난한 염병할 치카노였어요. 돈 되는 일이라면 가리지 않았어요.」 찰리 크루스가 말했다.

「자, 우리는 여기 앉을 테니 자네가 그 영화 이야기를 들려주게.」 추초 플로레스가 말했다.

「좋은 생각이야. 너무 오래 서 있었더니 다리가 아팠거든.」 찰리 크루스가 말했다.

이야기는 간단했지만 사실이라고 받아들이기 힘들었다. 「엘 마리아치」를 촬영하기 2년 전에 로버트 로드리게스는 멕시코로 여행했다. 며칠 동안 치와와와 텍사스 사이의 국경 지대를 떠돌다가 남쪽으로 내려가 멕시코시티에 도착했다. 그곳에서 그는 마약을 하고 술을 마시면서 시간을 보냈다. 너무나 망가졌지요. 찰리 크루스는 말했다. 그는 정오도 되기 전에 술집에 들어갔다가 문을 닫을 때에야 비로소 나왔다. 그러니까 술집에서 강제로 쫓아낸 것이다. 그리고 마침내 매음굴, 다시 말하자면 갈봇집, 혹은 사창가에서 살게 되었고, 그곳에서 어느 창녀와 페르노라고 불리던 기둥서방과 친구가 되었다. 마치 창녀의 기둥서방에게 〈자지〉나 〈음경〉이라는 별명을 붙여 준 것처럼 들리는 이름이었다.[16] 페르노라는 사람은 로버트 로드리게스와 사이좋게 지냈고, 그에게 잘 대해 주었다. 가끔씩

---

15 독립 영화의 기수 가운데 한 사람이며, 미국 흑인 영화를 대표하는 감독. 흑인의 정체성을 탐구하는 진지한 자세를 잃지 않으면서도 인종적 이데올로기를 넘어서는 대중성도 확보하고 있다.

16 스페인어로 perno는 〈나사못〉이라는 뜻이다.

그는 로버트 로드리게스를 방으로 질질 끌고 와서, 그곳에서 자기 여자와 함께 그의 옷을 벗겨 샤워를 시켜야만 했다. 그는 너무나 쉽게 술에 취해 의식을 잃어버리기 일쑤였던 것이다. 어느 날 아침, 그러니까 미래의 영화감독이 그나마 어느 정도 제정신이었던 보기 드문 아침에, 페르노는 몇몇 친구가 영화를 만들고자 한다고 이야기했다. 그러면서 그에게 영화를 촬영해 줄 수 있느냐고 물었다. 익히 상상할 수 있는 것처럼, 로버트 로드리게스는 좋다고, 기꺼이 그렇게 하겠다고 말했고, 페르노는 금전적인 문제를 책임졌다.

아마도 촬영은 사흘간 지속되었던 것 같아요. 찰리 크루스는 말했다. 로버트 로드리게스는 카메라 뒤에 있었을 때 항상 술에 취한 채였고 마약에 중독되어 있었어요. 물론 그의 이름은 크레디트에 나타나지 않지요. 감독 이름은 조니 마메르손이라고 나오는데, 그것은 분명히 장난이지요. 그러나 로버트 로드리게스의 영화를 안다면, 그러니까 사건과 장면을 구성하는 그의 방식과 위에서 촬영하는 스타일을 안다면, 의심의 여지 없이 조니 마메르손이 로버트 로드리게스라는 것을 알 수 있지요. 유일하게 나타나지 않는 것은 그의 편집 스타일인데, 이것은 이 영화의 편집을 다른 사람이 한 게 분명하다는 사실을 보여 주지요. 그러나 감독은 그예요. 확신해요.

페이트는 로버트 로드리게스나 그의 첫 영화 이야기에 별로 관심이 없었다. 첫 영화건 마지막 영화건 그는 괘념치 않았다. 게다가 저녁 식사를 하거나 아니면 샌드위치를 먹고 싶다고, 그런 다음 모텔의 침대로 들어가서 자고 싶다는 생각이 엄습하기 시작했다. 하지만 아직은 남은 이야기를 들어야만 했다. 그것은 현명한 충고를 아끼지 않은 창녀의 이야기였다. 아니면 아마도 그저 마음씨 착한 어느 창녀들의 이야기인 것 같았다. 창녀들 중에서 특히 후스티나라고 불리던 창녀가 있었는데, 그녀는 밤에 경찰로 변장해서 거리를 배회하는 멕시코시티의 몇몇 뱀파이어를 알았다. 왜 그런지 이유는 그의 기억에 남아 있지 않지만, 그걸 짐작하기란 그리 어려운 일이 아니었다. 그는 그 이외의 이야기에는 관심을 기울이지 않았다. 그는 로시타 멘데스와 함께 온 검은 머리의 여자아이와 키스를 하는 동안, 피라미드나 아스테카의 뱀파이어, 피로 쓴 책, 「황혼에서 새벽까지」에 영감을 준 생각, 로버트 로드리게스가 자꾸만 떠올리던 악몽에 관한 이야기를 들었다. 검은 머리 여자는 제대로 키스할 줄 몰랐다. 그곳을 떠나기 전에, 그는 추초 플로레스에게 자기가 머무는 모텔 라스 브리사스의 전화번호를 주었고, 그런 다음 비틀거리며 나와 자동차가 주차된 곳으로 갔다.

자동차 문을 열려고 할 때, 누군가가 그에게 괜찮냐고 묻는 소리를 들었다. 그는 깊은 숨을 들이마시고서 뒤로 돌았다. 추초 플로레스가 불과 3미터 떨어진 곳에 있었다. 넥타이를 풀어 헤친 채, 그는 로시타 멘데스의 허리를 껴안고 있었고, 로시타는 마치 페이트를 이국적인 표본처럼 쳐다보았다. 그런데 어떤 종류의 표본이었을까? 그는 알 수 없었지만, 여자의 시선이 그다지 마음에 들지 않았다.

「괜찮아요. 아무 문제 없어요.」 그는 말했다.

「모텔까지 데려다줄까요?」 추초 플로레스가 말했다.

로시타 멘데스의 미소가 더욱 환해졌다. 그러자 추초 플로레스가 게이일지도 모른다는 생각이 머리를 스쳤다.

「그럴 필요까지는 없어요. 아직 운전할 수 있어요.」 그가 말했다.

추초 플로레스는 로시타 멘데스를 풀어 주고서 그를 향해 한 발 내디뎠다. 페이트는 자동차 문을 열고는 그들에게 눈길을 주지 않고 시동을 걸었다. 안녕, 잘 가요, 친구. 그는 멕시코 기자가 속삭이듯 말하는 소리를 들었다. 로시타 멘데스는 자기 엉덩이에 손을 짚었다. 전혀 자연스러운 자세가 아니라고 그는 생각했다. 그녀는 페이트나 멀어져 가는 그의 차를 쳐다보지 않고, 단지 자기 동반자만을 뚫어지게 바라보았다. 그녀의 동반자는 마치 밤공기에 얼어붙은 듯이 꼼짝하지 않았다.

모텔의 프런트는 아직 열려 있었다. 페이트는 한 번도 보지 못했던 직원에게 뭘 좀 먹을 수 있느냐고 물었다. 그러자 그 청년은 모텔에는 식당이 없지만, 밖에 있는 자동 판매기에서 과자나 초콜릿을 구입할 수 있다고 말했다. 이따금씩 트럭들이 북쪽이나 남쪽으로 도로를 달려갔고, 길 건너편에는 휴게소의 불빛이 보였다. 페이트는 그곳으로 발길을 옮겼다. 그러나 도로를 건너가려는 순간, 자동차에 치일 뻔했다. 순간적으로 그는 자기가 취했다고 생각했다. 그러고 나서는 취했건 취하지 않았건 자기가 길을 건너기 전에 길 양쪽을 주의 깊게 살펴보았으며, 도로에서 어떤 자동차 불빛도 보지 못했다고 생각했다. 그렇다면 그 자동차는 도대체 어디서 나온 것일까? 돌아올 때는 더 조심해야겠어라고 마음속으로 다짐했다. 휴게소는 환하게 빛났고, 거의 텅 비어 있었다. 카운터 뒤에서 열다섯 살가량 된 여자아이가 잡지를 읽고 있었다. 페이트에게는 그녀의 머리가 너무 작아 보였다. 카운터 옆에 스무 살가량 되어 보이는 다른 여자가 있었다. 그녀는 그가 핫도그를 파는 기계로 가는 동안 그를 뚫어지게 바라보았다.

「먼저 돈을 내야 해요.」 여자가 스페인어로 말했다.

「못 알아듣겠어요. 난 미국인이에요.」 페이트가 말했다.

여자는 말한 것을 그대로 영어로 반복했다.

「핫도그 두 개와 맥주 한 캔.」 페이트가 말했다.

여자는 유니폼 주머니에서 볼펜을 꺼내서 페이트가 지불해야 할 액수를 적었다.

「달러인가요, 아니면 페소인가요?」

「페소예요.」 여자가 말했다.

페이트는 계산기 옆에 지폐 하나를 놓고서 캔 맥주를 찾으러 냉장고로 갔다. 그리고 머리가 작은 여자아이에게 손가락으로 자기가 핫도그를 몇 개 원하는지 가르쳐주었다. 여자아이는 핫도그를 가져왔고, 페이트는 소스 기계를 어떻게 작동시키느냐고 물었다.

「원하는 소스의 버튼을 누르세요.」 여자아이가 영어로 말했다.

페이트는 핫도그 하나에 토마토케첩, 겨자, 그리고 과카몰레[17]처럼 생긴 것을 넣고서, 그 자리에서 먹어 치웠다.

「맛있군요.」 그가 말했다.

「다행이네요.」 여자아이가 말했다.

그러고 나서 다른 핫도그에도 같은 소스를 넣은 다음, 카운터로 다가가 잔돈을 달라고 했다. 그는 동전을 몇 개 받고서 머리가 아주 작은 여자아이가 있는 곳으로 와서 팁을 주었다.

「고마워요, 아가씨.」 그는 스페인어로 말했다.

그러고서 캔 맥주와 핫도그를 들고 도로로 나갔다. 산타테레사에서 애리조나로 향하는 트럭 세 대가 지나가길 기다리는 동안, 그는 자기가 계산대의 여자아이에게 말한 것을 떠올렸다. 난 미국인이에요. 그런데 왜 아프리카계 미국인이라고 말하지 않았을까? 외국 땅에 있어서 그런 것일까? 그런데 원하기만 한다면 지금이라도 당장 내 조국으로 되돌아갈 수 있는데, 그것도 그리 오랜 시간이 걸리지도 않는 거리에 있는데, 내가 외국 땅에 있다고 여길 수 있을까? 이것은 어떤 장소에서는 내가 미국인이고, 다른 장소에서는 아프리카계 미국인이고, 또 다른 장소에서는 논리적 확장을 통해 내가 어떤 사람도 아니라는 의미일까?

잠에서 깨자 그는 잡지사의 스포츠면 책임자에게 전화를 걸어서, 피케트는 아직 산타테레사에 도착하지 않았다고 말했다.

「놀라운 일은 아니네. 아마도 라스베이거스 근교의 어느 농장에 있을 걸세.」 스포츠면 책임자가 말했다.

「젠장, 그런데 나더러 그를 인터뷰하라는 말인가요? 나보고 라스베이거스로 가라는 말인가요?」 페이트가 말했다.

「인터뷰라고? 누구도 인터뷰할 필요 없네. 우리는 권투 경기를 취재할 사람이 필요한 거야. 자네도 알겠지만 시합 주변의 상황이나 링에서 느낄 수 있는 분위기, 그리고 피케트의 생김새를 비롯해서, 그가 빌어먹을 멕시코 놈들에게 어떤 인상을 주는지에 관한 게 필요한 거라고.」

「경기의 미장센 말이군요.」 페이트가 말했다.

「미장…… 뭐라고?」 스포츠면 책임자가 말했다.

「젠장, 분위기 말이에요.」 페이트가 말했다.

「쉬운 단어로 써야 하네. 마치 술집에서 이야기를 들려주는 것처럼, 그리고 자네 주변에 있는 모든 사람이 친구이며, 자네가 말하는 것을 듣고 싶어 죽는 것처럼 말이네.」 스포츠면 책임자가 말했다.

17 아보카도를 으깨고 토마토와 양파를 섞은 멕시코 소스

「알았습니다. 내일모레 보내 드릴게요.」 페이트가 말했다.

「모르는 게 있다고 해도 걱정하지 말게. 자네가 평생을 링 옆에서 보낸 것처럼 우리가 편집할 테니까.」

「알았습니다.」 페이트가 말했다.

모텔 현관으로 나간 그는 금발 아이들 세 명을 보았다. 거의 백색증에 걸린 것 같은 그 아이들은 흰 공과 빨간 양동이, 빨간 플라스틱 삽을 가지고 놀았다. 가장 큰 아이는 다섯 살 정도 되었고, 가장 어린 아이는 세 살 정도 되어 보였다. 아이들이 놀기에 적당하지도 않고 안전한 장소도 아니었다. 주의하지 않는다면, 아이들은 순간적으로 길을 건너려고 할지도 모르고, 자칫 잘못하면 트럭에 치일 수도 있었다. 그는 주변을 둘러보았다. 그늘에 있는 나무 벤치에 아주 금발인 여자가 앉아 있었다. 그녀는 검은 선글라스를 끼고 아이들을 지켜보았다. 여자는 잠시 그를 쳐다보았고, 아이들에게서 눈을 뗄 수 없다는 듯 턱을 움직였다.

페이트는 현관 계단을 내려와서 자동차에 탔다. 내부는 참을 수 없을 정도로 푹푹 쪘다. 그는 창문 두 개를 열었다. 그리고 아무런 이유도 없이 다시 어머니를 떠올렸다. 그가 어렸을 때 어머니가 그를 어떻게 지켜보았는지 생각했다. 자동차에 시동을 걸자, 새하얀 아이들 중 하나가 일어나더니 그를 쳐다보았다. 페이트는 아이에게 미소 짓고서 손으로 인사를 건넸다. 아이는 공을 떨어뜨리고는 마치 군인처럼 차렷 자세로 섰다. 그가 차를 움직여 모텔에서 나가려고 하자, 아이는 오른손을 들어 모자챙으로 가져갔고, 그렇게 페이트의 자동차가 남쪽으로 모습을 감출 때까지 서 있었다.

운전을 하는 동안 그는 다시 어머니를 생각했다. 어머니가 걸어가는 모습을 보았고, 어머니의 뒷모습을 보았으며, 텔레비전을 보는 어머니의 목덜미를 보았고, 어머니의 웃음소리를 들었으며, 개수대에서 설거지하는 모습을 보았다. 그러나 어머니의 얼굴은 내내 어둠 속에 묻혀 있었다. 마치 어떻게든 어머니가 이미 죽은 것처럼, 혹은 말이 아니라 몸짓으로 얼굴은 이 세상뿐만 아니라 저세상에서도 중요하지 않다고 말하는 것 같았다. 소노라 리조트에서 그는 어떤 기자도 만나지 못했고, 프런트 직원에게 어떻게 아레나 델 노르테에 갈 수 있는지 물어봐야만 했다. 시합장에 도착한 그는 사람들이 약간 웅성대는 것을 보았다. 그는 복도에 자리 잡은 구두닦이에게 무슨 일이냐고 물었고, 구두닦이는 미국 권투 선수가 도착했다고 알려 주었다.

그는 이미 링에 올라가 있던 카운트 피케트를 보았다. 그는 정장을 입고 넥타이를 맨 채 자신만만하게 활짝 웃었다. 사진 기자들은 플래시를 터뜨렸고, 링을 에워싼 기자들은 그의 이름을 부르면서 질문을 퍼부었다. 언제쯤 세계 챔피언에 도전할 생각입니까? 제시 브렌트우드가 당신을 두려워한다는 게 사실입니까? 산타테레사에 오는 대가로 대전료를 얼마나 받는 겁니까? 라스베이거스에서 비밀리에 결혼했다는데, 사실입니까? 피케트의 매니저가 그의 옆에 서 있었다. 매니저는 땅딸막하고 뚱뚱했으며, 그가 거의 모든 질문에 답했다. 멕시코 기자들은 그에게 스페인어로 질문하면서 때로 그의 이름인 솔, 세뇨르 솔이라고 불렀고, 솔 씨는 그들에게 스페인어로 대답하면서 때로 멕시코 기자들의 이름을 부르곤 했다. 몸집이 크고 얼굴이 각진 어느 미국 기자가 피케트를 산타테레사에서 싸우도록 데려온 게 정치적으로 올바른 일이냐고 물었다.

「정치적 올바르다는 게 무슨 뜻이지요?」 매니저가 물었다.

기자는 대답을 하려고 했지만, 매니저가 앞서 말했다.

「권투는 스포츠입니다. 모든 예술처럼 스포츠도 정치를 초월합니다. 우리는 정치와 스포츠를 뒤섞지 않아요, 랠프.」

「내가 제대로 알아들은 건지는 모르겠지만, 당신은 카운트 피케트를 산타테레사로 데려온 것에 대해 전혀 걱정하지 않는군요.」 랠프라는 기자가 말했다.

「카운트 피케트는 누구도 두려워하지 않습니다.」 매니저가 말했다.

「나를 이길 수 있는 사람은 한 명도 없습니다.」 카운트 피케트가 말했다.

「좋아요, 카운트는 진정한 남자인 것 같군요. 그렇다면 다음 질문을 하지요. 혹시 카운트는 여자와 함께 오지 않았습니까?」 랠프가 물었다.

링 반대편에 있던 어느 멕시코 기자가 일어나더니 개자식이라고 말했다. 페이트에게서 그리 멀지 않은 곳에 있던 다른 기자는 혼나고 싶지 않으면 멕시코 사람들을 모욕하지 말라고 소리쳤다.

「입 닥치지 않으면 내가 그 입을 찢어 버리겠어, 개새끼.」

랠프는 그들의 욕설을 듣지 못한 것 같았다. 그는 차분한 표정으로 계속 서서 매니저의 답을 기다렸다. 링 한쪽 구석에 사진 기자들과 함께 있던 몇몇 미국 기자가 궁금하다는 듯 매니저를 쳐다보았다. 매니저는 목청을 가다듬고서 말했다.

「어떤 여자도 데려오지 않았어요, 랠프. 당신도 알다시피 우리는 절대 여자들을 데리고 여행하지 않아요.」

「앨버슨 부인도 데려오지 않았나요?」

매니저는 웃었고, 몇몇 기자들도 따라서 웃었다.

「당신도 잘 알듯이, 내 아내는 권투를 좋아하지 않아요, 랠프.」 매니저가 말했다.

「도대체 무슨 빌어먹을 이야기를 하는 거지요?」 아레나 델 노르테 경기장 근처 식당에서 아침 식사를 하면서, 페이트가 추초 플로레스에게 물었다.

「여자들을 죽인 살인자들에 관해서 말하는 거지요.」 추초 플로레스는 무뚝뚝하게 말했다. 「수가 늘어 가고 있어요. 잠잠해질 만하면 살해된 수가 늘어나고, 그럼 다시 뉴스가 되고, 기자들은 그것에 관해 말하지요. 사람들 역시 다시 그 살인 사건에 관해 말하고, 이야기는 눈덩이처럼 커졌다가 해가 뜨면 그 빌어먹을 눈덩이는 녹아 버려요. 그러면 모두가 잊어버리고 다시 직장으로 돌아가지요.」

292

「다시 직장으로 돌아간다고요?」페이트가 물었다.

「그 우라질 살인 사건은 마치 파업과 같아요, 친구. 잔인무도하고 우라질 파업과 같아요.」

여자들만 골라서 죽이는 살인 사건을 파업과 비교한다는 게 흥미로웠다. 그러나 그는 고개를 끄덕이면서 아무 말도 하지 않았다.

「이곳은 완전하고 더할 나위 없는 도시예요.」추초 플로레스가 말했다. 「우리는 모든 걸 가지고 있어요. 공장도 많고 마킬라도라도 있고 실업률은 아주 낮지요. 멕시코에서 실업률이 가장 낮은 도시 중 하나지요. 그리고 마약 카르텔도 있고, 다른 도시에서 노동자들이 계속 유입되고 있어요. 중앙아메리카의 이민자들도 이곳으로 몰리지요. 또한 도시 기반 시설이 인구 증가율을 감당할 수 없는 도시지요. 여기에는 많은 돈이 있지만, 역시 가난한 사람들도 많아요. 상상력도 풍부하지만 관료주의도 만만치 않고요. 우리는 폭력도 경험하고 평화롭게 일하고 싶은 소망도 지니고 있어요. 우리가 갖고 있지 못한 건 단 하나뿐이에요.」추초 플로레스가 말했다.

석유일 거야. 페이트는 생각했지만, 입 밖으로 꺼내지는 않았다.

「부족한 게 뭐죠?」페이트가 물었다.

「시간이에요. 그 우라질 시간이 없어요.」추초 플로레스가 말했다.

뭣 때문에 시간일까? 페이트는 생각했다. 잊힌 공동묘지와 쓰레기장 한가운데 있는 이 빌어먹을 도시가 일종의 디트로이트로 변하도록 시간이 필요하다는 것일까? 잠시 두 사람은 아무 말도 하지 않았다. 추초 플로레스는 재킷에서 연필 하나와 수첩을 꺼내 여자들의 얼굴을 그리기 시작했다. 그는 완전히 몰두한 채 놀라울 정도로 빨리 그림을 그렸다. 페이트는 추초 플로레스가 어느 정도 그림에 소질을 갖고 있으며, 스포츠 기자가 되기 전에 그림을 공부했고 실물을 스케치하면서 많은 시간을 보낸 것 같다고 생각했다. 어떤 여자도 미소를 띠지 않았다. 몇몇 여자는 눈을 감고 있었다. 어떤 여자들은 늙었고 마치 무엇을 기다리듯이, 혹은 누군가가 그들의 이름을 부른 것처럼 사방을 둘러보았다. 어느 여자도 예쁘지 않았다.

「소질이 있군요.」페이트가 말했다. 추초 플로레스는 일곱 번째 여자의 초상화를 그리기 시작했다.

「그다지 대단하지는 않아요.」추초 플로레스가 말했다.

무엇보다도 그 멕시코 기자가 화가로서의 자질을 갖고 있다는 페이트의 말을 듣고 몹시 당황했기 때문에, 그는 죽은 여자들에 관해 물었다.

「대부분은 마킬라도라에서 일하는 노동자들이지요. 젊고 머리카락이 긴 여자아이들이에요. 그러나 반드시 그것이 살해된 여자들의 특징이라고 말할 수는 없지요. 산타테레사의 거의 모든 여자아이가 긴 머리카락을 지녔으니까요.」추초 플로레스가 말했다.

「단 한 명의 살인자가 저지른 일인가요?」페이트가 물었다.

「그렇다고들 말합니다.」추초 플로레스는 그림 그리는 것을 멈추지 않고 말했다. 「몇 명이 체포되었어요. 그리고 몇몇 사건은 해결되었지요. 그러나 전설에 따르면, 살인자는 단 한 명만 있고, 그는 결코 체포되지 않을 거라고 하지요.」

「여자가 몇 명이나 죽었나요?」

「몰라요. 많아요. 2백 명 이상 되죠.」추초 플로레스가 말했다.

페이트는 멕시코 기자가 어떻게 아홉 번째 초상화를 스케치하기 시작하는지 지켜보았다.

「한 사람이 죽었다고 보기에는 너무 많은 숫자네요.」페이트가 말했다.

「그래요, 친구. 너무 많아요. 아무리 멕시코 살인자라고 해도 그런 식으로 죽일 수는 없지요.」

「어떻게 죽였지요?」페이트가 물었다.

「그건 아무도 확실하게 말해 줄 수 없어요. 여자들이 실종되지요. 공중으로 증발한 것처럼 여기에서 보였는데, 갑자기 모습이 보이지 않게 되지요. 그리고 어느 정도 시간이 흐르면 사막에서 시체가 나타난답니다.」

페이트는 소노라 리조트로 운전해서 가는 동안 이메일을 살펴봐야겠다고 생각했다. 갑자기 피케트와 페르난데스의 경기보다 살해된 여자들에 대한 르포를 쓰는 게 훨씬 더 흥미로울 거라는 생각이 머리를 스쳤다. 그래서 그 생각을 자기 부서의 책임자에게 알렸다. 그에게 산타테레사에 일주일 더 머물게 허락해 주고 사진 기자를 파견해 달라고 요청했다. 그런 다음 술 한잔 마시러 술집으로 갔고, 그곳에서 몇몇 미국 기자를 만났다. 그들은 경기에 관해 이야기를 나누었고, 모두가 페르난데스는 4라운드 이상 버티지 못할 것이라는 데 의견을 같이했다. 한 사람이 멕시코 권투 선수 에르쿨레스 카레뇨의 이야기를 들려주었다. 그는 키가 거의 2미터에 가까운 선수였지요. 키가 작은 사람들이 많은 멕시코에서는 좀처럼 보기 드물게 큰 사람이었어요. 게다가 에르쿨레스 카레뇨는 힘도 셌지요. 시장이나 정육점에서 부대를 내리고 싣는 일을 했어요. 그러다 누군가 권투를 해보면 어떻겠느냐고 그를 설득했지요. 그는 뒤늦게 권투를 시작했어요. 그러니까 스물다섯 살에 시작한 것이지요. 하지만 멕시코에는 헤비급 선수가 별로 없었고, 그는 시합할 때마다 모두 이겼어요. 이곳은 훌륭한 밴텀급 선수나 훌륭한 플라이급 선수, 훌륭한 페더급 선수, 심지어 가끔씩은 훌륭한 웰터급 선수도 보유한 나라지요. 하지만 헤비급이나 라이트 헤비급 선수는 없어요. 그건 유전과 영양 섭취와 관련이 있어요. 체격 문제지요. 지금 멕시코 대통령은 미국 대통령보다 키가 커요. 역사상 유례 없는 일이지요. 이곳 대통령들은 갈수록 조금씩 키가 커질 겁니다. 전에는 생각조차 할 수 없었던 일이에요. 멕시코 대통령은 기껏해야 미국 대통령의 어깨 정도밖에 닿지 못했거든요. 멕시코의 대통령 머리가 우리 대통령의 배꼽에서 불과 몇 센티미터 위에 있는 경우도 종종 있었죠. 그게 전통이었어요. 그러나 이제 멕시코 상류층은 바뀌고 있답니다. 갈수록 더욱 부유하고, 국경

북쪽에서 아내를 찾으려고 하지요. 이것을 그들은 〈인종 개량〉이라고 부른답니다. 단신 멕시코인이 단신인 자기 아들을 캘리포니아의 대학에 유학 보냅니다. 그 아이는 돈이 있고, 원하는 건 모두 할 수 있습니다. 몇몇 여학생이 그런 것에 매료됩니다. 지구상 어디를 둘러보아도 캘리포니아의 대학보다 1제곱미터당 우둔한 여자가 많은 곳은 없어요. 그 결과 아이는 학위를 취득하고 아내를 얻고, 그 아내는 남편과 함께 멕시코로 살러 옵니다. 이런 식으로 해서 단신 멕시코인의 손자들은 더는 단신이 아니게 되지요. 그들은 평균 신장이 되고, 덤으로 피부색까지 하얘지지요. 그리고 어느 순간이 되면 이 손자들이 자기 아버지와 똑같은 입회 여행을 하게 됩니다. 미국 대학과 미국인 아내, 그리고 아이들은 갈수록 더 키가 커집니다. 사실 멕시코 상류층은 자발적으로 스페인 사람들이 한 짓을 그대로 따라 합니다. 하지만 방향은 반대지요. 색정이 강하고 그다지 생각이 깊지 않은 스페인 사람들은 원주민 여자들과 피를 섞었고, 원주민 여자들을 강간했으며, 그들에게 강제로 자신들의 종교를 실천하게 했고, 이런 식으로 자신들이 국가를 흰색으로 변화시키고 있다고 생각했어요. 스페인 사람들은 잡종 백인을 믿었어요. 자신들의 정액을 과대평가한 거지요. 그러나 그건 그들의 실수였어요. 사람은 그렇게 많은 사람을 강간할 수 없어요. 수학적으로 불가능하지요. 육체가 감당하지 못합니다. 그러다 보면 결국 지치게 되지요. 게다가 그들은 아래에서 위의 순서로 강간을 했어요. 이미 증명된 것처럼 가장 실용적인 것은 위에서 아래의 순서로 강간을 하는 겁니다. 스페인 사람들이 자신들의 잡종 아이들과 그런 다음에 잡종 손자들, 심지어 잡종 증손자들을 강간했다면 그나마 괜찮은 결과를 낳았을 겁니다. 그런데 일흔 살이 되어 간신히 두 발로 서 있는 것만도 감사해야 할 상황에서, 누가 사람들을 강간할 마음을 갖고 있겠어요? 여러분은 그 결과를 주변에서 쉽게 볼 수 있습니다. 자신들이 아주 지혜롭다고 믿은 스페인 사람들의 정액은 원주민 몇천 명으로 이루어진 무정형 하류층 속으로 사라졌지요. 최초의 잡종들, 그러니까 두 인종의 피를 50퍼센트씩 가졌던 사람들은 국가의 중요 직책을 맡았지요. 장관이나 군인, 소매 상인으로 일했고, 새로운 도시를 설립하기도 했지요. 그리고 계속해서 강간의 전통을 이어 갔지만, 이미 그때부터 그 결실은 망가지기 시작했습니다. 그들이 강간한 원주민 여자들은 갈수록 백인 피의 비율이 낮은 잡종들을 낳았기 때문이지요. 그리고 그런 전통은 계속되었지요. 그렇게 이 권투 선수, 그러니까 에르쿨레스 카레뇨에 이르게 됩니다. 처음에 그는 경쟁자가 자신보다 훨씬 형편없거나 아니면 누군가가 시합을 매수했기 때문에, 시합이란 시합은 모두 이겼어요. 그러자 몇몇 멕시코 사람들은 으스댔고, 헤비급에서 진정한 세계 챔피언을 가질 수 있다고 생각하기 시작했지요. 그리고 어느 날 그를 미국으로 데려가서 술 취한 아일랜드 선수와 시합을 벌이게 했고, 그런 다음에는 마약에 중독된 흑인과 시합을 치르게 했어요. 그러고는 뚱뚱하고 비실거리는 러시아 선수와 시합을 하게 했어요. 그는 그들을 모두 이겼고, 그러자 멕시코인들은 행복해하면서 거드름을 피우게 되었지요. 그들의 챔피언이 일급 선수들을 KO로 물리쳤기 때문이었어요. 그러자 로스앤젤레스에서 아서 애슐리와 시합을 벌이기로 했지요. 혹시 여러분 중에서 그 경기를 본 사람이 있는지 모르겠지만, 난 두 눈으로 지켜보았어요. 아서 애슐리에게는 〈사디스트〉라는 별명이 붙었어요. 바로 그 시합에서 그런 별명을 얻은 것이지요. 불쌍한 에르쿨레스 카레뇨는 완전히 박살 나고 말았지요. 이미 1라운드부터 압도적인 참패가 될 것임을 익히 짐작할 수 있었어요. 〈사디스트〉는 전혀 서두르지 않고 천천히 경기를 주도했고, 훅을 명중시킬 정확한 지점을 찾으면서 매 라운드를 일방적으로 이끌어 갔지요. 3라운드에서는 오로지 얼굴을 공격하는 데 집중했고, 4라운드에서는 복부만 가격했어요. 어쨌건 에르쿨레스 카레뇨는 8라운드까지 버티면서 최선을 다했어요. 그 시합 이후에도 그는 삼류 권투 시합에 나섰지요. 거의 대부분 2라운드에 녹아웃을 당했어요. 그런 다음에는 디스코텍 경비원 일자리를 구했지만, 말썽 피우기로 너무나 악명이 높아서 어떤 곳에서도 일주일 이상 일하지 못하고 쫓겨났지요. 그는 다시는 멕시코로 돌아오지 않았어요. 아마도 자기가 멕시코 사람이라는 것조차 잊어버렸을 겁니다. 물론 멕시코 사람들도 그를 잊어버렸지요. 떠도는 말에 따르면, 그는 거리에서 구걸하며 살았고, 어느 날 다리 밑에서 죽었다고 합니다. 그게 멕시코 헤비급의 자랑이었어요. 기자는 말했다.

나머지 사람들은 웃음을 터뜨리고는 모두 심각한 표정을 지었다. 그러고서 불행하게 삶을 마감한 카레뇨를 기억하기 위해 20초 동안 묵념했다. 갑자기 심각해진 그 얼굴들을 보자, 페이트는 마치 가면무도회를 보는 것 같은 인상을 받았다. 아주 짧은 순간 동안이지만 제대로 숨을 쉴 수 없었다. 그는 자기 어머니의 텅 빈 아파트를 보았고, 두 사람이 초라하고 볼품없는 방에서 〈갱년기〉라는 단어가 규정하는 기간 내내 섹스를 하고 있다는 느낌을 받았다. 당신은 누구요, 큐 클럭스 클랜[18]의 선전원이오? 페이트는 이야기를 들려준 기자에게 물었다. 그래, 좋아, 여기 또 다른 성마른 깜둥이가 있군. 그 기자가 말했다. 페이트는 그에게 다가가서 주먹으로 한 대 후려치려고 했지만(따귀를 때리는 게 더 좋았지만), 그 작자를 에워싼 기자들이 그가 가지 못하도록 막았다. 그냥 농담한 거예요. 우리 모두는 미국인이에요. 여기에는 큐 클럭스 클랜 단원은 한 명도 없어요. 아니, 난 그렇게 믿어요. 그때 그는 더 많은 웃음소리를 들었다. 그가 마음을 가라앉히고서 카운터 한쪽 구석에 가서 혼자 앉자, 에르쿨레스 카레뇨의 이야기를 듣던 기자 중 하나가 그에게 가까이 다가와서 한 손을 내밀었다.

「시카고 『스포츠 매거진』의 척 캠벨입니다.」

페이트는 그와 악수했고, 자기 이름과 잡지사 이름을 말해 주었다.

「당신 잡지사의 기자가 죽었다는 말을 들었습니다.」 캠벨이 말했다.

「그렇습니다.」 페이트가 말했다.

「여자 문제라는 생각이 드는군요.」 캠벨이 말했다.

---

18 KKK라고도 불리며 백인 우월주의를 표방하는 미국의 비밀 결사 단체로, 테러나 폭력 혹은 협박을 통해 유색 인종을 위협한다.

「난 모릅니다.」페이트가 말했다.

「난 지미 로웰을 압니다. 우리는 적어도 마흔 번은 만났지요. 몇몇 애인이나 심지어는 아내를 만난 것보다도 많은 횟수라고 말할 수 있지요. 좋은 사람이었어요. 맥주를 좋아했고, 푸짐하고 맛있는 식사를 하는 걸 좋아한 사람이었지요. 아주 열심히 일했어요. 그는 자기는 잘 먹어야만 하며, 음식은 훌륭해야만 한다고 말하곤 했지요. 언젠가 한번 함께 비행기를 타고 여행했어요. 난 비행기 안에서 잠을 잘 수 없었어요. 지미 로웰은 비행기를 타는 내내 잤고, 단지 기내식을 먹거나 무언가 이야기를 하고자 할 때에만 잠에서 깨어났어요. 사실 그는 권투를 정말로 좋아하는 사람은 아니었어요. 그가 좋아한 스포츠는 야구였지만, 당신 잡지사에서는 테니스를 포함한 모든 스포츠를 취재했지요. 그는 누구에게도 나쁜 말을 하지 않았어요. 그는 사람들을 존경했고 사람들은 그를 존경했어요. 당신은 그렇게 생각하지 않나요?」

「난 한 번도 로웰을 만난 적이 없어요.」페이트가 말했다.

「방금 들은 말을 나쁘게 받아들이지는 마세요. 스포츠 기자란 따분한 직업이에요. 그래서 제대로 생각해 보지도 않고 경솔한 말을 마구 지껄이거나, 똑같은 말을 반복하지 않고 조금 다르게 하려고 이야기를 마구 바꾸기도 하지요. 때로는 아무 생각 없이 바보 같은 소리를 지껄입니다. 멕시코 권투 선수 이야기를 들려준 기자는 나쁜 사람이 아니에요. 다른 기자들과 비교하면 되레 상당히 점잖고 매우 열린 마음의 소유자지요. 하지만 종종 시간을 죽이기 위해 천박하고 못된 말을 하면서 장난을 치지요. 아무 의미도 없는 말에 불과해요.」캠벨이 말했다.

「나는 괜찮으니 걱정하지 마십시오.」페이트가 말했다.

「몇 라운드에 카운트 피케트가 이길 거라고 생각하나요?」

「모르겠어요. 어제 메롤리노 페르난데스의 캠프에서 그가 훈련하는 모습을 보았는데, 시합에서 쉽게 질 사람처럼 보이지는 않더군요.」페이트가 말했다.

「3라운드 전에 녹아웃될 겁니다.」캠벨이 말했다.

다른 기자가 페르난데스의 캠프가 어디에 있느냐고 물었다.

「이 도시에서 그다지 멀리 떨어지지 않은 곳이에요. 하지만 사실대로 말하자면 잘 모르겠어요. 나 혼자 간 게 아니거든요. 멕시코 기자들과 함께 갔었어요.」페이트가 말했다.

다시 컴퓨터를 켠 페이트는 자기 부서 부장의 답장을 보았다. 그가 제안하는 취재를 진행할 예산도 없었고, 그런 이야기에 관심도 없었다. 그러면서 스포츠부 책임자가 위임한 일만 완수하는 대로 즉시 그곳을 떠나는 게 좋을 것 같다고 충고했다. 페이트는 소노라 리조트 호텔의 프런트 직원과 이야기해, 뉴욕에 전화를 연결해 달라고 부탁했다.

통화를 기다리는 동안 그는 자기가 제안했다가 거절당한 취재들을 떠올렸다. 가장 최근의 것은 〈마호메트 형제단〉이라 불리는 할렘의 정치 그룹에 관한

것이었다. 그는 팔레스타인 지지 시위에서 그들을 알게 되었다. 여러 그룹이
뒤섞인 시위였다. 아랍인들도 있었고, 뉴욕 좌파의 옛 투사들도 있었으며,
세계화에 반대하는 새로운 행동주의자들도 있었다. 그러나 그의 관심을 사로잡은
것은 마호메트 형제단이었다. 그들이 오사마 빈 라덴의 커다란 포스터를 들고
행진했기 때문이다. 모두 흑인이었다. 그리고 모두 검은 가죽 재킷을 입고 검은
베레모와 선글라스를 착용했다. 그는 희미하게나마 〈흑표범단〉을 떠올렸다.
차이점이 있다면, 흑표범단 단원들은 10대였고, 10대가 아닌 사람이라도 10대처럼
보였고, 젊고 비극적인 분위기를 띠었다. 반면에 마호메트 형제단 단원들은 성숙한
남자들이었고, 어깨가 넓고 엄청난 근력을 자랑했다. 그들은 헬스클럽에서 역기를
들면서 하루에 몇 시간씩 보내는 사람들이었다. 다시 말하면, 경호원을 소명으로
여기는 사람들이었다. 그런데 누구를 경호할까? 그들은 진정한 인간 탱크였다.
그들의 모습은 가히 위협적이라고 말할 수 있었다. 그러나 시위에 참여한 대원은
스무 명도 되지 않았다. 그래도 빈 라덴의 초상화는 어느 정도 확대 효과를
만들었다. 무엇보다도 세계 무역 센터에 대한 테러가 일어난 지 여섯 달도 채
흐르지 않았고, 빈 라덴의 초상화에 불과하긴 하지만 빈 라덴과 함께 시위한 것은
매우 위험천만한 도발 행동이 될 수도 있었기 때문이다. 물론 페이트만 도전적인
소규모 형제단의 존재를 눈치챈 것은 아니었다. 텔레비전 카메라가 그들을 따라가
형제단 대변인과 인터뷰를 했고, 몇몇 신문의 사진 기자들이 자신들을 탄압해
달라고 소리 높여 요구하는 것 같은 어느 그룹이 시위에 참가했다는 사실을
기록으로 남겨 놓은 것이다.

페이트는 멀리서 그들을 지켜보았다. 그들이 텔레비전과 지방 라디오
방송국과 말하는 것을 보았다. 그리고 그들이 소리치는 장면과 군중과 함께
행진하는 장면도 보았다. 그는 그들을 뒤쫓아 갔다. 시위대가 흩어지기 시작하기
전에, 마호메트 형제단 단원들은 미리 계획해 놓은 기동 작전을 통해 시위
대열에서 빠져나갔다. 소형 화물차 두 대가 길모퉁이에서 그들을 기다렸다.
그때서야 페이트는 그들이 열다섯 명도 되지 않는다는 사실을 알아차렸다. 그들은
뛰어갔다. 그도 그들을 쫓아서 뛰었다. 그는 그들을 인터뷰해서 잡지에 게재하고
싶다고 말했다. 키가 크고 뚱뚱하며 머리를 박박 민, 대장처럼 보이는 사람이 어떤
잡지사냐고 물었다. 페이트는 잡지사 이름을 말해 주었고, 그 작자는 비웃는
미소를 지으며 그를 쳐다보았다.

「그 빌어먹을 잡지를 읽는 사람은 이제 아무도 없소.」 그가 말했다.

「하지만 형제들을 위한 잡지입니다.」 페이트가 말했다.

「형제들을 위한다는 그 빌어먹을 잡지는 단지 형제들을 만신창이로 만들
뿐이오.」 그 작자는 웃음을 그치지 않은 채 말했다. 「이제는 이미 폐물이 된
잡지요.」

「난 그렇게 생각하지 않습니다.」 페이트가 말했다.

중국 식당 종업원이 쓰레기봉투 여러 개를 버리러 나왔다. 한 아랍인이

길모퉁이에서 그들을 지켜보았다. 한 번도 본 적이 없는 이상한 얼굴들이야. 페이트는 생각했다. 그러는 동안 지휘자처럼 보이던 남자는 그에게 며칠 후에 만나자면서, 브롱크스에 있는 어느 장소와 시간과 날짜를 정해 주었다.

페이트는 약속 장소로 나갔다. 형제단의 세 단원과 검은 소형 트럭이 그를 기다렸다. 그들은 베이체스터[19] 근처 지하실로 이동했다. 머리를 박박 민 뚱보가 그곳에서 그들을 기다렸다. 그는 자기를 칼릴이라 부르라고 했다. 다른 사람들은 이름을 말해 주지 않았다. 칼릴은 성전(聖戰)에 관해 말했다. 성전이 무슨 의미를 지니는지 설명해 주십시오. 페이트는 말했다. 성전은 우리의 입이 바싹 말랐을 때 비로소 우리에 관해 말하오. 칼릴이 말했다. 성전은 벙어리들의 말이고, 언어를 잃어버린 사람들의 말이며, 결코 말할 줄 모르는 사람들의 말이오. 왜 당신들은 이스라엘에 반대하는 시위를 합니까? 페이트가 물었다. 유대인들이 우리를 탄압하오. 칼릴이 말했다. 절대로 그렇지 않습니다. 유대인은 결코 큐 클럭스 클랜에 참여하지 않습니다. 페이트가 말했다. 유대인들이 우리에게 바로 그렇게 믿게 만드는 것이오. 사실 큐 클럭스 클랜은 세계 도처에 있소. 텔아비브, 런던, 워싱턴에도 있소. 큐 클럭스 클랜의 많은 지도자가 유대인이오. 칼릴이 말했다. 항상 그랬소. 할리우드는 큐 클럭스 클랜의 두목들로 가득하오. 누구지요? 페이트가 물었다. 칼릴은 그 순간부터 자기가 말하는 것을 보도하지 않는다는 전제 조건으로 말하는 거라고 알려 주었다.

「실업계의 유대인 거물들은 훌륭한 유대인 변호사를 두고 있소.」 그가 말했다.

그런데 누구지요? 페이트가 물었다. 그는 영화감독 셋과 배우 둘을 언급했다. 그러자 페이트는 갑작스럽게 생각이 떠올랐다. 우디 앨런이 큐 클럭스 클랜 단원인가요? 그가 물었다. 그렇소. 칼릴이 대답했다. 그의 영화를 눈여겨보시오. 거기서 우리 형제를 본 적이 있소? 아니요, 많이 보지는 못했어요. 페이트가 대답했다. 한 명도 없소. 칼릴이 말했다. 그런데 왜 빈 라덴의 초상화를 들고 다니는 거죠? 페이트가 물었다. 오사마 빈 라덴은 오늘날 우리가 수행하는 투쟁의 특징을 처음으로 깨달은 사람이오. 그런 다음 그들은 빈 라덴의 무죄와 진주만 공격[20]에 관해 말했고, 또 쌍둥이 빌딩 공격은 몇몇 사람에게 유리하게 작용했다는 사실에 대해서도 의견을 교환했다. 그것은 바로 증권 중개인들이오. 칼릴이 말했다. 죄를 전가할 서류를 사무실에 숨겨 둔 사람들, 무기 판매상, 그런 일과 비슷한 사건이 일어나길 바라던 사람들이오. 당신들은 모하메드 아타[21]가 CIA나 FBI의 비밀 첩자라고 말하고 있습니다. 페이트가 지적했다. 모하메드 아타의 시신은 어디에 있소? 칼릴이 물었다. 모하메드 아타가 그 비행기 중 하나에 타고 있었다고 누가 확신할 수 있소? 내가 생각하는 바에 관해 말해 주겠소. 난 모하메드 아타가

19 브롱크스의 북동부에 위치한 노동자 동네.
20 9·11 사건은 일본이 진주만을 공격한 이후 미국에 대한 최대의 공격이라는 평가를 받는다.
21 9·11 사건의 주범으로 알려진 인물.

죽었다고 생각하오. 그는 고문을 받다가 죽었거나, 아니면 뒤통수에 총을 맞고 죽었을 것이오. 그런 다음에는 그의 시체를 잘게 잘랐을 것이고 뼈를 갈아서 마치 통닭의 뼈나 잔해처럼 보이게 만들었을 것이오. 그러고는 뼈와 얇게 저민 살들을 상자에 넣어 시멘트를 가득 채우고서 플로리다의 늪지에 떨어뜨렸을 것이오. 모하메드 아타와 함께 있던 동료들도 똑같은 운명을 맞이했을 것이오.

그렇다면 누가 비행기를 조종했나요? 페이트가 물었다. 큐 클럭스 클랜의 광신도들, 중동의 정신 병원에 수용되었던 이름 없는 환자들, 자살 행위도 감행할 수 있도록 세뇌된 자원자들일 것이오. 이 나라에서는 매년 몇천 명이 실종되지만, 아무도 그들을 찾으려고 하지 않소. 그러고 나서 그들은 로마인들과 로마의 원형 경기장, 그리고 사자밥이 되어 버린 초기 기독교인들에 관해 말했다. 하지만 사자들은 우리의 검은 살을 먹으면 목이 막혀 버릴 것이오. 그는 말했다.

다음 날 페이트는 할렘의 지부로 마호메트 형제단을 찾아갔고, 거기서 이브라힘이라는 사람을 알게 되었다. 중키에 얼굴은 상처로 가득했다. 그는 형제단이 그 동네에서 얼마나 많은 자선사업을 했는지 자세하게 설명하기 시작했다. 그들은 지부 옆 카페테리아에서 함께 점심을 먹었다. 한 여자가 어느 청년의 도움을 받아 카페테리아를 운영했다. 그리고 주방에는 쉬지 않고 노래를 불러 대는 노인이 있었다. 오후에는 칼릴이 합류했고, 페이트는 그들에게 어디서 알게 되었느냐고 물었다. 감옥이오. 감옥은 흑인 형제들이 만나는 장소요. 그들이 대답했다. 그들은 할렘의 또 다른 이슬람교도 단체에 관해서 말했다. 이브라힘과 칼릴은 그들을 그다지 높이 평가하지 않았지만, 그런 생각을 드러내지 않으려고 조심하면서 그들과 대화를 유지하려고 노력했다. 조만간 훌륭한 이슬람교도들은 마호메트 형제단에 가입하게 될 겁니다. 그들은 말했다.

그들과 헤어지기 전에 페이트는 아마도 그들이 오사마 빈 라덴의 초상화를 들고 행진했기 때문에 절대로 용서받지 못할지도 모른다고 말했다. 그러자 이브라힘과 칼릴은 웃었다. 그런 그들의 모습은 마치 웃으면서 몸을 떠는 검은 돌 두 개처럼 보였다.

「아마도 그들은 결코 〈잊지〉 못할 것이오.」 이브라힘이 말했다.

「이제 그들은 누구와 상대하는지 알게 되었을 것이오.」 칼릴이 말했다.

그의 부장은 형제단에 관한 기사는 잊어버리라고 말했다.

「그들은 몇 명이나 되지?」 부장이 물었다.

「약 스무 정 정도입니다.」 페이트가 말했다.

「스무 명의 검둥이라……. 그들 중에서 적어도 다섯은 FBI 요원일 거야.」 부장이 말했다.

「그 이상일 수도 있지요.」 페이트가 말했다.

「우리가 그들에게 관심을 보여야 할 이유가 뭐지?」 부장이 물었다.

「어리석음입니다. 우리 자신을 망가뜨리고 파괴하는 끝없이 다양한 형태들이지요.」페이트가 말했다.

「자네 혹시 마조히스트가 된 것 아닌가, 오스카?」부장이 물었다.

「그럴 수도 있겠지요.」페이트가 말했다.

「그럼 더 많이 교접해야 할 것 같군. 더 많이 돌아다니고, 더 많이 음악을 듣고, 더 많은 친구들을 사귀면서 그들과 대화를 해야 하네.」부장이 말했다.

「그런 생각도 해봤습니다.」페이트가 말했다.

「뭘 생각했단 말인가?」

「더 많은 여자와 경험을 쌓아야 한다는 것 말입니다.」페이트가 말했다.

「그런 건 생각하는 게 아니라, 실제로 해봐야 하는 거야.」부장이 말했다.

「우선 생각해야만 하지요.」페이트가 말했다. 그러고서 이렇게 덧붙였다. 「기사로 쓰게 될 가능성이 있습니까?」

부장은 고개를 가로저었다.

「그만 잊어버리게. 그런 기사는 철학 잡지나 도시 인류학 잡지에 팔도록 하게. 자네가 원한다면 우라질 놈의 시나리오를 써서 스파이크 리에게 영화를 찍도록 하든가. 하지만 난 그걸 잡지에 실을 생각이 전혀 없네.」

「알겠습니다.」페이트가 말했다.

「제기랄, 빈 라덴의 초상화를 들고 행진했다면, 아주 빌어먹을 놈들이야.」부장이 말했다.

「불알이 큰, 배짱 있는 놈들이겠죠.」

「시멘트로 만든 단단한 불알을 가진 놈들이겠지. 게다가 아주 빌어먹을 멍청이들임이 틀림없어.」

「아마도 비밀 경찰 첩자가 그런 생각을 떠올린 게 분명합니다.」

「어쨌든 마찬가지야. 누가 그런 생각을 떠올렸든, 그건 일종의 표시야.」부장이 말했다.

「무슨 표시지요?」페이트가 물었다.

「우리가 미친놈들의 행성에서 산다는 표시.」부장이 말했다.

부장이 전화를 받자, 페이트는 산타테레사에서 벌어지는 일을 설명했다. 그는 자기가 쓰고자 하는 기사의 내용을 요약했다. 그리고 여자들이 살해되었다는 사실을 말했고, 모든 범죄가 한두 사람에 의해 저질러졌을 가능성이 있는데, 그럴 경우 그들은 인류 역사상 최대의 연쇄 살인범이 될 수 있다고 말했다. 또한 마약 밀매와 국경, 경찰의 부패와 그 도시의 끝없는 성장에 관해 말했고, 필요한 것을 모두 확인할 필요가 있으니 일주일만 더 머물게 해달라고 부탁했고, 그런 다음에는 뉴욕으로 가서 닷새 내로 기사를 마무리하겠다고 약속했다.

「오스카. 자네는 그곳에 빌어먹을 권투 경기를 취재하기 위해 있는 거야.」부장이 말했다.

「이게 더 중요합니다. 권투 시합은 시시한 한담에 불과할 뿐이에요. 지금 내가 제안하는 게 훨씬 더 중요하고 중대한 겁니다.」페이트가 말했다.

「나한테 뭘 제안하는 거지?」

「제3세계 산업계의 르포르타주입니다. 멕시코의 현 상황에 대한 비망록이자, 국경의 광경, 그리고 매우 중대한 범죄 사건이지요.」페이트가 말했다.

「르포르타주라고? 그건 프랑스어 아니야, 검둥이? 자네 언제부터 프랑스어를 썼나?」부장이 말했다.

「난 프랑스어를 몰라요. 젠장, 하지만 르포르타주가 뭔지는 안단 말이에요.」 페이트가 말했다.

「나도 그 빌어먹을 르포르타주가 뭔지 아네.」부장이 말했다. 「또한 〈메르시(고마워요)〉나 〈오 르부아르(또 만나요)〉 혹은 〈페르 라무르(사랑하기)〉도 무슨 뜻인지 아네. 그리고 〈쿠셰 아베크 무아(나를 사랑해 줄 수 있나요)〉도 알지. 그 노래 기억나나? 〈불레부 쿠셰 아베크 무아, 스 수아(오늘 밤 나를 사랑해 줄 수 있나요)?〉라는 가사 말이네. 자네는 그저 〈쿠셰 아베크 무아〉만 말하고자 할 거야. 하지만 이 경우에는 그 앞에 〈불레부〉를 반드시 넣어야만 해. 내 말 알아듣겠나? 반드시 〈불레부〉를 넣어야지, 그러지 않으면 자네는 엿 먹는 거야.」

「여기에는 엄청나게 중요한 기삿거리가 있습니다.」페이트가 말했다.

「그 개똥 같은 사건에 흑인이 몇 명이나 연루되었나?」부장이 말했다.

「흑인이라뇨? 도대체 지금 무슨 말을 하는 겁니까?」페이트가 물었다.

「몇 명이나 되는 검둥이의 목에 밧줄이 걸려 있느냐고.」부장이 물었다.

「그걸 어떻게 알아요? 난 대단한 기삿거리에 관해 말하는 거예요. 슬럼에서 일어난 폭동에 관해 말하는 게 아니라고요.」페이트가 말했다.

「그러니까 그 사건에 흑인은 한 명도 연루되지 않았다는 말이군.」부장이 말했다.

「흑인 형제는 한 명도 없습니다. 하지만 2백 명이 넘는 멕시코 여자들이 살해되었어요.」페이트가 말했다.

「카운트 피케트가 이길 가능성은 얼마나 되나?」

「젠장, 지금 갑자기 무슨 피케트 이야기예요?」페이트가 말했다.

「이미 상대 선수는 만나 봤나?」부장이 물었다.

「지금 뚱딴지처럼 무슨 카운트 피케트예요! 엿이나 먹어요! 그놈에게 당신 신변이나 지켜 달라고 해요. 내가 뉴욕에 돌아가면 당신을 가만 놔두지 않을 테니.」 페이트가 말했다.

「자네는 해야 할 일이나 제대로 하도록 해. 함부로 먹는 것 가지고 장난치지 말게.」부장이 말했다.

페이트는 전화를 끊어 버렸다.

청바지와 가죽 재킷을 입은 여자가 그의 옆에서 그를 향해 미소 짓고 있었다. 선글라스를 끼었고, 어깨에는 고급 가방과 카메라가 걸려 있었다. 관광객 같았다.

「산타테레사 살인 사건에 관심이 있으세요?」그녀가 물었다.

페이트는 그녀를 쳐다보았고, 잠시 후 그녀가 통화 내용을 모두 엿들었다는 사실을 깨달았다.

「내 이름은 과달루페 론칼이에요.」여자는 말하면서 악수를 청했다.

그는 그녀와 악수했다. 곱고 우아한 손이었다.

「난 기자예요.」페이트가 손을 놓자 과달루페 론칼이 말했다.「하지만 권투 경기를 취재하려고 이곳에 있는 게 아니에요. 그런 시합에는 관심이 없어요. 물론 권투를 아주 섹시한 스포츠라고 여기는 여자들도 있지요. 사실대로 말하자면, 내가 보기에 권투는 저속하고 아무런 의미도 없는 운동 같아요. 당신은 그렇게 생각하지 않아요? 아니면 당신은 두 사람이 서로 치고받는 걸 보기 좋아하나요?」

페이트는 어깨를 으쓱했다.

「질문에 대답하지 않을 건가요? 좋아요, 난 당신이 어떤 스포츠를 좋아하는지 판단할 만한 사람이 아니에요. 사실 어떤 스포츠도 좋아하지 않아요. 이미 설명한 이유 때문에 권투도 좋아하지 않고, 축구나 농구, 심지어 육상도 좋아하지 않아요. 그렇다면 당신은 지금 마음속으로 내가 스포츠 기자로 가득한 호텔에서 무엇을 하는 거냐고 묻고 있겠죠. 왜 좀 더 조용한 곳에 있지 않은 건지, 바나 식당으로 내려올 때마다 이미 과거가 되어 버린 위대한 복싱 경기의 애처롭고도 감동적인 이야기들을 듣지 않을 수 있는, 좀 더 조용한 곳으로 왜 가지 않는 건지 의아하게 생각하겠지요. 내 테이블로 가서 함께 앉아 술 한잔 한다면 이유를 말해 주겠어요.」

그녀를 따라가는 동안, 미친 여자나 아니면 매춘부와 함께 있는 게 아닐까라는 생각이 그의 머리를 스쳤다. 사실 페이트는 멕시코의 미친 여자나 창녀가 어떤지 몰랐지만, 어쨌건 과달루페 론칼은 미친 여자나 창녀처럼 보이지 않았다. 그러나 기자처럼 보이지도 않았다. 두 사람은 호텔의 야외 테이블에 앉았다. 거기서는 건축 중인 어느 건물이 보였다. 10층이 넘는 건물이었다. 또 다른 호텔이지요. 여자는 무심하게 알려 주었다. 대들보에 기대 있거나 혹은 벽돌 더미에 앉아 있던 몇몇 일꾼도 그들을 쳐다보았다. 아니, 그건 페이트의 생각에 불과했을 수도 있었다. 건축 중인 건물 주변에서 움직이던 몇몇 사람의 모습은 너무 작았고, 그래서 자신 있게 말할 수 없었기 때문이다.

「이미 당신에게 말한 것처럼 나는 기자예요. 멕시코시티의 주요 일간지 중 하나에서 일해요. 두려워서 이 호텔에 묵은 거예요.」과달루페 론칼이 말했다.

「뭐가 두렵단 말이지요?」페이트가 물었다.

「모든 게 두려워요. 산타테레사의 여자 살인 사건과 관련된 일을 할 때면, 여기자들은 모든 것을 두려워하게 되지요. 구타당할지도 모른다는 두려움, 납치당할지도 모른다는 두려움, 고문을 당할지도 모른다는 두려움을 느끼게 돼요. 물론 경험이 있다면 그런 두려움은 줄어들지요. 그러나 난 경험이 없어요. 경험 부족이 이토록 저주스러울 때는 없었어요. 이런 용어가 있는지는 모르겠지만, 심지어 내가 이곳에 비밀리에, 그러니까 비밀 기자로 있다고 말할 수도 있을 거예요. 난 살인과 관련된 모든 걸 알아요. 그러나 실제로 이 주제에 관한 전문가는 아니에요. 내 말은 일주일 전까지만 해도 이런 주제를 다루지 않았다는 거예요. 난 이 분야를 잘 몰라요. 이 분야에 관한 기사를 전혀 쓴 적이 없어요. 그런데 갑자기 내가 원하지도 않았고 요청하지도 않았는데, 내 책상에 죽은 여자들의 파일을 올려놓더니 그 일을 떠맡겼어요. 그 이유를 알고 싶죠?」

페이트는 고개를 끄덕였다.

「난 여자고, 우리 여자들은 지시를 거부할 수 없거든요. 물론 난 이미 내 전임자의 운명, 그러니까 그에게 무슨 일이 일어났는지 알아요. 신문사의 모든 기자가 알지요. 그 사건은 너무나 세상을 떠들썩하게 만들었기에, 아마 당신도 알지 몰라요.」페이트는 고개를 가로저었다. 「물론 그는 살해되었어요. 그는 이 사건에 너무 깊이 개입했고, 그러자 그들은 그를 죽였어요. 여기 산타테레사가 아니라 멕시코시티에서요. 경찰은 강도 사건이었는데 그게 죽음으로 끝났다고 말했지요. 그 일이 어떻게 일어났는지 알고 싶죠? 그는 택시를 탔어요. 택시는 그를 태우고 출발했어요. 그런데 어느 길모퉁이에서 멈추더니 그가 알지 못하는 사람 둘이 택시에 올라탔지요. 한참 동안 그들은 여러 현금 인출기를 찾아 빙빙 돌면서 내 전임자의 신용 카드에서 최대 한도액까지 인출했어요. 그러고는 도시 변두리로 차를 몰아 가서 그를 칼로 난자했어요. 그가 그 사건에 대해 쓴다는 이유로 살해된 첫 번째 기자는 아니었어요. 그의 서류 속에서 나는 기자 두 명이 더 살해되었다는 정보를 발견했어요. 라디오 진행자였던 어느 여자는 멕시코시티에서 납치되었고, 애리조나의 『인종』이라는 신문에서 일하던 어느 치카노 기자는 실종되었지요. 두 사람은 모두 산타테레사에서 일어난 여성 살해 사건에 관해 조사하고 있었어요. 라디오 진행자는 내가 신문 방송학 대학에서 만난 적 있는 사람이었어요. 우리는 친구 사이는 아니었어요. 아마 평생 동안 두어 마디 정도 주고받았을 거예요. 그러나 나는 그녀를 만났다고 생각해요. 그녀를 살해하기 전에 그들은 강간했고 고문했어요.」

「여기 산타테레사에서 그랬나요?」페이트가 물었다.

「아니에요. 멕시코시티에서 벌어진 일이에요. 살인자들의 팔은 길어요. 아주 길거든요.」과달루페 론칼은 공상에 잠긴 목소리로 말했다. 「이전에는 지역 뉴스 부서에서 일했어요. 내 이름으로 기사를 거의 쓴 적이 없었어요. 전혀 알려지지 않은 기자였지요. 그런데 내 전임자가 죽자, 신문사의 거물급이자 편집인으로 일하는 두 사람이 나를 만나러 왔어요. 그들은 점심을 먹자고 했어요. 물론 나는 내가 뭔가 잘못했다고 생각했어요. 아니면 두 사람 중 하나가 나와 잠자리를 할 의도가 있는 거든가요. 한 번도 대화를 나눠 본 적이 없는 사람들이었어요. 하지만 그들이 누구인지는 알았지요. 아주 즐거운 분위기 속에서 우리는 점심을 먹었어요. 그들은 굉장히 점잖고 교양 있었어요. 난 영리했고 조심스럽게 행동했지요. 그들에게 나쁜 인상을 주었다면 오히려 잘된 일이었을지도 몰라요. 점심 식사 후에 우리는 신문사로 돌아갔고, 그들은 중요한 일을 논의해야 하니 따라오라고 했어요.

우리는 그들 중 한 사람의 사무실로 들어갔어요. 그들은 가장 먼저 월급이 오르길
바라느냐고 물었어요. 거기서 나는 일이 약간 이상하게 흘러간다는 사실을
감지했고, 아니라고 말하려고 했어요. 하지만 결국 그렇다고 말하고 말았죠.
그러자 그들은 종이 한 장을 꺼내더니 숫자를 말했어요. 지역 뉴스 담당 기자인 내
월급과 정확하게 일치하는 숫자였지요. 그런 다음 그들은 내 눈을 쳐다보더니 다른
숫자를 말했어요. 그건 거의 내 월급을 40퍼센트나 인상해 주겠다는 의미였어요.
나는 너무나 기쁜 나머지 펄쩍펄쩍 뛸 뻔했어요. 그때 내 전임자가 모아 놓은
파일을 건네주면서 그 순간부터 산타테레사의 여성 살해 사건에 관해서만
일하라고 말했지요. 나는 모기만 한 목소리로 왜 하필이면 나냐고 물었어요.
당신은 아주 똑똑하거든요, 과달루페. 한 사람이 말했어요. 아무도 당신을 알지
못하기 때문이지요. 다른 사람이 덧붙였지요.」

　　여자는 긴 한숨을 내뱉었다. 페이트는 이해한다는 미소를 지었다. 그들은 다시
위스키와 맥주를 주문했다. 건축 중인 건물의 공사장 인부들은 이미 사라지고
없었다. 너무 많이 마시는 것 같아요. 과달루페는 말했다.

　　「전임자의 파일을 읽은 후부터 나는 위스키를 너무 많이 마셔요. 전보다 훨씬
더 마셔요. 또 보드카와 테킬라도 마구 마시고, 이제는 소노라주의 특산품이라는
바카노라[22]도 알게 되었고, 그 술도 마구 마시지요.」과달루페 론칼이 말했다.
「갈수록 더욱 무섭고 두려워요. 가끔씩은 신경 쇠약증을 피할 수가 없어요. 물론
당신은 멕시코 사람들이 어떤 것도 결코 두려워하는 법이 없다는 말을 들었을
거예요.」그녀는 웃었다.「그건 새빨간 거짓말이에요. 우리는 겁이 많지만, 그렇지
않은 것처럼 아주 훌륭하게 위장하지요. 가령 산타테레사에 도착했을 때, 나는
너무 무서워 죽을 것 같았어요. 에르모시요에서 이곳으로 날아오는 동안, 비행기가
추락해도 개의치 않았을 거예요. 어쨌거나 사람들 말에 따르면, 그런 사고가 나면
순간적인 고통만 느끼면서 빨리 죽어 버리니까요. 그나마 다행인 것은
멕시코시티의 동료 기자가 이 호텔의 주소를 주었다는 거예요. 그는 자기가 권투
경기를 취재하기 위해 소노라 리조트에 있을 것이며, 수많은 스포츠 기자들 사이에
뒤섞여 있으면 아무도 내게 해를 끼치지 못할 거라고 말했어요. 그건 사실이었고,
그래서 지금 난 여기에 있는 거지요. 문제는 권투 경기가 끝나면 나는 기자들과
함께 떠날 수 없고, 이곳 산타테레사에 이틀가량 더 머물러야 한다는 거예요.」

　　「왜 그런 거죠?」페이트가 물었다.

　　「유력한 용의자를 인터뷰해야만 하거든요. 당신 동포죠.」

　　「전혀 몰랐어요.」페이트가 말했다.

　　「그것도 모르면서 어떻게 연쇄 범죄에 관한 글을 쓰려고 했던 거죠?」과달루페
론칼이 물었다.

　　「그냥 조사를 해보려고 생각했어요. 당신이 들은 통화 내용은 시간을 더

---

22 멕시코의 소노라주에서 생산되는 증류주로, 무색이며 알코올 도수가 매우 높다. 아직도 대부분 가내 수공업
형태로 제조된다.

달라고 요청하는 거였어요.」

「이 사건에 관해 가장 잘 알았던 사람은 내 전임자예요. 이곳에서 일어나는 일이 어떤 것인지 대략 파악하기 위해 그에게는 7년이란 세월이 필요했어요. 인생은 참을 수 없이 슬퍼요. 그런 것 같지 않아요?」

과달루페 론칼은 양손의 집게손가락으로 양쪽 관자놀이를 어루만졌다. 마치 갑자기 편두통을 느낀 것 같았다. 그러고서 뭐라고 중얼거렸지만 페이트는 들을 수 없었다. 그러더니 그녀는 웨이터를 부르려고 했는데, 야외 테이블에는 단지 그들 두 사람만 있었다. 그걸 깨닫자 그녀는 오들오들 몸을 떨었다.

「그를 인터뷰하러 감옥에 가야만 해요. 유력 용의자인 당신 동포는 지금 몇 년째 감옥에 있어요.」 그녀가 말했다.

「몇 년째 감옥에 있다면 어떻게 그가 유력 용의자가 될 수 있지요?」 페이트가 물었다. 「내가 알기로는 계속해서 범죄가 일어나고 있는데요.」

「멕시코의 미스터리지요.」 과달루페 론칼이 말했다. 「함께 가지 않을래요? 함께 가서 인터뷰하고 싶지 않아요? 사실대로 말하자면 남자가 동행해 주면 마음이 좀 진정될 것 같아요. 그건 내가 가진 생각과 모순되는 것이지요. 난 페미니스트거든요. 혹시 당신은 페미니스트들을 못마땅하게 생각하나요? 멕시코에서 페미니스트가 된다는 것은 어려워요. 돈이 있다면 그다지 어렵지는 않아요. 그러나 중산층 출신이라면 어렵지요. 물론 처음에는 그렇지 않지요. 처음에는 쉬워요. 예를 들면 대학에서는 아주 쉬워요. 그러나 세월이 흐르면서 갈수록 어려워져요. 당신에게 말해 줄 수 있는 건, 멕시코 남자들은 페미니즘의 유일한 매력을 단지 젊은 여자들에게서만 찾는다는 사실이에요. 그러나 여기서 우리는 급속도로 늙어 가요. 그나마 다행인 것은 내가 아직 젊다는 거지요.」

「상당히 젊어요.」 페이트가 말했다.

「그렇지만 무섭고 두려워요. 함께 있을 사람이 필요해요. 오늘 아침 자동차를 타고 산타테레사 감옥 주변을 둘러보았는데, 거의 공황 발작을 일으킬 뻔했어요.」

「그렇게 끔찍하던가요?」

「마치 악몽 같았어요. 마치 살아 있는 감옥 같았어요.」 과달루페 론칼이 말했다.

「살아 있다고요?」

「그걸 어떻게 설명해야 할지 모르겠네요. 가령 아파트 건물보다 더 살아 있었어요. 훨씬 더 살아 있었지요. 내가 하는 말을 듣고 너무 놀라지 마요. 그건 마치 갈가리 난자당해 토막 났지만 살아 있는 여자 같았어요. 이 여자 안에 죄수들이 살고 있었어요.」

「무슨 소린지 알겠어요.」 페이트가 말했다.

「아니에요. 내가 보기에 당신은 전혀 이해하지 못했어요. 하지만 상관없어요. 당신은 이 사건에 관심을 보이고 있고, 나는 나와 동행해 주고 날 보호해 주는 대가로 살인을 저지른 유력 용의자를 만날 기회를 당신에게 제공하는 거니까요. 내 생각에는 정당하고 공평한 거래 같아요. 자, 그럼 결정하도록 해요.」

「그래요, 공평해요. 당신의 친절에 감사하고 싶군요. 그런데 왜 당신이 그를 그토록 두려워하는지는 아직 이해가 되지 않아요. 감옥에 있으면 누구도 해칠 수 없어요. 적어도 이론적으로, 수감된 사람은 누구도 해칠 수 없어요. 단지 수감자들끼리만 서로 해칠 수 있어요.」

「유력 용의자의 사진을 한 번도 보지 않았군요.」

「그래요, 보지 못했어요.」 페이트가 말했다.

과달루페 론칼은 하늘을 쳐다보면서 빙긋 웃었다.

「내가 미친년처럼 보였겠네요. 아니면 매춘부처럼 보였을지도 모르죠. 그러나 난 미친년도 아니고 창녀도 아니에요. 단지 불안하고, 최근 들어 너무 많이 술을 마시고 있을 뿐이에요. 내가 당신을 침대로 데려가고 싶어 한다고 생각하나요?」

「아니에요. 난 당신이 말한 것을 믿어요.」

「내 불쌍한 전임자의 서류에는 여러 사진이 있었어요. 용의자 사진이었지요. 구체적으로 말하자면 석 장이었어요. 모두 감옥에서 찍은 사진이었어요. 두 장에는 미국 놈이…… 미안해요, 당신을 불쾌하게 하려고 한 말은 아니에요. 그 미국인이 앉아 있었어요. 아마도 면회실 같았어요. 그는 카메라를 쳐다보고 있었어요. 아주 밝은 금발이고 눈은 아주 파래요. 장님처럼 보일 정도로 파래요. 세 번째 사진에는 그가 선 채로 다른 곳을 바라보고 있었어요. 그는 엄청나게 키가 크고 마른 사람이에요. 그러나 전혀 허약해 보이지 않아요. 몽상가의 얼굴을 지녔어요. 당신이 이해할 수 있도록 설명하는지 모르겠네요. 그다지 불편해하는 표정은 아니에요. 감옥에 있지만 불편해한다는 인상은 주지 않아요. 그렇다고 편안하거나 침착해 보이지도 않아요. 몽상가의 얼굴이지만, 아주 빠른 속도로 꿈을 꾸는 몽상가의 얼굴이에요. 그게 바로 나를 두렵게 만들어요. 이해하겠어요?」

「솔직하게 말하면 그렇다고 할 수 없어요. 하지만 함께 인터뷰하러 갈 테니 내게 의지해도 좋아요.」 페이트가 말했다.

「그렇다면 좋아요. 내일모레 호텔 입구에서 10시에 기다릴게요. 괜찮아요?」 과달루페 론칼이 말했다.

「아침 10시에 거기로 갈게요.」 페이트가 말했다.

「아침 10시예요. 오케이.」 과달루페 론칼이 말했다. 그러고서 그녀는 다시 악수를 했고, 야외 테이블에서 일어나 걸어 나갔다. 그녀의 걸음걸이가 흔들렸다. 페이트는 그런 사실을 눈치챘다.

그날의 나머지 시간을 그는 소노라 리조트의 바에서 캠벨과 술을 마시며 보냈다. 두 사람은 스포츠 기자라는 직업에 관해 불평을 늘어놓으면서, 누구도 퓰리처상을 받지 못한, 출세할 가망 없는 직업이며, 순전히 우연하게 보여 주는 증언 이외의 것에는 사람들 대부분이 그 어떤 가치도 부여하지 않는 직업이라고 말했다. 그러고는 각자의 대학 시절을 회상하기 시작했다. 페이트는 뉴욕대 시절을, 캠벨은 아이오와의 수시티에서 보낸 대학 시절을 이야기했다.

「그 당시 내가 가장 중요하게 여긴 것은 야구와 윤리였어요.」캠벨이 말했다.

잠시 페이트는 어둠에 잠긴 방 한쪽 구석에서 무릎을 꿇은 채 성경을 붙잡고 우는 캠벨의 모습을 상상했다. 그러나 이내 캠벨은 여자들과 스미슬랜드에 있는 어느 술집에 관해 말하기 시작했다. 리틀수강 근처에 있는 일종의 시골 선술집과 같은 곳이었다. 그곳에 가려면 우선 스미슬랜드에 도착한 다음, 동쪽으로 몇 킬로미터 더 가야만 했다. 그러면 몇몇 나무 아래 술집과 술집 여자들이 있는데, 그 여자들은 수시티에서 자동차를 타고 오는 몇몇 학생과 그곳 농민들을 접대하곤 했다.

「우리는 항상 똑같이 했지요. 우선 여자들과 섹스하고, 그런 다음 마당으로 나와 지칠 때까지 야구를 했고, 어두워지기 시작할 때면 술에 취해 술집 입구에서 카우보이 노래를 부르곤 했어요.」캠벨이 말했다.

반면 페이트는 뉴욕 대학에서 공부할 때, 술에 취하거나 창녀들(사실 그는 평생 한 번도 돈을 지불해야만 하는 창녀와 있어 본 적이 없었다)과 나가는 법이 없었다. 대신 일을 하거나 책을 읽으면서 자유 시간을 보냈다. 일주일에 한 번 매주 토요일에는 문예 창작 연구회에 갔고, 길지 않은 기간 동안, 그러니까 불과 몇 달 동안에는 자기가 아마도 소설을 쓰는 데 전념할 수 있을 것이라고 상상하기도 했다. 그런 상상은 창작 연구회를 이끌던 어느 작가가 그에게 그보다는 저널리즘에 노력을 기울이는 게 좋을 것이라고 충고하면서 끝이 났다.

그러나 그는 캠벨에게 그걸 말하지는 않았다.

어두워지기 시작할 무렵 추초 플로레스가 그를 데리러 왔다. 페이트는 추초 플로레스가 캠벨에게는 함께 가자고 하지 않았다는 걸 알았다. 그는 뚜렷한 이유도 없이 그게 마음에 들기도 했고, 동시에 마음에 들지 않기도 했다. 잠시 두 사람은 정해진 방향 없이 산타테레사 거리를 돌아다녔다. 마치 추초 플로레스가 그에게 말할 것이 있는데 기회를 찾지 못한 것 같았다. 아니, 그저 페이트가 그렇게 생각한 것일 수도 있었다. 야간 조명을 받자 멕시코 기자의 얼굴이 바뀌었다. 얼굴의 근육이 좀 더 긴장되어 보였다. 못생긴 얼굴이야. 페이트는 생각했다. 그제야 비로소 그는 나중에 소노라 리조트로 돌아가야만 한다는 것을 깨달았다. 그곳에 차를 주차해 놓았기 때문이다.

「너무 멀리는 가지 맙시다.」그가 말했다.

「배고파요?」멕시코 기자가 물었다. 페이트는 그렇다고 대답했다. 멕시코 사람은 웃더니 음악을 틀었다. 페이트는 아코디언과 아득한 비명 소리를 들었다. 그러나 그것은 슬픔이나 기쁨의 비명이 아니라, 자기 스스로 공급하고 스스로 소모하는 에너지의 소리였다. 추초 플로레스는 웃었고, 그 미소는 그의 얼굴에 새겨졌다. 그렇게 그는 페이트를 쳐다보지도 않은 채, 마치 목에 강철 교정 버팀목을 댄 것처럼 앞만 뚫어지게 바라보면서 운전했다. 그러는 동안 비탄과 통곡 소리는 점차 마이크 가까이로 다가왔고, 페이트가 야생 동물로 상상한 몇몇 사람의 목소리는 노래를 부르거나 계속 울부짖었다. 하지만 그런 울부짖음은 처음보다는 덜했고, 분명한 이유도 없이 〈만세〉를 외쳤다.

「이게 뭐죠?」 페이트가 물었다.

「소노라의 재즈예요.」 추초 플로레스가 대답했다.

그는 새벽 4시에 모텔로 돌아왔다. 그날 밤 그는 술에 취했다가 술에서 깼고, 다시 술을 마셨으며 자기 모텔 앞에 있는 지금은 다시 술에서 깨어 있었다. 마치 멕시코 사람들이 마시는 것은 진짜 술이 아니라, 짧은 수면 효과를 유발하는 물인 것 같았다. 잠시 그는 자동차 트렁크 위에 걸터앉아서 고속 도로로 지나가는 트럭들을 지켜보았다. 하늘에 별들이 총총 떠 있는 시원한 밤이었다. 그는 어머니가 할렘의 밤 시간에 무엇을 생각했을까 추측했다. 창문을 쳐다보지도 않고 그곳에서 반짝이는 얼마 안 되는 별들을 보지도 않은 채, 켜진 텔레비전에서 웃음소리가 새어 나오는 동안, 그러니까 흑인들과 백인들이 깔깔거리고 웃으면서 농담을 하는 동안, 텔레비전 앞에 앉아 있거나 아니면 설거지를 하면서 웃었을지도 모르는 어머니를 생각했다. 그러자 그는 아마도 어머니가 방금 전에 쓴 그릇을 닦고 방금 전에 더럽힌 냄비를 닦으며, 방금 전에 사용한 포크와 숟가락을 설거지하는 데 정신이 팔린 나머지, 텔레비전 소리에 그다지 관심을 기울이지 않았을 가능성이 더 클 것이라는 생각이 머리를 스쳤다. 아마도 일반적으로 평온하다는 것 이상을 의미하는 내면의 평온함을 지니고서 그렇게 했을 거야. 페이트는 생각했다. 아니, 그렇지 않을지도 몰랐다. 어머니의 평온함은 단순한 평온함에 피로가 약간 곁들여진 것이었다. 어머니는 평온함이자 모두 타버린 불덩이였다. 평온함과 고요함과 잠, 결국 잠은 마르지 않는 원천이고, 평온함의 마지막 안식처야. 페이트는 생각했다. 그때 그는 평온함이 오로지 평온함은 아니라는 사실을 깨달았다. 우리가 생각하는 평온함은 잘못된 거야. 평온함 혹은 평온함의 영역은 사실상 움직임을 가리키는 바늘이야. 상황에 따라서 그건 가속 페달도 되고 브레이크 페달도 되는 거야. 페이트는 생각했다.

이튿날 그가 잠에서 깨어난 시간은 오후 2시였다. 그가 가장 먼저 떠올린 것은 잠자리에 들기 전에 속이 좋지 않았으며, 그래서 토했다는 사실이었다. 그는 침대 주위를 둘러보았고, 그런 다음 욕실로 갔지만, 토한 흔적을 하나도 발견할 수 없었다. 그러나 잠을 자는 동안 그는 두 번 깼고, 그때마다 토사물 냄새를 맡았다. 썩은 냄새가 방 안 구석구석에서 흘러나왔다. 그러나 너무 피곤한 나머지 잠자리에서 일어나 창문을 열 기운도 없었다. 그래서 그냥 잔 터였다.

이제 그 냄새는 사라지고 없었고, 전날 밤에 토한 흔적은 조금도 발견하지 못했다. 그는 샤워를 한 다음 옷을 입으면서, 그날 밤, 그러니까 권투 경기가 끝나면 바로 차를 타고 투손으로 가 그곳에서 뉴욕행 밤 비행기를 타야겠다고 생각했다. 과달루페 론칼과 약속한 장소에는 가지 않을 작정이었다. 기사를 싣지도 못할 터라, 연쇄 살인의 유력 용의자와 인터뷰를 할 이유가 하나도 없었던 것이다. 그는 모텔에서 전화를 걸어 비행기표를 예약해야겠다고 생각했지만, 전화를 걸기 직전, 나중에, 그러니까 아레나 델 노르테 경기장의 전화나 소노라 리조트의 전화로 예약하기로 결정했다. 그러고서 자기 물건을 가방에 넣고 체크아웃을 하고 계산을 하려고 프런트로 갔다. 지금 방을 비우지 않아도 돼요. 밤 12시에 나가더라도 요금은 똑같으니까요. 직원이 말했다. 페이트는 고맙다고 말하면서 객실 열쇠를 주머니에 넣었다. 그러나 차에서 여행 가방을 꺼내지는 않았다.

「누가 이길 거라고 생각합니까?」 프런트 직원이 물었다.

「모르겠어요. 이런 경기에서는 뜻하지 않은 일이 얼마든지 일어날 수 있거든요.」 그는 마치 평생을 스포츠 기자로 일한 사람처럼 말했다.

하늘은 새파란색이었다. 동쪽을 향해, 도시 가까이로 떠가던 원통형 구름 몇 점만이 새파란 하늘에 가느다란 줄을 긋고 있었다.

「마치 튜브 같군요.」 페이트가 열린 로비 출입구에서 말했다.

「새털구름입니다. 산타테레사에 도착할 때면 없어질 겁니다.」 직원이 말했다.

「흥미롭군요.」 페이트는 열린 출입구에서 움직이지 않은 채 말했다. 「새털구름을 가리키는 cirrus라는 말은 딱딱하다는 의미를 지녔지요. 딱딱하다는 뜻의 그리스어 skirrhós에서 유래해요. 그건 종양, 특히 딱딱한 종양을 지칭하는 데 사용되지요. 그런데 저 구름은 전혀 딱딱해 보이지 않아요.」

「그렇습니다. 대기층 꼭대기에 있는 구름입니다. 조금이라도 내려오거나 올라가면, 정말로 조금이라도 상하로 이동하면 사라지고 만답니다.」 프런트 직원이 말했다.

〈아레나 델 노르테〉 경기장에는 아무도 없었다. 주 출입문은 굳게 닫혀 있었다. 벽에는 페르난데스와 피케트의 시합을 예고하는 이미 색 바랜 커다란 전단지가 몇 장 붙어 있었다. 어떤 전단지는 찢어졌고, 어떤 전단지 위에는 익명의 손이 붙인 새 전단지, 그러니까 콘서트나 포크 댄스, 심지어 〈국제 서커스단〉이라고 불리는 서커스단 공연을 예고하는 전단지가 붙어 있었다.

페이트는 건물 주변을 둘러보았다. 그는 한 여자와 마주쳤다. 손수레를 끌면서 시원한 주스를 파는 여자였다. 머리카락이 길고 검은 그 여자는 발꿈치까지 내려오는 긴 치마를 입고 있었다. 물 주전자와 얼음이 담긴 양동이 사이로 두 아이의 머리가 보였다. 길모퉁이에 도착하자 여자는 멈추더니 금속대가 달린 일종의 파라솔을 설치하기 시작했다. 아이들은 손수레에서 내려 보도에 앉더니, 등을 벽에 기댔다. 잠시 페이트는 그대로 서서 아이들을 지켜보았고, 또한 아무도 없이 썰렁한 거리를 응시했다. 그가 다시 걸음을 옮기는 순간, 반대편 길모퉁이에서 다른 손수레가 나타났고, 페이트는 또 걸음을 멈추었다. 손수레를 끌던 남자는 손을 흔들어 여자에게 인사했다. 여자는 알아봤다는 신호로 고개를 약간만 끄덕였고, 손수레 옆에서 커다란 유리병들을 꺼내어 이동용 선반에 놓았다. 방금 도착한 남자는 옥수수를 파는 사람이었고, 그래서 그의 손수레에서는 김이 무럭무럭 솟았다. 페이트는 뒷문을 발견하고는 초인종을 찾았지만, 어떤 초인종도 없었다. 그래서 그는 손마디로 문을 두드려야만 했다. 아이들은 옥수수를 파는 손수레로 다가갔고, 남자는 옥수수 두 개를 꺼내더니 크림을 바르고 치즈와 고춧가루 약간을 뿌려서 아이들에게 주었다. 기다리는 동안 페이트는 옥수수 수레의 남자가 아이들의 아버지고, 아이들 어머니, 즉 주스를 파는 여자와 그다지 좋은 관계를 갖고 있지 못하며, 사실 두 사람이 이혼했을 수도 있고, 단지 일하는 곳에서 우연히 만날 때만 서로 얼굴을 마주치는 것이라고 상상했다. 그러나 아마도 이런 상상은 현실과 거리가 멀지도 몰라 하고 그는 생각했다. 그러고서 다시 문을 두드렸지만 문을 열어 주는 사람은 아무도 없었다.

소노라 리조트의 바에서 그는 거의 모든 권투 경기 취재 기자들을 만났다. 멕시코인처럼 보이는 남자와 대화를 나누는 캠벨을 본 그는 그쪽으로 다가갔다. 그러나 그곳에 다다르기 전에 캠벨이 업무와 관련된 일을 하고 있다는 사실을 깨달았고, 일을 방해하지 않기로 했다. 카운터 근처에서 그는 추초 플로레스를 보았고, 멀리서 그에게 인사를 건넸다. 추초 플로레스는 과거에 권투 선수로 활동한 듯 보이는 세 사람과 함께 있었는데, 마지못해 그에게 답례하는 것 같았다. 그는 야외에서 빈 테이블을 찾아 앉았다. 잠시 테이블에서 일어나 한참 동안 포옹하거나 이리저리 오가면서 소리를 지르며 인사하는 사람들을 지켜보았다. 그리고 부산을 떨면서 카메라 플래시를 터뜨리며 자기들 멋대로 그룹을 모았다가 해산시키는 사진 기자들을 보았다. 또한 산타테레사의 명사처럼 보이는 사람들이 줄지어 걷는 것도 보았다. 그가 잘 알지 못하는 얼굴들이었다. 여자들은 젊고 근사하게 옷을 차려 입었고, 키가 큰 남자들은 부츠를 신었으며 아르마니 옷을 걸쳤다. 눈을 반짝거리면서 턱을 굳게 당긴 젊은이들은 말을 하지 않은 채 오로지 고개를 가로젓거나 끄덕일 뿐이었다. 그는 웨이터가 마실 것을 가져오길 기다리는 데 지쳐서 뒤를 돌아보지도 않은 채 팔꿈치로 사람들을 밀어젖히며 앞으로 나아갔다. 그의 뒤로 거친 스페인 말 두세 마디가 쏟아졌지만, 그는 아무 관심을 보이지 않았고, 그게 무슨 뜻인지 알아들을 수도 없었다. 그리고 알아들었다 하더라도, 그의 발길을 멈출 만한 충분한 이유가 되지도 못했을 터였다.

그는 도시의 동쪽에 있는 식당으로 갔고, 포도 넝쿨로 뒤덮인 시원한 마당에서 식사했다. 마당 안쪽에는, 그러니까 철사 울타리 옆쪽 흙바닥에는 푸스볼23 테이블이 세 개 놓여 있었다. 잠시 메뉴판을 쳐다보았지만, 아무것도 이해할 수 없었다. 그래서 그는 몸짓으로 자기가 원하는 것을 설명하려고 했지만, 그의 주문을 받던 여자는 미소만 지으면서 어깨를 으쓱했다. 잠시 후 한 남자가 나타났지만, 그가 사용하는 영어는 더욱 알아들을 수 없었다. 페이트가 알아들은 단어는 빵이었다. 그리고 맥주란 단어뿐이었다.

23 테이블 축구 게임.

그 남자는 사라졌고, 그는 혼자 남았다. 그는 자리에서 일어나 푸스볼 테이블 옆 포도 넝쿨 끝으로 다가갔다. 한 팀은 흰 티셔츠와 초록색 바지를 입었고, 머리카락은 길었으며 피부는 창백해 보일 정도로 하얬다. 다른 팀은 붉은 티셔츠와 검은 바지를 입었고, 모든 선수가 진한 턱수염을 길렀다. 그러나 가장 이상한 것은 빨간 셔츠를 입은 팀 선수들이 이마에 조그만 뿔을 달고 있다는 사실이었다. 다른 두 테이블도 정확하게 똑같았다.

지평선에서 그는 언덕을 쳐다보았다. 언덕은 탁한 누런색이었다. 그는 그 너머로 사막이 있으리라고 추측했다. 그곳을 떠나 언덕 쪽으로 가고 싶은 마음이었지만, 그의 테이블이 있는 곳으로 돌아왔을 때에는 이미 여자가 가져온 맥주와 일종의 두툼한 샌드위치가 놓여 있었다. 그는 샌드위치를 한 입 먹었다. 마음에 들었다. 맛은 이상했다. 약간 매웠다. 호기심에 빵 한쪽을 들추었다. 샌드위치에는 모든 게 들어 있었다. 그는 맥주를 쭉 들이켜고 의자에 앉은 채로 팔다리를 쭉 폈다. 포도 잎사귀 사이로 움직이지 않는 벌 한 마리가 보였다. 가느다란 태양 광선 두 가닥이 수직으로 흙바닥 위로 떨어졌다. 남자가 다시 모습을 드러내자, 그는 어떤 길로 접어들어야 언덕으로 갈 수 있느냐고 물었다. 남자는 웃었다. 그가 몇 마디 중얼거렸지만 페이트는 알아들을 수 없었다. 그런 다음 그는 여러 번에 걸쳐 안 멋져요, 하고 말했다.

「안 멋져요?」

「안 멋져요.」 남자가 말하더니 다시 웃었다.

그러고는 페이트의 팔을 잡고서 조리실로 사용하는 주방으로 데려갔다. 페이트는 주방이 아주 잘 정돈되어 있다고 생각했다. 모든 게 있어야 할 곳에 있었고, 하얀 타일 벽에는 기름때가 하나도 끼어 있지 않았다. 그가 쓰레기통을 가리켰다.

「언덕, 안 멋져요?」 페이트가 물었다.

남자는 다시 웃었다.

「언덕, 쓰레기예요?」

남자는 웃음을 멈추지 않았다. 왼팔 안쪽에 새 모양 문신이 새겨져 있었다. 이런 종류의 문신이 일반적으로 날아다니는 새를 새기는 것과 달리, 나뭇가지에 앉아 있는 새였다. 아주 조그만 새였다. 아마도 참새인 것 같았다.

「언덕은 쓰레기장이에요?」

남자는 더욱 크게 웃으면서 고개를 끄덕였다.

오후 7시에 페이트는 기자 신분증을 보여 주고서 아레나 델 노르테 경기장으로 들어갔다. 거리에는 많은 사람이 있었고, 음식과 음료수, 권투 시합 기념품을 파는 노점들도 많았다. 경기장 안에서는 이미 이류 선수들의 시합이 진행되고 있었다. 멕시코의 밴텀급 선수가 다른 멕시코 밴텀급 선수와 경기를 벌였지만, 그 시합에 관심을 기울이는 사람은 몇 명 없었다. 관중은 음료수를 사거나 서로 말하면서 인사를 나누었다. 링 옆에서 그는 텔레비전 카메라 두 대를 보았다. 한 대는 중앙 복도에서 일어나는 장면을 촬영하는 것 같았다. 다른 카메라맨은 벤치에 앉아서 비닐 포장된 빵 조각을 꺼내려 했다. 페이트는 차양 쳐진 측면 복도로 들어갔다. 그리고 내기를 거는 사람들을 보았다. 또 키가 훤칠하게 큰 여자도 보았는데, 그녀는 꽉 조인 옷을 입은 채 자기보다 키가 작은 두 남자 품에 안겨 있었다. 담배를 피우거나 맥주를 마시는 사람들도 있었고, 넥타이를 풀어 헤치고서 마치 아이들처럼 손가락으로 신호를 보내며 장난치는 사람들도 있었다. 복도를 덮은 차양 위로는 값싼 일반석이 있었는데, 그곳은 더욱 소란스럽고 북적거렸다. 그는 탈의실과 기자실을 둘러보기로 했다. 기자실에는 멕시코 기자 두 사람만 있었다. 그들은 죽어 가는 사람의 시선으로 그를 쳐다보았다. 두 사람 모두 앉아 있었고, 셔츠는 땀으로 흠뻑 젖은 상태였다. 메롤리노 페르난데스의 탈의실 문앞에서 페이트는 오마르 압둘을 보았다. 그에게 인사를 했지만, 스파링 파트너는 아는 척하지 않았고, 몇몇 멕시코 사람과 계속 이야기했다. 문 옆에 있던 사람들은 피에 관해 말했다. 아니, 페이트가 그렇게 알아들었을 수도 있었다.

「무엇에 관해 이야기하는 거죠?」 페이트가 그들에게 물었다.

「투우에 관해서요.」 두 멕시코 기자 중 하나가 영어로 말했다.

그곳을 떠나려는 순간 그는 누군가가 페이트 씨 하고 부르는 소리를 들었다. 뒤로 돌자 환한 미소를 지은 오마르 압둘이 보였다.

「이제는 친구들에게 인사도 하지 않을 참인가요?」

가까이에서 본 페이트는 스파링 선수의 광대뼈가 모두 시퍼렇게 멍든 걸 알아볼 수 있었다.

「메롤리노가 제대로 훈련했나 보군요.」 그가 말했다.

「직업상 얼마든지 일어날 수 있는 위험이지요.」 오마르 압둘이 말했다.

「당신 대장을 만날 수 있을까요?」

오마르 압둘은 뒤를, 그러니까 탈의실 입구 문을 쳐다보더니, 고개를 가로저으며 안 된다고 말했다.

「당신을 들여보내면, 이 인간들 모두를 들여보내 줘야 해요.」

「기자들인가요?」

「몇 명은 기자예요. 하지만 대부분은 메롤리노와 함께 사진을 찍고, 그의 손에 키스를 하거나 그의 엉덩이에 키스하려는 사람들이지요.」

「그건 그렇고 당신은 어떻게 지내죠?」

「불평할 것이 없어요. 정말이지 아무 불만 없어요.」 오마르 압둘이 말했다.

「시합이 끝나면 어디로 갈 생각이에요?」

「승리를 축하하러 가야겠지요.」 오마르 압둘이 말했다.

「아니, 내 말은 오늘 밤 시합이 끝나면 어디로 갈 거냐는 게 아니라, 이 모든 게 끝나면 어디로 갈 거냐는 뜻이에요.」 페이트가 말했다.

오마르 압둘은 빙긋 웃었다. 자신만만하고 도전적인 미소였다. 체셔 고양이[24]의 미소 같았다. 하지만 나뭇가지가 아니라 폭풍이 내리치는 허허벌판에 앉은 체셔 고양이였다. 젊은 흑인의 미소지만, 역시 매우 미국적인 미소이기도 해. 페이트는 생각했다.

「나도 모르겠어요. 일자리를 찾아야죠. 시날로아의 해변에서 보낼 작정이에요.」 그가 말했다.

「행운을 빌어요.」 페이트가 말했다.

그가 떠나려는 찰나, 오마르는 오늘 밤 카운트 피케트에게 필요한 게 바로 행운이지요 하고 말했다. 경기장으로 돌아가자 또 다른 권투 선수 두 명이 링에 있었고, 이제는 관중석에 거의 빈자리가 없었다. 그는 중앙 복도를 통해 기자석으로 향했다. 그의 좌석은 뚱뚱한 남자가 차지하고 있었고, 그는 페이트의 말을 이해하지 못한 채 쳐다보았다. 그러자 페이트는 티켓을 보여 주었고, 뚱뚱한 남자는 일어서더니 재킷 주머니를 뒤져 자기 티켓을 찾았다. 티켓 두 장에 동일한 좌석 번호가 적혀 있었다. 페이트는 미소를 지었고, 뚱뚱한 남자도 미소 지었다. 그 순간 어느 권투 선수가 상대방에게 훅을 날려 쓰러뜨렸고, 경기장을 메운 수많은 관중이 벌떡 일어나 소리쳤다.

「어떻게 하지요?」 페이트가 뚱보에게 물었다. 뚱보는 어깨를 으쓱거리더니 주심이 카운트다운하는 걸 지켜보았다. 쓰러졌던 선수가 일어나자 관중은 다시 함성을 질렀다.

페이트는 한 손을 들었다. 손바닥을 뚱보에게 보이면서 그 자리를 떠났다. 중앙 복도로 다시 왔을 때, 그는 자기 이름을 부르는 소리를 들었다. 사방을 둘러보았지만, 아무도 볼 수 없었다. 페이트, 오스카 페이트 하고 다시 부르는 소리가 들렸다. 방금 전에 일어난 권투 선수가 상대방을 껴안았다. 그러자 상대방은 뒷걸음질 치면서 일어난 선수의 복부를 가격해 클린치에서 벗어나려고 했다. 주심이 클린치를 풀도록 지시했다. 방금 전에 일어난 선수는 공격하는 것처럼 움직였지만, 동시에 공이 울리길 기다리면서 느린 걸음으로 뒤로 물러났다. 상대방 역시 뒷걸음쳤다. 링에 쓰러졌던 선수는 흰 팬츠를 입었고, 얼굴은 피범벅이었다. 다른 선수는 검은색과 자주색, 빨간색 줄이 그려진 팬츠를 입었고, 상대방이 이제는 바닥에 쓰러져 있지 않다는 사실에 놀란 것 같았다. 오스카, 오스카, 여기야 여기. 소리치는 목소리가 다시 들렸다. 공이 울리자 주심은 흰 팬츠 선수의 코너 쪽으로 다가가더니, 의사를 올려 보내라고 몸짓을 했다. 의사인지 아닌지, 어쨌건 링에 올라온 사람이 눈썹을 살펴보더니, 계속 시합을 벌여도 좋다고 말했다.

페이트는 뒤로 돌아 누가 자기를 부르는지 찾으려고 했다. 관중 대부분은 이미 의자에서 일어나 있었고, 그는 아무도 볼 수 없었다. 다음 라운드를 시작하자 줄무늬 팬츠의 선수가 녹아웃으로 승리를 장식하려고 공격을 감행했다. 처음 몇 초

24 루이스 캐럴의 소설 『이상한 나라의 앨리스』에 나오는, 항상 미소를 짓는 냉소적인 고양이.

동안 상대방 선수는 물러서지 않고 도전했지만 이내 다시 클린치를 했다. 주심은 몇 번이나 두 사람을 떼어 놓았다. 줄무늬 팬츠를 입은 선수의 어깨는 상대방의 피로 얼룩졌다. 페이트는 천천히 링 사이드 좌석을 향해 걸어갔다. 그리고 농구 잡지를 읽는 캠벨과 태연하게 무언가를 적는 몇몇 미국 기자를 보았다. 어느 카메라맨은 이미 삼각대에 카메라를 설치해 놓았고, 그 옆에 있던 조명 담당 조수는 껌을 씹으면서 첫째 줄에 앉은 젊은 아가씨의 다리를 흘끗흘끗 쳐다보았다.

그는 다시 자기 이름을 부르는 소리를 들었고, 뒤로 돌았다. 그 순간 자기에게 손짓하는 금발 여인을 보았다고 생각했다. 흰 팬츠를 입은 선수가 다시 쓰러졌다. 마우스피스가 입에서 튀어나와 링을 가로지르더니 바로 페이트가 있는 곳에 떨어졌다. 순간적으로 페이트는 몸을 숙여 그걸 집어야겠다고 생각했지만, 그 생각이 싫어졌고, 그래서 그냥 그대로 서서 큰대자로 드러누운 권투 선수의 몸을 쳐다보았다. 녹다운된 선수는 주심의 카운트다운을 듣고 있었고, 주심이 아홉을 셀 때 다시 일어났다. 마우스피스 없이 경기하겠군. 페이트는 생각했다. 페이트는 몸을 굽혀 마우스피스를 찾았지만 찾을 수 없었다. 누가 집었을까? 난 움직이지도 않았고 마우스피스를 집는 사람을 보지도 못했는데, 도대체 어떤 빌어먹을 놈이 집었을까? 그는 생각했다.

시합이 끝나자 확성기에서 노래 한 곡이 울려 퍼졌다. 페이트는 그 노래가 추초 플로레스가 소노라의 재즈라고 부른 것 중 하나라는 사실을 알았다. 일반석 관중이 환호성을 지르면서 노래를 따라 불렀다. 아레나 델 노르테 경기장의 일반 관람석에 앉은 멕시코 사람 3천 명이 똑같은 노래를 일제히 합창했다. 페이트는 그들을 쳐다보려고 했지만, 조명이 링의 중앙을 밝혔기 때문에, 위쪽 일반석은 어둠에 잠겨 있었다. 그는 관객들의 목소리가 엄숙하고 도전적이라고 생각했다. 마치 전쟁에서 패한 군대의 군가를 어둠 속에서 부르는 것 같았다. 그런 엄숙함에는 오직 절망과 죽음만 서려 있었지만, 도전적인 분위기에는 신랄한 유머가 배어 있었다. 그건 유머를 위한 유머였고, 꿈이 짧건 길건 상관없이 꿈속에서만 존재하는 그런 유머였다. 그게 바로 소노라의 재즈였다. 아래층 관람석에서도 몇몇 사람이 노래를 따라 불렀지만, 그 수는 그리 많지 않았다. 대부분은 대화를 나누거나 맥주를 마셨다. 그는 흰 셔츠에 검은 바지를 입은 아이가 아래층 복도를 뛰어다니는 걸 보았다. 그리고 맥주 파는 남자가 노래를 흥얼거리면서 일반 관람석 복도로 다니는 것도 보았다. 한 여자는 양손을 자기 엉덩이에 갖다 대고서 턱수염을 조금 기른 키 작은 남자가 말하는 것을 들으며 웃었다. 키 작은 남자는 목청껏 말했지만, 그의 목소리는 거의 들리지 않았다. 남자들 한 무리는 턱만 움직이면서(이 턱들은 단지 경멸이나 무관심만 드러냈다) 말한다는 인상을 풍겼다. 어느 남자는 바닥을 내려다보면서 혼잣말을 하며 웃었다. 모든 사람이 행복해 보였다. 바로 그 순간, 마치 계시라도 받듯이 페이트는 아레나 델 노르테 경기장에 있는 거의 모든 사람이 메롤리노 페르난데스가 이길 것이라고 믿는다는 사실을 깨달았다. 무엇 때문에 그들은 그토록 확신하는 것일까? 순간적으로 그는 이유를 깨달았다고 믿었지만, 그 생각은 마치 손안의 물이 손가락 사이로 새어 나가듯이 사라져 버렸다. 차라리 그게 나아라고 생각했다. 생각의 덧없는 그림자(또 다른 바보 같은 생각)가 그를 그 자리에서 죽여 버릴 수도 있었기 때문이었다.

그때 드디어 그는 그들을 보았다. 추초 플로레스가 어서 와 자기들과 함께 앉으라고 손짓하고 있었다. 그는 그의 옆에 있는 금발 여자가 누구인지 알아보았다. 전에 본 여자였지만, 지금은 그때보다 훨씬 더 근사하게 옷을 입고 있었다. 그는 맥주 한 캔을 사고서 사람들 사이를 헤집고 나아갔다. 금발 여자가 그의 뺨에 키스를 했다. 그러고 자기 이름을 다시 말해 주었다. 사실 그는 이미 그녀의 이름을 잊은 상태였다. 로시타 멘데스였다. 추초 플로레스는 다른 두 사람에게 그를 소개해 주었다. 한 사람은 후안 코로나였는데, 한 번도 본 적 없는 사람이었다. 페이트는 그가 또 다른 기자일 것이라고 생각했다. 다른 한 사람, 그러니까 눈부실 정도로 예쁜 젊은 여자는 로사 아말피타노였다. 이 사람은 찰리 크루스, 비디오의 왕이죠. 아마 당신도 이미 알 거예요. 추초 플로레스가 말했다. 찰리 크루스가 그에게 손을 내밀어 악수를 청했다. 그는 경기장 내에서 일어나는 일에는 아무 관심도 없이 그냥 그대로 앉아 있던 유일한 사람이었다. 마치 시합이 끝난 다음 성대한 파티에 가려는 것처럼 모두 근사하게 차려입은 모습이었다. 의자 하나가 비어 있었다. 그들이 의자에 두었던 재킷과 코트를 치워 주자, 페이트는 그곳에 앉았다. 그리고 혹시 누군가를 기다리느냐고 물었다.

「그래요. 우리는 여자 친구를 기다리고 있었어요. 하지만 마지막 순간에 그녀가 우리를 바람맞히기로 한 것 같아요.」 추초 플로레스가 귀엣말로 속삭였다.

「그녀가 와도 아무 문제 없을 겁니다. 내가 자리를 비워 줄게요.」 페이트가 말했다.

「아니, 우리와 그냥 여기에 있어도 괜찮아요.」 추초 플로레스가 말했다.

코로나는 미국의 어디 출신이냐고 물었다. 뉴욕이에요. 페이트가 말했다. 직업이 뭐죠? 기자입니다. 그런 질문이 끝나자 코로나의 영어는 한계를 드러냈고, 더는 아무것도 묻지 않았다.

「내가 만난 첫 흑인 남자예요.」 로시타 멘데스가 말했다.

찰리 크루스가 통역해 주었다. 페이트는 빙긋 웃었다. 로시타 멘데스 역시 미소 지었다.

「난 덴절 워싱턴을 좋아해요.」 그녀가 말했다.

찰리 크루스가 통역해 주었고, 페이트는 다시 웃었다.

「난 한 번도 흑인과 사귀어 본 적이 없어요. 텔레비전에서 보았고, 가끔씩 거리에서 보았지만, 이 도시에는 흑인이 많지 않아요.」 로시타 멘데스가 말했다.

찰리 크루스는 로시타가 본래 그런 여자라고, 착하고 약간 순진하다고 말해 주었다. 페이트는 약간 순진하다는 말이 무엇을 의미하는지 이해할 수 없었다.

「사실 멕시코에는 흑인이 조금밖에 없어요. 그 얼마 되지 않는 사람들은 베라크루스에 살지요. 베라크루스에 가본 적 있어요?」 로시타 멘데스가 말했다.

찰리 크루스가 통역해 주었다. 그는 페이트에게 로시타가 베라크루스에 가본 적이 있는지 알고 싶어 한다고 말해 주었다. 아니요, 한 번도 가본 적 없어요. 페이트는 말했다.

「나도 가보지 못했어요. 언젠가, 그러니까 내가 열다섯 살이었을 때 그곳에 들른 적은 있어요. 하지만 모두 잊어버렸어요. 마치 베라크루스에서 내게 좋지 않은 일이 일어나 내 뇌가 그걸 모두 지워 버린 것 같아요. 내 말 이해하겠어요?」 로시타 멘데스가 말했다.

이번에 통역을 해준 사람은 로사 아말피타노였다. 그녀는 통역하면서 찰리 크루스처럼 웃지 않고서, 다른 여자가 아주 진지하게 말한 것을 그대로 옮겨 주는 일만 했다.

「물론이지요.」 그는 아무것도 알아듣지 못했지만, 이렇게 대답했다.

로시타 멘데스는 그의 눈을 쳐다보았다. 그는 여자가 그저 시간을 보내려고 잡담하는 것인지, 아니면 그와 은밀한 비밀을 공유하려는 것인지 알 수 없었다.

「틀림없이 그곳에서 내게 무슨 일이 일어났을 거예요. 정말로 하나도 기억하지 못하기 때문이에요. 내가 그곳에 있었다는 건 알아요. 오랫동안은 아니고, 아마 이틀이나 사흘 정도였던 것 같아요. 당신에게도 그런 일이 일어난 적 있나요?」 로시타 멘데스가 말했다.

아마 내게도 그런 일이 일어났을 거야. 페이트는 생각했다. 그러나 그걸 인정하는 대신, 그녀에게 권투를 좋아하느냐고 물었다. 로사 아말피타노가 그 질문을 통역해 주었고, 로시타 멘데스는 가끔씩, 정말 어쩌다 한 번씩 그건 손에 땀을 쥐게 한다고, 특히 멋지게 생긴 권투 선수가 경기를 하면 그렇다고 말했다.

「당신은요?」 그는 영어를 아는 여자에게 물었다.

「난 뭐라고 말할 처지가 아니에요. 이런 걸 보는 건 이번이 처음이거든요.」 로사 아말피타노가 말했다.

「처음이라고요?」 페이트는 자기도 권투 전문가가 아니라는 사실을 잊고서 물었다.

로사 아말피타노는 웃으면서 고개를 끄덕였다. 그러고서 담배에 불을 붙였고, 페이트는 그 순간을 이용해 다른 방향을 쳐다보았으며, 추초 플로레스와 눈이 마주쳤다. 추초 플로레스는 그를 마치 처음 보는 사람처럼 바라보았다. 아름다운 여자예요. 찰리 크루스가 그의 옆에서 말했다. 페이트는 그곳이 후덥지근하다고 말했다. 로시타 멘데스의 오른쪽 관자놀이로 땀방울 하나가 흘러내렸다. 그녀는 앞가슴이 깊게 팬 옷을 입어서 커다란 두 가슴과 크림색 브래지어가 드러났다. 메롤리노를 위해 건배. 로시타 멘데스가 말했다. 찰리 크루스와 페이트, 그리고 로시타 멘데스는 맥주병을 부딪치며 건배했다. 로사 아말피타노는 함께 건배했지만, 종이컵을 들고 있었다. 아마도 그 종이컵에는 물이나 보드카나 테킬라가 담긴 것 같았다. 페이트는 무엇을 마시느냐고 물어보려고 생각했지만, 바로 그런 질문을 하는 건 경우에 전혀 맞지 않는 부적절한 행동임을 깨달았다. 이런 부류의 여자들에게는 이런 질문을 하는 게 아니야. 그는 생각했다. 추초 플로레스와 코로나만 아직 그대로 서 있었다. 마치 빈 좌석에 앉을 여자아이가 나타날 것이라는 희망을 아직도 버리지 않은 것 같았다. 로시타 멘데스는 그에게 산타테레사가 몹시 마음에 드느냐고, 아니면 너무 지나칠 정도로 마음에 드느냐고 물었다. 로사 아말피타노가 통역해 주었다. 페이트는 그 질문의 의미를 이해하지 못했다. 로사 아말피타노가 웃었다. 페이트는 그녀가 마치 여신처럼 웃는다고 생각했다. 맥주 맛은 형편없었다. 마실수록 썼고, 시간이 흐를수록 미지근해졌기 때문이다. 그는 그녀의 컵에 담긴 것을 한 모금만 마시게 해달라고 부탁하고 싶었지만, 자신이 그런 부탁을 할 리는 절대 없다는 것도 잘 알았다.

「많이 좋아해요, 아니면 지나치게 좋아해요? 어떤 것이 옳은 답이지요?」

「지나치게 좋아한다는 게 맞을 것 같아요.」 로사 아말피타노가 말했다.

「그렇다면 지나치게 좋아한다는 걸로 하지요.」 페이트가 말했다.

「투우 경기를 본 적 있어요?」 로시타 멘데스가 물었다.

「아니요.」 페이트가 대답했다.

「그럼 축구 경기는요? 야구 경기는 봤어요? 우리 농구팀이 경기하는 걸 본 적이 있어요?」

「당신 친구는 스포츠를 몹시 좋아하나 봐요.」 페이트가 말했다.

「별로 그렇지 않아요. 그냥 대화하려고 애쓰는 거예요.」 로사 아말피타노가 말했다.

그냥 대화하려는 것이라니? 페이트는 생각했다. 그래, 알았어. 그녀는 멍청이처럼 보이려고 하거나 아니면 자연스럽게 행동하는 것처럼 보이려고 하는 거야. 아니야, 내게 다정한 척하려는 거야. 그는 생각했다. 그러나 또 다른 속셈도 있다는 것을 직감했다.

「그런 곳에 가본 적이 없어요.」 페이트가 말했다.

「당신은 스포츠 기자 아니에요?」 로시타 멘데스가 물었다.

아, 그녀는 바보처럼 보이려는 것도 아니고 자연스럽게 행동하려고 애쓰는 것도 아니야. 그녀는 내가 스포츠 기자라고 여기고, 그래서 내가 그런 것들에 관심을 보일 거라고 추측하는 거야. 페이트는 생각했다.

「우연하게 스포츠 기자 역할을 맡게 된 거예요.」 페이트가 말했다. 그런 다음 로사와 로시타, 찰리 크루스에게 진짜로 스포츠를 담당하던 기자가 누구이며 그가 죽었다는 이야기를 들려주었고, 어떻게 자기가 피케트와 페르난데스의 시합을 취재하게 되었는지 설명했다.

「그럼 당신은 무슨 기사를 주로 쓰지요?」 찰리 크루스가 물었다.

「주로 정치에 관해 써요. 아프리카계 미국인 공동체에게 영향을 끼치는 정치적 주제에 관한 기사를 쓰죠.」페이트가 말했다.

「아주 흥미로울 것 같아요.」로시타 멘데스가 말했다.

페이트는 로시타의 말을 통역해 주는 로사 아말피타노의 입술을 쳐다보면서, 자기가 그곳에 있다는 사실이 너무나 행복했다.

시합은 금방 끝났다. 우선 카운트 피케트가 링으로 나왔다. 예의상의 박수 소리와 〈우〉 하는 야유가 약간 들렸다. 그런 다음 메롤리노 페르난데스가 등장했다. 우레 같은 박수 소리와 천장이 무너질 것 같은 함성이 들렸다. 1라운드는 탐색전이었다. 2라운드에서 피케트는 공격을 감행했고, 1분도 안 되어 상대방을 바닥에 쓰러뜨렸다. 사각형 링 바닥에 드러누운 메롤리노 페르난데스의 몸은 전혀 움직이지 않았다. 세컨드[25]들이 그를 코너까지 끌어당겼고, 그가 정신을 차리지 못하자 의사들이 들어와 병원으로 긴급 후송했다. 카운트 피케트는 그다지 감격하지 않은 표정으로 한쪽 팔을 번쩍 들었고, 자기편 사람들에게 둘러싸여 경기장을 떠났다. 권투 팬들은 경기장을 떠나기 시작했다.

그들은 〈타코의 왕〉이라는 이름의 식당에서 저녁을 먹었다. 입구에는 네온사인 간판이 걸려 있었다. 커다란 왕관을 쓰고 나귀를 탄 소년의 모습이었다. 나귀는 규칙적으로 뒷다리를 차면서 일어나 소년을 등에서 떨어뜨리려고 했다. 소년은 한 손에 타코를 들었고, 다른 한 손에는 채찍으로도 사용할 수 있는 일종의 홀(笏)을 들었지만 절대 말에서 떨어지지 않았다. 식당 내부는 맥도널드처럼 단장되어 있었다. 맥도널드보다 약간 어지럽게 장식되었다는 점만 달랐다. 의자는 플라스틱이 아니라 밀짚으로 만든 것이었다. 테이블은 모두 나무였다. 바닥은 커다란 초록색 타일로 덮였는데, 몇몇 타일에서는 〈타코의 왕〉의 일생과 관련된 장면과 사막의 풍경을 볼 수 있었다. 천장에는 피냐타[26]가 걸려 있고, 그것은 동시에 항상 나귀를 타고 있던 어린 왕의 또 다른 모험들을 이야기했다. 그 피냐타에 재현된 몇몇 장면은 천진한 일상생활을 다루었다. 소년과 나귀와 외눈 노파, 혹은 소년과 나귀와 우물, 또는 소년과 나귀와 콩을 담은 냄비가 그려져 있었다. 다른 장면들은 환상적 영역에 속한다고 말할 수 있는 특별한 것을 다루었다. 몇몇 피냐타 인형은 소년과 나귀가 낭떠러지로 떨어지는 장면을 나타내고 있었고, 또 어떤 피냐타 인형은 화장용 장작더미에 묶인 소년과 나귀의 모습을 그리고 있었다. 심지어 권총의 총신을 나귀의 관자놀이에 갖다 대면서 나귀를 위협하는 소년의 모습을 그린 피냐타도 있었다. 마치 〈타코의 왕〉이 식당 이름이 아니라, 페이트가 한 번도 읽을 기회를 누리지 못한 만화책의 주인공인 것만 같았다. 그러나 맥도널드에 있는 것 같다는 인상이 가시지 않았다. 아마도 군복을 입은(추초 플로레스는 그들이 멕시코 혁명 당시의 연방군처럼 입었다고

---

25 권투에서 경기 중에 선수를 돌보는 사람.
26 파티에 주로 사용되는 커다란 종이 인형으로, 안에 사탕이나 조그만 인형 들이 담겨 있다.

말해 주었다) 아주 젊은 남자 종업원들과 여자 종업원들이 그런 인상을 만드는 데 일조하는 것 같았다. 의심할 여지 없이 이것은 승리를 거둔 군대의 군복이 아니었다. 손님들에게 미소를 짓긴 했지만, 젊은이들은 엄청나게 피로한 기색을 발산했다. 몇몇 종업원은 사막에서, 그러니까 타코의 왕의 집에서 길을 잃은 것 같았다. 열다섯 살이나 열네 살 정도밖에 되어 보이지 않는 다른 종업원들은 몇몇 손님과 농담을 하려고 애썼지만 아무 소용도 없었다. 손님들은 혼자 온 남자나, 정부 관리 혹은 경찰처럼 보이는 남자들 커플이었다. 농담할 분위기가 아닌 음울한 눈으로 10대 종업원들을 바라보는 남자들이 대부분이었다. 몇몇 여종업원은 눈에 눈물이 맺혔고, 현실이 아니라, 꿈속에서나 볼 수 있는 얼굴을 하고 있었다.

「이곳은 지옥 같아요.」그가 로사 아말피타노에게 말했다.

「맞아요.」그녀가 다정한 표정으로 그를 쳐다보면서 말했다. 「하지만 음식은 괜찮아요.」

「갑자기 먹고 싶은 마음이 사라졌어요.」페이트가 말했다.

「타코를 담은 접시가 나오면 다시 먹고 싶어질 거예요.」로사 아말피타노가 말했다.

「당신 말이 맞았으면 좋겠네요.」페이트가 말했다.

그들은 각각 차 세 대에 나눠 타고 식당에 도착했다. 추초 플로레스의 차에는 로사 아말피타노가 동승했다. 말없는 코로나의 차에는 찰리 크루스와 로시타 멘데스가 탔다. 그는 혼자 탄 차를 몰면서 다른 차 두 대를 바짝 따라갔다. 그들이 도시 주변을 끝없이 원을 그리며 맴도는 것 같은 느낌이 들자, 그는 한 번 이상 경적을 울리고 아무런 이유도 없이 유치하고 터무니없어 보이는 그 대열에서 이탈하여 소노라 리조트 방향으로 벗어나야겠다고 생각했다. 호텔로 돌아가서 방금 전에 지켜본 권투 시합에 대해 간단한 기사를 작성하는 게 더 낫겠다고 여긴 것이다. 아마도 캠벨은 아직 그곳에 있을 것이며, 그가 이해하지 못한 부분을 설명해 줄 수 있을 터였다. 그러나 곰곰이 생각해 보면, 딱히 이해할 만한 것도 없었다. 피케트는 권투를 어떻게 해야 하는지 알고, 페르난데스는 그러지 못했다. 너무 간단했다. 아니면 소노라 리조트로 가지 않고 직접 국경으로, 그러니까 투손으로 운전하는 게 더 바람직할지 모른다는 생각도 했다. 투손 공항에는 분명히 인터넷 카페가 있을 테고, 거기서 피로에 지쳐 자기가 무엇을 쓰는지 생각하지도 않은 채 기사를 쓰고는 뉴욕으로 날아가면, 모든 게 그대로인 현실로 다시 돌아갈 수 있을 것이라고 생각했다.

그러나 페이트는 그렇게 하지 않고, 낯선 도시를 빙빙 도는 일행의 차량을 뒤쫓아 갔다. 그러면서 바로 그가 짜증이 나서 떨어져 나가게 하려고 그토록 빙빙 도는 게 아닐까 희미하게 의심했다. 하지만 그에게 함께 가자고 한 사람들은 바로 그들이었다. 그들은 그에게, 우리와 함께 저녁을 먹고 미국으로 가도록 해요, 멕시코에서 먹는 마지막 저녁이 될지도 모르니까요라고 말했다. 그러나 그것은 진심이나 솔직한 마음이 없는 그저 말의 성찬에 불과한 일종의 호의이며, 멕시코의 의례인지도 모르는 일이었다. 그는 자기가 고맙다고(그것도 아주 감정에 복받쳐 과장되게!) 말하고서 점잖게 거의 텅 빈 거리로 빠져나오는 게 옳지 않았을까 생각했다.

그러나 그는 그들의 초대를 수락했다. 좋은 생각이에요. 지금 배가 고프거든. 우리 모두 함께 저녁을 먹도록 하지요. 그는 말했다. 이 세상에서 가장 자연스럽게 말했다. 그는 추초 플로레스의 눈에서 표정의 변화를 보았고, 추초 플로레스보다 더 차가운 시선으로 그를 쳐다보는 코로나의 눈도 보았다. 마치 시선으로 그를 을러대 쫓아 버리거나 아니면 멕시코 선수의 패배를 그의 잘못으로 돌리려는 것 같았다. 하지만 그는 멕시코 전통 음식을 먹자고 우기면서, 내게는 멕시코에서의 마지막 밤이에요, 멕시코 음식을 먹는 게 어때요? 하고 말했다. 찰리 크루스만이 그와 저녁을 함께 먹는다는 생각을 마음에 들어 하는 것 같았다. 정확하게 말하자면 찰리 크루스와 두 여자만 좋아했다. 두 여자는 각자의 성격에 맞게 서로 다른 방식으로 그와 저녁을 먹는 걸 환영했다. 여자들이 그저 즐거워한 것과는 달리, 찰리 크루스는 그 순간까지 하나도 변하지 않았고 아무런 놀라움도 없는 그런 풍경에서 뜻하지 않은 가능성이 나타날지도 모른다고 여겨 자신과의 저녁을 반겼을 것이라고 페이트는 생각했다.

내가 왜 거의 제대로 알지도 못하는 멕시코 사람들과 이곳에서 타코를 먹으면서 맥주를 마시고 있는 것일까? 페이트는 생각했다. 그는 그 해답을 알았다. 너무도 간단했다. 나는 그녀 때문에 있는 거야. 그는 생각했다. 모두가 스페인어로 말했다. 오직 찰리 크루스만이 그에게 영어로 말했다. 찰리 크루스는 영화에 관해 말하길 좋아했고, 또한 영어로 말하길 즐겼다. 그의 영어는 마치 대학생들의 영어를 그대로 흉내 내려는 듯이 아주 빨랐지만 실수투성이였다. 그는 자기가 개인적으로 아는, 로스앤젤레스의 어느 영화감독 이름을 말했다. 배리 과디니라는 사람이었다. 그러나 페이트는 과디니의 영화를 하나도 본 적이 없었다. 그러고서 찰리 크루스는 DVD에 관해 말하기 시작했다. 미래에 모든 것은 DVD나 그와 유사하지만 더 나은 매체로 기록될 것이며, 영화관 같은 건 사라질 것이라고 말했다.

영화관 기능을 제대로 수행하는 유일한 곳은 옛날 영화관들뿐이죠. 찰리 크루스는 말했다. 기억납니까? 불이 꺼지면 가슴이 콩콩 뛰는 커다란 영화관 말입니다. 그 영화관들은 정말로 훌륭했어요. 그곳이야말로 진정한 영화관이었어요. 교회와 가장 흡사한 곳이었지요. 지붕이 높고 붉고 커다란 커튼을 쳐두었으며, 기둥이 있고 복도에는 오래되고 낡은 양탄자가 깔렸고, 박스석이나 오케스트라석, 2층 좌석도 있던 곳 말이에요. 영화가 아직도 종교적 경험, 상투적이고 일상적이지만 종교적 경험과 같았던 시기에 만들어진 건물들이었지만, 그것들은 점차로 철거되어 그 자리에 은행이나 슈퍼마켓, 혹은 멀티플렉스가

321

세워졌어요. 오늘날에는 그런 극장이 몇 개 남아 있지 않아요. 찰리 크루스는 말했다. 오늘날에는 모든 극장이 멀티플렉스죠. 화면도 작고 공간도 작으며, 편안한 의자가 설치되어 있지요. 진짜 옛날 극장 공간에는 멀티플렉스의 작은 상영관 일곱 개는 들어가고도 남아요. 아니, 상황에 따라 열 개, 열다섯 개도 들어갈 수 있지요. 영화가 시작하기 전에 이제 더는 심연의 나락으로 떨어진다는 경험도 없고, 정신적인 혼란도 느낄 수 없어요. 이제는 멀티플렉스 안에 있더라도 아무도 혼자 있다고 느끼지 않아요. 페이트가 기억하는 바에 따르면, 그런 다음 그는 성스러운 것의 종말에 관해 말하기 시작했다.

성스러움의 종말은 어딘가에서 이미 시작되었다고 말하면서도 찰리 크루스는 그게 어딘지 크게 상관하지 않았다. 아마도 신부들이 라틴어로 미사 집전하는 것을 그만두었을 때의 교회이거나, 아니면 아버지들이 어머니를 버렸을 때의(공포에 사로잡혀 그랬다오, 내 말을 믿어요) 가족에서 시작되었을지도 몰라요. 그리고 이내 성스러움의 종말은 영화관에도 들이닥쳤지요. 커다란 극장들을 허물었고, 대신 멀티플렉스라고 불리는 불순하기 짝이 없는 상자를 만들었어요. 실용성이 뛰어나고 기능적으로 훌륭한 영화관들을 만든 거죠. 성당들은 해체 작업반의 철거용 쇳덩이 아래서 맥없이 무너져 내렸어요. 그때 누군가가 VCR을 만들어 냈지요. 텔레비전 화면은 영화관의 스크린과 똑같지 않아요. 당신 집의 거실은 거의 무한하게 좌석이 늘어섰던 옛날 극장과 같지 않거든요. 그리고 주의 깊게 관찰해 보면, 비슷한 점이 더 많아요. 우선 당신은 비디오테이프를 틀고 혼자서 영화를 볼 수 있어요. 먼저 집 창문을 닫고 텔레비전을 켜요. 그리고 비디오테이프를 넣고 편안한 소파에 앉아요. 첫 번째 필수 조건은 혼자 있어야 한다는 거예요. 집은 클 수도 있고 작을 수도 있지만, 집 안 전체에 아무도 없다면, 그 집이 아무리 작더라도 좀 더 크게 느껴지는 법이거든요. 두 번째 필수 조건은 준비된 상태에 있어야 한다는 거예요. 다시 말하면, 비디오테이프를 빌려 놓고, 마실 음료나 먹을 간식을 구입해 놓고, 텔레비전 앞에 앉을 시간을 정해야 한다는 거죠. 세 번째 필수 조건은 전화를 받지 말고, 초인종 소리도 무시하고, 한 시간 반이나 두 시간 혹은 한 시간 45분을 완전하고 철저한 고독 속에서 보낼 준비가 되어야 한다는 겁니다. 네 번째 필수 조건은 한 번 이상 동일한 장면을 보고 싶을 경우를 대비하여 리모컨을 항상 손에 들고 있어야 한다는 거고요. 이게 전부예요. 그 순간 이후부터는 영화와 당신에 따라 모든 게 좌우되는 거지요. 항상 생각대로 모든 게 잘 이루어지는 건 아니지만, 어쨌거나 예상대로 잘 이루어진다면, 당신은 다시 성스러움의 존재 속으로 돌아가는 겁니다. 당신의 머리를 당신의 가슴속에 집어넣고서 눈을 뜨고 쳐다보게 되는 거죠. 찰리 크루스는 단언했다.

내게 성스러움이란 무엇일까? 페이트는 생각했다. 내 어머니의 죽음 앞에서 느끼는 모호한 고통일까? 더는 어찌할 방법이 없음을 안다는 것일까? 아니면 이 여자를 쳐다볼 때 내가 느끼는 복통일까? 그녀가 나를 쳐다볼 때는 느끼고 그녀의 친구가 쳐다볼 때는 느끼지 않는 그런 현상, 그러니까 그것을 통증이라고 부를 수 있을지는 모르겠지만 어쨌거나 통증이라고 부른다면, 왜 나는 그런 통증을 경험하는 것일까? 그녀의 친구가 눈에 띌 정도로 덜 예쁘기 때문이야. 페이트는 생각했다. 그것에서부터 유추해 보건대, 내게 성스러움은 아름다움, 젊고 아름답고 완벽한 얼굴을 지닌 여자야. 그런데 이 크고 역겨운 식당에 할리우드에서 가장 아름다운 여배우가 갑자기 나타난다고 해도, 내 눈이 이 여자의 눈과 마주칠 때마다 내밀하게 느끼는 그런 복통을 계속해서 느낄 수 있을까? 아니면 반대로 그녀보다 훨씬 아름다운 여자가 갑자기 출현하면, 즉 모든 사람이 인정하는 뛰어난 미모를 가진 여자가 갑자기 나타난다면, 나는 은밀한 복통을 덜 느끼게 되고 그녀의 아름다움은 현실적 차원으로 되돌아올 수 있을까? 그러니까 로사를 주말의 어느 날 밤에 외출하여 너무나도 독특한 세 남자 친구와 즐기는 너무나도 독특한 여자아이로 여기고, 로시타를 창녀처럼 보이는 여자로 바라볼 수 있을까? 로시타 멘데스가 창녀처럼 보인다고 생각하는 나는 도대체 누구일까? 페이트는 생각했다. 첫눈에 창녀라고 알아볼 수 있을 정도로 내가 멕시코 창녀들에 관해 잘 아는 사람일까? 내가 순결이나 고통이란 것을 알까? 내가 여자들에 관해 알까? 난 비디오 보는 걸 좋아해. 페이트는 생각했다. 또 영화관 가는 것도 좋아해. 여자들과 잠자리하는 걸 좋아해. 지금 이 순간에는 고정적인 데이트 상대가 없지만, 여자를 품에 안는다는 게 무엇을 의미하는지 모르지 않아. 내가 지금 어디에서 성스러움을 보는 것일까? 나는 오로지 실질적인 경험만 감지하고 기록해. 페이트는 생각했다. 나는 이런 공백을 메워야만 하고, 배고픔을 달래야만 하며, 사람들에게 말을 하도록 만들어서 내 기사를 마무리하고 고료를 받아야 해. 그런데 왜 로사 아말피타노와 함께 있는 남자들을 독특하다고 생각하는 것일까? 왜 그들이 유별나다고 여기는 것일까? 왜 나는 할리우드의 여배우가 이곳에 모습을 드러내면 로사 아말피타노의 아름다움이 사그라질 것이라고 확신하는 것일까? 그렇게 되지 않는다면? 오히려 그녀의 아름다움 앞에서 내 가슴이 더욱 뛴다면? 할리우드 여배우가 〈타코의 왕〉 문간을 지나는 순간부터 모든 게 빨라지기 시작한다면?

그가 막연하게 기억하는 바로는, 그런 다음 그들은 디스코텍 두 곳, 아니 디스코텍 세 군데에 갔다. 어쩌면 디스코텍 네 군데일지도 몰랐다. 하지만 아니었다. 세 군데였다. 그러나 또한 네 번째 장소에도 갔었다. 정확히 디스코텍이라고 말할 수도 없고, 개인 집이라고 말할 수도 없는 장소였다. 음악이 시끄럽게 울렸다. 첫 번째 디스코텍이 아닌 두 번째인가 세 번째 디스코텍에는 마당이 있었다. 음료수와 맥주병이 수북이 쌓인 마당에서 하늘을 볼 수 있었다. 바다 밑바닥처럼 시커먼 하늘이었다. 어느 순간 페이트는 토했다. 그리고 살며시 미소 지었다. 마당에 있는 무언가가 그를 웃게 한 것이다. 무엇이었을까? 철조망 울타리 옆으로 무엇인지 움직이거나 기어갔다. 아마도 신문 쪼가리 같았다. 디스코텍 안으로 돌아온 그는 코로나가 로시타 멘데스에게 키스하는 걸 보았다.

코로나의 오른손은 여자의 한쪽 가슴을 움켜쥐고 있었다. 그들 옆으로 지나가자 로시타 멘데스가 눈을 뜨더니 마치 그를 모르는 사람처럼 쳐다보았다. 찰리 크루스는 바에 기대어 바텐더와 이야기하고 있었다. 그는 로사 아말피타노가 어디에 있느냐고 물었다. 찰리 크루스는 어깨를 으쓱했다. 페이트는 다시 한번 물었다. 찰리 크루스는 그의 눈을 쳐다보더니, 아마도 사실(私室)에 있을 거라고 말했다.

「사실이 어디에 있죠?」 페이트가 물었다.

「2층.」 찰리 크루스가 대답했다.

페이트는 눈에 들어온 유일한 계단으로 올라갔다. 철제 계단은 아랫부분이 떨어진 것처럼 약간 흔들렸다. 페이트는 오래된 선박의 계단 같다고 생각했다. 계단을 올라가자 초록색 양탄자가 깔린 복도가 나왔다. 복도 끝에 문 하나가 열려 있었다. 음악 소리가 들려왔다. 그 침실에서 새어 나오는 불빛 역시 초록색이었다. 복도 한가운데에 선 비쩍 마른 남자가 그를 쳐다보더니 다가왔다. 페이트는 남자가 자기를 공격할 것이라고 생각하고서, 마음속으로 그의 첫 주먹세례를 받아들이겠다고 각오했다. 그러나 그 남자는 그냥 페이트를 지나쳐 계단을 통해 아래로 내려갔다. 표정이 매우 심각했다고 페이트는 기억했다. 그러고 나서 페이트는 문이 열린 방으로 걸어갔고, 그곳에서 휴대 전화로 통화하던 추초 플로레스를 보았다. 그의 옆에는 마흔 살가량으로 보이는 남자가 책상 위에 앉아 있었다. 체크무늬 셔츠를 입고 볼로 타이[27]를 맨 그 남자는 페이트를 쳐다보았고, 무얼 원하느냐고 묻는 것 같은 몸짓을 했다. 남자의 몸짓을 본 추초 플로레스가 문을 향해 시선을 돌렸다.

「들어와요, 페이트.」 그가 말했다.

천장에 달린 전등은 초록색이었다. 창문 옆 1인용 소파에 로사 아말피타노가 앉아 있었다. 그녀는 다리를 꼰 채 담배를 피웠다. 페이트가 문간을 지나자, 눈을 들어 그를 쳐다보았다.

「여기서 몇 가지 사업에 관해 이야기하던 중이었어요.」 추초 플로레스가 말했다.

페이트는 마치 숨이 막히는 것처럼 벽에 기댔다. 벽도 초록색이군. 그는 생각했다.

「그런 것 같군요.」 그가 말했다.

로사 아말피타노는 마약에 취한 것 같았다.

페이트가 기억한다고 여기는 바에 따르면, 어느 순간 누군가가 그날 밤에 생일을 맞는 사람이 있다고 알려 주었다. 그들 일행은 아니었지만, 추초 플로레스와 찰리 크루스는 분명히 아는 사람이었다. 그가 테킬라를 마시는 동안, 한 여자가 생일 축하 노래를 부르기 시작했다. 그런 다음 세 남자(추초 플로레스가

27 금속 고리로 고정하는 끈 넥타이.

그들 중 하나였을까?)가 「라스 마냐니타스」[28]를 부르기 시작했다. 많은 사람들이 노래를 함께 따라 불렀다. 로사 아말피타노는 그의 옆에, 그러니까 카운터에 서 있었다. 그녀는 노래를 부르지 않았지만, 가사를 번역해 주었다. 페이트는 다윗왕이 한 사람의 생일과 무슨 관계가 있느냐고 물었다.

「나도 몰라요. 난 멕시코 출신이 아니라 스페인 사람이거든요.」 로사가 말했다.

페이트는 스페인을 생각했다. 그는 스페인 어느 지방 출신이냐고 물으려고 했지만, 그 순간 디스코텍 홀 한쪽 구석에서 한 남자가 여자의 따귀를 때리는 걸 보았다. 첫 번째 따귀를 맞자 여자의 머리가 획 돌아갔고, 두 대째 따귀를 맞자 여자는 바닥으로 고꾸라지고 말았다. 아무 생각 없이 페이트는 그 방향으로 움직이려고 했는데, 누군가가 그의 팔을 붙잡았다. 누가 팔을 잡았는지 보려고 고개를 돌렸지만, 아무도 없었다. 디스코텍 반대편 구석에서 여자의 따귀를 때린 남자가 바닥에 쓰러진 채 웅크린 여자에게 다가갔고, 그녀의 배를 발로 걸어찼다. 그는 몇 미터 떨어진 곳에서 행복하게 웃는 로시타 멘데스를 보았다. 그녀 옆에는 코로나가 있었고, 그는 평소처럼 심각한 얼굴로 다른 방향을 쳐다보았다. 코로나의 팔이 여자의 어깨를 감쌌다. 가끔씩 로시타 멘데스는 코로나의 손을 자기 입으로 가져가서 손가락 하나를 깨물었다. 때때로 로시타 멘데스가 이로 너무 세게 무는 바람에, 코로나는 가볍게 눈썹을 찌푸리곤 했다.

그들이 마지막으로 갔던 곳에서, 페이트는 오마르 압둘과 다른 스파링 파트너를 보았다. 그들은 카운터 한쪽 구석에서 둘이서만 술을 마시고 있었다. 페이트는 그들에게 다가가 인사를 건넸다. 가르시아라는 스파링 파트너는 그에게 답례로 고개만 끄덕인 데 반해 오마르 압둘은 크고 환한 웃음을 선사했다. 페이트는 그들에게 메롤리노 페르난데스의 상태가 어떠냐고 물었다.

「괜찮아요. 정말 괜찮아요. 지금 농장에 있어요.」 오마르 압둘이 대답했다.

페이트가 그들과 작별하기 전에, 오마르 압둘은 왜 아직도 미국으로 돌아가지 않았느냐고 물었다.

「이 도시가 마음에 들어서요.」 페이트는 무슨 말이라도 해야 할 것 같다고 생각했고, 그래서 아무 생각 없이 그렇게 말했다.

「이 도시는 지랄 같은 곳이에요.」 오마르 압둘이 말했다.

「하지만 여자들은 아주 예쁘잖아요.」 페이트가 말했다.

「여기 여자들은 빌어먹을 똥만큼도 가치가 없어요.」 오마르 압둘이 말했다.

「그러면 당신은 캘리포니아로 돌아가야 할 것 같네요.」 페이트가 지적했다.

오마르 압둘은 그의 눈을 쳐다보더니 여러 번 고개를 끄덕였다.

「나도 염병할 기자나 될 걸 그랬어요. 당신들은 어떤 것도 놓치지 않아요.」

페이트는 지폐 한 장을 꺼내고서 바텐더를 손짓으로 불렀다. 이 친구들이

28 멕시코의 전통적인 생일 축하 곡이며 동시에 멕시코의 국민 가요나 다름없는 노래다. 〈다윗왕이 찬미하던 아름다운 아침이에요〉라고 시작한다.

마시는 술은 내가 지불하지요. 그는 말했다. 바텐더는 지폐를 받더니 스파링 파트너들을 쳐다보았다.

「메스칼 두 잔 더 줘요.」 오마르 압둘이 말했다.

그가 테이블로 돌아오자, 추초 플로레스는 권투 선수들이 그의 친구냐고 물었다.

「권투 선수가 아니에요. 그냥 스파링 파트너들이죠.」 페이트가 말했다.

「가르시아는 소노라에서 상당히 알려진 권투 선수예요. 아주 훌륭했다고는 말할 수 없지만, 누구보다도 맷집이 좋았어요.」 추초 플로레스가 말했다.

페이트는 카운터 안쪽을 쳐다보았다. 오마르 압둘과 가르시아는 계속 그곳에 조용히 죽 늘어선 술병들을 쳐다보고 있었다.

「어느 날 밤 그는 미쳐서 자기 여동생을 죽였죠.」 추초 플로레스가 말했다. 「그의 변호사는 일시적 정신 장애라고 주장했고, 그는 에르모시요의 감옥에 8년 동안만 수감되었어요. 출옥한 후 더는 권투를 하려고 하지 않았지요. 잠깐 동안은 애리조나의 오순절 교회[29] 신도들과 함께 보냈어요. 하지만 하느님께서는 방언의 능력을 결코 그에게 주지 않았고, 그래서 어느 날 그는 하느님의 말씀을 전하는 일을 그만두고, 디스코텍 문지기로 일하기 시작했어요. 그러다가 메롤리노의 트레이너인 로페스를 알게 되었고, 그가 가르시아를 스파링 파트너로 고용한 거예요.」

「엉터리 선수들이야.」 코로나가 말했다.

「그래, 맞아요. 권투 시합으로 판단해 보건대, 정말 엉터리들이에요.」 페이트가 말했다.

그러고 나서 찰리 크루스의 집에서 마무리를 했다는 것만은 분명히 기억했다. 비디오테이프 때문에 기억했다. 구체적으로 말하자면, 로버트 로드리게스가 제작했을 것으로 추정되는 비디오테이프 때문이었다. 찰리 크루스의 집은 컸고, 마치 2층짜리 벙커처럼 튼튼했다는 사실도 분명히 기억했다. 집 그림자는 공터 위로 드리워 있었다. 정원은 없었지만, 차 넉 대가 들어갈 수 있는, 아니 아마도 다섯 대는 족히 들어갈 수 있는 차고가 있었다. 밤의 어느 순간인지 분명하지 않았지만, 네 번째 사람이 그들과 합류했다. 네 번째 사람은 말을 많이 하지 않았지만, 아무런 이유도 없이 웃었고, 다정하고 상냥해 보였다. 그는 까무잡잡했고, 콧수염을 길렀다. 그는 페이트의 차를 함께 타고 왔으며, 페이트가 말할 때마다 미소 지었다. 콧수염을 단 그 사람은 종종 뒤를 돌아보았고, 가끔씩 시계를 쳐다보았다. 그러나 한마디도 하지 않았다.

「벙어린가요?」 페이트가 그와 대화를 시작하려고 몇 번 시도한 끝에 영어로 물었다. 「혀가 없나요? 왜 그토록 시계를 보는 거죠?」 그러나 그런 말에도

---

29 성령의 초자연적인 능력(방언, 병 고침)을 강조하는 개신교의 한 종파. 이들은 성령 강림 주일에 그리스도인들이 각 나라 말로 말했다는 「사도행전」의 내용이 현대에도 나타날 수 있다고 주장한다.

아랑곳하지 않고 그 작자는 웃으면서 고개만 끄덕였다.

찰리 크루스의 자동차가 맨 앞에서 달렸고, 그 뒤를 추초 플로레스의 차가 쫓아갔다. 가끔씩 페이트는 추초와 로사 아말피타노의 모습을 볼 수 있었다. 대부분 신호등 앞에서 차가 멈출 때였다. 간혹 두 사람은 마치 키스를 하듯 매우 가깝게 있었다. 또 어떤 때는 운전사의 모습만 보이기도 했다. 언젠가 한번 그는 추초 플로레스의 자동차와 나란히 가려고 시도했지만, 그렇게 할 수가 없었다.

「몇 시지요?」 그는 콧수염 남자에게 물었고, 그 사람은 어깨만 으쓱했다.

찰리 크루스의 차고 한쪽 벽에는 벽화가 그려져 있었다. 높이가 약 2미터 정도 되고 폭은 아마도 3미터쯤 되는 것 같았다. 벽화는 푸르게 우거진 경치 속에 있는 과달루페 성모를 그렸다. 그곳에는 강과 숲을 비롯해 금광과 은광, 석유 굴착 장치와 광대한 옥수수밭과 밀밭, 그리고 소들이 풀을 뜯어 먹는 넓은 풀밭이 있었다. 성모는 마치 아무런 대가도 바라지 않은 채 이런 풍요로움을 모두 선물해 주는 것처럼 양팔을 벌리고 있었다. 비록 술에 취했지만, 페이트는 그녀의 얼굴에 무언가 어색한 게 있다는 사실을 눈치챘다. 성모는 한쪽 눈은 떴지만, 다른 한쪽 눈은 감고 있었던 것이다.

그의 집에는 방이 많았다. 몇몇 방은 창고로만 사용되었고, 거기에는 찰리 크루스 비디오 대여점의 비디오테이프들과 DVD들, 개인 소장품들이 수북이 쌓여 있었다. 거실은 1층에 있었다. 1인용 소파 두 개와 3인용 가죽 소파 두 개, 그리고 나무 탁자와 텔레비전 한 대가 있었다. 1인용 소파는 고급품이라는 게 확연했지만 낡은 물건이었다. 바닥은 노란 타일이었는데, 검은 줄이 가 있고 더러웠다. 다양한 색깔이 어우러진 인도 양탄자 두 개도 그걸 가리지 못했다. 한쪽 벽에는 전신 거울이, 다른 벽에는 표구해 유리로 씌운 1950년대 멕시코 영화 포스터가 걸려 있었다. 찰리 크루스는 아주 진귀한 영화의 오리지널 포스터이며, 그 영화의 사본들은 거의 소실되었다고 설명해 주었다. 유리 진열장에는 술병들이 있었다. 거실 옆에는 사용하지 않는 것이 분명한 방이 하나 있었는데, 거기에는 최신식 오디오와 CD로 가득한 마분지 상자가 있었다. 로시타 멘데스는 상자 옆에 웅크리더니 그 안에 뭐가 있는지 찾아보기 시작했다.

「여자들은 음악이라면 사족을 못 써요. 하지만 난 영화라면 미치지요.」 찰리 크루스가 페이트에게 귀엣말로 말했다.

찰리 크루스가 그토록 가까이 있다는 것을 안 페이트는 소스라치게 놀랐다. 그 순간에야 비로소 그는 방에 창문이 없다는 것을 알았고, 그러자 그곳을 거실로 삼은 것이 몹시 이상하다고 생각했다. 무엇보다도 집이 커서 햇빛이 더 많이 들어오는 방이 있는 게 분명했기 때문이다. 음악이 울리기 시작하자, 코로나와 추초 플로레스는 여자들의 팔을 잡고서 방에서 나갔다. 콧수염 난 남자는 1인용 소파에 앉아 시계를 쳐다보았다. 찰리 크루스는 로버트 로드리게스의 영화를 보고 싶지 않으냐고 물었다. 페이트는 고개를 끄덕였다. 콧수염을 기른 남자는 소파의 각도 때문에 목을 심하게 비틀지 않고는 영화를 볼 수 없었다. 그러나 사실 그는 영화에 눈곱만큼의 관심도 보이지 않았다. 1인용 소파에 앉은 채 두 사람을 쳐다보면서, 가끔씩 천장을 바라보았다.

찰리 크루스의 말로는 기껏해야 30분짜리 영화였다. 더덕더덕 화장한 늙은 여자의 얼굴이 나왔다. 그녀는 카메라를 쳐다보았고, 얼마 후 알아들을 수 없는 말들을 중얼거리더니 울음을 터뜨렸다. 마치 현역에서 은퇴한 창녀 같았다. 페이트는 죽음에 직면한 창녀라고 여러 번 생각하기도 했다. 그런 다음 아주 까무잡잡한 젊은 여자가 등장했다. 날씬하고 가슴이 커다란 그 여자는 침대에 앉아 옷을 벗었다. 어둠 속에서 남자 셋이 나타나더니 먼저 그녀에게 귀엣말을 했고, 그런 다음 성교를 했다. 처음에 여자는 저항했다. 그녀는 카메라를 똑바로 쳐다보면서 스페인어로 뭐라고 말했지만, 페이트는 알아들을 수 없었다. 그러고 나서 오르가슴을 느끼는 척하면서 소리를 질러 댔다. 그러자 그때까지 번갈아 가면서 그녀를 소유한 남자들이 동시에 합류했다. 첫 번째 남자는 그녀의 음부에 집어넣었고, 두 번째 남자는 항문에, 그리고 세 번째 남자는 자신의 음경을 여자의 입에 넣었다. 그것은 마치 영원히 움직이는 기계와 같은 효과음을 만들어 냈다. 관객은 그 기계가 어느 순간에 폭발할 것이라고 예상했지만, 어떤 형태로 폭발할지, 그리고 어느 순간에 그런 폭발이 일어날지는 전혀 예측할 수 없었다. 그때 여자가 정말로 오르가슴에 도달했다. 전혀 예기치 않은 오르가슴이었고, 그것에 도달하리라고 가장 기대하지 않았던 사람은 바로 그녀였다. 여자의 움직임은 세 남자의 무게에 짓눌려 부자연스러웠지만, 갈수록 빨라졌다. 그녀의 눈은 카메라를 응시했고, 동시에 카메라는 그녀의 얼굴로 다가갔다. 세 사람은 알아들을 수 없는 말로 뭐라고 말했다. 순간적으로 그녀의 모든 게 환하게 빛나는 것 같았다. 이마가 반짝였고, 한 남자의 어깨에 반쯤 가린 턱은 번득였으며, 치아는 초자연적인 흰색을 띠었다. 그때 살들이 그녀의 뼈에서 떨어져 나와 이름 모를 그 사창가의 바닥에 떨어지거나, 아니면 공중으로 사라져 버리는 것 같았다. 단지 아무것도 붙어 있지 않은 앙상한 두개골만 남았다. 눈도 없고, 입술도 없는 두개골은 갑자기 모든 것을 비웃기 시작했다. 그런 다음 해 질 녘 어느 멕시코 대도시의 거리가 등장했다. 틀림없이 멕시코시티였다. 거리는 비로 깨끗이 씻겼고, 차들은 길가에 줄지어 주차했으며, 가게들은 금속 셔터를 내린 상태였고, 사람들은 비에 젖지 않으려고 급히 발걸음을 옮겼다. 빗물은 웅덩이를 만들었고, 먼지로 뒤덮인 차를 깨끗하게 씻어 주었으며, 공공 건물의 유리창은 환하게 빛났다. 작은 공원 옆으로 버스 정류장이 있었다. 병든 나뭇가지들은 어딘지도 모를 곳으로 뻗어 나가려고 노력했지만 아무 소용 없었다. 늙은 창녀의 얼굴은 이제 카메라를 보고 웃으면서, 마치 잘했나요? 잘 나왔어요? 불만 없나요? 하고 묻는 것 같았다. 붉은 벽돌로 만든 계단이 시야에 들어왔다. 바닥에는 리놀륨이 깔려 있었다. 똑같은 비였지만, 이제는 방 내부에서 촬영되었다. 플라스틱 탁자는 모서리마다 홈이 있었다. 커피 잔과 인스턴트 커피 병이 화면에 클로즈업되었다. 프라이팬에는 먹다

남은 스크램블드에그 찌꺼기가 있었다. 그리고 복도가 나왔다. 바닥에 반쯤 옷을 벗은 여자가 쓰러져 있었다. 그런 다음 문이 나왔다. 방 안은 엉망진창이었다. 두 남자는 어느 침대에서 자고 있었다. 그러고 나서 거울이 등장했다. 카메라는 거울로 다가갔고, 거기서 비디오테이프는 끝났다.

「로사는 어디 있죠?」 영화가 끝나자 페이트가 물었다.

「두 번째 테이프가 있어요.」 찰리 크루스가 말했다.

「로사는 어디에 있어요?」

「어느 방에 있겠죠. 추초의 것을 빨고 있을 거예요.」 찰리 크루스가 말했다.

그러고서 그는 자리에서 일어나 방에서 나갔다. 다시 돌아왔을 때 그의 손에는 나머지 비디오테이프가 들려 있었다. 비디오테이프를 뒤로 감는 동안, 페이트는 화장실에 갔다 오겠다고 말했다.

「안쪽에 있어요. 네 번째 문이에요. 하지만 화장실에 가려는 게 아닌 것 같네요. 로사를 찾으려는 속셈이군요, 거짓말한 거죠?.」 찰리 크루스가 말했다.

페이트는 빙긋이 웃었다.

「그래요, 아마도 추초가 도움을 필요로 할지 몰라요.」 그는 마치 졸리고 동시에 술에 취한 것처럼 말했다.

그가 일어나자, 콧수염을 단 작자가 깜짝 놀라면서 움찔했다. 찰리 크루스는 그에게 스페인어로 뭐라고 말했고, 그러자 콧수염을 단 사람은 다시 편안히 소파에 몸을 기댔다. 페이트는 문을 세면서 복도로 걸어갔다. 세 번째 문에 이르렀을 때, 그는 위층에서 들려오는 소리를 들었다. 발걸음을 멈추었다. 소리도 멈추었다. 커다란 욕실은 마치 건축 잡지에서나 나오는 욕실 같았다. 벽과 바닥이 흰 대리석이었다. 원형 욕조는 적어도 네 사람은 들어갈 만큼 넓었다. 욕조 옆에는 커다란 참나무 상자가 있었는데, 관과 비슷한 형태였다. 누우면 머리가 밖으로 나올 것 같은 크기의 관이었다. 상자가 그렇게 좁지 않았더라면 페이트는 사우나 박스라고 말했을 것이다. 변기는 검은 대리석으로 만들어졌다. 변기 옆에는 비데가 있었고, 비데 옆에는 높이가 약 50센티미터 되는 대리석 돌기가 있었지만, 페이트는 그게 무엇인지 짐작할 수 없었다. 억지로 상상력을 발휘하면서 머리를 쥐어짜니, 의자나 안장과 비슷해 보였다. 그러나 거기에 정상적인 자세로 앉아 있을 수 있는 사람이 누굴까 전혀 상상할 수 없었다. 아마도 비데용 수건을 걸어 놓는 데 사용하는 것 같았다. 그는 소변을 보는 동안 잠시 나무 상자와 대리석 조각을 쳐다보았다. 그리고 순간적으로 두 물건이 살아 있다고 생각했다. 그의 뒤로는 거울이 온 벽을 덮었고, 그래서 욕실은 실제보다 훨씬 크게 보였다. 페이트는 왼쪽을 쳐다보고, 나무 상자를 보고, 그런 다음 오른쪽으로 목을 비틀어 대리석으로 만든 툭 튀어나온 돌기를 보았다. 그리고 어느 순간 뒤를 돌아보았고, 변기 앞에 서서, 관과 아무런 소용도 없을 것 같은 안장 옆에 있는 자기 뒷모습을 보았다. 그날 밤 그를 따라다니며 괴롭히던 비현실적인 느낌이 더욱 고조되었다.

그는 아무 소리도 내지 않으려고 애쓰면서 계단을 올라갔다. 거실에서는 찰리 크루스와 콧수염 남자가 스페인어로 말하고 있었다. 찰리 크루스의 목소리는 누그러져 있었다. 콧수염 남자의 목소리는 마치 성대가 수축된 듯이 날카로웠다. 그가 복도에서 들은 소리가 다시 반복되었다. 계단이 끝나자 거실이 나왔다. 흑갈색 베니션 블라인드로 뒤덮인 커다란 창문이 있었다. 페이트는 다른 복도로 접어들었다. 문 하나를 열어 보았다. 로시타 멘데스가 군용 침대처럼 보이는 것에 엎드려 있었다. 옷을 입고 하이힐도 신었지만, 자는 것이거나 너무 취한 것 같았다. 방에는 침대와 의자 하나밖에 없었다. 1층과 달리 바닥에는 양탄자가 깔렸고, 그래서 그의 발걸음은 거의 아무 소리도 내지 않았다. 그는 로시타에게 가까이 다가가서 여자의 머리를 돌렸다. 로시타 멘데스는 눈을 뜨지도 않고서 그에게 미소 지었다. 중간쯤에서 복도는 두 갈래로 갈라졌다. 페이트는 문틈으로 새어 나오는 불빛을 보았다. 그는 추초 플로레스와 코로나가 말다툼하는 소리를 들었지만, 왜 그러는지는 알 수 없었다. 그는 두 사람이 모두 로사 아말피타노와 사랑을 나누길 원한다고 생각했다. 그런 다음 아마도 자기 때문에 말다툼을 벌이는 것일지도 모른다고 생각했다. 코로나는 정말로 화가 난 것 같았다. 그는 노크를 하지도 않고 문을 열었고, 두 사람은 동시에 놀라움과 잠이 뒤섞인 얼굴로 뒤돌아보았다. 이제 나는 본래의 내가 되도록 해야 해. 할렘의 검둥이, 빌어먹게도 위험한 검둥이가 되어야 해. 페이트는 생각했다. 그러면서 거의 즉시 두 멕시코 사람 중 누구도 그다지 깊은 인상을 받지 않았다는 걸 알았다.

「로사는 어디에 있지?」 페이트가 물었다.

추초 플로레스는 몸짓으로 간신히 방 한쪽 구석을 가리켰다. 페이트가 보지 못한 곳이었다. 난 이 장면을 이미 경험한 적이 있어. 페이트는 생각했다. 로사는 1인용 소파에 앉아 다리를 꼰 채 코로 코카인을 흡입하고 있었다.

「자, 갑시다.」 그가 말했다.

그는 로사에게 명령한 것도 아니었고 애원한 것도 아니었다. 단지 자기와 함께 나가자고 말했을 뿐이었지만, 말 마디마다 온 마음을 담았다. 로사는 다정하게 그에게 웃었지만, 무슨 말인지 알아들은 것 같지는 않았다. 그는 추초 플로레스가 영어로 여기서 나가요, 친구, 아래층에서 기다려요 하고 말하는 소리를 들었다. 페이트는 여자에게 손을 내밀었다. 로사는 자리에서 일어나 그의 손을 잡았다. 그는 로사의 손에서 온기를 느꼈다. 다른 장면을 떠올리게 만드는, 그러나 또한 현재 그들의 탐욕스러운 상황을 떠올리거나 이해하게 만드는 체온이었다. 그녀의 손을 잡자, 그는 자기 손이 차갑다는 사실을 알았다. 난 이 시간 내내 죽음에 신음했어. 그래서 내 손이 얼음장처럼 차가운 거야. 그는 생각했다. 그녀가 내 손을 잡지 않았더라면, 난 여기서 죽어 버렸을지 몰라. 그러면 그들은 내 시체를 뉴욕으로 송환해야만 했겠지. 페이트는 생각했다.

두 사람이 방에서 나가는데, 코로나가 한 손으로 그의 팔을 잡더니 다른 손을 올렸다. 페이트는 그가 단단한 물건을 쥐고 있다고 생각했다. 페이트는 뒤로 돌아 멕시코 사람의 턱에 카운트 피케트처럼 어퍼컷을 날렸다. 메롤리노 페르난데스가 그랬던 것처럼, 코로나는 신음 소리 하나 내뱉지 못한 채 바닥으로 쓰러졌다. 그때서야 그는 코로나가 권총을 쥐고 있었다는 사실을 알았다. 그 총을 빼앗고서 추초 플로레스에게 도대체 무슨 음모를 꾸미느냐고 물었다.

「난 질투하는 사람이 아니에요, 친구.」 추초 플로레스는 자기가 아무 무기도 가지고 있지 않다는 것을 보여 주려고 가슴 높이로 양손을 올렸다.

로사 아말피타노는 마치 섹스 기구 판매 가게의 신상품이나 되는 것처럼 호기심을 가지고 코로나의 권총을 쳐다보았다.

「자, 가요.」 그는 그녀가 말하는 소리를 들었다.

「저 아래에 있는 작자는 누구야?」 페이트가 물었다.

「찰리, 찰리 크루스, 당신 친구예요.」 추초 플로레스가 웃으며 말했다.

「아니, 이 개자식아, 다른 작자, 콧수염 단 놈 말이야.」

「찰리의 친구예요.」 추초 플로레스가 말했다.

「이 빌어먹을 집에 또 다른 출구가 있어?」

추초 플로레스는 어깨를 으쓱했다.

「이봐요, 페이트. 이건 너무 심하다고 생각하지 않아요?」 추초가 물었다.

「그래요, 뒤쪽에 또 다른 출구가 있어요.」 로사 아말피타노가 말했다.

페이트는 코로나의 쓰러진 몸을 보았고, 잠시 생각에 잠기는 것 같았다.

「차가 차고에 있어. 차 없이는 갈 수 없어.」 그가 말했다.

「그렇다면 앞쪽으로 나가야만 해요.」 추초 플로레스가 말했다.

「그런데 이 사람은?」 로사 아말피타노가 코로나를 가리키면서 물었다. 「죽었어요?」

페이트는 바닥에 축 늘어져 누운 몸을 다시 쳐다보았다. 몇 시간이라도 계속 쳐다볼 수 있을 것 같았다.

「자, 갑시다.」 그가 단호한 목소리로 말했다.

그들은 계단을 내려갔고, 마치 오래전부터 아무도 요리를 하지 않은 듯 방치된 것 같은 냄새를 풍기던 커다란 부엌을 통과해서 안마당이 보이는 복도를 지났다. 안마당에는 방수포로 덮인 픽업트럭이 한 대 있었다. 그런 다음 아주 컴컴한 곳으로 걸어가 차고로 내려가는 문에 도착했다. 불을 켰다. 천장에 걸린 커다란 형광등 두 개가 불을 밝혔다. 페이트는 다시 과달루페 성모를 그린 벽화를 유심히 쳐다보았다. 철제 차고 문을 열려고 움직이는 순간, 그는 뜨고 있는 성모의 한쪽 눈이 마치 그가 어디에 있건 그를 쫓는 것처럼 보인다는 사실을 깨달았다. 그는 추초 플로레스를 운전사 조수석으로 집어넣었고, 로사는 뒷좌석에 앉았다. 차고를 떠나면서 그는 콧수염 달린 작자가 계단 위로 모습을 드러내고 당황한 10대의 표정으로 이리저리 둘러보면서 그들을 찾는 걸 볼 수 있었다.

찰리 크루스의 집을 벗어나 비포장도로로 접어들었다. 그들은 잡초와 음식 썩는 냄새가 강하게 풍기는 공터를 지났지만, 그런 사실도 몰랐다. 페이트는 차를 멈추고서 권총을 손수건으로 닦고는 공터로 던졌다.

「정말 아름다운 밤이야.」추초 플로레스가 중얼거렸다.

로사와 페이트는 아무 말도 하지 않았다.

그들은 추초 플로레스를 가로등 불빛이 환하게 비추는 텅 빈 거리의 버스 정류장에 내려 주었다. 로사는 작별 인사로 추초 플로레스의 따귀를 때리고서 앞좌석으로 옮겨 앉았다. 그런 다음 그들은 미로와 같은 거리로 들어갔다. 로사도 모르고 페이트도 모르는 길들이었다. 그러다가 우연히 시내 중심가로 직접 향하는 또 다른 큰 도로로 나왔다.

「내가 바보처럼 행동한 것 같아요.」페이트가 말했다.

「바보처럼 행동한 사람은 바로 나예요.」로사가 말했다.

「아니요, 나예요.」페이트가 말했다.

그들은 웃음을 터뜨렸고, 시내 중심가를 두어 번 빙빙 돈 다음, 도시를 빠져나가는 멕시코 번호판과 미국 번호판을 단 차량들이 가는 방향대로 그냥 따라갔다.

「어디로 갈까요? 어디에 살아요?」페이트가 물었다.

그녀는 아직 집에 돌아가고 싶지 않다고 말했다. 그들은 페이트가 묵었던 모텔 앞을 지났고, 그는 국경을 향해 계속 차를 몰아야 할지, 아니면 그곳에 머물러야 할지 결정하지 못하고 잠시 머뭇거렸다. 1백 미터를 더 가서 그는 유턴을 해서 다시 남쪽으로, 즉 모텔을 향해 방향을 잡았다. 프런트 직원이 그를 알아보고는, 시합이 어떻게 되었느냐고 물었다.

「메롤리노가 졌어요.」페이트가 말했다.

「당연해요.」프런트데스크 직원이 말했다.

페이트는 아직도 자기 침실이 비었느냐고 물었다. 직원은 그렇다고 대답했다. 페이트는 주머니에 한 손을 집어넣고서 아직도 가지고 있던 객실 열쇠를 꺼냈다.

「좋아요.」그가 말했다.

그는 하루 치 객실료를 더 지불하고서 자리를 떴다. 로사는 차에서 그를 기다리고 있었다.

「여기서 잠시 머물러도 돼요. 집에 가고 싶으면 언제라도 데려다줄게요.」 페이트가 말했다.

로사는 고개를 끄덕였고, 두 사람은 모텔로 들어갔다. 침대는 가지런히 정리되었고, 침대 시트도 깨끗했다. 창문 두 개가 살짝 열려 있었다. 아마도 청소부가 토한 냄새의 흔적이 남아 있다는 걸 알았을 거야. 페이트는 생각했다. 그러나 방에서는 좋은 냄새가 풍겼다. 로사는 텔레비전을 켜고서 의자에 앉았다.

「당신을 줄곧 지켜보았어요.」그녀가 말했다.

「듣던 중 반가운 소리네요.」 페이트가 말했다.

「왜 권총을 던져 버리기 전에 깨끗이 닦은 거죠?」 로사가 물었다.

「무슨 일이 일어날지 모르기 때문이죠. 무기에 내 지문을 남기며 다니고 싶지 않거든요.」 페이트가 말했다.

그런 다음 로사는 텔레비전 프로그램에 관심을 보였다. 멕시코 토크 쇼로 이미 나이가 지긋한 어느 여자가 거의 혼자 말하고 있었다. 그 여자의 머리카락은 길고 완전히 하얬다. 그녀는 가끔씩 미소를 지었다. 누구에게도 해를 끼칠 수 없는 마음씨 착한 여자라는 사실을 익히 짐작케 하는 사람이었다. 그러나 토크 쇼 시간 내내, 그녀는 매우 중대하고 심각한 문제를 다루는 것처럼 얼굴에 진지한 표정을 지었다. 물론 페이트는 토크 쇼에서 주고받는 이야기를 하나도 알아듣지 못했다. 그 프로그램이 끝나자 로사는 의자에서 일어나더니 샤워를 해도 괜찮겠냐고 물었다. 페이트는 아무 말 없이 고개만 끄덕였다. 로사가 욕실로 들어가자, 그는 그날 밤 일어난 모든 일을 생각하기 시작했고, 그러자 갑자기 배가 아파 왔다. 열이 굽이치면서 얼굴로 올라가고 있음이 느껴졌다. 그는 침대에 앉았고, 손으로 얼굴을 가리고서 그날 밤 자기가 바보처럼 굴었다고 생각했다.

욕실에서 나온 로사는 자기가 추초 플로레스의 애인 혹은 그 비슷한 존재였다고 말했다. 그녀는 산타테레사에서 외롭게 지냈고, 영화를 빌리러 가던 찰리 크루스의 비디오 가게에서 어느 날 로시타 멘데스를 알게 되었다. 이유는 알 수 없었지만, 처음 본 순간부터 로시타 멘데스가 몹시 마음에 들었다. 로시타는 낮 시간에는 슈퍼마켓에서 일하고, 저녁이 되면 식당에서 웨이트리스로 일한다고 말해 주었다. 그녀는 영화를 좋아했고, 특히나 서스펜스 영화를 즐겼다. 아마도 로시타 멘데스가 로사의 마음에 쏙 든 것은 지칠 줄 모르는 낙천적 성격과, 까무잡잡한 피부와 강렬한 대조를 이루도록 금색으로 물들인 머리카락 때문인 것 같았다.

어느 날 로시타 멘데스가 그녀에게 비디오 가게의 주인인 찰리 크루스를 소개해 주었다. 그 전에 로사는 두어 번 그를 보았을 뿐이었다. 찰리 크루스는 차분하고 조용한 사람 같았다. 절대로 서두르는 법 없이 차분하게 모든 일을 처리했고, 몇 번에 걸쳐 그녀가 원하는 영화를 찾아서 빌려 주거나 그녀가 빌리는 영화를 무료로 대여해 주기도 했다. 로사는 때때로 오후 내내 비디오 가게에서 시간을 보내면서 그들과 이야기하거나, 찰리 크루스를 도와 새로 도착한 비디오테이프 꾸러미를 풀기도 했다. 어느 날 밤 비디오 가게가 문을 닫으려는 찰나에 추초 플로레스를 알게 되었다. 그날 밤 추초 플로레스는 모든 사람을 저녁 식사에 초대했고, 그 후에는 그녀를 집까지 차로 데려다 주었다. 그녀는 집 안으로 들어오라고 했지만, 그는 그녀의 아빠를 걱정시키지 않도록 그 초대를 받아들이지 않았다. 그러자 그녀는 그에게 자기 전화번호를 주었고, 다음 날 추초 플로레스는 그녀에게 전화를 걸어 영화를 보자고 했다. 로사는 영화관에 가서 추초 플로레스와 로시타 멘데스를 만났다. 로시타는 훨씬 나이가 많은 남자, 거의 쉰 살은 먹은 남자와 함께 있었다. 그는 자기가 부동산 일을 하며, 추초를 조카처럼 여긴다고 말했다. 영화가 끝난 후 그들은 고급 레스토랑으로 가서 저녁을 먹었고, 그런 다음 추초 플로레스는 그녀를 집까지 데려다 주었다. 그러면서 자기는 다음 날 라디오 방송국과 인터뷰가 있어서 아침 일찍 일어나 에르모시요로 가야 한다고 설명했다.

그즈음에 로사 아말피타노는 찰리 크루스의 비디오 가게에서뿐만 아니라, 마데로 지역에 있는 로시타 멘데스의 집에서도 그녀를 만나곤 했다. 로시타의 집은 엘리베이터가 없는 낡은 5층 건물의 4층에 있는 아파트였다. 로시타 멘데스는 비싼 임대료를 지불했다. 처음에는 그 아파트를 다른 두 여자 친구와 함께 썼고, 그래서 임대료는 그다지 부담이 되지 않았다. 그러나 한 명이 멕시코시티에서 자기 운명을 시험해 보겠다면서 떠났고, 남은 친구와는 싸움을 벌였다. 그때부터 그녀는 혼자 살기 시작했다. 로시타 멘데스는 혼자 사는 걸 좋아했다. 그러나 비용을 감당하기 위해서 그녀는 야간에 일할 곳을 찾아야만 했다. 종종 로사 아말피타노는 말도 하지 않은 채, 소파에 드러누워 시원한 물을 마시며 친구가 들려주는 이야기들을 들으면서 여러 시간을 보내곤 했다. 가끔씩 두 사람은 남자들에 관해 이야기하기도 했다. 다른 경우와 마찬가지로 이런 경우에도 로시타 멘데스가 로사 아말피타노보다 더 풍부하고 다양한 경험을 가지고 있었다. 그녀는 스물네 살이었고, 그녀 자신이 털어놓은 바로는, 어느 정도 그녀의 삶을 바꿔 놓은 애인 네 명을 경험한 상태였다. 첫 번째 애인은 그녀가 열다섯 살 때 사귄 남자로, 마킬라도라에서 일하다가 그녀를 버리고 미국으로 가버렸다. 그녀는 첫사랑을 다정하게 기억했지만, 그녀가 경험한 모든 애인 중에서 첫 애인은 그녀에게 가장 흔적을 남겨 놓지 않은 사람이었다. 로시타 멘데스가 이렇게 말하자, 로사 아말피타노는 웃었고, 로시타 멘데스도 왜 웃는지 정확히 이유를 알지 못하면서 따라 웃었다.

「넌 마치 볼레로[30] 가사처럼 말하고 있어.」로사 아말피타노가 말했다.

「아, 그래, 바로 그거야. 볼레로 노래 가사들은 진실을 말해. 사실 모든 노래 가사는 우리 마음속 깊은 곳에서 우러나오는 것이고, 그래서 항상 옳은 말만 해.」로시타 멘데스가 대답했다.

「아니야. 진실을 말하는 것 같고, 정말로 옳은 것 같지만, 사실은 전부 헛소리들이야.」로사 아말피타노가 말했다.

이런 정도에 이르면, 로시타 멘데스는 더는 자기 생각을 주장하지 않았다. 그녀는 대학에 다니는 친구가 이런 것에 대해 자기보다 더 많이 안다는 사실을 암묵적으로 인정했다. 그러면서 로시타는 미국으로 떠난 남자 친구가 그녀의 삶에 가장 흔적을 남기지 않은 사람이지만, 그녀가 가장 그리워하는 사람이라고 다시 말했다. 어떻게 그럴 수가 있지? 그녀는 이유를 알지 못했다. 다른 남자 친구들,

30 쿠바에서 생겨나 멕시코, 콜롬비아, 아르헨티나 등 라틴 아메리카의 여러 국가에서 발전된 느린 리듬의 대중가요. 대표적인 노래로 잘 알려진 「베사메 무초」가 있다.

그러니까 그 이후에 사귄 애인들은 달랐다. 그게 전부였다. 어느 날 로시타
멘데스는 로사 아말피타노에게 경찰과 사랑을 하면서 느낀 감정을 이야기했다.

「그게 최고였어.」 로시타 멘데스가 말했다.

「왜, 뭐가 다른 건데?」 그녀의 여자 친구가 이유를 알고 싶어 했다.

「설명하기 몹시 힘들어.」 로시타 멘데스가 말했다. 「하지만 그건 정확하게
남자가 아닌 남자와 사랑을 나누는 것 같아. 다시 어린 소녀로 돌아가는 느낌이야.
내 말 이해하겠어? 마치 바위와 사랑을 하는 것 같아. 마치 산과 사랑하는 것 같아.
그럴 경우 산이 이제 끝났어라고 이야기할 때까지 무릎을 꿇고 그곳에 있어야
한다는 걸 넌 알 거야. 그런데 결국 완전히 충만한 느낌으로 끝나는 거야.」

「무엇으로 충만하게 되는 건데? 정액으로?」 로사 아말피타노가 물었다.

「아니야, 정 떨어지는 소리 하지 마. 다른 것으로 충만하게 돼. 그건 마치 산과
사랑하는 것 같아. 하지만 동굴 속에서 사랑하는 것 같은 느낌이야. 내 말이 무슨
뜻인지 알겠어?」

「동굴 속에서라고?」 로사 아말피타노가 물었다.

「그래, 그거야.」 로시타 멘데스가 대답했다.

「그러니까 동굴 속에서 산과 섹스하는 것과 같다는 말이지. 바로 그 산에 있는
동굴 속에서 말이야.」 로사 아말피타노가 말했다.

「그래, 바로 그거야.」 로시타 멘데스가 말했다.

그러고 나서 이렇게 덧붙였다.

「난 포야르[31]라는 말이 참 좋아. 스페인 사람들 말은 어쩜 그리 예쁘니.」

「네가 조금 이상하다는 것 알아?」 로사 아말피타노가 물었다.

「어렸을 때부터 그랬어.」 로시타 멘데스가 대답했다.

그러고서 덧붙였다.

「다른 이야기 해줄까?」

「그게 뭔데?」 로사 아말피타노가 물었다.

「난 마약 거래업자들과도 섹스해 봤어. 맹세할게. 어떤 느낌인지 알고 싶니?
그건 마치 공기가 너를 붙잡고 사랑하는 것 같은 느낌이야. 정확하게 진짜 공기와
사랑하는 느낌이야.」

「그러니까 경찰과 섹스하는 건 마치 산과 사랑하는 것 같고, 마약 밀매
업자들과 사랑하는 것 마치 공기와 섹스하는 것 같다는 말이구나.」

「그래.」 로시타 멘데스가 말했다. 「하지만 우리가 들이마시는 공기나 우리가
거리로 나갈 때 느끼는 공기가 아니라, 사막의 공기, 갑자기 불어오는 바람과 같은
거야. 이곳 공기와 똑같은 맛이 아니고, 자연이나 들판의 냄새도 나지 않는 공기야.
나름대로 냄새를 풍기는 공기, 설명할 수 없는 독특한 냄새를 지닌 공기야. 그건
그저 공기, 순수한 공기야. 너무 공기다워서 종종 들이마시기도 힘들어 질식해
죽을 것 같다고 느끼는 그런 공기야.」

31 follar. 〈섹스하다〉, 〈성교하다〉를 뜻하는 말로 라틴 아메리카보다는 스페인에서 주로 쓰이는 단어다.

「다시 말하자면……」 로사 아말피타노가 결론지었다. 「경찰과 섹스하면 마치 바로 산속에서 그 산과 섹스하는 것 같고, 마약 밀매업자와 섹스하면 마치 사막의 공기와 섹스하는 것 같다는 말이구나.」

「그래, 맞아. 마약 밀매업자와의 사랑은 항상 야외에서 이루어지거든.」

그즈음에 로사 아말피타노는 공식적으로 추초 플로레스와 데이트를 시작했다. 그녀가 함께 잠자리를 한 첫 멕시코 남자였다. 대학에서도 그녀에게 새롱거리려는 남학생 두세 명이 있지만, 그들과는 아무 일도 일어나지 않았다. 반대로 추초 플로레스와는 침대로 갔다. 구애 기간은 길지 않았지만, 로사가 기대한 것보다는 긴 시간 동안 지속되었다. 추초는 에르모시요에서 돌아오면서 진주 목걸이를 선물로 가져왔다. 혼자 남자, 로사는 거울 앞에서 목걸이를 걸어 보았다. 비록 목걸이 자체만으로는 상당한 매력이 있었지만(게다가 엄청난 가격임이 틀림없었다), 그녀는 자기가 그 목걸이를 걸 날이 올 것 같지 않다고 생각했다. 로사의 목은 길고 아름다웠지만, 그 목걸이를 걸려면 다른 종류의 의상이 필요했던 것이다. 이 첫 번째 선물 다음에 다른 선물 공세가 이어졌다. 가끔씩 그들이 옷가게들이 운집한 패션 거리를 산책할 때면, 추초 플로레스는 쇼윈도 앞에 걸음을 멈추고는 옷을 하나 가리키면서 입어 보라고 부탁했고, 그녀 마음에 든다면 사주겠다고 말하곤 했다. 로사는 대개 먼저 그가 가리킨 옷을 입어 보았고, 그런 다음 다른 것들을 입어 보고서, 가장 마음에 드는 옷을 구입해서 가게를 나오곤 했다. 또한 추초 플로레스는 그녀에게 예술 서적도 선사했다. 언젠가 한번 그녀가 유럽의 유명 박물관에서 본 그림들과 화가들에 관해 말하는 걸 들었기 때문이었다. 또한 그는 이따금 CD를 선물했다. 대부분 클래식 음악이었지만, 가끔씩은 지역 문화에 안목을 가진 관광 안내원처럼 멕시코 북부 음악이나 멕시코 전통 음악을 선물하기도 했다. 그러면 로사는 나중에 집에 혼자 있을 때, 설거지를 하거나 자기와 아버지의 빨랫감을 세탁기에 넣는 동안 한쪽 귀로 듣고 다른 한쪽 귀로 흘려 버리듯이 그 음악을 들었다.

밤마다 그들은 저녁을 먹으러 고급 식당으로 갔다. 그런 식당에서는 예외 없이 추초 플로레스를 아는 사람을 만났다. 남자가 대부분이었지만 여자들도 있었다. 그러면 추초는 그 사람들에게 로사를 자기 애인이라고 소개하면서, 오스카르 아말피타노 철학 교수의 딸 로사 아말피타노 양이야, 내 여자 친구 로사이며 아말피타노 양이지라고 말하곤 했다. 그러고는 즉시 그녀의 아름다움과 우아함을 찬미하기 시작했고, 그것이 끝나면 스페인과 바르셀로나에 관한 평이 이어졌다. 그런 식당에서 만난 모든 사람은 관광객으로 그 도시를 방문한 적이 있었다. 절대적으로 하나의 예외도 없이 산타테레사의 명사들이라면 모두 가본 곳이었다. 그들은 그 도시를 찬양하고 우러르는 말을 아끼지 않았다. 어느 날 밤, 그녀를 집에 데려다 주는 대신, 그는 자기와 함께 가고 싶지 않느냐고 물었다. 로사는 그가 자기를 그의 아파트로 데려가기를 기대했지만, 그의 자동차는 서쪽을 향하더니 산타테레사를 벗어났고, 거의 통행이 없는 외로운 고속 도로를 반 시간가량 달린 후 어느 모텔에 도착했다. 그곳에서 추초 플로레스는 방 하나를 달라고 했다.
모텔은 사막 한가운데에 있었다. 완만한 언덕길이 시작하기 바로 전에 자리 잡은
곳이었다. 도로변에는 희뿌연 잡목들만 있고, 몇몇 나무는 바람을 맞아
반들반들해진 뿌리를 드러냈다. 방은 컸고, 욕실에는 조그만 수영장처럼 보이는
월풀 욕조가 있었다. 침대는 원형이고, 벽과 천장 일부에는 거울들이 걸려서 방을
더욱 커 보이게 만들었다. 바닥의 양탄자는 두툼했고 마치 쿠션처럼 푹신푹신했다.
미니바는 없었지만, 온갖 종류의 술과 음료수를 구비한 조그만 스낵바가 있었다.
로사가 왜 이런 곳으로, 그러니까 부자들이 창녀들을 데려가는 전형적인 장소로
데려왔느냐고 묻자, 추초 플로레스는 잠시 생각한 후 거울 때문이라고 말했다.
그렇게 말하는 그의 태도는 마치 용서를 구하는 것 같았다. 그런 다음 그는 그녀의
옷을 벗겼고, 두 사람은 침대와 양탄자 위에서 섹스를 했다.

　　그때까지만 해도 추초 플로레스의 태도는 점잖고 예의 바르기 그지없었다.
그는 자기 자신의 쾌감보다는 파트너가 기쁨을 느끼도록 배려했다. 마침내 로사는
오르가슴에 도달했고, 그러자 추초 플로레스는 섹스를 마치고 재킷에서 조그만
금속 상자를 꺼냈다. 로사는 코카인일 것이라고 추측했지만, 상자 안에는 흰
가루가 아니라 조그맣고 노란 알약이 들어 있었다. 추초 플로레스는 알약 두 개를
집어서 위스키 약간과 함께 삼켰다. 잠시 두 사람은 침대에 누워 대화를 했고,
그러다가 그는 다시 그녀 위로 올라갔다. 이번에 그의 행동은 전혀 부드럽거나
점잖지 않았다. 너무 놀란 로사는 불평도 하지 않았고 다른 말도 한 마디 하지
않았다. 추초 플로레스는 그녀에게 가능한 모든 자세를 취하게 할 작정인 것
같았고, 나중에 로사는 자기가 몇몇 체위를 몹시 마음에 들어 했다는 걸 알았다.
해가 떠오르기 시작할 무렵, 그들은 섹스를 멈추고서 모텔을 떠났다.

　　주차장으로 사용되는 마당 주변엔 붉은 벽돌담이 둘려서 도로에서 주차장이
보이지 않았다. 거기에는 다른 자동차 몇 대가 주차해 있었다. 공기는 시원하면서
건조했고, 사향 냄새를 약간 풍겼다. 모텔과 그 주변에 있던 모든 것은 침묵의 봉투
속에 갇힌 것 같았다. 차를 타려고 주차장으로 걸어가는 동안, 두 사람은 수탉이
우는 소리를 들었다. 차 문을 여는 소리, 시동을 걸 때 나는 엔진 소리, 타이어가
작은 자갈돌과 마찰하면서 우지직거리는 소리, 이 모든 소리는 로사에게 마치
북소리와 흡사하게 들렸다. 도로에는 트럭들이 지나다니지 않았다.

　　그때부터 추초 플로레스와의 관계는 갈수록 이상해졌다. 어떤 때는 그가 그녀
없이 한시도 살 수 없는 것처럼 보이기도 했고, 또 어떤 때는 그녀를 마치 노예처럼
다루기도 했다. 가끔씩 밤에 그의 아파트에서 잤지만, 아침에 눈을 뜨면 로사는
그의 모습을 발견할 수 없었다. 추초 플로레스는 대개 아주 일찍 일어나 라디오
생방송 프로그램에 출연하러 나갔기 때문이다. 그 방송이 「좋은 아침입니다,
소노라」인지 아니면 「안녕하세요, 친구들」인지 그녀는 정확히 알지 못했다.
처음부터 그 프로그램을 들어 본 적이 한 번도 없었던 것이다. 사실 그것은

이쪽이든 저쪽이든 국경을 건너가는 트럭 운전사들과 공장으로 노동자들을 실어 나르는 버스 운전사들, 그리고 아침에 일찍 일어나야만 하는 산타테레사의 모든 사람이 듣는 방송 프로그램이었다. 잠에서 깨면 로사는 아침 식사를 준비했다. 일반적으로 오렌지주스 한 컵과 토스트 한 쪽이나 쿠키였다. 그런 다음에는 접시와 컵, 주서기를 닦고서 그곳을 떠났다. 또 어떤 때는 조금 더 그곳에 머무르면서 창문으로 코발트색 하늘 아래 펼쳐진 도시 풍경을 내다보고는 침대를 정리하고서 아파트를 빙빙 돌아다녔다. 그녀는 자기의 삶과는 너무나도 다르고 이상한 그 멕시코인과의 관계에 대해 생각하는 걸 제외하고는 별로 할 일이 없었다. 그녀는 그가 자기를 사랑하는지, 그가 그녀에게 느끼는 것이 사랑인지, 그녀가 그에게 정말로 사랑을 느끼는지, 아니면 육체적 매력이나 그와 비슷한 것에 불과한 것인지, 다른 사람과 커플 관계에서 그녀가 기대할 수 있는 것이 그게 전부인지 생각했다.

두 사람은 어떤 때는 저녁 무렵에 전속력으로 동쪽을 향해 그의 차를 몰고 산타테레사가 멀리 내려다보이는 산속 전망대로 가곤 했다. 그곳에서 그들은 도시를 밝히기 시작하는 불빛과 사막 위로 점차 떨어지는 광대한 검은 낙하산을 바라보았다. 그곳으로 갈 때마다 조용히 낮에서 밤으로 바뀌는 모습을 지켜본 다음, 추초 플로레스는 지퍼를 내리고는 그녀의 목덜미를 잡아서 얼굴을 자기 가랑이로 끌어당겼다. 그러면 로사는 입술 사이로 그의 음경을 넣고서 살며시 빨았다. 그의 음경이 딱딱해지면, 혀로 그걸 애무하기 시작했다. 추초 플로레스가 사정을 하려고 할 때면, 그녀는 그의 손이 그녀 머리를 가랑이에서 떨어지지 못하도록 꽉 잡으면서 더욱 압력을 가하는 것을 통해 그럴 찰나라는 것을 눈치챘다. 로사는 혀의 움직임을 중지했고, 마치 음경 전체를 입안에 넣는 바람에 숨이 막힌 것처럼 가만히 있으면서 목에서 그의 정액이 분출되는 걸 느꼈다. 그래도 그녀는 움직이지 않았다. 그러면 종종 애인이 내는 신음과 기괴한 탄성이 들렸다. 추초 플로레스는 오르가슴 동안 노골적인 말과 욕설을 내뱉기 좋아했지만, 그녀를 향한 게 아니라, 불특정한 사람, 즉 그 순간에만 모습을 드러내면서 이내 밤 속으로 사라지던 유령들을 향한 것이었다. 그런 다음 아직 입에서 찝찔하고 씁쓸한 맛을 느끼면서 그녀는 담배에 불을 붙였고, 그러는 동안 추초 플로레스는 은제 담뱃갑에서 코카인이 담긴 조그맣게 접은 종이를 꺼내 담뱃갑 안쪽 뚜껑에 톡톡 털었다. 은제 담뱃갑 외부에는 목가적인 농장의 풍경이 새겨져 있었다. 그는 전혀 서두르지 않은 채 신용 카드 하나로 그것을 세 줄로 나누었고, 자기 명함에 담아 가루를 코로 들이마셨다. 명함에는 추초 플로레스, 기자 및 라디오 아나운서라고 쓰여 있었고, 그 아래에는 라디오 방송국 주소가 있었다.

그러던 어느 날 저녁 해 질 녘이었다. 그가 그녀에게 아무것도 요구하지 않았지만(추초는 단 한 번도 그녀에게 코카인을 함께 나누어 흡입하자고 요구하지 않았다), 손바닥으로 입술에 묻은 정액 방울을 닦으면서, 로사는 추초 플로레스에게 마지막 세 번째 줄을 자기 몫으로 남겨 달라고 부탁했다. 추초 플로레스는 정말이냐고 물었고, 무관심하면서도 동시에 존중하는 몸짓으로 그녀에게 담뱃갑과 새 명함을 건네주었다. 로사는 남은 코카인을 모두 코로 들이마셨고, 그런 다음 의자에 편안한 자세로 앉아 검은 하늘과 하등의 차이점도 없는 검은 구름을 바라보았다.

그날 밤 집으로 돌아와서 그녀는 마당으로 나갔고, 뒷마당에서 오래전부터 빨랫줄에 걸려 있던 책과 아버지가 말하는 모습을 보았다. 그녀는 아버지가 그곳에 자기가 있다는 사실을 눈치채기 전에, 자기 침실로 돌아와 문을 닫고 소설을 읽으면서 멕시코 사람과의 관계에 대해 생각했다.

물론 멕시코 사람과 그녀의 아버지는 이미 만난 적이 있었다. 추초 플로레스는 이 만남에서 긍정적인 느낌을 받았다고 말했다. 그러나 로사는 그가 거짓말한다고 생각했다. 그녀는 자기 아버지가 그를 어떻게 쳐다보았는지 너무나 잘 알았다. 추초가 그런 사람을 마음에 들어 했다는 건 전혀 사리에 맞지 않는 일이었다. 그날 밤 아말피타노는 추초 플로레스에게 세 가지 질문을 던졌다. 첫 번째 질문은 육각형을 어떻게 생각하느냐는 것이었다. 두 번째로는 육각형을 그릴 줄 아느냐고 물었다. 세 번째 질문은 산타테레사에서 일어나는 여성 살인에 관해 어떤 의견을 갖고 있느냐는 것이었다. 첫 번째 질문에 관해 추초 플로레스는 자기는 아무 생각도 하지 않는다고 대답했다. 두 번째 질문에 대해서는 솔직하게 모른다고 대답했다. 그리고 세 번째 질문에 관해서는, 매우 유감스러운 일이긴 하지만 경찰은 살인범들을 한 명씩 차근차근 체포하고 있다고 말했다. 로사의 아버지는 더는 질문하지 않았고, 딸이 추초 플로레스를 집 앞 거리까지 배웅해 주는 동안 1인용 소파에 앉아 꼼짝도 하지 않았다. 로사가 집 안으로 다시 들어왔고 아직도 그녀 애인의 자동차 엔진 소리가 들리는 동안, 오스카르 아말피타노는 딸에게 그 남자를 조심하는 게 좋겠다고, 그 남자에 관해 좋지 않은 인상을 받았다고 말했지만, 왜 그런 느낌을 받았는지에 대해서는 설명하지 않았다.

「내가 잘못 이해한 게 아니라면, 그와 헤어지는 게 좋겠다는 말이네요.」로사가 부엌에서 웃으면서 말했다.

「그와의 관계를 정리하도록 해.」오스카르 아말피타노가 말했다.

「맙소사. 아빠, 아빠는 갈수록 제정신이 아닌 것 같아요.」로사가 말했다.

「그래, 그건 사실이야.」오스카르 아말피타노가 말했다.

「그럼 우린 어떻게 해야죠? 어떻게 할 거예요?」

「넌 그 무식쟁이이자 거짓말쟁이를 떠나면 돼. 난 어떻게 해야 할지 잘 모르겠어. 아마도 우리가 유럽으로 돌아가면, 병원에 입원해서 전기 충격 치료를 받겠지.」

추초 플로레스와 오스카르 아말피타노가 두 번째로 얼굴을 맞부딪친 것은 추초 플로레스가 로사를 집에 데려다주려고 왔을 때였다. 찰리 크루스와 로시타 멘데스도 함께 왔다. 오스카르 아말피타노는 사실 그 시간에 그곳이 아니라 대학에서 강의를 하고 있어야만 했다. 하지만 그날 오후 그는 몸이 아프다는 이유를 대고서 평소보다 훨씬 일찍 집으로 돌아왔다. 그들이 만난 시간은 짧았다. 로사가 그의 친구들이 가능한 한 빨리 집에서 떠나도록 조정했기 때문이었다. 그러나 그녀의 아버지는 평소답지 않게 그들을 다정하게 대했고, 그들이 떠나기 전에 찰리 크루스와 대화를 나누었다. 그 대화는 유쾌했다고 할 수는 없었지만, 그렇다고 지겹다거나 따분하지도 않았다. 오히려 시간이 흐르면서 아버지와 찰리가 나눈 대화는 로사의 기억 속에서 갈수록 선명한 윤곽을 띠었다. 마치 노인의 고전적인 전형처럼, 시간이 먼지로 뒤덮이고 검은 홈이 새겨진 평평한 회색 바위에 쉬지 않고 바람을 불어 대서 마침내 바위에 새겨진 글자들을 완전히 읽을 수 있도록 만드는 것 같았다.

로사는 그 순간 거실에 없었다. 그녀는 부엌에서 컵 네 개에 망고주스를 따르고 있었다. 그래서 그녀가 추측하는 바로는, 아버지가 손님들에게 느닷없이 던지는 악의적인 질문 중 하나로 모든 게 시작되었다. 물론 그의 손님들이 아니라 그녀를 찾아온 손님들에게만 던지는 질문이었다. 아니면 아마도 순진무구한 로시타 멘데스의 몇 가지 원칙 선언으로 시작되었을 것이라고도 추정했다. 처음 몇 분 동안 로시타 멘데스의 목소리가 거실의 대화를 지배하는 것 같았기 때문이다. 아마도 로시타 멘데스가 자기가 얼마나 영화를 좋아하는지 말한 것 같았고, 그 순간 오스카르 아말피타노가 그녀에게 가현(假現) 운동이 무엇인지 아느냐고 물은 모양이었다. 그러나 그 질문에 대답한 사람은 로시타 멘데스가 아니라 찰리 크루스였다. 그건 불가피한 일이었을 것이다. 찰리 크루스는 가현 운동이란 망막에 영상이 지속되면서 생기는 일종의 착시 현상이라고 대답했다.

「맞아. 영상은 망막에 16분의 1초 동안 머물기 때문이지.」 오스카르 아말피타노가 말했다.

엄청나게 무식했지만, 동시에 놀라움을 표현하는 능력과 배우고자 하는 욕망 역시 엄청났던 로시타 멘데스는 아마도 와, 멋져라고 말한 모양이었다. 그러자 그녀의 아버지는 로시타 멘데스를 한쪽에 놔두고서, 직접 찰리 크루스에게 누가 그걸, 즉 망막에 영상이 순간적이나마 남는 사실을 발견했는지 아느냐고 물었다. 찰리 크루스는 그 사람 이름은 잘 기억나지 않지만, 프랑스 사람이었다는 것은 확신한다고 말했다. 그 말을 듣자 그녀의 아버지가 말했다.

「맞아. 플라토라는 프랑스 교수지.」

그 원리를 발견하자, 그는 자기가 손수 만든 여러 발명품을 가지고서 마치 상어처럼 지독하게 실험하기 시작했다. 목표는 정지된 영상이 빠른 속도로 연속적으로 제시되면 움직이는 것 같은 효과를 자아낸다는 것이었다. 거기서 활동요지경[32]이 탄생했다.

「그게 뭔지 아나?」 오스카르 아말피타노가 물었다.

---

32 연속된 동작의 그림을 그린 원통을 회전시키며 구멍으로 들여다보는 장치.

「어렸을 때 하나 가지고 있었습니다. 또한 마술판도 가지고 있었습니다.」 찰리 크루스가 말했다.

「마술판이라…….」 오스카르 아말피타노가 말했다. 「정말 흥미롭군. 그걸 기억하나? 어떻게 생겼는지 설명해 줄 수 있나?」

「지금 당장 하나 만들어 드릴 수도 있습니다.」 찰리 크루스가 말했다. 「마분지와 색연필 두 개, 실만 있으면 됩니다. 제 기억이 잘못되지 않았다면 말이지요.」

「아, 아닐세. 아니야. 그럴 필요까지는 없네.」 오스카르 아말피타노가 말했다. 「그냥 훌륭하게 설명만 해주면 충분하네. 어떻게 보면 우리 모두는 뇌 속에 떠다니거나 빙빙 도는 마술판 몇백만 개를 가지고 있지.」

「정말입니까?」 찰리 크루스가 물었다.

「와!」 로시타 멘데스는 감탄을 금치 못했다.

「그럼 그렇게 하지요. 술 취한 조그만 사람이 웃고 있어요. 그게 바로 마술판 한쪽 면에 그려져 있습니다. 그리고 반대쪽 면에는 감옥이 그려져 있습니다. 감옥의 쇠창살이 그려진 거지요. 원반을 돌리면, 웃던 술 취한 조그만 사람은 감옥에 갇히게 됩니다.」

「그건 웃을 만한 일이 아니지, 그렇지 않은가?」 오스카르 아말피타노가 말했다.

「맞습니다, 웃을 일이 아닙니다.」 찰리 크루스가 한숨을 내쉬며 말했다. 「그러나 술 취한 조그만 사람(그런데 왜 술 취한 사람이 아니고 술 취한 조그만 사람이라고 부르는 것이지?)은 웃습니다. 아마도 자기가 감옥에 있다는 것을 모르기 때문이겠지요.」

로사가 기억하는 바에 따르면, 마치 이런 것으로 어디까지 가려는 것인지 짐작해 보려는 듯, 잠시 찰리 크루스는 또 다른 시선으로 그녀의 아버지를 쳐다보았다. 이미 말했듯이 찰리 크루스는 절대로 긴장하지 않는 사람이었다. 몇 초 동안 그는 동요하지 않은 채 편안한 표정을 지으며 차분함을 유지했지만, 그런 표정 뒤로는 무슨 일인가가 일어나고 있었다. 로사가 기억하는 바로는, 그는 안경을 통해 그녀의 아버지를 주시했고, 마치 그 안경이 이제 더는 소용이 없는 것처럼, 차분하고 침착하게 안경을 바꾸려는 것 같았다. 그 작업은 불과 몇십 분의 1초밖에 걸리지 않았지만, 그 짧은 시간 동안 그의 시선은 필연적으로 그대로 드러나 있거나 아니면 아무 안경도 끼고 있지 않았다. 어쨌거나 렌즈가 없는 상태여야만 했다. 안경을 벗어 보관하고 다른 렌즈를 껴야 했는데, 그 두 가지 작업을 동시에 수행할 수는 없었기 때문이다. 로사는 이야기를 마치 자기가 꾸며 대듯이 기억했는데, 그 몇십 분의 1초 동안 찰리 크루스의 얼굴은 텅 비거나 텅 비우고 있었으며, 이런 일은 놀라울 정도로 빠른 속도로 일어났다. 빛의 속도라고 말하면 약간 과장될지 모르지만, 그래도 그게 그나마 정확한 용어였다. 머리카락과 치아를 포함한 얼굴 전체가 텅 비었다. 물론 그런 멍한 상태 앞에서 머리카락과 치아를 말한다는 것은 아무런 의미도 없는 것과 마찬가지였다. 찰리 크루스의 모든 생김새는 텅 비었고, 그의 주름살과 혈관, 땀구멍을 비롯한 모든 게 무방비 상태로 있었다. 로사가 기억하는 바에 따르면, 유일한 대답은 현기증과 구토일 수밖에 없다는 차원으로 모든 게 수렴되었다. 그러나 그것 역시 사실이 아니었다.

「술 취한 조그만 사람은 웃는데, 그것은 자기가 자유의 몸이라고 믿기 때문이지. 그러나 사실 그는 감옥에 있는 거야.」 오스카르 아말피타노가 말했다. 「그게 바로 재미있는 점이야. 그러나 분명한 것은 감옥이 마술판의 다른 쪽에 그려져 있다는 사실이지. 우리가 그를 감옥에 있다고 믿기 때문에, 그리고 감옥이 마술판 한쪽 면에 있고 술 취한 조그만 사람이 다른 면에 있다는 것을 깨닫지 못하기 때문에, 술 취한 조그만 사람이 웃는다고 말할 수 있는 거야. 우리가 아무리 마술판을 돌려도, 그래서 술 취한 조그만 사람이 감옥에 갇힌 듯 보이게 할지라도, 감옥과 술 취한 조그만 사람이 마술판의 다른 면에 있다는 것이 사실이야. 사실 우리는 술 취한 조그만 사람이 무엇 때문에 웃는지도 짐작할 수 있어. 그는 우리가 쉽게 믿는 걸 비웃는 거야. 다시 말하면 우리의 눈을 비웃는 거지.」

얼마 후 로사에게 상당한 충격을 준 사건이 벌어졌다. 학교에서 돌아오는 길에 그녀는 산책을 했다. 그런데 갑자기 그녀를 부르는 소리를 들었다. 함께 수업을 듣는 동갑내기 남학생이 길가에 차를 세우고서 집까지 데려다 주겠다고 했다. 차에 올라타는 대신, 그녀는 에어컨이 있는 근처 커피숍에서 음료수 한잔을 마시는 편이 좋을 것 같다고 대답했다. 남학생은 그곳까지 데려다주겠다고 했고, 로사는 기꺼이 그 제안을 받아들였다. 그녀는 차를 타고서 어떤 거리로 가야 하는지 가르쳐 주었다. 커피숍은 현대적이었고 널찍했으며, L 자 형태였다. 그리고 미국 스타일대로 테이블들을 줄 맞추어 놓았고, 커다란 창문들에서는 햇빛이 들어왔다. 잠시 그들은 이런저런 것에 관해 이야기를 했다. 그러고 나서 남학생은 가봐야겠다면서 자리에서 일어났다. 그들은 상대방의 뺨에 키스를 하면서 작별했고, 로사는 여종업원에게 커피 한 잔을 가져다 달라고 했다. 그녀는 20세기 멕시코 미술에 관한 책을 펼쳤고, 볼프강 팔렌[33]에 관한 부분을 읽기 시작했다. 그 시간에 커피숍은 거의 텅 비어 있었다. 주방에서 여러 목소리가 들려왔다. 또 어느 여자가 다른 여자에게 들려주는 충고와 가끔씩 커다란 커피숍 여기저기에 흩어져 앉은 몇몇 손님에게 커피를 더 따라 주려고 커피포트를 들고 오는 여종업원의 발소리가 들렸다. 그런데 누군가가 그녀에게 다가왔다. 그녀는 그 소리를 듣지 못했다. 그러더니 갑자기, 넌 창녀야, 하고 말했다. 그 목소리를 들은 그녀는 소스라치게 놀랐고, 몹쓸 장난이거나 아니면 자신을 다른 여자와 혼동했을 거라고 생각하면서 눈을 들었다. 그녀 옆에는 추초 플로레스가 있었다. 너무나 당황한 나머지 그녀는 그저 그에게 앉으라는 말만 간신히 할 수 있었다. 그러나 추초 플로레스는 거의 입술을 움직이지 않은 채 그녀에게 일어나서 자기를 따라오라고

---

33 Wolfgang Paalen(1905~1959). 오스트리아에서 태어났지만 멕시코에서 활동한 화가이자 미술 이론가.

말했다. 로사는 어디로 가려는 것이냐고 물었다. 집으로. 추초 플로레스는 말했다. 그는 식은땀을 흘렸고, 얼굴은 벌겠다. 로사는 거기서 움직일 생각이 전혀 없다고 대답했다. 그러자 추초 플로레스는 그녀가 키스한 남자가 누구냐고 물었다.

「대학교에서 함께 수업을 듣는 학생이에요.」로사가 말했다. 그때 그녀는 추초의 손이 부들부들 떨린다는 것을 알았다.

「넌 창녀야.」그는 또다시 그 말을 반복했다.

그러고 나서 그는 무언가를 중얼거렸다. 처음에 로사는 그 말이 무엇인지 알아듣지 못했지만, 잠시 후 그게 너는 창녀야라는 말을 반복하는 거라는 사실을 깨달았다. 마치 그 말을 입 밖으로 내뱉는 게 엄청나게 힘들다는 듯이 그는 이를 악물고서 여러 번 말했다.

「가잔 말이야!」추초 플로레스가 소리쳤다.

「당신과 그 어느 곳에도 가고 싶지 않아요.」로사가 말했다. 그러고는 주변을 둘러보면서 지금 일어나는 일을 누군가가 눈치채지 않았는지 살펴보았다. 하지만 그들을 눈여겨 쳐다보는 사람은 아무도 없었고, 그러자 그녀는 마음을 놓을 수 있었다.

「그 남자와 잤어?」추초 플로레스가 말했다.

몇 초 동안 로사는 그가 무슨 소리를 하는지 알지 못했다. 에어컨에서 나오는 바람이 너무 차갑게 느껴졌고, 그녀는 거리로 나가 따스한 햇볕 아래 서 있고 싶었다. 스웨터나 조끼를 가져왔다면 걸쳤을 것 같았다.

「내가 함께 자는 사람은 당신뿐이에요.」그녀는 이렇게 말하면서 그를 진정시키려고 했다.

「거짓말.」추초 플로레스가 말했다.

여종업원이 커피숍 끝에서 모습을 보이고는 그들에게 다가왔지만, 오는 도중에 마음을 바꿔 먹었는지 다시 카운터 뒤로 들어갔다.

「말도 안 되는 소리 그만해요.」로사는 그에게 말했고, 팔렌에 관한 글에 시선을 집중했지만, 그녀의 눈에는 소금 표면 위에 모인 검은 개미들과 검은 거미들만 보였다. 개미들은 거미들과 싸우고 있었다.

「집으로 가자.」그녀는 추초 플로레스가 말하는 소리를 들었다. 추웠다.

눈을 든 그녀는 그가 울음을 터뜨리기 일보 직전이라는 사실을 알았다.

「당신은 내 유일한 사랑이야. 당신을 위해서라면 내 모든 것을 바칠 거야. 당신을 위해서라면 죽을 수도 있어.」추초 플로레스가 말했다.

잠시 몇 초 동안 그녀는 그에게 뭐라고 말해야 할지 몰랐다. 아마도 이제 관계를 끊어야 할 순간이 온 것 같아. 그녀는 생각했다.

「당신이 없으면 난 아무것도 아니야. 당신은 나의 전부야. 내가 필요로 하는 모든 거야. 내 인생의 꿈이 바로 당신이야. 당신을 잃어버린다면, 난 죽고 말 거야.」추초 플로레스가 말했다.

여종업원이 카운터에서 그들을 쳐다보았다. 테이블 스무 개가량 떨어진 곳에서 한 남자가 커피를 마시며 신문을 읽고 있었다. 넥타이를 맨 반팔 셔츠 차림이었다. 태양이 창문에서 부르르 떠는 것 같았다.

「부탁이니 앉아요.」로사가 다소곳하게 말했다.

추초 플로레스는 기대었던 의자를 끌어당겨 앉았다. 즉시 그는 양손으로 얼굴을 감쌌고, 로사는 그가 다시 소리 지르거나 아니면 울 것이라고 생각했다. 정말 창피해 못살겠어. 그녀는 생각했다.

「뭘 좀 마실래요?」

추초 플로레스는 고개를 끄덕였다.

「커피.」그는 손을 얼굴에서 떼지 않은 채 모기만 한 소리로 말했다.

로사는 여종업원을 쳐다보고는 손을 들어 그곳으로 오게 했다.

「커피 두 잔 주세요.」그녀가 말했다.

「네.」여종업원이 말했다.

「당신이 본 남자는 그저 친구에 불과해요. 아니 친구라고 볼 수도 없어요. 학교에서 같은 수업을 듣는 학생에 불과해요. 그는 내 뺨에 키스했어요. 그건 지극히 정상적인 인사예요. 사람들이 흔히 하는 인사예요.」로사가 말했다.

추초 플로레스는 웃더니 얼굴에서 손을 떼지 않은 채 고개를 이리저리 흔들었다.

「그래, 맞아. 맞는 말이야. 극히 정상적인 거야. 그건 나도 알아. 미안해.」그가 말했다.

여종업원이 커피포트와 추초 플로레스가 마실 잔을 들고 왔다. 우선 그녀는 로사의 잔에 커피를 따라 주었고, 그런 다음 추초 플로레스의 잔에 커피를 따랐다. 여종업원은 떠나면서 로사의 눈을 바라보았고, 그녀에게 일종의 신호를 보냈다. 아니, 그건 나중에 로사가 생각한 것인지도 몰랐다. 눈썹으로 보낸 신호였다. 그녀는 눈썹을 활 모양으로 만들었다. 아니, 입술을 움직인 것일 수도 있었다. 아무 소리도 내지 않은 채 말한 것과 같았다. 그녀는 제대로 기억할 수 없었다. 그러나 여종업원은 그녀에게 뭔가 말하려고 했다.

「커피 마셔요.」로사가 말했다.

「그래, 그렇게 할게.」추초 플로레스가 말했다. 그러나 그는 두 손으로 얼굴을 가린 채 계속해서 꼼짝도 하지 않았다.

문 근처에 다른 남자가 앉았다. 여종업원은 그와 함께 있었고, 그들은 대화를 나누었다. 남자는 헐렁한 데님 재킷과 검은색 운동복을 입고 있었다. 깡말랐고 스물다섯 살 이상은 되어 보이지 않았다. 로사는 그를 쳐다보았고, 남자는 즉시 그녀가 자기를 쳐다본다는 사실을 알았지만, 그녀의 시선을 무시한 채, 그리고 그녀의 시선에 답하지도 않은 채 음료수를 마셨다.

「그리고 사흘 후에 당신을 만난 거예요.」로사가 말했다.

「왜 권투 시합에 간 거예요? 권투 좋아해요?」페이트가 물었다.

「아니요. 이미 말했듯이 그런 시합에는 처음 간 거예요. 로시타가 함께 가자고 졸랐어요.」

「로시타 멘데스를 말하는 건가요?」

「그래요. 로시타 멘데스가 함께 가자고 했어요.」

「하지만 시합 후에 당신은 그 작자와 섹스하려고 생각했어요.」 페이트가 말했다.

「아니에요. 난 그가 준 코카인을 받아서 흡입했지만, 그와 침대에 가고 싶은 생각은 추호도 없었어요. 난 질투심 많은 남자들을 참지 못하지만, 그와 친구 관계를 계속 유지할 생각은 있어요. 우리는 전화로 그에 관해 말했고, 그는 이해하는 것 같았어요. 어쨌거나 난 그가 이상하게 행동한다는 것을 알았어요. 그의 차를 타고 가는 동안, 그는 식당을 찾으면서 내가 자기 것을 빨아 주길 원했어요. 마지막으로 한 번만 빨아 줘라고 말했어요. 아니, 어쩌면 그런 식으로 말하지는 않았을지도 몰라요. 하지만 대략 그런 의미였지요. 나는 그에게 미쳤느냐고 물었고, 그는 빙긋이 웃었어요. 나도 마찬가지로 웃었지요. 모든 게 그저 신소리 같았어요. 이틀 전에 그는 내게 전화를 걸었어요. 그가 전화를 걸지 않으면, 로시타 멘데스가 내게 전화를 걸어 그의 메시지를 전해 주었어요. 그녀는 내게 그를 버리지 말라고 충고했어요. 그는 좋은 사냥감이라고 내게 말했지요. 하지만 나는 그녀에게 애인 관계건 아니면 그 무엇이 되었건 간에 우리의 관계는 끝난 것이라고 말했지요.」

「그도 이미 당신과의 관계가 끝났다는 걸 알았군요.」 페이트가 말했다.

「우리는 이미 전화로 통화했고, 나는 질투심 많은 남자를 좋아하지 않으며, 난 질투심이 많지 않다고 그에게 설명했어요. 그런 남자들은 참고 견딜 수 없어요.」 로사가 말했다.

「그도 당신과의 관계가 끝났다고 생각했군요.」 페이트가 말했다.

「아마 그럴 거예요. 그렇지 않았다면 마지막으로 자기 것을 빨아 달라고 부탁하지는 않았겠죠. 난 결코 그런 짓은 하지 않을 거예요. 특히 시내 중심가에서는 말이에요. 아무리 밤이라 하더라도요.」 로사가 말했다.

「하지만 그는 슬픈 얼굴은 아니었어요. 적어도 난 그런 인상을 받았어요.」 페이트가 말했다.

「그래요, 그는 즐겁게 보였어요. 그는 항상 쾌활하고 행복하게 인생을 사는 사람이에요.」 로사가 말했다.

「그래, 나도 그렇게 생각했어요. 자기 애인과 친구들과 함께 멋진 밤을 보내려고 생각하면서 행복해하는 사람 같았어.」 페이트가 말했다.

「그는 마약 중독자예요. 그는 계속해서 알약을 먹어요.」 로사가 말했다.

「난 그가 마약 중독자라는 인상을 받지는 않았어요. 머릿속에 너무 커다란 것을 지닌 사람처럼 조금 이상하다는 것은 알았지요. 머릿속에 든 것을 어떻게 해야 할지 모르는 사람처럼 말이에요. 결국 그게 그의 머리를 폭발시킬지도 모르겠지만⋯⋯.」페이트가 말했다.

「그래서 남아 있었던 거예요?」로사가 물었다.

「그럴 수도 있지요. 사실 나도 모르겠어요. 난 지금쯤 미국에 있거나 기사를 쓰고 있어야만 해요. 하지만 난 지금 당신과 대화하면서 여기 모텔에 있죠. 나도 그걸 이해할 수 없어요.」페이트가 말했다.

「내 친구 로시타와 침대에 가길 원했나요?」로사가 물었다.

「아니요. 그런 생각은 해보지 않았어요.」페이트가 대답했다.

「그럼 나 때문에 남았던 건가요?」로사가 물었다.

「모르겠어요.」페이트가 대답했다.

두 사람은 하품을 했다.

「날 사랑하나요?」로사가 아무런 악의 없이 자연스러운 말투로 물었다.

「그럴 수 있어요.」페이트가 말했다.

로사가 잠들자, 그는 하이힐을 벗기고 담요로 덮어 주었다. 불을 끄고서 잠시 창문의 블라인드 틈으로 주차장과 거리를 비추는 가로등을 바라보았다. 그러고는 재킷을 걸치고 아무 소리도 내지 않은 채 방에서 나왔다. 프런트 직원은 텔레비전을 보고 있었고, 그가 내려오는 것을 보자 미소를 지었다. 그들은 잠시 멕시코와 미국의 텔레비전 프로그램에 관해 이야기했다. 직원은 미국 프로그램이 훨씬 잘 제작되었지만, 멕시코 프로그램이 더 재미있다고 평했다. 페이트는 유선 텔레비전 프로그램이 있느냐고 물었다. 직원은 유선 방송은 부자들이나 게이들이 보는 것이며, 진짜 인생은 공짜 채널에 있고 거기서 진짜 인생을 찾아야 한다고 설명했다. 페이트는 그에게 이 세상에 정말로 공짜인 게 있다고 생각하느냐고 물었다. 그러자 직원은 웃음을 터뜨리면서 페이트가 어디로 가려고 하는지 이미 알며, 그래도 그를 납득시키지는 못할 것이라고 말했다. 페이트는 그를 납득시킬 생각이 전혀 없다고 말한 다음, 메시지를 보낼 수 있는 컴퓨터가 있느냐고 물었다. 직원은 고개를 가로젓더니 책상 위에 수북하게 쌓인 종이 더미를 뒤적거렸다. 그러더니 마침내 산타테레사의 인터넷 카페 명함을 찾아냈다.

「24시간 열려 있어요.」직원이 알려 주었다. 그 말을 들은 페이트는 내심 놀랐다. 그는 뉴욕 사람이었지만, 밤새 열려 있는 인터넷 카페에 대해서는 평생 한 번도 들어 본 적이 없었기 때문이다.

산타테레사 인터넷 카페의 명함은 새빨간색이었다. 너무나 빨개서 인쇄된 글자를 제대로 읽을 수 없을 정도였다. 좀 더 은은한 붉은색으로 칠한 뒷면에는 그 가게의 정확한 위치를 가리켜 주는 지도가 그려져 있었다. 그는 프런트 직원에게 카페의 이름을 번역해 달라고 부탁했다. 직원은 웃더니 카페 이름이 〈불이여, 나와 함께 걷자〉[34]라고 말했다.

「데이비드 린치의 영화 제목 같군요.」페이트가 말했다.

34 데이비드 린치의 영화 「트윈 픽스」의 부제다.

직원은 어깨를 으쓱거리더니 멕시코 전체가 각양각색 많은 것에게 경의를 표하며, 그런 것들의 콜라주라고 보면 된다고 설명했다.

「이 나라의 모든 것은 이 세상의 모든 것, 심지어 아직 일어나지 않은 것들에 대해서도 경의를 표하고 있어요.」직원이 말했다.

인터넷 카페에 어떻게 도착할 수 있는지 설명한 후, 그들은 잠시 린치의 영화에 대해 말했다. 직원은 그의 모든 영화를 보았지만, 페이트는 단지 서너 편만 본 상태였다. 직원은 자기가 보기에 린치의 최고 작품은 텔레비전 연속극인「트윈 픽스」라고 자신 있게 말했다. 반면에 페이트가 가장 좋아하는 작품은「엘리펀트 맨」이었다. 아마도 그가 종종 엘리펀트 맨처럼 다른 사람들처럼 되고 싶으면서도 동시에 다른 사람들과 다르다는 것을 느꼈기 때문인지도 모르는 일이었다. 직원은 마이클 잭슨이 엘리펀트 맨의 해골을 구입했거나 아니면 구입하려고 했다는데 그런 사실을 아느냐고 물었다. 그러자 페이트는 어깨를 으쓱하면서 마이클 잭슨은 정신병을 앓고 있다고 대답했다. 난 그렇게 생각하지 않아요. 직원은 말하면서 그 순간 텔레비전에서 방영되는 것을 보았다. 마치 아주 중요한 대목인 것 같았다.

「내 생각에는 말입니다.」그는 페이트는 볼 수 없는 텔레비전 화면에서 눈을 떼지 않고 말했다.「마이클 잭슨은 우리가 알지 못하는 것을 알고 있어요.」

「우리 모두는 나머지 다른 사람들이 알지 못한다고 생각하는 무엇인가를 알지요.」페이트가 말했다.

그런 다음 그는 좋은 밤을 보내라면서 작별 인사를 하고서, 인터넷 카페의 명함을 주머니에 넣고 다시 방으로 돌아갔다.

오랫동안 페이트는 불을 끈 채 서서 블라인드 사이로 자갈 깔린 마당과 고속 도로를 지나가는 트럭들의 끝없는 불빛을 쳐다보았다. 그는 추초 플로레스와 찰리 크루스를 생각했다. 그는 찰리 크루스가 소유한 집의 그림자가 빈 땅에 드리운 모습을 다시 보았다. 그는 추초 플로레스의 웃음소리를 들었고, 수녀의 침실처럼 아무것도 장식되지 않은 좁디좁은 방의 침대에 누운 로시타 멘데스를 보았다. 그는 코로나와 코로나의 시선을 비롯해 코로나가 그를 어떻게 쳐다보았는지 생각했다. 그는 마지막에 그들과 합류하고서 아무 말도 하지 않던 콧수염 달린 남자를 생각했고, 그런 다음 그들이 도망칠 때 새소리처럼 날카로운 말투로 말하던 그의 목소리를 떠올렸다. 다리에 피곤함을 느끼자, 그는 창문 옆에 있는 의자에 앉아서 계속 밖을 지켜보았다. 가끔씩 어머니의 집을 생각했고, 아이들이 놀면서 소리치는 시멘트 깔린 마당을 기억했다. 눈을 감으면, 그는 할렘의 거리로 불어오는 바람이 하얀 드레스를 들어 올리는 모습을 볼 수 있었다. 그런 동안 아무리 떨쳐 버리려고 해도 떨칠 수 없는 웃음소리가 벽 사이로 흩어지면서 흰 드레스처럼 시원하고 따뜻한 보도를 따라 번져 갔다. 그는 잠이 자기 귀로 들어오거나 가슴에서 올라오는 것 같은 느낌을 받았다. 그러나 눈을 감고 싶지는 않았다. 잠을 자느니 차라리 계속해서 마당과 모텔의 전면을 비추는 두 가로등, 그리고 어둠 속으로 사라지는 혜성의 꼬리처럼 자동차의 전조등 불빛을 받아 흩어지는 그림자들을 살펴보고 싶었다.

가끔씩 그는 고개를 돌려 자고 있는 로사를 물끄러미 쳐다보았다. 그러나 세 번째인가 네 번째로 고개를 돌렸을 때, 그는 다시 고개를 돌릴 필요가 없다는 사실을 깨달았다. 그냥 그럴 필요가 없었던 것이다. 순간적으로 그는 자기가 결코 졸음을 느끼지 못할지도 모른다고 생각했다. 그가 경주를 하듯 달리는 두 트럭의 미등을 지켜보는 동안, 갑자기 전화벨이 울렸다. 수화기를 들자 프런트 직원의 목소리가 들렸고, 그는 즉시 자기가 기다리던 것이 바로 그것임을 알았다.

「페이트 씨. 방금 전에 당신이 아직도 이곳에 투숙하고 있느냐는 전화를 받았습니다.」 프런트 직원이 말했다.

그는 전화를 건 사람이 누구냐고 물었다.

「경찰입니다, 페이트 씨.」 직원이 말했다.

「경찰이라고요? 멕시코 경찰요?」

「방금 그 경찰과 통화했습니다. 당신이 우리 모텔 투숙객인지 알고 싶어 했습니다.」

「뭐라고 했나요?」 페이트가 물었다.

「사실대로 말했지요. 당신은 이곳에 머물렀지만 이미 떠났다고 했습니다.」 직원이 말했다.

「고마워요.」 페이트는 이렇게 말하고 전화를 끊었다.

그는 로사를 깨우고서 신발을 신으라고 말했다. 그리고 가방에서 꺼내 놓은 몇 가지 물건을 챙겨 자동차 트렁크에 있던 가방에 넣었다. 밖은 쌀쌀했다. 다시 방으로 돌아왔을 때, 로사는 욕실에서 머리를 빗고 있었고, 페이트는 그럴 시간이 없다고 말했다. 우선 그들은 차로 갔고, 그런 다음 모텔 프런트로 향했다. 직원은 서서 셔츠 옷자락으로 두꺼운 근시 안경을 닦고 있었다. 페이트는 50달러짜리 지폐 한 장을 꺼내 카운터에 살며시 놓았다.

「도착하면 내 나라로 돌아갔다고 말해 줘요.」 그가 직원에게 말했다.

「아마 곧 올 겁니다.」 직원이 말했다.

큰 도로로 들어서면서, 그는 로사에게 혹시 여권을 가지고 다니느냐고 물었다.

「당연히 그렇지 않지요.」 로사가 말했다.

「경찰이 나를 찾고 있어요.」 페이트가 말했다. 그러고서 프런트 직원이 전달한 내용을 들려주었다.

「그런데 그게 경찰이라고 어떻게 그렇게 자신 있게 단정하지요?」 로사가 물었다. 「어쩌면 코로나일지 몰라요. 아니면 추초일지도요.」

「그래요. 당신 말이 맞아요. 아마도 찰리 크루스거나 아니면 로시타 멘데스가 남자 목소리로 물어보았을 수도 있겠죠. 하지만 이곳에 남아 그걸 확인하고 싶은 생각은 없어요.」 페이트가 말했다.

그들은 동네를 한 바퀴 돌면서 혹시 누군가가 그들을 기다리는지 살펴보았다. 그러나 모든 것이 그대로 있었다. 안절부절못하는 것들도 조용했고, 부산한 국경의 새벽을 알리는 것들도 침묵에 잠겨 있었다. 두 번째로 동네를 돈 다음, 그들은 이웃집 앞에 있는 나무 아래에 차를 세웠다. 잠시 두 사람은 차 안에 머무르면서 혹시라도 무슨 신호가 있는지, 혹시 움직이는 것이 있는지 예의 주시했다. 거리를 건너고 나서, 그들은 가로등 불빛이 비치지 않는 곳에서 다시 주변을 주의 깊게 살폈다. 그러고서 울타리를 뛰어넘어 곧장 뒷마당으로 향했다. 로사가 열쇠를 찾는 동안, 페이트는 빨랫줄에 걸린 기하학 책을 보았다. 아무 생각 없이 그는 다가가서 손가락 끝으로 만져 보았다. 그런 다음 관심이 있다기보다는 긴장을 완화시키려고 로사에게 〈Testamento geométrico〉가 무엇을 의미하느냐고 물었고, 로사는 단 한 마디도 덧붙이지 않고 〈기하학 유언〉이라고 번역해 주었다.

「마치 책을 셔츠인 것처럼 걸어 놓다니, 정말 이상해요.」

「우리 아버지의 생각이었어요.」

아버지와 딸이 함께 사는 집이었지만, 그곳에서는 너무나도 분명하게 여성적인 냄새가 진하게 풍겨 나왔다. 향과 노란색 필터의 담배 냄새가 났다. 로사는 램프를 켰고, 잠시 그들은 1인용 소파에 털썩 앉아서 여러 색깔의 멕시코 담요를 덮었다. 그들은 한마디도 하지 않았다. 그런 다음 로사는 커피를 준비했고, 부엌에서 커피를 마시는 동안 페이트는 오스카르 아말피타노가 문으로 모습을 드러내는 것을 보았다. 그는 신발도 신지 않았고, 머리카락도 헝클어져 있었으며, 구김이 가득한 흰 셔츠와 청바지를 입고 있었다. 마치 옷을 갈아입지도 않은 채 잠들었던 것 같았다. 순간적으로 두 사람은 아무 말도 하지 않은 채 서로 쳐다보았다. 마치 잠든 사람들 같았다. 그들의 꿈이 공통의 지역이면서도 모든 소리가 낯설게 들리는 지역으로 모인 것 같았다. 페이트는 자리에서 일어나 자기 이름을 말했고, 아말피타노는 스페인어를 모르느냐고 물었다. 페이트는 죄송하다고 말한 후 웃었고, 아말피타노는 그 질문을 영어로 반복했다.

「저는 당신 딸의 친구입니다. 그녀가 들어오라고 했습니다.」 페이트가 말했다.

부엌에서 로사의 목소리가 들렸다. 그녀는 자기 아버지에게 스페인어로 걱정하지 말라고, 그는 뉴욕의 기자라고 말했다. 그러고서 아버지에게도 커피를 마시고 싶은지 물었고, 아말피타노는 미지의 인물에게 눈을 떼지 않으면서 그렇다고 대답했다. 로사가 쟁반에 커피 잔 세 개와 우유 한 병, 설탕 그릇을 담아서 가져오자, 그녀의 아버지는 무슨 일이 있는 거냐고 물었다. 내가 보기에 지금 이 순간에는 아무 일도 없어요. 하지만 지난밤에는 이상한 일들이 일어났어요. 로사는 말했다. 아말피타노는 바닥을 내려다보았고, 그런 다음 양말도 신지 않은 자기의 발을 살펴보았다. 그는 커피 잔에 우유를 따르고 설탕을 넣더니, 자기 딸에게 모든 걸 설명하라고 요구했다. 로사는 페이트를 쳐다보았고, 아버지가 말한 내용을 번역해 주었다. 페이트는 웃음을 짓고 다시 소파에 앉았다. 그는 커피 잔을 들어 조금씩 마시기 시작했다. 그러는 동안 로사는 스페인어로 전날 밤에 일어난 일을 이야기하기 시작했다. 권투 시합부터 미국인의 모텔에서 나올 때까지 모든 걸 들려주었다. 로사가 이야기를 끝냈을 때는 이미 새벽이 밝아 오기 시작했고, 자기 딸에게 궁금한 것을 몇 가지 질문하고 확인하는 것 이외에는 이야기를 끊지 않고 듣기만 하던 아말피타노는 모텔에 전화를 걸어 프런트 직원에게 정말로 그곳에 경찰이 들렀는지 아닌지 확인해 보는 게 좋을 것 같다고 제안했다. 로사는 페이트에게 아버지가 제안한 내용을 번역해 주었고, 마음이 내켜서라기보다는 예의상 모텔 라스 브리사스의 전화번호를 돌렸다. 아무도 받지 않았다. 오스카르 아말피타노는 소파에서 일어나 창문을 내다보았다. 거리는 조용했다. 두 사람이 이곳을 떠나는 게 좋을 것 같네. 그는 말했다. 로사는 아무 말도 없이 아버지를 바라보았다.

「자네가 내 딸을 미국으로 데려가서 공항까지 데려다주고, 바르셀로나행 비행기를 태워 줄 수 있나?」

페이트는 그렇다고 대답했다. 오스카르 아말피타노는 창가를 떠나 방으로 모습을 감추었다. 잠시 후 그는 다시 거실로 나와서 로사에게 돈다발을 건네주었다. 많지는 않지만, 비행기표를 끊고 바르셀로나에서 처음 며칠을 살기에는 충분할 거야. 아빠, 난 가고 싶지 않아요. 로사가 말했다. 그래, 나도 알아. 나도 알고 있어. 아말피타노는 말하고서 돈다발을 넣으라고 명령했다. 여권은 어디에 있니? 어서 가서 찾아와. 그리고 가방을 꾸려라. 어서 서두르도록 해. 그는 말했다. 그러고는 다시 창문 옆 자기 자리로 되돌아갔다. 길 건너편에 있는 이웃집 소유의 셰보레 스피릿 자동차 뒤에서 그는 자기가 찾던 검은색 페레그리노 자동차를 보았다. 그는 한숨을 내쉬었다. 페이트는 커피를 식탁 위에 놓고서 창문으로 다가갔다.

「무슨 일인지 알고 싶습니다.」 페이트가 말했다. 그의 목소리는 쉬어 있었다.

「내 딸을 이 도시에서 데려가고, 모든 걸 잊어버리게. 아니, 아무것도 잊지 않아도 좋네. 하지만 가장 중요한 것은 내 딸을 이곳에서 멀리 떨어진 곳에 있도록 해주는 것이네.」

그 순간 페이트는 자기가 과달루페 론칼과 약속이 있다는 것을 기억했다.

「살인 사건과 관련 있는 겁니까? 당신은 추초 플로레스란 작자가 그것에 연루되었다고 생각합니까?」 그가 물었다.

「그들은 모두 살인 사건과 관계 있네.」 아말피타노가 말했다.

청바지를 입고 데님 재킷을 입은 키 큰 청년이 페레그리노에서 내리더니 담배에 불을 붙였다. 로사는 아버지 어깨 너머로 쳐다보았다.

「누구예요?」 그녀가 물었다.

「한 번도 보지 못했니?」

「예, 보지 못한 것 같아요.」

「경찰이야.」 아말피타노가 말했다.

그러더니 자기 딸의 손을 잡고 방으로 끌고 갔다. 그리고 방문을 닫았다.

페이트는 두 사람이 작별 인사를 나누고 있을 거라고 추측하고서 다시 창문을
내다보았다. 페레그리노에서 내린 작자는 자동차 후드에 기대어 담배를 피웠다.
가끔씩 그는 갈수록 환해지는 하늘을 쳐다보았다. 전혀 긴장한 기색이 아니었다.
급하지도 않고 걱정도 없이 산타테레사의 또 다른 새벽 하늘을 바라보면서
행복해하는 사람 같았다. 어느 이웃집에서 한 남자가 나오더니 차에 시동을
걸었다. 페레그리노 자동차의 작자는 담배꽁초를 보도로 던지더니 차 안으로
들어갔다. 그는 단 한 번도 집을 향해 시선을 던지지 않았다. 방에서 나왔을 때,
로사는 작은 여행 가방을 손에 들고 있었다.

「어떻게 나갈까요?」페이트가 알고 싶어 했다.

「문으로.」아말피타노가 말했다.

그러고 나서 페이트는 마치 모두 이해하지는 못했지만 이상하게도 자기
어머니의 죽음을 떠오르게 한 그 영화처럼, 아말피타노가 어떻게 자기 딸에게
키스를 하고 포옹을 하는지 보았다. 그런 다음 그는 아말피타노가 문밖으로 나가
단호하게 거리로 걸어가는 것을 보았다. 우선 페이트는 그가 앞마당으로 걸어가는
것을 보았고, 그다음 페인트칠을 다시 해야만 할 것 같은 나무 대문을 여는 것을
보았고, 그런 다음에는 머리를 빗지도 않은 채 맨발로 길을 건너 검은색
페레그리노로 가는 것을 보았다. 그곳에 도착하자, 차에 탄 자는 창문을 내렸고, 두
사람은 잠시 이야기했다. 아말피타노는 거리에 서서, 그리고 청년은 차에 탄 채
이야기를 나누었다. 서로 아는 거야. 처음 대화를 하는 게 아니야. 페이트는
생각했다.

「지금이에요, 나가요.」로사가 말했다.

페이트는 그녀 뒤를 따라갔다. 그들은 정원과 거리를 가로질렀고, 그들의 몸은
바닥에 극히 가늘고 긴 그림자를 드리웠다. 그림자들은 마치 태양이 거꾸로 도는
양, 거의 5초 간격으로 몸을 떨었다. 차에 타자 페이트는 뒤에서 웃음소리가
들렸다고 생각하고서 돌아보았지만, 그저 아말피타노와 젊은 남자가 아까와
동일한 자세로 계속 이야기하는 모습만 볼 수 있었다.

과달루페 론칼과 로사 아말피타노는 1분도 안 되어 각자의 근심과 걱정을
서로 털어놓았다. 여기자는 자진해서 그들과 투손까지 함께 가주겠다고 했다.
로사는 그럴 필요까지는 없다고 말했다. 그들은 잠시 깊이 생각했다. 두 여자가
스페인어로 대화하는 동안, 페이트는 창문을 내다보았다. 그러나 소노라 리조트
주변에는 이상하게 보이는 게 하나도 없었다. 이제는 기자들도 없었고, 아무도
권투 경기에 관해 말하지 않았다. 웨이터들은 기나긴 혼수상태에서 깨어난 것
같았고, 마치 잠에서 깨어난 것이 그다지 유쾌하지 않은 듯 예전보다 덜 친절했다.
호텔에서 로사는 아버지에게 전화를 걸었다. 페이트는 그녀가 과달루페 론칼과
함께 프런트 쪽으로 가는 걸 보았고, 그들이 돌아오길 기다리는 동안 담배 한 대를
피웠고, 아직 송고하지 않은 기사에 필요한 몇 가지 사항을 덧붙였다. 대낮의

햇빛을 받자, 전날 밤에 일어난 사건들은 유치하고 어리석지만 진지함으로 뒤덮인 것 같았고, 그래서 비현실적으로 보였다. 생각이 다른 곳으로 표류하면서, 페이트는 메롤리노의 스파링 파트너인 오마르 압둘과 가르시아를 보았다. 그들이 버스를 타고 해안 지방까지 여행하는 모습을 상상했다. 그리고 두 사람이 버스에서 내리는 모습과 백사장 덤불 사이로 몇 발짝 옮기는 모습을 보았다. 꿈속의 바람이 모래알을 휘젓자 모래알이 얼굴에 달라붙었다. 황금으로 목욕한 것 같았다. 너무 평화로워. 모든 게 너무 단순해. 페이트는 생각했다. 그런 다음 그는 버스를 보았고, 그것이 거대한 영구차처럼 검은색이라고 상상했다. 그는 압둘의 거만한 미소와 가르시아의 냉정한 얼굴, 너무나도 이상한 그의 문신들을 보았고, 그리 많지는 않지만 접시 몇 개가 갑작스럽게 깨지는 소리, 혹은 상자가 바닥으로 떨어지는 소리를 들었다. 그제야 페이트는 자기가 자고 있었다는 사실을 깨달았고, 커피를 한 잔 더 주문하려고 웨이터를 찾았지만, 아무도 볼 수 없었다. 과달루페 론칼과 로사 아말피타노는 계속해서 전화 통화를 하고 있었다.

「착하고 다정하고 붙임성 있는 사람들이에요. 멕시코 사람들은 열심히 일하고 모든 것에 커다란 관심을 보이며, 다른 사람들은 걱정해 주고, 용감하며 관대해요. 슬픔은 그들에게 죽음이 아니라 생명력을 제공해요.」미국으로 가는 국경을 건너자, 로사 아말피타노가 말했다.
「그들이 그립겠죠?」
「우리 아버지를 그리워할 거고, 그곳 사람들도 그리워할 거예요.」로사가 대답했다.

그들이 차를 타고 산타테레사 감옥으로 갈 때 로사는 아버지의 집에 전화를 걸었지만 아무도 받지 않았다고 말했다. 여러 번 아말피타노에게 전화를 건 후, 로사는 로시타 멘데스의 집으로 전화를 걸었지만, 그곳 역시 아무도 없었다. 로시타가 죽은 것 같아요. 그녀는 말했다. 페이트는 믿기 어렵다는 듯이 고개를 흔들었다.
「우리는 아직 살아 있잖아요.」그가 말했다.
「우리는 아무것도 보지 않았고, 아무것도 모르기 때문에 살아 있는 거예요.」로사가 말했다.
여기자의 차가 앞서 갔다. 노란색 리틀 네모였다. 과달루페 론칼은 정확하게 길을 기억하지 못하는 것처럼 이따금 멈추곤 했지만, 아주 조심해서 운전했다. 페이트는 그 차를 뒤쫓아 가는 걸 멈추고서 즉시 국경으로 가는 게 더 좋을 거라고 생각했다. 그런 제안을 했더니, 로사는 단호하게 반대했다. 그는 로사에게 그 도시에 친구가 있느냐고 물었다. 로사는 아니라고, 사실 어떤 친구도 없다고 대답했다. 추초 플로레스, 로시타 멘데스, 찰리 크루스를 친구라고 여길 수는 없지요, 그렇죠. 그녀는 말했다.

「그래요, 그들은 친구가 아니죠.」 페이트가 말했다.

그들은 울타리 너머 사막 한가운데에서 멕시코 국기가 펄럭이는 걸 보았다. 미국 쪽 출입국 관리소 경찰이 찬찬히 페이트와 로사를 살펴보았다. 그는 백인 여자, 그것도 너무나도 예쁜 백인 여자가 흑인과 함께 무엇을 하는 것인지 의아해했다. 페이트는 경찰을 뚫어지게 바라보았다. 기자인가요? 출입국 관리소 경찰이 물었다. 페이트는 고개를 끄덕였다. 중요한 사람이야. 젠장, 밤마다 저 여자와 사랑을 하겠군. 경찰은 생각했다. 스페인 사람인가요? 로사는 경찰에게 미소를 지었다. 좌절과 실망의 그림자가 경찰의 얼굴을 스쳤다. 그들이 차를 타고 출입국 관리소를 떠날 무렵, 멕시코 국기는 이미 사라졌고, 그들이 볼 수 있었던 것은 울타리와 벽으로 둘러싸인 창고들뿐이었다.

「재수가 없다는 게 문제예요.」 로사가 말했다.

페이트는 그녀의 말을 듣지 못했다.

창문 없는 면회실에서 기다리는 동안, 페이트는 자기 음경이 갈수록 딱딱해진다는 것을 알았다. 순간적으로 그는 어머니가 돌아가신 날 이후 발기한 적이 없다고 생각했지만, 이내 그런 생각을 떨쳐 버렸다. 그토록 오랜 시간 동안 그랬다는 건 있을 수 없는 일이야. 그는 생각했다. 그러나 충분히 가능한 일이었고, 불치의 병에 걸렸을 가능성도 충분했으며, 고칠 가능성이 전혀 없다는 것도 가능한 일이었다. 그렇다면 짧은 기간이라고 말할 수 있는 시간 동안 피가 왜 그의 음경으로 흐르지 않았을까? 로사 아말피타노는 그를 쳐다보았다. 과달루페 론칼은 바닥에 고정된 의자에 앉아서 받아 적을 수첩과 녹음기를 준비하느라 여념이 없었다. 가끔씩 감옥에서 들려오는 일상적인 소리가 들렸다. 큰 소리로 부르는 이름들, 조용히 울리는 음악, 멀어져 가는 발소리들이었다. 페이트는 나무 벤치에 앉아서 하품을 했다. 그는 자기가 곧 잠들 것이라고 생각했다. 그리고 자기 어깨 위로 올라가 있는 로사의 다리를 상상했다. 그는 또다시 라스 브리사스 모텔에서 사용한 방을 보았고, 두 사람이 그곳에서 사랑을 했는지 안 했는지 생각했다. 물론 하지 않았어. 그는 마음속으로 중얼거렸다. 그때 어느 감방에서 총각 파티를 하는 것처럼 커다란 외침을 들었다. 그는 살인에 관해 생각했다. 희미한 웃음소리도 들었다. 왁자그르르 떠드는 소리였다. 그리고 과달루페 론칼이 로사에게 뭔가를 말하고, 로사가 대답하는 소리를 들었다. 잠이 그를 덮쳤고, 그는 할렘의 어머니 집에 있는 소파에서 텔레비전을 켠 채 편안하게 자는 자기 모습을 보았다. 30분만 자야겠어. 그런 다음 일하러 가야지. 그는 생각했다. 권투 시합에 관한 기사를 써야 하거든. 밤새 운전해야만 해. 해가 밝아 오면 모든 게 끝나 있을 거야.

국경을 가로지르면서, 그들이 엘 어도비 마을의 거리에서 본 몇몇 관광객은 잠든 채 걷는 것 같았다. 꽃무늬 옷을 입고 나이키 테니스화를 신은 일흔 살가량 된 여자는 무릎을 꿇은 채 인도 양탄자를 살펴보고 있었다. 1940년대 육상 선수 같은 복장이었다. 서로 손을 잡은 세 아이가 어느 쇼윈도에 전시된 물건들을 쳐다보았다. 물건들은 거의 눈에 띄지 않을 정도로 움직였는데, 페이트는 그것이 동물들인지 아니면 기계 장치인지 알 수 없었다. 술집 옆에는 카우보이 모자를 쓴, 치카노처럼 보이는 몇몇 사람이 몸짓으로 반대 방향을 가리키고 있었다. 거리 끝에는 나무로 지은 허름한 집 몇 채가 있고 길가에는 금속 컨테이너 박스가 있었다. 그리고 그 너머로는 사막이었다. 이 모든 게 다른 사람의 꿈 같아. 페이트는 생각했다. 그의 옆에서는 로사의 머리가 의자 등에 살며시 기대었고, 그녀의 커다란 두 눈은 지평선의 특정 지점을 뚫어지게 바라보고 있었다. 페이트는 그녀의 무릎을 쳐다보았다. 그가 보기에 완벽한 무릎이었다. 그러고서 그녀의 엉덩이와 어깨, 그리고 쇄골을 살펴보았다. 그것들은 스스로의 삶, 즉 예기치 않은 순간에 때때로 모습을 드러내어 제대로 포착하기 힘들고, 그래서 바라보는 사람의 애간장을 태우는 그런 삶을 지닌 것 같았다. 그런 다음 그는 운전에 온 정신을 쏟았다. 엘 어도비 마을에서 나오는 길은 일종의 황토색 소용돌이 같은 곳으로 향했다.

「과달루페 론칼에게 아무 일도 일어나지 않았을까요?」 로사가 졸린 목소리로 물었다.

「이 시간쯤으로 자기 집으로 날아가고 있을걸요.」 페이트가 말했다.

「정말 이상해요.」 로사가 말했다.

로사의 목소리에 그는 잠에서 깨어났다.

「잘 들어 봐요.」 그녀가 말했다.

페이트는 눈을 떴지만 아무 소리도 들을 수 없었다. 과달루페 론칼은 이미 일어나 이제는 마치 최악의 악몽이 현실이 된 것처럼 눈을 아주 크게 뜨고서 그들 옆에 서 있었다. 페이트는 문으로 다가가서 열었다. 다리에 쥐가 난 것 같았고, 아직도 완전히 잠에서 깨어나지 않았다. 그는 복도를 보았고, 복도 끝에는 마치 미장이들이 일을 하다가 도중에 그만둔 것처럼 제대로 마무리되지 않은 시멘트 계단이 있었다. 희미한 빛이 복도를 비추었다.

「가지 마세요.」 로사가 말하는 소리가 들렸다.

「이 올가미에서 벗어나도록 해요.」 과달루페 론칼이 제안했다.

교도소 관리가 복도 끝에서 모습을 보이더니 그들에게 다가왔다. 페이트는 기자증을 보여 주었다. 관리는 기자증을 제대로 쳐다보지도 않은 채 고개를 끄덕이고는, 문간에 서 있던 과달루페 론칼에게 미소를 지었다. 그러더니 관리는 문을 닫고서 폭풍에 관해 뭐라고 말했다. 로사는 그의 귀에 대고 그 말을 통역해 주었다. 모래 폭풍 혹은 폭우 또는 번개를 동반한 폭풍에 관한 것이었다. 높이 떠 있는 구름이 산에서 내려오지만 산타테레사에는 비를 내리지 않고 단지 풍경만 어둡게 만드는 데 일조한다는 이야기였다. 그러면서 그런 아침은 정말

구질구질하다고 덧붙였다. 죄수들은 항상 신경이 곤두서 있지요. 관리는 말했다. 그는 몇 가닥 없는 콧수염을 기른 젊은이였으며, 아마도 나이에 비해서는 조금 뚱뚱한 것 같았고, 자기의 업무를 그다지 달갑게 여기지 않는다는 걸 알 수 있었다. 이제 살인범을 데려올 겁니다. 관리는 말했다.

여자들의 말에는 귀를 기울여야 해. 여자들의 두려움을 결코 무시해서는 안 돼. 페이트는 그 비슷한 말을 어머니가 했거나 아니면 어머니의 이웃이며 이제는 저세상으로 간 홀리 부인이 했다고 기억했다. 두 여자가 젊었을 때, 그러니까 그가 어릴 때 들은 말이었다. 순간적으로 그는 저울, 즉 정의의 여신이 손에 든 양팔 저울을 상상했다. 차이가 있다면 접시 두 개 대신에 병 두 개, 혹은 병처럼 생긴 것이 두 개 있다는 거였다. 왼쪽 병은 투명했고 사막의 모래로 가득했다. 구멍이 여러 개 있어서, 그 구멍으로 모래가 새어 나왔다. 오른쪽 병은 산(酸)으로 가득했다. 이 병에는 어떤 구멍도 나지 않았지만, 산이 병의 내부를 갉아 먹고 있었다. 투손으로 가는 동안, 그는 며칠 전 운전할 때, 즉 반대 방향으로 똑같은 길을 운전했을 때 본 것을 하나도 알아보지 못했다. 그때는 내 오른쪽에 있었던 것이 지금은 내 왼쪽에 있고, 이제 나는 판단 기준이 될 만한 걸 하나도 가지고 있지 못해. 모든 게 지워져 있어. 그는 생각했다. 정오가 거의 다 되어 그들은 길가에 있는 식당 앞에서 멈추었다. 일자리를 구하지 못한 이주 노동자처럼 보이는 멕시코 사람들 한 무리가 카운터에서 그들을 유심히 쳐다보았다. 그들은 그 지역에서 주로 소비되는 생수와 음료수를 마시고 있었다. 페이트는 그 이름들과 병들이 참으로 기이하다고 생각했다. 머지않아 사라지고 말 회사들이 분명했다. 음식은 형편없었다. 로사는 꾸벅꾸벅 졸았고, 차로 돌아가자 곧바로 잠들었다. 페이트는 과달루페 론칼의 말을 떠올렸다. 아무도 이런 살인 사건에 관심을 두지 않아요. 하지만 그 안에는 세상의 비밀이 숨겨져 있어요. 그런데 그 말을 과달루페 론칼이 했던가, 아니면 로사가 했던가? 순간적으로 고속 도로가 강과 비슷해 보였다. 유력한 살인 용의자가 말했어. 검은 구름과 함께 나타난 빌어먹을 커다란 흰둥이가 말한 거야. 페이트는 생각했다.

다가오는 발소리를 듣자, 페이트는 그게 그 큰 흰둥이의 발소리라고 생각했다. 과달루페 론칼도 비슷하게 생각한 게 분명했다. 기절할 것 같은 몸짓을 했기 때문이었다. 그러나 기절하는 대신, 그녀는 교도소 관리의 손과 옷깃을 붙잡았다. 그러자 이 관리는 그녀의 손을 뿌리치지 않고, 대신 그녀의 어깨를 팔로 감쌌다. 페이트는 옆에서 로사의 몸을 느꼈다. 그리고 목소리를 들었다. 마치 죄수들이 누군가를 부추기는 것 같았다. 그는 웃음소리와 질서를 지키라고 외치는 소리를 들었다. 그런 다음 동쪽에서 밀려오던 검은 구름이 교도소 위로 지나갔고, 대기가 어두워지는 것 같았다. 다시 발소리가 들렸다. 그는 웃음소리와 애원하는 소리를 들었다. 갑자기 어떤 목소리가 노래를 부르기 시작했다. 나무꾼이 나무를 벨 때

내는 소리 같았다. 목소리는 영어로 노래하지 않았다. 처음에 페이트는 그가 어떤 말로 노랫가락을 흥얼거리는지 짐작할 수 없었다. 그의 옆에서 로사가 독일어라고 말해 주었다. 목소리는 점차 커졌다. 그러나 아마도 자기가 꿈을 꾸는 걸지도 모른다는 생각이 페이트의 머리를 스쳤다. 나무들은 차례로 쓰러졌네. 나는 시커멓게 타버린 숲에서 길을 잃어버린 거인이라네. 하지만 누군가가 나를 구하러 올 것이라네. 로사는 유력 용의자의 욕설 같은 잡소리를 번역해 주었다. 몇 개 국어에 능통한 놈이야. 스페인어나 영어로 말할 놈이 독일어로 노래하고 있어. 페이트는 생각했다. 나는 시커멓게 타버린 숲에서 길을 잃어버린 거인이라네. 그러나 내 운명은 오직 나만 안다네. 그때 그들은 다시 발소리와 웃음소리를 들었다. 그리고 죄수들과 그 거인을 호송하는 간수들이 기운을 내라고 북돋는 말과 와자지껄한 소리도 들었다. 그런 다음 그들은 마치 천장에 부딪힐까 두려워하듯이 고개를 숙이고 면회실로 들어오는, 커다란 체구의 금발 남자를 보았다. 그는 마치 방금 전에 사악한 짓을 한 것처럼 길을 잃은 나무꾼의 노래를 독일어로 흥얼거리면서 미소 지었다. 그리고 교활하면서도 비웃는 것 같은 눈으로 그곳에 있는 모든 사람을 쳐다보았다. 그러자 그를 데려온 간수는 과달루페 론칼에게 그놈을 의자에 앉혀 수갑을 채우길 바라는지 아닌지 물었고, 과달루페 론칼은 싫다는 의미로 고개를 가로저었다. 그러자 간수는 죄수의 어깨를 손바닥으로 탁 치고서 그곳을 떠났고, 페이트와 두 여자와 함께 있던 관리 역시 과달루페 론칼에게 귀엣말로 뭐라고 말하고서 그곳을 떠났다. 이제 그들만 남았다.

「안녕하시오.」 거인이 스페인어로 그들에게 인사했다. 그는 앉더니, 탁자 밑으로 다리를 뻗었다. 다리가 탁자 반대편으로 나올 정도로 완전히 쭉 뻗었다.

그는 검은색 테니스 신발과 하얀 양말을 신고 있었다. 과달루페 론칼은 한 발짝 뒤로 물러섰다.

「궁금한 건 뭐든 물어보시오.」 거인이 말했다.

과달루페 론칼은 마치 그가 유독성 가스를 내뱉는 것처럼 한 손으로 입을 막았고, 도대체 무엇을 질문해야 할지 생각할 수 없었다.

범죄에
관하여

소녀의 시체는 라스 플로레스 지역 빈터에서 발견되었다. 소녀는 하얀 긴소매 티셔츠와 무릎까지 내려오는 노란 치마를 입고 있었다. 그녀가 입기에는 너무 큰 치마였다. 빈터에서 놀던 몇몇 어린아이가 시체를 발견하고서 자기 부모들에게 알렸다. 한 아이의 어머니가 경찰에 전화로 신고했고, 경찰은 반 시간 후에 현장에 모습을 드러냈다. 빈터는 펠라에스 거리와 에르마노스 차콘 거리 사이에 있는데, 끝나는 지점에는 도랑이 있었다. 도랑 뒤로는 버려진 채 허물어져 가는 낙농장의 벽이 솟아 있었다. 거리에는 아무도 없었고, 그래서 처음에 경찰은 장난 전화일 것이라고 생각했다. 그렇지만 경찰은 순찰차를 펠라에스 거리로 보냈고, 출동한 경찰 중 한 사람이 빈터로 들어갔다. 잠시 후 그는 머리에 미사포를 쓴 채 잡초 속에서 무릎을 꿇고 기도하는 두 여자를 발견했다. 멀리서 보았을 때는 나이 든 사람들처럼 보였지만, 정작 가까이 가서 보니 그렇지 않았다. 두 여자 앞에 시체가 누워 있었다. 기도를 방해하지 않은 채 경찰은 자기가 온 길로 발걸음을 되돌렸고, 차 안에서 담배를 피우며 그를 기다리던 동료를 손짓으로 불렀다. 경찰 둘은 여자들이 있는 곳으로 되돌아와서는(차에서 내리지 않았던 경찰관은 손에 권총을 들었다), 두 여자 옆에 서서 시체를 살펴보았다. 권총을 든 경찰은 두 여자에게 누구인지 아느냐고 물었다. 아니에요, 몰라요. 한 여자가 대답했다. 그러면서 한 번도 본 적이 없어요, 이 아이는 이 동네에 살지 않아요 하고 설명했다.

이 사건은 1993년에 일어났다. 정확하게 말하자면 1993년 1월이었다. 이 시체가 발견된 이후부터, 살해된 여자의 수가 늘어나기 시작했다. 그러나 그 전에 다른 여자들이 죽었을 가능성도 충분하다. 가장 먼저 죽은 여자의 이름은 에스페란사 고메스 살다냐였고, 열세 살이었다. 그 소녀가 최초로 살해된 사람이 아닐 수도 있지만, 1993년에 살해된 첫 번째 여자였기에 편의상 그녀가 죽은 여자들의 목록에서 맨 앞에 위치하는 것이다. 그러나 1992년에 살해된 다른 여자들이 있을 게 분명하다. 목록에 포함되지 않았거나, 아니면 시체가 결코 발견되지 않은 다른 소녀들이나 여자들이 있음이 틀림없다. 그들은 이름도 새겨지지 않은 채 사막의 무덤에 묻혔거나 한 줌 재가 되어 한밤중에, 그러니까

재를 뿌리는 사람도 자기가 어디에 있는지도 모르는 칠흑 같은 밤에 뿌려졌을 것이다.

에스페란사 고메스 살다냐의 신원을 확인하는 작업은 상대적으로 쉬웠다. 시체는 우선 산타테레사에 있는 세 경찰서 중 한 곳으로 옮겨졌다. 그곳에서 판사가 시체를 살펴보았고, 다른 경찰들이 시체를 검사했으며 사진을 찍었다. 잠시 후, 경찰서 밖에서 앰뷸런스가 기다리는 동안, 경찰청장인 페드로 네그레테가 부서장 두 명과 함께 도착했고, 소녀의 시체를 다시 살폈다. 그 일이 끝나자 그는 판사를 비롯해서 사무실에서 그를 기다리던 다른 경찰 세 명을 만났고, 그들에게 어떤 결론에 이르렀느냐고 물었다. 교살되었습니다. 이건 명약관화한 사실입니다. 판사가 말했다. 경찰들은 고개만 끄덕였다. 신원은 확인되었소? 경찰청장이 물었다. 모두가 아닙니다 하고 대답했다. 좋소, 곧 확인해 보도록 하지. 페드로 네그레테는 이렇게 말하고서 판사와 함께 경찰서를 떠났다. 경찰서 부서장 중 한 사람은 경찰서에 남아서 시체를 발견한 경찰들을 데려오라고 지시했다. 다시 순찰을 나갔습니다. 어느 경찰이 보고했다. 젠장, 그럼 돌아오면 내게 데려오도록 해, 빌어먹을! 그는 역정을 내며 말했다. 이후 시체는 시립 병원의 시체 보관소로 이송되었고, 그곳에서 법의학 의사가 부검을 실시했다. 이 부검에 따르면, 에스페란사 고메스 살다냐는 목 졸려 살해되었다. 턱과 왼쪽 눈 주변에 멍이 들어 있었다. 그리고 양쪽 다리와 갈비뼈에 심한 타박상을 입었고, 음부와 항문 모두 강간당한 흔적을 보여 주었다. 아마도 한 번 이상 강간을 당한 것이 분명했다. 두 구멍 모두 열상과 찰과상을 입었기 때문이다. 그리고 그런 이유로 과다하게 출혈한 것이다. 새벽 2시에 법의학 검시관은 부검을 마무리하고 그곳을 떠났다. 베라크루스에서 멕시코 북부 지역으로 오래전에 이주한 흑인 간호사가 시체를 들어 냉동고 안에 넣었다.

닷새 후, 그러니까 1월이 끝나기 전에, 루이사 셀리나 바스케스가 목이 졸려 살해되었다. 열여섯 살이었으며 건장하고 튼튼한 체격에 하얀 피부를 지녔고, 임신 5개월째였다. 그녀가 함께 살던 남자와 이 남자의 친구는 가게와 가전 제품 상점에서 좀도둑질을 하면서 생활을 영위했다. 이 커플의 집은 만세라 지역의 루벤 다리오 거리에 있었다. 경찰은 이 커플이 살던 건물의 이웃 주민들에게 신고 전화를 받고 신속하게 출동했다. 문을 강제로 연 그들은 텔레비전 코드로 목 졸린 루이사 셀리나를 발견했다. 그날 밤 경찰은 그녀의 동거남 마르코스 세풀베다와 그의 좀도둑질 동료 에세키엘 로메로를 체포했다. 두 사람은 제2경찰서 유치장에 수감되었고, 산타테레사 경찰서 부서장 에피파니오 갈린도가 직접 밤새 신문을 주도했으며, 최상의 결과를 얻어 냈다. 해가 뜨기 전에 로메로는 그의 친구이자 동료 모르게 죽은 여자와 꾸준히 정을 통했다는 사실을 고백한 것이다. 임신했다는 사실을 알자, 루이사 셀리나는 그와 관계를 청산하기로 결심했지만, 로메로는 그녀의 제안을 받아들이지 않았다. 곧 태어날 아기의 아버지가 자기이지 그의 절도 파트너가 아니라고 생각했기 때문이다. 몇 달이 지난 후에도 루이사가 마음을 바꾸지 않자, 그는 갑작스럽게 광분하여 그녀를 죽이기로 마음먹었고, 그리고 마침내 세풀베다가 집을 비운 어느 날 밤을 이용해 그녀를 살해한 것이다. 이틀 후 세풀베다는 석방되었고, 로메로는 교도소로 가는 대신 계속해서 제2경찰서 유치장에 수감되었다. 그러나 이번에 신문은 루이사 셀리나의 살인과 관련된 문제들을 깨끗하게 해결하려는 목적이 아니라, 그 당시 이미 시체의 신원이 에스페란사 고메스 살다냐로 밝혀진 살인 사건에 그가 연루되었는지 확인하려는 것이었다. 경찰은 첫 번째 자백을 너무나 빠른 시간 내에 받아 냈기 때문에, 그의 여죄도 쉽게 캘 수 있을 것이라고 생각했다. 하지만 경찰의 기대와는 달리, 로메로는 전보다 훨씬 확고한 태도로 자백하지 않았고, 첫 번째 범죄에 연루되었다는 사실을 강하게 부인했다.

2월 중순경 산타테레사 시내 중심가의 뒷골목에서 몇몇 환경미화원이 또 다른 죽은 여자를 발견했다. 서른 살 정도 되었고, 검은 치마와 목이 깊이 팬 흰 블라우스를 입었다. 그녀는 칼에 찔려 숨졌지만, 그 전에 수없이 구타당한 것을 보여 주듯이 얼굴과 복부에 심한 타박상이 있었다. 그녀의 지갑에서는 그날 아침 9시에 애리조나의 투손으로 떠나는 버스표가 발견되었다. 그녀가 이제는 탈 수 없는 버스였다. 또한 립스틱, 파우더, 아이라이너, 화장지, 담배 반 갑, 그리고 콘돔 한 박스도 발견되었다. 여권이나 수첩을 비롯해 그녀의 신원을 확인할 수 있는 것은 아무것도 없었다. 그녀는 성냥이나 라이터도 가지고 있지 않았다.

3월에 『북부 헤럴드』 신문의 자매 회사인 북부 헤럴드 라디오 방송국의 여자 뉴스 진행자가 밤 10시에 다른 남자 아나운서와 음향 기술자와 함께 방송국 스튜디오에서 나왔다. 그들은 〈피자 나보나〉라는 이탈리아 식당으로 향했고, 그곳에서 피자 세 조각과 작은 병에 담긴 캘리포니아 와인을 주문했다. 남자 아나운서가 가장 먼저 식당을 떠났다. 여기자이자 뉴스 진행자였던 이사벨 우레아와 음향 기술자인 프란시스코 산타마리아는 그곳에 남아 조금 더 대화를 하기로 했다. 그들은 업무 관련 사안들과 일정, 프로그램에 관해 이야기를 주고받았고, 그런 다음 이제는 그곳에서 일하지 않는 어느 여자 동료에 관해 말했다. 그 여자 동료는 기혼이었고 남편과 함께 에르모시요 근처 조그만 마을로 가서 살았지만, 그게 어떤 마을인지 두 사람 모두 이름을 기억하지 못했다. 그러나 그곳은 바다 옆에 있고, 여자 동료에 따르면 1년 중에서 6개월은 천국과 흡사하게 보이는 곳이었다. 두 사람은 함께 식당을 떠났다. 음향 기술자는 차를 가지고 있지 않았기 때문에, 이사벨이 그를 집까지 데려다 주겠다고 했다. 그럴 필요까지는 없어요. 기술자는 말했다. 집은 그곳에서 가까웠고, 그는 걸어가겠다고 했다. 음향 기술자가 거리 아래로 모습을 감추는 동안, 이사벨은 자기 차가 주차된 곳으로 향했다. 자동차 문을 열려고 열쇠를 꺼내려는 순간, 갑자기 그림자 하나가 길가에 나타나더니 그녀를 향해 방아쇠를 세 번 당겼다. 열쇠가 바닥으로 떨어졌다. 그곳에서 불과 5미터밖에 떨어져 있지 않았던 어느 보행자는 너무나 놀란 나머지 바닥에 주저앉았다. 이사벨은 일어나려고 기를 썼지만, 단지 머리만 앞바퀴에 기댈 수 있었다. 아무런 통증도 느끼지 않았다. 그림자는 그녀를 향해 다가오더니 이마에 총알을 한 발 더 발사했다.

사건이 발생한 후 사흘 동안 그녀가 일하던 라디오 방송국과 신문사는 이사벨 우레아의 살인 사건을 기사화했다. 그러고서 그것을 절도 미수, 즉 그녀의 차를 훔치려 한 미치광이나 마약 중독자의 소행일 것이라고 추정했다. 또한 범죄를 저지른 장본인은 미국으로 이주하기 전에 어떤 수단을 이용해서라도 필사적으로 돈을 모으려고 하던, 중앙아메리카에서 내전에 참전한 과테말라나 엘살바도르 사람일지도 모른다는 말이 떠돌았다. 가족의 요청에 따라 부검은 이루어지지 않았다. 그리고 결코 공개되지 않은 탄도 분석서는 후에 산타테레사 법정과 에르모시요 법정을 오가다가 어느 곳에선가 분실되었다.

한 달 후, 시우다드 누에바와 모렐로스 지역 사이의 경계에 위치한 엘 아로요 거리를 따라 걷던 칼 가는 사람이 마치 술에 취한 것처럼 나무 전봇대를 붙잡고 있는 여자를 발견했다. 창문을 검게 선팅한 검은색 페레그리노 한 대가 칼 가는 사람 옆을 지나갔다. 그는 길 반대편 끝에서 파리로 뒤덮인 아이스크림 장수가 오는 걸 보았다. 두 사람은 나무 전봇대에서 만났지만, 여자는 이미 미끄러져 있었다. 더는 전봇대를 붙잡고 있을 힘이 없는 것 같았다. 그녀의 팔에 반쯤 가려진 얼굴은 흐늘흐늘한 적색과 자주색 살덩어리에 불과했다. 칼 가는 사람은 앰뷸런스를 불러야 할 것 같다고 말했다. 아이스크림 장수는 여자를 쳐다보더니 그녀가 토리토 라미레스와 15라운드 경기를 벌인 것처럼 보인다고 말했다. 칼 가는 사람은 아이스크림 장수가 한 치도 움직이지 않을 것임을 깨닫고서, 그에게 곧 돌아올 테니 자기 손수레를 지켜 달라고 부탁했다. 포장되지 않은 흙길을 건너고 나서, 그는 고개를 돌려 아이스크림 장수가 자기 지시를 제대로 따르는지 확인했다. 그리고 방금 전에는 아이스크림 장수 주변을 맴돌던 파리들이 이제는 모두 여자의 상처 입은 머리 위에 자리 잡은 것을 보았다. 거리 맞은편 창문에서 몇몇 여자가 두 사람을 지켜보고 있었다. 앰뷸런스를 불러 주세요. 지금 여자가 죽어 가요. 칼 가는 사람이 외쳤다. 잠시 후 병원에서 앰뷸런스가 도착했고, 남자 간호사들은 누가 앰뷸런스 비용을 지불할 것인지 물었다. 칼 가는 사람은 그와 아이스크림 장수가 바닥에 쓰러진 여자를 발견했다고 설명했다. 나도 알아요. 하지만 지금 내가 알고 싶은 것은 누가 이 여자를 책임질 거냐는 겁니다. 한 간호사가 말했다. 이 여자 이름도 모르는데, 어떻게 내가 책임질 수 있어요? 칼 가는 사람이 되물었다. 그렇지만 누군가는 책임을 져야 해요. 간호사가 말했다. 내 말을 못 들었어요? 귀먹었어요? 칼 가는 사람은 말하면서, 자기 손수레 서랍에서 고기를 썰 때 사용하는 커다란 칼을 꺼냈다. 그러자 좋아요, 좋아요, 됐어요 하고 간호사가 말했다. 자, 어서 앰뷸런스에 태워요. 칼 가는 사람이 말했다. 몸을 웅크린 채 손으로 파리를 쫓아 버리면서 바닥에 쓰러진 여자를 살펴보던 다른 간호사는 전혀 그런 수고를 할 필요가 없다고, 여자는 이미 죽었다고 말했다. 칼 가는 사람의 두 눈이 숯으로 그린 가느다란 선 두 개로 보일 정도로 가늘어졌다. 빌어먹을 개자식, 이게 모두 네 잘못이야. 그는 말했고, 간호사를 쫓아가기 시작했다. 다른 간호사는 그러지 말라면서 말리려고 했지만, 칼 가는 사람의 손에서 커다란 칼을 보자 황급히 앰뷸런스 안으로 들어가 문을 걸어 잠그고는, 그곳에서 경찰에게 전화를 걸었다. 칼 가는 사람은 잠시 간호사를 뒤쫓아 갔지만, 이내 그의 분노와 격앙, 혹은 죽여 버리겠다는 원한의 감정은 누그러졌다. 아니면 숨이 찬 것 같았다. 그는 걸음을 멈추고서 자기 손수레를 붙잡고 엘 아로요 거리로 나아갔고, 이내 앰뷸런스 주위로 몰려든 구경꾼들의 시야에서 사라졌다.

여자의 이름은 이사벨 칸시노였지만, 엘리사베스라는 이름으로 더 널리 알려져 있었다. 그녀는 매춘에 종사했다. 구타로 인해 그녀의 비장은 파열되어 있었다. 경찰은 불만을 품은 고객 한 사람이나 혹은 여러 사람이 그런 일을 저질렀을 것이라고 추정했다. 그녀는 발견되었던 곳보다 훨씬 더 남쪽에 있는 산다미안 지역에서 살았다. 계속 만나는 남자 친구는 없는 것으로 알려졌지만 이웃에 사는 한 여자는 이반이라는 남자가 그녀의 집에 자주 들렀다고 알려 주었는데, 사건 이후 그의 행방은 묘연했다. 또한 경찰은 니카노르라고 불리던 칼 가는 사람의 소재도 파악하려고 했다. 누에바 시우다드와 모렐로스 지역 주민들의 증언에 따르면, 그는 일주일이나 보름에 한 번 정도 그곳에 들르곤 했다. 하지만 그의 행방을 알아내려는 경찰의 모든 노력은 수포로 돌아가고 말았다. 그는 직업을 바꾸었거나, 아니면 산타테레사 서쪽 지역에서 동쪽이나 남쪽으로 일하는 곳을 바꾸었거나, 아니면 그 도시를 떠난 것 같았다. 어쨌거나 분명한 것은 그가 다시는 그곳에 모습을 드러내지 않았다는 사실이었다.

다음 달인 5월에 라스 플로레스 지역과 세풀베다 장군 공업 단지 사이에 있는 쓰레기장에서 또 다른 여자의 시체가 발견되었다. 공업 단지에는 가전 제품을 조립하는 마킬라도라 공장 건물 네 동이 서 있었다. 마킬라도라에 전력을 공급하는 송전탑들은 새것이었으며 은색 칠이 되어 있었다. 이 송전탑들 옆에, 그러니까 나지막한 언덕들 사이로 마킬라도라 공장이 건립되기 얼마 전 그곳에 세워진 판잣집 지붕들이 눈에 띄었다. 그 판잣집들은 라 프레시아다 지역과 경계를 이루는 철길 건너편까지 뻗어 있었다. 광장에는 나무가 모두 여섯 그루 있었다. 네 모퉁이에 각각 한 그루씩, 그리고 중앙에 두 그루가 있었다. 모두 먼지로 뒤덮여 누렇게 보였다. 광장 한쪽 끝에는 버스 정류장이 있었다. 산타테레사의 여러 동네에서 오는 노동자들이 하차하는 곳이었다. 그곳에서 흙길을 따라 한참을 걸어야 정문이 나왔다. 정문에서 경비원들은 노동자들의 신분증을 확인했고, 그런 다음에야 노동자들은 각자 일하는 위치로 갈 수 있었다. 마킬라도라 공장 한 군데에만 직원들이 이용할 수 있는 카페테리아가 마련되어 있었다. 다른 마킬라도라 공장 노동자들은 작업하던 기계 옆에서나 아니면, 몇 명씩 한쪽 구석에 모여서 점심을 먹었다. 그들은 점심 시간이 끝났다는 것을 알리는 사이렌 소리가 날 때까지 그곳에서 이런저런 이야기를 하면서 깔깔대며 웃었다. 대부분은 여자들이었다. 시체가 발견된 쓰레기장에는 판잣집에 사는 주민들의 쓰레기뿐만 아니라, 마킬라도라 공장 네 군데에서 나온 폐기물이 수북이 쌓였다. 여자의 시체가 발견되었다는 소식을 전한 사람은 텔레비전을 생산하는 다국적 기업의 하청 회사인 멀티존웨스트라는 공장의 매니저였다. 시체를 확인하러 온 경찰들은 마킬라도라 공장의 관리직 간부 셋이 쓰레기장 옆에서 그들을 기다리는 것을 보았다. 둘은 멕시코 사람이었고, 한 사람은 미국인이었다. 멕시코인 중 한 사람이 경찰에게 가능한 한 빨리 시체를 그곳에서 치웠으면 좋겠다고 말했다. 경찰은 시체가 어디에 있느냐고 물었고, 그러는 동안 그의 동료는 앰뷸런스를 불렀다. 세 간부가 시체의 위치를 물은 경찰을 쓰레기장 안으로 데려갔다. 네 사람은 코를 막았지만, 미국인이 코에서 손을 떼자, 멕시코인들도 똑같이 따라 했다. 죽은 여자의 피부는 까무잡잡했고, 검고 곱슬기 없는 머리카락은 어깨 아래까지 내려왔다. 검은 트레이닝복과 짧은 바지 차림이었다. 네 남자가 서서 그녀를 쳐다보았다. 미국인은 몸을 구부리더니 볼펜으로 목에서 머리카락을 떼어 놓았다. 미국인이 시체를 건드리지 않았으면 좋겠소. 경찰이 말했다. 건드리지 않아요. 단지 목을 보고 싶었을 따름입니다. 미국인이 스페인어로 말했다. 두 멕시코 간부가 웅크려서 죽은 여자의 목에 새겨진 흔적들을 유심히 살펴보았다. 그러고서 일어나 시계를 보았다. 앰뷸런스가 오래 걸리는군요. 그들 중 한 사람이 말했다. 곧 도착할 겁니다. 경찰이 대답했다. 좋아요. 당신이 모든 걸 처리할 거죠, 그렇죠? 간부 중 한 사람이 질문했다. 그럼요, 물론이지요. 경찰은 대답했고, 다른 간부가 내민 지폐 두 장을 경찰복 바지 주머니에 집어넣었다. 죽은 여자는 그날 밤을 산타테레사 병원의 냉동 칸에서 보냈고, 다음 날 법의학 검시관의 조수 하나가 부검을 실시했다. 그녀는 교살되었고, 그 전에 강간을 당한 것으로 판명되었다. 음부와 항문으로라고 법의학 검시관의 조수는 적었다. 그녀는 임신 5개월이었다.

5월에 가장 먼저 살해된 여자의 신원은 끝내 밝혀지지 않았다. 멕시코 중부나 남부 출신이며, 미국으로 가는 길에 산타테레사에 잠시 발걸음을 멈추었다고 추정될 뿐이었다. 그녀와 함께 여행하던 사람은 아무도 없었으며, 실종되었다고 신고한 사람도 아무도 없었다. 그녀는 대략 서른다섯 살로 짐작되었고 임신한 상태였다. 아마도 남편이나 임신한 아이의 아버지인 애인과 함께 살려고 미국으로 가는 중인 듯했다. 그리고 아마도 그녀의 남편이나 애인은 미국에 불법 체류하는 가난하고 야비한 녀석이었을 것이고, 심지어 자기가 여자를 임신시켰는지도 모를 테고, 그 여자가 임신했다는 사실을 알고서 그를 찾아 나섰다는 것도 모를 터였다. 하지만 그 여자만 5월에 죽은 게 아니었다. 사흘 후 과달루페 로하스(그녀는 발견 즉시 신원이 확인되었다)도 죽은 채 발견되었던 것이다. 그녀는 스물여섯 살이었으며, 카란사 지역에 있는 카란사 대로와 나란히 뻗은 길 중 하나인 하스민 거리에 살았다. 그리고 산타테레사에서 약 10킬로미터 떨어져 있으며 노갈레스로 가는 길가에 얼마 전에 설립된, 파일시스 마킬라도라 공장의 노동자로 일했다. 한편 과달루페 로하스는 직장으로 가던 중에 살해된 것이 아니었다. 그랬다면 충분히 이해할 수 있는 일이었다. 마킬라도라 공장 주변 지역은 삭막하고 위험하기 그지없었으며, 버스를 탄 후 가장 가까운 버스 정류장에서 내려도 적어도 1.5킬로미터를 걸어가야만 했다. 그래서 걷는 것보다는 자동차로 이동하는 것이 적당한 지역이었다. 하지만 그녀는 하스민 거리에 있는 아파트 건물 입구에서 살해되었다. 사망 원인은 총탄에 의한 상처 세 개였는데, 그중 두 개가 치명적이었다고 밝혀졌다. 살인범은 그녀의 남자 친구였고, 그는 그날 밤 도망치려고 하다가 철길 옆에서 체포되었다. 그가 도주하기 전에 술을 마시고 취한 로스 산쿠도스라는 야간 업소에서 그리 멀지 않은 곳이었다. 경찰에게 범인의 소재를 알려 준 사람은 전에 경찰로 근무한 경험이 있는 술집 주인이었다. 조사가 끝나자 범죄 동기는 질투임이 분명하게 밝혀졌지만, 그 동기가 근거가 있는 것인지 아닌지는 알 수 없었다. 범인은 판사 앞에 출두하여 영장 심사를 받았고, 모든 서류와 증거에 따라 지체 없이 산타테레사 교도소로 보내졌고, 재판을 받고 다른 교도소로 이송될 때까지 그곳에 수감되었다. 5월의 마지막 여자 시체는 〈별의 언덕〉이라는 의미를 지닌 〈세로 에스트레야〉의 기슭에서 발견되었다. 그런 이름이 붙은 것은 그 언덕을 에워싼 지역이 마치 어떤 것도 뾰족하지 않으면 커질 수도 없고 퍼져 나갈 수 없는 것처럼 불규칙한 형태로 이루어졌기 때문이다. 유일하게 언덕의 동쪽 면만이 건물이 거의 없는 개활지를 향했다. 그곳에서 여자 시체가 발견되었다. 법의학 전문가들에 따르면, 그녀는 칼에 찔려 난자당해 목숨을 잃었다. 의심의 여지 없는 강간의 흔적이 있었다. 나이는 대략 스물다섯 살이나 스물여섯 살로 추정되었다. 피부는 희고 머리카락은 금발이었다. 청바지와 파란색 셔츠에, 나이키 스니커즈를 신고 있었다. 그러나 신원을 확인할 만한 어떤 신분증도 지니고 있지 않았다. 바지와 셔츠가 하나도 찢어지지 않은 것으로 볼 때, 그녀를 살해한 작자는 살해한 후에 다시 그녀에게 옷을 입히는 수고를 아끼지 않은 것이 틀림없었다. 항문 강간의 흔적은 없었다. 얼굴에 난 유일한 상처 자국은 오른쪽 귀 근처 광대뼈 상단 부분에 난 희미한 멍뿐이었다. 시체가 발견된 후 며칠 동안 산타테레사 도시의 주요 3대 일간지인 『북부 헤럴드』, 『산타테레사 신문』, 『소노라의 목소리』는 세로 에스트레야에서 죽은 신원 미상의 여자 사진을 게재했지만, 신원을 확인해 줄 사람은 아무도 나타나지 않았다. 그녀가 죽은 지 나흘째 되는 날, 산타테레사 경찰청장 페드로 네그레테는 부서장 에피파니오 갈린도뿐만 아니라 어떤 경찰관도 대동하지 않은 채 몸소 세로 에스트레야로 가서 시체가 발견된 곳을 둘러보았다. 그런 다음 언덕 기슭에서 발길을 돌려 꼭대기까지 걸어 올라갔다. 화산암 사이로 쓰레기가 가득 든 슈퍼마켓 비닐봉지들이 널려 있었다. 그는 피닉스에서 공부하던 자기 아들이 비닐봉지는 분해되는 데 몇천 년이 걸린다고 말한 것을 떠올렸다. 그러나 그곳의 모든 것이 빠른 속도로 썩어 가는 것을 보자, 여기에서 만든 비닐봉지들은 그렇지 않을 거라고 생각했다. 언덕 꼭대기에서 몇몇 아이가 뛰어나오더니 에스트레야 지역 방향 언덕 아래로 모습을 감추었다. 세상이 어둠에 잠기기 시작했다. 서쪽에서 그는 몇몇 판잣집 위에 얹힌 함석과 양철 지붕을 보았다. 거리는 무질서하고 불규칙적으로 꾸불꾸불 구부러져 있었다. 그는 동쪽에서 산과 사막으로 향하는 도로와 트럭의 전조등 불빛, 그리고 하늘로 떠오르기 시작한 별들, 그러니까 산 저편에서부터 밤과 함께 오는 진짜 별들을 보았다. 북쪽에서는 아무것도 보지 못했다. 그곳은 단지 광활하고 단조로운 고원에 불과했다. 그가 그렇지 않다고 원하고 믿었을지라도, 삶은 산타테레사 저 너머에서 끝나는 것 같았다. 그런 다음 개 짖는 소리가 들렸다. 그 소리는 갈수록 가까워지더니 이내 개들이 모습을 드러냈다. 아마도 그가 그곳에 도착했을 때 얼핏 본 아이들처럼 굶주리고 난폭한 개들 같았다. 그는 어깨띠에서 권총을 뺐다. 그리고 개의 수를 세었다. 다섯 마리였다. 그는 안전장치를 풀고서 총을 발사했다. 개는 공중으로 펄쩍 뛰어오르지도 않은 채 그 자리에서 고꾸라졌고, 총알의 충격 탓에 먼지 사이로 다리를 휘청거리면서 몸을 마구 비틀어 댔다. 다른 개 네 마리는 놀란 나머지 미친 듯이 뛰어 도망쳤다. 페드로 네그레테는 개들이 멀어져 가는 모습을 물끄러미 지켜보았다. 두 마리는 겁에 질려 꼬리를 내린 채 웅크리며 뛰었다. 다른 두 마리 중 한 마리는 꼬리를 세운 채 달렸고, 나머지 한 마리는 이유를 전혀 알 수 없이 마치 칭찬이라도 받은 것처럼 꼬리를 살랑살랑 흔들었다. 그는 죽은 개에게 다가가서 발로 툭 차보았다. 총알은 머리를 관통했다. 그는 뒤를 돌아보지도 않은 채 다시 언덕을 내려가서, 신원 미상의 여자 시체가 발견된 곳으로 갔다. 그리고 그곳에서 발걸음을 멈추고 담배에 불을 붙였다. 필터가 없는 〈두카도스〉 담배였다. 그런 다음 차가 있는 곳으로 내려왔다. 여기서부터는 모든 게 다르게 보여. 그는 생각했다.

자연사로 죽은 여자들, 즉 늙거나 병에 걸리거나 혹은 출산 도중에 죽은 여자들을 제외하면, 5월에는 죽은 여자가 더 없었다. 그러나 그달 말에 교회를 모독하고 더럽히는 사건들이 일어나기 시작했다. 어느 날 이름 모를 낯선 작자가 첫 번째 미사가 시작될 시간에 산타테레사 한복판에 있는 〈멕시코 애국자들〉 거리의 산라파엘 교회로 들어갔다. 교회는 거의 텅 비었는데, 신심이 지극한 몇몇 여신도만이 앞줄 좌석에 옹기종기 모여 앉았고, 신부는 아직 고해실에 들어가 있었다. 교회에서는 향과 싸구려 세제 냄새가 풍겼다. 낯선 남자는 맨 뒷자리에 앉았다가 바로 무릎을 꿇더니 마치 통증을 느끼거나 병든 사람처럼 양손으로

머리를 감쌌다. 몇몇 여신자가 뒤로 고개를 돌려 그를 쳐다보았고, 자기들끼리
속삭였다. 어느 늙은 여자가 고해실에서 나와서는 그 자리에서 꼼짝하지 않은 채
낯선 남자를 쳐다보았다. 그러는 동안 원주민 용모의 젊은 여자가 고해를 하러
들어갔다. 신부가 원주민 여자의 죄를 사하면, 미사가 시작될 터였다. 그러나
고해실에서 나온 늙은 여자는 가만히 서서 그를 계속 응시했다. 가끔씩 무게
중심을 한쪽 발에서 다른 발로 옮겼기 때문에, 마치 춤 스텝을 밟는 것처럼 보였다.
즉시 그녀는 그 남자가 무언가 수상쩍다는 사실을 눈치챘고, 그래서 다른
여신자들에게 다가가 그런 사실을 알려 주려고 했다. 중앙 통로로 발길을 옮기는
동안, 그녀는 액체 얼룩이 낯선 남자가 앉은 자리에서부터 바닥으로 번지는 것을
보았다. 그녀는 오줌 냄새를 맡았다. 그러자 그녀는 계속 걸어서 여신자들이 모인
곳으로 가는 대신, 오던 길로 되돌아가 고해실 앞으로 갔다. 그녀는 손마디로
신부가 들어가 있는 고해실의 조그만 창문을 두드렸다. 지금은 바빠요. 신부가
말했다. 신부님, 주님의 집을 더럽히는 남자가 있어요. 늙은 여신자가 말했다. 그래,
알았어요. 당신 차례가 되면 곧 고해를 들어 줄게요. 신부는 대답했다. 신부님, 지금
전혀 마음에 들지 않는 일이 일어나고 있어요. 제발 하느님을 위해 조치를 취해
주세요. 늙은 여자가 다시 말했다. 말하는 동안, 그녀는 마치 춤추는 것처럼 보였다.
조금만 참고 기다리도록 해요. 난 지금 다른 사람의 고해를 듣고 있어요. 신부가
말했다. 신부님, 어떤 남자가 지금 성교회 안에서 볼일을 보고 있어요. 늙은
여신자가 말했다. 신부는 다 해진 커튼 사이로 고개를 내밀어 누런 어둠 속에서
낯선 남자를 찾았고, 그런 다음 고해실에서 나왔다. 원주민 용모의 여자도
고해실에서 나왔고, 너무나 놀란 세 사람은 희미한 신음 소리를 내며 계속해서
오줌을 싸는 낯선 남자를 멍하니 지켜보았다. 남자는 바지를 적셨고, 이내 오줌의
강물을 만들었으며, 강물은 성전 입구로 흘러가면서 신부가 염려한 것처럼 성전
바닥이 걱정스러울 정도로 평평하지 않다는 사실을 확인해 주었다. 그러자 신부는
피곤한 기색을 띤 채 성물실 탁자에 앉아 커피를 마시던 성당 관리인을 불렀다. 두
사람은 낯선 남자를 꾸짖고 교회에서 내쫓으려고 다가갔다. 낯선 남자는 그들이
다가오는 모습을 보더니, 눈에 눈물을 가득 머금고 그들을 쳐다보면서 자기를 그냥
혼자 있게 내버려둬 달라고 부탁했다. 그러면서 거의 동시에 그의 손에서 칼이
모습을 보였고, 앞줄에 앉은 여신자들이 비명을 지르는 동안, 성당 관리인을 칼로
찔렀다.

　　그 사건은 후안 데 디오스 마르티네스 형사에게 할당되었다. 그는 유능하고
신중하기로 명성이 자자한 사법 경찰이었는데, 동료들 몇몇은 그런 자질을 그의
깊은 신앙심 때문이라고 여겼다. 후안 데 디오스 마르티네스는 신부와 이야기를
나누었는데, 신부는 그 낯선 사람이 서른 살가량 되었으며 키는 중간 정도였고,
피부는 까무잡잡했으며 일반적인 멕시코 남자들처럼 건장한 체격이었다고
설명했다. 그런 다음 형사는 여신자들과 말했다. 그들은 낯선 사람이 흔히 볼 수

있는 멕시코 남자가 아니라 악마의 화신이었다고 진술했다. 그렇다면 그 악마가
아침 미사 시간에 무엇을 하고 있었나요? 형사는 물었다. 우리 모두를 죽이려고
성당 안에 있었어요. 여신자들은 대답했다. 형사는 오후 2시에 몽타주 그리는
사람과 함께 병원으로 가서 성당 관리인의 진술을 받았다. 성당 관리인의 설명은
신부의 설명과 일치했다. 낯선 사람은 술 냄새를 풍겼다. 그날 아침에
일어나자마자 90도짜리 술이 가득 담긴 물동이에 셔츠를 빤 것처럼 강한 술
냄새였다. 범인이 며칠 동안 면도를 하지 않은 것 같았지만, 그다지 수염이 많이
나지 않았기 때문에 쉽게 눈에 띄지는 않았다고도 덧붙였다. 그런데 성당 관리인은
그가 수염이 많지 않은 사람이라는 것을 어떻게 알았을까? 후안 데 디오스
마르티네스는 그걸 알고자 했다. 주둥이 위로 자라난 수염이 별로 없으면서도
일정치 않게 삐죽삐죽 튀어나온 모습, 그러니까 그의 빌어먹을 어머니와 염병할
아버지가 마구 찔러 박은 것 같은 모습이었습니다. 성당 관리인은 말했다. 또한 그
작자의 손은 매우 크고 힘이 셌습니다. 몸에 비해서 너무 손이 큰 것 같았습니다.
그는 울고 있었습니다. 그에 대해서는 의심의 여지가 없지만, 한편으로는 웃는
모습처럼 보이기도 했습니다. 그러니까 울면서 동시에 웃는 것 같았습니다. 내가
무슨 말을 하려는 건지 알아듣겠지요? 성당 관리인이 설명했다. 마치 마약에 취한
사람 같았습니까? 형사가 물었다. 맞습니다. 바로 그겁니다. 나중에 후안 데 디오스
마르티네스는 산타테레사 정신 병원에 전화를 걸어 그가 확보한 육체적 특징과
일치하는 환자가 있는지, 아니면 수용되었던 사람이 있었는지 문의했다. 그러자
병원 측은 두 명이 일치하지만, 그들은 폭력적이지 않다고 대답했다. 그는 그들이
병원에서 외출할 수 있느냐고 물었다. 한 명은 그렇지만, 다른 한 명은 그렇지
않습니다. 병원 측에서 대답했다. 그러자 그 사람들을 만나러 가겠습니다, 하고
형사가 말했다. 오후 5시에, 후안 데 디오스 마르티네스는 경찰들이 절대 오지 않는
식당에서 간단하게 식사를 하고서, 은회색 쿠거 자동차를 정신 병원 주차장에
세웠다. 원장이 그를 맞이했다. 원장은 쉰 살 정도 되어 보였으며, 머리카락을
금색으로 물들인 여자였다. 그녀는 그에게 커피를 가져다주겠다며 원장실에서
나갔다. 원장 사무실은 아름답고 아주 세련되게 장식되었다. 벽에는 피카소와
멕시코 화가 디에고 리베라의 복제 그림이 하나씩 걸려 있었다. 후안 데 디오스
마르티네스는 원장을 기다리면서 잠시 디에고 리베라의 그림을 쳐다보았다.
책상에는 사진이 두 개 놓여 있었다. 한 사진에서는 지금보다 젊었을 때의 원장이
카메라를 뚫어지게 쳐다보는 한 여자아이를 안고 있었다. 여자아이는 멍하면서도
달콤한 표정을 지었다. 다른 사진에는 훨씬 더 젊은 원장의 모습이 보였다. 원장은
더 나이 많은 여자 옆에 앉아서 즐거운 표정을 지으며 그녀를 바라보고 있었다.
하지만 나이 든 여자는 심각한 얼굴로, 마치 사진을 찍는 것 자체가 경망스러운
행동인 것처럼 카메라를 못마땅하게 쳐다보고 있었다. 마침내 원장이 돌아오자,
형사는 그 사진들이 오래전에 찍은 것이라는 사실을 즉시 깨달았다. 또한 원장이
아직도 멋진 여자라는 사실도 눈치챘다. 잠시 두 사람은 미친 사람들에 관해

말했다. 위험한 사람들은 외출하지 못합니다. 하지만 그런 사람들은 많지 않아요. 원장이 알려 주었다. 형사는 몽타주 전문가가 그린 그림을 보여 주었고, 원장은 잠시 주의 깊게 그림을 살펴보았다. 후안 데 디오스 마르티네스는 그녀의 손을 뚫어지게 응시했다. 손톱에는 매니큐어를 칠했고, 손가락은 길었으며, 촉감이 매우 부드러워 보였다. 손등에서는 반점을 몇 개 셀 수 있었다. 원장은 그 몽타주가 그다지 좋지 않아서 어떤 사람이든 될 수 있다고 평했다. 그런 다음 그들은 두 정신 장애인을 만나러 갔다. 그들은 나무 한 그루도 없는 커다란 운동장, 마치 가난한 동네의 축구장 같은 흙바닥 운동장에 있었다. 흰 셔츠와 바지를 입은 경비원이 첫 번째 환자를 그들에게 데려왔다. 후안 데 디오스 마르티네스는 원장이 그에게 건강이 어떠냐고 묻는 소리를 들었다. 그러고서 그들은 음식에 관해 이야기했다. 정신 장애인은 이제는 거의 고기를 먹을 수가 없다고 말했지만, 너무나 횡설수설한 나머지, 형사는 그가 메뉴에 관해 불평을 하는 것인지, 아니면 최근에 고기를 싫어하게 되었다는 말인지 정확하게 알아들을 수 없었다. 원장은 단백질에 관해 말했다. 운동장으로 불어오는 산들바람이 가끔씩 환자들의 머리카락을 헝클어뜨렸다. 벽을 세워야겠어요. 원장이 말하는 소리가 들렸다. 바람이 불면 몹시 초조해합니다. 흰 옷을 입은 경비원이 말했다. 그런 다음 다른 정신 장애인을 데려왔다. 후안 데 디오스 마르티네스는 처음에 그들이 형제라고 생각했다. 그러나 두 사람이 나란히 있자, 그는 두 사람이 겉모습만 유사하다는 걸 깨달았다. 멀리서 보면 모든 정신 장애인은 똑같아. 그는 생각했다. 원장실로 돌아오자, 그는 언제부터 정신 병원을 이끌고 있느냐고 물었다. 오래되었어요. 이제는 기억도 나지 않아요. 그녀는 웃으면서 대답했다. 그들은 다시 커피를 마셨다. 원장은 커피를 몹시 좋아하는 사람임이 틀림없었다. 그는 원장에게 산타테레사 출신이냐고 물었다. 아니에요. 난 과달라하라에서 태어났고, 멕시코시티에서 공부한 다음, 샌프란시스코에 있는 버클리 대학에서 공부했어요. 원장은 말했다. 후안 데 디오스 마르티네스는 커피를 마시면서 계속해서 그녀와 대화를 나누고 싶었고, 결혼은 했는지 아니면 이혼했는지도 묻고 싶었지만, 그럴 시간이 없었다. 그들을 데려가도 괜찮겠습니까? 그는 물었다. 원장은 이해하지 못하겠다는 표정으로 그를 쳐다보았다. 정신 장애인들을 데려가도 좋겠습니까? 그는 다시 물었다. 원장은 그의 얼굴을 비웃듯이 쳐다보면서, 지금 제정신이냐고 물었다. 어디로 데려가려는 건데요? 일종의 용의자 확인 절차입니다. 형사가 말했다. 지금 병원에 피해자가 있는데 전혀 움직일 수 없는 상황입니다. 원장님께서 두 시간 정도만 환자들을 빌려 주시면, 그 병원으로 데려갔다가 어두워지기 전까지 이곳으로 되돌려 보내겠습니다. 내게 그렇게 해달라고 요청하시는 건가요? 원장이 물었다. 원장님이 이곳 책임자입니다. 형사는 대답했다. 그럼 법원 명령서를 가져오세요. 원장이 말했다. 그걸 가져오는 건 어렵지 않지만, 그건 순전히 형식적 절차에 불과합니다. 게다가 명령서를 가져오면, 당신 환자들은 경찰서로 가게 됩니다. 그러면 그곳에서 하루나 이틀 밤을 보낼 수도 있고, 그건 그들에게 결코 즐거운 경험이 되지 못할 겁니다. 반면에 내가 지금 직접 데려가면, 아무 일도 일어나지 않습니다. 난 그들을 내 차에 태울 것입니다. 거기서 경찰은 나 혼자뿐입니다. 피해자가 가해자를 알아볼 경우에도, 마찬가지로 두 정신 장애인들을 당신에게 되돌려 보낼 겁니다. 그게 더 쉽고 골치 아프지 않다고 생각하지 않습니까? 아니에요, 난 그렇게 생각하지 않아요. 원장이 말했다. 후안 데 디오스 마르티네스는 빙긋이 웃었다. 그렇다면 데려가지 않겠습니다. 그럼 됐습니까? 형사가 말했다. 하지만 두 사람 모두 이 정신 병원에서 빠져나가지 못하도록 최선을 다해 주십시오, 약속하시겠습니까? 원장은 자리에서 일어났고, 순간 그는 그녀가 자기를 내쫓을 것이라고 생각했다. 그런데 원장은 전화로 비서를 부르더니, 다시 커피를 갖다 달라고 하면서, 당신도 한 잔 더 마시겠어요? 하고 물었다. 후안 데 디오스 마르티네스는 고개를 끄덕였다. 오늘 밤에 잠자기는 틀렸군. 그는 생각했다.

그날 밤 산라파엘 교회에 있었던 낯선 사람은 키노 지역에 있는 산타데오 교회로 들어갔다. 산타테레사 남서쪽에 위치한 그곳은 부드럽게 기복이 있는 언덕과 잡초 사이로 커져 가는 지역이었다. 형사 후안 데 디오스 마르티네스는 밤 12시에 전화를 받았다. 그때 그는 텔레비전을 보고 있었다. 전화를 끊은 후, 그는 지저분한 그릇들을 식탁에서 치우고는 개수대로 가져갔다. 나이트테이블 서랍에서 권총과 네 겹으로 접어 놓은 용의자 몽타주를 꺼내고는 계단을 걸어 내려가서 차고로 향했다. 그곳에 그의 빨간색 셰비 아스트라가 있었다. 산타데오 교회에 도착해 보니, 몇몇 여자가 흙벽돌 계단에 앉아 있었다. 그리 많지 않은 숫자였다. 교회 안에서 그는 호세 마르케스 형사를 보았다. 그는 신부에게 질문을 하고 있었다. 그는 경찰에게 앰뷸런스가 이미 도착했느냐고 물었다. 경찰은 미소를 지으며 그를 쳐다보더니, 부상자는 없다고 말했다. 도대체 왜 이런 빌어먹을 일들이 일어나는 거지? 과학 수사대 소속 경찰 둘은 제단 옆 바닥의 그리스도상에서 지문을 채취하려고 애쓰고 있었다. 이번에 미친놈은 아무에게도 상처를 입히지 않았어. 호세 마르케스 형사가 신부에게 질문을 마치고 말했다. 그는 무슨 일이 있었는지 알고자 했다. 마약에 취한 염병할 놈이 밤 10시경에 나타났어. 마르케스가 말했다. 단도인지 잭나이프인지를 들었지. 그는 뒷줄에 앉았어. 가장 어두운 곳에 앉은 거야. 어느 늙은 여신자가 그가 우는 소리를 들었어. 그 작자가 슬퍼서 울었는지 아니면 기쁨에 복받쳐 울었는지는 모르겠어. 그는 오줌을 싸고 있었지. 그러자 늙은 여신자는 신부를 부르러 갔고, 그 작자는 펄쩍 뛰어나와 조각상들을 마구 부수기 시작했지. 그리스도상과 과달루페 성모상, 그리고 성인 조각상 두 개를 부쉈어. 그런 다음에 홀연히 교회를 떠났어. 그게 전부야? 후안 데 디오스 마르티네스가 물었다. 그 이상의 일은 없었어. 마르케스가 말했다. 잠시 두 사람은 증인들과 이야기했다. 그들이 말하는 범죄자의 인상은 산라파엘 교회에 해를 입힌 사람의 모습과 일치했다. 그는 신부에게 몽타주를 보여 주었다. 신부는 매우 젊었고, 피곤한 기색을 띠었다. 그러나 그런 피로는 그날 밤 일어난 일 때문이 아니라, 몇 년 전부터 짊어지고 온 것이었다. 비슷하네요. 신부는 대수롭지 않게 말했다. 교회에서는 향과 오줌 냄새가 풍겼다. 석고상 조각들이 바닥에 흩어져 있는 것을 보자, 그는 어느 영화가 떠올랐지만, 그게 정확히 어떤 영화인지는 기억나지 않았다. 그는 발끝으로 파편들 중 하나를 움직였다. 손의 일부 같았고, 축축했다. 눈치챘어? 마르케스가 그에게 말했다. 뭘? 후안 데 디오스 마르티네스가 물었다. 그 염병할 놈은 엄청나게 커다란 오줌보를 가진 게 틀림없어. 아니면 있는 힘을 다해서 교회에 들어올 때까지 오줌을 참고 기다렸다가, 오줌보를 연 것 같아. 교회에서 나오자 후안 데 디오스 마르티네스는 구경꾼들과 이야기를 하는 『북부 헤럴드』와 『산타테레사 신문』의 몇몇 기자를 보았다. 그는 산타데오 교회 근처의 거리로 걷기 시작했다. 비록 가끔씩 정화조에서 나는 것 같은 냄새가 풍기긴 했지만, 향 냄새는 더는 그곳에서 나지 않았다. 가로등은 간신히 거리의 몇몇 부분만 밝혀 주었다. 여기엔 한 번도 와본 적이 없어. 후안 데 디오스 마르티네스는 생각했다. 거리 끝에서 그는 커다란 나무 그림자를 발견했다. 나무는 광장처럼 보이는 곳에 서 있었다. 황량한 반원 형태의 땅에서 그나마 그곳이 공적인 공간임을 어렴풋하게 보여 주는 유일한 것이 바로 그 나무였다. 나무 주변에는 급하고 조잡하게 만든 벤치들이 있었고, 그곳 주민들이 거기에 앉아 신선한 공기를 들이마시고 있었다. 여기에 원주민 부락이 있었다고 했지. 형사는 떠올렸다. 이 지역에 살던 어느 경찰이 그에게 해준 말이었다. 그는 어느 벤치에 털썩 주저앉았고, 별들이 총총히 박힌 하늘을 배경으로 검고 위압적인 그림자를 드리운 나무를 쳐다보았다. 이제 원주민들은 어디에 있을까? 그는 정신 병원 원장을 생각했다. 그 순간 그녀와 이야기하고 싶었지만, 자기는 결코 그녀에게 전화를 걸 용기를 내지 못할 것임을 잘 알았다.

지역 언론은 지난 몇 달 동안 살해된 여자들보다 산라파엘 교회와 산타데오 교회가 공격을 받았다는 사실에 더욱 커다란 관심을 보였다. 다음 날 후안 데 디오스 마르티네스는 다른 경찰 둘과 함께 키노 지역과 라 프레시아다 지역을 돌아다니면서 사람들에게 성스러운 교회를 욕되게 한 용의자의 몽타주를 보여 주었지만, 용의자를 알아보는 사람은 하나도 없었다. 점심 시간 무렵에 경찰들은 시내 중심가로 갔고, 후안 데 디오스 마르티네스는 정신 병원 원장에게 전화를 걸었다. 원장은 신문을 읽지 않았고, 따라서 전날 밤에 무슨 일이 있었는지 전혀 몰랐다. 후안 데 디오스는 그녀에게 점심 식사를 하자고 청했다. 그가 예상한 것과는 달리, 원장은 기꺼이 초대를 받아들였고, 두 사람은 포데스타 지역의 리오 우스마신타 거리에 있는 채식 식당에서 만나자고 약속했다. 그는 그 식당이 어떤 곳인지 잘 몰랐다. 그곳에 도착해서 두 사람이 앉을 테이블을 부탁하고 기다리는 동안 위스키를 갖다 달라고 했지만 그곳에서는 주류를 전혀 취급하지 않았다. 그에게 다가온 웨이터는 체크무늬 셔츠를 입고 샌들을 신고 있었다. 웨이터는 마치 그가 제정신이 아니거나 아니면 식당을 잘못 찾아온 사람이라는 듯 쳐다보았다.

그는 그곳이 매우 쾌적하다고 생각했다. 다른 테이블에 앉은 사람들은 조용히 대화했고, 마치 물 같은, 그러니까 반반한 돌 위로 굴러가는 물방울 같은 음악이 흘렀다. 원장은 식당으로 들어오자마자 그를 보았지만, 그에게 인사도 건네지 않은 채 바 뒤에서 생과일 주스를 만들고 있는 종업원에게 말을 걸었다. 종업원과 몇 마디를 주고받고서 그녀는 그가 앉은 테이블로 걸어왔다. 회색 바지와 목이 깊이 팬 진주색 스웨터를 입고 있었다. 그녀가 옆으로 오자 후안 데 디오스 마르티네스는 자리에서 일어났고, 초대를 받아 주어서 고맙다고 말했다. 원장은 미소를 지었다. 아주 하얗고 날카로우며 조그맣고 고른 치아들이 드러났고, 그 치아들 덕택에 그녀의 미소는 채식 전문 식당과는 전혀 어울리지 않는 육식 동물 같은 분위기를 띠었다. 웨이터가 그들에게 무엇을 주문하겠느냐고 물었다. 후안 데 디오스 마르티네스는 메뉴판을 보았고, 그런 다음 그녀에게 대신 골라 달라고 부탁했다. 음식이 나오길 기다리면서, 그는 산타데오 교회에서 일어난 일을 들려주었다. 원장은 주의 깊게 듣더니, 마침내 더 할 말이 있느냐고 물었다. 그게 전부입니다. 형사는 말했다. 수감된 우리의 두 환자는 병원 안에서 밤을 보냈어요. 그녀가 말했다. 나도 압니다. 그가 말했다. 어떻게 알지요? 교회에 잠시 머문 후, 정신 병원으로 달려갔습니다. 경비원과 당번 여자 간호사에게 환자들의 방으로 안내해 달라고 부탁했습니다. 두 사람은 자고 있더군요. 오줌에 젖은 옷도 없었습니다. 아무도 그들을 병원에서 내보내지 않았습니다. 지금 당신은 불법 행위를 했다고 말하고 있어요. 원장이 따지듯 말했다. 하지만 이제 그들은 혐의를 벗었습니다. 형사가 말했다. 게다가 난 그들을 깨우지 않았습니다. 그들은 아무것도 눈치채지 못했습니다. 잠시 원장은 조용히 음식을 먹기만 했다. 후안 데 디오스 마르티네스는 갈수록 물소리 같은 음악이 마음에 들었다. 그는 그런 생각을 그녀에게 말했다. 그러면서 이 음반을 사고 싶네요 하고 덧붙였다. 진심으로 한 말이었지만 원장은 그 말을 듣지 못한 것 같았다. 후식으로 무화과가 나왔다. 후안 데 디오스 마르티네스는 무화과를 먹어 본 지 몇 년은 족히 되었다고 말했다. 원장이 커피를 갖다 달라고 하면서 음식값을 치르려고 했지만, 그는 그렇게 하도록 놔두지 않았다. 쉬운 일이 아니었다. 그는 여러 번 자기가 내겠다고 고집을 부려야 했고, 원장도 마치 돌로 변해 버린 사람처럼 자기가 내겠다는 의지를 굽히지 않았다. 식당에서 나오며 두 사람은 다시는 만나지 않을 것처럼 악수했다.

이틀 후 그 낯선 작자는 로마스 델 토로 지역에 있는 산타카탈리나 교회로 들어갔다. 교회 문이 모두 닫힌 밤늦은 시간이었다. 그는 거치적거리는 모든 조각상의 머리를 잘라 버렸을 뿐만 아니라, 제단에 소변과 대변을 보았다. 이번에 그 소식은 중앙지에 실렸고, 『소노라의 목소리』 신문 기자는 파괴범을 악마에 홀린 통회자(痛悔者)라고 불렀다. 후안 데 디오스 마르티네스가 아는 한 누구든 그런 일련의 사건을 저지른 범죄자가 될 수 있었지만, 경찰은 주범이 통회자라고 결론지었고, 그는 공식 결정을 따르기로 마음먹었다. 그토록 많은 성물들을 부수려면 상당히 큰 소리가 났을 테고 어느 정도 시간이 필요했겠지만, 교회 근처에 사는 사람들이 아무 소리도 듣지 못했고, 그는 그런 사실을 전혀 이상하게 여기지 않았다. 산타카탈리나 교회 안에는 아무도 살지 않았던 것이다. 미사를 집전하는 신부는 하루에 한 번 그곳으로 와서, 아침 9시부터 오후 1시까지만 머물렀고, 그런 다음에는 시우다드 누에바 지역에 있는 교구 학교로 일하러 갔다. 그곳에는 성당 관리인도 없었고, 미사를 도와주는 복사들은 올 때도 있고 그렇지 않을 때도 있었다. 사실상 산타카탈리나 교회는 신도도 거의 없었고, 그 안에 있는 성물들도 모두 싸구려 일색이었다. 주교 관구가 성직자 통상복과 성인 조각상을 도소매로 팔던, 시내 중심가의 어느 가게에서 구입한 것들이었다. 후안 데 디오스 마르티네스가 보기에 신부는 허심탄회한 사람이었고 자유 사상가였다. 두 사람은 잠시 대화를 나누었다. 교회에서 분실된 것은 하나도 없었다. 신부는 그런 불법 행위에 호들갑을 떨거나 충격을 받지 않았다. 그는 손해액을 거칠게 산정해 보고는 주교 관구에는 그 액수가 하찮은 돈에 불과하다고 말했다. 제단 위에서 똥을 보고도 그는 놀라지 않았다. 당신들이 떠나고 두어 시간 후면 여기도 다시 말끔해질 겁니다. 신부는 말했다. 반면에 오줌의 양을 보고는 경악을 금치 못했다. 마치 샴쌍둥이처럼 신부와 형사는 어깨를 맞대고서 통회자가 오줌을 눈 구석구석을 모두 돌아다녔다. 신부는 마침내 그 작자가 수박만큼 커다란 오줌보를 지녔을 것이라고 말했다. 그날 밤 후안 데 디오스 마르티네스는 통회자가 갈수록 나아진다고 생각했다. 첫 번째 공습은 폭력적이었고, 거의 성당 관리인을 죽일 뻔했다. 하지만 시간이 흐르면서 그의 기술은 노련해졌다. 두 번째 공격에서는 단지 몇몇 여신자만을 놀라게 했을 뿐이었고, 세 번째에는 누구의 눈에도 띄지 않은 채 마음 편히 작업할 수 있었던 것이다.

산타카탈리나 교회를 더럽게 만든 사건이 일어나고 사흘 후, 통회자는 밤늦은 시간에 레포르마 지역에 있는 〈우리의 주님 예수 그리스도〉 교회에 몰래 잠입했다. 도시에서 가장 오래된 교회로, 18세기 중반에 지어진 것이었다. 한때는 산타테레사 주교좌성당으로 이용되기도 했다. 솔레르 거리와 오르티스 루비오 거리가 만나는 길모퉁이에 있던 부속 건물에는 사제 셋과 소노라 사막에 거주하는 파파고 부족[1] 출신 원주민 신학생 두 명이 자고 있었다. 이 신학생들은 산타테레사 대학에서 각각 인류학과 역사를 공부했다. 학업에 전념하는 것 이외에도, 이 신학생들은 매일 밤 설거지를 하거나 아니면 신부들의 빨래를 수거해서 세탁 일을 하는 여자에게 건네주었다. 그렇게 세탁이나 청소 같은 허드렛일을 거들었다. 그날 밤 한 신학생이 잠을 이루지 못했다. 그는 방 안에 틀어박혀 공부하려고 했지만, 뜻대로 되지 않았다. 그러자 의자에서 일어나 도서관으로 책을 찾으러 갔다. 그런데 아무런 이유도 없이 그곳에 있는 1인용 소파에 앉아 책을 읽다가 이내

---

1 미국과 멕시코 국경 근처 지역에 주로 거주하는 미국 원주민 부족. 멕시코 지역에는 약 5백 명, 미국 영토에는 약 3만 명이 있는 것으로 알려졌다.

잠들어 버렸다. 건물은 복도를 통해 교회와 연결되었고, 그 복도를 따라가면
신학교 교장실이 나왔다. 사람들 말로는, 거기엔 멕시코 혁명과 크리스테로 전쟁[2]
동안에 신부들이 사용한 지하 복도가 있었다. 하지만 그 파파고족 신학생은 그런
복도가 존재하는지조차도 몰랐다. 갑자기 유리 깨지는 것 같은 소리에 그는 잠에서
깨어났다. 처음에는 너무 이상하게 비가 내린다고 생각했지만, 이내 그 소리가
교회 밖이 아니라 안에서 나는 것임을 깨달았다. 그는 벌떡 일어나 확인하러 갔다.
신학교 교장실에 도착한 그는 신음 소리를 들었고, 누군가가 고해실에 갇혔다고
생각했다. 하지만 고해실 문은 결코 잠기는 법이 없었기 때문에, 그건 도저히 있을
수 없는 일이었다. 파파고족 출신 원주민 신학생은 자기 조상들이 들은 평판과는
달리 전혀 용감하지 않았고, 그래서 혼자 교회 안으로 들어갈 용기를 내지 못했다.
그는 다른 신학생을 깨우러 갔고, 그런 다음 두 신학생은 아주 조심스럽게 후안
카라스코 신부의 침실 문을 두드렸다. 그 시간에 신부는 그 건물에 사는 모든
사람들처럼 곤히 잠들어 있었다. 후안 카라스코 신부는 복도에서 파파고족
신학생의 이야기를 들었다. 그는 신문을 읽었기 때문에, 통회자가 틀림없어 하고
말했다. 즉시 그는 자기 방으로 돌아가서 바지를 입고, 조깅을 하거나 하이알라이[3]
경기를 할 때 신던 스니커즈를 신었으며, 옷장에서 낡은 야구 방망이를 꺼냈다.
그런 다음 그는 1층 계단 옆의 작은 방에서 자고 있던 관리인을 깨우라고 파파고족
출신 신학생 한 명을 보냈다. 신부는 이상한 소리가 난다고 알려 준 또 다른
파파고족 신학생과 함께 교회로 향했다. 교회 안을 얼핏 보았을 때, 두 사람은
그곳에 아무도 없다는 인상을 받았다. 촛불의 유백색 연기는 천천히 둥근 천장을
향해 솟아오르고 있었고, 짙은 황갈색 어둠은 교회 안에 움직이지 않은 채
그대로였다. 잠시 후 그들은 신음 소리를 들었다. 마치 어린아이가 토하지
않으려고 애쓰는 소리 같았다. 그런 다음에 또 다른 신음 소리가 계속 들렸고,
마침내 귀에 익숙한 첫 구토 소리가 들렸다. 통회자예요. 신학생은 속삭였다.
카라스코 신부는 눈썹을 찌푸리더니 양손으로 야구 방망이를 움켜쥐고서
머뭇거리지 않고 소리가 나는 곳으로 향했다. 야구 방망이를 마구 휘두를
기세였다. 파파고족 신학생은 그를 따라가지 않았다. 아마도 신부가 발을 옮기는
방향으로 한두 발짝 정도 옮긴 것 같았지만, 그런 다음에는 성스러운 공포 앞에서
어찌할 바 모른 채 가만히 서 있었다. 사실 그는 이가 덜덜 떨릴 정도로 두려움에
사로잡혔다. 앞으로 나아갈 수도 없었고 뒷걸음칠 수도 없었다. 나중에 경찰에
설명한 것처럼, 그는 기도를 하기 시작했다. 무슨 기도를 했지요? 형사 후안 데
디오스 마르티네스가 물었다. 파파고족 신학생은 질문을 이해하지 못했다. 주님의
기도를 했습니까? 형사가 다시 물었다. 아니에요, 아니에요, 아무것도 기억나지

---

2 1926년부터 1929년까지 멕시코에서 일어난 무장 투쟁. 가톨릭교회의 자족성을 제한하는 정책과 법을 적용하
는 데 분노한 가톨릭 평신도들이 주동이 된 전투.

3 스페인의 대표적인 실내 스포츠로, 앞뒤와 왼쪽 벽이 대리석으로 된 실내에서 라켓으로 공을 대리석 벽에 쳐서
되돌아오는 공을 받지 못하면 실점이 된다.

않아요. 그는 대답했다. 내 영혼을 위해 기도했습니다. 성모님에게 기도했습니다.
성모님에게 제발 저를 버리지 말아 달라고 기도했습니다. 그는 서 있던 곳에서
기둥에 세게 부딪히는 야구 방망이 소리를 들었다. 아마도 통회자의 척추를 때리는
소리거나 대천사 가브리엘의 나무 조각이 서 있는 1미터 90센티미터 높이의
기둥에 부딪히는 소리일 거야. 그는 추측했다. 아니, 그렇게 생각했다고 기억했다.
그런 다음 누군가가 숨을 헐떡거리는 소리를 들었다. 그는 통회자의 신음을
들었다. 카라스코 신부가 누군가에게 욕설을 퍼붓는 소리를 들었지만, 사실 그
말이 너무나 이상해서 신부가 통회자에게 하는 말인지, 아니면 자신에게 하는
말인지, 그것도 아니면 카라스코 신부가 과거에 본 낯선 사람에게 하는 소리인지,
그러니까 파파고족 신학생이 앞으로 결코 알게 될 기회를 갖지 못할 것이며 신부가
다시는 만나지 못하게 될 사람을 향해 퍼부은 소리인지 알 수 없었다. 그때 아주
정확하고 말끔하게 타일 깔린 바닥으로 야구 방망이가 떨어지는 소리가 들렸다.
나무 방망이가 여러 번 바닥에서 튀더니 마침내 소리가 멈추었다. 그리고 거의
동시에 그는 비명 소리를 들었고, 그 소리는 그에게 다시 성스러운 공포를
떠올리게 만들었다. 그는 깊이 생각하지도 않은 채 그렇게 떠올린 것이다. 혹은
비틀비틀거리는 조각상들을 보고 그렇게 생각한 것일 수도 있었다. 그런 다음 그는
마치 번갯불 같다는 인상을 준 촛불 덕분에, 통회자가 야구 방망이로 일격에
대천사의 정강이뼈를 박살 내 받침대에서 떨어뜨리는 모습을 보았다고 생각했다.
또다시 나무가 내는 소리, 이번에는 아주 오래된 나무가 돌과 부딪치는 소리를
들었다. 그러고 나니까 그곳에서는 나무와 돌이 서로 적대적인 관계에 있는 것
같다는 느낌이 들었다. 그러고는 무언가를 때리는 소리가 더 들렸다. 또한 급히
달려와서 역시 어둠 속으로 들어가는 관리인의 발소리가 들렸고, 그의 파파고족
형제가 파파고 원주민어로 무슨 일이냐고, 어디가 아프냐고 묻는 소리를 들었다.
그런 다음 더 많은 비명 소리와 더 많은 신부의 목소리, 그리고 경찰을 부르는
목소리가 들렸다. 또한 흰색 셔츠들이 우왕좌왕하는 모습이 보였고, 마치 누군가가
암모니아 1갤런으로 오래된 교회의 돌들을 닦은 것처럼 쉰내가 풍겼다. 나중에
후안 데 디오스 마르티네스 형사가 그에게 알려 준 바에 따르면, 그것은 오줌
냄새였고, 정상적인 오줌보를 가진 남자가 그랬다고는 보기 힘들 정도로 너무나
많이 오줌을 눈 것이다.

이번에는 통회자가 다시 광포한 행동을 했군요. 호세 마르케스 형사는 무릎을
구부린 채 카라스코 신부와 관리인의 시체를 살펴보면서 말했다. 후안 데 디오스
마르티네스는 통회자가 교회 안으로 들어온 창문을 자세히 살펴보았다. 그리고
거리로 나가서 잠시 솔레르 거리를 걸었으며, 그런 다음 오르티스 루비오 거리와
밤마다 동네 주민들이 무료 주차장으로 사용하는 광장으로 걸어갔다. 교회로
돌아왔을 때, 그곳에는 이미 페드로 네그레테와 에피파니오가 와 있었다. 그가
교회 안으로 들어가자마자, 경찰청장은 그에게 가까이 오라고 몸짓을 했다. 그들은

잠시 신도석 마지막 줄에 앉아 이야기를 나누면서 담배를 피웠다. 네그레테는 가죽 재킷 아래로 파자마 상의를 입은 채였다. 고급 오드콜로뉴 향수 냄새를 풍겼고, 전혀 피곤하지 않은 기색이었다. 에피파니오는 하늘색 양복을 입었는데, 교회의 희미한 불빛과 아주 근사하게 어울렸다. 후안 데 디오스 마르티네스는 경찰청장에게 통회자는 차를 가지고 있는 게 분명하다고 말했다. 그걸 어떻게 알지? 그렇지 않으면 다른 사람들의 관심을 끌지 않은 채 다른 곳으로 이동할 수 없습니다. 형사는 지적했다. 그의 오줌에서 지독한 냄새가 나기 때문이지요. 키노 지역과 레포르마 지역 사이의 거리는 상당합니다. 역시 레포르마 지역과 로마스 델 토로 지역도 상당히 멀리 떨어져 있습니다. 우리는 통회자가 시내 중심가에 산다고 추정할 수 있습니다. 레포르마 지역에서 중심가까지는 걸어서 갈 수도 있고, 밤이라면 그에게서 오줌 냄새가 난다는 사실을 누구도 눈치채지 못할 수도 있습니다. 하지만 중심가에서 로마스 델 토로까지 걷는다면, 잘은 모르겠지만 최소한 한 시간은 걸릴 겁니다. 아니 더 걸릴 수도 있겠지. 에피파니오가 말했다. 그럼 로마스 델 토로에서부터 키노 지역까지 걷는다면 얼마나 걸릴 것 같습니까? 길을 잃지 않고 걷는다고 가정하더라도 최소한 45분 이상이 걸리지. 에피파니오가 대답했다. 그리고 레포르마 지역부터 키노 지역까지는 말할 필요도 없습니다. 후안 데 디오스 마르티네스가 지적했다. 그러니까 이 개자식은 자동차로 이동한다는 말이군. 경찰청장이 말했다. 우리가 확신할 수 있는 유일한 사실이 바로 그겁니다. 후안 데 디오스 마르티네스가 말했다. 그리고 아마도 차 안에 깨끗한 옷을 가지고 다닐 겁니다. 그건 또 왜 그런 거지? 경찰청장이 물었다. 일종의 예방책입니다. 그러니까 자네는 그 통회자가 전혀 멍청한 놈이 아니라는 말이군. 네그레테가 말했다. 교회 안에 있을 때에만 미친놈이 되는 거지, 밖으로 나가면 정상인입니다. 후안 데 디오스 마르티네스가 나지막한 소리로 말했다. 젠장, 빌어먹을. 에피파니오, 자네는 어떻게 생각하나? 경찰청장이 말했다. 충분히 그럴 수 있습니다. 에피파니오가 말했다. 혼자 사는 사람이라면 똥 냄새를 풍기면서도 집으로 돌아갈 수 있을 겁니다. 자동차를 타면 본거지까지 몇 분 안 걸리고 도착할 테니까요. 하지만 그가 여자와 함께 살거나 아니면 두목들과 함께 산다면, 틀림없이 집 안으로 들어가기 전에 옷을 갈아입을 겁니다. 그래, 일리가 있군. 경찰청장이 말했다. 하지만 문제는 이 모든 사건을 어떻게 종결지을 수 있느냐는 것이야. 혹시 좋은 생각이라도 있나? 지금 당장의 해결책으로는 모든 교회에 경찰관을 배치하여, 통회자가 다음 행동을 벌일 때까지 기다리는 겁니다. 후안 데 디오스 마르티네스가 말했다. 내 동생은 독실한 가톨릭 신자네. 경찰청장은 마치 크게 혼잣말을 하듯 말했다. 동생한테 몇 가지를 물어봐야겠어. 후안 데 디오스, 자네는 통회자가 어디에 산다고 생각하나? 잘 모르겠습니다, 청장님. 어디서라도 살 수 있습니다. 하지만 그가 자동차를 갖고 있다면, 키노 지역에서는 살지 않을 거라고 생각합니다. 형사는 말했다.

　　새벽 5시에 집으로 돌아온 후안 데 디오스 마르티네스 형사는 정신 병원 원장이 자동 응답기에 메시지를 남겼다는 것을 알았다. 당신이 찾는 사람은 성물 공포증을 겪고 있어요. 내게 전화하면 설명해 주겠어요. 새벽 시간이었지만, 그는 즉시 전화를 걸었다. 원장의 자동 응답기가 대답했다. 마르티네스 형사입니다. 후안 데 디오스 마르티네스는 말했다. 이 시간에 전화한 걸 용서해 주기 바랍니다…… 당신 메시지를 들었습니다…… 방금 전에 집에 도착했습니다…… 오늘 밤 통회자가…… 어쨌건 아침에 다시 전화드리겠습니다…… 그러니까 오늘 아침에…… 좋은 밤 보내시고, 메시지에 감사드립니다. 그런 다음 그는 신발과 바지를 벗고서 침대에 드러누웠지만, 제대로 잠을 이룰 수 없었다. 아침 6시에 그는 경찰서로 갔다. 순찰 대원들이 어느 동료의 생일을 축하하고 있었고, 그에게 함께 술 한잔 하자고 권했지만, 그는 거절했다. 그를 제외하고는 아무도 없는 형사실에 있으면서, 그는 위층에서 거듭해서 울려 퍼지는 생일 축하 노래를 들었다. 그는 함께 일하고 싶은 경찰들 목록을 만들었고, 에르모시요 사무실에 보내는 보고서를 작성했다. 그런 다음 형사실에서 나가 자동 판매기 옆에서 커피를 마셨다. 그는 순찰 경관 두 명이 서로 얼싸안은 채 계단을 내려오는 것을 보고서 뒤쫓아 갔다. 복도에서는 두 명씩, 세 명씩, 네 명씩 무리를 지어 담소하는 것을 보았다. 가끔씩 한 무리가 폭소를 터뜨렸다. 흰색 셔츠에 청바지를 입은 어떤 사람이 들것을 끌고 갔다. 들것에는 에밀리아 메나 메나의 시체가 회색 비닐 시트에 완전히 덮인 채 누워 있었다. 그러나 그 시체에 눈길을 주는 사람은 아무도 없었다.

6월에 에밀리아 메나 메나가 살해되었다. 그녀의 시체는 코린토 형제 벽돌 공장으로 향하는 유카테코스 거리 근처 불법 쓰레기장에서 발견되었다. 법의학 보고서에는 그녀가 강간당한 후 칼로 난자당했으며 불에 탔다고 적혀 있었다. 그러나 사인이 칼에 찔린 상처 때문인지 화상 때문인지 구체적으로 서술하지 않았으며, 에밀리아 메나 메나가 불에 탔을 때 이미 죽은 상태였는지도 밝히지 않았다. 그녀의 시체가 발견된 쓰레기장에서는 끊임없이 크고 작은 화재가 보고되었다. 대부분은 고의적인 방화였지만, 뚜렷한 원인 없이 우연히 발생한 화재도 있었다. 그래서 그녀의 시체가 살인자의 의도가 아니라 우연히 일어난 화재에 의해 불탔을 가능성도 배제할 수 없었다. 불법으로 조성된 쓰레기장이었기 때문에, 공식 이름은 붙지 않았다. 그러나 비공식적으로 그곳은 〈엘 칠레〉라고 불렸다. 엘 칠레나 이내 곧 쓰레기장으로 변하게 될 인근 벌판에는 낮 시간 동안 개미 새끼 한 마리도 보이지 않았다. 그러나 밤이 되면 아무것도 가지지 않은 사람들, 아니 그보다도 못한 사람들이 모습을 드러냈다. 멕시코시티에서는 그런 사람들을 〈테포로초〉라고 부르지만, 혼자건 짝을 지어서건 엘 칠레로 모여들기 시작한 사람들과 비교한다면, 테포로초는 그나마 생활력 있고 냉소적이며 익살스럽다고 말할 수 있었다. 그들의 수는 많지 않았다. 그들은 일반인들이 알아듣기 힘든 은어를 사용했다. 에밀리아 메나 메나의 시체가 발견된 다음 날 밤에 경찰은 일제 검거 작전을 폈지만, 쓰레기 더미에서 마분지를 줍던 어린애 세 명을 붙잡는 데 그쳤다. 엘 칠레에 사는 야간 주민의 숫자는 얼마 되지 않았다. 그들은 삶에 대한 희망을 거의 가지고 있지 않았다. 쓰레기장을 어슬렁거리기 시작한 후 기껏해야 일곱 달 정도 목숨을 부지하면서 사는 게 고작이었다. 그들의 식생활과 성생활은 미스터리였다. 그들이 어떻게 먹는지 혹은 어떻게 사랑을 나누는지 이미 잊어버렸을 가능성도 충분했다. 혹은 그들에게 음식과 성은 이미 그들의 힘이 미치지 못하는 곳에 있으며 표현할 수도 없는 것, 다시 말하면 그들이 행동으로 옮길 수도 없고 말로 할 수도 없는 것이었는지도 모를 일이었다. 누구 한 명 예외도 없이 그들은 모두 병에 걸렸다. 엘 칠레에서 발견된 시체의 옷을 벗기는 것은 그 살가죽을 벗기는 것과 진배없었다. 쓰레기장 인구는 꾸준하게 유지되었다. 즉, 세 명 이하인 적도 없었고, 스무 명이 넘는 적도 결코 없었다.

에밀리아 메나 메나의 살해 용의자는 그녀의 애인이었다. 경찰이 부모와 세 형제가 함께 살던 집으로 그를 체포하러 갔을 때, 그는 이미 집을 나가고 없었다. 가족들의 말에 따르면, 그는 시체가 발견되기 하루나 이틀 전에 버스를 타고 그곳을 떠났다. 아버지와 두 형제는 감옥에서 이틀을 보냈지만, 경찰은 유용한 정보를 빼낼 수 없었다. 유일한 정보라고는 아버지 동생의 주소뿐이었다. 경찰은 용의자가 시우다드 구스만에 있는 삼촌 집으로 갔을지 모른다고 추정했다. 시우다드 구스만 경찰에게 급히 이런 사실을 알리자 몇몇 경찰이 모든 법적 서류를 발부받아 그 의문의 집을 찾아갔지만, 그녀의 애인이자 살해 용의자의 흔적은 찾을 수 없었다. 사건은 미결로 남았고, 이내 곧 잊히고 말았다. 그런데 닷새 후, 그러니까 아직 수사가 종결되지 않았을 때, 모렐로스의 고등학교 경비원이 또 다른 여자의 시체를 발견했다. 그녀는 학생들이 종종 축구나 야구를 하는 데 사용하는 빈터에 버려져 있었다. 그 빈터에서는 애리조나와 멕시코 쪽 국경의 마킬라도라 건물들, 그리고 마킬라도라 공장에서 시작된 비포장도로가 포장된 도로와 만나는 것을 볼 수 있었다. 빈터 옆 한쪽으로 철조망 울타리가 있었고, 철조망을 중심으로 빈터와 고등학교 운동장이 나뉘었다. 그리고 운동장 저 너머로는 널찍하고 양지바른 교실에서 수업이 진행되는 3층짜리 학교 건물 두 채가 있었다. 그 고등학교는 1990년에 개교했으며, 경비원은 개교 당시부터 그 학교에 근무한 사람이었다. 그는 매일 아침 학교에 가장 먼저 도착해서 가장 늦게 퇴근하는 사람들 중 하나였다. 여자 시체를 발견한 그날 아침, 그는 교장실에서 학교의 모든 곳에 들어갈 수 있는 마스터키를 집다가 무언가 이상한 것을 보았고, 그것은 그의 관심을 사로잡았다. 처음에는 무엇인지 확신하지 못했다. 그는 비품실로 들어갔고, 그때서야 그게 무엇인지 깨달았다. 독수리들이었다. 독수리들이 운동장 옆 빈터 위를 날아다녔다. 그러나 그는 아직 해야 할 일이 많았고, 그래서 나중에 살펴보기로 마음먹었다. 잠시 후 조리사와 그녀를 도와주는 보조 조리사가 도착했고, 그는 그들과 함께 주방으로 커피를 마시러 갔다. 그들은 10분가량 일상사에 관해 이야기를 나누었고, 그런 후 경비원은 그들에게 학교에 올 때 학교

위를 날아다니는 독수리들을 보지 못했느냐고 물었다. 두 사람은 모두 보지 못했다고 대답했다. 경비원은 커피를 모두 마시자 빈터를 둘러봐야겠다고 했다. 그는 혹시 죽은 개라도 있지 않을까 염려했다. 그렇다면, 그는 학교로 돌아와 작업 도구들이 보관된 창고로 가서 삽을 들고 다시 빈터로 간 다음, 학생들이 파헤치지 못하도록 충분히 깊은 구멍을 파서 개를 묻어야만 했다. 그러나 그가 발견한 것은 죽은 개가 아니라 죽은 여자였다. 그녀는 검은 블라우스에 검은색 신발을 신었고, 치마는 허리춤까지 둘둘 말려 있었다. 팬티는 입지 않았다. 그것이 그의 눈에 가장 먼저 들어왔다. 그런 다음 그는 그녀의 얼굴을 쳐다보았고, 그날 밤에 죽지 않았다는 것을 직감적으로 알았다. 독수리 한 마리가 울타리에 앉았지만, 그는 손과 팔을 흔들어 독수리를 쫓아 버렸다. 여자의 머리채는 등 한가운데까지 내려올 정도로 길고 검었다. 머리카락 일부분이 피로 엉겨 붙어 있었다. 배와 양다리 사이에도 피가 말라붙었다. 그는 두 번 성호를 긋고서 천천히 일어났다. 학교로 돌아오자 무슨 일이 있었는지 여자 조리사에게 말해 주었다. 그녀를 도와주는 남자 보조 조리사는 냄비를 닦고 있었는데, 경비원은 그가 듣지 못하도록 조그만 소리로 말했다. 사무실에서 그는 교장에게 전화를 걸었지만, 교장은 이미 집에 없었다. 그는 담요 하나를 찾아서 죽은 여자를 덮어 주러 다시 빈터로 갔다. 그때에야 그는 말뚝 하나가 그녀의 몸에 깊이 꽂혀 있다는 것을 알았다. 학교로 돌아오는 동안 눈물이 그의 앞을 가렸다. 학교에 도착하자 조리사가 운동장에 앉아 담배 한 대를 피우는 것이 보였다. 그녀는 경비원에게 마치 무슨 일이 있었냐고 묻는 듯이 몸짓을 했다. 경비원도 몸짓으로 대답했지만, 그녀는 그의 몸짓이 무슨 의미인지 이해할 수 없었다. 경비원은 정문으로 나가 교장을 기다렸다. 교장이 도착하자 두 사람은 빈터로 향했다. 운동장에서 조리사는 교장이 담요 한쪽 귀퉁이를 들더니 자기 눈에는 거의 들어오지 않는 바닥에 누운 형체를 여러 각도에서 응시하는 것을 보았다. 잠시 후 선생님 두 명이 합류했고, 그들에게서 약 10미터 떨어진 곳에는 학생들도 한 무리 모여들었다. 12시에 경찰차 두 대와 아무런 표시도 없는 자동차 한 대, 그리고 앰뷸런스가 도착해서 여자의 시체를 가져갔다. 이 여자의 이름은 결국 확인되지 않았다. 법의학 검시관은 이미 죽은 지 며칠이 되었다고 밝혔지만, 정확하게 며칠이나 되었는지는 진술하지 않았다. 그는 아마도 그녀를 죽음에 이르게 한 가장 큰 원인이 칼로 가슴을 찔린 것일 거라고 추측했다. 하지만 두개골도 파열되어 있었다. 법의학 검시관은 그것이 주요 사망 원인이 될 수 있다는 가능성을 배제하지 않았다. 죽은 여자의 나이는 스물넷에서 서른다섯 사이로 추정되었다. 신장은 1미터 72센티미터였다.

1993년 6월의 마지막 희생자는 마르가리타 로페스 산토스라는 여자였다. 그녀는 40일 전부터 실종된 상태였다. 실종 이틀째 날, 그녀의 어머니는 제2경찰서에 실종 신고를 했다. 마르가리타 로페스는 K&T 마킬라도라 공장에서 일했다. 노갈레스로 향하는 고속 도로와 과달루페 빅토리아 지역의 마지막 동네 근처에 자리 잡은 엘 프로그레소 공단에 있는 공장이었다. 실종 당일 그녀는 밤 9시부터 새벽 5시까지 작업하는 마킬라도라 공장의 제3교대 근무조로 일했다. 여자 동료들에 따르면 마르가리타는 보기 드물게 시간을 엄수하고 책임감이 강한 직원이었기 때문에, 평소와 마찬가지로 정확하게 출근했다. 그러므로 실종 시간은 다른 조와 교대하는 퇴근 시간 무렵이었을 것이라고 단정 지을 수 있었다. 그러나 그 시간에 그녀를 본 사람은 아무도 없었다. 여러 가지 이유 중에서도, 새벽 5시나 5시 반 무렵에는 모든 게 어둠에 휩싸였고, 길가의 가로등도 충분하지 않았기 때문이다. 과달루페 빅토리아 지역 북부에 있는 집들 대부분에는 전기가 들어오지 않았다. 공업 단지의 출입구들은 노갈레스로 향하는 고속 도로와 연결된 것들을 제외하고는, 하수도뿐만 아니라 불빛도 부족했고 도로도 포장되지 않았다. 공단의 거의 모든 오물은 라스 로시타스 지역에 버려져서 진흙탕을 이루었으며, 햇빛에 하얗게 바랬다. 말했듯이 마르가리타 로페스는 새벽 5시 반에 퇴근했다. 그것은 기정사실이었다. 그런 다음 그녀는 공장을 나가 공업 단지의 어두운 거리를 걸었다. 그리고 아마도 매일 밤 WS 주식회사 마킬라도라 공장 주차장 옆 텅 빈 광장에 서 있는 소형 트럭을 보았을 터였다. 새벽에 출퇴근하는 노동자들을 위해 밀크커피와 음료수, 그리고 온갖 종류의 샌드위치를 파는 트럭이었다. 손님 대부분은 여자였다. 하지만 그녀는 배가 고프지 않았거나, 아니면 집에 가면 먹을 것이 기다린다는 사실을 알았기에 그곳에 발길을 멈추지 않았다. 그녀는 공업 단지에서 나왔고, 마킬라도라 공장들의 불빛은 갈수록 멀어졌다. 그러고서 노갈레스로 향하는 도로를 건너 과달루페 빅토리아 지역 길로 접어들었다. 과달루페 빅토리아 동네를 지나는 데는 30분이면 충분했다. 그러면 그녀가 사는 산바르톨로메 지역이 나올 터였다. 전부 합쳐서 공장에서 집까지는 걸어서 50분 정도 걸렸다. 그러나 가는 도중에 무슨 일이 일어났거나, 무언가가 영원히 잘못되었다. 나중에 경찰은 그녀의 어머니에게 딸이 남자와 도망쳤을지도 모른다고 말했다. 겨우 열일곱 살이에요. 아주 착한 딸이고요. 그녀의 어머니는 말했다. 그리고 40일이 지난 후, 아이들 몇몇이 마이토레나 지역 판잣집 옆에서 그녀의 시체를 발견했다. 그녀의 왼손은 국화와 비슷하게 생긴 과코 잎사귀 위에 놓여 있었다. 시체 상태가 너무 안 좋았기 때문에 검시관은 사망 원인을 제대로 밝힐 수 없었다. 그러나 시체를 치우려고 온 경찰 중 하나는, 사망 원인을 밝힐 수는 없었지만 과코 식물이 어떤 건지는 알았다. 모기에 물린 데 특효지요. 그는 몸을 숙여 뾰족하고 거친 초록색 잎사귀를 뜯으면서 말했다.

　7월에는 어떤 여자의 시체도 발견되지 않았다. 8월에도 마찬가지였다.

　그 무렵에 멕시코시티의 『라 라손』 신문은 세르히오 곤살레스를 파견해서 통회자에 관한 취재 기사를 쓰도록 했다. 세르히오 곤살레스는 서른다섯 살이었고, 이혼한 지 얼마 되지 않았으며, 있는 힘을 다해 돈을 벌어야만 할 필요가 있었다.

평상시 같았으면 그런 임무를 수락하지 않았을 터였다. 그는 사회면이 아닌 문화면 담당 기자였기 때문이다. 철학 서적과 관련된 서평을 쓰곤 했지만, 아무도 그의 서평뿐만 아니라 그런 책을 읽지 않았다. 그리고 가끔씩 음악과 미술 전시회에 관한 기사도 썼다. 4년 전부터 「라 라손」 신문사의 정식 기자로 일했으며, 이혼 전까지만 해도 그의 경제 상황은 풍족하다고 볼 수는 없었지만 그럭저럭 견딜 만한 정도였다. 그러나 이혼을 하면서 갑자기 돈이 필요해졌다. 그는 독자들이 문화면을 모두 그가 쓴다는 사실을 눈치채지 못하도록 필명으로 쓰기도 했다. 어쨌건 문화면 기사를 쓰는 것 가지고는 별다른 도리가 없었기 때문에, 보잘것없는 수입을 보충할 일거리를 달라고 다른 면 부장들에게 졸라 대면서 압력을 가했다. 그래서 산타테레사로 가서 통회자에 대한 기사를 쓰고 돌아오라는 제안을 받게 된 것이다. 일거리를 준 사람은 그 신문의 일요판 잡지 책임자였다. 그는 곤살레스를 높이 평가했고 그 제안은 일거양득이 될 수 있다고 생각한 것이다. 그는 곤살레스가 월급 이외의 돈도 챙기고, 맛있는 음식과 깨끗한 공기로 유명한 멕시코 북부 지역에서 사나흘 휴가를 가지면서 아내를 잊을 수도 있을 것이라고 생각했다. 그래서 1993년 7월에 세르히오 곤살레스는 비행기를 타고 에르모시요로 갔고, 그곳에서 버스를 타고 산타테레사에 도착했다. 실제로 깨끗한 공기를 마시자 그는 너무나 기분이 좋았다. 짙푸른 에르모시요의 하늘은 지상의 불빛을 받아 거의 금속성을 띤 파란색이었다. 그런 하늘을 보자 그는 즉시 기운을 차렸다. 처음에는 공항에서, 그리고 나중에는 산타테레사의 거리에서 본 사람들은 다정하고 여유로운 듯했다. 그는 마치 자기가 외국에 있으면서 그곳 주민들의 좋은 면만 본다는 인상을 받았다. 산업 도시이고 실업자가 거의 없다고 생각했던 산타테레사에 도착한 그는 오아시스라는, 시내 중심가의 싸구려 호텔에 투숙했다. 레포르마[4] 시절의 포석이 아직도 그대로 깔린 거리에 자리 잡은 호텔이었다. 호텔을 잡고 잠시 후 그는 『북부 헤럴드』와 『소노라의 목소리』 신문사 편집부를 찾아가서, 통회자 사건을 취재한 기자들과 오랫동안 대화를 나누었다. 그들은 곤살레스에게 신성을 모독당한 네 교회에 어떻게 가야 하는지 가르쳐 주었고, 그는 택시 한 대를 전세 내어 하루 만에 교회 네 군데를 모두 돌아다녔다. 그는 산타데오 교회와 산타카탈리나 교회의 두 신부와 이야기를 할 수 있었지만, 신부들의 말은 그가 작성할 기사에 그다지 도움이 되지 못했다. 하지만 산타카탈리나 교회의 신부는 그에게 눈을 부릅뜨고 주변을 잘 살피라고, 자기가 보기에 교회를 더럽힌 사람이자 이제는 살인자가 된 사람이 산타테레사 최악의 두통거리는 아니라고 충고했다. 경찰은 그에게 용의자의 몽타주 한 장을 제공했고, 그는 그 사건의 전담 형사인 후안 데 디오스 마르티네스와 이야기를 나누도록 약속을 잡을 수 있었다. 오후에는 산타테레사 시장을 만났고, 시장은 시청사 옆 식당에서 함께 점심을

---

4 멕시코 전쟁에서 미국에 패한 뒤, 멕시코는 많은 토지를 보유하고서 국민의 목을 조르던 가톨릭교회의 세력을 약화시키기 위해 새로운 헌법을 채택한다. 이로 인해 1857년부터 1861년까지 자유당과 보수당이 내전을 벌이는데, 이를 〈레포르마 전쟁〉이라고 부른다.

먹자고 초대했다. 그 식당은 돌로 벽을 장식해서 식민지 시대의 건물들과 어느 정도 흡사하게 보이려고 노력했지만, 제대로 그런 모습을 보이지는 못했다. 그러나 음식은 아주 훌륭했고, 시장과 그보다 낮은 직위의 시 의원 둘은 농담과 음탕한 이야기를 들려주면서 분위기를 북돋우려고 애썼다. 다음 날 그는 경찰청장과 인터뷰를 하려고 노력했지만 수포로 돌아갔다. 대신 참모 직원을 만날 수 있었다. 아마도 산타테레사 경찰청 언론 담당관임이 분명한 것 같았다. 법학 대학을 갓 졸업한 젊은 관리는 그에게 통회자에 관한 기사를 쓰는 데 필요한 모든 자료가 담긴 사건 기록과 일지를 넘겨주었다. 그 관리의 이름은 사무디오였고, 그날 밤 세르히오 곤살레스와 함께 보내는 것 이외에는 그다지 할 일이 없는 사람이었다. 두 사람은 함께 저녁을 먹었다. 그런 다음 디스코텍으로 향했다. 세르히오 곤살레스는 열일곱 살 이후 언제 그런 곳에 발을 들여 놓았는지 기억할 수 없었다. 그는 그런 사실을 사무디오에게 말했고, 그러자 사무디오는 빙긋이 웃었다. 그들은 몇몇 여자아이에게 마실 것을 사주겠다면서 접근했다. 여자아이들은 시날로아 출신이었다. 여자아이들이 입은 옷을 본 그들은 즉시 공장에서 일하는 노동자라는 것을 알았다. 세르히오 곤살레스는 그의 파트너가 된 여자아이에게 춤추는 걸 좋아하느냐고 물었고, 그녀는 그게 세상에서 가장 좋아하는 것이라고 대답했다. 그는 아무런 이유도 없이 그 대답이 너무 훌륭하다고 생각했지만, 또한 동시에 너무 슬프다는 느낌을 받았다. 여자아이는 그에게 멕시코시티에 사는 사람이 산타테레사에서 무슨 일을 하는 것이냐고 물었고, 그는 자기가 기자이며 통회자에 관한 기사를 쓴다고 말했다. 하지만 그녀는 그가 그런 기사를 쓴다는 사실에 그다지 깊은 인상을 받은 것 같지 않았다. 또한 그녀는 『라 라손』 신문을 한 번도 읽어 본 적이 없었다. 곤살레스는 그런 사실을 거의 믿을 수 없었다. 어느 순간 사무디오는 그를 후미진 곳으로 데려가서 여자아이들을 침대로 데려가도 괜찮다고 말해 주었다. 사무디오의 얼굴은 섬광 조명에 일그러져서 마치 미친 사람처럼 보였다. 곤살레스는 어깨를 으쓱했다.

다음 날 금지된 것을 들었거나 보았다는 느낌을 가지고 곤살레스는 호텔 방에서 혼자 잠에서 깨어났다. 어쨌거나 부적절하고 불편한 느낌이었다. 그는 후안 데 디오스 마르티네스를 인터뷰하려고 했다. 하지만 형사실에서는 주사위 놀이를 하던 두 사람과 그걸 물끄러미 쳐다보던 또 다른 사람만 볼 수 있었다. 세 사람 모두 형사였다. 세르히오 곤살레스는 자기 신원을 밝히고 의자에 앉아 기다렸다. 그들이 후안 데 디오스 마르티네스가 금방 돌아올 것이라고 말했기 때문이다. 형사들은 운동복 위에 방한 재킷을 입었다. 주사위 놀이를 하던 사람들은 각자 완두콩이 담긴 컵을 하나씩 들었고, 주사위를 던질 때마다 각자의 컵에서 완두콩을 몇 알씩 꺼내 테이블 중앙에 놓았다. 곤살레스는 어른들이 완두콩으로 내기를 건다는 것이 이상하다고 생각했다. 그러나 테이블 중앙에 있던 몇몇 완두콩이 펄쩍펄쩍 튀어 오르는 것을 보자, 그게 더 이상하다고 여겼다. 그는 주의 깊게 완두콩을 쳐다보았고, 그가 본 것은 사실 그대로였다. 종종 완두콩 한 개가, 혹은 이따금씩 두 개가 깡충 뛰었다. 그리 높이 뛰지는 않았다. 아마도 4센티미터 혹은 2센티미터 정도에 불과한 것 같았지만, 어쨌거나 그것들은 튀어 올랐다. 하지만 주사위 놀이꾼들은 그런 완두콩을 대수롭지 않게 여겼다. 그들은 주사위 다섯 개를 컵에 넣어서 흔들고는, 갑자기 딱 소리를 내면서 테이블 위로 떨어뜨렸다. 주사위를 떨어뜨릴 때마다 주사위를 던지는 사람이나 상대방은 곤살레스가 알아들을 수 없는 말을 외쳤다. 거길 조여 봐. 맷돌에 갈렸어. 밟아, 밟으란 말이야. 돌았군, 돌았어. 좆만 해, 좆 같아. 얼빠졌군. 쓰잘머리 없는 놈. 마치 신들에게 바치는 비밀 의식을 준비하는 소리처럼 들리기도 했고, 아니면 그들 자신도 이해하지 못하지만 모두가 존중해야만 하는 일종의 의식인 것 같기도 했다. 지켜만 보던 형사는 고개를 끄덕였다. 세르히오 곤살레스는 그 완두콩들이 튀어 오르는 완두콩이냐고 물었다. 형사는 그를 쳐다보고서 고개를 끄덕였다. 내 평생 그렇게 많은 튀어 오르는 완두콩은 본 적이 없어요. 곤살레스는 말했다. 하지만 사실대로 말하자면, 그는 튀어 오르는 완두콩을 단 한 번도 본 적이 없었다. 후안 데 디오스 마르티네스가 도착했지만, 형사들은 아랑곳하지 않고 계속 주사위 놀이를 했다. 후안 데 디오스 마르티네스는 약간 구겨진 회색 재킷에 진한 초록색 넥타이를 매고 있었다. 그들은 그의 책상 옆에 앉았다. 곤살레스가 확인한 바로는, 형사실에 있는 책상 중에서 가장 정리 정돈이 잘 된 책상이었다. 그들은 통회자에 관해 말했다. 형사가 기사화하지 말아 달라는 조건을 달고 말해 준 바에 따르면, 통회자는 환자였다. 어떤 종류의 질병을 앓고 있나요? 곤살레스는 속삭이듯 조그만 목소리로 물었다. 그는 후안 데 디오스 마르티네스가 그의 동료들이 두 사람의 대화를 듣지 않기 바란다는 사실을 즉시 눈치챈 것이다. 성물 공포증입니다. 형사가 말했다. 그게 뭐지요? 곤살레스가 물었다. 말 그대로 성스러운 물건에 대한 두려움과 증오입니다. 형사가 말했다. 형사의 말로는, 통회자는 사람을 살해하려는 계획적인 의도를 가지고 교회를 더럽힌 것이 아니었다. 살해는 우연에 따른 것이었다. 통회자가 원한 것은 성인 석고상들에 자신의 분노를 터뜨리는 것뿐이었다.

통회자가 신성을 모독한 교회들을 다시 말끔하게 치우고, 손상되고 부서진 것들을 완전히 복구하는 데는 그리 많은 시간이 걸리지 않았다. 그러나 산타카탈리나 교회만은 예외였다. 그 교회는 잠시 통회자가 남겨 놓은 그대로 방치되었다. 해야 할 일은 많은데 돈이 없습니다. 시우다드 누에바의 신부는 말했다. 그는 하루에 한 번 로마스 델 토로 지역에 모습을 드러내어 미사를 집전했고 성당을 치웠다. 그의 말은 파괴된 성상을 원상 복구하는 것보다 훨씬 더 중요하고 급한 일이 있음을 의미했다. 두 번째이자 마지막으로 그 신부와 교회 안에서 만나면서, 세르히오 곤살레스는 유명한 통회자 사건 이외에도 산타테레사에서는 범죄로 인해 많은 여자들이 죽었으며, 대부분의 경우는 미해결

상태로 남아 있다는 사실을 알았다. 사제는 청소를 하는 동안 말하고 또 말했다. 산타테레사라는 도시에 관해, 그리고 얼마 안 되는 중앙아메리카 이민자들에 관해, 매일 마킬라도라 공장에서 일자리를 찾거나 아니면 미국 쪽 국경으로 넘어가려고 몇백 명씩 도착하는 멕시코 사람들에 관해, 〈포예로〉나 〈코요테〉라고 불리는 밀입국 안내자들에 관해, 그리고 배고픔도 제대로 해결할 수 없을 정도로 형편없는 공장 급여에 관해 말했다. 그러면서 신부는 케레타로나 사카테카스 혹은 오아하카에서 온, 절망에 빠진 사람들은 그런 급료조차 탐낸다고 지적하면서, 절망에 빠진 기독교인들이지요라고 말했다. 그들은 혈혈단신으로 오기도 하고 가족들을 모두 끌고 오기도 하지만, 국경선에 도착하면 잠을 자거나 울거나 기도하거나 술에 취하거나 아니면 마약에 중독되거나 기진맥진할 때까지 춤을 추지요. 진정으로 절망에 빠진 기독교인들이랍니다. 신부는 말했다. 다른 사람도 아닌 신부가 자기 입으로 그런 이상한 용어를 사용한 것이다. 신부의 목소리는 호칭 기도를 하는 말투처럼 단조로웠고, 그의 말을 듣는 동안 어느 순간 세르히오 곤살레스는 눈을 감고 잠들 뻔했다. 얼마 후 그들은 밖으로 나가 교회의 벽돌 계단에 앉았다. 신부는 카멜 담배 한 대를 그에게 권했고, 두 사람은 지평선을 바라보면서 담배를 피우기 시작했다. 기자 일 말고 멕시코시티에서 또 무슨 일을 하나요? 신부가 물었다. 담배 연기를 들이마시는 동안 순간적으로 세르히오 곤살레스는 어떻게 대답해야 할까 생각했지만, 아무 생각도 떠오르지 않았다. 최근에 이혼했고, 책을 많이 읽습니다. 그는 말했다. 어떤 종류의 책이지요? 신부는 궁금하다는 표정으로 물었다. 주로 철학 서적입니다. 곤살레스는 대답하면서, 신부님도 책 읽는 걸 좋아하시나요? 하고 물었다. 어린 소녀 두 명이 뛰면서 지나갔고, 발걸음을 멈추지 않고서 신부의 이름을 부르며 인사했다. 곤살레스는 두 아이가 아주 커다랗고 붉은 꽃이 만발한 빈터를 지나서 큰 도로를 건너는 것을 보았다. 물론이지요. 신부가 대답했다. 어떤 종류의 책을 읽으시나요? 그가 물었다. 무엇보다도 해방 신학 책을 읽어요. 신부가 말했다. 보프[5]를 비롯한 브라질 해방 신학자들을 좋아해요. 하지만 탐정 소설도 읽는답니다. 곤살레스는 자리에서 일어나 신발 바닥으로 담배꽁초를 비볐다. 만나서 반가웠습니다. 그가 말했다. 신부는 그와 악수하면서 고개를 끄덕였다.

다음 날 아침 세르히오 곤살레스는 버스를 타고 에르모시요로 향했고, 거기서 네 시간을 기다린 끝에 멕시코시티로 가는 비행기에 올랐다. 이틀 후 그는 일요일 섹션 잡지 편집 책임자에게 통회자에 관한 기사를 건네주고는 곧바로 모든 걸 잊어버렸다.

성물 공포증이라는 게 뭡니까? 후안 데 디오스 마르티네스가 원장에게 물었다. 그것이 무엇인지 조금이라도 가르쳐 주십시오. 원장은 자기 이름이 엘비라

---

5 Leonardo Boff(1938~). 브라질의 해방 신학자로, 가난하고 소외된 사람들의 권리를 위해 투쟁했다.

캄포스라고 말하고는 위스키 한 잔을 주문했다. 후안 데 디오스 마르티네스는 맥주 한 잔을 시키고서 그 장소를 유심히 둘러보았다. 테라스에서는 남자 아코디언 연주자가 여자 바이올린 연주자와 함께, 농장주처럼 옷을 입은 남자의 관심을 끌기 위해 헛되이 애쓰고 있었다. 마약 거래상이야. 후안 데 디오스 마르티네스는 생각했다. 그러나 그 남자가 등을 돌리고 있었기 때문에 누구인지 알 수 없었다. 성물 공포증은 성스러운 것들, 성스러운 물건들, 특히 당신이 믿는 종교에서 유래한 것들을 혐오하고 두려워하는 겁니다. 엘비라 캄포스가 말했다. 그는 십자가상만 보면 도망치는 드라큘라를 예로 들려고 생각했지만, 원장이 비웃을지도 모른다고 추측했다. 통회자가 성물 공포증에 걸렸다고 생각하는 겁니까? 여러 번 생각해 봤는데, 그렇다고 믿어요. 이틀 전에 그는 신부와 다른 사람의 배를 찔렀습니다. 후안 데 디오스 마르티네스가 말했다. 아코디언 연주자는 매우 젊었다. 스무 살도 안 되어 보였고, 사과처럼 둥글둥글했다. 그러나 그의 표정은 스물다섯 살 이상 먹은 남자처럼 보였다. 단지 그가 종종 미소를 지을 때만 그렇지 않았다. 그러자 갑자기 그가 젊고 경험이 없다는 사실을 깨달았다. 누군가를 해치려고, 그러니까 산 사람을 해치려고가 아니라, 단지 교회에 있는 성상들을 부숴 버리려고 그는 칼을 가지고 다니는 거예요. 원장이 말했다. 서로 격식 차리지 말고 편안하게 말하는 게 어떻습니까? 후안 데 디오스 마르티네스가 물었다. 엘비라 캄포스는 빙긋이 미소 짓더니 좋다는 의미로 고개를 끄덕였다. 당신은 아주 매력적인 여자예요. 날씬하고 매력이 넘쳐요. 후안 데 디오스 마르티네스가 말했다. 날씬한 여자를 좋아하지 않나요, 형사님? 원장이 말했다. 남자 아코디언 연주자보다 더 키가 큰 여자 바이올린 연주자는 검은색 블라우스에 검은색 레깅스를 신고 있었다. 곧은 머리카락은 허리까지 내려올 정도로 길었다. 가끔씩 그녀는 눈을 감았다. 특히 아코디언 연주자가 악기를 연주하면서 노래 부르는 대목에서 그랬다. 이 세상에서 가장 슬픈 일은 저 마약 거래상, 그러니까 그가 마약 거래상이라고 추정한 사람이 근사한 양복을 입은 채 등을 돌리고 있고, 얼굴이 몽구스처럼 생긴 남자와 고양이 같은 매춘부와 이야기하는 데 정신이 팔려서 연주자들에게 거의 관심을 보이지 않는다는 거야. 후안 데 디오스 마르티네스는 생각했다. 격식 차리지 않고 이야기하기로 하지 않았나요? 후안 데 디오스 마르티네스가 말했다. 그래요. 원장이 응수했다. 그러니까 통회자가 성물 공포증을 겪고 있다고 확신하는 거죠? 원장은 그에게 통회자와 비슷한 증상을 지닌 환자가 있었는지 알아보려고 병원 기록을 살펴보았다고 했다. 그러나 아무것도 없었다. 통회자가 당신이 말하는 나이라면, 정신 병원에 입원한 적이 있을 거라고 확신해요. 갑자기 아코디언을 연주하던 청년이 발을 굴러 소리를 내기 시작했다. 그들이 앉은 곳에서는 그 소리가 들리지 않았지만, 그는 입과 눈썹으로 인상을 썼고 한 손으로는 머리카락을 헝클어뜨렸고, 마치 너털웃음을 웃는 것 같은 표정을 지었다. 바이올린 연주자는 눈을 감고 있었다. 마약 거래상의 목덜미가 움직였다. 후안 데 디오스 마르티네스는 청년이 마침내 원하던 것을 이루었다고 생각했다. 아마도 에르모시요나 티후아나의 어느 정신 병원에 통회자의 관련 서류가 있을지도 몰라요. 그건 그렇게 드문 경우가 아니에요. 아마도 얼마 전까지만 해도 신경 안정제를 먹었을 거예요. 아마도 지금은 약을 먹지 않을 거고요. 원장은 말했다. 결혼했어요? 함께 사는 사람이 있나요? 후안 데 디오스 마르티네스는 모기만 한 목소리로 물었다. 혼자 살아요. 원장이 말했다. 하지만 당신에게는 아이가 있지요. 당신 사무실에 있는 사진들을 보았어요. 그래요, 딸이 하나 있는데, 결혼했지요. 후안 데 디오스 마르티네스는 자기 마음속에서 무언가가 후련해진다는 것을 느끼면서 빙긋이 웃었다. 벌써 할머니가 된 건 아니겠지요? 여자에게는 그런 말을 절대 하는 게 아니에요, 형사님. 그런데 당신 나이가 어떻게 되죠? 원장이 물었다. 서른넷이에요. 후안 데 디오스 마르티네스가 대답했다. 나보다 열일곱 살이 어리네요. 당신을 보고 누가 마흔 살 이상 먹었을 거라고 하겠어요? 형사가 말했다. 원장은 웃었다. 난 매일 운동하고, 담배를 피우지 않으며 술도 거의 입에 대지 않고 건강에 좋은 것만 먹어요. 전에는 매일 아침 달리러 나가곤 했죠. 이제는 그렇게 하지 않나요? 그래요, 러닝 머신을 구입했거든요. 두 사람은 웃었다. 이어폰으로 바흐를 들으면서 매일 5에서 10킬로미터를 달리지요. 그럼 이제는 성물 공포증에 관해 다시 말하겠어요. 내가 동료들에게 통회자는 성물 공포증에 걸렸다고 말하면, 아마도 그들은 나를 비웃을 거예요. 몽구스 얼굴을 지닌 사람이 의자에서 일어나 아코디언 연주자에게 무언가 귀엣말을 했다. 그러고서 다시 의자로 돌아와 앉았고, 아코디언 연주자는 못마땅하다는 듯이 입술을 찡그리면서 샐쭉거렸다. 마치 울음을 터뜨리기 직전의 아이 같았다. 눈이 커다란 바이올린 연주자는 빙긋 웃었다. 마약 거래상과 고양이 얼굴 여자는 함께 머리를 숙였다. 마약 거래상의 코는 크고 앙상했으며, 귀족적인 분위기를 풍겼다. 하지만 어떤 점에서 귀족적일까? 입술을 제외한 아코디언 연주자의 나머지 얼굴이 일그러졌다. 그러자 전혀 경험하지 못한 파동이 형사의 가슴을 가로질렀다. 이 세상은 이상하면서도 매력적인 곳이야. 그는 생각했다.

성물 공포증보다 더 이상한 것도 있지요. 엘비라 캄포스가 말했다. 특히 우리가 멕시코에 있고, 이곳에서 종교는 항상 문제였다는 것을 염두에 둔다면 그래요. 사실 나는 모든 멕시코 사람들이 본질적으로 성물 공포증을 겪고 있다고 말하고 싶어요. 가령 고전적인 공포라고 말할 수 있는 다리 건너기 공포증을 생각해 보세요. 많은 사람들이 겪는 거예요. 다리 건너기 공포증이 뭐지요? 후안 데 디오스 마르티네스가 물었다. 말 그대로 다리를 건너는 것에 대한 두려움이에요. 알겠어요, 예전에 그런 사람을 알았어요. 사실 정확히 말하자면 어린아이였죠. 그 아이는 다리를 건널 때마다 다리가 무너지지 않을까 걱정했고, 그래서 항상 뛰어서 다리를 건넜지요. 그게 훨씬 더 위험한 일인데 말입니다. 그건 고전적인 공포증이에요. 엘비라 캄포스가 말했다. 또 다른 고전적인 예가 있어요. 바로 폐소 공포증이지요. 갇힌 공간에 대한 두려움이에요. 그리고 광장 공포증도 있어요.

바로 열린 공간에 대한 두려움이지요. 나도 그런 공포증에 관해서는 들었습니다. 후안 데 디오스 마르티네스가 말했다. 또 다른 고전적인 공포증으로 시체 공포증도 있어요. 죽은 사람에 대한 두려움 말이지요. 후안 데 디오스 마르티네스가 말했다. 그런 사람을 알고 있습니다. 경찰에게는 치명적인 장애지요. 또한 피를 두려워하는 피 공포증도 있어요. 맞아요. 후안 데 디오스 마르티네스가 응수했다. 또한 죄를 짓는 걸 두려워하는 범죄 공포증이 있어요. 하지만 정말로 보기 드문 공포증이 있어요. 혹시 수면 공포증이 뭔지 알아요? 처음 들어 보는데요. 후안 데 디오스 마르티네스가 말했다. 침대로 자러 가는 걸 두려워하는 병이지요. 정말로 침대를 두려워하거나 증오하는 사람이 있다는 말인가요? 그럼요, 그런 사람이 있답니다. 하지만 이건 바닥에서 잠을 자면서 절대로 침실로 들어가지 않으면 어느 정도 해결할 수 있는 문제예요. 또한 모발 공포증, 즉 머리카락을 두려워하는 공포증도 있어요. 그건 수면 공포증보다 조금 더 복잡한 증상이 아닐까요? 맞아요, 훨씬 더 복잡하고 어렵지요. 모발 공포증의 경우는 자살로 삶을 마감하는 경우도 종종 있어요. 그리고 말을 무서워하는 언어 공포증도 있어요. 이 경우에는 최선의 방법이 잠자코 있는 것이겠네요. 후안 데 디오스가 말했다. 그것보다 조금 더 복잡해요. 말이란 도처에 있으니까요. 심지어 침묵을 지킬 때도 그래요. 결코 완전한 침묵은 없거든요. 그렇지 않나요? 또한 옷을 두려워하는 의상 공포증도 있어요. 이상하게 보일지는 몰라도, 생각보다 훨씬 많은 사람이 이런 두려움을 겪어요. 그리고 의사 공포증, 그러니까 의사를 두려워하는 증상인데, 이것은 상대적으로 자주 있는 경우예요. 혹은 여성 공포증도 있는데 여자를 두려워하는 이 증상은 오직 남자들만 겪는 것이죠. 멕시코에서는 매우 광범위하게 나타나는 현상인데, 아주 다양한 방법으로 표출되지요. 좀 과장된 의견이 아닐까요? 아니에요, 전혀 그렇지 않아요. 거의 모든 멕시코 남자가 여자들에 대한 두려움을 갖고 있어요. 거기에 대해 뭐라고 말해야 할지 모르겠습니다. 후안 데 디오스 마르티네스가 말했다. 그리고 본질적으로 매우 낭만적인 두 가지 두려움이 있어요. 바로 비 공포증과 바다 공포증, 그러니까 비를 무서워하고 바다를 두려워하는 것이지요. 매우 낭만적인 또 다른 공포증이 두 가지 있는데, 하나는 꽃을 혐오하는 화훼 공포증이고, 다른 하나는 나무를 싫어하는 수목 공포증이지요. 몇몇 멕시코 남자가 여성 공포증을 갖고 있기는 하지만, 모든 멕시코 남자가 그런 건 아니에요. 그 정도로 심각하지는 않아요. 후안 데 디오스 마르티네스가 말했다. 개안 공포증이 뭐라고 생각하세요? 원장이 물었다. 개안이라, 개안, 눈과 관련된 것 같은데, 맙소사, 눈을 두려워하는 건가요? 그것보다 더 심한 거예요. 눈 뜨는 걸 두려워하는 거지요. 비유적인 의미로, 그것이 지금 당신이 말한 여성 공포증에 대한 대답이 될 거예요. 글자 그대로의 의미로, 그것은 폭력적인 발작, 의식 상실, 시각적이고 청각적인 환각, 그리고 일반적으로 공격적인 행동을 일으켜요. 내가 직접 경험한 것은 아니지만, 이런 증상을 겪은 두 사람의 경우에 관해 들었어요. 그들은 결국 자해했어요. 스스로 눈을 빼버렸단 말인가요? 손가락으로, 손톱으로 그렇게 했지요. 원장이 말했다. 맙소사! 후안 데 디오스 마르티네스가 말했다. 소아 공포증, 즉 아이를 무서워하는 증상도 있고, 총알을 두려워하는 탄환 공포증도 있어요. 그게 바로 내가 지닌 공포증이지요. 후안 데 디오스 마르티네스가 말했다. 그래요, 그건 아마도 일반적인 경우일 거예요. 원장이 말했다. 그리고 또 다른 공포증이 있어요. 최근 증가 추세에 있는데, 바로 이동 공포증, 즉 상황이나 장소의 변화를 두려워하는 것이지요. 이것은 도로 공포증, 즉 길이나 길을 건너는 것을 두려워하는 공포증으로 변할 경우에는 악화될 수 있어요. 또한 특정한 색을 두려워하는 색 공포증이나 밤을 두려워하는 암야 공포증, 그리고 일을 무서워하는 작업 공포증도 잊지 말아야 해요. 아주 널리 퍼진 두려움 중 하나는 바로 결정 내리는 것을 두려워하는 결단 공포증이에요. 그리고 최근에 널리 번지기 시작한 공포증으로는 사람을 싫어하는 대인 공포증이 있어요. 몇몇 원주민은 아주 심각하게 천둥번개 공포증에 시달리지요. 기상학적 현상에 대한 두려움으로 천둥이나 번개나 벼락을 두려워하는 거지요. 그러나 내가 보기에 최악의 공포증은 만사 공포증, 그러니까 모든 것을 두려워하는 것과 공포 공포증, 즉 자신의 공포증을 두려워하는 공포증이에요. 두 공포증 중 하나를 겪어야만 한다면 뭘 선택하겠어요? 공포 공포증이지요. 후안 데 디오스 마르티네스가 대답했다. 잘 생각하세요, 그건 결정적인 약점이 있어요. 원장이 말했다. 모든 걸 두려워하는 공포증과 나 자신의 공포증을 두려워하는 공포증 중에서 고르라면, 후자를 선택하겠어요. 내가 경찰이라는 것을 잊지 마세요. 모든 걸 두려워한다면, 일할 수 없을 겁니다. 하지만 당신이 자신이 지닌 공포를 두려워한다면, 당신은 당신의 공포를 계속 생각하면서 살아야만 하고, 이런 두려움이 가시화되면 두려움이 두려움을 낳는 체제가 만들어지고, 당신은 그런 악순환에서 벗어나지 못하게 될 거예요. 원장이 말했다.

세르히오 곤살레스가 산타테레사에 모습을 나타내기 며칠 전에, 후안 데 디오스 마르티네스와 엘비라 캄포스는 함께 침대로 갔다. 이건 전혀 진지한 게 아니에요. 당신이 우리 관계를 잘못 생각하지 않기를 바라요. 원장은 형사에게 경고했다. 후안 데 디오스 마르티네스는 그녀가 한계를 정하면 그녀의 결정을 그대로 따르겠다고 약속했다. 원장은 첫 번째 성적 만남을 만족스러워했다. 보름 후 두 사람이 다시 만났을 때, 결과는 더욱 만족스러웠다. 가끔씩 그는 그녀에게 전화를 걸었다. 대부분 그녀가 아직 정신 병원에 있을 시간인 저녁 무렵이었고, 두 사람은 5분, 어떤 때는 10분 동안 그날 일어난 일에 관해 대화를 나누었다. 그녀가 전화를 걸 때는 두 사람이 만날 약속을 잡을 때였다. 항상 장소는 엘비라의 집이었다. 그녀의 아파트는 미초아칸 지역에 있었으며, 중상류층의 집들이 자리 잡은 거리의 새로 지은 건물이었다. 의사들과 변호사들이 주로 살고, 치과 의사 몇 명과 대학교수 한두 명이 사는 건물이었다. 그들의 만남은 항상 동일한 패턴을 따랐다. 형사는 차를 도로변에 두고서 엘리베이터를 타고 올라갔고, 엘리베이터

안에서 거울을 보면서, 가능한 한 말끔하게 외모를 단장했다. 아마도 그는 자기의
한계가 어떤 것인지 그곳에서 가장 먼저 확인했을 것이다. 그런 다음 원장
아파트의 초인종을 눌렀다. 그러면 원장이 문을 열어 주었고, 두 사람은 악수를
하거나 아니면 서로 접촉하지 않은 채 인사를 나누었다. 그리고 즉시 거실에 앉아
술을 한잔 마시면서 커다란 테라스와 연결된 유리문을 통해 어두워지는 동쪽의
산을 지켜보았다. 테라스에는 나무로 만든 범포 의자 두 개와 저녁 시간에는 접어
두는 파라솔을 제외하면, 회색 강철로 만든 헬스용 러닝 머신만 있었다. 그런
다음에 두 사람은 단도직입적으로 침실로 향했고, 세 시간 동안 사랑을 나누었다.
사랑이 끝나면, 원장은 검은색 실크 가운을 입고서 욕실로 들어가 샤워를 했다.
그녀가 욕실에서 나올 때면, 후안 데 디오스 마르티네스는 이미 옷을 입고서
거실에 앉아 이제는 산이 아니라 테라스 너머로 보이는 별들을 쳐다보고 있었다.
절대적인 침묵이 흘렀다. 가끔씩 이웃집 정원에서 파티가 벌어질 때가 있었고,
그러면 그들은 수영장 옆에서 껴안거나 정원을 거니는 사람들이나 불빛을
쳐다보았다. 또는 파티를 위해 설치한 텐트나 나무와 쇠로 만든 정자를 아무런
목적도 없이 드나드는 사람들을 응시하기도 했다. 원장은 말을 하지 않았고, 후안
데 디오스 마르티네스는 질문을 재잘거리고 싶은 마음이나 누구에게도 들려주지
않았던 자신의 이야기를 하고 싶은 욕망을 가끔씩 애써 참아야 했다. 그러고는
마치 그가 그녀에게 부탁이라도 한 것처럼, 그녀는 그에게 이제는 떠나야 할
시간이라고 상기시켜 주었으며, 형사는 당신 말이 맞아요, 하고 말하거나 아니면
공연히 자기 시계를 쳐다보면서 즉시 그 집을 떠나곤 했다. 보름 후 그들이 다시
만날 때에도 모든 것이 지난번과 똑같이 진행되었다. 물론 항상 이웃집에 파티가
있는 것은 아니었고, 가끔씩 원장은 술을 마시지 못했거나 마시고 싶어 하지
않았다. 그러나 은은한 불빛은 항상 똑같았고, 샤워도 항상 똑같이 반복되었으며,
석양과 산들도 바뀌지 않았으며, 별들도 그대로였다.

그즈음 페드로 네그레테는 죽마고우인 페드로 렝히포에게 믿을 만한 사람을
구해 주려고 비야비시오사로 여행했다. 그는 여러 청년을 만나 보았다. 그는 그들을
면밀히 살펴보고서 몇 가지 질문을 던졌다. 그들에게 총을 쏠 줄 아느냐고 물었다.
그리고 자기가 그들을 믿어도 좋으냐고 물었다. 그리고 돈을 벌고 싶으냐고 물었다.
비야비시오사에 가본 지 꽤 시간이 흘렀지만, 그 마을은 그가 마지막으로 보았을
때와 똑같았다. 흙벽돌로 지은 집들의 지붕은 나지막했고, 앞에는 조그만 마당이
있었다. 거기에는 단지 술집 두 개와 식료품점 하나만 있었다. 동쪽으로는 작은
언덕 기슭이 있었는데, 태양과 그늘의 이동 위치에 따라 멀어지는 것 같기도 하고
가까워지는 것처럼 보이기도 했다. 한 청년을 선택한 네그레테는 에피파니오를
불러내서 은밀하게 그를 어떻게 생각하느냐고 물었다. 어떤 청년입니까, 청장님?
가장 어린 청년이네. 네그레테는 말했다. 에피파니오는 그 청년을 마치 지나치듯이
흘낏 바라보고는 다른 청년들을 꼼꼼히 살펴보았다. 자동차로 돌아가기 전에 그는

그리 나쁘지는 않은 것 같지만, 그 아이의 마음을 어떻게 알겠느냐고 평했다. 그러고 나서 네그레테는 비야비시오사의 두 노인에게 받은 초대를 수락했다. 비쩍 마른 한 노인은 흰색 옷을 입었고, 금도금된 시계를 차고 있었다. 얼굴의 주름으로 판단해 보건대, 일흔 살 이상 된 것 같았다. 다른 사람은 더 늙고 더 말랐으며, 셔츠를 입지 않았다. 그는 키가 작았고 몸통은 상처투성이였지만, 피부의 주름으로 상처 일부가 가려졌다. 그들은 용설란 술을 마셨고, 가끔씩 커다란 컵으로 물을 들이켰다. 용설란 술이 짜서 갈증을 느끼게 만들었기 때문이다. 그들은 〈파란 언덕〉에서 잃어버린 염소들과 산속에 있는 구덩이들에 관해 말했다. 잠시 그들이 말을 멈춘 틈을 이용해 그는 전혀 호들갑을 떨지 않으며 그 청년을 불렀고, 그가 선택되었다고 일러 주었다. 자, 어서 가서 어머니와 작별 인사를 하고 와. 셔츠를 입지 않은 노인이 말했다. 청년은 네그레테를 쳐다보았고, 그런 다음 바닥을 내려다보았다. 무슨 말을 할까 생각하는 것 같았다. 하지만 이내 생각을 바꾸고는 아무 말 없이 그곳을 떠났다. 술집에서 나온 네그레테는 자동차의 범퍼에 기댄 채 대화를 나누는 청년과 에피파니오를 보았다.

청년은 자동차 뒷좌석에 앉았다. 그의 옆자리였다. 에피파니오는 운전석에 앉았다. 비야비시오사의 흙길을 빠져나와 자동차가 사막으로 달리기 시작하자, 경찰청장은 그에게 이름이 무엇이냐고 물었다. 올레가리오 쿠라 엑스포시토입니다. 청년이 말했다. 올레가리오 쿠라 엑스포시토, 정말 이상한 이름이군. 네그레테는 말하면서 별들을 쳐다보았다. 잠시 그들은 침묵을 지켰다. 에피파니오는 산타테레사 라디오 방송에 주파수를 맞추려고 노력했지만 실패하자, 라디오를 꺼버렸다. 차창으로 경찰청장은 몇 킬로미터 떨어진 곳에서 내리치는 번갯불을 보았다. 바로 그때 자동차가 비틀거렸고, 에피파니오는 급히 브레이크를 밟았다. 그는 무엇이 치인 것인지 살펴보려고 자동차에서 내렸다. 경찰청장은 그가 도로를 따라 내려가는 모습을 보았고, 그런 다음 에피파니오의 전등 불빛을 보았다. 그는 창문을 내려서 무슨 일이냐고 물었다. 그때 총소리가 들렸다. 경찰청장은 차문을 열고 내렸다. 그리고 몇 발짝 걸으면서 다리를 폈다. 에피파니오는 느릿느릿 걸어서 되돌아왔다. 늑대가 치였습니다. 그럼 보러 가야지. 경찰청장은 말했고, 두 사람은 다시 어둠 속으로 모습을 감추었다. 도로에는 어떤 자동차의 불빛도 보이지 않았다. 공기는 건조했지만, 가끔씩 짠 냄새를 머금은 돌풍이 불어왔다. 그 바람은 사막으로 퍼지기 전에 소금 습지의 표면을 깨끗이 쓸어 버린 것 같았다. 청년은 자동차의 불 켜진 계기판을 쳐다보았고, 그런 다음 손으로 자기 얼굴을 덮었다. 몇 미터 떨어진 곳에서 경찰청장은 에피파니오에게 손전등을 달라고 지시하고는, 도로에 누운 동물의 몸을 비추었다. 늑대가 아니네. 경찰청장이 말했다. 아, 아닌가요? 털을 봐. 늑대의 털은 더 반짝거리고 더 매끄럽지. 게다가 늑대는 한적한 도로 한가운데서 차에 치일 정도로 멍청하지 않네. 자, 그럼 길이를 재보도록 하지. 자네가 손전등을 들고 있게. 에피파니오가 불빛을 비추자, 경찰청장은 죽은 동물을 똑바로 눕히고서 눈으로 대충 길이를 쟀다. 코요테는 머리를 포함해서 70센티미터에서 90센티미터가량 되네. 경찰청장이 말했다. 자네는 이 동물이 어느 정도 된다고 생각하나? 80센티미터 정도 되나요? 에피파니오가 물었다. 맞네. 경찰청장이 말하더니 덧붙였다. 그리고 코요테는 10에서 16킬로그램 사이를 오가네. 손전등을 내게 주고 저걸 들게. 물지는 않을 테니 걱정하지 말게. 에피파니오는 양팔로 죽은 동물을 안았다. 무게가 어느 정도 나가는 것 같나? 코요테처럼 12킬로그램에서 15킬로그램 사이일 것 같습니다. 에피파니오가 말했다. 이건 늑대가 아니라 코요테야, 바보야. 경찰청장이 말했다. 그들은 죽은 동물의 눈에 전등을 비추었다. 아마도 눈이 멀어서 우리를 보지 못한 것 같습니다. 에피파니오가 말했다. 아니야, 눈이 멀지 않았어. 경찰청장은 죽은 코요테의 커다란 눈을 보면서 말했다. 그런 다음 그들은 죽은 동물을 도로변에 놔두고서 자동차로 돌아왔다. 에피파니오는 다시 산타테레사 방송국 주파수를 찾으려고 애썼다. 그러나 라디오에서는 찍찍거리는 잡음만 들렸고, 그러자 다시 라디오를 껐다. 그는 자기가 친 코요테가 암컷이며, 새끼를 낳을 안전한 장소를 찾고 있었다고 생각했다. 그래서 나를 보지 못한 거야 하고 생각했지만, 그 설명은 그다지 만족스럽지 않았다. 〈엘 알티요〉에서 산타테레사 입구의 첫 불빛을 보자, 경찰청장은 세 사람이 지키던 침묵을 깼다. 올레가리오 쿠라 엑스포시토. 예, 서장님. 청년이 대답했다. 친구들은 자네를 어떻게 부르나? 랄로입니다. 청년이 말했다. 랄로라고? 예, 그렇습니다. 그런 이름 들어 봤나, 에피파니오? 예, 들어 본 적이 있습니다. 한시도 코요테를 머릿속에서 지울 수 없었던 에피파니오가 대답했다. 그럼 랄로 쿠라인가? 경찰청장이 다시 물었다. 그렇습니다, 서장님. 청년이 대답했다. 지금 농담하는 거지, 그렇지? 아닙니다, 서장님. 제 친구들은 저를 그렇게 부릅니다. 에피파니오, 이런 이름 들어 보았나? 경찰청장이 물었다. 물론입니다, 들어 보았습니다. 에피파니오가 대답했다. 자네 이름이 랄로 쿠라란 말이군. 경찰청장은 말하더니 웃음을 터뜨렸다. 랄로 쿠라, 라 로쿠라, 광기란 말이지. 내가 왜 웃는지 알겠나? 물론입니다, 왜 그런지 압니다. 에피파니오는 대답하더니 마찬가지로 웃음을 터뜨렸다. 잠시 후 세 사람은 모두 함께 웃기 시작했다.

그날 밤 산타테레사 경찰청장은 편안하게 잠을 잤다. 그는 자기의 쌍둥이 형에 관한 꿈을 꾸었다. 그들은 열다섯 살이었고, 가난했으며 덤불과 잡목이 우거진 언덕으로 산책을 하러 나갔다. 오랜 세월이 지난 후에 린다비스타 지역이 세워질 곳이었다. 그들은 골짜기를 가로질렀다. 우기에 아이들이 이따금씩 두꺼비를 잡으러 가던 곳이었다. 두꺼비는 독이 있었고, 그래서 돌로 쳐서 죽여야만 했다. 하지만 그와 그의 쌍둥이 형제는 두꺼비가 아니라 도마뱀에 관심을 보였다. 해 질 녘이 되면 그들은 산타테레사로 돌아왔고, 아이들은 전쟁에서 패배한 병사들처럼 들판으로 뿔뿔이 흩어졌다. 도시 변두리에는 항상 트럭들이 다녔다. 에르모시요로 가거나 북쪽으로 향하거나, 아니면 노갈레스로 가는 트럭들이었다. 몇몇 트럭에는 재미있는 글귀가 적혀 있었다. 어떤 트럭에는 〈바빠? 그럼 내 아래로 지나가〉라고 적혀 있었고, 또 다른 트럭에는 〈왼쪽으로 추월할 것. 더는 내게 경적을 울리지 마라〉라고 새겨 두었으며, 또 어떤 트럭에는 〈여기 타보니 어때?〉라고 적히기도 했다. 꿈속에서는 그의 형뿐만 아니라 그도 말은 하지 않았지만, 두 사람의 행동은 모두 똑같았다. 걷는 모습이나 보폭, 팔을 흔드는 것까지 똑같았다. 그의 형은 그보다 훨씬 더 컸지만, 아직도 두 사람은 비슷해 보였다. 그런 다음 두 사람은 산타테레사 거리로 들어가 보도를 거닐었으며, 꿈은 느긋한 노란 안개 속에서 조금씩 사라졌다.

그날 밤 에피파니오는 길가에 놓아둔 암컷 코요테에 관한 꿈을 꾸었다. 꿈속에서 그는 몇 미터 떨어진 현무암 위에 앉아 정신을 바짝 차리고 어둠을 응시하면서 배 속이 갈가리 찢긴 코요테의 신음을 들었다. 아마도 새끼를 잃어버렸다는 걸 이미 알 거야. 에피파니오는 생각했지만, 일어나서 암컷 코요테의 머리를 겨냥하여 총을 쏘는 대신, 아무것도 하지 않은 채 그대로 앉아 있었다. 그런 다음 그는 경주로가 날카로운 바위들이 곧추선 산의 경사면에서 끝나는 모습을 보았다. 페드로 네그레테의 자동차는 그 경주로를 달려왔고, 자기가 그 자동차에 탄 걸 보았다. 그런데 네그레테는 차에 없었다. 그가 자동차를 훔친 것인지 아니면 경찰청장이 빌려 준 것인지는 알 수 없었다. 경주로는 직선이었고, 아무런 문제 없이 시속 2백 킬로미터까지 도달할 수 있었다. 그러나 가속을 할 때마다 마치 무언가가 튀어 오르듯이 차체 아래서 이상한 소리가 들렸다. 그의 뒤로는 몽롱한 상태로 허상을 본 코요테의 꼬리처럼 큼직한 먼지 깃털이 솟아올랐다. 그러나 산들은 평소와 마찬가지로 똑같이 멀었다. 그래서 브레이크를 밟았고, 차를 살펴보려고 내렸다. 얼핏 보니 아무 이상이 없었다. 서스펜션, 엔진, 배터리, 축 모두 이상이 없었다. 그런데 갑자기 정지한 자동차에서 다시 퉁퉁 치는 소리가 들렸고, 그래서 그는 뒤로 돌았다. 트렁크를 열었다. 그 안에 사람이 있었다. 발과 손은 묶여 있었다. 검은 천 조각이 머리 전체에 덮였다. 이게 도대체 무슨 염병할 일이야. 에피파니오는 꿈속에서 소리쳤다. 아직도 목숨이 붙어 있는 걸 확인한 후(그의 가슴이 오르락내리락했다. 아주 격렬하게 오르내리지는 않았지만 어쨌건 숨을 쉬었다), 얼굴에서 검은 천을 벗겨 내서 누구인지 보지 않은 채 트렁크를 닫았다. 그는 다시 자동차에 올라탔고, 가속 페달을 힘껏 밟자마자 자동차는 앞으로 쭉 달려 나갔다. 지평선 위로 산들은 불타거나 폐허가 되어 버리는 것처럼 보였지만, 그는 그 산들을 향해 계속 차를 몰았다.

그날 밤 랄로 쿠라는 푹 잤다. 간이침대는 너무 푹신푹신했지만, 그는 눈을 감았고 자기의 새로운 일거리를 생각하기 시작했으며, 잠시 후에 잠들었다. 그는 향료 식물을 팔려고 시장으로 가던 나이 든 여자들을 따라서 산타테레사에 단 한 번 와본 적이 있었다. 너무나 어렸을 때였기에 이제 그 여행은 거의 기억나지 않았다. 이번에도 그는 많은 걸 보지 못했다. 고속 도로 입체 교차로의 불빛과 거리가 어두운 동네, 그리고 뾰족뾰족한 유리가 꽂힌 높은 담 뒤로 커다란 집들이 있는 동네만 보았다. 그런 다음 동쪽으로 향하는 또 다른 고속 도로를 보았고 들판의 소리를 들었다. 그는 정원사의 집 옆 방갈로 한쪽 구석에 있는, 아무도 사용하지 않는 간이침대에 누워 잠을 잤다. 그가 덮은 담요에서는 고약한 땀 냄새가 났다. 베개는 없었다. 간이침대 위에는 벌거벗은 여자들 사진이 실린 잡지들과 오래된 신문 한 더미가 있었다. 그는 그걸 침대 아래에 놓아두었다. 새벽 1시에 두 사람이 들어와 옆에 있던 또 다른 간이침대를 차지했다. 두 사람은 양복을 입었고 널찍한 넥타이를 맸으며, 가짜 카우보이 장화를 신고 있었다. 그들은 불을 켜고서 그를 쳐다보았다. 애송이군. 한 사람이 말했다. 눈을 뜨지 않은 채 랄로는 그들의 냄새를 맡았다. 테킬라와 칠라킬레스,[6] 우유와 쌀가루로 만든 푸딩과 두려움의 냄새가 났다. 그러고서 그는 잠들었고 아무 꿈도 꾸지 않았다. 다음 날 아침 그는 정원사 집의 부엌 식탁에 두 사람이 앉아 있는 걸 보았다. 그들은 달걀을 먹고서 담배를 피웠다. 그는 그들 옆에 앉았고, 오렌지주스와 블랙커피를 마셨으며, 그 이외에는 아무것도 먹고 싶어 하지 않았다. 페드로 렝히포의 경호를 책임진 사람은 패트라고 불리는 아일랜드 사람이었고, 그 사람이 바로 랄로를 두 사람에게 정식으로 소개했다. 두 남자는 산타테레사 출신도 아니었고, 그 주변 출신도 아니었다. 둘 중에서 뚱뚱한 사람은 할리스코에서 왔고, 다른 사람은 치와와주 후아레스시 출신이었다. 랄로는 그들의 눈을 쳐다보았지만, 그들이 총잡이라기보다는 겁쟁이처럼 보인다고 생각했다. 그가 아침 식사를 마치자, 경호 책임자는 정원의 가장 외딴 구석으로 데려가더니 디저트 이글 50구경 매그넘 권총을 건네주었다. 그러면서 그 권총을 사용할 줄 아느냐고 물었다. 그는 모른다고 대답했다. 책임자는 탄알 일곱 개가 들어 있는 탄창을 권총에 장착하고서, 잡초 사이에서 깡통을 몇 개 찾아 바퀴 빠진 자동차의 지붕 위에 올려놓았다. 잠시 두 사람은 그 깡통을 향해 총을 쏘았다. 그런 다음 책임자는 그에게 어떻게 권총에 탄창을 장착하는지, 안전장치를 어떻게 사용하는지, 어떻게 그 총을 휴대해야 하는지 설명했다. 책임자는 랄로가 주인의 아내인 렝히포 부인의 안전을 지키는 일을 맡을 것이며, 방금 전에 만난 두 사람과 함께 일한다고 말해 주었다. 그는 수당이 얼마나 되는지 아느냐고 물었다. 그러고는 15일마다 급료를 지급하며, 그가 직접 모든 사람에게 수당을 지급하는 일을 맡았고, 누구도 지금까지 금액 면에서 불평하는 사람은 없었다고 알려 주었다. 그러면서 이름이 뭐냐고 물었다. 랄로 쿠라입니다. 랄로는 말했다. 아일랜드 사람은 웃지도 않았고 그를 이상하게 쳐다보지도 않았으며, 그를 비웃는 것 같지도 않았다. 대신 그는 청바지 뒷주머니에 넣고 다니던 검은 수첩에 그의 이름을 적었고, 그렇게 그들의

---

6 튀긴 옥수수토르티아에 잘게 찢은 닭고기나 달걀을 올리고, 칠리와 초콜릿, 아몬드 등을 섞어 만든 몰레소스를 얹어 먹는 멕시코 전통 음식.

만남은 끝났다. 작별하기 전에 그는 자기 이름이 패트 오배니언이라고 말해 주었다.

　9월에 또 다른 여자의 시체가 발견되었다. 린다비스타 지역 뒤쪽 부에나비스타 부동산 개발 지구의 자동차 안에서였다. 인적이 드문 장소였다. 토지 판매업자들이 사무실로 이용하는 가건물 한 채만 덩그렇게 있을 뿐이었다. 그 개발 지구의 나머지 부분은 휑뎅그렁했고, 병든 나무 몇 그루만 있었다. 몸통을 하얗게 칠한 그 나무들은 대수층의 물을 먹고 살아온 오래된 들판과 숲의 마지막 생존자들이었다. 일요일만 되면 많은 사람들이 개발 지구 주변에 북적거렸다. 가족을 모두 데리고 온 사람들이나 주택 개발 업자들이 땅을 보러 왔지만, 그다지 많은 관심을 보이지는 않았다. 비록 아직 건축이 시작되지는 않았지만, 가장 관심이 가는 땅들은 이미 팔렸기 때문이다. 한편 월요일부터 토요일 사이에는 미리 약속한 사람만 방문할 수 있었다. 그래서 밤 8시가 되면 이미 개발 지구에는 아무도 남지 않았다. 단지 마이토레나 지역에서 내려왔다가 길을 잃어버리고 더는 어떻게 그곳으로 되돌아가야 할지 모르는 아이들 무리나 개 떼만 있을 뿐이었다. 시체를 발견한 사람은 토지 판매업자 중 한 사람이었다. 그는 아침 9시에 개발 지구에 도착했고, 평소에 주차하던 가건물 옆에 차를 세웠다. 그런데 사무실로 들어가려는 순간, 그는 아직 팔리지 않은 땅에 다른 자동차가 서 있는 것을 보았다. 개발 지구 언덕 바로 뒤편이었고, 그래서 그때까지 자동차가 눈에 띄지 않은 채 숨겨져 있었던 것이다. 그는 다른 판매인의 차일 거라고 생각했지만, 이내 그건 말도 안 된다면서 그 생각을 머릿속에서 지워 버렸다. 사무실 옆에 주차할 공간이 넉넉한데, 누가 차를 그토록 먼 곳에 놔두겠는가? 그래서 그는 사무실로 들어가지 않고서 낯선 차가 있는 곳으로 발길을 옮겼다. 아마도 그곳에서 잠을 자기로 결심한 술 취한 사람의 차거나, 아니면 길을 잃은 어느 여행자의 차일 것이라고 생각했다. 남쪽으로 향하는 고속 도로의 출구가 그곳에서 멀지 않았기 때문이다. 심지어 그는 지나치게 관심이 많은 구매자일지도 모른다고 생각했다. 사실 그곳은 전망이 좋고 나중에 수영장을 건설해도 될 만큼 충분히 넓은 대지였기에 매우 괜찮은 땅이었다. 그는 언덕 근처에 도착했고, 땅을 구매할 고객의 자동차치고는 너무 낡았다고 생각했다. 그 순간 술 취한 사람이 분명하다는 생각으로 기울어, 그냥 사무실로 돌아가려고 했다. 하지만 그때 여자의 머리가 뒤 창문에 기대어 있는 것을 보았고, 그러자 계속 그곳으로 가봐야겠다고 마음먹었다. 여자는 흰 옷을 입었지만, 신발은 신고 있지 않았다. 신장은 약 1미터 70센티미터였다. 왼손에는 싸구려 반지 세 개를 각각 검지와 중지와 약지에 끼고 있었다. 오른손에는 모조 팔찌 두 개와 모조 보석이 박힌 커다란 반지 두 개가 있었다. 법의학 검시관의 보고서에 따르면, 그녀는 음부와 항문으로 강간을 당했으며 이후 교살되었다. 그녀는 신분을 확인해 줄 만한 서류를 아무것도 가지고 있지 않았다. 그 사건은 사법 경찰 에르네스토 오르티스 레보예도에게 할당되었고, 그는 우선 죽은 여자를 아는 사람이 있는지 알아내려고 산타테레사의 고급 창녀들을 수사했다. 하지만 별다른 결과를 얻지 못하자, 싸구려 창녀들을 찾아다니며 물어보았다. 그러나 고급 창녀들뿐만 아니라 싸구려 창녀들도 그녀를 한 번도 본적이 없다고 이구동성으로 말했다. 오르티스 레보예도는 호텔들과 하숙집들을 돌아다녔고, 도시 외곽에 있는 몇몇 모텔을 찾아갔으며, 정보원들을 동원했다. 하지만 그의 노력은 아무런 성과를 얻지 못했고, 얼마 후 그 사건은 그렇게 종결되고 말았다.

같은 해 9월에, 그러니까 부에나비스타 개발 지구에서 여자의 시체가 발견된지 2주 만에, 또 다른 시체가 발견되었다. 이 여자의 이름은 가브리엘라 모론이었으며, 열여덟 살이었다. 사인은 스무 살 난 그녀의 남자 친구 펠리시아노 호세 산도발이 쏜 총알이었다. 두 사람은 닙멕스라는 마킬라도라 공장의 노동자였다. 경찰 수사에 따르면, 가브리엘라 모론은 미국으로 이민 가자는 애인의 제의를 거부했고, 그래서 이 커플은 싸움을 벌였다. 용의자 펠리시아노 호세 산도발은 이미 두 번에 걸쳐 밀입국을 시도한 경력이 있었고, 두 번 모두 미국 국경 경찰에 체포되어 송환되었다. 하지만 또다시 행운을 시험해 보겠다는 그의 소망은 전혀 줄어들지 않았다. 몇몇 친구의 말로는, 시카고에 산도발의 친척들이 살았다. 반면에 가브리엘라 모론은 한 번도 국경을 넘은 적이 없었다. 그녀는 닙멕스 공장에서 일자리를 얻은 후 상관들의 총애를 받았으며, 그래서 곧 승진할 것이고 보수도 더 많이 받게 될 것이라는 희망을 가지고 있었다. 따라서 그녀는 이웃 국가에서 자신의 운명을 시험해 보는 데 전혀 관심이 없었다. 며칠 동안 경찰은 펠리시아노 호세 산도발을 찾았다. 산타테레사를 비롯하여 그가 태어난 타마울리파스 마을의 로마스 델 포니엔테 지역까지 샅샅이 뒤졌으며, 용의자가 자신의 꿈을 이루어 미국에 있을지도 모를 경우를 대비하여 미국 경찰 당국도 수색 영장과 체포 영장을 발부했다. 그러나 역설적이게도 그가 밀입국하도록 도와주었을 〈코요테〉 또는 〈포예로〉에 관해서는 전혀 수사하지 않았다. 사실상 이 사건은 그렇게 종결되었다.

10월에 아르세니오 파렐 공업 단지 쓰레기장에서 또 다른 여자의 시체가 발견되었다. 이름은 마르타 나발레스 고메스로, 스무 살이었으며 신장은 1미터 70이었고, 머리카락은 갈색이고 길었다. 그녀는 이틀 전에 실종되었다. 그녀는 목욕 가운을 입고 스타킹을 신은 채였지만, 그녀의 부모는 그 옷이 그녀의 것이 아니라고 확인해 주었다. 여러 번 항문과 음부로 강간당한 흔적이 있었다. 사인은 교살이었다. 그런데 이 사건에서 이상한 것은 마르타 나발레스 고메스가 엘 프로그레소 공업 단지에 위치한 일본계 마킬라도라 공장인 아이오에서 일했는데, 시체는 아르세니오 파렐 공업 단지 쓰레기장에서 발견되었다는 사실이었다. 그곳은 쓰레기차가 아니면 자동차로 접근하기 어려운 장소였다. 시체는 아침에 몇몇 아이가 발견했고, 점심 무렵 시체가 앰뷸런스에 실렸을 때에는 상당히 많은 여자 노동자들이 앰뷸런스로 다가와서 희생자가 자신의 친구나 직장 동료, 혹은 그냥 알고 지내는 사람인지 확인했다.

10월에는 산타테레사와 비야비시오사를 연결하는 고속 도로에서 몇 미터 떨어진 사막에서 또 다른 여자의 시체도 발견되었다. 시체는 부패 상태가 상당히 진행되었고 엎어져 있었다. 그녀는 운동복 상의와 합성 섬유 바지를 입었고, 바지 주머니에서는 신분증이 발견되었다. 이름은 엘사 루스 핀타도였으며, 델 노르테 대형 할인 매장 직원이었다. 살인자 혹은 살인자들은 땅을 파서 묻는 최소한의 수고도 하지 않았다. 또한 사막 안으로 깊이 들어가는 고생도 하지 않았다. 단지 시체를 몇 미터 끌고 와서 그곳에 그냥 내버린 것이다. 델 노르테 대형 할인 매장을 조사한 후, 경찰은 다음과 같은 결과를 발표했다. 최근에 여자 판매원이나 출납원 중에서 실종된 사람은 한 명도 없으며, 엘사 루스 핀타도는 종업원으로 근무한 적이 있지만, 1년 반 전부터는 그 할인 매장이나 소노라 북부 지역에 넓게 펼쳐진 다른 체인점에서도 일하지 않았다. 그리고 엘사 루스 핀타도를 알던 사람들은 그녀가 1미터 70센티미터의 키가 큰 여자였다고 설명했지만, 사막에서 발견된 시체는 기껏해야 1미터 60밖에 되지 않았다. 경찰은 산타테레사에서 엘사 루스 핀타도의 행방을 찾으려고 백방으로 노력했지만, 아무런 성과도 이루지 못했다. 그 사건은 사법 경찰 앙헬 페르난데스에게 할당되었다. 법의학 보고서는 사인을 정확하게 규정하지 못했고, 단지 모호하게 교살의 가능성만을 언급했다. 그러나 시체가 최소 일주일에서 최대 한 달 동안 사막에 있었다는 사실만은 확인해 주었다. 얼마 후 후안 데 디오스 마르티네스 형사가 수사에 가담했고, 그는 아마도 실종되었을 것으로 추정되는 엘사 루스 핀타도를 찾는 게 급선무라는 공식 요청서를 작성했다. 그는 소노라주의 모든 경찰서에 공식 서한이 보내지기를 희망했지만, 그의 요청서는 현재 수사 중인 특정 사안에만 초점을 맞추라는 메모와 함께 반려되었다.

11월 중순에 열세 살 난 안드레아 파체코 마르티네스가 제16호 기술 학교에서 나오던 도중에 납치되었다. 썰렁한 거리가 아니었는데도, 안드레아의 학급 동료 둘을 제외하고는 그 사건을 목격한 사람이 없었다. 안드레아의 학급 동료들은 그녀가 페레그리노나 스피릿으로 추정되는 검은 차로 가는 것을 보았다. 차 안에서는 검은 선글라스를 낀 남자가 기다렸다. 차 안에 더 많은 사람이 탔을 가능성도 있었지만, 안드레아의 학급 친구들은 보지 못했다. 여러 가지 이유가 있지만 특히 차 유리가 선팅되어 있었기 때문이었다. 그날 오후 안드레아는 집으로 돌아오지 않았고, 그녀의 부모는 안드레아의 몇몇 친구에게 전화를 걸어 본 후 몇 시간 지나서 경찰에 실종 신고를 했다. 그 사건은 사법 경찰과 도시 경찰에게 할당되었다. 이틀 후 그녀가 발견되었을 때, 그녀의 몸은 설골[7] 골절과 더불어

7 혀뿌리에 붙어 있는 V 자 모양의 작은 뼈.

교살로 죽었다는 의심의 여지 없는 징후를 보여 주었다. 항문과 음부에 강간당한 흔적도 있었다. 손목은 묶여 있었을 때의 전형적인 증상처럼 부어올랐다. 양쪽 발목은 찢겼고, 그것으로 발도 묶여 있었다고 추정되었다. 엘살바도르 이민자가 알라모스 지역 근처의 마데로 거리에 있는 프란시스코 1세 학교 뒤에서 그녀의 시체를 발견했다. 그녀는 완전하게 옷을 입은 차림새였고, 단추가 몇 개 떨어진 블라우스를 제외하고 옷은 전혀 손상되지 않았다. 엘살바도르 사람은 살인 혐의로 기소되었고, 제3경찰서 유치장에 보름 동안 수감되었다가 풀려났다. 풀려났을 때, 그는 몹시 쇠약해져 있었다. 얼마 후 어느 〈포예로〉의 안내를 받아 그는 국경선을 넘었다. 하지만 애리조나의 사막에서 길을 잃고 말았고, 사흘간 걸은 끝에 완전히 탈진한 몸으로 파타고니아에 도착했다. 그곳에서 한 농장주가 자기 땅에 토했다는 이유로 그를 마구 때렸다. 이후 그는 보안관에게 인도되었고, 하루 동안 유치장에 갇혔다가 병원으로 이송되었다. 그에게 남은 것은 편안하게 죽는 것밖에 없었고, 그는 그렇게 했다.

12월 20일에 또 다른 여자 시체가 발견되었다. 그것은 1993년의 마지막 폭력 살인 사건으로 기록되었다. 죽은 여자는 쉰 살이었고, 조심스럽게 목소리를 높이기 시작하던 몇몇 목소리에 반론을 제기하듯이, 그녀는 집에서 목숨을 잃었다. 시체도 빈터나 쓰레기장, 혹은 사막의 누런 덤불 속에서가 아니라, 집에서 발견되었다. 이름은 펠리시다드 히메네스 히메네스였다. 그녀는 멀티존웨스트 마킬라도라 공장에서 일했다. 침실에 쓰러져 있는 그녀를 발견한 사람은 이웃 사람들이었다. 그녀는 허리 아래로 벌거벗겨져 있었고, 음부에는 나뭇조각이 박혀 있었다. 사인은 칼에 찔린 수많은 상처 때문이었다. 법의학 검시관이 세어 본 바로는, 그녀는 함께 살던 아들 에르네스토 루이스 카스티요 히메네스에게 예순 번 이상을 찔렸다. 몇몇 이웃 주민의 증언에 따르면, 그 청년은 정신 착란증을 겪었고, 가정의 경제 상황에 따라 종종 항불안제 의약품이나 아주 강력한 신경 안정제를 복용했다. 경찰은 그날 밤 어머니를 살해한 아들을 발견했다. 그는 어머니를 죽이고 몇 시간 후 모렐로스 지역에서 어둠에 잠긴 거리를 배회하고 있었다. 경찰 신문을 받자, 그는 어떤 강압도 받지 않은 채 자기가 어머니를 죽였다는 사실을 시인했다. 또한 자기가 교회를 모독한 통회자라고 자백했다. 어머니의 음부에 나뭇조각을 박아 놓은 이유에 관한 질문을 받자, 그는 처음에 모르는 사실이라고 대답했다가, 나중에는 좀 더 찬찬히 생각한 끝에 그녀에게 가르쳐 주려고 했다고 말했다. 뭘 가르쳐 주려는 것이었지? 경찰들이 물었다. 경찰들 중에는 페드로 네그레테, 에피파니오 갈린도, 앙헬 페르난데스, 후안 데 디오스 마르티네스, 호세 마르케스가 있었다. 내게 함부로 장난치지 말아야 한다는 걸 가르쳐 주려고 했지요. 용의자는 대답했다. 진술을 마친 후 그는 횡설수설했고, 그래서 그 도시의 병원으로 이송되었다. 펠리시다드 히메네스 히메네스에게는 에르네스토 루이스 카스티요보다 나이가 많은 또 다른 아들이 있었다. 미국으로 이민 간 아들이었다.

경찰은 그와 연락하려고 백방으로 수소문했지만, 신빙성 있는 주소를 제공할
사람을 아무도 찾지 못했다. 이후에 이루어진 가택 수색에서도 그 아들의 편지를
발견하지 못했고, 그가 떠난 후 남겨 놓은 개인 물품이나 그가 존재한다는 것을
증명할 어떤 물건도 찾을 수 없었다. 단지 사진 두 장에만 그 아들의 모습이 있었다.
한 사진에는 펠리시다드가 열 살에서 열세 살 사이에 있는 두 아이와 함께 있었다.
아이들은 카메라를 향해 아주 심각한 표정을 짓고 있었다. 그보다 더 오래된 다른
사진 역시 그녀가 두 아이와 함께 찍은 것이었다. 몇 달 되지 않은 아기(오랜
세월이 지난 후 어머니를 죽인 아들)는 그녀를 쳐다보고 있었고, 다른 아이는 세
살가량 되어 보였다. 미국으로 이민을 떠났고, 그 이후 다시는 산타테레사에 발을
들여놓지 않은 아들이었다. 정신 병원에서 나온 후 에르네스토 루이스 카스티요는
산타테레사 교도소에 수감되었고, 그곳에서 그는 보기 드물 정도로 말이 많았다.
그는 혼자 있고 싶어 하지 않았고, 계속해서 경찰들이나 기자들을 불러 달라고
요구했다. 경찰은 다른 미해결 살인 사건들을 그의 소행으로 돌리려고 했다.
심지어 죄수도 자발적으로 그렇게 하고자 했다. 후안 데 디오스 마르티네스는
카스티요 히메네스가 통회자가 아니며, 아마도 그가 죽인 유일한 사람은 그의
어머니일 것이고, 심지어 그가 정신 이상이라는 것이 너무나 분명하기에 이
살인에도 책임을 물을 수 없다고 확신했다. 이것이 1993년의 마지막 여자 살해
사건이었다. 1993년은 멕시코 공화국의 그 지역에서 여자 살인 사건이 시작된
해였다. 당시 소노라 주지사는 국민 행동당PAN 소속 호세 안드레스
브리세뇨였으며, 산타테레사 시장은 제도혁명당PRI 소속 호세 레푸히오 데 라스
에라스였다. 이들은 보복을 두려워하지 않고 어떤 불쾌한 일이라도 감수하면서,
올곧은 일만 하려고 한 정직하고 청렴하고 강직한 사람들이었다.

  그러나 1993년에 끝나기 전에 또 다른 유감스러운 사건이 발생했다. 이 사건은
여성 살인 범죄와는 아무런 관련이 없었다. 이 사건이 이런 범죄들과 서로
연관되었을 것이라고 추정할 수도 있지만, 이것은 아직 밝혀지지 않았다. 그 당시
랄로 쿠라는 한심한 두 동료와 함께 매일 페드로 렝히포의 아내를 경호하고
있었다. 단지 한 번만, 그것도 멀리서 페드로 렝히포를 보았을 뿐이었다. 하지만
그는 이미 페드로 렝히포를 보호하는 여러 경호원을 알았다. 그중에는 관심이 갈
만한 사람이 몇 명 있었다. 가령 패트 오배니언이 그런 사람이었다. 또한 거의 말이
없던 야키 부족[8] 출신 원주민도 그랬다. 반면에 자기와 함께 일하는 두 동료는
신임하지 않았다. 그들에게서는 배울 게 하나도 없었다. 티후아나 출신의 키가 큰
작자는 캘리포니아와 그곳에서 알게 된 여자들에 관해 말하기를 좋아했다. 그는
스페인어와 영어 단어를 뒤섞어 말하곤 했다. 또 거짓말을 일삼았고, 그런
이야기를 귀담아듣는 사람은 후아레스 출신 동료밖에 없었다. 후아레스 출신
동료는 말이 없었지만, 역시 그다지 믿음을 주지는 못했다. 평상시처럼 어느 날

8 미국의 애리조나주와 멕시코의 소노라주에 사는 원주민.

아침, 렝히포 부인은 아이들을 학교에 데려다주었다. 그들은 자동차 두 대를 타고 나갔다. 부인의 연두색 메르세데스 벤츠와 경호원들이 타고 다니던 커피색 그랜드 체로키 지프였다. 아침 내내 학교 바깥 길모퉁이에 주차해 있는 지프 안에는 물론 〈어린아이 경호원〉이라고 불리는 두 경호원이 항상 탑승한 채 대기했다. 랄로 쿠라와 다른 두 경호원은 〈부인 경호원〉이라고 불렸다. 이들 모두는 페드로 렝히포를 보호하는 세 경호원보다 하위 직급이었다. 페드로 렝히포 경호팀은 〈주인 경호원〉 혹은 〈주인의 사람들〉이라고 불렸다. 그런 명칭은 직무와 보수의 등급뿐만 아니라, 얼마나 용맹하고 대담하고 자기 안전에 무관심한지 보여 주었다. 아이들을 학교에 내려놓은 후 페드로 렝히포의 아내는 쇼핑을 갔다. 우선 부티크에 들른 다음 향수 가게에 갔다. 그러고 나서 마데로 지역 아스트로노모스 거리에 사는 친구를 방문하기로 마음먹었다. 거의 한 시간 동안 랄로 쿠라와 두 경호원은 그녀를 기다렸다. 티후아나 출신 경호원은 차 안에 있었고, 랄로와 후아레스 출신 경호원은 서로 이야기도 나누지 않으면서 범퍼에 기대고 있었다. 드디어 부인이 모습을 보였다. 여자 친구는 그녀를 문까지 배웅해 주었다. 그러자 티후아나 출신 경호원은 차에서 내렸고, 랄로와 다른 경호원은 똑바로 섰다. 거리에는 몇몇 사람이 있었다. 많지는 않았지만 몇 명이 있었다. 무슨 볼일이 있는지 다른 이유가 있는 것인지 알 수 없지만 시내를 향해 걸어가는 사람들, 크리스마스 파티를 준비하는 사람들, 점심때 먹을 옥수수빵을 사러 나가는 사람들이었다. 보도는 칙칙했지만, 몇몇 가로수 나뭇가지 사이로 비치는 햇빛을 받아 마치 강물처럼 푸른빛을 띠었다. 페드로 렝히포의 아내는 친구에게 작별의 키스를 하고서 보도로 나왔다. 후아레스 출신 경호원이 서둘러 문을 열었다. 보도 한쪽 끝에는 아무도 보이지 않았다. 그런데 반대쪽에서 그들을 향해 하녀 두 명이 걸어왔다. 부인은 거리로 나오자 뒤를 돌더니 문가에서 꼼짝하지 않은 친구에게 뭐라고 말했다. 그때 티후아나 출신 경호원은 두 식모 뒤로 남자 둘이 걸어오는 것을 보고 표정이 굳어졌다. 랄로 쿠라는 티후아나 출신 경호원의 얼굴을 보았고, 그런 다음 남자들을 쳐다보았다. 그는 즉시 그들이 살인 청부업자들이며, 페드로 렝히포의 아내를 죽이려고 그곳에 있다는 것을 직감적으로 알았다. 티후아나 출신 경호원은 아직도 문을 붙잡고 있는 후아레스 출신 경호원에게 다가가더니 뭐라고 말했다. 아니, 그가 말을 했는지 아니면 몸짓을 했는지 정확하게는 알 수 없었다. 페드로 렝히포의 아내는 미소 지었다. 그녀의 친구가 갑자기 깔깔거리며 웃었는데, 랄로에게는 그 소리가 아주 먼 곳에서, 그러니까 산꼭대기에서 들려오는 것 같았다. 그런 다음 그는 후아레스 출신 경호원이 어떤 표정으로 티후아나 출신 경호원을 쳐다보는지 보았다. 마치 태양을 향해 달려 나가려는 돼지처럼 아래위로 훑어보고 있었다. 랄로 쿠라는 왼손으로 디저트 이글의 안전장치를 풀었고, 그런 다음 차를 향해 다가오는 페드로 렝히포 아내의 구둣발 소리를 들었다. 또한 의문 부호로 가득한 두 식모의 목소리도 들었다. 그들은 수다를 떤다기보다는 오히려 계속해서 서로 질문을 던지면서 마치 자기들이 말하는 것 자체도 믿을 수 없다는 듯이 놀란 표정을 지었다. 두 여자 모두 스무 살이 안 되어 보였다. 그들은 황토색 치마와 노란 블라우스를 차림이었다. 문에서 손을 흔들며 작별 인사를 하던 부인의 친구는 꽉 죄는 바지와 초록색 스웨터를 입었다. 페드로 렝히포의 아내는 흰색 정장과 역시 흰색 하이힐을 신었다. 랄로는 주인의 아내가 입은 의상을 생각했다. 바로 그때 다른 두 경호원이 거리 아래쪽으로 마구 뛰기 시작했다. 그는 뛰지 마, 이 개자식들아 하고 소리치고 싶었지만, 단지 씨팔놈들이란 말만 중얼거릴 수 있었다. 페드로 렝히포의 부인은 아무것도 눈치채지 못했다. 청부 살인 업자들은 두 하녀를 냅다 밀어젖혔다. 한 사람은 우지 기관 단총[9]을 휴대했다. 깡마른 그의 피부는 까무잡잡했다. 다른 사람은 권총을 들었고, 검은색 양복에 넥타이를 매지 않고 흰 셔츠만 입었다. 마치 진짜 전문 살인 청부업자처럼 보였다. 그들이 사격 목표를 분명하게 보려고 두 하녀를 한쪽으로 밀쳐 버린 순간에, 페드로 렝히포의 아내는 누군가가 그녀의 옷을 잡아당겨 땅바닥으로 내동댕이치는 것을 느꼈다. 그녀는 넘어지면서 두 하녀가 자기 앞에서 넘어지는 것을 보았고, 순간적으로 지진이 일어났다고 생각했다. 또한 곁눈질로 무릎을 꿇은 채 한 손에 권총을 든 랄로를 보았다. 그런 다음 무슨 소리를 들었고, 랄로가 잡은 권총에서 탄피가 튀어 오르는 걸 보았다. 그러고 나서 그녀는 더는 아무것도 보지 못했다. 이마를 보도의 시멘트 바닥에 부딪혔기 때문이었다. 그런 동안 집 현관문에서 계속 꼼짝하지 않았고, 따라서 그 장면을 모두 볼 수 있었던 그녀의 친구는 비명을 질렀다. 하지만 너무나 놀란 나머지 옴짝달싹 못 했다. 머릿속에서는 내면의 목소리가 비명을 지르는 것보다 집 안으로 들어가 현관문을 걸어 잠그는 게 더 현명한 처사라고 말했을 터였다. 그렇게 할 수 없으면 적어도 바닥에 엎드려 제라늄 화분 뒤로 숨으라고 말했을 것이 분명했다. 그때 이미 티후아나 출신 경호원과 후아레스 출신 경호원은 상당한 거리를 달려 도망친 상태였다. 운동 부족으로 땀이 흐르고 숨이 찼을 테지만, 그들은 멈추지 않고 계속 뛰었다. 두 식모들은 바닥으로 넘어지는 순간, 공포에 사로잡혀 몸을 뒤틀면서 기도를 했다. 아니, 급히 사랑하는 사람들의 얼굴을 떠올린 것 같았다. 그러더니 눈을 감았고, 모든 상황이 종료될 때까지 뜨지 않았다. 그러는 동안 랄로 쿠라의 문제는 두 살인 청부업자 중에서 누구에게 먼저 총을 쏴야 할지, 즉 우지를 휴대한 작자인지 아니면 훨씬 더 전문 살해범처럼 보이는 작자를 먼저 해치워야 할지 결정하는 것이었다. 그는 전문 살해범처럼 보이는 작자를 향해 먼저 총을 쐈어야만 했지만, 우지를 휴대한 자에게 총탄을 발사하고 말았다. 총알은 깡마르고 까무잡잡한 작자의 가슴에 박혔고, 그는 즉시 바닥으로 고꾸라졌다. 다른 살해범은 감지할 수 없을 만큼 약간 오른쪽으로 이동했고, 나름대로 의문을 품었다. 저 젊은 애송이가 어떻게 무기를 갖고 있단 말인가? 어떻게 저 애송이가 다른 두 경호원과 함께 도망치지 않을 수 있다는 것인가? 전문 살해범의 총알이 랄로 쿠라의 왼쪽 어깨에 박히면서, 혈관을 끊고 어깨뼈를 부숴 버렸다. 랄로 쿠라는 온몸이 덜덜 떨리는 걸 느꼈지만, 자세를

9 이스라엘에서 만든 9밀리 기관 단총.

바꾸지 않은 채 다시 사격했다. 전문 살해범은 바닥으로 고꾸라졌고, 랄로 쿠라의 두 번째 탄알은 공중으로 사라졌다. 하지만 그 살해범은 아직 살아 있었다. 그는 보도의 시멘트 바닥과 보도 틈 사이에서 자라던 풀잎, 그리고 페드로 렝히포의 아내가 입은 흰 옷과 확인 사살을 하려고 다가오는 애송이 청년의 테니스 신발을 보았다. 빌어먹을 개자식. 그는 혼잣말로 웅얼거렸다. 그때 랄로 쿠라는 뒤를 돌아보았고, 멀리 옛 동료 두 명의 모습을 보았다. 후아레스 출신 작자는 총격전이 벌어졌음을 깨닫자, 더욱 빨리 뛰어 도망쳤다. 그리고 첫 번째 길모퉁이에서 그들은 자취를 감추었다.

20분 후 순찰차가 도착했다. 페드로 렝히포의 아내는 이마가 약간 찢어졌지만, 이제는 피를 흘리지 않았다. 경찰의 초동 대응을 지휘한 사람은 그녀였다. 그녀는 먼저 일종의 쇼크 상태에 있던 자기 친구에게 관심을 보였다. 그러고서 랄로 쿠라가 상처를 입었다는 사실을 알고서, 그를 신고 갈 또 다른 앰뷸런스를 불렀고, 랄로와 그녀 친구를 페레스 구테르손 병원으로 데려가라고 지시했다. 앰뷸런스가 도착하기 전에 더 많은 경찰들이 도착했고, 몇몇 경찰이 보도에 죽은 채 쓰러져 있던 전문 살인 청부업자가 국가 사법 경찰이라고 확인해 주었다. 랄로를 앰뷸런스에 태우려는 순간, 두 경찰이 그의 팔을 붙잡았고, 그를 순찰차에 태워 제1경찰서로 데려갔다. 페드로 렝히포의 아내는 병원에 도착하자 친구를 가장 좋은 병실에 입원시킨 다음에 자기 경호원의 상태에 관심을 보였고, 그때 그가 병원에 도착하지 않았다는 사실을 알았다. 부인은 즉시 다른 앰뷸런스에 있던 남자 간호사들을 데려오라고 요구했고, 그 간호사들은 랄로 쿠라가 체포되었다고 알려 주었다. 페드로 렝히포의 아내는 전화기를 들고서 다시 자기 남편에게 전화를 걸었다. 한 시간 후 제1경찰서에 산타테레사 경찰청장이 모습을 드러냈다. 그의 옆에는 사흘간 잠을 자지 못한 것처럼 보이는 에피파니오가 있었다. 두 사람 모두 못마땅한 표정이었다. 그들은 지하 유치장의 어느 감방에서 랄로를 보았다. 랄로의 얼굴은 피로 범벅이었다. 그를 신문하던 경찰들은 왜 두 청부업자를 확인 사살했는지 알고자 했다. 페드로 네그레테를 보자, 그들은 벌떡 일어서서 차렷 자세를 취했다. 산타테레사 경찰청장은 빈 의자에 앉았고, 에피파니오에게 신호를 보냈다. 에피파니오는 신문하던 경찰 중 한 명의 목을 움켜쥐고서, 재킷에서 잭나이프를 꺼내더니 입술부터 귀까지 그 경찰의 얼굴을 칼로 베어 버렸다. 그러나 너무 기막힌 솜씨여서 피 한 방울도 그의 손에 묻지 않았다. 이 작자가 자네를 엉망으로 만든 놈인가? 에피파니오가 물었다. 랄로는 어깨를 으쓱했다. 수갑을 풀어 줘. 페드로 네그레테가 지시했다. 다른 경찰이 예, 예, 예라고 끊임없이 중얼거리면서 수갑을 풀어 주었다. 불만 있나? 페드로 네그레테가 물었다. 아닙니다, 저희가 실수했습니다, 청장님. 경찰이 말했다. 페페에게 의자를 갖다주게. 곧 기절할 것 같군. 페드로 네그레테가 말했다. 에피파니오와 다른 경찰이 얼굴에 상처 입은 경찰을 의자에 앉혔다. 어떤가? 괜찮나? 예, 괜찮습니다,

청장님. 별것 아닙니다. 약간 현기증을 느꼈을 뿐입니다. 상처 입은 경찰은 말하면서 주머니에서 상처를 눌러 지혈할 만한 것을 찾았다. 페드로 네그레테는 그에게 화장지를 건네주었다. 왜 그를 체포한 건가? 그는 물었다. 그가 죽인 두 사람 중 하나가 형사 파트리시오 로페스입니다. 다른 경찰이 말했다. 이런 빌어먹을, 그러니까 죽은 작자가 파트리시오 로페스란 말이군. 그런데 왜 그의 동료들 중 하나가 총을 쏜 게 아니라 바로 그가 총을 쐈다고 생각하는 거지? 페드로 네그레테가 물었다. 그의 동료들은 줄행랑쳤습니다. 다른 경찰이 말했다. 제기랄, 그런 놈들을 동료라고 부를 수 있나? 페드로 네그레테가 말했다. 그런데 이 아이가 뭘 잘못했나? 경찰들은 그들이 확인한 바로는 랄로 쿠라가 그들에게 총격을 가한 것 같다고 말했다. 자기 동료에게 말인가? 그렇습니다, 자기 동료들에게 총을 쐈습니다. 그러나 그 전에 어깨에 상처를 입었고, 아무런 이유도 없이 파트리시오 로페스와 우지 기관 단총을 들고 있던 염병할 놈을 확인 사살했습니다. 아마 정신적 충격을 받았기 때문일 걸세. 페드로 네그레테가 말했다. 청장님 말이 맞을 것이라고 확신합니다. 얼굴에 상처를 입은 경찰이 말했다. 어쨌거나 그럴 수밖에 없지 않겠나? 페드로 네그레테가 물었다. 파트리시오 로페스가 랄로 쿠라를 쓰러뜨렸다면, 그도 마찬가지로 그렇게 했을 것이네. 사실대로 말하자면 그렇습니다. 다른 경찰이 말했다. 그러고는 그들은 계속 대화를 했고, 잠시 담배를 피웠다. 그러다가 얼굴을 칼에 벤 경찰이 화장지를 바꾸기 위해 잠시 그들의 대화를 방해했다. 그런 후 에피파니오는 랄로를 유치장에서 꺼내 경찰서 문 앞으로 데려갔다. 거기에는 페드로 네그레테의 자동차가 그를 기다리고 있었다. 몇 달 전에 비야비시오사에서 그를 데려온 바로 그 자동차였다.

한 달 후 페드로 네그레테는 산타테레사 남동쪽에 있는 페드로 렝히포의 농장을 찾아가서 랄로 쿠라를 돌려 달라고 요구했다. 페드로, 내가 자네에게 그를 주었는데, 이제는 자네에게서 그를 빼앗고 있네. 그는 말했다. 그런데 왜 그러는 건가, 페드로? 페드로 렝히포가 물었다. 자네가 그를 어떤 식으로 다루었는지 생각해 보게나. 페드로 네그레테가 말했다. 그 젊은이를 자네의 아일랜드 경호원처럼 경험 많은 사람과 함께 배치했다면 그는 잘 배울 수 있었을 거야. 하지만 자네는 그 염병할 자식들과 함께 일하도록 했네. 그래, 자네 말이 맞네, 페드로. 페드로 렝히포가 말했다. 하지만 그 빌어먹을 자식들 중 하나는 자네의 추천을 받아 고용했다는 사실을 떠올려 주고 싶네. 그래, 그건 사실이네. 나도 인정하네. 자네가 그를 건네주는 즉시, 내 실수를 바로잡겠네. 하지만 지금은 자네의 문제를 바로잡으려고 우리가 여기에 있는 걸세. 페드로 네그레테가 말했다. 내게는 문제가 되지 않네, 페드로. 자네가 그 아이를 되돌려 받고자 한다면, 기꺼이 돌려주겠네. 이렇게 말하고서 페드로 렝히포는 그의 부하에게 정원사의 집으로 가서 랄로 쿠라를 데려오라고 지시했다. 그들이 기다리는 동안, 페드로 네그레테는 페드로 렝히포의 아내와 아이들에 관해 물었다. 그리고 목장에 대해서도 물었다.

또한 페드로 렝히포가 산타테레사를 비롯해 소노라 북부의 다른 도시에서 벌이던 식료품 사업에 대해서도 물었다. 아내는 요즘 쿠에르나바카에서 모든 시간을 보내네. 그리고 아이들 학교를 바꾸었다네. 지금은 미국에서 공부하지. 페드로 렝히포는 말하면서 미국 어디에서 공부하는지 말하지 않으려고 조심했다. 목장은 식료품 사업보다 더 걱정된다네. 대형 할인 매장들은 잘될 때도 있고 그렇지 않을 때도 있다네. 그는 덧붙였다. 그러자 페드로 네그레테는 랄로 쿠라의 어깨가 어떤 상태인지 알고 싶어 했다. 완전히 나았네, 페드로. 여기서 하는 일은 별것 없네. 그 아이는 하루 종일 자면서 잡지를 읽고 있네. 여기에서 몹시 행복하게 지내지. 페드로 렝히포가 말했다. 그렇다는 건 나도 아네. 하지만 지금과 같은 상황에서는 그는 언제라도 살해될 수 있네. 페드로 네그레테가 말했다. 실제 상황보다 너무 과장하지 말게. 페드로 렝히포는 웃으면서 말했지만, 곧 얼굴이 백지장처럼 창백해졌다. 그들이 차를 타고 산타테레사로 돌아가는 동안, 페드로 네그레테는 랄로 쿠라에게 경찰이 되고 싶지 않으냐고 물었다. 그는 그렇다면서 고개를 끄덕였다. 농장을 나온 뒤 얼마 지나, 그들은 거대한 검은 바위 옆을 지났다. 랄로는 독도마뱀이 바위 위에서 움직이지 않은 채 끝없는 서쪽을 바라본다고 생각했다. 사람들 말에 따르면, 실제로 이 바위는 운석이라네. 페드로 네그레테가 말했다. 북쪽으로 더 가서 골짜기로 접어들자 파레데스강이 꾸불꾸불해졌고, 도로에서는 나무 우듬지들이 마치 진한 초록색 양탄자처럼 보였고, 우듬지 위로는 매일 오후 그곳으로 물을 마시러 오는 페드로 렝히포의 소들이 일으키는 먼지구름이 보였다. 하지만 이 돌이 운석이라면, 바닥에 구멍이 파여 있어야 하는데, 구멍이 어디에 있지? 페드로 네그레테는 말했다. 랄로 쿠라가 뒷거울로 검은 돌을 다시 바라보았을 때, 독도마뱀은 이미 그곳에 없었다.

1994년의 첫 번째 여자 시체는 사막 한복판에 있는 노갈레스 고속 도로 출구에서 발견되었다. 발견자는 트럭 운전사 두 명이었다. 그들은 멕시코 사람으로 케이 주식회사 마킬라도라 공장의 물품을 운반하던 참이었다. 그날 오후 트럭에 짐이 가득했지만 그들은 엘 아호라는 식당으로 가서 식사를 하고 술을 마시기로 했다. 그곳은 트럭 운전사 중 하나인 안토니오 비야스 마르티네스가 단골로 드나드는 식당이었다. 문제의 식당으로 가는 도중에, 다른 트럭 운전사 리고베르토 레센디스는 사막 한가운데에서 번득이는 광채를 보고서, 순간적으로 눈이 부셔 눈을 제대로 뜰 수 없었다. 그는 누가 장난을 친다고 생각하고서 무선으로 동료인 비야스 마르티네스와 통화했고, 두 트럭은 멈추었다. 도로는 차 없이 텅 비어 있었다. 비야스 마르티네스는 아마도 햇빛이 병이나 부서진 유리 조각에 반사되어 눈이 부셨을 것이라고 레센디스를 설득하려고 했다. 그러나 그때 레센디스는 도로에서 약 3백 미터 떨어진 곳에서 희미한 덩어리를 보았고, 그곳으로 걸어갔다. 잠시 후 비야스 마르티네스는 레센디스가 휘파람으로 그를 부르는 소리를 듣고서, 두 대의 트럭이 잘 잠겼는지 확인한 후 마찬가지로 도로를 벗어나 사막 안으로

들어갔다. 동료가 기다리던 곳에 도착해서, 그는 시체를 보았다. 얼굴이 완전히
피로 범벅 되어 엉망이었지만, 여자라는 건 틀림없었다. 이상하게도 그가 가장
먼저 눈길을 준 것은 여자의 신발이었다. 그녀는 잘 세공된 고급 상표의 샌들을
신고 있었다. 비야스 마르티네스는 십자 성호를 그었다. 이제 어떻게 하지?
레센디스가 묻는 소리가 들렸다. 친구의 목소리로 그는 그저 의례적인 질문이라는
걸 알았다. 그래서 경찰에 신고해야 해라고 말했다. 그래, 좋은 생각이야.
레센디스는 대답했다. 그때 비야스 마르티네스는 죽은 여자의 허리에서 커다란
금속 버클이 달린 벨트를 발견했다. 바로 이것 때문에 눈부셨던 거야 하고 말했다.
그래, 나도 봤어. 레센디스가 대답했다. 죽은 여자는 핫팬츠와, 가슴에는 커다란
검은 꽃이, 등에는 빨간 꽃이 새겨진, 노란 실크 셔츠를 입고 있었다. 시체가 법의학
검시관 사무실에 도착하자, 검시관은 여자가 아직도 핫팬츠 아래로 조그만 활이
양옆에 그려진 흰 팬티를 입고 있다는 사실을 알고서 깜짝 놀랐다. 항문과 음부에
강간을 당한 흔적이 있었고, 사인은 넓은 범위에 걸친 뇌 손상이었지만, 가슴과
등에서도 칼에 찔린 상처가 발견되었다. 그러나 이 상처들은 출혈의 원인이 될
수는 있었지만, 치명적이라고 볼 수는 없었다. 트럭 운전사들이 확인한 것처럼,
얼굴은 알아볼 수 없을 지경이었다. 사망 날짜는 대체로 1994년 1월 1일부터 1월
6일 사이로 추정되었다. 그러나 행복하게 마감한 지난해 12월 25일이나 26일에 그
시체가 사막에 유기되었을 가능성도 배제할 수는 없었다.

그다음에 죽은 여자는 레티시아 콘트레라스 사무디오였다. 경찰은 익명의
신고 전화를 받은 후 로렌소 세풀베다 거리와 알바로 오브레곤 거리 사이에 위치한
야간 업소 라 리비에라로 출동했다. 경찰은 라 리비에라의 어느 별실에서 시체를
발견했다. 시체의 복부와 가슴을 비롯해 팔에는 상처가 여러 개 나 있었다.
그것으로 볼 때, 레티시아 콘트레라스가 마지막 순간까지 목숨을 지키기 위해
몸부림쳤다고 추정할 수 있었다. 죽은 여자는 스물세 살이었고, 4년 넘게 창녀로
일했지만, 단 한 번도 경찰과 문제를 일으킨 적이 없었다. 그곳에 있던 모든 여자가
조사를 받았지만, 레티시아 콘트레라스가 별실에서 누구와 함께 있었는지 아는
사람은 없었다. 범죄가 일어난 순간, 몇몇 여자는 그녀가 화장실에 있다고
생각했다. 또한 어떤 여자들은 그녀가 지하실에 있었다고 말했다. 그곳에는 포켓
당구대 네 개가 있었는데, 레티시아는 그 놀이라면 사족을 못 썼고 자기가 상당한
재주가 있다고 느꼈다. 심지어 한 여자는 그녀가 혼자 있었다고 말하기도 했다.
하지만 창녀가 혼자서 별실에 틀어박혀 무엇을 했을까? 새벽 4시에 라 리비에라
업소의 모든 직원이 제1경찰서로 끌려왔다. 그 무렵에 랄로 쿠라는 교통 경찰 일을
배우고 있었다. 그는 밤에 계속 서서 일했고, 알라모스 지역과 루벤 다리오 지역
사이를, 그러니까 북쪽에서 남쪽으로 전혀 서두르지 않은 채 마치 귀신처럼
움직였다. 그렇게 그는 시내 중심가에 도착했고, 그러면 제1경찰서로 돌아가거나
자기가 하고 싶은 일을 했다. 경찰복을 벗을 때, 비명 소리를 들었다. 그러나 그

소리에 그다지 관심을 기울이지 않고서 샤워실로 들어갔다. 샤워 꼭지를 잠갔을 때, 다시 비명 소리를 들었다. 유치장에서 나는 소리였다. 그는 권총을 허리띠 안으로 찔러 넣고서 복도로 나갔다. 그 시간에 제1경찰서는 대기실을 제외하고는 거의 텅 비었다. 절도 사건 전담 사무실에서 그는 잠을 자던 경관을 보았다. 그는 그 경관을 깨워서 무슨 일이 일어나고 있는지 아느냐고 물었다. 경관은 유치장에서 파티가 있으며, 원하면 그곳으로 내려가 합류하라고 말했다. 랄로 쿠라가 사무실에서 나오자, 경관은 다시 잠들었다. 계단에서부터 술 냄새가 풍겼다. 어느 감방에는 스무 명이나 되는 사람들이 들어가 있어서 발 디딜 틈도 없었다. 그는 눈을 깜빡거리지 않은 채 그들을 쳐다보았다. 검거된 몇몇 사람은 서서 자고 있었다. 쇠창살에 붙어 있던 한 사람의 바지는 지퍼가 열려 있었다. 감방 안쪽에 있는 사람들은 어둠과 머리카락으로만 이루어진 형체 없는 덩어리 같았다. 토사물 냄새가 났다. 그 감방은 2.5제곱미터도 되지 않는 것 같았다. 복도에서 그는 입술에 담배를 물고 다른 감방에서 일어나는 일을 지켜보던 에피파니오를 보았다. 그는 저 사람들이 질식해 죽거나 아니면 짓눌려 죽을 것 같다고 말하려고 그에게 다가갔지만, 첫발을 내디디면서부터 아무 말도 할 수 없었다. 다른 감방에서 경찰들이 라 리비에라 창녀들을 강간하고 있었던 것이다. 잘 지내, 랄로? 저 불길에 함께 참여하고 싶어? 에피파니오가 물었다. 아니요. 랄로 쿠라가 대답했다. 부서장님은요? 나도 내키지 않아. 에피파니오가 말했다. 두 사람은 그 장면을 보는 게 지겨워지자, 시원한 공기를 찾아 거리로 나갔다. 저 창녀들이 뭘 했지요? 랄로가 물었다. 아마도 저것들이 동료 하나를 골로 보냈나 봐. 에피파니오가 대답했다. 랄로 쿠라는 입을 다물었다. 이른 아침에 산타테레사 거리로 불어오는 산들바람은 정말로 시원했다. 상처로 가득한 보름달은 아직 하늘에서 빛났다.

레티시아 콘트레라스 사무디오와 함께 일한 여자 동료 둘이 살인죄로 공식 기소되었다. 하지만 사건이 일어난 순간 그들이 라 리비에라에 있었다는 사실을 제외하고는 유죄라는 것을 보여 줄 어떤 증거도 없었다. 나티 고르디요는 서른 살이었고, 살해된 여자가 그 야간 업소에서 일하기 시작했을 때부터 알았다. 그녀가 살해되었을 때, 나티 고르디요는 화장실에 있었다. 루비 캄포스는 스물한 살이었고, 라 리비에라에서 일한 지 다섯 달이 채 되지 않은 여자였다. 의문의 살인 사건이 일어난 순간, 그녀는 화장실에서 나티를 기다리고 있었다. 두 사람은 단지 문 하나만을 사이에 두고 있었다. 두 여자가 아주 친하다는 것은 익히 알려진 사실이었다. 그리고 레티시아가 살해되기 이틀 전에, 루비가 레티시아에게 심한 말을 들었다는 사실이 확인되었다. 함께 일하던 어느 여자 동료가 레티시아는 곧 그런 모욕적인 언사에 대한 값을 치르게 될 것이라는 말을 나티에게서 들은 것이다. 기소된 용의자는 그런 사실을 부인하지 않았지만, 자기는 결코 그녀를 죽이려고 생각한 적이 없었으며 단지 몇 대 때려 줘야겠다고 생각했을 뿐이라고 진술했다. 두 창녀는 에르모시요로 이송되었고, 파키타 아벤다뇨 여자 교도소에 수감되었다. 그들은 사건이 다른 판사에게 할당되어 그가 서둘러 두 사람의 무죄를 선고할 때까지 그곳에 있어야만 했다. 어쨌거나 두 창녀는 2년간 교도소 생활을 했다. 출옥하자 그들은 멕시코시티에서 일자리를 알아보겠다고 말했지만, 그들이 미국으로 가버렸을지도 모르는 일이었다. 분명한 것 한 가지는 소노라주에서 다시는 두 여자를 볼 수 없었다는 사실이었다.

다음 희생자는 페넬로페 멘데스 베세라였다. 열한 살 먹은 여자아이였다. 그녀의 어머니는 인터존버니 마킬라도라 공장에서 일했다. 열여섯 살인 그녀의 언니도 역시 인터존버니의 직원이었다. 열다섯 살 먹은 그녀의 오빠는 그들이 살던 베라크루스 지역 인두스트리알 거리에서 그리 멀지 않은 빵집의 배달부이자 심부름꾼으로 일했다. 페넬로페는 막내였고 식구 중에서 유일하게 학교에 다녔다. 그녀의 아버지는 7년 전에 가정을 버렸다. 당시 그들은 아르세니오 파렐 공업 단지 근처의 모렐로스 지역에서, 아버지가 손수 마분지와 여기저기 떨어져 있던 벽돌, 그리고 함석 조각을 주워서 만든 허름한 집에 살았다. 그 집은 커다란 도랑 옆에 있었다. 두 마킬라도라 공장이 배수로를 건설하기 위해 파놓았지만, 결국은 만들지 않아서 도랑만 남았는데, 그녀의 집은 바로 그 옆에 있었던 것이다. 아버지와 어머니는 모두 멕시코 중부의 이달고주 출신이었고, 일자리를 찾아 1985년에 북부로 이주했다. 그리고 어느 날 아버지는 마킬라도라 공장에서 버는 수입으로는 가족의 삶을 개선할 수 없다는 것을 깨달았고, 국경을 넘기로 결심했다. 그는 다른 아홉 명과 함께 떠났다. 아홉 명은 모두 오아하카주 출신이었다. 그들 중 한 명은 이미 세 번에 걸쳐 국경을 넘은 경험이 있었고, 어떻게 미국 국경 경찰을 피할 수 있는지 잘 알았다. 나머지는 모두 처음으로 시도해 보는 사람들이었다. 그들을 미국 쪽 국경으로 데려간 밀입국 안내자는 걱정하지 말라고 말했고, 재수가 없어서 체포되면 아무런 저항도 하지 말고 그냥 순순히 체포되라고 일러 주었다. 페넬로페 멘데스의 아버지는 저축해 놓은 모든 돈을 그 여행에 써버렸다. 그는 캘리포니아에 도착하자마자 편지를 쓰겠다고 약속했다. 1년 내로 가족을 미국으로 데려가겠다는 계획이었다. 하지만 그는 결코 연락을 하지 않았다. 어머니는 아마도 지금쯤 다른 여자, 그러니까 미국 여자나 멕시코 여자와 살 것이고, 편안한 생활을 할 거라고 생각했다. 처음 몇 달 동안은 밤에 혼자 외롭게 사막에서 아이들을 생각하면서 코요테의 울음소리를 들으면서 죽었을 것이라고도 생각했다. 또 미국 어느 거리에서 자동차에 치였고, 그 자동차가 뺑소니쳤을 것이라고도 생각했다. 하지만 이런 종류의 생각만 해도 그녀는 소름이 끼쳐 옴짝달싹 못 했기 때문에(그런 생각들 속에서는 그녀의 남편을 비롯한 모든 사람이 그녀가 알아들을 수 없는 다른 언어를 사용했다), 이런 것들을 생각하지 않기로 마음먹었다. 게다가 죽었다면, 누군가가 알려 주었을 것이라고 추측했다. 그렇지 않을까? 어쨌거나 집안 문제만으로도 정신이 없었기 때문에, 남편의 운명에 관해 계속 생각할 수 없었다. 가족이 더는 나락으로 추락하지 않게 하는 건 그녀에게 버거운 일이었다. 하지만

성실하고 사귐성이 좋고 신중한 여자였으며, 천성적으로 낙천적이었을 뿐만
아니라 남의 말을 어떻게 들어야 하는지 잘 알았기 때문에, 주변에 많은 친구가
있었다. 특히 그녀의 가족사가 전혀 이상하지도 않고 지극히 일반적이라고 여기는
같은 처지의 여자들이 많이 있었다. 이런 친구들 중 하나가 인터존버니 공장에
일자리를 구해 주었다. 처음에는 가족이 살던 도랑 옆에서부터 직장까지 길고
지루한 길을 걸어가야만 했다. 어린아이들은 첫째 딸이 도맡았다. 첫째 딸 이름은
리비아였는데, 어느 날 오후 술 취한 이웃집 남자가 그녀를 강간하려고 했다.
직장에서 돌아오자 리비아는 무슨 일이 있었는지 어머니에게 말했고, 어머니는
앞치마 주머니에 칼을 넣고 이웃집 남자를 찾아갔다. 그녀는 그 남자와
이야기했고, 그런 다음 그의 아내와 말을 하고서 다시 그와 대화했다. 내 딸에게
아무 일도 일어나지 않게 해달라고 성모님에게 기도하도록 해. 그녀는 말했다.
그러면서 내 딸에게 무슨 일이 생기면 당신이 모든 잘못을 뒤집어쓸 것이고, 나는
이 칼로 당신 생명 줄을 끊어 놓겠어라고 덧붙였다. 이웃집 남자는 그 순간부터
모든 게 바뀔 것이라고 다짐했다. 그러나 남편에게도 버림받은 상황이었기에
그녀는 남자들의 말을 믿지 않았다. 그녀는 열심히 일했고, 초과 근무도 했으며,
심지어 점심 시간에 직장 동료들에게 샌드위치를 팔기도 했다. 그렇게 해서
베라크루스 지역에 있는 조그만 집을 임대할 돈을 모을 수 있었다. 그곳은 도랑
옆에 있던 집보다 인터존버니 공장에서 더 멀리 떨어졌지만, 적어도 진짜 집이라고
말할 수 있는 곳이었다. 방 두 개와 단단한 벽들이 있고, 열쇠로 잠글 수 있는 문도
하나 있었다. 매일 아침 20분을 더 걸어야만 했지만, 그건 그녀에게 그리 중요하지
않았다. 오히려 거의 노래를 하듯이 흥얼거리며 먼 길을 걸어 다녔다. 연속 2교대
근무까지 하면서 잠을 자지 않고 밤을 연달아 새우는 일도 있었고, 부엌에서 새벽
2시까지 다음 날 직장 동료들이 먹을 아주 매콤한 샌드위치를 준비하고는 아침
6시에 집에서 나가는 일이 허다했지만, 그녀는 전혀 개의치 않았다. 오히려
육체적인 수고를 아끼지 않을수록 기운이 넘쳤으며, 몸이 지칠수록 더욱 활발하고
명랑하며 친절해졌다. 세월은 지루하고 느리게 흘러갔지만, 그녀가 끝없는 파멸과
실패로 받아들였던 세상은 이제 갈수록 밝은 얼굴을 드러냈고, 그녀의 세상도 밝을
수 있다는 의식을 그녀에게 심어 주었다. 열다섯 살이 되자 큰딸 역시 일하기
시작했다. 여전히 걸어서 공장에 다녔지만, 공장으로 가는 길은 딸과 대화를
나누고 웃으면서 짧게 느껴졌다. 아들은 열네 살 때 학교를 그만두었다. 그리고 몇
달 동안 인터존버니 공장에서 일했지만, 충분히 빠른 속도로 일하지 못한다는
이유로 몇 번 경고를 받은 후 해고되었다. 남자아이의 손은 그곳에서 일하기에는
너무 컸고 너무 둔했던 것이다. 그러자 어머니는 동네 빵집에 일자리를 구해
주었다. 페넬로페 멘데스 베세라만이 유일하게 학교에 다녔다. 아킬레스 세르단
초등학교였고, 아킬레스 세르단 거리에 있었다. 그 학교 학생들은 카란사 지역과
베라크루스 지역, 그리고 모렐로스 지역에 사는 아이들이 대부분이었지만, 시내
중심가에 사는 아이들도 몇몇 있었다. 페넬로페 멘데스 베세라는 초등학교

5학년이었다. 조용하고 과묵한 아이였지만, 항상 좋은 성적을 받는 모범생이었다. 그 아이는 곱슬곱슬하지 않은, 길고 검은 머리카락을 지녔다. 그런데 어느 날 학교에서 나왔지만, 다시는 살아 있는 모습으로 집으로 돌아오지 않았다. 그날 저녁 어머니는 인터존버니 회사에서 조퇴 허락을 받은 후 제2경찰서로 가서 실종 신고를 접수했다. 아들이 경찰서까지 동행했다. 경찰들은 이름을 적고는 며칠 기다려 봐야 한다고 말했다. 첫째 딸 리비아는 경찰서에 동행할 수 없었다. 인터존버니 공장은 어머니에게 조퇴 허락을 내준 것만으로도 이미 충분하다고 여겼기 때문이다. 다음 날에도 페넬로페 멘데스 베세라는 계속 실종된 상태였다. 어머니와 두 아이는 다시 경찰서를 찾아가서 수사가 얼마나 진전되었는지 알고자 했다. 책상 뒤에 앉아서 그녀를 맞이한 경찰은 무례하게 굴지 말라고 경고했다. 경찰서에는 아킬레스 세르단 학교의 교장과 선생님 세 명이 있었고, 그들도 페넬로페의 행방을 묻고 있었다. 경찰이 공공 질서를 어지럽혔다는 이유로 벌금을 부과하기 전에 그 가족을 경찰서에서 빼내어 다른 곳으로 데려간 사람들이 바로 그들이었다. 다음 날 페넬로페의 오빠는 그녀의 학급 친구 몇몇과 이야기했다. 한 학생이 페넬로페가 유리창을 선팅한 어느 자동차로 들어갔는데, 그 이후 그 차에서 나오지 않은 것 같다고 말했다. 그 학생의 설명에 따르면, 그 자동차는 페레그리노나 마스터로드 같았다. 페넬로페의 오빠와 담임 선생님은 한참 동안 그 여학생과 말했지만, 분명하게 알아낼 수 있었던 유일한 사실은 그게 값비싼 검은색 자동차였다는 것뿐이었다. 사흘 동안 그녀의 오빠는 지칠 때까지 산타테레사를 걸어 다니면서 검은색 자동차를 찾았다. 많은 검은색 자동차를 보았고, 심지어 몇몇은 유리창에 선팅이 되었으며, 마치 공장에서 갓 나온 것처럼 반짝거렸다. 그러나 그 자동차를 타는 사람들은 전혀 납치범의 얼굴이 아니었거나, 젊은 커플들(행복해하는 커플들을 보자 페넬로페의 오빠는 눈물을 흘렸다)이거나 여자들이었다. 어쨌거나 그는 그 자동차들의 번호판에 적힌 번호를 적어 놓았다. 그녀의 가족들은 밤마다 집에 모여서 아무런 의미도 없거나 마지막 의미는 그들만이 알아들을 수 있는 말로 페넬로페에 관해 이야기했다. 일주일 후 하수관에서 그녀의 시체가 발견되었다. 발견한 사람들은 산타테레사 시설 유지와 보수를 맡은 직원들이었다. 그 하수관은 산다미안 지역부터 카사스 네그라스로 향하는 고속 도로 인근의 엘 오히토 계곡까지 지하로 연결되었고, 불법 쓰레기장인 엘 칠레를 관통했다. 시체는 즉시 법의학 검시관 사무실로 이송되었고, 검시관은 그녀의 항문과 음부 부위가 상당히 찢어진 것으로 보아 항문과 음부로 강간을 당했으며, 후에 교살되었다고 밝혔다. 그러나 다시 부검을 실시한 결과, 페넬로페 멘데스 베세라는 앞서 언급한 성추행을 당하는 동안 심장 마비를 일으켜 사망했다는 것이 밝혀졌다.

그즈음에 랄로 쿠라는 페넬로페 멘데스가 살해되었을 때의 나이보다 여섯 살이 많은 열일곱 살이 되었고, 에피파니오는 그에게 살 곳을 구해 주었다. 그곳은 아직도 시내 중심가에 있던 공동 주택 건물 중 하나로, 오비스포 거리에 있었다. 계단 여러 개와 연결된 그 건물 입구를 지나자, 랄로 쿠라는 거대한 마당을 보았다. 마당 한가운데에 분수가 있었다. 거기에서는 3층짜리 건물의 세 개 층을 모두 볼 수 있었다. 페인트칠이 벗겨진 복도에서는 아이들이 장난을 치거나 여자들이 수다를 떨고 있었다. 복도를 반쯤 가린 나무 지붕은 시간이 흐르면서 녹이 슨, 가느다란 쇠기둥으로 간신히 지탱되고 있었다. 랄로 쿠라의 방은 상당히 컸다. 침대 한 개와 의자 세 개가 딸린 식탁, 식탁 옆에 놓을 냉장고, 그리고 옷도 몇 가지 없는 그에게는 과도하게 보이는 옷장까지 들어갈 정도였다. 또한 조그만 부엌과 설거지를 하거나 얼굴에 물을 뿌릴 수 있도록 최근에 시멘트로 만든 개수대도 있었다. 샤워를 할 수 있는 욕실은 공용이었고, 층마다 화장실이 두 개씩 있고, 옥상에는 세 개가 있었다. 에피파니오는 우선 그에게 1층에 있는 자기 방을 보여 주었다. 그의 옷은 한쪽 벽에서 다른 쪽 벽까지 매단 빨랫줄에 걸렸고, 망가진 침대 옆에는 낡은 신문이 한 더미 쌓여 있었다. 거의 모두가 산타테레사에서 발행되는 신문이었다. 아래에 있는 신문들은 이미 누렇게 변해 있었다. 부엌은 오랫동안 사용하지 않은 것 같았다. 에피파니오는 경찰이란 혼자 사는 게 가장 좋지만, 마음대로 해도 괜찮다고 말했다. 그러고는 랄로를 3층에 있는 방으로 데려가서 열쇠를 건네주었다. 이제는 집다운 집을 갖게 되었군, 랄리토. 그는 말했다. 방 안을 쓸고 싶으면 옆집에 가서 빗자루를 빌려 달라고 하게. 벽에는 에르네스토 아란시비아라는 이름이 적혀 있었다. 그런데 아란시비아의 v가 b로 적혀 있었다. 랄로는 그 이름을 가리켰고, 에피파니오는 어깨를 으쓱했다. 매달 말에 임대료를 지불해야 하네. 그는 말한 다음, 더는 설명 없이 그 방을 떠났다.

또한 그 무렵 후안 데 디오스 마르티네스는 통회자 사건에 관한 수사를 중지하고 센테노와 포데스타 지역에서 일어난 일련의 무장 절도 사건에 전념하라는 지시를 받았다. 그는 그것이 통회자 사건이 종결되었음을 의미하느냐고 질문했고, 그렇지 않지만, 통회자가 모습을 감춘 것 같고 수사에 아무런 진전이 없으며, 산타테레사에 할당된 수사관의 수가 매우 제한적이기 때문에, 더 긴급하고 중요한 사건에 우선권을 부여할 수밖에 없는 실정이라는 말을 들었다. 물론 그건 경찰 당국이 통회자에 관해 잊어버렸음을 의미하는 것은 아니었고, 후안 데 디오스 마르티네스가 더는 그 수사의 전면에 나서지 않을 것이라는 뜻도 아니었다. 하지만 그의 지휘를 받는 수사관들이 하루 스물네 시간 도시의 교회들을 감시하면서 시간을 낭비하고 있기 때문에, 그들을 공공 안전 유지에 좀 더 도움이 될 만한 일에 투입해야 한다는 말이었다. 후안 데 디오스 마르티네스는 아무런 불평 없이 그 지시를 수락했다.

그다음에 살해된 여자는 루시 앤 샌더였다. 그녀는 산타테레사에서 약 55킬로미터 떨어진 애리조나의 헌츠빌에 살았다. 그녀는 먼저 엘 어도비에 친구와

409

함께 있다가, 차를 타고 국경을 넘었다. 적어도 산타테레사의 끝나지 않는 밤의 유흥 생활을 부분적으로나마 맛보기 위해서였다. 그녀의 친구 이름은 에리카 델모어였다. 그녀가 바로 자동차 소유자였으며 운전한 장본인이었다. 두 여자는 헌츠빌의 민예품 공장에서 일했고, 그곳에서 원주민 목걸이를 만들었다. 그것들은 툼스톤, 투손, 피닉스와 아파치 정크션에 있는 관광 기념품 가게에 도매로 팔렸다. 그들은 그 공장에서 일하는 둘뿐인 백인 여자였다. 나머지는 멕시코 여자들이거나 원주민 여자들이었다. 루시 앤은 미시시피의 조그만 마을에서 태어났다. 그녀는 스물여섯 살이었고, 그녀의 꿈은 바다 근처에서 사는 것이었다. 가끔씩 고향으로 되돌아가고 싶다고 말했다. 하지만 피곤하거나 못마땅한 일이 있을 때에만 그렇게 말하곤 했고, 실제로 그런 경우가 자주 일어난 것은 아니었다. 에리카 델모어는 마흔 살이었고, 두 번 결혼한 경력이 있었다. 그녀는 캘리포니아 출신이었지만, 사람들이 북적거리지 않고 삶이 더 평온하고 느슨한 애리조나에서 행복해했다. 산타테레사에 도착하자, 그들은 디스코텍이 몰려 있는 시내로 향했다. 먼저 엘 펠리카노에 있다가 도미노스로 옮겼다. 그곳으로 가는 도중에 마누엘인지 미겔인지 하는 스물두 살 난 멕시코 청년이 합류했다. 에리카가 진술한 바에 따르면, 그는 멋지게 생긴 다정한 청년이었다. 그는 루시 앤과 관계를 가지려고 노력했지만, 그녀가 단호하게 거부하자 에리카와 관계를 가지려고 했다. 하지만 스토커나 남성 우월주의자라고 볼 수는 없었다. 그들이 도미노스에 있는 동안, 마누엘인지 미겔인지 하는 청년(에리카는 그의 이름을 정확하게 기억할 수 없었다)은 어느 순간 그곳을 떠났고, 여자 둘이 카운터에 남아 술을 마셨다. 그리고 아무렇게나 시내 중심가 길거리 이곳저곳을 차를 타고 돌아다니면서, 그 도시의 역사적 기념물들을 방문했다. 성당과 시청, 그리고 몇몇 오래된 식민지풍 집과 주랑이 늘어선 건물로 둘러싸인 중앙 광장이었다. 에리카 말로는 어느 순간에도 그들을 귀찮게 하거나 쫓아다닌 사람은 없었다. 그들이 광장을 빙빙 돌 때, 어느 미국 관광객이 이봐요 아가씨들, 야외 음악당을 봐야 해요, 정말 멋져요라고 말했다. 그런 다음 관광객은 덤불 사이로 사라졌고, 그들은 잠시 걷는 것도 나쁜 생각은 아니라고 결정했다. 밤은 시원했으며 반짝거렸고 하늘에는 별들이 가득했다. 에리카가 주차할 장소를 찾는 동안 루시 앤은 차에서 내리더니 신었던 신발을 벗고, 방금 물을 뿌린 잔디밭으로 뛰어갔다. 주차한 다음 에리카는 루시를 찾았지만, 이미 그녀의 모습은 온데간데없었다. 그러자 에리카는 광장으로 들어가 유명한 야외 음악당으로 향했다. 좁은 골목길 몇 군데는 흙길이었지만, 주요 도로는 아직도 오래된 돌로 포장된 채였다. 벤치에서 그녀는 대화하거나 키스하는 몇몇 커플을 보았다. 야외 음악당은 금속으로 만들어졌고, 늦은 시간이었는데도 잠이 없는 아이들이 그 안에서 장난을 치며 놀고 있었다. 에리카는 가로등은 희미하고, 단지 무턱대고 걷지 않을 정도의 불빛만 비춘다는 걸 확인했다. 그러나 많은 사람들이 있었기 때문에 음산하거나 위협적인 분위기는 아니었다.

그곳에서도 루시 앤을 찾을 수 없었다. 하지만 광장에서 그들에게 큰 소리로 말했던 미국인을 보았다고 생각했다. 그는 다른 남자 셋과 함께 있었고, 서로 병을 돌려가면서 테킬라를 마셨다. 그녀는 그들에게 다가가서 혹시 그녀의 친구를 보았느냐고 물었다. 미국인 관광객은 그녀를 정신 병원에서 도망친 사람처럼 쳐다보았다. 모두가 술에 취했지만, 에리카는 술 취한 사람들을 어떻게 다루어야 하는지 잘 알았고, 그래서 그들에게 상황을 설명해 주었다. 그들은 아주 젊었고, 별로 할 일이 없었기 때문에 그녀를 도와주기로 마음을 굳혔다. 잠시 후 광장에서는 루시 앤의 이름을 부르는 큰 소리가 메아리쳤다. 에리카는 자동차를 세워 놓은 곳으로 돌아갔다. 거기에도 아무도 없었다. 그러자 그녀는 차를 타고서 문을 잠갔고, 여러 번 경적을 울렸다. 그런 다음 담배를 피웠다. 실내 공기가 숨 쉴 수 없을 지경에 이르자, 창문을 내려야만 했다. 날이 밝자, 그녀는 경찰서로 가서 그 도시에 미국 영사관이 있느냐고 물었다. 그녀를 맞이한 경찰관은 미국 영사관이 있는지 몰랐고, 그래서 동료들 두어 명에게 물어봐야만 했다. 그중 한 동료가 그곳에 영사관이 있다고 말했다. 에리카는 실종 신고를 하고서, 신고서 사본을 들고 영사관으로 향했다. 영사관은 센트로노르테 지역의 베르데호 거리에 있었다. 그녀가 전날 밤에 돌아다닌 거리에서 그리 멀지 않은 곳이었다. 하지만 영사관은 닫혀 있었다. 그곳에서 얼마 떨어지지 않은 곳에서 에리카는 카페테리아를 보았고, 아침 식사를 하려고 들어갔다. 채소샌드위치와 파인애플주스를 갖다 달라고 하고는, 헌츠빌에 있는 루시 앤의 집으로 전화를 걸었지만, 아무도 받지 않았다. 그녀가 앉은 테이블에서는 천천히 잠에서 깨어나는 부산한 거리를 볼 수 있었다. 주스를 마시고 나서, 다시 헌츠빌에 전화를 했지만, 이번에는 보안관 사무실 전화 번호를 눌렀다. 그녀가 잘 아는 로리 캄푸사노라는 청년이 전화를 받았다. 로리는 아직 보안관이 출근하지 않았다고 말했다. 에리카는 루시 앤 샌더가 산타테레사에서 실종되었으며, 그렇기 때문에 자기는 오전 내내 영사관에 있거나 아니면 병원을 돌아다닐 것이라고 말했다. 그에게 영사관에서 나를 찾으라고 전해 줘요. 그녀가 말했다. 그렇게 할게요, 에리카, 이럴 때일수록 침착해야 해요. 로리는 말하고서 전화를 끊었다. 한 시간 동안 채소샌드위치를 조금씩 먹어 가면서 그녀는 그대로 앉아 있었다. 그리고 마침내 영사관 문이 움직이는 걸 보았다. 그녀를 맞이한 사람은 커트 A. 뱅크스라는 사람이었고, 그녀와 그녀 친구에 관해 모든 종류의 질문을 했다. 마치 에리카가 들려주는 이야기를 믿지 않는 것 같았다. 그곳에서 나와서야 비로소 에리카는 영사관 직원이 자신들을 창녀로 의심했다는 걸 깨달았다. 그런 다음 그녀는 다시 경찰서를 찾아갔고, 그녀가 실종 신고를 했다는 사실도 모르는 경찰관에게 두 번이나 똑같은 이야기를 해야만 했다. 그러나 마침내 그 경찰에게 들은 이야기라고는 실종된 그녀의 친구에 관해서는 새로운 소식이 없으며, 아마도 다시 국경을 넘어갔을 가능성이 높다는 것뿐이었다. 경찰관 중 한 사람도 똑같은 방법을 추천했다. 즉, 영사관에 그 일을 위임하고서 집으로 돌아가는 게 좋다는 거였다. 에리카는 그의 눈을 똑바로 쳐다보았다. 착한 사람의 얼굴이었고, 그의 충고는 선의에 의한 것임을 한눈에 알 수 있었다. 그녀는 병원을 돌아다니면서 나머지 아침 시간과 오후의 상당한 시간을 보냈다. 그때서야 그녀는 루시 앤이 병원에 오게 되었다면 어떤 상태로 왔을까 생각했다. 우선 그녀는 사고의 가능성을 배제했다. 루시 앤은 광장이나 광장 주변에서 실종되었고, 그녀는 그 어떤 비명이나 급제동 소리, 혹은 헛바퀴 도는 소리를 듣지 못했기 때문이다. 루시 앤이 왜 병원에 있을 것인지 설명해 줄 다른 이유를 생각해 보았지만, 단지 갑작스런 기억 상실증만 떠올릴 수 있었다. 그녀가 병원에 있을 가능성이 멀어지자 그녀의 눈은 눈물로 가득 찼다. 한편 그녀가 찾아간 어떤 병원에도 입원했거나 치료를 받은 미국 여자의 이름은 기록되어 있지 않았다. 마지막 병원에서 어느 여자 간호사가 사립 병원인 클리니카 아메리카를 찾아가는 게 어떠냐고 제안했지만, 그녀는 빈정거림이 가득한 큰 소리로 대답했다. 우리는 노동자예요. 그녀가 영어로 말했다. 그러자 나도 마찬가지예요라고 그 여자 간호사는 영어로 말했다. 잠시 두 사람은 대화를 나누었으며, 그런 다음 여자 간호사는 병원 카페테리아에서 커피를 마시자고 그녀에게 제안했다. 그리고 그곳에서, 산타테레사에서 많은 여자들이 실종되고 있다는 사실을 알려 주었다. 우리 나라에서도 마찬가지예요. 에리카가 말했다. 여자 간호사는 그녀의 눈을 쳐다보더니 고개를 흔들었다. 여기는 훨씬 심각해요라고 말했다. 작별 인사를 하면서 두 사람은 서로 전화번호를 주고받았고, 에리카는 새로운 소식이 있으면 즉시 연락하겠다고 약속했다. 그녀는 시내 중심가에 있는 노천 식당에서 식사를 했고, 두 번에 걸쳐 루시 앤이 보도로 걸어간다고 생각했다. 한 번은 그녀를 향해 다가왔고, 다른 한 번은 그녀에게서 멀어져 간다고 생각했지만, 두 번 모두 실제 루시 앤은 아니었다. 그녀는 자기가 무슨 메뉴를 주문하는지도 거의 모른 채, 그냥 그다지 비싸지 않은 음식 두 개를 가리켰다. 두 음식 모두 아주 매콤한 맛이었다. 잠시 후 눈물이 흘러나오기 시작했지만, 그녀는 포기하지 않고 계속해서 음식을 먹었다. 그러고 나서 루시 앤이 사라진 광장으로 차를 몰았고, 커다란 참나무 그늘에 주차했다. 그녀는 양손으로 운전대를 잡은 채 잠을 잤다. 잠에서 깨어나자 영사관으로 향했고, 커트 A. 뱅크스라는 사람은 그녀에게 헨더슨이라는 사람을 소개해 주었다. 헨더슨은 그녀의 친구가 실종된 사건에 관해 어떤 진전이 있기에는 아직 너무 이르다고 말했다. 그녀는 얼마나 되어야 이르지 않은 시간이냐고 물었다. 헨더슨은 태연하게 그녀를 바라보고서, 사흘은 더 있어야 합니다 하고 말했다. 그러면서 그게 최소한의 기간입니다 하고 덧붙였다. 그녀가 영사관을 떠나려는 순간, 커트 A. 뱅크스는 헌츠빌의 보안관이 전화를 걸어 그녀에 관해 물었으며, 루시 앤 샌더의 실종에 관해 관심을 보였다고 전해 주었다. 그녀는 고맙다고 말하고서 그곳을 떠났다. 거리로 나오자 그녀는 공중전화를 찾아서 헌츠빌에 전화를 걸었다. 로리 캄푸사노가 전화를 받아서 보안관이 세 번에 걸쳐 그녀와 통화하려고 시도했다고 말했다. 지금은 밖에 있어요. 하지만 돌아오면 당신에게 전화를 걸라고 전하겠어요. 로리가 말했다. 아니에요, 아직 내가 어디에 머무를지 모르겠어요. 잠시 후에 내가 다시 전화할게요. 에리카가 말했다. 밤이 되기 전에 그녀는 여러 호텔을 가보았다. 좋아 보이는 호텔은 너무 비쌌고, 마침내 루벤 다리오 지역에 있는 싸구려 호텔에 방을 하나 구할 수 있었다. 개인 욕실도 없고 텔레비전도 없는 곳이었다. 복도에 있는 샤워실에는 안쪽에서 잠글 수 있는 조그만 걸쇠가 하나 있었다. 그녀는 옷을 벗었지만 피부병에 걸릴지 몰라 두려운 나머지 신발은 벗지 않았다. 그렇게 그녀는 오랫동안 샤워기에서 흘러나오는 물을 맞았다. 반 시간 후에 물기를 닦아낸 수건을 두른 채, 그녀는 침대에 누웠고, 헌츠빌의 보안관과 영사관에 전화하는 걸 새까맣게 잊어버리고서 다음 날까지 깊은 잠을 잤다.

그날 국경선 철조망에서 그리 멀지 않은 곳에서 루시 앤 샌더가 발견되었다. 노갈레스로 향하는 고속 도로와 평행을 이루며 서 있는 석유 저장 탱크에서 몇 미터 떨어지지 않은 곳이었다. 시체에는 칼에 찔린 상처들이 있었다. 목과 가슴과 복부에 난 상처들은 대부분 깊었다. 그녀의 시체를 발견한 사람은 몇몇 노동자였다. 그들은 즉시 경찰에 신고했다. 법의학 검사가 실시되었고, 루시 앤 샌더는 수차례에 걸쳐 강간당했다는 사실이 밝혀졌으며, 그 증거로 음부에서 나온 상당량의 정액이 제시되었다. 치명적인 상처가 적어도 다섯 개는 있었고, 사인은 칼에 찔린 상처 중 하나였다. 에리카 델모어는 미국 영사관에 전화를 걸었고, 그래서 그 소식을 접할 수 있었다. 커트 A. 뱅크스는 즉시 영사관에 출두하라고, 그녀에게 전해 줄 슬픈 소식이 있다고 말했지만, 에리카가 무슨 소식이냐고 끈질기게 물으면서 목소리를 높여 당장 가르쳐 달라고 소리를 지르자, 그는 더는 말을 돌리지 않은 채 슬픈 진실을 그대로 말해 줄 수밖에 없었다. 영사관으로 가기 전에 에리카는 헌츠빌의 보안관에게 전화를 걸었다. 이번에는 그와 직접 통화할 수 있었다. 그녀는 보안관에게 루시 앤이 산타테레사에서 살해되었다고 알려 주었다. 내가 함께 있어 줄까요? 보안관이 물었다. 그래요, 하지만 그렇게 하기 힘들다면 하지 않아도 괜찮아요. 난 차를 가지고 있어요. 에리카가 말했다. 당신이 있는 곳으로 가겠습니다. 보안관이 말했다. 그런 다음 그녀는 친구로 지내기로 한 여자 간호사에게 전화를 걸어 가장 최근 소식이자 아마도 마지막이 될 소식을 전해 주었다. 틀림없이 당신에게 시체를 확인해 달라고 할 거예요. 여자 간호사가 말했다. 시체 보관실은 그녀가 전날 찾아갔던 병원 중 하나에 있었다. 그녀는 헨더슨과 함께 그곳으로 갔다. 헨더슨은 커트 A. 뱅크스보다 더 다정하고 친절했지만, 사실 그녀는 혼자 가고 싶었다. 두 사람이 지하실 복도에서 기다리는데, 여자 간호사가 모습을 드러냈다. 그들은 서로 껴안고서 뺨에 키스를 했다. 그런 다음 여자 간호사를 헨더슨에게 소개해 주었고, 그는 보는 둥 마는 둥 그녀에게 인사를 했지만, 두 사람이 언제부터 알고 지내는 사이인지 알고자 했다. 여자 간호사는 그들이 안 지 스물네 시간 정도 된다고, 아니 스물네 시간이 채 안 된다고 말했다. 사실이야 하루 전이었지만, 이미 오래전부터 그녀와 알고 지낸 사이처럼 느껴져. 에리카는 생각했다. 법의학 검시관이 나타나자, 그녀는 함께 있어 주겠다는 헨더슨의 제의를 거부했다. 내가 좋아서 그러는 게 아닙니다. 이건 내 의무거든요. 헨더슨은 희미한 미소를 지으며 말했다. 여자 간호사는 그녀를 껴안았고, 두 사람은 함께 들어갔다. 그리고 미국 관리가 뒤따라 들어갔다. 시체 보관실에서 그녀는 멕시코 경찰 두 명이 죽은 여자를 바라보는 것을 보았다. 에리카는 가까이 다가가서 자기 친구라고 말했다. 경찰들은 몇 가지 서류에 서명해 달라고 부탁했다. 에리카는 읽으려고 했지만, 모두 스페인어로 적혀 있었다. 별 내용 아니니 서명하십시오. 헨더슨이 말했다. 그러자 여자 간호사가 서류를 읽어 주었고, 그녀에게 서명하라고 말했다. 이게 전부인가요? 헨더슨이 물었다. 전부입니다. 멕시코 경찰 중 한 사람이 대답했다. 누가 루시 앤에게 이런 짓을 했지요? 그녀가 물었다. 경찰은 그 말을 알아듣지 못한 채 그녀를 물끄러미 쳐다보았다. 여자 간호사가 그녀의 말을 통역해 주었고, 경찰들은 아직 알 수 없다고 대답했다. 정오가 지나서 미국 영사관에 헌츠빌의 보안관이 나타났다. 에리카는 자기 차 안에서 담배를 피우면서 그가 도착하는 것을 보았다. 헌츠빌의 보안관은 멀리서도 그녀를 알아보았고, 그들은 대화를 나누었다. 에리카는 자동차에 그대로 앉아 있었고, 보안관은 차에 기대었다. 그는 열린 창문에 한쪽 손을 놓고 다른 손으로는 안전벨트를 잡았다. 그런 다음 그는 더 많은 정보를 요청하려고 영사관 건물 안으로 들어갔고, 에리카는 그대로 차에 남아 문을 닫고서 잠근 다음, 줄담배를 피웠다. 보안관은 영사관에서 나오면서, 그녀에게 함께 미국으로 돌아가자고 말했다. 에리카는 보안관이 그의 자동차에 시동을 걸고 출발하기를 기다렸다가, 마치 꿈속에 있는 것처럼 몽롱한 상태로 뒤따라갔다. 멕시코의 거리를 지나서 국경을 건넜고, 사막을 지나서 애리조나에 들어서자, 보안관은 경적을 울리더니 손으로 신호를 보냈다. 차 두 대는 식사를 할 수 있는 조그만 식당을 갖춘 오래된 주유소에 멈추었다. 그러나 에리카는 배고프지 않았고, 보안관은 해야 할 말을 했다. 그녀는 묵묵히 그의 말을 들었다. 그는 루시 앤의 시체는 사흘 후에 헌츠빌로 이송될 것이며, 멕시코 경찰은 살인범을 체포하겠다고 약속했는데, 그 모든 것에서 더러운 냄새가 풍긴다고 말했다. 그러고서 보안관은 강낭콩을 곁들인 스크램블드에그와 맥주 한 병을 주문했다. 그녀는 테이블에서 일어나 담배를 사러 갔다. 그녀가 돌아왔을 때, 보안관은 샌드위치 빵 조각으로 그릇에 남은 소스를 깨끗이 닦아 먹고 있었다. 그의 머리카락은 숱이 많고 검었기 때문에, 그는 실제 나이보다 젊게 보였다. 당신에게 진실을 말해 주었다고 생각하세요, 해리? 그녀는 물었다. 아니요, 하지만 개인적으로 그 사건을 확인해 볼 작정이에요. 보안관은 말했다. 당신을 믿어요, 해리. 그녀는 말하고서 울음을 터뜨렸다.

다음에 살해된 여자의 시체는 에르모시요로 가는 고속 도로 인근에서 발견되었다. 산타테레사에서 10킬로미터 떨어진 곳이었으며, 루시 앤 샌더의 시체가 발견되고 이틀 후였다. 시체를 발견한 사람은 농장 주인의 조카와 일꾼 네

명이었다. 그들은 스무 시간 넘게 도망친 소들을 찾는 중이었다. 다섯 추적자들은
말을 타고 있었다. 여자의 시체라는 것을 확인하자, 농장 주인의 조카는 일꾼 중 한
명을 농장으로 되돌려 보내면서 농장주에게 그 사실을 알리라고 지시했다. 그러는
동안 그들은 완전히 비정상적인 시체의 자세에 당혹스러워하면서 그곳에 그대로
머물렀다. 시체의 머리는 구멍에 처박혀 있었다. 마치 살인자, 즉 의심할 여지 없이
미친놈이 머리만 묻으면 된다고 생각했거나, 아니면 머리를 흙으로 덮으면 나머지
부분의 몸은 어떤 눈에도 보이지 않을 것이라고 생각한 것 같기도 했다. 시체는
양손이 몸에 묶인 채 엎어져 있었다. 양손 모두 둘째손가락과 새끼손가락이
절단되었다. 가슴 부위에서는 응고된 피 얼룩이 보였다. 그녀는 앞에 단추가 달린
얇은 자주색 옷을 입었다. 스타킹이나 신발은 신지 않았다. 이후 실시된 법의학
검사에서, 가슴과 팔을 칼에 많이 찔렸지만 사인은 설골 골절이 동반된 교살임이
밝혀졌다. 강간의 흔적은 없었다. 이 사건은 형사 호세 마르케스에게 할당되었고,
그는 이내 죽은 여자의 신원을 밝혀냈다. 아메리카 가르시아 시푸엔테스는 스물세
살이었으며, 루이스 찬트레가 소유한 세라피노스라는 술집의 여종업원이었다.
루이스 찬트레는 전과가 많았고, 경찰 끄나풀이라는 소문이 돌던 사람이었다.
아메리카 가르시아 시푸엔테스는 동료 둘과 함께 살았다. 역시 여종업원으로
일하던 두 동료는 수사에 도움이 될 만한 어떤 핵심 단서도 제공하지 못했다.
의심의 여지가 없다고 밝혀진 유일한 사실은 아메리카 가르시아 시푸엔테스가
오후 5시에 집에서 나가 세라피노스 술집으로 갔으며, 그곳에서 술집이 문을 닫는
새벽 4시까지 일했다는 것이었다. 그러고서는 집으로 돌아오지 않았어요. 그녀의
동료들은 진술했다. 형사 호세 마르케스는 루이스 찬트레를 이틀 동안 구금했지만,
그의 알리바이는 나무랄 데 없었다. 아메리카 가르시아 시푸엔테스는
게레로주에서 태어났으며, 5년 전부터 산타테레사에서 살았다. 그녀의 동료들이
확인해 준 바로는, 그녀는 산타테레사에 오빠와 함께 도착했는데, 지금 그 오빠는
미국에 살며, 두 사람은 서로 편지 왕래도 하지 않았다. 며칠 동안 형사 호세
마르케스는 세라피노스의 몇몇 고객을 조사했지만, 아무런 성과도 얻지 못했다.

2주 후인 1994년 5월에 모니카 두란 레예스가 로마스 델 토로 지역에 있는
디에고 리베라 학교에서 나오다가 납치되었다. 그녀의 나이는 열두 살이었고, 약간
덜렁대긴 했지만 무척 모범생이었다. 그녀는 중학교 1학년이었다. 어머니뿐만
아니라 아버지도 멕시코 목재 마킬라도라 공장에서 일했다. 미국과 캐나다로
수출하는 식민지풍 통나무 가구를 제작하는 공장이었다. 그녀에게는 학생인
여동생과 언니, 그리고 오빠가 있었다. 언니는 열여섯 살이었고 공사용 전선을
만드는 마킬라도라 공장에서 일했다. 오빠는 열다섯 살이었으며 아버지와 함께
멕시코 목재 가구 회사에서 일했다. 납치 이틀 후 그녀의 시체는 산타테레사와
푸에블로 아술 사이의 고속 도로 길가에서 발견되었다. 옷을 입은 채였고, 옆에는
교과서와 공책이 든 학교 가방이 떨어져 있었다. 법의학 검사에 따르면, 그녀는

강간당한 후 교살되었다. 이후 진행된 수사에서 그녀의 친구들 몇몇이 모니카가 유리창을 검게 선팅한 검은 자동차에 타는 것을 보았다고 진술했다. 그러면서 페레그리노나 마스터로드 혹은 실렌시오소 자동차인 것 같다고 밝혔다. 강제로 그 차에 탄 것 같지는 않았다. 소리칠 시간이 충분했는데도 소리치지 않았기 때문이다. 심지어 친구들 중 한 명과 만나자 손을 흔들며 작별하기도 했다. 그녀는 자동차에 있던 사람들을 두려워하지 않은 것 같았다.

한 달 후 똑같은 로마스 델 토로 지역에서 레베카 페르난데스 데 오요스의 시체가 발견되었다. 그녀는 서른세 살이었고, 피부는 까무잡잡했으며 머리카락은 허리까지 내려올 정도로 길었고, 루벤 다리오 지역 근처 할라파 거리에 있는 술집 엘 카트린에서 종업원으로 일했다. 그 전에는 홈스앤드웨스트 마킬라도라 공장과 아이오 마킬라도라 공장에서 노동자로 일했지만, 노동조합을 조직하려고 한다는 이유로 해고된 경력이 있었다. 레베카 페르난데스 데 오요스는 오아하카에서 태어났지만, 이미 10년 넘게 소노라주의 북부에서 살았다. 더 오래전인 열여덟 살 때에는 티후아나에 있었고, 그곳의 창녀 목록에 이름이 올랐으며, 미국에 정착하려고 여러 번 시도했지만 실패하여, 네 번에 걸쳐 미국 출입국 관리소에 의해 멕시코로 송환되었다. 그녀의 시체를 발견한 사람은 레베카가 엘 카트린으로 출근하지 않은 것을 이상하게 여긴 그녀의 친구였다. 그 친구는 레베카의 아파트 열쇠를 가지고 있었다. 그녀가 나중에 진술한 바에 따르면, 죽은 여자는 책임감이 강했고, 아주 심하게 아프지 않은 한 결근한 적이 없었다. 그녀의 친구 말로는, 집 안은 평소와 마찬가지였다. 다시 말하면, 처음에는 나중에 발견하게 될 것을 보여 줄 어떤 흔적도 보지 못했다. 레베카의 집은 거실 하나와 침실 하나, 부엌과 욕실로 이루어진 조그만 집이었다. 그녀는 욕실로 들어갔을 때, 바닥에 쓰러진 자기 친구의 시체를 발견했다. 넘어져 머리에 강한 충격을 받은 것 같았지만, 어디에도 피를 흘린 흔적은 없었다. 레베카의 얼굴에 물을 뿌리면서 정신을 차리도록 애쓴 순간에야 비로소 레베카가 죽었다는 사실을 알았다. 그녀는 공중전화로 경찰에 연락했고 적십자사에 긴급 구조 요청을 했으며, 그런 다음 다시 레베카의 집으로 돌아가 친구의 시체를 침대까지 옮겨 온 후, 거실에 있던 1인용 소파에 앉았고, 경찰과 구조 요원들을 기다리는 동안 텔레비전을 보았다. 경찰이 도착하기 훨씬 전에 적십자 앰뷸런스가 도착했다. 남자 두 명이 들어왔는데, 한 사람은 스무 살이 채 안 되어 보이는 아주 젊은 남자였고, 다른 한 사람은 젊은이의 아버지처럼 보이는 마흔다섯 살가량 된 남자였다. 그들이 할 일은 하나도 없다고 말해 준 사람은 바로 늙은 남자였다. 레베카는 이미 죽었던 것이다. 그런 다음 시체를 어디에서 발견했느냐고 물었고, 그녀는 욕실이었다고 대답했다. 그럼 다시 욕실에 갖다 놓는 게 좋을 것 같아요. 경찰과 문제를 만들지 마요. 나이 든 남자가 말했다. 그러면서 몸짓으로 청년에게 죽은 여자의 다리를 잡으라고 지시했고, 자기는 어깨를 잡았다. 이렇게 그들은 죽은 여자를 본래 있었던 장소에 되돌려 놓았다.

416

그런 다음 구급차 요원은 어떤 자세로 발견했는지, 즉 변기에 앉아 있었는지, 아니면 바닥에 쓰러져 있었는지, 아니면 한쪽 구석에 웅크리고 있었는지 물었다. 그러자 그녀는 텔레비전을 끄고 욕실 문으로 다가갔고, 그녀가 발견했을 때의 자세를 설명하면서 두 남자가 레베카를 본래 자세로 놔두도록 했다. 세 사람은 욕실 문에서 레베카를 쳐다보았다. 레베카는 마치 하얀 타일의 바다로 빠져드는 것 같았다. 그런 모습을 보기에 지쳤거나 아니면 구역질이 나자, 그들은 자리에 앉았다. 그녀는 소파에, 그리고 구급차 요원들은 테이블 옆에 앉았다. 세 사람은 구급차 요원이 바지 뒷주머니에서 꺼낸 담배에 불을 붙이고서 담배를 피우기 시작했다. 당신들은 이런 일에 이미 익숙할 거예요. 그녀가 다소 자제심을 잃은 표정으로 말했다. 상황에 따라 달라요. 그녀가 담배에 관해 말하는지 아니면 매일 시체들과 부상자들을 들어 올리는 일을 지칭하는지 확신하지 못하던 앰뷸런스 요원이 대답했다. 다음 날 아침 법의학 검시관은 교살되었다고 보고서에 적었다. 검시관은 사망한 여자가 살해되기 몇 시간 전에 성관계를 가졌다고 밝혔지만, 강간당한 것인지 아닌지를 확인해 줄 수는 없었다. 아마도 아닌 것 같습니다. 최종 의견을 밝혀 달라는 요구를 받자 검시관은 말했다. 경찰은 페드로 페레스 오초아라는 그녀 애인을 체포하려고 했다. 그러나 시체가 발견된 지 일주일 만에 마침내 그가 살던 곳을 밝혀내고서 그 집을 급습했을 때, 문제의 인물은 이미 며칠 전에 집에서 사라진 상태였다. 페드로 페레스 오초아는 라스 플로레스 지역 사유카 거리 끝에서 살았다. 그가 일하던 이스트웨스트 마킬라도라 공장의 배수관이 지나는 곳에서 겨우 몇 미터 떨어진 곳이었다. 흙벽돌과 쓰레기를 이용해 비교적 훌륭하게 지은 판잣집에는 매트리스와 테이블 하나가 들어갈 정도의 공간만 있었다. 이웃 사람들은 그가 예의 바른 사람이며 일반적으로 외모가 청결했다고 밝혔다. 그것으로 볼 때, 그는 적어도 최근 몇 달 동안은 레베카의 집에서 샤워를 했다고 추측할 수 있었다. 아무도 그 청년이 어디 출신인지 아는 사람이 없었고, 그래서 어느 곳으로도 체포 영장을 발송할 수 없었다. 이스트웨스트 공장에서는 그의 신상 파일이 사라지고 없었다. 노동자들이 계속 들어왔다 나가기 때문에, 그런 일은 마킬라도라 공장에서 흔했다. 판잣집 안에서는 몇 가지 스포츠 잡지와 플로레스 마곤[10]의 전기 한 권, 운동복 몇 벌과 샌들 한 켤레, 반바지 네 개와 잡지에서 오려 내어 매트리스 옆 벽에 붙인 멕시코 권투 선수의 사진 세 장이 발견되었다. 페레스 오초아는 잠들기 전에 그 챔피언들의 얼굴과 복싱 스탠스를 자기 망막에 새겨 놓으려 한 것 같았다.

1994년 6월에는 어떤 여자도 살해되지 않았지만, 이런저런 질문을 던지며 다니는 남자가 나타났다. 그는 매주 토요일 점심 무렵에 도착해서 일요일 밤이나 월요일 새벽에 떠나곤 했다. 그 사람의 키는 중간 정도였고, 머리카락은 검었으며 눈은 갈색이었고, 카우보이처럼 옷을 입었다. 마치 측량을 하는 것처럼 그는 중앙

---

10 Ricardo Flores Magón (1874~1922). 멕시코의 유명한 기자이자 정치인이며 무정부주의자.

광장을 거닐기 시작했고, 그런 다음 몇몇 디스코텍, 특히 엘 펠리카노와 도미노스의 단골손님이 되었다. 그는 어떤 질문도 결코 단도직입적으로 하지 않았다. 멕시코 사람처럼 보였지만, 스페인어를 할 때 영어 억양이 섞여 있었으며, 사용 어휘도 상당히 제한적이었고, 농담도 이해하지 못했다. 그러나 그의 눈을 쳐다볼 때면 사람들은 그를 놀리는 말을 하지 않으려고 매우 애를 썼다. 그는 자기 이름이 해리 마가냐라고 말했다. 적어도 자기 이름을 그렇게 썼다. 그러나 그는 〈매가나〉라고 발음했고, 그래서 그의 이름을 들을 때면 마치 그 빌어먹을 염병할 자식이 스코틀랜드의 후손인 것처럼 사람들은 〈맥가나〉라고 알아들었다. 두 번째로 도미노스를 찾아왔을 때 그는 미겔이나 마누엘이라는 사람에 관해 물었다. 그러면서 젊은 사람이며 나이는 스무 살가량 되었고, 키는 이 사람 정도며 체격은 저 사람 정도고, 다정하고 근사하며 착하고 정직한 사람 같은 얼굴이었다고 설명했다. 하지만 그런 청년을 아는 사람은 아무도 없었다. 아니, 그에게 어떤 정보도 주지 않으려고 했는지도 몰랐다. 어느 날 밤 그는 디스코텍의 바텐더 한 사람과 친구가 되었다. 그 바텐더가 퇴근할 시간에, 해리 마가냐는 디스코텍 밖에 주차한 자기 차에 앉아서 그를 기다렸다. 다음 날 바텐더는 출근할 수 없었다. 소문에 따르면, 그는 사고를 당한 것이다. 나흘 후에 그가 도미노스로 돌아왔을 때 그의 얼굴은 멍과 상처 딱지로 뒤덮여 있었고, 그것을 본 모든 사람은 소스라치게 놀랐다. 이도 세 개가 부러졌고, 사람들이 보도록 그가 셔츠를 들추었다면, 아마도 등뿐만 아니라 가슴에서도 아주 진한 자줏빛 멍을 수없이 볼 수 있었을 것이다. 그가 자기 고환을 보여 주지 않았지만, 왼쪽 불알에는 아직도 담배로 지진 흔적이 남아 있었다. 물론 사람들은 그에게 어떤 사고를 당한 것이냐고 물었고, 그는 문제의 그날 밤 아주 늦은 시간까지 해리 마가냐와 함께 술을 마셨으며, 미국인과 헤어져 트레스 비르히네스 거리에 있는 그의 집으로 향하는 도중에 다섯 명 정도로 이루어진 깡패 무리가 그를 공격해서 무자비하게 폭력을 행사했다고 대답했다. 다음 주말에 해리 마가냐는 도미노스나 엘 펠리카노에 모습을 드러내지 않았다. 대신 그는 마데로노르테 거리에 있는, 〈내부 문제〉라고 불리던 매음굴을 찾아갔고, 그곳에서 하이볼[11]을 마시면서 잠시 시간을 보낸 다음 포켓 당구대로 가서 데메트리오 아길라라는 사람과 당구를 쳤다. 키가 1미터 90이며 몸무게가 110킬로그램 이상이 나가는 그 거구의 남자와 당구를 치면서 둘은 친구가 되었다. 거구의 남자는 애리조나와 뉴멕시코에서 산 적이 있었으며, 그곳에서 항상 농장 일꾼으로, 그러니까 가축 돌보는 일을 하다가 다시 멕시코로 돌아온 사람이었다. 그는 가족과 멀리 떨어진 곳에서 죽고 싶지 않았기 때문에 돌아왔다고 말했지만, 나중에는 일반적으로 가족이라고 말할 수 있는 식구는 없거나 아니면 거의 없다고 인정했다. 그에게 남은 가족이란 이미 예순 살가량 된 여동생과 한 번도 결혼하지 않은 여자 조카가 고작이었다. 그의 가족은 카나네아에 살았고, 그도 그곳 출신이었다. 하지만 그는 카나네아가 너무 작으며 숨 막힐 것 같고 보잘것없는

11 위스키에 소다수 따위를 섞은 음료.

418

곳이라고 느끼기 시작했으며, 그래서 종종 결코 잠들지 않는 대도시로 오곤 했다. 그럴 때면 그는 누구에게도 아무 말도 하지 않은 채, 혹은 자기 여동생에게 나중에 만나자고 말하고서, 자신의 픽업트럭에 올라탔으며, 몇 시건 상관없이 카나네아-산타테레사 고속 도로로 진입했다. 그 고속 도로는 그가 평생 본 가장 예쁜 고속 도로 중 하나였다. 특히 밤에 보는 고속 도로가 더욱 아름다웠다. 그는 쉬지 않고 산타테레사까지 운전했다. 그에게는 산타테레사의 루벤 다리오 지역 루시에르나가 거리에 작지만 아늑한 집이 한 채 있었다. 언제든지 내 집에 머물러도 좋아요, 해리. 너무 많은 재개발 계획이 시행되었고, 대부분 형편없는 결과를 초래하면서 동네가 모두 바뀌었지만, 아직도 남아 있는 오래된 집 몇 채 중 하나지요. 그는 말했다. 데메트리오 아길라는 대략 예순다섯 살 정도 되었음이 틀림없었다. 해리 마가냐는 그가 좋은 사람이라고 생각했다. 가끔씩 그는 창녀와 함께 밀실로 들어가기도 했지만, 대부분의 시간은 술 마시고 매음굴을 지켜보며 보내길 좋아했다. 해리 마가냐는 데메트리오 아길라에게 엘사 푸엔테스라는 여자를 아느냐고 물었다. 데메트리오 아길라는 그녀가 어떻게 생겼는지 알고 싶어 했다. 이 정도로 커요. 해리 마가냐는 1미터 70센티미터 높이로 손을 수직으로 올리면서 말했다. 금발로 염색을 했지요. 아름답고 가슴도 예뻐요. 내가 아는 여자예요, 데메트리오 아길라는 대답했다. 엘사, 그래요, 아주 다정하고 친절한 아이지요. 여기에 있나요? 해리 마가냐는 물어보면서 그녀의 소재를 파악하려고 했다. 데메트리오 아길라는 방금 전에 스테이지에서 그녀를 보았다고 말했다. 그 아이가 누구인지 내게 가리켜 줄 수 있어요, 데메트리오 아길라 씨? 해리는 부탁했다. 가리켜 줄 수 있느냐고요? 두말할 필요도 없지요. 그들이 디스코텍으로 향하는 계단을 올라가는 동안, 데메트리오 아길라는 그녀와 청산할 문제가 있는지 알고 싶어 했다. 해리 마가냐는 고개를 가로저었다. 엘사 푸엔테스는 창녀 둘, 손님 셋과 함께 테이블에 앉아 있었다. 그녀는 자기 동료에게서 귀엣말을 듣더니 깔깔거리고 웃었다. 해리 마가냐는 한 손을 테이블에 짚고, 다른 한 손은 등 뒤 허리띠 위에 올려놓았다. 그리고 그녀에게 자리에서 일어나라고 말했다. 창녀는 웃음을 멈추고는 고개를 들어 해리 마가냐의 얼굴을 뚫어지게 바라보았다. 손님들은 뭐라고 말하려 했지만, 해리 뒤에 데메트리오 아길라가 있는 것을 보자 그냥 어깨만 으쓱하는 편을 택했다. 어디서 대화를 나눌 수 있을까? 방으로 가요. 엘사는 그의 귀에 대고 말했다. 계단을 올라가는 도중에, 해리 마가냐는 발길을 멈추고서 데메트리오 아길라에게 함께 가줄 필요는 없다고 말했다. 물론 그렇지요. 데메트리오 아길라는 말하고서 계단을 내려갔다. 엘사 푸엔테스의 방은 모든 게 붉은색이었다. 벽과 침대 커버, 침대 시트, 베개, 램프, 전등을 비롯해 바닥 타일도 반이 붉은색이었다. 창문으로는 그 늦은 시간에도 북적대는 마데로노르테 거리를 볼 수 있었다. 자동차들은 서행했고, 사람들이 보도에 넘쳐흘렀다. 또한 보도에는 음식을 파는 행상들의 손수레와 주스를 파는 손수레, 그리고 싸구려 식당들이 늘어서서 사람들과 한데 뒤엉켰다. 싸구려 식당들은 길가에 커다란 칠판을 내놓고는 그날의 특별 메뉴 가격을 계속 수정하면서 서로 치열하게 경쟁했다. 해리 마가냐가 다시 엘사를 쳐다보았을 때, 그녀는 이미 블라우스와 브래지어를 벗은 상태였다. 그는 그녀가 정말로 커다란 젖을 가지고 있다고 생각했지만, 그날 밤에는 그녀와 사랑할 계획이 없었다. 벗지 마. 그는 말했다. 여자는 침대에 앉아 다리를 꼬았다. 담배 있어요? 그녀는 물었다. 그는 말보로 담뱃갑을 꺼내 한 개비를 주었다. 불도 주세요. 여자는 영어로 말했다. 그는 성냥에 불을 붙여서 그녀에게 주었다. 엘사의 눈은 너무 연한 밤색이라서 마치 사막처럼 노랗게 보였다. 멍청한 녀석. 그는 생각했다. 그런 다음 미겔 몬테스에 관해 물었다. 그가 어디에 있는지, 무엇을 하는지, 그를 마지막으로 만난 게 언제인지 물었다. 그러니까 미겔을 찾는 거예요? 창녀가 물었다. 왜 찾는지 알아도 될까요? 해리 마가냐는 대답하지 않았다. 그는 허리띠를 풀고는 오른손으로 허리띠를 둥글게 감아서 버클이 종처럼 흔들거리도록 놔두었다. 난 시간이 없어. 그는 말했다. 그를 마지막으로 본 건 한 달, 아니 아마 두 달은 되었어요. 엘사는 말했다. 어디서 일하지? 어느 곳에서도 일하지 않고 어느 곳에서나 일한다고 해야겠죠. 그는 공부하고 싶어 했어요. 야간 학교에 다니는 것 같았어요. 학비는 어디서 벌지? 임시로 이곳저곳에서 일해요. 여자가 말했다. 거짓말할 생각은 하지 마. 해리 마가냐가 경고했다. 여자는 고개를 가로저으면서 거짓말이 아니라고 했고, 천장을 향해 담배 연기를 내뱉었다. 어디 살아? 나도 몰라요, 항상 사는 곳이 바뀌었어요. 허리띠가 공중에서 쌩하며 소리를 내더니, 창녀의 팔에 붉은 자국을 남겼다. 창녀가 소리 지르기 전에 해리 마가냐는 한 손으로 그녀의 입을 틀어막고서 침대로 넘어뜨렸다. 소리 지르면 죽여 버리겠어. 그는 말했다. 창녀가 다시 일어났을 때, 팔의 상처 자국에서는 피가 흐르고 있었다. 다음번에는 이 허리띠가 네 얼굴을 향할 거야. 해리 마가냐는 말했다. 어디에 살아?

다음에 죽은 여자의 시체는 1994년 8월에 라스 아니마스 뒷골목 동네에서 발견되었다. 거의 골목길 끝이었는데, 그곳에는 버려진 집 네 채, 아니 희생자의 집까지 포함하면 버려진 집 다섯 채가 있었다. 죽은 여자는 낯선 사람이 아니었지만, 이상하게도 그녀의 이름을 아는 사람은 거의 없었다. 그녀는 3년 전부터 혼자 그 집에 살았지만, 거기서는 어떤 서류도 발견되지 않았고, 그녀의 신원을 확인해 줄 만한 것도 없었다. 많지는 않았지만 몇몇 사람은 그녀의 이름이 이사벨이라는 것은 알았다. 그러나 사람들 대부분은 그녀를 〈암소〉라는 별명으로 알고 있었다. 그녀는 건장한 체격으로 키는 1미터 65센티미터였으며, 피부는 까무잡잡했고, 머리카락은 짧고 곱슬거렸다. 나이는 서른 살가량으로 추정되었다. 몇몇 이웃 사람에 따르면, 그녀는 시내 중심가나 마데로노르테 거리의 어느 클럽에서 창녀로 일했다. 또 다른 사람들 말로는, 암소는 결코 일한 적이 없었다. 그러나 돈이 없다고는 말할 수 없었다. 가택을 수색하던 중 찬장에 음식 통조림이 가득 들어찬 것이 발견되었다. 그녀는 또한 그 골목길의 주민들 대부분처럼 그 도시의 전기선에서 무단으로 전기를 끌어다 사용했으며, 냉장고에는 고기와 우유,

달걀과 채소가 골고루 들어 있었다. 그녀는 옷 입는 데 그다지 신경을 쓰지 않았고, 그래서 누구도 그녀가 근사하게 입고 다녔다고 확인해 줄 수는 없었다. 그녀는 신형 텔레비전과 비디오플레이어를 구비했고, 60개가 넘는 비디오테이프를 소장했다. 대부분은 로맨스나 멜로드라마였는데, 그녀가 지난 몇 년간 차곡차곡 구입한 것들이 분명했다. 집 뒤편에는 여러 식물들로 가득한 조그만 마당이 있었고, 한쪽 구석에는 철망을 친 닭장이 있었는데, 그곳에는 수탉 한 마리와 암탉 열 마리가 있었다. 이 사건은 에피파니오 갈린도와 에르네스토 오르티스 레보예도 형사에게 할당되었고, 후안 데 디오스 마르티네스가 보충 요원으로 가담했지만, 두 사람 모두 그의 합류를 반기지 않았다. 후안 데 디오스 마르티네스 역시 그들과 일하게 된 것을 탐탁하게 여기지 않았다. 암소의 삶이 예측 불가능했고 모순으로 가득하다는 사실을 밝혀내기란 그리 어렵지 않았다. 뒷골목 동네 초입에 살던 어느 늙은 여자 이웃에 따르면, 이사벨은 이제는 별로 남지 않은 진정한 여자, 그러니까 정의를 구현하는 여자 중 하나였다. 머리끝부터 발끝까지 진정한 여자 그 자체였다. 언젠가 술 취한 이웃 남자가 그의 아내를 때렸다. 라스 아니마스 뒷골목에 사는 모든 사람은 그녀의 비명을 들었고, 시간이 흐름에 따라 그 비명의 강도는 오르내렸다. 마치 매 맞는 여자가 아이를 낳는 것처럼, 그것도 어머니의 목숨과 어린 천사의 목숨을 앗아 가는 아주 힘든 분만을 하는 것처럼 들렸다. 하지만 여자는 아이를 낳는 것이 아니라, 매를 맞고 있었다. 그때 나이 많은 여자는 발소리를 들었고, 창문을 내다보았다. 뒷골목 동네에 깔린 어둠 속에서 의심의 여지가 없는 이사벨의 모습을 보았다. 누구라도 자기 집으로 곧장 걸어갈 수 있는 일이었지만, 그녀는 암소가 걸음을 멈추고 가만히 서 있는 것을 보았다. 그녀는 비명 소리를 듣고 있었다. 그 순간 비명은 그다지 강하지 않았지만, 몇 분 후 비명 소리는 다시 커지기 시작했다. 말하는 내내 늙은 노인은 미소를 띠고 경찰에게 말해 주었다. 암소는 꼼짝하지 않고 기다렸어요. 마치 닥치는 대로 거리를 거닐다가 갑자기 자기가 좋아하는 노래, 그러니까 어느 창문에서 흘러나오는 이 세상에서 가장 슬픈 노래를 듣는 사람 같았지요. 그게 어떤 창문에서 흘러나오는지는 너무나 분명했어요. 그다음에 정말로 믿기 힘든 일이 일어났어요. 암소가 그 집으로 들어가더니, 남자의 머리채를 휘어잡고서 집에서 끌고 나온 거예요. 난 이 두 눈으로 똑똑히 보았어요. 아마 모든 사람이 보았을 거예요. 하지만 복수하겠다는 마음 때문이었는지, 입도 벙긋하지 않았어요. 나이 먹은 여자는 말했다. 암소는 마치 남자처럼 그를 팼고, 술 취한 남자의 아내가 집에서 뛰쳐나와 하느님의 사랑을 생각하여 제발 그만 때리라고 통사정하지 않았다면, 아마 그를 죽여 버리고 말았을 거예요. 반면에 다른 여자는 그녀가 매우 폭력적인 여자였으며, 집에 늦게 들어오기 일쑤였고 대부분 술에 취해 있었으며, 그런 다음에는 오후 5시가 지날 때까지 코빼기도 보이지 않았다고 증언했다. 에피파니오는 암소와 최근에 그녀를 찾아오던 두 남자 사이의 관계를 밝히는 데 그리 오랜 시간을 소비하지 않았다. 두 남자 중 하나는 마리아치라는 별명을 지녔고, 다른 한 사람의 별명은 까마귀였다. 이 두 사람은 그녀의 집에 자주 남아서 잠을 자기도 했고, 매일 그녀를 찾아오곤 했다. 그런데 어떤 때에 그들은 마치 존재하지 않는 것처럼 모습을 감추곤 했다. 암소의 남자 친구들은 아마도 악사인 모양이었다. 그것은 첫 번째 남자의 별명 때문이기도 했지만, 언젠가 두 사람이 기타를 들고 뒷골목을 지나는 모습이 눈에 띄었기 때문이었다. 에피파니오는 산타테레사의 중심가와 마데로노르테에서 생음악을 연주하는 디스코텍을 찾아다녔고, 그러는 동안 형사 후안 데 디오스 마르티네스는 라스 아니마스 뒷골목을 계속 조사했다. 그들이 도출한 결론은 다음과 같았다. (1) 대부분 여자들 의견에 따르면 암소는 좋은 사람이었다. (2) 암소는 일을 하지 않았지만, 절대 돈이 부족하지는 않았다. (3) 암소는 극단적으로 폭력적인 사람일 수 있지만, 옳고 그름에 대한 확고한 생각을 지녔다. 그런 생각은 초보적인 것에 불과했지만, 어쨌든 그것도 생각이라고 말할 수 있었다. (4) 누군가가 무언가를 대가로 암소에게 돈을 제공했다. 나흘 후 마리아치와 까마귀가 체포되었다. 그들의 직업은 악사로, 본명은 각각 구스타보 도밍게스와 레나토 에르난데스 살다냐로 밝혀졌다. 제3경찰서에서 조사를 받은 후, 이들은 라스 아니마스 뒷골목 살인 사건의 주범으로 확인되었다. 사실 이 범죄를 유발한 원인은 영화였다. 암소가 보고자 했지만 두 친구가 너무나 큰 소리로 웃는 바람에 제대로 볼 수 없었던 영화 때문이었다. 세 사람 모두 몹시 술에 취해 있었다. 이 모든 건 암소에게서 시작되었다. 그녀는 주먹으로 마리아치를 후려갈겼다. 처음에 까마귀는 이 싸움에 개입하려 하지 않았지만, 암소가 팔을 휘둘러 그를 때리자, 자기 자신을 방어해야만 했다. 싸움은 한참 동안 지속되었지만 깨끗했습니다. 마리아치는 말했다. 암소는 집 안의 가구가 망가질지 모르니 밖으로 나가자고 제안했고, 그들은 순순히 그녀의 말을 따랐다. 거리에 나오자, 암소는 싸움은 깨끗하게 진행되어야 하며, 단지 주먹만 사용해야 한다고 알려 주었고, 그들은 암소가 얼마나 강한지 알면서도 그렇게 하자는 데 동의했다. 사실 그녀는 거의 80킬로그램에 육박하는 거구였다. 하지만 지방질이 아니라 근육으로 똘똘 뭉친 여자였어요. 까마귀는 진술했다. 어둠에 잠긴 거리에서 그들은 정말로 주먹질을 시작했다. 그렇게 거의 반 시간 동안 한순간도 쉬지 않고서 주먹을 주고받았다. 싸움이 끝났을 때, 마리아치는 코뼈가 부러졌고, 양쪽 눈썹에서는 피가 흘러내렸다. 까마귀는 갈비뼈가 부러졌다면서 몹시 아파했다. 암소는 바닥에 쓰러져 있었다. 그녀를 들어 나르려고 했을 때 비로소 그들은 그녀가 죽었다는 사실을 깨달았다. 사건은 그렇게 종결되었다.

그러나 얼마 후 후안 데 디오스 마르티네스 형사는 산타테레사 교도소로 악사들을 만나러 갔다. 그는 그들에게 담배와 잡지 두어 권을 가져다주고서, 그곳 생활이 어떠냐고 물었다. 불평할 수 없을 정도로 잘 지냅니다. 마리아치가 말했다. 형사는 교도소 안에 자기 친구가 몇 명 있으며, 원한다면 그들을 도와줄 수 있다고 말했다. 그 대가로 우리에게 무엇을 바라는 겁니까? 마리아치가 물었다. 몇 가지 정보면 주면 되네. 형사가 말했다. 어떤 정보입니까? 아주 간단하지. 자네들은 암소의 친구들, 그것도 아주 친한 친구들이야. 난 몇 가지 질문을 할 것이고, 자네들은 질문에 대답하면 되네. 그게 전부야. 그럼 질문을 시작하십시오. 마리아치가 말했다. 자네들은 암소와 잠자리를 했나? 아닙니다. 마리아치가 대답했다. 그럼 자네는? 결코 그런 적이 없습니다. 까마귀가 말했다. 그런데 왜 그런 것이지? 형사가 물었다. 암소는 남자들을 좋아하지 않았습니다. 그녀 자신이 충분히 남자다웠기 때문입니다. 마리아치가 대답했다. 그녀의 이름과 성을 모두 아나? 형사가 물었다. 모릅니다, 우리는 그저 〈암소〉라고만 불렀을 뿐입니다. 마리아치가 대답했다. 자네들은 그녀와 친한 친구들이 아니었나? 다시 형사가 물었다. 그건 한 치의 거짓도 없는 진실입니다. 마리아치가 대답했다. 그럼 그녀의 돈이 어디서 났는지 아나? 형사가 물었다. 우리도 그것을 의아하게 생각했습니다. 까마귀가 대답했다. 우리도 부수입을 약간이라도 챙기고 싶어서 물어보았지만, 암소는 그에 대해서 일언반구도 하지 않았습니다. 그녀에게 다른 친구는 없었나? 그러니까 내 말은 자네들 두 사람과 뒷골목 초입에 사는 나이 많은 여자를 제외하고는 친구가 없었느냐는 말이네. 형사가 말했다. 물론 있었습니다. 언젠가 우리가 내 차를 타고 가는데, 그녀가 어느 여자 친구를 가리켰습니다. 마리아치가 말했다. 시내 중심가 식당에서 일하던 여자였는데, 그다지 특별한 여자는 아니었습니다. 아주 깡마른 여자였습니다. 하지만 암소는 내게 그녀를 가리키면서 그렇게 예쁜 여자를 본 적이 있느냐고 물었습니다. 나는 그녀가 화를 내지 않도록 본 적이 없다고 말했습니다. 그러나 사실 그다지 예쁘다고 볼 수는 없었습니다. 그녀의 이름이 뭐지? 형사가 물었다. 이름은 말해 주지 않았습니다. 소개도 시켜 주지 않았습니다. 마리아치는 대답했다.

경찰이 암소의 살인 사건을 해결하기 위해 일하는 동안, 해리 마가냐는 미겔 몬테스가 사는 집을 찾아냈다. 어느 토요일 오후 그는 그 집을 감시하기 시작했지만, 두 시간 후 기다림에 지친 나머지 강제로 자물쇠를 열고 집 안으로 들어갔다. 방 하나와 부엌 하나, 그리고 욕실 하나로 이루어진 조그만 집이었다. 벽에서 그는 할리우드 남녀 배우들의 사진을 보았다. 책장에는 미겔의 사진 두 장이 액자에 들어 있었다. 의심의 여지 없이 근사하고 매력적인 얼굴의 청년이었다. 여자들이 좋아하는 부류의 남자였다. 그는 모든 서랍을 살펴보았다. 어느 서랍에 수표책과 잭나이프가 들어 있었다. 침대 매트리스를 들자 잡지 몇 권과 편지가 있었다. 그는 모든 잡지를 훌훌 넘기며 대충 살펴보았다. 부엌 찬장 아래에서 폴라로이드 카메라로 찍은 사진 네 장이 든 봉투를 발견했다. 한 사진에는 사막 한복판에 집이 있었다. 조그만 현관과 작은 창문 두 개가 있는, 허름해 보이는 흙벽돌 집이었다. 집 옆에는 사륜구동 픽업트럭이 주차해 있었다. 또 다른 사진에는 두 소녀가 팔로 서로 어깨를 감싸면서 머리를 왼쪽으로 기울이고, 마치 이 지구에 방금 도착해서 첫발을 내디뎠거나 아니면 이미 떠날 가방을 챙겨 놓은 사람들처럼, 경악할 정도로 자신 있는 표정을 지으며 카메라를 쳐다보고 있었다. 이 사진들은 사람들이 많은 거리에서 찍은 것이었다. 아마도 산타테레사 중심가인 것 같았다. 세 번째 사진에서는 사막에 있는 비포장 임시 활주로 옆으로 소형 비행기가 보였다. 소형 비행기 뒤로는 언덕이 있었다. 나머지는 모래와 덤불만 있는 평평한 땅이었다. 마지막 사진에는 두 남자가 있었는데, 그들은 카메라를 쳐다보지 않았다. 아마도 술에 취했거나 마약에 취한 것 같았다. 그들은 흰 셔츠를 입었으며, 그중 한 사람은 모자를 썼다. 그들은 마치 친한 친구인 것처럼 악수하고 있었다. 그는 구석구석을 뒤지면서 폴라로이드 카메라를 찾았지만 발견할 수 없었다. 그는 사진과 편지와 잭나이프를 주머니에 넣었고, 집을 다시 한번 살살이 뒤진 다음 의자에 앉아 집주인을 기다렸다. 미겔 몬테스는 그날 밤에도, 그리고 그다음 날 밤에도 돌아오지 않았다. 해리 마가냐는 그가 급히 마을을 떠나야만 했거나, 아니면 이미 죽었을지 모른다고 생각했다. 그러자 기운이 쭉 빠졌다. 다행히도 그는 데메트리오 아길라를 만난 이후부터 더는 싸구려 여인숙이나 호텔에 머물지 않았고, 술집이나 사창가를 전전하면서 밤을 지새우지도 않았다. 대신 루벤 다리오 지역의 루시에르나가 거리에 있는 집에서 잤다. 그의 친구 소유로, 마음대로 사용하라며 그에게 열쇠를 준 집이었다. 짐작과는 달리, 그 조그만 집은 항상 깨끗했다. 하지만 말쑥하게 정돈된 집에는 여성적 촉감이 부족했다. 그것은 우아함이 결여된 금욕적 청결함이었다. 마치 교도소 감옥이나 수도원의 독방에서 볼 수 있는 청결함 같았다. 다시 말하면, 풍요가 아니라 결핍으로 향하는 청결함이었다. 가끔씩 그 집에 돌아올 때면 부엌에서 카페데오야[12]를 만드는 데메트리오 아길라를 보았다. 그러면 두 사람은 거실에 앉아 이야기를 나누었다. 이 멕시코 친구와 대화를 나눌 때면 긴장이 풀어졌다. 멕시코 사람은 자기가 트리플 T 농장에서 카우보이로 일하던 시절과 야생마를 길들이는 열 가지 방법에 관해 말했다. 이따금씩 해리는 자기와 함께 애리조나로 가지 않겠느냐고 물었고, 멕시코 사람은 애리조나나 소노라, 혹은 뉴멕시코나 치와와 모두 똑같다고 대답했다. 해리는 그 말에 대해 곰곰이 생각했고, 마침내 똑같다는 말을 받아들일 수는 없었지만 데메트리오 아길라의 말을 반박하면 그가 슬퍼할 것이라 결론을 내렸고, 그래서 그렇게 하지 않았다. 어떤 때는 두 사람이 함께 외출했다. 멕시코 사람은 미국인의 생활 방식을 가까이서 지켜볼 수 있었다. 처음에 그는 미국인들의 가혹할 정도로 청교도적인 생활 방식을 좋아하지 않았지만, 그들의 태도가 합리적이라고 생각했다. 그날 밤이 지나고 해리가 루시에르나가 거리의 집으로 되돌아왔을 때, 데메트리오 아길라는 이미 일어나 있었다. 데메트리오 아길라가 커피를 만드는 동안, 해리는 마지막 단서가 사라진 것 같다고 말했다. 데메트리오 아길라는 아무 대답도 하지 않았다. 그는 커피를 따르더니 베이컨을 넣은 스크램블드에그를 만들었다. 두 사람은 아무

---

12 주둥이가 좁은 커다란 토기에 물과 커피 가루, 계피, 당밀을 넣어 끓이는 커피.

말 없이 아침 식사를 하기 시작했다. 난 어떤 것도 결코 사라지지 않는다고
생각해요. 멕시코 사람이 말했다. 이런저런 이유로 사라지길 원하거나 자취를
감추고자 한다는 인상을 주는 사람들뿐만 아니라 동물들, 심지어는 사물들도
있지요. 해리, 비록 당신이 믿지 않을지 몰라도 종종 돌도 사라지기를 원해요. 난
그걸 두 눈으로 분명히 봤어요. 하지만 하느님은 그런 일을 허락하지 않지요.
허락할 수 없기 때문에 허락하지 못하는 것이지요. 해리, 당신은 하느님을 믿나요?
물론이죠, 데메트리오 씨. 해리 마가냐는 대답했다. 그렇다면 하느님을 신뢰하도록
해요. 그분은 어느 것도 사라지도록 허락하지 않아요.

그 무렵 후안 데 디오스 마르티네스는 아직 엘비라 캄포스 박사와 보름마다
잠자리를 하고 있었다. 이따금씩 형사는 아직도 그런 관계가 유지된다는 사실이
기적이라고 여겼다. 어려움도 있었고 오해도 있었지만, 그들은 아직 함께 있었다.
그는 침대에서 서로가 상대방에게 매력을 느낀다고 생각했다. 그는 그녀를 사랑한
것처럼 한 여자를 사랑한 적이 없었다. 자기가 마음대로 결정할 수만 있었다면, 두
번 다시 생각해 보지 않고 원장과 결혼했을 터였다. 가끔씩 그녀를 만나지 못한 채
오랜 시간이 지나면, 그는 두 사람 사이에 놓인 문화적 차이를 곰곰이 되새겼다.
그는 문화적 차이를 두 사람 사이의 주된 장애물로 여겼다. 원장은 예술을
사랑했다. 이를테면 그림을 감상할 줄 알았고 누가 그 그림을 그린 화가인지도
알았다. 그녀가 읽는 책들은 그가 들어 보지도 못한 것들이었다. 그녀가 듣는
음악은 그에게 나른한 졸음을 불러일으키기 일쑤였고, 잠깐만 시간이 지나면 단지
드러누워 자고 싶다는 생각만 들게 했다. 물론 그는 그녀의 집에서는 그러지
않으려고 무척 조심했다. 심지어 원장이 좋아하는 음식도 그가 좋아하는 음식과
달랐다. 그는 이런 새로운 상황에 적응하려고 노력했고, 어떤 때는 음반 가게로
가서 베토벤이나 모차르트의 음반을 구입해서 집에 혼자 있을 때 듣기도 했지만,
대부분은 잠들고 말았다. 그럴 때면 그의 꿈은 평온했고 행복했다. 그는 엘비라
캄포스와 함께 산속 어느 오두막에서 사는 꿈을 꾸었다. 오두막에는 전기도
들어오지 않았고 수돗물도 나오지 않았으며, 문명 세계를 떠올릴 만한 것은 하나도
없었다. 두 사람은 곰 가죽 위에 드러누워 늑대 가죽을 덮고 잤다. 그리고 엘비라는
숲속으로 달려가면서 이따금씩 아주 큰 소리로 웃었다. 그러나 그는 그녀를 볼 수
없었다.

편지를 읽어 보도록 하지요, 해리. 데메트리오 아길라가 말했다. 당신이
원한다면 몇 번이든 읽어 주지요. 봉투에 소인이 찍히진 않았지만, 첫 번째 편지는
티후아나에 사는 미겔의 옛 친구가 보낸 것이었다. 그 친구는 그들이 함께 보낸
행복한 시절에 대해 기억을 정리하고 있었다. 그는 야구와 매춘부들, 훔친
자동차와 싸움과 술에 관해 말했고, 내친김에 미겔 몬테스와 그의 친구가 감옥에서
죗값을 치를 수도 있었던 최소한 다섯 가지의 범죄를 언급했다. 두 번째 편지는

어느 여자가 보낸 것이었다. 산타테레사 소인이 찍혀 있었다. 여자는 그에게 돈을 달라면서 신속히 지급하라고 요구했다. 그러지 않으면 어떤 결과가 나올지 지켜봐요라고 말했다. 세 번째 편지에는 발신인도 없고 서명한 이름도 없었지만, 글씨로 볼 때 두 번째 편지를 쓴 바로 그 여자가 보낸 것이었다. 미겔은 여자에게 아직 빚을 갚지 않았고, 그래서 여자는 당신은 사흘 내로 손에 돈을 들고 어디로 나타나야만 하는지 알고 있어요라고 말하고 있었다. 그러지 않을 경우 누구에게도 말하지 말고 가능한 한 빨리 도시를 떠나는 게 좋을 거라고 충고했다. 데메트리오 아길라와 해리 마가냐의 생각으로는, 여기서도 미겔이 최악의 순간에도 항상 기대할 수 있던 포용력, 즉 여성들의 호의를 발견할 수 있었다. 네 번째 편지는 또 다른 친구가 보낸 것이었다. 소인이 불명료했지만 아마도 멕시코시티에서 도착한 편지인 듯했다. 멕시코의 수도에 갓 도착한 북부 지방 출신 친구는 대도시에 대한 자신의 인상을 설명했다. 그는 지하철에 관해 말하면서 공동묘지와 비교했고, 멕시코시티 시민들의 차가움에 관해 말하면서 그들이 사람들을 돕기 위해서는 손가락 하나 까딱하지 않는다고 지적했다. 또한 이동의 어려움에 관해 말하면서, 멕시코시티에서는 항상 교통 체증이 풀리는 법이 없어서 싸구려 자동차도 가질 필요가 없다고 설명했고, 또한 그곳 공기가 얼마나 오염되어 있는지, 그리고 여자들이 얼마나 못생겼는지 말했다. 여자에 관해 그는 저속한 농담을 마구 늘어놓았다. 마지막 편지는 소노라주 남부 나보호아 근처 추카리트에 사는 여자아이가 보낸 것으로, 익히 예측할 수 있다시피 연애편지였다. 그녀는 물론 그를 기다릴 것이며, 자기는 참을성이 강하고, 비록 그를 보고 싶어 죽을 지경이더라도 그가 먼저 첫발을 내디뎌야 할 사람이며, 자기는 전혀 급하지 않다고 말했다. 마치 시골에 사는 애인의 편지 같네요. 데메트리오 아길라가 평했다. 추카리트에 살지요. 해리 마가냐가 덧붙였다. 어쩐지 우리가 찾는 남자가 그곳에서 태어났을 거라는 예감이 들어요, 데메트리오 씨. 그러자 나도 바로 그런 생각을 했다는 사실을 믿을 수 있나요? 하고 데메트리오 아길라가 말했다.

가끔씩 후안 데 디오스 마르티네스는 원장의 삶에 관해 더 많이 알았으면 너무나 좋을 거라고 생각했다. 가령 그녀의 친구들에 관해 알고 싶었다. 어떤 사람들이 그녀의 친구들일까? 그는 친구 한 명도 알지 못했다. 단지 정신 병원의 몇몇 직원만을 알 뿐이었다. 그녀는 그들을 다정하면서도 동시에 어느 정도 거리를 유지하면서 대했다. 그런데 그녀에게 친구가 있을까? 그녀는 단 한 번도 친구들에 관해 말하지 않았지만, 그는 그럴 것이라고 어렴풋이 추정했다. 어느 날 밤 사랑을 한 후, 그는 그녀의 삶에 관해 좀 더 많이 알고 싶다는 속마음을 털어놓았다. 그러자 원장은 지금도 그가 충분한 것 이상으로 많이 안다고 말했다. 후안 데 디오스 마르티네스는 더는 조르지 않았다.

〈암소〉는 1994년 8월에 죽었다. 10월에 그다음 희생자가 새로 조성된 도시 쓰레기장에서 발견되었다. 엘 오히토 계곡 남쪽 골짜기의 카사스 네그라스로 가는 고속 도로 출구에 있는 그곳에는 악취 풍기는 쓰레기가 산더미처럼 쌓여 있었다. 매일 1백 대가 넘는 트럭들이 길이 3킬로미터, 폭 1.5킬로미터에 달하는 쓰레기장에 도착해서, 싣고 온 짐을 풀어놓았다. 아주 넓은 곳이었지만 쓰레기장은 갈수록 포화 상태에 이르렀고, 불법 쓰레기 부지가 늘어나자 카사스 네그라스 주변이나 마을 서쪽에 새로운 쓰레기장을 만들어야 한다는 말이 이미 나왔다. 법의학 보고서에 따르면, 죽은 여자는 열다섯 살에서 열일곱 살로 추정되었지만, 최종 판단은 병리학 의사에게 미루었다. 병리학 의사는 사흘 후 그 시체를 검시했고, 그의 생각도 동료 의사인 법의학 검시관의 의견과 일치했다. 그녀는 항문과 음부에 강간을 당했으며, 이후 교살되었다. 신장은 1미터 42센티미터였다. 그녀의 시체를 발견한 넝마주이들은 그녀가 브래지어를 착용했으며, 파란색 데님 치마와 리복 스니커즈를 신었다고 진술했다. 그러나 경찰이 도착했을 때, 브래지어와 파란색 데님 치마는 이미 사라지고 없었다. 오른손 넷째 손가락에는 검은색 보석이 박힌 금반지를 끼었고, 반지에는 도시 중심가에 있는 영어 학원 이름이 적혀 있었다. 경찰은 그녀의 얼굴 사진을 찍었고, 이후 영어 학원을 찾아갔지만, 누구도 죽은 여자아이를 알아보지 못했다.『북부 헤럴드』와『소노라의 목소리』에도 사진이 게재되었지만, 결과는 마찬가지였다. 형사 호세 마르케스와 후안 데 디오스 마르티네스는 세 시간 동안 학원 원장을 조사했다. 아마 도가 지나쳤던 것 같았다. 원장의 변호사가 물리적 학대를 했다는 이유로 두 사람을 고발했다. 고소는 기각되었지만, 두 사람은 경찰청장과 소노라주 하원 의원에게 질책을 받았다. 또한 그들은 에르모시요 형사부장에게 부적절한 행동에 관한 사유서를 제출해야만 했다. 2주 후 신원 미상의 여자 시체는 산타테레사 대학교 의과대학 학생들의 해부 실습을 위한 시신으로 비축되었다.

　이따금씩 형사 후안 데 디오스 마르티네스는 엘비라 캄포스의 훌륭한 섹스 실력과 침대에서 지칠 줄 모르는 정력에 놀라곤 했다. 죽기 직전의 사람처럼 필사적으로 섹스를 해. 그는 생각했다. 한 번 이상 그는 그녀에게 그럴 필요가 없다고, 그렇게 애쓸 필요가 없다고, 자기는 가까이에서 그녀를 느끼며 쓰다듬는 것만으로도 충분히 만족한다고 말하고 싶었지만, 섹스에 관해 말하려고 할 때마다 원장은 사무적이고 실용적으로 처리했다. 내 여왕, 내 보물, 내 사랑이라고 후안 데 디오스 마르티네스는 종종 그녀를 불렀지만, 그녀는 어둠 속에서 조용히 하라면서, 그의 마지막 한 방울까지 빨아 마셨다. 그런데 그게 정액의 마지막 한 방울일까? 아니면 그의 영혼의 마지막 한 방울일까? 아니면 당시 그가 자기에게 얼마 남지 않았다고 느끼던 삶의 마지막 한 방울일까? 그녀의 분명한 요구 때문에 그들은 희미한 어둠 속에서 사랑을 했다. 그는 여러 번 불을 켜고 그녀를 쳐다보고 싶은 유혹을 받았지만, 그녀의 말을 거스르고 싶지 않았기 때문에 그런 욕망을 억눌러야만 했다. 불 켜지 마요. 언젠가 그녀는 말했고, 그는 엘비라 캄포스가 자신의 마음을 읽을 수 있는 사람이라고 생각했다.

　　11월에, 건축 중인 어느 건물 2층에서 몇몇 인부가 여자의 시체를 발견했다. 나이는 대략 서른 살 정도로 추정되었고, 신장은 1미터 50센티미터였으며, 피부는 까무잡잡했고, 머리카락은 금발로 물들었으며, 치아에 금니가 두 개 있었고, 스웨터와 핫팬츠 혹은 짧은 바지를 입었다. 그녀는 강간당한 후 교살되었다. 신원을 밝혀 줄 서류는 소지하지 않았다. 공사 중인 건물은 포데스타 지역의 알론드라 거리에 있었다. 그곳은 산타테레사의 상류층이 사는 지역이었다. 그래서 다른 공사장에서는 인부들이 공사 현장에서 자는 것이 일반적이었지만, 그곳에서는 잠을 자지 않았다. 밤에는 사설 경비원이 건물을 지켰다. 신문을 받자 경비원은 계약 내용과는 달리, 낮에는 마킬라도라 공장에서 일했고 그래서 밤에 항상 잠을 잤다고 진술했다. 그리고 어떤 날 밤에는 새벽 2시까지 공사장 안에 머물다가, 산다미안 지역의 콰우테목 거리에 있는 집으로 가기도 했다. 경찰청장의 오른팔이자 부서장인 에피파니오 갈린도가 주도한 신문은 집요하고 철저했다. 그러나 처음부터 경비원은 진실을 말하는 것이 분명했다. 신원 미상의 여자는 그곳에 갓 도착했으며, 어딘가에 그녀의 옷가지를 담은 가방이 있을 것이라고 추정되었고, 그런 추정은 그다지 일리 없는 것이 아니었다. 이런 이유로 몇몇 하숙집이나 싸구려 여인숙, 시내 중심가의 호텔을 수색했으나 투숙객이 실종된 곳은 한 군데도 없었다. 그녀의 사진은 도시의 여러 신문에 실렸지만 아무 도움도 되지 못했다. 아무도 그녀를 모르거나, 아니면 사진의 질이 좋지 않거나, 그것도 아니면 아무도 경찰과의 문제에 휘말리지 않으려고 하는 것 같았다. 멕시코의 다른 주에서 도착한 실종 신고들과 일치하는 점이 있는지도 대조해 보았지만, 어떤 것도 알론드라 거리의 건물에서 발견된 여자 시체와는 일치하지 않았다. 단지 한 가지만 분명해졌을 뿐이었다. 아니, 적어도 에피파니오에게는 분명했다. 죽은 여자가 그 동네에 사는 사람도 아니고, 그 동네에서 강간당하고 교살된 것이 아니라는 사실이었다. 그렇다면 왜 밤마다 경찰과 사설 안전 요원들이 끊임없이 순찰을 도는 거리에, 그러니까 도시의 상류층이 사는 지역에 시체를 내다 버린 것일까? 왜 신축 중인 건물 2층에 시체를 던져 버린 것일까? 가장 쉽고 논리적으로 이해할 수 있는 행동은 사막이나 쓰레기장 주변에 던져 버리는 것인데, 왜 아직 난간도 만들어지지 않아서 자칫 잘못하면 계단으로 굴러떨어질 수 있는 위험까지 감수하면서 그곳에 버린 것일까? 그는 이틀 동안 그에 관해 생각했다. 밥을 먹을 때나, 스포츠나 여자들에 관한 동료들의 말을 들을 때나, 페드로 네그레테의 자동차를 운전할 때나, 잠을 잘 때나, 오로지 그 문제만 생각했다. 그러다가 그는 아무리 생각해도 만족할 만한 해결책을 찾을 수 없을 것이라고 결정하고서, 그 살해 사건에 관한 생각을 접어 버렸다.

　　종종 형사 후안 데 디오스 마르티네스는 원장과 데이트를 나가고 싶었다.

비번인 날에는 특히 그랬다. 다시 말하면 그녀와 함께 있는 모습을 공개적으로 보여 주고 싶었고, 싸지도 않고 너무 비싸지도 않은 시내 중심가의 식당으로, 즉 정상적인 커플들이 드나드는 보통 식당으로 가서 식사하고 싶었다. 그는 그런 곳에 가면 틀림없이 아는 사람을 만날 테고, 그러면 자연스럽고 우연하게, 그리고 호들갑을 떨지 않은 채, 내 애인 엘비라 캄포스야, 정신과 의사지라고 원장을 소개하고 싶었다. 식사를 마친 후에는 아마도 그녀의 집에 가서 사랑을 하고, 그런 다음에는 낮잠을 자고 싶었다. 그리고 밤에는 그녀의 BMW나 자기의 쿠거 자동차를 타고서 다시 외출하여 영화관에 가거나, 야외 카페에서 음료수를 마시거나, 아니면 산타테레사에 넘쳐흐르는 나이트클럽으로 가서 춤을 추고 싶었다. 그런 완전한 행복을 누릴 수 없다니, 염병할. 후안 데 디오스 마르티네스는 생각했다. 반면에 엘비라 캄포스는 두 사람의 관계를 공개하자는 말은 듣고 싶어 하지도 않았다. 정신 병원으로 전화하는 것은 허락했다. 하지만 그것도 통화는 짧아야 한다는 조건이 붙었다. 보름마다의 만남, 위스키나 앱솔루트 보드카 한 잔과 야경. 그리고 무미건조한 작별 인사, 그게 그들의 데이트였다.

또한 1994년 11월에는 실바나 페레스 아르호나의 반쯤 불에 탄 시체도 빈터에서 발견되었다. 가냘프고 까무잡잡한 열다섯 살짜리 여자아이였다. 신장은 1미터 60이었다. 검은 머리카락은 어깨 아래까지 내려왔다. 그러나 시체가 발견되었을 때 머리카락은 반쯤 불에 그슬려 있었다. 그녀의 시체는 빈터 주변에 빨랫줄을 걸어 놓은 라스 플로레스 지역의 몇몇 여자에게 발견되었고, 적십자에 연락을 취한 것도 바로 그 여자들이었다. 앰뷸런스를 운전하던 사람은 쉰 살가량이었고, 그와 함께 온, 스무 살이 채 안 된 구조 요원은 운전사의 아들처럼 보였다. 앰뷸런스가 도착하자, 나이 많은 사람은 시체 주위에 몰려든 여자들과 구경꾼들에게 죽은 여자를 아는 사람이 있느냐고 물었다. 몇몇 사람은 죽은 여자 앞을 지나가면서 얼굴을 보았지만, 고개를 가로저으며 모른다는 의사를 밝혔다. 그녀를 아는 사람은 아무도 없었다. 그러자 나이 많은 구조 요원이 말했다. 내가 여러분이라면 이곳을 떠날 겁니다. 그러지 않으면 경찰이 여러분 모두를 조사할지도 모릅니다. 그는 목소리를 높이지 않았지만, 모든 사람이 그의 목소리를 듣고서 자리를 떴다. 이제 그 빈터에는 아무도 없는 것처럼 보였지만, 두 구조 요원은 미소를 지었다. 구경꾼들이 눈에 보이지 않는 장소에 숨어 그들을 지켜볼 것임을 잘 알았던 것이다. 그들 중 한 사람, 그러니까 젊은 요원이 앰뷸런스의 무선 통신으로 경찰에게 알렸고, 나이 많은 요원은 라스 플로레스 지역의 흙길로 걸어 들어가 타코를 파는 가게로 발길을 옮겼다. 주인은 그를 아는 사람이었다. 그는 돼지고기타코 여섯 개를 주문했다. 세 개는 사워크림이 들어간 것으로, 나머지 세 개는 사워크림이 없는 것으로 달라고 했다. 그리고 여섯 개 모두 아주 맵게 해달라고 덧붙였고, 코카 콜라 캔 두 개를 달라고 했다. 그런 다음 돈을 지불하고서 앰뷸런스가 있는 곳까지 천천히 여유 있게 걸어서 되돌아왔다. 그의 아들은 앰뷸런스의 범퍼에 기대어 만화책을 읽고 있었다. 경찰이 도착했을 때, 두 사람은 이미 점심을 먹고 담배를 피우고 있었다. 시체는 세 시간 동안 빈터에 그대로 방치되었다. 법의학 검시관에 따르면, 여자아이는 강간당했다. 결정적 사인은 두 번에 걸쳐 칼에 심장을 찔린 것이었다. 그런 다음 살인범은 흔적을 없애려고 시체를 소각하려 했지만, 드러난 결과로 볼 때 염병할 멍청이든지, 아니면 누군가 휘발유를 달라는 그에게 물을 팔았거나, 그것도 아니면 용기가 없는 놈이었다. 다음 날 죽은 여자는 실바나 페레스 아르호나라는 사실이 밝혀졌다. 시체가 발견된 곳에서 그리 멀지 않은 세풀베다 장군 공업 단지에 위치한 마킬라도라 공장의 일반 노동자였다. 1년 전만 하더라도 실바나는 어머니와 형제자매 넷과 함께 살았다. 모두가 그 도시의 여러 마킬라도라 공장에서 일했다. 가족 중에서 그녀만 유일하게 로마스 델 토로 지역에 있는 프로페소르 에밀리오 세르반테스 고등학교에서 공부했다. 그러나 경제적 이유로 학업을 그만두어야만 했고, 한 언니가 호라이즌 W&E 마킬라도라 공장에 일자리를 구해 주었다. 그곳에서 실바나는 서른다섯 살의 카를로스 야노스를 만났고 그의 애인이 되었다. 그리고 마침내는 프로메테오 거리에 있는 그의 집으로 가서 함께 살았다. 그의 친구들에 따르면, 야노스는 다정했고, 술을 약간 마시긴 했지만 결코 과음하지 않는 사람이었다. 그리고 짬이 날 때에는 책을 읽었는데, 그건 정말로 직원들 사이에서 보기 드문 일이었고, 그들에게 아주 특별한 사람이라는 느낌을 주었다. 실바나의 어머니 말로는, 야노스의 이런 면이 딸을 유혹했다. 실바나는 그때까지만 해도 학교에서 순수하게 새롱거린 것을 제외하고는 어떤 남자 친구도 없었다. 그들의 관계는 7개월 동안 지속되었다. 야노스는 책을 읽곤 했다. 그건 사실이었다. 종종 두 사람은 그의 집 거실에 앉아서 그가 읽은 책에 관해 이야기했지만, 그는 책을 읽기보다는 술을 마시는 경우가 더욱 많았으며, 극단적으로 질투심이 강했고, 걸핏하면 불안해하는 사람이었다. 실바나는 어머니를 찾아와서 종종 그가 그녀를 때렸다고 털어놓기도 했다. 이따금씩 어머니와 딸은 서로 껴안은 채 방 안의 불도 켜지 않고 울면서 몇 시간을 보내기도 했다. 야노스를 체포하는 일은 전혀 어렵지 않았다. 랄로 쿠라는 처음으로 그 작전에 참가했다. 산타테레사 경찰차 두 대가 나타나서 문을 두드렸고, 야노스는 문을 열어 주었다. 그러자 경찰들은 한마디 말도 없이 그를 패서 바닥에 쓰러뜨리고는 수갑을 채워 경찰서로 데려갔다. 그리고 그곳에서 알론드라 거리에서 발견된 신원 미상의 시체, 아니 적어도 도시의 새로운 쓰레기장에서 발견한 신원 미상의 여자를 살해한 범인이라는 자백을 받아 내려고 했지만, 제대로 뜻을 이룰 수 없었다. 실바나 페레스가 바로 그의 알리바이였기 때문이다. 그 무렵에 그는 그녀와 만나서 축제가 열리던 카란사 지역의 허름한 공원을 으쓱거리고 다니면서 데이트를 했다. 심지어 실바나의 여러 친척도 그들이 함께 있는 것을 보았다. 그리고 밤 시간과 관련해서는, 불과 일주일 전까지만 해도 그는 야간 근무조로 일하면서 밤을 지새웠고, 그 사실은 그의 동료 노동자들이 입증해 주었다. 실바나의 살인에 대해 그는 자신이 한 짓이라고 자백했고, 그녀를 불태우려 했다는 사실만 유감으로 여겼다. 실바나는 좋은 아이였어요. 그토록 야만스러운 대접을 받을 만한 사람이 아니었어요. 그는 진술했다.

그 무렵에는 또한 소노라의 텔레비전에 뛰어난 예지력을 지녔다는 사람이 나타났다. 그녀의 이름은 플로리타 알마다였지만, 그리 많지 않았던 그녀의 추종자들은 그녀를 〈성녀〉라고 불렀다. 플로리타 알마다는 일흔 살이었고, 상대적으로 얼마 되지 않은 시점부터, 그러니까 불과 10년 전부터 놀라운 것을 볼 수 있는 재능을 부여받았다. 그녀는 아무도 보지 못하는 것을 보았으며, 아무도 듣지 못하는 것을 들었다. 또한 자기에게 일어나는 모든 것에 어떻게 의미를 부여하고 설명해야 하는지 알았다. 그런 예지력을 갖기 이전에 그녀는 본초학자였다. 그녀는 자신의 진정한 직업이 본초학자라고 말하곤 했다. 예지력의 소유자라는 건 사물을 꿰뚫어 볼 수 있는 사람을 의미하는데, 가끔씩 그녀가 보는 그림이 희미했고, 소리는 불완전하여 아무것도 보지 못하는 경우가 있었기 때문이다. 그럴 때면 마치 머리 위로 불쑥 튀어나온 안테나가 제대로 설치되지 않았거나, 아니면 총알 세례를 받아 구멍이 뻥뻥 뚫렸거나, 혹은 알루미늄 포일로 만들어져서 바람이 마음대로 휘저을 수 있는 것 같았다. 비록 그녀가 자기 자신을 예지력의 소유자라고 인정했으며 그녀의 추종자들이 그녀를 비상한 예지력의 소유자라고 인정해도 가만히 있었지만, 그녀는 약초들과 꽃들, 건강한 음식과 기도에 더 많은 믿음을 부여했다. 가령 고혈압이 있는 사람들에게는 달걀과 치즈와 흰 빵을 먹지 말라고 충고하면서, 그런 음식들은 화학 나트륨을 많이 함유하고, 나트륨은 물을 마시게 하여 혈액의 양을 증가시키며, 그 결과 혈압이 높아진다고 설명했다. 그건 명약관화한 사실이지요. 플로리타 알마다는 말했다. 아침 식사에 달걀부침이나 삶은 달걀에 토르티야를 먹는 걸 아무리 좋아하더라도, 고혈압이 있다면 달걀을 먹지 않는 게 좋습니다. 그리고 달걀 먹는 걸 그만둔다면, 또한 고기와 생선 역시 먹지 않고 오로지 쌀과 채소만 먹으며 살 수 있게 될 겁니다. 특히 마흔 살이 넘은 사람에게는 쌀과 과일이 건강에 아주 좋습니다. 그녀는 또한 과도한 지방 소비를 비난했다. 총 지방 섭취량은 여러분이 먹는 음식 총 칼로리의 25퍼센트를 넘지 말아야 합니다. 이상적인 것은 지방 섭취가 15에서 20퍼센트 사이에 있는 것입니다. 그러나 직장에 다니는 사람들은 종종 음식의 80에서 90퍼센트까지에 이를 정도의 칼로리를 지방으로 섭취합니다. 그리고 비교적 안정된 직장을 가진 사람들은 1백 퍼센트까지 지방 소비량이 올라가는 경우도 있고, 결국 비참한 결과를 맞게 됩니다. 그녀는 말했다. 그와 비교해 직장이 없는 사람들은 지방 소비량이 30에서 50퍼센트 사이에 있습니다. 이것 역시 재난을 일으키기에 충분합니다. 가난한 사람들은 영양이 부족할 뿐만 아니라 제대로 영양 균형을 이루지 못하기 때문입니다. 여러분이 내 말을 제대로 이해하는지 모르겠습니다. 플로리타 알마다는 말했다. 사실 영양실조에 걸린 사람들은 그 자체가 비극입니다. 그리고 영양 균형을 이루지 못한 사람들도 그런 비극에서 그다지 벗어나지 못합니다. 아마도 제대로 내 생각을 표현하지 못한 것 같습니다. 내가 하고 싶은 말은 돼지 껍질을 튀겨 먹는 것보다는 칠리소스를 곁들인 토르티야가 더 낫다는 말입니다. 게다가 그건 돼지 껍질이 아니라 개나 고양이 혹은 쥐의 껍질을 튀긴 것인지도 모릅니다. 그녀는 마치 용서를 구하는 것처럼 말했다. 한편 그녀는 가난한 민중을 현혹하는 사이비 종파와 돌팔이 치료사, 그리고 모든 비열한 인간들도 비난했다. 그녀는 식물 점, 그러니까 식물을 통해 미래를 예언하는 기술을 사기라고 생각했다. 그러나 그것이 어떻게 작동하는지 잘 알았고, 한번은 어느 삼류 돌팔이 치료사에게 식물 점에 바탕을 둔 점술에는 다양한 종류가 있다고 설명했다. 즉, 식물의 형태와 운동과 반응을 연구하는 식물 점은 양파 점과 과일 점으로 다시 세분되는데, 그것은 싹트는 양파나 과실수의 꽃봉오리를 읽는 것입니다. 또한 나무 점도 있는데, 나무를 읽는 방법과 관련된 것입니다. 그리고 잎사귀를 연구하는 잎사귀 점도 있으며, 목재 점도 있습니다. 그것은 일종의 나무 점인데, 목재나 나뭇가지를 사용하는 점이지요. 이런 점들은 즐겁고 사랑스러우며 시적입니다. 하지만 미래를 예언하기 위해서가 아니라, 과거의 사건과 화해시키고 현재를 풍요롭게 해주고 평화롭게 만들기 위한 것입니다. 그녀는 말했다. 그러고서 식물 뽑기 점을 설명했는데, 흰 완두콩 여러 개와 검은 완두콩 하나를 가지고 행하는 완두콩 점과 나무 장대를 사용하는 막대 점, 그리고 화살 점으로 나뉜다고 했다. 그녀는 이런 예언의 기술을 전혀 못마땅하게 생각하지 않았고, 그래서 그것들에 관해 아무것도 말할 것이 없었다. 그런 다음 식물 약리학, 즉 환각제나 알칼로이드 성분의 식물을 사용하는 것에 관해 말했는데, 이것에 대해서도 비난하지 않았고, 따라서 그다지 말하지 않았다. 모든 사람은 각자 나름대로 생각합니다. 이런 건 어떤 사람에게는 효험이 있지만, 그렇지 않은 경우도 있습니다. 특히 유감스러운 습관을 지닌 게으른 젊은이들에게는 효험이 없습니다. 그녀는 무엇이 좋다거나 무엇이 나쁘다고 말하지 않으려고 자제했다. 그런 다음 기상학적 식물 점에 관해 말했다. 식물들의 반응을 관찰하는 것으로 이루어진 점이었는데, 실제로 매우 흥미롭지만 그 방법을 습득한 사람은 극히 적었다. 한 손으로 꼽을 수 있을 정도로 몇 명 되지 않았다. 가령 양귀비가 꽃잎을 들어 올리면 날씨가 좋으리라는 의미입니다. 다른 예로 포플러나무가 흔들리기 시작하면, 예기치 않은 일이 일어날 것임을 뜻합니다. 또 다른 예로는, 하얗고 조그만 잎사귀와 노란색 조그만 화관을 가진 저 작은 꽃, 그러니까 〈피훌리〉라고 불리는 꽃이 고개를 숙이면, 더운 날씨가 될 거라는 암시입니다. 또 다른 예를 들어 보지요. 잎사귀가 누렇고 어떤 때는 붉은색을 띠는 그 꽃을 소노라 지방에서는 장뇌라고 부릅니다. 왜 그런지는 모릅니다. 하지만 시날로아 지방에서는 까마귀 부리라고 부르지요. 멀리서 보면 벌새처럼 보이기 때문이지요. 그 꽃이 아주 새빨간 꽃잎을 오므리면, 비가 올 거라는 예고지요. 그리고 마지막으로 다우징을 들 수 있습니다. 예전에는 개암나무 막대기를 이용했지만 요즘엔 추(錘)로 대체되었지요. 하지만 이 기법에 관해서 플로리타 알마다는 아무것도 할 말이 없었다. 여러분이 무언가를 알 때에는 그것으로 충분합니다. 그러나 알지 못한다면 배우는 편이 낫습니다. 그러는 동안 여러분은 입을 다물거나, 적어도 여러분이 더욱 분명하게 배움의 과정을 향해 나아갈 수 있다고 생각할 때에만 말해야 합니다. 그녀가 설명했듯이 그녀의 삶은 배움의 연속이었다. 어림잡아서 그녀는 스무 살이 되어서야 비로소 글을 읽고 쓰는 법을 배웠다. 그녀는 나코리 그란데에서 태어났는데 정상적인 여자아이들과 달리 학교에 갈 수 없었다. 그녀의 어머니가 장님이었고, 그래서 어머니를 보살펴야만 했기 때문이다. 형제자매들에 관해 그녀는 희미하게 다정한 기억을 간직하고 있었지만, 그들에 대해서 아는 것은 아무것도 없었다. 인생이라는 질풍노도가 그들을 멕시코의 방방곡곡으로 뿔뿔이 흩어지게 했고, 아마도 이제는 땅속에 있을지도 모르는 일이었다. 전형적인 농촌 가족처럼 수많은 역경과 불행을 겪었지만 그녀의 어린 시절은 행복했다. 난 시골을 좋아했습니다. 그러나 이제는 조금 불편합니다. 벌레들과 함께 사는 데 익숙하지 않기 때문입니다. 많은 사람들이 믿지 않겠지만, 나코리 그란데에서 살기 위해서 그녀는 때때로 많은 일을 해야만 했다. 눈먼 어머니를 보살피는 일은 즐거울 수 있었다. 병아리들을 돌보는 일도 즐거울 수 있었다. 빨래도 즐거운 일이 될 수 있었다. 음식을 만드는 일도 즐거울 수 있었다. 그녀가 유일하게 아쉬워한 것은 학교에 가지 않았다는 사실이었다. 그 후 말할 필요도 없는 이유로 인해 그들은 비야 페스케이라로 이사했고, 그곳에서 그녀의 어머니는 세상을 떠났다. 그리고 어머니가 사망한 후 여덟 달이 지났을 때, 그녀는 그곳에서 거의 알지도 못하는 남자와 결혼했다. 열심히 일하고 정직하며, 모든 사람을 예의 바르게 대하는 사람이었다. 그는 그녀보다 훨씬 나이가 많았다. 덧붙이자면 혼인 미사를 하려고 교회에 갔을 때, 그는 서른여덟 살이었고, 그녀는 겨우 열일곱 살에 불과했다. 그러니까 스물한 살이나 나이가 많은 남자와 결혼한 것이다. 그는 가축상이었고 대부분 염소와 양을 사고팔았지만, 가끔씩은 소와 돼지도 취급했다. 그런 그의 일 때문에 그는 흙길이나 가축들이 다니는 길, 혹은 미로 같은 산지의 언저리로 난 지름길로 산호세 데 바투크, 산페드로 데 라 쿠에바, 우에파리, 테파체, 람파소스, 디비사데로스, 나코리 치코, 엘 초로, 나포파 같은 그 지역의 마을로 끊임없이 다녀야만 했다. 사업은 그럭저럭 되어 갔다. 그녀는 가끔 그와 함께 여행을 떠났지만, 횟수는 그다지 많지 않았다. 사람들은 가축상이 여자와 함께 여행하는 것, 특히 아내와 다니는 것을 좋은 눈으로 보지 않았기 때문이다. 그러나 몇 번은 함께 여행할 수 있었다. 그것이 그녀가 세상을 보는 유일한 기회였다. 다른 경치들을 눈여겨볼 수 있는 기회였다. 비록 비슷비슷했지만, 눈을 크게 뜨고 자세히 바라보면, 비야 페스케이라 풍경과 사뭇 다른 경치들이었다. 1백 미터마다 세상이 바뀌지요. 플로리타 알마다는 말했다. 어떤 곳과 똑같은 다른 장소가 있다는 말은 거짓말입니다. 세상은 일종의 떨림과 같아요. 물론 그녀는 아이를 갖고 싶었지만, 기질(그게 일반적인 기질인지, 아니면 내 남편의 기질인지 모르겠어요라고 말하면서 그녀는 웃었다)로 인해 그런 책임감을 면제받았다. 그녀는 아이를 돌보는 데 바칠 시간을 공부하는 데 사용했다. 그런데 누가 그녀에게 읽는 법을 가르쳐 주었을까? 아이들이 날 가르쳐 주었어요. 플로리타 알마다는 밝혔다. 아이들보다 더 훌륭한 선생님은 없어요. 아이들은 알파벳이 적힌 책을 들고서, 피놀레[13]를 달라며 그녀의 집으로 찾아왔다. 인생은 그런 거예요. 그녀가 이제 공부하거나 학교에서 수업을 들을 가능성(그것은 헛된 희망이었다. 비야 페스케이라 사람들은 야간 학교를 산호세 데 피마스 근교의 매음굴을 지칭하는 또 다른 이름이라고 생각했기 때문이다)이 영원히 사라졌다고 생각한 찰나, 그녀는 큰 힘을 들이지 않고 읽고 쓰는 법을 배웠다. 그 순간부터 그녀는 손에 들어오는 것을 닥치는 대로 읽었다. 그리고 글을 읽고 난 후의 느낌과 생각을 공책에 적어 놓았다. 그녀는 철 지난 잡지와 신문들을 읽었고, 일정한 시기마다 콧수염 달린 청년들이 픽업트럭을 타고 와서 나누어 주던 정치 전단지와 일간 신문들을 읽었으며, 그녀가 구할 수 있었던 얼마 안 되는 책들을 읽었다. 그리고 남편이 가축들을 사고팔기 위해 인근 마을로 여행했다가 돌아올 때마다 가져오던 책들도 읽었다. 아내에게 책을 사다 주는 데 익숙해진 남편은 종종 권으로가 아니라 무게로 책을 구입하곤 했다. 책 5킬로그램, 책 10킬로그램으로 구입한 것이다. 언젠가 한번은 책 20킬로그램을 들고 집으로 돌아왔다. 그녀는 그 책들을 한 권도 빼놓지 않고 모조리 읽고서 교훈을 배웠다. 이따금씩 멕시코시티에서 오는 잡지들을 읽었고, 또 어떤 때는 역사책을 읽었으며, 종교 서적을 읽을 때도 있었다. 또한 어떤 때는 혼자 테이블에 앉아, 마치 악마의 모습을 취하는 듯 너울거리는 기름 램프 불빛 아래서 천박한 책을 읽다가 얼굴이 빨개지기도 했다. 그리고 포도 재배나 가건물 건축과 관련된 기술 서적을 읽기도 했고, 공포 소설이나 귀신 이야기를 읽기도 했다. 그렇게 하느님께서 그녀의 손에 쥐여 준 모든 종류의 책을 닥치는 대로 읽었고, 거기서 무언가를 배웠다. 물론 거의 아무것도 배우지 못할 때도 있었지만, 그래도 쓰레기 더미 속에 있는 한 조각 금처럼 무언가가 남곤 했다. 더 세련된 비유를 들자면 누군가가 버린 쓰레기 더미에서 인형을 찾은 거지요. 플로리타는 말했다. 어쨌거나 그녀는 배운 사람이 아니었다. 적어도 고전적인 의미에서 교육을 받았다고는 말할 수 없는 사람이었다. 그녀는 그래서 미안하다고 말했지만, 결코 자신의 그런 모습을 부끄러워하지는 않았다. 하느님이 빼앗는 게 있으면, 성모님이 다른 것으로 대체해 주셔서 가지도록 해준다고 생각하기 때문이다. 그렇게 여기는 사람이었기에 그녀는 이 세상과 평화롭게 지내지 않을 수가 없었다. 그렇게 세월이 흘렀다. 그런데 몇몇 사람이 균형의 기적적인 법칙이라고 부르는 것에 의해, 그녀의 남편은 어느 날 눈이 멀었다. 다행히도 그녀는 이미 앞을 보지 못하는 사람을 보살핀 경험이 있었기 때문에, 가축상의 마지막 몇 년은 편안했다. 그의 아내가 정성껏 노련하게 그를 보살핀 것이다. 남편이 죽자 그녀는 홀몸이 되었는데, 그 당시 이미 그녀의 나이는 마흔넷이었다.

13 옥수수알을 갈아 만든 분말에 설탕을 보통 우유에 타서 마신다.

그녀는 재혼하지 않았다. 구혼자가 없었기 때문이 아니라, 혼자 사는 게 좋다는 걸 알았기 때문이다. 그녀는 38구경 권총을 구입했다. 남편이 유산으로 남겨 준 엽총은 거의 사용할 수 없었고, 그 당시에는 그녀가 가축을 사고파는 사업을 계속했기 때문이다. 문제는, 가축을 구입하려면, 특히 가축을 판매하려면 어느 정도 감각이 필요했고, 어느 정도 지식과 훈련이 필요하다는 것이었다. 내가 결코 지니지 않은 어느 정도의 맹목적 성향이 필요했지요. 그녀는 설명했다. 동물들과 함께 산의 오솔길을 걸으며 여행하는 것은 즐거웠지만, 시장에서나 도축장에서 가축들을 경매에 부치는 일은 악몽과 같았다. 그래서 얼마 지나지 않아 일을 그만두고 계속 여행을 다녔다. 그녀의 동반자는 죽은 남편이 남긴 개와 그녀가 구입한 권총이었다. 어떤 때는 그녀와 함께 늙어 가기 시작한 가축들을 데리고 다니기도 했다. 그러나 이번에는 돌팔이 치료사로, 그러니까 축복받은 소노라주에 너무나도 많은 치료사들 중 하나로 여행했고, 여행 도중에 약초를 찾거나, 마치 어린 목동이었을 때 베니토 후아레스[14]가 그런 것처럼 가축들이 풀을 뜯어 먹는 동안 자기 생각을 글로 썼다. 아, 베니토 후아레스. 얼마나 위대한 인물입니까! 얼마나 정직한 사람입니까! 얼마나 현명한 사람입니까! 또한 얼마나 매력적인 어린아이입니까! 그러나 그의 인생에서 그 시기에 관해서는 거의 언급이 되지 않습니다. 그 시기를 거의 모르기 때문이기도 하지만, 멕시코 사람들은 누군가가 어린 시절에 관해 말하면 항상 시시하고 하찮은 말을 한다는 걸 알기 때문입니다. 그의 어린 시절을 모르는 사람들을 위해 말하자면, 그녀는 이 점에 관해 할 말이 있었다. 그녀가 읽은 책 몇천 권 중에는 멕시코 역사, 스페인 역사, 콜롬비아 역사, 종교사, 로마 교황들의 역사, NASA 발전사에 관한 것들이 있었다. 그녀는 어린 베니토 후아레스가 가축들이 풀을 뜯어 먹도록 데리고 나갔을 때 그의 생각보다도 그가 느꼈을 것을 충실하게, 즉 절대적으로 정확하게 묘사하는 몇 페이지를 발견했다. 다시 말하면, 어린 베니토 후아레스가 가축들이 먹을 풀을 찾아 때때로 며칠 밤과 며칠 낮을 보내는 게 일상적인 일이었던 그 시기에, 그가 어떤 느낌을 가졌는지 정확하게 서술하는 대목을 읽을 수 있었다. 표지가 노란 어느 책은 그걸 너무 분명하게 서술해서, 가끔씩 플로리타 알마다는 작가가 베니토 후아레스의 절친한 친구였고, 그래서 베니토 후아레스가 귀엣말로 자기가 어린 시절에 경험한 것을 솔직하게 털어놓았으리라고 생각하곤 했다. 그런데 그게 가능한 일일까요? 밤이 되고 별들이 떠오를 때, 우리가 광활한 벌판에 혼자 있을 때, 그리고 사라진 것 같던 삶의 진실들, 혹은 밤의 진실들이 하나씩 차례로 행진하기 시작할 때, 혹은 들판에 있는 사람이 기절할 것 같을 때나 낯선 질병이 우리도 모르는 사이에 핏속으로 흐르는 것 같을 때, 과연 우리가 갖게 되는 느낌을 제대로 전할 수 있을까요? 달아, 하늘에서 넌 뭘 하니? 시에서 어린 목동은 혼잣말로 묻습니다. 조용한 달아, 뭐 하는 거야? 아직도 하늘의 길을 돌아다니는 데 지치지도 않았니?

---

14 Benito Juárez(1806~1872). 멕시코 원주민 출신 정치가. 1858년 임시 정부 임시 대통령을 시작으로, 1872년까지 경제 부흥과 민주주의 확립에 힘썼다. 1872년 혁명 전쟁 중 사망했다.

해가 뜨자마자 나와서 들판으로 가축을 모는 목동의 삶은 너의 삶과 같아. 그런 다음 피로에 지쳐 목동은 밤에 잠을 청하지. 목동이 바라는 건 그게 다야. 목동의 삶이 그에게 무슨 도움이 될까? 네 삶이 너에게 무슨 도움이 되지? 자, 말해 봐. 목동은 마음속으로 묻습니다. 플로리타 알마다는 도취한 목소리로 말했다. 나의 짧은 방랑과 너의 영원한 길은 어디로 향하는 거니? 사람은 고통을 받으며 태어나고, 태어난다는 것은 죽을 위험이 있다는 의미야. 시는 말하고 있습니다. 또한 이렇게 말합니다. 왜 아이를 낳고, 왜 이 세상에 태어났다는 이유만으로 나중에 위로받아야 할 사람들을 교육시키고 부양해야 할까? 인생이 불행과 고통으로 점철되었다면, 왜 우리는 그런 삶을 참고 살아가야 하지? 흠 하나 없는 달아, 그게 바로 죽을 수밖에 없는 운명이란 거야. 하지만 너는 죽지 않아. 그러니 내가 말하는 것을 이해하지 못할 거야. 그렇지만 고독한 너, 영원한 방랑자인 너, 너무나 생각이 깊은 너라서, 아마도 이 속세의 삶, 우리의 번민, 우리의 고통을 이해할지도 몰라. 아마도 넌 이 죽음이 무엇인지, 얼굴이 마지막으로 창백해지는 게 무엇인지, 이 땅을 영원히 떠나고 모든 가족과 사랑하는 사람들을 버리는 게 무엇인지 알 거야. 그리고 이런 말도 합니다. 왜 하늘은 무한하고 영원히 진한 남빛을 띠지? 이 커다란 고독은 무엇을 의미하지? 그리고 난 무엇이지? 또한 이런 말도 합니다. 나는 단지 영원한 움직임과 나의 덧없는 존재에서 다른 사람들에게 유용한 것과 행복을 찾을 수 있다는 사실만 알고 이해해. 그리고 이런 말도 합니다. 내 인생은 잘못되었어. 또한 이런 말도 중얼거립니다. 늙고 흰머리로 가득하며 맨발이고 거의 옷도 입지 않은 채, 어깨에 무거운 짐을 짊어지고 거리와 산을 배회하고 뾰족한 바위 위를 지나가며 모래사장과 풀밭을 헤매고, 더울 때나 추울 때나 달리고 또 달리면서 강과 늪과 호수를 지나가고, 넘어졌다가 일어나고 항상 쉬지도 못한 채 고통을 받으면서도 서둘러야만 하고, 상처를 입고 피를 흘리면서 마침내 길이 있는 곳, 그리고 결국은 모든 노력이 끝나 버리는 곳에 도착하지. 그곳은 바로 끔찍하고 깊이를 알 수 없는 심연이야. 떨어지면 모든 걸 잊어버리는 절벽이지. 그리고 이런 말도 되뇝니다. 오, 순결한 달아, 인간의 삶이란 그런 거야. 또한 이렇게도 생각합니다. 오, 내 가축들, 너희는 비참한 신세도 모른 채 잠들었구나. 나는 너희가 얼마나 부러운지 몰라! 너희가 모든 고통과 모든 상처, 그리고 모든 극단적 공포에서 해방되어 이내 그것을 잊어버릴 뿐만 아니라, 결코 지루해하거나 따분해하지 않기 때문이야. 또한 마음속으로 이렇게 혼잣말을 하지요. 그늘과 풀밭에서 쉴 때면, 너희는 평온해하고 행복해하며 한 해의 대부분을 절대로 따분해하지 않으며 보내. 그리고 이렇게도 되뇝니다. 그늘이나 풀밭에 앉으면, 내 영혼은 마치 가시가 찌르는 듯 불안으로 가득해져. 그리고 이렇게 생각하지요. 이제 나는 아무것도 원하지 않아. 지금껏 내가 불평하거나 눈물을 흘릴 만한 아무런 이유도 없었으니까. 이 대목에 이르자, 깊은 한숨을 내쉬고서 플로리타 알마다는 다음과 같은 여러 가지 결론을 이끌어 낼 수 있다고 말했다. (1) 목동을 사로잡은 생각은 쉽게 분출될 수 있다. 인간의 본성이 그렇기 때문이다. (2) 권태와 정면으로 맞서는 데는 용기가 필요하며, 베니토 후아레스는 그렇게 했고, 그녀도 그렇게 했으며, 두 사람 모두 권태의 얼굴에서 말하고 싶지 않은 끔찍한 것들을 보았다. (3) 지금 그녀가 떠올린 시는 멕시코 목동이 아니라 동양의 목동에 관해 말하지만, 목동들은 세계 어디에서건 똑같기 때문에 이 경우에는 동일하다고 봐야 한다. (4) 모든 노력이 깊은 나락의 심연으로 향한다는 것이 사실이더라도, 그녀는 우선 두 가지를 출발점으로 삼아야 한다고 권유한다. 첫째는 사람들을 속이지 않는 것이고, 둘째는 사람들을 적절하게, 그리고 성실하게 대하라는 것이다. 두 가지를 제대로 지킨다면 이 밖에도 논할 게 많다. 그녀도 바로 그렇게 했고, 사람들의 말을 듣고서 여러 충고를 해주었다. 그런데 어느 날 레이날도가 그녀의 집에 찾아와 자기를 버리고 떠난 사랑에 관해 자문을 구했고, 날씬해질 수 있는 다이어트 처방을 받고 그 집을 나왔다. 그녀는 그의 마음을 차분하게 달래 줄 약초 달인 물과 여러 가지 약초를 주었다. 그는 약초를 아파트 방구석에 숨겨 놓았고, 그러자 그곳은 교회의 냄새이자 동시에 우주선의 냄새를 풍기게 되었다. 레이날도는 그를 찾아온 친구들에게 말했다. 이것은 하느님의 냄새이며, 영혼을 진정시키고 즐겁게 해주는 냄새야. 심지어 고전 음악을 듣고 싶은 마음을 갖게 해줘, 그렇지 않아? 그러자 레이날도의 친구들은 플로리타를 소개해 달라고 조르기 시작했다. 이봐, 레이날도, 난 플로리타 알마다가 필요해. 처음에는 한 사람이 말하더니, 그다음에는 다른 사람이, 그리고 또 다른 사람이 부탁했다. 마치 자주색이나 멋진 주홍색 혹은 체크무늬 두건을 두른 참회자의 행렬처럼 그런 사람들이 이어졌다. 레이날도는 그것이 자기에게 가져올 이점과 단점을 곰곰이 생각하고서, 좋아, 친구들, 너희들이 이겼어, 플로리타를 소개해 줄게라고 말했다. 어느 토요일 밤에 플로리타는 레이날도의 아파트에서 그들을 만났다. 그 모임을 위해 아파트를 너무나 치장한 나머지, 테라스에는 모임의 성격과 완전히 동떨어진 피냐타까지 있었다. 그녀는 못마땅하다는 표정이나 몸짓을 하지 않았다. 오히려 나 때문에 너무 신경 쓰게 해서 미안해요. 누가 이토록 훌륭한 카나페를 만들었지요? 게다가 케이크도 정말 맛있어요. 내 평생 이렇게 맛있는 건 처음 먹어 봐요. 파인애플을 얹은 거지요, 그렇죠? 생과일 주스도 너무 신선하고 시원해요. 식탁도 전혀 흠잡을 데 없이 멋지게 꾸몄네요. 정말로 섬세하고 세심한 젊은이들이네요. 내 생일도 아닌데 선물까지 가져왔어요. 그런 다음 그녀는 레이날도의 침실로 갔고, 청년들은 한 명씩 그곳으로 들어가서 자신들의 고민이나 근심거리를 털어놓았다. 슬픔에 잠겨 들어온 사람들은 모두 희망에 가득 찬 얼굴로 나가면서, 레이날도, 이토록 보배 같은 여자를 어디서 찾은 거야? 하고 물었다. 그녀는 성녀야, 기적을 만드는 사람이야. 나는 눈물을 흘렸고, 그녀도 나와 함께 울어 주었어. 나는 도대체 무슨 말을 해야 할지 몰랐는데, 그녀는 내가 어떤 고통을 받는지 알고 있었어. 내게는 유황을 넣은 글리코시드를 섭취하라고 추천했어. 그것들이 신장 상피 세포를 자극하는 이뇨제라더군. 내게는 결장 수(水) 치료법을 꾸준히 하라고 권해 주었어. 나는 그녀가 땀처럼 피를 흘리는

것을 보았어. 난 루비로 가득한 그녀의 이마를 보았어. 그녀는 나를 자기 가슴에
대고 아기를 재우듯이 흔들면서, 자장가를 불러 주었어. 그런데 잠에서 깨자 마치
사우나에서 막 나온 것처럼 온몸이 개운했어. 성녀는 누구보다도 에르모시요의
불행한 사람들을 잘 이해해 줘. 성녀는 상처 입은 사람들, 예민하고 학대당한
아이들, 강간당하거나 모욕당한 사람들, 비웃음과 농담의 대상이 된 사람들을
이해한다는 느낌을 줘. 그녀는 모든 사람에게 다정한 말을 해주고, 실질적인
조언을 해줘. 그녀의 말을 들으면, 멸시받는 사람들은 마치 주인공이나 여신이 된
것처럼 느끼고, 산만한 사람들은 사리를 아는 현명한 사람처럼 느끼며, 뚱보들은
날씬한 사람처럼 느끼고, 에이즈 환자들은 미소를 지어. 모든 사람의 사랑을 한
몸에 받은 플로리타 알마다는 몇 년 되지 않아서 텔레비전 프로그램에 나오게
되었다. 하지만 레이날도가 처음에 그녀를 초청했을 때 그녀는 싫다고, 관심
없다고, 시간이 없다고 거절했다. 그리고 누군가가 그녀에게 어떻게 돈을 버느냐는
질문을 하려고 하는 최악의 사태가 올 수도 있다고 지적했다. 게다가 그녀는
세금을 낼 생각이 없었다. 단 한 푼도! 그러면서 다음 기회로 미루는 게 좋을 것
같다고, 자기는 별로 중요한 사람이 아니라고 덧붙였다. 그러나 몇 달 후
레이날도가 그녀를 초청하겠다고 더는 고집을 부리지 않자, 그녀가 손수 전화를
걸어서 널리 공표하고 싶은 메시지가 있으니 그가 진행하는 프로그램에 나가고
싶다고 말했다. 레이날도는 어떤 종류의 메시지냐고 물었고, 그녀는 환상이나 달,
모래밭의 그림, 그리고 손님들이 모두 가버린 이후 집 안 부엌에 앉아 읽은 것들,
그리고 신문과 잡지를 비롯해 그녀가 읽은 것들에 관해 말했다. 그러면서 창문
저쪽에서 그녀를 지켜보는 그림자들에 관해서도 말하더니, 그것들은 그림자가
아니며 따라서 그녀를 쳐다보지도 않으며, 그건 밤인데 가끔씩 별나고 이상하다고
덧붙였다. 그런 식으로 계속 말했기 때문에, 레이날도는 그녀의 말을 도통
알아들을 수 없었다. 하지만 그녀를 진정으로 사랑하고 아꼈기에, 그는 자기의
다음 텔레비전 방송에 그녀가 잠깐 출연하도록 일정을 잡았다. 텔레비전
스튜디오들은 에르모시요에 있었고, 방송은 어떤 때는 선명하게 나왔지만, 어떤
때는 귀신처럼 흔들리면서 흐릿했고, 화면에서 찍찍거리는 잡음도 났다. 플로리타
알마다가 처음으로 출연한 날, 산타테레사의 전파 상태는 아주 형편없었고, 그
도시의 거의 누구도 그녀를 보지 못했다. 그러나 그녀가 초대된 「레이날도와 한
시간」은 소노라주에서 가장 인기 있는 텔레비전 프로그램 중 하나였다. 그녀는
구아이마스에서 온 어느 복화술사 다음에 이야기하기로 예정되었다. 그는
독학으로 복화술을 공부하여 멕시코시티, 아카풀코, 티후아나와 샌디에이고에서
이름을 떨쳤으며, 자기 인형이 살아 있는 피조물이라고 생각하는 사람이었다. 그는
그렇게 느낄 뿐만 아니라 실제로 그렇게 말했다. 이 조그만 망나니는 살아
있습니다. 가끔씩 도망치려고 시도했고, 어떤 때는 나를 죽이려고도 했습니다.
그러나 그의 조그만 손은 너무나 약해서 권총이나 칼을 들 수 없습니다. 그러니
나를 목 졸라 죽인다는 것은 말할 필요도 없이 불가능했지요. 레이날도는 카메라를

똑바로 응시하더니 그의 트레이드마크인 짓궂은 미소를 지으면서, 복화술과 관련된 많은 영화에서도 동일한 현상이 벌어진다고, 그러니까 인형이 주인을 배신하는 일이 허다하다고 말했다. 그러자 구아이마스의 복화술사는 무한히 오해받은 것처럼 갈라진 목소리로 자기도 잘 안다고, 자기도 그런 영화들을 보았으며, 아마도 레이날도나 이 생방송 방청객들이 본 것보다 훨씬 더 많은 영화를 보았을 것이라고 대답했다. 그러면서 그는 복화술사들의 인형이 자기가 처음에 생각한 것보다 더 일반적이고 더 광범위하게 배신과 반란을 일삼는다면, 그것은 배신과 반란이 지금 전 세계에 널리 퍼져 있기 때문이라는 결론에 도달할 수 있다고 지적했다. 좌우간 마음속 깊은 곳에서 모든 복화술사는 우리의 염병할 인형들이 어느 정도 흥분하면 생명을 갖게 된다는 걸 압니다. 그들은 연기를 통해 흥분합니다. 그들은 관객의 박수를 통해 흥분하게 됩니다. 특히 관객들의 멍청함을 볼 때면 흥분합니다! 그렇지 않아, 안드레시토? 맞습니다, 주인님. 그리고 넌 착할 때도 있고, 어떤 때는 못된 망나니처럼 행동하지, 안드레시토? 맞습니다, 지당한 말입니다. 아주 정확한 말입니다. 넌 나를 한 번도 죽이려고 시도한 적이 없지, 안드레시토? 절대로, 결코 그런 적이 없어요. 사실 플로리타 알마다는 나무 인형의 순진한 고백과 복화술사의 증언에 깊은 인상을 받은 나머지, 즉시 그들에게 호감을 느꼈다. 그래서 그녀 차례가 되자, 가장 먼저 복화술사를 격려하는 말을 했다. 그러자 레이날도는 그녀에게 미소 짓고 윙크하면서 복화술사가 제정신이 아니니 무시하라는 듯 은밀하게 경고했다. 하지만 플로리타는 복화술사에게 관심을 보였고, 그의 건강이 어떤지, 밤에 몇 시간 자는지, 하루에 몇 번이나 식사를 하는지, 어디서 식사를 하는지 물어보았다. 복화술사는 방청객을 정면으로 쳐다보면서, 그들의 박수를 받거나 일시적 동정심을 유발하기 위해 대부분 냉소적으로 대답했다. 그렇지만 〈성녀〉는 그것으로도 충분치 않은 양, 뇌 침술을 아는 침술사를 찾아가는 게 좋을 것 같다고 열렬히 추천하면서, 그것은 중앙 신경 체계에서 유래되는 신경 장애를 치료하는 데 매우 훌륭한 기술이라고 설명했다. 그런 다음 그녀는 레이날도를 흘낏 쳐다보았다. 그는 의자에서 안절부절못하고 있었다. 그러자 그녀는 자기가 최근에 상상 속에서 본 것에 관해 말하기 시작했다. 그녀는 죽은 여인들과 죽은 소녀들을 보았다고 말했다. 사막이에요, 오아시스도 하나 있어요. 프랑스의 외인 부대와 아랍인들에 관한 영화 장면과 똑같아요. 도시예요. 그녀는 도시에서 어린 소녀들이 죽어 간다고 말했다. 자기가 마음속으로 본 것을 가능한 한 정확하게 기억하려고 애쓰면서 말하는 동안, 그녀는 최면 상태에 빠질 찰나라는 것을 깨달았다. 그러자 몹시 부끄러웠다. 자주는 아니지만 때때로 최면이 너무 심한 정도에 이르렀고, 그러면 결국 바닥을 기어 다니면서 영매의 상태를 마감할 수도 있었기 때문이다. 첫 번째 텔레비전 출연이었기 때문에, 그녀는 그런 일이 일어나지 않기를 바랐다. 그러나 최면, 즉 홀림의 상태로 나아갔다. 그녀는 가슴과 혈관 박동에서 그걸 느꼈다. 아무리 애를 쓰고 식은땀을 흘리면서 레이날도의 질문에 미소를 짓더라도, 멈출 방법은 없었다. 레이날도는

플로리타, 괜찮아요? 하고 물었다. 그리고 조수가 물을 한 잔 갖다주었으면
하느냐고, 불빛과 조명과 더위 때문에 괴로운 것은 아니냐고 물었다. 그녀는
말하기가 두려웠다. 일단 최면 상태에 이르면, 즉 홀리게 되면 가장 먼저 영향을
받는 게 주로 혀였기 때문이다. 눈을 감으면 크게 도움이 되었을 테고 눈을 감고
싶기도 했지만, 두려워서 그럴 수 없었다. 눈을 감으면 홀림의 상태가 보게 만들어
주는 것을 볼 수밖에 없었기 때문이다. 그런 이유로 플로리타는 억지로 눈을 뜨고
입을 다문 채(비록 입술은 상냥하고 수수께끼 같은 미소를 지으며 구부러져
있었지만), 복화술사에게서 눈을 떼지 않았다. 복화술사는 영문을 모르겠다는 듯
그녀와 자기 인형을 번갈아 가며 쳐다보았지만, 위험의 냄새, 즉 부탁받지도
않았고 나중에 이해하지도 못할 계시의 순간이 다가왔다는 것을 짐작했다. 다시
말하면, 우리 앞을 지나가면서 공허함, 즉 공허라는 단어에서조차 이내 도망쳐
버리는 공허함만이 확실하다는 사실을 각인시키는 계시의 순간이 올 것임을
눈치챘다. 또한 복화술사는 그것이 매우 위험하다는 것도 알았다. 특히 그처럼
신경이 극도로 예민하고 예술가적 기질이 다분하며, 아직도 완전히 아물지 않은
상처를 가진 사람들에게는 위험하기 그지없다는 걸 알았다. 플로리타는
복화술사를 쳐다보는 데 지치면 레이날도를 바라보았다. 플로리타, 두려워 마요.
수줍어하지 마요. 이 토크 쇼 무대를 당신 집이라고 생각하세요. 레이날도는
말했다. 그녀는 또한 어쩌다가 한 번씩 방청석도 바라보았다. 그녀의 친구도 몇 명
그곳에 앉아서 그녀가 말하기를 기다렸다. 불쌍한 것들, 지금 나 때문에
좌불안석일 거야. 그녀는 생각했다. 그러자 이제 더는 피할 수 없었고, 그녀는
홀림의 경지로 들어갔다. 그녀는 눈을 감았다. 그리고 입을 열었다. 그녀의 혀가
작동하기 시작했다. 그녀는 이미 말한 것을 반복했다. 아주 넓은 사막, 소노라주의
북쪽에 있는 아주 커다란 도시, 살해된 소녀들, 살해된 여인들이라고 말했다.
그런데 그 도시가 어디지? 그녀는 혼잣말로 중얼거렸다. 자, 그게 어디야? 난 그
극악무도한 도시가 어딘지 알고 싶어. 그러고서 잠시 생각에 잠겼다. 그 말이
목구멍까지 나왔어. 여러분, 나는 그 말을 하지 않을 수 없어. 더군다나 여자 연쇄
살해의 경우이기에 더욱 잠자코 있을 수 없어. 그곳은 바로 산타테레사야!
산타테레사란 말이야! 나는 이제 분명하게 보고 있어. 그곳에서 여자들이 죽어 가.
내 딸들이 죽어 가고 있어. 내 딸들이! 그녀는 이렇게 소리치면서 동시에 자기 머리
위로 상상의 숄을 던졌고, 레이날도는 마치 오한이 엘리베이터처럼 자기 척추를
타고 내려오는 것처럼, 아니 올라가는 것처럼, 혹은 동시에 오르내리는 것처럼
등골이 오싹해짐을 느꼈다. 경찰은 아무 일도 하지 않고 그냥 두 손 놓고 있어.
그녀는 잠시 후에 말했다. 전보다 훨씬 무겁고 남자 같은 목소리였다. 경찰들은
아무것도 하지 않고 멍하니 쳐다보기만 해. 그런데 뭘 보는 거지? 뭘 보는 거야? 그
순간 레이날도는 그녀를 정상 상태로 이끌려고 노력하면서 그만 말하게 하려
했지만, 그럴 수 없었다. 주지사에게 알려야 해. 그녀는 쉰 목소리로 말했다. 농담이
아니야. 호세 안드레스 브리세뇨는 이걸 알아야만 해. 그는 산타테레사라는

아름다운 도시에서 여자들과 어린 소녀들에게 무슨 일이 벌어지고 있는지 알아야만 해. 산타테레사는 아름다울 뿐만 아니라 열심히 일하는 근면한 도시야. 여러분, 이 침묵을 깨뜨려야만 해. 호세 안드레스 브리세뇨는 훌륭하고 현명한 사람이야. 그는 그토록 많은 살인자들이 처벌받지 않은 채 거리를 활보하도록 놔두지 않을 거야. 그토록 끔찍한 무관심과 그토록 은폐된 것들을 말이야. 그런 다음 그녀는 어린 소녀의 목소리로 이렇게 말했다. 몇몇 여자아이는 검은 자동차에 올라타지만, 그들은 아무 데서나 그 아이들을 죽여. 그러고는 극히 정상적인 목소리로 이렇게 말했다. 적어도 처녀인 아이들만이라도 안심하고 살도록 놔둘 수는 없을까? 말이 끝나기 무섭게 그녀는 의자에서 벌떡 일어났다. 그 장면은 소노라 텔레비전 제1스튜디오 카메라에 완전하게 포착되었다. 그러더니 그녀는 총알을 맞은 것처럼 바닥으로 굴러떨어졌다. 레이날도와 복화술사가 그녀를 도우려고 달려갔지만, 각자 한쪽 팔을 붙잡아 그녀를 일으키려는 순간, 플로리타는 울부짖었다. (레이날도는 평생 그토록 심한 분노의 목소리를 한 번도 들은 적이 없었다.) 날 건드리지 마, 이 매정한 놈들아! 날 걱정하지 마! 내가 무슨 말을 하는지 모르겠어? 그런 다음 바닥에서 일어나더니 방청석을 쳐다보고는 레이날도에게 다가갔다. 그녀는 무슨 일이 있었느냐고 물었고, 즉시 카메라를 똑바로 응시하면서 사과했다.

그 무렵 랄로 쿠라는 경찰서에서 아무도 읽지 않는 책 몇 권을 발견했다. 마치 모든 사람이 잊어버린 것 같은 보고서와 서류 파일이 넘칠 정도로 가득한 선반 위에 있으면서, 쥐들의 밥이 될 운명을 띠고 있는 책들 같았다. 그는 그 책들을 집으로 가져갔다. 모두 여덟 권이었다. 처음에는 문제를 일으키지 않으려고 세 권만 가져갔다. 존 C. 클로터의 『경찰 수사관을 위한 기법』, 말라키 L. 하니와 존 C. 크로스가 공동 집필한 『경찰 법 집행의 정보원』, 그리고 해리 쇠더만과 존 J. 오코넬의 『근대 범죄 수사』였다. 어느 날 오후 그는 자기가 책을 가져갔다고 에피파니오에게 말했고, 에피파니오는 그것이 멕시코시티나 에르모시요에서 보낸 책들인데 아무도 읽지 않는다고 알려 주었다. 그래서 그냥 놔두었던 나머지 다섯 권도 모두 집으로 가져갔다. 가장 마음에 든 책이자 가장 먼저 읽은 책은 『근대 범죄 수사』였다. 제목이 의미하는 것과는 달리, 그 책은 아주 오래전에 출간되었다. 멕시코에서는 1965년에 초판이 발행되었다고 찍혀 있었다. 그가 가지고 있는 판본은 1992년에 출간된 10쇄본이었다. 10쇄는 4판의 서문을 사실상 그대로 게재했다. 거기서 해리 쇠더만은 자신이 사랑하는 친구인 감찰감 존 오코넬이 세상을 뜨는 바람에, 자기가 수정 작업을 책임지고 도맡아야 했다고 불평했다. 그리고 나중에 〈이 책을 수정하면서 나는 세상을 떠난 오코넬 형사의 영감과 풍부한 경험, 그리고 소중한 도움을 한없이 그리워했다〉라고 적었다. 랄로 쿠라는 셋방에 달린 희미한 전등 불빛 아래서, 혹은 열린 창문으로 들어오던 첫 햇살 아래서 그 책을 읽었다. 그러면서 아마 쇠더만도 이미 예전에 죽었을지 모르지만,

자기는 결코 그에 관해 알 수 없을 것이라고 생각했다. 하지만 그런 건 중요하지 않았다. 오히려 그런 확신 부족이 책을 읽도록 박차를 가한 동기가 되었다. 그는 책을 읽었고, 가끔씩 스웨덴 사람과 미국인이 말하는 것을 비웃기도 했으며, 어떤 때는 마치 머리에 총을 맞은 것처럼 놀라서 말도 못 하는 상태에 빠지기도 했다. 그 무렵에는 또한 실바나 페레스 살인 사건을 신속하게 해결하면서, 경찰들이 이전에 해결하지 못한 문제들이 다소 묻혀 버렸다. 범인 체포 소식은 산타테레사 텔레비전에서도 방영되었고, 그 도시의 두 신문에서도 대서특필했다. 몇몇 경찰은 평소보다 더욱 행복해 보였다. 어느 커피숍에서 랄로 쿠라는 열아홉에서 스무 살가량 되는 젊은 경찰들을 만났다. 그들은 그 사건에 관해 말했다. 그러자 그들 중 한 사람이 야노스가 그녀의 동거남인데, 어떻게 강간할 수 있지? 하고 물었다. 나머지 사람들은 웃었지만, 랄로 쿠라는 그 질문을 심각하게 받아들였다. 우격다짐으로 섹스를 강제했기 때문에, 그녀가 원하지 않는 것을 하도록 강요했기 때문에 강간인 거지. 그러지 않았다면, 강간이 아니었겠지. 그는 대답했다. 젊은 경찰 중 한 사람이 그에게 법학을 공부하고 싶은 생각이 없느냐고 물었다. 변호사가 되고 싶지 않아? 아니. 랄로 쿠라는 대답했다. 다른 사람들은 그를 마치 멍청이라는 듯 쳐다보았다. 한편 1994년 12월에는 살해된 여자들이 더 이상 없었다. 적어도 알려진 바에 따르면 그랬다. 그리고 그해는 평화롭게 끝을 맺었다.

1994년이 끝나기 전에 해리 마가냐는 추카리트로 여행해서 미겔 몬테스에게 연애편지를 보낸 여자를 찾았다. 그녀의 이름은 마리아 델 마르 엔시소 몬테스였고, 미겔의 사촌이었다. 그녀는 열일곱 살로, 열두 살 때부터 그를 사랑했다. 몸매는 날씬하고 머리카락은 태양에 그을린 갈색이었다. 그녀는 해리 마가냐에게 왜 자기 사촌을 만나려 하느냐고 물었고, 해리는 자기가 그의 친구라면서, 어느 날 밤 미겔이 그에게 빌려 준 돈에 관해 말했다. 잠시 후 여자아이는 자기 부모를 소개했다. 그들은 조그만 식료품점을 운영했는데, 거기에서 소금에 절인 생선을 팔기도 했다. 그들이 우아타밤포에서 로스 메다노스까지 차로 해변을 돌아다니면서 직접 어부들에게서 구입한 생선이었다. 어떤 때는 더 북쪽에 있는 이슬라 로보스까지 가기도 했다. 그곳에 사는 어부 대부분은 원주민이었고 피부암을 앓았지만, 그들은 그런 것에 개의치 않았다. 픽업트럭이 생선으로 가득 차면, 그들은 추카리트로 돌아와서 직접 생선을 절이곤 했다. 해리 마가냐는 마리아 델 마르의 부모가 마음에 들었다. 그날 밤 그는 그곳에 남아 저녁을 먹었다. 그러나 그 전에 집에서 나가 그 여자아이와 함께 추카리트를 돌아다니면서, 무언가를 살 수 있는 장소를 찾았다. 그를 너무나 다정하게 환대해 준 그녀의 부모에게 줄 조그만 선물을 사기 위해서였다. 그러나 아무 가게도 찾을 수 없었다. 그가 유일하게 발견한 곳은 술집이었고, 그곳에서 포도주 한 병을 구입했다. 여자아이는 밖에서 기다렸다. 그가 술집에서 나오자, 여자아이는 미겔의 집으로 가보지 않겠느냐고 물었다. 해리는 좋다고 대답했다. 그들은 자동차를

442

추카리트 근교로 몰았다. 나무 몇 그루의 그늘 아래 낡고 오래된 흙벽돌 집이 서 있었다. 이제는 아무도 살지 않아요. 마리아 델 마르가 알려 주었다. 해리 마가냐는 차에서 내려 돼지우리를 보았다. 우리의 철망은 망가지고 나무가 모두 썩어 있었다. 그리고 닭장도 보았는데, 거기서 무언가가 움직였다. 아마도 쥐나 뱀인 것 같았다. 그런 다음 그는 현관문을 열었다. 죽은 동물 냄새가 코를 찔렀다. 불길한 예감이 엄습했다. 그는 자동차로 돌아가 손전등을 찾은 다음, 다시 집으로 갔다. 이번에는 마리아 델 마르가 그의 뒤를 따라왔다. 방에서 죽은 새를 여러 마리 발견했다. 그는 손전등으로 위쪽을 비추었다. 나뭇가지로 만든 들보들 사이로 더그매 일부가 보였다. 그곳에는 확인할 수 없는 물체와 자연의 배설물들이 수북하게 쌓여 있었다. 미겔이 가장 먼저 떠났어요. 마리아 델 마르가 어둠 속에서 말했다. 그런 다음 그의 어머니가 죽었고, 그의 아버지는 이곳에서 1년 동안 혼자 살았지요. 그런데 어느 날부터 그의 모습을 더는 볼 수 없었어요. 우리 어머니 말로는 스스로 목숨을 끊었대요. 아버지 말에 따르면, 미겔을 찾으러 북쪽으로 갔다고 하고요 다른 아이들은 없었어? 있었어요. 하지만 아기였을 때 모두 죽었어요. 마리아 델 마르가 대답했다. 너도 외동딸이니? 해리 마가냐가 물었다. 아니에요, 우리 가족에게도 똑같은 일이 일어났어요. 내 오빠들과 언니들은 여섯 살이 되기 전에 모두 병에 걸려 죽었어요. 미안해, 하지 말아야 할 질문을 해서. 해리 마가냐가 사과했다. 다른 방은 더욱 어두웠다. 그러나 죽음의 냄새를 풍기지는 않았다. 정말 이상한 일이야. 해리 마가냐는 생각했다. 거기서는 생명의 냄새가 풍겼다. 아마도 일시 정지한 생명의 냄새인 것 같아. 잠깐 누가 방문한 것 같은 느낌이 들어. 잔인하고 못된 사람들의 웃음소리가 들리는 것 같아. 하지만 어쨌든 생명의 냄새야. 그는 생각했다. 그 방에서 나오자, 여자아이는 별들이 가득한 추카리트의 하늘을 가리켰다. 언젠가 미겔이 돌아올 거라고 믿니? 해리 마가냐가 물었다. 그래요, 돌아오길 바라고 있어요. 하지만 돌아올지 모르겠어요. 지금 어디에 있을 거라고 생각하니? 모르겠어요. 마리아 델 마르가 대답했다. 산타테레사에 있을까? 아니에요. 그곳에 있다면 당신이 그를 찾으러 추카리트로 오지 않았을 거예요, 그렇지 않나요? 여자아이가 말했다. 그래, 사실이야. 해리 마가냐가 대답했다. 그곳에서 떠나기 전에 그는 여자아이의 손을 잡고서 미겔 몬테스 같은 사람은 그녀에게 어울리지 않는다고 말했다. 여자아이는 빙긋이 웃었다. 이가 조그마했다. 하지만 난 그에게 어울리죠. 여자아이가 말했다. 아니야, 넌 더 훌륭한 사람과 사귀어야 해. 해리 마가냐가 지적했다. 그날 밤 여자아이의 집에서 저녁을 먹은 다음, 그는 다시 북쪽으로 향했다. 새벽에는 티후아나에 도착했다. 그가 아는 것이라고는 티후아나에 사는 미겔 몬테스의 친구 이름이 추초라는 것뿐이었다. 그는 티후아나의 술집과 나이트클럽을 찾아다니면서 그런 이름을 가진 웨이터나 바텐더가 있는지 알아봐야겠다고 생각했지만, 그럴 정도의 시간은 없었다. 또한 그 도시에는 그를 도와줄 수 있는 사람이 아무도 없었다. 정오에 그는 캘리포니아에 사는 옛 친구에게 전화를 걸었다. 나야. 해리 마가냐가 말했다. 그러나 전화를 받은 사람은 해리 마가냐라는 이름을 전혀 기억하지 못했다. 5년 전에 샌타바버라에서 함께 교육받았잖아. 해리 마가냐가 말했다. 이젠 기억나? 맙소사, 물론이지. 애리조나의 헌츠빌 보안관 해리 마가냐잖아. 아직도 보안관으로 근무하지? 그래. 해리 마가냐가 말했다. 그런 다음 각자 상대방 아내의 안부를 물었다. 이스트로스앤젤레스 경찰은 자기 아내는 잘 지낸다고, 갈수록 뚱뚱해진다고 말했다. 해리는 자기 아내는 4년 전에 세상을 떠났다고 말했다. 샌타바버라에서 교육을 마친 후 몇 달 지나서였다. 안됐구나, 유감이야. 해리의 친구가 말했다. 그러자 이젠 괜찮아. 해리 마가냐가 말했다. 두 사람은 잠시 불편한 침묵을 지켰다. 그러다가 로스앤젤레스 경찰이 어떻게 죽은 거냐고 물었다. 암이었어, 아주 빠르게 진행되었어. 해리가 말했다. 지금 로스앤젤레스에 있는 거야, 해리? 상대방이 물었다. 아니야, 아니야, 거기서 가까운 곳에 있어. 티후아나에 있어. 무슨 일 때문에 티후아나에 간 거야? 휴가 보내러 간 거야? 아니야, 아니야. 해리 마가냐가 대답했다. 지금 어떤 놈을 찾고 있어. 비공식적인 자격으로 찾는 거야. 무슨 소린지 알겠지? 하지만 이름만 알아. 내가 도와주길 바라는 거야? 로스앤젤레스 경찰이 말했다. 그렇게 해준다면, 나쁘지 않을 것 같아. 해리가 말했다. 지금 어디서 전화하는 거야? 공중전화 박스야. 그럼 동전 넣고 잠깐만 기다려. 경찰이 말했다. 기다리는 동안 해리는 자기 아내가 아니라 루시 앤 샌더를 생각했다. 그러다가 루시 앤에 관한 생각을 그만두고서 거리를 지나가는 사람들을 쳐다보았다. 몇몇 사람은 도화지로 커다랗게 만든, 검은색 혹은 자주색이나 오렌지색 모자를 썼다. 모두가 커다란 가방을 들고서 미소 짓고 있었다. 그러자 헌츠빌로 돌아가서 이 문제를 완전히 잊어버려야겠다는 생각이 머리를 스쳤다(하지만 너무나 순간적이어서 그 자신도 눈치채지 못했다). 그때 이스트로스앤젤레스 경찰의 목소리가 들리더니 그를 도와줄 사람의 이름을 알려 주었다. 라울 라미레스 세레소야. 주소는 오로 거리 401번지야. 그런데 너 스페인어 할 줄 알아, 해리? 캘리포니아에서 경찰이 물었다. 갈수록 잊어버리고 있어. 해리 마가냐가 대답했다. 오후 3시에 무자비하게 내리쬐는 햇빛을 맞으면서 그는 오로 거리 401번지에 위치한 집의 초인종을 눌렀다. 교복을 입은, 열 살가량 된 여자아이가 문을 열어 주었다. 라울 라미레스 세레소 씨를 찾고 있는데. 해리가 말했다. 아이는 미소를 짓더니 문을 열어 두고서 어둠 속으로 사라졌다. 처음에 해리는 집 안으로 들어가야 할지, 아니면 밖에서 기다려야 할지 몰랐다. 아마도 그를 집 안으로 들어가게 한 것은 뜨거운 태양인 것 같았다. 물 냄새와 방금 물을 뿌려 준 식물 냄새가 났다. 그리고 물에 젖은 다음에 풍기는 뜨거운 화분 냄새도 났다. 현관방에서 복도 두 개가 뻗어 있었다. 한쪽 복도의 끝에서는 회색 바닥 타일이 깔려 있고 한쪽 벽이 넝쿨나무로 뒤덮인 마당이 보였다. 다른 복도는 입구인지 아닌지는 모르지만 지금 그가 있는 곳보다 더 어두웠다. 뭘 원하십니까? 어느 남자의 목소리가 말했다. 나는 라미레스 씨를 찾고 있습니다. 해리 마가냐가 대답했다. 당신은 누구입니까? 그 목소리가 물었다. 로스앤젤레스 경찰인

리처드슨의 친구입니다. 아, 그렇군요, 정말 흥미롭군요. 그가 말했다. 그런데 왜
라미레스 씨를 찾는 겁니까? 나는 지금 어떤 사람을 찾고 있습니다. 해리가 말했다.
당신뿐만 아니라 모든 사람이 그렇지요. 그 목소리가 말했다. 그런데 슬픔에 잠긴
것 같기도 했고, 피곤한 것처럼 들리기도 했다. 그날 오후 해리 마가냐는 라울
라미레스 세레소와 함께 시내 중심가에 있는 경찰서로 갔다. 그곳에서 멕시코
경찰은 1천 개가 넘는 파일과 함께 그를 홀로 남겨두었다. 이 서류들을
살펴보십시오. 그는 말했다. 두 시간 후 해리 마가냐는 자기가 찾던 추초라는
사람과 완벽하게 맞아떨어지는 사람을 발견했다. 그는 시시껄렁한 범죄자입니다.
라미레스는 다시 돌아와 파일을 살펴보면서 말했다. 가끔씩 뚜쟁이로 일합니다.
오늘 밤 와우 나이트클럽에 가면 그를 찾을 수 있을 겁니다. 항상 그곳으로
가거든요. 하지만 우선 함께 저녁을 먹도록 합시다. 라미레스가 말했다. 야외
테라스에서 저녁을 먹는 동안, 멕시코 경찰은 그에게 자기의 삶에 대해
들려주었다. 나는 돈 많은 집안 출신이 아닙니다. 그는 말했다. 처음 25년 동안 내
인생은 수많은 문제들로 점철되었어요. 제대로 풀리지가 않았어요. 해리 마가냐는
그의 삶에 관해서 그다지 듣고 싶은 마음이 없었다. 대신 추초에 관해서 듣고
싶었지만, 그는 귀를 기울여 듣는 척했다. 원하기만 하면 스페인어는 듣자마자
잊어버리고서, 무슨 내용인지 하나도 그의 기억 속에 남지 않게 할 수 있었다.
영어의 경우도 시도해 보았지만, 스페인어와 똑같이 할 수는 없었다. 실제로 그는
라미레스가 쉬운 삶을 살지 않았다는 말을 건성으로 들었다. 수술, 외과 의사들,
불행에 익숙해진 불운한 어머니 등의 말이 들렸다. 어떤 때는 맞고 또 어떤 때는
틀린 말이기도 한 경찰의 악명, 우리 모두가 짊어져야 할 십자가 등의 말도 들렸다.
십자가 여러 개가 아니라 하나야. 해리 마가냐는 생각했다. 그런 다음 라미레스는
여자들에 관해 말했다. 다리를 벌린 여자들, 그것도 활짝 벌린 여자들에 관해
말했다. 여자가 다리를 벌리면 거기서 볼 수 있는 게 뭐지요? 무엇이 보이지요?
그만해요. 식사를 할 때 입에 올릴 주제가 아닌 것 같군요. 염병할 구멍이지요.
빌어먹을 구멍이에요. 지랄 같은 틈이에요. 캘리포니아의 지각 표면에 있는 틈처럼
말입니다. 그걸 샌버너디노 단층이라고 부르는 것 같더군요. 캘리포니아에 그런 게
있지요? 처음 들어 보는 말입니다. 그건 그렇고 난 애리조나에 삽니다. 해리가
말했다. 여기서 아주 멀리 떨어진 곳이군요. 라미레스가 말했다. 아니에요,
캘리포니아 바로 옆이고, 나는 내일 집으로 돌아갈 예정입니다. 해리가 말했다.
그런 다음 해리는 아이들에 관한 긴 얘기를 들었다. 어린아이의 울음에 관심을
기울여 들어 본 적이 있나요, 해리? 아니요, 내겐 아이들이 없어요. 해리가
대답했다. 그렇군요, 미안해요, 미안합니다. 그런데 왜 그가 미안하다고 하는
것일까? 해리는 의아했다. 품위 있고 착한 여자. 그런데 우리가 전혀 의도하지 않은
채 습관적으로 마구 대하는 여자. 우리는 습관 때문에 장님이 되어 그 여자를
제대로 보지 못하지요. 아니, 부분적으로만 볼 수 있는 애꾸가 되지요. 그런데 그런
습관을 고칠 방법이 없을 때, 갑자기 그 여자가 우리 품에서 병듭니다. 자기 자신을

445

제외하고 모든 사람을 걱정하고 보살피던 그 여자는 우리 품에서 시들기
시작합니다. 그런데 그때 우리는 그런 사실을 눈치채지도 못합니다. 라미레스가
말했다. 그에게 내 인생 이야기를 들려주었나? 나도 그 정도로 비천한 상태에
이르렀을까? 해리 마가냐는 생각했다. 사물들은 우리가 보는 것과 같지 않습니다.
사물들이 당신이 보는 것처럼 복잡한 문제도 없고 질문을 던질 필요도 없이
단순하다고 생각합니까? 라미레스가 말했다. 아닙니다, 항상 질문을 던져야만
하지요. 해리 마가냐가 대답했다. 맞습니다. 티후아나의 경찰이 맞장구쳤다. 항상
질문을 던져야 하며, 항상 우리가 왜 그런 질문을 던지는지에 대해 우리
자신에게도 물어야 합니다. 왜 그런지 아십니까? 단 한 번만 그렇게 하지 않고
방심해도 우리의 질문은 원하지 않는 곳으로 우리를 이끌기 때문입니다. 내가
말하는 것의 핵심이 무엇인지 알겠습니까, 해리? 우리의 질문은 너무나
자명하게도 그 자체가 의문입니다. 하지만 우리는 그런 질문을 던질 필요가
있습니다. 그게 바로 무엇보다도 지랄 같은 점이지요. 그러자 그게 인생이지요
하고 해리 마가냐가 말했다. 그 말이 끝나자 멕시코 경찰은 침묵을 지켰고, 두
사람은 티후아나 위로 불어오는 산들바람을 뜨거운 뺨에서 느끼면서 거리를
걸어가는 사람들을 쳐다보았다. 자동차 휘발유 냄새, 메마른 식물, 오렌지, 규모가
엄청난 공동묘지 냄새를 풍기는 산들바람이었다. 맥주 한잔 더 할까요, 아니면
지금 당장 추초라는 작자를 찾으러 갈까요? 맥주 한잔 더 하지요. 해리 마가냐가
대답했다. 나이트클럽에 들어가자, 그는 라미레스가 주도권을 잡고 행동하도록
놔두었다. 라미레스는 경비원 중 하나를 불렀다. 경비원은 역도 선수 같은 체격을
지녔고, 상체에 걸친 운동복은 마치 무용수의 옷처럼 착 달라붙어 있었다.
라미레스는 경비원에게 귀엣말로 뭐라고 속삭였다. 경비원은 고개를 숙이고서
그의 말을 들었고, 그런 다음 라미레스의 얼굴을 쳐다보았다. 뭔가 말하려는 것
같았다. 하지만 라미레스는 자, 어서 서둘러라고 말했고, 경비원은 나이트클럽의
조명 사이로 사라졌다. 해리 마가냐는 라미레스를 따라 뒤편 복도로 갔다. 그들은
남자 화장실로 들어갔다. 두 사람이 있었지만, 경찰을 보자 서둘러 그곳에서
빠져나갔다. 잠시 라미레스는 거울을 쳐다보았다. 그는 손과 얼굴을 닦고서 신사용
빗을 꺼내더니 조심스럽게 머리를 빗었다. 해리 마가냐는 아무것도 하지 않았다.
그는 아무것도 걸지 않은 시멘트 벽에 기대어 가만히 있었다. 마침내 추초가
문가에 모습을 드러냈고, 왜 자기를 찾느냐고 물었다. 가까이 와, 추초. 라미레스가
말했다. 해리 마가냐는 화장실 문을 닫았다. 라미레스가 질문했고, 추초는 그의
모든 질문에 답했다. 그는 미겔 몬테스를 알고 있었다. 그는 미겔 몬테스의
친구였다. 그는 자기가 아는 바로는 미겔 몬테스가 아직 산타테레사에 있으며,
그곳에서 어느 창녀와 동거한다고 말했다. 그는 그 창녀의 이름을 몰랐지만,
그녀가 젊으며, 잠시 〈내부 문제〉라는 나이트클럽에서 일한 적이 있다는 사실은
알았다. 엘사 푸엔테스인가? 해리가 말했고, 그 작자는 고개를 돌리더니 그를
쳐다보고서 고개를 끄덕였다. 그는 항상 패배하는 가련한 놈들이 지닌 성마른

시선을 지니고 있었다. 그런 이름인 것 같습니다. 그는 말했다. 그런데 네가
거짓말하지 않았다는 걸 내가 어떻게 알 수 있지, 추초? 라미레스가 물었다. 저는
결코 당신을 속인 적이 없으니 제 말을 믿으셔야 합니다. 뚱쟁이가 말했다. 하지만
난 확실하고 분명하게 알아야 해, 추초. 멕시코 경찰은 말하면서, 주머니에서
잭나이프를 꺼냈다. 자개가 박힌 손잡이에 15센티미터짜리 가느다란 칼날이 있는
잭나이프였다. 저는 경관님을 절대로 속이지 않습니다. 추초가 신음하듯 말했다.
이건 내 친구에게 매우 중요한 거야, 추초. 우리가 이곳을 떠나자마자 네가 미겔
몬테스에게 전화하지 않을 거라고 어떻게 내가 확신하지? 절대로 그렇게 하지
않겠습니다. 결코 그런 일은 없을 겁니다. 더군다나 경관님이 그렇게 하지 말라고
하니, 더욱 그럴 일은 없을 겁니다. 저는 그런 생각을 할 엄두도 내지 못합니다.
어떻게 할까요, 해리? 멕시코 경찰이 말했다. 내가 보기에는 이 작자가 거짓말을
하는 것 같지는 않습니다. 해리 마가냐가 대답했다. 화장실 문을 열자 한쪽에
땅딸막한 창녀 둘과 나이트클럽 경비원 한 명이 보였다. 창녀들은 살이
피둥피둥했고, 매우 감상적인 성격임이 틀림없었다. 추초가 멀쩡한 상태로 나오는
것을 보자, 웃음과 눈물이 뒤섞인 채 달려가서 그를 껴안은 것이다. 화장실에서
가장 늦게 나온 사람은 라미레스였다. 무슨 문제 있나? 그는 경비원에게 물었다.
없습니다. 경비원은 희미한 목소리로 대답했다. 그럼 모든 게 잘된 거지? 예,
그렇습니다. 경비원이 말했다. 거리로 나간 그들은 나이트클럽에 들어가려는
젊은이들이 길게 늘어선 줄을 보았다. 해리 마가냐는 보도 끝에서 추초가 두
창녀를 얼싸안고 걸어가는 모습을 발견했다. 그의 위로 보름달이 덩그렇게 걸렸고,
그것을 보자 해리는 바다를 떠올렸다. 딱 세 번 가보았던 바다였다. 침대로 가는
겁니다. 라미레스는 말하면서, 해리의 옆으로 다가왔다. 사람이 너무 놀라거나
너무 감정의 동요가 심하면, 즉시 편안한 의자에 앉아 맛있는 칵테일을 마시고
멋진 텔레비전 프로그램을 보며 두 애인이 만들어 주는 훌륭한 음식을 먹는 것보다
더 좋은 게 없지요. 사실 저 여자들은 음식을 만드는 데만 소용이 있어요. 멕시코
경찰은 마치 두 창녀를 학교 다닐 때부터 알았다는 듯 말했다. 나이트클럽으로
들어가려고 선 줄에는 몇몇 미국인 관광객도 있었다. 그들은 목소리를 한껏 높여
이야기했다. 이제 뭘 할 거죠, 해리? 라미레스가 물었다. 산타테레사로 갈 겁니다.
해리 마가냐는 바닥을 내려다보면서 말했다. 그날 밤 그는 별들이 가득한 길을
따라갔다. 콜로라도강을 건너자 하늘에서 별똥별, 아니 유성을 보았고, 그는
어머니가 가르쳐 준 것처럼 조용히 소원을 빌었다. 그렇게 그는 산루이스부터 로스
비드리오스까지 한적한 길로 차를 몰았다. 로스 비드리오스에 도착하자 차를
멈추고서 식당으로 들어가 아무것도 생각하지 않은 채 커피를 두 잔 마셨고,
뜨거운 액체가 식도로 내려가면서 어떻게 식도를 지지는지 느꼈다. 그는 로스
비드리오스-소노이타 고속 도로를 달렸고, 그런 다음 남쪽으로, 그러니까
카보르카로 향하는 길로 접어들었다. 출구를 찾으려고 애쓰면서 그 마을의
중심가를 지났다. 주유소를 제외하고는 모든 가게가 닫혀 있었다. 그는 동쪽으로

방향을 바꾸어 알타르, 푸에블로 누에보, 산타아나를 지났고, 마침내 노갈레스와 산타테레사로 향하는 4차선 고속 도로와 만날 수 있었다. 그가 산타테레사에 도착했을 때는 새벽 4시였다. 데메트리오 아길라의 집에는 아무도 없었다. 그래서 그는 침대에서 잠시도 눈을 붙이지 않았다. 얼굴과 팔을 닦고서, 찬물로 가슴과 겨드랑이를 비볐고, 가방에서 깨끗한 셔츠를 꺼내 입었다. 그는 곧장 〈내부 문제〉로 향했다. 그곳에 도착했을 때 〈내부 문제〉는 아직 문을 닫지 않았고, 그는 마담과 이야기하게 해달라고 요구했다. 그 말을 들은 작자는 해리 마가냐를 조롱하듯이 쳐다보았다. 그 작자는 세공한 나무 카운터 뒤에 있었다. 그 카운터는 한 사람, 즉 접대자이거나 여리꾼인 그 사람만 있을 수 있도록 디자인한 무대와 같았기 때문에 실제보다 훨씬 키가 커 보였다. 여기에는 마담이 없습니다. 그가 말했다. 그렇다면 매니저와 이야기하고 싶습니다. 해리 마가냐가 말했다. 매니저도 없습니다. 그럼 관리자가 누구지요? 해리 마가냐가 물었다. 여자 지배인이 있습니다. 홍보 책임자입니다. 미스 이셀라입니다. 해리 마가냐는 웃으려고 노력했고, 미스 이셀라와 1분만 이야기하고 싶다고 말했다. 나이트클럽으로 올라가서 그녀가 어디에 있느냐고 물어보세요. 접대자가 말했다. 해리 마가냐는 홀로 들어갔고, 소파에서 자던 흰 수염 난 남자를 보았다. 벽은 붉은 누비 커버로 뒤덮여 있었다. 홀은 마치 창녀들이 수용된 정신 병원의 안전 감옥 같았다. 마찬가지로 붉은 천으로 뒤덮인 난간의 계단에서, 그는 고객과 함께 있던 창녀를 보았고, 그녀의 팔을 붙잡았다. 그리고 엘사 푸엔테스가 아직도 그곳에서 일하느냐고 물었다. 이 손 치워요. 창녀는 말하더니 그냥 계속 계단을 내려갔다. 나이트클럽에는 상당히 많은 사람이 있었다. 하지만 들리는 음악은 볼레로거나 남부의 슬픈 단손[15]이었다. 커플들은 어둠 속에서 거의 움직이지 않았다. 그는 힘들게 웨이터를 찾았고, 미스 이셀라가 어디에 있느냐고 물었다. 웨이터는 나이트클럽의 맞은편 끝에 있는 문을 가리켰다. 미스 이셀라는 검은 양복을 입고 노란 넥타이를 맨 50대 남자와 함께 있었다. 그녀가 해리 마가냐에게 자리에 앉으라고 권하자, 남자는 창턱에 기대어 거리를 내다보았다. 해리 마가냐는 엘사 푸엔테스를 찾는다고 말했다. 왜 그런지 이유를 알아도 될까요? 미스 이셀라가 물었다. 좋은 일로 찾는 건 아닙니다. 해리 마가냐는 미소를 지으며 말했다. 미스 이셀라는 웃었다. 날씬하고 균형 잡힌 몸매였으며, 왼쪽 어깨에는 파란색 나비 문신을 새겼다. 아마 아직 스물두 살도 되지 않은 것 같았다. 창가에 있는 남자 역시 웃으려고 했지만, 겨우 윗입술만 움직이는 부자연스러운 미소만 지었다. 이제는 여기서 일하지 않아요. 미스 이셀라가 말했다. 여기를 떠난 지 얼마나 되었습니까? 해리 마가냐가 물었다. 한 달 정도 되었어요. 미스 이셀라가 말했다. 어디를 가야 그녀를 만날 수 있는지 아십니까? 미스 이셀라는 창가의 남자를 쳐다보고서 말해 줘도 괜찮냐고 물었다. 안 될 이유는 없지. 남자가 말했다. 우리가 이야기하지

---

15 19세기 말 쿠바에서 발생한 댄스 음악. 스페인 무곡에 아프리카 리듬이 더해져 생겨났으며, 20세기 초까지 유행하다가 쇠퇴했어.

448

않더라도, 다른 방법을 통해 알아낼 테니까. 이 미국인은 보통 고집이 아닌 것 같아. 맞습니다. 난 어떤 일을 붙잡으면 반드시 해결하고 말지요. 해리 마가냐가 말했다. 이셀라, 더는 가슴 졸이게 만들지 말고 엘사 푸엔테스가 어디에 사는지 말해 줘. 남자가 말했다. 미스 이셀라는 서랍에서 길쭉하고 표지가 두꺼운 회계 장부를 꺼내더니 종이를 홀홀 넘기며 찾기 시작했다. 우리가 아는 한도 내에서 말해 주자면, 엘사 푸엔테스는 산타카타리나 거리 23번지에 살아요. 그게 어디지요? 해리 마가냐가 물었다. 카란사 지역에 있어요. 그 지역에 가서 물어보면 찾을 수 있을 겁니다. 남자가 말했다. 해리 마가냐는 자리에서 일어나 그들에게 고맙다고 말했다. 그곳을 떠나기 전에 그는 뒤를 돌아보았고, 혹시 미겔 몬테스를 아는지 아니면 그 이름을 들어 보았는지 물으려고 했지만 즉시 마음을 바꾸고서 아무 말도 하지 않았다.

산타카타리나 거리를 찾기란 쉬운 일이 아니었지만, 결국엔 그곳에 도착할 수 있었다. 엘사 푸엔테스가 사는 집의 현관문은 철문이었고, 벽에는 하얀 회반죽이 칠해져 있었다. 그는 두 번 문을 두드렸다. 이웃집들은 쥐 새끼 소리 하나 없이 조용했지만, 거리에서 그는 일하러 나가는 여자 셋과 마주쳤다. 세 여자는 집에서 나오자마자 무리를 지었고, 그의 차를 흘낏 한번 쳐다보고는 급히 모습을 감추었다. 그는 잭나이프를 꺼내고서 몸을 웅크렸고, 별 어려움 없이 현관문을 열었다. 현관문 안쪽에는 빗장으로 사용되는 쇠막대가 있었다. 하지만 빗장은 걸려 있지 않았다. 그래서 그는 집 안에 아무도 없다고 추측했다. 그는 문을 닫고서 빗장을 걸고는 집 안을 뒤지기 시작했다. 침실들은 버려졌다는 느낌을 전혀 주지 않았다. 오히려 요염하고 교태를 부리는 것 같은 징후를 띠었다. 벽에는 손잡이가 달린 항아리와 기타, 그리고 상쾌하고 쾌적한 냄새를 풍기는 약초 다발이 걸려 있었다. 엘사 푸엔테스의 침실 침대는 헝클어졌지만, 나머지는 하나도 나무랄 데 없었다. 옷장의 옷은 말끔하게 정돈되었고, 나이트 테이블 위에는 사진이 여러 장 있었는데, 그중 둘은 그녀와 미겔 몬테스가 함께 찍은 것이었다. 먼지가 쌓일 시간이 없었다는 것을 보여 주듯이 바닥은 깨끗했다. 냉장고에는 충분히 많은 음식들이 들어 있었다. 그 어떤 곳에도 불이 켜져 있지 않았다. 심지어 성녀 그림 옆에 있는 전기 촛불도 켜져 있지 않았다. 모든 게 제자리를 지키면서 엘사 푸엔테스가 돌아오기를 기다리는 것 같았다. 미겔 몬테스가 그곳에 있었다는 흔적을 찾아보았지만, 아무것도 발견할 수 없었다. 그는 거실의 1인용 소파에 앉아 기다렸다. 자기가 어느 순간에 잠들었는지 정확히 알 수 없었다. 잠에서 깨어났을 때는 이미 낮 12시였고, 그때까지 문을 열려고 시도한 사람은 아무도 없었다. 그는 부엌으로 가서 아침을 먹으려고 먹을 것을 찾았다. 우유팩에 적힌 유효 기간을 확인한 후, 커다란 컵에 우유를 따라 마셨다. 그런 다음 창가에 있던 플라스틱 바구니에서 사과 하나를 집어 먹으면서, 다시 집 안 구석구석을 살펴보았다. 스토브의 불을 켜고 싶지는 않았고, 그래서 커피를 만들지 않았다. 부엌에서 유일하게 상한 것은 이미 딱딱해진 빵뿐이었다. 그는 주소록과 버스 예약 확인서, 그리고 그가 미처 보지 못하고 지나갔을지도 모르는 싸움의 흔적을 찾았다. 욕실을 점검했고, 엘사 푸엔테스의 침대 밑을 살펴보았으며, 쓰레기봉투도 뒤졌다. 그리고 신발 상자 세 개를 열어 보았지만, 거기에서 볼 수 있었던 것은 오로지 신발뿐이었다. 매트리스 아래도 뒤졌다. 조그만 양탄자 세 개도 들춰 보았다. 모두가 아랍 문양이 있는 것으로, 엘사 푸엔테스의 교태를 보여 주는 물건들이었다. 그러나 아무것도 발견할 수 없었다. 그때 천장을 살펴봐야겠다는 생각이 갑자기 머리를 스쳤다. 욕실과 거실에는 아무것도 없었다. 그러나 부엌에서 틈을 하나 보았다. 그는 의자에 올라가서 잭나이프로 석고가 바닥에 떨어질 때까지 후벼 팠다. 그렇게 구멍을 크게 만들어서 손을 집어넣었다. 1만 달러와 수첩이 든 비닐봉지를 발견했다. 그는 돈을 주머니에 넣고서 수첩을 살펴보기 시작했다. 이름도 없고 아무런 표시도 없는 전화번호들이 있었다. 마치 마구 적어 둔 것 같았다. 그는 그게 고객 전화번호일 것이라고 추정했다. 몇몇 전화번호에는 이름들이 적혀 있었다. 엄마, 미겔, 루페, 후아나, 그 밖에 별명들이 적혀 있었다. 아마도 직장 동료들인 것 같았다. 그 전화번호들 가운데 몇 개는 멕시코 전화번호가 아니라 애리조나 전화번호였다. 그는 돈과 함께 수첩을 주머니에 넣고서, 이제 떠나야겠다고 마음먹었다. 그는 몹시 흥분했고, 그의 육체는 커피를 두어 잔 달라고 소리 높여 요구했다. 자동차에 시동을 걸자 감시받는다는 느낌이 들었다. 그러나 거리 한가운데서 축구를 하면서 뛰노는 몇몇 아이의 소리를 제외하고는 모든 게 조용했다. 그는 경적을 울렸고, 아이들은 한참이 지나서야 길을 비켜 주었다. 뒷거울로 그는 길의 반대편 끝에서 랜드 차저 한 대가 나타나는 것을 보았다. 그는 길 한쪽으로 비켜 랜드 차저가 추월하도록 해주었다. 그 차에 탄 운전사와 다른 한 남자는 그에게 최소한의 관심도 보이지 않았고, 랜드 차저는 길모퉁이에서 그를 앞지르더니 이내 멀어졌다. 그는 시내 중심가로 차를 몰고 가서, 사람들이 상당히 많은 식당 옆에 멈추었다. 그러고서 햄이 들어간 스크램블드에그와 커피 한 잔을 주문했다. 먹을 것이 나오기를 기다리는 동안, 그는 카운터로 가서 그곳에 있던 청년에게 전화를 사용해도 괜찮은지 물었다. 흰 셔츠를 입고 검은 나비넥타이를 맨 청년은 미국으로 전화할 것인지, 아니면 멕시코에 전화하려고 생각하는지 물었다. 여기 소노라주예요. 해리 마가냐는 말하고서 수첩을 꺼내 전화번호들을 가리켰다. 좋아요, 당신이 걸고 싶은 곳에 전화하도록 하십시오. 나중에 영수증을 갖다주겠습니다, 됐지요? 청년이 말했다. 좋습니다. 해리 마가냐는 대답했다. 청년은 그의 옆에 전화기를 놓아 주더니, 다른 손님들의 주문을 받으러 갔다. 그는 먼저 엘사 어머니의 전화번호를 눌렀다. 어느 여자가 전화를 받았다. 그는 엘사가 있느냐고 물었다. 엘사는 여기에 없어요. 여자가 말했다. 하지만 당신은 엘사의 어머니가 아닌가요? 해리 마가냐는 물었다. 맞아요, 난 엘사의 어머니예요. 하지만 엘사는 산타테레사에 살아요. 여자는 말했다. 지금 내가 산타테레사에 전화를 건 게 아닌가요? 해리 마가냐는 물었다.

뭐라고요? 다시 말해 주세요. 여자가 말했다. 부인, 당신이 사는 곳이 어딥니까?
해리가 물었다. 토코닐코예요. 여자가 말했다. 그게 어딥니까, 부인? 해리 마가냐가
물었다. 멕시코예요. 여자가 말했다. 멕시코의 어느 지역입니까? 테페우아네스
근처요. 여자가 말했다. 테페우아네스가 어디에 있지요? 해리가 소리쳤다.
두랑고에 있어요. 두랑고주에 있다는 말입니까? 해리는 물으면서 종이에
토코닐코와 테페우아네스, 그리고 마지막으로 두랑고라는 단어를 썼다. 전화를
끊기 전에 그는 그녀의 주소를 물어보았다. 여자는 전혀 머뭇거리지 않고 주소를
불러 주었지만, 몇 번에 걸쳐 자기 주소를 헷갈렸다. 당신 딸의 돈을 보내겠습니다.
해리 마가냐가 말했다. 감사합니다, 너무 고맙습니다. 여자가 말했다. 아닙니다,
부인, 내가 아니라 당신 딸에게 감사해야 합니다. 해리 마가냐가 말했다. 그럼
그렇게 하지요. 내 딸뿐만 아니라 당신에게도 하느님의 은총이 깃들길 바라겠어요.
여자가 말을 맺었다. 그런 다음 그는 나비넥타이를 맨 청년에게 몸짓을 해서, 아직
그의 일이 끝나지 않았다는 것을 알리고는 테이블로 돌아왔다. 그곳에는 그의
스크램블드에그와 커피가 기다리고 있었다. 또 전화를 걸기 전에, 그는 커피를
다시 채워 달라고 부탁하고서 손에 커피 잔을 든 채 다시 카운터로 자리를 옮겼다.
미겔 몬테스의 전화번호를 눌렀다(하지만 이건 다른 미겔의 전화번호일 수도 있어,
그는 생각했다). 그리고 그가 염려한 대로 아무도 전화를 받지 않았다. 그러자
루페라는 여자에게 전화했다. 그녀와의 대화는 방금 전 엘사 푸엔테스의 어머니와
한 전화 통화보다 더욱 혼란스럽고 무질서했다. 그가 분명하게 얻을 수 있었던
정보는, 루페가 에르모시요에 살며, 엘사 푸엔테스나 산타테레사에 관해서는
아무것도 알고 싶어 하지 않으며, 그녀가 실제로 미겔 몬테스를 알고 있었지만
그가 살아 있는지를 비롯해 그와 관련된 어느 것도 알려고 하지 않았다는
사실이었다. 산타테레사에서 그녀의 삶은 처음부터 끝날 때까지 실수의
연속이었고, 그래서 동일한 실수를 두 번 다시 범하지 않으려고 했다. 그다음에
그는 다른 두 여자에게 전화를 걸었다. 한 사람은 후아나라고 수첩에 적혔고, 다른
한 여자는 〈소〉라는 별명(이건 여자가 아니라 남자의 별명이 될 수도 있었기에
여자인지 남자인지 확신할 수 없었다)이 붙어 있었다. 이 두 전화번호는 사전에
녹음된 목소리가 나오면서 끊겼다. 마지막 시도로 그는 아무 전화번호나 골랐다.
그리고 애리조나의 전화번호 중 하나를 눌렀다. 자동 응답기 때문에 다소 변형된
남자 목소리가 메시지를 남겨 두라고 하면서, 자기가 나중에 전화하겠다고
약속했다. 그는 계산서를 요청했다. 나비넥타이를 맨 청년은 주머니에서 종이 한
장을 꺼내 계산하면서, 식사가 맛있었냐고 물었다. 아주 맛있었어요. 해리
마가냐는 대답했다. 그는 루시에르나가 거리에 있는 데메트리오 아길라의 집에서
낮잠을 잤고, 모래 폭풍의 맹폭격을 당한 헌츠빌의 큰 거리 꿈을 꾸었다. 목걸이
공장의 여자아이들을 찾으러 가야만 해요! 누군가 그의 뒤에서 소리쳤지만, 그는
그 말을 들은 척하지 않았고, 계속해서 서류 더미를 읽는 데 정신을 팔았다. 복사한
서류들이었는데, 이 세상의 것이 아닌 언어로 적힌 것 같았다. 잠에서 깨어나자

451

그는 찬물로 샤워를 하고서 커다란 흰색 수건으로 물기를 닦았다. 감촉이 상쾌했다. 그런 다음 전화번호를 안내해 주는 곳으로 전화를 걸어 미겔 몬테스의 전화번호를 불러 주고는, 그 전화번호가 어느 주소로 등록되었는지 물어보았다. 전화를 받은 안내원은 잠시 기다리라고 하고서 거리 이름과 번지수를 불러 주었다. 전화를 끊기 전에 그는 누구 이름으로 전화가 등록되었는지 물었다. 프란시스코 디아스입니다. 전화 안내원이 대답했다. 해리 마가냐가 마데로센트로 대로와 평행하게 뻗은 포르탈 데 산파블로 거리에 도착했을 때, 산타테레사는 빠르게 어두워지고 있었다. 과거의 흔적을 아직 간직한 동네였다. 그러니까 과거에 관리들이나 젊은 전문직들이 살던 중산층 동네로, 시멘트나 벽돌로 건축된 1층이나 2층짜리 집들이 아직 그대로 있었다. 이제 보도에는 노인들만 보였고, 10대 청소년들은 무리를 지어 뛰어가거나 아니면 자전거나 털털거리는 자동차를 타고 지나갔다. 그날 밤 급히 해야 할 일이 있는 것처럼 모두가 서둘렀다. 사실 급하게 일을 처리해야 할 유일한 사람은 바로 난데. 해리 마가냐는 생각했고, 움직이지 않은 채 차 안에 그대로 있으면서 완전히 어두워질 때까지 기다렸다. 그는 누구의 눈에도 띄지 않도록 길을 건넜다. 현관문은 나무였고, 여는 게 어려워 보이지 않았다. 그는 잭나이프를 쥐고 작업했고, 문은 그런 그의 능수능란한 솜씨에 저항하지 않았다. 거실에는 조그만 마당으로 향하는 긴 복도가 뻗어 있고, 그 마당은 이웃집 마당의 불빛을 받아 환하게 빛났다. 모든 게 엉망진창으로 헝클어져 있었다. 그는 다른 집에서 새어 나오는 희미한 텔레비전 소리와 함께 거친 숨소리를 들었다. 그는 즉시 이곳에 자기 혼자 있지 않다는 것을 알았다. 그 순간 해리 마가냐는 무기를 가지고 오지 않았다는 사실을 아쉬워했다. 그는 첫 번째 방을 들여다보았다. 키는 작지만 어깨가 넓은 남자가 침대 밑에서 꾸러미를 꺼내고 있었다. 침대는 낮았고 그래서 꾸러미를 꺼내는 일은 다소 힘들어 보였다. 마침내 소기의 목적을 달성하고 꾸러미를 복도 쪽으로 끌고 가기 시작하면서, 남자는 뒤를 돌아보았고 그다지 놀라지 않은 표정으로 해리 마가냐를 쳐다보았다. 꾸러미는 비닐로 둘둘 말았고, 해리 마가냐는 욕지기와 분노로 숨이 막힐 것 같은 느낌을 받았다. 순간적으로 두 사람은 꼼짝하지 않은 채 그대로 있었다. 땅딸막한 남자는 지퍼가 달린 검은 작업복 바지를 입고 있었다. 아마도 마킬라도라 공장의 작업복 같았다. 그는 성난 표정을 지었고, 심지어는 당황한 표정도 지었다. 난 항상 더럽고 힘든 일만 도맡아 해 하고 말하는 것 같았다. 숙명적이라는 느낌을 가지고서 해리 마가냐는 실제로 자기가 도심에서 몇 분 떨어지지 않은 그곳, 즉 프란시스코의 집에 있다고 생각하지 않았다. 아니, 누구의 집에도 있지 않다고 여겼다. 대신 먼지와 잡초로 뒤덮인 들판이나 가축 우리와 닭장과 장작을 땔 때는 난로가 있는 허름한 판잣집에, 혹은 산타테레사의 사막이나 어떤 다른 사막에 있다고 상상했다. 그는 누군가가 현관문을 닫는 소리를 들었다. 그리고 거실에서 발소리를 들었다. 이어서 땅딸막한 남자를 부르는 소리를 들었다. 마찬가지로 그 사람이, 여기에 있어, 우리 친구와 함께 있어 하고 대답하는 소리도 들었다. 그는 갈수록 분노가 치밀었다. 해리 마가냐는 그의 가슴에 잭나이프를 박아 버리고 싶었다. 그는 랜드 차저에서 본 두 그림자가 복도를 향해 다가오는 걸 곁눈질로 쳐다보면서 필사적으로 그들을 향해 돌진했다.

1995년은 1월 5일에 또 다른 여자의 시체가 발견되는 것으로 시작했다. 이번에는 해골이었는데, 이호스 데 모렐로스 농업 조합 소유의 목장에 별로 깊지 않게 파묻혀 있었다. 시체를 파낸 농부들은 그것이 여자인 줄 몰랐다. 오히려 키가 작은 남자 시체라고 생각했다. 해골 옆에는 옷도 없었고, 시체의 신원을 확인해 줄 서류도 없었다. 농업 조합에서 즉시 경찰에 신고했지만, 경찰은 여섯 시간이나 지나서 그곳으로 출동했다. 그러면서 시체 발굴에 참여한 모든 사람에게서 각각 진술을 받았을 뿐만 아니라, 없어진 일꾼은 없는지, 최근에 싸움이 벌어진 적은 없는지, 최근에 행동이 변한 농부는 없는지 물어보았다. 물론 매년 그랬던 것처럼 젊은이 두 명이 농업 조합을 떠나 산타테레사나 노갈레스 혹은 미국으로 갔다. 평소처럼 자디잔 싸움은 있었지만, 심각한 싸움은 한 번도 없었다. 게다가 농부들의 행동은 계절에 따라, 수확량 정도에 따라, 남아 있는 얼마 안 되는 가축에 따라, 그러니까 여느 사람들처럼 경제 상황에 따라 변했다. 산타테레사의 법의학 검시관은 얼마 되지 않아 해골이 여자의 것이라고 판명했다. 그리고 구덩이에 옷이나 옷의 일부도 없었다는 점을 덧붙인다면, 여자가 살해되었다는 사실은 명약관화했다. 그런데 어떻게 살해되었을까? 그걸 말해 줄 수는 없었다. 그렇다면 언제 살해된 것일까? 대략 3개월 전이라고 추정되었지만, 그는 이 점에 관해 어떤 결정적인 판단도 하지 않으려고 했다. 시체의 부패 상태가 부위별로 다양했기 때문이었다. 누구든 정확한 날짜를 요구한다면, 뼈를 에르모시요에 있는 법의학 해부 연구소나 심지어는 멕시코시티에 있는 법의학 해부 연구소 본부로 보내서 검사해야만 했다. 산타테레사 경찰은 공식적으로 이 소식을 발표했지만, 본원적으로 모호했고, 따라서 어떤 책임도 지지 않으려는 의도가 엿보였다. 즉, 경찰은 살인자가 아마도 바하 칼리포르니아에서 치와와로 향하던 운전자일 가능성이 높으며, 죽은 여자는 티후아나에서 차를 얻어 탄 히치하이커였을 것이고, 사력에서 살해되어 그곳에 아무렇게나 묻혔을 가능성이 높다고 발표했다.

1월 15일에 또 다른 여자의 시체가 발견되었다. 그녀의 이름은 클라우디아 페레스 미얀이었다. 시체가 발견된 장소는 사우아리토스 거리였다. 죽은 여자는 검은색 스웨터를 입었으며, 각각 손에 약혼반지 이외에도 싸구려 반지 두 개를 끼었다. 여자는 치마도 입지 않았고 팬티도 걸치지 않았지만, 발에는 인조 가죽으로 만든 붉은색 스니커즈를 신고 있었다. 강간당하고 교살당한 시체는 흰 담요로 둘둘 말려 있었다. 마치 살인자가 시체를 다른 장소로 옮기려다가 갑자기 마음을 바꾸었거나, 아니면 상황에 의해 하는 수 없이 사우아리토스 거리의 쓰레기 컨테이너 뒤에 버려야만 했던 것 같았다. 클라우디아 페레스 미얀은 서른한 살이었고, 시체가 발견된 곳에서 그리 멀지 않은 마르케사스 거리에서 남편과 두 아이와 함께 살았다. 경찰이 그녀의 주거지를 찾아갔지만, 아무도 문을 열어 주지 않았다. 그러나 집 안에서 울부짖는 소리가 흘러나왔다. 경찰은 급히 가택 수색 영장을 발부받아 사망자가 살던 집 현관을 부수었고, 열쇠로 잠근 침실에서 두 어린아이를 발견했다. 후안 아파리시오 페레스와 동생 프랑크 아파리시오 페레스였다. 방에는 샌드위치 빵 두 덩어리와 식수를 담은 양동이 한 개가 놓여 있었다. 유아 심리학자가 참석한 가운데 신문을 받자, 두 미성년자 아이는 전날 밤 그들을 가둔 사람이 자신들의 아버지 후안 아파리시오 레글라라고 시인했다. 그들은 잠들 때까지 시끄러운 소리와 비명을 들었지만, 누가 소리쳤는지, 시끄러운 소리가 어디서 났는지 정확하게 말할 수 없었다. 다음 날 아침에는 이미 아무도 집에 없었고, 경찰의 소리를 듣자 아이들은 소리 지르기 시작했다. 용의자 후안 아파리시오 레글라는 자동차를 갖고 있었는데, 그 자동차는 어디에서도 발견되지 않았다. 그래서 그가 아내를 죽인 후 도망쳤다고 추정되었다. 클라우디아 페레스 미얀은 시내 중심가 커피숍에서 웨이트리스로 일했다. 후안 아파리시오 레글라의 직업이 무엇인지는 제대로 확인되지 않았다. 어떤 사람은 그가 마킬라도라에서 일한다고 생각했고, 또 어떤 사람들은 그가 불법 이민자들을 미국으로 월경하게 해주는 〈포예로〉, 즉 밀입국 안내자 일을 한다고 생각했다. 즉시 수색 영장과 체포 영장이 발부되었지만, 내막을 잘 아는 사람들은 그가 앞으로 절대 그 도시에 발을 들여놓지 않을 것이라고 확신했다.

2월에는 마리아 데 라 루스 로메로가 죽었다. 열네 살이었고, 신장은 1미터 58센티미터였으며, 머리카락은 허리까지 내려왔다. 언니에게 고백한 대로, 그녀는 그 무렵 머리카락을 잘라야겠다고 생각했다. 그녀는 얼마 전부터 EMSA 마킬라도라 공장에서 일했다. 산타테레사에서 가장 오래된 마킬라도라 공장으로, 공업 단지가 아니라 라 프레시아다 거주 지역 한가운데에 있었다. 그 공장 굴뚝은 노동자들과 트럭들이 드나드는 커다란 격납고 문 두 개를 지닌, 멜론 색깔 피라미드처럼 높이 솟았고, 굴뚝 뒤로는 희생 제단을 숨긴 것 같았다. 마리아 데 라 루스 로메로는 외출하려고 찾아온 몇몇 친구와 함께 저녁 7시에 집을 나섰다. 형제자매들에게 그녀는 플라타 지역과 산다미안 지역의 경계에 있는 싸구려 디스코텍인 소노리타로 춤추러 갈 것이며, 그 근처에서 저녁을 먹을 것이라고 말했다. 그녀의 부모는 그 주에 야간 근무조에 편성되어 밤에 일해야 했기 때문에 집에 없었다. 실제로 마리아 데 라 루스는 디스코텍 맞은편 길가에서 타코와 케사디야를 팔던 소형 트럭 옆에 서서 친구들과 함께 간단하게 저녁을 먹었고, 밤 8시에 디스코텍으로 들어갔다. 그 시간에 그곳은 그녀와 그녀 친구들이 아는 젊은이들로 가득했다. 함께 EMSA에서 일하거나, 아니면 같은 동네에 살면서 자주 만난 젊은이들이었다. 그녀의 친구 하나는, 애인이 있거나 그곳에 아는 남자가 있는 다른 여자아이들과는 달리, 마리아 데 라 루스는 혼자 춤을 추었다고 말했다.

그러나 두 번에 걸쳐 서로 다른 청년 둘이 그녀에게 접근해서 술이나 음료수를 사주겠다고 했다. 하지만 마리아 데 라 루스는 그런 제안을 거부했다. 처음은 남자가 마음에 들지 않았기 때문이고, 두 번째는 수줍음 때문이었다. 밤 11시 반에 그녀는 한 여자 친구와 함께 그곳을 떠났다. 두 사람은 비교적 가까이 살았고, 함께 걸어가는 것이 혼자 가는 것보다 훨씬 즐겁고 좋았기 때문이다. 두 사람은 마리아 데 라 루스의 집에서 다섯 블록 떨어진 곳에서 헤어졌다. 그곳에서부터 그녀의 흔적이 사라졌다. 경찰은 그녀가 걸어가야만 했던 구간에 사는 사람들을 조사했지만, 그들은 아무런 비명도 듣지 못했고, 도와 달라는 소리는 더욱 듣지 못했다고 진술했다. 그녀의 시체는 이틀 후 카사스 네그라스로 향하는 고속 도로 옆에서 발견되었다. 강간당했고 얼굴에 구타당한 흔적이 여러 군데 있었다. 상처 몇 개는 매우 폭력적이었고, 심지어 두개골도 골절되었다. 이것은 일반적인 구타를 당했을 때 흔히 보이지 않는 현상이었고, 그래서 법의학 검시관은 납치되어 있는 동안 마리아 데 라 루스를 실은 자동차가 교통사고를 당했을 것이라고 추정했지만, 그런 생각을 떠올린 것과 같은 속도로 떨쳐 버렸다. 사인은 가슴과 목 부위에 칼로 찔린 상처였다. 칼이 폐 두 개와 혈관을 관통한 것이다. 이 사건은 형사 후안 데 디오스 마르티네스에게 할당되었고, 그는 디스코텍에 그녀와 함께 간 친구들과 디스코텍 주인, 그리고 디스코텍의 여러 종업원을 비롯해 마리아 데 라 루스가 납치되기 이전에 걸어갔거나 걸어가려고 했던 다섯 블록 구간에 사는 이웃 사람들을 다시 조사했다. 그러나 결과는 실망스럽기 짝이 없었다.

3월에는 산타테레사시에 어떤 여자의 시체도 나타나지 않았다. 그러나 4월에는 시체 두 구가 불과 며칠 간격을 두고 발견되었다. 또한 성범죄의 물결(혹은 끊이지 않는 물방울)을 멈추게 하지도 못하고 범인을 체포하지도 못하며 근면한 도시에 평화와 평온을 회복시키지도 못하는 경찰의 무능력에 대한 비난이 고개를 쳐들기 시작했다. 첫 번째 여자 시체는 산타테레사 중심가에 위치한 미 레포소 호텔의 객실에서 발견되었다. 그녀는 침대 시트에 둘둘 말린 채 침대 밑에 있었으며, 흰 브래지어만 착용하고 있었다. 미 레포소 호텔 관리인에 따르면, 죽은 여자의 객실은 알레한드로 페냘바 브라운이라는 고객의 이름으로 등록되었다. 사흘 전 투숙했지만, 그 이후 모습을 본 사람은 아무도 없었다. 호텔 청소부들과 접수계원 두 명을 조사했지만, 모두가 앞서 언급한 페냘바 브라운을 호텔에 투숙한 첫날만 보았을 뿐이라는 데 의견의 일치를 보였다. 한편 청소부들은 이틀째와 사흘째 침대 아래서 아무것도 발견하지 못했다고 진술했다. 그러나 경찰에 따르면 침실 청소를 대충 했다는 사실을 은폐하려는 거짓말일 가능성이 높았다. 호텔 숙박부에 남겨 놓은 주소로는, 페냘바 브라운은 에르모시요에 살았다. 에르모시요 경찰에게 통보하여 수색한 결과, 그 주소에는 페냘바 브라운이라는 사람이 한 번도 산 적이 없음이 확인되었다. 나이가 대략 서른다섯 살로 추정되고, 까무잡잡한 피부와 단단한 체격을 지닌 여자의 양팔은 수많은 바늘 자국으로 뒤덮여 있었고, 그래서 경찰은 도시의 마약계를 수사했지만, 시체의 신원을 밝혀 줄 어떤 단서도 찾아내지 못했다. 법의학 검시관에 따르면, 사인은 저질의 코카인 과다 복용이었다. 살해 용의자가 그녀에게 코카인을 제공했고, 페냘바 브라운은 그게 치명적인 독이 될 것임을 알았을 거라는 가능성을 배제할 수 없었다. 2주가 지나 도시의 수사력이 이제는 두 번째로 죽은 여자의 살해범을 밝혀내려고 총력을 기울일 때, 두 여자가 경찰서에 나타나서 죽은 여자를 안다고 진술했다. 죽은 여자 이름은 소피아 세라노였고 마킬라도라 공장 세 군데에서 노동자로 일했으며, 식당 종업원으로도 일한 경력이 있었고, 최근에는 공동묘지 뒤에 있는 시우다드 누에바 지역의 공터에서 창녀로 일했다. 산타테레사에는 아무 가족도 없었고, 단지 몇몇 친구만 있을 뿐이었다. 그 친구들은 모두 가난했고, 그래서 그녀의 시체는 산타테레사 대학교 의대 학생들의 실습용으로 기증되었다.

두 번째 죽은 여자의 시체는 에스트레야 지역 쓰레기장 근처에서 발견되었다. 그녀 역시 강간당하고 교살되었다. 얼마 후 그녀의 신원은 올가 파레데스 파체코로 밝혀졌다. 스물다섯 살로, 시내 중심가 근처에 있는 레알 대로의 옷가게 종업원이었고 미혼이었으며, 신장은 1미터 60, 루벤 다리오 지역에 있는 에르마노스 레돈도 거리에서 여동생 엘리사 파레데스 파체코와 함께 살았다. 두 여자는 동네에서 친절하고 상냥하며 사교성이 좋고 성실하며 진지하다는 평판이었다. 부모는 5년 전에 세상을 떠났다. 먼저 아버지가 암으로 죽었고, 불과 두 달 후 어머니는 심장 발작을 일으켰다. 올가는 유능하고 자연스럽게 가정을 책임지는 역할을 수행했다. 그녀에게는 어떤 애인도 없었다. 하지만 스무 살짜리 그녀 동생은 애인이 있었고 그와 결혼하려고 생각했다. 엘리사의 애인은 산타테레사 대학을 갓 졸업한 변호사였고, 도시에서 아주 유명한 합동 법률 사무소에서 일했으며, 올가가 납치된 날 밤에 자기의 알리바이를 입증했다. 미래의 처형이 될 사람이 살해되었다는 소식에 충격을 받아, 그는 비공식적 신문을 받는 동안 누가 올가를 죽일 만큼 극단적으로 미워할 수 있는지 도대체 알 수가 없다고 털어놓았다. 그리고 자기 애인의 가족을 따라다니는 불행, 즉 그녀 부모님의 죽음과 더불어 언니의 죽음이라는 비극적 운명에 몹시 고통스러워했다. 올가의 몇 안 되는 친구들은 그녀의 여동생과 젊은 변호사가 말한 것이 틀림없음을 확인시켜 주었다. 즉, 모든 사람이 그녀를 사랑하고 아꼈으며, 그녀는 이제 산타테레사에서 만나기 힘든 여자 중 하나, 다시 말하면 올바르고 언행이 일치하며 정직하고 책임감 있는 사람이었다. 게다가 옷도 잘 입을 줄 알고 우아하고 세련된 여자였다. 옷 입는 취향에 관해서는 법의학 검시관도 동의했다. 그것 이외에도 시체에서는 이상한 점이 한 가지 발견되었다. 그녀가 죽은 날 입은 치마와 그녀가 발견되었을 때 입고 있던 치마는 동일했지만, 뒤집혀 있었던 것이다.

5월에 미국 영사가 산타테레사 시장을 방문했고, 시장과 함께 경찰청장을 비공식 방문했다. 영사의 이름은 에이브러햄 미첼이었지만, 그의 아내와 친구들은 그를 코넌이라고 불렀다. 그는 키가 1미터 90센티미터에 몸무게는 105킬로그램이나 나가는 사람이었다. 얼굴에는 주름살이 파였고 귀는 아마도 일반인보다 훨씬 큰 것 같았다. 그는 멕시코에 사는 걸 좋아했고 사막에서 캠핑하는 걸 즐겼으며, 중대한 사건에만 직접 개입했다. 다시 말하면, 자기 나라를 대표해서 파티에 참석하거나 두 달에 한 번씩 너무나 술을 좋아하는 동포들과 함께 밤에 산타테레사에서 가장 유명한 용설란 술집 두 곳에 가는 것을 제외하고는, 그다지 할 일이 없는 사람이었다. 헌츠빌의 보안관은 실종되었고, 그가 입수한 모든 정보는 보안관이 마지막으로 있었던 곳이 산타테레사라는 것을 보여 주었다. 경찰청장은 보안관이 산타테레사에서 공식 임무를 수행하던 것인지, 아니면 관광차 머물던 것인지 알고 싶어 했다. 물론 관광객 자격으로 들른 것입니다. 영사는 말했다. 관광객 몇백 명이 매일 이곳을 지나갑니다. 그런데 무엇을 알고 싶은 것입니까? 페드로 네그레테는 물었다. 영사는 잠시 생각에 잠기더니 경찰청장의 말이 옳다고 동의했다. 문제를 복잡하게 만들지 않는 게 좋아. 그는 생각했다. 그렇지만 친구인 시장에 대한 예의로, 경찰청장은 영사에게 1994년 11월부터 현재까지 도시에서 죽은 신원 미상자의 사진들을 그가 직접 살펴보거나, 아니면 그가 적당하다고 생각하는 사람이 살펴볼 수 있도록 허락했다. 이런 이유로 급히 보안관의 조수인 로리 캄푸사노가 달려왔지만, 시체 사진들 중에서 보안관의 모습을 발견할 수는 없었다. 어쩌면 보안관이 정신이 돌아서 사막에서 자살했을 수도 있지요. 커트 A. 뱅크스는 말했다. 아니면 지금쯤 플로리다에서 어느 성도착자와 함께 살고 있을지도 몰라요. 영사관의 또 다른 관리인인 헨더슨이 말했다. 코넌 미첼은 심각한 표정을 지으며 두 사람을 바라보더니, 미국 보안관에 대해 그렇게 말하는 것은 예의에 어긋난다고 지적했다. 5월에는 산타테레사에서 살해된 여자가 아무도 없었고, 6월에도 동일한 현상이 반복되었다. 그러나 7월에는 살해된 여자 시체 두 구가 발견되었고, 페미니즘 조직인 〈민주주의와 평화를 위한 소노라 여성 단체MSDP〉의 첫 번째 시위가 있었다. 그 조직의 중앙 본부는 에르모시요에 있었고, 산타테레사에는 회원이 세 명뿐이었다. 첫 번째 여자의 시체는 노갈레스로 향하는 고속 도로에서 아주 가까운 레푸히오 거리의 거의 끝자락에 있는 자동차 정비소 마당에서 발견되었다. 여자는 열아홉 살이었고, 강간당한 후 교살되었다. 그녀의 시체는 폐차하려던 자동차 안에서 발견되었다. 청바지와 목이 깊게 팬 흰색 블라우스를 입었으며, 카우보이 부츠를 신고 있었다. 사흘 후 그녀는 파울라 가르시아 사파테로이며, 로마스 델 토로 지역에 살고 〈테크노사〉 마킬라도라 공장의 기계 기사이며, 케레타로주에서 태어났다는 사실이 밝혀졌다. 그녀는 케레타로 출신의 다른 여자 셋과 함께 살았으며, 애인은 없었다. 그러나 그 전에 같은 마킬라도라 공장의 남자 동료 둘과 사랑에 빠진 적이 있었다. 경찰은 즉시 이 두 사람의 소재를 파악하고서 며칠에 걸쳐 조사했지만, 두 사람 모두 알리바이를 증명할 수 있었다. 하지만 이 중 한 사람은 정신적 충격을 받고

457

갈비뼈 세 개가 부러진 상태로 병원에 실려 가는 것으로 끝났다. 그런데 파울라 가르시아 사파테로 사건을 아직 수사 중인 7월에 또다시 여자의 시체가 발견되었다. 그녀의 시체는 카사스 네그라스로 향하는 고속 도로 옆 페멕스[16] 석유 회사의 석유 저장 탱크 뒤에서 발견되었다. 나이는 열아홉 살이고, 몸매는 날씬했으며, 피부는 까무잡잡했고, 머리칼은 길었다. 법의학 검시관에 따르면, 그녀는 여러 차례 항문과 음부에 강간을 당했으며 시체에는 혈종이 여러 개 있었다. 그녀에게 과도한 폭행이 자행되었다는 의미였다. 하지만 발견된 시체는 완전히 옷을 입고 있었다. 그녀는 청바지와 검은 팬티, 흰색 블라우스를 입었고, 엷은 갈색 팬티스타킹을 신었으며, 흰색 브래지어를 착용하고 있었다. 이런 것들은 조금도 찢긴 흔적이 없었다. 이런 이유로 살인자 혹은 살인자들이 그녀의 옷을 벗기고서 강간하고 살해한 다음, 그녀에게 옷을 입히고서 페멕스 정유 탱크 뒤에 시체를 유기했다고 추측되었다. 파울라 가르시아 사파테로 사건은 형사 에프라인 부스텔로에게 할당되었으며, 로사우라 로페스 산타나 사건은 형사 에르네스토 오르티스 레보예도에게 위임되었다. 두 사건은 곧바로 막다른 골목에 직면했다. 경찰 수사를 도와줄 증인도 없고 아무런 단서도 없었기 때문이다.

1995년 8월에는 여자 시체 일곱 구가 발견되었고, 플로리타 알마다는 두 번째로 소노라 텔레비전에 출연했으며, 투손 경찰 두 명이 산타테레사를 찾아와 여러 가지 질문을 했다. 이 경찰들은 영사관 관리인 커트 A. 뱅크스와 딕 헨더슨과 이야기했다. 영사가 캘리포니아의 세이지에 있는 그의 농장에서 잠시 시간을 보냈기 때문이다. 그곳은 라모나 원주민 보호 지역 건너편에 있었는데, 실질적으로 썩은 통나무 오두막이나 다름없었다. 한편 그의 아내는 샌디에이고 근처 에스콘디도에 있는 언니의 집에서 몇 달간 휴가를 보내고 있었다. 그 오두막집에는 한때 드넓은 토지가 딸려 있었지만, 코넌 미첼의 아버지가 땅을 팔아 버렸기 때문에 지금 남은 것이라고는 오로지 잡초만 무성한 1천 제곱미터의 마당뿐이었다. 그 별장에서 그는 레밍턴 870 윙마스터를 들고 들쥐를 사냥하거나 카우보이 소설을 읽거나 포르노 비디오를 보았다. 그게 지겨워지면 차를 타고 세이지의 술집으로 내려갔다. 그곳의 몇몇 노인은 그가 어렸을 때부터 알던 이들이었다. 가끔씩 코넌 미첼은 노인들을 쳐다보면서, 그들이 자기의 어린 시절을 회상한다는 것은 있을 수 없는 일이라고 생각했다. 몇몇 노인은 그보다 나이가 그다지 많아 보이지 않았기 때문이다. 그러나 노인들은 자신들의 틀니를 덜거덕거리면서, 마치 바로 그 순간 장난꾸러기 어린아이 에이브러햄 미첼의 모습을 보는 것처럼 그를 떠올렸다. 그러면 코넌도 웃는 것처럼 꾸미는 수밖에 다른 방법이 없었다. 그러나 사실대로 말하자면, 그는 자기의 어린 시절에 관해 정확하게 기억할 수 없었다. 아버지와 형, 그리고 가끔씩 천둥을 동반한 폭풍우를 떠올렸지만, 비는 세이지에 내린 것이 아니라 그가 다른 곳에 살았을 때 내린

16 멕시코 국영 석유 회사.

것이었다. 그는 어렸을 때부터 자기가 벼락 맞아 시커멓게 타 죽을 것이라는 막연한 생각을 했고, 그것만은 분명하게 기억했다. 아내를 제외하고 그런 사실을 아는 사람은 많지 않았다. 사실 코넌 미첼은 그다지 말이 많은 사람이 아니었다. 그것이 그가 멕시코에서 살고 싶어 하는 여러 가지 이유 중 하나였다. 그는 멕시코에 작은 운송 회사를 두 개 가지고 있었다. 멕시코 사람들은 말하기를 좋아하지만, 지위가 높은 사람들, 특히 그 사람이 미국인일 경우에는 별로 말하려고 하지 않기 때문이었다. 이런 생각이 그의 머릿속에 어떻게 만들어졌는지는 아무도 모르지만, 어쨌거나 미국 국경 남쪽에 있을 때 이런 생각을 하면 마음이 가라앉고 안심이 되곤 했다. 하지만 가끔씩, 그리고 항상 아내의 강요에 의해 캘리포니아나 애리조나에서 일정 시간을 보내야만 했고, 그는 이런 요구를 체념한 자세로 받아들였다. 그럴 때면 처음 며칠은 그에게 아무런 영향도 미치지 않는 것 같았다. 하지만 2주째로 접어들면, 그는 더는 소음(그를 향해 대답을 요구하는 소음)을 참을 수 없어, 세이지로 떠나 오래된 통나무 오두막집에 틀어박히곤 했다. 투손의 경찰이 산타테레사에 도착했을 때는 이미 그가 그곳을 비운 지 20일 정도가 지나고 있었다. 경찰은 내심 코넌 미첼이 없다는 사실을 반겼다. 그가 무능력하다는 소문을 들었기 때문이었다. 헨더슨과 뱅크스는 투손에서 파견된 경찰의 안내자 역할을 했다. 경찰은 도시를 돌아다니면서 술집과 디스코텍과 나이트클럽을 찾아갔고, 페드로 네그레테가 있는 곳으로 가서 그와 마약 밀거래에 관해 한참 동안 대화를 나누었다. 그리고 오르티스 레보예도 형사와 후안 데 디오스 마르티네스 형사와도 만났으며, 도시 시체 보관소의 두 법의학 검시관과도 이야기를 나누었다. 그러고서 사막에서 발견된 신원 미상의 시체 서류들을 점검했으며, 〈내부 문제〉라는 매음굴도 방문했고, 그곳에서 각자 창녀들과 잠을 잤다. 그런 다음 도착했을 때와 마찬가지로 갑자기 그곳을 떠났다.

플로리타 알마다와 관련해서 말하자면, 그녀의 두 번째 텔레비전 출연은 처음보다 볼만하지는 않았다. 레이날도의 개인적인 요청에 따라 그녀는 자기가 쓰고 출판한 책 세 권에 관해 말했다. 좋은 책은 아니지만 스무 살이 될 때까지 문맹이었던 여자라는 점을 생각한다면 완전히 가치가 없는 것은 아닙니다. 그녀는 말했다. 이 세상의 모든 것은 아무리 커다랗더라도 우주와 비교하면 사실상 미세한 입자에 불과합니다. 그녀의 그 말은 무엇을 의미하는 것일까? 인간이 무언가를 하겠다고 마음먹으면 스스로를 이겨 낼 수 있다는 말이었다. 그녀는 가령 어느 농부가 하룻밤 사이에 NASA(미국 항공 우주국)를 이끌게 되거나, NASA에서 일할 수 있다는 말을 하려고 한 것은 아니었다. 하지만 그 농부의 아들이 아버지의 사랑과 모범적인 태도를 이어받아 어느 날 그곳에서 일할 수 있을 거라는 사실을 누가 부정할 수 있겠는가? 또한 자신을 다른 예로 들면서, 자기가 공부를 하여 학교 선생님이 되었으면 좋았을 거라고 말했다. 그녀의 보잘것없는 이해력에 따르면, 그건 이 세상에서 가장 훌륭한 직업이었다. 아이들을 가르치고 모든 정성을 다해 상냥하고 친절하게 아이들의 눈을 뜨게 만들고, 그래서 비록 단지 아주 미세한 양일지라도 삶과 문화의 보물을 보게 해줄 수 있기 때문이라고 지적했다. 그러면서 삶과 문화는 결국 동일한 것이 아니겠냐고 덧붙였다. 그녀는 그렇게 될 수 없었지만, 만족하면서 평온하게 세상을 살아왔다. 그녀는 이따금 자기가 학교 선생님이며 시골에서 산다고 꿈꾸었다. 그녀의 학교는 언덕 위에 있었고, 그곳에서 갈색 집들과 몇몇 흰색 집들, 그리고 거무스름한 노란색 지붕으로 가득한 마을을 비롯해 종종 노인들이 지붕 위로 올라가서 흙길을 응시하는 모습을 내려다볼 수 있었다. 학교 운동장에서 교실로 올라가는 여학생들을 볼 수 있었다. 여학생들은 머리카락을 포니테일 스타일로 올려 묶거나 땋아서 늘어뜨리기도 했고, 한데 그러모아 머리 끈으로 묶기도 했다. 여학생들의 얼굴은 까무잡잡했고, 하얀 미소를 띠었다. 멀리서 농부들은 밭을 갈거나 사막의 과일들을 수확하거나, 아니면 염소 떼에게 풀을 먹였다. 그녀는 농부들의 말을 알아들을 수 있었다. 그들이 아침 인사나 저녁 인사 하는 방법을 알았기에 별다른 노력을 기울이지 않아도 분명하게 알아들을 수 있었다. 세월이 흘러도 바뀌지 않는 말들을 비롯해 매일, 혹은 매시간, 또한 매초마다 바뀌는 말을 포함해 아무런 문제 없이 알아들을 수 있었다. 그랬다, 바로 그녀의 꿈은 그랬다. 모든 게 아귀가 맞는 꿈도 있었고, 아무것도 아귀가 맞지 않는 꿈도 있었으며, 세상이 삐걱거리는 관 같은 꿈도 있었다. 그렇지만 그녀는 세상과 평화롭게 지냈다. 자기의 꿈이었던 학교 선생님이 되도록 공부를 할 수는 없었지만, 이제 그녀는 본초학자였고, 몇몇 사람에 따르면 예언자였으며, 많은 사람들이 그녀가 해준 몇 가지 하찮은 일에 깊이 감사했다. 사실 그것들은 전혀 중요하지 않은 일이었거나, 사소한 충고나 조그만 지적에 불과했다. 가령 그들의 음식에 식이 섬유를 첨가하라고 권하면서, 식이 섬유는 인간을 위한 음식이 아니라 할지라도, 다시 말하면 우리의 소화 기관들이 섬유질을 부수거나 흡수할 수 없지만, 화장실에 가거나 아니면 응가를 할 때, 그러니까 레이날도와 고명한 시청자들에게 이런 말을 해서 죄송하지만, 대변을 보는 데 많은 도움이 된다고 조언했다. 오직 초식 동물들의 소화 기관만 그걸 흡수할 수 있습니다. 플로리타는 계속 말했다. 그 동물들은 섬유소를 소화시킬 수 있는 효소를 지녔고, 따라서 섬유소를 형성하는 포도당 분자를 흡수할 수 있습니다. 식이 섬유란 섬유소나 그와 비슷한 물질들을 일컫는 말입니다. 식이 섬유는 우리가 사용할 수 있는 어떤 열량도 제공하지 않지만, 그것을 먹으면 건강에 매우 유익합니다. 식이 섬유는 소화 흡수되지 않으면서 식물 세포를 덩어리로 만들고, 소화관을 지나면서도 계속해서 크기를 그대로 유지합니다. 이것은 대장 내에 압력을 가하고, 따라서 대장의 활동을 촉진시키면서, 소화되지 않은 찌꺼기들이 소화관을 용이하게 지나가도록 해줍니다. 손에 꼽을 정도의 몇 가지 예를 제외하면 설사는 좋지 않지만, 하루에 한두 번 화장실에 가면 마음이 차분해지고 안정됩니다. 즉, 일종의 내면의 평화를 가져다줍니다. 아주 커다란 내면의 평화를 가져다준다고 말한다면 과장일 겁니다. 하지만 작고 훌륭한 내면의 평화를 주지요. 식이 섬유와 철분,

그리고 그것들이 의미하는 것에는 무슨 차이가 있을까요? 식이 섬유는 초식
동물의 음식이고 조그맣습니다. 우리에게 칼로리는 제공하지 않지만 뛰어 오르는
완두콩 크기의 조그만 평화를 줍니다. 반대로 철분은 우리 자신뿐만 아니라 다른
사람들에게도 가장 극단적인 형태의 가혹함과 단단함을 암시합니다. 그런데 내가
어떤 것에 관해 말하는 것일까요? 지금 칼을 만드는 철에 관해 말하는 것입니다.
혹은 칼을 만들 뿐만 아니라, 불요불굴을 의미하는 쇠에 관해 말하는 겁니다. 다른
말로 하자면, 죽음을 주는 철과 관련되어 있습니다. 솔로몬왕, 너무나도 현명한 그
왕은 아마도 인류 역사에 존재한 가장 똑똑한 왕일 겁니다. 그는 우리 멕시코의
생일 축하 노래인 「라스 마냐니타스」에 등장하는 다윗왕의 아들이며, 언젠가 한
아이를 둘로 자르라고 했다는 말이 있지만 어쨌거나 어린이들의 보호자입니다.
솔로몬왕이 예루살렘 성전을 건축하라는 지시를 내렸을 때, 그는 건축물의
버팀대로 쇠를 사용하지 못하도록 단호하게 금지했습니다. 심지어 가장 사소한
것에도 쇠를 사용하지 말라고 지시했습니다. 또한 사회적 관례였던 할례에도 쇠를
사용하지 못하도록 금했습니다. 예의에 어긋날 의도 없이 솔로몬왕의 이런 지시에
관해 개인적인 의견을 덧붙이자면, 그 당시 그런 사막에서는 충분히 그럴 만한
취지가 있었겠지만, 현대식 위생을 갖춘 지금에는 다소 과장되고 불필요한 듯
보입니다. 나는 사람들이 원할 경우에는 스물한 살 때에 할례를 해야만 한다고
생각하지만, 그들이 원치 않는다 하더라도 아무런 문제가 없습니다. 그럼 다시
철의 문제로 되돌아가지요. 플로리타는 말했다. 여기에 그리스인이나 켈트족도
약초나 마술적인 식물을 채취하는 데 쇠를 사용하지 않았다는 사실을 덧붙여야만
할 것 같습니다. 쇠는 죽음과 불굴의 권력을 의미하기 때문입니다. 이것은 현재의
치료법과 어울리지 않습니다. 나중에 로마인들은 철이 여러 가지 치료법에서
핵심이 된다는 것을 알았습니다. 가령 미친개에게 물린 상처나 출혈, 혹은
이질이나 치질과 같은 여러 상처나 감염된 부위를 치료하는 데 효과가 있다고
믿었습니다. 이런 생각은 중세로 이어졌고, 중세에는 악마들과 마녀들과
마법사들이 쇠를 보면 도망친다는 생각까지 했습니다. 하기야 쇠가 그들을 죽이는
도구인데 왜 도망치지 않겠습니까? 쇠를 보고 급히 도망치지 않으면, 그런
사람이야말로 정말 바보가 아닐까요? 그 어둠의 시절에 쇠는 쇠 점을 치는 데
사용되었습니다. 쇳덩이 하나를 용광로에 시뻘겋게 달구고서 그 위로 지푸라기를
던져 별처럼 반짝거리는 빛을 내면서 타는 불빛으로 미래를 예언하는 것입니다.
멋지게 윤을 낸 쇠는 눈이 부실 정도로 반짝거리고, 그것은 악마의 사악한
시선에서 우리의 눈을 보호하는 데 사용되었습니다. 옆길로 새서 죄송합니다만,
반짝거리는 쇠를 보면 나는 몇몇 정치 지도자나 몇몇 노조 지도자 혹은 몇몇
경찰의 선글라스를 떠올립니다. 플로리타 알마다는 말했다. 왜 그들이 선글라스로
눈을 가릴까 하고 나 자신에게 묻습니다. 어떻게 하면 국가가 발전할 수 있을지,
어떻게 하면 노동자들이 직장에서 더욱 안정적으로 일하도록 하고 월급을
인상시킬 수 있을지, 어떻게 하면 범죄와 싸울 수 있을지 연구하면서 밤을

지새웠기 때문일까요? 그럴 수도 있을 겁니다. 하지만 나는 아니라고 말합니다. 아마도 그들의 다크서클은 그래서 생겼을지도 모릅니다. 하지만 그들에게 다가가 선글라스를 벗겼는데, 다크서클이 〈없다면〉 어떻겠습니까? 생각만 해도 몸서리가 쳐집니다. 그런 사실은 날 분노하게 만듭니다. 사랑하는 친구들, 사랑하는 시청자 여러분, 그건 정말로 날 화나게 만듭니다. 그러나 그것은 그녀에게 더 커다란 두려움과 분노를 주었기 때문에, 그녀는 거기서, 그러니까 너무나도 즐겁고 유쾌한 레이날도의 텔레비전 프로그램에서, 그래서 너무나도 정확하게 〈레이날도와 한 시간〉이라고 이름이 붙은 프로그램의 카메라 앞에서, 그렇게 말해야만 했던 것이다. 그건 건전하며 유쾌하고 모든 사람이 웃으며 잠시 즐거운 시간을 보낼 수 있고, 더불어 약간 새로운 것도 배울 수 있는 프로그램이었다. 레이날도는 교양 있는 젊은이였고 항상 흥미로운 손님을 초대하려고 노고를 아끼지 않았다. 그래서 가수나 화가, 혹은 멕시코시티에서 온, 불을 먹는 은퇴한 차력사, 실내 디자이너, 복화술사와 그의 인형, 열다섯 아이의 어머니, 낭만적 발라드 작곡가 등을 초대했다. 이제 플로리타 알마다는 자기가 그곳에 있으니, 그 기회를 이용하여 다른 것들에 관해 언급해야 할 의무를 지녔다고 말했다. 즉, 자기 자신에 관한 말만 할 수는 없으며, 자기 자랑만 늘어놓으려는 유혹, 다시 말하면 열일곱 살이나 열여덟 살짜리 여자아이였다면 경솔하지도 않고 죄도 되지 않고 어떤 것도 아니었을지 모르지만, 일흔 살의 여자에게는 도저히 용납될 수 없는 부질없는 생각들을 주절거릴 수는 없다는 것이었다. 내 인생은 소설 여러 편을 쓸 수 있는 소재가 되기에 충분합니다. 최소한 텔레비전 드라마 한 편 정도는 쓸 수 있을 겁니다. 그녀는 말했다. 하지만 하느님과 특히 축복받으신 성모님께서 나 자신에 관해 말하지 않도록 나를 구원해 주셨기에, 아마도 나 자신에 관해 말하기를 바랐던 레이날도도 날 기꺼이 용서해 줄 겁니다. 나 개인보다, 그리고 소위 내가 일으킨 기적이라는 것보다 더 중요한 게 있습니다. 사실 그런 건 기적이 아닙니다. 나는 이 말을 죽을 때까지 지치지 않고 반복할 겁니다. 그건 단지 오랜 세월 동안 축적된 내 독서의 산물이며, 식물과의 교감에 불과합니다. 다시 말하자면, 내 기적은 공부와 관찰의 산물이며, 아마도 어쩌면 타고난 재능의 선물이기도 할 겁니다. 플로리타는 말했다. 그런 다음에 이렇게 말했다. 나는 화가 치밉니다. 그리고 두렵기도 합니다. 내 고향인 아름다운 소노라주에서, 내가 태어났고 아마도 내가 죽을 이 아름다운 땅에서 지금 일어나고 있는 일에 분개합니다. 나는 지금 남자들 중에서도 가장 남자답다는 사람마저 제대로 숨 쉴 수 없을 정도로 잔인한 상상도를 지칭하는 겁니다. 꿈에서 나는 범죄들을 봅니다. 그건 마치 텔레비전이 폭발했는데, 내 침실에 흩어진 화면 조각들 속에서 계속해서 내가 끔찍한 장면들, 즉 영원히 그치지 않는 눈물을 보는 것과 같습니다. 그리고서 또 이렇게 말했다. 이런 상상도를 꿈에서 본 다음에는 잠을 이룰 수 없습니다. 신경을 진정시켜 줄 약이나 약초를 먹어도 전혀 도움이 되지 않습니다. 중이 제 머리 못 깎는 것과 마찬가지입니다. 그래서 날이 밝아 올 때까지 깨어 있다가 책을 읽거나 유용하고 실용적인 일들을 하려고 노력하지만, 결국 다시 식탁에 앉아 이 문제를 거듭해서 생각하게 됩니다. 그리고 마침내 그녀는 이렇게 말했다. 나는 지금 산타테레사에서 잔인하게 살해된 여자들에 관해 말하는 겁니다. 그 가족의 딸들과 어머니, 그리고 근면하기로 명성 높은 소노라주의 북부 도시 변두리와 여러 동네에서 매일 죽은 채 발견되는 모든 직업의 여자 노동자들에 관해 말하는 겁니다. 나는 산타테레사에 관해 말하고 있습니다. 지금 산타테레사에 관해 말하는 겁니다.

1995년 8월에 죽은 여자들에 관해서 말하자면, 첫 번째로 죽은 여자의 이름은 아우로라 무뇨스 알바레스였고, 그녀의 시체는 산타테레사-카나네아 고속 도로 길가에서 발견되었다. 목 졸려 죽었다. 그녀는 스물다섯 살이었으며, 초록색 레깅스를 착용했고 흰 티셔츠를 걸쳤으며, 분홍색 테니스 신발을 신고 있었다. 법의학 검시관에 따르면, 그녀는 구타당하고 채찍을 맞은 게 분명했다. 등에는 아직도 널찍한 벨트 자국들이 남아 있었다. 그녀는 도시 한가운데 어느 카페에서 종업원으로 일했다. 가장 유력한 용의자는 그녀의 애인이었다. 몇몇 증인의 말로는, 그는 자주 애인과 다투었다. 애인의 이름은 로헬리오 레이노사였고, 렘&코 마킬라도라 공장에서 일했다. 그는 아우로라 무뇨스가 납치되던 날 저녁의 알리바이를 입증할 수 없었고 계속된 신문을 받으며 일주일을 보냈다. 그리고 한 달 후, 즉 그가 이미 산타테레사 감옥에 이송되어 있을 때, 경찰은 증거 부족으로 그를 석방해야만 했다. 체포된 다른 사람은 한 명도 없었다. 목격자들에 따르면, 그들은 그게 납치라고 전혀 생각하지 않았다. 아우로라 무뇨스가 아는 사람처럼 보이던 두 남자와 함께 검은색 페레그리노에 올라탔기 때문이었다. 8월의 첫 번째 희생자의 시체가 발견된 지 이틀 만에, 에밀리아 에스칼란테 산후안의 시체가 발견되었다. 그녀는 서른세 살이었고, 가슴과 목에 혈종이 여럿 있었다. 시체는 트라바하도레스 지역에 있는 미초아칸 거리와 사아베드라 장군 거리가 교차하는 사거리에서 발견되었다. 법의학 검시관 보고서에 따르면, 희생자는 수없이 강간당한 후 교살되었다. 이 사건을 맡은 담당 형사인 앙헬 페르난데스의 조서는 이와 달리 사인이 급성 알코올 중독이라고 지적했다. 에밀리아 에스칼란테 산후안은 도시의 서쪽에 위치한 모렐로스 지역에 살았고 뉴마케츠 마킬라도라 공장에서 일했으며, 어린 자녀 둘이 있었다. 그녀는 고향 오아하카에서 모셔 온 어머니와 함께 살았다. 남편은 없었지만, 두 달에 한 번씩 직장 여자 동료들과 함께 시내 중심가의 나이트클럽에 갔으며, 그곳에서 항상 술을 마시고는 남자와 함께 나가곤 했다. 거의 창녀나 다름없었지요. 경찰들은 말했다. 일주일 후 카사스 네그라스로 향하는 고속 도로에서 열일곱 살 난 에스트레야 루이스 산도발의 시체가 발견되었다. 그녀는 강간당한 후 목 졸려 숨졌다. 청바지와 감청색 블라우스를 입고 있었다. 팔은 등 뒤로 묶여 있었다. 그녀의 시체는 고문이나 구타 같은 어떤 흔적도 보여 주지 않았다. 그녀는 부모와 형제자매와 함께 살던 집에서 사흘 전에 실종되었다. 이 사건은 과도한 업무로 지쳤다고 불평하는 형사들의 짐을

덜어 주기 위해 산타테레사 경찰인 에피파니오 갈린도와 노에 벨라스코에게
할당되었다. 에스트레야 루이스 산도발의 시체가 발견되고 하루 후, 라 프레시아다
지역에 있는 아미스타드 거리 근처의 빈터에서 스무 살 먹은 모니카 포사다스의
시체가 발견되었다. 법의학 검시관에 따르면, 모니카는 항문과 음부에 강간을
당했다. 하지만 목구멍에서도 정액의 흔적이 발견되었고, 그래서 경찰 내부에서는
〈세 구멍〉을 통해 강간이 이루어졌을지도 모른다는 말이 떠돌았다. 하지만 어느
경찰은 완벽한 강간이란 다섯 구멍을 통해 이루어진다고 지적했다. 다른 구멍 두
개는 무엇이냐는 질문을 받자, 그 경찰은 귀라고 대답했다. 다른 경찰은 일곱
구멍으로 강간을 한다는 시날로아의 어느 작자에 대한 말을 들은 적이 있다고
했다. 다시 말하면, 알려진 구멍 다섯 개 이외에도 눈을 더해야 한다는 것이다.
그러자 또 다른 경찰은 자기는 여덟 개의 구멍으로 강간을 하는 멕시코시티의
강간범에 대해서 들은 적이 있는데, 그는 앞에서 언급한 구멍 일곱 개에 배꼽을
더해야 한다고 지적했다. 그러면서 멕시코시티의 그 강간범은 칼로 그다지 크지
않게 배꼽을 절개하여 그곳에 음경을 삽입했지만, 그렇게 하기 위해서는 제정신이
아닌 상태여야 한다고 설명했다. 분명한 것은 세 구멍을 통해 강간했다는 이야기는
널리 퍼졌고, 산타테레사 경찰들 사이에서 매우 인기 있는 이야기가 되면서 거의
공식적인 지위를 획득했으며, 가끔씩 경찰이 작성한 보고서나 신문 조서, 그리고
언론과의 비공식 회견에서 등장하게 되었다는 것이다. 모니카 포사다스의 경우는
세 구멍을 통해 강간당했을 뿐만 아니라, 역시 목 졸려 숨졌다. 마분지 상자 뒤에
반쯤 숨겨진 채 발견된 그녀의 시체는 허리 아래로는 아무것도 입고 있지 않았다.
다리는 피로 얼룩졌다. 너무 많은 핏자국이 있어서 멀리서 보거나 아니면 어느
정도 높은 곳에서 보면, 아무것도 모르는 사람은(그곳에는 시체를 내려다볼 수
있는 높은 건물이 아무것도 없었기 때문에 천사만이 그렇게 바라볼 수 있었을
것이다) 그녀가 붉은 스타킹을 신었다고 말할 수 있을 정도였다. 질은 찢겨 있었다.
마치 거리의 개가 먹어 치우려고 한 것처럼, 음부와 샅은 물리고 찢긴 흔적을
선명하게 보여 주었다. 모니카 포사다스는 시체가 발견된 공터에서 여섯 블록 정도
떨어진 산이폴리토 거리에서 가족과 함께 살았다. 형사들은 모니카 포사다스의
가족과 그들이 알고 지낸 사람들에게 수사력을 집중했다. 어머니와 새아버지뿐만
아니라 그녀의 오빠도 오버월드 마킬라도라 공장에서 일했다. 모니카 역시 3년간
그곳에서 일했지만, 그 후 그 공장을 떠나 컨트리&시테크 마킬라도라 공장에서
운을 시험해 보기로 마음먹었다. 모니카의 가족은 미초아칸주의 작은 마을
출신이었으며, 10년 전에 그곳에서 산타테레사로 이사해 정착했다. 처음에 그들의
삶은 나아지기는커녕 더욱 열악해지는 것 같았고, 그러자 아버지는 국경을 넘기로
결심했다. 그 이후 그에 관해 아무런 소식도 듣지 못했고, 어느 정도 시간이 지나자
가족들은 그가 죽었다고 여겼다. 당시 모니카의 어머니는 근면하고 책임감 있는
남자를 알게 되었고, 그와 결혼했다. 이 재혼에서 세 아이가 태어났는데, 그중 한
아들은 조그만 부츠 공장에서 일했고, 다른 두 아이는 학교에 다녔다. 신문을 받자

새아버지는 몹시 횡설수설하면서 모순되는 말을 하기 시작하더니, 결국 자기가 살인을 저질렀다고 인정했다. 그의 자백에 따르면, 그는 모니카가 열다섯 살이 되었을 때부터 은밀하게 그녀를 사랑했다. 그때부터 그의 삶은 고통 그 자체가 되었다고 형사 후안 데 디오스 마르티네스, 에르네스토 오르티스 레보예도와 에프라인 부스텔로에게 털어놓았다. 그렇지만 그는 그런 욕망을 자제하고서 그녀와 거리를 두었다. 그가 그녀의 새아버지이기도 했고, 그녀의 어머니 역시 그의 아이들의 어머니였기 때문이다. 살해 당일에 대한 이야기는 모호했으며, 도처에 구멍이 있었고, 세세한 것들을 잊어버렸다. 첫 번째 진술에서는 새벽에 살인을 했다고 밝혔다. 하지만 두 번째 진술에서는 이미 날이 밝았고, 집에는 그와 모니카만 있었다고 진술했다. 그 주에는 두 사람이 저녁 교대조에 편성되었기 때문이다. 그는 시체를 옷장에 숨겼다. 내 옷장에 숨겼어요. 내 옷장이고 내 물건을 존중해 달라고 요구했기 때문에 아무도 손대지 않던 옷장이었지요. 그는 형사들에게 진술했다. 그날 밤 식구들이 자는 동안, 그는 시체를 담요에 둘둘 말아서 가장 가까운 빈터에 내다 버렸다. 왜 모니카의 허벅지에 물린 자국이 있으며, 양다리는 피로 뒤덮였냐는 질문을 받자, 그는 아무 대답도 하지 못했다. 그는 자기가 그녀를 목 졸라 죽였으며, 단지 그것만 기억한다고 말했다. 나머지는 그의 기억에서 지워졌다. 아미스타드 거리의 빈터에서 모니카의 시체가 발견된 지 이틀이 지나고, 산타테레사-카보르카 고속 도로에서 또 다른 여자의 시체가 발견되었다. 법의학 검시관에 따르면, 여자는 열여덟 살에서 스물두 살 사이로 추정되지만, 열여섯 살에서 스물세 살 사이가 될 수도 있었다. 하지만 사인만은 분명했다. 총격에 의한 사망이었다. 그녀의 시체가 발견된 장소에서 25미터 떨어진 곳에서 또 다른 여자의 해골이 발견되었다. 해골은 누운 자세로 반쯤 묻혀 있었고, 그때까지도 푸른색 재킷을 입은 채 굽이 중간 정도인 고급 가죽 신발을 신고 있었다. 유해의 상태 때문에 사인을 규명하기란 불가능했다. 일주일 후, 그러니까 8월이 끝을 향해 갈 무렵, 산타테레사-카나네아 고속 도로에서 재클린 리오스의 시체가 발견되었다. 그녀는 스물두 살로, 마데로 지역에 있는 화장품 가게 점원으로 일했다. 그녀는 청바지와 하늘색 블라우스를 입고 있었다. 가슴과 복부에 총격을 받아 숨진 것이었다. 그녀는 마데로 지역에 있는 불가리아 거리의 아파트에서 여자 친구와 함께 살았고, 두 여자는 모두 언젠가 캘리포니아에서 살기 위해 그곳을 떠날 꿈을 꾸고 있었다. 친구와 함께 쓰던 침실에서 할리우드 남녀 배우들의 기사 스크랩과 세계 각지의 사진들이 발견되었다. 우선 우리는 캘리포니아로 가서 보수가 좋은 버젓한 직장을 얻고 정착한 다음, 휴가 때가 되면 세계를 돌아다니려고 했어요. 그녀의 친구는 말했다. 두 여자는 마데로 지역의 사설 학원에서 영어를 배우고 있었다. 이 사건은 미해결로 남게 되었다.

이 염병할 형사들은 단 하나의 사건도 해결하지 못해. 에피파니오는 랄로 쿠라에게 말했다. 그러고서 자기 서류를 뒤적거리기 시작하더니 마침내 조그만 다이어리 하나를 찾아냈다. 이게 뭔지 알아? 그가 물었다. 주소록이네요. 랄로 쿠라가 대답했다. 아니야, 이건 미해결 사건이야. 에피파니오가 말했다. 네가 산타테레사에 도착하기 전에 일어난 사건이야. 그게 몇 년이었는지는 정확하게 기억할 수 없어. 페드로 씨가 널 이곳으로 데려오기 얼마 전이라는 것만 기억나. 하지만 그게 몇 년이었는지 정확히 모르겠어. 아마도 1993년이었던 것 같아. 네가 언제 이곳에 왔지? 1993년요. 랄로 쿠라가 대답했다. 정확해? 예. 랄로 쿠라가 대답했다. 그래, 이 사건은 네가 도착하기 몇 달 전에 일어났어. 에피파니오가 말했다. 그 당시 라디오와 잡지 기자였던 여자가 살해되었어. 이름이 이사벨 우레아였어. 총에 맞아 죽었지. 아무도 누가 살인범인지 알지 못했어. 백방으로 살인범을 찾았지만, 범인이 누구인지 밝혀낼 수 없었어. 물론 누구도 그녀의 다이어리를 살펴볼 생각을 하지 못했지. 그 멍청한 작자들은 살인범이 그녀의 물건을 도둑질하다가 실패하자 죽였다고 생각했지. 그러면서 아마도 중앙아메리카 사람일 것이라고 추정했어. 국경을 건너기 위해 돈이 필요한, 절망에 빠진 염병할 놈, 그러니까 불법 체류자일 것이라는 말이었어. 내 말이 무슨 뜻인지 알아듣겠어? 멕시코에서도 불법 체류자라는 건 많은 걸 의미해. 우리 모두는 잠재적인 불법 체류자고, 그래서 불법 체류자가 한 명 더 있거나 없거나 누구도 상관하지 않아. 나는 단서를 찾기 위해 그녀의 집을 수색한 사람들과 함께 있었지. 물론 그들은 아무것도 발견하지 못했어. 이사벨 우레아의 다이어리는 그녀의 핸드백 안에 있었어. 나는 1인용 안락의자에 앉아서 이사벨 우레아의 테킬라를 한 손에 들고 다이어리를 훑어보았던 걸 기억해. 어느 형사가 내게 어디서 테킬라를 손에 넣었느냐고 물었어. 하지만 다이어리를 어디서 꺼냈는지, 거기에 어떤 중요한 내용이 있는지는 아무도 물어보지 않았지. 난 다이어리를 읽었고, 거기에 적힌 몇몇 이름을 안다는 생각이 들었어. 그런 다음 다이어리를 나머지 증거물들과 함께 놔두었어. 한 달 후 경찰서 기록 보관소로 갔는데, 거기에 여기자의 다른 물건들과 함께 이 다이어리가 있었어. 그걸 내 재킷 주머니에 넣어 가져왔어. 그래서 좀 더 차분하게 살펴볼 수 있었지. 나는 마약 밀매업자 이름 셋을 발견했어. 그중 한 사람이 페드로 렝히포였어. 또한 여러 형사들의 전화번호도 적혀 있었는데, 그중에는 에르모시요의 수사부장 이름도 있었어. 평범한 일반 기자의 다이어리에 왜 그들의 전화번호가 적힌 것일까? 그들을 인터뷰한 것일까, 아니면 라디오에 출연시킨 것일까? 여기자는 그들과 친구였을까? 친구가 아니었다면, 누가 그들의 전화번호를 제공한 것일까? 미스터리였어. 난 그 이름들을 이용해 뭔가를 할 수도 있었어. 예를 들어 다이어리에 적힌 사람들에게 전화를 걸어 돈을 요구할 수 있었지. 하지만 난 돈에 그다지 관심이 없어. 그래서 이 빌어먹을 다이어리를 보관하고서 아무것도 하지 않았던 거야.

9월 초에 신원 미상의 여자 시체가 발견되었다. 후에 그녀는 열일곱 살 난 마리사 에르난데스 실바라고 확인되었다. 그녀는 7월 초에 레포르마 지역에 있는 바스콘셀로스 고등학교로 가는 길에 실종되었다. 법의학 검시관의 보고서에 따르면, 그녀는 강간당한 후 교살되었다. 그녀의 한쪽 가슴은 거의 완전히 절단되었고, 다른 가슴의 젖꼭지는 떨어져 나갔다. 물려 뜯긴 게 분명했다. 그녀의 시체는 엘칠레 불법 쓰레기장 입구에서 발견되었다. 경찰에게 전화를 걸어 시체가 있다는 사실을 알려 준 사람은, 점심때 냉장고를 버리러 쓰레기장에 왔던 여자였다. 그 시간에는 쓰레기장에 거지가 없고, 가끔씩 아이들 무리나 개 떼만 있었기 때문이다. 마리아 에르난데스 실바는 합성 섬유 지스러기들로 가득한 커다란 회색 비닐봉지 두 개 사이에 버려져 있었다. 실종 당시처럼 데님 바지와 노란색 블라우스를 입고 테니스 신발을 신고 있었다. 산타테레사 시장은 쓰레기장 폐쇄를 지시했지만, 후에 그런 폐쇄 지시를 도시의 모든 칙령을 위반하는 무법 천지의 유해 지역을 해체하고 이전하고 파괴하라는 지시로 대체했다(그의 비서가 공식적으로 개장된 바가 없는 곳을 폐쇄하는 건 사실상 법적으로 불가능하다고 알려 주었다). 일주일 동안 경찰이 엘 칠레 주변에 배치되어 경비를 섰으며, 사흘 동안 시청 소유의 덤프 트럭 두 대와 쓰레기차 몇 대가 쓰레기를 키노 지역에 있는 쓰레기장으로 옮겼지만, 그 일이 어마어마하며 그런 일을 할 인력이 부족하다는 것을 깨닫게 되자 이내 작업은 흐지부지 중단되었다.

그 무렵 멕시코시티의 기자 세르히오 곤살레스는 신문사 문화부에서 승진했으며, 더 많은 월급을 받게 되었다. 그래서 전 아내에게 매달 생활비를 보낼 수 있었고, 남은 돈으로 편안한 생활을 영위할 수 있었을 뿐만 아니라, 심지어 같은 신문사 국제부 여기자와 연애를 할 수도 있었다. 그는 그녀와 가끔씩 잠자리를 했지만, 두 사람의 성격이 너무도 달라 대화를 나눌 수는 없었다. 그는 산타테레사에서 보낸 시간을 잊지 못했고, 스스로도 왜 그 기억이 그토록 오랫동안 뇌리에 남는지 의아해했다. 또한 여자 살해 사건들과 갑작스럽게 나타난 것처럼 너무나 불가사의하게 사라져 버린 〈통회자〉라는 신부 살인범도 잊지 못했다. 가끔씩 멕시코에서 문화면 기자가 된다는 것은 사회부의 범죄 담당 기자가 되는 것과 같다고 생각했다. 그리고 범죄 담당 기자가 되는 것은 문화면에서 일하는 것과 같다고 여겼다. 물론 사회부 기자들은 문화부 기자를 모두 염병할 놈들이라고(그들은 문화부 기자들을 멍청한 놈들이라고 여기고는 멍화면 기자라고 불렀다) 생각했고, 문화면 기자들은 모든 사회면 혹은 범죄 담당 기자들을 선천적 인간쓰레기라고 불렀다. 근무가 끝난 후 밤에 그는 사회면의 몇몇 선임 기자와 몇 번 술을 마셨다. 신문사에서 선임 기자의 비율이 가장 높은 곳이 바로 사회면이었다. 그리고 어느 정도 거리를 두고서 정치면 기자들과 스포츠면 기자들이 뒤를 이었다. 보통 그들은 게레로 지역에 있는 창녀들의 집결지에서 끝을 맺곤 했는데, 그곳은 2미터가 넘는 커다란 아프로디테 석고상이 서 있는 넓은 단독 주택의 거실이었다. 곤살레스는 아마도 틴 탄[17]이 활동하던 시절에 방탕함으로

---

17 Tin Tan(1915~1973). 본명은 헤르만 헤나로 발데스로, 멕시코의 유명한 배우이자 가수이며 코미디언.

영광을 누리던 장소였을 거라고 생각했다. 그때부터 그곳은 영원한 몰락, 즉 멕시코의 끝없는 몰락과 똑같은 길로 나아가고 있었다. 다시 말하면 킥킥대는 웃음소리, 소음기를 단 권총의 총격 소리, 희미한 흐느낌과 더불어 여기저기를 수시로 박음질하여 더덕더덕 기운 천과 같은 몰락이었다. 이게 멕시코의 몰락일까? 아니, 이건 사실 라틴 아메리카의 몰락이라는 편이 맞았다. 사회면 기자들은 그곳에서 술 마시길 즐겼지만, 창녀와 잠자리를 하는 경우는 매우 드물었다. 그들은 오래된 사건에 관해 이야기했고, 부패와 강탈과 살인 이야기를 떠올렸으며, 마찬가지로 그곳에 들른 경찰들과 인사를 하거나 그들을 한쪽으로 불러 소위 〈정보 교환〉이라는 것을 했지만, 창녀와 함께 그곳을 떠나는 경우는 거의 없었다. 처음에 세르히오 곤살레스는 그들의 예를 따랐지만, 마침내 선임 기자들이 창녀들과 자지 않는 이유는 근본적으로 이미 오래전에 그곳에 있는 모든 여자와 잤으며 이제는 그곳에서 돈을 헤프게 쓸 나이가 아니기 때문이라고 추측했다. 그래서 그들을 흉내내는 것을 그만두고 젊은 창녀를 찾아 근처 호텔로 데려갔다. 언젠가 한번 그는 가장 경력이 많은 기자 한 사람에게 북부에서 일어나고 있는 여자 살해 사건들에 관해 어떤 생각을 하느냐고 물었다. 그 기자는 그곳은 마약 밀매업자들의 소굴이며, 그곳에서 일어나는 일은 어쨌거나 마약 밀매와 전혀 무관하지 않을 것이라고 대답했다. 그건 너무나도 자명한 대답, 그러니까 누구라도 할 수 있는 뻔한 대답이었다. 하지만 시시각각 그는 그 말에 관해 생각했다. 그 기자가 너무나도 분명하고 간단하게 말했지만, 그 대답은 그의 머리 주변을 빙빙 돌면서 신호를 보내는 것 같았다. 산타테레사에서 살해된 여자들 소식은 꾸준히 멕시코시티에 도착했지만, 문화부로 그를 만나러 찾아온 작가들, 즉 그가 아는 몇 안 되는 작가들은 그런 사실을 전혀 몰랐다. 세르히오는 그들이 멕시코의 머나먼 구석에서 일어나는 일에 아마도 별 관심을 갖지 않기 때문일 것이라고 생각했다. 신문사 동료들, 심지어 범죄 담당 기자들조차도 그곳 사건에 무관심했다. 어느 날 밤 창녀와 잠자리를 한 후 함께 침대에 누워 담배를 피우는 동안, 그는 사막에서 일어난 수많은 납치와 그곳에서 발견된 수많은 여자들의 시체에 관해 어떻게 생각하느냐고 물었고, 그녀는 그가 말하는 것에 관해 어렴풋이만 안다고 대답했다. 그러자 세르히오는 죽은 여자들에 관해 아는 모든 걸 이야기해 주면서, 자기의 산타테레사 여행을 설명해 주었다. 그는 왜 그런 여행을 했는지 말하면서, 돈이 필요했고, 이혼한 지 얼마 되지 않았기 때문이라고 설명했다. 그런 다음 그가 신문 독자로서 접한 그 죽음들에 관해 말했고, 또한 어느 여성 단체의 보도 자료에 관해서도 말했다. 그는 그 단체의 약자인 MSDP를 기억했지만, 그 약자가 무엇을 의미하는지는 이미 잊어버린 상태였다. 〈소노라 민주 민중 여성 연합〉이었어 하고 어림짐작으로 말했다. 그가 말하는 동안 창녀는 하품을 했다. 그가 말하는 것에 관심이 없어서가 아니라, 피곤한 나머지 잠이 엄습했기 때문이었다. 그건 세르히오의 분노를 불러일으켰고, 그는 격분한 상태로 산타테레사에서는 창녀들이 죽어 간다면서, 같은 직업을 가졌다면 최소한의 유대감을 보여야 한다고 말했다.

그러자 창녀는 잘못 알고 있다고, 그가 들려준 이야기에서 죽어 가는 여자들은 창녀가 아니라 공장 노동자들이라고 지적했다. 노동자들, 노동자들이에요. 그녀는 말했다. 그러자 세르히오는 사과했고, 마치 백열전구가 갑자기 그의 머리 위에 켜진 것처럼 그때까지 그가 간과한 상황의 또 다른 면을 보게 되었다.

9월에는 아직도 산타테레사 주민들을 놀라게 할 사건이 남아 있었다. 마리사 에르난데스 실바의 절단된 시체가 발견된 지 사흘 만에, 산타테레사-카나네아 고속 도로 인근에서 신원 불명의 여자 시체가 나타났다. 죽은 여자는 대략 스물다섯 살가량이었고, 오른쪽 엉덩이에 선천적 탈구가 있었다. 그러나 그녀를 찾는 사람은 아무도 없었고, 심지어 그녀의 불구를 자세히 설명하는 기사가 언론에 실린 후에도 그녀의 신원을 확인해 줄 새로운 정보를 가지고 경찰에 연락한 사람은 없었다. 그녀는 양손이 묶인 채 발견되었다. 여자의 핸드백 끈을 이용해 손을 묶은 것이었다. 그녀의 목은 부러졌고, 양팔에는 칼에 찔린 상처가 있었다. 그러나 가장 의미 있는 것은 젊은 마리사 에르난데스 실바처럼 한쪽 가슴이 도려내졌고, 다른 한쪽의 가슴 젖꼭지가 물려서 떨어졌다는 것이었다.

산타테레사-카나네아 고속 도로 옆에서 신원 불명의 여자 시체가 발견된 바로 그날, 엘 칠레 쓰레기장을 이전하려고 하던 시청 직원들은 부패된 여자 시체를 발견했다. 사인을 밝히기는 불가능한 상태였다. 그녀의 머리칼은 검고 길었다. 그리고 어두운색 무늬가 박힌 밝은색 옷을 입었는데, 옷 역시 부패한 상태라 어떤 무늬인지 정확하게 밝힐 수 없었다. 그녀는 〈조코〉 상표의 청바지를 입었다. 그녀의 신원을 밝혀 줄 정보를 가지고 경찰서에 나타난 사람은 아무도 없었다.

9월 말에 에스트레야 언덕 동쪽에서 열세 살 먹은 어린 소녀의 시체가 발견되었다. 마리사 에르난데스 실바와 산타테레사-카나네아 고속 도로 인근에서 발견된 신원 불명의 여자와 마찬가지로, 오른쪽 가슴은 도려내어졌고, 왼쪽 가슴 젖꼭지 역시 물려 뜯겨 나갔다. 그녀는 고급 리 청바지와 운동복, 빨간 조끼를 입고 있었다. 매우 마른 여자아이였다. 여러 차례 강간당한 후 칼로 난자당했고, 사인은 설골 골절이었다. 그러나 기자들을 가장 놀라게 한 것은 아무도 그 여자아이의 시체를 찾지 않았고 시체의 신원을 확인해 줄 사람도 없었다는 사실이었다. 마치 여자아이가 혼자 산타테레사로 왔지만 그곳에 모습을 드러내지 않고 살다가, 살인자 혹은 살해범들의 눈에 띄는 바람에 살해당한 것 같았다.

연이어 살인 사건이 일어나는 동안, 에피파니오는 혼자 힘으로 에스트레야 루이스 산도발의 죽음에 대한 수사를 계속 진행했다. 그는 아직 집에서 함께 살던 그녀의 부모와 형제자매들과 이야기를 나누었다. 그들은 아무것도 몰랐다. 결혼해서 이제는 로마스 델 토로 지역의 에스페란사 거리에 사는 그녀의 언니도 조사했다. 그는 에스트레야의 사진들을 보았다. 아름다운 머리카락과 예쁜 얼굴을 지닌 멋지고 키가 훤칠한 여자아이였다. 언니는 그녀가 일하던 마킬라도라 공장에서 누가 그녀의 친구들인지 말해 주었다. 그는 그녀의 동료들을 출구에서 기다렸다. 그들을 기다리는 사람들 중에서 자기가 유일하게 나이를 먹은 사람이며, 나머지는 아이들이거나 심지어는 학교 교과서를 든 코흘리개들도 있다는 사실을 알았다. 아이들 옆에서 한 남자가 초록색 손수레에서 아이스크림을 팔았다. 손수레에는 흰색 차일을 펼쳐 두었다. 에피파니오는 아이들을 그곳에서 사라지게 하고 싶었는지, 휘파람으로 아이들을 불러 모두에게 아이스크림을 하나씩 사주었다. 여섯 살 정도 되어 보이는 여자아이의 품에 있던 석 달 된 아기를 제외하곤 모두 사주었다. 에스트레야의 친구들은 로사 마르케스와 로사 마리아 메디나였다. 그는 공장에서 나오는 여자 노동자들에게 두 여자를 아느냐고 물었고, 그중 한 여자가 로사 마르케스를 가리켰다. 그는 그녀에게 자기는 경찰이며 다른 친구를 찾아 달라고 부탁했다. 그런 다음 그들은 걸어서 공업 단지를 빠져나갔다. 그들이 에스트레야를 떠올리는 동안, 로사 마리아 메디나라는 여자 동료가 울음을 터뜨리고 말았다. 세 사람은 함께 영화관 가는 걸 좋아했고, 매주 일요일은 아니더라도 때때로 시내로 나가 렉스 영화관에서 동시 상영 영화를 보곤 했다. 또 어떤 때는 가게들을 쳐다보면서 눈요기를 하기도 했다. 특히 여성 의류 전문 매장의 쇼윈도를 자세히 쳐다보기도 했고, 아니면 센테노 지역에 있는 백화점으로 가기도 했다. 그곳에서는 매주 일요일에 생음악이 연주되었고 무료로 그 음악을 감상할 수 있었다. 에피파니오는 그들에게 에스트레야가 미래의 계획을 가지고 있었느냐고 물었다. 물론 그녀는 그런 계획을 세워 두었고, 평생을 마킬라도라에서 일하면서 썩지 않도록 공부를 하고자 했다. 그런데 무슨 공부를 하려고 했지? 컴퓨터 사용법을 배우려고 했어요. 로사 마리아 메디나가 대답했다. 그러자 에피파니오는 두 사람에게 그들도 사무직과 관련된 공부를 하고 싶었느냐고 물었고, 그들은 그렇다고, 하지만 쉽지 않았다고 대답했다. 너희들하고만 외출했어, 아니면 다른 친구도 있었어? 그는 질문했다. 우리가 가장 친한 친구였어요. 두 사람은 대답했다. 애인은 없었어요. 한때 애인을 사귄 적은 있었지요. 하지만 그건 오래전 일이에요. 그녀들은 그 애인이 누구인지 알지 못했다. 에피파니오가 몇 살 때 애인과 사귀었느냐고 묻자, 두 여자는 잠시 생각하더니 적어도 열두 살은 되었을 것이라고 대답했다. 그토록 근사하고 예쁜 여자인데, 그녀를 쫓아다니는 남자가 하나도 없었단 말이야? 그는 물었다. 여자 친구들은 깔깔거리며 웃더니, 에스트레야와 사귀고 싶어 한 남자들은 수없이 많았지만, 그녀는 그런 일에 시간을 허비하고 싶어 하지 않았다고 대답했다. 일자리를 갖고 돈도 벌면서 우리가 원하는 것을 마음대로 즐기며 독립적으로 살 수 있는데, 왜 남자 친구가 필요하겠어요? 로사 마르케스가 그에게 말했다. 맞아, 나도 그렇게 생각해. 하지만 가끔씩, 특히 젊을 때는 데이트하면서 즐기는 것도 나쁘지는 않아. 때때로 그럴 필요가 있지. 에피파니오가 말했다. 우리는 우리끼리 즐겨요. 우리는 그럴 필요성을 전혀 느끼지

않아요. 두 여자가 말했다. 두 여자 중에서 한 여자의 집에 도착하기 전에, 그는
아무런 소용이 없을지 모르지만, 에스트레야의 남자 친구나 애인이 되고자 한
사람들이 누구인지 알려 달라고 부탁했다. 그들은 거리에서 걸음을 멈추었고,
에피파니오는 성(姓)을 제외하고 다섯 사람의 이름만 적었다. 모두 같은
마킬라도라 공장에서 일하는 남자들이었다. 그러고서 그는 로사 마리아 메디나와
함께 몇 블록을 더 걸어갔다. 이 사람들 중 한 사람이 그랬으리라고 생각하지
않아요. 그녀가 말했다. 왜 그렇게 생각하지? 왜냐하면 그들 모두 착한 사람처럼
보이거든요. 여자아이가 말했다. 내가 그들과 이야기해 보겠어. 그들과 말해 본
다음 결과를 너희에게 알려 줄게. 에피파니오는 말했다. 사흘 동안 그는 명단에
있는 다섯 사람의 소재를 파악했다. 누구도 나쁜 사람처럼 보이지 않았다. 그들 중
한 사람은 유부남이었지만, 에스트레야가 실종된 날 밤에 아내와 세 아이와 집에
있었던 것이 확인되었다. 다른 네 사람 역시 대략 확실하다고 볼 수 있는
알리바이가 있었다. 특히나 다섯 사람은 누구도 자동차를 가지고 있지 않았다.
그는 다시 로사 마리아 메디나와 이야기했다. 이번에는 그녀의 집 현관에 앉아
기다렸다. 여자아이는 집으로 돌아오자, 왜 문을 두드리지 않았느냐고
호들갑스럽게 물었다. 문을 두드렸고 네 어머니가 문을 열어 주었어. 에피파니오가
말했다. 커피를 마시지 않겠느냐고 권하셨지만, 후에 네 어머니는 일하러 가야만
했고, 그래서 여기서 널 기다린 거야. 여자아이는 집 안으로 들어오라고 했지만,
에피파니오는 집 안보다 바깥이 덜 덥다면서 그냥 밖에 앉아 있고 싶다고 했다.
그런 다음 그녀에게 담배를 피우느냐고 물었다. 처음에 여자아이는 옆에 서
있었지만, 곧 평평한 돌 위에 앉아서 담배를 피우지 않는다고 대답했다.
에피파니오는 돌을 유심히 쳐다보았다. 등받이는 없었지만 의자 모양을 띤
흥미로운 돌이었다. 그녀의 어머니나 가족 중에서 누군가가 그 돌을 그곳에,
그러니까 조그만 앞마당에 놓았다면, 그 사람의 취향은 세련되었으며, 심지어는
매우 섬세하다는 것을 보여 주기에 충분한 돌이었다. 그는 여자아이에게 돌을
어디서 발견했느냐고 물었다. 우리 아빠가 카사스 네그라스에서 찾아서 혼자
힘으로 가져온 거예요. 로사 마리아 메디나가 대답했다. 바로 그곳에서
에스트레야의 시체가 발견되었어. 에피파니오가 말했다. 고속 도로였지요.
여자아이가 눈을 감으며 말했다. 우리 아빠는 카사스 네그라스에서 열린 어느 야외
파티에서 돌을 발견하고서 즉시 이 돌을 사랑하게 되었어요. 그런 사람이었지요.
그러면서 여자아이는 자기 아버지가 세상을 떠났다고 말했다. 에피파니오는 그게
언제냐고 물었다. 아주 오래전이에요. 여자아이는 괜찮다는 몸짓을 하며 말했다.
그는 담배에 불을 붙이고서 그녀에게 어떤 것이라도 괜찮으니 에스트레야와 다른
여자와 함께 나간 일요일 외출에 관해 다시 이야기해 달라고 말했다. 그런데 그
여자아이는 이름이 뭐였지? 아, 그래 로사 마르케스였지. 여자아이는 어머니가
좁은 앞마당에 놓아 둔 작은 화분 속 식물에 시선을 고정하고는 말하기 시작했다.
그러나 가끔씩 눈을 들어 마치 자기가 말하는 게 쓸모 있는지 아니면 그저 시간

낭비에 불과한지 생각하는 것처럼 그를 쳐다보았다. 그녀가 말을 끝냈을 때,
에피파니오는 단 한 가지만 분명하게 알 수 있었다. 그것은 그들이 매주
일요일뿐만 아니라 가끔씩은 월요일이나 목요일에도 영화관에 가거나 춤추러
나갔다는 사실이었다. 모든 건 어떤 패턴도 따르지 않으며 노동자들이 이해할 수
없는 생산 스케줄대로 움직이는 마킬라도라 공장의 교대 시간에 좌우되었다.
그러자 그는 질문을 바꾸었고, 가령 화요일이 그 주의 비번일 경우에는 어떻게
즐겼는지 알고 싶어 했다. 여자아이에 따르면, 비번인 날의 일상은 흡사했다.
하지만 어떤 면에서는 화요일 비번이 조금 나았다. 시내 중심가 상점이 일요일이나
공휴일에는 간혹 문을 닫지만, 주중에는 모두 열기 때문이었다. 에피파니오는 조금
더 자세하게 물었다. 그들이 즐겨 간 영화관이 렉스를 제외하고 어디인지, 그들이
갔던 다른 영화관들은 무엇인지, 그런 곳에서 누군가가 에스트레야에게
접근했는지, 비록 그들이 들어가지 않고 쇼윈도의 물건들만 쳐다보았을지라도
그들이 갔던 가게들은 어디인지, 카페에 갔다면 카페들의 이름은 무엇인지, 그리고
혹시 한 번이라도 나이트클럽에 가본 적이 있는지 등등 물어보았다. 여자아이는
그들은 한 번도 나이트클럽에 가본 적이 없으며, 에스트레야는 그런 장소들을 별로
좋아하지 않았다고 대답했다. 하지만 넌 좋아했을 것 같아. 너와 네 친구 로사
마르케스는 그랬을 것 같아. 에피파니오가 말했다. 여자아이는 차마 그의 얼굴을
쳐다보지 못했고, 이따금씩 그들이 에스트레야 없이 외출할 때면 도시 중심가의
나이트클럽으로 갔다고 털어놓았다. 에스트레야는 가지 않았어? 에스트레야가 한
번도 함께 가지 않았어? 한 번도 가지 않았어요. 여자아이가 대답했다.
에스트레야는 컴퓨터에 관한 것들을 알고자 했어요, 그 애는 배우고자 했고
출세하고 싶어 했어요. 여자아이가 말했다. 컴퓨터, 컴퓨터, 난 네가 말하는 걸
하나도 믿지 않아, 아가씨. 에피파니오가 말했다. 난 당신의 염병할 아가씨가
아니에요. 여자아이가 응수했다. 잠시 두 사람은 아무 말도 하지 않은 채 그대로
있었다. 에피파니오는 빙긋 웃고서 그곳에, 그러니까 집 입구에 앉아 새로 담배에
불을 붙이고서, 사람들이 지나가는 모습을 지켜보았다. 그녀가 자주 간 곳이 한
군데 있어요. 하지만 이제는 이름이 기억나지 않아요. 여자아이가 말했다. 시내
중심가에 있는 컴퓨터 가게예요. 두어 번 그곳에 함께 갔어요. 로사와 나는
바깥에서 기다렸고, 에스트레야는 혼자 그곳으로 들어가서 키가 큰 남자와
이야기했어요. 정말로 키가 큰 남자였어요. 당신보다 훨씬 컸어요. 여자아이가
말했다. 키가 크고 또 어땠지? 에피파니오가 물었다. 크고 금발이었어요.
여자아이가 대답했다. 더 말해 봐. 처음에 에스트레야는 몹시 흥분하는 것
같았어요. 그러니까 처음으로 가게에 들어가서 그 사람과 이야기했을 때 말이에요.
그녀가 말해 준 바로는, 그 청년은 가게 주인이었고, 컴퓨터에 관해 많은 걸 알았고,
또한 돈도 꽤 있는 것 같았어요. 우리가 두 번째로 그 남자를 보러 갔을 때,
에스트레야는 화가 치밀어 가게에서 뛰쳐나왔어요. 무슨 일이냐고 물었지만
그녀는 대답하려고 하지 않았지요. 단지 우리 두 사람만 있었기에, 우리는

베라크루스 지역에서 열리는 축제를 보러 갔고 모든 걸 잊어버렸어요. 그게 언제였어, 아가씨? 에피파니오가 물었다. 나는 염병할 아가씨가 아니라니까요! 여자아이가 말했다. 그게 언제였지? 에피파니오가 다시 물었다. 그는 이미 아주 키가 큰 금발의 남자가 마치 그를 기다리듯이 길고 어두운 복도를 따라 앞뒤로 오가며 서성거리는 모습을 상상하기 시작했다. 에스트레야가 살해되기 일주일 전이었어요. 여자아이가 말했다.

　　인생이란 참으로 힘들고 고되지요. 산타테레사 시장이 말했다. 우리에게는 어떤 의심의 여지도 없는 사건이 세 가지 있습니다. 형사 앙헬 페르난데스가 말했다. 모든 걸 돋보기로 보듯이 면밀히 살펴봐야만 합니다. 상공 회의소에서 나온 사람이 말했다. 나는 모든 걸 돋보기로 철저히, 그것도 여러 차례 점검합니다. 졸려서 눈이 감길 때까지 그렇게 하지요. 페드로 네그레테가 말했다. 중요한 것은 기생충들을 휘젓거나 선동해서는 안 된다는 겁니다. 시장이 말했다. 우리는 필요한 모든 조치를 취하고 있습니다. 페드로 네그레테가 말했다. 지금 미국 영화들처럼 우리에게는 연쇄 살인범 문제가 있습니다. 형사 에르네스토 오르티스 레보예도가 지적했다. 어디다 발을 내딛는지 눈여겨보면서 신중하게 행동해야 합니다. 상공 회의소 사람이 말했다. 일반적인 살인범과 연쇄 살인범이 어떻게 다른지 아십니까? 앙헬 페르난데스가 물었다. 아주 간단합니다. 연쇄 살인범은 자신만의 표시를 남겨 놓습니다, 아시겠습니까? 그에게는 살인 동기가 없지만, 표시를 남깁니다. 에르네스토 오르티스 레보예도 형사가 덧붙였다. 살인 동기가 없다니, 그게 무슨 말인가? 그럼 전기에 감전된 것처럼 충동에 의해 움직인단 말인가? 시장이 물었다. 이런 종류의 문제에 대해 말할 때는 아주 조심스럽게 단어를 골라야 합니다. 그러지 않으면 문제가 의도하지 않았던 엉뚱한 곳으로 발전되기 마련입니다. 상공 회의소 사람이 말했다. 세 여자가 살해되었습니다. 앙헬 페르난데스 형사는 말하면서, 그 방에 있던 사람들에게 첫째 손가락과 둘째 손가락, 그리고 가운뎃손가락을 보여 주었다. 오로지 세 명이라면 얼마나 좋겠습니까. 페드로 네그레테가 말했다. 오른쪽 가슴이 도려지고 왼쪽 가슴의 젖꼭지를 물어뜯긴 채 살해된 여자가 세 명입니다. 에르네스토 오르티스 레보예도 형사가 말했다. 여러분은 이게 어떤 의미를 지닌다고 생각합니까? 앙헬 페르난데스 형사가 물었다. 연쇄 살인범이란 말인가? 시장이 질문했다. 물론입니다. 형사 앙헬 페르난데스가 대답했다. 빌어먹을 작자 세 명이 희생자를 그렇게 도려내고 찢어 버리기 위해 같은 방법을 선택했다는 것은 지나친 우연이라고 생각하지 않을 수 없습니다. 에르네스토 오르티스 레보예도 형사가 말했다. 일리 있는 말이군. 시장이 말했다. 하지만 문제는 거기서 끝나지 않을 거라는 사실입니다. 앙헬 페르난데스 형사가 지적했다. 우리의 상상력을 마구 펼치면, 우리는 어떤 곳에 도착할지 알 수 없게 됩니다. 상공 회의소 사람이 말했다. 난 당신들이 어디에 도착하고 싶어 하는지 익히 상상할 수 있지요. 페드로 네그레테가 말했다. 당신은 우리의 짐작이 맞는다고 생각하나요? 시장이 물었다. 오른쪽 가슴이 도려진 채 발견된 세 여자가 동일 인물에 의해 살해되었다면, 그 사람이 다른 여자들도 죽였다고 생각해 볼 수 있지 않나요? 앙헬 페르난데스 형사가 물었다. 그건 과학적입니다. 에르네스토 오르티스 레보예도 형사가 덧붙였다. 살인자가 과학적이라는 말인가요? 상공 회의소 사람이 물었다. 아닙니다, 수법이 그렇다는 말입니다. 이 개자식이 즐기면서 일하는 방식이 그렇다는 말이지요. 에르네스토 오르티스 레보예도 형사가 설명했다. 제가 설명하겠습니다. 그 자식은 강간하고 교살하는 것으로 시작했습니다. 그건 사람을 죽이는 일반적인 방식이라고 말할 수 있습니다. 하지만 체포되지 않자, 그의 살인은 더욱 과감해지면서 개인적 특징을 띠게 되었습니다. 그동안 숨겨졌던 야수가 본격적으로 모습을 드러낸 것이지요. 이제 그가 저지른 모든 범죄는 그의 특징을 지니고 있습니다. 앙헬 페르난데스 형사가 말했다. 판사님, 당신 생각은 어떻습니까? 시장이 물었다. 모두 가능한 추정입니다. 판사가 말했다. 모두가 가능하지만 혼돈 속으로 빠지지 말아야 하며, 방향을 잃지 말아야 합니다. 상공 회의소 사람이 말했다. 분명한 것은 불쌍한 세 여자를 죽이고 절단한 작자는 동일인이라는 사실입니다. 페드로 네그레테가 지적했다. 그렇다면 그를 찾아내고, 이 염병할 문제에 종지부를 찍으십시오. 시장이 말했다. 그러나 신중하게, 그리고 내 요청이 과도한 것이 아니라면 사람들을 공포로 몰고 가지 않으면서 그렇게 해야 합니다. 상공 회의소 사람이 말했다.

후안 데 디오스 마르티네스는 그 모임에 초대받지 못했다. 그는 그 모임이 있다는 것을 알았고, 오르티스 레보예도와 앙헬 페르난데스가 모임에 참석할 것이며, 자기는 배제될 것이라는 사실도 알았다. 그러나 후안 데 디오스 마르티네스가 눈을 감을 때면, 오로지 미초아칸 지역 아파트의 어둠 속에 잠긴 엘비라 캄포스의 육체만 보였다. 종종 그녀가 벌거벗은 채 침대에서 자신에게 다가오는 것을 보았다. 또 어떤 때는 금속 물체들, 즉 남근을 상징하는 물체들에 둘러싸인 채 테라스에 있는 그녀를 보았다. 그런데 그 물건들은 모두가 아주 다양한 형태의 망원경이었고(실제로는 단지 망원경 세 개였다), 그녀는 그 망원경들을 통해 별들이 총총히 박힌 산타테레사의 하늘을 바라보면서 연필로 공책에 무언가를 적었다. 그녀 뒤로 다가가서 공책을 쳐다보았지만, 전화번호만 볼 수 있었다. 대부분 산타테레사의 전화번호였다. 연필은 흔히 볼 수 있는 보통 연필이었다. 공책은 학교 공책이었다. 그가 보기에 두 물건은 원장이 사용하던 물건들과는 아무 관련이 없었다. 그날 밤 자기가 배제되었던 모임에 관해서 들은 후, 그는 원장에게 전화를 걸어 만날 필요가 있다고 말했다. 보고 싶어 견딜 수 없는 순간이라고. 하지만 그녀는 그럴 수가 없다고 차갑게 대답하고서 전화를 끊었다. 후안 데 디오스 마르티네스는 원장이 종종 자기를 환자처럼 다룬다고 생각했다. 그리고서 언젠가 그녀가 나이에 대해, 그녀의 나이와 그의 나이에 대해 말했다는 사실을 떠올렸다. 나는 쉰한 살이지만 당신은 서른네 살밖에 되지 않았어요.

원장은 말했다. 내가 아무리 내 몸에 신경을 쓴다 하더라도, 얼마 후면 나는 고독한 버커리가 될 테지만, 당신은 그때까지도 젊고 싱싱할 거예요. 정말로 당신은 어머니뻘 되는 사람과 잠자리를 하고 싶어요? 후안 데 디오스 마르티네스는 그녀가 속어를 사용하는 걸 한 번도 들어 본 적이 없었다. 그런데 버커리라고? 솔직히 말해서 그는 그녀를 늙은 여자라고 생각해 본 적이 전혀 없었다. 내가 이를 악물고 운동하기 때문이지요. 내 몸을 끔찍이 보살피기 때문이지요. 날씬한 몸매를 유지하고, 시중에 나와 있는 것 가운데 가장 비싼 주름 개선제를 구입하기 때문이지요. 주름 개선제라고요? 로션, 모이스처라이징 크림, 모두 여자들이 사용하는 것들이에요. 그녀는 아무렇지도 않게 말하면서 그를 놀라게 했다. 나는 당신의 모습 그대로가 좋아요. 그는 말했다. 하지만 그의 목소리는 자기 자신에게도 설득력이 없었다. 그러나 그가 눈을 떠서 현실 세계를 바라보고 자신의 불안감을 조절하려고 애쓸 때면, 모든 것이 그대로 제자리에 있었다.

  그러니까 페드로 렝히포가 마약 밀매업자란 말인가요? 랄로 쿠라가 물었다. 그래. 에피파니오가 말했다. 당신이 아닌 다른 사람들이 말했다면 믿지 않았을 겁니다. 랄로 쿠라가 말했다. 그건 네가 아직 애송이에 불과하기 때문이야. 에피파니오가 말했다. 늙고 뚱뚱한 원주민 여자가 두 사람에게 포솔레[18]를 갖다주었다. 아침 5시였다. 랄로 쿠라는 밤새 순찰차를 타고 교통 위반을 단속했다. 그와 그의 동료가 어느 길모퉁이에 차를 세웠을 때, 누군가가 차창을 가볍게 두드렸다. 랄로 쿠라뿐만 아니라 동료 경찰도 그가 다가오는 것을 보지 못했다. 그는 에피파니오였다. 밤새 잠을 자지 않고 술을 마신 모습이었지만, 술에 취하지는 않았다. 내가 이 아이를 데려가겠네. 그는 다른 교통 경찰에게 말했다. 그 경찰은 어깨를 으쓱하고서 길모퉁이에, 그러니까 몸통을 흰색으로 칠한 참나무 아래 혼자 남았다. 밤은 시원했고 사막의 산들바람이 불어오는 가운데 하늘의 모든 별이 모습을 드러냈다. 그들은 아무 말도 하지 않고서 시내 중심가로 걸어갔다. 그러더니 갑자기 에피파니오가 배가 고프지 않으냐고 물었다. 랄로 쿠라는 배고프다고 대답했다. 그럼 먹으러 가지. 에피파니오는 말했다. 늙고 뚱뚱한 원주민 여자가 두 사람에게 포솔레를 갖다주자, 에피파니오는 자기가 아닌 다른 사람의 얼굴이 토기 그릇의 표면에 비친 것처럼 잠시 뚫어져라 그릇을 바라보았다. 포솔레가 어느 지방 음식인지 알아, 랄로? 그가 물었다. 아니요, 모르겠는데요. 랄로 쿠라가 대답했다. 이건 북부 음식이 아니라 중부 음식이야. 멕시코시티의 전통 음식이야. 이걸 만든 사람들은 아스테카 사람들이지. 에피파니오가 설명했다. 아스테카 사람들이라고요? 그래서 맛있는 모양이네요. 랄로 쿠라가 말했다. 비야비시오사에서 포솔레를 먹어 본 적 있어? 에피파니오가 물었다. 랄로 쿠라는 마치 비야비시오사가 그곳에서 아주 멀리 떨어진 곳인 양 그곳에 관해 생각했고, 아니라고, 사실 자기는 먹어 보지 못했다고 대답했다. 그런데 그는 자기가

18 멕시코의 전통 음식으로, 옥수수알과 고기와 채소로 이루어진 수프의 일종.

산타테레사에 살기 전에 그 음식을 먹어 보지 못했다는 사실이 참으로 이상하게 여겨졌다. 아마 먹어 봤는데 지금 기억하지 못하는 걸 겁니다. 그는 덧붙였다. 사실 이 포솔레는 아스테카 사람들이 원래 먹던 포솔레가 아니야. 한 가지 재료가 빠졌거든. 에피파니오가 말했다. 그 재료가 무엇이지요? 랄로 쿠라가 물었다. 인육이야. 에피파니오가 대답했다. 놀리지 마요. 랄로 쿠라가 말했다. 사실이야. 아스테카 사람들은 인육 조각을 넣어 포솔레를 요리했어. 에피파니오가 말했다. 믿을 수 없어요. 랄로 쿠라가 말했다. 그래, 그건 중요하지 않아. 아마 내가 잘못 알았거나, 아니면 내게 그걸 말해 준 사람이 잘못 알았을 수도 있거든. 비록 그 사람은 모든 걸 아는 사람이었지만 말이야. 에피파니오가 말했다. 그런 다음 두 사람은 페드로 렝히포에 관해 이야기했고, 랄로 쿠라는 자기가 어떻게 페드로가 마약 업자라는 사실을 모를 수 있는 것인지 의아해했다. 그건 네가 아직 어리기 때문이야. 에피파니오가 말했다. 그러고서 이렇게 덧붙였다. 왜 그가 그토록 많은 경호원을 데리고 다닌다고 생각해? 부자이기 때문이지요. 랄로 쿠라가 대답했다. 그러자 에피파니오는 빙긋이 웃었다. 자, 이제 그럼 자러 가자. 넌 이미 비몽사몽이거든. 그가 말했다.

10월에는 산타테레사에서는, 그러니까 도시나 사막에서 어떤 여인의 시체도 발견되지 않았다. 그리고 엘 칠레 불법 쓰레기장을 없애는 일은 영원히 중지되었다. 불법 쓰레기장의 재배치 혹은 해체를 취재한 『산타테레사 신문』 신문 기자는 자기 평생 그런 무질서를 한 번도 본 적이 없다고 말했다. 그런 무질서가 쓸데없는 노력을 기울이던 시청 직원들에 의해 생겨났냐는 질문을 받자, 그는 그렇지 않다고, 무질서는 생물이 살지 않는, 썩어 가는 쓰레기장이 만들었다고 대답했다. 10월에는 이미 그 도시에 있던 수사팀을 보강하려고 에르모시요에서 형사 다섯 명이 도착했다. 그들 중 한 사람은 카보르카 출신이었고, 다른 한 사람은 오브레곤시 출신이었으며, 나머지 세 사람은 에르모시요 출신이었다. 그들은 단단히 일할 각오가 되어 있는 사람들처럼 보였다. 10월에는 플로리타 알마다가 다시 「레이날도와 한 시간」 프로그램에 출연해서, 자기가 친구들에게(가끔씩은 친구들이라고 부르기도 했고, 어떤 때는 보호자들이라고 부르기도 했다) 물어보았는데, 그들은 범죄가 계속될 것이라고 말해 주었다고 밝혔다. 또한 그녀에게 몸조심하라고, 그녀를 못마땅한 눈으로 주시하는 사람들도 있다고 말해 주었다. 하지만 난 걱정하지 않아요. 이미 늙은 몸인데 뭘 두려워하겠어요. 플로리타는 말했다. 그런 다음 카메라 앞에서 어느 희생자의 영혼에게 말하려고 했지만, 그럴 수가 없었다. 기절하고 만 것이다. 레이날도는 그녀가 실신한 것처럼 보이려 한다고 생각하고서 그녀의 뺨을 어루만지고 마실 물을 약간 주면서 깨우려고 했지만, 전혀 실신을 가장한 것이 아니었다(사실 진짜 의식 상실이었다). 플로리타가 병원에 실려 가면서 그 방송은 끝났다.

금발에 키가 큰 남자. 컴퓨터 가게의 주인이거나 아니면 아마도 주인의 신임이 두터운 직원. 시내 중심가. 이런 단서가 있었기에, 에피파니오는 그다지 오랜 시간을 소비하지 않고 그 가게를 찾을 수 있었다. 그 남자의 이름은 클라우스 하스였다. 신장은 1미터 90이었고, 머리카락은 아주 노란 금발이었다. 마치 매주 물들이는 것처럼 카나리아 빛깔을 띤 노란색이었다. 그가 처음 가게에 갔을 때, 클라우스 하스는 책상 앞에 앉아 어느 손님과 담소를 나누고 있었다. 키가 작고 아주 까무잡잡한 10대 청년이 그에게 다가오더니 도움이 필요하냐고 물었다. 에피파니오는 하스를 가리키면서 누구냐고 물었다. 주인이에요. 10대 청년이 말했다. 그와 이야기하고 싶은데요. 에피파니오는 말했다. 지금은 손님과 대화하고 있어요. 무엇을 찾는지 말하면, 제가 찾아 드릴게요. 10대 청년이 대답했다. 아니에요. 에피파니오는 말했다. 그는 자리에 앉아 담배에 불을 붙이고서 기다릴 준비를 했다. 다른 손님이 두 명 들어왔다. 그런 다음에는 푸른색 작업복을 입은 남자가 들어와 한쪽 구석에 마분지 상자를 놔두었다. 하스는 책상에 앉은 채 손을 들어 그 남자에게 인사를 건넸다. 팔이 길고 강인해 보여. 에피파니오는 생각했다. 10대 청년이 그에게 다가와 재떨이를 놓아 주었다. 가게 안쪽에서는 어느 여직원이 타이핑을 했다. 손님들이 나가자, 비서처럼 보이는 여자가 들어와서 노트북을 살펴보기 시작했다. 노트북을 쳐다보면서 가격과 사양들을 적었다. 그녀는 치마를 입었고 하이힐을 신고 있었다. 에피파니오는 틀림없이 그녀가 상관과 잠자리를 할 것이라고 추측했다. 그때 다른 손님이 두 명 더 들어왔고, 10대 청년은 여자를 놔두고서 그들에게 가서 도와줄 것이 없느냐고 물었다. 그 모든 것에 아무런 관심도 기울이지 않은 채 하스는 계속해서 에피파니오가 뒷모습만 볼 수 있던 남자와 말하고 있었다. 하스의 눈썹은 거의 하앴다. 그는 가끔씩 상대방이 말하는 것을 듣고 웃거나 미소를 지었다. 그의 치아는 마치 영화배우의 치아처럼 반짝거렸다. 에피파니오는 담뱃불을 끄고 다른 담배에 불을 붙였다. 여자는 뒤를 돌아보더니 마치 누군가가 밖에서 자기를 기다린다는 듯 거리를 바라보았다. 그는 오래전에 그녀를 체포한 적이 있었는지 그녀의 얼굴이 낯익다고 생각했다. 그게 언제였지? 그는 생각했다. 아마도 오래전일 것 같았다. 그러나 여자는 스물다섯 살 이상은 되어 보이지 않았고, 그래서 그가 그녀를 체포했다면 그건 그녀가 열일곱 살이 되지 않았을 때였을 것 같았다. 아마 그럴지도 모르는 일이야. 에피파니오는 생각했다. 그러고서 이 금발 남자의 가게는 그럭저럭 운영된다고 생각했다. 단골손님도 꽤 있었고, 그가 전혀 서두르지 않은 채 대화를 나누면서 책상에 그대로 앉아 있는 여유를 부렸기 때문이다. 그러자 에피파니오는 로사 마리아 메디나와 그녀의 말이 신빙성 있는지 생각했다. 신빙성 따위는 전혀 중요하지 않아. 그는 마음속으로 되뇌었다. 반 시간이 지나자 이제 가게에는 아무도 없었다. 여자는 가게를 나가면서 역시 그를 아는 것처럼 쳐다보았다. 하스와 그의 친구의 웃음소리는 이제 꺼져 있었다. U 자형 카운터 뒤에서 근사한 청년은 미소를 지으며 그를 기다렸다. 에피파니오는 재킷 주머니에서 에스트레야 루이스 산도발의 사진을 꺼내 보여 주었다. 멋쟁이 금발 청년은 사진을 만지지 않은 채 쳐다보았고, 입술로 이상한 표정을 지었다. 아랫입술을 윗입술 위로 불룩 내밀고서, 도대체 무슨 일이냐고 묻듯이 그를 쳐다보았던 것이다. 이 여자를 아십니까? 아니요, 모르는 사람 같습니다. 수많은 사람이 이 가게에 드나듭니다. 하스가 대답했다. 그러자 에피파니오는 자기를 소개했다. 자기 이름은 에피파니오 갈린도이고 산타테레사 경찰이라고 밝혔다. 하스는 손을 내밀었고, 에피파니오는 악수를 하면서 금발 청년의 뼈가 쇠처럼 단단하다는 느낌을 받았다. 그는 청년에게 거짓말하지 말라고, 증인이 있다고 말하고 싶었지만, 그런 말 대신에 미소를 짓는 편을 택했다. 10대 종업원은 하스의 뒤에 있는 다른 책상에 앉아서 서류를 점검하는 척했지만, 사실 그는 한 마디도 빼놓지 않고 그의 말을 듣고 있었다.

가게 문을 닫은 다음 10대 청년은 일제 모터사이클을 타고서 마치 누군가를 만나기를 바라는 듯이 시내 중심가 거리를 천천히 한 바퀴 돌았다. 그렇게 우니베르시다드 거리에 이르자 속도를 높이더니 베라크루스 지역을 향해 멀어졌다. 그는 2층짜리 주택 앞에 모터사이클을 세우고서 다시 자물쇠를 채웠다. 그의 어머니는 10분 전부터 음식을 만들어 놓고서 그를 기다리고 있었다. 청년은 어머니에게 키스를 하고서 텔레비전을 켰다. 어머니는 부엌으로 들어갔다. 그녀는 앞치마를 벗고서 인조 가죽으로 만든 핸드백을 들었다. 그리고 청년에게 키스를 하고서 집을 나섰다. 곧 돌아올게라고 말했다. 청년은 어머니에게 어디 가는 건지 물어봐야겠다고 생각했지만, 결국 아무 말도 하지 않았다. 어느 방에서 어린아이의 울음소리가 새어 나왔다. 처음에 청년은 그 소리를 무시하고서 계속 텔레비전을 보았지만, 울음소리가 거세지자 자리에서 일어나 방으로 들어간 다음 태어난 지 몇 달 되지 않은 아기를 팔에 안고 방에서 나왔다. 아기는 희고 통통했다. 형과는 아주 딴판이었다. 텔레비전에서는 뉴스가 흘러나왔다. 그는 미국의 어느 도시 거리를 달려가는 흑인 일당과 화성에 관해 말하는 어느 남자, 그리고 바다에서 나와 카메라 앞에서 갑자기 웃음을 터뜨리는 여자들을 보았다. 리모컨으로 채널을 바꾸었다. 두 젊은이가 권투 시합을 벌였다. 권투를 좋아하지 않았기 때문에 다시 채널을 바꾸었다. 어머니는 이미 모습을 감춘 것 같았다. 하지만 이제 아기는 더는 울지 않았고, 청년은 아이를 팔에 안고 있는 걸 성가시게 생각하지 않았다. 그때 문에서 초인종이 울렸다. 청년은 드라마가 나오는 곳으로 채널을 바꾼 다음, 아기를 안고 자리에서 일어나 현관문을 열었다. 여기 사는군요. 에피파니오가 말했다. 그래요. 청년이 대답했다. 에피파니오 뒤로 키가 작은 경찰 한 명이 들어왔다. 하지만 청년보다는 컸다. 그 경찰은 청년의 허락도 받지 않고서 1인용 소파에 털썩 주저앉았다. 저녁 먹는 중이었나요? 에피파니오가 물었다. 그래요. 청년이 대답했다. 식사하도록 해요. 신경 쓰지 말고 계속 식사해요. 에피파니오는 말하면서, 다른 여러 방에 들어갔다가 급히 나왔다. 마치 한 번만 슬쩍 쳐다봐도 집 안 구석구석을 수색하는 데 충분하다는 것 같았다. 이름이 뭐지요? 에피파니오가 물었다. 후안 파블로 카스타뇬이에요. 청년이 말했다. 좋아요, 후안 파블로, 우선 자리에 앉아서 계속 식사하도록 해요. 에피파니오가 말했다. 알았습니다. 청년이 대답했다. 너무 긴장하거나 초조해하지 마세요. 자칫 잘못하면 아기를 떨어뜨릴 수도 있으니까요. 에피파니오가 말했다. 다른 경찰은 빙긋이 웃고만 있었다.

한 시간 후 그들은 떠났고, 이제 에피파니오에게는 모든 게 전보다 훨씬 명확해졌다. 클라우스 하스는 독일인이었지만 미국 시민권을 취득했다. 그는 산타테레사에 가게를 두 개 소유하고 있었고, 그 가게에서는 워크맨부터 컴퓨터까지 모든 걸 팔았다. 그와 비슷한 가게가 티후아나에도 있었고, 그래서 판매 장부를 점검하고 종업원에게 급료를 지불하고 팔린 물건들을 다시 채워 넣기 위해, 한 달에 한 번 정도 출장을 가야만 했다. 또 그는 두 달에 한 번 정도 미국으로 여행했지만, 정해진 날짜에 여행하는 것도 아니었고 규칙적으로 하는 것도 아니었다. 그러나 여행 기간이 사흘을 넘어간 적은 없었다. 그는 덴버에 몇 년 동안 살았고, 여자 문제로 말미암아 그곳을 떠났다. 그는 여자를 좋아했지만, 결혼하지 않았으며 애인도 없다는 것은 모두가 아는 사실이었다. 그는 자주 시내 중심가의 나이트클럽이나 매음굴을 드나들었고, 그런 업소 주인 몇몇과 친구였으며, 그 주인들에게 방범용 카메라나 컴퓨터 회계 프로그램을 설치해 준 적도 있었다. 10대 청년은 최소한 한 번은 이런 일이 있었다는 사실을 알았다. 그가 바로 프로그램을 설치한 장본인이었기 때문이다. 주인이자 상관으로서 하스는 공평하고 합리적이었으며, 형편없는 월급을 지급하며 노동력을 착취하지도 않았다. 그러나 가끔씩 아무런 이유 없이 화를 냈고, 상대방이 누구든 상관하지 않은 채 아무런 문제 없이 따귀도 때릴 수 있는 사람이었다. 청년은 한 번도 맞지 않았지만, 늦게 출근한다는 이유로 몇 번에 걸쳐 꾸지람을 들은 적은 있었다. 그럼 하스가 따귀를 때린 사람이 누구지요? 청년은 어느 여비서였다고 말했다. 따귀를 맞은 여비서가 지금의 여비서냐고 묻자, 그는 아니라고, 이전 여비서인데 자기는 한 번도 보지 못한 사람이라고 설명했다. 그렇다면 당신은 어떻게 그가 여비서의 따귀를 때렸는지 알게 되었지요? 오래된 직원들, 그러니까 가게 재고품의 일부를 보관하던 창고 직원들이 그렇게 말해 주었습니다. 마침내 에피파니오는 에스트레야 루이스 산도발의 사진을 보여 주었다. 가게에서 이 여자 본 적이 있어요? 청년은 사진을 보더니 그렇다고, 그녀의 얼굴을 본 적이 있다고 인정했다.

에피파니오가 클라우스 하스를 다시 찾아갔을 때는 한밤중이 다 된 시간이었다. 그는 초인종을 눌렀고 한참을 기다려야 했다. 집 안에는 불이 켜져 있었지만, 한참이 지나서야 문을 열어 주러 나왔던 것이다. 그의 집은 엘 세레살 지역에 있었다. 1층이나 2층짜리 주택으로 이루어진 중산층 동네로, 모든 집이 최근에 지어진 것은 아니었다. 그곳에서 조금 떨어진 마데로 지역의 소음이나 시내 중심가의 굉음을 듣지 않고, 가로수가 늘어선 조용한 보도를 걸어가면서 빵이나

479

우유를 살 수 있는 지역이었다. 문을 열어 준 사람은 하스 본인이었다. 그는 바지 위로 흰 셔츠를 내놓고 있었다. 처음에는 에피파니오를 알아보지 못했거나 아니면 알아보지 못한 척했다. 에피파니오는 마치 장난을 하듯이 경찰 신분증을 보여 주었고, 자기를 기억하느냐고 물었다. 하스는 무슨 일 때문에 찾아왔느냐고 물었다. 들어가도 될까요? 에피파니오가 물었다. 거실은 1인용 소파 여러 개와 커다란 3인용 소파를 비롯해 멋진 가구들로 꾸며져 있었다. 장식장에서 하스는 위스키 한 병을 꺼내 술잔에 따랐다. 그러면서 그에게 한잔 하지 않겠느냐고 물었다. 에피파니오는 싫다는 의미로 고개를 가로저었다. 지금은 근무 중입니다. 하스는 이상야릇한 미소를 지으며 고개를 흔들었다. 마치 〈아!〉 혹은 〈허 참!〉이라고 말하거나 아니면 재채기를 참는 것 같았지만, 오로지 단 한 번만 그런 표정을 지었다. 에피파니오는 1인용 소파에 앉아서 에스트레야 루이스 산도발이 살해된 날의 알리바이를 증명할 수 있느냐고 물었다. 하스는 그를 아래위로 쳐다보았고, 잠시 후에 자기는 종종 전날 밤에 한 일조차도 기억하지 못한다고 말했다. 그의 얼굴은 붉어졌고, 눈썹은 실제보다 더 하얘진 것 같았다. 자기 자신을 제어하려고 무척 애쓰는 듯했다. 당신이 희생자와 함께 있는 것을 본 증인이 두 명이나 있습니다. 에피파니오가 말했다. 그게 누구죠? 하스가 물었다. 하지만 에피파니오는 대답하지 않았다. 그는 거실을 둘러보면서 고개를 끄덕였다. 이렇게 꾸미려면 많은 돈이 들었겠습니다. 에피파니오는 말했다. 나는 열심히 일하고 그럭저럭 돈을 버는 사람입니다. 하스가 말했다. 내게 보여 주시겠습니까? 에피파니오가 말했다. 뭘 말입니까? 하스가 물었다. 집을 좀 보여 주시겠습니까? 에피파니오가 말했다. 농담하지 마십시오. 내 집을 수색하고 싶으면, 판사가 발부한 수색 영장을 가지고 오십시오. 하스가 말했다. 집을 떠나기 전에 에피파니오는, 나는 당신이 그 여자아이를 죽였다고 믿습니다 하고 말했다. 그 여자아이뿐만 아니라, 얼마나 더 많은 여자를 죽였는지는 잘 모르겠습니다. 쓸데없는 소리는 그만하시오. 하스가 말했다. 배짱이 두둑하군요. 에피파니오는 문을 나서면서 대꾸했다. 제발 말도 안 되는 소리는 그만하고 날 가만히 내버려두시오. 하스는 소리쳤다.

엘 어도비 경찰서에 있는 친구의 도움을 받아, 에피파니오는 클라우스 하스의 전과 기록을 입수했다. 그렇게 해서 하스가 덴버에 산 적이 결코 없으며, 그가 거주한 곳은 플로리다주의 탬파라는 사실을 알았다. 그리고 그곳에서 로리 엔시소라는 여자를 강간하려다가 기소되었다는 사실도 알게 되었다. 그는 한 달 동안 구금되었고, 로리 엔시소가 고소를 취하하면서 석방되었다. 그는 또한 노출 행위와 부적절한 행동을 했다는 혐의를 받아 기소된 적도 있었다. 에피파니오는 도대체 미국인들이 부적절한 행동이라고 지칭하는 게 무엇인지 알아보고자 했고, 그게 손으로 더듬는 행위나 점잖지 못한 언행이며, 이 두 가지를 결합한 제3의 위법 행위라는 사실임을 알게 되었다. 그리고 탬파에서 하스는 창녀들과 성매매를 한 혐의로 여러 번 벌금을 부과받은 전력이 있었지만, 그건 그다지 심각한 게 아니었다. 그는 1955년 당시 서독의 빌레펠트에서 태어났으며 1980년에 미국으로 이민했다. 1990년, 이미 미국 시민권을 취득한 이후였지만, 국적을 다시 바꾸기로 결심했다. 멕시코에서, 더 구체적으로 소노라주 북부에서 살겠다고 마음먹은 것은 의심의 여지 없이 행운의 선택이었다. 멕시코에 도착한 지 얼마 되지 않아 산타테레사에 두 번째 가게를 열었고, 그의 고객 명단은 갈수록 늘어났기 때문이다. 그리고 티후아나에도 또 다른 가게를 열었는데, 그곳 역시 그럭저럭 운영되는 것 같았다. 어느 날 밤, 에피파니오는 산타테레사 경찰 둘과 형사를 대동하고 시내 중심가에 있는 하스의 가게로 들어갔다. 다른 가게는 센테노 지역에 있었다. 가게는 생각한 것보다 훨씬 컸다. 가게 뒤쪽에 있는 방 몇 개는 하스가 손수 조립할 컴퓨터 부품 상자들로 가득했다. 그러나 그중 한 방에는 침대와 초 한 개가 꽂힌 촛대, 그리고 침대 옆에 커다란 거울이 있었다. 전등에는 불이 들어오지 않는데, 에피파니오와 함께 간 형사는 즉시 전구가 없기 때문에 불이 들어오지 않는다는 사실을 알아냈다. 화장실은 두 개가 있었다. 하나는 매우 말끔하게 치워 두었다. 바닥은 깨끗했으며, 비누와 화장지가 구비되었다. 변기 옆에는 변기를 닦는 솔이 있었다. 변기의 물을 내리는 것에만 익숙해져 있는 종업원들에게 하스는 반드시 사용 후 변기를 닦으라고 요구한 것이다. 다른 화장실은 너무나 더럽고 지저분한 나머지, 물도 나오고 변기도 제대로 작동했지만, 버려졌다기보다는 오히려 비대칭적이고 불가해한 현상을 보여 주기 위한 목적으로 그곳에 있는 것처럼 보였다. 그러고는 긴 복도가 뒷골목과 연결된 문을 향해 뻗었다. 뒷골목은 다양한 종류의 쓰레기와 종이 상자로 가득했지만, 거기서는 그 도시의 가장 북적거리는 길모퉁이를 볼 수 있었다. 산타테레사의 밤 시간에 사람들이 가장 많이 몰리는 거리의 길모퉁이였다. 그런 다음 그들은 지하실로 내려갔다.

이틀 후 에피파니오와 형사 두 명, 그리고 산타테레사의 경찰 셋은 마흔 살의 미국 시민 클라우스 하스를 열일곱 살의 멕시코 시민 에스트레야 루이스 산도발을 강간하고 고문하고 살해한 용의자로 체포한다는 영장을 들고 가게에 모습을 드러냈다. 그러나 가게에 도착했을 때 종업원들은 주인이 그날 그곳에 모습을 보이지 않았다고 말했다. 그러자 체포 팀은 즉시 두 개 조로 나뉘었다. 형사 한 명과 산타테레사 경찰 두 명으로 이루어진 조는 센테노 지역에 위치한 다른 가게로 급히 경찰차를 몰았고, 에피파니오와 형사 한 명, 그리고 나머지 경찰 한 명은 엘 세레살 지역에 있는 독일계 미국인의 집을 향해 출발했다. 그리고 그곳에 도착하자 전략적으로 인원을 배치했다. 산타테레사 경찰은 집 뒤쪽을 지키는 임무를 맡았고, 에피파니오와 경찰은 현관문을 두드렸다. 그런데 놀랍게도 하스가 몸소 현관문으로 나왔다. 그는 마치 독감이나 감기에 걸려 오한을 느끼는 것 같은 얼굴이었다. 어쨌거나 간밤에 제대로 잠을 자지 못한 기색이 역력했다. 경찰들은 집 안으로 들어오라는 그의 초대를 거절하고는, 그에게 바로 그 순간부터 체포된 상태라는 사실을 통고하면서, 체포 영장을 보여 주었다. 또한 그의 집과 두 가게에 대한 수색 영장도 대충 읽도록 보여 주고는, 즉시 수갑을 채웠다. 용의자가 장신에 몸집도 큰 사람이라, 현재 무슨 일이 벌어지는지 알면 어떤 반응을 보일까 아무도 예측할 수 없었기 때문이다. 그러고서 에피파니오는 그를 순찰차 뒷좌석에 태웠고, 용의자의 가택 뒤쪽을 지키던 산타테레사 경찰을 그대로 놔둔 채 즉시 제1경찰서로 차를 몰았다.

클라우스 하스의 신문은 나흘 동안 지속되었다. 에피파니오 갈린도와 토니 핀타도 경관, 그리고 형사 에르네스토 오르티스 레보예도와 앙헬 페르난데스, 카를로스 마린이 신문을 진행했다. 산타테레사 경찰청장인 페드로 네그레테가 신문 장면을 직접 지켜보았으며, 그는 판사 두 명과 소노라 북부 지역 검찰 지청장인 세사르 우에르타 세르나를 특별 손님으로 그곳에 데려왔다. 용의자는 참을 수 없는 분노를 두 번에 걸쳐 폭발시켰으며, 그를 신문하던 경찰관들은 그의 분노를 제압해야만 했다. 이런 일이 일어난 후, 하스는 에스트레야 루이스 산도발과 교제했으며 그녀가 세 번에 걸쳐 가게로 그를 찾아왔다는 사실을 시인했다. 소노라주의 대납치 특수 경찰 부대에 소속된 에르모시요 경찰 다섯 명은 범죄 증거를 찾으려고 하스의 집뿐만 아니라 산타테레사에 있는 두 가게를 수색했다. 특히 그들은 도시 중심가에 위치한 가게의 지하실을 집중적으로 뒤졌으며, 지하 침실 바닥과 담요에서 핏자국을 발견했다. 에스트레야 루이스 산도발의 가족은 DNA 검사에 협조했다. 그들의 혈액 샘플을 에르모시요에서 샌디에이고에 있는 실험실로 보낼 예정이었지만, 에르모시요에 도착하기 전에 분실되었다. 담요의 혈흔에 관한 질문을 받자, 하스는 아마도 자기가 월경 기간에 있던 여자와 관계를 가졌고, 그 피는 바로 그 여자의 피일 것이라 진술했다. 하스가 이런 정보를 제공하자, 형사 오르티스 레보예도는 그에게 정말 남자다운 남자라고 생각하느냐고 물었다. 그저 보통 남자죠. 하스는 대답했다. 정상적인 남자는 피 흘리는 여자와 관계를 갖지 않아. 오르티스 레보예도는 말했다. 난 관계를 가져요. 하스가 대답했다. 돼지처럼 불결한 놈들만 그런 짓을 하는 거야. 형사는 말했다. 유럽에서는 우리 모두가 돼지지요. 하스는 대답했다. 그러자 형사 오르티스 레보예도는 몹시 흥분했고, 신문하던 도중에 앙헬 페르난데스 형사와 산타테레사의 경찰인 에피파니오 갈린도로 교체되었다. 대납치 특수 부대 소속의 두 과학 경찰은 지하 침실에서 지문을 발견하지 못했지만, 하스의 주택 차고에서 끝이 예리한 도구를 여러 개 찾아냈다. 그중에는 날이 75센티미터에 달하는 마체테[19]가 있었는데, 오래되었지만 완벽한 상태로 보존되어 있었다. 또한 커다란 사냥용 칼도 두 개 있었다. 이 무기들은 깨끗했고, 혈흔이나 살점이 단 하나도 발견되지 않았다. 신문을 받던 기간에 클라우스 하스는 두 번에 걸쳐 세풀베다 장군 병원으로 이송되었다. 첫 번째는 독감이 악화되어 고열에 시달렸기 때문이고,

19 밀림에서 길을 내거나 사탕수수를 벨 때 쓰는 길고 큰 일자형 낫.

두 번째는 취조실에서 감방으로 가던 도중 눈과 오른쪽 눈썹에 상처를 입어 치료해야만 했기 때문이다. 구금 사흘째 되는 날, 산타테레사 경찰의 제안에 따라 하스는 그 도시에 주재하는 미국 영사 에이브러햄 미첼에게 전화를 거는 데 동의했지만, 그의 행방을 아는 사람은 아무도 없었다. 미국 영사관의 관리인 커트 A. 뱅크스라는 사람이 전화를 받았고, 다음 날 경찰서로 찾아왔다. 그곳에서 그는 그의 동포와 10여 분간 대화를 나누었고, 그런 다음 별다르게 항의하거나 항의서를 제출하지도 않고 그곳을 떠났다. 잠시 후 용의자 클라우스 하스는 경찰 소형 트럭에 태워져 그 도시의 교도소로 이송되었다.

하스가 경찰서에 있을 때 몇몇 경찰이 그를 만나러 갔다. 대부분은 그가 수감된 감방으로 찾아갔지만, 하스는 담요로 얼굴을 덮은 채 오로지 잠을 자거나 아니면 자는 척했다. 그들이 감상할 수 있었던 것은 그의 커다랗고 뼈가 앙상한 발뿐이었다. 가끔씩 그는 식사를 가져다주던 경찰에게 대꾸를 해주는 영광을 베풀었다. 그들은 음식에 관해 이야기했다. 경찰은 멕시코 음식을 좋아하냐고 물었고, 하스는 그리 나쁘지는 않다고 대답하고서 침묵을 지켰다. 에피파니오 갈린도는 하스가 신문을 받는 동안 랄로 쿠라를 데려가 그를 보게 해주었다. 랄로 쿠라는 그가 영리한 사람이라는 인상을 받았다. 실제로 영리하지 않을지는 모르지만, 그가 형사들의 질문에 대답하는 방식은 영리하기 그지없다고 생각했다. 그리고 그가 방음 장치 된 방에 그와 함께 갇힌 사람들을 진땀 나게 하면서 인내심을 잃게 만드는, 지칠 줄 모르는 기운의 소유자라는 인상을 받았다. 그를 취조하던 사람들은 그를 친구로 생각하고 그를 이해한다고 맹세하면서, 말하라고, 속마음을 시원하게 털어놓으라고, 멕시코에는 사형 제도가 없으니 안심하고 마음의 짐을 털어 버리라고 말했지만, 그런 다음에는 때리고 욕설을 퍼부었다. 그러나 하스는 결코 지치지 않았고, 마치 뜻밖의 말을 하고 앞뒤가 맞지 않는 질문을 던지면서 현실을 피하려는 것 같았다. 아니, 그렇게 형사들이 자제력을 잃게 하려고 애쓰는 것 같았다. 반 시간 동안 랄로 쿠라는 신문 광경을 지켜보았고, 두세 시간은 족히 그대로 남아 있을 수 있었다. 하지만 에피파니오는 이제 그만 가라고 하면서, 곧 경찰청장과 다른 중요한 사람이 도착할 것이며, 그들은 신문 광경이 구경거리가 되길 원치 않는다고 덧붙였다.

산타테레사 교도소에서 하스는 열이 내려갈 때까지 독방에 수감되었다. 그 교도소에는 독방이 모두 네 개뿐이었다. 그중 하나는 미국 경찰 두 명을 살해한 혐의로 기소된 마약 밀매상이 차지했고, 다른 하나에는 사기 혐의로 기소된 상법 전문 변호사가 수감되어 있었다. 또한 세 번째 독방에는 마약 밀거래상의 두 경호원이 갇혔고, 네 번째 독방에는 아내를 목 졸라 죽이고 두 아이를 총으로 사살한 엘 알미요의 농장주가 수감되어 있었다. 하스에게 독방을 배정하기 위해, 교도소 당국은 마약 밀거래상의 두 경호원을 제3수용동 감방으로 옮겼다. 죄수다섯 명이 수감된 방이었다. 독방에는 바닥에 볼트로 고정한 침대가 하나 있었는데, 하스는 새로운 거처에 들어가자, 냄새를 통해 그곳에 두 사람이 수감되어 있었으며 한 사람은 침대에서, 다른 한 사람은 바닥의 허름한 매트리스에서 잤다는 사실을 알아냈다. 그는 그 감방에서 보낸 첫날 밤에는 좀처럼 잠을 이루지 못했다. 감방 안을 돌아다니면서, 이따금씩 팔을 손바닥으로 찰싹 쳤다. 잠귀가 밝은 농장주는 그에게 그만 시끄럽게 하고 잠이나 자라고 말했다. 하스는 어둠 속에서 말하는 사람이 누구냐고 물었다. 농장주는 대답하지 않았고, 하스는 누군가가 말하기를 잠시 기다리면서 조용히, 그리고 움직이지 않은 채 그대로 있었다. 아무도 대답을 하지 않을 것이라는 사실을 알자, 그는 다시 감방을 어슬렁거리며 돌아다녔다. 그곳에는 모기가 한 마리도 없었지만, 마치 모기를 잡듯이 팔을 손바닥으로 때렸다. 그러자 농장주는 시끄러운 소리를 그만 내라고 다시 말했다. 이번에 하스는 걸음을 멈추지도 않았고, 말하는 사람이 누구냐고 묻지도 않았다. 밤은 자라고 있는 거야, 염병할 미국 놈아. 농장주가 말하는 소리가 들렸다. 그런 다음 그가 침대에서 뒤척이는 소리가 들렸고, 하스는 그 작자가 베개로 머리를 덮고 있다고 추측했다. 그러자 갑자기 기분이 유쾌해졌다. 머리를 덮지 마, 잘못하면 죽을지도 몰라. 그는 크고 쩌렁쩌렁한 소리로 말했다. 누가 날 죽이겠어, 염병할 미국 놈아, 네가 죽일 거야? 아니야, 난 아니야, 이 개자식아, 거인이 와서 널 죽일 거야. 하스가 말했다. 거인이라니? 농장주가 물었다. 그래, 네가 들은 그대로야, 이 개자식아. 하스가 대답했다. 거인, 아주 커다란 사람, 엄청난 체구를 지닌 사람이 너를 비롯해 모든 사람을 죽일 거야. 미친 놈, 넌 제정신이 아니야, 이 염병할 미국 놈아. 농장주가 대꾸했다. 잠시 둘 중 누구도 아무 말 하지 않았고, 농장주는 다시 잠든 것 같았다. 그러나 잠시 후 하스는 발소리가 들린다고 말했다. 거인이 지금 걸어와. 그는 머리끝부터 발끝까지 피로 뒤덮였는데, 그가 지금 오고 있어. 상법 전문 변호사는 잠에서 깨어나 도대체 무슨 말을 하느냐고 물었다. 그의 목소리는 부드러웠고 약삭빨랐으며, 겁에 질려 있었다. 여기에 있는 우리 친구는 미쳤어. 농장주가 말했다.

에피파니오가 하스를 찾아갔을 때, 교도관 중 한 사람은 미국인이 다른 죄수들을 깊이 잠들지 못하도록 했다고 알려 주었다. 그는 괴물에 관해 말하면서 눈을 뜬 채 온밤을 보낸 것이다. 에피파니오는 미국인이 어떤 종류의 괴물을 언급하는지 알고 싶어 했는데, 간수는 그가 아마도 그의 친구인 듯한 거인에 관해 말했고, 자기를 구하러 올 것이며, 자기를 괴롭힌 모든 사람을 죽여 버릴 것이라고 말했다고 전해 주었다. 잠을 이룰 수 없으니까 다른 사람들을 자지 못하게 한 거지요. 간수는 그에게 말했다. 그리고 이 미국인은 멕시코인들을 업신여기면서 원주민이니 그리저[20]니 하고 부릅니다. 에피파니오는 왜 그리저라고 부르는지 이유를 알고 싶어 했다. 간수는, 하스 말로는 멕시코인들은 씻지도 않고 샤워도

---

20 기름때가 묻은 사람이란 뜻으로, 멕시코인 혹은 스페인계 미국인을 경멸적으로 일컫는 말.

하지 않기 때문이라고 설명했다. 또한 간수는 하스가 아주 특별하고 혼동할 수 없는 냄새를 분비하는 분비샘을 지닌 흑인들처럼, 멕시코인들도 일종의 끈적거리는 땀을 분비하는 분비샘을 가졌다고 말한다고 덧붙였다. 하지만 사실 샤워를 하지 않은 유일한 사람은 하스뿐이었다. 교도관들은 판사나 미적지근하게 미국인의 문제를 처리하는 교도소장의 직접적인 지시를 받지 않는 한 그를 샤워실로 데려갈 수 없었기 때문이다. 에피파니오가 하스와 정면으로 맞부딪쳤을 때 그는 에피파니오를 알아보지 못했다. 커다란 다크서클이 눈 주위로 생겼고, 처음에 보았을 때보다 훨씬 더 말랐지만, 신문받는 동안 생긴 상처들은 하나도 보이지 않았다. 에피파니오가 담배를 주었더니, 하스는 담배를 피우지 않는다고 말했다. 그러자 에피파니오는 에르모시요 교도소에 관해 말했다. 최근에 지은 건물로, 수용동은 널찍했고, 운동 시설이 갖추어진 커다란 운동장도 구비된 곳이었다. 에피파니오는 그가 유죄를 인정한다면 에르모시요의 교도소로 갈 수 있도록 도와주겠다면서, 거기에서도 독방을 쓸 수 있을 것이며 그 독방은 여기보다 훨씬 나을 것이라고 설명했다. 그때서야 비로소 하스는 처음으로 그의 눈을 쳐다보고서, 놀리지 말라고 말했다. 에피파니오는 하스가 자기를 알아보았다는 사실을 깨닫고서 미소 지었지만, 하스는 미소로 답하지 않았다. 얼굴 표정이 너무 이상해. 잘은 모르겠지만 화난 사람 같아. 에피파니오는 생각했다. 실제로 기분이 상한 것 같았다. 그는 괴물, 그러니까 거인에 관해 물어보면서, 혹시 그 거인이 하스 자신 아니냐고 물었다. 그러자 하스는 웃었다. 나라는 말이오? 무슨 소린지 갈피를 잡을 수 없소. 내가 거인이란 말이오? 당신은 그게 무언지 전혀 몰라, 빌어먹을 개자식. 그러면서 그는 침을 뱉었다.

독방 죄수들은 수용동 운동장으로 나올 수도 있었고, 그냥 감방 안에 남아서 시간을 보내다가 나머지 죄수들의 운동장 출입이 금지된 아침 6시 반부터 7시 반까지의 이른 시간이나 원칙적으로 수용자들이 각자 감방으로 이미 돌아가 야간 점호가 끝난 밤 9시 이후에만 수용동 운동장으로 나올 수도 있었다. 가족을 살해한 농장주와 상법 전문 변호사는 저녁 식사를 마치고 밤에만 운동장으로 나왔다. 그들은 운동장을 거닐면서 사업과 정치에 관해 이야기를 나누었고, 그런 다음 각자 감방으로 되돌아가곤 했다. 마약 밀거래상은 다른 죄수들과 동일한 시간대에 운동장을 사용했고, 벽에 기대어 담배를 피우고 하늘을 쳐다보면서 여러 시간을 보내곤 했다. 그러는 동안 그의 경호원들은 결코 멀리 떨어지지 않은 곳에 모습을 드러내면서, 두목 주변으로 눈에 보이지 않는 경계선을 그었다. 고열이 가라앉자 클라우스 하스는 〈정상적인 외출 시간〉에 운동장으로 나가기로 결심했다고 간수에게 알렸다. 그러자 간수는 운동장에서 살해될지도 모르는데 두렵지 않냐고 물었다. 하스는 비웃는 것 같은 몸짓을 하더니, 햇빛을 전혀 보지 못해 농장주와 변호사의 얼굴이 시체처럼 창백하지 않냐고 지적했다. 그가 처음으로 운동장에 나갔을 때, 그때까지 전혀 관심을 보이지 않던 마약 밀거래상은 하스에게 누구냐고

물었다. 하스는 자기 이름을 말해 주었고, 컴퓨터 전문가라고 자기 자신을
소개했다. 마약 밀거래상은 그를 아래위로 쳐다보고는 마치 한순간에 호기심이
고갈된 것처럼 계속해서 운동장을 걸었다. 몇몇 죄수, 그러니까 몇 명 안 되는
죄수들만 교도소의 유니폼이라고 말할 수 있는 더덕더덕 기운 죄수복을 입었고,
대부분의 죄수들은 자기들이 원하는 옷을 마음대로 입고 있었다. 몇몇 죄수는
아이스박스에 넣어 가져온 시원한 음료수를 팔았다. 그들은 한 팔로 플라스틱
박스를 들고 와서 네 명씩 팀을 이루어 축구나 농구 경기를 하던 곳 근처 바닥에
놓았다. 또한 담배와 포르노 사진을 파는 사람들도 있었다. 가장 신중하게
행동하는 사람들은 마약을 나누어 주는 이들이었다. 운동장은 V 자 형태를 띠었다.
운동장 바닥 반은 시멘트가 깔렸고, 나머지 반은 흙이었다. 운동장은 감시탑들이
우뚝 솟은 두 벽에 둘러싸여 있었고, 감시탑에서는 경비 교도관들이 따분해하면서
마리화나를 피우며 죄수들을 지켜보았다. V 자의 좁은 부분에서는 쇠창살에
빨래가 걸린 몇몇 감방의 창문이 보였다. 넓은 부분에는 높이가 10미터 정도 되는
철조망 울타리를 쳤고, 그 너머로는 교도소의 다른 부서로 연결되는 포장된 길이
나 있었다. 그리고 길 너머로는 또 다른 울타리가 있었다. 마치 사막에서 우뚝
솟아난 것처럼 보이던 울타리는 철조망 울타리보다 높지는 않았지만, 꼭대기
부분에 날카로운 철사가 설치되었다. 처음 운동장에 나갔을 때, 약 10분 동안
하스는 아무도 자기가 누구인지 모르는 외국 도시의 공원을 거니는 것 같은 느낌을
받았다. 순간적으로 그는 자유의 몸이 되었다고 느꼈다. 그러나 여기에서는 모든
사람이 모든 걸 알아 하고 마음속으로 되뇌고는, 어느 죄수가 자기에게 가장 먼저
접근할지 차분하게 기다렸다. 한 시간 후 그는 마약과 담배를 구입하라는 제의를
받았지만, 그가 산 것은 음료수 한 병뿐이었다. 농구 경기를 보면서 음료수를
마시는 동안 몇몇 죄수가 가까이 다가왔고, 그에게 그 모든 여자를 죽인 게
틀림없느냐고 물었다. 하스는 아니라고 대답했다. 그러자 죄수들은 그의 직업이
무엇인지, 컴퓨터를 판매하면 돈을 많이 버는지 따위를 물었다. 하스는 경기에
따라 기복이 있으며, 사업가는 항상 도박을 하는 것과 마찬가지라고 말해 주었다.
그러니까 당신은 사업가란 말이군. 죄수들이 말했다. 아니야, 난 컴퓨터
전문가인데 내 가게를 차렸을 뿐이야. 그는 대답했다. 너무나 진지하고 확신을
가지고 말했기에, 몇몇 죄수는 고개를 끄덕였다. 그런 다음 하스는 그들이 밖에서
무엇을 하는지 알고 싶어 했고, 죄수들 대부분은 웃음을 터뜨렸다. 그냥 있는 거야.
그 말이 그가 알아들은 유일한 말이었다. 그 역시 웃음을 터뜨리면서 주변에 있던
대여섯 명에게 음료수를 사주었다.

그가 처음으로 샤워실로 갔을 때, 〈반지〉라고 불리던 작자가 그를 강간하려고
했다. 그 작자는 체구가 컸지만, 하스와 비교하면 왜소했고, 그의 표정으로 보건대,
상황적으로 그런 역할을 떠맡아야만 했기 때문에 어쩔 수 없이 그렇게 한 것이
분명했다. 그의 표정은, 자기가 마음대로 결정할 수만 있었다면 감방에서 조용히

용두질이나 했을 것이라고 말하고 있었다. 하스는 그의 얼굴을 쳐다보았고, 어떤 종류의 어른이기에 그런 행동을 하느냐고 물었다. 반지는 그의 말을 전혀 알아듣지 못하고 빙긋 웃었다. 그의 얼굴은 널찍했고, 피부에는 털이 나지 않았으며, 미소는 그다지 불쾌하지 않았다. 그의 옆에 있던 죄수들 역시 웃었다. 반지의 친구이며 〈칠면조〉라고 불리는 가장 젊은 죄수는 수건 아래에서 잭나이프를 꺼내더니, 입 다물고 그들을 따라 한쪽 구석으로 오라고 명령했다. 구석에 가서 비밀리에 하자는 거야? 도대체 어느 염병할 구석을 말하는 거야? 하스가 물었다. 하스가 운동장에서 사귄 친구 두 명이 칠면조 뒤에 서더니 그의 팔을 움켜잡았다. 하스의 얼굴에 분노가 치밀었다. 반지는 다시 웃더니 그리 대단한 일은 아니라고 말했다. 남몰래 하자는 게 그리 대단하지 않다고? 한쪽 구석에서 남몰래 개처럼 하자는 게 대단한 일이 아니란 말이야? 하스가 소리쳤다. 하스의 다른 친구가 문 옆에 서더니, 아무도 샤워실로 들어오거나 나가지 못하게 막았다. 저놈에게 네 것을 빨라고 해, 미국인 친구. 죄수 하나가 소리쳤다. 저 염병할 놈에게 네 걸 빨라고 해, 미국인 친구. 지금 당장 말이야. 저놈을 박살 내버려. 죄수들의 목소리가 갈수록 커졌다. 하스는 칠면조의 잭나이프를 빼앗고는 반지에게 무릎을 꿇고 엎드리라고 말했다. 움직이지 않고 떨지 않으면 아무 일도 일어나지 않을 거야, 이 개자식아. 하지만 움직이거나 떨거나 놀라면, 똥이 구멍 두 개로 나오도록 만들어 주겠어. 반지는 수건을 벗고는, 무릎을 꿇고 손으로 바닥을 짚었다. 아니야, 거기가 아니야, 샤워기 밑으로 가. 하스가 지시했다. 반지는 무표정하게 일어나더니 샤워기 아래에 엎드렸다. 뒤로 빗은 웨이브 진 머리카락이 그의 눈 위로 떨어졌다. 사람을 제대로 보고 대들어, 이 빌어먹을 놈들아. 내가 요구하는 건 약간의 자제심과 약간의 존경심이야, 알겠어? 하스는 말하면서 샤워기가 늘어선 구획선으로 들어갔다. 그러고서 반지의 뒤에 무릎을 굽히고서 다리를 활짝 벌리라고 속삭이고는, 잭나이프의 손잡이가 다 들어갈 때까지 천천히 집어넣었다. 몇몇 사람은 이따금씩 반지가 비명을 참는 모습을 볼 수 있었다. 그리고 다른 사람들은 반지의 엉덩이에서 아주 어두운색 핏방울들이 떨어지는 걸 보았다. 그 핏방울들은 샤워기 물에 휩쓸려 순식간에 사라졌다.

하스 친구들의 별명은 폭풍, 테킬라, 투탕라몬이었다. 폭풍은 스물두 살이었고, 자기 여동생을 유혹하려던 마약 밀거래상의 경호원을 죽인 죄로 복역하고 있었다. 감옥에서 두 번이나 살해될 뻔했다. 테킬라는 서른 살이었고, 에이즈 환자였다. 그러나 에이즈가 아직 그다지 진전되지 않았기 때문에 사실을 아는 사람은 많지 않았다. 투탕라몬은 열여덟 살이었고, 그의 별명은 영화에서 유래되었다. 그의 진짜 이름은 라몬이었지만, 그가 가장 좋아하던 영화인 「미라의 복수」[21]를 세 번 넘게 보러 갔고, 그래서 미라인 투탕카멘을 본떠서 그의 친구들이, 아니 하스가 생각하듯이 아마도 라몬 자신이 직접 자신을 투탕라몬이라고 이름 붙인 것이다.

21 스페인 출신 카를로스 아우레드 감독의 1973년 영화.

487

하스는 통조림과 마약을 사주면서 그들을 즐겁게 해주었다. 그들은 그의 심부름을 하거나 경호원으로 봉사했다. 가끔씩 하스는 그들이 중요하게 생각하는 것과 그들의 사업, 그리고 그들의 가족 생활 이야기를 들어 주었고, 그들이 가장 원하는 것과 가장 두려워하는 것이 무엇인지도 들었지만, 하나도 제대로 이해할 수 없었다. 하스에게 그들은 마치 외계인과 같았다. 또 어떤 때는 하스가 말했고, 그의 세 친구는 감동적인 침묵 속에서 그의 말을 들었다. 하스는 자기 통제와 자기 노력, 자립에 대해 말했고, 개인의 운명은 각 개인에게 달렸으며, 사람은 마음만 먹는다면 리 아이어코카[22]도 될 수 있다고 알려 주었다. 하지만 그들은 리 아이어코카가 누구인지 전혀 몰랐다. 그들은 그가 마피아 두목일 것이라고 추측했지만, 하스가 생각의 맥락을 잃어버릴지도 모른다는 두려움에 사로잡혀 아무것도 묻지 않았다.

하스가 나머지 죄수들과 함께 수용동을 옮기게 되자, 마약 밀거래상은 그에게 다가와 작별 인사를 했다. 그런 세심한 배려에 하스는 감동하여 감사의 뜻을 전했다. 문제가 생기면 내게 연락하게. 마약 밀거래상은 그에게 말했다. 하지만 중대한 문제만 말하게. 시시껄렁한 것으로 나를 귀찮게 하지는 말게. 가능하면 당신을 괴롭히지 않도록 애쓰겠습니다. 하스는 말했다. 나도 자네가 그렇게 할 것이라고 이미 눈치챘네. 마약 밀거래상은 말했다. 다음 날 면회에서 그의 여변호사는 다시 독방으로 돌아갈 수 있도록 절차를 시작하고 싶으냐고 물었다. 하스는 이제는 잘 지내며, 머잖아 그 감옥을 떠날 것이고, 가능한 한 빨리 현실을 받아들이는 게 더 좋을 것 같다고 말했다. 당신을 위해 내가 할 수 있는 일이 뭐지요? 그의 여변호사가 물었다. 휴대 전화를 가져다줘요. 하스는 말했다. 감옥에서 휴대 전화를 가지고 있게 하기는 쉽지 않아요. 여변호사가 말했다. 쉬워요, 별로 어렵지 않아요. 그러니 가져다주세요. 하스는 고집을 부렸다.

일주일 후 그는 여변호사에게 또 다른 휴대 전화를 가져다 달라고 부탁했고, 얼마 후 또다시 휴대 전화를 부탁했다. 그는 첫 번째 휴대 전화를 세 사람을 죽인 혐의로 사형 선고를 받은 사람에게 팔았다. 그는 평범해 보이는 사람이었고, 키는 작았다. 그에게는 외부에서 정기적으로 돈이 도착했는데, 아마도 그의 입을 다물게 하려는 것 같았다. 하스는 그에게 사업체를 운영하는 데 가장 좋은 방법이 휴대 전화를 이용하는 것이라고 말했고, 그러자 그 작자는 그가 구입한 전화깃값의 세 배를 지불했다. 다른 휴대 전화를 구입한 사람은 고기를 토막 내는 커다란 칼로 그의 직원인 열다섯 살짜리 소년을 살해한 푸줏간 주인이었다. 반은 농담으로 반은 진담으로 푸줏간 주인에게 왜 어린 직원을 죽였느냐고 묻자, 그는 그 아이가 도둑질을 했으며 자기를 이용해 먹으려 했다고 대답했다. 그러자 수감자들은

22 Lee Iacocca(1924~2019). 자동차 업계의 전설적인 인물이며 1980년대 크라이슬러를 부활시킨 장본인으로 유명하다.

웃었고, 오히려 그 아이가 엉덩이를 제공해 주지 않아서 그런 것은 아니냐고
물었다. 그 말을 듣자 푸줏간 주인은 고개를 숙이고서 여러 번 완고하게
가로저으며 부정했지만, 그의 입술에서는 그런 중상모략을 부인하는 어떤 말도
나오지 않았다. 감옥에 있으면서도 그는 두 푸줏간 운영에 계속 관여하고 싶어
했다. 이제는 그의 사업을 대신 맡은 여동생이 돈을 훔쳐 간다고 생각한 것이다.
하스는 그에게 휴대 전화를 팔았고, 그에게 주소록을 어떻게 사용하는지, 그리고
문자 메시지를 어떻게 보내는지 가르쳐 주었다. 그리고 휴대 전화의 원래 가격보다
다섯 배나 비싼 값을 받았다.

　　하스는 다른 죄수 다섯 명과 감방을 함께 썼다. 그 감방의 두목은
파르판이라고 불리는 사람이었다. 그는 거의 마흔 살이었는데, 하스는 그토록
추하게 생긴 사람을 평생 한 번도 본 적이 없었다. 머리카락은 이마 한가운데부터
자랐으며, 맹금류와 같은 눈이 마치 돼지 얼굴 한가운데 아무렇게나 박힌 것
같았다. 그는 똥배가 볼록한 배불뚝이였고 악취를 풍겼다. 또한 드문드문 난
콧수염을 마구 자라게 내버려두었으며 그 콧수염에는 항상 작은 음식 찌꺼기들이
붙어 있었다. 웃는 법이 거의 없었지만, 웃을 때는 당나귀처럼 소리를 냈고, 그의
얼굴은 오로지 그런 순간에만 그나마 인간의 모습을 띠었다. 감방에 도착했을 때
하스는 그 작자가 머지않아 싸움을 걸 것이라고 생각했다. 그러나 분명한 것은
파르판이 싸움을 걸지 않았을 뿐만 아니라, 일종의 미로 속에서 길을 잃은 것처럼
보였다는 사실이다. 모든 죄수가 실체 없는 모습으로 변해 버리는 미로에 있는
듯했다. 수용동에는 그의 친구들이 있었고, 또한 그를 자기 경호원으로 쓰던
흉악범들도 있었다. 그러나 그는 자기처럼 흉물스럽게 생긴 다른 죄수하고만 함께
있고자 했다. 그 죄수는 고메스라는 작자였으며, 깡마른 몸매에 구더기 같은
얼굴이었고, 영원히 마약에 취한 것처럼 흐리멍덩한 눈을 지녔으며, 왼쪽 뺨에는
주먹 크기의 반점이 있었다. 그들은 운동장이나 식당에서 늘 함께였다.
운동장에서는 머리를 끄덕이며 인사했고, 더 큰 무리와 함께 있다가도 결국은
거기에서 빠져나와 벽에 기대어 함께 햇볕을 쬐거나 아니면 농구장에서 철조망
울타리까지 생각에 잠겨 걷곤 했다. 그들은 그다지 말을 많이 하지 않았다. 아마도
말할 게 그다지 많지 않았기 때문인 것 같았다. 파르판은 감옥에 들어왔을 때
너무나 가난해서 국선 변호인조차 그를 찾아오지 않았다. 하지만 트럭을 훔친 죄로
그곳에 수감된 고메스에게는 그가 직접 선임한 변호사가 있었다. 두 사람이
친해지자, 고메스는 자기 변호사를 시켜 파르판의 서류 업무도 처리하게 해주었다.
그들이 처음으로 관계를 맺은 곳은 주방 건물의 어느 사무실이었다. 사실상
파르판이 고메스를 강간한 것이었다. 그를 때리고, 자루들 위로 던지고서 두
번이나 강간했다. 고메스는 너무나 화가 치민 나머지 파르판을 죽여 버리려고
했다. 어느 날 저녁 그는 파르판이 설거지를 하고 콩 자루를 운반하던 부엌에서
기다렸다가 잭나이프로 찌르려 했지만, 파르판은 별로 힘들이지 않고 그를

넘어뜨렸다. 그리고 다시 그를 강간했고, 그런 다음 고메스를 자기 몸 아래에 둔 상태에서 그런 상황은 어떤 방식으로든 종식되어야 한다고 말했다. 그리고 보상안으로 고메스에게 섹스를 하도록 해주었다. 그뿐 아니라 고메스를 믿는다는 징표로 잭나이프를 돌려주었고, 자기 바지를 내리고서 초라한 매트리스 위로 털썩 누워 버렸다. 자기 엉덩이를 내민 채 그렇게 누운 파르판은 마치 암퇘지 같았다. 하지만 고메스는 그와 성교를 했고, 이후 두 사람은 진한 우정을 나누게 되었다.

파르판이 가장 힘센 사람이었기 때문에, 가끔씩 그는 다른 죄수들에게 감방을 비우라고 강요했다. 그러면 잠시 후 고메스가 나타났고, 두 사람은 섹스를 했다. 섹스를 끝내고서 그들은 함께 담배를 피우면서 이야기를 했다. 아니면 아무 말 없이 드러누워 있었는데, 그럴 때면 파르판은 자기 침대에, 고메스는 다른 죄수의 침대에 누워 우두커니 천장을 바라보거나, 아니면 열린 창문으로 빠져나가는 연기를 처다보았다. 가끔씩 파르판은 연기가 뱀이나 구부러진 다리나 팔, 혹은 공기를 가르는 허리띠나 다른 차원의 해저 식물 같다고 생각했다. 그는 눈을 지그시 감고서, 너무 부드러워, 이보다 멋진 여행은 없어 하고 말했다. 좀 더 실용적인 정신의 소유자인 고메스는 도대체 무슨 여행이냐고, 무슨 여행에 관해 말하는 거냐고 물었고, 파르판은 제대로 설명할 수 없었다. 그러면 고메스는 침대에서 일어나 친구의 귀신들을 찾는 것처럼 사방을 둘러보기 시작했고, 넌 귀신을 보는 거야 하고 말하곤 했다.

하스는 파르판이나 고메스의 항문 구멍 앞에서 어떻게 음경이 딱딱해질 수 있는지 도저히 이해할 수 없었다. 그는 성인 남자가 젊은 청년, 즉 미소년과 함께 있으면 몸이 달아오를 수 있을 거라는 생각은 했지만, 성인 남자 혹은 그 남자의 뇌가 음경의 해면 조직을 가득 피로 채우라고 신호를 보낼 수 있을 거라고는 생각하지 않았다. 특히 파르판이나 고메스의 항문 구멍만 보고서 매력을 느끼기는 몹시 힘들 것이라고 생각했다. 짐승과 다름없어. 부도덕한 짓에 유혹된 더럽고 추잡한 야수들이야. 그는 생각했다. 꿈속에서 그는 교도소 복도를 돌아다니는, 혹은 여러 수용동의 복도를 거니는 자기 자신을 보았고, 각 감방에서 일어나는 일에 주의를 기울이고 코 고는 소리와 악몽으로 가득한 미로를 활보하면서 매의 눈과 유사한 자신의 눈을 볼 수 있었다. 그런데 갑자기 더 앞으로 나아갈 수 없었고, 그는 심연의 언저리에서 발길을 멈추었다(꿈속의 감옥은 마치 헤아릴 수 없는 심연의 언저리에 세워진 성과 같았다). 그곳에서 뒷걸음칠 수도 없었던 그는 심연처럼 너무도 시커먼 하늘에 탄원하듯이 양팔을 번쩍 들었고, 그런 다음 클라우스 하스의 조그만 군대에게 무언가를 말하려고 했다. 그들에게 말해 주고, 알려 주고, 조언을 해주려고 했다. 하지만 누군가가 그의 입술을 꿰맸다는 사실을 깨달았다. 아니, 순간적으로 그런 느낌을 받았다. 하지만 입 안에서는 무언가를 느낄 수 있었다. 그의 혀도 아니었고, 이빨도 아니었다. 그것은 그가 한 손으로 실을

490

뜯어내는 동안, 삼키지 않으려고 애쓰던 조그만 고깃덩어리였다. 피가 그의 턱으로 흘러내렸다. 잇몸이 마취된 것 같은 느낌을 받았다. 마침내 입을 열자 고깃덩어리를 뱉어 냈고, 그런 다음 어둠 속에서 무릎을 꿇고 그걸 찾았다. 고깃덩어리를 발견한 그는 천천히 더듬은 다음 그게 음경이라는 사실을 알았다. 너무 놀란 나머지 자기 음경이 없을지도 모른다는 두려움에 한 손을 가랑이에 갖다 댔다. 그러나 그의 음경은 제자리에 있었고, 따라서 그의 손에 있던 음경은 다른 사람의 음경이었다. 누구의 것일까? 그가 생각하는 동안, 입술에서는 계속해서 피가 뚝뚝 떨어졌다. 그때 그는 몹시 졸리고 피곤하다고 느꼈고, 심연의 언저리에서 웅크린 채 잠들었다. 그럴 때면 또 다른 꿈을 꾸었다.

여자들을 강간한 다음 살해하는 것이 파르판의 질척거리는 구멍이나 고메스의 똥으로 가득 찬 구멍에 음경을 집어넣는 것보다 더욱 매력적이고 더욱 섹시하다고 그는 생각했다. 그들이 계속해서 서로의 항문 구멍에 음경을 집어넣는다면, 난 그들을 죽여 버리고 말겠어. 그는 종종 생각했다. 우선 파르판을 죽이고, 그다음에 고메스를 죽이겠어. 아마 내 친구들 셋이 도와줄 거야. 내게 무기와 알리바이, 그리고 상세한 계획을 제공해 줄 거야. 그런 다음 그들의 시체를 심연으로 던져 버리면, 아무도 그들을 기억하지 않을 거야.

산타테레사 교도소에 수감된 지 보름이 지났을 때, 하스는 첫 번째 기자 회견이라고 부를 수 있는 걸 했다. 멕시코시티에서 파견된 기자 네 명과 소노라주 인쇄 매체의 거의 모든 기자가 참석했다. 질의응답 시간에 하스는 자기의 무죄를 거듭 주장했다. 그는 자기가 신문을 받을 때 그의 의지를 꺾게 만드는 〈이상한 물질〉이 주입되었다고 말했다. 자기가 어떤 것에 서명했는지 기억하지 못했고, 특히 유죄임을 자백하는 진술서에 서명했다는 것은 더욱 기억하지 못했다. 그러나 그가 서명했다면, 그것은 나흘간의 물리적, 심리적, 그리고 〈의학적〉 고문 후에 이루어졌다고 지적했다. 그러면서 기자들에게 〈사건〉들은 산타테레사에서 계속 일어날 테고, 그것은 그가 여자들을 살해한 범인이 아니라는 사실을 증명해 줄 것이라고 알렸다. 그렇게 그는 감옥에서도 많은 소식을 접한다는 사실을 에둘러 말한 것이었다. 멕시코시티에서 도착한 기자들 중에는 세르히오 곤살레스도 끼어 있었다. 이번에 그가 참석한 것은 첫 방문과는 달리 돈이 필요해서 업무 이외의 추가적인 일을 해야만 했기 때문이 아니었다. 그는 하스가 체포되었다는 사실을 알게 되자 사회부장에게 이야기해 이 사건을 계속 취재할 수 있도록 해달라고 아주 특별히 부탁했다. 부장은 아무런 이의도 제기하지 않았다. 그리고 하스가 언론과 기자 회견을 할 계획이라는 사실을 알게 되자 문화부에 있던 세르히오에게 직접 전화를 걸었고, 원한다면 가도 좋다고 말했다. 이미 끝난 사건이네. 그런데 왜 자네가 그토록 관심을 보이는지 잘 이해가 되지 않아. 부장은 말했다. 단순히 병적일 정도의 매력을 느껴서 그런 것일까? 아니면 멕시코에서는 결코 그 어느

491

것도 완전히 끝나는 법이 없다는 사실을 확신하기 때문이었을까? 임시 기자 회견이 끝나자 하스의 여변호사는 모든 기자와 일일이 악수했다. 세르히오의 차례가 됐을 때 변호사는 아무도 눈치채지 못하도록 그에게 종이 한 장을 슬그머니 쥐여 주었다. 그는 종이를 쥔 손을 주머니에 찔러 그 종이를 주머니에 넣었다. 교도소에서 나와 택시를 기다리는 동안 그 종이를 펼쳐 보았다. 종이에는 전화번호 한 개만 달랑 적혀 있었다.

하스의 기자 회견은 작은 물의를 일으켰다. 몇몇 언론은 언제부터 죄수가 언론을 소집해 교도소에서 기자 회견을 할 수 있었는지, 언제부터 감옥이 국가와 사법부가 죄인에게 죗값을 치르게 하기 위한 장소, 혹은 법적 서류가 상기시키듯이 〈형을 살게 하기 위해〉 지정한 장소가 아니라, 마치 죄수의 안방처럼 되었는지 의아해했다. 교도소장이 하스에게서 돈을 받았다는 소문이 떠돌았다. 그리고 하스는 유럽의 아주 부유한 집안의 상속자, 그것도 유일한 상속자라는 말도 떠돌았다. 이런 소문에 따르면, 하스는 현금 속에 둥둥 떠다니며 살고 산타테레사 교도소 전체를 마음대로 주물렀다.

기자 회견을 마친 그날 밤, 세르히오 곤살레스는 여변호사가 준 번호로 전화를 걸었다. 하스가 받았다. 그는 무어라 말해야 할지 몰라 망설였다. 여보세요? 하스가 말했다. 당신 휴대 전화군요. 세르히오 곤살레스가 말했다. 누구죠? 하스가 물었다. 난 오늘 당신과 함께 있던 기자 중 한 사람입니다. 멕시코시티에서 온 기자군요. 하스가 말했다. 그래요, 맞습니다. 세르히오 곤살레스가 대답했다. 누가 전화를 받을 거라고 생각했나요? 하스가 물었다. 당신 변호사 전화번호라고 생각했지요. 세르히오는 그가 받으리라고는 생각지 못했음을 시인했다. 아, 저런, 그렇군요! 하스가 말했다. 잠시 두 사람이 침묵을 지켰다. 지금 뭔가 이야기해 주길 바라나요? 하스가 물었다. 여기 이 교도소에서 처음 며칠은 몹시 두려웠습니다. 나를 보자마자 다른 죄수들이 내게 달려들어 살해된 모든 여자아이의 복수를 할지도 모른다고 생각했지요. 교도소에 있는 건 어느 토요일 정오에 키노나 산다미안, 라스 플로레스 지역 같은 동네에 버려지는 것이나 똑같습니다. 한마디로 린치지요. 갈기갈기 찢겨 죽는 것이나 다름없지요. 내 말을 알아듣겠어요? 폭도들이 내게 침을 뱉고 발길질을 한 다음 나를 갈기갈기 찢어 버리는 것과 같다는 말입니다. 아무런 설명도 할 시간을 주지 않고 말입니다. 그러나 이내 교도소에서는 누구도 나를 갈기갈기 찢어 버리지 않을 거라는 사실을 알았습니다. 적어도 내가 기소된 이유로 그렇게 하지는 않을 거라는 사실을 말이지요. 이게 무엇을 의미하는 거지? 나는 속으로 곰곰이 생각했어요. 이런 염병할 놈들은 사람을 죽이는 데 무감각할까요? 아닙니다. 여기에서는 사람에 따라 정도의 차이는 있을지언정, 모두가 외부에서 일어나는 일, 그러니까 도시의 심장 박동에 예민합니다. 그렇다면 어떨까요? 나는 어느 죄수에게 물어보았습니다. 죽은 여자들, 죽은 어린 여자아이들에 대해 어떻게 생각하느냐고 물었지요. 그는 나를 쳐다보더니 그 여자들은 창녀들이라고 말했습니다. 그러니까 죽어도 괜찮다는 말인가? 난 다시 물었습니다. 아니야. 죄수는 대답했지요. 그 여자들과 섹스를 하고 싶으면 얼마든지 해도 괜찮지만, 죽음으로 벌을 받아서는 안 된다는 것이었지요. 그래서 그에게 내가 그 여자들을 죽였다고 믿느냐 물었고, 그 개자식은 아니라고, 당신은 틀림없이 아니야, 미국 놈아, 하고 대답했지요. 마치 내가 염병할 미국 놈인 것처럼 말입니다. 아니, 어쩌면 속으로는 그럴 수도 있지만, 갈수록 나는 그런 부류에서 멀어지고 있습니다. 그때, 내게 무슨 말을 하려는 겁니까 하고 세르히오 곤살레스가 물었다. 이곳 교도소에서 죄수들은 내가 무죄라는 걸 알아요. 하스가 대답했다. 그런데 그걸 어떻게 알까요? 하스가 스스로 질문을 던졌다. 그걸 깨닫는 데 약간 힘들었습니다. 그건 마치 누군가가 꿈속에서 듣는 소리와 같지요. 닫힌 공간에서 꾸게 되는 모든 꿈처럼, 꿈은 전염성을 가지고 있습니다. 갑자기 어떤 사람이 꿈을 꾸면, 얼마 후에는 죄수들의 반이 꿈꾸게 되지요. 그러나 누군가가 들은 그 소리는 꿈이 아니라 현실의 일부입니다. 소리는 사물의 또 다른 질서에 속합니다. 내 말 알아듣겠어요? 처음에는 어떤 한 사람이, 하지만 나중에는 모든 사람이 꿈에서 그 소리를 듣습니다. 그러나 그 소리는 꿈이 아니라 현실 속에서 만들어진 것이지요. 진짜 소리입니다. 내 말 알아듣겠어요? 기자 선생님, 분명하게 이해하겠어요? 그래요, 그렇다고 생각합니다. 당신 말을 이해하고 있다고 생각합니다. 세르히오 곤살레스가 말했다. 그래요? 정말 그래요? 틀림없습니까? 하스는 되물었다. 교도소에 있는 누군가가 당신이 살인을 범할 수 없는 사람이라는 사실을 안다는 말이지요. 세르히오가 말했다. 바로 그겁니다. 하스가 말했다. 그런데 그 사람이 누군지 아십니까? 짐작은 하지만, 시간이 필요해요. 내 경우에는 역설적인 말이지요. 그렇게 생각지 않습니까? 하스가 말했다. 왜 그렇죠? 세르히오가 질문했다. 여기에서 내가 유일하게 충분히 갖고 있는 게 시간이기 때문입니다. 그런데 아직 더 많은 시간이, 훨씬 많은 시간이 필요합니다. 하스가 말했다. 세르히오는 하스에게 그의 자백과 재판 날짜를 비롯하여 경찰이 그를 어떻게 다루었는지에 관해 알고 싶다고 말했지만, 하스는 그에 관해서는 다음에 이야기하자고 대답했다.

바로 그날 밤 형사 호세 마르케스는 자기가 산타테레사 경찰서 사무실에서 우연히 들은 대화를 형사 후안 데 디오스 마르티네스에게 몰래 말해 주었다. 말하던 사람들은 페드로 네그레테, 오르티스 레보예도 형사, 앙헬 페르난데스 형사와 네그레테의 변견 노릇을 하던 에피파니오 갈린도였다. 그러나 사실대로 말하자면, 에피파니오 갈린도는 그들 중에서 유일하게 입도 벙긋하지 않았다. 대화 주제는 용의자 클라우스 하스의 기자 회견이었다. 오르티스 레보예도는 그 일이 교도소장의 과실이었다고 믿었다. 틀림없이 하스가 소장에게 돈을 먹였다고 생각했다. 앙헬 페르난데스도 그 의견에 동의했다. 페드로 네그레테는 어쩌면 무언가가 더 있을지도 모른다고 말했다. 교도소장의 마음을 좌지우지할 수 있는 유력 인사 한두 명이 있을 거라는 소리였다. 그때 바로 엔리케 에르난데스라는 이름이 나왔다. 난 엔리케 에르난데스가 소장을 설득했을 거라고 생각하네. 네그레테가 말했다. 충분히 그럴 수 있습니다. 오르티스 레보예도가 동의했다. 빌어먹을 개자식. 앙헬 페르난데스가 말했다. 그게 전부였다. 그때 호세 마르케스가 형사들이 있는 사무실로 들어와서 인사를 했고, 앉으려는 자세를 취했다. 하지만 오르티스 레보예도는 손을 흔들면서 그에게 자리를 피해 주는 게 좋을 것 같다는 신호를 보냈다. 그가 나가자, 오르티스 레보예도는 누구도 그들을 귀찮게 굴지 못하도록 문을 닫고는 걸쇠로 잠갔다.

엔리케 에르난데스는 서른여섯 살이었다. 한동안 그는 페드로 렝히포의 부하로 일하다가 이후 에스타니슬라오 캄푸사노에게 봉사했다. 그는 카나네아에서 태어났으며, 돈이 충분히 모이자 카나네아 근처에 목장을 사서 소를 길렀다. 그리고 시장에서 얼마 떨어지지 않은 도시 중심가에 그가 찾을 수 있었던 최고의 집을 구입했다. 그것 이외에 그의 모든 심복도 카나네아 출신이었다. 그는 트럭 다섯 대와 셰보레 서버밴 세 대를 소유했고, 사람들은 그가 바다를 통해 소노라주에 도착한, 즉 구아이마스와 테포카곶 사이의 어느 지점에 도착한 마약을 운송하는 일을 맡았다고 믿었다. 그의 임무는 적하된 화물을 산타테레사까지 안전하게 배달하는 것이었다. 그러면 다른 사람이 미국으로 그 화물을 운송하는 일을 맡았다. 그러던 어느 날 엔리케 에르난데스는 엘살바도르 사람을 만났다. 그 사람도 마약을 운송했고, 엔리케처럼 독립하고자 했다. 그 엘살바도르 사람이 어느 콜롬비아 사람과 만나도록 주선해 주었다. 에스타니슬라오 캄푸사노는 갑자기 멕시코에서 자기 물건을 운송할 책임자를 잃었으며, 엔리케 에르난데스가 자신의 경쟁자가 되었다는 사실을 알았다. 판매량은 비교가 되지 않았다. 엔리케가 1킬로그램을 운반할 때마다, 캄푸사노가 움직이는 분량은 거의 20킬로그램에 가까웠다. 그러나 분노와 복수심은 분량의 차이를 인정하지 않는 법이었다. 그래서 캄푸사노는 서두르지 않고 차분하게 시간이 되기를 기다렸다. 물론 엔리케를 마약 운송과 관련된 이유로 경찰에 넘기는 건 그에게도 바람직하지 않았다. 대신 합법적인 수단으로 마약 유통에서 손을 떼게 만들고, 자기가 사용하던 배달 경로를 조용히 되찾고 싶었다. 그 순간이 오자(여자 문제로 인한 싸움이었는데, 엔리케는 너무 흥분한 나머지 여자 가족 네 명을 죽여 버렸다), 캄푸사노는 소노라주의 검찰청에 신고했고, 돈과 단서들을 나누어 주었다. 엔리케는 결국 철창 신세를 겨야만 했다. 그 일이 있은 후 처음 2주 동안은 아무 일도 일어나지 않았지만, 3주째에는 흉악범 네 명이 시날로아 북쪽 산블라스 교외에 있는 창고에 나타나 경비 둘을 죽이고서 코카인 1백 킬로그램을 약탈했다. 그 창고는 소노라주 남쪽에 위치한 구아이마스 출신 농부 소유였는데, 그는 이미 5년 전에 죽은 사람이었다. 캄푸사노는 심복 한 명을 보내 그 사건을 조사했다. 그 사람은 세르히오

칸시노(일명 세르히오 카를로스, 혹은 세르히오 카마르고, 혹은 세르히오 카리소라고 불렸다)였다. 주유소와 창고 주변 사람들을 탐문한 후, 그는 약탈 행위가 일어나는 동안 한 사람 이상이 그곳에서 엔리케 에르난데스의 부하들이 사용하는 것과 똑같은 검은색 서버밴을 보았다는 사실만 분명하게 확인할 수 있었다. 세르히오는 혹시 자동차의 주인을 찾을 수도 있다는 생각에서 그 지역 농장들을 둘러보았다. 그렇게 자동차 주인을 찾다가 엘 푸에르테까지 도달했지만, 그곳에서는 누구도, 심지어 그가 만난 몇 안 되는 농장주들조차 그런 자동차를 구입할 돈을 가지고 있지 않았다. 안심할 만한 정보는 아니야. 하지만 그게 전부야. 이건 여러 맥락 속에서 확인 작업을 거쳐야 할 정보야. 에스타니슬라오 캄푸사노는 생각했다. 그 서버밴은 크게 굽이치는 먼지 사막 속에서 길을 잃은 미국 관광객의 차일 수도, 혹은 그곳을 지나던 어느 형사의 차일 수도, 가족과 함께 휴가를 보내던 고위 관리의 차일 수도 있었다. 얼마 후 코카인 20킬로그램을 싣고 라 디스코르디아에서 미국 국경 지역에 있는 엘 사사베로 향하는 비포장도로를 가던 에스타니슬라오 캄푸사노의 트럭 한 대가 습격을 받아 운전사와 그의 조수가 목숨을 잃는 사건이 발생했다. 그들은 그날 저녁 애리조나로 넘어갈 계획이었고, 그래서 무기를 휴대하지 않았다. 마약을 운반할 경우 누구도 무기를 가지고 국경을 건너지는 않기 때문이었다. 무기를 휴대하거나 아니면 마약을 가지고 가거나 둘 중 하나를 선택해서 국경을 건너는 법이지, 두 가지를 동시에 할 수는 없었다. 트럭을 탈취한 사람들에 관해서 더는 아무것도 알 수 없었다. 그리고 빼앗긴 마약에 관해서도 더는 알 수 없었다. 트럭은 두 달 후 에르모시요의 폐차장에서 발견되었다. 세르히오 칸시노에 따르면, 폐차장 주인은 완전히 부서진 그 차를 에르모시요의 시시한 잡범들이자 경찰 끄나풀이었던 세 명의 마약 상습범에게 구입했다. 그는 그들 중 한 사람인 엘비스라는 작자와 대화를 했고, 엘비스는 시날로아의 어느 삼류 건달이 불과 4페소에 트럭을 넘겨 주었다고 밝혔다. 세르히오가 그 한량이 시날로아 출신이라는 사실을 어떻게 알았느냐고 묻자, 엘비스는 그의 말투를 통해 알았다고 대답했다. 그 작자가 삼류 건달이라는 사실은 어떻게 알았느냐고 묻자, 엘비스는 그의 눈을 보고 알았다고 말했다. 삼류 건달처럼 관대하고 활발했으며, 누구도, 그러니까 부자나 경찰도 두려워하지 않는 시선으로 쳐다봤어요. 당신의 배에 아무렇지도 않게 총을 쏠 수도 있지만, 마찬가지로 말보로 담배 한 갑이나 혹은 마리화나 하나와 자기 트럭을 맞바꿀 수도 있는 사람이었지요. 그럼 마리화나 하나에 대한 대가로 당신에게 트럭을 준 건가요? 세르히오가 웃으면서 물었다. 마리화나 반 개였지요. 엘비스가 말했다. 이번에 캄푸사노는 정말로 분노했다.

왜 엔리케 에르난데스는 자기 나름대로 하스를 보호하는 것일까? 형사 후안 데 디오스 마르티네스는 의아했다. 그렇게 해서 그에게 무슨 이득이 있는 것일까? 하스를 보호하면 누가 피해를 입게 될까? 그가 필요하다고 생각하는 시간은 한 달일까, 아니면 두 달일까? 단순히 우정이나 호의 때문일지도 모른다는 가능성을 배제할 필요가 있을까? 엔리케가 하스의 친구가 되었을 가능성은 없을까? 단지 우정 때문에 그를 보호해 주기로 결심했을 가능성은 없을까? 하지만 아니야, 엔리케에게는 친구가 없어. 후안 데 디오스 마르티네스는 마음속으로 되뇌었다.

1995년 10월에는 어떤 여자도 산타테레사나 그 인근에서 살해되지 않았다. 9월 중순부터 산타테레사는 평화롭게 숨 쉰다고 말할 수 있었다. 그러나 11월에는 엘 오히토 골짜기에서 신원을 알 수 없는 시체가 발견되었고, 후에 아델라 가르시아 에스트라다로 확인되었다. 열다섯 살인 그녀는 일주일 전에 실종되었으며, 이스트웨스트 마킬라도라 공장 노동자였다. 법의학 검시관에 따르면, 사인은 설골 골절이었다. 그녀는 어느 록 밴드의 회색 운동복을 입었고, 운동복 아래로 흰색 브래지어를 했다. 그러나 오른쪽 가슴은 도려내졌고, 왼쪽 가슴의 젖꼭지는 물어뜯겨 있었다. 이 사건은 형사 리노 리베라에게 할당되었다가, 이후 오르티스 레보예도 형사와 카를로스 마린 형사가 담당했다.

11월 20일, 그러니까 아델라 가르시아 에스트라다의 시체가 발견된 지 정확히 일주일 만에, 라 비스토사 지역 빈터에서 신원 미상의 여자 시체가 또 발견되었다. 여자는 열아홉 살 정도 되어 보였으며, 사인은 가슴에 찔린 상처 여러 개였다. 양날을 지닌 무기에 의해 생겨난 상처는 모두가, 아니 거의 모두가 치명적이었다. 신원 미상의 여자는 진주색 조끼와 검은색 바지를 입고 있었다. 법의학 실험실로 옮겨져 바지를 벗기자, 바지 아래로 또 다른 회색 바지를 입고 있음이 밝혀졌다. 인간의 행동은 미스터리입니다. 법의학 검시관이 말했다. 이 사건은 형사 후안 데 디오스 마르티네스에게 할당되었다. 시체를 찾으러 오거나 요구한 사람은 아무도 없었다.

나흘 후, 산타테레사-카나네아 고속 도로 옆에서 베아트리스 콘셉시온 롤단의 절단된 시체가 발견되었다. 사인은 배꼽부터 가슴까지 깊이 가른 상처였다. 아마도 마체테나 커다란 칼로 상처를 입힌 것 같았다. 베아트리스 콘셉시온 롤단은 스물두 살이었고, 1미터 65센티미터의 키에, 몸은 날씬했고 피부는 까무잡잡했으며, 머리카락은 등 중간까지 내려올 정도로 길었다. 그녀는 마데로노르테 지역 식당에서 웨이트리스로 일했고, 에보디오 시푸엔테스와 여동생인 엘리아나 시푸엔테스와 함께 살았다. 그러나 아무도 그녀가 실종되었다고 신고하지 않았다. 신체 여러 부분은 명백하게 타박상 흔적을 보여 주었지만, 그녀의 죽음을 초래한 것은 칼로 베인 단 한 개의 상처였다. 이것을 바탕으로 법의학 검시관은 치명적인 공격을 받는 순간 희생자가 자기방어를 하지 않았거나, 아니면 무의식 상태에 있었을 것이라고 추정했다. 그녀의 사진이 『소노라의 목소리』 신문에 게재된 후, 익명의 전화가 걸려 와 희생자는 베아트리스 콘셉시온 롤단이며 수르 지역에 살았다고 알려 주었다. 사건 발생 나흘 후 경찰은 희생자의 주거지를 찾아갔다. 그녀의 집은 40제곱미터에 불과한 넓이에 좁은 침실 두 개를 구비했으며, 거실은 투명한 비닐 커버를 씌운 가구들로 장식되어 있었다. 경찰은 그 집에 아무도 없다는 사실을 깨달았다. 이웃 주민들에 따르면, 에보디오 시푸엔테스라는 사람과 그의 여동생 엘리아나는 엿새쯤 전에 그곳을 떠났다. 이웃 여자 한 사람은 그들이 각각 여행 가방 두 개씩을 끌고 나가는 것을 보았다. 집을 수색해 보았지만, 시푸엔테스 남매의 개인 물품은 거의 발견되지 않았다. 처음부터 이 사건은 에프라인 부스텔로 형사에게 할당되었고, 그는 얼마 지나지 않아서 시푸엔테스 남매가 유령처럼 거의 실체 없는 존재라는 사실을 알아냈다. 사진도 없었고, 그가 입수할 수 있었던 그들의 모습에 대한 설명은 모호하기 짝이 없었지만, 모순되지는 않았다. 즉, 에보디오 시푸엔테스는 키가 작고 호리호리했으며, 그의 여동생은 특이한 신체적 특징이 전혀 없었다. 어느 이웃 남자가 기억한다고 생각한 바에 따르면, 에보디오 시푸엔테스는 파일시스 마킬라도라 공장에서 일했다. 그러나 그 공장의 현재 직원 명부뿐만 아니라 최근 3개월 동안의 임금 대장에는 그런 이름을 가진 사람이 한 명도 없었다. 에프라인 부스텔로가 지난 6개월 동안의 종업원 명부를 요구하자, 공장 담당자는 유감스럽게도 기술적인 문제로 그 명부는 삭제되었거나 분실되었다고 말했다. 에프라인 부스텔로가 명부를 볼 수 있도록 언제 명단을 찾아내거나 복구할 수 있느냐고 묻기도 전에, 파일시스의 중역은 돈 봉투를 건넸고, 부스텔로는 그 일을 없던 것으로 치고 완전히 잊어버렸다. 비록 그 명부가 존재한다고 하더라도, 그리고 명부를 아무도 삭제하지 않았더라도, 아마도 에보디오 시푸엔테스의 흔적을 거기서 찾기란 불가능할 것이라고 그는 생각했다. 두 남매의 이름으로 체포 영장이 발부되었고, 그것은 마치 모닥불 주변의 모기처럼 전국 여러 경찰서를 빙빙 돌았다. 이 사건은 미해결로 남게 되었다.

12월에 모렐로스 지역 어느 빈터에서, 좀 더 정확하게 말하자면 모렐로스 고등학교에서 그리 멀리 떨어지지 않은 콜리마 거리와 푸엔산타 거리 부근에서 미첼 레케호의 시체가 발견되었다. 일주일 전에 실종된 여자였다. 시체를 발견한 사람은 빈터에서 종종 야구 경기를 벌이던 어린아이들이었다. 미첼 레케호는 도시 남쪽에 위치한 산다미안 지역에 살았고, 호라이즌 W&E 마킬라도라 공장에서 일했다. 그녀는 열네 살로 몸은 말랐고 성격은 사교적이었으며, 애인은 없는 상태였다. 그녀의 어머니도 같은 공장에서 일했고, 근무 시간이 아닐 때에는 점쟁이나 치료사로 일하면서 부수입을 올렸다. 주로 연애 문제로 고민하는 몇몇 직장 여자 동료들이나 동네 여자들이 손님이었다. 그녀의 아버지는 아길라르&레녹스 마킬라도라 공장에서 일했다. 그는 매주 2교대 작업을 했다. 그녀에게는 열 살이 안 된 동생이 두 명 있었고, 그들은 모두 학교에 다녔다. 그리고 열여섯 살 된 오빠는 아버지와 함께 아길라르&레녹스 공장에서 일했다. 미첼 레케호의 시체에는 칼에 찔린 상처가 여러 개 나 있었다. 상처 몇 개는 팔에, 다른 몇 개는 가슴에 있었다. 그녀는 여러 군데가 찢긴 검정 블라우스를 입었는데, 아마도 동일한 칼에 의해 찢겼을 것이라고 추정되었다. 몸에 꽉 달라붙는 합성 섬유 바지는 무릎까지 내려와 있었다. 그녀는 리복 상표가 새겨진 검은 테니스 신발을 신고 있었다. 손은 뒤로 꺾인 채 묶였다. 그런데 누군가가 손을 묶은 끈이 에스트레야 루이스 산도발을 묶은 밧줄과 똑같이 매듭지어졌다고 지적했고, 그 말을 들은 몇몇 경찰은 깔깔거리며 웃었다. 이 사건은 호세 마르케스 형사에게 할당되었으며, 그는 후안 데 디오스 마르티네스에게 이 시체의 몇 가지 특징을 이야기해 주었다. 형사 후안 데 디오스 마르티네스는 매듭만 이상한 우연의 일치가 아니라, 전에도 모렐로스 고등학교 옆 빈터에서 범죄가 일어난 적이 있다고 지적했다. 호세 마르케스는 그 사건을 기억하지 못했다. 후안 데 디오스 마르티네스는 신원을 끝내 확인할 수 없었던 여자였다고 말했다. 그날 밤 두 형사는 미첼 레케호의 시체가 발견된 빈터로 찾아갔다. 잠시 빈터의 그림자들을 살펴보았다. 그러고서 차에서 나와 물컹물컹한 물체가 든 비닐봉지들을 밟으면서 잡초들 사이로 걸어갔다. 그들은 담배에 불을 붙였다. 거기에서는 시체 냄새가 풍겼다. 호세 마르케스는 이런 일이 지겨워진다고 말했고, 몬테레이에서 보안 담당 책임자로 일하는 게 나을지도 모른다고 하고서 고등학교는 어디에 있느냐고 물었다. 후안 데 디오스 마르티네스는 어둠 속의 한 장소를 가리키면서 말했다. 저기야. 그들은 그 방향으로 걸어갔다. 흙길 몇 개를 가로지르는 동안 감시받는다고 느꼈다. 호세 마르케스는 손을 가죽 권총집으로 가져갔다. 꺼내지는 않았지만 권총에 손을 대자 다소 마음이 가라앉는 것 같았다. 그들은 고등학교 울타리에 도착했다. 울타리는 외로운 가로등 하나의 불빛을 받아 빛났다. 저기에 여자의 시체가 있었어. 후안 데 디오스 마르티네스는 말하면서, 집게손가락으로 노갈레스로 향하는 고속 도로 인근의 장소를 모호하게 가리켰다. 고등학교 관리인이 발견했어. 살인범 하나나 그 이상은 자동차로 온 게 분명해. 그리고 트렁크에서 죽은 여자의 시체를 꺼내 빈터에 던져 버렸을 거야. 아마 최소한 5분은 걸렸을 거야. 나는 10분 정도라고 추산해. 이 장소는 도로에서 가깝지 않으니까. 그들은 카나네아로 가는 길이었든지 아니면 카나네아에서 오는 중이었어. 하지만 그들이 시체를 버린 장소를 볼 때, 카나네아 방향으로 가고 있었다고 말하고 싶어. 왜 그렇지? 호세 마르케스가 물었다. 카나네아에서 오는 길이었다면, 산타테레사에 도착하기 전에도 시체를 처리할 만한 더 좋은 장소들이 수없이 많거든. 그것 말고도, 그들이 더 많은 시간을 사용했을 거라고 생각해. 내가 들은 바에 따르면, 시체에는 말뚝이 반쯤 박혀 있었어. 맙소사. 호세 마르케스가 말했다. 그랬어, 호세. 미리 말뚝을 박아 두었다고 생각할 수도 있지만, 그런 상태로는 차 트렁크에 넣기가 매우 힘들어. 그러니 고등학교 옆에 도착해서 시체에 말뚝을 박았을 가능성이 가장 높아. 정말 짐승만도 못한 놈들이군. 호세 마르케스가 중얼거렸다. 시체를 바닥에 던져 놓고 그녀의 엉덩이에 막대기를 박아 넣은 거야. 넌 어떻게 생각해? 정말 짐승 같은 놈들이야. 정말 잔인한 놈들이야. 하지만 그녀는 이미 숨을 거둔 상태였겠지, 그렇지 않아? 호세 마르케스가 말했다. 그래, 맞아. 그녀는 이미 죽은 상태였어. 후안 데 디오스 마르티네스가 대답했다.

또 다른 여자 시체 두 구가 1995년 12월에 발견되었다. 첫 번째 여자의 이름은 로사 로페스 라리오스였다. 스물아홉 살인 그녀의 시체는 페멕스 빌딩 뒤에서 발견되었다. 그곳은 밤이면 밤마다 커플들이 사랑을 나누기 위해 만나는 장소였다. 처음에는 자가용이나 소형 화물 자동차를 타고 왔지만, 그 장소가 널리 알려지자 모터사이클이나 자전거를 타고 오는 10대 젊은이들을 보는 것도 이제는 전혀 이상하지 않았다. 심지어 걸어서 오는 젊은 노동자 커플들도 있었는데, 그곳 가까이에 버스 정류장이 있기 때문이었다. 페멕스 빌딩 뒤로 또 다른 건물을 지을 계획이었는데 결국 그 계획은 무산되어 지금은 빈터만 덩그렇게 남았고, 빈터 너머로는 임시 가옥 몇 채가 서 있었다. 한때 회사 직원들이 머물던 그 집들은 현재 텅 비었다. 매일 밤 자동차들이 빈터를 따라 줄지어 늘어섰고, 가끔씩 뻔뻔스럽게 라디오 볼륨을 한껏 올리는 커플도 있었지만, 거의 대부분은 조용했다. 모터사이클이나 자전거를 타고 도착한 젊은이들은 금방이라도 떨어질 것 같은 임시 가옥의 문을 열고 들어가, 그곳에서 손전등과 촛불을 켜고서 음악을 틀었고, 심지어는 저녁 식사를 만들기도 했다. 임시 가옥 뒤로는 완만한 경사면이었는데, 거기에는 페멕스가 건물을 지으면서 조성한 소나무 숲이 있었다. 몇몇 아이들은 좀 더 은밀한 분위기를 찾아 담요를 들고 숲속으로 들어가곤 했다. 그 시체는 열일곱 살짜리 두 아이가 발견했다. 여자아이는 그 사람이 잔다고 생각했다가 손전등으로 비추어 본 뒤 죽었다는 사실을 알았다. 여자아이는 비명을 지르면서 공포에 사로잡혀 그곳에서 뛰쳐나갔다. 반면에 남자아이는 용기와 배짱을 지녔거나 호기심이 많았던 것 같다. 그래서 시체를 돌려서 죽은 여자의 얼굴을 쳐다보기까지 했다. 여자아이의 비명을 듣자, 빈터에 있던 사람들은 화들짝 놀랐다. 즉시 자동차 몇 대가 그곳을 떠났다. 그곳에 주차한 어느 차에 산타테레사 경찰이 있었다. 그는 시체가 발견되었다고 신고하고서, 사람들이 그곳을 떠나지 못하게 하려고 애썼지만, 아무런 성과를 거두지 못했다. 경찰이 도착했을 때에는 겁에 질린 10대 아이들 몇 명만 남았었는데, 산타테레사 경찰이 그들을 붙잡아 두기 위해 모두에게 총구를 겨누고 있었다. 새벽 3시 시체가 발견된 현장에 오르티스 레보예도 형사와 경찰 에피파니오 갈린도가 모습을 드러냈다. 그 시간에 다른 경찰들은 산타테레사의 경찰관이 규정을 어기고 소지하고 있었던 토러스 매그넘 권총을 거두고서 마음을 가라앉히게 하고 있었다. 에피파니오는 빈터에서 순찰차에 기대어 여자아이를 신문했다. 그러는 사이 오르티스 레보예도는 조그만 소나무 숲으로 올라가 시체를 살펴보았다. 로사 로페스는 날카로운 칼에 찔린 여러 상처로 인해 숨을 거둔 상태였다. 그 상처들 때문에 그녀의 블라우스와 스웨터도 찢겨 있었다. 그녀의 신원을 확인해 줄 증명서는 아무것도 없었고, 그래서 처음에는 신원 불명으로 분류되었다. 그러나 산타테레사의 세 일간지에 사진이 게재되자,

이틀 후 죽은 여자의 사촌이라는 여자가 전화를 걸어 사망한 사람은 로사 로페스 라리오스라고 밝혔으며, 자기가 아는 모든 걸 경찰에게 말해 주었다. 그녀 말에 따르면, 로사 로페스는 라스 플로레스 지역의 산마테오 거리에 살았다. 페멕스 빌딩은 카나네아로 향하는 고속 도로 근처에 있었다. 그 고속 도로는 라스 플로레스 지역과 가깝지 않았지만 그다지 멀리 떨어지지도 않았다. 따라서 희생자는 걷거나 버스를 타고서 그 장소로 누군가를 만나러 왔을 것이라고 추정할 수 있었다. 로사 로페스는 두 여자 친구와 함께 살았다. 그 친구들도 그녀처럼 세풀베다 장군 공업 단지에 설립된 여러 마킬라도라 공장에서 일한 경력이 있는 유능한 직원들이었다. 여자 친구들은 로사에게 에르네스토 아스투디오라는 애인이 있었으며, 그 애인은 오아하카 출신이고, 펩시 회사의 음료수 배달 일을 한다고 알려 주었다. 펩시 회사 물류 창고에서 경찰은 실제로 그곳에서 아스투디오라는 청년이 트럭으로 라스 플로레스와 키노 지역에 음료수를 배달하는 일을 한다는 사실을 확인했다. 하지만 그는 나흘 전부터 출근하지 않았고, 따라서 회사 측은 그가 해고된 것으로 간주한다는 말을 들었다. 경찰은 그의 주거지를 알아내어 합법적으로 가택 수색을 실시했지만, 그곳에는 단지 아스투디오의 친구라는 사람만이 있었다. 20제곱미터도 안 되는 허름한 판잣집에서 아스투디오와 함께 사는 사람이었다. 그 친구는 신문을 받았고, 아스투디오에게는 밀입국 안내자로 일하는 사촌이나 그를 사촌처럼 여기는 친구가 있다는 사실이 밝혀졌다. 골치 아픈 사건이군. 에피파니오 갈린도는 말했다. 밀입국 안내자들 속에서 아스투디오의 친구를 찾는 수색 작업이 이루어졌지만, 이런 조직에서 침묵은 법이었고, 따라서 아무것도 분명하게 밝혀낼 수 없었다. 오르티스 레보예도는 더는 이 사건에 관해 수사하지 않았다. 하지만 에피파니오는 다른 방향으로 수사를 계속했다. 그는 아스투디오가 죽었다면 그게 무엇을 의미할까 생각했다. 가령 그는 두 아이가 아스투디오 애인의 시체를 발견하기 사흘 전에 그가 죽었을지도 모른다고 생각했다. 또한 로사 로페스 라리오스가 무엇을 찾으러 그곳에 간 것일까, 그녀가 살해된 날 낮이나 밤에 누구를 찾으러 페멕스 빌딩 뒤로 갔을까 의문을 품었다. 정말 골치 아픈 사건이었다.

12월의 두 번째 희생자는 에마 콘트레라스였지만, 이번에는 쉽게 살인범을 찾을 수 있었다. 에마 콘트레라스는 알라모스 지역에 있는 파블로 시푸엔테스 거리에 살았다. 어느 날 밤 이웃들은 한 남자가 외치는 소리를 들었다. 나중에 이웃 사람들이 말한 바로는, 어느 남자가 혼자 있다가 미친 것만 같았다고 했다. 새벽 2시경에 남자는 고함을 멈추고서 조용해졌다. 집은 다시 침묵 속으로 빠져들었다. 그런데 새벽 3시 무렵 총소리 두 번에 이웃 주민들은 잠에서 깨어났다. 그 집의 불은 모두 꺼져 있었지만, 소리가 그곳에서 났다는 사실은 아무도 의심하지 않았다. 그런 다음 또다시 총성이 두 번 울렸고, 이웃 사람들은 누군가가 비명을 지르는 소리를 들었다. 그리고 몇 분 후 그들은 한 남자가 집에서 나와 집 앞에 주차된 차를 타고 사라지는 걸 보았다. 어느 이웃 사람이 경찰에 신고했다. 경찰차는 새벽 3시 반 무렵에 현장에 도착했다. 집의 현관은 활짝 열려 있었고, 경찰은 주저하지 않고 집 안으로 들어갔다. 그리고 가장 큰 침실에서 손과 발이 묶인 에마 콘트레라스를 발견했다. 그녀는 총알 네 발을 맞았는데, 그중 두 발이 얼굴을 박살냈다. 이 사건은 후안 데 디오스 마르티네스에게 할당되었고, 그는 새벽 4시에 사건 현장에 도착하여 집을 샅샅이 수색한 후, 살인자는 희생자의 동거인이나 애인인 하이메 산체스 경찰관이라고 금방 결론지었다. 바로 이틀 전에 브라질제 토러스 매그넘을 휴대하고서 페멕스 빌딩 뒤에서 어린 커플이 도망치지 못하도록 막으려 한 경찰관이었다. 후안 데 디오스 마르티네스는 즉시 무선으로 그를 찾아 체포하라고 지시했다. 아침 6시에 세라피노스 술집에서 그가 발견되었다. 그 시간에 세라피노스는 닫혀 있었지만, 술집 안에서는 포커 게임이 벌어졌다. 노름꾼들과 구경꾼들이 앉은 테이블 옆 바에서는 심야의 취객들이 술을 흥청망청 마시며 떠들었고, 그중에는 경찰이 한 명 이상 끼어 있었다. 하이메 산체스는 바로 이 취객들 사이에 있었다. 정보를 받은 후안 데 디오스 마르티네스는 그 술집을 포위하고 어떤 이유로라도 하이메 산체스가 그곳에서 나가게 해서는 안 된다고 지시했다. 그러나 또한 그가 도착할 때까지 누구도 그곳에 들어가서는 안 된다는 명령도 하달했다. 하이메 산체스는 여자들에 관해 말하다가, 형사가 다른 경찰 두 명을 대동하고 술집으로 들어오는 것을 보았다. 그렇지만 그는 계속 말했다. 구경꾼들 사이에, 그러니까 포커가 벌어지는 테이블에는 오르티스 레보예도 형사가 있었다. 그는 후안 데 디오스를 보자 벌떡 일어나더니, 무슨 일로 그 시간에 그곳으로 왔느냐고 물었다. 범인을 체포하러 왔어. 후안 데 디오스는 말했고, 오르티스 레보예도는 입이 찢어질 것처럼 환한 미소를 지으며 그를 쳐다보았다. 너와 이 두 경찰관이? 빌어먹을 놈, 다른 데 가서 씹질이나 하는 게 어때? 그러자 후안 데 디오스 마르티네스는 마치 모르는 사람을 쳐다보듯이 그를 바라보았고, 그를 한쪽으로 밀치고서 하이메 산체스가 있는 곳으로 향했다. 그곳에서 그는 오르티스 레보예도가 두 경찰관 중 한 명의 팔을 붙잡는 것을 보았다. 그 경찰은 형사에게 뭐라고 계속 말했다. 틀림없이 누구를 체포하러 왔는지 말해 주는 거야. 후안 데 디오스 마르티네스는 짐작했다. 하이메 산체스는 아무런 저항도 하지 않고서 순순히 양팔을 올렸다. 후안 데 디오스는 그의 재킷 안쪽을 손으로 더듬어 권총집과 토러스 매그넘 권총을 찾았다. 이걸로 그녀를 죽인 건가? 그에게 물었다. 갑자기 정신이 돌아 자제심을 잃어버렸습니다. 산체스가 말했다. 친구들 앞에서 창피를 당하고 싶지 않군요. 그는 덧붙였다. 네 친구들이 있든 말든 무슨 상관이야, 젠장. 후안 데 디오스는 말하면서 그에게 수갑을 채웠다. 그들이 술집을 떠나자, 마치 아무 일도 일어나지 않은 것처럼 다시 포커 게임이 시작되었다.

1996년 1월에 클라우스 하스는 다시 기자들을 소집했다. 이번에는 첫 번째 기자 회견처럼 기자들이 많이 오지는 않았다. 그러나 산타테레사 교도소에 모습을 드러낸 기자들은 어떤 방해도 받지 않고 정상적인 업무를 수행할 수 있었다. 하스는 기자들에게 살인자(그러니까 자기)가 감옥에 갇혀 있는데, 어떻게 계속해서 살인이 일어날 수 있느냐고 물었다. 무엇보다도 그는 미첼 레케호를 묶은 밧줄의 매듭과 에스트레야 루이스 산도발을 묶은 매듭이 동일하다는 사실에 관해 말했다. 그리고 에스트레야 루이스 산도발은 죽은 여자들 가운데서 그가 유일하게 직접 접촉한 사람이라고 지적했으며, 그것은 그녀가 컴퓨터 공학과 컴퓨터에 관심이 많았기 때문이라고 구체적으로 설명했다. 세르히오 곤살레스가 일하던 신문 『라 라손』은 사회부의 신참내기 기자를 파견했는데, 그 기자는 에르모시요로 향하는 비행기에서 사건 파일을 읽었다. 파일에는 세르히오 곤살레스가 쓴 기사도 있었다. 세르히오는 멕시코시티에 남아서 새로운 멕시코 소설과 라틴아메리카 소설에 관한 긴 기사를 쓰고 있었다. 신참 기자를 파견하기 전에, 거의 엘리베이터를 타는 법이 없는 사회부장은 계단을 다섯 층 올라 문화부를 찾아와서는 그에게 가고 싶지 않으냐고 물었다. 세르히오는 아무 대답도 하지 않은 채 그를 쳐다보고서, 마침내 고개를 가로저었다. 1월에는 역시 〈민주주의와 평화를 위한 소노라 여성 단체〉의 기자 회견도 있었지만, 거기에는 산타테레사의 두 신문사만 참석했다. 기자 회견에서 그들은 살해된 여자들의 가족이 비참하고 헤아림 없는 대우를 받는다는 사실을 지적하면서, 이 문제에 대해 그들이 국민행동당PAN 소속인 주지사 호세 안드레스 브리세뇨와 공화국 검찰 총장에게 보내기로 한 편지를 낭독했다. 그러나 그들은 결코 그 편지에 대한 답장을 받지 못했다. 〈민주주의와 평화를 위한 소노라 여성 단체〉 산타테레사 지부의 투사 혹은 지지자는 세 명에 불과했었지만, 그 숫자는 이제 스무 명으로 불어났다. 그러나 1996년 1월은 산타테레사 경찰에게 그리 나쁜 달이 아니었다. 낡은 철길 근처에 있던 어느 술집에서 세 사람이 총에 맞아 숨졌다. 아마도 마약 밀거래상들 사이에서 일어난 복수전인 것 같았다. 또한 참수된 중앙아메리카 사람의 시체가 밀입국 안내자들이 애용하는 길에서 발견되었다. 그리고 무지개와 동물 머리를 지닌 벌거벗은 여인들로 가득한 아주 이상한 넥타이를 맨 땅딸막한 남자가 마데로노르테 지역 야간 업소에서 러시안룰렛을 하며 놀다가 자기 입천장에 총을 쐈다. 그러나 도시의 빈터나 주변, 그리고 사막에서도 여자들의 시체는 발견되지 않았다.

그러나 2월 초에 익명으로 전화가 걸려 와서 경찰에게 오래된 철도 창고 내부에 시체가 유기되어 있다고 알려 주었다. 법의학 검시관이 입증한 바에 따르면, 시체는 서른 살가량 된 여자였다. 그러나 그녀의 겉모습을 본 사람은 누구든지 마흔 살 정도로 보았을 것이다. 그녀는 두 번에 걸쳐 칼로 치명적인 상처를 입었다. 또한 팔 안쪽에 깊이 베인 상처가 있었다. 법의학 검시관의 말로는 아마도 미국 영화에서 볼 수 있는, 날이 두껍고 긴 칼이 사용된 모양이었다. 이 점에 관해 질문을 받자, 법의학 검시관은 미국 서부 영화를 언급하며, 곰을 사냥할 때 사용하는 칼을 지칭한다고 설명했다. 그러니까 아주 커다란 칼이었다. 수사가 시작된 지 사흘째 되는 날, 법의학 검시관은 또 다른 중요한 단서를 제공했다. 죽은 여자가 원주민이라는 사실이었다. 야키 부족일 수도 있지만, 그는 그렇게 생각하지 않았다. 피마 부족[23]일 수도 있었지만, 역시 그렇지 않을 것이라고 믿었다. 그렇다면 소노라주 남부에 사는 마요 부족[24]일 수도 있었지만, 솔직히 그렇게도 생각하지 않았다. 그렇다면 그녀는 어느 원주민 부족일까? 그래, 세리 부족[25]일 수도 있었지만, 법의학 검시관이 설명한 특정한 신체적 특징에 바탕을 둔다면 그럴 가능성도 희박했다. 어쩌면 파파고 부족일 수도 있었다. 파파고 부족이 산타테레사와 지리적으로 가장 가까운 곳에 사는 미국 원주민이기에 이런 가정은 너무나 당연했지만, 검시관은 그녀가 파파고 부족이라고도 생각하지 않았다. 나흘째 되던 날, 의대 학생들에게 소노라의 멩겔레 박사[26]라고 불리기 시작한 법의학 검시관은 한참을 생각하고 이것저것 비교한 끝에, 살해된 원주민 여자는 타라우마라 부족[27]이라고 말했다. 타라우마라 부족 원주민이 산타테레사에서 무엇을 하던 것일까? 아마도 중산층이나 상류층 어느 집에서 식모로 일했을지 모른다. 아니면 미국으로 건너가려고 자기 순서가 오길 기다리고 있었을지도 모른다. 수사는 밀입국 안내자 정보원들과 뜻하지 않게 식모들이 그만둔 가정을 중심으로 진행되었다. 그리고 이내 이 사건은 관심에서 사라지면서 잊혔다.

그다음 여자 시체는 카사스 네그라스로 향하는 고속 도로와 잡초와 야생화가 우거진 이름 없는 골짜기 바닥 사이에서 발견되었다. 1996년 3월에 발견된 첫 번째 시체였다. 그해 3월은 시체 다섯 구가 더 발견될 무섭고 끔찍한 달이었다. 시체가 발견된 현장에 출동한 경찰 여섯 명에는 랄로 쿠라도 포함되어 있었다. 죽은 여자는 대략 열 살로 추정되었다. 신장은 1미터 27센티미터였으며, 금속 버클이 달린 투명한 플라스틱 샌들을 신고 있었다. 머리카락은 갈색이었고, 마치 염색한 것처럼 이마를 덮은 부분이 더 밝았다. 시체에서는 칼자국 여덟 개가 발견되었는데, 그중 세 개가 심장 부위에 집중되었다. 그 여자아이를 보자 경찰 하나가 울음을 터뜨렸다. 앰뷸런스 구급 요원들은 골짜기 바닥으로 내려왔고, 들것에 여자아이의 시체를 묶기 시작했다. 오르막길이 가팔랐고, 그래서 헛발을 디딜 경우 조그만 시체가 바닥으로 떨어질 위험이 있었기 때문이다. 시체를 찾으러

23 멕시코의 소노라주와 미국의 애리조나주 사이의 지역에 거주하는 원주민 부족으로 피마라는 이름은 〈강의 부족〉을 의미한다.

24 시날로아주의 푸에르테 계곡과 소노라주 남부 마요 계곡에 거주하는 원주민 부족.

25 소노라주에 사는 원주민 종족. 대부분은 캘리포니아만의 푼타 추에카와 엘 데셈보케 마을에 위치한 세리 공동체 소유지에 산다. 이 부족은 1952년에는 215명에 불과했지만 2006년에는 9백 명이 넘는 것으로 알려졌다.

26 Josef Mengele(1911~1979). 독일 친위대 장교이자 아우슈비츠-비르케나우 나치 강제 수용소의 내과 의사였다. 수용소 수감자들 중 누구를 죽이고 누구를 강제 노역에 동원할지를 결정하였으며, 수용소 내에서 수감자들을 대상으로 생체 실험을 한 것으로 악명이 높다.

27 멕시코의 치와와주에 사는 원주민 부족으로 〈타라우마라〉는 〈날렵한 사람들〉이라는 뜻이다.

온 사람은 아무도 없었다. 경찰의 공식 발표에 따르면, 그 아이는 산타테레사에 살지 않았다. 그렇다면 그곳에서 무엇을 했을까? 어떻게 그곳까지 온 것일까? 이에 관해 경찰은 아무 말도 하지 않았다. 그녀의 신체적 특징이 팩스로 전국 여러 경찰서에 통보되었다. 수사는 형사 앙헬 페르난데스가 담당했고, 이내 종결되었다.

며칠 후 역시 골짜기 바닥에서, 하지만 카사스 네그라스 고속 도로의 반대편에서 또 다른 여자아이의 시체가 발견되었다. 이 아이는 대략 열세 살로 추정되었으며, 사인은 교살이었다. 앞의 희생자와 마찬가지로, 신원 확인에 도움이 될 만한 어떤 물품도 지참하지 않았다. 여자아이는 짧은 흰색 바지와 미식 축구 로고가 새겨진 회색 운동복을 입고 있었다. 법의학 검시관에 따르면, 아이는 적어도 나흘 전에 살해되었다. 그것은 곧 두 아이의 시체가 같은 날 버려졌을 가능성이 있다는 얘기였다. 후안 데 디오스 마르티네스의 생각으로는, 그런 견해에는 약간 이상한 점이 있었다. 부드럽게 말해서 그렇다는 것이다. 첫 번째 시체를 계곡에 버리려면, 살인자는 카사스 네그라스 고속 도로에서 그리 멀지 않은 곳에 두 번째 희생자의 시체를 안에 태운 채 자동차를 세워 둬야만 했기 때문이다. 그것은 순찰차가 멈추어 살펴볼 수도 있다는 위험을 감수하는 일이었을 뿐만 아니라, 전혀 수상하지 않은 어떤 사람이 그곳으로 와서 차를 훔쳐 갈 가능성도 다분했기 때문이다. 그리고 반대의 경우, 즉 살인자가 고속 도로 반대편에, 다시 말해 엘 오벨리스코라고 불리는 부락 근처에 먼저 시체를 버렸을 경우에도 마찬가지였다. 엘 오벨리스코는 마을도 아니고 산타테레사의 변두리라고 말할 수도 없는 지역이었다. 오히려 그곳은 매일 멕시코 남쪽에서 도착하는 가난한 사람들 중에서도 가장 가난한 사람들이 머무는 근거지였고, 그들은 그곳 허름한 판잣집에서 밤을 보내거나 죽기도 했다. 그들은 그 허름한 움막들을 자신들의 가정으로 여기지 않고 현재의 상태와 다른 것, 혹은 적어도 그들에게 먹을 것을 줄 수 있는 곳으로 이끄는 길의 휴게소라고 여기곤 했다. 몇몇 사람은 그곳을 엘 오벨리스코가 아니라 〈엘 모리데로(죽음의 장소)〉라고 불렀다. 그곳에는 어떤 오벨리스크도 없었고, 대신 사람들이 다른 곳보다 훨씬 빨리 죽었기 때문에, 부분적으로 그런 말은 일리가 있었다. 그러나 도시의 경계가 달랐을 때, 그러니까 도시가 더욱 작고 카사스 네그라스가 독립적인 마을이라고 불릴 수 있었을 때에는 오벨리스크가 존재했다. 돌로 만들어진 오벨리스크였다. 좀 더 정확하게 설명하자면, 전혀 세련되지 않게 돌 세 개를 쌓아서 만든 기둥이었다. 상상을 하거나 유머 감각을 발휘하면, 원시 오벨리스크나 그림 그리기를 막 배운 어느 아이, 그러니까 산타테레사 외곽에 살면서 지네와 도마뱀을 먹으며 사막을 기어 다니고 결코 잠을 자지 않는 괴물 아기가 그린 오벨리스크라고 생각할 수 있었다. 가장 실용적인 방법은 시체 두 구를 똑같은 장소에 처분하는 것, 즉 먼저 하나를 처리한 다음 곧이어 다른 하나를 처리하는 것이야. 후안 데 디오스 마르티네스는 생각했다. 첫 번째 시체를 고속 도로에서 너무 멀리 떨어진 골짜기 바닥까지 질질 끌고 가는 게 아니라, 도로에서 불과 몇 미터 떨어진 바로 그곳에 던져 버리는 게 현명한 방법이었다. 그리고 두 번째 시체도 그렇게 하는 편이 나았다. 시체를 아무 곳에나 버릴 수 있는데도 왜 엘 오벨리스코 외곽까지 걸어갔고, 그런 행동에 내포된 위험을 감수한 것일까? 적어도 살인자 세 명이 차 안에 타고 있었을 거야. 한 명은 운전하고, 다른 두 명은 죽은 여자아이들을 재빨리 처리하려고 차 안에 있었을 거야. 여자아이들은 거의 무게가 나가지 않았고, 두 사람이 함께 들면 틀림없이 조그만 여행 가방을 나르는 것과 마찬가지였을 거라고 그는 생각했다. 그렇다면 엘 오벨리스코를 선택한 것은 새로운 빛, 즉 새로운 차원을 획득한다. 살인자들은 경찰이 판잣집들의 바다에 사는 주민들에게 혐의를 돌리도록 하려고 한 것일까? 하지만 그렇다면 왜 시체 두 구를 동일한 장소에 내버리지 않았을까? 그럴듯하게 꾸미기 위한 것이었을까? 두 여자아이가 모두 엘 오벨리스코에 살았을지 모른다고 의심해 볼 수는 없을까? 그들이 첫 번째 여자아이의 시체를 가지고 도로를 건너 카사스 네그라스 근처 골짜기 아래까지 와서 시체를 그곳에 버린 것은 아닐까? 그렇게 힘들여 가져왔다면, 왜 시체를 묻지도 않은 것일까? 골짜기 바닥이 딱딱했고 땅을 팔 도구가 없었기 때문일까? 이 사건은 앙헬 페르난데스 형사에게 할당되었고, 그는 엘 오벨리스코 지역에 불시 단속을 실시해서 스무 명을 검거했다. 그들 중 네 사람은 절도죄가 입증되어 감옥에 수감되었다. 다른 한 사람은 제2경찰서 유치장에서 숨을 거두었다. 법의학 검시관에 따르면, 사망 원인은 결핵이었다. 그러나 두 여자아이를 살해했다고 인정한 사람은 아무도 없었다.

엘 오벨리스코 주변에서 열세 살짜리 여자아이 시체가 발견된 지 일주일 만에, 카나네아로 향하는 고속 도로 옆에서 대략 열여섯 살로 추정되는 여자아이가 목숨을 잃은 채 발견되었다. 죽은 여자아이의 신장은 거의 1미터 70센티미터였고, 길고 검은 머리카락을 지녔으며, 날씬한 체구였다. 칼에 찔린 상처는 단 한 개였다. 복부에 난 깊은 상처는 글자 그대로 몸을 관통했다. 그러나 법의학 검시관에 따르면 사인은 교살과 설골 골절이었다. 시체가 발견된 곳에서는 꼬리에 꼬리를 물고 이어지는 나지막한 언덕과 낮은 지붕을 얹은 희거나 노란 집들이 뿔뿔이 흩어진 모습을 비롯해 마킬라도라 공장들의 재고품이 보관된 공장 창고 몇 개와 고속 도로로 연결된 길들을 볼 수 있었다. 그 길들은 아무런 이유도 없고 원인도 없이 꿈처럼 서서히 사라지고 있었다. 경찰 말로는, 희생자는 아마도 산타테레사로 향하다가 강간당한 히치하이커인 것 같았다. 그녀의 신원을 확인하기 위해 모든 노력을 기울였지만, 아무런 성과도 없었고, 이 사건은 그대로 종결되었다.

거의 동시에 또 다른 여자아이의 시체가 발견되었다. 대략 열여섯 살로 추정된 여자아이는 칼에 찔렸고 몸이 절단되어 있었다. 그러나 그 신체 절단은 그 지역을 어슬렁거리던 개들의 작품인지도 몰랐다. 발견된 곳은 도시의 북동쪽에 위치한 에스트레야 언덕 기슭이었다. 3월에 발견된 최초 희생자들 세 명이 있던 곳에서 멀리 떨어진 장소였다. 몇몇 경찰에 따르면, 날씬한 체구에 길고 검은 머리카락을 소유한 희생자는 카나네아 고속 도로 옆에서 발견되었고 히치하이커로 추정된 여자의 쌍둥이 자매처럼 보였다. 먼저 발견된 희생자처럼, 그녀 역시 신원을 확인할 수 있는 어떤 것도 가지고 있지 않았다. 산타테레사의 언론은 저주받은 자매라고 말했고, 그런 다음 경찰들의 말을 인용해 불행한 쌍둥이라고도 언급했다. 이 사건은 카를로스 마린 형사에게 할당되었고, 그는 곧 미해결 사건으로 이 사건을 정리했다.

3월이 끝나갈 무렵의 어느 날 마지막 두 희생자가 발견되었다. 그들 중 첫 번째 희생자는 베벌리 벨트란 오요스였다. 그녀는 열여섯 살이었고, 세풀베다 장군 공업 단지의 마킬라도라 공장에서 일했다. 그녀는 시체로 발견되기 사흘 전에 실종되었다. 그녀의 어머니 이사벨 오요스는 시내 중심가의 경찰서로 가서 다섯 시간을 기다린 끝에 담당 경찰을 만났고, 경찰은 마지못해 실종 신고서를 접수하고 서명했다. 그러자 실종 신고는 그다음 단계로 진행되었다. 3월의 지난 희생자들과는 달리 베벌리는 갈색 머리카락을 지녔다. 그런 차이점을 제외하고는 날씬한 체구에 신장은 1미터 72센티미터, 머리가 길다는 유사점이 있었다. 그녀의 시체는 자동차가 접근하기 어려운 세풀베다 장군 공업 단지 서쪽 개활지에서 몇몇 어린아이에 의해 발견되었다. 시체의 가슴과 복부에는 칼에 찔린 상처 여러 개가 있었다. 살인자들은 그녀의 음부와 항문으로 강간했고, 그런 다음 옷을 입혔다. 실종 당일 입었던 것과 똑같은 옷은 단 한 군데도 찢어지지 않았고, 구멍도 나지 않았으며, 총탄에 타버린 흔적도 없었다. 이 사건은 리노 리베라 형사에게 할당되었다. 그는 즉시 수사에 착수했고, 여자아이의 직장 동료들을 신문하고 존재하지 않는 애인을 찾으려고 노력하다가 수사를 마쳤다. 누구도 범죄 현장을 샅샅이 뒤지지 않았으며, 그곳에 있는 수많은 흔적을 채취하지도 않았다.

그날의 두 번째 희생자이자 3월의 마지막 희생자는 레메디오스 마요르 지역과 불법 쓰레기 매립장인 엘 칠레 서쪽이자 세풀베다 장군 공업 단지 남쪽에 위치한 빈터에서 발견되었다. 이 사건을 담당한 호세 마르케스 형사에 따르면, 그녀는 매우 매력적인 여자였다. 긴 다리와 마르지 않은 날씬한 몸매의 소유자였고, 가슴은 풍만했으며, 머리카락은 어깨 아래까지 내려왔다. 음부뿐만 아니라 항문도 찰과상의 흔적을 보여 주었다. 강간당한 후 칼에 찔려 죽은 것이다. 법의학 검시관에 따르면, 여자는 열여덟 살에서 스무 살 사이로 추정되었다. 신원을 확인해 줄 소지품이 없었고, 시체를 찾으러 온 사람도 없었다. 그래서 그녀의 시체는 적절한 기간을 기다린 후 공동묘지에 매장되었다.

4월 2일 플로리타 알마다는 〈민주주의와 평화를 위한 소노라 여성 단체〉의

몇몇 행동주의자와 함께 레이날도의 프로그램에 모습을 드러냈다. 플로리타
알마다는 그 여자들을 소개하기 위해서 그곳에 왔으며, 그 여자들은 중요한
이야기를 할 것이라고 언급했다. 즉시 〈민주주의와 평화를 위한 소노라 여성 단체〉
행동주의자들은 산타테레사에서 끊임없이 범죄가 일어나지만 그 누구도 처벌받지
않으며, 경찰은 이런 살인에 신경을 쓰지 않는다고 지적하면서, 부패와 1993년부터
꾸준히 증가하는 살해된 여성들의 수에 관해 언급했다. 그러고서 친절하고 인정
많은 시청자들과 우리의 친구 플로리타 알마다에게 고맙다고 인사한 후, 주지사
호세 안드레스 브리세뇨에게 인권과 법을 존중하는 나라에서는 더는 지속되어서는
안 될 이런 상태에 관해 해결책을 찾아 달라고 부탁하면서 작별 인사를 했다.
텔레비전 방송국 사장은 레이날도를 호출했고, 그의 프로그램을 거의 폐지하려고
했다. 레이날도는 충격을 받았고, 사장이 그를 내쫓으라는 지시를 받았다면,
그렇게 하라고 말했다. 방송국 사장은 그를 호래자식이며 선동자라고 불렀다.
레이날도는 분장실에 틀어박혀 로스앤젤레스에 있는 누군가와 잠시 전화 통화를
했다. 라디오 방송국을 소유했으며 그와 함께 일하고 싶어 하는 사람이었다.
레이날도의 프로그램 PD는 사장에게 레이날도를 그냥 놔두는 게 좋을 것 같다는
의사를 밝혔다. 그러자 방송국 사장은 레이날도를 찾아오라고 그의 비서를 보냈다.
레이날도는 사장과 만나기를 거부하면서 계속해서 전화 통화를 했다. 그와
통화하던 멕시코계 미국인은 그에게 로스앤젤레스에서 발생한 연쇄 살인 사건의
이야기를 들려주었다. 동성애자만 골라서 살해한 작자였지요. 맙소사, 여기에는
여자만 골라서 죽이는 사람이 있어요. 레이날도는 말했다. 로스앤젤레스의
살인범은 게이 바들을 돌아다녔어요. 양 떼를 약탈하는 늑대 같은 사람들은 항상
어디든지 있지요. 레이날도가 말했다. 로스앤젤레스의 살인범은 남자 창부들이
모이는 게이 바나 거리에서 동성애자들을 유혹했고, 그런 다음 그들을 어딘가로
데려가서 죽였어요. 잭 더 리퍼 같은 흉악범이지요. 글자 그대로 희생자들을 토막
살인했어요. 그럼 그에 관한 영화를 만들 건가요? 레이날도가 물었다. 이미
제작했어요. 전화선 반대편에서 멕시코계 미국인이 대답했다. 그럼 경찰이 그를
체포했단 말인가요? 물론이지요. 멕시코계 미국인이 말했다. 정말 다행스러운
일이군요! 그런데 그 영화에 누가 출연했죠? 레이날도가 물었다. 키아누
리브스예요. 멕시코계 미국인이 대답했다. 키아누가 살인자로 나오나요? 아니에요,
그를 체포하는 경찰 역을 맡아요. 그럼 누가 살인자 역을 맡지요? 금발인데, 이름이
뭐더라? 멕시코계 미국인이 중얼거렸다. 샐린저의 소설 주인공과 똑같은 이름을
지닌 사람이에요. 아 그렇군요, 난 아직 그 작가의 작품을 읽지 못했어요.
레이날도가 말했다. 아직 샐린저를 읽지 않았단 말인가요? 멕시코계 미국인이
물었다. 그래요, 아직 읽지 못했어요. 레이날도가 대답했다. 친구, 이건 당신의
교양에 커다란 구멍이 뚫린 것과 같아요. 멕시코계 미국인이 말했다. 사실 난
최근에 게이 작가들의 작품만 읽어요. 레이날도가 말했다. 그리고 가능하다면,
나와 동일한 문학적 배경을 가진 게이 작가의 작품을 읽지요. 그건 당신이

로스앤젤레스에 오면 내게 설명해 주도록 해요. 멕시코계 미국인이 말했다. 전화 통화를 마치자, 레이날도는 눈을 감고서 커다란 야자수들이 늘어선 동네에서 예쁘고 조그마한 단층집에 사는 자기 자신을 상상했다. 그리고 배우가 되고자 하는 이웃 사람들에게 둘러싸여 살면서, 그들이 명성을 얻기 훨씬 전에 그들을 인터뷰하는 자기 모습을 상상했다. 그러고서 프로그램 PD와 이야기를 나누었고, 그런 다음 방송국 사장과 이야기했다. 두 사람은 분장실 입구에서 방금 전에 있었던 일은 잊어버리고 계속해서 프로그램을 맡아 달라고 부탁했다. 레이날도는 생각해 보겠다고, 자기는 다른 제안을 받은 게 있다고 말했다. 그날 밤 그는 자기 아파트에서 파티를 벌였고, 새벽녘이 되자 몇몇 친구는 해변으로 가서 일출을 보자고 제안했다. 레이날도는 자기 침실로 들어가 플로리타 알마다에게 전화를 걸었다. 세 번째 전화벨이 울렸을 때, 예언자가 전화를 받았다. 레이날도는 자기가 잠을 깨웠느냐고 물었다. 플로리타 알마다는 그렇다고, 하지만 그의 꿈을 꾸고 있었으니 괜찮다고 대답했다. 레이날도는 꿈 이야기를 들려 달라고 부탁했다. 플로리타 알마다는 소노라주의 어느 해변에서 비 오듯 쏟아지던 별똥별에 관해 말했고, 그와 비슷하게 생긴 아이의 모습을 묘사했다. 그 아이가 별똥별이 떨어지는 걸 보고 있었나요? 레이날도가 물었다. 그래요, 바닷물이 아이의 종아리를 어루만지는 동안, 비 오듯 떨어지는 별똥별을 쳐다보았어요. 정말 아름답고 예쁜 꿈이네요. 레이날도가 말했다. 나도 그렇게 생각해요. 플로리타 알마다가 말했다. 정말 멋진 꿈이에요. 레이날도가 말했다. 그래요. 그녀는 다시 말했다.

많은 사람들이 플로리타 알마다와 〈민주주의와 평화를 위한 소노라 여성 단체〉 여성들이 나온 텔레비전 프로그램을 시청했다. 산타테레사 정신 병원 원장인 엘비라 캄포스는 그 프로그램을 보고서, 그걸 보지 못한 후안 데 디오스 마르티네스에게 말해 주었다. 랄로 쿠라의 옛 주인이었으며 이제는 산타테레사 근교의 농장에서 거의 외출하는 법이 없었던 페드로 렝히포 씨 역시 그 프로그램을 보았지만, 누구에게도 프로그램에 관해 말하지 않았다. 그의 심복인 패트 오배니언이 옆에 앉아 있었지만, 그에게도 한 마디 하지 않았다. 클라우스 하스의 친구인 테킬라는 산타테레사의 교도소에서 그걸 보고서 하스에게 말해 주었지만, 하스는 그의 이야기를 무시해 버렸다. 저 늙은 년들이 말하거나 생각하는 건 전혀 중요하지 않아. 그는 말했다. 살인자는 계속 죽이고 있는데도 난 이곳에 갇혀 있어. 이건 너무나 명백한 사실이야. 누군가는 이런 사실을 생각해야만 하고, 결론을 내려야 해. 그날 밤 하스는 감방에서 자면서, 살인자는 교도소 바깥에 있고 나는 교도소 안에 있어 하고 말했다. 그러나 나보다 더 못된 염병할 놈이, 살인자보다 더 흉악한 빌어먹을 놈이 이 도시로 올 거야. 그가 가까이 오는 소리가 들리지 않아? 그의 발소리가 들리지 않아? 입 닥치지 못해, 염병할 놈아. 파르판이 침대에서 말했다. 하스는 입을 다물었다.

4월의 첫째 주에 오래된 철도 헛간의 동쪽에 펼쳐진 빈터에서 다른 여자가 죽은 채 발견되었다. 죽은 여자는 신원을 밝혀 줄 서류를 소지하지 않았다. 하지만 그녀는 더치&로즈 마킬라도라 공장의 직원임을 증명하는 신분증을 지니고 있었다. 사진이 없는 그 신분증은 사그라리오 바에사 로페스라는 이름으로 발부되었다. 시체에는 칼에 찔린 여러 상처를 비롯해 강간당한 흔적도 있었다. 그녀는 대략 스무 살 정도로 추정되었다. 경찰은 더치&로즈 공장 사무실을 방문했고, 직원인 사그라리오 바에사 로페스가 살아 있다는 사실을 확인했다. 경찰의 질문을 받은 그녀는 죽은 여자를 알지 못하며, 심지어 본 적도 없다고 진술했다. 그리고 그 신분증은 최소한 6개월 전에 분실한 것이라고 밝혔다. 그리고 마지막으로 자기는 조용하고 정돈된 삶을 살며, 직장과 카란사 지역에 사는 가족을 위해 온 힘을 다하고 있고, 사법 당국과 문제가 있었던 적은 한 번도 없었다고 말했다. 그리고 그런 말이 틀림없다는 사실은 몇몇 직장 동료에 의해 확인되었다. 실제로 더치&로즈 문서철에는 사그라리오 바에사에게 새로운 신분증이 발급된 날짜가 이번에는 신분증을 잃어버리지 않도록 좀 더 조심하라는 경고와 함께 정확하게 적혀 있었다. 다른 사람의 근무처 신분증을 가지고 죽은 여자는 무엇을 하던 것일까? 에프라인 부스텔로 형사는 생각했다. 며칠 동안 그는 죽은 여자가 최근에 그 직장에서 일한 사람일지도 모른다는 의심을 가지고 더치&로즈 직원들을 조사했다. 그러나 그 공장을 떠난 여자들 중에는 죽은 여자의 신체적 특징과 부합하는 사람이 한 명도 없었다. 스물다섯 살부터 서른 살 사이에 있던 여종업원 세 명은 미국 국경을 건너가는 쪽을 택했다. 그리고 다른 한 사람, 즉 땅딸막한 여자는 노동조합을 만들려고 시도하다가 해고된 사람이었다. 이 사건은 조용히 종결되었다.

4월의 마지막 주에 다른 여자의 시체가 발견되었다. 법의학 검시관에 따르면, 죽기 전에 그녀는 온몸을 구타당했다. 그러나 결정적인 사인은 교살과 설골 골절이었다. 시체는 동쪽으로 향하는, 그러니까 산 쪽으로 향하는 지방도에서 약 50미터 떨어진 곳에서 발견되었다. 마약을 실은 소형 비행기들이 종종 착륙하는 걸 보는 게 그다지 이상하지 않은 지역이었다. 이 사건은 앙헬 페르난데스 형사에게 할당되었다. 죽은 여자는 신원을 확인해 줄 신분증 혹은 증명서를 하나도 지니고 있지 않았으며, 산타테레사의 어떤 경찰서에도 그녀가 실종되었다는 신고가 접수되지 않았다. 경찰은 마구 훼손된 그녀의 얼굴 사진을 『북부 헤럴드』, 『소노라의 목소리』, 『산타테레사 신문』에 제공했지만, 어떤 신문에도 게재되지 않았다.

1996년 5월에는 여자 시체가 한 구도 발견되지 않았다. 랄로 쿠라는 도난 자동차 수사에 참가했고, 다섯 명을 체포하는 성과를 올렸다. 에피파니오 갈린도는 교도소로 가서 하스를 만났다. 면회 시간은 짧았다. 산타테레사 시장은 이제 시민들이 편안하게 지낼 수 있으며, 살인범은 체포되었고, 이후 일어난 여성 살인은 일반 범죄자들이 저지른 것이라고 언론에 밝혔다. 후안 데 디오스 마르티네스는 상해와 절도 사건을 맡았다. 이틀 후 그는 범행을 저지른 자들을 체포했다. 그달에는 산타테레사 교도소에 구류되었던 스물한 살 난 죄수가 자살하는 사건이 발생했다. 미국 영사 코넌 미첼은 시에라산맥 기슭의 작은 언덕에 있는, 사업가 콘라도 파디야가 소유한 농장으로 사냥을 하러 갔다. 그곳에는 그의 친구들도 있었다. 대학 총장 파블로 네그레테, 은행가 후안 살라사르 크레스포, 그리고 아무도 모르는 제3의 인물이 있었다. 그는 땅딸막했으며 머리카락은 빨갰다. 무기를 보면 불안해했고, 게다가 심장병을 앓는다고 밝히면서, 그들과 단 하루도 사냥하러 나가지 않았다. 그의 이름은 레네 알바라도였다. 레네 알바라도라는 사람은 과달라하라 출신이었고, 사람들 말로는 주식 시장에서 일했다. 아침에 다른 사람들이 사냥을 나간 동안 알바라도는 담요로 둘둘 몸을 말고서, 테라스에 있는 의자에 앉아 항상 책을 든 채 산을 바라보았다.

6월에는 엘 펠리카노 술집에서 무용수가 살해되었다. 현장을 목격한 증인들에 따르면, 무용수가 반라(半裸)로 홀에서 춤을 출 때 그녀의 남편 훌리안 센테노가 들어와 아무 말도 하지 않은 채 그녀에게 네 발을 쏘았다. 무용수는 그 자리에서 고꾸라졌고, 그녀의 두 여자 동료가 소생시키려고 애썼지만 결국 의식을 회복하지 못했다. 무용수는 파울라 혹은 파울리나라고 알려졌지만, 산타테레사의 다른 술집에서는 노르마라는 이름으로 알려지기도 했다. 앰뷸런스가 도착했을 때 그녀는 이미 죽어 있었다. 오르티스 레보예도 형사가 이 사건을 담당했다. 그는 새벽에 훌리안 센테노의 자택에 들이닥쳤지만, 집은 텅 비어 있었고, 급히 도망친 게 역력한 흔적들을 발견했다. 훌리안 센테노라는 사람은 마흔여덟 살이었고, 직장 동료들에 따르면 무용수는 스물세 살이었다. 그는 베라크루스 태생이었고, 그녀는 멕시코시티 출신이었다. 두 사람이 소노라주에 도착한 것은 약 2년 전이었다. 무용수들에 따르면 그들은 법적으로 결혼한 사이였다. 처음에는 파울라 혹은 파울리나의 성(姓)이 무엇인지 말해 줄 수 있는 사람이 아무도 없었다. 마데로노르테 지역의 로렌소 코바루비아스 거리 79번지에 있는 그녀의 집은 조그맣고 가구도 거의 없는 아파트였다. 그곳에서도 희생자의 신원을 정확하게 밝혀 줄 서류는 하나도 발견되지 않았다. 센테노가 그 서류들을 모두 불태워 버렸을 가능성이 있었지만, 오르티스 레보예도는 파울리나라는 여자가 자신의 신원을 증명할 서류 하나 없이 최근 몇 년 동안 살았을지도 모른다는 데에 더 많은 가능성을 두었다. 사실 코러스 걸이나 창녀들이 일정한 거주지 없이 돌아다니는 게 그다지 이상한 일은 아니었다. 하지만 멕시코시티의 경찰 신원 확인 사무소가 보낸 팩스에 따르면, 파울리나의 실제 이름은 파울라 산체스 가르세스였다. 전과 기록을 통해 그녀가 매춘으로 여러 번 체포되었다는 것을 알 수 있었다. 매춘은 열다섯 살

이후 그녀가 종사한 직업인 모양이었다. 엘 펠리카노의 여자 동료들 말로는, 희생자는 최근에 어느 고객과 사랑에 빠졌는데, 그들은 단지 그 고객 이름이 구스타보라는 것만 알았다. 그리고 그녀가 센테노를 버리고 그와 함께 살려고 생각했다는 사실도 알려 주었다. 경찰은 센테노의 행방을 찾았지만, 아무런 성과도 거두지 못했다.

파울라 산체스 가르세스가 살해되고 며칠이 지난 후, 카사스 네그라스 고속도로 근처에서 열일곱 살 정도로 추정되는 젊은 여자 시체가 발견되었다. 신장은 1미터 70센티미터였고, 날씬한 몸매에 머리카락은 검었다. 시체에는 날카로운 칼에 찔린 상처가 세 개 있었고, 손목과 발목에는 찰과상이, 목에도 상처 자국이 여러 개 있었다. 법의학 검시관에 따르면, 사인은 칼에 찔린 상처 중 하나였다. 그녀는 빨간 티셔츠를 입었고 흰색 브래지어를 착용했으며, 빨간색 하이힐을 신고 있었다. 하지만 바지나 치마는 입지 않았다. 음부와 항문의 분비물 검사 후에 희생자가 강간당했다는 결론에 도달했다. 이후 법의학 검시관의 조수는 희생자가 신은 신발이 그녀가 신던 신발보다 두 치수 크다는 사실을 발견했다. 신원 확인에 필요한 어떤 서류도 찾을 수 없었고, 이렇게 사건은 종결되었다.

6월 말에 푸에블로 아술로 향하는 고속 도로 근처 엘 세레살 지역 출구에서 신원을 알 수 없는 여자 시체가 또 발견되었다. 희생자는 스물한 살 정도로 추정되었다. 시체는 칼에 찔린 상처로 말 그대로 구멍투성이였다. 나중에 법의학 검시관은 가벼운 상처와 심각한 상처를 모두 포함하여 스물일곱 개라는 것을 확인했다. 시체가 발견된 다음 날, 경찰서에 일주일 전에 실종된 열일곱 살짜리 아나 에르난데스 세실리오의 부모가 찾아왔고, 죽은 여자가 자기 딸이라는 사실을 확인해 주었다. 그러나 사흘 후, 그러니까 아나 에르난데스 세실리오라고 추정된 여자가 산타테레사의 공동묘지에 매장되고 나서, 진짜 아나 에르난데스 세실리오가 경찰서에 모습을 드러내서 자기는 애인과 도망쳤었다고 진술했다. 두 사람은 산타테레사의 산바르톨로메 지역에 살았으며, 아르세니오 파렐 공업 단지의 마킬라도라 공장에서 일했다. 아나 에르난데스의 부모는 딸의 진술을 확인해 주었다. 그러자 푸에블로 아술 고속 도로 인근에서 발견된 시체를 발굴하라는 지시가 떨어졌고, 후안 데 디오스 마르티네스 형사, 앙헬 페르난데스 형사, 그리고 산타테레사의 경찰 에피파니오 갈린도의 지휘 아래 수사가 계속되었다. 에피파니오는 경찰로 일했던 어느 늙은 가게 주인과 함께 마이토레나 지역과 엘 세레살 지역을 돌아다녔다. 그러다가 아르투로 올리바레스라는 사람이 아내에게 버림받았다는 사실을 알게 되었다. 이상한 것은 여자가 아이들, 그러니까 두 살 먹은 남자아이와 여섯 달밖에 되지 않은 여자아이를 데려가지 않았다는 사실이었다. 또 다른 단서를 찾으면서, 에피파니오는 경찰 출신 가게 주인에게 올리바레스라는 사람의 행동을 주시하고 계속 보고해 달라고 부탁했다. 그렇게 해서 그는 세고비아라는 사람이 종종 용의자를 찾아온다는 사실을 알게 되었다. 세고비아는 올리바레스의 사촌으로 판명되었다. 세고비아는 산타테레사 서쪽 어느 지역에서 살며, 일정한 직업은 없었다. 한 달 전까지만 해도 그는 마이토레나 지역에 좀처럼 모습을 드러내지 않았다. 수사 팀은 세고비아를 감시했고, 그가 셔츠에 피를 묻히고서 집으로 돌아오는 걸 보았다는 증인 두 명을 확보했다. 증인들은 세고비아의 이웃 사람들로 그와 그다지 좋은 관계를 유지하지는 않았다. 세고비아는 아우로라 지역의 울타리 친 마당에서 열리는 투견 대회를 조직하는 중개인으로 일하면서 생활비를 벌었다. 후안 데 디오스 마르티네스와 앙헬 페르난데스는 세고비아의 집에 들이닥쳤지만, 그는 그곳에 없었다. 그들은 푸에블로 아술 고속 도로에 발견된 신원 미상 여자의 살인과 직접적으로 관련된 증거는 아무것도 발견하지 못했다. 그들은 투견을 소유한 경찰에게 세고비아를 아느냐고 물었다. 경찰은 그렇다고 대답했다. 그들은 그에게 세고비아를 감시하라고 지시했다. 이틀 후 그 경찰은 최근에 세고비아가 투견 대회를 조직하는 데 그치지 않고 돈도 건다고 알려 주었다. 물론 항상 모든 돈을 잃었지만, 일주일 후에는 또다시 돈을 걸곤 했다. 누군가가 그에게 돈을 주는 게 틀림없어. 최소한 일주일에 한 번 그의 사촌을 만나는 거야. 앙헬 페르난데스가 말했다. 에피파니오 갈린도는 올리바레스를 미행했고, 그가 집의 가구들을 처분한다는 사실을 알아냈다. 올리바레스는 도망치려고 생각하고 있어. 에피파니오는 말했다. 매주 일요일마다 그는 동네 축구단과 축구를 했다. 장소는 푸에블로 아술 고속 도로 인근 운동장이었다. 올리바레스는 경찰들이 오는 것을 보자, 그러니까 사복 경찰 둘과 정복을 입은 경찰 셋이 다가오는 것을 보자 축구를 멈추고서 운동장에서 나가지 않은 채 기다렸다. 마치 축구장은 어떤 불행이 닥치더라도 그를 보호해 주는 정신적 공간이라고 생각하는 것 같았다. 에피파니오는 이름을 묻고서 그에게 수갑을 채웠다. 올리바레스는 아무런 저항도 하지 않았다. 다른 선수들도, 경기를 지켜보던 서른 명 남짓한 관객도 꼼짝하지 않았다. 쥐 새끼 소리 하나 들리지 않을 정도로 절대적인 침묵이었어. 그날 밤 에피파니오는 랄로 쿠라에게 말해 주었다. 손짓으로 경찰은 고속 도로 건너편에 펼쳐진 사막을 가리켰고, 그녀를 그곳에서 죽였는지, 아니면 집에서 죽였는지 물었다. 저쪽입니다. 올리바레스는 대답했다. 아이들은 올리바레스 친구의 아내와 함께 있었다. 일요일에 그가 축구를 하러 나올 때마다 아이들을 돌봐 주던 여자였다. 단독 범행인가, 아니면 자네 사촌과 함께 저질렀나? 내 사촌이 도와주었지만, 그다지 큰 도움은 아니었습니다. 올리바레스는 대답했다.

모든 삶은 아무리 행복할지라도 결국 고통과 고뇌로 끝나는 법이지. 그날 밤 에피파니오는 랄로 쿠라에게 말했다. 그것 나름이에요. 랄로 쿠라가 말했다. 무슨 나름이라는 거지? 여러 가지에 달렸어요. 가령 당신이 목덜미에 총탄을 맞고 염병할 살인범이 다가오는 소리를 듣지 못한다면, 아무런 고통이나 고뇌 없이 저세상으로 가게 될 겁니다. 랄로 쿠라가 대답했다. 이런 빌어먹을 자식.
에피파니오가 말했다. 네 목덜미에 총탄 맞아 본 적 있어?

죽은 여자의 이름은 에리카 멘도사였다. 그녀는 두 어린아이의 어머니였다.
스물한 살이었다. 남편 아르투로 올리바레스는 질투와 시기가 강한 남자였고, 항상
그녀를 때리며 못살게 굴었다. 그녀를 죽이기로 마음먹은 날 밤에, 올리바레스는
술에 취한 채 사촌과 함께 있었다. 그들은 텔레비전으로 축구 경기를 보면서
스포츠와 여자들에 관해 말했다. 에리카 멘도사는 텔레비전을 보지 않았다. 음식을
만들고 있었기 때문이다. 아이들은 잠들었다. 갑자기 올리바레스가 자리에서
일어나 칼을 잡고서 자기 사촌에게 함께 가자고 부탁했다. 두 사람은 에리카를
푸에블로 아술 고속 도로 건너편으로 데려갔다. 올리바레스에 따르면, 처음에 그의
아내는 거부하지 않았다. 그들은 사막으로 들어갔고, 그녀를 강간하는 일에
착수했다. 먼저 올리바레스가 그녀를 강간했다. 그러고서 그의 사촌에게도
강간하라고 명령했지만, 처음에 사촌은 거부했다. 그러나 올리바레스의 행동을
보고, 말을 듣지 않으면 자기도 죽을 수 있다는 사실을 깨달았다. 두 사람이 그녀를
강간한 후, 올리바레스는 칼로 아내를 공격하면서 마구 찔러 댔다. 그런 다음
양손으로 아무리 봐도 충분하지 않은 구멍을 파고서, 희생자의 시체를 그곳에
버렸다. 집으로 돌아오자 세고비아는 올리바레스가 자기나 두 아이에게도 똑같이
칼을 휘두를지 몰라 두려웠지만, 올리바레스는 이제 중압감에서 해방되어 긴장이
풀어진 것처럼 보였다. 적어도 상황이 허락하는 한도 내에서 긴장을 푼 것 같았다.
두 사람은 계속 텔레비전을 보았고, 그런 다음 저녁을 먹었으며, 세 시간 후
세고비아는 자기 집을 향해 출발했다. 늦은 시간이었기 때문에 목적지에 이르는 데
너무나 많은 시간이 소요되었다. 그는 45분을 걸어 마데로 지역에 도착했고,
그곳에서 마데로 거리와 카란사 대로 사이를 운행하는 버스를 30분 동안 기다렸다.
그는 카란사 지역에서 내려 북쪽으로 향했다. 그렇게 베라크루스 지역과 시우다드
누에바 지역을 지나 세멘테리오 대로에 도착했고, 그곳에서부터 직선으로
산바르톨로메에 있는 그의 집까지 걸어갔다. 전부 합하면, 네 시간 이상이 걸렸다.
그가 집에 도착했을 때는 이미 새벽이 밝아 왔다. 하지만 일요일이었기 때문에
거리에는 사람들이 많지 않았다. 에리카 멘도사 사건을 만족스럽게 마무리하자,
산타테레사 경찰은 대중 매체에게 약간 신임을 얻었다.

소노라주의 대중 매체는 〈행동하는 여성들〉이라는 페미니스트 그룹이
멕시코시티의 텔레비전 프로그램에 출연하여 산타테레사에서 끝없이 산발적으로
일어나는 여자 살인 사건들을 고발하는 장면을 그대로 방영했다. 페미니스트
그룹은 이미 소노라주 경찰이 이런 살인 사건의 공범은 아닐지라도 문제를 해결할
능력이 없을 뿐만 아니라 어떤 수단과 방법을 동원하더라도 그들의 능력을
넘어선다고 지적하면서, 정부에서 멕시코시티 경찰을 파견하여 이런 상황을

해결하라고 요구했다. 바로 그 프로그램에서 연쇄 살인범에 대한 의문이
다루어졌다. 이런 일련의 살인 뒤에는 연쇄 살인범 한 명만 있는 것일까? 아니면
연쇄 살인범이 두 명일까? 혹은 세 명일까? 프로그램의 진행자는 하스를
언급하면서, 그는 수감되어 있고, 재판 날짜는 아직 미정이라고 알려 주었다.
〈행동하는 여성들〉은 어쩌면 하스가 희생양일지도 모른다고 지적하면서,
진행자에게 그가 유죄라는 사실을 밝혀 줄 수 있는 결정적인 증거를 하나라도
좋으니 보여 달라면서 이의를 제기했다. 또한 멕시코시티의 페미니스트들은
소노라주의 페미니스트 그룹인 〈민주주의와 평화를 위한 소노라 여성 단체〉에
관해서도 언급하면서, 정의를 위해 투쟁하는 그 동지들은 가장 열악한 상황에서도
협력적이며 전투적인 업무를 수행한다고 지적했다. 그러면서 동시에 지방
텔레비전 프로그램에 소노라주의 페미니스트들과 함께 출연한 예언자를 평가
절하하고 비난하면서, 그 노인은 그다지 중요하지 않은 평범한 여자에 불과하며,
자신의 사리사욕을 위해 범죄를 이용하고자 하는 게 분명하다고 밝혔다.

가끔씩 엘비라 캄포스는 멕시코 전체가 미치지 않았는지 의심하곤 했다.
텔레비전에서 〈행동하는 여성들〉을 본 그녀는 그 여자들 중 하나가 바로 자기 대학
동기라는 것을 알았다. 그 대학 동기생은 많이 바뀌어 있었다. 훨씬 더 늙어 보여.
주름살도 더 많고, 뺨도 축 처졌어. 그녀는 깜짝 놀라면서 생각했다. 하지만 분명
같은 인물이었다. 곤살레스 레온 박사였다. 그런데 아직도 의학 분야에서 일할까?
왜 에르모시요의 예언자를 경멸하고 무시할까? 산타테레사 정신 병원 원장은 후안
데 디오스 마르티네스에게 살인 범죄에 관해 더 많은 것을 물어보고 싶었지만,
그렇게 하는 건 그와 더욱 밀접한 관계를 유지해야 한다는 의미이며, 그녀
혼자만이 열쇠를 가지고 있는 닫힌 방으로 함께 가는 것과 같다는 사실을 알았다.
종종 엘비라 캄포스는 멕시코를 떠나는 것이 최선의 방법이라고 생각했다. 아니면
쉰다섯 살이 되기 전에 자살하는 것이 최선일지 모른다고도 생각했다. 아니,
쉰다섯이 아니라 쉰여섯이 괜찮나?

7월에 카나네아 고속 도로의 차도에서 약 5백 미터 떨어진 곳에서 여자의
시체가 발견되었다. 희생자는 벌거벗은 채였다. 담당 형사는 후안 데 디오스
마르티네스였지만, 이후 리노 리베라 형사로 교체되었다. 후안 데 디오스
마르티네스에 따르면, 살인은 바로 그 장소에서 이루어졌다. 희생자가 굳게 쥔
주먹 안에서 그 지역에서만 자라는 〈사카테〉라는 풀이 발견되었기 때문이다.
법의학 검시관에 따르면, 사인은 두부 손상이나 흉부에 난 예리한 상처 세
개였지만, 결정적인 답은 제공할 수 없었다. 시체의 부패 상태로 인해 병리 검사를
하지 않는 한 사인을 확인하는 것은 불가능했기 때문이다. 병리 검사는 산타테레사
대학교에서 법의학을 전공하는 세 학생들에 의해 실시되었고, 결과는 서류철에
보관되었지만 이후 분실되었다. 희생자는 열다섯 살이나 열여섯 살로 추정되었다.

경찰은 그녀의 신원을 끝까지 확인할 수 없었다.

얼마 후 국경선 근방에서, 즉 루시 앤 샌더가 발견되었던 곳과 유사한 장소에서 마약 전담팀 소속의 프란시스코 알바레스 형사와 후안 카를로스 레예스 형사는 열일곱 살로 추정되는 여자아이의 시체를 발견했다. 오르티스 레보예도 형사의 질문을 받자, 형사들은 미국 국경 순찰대에게서 전화를 받았는데 그 순찰대가 멕시코 쪽 국경선 근방에 무언가 이상한 물체가 있다고 알려 주었다고 했다. 알바레스와 레예스는 아마도 불법 체류자들이 분실한 코카인 자루일 것이라고 생각하고서, 미국 순찰대가 지적한 곳으로 출동했다. 법의학 검시관에 따르면 희생자는 설골이 골절되었다. 다시 말해 교살된 것이다. 그 전에 그녀는 항문과 음부의 강간을 포함한 성폭력을 당했다. 경찰은 실종 신고서들을 살펴보았고, 죽은 여자가 과달루페 엘레나 블랑코라는 사실을 밝혀냈다. 그녀는 아버지와 어머니를 비롯해 세 동생과 함께 파추카에서 산타테레사에 도착한 지 일주일도 채 안 된 상태였다. 실종 당일 그녀는 엘 프로그레소 공업 단지의 마킬라도라 공장 취업 면접이 잡혀 있었는데, 이후 다시는 누구도 그녀의 모습을 볼 수 없었다. 마킬라도라 공장 종업원들에 따르면, 그녀는 면접 약속에 오지 않았다. 바로 그날 그녀의 부모는 실종 신고를 했다. 과달루페는 날씬했고, 신장은 1미터 63이었으며, 머리카락은 길고 검었다. 마킬라도라 공장에 취업 면접을 보러 간 날, 그녀는 청바지와 새로 구입한 짙은 녹색 블라우스를 입었다.

얼마 후 영화관 뒤편으로 연결된 골목길에서 열여섯 살 난 린다 바스케스가 칼에 찔려 숨진 채 발견되었다. 그녀의 부모에 따르면, 린다는 여자 친구와 함께 영화관에 갔다. 친구의 이름은 마리아 클라라 소토 올프였고 열일곱 살이었으며, 희생자와 동급생이었다. 후안 데 디오스 마르티네스 형사와 에프라인 부스텔로 형사가 그녀가 사는 집을 찾아가 질문하자, 마리아 클라라는 린다와 함께 톰 크루즈의 영화를 보러 극장에 갔다고 진술했다. 영화 상영이 끝난 뒤 마리아 클라라는 자청해서 린다를 집까지 데려다 주겠다고 했지만, 린다는 애인과 약속이 있다고 말했다. 그래서 마리아 클라라는 영화관을 떠났고, 린다는 영화관 입구에 남아 개봉 예정 영화의 포스터들을 쳐다보았다. 마리아 클라라가 차를 타고서 다시 영화관 앞을 지나갈 때에도 린다는 여전히 그곳에 있었다. 아직 완전히 어두워지지 않은 시간이었다. 그녀의 남자 친구를 찾는 건 전혀 어려운 일이 아니었다. 남자 친구는 열여섯 살이었으며 이름은 엔리케 사라비아였다. 그는 린다와 만날 약속을 했다는 사실을 부인했다. 그의 부모뿐 아니라 집 안의 가정부와 두 친구도 그날 엔리케는 집에서 나가지 않은 채 컴퓨터 게임을 했고, 그런 다음 수영장에서 수영을 했다고 증언했다. 밤에 부모님의 친구인 두 커플이 집에 도착했는데, 그들도 그의 알리바이를 확인해 줄 수 있었다. 린다의 시체가 보여 주는 상처를 통해 린다가 저항했다는 사실을 쉽게 유추할 수 있었지만, 영화관 주변에서는 그런 모습을 보거나 그녀의 비명을 들은 사람은 아무도 없었다. 후안 데 디오스 마르티네스와 에프라인 부스텔로는 영화관 매표소 직원을 만나 보기로 했다. 매표소 직원은 영화관 입구에서 기다리던 여자아이를 보았는데, 얼마 후 그녀와 같은 사회 계층이 아닌 것처럼 보이는 남자아이가 접근했다고 말해 주었다. 그녀는 두 사람이 친구 이상의 관계라는 인상을 받았다. 그 이외의 것은 더 설명해 줄 수 없었다. 극장표를 팔지 않을 때에는 매표소 안에서 책을 읽기 때문이었다. 그러나 다행스럽게도 두 형사는 사진관에서 또 다른 설명을 들을 수 있었다. 사진관 주인은 셔터를 내리다가 린다와 청년을 보았다. 그는 직감적으로 그들이 자기를 공격하려 한다고 생각하고서, 급히 자물쇠를 채우고 그곳을 떠났다. 그가 남자아이에 관해 제공한 설명은 충분할 정도로 완벽했다. 남자아이는 신장이 약 1미터 74였고, 등에 커다란 무늬가 새겨진 데님 재킷과 검은색 진 바지를 입었으며, 카우보이 부츠를 신었다. 형사들은 사진관 주인에게 등에 새겨진 무늬에 관해 물었다. 사진관 주인은 잘 기억하지 못하지만, 아마도 해골 같았다고 말했다. 후안 데 디오스 마르티네스는 그에게 청년 폭력배 소탕 기동대(당시 두 경찰관은 마약 단속반으로 발령받은 상황이었다)가 정리해 놓은 책을 한 권 가져가서 무늬를 스무 개 이상 보여 주었다. 사진관 주인은 이름 모를 청년의 재킷에 새겨진 무늬를 주저하지 않고 지적했다. 그날 밤 경찰은 검거 작전을 감행했고, 〈카시케스〉 갱단에 소속된 스물네 명을 체포했다. 매표소 직원뿐만 아니라 사진관 주인도 한 줄로 선 용의자들 중에서 헤수스 치말을 골라냈다. 그는 열여덟 살 난 청년으로, 때때로 루벤 다리오 지역에 있는 모터사이클 수리 공장에서 일했으며, 경범죄 전과가 몇 개 있었다. 에피파니오 갈린도와 오르티스 레보예도 형사와 함께 경찰청장이 직접 치말을 신문했다. 한 시간이 지날 무렵 치말은 자기가 린다 바스케스를 살해했다고 자백했다. 치말이 자백한 바에 따르면, 3주 전 엘 어도비 근교에서 열린 록 콘서트에서 희생자를 만나 알게 되었고 이후 두 사람은 연인이 되었다. 치말은 그때까지 누구도 사랑하지 않은 사람처럼 그녀에게 푹 빠졌다. 그들은 린다의 부모님이 보지 못하는 곳에서 만났다. 치말은 그녀의 집으로 두 번 찾아갔지만, 모두 그녀의 부모가 캘리포니아로 여행을 떠났을 때였다. 치말에 따르면, 린다의 부모는 매년 적어도 한 번 이상 디즈니랜드로 여행을 떠났다. 부모님이 떠나 텅 비어 버린 집에서 두 사람은 처음으로 사랑을 나누었다. 범죄를 저지른 그날 오후, 치말은 린다에게 다른 콘서트에 가자고 했다. 콘서트는 권투 경기가 가끔씩 벌어지는 〈아레나스〉에서 열릴 예정이었다. 린다는 갈 수 없다고 대답했다. 그들은 잠시 걸었다. 그렇게 영화관이 있던 구역을 한 바퀴 돈 다음, 뒷골목으로 들어갔다. 그곳에서는 치말의 친구들이 기다리고 있었다. 남자 네 명과 여자 하나가 방금 훔친 검은색 페레그리노에 타고 있었다. 린다는 여자와 다른 두 남자를 알고 있었다. 그들은 콘서트에 관해 말했다. 그러고서 마리화나를 피웠다. 린다 역시 마리화나를 피웠다. 그들은 농업 조합 소유지 근처의 버려진 집 얘길 하면서, 이제는 그곳에 농부가 한 명도 살지 않는다고 말했다. 그러자 누군가 그곳으로 가자고 제안했다. 린다는 싫다고 했다. 누군가는 린다에게 불평을 털어놓았다. 또 다른 사람은 린다에게 무언가를 뒤집어씌웠다. 린다는 그곳을 떠나려고 했지만, 치말이 가게 놔두지 않았다. 치말과 다른 남자들이 그녀를 마구 때리기 시작했다. 그러고서 부모에게 아무 말도 하지 못하도록 칼로 찔렀다. 바로 그날 밤, 치말이 제공한 정보에 따라 경찰은 한 사람을 제외한 다른 공범들을 체포했다. 체포에 실패한 청년의 부모에 따르면, 그는 범죄를 저지르고 몇 시간 후 산타테레사를 떠났다. 체포된 모든 사람은 자신들의 죄를 순순히 인정했다.

7월 말에 몇몇 아이가 스물여덟 살이며 〈북쪽의 영웅〉이라는 나이트클럽의 소유주인 마리솔 카마레나의 유해를 발견했다. 시체는 부식산 2백 리터가 든 드럼통에 처박혀 있었다. 오직 그녀의 손과 발만 용해되지 않고 남아 있었다. 경찰은 실리콘 임플란트 덕택에 신원을 확인할 수 있었다. 이틀 전에 그녀는 나이트클럽 위에 있는 그녀의 아파트에서 괴한 열일곱 명에게 납치되었다. 열여덟 살인 식모 카롤리나 아란시비아는 두 달밖에 되지 않은 희생자의 딸과 함께 다락방으로 숨었고, 그래서 납치될 운명에서 간신히 빠져나올 수 있었다. 다락방에서 그녀는 웃는 소리를 들었고, 비명 소리와 욕을 내뱉는 소리, 그리고 자동차 여러 대가 시동을 걸고 출발하는 소리를 들었다. 이 사건은 형사 리노 리베라에게 할당되었고, 그는 나이트클럽의 몇몇 단골손님을 조사했지만, 납치범이자 살인범인 열일곱 명을 결코 찾아낼 수 없었다.

8월 1일부터 15일까지는 몹시 무더웠고, 또 다른 여자 시체 두 구가 발견되었다. 첫 번째 여자의 이름은 마리나 레보예도였고, 열세 살이었다. 그녀의 시체는 펠릭스 고메스 지역에 있는 제30고등학교 뒤에서 발견되었다. 소노라주의 사법 경찰 청사에서 불과 몇 미터 떨어지지 않은 곳이었다. 그녀의 피부는 까무잡잡했으며, 체구는 날씬했고, 신장은 1미터 56센티미터였다. 그리고 실종되었을 때 입은 것과 동일한 옷을 입고 있었다. 즉, 노란 반바지와 흰 블라우스를 입고 흰 양말에 검은색 신발을 신었다. 여자아이는 아침 6시에 아르세니오 파렐 공업 단지의 마킬라도라 공장에서 일하던 언니를 바래다주었지만 베라크루스 지역의 미스툴라 거리 38번지에 있는 집에서 나와 돌아오지 않았다. 바로 그날 그녀의 가족은 실종 신고를 했다. 여자아이의 두 남자 친구가 체포되었다. 각각 열다섯 살과 열여섯 살 먹은 10대 소년이었다. 그들은 일주일 동안 경찰서 유치장에 갔다가 모두 석방되었다. 8월 15일에는 스물세 살 난 앙헬리카 네바레스의 시체가 발견되었다. 세풀베다 장군 공업 단지 서쪽 하수구 근처에서 발견된 그녀는 〈제시카〉라는 이름으로 더 널리 알려져 있었다. 앙헬리카 네바레스는 플라타 지역에 살았고, 〈조그만 나의 집〉이라는 나이트클럽의 무용수로 일했다. 또한 얼마 전에 부식산이 들어 있는 드럼통 속에서 발견된 마리솔 카마레나가 주인이었던 〈북쪽의 영웅들〉이라는 나이트클럽에서도 무용수로 일한 경력이 있었다. 앙헬리카 네바레스는 시날로아주의 쿨리아칸에서 태어났으며, 5년 전부터 산타테레사에 거주했다. 8월 16일에 무더위는 다소 물러났고, 조금 더 시원한 바람이 산에서부터 불어오기 시작했다.

8월 17일에 스물여덟 살의 교사 페를라 베아트리스 오초테레나가 자기 방에서 밧줄에 목을 맨 채 발견되었다. 그녀는 소노라주와 치와와주의 경계선이라고 볼 수 있는 모렐로스 마을 태생이었다. 오초테레나 교사는 제20고등학교에서 가르쳤고, 그녀의 친구들과 지인들에 따르면 다정하고 차분한 사람이었다. 그녀는 카란사 대로에서 두 블록 떨어진 하구아르 거리의 아파트에서 다른 여교사 두 명과 함께 살았다. 그녀의 방에는 많은 책이 있었다. 특히 오초테레나 교사가 멕시코시티나 에르모시요의 서점에서 물건 확인 후 결제하는 후불 방식을 통해 구입한 시집과 산문집이 많았다. 아파트 동료들의 말로는, 그녀는 감성적이고 똑똑한 여자였으며, 거의 아무것도 가지지 않은 상태에서(소노라주에 있는 모렐로스 마을은 아름다운 곳이지만 매우 작은 곳이고, 실질적으로 사진을 찍을 만한 경치 이외에는 아무것도 없는 곳이다) 시작했고, 그녀가 가진 모든 것은 모두 그녀가 피와 땀을 흘려 얻었다. 또한 그들은 그녀가 글을 쓰기 좋아했으며, 에르모시요의 어느 문학 잡지에서 필명으로 시 몇 편을 발표했다고 말해 주었다. 이 사건은 후안 데 디오스 마르티네스에게 할당되었고, 처음부터 그는 자살 사건임을 의심하지 않았다. 오초테레나 교사의 책상에서 형사는 수신자가 적혀 있지 않은 편지 한 통을 발견했다. 거기에서 그녀는 더는 산타테레사에서 일어나는 일을 참고 견딜 수 없다는 것을 설명하려고 애썼다. 편지는 모든 살해된 여자아이들에 대한 것이라고 밝히고 있었다. 이건 진심에서 우러난 편지야. 하지만 약간 유치하기도 해. 후안 데 디오스는 생각했다. 편지에서 그녀는 난 더는 참고 견딜 수 없어 하고 말했다. 나는 모든 사람처럼 살려고 노력해. 하지만 어떻게 살아가야 하지. 이렇게 넋두리를 늘어놓기도 했다. 형사는 여교사의 서류 더미에서 시를 몇 편 찾았지만, 그 이외에는 눈에 띌 만한 걸 발견할 수 없었다. 그는 책장에 꽂힌 책 제목을 몇 가지 적었다. 그리고 같은 아파트에 살던 여교사들에게 그녀한테 애인이 있었느냐고 물었다. 여교사들은 그녀가 남자와 함께 있는 걸 한 번도 본 적이 없다고 대답했다. 오초테레나 교사는 너무나 조용한 삶을 산 나머지 가끔씩 친구들을 짜증 나게 했다. 마치 수업과 학생들과 책에만 관심이 있었던 것 같았다. 옷도 그다지 많지 않았다. 그녀는 깔끔하고 단정했으며, 열심히 일했고, 무엇에도 절대 불평하는 법이 없었다. 후안 데 디오스는 절대 불평하지 않았다는 말이 무슨 의미냐고 물었다. 그러자 여교사들은 한 가지 예를 들었다. 가끔씩 그녀들은 집 안에서 해야 할 자신들의 몫, 가령 설거지를 하거나 바닥을 쓸거나 하는 따위의 일을 잊어버렸다. 그러면 오초테레나 교사는 그 일을 대신 하면서도, 절대 그들을 나무라지 않았다. 사실 그녀는 누구에게도 듣기 싫은 말을 하지 않았다. 그녀의 삶은 마치 나무라거나 비난하는 것과는 전혀 상관이 없는 듯했다.

8월 20일에 서쪽 공동묘지 근처 들판에서 새로운 희생자의 시체가 발견되었다. 그녀는 대략 열여섯 살에서 열여덟 살 사이로 추정되었으며, 신원을 확인해 줄 어떤 것도 지니지 않았다. 시체는 벌거벗은 모습으로 발견되었다. 단지 흰색 블라우스 하나만이 검은색과 붉은색 코끼리들이 새겨진 낡고 누런 담요에 둘둘 말려 있었다. 법의학 검시가 끝나자, 사인은 목에 나 있던 칼에 찔린 예리한 상처 두 개와 귓바퀴 근처에 난 또 다른 상처라고 확인되었다. 첫 발표에서 경찰은 그녀가 강간당하지 않았다고 밝혔다. 그러나 나흘 후 강간을 당했다고 발표 내용을 번복하면서 수정했다. 부검을 담당한 검시관은 언론에 산타테레사 대학과 경찰의 병리학 팀은 그녀가 강간당했다는 사실을 추호도 의심한 적이 없었으며, 그래서 첫 번째이자 유일한 보고서에 이 내용을 분명하게 적었다고 밝혔다. 경찰 대변인은 앞서 언급한 보고서의 해석에서 문제가 발생하여 오해한 것이라고 언론에 통보했다. 이 사건은 호세 마르케스 형사가 담당했고, 이내 수사가 보류되고 말았다. 신원 미상의 희생자는 9월 둘째 주에 공동묘지에 매장되었다.

왜 페를라 베아트리스 오초테레나 교사는 자살했을까? 엘비라 캄포스에 따르면, 아마도 우울증을 겪은 것 같았다. 아마도 신경 쇠약증으로 나아갔을 터였다. 그녀가 외롭고 매우 감수성 예민한 여자라는 사실은 틀림없었다. 후안 데 디오스 마르티네스는 그녀의 책장에서 임의로 골라 적어 온 몇 가지 책 제목을 읽어 주었다. 그 책들 중에서 읽어 본 것 있어요? 원장은 그에게 물었다. 후안 데 디오스는 어떤 것도 읽어 보지 않았다고 인정했다. 아주 훌륭한 책들이에요. 어떤 것들은 적어도 이곳 산타테레사에서는 좀처럼 구하기 쉽지 않은 것들이고요. 원장이 지적했다. 그러자 후안 데 디오스가 대답했다. 멕시코시티에 주문해서 구입한 것들이에요.

다음에 살해된 여자는 아델라 가르시아 세바요스였다. 나이는 스무 살. 던 코퍼레이션 마킬라도라 공장에서 일했는데, 부모의 집에서 칼에 찔려 살해되었다. 살인범은 스물다섯 살의 루벤 부스토스였다. 그는 그때까지 만세라 지역의 타스케냐 거리 56번지에서 아델라와 함께 살았고, 그녀와의 사이에 한 살짜리 아들을 두었다. 일주일 전부터 그들 부부는 싸웠고, 그래서 아델라는 부모의 집으로 와서 지냈다. 부스토스의 말로는, 여자는 다른 남자를 사귀면서 그를 완전히 버리고 떠날 계획을 세우고 있었다. 부스토스를 체포하는 건 상대적으로 쉬운 일이었다. 그는 만세라 지역에 있는 자기 집에 몸을 숨겼지만, 스스로를 방어할 무기로는 칼 하나만 가지고 있었다. 형사 오르티스 레보예도가 총을 쏘면서 집 안으로 들이닥치자, 부스토스는 침대 밑으로 몸을 숨겼다. 경찰들이 침대를 포위했는데도 침대 밑에서 나오려고 하지 않았다. 경찰들은 총알 세례를 퍼붓겠다고 위협했다. 랄로 쿠라는 그 경찰들과 함께 있었다. 가끔씩 부스토스의 팔이 침대 아래서 모습을 드러냈다. 아델라를 죽인 단도를 손에 쥔 채 그는 경찰들의 발꿈치를 공격하려고 했다. 경찰들은 웃으면서 뒤로 펄쩍 뛰어 물러났다. 경찰 하나가 침대 위로 올라가자 부스토스는 칼로 매트리스를 뚫고 그의 발바닥을 찌르려고 했다. 그러자 제3경찰서에서 음경이 크기로 유명한 코르데로라는 경찰관이 침대 아래를 정조준하여 오줌을 누었다. 부스토스는 바닥으로 오줌이 흘러 자기가 있는 곳까지 오는 것을 보더니 흐느껴 울기 시작했다. 마침내 오르티스 레보예도가 웃는 데 지쳐서, 나오지 않으면 당장 죽여 버리겠다고 으름장을 놓았다. 경찰들은 수척해진 표정으로 잔뜩 겁을 먹은 사람이 밖으로 기어 나오는 것을 보았고, 그 작자를 부엌으로 끌고 갔다. 그곳에서 어느 경찰이 냄비에 물을 가득 담더니 그의 머리 위로 확 뿌렸다. 오르티스 레보예도는 코르데로의 멱살을 잡고는 자기 차에 오줌 냄새가 조금이라도 흔적을 남기면 그 대가를 톡톡히 치르게 하겠다고 경고했다. 코르데로는 거의 숨이 막혀 죽을 것 같았지만, 미소를 지으면서 아무 일도 일어나지 않게 하겠다고 약속했다. 그런데 그가 거기서 오줌을 싸면 어떻게 하죠, 반장님? 하고 물었다. 난 각각의 오줌 냄새를 구별할 줄 알아. 오르티스 레보예도는 대답했다. 이 염병할 놈의 오줌은 틀림없이 두려움의 냄새를 풍기겠지만, 자네 오줌에서는 테킬라 냄새가 코를 찌를 거거든. 코르데로가 부엌으로 들어갔을 때, 부스토스는 울고 있었다. 그는 흐느끼면서 자기 아들에 관해 뭔가 말했다. 그는 부모에 관해서도 말했는데, 자신의 부모를 지칭하는 것인지 아니면 살인을 목격한 아델라의 부모를 지칭하는 것인지는 분명하지 않았다. 코르데로는 냄비에 물을 가득 담아서 다시 힘껏 그에게 뿌렸다. 그러고서 다시 냄비에 물을 채워서 또다시 뿌렸다. 부스토스를 지키던 두 경찰의 바짓가랑이뿐만 아니라 그들의 검은색 구두도 흠뻑 젖었다.

여교사가 더는 참을 수 없었던 것이 무엇일까요? 엘비라 캄포스가 말했다. 산타테레사에서의 삶일까요? 산타테레사에서 일어난 여자 살인 사건들일까요? 미성년 여자아이들이 죽어 가는 데도, 누구도 그걸 멈추기 위해 아무것도 하지 않는 상황일까요? 그게 젊은 여자를 자살로 몰고 갈 정도로 충분한 동기가 될까요? 그런 이유로 여대생도 자살할까요? 교사가 되기 위해 힘들게 일하고 공부해야만 했던 농촌 출신 여자가 그런 이유로 자살했을까요? 그럴 사람이 1천 명 중 한 명이나 될까요? 아니 10만 명 중 한 명이나 있을까요? 혹은 1백만 명 중 한 명이라도 그렇게 할 것 같아요? 아니, 멕시코 사람 1억 명 중 그럴 사람이 한 사람이라도 있을까요?

9월에는 여자들이 살해된 사건이 거의 없었다. 싸움은 있었다. 마약 밀거래를 하다가 체포된 경우도 있었다. 파티가 벌어지고 뜨겁게 긴 밤을 보낸 경우도 있었다. 코카인을 가득 싣고서 국경을 건넌 트럭들도 있었다. 마치 모든 사람의 목을 잘라 버릴 것 같은 가톨릭 원주민의 영혼들처럼 사막 위를 스치듯이 날아간

520

세스나 경비행기들도 있었다. 귀엣말로 속삭이며 대화도 했고, 웃기도 했으며, 배경 음악으로 나르코코리도[28]도 울려 퍼졌다. 그러나 9월의 마지막 날, 푸에블로 아술 근처에서 여자의 시체 두 구가 발견되었다. 시체가 발견된 장소는 산타테레사의 모터사이클 선수들이 경주를 벌이기 위해 사용하는 곳이었다. 두 여자는 집에서 입는 실내복을 입고 있었다. 심지어 한 여자는 실내화를 신은 채 목욕 가운을 입었다. 그 시체에는 신원 확인에 도움을 줄 만한 증명서가 없었다. 이 사건은 호세 마르케스 형사와 카를로스 마린 형사에게 위임되었고, 그들은 옷 상표를 보고 두 여자가 미국인일지도 모른다고 추정했다. 미국 경찰은 그런 통보를 받았고, 죽은 여자들이 투손 외곽에 있는 릴리토 마을 출신 레이놀즈 자매라는 사실을 밝혀냈다. 롤라 레이놀즈는 서른 살이었고 재닛 레이놀즈는 마흔네 살이었으며, 두 여자 모두 마약 밀매 전과가 있었다. 마르케스와 마린은 나머지를 추정했다. 즉, 두 자매는 물건 구입으로 빚을 졌지만, 코카인을 다량으로 구입한 적은 없었기 때문에 액수는 그다지 많지 않을 터였다. 하지만 두 여자는 돈을 갚는 걸 잊어버렸을 것이다. 아마도 금전 유동성 문제가 있었을 것이며, 투손의 경찰에 따르면 롤라는 거친 여자였기에, 아마도 도전적인 태도를 취했을 터다. 혹은 마약 공급업자들이 두 여자를 찾았으며, 밤중에 도착하여 두 여자가 잠자리에 들 찰나임을 알았을 것이다. 그리고 공급자들은 두 여자와 함께 국경을 건너와 소노라에서 그들을 죽였을 수도 있고, 아니면 아마도 애리조나에서 잠에서 막 깨어난 여자들 각각에게 한 발씩 총을 쏴서 죽인 다음, 국경을 넘어 푸에블로 아술 근처에 시체를 유기했을 수도 있었다.

10월에 산타테레사 남쪽에 있는 사막에서 또 다른 여자의 시체가 발견되었다. 두 지방 도로 사이였다. 시체는 부패한 상태였고, 법의학 검시관들은 사인을 밝히는 데 여러 날이 걸릴 것이라고 말했다. 희생자 손톱에 빨간 매니큐어를 칠했고, 그래서 처음에 발견한 장소에 도착한 경찰들은 그녀가 창녀일 것이라고 생각했다. 그리고 청바지와 목이 깊게 팬 블라우스를 입은 것으로 보아 젊은 여자이리라고 추측했다. 비록 그렇게 옷을 입는 예순 살 먹은 여자들을 보는 게 드문 일은 아니었지만. 마침내 사인은 아마도 칼에 찔린 상처 때문일 것이라고 밝히는 법의학 검시관의 보고서가 도착했는데, 그때는 이미 아무도 이 사건을 기억하지 못했다. 심지어 언론 매체도 죽은 여자가 있다는 사실을 잊어버렸다. 그녀의 시체는 지체 없이 공동묘지에 매장되었다.

또한 10월에는 린다 바스케스의 살해범인 카시케스 조직 일당 헤수스 치말이 산타테레사 교도소에 수감되었다. 매일 새로운 사람들이 들어오지만, 젊은 살인자의 출현은 죄수들 사이에서 비범한 관심의 대상이 되었다. 마치 적어도 주말을 즐겁게 해줄 유명 가수나 은행가의 아들이 방문하는 것 같았다. 클라우스

---

28 멕시코 북부에서 최근 유행하는 노래로, 주로 마약 밀매와 관련된 인물과 사건 들을 찬양하거나 기념한다.

하스는 수용동 전체가 흥분하는 걸 느꼈고, 자기가 도착했을 때에도 똑같은 일이 일어나지는 않았을까 자문하면서, 아니야, 이번에는 수용자들이 기대하는 게 달라 하고 생각했다. 그의 도착은 뭔가 섬뜩하면서도 죄수들을 동요시키는 게 있었다. 죄수들이 직접적으로 말하지는 않았지만, 여하튼 축구나 야구에 관해 말하면서 그걸 언급했다. 그리고 가족에 관해 말하거나, 그들의 상상 속에서만 존재하는 술집들이나 창녀들에 관해 말할 때도 마찬가지였다. 심지어 가장 골치 아픈 몇몇 죄수의 행동이 나아졌을 때에도 그랬다. 그들은 마치 그럴 만한 가치가 있기를 바라는 것 같았다. 그런데 누구의 눈에 그럴 만한 가치가 있다고 보여야 하는 것일까? 하스는 생각했다. 죄수들은 치말이 오기만을 기다렸다. 그들은 그가 그곳으로 온다는 사실을 알았다. 그가 어느 감방에 갇힐지도 알았고, 돈 많은 사람의 딸을 죽였다는 것도 알았다. 테킬라에 따르면, 카시케스 조직에 속했던 죄수들만이 호들갑을 떨지 않았다. 치말이 도착한 날, 그에게 다가가서 인사를 건네지 않은 유일한 부류도 바로 카시케스의 조직원들이었다. 한편 치말은 혼자 감옥에 온 게 아니었다. 그는 린다 바스케스의 살인범으로 체포된 다른 세 사람을 대동했고, 그들은 모두 항상 서로 붙어 있었다. 심지어 볼일을 보러 갈 때조차 흩어지지 않았다. 이미 교도소에서 1년을 보낸 카시케스 조직원 하나가 치말에게 칼을 건네주었다. 또 다른 조직원 하나는 테이블 아래로 은밀하게 암페타민[29] 캡슐 세 개를 몰래 주었다. 처음 이틀 동안 치말은 미친 사람처럼 행동했다. 쉴 새 없이 뒤를 돌아보았고, 자기 뒤에서 무슨 일이 벌어지는지 살펴보았다. 그는 손에 칼을 쥐고 잤다. 그리고 마치 모든 악에서 자신을 보호해 줄 조그만 부적처럼 어디를 가든지 암페타민을 지니고 다녔다. 그의 동료 셋은 결코 뒤에서 멀리 떨어지지 않았다. 운동장을 산책할 때에는 두 사람씩 짝을 짓곤 했다. 그들은 마치 유독성 가스로 가득한 다른 행성의 섬에서 길을 잃어버린 특공대원들처럼 움직였다. 하스는 가끔씩 멀리서 그들을 바라보면서, 불쌍한 것들, 꿈속에서 길을 잃은 가련한 녀석들이라고 생각했다. 교도소에 수감된 지 여드레째가 되던 날, 네 사람은 세탁실에서 폭행을 당했다. 갑자기 간수들이 모습을 감추었다. 수감자 넷이 문을 지켰다. 하스가 도착하자, 수감자들은 마치 그가 자기들 일원인 것처럼, 그러니까 자기들 가족 구성원인 것처럼 안으로 들여보냈다. 하스는 그들을 계속 혐오하고 있었지만, 아무 말 없이 고맙다는 표정을 지었다. 치말과 그의 패거리는 묶여서 옴짝달싹하지 못한 채 세탁실 중앙에 있었다. 네 사람의 입은 모두 반창고로 붙여 두었다. 카시케스의 두 조직원은 이미 옷이 벗겨진 채였다. 그들 중 한 사람은 부들부들 떨었다. 다섯째 줄에서 기둥에 기대 선 하스는 치말의 눈을 살펴보았다. 뭔가를 말하고 싶어 하는 게 분명했다. 입에서 테이프를 뗀다면, 그들을 붙잡은 사람들에게 장광설을 늘어놓을 거야. 하스는 생각했다. 어느 창문에서는 몇몇 간수가 세탁실에서 벌어지는 광경을 지켜보았다. 그 창문으로 들어오는 불빛은 누렜다. 세탁실 형광등에서 분출되는 빛에 비하면 희미하기

---

29 중추 신경을 자극하는 각성제.

그지없었다. 하스는 간수들이 모자를 벗었다는 사실을 알았다. 한 사람은 사진기를 들고 있었다. 그때 아얄라라는 놈이 벌거벗은 카시케스 일당에게 다가가서 그들의 음낭을 칼로 베어 버렸다. 카시케스 일당이 꼼짝 못 하도록 붙잡고 있던 수감자들이 점점 긴장하기 시작했다. 흥분과 열광, 이거야말로 진정한 생명력이야. 하스는 생각했다. 아얄라는 그들의 음낭을 쥐어짰고, 마침내 지방과 피와 그가 확인할 수 없던, 아니 확인하고자 하지 않은 투명한 것에 싸여 고환이 뚝 떨어졌다. 저 작자가 도대체 누구지? 하스가 물었다. 아얄라야. 테킬라가 속삭였다. 국경의 검은 창자라는 작자야. 검은 창자? 하스는 생각했다. 나중에 테킬라는 그가 죽었다고 주장할 수 있는 사람들 중에는, 그가 픽업 트럭으로 애리조나까지 실어 날라 준 이민자 여덟 명이 있다고 알려 주었다. 모습을 감춘 지 사흘 만에 아얄라는 산타테레사로 돌아왔지만, 픽업트럭과 이민자 여덟 명에 관해서는 아무 소식도 들을 수 없었다. 그런데 미국인들이 온통 피로 얼룩진 트럭의 잔해를 발견했다. 마치 아얄라가 산타테레사로 되돌아오기 전에 시체들을 갈기갈기 토막 내버린 것 같았다. 여기서 중대한 사건이 발생했습니다. 국경 순찰대원들은 말했다. 하지만 시체가 없었기 때문에 이 사건은 곧 잊혔다. 그렇다면 아얄라는 시체들을 어떻게 한 것일까? 테킬라의 말로는, 그는 시체들을 먹어 치웠다. 그 정도로 그의 광기와 사악함은 상상을 초월했다. 그러나 하스는 아무리 미치고 배고프더라도 불법 이주자 여덟 명을 게걸스럽게 먹어 치울 수 있는 사람이 과연 정말로 존재할까 의심했다. 방금 전에 거세당한 카시케스 조직원 중 한 명이 기절했다. 다른 한 사람은 눈을 감았고, 목의 혈관은 마치 터져 버리기 일보 직전인 것 같았다. 이제 아얄라 옆에는 파르판이 있었고, 두 사람은 함께 그 의식의 주도자 역할을 맡았다. 이걸 치워. 파르판이 말했다. 고메스는 바닥에서 고환을 들어 올리면서, 마치 거북이 알 같다고 평했다. 아주 부드러워. 몇몇 구경꾼은 고개를 끄덕였지만, 웃는 사람은 아무도 없었다. 그런 다음 아얄라와 파르판은 각자 길이가 70센티미터 정도 되는 빗자루를 들고 치말과 다른 카시케스 조직원을 향해 걸어갔다.

11월 초에는 마리아 산드라 로살레스 세페다가 살해되었다. 서른한 살이었으며, 판초 비야 술집 앞의 보도에서 매춘을 직업으로 삼던 여자였다. 마리아 산드라는 나야리트주의 작은 마을에서 태어났으며, 열여덟 살 때 산타테레사에 도착하여 호라이즌 W&E 마킬라도라 공장과 멕시코 가구 공장에서 일했다. 그리고 스물두 살 때부터 창녀로 일하기 시작했다. 그녀가 살해된 밤에는 적어도 거리에 다른 창녀 다섯 명이 있었다. 현장을 목격한 증인들에 따르면, 검은색 서버밴 한 대가 여자들 근처에 멈추었다. 차 안에는 못해도 남자가 셋은 타고 있었다. 서버밴의 스피커에서 시끄럽게 음악이 흘러나왔다. 남자들은 한 여자를 불렀고, 잠시 여자와 대화를 나누었다. 잠시 후 그 여자는 서버밴을 떠났고, 남자들은 마리아 산드라를 불렀다. 마리아 산드라는 서버밴의 열린 창문에 기댔다. 마치 그녀가 요구하려고 생각한 요금을 오랫동안 흥정할 자세인 것 같았다. 그러나 대화는 1분도 채 지속되지 않았다. 한 남자가 무기를 꺼내 정면에서 쏜 것이다. 마리아 산드라는 뒤로 벌러덩 자빠졌고, 거리에서 대기하던 창녀들은 처음 몇 초 동안은 무슨 일이 일어났는지 몰랐다. 그런 다음 그들은 창문으로 한쪽 팔이 나오더니, 바닥에 쓰러진 마리아 산드라를 향해 다시 총을 쏘는 것을 보았다. 이 사건은 앙헬 페르난데스 형사에게 할당되었고, 이후 에피파니오 갈린도가 자청해서 수사에 가담했다. 서버밴의 차량 번호를 기억하는 사람은 아무도 없었다. 신원 미상의 작자들과 이야기한 창녀는 이 사람들이 마리아 산드라가 누구냐고 물어보았다고 진술했다. 그들은 그녀의 명성을 들어 잘 아는 것처럼 그녀에 관해 말했다. 마치 누군가가 최고의 용어를 사용해서 그녀를 격찬한 것 같았다. 세 사람이었고, 세 사람은 그녀와 흥정을 하고 싶어 했다. 그녀는 그들의 얼굴을 제대로 기억하지 못했다. 단지 멕시코 사람이었고, 소노라주 출신인 듯 말했으며, 흥청거리면서 온밤을 지새울 사람들처럼 너글너글하고 여유가 있어 보였다는 사실만 기억했다. 에피파니오 갈린도의 어느 정보원에 따르면, 세 사람은 마리아 산드라를 살해한 지 한 시간 만에 로스 산쿠도스 바에 나타났다. 그 작자들은 몹시 기분이 좋아 들떠 있었고, 마치 다른 사람들이 땅콩을 먹듯이 독한 용설란 술을 마구 들이켰다. 어느 순간 그들 중 한 사람이 허리에서 무기를 꺼내 마치 거미를 날려 버리려는 듯이 천장을 조준했다. 아무도 그들에게 아무 말 하지 않았고, 그 작자는 다시 권총을 허리에 찼다. 에피파니오의 정보원 말로는, 총알 열다섯 발이 들어가는 탄창이 장전된 오스트리아제 글록 권총이었다. 그러고서 네 번째 사람이 그들과 한 무리를 이루었다. 그는 깡마르고 키가 컸으며, 흰 셔츠를 입었다. 그들은 그 사람과 잠시 술을 마시고는 시뻘건 색깔 닷지 자동차를 타고 떠났다. 에피파니오는 그의 정보원에게 그들이 서버밴을 타고 오지 않았느냐고 물었다. 정보원은 모르겠다고 대답하면서, 자기는 단지 그들이 시뻘건 도지 자동차를 타고 떠난 것만 안다고 말했다. 마리아 산드라의 목숨을 앗아간 총알은 7.65밀리 구경 브라우닝이었다. 글록 권총은 9밀리 구경 페러벨럼 탄알을 사용했다. 아마도 체코에서 제작된 스콜피언 기관 단총으로 그 불쌍한 여자를 죽였을 거야. 에피파니오는 추측했다. 에피파니오가 별로 좋아하지 않는 무기였지만, 몇몇 모델은 최근에 산타테레사에서 자주 눈에 띄기 시작했다. 특히 마약 밀거래와 연루된 소규모 조직이나 시날로아주에서 도착한 납치범들이 주로 많이 이용하는 무기였다.

그 소식은 산타테레사에서 발행되는 신문들에 1단 기사로 실렸고, 멕시코의 나머지 지방 신문 몇 곳에도 게재되었다. 감옥에서의 원한 청산이라고 단신 제목이 달렸다. 젊은 여자를 살해한 혐의로 체포되어 재판 날짜를 기다리던 카시케스 갱단 조직원 네 명이 산타테레사 교도소의 몇몇 수감자에 의해 처형되었다는 기사였다. 그들의 시체는 세탁실의 청소 용품 보관실에 겹쳐 쌓인 채 발견되었다. 나중에 화장실에서 카시케스 갱단의 옛 조직원이었던 두 사람의 시체가 발견되었다.

교도소 요원들과 경찰은 수사에 착수했지만, 살인자들의 신원이나 살해 동기도 밝혀내지 못했다고 기사는 전했다.

점심 무렵에 여변호사가 면회를 하러 오자, 하스는 자기가 카시케스 갱단 조직원들의 살인을 목격했다고 털어놓았다. 수용동의 모든 수감자가 그곳에 있었어요. 하스는 말했다. 간수들은 위층에 있는 일종의 채광창에서 바라보았지요. 그들은 사진을 찍었어요. 아무도 조치를 취하지 않았어요. 살인자들이 그들을 칼로 찔렀어요. 그들의 불알을 도려냈어요. 불알이라는 말이 당신 앞에서는 입에 올리지 말아야 할 상스러운 말인가요? 하스는 물었다. 우두머리 격인 치말은 그들에게 죽이고 싶으면 죽이라고 소리 높여 외쳤지요. 그러자 다섯 번이나 그에게 물을 끼얹어 깨어나게 했어요. 사형 집행인들은 간수들이 멋진 사진을 찍도록 그들에게서 약간 떨어져서 서 있었어요. 그러면서 구경꾼들도 약간 물러서게 했어요. 난 맨 앞줄에 있지는 않았어요. 하지만 키가 크기 때문에 모든 걸 볼 수 있었지요. 이상했어요. 내 속이 뒤집히지 않았거든요. 이상했어요, 정말 이상했어요. 처형 장면을 처음부터 끝까지 볼 수 있었거든요. 사형 집행인은 즐거워하는 것 같았어요. 그의 이름은 아얄라예요. 아주 못생긴 다른 수감자가 그를 도와주었지요. 나와 같은 감방을 쓰는 놈인데, 이름은 파르판이지요. 파르판의 애인인 고메스라는 놈도 그 일을 거들었어요. 나중에 화장실에서 발견된 카시케스 조직원들은 누가 죽였는지 모르겠어요. 하지만 이 네 명을 죽인 놈은 아얄라, 파르판과 고메스예요. 카시케스 조직원들을 옴짝달싹하지 못하게 붙잡아 준 여섯 명의 도움을 받았지요. 아니, 아마도 그 수는 더 많을지도 몰라요. 여섯 명이라는 말을 지우고 열두 명이라고 하세요. 수용동의 모든 사람이 그 행위를 지켜보았지만, 누구도 그들을 말리지 않았고, 저지하려고 하지도 않았어요. 당신은 바깥에서 이런 사실을 모른다고 생각하나요? 변호사가 물었다. 클라우스, 당신은 너무 순진해요. 아닙니다, 바보라고 해주세요. 그런데 그들이 안다면, 왜 아무 말도 하지 않는 거죠? 하스가 물었다. 그건 사람들이 신중하게 생각하고 행동하기 때문입니다. 기자들도 그런가요? 하스가 물었다. 이 사람들이 누구보다도 앞뒤를 재는 사람들이지요. 그들에게 신중함은 돈과 같습니다. 변호사가 말했다. 신중한 게 돈이라고요? 하스가 물었다. 이제야 조금씩 깨닫는군요. 그런데 혹시 왜 카시케스 조직원들이 죽었는지 아나요? 변호사가 물었다. 아니요, 모르겠어요. 하스가 말했다. 난 단지 그들이 편안하고 쾌적하게 있지 않았다는 사실만 알아요. 그 말을 듣자 여변호사는 빙긋이 웃었다. 돈 때문이에요. 그녀가 말했다. 이 짐승만도 못한 놈들은 돈 많은 사람의 딸을 죽였어요. 그 이외의 모든 건 쓸데없는 소리입니다. 순전히 허튼소리지요. 여변호사는 말했다.

9월 중순에 또다시 살해된 여자의 시체가 포데스타 계곡에서 발견되었다. 두개골이 여러 군데 골절되었고, 뇌가 사라지고 없었다. 신체의 몇몇 흔적은 그녀가 저항하며 싸웠다는 사실을 보여 주었다. 시체가 발견되었을 당시, 그녀가 입은 바지는 무릎 아래까지 내려와 있었고, 이것으로 강간당했다고 추정했다. 하지만 질 내부를 검사한 다음 이런 가정은 폐기되었다. 닷새 후 죽은 여자의 신원이 확인되었다. 이름은 루이사 카르도나 파르도였고, 나이는 서른네 살이었으며, 시날로아주 출신으로, 그곳에서 열일곱 살 때부터 매춘을 했다는 사실을 밝혀졌다. 4년 전부터는 산타테레사에서 살았고, EMSA 마킬라도라 공장에서 근무했다. 전에는 식당 여종업원으로 일했고, 시내 중심가에 조그만 꽃가게를 가지고 있었다. 산타테레사의 전과 기록에는 한 번도 그녀의 이름이 기록되지 않았다. 그녀는 여자 친구와 함께 라 프레시아다 지역에 있는 조그만 집에서 살았는데, 전기도 들어오고 수도도 설치된 집이었다. 그녀처럼 EMSA 공장에서 일하던 그녀의 친구는 경찰에게 처음에 루이사는 미국으로 이민 가겠다고 말했고 심지어 어느 밀입국 안내자와도 거래를 했지만, 결국 그 도시에 남기로 결정했다는 이야기를 들려주었다. 경찰은 몇몇 직장 동료를 신문한 다음, 사건을 종결했다.

　　루이사 카르도나의 시체가 발견되고 사흘 후, 역시 포데스타 계곡에서 다른 여자의 시체가 발견되었다. 순찰 경관인 산티아고 오르도녜스와 올레가리오 쿠라가 시체를 발견했다. 그런데 그곳에서 오르도녜스와 쿠라는 무엇을 했을까? 주변을 살펴보았습니다. 오르도녜스는 말했다. 나중에 그는 쿠라가 가자고 조르는 바람에 그곳에 갔다고 말했다. 그날 그들에게 할당된 지역은 엘 세레살 지역부터 라스 쿰브레스 지역까지였지만, 랄로 쿠라는 루이사 카르도나의 시체가 발견된 장소를 둘러보고 싶다고 말했고, 순찰차를 운전하던 오르도녜스는 반대하지 않았다. 그들은 순찰차를 계곡 꼭대기에 세우고 아주 가파른 오솔길로 내려왔다. 포데스타 계곡은 그리 넓지 않았다. 과학 수사대가 현장을 보존하려고 쳐놓은 끈이 아직도 그곳에 그대로 남아, 노랗거나 회색을 띤 돌들과 잡목들에 뒤엉켜 있었다. 오르도녜스에 따르면, 랄로 쿠라는 잠시 이상한 행동을 했다. 마치 계곡의 경사와 지면을 측정하듯이, 계곡의 꼭대기를 바라보면서 루이사 카르도나의 시체가 떨어지면서 그렸을 포물선 모양을 추정하려는 것 같았다. 잠시 후 오르도녜스가 따분해할 무렵, 랄로 쿠라는 살인범 혹은 살인자들은 시체가 가능한 한 빨리 발견되도록 바로 저 위에서 던져 버렸다고 말했다. 오르도녜스가 그 장소는 사람들이 모여드는 곳이 아니라고 반박하자, 랄로 쿠라는 계곡의 가파른 경사면 꼭대기를 가리켰다. 오르도녜스는 눈을 들었고, 아이들 셋을 보았다. 아니, 아마도 10대 청년 한 명과 두 아이인 것 같았다. 모두 짧은 바지를 입은 세 사람은 그들을 주의 깊게 지켜보았다. 랄로 쿠라는 계곡 남쪽을 향해 걷기 시작했고, 오르도녜스는 그곳에 남아 바위 위에 앉아서 담배를 피우며, 아마도 소방대원이 되는 게 더 좋았을 것이라고 생각했다. 잠시 후 랄로는 그의 시야에서 사라졌다. 바로 그때 그는 순찰 동료의 휘파람 소리를 들었고, 즉시 그 방향으로 달려갔다.

526

쿠라가 있는 곳에 가까이 도착했을 때, 오르도녜스는 그의 발밑에 누운 여자의 시체를 보았다. 여자는 한쪽이 찢어진 블라우스 비슷한 것을 입었지만, 허리 아래로는 아무것도 걸친 것이 없었다. 오르도녜스 말로는, 랄로 쿠라의 표정은 아주 이상했다. 놀라움이 아니라 행복과 기쁨의 표정이었다. 행복한 표정이 어떤 거야? 그가 웃었어? 미소 지었어? 동료 경찰들은 그에게 물었다. 웃지 않았어. 오르도녜스는 대답했다. 심각한 표정을 짓고 있었어. 무언가에 정신을 집중하고 또 집중하는 것 같았어. 마치 그 순간에 그곳에 없는 것처럼, 마치 포데스타 계곡이지만 다른 순간에 있는 것처럼, 그러니까 그 여자가 살해된 순간에 있는 것 같았어. 그가 랄로 쿠라 옆으로 오자, 랄로 쿠라는 움직이지 말라고 했다. 그의 손에는 수첩이 들렸고, 그는 이미 연필을 꺼내 자기가 보는 모든 걸 적고 있었다. 문신이 있어. 그는 랄로 쿠라가 말하는 소리를 들었다. 아주 훌륭한 문신이야. 자세로 판단해 보건대 아마도 목이 부러진 것 같아. 하지만 그 전에 아마 강간을 당했을 거야. 문신이 어디에 있지? 오르도녜스는 물었다. 왼쪽 허벅지야. 그의 동료가 말했다. 그런 다음 랄로 쿠라는 일어나더니 주변에 그녀의 옷이 있는지 살펴보았다. 그러나 오래된 신문과 녹슨 깡통, 터진 비닐봉지만 발견할 수 있었다. 여기에는 그녀의 바지가 없어. 그는 말했다. 그러고서 오르도녜스에게 차로 돌아가 경찰을 부르라고 했다. 살해된 여자의 신장은 1미터 72센티미터였고, 머리카락이 검고 길었다. 신원을 확인할 만한 증명서는 아무것도 가지고 있지 않았다. 그녀의 시체를 찾으러 온 사람도 없었다. 이 사건은 오래지 않아 서류철로만 남았다.

에피파니오가 무슨 이유로 포데스타 계곡에 갔느냐고 묻자, 랄로 쿠라는 자기가 경찰이었기 때문이라고 대답했다. 이런 염병할 놈! 앞으로는 절대로 널 부르지 않는 곳으로는 가지 마. 에피파니오는 경고했다. 그리고 그의 팔을 붙잡고서 얼굴을 쳐다보았고, 진실을 알고 싶다고 말했다. 내가 보기에 이상했어요. 랄로 쿠라는 말했다. 지금까지 포데스타 계곡에서 여자의 시체가 발견된 적은 없었어요. 그걸 어떻게 알았어? 에피파니오가 질문했다. 신문을 읽기 때문이지요. 랄로 쿠라는 대답했다. 이 염병할 빌어먹을 놈아, 네가 정말로 신문을 읽어? 그래요. 랄로 쿠라가 대답했다. 그리고 난 네가 책도 읽는다고 생각해, 그렇지? 그래요, 맞아요. 랄로 쿠라가 말했다. 내가 준 책, 그러니까 염병할 자식들이나 읽는 빌어먹을 책을 읽는 거야? 스웨덴 국립 과학 경찰 연구소의 소장이었던 해리 쇠더만과 국제 경찰청장 연합회 회장이었으며 형사였던 존 J. 오코넬의 『근대 범죄 수사학』이에요. 랄로 쿠라가 말했다. 그 최고의 경찰들이 그토록 빌어먹게 유명하다면, 왜 지금은 경찰로 활동하지 않지? 에피파니오가 물었다. 자, 대답해 봐, 이 애송이야. 이 코흘리개야, 근대적 범죄 수사 따위는 존재하지 않는다는 걸 아직도 몰라? 넌 아직 스무 살도 되지 않았어. 내 말이 틀려? 아니에요, 맞는 말이에요, 에피파니오. 랄로 쿠라가 대답했다. 그렇다면 조심하도록 해. 그게 첫 번째이자 유일한 법칙이야. 에피파니오는 그의 팔을 놓아 주면서 말했다. 그러고서 웃으며 그를 덥석 껴안더니 저녁 식사를 하도록 데려갔다. 그가 데려간 곳은 그 음산한 밤 시간에 산타테레사의 도심에서 유일하게 포솔레를 파는 식당이었다.

12월에 엘 세레살 지역의 가르시아 에레로 거리에 있는 텅 빈 집에서 열다섯 살 난 에스테파니아 리바스와 열세 살 난 에르미니아 노리에가의 시체가 발견되었다. 1996년에 발견된 마지막 희생자들이었다. 두 여자아이는 어머니가 같은 자매였다. 에스테파니아의 아버지는 그녀가 태어난 지 얼마 되지 않아 실종되었다. 에르미니아의 아버지는 그의 아내와 딸들과 함께 살았고, 마헨 마킬라도라 공장에서 야간 경비원으로 일했다. 두 아이의 어머니도 그곳에서 일반 노동자로 일했다. 한편 두 여자아이는 공부를 하면서 집안일을 거들었고, 에스테파니아는 이듬해 학업을 중단하고 일을 하려고 생각하고 있었다. 납치된 날 아침에 두 여자아이는 열한 살, 여덟 살 먹은 두 여동생과 함께 학교로 갔다. 두 여동생은 에르미니아와 같은 호세 바스콘셀로스 초등학교에 다녔다. 에스테파니아는 세 동생을 학교에 데려다 준 다음, 평소와 마찬가지로 열다섯 블록 정도 떨어진 자기 학교로 갈 작정이었다. 그녀가 매일 걸어서 다니는 길이었다. 그러나 납치된 날에는 어느 자동차가 네 자매 옆에 멈추었고, 한 남자가 차에서 나오더니 에스테파니아를 차 안으로 밀어 넣었다. 그런 다음 다시 차에서 나오더니 에르미니아를 강제로 차 안으로 밀쳐 넣었고, 자동차는 사라져 버렸다. 두 동생은 너무나 놀란 나머지 보도에 그대로 멍하니 있다가, 집으로 돌아갔다. 집에는 아무도 없었다. 그래서 이웃집 현관을 두드렸고, 무슨 일이 일어났는지 이야기하고서 마침내 울음을 터뜨리고 말았다. 두 동생을 집 안으로 들어오게 한 여자는 호라이즌 W&E 마킬라도라 공장의 종업원이었다. 그녀는 다른 이웃집으로 갔고, 그런 다음 마헨 마킬라도라 공장에 전화를 걸어 두 아이의 부모를 찾으려고 애를 썼다. 그러나 마헨 공장은 그녀에게 근무 중에 사적인 전화는 금지되어 있다면서 전화를 끊어 버렸다. 여자는 다시 전화를 걸어 두 아이의 아버지 이름과 직책을 말했다. 아이들의 어머니가 그녀처럼 평직원이었고, 그래서 의심의 여지 없이 어느 순간이나 어떤 이유에서라도, 혹은 약간의 이유만 있더라도 내팽개쳐지는 하급직이라고 생각한 것이다. 이번에 교환수는 그녀를 너무나 기다리게 만들었고, 그래서 동전이 떨어져 통화가 끊기고 말았다. 더는 가진 돈이 없었다. 낙담한 이웃집 여자는 자기 집으로 돌아갔다. 다른 이웃집 여자와 두 여자아이가 그녀를 기다리고 있었다. 그리고 잠시 네 사람은 연옥에 있는 것과 같은 상태, 즉 하염없는 난감한 기다림이 어떤 것인지를 경험했다. 그런 기다림의 핵심은 바로 무력함, 그러니까 매우 라틴 아메리카적인 경험이었다. 그리고 또한 매우 친숙한 느낌, 그러니까 잘 생각해 보면 매일매일 경험하는 느낌이었다. 그러나 일상적으로 받는 느낌과는 달리, 절망, 즉 독수리 떼처럼 동네 위를 선회하면서 모든 일상을 엉망으로 만들고, 모든 걸 뒤집어 버리는 죽음의 그림자가 드리워 있었다. 그래서 두 아이의 아버지가 도착하기를 기다리는 동안, 이웃집 여자는 시간을 죽이고 두려움을 떨쳐 버리기 위해, 권총을 가지고 있어서 거리로 나갈 수 있다면 얼마나 좋을까 생각했다. 왜 그런 것일까? 그녀는 자신의 분노를 표출하기 위해 공중으로 총알을 몇 발 쏘고서 〈멕시코 만세〉를 외치며 용기로 무장하고 싶었다. 아니면 마지막 온기를 느낀 다음, 굳게 다져진 흙길에 자신의 손으로 지체 없이 빠르게 구멍을 파서, 다시는 영원히 이 세상을 보지 않기 위해 자기의 온몸이 완전히 들어가도록 구멍 안에 묻고자 했을지도 몰랐다. 마침내 두 아이의 아버지가 도착하자 네 사람은 함께 인근 경찰서로 향했다. 그곳에서 간단하게 (혹은 드문드문) 어떤 문제가 있는지 설명했고, 한 시간을 기다린 후에야 형사 두 명을 만날 수 있었다. 형사들은 그들에게 다시 똑같은 질문을 하고서 다른 질문 몇 개를 던졌다. 그 질문들은 특히 에스테파니아와 에르미니아를 데려간 자동차와 관련되었다. 잠시 후 어린 두 아이가 질문을 받던 사무실로 형사 두 명이 더 도착했다. 착한 사람처럼 보이는 어느 형사가 이웃집 여자에게 따라와 달라고 부탁하고서, 두 여자아이를 경찰서 차고로 데려갔다. 형사는 그곳에 주차해 있는 차들 중에서 어떤 차가 두 언니를 데려간 차와 가장 비슷하냐고 물었다. 두 여자아이가 제공한 정보를 받은 형사는 검은색 페레그리노나 아르케로를 찾아야 한다고 지적했다. 오후 5시가 될 무렵, 경찰서에 여자아이들의 어머니가 모습을 드러냈다. 이웃집 여자 중 한 사람은 이미 경찰서를 떠난 상태였고, 다른 이웃집 여자는 막내를 쓰다듬으면서 하염없이 울고 있었다. 밤 8시에 오르티스 레보예도가 도착해서 수색조 두 개를 편성했다. 후안 데 디오스 마르티네스와 리노 리베라가 지휘하는 수색조는 두 여자아이의 친구들과 가족들을 조사하라는 임무를 부여받았다. 그리고 앙헬 페르난데스와 에프라인 부스텔로가 이끄는 수색조에게는 산타테레사 경찰의 지원을 받아 두 여자아이를 납치한 것으로 여겨지는 페레그리노나 아르케로 혹은 링컨 모델의 자동차를 찾아내라는 임무가 할당되었다. 후안 데 디오스 마르티네스는 공개적으로 이런 수사 방식에 반대했다. 그는 두 수색조가 자동차를 찾는 데 함께 힘을 합쳐야만 한다고 의견을 피력했다. 그가 주장하는 의견의 핵심 요지는 노리에가 가족의 친구들이나 지인들 혹은 직장 동료들 중에 검은색 페레그리노나 검은색 세비 아스트라를 소유한 사람이 아무도 없다고 장담하지는 못하겠지만, 있다고 하더라도 극소수에 불과하다는 것이었다. 그러니까 실질적으로 그들 모두는 자동차를 소유하지 못한 계층에 속하며, 심지어 몇몇 사람은 너무나 가난한 나머지 출근할 때도 버스를 타지 못하고 걸어서 다녔고, 그렇게 몇 푼 안 되는 돈이나마 절약한다는 것이었다. 하지만 오르티스 레보예도의 대답은 단호했다. 즉, 누구라도 페레그리노를 훔칠 수 있으며, 누구라도 아르케로나 보초 혹은 헤타 등을 훔칠 수 있고, 그건 돈이 있거나 면허증이 있을 필요가 없으며, 단지 자동차 문을 열고 시동 걸 줄만 알면 충분하다는 거였다. 그래서 수색조는 오르티스 레보예도가 지시한 대로 구성되었으며, 경찰들은 동일한 패배를 향해 거듭해서 나아가는 시간 왜곡[30]에

30 과거나 미래의 일이 현재에 뒤섞여 나타나는 것.

사로잡힌 병사들처럼 피곤한 기색을 보이면서 일하기 시작했다. 바로 그날 밤, 몇 가지를 확인하고서 후안 데 디오스 마르티네스는 에스테파니아에게 애인 혹은 구혼자가 있다는 사실을 알았다. 그 애인 혹은 구혼자는 열아홉 살 된 청년으로 약간 제정신이 아니었으며, 이름은 로날드 루이스 루케였고, 〈러키 스트라이크〉 혹은 〈로니〉 또는 〈마법사 로니〉라는 별명으로 불렸다. 그는 자동차 절도로 두 번 체포된 전과 기록이 있었다. 로날드 루이스는 출옥한 후 감옥에서 알게 된 펠리페 에스칼란테라는 사람과 함께 살았다. 에스칼란테는 자동차 전문 절도범이었고, 처벌을 받지는 않았지만 미성년자 강간범으로 수사를 받은 전력이 있었다. 다섯 달 동안 로날드 루이스는 에스칼란테와 함께 살았고, 그런 다음 그 집을 떠났다. 후안 데 디오스 마르티네스는 바로 그날 밤 에스칼란테를 만나러 갔다. 에스칼란테는 그의 옛 감옥 동료가 자발적으로 집을 떠난 것이 아니며, 러키 스트라이크가 경제적으로 집안에 아무런 협조를 하지 않았기 때문에 자기가 내쫓았다고 진술했다. 현재 에스칼란테는 어느 슈퍼마켓의 창고 직원으로 일했고, 이제 더는 범죄 행위에는 가담하지 않았다. 오래전부터 자동차를 훔치지 않았어요. 정말이에요. 맹세할 수 있어요. 그는 손가락 두 개로 십자가 형태를 취하더니 그 손가락에 입을 맞추면서 말했다. 실제로 그는 털털대는 자동차 한 대도 가지고 있지 않았다. 어디를 가든지 버스를 이용하거나 걸어 다녔다. 그게 더 싸게 먹히고 자유의 느낌을 만끽할 수 있기 때문이다. 러키 스트라이크가 우연하게라도 자동차를 훔친 적이 없느냐는 질문을 받자, 에스칼란테는 솔직하게 말하자면 그렇지 않을 거라고 확신할 수는 없지만, 그 염병할 놈은 이런 일에는 젬병이기 때문에 자동차를 훔쳤으리라고는 생각지 않는다고 대답했다. 조사에 임한 다른 사람들도 에스칼란테가 말한 사실을 확인해 주는 것 같았다. 그들 말로는, 마법사 로니는 빈대 같은 인간이며 게을러터진 개자식이지만, 도둑놈은 아니며 폭력적인 작자도 아니었다. 적어도 공연히 폭력을 일삼는 사람은 아니었고, 비록 경멸할 가치도 없는 쓰레기지만 애인이나 애인의 동생을 납치할 만한 사람은 아니었다. 이제 로날드 루이스는 부모와 함께 살았고, 여전히 일자리를 찾지 못했다. 후안 데 디오스 마르티네스는 그의 집으로 갔고, 체념한 채 문을 열어 준 로니의 아버지와 이야기를 했다. 그의 아버지는 로니가 에스테파니아와 에르미니아가 납치되고 몇 시간 후 집을 떠났다고 말해 주었다. 형사는 집을 둘러봐도 괜찮겠냐고 물었다. 편안하게 둘러보십시오. 그의 아버지는 말했다. 잠시 동안 후안 데 디오스 마르티네스는 로니가 세 동생과 함께 쓰던 침실을 자세히 살펴보았다. 하지만 처음부터 그는 그곳에 자기가 찾는 것이 아무것도 없을 거라는 사실을 알았다. 그런 다음 마당으로 나와 담배에 불을 붙이고서, 유령 같은 도시 위로 지는 오렌지색과 자주색 섞인 석양을 지켜보았다. 행선지가 어디라고 말했습니까? 그는 물었다. 유마[31]로 간다고 했습니다. 그의 아버지가 대답했다. 당신도 유마에 가본 적이 있습니까? 젊었을 때는 자주 갔습니다. 국경을 넘어 그곳에 들어가서

31 애리조나주 남서부에 있는 도시. 멕시코 소노라주와 인접해 있다.

일하다가 국경 경찰에 체포되어 멕시코로 돌아왔습니다. 그리고 수없이 그런 일을 반복했습니다. 그의 아버지가 말했다. 그러다 지쳐 여기에서 일하며 아내와 아이들을 보살폈습니다. 당신은 로날드 루이스에게 똑같은 일이 일어날 거라고 생각합니까? 제발 그러지 않게 해달라고 하느님에게 기도하고 있습니다. 로니의 아버지가 말했다. 사흘 뒤 후안 데 디오스 마르티네스는 납치에 사용된 검은색 차량을 수배하고 찾아내는 임무를 맡은 수색조가 이미 해체되었다는 사실을 알게 되었다. 오르티스에게 가서 설명을 요구하자, 그는 상부의 지시였다고 말했다. 아마도 경찰이 몇몇 거물급을 괴롭힌 모양이었다. 사실 그런 거물들의 아이들이 산타테레사에서 움직이는 거의 모든 페레그리노의 소유주였다. 그것은 젊은이들 사이에서 아르캉헬이나 컨버터블 디저트윈드처럼 유행하는 자동차였다. 아마도 경찰들에게 더는 괴롭힘을 당하지 않도록 그들이 당국에 압력을 가한 것 같았다. 나흘 후 익명의 전화가 걸려와 가르시아 에레로 거리에 있는 어느 집에서 총소리가 들렸다고 알려 주었다. 순찰차는 30분 후 그곳에 도착했다. 경찰이 여러 번 초인종을 눌렀지만 아무도 대답하지 않았다. 이웃 주민들에게 묻자, 이들은 아무 소리도 듣지 못했다고 했다. 그러면서 아마도 갑작스럽게 귀가 멍멍할 정도로 큰 소리가 난 것은 그 집 텔레비전 수상기 음량과 관계가 있을 것이며, 그 집은 너무나 크게 텔레비전을 켜서 거리에서도 소리를 들을 수 있다고 덧붙였다. 그러나 한 소년이 자전거를 타고 주변을 돌다가 총소리를 들었다고 말했다. 경찰은 그 집에 누가 사느냐고 이웃 주민들에게 물었고, 그들은 서로 모순되는 대답을 했다. 순찰 경관들은 그들이 마약 밀거래자들일 수도 있으며, 더 문제를 복잡하게 만들지 않고 그곳을 떠나는 게 상책이라고 생각했다. 하지만 이웃 주민 하나가 그 집 앞에 검은색 페레그리노가 주차한 것을 보았다고 말했다. 그러자 경찰들은 무기를 꺼내고서 가르시아 에레로 거리 677번지에 있는 집의 초인종을 다시 눌렀지만, 결과는 마찬가지였다. 그들은 무전으로 경찰서에 연락을 취했고, 그곳에서 기다렸다. 30분 후 그곳에 또 다른 순찰차가 나타났다. 그 순찰차에 탄 경찰들은 지원하기 위해 나왔다고 말했다. 그리고 얼마 후 후안 데 디오스 마르티네스와 리노 리베라가 모습을 드러냈다. 리노 리베라는 나머지 형사들이 도착할 때까지 그곳에서 대기하라는 지시를 받았다고 밝혔다. 그러나 후안 데 디오스 마르티네스는 시간이 없다고 말했고, 그의 명확한 지시에 따라 순찰차 요원들이 현관문을 부숴 버렸다. 후안 데 디오스가 가장 먼저 그 집으로 들어갔다. 그의 뒤를 따라 리노 리베라가 들어왔다. 그러나 어떤 경찰도 따라 들어오지 않았다. 집에서 정액 냄새와 술 냄새가 나. 후안 데 디오스 마르티네스가 말했다. 정액과 술 냄새가 어떻지요? 아주 고약해. 정말이지 고약한 냄새를 풍겨. 후안 데 디오스 마르티네스가 말했다. 하지만 곧 익숙해질 거야. 결코 익숙해지지 않는 데다가 머릿속까지 좀먹고, 심지어 생각 속으로도 파고들어서 하루에 세 번이나 샤워를 하고 옷을 갈아입더라도, 며칠 동안, 심지어는 몇 주나 몇 달 내내 계속해서 냄새를 맡게 되는 고기 썩는 냄새와는 달라. 아무것도 만지면 안 돼. 리노 리베라는 후안 데 디오스 마르티네스가 말한 것을 떠올렸다. 우선 그들은 거실을 살펴보았다. 정상이었다. 싸구려 가구였지만 볼썽사납지 않은 것들이었다. 탁자 위에는 신문이 있었다. 손대지 마. 후안 데 디오스가 말했다. 부엌에는 사우사 테킬라 술병 두 개와 앱솔루트 보드카 한 병이 빈 채 놓여 있었다. 부엌은 깨끗했다. 정상적이었다. 쓰레기통에는 맥도널드 포장지가 버려져 있었다. 바닥은 깨끗했다. 부엌 창문으로 조그만 마당이 보였다. 반은 시멘트가 깔렸고, 나머지 반은 메마른 흙바닥이었다. 이웃집 마당과 그 집 마당의 경계를 긋는 벽이 있고, 벽에는 몇몇 덩굴 줄기가 달라붙어 있었다. 모두 정상이었다. 그들은 그곳에서 발길을 돌렸다. 먼저 후안 데 디오스가 돌아섰고, 리노 리베라가 그 뒤를 쫓았다. 복도를 따라 침실들이 있었다. 두 개였다. 한 침실에서 침대 위에 엎어져 있는 에르미니아의 벌거벗은 시체를 발견했다. 이런 우라질! 후안 데 디오스의 동료가 조그만 소리로 투덜댔다. 욕실에는 샤워기 아래로 에스테파니아의 시체가 웅크리고 있었다. 양손이 뒤로 묶였다. 복도에 그대로 있어. 들어오지 마. 후안 데 디오스는 말하고서, 욕실로 들어갔다. 그는 에스테파니아의 시체 옆에 무릎을 굽히고서 시간 개념을 잃어버릴 정도로 자세하게 시체를 살펴보았다. 뒤에서 무전기에 대고 말하는 리노의 목소리가 들렸다. 법의학 검시관을 오라고 해. 후안 데 디오스가 말했다. 법의학 검시관에 따르면, 에스테파니아는 목덜미에 총탄 두 발을 맞고 살해되었다. 그 전에 구타를 당했고, 목 졸린 흔적이 있었다. 그러나 목 졸려 죽은 게 아닙니다. 법의학 검시관은 말했다. 그들은 그녀와 목 조르기 놀이를 한 것이었다. 발목에는 찰과상의 흔적이 역력했다. 아마도 다리를 매단 것 같습니다. 법의학 검시관이 지적했다. 후안 데 디오스는 천장에 대들보나 갈고리가 있는지 찾았다. 집은 경찰들로 가득 찼다. 누군가가 에르미니아를 담요로 덮어 주었다. 그리고 다른 방에서 후안 데 디오스는 찾던 것들을 발견했다. 천장에 매단 쇠갈고리였다. 두 침대 사이의 천장이었다. 그는 눈을 감고 거꾸로 매달린 에스테파니아의 모습을 상상했다. 그는 경찰 두 명을 불러서 밧줄을 찾으라고 지시했다. 법의학 검시관은 에르미니아가 있는 방에 있었다. 에르미니아 역시 목덜미에 총알 한 발을 맞았습니다. 하지만 그게 결정적인 사인이라고 생각하지는 않습니다. 그는 후안 데 디오스가 옆으로 오자 말했다. 그렇다면 왜 그녀에게 총을 쏜 것이죠? 후안 데 디오스가 질문했다. 확인 사살을 한 걸 겁니다. 과학 경찰이 아닌 사람은 모두 집에서 나가시오. 후안 데 디오스가 소리쳤다. 경찰들은 천천히 집에서 나갔다. 거실에는 피로한 표정으로 몸을 웅크린 두 사람이 지문을 찾고 있었다. 모두 밖으로 나가시오. 후안 데 디오스가 다시 소리쳤다. 1인용 소파에 앉아 리노 리베라는 복싱 잡지를 읽고 있었다. 여기에 밧줄이 있습니다, 조장님. 어느 경찰이 말했다. 고맙네, 이제 여기서 나가게, 이제는 과학 경찰만 이곳에 머무를 수 있어. 후안 데 디오스가 말했다. 사진을 찍던 어떤 사람이 카메라를 내리더니 그에게 윙크를 했다. 이런 일이 끝나지 않는군, 그렇지, 후안 데 디오스? 그래 끝이 없어, 끝이 없어. 그는 대답하면서 리노 리베라가 앉았던 1인용 소파에 털썩 주저 앉아

담배에 불을 붙였다. 차분하게 찍도록 하게. 형사가 말했다. 담배를 제대로
피우지도 못했는데 법의학 검시관이 그를 방으로 불렀다. 두 여자 모두
강간당했습니다. 두 여자아이가 음부와 항문으로 여러 번 강간당했다고 말하고
싶습니다. 하지만 욕실에 있던 여자아이는 세 구멍에 강간을 당했을 수도
있습니다. 두 여자아이는 모두 고문을 당했습니다. 한 여자아이의 사인은
분명합니다. 다른 여자아이의 사인은 그다지 분명하지 않습니다. 내일 공식
보고서를 제출하겠습니다. 지금 두 시체를 시체 보관소로 옮겨야 하니, 거리에
있는 사람들을 정리해 주십시오. 법의학 검시관이 말했다. 후안 데 디오스는
마당으로 나가서 한 경찰관에게 시체를 이송할 것이라고 말했다. 보도는
구경꾼으로 가득했다. 이상해. 후안 데 디오스는 생각했다. 앰뷸런스가 법의학
해부 연구소로 사라지자, 갑자기 몇 초도 안 되어 모든 게 바뀌었다. 한 시간 후
오르티스 레보예도와 앙헬 페르난데스가 그곳에 모습을 드러냈을 때, 후안 데
디오스는 이웃 주민들에게 질문을 하고 있었다. 몇몇 이웃 주민에 따르면
677번지에는 한 커플이 살았고, 다른 몇몇 사람들 말로는 세 남자, 다시 말하면
성인 남자 하나와 10대 청년 둘이 살았으며, 그들은 단지 잠자기 위해서만 그곳에
들르곤 했다. 그리고 또 다른 사람들 말로는, 그곳에는 이상한 사람이 살았는데,
그는 동네 사람들에게 말을 건네는 법이 없었으며, 가끔씩 산타테레사 이외의
지역에서 일하는 것처럼 며칠 동안 모습을 보이지 않을 때도 있었고, 또 어떤 때는
며칠 동안 집에서 나오지도 않은 채 아주 늦은 시간까지 텔레비전을 보거나,
아니면 코리도나 단손 음악을 들었고, 그런 다음 정오가 지날 때까지 잠을 잤다.
677번지에 한 커플이 살았다고 확신한 사람들은 이들이 콤비 혹은 그와 유사한
종류의 경화물 승용차를 소유했으며, 두 사람이 함께 출근하고 퇴근했다고 말했다.
어떤 종류의 일을 했지요? 그들은 그 커플이 어떤 일을 했는지 몰랐다. 하지만 한
사람은 아마도 두 사람 모두 식당 종업원으로 일했을 것이라고 말했다. 그 집에
10대 청년 둘과 성인 남자 하나가 살았다고 생각한 사람들은 성인 남자가 경화물
승용차를 운전했으며, 실제로 그건 콤비였을 것이라고 믿었다. 그곳에 남자 혼자
살았다고 말한 사람들은 그 사람이 자동차를 소유했는지 제대로 기억하지 못했다.
하지만 가끔씩 자동차를 가진 친구들이 찾아왔다고 밝혔다. 그렇다면 결국 어떤
개자식이 여기 살았다는 거야? 오르티스 레보예도가 물었다. 조사해 봐야 할 것
같아. 후안 데 디오스는 집으로 출발하기 전에 말했다. 다음 날 이미 부검을 완료한
법의학 검시관은 자신의 최초 평가를 확인해 주면서, 에르미니아의 죽음은
목덜미에 박힌 총탄에 의한 것이 아니라 심장 마비 때문이었다고 덧붙였다. 불쌍한
것. 고문과 폭력을 더는 견딜 수 없었던 것이지요. 견딜 방법이 없었을 겁니다.
법의학 검시관은 수사관들에게 말해 주었다. 사용된 권총은 9밀리 구경의
스미스&웨슨 권총입니다. 시체가 발견된 집은 어느 늙은 노인의 소유였다. 그
노인은 아무것도 몰랐다. 산타테레사의 상류층 귀부인인 노인은 부동산 임대료로
살고 있었다. 그녀는 사고 현장 주변 이웃집의 대부분을 소유했다. 부동산은

노부인의 손자가 소유한 어느 부동산 회사가 관리했다. 모두 합법적으로 작성된 부동산 대리점의 서류에 따르면, 677번지의 임차인은 하비에르 라모스였고, 은행을 통해 매달 임대료를 지불했다. 경찰은 은행을 조사했고, 하비에르 라모스라는 사람이 두 번에 걸쳐 상당한 액수를 보냈다는 사실을 밝혀냈다. 그 액수는 6개월 치 임대료를 비롯해 전기료와 수도료를 포함하고도 남는 돈이었다. 그리고 그때부터 그를 본 사람은 아무도 없었다. 한편 후안 데 디오스 마르티네스는 호기심을 끄는 자료이면서도 염두에 둘 만한 자료를 확인했다. 그것은 가르시아 에레로 거리 다음 블록에 있는 집들이 전부 페드로 렝히포의 소유였으며, 가르시아 에레로 거리와 나란히 있는 타블라다 거리의 집들은 마약 거래상인 에스타니슬라오 캄푸사노의 꼭두각시인 로렌소 후안 이노호사의 소유로 되어 있다는 사실이었다. 그 이외에도 타블라다 거리와 나란한 오르텐시아 거리와 〈변호사 카베사스〉 거리의 모든 건물은 산타테레사의 시장 이름이거나 그의 몇몇 아이 이름으로 등기가 되었다. 그것뿐만이 아니었다. 북쪽 방향으로 두 블록 떨어진 곳, 즉 〈기예르모 오르티스 공학자〉 거리에 있는 주택들과 건물들은 파블로 네그레테의 소유였다. 그는 페드로 네그레테의 형제이자 산타테레사 대학의 고명한 총장이었다. 정말 이상한 일이야. 후안 데 디오스는 마음속으로 의문을 품었다. 사람들은 시체와 있게 되면 벌벌 떨어. 하지만 시체를 가져가면 더는 떨지 않아. 렝히포가 여자아이들 살인 범죄에 개입한 것일까? 심지어 캄푸사노도 깊이 관여된 게 아닐까? 렝히포는 착한 마피아였다. 반면에 캄푸사노는 못된 마피아였다. 정말 이상해, 정말 이상해. 후안 데 디오스는 생각했다. 아무도 자기 집에서는 강간하지 않고 살인하지 않아. 자기 집 근처에서는 아무도 강간하지 않고 죽이지 않아. 미치거나 체포되어 감옥에 가고 싶은 사람이 아니라면 말이야. 시체들이 발견된 지 이틀이 지난 밤중에, 골프장 안에 있는 클럽하우스에서 모임이 열렸다. 참석자는 산타테레사 시장인 호세 레푸히오 데 라스 에라스, 경찰청장 페드로 네그레테, 그리고 페드로 렝히포와 에스타니슬라오 캄푸사노였다. 그 만남은 새벽 4시까지 지속되었고, 몇 가지 사항이 마무리되었다. 다음 날 도시의 거의 모든 경찰이 하비에르 라모스를 추적하기 시작했다. 심지어 사막의 돌 아래까지도 샅샅이 뒤지면서 그를 찾았다. 하지만 결국 그들은 그럴듯한 몽타주도 한 장 그릴 수 없었다.

오랫동안 후안 데 디오스는 죽기 전에 에르미니아 노리에가가 겪은 네 번의 심장 발작을 생각했다. 이따금씩 그는 밥을 먹거나 혹은 커피숍이나 형사들이 자주 드나드는 싸구려 식당의 화장실에서 오줌을 누면서 그런 생각을 했다. 또한 잠자기 전에, 그러니까 불을 끄는 순간이나 불을 끄기 전 몇 초 동안 그런 생각을 했다. 그런 생각이 엄습하면 불을 끌 수가 없었다. 그러면 침대에서 일어나 창문으로 다가가서 거리를 내다보았다. 평범하고 흉하고 조용하며 거의 불빛이 없는 거리였다. 그런 다음 부엌으로 가서 물을 끓이고 커피를 만들었다. 그리고 가끔은 설탕을 넣지 않은 뜨거운 커피, 빌어먹게 맛도 없는 커피를 마시면서 텔레비전을 켰고, 사막을 건너 사방에서 오는 심야 프로그램을 보았다. 그 시간 텔레비전에는 멕시코와 미국의 채널이 동시에 잡혔다. 별 아래로 말을 모는 불구의 광인이 나오는 방송이거나, 알아들을 수 없는 말로 인사를 나누는 방송이었다. 그런 방송은 스페인어나 영어 혹은 스팽글리시[32]를 사용했지만, 어쨌거나 그 빌어먹을 말을 그는 하나도 알아들을 수 없었다. 그러면 후안 데 디오스 마르티네스는 테이블 위에 커피 잔을 놔두고서 손으로 얼굴을 감쌌다. 그의 입술에서는 마치 울거나 울려고 몸부림치는 것처럼 희미하지만 분명한 흐느낌이 새어 나왔다. 하지만 마침내 그가 얼굴에서 손을 뗄 때면, 단지 그의 나이 든 얼굴과 손상되고 메마르고 늙은 피부가 텔레비전 화면이 비치는 불빛에 모습을 드러냈지만, 거기에는 눈물 자국이 하나도 없었다.

　그는 자기에게 일어나는 현상을 엘비라 캄포스에게 말해 주었다. 정신 병원 원장은 그의 말을 잠자코 듣더니 한참 후에, 그러니까 두 사람이 침실의 어둠 속에서 벌거벗은 채 누워 있는 동안, 자신도 종종 모든 것을 버리는 꿈을 꾼다고 고백했다. 말하자면 극단적으로 어느 것도 남기지 않은 채 모든 것을 버리는 꿈이었다. 예를 들면 그녀는 아파트와 산타테레사에 소유한 다른 부동산 두 곳을 비롯해 자동차와 보석을 팔아 버리는 꿈, 그러니까 어지간한 돈이 모일 때까지 모든 걸 팔아 치우는 꿈을 꾸었다. 그런 다음 비행기를 타고 파리로 떠나 그곳에서 조그만 아파트, 즉 원룸 아파트, 조금 더 정확하게 말하자면 빌리에르 거리와 포르트 드 클리시 거리 사이에 있는 아파트를 임대하는 꿈을 꾸었다. 그녀는 유명한 의사, 기적을 만드는 성형외과 의사를 찾아갔다. 안면 주름 제거 수술을 받고, 코와 광대뼈를 고치고, 가슴을 조금 더 확대하는 수술을 받기 위해서였다. 다시 말하면, 수술대에서 전혀 다른 여자로 나오는 꿈을 꾼 것이다. 쉰 살이 넘은 여자가 아니라 마흔 살 약간 넘은 여자로, 그러니까 알아볼 수 없을 정도로 새롭고 젊어진 모습으로 바뀌는 꿈을 꾸었다. 물론 일정 기간 동안은 어디를 가든지 미라처럼 붕대를 두르고 다녀야만 했다. 하지만 이집트의 미라가 아니라 멕시코의 미라고, 그녀는 그걸 좋아한다. 가령 그녀는 집에서 나가 지하철을 타고 돌아다니는 걸 좋아한다. 모든 파리 사람이 몰래 자기를 쳐다본다는 사실도 잘 안다. 심지어 몇몇 사람은 이 조용하고 금욕적인 외국인 여자가 화상을 입거나 교통사고를 당해 끔찍한 고통을 느낀다고 생각하거나 상상하면서 자리를 비켜 준다. 그런 다음 그녀는 지하철에서 내려 박물관이나 화랑, 혹은 몽파르나스 지역의 서점으로 들어가고, 프랑스어는 정말 예뻐, 음악 같은 언어야, 이건 je ne sais quoi(뭐라 말할 수 없이 좋은) 거야 하고 생각하고, 하루에 두 시간씩 프랑스어를 기쁜 마음으로 공부하면서 환상을 품는다. 그러고서 비가 내리는 어느 날 아침 천천히 붕대를 푼다. 이루 형언할 수 없이 소중한 뼈를 발견한

---

32 스페인어와 영어가 혼합된 말로, 미국과 멕시코의 국경 지대를 비롯해 라티노 인구가 많은 지역에서 쓰인다.

고고학자처럼, 오랫동안 간직하고 싶은 선물 포장을 조금씩 그리고 천천히 푸는 여자아이처럼 천천히 붕대를 푼다. 어쩌면 평생 푸는 건 아닐까? 〈거의 평생〉이라고 말할 수 있을 정도다. 마침내 마지막 붕대가 떨어진다. 그런데 어디로 떨어질까? 바닥이나 양탄자, 혹은 나무 바닥이다. 어쨌거나 최고급 자재로 만든 바닥이다. 바닥에서 붕대는 모두 뱀처럼 주르르 미끄러진다. 혹은 모든 붕대가 뱀처럼 생기 없이 졸린 눈을 크게 뜬다. 그러나 그녀는 그게 뱀이 아니라 오히려 뱀들의 수호천사라는 걸 안다. 그때 누군가가 거울을 갖다주고, 그녀는 거울을 바라보면서 고개를 끄덕이고 만족스러운 표정을 짓는다. 그 표정에서 그녀는 공주처럼 지낸 어린 시절과 아버지와 어머니의 사랑을 재발견한다. 그리고 종이나 서류 혹은 수표에 서명하고서 파리의 길거리로 떠난다. 새로운 삶을 향해 가는 건가요? 후안 데 디오스 마르티네스가 물었다. 아마도 그럴 거예요. 원장이 대답했다. 난 지금 이대로의 당신이 좋아요. 후안 데 디오스 마르티네스가 말했다. 멕시코 사람들도 없고, 멕시코도 없고, 멕시코 환자도 없는 새로운 삶이에요. 원장은 말했다. 지금 이대로의 모습만 가지고도 난 당신에게 미칠 것 같아요. 후안 데 디오스 마르티네스가 말했다.

1996년이 끝날 무렵 어느 멕시코 언론 매체에서 실제 살인 장면을 찍은 영화, 즉 스너프 필름[33]이 멕시코 북부에서 제작되고 있으며 스너프 필름의 본산지는 산타테레사라고, 적어도 그럴 가능성이 있다고 암시하는 보도를 했다. 어느 날 밤 기자 두 명이 바예 지역에 있는, 벽으로 둘러싸인 대저택에서 멕시코시티의 전 경찰청장 움베르토 파레데스 장군과 비밀리에 이야기를 나누었다. 그곳에 있던 이들은 40년 넘게 범죄 사건을 다룬 나이 든 기자 마카리오 로페스 산토스와 세르히오 곤살레스였다. 장군이 융숭하게 대접한 저녁 식사는 특별한 고추소스를 곁들인 돼지고기타코와 라 인비시블레 테킬라로 이루어졌다. 밤에 어떤 음식을 배 속에 집어넣더라도, 그건 장군에게는 심장 통증만을 불러올 뿐이었다. 저녁 식사가 중간쯤 이르렀을 때, 마카리오 로페스는 산타테레사에서 이루어지는 스너프 필름 산업에 관해 어떻게 생각하는지 물었고, 장군은 자기가 오랫동안 경찰에 복무하면서 끔찍한 것들을 수없이 보았지만, 그런 성격의 영화는 결코 본 적이 없으며, 따라서 정말로 그런 영화가 존재하는지 의심스럽다고 말했다. 하지만 엄연히 존재합니다. 나이 든 기자가 말했다. 존재할 수도 있고, 그렇지 않을 수도 있겠지요. 장군은 대답했다. 난 모든 걸 보았고 모든 것에 대한 보고를 받아 알지만, 이상한 것은 난 그런 영화를 한 번도 본 적이 없다는 사실입니다. 두 기자는 사실 그건 정말 이상하다는 데에 의견이 일치했지만, 아마도 장군이 업무를 수행하던 당시에는 이런 공포스러운 영화는 아직 탄생하지 않았을지도 모른다고 넌지시 암시했다. 그러나 장군은 정중하게 그 말을 반박했다. 장군은 포르노가 프랑스

---

33 사람을 살해하는 장면이나 학대, 강간하는 등의 내용을 담은 동영상. 스너프 필름을 제작하거나 보는 행위 모두 위법이다.

혁명 직전에 최고의 번영을 누렸다고 지적했다. 그러면서 현재의 네덜란드 영화나 혹은 포르노 사진 모음집이나 음란 서적에서 볼 수 있는 모든 건 이미 1789년 이전에 굳어진 것이며, 대부분은 그것의 반복, 그러니까 이미 응시했던 시선을 나사를 돌리듯 되풀이해 돌리는 것이라고 덧붙였다. 장군님, 당신은 가끔 옥타비오 파스[34]와 똑같이 말하는군요. 혹시 파스의 책을 읽고 있지는 않으십니까? 마카리오 로페스 산토스가 말했다. 장군은 폭소를 터뜨리더니, 유일하게 읽은 책이라고는 아주 오래전에 읽은 『고독의 미로』인데, 아무것도 이해할 수 없었다고 말했다. 당시 나는 너무 젊었어요. 아마 마흔 살 정도 되었을 겁니다. 장군은 기자들을 뚫어지게 쳐다보면서 덧붙였다. 장군님, 무슨 말씀을! 마카리오 로페스가 말했다. 그런 다음 그들은 자유와 악, 악이 페라리 자동차처럼 질주하는 자유의 고속 도로에 관해 말했다. 잠시 후 나이 든 가정부가 그릇을 치우고서 커피를 마시겠느냐고 물었고, 그들은 다시 그날의 주제였던 스너프 필름으로 되돌아갔다. 마카리오 로페스에 따르면, 멕시코의 상황은 바뀌었다. 한편으론 이토록 부패한 적이 없었습니다. 거기에 마약 밀거래 문제와 이런 새로운 현상 주변에서 움직이는 엄청난 돈의 문제도 덧붙여야 합니다. 현재 상황에서 스너프 필름 산업은 단지 한 가지 징후일 뿐입니다. 산타테레사의 경우에는 유독하고 전염성이 강한 증상이지만, 어쨌든 하나의 증상임에는 분명합니다. 장군은 그의 말에 수긍하지 않았다. 그는 지금의 부패가 과거 다른 정부 때보다 더 심하다는 것을 믿지 않는다고 말했다. 가령 지금의 부패를 미겔 알레만[35] 정부 동안의 부정부패와 비교해 보면 규모가 더 작으며, 또한 로페스 마테오스[36]가 통치한 6년간의 정부와 비교해 봐도 덜합니다. 아마도 지금 멕시코 국민이 느끼는 절망감이 당시보다 클지는 몰라도, 부패는 아닙니다. 마약 밀거래는 새로운 현상이지요. 그는 인정했다. 하지만 멕시코 사회 내에서 (그리고 미국 사회 내에서) 마약 밀거래의 실제 비중은 과대평가되었어요. 스너프 필름을 제작하기 위해 필요한 건 돈뿐입니다. 돈 이외의 어느 것도 아니지요. 마약왕들이 엄청난 부를 축적하기 전에도 돈은 있었고, 또 포르노 산업도 있었습니다. 하지만 영화들, 그 유명한 영화들은 제작되지 않았지요. 장군은 말했다. 장군님, 아마도 그 영화들을 보지 못해서 그런 말을 하는 것 같습니다. 마카리오 로페스가 말했다. 장군은 미소를 지었고, 그의 미소는 어두운 정원의 꽃밭으로 사라졌다. 이것 보게, 마카리오. 나는 모든 걸 보았어요. 장군은 대답했다. 저택에서 떠나기 전에, 사회면 담당의 늙다리 기자는 바예 지역의 벽으로 둘러싸인 저택에 도착했을 때 인사를 할 경호원이 아무도 없었다고 말했다. 그러자 장군은 이미 경호원들을 거느리지 않는다고 대답했다. 왜 그런 거지요,

---

34 Octavio Paz(1914~1998). 멕시코의 시인이자 에세이스트며 외교관으로, 1990년 노벨 문학상을 탄 20세기 스페인어권 최고의 시인이다. 볼라뇨는 파스의 시 세계에 반대하여 인프라레알리스모 운동을 벌였다.

35 Miguel Alemán Valdés(1900~1983). 1946년부터 1952년까지 멕시코 대통령으로 재임했다. 반노동자 정책을 실시했고 정치 부패와 정실 자본주의가 만연하여, 결국 현재까지 정치계와 경제계가 결탁하는 원인을 제공했다.

36 Adolfo López Mateos(1910~1969). 1958년부터 1964년까지 멕시코 대통령으로 재임했다. 전력 회사를 국유화하고 토지 개혁을 단행했으며, 공중 위생과 복지 분야에 많은 투자를 했다.

장군님? 당신의 적들이 항복했습니까? 기자가 물었다. 안전 요원들의 급료는 갈수록 올라가요, 마카리오. 난 좀 더 쾌적한 즐거움을 만끽하면서 얼마 남지 않은 돈을 쓰고 싶어요. 장군은 부겐빌레아가 늘어선 오솔길을 통해 그들을 대문 앞까지 배웅해 주면서 말했다. 습격을 받으면 어떻게 하시려고요? 장군은 한 손을 뒤로 가져가더니, 두 기자에게 디저트 이글 50밀리 구경 매그넘 권총을 보여 주었다. 이스라엘에서 제작된, 총알 일곱 발이 든 탄창이 장전된 총이었다. 주머니에는 항상 여분으로 탄창 두 개를 넣고 다니지요. 장군은 말했다. 그러나 이 총을 사용할 일이 있을 거라고는 생각하지 않아요. 장군은 덧붙였다. 난 너무 늙었고, 내 적들은 내가 이미 공동묘지에 묻혀 꽃들의 거름이 되었을 거라고 생각할 테니까요. 하지만 어떤 사람들은 오랫동안 원한을 품습니다. 마카리오 로페스 산토스가 지적했다. 맞아요, 마카리오, 멕시코에서는 어떻게 이기고 지는 게 진정한 스포츠 정신인지 모르지요. 물론 여기에서 패배는 죽음을 의미하고, 승리 역시 가끔씩은 죽음을 뜻하지요. 그래서 스포츠 정신을 유지하면서 살기가 힘든 겁니다. 하지만 아직도 우리 중 몇몇은 그렇게 하려고 안간힘을 쓰지요. 장군이 사색에 잠겨 말했다. 맞습니다, 장군님. 마카리오 로페스 산토스는 웃으면서 대답했다.

1997년 1월에 〈들소〉 갱단의 조직원 다섯이 체포되었다. 그들은 하스가 체포된 이후 자행된 몇몇 살인의 주범으로 기소되었다. 체포된 사람들은 열아홉 살 난 세바스티안 로살레스, 스무 살 난 카를로스 카밀로 알론소, 열일곱 살 난 레네 가르데아, 열아홉 살 난 훌리오 부스타만테와 스무 살 난 로베르토 아길레라였다. 다섯 명은 성폭력 전과가 있었고, 그들 중 두 명, 그러니까 세바스티안 로살레스와 카를로스 카밀로 알론소는 미성년자 강간으로 수감된 적이 있었다. 그 미성년자의 이름은 마리아 이네스 로살레스였고, 세바스티안의 사촌이었다. 그녀는 세바스티안이 산타테레사 교도소에 수감되고 나서 몇 달 후 고소를 취하했다. 카를로스 카밀로 알론소에 대해서는, 그가 에스테파니아와 에르미니아의 시체가 발견된 가르시아 에레로 거리의 집을 임대한 사람이라는 말이 돌았다. 다섯 명은 포데스타 계곡에서 살해된 채 발견된 두 여자를 납치하고 강간하고 고문했을 뿐만 아니라, 산이 가득 든 드럼통에서 시체로 발견된 과달루페 엘레나 블랑코를 비롯해서 에스테파니아와 에르미니아를 살해했다는 죄목으로 기소되었다. 그들은 모두 취조를 받았고, 취조 도중에 카를로스 카밀로 알론소는 모든 이가 빠지고 코중격 연골이 골절되는 사고를 당했다. 경찰은 그가 자살을 시도하다가 그렇게 되었다고 발표했다. 한편 로베르토 아길레라는 갈비뼈 네 개가 골절된 채 취조를 마쳤다. 훌리오 부스타만테는 난폭하기 그지없는 남자 역의 동성애자들과 함께 감방에 수감되었고, 그 동성애자들은 지칠 때까지 그와 즐겼을 뿐만 아니라, 세 시간마다 그를 두들겨 패서 왼손 손가락들을 부러뜨렸다. 용의자 확인 작업도 이루어졌다. 가르시아 에레로 거리에 사는 주민 열 명 중 단지 두 명만이 677번지의 임차인으로 카를로스 카밀로 알론소를 알아보았다. 두 증인 중 한 명은 경찰

끄나풀로 알려진 사람이었다. 두 증인은 에스테파니아와 에르미니아가 납치된 그 주에 검은색 페레그리노에 탄 세바스티안 로살레스를 보았다고 진술했다. 로살레스의 진술에 따르면, 그것은 그가 얼마 전에 훔친 자동차였다. 들소 갱단 일당은 화기 세 개를 소지하고 있었다. 9밀리 총탄을 사용하는 CZ-85 체코제 권총 두 정과 독일제 헤클러&코흐 권총 한 정이었다. 그러나 다른 증인은 두 자매를 죽이는 데 사용한 스미스&웨슨 권총 한 정을 가지고 있다고 자랑했다는 진술을 했다. 그렇다면 그 무기는 어디에 있을까? 동일한 증인이, 카를로스 카밀로가 알고 지내던 미국 마약 거래상에게 팔았다고 자신에게 말했다고 밝혔다. 한편 들소 조직원들이 체포되었을 때, 그들 중 하나인 로베르토 아길레라가 산타테레사 교도소에 수감된 헤수스 아길레라의 동생이라는 사실이 밝혀졌다. 헤수스 아길레라는 〈테킬라〉라는 별명을 지닌, 클라우스 하스의 친한 친구이자 부하였다. 결론이 도출되는 데에는 그리 긴 시간이 걸리지 않았다. 경찰은 들소 갱단이 저지른 일련의 살인들이 청부 살인일 가능성이 높다고 말했다. 경찰에 따르면, 하스는 자기가 살해한 희생자들과 유사한 특징을 지닌 여자들을 죽일 때마다 3천 달러를 지불했다. 이 소식은 이내 언론에 누설되었다. 교도소장의 사임을 요구하는 목소리가 있었다. 교도소는 범죄자들이 조직한 갱단에 의해 지배되며, 엔리케 에르난데스가 감옥을 통치한다는 소문이 돌았다. 그는 카나네아 출신 마약 사범이었고 교도소의 진정한 두목이었으며, 감옥에서 아무런 제재도 받지 않고 자신의 사업을 경영하고 있었다. 『산타테레사 신문』에는 엔리케 에르난데스가 하스와 관련되어 있으며, 그들이 컴퓨터 부품 수출입이라는 합법적인 사업을 가장하여 마약을 운반했다는 기사가 실렸다. 기사를 쓴 기자의 이름은 적히지 않았다. 그 기사를 쓴 기자는 평생 단 한 번 하스를 보았을 뿐이었다. 하지만 그는 하스가 결코 하지 않았던 진술을 하스가 말한 것처럼 마구 적었다. 여자 연쇄 살인 범죄 사건은 성공적으로 해결되었습니다. 산타테레사 시장인 호세 레푸히오 데 라스 에라스는 에르모시요의 텔레비전 방송에서 밝혔다. 그리고 그의 발언은 멕시코시티의 대형 방송국 뉴스에서 재방송되었다. 지금부터 일어나는 모든 사건은 일반 범죄의 범주에 속합니다. 이건 계속해서 성장하고 발전하는 도시의 속성이기도 합니다. 사이코패스들의 범죄는 끝났습니다.

어느 날 밤, 조지 스타이너[37]를 읽는 동안 그는 전화 한 통을 받았다. 처음에는 누구인지 제대로 확인할 수 없었다. 난데없이 외국 억양을 지닌 매우 흥분한 목소리가 모든 건 거짓말이라고, 모든 게 사기라고 말했다. 방금 전에 전화를 걸어 대화를 시작한 것이 아니라, 마치 이미 반 시간 동안 말하고 있던 것처럼 앞뒤도 없이 그런 말을 내뱉었다. 무슨 말입니까? 누구와 통화하고 싶은 겁니까? 그는 물었다. 세르히오 곤살레스 전화 아닙니까? 그 목소리가 물었다. 그렇습니다, 내가

---

37 George Steiner(1929~2020). 프랑스 태생의 미국 비평가이며 문학 이론가. 대표작으로 『바벨탑 이후』가 유명하지만, 여기서는 집단 학살을 다룬 『언어와 침묵』을 의미하는 것 같다.

세르히오 곤살레스입니다. 헤이! 그동안 잘 지냈습니까? 남자 목소리가 인사했다. 마치 아주 먼 곳에서 전화하는 것 같아. 세르히오는 생각했다. 누구시죠? 그는 물었다. 젠장, 날 모르겠습니까? 목소리는 약간 놀랍다는 말투로 물었다. 클라우스 하스인가요? 세르히오가 재차 물었다. 상대방 전화 쪽에서 웃음소리가 들렸고, 그런 다음 일종의 쉿소리를 내는 바람 소리, 그러니까 사막의 소리이자 밤의 교도소에서 나는 소리가 들렸다. 맞아요, 이제야 당신이 날 잊지 않았다는 걸 알겠군요. 당연하지요, 당신을 잊지 않았습니다. 어떻게 당신을 잊겠습니까? 세르히오가 말했다. 시간이 없습니다. 하스가 말했다. 난 단지 내가 들소 조직원들에게 돈을 지불했다는 개똥 같은 소리는 사실이 아니라는 것만 말하고 싶어요. 내가 어마어마한 케이크를 가지고 있지 않는 한, 그토록 많은 죽음에 대한 비용을 지불할 수는 없는 일입니다. 케이크라고요? 세르히오가 물었다. 돈의 은어입니다. 하스는 말했다. 난 테킬라의 친구예요. 사람들은 그 미친놈을 그렇게 부르지요. 테킬라는 들소 갱단에 속한 어느 조직원의 형제예요. 하지만 그게 전부입니다. 그 이상의 관계는 없어요. 맹세할 수 있습니다. 외국 억양을 지닌 목소리가 말했다. 그런 사실을 당신 변호사에게 말하십시오. 난 더는 산타테레사의 범죄에 관한 기사를 쓰지 않습니다. 세르히오가 말했다. 그러자 하스가 전화 반대쪽에서 웃었다. 모든 사람이 그렇게 말하고 있지요. 목소리가 말했다. 이 사람 저 사람에게 말하십시오. 내 변호사는 이미 아는 내용입니다. 목소리가 다시 말했다. 난 당신을 위해 더 해줄 수 있는 일이 없습니다. 세르히오가 말했다. 지금 당신에게 전화를 하는 이유는 당신이 그렇게 해줄 수 있다고 믿기 때문입니다. 하스가 말했다. 그러고 나서 세르히오는 파이프 소리와 긁는 소리, 그리고 돌풍처럼 불어오는 허리케인 소리를 다시 들었다. 감옥에 갇혀 있다면, 난 무엇을 할까? 세르히오는 자기 자신에게 물었다. 어린아이처럼 담요를 덮은 채 한쪽 구석으로 몸을 숨길까? 덜덜 떨까? 도움을 요청할까? 아니면 울고 있을까? 아니면 자살을 시도할까? 나를 죽이려고 해요. 하스가 말했다. 재판을 연기시키려 하고 있어요. 그들은 나를 무서워합니다. 그래서 날 죽이려 해요. 그때 세르히오는 사막의 소리와 동물의 발소리 비슷한 소리를 들었다. 우리 모두가 미쳐 가고 있어. 그는 생각했다. 하스? 아직 전화 끊지 않았지요? 그러나 아무도 그 소리에 대답하지 않았다.

1월에 들소 갱단 조직원들을 체포한 후에 도시는 잠시 휴식 시간을 가졌다. 『소노라의 목소리』 신문은 헤드라인 기사를 최고의 예수 공현 대축일 선물은 멕시코 갱단 조직원 다섯 명의 체포 소식이라고 썼다. 물론 사람들이 살해된 사건들도 발생했다. 시내 중심가 거리를 무대로 삼아 오랫동안 도둑질을 일삼은 어느 도둑이 칼에 찔려 삶을 마감했으며, 마약 밀거래와 관련된 두 작자가 살해되었고, 개를 사육하던 어떤 사람도 죽었다. 그러나 강간당한 후 고문당하고 살해된 여자의 시체는 발견되지 않았다. 1월은 그랬다. 그리고 2월에도 똑같은 상태가 되풀이되었다. 일상적인 죽음은 있었다. 그리고 예상할 수 있는 죽음들, 가령 축하하면서 파티를 시작했다가 서로 죽이면서 끝나게 된 사건들, 스너프 필름의 소재가 되지 못할 죽음들, 전통에 속하기는 하지만 현대적이라고는 말할 수 없는 죽음들은 일어났다. 그러니까 누구도 놀라게 하지 못하는 죽음들은 있었던 것이다. 연쇄 살인범은 공식적으로 쇠창살 안에 있었다. 그런 살인을 모방한 사람들이나 추종한 사람들 혹은 살인 청부업자들 역시 교도소에 수감되었다. 도시는 편안하게 숨 쉴 수 있었다.

1월에 부에노스아이레스의 기자가 로스앤젤레스로 가는 길에 사흘 동안 산타테레사에 머물렀고, 그 도시와 살해된 여자들에 관한 기사를 썼다. 그는 감옥에 갇힌 하스를 면회하려고 시도했지만, 면회는 허가되지 않았다. 그는 투우 경기를 관람했다. 그는 〈내부 문제〉라고 불리던 매음굴에 갔고, 로사나라고 불리던 창녀와 잠자리를 했다. 그는 도미노스 나이트클럽과 세라피노스 술집을 찾아갔다. 그리고 『북부 헤럴드』 신문사의 동료 기자를 알게 되었고, 바로 그 신문사에서 실종되거나 납치되어 살해된 여자들의 파일을 살펴보았다. 『북부 헤럴드』의 기자는 그에게 친구를 소개했고, 그 친구는 스너프 필름을 보았다고 말하던 또 다른 친구를 소개해 주었다. 아르헨티나 기자는 그에게 그 영화를 보고 싶다고 말했다. 그러자 『북부 헤럴드』 기자의 친구의 친구는 얼마나 지불할 수 있느냐고 물었다. 아르헨티나 기자는 그런 추잡한 영화를 보는 데 한 푼도 지불할 생각이 없으며, 직업상의 관심 때문에 보고자 하는 것일 뿐이지만, 또한 어느 정도 호기심도 있다는 것은 인정하겠다고 밝혔다. 멕시코인은 도시 북부에 위치한 어느 집에서 약속을 잡았다. 아르헨티나 기자의 눈은 초록색이었고, 신장은 1미터 90센티미터였으며, 몸무게는 거의 1백 킬로그램에 육박했다. 그는 약속 시간에 도착했고, 영화를 보았다. 멕시코인은 키가 작고 살이 조금 찐 편이었다. 영화를 보는 동안, 그는 마치 요조숙녀처럼 아르헨티나 기자 옆 소파에 앉아 입을 다문 채 있었다. 영화가 상영되는 내내 아르헨티나 기자는 멕시코인이 자신의 자지를 잡을 순간을 기다렸다. 그러나 멕시코인은 아무 짓도 하지 않았다. 단지 아르헨티나 기자가 먼저 내쉰 산소를 하나도 잃어버리지 않고자 애쓰는 것처럼 숨을 거칠게 쉴 뿐이었다. 영화가 끝난 뒤 아르헨티나 기자는 매우 공손하게 사본을 부탁했지만, 멕시코인은 그 영화를 논의의 가치도 없는 것으로 일축했다. 그날 밤 그들은 〈타코의 왕〉이라는 곳으로 맥주를 마시러 갔다. 맥주를 마시는 동안, 아르헨티나 기자는 순간적으로 모든 종업원이 좀비라고 생각했다. 그게 지극히 정상적이라고 생각되어서 전혀 놀라지 않았다. 가게는 넓었다. 〈타코의 왕〉의 어린 시절을 암시하는 벽화와 그림이 가득했고, 테이블 위로는 무거운 공기, 그러니까 악몽이 어물대면서 떠다녔다. 어느 순간 아르헨티나 기자는 누군가가 자기 맥주에 마약을 탔을지도 모른다고 생각했다. 순간 그는 갑자기 일어나 그곳을 나와 택시를 타고 호텔로 갔다. 다음 날 아침에 버스를 타고 피닉스까지 갔고, 거기서 비행기를 타고

로스앤젤레스로 향했다. 그리고 로스앤젤레스에서 인터뷰를 허락한 몇몇 배우 — 사실 몇 명 되지 않았다 — 를 취재하면서 낮 시간을 보냈고, 밤에는 산타테레사의 여자 살인 사건에 관해 장문의 기사를 쓰는 데 전념했다. 포르노 영화 산업과 비밀리에 행해지는 스너프 필름 산업에 주안점을 둔 기사였다. 아르헨티나 기자에 따르면, 스너프 필름이란 용어는 아르헨티나에서 만들어졌다. 그러나 그 말을 만든 사람은 아르헨티나 사람이 아니라 영화를 촬영하기 위해 아르헨티나로 온 어느 외국인 커플이었다. 이 미국인들의 이름은 마이크와 클러리사 엡스타인으로, 어느 정도 지명도가 있지만 일거리가 없어서 힘든 시간을 보내던 부에노스아이레스 배우 둘과 몇몇 젊은이를 고용했는데, 이후 이 중 몇 사람은 매우 유명해졌다. 제작팀 역시 카메라맨을 제외하고는 모두 아르헨티나 사람이었다. 카메라맨은 엡스타인의 절친한 친구로, 이름은 JT 하디였다. 그는 촬영이 시작되기 하루 전 부에노스아이레스에 도착했다. 1972년의 일이었다. 당시 아르헨티나에서는 혁명에 관한, 즉 페론주의[38] 혁명에 관한, 다시 말하면 사회주의 혁명과 심지어 정신적 혁명에 관한 이야기가 떠돌았다. 심리학자들과 시인들이 거리를 배회했고, 어둠의 마법사들과 심령술사들이 창가에서 그들을 지켜보았다. 세월이 지날수록 아르헨티나를 더욱 열광적으로 좋아하게 된 마이크와 클러리사 엡스타인이 부에노스아이레스 공항에서 JT를 기다렸다. 택시를 타고 부에노스아이레스 근교에 빌려 놓은 집으로 가는 동안, 마이크는 좀 더 잘 설명하기 위해 팔을 펼쳐 그를 껴안으면서, 이 모든 건 서부와 같다고, 미국의 서부와 같다고, 아니 미국 서부보다 더 낫다고 고백했다. 그러면서 미국 서부를 잘 살펴보면, 미국 카우보이는 그저 가축 떼를 모는 데에만 소용이 있지만, 이곳 아르헨티나의 팜파스[39]에서는 카우보이가 좀비 사냥꾼이라는 사실을 갈수록 더 분명하게 알 수 있기 때문이라고 설명했다. 좀비에 관한 영화야? JT가 물으면서 영화의 내용을 알고자 했다. 한두 장면은 그래. 클러리사가 대답했다. 그날 밤 카메라맨을 위해 엡스타인의 집에서, 좀 더 정확하게 말하자면 수영장 옆에 있는 마당에서 아르헨티나의 전통적인 바비큐가 열렸다. 그곳에는 모든 배우와 제작 팀이 참석했다. 이틀 후 그들은 티그레[40]로 출발했다. 일주일 동안 촬영한 후 제작 팀은 모두 부에노스아이레스로 돌아왔다. 그들은 이틀 정도 휴식을 취했고, 대부분 젊은 사람이었던 배우들은 부모와 친구들을 만나러 갔다. 그리고 JT는 엡스타인 부부의 수영장 옆에 앉아서 대본을 읽었다. 그는 대본에 적힌 많은 부분을 제대로 이해할 수 없었다. 심지어는 티그레에서 촬영한 장면이 대본의 어디에 해당하는지조차 알아볼 수 없었다. 얼마 후 트럭 두 대와 픽업트럭 한 대에 나눠 타고서 그들은 팜파스로 출발했다. 어느 아르헨티나 배우는 미지의 세계로 들어가는 집시 공연단 같다고 말했다. 언제

38 아르헨티나의 정치가 후안 페론의 정치 사상으로, 민족주의와 사회 민주주의가 통합된 형태로 볼 수 있으며, 중앙 집중주의 정부와 권위주의적 성향이 강했다. 현대 포퓰리즘의 원조로 간주되기도 한다.

39 아르헨티나 중부에서 우루과이에 걸친 대초원 지대.

40 휴양지로 알려진, 부에노스아이레스 인근의 강변 도시.

끝날지 아무도 모르는 여행이었다. 첫날 밤에는 트럭 운전사들이 쉬어 가는 일종의
모텔 같은 곳에서 잠을 잤고, 마이크와 클러리사는 첫 번째 다툼의 주인공이
되었다. 열여덟 살 난 어느 아르헨티나 여배우는 울음을 터뜨렸고, 엄마와
형제자매가 있는 집으로 돌아가고 싶다고 했다. 주연 배우처럼 보이는 아르헨티나
남자 배우는 술에 취해 화장실에서 잠들었고, 나머지 배우들이 그를 질질 끌고
그의 방으로 데려와야만 했다. 다음 날 마이크는 아주 이른 시간에 모든 제작 팀을
깨웠고, 그들은 졸린 표정으로 다시 길을 떠났다. 비용을 절약하기 위해, 마치
소풍을 나온 것처럼 강가에서 음식을 준비했다. 여자들의 음식 솜씨는 훌륭했고,
심지어 남자들도 석쇠에 고기를 굽는 데 뛰어난 재능을 지닌 것처럼 보였다.
음식은 고기와 포도주가 주를 이루었다. 거의 모든 사람이 사진기를 가지고
있었고, 음식을 먹으려고 발길을 멈추는 동안 서로 사진을 찍어 주었다. 몇몇
사람은 클러리사나 JT와 영어로 이야기하면서, 영어를 연습하기 위해서라고
말했다. 한편 마이크는 모든 사람과 스페인어로 말했다. 그의 스페인어는
부에노스아이레스 하층민의 속어로 가득해서, 아르헨티나 젊은이들은 그의 말을
들으면서 웃곤 했다. 여행 나흘째, JT가 악몽의 한가운데에 있다고 믿을 무렵, 어느
농장에 도착했다. 농장에서 단둘이던 일꾼이 그들을 맞이했다. 집과 우리를
보살피고 관리하던 50대 부부였다. 마이크는 그들과 잠시 이야기했고, 자기가
집주인의 친구라고 말했다. 그런 다음 모든 사람이 트럭에서 내려 집을 차지했다.
바로 그날 오후 작업이 재개되었다. 그들은 들판에서 한 장면을 촬영했다. 한
남자는 불을 피우고, 한 여자는 철조망 울타리에 묶였으며, 두 남자는 사업에 관해
말하면서 바닥에 앉아 커다란 고기 조각을 먹었는데, 고기는 뜨거웠고, 그래서 두
사람은 데지 않도록 계속해서 손을 번갈아 바꿔 가면서 고기를 먹는 장면이었다.
밤에는 파티가 열렸다. 그들은 정치에 관해, 그리고 농업 개혁의 필요성에 관해,
지주들에게 관해, 라틴 아메리카의 미래에 관해 이야기했다. 엡스타인 부부와 JT는
입을 다물었다. 그런 주제에 관심이 없기 때문이기도 했지만, 더 중요한 문제를
생각해야 하기 때문이기도 했다. 그날 밤 JT는 클러리사가 남자 배우 중 한 사람과
바람을 피우면서 부정을 저지르고 있다는 사실을 알았다. 하지만 마이크는 그다지
개의치 않는 듯했다. 다음 날 그들은 농장 안에서 촬영했다. 섹스 장면이었다. JT가
최고의 능력을 발휘할 수 있는 장면이었다. 사실 그는 간접 조명뿐만 아니라,
암시와 제안의 기술을 적절히 포착하는 전문가였기 때문이었다. 농장의 남자
관리인은 송아지 한 마리를 도살했다. 점심때 먹을 고기였다. 마이크는 비닐봉지를
여러 개 준비하고서 그와 동행했다. 그가 돌아왔을 때 비닐봉지에는 피가
가득했다. 그날 아침의 촬영은 학살 장면과 매우 흡사했다. 두 남자 배우가 어느
여배우를 죽여서 토막 낸 후, 시체를 거친 삼베 자루에 둘둘 말아서 들판에
매장하러 나가는 장면을 촬영할 예정이었던 것이다. 그들은 새벽에 도살한 송아지
토막과 거의 모든 내장을 사용했다. 어느 아르헨티나 여자아이는 울음을 터뜨렸고,
추잡하고 더러운 쓰레기 영화를 촬영한다고 불평을 늘어놓았다. 하지만 농장의

여자 관리인은 몹시 즐거워하는 것 같았다. 촬영 사흘째인 일요일에, 벤틀리를 탄 여주인이 농장에 모습을 드러냈다. JT가 기억하는 유일한 벤틀리는 아주 오래전에 본 할리우드의 어느 제작자 소유였다. 당시는 그가 할리우드에서 자신의 미래를 발견할 수 있다고 믿던 시절이었다. 우아하고 근사하고 매력적인 금발 여주인은 마흔다섯 살 정도 되어 보였고, 세 미국인보다 훨씬 더 정확한 영어를 구사했다. 처음에 아르헨티나 청년들은 그녀에게 거의 말을 걸지 않았다. 마치 그녀를 믿지 못하는 것 같았고, 그녀 역시 그들을 믿지 못한다고 여기는 것 같았지만, 그건 잘못된 생각이었다. 게다가 농장 여주인은 이 세상에서 둘도 없이 실용적인 여자였다. 그녀는 먹을 것이 절대 부족하지 않도록 식료품 저장실을 다시 정리했고, 여자 관리인의 집 안 청소 업무를 덜어 주기 위해 여자를 더 데려오라고 지시했으며, 식사 시간을 정했고, 자기 벤틀리를 영화감독이 사용하도록 해주었다. 갑자기 농장이 더는 원주민 막사처럼 보이지 않았다. 다시 말하면, 여주인이 도착한 이후부터 널찍하고 편안한 쪽마루에서 매일 열린 저녁 모임에서 어느 젊은 남자 배우가 말한 것처럼, 초원 속에 파묻힌 농장은 스파르타가 아니라 아테네로 변했던 것이다. 이런 저녁 모임은 새벽 3시나 4시까지 지속되기 일쑤였다. 나중에 JT는 남의 말을 들어 주려고 애쓰는 그녀의 태도와 생동적인 눈, 달빛에 빛나던 피부, 농장에서 지낸 어린 시절과 스위스 기숙 학교에서 보낸 10대 시절에 관해 들려준 이야기를 기억했다. 가끔씩, 특히 그가 혼자 침실에서 머리끝까지 담요를 덮고 누우면 그런 기억이 생생하게 다가왔다. JT는 아마도 그 여자는 자기가 평생 찾아 헤맸지만 결국은 아무런 성과도 얻지 못한 바로 그런 여자가 아닐까 하고 자기 자신에게 계속 물었다. 내가 여기에 무엇 때문에 있는 것일까? 그녀를 만나기 위해서가 아니었을까? 그는 생각했다. 마이크의 넌더리 나고 메스꺼우며 이해할 수 없는 영화가 무슨 의미가 있을까? 내가 외지고 쓸쓸한 이 나라에 오게 된 것은 그녀를 알게 될 기회를 갖기 위해서가 아니었을까? 마이크가 전화를 걸었을 때 내가 일자리를 잃어버린 상태였다는 사실이 무엇을 의미할까? 물론 무언가를 의미해! 그건 내가 그의 제안을 받아들일 수밖에 없었고, 그래서 그녀를 만날 기회를 가지게 되었다는 걸 뜻하는 거야! 농장 여주인의 이름은 에스텔라였고, JT는 입술이 마르도록 그 이름을 반복할 수 있었다. 에스텔라, 에스텔라. 그는 마치 잠 못 이루는 두더지나 구더기처럼 담요 밑에서 하염없이 되풀이했다. 그러나 그들이 낮에 만나거나 말을 할 때면, 카메라맨은 신중했고 조심스럽게 행동했다. 그는 그녀에게 갈망의 눈길을 던지지 않았고, 암시적인 말을 하거나 사랑으로 황홀해하는 표정을 짓지도 않았다. 여주인과 그의 관계는 예의와 존경이라는 길에서 결코 한 치도 벗어나는 법이 없었다. 촬영이 모두 끝나자 농장 여주인은 엡스타인 부부와 JT를 자기 벤틀리로 부에노스아이레스까지 데려다 주겠다고 자청했지만, JT는 배우들과 함께 돌아가겠다고 했다. 사흘 후 엡스타인 부부가 그를 공항까지 배웅해 주었지만, 그는 에스텔라에 관해 그들에게 직접 물어볼 엄두를 내지 못했다. 또한 영화에 관해서도 아무것도 묻지 않았다. 뉴욕에서 그는 그녀를 잊으려고 애썼지만 아무 소용이 없었다. 처음 며칠은 우수와 슬픔에 젖어 지냈고, JT는 결코 그런 기분에서 회복할 수 없을 거라고 생각했다. 게다가 그런 기분에서 회복할 이유가 하나도 없었다. 하지만 시간이 흐르면서, 그는 마음속으로 자기가 잃은 것보다는 얻은 게 많다는 사실을 깨달았다. 적어도 난 평생 꿈꾸던 여자를 만났어. 그는 생각했다. 다른 사람들, 그러니까 사람들 대부분은 영화에서나 무언가를 얼핏 보거나, 아니면 위대한 여배우의 그림자 혹은 진정한 사랑의 시선을 흘끗 보는 게 전부야. 하지만 난 살과 뼈를 지닌 실제 여자를 보았고, 목소리를 들었으며, 무한한 대초원 위로 비치는 그녀의 모습을 두 눈으로 직접 보았어. 난 그녀와 말했고, 그녀 역시 내게 말했어. 그런데 불평할 이유가 무엇이지? 그러는 동안 부에노스아이레스에서는 마이크가 코리엔테스 거리에 있는 아주 싸구려 스튜디오를 빌려 시간당으로 비용을 지불하면서 영화를 편집했다. 촬영이 끝난 지 한 달 만에, 젊은 여배우는 부에노스아이레스를 여행하던 어느 이탈리아 혁명가와 사랑에 빠져 그와 함께 유럽으로 떠났다. 두 사람, 그러니까 여배우와 이탈리아 혁명가가 사라졌다는 소문이 돌았지만, 아무도 이유는 구체적으로 말하지 않았다. 그 후 아무런 이유 없이 여배우가 엡스타인의 영화 촬영 도중에 죽었다는 소문이 돌았다. 그리고 얼마 후에는 엡스타인과 그의 제작 팀이 여배우를 살해했다는 소문이 돌았지만, 진지하게 받아들인 사람은 아무도 없었다. 이 마지막 소문에 따르면, 엡스타인은 진짜 살해 장면을 촬영하고 싶어 했고, 그런 목적을 실현하려고 악마의 의식에 몰입하여 광기의 절정에 있던 나머지 배우들과 제작 팀의 동의 아래 출연진 중에서 가장 덜 알려지고 가장 힘이 없던 여배우를 골랐다. 이 소문을 듣자 엡스타인은 손수 이 소문을 전파시켰고, 이야기는 약간 변형되어 미국의 몇몇 영화 애호가들의 귀에 들어갔다. 이듬해 로스앤젤레스와 뉴욕에서 영화가 개봉되었다. 그건 절대적인 실패였다. 대본도 허술하기 그지없었고 연기도 유감스러웠으며, 영어로 혼란스럽게 더빙된 영화였다. 미국으로 돌아간 엡스타인은 섬뜩한 요소들을 이용하여 선전하려고 애썼지만, 어느 텔레비전 평론가는 영화의 화면을 일일이 보여 주면서, 실제 범죄라고 말하는 장면은 사기라고 지적했다. 그러면서 형편없는 연기를 펼친 그 여배우는 죽어도 마땅하지만, 분명한 것은 적어도 이 영화에서는 누구도 그녀를 처치하려는 양식과 분별을 가지고 있지 못했다고 결론지었다. 이 영화 「스너프」 이후, 엡스타인은 영화를 두 편 더 제작했다. 모두 저예산 영화였다. 그의 아내 클러리사는 부에노스아이레스에 남았고, 아르헨티나 영화 제작자와 함께 살기 시작했다. 페론주의자였던 그녀의 새로운 동반자는 후에 〈죽음의 분대〉 행동 요원으로 참여하여 트로츠키주의자들과 게릴라들을 마구 죽이기 시작했고, 아이들과 가정주부들의 실종을 획책하게 되었다. 군사 독재 기간 동안 클러리사는 미국으로 돌아왔다. 마이크 엡스타인은 1년 전에, 자신의 마지막 영화가 될 작품을 촬영하다가(그러나 엔딩 크레디트에는 그의 이름이 나오지 않는다) 엘리베이터 통로로 떨어져 세상을 떠났다. 몇몇 증인에 따르면, 14층에서 떨어진 탓에 그의 시체는 이루 말로 표현할 수 없을 지경이었다.

　1997년 3월 둘째 주에, 도시 남부의 사막 지역에서 시체 한 구가 발견되면서 죽음의 라운드가 재개되었다. 시체가 발견된 곳은 도시 청사진에 로사리오라고 명명된 장소로, 미국 피닉스 스타일의 동네를 건설할 곳이었다. 시체는 로사리오를 관통하면서 포데스타 계곡 동쪽 끝 흙길과 연결되는 도로에서 50미터 떨어진 곳에 반쯤 매장된 상태로 발견되었다. 시체를 발견한 사람은 말을 타고 지나가던 근처 농장의 농부였다. 법의학 검시관들에 따르면, 사인은 설골 골절을 동반한 교살이었다. 부패된 상태였지만, 시체에는 머리와 손과 발에 뭉툭한 물건으로 맞은 흔적이 아직 분명하게 새겨져 있었다. 아마도 강간당한 것 같았다. 시체에서 발견된 벌레의 종류와 분포 상태로 볼 때, 사망 날짜는 대략 2월 첫째 주나 둘째 주로 추정되었다. 신원을 확인해 줄 신분증은 없었지만, 희생자의 자료는 2월 8일 해가 질 무렵 산바르톨로메 지역에서 실종된 열한 살 난 과달루페 구스만 프리에토와 일치했다. 정확한 신원을 확인하기 위해 인체 계측법과 치의학 검사가 실시되었고, 긍정적인 결과가 나왔다. 나중에 다시 부검이 실시되었고, 두개골에서 타박상과 혈종이, 또한 목 부위에서 타박으로 인한 반상 출혈과 설골 골절이 확인되었다. 이 사건을 담당한 한 형사 말로는, 살인자가 손으로 여자아이의 목을 졸랐을 가능성이 있었다. 오른쪽 허벅지와 둔부 근육에서도 타박상이 감지되었다. 부모는 그 시체가 자신들의 딸 과달루페라고 인정했다. 『소노라의 목소리』에 따르면, 시체는 잘 보존되었고, 그래서 비교적 손쉽게 신원을 확인할 수 있었다. 마치 로사리오의 누런 황무지가 시체를 일종의 미라로 만드는 수단인 것처럼, 그녀의 피부는 잘 건조되어 있었다.

　소녀 과달루페 구스만 프리에토의 시체가 발견된 지 나흘 만에 에스트레야 언덕 동쪽 기슭에서 하스민 토레스 도란테스의 시체가 발견되었다. 이번 희생자 역시 열한 살이었다. 사인은 저혈량성 쇼크였다. 공격자 혹은 공격자들이 열다섯 번 이상 칼로 찌르는 바람에 그렇게 된 것이다. 음부와 항문 검사 후 여러 번 강간당했다는 사실이 밝혀졌다. 시체는 완전하게 옷을 입고 있었다. 카키색 운동복과 파란색 청바지를 입고 싸구려 테니스 신발을 신고 있었다. 여자아이는 도시 서쪽에 위치한 모렐로스 지역에 살았고, 약 20일 전에 납치되었지만, 그녀의 경우 공개 수사가 이루어지지 않았다. 경찰은 에스트레야 지역에서 청년 여덟 명을 체포했다. 그들은 자동차 절도와 소규모 마약 밀매를 비롯해 범죄를 일삼는 갱단의 조직원들이었다. 그들 중 셋은 소년 법원으로 이송되었고, 나머지 다섯 명은 산타테레사 교도소에 수감되었다. 그러나 그들이 살인을 저질렀다는 결정적인 증거는 하나도 없었다.

　하스민의 시체가 발견되고 이틀 후, 어린아이들 무리가 세풀베다 장군 공업

단지 서쪽 황무지에서 숨이 끊어진 카롤리나 페르난데스 푸엔테스의 몸을
발견했다. 열아홉 살인 희생자는 WS-Inc. 마킬라도라 공장 직원이었다. 법의학
검시관에 따르면, 살인은 2주 전에 발생했다. 시체는 완전히 벌거벗은 상태였다.
그러나 15미터 떨어진 곳에서 피로 얼룩진 파란색 브래지어가 발견되었고, 약
50미터 떨어진 곳에서는 품질이 그저 그런 검은색 나일론 스타킹이 발견되었다.
카롤리나와 함께 WS-Inc. 마킬라도라 공장에서 일하던 룸메이트에 대한 조사가
시작되었고, 그녀는 브래지어가 희생자의 것이 맞는다고 밝혀 주었지만, 스타킹은
의심의 여지 없이 자기가 그토록 사랑하던 친구이자 동료의 것이 아니라고
진술했다. 그러면서 자기 친구는 오로지 팬티스타킹만 착용하지 절대 밴드
스타킹을 신는 법이 없었으며, 그걸 마킬라도라 공장의 직원보다는 창녀들에게나
더 어울리는 의류라고 여겼다고 덧붙였다. 그러나 필수적인 검사가 완료되자,
브래지어뿐만 아니라 스타킹에도 핏자국이 있으며, 이 두 가지 모두 동일 인물, 즉
카롤리나 페르난데스 푸엔테스의 혈액과 일치한다는 사실이 밝혀졌다. 그래서
카롤리나 페르난데스 푸엔테스라는 여자가 이중적인 생활을 했거나, 아니면
음부와 항문에서 정액 흔적이 발견된 것으로 보아 살해되던 날 밤에 자발적으로
섹스 파티에 참여했을 거라는 소문이 돌았다. 이틀 동안 그녀의 죽음과 관계 있을
수 있는 WS-Inc. 공장의 남자 노동자들을 상대로 수사를 벌였지만, 아무런 성과도
거두지 못했다. 산미겔 데 오르카시타스라는 작은 마을에 사는 카롤리나의 부모가
산타테레사로 왔다. 그들은 어떤 진술도 하지 않았다. 단지 딸의 시체만을
요구했고, 그들 앞에 놓인 몇몇 서류에 서명을 하고는, 카롤리나의 유품들을
가지고 다시 버스를 타고 산미겔 데 오르카시타스로 돌아갔다. 사인은 칼에 찔린
목 부위의 상처 다섯 개였다. 전문가들에 따르면, 그녀는 시체가 발견된 곳에서
살해된 것이 아니었다.

1997년의 불행한 3월, 카롤리나의 시체가 발견된 지 사흘 만에 푸에블로 아술
고속 도로 근처 돌바닥에서 열여섯 살에서 스무 살 사이로 보이는 여자가
발견되었다. 시체는 상당히 부패된 상태였고, 그래서 사망한 지 최소한 보름
이상이 지났다고 추정되었다. 시체는 완전히 발가벗었고, 양철로 만든 코끼리
모양의 조그만 황금빛 귀걸이만 귀에 걸려 있었다. 여자아이가 실종된 여러 가족이
그 시체를 살펴보았지만, 자신의 딸이나 자매나 사촌이나 아내라고 확인해 준
사람은 아무도 없었다. 법의학 검시관에 따르면, 시체는 오른쪽 가슴이 완전히
도려내졌고, 왼쪽 가슴의 젖꼭지는 뜯겨 나가 있었다. 아마도 물어뜯거나 아니면
칼을 사용한 것 같았지만, 시체가 부패한 까닭에 무엇이라고 정확하게 말할 수는
없었다. 공식적인 사인은 설골 골절이었다.

3월 마지막 주에 카나네아 고속 도로에서 4백 미터쯤 떨어진 곳, 다시 말하면
사막 한가운데에서 또 다른 여자의 해골이 발견되었다. 그걸 발견한 사람들은

로스앤젤레스 대학교에서 온 세 학생과 역사학과 교수였다. 그들은 멕시코 북부로 모터사이클 여행을 하고 있었다. 그들 말로는, 모터사이클을 타고 야키 마을을 찾으려고 비포장 시골길로 접어들었는데, 이내 길을 잃어버리고 말았다. 산타테레사 경찰에 따르면, 미국인들은 점잖지 못한 행동을 하려고, 다시 말하면 집단 섹스를 하려고 대로를 벗어난 것이었다. 그래서 경찰은 새로운 사실이 밝혀지기를 기다리면서, 네 사람을 유치장에 수감했다. 그날 밤늦은 시간에, 그러니까 세 학생과 교수가 유치장에 갇힌 지 여덟 시간 이상이 지났을 무렵, 경찰서에 에피파니오 갈린도가 모습을 드러내서 그들의 이야기를 듣게 해달라고 요청했다. 미국인들은 동일한 이야기를 반복했고, 심지어는 반쯤 매장된 시체를 발견한 정확한 장소를 보여 주는 지도까지 그렸다. 소의 뼈나 혹은 코요테 뼈를 사람 뼈와 혼동했을 가능성은 없느냐고 질문하자, 교수는 아마도 원숭이를 제외하고는 어떤 동물도 사람의 해골 모양과 같은 뼈를 지니지 않았을 것이라고 대답했다. 교수의 말투를 듣자 에피파니오는 몹시 기분이 상했고, 다음 날 새벽에 미국인들과 함께 시체를 발견한 현장에 가보기로 마음먹었다. 그래서 절차를 원활하게 진행하기 위해 이들은 가까운 곳에 있어야만 했다. 다른 말로 하자면 산타테레사 경찰의 손님 자격으로 단지 네 사람만 수감된 감옥에 있어야 한다는 의미였다. 또한 국고로 그들에게 먹을 것을 주어야 하고, 그것도 유치장의 맛없는 싸구려 음식이 아니라 먹을 만한 음식으로, 즉 경찰관이 가장 가까운 곳에 있는 식당에 가서 가져와야 하는 음식을 줘야 한다는 의미였다. 몇몇 외국인 구금자의 항의가 있었지만, 결국 그렇게 되었다. 다음 날 에피파니오 갈린도와 몇몇 경찰과 두 형사는 시체를 발견한 사람들과 함께 사건 현장으로 갔다. 엘 파호날, 즉 〈관목이 우거진 지대〉라고 알려진 곳이었다. 그러나 아무리 봐도 그 명칭은 현실이라기보다는 소망의 표현에 더 가까웠다. 그곳에는 관목이 우거진 곳도, 그 비슷한 것도 없었으며, 오로지 사막과 돌만이 있었다. 아주 드물게 잿빛 초록색을 띤 관목이 있기 했지만, 그것은 그런 황무지를 보는 사람이 슬픈 표정을 짓게 만들기에 충분했다. 그곳에, 그러니까 미국인들이 표시한 바로 그 장소에 그들이 발견한 뼈들이 허술하게 매장되어 있었다. 법의학 검시관에 따르면, 그것은 설골이 골절된 젊은 여자의 뼈였다. 옷도 입지 않았고 신발도 신지 않았으며, 신원을 확인할 수 있는 것은 아무것도 없었다. 범인들이 옷을 벗긴 채 시체를 가져왔거나, 아니면 묻기 전에 옷을 벗겼습니다. 에피파니오는 말했다. 이런 상태를 매장되었다고 할 수 있나요? 법의학 검시관이 물었다. 물론 아니지요. 그들은 그런 수고조차 하지 않았어요. 그런 정성조차 보이지 않았습니다. 에피파니오는 대답했다.

다음 날 공동묘지에서 라 크루스 농장으로 향하는 지방 도로 한쪽 편에서 스무 살 난 엘레나 몬토야의 시체가 발견되었다. 그녀는 사흘 전에 집을 나왔고, 이미 실종 신고가 접수된 상태였다. 복부에는 칼에 찔린 상처 여러 개가 보였다. 또한 손목과 발목에는 찰과상이 있었고, 목 주변에도 상처 자국이 여러 개 나 있었다.

그리고 머리에도 아마 망치나 돌로 보이는 뭉툭한 물체에 맞아서 생긴 것 같은 상처가 나 있었다. 이 사건은 리노 리베라 형사에게 할당되었고, 그는 첫 번째 조치로 사망한 여자의 남편인 사무엘 블랑코 블랑코를 조사했다. 그는 나흘간 취조를 받았고, 마침내 경찰은 증거 부족으로 그를 석방했다. 엘레나 몬토야는 칼&선 마킬라도라 공장에서 일했고, 석 달 된 아들을 하나 두었다.

3월 마지막 날 몇몇 넝마주이 아이가 완전히 부패한 시체 한 구를 불법 쓰레기장 엘 칠레에서 발견했다. 그 시체는 산타테레사의 법의학 해부 연구소로 옮겨졌고, 그곳에서 정상적인 절차에 따라 검시가 진행되었다. 그리고 열다섯 살에서 스무 살 사이의 여자라는 사실이 확인되었다. 사인을 정확하게 밝힐 수는 없었다. 법의학 검시관들에 따르면, 살해된 지 이미 두 달이 넘었기 때문이다. 그러나 이 정보는 구아나후아토에 사는 곤살레스 레센디스 가족의 관심을 끌기에 충분했다. 그들의 딸이 바로 그 무렵 실종되었고, 그래서 구아나후아토 경찰은 산타테레사 경찰에게 엘 칠레에서 발견된 신원 미상 시체의 부검 보고서를 보내 달라고 요청하면서, 특히 치의학 증거를 보내 달라고 강조했다. 증거를 받자 죽은 여자는 열여섯 살 난 이레네 곤살레스 레센디스라는 사실이 확인되었다. 가족과 다툰 후 1996년 1월에 가출한 소녀였다. 그녀의 아버지는 그 지방에서 알려진 멕시코 제도혁명당 소속 정치인이었고, 어머니는 시청률이 높은 텔레비전 프로그램에 출연하여 카메라 앞에서 생방송으로 딸에게 집으로 돌아오라고 간청하기도 했다. 심지어 이레네의 여권용 사진이 인상착의와 전화번호와 함께 우유병 라벨에 인쇄되어 한동안 배포되기도 했다. 그러나 산타테레사의 경찰 중에선 누구도 그 사진을 보지 못했다. 산타테레사의 어떤 경찰도 우유를 마시지 않았던 것이다. 단지 랄로 쿠라만이 예외였다.

산타테레사의 세 법의학 검시관은 서로 닮은 점이 없어 보였다. 그들 중 가장 나이가 많은 에밀리오 가리바이는 뚱뚱했고 거구였으며, 천식을 앓았다. 가끔씩 시체 보관소에서 부검을 하는 동안 천식 발작을 일으켰지만, 전혀 개의치 않았다. 가까이에 그의 조수이자 부인인 이사벨이 있으면, 그녀가 옷걸이에 걸린 그의 재킷에서 흡입기를 꺼내 주었고, 그러면 가리바이는 마치 새끼 새처럼 입을 벌리고서 흡입기를 그에게 분무하도록 가만히 있었다. 그러나 혼자 있을 때는 그걸 무시해 버리고 일을 계속했다. 그는 그곳 산타테레사에서 태어났으며, 지금까지의 모든 것으로 볼 때 그곳에서 죽을 게 거의 확실했다. 그의 집안은 상류층 지주 계급에 속했으며, 많은 가족이 1980년대에 국경 남쪽에 설립되기 시작한 마킬라도라 공장들에 황무지를 팔아서 큰돈을 벌었다. 그러나 에밀리오 가리바이는 어느 것도 팔지 않았다. 아니, 그다지 많이 팔지 않았다. 그는 의과대학 교수였으며, 불행하게도 법의학 검시관으로 일했기 때문에 일이 끊이질 않았다. 그래서 다른 것들, 이를테면 사업 같은 것에 신경 쓸 시간이 없었다. 그는

549

무신론자였고, 몇 년 전부터 어떤 책도 읽지 않았다. 그러나 집에는 전공 서적뿐만 아니라 철학과 멕시코 역사 서적을 비롯해 소설책 한두 권이 꽂힌 남부럽지 않은 서재가 있었다. 가끔씩 그는 자기가 무신론자이기 때문에 더는 독서를 하지 않는다고 생각했다. 그러니까 독서하지 않는 행위가 무신론, 아니면 적어도 그가 생각하는 무신론의 가장 높은 단계임에 틀림없다고 여긴 것이다. 네가 하느님을 믿지 않는데, 그 빌어먹을 책들을 왜 믿어야 하는 거지? 그는 스스로에게 물었다.

두 번째 법의학 검시관은 후안 아레돈도로, 소노라주 수도인 에르모시요 출신이었다. 멕시코 국립 대학에서 공부한 가리바이와 달리, 그는 에르모시요 대학교 의대에서 의학을 공부했다. 나이는 마흔다섯 살이었고, 산타테레사 출신 여자와 결혼해서 세 아이를 두었다. 그의 정치적 성향은 좌파로 기울어 있었다. 민주혁명당 지지자였지만, 그 당에서 투사로 활동한 적은 한 번도 없었다. 가리바이처럼, 그는 산타테레사 대학교에서 자기 전공 과목을 강의하면서 동시에 법의학 검시관 일을 겸했다. 대학에서 학생들의 존경을 한 몸에 받았으며, 학생들은 그를 교수라기보다는 친구처럼 느꼈다. 그의 취미는 텔레비전 시청과 식구들과 함께 집에서 식사하는 것이었다. 하지만 해외에서 학회에 참석해 달라는 초청장을 받으면 거의 미쳐 버렸고, 모든 수단과 방법을 가리지 않고 비행기표를 손에 넣었다. 가리바이의 친구인 학장은 아레돈도를 얕보았으며, 가끔씩 그를 너무나 업신여기는 까닭에 되레 아레돈도에게 이득이 되기도 했다. 이런 방법을 사용한 결과 아레돈도는 여러 번 미국으로 여행했고, 스페인도 한 번 갔다 올 기회를 가졌으며, 코스타리카도 한 번 다녀왔다. 그리고 언젠가 한번은 법의학 해부 연구소와 산타테레사를 대표하여 콜롬비아의 메데인에서 열린 학술 토론 회의에 참석했다. 그런데 귀국했을 때 그는 전혀 다른 사람처럼 보였다. 그곳에서 무슨 일이 일어나는지 우리는 전혀 몰라. 그는 자기 아내에게 말했고, 다시는 그 문제를 입에 올리지 않았다.

세 번째 법의학 검시관은 리고베르토 프리아스였고, 서른두 살이었다. 그는 이라푸아토주 수도인 이라푸아토에서 태어났으며, 잠시 멕시코시티에서 일했다. 그런데 갑자기 아무런 설명도 없이 그곳 직장을 떠났다. 그는 가리바이의 전 학업 동료의 추천을 받아 산타테레사에서 2년 전부터 일했다. 동료들의 평가에 따르면, 그는 세심하고 신중했으며 작업을 매우 효율적으로 수행했다. 그는 의과대학에서 강의 조교로 일했고, 세라핀 가라비토 지역의 조용한 거리에서 혼자 살았다. 그의 아파트는 작았지만 멋지고 우아하게 치장되었다. 그는 많은 책을 가졌지만, 친구는 별로 없었다. 수업 시간 이외에는 학생들과 말하는 법이 거의 없었고, 대학 내에서 이루어지는 동아리 활동을 제외하고는 거의 사교 활동도 하지 않았다. 가리바이를 따라 가끔씩 세 법의학 검시관은 새벽에 함께 아침을 먹으러 나가곤 했다. 그 시간에는 24시간 영업하는 미국식 식당 하나밖에 문을 연 곳이 없었다. 밤새 눈을 붙이지 못한 세풀베다 장군 병원의 간호사들과 잡역부들, 앰뷸런스 운전사들, 사고를 당한 환자의 가족들과 친구들, 창녀들, 학생들 같은, 그 지역 사람들이 모이는 곳이었다. 식당 이름은 런어웨이였고, 커다란 식당 창문 옆 보도에는 커다란 하수구 뚜껑이 있어, 거기서 김이 크게 굽이치며 새어 나왔다. 런어웨이의 간판은 초록색이라 종종 수증기 역시 초록색으로 물들었다. 마치 아열대의 숲처럼 강렬한 초록색을 띠었다. 가리바이는 그걸 볼 때마다 변함없이, 염병할, 너무 예쁘잖아 하고 말했다. 그러고는 더는 말하지 않았고, 세 법의학 검시관은 여종업원을 기다렸다. 약간 토실토실하고 피부는 까무잡잡한 10대 후반 여자아이였다. 그들이 아는 바에 따르면 그 여자아이는 아과스칼리엔테스 출신이었다. 그 아이가 커피를 가져와서 무슨 음식으로 아침 식사를 하겠느냐고 물어볼 때까지 기다린 것이다. 보통 가장 젊은 프리아스는 아무것도 먹지 않거나 기껏해야 도넛 하나만 먹었다. 아레돈도는 아이스크림이 든 케이크 한 조각을 주문하곤 했다. 그리고 가리바이는 핏물이 뚝뚝 떨어지는 스테이크를 시켰다. 얼마 전에 아레돈도는 그 음식이 그의 관절에 치명타가 될 것이라고 말했다. 당신 나이 때에는 그렇게 먹으면 안 돼요 하고 말했다. 가리바이가 뭐라고 대답했는지는 이미 기억나지 않았지만, 예리하고 간결했다는 것은 분명했다. 아침 식사가 나오길 기다리는 동안 법의학 검시관들은 조용히 있었다. 아레돈도는 마치 핏방울을 찾는 것처럼 자기 손등을 바라보았고, 프리아스는 테이블을 쳐다보거나 멍한 눈길로 런어웨이의 황토색 천장을 응시했다. 한편 가리바이는 거리와 그 거리를 지나가는, 얼마 안 되는 자동차를 쳐다보았다. 이따금씩, 아니 아주 드물게, 실험실 보조원이나 사무 보조원으로 일하면서 추가 수당을 챙기는 두 학생과 그곳에 오는 경우도 있었다. 그럴 때면 그들은 조금 더 많이 말했지만, 일반적으로 입을 다문 채 어깨를 웅크리고 있었다. 가리바이는 그걸 〈작업이 아주 잘 되었다는 확신〉이라고 불렀다. 밥을 다 먹으면 그들은 각자 자기가 먹은 값을 지불했고, 마치 독수리처럼 거리로 나왔다. 그날 당직 검시관인 한 사람은 해부학 연구소로 걸어서 되돌아갔고, 다른 두 사람은 지하 주차장으로 내려가서 작별 인사도 하지 않은 채 헤어졌다. 그리고 잠시 후에 운전대를 양손으로 꽉 잡은 아레돈도의 르노 자동차가 나왔고, 조금 후에 가리바이의 그랜드 마키스가 모습을 보였다. 그러면 거리는 마치 진부하고 평범한 애가처럼 그들을 집어삼켰다.

바로 그 시간에 근무를 마친 경찰들은 트레호스 식당에 모여 아침을 먹었다. 관처럼 길고 창문이 몇 개 없는 식당이었다. 그곳에서 경찰들은 커피를 마셨고, 토마토와 양파를 넣은 달걀 요리나 토마토와 양파와 고추를 넣은 달걀 요리, 혹은 베이컨을 넣은 달걀 요리나 스크램블드에그를 먹었다. 그리고 그들은 농담을 했다. 가끔씩은 농담이 전공 분야인 것 같았다. 여자에 관한 농담이 주를 이루었다. 가령 어느 경찰이 완벽한 여자는 어떨까 하고 묻는다. 키는 50센티미터고, 귀는 크고, 정수리는 평평하고, 이빨이 없고 무시무시하게 못생긴 여자야. 왜 그럴까? 50센티미터가 되어야 하는 이유는 정확하게 우리의 허리까지 도달하기 때문이야. 그리고 커다란 귀는 붙잡고 쉽게 조종하기 위한 것이고, 평평한 정수리는 맥주를 놓아 둘 공간을 제공하기 때문이지. 그리고 이빨이 없어야 우리 불알에 아무런 해도 끼치지 않고, 아주 못생겨야 어떤 개자식도 훔쳐 가지 않거든. 몇몇 사람이 웃었다. 다른 사람들은 계속해서 달걀을 먹으면서 커피를 마셨다. 그러면 첫 번째 농담을 들려준 사람이 이야기를 계속했다. 왜 여자들이 스키 타는 법을 모르는지 알아? 그는 물었다. 침묵이 흘렀다. 그건 부엌에는 눈이 내리지 않기 때문이야. 하지만 몇몇 사람은 그 농담을 이해하지 못했다. 경찰 대부분이 평생 스키를 타본 적이 없었기 때문이다. 사막 한가운데에 있는데 어디서 스키를 타겠어? 하지만 몇몇 사람이 웃었다. 그러면 농담꾼은 이렇게 말했다. 좋아, 친구들, 여자가 누구인지 정의 내릴 수 있는 사람? 다시 침묵이 흘렀다. 그러자 농담꾼이 대답했다. 어느 정도 조직된 세포 다발로 둘러싸인 음부야. 누군가가 웃었다. 형사였다. 아주 훌륭해, 곤살레스. 세포 다발이라, 그래, 맞아, 바로 그거야. 그러고서 또 다른 농담, 즉 국제적 성격을 띤 농담을 했다. 이번 것은 국제적인 거야. 왜 자유의 여신상이 여자여야만 했는지 알아? 머리가 텅 비어야 전망대를 설치할 수 있기 때문이야. 그리고 다른 농담을 했다. 여자의 뇌는 몇 부분으로 나뉘지? 경우에 따라 달라! 무엇에 따라 달라지는 거지, 곤살레스? 우리가 얼마나 여자를 세게 때리느냐에 따라 달라지지. 곤살레스는 내친김에 계속했다. 여자들은 왜 일흔까지 셀 수 없는지 알아? 예순아홉에 도달할 즈음이면 이미 입에 먹을 것이 가득하기 때문이야. 조금 더 재미있는 걸로 하나 해볼게. 바보 남자보다 더 바보는 누굴까? (그건 쉬운 문제였다.) 바로 똑똑한 여자야. 그럼 이젠 더 센 걸로 하나 더 들려줄게. 남자들이 왜 여자들에게 차를 빌려 주지 않는지 알아? 그건 침실에서 부엌까지는 도로가 나 있지 않기 때문이야. 이번에도 똑같은 스타일의 문제야. 부엌 밖에서는 여자가 뭘 하는지 알아? 바닥이 마르길 기다려. 이번에는 약간 변형된 질문이야. 신경 세포가 여자의 뇌 속에서 무엇을 할까? 물론 관광이지. 그러자 이미 전에 미소를 지은 형사는 다시 웃더니, 정말 훌륭해, 곤살레스, 뉴런, 정말 멋진 주제야, 그리고 관광이라는 대답도 정말 기가 막히게 훌륭해 하고 응수했다. 그러면 곤살레스는 지친 기색도 없이 계속했다. 이 세상에서 가장 멍청한 여자 세 명을 어떻게 고를까? 닥치는 대로 고르면 돼. 무슨 말인지 알겠어? 그냥 마구 고르면 돼. 어쨌든 결과는 마찬가지일 테니까. 그럼 여자에게 더 많은 자유를 주려면 무엇을 해야만 할까? 더 넓은 부엌을 주면 되는 거야. 여자에게 더욱더 많은 자유를 주려면 어떻게 해야 할까? 연장 코드에 다리미 플러그를 꽂으면 돼. 여성의 날은 언제일까? 아무도 생각하지 못한 날이야. 그렇다면 여자가 머리에 총알을 맞으면 죽는 데 얼마나 걸릴까? 총알이 뇌를 찾는 데 걸리는 시간에 좌우되겠지만, 대략 일곱 시간이나 여덟 시간 정도 걸려. 뇌라고, 그래, 맞아. 형사는 생각에 잠겨 말했다. 누군가가 곤살레스에게 왜 남성 중심주의적인 농담을 그토록 많이 하느냐고 나무라면, 그는 하느님이 남자를 여자보다 우수하게 만들었으니, 더 극단적인 남성주의자라고 대답했다. 그러면서 농담을 계속했다. 지능 90퍼센트를 상실한 여자를 뭐라고 부를까? 벙어리야. 그럼 커피 스푼에 있는 여자의 뇌에는 어떤 일이 일어날까? 물론 떠다니지. 왜 여자들은 개보다 신경 세포 하나가 더 많을까? 화장실 청소를 할 때 변기에 담긴 물을 마시지 않도록 하기 위해서야. 남자가 여자를 창문 밖으로 던질 때 그 남자는 무엇을 하는 것일까? 물론 대기를 오염시키는 거지. 여자와 스쿼시 공의 비슷한 점은 무엇일까? 세게 때리면 때릴수록, 더 빠르게 돌아온다는 거야. 왜 부엌에는 창문이 있는 것일까? 여자들이 세상을 볼 수 있게 하려는 거지. 곤살레스가 지쳐서 맥주를 마시고는 의자에 털썩 주저앉자, 나머지 경찰들은 다시 달걀 요리를 먹기 시작했다. 그러자 밤새 일을 해서 피곤에 지친 형사는 얼마나 많은 하느님의 진실이 그런 대중적인 농담 뒤에 숨어 있을까 곰곰이 생각했다. 그러고서 자기 가랑이를 긁고는 플라스틱 탁자 위에 스미스&웨슨 686 모델을 올려놓았다. 거의 1.2킬로그램이나 되는 권총이었다. 테이블 윗면과 부딪치자 멀리서 들리는 천둥처럼 둔탁한 소리가 났고, 가장 가까이에 있던 경찰 대여섯 명의 관심을 끌었다. 그들은 그의 말, 그러니까 형사가 말하려고 생각한 말을 들었다. 아니, 마치 사막에서 길을 잃은 밀입국자들처럼, 혹은 그들이 오아시스나 조그만 마을, 혹은 야생마 무리를 쳐다보듯이 그의 말을 흘끗 보았다는 편이 옳을 것 같았다. 하느님의 진리야. 형사가 말했다. 도대체 어떤 빌어먹게 훌륭한 놈들이 이런 농담을 만들었을까? 또 멋진 속담들은 누가 만들어 냈을까? 그 염병할 놈들은 어디서 온 것일까? 누가 그런 농담을 가장 먼저 생각했을까? 그런 농담을 처음으로 말한 놈들이 누구일까? 마치 잠든 것처럼 눈을 지그시 감고 잠시 침묵을 지킨 다음, 형사는 왼쪽 눈을 뜨고서 말했다. 이 빌어먹을 놈들아, 애꾸의 말을 들어. 부엌에 있는 여자들을 침대로 데려가고, 데려가는 도중에 마구 패도록 해. 혹은 이렇게 말하기도 했다. 여자들은 법과 같아. 그러니까 깨뜨리기 위해 존재하는 거야. 웃음소리가 식당에 가득했다. 마치 경찰들이 죽음을 헹가래 치듯, 웃음으로 만들어진 커다란 담요가 길쭉한 식당 위로 솟아올랐다. 물론 모든 경찰이 웃는 건 아니었다. 몇몇 사람은 멀리 떨어진 테이블에서 칠리가 든 달걀 요리나 고기가 들어간 달걀 요리, 혹은 콩을 넣은 달걀 요리를 아무 말 없이 먹어 치우거나, 또는 농담하던 패거리와 떨어져 자기들끼리 자기들의 일에 관해 말했다. 그러니까 고통과 의심에 휩싸인 채 구부리고 앉아서 아침을 먹는다고 말할 수 있었다. 그들은 어떤 곳으로도 이끌지 않는 본질적인 문제를 생각하며 웅크렸다. 그리고 너무나 졸려 멍한 얼굴이기도 했다. 다시 말하면, 또 다른 종류의 꿈을 지켜 주는 웃음소리에 등을 돌리고 있었던 것이다. 반면에 바 끝에는 팔꿈치를 괸 채 아무 말 없이 술을 마시는 사람들도 있었다. 그들 중에는 시끄러운 웃음소리를 쳐다보는 사람도 있었고, 계속해서 빌어먹을 소리를 중얼거리는 사람도 있었으며, 아니면 아무 소리도 중얼거리지 않는 사람도 있었다. 그렇게 그들은 자세가 구부정한 경찰과 형사들의 스냅 사진을 머릿속으로 찍었다.

예를 들면 여자들에 관한 농담을 한 아침에, 곤살레스와 그의 동료 후안 루비오는 트레호스 식당에서 나왔다. 랄로 쿠라가 그들을 기다렸다. 곤살레스와 그의 동료가 그를 따돌리려는 순간, 어느 구석에서 불현듯 에피파니오가 모습을 드러내더니 애송이의 말을 듣는 게 좋을 거라고 충고했다. 순찰 경관인 후안 루비오에 따르면 그들은 야간조에 배속되어 밤새 일해서 몹시 피곤했는데, 에피파니오는 해야 할 일이 있다고 했다. 이런 종류의 행사는 여자들에 대한 농담처럼 산타테레사 경찰들이 좋아하는 것이었다. 아니, 사실상 더 좋아한다는 말이 맞았다. 차 두 대가 약속한 은밀한 장소로 향했다. 천천히 달렸다. 어쨌거나 급하게 서두를 필요는 전혀 없었다. 곤살레스의 자동차가 앞장을 섰고, 몇 미터 간격을 두고 에피파니오의 자동차가 뒤를 따랐다. 그들은 3층 이상 건물이 즐비하게 늘어선 포장된 거리를 벗어났다. 이윽고 차창으로 해가 떠오르는 걸 보았다. 그들은 검은색 선글라스를 꼈다. 어느 자동차에서 행사 소식을 무선으로 알렸고, 그들이 들판에 도착한 후 얼마 되지 않아서 경찰차가 열 대 정도 나타났다. 경찰들이 차에서 내렸고, 서로 담배를 권하거나 그곳에 있던 돌을 발로 차거나 하면서 웃었다. 술병을 가진 사람들은 술을 퍼마시면서, 날씨에 대해 아무런 의미도 없는 말을 하거나 혹은 자신들의 사생활에 관해 말했다. 30분 후 모든 자동차가 들판을 떠나면서 그들 뒤로 자욱한 노란 먼지구름을 일으켰고, 그 먼지구름은 공중에 덩그렇게 매달려 있었다.

네 가족사를 이야기해 봐. 염병할 놈들이 말했다. 네 가계도를 그려 보란 말이야. 개자식들이 말했다. 개똥 같은 좆 같은 놈들. 랄로 쿠라는 화내지 않았다. 씨팔년들에게서 나온 빌어먹을 놈들. 네 무기의 문장에 관해 말하란 말이야. 이제 그만해. 저 애송이가 주먹을 날릴지도 몰라. 자, 진정해. 경찰관을 존중하도록 해. 겁먹거나 뒤로 물러나겠다는 표정을 짓지 마. 네가 정말로 그들 말대로 할 것이라는 기미를 풍기지 마. 몇몇 밤에 셋방의 희미한 불빛 속에서, 수많은 지문과 피와 정액의 얼룩, 독물학의 원칙, 절도 수사, 주거 침입, 족문(足紋), 범죄 현장을 스케치하고 사진 찍는 방법 따위에 현기증을 느끼면서 범죄학 서적들(인상 쓰지 마, 인마)을 덮었을 때, 그는 비몽사몽 중에, 그러니까 잠과 불면 사이를 둥둥 떠다니면서 자기 가문의 시조에 관해 말해 주는 목소리를 듣거나 기억했다. 그의 가계도는 1865년으로 거슬러 올라갔다. 시조는 비야비시오사 근교에 침실 한 개만 덩그러니 있는 흙벽돌 집에서 벨기에 병사에게 강간당한, 열다섯 살 난 이름 없는 여자 고아였다. 다음 날 병사는 목이 잘린 채 죽었고, 아홉 달 후 어린 여자 아기가 태어났다. 그 아기에게는 마리아 엑스포시토라는 이름이 붙었다. 그 고아, 즉 첫 번째 창시자는 산욕열로 죽었다고, 목소리 혹은 서로 번갈아 가면서 등장하던 몇 가지 목소리가 말했다. 여자 아기는 잉태되었던 집에서 자랐지만, 이후 그 집은 그녀를 보살핀 몇몇 농부의 소유가 되었다. 1881년에, 그러니까 마리아 엑스포시토가 열다섯 살 되었을 때, 성 디스마스 축일의 축제가 벌어지는 동안 어느 술 취한 외국인이 그녀를 말에 태워 데려가면서 목청껏 노래를 불렀다. 〈이게

도대체 무슨 일이야/디스마스가 게스타스에게 말했다.)[41] 공룡이나 독도마뱀처럼
생긴 어느 언덕 기슭에서 그는 그녀를 여러 번 강간하고서 모습을 감추었다.
1882년에 마리아 엑스포시토는 여자 아기를 낳았고, 아기의 이름을 마리아
엑스포시토 엑스포시토라고 붙였어. 목소리는 말했다. 그 아이는 비야비시오사
농부들에게 경탄의 대상이 되었다. 아주 어렸을 때부터 매우 똑똑하고 활발했다.
비록 글을 읽고 쓸 줄은 몰랐지만, 현명한 여인이자 약초와 연고에 박식하기로
이름이 높았다. 1898년에 일주일간 마을을 떠났던 마리아 엑스포시토는 어느 날
아침 비야비시오사 광장에 모습을 드러냈다. 마을 중앙에 자리 잡은 휑뎅그렁한
공간이었다. 그런데 그녀의 온몸은 멍들었고, 한쪽 팔은 부러져 있었다. 그녀는
결코 무슨 일이 있었는지 말하려고 하지 않았고, 그녀를 보살펴 주던 여자들도
이유를 설명하라고 요구하지 않았다. 9개월 후 여자 아기가 태어났고, 그녀는 딸
이름을 마리아 엑스포시토라고 붙여 주었다. 한 번도 결혼하지 않았고, 더는
아이도 갖지 않았으며, 어떤 남자와도 살지 않았던 그녀의 어머니는 딸아이를 민간
비법의 세계로 인도했다. 그러나 젊은 마리아 엑스포시토는 단지 성격이 좋다는
점만 어머니와 닮았다. 어떤 마리아 엑스포시토는 말이 없고, 또 어떤 마리아
엑스포시토는 수다쟁이라는 차이는 있었지만, 비야비시오사의 모든 마리아
엑스포시토는 성격이 좋았다. 좋은 성격과 의연한 정신을 가지고 폭력이나 극단적
가난의 시기를 견디며 살아왔다는 점이 바로 모든 마리아 엑스포시토의 공통적인
자질이었다. 그러나 젊은 마리아 엑스포시토의 어린 시절과 10대 시절은 그녀의
어머니와 할머니가 보낸 시절보다 평화로웠고 편안했다. 1914년에 그녀는 열여섯
살이었지만, 아직도 어린 소녀처럼 생각하고 행동했다. 그녀가 하는 일이라고는 한
달에 한 번씩 어머니와 함께 이상한 약초를 찾아다니고, 아주 멀리 떨어진 공동
빨래터가 아닌 집 뒷마당에 있는 낡은 나무 여물통에서 빨래를 하는 게
고작이었다. 그해 마을에 사비노 두케 대령이 나타나서 혁명군에 동참하여 싸울
용감한 남자들을 찾았다(그는 1915년에 비겁한 행동을 했다는 이유로
총살당했다). 그 대령이 징집하러 온 것은 비야비시오사의 남자들이 누구보다도
용감하다는 명성이 자자했기 때문이다. 마을의 여러 청년이 자원했다. 그런데 그중
한 청년이 전쟁터로 떠나기 전날 밤에 사랑을 고백하기로 마음먹었다. 당시까지
마리아 엑스포시토는 그를 단지 이따금씩 함께 장난치며 노는 놀이 친구이자
동갑내기이고, 자기처럼 너무나 천진난만하다고만 생각했다. 사랑을 고백하기
위해 더는 아무도 사용하지 않던(비야비시오사 사람들이 갈수록 가난해졌기
때문에) 곡물 창고를 선택했다. 그런데 사랑의 고백을 듣자 마리아 엑스포시토는
깔깔거리고 웃었고, 그는 그 자리에서 절망에 사로잡힌 채 서투르게 그녀를
강간하고 말았다. 다음 날 아침, 전쟁터로 떠나기 전에 그는 돌아와서 그녀와
결혼하겠다고 약속했지만, 일곱 달 후 정부군과의 전투에서 사망했고, 그와 그의

41 디스마스는 예수가 십자가에 못 박혀 매달렸을 때 오른쪽에 매달렸던 〈착한 죄수〉이며, 게스타스는 왼쪽에
매달려 예수에게 욕을 한 도적이다.

말은 상그레 데 크리스토강에 휩쓸려 내려갔다. 그래서 전쟁에 갔거나 아니면 청부살인업자로 일하러 갔지만 이후로 다신 소식을 들을 수 없었거나, 아니면 여기저기에서 그다지 믿을 수 없는 이야기로만 나타나던 마을의 다른 청년들과 마찬가지로, 그는 결코 비야비시오사로 돌아오지 않았다. 어쨌거나 아홉 달 후, 마리아 엑스포시토 엑스포시토가 태어났다. 젊은 마리아 엑스포시토는 하루아침에 어머니가 되어 인근 마을을 돌아다니면서, 자기 어머니가 만든 연고와 닭장에서 거둔 달걀을 팔면서 일하기 시작했고, 그녀의 장사 수완은 그다지 나쁘지 않았다. 1917년에는 엑스포시토 가족에게 그다지 흔치 않은 일이 일어났다. 마리아가 인근 마을을 갔다 온 후 다시 임신했고, 이번에는 남자 아기를 낳은 것이다. 이름은 라파엘이라 붙였다. 아이의 눈은 머나먼 시절의 벨기에 고조할아버지처럼 초록색이었고, 그 아이의 시선에는 외부인들이 비야비시오사 사람들에게서 감지하는 이상한 분위기가 서려 있었다. 즉, 살인자들처럼 칙칙하고 강렬한 시선이었다. 마녀 같은 어머니의 행동과 말을 점차로 받아들였지만 단지 물약만을 팔았고 조그만 류머티즘 약통과 하지 정맥류 약통을 혼동하던 마리아 엑스포시토는 몇 번에 걸쳐 아이아버지가 누구냐는 질문을 받았다. 그런 질문을 받을 때마다 그녀는 아이아버지는 악마며, 라파엘은 그 악마의 모습을 빼닮았다고 대답했다. 1934년에 마을에서 엄청난 술잔치가 벌어졌다. 그 잔치가 벌어지는 동안 투우사 셀레스티노 아라야와 〈죽음의 멕시코인〉 클럽 회원들이 아주 이른 아침 시간에 비야비시오사에 도착했고, 이제는 존재하지 않지만 당시에는 여행자들에게 잠잘 곳을 제공하던 어느 술집에 자리를 잡았다. 그들은 큰 소리로 염소 바비큐를 달라고 했고, 마을의 여자아이 셋이 고기를 갖다주었다. 그중 한 여자아이가 마리아 엑스포시토였다. 정오 무렵에 그들은 떠났고, 석 달 후에 마리아 엑스포시토는 어머니에게 아이를 낳게 될 것이라고 고백했다. 아버지가 누구야? 남동생이 물었다. 여자들은 침묵을 지켰고, 남자아이는 스스로 자기 누나의 발자취를 조사하기 시작했다. 일주일 후 라파엘 엑스포시토는 카빈총을 빌려 달라고 했고, 걸어서 산타테레사로 향했다. 그는 그토록 큰 도시에 가본 적이 없었다. 아스팔트가 깔린 거리와 카를로타 극장, 영화관, 시청 건물과 당시의 멕시코 지역, 그러니까 국경선 옆이자 엘 어도비라는 미국 마을 옆 지역의 거리에서 일하는 창녀들을 보자 그는 기절초풍했다. 그는 사흘 동안 그 도시에 머무르면서 그곳 지리를 익힌 다음, 자기가 해야 할 바를 실행에 옮기겠다고 마음먹었다. 첫날은 셀레스티노 아라야가 자주 들르는 장소와 무료로 잘 곳을 찾는 데 전념했다. 그는 몇몇 동네에서는 밤이 낮과 똑같다는 사실을 발견하고, 잠을 자지 않겠다고 스스로 맹세했다. 둘째 날에 그는 창녀들이 운집하는 거리를 오르내렸다. 그때 작은 키에 몸매는 균형 잡혔고, 새까만 머리카락이 허리까지 내려오는 유카탄 출신 여자가 그를 불쌍히 여겨 자기가 사는 집으로 데려갔다. 하숙집 방에서 그녀는 라파엘에게 쌀을 넣은 수프를 만들어 주었고, 그런 다음 밤까지 사랑을 했다. 라파엘 엑스포시토에게는 첫 경험이었다. 일하러 나갈 시간이 되자, 창녀는 라파엘에게 방에서 자기를 기다리라고 지시했다. 그러면서 혹시 밖으로 나갈 경우에는 길모퉁이나 계단에서 기다리라고 말했다. 라파엘은 그녀를 사랑한다고 말했고, 그러자 창녀는 즐거운 마음으로 일하러 떠났다. 사흘째 되는 날에 그들은 카를로타 극장으로 가서 멕시코 전역을 순회하던 도미니카의 음유시인 파하리토 데 라 크루스의 낭만적인 발라드와 호세 라미레스의 란체라를 들었지만, 그가 가장 좋아한 것은 코러스 걸들과 미초아칸 태생 중국 요술사가 벌인 마술이었다. 나흘째 저녁 무렵, 배불리 먹고 마음을 차분히 가라앉힌 라파엘 엑스포시토는 창녀와 작별하고서, 카빈총을 숨겨 놓은 곳으로 가서 그것을 찾은 다음 의연하게 〈사촌 형제들〉이라는 술집으로 발길을 옮겼다. 그리고 그곳에서 셀레스티노 아라야를 발견했다. 그에게 총탄을 발사하고 몇 초 후, 그는 한 치의 의심도 없이 자기가 셀레스티노를 죽였다는 사실을 알았고, 복수했다는 생각에 너무나 행복해했다. 그런데 그가 행복에 겨워 눈을 감기도 전에, 투우사의 친구들이 그를 향해 권총을 쏘아 댔다. 그는 산타테레사의 공동묘지에 묻혔다. 1935년에 또 다른 마리아 엑스포시토가 태어났다. 그 아이는 소심하고 귀여웠다. 키가 너무나 커서, 심지어 마을에서 가장 큰 남자도 그녀 옆에 있으면 난쟁이처럼 보였다. 열 살이 되었을 때부터 그녀는 어머니와 할머니와 함께 증조할머니가 만든 약품을 팔러 다녔고, 증조할머니와 함께 새벽에 약초를 캐러 나갔다. 가끔씩 비야비시오사의 농부들은 지평선과 맞닿은 그녀의 그림자가 언덕을 오르내리는 것을 보았다. 그리고 그토록 키가 크고 늘씬한 다리를 지닌 여자가 존재할 수 있다는 사실이 너무나 놀랍고 의외라고 생각했다. 너희 가문에서 글을 쓰고 읽는 법을 배운 첫 번째 여자야. 목소리 혹은 목소리들이 말했다. 열여덟 살 때 그녀는 행상꾼에게 강간당했고, 1953년에 마리아 엑스포시토라는 여자아이가 태어났다. 그 당시 마리아 엑스포시토라는 이름을 지닌 다섯 세대가 비야비시오사 근교에서 함께 살았고, 조그만 집은 방들이 덧붙여지고 넓은 부엌을 지닌 집으로 커졌다. 부엌에는 석유 스토브와 땔감을 때는 아궁이가 설치되었고, 가장 나이 많은 마리아 엑스포시토는 그곳에서 물약과 약품을 만들었다. 밤이 되어 저녁 식사를 할 시간에는 항상 다섯 마리아 엑스포시토가 식탁에 둘러앉았다. 어린 소녀, 소녀의 호리호리한 어머니, 슬픔에 잠긴 라파엘의 누나, 어린아이티를 벗지 못한 마리아, 그리고 마녀가 모여 앉은 것이다. 항상 그들은 성인과 그들이 결코 잃지 않았던 질병들, 그리고 기후와 남자들에 관해 이야기했다. 그들은 기후뿐만 아니라 남자들이 모두 골치 아픈 존재라고 여겼고, 그래서 단지 여자들로만 가족을 이루게 해준 것에 대해 하늘에게 감사했지만, 열렬하게 감사한 것은 아니었어. 목소리는 말했다. 1976년에 젊은 마리아 엑스포시토는 멕시코시티에서 온 두 학생을 사막에서 발견했고, 그들은 그녀에게 길을 잃었다고 말했다. 하지만 무언가에서 도망치는 것 같았다. 그들과 현기증 날 정도의 일주일을 보낸 후, 그녀는 더는 그들을 볼 수 없었다. 학생들은 자기들 자동차 안에서 살았고, 그중 한 명은 아픈 것처럼 보였다. 그들은 마약에 중독된 듯했고 말을 많이 했으며, 그녀가 옥수수빵과 콩 요리를 집에서 몰래 가져다주었지만, 아무것도 먹지 않았다. 그들은 새로운 혁명, 이미 태동했지만 50년이 지나기 이전에는 결코 거리로 나오지 않을, 눈에 보이지 않는 혁명 같은 것들에 관해 말했다. 아니, 5백 년 혹은 5천 년이 걸려야 공개될 혁명인 것 같기도 했다. 학생들은 비야비시오사에 체류한 적이 있었지만, 그들이 원하는 것은 우레스나 에르모시요로 향하는 고속 도로를 찾는 것이었다. 매일 밤 그들은 차 안에서, 혹은 사막의 뜨거운 땅바닥에서 그녀와 사랑을 나누었다. 어느 날 아침 그녀가 그 장소에 갔을 때, 그들의 모습은 온데간데없었다. 석 달 후 그녀의 고조할머니가 태어날 아기의 아버지가 누구냐고 물었을 때, 젊은 마리아 엑스포시토는 아주 이상한 꿈을 꾸었다. 작고 강인한 자기 자신, 소금 호수 한가운데서 두 남자와 사랑을 나누는 자기 모습을 본 것이다. 그리고 꽃과 초목이 담긴 화분으로 가득한 터널을 보았다. 남자 아기에게 라파엘이라는 이름으로 세례를 주려 한 가족의 소망과 달리, 마리아 엑스포시토는 아이에게 올레가리오라는 이름을 붙여 주었다. 올레가리오는 사냥꾼들의 수호자로, 12세기에 카탈루냐의 사제였으며 바르셀로나의 주교였고, 타라고나의 대주교였던 성인이었다. 또한 그녀는 아들이 엑스포시토라는 똑같은 성(姓)을 두 개 갖지 않도록 아버지의 성에 해당하는 앞의 성을 엑스포시토가 아닌 쿠라로 바꿔서 붙여 주겠다고 결심했다. 멕시코시티의 학생들과 보낸 어느 날 밤에 그들이 엑스포시토는 고아의 이름이라고 말해 주었기 때문이었어. 목소리는 말했다. 비야비시오사에서 30킬로미터 떨어진 산시프리아노 교구의 신부에게 질문을 받아야 했고, 신부가 아버지라고 추정되는 사람의 신원을 믿지 않았지만, 그녀는 그 교구에 올레가리오 쿠라 엑스포시토라는 이름으로 신고했다. 고조할머니는 항상 그들 가문의 성이었던 엑스포시토 앞에 쿠라라는 성을 붙인 것은 순전히 교만에 불과하다고 지적했다. 얼마 후 고조할머니는 세상을 떠났다. 그때 랄로는 두 살이었고 벌거벗은 채 마당을 걸어 다니면서, 항상 굳게 닫혀 있는 비야비시오사의 노랗거나 하얀 집들을 쳐다보았다. 랄로가 네 살이 되었을 때, 또 다른 늙은 마리아 엑스포시토, 그러니까 어린아이티를 벗지 못한 마리아가 세상을 떠났다. 그리고 열다섯 살이 되었을 때에는 라파엘 엑스포시토의 누나가 죽었어. 목소리 혹은 목소리들이 말했다. 페드로 네그레테가 페드로 렝히포의 지시를 받아 일할 사람으로 그를 찾으러 왔을 때에는 단지 호리호리한 마리아 엑스포시토와 그의 어머니만이 살고 있었다.

이 사막에서 사는 건 마치 바다에서 사는 것과 같아. 랄로 쿠라는 생각했다. 그러는 동안 에피파니오가 운전하던 자동차는 빈터에서 멀어졌다. 소노라주와 애리조나주의 경계는 마법에 걸리거나 유령들이 출몰하는 섬들의 집합체야. 도시들과 마을들은 배야. 사막은 끝없는 바다야. 이곳은 인간들을 위한 장소가 아니라 물고기들을 위한 장소야. 무엇보다도 심연의 바다에서 사는 물고기들을 위한 곳이야.

3월에 죽은 희생자들은 멕시코시티의 신문들이 큰 소리로 몇 가지 질문을 던지게 만드는 계기가 되었다. 살인자가 수감되어 있다면, 누가 이 모든 여자를 죽인 것인가? 살인자의 부하들이나 공범자들 역시 감옥에 갇혀 있다면, 누가 이 모든 여자의 죽음에 책임이 있는가? 들소라고 불리는 가공스럽고 확인 불가능한 젊은이들의 갱단이 살인의 주범이라는 말이 어느 정도까지 사실이며 어디까지가 경찰이 만들어 낸 작품일까? 왜 자꾸만 하스에 대한 재판이 연기되는 것일까? 왜 연방 당국은 수사를 지휘할 특별 검사를 파견하지 않는 것일까? 4월 4일에 세르히오 곤살레스는 신문사를 설득하여, 그를 파견해 산타테레사의 살인에 관한 새로운 기사를 쓰도록 하는 데 성공했다.

　　4월 6일에 음료수 공장 저장 창고 근처에서 미첼 산체스 카스티요의 시체가 발견되었다. 시체를 발견한 사람은 그 구역의 청소 업무를 맡은 공장 종업원 둘이었다. 시체에서 약 50미터 떨어진 곳에서 핏자국이 묻은 쇠막대기와 거기에 붙은 머릿가죽의 잔해가 수거되었다. 수거된 물품으로 볼 때 그것으로 여자를 죽였다고 추정할 수 있었다. 미첼 산체스는 낡은 담요에 둘둘 말려서 타이어 더미 옆에 버려져 있었다. 그곳은 그 동네를 지나가는 사람이나 술에 취한 사람이 잠자는 게 전혀 이상하지 않은 장소였고, 음료수 공장은 그런 걸 어느 정도 묵인했다. 야간 경비원들에 따르면, 평소에 그들은 얌전하고 온순했지만 화가 나면 타이어에 불을 붙일 수도 있었고, 상황을 더욱 어렵게 만들 수 있는 사람들이었다. 희생자의 얼굴에는 타박상이 여러 개 있었고, 가슴 부위에는 가볍게 찢어진 상처들도 있었다. 하지만 치명적인 상처로 보이는 것은 오른쪽 귀 뒤의 두개골 골절이었다. 그녀는 흰 구슬이 달린 검은 바지와 커다란 검은색 단추가 달린 장미색 블라우스를 입고 있었다. 경찰에 따르면, 바지는 무릎 아래로 내려와 있었고 블라우스는 가슴 위로 올라가 있었다. 그리고 광부들의 신발과 같은 종류, 즉 트랙터 타이어로 밑창을 댄 무거운 신발을 신었다. 그녀는 브래지어를 했고 팬티도 입은 상태였다. 아침 10시가 되자 그 장소는 구경꾼들로 가득 찼다. 수사 책임자인 호세 마르케스 형사의 말로는, 여자는 바로 그 장소에서 공격을 받아 살해되었다. 그를 알던 기자들은 좀 더 가까이 다가가서 사진을 찍도록 해달라고 요청했고, 형사는 그 요청에 반대하지 않았다. 희생자는 신분증을 휴대하지 않았기 때문에 경찰은 누구인지 알 수 없었다. 그러나 스무 살 이하인 것 같습니다. 호세 마르케스는 말했다. 시체에 가까이 다가간 기자들 중에는 세르히오 곤살레스도 있었다. 그는 여자 시체를 한 번도 본 적이 없었다. 간격을 약간 두고 타이어 더미는 동굴과 같은 모습을 이루었다. 추운 밤에 잘 장소로는 그다지 나쁘지 않았다. 그곳에 들어가려면 거의 네발로 기다시피 해야만 했다. 그리고 아마도 밖으로 나오기는 더욱 힘들 것 같았다. 그는 두 다리와 담요를 보았다. 그리고 산타테레사의 기자들이 호세 마르케스에게 담요를 벗겨 달라고 요구하는 소리와 호세 마르케스가 웃는 소리를 들었다. 그는 그곳에 계속 있고 싶지 않았고, 그래서 렌트한 비틀 자동차를 세워 둔 고속 도로로 걸어 나왔다. 다음 날 희생자는 열여섯 살 난 미첼 산체스 카스티요라고 밝혀졌다. 법의학 검시관의 보고서에 따르면, 부검 결과 사인은 두뇌에 가해진 심한 충격이며, 성폭력 행위는 없었다는 사실이 확인되었다. 그리고 그녀의 손톱에서 살점이 발견된 것으로 보아, 죽을 때까지 가해자와 치열하게 싸웠을 가능성이 높았다. 머리와 옆구리의 외상은 그녀가 살인자와 필사적으로 싸웠다는 것을 보여 주는 또 다른 증거였다. 음부 검사로도 그녀가 강간당하지 않았다고 결론을 냈다. 가족들은 미첼이 4월 5일에 여자 친구네 간다며 나갔고, 마킬라도라 공장의 일자리를 알아보려고 그 친구 집에서 나왔다고 말했다. 경찰 보도 자료에 따르면, 그녀는 5일 밤과 6일 새벽 사이에 공격을 받아 살해된 것으로 추정되었다. 쇠막대기에서는 지문이 검출되지 않았다.

세르히오 곤살레스는 호세 마르케스 형사를 인터뷰했다. 그는 밤이 도시 위로 드리울 때 도착했고, 사법 경찰 건물은 거의 텅 비어 있었다. 관리인처럼 행동하던 사람이 호세 마르케스의 사무실이 어디에 있는지 가르쳐 주었다. 복도에서는 누구와도 마주치지 않았다. 사무실 문 대부분이 열려 있었고, 어느 사무실에서는 복사기 소리가 들려왔다. 호세 마르케스는 시계를 흘끗 쳐다보면서 그를 맞이했고, 잠시 후 시간을 절약하고자 하니 로커 룸으로 함께 가자고 부탁했다. 형사가 옷을 벗는 동안, 세르히오는 미첼 산체스가 음료수 공장 뒷마당에 목숨을 부지한 채 도착하는 게 어떻게 가능하냐고 물었다. 완벽하게 가능한 일입니다. 마르케스가 대답했다. 내가 아는 바로는, 여자들은 어느 장소에서 납치되어 다른 장소로 끌려가고, 그곳에서 강간을 당하고 살해된 다음, 마침내 제3의 장소에 시체가 버려집니다. 이 경우에는 제3의 장소가 저장 창고입니다. 세르히오가 말했다. 종종 그렇지요. 하지만 모든 살인 범죄가 동일한 패턴을 따르는 건 아니지요. 마르케스가 지적했다. 마르케스는 자기 옷을 가방에 넣고는 운동복 상하의로 갈아입었다. 아마 왜 건물이 완전히 비었을까 생각할 겁니다. 그는 말하면서, 운동복 상의 아래로 357 디저트 이글 권총의 가죽 케이스를 매만져서 바로잡았다. 세르히오는 가장 논리적인 대답은 형사들이 모두 밖에서 일하기 때문이라고 생각하는 거라고 말했다. 이 시간에는 일하지 않습니다. 마르케스가 말했다. 그렇다면 왜 그런 겁니까? 세르히오가 물었다. 오늘 산타테레사 경찰과 우리 형사 팀이 풋살 경기를 벌이기 때문이지요. 당신도 경기에 참여할 작정인가요? 세르히오가 물었다. 그럴 수도 있고, 그렇지 않을 수도 있지요. 난 후보거든요. 마르케스가 대답했다. 로커 룸에서 나온 형사는 그에게 범죄에 관해서는 논리적 설명을 찾으려 애쓰지 말라고 충고했다. 엿 같은 겁니다. 그것만이 유일한 설명이 될 수 있지요. 마르케스는 말했다.

다음 날 그는 하스와 미첼 산체스의 부모를 만났다. 있을 수 있는 일인지는

모르겠지만, 그가 보기에 하스는 어느 때보다도 차가워 보였다. 또한 키가 더 자란
것 같기도 했다. 마치 감옥에서 호르몬이 솟구친 나머지 마지막 키에 이른 것
같았다. 그는 미첼 산체스에 관해 질문했고, 하스의 의견을 물었다. 또한 들소
갱단과 그의 체포 이후 산타테레사의 사막에서 글자 그대로 마구 분출하기 시작한
모든 죽음에 관해서도 질문했다. 하스는 미소를 지으면서 마지못해 대답했고,
세르히오는 그가 최근에 일어난 살인과는 관련이 없더라도, 적어도 무언가에는
죄를 짓고 있다고 확신했다. 그러고서 교도소에서 나오자, 그는 자기가 누군가를
미소나 눈빛으로 어떻게 판단할 수 있겠느냐고 자문했다. 내가 누구이기에 함부로
다른 사람을 판단할 수 있을까?

미첼 산체스의 어머니는 1년 전부터 끔찍스러운 꿈을 꾸었다고 말했다.
그녀는 한밤중이나 대낮에(야간에 근무했을 경우), 자기 어린 딸을 영원히
잃어버렸다는 확신을 가지고 잠에서 깨어나곤 했다. 세르히오는 미첼이
막내였느냐고 물었다. 아니에요, 더 어린 아이들이 둘 있어요. 여자는 말했다.
하지만 꿈에서 내가 잃어버린 아이는 미첼이었어요. 왜 그런 거죠? 나도 몰라요.
여자가 대답했다. 꿈에서 미첼은 어린 아기였어요. 지금 나이가 아니었어요.
기껏해야 두세 살 정도 되었는데, 갑자기 사라졌어요. 나는 그 아이를 훔쳐 간
사람을 보지 못했어요. 내 눈에 보이던 것은 텅 빈 거리나 텅 빈 마당, 혹은 텅 빈
침실이 전부였어요. 그런데 내 어린아이가 그곳에 있었어요. 하지만 다시 쳐다보면
이미 없었어요. 세르히오는 사람들이 두려워하느냐고 물었다. 어머니들은 그래요.
몇몇 아버지도 그렇지요. 하지만 일반적으로 사람들이 그런 느낌을 갖지는
않는다고 생각해요. 그녀는 대답했다. 작별하기 전에, 아르세니오 파렐 공업 단지
입구 빈터에서 여자는 그 꿈이 텔레비전에서 처음으로 플로리타 알마다를 보았을
때, 그러니까 사람들이 〈성녀〉라고 부르는 여자를 처음 보았을 때부터
시작되었다고 말했다. 많은 여자들이 걷거나 혹은 공업 단지에 입주한 여러
마킬라도라 공장이 운영하는 버스로 일터에 도착했다. 버스는 무료입니까?
세르히오는 건성으로 물어보았다. 여기에는 공짜가 하나도 없어요. 여자가
대답했다. 그러자 세르히오는 플로리타 알마다라는 사람이 누구냐고 물었다.
가끔씩 에르모시요의 텔레비전 프로그램, 그러니까 레이날도의 대담 프로그램에
나오는 노인네예요. 그녀는 이런 범죄의 배후에 무엇이 숨겨져 있는지 알았고,
경고하려 했어요. 하지만 우리는 그녀의 말을 귀담아듣지 않았어요. 누구도 그런
말에 귀를 기울이지 않았어요. 그녀는 살인자들의 얼굴을 보았어요. 더 알고
싶다면, 그녀를 만나 보세요. 그리고 그녀를 만나면 전화를 주거나 편지를 써서
알려 주세요. 그렇게 하지요. 세르히오는 대답했다.

하스는 운동장의 그늘진 곳에 있는 벽에 기대어 바닥에 앉기를 좋아했다. 그는
생각에 잠기기를 좋아했다. 그는 하느님이 존재하지 않는다고 생각하는 걸

561

좋아했다. 최소한 3분 정도는 그렇게 했다. 또한 인간의 무의미함에 대해 생각하는 것도 좋아했다. 5분쯤 생각했다. 비탄과 고뇌가 존재하지 않는다면, 우리는 완벽할 수 있어. 그는 생각했다. 고통을 무시하고 무의미하다고 생각한다면, 젠장, 완벽하단 말이야! 그러나 그곳에 바로 고통이 있었기 때문에, 모든 게 엉망이 되어 버리곤 했다. 마침내 그는 사치에 관해 생각하곤 했다. 기억을 갖는 사치, 한 가지 언어나 여러 가지 언어를 구사하는 사치, 생각하지만 생각에서 벗어나지 못하는 사치에 관해 생각했다. 그러고는 눈을 떠서 마치 꿈속에서 보는 것처럼 들소 갱단의 몇몇 조직원을 쳐다보았다. 그들은 반대쪽에서, 그러니까 운동장의 양지바른 곳에서 풀을 뜯어 먹듯이 빙빙 돌았다. 들소 조직원들은 교도소 운동장에서 풀을 뜯어 먹고 있어. 그는 생각했고, 그러면 마치 빨리 효과를 발휘하는 진정제를 먹은 것처럼 마음이 안정되었다. 사실 아주 자주라고 말할 수는 없었지만 이따금씩 하스는 머리를 칼끝으로 찔린 것처럼 느끼며 하루를 시작하곤 했다. 테킬라와 폭풍은 그의 옆에 있었다. 가끔 그는 돌들조차 이해해 주지 못하는 목동처럼 느꼈다. 몇몇 죄수는 느린 동작으로 움직이는 듯 보였다. 가령 음료수를 파는 죄수는 차가운 코카콜라 병 세 개를 들고 그들을 향해 다가왔다. 또는 농구를 하는 죄수들의 모습도 그랬다. 전날 밤 잠자리에 들기 전에 어느 간수가 그를 찾아와서 따라오라고, 엔리케 에르난데스가 만나고 싶어 한다고 말했다. 마약 밀거래상은 혼자 있지 않았다. 그의 옆에는 교도소장과 다른 한 사람이 있었는데, 그 사람은 나중에 마약상의 변호사라는 게 밝혀졌다. 그들은 방금 저녁 식사를 마쳤고, 그래서 엔리케 에르난데스는 하스에게 커피 한잔 마시겠느냐고 물었지만, 하스는 커피를 마시면 잠을 제대로 이룰 수 없다면서 사양했다. 모두가 웃었지만 변호사만은 그러지 않았다. 그는 하스의 말을 들은 것 같지 않았다. 이봐, 자넨 내 마음에 쏙 들어. 마약 밀거래상이 말했다. 난 단지 자네에게 들소 갱단이 저지른 사건들에 대한 수사가 진행된다는 사실만 알려 주고 싶었을 따름이야. 무슨 말인지 잘 알겠나? 아주 잘 알겠습니다, 엔리케 씨. 그들은 하스에게 앉으라고 권하고서, 죄수들의 삶에 관해 물었다. 다음 날 그는 테킬라에게 모든 게 엔리케 에르난데스의 손에 달렸다고 말했다. 자네 동생에게 말해 줘. 테킬라는 고개를 끄덕이더니, 정말 잘된 일이라고 말했다. 여기 그늘에 앉아 있는 건 정말 기분 좋은 일이지. 하스는 응수했다.

설립된 지 여섯 달 정도밖에 되지 않는 정부 기관인 산타테레사 성범죄과의 책임자에 따르면, 멕시코 전역에서 살해된 남녀 비율은 남자 열 명당 여자 한 명꼴인데, 산타테레사에서는 그 비율이 남자 열 명당 여자 네 명이나 되었다. 성범죄과의 여자 과장 이름은 욜란다 팔라시오였고, 나이는 대략 서른 살 정도였으며, 하얀 피부에 머리카락은 갈색이었다. 그녀는 딱딱하고 격식을 차렸지만, 그런 태도 뒤에는 행복하고자 하는 욕망, 즉 영속적인 축제의 욕망이 엿보였다. 그런데 〈영속적인 축제〉란 무엇일까? 세르히오 곤살레스는 생각했다.

아마도 매일매일 슬픔에 젖어 사는 우리와 몇몇 사람을 구분 짓는 요인 같았다. 그의 아버지가 말하는 것처럼, 살고자 하는 마음, 그러니까 싸우고자 하는 마음일까? 하지만 무엇에 맞서 싸우고자 하는 것일까? 불가항력과 맞서 싸우는 것일까? 누군가와 맞서 싸우는 것일까? 그리고 무엇을 얻으려고 싸우는 것일까? 더 오래 살려고, 더 많은 지식을 얻으려고, 본질적인 것의 모습을 보려고 싸우는 것일까? 하지만 이 염병할 나라에 본질적인 게 있을까? 이 지랄 같고 좆 같은 행성에 본질적인 게 있단 걸까? 그는 생각했다. 욜란다 팔라시오는 산타테레사 대학교에서 법학을 공부했으며, 후에 에르모시요 대학교에서 형법을 전공했다. 하지만 자기가 재판을 좋아하지 않으며, 소송인이 되는 것도 좋아하지 않는다는 사실을 뒤늦게 깨달았고, 그래서 수사 업무를 맡기로 결심했다. 이 도시에서 얼마나 많은 여자가 성범죄의 희생자가 되는지 알아요? 매년 2천 명 이상이에요. 거의 반이 미성년자랍니다. 그리고 아마도 그 비슷한 숫자가 강간당했다는 사실을 신고하지 않는 것으로 추산되지요. 그러니까 매년 강간 사건 4천 건이 발생한다는 소리예요. 다시 말하면, 이곳에서는 매일 열 명 이상의 여자들이 강간을 당하는 것이지요. 그녀는 마치 여자들이 복도에서 강간을 당하고 있다는 듯한 몸짓을 하면서 말했다. 노란색 형광등 하나만이 복도를 밝혔기 때문에 복도는 어둠침침했다. 욜란다 팔라시오 사무실의 꺼진 형광등과 똑같은 것이었다. 물론 몇몇 강간은 살인으로 마감하지요. 그러나 대부분 강간범들은 강간하는 것으로 끝내고, 다음 고객을 찾아 나서요. 절대로 과장이 아니에요. 세르히오는 뭐라고 말을 해야 할지 몰랐다. 성범죄과에서 몇 명이나 일하는지 알아요? 나 혼자예요. 전에는 비서가 있었지요. 하지만 이 일에 넌더리를 내고는 자기 가족이 사는 엔세나다로 가버렸어요. 젠장! 세르히오가 말했다. 그래요, 빌어먹을 놈들이 이곳저곳에 있지요. 그런 놈들과 그런 일들은 항상 있지요. 염병할 일들이 한둘이 아니에요. 하지만 사실대로 말하자면, 사람들은 아무것도 기억하지 못해요. 심지어 〈아무것〉이라는 말도 기억하지 못하지요. 그리고 무언가를 해보려는 배짱도 없어요. 세르히오는 바닥을 내려다보았다가 피로에 지친 욜란다 팔라시오의 얼굴을 바라보았다. 그런데 뭔가 좀 드시지 않을래요? 욜란다 팔라시오가 물었다. 난 지금 배고파 죽을 지경이에요. 이곳 근처에 〈타코의 왕〉이라는 식당이 있어요. 텍사스-멕시코식 음식을 좋아한다면, 꼭 가봐야 하는 곳이에요. 세르히오는 자리에서 일어나서 말했다. 내가 사겠습니다. 당신이 그렇게 말할 거라고 이미 생각했어요. 욜란다 팔라시오가 대꾸했다.

4월 12일에 카사스 네그라스 근처 들판에서 여자의 유해가 발견되었다. 시체를 발견한 사람들은 허리까지 내려오는 길고 검은 머리카락을 보고서 여자 시체라는 것을 알았다. 시체는 상당히 부패한 상태였다. 법의학 검시관의 검시가 끝나자, 희생자의 나이는 스물여덟 살에서 서른세 살 사이이며 신장은 1미터 67센티미터고, 사인은 뇌 부위에 가한 강한 충격 두 번이었다는 게 밝혀졌다.

그녀는 신원 증명서나 신원 확인에 필요한 서류를 하나도 갖고 있지 않았다.
검은색 바지와 초록색 블라우스를 입고 테니스 신발을 신었다. 바지 주머니에는
자동차 열쇠가 들어 있었다. 그녀의 모습은 산타테레사에서 실종 신고가 된 어떤
여자와도 일치하지 않았다. 아마도 죽은 지 두 달은 되는 것 같았다. 이 사건은 곧
보류 처리되고 말았다.

　　세르히오 곤살레스는 에르모시요의 제7채널 방송국 스튜디오들을 돌아다니며
플로리타 알마다를 찾았다. 그는 예언자들을 믿지 않았기 때문에, 왜 자기가
그녀를 찾는지도 분명하게 몰랐다. 그는 비서를 만났고, 그런 다음 다른 여자를
만났으며, 마침내 레이날도와 이야기할 수 있었다. 레이날도는 플로리타를 만나는
게 쉽지 않다고 했다. 그녀의 친구들이 그녀를 보호하고 있어요. 레이날도는
말했다. 우리는 그녀의 개인 생활을 보호하지요. 우리는 성녀 주변을 에워싼 인간
방패랍니다. 세르히오는 자기가 기자라고 밝혔고, 플로리타의 신원 보호를
보장하겠다고 말했다. 레이날도는 그날 밤 그와 만나기로 약속했다. 세르히오는
호텔로 돌아와서 여자 연쇄 살인 사건에 관해 기사의 초고를 쓰려고 했지만, 곧
아무것도 쓸 수 없다는 사실을 깨달았다. 그는 호텔 바로 내려가 술을 마시며 지역
신문을 읽었다. 그런 다음 도로 침실로 올라갔고, 샤워를 하고서 다시 내려왔다.
레이날도와 약속한 시간을 30분 남겨 두고 택시를 탔고, 약속 장소로 가기 전에
시내를 한 바퀴 돌자고 운전사에게 부탁했다. 택시 기사는 그에게 어디에서
왔느냐고 물었다. 멕시코시티입니다. 세르히오가 대답했다. 미친 도시지요. 택시
기사가 말했다. 언젠가 난 하루 동안 일곱 번이나 습격을 당했어요. 그나마 날
강간하지 않은 게 다행이지요. 택시 기사는 뒷거울을 보며 웃었다. 하지만 이제는
많이 바뀌었습니다. 세르히오가 말했다. 이제는 택시 기사들이 손님을
습격한답니다. 나도 그렇다는 말을 들었어요. 이제 그럴 만한 때도 되었지요. 택시
기사가 응수했다. 그건 어떻게 보는가에 달렸습니다. 세르히오가 말했다. 약속
장소는 남자 손님만 출입하는 술집이었다. 술집 이름은 포파이였고, 키가 거의
2미터나 되고 몸무게는 1백 킬로그램이 족히 나갈 것 같은 경비원이 입구를
지켰다. 술집 내부에는 Z 자 모양의 바가 있었고, 작은 테이블들은 조그만 램프로
밝혔으며, 테이블 주변에는 자주색 벨벳 의자들을 놓아 두었다. 스피커에서는
뉴에이지 음악이 흘러나왔고, 종업원들은 해군 복장을 하고 있었다. 레이날도와
미지의 인물이 바 옆에 있는 아주 높은 걸상에 앉아 그를 기다렸다. 미지의 인물은
곧은 머리카락을 유행하는 스타일로 잘랐고, 아주 값비싼 옷을 입고 있었다. 그의
이름은 호세 파트리시오였는데, 레이날도와 플로리타의 변호사였다. 그러니까
플로리타에게 변호사가 필요하단 말입니까? 변호사는 모든 사람에게 필요한
존재입니다. 호세 파트리시오가 아주 진지한 목소리로 말했다. 세르히오는
아무것도 마시고 싶어 하지 않았고, 잠시 후 세 사람은 호세 파트리시오의 BMW를
타고 갈수록 어두워지는 거리를 지나 플로리타의 집으로 향했다. 가는 동안 호세

파트리시오는 멕시코시티에서 범죄 취재 기자의 삶이 어떤지 알고 싶어 했고, 세르히오는 사실 자기는 문화와 예술 분야의 기자라고 솔직하게 말해야만 했다. 그는 자기가 어떻게 산타테레사에서 일어나는 범죄에 관해 알게 되었는지 전반적으로 설명했고, 호세 파트리시오와 레이날도는 모든 관심을 기울여 그의 말을 들었다. 마치 공포에 사로잡혀 옴짝달싹 못하게 만드는 이야기를 몇천 번이나 반복해서 듣는 어린아이들처럼 고개를 끄덕이면서, 그리고 동일한 비밀을 남모르게 공유하는 공범자 같은 표정을 지으면서, 그들은 세르히오의 이야기를 들었다. 하지만 플로리타의 집에 도착할 무렵, 레이날도는 세르히오에게 텔레비사 방송국의 유명한 사회자를 아느냐고 물었다. 세르히오는 이름은 알지만 파티나 개인적인 자리에서 만난 적은 단 한 번도 없다는 사실을 인정했다. 그 사회자는 호세 파트리시오를 사랑했지요. 레이날도가 알려 주었다. 한동안 그 사회자는 주말마다 에르모시요로 찾아왔으며, 호세 파트리시오와 그의 친구들을 해변으로 초대했고, 흥청망청 돈을 썼어요. 당시 호세 파트리시오는 버클리에 있는 캘리포니아 대학교의 미국인 법학 교수와 사랑에 빠져 있었고, 그래서 그 사회자에게 최소한의 관심도 보이지 않았어요. 어느 날 밤 유명 사회자는 나를 호텔 침실로 데려가더니, 제안할 것이 있다고 했지요. 레이날도는 말했다. 나는 그가 내 친구에게 퇴짜를 맞았기 때문에 나와 잠자리를 하고 싶어 할 거라고 생각했어요. 아니면 나를 멕시코시티로 데려가서 보호해 주면서 멕시코시티에서 다시 텔레비전 사회자로 출연 경력을 쌓도록 해줄 거라고 생각했지요. 하지만 그 사회자가 유일하게 원한 것은 자기 말을 들어 달라는 것뿐이었어요. 처음에는 몹시 불쾌했어요. 레이날도는 말했다. 그는 매력적인 남자도 아니었고, 실제 모습은 텔레비전에 나오는 것보다 훨씬 못생긴 것 같았지요. 당시는 아직 플로리타 알마다를 만나기 전이고, 내 삶은 죄인의 삶 그 자체였어요. (웃음.) 요점은 이렇습니다. 나는 그를 혐오했고, 아마도 그의 행운을 약간 질투했는지도 모릅니다. 어쨌거나 분명한 것은 내가 그의 침실까지 함께 갔다는 것이지요. 레이날도는 말했다. 그는 키노만에 있는 최고급 호텔의 최고급 스위트룸에 머물렀어요. 그곳에서 우리는 요트로 티부론섬이라든가 터너섬으로 여행을 했지요. 당신도 상상할 수 있듯이, 모든 게 호화롭기 그지없었어요. 이렇게 말하면서 레이날도는 호세 파트리시오의 BMW에서 차창 밖으로 지나가는 가난한 집들을 쳐다보았다. 바로 거기에 그 유명한 사회자, 당시 텔레비사 방송국의 스타였던 사람이 손에 술잔을 들고 침대 발치 쪽에 있었어요. 머리카락은 헝클어졌고, 눈은 너무 가늘게 떠서 마치 눈이 사라진 것 같았어요. 그런데 그가 나를 바라보았어요. 내가 방에 있다는 걸 알자, 그러니까 내가 거기에 서서 기다리는 걸 보자, 그는 다가왔어요. 그리고 무심결에 그날 밤이 자기 인생의 마지막 날이 될지도 모른다고 내뱉었지요. 당신도 익히 상상하겠지만, 나는 너무 놀라 옴짝달싹 못 한 채, 즉시 이렇게 생각했어요. 이 빌어먹을 놈이 먼저 나를 죽일 테고, 그런 다음에 자살할 거야. 모든 건 호세 파트리시오에게 사후의 교훈을 주려는 거야. (웃음.) 그래, 〈사후〉라는 단어가 정확한 말이지 않을까요? 그래요, 대략 그렇다고 봐야지요. 호세 파트리시오는 대답했지요. 난 장난치지 말라고, 나가서 한 바퀴 산책하고 오는 게 좋을 것 같다고 말했지요. 레이날도가 말했다. 그렇게 말하면서 눈으로 권총을 찾았어요. 하지만 어느 곳에서도 권총을 볼 수 없었어요. 그 순간 사회자는 암살자처럼 보이지 않았어요. 오히려 절망에 빠진 고독한 사람 같았어요. 하지만 암살자들처럼 셔츠 아래에 권총을 숨겼을 수도 있었지요. 나는 텔레비전을 켰다는 것을 기억해요. 그리고 티후아나에서 방송하는 야간 프로그램, 그러니까 토크 쇼에 채널을 고정했지요. 그러고서 이렇게 말했어요. 틀림없이 동일한 수단을 이용하더라도 당신은 더 훌륭하게 하는 법을 알 겁니다. 그러나 사회자는 텔레비전에 한 번도 눈길을 주지 않았어요. 오로지 바닥만 쳐다보면서 인생은 아무런 의미가 없다고, 사는 것보다는 죽는 게 더 낫다고 중얼거렸지요. 그렇게 계속 이런저런 소리를 중얼댔어요. 그러니까 그때 나는 어떤 행동도 쓸모없다는 사실을 깨달았어요. 그는 내 말을 듣지도 않았고, 나를 가까이에 데리고만 있고자 했어요. 그런데 뭣 때문이었을까요? 나도 몰라요. 하지만 아마도 무언가 결정적인 것이 있었을 거예요. 내가 발코니를 내다보면서 키노만을 뚫어지게 바라보았다는 걸 기억해요. 보름달이 덩그렇게 뜬 밤이었어요. 정말 아름다운 해변이야. 하지만 우리가 보름달을 거의 즐길 수 없을 때에만, 그러니까 극단적인 상황에서만 우리가 그런 걸 깨닫는다는 게 너무 유감이야. 해변과 해안, 그리고 별들이 총총 뜬 하늘은 너무 예뻐 하고 곰곰이 생각했지요. 하지만 그런 생각을 하자 따분해졌고 다시 침실로 돌아와 1인용 소파에 털썩 주저앉았어요. 사회자의 얼굴을 보지 않도록, 다시 텔레비전을 응시했어요. 텔레비전에는 어떤 사람이 등장해서 자기가 미국에서 가장 많이 추방된 기록을 자신의 권능 아래 두었다고 말했어요. 그래요, 마치 중세 역사나 정치에 관해 말하듯이 〈권능 아래 두었다〉라는 말을 사용했지요. 그가 미국에 몇 번이나 불법적으로 들어갔는지 알아요? 345번이에요! 345번 모두 체포되어 멕시코로 추방되었어요. 이 모든 게 4년 동안에 일어났어요. 사실대로 말하자면, 그 말이 갑자기 내 관심을 일깨웠어요. 난 내 프로그램에 출연한 그의 모습을 상상했어요. 그에게 던질 질문들을 상상했지요. 어떻게 해야 그와 접촉할 수 있을지 생각하기 시작했어요. 그의 이야기가 매우 흥미로웠기 때문이지요. 나도 그건 부정할 수 없어요. 티후아나 텔레비전의 사회자는 그에게 핵심적인 질문을 던졌어요. 국경을 넘어가려면 밀입국 안내자들의 도움을 받아야 하는데, 돈이 어디서 나서 그들에게 그런 비용을 지불했느냐는 것이었지요. 그가 엄청나게 많이 추방되었다는 사실을 염두에 둔다면, 미국에서 일해 번 돈을 저축할 시간이 없었던 것이지요. 그런데 그는 깜짝 놀랄 만한 대답을 했어요. 처음에는 그들이 요구하는 돈을 지불했지만, 그런 다음에, 그러니까 열 번째로 추방을 당한 후에는 흥정을 해서 가격을 깎았고, 쉰 번째 추방을 당한 후부터는 밀입국 안내자들이 우정 때문에 그를 데리고 갔다고 말했어요. 그리고 백 번째로 추방된 후에는 아마도 그를 불쌍히 여겨서 그랬을 것이라고 믿었지요. 그러면서 그는 티후아나 텔레비전 프로그램 사회자에게 이제 그들은 그를 일종의 행운을 가져다주는 부적처럼 데리고 다닌다고 말했지요. 그가 있는 것 자체만으로도 모든 사람의 스트레스를 경감시켜 주기 때문이었어요. 그리고 누군가가 체포된다면, 그 누군가는 다른 사람들이 아닌 바로 그일 것이고, 그들이 국경을 건넌 이후에는 최소한 그 사람만 피하면 된다는 사실을 알기 때문이었어요. 그가 말한 바에 따르면, 그는 요주의 카드, 혹은 요주의 지폐가 된 것이었어요. 그러자 짓궂기 그지없는 사회자는 그에게 멍청한 질문 하나와 아주 훌륭한 질문 하나를 던졌지요. 멍청한 질문은 기네스북에 그 기록을 등록할 생각이 있느냐는 것이었어요. 그 사람은 사회자가 도대체 무슨 소리를 하는지도 몰랐고, 평생 기네스북이란 것을 들어 본 적도 없었어요. 훌륭한 질문은 계속해서 시도하겠느냐는 거였어요. 뭘 시도하겠느냐는 말이죠? 그 사람은 되물었지요. 국경을 넘어 미국으로 넘어가는 시도를 하겠느냐는 말이에요. 사회자가 말했어요. 그러자 그 사람은 하느님이 허락하시고 계속해서 건강만 괜찮다면, 어느 순간에도 미국에서 살겠다는 생각을 지워 본 적이 없다고 밝혔어요. 당신 고향으로 돌아가거나 아니면 이곳 티후아나에서 일자리를 찾을 생각은 없나요? 그 사람은 마치 쑥스럽다는 듯이 겸연쩍은 미소를 지으면서, 일단 자기 머리에 한 가지 생각이 꽂히면, 절대로 제거할 수 없다고 말했지요. 그는 미친 사람이었어요, 정말로 미친 사람이었지요. 레이날도는 말했다. 하지만 난 키노만의 가장 미친 호텔에 있었고, 내 옆에는 멕시코시티의 가장 미친 텔레비전 프로그램 사회자가 침대 발치에 앉아 있었지요. 그러니 내가 무슨 생각을 할 수 있겠어요? 물론 사회자는 이제는 자살할 생각을 하지 않았어요. 그는 계속해서 침대 발치에 앉아 있었지만, 그의 눈은, 그러니까 피로에 지친 개의 눈 같은 그의 눈은 텔레비전 화면에 고정한 채였지요. 어떻게 생각해요? 나는 그에게 물었어요. 저런 사람이 정말로 있을까요? 정말 매력적이지 않아요? 순수함의 화신 같지 않아요? 그러자 사회자는 자리에서 일어나더니 한쪽 다리 아래나 아니면 엉덩이 아래에 그동안 내내 숨겨 두었던 권총을 집었어요. 나는 갑자기 다시 얼굴이 백지장처럼 변했고, 그는 내게 손짓을 했어요. 간신히 감지할 수 있을 정도의 손짓이었어요. 마치 내게 더는 걱정할 필요 없다고 말하는 것 같았어요. 그러고서 그는 욕실로 들어가더니 문을 닫지도 않았고, 나는 제기랄, 빌어먹을, 이제 자살할 거야 하고 생각했지요. 하지만 그는 거기서 오랫동안 오줌을 누었어요. 모든 게 아늑하고 안락했고, 모든 게 이치에 닿았지요. 텔레비전은 켜져 있었고, 욕실 문은 열려 있었어요. 그리고 호텔을 장갑으로 완전히 뒤덮은 것처럼 시커먼 밤이었지요. 내 텔레비전 토크 쇼에 출연시키면 좋을 것 같은 밀입국자, 아마도 호세 파트리시오를 사랑하는 사회자가 자기 프로그램에 출연시키고 싶어 했을지도 모르는 완벽한 밀입국자, 오싹 소름 끼치는 밀입국자, 불운의 왕, 자기 어깨에 멕시코의 운명을 짊어지고 다니는 사람, 미소 짓는 밀입국자, 두꺼비와 비슷한 그 작자, 무력하고 별로 똑똑하지 못한 불법 이민자, 전생에 다이아몬드였을 것 같은 그 숯덩이, 인도가 아니라 멕시코에서 태어난 불가촉천민, 이 모든 게 제대로

567

맞아떨어졌고, 모든 게 나름대로 이치에 맞았어요. 그러니 지금 자살할 이유가 있겠어요? 나는 앉은 자리에서 텔레비사 방송국의 사회자가 세면도구 가방에 권총을 넣고는 그 가방을 닫고서 욕실 서랍에 두는 것을 보았어요. 나는 호텔 바에 내려가서 술 한잔 하고 싶으냐고 물었지요. 좋아요, 하지만 그 전에 이 프로그램을 끝까지 보고 싶어요. 그는 말했어요. 텔레비전에서 그들은 이미 다른 사람과 대담하고 있었어요. 고양이 조련사였던 것 같아요. 이게 무슨 채널이지요? 사회자가 물었어요. 티후아나 35번 채널이에요. 난 대답했지요. 티후아나 35번 채널이라. 그는 마치 꿈속에서 잠꼬대하듯이 말했어요. 그런 다음 우리는 침실에서 나왔지요. 복도에서 사회자는 걸음을 멈추더니 바지 뒷주머니에서 빗을 꺼내 머리를 빗었어요. 내 모습이 어떻죠? 그는 물었어요. 아주 근사해요. 나는 그에게 말해 주었어요. 그런 다음 우리는 엘리베이터 버튼을 누르고서 기다렸어요. 멋진 날이네. 사회자는 말했어요. 나는 고개를 끄덕였어요. 엘리베이터가 도착하자 우리는 그 안으로 들어갔고, 한마디도 하지 않은 채 호텔 바로 내려갔어요. 잠시 후 우리는 헤어져 각자 자러 갔어요.

식사를 마친 후 두 사람은 모두 〈타코의 왕〉 창문을 통해 밤을 응시했다. 욜란다 팔라시오는 산타테레사에서 모든 게 나쁜 것만은 아니라고 말했다. 여자들과 관련된 모든 게 나쁜 건 아니에요. 배가 부르고, 게다가 피로가 엄습하여 자고 싶은 마음이 간절해지자, 두 사람은 좋은 것들, 즉 희망으로 날조된 세세한 것들을 감상할 수 있을 것 같았다. 그들은 담배를 피웠다. 멕시코에서 여성 실업률이 가장 낮은 도시가 어딘지 알아요? 세르히오 곤살레스는 사막의 달을 보았다. 지붕 위로 솟아오르던 나선형의 한 부분, 즉 한 조각의 달이었다. 산타테레사인가요? 그는 물었다. 그래요, 산타테레사예요. 성범죄과 책임자는 말했다. 여기에서는 거의 모든 여성이 일자리를 갖고 있어요. 여자들이 착취당하고 형편없는 보수를 받으며, 무서울 정도로 많은 시간을 일해야 하고 노동조합의 보호를 받지도 못하지만, 어쨌든 일자리는 있어요. 오아하카나 사카테카스에서 온 수많은 여자들에게는 그것도 축복과 같아요. 나선형 조각일까? 아니, 그럴 수는 없어. 착시 현상임에 틀림없어. 그래, 조그만 시가 모양의 이상한 구름이나 밤바람을 맞아 펄럭이는 빨래, 에드거 앨런 포의 모기나 파리일 거야. 세르히오는 생각했다. 그럼 여기에는 여성 실업자가 없다는 말인가요? 그는 물었다. 그건 너무 과장된 질문이네요. 욜란다 팔라시오가 말했다. 물론 실업자가 있지요. 여성 실업자도 있고 남성 실업자도 있어요. 하지만 여성 실업률이 우리 나라의 나머지 지역보다 훨씬 낮다는 말이에요. 대체적으로 말하자면, 산타테레사의 모든 여자는 일한다고 말할 수 있어요. 통계 수치를 달라고 해서 직접 확인해 보세요.

5월에는 열여덟 살 아우로라 크루스 바리엔토스가 자기 집에서 살해되었다. 그녀는 여러 군데 칼에 찔린 채 더블 침대에서 발견되었다. 상처는 거의 모두

가슴에 집중되어 있었다. 응고된 커다란 핏자국 속에서 그녀는 마치 하늘에 무언가를 간절하게 탄원하듯이 양팔을 벌리고 있었다. 시체를 발견한 사람은 이웃집 여자이자 친구였다. 그녀는 대낮인데도 그 집에 커튼이 드리워져 있는 사실을 의아해했다. 문은 열려 있었다. 그래서 이웃집 여자는 집 안으로 들어갔고, 거기서 즉시 이상한 낌새를 눈치챘지만, 그게 무엇인지 정확하게는 알 수 없었다. 침실에 도착해서 아우로라 크루스가 어떤 일을 당했는지 두 눈으로 목격한 그녀는 기절하고 말았다. 집은 중하층 사람들이 주로 사는 펠릭스 고메스 지역의 에스테파 거리 870번지에 있었다. 이 사건은 형사 후안 데 디오스 마르티네스에게 할당되었고, 그는 경찰이 도착하고 한 시간 후에야 사건 현장에 모습을 드러냈다. 아우로라 크루스의 남편인 롤란도 페레스 메히아는 시티 키스 마킬라도라 공장에서 일했고, 그때까지도 아내가 죽었다는 소식을 듣지 못한 상태였다. 집을 수색한 경찰은 욕실에 버려진, 피 묻은 남자 팬티를 발견했고, 아마도 페레스 메히아의 팬티일 거라고 추정했다. 오후 작업 시간이 시작될 무렵, 경찰 순찰차가 시티 키스에 도착하여 페레스 메히아를 제2경찰서로 연행했다. 경찰의 신문이 시작되자 그는 여느 아침과 마찬가지로 출근하기 전에 아내와 함께 아침 식사를 했으며, 두 사람은 그들의 문제들(대부분은 경제적인 문제들)이 두 사람의 생활에 끼어들지 못하도록 했기에, 부부 관계는 원만했다고 주장했다. 페레스 메히아에 따르면, 그들은 1년 하고도 몇 달 동안 결혼 생활을 했으며, 한 번도 싸운 적이 없었다. 피 묻은 팬티를 보여 주자 페레스 메히아는 자기 것이라고, 아니면 자기가 갖고 있던 것과 비슷하다고 인정했고, 후안 데 디오스 마르티네스는 그가 실신할 것이라고 생각했다. 그런데 자기 팬티를 본 남편은 통렬하게 울었지만 실신하지는 않았다. 후안 데 디오스는 그가 운다는 게 참으로 이상하다고 여겼다. 팬티는 사진이나 편지가 아니었고, 그저 팬티에 불과했기 때문이다. 어쨌거나 경찰은 새로운 증거나 증인이 나타날지도 모른다는 생각에 그를 구속했고, 실제로 머지않아 그런 일이 일어났다. 먼저 아우로라 크루스의 집 주변을 어슬렁거리던 남자를 보았다는 증인이 나타났다. 이 증인에 따르면, 배회하던 사람은 운동선수처럼 보이는 젊은 사람이었고, 그는 집집마다 초인종을 누르면서 마치 집이 비었는지 확인하려는 것처럼 창문에 얼굴을 갖다 대고 자세히 살펴보았다. 적어도 세 집에서 그렇게 했는데, 그중 하나가 바로 아우로라 크루스의 집이었다. 그러고서 그는 자취를 감추었다. 그럼, 다음에 무슨 일이 일어났을까? 증인은 알지 못했다. 그는 아내를 비롯해서 그들과 함께 살던 장모에게 이상한 침입자가 있다는 사실을 알려 주고서 즉시 직장으로 일하러 갔기 때문이다. 증인의 아내에 따르면, 남편이 떠난 뒤 창문 앞에서 잠시 시간을 보냈지만, 아무것도 보지 못했다. 얼마 후 그녀 역시 직장으로 일하러 갔고, 집에는 장모만 남았다. 그녀는 사위와 딸이 그랬듯 창문에서 잠시 거리를 내다보았지만, 수상한 것은 아무것도 보지 못했고 눈치도 채지 못했다. 그리고 손자들이 잠에서 깨어나자 아이들이 학교에 가기 전에 아침을 차려 주는 데 모든 관심을 기울여야 했다. 한편 그 동네에서 운동선수 같은

청년이 배회하는 것을 본 사람은 앞의 증인 말고는 아무도 없었다. 희생자의
남편이 일하던 마킬라도라 공장에서는, 몇몇 노동자가 롤란도 페레스 메히아가
매일 아침처럼 정상적으로 출근했다고, 즉 교대 시간이 시작되기 조금 전에
도착했다고 증언했다. 법의학 검시관의 보고서에 따르면, 아우로라 크루스는
항문과 음부에 강간을 당했다. 법의학 검시관 말로는, 강간범이며 살인자는 엄청난
힘을 지녔으며, 젊은이라는 건 의심의 여지가 없고, 완전히 무제한적인 사람이었다.
후안 데 디오스 마르티네스가 〈무제한적인 사람〉이라는 말이 무슨 의미냐고 묻자,
법의학 검시관은 희생자의 몸과 침대 시트에서 발견된 정액의 양이
비정상적이었다고 대답했다. 두 사람이 강간했을 수도 있지요. 후안 데 디오스
마르티네스는 말했다. 그럴 수도 있겠지요. 사실을 확인해 보기 위해 이미
에르모시요 과학 경찰에게 샘플을 보냈습니다. 범인의 DNA는 아니더라도 적어도
혈액형 정도는 확인할 수 있을 겁니다. 법의학 검시관은 대답했다. 그러면서
항문이 찢어진 정도로 본다면, 항문을 통한 강간은 희생자가 이미 숨을 거두었을
때 이루어졌을 것이라 생각한다고 덧붙였다. 며칠 동안 갈수록 몸이 아프다고
느끼면서도 후안 데 디오스 마르티네스는 젊은 갱단과 관련 있는 그 동네의 몇몇
젊은이를 조사했다. 하지만 결국 어느 날 밤 그는 의사를 찾아가야만 했고, 의사는
그에게 독감을 앓고 있다고 진단하면서 약을 처방해 주었고, 나을 때까지 차분하게
기다리라고 충고했다. 며칠 후 독감은 더욱 악화되면서 인두염으로 번졌고, 결국
항생제 주사를 맞아야만 했다. 희생자의 남편은 일주일 동안 제2경찰서 유치장에
수감되었다가 풀려났다. 에르모시요로 보낸 정액 샘플은 분실되었는데, 그 일이
에르모시요로 가는 도중에 일어났는지, 아니면 에르모시요에서 오는 도중에
그랬던 것인지는 정확하게 알 수 없었다.

플로리타가 손수 문을 열어 주었다. 세르히오는 그녀가 그토록
늙었으리라고는 전혀 예상하지 못했다. 플로리타는 레이날도에게 키스로
인사했고, 호세 파트리시오와 그에게는 악수를 했다. 지겨워 죽는 줄 알았어요.
그는 레이날도가 말하는 소리를 들었다. 플로리타의 손은 오랫동안 화학 제품
속에서 지낸 사람처럼 주름으로 가득했다. 거실은 조그마했고, 1인용 소파 두 개와
텔레비전 수상기만 놓여 있었다. 벽에는 흑백 사진들이 걸려 있었다. 그는
레이날도와 다른 사람들이 나온 사진을 하나 보았는데, 모두가 마치 소풍을 가듯이
옷을 입고 플로리타 주변에서 환하게 웃고 있었다. 여사제 주변에 모인 특정
종파의 신도들 같았다. 플로리타는 그에게 차를 마실 것인지 맥주를 마실 것인지
물었다. 세르히오는 맥주를 달라고 했고, 플로리타에게 산타테레사에서 죽은
여자들을 볼 수 있었다는 게 사실인지 물었다. 〈성녀〉는 몹시 불쾌해하는 것
같았고, 잠시 뜸을 들인 후 대답해 주었다. 그녀는 블라우스의 칼라를 매만졌고, 꽉
끼는 순모 재킷을 잡아당겼다. 그녀가 입기에 너무 작은 옷 같았다. 대답은
모호했다. 그녀는 이따금씩 모든 사람처럼 사물들을 보는데, 반드시 꿈이나 환상이

아니라 그녀가 상상하는 것들, 다시 말하면 머릿속으로 지나가는 것들이라고 말했다. 그러면서 그것들은 현대 사회에서 살기 위해 치러야 하는 세금과 마찬가지라고 덧붙였다. 그녀는 사람들이 어디에 살건 상관없이 어느 순간에 사물을 보거나 마음으로 상상할 수 있다고 믿는데, 사실상 최근에 자기는 여자 살인 사건밖에는 머릿속에 그릴 수 없었다고 말했다. 마음씨 착한 수다쟁이야. 세르히오는 생각했다. 그런데 왜 마음씨가 착하다고 생각한 것일까? 멕시코의 모든 나이 든 여자가 착한 마음씨를 가졌기 때문일까? 아니야, 그토록 많은 것을 견디고 살아온 것을 보면 오히려 냉혹한 사람이라는 편이 맞아. 세르히오는 생각했다. 그의 생각을 읽은 것처럼, 플로리타는 여러 번 고개를 끄덕였다. 이런 살인 사건들이 산타테레사에서 일어난 거라는 사실을 어떻게 알죠? 세르히오가 물었다. 너무나 괴로운 짐이자 부담이고 연쇄 살인이기 때문이지요. 플로리타가 대답했다. 좀 더 자세히 설명해 달라는 부탁을 받자, 그녀는 일반적인 살인 사건(물론 살인 사건은 모두 특별하기 때문에 일반적인 살인 사건은 존재하지 않지만)은 액체의 이미지나 호수, 혹은 우물과 같은 것으로 끝나며 잠시 불안감을 일으켰다가 잠잠해지지만, 국경 도시에서 일어난 범죄처럼 연쇄 살인은 육중한 이미지, 즉 금속성이나 광물성을 띠는데, 예를 들면 불타는 모습을 지닌다고 말했다. 즉, 커튼이 타면서 너울거리는 모습과 같지만, 커튼이 많이 타면 탈수록 살인이 벌어지는 침실이나 거실, 혹은 움막이나 헛간은 더욱 어두워진다고 설명했다. 살인자들의 얼굴을 볼 수 있었습니까? 세르히오는 갑자기 피로를 느끼면서 물었다. 때때로 그래요. 가끔씩 그들의 얼굴을 보지요. 우리 아들, 하지만 잠에서 깨어나면 그걸 모두 잊어버려요. 플로리타가 대답했다. 그 얼굴이 어떻다고 말할 수 있나요, 플로리타? 이 세상에, 아니 적어도 멕시코에서는 일반적인 얼굴이 없지만, 그래도 평범한 얼굴이라고 말할 수 있지요. 그러니까 살인자의 얼굴이 아니라는 말인가요? 그래요, 살인자의 얼굴은 아니에요. 그냥 커다란 얼굴들이라고만 말할 수 있어요. 커다랗다고요? 그래요, 아주 커요. 마치 통통 부은 것 같기도 하고 부풀어 오른 것 같기도 해요. 가면처럼 말인가요? 그렇다고는 말할 수 없어요. 플로리타가 말했다. 가면을 쓰거나 변장한 것이 아니라 얼굴 그 자체예요. 단지 코르티손[42]을 과도하게 복용한 것처럼 얼굴이 부었을 뿐이에요. 코르티손이라고요? 얼굴을 붓게 만드는 코르티코스테로이드의 일종이라고 해도 무방해요. 플로리타는 말했다. 그러니까 병들었단 말인가요? 나도 몰라요. 그건 나름이에요. 무슨 나름이지요? 어떻게 보느냐에 따라 달라지는 거란 말이지요. 그들은 자신들을 병들었다고 여깁니까? 아니에요, 절대로 그렇지 않아요. 그렇다면 그들은 자신들이 건강하다는 걸 압니까? 안다는 것, 그러니까 사람들이 안다고 말하는 것은 말이지요……. 이 세상에서는 어느 것도 정확히 알 수 없어요. 하지만 그들은 자신들이 건강하다고 믿습니까? 그렇다고 말할 수 있지요. 플로리타가 대답했다. 그럼 그들의 목소리, 그걸 들은 적이 있습니까? 세르히오는

42 부신 겉질 호르몬의 일종.

질문했다(그녀는 나를 〈우리 아들〉이라고 불렀어. 정말 이상해. 〈우리 아들〉이라고 부르다니). 그런 경우는 아주 드물지만, 언젠가 한번은 그들이 말하는 것을 들었어요. 뭐라고 말하던가요, 플로리타? 모르겠어요. 스페인어로 말했는데, 너무나 뒤범벅된 스페인어여서 스페인어처럼 들리지 않았어요. 영어도 아니었어요. 그들이 스스로 만들어 낸 언어로 이야기한다는 생각이 이따금씩 들어요. 하지만 그건 그들이 만든 언어가 될 수 없었어요. 내가 몇몇 단어는 알아들었거든요. 그러니까 그들이 스페인어를 말하는 사람들이며, 멕시코 사람들이라고 말할 수 있어요. 하지만 그들이 사용하던 말의 대부분은 제대로 알아들을 수 없었어요. 나를 우리 아들이라고 불렀어, 단 한 번이었지만. 그 단어는 그녀가 말하는 도중에 입버릇처럼 끼워 넣는 게 아니라는 걸 보여 주었어. 마음씨 착한 허풍쟁이야. 세르히오는 생각했다. 그들은 그에게 맥주 한잔 더 하지 않겠느냐고 제안했지만, 그는 괜찮다면서 정중하게 사양했다. 그는 피곤하다고 말했다. 호텔로 돌아가야만 한다고 말했다. 레이날도는 못마땅하다는 표정을 거의 숨기지 못한 채 그를 쳐다보았다. 내가 뭘 잘못했지? 세르히오는 생각했다. 그는 욕실로 갔다. 늙은 여자의 냄새가 풍겼지만, 바닥에는 거의 검은색처럼 보일 정도로 짙은 초록색을 띤 식물이 담긴 화분 두 개가 있었다. 화장실에 화분을 두는 건 그리 나쁜 생각이 아니야. 세르히오는 생각했다. 그러는 동안 그는 레이날도와 호세 파트리시오, 그리고 플로리타의 목소리를 들었다. 그들은 거실에서 뭔가를 열심히 의논하는 것 같았다. 욕실의 쪽창으로 시멘트가 덮인 조그만 마당이 보였다. 마치 방금 비가 내린 것처럼 바닥이 축축했다. 마당에 있는 화분 옆에서 그는 붉고 파란 꽃을 심은 화분들을 보았다. 한 번도 본 적 없는 품종이었다. 거실로 돌아왔지만 그는 자리에 앉지 않았다. 그는 플로리타에게 손을 내밀고서, 자기가 쓴 기사가 나오면 보내 주겠다고 약속했다. 하지만 자기가 그녀에게 어떤 것도 보내지 않으리란 사실을 잘 알았다. 내가 아는 게 있어요. 성녀는 그들을 현관문까지 배웅해 주면서 말했다. 그녀는 세르히오의 눈을 쳐다보더니 레이날도를 바라보면서 말했다. 당신이 안다는 게 뭐지요, 플로리타? 세르히오는 물었다. 말하지 마요, 플로리타. 사람들이 말을 할 때면 부분적이나마 자신의 기쁨과 슬픔을 드러낸다는 말을 하려던 거지요? 레이날도가 말했다. 그거야말로 절대적인 진리지요. 호세 파트리시오가 거들었다. 내 꿈속에 나타난 그 사람들이 자기들끼리 말할 때면, 난 그들의 말을 알아듣지 못했지만, 그들의 기쁨과 슬픔이 아주 〈커다랗다〉는 것을 완벽하게 느꼈어요. 플로리타가 말했다. 어느 정도나 커다랗지요? 세르히오가 물었다. 플로리타는 그의 눈을 쳐다보았다. 그러고는 문을 열어 주었다. 그는 소노라주의 밤이 마치 유령처럼 자기의 등을 건드리는 것 같다는 느낌을 지울 수 없었다. 〈어마어마하지요.〉 플로리타가 말했다. 그들이 자신들은 처벌받지 않을 거라는 사실을 아는 것 같아요? 아니에요, 아니에요. 그건 법과 아무런 관련도 없어요. 플로리타는 대답했다.

6월 1일에 열다섯 살 사브리나 고메스 데메트리오는 걸어서 멕시코 사회
보장청 산하의 헤라르도 레게이라 병원에 도착했다. 여러 군데 칼에 찔려서 상처가
났고, 등에는 총알 두 발이 박혀 있었다. 즉시 그녀는 응급 병동으로 이송되었고, 몇
분 후 숨을 거두었다. 그녀는 죽기 전에 몇 마디 말을 했다. 자기 이름을 말하고서
형제자매들과 살던 거리 이름을 언급했다. 그리고 어느 서버밴에 갇혀 있었다고
말했다. 또한 돼지 같은 얼굴을 가진 남자에 관해서도 약간 언급했다. 지혈을
시도하던 여자 간호사 하나가 그녀를 납치한 장본인이 그 남자냐고 물었다.
사브리나 고메스는 자기 형제자매를 더는 볼 수 없어서 슬프다고 말했다.

6월에 클라우스 하스는 전화를 걸어 산타테레사 교도소에서 기자 회견을
소집했고, 기자 여섯 명이 그 회견에 참석했다. 그의 여자 변호사는 기자 회견을
하지 말라고 충고했지만, 그 무렵 하스는 그때까지 보여 준 침착성과 자제심을
잃어버린 것 같았고, 자기의 계획에 반대하는 단 하나의 의견도 들으려 하지
않았다. 그의 변호사에 따르면, 그는 그녀에게 기자 회견 내용에 대해서 밝히지도
않았다. 그는 자기가 전에는 가지고 있지 않았던 정보를 이제는 입수했으며, 그걸
널리 알리고자 한다는 말만 했다. 기자 회견에 참석한 기자들은 어떤 새로운
진술이나 증거도 기대하지 않았고, 철권처럼 산타테레사를 에워싼 사막이나
도시에, 그리고 정기적으로 살해된 여자들이 출현하던 어두운 구렁에 빛을 비출
것이 있으리라고는 더욱 기대하지 않았다. 그러나 그들이 회견장에 간 것은
어쨌거나 하스와 살해된 여자들이 지방 신문의 뉴스가 될 수 있기 때문이었다.
멕시코의 유력 신문사들은 아무 기자도 파견하지 않았다.

6월에, 그러니까 하스가 전화를 걸어 기자들에게 충격적인 진술을 할
것이라고 약속한 며칠 뒤, 카사스 네그라스 고속 도로 근처에서 아우로라 이바녜스
메델이 죽은 채 발견되었다. 그녀가 실종되었다는 신고는 2주 전 남편에 의해
산타테레사 경찰서에 접수되었다. 아우로라 이바녜스는 서른네 살이었고
인터존버니 마킬라도라 공장에서 일했으며, 네 아이를 두었고, 아이들 나이는 세
살부터 열네 살 사이였다. 그녀는 기술자인 하이메 파체코 파체코와 열일곱 살 때
가약을 맺고 결혼 생활을 했다. 아내가 실종되었을 당시 남편은 인터존버니의 직원
구조 조정의 희생양이 되어 실직한 상태였다. 법의학 검시관의 보고서에 따르면,
사인은 질식이었다. 시간이 흘렀음에도 불구하고, 희생자의 목에서는 그 전형적인
상처가 여전했다. 설골은 골절되지 않았다. 아마도 아우로라는 강간당한 것 같았다.
이 사건은 에프라인 부스텔로 형사에게 할당되었으며, 그는 오르티스 레보예도
형사의 자문을 받았다. 희생자 주변의 지인들을 조사한 후, 그는 하이메 파체코를
체포하는 일에 착수했다. 남편은 경찰 신문을 받은 후 자신의 범죄를 자백했다.
오르티스 레보예도는 시기와 질투가 살인 동기였다고는 언론에 말했다. 그러면서
그가 특정한 사람에게 질투를 느낀 것이 아니라, 그녀가 만날 수 있던 모든

사람이나 도저히 참을 수 없던 자신의 새로운 상황 때문에 질투를 느꼈다고 설명했다. 불쌍한 파체코는 아내가 그를 버릴 것이라고 생각했다. 경찰은 아무것도 모르는 아내를 속여 카사스 네그라스 고속 도로 30킬로미터 지점이 지난 곳까지 데려가기 위해, 아니면 다른 곳에서 죽였다고 가정할 경우 그녀의 시체를 그 고속 도로에 버리기 위해 사용한 차량이 무엇이냐고 물었다. 남편은 모질고 가혹한 신문을 받았지만 살해 장소만은 말하고 싶어 하지 않았다. 하지만 차량에 관해서는 한 친구가 양쪽에 붉은 불길 그림이 그려진 노란색 코요테 1987년형 자동차를 빌려 주었다고 진술했다. 하지만 경찰은 그 친구를 찾을 수 없었다. 경찰은 이런 살인 사건에 걸맞지 않게, 열심히 그를 찾지 않았던 것이다.

마치 강간하는 모습이 머릿속으로 지나가는 것처럼, 하스의 변호사는 정면을 응시한 채 하스의 곁에 경직된 표정으로 앉아 있었다. 그리고 두 사람 주변에는 『북부 헤럴드』, 『소노라의 목소리』, 『산타테레사 신문』, 이 세 지역 신문 기자들을 비롯해, 『피닉스 독립 신문』, 『에르모시요의 소노라 사람들』과 『그린 밸리 인종』의 기자들이 있었다. 『그린 밸리 인종』은 주간으로 발행되는(종종 보름마다 혹은 한 달에 한 번 발행되기도 했다) 몇 페이지 되지 않는 작은 신문이었으며, 거의 광고 없이 그린 밸리와 시에라 비스타 사이 지역에 거주하는 중하층 멕시코계 미국인들의 구독으로 근근이 유지되었다. 멕시코계 미국인들은 리오 리코, 카르멘, 투바크, 소노이타, 아마도, 사우아리타, 파타고니아, 산하비에르에 정착한 옛 농장 노동자들이었다. 그 신문은 오로지 범죄 이야기만 실었고, 범죄 이야기가 잔인하고 흉악할수록 더욱 반기곤 했다. 『소노라의 목소리』는 단지 사진 기자 추이 피멘텔만 파견했고, 그는 신문 기자들 뒤에 서 있었다. 기자 회견 도중에 가끔씩 문이 열렸고, 간수가 모습을 드러내면서 하스와 그의 변호사를 쳐다보곤 했다. 마치 필요한 게 없느냐고 묻는 것 같았다. 한번은 변호사가 간수에게 시원한 물을 갖다 달라고 부탁했다. 그랬더니 잠시 후 간수는 생수병 두 개와 시원한 음료수 캔 여러 개를 가지고 나타났다. 기자들은 그에게 고맙다고 인사했고, 거의 모든 참석자가 음료수 캔을 골랐다. 하스와 그의 변호사만이 생수병을 선택했다. 몇 분 동안 아무도 말하지 않았다. 한 마디도 없이 모두가 음료수와 물을 마셨다.

7월에 마이토레나 지역 동쪽에 위치한 시궁창에서 한 여자의 시체가 발견되었다. 고압 송전탑들과 비포장도로에서 그리 멀리 떨어지지 않은 곳이었다. 여자는 대략 스무 살에서 스물다섯 살 사이로 추정되었고, 법의학 검시관들에 따르면 사망한 지 적어도 3개월이 지난 상태였다. 시체의 손은 뒤로 꺾인 채 커다란 꾸러미를 묶는 데 사용하는 합성 수지 노끈으로 묶여 있었다. 왼손에는 팔 한가운데까지 덮는 길고 검은 장갑을 끼었다. 싸구려 장갑이 아닌 벨벳으로 만든 장갑이었다. 일반 무용수가 아니라 고급 무용수들이나 끼는 그런 장갑이었다. 장갑을 벗기자, 반지가 두 개 보였다. 진짜 은으로 만든 반지는 가운뎃손가락에 끼었고, 뱀을 세공한 다른 은반지는 넷째 손가락에 끼고 있었다. 또한 시체는 오른발에 〈트레이시〉라는 브랜드의 남자 양말을 신고 있었다. 하지만 가장 놀라운 것은 목덜미 주위에, 이상스럽기 그지없지만 그렇다고 이 세상에 절대로 존재할 수 없다고 말할 수도 없는 모자를 쓴 것처럼, 검은색 고급 브래지어가 매여 있다는 사실이었다. 그것 이외에 여자는 벌거벗었고, 신원을 확인해 줄 어떤 증명서도 지니지 않았다. 필요한 절차를 밟은 후, 이 사건의 수사는 보류되었고, 그녀의 시체는 산타테레사 공동묘지의 일반 무덤 안으로 던져졌다.

7월 말에 산타테레사 당국은 소노라주와 협조하여 앨버트 케슬러 형사를 산타테레사로 초청했다. 그 소식이 알려지자 몇몇 기자, 특히 멕시코시티에서 파견된 기자들은 시장인 호세 레푸히오 데 라스 에라스에게 전 FBI 요원에게 도움을 요청한다는 것이 멕시코 경찰의 수사가 실패했음을 암묵적으로 인정한다는 뜻이냐고 물었다. 데 라스 에라스는 절대로 그렇지 않다고 대답했다. 그러면서 케슬러 씨는 소노라주의 경찰에서 뽑은 최정예 요원 열다섯 명에게 열다섯 시간 동안 전문 교육을 시키려고 오는 것이라고 설명했다. 그리고 산타테레사는 그 교육 과정의 장소로 선정되었으며, 이유는 가령 에르모시요보다 산업적으로 발전된 도시일 뿐만 아니라, 그때까지 멕시코에서 알려지지 않았거나 거의 알려지지 않은 상처, 즉 연쇄 살인 사건이 일어난 슬픈 기록을 보유했고, 국가의 최고 관리들은 그런 살인 사건이 어서 종식되기를 바라기 때문이라고 밝혔다. 그러면서 그 상처를 뿌리 뽑기 위해 이런 문제에 전문적 지식을 지닌 경찰 특수 부대를 만드는 것보다 더 좋은 방법이 무엇이겠습니까 하고 시장이 물었다.

여러분에게 에스트레야 루이스 산도발을 누가 살해했는지 말하겠습니다. 나는 그녀를 살해했다는 이유로 부당하게 기소되었습니다. 하스는 말했다. 그들은 이 도시에서 적어도 다른 젊은 여자 서른 명을 죽인 장본인들입니다. 하스의 변호사는 고개를 숙였다. 추이 피멘텔은 첫 번째 사진을 찍었다. 그 사진에서는 하스를 쳐다보지도 않고 전혀 흥분하지도 않고 아무런 열정도 보이지 않은 채 자신들의 수첩을 살펴보는 기자들의 얼굴을 볼 수 있었다.

9월에는 펠릭스 고메스 지역과 센트로 지역 사이에 있는 하비에르 파레데스 거리의 쓰레기통 뒤에서 아나 무뇨스 산후안의 시체가 발견되었다. 시체는 완전히 벌거벗었고, 질식과 강간의 흔적을 분명하게 보여 주었다. 후에 이런 사실들은 법의학 검시관에 의해 확인되었다. 초기 수사가 끝나자 신원이 밝혀졌다. 희생자 이름은 아나 무뇨스 산후안이었고, 루벤 다리오 지역의 마에스트로 카이세도 거리에 살았다. 그녀는 다른 세 여자와 함께 집을 썼으며, 나이는 열여덟 살이었고, 산타테레사의 유서 깊은 지역에 있는 커피숍 〈그란 차파랄〉에서 일했다. 경찰에 실종 신고는 접수되어 있지 않았다. 그녀가 마지막으로 만난 사람들은 세

남자였는데, 각각 〈원숭이〉, 〈타마울리파〉, 〈노파〉라는 별명으로 알려진
자들이었다. 경찰은 그들을 찾으려고 노력했지만, 마치 대지가 삼켜 버리기라도 한
양 아무도 찾을 수 없었다. 이렇게 이 사건도 서류철로 들어가게 되었다.

누가 앨버트 케슬러를 초청하는 것일까? 기자들은 생각했다. 케슬러 씨의
수고비는 얼마이고 누가 지불할까? 그리고 그 비용은 얼마나 될까?
산타테레사시일까, 아니면 소노라주일까? 케슬러 씨의 강의료는 어디서 나올까?
산타테레사 대학일까, 아니면 주 경찰의 비밀 자금에서 나올까? 전체 비용 중에는
사적으로 출연한 돈도 일부를 이루고 있을까? 미국의 유명한 수사관이 이곳을
방문하도록 후원하는 사람이 누구일까? 연쇄 살인 전문가를 진작 데려오지 않고
왜 지금, 바로 지금 데려오는 것일까? 멕시코에는 경찰과 협력하여 일할 수 있는
범죄 전문가가 없다는 말일까? 가령 실베리오 가르시아 코레아 교수로는 충분하지
않단 말일까? 그는 멕시코 국립 대학교 동기생 중에서 가장 훌륭한 심리학자가
아니었나? 뉴욕 대학에서 범죄학 석사 학위를 받았고, 스탠퍼드 대학에서 또 다른
석사 학위를 받지 않았나? 가르시아 코레아 교수에게 의뢰하는 게 더 저렴하지
않았을까? 멕시코의 문제를 멕시코 사람에게 위임하는 게, 미국인에게 부탁하는
것보다 더 애국적인 행동이 아니었을까? 내친김에 말하는데, 앨버트 케슬러
수사관은 스페인어를 구사할 줄 알까? 모른다면 누가 통역을 할까? 그가 통역을
데려오는 것일까, 아니면 이곳에 있는 통역사를 제공받는 것일까?

하스는 말했다. 나는 조사했습니다. 그는 말했다. 정보를 입수했습니다.
감옥에서 비밀은 없는 법이지요. 그는 말했다. 친구들의 친구들은 바로 당신의
친구들이고, 그들은 당신에게 이런저런 이야기를 해줍니다. 친구들의 친구들의
친구들은 넓은 영역을 담당하고 있고, 당신의 부탁을 들어줍니다. 그는 말했다.
아무도 웃지 않았다. 추이 피멘텔은 계속해서 사진을 찍었다. 그 사진들에서는
눈물을 흘리기 일보 직전인 듯 보이는 여자 변호사가 보인다. 분노의 눈물이다.
기자들의 시선은 파충류처럼 비열하고 엉큼하다. 그들은 하스를 주시한다. 하스는
자기 운명이 부서지는 시멘트에 적히기라도 한 것처럼 회색 벽을 바라본다. 기자
중 한 사람이 이름이 뭐냐고 속삭이듯이 묻지만, 모든 사람이 들을 수 있을 정도로
그 소리는 크다. 하스는 이제 벽을 그만 바라보고, 질문한 기자를 응시했다.
직접적으로 대답하는 대신, 그는 에스트레야 루이스 산도발의 살인과 관련해서
자기는 아무런 죄도 짓지 않았다는 사실을 다시 한번 설명했다. 나는 그 여자를
모릅니다. 그는 말했다. 그러고서 양손으로 자기 얼굴을 가렸다. 아주 예쁜
여자였어요. 그녀를 알게 될 기회를 가졌더라면 좋았을 겁니다. 그는 현기증을
느낀다. 그는 석양이 질 무렵에 사람들로 가득한 거리를 상상한다. 그 거리는
천천히 비어 가더니 마침내 아무도 없다. 단지 길모퉁이에 주차한 자동차 한 대만
있을 뿐이다. 그런 다음 밤이 되고, 하스는 자기 손에서 여자 변호사의 손가락을

느낀다. 너무 두툼한, 너무 짧은 손가락이다. 이름이 뭐지요? 다른 기자가 물었다. 이름이 없으면 아무 소용이 없습니다.

9월에 수르 지역의 빈터에서 담요에 둘둘 말린 채 검은 비닐봉지에 담긴 마리아 에스텔라 라모스의 벌거벗은 시체가 발견되었다. 다리는 전선으로 묶였고, 고문의 흔적을 보여 주었다. 이 사건은 후안 데 디오스 마르티네스에게 할당되었고, 그는 시체가 금요일 밤 12시부터 토요일 새벽 1시 반 사이에 빈터에 버려졌다고 결론지었다. 그 이외의 시간에 문제의 빈터는 마약 밀거래상과 구매자들의 만남의 장소였으며, 동시에 음악을 들으려 그곳으로 오는 10대 갱단의 모임 장소로도 사용되었기 때문이다. 여러 상이한 진술을 대조한 끝에, 이런저런 이유로 12시부터 1시 반 사이에 그곳에 아무도 없었다는 사실이 확인되었다. 마리아 에스텔라 라모스는 베라크루스 지역에 살았고, 그곳은 그녀가 자주 찾아오는 장소가 아니었다. 나이는 스물세 살이었고 네 살짜리 아이를 두었으며 마킬라도라 공장에서 일하는 직장 동료 둘과 함께 살았다. 그들 중 한 여자는 사건이 일어난 당시 자신이 실직 상태였다고 진술했다. 그러면서 자기가 노동조합을 조직하려 했었다고 후안 데 디오스에게 말했다. 어떻게 생각하세요? 그녀는 형사에게 물었다. 내 권리를 주장한다는 이유로 나를 내쫓은 거예요. 형사는 어깨를 으쓱거렸다. 그는 누가 마리아 에스텔라의 아들을 맡을 것이냐고 물었다. 내가 맡을 거예요. 실패한 노동조합 조직자는 말했다. 그 아이에게 할머니나 할아버지 같은 가족은 없습니까? 아마 그럴 거예요. 하지만 알아보도록 최선을 다하겠어요. 그녀는 말했다. 법의학 검시관에 따르면, 머리를 둔탁한 물건으로 맞은 것이 사인이었다. 그러나 갈비뼈 다섯 개도 골절되었고, 팔에도 가볍게 칼에 찔린 상처 여러 개가 있었다. 그녀는 강간을 당했으며, 수르 지역 빈터에 있던 쓰레기와 잡초 사이에서 마약 중독자들에 의해 발견된 날보다 최소한 나흘 전에 사망했다. 그녀의 동료들 말로는, 마리아에게는 애인이 있거나 있었던 적이 있었다. 애인은 치노라는 별명으로 불렸다. 그의 실제 이름을 아는 사람은 아무도 없었지만, 그가 어디에서 일하는지는 알았다. 후안 데 디오스 마르티네스는 세라핀 가라비토 지역에 있는 철물점을 찾아갔다. 거기서 치노에 대해 물어보았지만, 거기에서 일하는 사람들은 아무도 그런 이름을 가진 사람을 몰랐다. 그는 마리아 에스텔라의 동료들이 말해 준 그의 외모를 설명했지만, 그들의 대답은 변화가 없었다. 그곳의 창고나 카운터에서는 그런 이름이나 그런 외모를 지닌 사람이 일한 적이 없었다는 것이다. 그러자 그는 정보원들을 동원했고, 며칠 동안 그를 찾는 데 전념했다. 하지만 그건 유령을 찾는 것과 마찬가지 작업이었다.

앨버트 케슬러는 칭송받는 전문가입니다. 가르시아 코레아 교수는 말했다. 내가 들은 바로는, 케슬러 씨는 연쇄 살인범의 심리 프로파일을 작성한 선구자 중 하나입니다. 내가 알기로 그는 FBI에서 일했고, 그 전에는 미국 헌병대 혹은 미군 정보 부대에서 일했습니다. 사실 〈정보 부대〉라는 말은 일종의 모순 어법입니다. 〈정보〉라는 말은 〈지성〉이라는 의미도 함께 갖는데, 군대라는 말에는 〈지성〉이라는 의미가 거의 적용될 수 없기 때문입니다. 가르시아 코레아 교수는 말했다. 아닙니다, 내게 이 일을 맡기지 않았다는 사실 때문에 기분 나쁘지도 않고, 해고되었다는 생각도 하지 않습니다. 소노라주 당국은 나를 아주 잘 알고, 내가 믿는 유일한 여신은 진실이라는 것도 압니다. 가르시아 코레아 교수는 말했다. 멕시코에서 우리는 항상 너무나 쉽게 현혹됩니다. 나는 신문에서 몇몇 형용사를 보거나 듣거나 읽을 때면, 머리카락이 쭈뼛쭈뼛 섭니다. 마치 미친 원숭이 부족이 말하는 것 같은 칭찬의 말들이기 때문입니다. 하지만 그건 실제와는 전혀 다릅니다. 우리는 그런 존재입니다. 그리고 나이를 먹어 가면서 그런 것에 익숙해집니다. 가르시아 코레아 교수는 지적했다. 이 나라에서 범죄학자가 된다는 것은 북극에서 암호 해독가가 되는 것과 마찬가지입니다. 아동 성폭력범들의 수용동에서 어린아이가 되는 것과 같습니다. 귀머거리의 나라에서 사기꾼이 되는 것과 마찬가지입니다. 아마존 여전사들 속에서 콘돔이 되는 것과 같습니다. 가르시아 코레아 교수는 말했다. 당신이 자주 학대를 받으면, 학대에 익숙해집니다. 당신이 자주 무시당하면, 무시당하는 것에 익숙해지는 법입니다. 당신의 저금, 당신이 평생 모은 저금, 그러니까 퇴직할 것을 대비해 모아 놓은 돈이 자꾸 없어진다면, 그것에 익숙해지는 법입니다. 당신의 아들이 자꾸 당신을 속이면, 당신은 속는 데 익숙해집니다. 법이 정한 바대로 당신은 정말 하고 싶은 일에 전념할 수 있습니다. 그런데 계속해서 원하지 않는 일을 해야만 한다면, 당신은 이내 그 일에 익숙해집니다. 또한 당신의 월급이 자꾸 깎인다면, 당신은 그 상황에 익숙해집니다. 월급 이외의 돈을 더 벌기 위해서 부정직한 변호사와 부패한 형사들을 위해 일해야만 한다면, 당신은 이내 그것도 익숙해집니다. 하지만 기자 여러분, 이런 말은 당신들 기사에 넣지 않는 게 좋을 겁니다. 그렇게 한다면 내 직책이 위태로워질 수 있으니까요. 가르시아 코레아 교수가 말했다. 내가 여러분에게 말하는 것처럼 앨버트 케슬러 씨는 매우 유명하고 칭송받는 형사입니다. 내가 알기로, 그는 컴퓨터로 작업합니다. 매우 흥미로운 작업이지요. 또한 액션 영화 몇 편에 자문을 해주거나 고문 역할을 맡기도 했습니다. 난 그 영화들을 한 편도 보지 못했습니다. 오래전부터 영화관에 가지 않으며, 할리우드의 쓰레기 영화들을 보면 잠들기 일쑤이기 때문입니다. 그러나 내 손자가 말해 준 바로는, 항상 선한 사람들이 승리하는 매우 재미있는 영화랍니다. 가르시아 코레아 교수는 말했다.

이름을 말해 주십시오. 기자가 말했다. 안토니오 우리베입니다. 하스가 대답했다. 잠시 기자들은 누군가라도 그 이름을 들어 보았는지 알아보려고 서로 얼굴을 쳐다보았다. 하지만 모두가 어깨를 으쓱했다. 안토니오 우리베입니다. 하스는 말했다. 이게 바로 산타테레사에서 여자들을 죽인 살인범의 이름입니다.

잠시 침묵을 지킨 다음 그는 주변 지역이라고 덧붙였다. 주변 지역이라뇨? 어느 기자가 말했다. 산타테레사의 살인범이자, 또한 산타테레사 주변 지역에서 시체로 발견된 여자들을 죽인 살인범이란 소리입니다. 하스는 말했다. 당신은 우리베라는 사람을 압니까? 어느 기자가 물었다. 한 번 보았습니다. 딱 한 번입니다. 하스는 대답했다. 그러고서 긴 이야기를 들려주려는 것처럼 숨을 들이마셨다. 추이 피멘텔은 그 순간을 놓치지 않고 사진을 찍었다. 그 사진에서는 빛과 각도의 효과 때문에 하스는 훨씬 더 말라 보였고, 그의 긴 목은 마치 칠면조 목처럼 보였다. 하지만 흔히 볼 수 있는 칠면조가 아니라 노래하는 칠면조, 혹은 갑자기 노래를 부르려고 하는 칠면조, 단순히 노래를 흥얼거리려는 칠면조가 아니라 목청껏 노래하려는 칠면조 같았다. 다시 말하면, 귀를 찢는 듯하고 신경을 건드리는 노래, 박살 난 유리로 만들어졌으면서도 크리스털을 강하게 연상시키는 것 같은 노래, 즉 순수하고 자기 희생적이고 거짓이 하나도 없는 노래를 목이 찢어져라 부르려는 칠면조 같았다.

10월 7일에 철길에서 30미터가량 떨어진, 야구장과 인접한 수풀 속에서 열네 살에서 열일곱 살 사이로 추정되는 여자아이의 시체가 발견되었다. 시체는 고문의 흔적을 분명하게 보여 주었다. 팔과 가슴과 다리에 멍 자국이 여러 개 있을 뿐만 아니라, 예리한 칼에 찔린 상처도 있었다. 한 경찰이 멍 자국과 상처 자국을 세기 시작했지만, 서른다섯 번째 상처에 이르자 넌더리를 냈다. 그러나 어느 칼자국도 중추 기관에 상처를 입히거나 관통하지 못했다. 희생자는 신원을 확인할 만한 서류를 가지고 있지 않았다. 법의학 검시관에 따르면 사인은 질식이었다. 왼쪽 가슴의 젖꼭지는 물린 흔적을 보여 주었고, 반쯤 떨어져 나간 채 몇몇 섬유 조직에 의해 간신히 붙어 있었다. 법의학 검시관이 제공한 다른 자료는 희생자의 한쪽 다리가 다른 다리에 비해 짧다는 것이었다. 처음에 경찰은 이 사실이 그녀의 신원을 확인하는 데 도움을 주리라고 생각했지만, 이 역시 아무런 도움이 되지 않는 자료로 판명되었다. 산타테레사의 경찰서에 실종 신고가 들어온 어떤 여자도 그런 특징을 가지지 않았던 것이다. 시체는 10대 야구 선수들에 의해 발견되었다. 시체가 발견된 날 에피파니오와 랄로 쿠라는 현장에 있었다. 그곳은 이미 경찰들로 가득했다. 몇몇 형사와 몇몇 도시 경찰, 몇몇 과학 수사대 요원들과 적십자 요원들과 기자들도 있었다. 에피파니오와 랄로 쿠라는 그곳을 어슬렁어슬렁 걷다가 바로 그 장소에 도착했다. 그곳에는 아직도 시체가 그대로 누워 있었다. 그다지 키가 작은 여자아이는 아니었다. 신장은 적어도 1미터 68센티미터는 되어 보였다. 피와 흙으로 더러워진 흰색 블라우스와 흰색 브래지어를 제외하고는 완전히 벌거벗은 상태였다. 그곳을 떠나면서 에피파니오는 랄로 쿠라에게 어떻게 생각하느냐고 물었다. 죽은 여자 말인가요? 랄로가 물었다. 아니, 범죄 현장 말이야. 에피파니오는 담배에 불을 붙이며 말했다. 고의적으로 그 장소를 깨끗이 치웠어요. 에피파니오는 자동차에 시동을 걸었다. 고의적인 건 아니야. 그가 말했다.

멍청하게란 말이 더 맞을 거야. 하지만 그런 차이는 이 경우에 별로 중요하지 않아. 그곳은 깨끗이 청소되어 있었어.

1997년은 앨버트 케슬러에게 행운의 해였다. 그는 버지니아, 앨라배마, 켄터키, 몬태나, 캘리포니아, 오리건, 인디애나, 메인, 플로리다 주에서 강연을 했다. 그리고 여러 대학을 다니면서 옛 제자들과 이야기했다. 이제 그들은 대학교수였으며, 장성한 아이들을 둔 사람도 있었고, 심지어 결혼한 아이들의 아버지이기도 했다. 그는 이런 이야기들을 들으며 놀라지 않을 수가 없었다. 그는 프랑스 파리, 영국 런던, 이탈리아 로마로 여행을 했다. 그곳에서 그의 이름은 익히 알려졌고, 강연 참석자들은 프랑스어나 이탈리아어, 혹은 스페인어로 번역한 그의 책을 들고 와서, 그에게 자필 서명이나 다정한 몇 마디의 말, 혹은 재치 넘치는 말을 적어 달라고 부탁했고, 그는 즐거운 마음으로 기꺼이 그렇게 해주곤 했다. 그는 러시아의 모스크바와 상트페테르부르크, 폴란드의 바르샤바도 여행했다. 그리고 이미 다른 많은 곳에서 초청을 받았기 때문에, 1998년 역시 마찬가지로 눈코 뜰 새 없는 한 해가 될 것임을 익히 예상할 수 있었다. 사실 세상은 조그마해. 가끔씩 앨버트 케슬러는 생각했다. 특히 비행기를 타고 일등석이나 비즈니스석에 앉아 여행할때 그랬다. 그러면 그는 텔러해시[43]나 애머릴로,[44] 혹은 뉴베드퍼드[45]에서 해야 할 강연을 까마득히 잊고서 변덕스러운 구름의 모습을 바라보곤 했다. 그는 살인자들에 관해서는 거의 꿈을 꾸지 않았다. 그는 수많은 살인자들을 만났고, 그보다 더 많은 살인범들을 추적했지만, 그런 살인자들 꿈을 꾸는 경우는 극히 드물었다. 사실 그는 거의 꿈을 꾸지 않았고, 꿈을 꾸더라도 잠에서 깨어나는 순간 모두 잊어버리는 행운을 누리곤 했다. 반면에 30년 이상 함께 살아온 그의 아내는 항상 자기가 꾼 꿈을 기억했고, 앨버트 케슬러가 집에 있을 때면 함께 아침 식사를 하는 동안 이따금씩 꿈 이야기를 들려주었다. 그들은 라디오를 켜 클래식 음악 프로그램을 들으면서 커피와 오렌지주스와 냉동 빵으로 아침 식사를 했다. 그의 아내는 냉동된 빵을 전자레인지에 넣어 해동시켰고, 그러면 그 빵은 그가 세상 도처에서 먹어 본 어떤 빵보다도 맛있고 바삭바삭해졌다. 빵에 버터를 바르는 동안, 그의 아내는 전날 밤에 꾼 꿈을 이야기했다. 거의 대부분 이미 세상을 떠난 그녀의 가족이나, 아니면 오랫동안 만나지 못한 그들의 친구에 관한 꿈이었다. 그런 다음 아내는 욕실로 들어갔고, 앨버트 케슬러는 정원으로 나와 붉은색이거나 회색 혹은 노란색 지붕들이 늘어선 지평선을 훑어보았고, 이웃집 주민들의 젊은 자녀들이 차고가 아니라 자갈길 마당에 세워 놓은 최신 모델 자동차들을 바라보았다. 동네 사람들은 그가 누구인지 알았고, 그를 존경했다. 그가 정원에 있을 때 누군가가 나타나면, 그 사람은 자동차로 들어가 시동을 걸어 떠나기 전에

43 플로리다주의 주도.
44 텍사스주 북부 도시.
45 매사추세츠주 남동부에 있는 도시.

손을 들어, 케슬러 씨, 안녕하세요? 하고 인사하곤 했다. 모두가 그보다 나이가 적은 사람들이지만, 아주 젊은 사람들은 아니었다. 그들은 의사나 중견 관리, 혹은 전문 직업인들이었고, 힘들게 일하면서 생활비를 벌고, 누구에게도 해를 끼치지 않으려고 애쓰는 사람들이었다. 물론 그들이 정말 다른 사람들에게 해를 끼치지 않았는지는 아무도 정확하게 알 수 없는 일이긴 했다. 거의 모두가 결혼해서 아이 한두 명을 둔 사람들이었다. 가끔씩 그들은 수영장 옆 정원에서 바비큐 파티를 벌였고, 언젠가 한번은 아내의 부탁을 거절하지 못해 그도 그런 파티에 참석해서 버드와이저 반병과 위스키 한 잔을 마셨다. 동네에는 어떤 경찰도 살지 않았고, 그의 일거수일투족에 관심을 보인 것 같은 사람은 어느 대학교수뿐이었다. 하지만 대머리이고 멀대 같은 그 사람은 오직 스포츠에 관해서만 말할 수 있는 바보 천치였다. 경찰이나 경찰로 일한 사람은 아내와 함께 있을 때가 더 행복할까, 아니면 다른 경찰과, 그러니까 자기와 같은 지위의 경찰과 함께 있을 때가 더 즐거울까? 그는 종종 생각했다. 그의 경우에는 후자라고 말할 수 있었다. 이미 그는 여자에 대해 관심이 없었다. 단지 여자들이 경찰이고 그들이 살인 사건을 수사할 경우에만 예외였다. 언젠가 한번 일본인 동료가 그에게 여가 시간을 정원을 가꾸면서 보내라고 말했다. 그 사람은 자기처럼 퇴직한 경찰이었고, 사람들 말에 따르면 한때 오사카 범죄 수사대의 일인자였다. 케슬러는 일본 경찰의 조언을 받아들였고, 집에 돌아오자 아내에게 정원사를 부르지 말라고, 이제부터는 자기가 손수 정원을 돌보겠다고 말했다. 물론 그는 이내 모든 걸 엉망으로 만들어 놓았고, 그래서 결국 다시 정원사를 불러야만 했다. 왜 내가 원예를 통해 느끼지도 않는 스트레스에서 나 자신을 치료하려고 한 것일까? 그는 자문했다. 이따금씩 책을 홍보하거나 탐정 소설 작가들이나 범죄 수사 영화의 감독에게 자문을 해주거나 혹은 대학이나 해결할 수 없는 살인 사건의 진구렁에 빠진 경찰 수사과의 초청을 받아 20~30일간 출장을 나갔다가 집으로 돌아올 때면, 아내를 쳐다보면서 그녀를 처음 만난다는 막연한 느낌을 받곤 했다. 하지만 그녀는 그가 아는 사람이었고, 그 점에 관해서는 의심의 여지가 없었다. 아마도 그녀의 걸음걸이, 그녀가 집에서 움직이는 모습 때문인 것 같았다. 또는 매일 저녁 해가 질 무렵이 되면 아내가 그에게 슈퍼마켓에 가자고 부탁하는 방식 때문일지도 몰랐다. 그의 아내는 그 시간이 되면 항상 슈퍼마켓에 가서 냉동 빵을 구입했고, 매일 아침 미국의 전자레인지가 아니라 유럽의 오븐에서 갓 나온 것 같은 빵을 먹었다. 가끔씩 쇼핑을 한 후 그들은 각자 쇼핑 카트를 밀면서 그의 책 포켓판이 있는 서점 앞에 발길을 멈추곤 했다. 아내는 집게손가락으로 그 책을 가리키면서, 아직도 저기 있네요 하고 말하곤 했다. 그러면 그는 변함없이 고개를 끄덕였고, 그런 다음 쇼핑몰의 가게들을 여기저기 구경했다. 그런데 그는 그녀를 아는 것일까, 아니면 모르는 것일까? 물론 그녀를 알았다. 단지 종종 현실, 그러니까 현실에 닻을 내리는 데 사용되는 보잘것없는 조그만 현실이 테두리를 잃어버릴 때에만, 마치 시간의 흐름이 사물에 구멍 효과를 내고, 이미 존재하던 것, 즉 공허하고 만족스러우며 현실적인 것을 시간 자체의 속성에 의해 지워 버리면서 좀 더 비현실적으로 만드는 것 같을 때에만 그녀를 처음 보는 듯한 느낌을 받았다.

단 한 번 보았습니다. 하스가 말했다. 나이트클럽이나 나이트클럽처럼 보이는 곳, 그러니까 음악이 아주 크게 울려 나오던 술집이었던 것 같습니다. 친구들과 그곳에 갔습니다. 친구들이자 고객들이었지요. 그곳에 바로 그 청년이 나와 동행한 몇몇 사람을 아는 사람들과 테이블에 앉아 있었습니다. 옆에는 그의 사촌인 다니엘 우리베가 있었습니다. 내 친구들이 나를 두 사람에게 소개했지요. 두 청년은 매우 교양 있어 보였습니다. 두 사람은 영어를 구사했고, 마치 농장주처럼 옷을 입었지만, 농장에서 일하지 않는 건 분명했습니다. 그들은 튼튼했고 키가 컸습니다. 안토니오 우리베가 그의 사촌보다 더 키가 컸습니다. 그들이 헬스클럽에 다니고 역기를 들어 올리면서 몸매를 관리한다는 것을 알 수 있었습니다. 또한 외모에 많은 관심을 보인다는 사실도 눈치챘습니다. 그들은 수염을 사흘 동안 깎지 않았지만, 좋은 냄새를 풍겼습니다. 두 사람의 헤어스타일은 적절했고, 깨끗한 셔츠를 입었으며, 바지도 깨끗했습니다. 모두 유명 브랜드 제품이었지요. 카우보이 부츠는 반짝거렸으며, 아마 속옷도 깨끗했을 것이고 유명 상표였을 겁니다. 두 청년은 대체적으로 현대적 감각을 지닌 사람이었습니다. 나는 잠시 그들과 대화했습니다(특히 지겹고 따분한 것들에 관해 말했습니다. 그러니까 그런 장소에서 말하고 듣는 것들, 다시 말하면 남자들의 관심사에 관해 말한 것입니다. 새 자동차들, DVD, 란체라 노래 CD, 파울리나 루비오[46] 등등이었습니다. 나르코코리도에 관해서도 말했는데, 그 노래를 부른 흑인 여자가 누구였더라? 휘트니 휴스턴이었던가? 아니에요, 그녀가 아니라 라나 존스였던가? 그것도 아니에요. 흑인 여자였는데, 지금은 이름이 뭔지 기억이 나지 않습니다). 그리고 그들을 비롯해 나머지 사람들과 술을 한잔 마셨습니다. 그러고서 우리 모두는 나이트클럽에서 나왔는데, 왜 그랬는지 이유는 기억이 나지 않습니다. 모두가 갑자기 밖으로 나갔고, 그곳의 어둠 속에서 더는 우리베를 볼 수 없었습니다. 내가 그들을 본 건 그때가 유일했습니다. 하지만 그들이었습니다. 나중에 내 친구 중 한 사람이 나를 자기 차에 태웠고, 우리는 마치 폭탄이 폭발할 것처럼 급히 그곳에서 빠져나왔습니다.

10월 10일 카나네아 고속 도로와 철길 사이에 있는 페멕스 축구장 근처에서 열여덟 살 난 레티시아 보레고 가르시아의 시체가 땅에 반쯤 묻힌 채 상당히 부패된 상태로 발견되었다. 시체는 대용량 비닐봉지에 들어 있었고, 법의학 검시관에 따르면 사인은 설골 골절을 동반한 교살이었다. 시체는 한 달 전에 실종 신고를 한 그녀의 어머니가 확인했다. 그런데 왜 살인자는 조그만 구멍을 파서

---

46 Paulina Rubio(1971~). 멕시코의 팝 가수. 1982년부터 1991년까지 〈팀비리체〉 밴드의 일원으로 활동하면서 널리 알려졌다.

매장하려는 것처럼 애를 썼을까? 랄로 쿠라는 의아해하면서 그 장소를 살펴보았다. 왜 카나네아 고속 도로 옆이나 오래된 철도 창고의 잡동사니 사이로 던져 버리지 않았을까? 살인자는 자기가 축구장 옆에 희생자의 시체를 놔둔다는 사실을 모른 것일까? 현장을 떠나 달라고 요청을 받을 때까지 잠시 그는 서서 시체가 발견된 곳을 두루 살펴보았다. 구멍은 어린아이나 개의 시체도 거의 들어갈 수 없을 정도로 작았다. 그러니 여자의 시체가 들어갈 리는 만무했다. 살인자가 급히 희생자를 버려야만 한 것일까? 버린 시간이 밤이었고, 그래서 살인자는 이곳을 잘 몰랐던 것일까?

앨버트 케슬러 수사관은 새벽 4시에 산타테레사에 도착할 예정이었다. 그가 도착하기 전날 밤에 세르히오 곤살레스 로드리게스는 기자이자 멕시코 제도혁명당의 국회 의원인 아수세나 에스키벨 플라타의 전화를 받았다. 그는 혹시 가족 중에서 누군가가 사고를 당했다고 알리는 게 아닐까 걱정하면서 전화를 받았고, 여자의 목소리를 들었다. 위풍당당하고 강압적이며 흔들림이 없는 여자의 목소리였다. 용서를 구하거나 핑계를 대는 데 익숙하지 않은 그런 목소리였다. 목소리는 그에게 혼자 있느냐고 물었다. 세르히오는 자고 있었다고 대답했다. 하지만 난 혼자 있는지 아닌지 물었단 말이에요. 목소리는 말했다. 그때야 비로소 그는 목소리의 주인공이 누구인지 알았다. 그러니까 그의 청각적 기억이 그 목소리를 확인해 준 것이다. 멕시코 정치계의 마리아 펠릭스[47]이며 멕시코 제도혁명당의 돌로레스 델 리오[48]인 아수세나 에스키벨 플라타가 아니면 가질 수 없는 목소리였다. 그녀는 또한 몇몇 남자 국회 의원들과 쉰 살이 넘은, 아니 실질적으로 예순 살에 가까운 거의 모든 정치면 기자가 꿈꾸는 음탕한 백일몽의 통골렐레[49]였다. 이들은 모두 아수세나 에스키벨 플라타가 관리한다는, 아니 몇몇 사람에 따르면 그녀가 만들어 냈다는 늪지, 즉 실제라기보다는 정신적인 그 늪지에 가라앉는 악어들 같았다. 혼자 있어요. 그는 대답했다. 게다가 잠옷만 입었겠죠, 그렇죠? 맞아요, 정확하게 맞혔어요. 그럼 어서 옷을 입고 거리로 내려와요. 10분 내로 태우러 가겠어요. 사실 세르히오는 파자마 차림이 아니었지만, 처음부터 그녀의 말을 반박하는 게 적절하지 않다고 생각했다. 어쨌건 그는 청바지를 입고 양말을 신고 스웨터를 걸쳤다. 그러고서 건물 입구로 내려갔다. 건물 현관 맞은편에 불 꺼진 메르세데스 벤츠가 보였다. 벤츠에 탄 사람들도 그를 보았고, 뒷문이 열렸다. 손가락에 보석 반지를 가득 낀 어느 손이 그에게 올라타라고 신호를 보냈다. 뒷자리 한쪽 구석에 최고의 여성 의원인 아수세나 에스키벨 플라타가 체크무늬 담요를 두르고 앉아 있었다. 어두웠지만, 마치 피델

47 María Félix(1914~2002). 멕시코의 여배우로 멕시코 영화의 황금기를 대표하는 인물.

48 Dolores del Río(1904~1983). 멕시코 영화계의 최고 스타 중 한 사람으로, 가장 완벽한 얼굴을 가졌다고 여겨진다.

49 Tongolele(1932~). 본명은 욜란다 몬테스로, 이국적인 춤으로 유명한 멕시코의 여배우.

벨라스케스[50]의 의붓딸이라도 되는 듯, 그녀는 안경테도 안경다리도 검은, 검은색 선글라스를 끼고 있었다. 스티비 원더가 종종 쓴 것 같은, 구경꾼들이 텅 빈 눈알을 보지 못하도록 일부 시각 장애인들이 사용하는 선글라스와 비슷해 보였다.

우선 그는 투손으로 비행했고, 투손에서 소형 비행기를 타고 산타테레사 공항에 도착했다. 소노라주의 검찰 총장은 얼마 후에, 1년이나 아마도 1년 반 이내로 산타테레사 신공항 건설 공사를 시작할 것이며, 그러면 보잉 같은 대형 여객기도 착륙할 수 있을 정도로 충분한 수용 능력을 갖추게 될 것이라고 말했다. 시장은 그에게 환영 인사를 했고, 그들이 세관 검사대를 통과하는 동안, 마리아치 악단이 환영 음악을 연주하기 시작하더니 노래 한 곡을 불렀다. 그 노래에서는 그의 이름이 언급되었다. 아니, 그가 자기 이름이 언급되었다고 생각한 것 같았다. 그는 아무것도 묻지 않는 편을 택하면서 그저 미소만 지었다. 시장은 여권에 입국 도장을 찍던 출입국 담당 관리를 한쪽으로 밀치고서, 자기가 손수 고명한 손님에게 도장을 찍어 주었다. 케슬러의 여권에 도장을 찍자마자, 시장은 도장을 들고 입이 찢어질 것처럼 환한 미소를 지으면서 움직이지 않았다. 그래서 그곳에 모인 기자들은 차분하게 사진을 찍을 수 있었다. 소노라주의 검찰 총장은 농담을 했고, 그러자 별로 만족스러운 표정을 짓지 않던 출입국 관리를 제외하고는 모두가 웃었다. 그런 다음 모두 수송 차량에 올라타서 시청으로 향했다. 시청의 대회의실에서 전 FBI 요원은 첫 기자 회견을 가졌다. 기자들은 그에게 산타테레사에서 일어난 여자 살해 사건들에 관한 파일이나 파일 비슷한 것을 이미 입수했느냐고 물었다. 또한 영화 「얼룩진 눈」의 주인공인 테리 폭스는 그의 세 번째 아내가 이혼하기 전에 밝힌 대로 정말, 그러니까 실제의 삶에서 정신 질환자냐고 물었다. 그리고 멕시코에 체류한 적이 있느냐고, 있다면 멕시코를 좋아하느냐고 물었다. 또한 『얼룩진 눈』과 『어린이 살해범』, 『코드명』을 쓴 소설가 R. H. 데이비스가 집에 불을 켜놓지 않고는 잠을 이루지 못하는 사람이었느냐는 질문도 던졌다. 그리고 영화 「얼룩진 눈」의 감독인 레이 새뮤얼슨이 영화 촬영이 진행되는 세트에 작가 데이비스의 출입을 금지시킨 것이 사실이냐고 물었다. 또한 산타테레사에서 일어나는 것 같은 연쇄 살인이 미국에서도 가능하냐고도 물었다. 아무것도 말해 줄 수 없습니다. 케슬러는 이렇게 말했고, 그런 다음 매우 신중한 태도로 기자들에게 작별 인사를 하면서, 기자 회견에 참석해 주어 고맙다고 말하고는 호텔을 향해 떠났다. 그곳에 그가 머물 최고의 스위트룸이 예약되어 있었지만, 대부분 특급 호텔과 달리 대통령급이 묵는 스위트룸도 아니었고, 신혼 여행용 스위트룸도 아니었고, 단지 사막의 스위트룸에 불과했다. 남쪽과 서쪽을 내다보는 그 방의 테라스에서는 아무리 둘러보아도 소노라 사막의 위대하고 고독한 경치 이외에는 아무것도 보이지 않았기 때문이다.

50 Fidel Velázquez Sánchez(1900~1997). 멕시코 정치인이며 노동 운동가. 50년 이상 멕시코 노동조합의 지도자였다.

그들은 소노라주에서 태어났지만 동시에 애리조나 출신이기도 합니다. 하스가 말했다. 그게 도대체 무슨 말입니까? 어느 기자가 질문했다. 그들은 이중 국적자입니다. 멕시코와 미국의 공동 시민권이라는 게 있다는 말입니까? 여자 변호사는 고개를 들지 않은 채 끄덕였다. 그들은 지금 어디에 삽니까? 어느 기자가 물었다. 산타테레사에 살지만 피닉스에도 집이 있습니다. 우리베라……. 어디선가 많이 들어 본 이름 같아요. 어느 기자가 말했다. 그래요, 나도 많이 들어 보았습니다. 다른 기자가 거들었다. 혹시 에르모시요의 우리베 가문과 친척 아닙니까? 어떤 우리베를 말씀하시는 겁니까? 해상 운송업에 종사하는 에르모시요의 우리베 말입니다. 트럭 운송업도 겸하고요.『에르모시요의 소노라 사람들』기자가 말했다. 이 순간 추이 피멘델은 기자들 사진을 찍었다. 그들은 젊었고 허름한 옷을 입고 있었다. 몇몇 기자는 최고가 입찰자에게 언제라도 자신들을 팔 준비가 되어 있다는 표정이었다. 간밤에 제대로 잠을 자지 못한 듯한, 근면하고 열심히 일하는 그 기자들은 서로 시선을 교환하면서, 일종의 공유된 기억을 작동시키기 시작했다. 심지어 기자라기보다 농장 노동자처럼 보이던『그린 밸리 인종』의 취재 기자는 이 말을 듣더니, 기꺼이 자진해서 기억을 떠올리는 작업에 전념했고, 조금 더 명확하게 그 문제에 대해 물었다. 에르모시요의 우리베, 트럭 군단을 이끄는 우리베라……. 이름이 뭡니까? 페드로 우리베입니까? 아니면 라파엘 우리베입니까? 페드로 우리베입니다. 하스가 대답했다. 당신이 한 얘기가 우리베 집안과 관련이 있습니까? 그는 바로 안토니오 우리베의 아버지입니다. 하스가 밝혔다. 페드로 우리베는 1백 대가 넘는 화물 트럭을 소유하고 있습니다. 하스는 덧붙였다. 그는 산타테레사뿐만 아니라 에르모시요의 여러 마킬라도라 공장에서 생산한 물품들을 실어 나릅니다. 그가 소유한 트럭들이 매시간, 아니 반 시간마다 국경을 넘어갑니다. 또한 피닉스와 투손에도 부동산이 있습니다. 그의 동생 호아킨 우리베는 소노라주와 시날로아주에 여러 호텔을 소유하고 있으며, 산타테레사에 커피숍 체인을 가지고 있습니다. 그는 바로 다니엘의 아버지입니다. 두 우리베는 모두 미국 여자와 결혼했습니다. 안토니오와 다니엘은 둘 다 첫째 아들입니다. 안토니오에게는 여동생 둘과 남동생 한 명이 있습니다. 다니엘은 외아들입니다. 예전에 안토니오는 에르모시요에 있는 아버지 사무실에서 일했지만, 얼마 전부터는 어느 곳에서도 일하지 않습니다. 다니엘은 항상 쓸모없는 인간이었습니다. 두 사람은 에스타니슬라오 캄푸사노의 부하인 마약 거래상 파비오 이스키에르도의 보호를 받습니다. 사람들 말로는, 에스타니슬라오 캄푸사노가 안토니오의 대부라고 합니다. 그들의 친구들은 그들과 마찬가지로 백만장자의 아들들이지만, 또한 산타테레사의 경찰이며 마약 밀거래상이기도 합니다. 그들은 어디를 가든지 돈을 물 쓰듯이 씁니다. 그들이 바로 산타테레사에서 일어난 연쇄 살인의 주범입니다.

10월 10일, 페멕스 축구장 근처에서 레티시아 보레고 가르시아의 시체가 발견된 바로 그날, 이달고 지역 페르세포네 거리의 보도에서 루시아 도밍게스 로아의 시체가 발견되었다. 첫 경찰 조서에는 루시아가 창녀로 일했고 마약 중독자이며, 사인은 아마도 마약 과다 복용일 것이라고 적혀 있었다. 그러나 다음 날 아침 경찰은 매우 다른 내용을 발표했다. 경찰은 루시아 도밍게스 로아가 멕시코 지역에 있는 어느 술집의 웨이트리스로 일했으며, 사인은 복부의 총상이고 탄환은 리볼버에서 발사된 44구경이라고 밝혔다. 살인을 목격한 증인은 없었고, 따라서 살인자가 달리는 차 안에서 총을 쐈을 가능성을 배제할 수 없었다. 또한 총알이 다른 사람을 겨냥했을 가능성도 제외할 수 없었다. 루시아 도밍게스 로아는 서른세 살이었고, 별거 중이었으며, 멕시코 지역의 셋방에서 혼자 살았다. 아무도 그녀가 이달고 지역에서 무엇을 하고 있었는지 말할 수 없었지만, 경찰에 따르면 거리를 거닐다가 우연히 죽게 되었을 가능성이 높았다.

메르세데스 벤츠는 틀랄판 지역으로 들어가서 몇 번 빙빙 거리를 돌더니, 마침내 높은 벽들이 즐비하게 늘어선 자갈길로 진입했다. 달빛을 받은 집들은 마치 사람이 살지 않거나 폐허가 된 것처럼 보였다. 그곳으로 오는 내내 아수세나 에스키벨 플라타는 한마디도 하지 않고 침묵을 지키면서, 체크무늬 담요를 두른 채 담배를 피웠고, 세르히오는 차창 밖만 내다보았다. 여자 국회 의원의 집은 커다란 단층 주택이었고, 마당도 마찬가지로 넓었다. 과거에는 그 마당에 마차들과 마구간과 직접 돌을 깎아 만든 여물통들이 있었을 것이 분명했다. 그는 그녀를 따라 거실로 들어갔다. 거실에는 타마요[51]와 오로스코[52]의 그림이 각각 한 점씩 걸려 있었다. 타마요의 그림은 빨간색과 초록색이 주를 이루었고, 오로스코의 그림은 검은색과 회색을 주로 사용했다. 백옥처럼 새하얀 거실 벽은 개인 병원이나 죽음의 모습을 어느 정도 떠올리게 만들었다. 국회 의원은 그에게 무엇을 마시고 싶으냐고 물었다. 세르히오는 커피라고 답했다. 커피 한 잔과 테킬라 한 잔. 국회 의원은 목소리를 높이지 않고 말했다. 단순히 두 사람이 그 새벽 시간에 원하는 것이 무엇인지 읊조리는 것 같았다. 세르히오는 뒤를 돌아 가정부가 있는지 쳐다보았지만, 누구도 볼 수 없었다. 하지만 몇 분이 지나자 중년 여인, 그러니까 국회 의원과 대략 같은 세대처럼 보이지만 일과 세월로 인해 훨씬 더 지쳐 버린 듯한 여자가 테킬라와 김이 무럭무럭 나는 커피 한 잔을 들고 나타났다. 커피는 더할 수 없이 훌륭했고, 세르히오는 집주인에게 그렇게 말해 주었다. 아수세나 에스키벨 플라타는 웃더니(사실대로 말하자면, 그녀는 단지 치아만 보이고서, 웃음소리와 비슷한 밤새의 울음소리를 냈다), 자기가 마시는 테킬라를 맛보면

---

51 Rufino Tamayo(1899~1991). 멕시코의 화가로 20세기 중반 멕시코와 뉴욕에서 주로 활동했으며, 초현실주의의 영향을 받아 추상화를 많이 그렸다.

52 José Clemente Orozco(1883~1949). 멕시코의 사회주의 리얼리즘 계열의 화가로, 멕시코 벽화 운동을 주도했다. 주로 농부들과 노동자들의 정치적 대의를 그림으로 표현했다.

무엇이 정말 맛있는지 알게 될 거라고 말했다. 하지만 이제 우리의 일을 하도록
하지요. 그녀는 커다란 검은색 선글라스를 벗지 않은 채 말했다. 켈리 리베라
파커라는 사람에 관해 들어 본 적이 있나요? 아니요. 세르히오가대답했다.
그럴지도 모른다고 생각했어요. 국회 의원이 말했다. 나에 관해서는 들어 봤나요?
물론이지요. 세르히오가 대답했다. 그런데 켈리에 관해서는 들어 본 적이 없단
말인가요? 그래요, 들어 보지 못했어요. 세르히오가 말했다. 이 염병할 나라는 항상
이런 식이에요. 아수세나가 말했다. 잠시 그녀는 침묵을 지켰다. 테이블 램프의
빛을 받은 테킬라 잔을 바라보거나 혹은 바닥을 내려다보거나 또는 눈을 감고 있는
것 같았다. 그가 그녀의 행동을 확실하게 모르는 이유는 그녀가 선글라스라는
은폐물 아래서 이 모든 것을 할 수 있기 때문이었다. 내가 켈리를 처음 만났을 때,
우리는 어린 소녀에 불과했어요. 국회 의원은 마치 꿈속에서 되뇌듯이 말했다.
처음에는 마음에 들지 않지 않았어요. 아마도 그녀가 너무 얌전을 뺐기
때문이었다고 생각해요. 적어도 당시에는 그렇게 생각했어요. 그녀의 아버지는
건축가였고 이 도시의 신흥 부자들을 위해 일했어요. 그녀의 어머니는
미국인이었고, 그녀 아버지는 어머니를 하버드 대학에서 공부할 때 알게 되었지요.
하버드 대학이 아니라 예일 대학인 것 같기도 한데, 어쨌든 두 군데 중 하나였어요.
물론 그의 부모, 그러니까 켈리의 조부모가 학비를 보내 준 것은 아니었어요. 정부
장학금을 받아 그곳에 간 거였지요. 아마도 상당히 똑똑하고 훌륭한 학생이었을
거라고 생각해요. 틀림없이 그랬을 겁니다. 세르히오는 국회 의원이 다시 침묵을
지킬 것처럼 보이자 그렇게 말했다. 건축학과 학생으로는 매우 훌륭했지만,
건축가로서는 형편없었어요. 〈엘리손도의 집〉에 가봤나요? 아니요. 세르히오가
대답했다. 코요아칸 지역에 있어요. 여자 국회 의원이 말했다. 집치고는 정말
끔찍하지요. 그걸 건축한 사람이 바로 켈리의 아버지예요. 그 집에 관해 한 번도
들어 본 적이 없어요. 세르히오가 말했다. 지금은 어느 영화 제작자가 거기서
살아요. 어찌할 도리 없는 술주정뱅이고, 이제 더는 영화를 만들지 않는 과거의
인물, 그러니까 이미 끝난 사람이지요. 세르히오는 어깨를 으쓱했다. 언제라도
죽은 채 발견될 수 있는 사람이에요. 그렇게 되면 그의 조카들이 〈엘리손도의
집〉을 건설업자에게 팔아서 그곳에 아파트 건물을 짓도록 하겠지요. 사실 건축가
리베라가 이 세상에 남긴 흔적은 갈수록 사라지고 있어요. 에이즈에 걸린
탐욕스러운 창녀만이 현실이라고 생각하지 않아요? 세르히오는 고개를 끄덕였고,
그런 다음 그렇다고, 그녀의 말이 맞는다고 대답했다. 건축가 리베라, 건축가
리베라 하고 국회 의원은 되뇌었다. 잠시 침묵을 지킨 후, 그녀는 말을 이었다.
그녀의 어머니는 아주 사랑스러운 여자였어요. 사랑스럽다기보다는 아름답다는,
아주 아름다웠다는 단어가 적절해요. 파커 부인 말이에요. 현대적이고 아름다운
여자였어요. 내친김에 말하자면, 건축가 리베라는 그녀를 마치 여왕처럼
대했답니다. 아마 그렇게 해야만 했을 거예요. 남자들은 그녀를 보면 이성을
잃어버렸고, 그녀가 건축가를 버리고자 했더라도 얼마든지 훌륭한 상대를 만날 수

있었을 테니까요. 내가 어렸을 때 종종 어느 장군과 어느 정치인이 그녀에게
구애를 했고, 그녀는 그들의 관심을 싫어하지 않는다는 말을 들었지만, 분명한
것은 그녀가 남편을 결코 버리지 않았다는 거지요. 아마 당신도 못된 생각을 하는
사람들이 어떤지 알 거예요. 하지만 그녀는 리베라를 사랑했음이 분명해요. 한
번도 버린 적이 없으니까요. 그들에게는 외동딸 켈리만이 유일한 자식이었어요.
그녀의 정식 이름은 루스 마리아였어요. 할머니 이름과 똑같았지요. 물론 파커
부인은 여러 번 임신했지만, 임신한 태아에게 문제가 생기곤 했어요. 아마도
자궁에 문제가 있었을 거라고 생각해요. 아마도 그녀의 자궁이 더는 멕시코의
아이들을 견뎌 내지 못해서 자연적으로 유산이 된 것 같아요. 충분히 그럴 수 있는
일이거든요. 그것보다 더 이상한 일도 일어나곤 했으니까요. 어쨌든 분명한 사실은
켈리는 외동딸이었고, 그런 불행 혹은 그런 행운이 그녀의 성격을 결정지었어요.
한편으로 그녀는 얌전 빼는 아이, 출세 지향적인 사람의 전형적인 응석받이였거나
그렇게 보였어요. 그러나 또 한편으로는 이미 어렸을 때부터 매우 강인하고 단호한
성격을 지녔어요. 내가 감히 독창적이라고 부를 수 있을 정도로 개성이 뚜렷한
아이였어요. 사실대로 말하자면, 처음에는 마음에 별로 들지 않았지만, 그 아이를
알게 되면서, 그러니까 그 아이가 나를 자기 집으로 초대하고 내가 그 아이를 우리
집에 초대하면서, 갈수록 그녀에게 호감을 느꼈어요. 그리고 결국 우리는 떼려야
뗄 수 없는 친구가 되었지요. 이런 건 항상 영원한 흔적을 남기지요. 여자 국회
의원은 마치 어느 남자의 얼굴이나 귀신의 얼굴에 침을 뱉듯이 말했다. 익히
상상이 되네요. 세르히오가 말했다. 커피 한 잔 더 마시겠어요?

산타테레사에 도착한 바로 그날 케슬러는 호텔에서 나갔다. 먼저 로비로
내려갔다. 잠시 호텔 안내 데스크 직원과 이야기했고, 호텔 컴퓨터와 인터넷
접속에 관해 물었다. 그런 다음 바로 가서 위스키를 한 잔 주문해 마셨지만, 반쯤만
마시고서 자리에서 일어나 화장실로 들어갔다. 화장실에서 나온 그는 얼굴을 닦은
것 같았고, 바의 테이블에 있던 사람이나 안락의자에 앉은 사람은 아무도 쳐다보지
않은 채 식당으로 향했다. 그는 시저샐러드와 통밀빵과 버터, 그리고 맥주를
주문했다. 음식이 나오기를 기다리는 동안, 자리에서 일어나 식당 입구에 있는
전화기로 전화를 걸었다. 그는 다시 자리에 앉아 재킷 주머니에서 영어-스페인어
사전을 꺼내 단어를 몇 개 찾았다. 그때 종업원이 테이블에 샐러드를 놓아 주었고,
케슬러는 멕시코 맥주를 두어 모금 마시고서 빵에 버터를 발랐다. 그는 다시
자리에서 일어나더니 화장실로 향했다. 그러나 화장실 안에 들어가진 않았다. 대신
식당 화장실 청소 담당 직원에게 1달러를 쥐여 주고서 영어로 몇 마디 주고받았다.
그러고서 옆 복도로 들어가더니 문을 열고 다른 복도를 가로질렀다. 마침내 그는
호텔 주방에 도착했다. 주방 위로는 매콤한 소스 냄새와 토마토와 후추 소스에
절인 스테이크 냄새가 구름을 이루어 떠다녔다. 케슬러는 주방 직원 한 사람에게
거리로 나가는 출구가 어디냐고 물었다. 그 직원은 그를 문까지 데려다 주었다.

케슬러는 그에게 1달러 지폐를 쥐어 주고는 뒷마당을 통해 나갔다. 길모퉁이에
택시가 그를 기다렸고, 그는 그 택시에 올라탔다. 빈민가를 한번 돌아봅시다. 그는
운전사에게 영어로 말했다. 택시 기사는 알았다고 대답하고는 출발했다. 두 시간
정도 돌아다녔다. 그들은 도시 중심가와 마데로노르테 지역, 그리고 멕시코 지역을
여러 차례 둘러보았고, 미국 땅인 엘 어도비 마을이 눈에 들어오는 국경에
이르렀다. 그러자 그들은 다시 마데로노르테 지역으로 돌아가서 마데로 지역과
레포르마 지역의 거리를 지났다. 내가 원한 건 이게 아니에요. 케슬러가 말했다.
무엇을 원하시는 겁니까? 택시 기사가 물었다. 가난한 동네, 마킬라도라 공장들이
밀집한 동네들, 불법 쓰레기장들을 보고 싶다는 말이었어요. 택시 기사는 다시
센트로 지역을 지나 펠릭스 고메스 지역으로 향했다. 그리고 그곳에서 카란사
대로를 타더니 베라크루스 지역과 카란사 지역, 모렐로스 지역을 통과했다. 카란사
대로가 끝나는 곳에는 샛노란 색깔의 광장 혹은 넓은 빈터가 있었다. 그곳에는
화물 트럭들과 시내버스들을 비롯해 채소와 병아리부터 싸구려 장신구까지 모든
걸 사고파는 노점들이 모여 있었다. 케슬러는 택시 기사에게 멈추라고, 그곳을
한번 둘러보고 싶다고 말했다. 택시 기사는 그렇게 하지 않는 게 좋다고, 그곳에서
미국인의 목숨은 그다지 중시되지 않는다고 대꾸했다. 내가 〈어제〉 태어났다고
생각하나요? 케슬러가 물었다. 택시 기사는 그의 말뜻을 이해하지 못하고 차에
그대로 있으라고 재차 요구했다. 빌어먹을, 여기 세워요. 케슬러가 말했다.
운전사는 브레이크를 밟고는 그에게 택시비를 지불해 달라고 했다. 날 여기 놔두고
그냥 가버릴 심산인가요? 케슬러가 물었다. 아닙니다. 택시 기사가 대답했다.
여기서 기다릴 겁니다. 하지만 당신이 주머니에 돈을 그대로 간직하고서 이곳으로
돌아올 것이라는 보장이 없기 때문입니다. 케슬러는 웃음을 터뜨렸다. 얼마나 주면
되겠소? 20달러면 충분합니다. 택시 기사가 대답했다. 케슬러는 그에게
20달러짜리 지폐를 주고서 택시에서 내렸다. 잠시 두 손을 주머니에 넣고 넥타이를
헐겁게 풀고서, 그는 임시로 선 시장을 돌아다녔다. 고춧가루를 뿌린 파인애플을
파는 나이 든 여인에게 버스가 어디로 가느냐고 물었다. 모든 버스가 동일한
방향을 향해 출발했기 때문이다. 산타테레사가 종점이에요. 늙은 여자는 말했다.
저 너머로는 뭐가 있지요? 그는 손가락으로 반대 방향을 가리키면서 스페인어로
물었다. 공원이에요. 나이 든 여자가 대답했다. 그는 예의상 고춧가루 뿌린
파인애플 하나를 사고서, 그곳에서 나오자마자 바닥에 버렸다. 내게 아무 일도
일어나지 않았다는 걸 이제는 알겠지요. 택시로 돌아간 그는 운전사에게 말했다.
그건 기적과 마찬가지입니다. 택시 기사는 뒷거울을 쳐다보면서 웃었다. 공원으로
갑시다. 케슬러는 말했다. 광장의 흙바닥 끝에서 길은 두 방향으로 갈라졌고, 그런
다음 각각의 길은 다시 또 다른 두 방향으로 갈라졌다. 길은 모두 포장되었고,
아르세니오 파렐 공업 단지에서 만났다. 공장 건물들은 우뚝 솟아 있었고,
공장마다 철조망으로 둘러싸여 있었다. 모든 게 커다란 가로등의 불빛에 젖어
급하면서도 중대한 것을 보여 주듯이 모호한 기운을 띠었다. 하지만 그릇된

느낌이었다. 그날은 정상적으로 작업하는 날이었기 때문이다. 케슬러는 다시 택시에서 내려 마킬라도라의 공기, 즉 멕시코 북부의 공장들이 내뿜는 공기를 들이마셨다. 버스들은 노동자들을 태우고 도착하기도 했고, 노동자들을 태우고 공업 단지에서 빠져나가기도 했다. 그을린 기름처럼 축축하고 고약한 공기가 그의 얼굴을 때렸다. 그는 바람에 실려 웃음소리와 아코디언 연주 소리가 들려온다고 생각했다. 공업 단지 북쪽에는 버려진 자재로 올린 지붕들이 바다처럼 펼쳐졌다. 그리고 남쪽으로 멀리 보이는 판잣집 뒤로 환하게 불 켜진 섬을 보았고, 즉시 그것이 또 다른 공업 단지라는 사실을 알았다. 그는 택시 기사에게 그 공업 단지의 이름을 물어보았다. 택시 기사는 밖으로 나와 케슬러가 가리킨 방향을 잠시 쳐다보았다. 세풀베다 장군 공업 단지일 겁니다. 그는 말했다. 날이 저물기 시작했다. 케슬러는 그토록 아름다운 석양을 본 게 언제일까 생각했다. 저녁 하늘 속에서 여러 색깔이 소용돌이쳤다. 그걸 보자, 아주 오래전에 캔자스에서 보았던 석양을 떠올렸다. 정확하게 똑같다고는 말할 수 없었지만, 색깔만은 동일했다. 그는 그곳 고속 도로에 보안관과 FBI의 동료와 함께 있었다는 걸 기억했다. 아마도 셋 중 하나가 소변을 보러 내리느라 차를 잠시 멈추어야만 했고, 그때 석양을 본 것이다. 밤이 동쪽에서부터 절뚝발이처럼 살금살금 기어오는 동안 서쪽에서는 생생한 색깔을, 마치 춤을 추는 커다란 나비 같은 색깔을 본 것이다. 이제 그만 가지요, 행운을 너무 과신하지 마세요. 택시 기사가 말했다.

클라우스, 어떤 증거가 있기에 두 우리베가 연쇄 살인범이라고 확신하는 겁니까? 『피닉스 독립 신문』의 여기자가 물었다. 감옥에서는 모든 걸 알 수 있습니다. 하스가 대답했다. 몇몇 기자는 머리를 끄덕이며 동의한다는 몸짓을 했다. 『피닉스 독립 신문』의 여기자는 있을 수 없는 일이라고 말했다. 클라우스, 그건 그저 전설에 불과합니다. 수용자들이 만들어 낸 전설이지요. 자유의 거짓 대용품이라고 말할 수 있지요. 감옥에서는 감옥에 다다르는 얼마 안 되는 이야기만 알 수 있습니다. 하스는 분노가 가득한 눈으로 그녀를 쳐다봤다. 내 말은, 감옥에서는 법 밖에서 일어나는 모든 걸 알 수 있다는 뜻입니다. 그는 말했다. 그건 사실이 아니에요, 클라우스. 『피닉스 독립 신문』의 여기자가 말했다. 사실입니다. 하스가 반박했다. 아닙니다, 아니에요. 신문 기자가 말했다. 그건 도시의 전설, 영화에서 만들어 낸 전설에 불과합니다. 여자 변호사는 이를 갈았다. 추이 피멘텔은 그녀의 얼굴을 덮은, 물들인 검은 머리카락, 약간 매부리코 같은 옆모습, 연필로 라인을 그린 눈꺼풀을 사진으로 찍었다. 그녀가 할 수만 있었다면, 주변에 있는 모든 사람, 즉 사진 가장자리에 있는 희미한 모습들은 즉시 사라지게 했을 것이다. 또한 기자 회견실과 감방, 간수들과 수감자들, 산타테레사 교도소의 1백 년 된 벽들을 비롯해 남은 모든 게 하나의 구멍이 되었을 것이고, 그 구멍에는 오로지 침묵과 심연 속에 묶인 그녀와 하스의 희미한 존재만 있었을 것이다.

10월 14일 에스트레야 지역에서 산타테레사의 교외 농장들로 향하는 비포장도로 한쪽에서 또 다른 여자의 시체가 발견되었다. 긴 팔 감청색 티셔츠와 검은색과 흰색 선이 수직으로 새겨진 장밋빛 재킷과 리바이스 청바지를 입었으며, 버클이 벨벳으로 감싸인 넓은 벨트를 맸고, 종아리까지 올라오는 스파이크 힐 부츠를 신었으며, 흰색 양말을 신었고, 검은색 팬티를 입었으며, 흰색 브래지어를 하고 있었다. 법의학 검시관의 보고서에 따르면, 여자의 사인은 교살로 인한 질식이었다. 목 주변에는 1미터 정도 되는 흰색 전깃줄이 그대로 남아 있었다. 그녀의 목을 조르는 데 사용한 것으로 추정되는 전깃줄은 가운데로 접혀 매듭이 지어져 있었다. 또한 목 주변에는 폭력을 당한 외부 흔적들이 남아 있었다. 마치 전깃줄을 사용하기 전에 손으로 목을 조르려 한 것 같았다. 그리고 왼팔과 오른 다리는 피부가 벗겨졌고, 발길질을 당했는지 둔부 주위에는 타박상의 흔적이 있었다. 보고서에 따르면, 그녀는 사나흘 전에 살해되었다. 나이는 스물다섯에서 서른 살 사이로 추정되었다. 나중에 그녀는 서른여덟 살의 로사 구티에레스 센테노로 확인되었다. 마킬라도라 공장에서 일한 적이 있었으며, 사망 당시에는 산타테레사 중심가의 커피숍에서 일했다. 그녀는 나흘 전에 실종되었다. 희생자와 같은 이름을 가졌고 알라모스 지역에서 희생자와 함께 살던, 열일곱 살 난 딸이 신원을 확인해 주었다. 딸 로사 구티에레스 센테노는 시체 보관소에서 어머니의 시체를 보고 자기 어머니라고 밝혔다. 그리고 어떤 의심도 남지 않도록, 검은색과 흰색 줄이 있는 핑크빛 재킷은 자기 것이라고 진술했고, 어머니와 그녀는 수많은 다른 것들을 비롯해 그 옷도 함께 입고 다녔다고 진술했다.

우리가 매일 만나던 시절이 있었어요. 여자 국회 의원은 말했다. 물론 어렸을 때, 그러니까 학교에 다닐 때라 만나지 않을 방법이 없었지요. 우리는 쉬는 시간을 함께 보냈고, 함께 장난을 치면서 우리의 것들에 관해 말했어요. 가끔 그녀는 나를 자기 집으로 초대했고, 나는 즐거운 마음으로 그녀의 집으로 가곤 했지만, 물론 우리 부모님과 조부모님은 켈리 같은 여자아이와 함께 시간을 보내는 것을 그다지 탐탁지 않게 여겼어요. 켈리 때문이 아니라, 그녀의 부모님 때문이었지요. 건축가 리베라가 자기 딸의 우정을 이용해서 우리 가족이 신성불가침으로 여기는 것에 접근할지도 모른다고 두려워한 거예요. 여기서 신성불가침이란 혁명의 맹공습과 크리스테로 봉기 이후의 탄압과 포르피리오 잔당들 — 사실상 이투르비데[53]를 추종한 잔당들 — 이 약한 불에 서서히 구워지던 소외의 시절을 꿋꿋이 견디고 이겨 내면서 형성한, 강철처럼 굳건한 특권층을 지칭하지요. 당신이 이해하도록 설명하겠어요. 포르피리오 디아스 시절에 우리 가족은 그리 나쁘지 않았어요. 하지만 막시밀리아노 황제[54] 치하에서는 더 나았지요. 그리고 이투르비데

53 Agustín de Iturbide(1783~1824). 멕시코 독립 전쟁의 지도자이자 제1멕시코 제국의 초대 황제로 군림했다.
54 Maximiliano I(1832~1867). 멕시코 제국의 황제이자 오스트리아의 대공. 나폴레옹 3세의 조카이자 오스트리아 황제 프란츠 요제프 1세의 동생. 1863년 멕시코로 건너가 1864년 6월 10일 황제가 되어 3년간 통치했다.

치하에서, 그러니까 봉기도 없었고 침략도 받지 않던 이투르비데 군주 아래서는 최고의 시절을 보냈어요. 당신에게 말해 주겠는데, 우리 가족은 진정한 멕시코 사람이란 얼마 되지 않는다고 여겼지요. 전국을 통틀어도 3백 가족 정도였어요. 그러니까 대략 1천5백 명 혹은 2천 명 정도였지요. 나머지는 분노한 원주민이거나 성마른 백인들, 혹은 멕시코를 파탄으로 이끌려는, 어디서 왔는지도 모르는 폭도들이었어요. 그들 대부분은 도둑놈이었어요. 아니면 벼락출세한 사람들이거나 재산만 노리고 결혼하려는 작자들이었으며, 아무런 도덕관념도 없는 사람들이었어요. 당신도 익히 상상할 수 있겠지만, 그들이 보기에 켈리의 아버지인 건축가 리베라는 사회적으로 출세하고 싶어 하는 사람의 전형이었어요. 그들은 그의 아내가 가톨릭 신자가 아닌 것이 너무나 당연하다고 여겼지요. 나중에 들은 것으로 판단하자면, 우리 가족은 그녀를 창녀라고 여긴 것 같아요. 어쨌거나 우리 가족은 이런 멋진 태도와 생각을 지니고 있었어요. 그들은 내가 켈리의 집에 가는 걸 절대 좋게 생각하지 않았지만, 가지 말라고 금지하지는 않았어요. 또한 켈리를 우리 집으로 부르는 것도 허락했어요. 나는 갈수록 빈번하게 켈리를 우리 집에 초대했어요. 사실대로 말하자면, 켈리는 우리 집을 무척 좋아했어요. 자기 집보다 우리 집을 더 좋아했을 정도였어요. 그건 사실 충분히 이해할 만한 일이었고, 그녀의 취향이 어땠는지를 많이 암시하지요. 어렸을 때부터 켈리는 아주 분명하고 명쾌하게 자신의 취향을 밝혔어요. 아니, 아주 고집스럽게 그렇게 했다는 게 더 적절할 것 같네요. 이 나라에서 우리는 항상 명쾌함과 고집스러움을 혼동했어요. 당신은 그렇다고 생각하지 않나요? 우리는 명민하다고 믿지만, 사실은 고집쟁이거든요. 이런 의미에서 켈리는 매우 멕시코적인 사람이었어요. 고집 세고 강퍅했거든요. 말하자면 나보다 더 고집이 셌어요. 그런데 왜 자기 집보다 우리 집을 더 좋아했을까요? 우리 집에는 상류 계급의 분위기가 있지만, 그녀의 집에는 단지 스타일만 존재했기 때문이에요. 그 차이가 뭔지 알겠어요? 켈리의 집은 예쁘고, 우리 집보다 훨씬 더 편안했고, 편의 시설도 더 많았어요. 그러니까 그녀의 집은 항상 환했고, 거실은 커다랗고 안락하고 쾌적해서 손님을 맞이하거나 파티를 벌이기에 이상적이었어요. 또한 현대식 마당에는 잔디가 깔렸고 잔디 깎는 기계도 있었지요. 당시에는 그런 집을 합리적인 주택이라고 불렀어요. 이미 당신도 짐작하겠지만, 우리 집은 바로 이 집이었어요. 물론 지금처럼 잘 보존되어 있지 않았어요. 미라와 촛불 냄새가 풍기는 저택이었지요. 집이라기보다는 커다란 예배당이라고 하는 게 더 어울렸을 거예요. 하지만 멕시코의 부귀 영화와 영속성의 상징들이 존재하는 곳이었어요. 스타일이 없는 집, 그러니까 침몰한 배처럼 때로는 추해 보였지만, 계급을 지닌 집이었어요. 계급을 지닌다는 말이 무슨 뜻인지 알아요? 마지막 순간에는 자주적인 존재가 된다는 거예요. 그 누구에게 무엇도 빚지지 않는다는 말이지요. 누구에게 어떤 것도 설명할 필요가 없는 존재가 된다는 거예요. 켈리는 그런 사람이었어요. 그녀가 그런 걸 알았다는 말은 아니에요. 나도 몰랐어요. 우리 두 사람은 어린 소녀였고, 우리는 모든 여자아이처럼 단순하면서도

까다로웠어요. 그리고 사소한 말다툼 같은 것에 말려들지 않았지요. 그러나 그녀는
그런 아이였어요. 순수한 의지를 지녔고, 순수하게 격정적이었으며, 쾌락을
순수하게 갈망하는 아이였어요. 딸이 있나요? 아니요. 세르히오는 대답했다. 딸도
없고 아들도 없어요. 좋아요, 나중에 딸을 낳게 되면 지금 내가 말하는 게 무엇인지
알게 되겠지요. 여자 국회 의원은 잠시 침묵을 지켰다. 난 아들 하나만 두었어요.
그녀는 말했다. 지금 미국에 살면서 공부하지요. 가끔씩은 그 애가 절대로
멕시코로 돌아오지 않았으면 좋겠다고 생각해요. 아마도 그게 그 아이를 위해 더
나을 거예요.

    그날 밤 케슬러는 호텔로 찾아온 사람들의 호위를 받으며 만찬이 열리는
시장의 집으로 갔다. 테이블에는 소노라주의 검찰 총장과 검찰 부총장, 형사 두
명과 법의학과 과장이자 산타테레사 대학교의 병리학과 법의학 교수인 에밀리오
가리바이 박사, 모든 사람이 코넌이라고 부르는 미국 영사 에이브러햄 미첼,
사업가인 콘라도 파디야와 레네 알바라도, 그리고 대학 총장인 파블로 네그레테가
앉았다. 아내가 있는 사람들은 아내와 함께했고, 그렇지 않은 사람들은 혼자
있었다. 또한 결혼했지만 아내와 함께 초대받지 못한 사람도 몇 명 있었다.
독신자들은 훨씬 더 우울하고 말이 없었다. 하지만 몇몇 독신자는 자신의 상태를
만족스럽게 여기는 것 같았고, 쉬지 않고 웃으면서 이런저런 이야기를 늘어놓았다.
식사 시간 동안에는 범죄에 대해서 이야기하지 않고, 사업(국경선 지역의 경제
상황은 좋으며 더욱 좋아질 수 있다는 게 대다수의 생각이었다)과 영화에 관해서만
말했다. 특히 케슬러가 자문으로 관여한 영화에 관해 많은 이야기를 주고받았다.
남편들이 미리 귀띔한 대로, 커피가 나오자 여자들은 거의 즉시 모습을 감추었다.
그러자 남자들은 커피를 마시고서 서재에 모였다. 그곳은 서재라기보다는 마치
트로피 전시실이나 고급 농장의 총기 진열실 같았다. 그곳에서 그들은 주요 주제를
건드렸다. 처음에는 극도로 신중하게 그 주제에 접근했다. 케슬러는 첫 질문들을
받자 다른 질문들을 던지는 식으로 대답하면서, 몇몇 사람을 화들짝 놀라게 했다.
케슬러의 질문은 그 대상이 잘못되기도 했던 것이다. 가령 그는 코넌 미첼에게
미국 시민으로서 산타테레사에서 일어나는 일을 어떻게 생각하느냐고 물었다.
영어를 아는 사람들이 통역해 주었다. 몇몇 사람은 미국 영사부터 시작하는 걸
몹시 못마땅하게 여겼다. 게다가 미국 시민 자격으로 영사에게 첫 질문이자 대답을
한 것은 두말할 필요도 없었다. 코넌 미첼은 그 점에 관해 구체적으로 생각해 보지
않았다고 말했다. 즉시 케슬러는 파블로 네그레테 총장에게도 똑같은 질문을 했다.
그러자 산타테레사 대학교 총장은 어깨를 으쓱하더니 가볍게 미소를 짓고서,
자기는 문화 세계에서 활동하는 사람이라고 말한 뒤 기침을 하고서 입을 다물었다.
마지막으로 케슬러는 가리바이 박사의 의견을 알고 싶어 했다. 산타테레사
주민으로서 대답하기를 원합니까, 아니면 법의학 검시관으로서의 의견을 알고
싶습니까? 가리바이는 그에게 물었다. 평범한 시민으로서의 생각을 말해 주십시오.

케슬러는 말했다. 법의학 검시관은 너무 많은 시체를 보기 때문에 평범한 시민이 되기란 결코 쉽지 않은 일입니다. 가리바이는 대답했다. 시체란 말이 나오자, 그곳에 모인 사람들의 열기가 다소 식었다. 소노라 주의 검찰 총장이 그에게 파일 하나를 건네주었다. 그때 한 형사가 자신은 실제로 연쇄 살인범이 있다고는 믿지만, 그 사람은 이미 감옥에 있다고 말했다. 검찰 부총장은 케슬러에게 하스와 들소 조직원들의 이야기를 들려주었다. 다른 형사는 모방 살인에 관해 어떻게 생각하는지 케슬러의 생각을 알고자 했다. 케슬러는 코넌 미첼이 영어로 〈모방자〉라고 말해 줄 때까지 그 질문을 제대로 이해할 수 없었다. 대학 총장은 두어 번에 걸쳐 최고급 강의를 해달라고 초청했다. 시장은 그토록 유명한 인사를 이 도시에 모시게 되어 너무나 영광이며 행복하다고 재차 말했다. 시청 관용차를 타고 호텔로 돌아가는 길에, 케슬러는 자기가 멕시코인들에 대해 생각한 것처럼, 거기에 모인 모든 사람이 정말로 친절하고 호의적이라고 생각했다. 피로에 지친 나머지, 밤에 그는 분화구 구멍과 분화구 주변을 맴도는 어떤 사람 꿈을 꾸었다. 이 사람은 아마도 나일 거야. 그는 꿈속에서 중얼거렸지만, 그런 사실을 그다지 중요하게 생각하지 않았고, 이내 그 이미지는 사라졌다.

살인을 시작한 사람은 안토니오 우리베입니다. 하스는 말했다. 다니엘은 그와 함께 갔고, 나중에 시체 처리하는 걸 도와주었습니다. 그러나 점차로 다니엘도 관심을 보이기 시작했습니다. 하지만 〈관심을 보이기 시작했다〉는 말은 정확하지 않은 것 같습니다. 하스가 말했다. 그렇다면 정확한 단어가 무엇입니까? 기자들이 물었다. 이 방에 여자가 없다면 기꺼이 말해 드리겠습니다. 하스가 말했다. 기자들은 웃음을 터뜨렸다. 『피닉스 독립 신문』의 여기자는 자기 때문에 말을 아낄 필요는 없다고 밝혔다. 추이 피멘텔은 여변호사의 사진을 찍었다. 나름대로 아름다운 여자야. 사진 기자는 생각했다. 훌륭한 자태를 지녔고, 키도 훤칠하고, 자부심이 가득한 표정이야. 그런데 왜 이런 여자가 감옥에 갇힌 의뢰인들을 방문하면서 법정에서 평생을 보내려고 하는 것일까? 말해요, 클라우스. 여자 변호사가 말했다. 하스는 천장을 쳐다보았다. 정확하게는 〈몸이 달아오르다〉라는 말입니다. 몸이 달아올랐다고요? 기자들이 물었다. 다니엘 우리베는 자기 사촌이 하는 행동을 지켜보면서 몸이 달아오르기 시작했습니다. 하스가 말했다. 그리고 얼마 후에는 그도 강간하고 살인하기 시작했습니다. 빌어먹을! 『피닉스 독립 신문』 여기자는 큰 소리로 외쳤다.

11월 초에 산타테레사 사립 중고등학교의 학생들이 하이킹을 갔다가 다빌라 언덕이라고도 알려진 라 아순시온 언덕의 가장 가파른 경사면에서 여자의 유해를 발견했다. 그 그룹을 인솔하던 교사는 휴대 전화로 경찰에 신고했고, 경찰은 다섯 시간 후에나 모습을 드러냈다. 어두워지기 조금 전이었다. 언덕을 올라가면서 경찰관 중 한 사람인 엘메르 도노소 형사는 발을 헛디뎌 양쪽 다리에 골절상을 입었다. 시체 발견 현장에 남아 있던 학생들의 도움을 받아, 형사를 산타테레사의 병원으로 이송하는 작업이 진행되었다. 다음 날 아침, 그러니까 새벽에 후안 데 디오스 마르티네스 형사는 유골을 발견했다고 신고한 교사를 대동하고 여러 경찰관의 도움을 받아 다시 라 아순시온 언덕을 찾아갔다. 이번에는 유골이 있는 장소를 아무런 문제 없이 찾아냈고, 그 유골을 모아 산타테레사의 법의학 연구소로 보낼 수 있었다. 법의학 연구소는 유해가 여자의 것이지만, 사인을 분명히 밝힐 수는 없다고 말했다. 유골에는 이미 연부 조직[55]이 사라지고 없었으며, 심지어 시체에 기생하는 미생물도 없었기 때문이다. 유골이 발견된 장소에서 후안 데 디오스 마르티네스 형사는 비바람에 누더기가 된 바지를 발견했다. 살인자들이 그녀를 수풀 속으로 던져 버리기 전에 벗긴 것 같았다. 아니면 그들이 그녀의 바지를 벌거벗은 그녀의 시체와 함께 비닐봉지에 넣어 그곳으로 올라갔고, 그런 다음 죽은 여자에게서 몇 미터 떨어진 곳에 던져 버렸을지도 모르는 일이었다. 사실 어느 것도 크게 중요한 것은 아니었다.

열두 살이 되자 우리는 만나지 않았어요. 건축가 리베라는 아무런 예고도 없이 예상치 않게 스스로 목숨을 끊었고, 켈리의 어머니는 갑자기 남편을 잃었을 뿐만 아니라 많은 빚을 지게 되었지요. 그녀는 첫 번째로 켈리의 학교를 바꾸었고, 그런 다음 코요아칸 지역에 있는 집을 팔고 로마 지역의 아파트로 이사를 갔어요. 그러나 켈리와는 계속해서 전화 통화를 했고, 두세 번에 걸쳐 만났어요. 그런 다음 켈리 가족은 로마 지역의 아파트를 떠나 뉴욕으로 옮겼어요. 그녀가 떠났을 때, 내가 이틀 내내 울었다는 기억이 나네요. 다시는 그녀를 만나지 못할 거라고 생각했어요. 열여덟 살 때 난 대학에 입학했어요. 우리 집안 사람 중에서 아마도 내가 대학에 진학한 최초의 여자일 거라고 생각해요. 공부를 계속하도록 놔둔 것은 아마도 그렇게 해주지 않으면 자살하겠다고 내가 위협했기 때문일 거예요. 우선은 법학을 공부했고, 그런 다음 신문 방송학을 공부했어요. 거기서 나는 계속 살아 있으려면, 그러니까 과거의 나처럼 계속 살아 나가려면, 즉 아수세나 에스키벨 플라타로서 살아가려면 내가 생각한 우선순위를 180도 바꿔야 한다는 사실을 깨달았지요. 그때까지만 해도 내가 생각한 우선순위는 우리 식구들이 생각하던 우선순위와 근본적으로 다르지 않았거든요. 켈리처럼 나도 외동딸이었어요. 우리 식구들은 기운을 잃고서 차례로 죽어 갔어요. 당신도 이미 짐작하겠지만, 기운을 잃거나 죽는 것은 내 본성이 아니었어요. 나는 너무나 삶을 좋아했거든요. 삶이 내게 제공해 줄 수 있는 것, 누구도 아닌 바로 나에게만 줄 수 있는 것을 좋아했어요. 게다가 내게 그럴 자격이 있다고 굳게 믿었지요. 대학에서 나는 바뀌기 시작했어요. 다른 부류의 사람들을 만났어요. 법학과에서는 야심에 불타는 제도혁명당원들을 만났고, 신문 방송학과에서는 멕시코 정치의 사냥개들을 만났지요. 모두가 내게 뭔가를 가르쳐 주었어요. 교수들은 나를 좋아했어요.

55 뼈나 연골 등 딱딱한 경부 조직에 반대되는 것으로 살, 점막, 근육, 인대, 신경, 혈관 등이 포함된다.

처음에는 그런 사실에 다소 당황했어요. 19세기 초의 농장에서 갓 나온 것 같은 나를 왜 좋아할까? 내게 특별한 것이 있을까? 내가 특별하게 똑똑하거나 매력적일까? 바보가 아닌 것은 분명했지만, 그렇다고 아주 똑똑한 것도 아니었어요. 그렇다면 왜 교수들이 나에게 그토록 다정하게 대하는 것일까? 에스키벨 플라타 가문의 피가 흐르는 마지막 여자라서 그럴까? 그렇다 하더라도 그게 무슨 상관이 있을까? 왜 그게 나를 다른 사람들과 다르게 만든단 말일까? 나는 멕시코 감상주의의 비밀스러운 원천에 관해 논문을 쓸 수도 있었을 거예요. 우리가 얼마나 왜곡되고 일그러져 있는지 알아요? 우리는 아주 단순하게 보여요. 혹은 다른 사람들 앞에서 그렇게 보이려고 하지요. 하지만 내심으로는 얼마나 비틀렸는지 말로 다 할 수 없어요. 우리는 하찮기 그지없는데, 우리 멕시코 사람들은 우리 자신 앞에서, 그리고 남들 앞에서 얼마나 크게 비틀리고 왜곡되었는지 몰라요. 이 모든 게 무엇 때문일까요? 무엇을 숨기려고 그렇게 하는 걸까요? 무엇을 믿게 하려고 그렇게 하는 걸까요?

그는 아침 7시에 눈을 떴다. 7시 반에 샤워를 한 다음 붉은빛이 도는 회색 양복과 흰 셔츠에 초록색 넥타이를 매고서 아침 식사를 하러 내려갔다. 그는 오렌지주스와 커피, 그리고 토스트 두 개와 버터와 딸기잼을 주문했다. 잼은 훌륭했지만, 버터는 그렇지 않았다. 8시 반에 그가 범죄 보고서를 훑어보는 동안, 경찰 두 명이 와서 그를 찾았다. 경찰의 행동은 극히 순종적이었다. 마치 처음으로 기둥서방에게 옷을 입혀 주는 걸 허락받은 두 창녀 같았지만, 케슬러는 눈치채지 못했다. 9시에 그는 특별히 선정된 경찰관 그룹 스물네 명만을 위해 비공개로 강연을 했다. 대부분은 사복을 입었지만, 몇몇은 경찰 정복을 착용하고 있었다. 10시 반에 그는 사법 경찰 사무실을 방문해서 잠시 컴퓨터를 점검하며 시간을 보냈고, 컴퓨터로 용의자 확인 프로그램을 실행시켰는데, 그와 함께 온 경찰 수행원들은 그 모습을 만족스러운 눈으로 바라보았다. 11시 반이 되자 모두가 사법 경찰 건물에서 그리 멀리 떨어지지 않은 식당으로 점심을 먹으러 갔다. 멕시코 음식과 북부 음식 전문점이었다. 케슬러는 커피와 치즈샌드위치를 주문했지만, 형사들은 멕시코식 전채 요리를 맛보라고 권했고, 식당 주인이 커다란 쟁반 두 개에 담아 손수 식사를 가져왔다. 음식을 보자 케슬러는 중국 음식을 떠올렸다. 커피를 마시자, 아무도 요청하지 않았는데 파인애플주스가 담긴 조그만 컵을 그의 앞에 갖다 놓았다. 그는 그걸 맛보고 즉시 술이라는 걸 알았다. 술은 아주 극소량만 들어갔습니다. 향을 내려고, 혹은 파인애플 냄새를 강조하려고 넣은 겁니다. 컵에는 자디잔 얼음 조각, 아주 잘게 부서진 얼음들이 가득 했다. 전채 요리 몇 가지는 바삭바삭했으며, 그 안은 형언할 수 없는 것으로 채워져 있었다. 다른 건 마치 삶은 과일처럼 껍데기가 부드러웠지만, 안에는 고기가 들었다. 한 쟁반에는 매운 음식이 있었고, 다른 쟁반에는 매운 맛이 겨우 느껴질 정도의 음식이 담겨 있었다. 케슬러는 두 번째 쟁반의 음식을 먹어 보았다. 훌륭합니다. 아주 맛있습니다. 그는 말했다. 그런 다음 매운 음식을 먹고는 파인애플주스를 모두 마셔 버렸다. 이 빌어먹을 놈들은 잘 먹고 잘 살아. 그는 생각했다. 1시에 그는 영어를 할 줄 아는 두 형사와 함께 식당에서 나와 열 군데를 가보자고 했다. 그가 이미 받은 파일에서 사전에 선택해 놓은 장소들이었다. 그가 탄 차 뒤에서 형사 셋이 탄 다른 자동차가 시동을 걸었다. 가장 먼저 그들은 포데스타 계곡으로 갔다. 케슬러는 자동차에서 내려 계곡 가까이 갔고, 도시 지도를 꺼내더니 몇 가지 사항을 적었다. 그런 다음 형사들에게 부에나비스타 토지 개발 구역으로 데려가 달라고 말했다. 거기에 도착하자, 그는 차에서 내리지도 않았다. 단지 앞에 지도를 펼쳐 놓고서 거기에 메모 네 개를 휘갈겨 적었는데, 형사들은 그게 뭔지 읽을 수 없었다. 그런 다음에는 에스트레야 언덕으로 가자고 부탁했다. 그들은 남쪽으로, 그러니까 마이토레나 지역을 지나 도착했다. 그곳을 지날 때 케슬러는 동네 이름이 뭐냐고 물었고, 형사들은 이름을 말해 주었다. 그는 차를 멈추고 잠시 걷자고 우겼다. 그들을 뒤따르던 자동차가 그들 옆에서 멈추었고, 운전하던 사람은 앞차에 탄 사람들에게 무슨 일이냐고 묻는 몸짓을 했다. 케슬러와 함께 거리에 있던 형사는 어깨를 으쓱했다. 마침내 모든 사람이 차에서 내려 미국인 뒤를 따라 걷기 시작했다. 그러자 사람들이 흘끗흘끗 그들을 쳐다보았고, 어떤 사람들은 최악의 일이 일어나지 않을까 걱정했고, 또 몇몇 사람은 그들을 마피아 일당이라고 생각했다. 하지만 또 다른 몇몇 사람은 무리 앞에서 걸어가는 노인네가 유명한 FBI 수사관이라는 것을 알아보았다. 두 블록을 걸은 후 케슬러는 기둥에 매어 둔 파란색과 흰색 줄이 있는 즈크 천막과 덩굴 아래로 테이블을 내놓은 작은 식당을 보았다. 나무 바닥은 너무 많은 사람들이 지나다닌 나머지 반들반들해졌고, 식당 안은 텅 비어 있었다. 여기에 잠시 앉읍시다. 그가 어느 형사에게 말했다. 테이블이 놓인 마당에서는 에스트레야 언덕이 보였다. 형사들은 테이블 두 개를 붙여서 앉았고, 담배에 불을 붙이기 시작했으며, 마치 케슬러 선생님, 당신 명령대로 하려고 우리는 여기에 있는 것입니다 하고 말하는 것처럼, 자기들끼리 쳐다보며 실실거리는 웃음을 감추지 못했다. 젊고 원기 왕성한 얼굴이야. 케슬러는 생각했다. 건강한 젊은이들의 얼굴이야. 하지만 몇몇은 늙기 전에, 나이나 두려움이나 쓸데없는 걱정으로 주름살이 생기기 전에 삶을 마감하겠지. 흰 앞치마를 두른 중년 여자가 식당 안쪽에서 모습을 드러냈다. 케슬러는 아침에 마신 것과 비슷하게 얼음을 넣은 파인애플주스를 달라고 했지만, 경찰들은 그에게 다른 것을 맛보라고, 이 동네에서 주스를 만드는 데 사용하는 물은 그다지 믿을 만하지 못하다고 알려 주었다. 그들은 〈마실 수 있는〉이라는 의미를 지닌 potable이란 단어를 찾는 데 꽤 시간을 소비했다. 그럼 여러분은 뭘 마실 겁니까? 케슬러가 물었다. 〈바카노라〉요. 경찰들은 대답했고, 그에게 오직 소노라주에서만 제조되는 증류주인데, 유일하게 이곳 근처에서만 자랄 뿐 멕시코 어느 곳에서도 찾아볼 수 없는 아가베 선인장의 일종으로 만든다고 설명해 주었다. 그럼 바카노라를 마셔 봅시다. 케슬러가 말했다. 그러는 동안 아이들 몇이 작은 식당을 들여다보았고, 경찰들을 쳐다보더니 마구 뛰어 달아났다. 여자가 다시 이곳에 모습을 보였을 때에는 잔 다섯 개와 바카노라 한 병을 쟁반에 담아 들고 있었다. 그녀는 손수 그에게 술을 따라 주고서, 그대로 서서 케슬러의 평가를 기다렸다. 아주 훌륭해요. 미국 수사관이 말했다. 그러는 동안 술기운은 그의 머리를 향해 올라갔다. 죽은 여자들 때문에 여기에 있는 거지요, 케슬러 씨? 여자가 물었다. 내 이름을 어떻게 알지요? 케슬러가 물었다. 어제 텔레비전에서 봤어요. 그리고 당신 영화도 봤어요. 아, 내 영화를 봤군요. 케슬러가 말했다. 이런 살인 사건들을 멈추게 하실 생각인가요? 여자가 질문했다. 그 질문에 대답하기는 몹시 힘듭니다. 하지만 최선을 다할 겁니다. 약속할 수 있는 건 그것뿐입니다. 케슬러가 말했다. 그러자 형사가 그 말을 여자에게 통역해 주었다. 그들이 있는 곳에서, 그러니까 파란 줄과 흰 줄이 있는 즈크 천막 아래서 바라보니 에스트레야 언덕은 석고 모형처럼 보였다. 검은 정맥은 쓰레기임이 틀림없었다. 갈색 정맥은 불규칙하고 불안정하게 늘어선 주택이나 판잣집인 것 같았다. 붉은 정맥은 아마도 비바람을 맞아 녹슨 쇳조각임이 분명했다. 바카노라, 좋은 술입니다. 케슬러는 이렇게 말하고서 자리에서 일어나 10달러짜리 지폐를 테이블에 올려놓았다. 하지만 형사들은 급히 지폐를 그에게 돌려주었다. 선생님은 우리 손님입니다, 케슬러 씨. 여기서 마음 편히 지내시기 바랍니다, 케슬러 씨. 우리는 선생님과 함께 있는 것만 해도 영광입니다. 선생님과 순찰을 도는 것 자체만으로도 크나큰 영광입니다. 우리가 순찰을 돌고 있었습니까? 케슬러는 미소를 지으면서 물었다. 여자는 식당 안쪽에서 그들이 떠나는 것을 지켜보았다. 그녀는 주방과 테이블이 있는 야외 마당을 분리하는 파란색 커튼으로 몸을 반쯤 가린 채 석상처럼 서 있었다. 누가 언덕 꼭대기까지 저 금속재를 올려다 놓았을까? 케슬러는 생각했다.

클라우스, 당신은 언제부터 이런 모든 걸 알았습니까? 아주 오래전부터입니다. 하스가 대답했다. 왜 그런 사실을 전에는 이야기하지 않은 것입니까? 정보를 확인해 볼 필요가 있었기 때문입니다. 하스가 대답했다. 감옥에 있으면서 어떻게 그런 걸 확인할 수 있습니까?『피닉스 독립 신문』여기자가 물었다. 다시 처음부터 시작하지 맙시다. 하스는 대답했다. 내게는 나름대로 연결선이 있고 친구도 있으며, 이런저런 모든 걸 듣는 사람도 있습니다. 당신의 연결선에 따르면, 우리베 사촌 형제는 지금 어디에 있습니까? 6개월 전부터 모습을 보이지 않습니다. 하스는 대답했다. 산타테레사에서 자취를 감추었다고요? 그렇습니다, 산타테레사에서 사라졌습니다. 하지만 그들을 투손, 피닉스, 심지어 로스앤젤레스에서 보았다고 말하는 사람들이 있습니다. 하스가 말했다. 그걸 어떻게 확인해 볼 수 있습니까? 아주 간단합니다. 그의 부모 전화번호를 입수해서 그들에 대해 물어보십시오. 하스는 승리의 미소를 지으면서 말했다.

11월 12일에 후안 데 디오스 마르티네스 형사는 경찰 무선 통신을 통해 산타테레사에서 또 다른 여자의 살해된 시체가 발견되었다는 소식을 들었다. 비록 그 사건을 할당받지는 않았지만, 그는 펠릭스 고메스 지역 카리베 거리와 베르무다스 거리 사이에 있는 시체 발견 현장으로 향했다. 죽은 여자는 앙헬리카 오초아였고, 거리에 경찰 저지선을 치던 경찰들이 말해 준 바로는, 성범죄라기보다는 묵은 원한을 청산한 것 같았다. 범죄가 저질러지기 얼마 전에 두 경찰은 엘 바케로 나이트클럽 앞 보도에서 심하게 말다툼을 벌이는 한 커플을 보았지만, 연인들 사이의 통상적인 다툼이라고 생각해서 개입하지 않았다. 앙헬리카 오초아는 왼쪽 관자놀이에 총상을 입었고, 총탄은 오른쪽 귀로 관통해 나간 상태였다. 두 번째 총탄은 뺨을 뚫고 지나 목의 오른쪽으로 나갔다. 그리고 세 번째 총탄은 오른쪽 무릎에 박혔다. 네 번째 총탄은 왼쪽 허벅지를 관통했다. 그리고 다섯 번째이자 마지막 총탄은 오른쪽 허벅지에 상처를 입혔다. 총탄의 발사 순서는 아마도 다섯 번째부터 시작해서 첫 번째 총탄으로 끝났을 거야. 왼쪽 관자놀이의 총탄은 숨통을 끊어 놓기 위한 최후의 일격이야. 후안 데 디오스는 생각했다. 총알이 발사되는 순간, 그 커플이 싸우는 것을 보았던 경찰들은 어디에 있었을까? 그 경찰들은 질문을 받았지만, 논리적인 설명을 해줄 수 없었다. 그들은 총소리를 듣자 뒤로 돌아 카리베 거리로 돌아갔으며, 그곳에는 바닥에 쓰러진 앙헬리카와 이웃 가게의 문에서 빠끔히 내다보기 시작한 구경꾼들만 있었다고 말했다. 사건이 일어난 다음 날, 경찰은 그 범죄가 치정의 성격을 띤다고 밝혔다. 그러면서 아마도 살인범은 〈암사슴〉이라는 별명으로 널리 알려진 그 지역 뚜쟁이 루벤 고메스 아란시비아일 것이라고 말했다. 그가 암사슴이라는 별명을 가진 것은 암사슴과 비슷하게 생겼기 때문이 아니라, 자기가 암사슴을 사냥하듯이 많은 남자들을 처단했다고 주장했기 때문이다. 이류나 삼류급 포주에 걸맞게, 배신을 일삼거나 혹은 자신의 이익을 위해 많은 사람들을 추적해서 잡았다는 말이었다. 앙헬리카 오초아는 그의 아내였고, 아마도 암사슴은 그녀가 그를 버리고 떠날 계획을 꾸민다는 이야기를 들은 모양이었다. 이 살인은 사전에 계획된 것이 아니었을 거야. 후안 데 디오스는 어두운 길모퉁이에 주차한 자기 자동차 운전석에 앉아 생각했다. 아마도 처음에 암사슴은 단지 그녀에게 상처를 입히거나 협박하거나 아니면 경고에서 그치려고 생각했을 터였다. 그래서 오른쪽 허벅지에 총알을 발사한 것이다. 그러나 고통으로 일그러진 앙헬리타의 얼굴이나 놀란 표정을 보자, 그는 분노뿐만 아니라 즐거움을 느꼈을 것이다. 다시 말하면, 분노에 가장 음험한 유머를 표현해야겠다고 생각했고, 그것은 대칭에 대한 욕망으로 표현되었을 것이며, 그래서 왼쪽 허벅지에 총알을 쏘았을 것이다. 그 순간부터 그는 자기 자신에 대한 통제력을 상실했을 터였다. 자동차 문은 열려 있었다. 후안 데 디오스는 운전대에 머리를 기대고 울려 했지만 그럴 수가 없었다. 경찰은 암사슴을 찾으려고 백방으로 노력했지만 허사였다. 그는 이미 사라지고 없었다.

열아홉 살 때부터 연인들을 만들기 시작했어요. 나의 성생활은 이미 멕시코 전역에서 전설이 되었지만, 전설은 언제나 사실과는 거리가 있게 마련이죠. 특히 멕시코 같은 나라에서는요. 내가 남자와 처음으로 잠자리를 한 것은 호기심 때문이었지요. 당신이 듣는 그대로예요. 사랑 때문도 아니었고, 존경심이나 두려움 때문도 아니었어요. 일반적으로 여자들 대부분이 바로 이런 이유로 잠자리를 하거든요. 나는 그가 불쌍해서 잠자리를 해줄 수도 있었을 거예요. 사실 내가 처음으로 섹스를 한 그 남자아이는 동정심을 유발했거든요. 하지만 진짜 이유는 호기심 때문이었어요. 두 달 후에는 그를 떠났고, 다른 남자와 눈이 맞았어요. 자기를 혁명가라고 생각한 염병할 멍청이었지요. 멕시코는 이런 빌어먹을 놈들이 넘쳐나는 곳이에요. 도저히 가망 없는 멍청하고 건방진 녀석들, 이런 놈들은 에스키벨 플라타 같은 여자만 만나면 이성을 잃고 즉시 섹스를 하려고 안달복달하지요. 나 같은 여자를 소유하는 행위가 마치 겨울 궁전[56]을 점령하는 것이나 되는 듯 굴죠. 겨울 궁전! 그놈들은 여름 별장의 잔디도 깎을 능력이 없어요! 그건 그렇고, 나는 그놈도 곧 버렸어요. 지금 그는 어느 정도 명망 있는 기자고, 술에 취할 때마다 자기가 내 인생의 첫사랑이었다고 주절대지요. 그 이후에 내가 애인들을 가진 이유는 침대에서 훌륭한 사람들이었기 때문이었어요. 혹은 내가 따분하고 지겨워할 때 재치 있는 말을 하거나 나를 재미있게 해주는 사람들이었어요. 또는 이상한 사람들이기도 했어요. 너무나 이상해서 나 같은 사람만 웃길 수 있는 사람들이었어요. 의심할 여지 없이 당신도 알겠지만, 그 당시 나는 대학의 좌파 활동에 어느 정도 관심이 있었어요. 심지어 쿠바까지 여행했지요. 그런 다음 결혼했고, 아들을 낳았어요. 역시 좌파였던 남편은 제도혁명당에 합류했어요. 나는 언론에서 일하기 시작했지요. 매주 일요일에는 우리 집에 갔어요. 그러니까 우리 식구들이 천천히 썩어 문드러지던 오래된 옛날 집에 간 것이지요. 거기서 복도와 정원을 돌아다니고, 사진 앨범을 보고, 내가 알지 못하는 조상들의 일기를 읽으며 시간을 보냈어요. 사실 그건 일기라기보다는 기도서 같았지만 또한 마당에 있는 돌우물 옆에서 희망의 침묵에 빠져들어, 오랫동안 가만히 앉아서 줄담배를 피우기도 했지요. 아무것도 읽지 않고, 아무 생각도 하지 않고, 심지어 아무것도 기억할 수 없는 상태로 그렇게 있었어요. 사실 나는 따분했어요. 무언가를 하고 싶었지만, 구체적으로 무엇을 하고 싶은지 몰랐어요. 몇 달 후 이혼했지요. 내 결혼 생활은 2년도 지속되지 못했어요. 물론 우리 가족은 나를 설득해서 이혼 생각을 접게 하려고 노력했어요. 나를 길거리로 내쫓아 버리겠다고 위협하기도 했고, 내가 성스러운 결혼 성사를 깨뜨리는 최초의 에스키벨 집안 사람이라고도 말했지요. 물론 그건 전적으로 옳은 말이었어요. 심지어 아흔 살가량 된 노인이자 외삼촌인 신부 에세키엘 플라타도 나와 이야기를 하고 싶어 했어요. 비공식적으로 이런저런 이야기를 나누자는 것이었어요. 바로 그때, 그러니까 그들이 전혀 예상치 못한 때에 나는 명령하는 악마, 혹은 요즘

---

[56] 러시아의 황제들이 겨울을 나기 위해 상트페테르부르크에 지은 궁전으로, 볼셰비키 정권이 겨울 궁전을 급습하며 10월 혁명이 시작되었다.

식으로 말하자면 지도력이 뛰어난 악마에 사로잡혔고, 우리 식구들 모두에게 각자의 분수를 알게 해주었어요. 다시 말하자면 이 벽들 아래에서 지금의 나, 내가 죽을 때까지 계속될 나로 변신한 것이지요. 나는 그들에게 위선적이거나 완곡하게 말하는 방식의 시간은 이미 끝났다고 말했어요. 더는 우리 집안 내에서 계집애 같은 사내의 태도는 참지 않겠다고 말했어요. 에스키벨 가문의 재산과 영화는 세월이 흐르면서 점점 줄어들기만 했으며, 이런 속도라면, 가령 내 아들 혹은 내 손자들이 내가 아닌 그들의 전례를 따른다면, 돈 한 푼 없는 신세가 되어 버릴 것이라고 말했어요. 나는 내가 말하는 동안에는 어떤 불평이나 다른 생각도 듣고 싶지 않다고 말했어요. 그리고 내 말에 동의하지 않는 사람은 이곳에서 떠나라고, 대문은 활짝 열려 있으며, 멕시코의 대문은 더 활짝 열려 있다고 말했지요. 나는 그들에게 이 번개가 내리치는 밤부터(실제로 멕시코시티 위로 번개가 내리쳤고, 우리는 창문에서 그걸 보고 있었어요), 교회에는 더 기부금을 내지 않을 것이며, 교회는 우리에게 천국을 약속했지만, 우리는 1백 년도 넘는 세월 동안 이 땅에서 피를 흘리고 있다고 지적했어요. 그리고 절대 재혼하지 않을 것이라고 말했고, 나에 관해서는 더 못된 소문도 듣게 될 것이라고 미리 주지시켰어요. 나는 그들이 죽어 가지만, 그런 모습을 그냥 보고만 있지는 않겠다고 선언했어요. 모두의 얼굴이 백지장이 되었고, 멍청히 입만 벌리고 있었어요. 하지만 누구도 심장 발작을 일으키지는 않았지요. 사실 에스키벨 집안에 관해 말하자면, 그들은 매우 강인한 사람들이었어요. 며칠 후 켈리를 다시 만났는데, 마치 어제 일처럼 생생하게 기억해요.

그날 케슬러는 에스트레야 언덕에 있었고, 에스트레야 지역과 이달고 지역을 산책했으며, 푸에블로 아술로 향하는 고속 도로 주변을 둘러보았고, 신발 상자처럼 텅 비어 버린 농장들과 푸에블로 아술 고속 도로와 연결된 여러 도로의 구부러진 부분에 우뚝 선 단단한 건물들을 보았다. 아무런 기능도 수행하지 못하고 품위도 없는 건물들이었다. 그런 다음 그는 국경과 접한 동네들, 즉 미국 땅인 엘 어도비 옆에 있는 멕시코 지역을 보고자 했다. 그는 멕시코 지역 술집들과 식당들, 호텔들을 비롯해 국경선으로 향하는 트럭들과 자가용들이 쉴 새 없이 굉음을 내며 달리는 국도를 둘러보았다. 그러고서 자기 수행원들에게 세풀베다 장군 대로와 카나네아 고속 도로를 타고 남쪽으로 이동하라고 시켰고, 카나네아 고속 도로에서 벗어나 라 비스토사 지역으로 들어갔다. 그곳은 경찰들이 항상 신변의 위험을 느껴 거의 가지 않는 지역입니다. 차를 운전하던 형사가 말했다. 그러자 다른 형사가 슬픈 표정을 지으며 고개를 끄덕였다. 마치 라 비스토사 지역과 키노 지역, 그리고 레메디오스 마요르 지역에 경찰들이 없는 것이 그들, 즉 젊고 혈기 왕성한 젊은 경찰들이 슬퍼하면서 애써 참는 수치스러운 오점이라고 여기는 것 같았다. 왜 슬퍼하는 것이지요? 처벌받지 않고 활보하는 모습을 보는 게 가슴 아프기 때문입니다. 형사들이 말했다. 누가 처벌을 받지 않고 마음대로 돌아다닌다는 거지요? 하느님의 손에만 맡겨 놓은 그 지역에서는 마약 거래를 통제하는 갱단들이 법을 위반하면서 마음대로 활보합니다. 이 말을 듣자 케슬러는 생각에 잠겼다. 차창으로 부서져 버린 풍경을 내다보면서, 이곳에 사는 사람들이 마약을 구입할 것이라고는 좀처럼 상상할 수 없었다. 원칙적으로 불가능해 보였다. 마약을 소비하는 일은 쉬울지 모르지만, 그걸 구입하는 것은 힘들어 보였다. 약간 힘든 정도가 아니라 아주 힘들어 보였다. 주머니를 샅샅이 뒤져 모든 동전을 다 모아도 마약을 사기에는 충분치 않을 것이 분명했다. 반면에 미국의 흑인들과 히스패닉들이 사는 슬럼가에서는 충분히 상상할 수 있는 일이었다. 비록 슬럼이라고는 하지만, 이 황량한 혼돈의 세계와 비교하면 괜찮은 주거 지역처럼 보이는 곳이었다. 하지만 두 형사는 젊고 강인한 턱을 끄덕이면서, 여기에서는 수많은 코카인뿐만 아니라 불순물이 섞인 마약도 유통된다는 데 동의했다. 그러자 케슬러는 마치 시시각각 모았다가 다시 해체시키는 퍼즐 게임을 하듯이, 산산이 부서진 경치, 아니 계속해서 부서져 가는 경치를 다시 바라보았다. 그러고서 운전하던 형사에게 산타테레사의 가장 큰 불법 매립장인 엘 칠레 쓰레기장으로 가자고 말했다. 사실 그곳은 도시의 공식 매립장보다 더 컸고, 마킬라도라 공장의 트럭들뿐만 아니라 시청과 계약을 맺은 쓰레기 트럭들을 비롯해서, 공공 서비스의 손길이 미치지 못하는 지역에서 일하거나 하청을 받아 일하는 몇몇 개인 회사의 트럭들과 픽업트럭들도 쓰레기를 버리는 장소였다. 자동차는 비포장도로에서 나와서 온 길로 되돌아가는 것 같았다. 라 비스토사 지역과 고속 도로로 되돌아가는 것 같았지만, 어느 순간 더 넓은 길을 잡았다. 그 길 역시 황량하기는 마찬가지였다. 오히려 그곳에서는 잡목들조차 두꺼운 먼지층으로 뒤덮여 있었다. 케슬러는 이렇게 생각했다. 원자 폭탄이 이 근방에 떨어졌는데도 희생자들을 제외하곤 아무도 그 사실을 눈치조차 채지 못하는 것 같아. 하지만 희생자들은 이미 미쳐 버렸거나 아니면 죽었기 때문에 이런 사실을 이야기하지 못할 것이 분명해. 그들이 걸어 다니고 우리를 쳐다보더라도 말이야. 마치 서부 영화에서 직접 나온 것 같은 그들의 눈과 시선, 물론 그건 원주민들이나 악당들의 눈과 같아. 그러니까 미친놈들의 시선이자 다른 차원에서 사는 사람들의 시선이야. 그런 사람들의 시선은 더는 우리를 건드릴 수 없어. 우리는 그런 시선을 느끼지만, 그 시선들은 우리를 건드릴 수 없어. 우리의 피부에 달라붙을 수 없고, 우리를 관통할 수도 없어. 케슬러는 이렇게 생각하면서 창문을 내리려고 했다. 안 됩니다, 안 돼요. 형사 한 사람이 말했다. 왜 그렇죠? 냄새 때문입니다. 시체 냄새가 납니다. 정말 고약한 냄새입니다. 10분 뒤 그들은 불법 매립장에 도착했다.

당신은 이 모든 걸 어떻게 생각합니까? 어느 기자가 여변호사에게 질문했다. 변호사는 고개를 숙였다. 그러더니 기자를 바라보았고, 그런 다음 하스를 쳐다보았다. 추이 피멘텔은 그녀의 사진을 찍었다. 마치 공기가 부족해서 그녀의 폐가 금방이라도 터져 버릴 것 같았다. 하지만 공기가 부족한 사람들과는 달리,

얼굴이 불그스레하지 않고 아주 창백했다. 이것은 하스 씨의 생각입니다. 하지만
내 생각과 반드시 일치하는 건 아닙니다. 그녀는 말했다. 그러고서 하스 씨는
불리한 입장이며, 재판은 계속 연기되고, 증거들은 분실되고 있으며, 증인들은
압력을 받고, 피고는 현재 교도소라는 열악한 상황 속에서 산다고 지적했다.
누구라도 그의 처지가 되면 초조해지고 자제력을 잃을 것입니다. 조그만 소리로
말했다. 『피닉스 독립 신문』 여기자는 관심을 보이는 것처럼, 하지만 조롱하듯이
그녀를 쳐다보았다. 당신은 클라우스와 감정적인 관계를 유지하고 있지요, 그렇죠?
하고 물었다. 여기자는 젊었는데, 아직 서른 살도 되지 않은 것 같았으며,
직접적으로, 그리고 이따금씩은 귀에 거슬리게 말하는 사람들을 상대하는 데
익숙한 사람 같았다. 여자 변호사는 마흔 살이 넘었고 몹시 피곤해 보였다. 마치
여러 날 동안 잠을 이루지 못한 것 같았다. 그 질문에는 대답하지 않겠어요. 그건 이
사건과 아무런 관련이 없어요.

　　11월 16일에 산바르톨로메 지역의 쿠사이 마킬라도라 공장 뒤에 있는
부지에서 또 다른 여자의 시체가 발견되었다. 처음에 실시한 검사에 따르면,
희생자는 열여덟 살에서 스물두 살 사이였고, 법의학 검시관 말로는 목 졸리면서
일어난 질식사였다. 시체는 완전히 벌거벗겨져 있었고, 5미터 떨어진 수풀 속에
숨겨진 그녀의 옷도 발견되었다. 사실 그녀가 입었던 모든 옷이 발견된 것이
아니라, 검은색 레깅스와 빨간색 팬티만 발견되었다. 이틀 후 시체는 그녀의
부모에 의해 열아홉 살 난 로사리오 마르키나로 확인되었다. 11월 12일에 그녀는
가족과 함께 살던 베라크루스 지역에서 그리 멀지 않은, 카란사 대로에 위치한
살롱 몬타나로 춤추러 나갔다가 실종되었다. 우연하게도 희생자와 그녀의 부모는
쿠사이 마킬라도라 공장에서 일했다. 법의학 검시관에 따르면, 죽기 전에 희생자는
여러 번 강간당했다.

　　켈리의 재등장은 하늘이 내린 선물 같았어요. 우리가 만난 첫날 밤에는
새벽까지 잠을 자지 않고서 우리의 삶에 관해 이야기를 나누었지요. 요약하자면,
그녀의 삶은 재앙이었어요. 뉴욕에서 연극배우가 되려고 했고, 로스앤젤레스에서
영화배우가 되려고 애썼으며, 파리에서는 모델이 되려고 했고, 런던에서는
사진작가가 되려고 했으며, 스페인에서는 번역가가 되려고 했지요. 현대 무용을
공부하려고 했지만, 첫해에 포기하고 말았어요. 화가가 되려고도 했지만, 첫
전시회를 열었을 때 자기 인생에서 최악의 실수를 범했다는 걸 깨달았어요. 결혼은
하지 않았고, 아이도 없었고, 가족도 없었어요. 그녀의 어머니는 오랜 투병 생활
끝에 얼마 전에 세상을 떠난 상태였어요. 그리고 미래에 대한 계획도 없었어요.
멕시코로 돌아오기에 완벽한 순간이었지요. 멕시코시티에서는 일자리를 구하는 데
전혀 어려움이 없었어요. 친구들도 있었고 나도 있었으니까요. 내가 그녀와 가장
친한 친구였다는 사실을 한시도 잊지 말도록 하세요. 하지만 누구에게도 부탁할

필요가 없었어요. 적어도 내가 아는 누구에게도 부탁할 필요는 없었어요. 그녀는 미술계라고 부를 수 있는 곳에서 일하기 시작했거든요. 그러니까 오프닝을 준비하고, 카탈로그를 디자인하고 인쇄하며, 예술가들과 함께 잠을 자고 구매자들과 이야기하는 일이었지요. 예술 작품 판매상 네 명을 위해 그 모든 일을 했는데, 당시에는 그들이 멕시코시티에 있는 예술 작품 판매상 전부였다고 해도 과언이 아닐 거예요. 갤러리들과 화가들 뒤에서 작품 판매와 관련된 모든 걸 조종하는 유령 같은 사람들이었지요. 그때 나는 하나도 쓸모없는 좌익 옹호 활동을 그만둔 상태였어요. 이런 말에 너무 기분 나빠 하지 마세요. 그리고 나는 제도혁명당의 특정 계파 쪽으로 갈수록 가까이 다가가고 있었어요. 언젠가 한번은 전남편이 내게, 계속해서 지금 쓰는 글을 쓴다면 당신은 배척당하거나 아니면 그보다 더한 일도 생길지 몰라 하고 경고했어요. 나는 〈더한 일〉이라는 단어가 무엇을 의미하는지 전혀 생각하지 않았어요. 그리고 계속해서 기사를 쓰고 또 썼지요. 그런데 결과적으로 나는 배척당하지도 않았을 뿐만 아니라, 윗사람들이 갈수록 내게 관심을 보인다는 신호를 포착했어요. 정말 믿을 수 없이 좋은 시절이었지요. 우리는 젊었고, 무거운 짐도 많이 없었어요. 독립적이었고, 돈도 부족한 법이 없었어요. 바로 그 무렵 내 친구는 자기에게 가장 잘 어울리는 이름이 켈리라고 결정한 거예요. 모든 사람이 그녀를 켈리라고 불렀지만, 나는 그때까지도 루스 마리아라고 불렀어요. 그런데 어느 날 그녀가 이렇게 말했어요. 아수세나, 난 루스 마리아 리베라라는 이름이 마음에 들지 않아. 이 이름이 주는 느낌이 너무 싫어. 난 켈리라는 이름이 더 좋아. 모든 사람이 날 그렇게 불러. 그러니까 너도 그렇게 불러 줄 거지? 그래서 물론이지, 네가 켈리라고 불리길 원한다면, 기꺼이 그렇게 해줄게 하고 대답했어요. 그 이후부터 그녀를 켈리라고 부르기 시작했어요. 처음에는 좀 우스꽝스럽다고 생각했지요. 미국인처럼 보이려는 전형적인 천한 행위라고 여겼거든요. 하지만 나중에 그 이름이 그녀에게 잘 어울린다는 사실을 알았어요. 아마도 켈리가 그레이스 켈리의 분위기를 약간 띠었기 때문인 것 같아요. 아니면 켈리가 두 음절밖에 안 되는 짧은 이름이었던 것과 달리, 루스 마리아는 다섯 음절로 더 길었기 때문이기도 했을 거예요. 또는 루스 마리아라는 이름은 종교적인 것을 떠오르게 하는 반면에, 켈리는 아무것도 떠오르게 하지 않거나 여배우 사진을 연상시키기 때문이었을지도 모르지요. 이 집 어딘가에는 켈리 R. 파커라고 서명한 그녀의 편지가 몇 통 있을 거예요. 나중에는 그녀가 수표까지도 그 이름으로 서명하게 되었다고 생각해요. 켈리 리베라 파커라는 이름으로 말이에요. 이름이 사람의 운명을 결정한다고 믿는 사람들이 있어요. 나는 그게 사실이 아니라고 생각해요. 하지만 그렇더라도, 켈리는 그 이름을 고르면서부터 보이지 않는 세계로, 그러니까 악몽으로 들어가는 첫발을 내디뎠어요. 당신은 이름이 운명을 결정한다고 믿어요? 아니요, 그럴 거라고 생각하지 않아요. 세르히오는 대답했다. 왜 그렇죠? 여자 국회 의원은 되물으면서 그다지 호기심을 보이지 않은 채 한숨을 내쉬었다. 내 이름은 아주 평범하거든요.

604

세르히오는 집주인의 검은 선글라스를 쳐다보면서 말했다. 잠시 여자 국회 의원은 마치 편두통을 느끼는 것처럼 손을 머리로 가져갔다. 당신에게 한 가지 말해 줄까요? 모든 이름은 평범해요. 이름은 모두 평범하고 세속적이지요. 켈리라고 부르건 루스 마리아라고 부르건 결국 아무런 차이도 없어요. 모든 이름은 사라지지요. 초등학교 때부터 아이들에게 이런 것들을 가르쳐야만 할 거예요. 하지만 우리는 그런 걸 가르치기 두려워하지요.

엘 칠레 쓰레기 매립장은 케슬러에게 그다지 충격을 주지 못했다. 그는 항상 다른 경찰차의 호위를 받았는데, 자기가 탄 경찰차 안에서 둘러보며 돌아다닌 동네들, 그러니까 유괴와 납치가 비일비재하게 일어나는 동네들과 비교하면 엘 칠레 매립장은 덜 충격적이었다. 그는 도시 서남쪽에 있는 키노, 라 비스토사, 레메디오스 마요르, 라 프레시아다 지역들, 도시 서쪽에 있는 플라타, 알라모스, 로마스 델 토로 지역들, 공업 단지 옆 동네들, 마치 두 줄기 척수처럼 루벤 다리오 거리와 카란사 대로 양쪽으로 늘어선 동네들, 도시 서북쪽에 있는 산바르톨로메, 과달루페 빅토리아, 시우다드 누에바, 라스 로시타스 지역들을 돌아다녔다. 대낮에 그 지역들의 거리를 걷는다는 것 자체가 두렵기 짝이 없는 일입니다. 내 말은 나 같은 사람에게도 두렵다는 말입니다. 그는 언론에 말했다. 그런 동네에 사는 기자들은 한 명도 없었고, 그래서 그들은 고개를 끄덕였다. 반면에 경찰들은 아무도 눈치채지 못하게 웃었다. 그들이 보기에 케슬러의 말투는 미경험자의 말투와 똑같았다. 미국인의 말투였다. 물론 착한 미국인의 말투였다. 나쁜 미국인은 다른 말투를 지녔고, 다르게 말하기 때문이었다. 그곳에서 여자가 밤에 밖으로 돌아다니는 건 몹시 위험합니다. 케슬러는 말했다. 무모한 행동이기도 합니다. 버스가 지나다니는 주요 도로를 제외한 거리 대부분에는 가로등이 너무 희미하거나 전혀 없습니다. 어떤 동네에는 경찰이 들어가지 않습니다. 그는 시장에게 말했다. 그러자 시장은 마치 살모사에 물린 것처럼 의자에 앉아 꿈틀거렸고, 대단히 슬픈 말이지만 모두 이해한다는 표정을 지었다. 소노라주의 검찰 총장과 검찰 부총장, 그리고 형사들은 문제가 아마도, 결국 어쩌면 대학 총장의 쌍둥이 형제인 페드로 네그레테가 이끄는 도시 경찰의 문제일 것이라고, 그러니까 그럴 가능성이 충분히 있다고 말했다. 그러자 케슬러는 페드로 네그레테가 누구냐고, 자기가 소개받은 적이 있느냐고 물었고, 그가 어디를 가든지 항상 호위하고 영어 실력이 나쁘지 않은, 젊지만 패기 넘치는 두 형사는 그에게 아니라고, 사실 케슬러 씨 근처에서 페드로 청장님을 본 적이 없다고 말했다. 그러자 케슬러는 그들에게 그가 어떻게 생겼는지 설명해 달라고 하면서, 어쩌면 도착하던 날 공항에서 만났을지도 모른다고 말했다. 형사들은 경찰청장이 어떻게 생겼는지 간략하게 묘사했다. 마치 페드로 네그레테라는 이름을 언급하고서 그렇게 말했다는 사실을 후회하는 것처럼, 그다지 열의를 보이지 않은 채 마지못해 빈약하게 그의 모습을 진술했다. 케슬러는 그런 묘사로는 아무것도 포착할 수 없었다. 그는 아무 말 없이 그대로 있었다. 아무 의미도 없는 빈말을 능수능란하게 구사하는, 터프한 진짜 사나이입니다. 젊고 패기 넘치는 형사들은 말했다. 아마 그의 형인 총장과 같을 거야. 케슬러는 생각했다. 하지만 형사들은 웃더니 바카노라 잔을 들고 마지막 건배를 하자고 권했다. 그러면서 아니라고, 그런 생각을 하지 말라고, 페드로 청장님은 전혀 닮지 않았다고, 파블로 대학 총장과 닮은 구석이 하나도 없다면서, 대학 총장은 키가 훤칠하고 말랐으며 거의 뼈에 가죽만 붙었다고 할 수 있지만, 페드로 청장님은 난쟁이 똥자루 같다고, 어깨는 넓지만 키가 작은 땅딸막한 사람이라고, 먹는 걸 좋아하기 때문에 살이 퉁퉁하게 찐 사람이라고, 멕시코 북부 음식이나 미국 햄버거도 전혀 언짢아하지 않는 사람이라고 말해 주었다. 그러자 케슬러는 경찰청장과 이야기를 나누어야만 할 것인지, 자기가 그를 찾아가야만 할 것인지 생각했다. 그리고 어쨌거나 자기는 손님인데 왜 이 도시 경찰청장이 찾아오지 않았는지 의아해했다. 그래서 수첩에 페드로 네그레테라고 이름을 적었다. 또한 과거에 형사로 일했음, 현재 산타테레사 경찰청장, 매우 존경받는 인물이지만 나에게 인사하러 오지 않았음이라는 설명을 적었다. 그런 다음엔 다른 문제에 전념했다. 그는 각각의 여자 살해범들을 부지런히 연구했다. 또한 바카노라를 마시며 시간을 보내면서, 빌어먹을 너무 훌륭한 술이야! 하고 생각했다. 그리고 대학에서 강연할 내용을 준비하면서 시간을 보냈다. 어느 날 오후 그는 도착한 날 그런 것처럼, 뒷문으로 나와 택시를 타고 전통 공예 시장으로 갔다. 어떤 사람들은 〈원주민 시장〉이라고 부르고, 또 어떤 사람들은 〈북부 시장〉이라고 부르는 곳이었다. 그곳에서 아내에게 줄 기념품을 구입했다. 첫 번째 외출 때와 마찬가지로, 누구도 눈치채지 못하도록 아무런 표시도 없는 경찰차 한 대가 그가 돌아다니는 내내 그 뒤를 쫓았다.

기자들이 산타테레사 교도소를 떠나자, 여자 변호사는 머리를 테이블에 대고서 아주 작은 소리로 흐느끼기 시작했다. 주뼛나지 않게 흐느꼈다. 백인 여자의 모습과는 전혀 어울리지 않았다. 원주민 여자들이 우는 모습 그대로였다. 메스티소 여자들도 때로 그렇게 울었다. 하지만 백인 여자들은 그렇게 울지 않았고, 대학 교육을 받은 백인 여자는 더욱더 그랬다. 하스의 손이 그녀의 어깨를 어루만졌다. 그러나 애무도 아니었고 우정의 표시도 아니었다. 그저 상징적인 행위에 불과했다. 그녀가 그런 하스의 손을 느꼈을 때는 이미 테이블(소독제 냄새를 풍기고, 이상하게도 화약 냄새마저 풍기던 테이블)로 흘러내린 몇 안 되는 눈물방울은 말라 있었다. 그녀는 고개를 들어 자기 의뢰인의 창백한 얼굴을 보았다. 그녀의 애인이자 친구의 얼굴이기도 했고, 오만하면서도 동시에 느즈러진 얼굴이기도 했다(그런데 어떻게 느즈러지면서 동시에 오만할 수 있을까?). 그 얼굴은 냉정하고 엄숙하게 그녀를 바라보았다. 감방에서가 아니라 유황 수증기를 내뿜는 다른 행성에서 그녀를 쳐다보는 것이었다.

11월 25일에 서른두 살 마리아 엘레나 토레스의 시체가 발견되었다. 시체가 발견된 곳은 루벤 다리오 지역 수크레 거리에 있는 그녀의 집이었다. 이틀 전인 11월 23일, 여자들이 산타테레사의 거리를 누비며 시위를 벌였다. 더 정확하게 말하자면, 대학교부터 시청까지 행진하면서 살해된 여자들과 아무도 처벌받지 않는 분위기에 항의했다. 그 시위는 〈민주주의와 평화를 위한 소노라 여성 단체〉에 의해 조직되었고, 민주혁명당과 몇몇 학생 조직, 그 외에도 여러 비정부 단체가 참여했다. 경찰 추산으로는, 산타테레사 거리로 행진한 사람은 5천 명이 넘지 않았다. 그러나 주최 측에 따르면, 시위 참가자는 6만 명이 넘었다. 마리아 엘레나 토레스는 시위 참가자 중 한 사람이었다. 이틀 후 그녀는 자신의 집에서 칼에 찔렸고, 그 상처 중 하나가 목을 관통해서 일어난 출혈이 결국 후에 그녀를 죽음에 이르게 한 원인이 되었다. 마리아 엘레나 토레스는 혼자 살았다. 남편과 이혼한 지 얼마 되지 않았기 때문이다. 아이는 없었다. 이웃집 사람들 말로는, 그 주에 그녀는 남편과 심하게 다투었다. 남편이 사는 하숙방으로 경찰이 출동했지만, 남편은 이미 자취를 감춘 후였다. 이 사건은 에르모시요에서 갓 도착한 루이스 비야세뇨르 형사에게 할당되었고, 그는 일주일 동안 탐문 수사 끝에 살인자는 도망친 남편이 아니라, 마리아 엘레나와 한 달 전부터 사귀던 아우구스토 혹은 티토 에스코바르라는 사람이라는 결론에 이르렀다. 에스코바르는 라 비스토사에 살았으며, 일정한 직업은 없었다. 경찰이 그를 찾으러 갔을 때 그는 이미 그곳에 없었다. 남편과 마찬가지로 이미 줄행랑친 것이었다. 그의 집에는 남자가 셋 있었다. 경찰은 이들에 대해 신문을 진행했고, 이들은 에스코바르라는 사람이 어느 날 밤에 피 묻은 셔츠를 입고 집으로 돌아왔다고 진술했다. 비야세뇨르 형사는 평생 그 세 사람처럼 악취 풍기는 사람을 신문한 적은 없었다고 털어놓았다. 똥 냄새가 마치 그들의 두 번째 피부인 양 달라붙어 있었다고 그는 말했다. 세 사람은 엘 칠레 불법 쓰레기장에서 넝마주이로 일했다. 그들이 사는 집에는 샤워 시설이 없었을 뿐만 아니라, 아예 수돗물이 들어오지 않았다. 제기랄, 어떻게 에스코바르라는 작자가 마리아 엘레나의 연인이 될 수 있었을까? 비야세뇨르 형사는 의아했다. 신문이 끝나자 비야세뇨르는 구금된 세 사람을 경찰서 마당으로 끌어내 호스로 마구 때렸다. 그러고서 옷을 벗으라고 명령하고는 비누를 던졌고, 15분 동안 그들에게 물을 뿌렸다. 나중에 그는 토하면서 두 가지 행동에 논리적 연결 관계가 없는 게 아니라는 사실을 떠올렸다. 마치 하나의 행동이 다른 행동을 이끈 것 같았다. 즉, 초록색 호스로 그들을 때린 행위와 검은색 호스에서 나오던 물이 서로 연결된 것임을 알았던 것이다. 이런 생각을 하자 좀 더 기분이 좋아졌다. 넝마주이들이 함께 묘사해 준 대로, 그는 살인 용의자의 몽타주를 작성하여 전국 경찰서에 배포했다. 그러나 이 사건은 더는 진전되지 않았다. 이유는 간단했다. 전남편과 애인이 종적을 감추었고, 이후 그들에 대한 소식을 들은 사람이 전혀 없었기 때문이다.

물론 어느 날 일거리가 떨어졌지요. 거래상들과 갤러리는 항상 변하는 존재들이거든요. 멕시코 화가들은 그렇지 않아요. 그러니까 마리아치처럼 멕시코 화가들은 절대 변하지 않아요. 하지만 거래상들은 어느 날 갑자기 비행기를 타고 케이맨 제도로 날아가고, 갤러리는 문을 닫거나 직원들의 월급을 삭감하지요. 그와 비슷한 일이 켈리에게도 일어난 거예요. 이후 그녀는 패션쇼를 조직하고 관리하는 일을 했어요. 처음 몇 달은 잘되었어요. 패션이란 예술과 같지만, 더 쉽지요. 옷은 예술 작품보다 더 싸고, 어쨌거나 옷을 구입하면서 누구도 환상을 갖지 않으니까요. 처음에는 일이 잘되었어요. 경험도 있고 아는 사람들도 있었기 때문이지요. 사람들이 그녀를 믿었다고는 말할 수 없지만, 그녀의 취향만은 믿었지요. 켈리가 조직한 패션쇼는 성공을 거두었어요. 그러나 그녀는 자기 자신과 자기 수입을 관리하는 데는 젬병이었어요. 내가 기억하는 바로는, 항상 돈이 부족했어요. 가끔씩 그녀의 생활 방식은 나를 분노하게 만들었고, 우리는 몇 번 심하게 싸우기도 했어요. 몇 번에 걸쳐 혼자 사는 남자들, 아니 그녀와 결혼할 준비가 되어 있고 그녀의 라이프 스타일을 재정적으로 뒷받침할 이혼남들을 소개해 주었지만, 이 점에서 켈리는 흠 잡을 데 없이 독립적이었어요. 그녀가 성녀라고 말하는 것이 아니에요. 그녀에게 성스러운 면은 눈을 씻고 찾아봐도 없거든요. 나는 그녀가 온갖 수단을 동원하여 이용한 남자들을 알아요. 바로 그들이 눈물을 흘리면서 내게 이야기했거든요. 하지만 그녀는 결코 결혼을 구실로 그렇게 하지는 않았어요. 그들은 그녀가 달라고 한 것을 주었어요. 그녀, 그러니까 켈리 리베라 파커가 부탁했기 때문이었어요. 그녀를 아내나 어머니(어머니 이야기가 나왔으니 말인데, 켈리는 이때 이미 평생 아이를 갖지 않겠다고 결심한 뒤였어요), 혹은 공식적인 연인으로서 느끼는 의무감 때문이 아니었어요. 결혼에 대한 아무런 약속도 없이 계속해서 그런 삶을 살면서 위험하고 불확실한 상황에 처할 수도 있었지만, 그녀는 연인에게 책임을 느끼고 감정적으로 충실해야 한다는 생각을 거부하는 본성을 지녔거든요. 그리고 위험하고 불확실한 상황에 처할 때마다, 그녀는 자신의 행동을 탓하기보다는 예기치 않은 운명의 뒤틀림 때문이라고 여겼어요. 마치 오스카 와일드처럼 수입보다 지출이 많은 삶을 살았지요. 그런데 무엇보다도 가장 믿을 수 없었던 것은 그녀가 이런 일로 결코 괴로워하거나 분노하지 않았다는 사실이에요. 그래요 한두 번은 그랬어요. 한두 번 그녀가 화를 내면서 사납게 날뛰는 걸 보았지만, 그런 격앙 상태는 몇 분 뒤면 씻은 듯이 사그라졌어요. 그녀의 또 다른 장점이자 또한 나의 장점으로는 친구들을 절대 배신하지 않는다는 것이 있었지요. 잘 생각해 보면, 그건 장점이 아닐 수도 있어요. 하지만 켈리는 그랬어요. 그녀에게 친구는 성스러운 존재였고, 그녀는 항상 친구들 편에 서서 이해하려고 했지요. 예를 들어 보지요. 내가 제도혁명당에 들어갔을 때, 우리 집 식구들 사이에서 〈가벼운 가족적 격변〉이라고 말할 수 있는 현상이 발생했지요. 오래전부터 나를 알던 기자들은 나와 말하려고 하지 않았어요. 다른 사람들, 그러니까 그들보다 더 못된 사람들은 계속 나와 말했지만, 내 뒤에서 나에 관한 뒷말을 늘어놓기 시작했어요. 당신도 잘 알다시피, 남성 우월주의자들이 판치는 나라라고 하지만, 이곳에는 항상 호모들이 가득했어요. 그렇지 않으면 멕시코 역사는 결코 설명될 수 없어요. 하지만 켈리는 항상 내 곁을 지켜 주었고, 설명을 요구하지 않았고, 그 점에 관해 아무 말도 하지 않았어요. 당신도 알다시피, 나머지 사람들은 내가 사리사욕과 명예를 추구하려고 제도혁명당에 들어갔다고 말했지요. 물론 나는 명예와 사리사욕을 추구하기 위해 들어갔어요. 하지만 사리사욕과 명예에는 여러 종류가 있고, 나는 허공에 대고 설교하는 데 지쳐 있었어요. 난 권력을 원했어요. 이건 결코 부정하지 않아요. 나는 자유재량을 갖고 이 나라에서 몇 가지나마 바꾸고 싶었어요. 이것 역시 부정하지 않겠어요. 공중 위생 시설과 공공 학교를 개선하고, 나의 미약한 힘이나마 최선을 다해서 멕시코를 준비시켜서 21세기로 들어가도록 하고 싶었어요. 그게 사리사욕이고 명예 추구라면, 달갑게 그런 비판을 받겠어요. 물론 그리 많은 것을 성취할 수는 없었어요. 나는 냉정하지 않고, 너무 많은 환상을 품었어요. 그건 틀림없어요. 그리고 머지않아 내 실수를 깨달았지요. 우리는 안에서부터 무언가를 개선할 수 있다고 믿어요. 처음에는 바깥에서 그렇게 하려고 노력하다가, 나중에는 안에 있으면 변화시킬 실제 가능성이 더욱 크리라고 믿지요. 적어도 안에 있으면 더 자유롭게 행동하게 된다고 여기지요. 하지만 그건 사실이 아니에요. 외부에서나 내부에서나 바꿀 수 없는 것들이 있어요. 그러나 이게 가장 재미있는 부분이기도 하지요. 역사에서 가장 믿기 어려운 부분이에요. 그게 우리의 슬픈 멕시코 역사건 불행한 라틴 아메리카의 역사건, 내가 보기에는 어떤 차이점도 없어요. 여기에서 바로 〈믿을〉 수 없는 부분이 생기는 거지요. 우리는 내부에서부터 실수를 저지르지만, 그 실수들은 심각한 문제가 되지 않아요. 실수가 더는 실수로 존재하지 않는 것이지요. 실수들, 그러니까 달걀로 바위를 깨려는 시도는 정치적 장점이자 정치적 전략이 되지요. 그리고 실수를 범한 사람에게는 정치적 존재를 부각시키고 언론의 조명을 받는 요인이 되지요. 진실의 순간에 — 사실 그건 매순간이지만, 적어도 오전 8시부터 오후 5시까지 시시각각 일어나는 순간이지요 — 존재하는 것과 실수하는 것은, 몸을 옹송그리는 것과 기다리는 것처럼 이치에 닿는 행동이에요. 당신이 아무 일도 하지 않거나, 아니면 실수로 범벅이 되어 있더라도, 그건 중요하지 않아요. 중요한 것은 당신이 그곳에 있다는 거예요. 어디 말이죠? 거기, 그러니까 당신이 있어야만 하는 곳에 있다는 게 중요하단 말이에요. 그래서 나는 잘 알려진 인물에서 유명한 인물로 변한 것이지요. 나는 매력적인 여자였지만, 완곡하고 부드럽게 말하지 않았어요. 제도혁명당의 공룡들은 나의 당돌함을 보고 웃었고, 제도혁명당의 상어들은 나를 자기들 편이라고 여겼고, 제도혁명당의 좌익들은 만장일치로 나의 결연한 말투를 응원했지요. 나는 그런 사실을 미처 반도 몰랐어요. 현실은 마약에 중독된 뚜쟁이 같아요. 그렇게 생각하지 않나요?

앨버트 케슬러가 처음으로 산타테레사 대학에서 한 강연은 대학 사상 전례를 찾아보기 힘들 정도로 대성황을 이루었다. 몇 년 전에 열렸던 두 번의 특강, 그러니까 제도혁명당 후보의 특강과 대통령 당선자의 특강을 제외한다면, 1천5백 명을 수용할 수 있는 대학 강당이 그날 아침처럼 가득 찬 적이 없었다. 최소한, 케슬러의 강연을 들으려고 온 인원은 3천 명이 훨씬 넘었다. 한마디로 사교 행사나 다름없었다. 산타테레사에서 한자리한다는 사람은 모두 케슬러를 만나 그 유명한 방문객을 소개받고 악수를 나누고 싶어 하거나, 적어도 그를 가까이에서 보고 싶어 했다. 또한 그것은 정치 행사이기도 했다. 심지어 가장 완고한 반대 세력들도 목소리에 힘을 빼고 차분한 태도를 취하려고, 당시까지 보여 주던 적대적인 태도를 누그러뜨리고 좀 더 외교적으로 행동하려고 했다. 심지어 페미니스트들도, 실종된 여자아이들과 성인 여자들의 가족들도 과학의 기적, 즉 현대의 셜록 홈스가 작동시키는 인간 정신의 기적을 기다려 보기로 결정했다.

하스가 우리베 사촌 형제들에게 떠넘긴 고발적 성격의 진술은 산타테레사 교도소의 기자 회견에 기자를 파견한 신문 여섯 곳에 모두 게재되었다. 그중 다섯 신문은 기사를 싣기 전에 경찰을 불러 그런 사실을 통보했고, 경찰은 주요 일간 신문들처럼 전혀 믿을 수 없다는 반응을 보였다. 또한 다섯 신문사는 우리베 사촌 형제의 집에 전화를 걸어 그들의 가족과 통화했는데, 그들의 가족은 안토니오와 다니엘이 여행을 떠난 상태이거나 이제 더는 멕시코에 살지 않는다고, 혹은 주거지를 멕시코시티로 옮겼으며 멕시코시티에 있는 대학에서 공부한다고 말했다. 『피닉스 독립 신문』 기자인 메리수 브라보는 심지어 다니엘 우리베 아버지의 주소를 입수해서 인터뷰를 하려고 시도했지만, 모든 노력은 물거품으로 돌아갔다. 호아킨 우리베가 항상 다른 약속이나 할 일이 있다거나, 아니면 산타테레사에 없다거나, 또는 방금 전에 집에서 나갔다는 말만 들었던 것이다. 산타테레사에 머무는 동안, 메리수 브라보는 우연히 『그린 밸리 인종』의 기자를 만났다. 그 신문은 하스의 회견을 취재했으면서 그의 진술에 대한 경찰 당국의 입장을 들어 보지 않았으며, 이렇게 우리베 가족과 살인 사건을 담당하던 소노라주 경찰청에게 고소당할 위험을 무릅쓴 유일한 신문이었다. 메리수 브라보는 마데로 지역의 싸구려 식당 유리창을 통해 그를 보았다. 『그린 밸리 인종』의 기자는 바로 그 식당에서 식사를 하고 있었다. 하지만 혼자 있는 게 아니었다. 그의 옆에는 늠름한 사람이 있었고, 메리수는 그가 경찰처럼 보인다고 생각했다. 처음에 『피닉스 독립 신문』의 여기자는 그것을 대수롭지 않게 생각하고서 계속 걸어갔지만, 몇 미터 가지 않아 이상한 기분을 느껴 식당으로 되돌아갔다. 그리고 『그린 밸리 인종』의 기자가 혼자 앉아서 칠라킬레스를 깨끗이 먹어 치우고 있는 것을 보았다. 그들은 서로 인사를 나누었고, 그녀는 앉아도 되느냐고 물었다. 『그린 밸리 인종』의 기자는 당연하다고 대답했다. 메리수는 코카 콜라 라이트를 주문했고, 잠시 그들은 하스와 믿을 수 없는 우리베 가족에 관해 이야기를 나눴다. 그런 다음 『그린 밸리 인종』의

기자는 자기 음식값을 치르고는, 그 기자처럼 농장 노동자이면서 동시에
밀입국자처럼 보이던 남자들로 가득한 식당에 그녀를 혼자 놔둔 채 그곳을 떠났다.

　　12월 1일에 카사스 네그라스 인근의 말라 버린 강바닥에서 열여덟 살에서
스물두 살 사이로 추정되는 젊은 여자의 시체가 발견되었다. 시체를 발견한 사람은
사냥을 하던 산티아고 카탈란이었다. 그는 개울로 다가가는 순간 사냥개들이
이상한 행동을 하는 것을 보고 의아해했다. 증인 말로는, 갑자기 사냥개들이
호랑이나 곰 냄새를 맡은 것처럼 벌벌 떨기 시작했다. 하지만 여기에는 호랑이도
없고 곰도 없기에, 나는 개들이 호랑이나 곰의 유령 냄새를 맡았을 거라고
상상했습니다. 나는 내 사냥개들을 잘 알고, 그 개들이 떨기 시작하며 신음 소리를
낼 때는 그럴 만한 이유가 있다는 걸 압니다. 그래서 갑자기 궁금해져서, 수놈답게
행동하도록 개들에게 발길질을 한 다음, 단호하게 개울로 향했습니다. 말라 버린
탓에 기껏해야 깊이가 50센티미터도 되지 않았던 강바닥으로 들어갔지만,
산티아고 카탈란은 아무것도 보지 못했고 아무 냄새도 맡지 못했다. 그리고 개들은
안정을 되찾는 것 같았다. 하지만 첫 번째 굽은 곳에 도착하자, 그는 소리를 들었다.
개들은 다시 짖어 대며 벌벌 떨었다. 파리가 구름을 이루어 시체를 뒤덮고 있었다.
너무나 충격을 받은 산티아고 카탈란은 개들을 풀어 주고서 공중으로 엽총을
쏘았다. 순간적으로 파리들은 시체에서 날아올랐고, 그는 그게 여자 시체라는
사실을 알 수 있었다. 동시에 살해된 젊은 여자들의 시체가 그 지역에서
발견되었다는 사실을 떠올렸다. 잠시 그는 살인자들이 여전히 그곳에 머물러
있을지도 모른다는 생각에 두려워졌고, 이미 총알을 써버려서 유감스럽다고
생각했다. 그런 다음 최대한 조심해서 마른 강바닥에서 나왔고, 주변의 경치를
둘러보았다. 그곳엔 초야 선인장과 비스나가 선인장만이 있었고, 멀리 사구아로
선인장 한두 그루가 보였다. 그리고 나머지는 누런 모래가 겹겹이 겹쳐진
사막뿐이었다. 그는 카사스 네그라스 인근에 있는 자기 농장으로 되돌아가, 경찰에
전화를 걸어 시체를 발견한 장소를 정확하게 설명해 주었다. 그런 다음 죽은
여자에 관해 생각하면서 세수를 했고, 셔츠를 갈아입었으며, 다시 집에서 나가기
전에 일꾼 한 사람에게 함께 가자고 지시했다. 경찰이 메말라 버린 강바닥에
도착했을 때, 카탈란은 아직 탄띠를 멘 채 엽총을 들고 있었다. 시체는 드러누운
상태였고, 한쪽 다리에만 팬티가 걸린 채 발목까지 내려와 있었다. 복부에 칼에
찔린 상처 네 개가 있고 가슴에도 상처가 세 개 있었다. 그리고 목 주변에 외상이
있었다. 피부는 까무잡잡했고, 검은색으로 물들인 머리카락은 어깨까지 내려왔다.
몇 미터 떨어진 곳에서 그녀의 신발이 발견되었다. 하얀 끈이 달린 검은색 컨버스
스니커즈였다. 나머지 옷은 사라지고 없었다. 경찰은 단서를 찾으려고 강바닥을
샅샅이 수색했지만, 아무것도 발견하지 못했다. 아니, 단서를 어떻게 발견해야
하는지 몰랐다. 넉 달 후, 아주 우연하게 그녀의 신원이 확인되었다. 그녀는 스무
살이나 스물한 살 된 우르술라 곤살레스 로호였다. 그녀는 가족 없이

사카테카스시에서 최근 3년 동안 거주했다. 산타테레사에 도착한 지 사흘 만에 납치되어 살해되었다. 이런 사실을 알려 준 사람은 우르술라가 죽기 전에 통화를 한 사카테카스에 사는 여자 친구였다. 그 친구에 따르면, 그녀는 마킬라도라 공장에서 일자리를 구할 것 같다면서 몹시 행복해했다. 신원 확인은 컨버스 신발과 어깨에 있는 번개 모양의 조그만 상처 때문에 가능했다.

현실은 천둥과 번개가 몰아치는 폭풍우 한가운데 있는 마약에 중독된 뚱쟁이 같아요. 여자 국회 의원이 말했다. 그러고서 멀리서 들려오는 천둥 소리를 들으려는 듯 잠시 침묵을 지켰다. 그런 다음 다시 테킬라 잔을 들어 술을 채우고는 말했다. 난 갈수록 일이 많아요. 정말이에요. 매일 저녁 식사, 여행, 모임 등으로 눈코 뜰 새 없어요. 그리고 계획이나 입안 모임도 있는데, 그건 무한한 피로만 선사할 뿐 아무짝에도 쓸모없는 것들이지요. 또 매일 인터뷰로 정신없고, 그걸 거절하는 일로도 바쁘긴 매한가지지요. 그리고 텔레비전 출연과 연인들, 그러니까 내가 섹스하기 위해 고른 남자들 때문에도 바빠요. 그런데 왜 내가 연인들에 집착하는 걸까요? 이유는 나도 몰라요. 아마도 내 전설을 유지하기 위해서일지도 모르고, 아니면 내가 남자들을 좋아하기 때문인지도 모르죠. 아니면 그들과 섹스를 하는 게 이득이 되기 때문인지도 몰라요. 그러나 그런 사람들과는 단 한 번만 섹스를 하는데, 그들이 맛을 보게 하려는 것이지, 나에게 습관 들도록 하려는 것은 아니니까요. 간단하게 말하자면, 내가 정말로 원하는 시간과 장소에서 섹스하기를 좋아하기 때문인지도 몰라요. 어쨌거나 이런저런 것 때문에 시간이 없어요. 내 사업체는 변호사가 관리해요. 솔직하게 말하면, 변호사가 관리하면서 에스키벨 플라타의 자산은 이제 더는 줄어들지 않고 점점 늘어만 가요. 그리고 내 아이는 선생님들이 알아서 관리해 주지요. 그리고 난 갈수록 많은 일을 맡고 있어요. 미초아칸주의 용수 문제, 케레타로주의 고속 도로 문제, 인터뷰, 기마상(騎馬像), 공중 하수 시설 등등 각 동네의 지저분하고 쓰레기 같은 문제들이 모두 내 손을 거쳐야만 해요. 내 생각인데, 아마도 당시에 내 친구들을 약간 소홀히 대한 것 같아요. 켈리는 내가 만나던 유일한 사람이었어요. 시간이 생기면 나는 콘데사 지역에 있는 그녀의 아파트로 갔고, 우리는 대화를 나누려고 노력했어요. 하지만 사실대로 말하자면 너무나 피곤한 상태로 그곳에 도착했기에, 서로 대화를 하며 의사소통하기엔 문제가 되었지요. 그녀는 내게 이런저런 것들을 이야기했고, 난 그걸 분명하게 기억했어요. 내게 자신의 삶에 대한 이야기들을 들려주었고, 한 번 이상 무언가를 설명했으며, 돈을 빌려 달라고 부탁했어요. 그러면 나는 내 수표장을 꺼내 그녀가 필요로 하는 액수를 적은 수표에 서명을 하곤 했지요. 그리고 대화를 나누던 중에 잠들기도 했지요. 또한 함께 나가서 저녁을 먹으며 깔깔거리고 웃기도 했지만, 거의 항상 내 머리는 다른 것들을 생각했어요. 아직 해결되지 않은 문제들을 곰곰이 생각하고 있었기에, 그녀가 들려주는 이야기의 흐름을 따라가기 힘들었지요. 켈리는 이런 내 태도를 한 번도 나무라지 않았어요.

예컨대 내가 텔레비전에 출연할 때면, 다음 날 장미꽃 한 다발과 함께 내가 몹시
말을 잘했으며 나 같은 친구를 두어 자랑스럽다고 말하는 쪽지를 보내 주었지요.
내 생일에도 그녀는 한 번도 거르지 않고 선물을 보냈어요. 그렇게 생각이 깊고
다정한 표현을 했지요. 물론 시간이 흐르면서 몇 가지를 깨달았어요. 켈리가
조직하던 패션쇼는 갈수록 뜸해졌고, 규모도 작아졌어요. 그녀가 운영하던 모델
관련 회사는 과거처럼 더는 우아하고 법석대는 장소가 아니라 거의 알려지지 않은
사무실이 되었고, 대부분 닫혀 있는 회사로 전락했지요. 언제가 한번 켈리와 함께
그녀 회사에 갔는데, 그 회사의 비참하고 버려진 모습에 다소 충격을 받았어요.
그래서 그녀에게 무슨 일이 있었느냐고 물었어요. 그녀는 웃으면서 나를
쳐다봤어요. 근심 걱정이 없는 그녀만의 전형적인 태평한 미소였어요. 그러더니
멕시코 최고의 여자 모델들은 미국이나 유럽 회사와 계약하는 걸 선호한다고
말했어요. 거기에 돈이 있기 때문이지요. 나는 그녀의 사업은 어떻게 되고
있느냐고 물었어요. 그러자 켈리는 팔을 활짝 벌리더니, 내가 보는 대로라고
대답했어요. 그곳은 어둠에 잠긴 채 먼지로 뒤덮였고, 블라인드는 내려와 있었어요.
나는 불길한 예감에 몸을 떨었어요. 그건 불길한 예감임에 틀림없었어요. 난
사소한 것으로 몸을 떠는 여자가 아니거든요. 1인용 소파에 앉아 추측하려고 애를
썼어요. 그 사무실 임대료는 비쌌고, 그래서 죽어 가는 회사를 위해 그런 비용을
계속 지출할 가치는 없다고 생각했어요. 켈리는 아직도 가끔씩 패션쇼를
조직한다고 말하면서, 몇 군데를 이야기했어요. 내가 보기에는 고급 패션쇼를
한다고는 생각할 수도 없고 바람직하지도 않은 장소였어요. 물론 패션쇼에
고급스러운 면은 하나도 없을 거라고 익히 짐작했지요. 그녀는 자기가 버는
돈으로도 사무실을 유지할 정도는 충분히 된다고 말했지요. 또한 이제는
멕시코시티가 아니라 지방 도시에서 파티를 조직해 주기도 한다고 설명했어요.
그게 무슨 말이야? 나는 물었어요. 아주 간단해. 켈리는 대답했지요. 네가
아과스칼리엔테스[57]의 부잣집 사모님이라고 생각해 봐. 그런데 네가 파티를
열려고 해. 그것도 성대한 파티가 되기를. 다시 말하면, 네 친구들에게 깊은 인상을
남겨 줄 파티를 열려고 해. 그런데 파티를 영원히 기억에 남도록 하는 게 뭐지?
물론 뷔페 음식과 웨이터들, 음악 밴드를 비롯해 많은 것들이 있지. 하지만
무엇보다도 다른 파티와 차이를 보여 주는 게 뭔지 알아? 손님들이지. 나는
대답했어요. 그래 맞아, 손님들이야. 네가 아과스칼리엔테스의 귀부인이고, 많은
돈을 가졌고, 정말로 기억에 남을 만한 파티를 열고 싶다면, 나와 접촉하는 거야. 난
그 파티의 모든 걸 직접 감독해. 마치 패션쇼처럼 말이야. 음식, 웨이터, 장식,
음악에 신경을 쓰지만, 무엇보다도 내게 얼마나 많은 돈을 주느냐에 따라
손님들에게 신경을 써. 네가 좋아하는 드라마의 멋쟁이 남자 주인공이 참석하길
원한다면, 나와 이야기해야 해. 텔레비전에 나오는 사회자가 파티의 사회를 보게
하려면, 나와 이야기를 해야 해. 그러니까 난 유명한 사람들을 초대하는 일을

---

57 멕시코시티에서 580킬로미터 떨어진, 해발 1,888미터 고지의 도시. 온천이 있는 휴양지로 유명하다.

맡는다고 말할 수 있어. 모든 게 돈에 좌우돼. 유명 사회자를 아과스칼리엔테스로 데려가는 것은 어쩌면 가능하지 않을 수도 있어. 하지만 파티가 쿠에르나바카[58]에서 열린다면, 아마도 그가 그곳에 모습을 드러내게 할 수도 있을 거야. 그런 일이 쉽다거나 비용이 저렴할 거라고는 말할 수 없지만, 적어도 시도해 볼 수는 있어. 적지 않은 돈이 들겠지만, 유명한 텔레비전 배우를 아과스칼리엔테스로 데려가는 건 어느 정도 가능해. 가령 그 남자 배우가 최고 전성기에 있지 않거나, 아니면 최근 1년 반 동안 텔레비전 드라마의 주인공을 맡지 못했다면, 네 파티에 모습을 드러낼 가능성은 더욱 커지는 거야. 그리고 가격도 그리 황당하게 비싸지는 않아. 내가 하는 일이 뭐냐고? 파티에 오도록 설득하는 거야. 우선 그들에게 전화를 걸고, 함께 커피를 한잔 마시면서 의중을 떠봐. 그런 다음 파티에 관해 말해. 그곳에 모습만 드러내 주면, 그러니까 카메오로 출연해 주면, 돈을 주겠다고 제안하지. 여기에 이르면, 일반적으로 우리는 흥정을 시작하게 돼. 난 적은 돈을 제안해. 그럼 그들은 더 많은 돈을 요구하지. 우리는 서서히 합의 절차를 밟게 돼. 난 그들에게 여주인의 이름을 알려 주고, 중요한 인물이지만 지방 사람이라고, 하지만 주요 인사라고 말해 줘. 그리고 여러 번 아내와 남편의 이름을 반복해서 말해 줘. 그러면 그들은 나도 그곳에 있을 거냐고 물어. 물론 나도 거기에 있을 거예요. 거기서 내가 모든 걸 지휘하고 감독할 거예요. 나는 그들에게 대답하지. 그러면 그들은 아과스칼리엔테스나 탐피코, 이라푸아토의 호텔에 관해 물어봐. 훌륭한 호텔들이 있어요. 게다가 우리가 가는 모든 집에는 손님용 침실이 엄청나게 많아요. 나는 말하지. 그리고 마침내 우리는 합의를 보게 되는 거야. 파티가 열리는 날 나를 비롯해 유명한 손님 서너 명이 모습을 드러내고, 그러면 파티는 성공하지. 그걸로 충분한 돈을 버니? 난 물었어요. 충분한 돈 이상을 내게 선사해. 하지만 유일한 문제는 비수기가 있다는 거야. 아무도 멋지고 기발한 파티에 관해 관심이 없는 시기가 있어. 난 저축할 줄 모르는 사람이라서, 그렇게 되면 궁핍한 시기를 보내게 되지. 켈리는 말했어요. 그런 다음 우리는 그곳에서 함께 나왔어요. 어디로 갔는지 잘 모르겠는데, 아마 파티가 열리는 곳이었을 거예요. 아니면 몇몇 친구와 영화관에 갔든지, 아니면 저녁을 먹으러 갔던 것 같아요. 그리고 우리는 더는 그 문제를 화제로 삼지 않았어요. 어쨌거나 난 그녀가 불평하는 소리를 한 마디도 듣지 못했어요. 아마도 잘나가는 시즌이 있고, 그렇지 않은 시즌이 있었다고 생각해요. 그런데 어느 날 밤 켈리가 전화를 걸어서 문제가 있다고 말했어요. 나는 돈 문제라고 생각하고서 필요하다면 내게 의지해도 좋다고 말했지요. 지금 궁지에 빠졌어. 그녀는 말했어요. 돈 때문이야? 나는 물었어요. 아니야, 그 문제가 아니야. 그녀는 말했어요. 나는 졸린 눈으로 침대에 있었어요. 그런데 그녀의 말투가 이상하다고 생각했어요. 물론 켈리의 목소리였지만, 평소와는 달리 이상하게 들렸어요. 마치 사무실에 불을 끈 채 혼자 의자에 앉아서, 뭐라고 말할지, 아니면 어떻게 시작해야 할지 몰라 하는 것

58 멕시코시티 인근의 휴양 도시.

같아. 나는 생각했지요. 아마도 문제에 휘말린 것 같아. 그녀가 말했어요. 경찰과
문제가 있다면, 지금 어디에 있는지 말해 줘. 즉시 널 찾으러 갈게. 나는 말했어요.
그녀는 그런 종류의 문제가 아니라고 말했어요. 도대체 왜 그래, 켈리? 분명하게
말하거나 아니면 날 자게 좀 해줘. 난 말했어요. 잠시 그녀가 전화를 끊었거나
아니면 소파에 전화기를 놔둔 채 떠났다고 생각했지요. 그런데 그녀의 목소리가
들렸어요. 어린 소녀의 목소리 같았어요. 그녀는 모르겠어, 모르겠어라는 말을
여러 차례 되뇌었어요. 그 모르겠어라는 말은 내게 하는 게 아니라 자기 자신에게
하는 거라는 확신이 들었어요. 나는 그녀에게 술에 취했는지, 아니면 마약이 취한
건지 물어보았어요. 처음에 켈리는 마치 내 말을 듣지 않은 것처럼 아무 말도 하지
않았지만, 잠시 후에 깔깔거리며 웃더니, 술에 취한 것도 아니고 마약에 취한 것도
아니며, 단지 위스키 두어 잔을 소다수에 타서 마신 것밖에 없다고 자신 있게
말했어요. 그러고서 너무 늦은 시간에 경우 없이 전화를 해서 미안하다고 했어요.
그녀는 전화를 끊으려고 했어요. 잠깐만 기다려. 지금 너한테 무슨 일이 있어. 날
속일 생각일랑 하지 마. 나는 말했어요. 그녀는 다시 웃었어요. 아무 일도 없어.
그런데 세월이 흐르면서 우리는 갈수록 감정을 주체하지 못하나 봐. 잘 자. 켈리는
말했어요. 잠깐 기다려. 끊지 마, 끊지 마. 아니야, 지금 무슨 일이 있어. 날 속이지
마. 난 말했어요. 난 널 속인 적이 단 한 번도 없어. 켈리는 말했지요. 그러고는
침묵이 흘렀어요. 우리가 어린 소녀였을 때밖에는 없었어. 켈리가 말했어요.
정말이야? 그래, 내가 어린 여자아이였을 때는 모든 사람에게 거짓말을 했어. 물론
항상 그런 것은 아니지만, 어쨌거나 거짓말을 했어. 하지만 이제 더는 누구도
속이지 않아.

　　일주일 후, 『그린 밸리 인종』을 대충대충 넘겨 보다가, 메리수 브라보는
과시적이지만 결국 실망만을 안겨 준 하스의 진술을 취재한 기자가 실종되었다는
것을 알았다. 그녀는 자기가 일하는 신문에 그 기사를 썼고, 그것은 무엇보다도
분명치 않은 그 지방 소식을 전한 유일한 외부 언론이었다. 사실 그건 너무나
지역적인 소식이라 유일하게 관심을 보인 사람들은 『그린 밸리 인종』의
경영자들밖에 없는 것 같았다. 이 기사에 따르면, 기자의 이름은 호수에
에르난데스 메르카도였고 닷새 전에 실종되었다. 그는 산타테레사 여자 살인
사건을 취재하고 있었다. 나이는 서른두 살이고, 소노이타의 작은 집에서 혼자
살았다. 그는 멕시코시티에서 태어났지만 열다섯 살 때부터 미국에 살았고,
그곳에서 미국 시민권을 취득했다. 스페인어로 시집 두 권을 출판했는데 모두
에르모시요의 조그만 출판사에서 발행되었다. 아마도 자비로 출판한 것 같았다.
그리고 멕시코계 영어 혹은 스팽글리시로 쓴 희곡 두 편을 텍사스 잡지 『라
윈도와』에 싣기도 했다. 영어와 스페인어가 뒤범벅된 새로운 언어로 글을 쓰는
예측 불가능한 작가들을 비호하는 잡지였다. 『그린 밸리 인종』의 기자로서 그는 그
지역 농장 노동자들, 즉 그가 자신의 부모님을 통해 알고 있으며, 자기 자신도 직접

겪어 본 그런 일에 관한 일련의 기사를 오랫동안 연재하기도 했다. 그는 독학으로 열심히 공부한 사람이었다라고 그 기사는 끝맺었다. 하지만 그건 기사라기보다는 오히려 부고인 것 같다고 메리수는 생각했다.

12월 3일에 또 다른 여자의 시체가 발견되었다. 그녀는 푸에블로 아술로 향하는 고속 도로 인근 마이토레나 지역 빈터에 버려져 있었다. 옷을 입었고, 외부에서 폭력을 당한 흔적도 보이지 않았다. 후에 그녀는 후아나 마린 로사다로 신원이 확인되었다. 법의학 검시관에 따르면, 사인은 경추 골절이었다. 그러니까 누군가가 그녀의 목을 부러뜨린 것이란 말이었다. 이 사건은 루이스 비야세뇨르 형사에게 할당되었고, 그는 첫 번째 조치로 남편을 조사한 뒤 그를 살인 용의자로 체포했다. 후아나 마린은 중산층이 몰려 사는 센테노 지역에서 살았으며, 컴퓨터 전문점에서 일했다. 비야세뇨르의 조서에 따르면 그녀는 실내에서 살해된 듯했고, 살해 추정 장소에는 그녀의 집도 포함되었다. 그런 다음 마이토레나 지역 빈터에 버려졌으리라 여겨졌다. 질 도말 검사 후에 그녀가 살해되기 전 스물네 시간 사이에 성관계를 가진 흔적이 발견되었지만, 강간당한 것인지는 알 수 없었다. 비야세뇨르의 조서에 따르면, 후아나 마린은 그녀가 일하던 가게 근처 학원의 컴퓨터 선생과 혼외 관계를 유지하고 있었다. 또한 그녀의 애인은 산타테레사 대학의 텔레비전 방송국에서 일하는 사람이라는 말도 있었다. 남편은 2주 동안 구금되었다가 증거 부족으로 석방되었다. 이 사건은 미해결로 남게 되었다.

석 달 후 켈리는 소노라주의 산타테레사에서 모습을 감추었어요. 전화 통화 이후 나는 그녀를 만나지 못했어요. 그녀의 동업자, 그러니까 젊고 못생겼지만 그녀를 몹시 좋아하던 여자가 내게 전화를 걸었어요. 수많은 노력 끝에 나와 통화하게 된 거였죠. 그녀는 켈리가 2주 전에 산타테레사에서 돌아왔어야 했는데 그러지 않았다고 말했어요. 나는 그녀와 통화를 해보았느냐고 물었어요. 그러자 그녀의 휴대 전화가 꺼져 있다고 대답했어요. 걸고 또 걸고 또 걸어 봐도 아무도 받지 않아요라고 내게 말했어요. 나는 켈리가 감정적인 관계에 휘말려 며칠 동안 사라질 수 있는 사람이라고 생각했어요. 실제로 그런 적이 있었거든요. 하지만 동업자에게 전화 한 통도 하지 않을 사람은 아니었어요. 자기가 자리를 비우려고 생각하는 기간에 어떻게 사업을 운영해야 할지 지시하기 위해서라도 전화 정도는 하는 여자였거든요. 나는 동업자에게 산타테레사에서 켈리를 고용한 사람들과 연락하려고 시도해 보았느냐고 물었어요. 그녀는 그랬다고 대답했지요. 켈리를 고용했던 사람 말로는, 켈리는 파티가 끝난 다음 날 산타테레사에서 에르모시요로 가는 비행기를 타기 위해 공항으로 출발했고, 거기서 다른 비행기로 갈아타고 멕시코시티로 돌아올 예정이었어요. 이 일이 언제 일어난 거지요? 그녀에게 물었어요. 2주 전에요. 그녀는 대답했어요. 나는 그녀가 코를 훌쩍이며 울면서 전화기에서 한순간도 떨어지지 못하고 있을 것이며, 우아하게 옷을 입었지만 기품은 없을 것이고, 화장은 흘러내렸을 거라고 상상했지요. 그런 다음 그 여자가 내게 전화한 것이 처음이며, 이런 식으로 우리가 대화하는 것도 처음이라는 생각이 들었고, 그러자 걱정이 되기 시작했어요. 산타테레사의 병원이나 경찰서에 전화해 봤나요 하고 물었어요. 그녀는 그렇다고, 하지만 켈리에 관해 아는 사람은 아무도 없다고 대답했어요. 켈리는 농장에서 나와 공항으로 향하다가 실종되었어요. 그러니까 쥐도 새도 모르게 공중으로 사라진 거예요. 날카로운 목소리가 말했어요. 농장에서 나왔다고요? 그래요, 파티가 농장에서 있었어요. 그녀는 말했지요. 그러니까 누군가가 배웅해 주었다는, 누군가가 그녀를 공항으로 데려다주었다는 말인가요? 아니에요, 켈리는 자동차를 렌트했어요. 그 목소리는 말했어요. 그럼 그 자동차는 어디에 있죠? 공항 주차장에서 발견되었어요. 그녀가 말했어요. 그러니까 공항에 도착했다는 말이네요. 나는 지적했어요. 하지만 비행기는 타지 않았어요. 그녀가 말했어요. 나는 켈리를 고용한 사람의 이름을 물어보았어요. 그녀는 살라사르 크레스포 가족이라고 말하고는 내게 전화번호를 주었지요. 내가 한번 알아보도록 하겠어요. 나는 말했지요. 사실은 켈리가 곧 다시 나타날 것이라고 믿었어요. 아마도 어느 남자와 감정의 모험을 떠났을 거라고, 그것도 유부남과 그런 일이 진행되고 있을 거라고 거의 확신했어요. 나는 그녀가 로스앤젤레스나 샌프란시스코에 있으리라고 추측했어요. 두 도시는 누구의 관심도 끌지 않고 지내고자 하는 연인들에게는 완벽한 곳이거든요. 그래서 그 문제를 차분하게 대처하면서 기다렸어요. 그러나 일주일 후 다시 그녀의 동업자가 전화를 걸어서 아직도 내 친구에 관해 아무 소식도 듣지 못했다고 말했어요. 그러면서 계약 한두 개가 파기되었고, 어떻게 해야 할지 모르겠다고 덧붙였어요. 다시 말하면, 자기가 너무 외롭다고 말하고 싶었던 것이지요. 나는 전에 없이 더 헝클어진 모습으로 어두운 사무실을 빙빙 돌고 있을 그녀를 상상했고, 그러자 온몸에서 전율을 느꼈지요. 나는 산타테레사에서 아무 소식도 없느냐고 물었어요. 경찰과 이야기했지만, 경찰은 아무것도 모르거나, 아니면 아무것도 말해 주려고 하지 않았어요. 켈리는 연기처럼 사라졌어요. 그녀는 말했어요. 그날 오후 내 사무실에서 나는 믿을 만한 친구에게 전화를 걸었어요. 나와 함께 잠시 일했던 사람이었지요. 그리고 그 일에 대해 설명했어요. 그 친구는 가장 좋은 방법은 직접 만나서 이야기하는 것이라고 말했고, 우리는 그날 상류 인사들이 즐겨 찾는 〈창백한 얼굴〉 카페테리아에서 만나기로 약속했지요. 지금도 그 카페테리아가 있는지 아니면 이미 문을 닫았는지는 모르겠어요. 하기야 당신도 알다시피, 멕시코에서는 사람들처럼 그런 곳들도 사라지거나 숨어 버리고, 아무도 그런 곳을 더는 그리워하지 않지요. 나는 내 친구에게 켈리 이야기를 했어요. 그는 몇 가지 질문을 했지요. 그리고 수첩에 살라사르 크레스포라는 이름을 적었고, 그날 밤 전화해 주겠다고 말했어요. 나는 친구와 헤어진 후 내 자동차를 탔고, 다른 사람이라면 이미 공포에 질렸거나 아니면 무서워 떨기 시작했을 것이라고 생각했어요. 그러나 갈수록 내가 느끼는 유일한 감정은 분노 자체였어요. 엄청난

617

분노였어요. 에스키벨 플라타 가족이 몇십 년 동안, 아니 몇백 년 동안 축적해 놓은 모든 분노를 느낀 것이지요. 그런 분노가 갑자기 내 신경 체계로 들어온 거예요. 또한 분노, 그 격분은 이미 자리를 잡은 게 분명했지만, 나는 씁쓸한 마음으로, 그리고 양심의 가책을 느끼면서 그건 특별한 우정이라는 것에 의해 표출되어서는 안 된다고 생각했어요. 〈표출되다〉라는 말이 정확한 단어인지는 모르겠어요. 그래요, 물론 그녀와의 개인적 우정은 의심할 여지 없이 개인적 우정이라는 일반적인 의미를 넘어서는 것이었지만, 그런 것에 의해 표출되지는 말아야 했어요. 오히려 내가 철들었을 때부터 본 수많은 다른 것에 의해 그런 분노는 표출되어야만 했어요. 안 돼, 절대 안 돼, 결코 안 돼, 이런 게 빌어먹을 인생이야. 나는 울면서, 그리고 이를 갈면서 생각했어요. 그날 밤 11시 무렵에 내 친구가 전화를 했고, 가장 먼저 말한 게 전화번호가 맞느냐는 질문이었어요. 불길한 징조야, 불길한 징조야. 나는 즉시 짐작했지요. 어쨌거나 나는 다시 얼음장처럼 차갑게 행동했어요. 그에게 전화번호는 확실하게 맞는다고 말했지요. 그러자 내 친구는 내가 제공한 이름(그는 그 이름을 직접 언급하지 않으려고 몹시 애를 썼어요)은 어느 은행가인데, 그의 정보에 따르면 산타테레사 마약 카르텔, 그러니까 소노라 카르텔에 돈을 세탁해 주는 사람이라고 알려 주었어요. 좋아요, 계속 말해 봐요. 나는 말했지요. 그러자 그는 사실 그 은행가는 산타테레사 근교에 농장을 하나만이 아니라 여러 개 가지고 있지만, 그가 얻은 정보로는, 어떤 농장에서도 내 친구가 그곳에 있던 기간에 파티가 열린 적이 없다고 말했어요. 다시 말하면, 사교 활동을 촬영하는 사진사를 비롯해 다른 것들을 갖추고 열린 공개적인 파티는 없었다는 거예요. 그는 말했어요. 그러면서 내 말이 무슨 뜻인지 알겠어요? 하고 물었어요. 나는 그렇다고 대답했지요. 그러자 그는 자기가 아는 사실이며 자기 정보원들이 확인해 준 바에 따르면, 앞서 언급한 은행가는 제도혁명당과 좋은 관계를 유지하고 있다고 지적했어요. 얼마나 좋은 거죠? 나는 질문했어요. 모범적이며 환대받는 관계지요. 그가 조그맣게 속삭였어요. 어느 정도나 되느냐고요. 나는 다시 물었어요. 깊은 관계, 아주 깊은 관계예요. 내 친구는 말했지요. 그런 다음 우리는 작별 인사를 했고, 나는 생각에 잠겼어요. 〈깊다〉는 말은 시간적으로 오래되었다는 의미, 그러니까 우리가 사용하는 암시적인 언어에 따르면, 시간적으로 오랜 역사를 간직하고 있다는, 다시 말하면 공룡들과 몇백만 년이나 함께 지냈다는 의미였어요. 제도혁명당의 공룡들이란 누구일까? 나는 생각했어요. 몇몇 이름이 내 머릿속을 스쳐 지나갔어요. 그들 중 두 사람은 북부 지방 출신이거나, 아니면 그곳과 밀접한 이해관계를 가진 사람들이었어요. 그런데 두 사람 모두 내가 개인적으로 잘 아는 인물들이 아니었지요. 잠시 그들을 잘 아는 친구가 누구일까 생각했어요. 하지만 어떤 친구도 문제에 개입시키고 싶지 않았어요. 난 그날 밤을 몇 년 전이 아니라, 마치 이틀 전에 일어난 일처럼 기억해요. 그날 밤은 별도 없고 달도 없이 칠흑처럼 어두웠어요. 집, 그러니까 이 집은 침묵에 휩싸였고, 심지어 정원에 사는 밤새들의 소리조차 들리지 않았지요. 하지만 내 경호원이 잠들지 않은 채 그곳 가까이에 있다는 것을 알았어요. 아마도 그는 내 운전사와 도미노 게임을 하고 있을 테고, 초인종이 울리면 시중꾼 중 한 사람이 곧 모습을 나타낼 거라는 사실도 알았어요. 다음 날 날이 밝자마자, 그러니까 한숨도 자지 못한 채 밤을 지새운 뒤, 나는 에르모시요로 향하는 비행기를 탔고, 그런 다음 산타테레사로 가는 비행기로 바꿔 탔어요. 국회 의원 에스키벨 플라타가 기다린다고 알리자, 시장인 호세 레푸히오 데 라스 에라스 변호사는 급히 처리해야 할 모든 문제를 접어 두고, 쏜살같이 내 앞에 나타났어요. 아마도 언젠가 우리는 만난 적이 있었던 것 같았어요. 어쨌거나 나는 그를 기억하지 못했지요. 그가 애완견처럼 웃으면서 애처로운 모습으로 나타나는 것을 보자 따귀를 때리고 싶었지만 애써 참았지요. 내가 제대로 설명하는지 모르겠는데, 뒷발로 몸을 지탱하고 서 있는 그런 개 같았어요. 아주 완벽한 설명입니다. 세르히오는 말했다. 그는 아침 식사를 했느냐고 물었지요. 나는 아니라고 대답했어요. 그러자 그는 소노라식 아침 식사를 가져오라고 지시했지요. 전형적인 국경 지방 아침 식사였어요. 기다리는 동안, 웨이터 복장으로 갈아입은 두 관리가 시장 집무실의 유리창 옆에 식탁을 차렸어요. 창문으로는 산타테레사의 오래된 광장과 일 때문이거나 시간을 죽이기 위해 이쪽저쪽으로 오가는 사람들을 볼 수 있었어요. 황금색 같은 빛이 비쳤지만 내가 보기에는 아주 소름 끼치는 장소였어요. 아침에는 은은한 황금빛이다가 저녁이 되면 아주 강렬하고 짙은 황금색을 띠었지요. 마치 석양의 공기가 사막의 먼지를 가득 머금고 떠다니는 것 같았어요. 식사를 하기 전에, 켈리 때문에 그곳에 왔다고 용건을 밝혔어요. 그러면서 그녀가 실종되었으며, 그녀를 찾고자 한다고 말했지요. 시장은 즉시 비서를 불렀고, 비서는 메모를 하기 시작했어요. 의원님, 당신 친구 이름이 무엇입니까, 하고 물었지요. 나는 켈리 리베라 파커라고 대답했어요. 그러고서 더 많은 질문을 했어요. 언제 실종되었는지, 그녀가 산타테레사에 체류하게 된 동기는 무엇인지, 나이는 몇 살인지, 직업은 무엇인지 등등을 물었고, 비서는 내가 말하는 것을 모두 받아 적었어요. 비서의 질문에 모두 답하고 나자, 시장은 형사팀장인 오르티스 레보예도라는 사람을 찾아서 즉시 시청으로 데려오라고 지시했어요. 나는 살라사르 크레스포에 관해서는 한 마디도 하지 않았어요. 일이 어떻게 진행되는지 보고 싶었던 거예요. 시장과 나는 토마토와 양파를 넣은 달걀 요리를 먹기 시작했지요.

메리수 브라보는 편집장에게 『그린 밸리 인종』 기자의 실종을 조사하도록 해달라고 요청했다. 편집장은 아마도 에르난데스 메르카도는 완전히 미쳐 버려서 지금쯤 투바크 주립 공원이나 파타고니아 레이크 주립 공원을 헤매면서 야생 딸기를 먹거나 혼잣말을 늘어놓고 있을 거라고 대답했다. 그런 공원에는 야생 딸기가 없어요. 메리수는 지적했다. 그러면 침을 질질 흘리면서 혼잣말로 헛소리를 하고 있겠지. 편집장은 말했다. 하지만 결국 그는 그녀에게 그 소식을 취재하라는 임무를 맡겼다. 그녀는 우선 『그린 밸리 인종』의 사무실이 있는 그린 밸리로 가서 편집인과 이야기를 나누었다. 그 역시 농장 노동자처럼 보이는 사람이었다. 그런 다음 에르난데스 메르카도의 실종 소식을 쓴 기자와도 이야기했다. 그 기자는 열여덟 살, 아니 열일곱 살에 불과한 젊은이로, 기자 일을 매우 진지하게 받아들이고 있었다. 그러고서 그 젊은 기자와 함께 소노이타로 갔다. 그들은 에르난데스 메르카도의 집에 들렀고, 청년 기자는 열쇠로 현관문을 열었다. 그러면서 그는 『그린 밸리 인종』 신문사 사무실에서 보관하던 열쇠라고 설명했다. 그러나 메리수에게는 그가 자물쇠를 마음대로 여는 전문가처럼 보였다. 그런 다음 그들은 보안관 사무실을 찾아갔다. 보안관은 아마도 에르난데스 메르카도가 지금 캘리포니아에 있을 것이라고 말했다. 메리수는 그가 왜 그렇게 생각하는 알고 싶어 했다. 보안관은 그 기자가 많은 빚을 졌고(예를 들면 6개월 치 방세가 밀렸고, 그래서 집주인은 그를 내쫓을 계획을 하고 있었다), 신문사에서 받는 돈으로는 겨우 입에 풀칠할 정도라고 말했다. 그러자 함께 온 청년은 유감으로 여기면서도 보안관이 말이 사실이라고 확인해 주었고, 『그린 밸리 인종』의 보수가 적은 것은 마을 사람들의 신문이기 때문입니다 하고 말했다. 보안관은 웃었다. 메리수는 에르난데스가 차를 가지고 있는지 알려 달라고 했다. 보안관은 아니라고, 에르난데스는 소노이타에서 나갈 일이 있을 때는 버스를 이용해 이동했다고 말했다. 보안관은 다정한 사람이었고, 그녀를 버스 정류장까지 배웅해 주었다. 그들은 혹시 누군가라도 에르난데스를 보았는지 마을 사람들에게 물어보았지만, 얻어 낸 정보는 혼란스러웠고 아무 소용도 없었다. 버스표를 팔던 노인과 운전사, 그리고 매일 버스를 타고 다니던 몇몇 사람 말로는, 실종 당일 에르난데스는 버스에 탔을 수도 있고, 그렇지 않을 수도 있었다. 소노이타를 떠나기 전에 메리수는 다시 한번 그 기자의 집을 보고 싶었다. 모든 게 정돈된 상태였고, 폭력의 흔적은 보이지 않았다. 그리고 몇 점 안 되는 가구 위에는 먼지가 수북했다. 메리수는 보안관에게 에르난데스의 컴퓨터를 켜본 적이 있느냐고 물었다. 보안관은 아니라고 대답했다. 메리수는 컴퓨터를 켰고, 『그린 밸리 인종』의 기자이자 시인의 문서들을 훑어보기 시작했다. 그러나 관심을 끌 만한 건 하나도 없었다. 스팽글리시로 쓴, 시작한 지 얼마 되지 않은 소설 한 편이 있었다. 얼핏 보아 추리 소설류가 분명했다. 그리고 그동안 나온 기사들이 있었다. 또 애리조나 남쪽 농장에서 일하는 농장 노동자들과 임시 노동자들의 일상생활에 대한 초고도 들어 있었다. 그리고 거의 모두 선정적인 문체로 작성된 하스에 대한 기사도 있었다. 그 이외에는 거의 아무것도 없었다.

12월 10일 라 페르디시온 농장의 인부 몇 명이 경찰에 카사스 네그라스 고속 도로 25킬로미터 지점에 있는 농장 경계선 지역에서 뼈를 몇 개 발견했다고 신고했다. 처음에는 그게 동물의 뼈일 것이라고 짐작했지만, 해골을 발견하자 자신들이 잘못 생각했다는 것을 깨달았다. 법의학 검시관의 보고서에 따르면, 그것은 여자의 유골이었으며, 시간이 너무 많이 흐른 까닭에 사인이 무엇이라고 확정 지을 수는 없었다. 시체에서 약 3미터 떨어진 곳에서 레깅스 한 벌과 테니스 신발 한 켤레가 발견되었다.

나는 산타테레사에서 이틀 밤을 보내면서, 멕시코 호텔에 머물렀어요. 비록 모든 사람이 내가 어떤 변덕을 부리더라도 모두 충족시켜 주겠다는 태도를 보였지만, 사실 우리는 아무런 진전도 볼 수 없었어요. 오르티스 레보예도라는 형사는 애매한 태도를 취하며 얼버무렸어요. 시장 호세 레푸히오 데 라스 에라스는 마치 다른 팀을 위해 경기하는 선수 같았지요. 검찰 부총장은 느려 터져서 아무것도 할 수 없는 사람처럼 보였어요. 모두가 내게 거짓말을 하거나 아니면 조리에 맞지 않는 말만 늘어놓았어요. 우선 그들은 누구도 켈리의 실종을 신고하지 않았다고 확인해 주었어요. 하지만 난 그녀의 동업자가 실종 신고를 했다는 사실을 잘 알고 있었어요. 살라사르 크레스포라는 이름은 단 한 번도 입에 오르내리지 않았어요. 여자들이 실종되고 있다는 사실은 이미 공공연한 것인데도, 아무도 내게 그런 것에 관해 말하지 않았어요. 그리고 켈리를 이런 수치스러운 사건들과 연결시키려고는 엄두도 내지 않았지요. 그곳을 떠나기 전날 밤, 나는 지방 신문사 세 곳에 전화를 걸어 내 호텔에서 기자 회견을 하겠다고 통보했어요. 거기서 나는 켈리의 사건을 이야기했고, 이후 그 이야기는 전국 신문에 다시 게재되었지요. 나는 정치인이며 페미니스트로서, 그리고 그녀의 친구로서 진실이 밝혀질 때까지 절대로 굴복하지 않겠다는 의지를 천명했어요. 하지만 마음속으로는 이렇게 생각했어요. 당신들은 지금 누구와 상대하고 있는지 몰라, 이 겁쟁이들아, 너희들은 바지에 오줌을 지리게 될 거야. 그날 밤 기자 회견을 마친 후, 내 호텔 방으로 가서 전화를 걸었어요. 제도혁명당의 국회 의원이자 믿을 만한 내 두 친구와 이야기했어요. 그들은 무슨 일이건 나를 도와주겠다고 약속했어요. 물론 나도 그런 말을 내심 기대했고요. 그런 다음 켈리의 동업자에게 전화를 걸어서 내가 지금 산타테레사에 있다고 말했어요. 못생긴, 손쓸 도리 없이 너무나 추하게 생긴 그 여자는 울음을 터뜨리면서 나에게 고맙다고 했는데, 왜 그랬는지는 나도 모르겠어요. 그 통화 다음에 나는 집에 전화를 걸어 이틀 동안 내게 전화한 사람들이 있느냐고 물었지요. 로시타는 내게 전화를 건 사람들의 목록을 읽어 주었어요. 특별한 전화는 없었어요. 평소와 모든 게 똑같았어요. 나는 자려고 노력했지만, 그럴 수 없었지요. 잠시 나는 창문으로 어둠에 싸인 그 도시의 건물들과 정원들, 어쩌다가 한 번씩 최신 모델의 자동차가 달려가던 넓직한 길들을 쳐다보았어요. 나는 방 안을 빙빙 돌았어요. 그리고 방에 거울이 두 개 있다는 사실을 깨달았어요. 하나는 방 끝에 있었고, 다른 하나는 문 옆에 있었는데, 두 거울은 서로를 비추지 않지요. 그러나 특정한 위치에 서면, 한쪽 거울이 다른 거울에 비친 것을 볼 수 있었지요. 그런데 내가 볼 수 없던 것은 바로 나였어요. 정말 이상한 일이야. 나는 생각했지요. 그리고 잠이 엄습해 오는 동안, 잠시 내 위치를 가지고 확인하고 시험해 봤어요. 새벽 5시를 알리는 종이 울렸을 때에도 그러고 있었지요. 거울을 자세히 살펴보면 볼수록, 점점 더 불안하고 꺼림칙한 느낌을 받았어요. 그리고 그 시간에 잠자리에 든다는 것은 우스꽝스러운 일이라는 걸 알았어요. 나는 샤워를 하고 옷을 갈아입고 가방을 꾸렸지요. 6시가 되자 아침을 먹으러 식당으로 내려갔지만, 그 시간에 식당은 닫혀 있었어요. 하지만 호텔 직원 하나가 주방으로 들어가더니 내게 오렌지에이드와 진한 커피 한 잔을 만들어 주었어요. 나는 먹으려고 했지만, 목으로 넘길 수가 없었어요. 7시가 되었을 때 택시를 타고 공항으로 향했지요. 그 도시의 몇몇 동네를 지나면서, 나는 켈리를 생각했어요. 내가 지금 쳐다보는 것을 쳐다보면서 켈리는 무슨 생각을 했을까 생각한 것이지요. 그때 나는 내가 그곳으로 돌아올 것임을 알았어요. 멕시코시티로 돌아온 나는 무엇보다도 먼저 멕시코시티 검찰청에서 일하던 친구를 만났고, 훌륭한 탐정을 소개해 달라고 부탁했지요. 의심의 여지가 없는 사람, 자기가 할 일이 무엇인지 제대로 파악할 수 있는 사람을 부탁했지요. 내 친구는 무슨 문제가 있느냐고 물었어요. 나는 그에게 켈리 이야기를 해주었어요. 그는 멕시코 공화국 검찰청에서 일한 적이 있는 루이스 미겔 로야라는 사람을 추천했어요. 왜 검찰청을 떠난 거죠? 내가 물었어요. 사설 회사에서 일해야 돈을 더 많이 받거든요. 친구가 대답했어요. 나는 내 친구가 나에게 들려주어야 할 이야기를 제대로 들려주지 않았다고 생각했지요. 언제부터 멕시코에서는 공공 기관에서 일하면서 개인 사업을 할 수 없게 된 것일까? 하지만 나는 그에게 고맙다는 말만 하고서, 로야라는 사람을 찾아갔어요. 이 사람은 이미 내 친구의 연락을 받고서 나를 기다리고 있었지요. 로야는 이상한 사람이었어요. 땅딸막했지만, 권투 선수 같은 체격을 지녔어요. 내가 그를 만났을 때 쉰 살은 족히 되고도 남았지만, 군더더기 살이 하나도 없었어요. 예의 바르고 옷도 근사하게 입었으며, 사무실은 컸고 적어도 열 명 이상이 그 사무실에서 일했어요. 그들은 여비서와 전문 살인 청부업자의 얼굴을 한 사람들이었어요. 나는 다시 켈리 이야기를 그에게 들려주었고, 은행가 살라사르 크레스포와 그와 마피아의 관계, 산타테레사의 여러 당국이 보여 준 태도에 관해 말했지요. 그는 내게 멍청한 질문은 하나도 하지 않았어요. 수첩에 적지도 않았고요. 심지어 내 전화번호를 요구하지도 않았어요. 아마도 모든 걸 머릿속에 기록한 것 같아요. 내가 그곳을 떠나려고 하자, 그는 악수를 청하면서 사흘 내로 그녀에 관한 소식을 받게 될 것이라고 말했지요. 애프터셰이브 로션인지 오드콜로뉴인지 내가 맡아 본 적 없는 냄새를 풍겼어요. 라벤더 향이면서 수입 커피처럼 아주 은은한 향이 느껴지는 향수였어요. 그는 나를 문까지 배웅해 주었어요. 사흘. 그가 사흘이라고 말했을 때, 나는 너무 짧은 시간이라고 생각했지요. 하지만 그 시간을 제대로 보내고 그 시간이 흐르기를 기다리는 것, 그건 영원처럼 보일 수 있는 시간이기도 했어요. 나는 마지못해 내 본연의 직무로 돌아갔어요. 기다리기 시작한 이틀째, 켈리의 실종 후에 내가 취한 행동이 존경스러우며 한 여자에게 가장 적절한 것이었다고 생각하는 페미니스트 그룹의 방문을 받았어요. 모두 세 명이었는데, 내가 이해한 바로는 그들 그룹은 그다지

크지 않다는 것이었지요. 평소 같으면 그들에게 발길질을 해대서 내 사무실에서
쫓아냈을지 모르지만, 아마도 난 우울했던 것 같아요. 내가 무슨 행동을 해야
하는지도 분명히 알지 못했지요. 그래서 그들에게 앉으라고 권하고서 잠시 함께
있었어요. 우리가 정치에 관해 말하지 않았다면, 그들은 매우 다정하고 상냥한
사람들처럼 보였을 겁니다. 게다가 그들 중 한 사람은 켈리와 내가 공부한 가톨릭
사립 학교를 다녔어요. 두 학년 아래였지만 말이에요. 우리는 서로 많은 기억을
함께 나누었지요. 차를 마셨고, 남자들에 관해 말했고, 우리 각자의 일에 관해
말했어요. 세 사람은 모두 대학교수였고, 그중 두 사람은 이혼녀였어요. 그들은
내게 왜 재혼하지 않았느냐고 물었고, 나는 빙긋이 웃었지요. 그러면서 사실 나는
어떤 여자보다도 페미니스트이기 때문이라고 솔직하게 털어놓았지요. 사흘째 되는
날 밤 10시경에 로야에게 전화가 왔어요. 이미 첫 번째 보고서는 완료되었으며,
내가 원하면 즉시 보여 줄 수 있다고 말했어요. 나는 더는 기다릴 수 없다고
대답했지요. 지금 어디에 있지요? 내 차 안에 있습니다. 당신이 직접 이곳으로 올
필요는 없습니다. 내가 당신 집으로 가겠습니다. 로야는 말했어요. 로야의
보고서는 열 페이지였어요. 그의 보고서는 켈리의 직업 활동에 대한 자세한 사항을
수집한 것으로 이루어졌지요. 이름 몇 개와 멕시코시티 사람들, 아카풀코와
마사틀란, 오아하카의 파티 등이 적혀 있었어요. 로야에 따르면, 켈리가 수행한 일
대부분은 이러쿵저러쿵할 것 없이 베일에 가린 매춘이라고 여겨질 수 있었지요.
고급 수준의 매춘이었던 것이지요. 그녀가 고용한 모델들은 창녀들이었고, 그녀가
조직하던 파티들은 오직 남자들만을 위해 이루어진 것들이었으며, 심지어 그녀의
수익 배당률도 고급 사창가의 마담이 받던 배당률과 비슷했어요. 나는 믿을 수가
없다고 그에게 말했지요. 그 서류를 그의 얼굴을 향해 던져 버렸어요. 로야는 몸을
숙이더니 서류들을 바닥에서 주워서 다시 내게 건네주었어요. 차분하게 모두 읽어
보십시오. 그는 말했지요. 나는 읽어 내려갔어요. 빌어먹을, 염병할, 모두 쓰레기
같은 자료야 하고 생각했어요. 살라사르 크레스포의 이름이 나오기까지 난 그렇게
생각했지요. 로야 말로는, 켈리는 이미 여러 번, 좀 더 정확하게 말하자면 모두 네
번에 걸쳐 살라사르 크레스포를 위해 일한 적이 있었어요. 또한 나는 1990년에서
1994년 사이에 켈리가 비행기를 타고 적어도 열 번은 에르모시요로 여행했고, 이
여행 열 번 중에서 일곱 번은 에르모시요에서 산타테레사로 가는 비행기를 탔다는
내용도 읽었어요. 살라사르 크레스포와의 만남은 〈파티 조직〉이라는 제목으로
표시되었죠. 에르모시요에서 멕시코시티까지 사용한 비행기 편으로 판단하건대,
이틀 밤 이상 산타테레사에 머무른 적은 없었어요. 그녀가 그 도시로 데려간
모델들의 숫자는 일정하지 않았어요. 처음에, 그러니까 1990년이나 1991년에는
규모가 네댓 명 정도에 이르렀어요. 그 후에는 단지 두 명과 함께 그곳으로 갔고,
마지막에는 혼자 여행을 했지요. 아마도 그때는 정말로 파티를 조직한 것 같아요.
그런데 또 다른 이름이 살라사르 크레스포와 함께 적혀 있었어요. 콘라도
파디야라는 사람이었는데, 몇몇 마킬라도라 공장과 몇몇 운송 회사, 그리고

산타테레사의 도살장과 관련된 사업가였지요. 로야에 따르면, 켈리는 콘라도 파디야라는 사람을 위해 세 번 일했어요. 나는 콘라도 파디야가 누구냐고 물었어요. 그러자 로야는 어깨를 으쓱하더니, 돈이 많은 사람이라고, 다시 말하면 모든 종류의 위험과 모든 종류의 싸움에 노출된 사람이라고 말했어요. 나는 그에게 산타테레사로 갔었느냐고 물었어요. 아닙니다. 그는 대답했지요. 그래서 직원 중 누군가를 그곳으로 보냈느냐고 물었어요. 아닙니다. 그는 말했어요. 나는 그에게 산타테레사로 가고, 그가 그곳에서, 즉 이 일의 중심에서 일하는 모습을 보고 싶다고 말하고는 계속 조사해 달라고 부탁했어요. 잠시 그는 내 제안을 곰곰이 생각하는 것 같았어요. 아니, 어떤 말을 해야 할지 정확한 단어를 고르는 것 같았어요. 그런 다음에 내가 더는 돈과 시간을 낭비하지 않기를 바란다고 말했어요. 그리고 자기가 보는 관점에서 이 사건은 이미 끝난 것이라고 덧붙였어요. 그러니까 켈리가 죽었다는 말인가요? 나는 소리쳤어요. 대략 그렇다고 볼 수 있습니다. 그는 한 치도 흐트러짐 없이 말했어요. 어떻게 이런 경우에 〈대략〉이라는 말을 사용하는 거죠? 나는 다시 소리쳤어요. 죽었으면 죽었다고, 아니면 아니라고 말해야 하는 것 아닌가요! 멕시코에서 사람은 대략 죽어 있을 수 있습니다. 그는 매우 심각하게 대답했어요. 나는 귀싸대기를 때리고 싶은 심정으로 그를 노려보았어요. 그토록 차갑고 초연한 사람은 내 평생 본 적이 없었어요. 아니에요. 나는 거의 불만에 가득한 목소리로 말했지요. 멕시코뿐만 아니라 이 세상 어느 곳에서도 사람은 〈대략〉 죽을 수 없어요. 이제 더는 관광 안내원처럼 말하지 마세요. 내 친구가 살아 있다면, 난 그녀를 찾아 주길 원해요. 내 친구가 죽었다면, 누가 그녀를 죽였는지 찾아 주세요. 로야는 웃었지요. 왜 웃는 거죠? 나는 물었어요. 관광 안내원이라는 말이 너무 재미있어서 그럽니다. 그는 말했지요. 난 이런 모든 걸 마치 『뻬드로 빠라모』[59]에서 일어난 일처럼 말하고 행동하는 멕시코 사람들이 지겨워 죽겠어요. 내가 말했어요. 어쩌면 그게 사실인지도 모릅니다. 로야가 대답했지요. 아니에요, 그렇지 않아요. 난 당신에게 자신 있게 말할 수 있어요. 나는 말했어요. 잠시 로야는 다리를 꼰 채 매우 근엄한 표정으로 침묵을 지키면서, 내가 방금 말한 것을 생각했어요. 이건 몇 개월, 심지어 몇 년이 걸릴 수도 있습니다. 마침내 로야가 입을 열었죠. 게다가 그들은 내가 이 일을 하지 못하도록 할 것입니다. 그는 덧붙였어요. 누가 말인가요? 당신 사람들입니다, 국회 의원님, 당신이 속한 제도혁명당의 동료들입니다. 내가 당신 뒤에 있겠어요, 매 순간 당신을 지원하겠어요. 나는 말했지요. 내가 보기에 당신은 스스로를 과대평가하는 것 같습니다. 로야가 말했다. 빌어먹을, 그래요. 나는 나 자신을 과대평가해요. 그러지 않았다면 지금 내가 있는 위치에 이르지 못했을 거예요. 난 말했어요. 로야는 다시 침묵을 지켰어요. 순간적으로 그가 잠든 게 아닐까 생각했지만, 그는 눈을 크게 뜨고 있었어요. 당신이 해주지 않는다면, 다른 사람을

---

59 *Pedro Páramo*. 1955년에 출판된 멕시코 작가 후안 룰포의 소설. 삶과 죽음의 세계가 뒤섞여 구분이 불가능한 작품이다.

찾아보도록 하지요. 나는 그를 쳐다보지 않은 채 말했어요. 잠시 후 그는 자리에서 일어났어요. 나는 그를 현관까지 배웅해 주었어요. 내가 맡긴 일을 계속할 거죠? 뭘 해야 할지 생각해 보겠습니다. 하지만 아무것도 약속할 수 없습니다. 그는 말했고, 거리로 향하는 골목길로 모습을 감추었어요. 내 경호원과 운전사가 마치 두 좀비처럼 신소리를 주고받던 거리로 나간 것이지요.

어느 날 밤 메리수 브라보는 웬 여자가 자기 침대 발치에 앉아 있는 꿈을 꾸었다. 그녀는 매트리스를 누르는 육체의 무게를 느꼈다. 그러나 다리를 뻗어도 아무것도 건드릴 수 없었다. 그날 밤 침대로 가기 전에 그녀는 인터넷에서 우리베 사촌 형제에 관한 뉴스를 두어 개 읽었다. 그중 하나는 멕시코시티의 유명한 일간 신문 기자가 작성한 것이었다. 그 기사는 안토니오 우리베가 사실상 모습을 감추었다는 소식을 전했다. 그리고 그의 사촌인 다니엘 우리베는 투손에 있는 것 같았다. 그 기자가 전화로 그와 직접 통화했다고 밝혔기 때문이다. 다니엘 우리베에 따르면, 하스가 제공한 모든 정보는 쉽게 들통 날 수 있는 일련의 거짓말에 불과했다. 하지만 안토니오의 행방에 대해서 그는 어떤 암시도 하지 않았다. 아니, 기자가 그에게서 얻어 낸 정보들이 모호하고 불명확하며 제대로 포착하기 어려웠다고 말할 수 있었다. 메리수는 잠에서 깨어났을 때에도 그 방에 다른 여자가 있었다는 느낌을 완전히 없앨 수 없었다. 침대에서 일어나 부엌에서 물을 한 잔 마신 후에야 비로소 그런 느낌이 사라졌다. 다음 날 그녀는 하스의 변호사에게 전화를 걸었다. 여자 변호사에게 무슨 질문을 던지고 싶은 것인지, 무슨 소리를 듣고 싶은 것인지 그녀 자신도 잘 알지 못했지만, 변호사의 목소리를 들을 필요가 있다는 생각 때문에 어떤 논리적 요구도 무시해 버렸다. 메리수는 자신의 신원을 밝힌 후, 그녀의 고객이 어떻게 지내느냐고 물었다. 이사벨 산톨라야는 최근 몇 달과 마찬가지라고 대답했다. 그러자 그녀는 다니엘 우리베의 진술을 읽었느냐고 물었다. 여자 변호사는 그렇다고 대답했다. 나는 그를 인터뷰해 보려 합니다. 혹시 그에게 물어봐야 할 게 무엇인지 생각나는 게 있나요? 메리수는 물었다. 아니요, 아무 생각도 나지 않아요. 여자 변호사는 대답했다. 메리수는 변호사가 마치 최면에 걸려 몽환의 상태에 있는 사람처럼 말한다는 인상을 받았다. 그런 다음 아무런 이유도 없이 변호사의 삶에 관해 물었다. 내 삶은 중요하지 않아요. 변호사는 말했다. 변호사의 말투는 건방지고 버릇없는 10대 아이들에게 말하는 오만한 여자의 말투와 똑같았다.

12월 15일에 스물네 살 에스테르 페레아 페냐가 로스 로보스 댄스홀에서 총격을 받아 사망했다. 희생자는 여자 친구 셋과 함께 테이블에 앉아 있었다. 옆 테이블에 검은 양복에 흰 와이셔츠를 입은 근사하게 생긴 작자가 앉아 있었다. 그는 무기를 꺼내어 그것을 가지고 장난치기 시작했다. 그 무기는 스미스&웨슨 5906 모델로 열다섯 발을 장전할 수 있는 탄창이 있었다. 몇몇 증인의 말로는,

625

그자는 그 전에 에스테르와 그녀의 친구 한 명과 함께 춤을 추었다. 편안하고
정중한 분위기였다. 증인들에 따르면, 권총을 가진 남자와 함께 온 두 일행은 그를
나무라면서 권총을 집어넣으라고 경고했다. 하지만 그 작자는 그들의 말을 듣지
않았다. 분명히 그는 누군가에게 깊은 인상을 심어 주려고 한 게 틀림없었다.
아마도 그 누군가는 희생자이거나, 아니면 그 전에 그와 함께 춤을 춘 희생자의
친구였던 것 같았다. 다른 증인들은, 그 작자가 자기를 마약 단속반 소속 형사라고
밝혔다고 했다. 실제로 그는 형사처럼 보였다. 키가 컸고 건장했으며, 게다가
헤어스타일이 근사했다. 그가 무기를 가지고 장난치는 사이 어느 순간 총알이
발사되었고, 그 총알은 에스테르에게 치명상을 입혔다. 앰뷸런스가 도착했을 때,
에스테르는 이미 숨을 거두었고 총을 쏜 가해자는 사라진 뒤였다. 오르티스
레보예도는 자진해서 이 사건을 맡았고, 다음 날 아침 경찰은 페멕스의 오래된
운동장에 버려진 한 남자의 시체를 발견했으며 그의 오른쪽 관자놀이를 향해
총알이 발사되었다고 언론에게 알렸다. 죽은 남자는 에스테르의 살인자가 입었던
옷과 신체적 특징이 일치했으며, 또한 에스테르의 살인자가 휴대했던 것과 동일한
스미스&웨슨 권총을 지니고 있었다. 그의 이름은 프란시스코 로페스
리오스였으며, 여러 번에 걸쳐 자동차 절도를 한 전과 기록을 가지고 있었다.
그러나 타고난 살인자도 아니었고 누군가를 죽이는 데 특별한 자질이 있는 사람도
아니었다. 우연한 사고였지만, 그 일이 그를 상당히 당황스럽게 만들었고 동요시킨
것이 틀림없었다. 그자는 스스로 목숨을 끊었습니다. 오르티스 레보예도는 말했다.
사건은 이렇게 종결되었다. 나중에 랄로 쿠라는 에피파니오에게 시체를 확인해 줄
사람들이 없었다는 점이 몹시 이상했다고 말했다. 그리고 또한 살인자의 일행들도
나타나지 않았다는 점도 몹시 이상하다고 지적했다. 마찬가지로 스미스&웨슨
권총이 경찰서 무기 보관소에 보관된 후 사라졌다는 사실도 수상하다는 의견을
피력했다. 그런데 가장 이상한 것은 자동차 절도범이 스스로 목숨을 끊었다는
거예요. 랄로 쿠라는 말했다. 프란시스코 로페스 리오스라는 작자를 알아?
에피파니오는 물었다. 한 번 봤지만, 그리 매력적인 남자라고는 말할 수 없을 것
같아요. 랄로 쿠라는 대답했다. 그래 맞아, 생쥐처럼 생겼다고 말하는 게 더 정확할
거야. 어쨌든 모든 게 이상하기 짝이 없어. 에피파니오도 수긍했다.

   2년에 걸쳐 로야에게 이 사건을 맡겨 일하도록 했어요. 2년 동안 나는 내
이미지를 만들 시간이 있었고, 그 이미지는 점차로 대중 매체 속으로 파고들기
시작했지요. 그건 바로 폭력과 맞서는 감성적인 여자, 당의 한가운데서 변화를
대표하는 여자의 이미지였지요. 세대의 변화뿐만 아니라, 행동의 변화도 요구하는
여자이자, 멕시코의 현실을 독단적인 시선이 아니라 열린 관점으로 바라보는
여자의 이미지였어요. 사실 나는 켈리의 실종으로, 그러니까 그녀가 대상이 되었던
섬뜩한 장난 때문에 분노로 이글거렸어요. 갈수록 우리가 여론이라고 부르는
유권자들의 의견에는 관심을 갖지 않게 되었어요. 진심으로 그들을 보지 않았거나,

아니면 우연하게나 산발적으로 보았다 하더라도 무시했지요. 하지만 다른
사건들을 알게 되면서, 그리고 다른 목소리들을 듣게 되면서, 내 분노는
대중적이라고 부를 수 있는 차원을 획득했어요. 다시 말하면, 내 분노는 집단적
성격을 띠었거나 집단의 표현이 되었지요. 내 분노가 스스로 모습을 드러낼 때면,
그 자체가 마치 몇천 명의 희생자를 위한 복수의 도구로 보였어요. 솔직하게
말하면, 나는 미쳐 버리고 있었어요. 내가 듣던 그 목소리들(결코 얼굴이나 모습을
보이지 않는 목소리들)은 사막에서 왔지요. 사막에서 나는 한 손에 칼을 들고
방황했어요. 칼날에는 내 얼굴이 비쳤어요. 내 머리카락은 흰색이었고, 광대뼈는
움푹 들어간 채 조그만 상처들로 뒤덮였지요. 각각의 조그만 상처는 각각 조그만
이야기를 간직했고, 나는 이야기들을 떠올리려고 애를 썼지만 아무 소용이
없었어요. 결국 신경 안정제를 먹게 되었어요. 석 달에 한 번씩 로야를 만났어요.
그가 분명하게 자신이 원하는 바를 밝혔기에, 나는 절대 그의 사무실로 가서 그를
만나지 않았어요. 그가 전화를 걸 때도 있고 내가 전화를 걸 때도 있었어요. 그럴
때마다 나는 도청의 위험이 없는 전화를 사용했어요. 그리고 만약의 경우를
대비해서 전화로 이야기할 때는 절대로 중요한 사항을 말하지 않았어요. 로야에
따르면, 1백 퍼센트 안전하고 확실한 것은 없기 때문이었지요. 로야의 보고서
덕분에 나는 켈리가 실종된 지역의 지도를 만들거나 혹은 그 지역의 퍼즐을
완성했어요. 그렇게 살라사르 크레스포가 주최한 파티는 사실상 섹스 파티라는
것을 알았고, 켈리의 일은 그런 섹스 파티의 밴드 지휘자 역할이었을 것이라고
익히 추정할 수 있었어요. 로야는 몇 달 동안 켈리와 함께 일했다가 지금은
샌디에이고에 사는 여자 모델과 이야기를 나누었어요. 그 모델은 살라사르
크레스포의 파티가 그가 소유한 두 농장에서 무차별적으로 열렸다고 알려
주었어요. 전혀 생산적이지 않은 목장들이었어요. 부자들이 구입하지만 가축도
기르지 않고 농사도 짓지 않으면서 그냥 놔두는 비생산적인 땅이었지요. 그저
커다란 땅만 덩그렇게 있고, 그 땅 한가운데에 커다란 거실과 수많은 방이 구비된
커다란 저택이 있는 농장이었어요. 항상은 아니지만 이따금 수영장을 갖춘 경우도
있었어요. 사실 안락하고 편안한 장소는 아니었으며, 여성적인 손길이 닿은 곳도
아니었지요. 북부에서는 그런 걸 마피아 농장이라고 부른답니다. 왜냐하면 많은
마약 밀거래상이 이런 종류의 농장을 갖고 있고, 농장이라기보다는 사막 한가운데
있는 요새와 더 흡사하기 때문이지요. 심지어 몇몇 농장은 감시탑까지 갖추고,
그곳에 최고의 명사수들을 배치하지요. 이따금씩 이런 마피아 농장은 오랜 기간
동안 텅 빈 채일 때도 있어요. 단지 고용인 한 사람을 놔두기도 하는데, 이럴 경우에
저택으로 들어갈 수 있는 열쇠도 주지 않고, 무언가 해야 할 일을 지시하지도
않지요. 단지 그 고용인은 아무것도 생산되지 않는 불모의 황무지를 돌아다니거나,
그곳에 들개 떼가 자리를 잡고 서식하지 않도록 경비하는 일만 맡게 되지요. 이
불쌍한 사람들은 휴대 전화만 소지하고서 모호한 지시를 받는데, 그런 지시마저
점차로 잊어버리게 됩니다. 로야에 따르면, 그런 고용인들 중 하나가 죽어도

아무도 모르거나, 아니면 그냥 사막의 시무르그, 그러니까 날아다니는 신화적 동물에 이끌려 실종되는 경우도 종종 발생하는데, 전혀 보기 드문 일이 아니었어요. 그러다가 갑자기 마피아 농장은 활기를 되찾게 돼요. 우선 몇몇 인부가, 그러니까 인부 서너 명이 승합차를 타고 도착해서, 하루 동안 그곳에 머물면서 저택을 깨끗이 청소한답니다. 그런 다음 건장한 남자들, 즉 경호원들이 검은색 서버밴이나 스피릿, 혹은 페레그리노를 타고 도착해요. 그들이 도착하면 가장 먼저 하는 일이 어깨를 으쓱대고 점잔 빼며 걸어 다니는 것 이외에도 안전 지대를 설치하는 것이에요. 그리고 마지막으로 주인과 그의 오른팔이라고 말할 수 있는 사람들이 모습을 드러내지요. 방탄 메르세데스 벤츠나 방탄 포르셰 자동차들이 사막으로 구불구불 다가오지요. 사실 모든 종류의 자동차를 볼 수 있어요. 사람들을 농장으로 실어 오거나 아니면 농장에서 실어 나르는 자동차 중에는 링컨 콘티넨털부터 자동차 수집가들만이 가진 오래된 캐딜락까지 있어요. 고기를 가득 실은 지프 트래커와 빵과 과자를 가득 실은 셰비 아스트라도 모습을 드러내지요. 그리고 밤새 음악과 고함 소리가 울려 퍼져요. 로야가 말해 준 바로는, 그게 바로 파티였어요. 켈리가 북쪽 지방을 여행하면서 조직해 준 파티였지요. 로야에 따르면, 처음에 켈리는 짧은 시간에 많은 돈을 벌고자 하던 모델들을 데려갔어요. 샌디에이고에 살던 여자아이는 그에게 결코 세 명이 넘은 적이 없었다고 말해 주었대요. 파티에는 다른 여자들도 있었어요. 켈리가 처음에는 모르던 여자들이었어요. 아주 젊은 여자들, 모델들보다 더 어린 여자들이었지요. 켈리는 그 아이들에게 파티 분위기에 맞게 적절한 옷을 입혔지요. 아마 산타테레사의 창녀들이었을 거라고 생각해요. 그럼 밤에 무슨 일이 일어났을까요? 흔히 있는 일들이 벌어졌어요. 남자들은 술에 취하거나 마약에 취했고, 비디오테이프에 녹화된 축구나 야구 경기를 보았고, 카드놀이를 했으며, 마당으로 나와 과녁을 향해 사격을 했고, 사업 이야기를 나누었지요. 아무도 포르노 영화를 찍지 않았어요. 적어도 샌디에이고에 사는 그 여자아이가 로야에게 말해 준 바로는 그랬어요. 가끔씩 침실에서 손님들은 포르노 영화를 보았어요. 그 모델은 실수로 딱 한 번 그 방에 들어갔는데, 거기서 익숙한 장면을 보았어요. 포르노 비디오 화면의 광채를 받아 빛나는 무표정한 사람들의 얼굴을 본 것이지요. 항상 그래요. 그러니까 내 말은 사람들이 섹스하는 영화를 보는 것 자체가 관객들을 석상으로 만들어 버린 것처럼 무표정했다는 말이에요. 하지만 그 모델 말로는, 누구도 마피아 농장에서 그런 유형의 영화를 찍지도 않았고 녹화하지도 않았어요. 이따금씩 몇몇 손님은 집 안에서 란체라나 코리도를 노래했지요. 또한 때때로 이 손님들은 정원으로 나가서 마치 행렬을 하는 것처럼 목청껏 노래를 부르면서 농장을 돌아다니기도 했어요. 한번은 몇몇 사람이 벌거벗은 채 그렇게 했어요. 아마도 어떤 사람은 끈이나 표범 혹은 호랑이 무늬의 팬티로 은밀한 부분을 가리기도 한 것 같아요. 새벽 4시경이면 그 지역은 추운데도 노래를 부르고 웃으면서, 그리고 술 마시고 떠들면서 추위와 맞선 것이지요. 마치 악마의 조수라도 된 것처럼 말이에요. 이건 내가 지어낸 말이 아니에요. 샌디에이고에 살던 그 모델이 로야에게 한 말이에요. 하지만 포르노 비디오를 찍는 따위의 일은 하지 않았어요. 그런 일은 절대 없었어요. 나중에 켈리는 모델들에게 더는 의지하지 않았고, 더는 그 여자들을 부르지도 않았어요. 로야에 따르면, 아마도 켈리의 결정이었던 것 같아요. 모델들에게는 비싼 요금을 지불해야 했지만, 산타테레사의 창녀들은 수고료를 얼마 받지 않았거든요. 게다가 켈리의 재정 상태가 그다지 좋지 않았어요. 처음 몇 번은 살라사르 크레스포에게 파티를 열어 주려고 여행을 했고, 그 사람을 통해 그 지역의 유명 인사들을 알게 되었고, 그래서 아마도 시그프리도 카탈란이라는 사람에게도 파티를 조직해 준 것 같아요. 그는 쓰레기 트럭 회사를 소유했고, 사람들 말로는 산타테레사에 있는 마킬라도라 공장 대부분과 독점 계약을 맺고 일하는 사람이었어요. 또한 소노라주와 시날로아주, 할리스코주에 사업체를 가지고 있던 기업가 콘라도 파디야에게도 파티를 조직해 주었을 거예요. 로야에 따르면, 살라사르 크레스포뿐만 아니라 시그프리도 카탈란과 콘라도 파디야도 산타테레사 마약 카르텔과 연결되어 있었어요. 다시 말하면, 에스타니슬라오 캄푸사노와 관련이 있는 사람들이었는데, 사실대로 말하자면 그는 많지는 않았지만 몇 번은 그런 파티에 참석했어요. 증거들, 그러니까 양식 있는 판사가 증거라고 여길 수 있는 증거들은 없었어요. 그러나 한때 나를 위해 일한 로야는 광범위한 분량의 증언과 사창가에서 술 취한 사람들의 대화와 잡담을 수집했는데, 그들은 캄푸사노가 그런 파티에 오지 않았거나 아니면 어쩌다가 한 번씩만 왔다고 말했어요. 어쨌거나 마피아들은 켈리의 방탕한 파티에 빠지지 않고 참석했어요. 특히 캄푸사노의 보좌라고 여겨지던 두 사람은 그랬지요. 한 사람은 무뇨스 오테로, 그러니까 세르히오 무뇨스 오테로였는데 그는 노갈레스 마약 거래상들의 두목이었지요. 다른 한 사람은 파비오 이스키에르도라는 작자였는데, 그는 한동안 에르모시요의 마약 거래상 두목이었고, 그런 다음에는 시날로아부터 산타테레사까지, 또는 오아하카나 미초아칸, 심지어는 시우다드 후아레스 카르텔의 영토였던 타마울리파스부터 산타테레사까지 마약 수송 통로를 여는 작업을 했지요. 로야는 켈리가 조직한 파티에 무뇨스 오테로와 파비오 이스키에르도가 참석했다는 사실은 의문의 여지가 없다고 여겼어요. 그러니까 그 파티에는 켈리가 있었던 거지요. 켈리는 모델들 없이 사회적으로 비천한 계급의 여자들, 간단히 말하면 창녀들과 함께 사막 한가운데 버려진 마피아 농장에서 일한 거예요. 그리고 그녀가 조직한 파티에는 은행가 살라사르 크레스포, 사업가 카탈란, 백만장자 파디야라는 사람이 참석했고, 캄푸사노는 오지 않았더라도 적어도 가장 악명 높은 그의 두 심복, 즉 파비오 이스키에르도와 무뇨스 오테로를 비롯해 사교계와 범죄계, 그리고 정치계의 또 다른 유명 인사들도 있었어요. 한마디로 명사들의 집합소였지요. 그리고 어느 날 아침, 혹은 어느 날 밤, 내 친구는 공중으로 사라지지요.

며칠 동안 『피닉스 독립 신문』 편집실에서 메리수는 다니엘 우리베를 인터뷰한 멕시코시티의 신문 기자와 접촉하려고 노력했다. 이 기자는 신문사에 거의 있는 법이 없었고, 그녀가 통화한 사람들은 그의 휴대 전화 번호를 그녀에게 가르쳐 주지 않았다. 어쨌건 천신만고 끝에 마침내 그 기자와 이야기할 수 있게 되었다. 기자는 술 취했거나 성격이 괴팍한 염병할 놈의 목소리를 지녔어. 아니면 적어도 거만하기 이를 데 없어. 메리수는 생각했다. 멕시코시티의 기자는 그녀에게 취재원의 신원을 보호해야 한다는 핑계를 대면서, 다니엘 우리베의 전화번호를 알려 주려고 하지 않았다. 어리석게도 메리수는 어느 순간 그들은 동료이며 언론에서 일한다는 사실을 일깨워 주었고, 그러자 멕시코시티의 기자는 두 사람이 연인 관계였더라도 정보를 제공할 수 없다고 말했다. 실종된 『그린 밸리 인종』의 기자인 호수에 에르난데스 메르카도에 대해서는 아무런 소식도 없었다. 어느 날 밤 메리수는 하스의 사건에 관한 서류철을 자세히 살펴보다가, 에르난데스 메르카도가 기자 몇 명밖에 참석하지 않았던 산타테레사 교도소의 기자 회견 이후에 쓴 기사를 발견했다. 에르난데스 메르카도의 문체는 매우 선정적이었지만, 동시에 빈약하기 그지없었다. 기사는 상투적인 문구와 진부한 표현, 부정확한 내용과 대담한 말, 과장과 언어도단적인 거짓말로 가득했다. 이따금씩 에르난데스 메르카도는 하스를 소노라주의 부자들이 꾸민 음모의 희생양으로 그렸고, 또 어떤 때는 그를 보복의 천사, 또는 감옥에 갇혔지만 결코 패배하지 않고 자신의 고문관들을 오로지 지성에 의해 궁지에 빠트리는 탐정으로 나타냈다. 새벽 2시경, 신문사에서 퇴근하기 전에 마지막 커피를 마시는 동안, 메리수는 아무리 바보 멍청이라도 그런 쓰레기 기사를 썼다는 이유로 그 사람을 죽이고 시체를 없애 버릴 수고를 할 사람은 없었을 것이라고 생각했다. 그렇다면 에르난데스 메르카도에게 무슨 일이 일어난 것일까? 그녀와 마찬가지로 늦게까지 일하던 편집장은 가능한 대답 여러 개를 들려주었다. 넌더리가 나서 떠나 버린 것이거나, 미쳐서 떠나 버렸을 가능성도 있었고, 그저 아무런 이유도 없이 떠난 것일 수도 있다고 편집장은 말했다. 일주일 후 소노이타로 그녀와 동행했던 젊디젊은 10대 기자가 그녀에게 전화를 했다. 그는 메리수가 에르난데스 메르카도에 관해 쓰려고 하던 기사가 어떻게 진행되는지 알고 싶어 했다. 아무것도 쓰지 않을 거예요. 그녀는 말했다. 10대 청년 기자는 그 이유가 무엇이냐고 물었다. 쓸 만한 것도 전혀 없고 그럴 가치도 없기 때문이에요. 에르난데스는 지금 캘리포니아에서 살면서 일하고 있음이 분명해요. 메리수는 대답했다. 난 그렇다고 생각하지 않아요. 10대 청년 기자가 말했다. 메리수는 그 청년이 소리쳤다고 생각했다. 그가 말할 때 트럭 한 대 혹은 여러 대의 소리가 들렸다. 마치 어느 운송 회사 마당에서 전화를 거는 것 같았다. 왜 그렇게 생각하지 않으려는 거지요? 그녀는 질문했다. 내가 그의 집에 가봤기 때문이에요. 청년 기자는 말했다. 나 역시 그의 집에 가봤지만 그가 강제로 끌려갔다고 생각할 수 있는 어떤 것도 보지 못했어요. 그는 자기가 원했기 때문에 떠난 거예요. 그러자 아니에요 하고 말하는 청년 기자의 목소리가 들렸다. 그가 자발적으로 떠났다면, 자기 책을 가져갔을 겁니다. 하지만 책은 무거울 뿐만 아니라 언제든지 다시 구입할 수 있어요. 메리수는 말했다. 캘리포니아에는 소노이타보다 더 많은 서점이 있어요. 그녀는 농담처럼 말했지만, 즉시 그런 말에는 전혀 유머 감각이 깃들어 있지 않다는 사실을 깨달았다. 아니에요. 그런 책들이 아니라 그의 책들을 말하는 거예요. 청년 기자가 지적했다. 그의 책이라니 도대체 무슨 책을 말하는 거죠? 메리수가 물었다. 그가 쓰고 출판한 책들요. 세상이 망하는 한이 있더라도 절대로 그 책들을 버리고 떠나지는 않았을 거예요. 잠시 메리수는 에르난데스 메르카도의 집을 떠올리려고 애썼다. 거실에는 책이 몇 권 있었고, 침실에도 마찬가지였다. 모두 합해도 1백 권 이상은 될 수 없었다. 커다란 서재는 아니었지만, 농장 노동자 취재 기자처럼 보이는 사람에게는 아마도 충분한 분량, 아니 충분하고도 남을 만한 분량이었다. 그녀는 그 책들 중에 에르난데스 메르카도가 쓴 책이 있을 거라고는 전혀 생각하지 못했다. 그가 그 책들 없이는 떠나지 않았을 거라고 생각해요? 절대로 그렇게 하지 않았을 겁니다. 그건 그의 아이들과 같기 때문이지요. 청년 기자는 말했다. 메리수는 에르난데스 메르카도가 쓴 책은 그다지 무겁지 않을 것이고, 캘리포니아에서는 그 책들을 절대 다시 살 수 없을 것이라고 생각했다.

12월 19일, 키노 지역 근처에서, 그러니까 〈북부의 새매〉라고 불리는 마을 협동 조합 공동 농장에서 몇 킬로미터 떨어진 곳에서 여자의 유골이 발견되었다. 유골은 비닐봉지 안에 들어 있었다. 경찰 발표에 따르면, 그녀는 들소 갱단 조직의 또 다른 희생자였다. 법의학 검시관의 말로는, 희생자는 열다섯 살에서 열일곱 살 사이였고, 신장은 1미터 55에서 1미터 60 사이로 추정되었다. 살해된 지 대략 1년 정도가 지난 상태였다. 비닐봉지 안에서는 짙은 파란색 바지가 발견되었는데, 그것은 마킬라도라에서 일하는 여자들이 직장에 갈 때 일상적으로 입는 싸구려 옷이었다. 또한 셔츠 하나와 커다란 플라스틱 버클이 달린 검은색 인조 가죽 허리띠도 발견되었다. 흔히 이미테이션이라고 부르는 허리띠였다. 이 사건은 에르모시요에서 마약 전담부 형사로 근무했으며 산타테레사로 전근 온 지 얼마 되지 않은 마르코스 아라나 형사에게 할당되었다. 그런데 첫날 앙헬 페르난데스 형사와 후안 데 디오스 마르티네스 형사가 시체가 발견된 장소에 모습을 드러냈다. 후안 데 디오스 형사는 그 사건을 아라나에게 맡겨서 그가 경험을 쌓도록 하라는 지시를 받자, 걸어서 주변을 둘러보면서 북부의 새매 공동 농장 입구까지 갔다. 공동 농장 본채의 지붕과 창문은 아직 멀쩡했지만, 다른 건물들은 마치 허리케인에 강타당한 것 같은 모습을 보여 주었다. 잠시 후안 데 디오스는 유령 같은 농장 주변을 거닐면서, 적어도 농부나 어린아이, 혹은 개 한 마리라도 발견할 수 있는지 살펴보았지만, 심지어 개도 이미 그곳에는 남아 있지 않았다.

내가 당신에게 무엇을 바라는지 아나요? 국회 의원이 물었다. 이것에 관해 쓰고, 계속해서 기사를 쓰기를 바라요. 당신이 쓴 기사를 읽었어요. 아주 훌륭하더군요. 하지만 종종 허공으로 펀치를 날리더군요. 당신이 확실한 대상에게, 그러니까 그림자가 아니라 인간의 살, 난공불락의 살을 강하게 가격했으면 좋겠어요. 당신이 산타테레사로 가서 그곳의 냄새를 제대로 맡길 원해요. 당신이 산타테레사에 달려들어 그곳의 문제에 전념하기를 원해요. 처음에 나는 산타테레사를 그다지 몰랐어요. 다른 모든 사람처럼 개략적으로는 알았지요. 하지만 네 번째 방문 이후부터 그 도시와 사막을 알기 시작했다고 생각해요. 이제는 내 머리에서 그곳의 문제를 지울 수가 없어요. 나는 모든 사람의 이름, 아니 거의 모든 사람의 이름을 알아요. 그리고 몇 가지 불법적인 행위들도 알아요. 하지만 멕시코 경찰에게 달려갈 수는 없어요. 검찰청에서는 아마도 나를 미쳤다고 생각할 거예요. 그렇다고 내 보고서를 미국 경찰에게 넘길 수도 없어요. 어쨌거나 그건 애국심의 문제니까요. 아무리 힘들고 괴롭더라도, 우선 나는 멕시코 사람이기 때문이에요. 게다가 멕시코 국회 의원이기도 해요. 평소와 마찬가지로, 우리는 끝까지 싸워 우리 힘으로 해결할 거예요. 그러지 않으면 우리는 함께 몰락하고 말 거예요. 상처를 입히고 싶지 않은 사람들도 있어요. 하지만 내가 그들에게 상처를 입힐 것이라는 사실을 알아요. 난 그걸 좋게 받아들여요. 시절은 바뀌고 있고, 제도혁명당 역시 바뀌어야 하니까요. 그래서 내게 남은 유일한 건 언론뿐이에요. 아마도 내가 한때 기자로 일했기 때문에 항상 몇몇 기자에게 존경심을 느끼고, 당신 같은 사람을 계속 신뢰하는 걸 거예요. 그것 이외에도 비록 우리 체제가 결점으로 가득하지만, 최소한 표현의 자유는 가지고 있어요. 제도혁명당은 거의 대부분 그 자유만은 존중했지요. 나는 〈거의 대부분〉이라고 말했어요. 전혀 못 믿겠다는 표정은 짓지 마세요. 여자 국회 의원이 말했다. 여기에서는 모든 사람이 자기가 원하는 것을 아무런 문제 없이 출판할 수 있어요. 어쨌거나 이건 우리가 논의할 문제가 아니에요, 그렇죠? 당신은 소설 한 권을 출판했어요. 정치 소설이라고 하더군요. 거기서 당신이 한 일이라고는 아무런 근거도 없는 쓰레기 정보를 유포시킨 것밖에 없는데도, 당신에게는 아무 일도 일어나지 않았어요, 그렇죠? 당신 책은 검열받지도 않았고, 고소당하지도 않았어요. 그건 내 첫 번째 소설이었습니다. 세르히오가 말했다. 그래서 아주 형편없습니다. 그 작품을 읽으셨나요? 그래요, 읽었어요. 국회 의원이 대답했다. 난 당신이 쓴 걸 모두 읽었어요. 아주 형편없습니다. 세르히오가 말했다. 그리고 덧붙였다. 여기서는 검열하지도 않고 읽지도 않지만, 언론은 또 다른 문제입니다. 적어도 신문은 읽히지요. 최소한 사람들이 헤드라인이라도 읽습니다. 그리고 잠시 침묵을 지킨 후에 세르히오가 물었다. 로야는 어떻게 되었지요? 로야는 죽었어요. 국회 의원이 대답했다. 아니에요, 오해하지 마요. 그는 살해된 것도 아니고 실종되지도 않았어요. 그냥 죽은 거예요. 암에 걸렸는데, 아무도 그런 사실을 알지 못했어요. 그는 과묵한 사람이었어요. 이제는 다른 사람이 그의 사무실을 운영해요. 아니, 아마도 이제 더는 존재하지 않을지도 몰라요. 지금은 상담 사무실이나 기업 자문 사무실로 변했을지도 몰라요. 솔직히 말해서 모르겠어요. 죽기 전에 로야는 켈리의 사건과 관련된 서류들을 모두 넘겨 주었어요. 내게 넘겨 줄 수 없었던 것은 모두 파기해 버렸어요. 난 뭔가 좋지 않은 일이 있다는 것을 직감했지만, 그는 아무 말도 하지 않았지요. 그러고서 그는 미국으로 갔어요. 시애틀에 있는 병원으로 갔지요. 그곳에서 석 달을 견디고서 세상을 떠났어요. 이상한 사람이었어요. 딱 한 번 그의 집에 가본 적이 있어요. 나폴레스 지역에 있는 아파트에서 혼자 살았지요. 밖에서 보면 중산층이 사는 평범한 지역이었지요. 하지만 집 안은 전혀 달랐어요. 글쎄 뭐라고 설명해야 할지 모르겠는데, 집 안은 그 자체가 로야였어요. 마치 로야의 거울이거나 아니면 로야의 자화상 같았어요. 그래요, 미완성 자화상이었어요. 음반과 예술 서적이 많았어요. 문들은 모두 방탄 처리가 되어 있었고요. 황금 사진틀 속에는 나이 먹은 여자 사진이 들어 있었죠. 일종의 감상적인 행동이었다고 보는 편이 맞을 거예요. 완전히 개조된 주방은 아주 컸고, 전문 요리사들이 사용하는 부엌용 소품으로 가득했어요. 살아갈 날이 얼마 남지 않았다는 사실을 알게 되자, 그는 시애틀에서 내게 전화를 걸어서 자신의 방식대로 작별 인사를 했어요. 그에게 두렵냐고 물은 것이 기억나네요. 왜 그런 질문을 했는지는 모르겠어요. 하지만 그는 엉뚱한 말로 대답했어요. 오히려 내게 두렵냐고 물은 거예요. 아니에요, 두렵지 않아요. 난 대답했지요. 그러자 나 역시도 마찬가지예요. 그는 말했어요. 이제 당신이 로야와 내가 수집한 모든 것을 사용해서 벌집을 휘저어 주었으면 해요. 물론 당신은 혼자 있지는 않을 거예요. 내가 항상 당신 곁에 있을 거예요. 당신은 나를 볼 수 없을지 몰라도, 나는 매 순간 당신 곁에서 당신을 도울 거예요.

1997년의 마지막 사건은 끝에서 두 번째 사건과 매우 흡사했다. 단지 차이가 있다면, 비닐봉지가 도시 서쪽 끝에서 발견되지 않고, 동쪽 끝 흙길에서 발견되었다는 것이다. 그 흙길은 국경선과 평행으로 가다가 두 갈래로 갈라져서 첫 번째 산들과 험준한 고갯길이 나오는 곳에 이르면서 사라졌다. 법의학 검시관들에 따르면, 희생자는 죽은 지 오래되었다. 대략적인 나이는 열여덟 살이었고, 신장은 1미터 58센티미터에서 1미터 60센티미터 사이로 추정되었다. 시체는 벌거벗은 모습이었지만, 비닐봉지 내부에서 고급 가죽으로 만든 하이힐이 발견되었다. 경찰은 이 하이힐을 단서로 그녀가 창녀일지도 모른다고 추정했다. 또한 흰색 끈 팬티도 발견되었다. 경찰은 이 사건뿐만 아니라 이전의 사건도 마지못해 사흘간 수사한 끝에 종료시켰다. 산타테레사의 크리스마스는 예년의 경우와 마찬가지로 치러졌다. 구유를 만들고, 피냐타 놀이를 했으며, 테킬라와 맥주를 마셨다. 심지어 가장 가난한 동네에서도 사람들이 웃음소리가 들렸다. 몇몇 거리는 블랙홀처럼 완전히 어두웠고, 어디서 나오는지 알 수 없는 웃음소리는 유일한 신호였는데, 그것만이 주민들이 산다는 표시이자, 이방인들이 길을 잃고 방황하지 않게 만들어 주는 이정표였다.

아르킴볼디에
관하여

아르킴볼디에
관하여

그의 어머니는 한쪽 눈이 보이지 않는 애꾸였다. 샛노란 금발이었고 외눈이었다. 그녀의 선량한 눈은 마치 그녀가 똑똑하지는 않지만 착하다고, 그것도 아주 착하고 다정한 마음의 소유자라고 말하는 듯 하늘색이었고 평온했다. 그의 아버지는 외다리였다. 전쟁에서 한쪽 다리를 잃었고, 뒤렌¹ 근처 야전 병원에서 한 달을 보내면서 자기가 살아서 그곳을 나가지 못할 것이라고 생각했다. 또한 움직일 수 있는 부상자들(물론 그는 아니었다!)이 움직일 수 없는 부상자들의 담배를 훔치는 장면도 지켜보았다. 그러나 그들이 그의 담배를 훔치려고 하자, 그는 주근깨가 빼곡하고 광대뼈가 크며 어깨가 넓고 엉덩이도 커다랗던 도둑놈의 목덜미를 쥐어 잡고서 이렇게 말했다. 꼼짝 마! 병사의 담배는 성스러운 것이니 장난칠 생각일랑 하지 마! 그러자 주근깨투성이 도둑놈은 그곳을 떠났고 밤이 되었다. 그의 아버지는 누군가가 자기를 유심히 쳐다본다는 느낌을 받았다.

옆 침대에는 미라가 있었다. 깊은 우물 두 개처럼 검은 눈을 지녔다.

「담배 피우고 싶어?」 그가 말했다.

미라는 대답하지 않았다. 「담배는 좋은 거야.」 그는 이렇게 말하고서 담배에 불을 붙였다. 그리고 붕대로 칭칭 감긴 미라의 입을 찾았다.

미라는 몸서리쳤다. 어쩌면 담배를 피우지 않을지도 몰라. 그는 생각하고서 담배를 치웠다. 달빛이 흰 곰팡이의 일종으로 얼룩진 담배 끝을 환하게 비추었다. 그는 다시 미라의 입술에 담배를 집어넣으면서 이렇게 말했다. 담배 피워, 담배 피우고 모든 걸 잊어버려. 미라의 눈은 계속해서 그를 응시했다. 내 전투 동료일지도 몰라. 그래서 날 알아보았는지 몰라. 그는 생각했다. 그런데 왜 아무 말도 하지 않는 걸까? 아마도 말을 할 수 없을 거야. 그는 생각했다. 담배 연기가 갑자기 붕대 사이로 새어 나오기 시작했다. 미라가 끓어오르고 있어. 끓어올라. 끓어오르는 거야. 그는 생각했다.

연기는 미라의 귀와 목구멍, 이마, 그리고 여전히 한쪽 다리만 남은 사람을 뚫어지게 바라보던 눈에서 새어 나왔다. 그는 숨을 내쉬어 연기를 불어 버리고는 미라의 입술에서 담배를 빼서 연기가 완전히 사라질 때까지 미라의 붕대 감긴 머리

---

1 독일 서부 노르트라인베스트팔렌주에 있는 도시. 루르강과 아이펠 구릉지의 북동쪽 비탈에 있다.

위로 조금 더 훅 하고 바람을 불었다. 그런 다음 바닥에 담배를 끄고 잠들었다.

그가 잠에서 깨어났을 때, 이미 미라는 곁에 없었다. 미라는 어디에 있지? 그가 물었다. 오늘 아침에 죽었어. 누군가가 다른 침대에서 말했다. 그는 담배에 불을 붙이고서 아침을 기다리기 시작했다. 퇴원 명령이 내려지자, 그는 절뚝거리면서 뒤렌시를 향해 떠났다. 그곳에서 기차를 타고 다른 도시에 내렸다.

이 도시의 기차역에서 그는 스물네 시간을 기다리면서 군대용 수프를 먹었다. 수프를 퍼주던 사람은 그처럼 외다리 하사였다. 두 사람은 잠시 대화를 나누었고, 하사가 국자로 알루미늄 배식 통에 담긴 병사용 수프를 떠주는 동안, 그는 자기 옆에 있는 조잡해 보이는 나무 벤치에 앉아 수프를 먹었다. 하사의 말로는, 모든 게 바뀔 찰나였다. 전쟁은 이제 끝나 가고 새로운 시대가 시작되었다. 그는 수프를 먹으면서, 결코 아무것도 바뀌지 않을 것이라고 대답했다. 각자 다리를 하나씩 잃어버린 그들 자신도 결코 바뀌지 않았다고 그는 지적했다.

그가 대답할 때마다 하사는 빙긋이 웃었다. 하사가 흰색이라고 말하면, 그는 검은색이라고 대답했다. 하사가 낮이라고 말하면, 그는 밤이라고 말했다. 그가 대답하면, 하사는 웃으면서 수프가 싱겁지 않으냐고, 너무 밍밍해서 맛이 없지 않으냐고 물었다. 그런 다음 그는 기차를 기다리는 데 지쳐서 기차가 영원히 오지 않을 것 같다고 생각하고는 걸어서 다시 여행을 시작했다.

그는 3주 동안 들판을 배회하면서 딱딱한 빵을 먹었고, 농장 마당에서 과일과 암탉을 훔쳤다. 그가 유랑하는 동안 독일이 항복했다. 그 소식을 들은 그는 차라리 잘됐어 하고 말했다. 어느 날 오후 그는 고향에 도착해서 자기 집 문을 두드렸다. 그의 어머니가 문을 열어 주었지만, 너무나 참담한 몰골 때문에 아들을 제대로 알아보지 못했다. 그런 다음 모든 식구가 그를 껴안았고, 그에게 먹을 것을 주었다. 그는 애꾸눈 처녀가 결혼했느냐고 물었다. 식구들은 아니라고 대답했다. 그날 밤 그는 옷도 갈아입지 않고 샤워도 하지 않은 채 그녀를 만나러 갔다. 그의 어머니가 적어도 면도는 하고 가라고 애원했지만 아랑곳하지 않았다. 애꾸눈 처녀는 자기 집 문 앞에 선 그를 보자, 즉시 알아보았다. 외다리도 역시 창문으로 내다보던 그녀를 보자 한쪽 손을 들어 정중하게 인사했다. 그 인사는 부자연스러워 보이기도 했지만, 또한 인생은 그런 것이라고 말하는 듯한 몸짓으로 해석할 수도 있었다. 그 순간부터 그의 이야기를 듣고자 하는 모든 사람에게 그는 자기 마을의 모든 사람이 장님이어서 아무것도 볼 수 없었고, 애꾸눈 처녀는 왕비였다고 말했다.

1920년에 한스 라이터가 태어났다. 아이가 아니라 마치 해초처럼 보였다. 내가 알기로는, 카네티[2]와 보르헤스,[3] 너무나 다른 두 사람이, 바다가 바로 영국인들의

---

2 Elias Canetti(1905~1994). 불가리아 출신의 영국 작가. 제2차 세계 대전 후부터 높이 재평가받았으며 1981년 노벨 문학상을 수상했다.

3 Jorge Luis Borges(1899~1986). 아르헨티나의 소설가이자 시인, 평론가. 단 한 편의 장편소설도 쓰지 않았으며, 환상적 사실주의를 표방하는 단편들로 현대 포스트모더니즘 문학에 큰 영향을 끼쳤다.

상징이거나 거울인 것과 마찬가지로, 숲은 독일인이 사는 지역의 메타포라고 말했다. 한스 라이터는 태어나는 순간부터 이런 법칙에서 벗어나 있었다. 그는 땅을 좋아하지 않았고, 숲은 더욱 좋아하지 않았다. 또한 바다나 일반적으로 사람들이 바다라고 부르는 것, 즉 실제로 바다 표면에 불과한 것도 좋아하지 않았다. 그리고 바람에 의해 일어나고, 점차 패배와 광기의 메타포로 변하는 파도도 좋아하지 않았다. 그가 좋아하는 것은 해저, 즉 평지가 아닌 평지, 계곡이 아닌 계곡, 절벽이 아닌 절벽으로 가득 찬 또 다른 땅이었다.

애꾸눈 어머니가 욕조에서 목욕을 시킬 때면, 아이 한스 라이터는 항상 어머니의 비누칠한 미끈미끈한 손에서 빠져나가 눈을 뜬 채 욕조 바닥으로 미끄러져 내려갔다. 어머니가 손으로 그를 잡아 올려 다시 수면 위로 건져 내지 않았다면, 그는 아마도 그곳에 그냥 머무르면서 욕조의 시커먼 나무와 그의 몸에서 나온 조그만 때, 그러니까 마치 잠수함처럼 어딘가, 다시 말하면 눈 크기 정도의 정박지나 어둡고 고요하고 후미진 만을 향해서 항해하는 미세한 피부 조각이 둥둥 떠다니는 시커먼 물을 응시하고 있었을 터였다. 물론 그곳에도 고요함이란 존재하지 않았고, 단지 고요함을 포함한 수많은 것들의 가면인 것 같은 움직임만이 존재했다.

외다리는 가끔씩 애꾸 어머니가 어떻게 아이를 목욕시키는지 지켜보았다. 그런데 한번은 아이가 어떻게 하는지 보고 싶으니 들어 올리지 말라고 말했다. 욕조 바닥에서 한스의 회색 눈은 어머니의 하늘색 눈을 뚫어지게 바라보았고, 그런 다음 한쪽으로 돌더니 아주 가만히 있으면서, 마치 우주 탐사용 로켓을 우주로 마구 쏘아 올린 것처럼 사방으로 멀어져 가던 자기 육체의 파편들을 쳐다보는 데 전념했다. 공기가 폐에서 모두 떨어질 무렵, 그는 멀리 사라져 가던 조그만 입자들을 그만 응시하고, 그 입자들을 뒤쫓기 시작했다. 얼굴은 빨개졌고 자기가 지옥과 매우 흡사한 장소를 지난다는 사실을 깨달았다. 비록 머리는 수면과 산소의 바다에서 불과 10센티미터 아래에 있었지만, 그는 입을 벌리지 않았고, 수면 위로 올라오려는 최소한의 동작도 취하지 않았다. 마침내 어머니가 그를 공중으로 번쩍 들어 올렸고, 아이는 울음을 터뜨렸다. 외다리는 낡은 군대 망토를 두른 채 바닥을 내려다보았고, 난로 한가운데에 침을 뱉었다.

세 살 때 한스 라이터는 그 마을의 모든 세 살짜리 아이 중에서 가장 키가 컸고, 또한 모든 네 살짜리 아이보다 더 키가 컸으며, 다섯 살 먹은 아이들도 모두 그보다 키가 크지는 않았다. 처음에 그는 휘청거리면서 걸었고, 마을 의사는 그의 키가 크기 때문에 그렇다고 말하면서, 칼슘을 섭취하여 뼈를 단단하게 하도록 우유를 더 많이 먹이라고 충고했다. 그러나 그건 의사의 실수였다. 한스 라이터가 불안정하게 걸은 것은 해저를 탐험하는 신출내기 잠수부처럼 대지 표면에서 움직였기 때문이었다. 그가 실제로 살고 먹으며 잠자고 논 곳은 해저였다. 우유는 문제가 아니었다. 그의 어머니는 암소 세 마리와 암탉을 키웠고, 그래서 아이는 제대로 영양을 섭취하고 있었다.

이따금씩 외다리 아버지는 한스가 들판으로 걸어가는 걸 지켜보면서, 자기 식구들 중에서 그토록 키가 큰 사람이 있었는지 생각했다. 사람들 말에 따르면, 고조할아버지나 증조할아버지의 형이나 동생은 신장 1미터 80이나 1미터 85센티미터가 넘는 사람만으로 구성된 연대에 복무하면서 프로이센의 프리드리히 대왕의 지시를 받았다. 그 정예 연대 혹은 대대는 수많은 사망자를 냈는데, 군인들이 쉽게 적의 목표물이 되었기 때문이다.

언젠가 외다리는 자기 아들이 이웃집 과수원 모퉁이로 서툴게 움직이는 모습을 보면서, 프로이센 연대가 자기들과 유사한, 즉 신장 1미터 80센티미터나 1미터 85센티미터의 농민들로 이루어졌으며 제국 수비대의 초록색 정복을 입은 러시아 연대와 정면으로 맞서는 장면을 상상했다. 그들은 격돌했으며, 수많은 병사가 주검으로 변했다. 심지어 양쪽 부대가 이미 후퇴를 했는데도 이 두 거인 연대는 육박전을 벌였으며, 그 싸움은 양쪽 최고위급 장성들이 각자의 병사들에게 새로운 위치로 무조건 퇴각하라고 지시를 내린 다음에야 멈추었다.

전쟁터로 나가기 전에 한스 라이터의 아버지는 1미터 68센티미터였다. 그런데 돌아왔을 때는 아마도 한쪽 다리가 없었던 탓인지 1미터 65센티미터밖에 되지 않았다. 거인들로 이루어진 연대는 미친 부대나 다름없어. 그는 생각했다. 한스의 애꾸 어머니는 1미터 60센티미터였고, 키가 크면 클수록 더 멋진 남자라고 여기던 여자였다.

여섯 살 때 한스 라이터는 여섯 살 된 아이들 중에서 가장 키가 컸고, 또한 모든 일곱 살짜리 아이보다도 더 키가 컸으며, 여덟 살 먹은 모든 아이보다도 키가 컸고, 아홉 살 된 아이들 중에서도 그보다 키가 큰 아이는 없었으며, 열 살 된 아이들의 반 정도만 그보다 키가 컸다. 그리고 또한 여섯 살 때 그는 처음으로 책을 훔쳤다. 그 책의 제목은 『유럽 해안 지대의 동식물』이었다. 그는 책을 자기 침대 아래에 숨겨 놓았다. 하지만 학교에서 그 책이 사라졌다는 것을 아는 사람은 아무도 없었다. 그 무렵 그는 잠수를 시작했다. 1926년이었다. 그는 네 살 때부터 수영을 했고, 물에 머리를 집어넣고 눈을 뜨곤 했다. 그러면 그의 어머니는 그를 마구 야단쳤는데, 그의 눈이 하루 종일 빨갛다면 그를 보는 사람들이 아이가 내내 울면서 보냈다고 생각할지도 모른다고 걱정했기 때문이다. 그러나 여섯 살이 되어서야 비로소 그는 잠수를 배울 수 있었다. 그 전에는 머리를 물에 처박고 1미터 아래로 내려가서 눈을 뜨고 바라보곤 했다. 그랬다. 그렇게 했지만, 잠수했다고는 말할 수 없었다. 여섯 살 때 그는 1미터란 깊이는 너무 얕다고 생각하고서 바다 바닥을 향해 첨벙 뛰어들어 잠수했다.

『유럽 해안 지대의 동식물』은 흔히 하는 표현대로 그의 머리에 깊이 새겨졌다.

그는 잠수하는 동안 천천히 머릿속에서 그 페이지들을 훑어보았다. 그렇게 그는 커다란 해초인 〈라미나리아 디기타타〉를 발견했다. 책에서 말하는 대로 그것은 억세고 튼튼한 줄기와 커다란 부채꼴 잎사귀로 이루어졌고, 잎사귀에서는 실제로 손가락처럼 보이는 수많은 가닥들이 뻗어 나왔다. 다시마속에 속하는 대형 갈조류 라미나리아 디기타타는 발트해, 북해, 대서양의 차가운 바다에 서식하는 해초다. 썰물 때 바위가 많은 해안에서 크게 무리를 지은 상태로 발견된다. 썰물이 이 해초 군락을 보여 주곤 한다. 한스 라이터는 처음으로 해초 군락을 보았을 때, 너무 감동한 나머지 물속에서 울음을 터뜨렸다. 사람이 잠수를 하는 동안 눈을 뜨고 울었다는 것은 좀처럼 믿기 어려운 일이지만, 당시 한스는 겨우 여섯 살이었고 어느 정도 비범하고 기묘한 아이였다는 사실을 잊지 말도록 하자.

라미나리아 디기타타는 밝은 밤색으로, 〈라미나리아 히페르보레아〉와 흡사하지만, 라미나리아 히페르보레아의 줄기는 더 거칠다. 또한 줄기에 둥글둥글한 돌기가 있는 〈사코르히자 폴리스키데스〉와도 흡사하다. 그러나 이 두 해초는 깊은 물에서 산다. 그래서 이따금 여름의 한낮에 한스 라이터는 해변이나 바위에 옷을 벗어 두고 헤엄쳐 나가 잠수를 했지만, 그 해초들을 결코 볼 수 없었다. 그 깊은 해저에 조용히 가만히 있는 해초 군락에서 그것들을 보았다고 상상하는 게 고작이었다.

그 무렵 그는 공책에 온갖 종류의 해초를 그리기 시작했다. 그는 〈코르다 필룸〉을 그렸다. 코르다 필룸은 가늘지만 길이가 8미터까지도 이를 수 있는 가닥으로 이루어진 해초다. 이 해초는 가지가 없고 가늘고 힘이 없어 보이지만, 실제로는 매우 질기고 강인하다. 그리고 최저 간조선 아래서 자란다. 또한 그는 바위에 둥근 모양으로 붙어 자라는 황갈색 〈레아테시아 디포르미스〉도 그렸다. 이 해초의 모습은 이상하다. 그는 그와 비슷한 것을 한 번도 보지 못했지만, 여러 번 꿈을 꾸었다. 가지를 따라 타원형 수포가 있는, 모양이 불규칙한 암갈색 해초 〈아스코필룸 노도숨〉도 그렸다. 아스코필룸 노도숨에는 다양한 암수 수초가 있는데, 이것들은 건포도와 비슷한 열매를 생산한다. 수해초는 노란색이다. 암해초는 녹색을 띤다. 그는 허리띠 형태의 기다란 잎 한 개로만 이루어진 〈라미나리아 사카리나〉를 그렸다. 이 해초가 마르면, 만니톨[4]이라고 불리는 달콤한 결정체가 표면에 모습을 드러낸다. 바위가 많은 해변에서 여러 단단한 물체에 달라붙어 자라지만, 가끔씩 바다로 휩쓸려 가기도 한다. 쉽게 볼 수 없는 해초로, 조그만 크기에 부채 형태를 지닌 〈파디나 파보니아〉도 그렸다. 이 해초는 따뜻한 물에 살며 영국 해변에서부터 지중해에 걸쳐 발견된다. 이와 유사한 종류의 해초는 존재하지 않는다. 또 지중해의 바위나 돌이 많은 해변에 살며 잎사귀 사이에 조그만 꽃자루 형태의 생식 기관을 지닌 〈사르가숨 불가레〉를 그렸다. 그것은 얕은

4 6가 알코올의 하나. 흰색 바늘 모양이나 기둥 모양의 결정이며 단맛이 있고, 물에는 잘 녹지만 알코올에는 잘 녹지 않는다.

물이나 매우 깊은 곳에서도 발견된다. 또한 〈포르피라 움빌리칼리스〉도 그렇다. 길이가 20센티미터에 이르고 색깔이 진홍색을 띤 아주 아름다운 해초로, 지중해, 대서양, 영국 해협과 북해에서 자란다. 〈포르피라〉는 다양한 종류가 있으며, 모두가 식용 가능하다. 특히 웨일스인들이 그걸 가장 좋아한다.

「웨일스 사람들은 돼지야.」 외다리는 아들의 질문에 대답했다. 「그 누구와도 비교할 수 없는 돼지들이야. 잉글랜드 사람들 역시 돼지지만, 웨일스 사람들보다는 조금 덜해. 사실대로 말하자면, 똑같은 돼지지만, 그래도 조금 덜 돼지처럼 보이려고 노력해. 그들은 그럴듯하게 가장하는 법을 잘 알기 때문에, 결국 그렇게 보이는 거지. 스코틀랜드 사람들은 잉글랜드 사람들보다 더 돼지지만, 웨일스 사람들보다는 덜하지. 프랑스 사람들은 스코틀랜드 사람들만큼 돼지야. 이탈리아 사람들은 돼지 새끼라고 말할 수 있어. 자기 엄마도 기꺼이 먹어 치울 수 있는 돼지 새끼들이지. 오스트리아 사람들도 똑같다고 할 수 있어. 그들은 돼지, 돼지고, 돼지 같은 작자들이야. 헝가리 사람들은 절대로 믿지 말도록 해. 절대로 보헤미안을 믿지 마. 그들은 네 손을 핥으면서 네 새끼손가락을 먹어 치울 수 있는 사람들이야. 유대인들도 절대 믿으면 안 돼. 이들은 네 손에 키스를 해서 침으로 뒤범벅되게 만들면서 네 엄지손가락을 먹어 치우거든. 아들아, 네가 바이에른 사람들과 말할 때면, 항상 허리띠를 꽉 졸라매고 배고픔을 참아야 해. 라인 지방 사람들과는 말조차 하지 않는 게 좋아. 수탉이 울기도 전에 그들이 네 다리를 잘라 버릴지도 모르거든. 폴란드 사람들은 유순한 암탉과 같아. 하지만 깃털 네 개만 뽑아내면, 그들 역시 돼지 피부를 지녔다는 사실을 알게 될 거야. 러시아 사람들도 매한가지야. 그들은 굶주린 개 같지만 사실은 굶주린 돼지들이야. 두 번 다시 생각해 보지도 않고, 최소한의 양심의 가책도 없이 누구든 먹어 치울 수 있도록 만반의 태세를 갖춘 돼지들이야. 세르비아 사람들도 러시아 사람들과 똑같지만, 그 축소판이라고 봐야 해. 그들은 치와와로 가장한 돼지들이야. 치와와는 크기가 참새만 한 난쟁이 애완견인데, 멕시코 북부에서 살며 미국 영화에 종종 등장해. 미국 사람들도 물론 돼지지. 캐나다 사람들은 인정머리 없이 무자비한 큰 돼지야. 하지만 캐나다 사람들 중에서 최악의 돼지는 프랑스계 캐나다인들이지. 최악의 미국 돼지가 아일랜드계 미국인인 것처럼 말이야. 튀르키예 사람들 역시 예외는 아니야. 그들은 색슨족이나 베스트팔렌 사람들처럼 동성애를 즐기는 돼지들이야. 그리스 사람들에 대해서는 단지 그들이 튀르키예 사람들과 똑같다고만 말해 줄 수 있어. 동성애를 즐기는 털이 북슬북슬한 돼지들이지. 프로이센 사람들만이 예외야. 하지만 프로이센은 더는 존재하지 않아. 프로이센이 어디에 있지? 어디에 있는지 보이니? 내 눈에는 보이지 않아. 때때로 나는 그들이 전쟁터에서 모두 죽었다는 느낌을 받아. 사실 이따금씩 내가 병원에 있는 동안, 그러니까 그 더럽고 추잡한 돼지 병원에 있는 동안, 프로이센 사람들이 무리를 지어 어딘가에 있는 머나먼 지역으로 이주했다고 상상해. 종종 바위투성이 해변으로 나가 발트해를 처다보면서 프로이센 사람들이 탄 배들이 어디로 갔을까 추측해 보려고 노력해. 스웨덴으로 갔을까? 노르웨이로 갔을까? 아니면 핀란드로 갔을까? 하지만 있을 수 없는 일이야. 거긴 돼지들의 땅이거든. 그렇다면 어디로 갔을까? 아이슬란드로 갔을까? 그린란드로 갔을까? 추측하려고 애를 써봐도 추측할 수가 없어. 그렇다면 프로이센 사람들은 어디로 갔을까? 나는 바위투성이 해변으로 나가 회색 수평선에서 그들을 찾아. 고름처럼 부글거리는 회색 바다야. 1년에 한 번 정도 그렇게 하는 게 아니야. 적어도 한 달에 한 번은 그렇게 한단 말이야! 아니, 보름에 한 번은 될 거야! 하지만 결코 그들을 볼 수 없어. 결코 그들이 수평선의 어느 지점으로 항해했는지 알 수가 없어. 난 단지 너만 봐. 나타났다가 사라지는 파도 속에서 네 머리만 봐. 그러면 나도 바위로 변한 것처럼 바위에 앉아 한참을 그대로 있으면서 너를 바라봐. 하지만 가끔씩 너는 내 시야에서 사라지거나 네가 잠수한 곳에서 멀리 떨어져 머리를 쳐들며 나타나지. 난 너를 걱정하지 않아. 네가 다시 물 위로 나타날 것이며, 바닷물이 네게 아무 해도 끼치지 못할 것임을 알거든. 심지어 때때로 바위에 앉은 채 잠들기도 해. 눈뜰 때면 너무나 추운 나머지 바다를 쳐다보지도 않고, 네가 아직 바다에 있는지 확인하지도 않아. 그럼 뭘 할까? 나는 자리에서 일어나 이를 덜덜 떨면서 마을로 되돌아가. 그리고 마을 입구에 들어서자마자, 노래를 부르기 시작해. 그러면 마을 사람들은 내가 크레브스 술집으로 술을 마시러 갔었다고 잘못 생각하게 되지.」

아이 한스 라이터는 잠수하는 것만큼 걷는 것도 좋아했다. 하지만 노래 부르는 것은 좋아하지 않았다. 그건 바로 잠수부들이 결코 노래하지 않았기 때문이다. 종종 그는 마을에서 나가 나무로 둘러싸인 흙길을 걸어 동쪽으로 갔고, 토탄을 파는 〈붉은 남자들의 마을〉에 도착하곤 했다. 계속해서 동쪽으로 가면, 거기에는 호수로 둘러싸인 〈파란 여자들의 마을〉이 있는데, 여름이 되면 그곳 호수는 말라 버리곤 했다. 그는 이 두 마을을 죽은 사람들만 사는 유령 마을이라고 여겼다. 파란 여자들의 마을 너머로는 〈뚱보 마을〉이 있었다. 거기에서는 악취가 풍겼다. 썩어 가는 고기와 피 냄새였다. 더러운 옷 냄새, 피부에 달라붙은 땀 냄새, 오줌 싼 흙 냄새를 풍기는 그의 마을과는 사뭇 다른 냄새였다. 그의 마을 냄새가 코르다 필룸 냄새와 비슷하게 가냘프고 옅다면, 그곳의 냄새는 진하고 끈끈했다.

익히 예상할 수 있다시피 뚱보 마을에는 동물들이 많고 푸줏간이 여러 개 있었다. 가끔씩 돌아오는 길에 그는 잠수부처럼 움직이면서 뚱보 마을의 주민들이 파란 여자들의 마을이나 붉은 남자들의 마을 거리를 아무런 볼일도 없이 돌아다니는 모습을 보았고, 아마도 그 두 마을 주민들, 그러니까 이제는 유령인 주민들이 뚱보 마을에서 도착한 사람들의 손에 죽었으며, 뚱보 마을 사람들은 틀림없이 무시무시하고 잔인하며 혹독한 살해 전문가들일 것이라고 생각했다. 하지만 그들은 그를 결코 괴롭히지 않았다. 그는 여러 가지 이유 중에서도 자기가 잠수부이기 때문에, 그러니까 그 세상에 속하지 않기 때문에, 단지 탐험가나 방문객으로 그곳에 들렀기 때문에 그렇다고 생각했다.

또 몇 번에 걸쳐 그는 발길을 서쪽으로 옮기기도 했고, 그렇게 〈달걀 마을〉의 대로를 지나갈 수 있었다. 그 마을은 해가 갈수록 바위투성이 해변에서 멀어졌다. 마치 집들이 스스로 움직이면서 작은 골짜기나 숲 근처의 좀 더 안전한 장소를 마음대로 선택할 수 있는 것 같았다. 달걀 마을을 지나면 〈돼지 마을〉이 나왔다. 그는 자기 아버지가 한 번도 와보지 않은 마을일 것이라고 가정했다. 그곳에는 돼지우리와 프로이센 지역에서 가장 행복한 돼지 떼가 많았고, 그 돼지들은 지나가는 사람의 사회적 신분이나 나이 혹은 결혼했는지 안 했는지에 전혀 상관하지 않고 다정하게 꿀꿀대면서 인사를 하곤 했다. 그것은 거의 음악과 같은 소리, 아니, 사실상 완전한 음악이었다. 그리고 마을 사람들은 꼼짝도 하지 않은 채 손에 모자를 들고 있거나 모자로 얼굴을 가렸다. 겸손해서 그런 건지, 아니면 부끄러워서 그런 건지는 전혀 알 수 없었다.

돼지 마을 너머로는 〈수다쟁이 여자아이들의 마을〉이 있었다. 그 여자아이들은 파티에 가거나 아니면 더 커다란 마을들에서 열리는 광란의 무도회에 가곤 했다. 한스 라이터는 커다란 마을들 이름을 들었지만 즉시 잊어버리고 말았다. 여자아이들은 거리에서 담배를 피웠으며, 이런저런 배에서 근무하던 큰 항구의 선원들에 관해 말했다. 그는 배들 이름을 들었지만, 금방 잊어버렸다. 여자아이들은 영화관에 가서 지상에서 가장 멋진 남자 배우들과 유행을 따르려면 모방해야만 하는 여배우들이 연기한 매우 감동적이고 가슴 두근거리게 만드는 영화를 보기도 했다. 한스 라이터는 배우들 이름을 들었지만 즉시 잊어버리고 말았다. 야간 잠수부처럼 집으로 돌아올 때면, 그의 어머니는 하루 종일 어디에 있었느냐고 물었고, 어린 한스 라이터는 그저 머리에 아무렇게나 떠오르는 장소를 말했다. 그러니까 진실과는 전혀 관련이 없는 장소를 둘러댄 것이다.

그러면 애꾸 어머니는 하늘색 눈으로 그를 쳐다보았고, 아이는 두 회색 눈으로 자기 어머니를 뚫어지게 바라보았다. 난로가 있는 한쪽 구석에서 외다리 아버지는 파란 눈으로 두 사람을 지켜보곤 했다. 그럴 때면 3~4초 동안 절벽이나 심연에서 프로이센의 섬이 솟아오르는 것 같았다.

여덟 살 때 한스 라이터는 학교에 관심을 잃어버렸다. 당시 그는 이미 두어 번 질식해서 죽을 뻔했다. 첫 번째는 여름이었고, 수다쟁이 여자아이들의 마을에서 휴가를 보내던 베를린 출신 젊은 남자 관광객이 그를 바닷물에서 꺼내 주었다. 젊은 관광객은 바위 근처에서 어린아이의 머리가 나타났다 사라지는 것을 보았고, 그게 정말로 어린아이라는 사실을 확인했지만, 사실 그는 지독한 근시라서 처음 보았을 때는 해초 덩어리라고 생각했다. 그는 여러 가지 중요한 서류가 든 재킷을 벗고서 바위 사이로 내려갔다. 더는 갈 수 없는 곳에 도착했을 때, 물속으로 뛰어들었다. 팔을 네 번 놀리자 아이가 있는 곳에 이르렀고, 바다에서 해변을 바라보며 물에서 나가기에 최적인 장소를 살펴본 후, 그가 바닷물에 뛰어든 지점에서 25미터 정도 떨어진 그곳까지 헤엄을 치기 시작했다.

관광객의 이름은 포겔이었고, 믿을 수 없이 낙천적인 사람이었다. 사실 그는 낙천주의자가 아니라 미친 사람일 수도 있었고, 그가 수다쟁이 여자아이들의 마을에서 보내던 휴가는 의사의 처방, 즉 그의 건강을 걱정해서 하찮은 구실로 베를린을 떠나 다른 곳으로 가서 안정을 취하게 하려는 의사의 조치일 수도 있었다. 포겔을 어느 정도나마 잘 아는 친한 사람이라면, 곧 그의 존재를 참고 견딜 수 없다는 사실을 알았다. 그는 인류가 본질적으로 착하다는 성선설을 믿었고, 깨끗한 마음을 가진 사람은 모스크바에서 마드리드까지 걸어서 여행하더라도 필요한 예방 조치, 가령 종종 길에서 벗어나 들판으로 걸어가는 등의 조치를 취할 것이기 때문에, 그 누구의 괴롭힘도 받지 않을 것이라고, 특히 짐승들이나 경찰들이 성가시게 하거나 귀찮게 굴지 않을 것이고, 세관은 더욱더 그럴 것이라고 말했다. 그는 쉽게 사랑에 빠졌으며 눈치가 없는 사람이었고, 그 결과 그에게는 애인이 없었다. 가끔씩은 듣는 사람이 누구인지 상관없이 자위가 질병을 치유하는 특징이 있다고 말하면서, 그 예로 칸트를 들었다. 그리고 아주 어릴 때부터 늙을 때까지 자위를 해야 한다고 지적했고, 그의 말을 들을 기회가 있었던 수다쟁이 여자아이들의 마을 여자아이들은 깔깔거리고 웃었다. 그리고 베를린에 있는 그의 친구들은 그런 말을 들으면 몹시 따분해하면서 불쾌해했는데, 그들이 이미 이런 이론을 과도할 정도로 잘 알았고, 그토록 집요한 열정을 가지고 설명하는 포겔이 실제로 자기들 앞에서 자위를 하거나 자기들을 자위의 보조물로 사용한다고 생각했기 때문이었다.

그러나 역시 그는 소중하고 고결한 생각을 지닌 사람이기도 했다. 그래서 비록 처음에는 해초라고 생각했지만, 한 아이가 물에 빠져 허우적거리는 것을 보자, 그가 있던 돌투성이 바닷가 물결 잔잔한 곳이라고 말할 수 없었는데도, 잠시도 머뭇거리지 않고 바다로 뛰어들어 그를 구해 낸 것이다. 그리고 한 가지를 더 지적해야만 한다. 이미 모든 것이 끝난 그날 밤에 포겔은 자기의 판단 착오(피부가 햇볕에 그을린 금발 아이를 해초라고 혼동한 점)를 괴로워했다는 사실이다. 어둠에 잠긴 침대에서 포겔은 평소처럼, 즉 몹시 만족스러운 표정으로 그날 일을 되새겼다. 그런데 갑자기 그는 다시 물에 빠져 허우적거리는 아이를 보았고, 그 아이를 쳐다보면서 사람인지 아니면 해초인지 확신하지 못하는 자신의 모습을 보았다. 즉시 그는 잠에서 깨어났다. 어떻게 아이와 해초를 혼동할 수 있었을까? 그는 생각했다. 그런 다음, 한 아이가 어떻게 해초와 비슷할 수 있을까 하고 자문했다. 그러고는 어떻게 아이와 해초가 공통점을 지닐 수 있단 말인가 생각했다.

네 번째 질문을 던지기 전에, 포겔은 아마도 베를린에 있는 자기 주치의가 옳았으며, 자기가 미쳐 가는 걸지도 모른다고 생각했다. 아니, 일반적인 의미에서 미친 것은 아닐지 몰라도, 말하자면 광기의 길로 다가가고 있다고 생각한 것이다. 아이는 해초와 전혀 공통점을 가지고 있지 않아. 돌투성이 해변에서 바라보면서 아이를 해초와 혼동하는 사람은 나사가 헐거워진 사람임이 틀림없어. 그래, 미친 사람은 나사가 한 개 빠져 버린 사람이니까, 미친 사람이라고 말할 수는 없어도 나사가 느슨하게 풀린 사람임이 분명해. 그는 생각했다. 그러면서 자신의 정신 건강과 관련된 모든 문제에 좀 더 주의를 기울이며 다녀야겠다고 다짐했다.

그런 다음, 더는 잠을 잘 수 없을 것임을 알았기 때문에, 그는 자기가 구해 준 소년에 관해 생각하기 시작했다. 그 아이는 아주 말랐고, 나이에 비해 매우 키가 컸고, 자기 멋대로 어처구니없이 말해. 그는 떠올렸다. 무슨 일이 있었느냐고 묻자, 아이는 이렇게 대답했다.

「아우리어써요.」

「뭐라고? 뭐라고 말한 거야?」 포겔이 물었다.

「아우리어써요.」 아이가 똑같은 말을 반복했다. 포겔은 〈아우리어써요〉는 〈아무 일 없었어요〉를 의미한다는 걸 깨달았다.

아이의 나머지 말도 마찬가지였다. 포겔은 아주 멋지고 재미있는 말투라고 생각했다. 그래서 그는 아무 질문이나 하기 시작했다. 그저 아이의 말을 듣고 싶었기 때문이다. 그러자 아이는 모든 질문에 너무나 자연스럽게 대답했다. 예를 들면, 저 숲의 이름이 뭐니 하고 포겔이 물었고, 아이는 〈구타수〉라고 대답했는데, 그건 〈구스타프 숲〉이란 말이었다. 그리고 저 멀리 있는 숲의 이름은 뭐냐고 묻자, 아이는 〈그타수〉라고 말했는데, 그건 〈그레타 숲〉이라는 말이었다. 그리고 그레타 숲 오른쪽에 있는 시커먼 숲 이름은 무엇이냐고 묻자, 아이는 〈이어수〉라고 대답했는데, 그건 〈이름 없는 숲〉이란 소리였다. 그들은 그렇게 포겔이 주머니에 중요한 것들이 든 재킷을 놔둔 돌투성이 해변 위쪽에 도착했다. 다시 바다에 들어가지 말라고 포겔이 타이르자, 아이는 해변 조금 더 아래쪽에 있던, 그러니까 갈매기들이 잠자는 동굴 같은 곳에서 자기 옷을 찾아 입었다. 그들은 헤어지기 전에 서로 자기소개를 했다.

「내 이름은 하인츠 포겔이야.」 포겔은 마치 바보에게 말하듯이 아이에게 말했다. 「네 이름은 뭐지?」

아이는 자기 이름을 아주 분명하게 한스 라이터라고 말했다. 그런 다음 두 사람은 악수를 했고, 각자 서로 다른 방향으로 헤어졌다. 포겔은 이 모든 것을 떠올리면서 침대에서 몸을 뒤척거렸다. 그는 불을 켜려고 하지도 않았고, 잠을 잘 수도 없었다. 그 아이와 해초가 어떤 점에서 유사할 수 있을까? 그는 자문했다. 가냘픈 몸일까? 아니면 햇볕에 그을린 머리카락일까? 혹은 길고 침착한 얼굴일까? 또 나는 베를린으로 돌아가야 할까? 아니면 의사의 처방을 좀 더 심각하게 받아들여야만 할까? 아니면 다시 나 자신에 관해 공부해야만 할까? 그는 자기 자신에게 질문들을 던졌다. 마침내 그는 너무 많은 질문에 피곤한 나머지, 멍하니 있다가 잠들고 말았다.

어린 한스 라이터가 두 번째로 물에 빠져 죽을 뻔했을 때는 겨울이었다. 그는 파란 여자들의 마을 앞에서 몇몇 어부와 함께 그물을 던졌다. 어둠이 깔렸고,

어부들은 해저에서 움직이던 빛에 관해 말하기 시작했다. 어떤 사람이 그것은 자기가 살던 마을이나 육지에 있는 무덤으로 돌아가는 길을 찾는 죽은 어부들이라고 말했다. 또 어떤 사람은 반짝거리는 이끼, 마치 30일에 걸쳐 축적해 놓은 빛을 단 하룻밤에 모두 발산해 버리는지 꼭 한 달에 한 번만 반짝이는 이끼라고 말했다. 또 다른 사람은 그 해안에만 존재하는 특유의 말미잘이며 반짝거리는 빛은 암컷 말미잘들이 수컷 말미잘들을 유혹하려고 내뿜는 것이라고 말했다. 하지만 일반적으로, 다시 말하면 세계 전역에서 말미잘은 암컷도 수컷도 아닌 어지자지였다. 즉, 한 몸에 암컷과 수컷의 생식기를 동시에 지녀서, 마치 마음과 정신이 잠으로 빠져들었다가 깨어날 때면, 말미잘의 한쪽 부분이 다른 부분과 섹스를 한 것 같았다. 그러니까 하나의 육체 속에 동시에 남녀가 존재하는 것, 혹은 동성애자나 수컷 역할을 하는 암컷 불임 말미잘과 같았다. 또 다른 사람은 전기 물고기, 즉 몹시 주의해야 하는 아주 이상한 종류의 물고기라고 말했다. 그건 바로 그물에 걸릴 때면 다른 물고기와 하나도 다르지 않지만, 먹으면 병이 들고, 위에서 끔찍한 전기 충격을 받기 때문이었다. 심지어 그 충격으로 사망에 이르는 사람도 있었다.

어부들이 말하는 동안 억제할 수 없는 호기심, 혹은 때때로 절대로 하지 말아야만 할 것을 하게끔 만든 광기에 사로잡혀, 어린 한스 라이터는 아무런 예고도 없이 배에서 뛰어내려 불빛, 그러니까 죽은 어부들의 불빛이나 이상한 물고기의 불빛을 찾아 바닷속으로 잠수했다. 처음에 어부들은 그리 놀라지도 않았고 소리를 지르거나 신음 소리를 내며 울지도 않았다. 모두가 어린 라이터의 기묘한 버릇을 잘 알았기 때문이다. 하지만 몇 초가 지나도 그의 머리가 보이지 않자, 걱정하기 시작했다. 비록 배우지 못한 프로이센 사람들이었지만, 그들 역시 바닷사람이었고, 누구도 2분(혹은 대략 그 정도) 이상 숨 쉬지 않고 견딜 수는 없다는 것을 잘 알았기 때문이다. 어쨌거나 아무리 키가 크더라도 한 아이의 폐가 그 정도 시간을 버틸 정도로 튼튼하지 못하다는 것은 분명했다.

마침내 두 어부가 그 어두운 바다, 즉 늑대 떼 같은 바다로 뛰어들었고, 배 주변으로 잠수해서 어린 라이터의 몸을 찾으려고 애썼지만, 아무런 성과도 없었다. 어부들은 물 밖으로 나와 공기를 들이마셨고, 다시 잠수하기 전에 배에 있는 사람들에게 코흘리개가 아직 나오지 않았느냐고 물었다. 아니라는 대답을 듣자, 부담감과 책임감을 느낀 그들은 다시 숲속 동물을 떠올리게 만드는 어두운 파도 속으로 모습을 감추었다. 처음 수색 작업에는 참여하지 않고 배 위에 있던 어부 한 명이 그들과 합류했고, 그가 약 5미터 깊이 물속에서 뿌리 뽑힌 해초처럼 새하얗게 반짝거리면서 배를 위로 향한 채 둥둥 떠다니던 어린 라이터의 몸을 발견했다. 그러자 그는 아이의 겨드랑이를 잡고서 수면으로 데려갔다. 어린 라이터가 삼킨 모든 물을 토해 내게 한 사람도 바로 그 어부였다.

한스 라이터가 열 살이 되었을 때 애꾸 어머니와 외다리 아버지는 둘째 아이를 가졌다. 여자아이였고, 그들은 아이에게 로테라는 이름을 붙여 주었다. 로테는 아주 아름답고 예뻤고, 아마도 한스 라이터가 관심을 보인 (혹은 감동한) 지상의 사람들 중에서는 첫 번째 사람일 터였다. 그의 부모는 걸핏하면 그에게 딸아이를 맡겼다. 얼마 후 그는 기저귀를 갈고 젖병을 준비하는 법을 배웠고, 여동생을 팔에 안고 아이가 잘 때까지 걸어 다녔다. 한스에게 여동생의 탄생은 그동안 그에게 일어난 모든 일 중에서 최고의 사건이었고, 그래서 그는 해초를 그리던 바로 그 공책에 여동생을 그리려고 여러 번 시도했지만 결과는 항상 만족스럽지 못했다. 어떤 때는 여동생이 몽돌 해변에 버려진 쓰레기봉투처럼 보였고, 또 어떤 때는 바위와 바위 틈 사이에서 찌꺼기를 먹고 사는 〈페트로비우스 마리티무스〉처럼 보이기도 했다. 혹은 바위 사이의 흙탕물에 사는, 아주 작고 검거나 회색인 벌레 〈리푸라 마리티마〉와 흡사하기도 했다.

시간이 흐르자 상상력을 쥐어짜거나 혹은 자기 취향을 넓게 펼치거나 또는 자신의 예술적 자질을 발휘하면서, 그는 여동생을 작은 인어, 여자아이라기보다는 물고기와 더 비슷하게, 그리고 날씬하다기보다는 통통하지만 항상 미소를 짓는 모습으로 그리는 데 성공했다. 그 그림은 웃으면서 항상 사물의 긍정적인 면만을 보려는 여동생의 부러운 성격을 너무나 충실하게 반영했다.

열세 살 때 한스 라이터는 공부를 그만두었다. 1933년, 히틀러가 권좌에 올랐을 당시였다. 열두 살에 그는 수다쟁이 여자아이들의 마을 학교에서 공부하기 시작했다. 그러나 여러 가지 이유로 학교를 좋아하지 않았다. 모두 완전히 타당한 이유였다. 그는 학교를 오가는 길에 빈둥거리며 시간을 보내면서, 길은 수평으로 펼쳐지지 않았으며, 언덕으로 울퉁불퉁하게 펼쳐지지도, 지그재그로 펼쳐지지도 않았고, 수직선이라는 걸, 해저의 바닥으로 향하는 기나긴 하강선이라는 걸 깨달았다. 다시 말하면, 모든 것, 그러니까 나무나 풀, 늪지나 동물이나 울타리가 해저의 벌레나 갑각류로 변하는 곳이며, 지상의 삶이 중지되고 지상의 삶과 아무런 관련이 없는 삶으로 변하는 곳이고, 불가사리와 바다거미로 변하는 곳이라는 사실을 알았다. 어린 라이터는 바다거미의 몸이 너무나 작아서 그 안으로는 동물의 위가 들어갈 수 없으며, 그래서 위가 다리로 확장되었고, 그래서 그 다리는 너무나 크고 신비스럽다는 사실을 알았다. 다시 말해, 그 다리는 수수께끼를 지녔다는 것이다. 적어도 그에게 바다거미의 다리는 수수께끼였다. 바다거미가 양쪽에 네 개씩 모두 여덟 개를 포함해서, 머리와 가장 가까운 끝 부분에 여덟 개의 다리들보다 훨씬 작은, 실제로 거의 무한히 작고 아무런 쓸모도 없는 또 다른 다리 두 개를 지녔기 때문이다. 그 다리들, 그러니까 조그만 두 다리를 보고 어린 라이터는 그것들이 다리가 아니라 손이라고, 마치 바다거미가 기나긴 진화 과정에서 마침내 두 팔을 발달시켰고, 그래서 두 손을 지녔지만, 자기가 그 손들을 가지고 있다는 사실을 아직 모른다고 생각했다. 바다거미가 손을 지녔는지 모른 채 얼마나 오랜 시간을 보내야 할까?

어린 라이터는 큰 소리로 자기 자신에게 말했다. 「아마도 1천 년이나 2천 년, 아니 1만 년 될 거. 아 긴 시간이야.」

그런 생각을 하면서 그는 수다쟁이 여자아이들의 마을에 있는 학교로 걸어갔고, 그래서 항상 지각했다. 게다가 그것 말고도 다른 생각도 하곤 했다.

1933년 학교 교장이 한스 라이터의 부모를 호출했다. 애꾸 어머니만 학교에 갔다. 교장은 자기 사무실로 들어오라 하고서, 아이의 학습 능력이 매우 떨어진다고 간단하게 설명했다. 그런 다음 방금 한 말이 너무 혹독하다고 생각했는지, 양팔을 벌리고서 일을 배우도록 하는 게 좋다고 제안했다.

그해가 바로 히틀러가 권력을 잡은 해였다. 같은 해에, 즉 히틀러가 권좌에 오르기 전에, 선전 기관 조직원들이 한스 라이터의 마을에 들렀다. 조직원들은 우선 수다쟁이 여자아이들의 마을에 도착했고, 그곳 영화관에서 집회를 가졌는데, 대성공이었다. 그리고 다음 날 돼지 마을과 달걀 마을로 이동했고, 오후에 한스 라이터가 사는 마을에 도착했다. 그곳 술집에서는 농부들, 어부들과 함께 맥주를 마시면서 행복한 시절이 올 것이라고 국가 사회주의를 설명했다. 덧붙여, 국가 사회주의 독일 노동당은 독일을 잿더미 위에서 일어나게 할 것이고 프로이센 역시 잿더미 위에서 다시 일어나게 해줄 것이라고 말했다. 대화는 편안하고 다정한 분위기 속에서 진행되었다. 그런데 입을 다물고 있을 수 없었던 사람이 한스 라이터의 외다리 아버지에 관해 말하면서, 그가 유일하게 전선에서 살아온 사람이며, 비록 약간 게으르긴 하지만 전쟁 영웅이고 전투 경험을 지닌 강인한 군인이며 철두철미한 프로이센 사람이라고 설명했다. 또한 마을 사람들은 그가 전쟁 이야기를 들려주면서 닭살이 돋게 만드는 사람인데, 정말로 그가 실제로 겪은 이야기라는 점을 특히 강조했다. 즉, 그 이야기는 그가 실제로 경험한 것들이며, 따라서 틀림없는 이야기지만, 틀림없을 뿐만 아니라 이야기를 들려주는 사람이 그걸 실제로 겪었다고 재차 말했다. 선전 기관 조직원들 중에는 당당하고 숭고한 모습을 지닌 사람이 한 명 있었다. 이건 반드시 강조해야 하는데, 그의 동료들은 그런 당당한 분위기를 띠지 못했기 때문이다. 동료들은 평범했으며, 맥주를 마시고 생선과 소시지를 먹으며 즐거워하고, 방귀를 뀌어 대며, 웃고 노랫가락을 흥얼거리는 사람들이었다. 여기서 반드시 지적하고 또 반복해서 말해야 할 것은 그들은 고상한 분위기를 지니지 못했고, 오히려 시골 사람들, 즉 마을과 마을을 돌아다니는 판매원이자 하층민으로 태어나 하층민의 일부로 살고, 죽으면 하층민의 기억에서 사라지는 사람들이었다. 그 위풍당당한 사람은 아마도, 정말로 아마도 병사 라이터를 만나는 데 관심이 있는 것 같았다. 그리고 그는 왜 라이터가 그곳에 그들과 함께 있지 않은지, 그러니까 바로 그 술집에서 오로지 독일의 안녕만을 바라는 나치 동료들과 왜 대화를 나누지 않는지 물었다. 그러자 마을 사람 하나가, 그러니까 애꾸눈 말을 보살피던 사람이 앞서 언급한 사람은 돈이 없고 맥줏값을 낼 수 없는 형편이라 술집에 없다고 말했다. 그는 퇴역 군인

라이터가 애꾸눈 아내를 보살피는 것보다 더 지극한 정성으로 애꾸눈 말을 아끼는 사람이었다. 그 말을 듣자 선전 기관 조직원들은 자기들이 병사 라이터의 맥줏값을 대신 내주겠다고 말했고, 풍채가 위풍당당한 사람이 손가락으로 어느 마을 사람을 가리키더니 병사 라이터의 집으로 가서 그를 술집으로 데려오라고 지시했다. 그 마을 사람은 곧바로 그의 명령을 따랐지만, 15분 후 술집에 다시 모습을 드러내면서 그곳에 모인 모든 사람에게 병사 라이터가 그곳에 오려 하지 않았다고 알려 주었다. 병사가 댄 핑계는 그에게는 선전 기관 조직원처럼 훌륭한 여행자들을 맞이하고 소개받는 데 입을 만한 적당한 옷이 없다는 것이었다. 또한 그는 딸아이와 혼자 있으며, 애꾸눈 아내가 아직 일터에서 돌아오지 않았고, 너무나 당연한 소리지만, 딸아이를 혼자 집에 둘 수는 없다고 말했다. 이런 소리를 듣자 돼지들이었던 선전 기관 조직원들은 거의 눈물을 흘릴 정도로 감동했는데, 그들이 돼지일 뿐만 아니라 감정을 지닌 인간이었기 때문이다. 퇴역 군인이자 전쟁 상이용사의 운명에 그들은 진정으로 깊은 감동을 받았다. 하지만 위풍당당한 분위기를 풍기는 사람은 그렇지 않았다. 그는 자리에서 일어나더니, 자신의 교양 수준을 보여 주기라도 하듯이 마호메트가 산으로 가지 않으면 산이 마호메트에게 올 것이라고 말한 다음, 그 마을 사람을 보고 자기를 외다리의 집으로 안내하라고 손짓했고, 어떤 수행원도 따라오지 못하도록 했다. 그렇게 그와 마을 사람 단둘이 가겠다고 한 것이다. 국가 사회주의 독일 노동당원은 마을 거리의 흙탕물에 자신의 군화를 더럽히면서 마을 사람을 따라갔고, 라이터 가족의 집이 있던 숲 언저리에 거의 도착하자, 집 안으로 들어가기 전에 마치 집의 윤곽선이 조화를 이루는지 아니면 얼마나 힘찬지에 따라 가장의 성격을 비교 고찰하는 것처럼, 혹은 그 프로이센 지역의 시골 건축물에 몹시 흥미를 느끼는 것처럼, 학식이 풍부한 것 같은 눈으로 잠시 자세히 살펴보았다. 그런 다음 그들은 집으로 들어갔다. 정말로 나무로 만든 요람에 세 살짜리 여자아이가 자고 있었고, 정말로 외다리는 누더기를 걸치고 있었다. 그의 군용 망토는 그날 빨래 통에 있었고, 유일하게 남부끄럽지 않은 바지 한 벌은 마당에 축축하게 젖은 채 걸려 있었다. 그렇지만 그것은 외다리 퇴역 병사가 다정하게 그들을 맞이하는 데 걸림돌이 되지 않았다. 처음에 외다리는 선전 기관의 조직원이 일부러 인사를 하러 왔다는 사실에 틀림없이 자랑스럽고 명예롭게 느낀 게 분명했다. 그러나 나중에는 뭔가 잘못되었거나 잘못되어 간다고 그는 생각했다. 위풍당당한 분위기인 작자의 질문이 점차 마음에 들지 않았고, 그 작자의 의견, 아니 의견이라기보다는 예측도 불쾌하게 느끼기 시작한 것이다. 그래서 각각의 질문에 외다리는 괴팍하고 버르장머리 없는 단문으로 대답했고, 위풍당당한 작자의 의견에는 질문을 던졌는데, 어느 정도 그의 의견 자체를 평가 절하하거나 의심하거나 유치한 생각으로, 어쨌든 완전히 실용적 의미가 결여된 의견으로 치부하는 것과 다름없었다. 그러자 위풍당당한 분위기를 풍기던 작자는 분노하기 시작하더니 자기가 전쟁 동안 조종사로 활동했다고 털어놓았고, 프랑스군 비행기 열두 대와 영국군 비행기 여덟 대를 격추했으며 전선에서 병사들이 어떤 고통을 겪는지 아주 잘 안다고 말했다. 나름대로 병사와 자신 사이의 공통점을 찾겠다고 한 말이었지만 아무런 소용도 없었다. 그러자 외다리는 자기가 겪은 고통은 전선에서가 아니라 뒤렌 근처에 있는 빌어먹을 야전 병원에서 가장 심했다고 대답했고, 그곳에서 그의 동포들은 담배를 훔쳤을 뿐만 아니라, 훔칠 수 있는 모든 걸 닥치는 대로 훔쳤다고 밝혔다. 그리고 심지어 사람의 영혼까지 훔쳐서 팔았는데, 독일 야전 병원에는 상당히 많은 악마적 행위자들이 있었을 가능성이 높기 때문이라고 덧붙이면서, 충분히 이해할 수 있는 일이라고, 왜냐하면 야전 병원에서 오랜 기간을 보내면 사람들은 악마주의에 경도되기 마련이라고 설명했다. 그러자 자신을 조종사라고 한 사람은 벌컥 화를 내면서, 자기도 군 병원에 3주 동안 입원한 적이 있다고 밝혔다. 뒤렌인가요? 외다리는 물었다. 아닙니다, 벨기에입니다. 위풍당당한 남자는 대답했다. 그는 자기가 모든 조건을 충족시키는 치료를 받았으며, 적지 않은 경우에 병원 인력은 기대를 넘어서는 희생을 했을 뿐만 아니라 다정하고 이해심 많았다고 지적하면서, 의사들은 남성적이고 훌륭했고, 여자 간호사들은 아름답고 유능했으며, 병원 분위기는 협력과 인내와 용기를 드러내기에 충분했고, 심지어 벨기에 수녀들까지도 최고로 강한 의무감을 보여 주었다고 말했다. 그러니까 종합하면 부상자들이 가능한 한 최적의 상태로 머물도록 모든 사람이 최선을 다했으며, 그것은 병원이 카바레도 아니고 사창굴도 아니기 때문에 상황이 허락하는 한 가장 쾌적하게 머물 수 있도록 이루어졌다는 말이었다. 그런 다음 그들은 위대한 독일의 창조, 항구 지역의 건설, 국가 기관의 청소를 비롯한 국가 전체의 정화 작업, 새로운 일자리 창출, 근대화를 위한 노력과 같은 주제로 옮겨 갔다. 조종사로 복무한 사람이 말하는 동안, 한스 라이터의 아버지는 갈수록 짜증 나는 표정을 지었다. 마치 딸아이 로테가 어느 순간 갑자기 울음을 터뜨릴지도 모른다고 걱정하거나, 아니면 자기가 그런 위풍당당한 사람에게 적당한 대화 상대가 아니라는 사실을 갑자기 깨달았거나, 혹은 그 몽상가, 즉 그 높디높은 백부장의 발아래 엎드려 너무나도 분명한 것, 다시 말하면 자신의 무지와 가난과 이미 잃어버린 용기를 변명하는 것이 그가 할 수 있는 최선임을 깨달은 듯했다. 그러나 그는 이런 것을 하나도 하지 않았고, 다른 사람의 말 한 마디 한 마디를 마치 확신하지 못하겠다는 듯(사실 그는 겁에 질려 있었다), 그리고 마치 상대방의 꿈을 모두 이해하는 게 어렵다는 듯(실제로 그는 전혀 이해하지 못했다) 고개를 가로저었다. 그런데 그때 갑자기 두 사람, 즉 위풍당당한 전 조종사와 외다리 라이터는 어린 한스 라이터가 집으로 들어오는 것을 보았다. 한스 라이터는 그들에게 한 마디도 건네지 않고 요람에서 여동생을 꺼내 마당으로 데려갔다.

「저 아이는 누구입니까?」 조종사로 복무한 사람이 물었다.

「우리 큰아들입니다.」 외다리가 대답했다.

「마치 기린 물고기 같군요.」 전 조종사가 말하면서 웃음을 터뜨렸다.

그렇게 1933년에 한스 라이터는 학교를 그만두었다. 학교 선생님들이 공부에 관심이 없고 주의가 산만하다고 그를 몹시 꾸짖었기 때문이다. 그리고 그건 절대적으로 틀림없는 말이었다. 그의 부모님과 친척들이 작은 어선에서 일할 수 있는 자리를 구해 주었지만, 선장은 3개월 후 그를 내쫓았다. 어린 라이터가 그물 던지는 일을 도와주기보다 해저를 쳐다보는 데에 더 관심을 보였기 때문이다. 그런 다음 그는 농장에서 막일꾼으로 일하기 시작했지만, 거기서도 얼마 후 게으르다는 이유로 쫓겨났다. 그리고 토탄 채집인과 뚱보 마을에 있는 철물점의 수습공으로, 그리고 슈테틴까지 채소를 팔러 가던 농부의 조수로 일했지만, 도움을 주기보다는 짐이 된다는 이유로 모든 곳에서 해고되었다. 그러다가 마침내 그는 프로이센의 남작 별장에 일자리를 구했다. 그 집은 숲 한가운데 있었고, 옆에는 검은 물의 호수가 있었다. 애꾸눈 어머니도 그 집에서 가구와 그림과 커다란 커튼, 그리고 벽걸이 양탄자와 여러 거실의 먼지를 떨어내는 일을 했다. 부득이하게 먼지가 쌓이는 각각의 거실에는 비밀 종파 의식들을 떠올리게 하는 기이한 이름이 붙어 있었다. 한편 라이터의 어머니는 거실들을 환기시켜서, 시시각각 거실들로 기어드는 습기 냄새와 방치의 냄새도 제거해야 했다. 그리고 커다란 서재에서 책 위에 쌓이는 먼지도 떨어내야 했다. 남작이 거기서 책을 꺼내 읽는 경우는 아주 드물었다. 남작의 할아버지가 남작의 아버지에게 물려주고 남작의 아버지가 보존해 온 서재였다. 겉보기로 판단하자면, 많은 식구들 중에서 책을 읽고 자손들에게 책에 대한 사랑을 가르친 유일한 사람은 남작의 할아버지였다. 그러나 그런 사랑은 독서가 아닌 서재 보존 행위로 옮겨졌기에 서재는 남작의 할아버지가 남겨 두었을 때보다 더 커지지도 더 작아지지도 않고 그대로였다.

평생 그토록 많은 책이 한군데에 있는 것을 본 적이 없던 한스 라이터는 한 권 한 권 먼지를 떨어냈고, 책 각각을 조심스럽게 다루었다. 하지만 마찬가지로 그 책들을 읽지는 않았다. 해양 생활에 관한 책만으로도 충분했고, 또한 남작이 갑자기 모습을 드러낼지도 몰라 두려웠기 때문이다. 사실 남작은 베를린과 파리에서 업무를 처리하느라 눈코 뜰 새 없이 바빴기 때문에 별장을 찾아오는 일이 거의 없었다. 하지만 남작의 조카, 즉 요절한 남작의 여동생과 프랑스 남부 지역에 정착한, 남작이 혐오하는 화가 사이에서 난 아들이 때때로 그곳에 모습을 드러냈다. 조카는 스무 살 청년으로 거의 누구도 귀찮게 하지 않은 채 별장에서 완전히 혼자서 일주일을 보내곤 했다. 그는 시간이 가는 줄도 모른 채 서재에 틀어박혀 책을 읽으면서 코냑을 마셨고, 그러다가 의자에 앉은 채 그대로 잠들곤 했다.

또 이따금씩 나타나는 사람은 남작의 딸이었다. 하지만 그녀가 머무는 시간은 남작의 조카보다 짧았다. 주말 이상 지속되는 법은 없었다. 하지만 고용인들은 그녀가 찾아오는 주말이면 한 달 분량의 일을 해야 했다. 남작의 딸은 결코 혼자 오는 법이 없었고, 항상 친구들을 데리고 왔기 때문이다. 어떤 때는 열 명 이상이 되는 경우도 있었다. 그들은 모두 방탕한 한량이었고, 모두 게걸스러웠으며, 모두 난잡했다. 그래서 집을 무질서와 소음의 장소로 만들었다. 그들이 매일 벌이는 파티는 새벽까지 길게 이어지곤 했다.

가끔씩 남작 딸은 남작 조카가 집에 머무르고 있을 때 찾아오기도 했다. 그러면 사촌의 간곡한 만류에도 불구하고 남작의 조카는 거의 즉시 그 집을 떠났다. 어떤 때는 그런 경우 그를 수다쟁이 여자아이들의 마을 기차역까지 데려다주곤 하던, 짐수레 말이 끄는 마차를 기다리지도 않고 떠나 버렸다.

수줍기 짝이 없던 남작 조카는 자기 사촌이 도착하면 너무나 긴장하고 경직하고 당황했기에, 별장의 일꾼들은 그날 사건을 언급하면서 그가 그녀를 사랑하거나 그녀를 원하거나, 아니면 그녀 때문에 수척해지고 있거나 혹은 그녀 때문에 고통받는다는 데 의견의 일치를 보았다. 10대 청년 한스 라이터는 다리를 꼰 채 버터 바른 빵을 먹으면서 그런 의견을 들었지만, 한 마디도 하지 않았고 한 마디도 덧붙이지 않았다. 하지만 사실 후고 할더라는 남작 조카를 나머지 일꾼들보다 훨씬 잘 아는 사람은 바로 그였다. 일꾼들은 현실에 눈을 가린 것 같았고, 오로지 보고 싶은 것만 보는 사람들 같았다. 다시 말하면, 그들은 사랑에 빠져 괴로워하는 고아 청년과 막연하고 어리석은 구원을 기다리는 완고한 고아 처녀(하지만 모든 사람이 잘 알다시피, 남작의 딸에게는 아버지와 어머니가 있었다)를 보고자 한 것이다.

그건 토탄 연기 냄새가 나고 양배추 수프 냄새가 나며 빼곡한 숲속에서 뒤엉켜 버린 바람 냄새를 풍기는 구원이었다. 거울 냄새가 나는 구원이야. 빵에 목이 막히는 순간 10대 청년 라이터는 생각했다.

그런데 왜 10대 청년 라이터는 나머지 일꾼들보다 스무 살 먹은 후고 할더를 더 잘 아는 것일까? 그건 아주 단순하고 간단한 이유 한 가지 때문이었다. 아니, 서로 뒤얽히거나 결합된 매우 단순한 두 가지 이유 때문에 남작 조카에 대한 가장 완전하고, 또한 가장 복잡한 초상을 그릴 수 있었다.

첫 번째 이유는 한스 라이터가 서재에 있는 그를 보았기 때문이다. 그는 서재의 이동식 사다리 위에서 깃털 먼지떨이로 책 위의 먼지를 떨어내는 동안, 잠들어 거친 숨소리를 내거나 코를 골면서 잠꼬대를 하는 남작 조카를 보았다. 하지만 그의 잠꼬대는 〈귀여운 로테〉처럼 완전한 문장이 아니라 단음절이나 단어의 일부, 혹은 욕의 일부였는데, 마치 꿈속에서 누군가가 그를 죽이기 일보 직전인 것처럼 모두가 방어용 말이었다. 또한 그는 남작 조카가 읽던 책의 제목들도 보았다. 대부분은 역사책이었는데, 남작 조카가 역사를 사랑하거나 역사에 관심이 있다는 의미였다. 처음에 10대 청년 한스 라이터는 그런 그가 몹시 역겹고 불쾌했다. 그는 밤새 코냑을 마시고 담배를 피우면서 역사책을 읽었다. 그건 한마디로 역겨운 모습이었다. 한스 라이터는 그런 이유로 자기가 그에 관해 침묵을 지키는 것일까 생각했다. 그리고 남작 조카는 아주 조그만 소리, 쥐가 바스락거리는 소리나 가죽 장정된 책 한 권을 다른 두 권 사이의 원래 위치로 갖다 놓을 때 부드럽게 긁히는 소리에도 잠에서 깨어났고, 한스 라이터는 그럴 때

남작의 조카가 중얼대는 소리도 들었다. 마치 지구의 축이 이동된 것처럼 완전히 어쩔 줄 몰라서 하는 말이었다. 완전히 당황해서 하는 말이었지만 사랑에 빠진 사람의 말은 아니었다. 그것은 고통받는 사람의 말, 즉, 올가미에서 분출되는 말이었다.

두 번째 이유는 좀 더 견고하고 확실했다. 여자 사촌이 갑작스럽게 별장에 출현하자 남작 조카가 별장을 급하게 떠나기로 마음먹은 어느 날, 10대 청년 한스 라이터는 가방을 들고 후고 할더를 배웅해 준 일이 있기 때문이다. 별장에서 수다쟁이 여자아이들의 마을로 가는 길은 두 가지였다. 하나는 돼지 마을과 달걀 마을을 지나 이따금씩 바위와 바다를 따라가는 긴 길이었다. 다른 하나는 훨씬 짧은 길로, 넓은 참나무와 너도밤나무와 포플러의 숲 중앙을 가로질러 수다쟁이 여자아이들의 마을 주변에 도착하는 것이었다. 그곳은 버려진 피클 공장 근처로, 기차역에서 아주 가까웠다.

그가 남작 조카를 배웅했을 때의 장면은 다음과 같았다. 후고 할더는 손에 모자를 들고 한스 라이터 앞에서 걸어가면서, 주의 깊게 지붕 모양으로 우거진 숲의 나뭇가지들을 살핀다. 그것은 바로 살금살금 비밀스럽게 움직이는, 그가 제대로 알지 못하는 동물들과 새들의 시커먼 하복부 같다. 그에게서 10미터 떨어져 한스 라이터는 남작 조카의 가방을 들고 걷는다. 그 가방은 너무 무겁고, 그래서 때때로 손을 바꿔 가면서 가방을 든다. 갑자기 두 사람은 멧돼지 혹은 그들이 멧돼지라고 생각하는 것이 으르렁거리는 소리를 듣는다. 어쩌면 개 짖는 소리에 불과할지도 모른다. 아니면 그들이 들은 소리는 멀리서 들려오는, 부딪히기 직전인 자동차 소리일 수도 있다. 이런 마지막 두 시나리오는 가능성이 매우 희박하지만, 그렇다고 불가능하지는 않다. 분명한 것은 두 사람이 서로 아무 말도 하지 않은 채 걷는 속도를 높인다는 것이다. 갑자기 한스 라이터는 무언가에 부딪혀 넘어지고, 마찬가지로 가방도 떨어지면서 열려 그 안의 내용물들이 시커먼 숲속을 가로지르는 어두운 오솔길로 흩어진다. 후고 할더는 가방이 바닥에 떨어진 줄도 모르고 갈수록 그와의 거리를 넓힌다. 뒤죽박죽이 된 후고 할더의 옷들 옆에서 피로에 지친 10대 청년 한스 라이터는 은식기 세트, 촛대, 래커 칠한 조그만 나무 상자, 별장의 여러 침실에서 잊힌 채 버려져 있던 메달들을 본다. 틀림없이 남작 조카는 그것들을 베를린으로 가져가서 전당포에 맡기거나 헐값에 팔아 버릴 터다.

물론 후고 할더는 한스 라이터가 자신의 비밀을 발견했다는 것을 알았고, 이런 사실 때문에 10대 하인에게 좀 더 가까이 다가갈 수 있었다. 첫 번째 신호는 한스 라이터가 기차역으로 가방을 가져다주던 바로 그날 오후에 나타났다. 작별 인사를 하면서 할더는 그의 손에 팁으로 동전 몇 닢을 쥐여 주었다. 할더가 그에게 돈을 준 것은 그때가 처음이었고, 한스 라이터가 얼마 안 되는 월급 이외의 돈을 받은 것도 그때가 처음이었다. 그다음에 별장을 찾아왔을 때, 할더는 그에게 스웨터를 선물했다. 할더는 그게 자기 것인데, 몸이 조금 통통해지는 바람에 이제 더는 맞지 않는다고 말했다. 그러나 그건 첫눈에 봐도 거짓말이었다. 한마디로 말해서, 한스 라이터는 더는 눈에 보이지 않는 존재가 아니었고, 이제 그가 모습을 보이면 약간 주목을 받았다.

가끔씩 서재에서 역사책을 읽거나 혹은 역사책을 읽는 것처럼 행동하는 동안, 할더는 라이터를 불러오라고 해서, 갈수록 그와 긴 대화를 나누었다. 처음에 그는 나머지 하인들에 관해 물었다. 그는 그 하인들이 자기에 대해 어떤 생각을 하는지, 자기가 그곳에 있는 게 그들을 불편하고 성가시게 하지는 않는지, 자기가 그곳에 있어도 그들은 신경을 쓰지 않는지, 자기에게 악의나 원한을 품은 사람은 없는지 물었다. 그런 다음 그들은 독백의 시간을 보냈다. 할더는 자기의 삶과 세상을 떠난 어머니, 삼촌인 남작, 자신의 유일한 여자 사촌, 그러니까 고집이 세고 도저히 이해할 수 없는 그 여자에 관해 말했다. 또한 베를린의 매력에 대해서도 언급하면서, 자기가 사랑하는 그 도시는 동시에 말할 수 없는 고통의 원인이 되기도 하며, 심지어 가끔씩은 참을 수 없을 정도로 사납고 모질게 자기에게 다가온다고 평했다. 그리고 자기는 항상 폭발할 것 같다면서 자신의 신경 상태에 관해서도 말했다.

그런 다음 그는 10대 청년 한스 라이터가 자신의 삶에 관해 이야기해 주길 바랐다. 그가 뭘 하고 지내는지, 꿈은 무엇인지, 미래에 무엇을 할 생각인지 등에 관해 물었다.

물론 미래에 관해서 할더는 자신의 생각을 가지고 있었다. 그는 곧 일종의 인공 위장이 발명되어 시판될 것이라고 생각했다. 그 생각은 너무나 황당해서, 그런 생각을 가장 먼저 비웃은 사람이 바로 그 자신이었다(한스 라이터는 그때 처음으로 할더가 웃는 모습을 보았다. 그는 할더의 미소가 몹시 마음에 들지 않았다). 프랑스에 사는 화가인 그의 아버지에 관해서는 한 마디도 하지 않았지만, 다른 사람들의 부모에 관해서는 알고 싶어 했다. 그는 이 점에 관해 10대 청년 라이터의 대답을 듣고 재미있어했다. 한스는 자기가 아버지에 관해서는 아무것도 모른다고 말했다.

「사실이야. 우리는 아버지에 관해 결코 아무것도 알지 못해.」할더가 말했다.

그는 아버지란 가장 깊은 어둠 속에 잠긴 통로며, 우리는 출구를 찾으면서 맹목적으로 비틀거리며 나아가지 하고 말했다. 그러나 그는 10대 하인에게 최소한 아버지의 외모에 관해서라도 말해 달라고 재차 고집을 피웠고, 그런 요청에 10대 청년 한스 라이터는 솔직히 모르겠다고 대답했다. 여기서 할더는 그가 아버지와 함께 사는지 아닌지 알고 싶어 했다. 항상 나는 아버지와 함께 살았고 지금도 함께 살아요. 한스 라이터는 대답했다.

「외모가 어때? 묘사할 수 없어?」

「어떻게 생겼는지 모르기 때문에 설명할 수 없어요.」한스 라이터가 대답했다.

잠시 두 사람은 침묵을 지켰다. 한 사람은 손톱을 쳐다보았고, 다른 한 사람은 서재의 높은 천장을 바라보았다. 도저히 믿을 수가 없는 말이었지만, 할더는 그의 말을 믿었다.

막연하게 말하자면, 할더는 한스 라이터의 첫 번째 친구라고 할 수 있었다. 별장에 갈 때마다 할더는 점점 더 그와 많은 시간을 보냈다. 두 사람은 서재에 틀어박혀 있기도 했고, 그 주택을 에워싼 공원으로 산책을 나가거나 아니면 공원에서 잡담을 나누기도 했다.

게다가 할더는 한스에게 『유럽 해안 지대의 동식물』이 아닌 다른 책을 읽도록 만든 첫 번째 사람이기도 했다. 그리 쉬운 일은 아니었다. 우선 할더는 그에게 글을 읽을 줄 아느냐고 물었다. 한스 라이터는 그렇다고 대답했다. 그러자 좋은 책을 읽은 적이 있느냐고 질문하면서, 〈좋은〉이라는 단어를 강조했다. 한스 라이터는 그렇다고 대답했다. 그러면서 자기는 좋은 책을 한 권 가지고 있다고 말했다. 할더는 어떤 책이냐고 물었다. 한스 라이터는 『유럽 해안 지대의 동식물』이라고 대답했다. 할더는 그건 틀림없이 참고 서적일 테고, 자기는 훌륭한 문학 서적을 지칭하는 것이라고 말했다. 한스 라이터는 훌륭한 차오(참고) 서적과 훌륭한 무나(문학) 서적의 차이점이 무엇인지 모른다고 말했다. 할더는 차이는 미(美)에 있다고, 책에서 서술하는 이야기의 아름다움과 그 이야기가 사용하는 단어의 아름다움에 있다고 설명했다. 그러고서 즉시 예를 들기 시작했다. 할더는 한스에게 괴테와 실러에 대해 말했고, 횔덜린[5]과 클라이스트[6]에 관해 말했으며, 노발리스[7]의 작품을 입이 마르도록 격찬했다. 그러면서 한스에게 자기는 그 모든 작가의 책을 읽었으며, 다시 읽을 때마다 또다시 눈물을 흘린다고 말했다.

「눈물을 흘린다고. 눈물까지 말이야. 한스, 알겠어?」 그가 말했다.

그러자 한스 라이터는 그가 그런 작가의 책을 읽는 모습을 본 적이 없으며, 단지 역사책을 읽는 것만 봤다고 대답했다. 할더의 대답은 그를 깜짝 놀라게 했다. 그는 이렇게 말했다.

「난 역사 쪽이 약해. 그래서 다시 공부를 해야만 해.」

「무엇 때문이지요?」 한스 라이터가 물었다.

「공백을 메우기 위해서야.」

「공백은 메워지지 않아요.」 한스 라이터가 말했다.

「아니야, 메울 수 있어. 조금만 노력하면, 이 세상의 모든 건 메울 수 있어. 내가 네 나이였을 때……」 할더는 너무나 분명하게 과장하면서 말했다. 「질릴 때까지 괴테를 읽었어. 물론 괴테의 작품은 끝이 없어. 어쨌건 난 괴테, 아이헨도르프,[8]

5 Johann Christian Friedrich Hölderlin(1770~1843). 독일의 시인. 고대 그리스를 동경하여 낭만적이고 종교적인 이상주의를 노래했다. 대표작으로는 『히페리온』, 『엠페도클레스』 등이 있다.

6 Heinrich von Kleist(1777~1811). 독일의 극작가이자 소설가. 대표작으로는 『깨어진 항아리』, 『슈로펜슈타인가』 등이 있다.

7 Novalis(1772~1801). 본명은 프리드리히 폰 하르덴베르크로, 독일의 낭만파 시인. 대표작으로 서사시 「밤의 찬가」와 미완성 소설 『푸른 꽃』이 있다.

656

호프만[9]을 읽었고, 역사 공부를 게을리했어. 역사도 필요한 공부야. 말하자면 칼의 양날을 갈기 위해서 말이야.」

그런 다음 어둠이 깔리는 동안 벽난로에서 탁탁 장작 타는 소리를 들으면서 두 사람은 한스 라이터가 첫 번째로 읽기에 어떤 책이 좋을지 합의를 보려고 했지만, 어떤 합의에도 이르지 못했다. 해가 완전히 질 무렵, 마침내 할더는 한스에게 마음에 드는 책을 고르고, 일주일 후에 되돌려 달라고 말했다. 10대 하인은 그 해결책이 최선이라는 데 동의했다.

남작의 조카는 별장에서 자디잔 것들을 도둑질했지만, 시간이 지나자 좀 더 큰 것들을 훔치기 시작했다. 그의 말로는, 노름빚을 갚고 그가 버릴 수 없었던 몇몇 여자와의 피할 수 없는 약속을 지키기 위해서였다. 하지만 할더는 그런 도둑질을 숨기는 데 서툴기 짝이 없었고, 젊은 한스 라이터는 그를 돕기로 마음먹었다. 훔쳐 낸 물건들이 있다는 사실을 눈치채지 못하도록, 할더에게 다음과 같이 제안했다. 즉, 나머지 하인들에게 임의로 물건들을 이동시키고, 환기를 시킨다는 핑계로 침실들을 비우고, 지하실에서 오래된 트렁크들을 올려 왔다가 다시 내려 보내라고 충고한 것이다.

또한 진귀한 물건들에 관심을 기울이라고, 정말로 오래되었고 따라서 잊힌 골동품들만 훔치라고 제안했을 뿐 아니라, 그런 일에 적극적으로 협력했다. 예컨대 그의 증조할머니나 고조할머니가 쓰던 것으로, 겉으로 보기에는 아무런 가치도 없는 왕관들, 은손잡이가 달렸고 고급 목재로 만든 지팡이들, 그의 조상들이 나폴레옹 전투나 덴마크 전쟁이나 오스트리아 전쟁에서 사용한 칼들이 그런 것이었다.

한편 할더는 그를 항상 다정하게 대했다. 한스를 찾아갈 때마다 할더는 일정한 몫을 쥐어 주었다. 할더는 그것을 자기의 이득에 대한 그의 몫이라고 불렀다. 사실 약간 과한 팁에 불과했지만, 한스 라이터에게는 엄청난 돈이었다. 물론 그는 이런 돈을 부모에게 보여 주지 않았다. 그랬다면 그의 부모는 주저 없이 그를 도둑놈이라고 나무랐을 것이기 때문이다. 그는 또한 자기 자신을 위해 아무것도 구입하지 않았다. 그는 비스킷 깡통을 구해서 지폐 몇 장과 수많은 동전을 넣었고, 종이에 〈이 돈은 로테 라이터의 것〉이라고 써서 깡통에 붙인 후 숲속에 묻어 두었다.

우연 혹은 악마는 한스 라이터에게 볼프람 폰 에셴바흐[10]의 『파르치팔』[11]을

8 Joseph von Eichendorff(1788~1857). 독일의 낭만주의를 대표하는 시인이자 소설가. 대표작으로는 『어느 건달의 생활』, 『할레와 하이델베르크』 등이 있다.
9 E. T. A. Hoffmann(1776~1822). 독일의 소설가. 대표작으로는 『악마의 묘약』, 『수고양이 무어의 인생관』 등이 있다.
10 Wolfram von Eschenbach(1170~1220). 독일의 기사이자 시인으로, 당대의 가장 위대한 서사시인 중 하나다.
11 에셴바흐가 13세기 초반에 쓴 것으로 추정되는 독일의 궁정 서사시 장르에 속하는 대서사시.

골라서 읽게 만들었다. 할더는 한스가 그 책을 읽는 것을 보자 미소를 지으면서, 그 작품을 이해하지 못할 것이라고 말했지만, 또한 다른 책이 아니라 바로 그 책을 고른 것은 전혀 이상한 일이 아니라고 덧붙였다. 그러면서 그가 책을 전혀 이해하지 못할지라도, 그 책은 그에게 가장 잘 어울리는 작품이라고 지적했다. 할더는 볼프람 폰 에셴바흐가 그 책의 작가인데, 한스가 그 작가와 아주 유사하다는 사실, 혹은 그가 되고자 염원하는 것이 그 작가의 정신과 유사하다는 사실을 발견하게 되리라고 말했다. 그러고서 엄지손가락과 집게손가락을 거의 닿을 듯 갖다 대면서, 그 작가와 비슷해질 수는 있겠지만 결코 그 작가처럼 될 수는 없을 것이라고 말했다.

한스는 볼프람이 자기 자신에 관해 〈나는 문학에서 도망친다〉라고 말한 대목을 발견했다. 그리고 한스는 볼프람이 궁정 기사의 전형을 파괴하고 모든 훈련과 신부 학교의 교육을 거부했거나 거부당했다는 사실도 알게 되었다. 한스는 볼프람이 음유시인이나 연애시인들과 달리 귀부인들에게 봉사하는 걸 거부했다는 사실도 발견했다. 한스는 볼프람이 예술의 문외한이라고 선언했지만, 그것은 교육 부족이 아니라 라틴 학문의 짐에서 해방되었고 평신도이자 독립적인 기사라고 자랑하는 의미로 이해되어야 한다는 것을 깨달았다. 평신도이자 독립적인 기사.

물론 볼프람 폰 에셴바흐보다 더 중요한 독일 중세 시인들도 있었다. 프리드리히 폰 하우젠이 그들 중 하나였고, 발터 폰 데어 포겔바이데도 마찬가지였다. 그러나 〈나는 문학에서 도망친다. 나는 예술의 문외한이다〉라고 말하는 볼프람의 자만심, 기성 예술에 초연한 자만심, 〈당신들은 모두 죽었지만 나는 산다〉라고 말하는 자만심 때문에 그는 현기증 날 정도의 미스터리와 무시무시한 냉담함의 후광을 얻었으며, 가느다란 못을 끌어당기는 커다란 자석처럼 젊은 한스의 관심을 끌었다.

볼프람은 어떤 땅도 소유하지 않았다. 그래서 볼프람은 가신(家臣)의 신분으로 살았다. 볼프람에게는 몇몇 후견인이 있었다. 자기 신하들이나 적어도 몇몇 신하에게 이름을 떨치도록 허락한 백작들이 그들이었다. 볼프람은 말했다. 〈내가 물려받은 직업은 방패다〉라고. 할더가 마치 한스를 범죄 현장에 두려는 듯 볼프람에 관한 이런 모든 것을 들려주는 동안, 한스는 『파르치팔』을 처음부터 끝까지 읽었다. 어떤 때는 들판에 있거나 일터에서 집으로 돌아오는 길에 큰 소리로 읽기도 했다. 그는 그 작품을 이해했을 뿐만 아니라, 마음에 들어 했다. 그가 가장 좋아한 것, 그를 울게 만들고 웃음을 참지 못해 풀밭에서 뒹굴게 만든 것은, 파르치팔이 〈내가 물려받은 직업은 방패다〉라는 말한 것이 사실임을 증명하듯이 가끔씩 광인의 옷을 입고 말을 타는 모습이었다.

후고 할더와 함께 보낸 세월은 그에게 매우 유익했다. 도둑질은 계속되었다. 가끔씩은 성난 속도로, 그리고 또 어떤 때는 더디게 진행되었다. 더딘 것은 이제 후고의 여자 사촌이나 다른 하인들이 눈치채지 못하게 훔칠 수 있는 게 거의 남지 않았기 때문이다. 남작은 딱 한 번 농장에 모습을 보였다. 그는 커튼을 내린 검은 자동차를 타고 도착했고, 단 하룻밤만 머물렀다.

한스는 남작이 자기를 보리라고, 아마도 말을 걸 것이라고 생각했지만, 그런 일은 전혀 일어나지 않았다. 남작은 하룻밤만 농장에서 보내면서, 가장 방치된 집의 날개 쪽에서 어슬렁거렸다. 그는 줄곧 침묵을 지키면서 끊임없이 움직였지만 마치 꿈속을 헤매는 것 같았고, 누구와도 말을 나눌 수 없는 것처럼 하인들에게 아무런 요구도 하지 않았다. 밤이 되자 검은 빵과 치즈로 저녁을 먹었고, 직접 지하실로 내려가서 포도주 한 병을 골라 따고서 조촐한 안주와 함께 마셨다. 그리고 다음 날 아침이 되자, 날이 밝기도 전에 모습을 감추었다.

하지만 한스는 남작의 딸을 수없이 많이 보았다. 그녀는 항상 친구들과 함께 있었다. 한스가 그곳에서 일하던 동안 할더가 머물던 때에 그녀가 별장에 온 것은 모두 세 번이었다. 그리고 그럴 때마다 할더는 자기 사촌의 출현을 몹시 불편해하고는 가방을 싸서 여행을 떠났다. 마지막 세 번째에 두 사람은 어느 정도 그들과 공모 관계를 이루던 숲을 함께 지나갔다. 한스는 왜 그토록 초조해하냐고 물었다. 할더는 언짢은 표정을 지으면서 퉁명스럽게 대답했다. 그는 한스가 결코 이해하지 못할 것이라고 말하고는 우거진 숲의 나무 아래로 계속 걸어갔다.

1936년에 남작은 별장을 폐쇄하고는, 하인들에게 떠나라고 지시하면서 오직 관리인만 남겨 두었다. 잠시 한스는 아무것도 할 일이 없었다. 그다음 그는 독일 제국의 고속 도로를 건설하던 노동자 무리에 가담했다. 그는 매달 가족에게 자기 월급을 거의 모두 송금했다. 별로 돈 쓸 일이 없었기 때문이다. 그러나 휴일에는 다른 동료들과 함께 공사 현장에서 가장 가까운 마을 술집으로 가서 바닥에 코를 박고 쓰러질 때까지 맥주를 마셨다. 젊은 일꾼들 중에서 의심할 나위 없이 그가 가장 술이 셌다. 그리고 두 번에 걸쳐 누가 가장 빨리 가장 많이 맥주를 마시는지 알아보려고 즉석에서 열린 시합에 참가했다. 그러나 사실 그는 술을 그다지 좋아하지 않았다. 아니, 음식보다 술을 좋아하는 건 아니었다. 그의 무리가 베를린 근처에서 일하게 되자, 그는 그만두겠다고 통보하고서 그곳을 떠났다.

대도시였지만 할더의 주소지를 찾는 건 그다지 어렵지 않았다. 한스는 할더의 집을 찾아가 도움을 요청했다. 할더는 그에게 문구점 직원으로 일할 수 있는 일자리를 구해 주었다. 그 당시 그는 노동자들이 묵는 집의 방에 침대 하나를 빌려 살았다. 그러니까 어느 공장 야간 경비원으로 일하던 마흔 살 정도 되는 사람과 방을 함께 쓴 것이다. 그 사람의 이름은 퓌흘러였고, 병을 앓았다. 그가 인정했듯이, 아마도 신경성인 것 같았다. 그래서 어떤 밤에는 병이 류머티즘 형태로 나타났고, 또 어떤 밤에는 심장 질환이나 혹은 갑작스러운 천식 증세로 나타나기도 했다.

퓌흘러와 마주치는 일은 그다지 많지 않았다. 한 사람은 밤에 일했고 한 사람은 낮에 일했기 때문이다. 하지만 서로 만나게 되면 매우 사이좋게 지냈다. 퓌흘러가 고백한 바에 따르면, 그는 오래전에 결혼했고, 아들 하나를 낳았다. 하지만 아들은 다섯 살 때 병에 걸렸고, 얼마 후 세상을 떠났다. 퓌흘러는 아이의 죽음을 견딜 수 없었고, 자기 집 지하실에 처박혀 3개월 동안 애도한 후, 누구에게도 말하지 않고 배낭을 꾸려 집을 떠났다. 잠시 그는 독일의 길들을 방황하면서 적선을 받거나 우연히 기회가 주어진 일을 하면서 살았다. 그렇게 몇 년을 보내다가 베를린에 도착했고, 그곳 어느 거리에서 친구를 만났으며, 그 친구를 통해 일자리를 소개받았다. 이미 세상을 떠난 이 친구는 지금 퓌흘러가 경비원으로 고용된 공장의 감독관으로 일했다. 공장은 그리 크지 않았다. 그 공장은 오랫동안 사냥용 엽총만 제작했는데, 최근에는 업종을 변경하여 소총을 만들었다.

어느 날 밤 직장에서 돌아온 한스 라이터는 경비원 퓌흘러가 침대에 누워 있는 걸 발견했다. 그들에게 방을 세준 여주인이 이미 수프 한 그릇을 가져다준 상태였다. 문구점 수습 직원은 자기 침실 동료가 곧 죽을 것임을 눈치챘다.

건강한 사람은 병든 사람과 접촉을 꺼린다. 이런 법칙은 거의 모든 사람에게 적용 가능하다. 한스 라이터는 예외였다. 그는 건강한 사람들뿐만 아니라, 병든 사람들도 두려워하지 않았다. 그는 결코 따분해하는 법이 없었다. 그는 항상 남을 도우려고 했고, 너무나 모호하고 너무나 신축적이며 너무나 왜곡된 우정이라는 개념을 높이 평가했다. 어쨌거나 병든 사람들은 건강한 사람들보다 더 흥미롭기 마련이다. 병자들의 말, 심지어 간신히 중얼거릴 수만 있는 사람들의 말조차도 건강한 사람들의 말보다 더 중요하다. 사실 모든 건강한 사람도 미래에는 아픈 사람이 된다. 시간이라는 개념, 아, 병자들의 시간 개념, 그것은 사막의 동굴에 숨겨 둔 보물과도 같다. 게다가 병자들은 진짜로 물어뜯는다. 반면에 건강한 사람들은 물어뜯는 것처럼 행동하지만 실제로는 공기를 덥석 물려고 할 뿐이다. 그 밖에도, 그 밖에도, 그 밖에도.

죽기 전에 퓌흘러는 한스에게 원한다면 자기가 하던 일을 하는 게 어떠냐고 제안했다. 그는 문구점에서 얼마나 받느냐고 물었다. 한스는 자기 월급을 말했다. 비참하기 그지없는 액수였다. 그는 새 감독관에게 소개장을 써주었고, 그 편지에서 자기는 한스가 태어났을 때부터 알았다고 말하면서 젊은이의 품행을 보증했다. 한스는 연필 상자와 지우개 상자, 공책 상자를 내려놓고 문구점 앞 보도를 빗자루로 쓸면서 하루 종일 생각했다. 집으로 돌아온 한스는 퓌흘러에게 좋은 생각이라고, 직장을 바꾸겠다고 말했다. 바로 그날 밤 한스는 베를린 근교에 있던 소총 공장으로 갔고, 감독관과 잠시 대화를 나눈 후 보름간 수습 기간을 두기로 합의했다. 얼마 후 퓌흘러는 세상을 떠났다. 그의 물건들을 양도받을 사람이 한 명도 없었기 때문에 한스가 보관했다. 외투 한 벌과 신발 두 켤레, 양털 목도리 한 개, 셔츠 네 벌, 양말 일곱 켤레였다. 그는 퓌흘러의 면도칼을 집주인에게 선물했다. 그리고 침대 밑에 있는 종이 상자에서 카우보이 소설 여러 권을 발견했다. 그는 그 책들도 보관했다.

그때부터 한스 라이터는 훨씬 많은 자유 시간을 갖게 되었다. 밤에는 판석이 깔린 공장 마당과 가능한 한 햇빛을 많이 이용하기 위해 설치한 커다란 유리창이 늘어선 기다란 작업실의 차가운 복도를 천천히 왔다 갔다 했다. 그리고 아침에는 그가 사는 노동자 동네의 노점에서 식사를 한 후, 네 시간에서 여섯 시간 정도 잤고, 그런 다음 오후는 모두 자유 시간이었다. 오후에 그는 전차를 타고 베를린 중심가로 가서 후고 할더의 집을 찾아갔다. 그는 할더와 산책을 하거나 카페나 식당으로 갔고, 그곳에서 남작 조카는 예외 없이 몇몇 지인을 만났으며, 그들에게 사업을 제안했지만, 제안을 받아들이는 사람은 아무도 없었다.

당시 후고 할더는 히멜 거리 근처에 있는 골목길에서 살았다. 그의 조그만 아파트는 고가구들과 벽에 걸린 먼지 수북한 그림들로 발 들여 놓을 틈도 없었다. 한스를 제외하고서 그가 가장 친하게 지내는 친구는 일본 공사관에서 농업성의 파견 직원 비서로 일하던 일본인이었다. 일본인의 이름은 니사마타 노부로였지만, 할더와 한스는 그를 그냥 니사라고 불렀다. 그의 나이는 스물여덟이었고, 마음씨가 착해서 천진난만한 농담에도 웃음을 터뜨렸고, 황당무계한 생각들에도 기꺼이 귀를 기울이곤 했다. 일반적으로 그들은 알렉산더 광장에서 그다지 멀지 않은 〈돌의 성모〉라는 카페에서 만났다. 한스와 할더는 먼저 도착해서 아무것이나, 가령 식초에 절인 양배추 조금과 소시지를 먹곤 했다. 그러면 한 시간이나 두 시간 후에 일본인은 흠잡을 데 없이 완벽하게 옷을 입고서 도착했고, 그들은 물이나 얼음을 타지 않은 위스키를 한 잔씩 마신 다음, 급히 그 술집을 떠나 베를린의 밤 속으로 사라졌다.

그러면 할더가 모든 것을 이끌었다. 그들은 택시를 타고 이클립스라는 카바레로 향했다. 베를린에서 최악의 연기자들이 출연하는 카바레였다. 자신들의 좌절과 실패를 있는 그대로 보여 주는, 재능 없는 늙은 여자들이 우글거리는 곳이었다. 그리고 구석진 곳의 테이블을 얻을 수 있을 정도로 웨이터와 친분이 있다면, 웃음소리와 휘파람 소리에도 불구하고 큰 문제 없이 대화를 나눌 수 있는 곳이기도 했다. 게다가 이클립스는 상당히 저렴한 곳이었다. 물론 그렇게 술 마시고 떠들며 베를린의 밤을 보낼 때 할더는 돈을 그다지 중요하게 여기지 않았다. 여러 가지 이유가 있지만, 무엇보다도 항상 일본인이 돈을 지불하곤 했기 때문이다. 얼큰하게 취하고 나면 그들은 〈예술가 카페〉로 향하곤 했다. 그곳은 잡다한 쇼와 같은 공연은 없지만, 독일 제국의 몇몇 화가를 만날 수 있는 장소였다. 니사는 그런 화가들을 만나면 몹시 기뻐했다. 그곳에서 그들은 이런 유명한 예술가들과 같은 테이블에 앉을 수 있었는데, 할더는 이미 오래전부터 그들을 알았고, 몇몇 사람과는 격의 없이 말을 주고받았다.

그들은 일반적으로 예술가 카페에서 새벽 3시경에 나와 〈다누비오〉로 향했다. 그곳은 고급 카바레로 발레리나들은 아주 키가 컸고 매우 예뻤다. 그들은 한스를 그곳으로 데리고 들어가려고 한 번 이상 문지기나 지배인을 설득해야만 했다. 그는 몹시 가난했고, 그의 옷이 그곳에서 요구하는 복장과 맞지 않았기 때문이다. 한편 평일에 한스는 밤 10시경이면 친구들과 헤어져 야간 경비원으로 일하던 공장에 늦지 않게 도착하기 위해 전차 정류장으로 뛰어갔다. 날씨가 좋은 평일에 그들은 세련된 식당의 테라스에 앉아 몇 시간을 보내면서, 할더가 생각해 낸 여러 독창적인 아이디어에 관해 이야기를 나눴다. 할더는 언젠가 시간이 나면 그 아이디어들로 특허를 받아서 부자가 될 것이라고 맹세했고, 그러면 일본인 친구는 갑자기 즐거워했다. 니사의 웃음에는 히스테릭한 것이 스며 있었다. 그는 입술과 눈과 목으로만 웃은 게 아니라, 손과 목과 발로도 웃으면서, 바닥에 가볍게 발을 동동 구르곤 했다.

한번은 인공 구름을 만들 수 있는 기계의 효용성을 설명한 후, 할더는 갑자기 니사에게 독일에서 그가 맡은 임무가 그가 주장한 그대로인지, 아니면 실제로는 비밀 요원으로서의 임무를 수행하는 것인지 물었다. 너무나 뜻밖의 질문을 받자 니사는 당황한 나머지 처음에는 제대로 질문을 이해하지 못했다. 그런 다음 할더가 심각하게 비밀 요원의 임무를 설명하자, 니사는 갑자기 웃음을 터뜨렸다. 한스가 평생 보지 못한 그런 웃음이었고, 웃음을 참지 못해 그는 기절해서 테이블 위로 쓰러지고 말았다. 한스와 할더는 그를 재빨리 화장실로 데려가야만 했고, 그의 얼굴에 물을 뿌려 정신을 되찾게 했다.

니사는 말이 많은 사람이 아니었다. 신중한 성격 때문인지, 아니면 형편없는 독일어 발음으로 그들을 기분 상하게 하고 싶지 않아서인지는 알 수 없었다. 그러나 가끔씩 그는 흥미로운 것들을 이야기했다. 예를 들어 선(禪)은 꼬리를 물고 있는 산이라고 말했다. 또한 자기가 공부한 언어는 영어이며, 농업성의 수많은 실수 중 하나로 베를린에 파견되었다고 털어놓았다. 그는 사무라이들은 폭포에 있는 물고기와 같지만, 역사상 최고의 사무라이는 여자였다고 말했다. 자기 아버지가 가톨릭 신부를 한 명 알았는데, 그 신부는 오키나와에서 몇 킬로미터 떨어진 엔도섬에서 15년을 살면서 한 번도 그곳을 떠나지 않았으며, 그 섬은 화산암으로 이루어져 물이 없었다고도 말했다.

이런 이야기들을 할 때면 그는 항상 미소를 짓곤 했다. 한편 할더는 그의 말을 반박하면서, 니사가 선도교주의자이며, 단지 독일 창녀만 좋아하고, 독일어와 영어 이외에도 핀란드어, 스웨덴어, 노르웨이어, 덴마크어, 네덜란드어와 러시아어를 정확하게 말하고 쓸 줄 안다고 지적했다. 할더가 이런 말을 하면, 니사는 히히히 소리를 내면서 천천히 웃었고, 한스에게 그의 이와 반짝이는 눈을 보여 주었다.

그러나 때때로 세 사람은 테라스나 어두운 카바레의 테이블에 앉아서 납득이 가지 않을 정도로 집요하게 침묵을 지키기도 했다. 그럴 때면 갑자기 돌이 되어 시간을 잊고 완전히 정신적이고 본질적인 것으로 돌아가는 것 같았다. 마치 일상생활의 심연과 사람들의 심연, 그리고 대화의 심연을 회피하고서, 호반 같은 지역, 즉 후기 낭만주의 지역을 엿보려고 결심한 사람들 같았다. 그곳은 여명에서 여명까지 시간의 경계가 희미한 곳이다. 마치 사형 선고를 받은 사람들의 시간처럼, 아이를 방금 낳고서 죽음을 선고받은 여자들, 즉 더 시간이 주어져도 그것이 더는 영원이 아님을 알면서도 온 마음으로 더 많은 시간을 소망하는 여자들의 시간처럼, 10분, 15분, 20분이 영원처럼 길게 느껴지는 곳이다. 그들의 울음소리는 마치 커다란 사마귀나 심장 박동처럼, 너무나도 차분하게 두 호반 주변을 시시각각 가로지르면서 날아다니는 새들과 같다. 물론 그런 다음에 세 사람은 경련을 일으키듯 침묵에서 빠져나와 다시 독창적인 생각이나 여자들, 혹은 핀란드 철학이나 독일 제국을 횡단하는 고속 도로 건설과 같은 것에 관해 말하기 시작했다.

그들이 그레테 폰 요아힘슈탈러라는 여자의 아파트에서 요란한 밤을 마감하는 경우도 적지 않았다. 그녀는 할더의 오래된 여자 친구였고, 할더와 그녀는 속임수와 오해로 가득한 관계를 유지했다.

음악가들이 그레테의 집에 찾아오곤 했다. 심지어 음악은 4차원이라고 주장하는 어느 오케스트라 지휘자까지도 그곳으로 오곤 했다. 할더는 그 지휘자를 몹시 존경했다. 오케스트라 지휘자는 서른다섯 살이었지만, 스물다섯 살 먹은 청년인 것처럼 여자들이 사모하는 대상(여자들은 그 지휘자 때문에 기절하기도 했다)이었으며, 동시에 여든 살 먹은 노인처럼 만인의 존경을 받기도 했다. 일반적으로 그레테의 아파트에서 밤의 모임을 마무리하려고 올 때면, 그는 피아노 옆에 앉았다. 새끼손가락 끝으로도 피아노 건반을 건드리지 않았지만, 즉시 넋을 잃고 홀린 친구들과 추종자들이 둘러쌌고, 그가 일어나서 마치 양봉업자 같은 모습으로 자리를 뜰 때까지 그렇게 있었다. 양봉업자와 다른 점이라면 단지 그물 달린 옷으로 몸을 보호하지도, 헬멧을 쓰지도 않았으며, 벌이 그에게 침을 쏠 것이라고 생각조차 하지 않았다는 것이다.

그는 4차원이 세 차원을 포함하며, 따라서 그것들을 제자리에 위치시킨다고 말했다. 다시 말하면 세 차원이 행하는 독재를 무효화하고, 그럼으로써 우리가 알고 우리가 사는 3차원의 세계를 파괴한다는 것이다. 그는 4차원이란 감각과 성신의 절대적 부(富)라고 말했다. 즉, 일반 사람들의 눈들을 말소시키는 절대자의 뜬 눈이며, 보통 눈들을 절대자의 눈과 비교하면 묵상이나 탄생-배움-일-죽음의 방정식에만 빠져 있는 초라하기 그지없는 진흙 구덩이에 불과하지만, 절대자의 눈은 철학의 강과 존재의 강, 그리고 운명이라는 급류의 강을 거슬러 올라간다는 것이다.

그는 4차원이란 오직 음악을 통해서만 가능하다고 말했다. 다시 말하면, 바흐, 모차르트, 베토벤을 통해서만 가능했다.

오케스트라 지휘자에게 가까이 다가가기란 쉬운 일이 아니었다. 물리적으로 가까이 가는 게 힘들다는 게 아니라, 조명 때문에 눈이 부시고 오케스트라석으로 관객과 분리되어 있기에 그가 우리를 보게 만들기 힘들다는 말이었다. 그러나 어느 날 밤 할더와 일본인 니사, 그리고 한스로 구성된 그림 같은 삼인조가 그의 관심을 사로잡았고, 그는 여주인에게 그들이 누구냐고 물었다. 그러자 여주인은 할더가 자기 친구이며, 과거에 촉망받던 어느 화가의 아들이고, 폰 춤페 남작의 조카라고 설명했다. 그리고 일본 사람은 일본 공사관에서 일하며, 키가 크고 초라하며 형편없이 옷을 입은 사람은 의심할 여지 없이 예술가일 것이라고 대답했다. 그러면서 할더가 후원하는 화가인 듯하다고 덧붙였다.

그러자 오케스트라 지휘자는 그들을 만나고 싶어 했고, 여주인은 아주 우아하게 집게손가락을 움직여 깜짝 놀란 삼인조를 불러서 아파트의 조용하고 후미진 장소로 데려갔다. 익히 예상할 수 있듯이, 잠시 그들은 무슨 말을 해야 할지 몰랐다. 지휘자는 다시 한번 음악 혹은 4차원에 관해 말했다. 그 당시 그가 흥미를 갖고 있던 주제였기 때문이다. 어디서 음악에 관한 게 끝나고 다른 주제가 시작됐는지는 분명하지 않았지만, 지휘자의 알쏭달쏭한 말로 판단하건대, 아마도 두 가지의 연결점은 지휘자 자신인 것 같았다. 미스터리와 그에 대한 대답이 스스로 그에게 수렴되었기 때문이다. 할더와 니사는 모든 것에 고개를 끄덕이면서 동의했지만, 한스는 그렇게 하지 않았다. 지휘자에 따르면, 4차원의 삶은 상상조차 할 수 없는 풍요로움 등등이었다. 하지만 정말로 중요한 것은 거리감이었다. 거리를 두어야만, 이런 조화 속에서 인간사를 차분하고 태연하게, 그리고 인위적 고통에서 해방되어 바라볼 수 있었다. 그러면서 그는 인위적 고통이란 작업과 창작에 몰두한 정신, 즉 삶을 초월한 유일한 진실, 다시 말하면 갈수록 더 많은 삶을 만들어 내는 진실이며 인생의 고갈되지 않는 급류이며 행복이고 빛인 정신을 억누른다고 설명했다.

오케스트라 지휘자는 4차원과 자기가 지휘했거나 향후 지휘하려고 계획하는 몇몇 교향악에 관해 말하고 또 말하면서, 그의 말을 듣는 사람에게서 한 번도 눈을 떼지 않았다. 그의 눈은 날아다니면서 동시에 자신의 비행을 지켜보는 매의 눈과 같았다. 하지만 역시 한시도 경계를 늦추지 않는 눈초리, 즉 저 아래에 있는 대지라는 혼돈의 땅에서 일어나는 최소한의 움직임까지도 구별할 수 있는 시선을 지녔다.

아마도 지휘자는 약간 취한 것 같았다. 피로에 지쳐 다른 것들을 생각하는 것 같았다. 지휘자의 말은 자신의 기분이 어떤지, 자신의 존재 방식이 무엇인지, 자기가 몸을 부들부들 떨면서 우러러보는 예술 현상이 무엇인지 전혀 드러내지 않는 것 같았다.

그러나 그날 밤 한스는 5차원에서 살거나 그런 세계와 자주 접하는 사람들은 무슨 생각을 하는지 지휘자에게 물었다. 그 모임에서 그가 처음으로 입을 연 것이었다. 하지만 큰 소리로 자기 자신에게 묻는 것이기도 했다. 한스의 독일어는 집을 떠나 도로 노동자들과 합류한 후 상당히 나아졌고 베를린에서 살게 된 이후부터는 훨씬 좋아졌지만, 지휘자는 처음에 그의 말을 완전히 알아듣지 못했다.

그런 후 질문의 핵심을 포착했고, 매나 독수리 혹은 까마귀 같은 눈으로 할더와 니사를 그만 쳐다보고, 젊은 프로이센 사람의 차분한 회색 눈에 시선을 고정시켰다. 이미 그 젊은이는 다른 질문을 던졌다. 6차원을 자유롭게 드나들 수 있는 사람들은 5차원이나 4차원에 둥지를 튼 사람들을 어떻게 생각할까요? 10차원, 그러니까 차원 열 개를 감지하는 사람들은 가령 음악에 관해 어떻게 생각할까요? 그들에게 베토벤은 무엇을 의미할까요? 모차르트는 무엇일까요? 바흐는 무슨 의미를 지닐까요? 젊은이 라이터는 아마도 음악이란 소음에 불과할 것이라고, 구겨진 종이나 불타 버린 책의 소리와 비슷할 것이라고 혼잣말로 대답했다.

그 순간 오케스트라 지휘자는 공중으로 손을 들어 말했다. 아니, 은밀하게 속삭였다.

「이보게 청년, 타버린 책에 대해서는 말하지 말게.」

그러자 한스가 대답했다.

「모든 건 불타 버린 책이에요, 지휘자님. 음악, 10차원, 4차원, 요람, 총탄과 소총 제작, 서부 소설, 모든 게 불타 버린 책이에요.」

「지금 무슨 소리를 하는 거지?」 지휘자가 물었다.

「단지 제 의견을 밝히는 거예요.」 한스가 말했다.

「그냥 의견일 뿐이에요.」 할더는 이렇게 말하면서 즐거운 말투로 대화에 종지부를 찍으려고 애썼다. 그는 혹시라도 지휘자와 적대감이 형성되지 않도록, 그리고 지휘자가 자기 친구를 싫어하지 않도록 하려고 노력한 것이다. 「그냥 젊은이들의 전형적인 의견이에요.」

「아니, 아니. 서부 소설이란 뭘 말하는 건가?」 지휘자가 말했다.

「카우보이 소설이에요.」 한스가 대답했다.

이 말을 듣자 지휘자는 다소 안도하는 것 같았다. 지휘자는 그들과 다정한 말을 몇 마디 교환하고는 이내 그곳을 떠났다. 나중에 지휘자는 여주인에게 할더와 일본인은 좋은 사람 같았지만, 할더의 젊은 친구는 시한폭탄과 같았으며 그것은 의심의 여지가 없다고 지적했다. 다시 말하면, 한스는 지식과 경험이 부족하지만 사람의 이목을 끄는 정신의 소유자며, 비논리적이고 비합리적이며, 전혀 뜻하지 않은 순간에 터져 버릴 수 있는 사람이라는 말이었다. 그러나 그건 사실이 아니었다.

일반적으로 음악가들이 집으로 돌아간 후에, 그레테 폰 요아힘슈탈러의 아파트에서 보내는 밤은 침대나 욕조에서 끝나곤 했다. 그 아파트의 욕조는 베를린에서 좀처럼 보기 드문 것이었는데, 길이 2.5미터, 폭 1.5미터였으며, 발톱 모양의 다리가 있고 검은색 에나멜 칠이 되어 있었다. 그곳에서 할더, 그런 다음 니사는 이마부터 발가락까지 그레테에게 끊임없이 마사지를 해주었다. 두 사람은 완전히 옷을 입었고, 심지어는 그레테의 특별한 부탁에 따라 외투를 입는 경우도 종종 있었다. 그러는 동안 그레테는 인어 같은 자세를 취했다. 어떤 때는 고개를 들고, 어떤 때는 고개를 떨어뜨리고, 어떤 때는 얼굴을 물속에 담그기도 했다. 그녀의 벌거벗은 몸은 오로지 거품으로만 덮여 있었다.

이런 사랑의 밤 동안 한스는 부엌에서 기다렸다. 그곳에서 가벼운 식사를 준비했고 맥주를 따랐다. 그런 다음 한 손에는 맥주를, 다른 한 손에는 먹을 것을 들고서 아파트의 널찍한 복도를 걸어 다니거나 아니면 거실의 커다란 창문으로 내다보았다. 그곳에서 도시로 밀려와 모든 것을 삼켜 버리는 파도처럼 도시 전역을 물들이는 해돋이를 바라보았다.

가끔씩 한스는 몸이 뜨겁다고 느꼈고, 얼굴이 달아오르는 것은 섹스에 대한 욕망 때문이라고 생각했다. 그러나 그것은 착각이었다. 종종 한스는 거실의 담배 냄새를 제거하려고 창문을 열어 두고서 불을 껐고, 자기 외투를 걸쳐 둔 소파에 앉곤 했다. 그러면 추위가 밀려온다는 것을 알게 되었고, 졸음을 느끼며 눈을 감았다. 한 시간 후, 날이 환하게 밝았을 때 그는 할더와 니사의 손을 느끼곤 했다. 그 손들은 그를 흔들면서 이제는 가야 할 시간이라고 말하곤 했다.

폰 요아힘슈탈러 부인은 그 시간에 결코 모습을 드러내지 않았다. 단지 할더와 니사만이 나타났다. 할더는 항상 꾸러미를 들고 있었는데, 그것을 외투 아래로 감추려고 했다. 아직 잠에서 깨지 않은 채 거리로 나선 그는 자기 친구들의 바짓가랑이가 젖었고, 상의의 소매도 젖은 것을 보았다. 그들의 바짓가랑이와 소매는 거리의 차가운 공기와 접촉하면서 김을 모락모락 내뱉었다. 니사와 할더의 입에서 나오는 입김보다 약간 덜한 김이었다. 이른 아침 시간에 그의 친구들은 택시를 타지 않고 가장 가까운 카페로 걸어가서 푸짐하게 아침 식사를 했다.

1939년에 한스 라이터는 징집되었다. 몇 달간 훈련을 받은 후 그는 폴란드 국경에서 30킬로미터 떨어진 곳에 기지를 둔 310 경보병 연대에 배치되었다. 311연대와 312연대처럼 310연대는 당시 크루거 장군이 지휘하는 79 경보병 사단에 속했고, 그 사단은 독일 제국의 주요 우표 수집가 중 하나인 폰 볼레 장군이 이끄는 10군단에 속했다. 310연대는 폰 베렌베르크 대령의 지휘를 받았고, 대대 셋으로 이루어졌다. 한스 라이터는 3대대에 속했고, 처음에는 기관총 사수 조수의 임무를 맡았다가 후에는 돌격 중대의 중대원으로 복무했다.

그에게 할당된 두 번째 임무의 책임자는 파울 게르츠케 대위였다. 그는 라이터의 키가 돌격 부대의 열병식이나 돌격 연습에서는 존경심과 심지어는 공포를 심어 주기에 적절하다고 생각했지만, 가상 전투가 아닌 실제 전투가 벌어지는 경우에는 그를 그 위치에 이르게 한 바로 그 키가 장기적으로는 파멸의 원인이 될 것임을 잘 알았다. 실제로 가장 훌륭한 돌격 병사는 단신이며 잔가지처럼 호리호리하고, 다람쥐처럼 신속하게 움직이는 사람이었기 때문이다. 물론 79사단 310연대의 보병이 되기 전에, 한스 라이터는 선택의 갈림길에 직면하자 잠수함 기지에 복무하려고 애썼다. 할더는 그런 야심을 부추겼고, 자기가

아는 군인들과 공무원들을 모두 움직였다. 그러나 한스는 그들이 실재
인물이라기보다는 상상의 인물들이 아닐까 의심했다. 그가 자기 소망을 밝히자
독일 해군의 주요 장교들은 폭소를 터뜨렸다. 특히 잠수함 대원들의 실제 신장과
잠수함에서의 삶을 잘 알던 장교들이 그랬다. 키가 1미터 90센티미터에 달하는
병사는 나머지 동료들에게 파멸의 원인이 되고 말 것이 분명했기 때문이다.

　　상상적이건 실재적이건 할더가 영향력을 발휘했음에도 불구하고, 분명한 것은
한스는 가장 굴욕적으로 독일 해군에게 거부되었으며, 그곳에서는 그에게 탱크
중대에 합류하라는 장난스러운 충고까지 했다는 사실이었다. 그래서 그는 자신의
첫 번째 임무, 즉 경보병에 만족해야만 했다.

　　훈련소로 떠나기 일주일 전에, 할더와 니사는 그에게 작별 파티를 벌여
주었고, 그 파티는 결국 사창가에서 끝났다. 그곳에서 그들은 세 사람을 하나로
만든 우정을 위해 그에게 동정을 당장에 날려 버리라고 애원했다. 할더가 창녀를
골랐다. 할더의 여자 친구였을 수도 있고, 할더의 수많은 사업 계획 중 하나에
실망한 협력자일 수도 있었다. 어쨌거나 그를 건드린 창녀는 바이에른 출신으로,
아주 달콤하고 부드러우며 조용한 시골 여자였다. 말을 아끼기 위해서인지 입을
여는 경우가 좀처럼 없었지만, 일단 입을 열면 모든 면에서, 그러니까 성적인
면에서도 실용적인 여자처럼 보였다. 심지어 그녀는 탐욕스러운 징후까지 보여
주었는데, 한스는 그런 징후에 철저히 혐오감을 느꼈다. 물론 그날 밤 그는 섹스를
하지 않았지만, 친구들에게는 그렇게 했다고 말했다. 그러나 다음 날 아니타라는
그 창녀를 다시 찾아갔다. 두 번째 방문에서 한스는 동정을 잃어버렸다. 그
이후에도 두 번이나 더 찾아갔고, 그러자 그녀는 자기의 삶과 자기 인생을
지배하는 철학을 털어놓았다.

　　떠나야 할 시간이 되자 그는 혼자 떠났다. 그는 아무도 기차역까지 자기를
배웅하러 나오지 않았다는 사실이 이상하다는 것을 알았다. 아니타와는 전날 밤에
작별을 했다. 할더와 니사에 대해서는 처음으로 사창가를 찾아갔던 날 이후 아무런
소식도 듣지 못했다. 마치 두 친구가 다음 날 아침에 그가 떠난다는 사실을 그대로
받아들인 것 같았다. 하지만 그건 사실이 아니었다. 일주일 전부터 할더는 마치
내가 이미 베를린을 떠난 것처럼 굴고 있어. 그는 생각했다. 그가 정말로 떠나던 날
작별 인사를 한 유일한 사람은 여주인이었다. 그녀는 그에게 조국을 위해 봉사하는
것은 영광이라고 말했다. 그가 새 배낭에 가지고 간 것은 옷가지 몇 벌과 『유럽
해안 지대의 동식물』이란 책뿐이었다.

　　9월이 되자 전쟁이 시작되었다. 라이터가 속한 사단은 국경까지 진군했고,
진로를 열어 준 전차 사단과 보병 사단의 뒤를 따라 국경을 넘었다. 아무런 전투도
하지 않고 과도한 경계도 취하지 않은 채 강행군을 계속해서 폴란드 영토로
들어갔다. 세 연대는 거의 축제 분위기로 하나가 되어 이동했다. 병사들은 마치
그들 중 누군가가 불가피하게 죽어야만 하는 전쟁터에 있는 게 아니라 성지를

순례하는 사람들 같았다.

여러 마을을 지났지만 어떤 마을도 약탈하지 않았다. 완전히 대열을 갖추어 질서 정연하게, 하지만 전혀 거만하지 않게 행군하면서, 아이들과 젊은 여자들에게 미소를 지었다. 길을 따라 모터사이클을 타고 질주하는 병사들과 가끔씩 마주치기도 했다. 그 병사들은 어떤 때는 동쪽으로 또 어떤 때는 서쪽으로 달려가면서 사단이나 군단 사령부의 명령을 전달했다. 한스의 연대는 포병 연대를 추월했다. 종종 언덕 꼭대기에 도착하면, 전선이 있을 것이라고 상상하던 동쪽을 쳐다보았지만, 아무것도 볼 수 없었다. 그들의 눈에 보이는 것이라고는 여름의 마지막 광채 속에서 꾸벅꾸벅 졸던 축 늘어진 풍경뿐이었다. 반대로 서쪽으로는 그들을 따라잡으려고 안간힘을 쓰면서 연대와 사단의 포병 부대가 일으키는 먼지구름을 알아볼 수 있었다.

여행 사흘째가 되던 날 한스의 연대는 다른 흙길로 방향을 틀었다. 해가 지기 조금 전에 그들은 강가에 도착했다. 강 뒤로는 소나무와 포플러로 이루어진 숲이 있었고, 사람들 말에 따르면 그 숲 뒤로는 폴란드 군인들이 필사의 정신으로 무장하고 주둔한 어느 마을이 있었다. 그들은 기관총과 박격포를 설치하고 조명탄을 터뜨렸지만, 아무런 대응 사격도 없었다. 두 돌격 중대가 한밤중이 지난 후에 강을 건넜다. 숲에서 한스와 그의 동료들은 올빼미 소리를 들었다. 강 건너편으로 나오자 마을이 보였다. 마을은 마치 어둠 속에 상감되어 있거나 단단히 박힌 검은 덩어리 같았다. 두 중대는 여러 그룹으로 나뉘어 계속 앞으로 나아갔다. 마을의 첫 번째 집에서 50미터쯤 떨어져서 대위는 명령을 내렸고, 모든 병사는 마을을 향해 달리기 시작했다. 심지어 한두 명은 마을이 완전히 텅 비었다는 사실을 알고 놀란 것 같기도 했다. 다음 날 연대는 다른 길 세 군데를 따라 동쪽으로 진군했다. 연대보다 더 커다란 사단 병력이 지나가던 넓은 도로와 평행으로 난 길들이었다.

라이터의 대대는 다리를 점령한 폴란드 파견대와 마주쳤다. 독일군은 그들에게 항복하라고 요구했다. 폴란드 군인들은 거부하면서 화염을 발사했다. 기껏해야 10분 정도 지속된 전투가 끝났고, 라이터의 동료 병사 하나는 코가 부러진 채 모습을 드러냈다. 코에서는 피가 줄줄 흘러내렸다. 그가 말한 바로는, 다리를 건넌 후에 병사 열 명 정도와 함께 숲 언저리를 향해 걸어갔다. 바로 그 순간 어느 폴란드 병사가 나뭇가지에서 뛰어내리더니 그를 주먹으로 마구 때리기 시작했다. 물론 라이터의 동료는 최악의 경우나 최선의 경우에, 그러니까 극단적인 경우에 어떻게 해야 할지 몰랐다. 자기가 총기로 공격받는 게 아닐 경우에는 칼이나 총검 공격의 희생자가 될 수 있다고 생각은 했지만, 주먹으로 공격을 받을 것이라고는 한 번도 상상하지 못했던 것이다. 폴란드 병사가 주먹으로 그의 얼굴을 가격하는 순간, 그는 화가 치밀었지만, 분노보다는 놀라움이 더 강했다. 그 충격 때문에 어떻게 대응해야 할지 몰랐다. 즉, 자기를 공격한 적처럼 주먹을 사용해야 할지, 아니면 소총을 사용해야 할지 몰랐던 것이다. 그는 순간적으로 멍하니 서 있었고, 적군은 그의 배를 때렸다. 그리 아프지는 않았다. 그런 다음 적군은 그의 코를 강타했고, 그는 거의 정신을 잃었다. 바닥으로 쓰러지면서 폴란드 병사를 보았다. 더 정확하게 말하자면, 그 순간 폴란드 군인의 몽롱한 그림자를 본 것이다. 좀 더 똑똑한 병사였다면 충분히 그의 무기를 훔치려고 했겠지만, 대신 그 폴란드 군인은 숲으로 그냥 되돌아가려 했다. 그때 그의 동료 중 한 그림자가 총을 쏘았고, 이후 더 많은 총소리가 들렸다. 총탄을 맞아 벌집처럼 구멍투성이가 된 폴란드 병사의 그림자는 바닥으로 고꾸라졌다. 한스와 나머지 대대 병력이 다리를 건넜을 때는 이미 도로변에 쓰러진 적군의 시체는 하나도 없었다. 대대의 희생자는 경상을 입은 병사 두 명뿐이었다.

바로 그즈음에 그들은 햇빛 아래나 커다란 회색 구름 아래를 걸었다. 끝없이 펼쳐진 그 회색 구름은 기억하지 않으려 해도 그럴 수 없는 가을을 예고했다. 그의 대대는 여러 마을을 지났다. 그때 한스는 독일군 병사의 군복 아래로 자기가 광인의 의상이나 파자마를 입고 있다고 생각했다.

어느 날 오후 그의 대대는 참모 본부 장교 무리와 만났다. 어떤 참모 본부일까? 그는 몰랐지만, 어쨌거나 참모 본부 장교들이었다. 한스의 대대가 길을 따라 행진하는 동안, 장교들은 길에서 아주 가까운 언덕 위에 모여서 하늘을 쳐다보았다. 바로 그 순간 비행 대대가 하늘을 가로질러 동쪽으로 날아갔다. 아마도 슈투카 폭격기이거나 전투기인 것 같았다. 몇몇 장교는 집게손가락으로, 또 어떤 장교들은 손 전체로 그 비행기들을 가리켰다. 마치 비행기들에게 〈하일 히틀러(히틀러 만세)!〉라고 말하는 것 같았다. 그런데 한 장교는 몇 발짝 떨어진 곳에서 완전히 생각에 잠긴 채, 바로 그 순간 당번병이 휴대용 탁자에 조심스럽게 내려놓은 음식을 지켜보고 있었다. 당번병은 상당히 커다란 검은 상자에서 음식을 꺼냈다. 마치 제약 회사의 특수 상자, 즉 위험한 약물을 담거나 아니면 아직 완전히 검증되지 않은 의약품을 보관한 상자 같았다. 심지어 장갑을 낀 독일 과학자들이 세상을 파괴할 수 있고 또한 독일도 망가뜨릴 수 있는 강력한 것을 넣어 두는, 과학 연구소에서 가져온 상자 같기도 했다.

당번병과 탁자 위에 먹을 것을 올려놓는 당번병의 모습을 지켜보는 장교 옆에는 모든 사람에게 등을 돌린 또 다른 장교가 있었다. 독일 공군 제복을 입은 이 장교는 따분한 표정을 지으며 비행기를 바라보았다. 그는 한 손에 긴 담배를 들었고, 다른 한 손에는 책을 들었다. 그런 자세로 책을 읽는 건 대단치 않은 일이었지만, 공군 제복을 입은 그 장교에게는 말로 다할 수 없는 노력이 필요한 것 같았다. 장교들이 모두 모인 언덕 위로 산들바람이 불어왔고, 그 바람이 쉬지 않고 책장들을 펄럭거리게 만들면서 독서를 방해했기 때문이다. 그래서 공군 제복을 입은 장교는 책장들이 펄럭이지 않도록, 혹은 움직이지 않거나 그대로 있도록 긴 담배를 든 손을 사용해야만 했다. 그러나 그는 그렇게 하지 못했고, 오히려 상황을 더욱 악화시키고 말았다. 담배 혹은 담뱃재가 책장들을 그을렸거나, 아니면 산들바람이 담뱃재를 책장 위로 흩뿌렸기 때문이다. 그러자 장교는 몹시 못마땅해했고, 고개를 숙여 아주 조심스럽게 담뱃재를 불어 버렸다. 그의 얼굴로 바람이 불어왔고, 담뱃재를 부는 순간 담뱃재가 그의 눈으로 날아올 위험이 다분했다.

공군 제복을 입은 이 장교 옆에는 늙은 군인 두 명이 있었다. 그들은 접의자에 앉아 있었다. 한 명은 지상군의 장군처럼 보였고, 다른 한 사람은 창기병 혹은 경기병 부대의 장군 제복을 입은 것 같았다. 두 사람은 서로 쳐다보면서 웃었다. 먼저 지상군 장군이, 그런 다음 창기병 부대의 장군이 웃었고, 그런 순서로 계속 그들은 웃었다. 마치 무슨 일이 일어나는지 전혀 모르거나, 아니면 언덕 위에 모인 참모 본부 장교들 중 그 누구도 모르는 것을 아는 것 같았다. 언덕 아래에는 자동차 세 대가 주차되어 있었다. 주차된 차들 옆에는 운전병들이 서서 담배를 피웠고, 어느 차 안에는 여자가 앉아 있었다. 아주 아름다웠고 우아하게 옷을 입었다. 그녀는 후고 할더의 외삼촌인 폰 춤페 남작의 딸과 아주 흡사해 보였다. 아니, 라이터가 그렇게 생각한 것일 수도 있었다.

라이터가 참가한 첫 번째 진짜 전투는 쿠트노 근교에서 벌어졌다. 폴란드 군인은 몇 명 되지 않았고 무장 상태도 형편없었지만, 전혀 항복하려 들지 않았다. 전투는 그리 오래 지속되지 않았다. 결국 폴란드인들은 항복하려고 했지만, 문제는 그들이 어떻게 항복해야 하는지 몰라 전투를 벌여야 했던 것이다. 라이터의 돌격 분대는 적들이 나머지 대포들을 집결시켜 놓은 농장과 숲을 공격했다. 그들이 떠나는 것을 본 게르츠케 대위는 라이터가 어쩌면 죽을지도 모른다고 생각했다. 대위가 보기에 그것은 늑대와 코요테와 하이에나로 이루어진 분대에 기린이 가세하여 떠나는 것과 마찬가지였다. 라이터는 어떤 폴란드 군인보다도 키가 컸으며, 모든 병사 중에서 가장 둔하고 서툴렀다. 그래서 적군은 의심할 여지 없이 그를 목표물로 선택할 터였다.

농장을 습격하던 중에 독일군 병사 두 명이 사망했고 다섯 병사가 부상을 당했다. 숲을 공격하면서 또 독일군 병사가 사망했고, 세 명이 더 부상당했다. 하지만 라이터에게는 아무 일도 일어나지 않았다. 돌격 분대를 지휘하던 하사는 그날 밤 대위에게 라이터는 쉬운 표적으로 이용되는 것이 아니라 상대방을 어느 정도 두려움에 떨게 했다고 말했다. 왜 그랬지? 대위는 물었다. 소리를 질렀나? 욕을 했나? 무자비하게 행동했나? 혹시 전투 중에는 다른 사람이 되어 그들을 두려움에 떨게 한 건가? 그러니까 두려움을 느끼지 않는 용감무쌍한 독일 전사로 변했나? 아니면 사냥꾼, 본질적인 사냥꾼, 즉 우리 모두가 내면에 지녔으며, 먹이 앞에서 항상 한 발짝 앞서 나가는 교활하고 재빠른 사냥꾼이 된 건가?

그런 질문을 받자 하사는 잠시 생각한 후 아니라고, 정확하게 그건 아니라고 대답했다. 하사는 라이터가 전쟁터에서는 다른 사람이었지만, 사실은 평소의 그와 똑같았다고, 우리 모두가 아는 바로 그 사람이었다고 말했다. 하지만 그는 마치 전투에 돌입하지 않은 것처럼, 마치 그곳에 있지 않은 것처럼, 혹은 전투는 그의 일이 아니라는 듯 전투를 했다고 덧붙였다. 그러면서 그가 명령을 이행하지 않았거나 아니면 어겼다는 의미는 아니라고, 분명히 아니라고, 그는 넋을 잃지도 않았다고, 몇몇 병사는 두려움에 사로잡혀 멍한 상태가 되지만, 그는 결코 그렇지 않았다고 설명했다. 그리고 그건 멍한 상태가 아니라 바로 두려움이었다고, 그는, 즉 하사는 잘 모르지만, 라이터에게는 분명히 무언가가 있었고, 심지어 적군들도 그걸 감지했다고, 그래서 여러 번 그를 향해 총을 쏘았지만, 결코 명중시키지 못했고, 그래서 갈수록 적군들은 초조해하면서 당황했다고 말했다.

79사단은 쿠트노 근교에서 계속 전투를 벌였지만, 라이터는 이제 어떤 전투에도 참가하지 않았다. 9월이 끝나기 전에 사단 전체가 이동했다. 이번에는 기차를 타고 서부 전선으로 향했다. 그곳에는 이미 10 보병 군단의 잔여 병력이 주둔하고 있었다.

1939년 10월부터 1940년 6월까지 그들은 이동하지 않았다. 앞에는 마지노 전선이 있었지만, 숲과 과실수 사이에 숨어 지내던 그들은 그 전선을 볼 수 없었다. 그들은 평온한 삶을 살았다. 병사들은 라디오를 들었고, 식사를 했으며, 맥주를 마셨고, 편지를 썼으며, 잠을 잤다. 몇몇은 프랑스 군인들의 콘크리트 요새로 곧장 향하는 날이 올지도 모른다고 말하기도 했다. 그 말을 들은 사람들은 초조한 웃음을 터뜨리면서 농담을 했고, 자기 식구들에 관한 이야기를 서로 들려주곤 했다.

어느 날 밤 누군가가 그들에게 덴마크와 노르웨이가 항복했다고 말했다. 그날 밤 한스는 아버지 꿈을 꾸었다. 그는 낡은 군인 망토를 두르고 발트해를 바라보며 프로이센섬이 어디로 숨었는지 궁금해하는 외다리를 보았다.

게르츠케 대위는 종종 한스에게 다가와서 잠깐씩 이야기를 했다. 대위는 그에게 죽는 게 두렵냐고 물었다. 그러면 라이터는 그걸 질문이라고 하세요 하고 응수하면서, 당연히 두렵다고 대답했다. 이런 식으로 대답하면 대위는 한참 동안 그를 멍하니 쳐다보고는 마치 혼잣말을 되뇌는 것처럼 작은 목소리로 이렇게 말했다.

「넌 빌어먹을 거짓말쟁이야. 난 네 말을 믿지 않아. 날 속일 생각일랑 하지 마. 넌 어떤 것도 두려워하지 않아!」

그러고서 대위는 다른 병사들과 이야기하러 갔고, 그의 태도는 그가 말을 거는 병사에 따라 달라졌다. 바로 그 시기에 그의 하사는 폴란드에서 세운 혁혁한 전공으로 2급 철십자 훈장을 받았다. 그들은 맥주를 마시면서 그를 축하했다. 밤이 되면 한스는 막사에서 나가 들판의 차가운 풀밭에 드러누워 별들을 바라보았다. 낮은 온도는 그다지 그에게 큰 영향을 끼치지 못했다. 그는 가족들과 당시 이미 열 살이 되었고 학교에 다니는 어린 로테를 생각했다. 종종 자기가 너무 일찍 학업을 중단했다고 유감스럽게 생각하면서, 공부를 계속했다면 좀 더 나은 삶을 살게 되었을 거라고 막연히 직감했다.

한편 그는 병사로서의 지위를 불쾌하게 여기지 않았고, 미래를 심각하게 생각할 필요성도 느끼지 않았다. 아니, 아마도 그럴 능력이 없었을 것이다. 가끔씩 혼자 있을 때나 동료들과 함께 있을 때, 그는 잠수부인 척했으며, 다시 해저를 걸어 다니는 흉내를 냈다. 비록 그들은 라이터의 움직임을 아주 면밀하게 관찰했지만, 누구도 그의 걸음걸이와 숨 쉬는 태도, 그리고 주변을 둘러보는 그의 방식에 약간 변화가 있음을 눈치채지 못했다. 거기에는 어느 정도 신중함이 깃들었고, 각각의 발걸음은 미리 생각해 놓은 것 같았으며, 호흡도 정확히 잰 것 같았고, 마치 눈에 산소가 제대로 공급되지 않아 부풀어 오른 것처럼 각막은 흐리멍덩했다. 혹은 단지 그 순간에만 그가 모든 냉정함을 버렸고 결코 눈물을 흘리지는 않았지만 이내 자기가 눈물을 억제할 수 없다는 것을 안 것처럼 흐릿했다.

그들이 대기하던 바로 그 시기에, 라이터 대대의 한 병사가 미쳐 버렸다. 그는 자기가 독일의 모든 라디오 방송을 듣는다고 말했다. 더욱 놀라운 것은 프랑스 방송도 모두 듣는다고 말했다는 것이다. 이 병사의 이름은 구스타프였고, 라이터와 마찬가지로 스무 살이었다. 그는 한 번도 대대 통신팀에 배속된 적이 없었다. 그를 진찰한, 피곤한 기색이 완연한 뮌헨 의사는 구스타프가 자기 머릿속에서 목소리를 듣는 정신 분열적 환청을 겪고 있다고 말하면서, 냉수욕과 진정제를 처방했다. 그러나 구스타프의 증세는 정신 분열적 환청을 듣는 경우 대부분과 근본적으로 다른 점이 한 가지 있었다. 환자 대부분이 듣는 목소리는 환자 자신을 향했다. 즉, 자신에게 말하거나 꾸짖는 목소리들이었다. 반면에 구스타프는 단지 명령을 내리는 목소리를 들었다. 병사들, 정찰병들, 매일 일상적 지시를 내리는 대위들, 장군들과 전화로 말하는 대령들, 밀 50킬로그램을 요구하는 병참 장교들, 기상을 보고하는 조종사들의 목소리였다. 치료가 시작된 첫 주에 구스타프의 증상은 호전되는 것 같았다. 그는 약간 멍한 상태로 걸어다녔고, 냉수욕을 거부했지만, 이제는 소리치지 않았고, 자기 영혼이 나쁜 것에 물들었다고 말하지도 않았다. 둘째 주가 되자 그는 야전 병원에서 도망쳐 나무에 목을 매어 죽었다.

79 보병 사단에게 서부 전선에서 진행되는 전쟁은 전혀 영웅적인 요소를 지니지 않았다. 6월에, 그러니까 솜[12]을 공격한 후, 그들은 별다른 기습을 받지 않고서 마지노 전선을 지났고, 낭시 근처에 있던 프랑스 군인 몇천 명을 포위하는 작전에 가담했다. 그런 다음 사단은 노르망디에 주둔했다.

기차를 타고 이동하는 동안 한스는 마지노 전선의 지하 통로에서 길을 잃은 79사단의 어느 병사에 관한 흥미로운 이야기를 들었다. 그 병사가 확인한 바에 따르면, 그가 길을 잃은 곳은 샤를 지역이라고 불렸다. 사람들 말로는, 물론 그

---

12 프랑스 북부 피카르디 지방에 있는 주.

병사는 담력이 대단했고, 그래서 지상으로 향하는 길을 계속 찾았다. 땅 밑에서 약 5백 미터를 걸은 후, 그는 카트린 지역에 도착했다. 말할 필요도 없이 카트린 지역은 표지판이 몇 개 있다는 걸 제외하면 샤를 지역과 전혀 다르지 않았다. 1천 미터를 걸어서 그는 쥘 지역에 이르렀다. 그 순간 병사는 긴장했고, 그의 상상력은 고삐가 풀리기 시작했다. 어떤 동료도 자기를 구하러 오지 않아서 영원히 지하 통로에 갇혀 있는 자기 모습을 상상했다. 그는 소리치고 싶었다. 처음에는 소리를 지르면 근처에 숨은 프랑스 군인들에게 자기 위치를 알려 주는 것이나 다름없다는 두려움에 사로잡혀 애써 참았지만, 마침내 그런 욕망을 견디지 못하고 있는 힘껏 소리 지르기 시작했다. 그러나 그 외침에 아무도 화답하지 않았고, 그는 언젠가는 출구를 발견할 것이라는 희망을 가지고 계속 걸었다. 그는 쥘 지역을 떠나 클로딘 지역으로 들어갔다. 그런 다음 에밀 지역, 마리 지역, 장피에르 지역, 베레니스 지역, 앙드레 지역, 실비아 지역을 차례로 지나갔다. 실비아 지역에 도착하자 병사는 다른 사람이었다면 훨씬 먼저 알았을 사실을 그제야 깨달았다. 즉, 너무나 이상하게도 통로들이 거의 흠잡을 데 없이 정돈되어 있다는 사실을 눈치챈 것이다. 그러자 그는 통로들이 무슨 용도로 사용될 수 있을까 생각하기 시작했고, 결국 통로들은 아무런 소용도 없으며, 아마도 그곳에 군인들이 있은 적이 결코 없을지도 모른다는 결론에 도달했다.

이곳에서 병사는 자기가 미쳤다고, 아니면 그보다 더욱 심하게 자기가 죽었으며 그곳은 자기가 있어야 할 지옥이라고 생각했다. 피로에 지치고 희망도 사라지자, 그는 바닥에 드러누워 잠들고 말았다. 그는 하느님이 인간의 모습으로 나타난 꿈을 꾸었다. 그는 알자스의 시골에 있는 사과나무 아래서 자고 있었다. 그런데 어느 시골 신사가 그에게 다가오더니 지팡이로 그의 다리를 부드럽게 톡톡 치면서 잠을 깨웠다. 나는 하느님이다 하고 그 신사는 말했다. 어쨌든 네 영혼은 이미 내 것이지만, 네 영혼을 내게 팔면 너를 지하 통로에서 꺼내 주겠다. 제발 그냥 자게 해주세요. 병사는 그에게 말하고서 계속 자려고 했다. 네 영혼이 이미 내 것이라고 말했다. 그는 하느님의 목소리를 들었다. 그러니 더는 멍청한 짓 하지 말고 내 제안을 받아들여라.

그러자 병사는 잠에서 깨어나 하느님을 쳐다보았고, 그에게 어디에 서명을 하면 되느냐고 물었다. 여기다. 하느님은 공중에서 종이를 꺼내면서 말했다. 병사는 계약서를 읽으려고 했지만, 계약서는 독일어나 프랑스어, 영어도 아닌 다른 언어로 적혀 있었다. 틀림없었다. 그런데 무엇으로 서명을 하죠? 병사가 물었다. 네 피로 해라, 그것만이 유일하게 이 계약서에 어울리는 것이다. 하느님이 대답했다. 즉시 병사는 만능 주머니칼을 꺼내 왼손 손바닥에 상처를 냈고, 그런 다음 집게손가락을 피에 적셔서 서명했다.

「됐다. 이제는 계속 자도 좋다.」 하느님이 그에게 말했다.

「저는 이 지하 통로에서 빨리 나가고 싶어요.」 병사가 하느님에게 부탁했다.

「모든 게 정해진 바에 따라 이루어질 것이다.」 하느님이 말했다. 그리고 그에게 등을 돌리더니 마을이 있는 계곡으로 향하는 좁은 흙길을 따라 내려가기 시작했다. 집들을 초록색과 흰색과 옅은 갈색으로 칠한 마을이었다.

병사는 기도를 하는 게 좋겠다고 생각했다. 양손을 모으고 하늘을 향해 눈을 들었다. 그러자 사과나무의 모든 사과가 메말랐다는 사실을 알게 되었다. 이제는 건포도, 아니 조금 더 정확하게 말하자면 말린 자두 같았다. 동시에 그는 어떤 소리를 들었다. 어딘지 모르게 금속성 소리 같았다.

「이게 뭐지?」 그는 소리쳤다.

계곡에서 긴 깃털처럼 생긴 검은 연기가 솟아올랐다. 연기는 어느 정도 올라가더니 공중에 그대로 머물렀다. 어떤 손이 그의 어깨를 잡더니 흔들었다. 지하 통로로 내려와 베레니스 지역으로 들어온 그의 중대 병사들이었다. 병사는 너무나 기뻐 울음을 터뜨렸다. 그다지 많은 눈물을 흘리지는 않았지만, 그래도 억눌렸던 감정이 폭발하기에는 충분한 정도였다.

그날 밤 저녁을 먹는 동안 그는 지하 통로에서 꾼 꿈을 가장 친한 친구에게 들려주었다. 친구는 그런 상황에 처하면 터무니없는 꿈을 꾸는 건 극히 정상이라고 말했다.

「터무니없는 게 아니었어. 난 꿈속에서 하느님을 보았어. 나는 목숨을 구했어. 다시 동료들과 함께 있게 되었어. 하지만 아직도 마음이 완전히 편하지는 않아.」 병사는 그에게 대답했다.

그런 다음 병사는 좀 더 차분한 목소리로 이렇게 수정했다.

「난 아직 모든 위험에서 벗어났다고 생각하지 않아.」

그러자 그의 친구는 누구도 전쟁터에서는 완전히 안전하다고 느낄 수 없다고 대답했다. 거기서 대화는 끝났다. 병사는 자러 갔다. 그의 친구도 자러 갔다. 마을은 침묵 속에 잠겼다. 보초들은 담배를 피우기 시작했다. 나흘 후 자기 영혼을 하느님에게 판 병사는 거리를 걸어가고 있었다. 그때 독일군 자동차가 그를 치어 죽여 버렸다.

그의 연대가 노르망디에 주둔하는 동안, 라이터는 날씨가 춥든 말든 올롱드 근처에 있는 포르바유의 바위 해안 지역에서, 혹은 카르테레 북쪽 바위 해안 지역에서 수영을 했다. 그의 대대는 베스네빌 마을에 기지를 두었다. 아침마다 그는 치즈와 빵과 포도주 반병이 든 배낭과 무기를 들고 나와 해안까지 걸어갔다. 그곳에서 누구의 눈에도 띄지 않는 바위를 하나 골랐고, 여러 시간 동안 벌거벗은 채 수영과 잠수를 한 후, 바위에 드러누워 식사를 하고 포도주를 마시고는 『유럽 해안 지대의 동식물』을 읽고 또 읽었다.

이따금 불가사리를 발견했다. 그러면 폐가 견디는 시간 내내 그것을 하염없이 바라보다가 마침내 물 밖으로 나오기 전에 만져 보기로 결심하곤 했다. 언젠가 한번은 해초의 밀림에서 길을 잃고 헤매는, 〈고비우스 파가넬루스〉라고 불리는 망둥이 한 쌍을 보았다. 그는 한참 동안 그 망둥이들을 쫓아갔다. 해초의 밀림은 죽은 거인의 타래 진 머리털 같았다. 그런데 가슴이 이상하고 강하게 조여 온다는 느낌에 사로잡혔고, 그래서 급히 물 밖으로 나와야만 했다. 잠시라도 더 물속에 머물렀으면, 아마도 숨이 막혀 바다 바닥으로 끌려갔을지도 모르는 일이었다.

종종 그는 너무나 기분이 좋은 나머지, 바위의 평평하고 축축한 부분에서 꾸벅꾸벅 졸았다. 대대로 귀환하지 않고 싶을 정도였다. 그리고 한 번 이상 심각하게 고려해 보았다. 즉, 탈영하여 노르망디에서 방랑자처럼 살아가면서 동굴을 찾고, 농민들이 적선해 준 음식을 먹거나 혹은 누구도 신고하지 않을 정도로 사소한 도둑질을 하면서 사는 게 어떨까 생각했다. 그렇다면 난 어둠 속에서도 볼 수 있는 법을 배우게 될 거야. 시간이 흐르면서 내 옷은 누더기가 될 테고, 마침내 벌거벗은 채 살게 될 거야. 난 결코 독일로 돌아가지 않을 거고, 어느 날 행복의 포로가 되어 환한 표정을 지으며 물에 빠져 죽게 될 거야. 그는 생각했다.

그즈음 라이터의 부대에 의료진이 방문했다. 그를 진찰한 의사는 그가 완벽하게 건강하다고 진단했다. 그러나 그의 눈은 예외였다. 눈은 전혀 자연스럽지 못하게 붉게 충혈되어 있었다. 라이터는 이유가 무엇인지 너무나 잘 알았다. 짜디짠 물에 맨얼굴로 여러 시간 잠수했기 때문이다. 그러나 처벌을 받거나 아니면 바다로 가는 걸 금지당할지도 모른다는 두려움에 그런 사실을 의사에게 말하지 않았다. 그 시기에 라이터는 물안경을 쓰고 물에 뛰어드는 걸 신성 모독이라고 여긴 것 같았다. 철모는 받아들일 수 있었지만, 물안경은 단호하게 거부했던 것이다. 의사는 그에게 안약을 처방했고, 눈의 이상을 상관에게 알려서 안과 의사의 검진을 받도록 하라고 말했다. 의사는 떠나면서 호리호리하고 멀대 같은 청년이 아마도 마약 중독자일 것이라고 생각했고, 그렇게 그의 일기에 적었다. 우리 군대에 어떻게 모르핀이나 헤로인 혹은 뭐든 온갖 종류의 마약에 중독된 젊은이들이 있을 수 있단 말인가? 그들은 무엇을 보여 주는 것일까? 질병의 징후일까, 아니면 새로운 사회적 질병일까? 우리 운명의 거울일까, 아니면 우리의 거울뿐만 아니라 우리의 운명까지도 산산조각 내는 망치일까?

행복한 나머지 환한 얼굴로 물에 빠져 죽는 대신, 어느 날 아무런 예고도 없이 외출이 전면 중지되었고, 베스네빌 마을에 있던 라이터의 대대는 생소뵈르르비콩트와 브리크베크에 주둔한 310연대의 다른 두 대대와 합류했다. 세 대대는 모두 동쪽으로 가는 군용 열차에 올랐고, 그 열차는 311연대를 수송하던 또 다른 열차와 파리에서 합쳐졌다. 사단의 세 번째 연대가 모습을 보이지 않았다. 하지만 그 연대는 절대 사단으로 복귀하지 않을 것이 분명했다. 79사단의 두 연대는 서쪽에서 동쪽으로 유럽을 가로지르기 시작했고, 그렇게 독일과 헝가리를 지나 마침내 새로운 목적지인 루마니아에 도착했다.

몇몇 부대는 소련 국경 근처에 캠프를 차렸고, 어느 부대는 헝가리의 새로운 국경 근처에 머물렀다. 한스의 대대는 카르파티아산맥에 주둔했다. 이제 그의 사단은 10군단이 아니라 새롭게 창설된 49군단에 속했다. 당시 49군단은 단 한 개의 사단으로 이루어졌다. 새로운 군단장은 크루거 장군이었고, 얼마 전까지만 해도 대령이었지만 이제는 장군으로 진급한 폰 베렌베르크가 79사단장을 맡았다. 군단 사령부는 부쿠레슈티에 있었지만, 군단장은 사단장과 함께 종종 부대들을 순시했고, 전투 준비 상태에 대해 많은 관심을 보였다.

이제 라이터는 바다에서 멀리 떨어져 산속에서 살았고, 탈영하겠다는 생각은 완전히 버린 상태였다. 루마니아에 주둔한 처음 몇 주 동안, 그는 자기 대대의 병사들밖에 보지 못했다. 그런 다음에야 농부들을 보았다. 농부들은 마치 다리와 등에 개미가 기어다니는 것처럼 쉬지 않고 움직였고, 자신들의 소지품이 담긴 꾸러미를 들고 이리저리 오갔다. 그리고 어린 양이나 어린 염소처럼 그들 뒤를 졸졸 쫓아다니던 자기 아이들하고만 이야기를 했다. 카르파티아산맥의 석양은 끝이 없이 지속되었지만, 하늘은 너무 낮다는, 그들의 머리에서 불과 몇 미터 위에 떠 있다는 인상을 풍겼고, 그래서 병사들은 숨 막힐 것 같았고 불안했다. 그렇지만 일상생활은 큰 사건 없이 다시 평온해졌다.

어느 날 밤 새벽이 되기도 전에 라이터 대대의 몇몇 병사는 잠에서 깨어나 트럭 두 대에 나눠 탄 후 산을 향해 출발했다.

병사들은 트럭 뒷부분, 그러니까 짐칸의 나무 의자에 앉자마자 다시 꾸벅꾸벅 졸기 시작했다. 라이터는 그럴 수가 없었다. 후미의 덮개 바로 옆에 앉은 그는 종종 지붕으로 사용되던 천막을 옆으로 밀어 버리고 경치를 감상하는 데 정신을 쏟았다. 매일 아침 안약을 넣었지만 그의 눈은 계속해서 시뻘겋게 충혈되어 있었다. 뛰어난 야간 식별력을 지닌 그의 눈은 두 능선 사이로 어둠에 잠긴, 조그만 계곡들을 보았다. 트럭들은 도로를 향해 위협적으로 다가오는 커다란 소나무 숲 옆을 자주 지나갔다. 멀리 있는 더 낮은 산에서 그는 성인 것 같기도 하고 요새인 것 같기도 한 희미한 윤곽을 발견했다. 그리고 해가 밝아 오자 그것이 숲에 불과하다는 사실을 알았다. 그는 마치 거의 수직으로 선 성난 말과 마찬가지로 뱃머리가 들려 곧 침몰할 것 같은 배 모양 언덕 혹은 암석 덩어리를 보았다. 산속에서 어두운 오솔길들을 보았다. 그것들은 어느 곳으로도 이끌지 않았지만, 그 위에는 검은 새들이 높이 선회했다. 그 새들은 썩은 고기를 먹고 사는 게 틀림없었다.

오전 중간쯤 그들은 어느 성에 도착했다. 성에는 루마니아 사람 셋과 집사로 일하던 나치 친위대 장교 한 사람만 있었다. 그 장교는 그들에게 아침 식사를 주었다. 차가운 우유 한 잔과 빵 한 조각이 전부였는데, 몇몇 병사는 토할 것 같다는 표정을 지으며 빵을 건드리지도 않았다. 아침 식사가 끝나자마자 친위대 장교는 즉시 작업을 지시했다. 친위대 장교는 성을 깨끗이 청소하는 데 그다지 적당하지 않다고 생각한, 라이터를 포함한 병사 넷에게 보초를 서라고 지시했다. 그들을 제외한 모든 병사는 부엌에 소총을 놔두고서, 쓸고 닦고 램프의 먼지를 떨어내고 방의 침대에 깨끗한 시트를 깔기 시작했다.

오후 3시경에 손님들이 도착했다. 한 사람은 사단장 폰 베렌베르크 장군이었다. 독일 제국의 작가 헤르만 호엔슈와 79사단의 두 참모 장교가 그와 대동했다. 다른 차에는 루마니아 군대의 떠오르는 별이었던, 당시 서른다섯 살인 오이겐 엔트레스쿠 장군이 스물세 살의 젊은 루마니아 학자 파울 포페스쿠와 폰 춤페 여남작과 함께 타고 있었다. 두 루마니아 남자는 전날 밤에 독일 대사관이 주최한 리셉션에서 그녀를 알게 되었다. 본래 여남작은 폰 베렌베르크 장군의 차를 타고 여행하기로 되어 있었지만, 엔트레스쿠의 씩씩하고 당당한 태도와 포페스쿠의 유쾌하고 즐거운 성격에 결국 설득되어 그들의 청을 들어줄 수밖에 없었다. 두 루마니아 사람은 사단장의 차보다 자기들 차에 더 적은 사람들이 탈 것이고, 따라서 더 많은 공간이 있다는 데 바탕을 두고서 여남작에게 합리적인 제안을 했던 것이다.

여남작 폰 춤페가 차에서 내리는 모습을 보자 라이터는 놀라지 않을 수 없었다. 그러나 무엇보다도 가장 이상한 것은 이번에 젊은 여남작은 그의 앞에서 발길을 멈추고는 정말로 관심을 보이면서 자기를 아느냐고 물었다는 점이었다. 여남작 말로는, 그의 얼굴이 낯익었기 때문이었다. 차려 자세로 서 있으면서, 그는 군대식으로 표정 변화를 전혀 보이지 않은 채 앞만 바라보았다. 아니, 어느 곳도 바라보지 않았을 것이다. 그렇게 그는 물론 그녀를 안다고, 어렸을 때부터 남작인 그녀 아버지의 집에서 일을 했다고, 자기 어머니 라이터 부인도 마찬가지로 그곳에서 일했기 때문에, 아마도 여남작도 기억할 것이라고 대답했다.

「그래 맞아.」여남작은 이렇게 말하더니 웃음을 터뜨렸다.「넌 항상 맨발로 사방을 돌아다니던, 다리가 긴 아이였어.」

「그렇습니다. 그게 바로 저였습니다.」라이터가 말했다.

「내 사촌의 막역한 친구였지.」여남작이 말했다.

「남작님의 사촌인 후고 할더의 친구였을 뿐입니다.」라이터가 대답했다.

「그런데 이곳 드라큘라 성에서 무엇을 하는 거지?」여남작이 물었다.

「독일 제국을 위해 복무하고 있습니다.」라이터는 말하면서 처음으로 그녀를 쳐다보았다.

그는 그녀가 보기 드물게 아름답다고, 그녀를 알게 되었을 때보다 훨씬 더 아름답다고 생각했다. 두 사람과 불과 몇 발짝 떨어지지 않은 곳에서 엔트레스쿠 장군이 웃음을 멈추지 않고 기다렸다. 또한 젊은 학자 포페스쿠도 탄성을 지르면서, 멋져, 너무 멋져, 운명의 칼이 우연의 히드라 머리를 다시 잘랐어 하고 말했다.

손님들은 가볍게 식사를 한 다음 성 주변을 둘러보러 나갔다. 폰 베렌베르크 장군은 처음에는 이런 탐사에 관심을 보였지만, 이내 지겨워하면서 뒤로 물러났다. 그래서 그 지점 이후로는 엔트레스쿠 장군이 맨 앞에 서서 그 산책을 이끌었다. 그는 여남작의 팔짱을 끼고서 걸어갔다. 그리고 젊은 학자 포페스쿠는 그의

677

왼쪽으로 걸어가면서 대부분 모순덩어리인 정보를 풀어 내고 다시 다듬었다. 포페스쿠 옆에는 친위대 장교가 걸었고, 약간 뒤로 독일 제국의 작가 호엔슈와 두 참모 장교가 천천히 따라갔다. 그리고 맨 마지막으로 라이터가 걸어갔다. 여남작은 독일 제국을 위해 복무하기 전에 자기 가족에게 봉사한 사람이라고 말하면서 그와 나란히 걷게 해달라고 부탁했고, 폰 베렌베르크 장군은 즉시 그 부탁을 수락했다.

이내 그들은 바위에 파놓은 토굴에 도착했다. 쇠문이 입구를 가로막았다. 쇠문에는 세월의 흐름을 견디지 못하고 녹슬어 버린 문장(紋章)이 새겨져 있었다. 성의 주인처럼 행세하던 친위대 장교는 주머니에서 열쇠를 꺼내 자물쇠에 넣었다. 그리고서 손전등을 밝혔고, 라이터를 제외한 모두가 토굴 안으로 들어갔다. 장교 중 한 사람이 그에게 문밖에서 보초를 서라는 신호를 보냈기 때문이다.

그래서 라이터는 문밖에 서서 어둠을 향해 내려가는 돌계단과 그들이 지나온 황량한 정원, 그리고 버려진 제단에 있는 회색 촛불 두 개처럼 생긴 성의 망루를 쳐다보았다. 그런 다음 군복 상의에서 담배를 꺼내 불을 붙였고, 회색 하늘과 멀리 있는 계곡을 응시하기 시작했으며, 또한 폰 춤페 여남작의 얼굴을 생각했다. 그러는 동안 담뱃재는 바닥에 떨어졌고, 그는 암벽에 기대 조금씩 잠들었다. 그때 그는 토굴 내부를 꿈꾸었다. 돌계단은 원형 경기장을 향해 내려갔고, 친위대 장교의 손전등만이 부분적으로 그곳을 비추었다. 그는 방문객들이 모두 웃는 모습을 꿈꾸었다. 참모 장교 한 사람만은 예외였다. 그는 눈물을 멈추지 못하고 숨을 곳을 찾았다. 라이터는 호엔슈가 볼프람 폰 에셴바흐의 시를 읊다가 피를 내뱉는 꿈을 꾸었다. 그는 그들 모두가 폰 춤페 여남작을 먹어 치우겠다는 데 동의하는 꿈을 꾸었다.

그는 너무나 놀라 잠에서 깨었고, 자기 눈으로 자기가 꾼 꿈이 사실이 아님을 확인하기 위해 돌계단을 뛰어 내려가려고 했다.

방문객들이 대지 위로 되돌아왔다. 아무리 멍청한 사람이라도 그들이 두 그룹으로 나뉘었다는 사실을 눈치챌 수 있었다. 마치 그곳 아래서 초월적인 것을 보았다는 듯 얼굴이 백지장이 되어 나타난 사람들이 있는 반면에, 어떤 사람들은 마치 방금 전에 인류의 순진함에 관한 강의를 들은 것처럼 은은한 미소를 띠었다.

그날 밤 저녁 식사를 하는 동안 그들은 토굴에 관해 이야기했지만, 역시 다른 것들에 관해서도 대화를 나누었다. 그들은 죽음에 관해 말했다. 호엔슈는 죽음 자체는 단지 영원히 이런저런 의미로 해석되는 환상에 불과하며, 실제 현실에서는 존재하지 않는다고 말했다. 친위대 장교는 죽음이란 필수 불가결하다고, 제정신인 사람이라면 누구도 거북이나 기린으로만 가득한 세상에 찬성하지는 않을 것이라고 말했다. 그러면서 죽음은 조절 기능을 갖고 있다면서 말을 맺었다. 젊은 학자 포페스쿠는 동양 전통에 따르면 죽음은 일종의 통로일 뿐이라고 지적했다. 하지만 그 통로가 어느 장소를 향해 가는지, 어떤 현실을 향해 가는지는 정확하지 않다고, 적어도 자기는 분명하게 알지 못한다고 말했다.

「문제는 어디로 향하느냐는 것입니다.」 포페스쿠가 말했다. 그리고 스스로 대답했다. 「그 해답은 내가 쌓은 공적이 나를 어디로 데려가느냐는 겁니다.」

엔트레스쿠 장군은 그건 거의 중요하지 않다고, 중요한 것은 계속해서 움직이는 것이라고, 즉 역동적인 움직임이라고 의견을 밝히면서, 커다란 별들과 마찬가지로 그것이 모든 사람을 비롯해 바퀴벌레를 포함한 살아 숨 쉬는 모든 존재를 만드는 요인이라고 지적했다. 폰 춤페 여남작만이 아마도 유일하게 솔직하게 말한 사람인 듯했다. 그녀는 죽음이란 성가신 것이라고 말했다. 폰 베렌베르크 장군은 다른 두 참모 장교와 마찬가지로 자기 의견을 밝히고 싶어 하지 않았다.

그런 다음 그들은 살인에 관해 말했다. 친위대 장교는 〈살인〉이란 단어는 모호하며 혼란스럽고 부정확하며 막연하고 애매하며 분명치 않고 오용된다고 지적했다. 호엔슈는 그 의견에 동의했다. 폰 베렌베르크 장군은 자기는 판사들과 형사 법원에 법을 맡기고 싶으며, 판사가 어떤 행동이 살인이라고 말한다면, 그것은 살인이라고 말했다. 그러면서 판사와 형사 법원이 그렇지 않다고 판결하면, 그렇지 않을 뿐이며, 그렇게 그 문제는 끝난다고 덧붙였다. 두 참모 장교는 자신들의 지휘자와 동일한 의견을 개진했다.

엔트레스쿠 장군은 어릴 적에 자신의 영웅들은 항상 살인자와 범죄자였다고 고백하면서, 그들을 엄청나게 존경했다고 말했다. 젊은 학자 포페스쿠는 살인자와 영웅은 모두 고독하며, 적어도 처음에는 사람들에게 이해받지 못한다는 점에서 비슷하다고 손님들에게 떠올려 주었다.

한편 폰 춤페 여남작은 자기는 평생 살인자를 만나 본 적이 없다고 말하면서, 그건 매우 당연한 일이라고 설명했다. 그리고 범죄자는 만난 적이 있는데, 야비하고 비열한 작자를 그렇게 부를 수 있을지 모르겠지만, 미스터리한 분위기를 지닌 그런 범죄자는 여자들에게 매력적으로 보인다고 지적했다. 그러면서 실제로 자기 고모, 즉 아버지 폰 춤페 남작의 유일한 여동생이 그런 작자와 사랑에 빠졌다고 털어놓았다. 그러자 자기 아버지는 거의 미쳤고, 자기 여동생의 마음을 정복한 사람에게 결투를 신청했으며, 놀랍게도 그 정복자는 결투를 받아들였고, 포츠담 근교에 있는 〈가을의 마음〉이라는 숲에서 결투가 벌어졌다고 설명했다. 그녀, 즉 폰 춤페 여남작은 오랜 세월이 흐른 후 크고 높이 솟은 회색 나무들과 산림을 벌채해서 만든 빈터를 자기 눈으로 직접 보려고 그곳으로 찾아갔으며, 그 빈터는 약 50제곱미터의 경사진 땅이었는데, 바로 거기서 자기 아버지가 예측할 수 없는 그 남자와 결투를 벌였다고 말했다. 그 남자는 입회인 대신 거지 둘을 데리고 아침 7시에 거기 도착했는데, 익히 예측할 수 있듯이 두 거지는 완전히 술에 취한 반면에, 자기 아버지 측 입회인들은 X 남작과 Y 백작이었으며, 어쨌거나 너무나 부끄럽고 망신스러운 나머지 분노로 얼굴이 벌게졌던 X 남작은 자기 총으로 폰 춤페 여남작 여동생의 애인 콘라트 할더를 죽이려고 했다고 털어놓았다. 그녀는 의심할 여지 없이 폰 베렌베르크 장군은 기억할 것이라고 말했고, 장군은 폰 춤페 여남작이 무슨 말을 하는지 제대로 알지 못했지만 고개를 끄덕였다. 그러자 그녀는 이렇게 덧붙였다. 당시 세상을 매우 떠들썩하게 만든 사건이었어요. 물론 내가 태어나기 전이었지요. 당시 아직 폰 춤페 남작은 미혼이었거든요. 어쨌거나 너무나 낭만적인 이름을 가진 그 조그만 숲에서 결투가 벌어졌어요. 물론 권총 결투였지요. 어떤 규칙을 적용했는지는 모르지만, 두 사람이 상대방을 향해 총을 겨누었고 동시에 방아쇠를 당겼을 거라고 추측해요. 우리 아버지인 남작의 총알은 할더의 왼쪽 어깨에서 불과 몇 센티미터 떨어진 곳으로 날아갔어요. 반면에 할더의 총소리를 들은 사람은 아무도 없었어요. 모두가 그도 목표물을 명중시키지 못했다고 확신했지요. 그들은 우리 아버지가 훨씬 훌륭한 사수라는 사실을 알았고, 쓰러져야 할 사람은 우리 아버지가 아니라 할더일 것이라고 굳게 믿은 것이지요. 하지만 그때 놀랍게도 우리 아버지를 포함한 모든 사람은 할더가 무기를 내리지 않고 계속 겨눈 모습을 보았어요. 그러자 그들은 할더가 총을 쏘지 않았고, 따라서 결투는 아직 끝나지 않았다는 사실을 깨달았지요. 그런데 여기서 가장 놀라운 일이 벌어지고 말았어요. 특히 우리 아버지 여동생의 애인이었던 할더의 악명을 염두에 둔다면 소스라치게 놀랄 일이었어요. 그는 우리 아버지에게 총을 쏘는 대신, 자기 신체 한 부분을 골랐어요. 왼쪽 팔이었다고 생각해요. 그러고는 팔을 향해 총을 쏘았지요.

그다음에 무슨 일이 일어났는지는 알지 못해요. 아마도 할더를 의사에게 데려갔을 거라고 추측해요. 아니면 아마도 할더 자신이 거지 입회인들과 함께 스스로 자기 발로 걸어서 의사를 찾아가 상처를 치료해 달라고 했을지도 모르지요. 그러는 동안 우리 아버지는 가을의 마음 숲에 그냥 우두커니 서 있었어요. 분노로 들끓었거나 아니면 아마도 자기가 목격한 사실 앞에서 얼굴이 백지장이 되었을 거예요. 우리 아버지의 입회인들은 그를 위로하러 주변으로 몰려들었고, 그에게 걱정하지 말라고, 저 작자와 같은 사람들은 온갖 종류의 익살스러운 짓을 할 수 있다고 말했지요.

얼마 후 할더는 우리 아버지의 여동생과 도망쳤어요. 그들은 잠시 파리에서 살았고, 그런 다음 프랑스 남부에서 살았지요. 화가였던 할더, 나는 그의 그림을 한 점도 본 적이 없었지만, 어쨌든 화가라는 그 사람이 오랜 시간을 보내던 곳이었어요. 그리고 내가 들은 바로는, 그들은 결혼했고 베를린에 거처를 정했어요. 그러나 힘든 삶을 살았고, 우리 아버지의 여동생은 중병에 걸렸지요. 그녀가 죽은 날 우리 아버지는 전보 한 통을 받았고, 그날 밤 할더를 다시 만났어요. 그는 술에 취한 채 웃통을 벗고 있었어요. 그리고 내 사촌이자 당시 세 살이었던 할더는 그 집을 아슬랑아슬랑 돌아다녔지요. 할더의 화실이었던 그 집에는 가구가 하나도 없었고, 페인트만 더덕더덕 칠해 놓았어요.

그날 밤 그들은 처음으로 대화를 나누었고, 아마도 합의에 이르렀던 것 같아요. 우리 아버지는 조카를 책임지기로 했고, 콘라트 할더는 베를린에서 영원히 떠났어요. 가끔씩 그에 대한 소식이 도착했지만, 항상 사소한 추문이 뒤따르곤 했지요. 우리 아버지는 그가 베를린에서 그린 그림을 소장했는데, 그 그림을 태워

버리려고 생각하지는 않았어요. 언젠가 한번은 그 그림들이 어디에 있느냐고
물었어요. 아버지는 대답해 주려고 하지 않았어요. 나는 그 그림들이 어땠느냐고
물었지요. 우리 아버지는 나를 쳐다보더니 단지 죽은 여자들뿐이었다고 말했어요.
고모의 초상화예요? 아니야, 다른 여자들인데, 모두 죽은 여자야. 아버지는
말했지요.

　　물론 그 저녁 식사에서 친위대 장교를 제외한 누구도 콘라트 할더의 그림을 한
점이라도 본 사람은 없었다. 친위대 장교는 그 화가를 타락한 예술가이며, 의심할
여지 없이 폰 춤페 가족의 망신거리라고 규정했다. 그러고서 그들은 예술과
예술에서의 과장된 표현, 정물화, 미신과 상징에 관해 말했다.
　　호엔슈는 문화란 영웅적 예술과 미신적 해석으로 구성된 연계 사슬이라고
말했다. 젊은 학자 포페스쿠는 문화란 상징이며, 그 상징은 구명 부표 같은 모습을
지녔다고 지적했다. 폰 춤페 여남작은 근본적으로 문화란 쾌감이라고, 쾌감을
제공하거나 부여하는 것이며, 나머지는 모두 허풍이며 아는 체하는 것이라는
의견을 피력했다. 친위대 장교는 문화란 피의 부름이라고, 낮보다는 밤에 더 잘
들리는 부름이며, 또한 운명의 해독기라고 언급했다. 폰 베렌베르크 장군은
자기에게 문화란 바흐라고, 그것으로 충분하다고 설명했다. 참모 장교 중 한
사람은 자기에게 문화란 바그너며 그것으로 모든 게 설명된다고 밝혔다. 또 다른
참모 장교는 자기에게 문화란 괴테며, 자기 역시 장군님이 말한 것처럼 그것으로
충분하다고, 심지어 종종 충분한 것 이상이라고 말했다. 그러면서 한 사람의 삶은
단지 다른 사람의 삶과만 비교될 수 있으며, 한 사람의 목숨은 단지 다른 사람의
작품을 열심히 즐길 수 있을 정도밖에 지속되지 않는다고 덧붙였다.
　　엔트레스쿠 장군은 방금 전에 참모 장교가 주장한 것을 듣고 몹시 즐거워했다.
그는 자기가 보기에는 정반대로, 문화란 삶인데, 단 한 사람의 삶이나 단 한 사람의
작품이 아니라, 일반적인 삶이라고, 즉, 일반적인 삶의 표현이며 심지어 가장
저속한 표현일 수도 있다고 주장했다. 그러고서 그는 몇몇 르네상스 화가의 배경
그림에 관해 말하기 시작했고, 그런 풍경들은 루마니아 아무 곳에서나 쉽게 볼 수
있다고 지적했다. 그런 다음 그는 성모 마리아에 관해 말하기 시작했고, 바로 그
순간 자기는 어떤 이탈리아의 르네상스 화가가 그린 성모 마리아보다도 더
아름다운 성모 마리아의 얼굴을 보고 있다고 말했다. 그러자 폰 춤페 여남작의
얼굴이 새빨개졌다. 그리고 엔트레스쿠 장군은 마지막으로 입체파와 현대 예술에
관해 말하면서, 아무렇게나 버려진 벽이나 폭탄에 파괴된 벽이 가장 유명한 입체파
작품보다 더 흥미로우며, 초현실주의는 말할 필요도 없이 루마니아의 문맹 농민의
꿈과는 비교도 되지 않는다고 주장했다. 그 말이 끝나자 잠시 짧은 침묵이 흘렀다.
짧지만 기대감으로 부푼 순간이었다. 마치 엔트레스쿠 장군이 입에 담지 못할
단어나 교양 없는 말, 혹은 천한 말을 내뱉거나 아니면 독일 손님들에게 욕을 한 것
같았다. 사실 그 음산한 성을 방문하겠다는 것은 그와 포페스쿠의 생각이었다.

그런 침묵을 깬 사람은 폰 춤페 여남작이었다. 그녀는 순진하면서도 세속적인 말투로 루마니아의 농민들이 무슨 꿈을 꾸며, 그토록 특별한 농민들이 꿈꾼 것을 그가 어떻게 아느냐고 물었다. 그러자 엔트레스쿠 장군은 숨김없는 미소를 지었다. 환하고 투명한 미소였다. 그것은 부쿠레슈티의 가장 우아한 클럽에서 〈혼동 불가능한 초인의 미소〉라고 약간 모호한 어감으로 정의된 웃음이기도 했다. 그러고서 그는 폰 춤페 여남작의 눈을 쳐다보면서, 자기 사람들, 그러니까 대부분이 농민 출신인 자기 병사들에 관한 건 어떤 것도 자기에게 낯설지 않다고 설명했다.

「난 그들의 꿈으로 살그머니 들어갑니다. 가장 부끄럽고 창피한 그들의 꿈속으로 들어갑니다. 그들 영혼의 떨림, 그러니까 그들의 감정적인 충동 속에 항상 들어가 있으며, 그들 마음속으로 들어가서 그들의 가장 중요한 생각을 음미하고, 그들의 비이성적인 충동을 면밀히 살펴봅니다. 여름에는 그들의 폐에서 잠을 자고, 겨울에는 그들의 근육에서 잠을 잡니다. 전혀 힘들이지 않고 그럴 의도도 없이, 그리고 그런 걸 부탁하거나 애써 찾지도 않고 전혀 무리도 하지 않은 채, 단지 사랑과 헌신적인 열의에 이끌려 이런 모든 일을 합니다.」

잘 시간 혹은 무기와 칼과 사냥 트로피로 장식한 다른 거실로 옮겨 갈 시간이 되었다. 다른 거실은 바로 술과 조그만 케이크들과 튀르키예산 담배가 기다리는 곳이었다. 폰 베렌베르크 장군은 양해를 구하고서 잠시 후 자기 침실로 물러났다. 참모 장교 중 한 사람, 그러니까 바그너 추종자도 상관의 전례를 따랐다. 반면에 다른 참모 장교, 즉 괴테 추종자는 밤 모임에 더 오래 있고자 했다. 한편 폰 춤페 여남작은 아직 피곤하지 않으며 잠자리에 들고 싶은 생각이 없다고 말했다. 작가 호엔슈와 친위대 장교가 앞장서서 그 거실로 갔다. 엔트레스쿠 장군은 여남작 옆에 앉았다. 지식인 포페스쿠는 벽난로 옆에 서서 친위대 장교를 호기심 어린 눈으로 바라보았다.

라이터를 포함한 두 병사가 하인 역을 맡았다. 다른 한 병사는 머리카락이 빨갛고 뚱뚱한 사람이었는데, 이름은 크루제였다. 그는 잠들기 직전인 듯 보였다.

우선 그들은 구색을 갖춘 여러 케이크를 칭찬했고, 그런 다음 쉬지 않고서 드라큘라 백작에 관해 말하기 시작했다. 마치 밤새 그 이야기를 할 시간이 오기만을 학수고대한 것 같았다. 그리 오래지 않아 그들은 두 패로, 그러니까 백작을 믿는 사람들과 그를 믿지 않는 사람들로 갈렸다. 믿지 않는 사람들에는 참모 본부 장교와 엔트레스쿠 장군, 그리고 폰 춤페 여남작이 있었고, 믿는 사람들로는 젊은 지식인 포페스쿠와 작가 호엔슈, 그리고 친위대 장교가 있었다. 포페스쿠는 드라큘라의 진짜 이름이 블라드 체페슈, 일명 〈블라드 흡혈귀〉였으며 루마니아 사람이었다고 말했다. 그리고 호엔슈와 친위대 장교는 드라큘라가 독일 귀족이었지만, 배신했다고 혹은 배신했을 거라는 이유로 고발되어 독일을 떠났으며, 그 가족은 몇몇 충신과 함께 블라드 체페슈가 태어나기 훨씬 이전에 트란실바니아에 정착했는데, 블라드 체페슈가 역사적으로 존재했고 트란실바니아 태생이라는 것은 그 누구도 부정하지 않지만, 그의 별명이나 가명에서 드러나는 방법은 드라큘라의 방식과 거의, 혹은 전혀 상관이 없으며, 드라큘라는 흡혈귀라기보다는 교살자이고 때로는 목을 자르는 사람이었고, 이국땅에서 꾸려 나간 그의 생활은 혼란의 연속이었다고 주장했다. 말하자면, 헤아릴 수 없이 커다란 참회의 연속이었다는 것이다.

반면에 포페스쿠는 드라큘라가 튀르키예인들과 맞서 싸운 루마니아의 애국자이며, 그의 이런 행위에 모든 유럽 국가는 어느 정도 감사해야 한다고 지적했다. 포페스쿠는 역사란 잔인하다고, 잔인하고 역설적이라고 말했다. 즉, 드라큘라는 튀르키예인들의 유럽 정복 충동에 제동을 건 사람이었고, 이류급 영국 작가에 의해 괴물로, 즉 인간의 피에만 관심을 보이는 방탕아로 변신했지만, 사실 체페슈가 관심을 보이던 유일한 것은 튀르키예인들이 피 흘리도록 만드는 일이었다고 설명했다.

여기에 이르자, 저녁 식사 동안 많은 술을 마셨고 식후의 대화 시간에도 계속해서 술을 마셨지만 전혀 취한 것처럼 보이지 않던 엔트레스쿠 장군이 말했다. 정말로 그는 술로 입술만 축인, 까다롭기 그지없는 친위대 장교와 더불어 그 무리에서 가장 정신이 멀쩡한 사람이라는 인상을 풍겼다. 그는 위대한 역사적 사실들을 냉정한 눈으로 바라본다면, 영웅은 괴물이거나 가장 저질인 악한이 된다고 말했다. 그러면서 심지어 빌어먹을 역사적 사실들까지도 그렇다고 덧붙였지만, 물론 그 말이 어떤 의미인지는 아무도 이해하지 못했다. 그는 계속 말을 이었다. 그런 영웅은 자신도 모르게 눈에 띄지 않는 사람이 될 수 있습니다. 마찬가지로 악한이나 일반인, 혹은 마음씨가 고운 평범한 사람들은 세월이 흐르면서 지혜의 등대, 몇백만 사람에게 마법을 걸 수 있는 매력적인 등대가 될 수도 있습니다. 세인의 존경을 받을 만한 일을 하나도 하지 않은 채, 심지어 그런 걸 원하거나 열망하지도 않은 채 말입니다. 하기야 최악의 부류에 속하는 악한들을 포함해 모든 사람은 삶을 살면서 어느 순간 사람들과 시간을 지배하고자 꿈을 꾸지만 말입니다. 그러면서 그는 이렇게 물었다. 예수 그리스도가 언젠가는 자기 교회가 지구의 가장 외딴곳까지 퍼져 나가리라고 생각했을까요? 예수 그리스도가 오늘날 우리가 세계관이라고 부르는 것을 지녔습니까? 겉으로 보기에 모든 것을 알던 예수 그리스도가 지구는 둥글고 서쪽에 아메리카의 원주민이 살며, 동쪽에는 중국인들이 산다는 사실을 알았습니까? 그는 이 마지막 말을 하는 데 굉장히 힘이 든 듯 침을 튀기고 말았다. 그러고서 스스로 이런 질문에 대답했다. 아닙니다. 물론 어느 정도는 세계관을 가지고 있었을 것입니다. 그다지 어려운 일이 아니니까요. 모든 사람이 그런 관점을 가지고 있습니다. 일반적으로 그런 관점은 자신의 마을에 한정되고, 대지와 눈앞에 있는 확실하고 평범한 것에 얽매입니다. 대단찮고 제한적이며 가족의 더러운 때로 가득한 그런 세계관은 살아남고, 시간이 흐르면서 권위와 설득력을 지니게 됩니다.

바로 그때 엔트레스쿠 장군은 뜻하지 않게 대화의 주제를 바꾸어 플라비우스 요세푸스[13]에 관해 말하기 시작했다. 똑똑하고 겁쟁이이며 신중하고 아첨꾼이며 항상 이기는 노름꾼이었지요. 그러나 자세히 관찰해 보면, 그의 세계관은 그리스도의 세계관보다 훨씬 복잡하고 난해합니다. 하지만 사람들 말로는, 그의 『유대 전쟁기』를 그리스어로 번역하도록 도와준 사람들, 즉 훌륭한 고위급 피고용자에게 잠시 고용된 그다지 유명하지 않은 그리스 철학자들과 비교하면 그다지 복잡하지 않고 난해하지도 않습니다. 이런 하찮은 그리스 철학자들은 그의 볼품없는 글을 정리했고, 통속적인 것에 우아함을 부여했으며, 공포와 죽음에 관해 플라비우스 요세푸스가 횡설수설한 내용을 훌륭하고 품위 있으며 세련되게 만들어 준 주인공들입니다.

그런 다음 엔트레스쿠는 고용된 그 철학자들을 상상하면서 큰 소리로 말하기 시작했다. 그는 그들이 로마의 거리와 바다로 향하는 길들을 배회하는 모습을 보았고, 망토를 두르고 길가에 앉아 마음속으로 세계관을 세우는 걸 보았으며, 항구의 술집, 즉 해물과 향료 냄새가 진동하는 어두컴컴한 장소에서 포도주를 마시고 튀긴 음식을 먹는 모습을 보았다. 마침내 그의 상상 속에서 그들의 모습이 사라졌다. 그것은 핏빛 갑옷과 핏빛 옷을 입은 드라큘라, 금욕의 드라큘라, 세네카를 읽거나 독일 음유 시인들의 시를 들으며 즐거워하는 드라큘라가 사라지는 것과 같았다. 드라큘라가 동유럽에서 보여 준 행적에 필적할 만한 것은 『롤랑의 노래』에서 묘사된 무훈뿐이었다. 다시 말하면 시적인 관점에서뿐만 아니라 역사적 관점, 즉 정치적 관점에서도 그렇다고 엔트레스쿠는 한숨을 내쉬며 말했다.

여기에 이르자 엔트레스쿠는 자기가 너무 말을 많이 해서 미안하다고 사과하고는 입을 다물었다. 그러자 그 순간을 이용해 포페스쿠는 1865년에 태어나 1936년에 죽은 루마니아의 수학자에 관해 말했다. 그는 생애의 마지막 20년 동안 〈미스터리적 숫자〉를 찾는 데 전념했습니다. 그 숫자들은 사람들의 눈에 보이는 광활한 풍경 어느 부분에 숨겨져 있지만, 눈에는 보이지 않습니다. 그리고 바위 사이나 침실들 사이에, 심지어 한 숫자와 다른 숫자 사이에서 살아갈 수도 있습니다. 일종의 대안 수학으로 7과 8 사이에 감추어졌지요. 그것을 보고 해석할 수 있는 사람을 기다립니다. 유일한 문제는 그걸 해석하기 위해서는 보아야 하고, 보기 위해서는 해석을 해야 한다는 것입니다.

포페스쿠는 수학자가 해석한다고 말할 때는 실제로 이해하는 것을 의미한다고 설명했다. 또 수학자가 본다고 말할 때는 사실상 적용하는 것이라면서, 자기는 그렇게 이해한다고 설명했다. 그러면서 머뭇거리더니 어쩌면 그렇지 않을지도 모른다고 덧붙였다. 저는 그의 제자입니다. 아마도 그의 제자들인 우리가 그의 말을 잘못 해석했을지도 모릅니다. 어쨌거나 수학자는 어느 날 밤 미쳐 버렸습니다. 그건 불가피한 일이었습니다. 제자들은 그를 정신 병원으로 보내야만

13 Flavius Josephus(38?~100?). 유대인 정치 선동가이자 역사가.

했다. 포페스쿠와 부쿠레슈티의 다른 두 청년은 그곳으로 그를 찾아갔다. 처음에
그는 그들을 알아보지 못했지만, 며칠이 지나자 그의 얼굴은 더는 성난 미친
사람이 아니라, 늙고 패배한 사람의 얼굴이 되었다. 그제야 비로소 그는 그들을
기억했거나 기억하는 척했고, 그들에게 미소 지었다. 그렇지만 가족의 요청에 따라
그는 정신 병원에 그대로 머물렀다. 어쨌든 계속해서 정신병이 재발했기에
의사들은 무기한 입원하는 게 좋다고 조언했다. 어느 날 포페스쿠는 그를 만나러
갔다. 의사들은 수학자에게 조그만 수첩을 주었는데, 수학자는 거기에 병원을
에워싼 나무들과 다른 환자들의 초상화를 그렸고, 공원에서 바라보이는 집들을
스케치했다. 한참 동안 그들은 아무 말도 하지 않았다. 그리고 마침내 포페스쿠는
솔직하게 말하기로 결심했다. 전형적인 젊은이들처럼 경솔하게, 그는 스승의 광기,
혹은 광기로 추정되는 것을 화제로 끄집어냈다. 그러자 수학자는 웃었다. 광기란
존재하지 않아 하고 포페스쿠에게 말했다. 하지만 당신은 여기에 있잖아요. 여기는
광인들이 수용된 집이에요. 포페스쿠는 말했다. 수학자는 그의 말을 듣지 않는 것
같았다. 그는 이렇게 말했다. 이 세상에 존재하는 유일한 광기란, 그래, 그걸
광기라고 부를 수 있을지는 몰라도 그건 화학적 불균형이야. 화학 약품으로
치료하면 쉽게 나을 수 있어.

「존경하는 교수님, 하지만 당신은 이곳에 있습니다. 당신은 이곳에, 이곳에
있습니다.」 포페스쿠는 소리쳤다.

「그건 나 자신을 보호하기 위해서야.」 수학자가 말했다.

포페스쿠는 수학자의 말을 이해하지 못했다. 그는 자기가 치료될 가망이 없는
정신 병자, 꽁꽁 묶여 있어야 할 정신 이상자와 말한다고 생각했다. 그는 양손으로
얼굴을 감쌌고, 그렇게 어찌해야 할 바 모른 채 잠시 그대로 있었다. 그때
순간적으로 자기가 잠들었을지도 모른다는 생각이 머리를 스쳤다. 그러자 그는
눈을 떴고, 눈을 비비면서 수학자를 쳐다보았다. 수학자는 그의 앞에서 등을 곧게
편 채 다리를 꼬고 앉아서 그를 물끄러미 바라보았다. 포페스쿠는 무슨 일이
일어났느냐고 물었다. 나는 보지 말아야 할 것을 봤어. 수학자가 말했다.
포페스쿠는 그게 무슨 말인지 좀 더 자세하게 설명해 달라고 부탁했다. 그렇게
한다면 난 다시 미칠 것이고 아마 죽을지도 몰라. 수학자는 대답했다. 하지만
당신처럼 비범한 사람이 이곳에 있다는 건 산 채로 매장되는 것과 같아요.
포페스쿠는 말했다. 수학자는 다정하게 미소를 지으면서 말했다. 그건 자네가 잘못
생각한 거야. 사실 나는 죽지 않기 위해 필요한 모든 걸 여기에 갖고 있어. 의약품,
시간, 간호사들, 의사들, 그림을 그릴 수 있는 수첩, 공원 등등.

그러나 얼마 지나지 않아 수학자는 세상을 떠났다. 포페스쿠는 장례식에
참석했다. 장례식이 끝나자 그는 고인의 다른 제자들과 함께 식당으로 갔고,
그곳에서 식사를 하면서 해 질 녘까지 머물렀다. 그들은 수학자에 관한 일화를
이야기했고, 그의 자손에 관해 말했다. 그때 누군가가 인간의 운명을 늙은 창녀의
운명과 비교했고, 겨우 열여덟 살밖에 되지 않았고 부모와 인도 여행을 갔다가

방금 돌아온 어떤 청년은 시를 한 편 읊었다.

2년 후 아주 우연하게 포페스쿠는 어느 파티에서 수학자가 정신 병원에 입원했을 때 그를 치료한 의사 중 하나를 만났다. 그는 정직하고 호감이 가는 젊은 의사로, 루마니아의 마음을 지녔다. 다시 말하면, 전혀 표리부동하지 않은 사람이었다. 게다가 그는 약간 술에 취했고, 그래서 더 쉽게 비밀을 털어놓았다.

이 의사에 따르면, 병원에 입원했을 때 수학자는 심각한 정신 분열 증상을 보였고, 며칠간 치료를 받자 상당히 차도를 보였다. 그가 당직을 하던 어느 날 밤, 그는 수학자의 병실로 가서 대화를 좀 나누었다. 수면제를 먹었지만 수학자는 거의 잠을 자지 않았고, 병원 측에서 그가 원할 때까지 불을 켜놓아도 좋다고 허락했기 때문이다. 의사는 문을 열면서 먼저 깜짝 놀랐다. 수학자는 침대에 누워 있지 않았다. 순간적으로 의사는 수학자가 도망쳤을지도 모른다고 생각했지만, 잠시 후 어둠에 잠긴 한쪽 구석에 웅크린 그를 보았다. 그러자 젊은 의사도 수학자 옆에 쭈그리고 앉았고, 수학자의 몸이 완벽한 상태라는 것을 확인하고는 무슨 일이 있느냐고 물었다. 그러자 수학자는 아무 일도 없다고 대답하면서, 그의 눈을 쳐다보았다. 의사는 절대적인 공포에 사로잡힌 시선을 보았다. 그때까지 한 번도 보지 못했고, 심지어 매일 수많은 유형의 수많은 정신 장애인들을 다루면서도 보지 못한 표정이었다.

「절대적인 공포에 사로잡힌 시선이 어떤 거지요?」 포페스쿠가 물었다.

의사는 두어 번 트림을 하고는 의자에서 몸을 움직였다. 그러고서 이렇게 대답했다. 그건 자비의 시선 같지만, 텅 빈 자비의 시선이지요. 불가해한 여행을 한 후 자비에게 가죽 부대만 남은 것처럼 말이에요. 가령 자비란 말을 타고 전속력으로 초원을 달리는 타타르 기수가 가지고 있는 물이 가득한 가죽 부대와 같아요. 우리는 그의 모습이 작아지다가 마침내 사라지는 것을 보지요. 그런 다음 기수는 돌아옵니다. 아니, 기수의 환영, 혹은 그림자나 생각이 돌아오는 것일 수도 있어요. 그는 이제 더는 물이 들어 있지 않은 가죽 부대를 가져와요. 여행하는 도중에 모두 마셔 버렸기 때문이지요. 아니면 그와 그의 말이 함께 모두 마셨을 수도 있어요. 어쨌거나 가죽 부대는 이제 텅 비었고, 흔히 볼 수 있는 가죽 부대가 되었지요. 사실 물로 부풀어 오른 가죽 부대는 비정상적이지요. 물이 가득 차서 부풀어 오른 기괴한 가죽 부대는 공포를 유발하지 않아요. 두려움을 일깨우지 못하고, 그런 두려움을 없애 버리는 경우는 더욱 없지요. 반면에 텅 빈 가죽 부대는 두려움을 선사해요. 그게 바로 의사가 수학자의 얼굴에서 본 것, 즉 절대적 공포였다.

의사는 포페스쿠에게 계속 말했다. 그러나 가장 흥미로운 것은 잠시 후 수학자가 정상으로 되돌아왔고, 얼굴에 새겨졌던 두려움과 소외의 표정은 흔적도 없이 사라졌다는 사실이에요. 의사가 아는 한, 수학자는 다시는 결코 그런 상태로 되돌아가지 못했다. 그것이 포페스쿠가 들려준 이야기였다. 그는 좀 전에 엔트레스쿠 장군이 한 것처럼, 자기가 너무 시간을 오래 끌었으며, 그래서 그들을

686

지루하게 만들었을지도 모른다면서 사과했다. 그러자 다른 사람들은 서둘러 그렇지 않다고 말했지만, 그들의 목소리에는 확신이 결여되어 있었다. 그 순간부터 대화는 시들해지기 시작했고, 잠시 후 모든 사람이 각자 침실로 물러갔다.

그러나 병사 라이터에게는 아직도 더 많은 놀라움이 기다리고 있었다. 새벽에 그는 누군가가 자기를 흔든다고 느꼈다. 눈을 떴다. 크루제였다. 크루제가 하는 말, 그러니까 그의 귀에 대고 속삭이는 말이 무엇인지 알아들을 수 없자, 그는 크루제의 멱살을 잡고 힘을 줬다. 다른 손이 그의 어깨를 툭툭 쳤다. 나이츠케였다.

「다치게 하지 마, 이 바보야.」 나이츠케가 말했다.

라이터는 크루제의 목에서 손을 풀고서 그들의 제안을 들었다. 그런 다음 급히 옷을 입고 그들을 뒤따라갔다. 그들은 숙소로 사용하던 지하실에서 나와 긴 복도를 지나갔다. 그곳에 빌케가 기다리고 있었다. 빌케는 1미터 58센티미터가 넘지 않을 정도로 자그마한 키에, 얼굴이 여위었고 눈빛이 지적인 병사였다. 그들은 그에게 다가가서 서로 악수를 했다. 빌케는 격식을 차리는 사람이었고, 그의 동료들은 그를 만날 때면 항상 의전을 따라야 한다는 것을 알았기 때문이다. 그러고서 그들은 계단을 올라가 문을 열었다. 그들이 도착한 방은 비었고, 마치 드라큘라가 방금 전에 떠난 듯 썰렁하고 싸늘했다. 그곳에 낡은 거울이 하나 있었는데, 빌케가 돌벽에서 그걸 떼어 냈다. 그러자 비밀 통로가 드러났다. 나이츠케는 손전등을 꺼내 빌케에게 건네주었다.

그들은 10분 넘게 걸으면서 돌계단을 여러 차례 오르내렸고, 결국 자기들이 성의 꼭대기에 있는 것인지, 아니면 다른 길을 통해 지하실로 돌아간 것인지도 알 수 없게 되었다. 통로는 10미터마다 두 갈래로 나뉘었고, 앞장서서 가던 크루제는 여러 번 길을 잃었다. 그들이 걸어가는 동안, 크루제는 그 통로에 이상한 게 있다고 속삭였다. 그러자 그들은 이상하게 보이는 게 무엇이냐고 물었고, 크루제는 쥐들이 없다고 대답했다. 오히려 잘됐어. 난 쥐들이 싫거든. 빌케는 말했다. 라이터와 나이츠케의 의견도 일치했다. 나도 쥐는 싫어. 하지만 성의 복도에, 그것도 오래된 성이라면 복도에 쥐가 있기 마련인데 여기에서는 한 마리도 만나지 못했어. 크루제가 말했다. 다른 세 사람은 크루제의 의견을 조용히 생각했고, 잠시 후 그의 지적에 예리한 점이 있다고 인정했다. 쥐가 단 한 마리도 보이지 않았다니 정말로 이상한 현상이었다. 마침내 그들은 발길을 멈추고서 손전등을 앞뒤로 비추었다. 통로의 지붕과 바닥이 마치 그림자처럼 구불구불 뻗어 있었다. 쥐는 단 한 마리도 없었다. 오히려 잘된 일이었다. 그들은 담배 네 대에 불을 붙였고, 각자 폰 춤페 여남작과 어떻게 섹스할 것인지 의견을 밝혔다. 그러고서 아무 말 없이 계속 움직였고, 마침내 땀을 흘리기 시작했다. 나이츠케는 숨 쉬기가 어렵다고 말했다.

그러자 그들은 발길을 되돌렸다. 크루제가 앞장서서 인도했고, 그들은 머지않아 거울이 있던 방으로 돌아왔다. 그곳에서 나이츠케와 크루제는 작별 인사를 했다. 친구들과 헤어지고 나서 라이터와 빌케는 다시 미로 속으로 들어갔지만, 이제는 아무 말 없이 걸어갔다. 자신들의 속삭임과 다른 소리를 혼동하지 않기 위해서였다. 빌케는 발소리, 자기 뒤로 미끄러지듯 따라오는 발소리를 들었다고 생각했다. 라이터는 잠시 눈을 감고 걸었다. 절망하여 단념하려고 할 때, 그들은 찾던 것을 발견했다. 바로 두꺼운 벽 사이로 난 좁디좁은 연결 통로였다. 하지만 속이 텅 빈 돌로 만든 벽이 분명했다. 벽에는 들여다보는 구멍이나 작은 틈새가 있어서 그들은 방들을 거의 완벽하게 몰래 훔쳐볼 수 있었다.

그렇게 그들은 촛불 세 개를 밝힌 친위대 장교의 침소를 보았고, 가운을 두른 채 침대에서 일어나 벽난로 옆 책상에서 무언가를 쓰는 친위대 장교를 보았다. 그의 얼굴에는 버림받은 사람의 표정이 서려 있었다. 그게 그들이 볼 수 있던 전부였지만, 빌케와 라이터는 서로 상대방의 등을 툭툭 쳤다. 그제야 비로소 자기들이 제대로 길을 가고 있다는 사실을 깨달았기 때문이다. 그들은 계속해서 앞으로 나아갔다.

그들은 손의 촉감을 이용해 다른 구멍들을 찾아냈다. 그 방들은 달빛을 받거나 어둠에 잠겨 있었다. 구멍 뚫린 돌에 귀를 갖다 대면, 침실에서 자는 사람이 코를 고는 소리나 숨 쉬는 소리를 들을 수 있었다. 촛불이 켜진 방 다음에는 폰 베렌베르크 장군의 침실이 나왔다. 초 한 개가 나이트 테이블 위 촛대에 꽂혀 있었고, 촛불은 마치 누군가가 숙소의 커다란 창문을 열어 놓은 것처럼 너울거리면서, 그림자와 귀신 같은 형상을 만들어 냈다. 처음 그 방을 들여다보았을 때 그 그림자와 귀신들 때문에 장군이 있는 장소는 제대로 보이지 않았다. 그러나 곧 장군이 커다란 닫집 모양 덮개가 있는 침대 옆에서 무릎을 꿇고 기도하는 모습이 눈에 들어왔다. 라이터는 폰 베렌베르크의 얼굴이 일그러졌음을 알았다. 마치 그의 어깨가 엄청난 짐을 견뎌야만 하는 듯했다. 그러나 그것은 분명히 자기 병사들의 목숨 때문이 아니었고, 가족의 목숨 때문도 아니었으며, 심지어 자기 목숨 때문도 아니었다. 그건 양심의 무게였다. 라이터와 빌케는 그 구멍을 떠나기 전에 그런 느낌을 받았고, 그러자 존경심과 경악을 금치 못했다.

어둠과 잠에 빠진 다른 곳들을 몰래 살펴본 후, 마침내 그들은 정말로 도달하고자 한 장소에 도착했다. 바로 초 아홉 개가 불을 밝힌 폰 춤페 여남작의 침실이었다. 그 방에는 은자처럼 무언가에 열중하면서 고통스러워하던 사제 병사 혹은 사제 전사의 초상화가 침대 1미터 위에 걸려 있었다. 그의 얼굴에서는 금욕과 참회, 그리고 자기희생으로 점철된 슬픔과 괴로움을 엿볼 수 있었다.

그들은 등 위쪽과 다리에 털이 많이 난 벌거벗은 남자 아래에서 폰 춤페 여남작을 보았다. 그녀를 덮치던 사람의 왼쪽 등 아래로 간혹 그녀의 금발 곱슬머리와 새하얀 이마 일부가 모습을 드러냈다. 처음에 라이터는 여남작의 비명에 놀랐다. 그러나 어느 정도 시간이 지나자 그것이 쾌락의 비명이지 고통의 비명이 아니라는 걸 알았다. 짝짓기가 끝나자, 엔트레스쿠 장군은 침대에서 일어났고, 그들은 그가 보드카병이 놓인 테이블로 걸어가는 걸 보았다. 무시할 수 없을 정도의 정액이 달랑달랑 달린 그의 음경은 아직도 발기한 상태, 아니면 반쯤 발기한 상태였고, 크기는 거의 30센티미터 정도 되는 게 틀림없었다. 빌케는 잠시 생각에 잠겼고, 한 치의 오류도 없이 정확하게 추측했다.

빌케는 동료들에게 그가 사람이라기보다는 말처럼 보였다고 이야기했다. 실제로 그는 말처럼 지칠 줄 모르는 정력의 소유자이기도 했다. 그가 보드카 한 잔을 마시고서 폰 춤페 여남작이 졸던 침대로 돌아왔고, 그녀의 자세를 바꾼 다음 다시 섹스하기 시작했기 때문이다. 처음에는 감지할 수 없을 정도였지만 나중에는 너무나 과격하게 움직였고, 등을 돌리고 있던 여남작은 비명을 지르지 않으려고 피가 날 때까지 자기 손바닥을 물어뜯었다. 그때 빌케는 이미 자기 바지 지퍼를 풀고 벽에 기대서 자위를 하고 있었다. 라이터는 옆에서 신음 소리를 들었다. 처음에는 우연히 그들 옆에 있게 된 쥐의 마지막 숨소리라고 생각했다. 그것도 새끼 쥐일 거라고 생각했다. 그러나 빌케의 음경과 앞뒤로 움직이는 빌케의 손을 보자, 라이터는 토할 것 같았고, 그래서 그의 가슴을 팔꿈치로 쳤다. 빌케는 라이터의 그런 행동에 전혀 관심을 두지 않고 계속해서 자위를 했다. 라이터는 그의 얼굴을 쳐다보았다. 빌케의 옆모습이 아주 이상하게 보였다. 어느 노동자나 직공, 혹은 달빛을 받자 갑자기 눈이 멀게 된 무지한 행인을 새긴 판화와 흡사했다. 그는 꿈을 꾸는 것 같았다. 아니, 조금 더 정확하게 말하자면 순간적으로 꿈과 생시를 분리하던 커다란 검은 벽이 부서지는 것 같았다. 그래서 빌케를 그냥 놔두었고, 잠시 후 그도 자기 몸을 건드리기 시작했다. 처음에는 아주 조심스럽게 바지 위로, 그런 다음에는 노골적으로 음경을 꺼내 엔트레스쿠 장군과 폰 춤페 여남작의 리듬에 맞추었다. 이제 폰 춤페 여남작은 손을 물어뜯지 않았다. 이미 땀투성이가 된 그녀의 뺨 옆 침대 시트로 핏자국이 번졌다. 그녀는 울었고, 무슨 말을 했지만, 장군뿐만 아니라 그들도 알아들을 수 없었다. 그것은 루마니아, 심지어 독일과 유럽의 말도 아니었고, 시골 별장에서 은밀히 속삭이는 말도 아니었으며, 모호한 우정의 말도 아니었고, 그들, 즉 빌케와 라이터 — 하지만 아마도 엔트레스쿠 장군은 〈그들〉의 범주에 속하지 않을 것 같았다 — 가 사랑과 욕망과 섹스에 관해 이해하던 말도 아니었다.

그때 빌케는 벽에 사정하면서 마찬가지로 무슨 말을 중얼거렸다. 병사의 기도였다. 그리고 잠시 후 라이터도 벽에 사정했지만, 입술을 깨물면서 아무 말도 하지 않았다. 그때 엔트레스쿠가 일어났고, 그들은 정액과 음부의 분비액으로 반짝반짝 빛나던 그의 음경에서 핏방울을 보았거나 보았다고 믿었다. 폰 춤페 여남작은 보드카를 한 잔 갖다 달라고 했다. 그런 다음 그들은 엔트레스쿠와 여남작이 서서 각자의 술잔을 든 채 멍한 표정으로 포옹하는 것을 보았다. 엔트레스쿠는 루마니아어로 시를 한 편 읊었고, 여남작은 그 시의 내용을 이해하지 못했지만 음악성이 뛰어나다면서 칭찬을 아끼지 않았다. 엔트레스쿠는 눈을 감고서 무언가를, 즉 천상의 음악을 듣는 척했다. 그런 다음 눈을 뜨더니 테이블 옆에 앉았고, 여남작을 다시 발기한 음경, 그러니까 루마니아 군대의 자랑거리인 그 유명한 30센티미터짜리 음경 위에 앉혔다. 그러자 다시 비명과 신음 소리와 울음이 시작되었고, 여남작이 엔트레스쿠의 음경으로 내려가는 동안, 혹은 엔트레스쿠의 곧추선 음경이 폰 춤페 여남작의 안으로 파고 들어가는 동안, 루마니아 장군은 양팔을 흔들면서 다시 새로운 시를 운율에 맞추어 낭송했다. 그들 중 누구도 4행마다 반복되는 드라큘라라는 단어를 제외하고는 아무 말도 알아듣지 못했다. 그 시는 군인다울 수도 있고 풍자적일 수도 있으며, 형이상학적일 수도 있었고 대리석처럼 매끄러울 수도 있었으며, 심지어 반독일적일 수도 있었다. 하지만 시의 운율은 그 순간을 위해 만들어진 것 같았다. 젊은 여남작은 엔트레스쿠의 허벅지에 걸터앉아 앞뒤로 몸을 흔들며 그 시를 기렸다. 그녀는 마치 광활한 아시아에서 미쳐 버린 어린 여자 목동처럼 애인의 목에 손톱을 찔렀고, 아직 그녀의 오른손에서 솟아 나오던 피를 애인의 얼굴에 비비댔으며, 양 입술 끝에 피로 문댔다. 그래도 엔트레스쿠는 4행마다 드라큘라라는 말이 나오는 그 시를 계속해서 읊었다. 이 시는 틀림없이 풍자적이야. 라이터는 무한한 기쁨을 느끼며 결론을 내렸다. 그런 동안 빌케 병사는 다시 용두질을 시작했다.

그들이 모든 걸 끝냈을 때에도 지칠 줄 모르는 엔트레스쿠와 불요불굴의 여남작은 전혀 끝날 기미를 보이지 않았다. 그들은 아무 말 없이 비밀 통로로 되돌아와서 뗐다 붙였다 할 수 있는 거울을 조용히 제자리에 걸어 놓고 쥐 죽은 듯이 임시 지하 막사까지 내려가 각자의 무기와 배낭 옆에서 조용히 취침했다.

다음 날 아침 손님들이 차 두 대에 나눠 타고 떠난 후, 파견대는 성을 떠났다. 그들이 쓸고 닦고 빨래하고 모든 걸 정리하는 동안, 친위대 장교만이 그들과 함께 머물렀다. 친위대 장교는 병사들의 작업이 흡족하게 마무리되자 출발하라고 지시했고, 파견대 병사들은 트럭에 올라타고서 평원을 향해 내려가기 시작했다. 그 성에는 친위대 장교의 차 한 대만 덩그렇게 남았다. 그런데 이상하게도 운전사가 없었다. 병사들이 그곳에서 멀어지는 동안 라이터는 친위대 장교를 보았다. 장교는 성의 홍벽에 올라가 파견대 병사들이 떠나는 모습을 지켜보면서, 갈수록 목을 길게 뺐고 갈수록 까치발을 했다. 한편으로 성이, 그리고 다른 한편으로는 트럭이 완전히 사라질 때까지 그는 그런 자세로 있었다.

루마니아에 주둔하는 동안 라이터는 두 번에 걸쳐 휴가를 요청해서 두 번 모두 휴가를 받아 부모님을 찾아갔다. 그곳 고향에서 그는 바위투성이 해변에 드러누워 바다를 보면서 온종일을 보냈지만, 수영을 할 마음도 없었고 더군다나 잠수할 생각은 전혀 하지 않았다. 대신 들판으로 긴 산책을 나가곤 했는데, 그런 산책은 항상 텅 비고 왜소해진, 폰 춤페 여남작의 오래된 별장에서 끝나곤 했다. 이제 그 집은 늙은 사냥터지기가 돌보았는데, 라이터는 종종 발길을 멈추어 그와 대화를 나누곤 했다. 그걸 대화라고 부를 수 있을지는 모르겠지만, 어쨌든 그 대화는 대부분 좌절감만 안겨 주었다. 사냥터지기는 전쟁이 어떻게 되어 가느냐고 물었고, 그러면 라이터는 어깨를 으쓱하곤 했다. 한편 라이터는 여남작에 관해 물었다.

그곳 사람들이 부르는 것처럼 〈남작 아가씨〉에 관해 물은 것이다. 그러면 사냥터지기는 어깨를 으쓱하곤 했다. 어깨를 으쓱한다는 것은 아무것도 모르거나 아니면 갈수록 현실이 모호해지고 꿈과 같아진다는 의미일 수 있었다. 아니면 모든 게 제대로 이루어지지 않았으며, 아무것도 질문하지 않고 인내심을 갖고 참는 게 차라리 낫다는 뜻일 수도 있었다.

그는 또한 여동생 로테와 많은 시간을 보냈다. 당시 로테는 열 살이었고, 오빠를 끔찍이 좋아했다. 라이터는 이런 헌신적인 애정에 웃음을 터뜨렸고, 동시에 너무나 슬퍼한 나머지 모든 게 아무런 의미도 없다는 소름 끼치는 생각에 사로잡혔다. 하지만 그는 아무런 결심도 하지 않으려고 애썼다. 자기가 총에 맞아 죽을 것이라고 확신했기 때문이다. 전시에는 아무도 자살하지 않아 하고 생각하면서, 그는 침대에 누워 어머니와 아버지가 코 고는 소리를 들었다. 왜 그럴까? 그건 순간을 연장하기 위해 편의상 그런 거야. 사람은 자신의 책임을 다른 사람의 손에 맡기려는 경향이 있거든. 사실 자살률은 전시에 가장 높다. 하지만 당시 라이터는 완전히 세상 물정을 모른다고는 말할 수 없었지만, 너무나 젊은 나머지 제대로 알지는 못했다. 또한 두 번 휴가를 보내는 동안 그는 고향으로 돌아가는 길에 베를린에 들렀고, 그럴 때마다 후고 할더를 찾으려고 애썼지만 그런 노력은 아무런 결실도 맺지 못했다.

할더를 찾을 수 없었다. 그가 살던 아파트에는 10대인 네 딸과 함께 어느 공무원 가족이 살고 있었다. 그들에게 이전에 살던 세입자가 어디로 갔는지 주소를 남겨 놓았느냐고 묻자, 당원인 그 가족 아버지는 무뚝뚝하게 모른다고 대답했다. 하지만 라이터가 그곳을 떠나기 전에, 그러니까 계단을 내려가는 도중에 네 딸 중에서 가장 예쁜 첫째 딸이 라이터에게 달려와서 자기는 지금 할더가 어디에 사는지 안다고 말했다. 그러고서 그녀는 계속 계단을 내려갔고, 라이터는 그녀 뒤를 쫓아갔다. 첫째 딸은 그를 공원으로 데려갔다. 그곳에서, 그러니까 구경꾼들의 시선이 닿지 않는 곳에서 그녀는 마치 그를 처음 보는 듯이 뒤로 돌았고, 갑자기 그에게 달려들어 그의 입에 키스를 했다. 라이터는 그녀를 밀어냈고, 도대체 자기에게 키스하는 이유가 무엇이냐고 물었다. 여자아이는 그를 보자 너무나 마음에 들었다고 말했다. 라이터는 그녀의 눈을 유심히 살폈다. 눈먼 여자의 눈처럼 빛바랜 파란색이었다. 그는 자기가 미친 여자와 말하고 있다는 것을 알았다.

그렇지만 그는 여자아이가 할더에 관해 어떤 정보를 갖고 있는지 알고 싶었다. 여자아이는 키스를 허락하지 않으면 정보를 주지 않겠다고 말했다. 그들은 다시 키스했다. 여자아이의 혀는 처음에 매우 건조했고, 라이터는 자기 혀로 그녀의 모든 것이 축축해질 때까지 애무했다. 지금 후고 할더가 어디에 살아? 그는 물었다. 여자아이는 라이터가 지적 장애인이라는 듯 그에게 미소를 지었다. 아직도 모르겠어요? 그녀가 말했다. 라이터는 고개를 가로저었다. 열여섯 살 이상은 되지 않았을 여자아이는 너무나 깔깔거리는 웃음을 터뜨렸고, 그래서 라이터는 그녀가 계속해서 그렇게 웃으면 머지않아 경찰이 나타날지도 모른다고 생각했다. 그는 그 웃음을 잠재우는 최고의 방법은 다시 그녀의 입에 키스를 하는 것임을 알았다.

「내 이름은 잉게보르크예요.」라이터가 그녀의 입술에서 입술을 떼자, 여자아이가 말했다.

「내 이름은 한스 라이터야.」그가 말했다.

그러자 그녀는 모래와 조그만 자갈이 깔린 바닥을 내려다보았고, 얼굴은 마치 금방이라도 실신할 것처럼 백지장으로 변했다.

「내 이름은…….」그녀는 똑같은 말을 반복했다. 「잉게보르크 바우어예요. 내 이름을 잊지 마요.」

그 순간부터 그들은 속삭이듯 말했다. 그런 속삭임은 갈수록 희미해졌다.

「절대 잊지 않을게.」

「맹세해 줘요.」여자아이가 요구했다.

「맹세할게.」라이터가 대답했다.

「누구를 두고 맹세하죠? 당신 어머니, 당신 아버지, 아니면 하느님?」

「하느님 이름을 걸고 맹세할게.」라이터가 말했다.

「난 하느님을 믿지 않아요.」여자아이가 말했다.

「그렇다면 우리 어머니와 아버지 이름을 걸고 맹세할게.」라이터가 말했다.

「그런 맹세는 소용없어요. 부모님을 두고 맹세하는 건 아무 효과도 없어요. 사람들은 자기들에게 부모가 있다는 사실을 항상 잊으려고 하거든요.」여자아이가 말했다.

「난 그렇지 않아.」라이터가 말했다.

「당신도 마찬가지예요. 나도 그렇고, 모든 사람이 그래요.」여자아이가 말했다.

「그렇다면 네가 원하는 것을 걸고 맹세할게.」

「당신 사단 부대의 이름을 걸고 맹세할 수 있어요?」여자아이가 물었다.

「내 사단과 연대, 그리고 대대의 이름을 걸고 맹세할게.」라이터가 말했다. 그러고서 자기가 속한 군단과 독일 군대를 두고 맹세한다고 덧붙였다.

「아무에게도 말하지 마요. 사실 난 군대를 믿지 않아요.」여자아이가 말했다.

「그럼 네가 믿는 게 뭐지?」라이터가 물었다.

「거의 없어요.」그녀는 잠시 생각한 후 대답했다. 「가끔씩 나는 내가 믿는 것조차 잊어버려요. 그건 거의 없어요. 아주 적어요. 반면에 믿지 않는 건 많아요, 아주 많지요. 너무 많아서 내가 믿는 것들을 감춰 버려요. 예를 들면 지금 이 순간 그 어떤 것도 기억나지 않아요.」

「사랑을 믿어?」라이터가 물었다.

「아니요, 솔직하게 말해서 믿지 않아요.」여자아이가 대답했다.

「그럼 정직함은?」라이터가 다시 물었다.

「우, 그건 사랑보다 더 믿지 않아요.」여자아이가 말했다.

「그럼 석양은 믿어? 별이 총총히 박힌 하늘과 맑은 새벽은 믿어?」라이터가 물었다.

「아니요, 믿지 않아요.」 여자아이는 너무나 혐오한다는 몸짓을 하며 대답했다. 「난 그런 어리석은 건 하나도 믿지 않아요.」

「그래, 네 말은 일리가 있어. 그럼 책은?」 라이터가 말했다.

「그건 더욱 믿지 않아요. 게다가 우리 집에는 오로지 나치 서적만 있어요. 나치 정치, 나치 경제, 나치 신화, 나치 시, 나치 소설, 나치 희곡 등등.」 여자아이가 말했다.

「나치들이 그토록 많은 책을 썼는지 미처 몰랐어.」 라이터가 말했다.

「내가 보기에 당신은 거의 아무것도 알지 못해요, 한스.」 여자아이가 말했다. 「내게 키스하는 것만 빼고.」

「그래, 사실이야.」 라이터가 말했다. 그는 항상 자신의 무지를 인정할 자세가 되어 있었다.

그러고서 두 사람은 손을 잡고 공원을 거닐었다. 가끔씩 잉게보르크는 걸음을 멈추고 라이터의 입에 키스를 했다. 그들을 본 사람이라면 누구라도 두 사람이 젊은 군인과 그의 애인이고, 다른 장소로 갈 돈이 없으며, 서로 몹시 사랑하고, 서로 들려줄 이야기가 많다고 생각했을 것이다. 하지만 어느 관찰자가 그 커플에게 다가가서 그들의 눈을 보았다면, 아마도 젊은 여자아이는 미쳤으며, 젊은 병사는 그걸 알지만 개의치 않는다는 사실을 눈치챘을 것이다. 사실대로 말하자면, 그 만남에서 이제 라이터는 여자아이가 미쳤는지에 대해서는 관심이 없었고, 그녀가 자기 친구 후고 할더의 주소를 가지고 있는지에 대해서는 더욱 관심이 없었다. 딱 잘라서 말하자면, 그는 잉게보르크가 맹세할 가치가 있다고 생각하는 몇 가지 안되는 것이 무엇인지만 알고 싶었다. 그래서 묻고 또 물었으며, 시험 삼아 여자아이의 자매들, 베를린, 세계 평화, 세계의 아이들, 세계의 새들, 오페라와 유럽의 강들, 그녀가 사랑한 옛 애인들의 얼굴, 잉게보르크의 삶, 우정과 유머를 비롯해 머릿속에 떠오른 모든 것을 열거했지만, 계속해서 부정적인 대답만 들을 수 있었다. 공원 구석구석을 모두 돌아다닌 끝에 마침내 여자아이는 그녀가 맹세하기에 적당하다고 여기던 것 두 가지를 떠올렸다.

「그게 뭔지 알고 싶어요?」

「물론이지! 알고 싶어 죽겠어!」 라이터가 말했다.

「그럼 말해 주겠어요. 하지만 비웃지 마요.」

「비웃지 않을게.」 라이터가 말했다.

「내가 무슨 말을 하더라도 비웃지 않을 거죠?」

「절대로 비웃지 않을 거야.」 라이터가 말했다.

「첫 번째 것은 폭풍이에요.」 여자아이가 말했다.

「폭풍이라고?」 라이터가 몹시 의아해하면서 물었다.

「아주 커다란 폭풍만 해당해요. 하늘을 검게 뒤덮고 공기를 회색으로 바꾸는, 커다란 폭풍이에요. 천둥, 번개, 그리고 들판을 거닐다가 벼락에 맞아 죽은

693

농부들이에요.」여자아이가 말했다.

「그래, 이제 알겠어.」폭풍을 전혀 좋아하지 않는 라이터가 말했다.「그럼 두 번째 것은?」

「아스테카 사람들이에요.」여자아이가 말했다.

「아스테카 사람들이라고?」폭풍을 거론했을 때보다 더 당혹해하면서 라이터가 물었다.

「그래요, 그래요. 아스테카 사람들이에요. 에르난 코르테스[14]가 도착하기 이전에 멕시코에 살던 사람들, 피라미드를 만든 사람들요.」

「아, 아스테카 사람들, 그 아스테카 사람들이란 말이군.」라이터가 말했다.

「그들이 유일한 아스테카 사람들이에요. 테노치티틀란과 틀라텔롤코에 살면서 인신 공양을 하며 호수 주변에 건설한 두 도시에 거주하던 사람들이에요.」여자아이가 말했다.

「그러니까 두 호반 도시에 살았군.」

「그래요.」여자아이가 말했다.

잠시 그들은 입을 다물고 걸었다. 그런 다음 여자아이가 말했다.「난 그 도시들을 마치 제네바나 몽트뢰인 것처럼 상상해요. 언젠가 가족과 함께 스위스에서 방학을 보냈어요. 우리는 제네바에서 몽트뢰로 가는 배를 탔어요. 여름의 레만 호수는 환상적이었어요. 하지만 아마도 모기가 너무 많았던 것 같아요. 우리는 몽트뢰의 여관에서 밤을 보냈고, 다음 날 다시 배를 타고 제네바로 돌아왔어요. 레만 호수에 가본 적 있어요?」

「아니.」라이터가 대답했다.

「아주 아름다운 곳이에요. 그 두 도시만 있는 게 아니라, 호수 주변에 마을도 많아요. 로잔 마을은 몽트뢰보다 더 커요. 그리고 브베나 에비앙도 있어요. 사실 스무 마을도 넘어요. 몇몇은 조그맣지만 말이에요. 대충 어떤지 감이 잡혀요?」

「어렴풋이 상상이 돼.」

「봐요, 이게 호수예요.」여자아이는 신발 끝으로 바닥에 호수를 그렸다. 「여기가 제네바예요. 반대편에 몽트뢰가 있어요. 이게 다른 마을들이에요. 이제는 제대로 감이 잡히나요?」

「응, 그래.」라이터가 말했다.

「그래요, 난 아스테카 사람들의 호수도 그랬을 거라고 상상해요.」여자아이는 신발로 지도를 지우면서 말했다.「차이가 있다면 훨씬 예쁘다는 것이죠. 모기도 없고, 1년 내내 기후도 쾌적하고, 수많은 피라미드가 있는 곳이에요. 너무나 많고 너무나 커서 셀 수가 없을 정도예요. 피라미드 위에 또 피라미드가 있고, 피라미드 뒤에 또 다른 피라미드가 있는데, 모두가 매일 희생되던 사람들의 피로 붉게 물들었어요. 그런 다음 나는 아스테카 사람들을 머릿속으로 그리지만, 아마도 당신은 그것에 관심이 없을 거예요.」여자아이가 말했다.

14 Hernán Cortés(1484~1547). 멕시코의 아스테카 왕국을 정복한 스페인의 탐험가.

694

「아니야, 관심 있어.」라이터가 말했다. 그는 그때까지 한 번도 아스테카 사람들에 관해 생각해 본 적이 없었다.

「아주 이상한 사람들이에요. 그들 눈을 주의 깊게 바라본다면, 그들이 미쳤다는 것을 금방 알게 될 거예요. 하지만 그들은 정신 병원에 갇혀 있지 않아요. 아니, 아마 그럴지도 몰라요. 하지만 겉으로 보기에는 그렇지 않아요. 아스테카 사람들은 아주 우아하게 옷을 입어요. 그들은 무척 신경을 써서 매일 입는 옷을 골라요. 그들이 옷방에서 몇 시간을 보내면서 가장 적당한 옷을 고른다고 말해도 과언이 아니에요. 그런 다음 그들은 깃털 달린 아주 값비싼 모자를 쓰고 목걸이를 걸고 반지를 끼는 것 이외에도, 팔과 다리를 보석으로 장식해요. 여자들뿐만 아니라 남자들도 얼굴에 화장을 하고서 호숫가로 산책을 나가요. 그럴 때면 서로 아무 말도 하지 않고 호수를 지나가는 작은 배들을 바라보는 데 온 정신을 쏟아요. 작은 배의 선원들이 아스테카 사람들이 아니라면, 시선을 떨어뜨리면서 계속 고기를 낚거나 아니면 급히 그곳을 떠나지요. 몇몇 아스테카 사람은 갑자기 잔인한 생각을 품곤 했기 때문이지요. 철학자들처럼 산책을 한 후, 아스테카 사람들은 피라미드로 들어가요. 피라미드 안은 모두 텅 비었어요. 그 안은 성당 내부와 비슷하고, 천장에서 들어오는 빛만이 유일하게 그 안을 비추지요. 그건 커다란 흑요석에 스며들었다가 나온 빛이에요. 다시 말하면 검고 반짝이는 빛이지요. 그런데 당신은 흑요석을 본 적이 있나요?」여자아이가 물었다.

「아니, 한 번도. 아니면 아마 봤는데, 그게 흑요석인지 몰랐을 수도 있어.」 라이터가 대답했다.

「봤다면 즉시 알았을 거예요.」여자아이가 말했다. 「흑요석은 검은색이나 아주 어두운 초록색 장석(長石)이에요. 그건 아주 이상해요. 보통 장석은 흰색이나 누런색을 띠거든요. 당신에게 알려 주고 싶은데, 가장 중요한 장석은 정장석, 조장석과 회장석이에요. 하지만 내가 가장 좋아하는 장석은 흑요석이에요. 그건 그렇고 피라미드 이야기를 계속하겠어요. 피라미드 꼭대기에는 희생 제물을 바치는 돌이 있어요. 그 돌이 무엇으로 만들어졌는지 짐작하겠어요?」

「흑요석이겠지.」라이터가 말했다.

「맞아요.」여자아이가 말했다. 「수술대와 비슷한 돌이에요. 그곳에서 사제들 혹은 아스테카 의사들은 희생 제물을 눕히고서 심장을 빼내지요. 하지만 여기에 정말로 당신이 놀랄 만한 게 있어요. 희생 제물이 눕는 돌침대들이 투명하다는 거예요! 아스테카 사람들은 희생 제물용으로 쓰이는 돌들이 투명해지도록 신중하게 선택해서 정성 들여 다듬었고, 그런 다음 윤을 냈지요. 피라미드 안에 있는 아스테카 사람들은 마치 흑요석 안에 있는 것처럼 희생 의식을 지켜보았어요. 이미 짐작했겠지만, 그것은 피라미드 내부를 비추는 꼭대기의 빛이 바로 희생 제물용 돌침대 아래에 있는 틈에서 나오기 때문이에요. 그래서 처음에 그 빛은 검은색이거나 회색을 띠지요. 그 빛이 희미하기 때문에, 단지 피라미드 내부에 있는 아스테카 사람들의 불가사의한 실루엣만 볼 수 있지요. 하지만 그런 다음에,

즉 투명한 흑요석의 채광창 위로 새로운 희생자의 피가 흘러내리면, 빛은 검고 붉은 색을 띠게 돼요. 아주 새빨갛고 아주 검은 빛깔이지요. 그럴 때면 아스테카 사람들의 실루엣만 눈에 보이는 게 아니라, 그들의 얼굴, 즉 붉은 빛과 검은 빛에 의해 모양이 바뀐 얼굴도 눈에 들어와요. 마치 빛이 그들 각자를 구체화할 수 있는 힘을 지닌 것 같지요. 요약하자면, 그게 전부예요. 하지만 그건 오랫동안 지속될 수 있었어요. 다른 법칙의 지배를 받아 시간을 벗어나거나 아니면 다른 시간 속에 똬리를 틀 수 있었어요. 아스테카 사람들은 피라미드 내부에서 나오더라도 햇빛에 눈이 부시는 현상을 경험하지 않아요. 마치 일식이 있었다는 듯 행동하거든요. 그리고 일상으로 되돌아오지요. 그런 일상은 기본적으로 산책하고, 수영하고, 그런 다음 다시 산책하고 오랫동안 서서 우리의 감각으로는 감지할 수 없는 것들을 응시하거나, 아니면 곤충들이 바닥에 그리는 그림을 응시하고, 친구들과 함께 식사하는 것으로 이루어졌지요. 그러나 모두가 침묵을 지키며 식사해요. 그래서 혼자 먹는 것과 거의 똑같아요. 그리고 가끔씩은 전쟁을 벌여요. 특히 그들 머리 위에 있는 하늘에서 일식이 일어날 때면 항상 그렇게 하지요.」 여자아이가 말했다.

「그래, 그래, 그렇구나.」 라이터가 말했다. 그는 갈수록 새 여자 친구의 지식에 깊은 인상을 받았다.

잠시 그들은 아무런 의도도 없이 마치 아스테카 사람들처럼 조용히 공원을 거닐었다. 마침내 여자아이는 그에게 누구를 두고 맹세하겠느냐고, 아스테카 사람들인지 아니면 폭풍인지 물었다.

「모르겠어.」 라이터가 대답했다. 그는 이미 자기가 무엇 때문에 빌어먹을 맹세를 해야 하는지조차 잊어버렸다.

「골라요. 잘 생각해서 골라요. 당신이 생각하는 것보다 훨씬 중요하거든요.」 여자아이가 말했다.

「뭐가 중요하다는 거지?」 라이터가 물었다.

「당신의 맹세.」 여자아이가 말했다.

「왜 중요한 건데?」 라이터가 다시 물었다.

「당신에게 왜 중요한지는 나도 모르겠어요. 하지만 내게는 아주 중요해요. 내 운명을 결정할지도 모르거든요.」 여자아이가 대답했다.

그때 라이터는 자기가 그녀를 결코 잊지 않겠다고 맹세해야 한다는 사실을 떠올렸고, 그러자 엄청난 슬픔이 밀려왔다. 순간적으로 숨 쉬기도 어려웠다. 그런 다음에 말이 목에 걸렸다고 느꼈다. 그는 아스테카 사람들을 두고 맹세하겠다고 결심했다. 폭풍은 좋아하지 않았기 때문이다.

「아스테카 사람들을 두고 맹세할게. 널 결코 잊지 않겠어.」 그가 말했다.

「고마워요.」 여자아이는 이렇게 말했고, 그들은 계속 걸었다.

잠시 후, 비록 별 관심은 없었지만, 라이터는 할더가 어디에 사느냐고 물었다.

「파리에 살아요.」 여자아이는 한숨을 내쉬며 대답했다. 「주소는 모르겠어요.」

「하는 수 없지.」

「그가 파리에 살 것이라는 사실은 너무나 당연해요.」여자아이가 말했다.

라이터는 아마도 그녀의 말이 맞을지 모르며, 할더가 파리로 이사했다는 건 이 세상에서 가장 당연한 일일지도 모른다고 생각했다. 해가 지기 시작하자, 라이터는 그녀를 집까지 데려다주었고, 그런 다음 기차역을 향해 마구 뛰어갔다.

소련 공습은 1941년 6월 22일에 시작했다. 79사단은 11군단에 소속되어 있었다. 며칠 후 사단 선견 부대가 프루트강을 건너 루마니아 군단과 연합하여 전투에 돌입했다. 루마니아 병사들은 독일군들이 기대한 것보다 훨씬 사기가 진작되어 있었다. 그러나 진격은 남부군보다 빠르지 않았다. 남부군은 6군단, 17군단, 그리고 당시 1기갑 대대라고 불리던 부대로 이루어졌다. 1기갑 대대는 전쟁이 진행되면서 2기갑 대대, 3기갑 대대, 4기갑 대대와 함께 가장 위협적인 기갑 부대라는 명성을 얻게 되었다. 익히 예상하듯이, 11군단의 인적, 물적 자원은 열악하기 그지없었다. 지형이 험했고 도로 사정이 열악했다는 것은 말할 필요도 없었다. 게다가 남부군, 중부군, 북부군이 유리하게 공격할 수 있는 조건을 만들어 주었던 기습 작전의 도움도 받지 못한 채 공격을 감행해야 했다. 그러나 라이터의 사단은 지휘부가 기대하던 공격을 감행했고, 프루트강을 건너 싸웠으며, 이후 계속해서 베사라비아의 평원과 고지에서 전투를 벌였다. 그런 다음 드니프로강을 건넜고, 오데사 근교에 도착했다. 루마니아 군대가 그곳에 주둔하며 휴식을 취하는 동안, 그의 사단은 계속 전진했고, 후퇴하던 러시아 군대와 전투를 벌였다. 그런 다음 부크강을 건넜고, 우크라이나의 불타 버린 마을과 불타 버린 농장과 마치 알 수 없는 발화의 결과처럼 갑자기 화염에 휩싸인 숲, 그러니까 무한하게 펼쳐진 밀밭 한가운데 있는, 고립된 섬처럼 보이던 숲을 뒤로하고서 계속 앞으로 나아갔다.

누가 그 숲에 불을 붙였을까? 라이터는 가끔씩 빌케에게 물었다. 그러면 빌케는 어깨를 으쓱했다. 나이츠케와 크루제, 그리고 렘케 하사도 마찬가지로 어깨만 으쓱했다. 그들은 너무나 오랫동안 행진하는 바람에 녹초가 되었다. 79사단은 경보병 사단, 즉 동물이 공급하는 동력으로만 움직이는 사단이었기 때문이다. 거기서 유일한 동물들은 노새와 병사들이었다. 노새들은 중장비를 나르는 데 사용했고, 병사들은 걷고 싸우는 기능만 지녔다. 마치 사단 조직도에는 기습 공격이란 것이 아예 없는 것 같았다. 나폴레옹 시대 같아. 빌케는 말했다. 행군과 후진, 그리고 강행군, 아니 오히려 계속된 강행군이라고 말해야 해. 빌케는 지적했다. 그러고는 바닥에서 일어나지 않은 채 나머지 동료들처럼, 어느 빌어먹을 놈이 숲에 불을 질렀는지 모르겠어, 분명히 우리가 그렇게 한 건 아니었지 하고 물었다. 그러자 나이츠케는 우리가 아니었다고 말했고, 크루제와 바르츠도 그의 의견에 동조했으며, 심지어 렘케 하사도 우리가 한 짓이 아니었다고, 우리는 저기에 있는 마을을 불살랐고 왼쪽이나 오른쪽에 있는 이 마을들을 폭격하긴 했지만, 숲에 불을 지르진 않았다고 말했다. 그의 병사들은 고개를 끄덕였고, 아무도 더는 말하지 않았다. 그들은 그저 활활 타오르는 불길과 그 불길이 어떻게 어두운 섬을 주황색과 붉은색의 섬으로 만드는지 쳐다보았다. 아마도 라덴틴 대위가 이끄는 대대가 그랬을 거야. 그들이 바로 거기서 오다가 숲에서 적군을 만난 거야. 누군가가 말했다. 그러자 아마 공병 대대였을 거야 하고 다른 사람이 말했다. 하지만 사실 그들은 그 지역에서 아무도 보지 못했다. 그 근처에서 독일 병사도 보지 못했고, 숲에서 저항하는 소련군 병사들도 보지 못했다. 단지 반짝이는 하늘 아래에 있는 노란 바다 한가운데에서 검은 숲만을 보았을 뿐이었다. 그런데 아무런 예고도 없이 마치 그들은 밀밭이라는 커다란 극장에 있게 된 것 같았다. 거기서 숲은 너무도 아름답게 모든 걸 삼켜 버리는 불길에 휩싸인 그 원형 극장의 주무대이자 앞 무대였다.

부크강을 건넌 다음 라이터의 사단은 드니프로강을 건넜으며, 크림반도로 들어갔다. 라이터는 페레코프와 그곳 인근 여러 마을에서 전투를 벌였지만, 마을들의 이름은 결코 알지 못했다. 하지만 그 마을들의 흙길을 걸어 다니면서 시체를 치웠고, 노인들과 여자들과 아이들에게 집으로 들어가 나오지 말라고 명령했다. 가끔씩 그는 현기증을 느꼈다. 종종 갑자기 일어날 때면 눈이 침침해지면서, 이내 눈앞이 비 오듯 쏟아지는 별똥별처럼 오톨도톨한 점무늬로 가득 차서 캄캄하게 변한다는 것을 알았다. 그러나 그런 별똥별들은 아주 이상하게 움직였다. 아니, 움직이지 않았다. 그것들은 움직이지 않는 별똥별이었다. 때때로 그는 최소한의 안전 조치도 취하지 않은 채 동료들과 함께 적의 진지를 함락하기 위해 돌격했고, 그래서 그는 용감하고 대담하다는 명성을 누리게 되었다. 그러나 사실 그는 마음의 평화를 누리기 위해 적군의 총탄을 찾고 있었다. 어느 날 밤 그는 아무런 의도도 없이 빌케와 자살에 관해 이야기했다.

「우리 기독교인들은 자위를 하면 했지, 자살은 하지 않아.」 빌케가 말했고, 라이터는 잠자리에 들기 전에 그의 말을 곰곰이 되새겼다. 빌케의 농담 뒤로 아마도 진실이 숨어 있을지 모른다고 여겼기 때문이다.

그러나 그의 결심은 흔들리지 않았다. 초르노모르스케를 점령하려는 전투가 벌어졌고, 그곳에서는 310연대, 특히 라이터의 대대가 혁혁한 전과를 올렸다. 라이터는 적어도 세 번에 걸쳐 죽음을 무릅썼다. 첫 번째는 키로프스케 근교에서, 즉 체르니쇼브, 키로우스케와 초르노모르스케의 합류 지점에서 벽돌로 지은 요새를 공격할 때였다. 대포 한 알도 견디지 못할 정도로 허술한 요새였다. 하지만 라이터는 그 요새를 보는 순간부터 깊이 감동했다. 마치 아이들이 세우고 아이들이 지키는 것처럼 가난과 순진함을 그대로 발산했기 때문이다. 중대는 박격포탄을 가지고 있지 않았고, 그래서 돌격해서 그곳을 점령하기로 결정했다. 자원자가 필요했다. 라이터는 가장 먼저 손을 들어 자원했다. 거의 즉시 포스 병사가 그와 합류했다. 그 역시 용감한 군인이었거나 아니면 자살 가능성이 높은 사람이었다. 그리고 다른 병사 셋이 더 자원했다. 공격은 신속하게 이루어졌다. 라이터와 포스가 요새 왼쪽 측면으로 전진했고, 다른 세 사람은 오른쪽 측면으로 나아갔다.

그들이 요새에서 약 20미터 떨어진 곳에 도달했을 때, 요새 안에서 사격이 시작되었다. 오른쪽 측면으로 가던 세 사람은 땅에 엎드렸다. 포스는 머뭇거렸고, 라이터는 앞으로 달려 나갔다. 그는 자기 머리에서 불과 몇 센티미터 떨어진 곳으로 쌩쌩 지나가는 총알 소리를 들었다. 반대로 그의 몸은 그의 생명에 종지부를 찍으려는 청년들의 얼굴을 보려고 헛되이 발돋움하려는 것처럼 보였다. 그러나 그는 아무것도 볼 수 없었다. 다른 총알이 그의 오른팔을 스쳤다. 그는 누군가가 등을 밀어 바닥으로 쓰러뜨리려고 한다는 것을 알았다. 포스였다. 그는 아마도 무모할지 모르지만, 그래도 아직 어느 정도 상식은 지닌 병사였다.

잠시 그는 포스가 그를 바닥으로 내팽개친 후에 요새를 향해 포복하는 것을 지켜보았다. 그는 돌과 잡초, 야생화를 보았다. 그리고 쇠 징이 박힌 포스의 군화 밑창이 자기를 뒤에 놔두고 앞으로 나아가면서 조그만 먼지구름을 일으키는 것을 보았다. 내게는 조그맣게 보일지 모르지만, 포스가 동쪽에서 서쪽으로 가는 동안 북쪽에서 남쪽으로 땅을 가로지르는 개미의 행렬에게는 그렇지 않을 거야. 그는 생각했다. 그러고서 일어나 요새를 향해, 그러니까 포스의 몸 위로 사격을 시작했고, 다시 자기 몸 근처에서 휘파람을 부는 것 같은 총탄 소리를 들었다. 그래도 그는 마치 산책을 하면서 사진을 찍는 것처럼 총을 쏘면서 걸어갔다. 요새가 수류탄 하나를 맞았고, 오른쪽 측면의 병사들이 던진 수류탄 여러 개를 맞아 완전히 폭파될 때까지 그렇게 태연히 걸어갔다.

그는 초르노모르스케를 점령할 때 두 번째로 죽을 위험에 처했다. 79사단의 두 핵심 연대가 공격을 시작했다. 사단의 모든 대포가 항구 지역에 집중 포화를 퍼부은 이후였다. 그곳은 초르노모르스케와 에우파토리야, 프룬제, 인케르만과 세바스토폴을 연결하는 도로의 출발점이었지만, 그것을 제외하고는 그다지 고려할 만한 지리적 특징이 없는 도로였다. 첫 번째 공격은 적에게 격퇴되었다. 예비 병력이었던 라이터의 대대는 두 번째 진격에 참가했다. 병사들은 철조망 위로 돌진했다. 그러는 동안 포대는 조준기를 수정했고, 위치가 확인된 소련의 기관총 발사대를 박살 내버렸다. 달리는 동안 라이터는 갑자기, 즉 1초도 안 되는 순간에 병에 걸린 것처럼 땀을 흘리기 시작했다. 그는 이번에야말로 자기가 죽을 것이라고 생각했고, 바다가 가까이 있다는 사실을 떠올리면서 이런 생각을 재확인했다. 우선 그들은 개활지를 가로지른 다음, 조그만 주택에 딸린 채소밭으로 나왔다. 전혀 어울리지 않는 조그만 창문에서 흰 수염을 기른 노인이 그들을 물끄러미 쳐다보았다. 라이터는 노인이 턱을 움직이는 것으로 보아 무언가를 먹고 있다고 생각했다.

채소밭 반대편에는 흙길이 있었고, 그 너머로 힘들게 대포를 끄는 소련 병사 다섯 명이 보였다. 그들은 다섯 명을 모두 사살하고서 계속 달렸다. 몇몇은 흙길로 뛰었고, 다른 병사들은 조그만 소나무 숲으로 들어갔다.

숲에서 라이터는 낙엽 사이로 사람의 모습을 보고서 발길을 멈추었다. 그것은 그리스 여신상이었다. 아니, 그는 그렇다고 믿었다. 여신은 머리카락을 묶었고,

키는 훤칠했으며, 얼굴 표정은 차가웠다. 땀으로 범벅이 된 라이터는 덜덜 떨기 시작했고, 팔을 내밀었다. 대리석인지 흰 돌인지 말할 수 없었지만, 좌우간 차가웠다. 여신상은 다소 엉뚱하다고 말할 수 있는 장소에 있었다. 나뭇가지로 숨겨진 그 장소는 석상을 놓기에 그다지 적절하지 않았던 것이다. 짧고 고통스러운 순간에 라이터는 여신상에게 뭔가를 물어봐야 한다고 생각했지만, 정작 무엇을 물어야 할지 아무 생각도 떠오르지 않았고, 그의 얼굴은 고통을 이기지 못해 찌푸려지면서 일그러졌다. 그러고서 그는 달리기 시작했다.

숲은 협곡에서 끝났다. 그곳에서는 바다와 항구, 그리고 가로수가 줄지어 선 일종의 해안 도로를 비롯하여 앉을 수 있는 벤치와 하얀 집, 그리고 호텔이나 건강 관리 클럽처럼 보이던 3층짜리 건물들이 보였다. 나무들은 크고 어두운 색깔이었다. 언덕 사이로는 불타는 집이 눈에 들어왔고, 항구에서는 조그맣게 보이는 사람들이 배를 타려고 아우성쳤다. 하늘은 새파랬고, 바다는 너무나 잔잔해서 파도는 단 하나도 일지 않는 것 같았다. 왼쪽으로, 그러니까 꾸불꾸불 내려가는 길을 따라서 그의 연대 병사들이 처음으로 모습을 드러냈다. 반면에 얼마 되지 않는 소련군은 도망쳤고, 몇몇은 팔을 번쩍 들고서 벽이 시커멓게 변해 버린 어느 생선 창고에서 나왔다. 라이터와 함께 가던 사람들은 광장 쪽 언덕으로 내려갔다. 그 광장 주변에는 흰색으로 칠한 5층짜리 건물 두 채가 솟아 있었다. 광장에 도착하자 여러 창문에서 총알이 날아왔다. 병사들은 나무들 뒤로 몸을 숨겼다. 그러나 라이터는 그렇게 하지 않고 아무것도 듣지 못한 사람처럼 계속 걸어가서 어느 5층짜리 건물 현관에 도착했다. 한 벽은 벽화로 장식되었는데, 거기에는 편지를 읽는 늙은 선원이 그려져 있었다. 편지의 몇 줄은 완벽하게 보였지만 키릴 문자로 적혀 있었기 때문에 라이터는 아무것도 이해할 수 없었다. 바닥 타일은 초록색이었고 아주 컸다. 승강기가 없어 라이터는 계단으로 올라가기 시작했다. 첫 번째 층계참에 도착했을 때 누군가가 그에게 총을 쏘았다. 그는 모습을 드러낸 그림자를 보았고, 그런 다음 오른팔에서 심한 통증을 느꼈다. 그는 계속 올라갔다. 누군가가 다시 그에게 총을 쏘았다. 그는 가만히 서 있었다. 상처에서는 거의 피가 흐르지 않았고, 통증도 완벽하게 참을 만했다. 아마도 난 이미 죽었는지도 몰라. 그는 생각했다. 그러고 나서 그렇지 않다고, 기절하면 안 된다고, 머리에 총을 맞을 때까지 그러면 안 된다고 생각했다. 그는 한 아파트로 향했고, 발길로 문을 차서 열었다. 그는 테이블 하나와 의자 네 개, 그리고 그릇으로 가득하고 위쪽에 책 몇 권이 놓여 있는 유리 찬장을 보았다. 침실에서는 한 여자와 두 어린아이를 보았다. 여자는 아주 젊었고, 공포에 질려 그를 쳐다보았다. 당신에게 해를 끼칠 생각은 없어요. 그는 말했고, 그곳에서 뒷걸음치면서 미소를 지으려고 애썼다. 그러고서 다른 아파트로 들어가자 머리카락을 거의 박박 밀어 버린 민병대원 두 명이 손을 들고 항복했다. 라이터는 그들을 쳐다보지도 않았다. 다른 아파트에서도 사람들이 나왔다. 마치 배를 곯았거나 아니면 감화원에 수용된 사람들 같았다. 어느 침실의 열린 창문 옆에서 그는 낡은 엽총 두 개를 발견해

거리로 던져 버리면서, 동시에 자기 동료들에게 이제 사격을 그만하라는 신호를
보냈다.

그가 세 번째로 죽을 뻔한 경우는 몇 주 후에 세바스토폴 공격 작전을 수행할
때였다. 이번에는 제대로 진격할 수 없었다. 독일군이 방어선을 점령하려고 시도할
때마다, 그 도시의 포대는 포탄을 비 오듯 퍼부었다. 도시 근교에는, 그러니까
러시아군의 참호 진지 근처에는 독일 병사들과 루마니아 병사들의 조각 난 시체가
수북이 쌓였다. 한 번 이상 육박전이 벌어졌다. 돌격 대대는 러시아 해군이 있는
참호에 도착했고, 5분가량 전투를 벌였다. 마침내 한쪽이 후퇴하기 시작했다.
그러나 더 많은 러시아 해군 병사가 고함을 지르며 나타났고, 다시 전투가
시작되었다. 라이터에게는 그 먼지투성이 참호에 해군들이 있다는 사실이
불길하면서도 유쾌한 징조로 보였다. 틀림없이 그들 중 하나가 그를 죽일 테고,
그러면 그는 해저로 다시 잠수하게 될 것이기 때문이다. 발트해나 대서양 혹은
흑해가 되더라도 상관없었다. 궁극적으로 모든 바다는 동일했고, 해저에서는 해초
숲이 그를 기다렸기 때문이다. 아니면 더도 아니고 덜도 아니게 그냥 사라져 버릴
수도 있었다.

빌케에 따르면, 그것은 미친 짓이었다. 러시아 해군들이 어디서 나온 것일까?
러시아 해군들은 자신들이 있어야만 할 바다와 배에서 몇 킬로미터나 떨어진
그곳에서 무엇을 했던 것일까? 슈투카 폭격기가 러시아 함대의 배를 모두
침몰시킨 건 아닐까? 빌케는 추측했다. 혹시 흑해가 말라 버린 것은 아닐까? 물론
이런 걸 믿지는 않았다. 그러나 그는 이런 생각을 라이터에게만 털어놓았다.
나머지 사람들은 자신들이 보거나 자신들에게 일어나는 일을 정상적인 상황처럼
그대로 받아들였기 때문이다. 그런 공격을 벌이던 중에 그와 같은 중대에 있던
나이츠케와 몇몇 병사가 목숨을 잃었다. 어느 날 밤 참호에서 라이터는 길디긴
그의 몸을 완전히 일으켜 별들을 응시하기 시작했다가 세바스토폴로 관심을
돌렸다. 그건 불가피한 일이었다. 멀리 보이는 도시는 열리고 닫히기를 반복하는
붉은 입을 지닌 검은 덩어리였다. 병사들은 그 도시를 쇄골기(碎骨機)라고
불렀지만, 그날 밤 라이터에게는 기계가 아니라 신화적 존재, 즉 숨을 쉬려고
안간힘을 쓰는, 살아 있는 동물의 화신처럼 보였다. 렘케 하사는 그에게
웅크리라고 지시했다. 라이터는 높은 곳에서 그를 내려다보았고, 철모를 벗더니
머리를 긁었다. 그런데 철모를 다시 쓰기 전에 총탄을 맞아 고꾸라졌다. 넘어지는
동안 다른 총알이 자기 가슴을 꿰뚫고 들어오는 걸 느꼈다. 그는 흐릿한 눈으로
렘케 하사를 쳐다보았다. 그가 점차로 커져 가는 개미와 비슷하게 보였다.
거기에서 5백 미터 떨어진 곳에 포탄이 여러 개 떨어졌다.

2주 후 그는 철십자 훈장을 받았다. 노보셸리우스케의 야전 병원에서 대령이
그에게 훈장을 직접 수여하고 그와 악수했다. 그리고 초르노모르스케와
미콜라이우카에서 그가 얼마나 훌륭하게 활약했는지 보고를 받았다고 말하고서

701

그곳을 떠났다. 총알이 목을 관통했기 때문에 라이터는 말을 할 수 없었다. 흉부의 상처는 거의 아물었고, 얼마 후 크림반도에서 우크라이나의 크리우이 리흐로 이송되었다. 그곳에는 더 커다란 병원이 있었고, 그는 거기에서 다시 인후 부위에 수술을 받았다. 수술이 끝나자 그는 정상적으로 먹을 수 있었고, 예전과 마찬가지로 목을 움직일 수 있었지만, 아직 말을 할 수는 없었다.

그를 치료한 의사들은 독일로 돌아가도록 병가를 주어야 할지, 아니면 당시 계속해서 세바스토폴과 케르치를 포위하고 있던 그의 사단으로 복귀시켜야 할지 결정하지 못했다. 겨울이 되고 소련의 반격으로 독일 전선 일부가 붕괴되자 결정은 연기되었고, 결국 라이터는 독일로 돌아가지도, 부대로 복귀하지도 않았다.

그러나 병원에 그대로 머물러 있을 수도 없었다. 그래서 그는 79사단의 다른 부상자 셋과 함께 드니프로강 변에 위치한 코스테키노 마을로 가게 되었다. 〈부디에니의 모델 농장〉이라고 불리기도 했고, 드니프로강의 지류인 개울 때문에 〈달콤한 샘〉이라고도 불리는 마을이었다. 마을의 개울물이 달콤하고 그 지역에서 보기 드물게 깨끗하기 때문이었다. 사실 코스테키노는 마을이라고 불릴 수도 없는 곳이었다. 언덕 아래로 흩어진 집 몇 채와 낡아서 허물어지기 일보 직전인 나무 울타리, 망가진 곡물 창고 두 개와 그 마을과 기차가 다니는 마을을 연결해 주는 흙길 하나가 고작이었다. 게다가 그 길은 겨울이면 눈과 진흙 때문에 통행이 불가능했다. 마을 외곽에는 소련의 버려진 국영 농장 솝호스가 있었는데, 독일인 다섯 명이 그 농장을 다시 가동하려고 애썼다. 집들은 대부분 버려진 상태였다. 독일군 침공 전에 마을 사람들이 도망쳤기 때문이라고 말하는 사람도 있었고, 붉은 군대가 모두 징집했기 때문이라고 말하는 사람도 있었다.

처음 며칠 동안 라이터는 농경학 사무소였거나 아니면 아마도 공산당 지부로 사용되었을 것 같은 건물에서 잤다. 마을에서 유일하게 벽돌과 시멘트로 지은 건물이었지만, 몇몇 독일 기술자와 코스테키노에서 살던 회복기 환자 몇 명과 공동으로 생활해야만 했고, 그는 머지않아 그런 공동생활을 참을 수 없게 되었다. 그래서 텅 빈 수많은 농가 중 하나에 거주하기로 마음먹었다. 처음 볼 때는 모두가 똑같아 보였다. 그런데 어느 날 밤 벽돌 건물에서 커피를 마시는 동안, 라이터는 없어진 마을 사람들에 관해 다른 이야기를 들었다. 마을 사람들은 강제로 징집된 것도 아니고 도망친 것도 아니라는 말이었다. 마을에 사람이 없는 것은 아인자츠그루페[15] C의 파견대가 코스테키노를 지나면서 마을의 유대인을 물리적으로 모두 제거한 결과였다. 그는 말할 수 없었기에 아무 질문도 하지 않았지만, 다음 날 모든 집을 좀 더 세밀하게 살펴보기 시작했다.

어떤 집에서도 옛 거주자들의 출신이나 종교를 드러내는 흔적을 찾을 수 없었다. 마침내 그는 달콤한 샘에서 가까운 어느 집에 주거를 정했다. 그곳에서 보낸 첫날 밤에 그는 악몽을 꾸는 바람에 여러 번 잠에서 깼다. 그러나 무슨 꿈을 꾸었는지는 기억할 수 없었다. 그가 자던 침대는 좁고 아주 푹신푹신했으며, 1층에

15 독일 친위대가 운영한 살인 특무 부대.

있는 화덕 옆에 놓여 있었다. 2층은 일종의 다락방 같았고, 거기에는 또 다른 침대와 배의 현창처럼 작고 둥그런 창문이 있었다. 커다란 상자에서 그는 책을 여러 권 발견했다. 대부분은 러시아어로 씌어 있었지만, 놀랍게도 몇 권은 독일어였다. 그는 동유럽에 살던 많은 유대인이 독일어를 읽고 쓴다는 사실을 알았기 때문에, 실제로 그 집은 어느 유대인의 소유였을 것이라고 추정했다. 종종 한밤중에 그는 악몽을 꾸다가 비명을 지르며 잠에서 깨어나 항상 침대 옆에 놔둔 양초에 불을 붙였고, 그러고는 한참 동안 그대로 있었다. 그렇게 담요 밖으로 다리를 꺼낸 채 촛불에 너울너울 춤을 추던 물건들을 응시하면서, 추위로 자기 몸이 점차 얼어붙는 동안에는 어찌할 방법이 없다는 것을 알았다. 가끔씩 아침에 잠을 깨면, 다시 가만히 앉아 진흙과 밀짚으로 만든 천장을 하염없이 바라보면서, 그 집은 어딘지 모르게 여성적인 냄새가 풍긴다고 느꼈다.

그 근처에는 코스테키노 출신이 아닌 우크라이나 사람들이 살았다. 그들은 얼마 전에 옛 솝호스에서 일하러 온 사람들이었다. 그가 집에서 나가면 우크라이나 사람들은 모자를 벗어 고개를 가볍게 숙이면서 인사했다. 처음 며칠 동안 라이터는 그들의 인사에 답례조차 하지 않았다. 하지만 어느 정도 시간이 흐르자 그는 소심하게 손을 들어 마치 작별을 고하듯이 인사했다. 매일 아침 그는 달콤한 샘으로 걸어갔다. 그리고 칼로 구멍을 뚫고서 둥근 단지를 넣어 물을 길었고, 춥든 말든 바로 그 자리에서 물을 마셨다.

겨울이 되자 모든 독일인은 벽돌 건물 안에 틀어박혔고, 가끔씩 새벽까지 파티를 벌였다. 마치 전선이 붕괴되면서 그들이 사라져 버린 것처럼, 아무도 그들을 기억하지 않았다. 종종 병사들은 여자들을 찾아 나섰다. 그리고 어떤 때는 자기들끼리 섹스를 했지만, 그것에 대해서는 아무도 말을 하지 않았다. 여기는 동토의 천국이야. 79사단의 옛 동료 하나가 라이터에게 말했다. 라이터는 아무것도 알아듣지 못한 것처럼 그를 쳐다보았고, 그러면 동료는 라이터의 어깨를 툭툭 치면서, 불쌍한 라이터, 가련한 라이터라고 말했다.

언젠가 라이터는 농가 한쪽 구석에서 발견한 거울을 쳐다보았다. 정말 오랜만에 거울을 보았는데, 거기서 자기 모습을 거의 알아볼 수 없었다. 금빛 수염은 뒤엉켰고, 머리카락은 길고 더러웠으며, 눈은 인정미 없고 멍청해졌다. 빌어먹을. 그는 생각했다. 그러고서 목에 감은 붕대를 풀었다. 겉으로 보기에 상처는 큰 문제 없이 아문 것 같았지만, 붕대는 더러웠고 피딱지를 만지자 딱딱한 느낌을 받았다. 그는 붕대를 불 속으로 던져 버리고서 붕대를 대체할 만한 것을 찾아 온 집을 샅샅이 뒤졌다. 그러다가 보리스 아브라모비치 안스키의 원고와 화덕 뒤의 은신처를 발견했다.

은신처는 극히 단순했지만 또한 극히 교묘하고 현명하게 만들어졌다. 주방 화덕으로도 사용되던 벽난로의 입구는 상당히 넓고 연기 통로는 충분히 길었기 때문에, 몸을 웅크리면 안으로 들어갈 수 있었다. 벽난로 혹은 화덕의 넓이는 한눈에 봐도 넓었다. 하지만 밖에서 볼 때 그 깊이는 도저히 가늠할 수 없었다. 검댕으로 그을린 벽이 거기서 가장 교묘한 위장술을 발휘하는 기능을 수행했기 때문이다. 일반인의 눈으로는 벽난로 뒤에 있는 구멍을 분간할 수 없었다. 그것은 그저 틈에 불과했지만, 한 사람이 앉아서 무릎을 세우면 어둠 속에 안전하게 머물 수 있을 정도로 충분했다. 라이터는 농가에서 혼자 고독하게 깊은 생각에 잠겼고, 은신처가 완벽하게 작동하려면 두 사람이 있어야 한다는 것을 알았다. 그 공간에 숨는 사람 한 명과, 벽난로이자 화덕 밖에 있다가 수프가 든 솥을 데우려고 화덕에 올려놓고, 그런 다음 불을 지피고 여러 차례 휘젓는 다른 한 사람이 필요했던 것이다.

여러 날 동안 그는 이 문제를 골똘히 생각했다. 이 문제를 해결하면, 보리스 안스키 혹은 보리스 안스키가 아주 잘 알던 사람을 한때 괴롭힌 절망감의 크기나 사고방식, 그리고 삶을 더 잘 알게 되리라고 믿었기 때문이다. 여러 번에 걸쳐 그는 안에서 불을 지피려고 노력했다. 단 한 번만 그렇게 할 수 있었다. 하지만 불 위에 물 솥을 올려놓거나 사모바르를 올려놓는 건 불가능한 작업이었다. 그래서 마침내 그는 은신처를 만든 사람은 언젠가 누군가가 그곳에 숨을 테고, 그가 숨도록 다른 사람이 도와줄 것이라고 추정했으리라고 결론을 내렸다. 목숨을 구하는 사람과 목숨을 구하도록 도와주는 사람이야. 라이터는 생각했다. 즉, 목숨을 부지할 사람과 죽을 사람이었다. 밤이 되면 도망칠 사람과 그곳에 남아 있다가 희생자가 될 사람이었다. 때로 그는 오후에 보리스 안스키의 원고와 양초 하나만 들고 은신처로 들어가서, 밤이 이슥해질 때까지, 그리고 관절에서 쥐가 나고 사지가 얼어붙을 때까지 그곳에 앉아 원고를 읽고 또 읽었다.

보리스 아브라모비치 안스키는 1909년 코스테키노에서, 지금 라이터 병사가 머무는 바로 그 집에서 태어났다. 그 마을의 거의 모든 주민이 그랬던 것처럼 그의 부모는 유대인이었고, 셔츠 장사를 하면서 생계를 꾸렸다. 그의 아버지는 드니프로페트로우스크와 가끔씩은 오데사에서 셔츠를 도매로 구매해서 인근 마을에 다시 팔았다. 어머니는 닭을 키웠고 계란을 팔았다. 그들에게는 작지만 아주 정성껏 돌보던 채소밭이 있었기 때문에 채소를 구입할 필요는 없었다. 그들은 보리스라는 아들 하나만 두었다. 성경의 아브라함과 사라처럼 늦은 나이에 낳은 아들이었고, 그래서 그들은 행복에 가득 젖어 있었다.

아브라함 안스키는 친구들과 만날 때면, 종종 농담으로 자기 아들이 버릇없는 응석받이이며, 그래서 가끔씩 그 아이가 아직 어릴 때 희생시켜야 하는 게 아닐까 생각하기도 한다고 말했다. 그러면 그리스 정교회를 믿는 마을의 유대인들은 놀라거나 놀라는 척했고, 나머지 사람들은 깔깔거리며 웃었다. 그러면 아브라함 안스키는 이렇게 말을 맺곤 했다. 그 아이를 희생시키는 대신 암탉을 희생시켰지요. 암탉이에요! 암탉! 새끼 양도 아니고 내 첫째 아들도 아니라, 암탉이에요! 황금 알을 낳는 암탉이란 말이에요!

열네 살 때 보리스 안스키는 붉은 군대에 입대했다. 부모와의 작별은 눈물바다 그 자체였다. 우선 아버지는 하염없이 울음을 터뜨렸고, 마침내 보리스도 그의 품에 안겨 역시 울음을 터뜨리고 말았다. 모스크바까지 가는 여행을 그는 평생 잊을 수 없었다. 가는 길에 믿을 수 없이 많은 얼굴들을 보았고, 믿을 수 없이 많은 대화와 독백을 들었으며, 벽에서는 천국이 시작되었음을 알리는 믿을 수 없는 선언문들을 읽었다. 걷거나 기차를 타고 가면서 발견한 것은 모두 그에게 깊은 영향을 끼쳤다. 두 번에 걸쳐 셔츠를 팔기 위해 아버지와 함께 고향 마을을 나와 그 지역 여러 마을을 돌아다녔을 때를 제외하면, 그가 혼자 고향을 떠난 것은 그때가 처음이었기 때문이다. 모스크바에 도착하자 그는 징병 사무소로 향했고, 브랑겔[16]과 싸우기 위해 입대하려 한다고 말했는데, 브랑겔이 이미 싸움에서 졌다는 말을 들었다. 그러자 안스키는 폴란드군과 싸우기 위해 입대하고 싶다고 말했고, 폴란드인들이 이미 패배했다는 말을 들었다. 안스키는 크라스노프[17]나 데니킨[18]과 싸우고 싶다고 소리쳤고, 그러자 그들 역시 이미 패배했다는 말을 들었다. 안스키가 좋다고, 그럼 백위군[19]이나 체코군 혹은 알렉산드로 콜차크[20]나 유데니치[21]나 연합군과 싸우기 위해 입대하겠다고 말하자, 그들 모두 이미 패배했다고 했다. 네 고향에는 소식이 늦게 도착하는 모양이군. 징집 사무소 사람들은 말했다. 그러고는 넌 어디에서 왔어 하고 물었다. 그러자 안스키는 드니프로강 옆에 있는 코스테키노에서 왔다고 대답했다. 그 대답을 듣자 파이프 담배를 피우는 어느 늙은 군인이 이름이 무엇이냐고 물었고, 그런 다음 유대인이냐고 물었다. 안스키는 그렇다고, 유대인이라고 대답하고서, 늙은 군인의 눈을 뚫어지게 쳐다보았다. 그제야 비로소 그는 그 군인이 애꾸일 뿐만 아니라 외팔이라는 사실을 알았다.

「폴란드군과 전쟁을 벌일 때, 유대인 동료가 한 명 있었어.」노병은 입으로 연기를 내뱉으면서 말했다.

「이름이 뭐죠? 혹시 내가 아는 사람일지도 몰라요.」안스키가 물었다.

「네가 소련 공화국에 사는 모든 유대인을 안다는 말이야?」애꾸이자 외팔이인 노병이 물었다.

「아니에요, 물론 아니지요.」안스키는 이렇게 대답하면서 얼굴을 붉혔다.

16 Pyotr Nikolayevich Wrangel(1878~1928). 제정 러시아 백위군의 장군. 러시아 혁명 후, 영국과 프랑스의 원조를 받아 크리미아에서 혁명군과 싸웠으나 패하고 벨기에로 망명했다.

17 Pyotr Krasnov(1869~1947). 러시아의 장군. 러시아 혁명 직후 혁명군과 싸웠으며 독일의 지원을 받아 소비에트 정권과 싸우기도 했으나 독일로 망명하였다. 이후 나치에 협력하였다가 소련군에게 처형되었다.

18 Anton Ivanovich Denikin(1872~1947). 러시아 군인. 러시아 혁명 직후 백위군 사령관이 되어 연합국의 지지를 받으며 모스크바까지 진격했으나 패퇴했다.

19 10월 혁명으로 집권한 볼셰비키에 대항하여 러시아 내전에서 싸운 반혁명 세력.

20 Alexander Kolchak(1874~1920). 러시아 군인이자 정치가. 반혁명 정부의 군사 장관을 역임했고, 쿠데타로 군사 정권을 수립했다. 한때 볼가강 근처까지 진격했으나 혁명군에게 체포되어 총살당했다.

21 Nikolai Yudenich(1862~1933). 제1차 세계 대전 중 러시아군 사령관이었으며, 이후 백위군의 수장으로 있다가 패퇴했다.

「드미트리 베르비츠키였어. 바르샤바에서 1백 킬로미터 떨어진 곳에서 죽었어.」 애꾸가 사무실 한쪽 구석에서 말했다.

그러고 나서 애꾸는 의자에 앉아 몸을 들썩이더니 담요를 턱까지 끌어 올리고서 말했다. 우리 사령관은 코롤렌코였고 역시 바로 그날 죽었어. 그러자 초음속으로 안스키는 베르비츠키와 코롤렌코를 머릿속에 그렸고, 베르비츠키를 비웃는 코롤렌코를 보았으며, 코롤렌코가 베르비츠키의 뒤에서 한 말을 들었다. 그는 베르비츠키의 몽상과 코롤렌코의 욕망, 그리고 두 사람의 모호하며 수시로 바뀌는 희망과 확신 속으로 들어갔다. 또한 두 사람이 말을 타는 모습과 그들이 뒤에 남긴 숲, 그리고 그들이 지나가던 홍수 난 땅과 노천에서 밤에 들려오는 소리, 다시 말을 타기 전에 병사들이 나누는 알아들을 수 없는 대화들을 상상했다. 그는 마을들과 농지를 보았고, 교회와 지평선 위로 모락모락 올라가는 연기 구름을 보았으며, 심지어 두 사람, 즉 베르비츠키와 코롤렌코가 죽은 바로 그날이 밝아 오는 것도 보았다. 완벽한 잿빛, 완전한 잿빛, 절대적인 잿빛을 띤 날이었다. 마치 길이가 몇천 킬로미터에 달하는 구름이 멈추지 않고 끝없이 그 지역을 지나가는 것 같았다.

1초도 되지 않는 그 순간에 안스키는 군인이 되지 않겠다고 결심했지만, 또한 그 순간에 징집 사무소의 부사관은 그에게 서류를 내밀고서 서명하라고 말했다. 이미 그는 군인이 되어 있었다.

이후 그는 여행하면서 3년이란 세월을 보냈다. 시베리아에도 있었고 노릴스크의 납 광산에도 있었으며, 석탄이 매장된 곳을 찾는 옴스크 출신 기술자들을 호위하면서 퉁구스카 유역에도 머물렀다. 야쿠츠크에 있었고, 레나로 올라가서 북극권 너머에 있는 북극해에도 있었으며, 기술자 그룹과 어느 신경과 의사를 대동해서 노바야시비리섬까지 가기도 했다. 그곳에서 기술자 둘이 미쳐 버렸다. 그들 중 한 명은 일종의 조용한 광인이었지만, 다른 사람은 위험한 광인이었고 그들은 신경과 의사의 지시에 따라 바로 그곳에서 그를 제거했다. 의사가 그런 부류의 광인을 치료할 방법은 없으며, 사람의 정신을 눈멀게 하거나 동요하게 만드는 그런 백야의 경치 한가운데에서는 더욱 치료법이 없다고 설명했기 때문이다. 그런 다음 그는 오호츠크해에서 병참 특수 부대와 함께 있었다. 그들의 임무는 길을 잃은 탐험대에게 식량을 공급하는 것이었는데, 며칠이 지나자 병참 특수 부대 역시 길을 잃었고, 결국 탐험대에게 제공할 식량을 먹어 버리고 말았다. 이후에는 블라디보스토크의 병원에 있었고, 그런 다음에는 아무르 지역에서 복무했다. 그 후 새가 몇천 마리씩 몰려들던 바이칼 호수의 기슭을 보았고, 이르쿠츠크시에도 잠시 있었으며, 마침내 카자흐스탄에서 도적들을 추적한 후 모스크바로 돌아와 다른 일에 종사했다.

바로 독서와 박물관 방문, 독서와 공원 산책, 독서와 온갖 종류의 콘서트나 연극 공연, 문학이나 정치 강연에 거의 광적으로 참석하는 일이었다. 문학과 정치 강연에서 그는 아주 소중한 것들을 많이 배웠고, 자기가 축적해 놓은 생생한 경험에 적용할 수 있었다. 또한 그 시기에 과학 소설 작가인 에프라임 이바노프를 문학인들이 모이는 카페, 그러니까 모스크바 최고의 문인 카페에서 알게 되었다. 사실 그를 만난 곳은 카페의 테라스였다. 그곳 한쪽 구석에 있는 테이블에서, 카페 건물 3층까지 뻗은 커다란 참나무 나뭇가지 아래에 있는 어느 테이블에서 이바노프는 보드카를 마시고 있었다. 두 사람은 친구가 되었다. 이바노프가 안스키의 이상한 생각에 관심을 보였기 때문이기도 했고, 또한 안스키가 적어도 그 시기에는 그 과학 소설 작가의 작품에 대해 무조건적이고 솔직한 존경심을 보여 주었기 때문이다. 이바노프는 과학 소설 작가라고 불리길 좋아했고, 환상 문학 작가라는 공식적이고 대중적인 명칭을 거부했다. 그즈음에 안스키는 혁명이 머지않아 전 세계로 퍼질 것이며, 혁명이 지닌 발전과 행복의 가능성을 볼 수 없거나 감지하지 못하는 사람은 바보들이나 허무주의자들뿐이라고 생각했다. 궁극적으로 혁명은 죽음을 없앨 거야. 안스키는 생각했다.

이바노프가 그건 불가능하며, 죽음은 태고부터 인간과 함께 있었다고 말하자, 안스키는 바로 그거라고, 정확하게 그거라고, 심지어 오로지 중요한 것은 그거라고 대답하면서, 죽음을 영원히 없애는 것은 우리 모두가 다른 것을 발견할 때까지 미지의 무언가에 열중하는 거라고 지적했다. 그것이 죽음의 폐지, 폐지, 바로 폐지라는 것이었다.

이바노프는 1902년부터 당원이었다. 그 시기에 그는 톨스토이, 체호프, 고리키처럼 단편소설을 쓰려고 시도했다. 다시 말하면, 그들을 표절하려고 했지만 그 작품들은 그다지 평가받지 못했다. 그러자 그는 어느 여름밤 내내 오랫동안 사색한 끝에, 오도옙스키와 라제치니코프 스타일로 쓰겠다고 현명한 결정을 내렸다. 50퍼센트는 오도옙스키 스타일을, 나머지 50퍼센트는 라제치니코프 스타일을 구사하겠다는 거였다. 정말로 현명한 결정이었다. 독자들은 대부분 기억력이 불완전하다는 특징을 지니는데, 바로 이런 이유로 이미 불쌍한 오도옙스키(1803~1869)와 가련한 라제치니코프(1792~1869)를 이미 잊어버렸기 때문이다. 또한 항상 예리한 문학 비평도 그런 사실을 추정하지 못했고, 연관성을 설정하거나 밝히지도 못했을 뿐만 아니라 아무것도 눈치채지 못했기 때문이다.

1910년에 이바노프는 소위 전도유망한 작가였다. 즉, 위대한 작품을 기대할 수 있는 작가였다. 그러나 오도옙스키와 라제치니코프는 더는 모방할 수 있는 틀이 되지 못했고, 이바노프의 예술 창작은 거기서 멈추었다. 아니, 관점에 따라 그것은 침몰이라고 말할 수도 있었다. 그는 그런 침몰에서 빠져나올 수 없었다. 심지어 필사적으로 새로운 혼합을 시도했지만, 즉 호프만적인 오도옙스키와 월터 스콧의 신도인 라제치니코프를 떠오르는 별인 고리키와 뒤섞었지만, 그것 역시 그를 침몰 상태에서 빠져나오게 할 수는 없었다. 그의 작품이 더는 독자들이 관심을 보이는 대상이 되지 않았다는 것은 그도 인정해야만 했다. 그런 이유로 그의 경제는 상당한 타격을 입었고, 자존심은 더욱 피해를 입었다. 10월 혁명 이전까지 이바노프는 이따금씩 과학 잡지와 농업 잡지에 교열 편집자로 일했고, 전구 판매상이나 변호사 사무실 조수로 일하기도 했지만, 공산당에서 맡은 업무는 게을리하지 않았다. 공산당에서 글을 쓰고 팸플릿을 인쇄하는 일부터 종이를 구하고 뜻을 같이하는 작가들과 몇몇 동료 여행자를 섭외하는 일까지, 실질적으로 모든 일을 했다. 그런 일을 하면서도 그는 한 번도 불평하지 않았고 자기의 고질적인 습관을 버리지 않았다. 그러니까 모스크바의 보헤미안들이 모이는 술집을 매일 찾아가 보드카를 마신 것이다.

혁명이 성공했지만, 그의 문학적 가망성 혹은 작업 차원의 가망성은 그다지 나아지지 않았다. 오히려 반대였다. 두 배로 일을 해야 했고, 세 배로 일해야 한 경우도 적지 않았으며, 가끔씩은 네 배로 일해야 했다. 하지만 이바노프는 아무런 불평도 늘어놓지 않고 자신의 임무를 완수했다. 어느 날 그는 1940년대 러시아의 삶에 관해 원고를 써달라는 청탁을 받았다. 세 시간 만에 이바노프는 생애 첫 SF 단편소설을 썼다. 작품 제목은 〈우랄로 가는 열차〉였고, 평균 시속 2백 킬로미터로 달리는 기차를 타고 가던 소년의 관점에서 서술된 이야기였다. 아이는 자기 눈앞으로 지나가는 모든 것을 이야기했다. 반짝거리는 공장들, 잘 경작된 들판, 10층 이상의 건물 두세 개로 이루어진 새로운 모델의 마을들, 행복하고 즐거운 표정으로 그런 마을들을 방문하면서 나중에 자기 나라에 적용하려고 소련이 이룩한 발전을 기록하는 외국 대표단들 등등. 「우랄로 가는 열차」 속 아이는 자기 할아버지를 방문하기 위해 여행을 했다. 아이의 할아버지는 과거에 붉은 군대의 용사였다. 그는 공부하기에는 적당치 않은 늦은 나이에 대학 학위를 취득한 후, 일급 비밀인 복잡한 연구에 전념하는 실험실을 이끌었다. 그들이 손을 잡고 기차역에서 나오자, 너무나 원기 왕성하여 훨씬 나이가 많지만 마흔 살 이상으로는 보이지 않던 할아버지는 최근에 발견한 것에 관한 이야기를 들려주었다. 하지만 손자, 그러니까 아이는 할아버지에게 혁명 이야기와 백위군과 벌인 전투, 외국의 침략과 맞서 싸운 전쟁에 관해 이야기해 달라고 졸랐다. 얼굴이 젊어 보이더라도 어쨌든 노인인 할아버지는 기꺼이 손자의 요구에 응해 주었다. 그게 전부였다. 그러나 독자들의 반응은 폭발적이었다.

여기서 말해야 할 것이 있다. 가장 먼저 놀란 사람이 바로 작가였다는 사실이다. 두 번째로 놀란 사람은 교정을 하려고 손에 연필을 들고 그 작품을 읽었지만 그리 대단하지 않다고 생각한 편집장이었다. 잡지 편집부로 독자들의 편지가 쇄도했다. 그것들은 〈무명의 이바노프〉, 〈전도유망한 이바노프〉, 〈내일을 약속하는 작가〉, 〈우리가 투쟁하는 미래에 믿음을 주는 작가〉의 작품을 더 읽고 싶다는 내용이었다. 그 편지들은 주로 모스크바와 상트페테르부르크에서 왔지만, 할아버지라는 인물과 자신들을 동일시하던 산간벽지의 용사들과 행동주의자들의 편지도 있었다. 이런 편지들 때문에 편집장은 제대로 잠을 이룰 수 없었다. 그는 유물론적이고 변증법적이며 방법론적인 마르크스주의자였지만, 교조주의자는 아니었다. 그는 훌륭한 마르크스주의자로서 마르크스뿐만 아니라 헤겔과 포이어바흐, 심지어 칸트까지도 공부했고, 계몽주의 사상가인 리히텐베르크의 작품을 또다시 읽으면서 마음껏 웃었으며, 몽테뉴와 파스칼의 작품도 읽었고, 푸리에의 글도 읽은 사람이었다. 그는 그 잡지가 출판한 수많은 훌륭한 작품들 중에서(전혀 과장하지 않고 말하자면, 몇몇 훌륭한 작품들 중에서), 넌더리 나도록 감성적이고 과학적 기초라고는 눈뜨고 찾아볼 수 없는 이 단편이 소련의 시민들을 가장 감동시켰다는 사실을 믿을 수가 없었다.

뭔가 잘못되고 있어. 그는 생각했다. 물론 편집장이 잠을 못 이루는 동안, 이바노프는 영광과 보드카의 밤을 보냈다. 그는 최초의 성공을 우선 모스크바에서 가장 허름한 술집들에서, 그런 다음 〈작가의 집〉에서 축하하기로 마음먹었다. 그곳에서 「요한 묵시록」의 네 기사[22]처럼 보이는 네 친구와 저녁을 먹었다. 이 순간부터 이바노프에게는 SF 단편소설 청탁이 물밀듯이 쇄도했고, 이바노프는 그다지 주의를 기울이지 않고 단숨에 써버린 자신의 첫 번째 단편소설을 면밀히 검토한 후 몇 가지 변화만 주고서 그 공식을 되풀이하면서, 러시아 문학 서적, 그리고 화학과 생물학, 또는 의학과 천문학 서적에서 주옥같은 부분들을 발췌했다. 마치 전당포 주인이 미지급된 약속 어음, 신용장, 지급이 끝난 수표들을 쌓아 놓듯이 이바노프는 이런 책들을 자기 방에 쌓아 두었다. 이렇게 해서 그는 소련 방방곡곡에 이름을 떨치게 되었고, 이내 전업 작가, 즉 오직 자기 책에서 들어오는 수입만으로 살아가는 작가로 자리 잡게 되었다. 그리고 대학과 공장의 학회와 강연에 참석했으며, 문학 잡지와 신문은 그의 작품을 게재하려고 서로 치열한 경쟁을 벌였다.

그러나 모든 건 늙는 법이다. 화려한 미래의 공식, 과거에 그런 화사한 미래를 창조하는 데 공헌한 영웅, 이바노프의 작품에서 현재형으로 등장하는 미래에서 모든 풍요로움과 공산주의적 창의력의 과실을 즐기는 남자아이나 여자아이도 마찬가지로 늙어 갔다. 안스키가 이바노프를 만났을 때, 이바노프는 이미 베스트셀러 작가가 아니었으며, 그의 소설들과 단편들은 과거에 독자들에게 불러일으킨 관심을 더는 불러일으키지 못했을 뿐만 아니라, 많은 사람이 유치하며 참을 수 없다고 여겼다. 그러나 이바노프는 계속해서 글을 썼고 계속해서 출판했으며, 목가적 상상력으로 매달 월급을 받았다. 아직도 이바노프는 공산당원이었다. 혁명 작가 협회 소속이었다. 그의 이름은 소련 창작가 공식 목록에 수록되었다. 겉으로 보기에 그는 모스크바의 고급 주택가에 위치한 집에 크고 안락한 방을 갖고 있었으며, 가끔씩 그다지 젊지 않은 창녀들과 잤고, 그녀들과 노래하고 울면서 그런 만남을 끝맺었으며, 적어도 일주일에 네 번은 작가들과 시인들의 식당에서 식사를 하는 행복한 독신 남자였다.

그러나 내적으로 이바노프는 무언가 부족하다고 느꼈다. 결정적인 한 걸음, 과감한 일격이 없었던 것이다. 애벌레가 마음 편히 미소를 지으면서 나비로

22 백색, 적색, 흑색, 청색 말을 탄 네 기사로 각각 질병, 전쟁, 기근, 죽음을 상징한다.

변신하는 순간이 필요했던 것이다. 바로 그럴 때 젊은 유대인 안스키가 나타났고, 이바노프는 그의 황당한 생각과 시베리아에 대한 환상, 저주받은 땅을 향한 침략, 열여덟 살 청년만이 가질 수 있는 엉뚱한 경험을 들을 수 있었다. 이바노프 역시 열여덟 살이었던 때가 있었지만, 안스키가 들려주는 것과 비슷한 경험은 전혀 해본 적이 없었다. 아마도 안스키는 유대인이고 나는 그렇지 않기 때문일 거야. 그는 생각했다. 그러나 이내 그런 생각을 떨쳐 버렸다. 아마도 무지했기 때문일 거야. 안스키의 충동적 성격 때문일 거야. 그는 생각했다. 안스키가 삶을 지배하는, 심지어 부르주아의 삶까지도 지배하는 법칙을 경멸하기 때문일 거야. 그는 생각했다. 그러고서 젊은 예술가들 혹은 젊은 사이비 예술가들을 생각했다. 가까이서 보면 매우 역겨운 존재들이었다. 이바노프는 자기가 직접 만나서 한 번, 아니 두 번에 걸쳐 이야기를 나눈 마야콥스키[23]를 떠올렸다. 그리고 그가 엄청난 허영심을 지녔다고, 아마도 동료들을 사랑하기는커녕 무관심하며 명성에 대한 갈망이 어마어마해도 숨기는 허영심을 지녔을지도 모른다고 생각했다. 그런 다음 영화계의 스타나 오페라 가수처럼 우쭐대는 레르몬토프[24]와 푸시킨을 생각했다. 바츨라프 니진스키,[25] 구로프,[26] 세묜 나드손,[27] 그가 직접 만났으며 도저히 참을 수 없었던 알렉산드르 블로크[28] 등이 그의 머리를 스쳐 지나갔다. 그는 생각했다. 예술의 장애물들이야. 자신들이 태양이며 모든 걸 이글이글 끓게 만든다고 생각하지만, 그들은 태양이 아니고 땅을 향해 곤두박질치는 별똥별에 불과해. 결국 누구도 관심을 갖지 않는 존재들이야. 그들은 남들에게 창피와 망신만 줄 뿐, 아무것도 불태우지 못해. 그리고 결국 창피당하는 사람은 항상 그들이야. 매 맞고 침 세례를 당하며, 저주받고 불구가 되며, 정말로 굴욕을 당하지. 혼쭐이 나도록 제대로 모욕당한 사람들이야.

이바노프에게 진정한 작가, 진정한 예술가이자 창작가는 본질적으로 책임감이 있고, 어느 정도 성숙한 사람이었다. 진정한 작가라면 언제 들어야 하는지 알고, 언제 행동해야 하는지 아는 사람이었다. 그런 사람은 상당히 기회주의적이면서도 꽤 학식이 있어야 했다. 과도한 학식은 질투와 분노를 일깨운다. 과도한 기회주의는 의심을 일깨운다. 진정한 작가는 비교적 차분한 사람, 상식을 지닌 사람이어야만 했다. 너무 시끄럽게 말하거나 논쟁을 시작하지 않는 사람이어야 했다. 그리고 어느 정도 다정한 사람이어야 했고, 쓸데없이 적을 만들지 않는

---

23 Vladimir Mayakovsky(1893~1930). 구소련의 시인. 소련뿐 아니라 세계 각국의 시인에게 영향을 끼쳤으며, 현대 시의 신선한 영역을 개척했다.

24 Mikhail Lermontov(1814~1841). 러시아의 시인이자 소설가. 러시아 낭만주의의 대표자다.

25 Vaslav Nijinsky(1890~1950). 소련의 무용가 겸 안무가.

26 체호프의 「개를 데리고 다니는 여인」의 등장인물로 널리 알려져 있다. 허구적 인물을 언급한 것으로 추정된다.

27 Semyon Nadson(1862~1887). 러시아의 시인. 정의의 승리와 빛나는 미래에 대한 확신을 표현한 작품이 많다.

28 Aleksandr Blok(1880~1921). 러시아의 상징주의 시인이자 극작가.

사람이어야 했다. 무엇보다도 모든 사람이 목소리를 높이라고 요구하지 않는 한,
큰 소리로 말하지 않는 사람이어야 했다. 진정한 작가는 자기 뒤에 작가 협회,
예술가 조합, 문학 노동자 연맹, 〈시인의 집〉이 있다는 것을 아는 사람이어야 했다.
교회에 들어가면 가장 먼저 하는 것이 무엇일까? 에프라임 이바노프는 생각했다.
모자를 벗어. 그리고 성호를 긋지 않을 수도 있어. 좋아, 그래도 그건 괜찮아.
우리는 현대인이니까. 하지만 적어도 모자는 벗어야 해! 반대로 젊은 작가들은
교회에 들어가지만 모자를 벗지도 않아. 죽도록 매를 맞는 한이 있어도 말이야.
그리고 유감스럽게도 실제로 항상 그렇게 끝나게 되지. 모자를 벗지 않는 것만이
아니야. 웃고 하품하며 바보짓을 하고 방귀도 뀌어. 심지어 몇몇 사람은 박수도 쳐.

　　그러나 안스키가 제공해야만 했던 것은 너무나 유혹적이었고, 그래서
이바노프는 아무 말도 하지 않았지만 받지 않을 수가 없었다. 그 계약은 SF 작가의
침실에서 마무리되었다. 아니, 그랬던 것 같다.
　　한 달 후, 안스키는 공산당에 입당했다. 그의 보증인은 이바노프와 이바노프의
옛 애인이자 모스크바 연구소에서 생물학자로 일하는 마르가리타
아파나시예브나였다. 안스키의 원고에는 그날이 결혼식 날과 비교되어 있다. 입당
의식은 작가들이 모이는 식당에서 치렀고, 그런 다음 그들은 모스크바의 여러
싸구려 술집을 돌면서, 아파나시예브나를 질질 끌고 다녔다. 그녀는 사형을
선고받은 여자처럼 술을 마셨으며, 그날 밤 술에 취해 거의 의식을 잃었다. 어느
싸구려 술집에서 이바노프가 거기에 합석한 두 작가와 실연에 관한 노래와 이제
더는 보지 못할 시선과 이제 더는 듣지 못할 부드러운 말에 관한 노래를 부르는
동안, 아파나시예브나는 술에서 깨어나 조그만 손을 안스키의 바지 위에 갖다
대더니 음경과 고환을 움켜잡았다.
　　「이제 당신은 공산주의자예요.」 그녀는 그의 눈을 피하면서 말했다. 그러더니
그의 배꼽과 목 사이의 불특정한 장소를 뚫어지게 쳐다보았다. 「당신은 강철 같은
물건을 가져야만 해요.」
　　「정말이에요?」 안스키가 물었다.
　　「날 우습게 여기지 마요. 당신을 이해해요. 첫눈에 당신이 누군지 알았어요.」
아파나시예브나가 쉰 목소리로 말했다.
　　「내가 누구죠?」 안스키가 물었다.
　　「현실과 욕망을 혼동하는 유대인 코흘리개예요.」
　　「현실이란 말이에요…… 가끔씩 그건 순수한 욕망이지요.」 안스키가
중얼거렸다.
　　아파나시예브나는 웃었다.
　　「그럼 그걸 어떻게 요리하죠?」 그녀가 물었다.
　　「불에서 눈을 떼지 말아야 해요, 동지. 가령 몇몇 사람을 눈여겨보세요.」
안스키가 대답했다.

「그게 누구죠?」 아파나시예브나가 물었다.

「환자들이에요. 예를 들면 폐결핵 환자들이지요. 의사들에게는 죽어 가는 사람들이고, 이 점에 관해서는 논할 필요가 없어요. 그러나 폐결핵 환자들에게 특히 어떤 밤은, 무엇보다 해 질 녘이 길 때는 욕망이 현실이고, 현실이 욕망이지요. 혹은 무력한 사람들을 눈여겨보세요.」

「어떤 종류의 무력한 사람들을 말하는 거죠?」 안스키의 성기를 놓지 않은 채 아파나시예브나가 물었다.

「물론 성적으로 무력한 사람들, 발기를 못 하는 사람들이지요.」 안스키가 속삭였다.

「아, 그렇군요.」 아파나시예브나가 탄성을 지르더니 빈정대듯이 낄낄거리며 웃었다.

「발기를 못 하는 남자들은 폐결핵 환자들처럼 고통을 받아요. 그들도 욕망을 느끼거든요. 시간이 흐르면서 그런 욕망은 현실을 대체할 뿐만 아니라 현실 위에 군림하기도 해요.」 안스키가 조용하게 말했다.

「죽은 사람들도 성적 욕망을 느낀다는 말을 믿나요?」 아파나시예브나가 물었다.

「죽은 사람들은 그렇지 않아요.」 안스키가 대답했다. 「하지만 살아 있는 죽은 사람들은 그렇지요. 시베리아에 복무할 때, 나는 성기가 잘린 사냥꾼을 알게 되었어요.」

「성기!」 아파나시예브나가 비웃었다.

「음경과 고환이에요. 그는 앉거나 마치 쭈그리듯이 무릎을 굽히고서 작은 빨대를 이용해 소변을 보았지요.」

「이제야 무슨 말인지 알겠어요.」

「그래요, 어쨌거나 이 사람은 젊지도 않았지만, 날씨가 어떻거나 상관하지 않고 일주일에 한 번 숲으로 가곤 했어요. 잃어버린 음경과 고환을 찾기 위해서였지요. 모든 사람이 그가 언젠가 눈 속에 파묻혀 죽으리라고 생각했지만, 그 사람은 항상 마을로 되돌아왔지요. 가끔씩은 몇 달이나 마을을 비운 후에 돌아왔는데, 항상 똑같은 소식, 그러니까 그것들을 찾지 못했다는 소식을 가지고 왔어요. 어느 날 그는 더는 숲으로 가지 않기로 마음먹었어요. 그러자 갑자기 늙어 버린 것처럼 보였어요. 쉰 살 정도였는데, 하룻밤 사이에 여든 살처럼 보였어요. 우리 분대는 마을을 떠났어요. 넉 달 후 우리는 다시 그곳을 지나게 되었고, 남자의 상징이 없는 그 사람이 어떻게 되었는지 물어보았지요. 그러자 마을 사람들은 우리에게 그가 결혼했으며 행복하게 산다고 알려 주었어요. 내 동료 한 사람과 나는 그를 만나고 싶었어요. 그를 만났을 때, 그는 다시 숲에서 오랫동안 체류하려고 사냥 도구를 준비하고 있었지요. 이제 더는 여든 살처럼 보이지 않고 다시 쉰 살 남자처럼 보였어요. 아니, 아마도 쉰 살로 보인 것이 아니라 얼굴 몇몇 부분, 그러니까 눈과 입술과 턱은 심지어 마흔 살 남자처럼 보였어요. 이틀 후 우리가 그곳을 떠날 때 나는 사냥꾼이 욕망으로 현실을 억누르는 데 성공했다고, 즉 그가 나름대로 마을과 마을 사람들, 숲과 눈, 잃어버린 음경과 고환 같은 자기 주위의 사물들을 변화시켰다고 생각했지요. 그가 차가운 삼림 지대 한가운데에서 양다리를 넓게 벌리고 무릎을 꿇은 채 오줌을 누는 모습과 올가미를 가득 넣은 배낭을 메고 우리가 운명이라고 부르는 것은 전혀 안중에 없이 북쪽으로, 즉 하얀 사막과 강한 눈보라를 향해 걸어가는 모습을 상상했어요.」

「아주 훌륭한 이야기네요.」 아파나시예브나가 말하면서, 자기 손을 안스키의 생식기에서 치웠다. 「그런 걸 믿기에는 내가 너무 늙고 너무 많은 것을 보았다는 사실이 유감이네요.」

「그건 믿음의 문제와는 하등 상관이 없어요.」 안스키가 지적했다. 「이것은 이해의 문제고, 그런 다음에는 변화와 관련을 맺고 있는 거예요.」

겉으로 볼 때 적어도 그 순간부터 안스키와 이바노프의 삶은 서로 다른 방향으로 나아갔다.

유대인 청년은 열심히 활동했다. 가령 1929년에, 즉 스무 살에 모스크바, 레닌그라드, 스몰렌스크, 키예프, 로스토프에서 잡지를 창간했지만, 거기에 그의 글은 하나도 실리지 않았다. 그는 〈상상의 목소리 극단〉 창단 멤버였다. 그는 흘레브니코프[29]의 유작을 출판하기 위해 출판사를 찾았다. 그리고 결코 빛을 보지 못한 신문의 기자 자격으로 미하일 투하쳅스키[30] 장군과 바실리 블류헤르[31] 장군을 인터뷰했다. 그는 자기보다 열 살 연상이며 공산당 고위급과 결혼했던, 의학 박사 마리아 자먀티나를 애인으로 삼았다. 독일 현대사의 위대한 전문가였던 그리고리 야코빈과 우정을 나누었고, 그와 한참 동안 산책하면서 독일어와 이디시어에 관한 대화를 나누곤 했다. 소련 공산당 지도자인 지노비에프도 만났다. 그리고 독일어로 트로츠키의 망명에 관한 시를 썼다. 또한 독일어로 〈예브게니아 보시의 죽음에 관한 단상〉이라고 제목을 붙인 일련의 경구를 썼다. 예브게니아 보시는 볼셰비키 지도자인 예브게니아 고틀리보프나(1879~1924)의 필명으로, 역사학자 피에르 브루에는 그녀에 관해 다음과 같이 말한다. 〈1900년에 공산당에 입당하며 1903년에 볼셰비키의 일원이 된다. 1913년에 체포되어 추방되고 1915년에 도주하여 미국으로 도망치며, 퍄타코프[32]와 부하린[33]과 함께 혁명 운동을 벌이고,

---

29 Velimir Khlebnikov(1885~1922). 러시아의 시인. 러시아 미래파를 창시하고 개념과 상징이 아닌 사물과 낱말에 관한 신비주의를 추구하였다. 작품에 「웃음의 주문(呪文)」, 「학」 따위가 있다.

30 Mikhail Tukhachevsky(1893~1937). 러시아의 군인. 10월 혁명 후 붉은 군대에 지원, 공산당에 입당했고 천재적인 조직 능력과 스케일이 웅대한 작전을 펴는 군인으로 유명했다. 붉은 군대의 근대화와 군사 기술 재편의 공로로 레닌상을 수상했으나 반스탈린 쿠데타의 주모자로 처형되었다.

31 Vasily Blyukher(1889~1938). 러시아의 군인. 러시아 내전에서 붉은 군대를 지휘했으나 스탈린에 의해 숙청되었다.

32 Georgy Pyatakov(1890 – 1937). 소련의 경제학자. 1914년에서 1917년까지 해외 망명 시절 부하린과 함께 활동했으며 귀국한 뒤 소비에트 정부의 요직을 두루 거쳤으나 훗날 숙청되었다.

33 Nikolay Bukharin(1888~1938). 러시아의 정치가. 모스크바의 볼셰비키를 이끌었으며 『프라우다』의 편집장

국민적 문제에서 레닌에 반대한다. 2월 혁명 이후 귀국하여 키예프 봉기와 내전에서 지도자로 활동한다. 46선언[34]의 서명자이기도 하다. 1924년 항의하는 의미로 자살한다.〉 그리고 핀란드 공산당을 창당한 사람 중 하나이자 아마도 지도자들 사이에서 벌어진 권력 투쟁에서 자신의 동료들에게 살해된 것으로 보이는 이반 라지아(1887~1920)를 비어 가득한 저속한 말투로 찬양하는 시를 이디시어로 쓰기도 했다. 그는 미래파들의 작품과 〈원심 그룹〉의 작품들,[35] 그리고 이미지즘[36] 작가들의 작품을 읽었다. 그는 이사크 바벨[37]의 작품과 안드레이 플라토노프[38]의 초기 단편소설을 읽었고, 보리스 필냐크[39]도 읽었지만, 전혀 마음에 들어 하지 않았다. 또한 상징주의자인 안드레이 벨리[40]도 읽었는데, 그의 소설 『상트페테르부르크』 때문에 안스키는 나흘 동안이나 잠을 이루지 못했다. 그는 문학의 미래에 관한 에세이도 한 편 썼는데, 에세이의 첫 단어는 〈무의미〉였고 마지막 단어도 〈무의미〉였다. 그러는 동안 그는 마리아 자먀티나와의 관계로 고통받았다. 그녀에게는 안스키 이외에도 다른 애인이 있었는데, 그 애인은 폐 질환 전문의로 폐결핵 환자들을 치료하는 사람이었다. 그 애인은 대부분 크림반도에서 시간을 보냈고, 마리아 자먀티나는 수염이 없고 하얀 가운을 입은 그 사람을 마치 부활한 그리스도인 양 묘사하곤 했다. 더군다나 하얀 가운은 안스키의 1929년 꿈에 자주 등장했다. 그는 계속해서 모스크바 도서관에서 열심히 작업했다. 그리고 이따금 생각이 날 때면 부모님께 편지를 썼고, 그러면 부모님은 보고 싶다는 다정한 답장을 보냈다. 그것은 용기 있는 행동이었다. 왜냐하면 그의 부모님은 과거에 비옥한 토지를 자랑하던 드니프로강 유역이 이제는 기근이나 식량 부족에 시달린다는 말을 하지 않았기 때문이다. 또한 그는 『란다우어』라는 이상하기 그지없는 해학적인 작품도 한 편 썼다. 이 작품은 독일 작가 구스타프 란다우어의 마지막 나날에 바탕을 두었는데, 이 작가는 1918년에 「작가들에게 보내는 연설문」을 썼고 1919년에 뮌헨의 소련 공화국 선전 선동 책임자로 활동하다가 처형되었다. 또한 안스키는 1929년에 알프레트 되블린의 신간 소설 『베를린 알렉산더 광장』을 읽었고, 그 작품이 너무나 훌륭하고 잊을 수

을 지녔다. 레닌과 대립하여 우익 반대파를 형성했다가 실각했다.
34 소련 공산당을 이끄는 46명의 지도자 그룹이 소련 공산당 중앙 위원회 정치국에 보낸 비밀 편지.
35 1910년대에 러시아에서 발생한 미래파 운동을 대표하는 세 그룹은 마야콥스키와 구로 등이 주도한 〈입체 미래파〉, 세르셰네비치가 주도한 〈미래파〉, 보보로프와 파스테르나크가 이끈 〈원심 그룹〉이다. 〈원심 그룹〉은 입체 미래파의 문체와 상징주의의 업적을 조화시키는 특징을 지닌다.
36 1912년경에 일어난 시적 경향으로, 운율에 중요성을 두어 적확한 영상으로 표현의 명확성을 꾀했다.
37 Isaak Babel(1894~1941). 20세기 전반의 가장 탁월한 문체주의자 중 한 사람으로 평가받는다. 대표작으로 연작 단편집 『오데사 이야기』와 참전 경험을 토대로 한 연작 단편집 『기병대』가 있다.
38 Andrei Platonov(1899~1951). 1917년 러시아 혁명 이후에 등장한 최초의 작가 중 하나. 공산주의자였지만 생산 수단의 사회화에 관한 회의적 입장으로 인해 그의 작품은 금서로 지정되었다.
39 Boris Pilnyak(1894~1938). 1920년대 두각을 나타낸 상징주의 장편 및 단편소설 작가로, 기계화한 사회에 대해 강도 높은 비판을 했으며, 이로 인해 소련 정부와 불편한 관계를 가졌다.
40 Andrei Bely(1880~1934). 러시아 상징주의를 주도한 시인이자 소설가. 대표작으로 『영혼의 편력』과 『상트 페테르부르크』가 있다.

없으며 고귀하다고 여긴 나머지, 되블린이 쓴 작품들을 더 찾아보았고, 모스크바 도서관에서 『왕룬의 세 번의 도약』(1915), 『바첼, 증기 터빈과 싸우다』(1918), 『발렌슈타인』(1920), 『산, 바다, 거인』(1924)을 발견했다.

안스키가 되블린의 작품을 읽거나 미하일 투하첵스키를 인터뷰하거나 혹은 마리아 자먀티나와 함께 모스크바의 페드로프 거리에 있는 자기 방에서 사랑을 나누는 동안, 에프라임 이바노프는 처음으로 대작 소설을 출판했다. 이 작품은 그가 독자들에게 다시 사랑을 받도록 해주었고, 이후 그에게 천국으로 가는 문을 열어 주었다. 또한 생애 처음으로 그가 자기와 대등하다고 여기던 작가들, 즉, 재능 있는 작가들의 찬사를 받았다. 그 작가들은 톨스토이와 체호프의 불길을 간직하던 사람들, 푸시킨의 불길과 고골의 불길을 간직하던 사람들이었다. 그들은 갑자기 그를 눈여겨보았다. 아니, 사실상 처음으로 그를 바라보았으며 그의 재능을 인정했다.

당시까지 아직 모스크바에 확실하게 다시 정착하지 못한 고리키는 이탈리아의 소인이 찍힌 편지를 그에게 보냈다. 그 편지에서는 가족의 설립자인 아버지가 충고하는 손가락을 볼 수 있었지만, 또한 무한한 다정함과 독자로서 감사하는 마음을 감지할 수 있었다.

고리키는 이렇게 말했다. 당신의 소설 덕분에 아주 즐거운 시간을 보냈습니다. 당신의 글에서 간파할 수 있었던 것은…… 믿음과 희망입니다. 당신의 상상력이 질식했다고는…… 말할 수 없습니다. 아닙니다, 결코 그렇다고는…… 말할 수 없습니다. 소련의 쥘 베른이라고…… 말하는 사람들도 있습니다. 그러나 오랫동안 생각한 끝에 나는 당신이…… 쥘 베른보다 더 훌륭하다고 여깁니다. 더 성숙한…… 작가입니다. 혁명적 본능에…… 이끌린 작가입니다. 아주 위대한…… 작가입니다. 공산주의자에게서…… 더는 바랄 것 없는 작가입니다. 하지만…… 소련 사람으로…… 솔직하게 말해 보지요. 프롤레타리아 문학은…… 오늘날의 사람에 관해 말합니다. 아마도 내일이 되어야만 해결할 수 있는…… 문제들만 제시합니다. 그러나 내일의 노동자가 아니라…… 오늘날의 노동자들에 대해 말합니다. 다음 작품에서 아마도 당신은 이런 것을…… 염두에 두어야 할 것입니다.

사람들이 말하길, 스탕달은 『파르마의 수도원』에 관한 발자크의 비평을 읽으면서 춤을 추었다고 한다. 반면에 이바노프는 고리키의 편지를 받고는 행복에 겨워 헤아릴 수 없이 많은 눈물을 흘렸다.

만인에게 한결같이 갈채를 받은 소설의 제목은 〈황혼〉이었고, 줄거리는 아주 단순했다. 열네 살짜리 새파란 소년이 집을 떠나 혁명 대열에 가담한다. 이내 그는 브랑겔의 군대와 전투를 벌인다. 전투 중에 그는 부상을 당했는데, 동료들은 그가 전사했다고 생각하고서 전쟁터를 떠난다. 하지만 독수리가 시체들을 먹어 치우기 전에, 우주선이 전쟁터 위로 내려와 치명상을 입은 다른 부상자들과 함께 그를 데려간다. 우주선은 성층권으로 들어가고 지구 주변 궤도에 진입한다. 그러자 모든 부상자의 상처가 신속하게 치료된다. 그런 후 사람이라기보다는 해초처럼 생긴 아주 가냘프고 키가 큰 사람이 다음과 같은 일련의 질문을 던진다. 별들은 어떻게 만들어졌습니까? 우주가 끝나는 곳은 어디입니까? 우주가 시작하는 곳은 어디입니까? 물론 아무도 대답하지 못한다. 어떤 사람이 하느님이 별들을 창조하셨고, 우주는 하느님이 원하시는 곳에서 시작하고 끝난다고 말한다. 그러자 외계인은 이렇게 대답한 사람을 우주로 던져 버린다. 나머지 사람은 잠든다. 잠에서 깨어나자 열네 살 소년은 자기가 초라한 방에 있다는 사실을 알게 된다. 허름한 침대와 닳아 해진 자기 옷이 걸린 허름한 옷장이 전부다. 그는 창문을 내다보면서 뉴욕의 도시 풍경을 넋을 잃고 바라본다. 그러나 대도시에서 10대 소년은 불행을 맛본다. 그는 재즈 음악가를 만나고, 그 음악가는 말을 하는 병아리, 아마 생각까지도 할 수 있는 병아리에 관해 말한다.

「가장 큰 문제가 뭐냐 하면……」 음악가가 말한다. 「지구에 있는 정부들은 그걸 알고, 그래서 그토록 많은 사람들이 병아리를 키우는 거야.」

소년은 사람들이 병아리를 키우는 이유는 자라면 잡아먹기 위해서라고 반박한다. 음악가는 병아리들이 원하는 게 바로 그거라면서 이렇게 말을 맺는다.

「빌어먹을 마조히스트 병아리들, 이것들이 우리 지도자들의 불알을 움켜잡고 있어.」

그는 또한 어느 스트립쇼 홀에서 최면술사로 일하는 여자를 알게 되고 그녀를 사랑하게 된다. 여자는 소년보다 열 살이나 연상이다. 그러니까 스물네 살이다. 그녀는 그 소년을 포함해 여러 애인을 두었지만, 누구도 사랑하려고 하지 않는다. 사랑이 자기가 지닌 최면술사로서의 능력을 고갈시킨다고 믿기 때문이다. 어느 날 여자가 사라지고, 소년은 그녀를 찾아 헤매지만 아무 소용이 없다. 그러자 판초 비야[41]의 병사였던 멕시코 탐정을 고용하기로 결심한다. 탐정은 이상한 지론을 주장한다. 그는 평행 우주[42] 속에 수많은 지구가 존재한다고 믿는다. 최면을 통해 다가갈 수 있는 지구다. 젊은이는 탐정이 자기에게 사기를 친다고 믿지만, 탐정을 따라다니면서 함께 조사하겠다고 결심한다. 어느 날 밤 그들은 골목길에서 고함을 치는 러시아 거지를 발견한다. 거지는 러시아어로 소리 지르고, 단지 10대 소년만 그의 말을 알아듣는다. 거지는 말한다. 나는 브랑겔 군대의 병사였다네. 그러니 조금이라도 날 존중해 주오. 난 크림반도에서 싸웠고, 세바스토폴에서 영국 배를 타고 철수했소. 그러자 소년은 자기가 심한 부상을 입었던 전투에 참가했느냐고 묻는다. 거지는 그를 쳐다보면서 그렇다고 대답한다. 나도 마찬가지예요. 소년은 말한다. 있을 수 없는 일이야. 거지는 말한다. 그건 20년 전의 일이네. 당시 자네는 태어나지도 않았어.

그런 다음 소년과 멕시코 탐정은 여자 최면술사를 찾아 서쪽으로 이동한다. 그들은 그녀를 캔자스시티에서 발견한다. 소년은 자기에게 최면을 걸어 자기가

---

41 Pancho Villa(1878~1923). 멕시코 혁명의 주역으로, 농민군의 지도자.
42 우리의 우주는 전체 우주의 일부분이며, 세상에는 수많은 우주가 존재한다는 것.

죽어야만 했던 전쟁터로 보내 주거나, 아니면 자기의 사랑을 받아 주고 더는
도망치지 말라고 부탁한다. 여자 최면술사는 어떤 것도 해줄 수 없다고 대답한다.
멕시코 탐정은 최면술에 관심을 보인다. 탐정이 여자 최면술사에게 이야기를
들려주는 동안, 소년은 도로변의 술집에서 나와 밤하늘 아래를 마냥 걷기
시작한다. 잠시 후 그는 울음을 멈춘다.

그는 여러 시간 동안 걸어 다닌다. 이미 술집에서 멀리 떨어져 어딘지도
모르는 곳에 있게 되자, 그는 도로변에서 희미한 모습을 본다. 해초 모양
외계인이다. 그들은 서로 인사를 나눈다. 그리고 대화한다. 종종 그들의 대화는
알아듣기 어렵다. 그들이 다루는 주제는 다양하다. 외국어, 국가 기념탑, 카를
마르크스의 마지막 나날, 노동자 연대, 지구의 나이와 별의 나이로 측정한 변화의
시간, 연극의 무대 장치로서의 아메리카의 발견, 귀스타브 도레[43]가 그린 것 같은
가면의 불가해한 구멍 등등이다. 그러고서 소년은 외계인을 따라 거리를 벗어난다.
두 사람은 밀밭을 걷고 개울을 지나가며 언덕을 올라가고, 또 다른 경작지를
지나서 마침내 연기가 모락모락 솟아오르는 목장에 도착한다.

다음 장에서 소년은 더는 열네 살 난 10대 애송이가 아니라, 이제는 스물다섯
살의 어엿한 청년이다. 모스크바의 신문사에서 일하는 그는 그곳의 스타 기자다.
청년은 중국의 특정 장소에서 공산당 지도자를 인터뷰하라는 임무를 맡는다. 그는
여행이 지극히 고되고, 베이징에 도착하면 매우 위험한 상황에 처할 것이라는
경고를 받는다. 이미 그곳의 많은 사람이 중국 지도자의 어떤 말도 해외로 나가길
바라지 않기 때문이다. 그런 경고를 듣지만 청년은 일을 수락한다. 수많은
우여곡절 끝에 마침내 청년은 중국 지도자가 숨은 지하실에 도착하는데, 그를
인터뷰하는 것뿐만 아니라 그가 나라를 빠져나가도록 돕겠다고 마음먹는다.
촛불에 비친 중국인의 얼굴은 판초 비야의 옛 혁명군 병사인 멕시코 탐정과 너무나
닮았다. 한편 중국인과 러시아 청년은 이내 지하실의 고약한 냄새로 인해 동일한
질병에 걸린다. 그들은 고열에 시달리고 식은땀을 흘리면서 헛소리를 한다.
중국인은 베이징의 거리로 용이 낮게 비행하는 것을 보았다고 말하고, 러시아
청년은 전투를, 아마도 우발적인 것 같은 소규모 전투를 보았다고 말한다. 그는
만세라고 소리치고 동료들에게 전진하라고 요구한다. 그러고서 두 사람은 죽은
사람처럼 한참 동안 꼼짝도 하지 않고, 도주의 날이 올 때까지 기다린다.

39도의 고열에 시달리지만, 중국인과 러시아 청년은 베이징을 가로질러
도망친다. 말 두 마리와 양식 약간이 들판에서 그들을 기다린다. 중국인은 한 번도
말을 타본 적이 없다. 청년은 그에게 어떻게 해야 하는지 가르쳐 준다. 여행하는
동안 그들은 숲과 몇몇 웅대한 산을 가로지른다. 하늘에 떠 있는 별빛은
초자연적인 것처럼 보인다. 중국인 지도자는 이렇게 중얼거린다. 별들은 어떻게
만들어진 것일까? 우주는 어디에서 끝나고 어디에서 시작하는 것일까? 청년은

43 Gustave Doré(1832~1883). 프랑스의 화가이자 판화가. 발자크의 작품과 단테의 『신곡』에 그린 삽화로 유명
하다.

그의 말을 듣고서 아직도 통증을 느끼는 옆구리의 상처와 어둠과 여행을 희미하게 떠올린다. 또한 그는 여자 최면술사의 눈을 기억하지만, 그녀의 얼굴 생김새는 계속 숨겨져 있으면서 수시로 바뀐다. 눈을 감으면 다시 그녀를 볼 수 있을 것 같아. 청년은 생각한다. 그러나 그는 눈을 감지 않는다. 두 사람은 눈 덮인 광활한 들판으로 들어간다. 말들의 발이 눈 속에 푹푹 빠진다. 중국인은 노래한다. 별들은 어떻게 만들어졌을까? 헤아릴 수 없는 우주 속에서 우리는 무엇일까? 우리의 어떤 기억이 남게 될까?

갑자기 중국인이 말에서 떨어진다. 러시아 청년은 그를 살펴본다. 중국인 지도자는 불타는 인형 같다. 러시아 청년은 중국인의 이마를 만져 본 다음 자기 이마를 만지고, 고열이 두 사람을 삼켜 버리고 있다는 사실을 확인한다. 그는 그다지 힘들이지 않고 중국인을 말에 묶고 다시 길을 가기 시작한다. 눈 덮인 들판은 쥐새끼 소리 하나 들리지 않을 정도로 적막하다. 밤과 하늘의 둥근 천장을 지나가는 별들의 여행은 전혀 끝날 기미를 보이지 않는다. 멀리서 커다란 검은 그림자가 어둠 위로 겹쳐지는 것 같다. 산맥이다. 러시아 청년의 마음속에서 분명히 몇 시간 내로 눈 덮인 들판을 건너거나 아니면 산맥을 지나다가 죽으리라는 가능성이 구체화된다. 그의 내면에서 어떤 목소리가 눈을 감으라고 간청한다. 눈을 감으면 여자 최면술사의 눈을, 그런 다음 사랑하는 그녀의 얼굴을 볼 수 있을 것이라고 말한다. 눈을 감으면 뉴욕의 거리로 다시 돌아가고, 여자 최면술사의 집으로 다시 걸어가게 된다고, 그리고 바로 그 집에서 그녀는 1인용 소파에 앉아 어둠 속에서 그를 기다릴 거라고 말한다. 하지만 러시아 청년은 눈을 감지 않는다. 그는 말을 타고 계속 나아간다.

고리키만 『황혼』을 읽은 게 아니었다. 다른 유명한 사람들 역시 그 작품을 읽었다. 그들은 작가에게 경의를 표하는 편지를 보내지는 않았지만, 그의 이름을 잊지 않았다. 유명했을 뿐만 아니라 기억력 역시 훌륭한 사람들이었기 때문이다.

안스키는 이런 일종의 급상승 속에서 네 명의 이름을 열거한다. 스타니슬라프 스트루밀린[44] 교수는 그의 소설을 읽었다. 그는 줄거리가 너무 혼란스러워 제대로 따라갈 수 없다고 평가했다. 작가 알렉세이 톨스토이[45]도 그 작품을 읽었다. 그는 작품이 혼돈 그 자체라고 생각했다. 안드레이 즈다노프[46]도 그 소설을 읽었다. 그는 반쯤 읽다가 그만두고 말았다. 스탈린도 읽었다. 그는 이바노프를 수상쩍다고 여겼다. 물론 이런 생각은 어느 것도 우리 친구 이바노프의 귀에 들어가지 않았다. 이바노프는 고리키의 편지를 액자로 만들어서 벽에 걸어 두고는, 날이 갈수록 많아지는 손님들이 잘 볼 수 있도록 했다.

44 Stanislav Strumilin(1877~1974). 러시아의 통계학자.

45 Aleksey Tolstoy(1883~1945). 러시아의 소설가. 러시아 문학 최초의 SF 소설을 발표했다.

46 Andrei Zhdanov(1896~1948). 구소련의 정치가. 러시아 혁명을 주도했고 레닌그라드 공산당 제1서기장을 역임했다.

그러는 동안 그의 삶은 현격한 변화를 겪었다. 그는 모스크바 근교에 있는 별장을 분배받았다. 가끔씩 지하철에서 사인을 해달라는 부탁도 받았다. 작가들의 식당에는 매일 밤 그의 전용 테이블이 마련되었다. 그는 자기와 마찬가지로 유명한 동료들과 함께 얄타에서 휴가를 보냈다. 아, 과거에 영-불 호텔이라고 불리던 얄타의 〈붉은 10월 호텔〉에서 보낸 그 저녁들! 그는 흑해가 내려다보이는 널찍한 테라스에서 〈블루 볼가〉 오케스트라의 희미한 선율을 들으면서, 저 먼 하늘에는 수많은 별들이 반짝거리는 따스한 밤을 보냈다. 그러는 동안 당시의 인기 극작가는 재치 있는 말을 입 밖에 냈고, 그러면 SF 소설가는 논쟁의 여지가 없는 말로 둘러대면서 대답하곤 했다. 아, 얄타의 밤들! 그는 아침 6시까지 기절하지 않고 보드카를 마실 줄 알던 아주 멋진 여자들과 오후 4시에 문학적 조언을 요청하러 오던 크림반도 프롤레타리아 작가 협회의 땀에 젖은 젊은이들과 얄타의 밤들을 보냈다.

가끔씩 혼자 있을 때면, 특히 거울 앞에 혼자 있을 때면, 가련한 이바노프는 자기를 꼬집어서 꿈을 꾸는 게 아니라, 모든 게 현실임을 확인해 보았다. 실제로 모든 게 현실이었다. 최소한 겉으로 드러나는 것은 그랬다. 암운이 그에게 닥쳐오고 있었지만, 그는 단지 오랫동안 열망하던 산들바람, 수많은 불행과 두려움에서 그의 얼굴을 깨끗이 씻어 주는 향긋한 산들바람만 느꼈다.

이바노프는 뭘 무서워하는 것일까? 안스키는 자기 공책에 적었다. 물리적인 위험은 아니었다. 그는 오랫동안 볼셰비키였기에 체포되어 감옥에 갇히고 추방되기 일보 직전에 있던 적이 수없이 많았다. 비록 그가 용감한 사람이라고 말할 수는 없을지라도, 겁쟁이거나 줏대 없는 사람이라고 말할 수는 없었고, 그건 사실이었다. 이바노프의 두려움은 문학적인 것이었다. 다시 말하면, 그의 두려움은 어느 멋진 날, 아니면 어느 불행한 날 글쓰기 연습, 특히 소설 습작에 모든 삶을 바치겠다고 결심하는 시민들 대부분이 겪는 두려움이었다. 삼류 작가가 될지도 모른다는 두려움이었다. 또한 인정받지 못할 수도 있다는 두려움이기도 했다. 그러나 무엇보다도 형편없는 삼류 작가가 될지도 모른다는 두려움이었다. 자기 노력과 열망이 망각 속에 빠질지 모른다는 두려움이었다. 발길을 내디뎠지만 흔적이 남지 않을지도 모른다는 두려움이었다. 우연과 자연의 요소가 어우러져 그리 깊지 않은 흔적마저 지워 버릴지도 모른다는 두려움이었다. 혼자 저녁을 먹고, 누구도 당신이 있다는 사실에 관심을 기울이지 않을지도 모른다는 두려움이었다. 제대로 인정받지 못할지 모른다는 두려움이었다. 실패하여 웃음거리가 될지도 모른다는 두려움이었다. 그러나 무엇보다도 형편없는 삼류 작가가 될지도 모른다는 두려움이었다. 영원히 삼류 작가의 지옥에 살아야 할지도 모른다는 두려움이었다. 근거 없는 두려움이야, 겁먹은 사람이 겉으로 자신의 두려움을 누그러뜨리는 경우는 특히 그래. 안스키는 생각했다. 그건 일류 작가의 천국이 겉모습으로 가득하다는 삼류 작가들의 말과 동일했다. 그건 한 작품의 가치 혹은 우수성이 〈겉모습〉에 바탕을 둔다는 말과 같았다. 물론 시대와 국가에 따라 변하지만, 항상 겉모습일 뿐이었다. 겉모습, 그것은 단지 그렇게만 보일 뿐, 실제는 아니라는 뜻이다. 그것은 표면일 뿐이지 깊이 있는 것이 아니다. 순전히 몸짓에 불과하다. 심지어 그런 몸짓은 의지와 혼동되기도 했다. 톨스토이의 머리카락과 눈과 입술, 톨스토이가 말을 타고 돌아다닌 거리, 톨스토이가 불에 그슬린 태피스트리에서 처녀성을 빼앗은 여자들. 이것 모두가 겉모습이었다.

어쨌거나 이바노프에게 암운이 드리워졌다. 그러나 이바노프는 그렇다는 걸 꿈조차 꾸지 못했다. 그의 인생에서 너무나 잘나가던 시기였기 때문에, 그는 단지 이바노프만 보았다. 심지어 어느 인터뷰를 하는 동안에 너무나 잘난 척하는 수준에 이르기도 했다. 그 인터뷰는 러시아 연맹에 소속된 〈콤소몰〉[47]의 문학 신문에서 나온 두 젊은이와 이루어졌다. 그들은 수많은 질문을 던졌는데, 그중에서 특별히 주목할 대목은 다음과 같았다.

콤소몰 젊은이들: 당신의 첫 번째 대작은 노동자와 농민 대중의 갈채를 받고 있습니다. 그런데 왜 예순 살이 다 되어서야 비로소 이런 작품을 쓴 것입니까? 『황혼』의 줄거리를 구상하는 데 몇 년이나 걸렸습니까? 성숙해져야만 쓸 수 있는 작품입니까?
에프라임 이바노프: 난 쉰아홉 살입니다. 예순 살이 되려면 아직 시간이 남아 있지요. 난 여기서 스페인 작가 세르반테스도 대략 내 나이 때 『돈키호테』를 썼다는 사실을 떠올려 주고 싶군요.
콤소몰 젊은이들: 그럼 당신 작품이 소련 SF 소설의 『돈키호테』와 같다고 생각하십니까?
에프라임 이바노프: 의심의 여지 없이 어느 정도는 그럴 거라고 생각합니다.

그렇게 이바노프는 자신을 환상 문학의 세르반테스라고 여겼다. 그는 단두대 모양의 구름을 보았고, 목덜미에 총탄을 맞은 모양의 구름도 보았지만, 사실상 단지 문학적 영광이라는 광활한 지대를 지나가는 데 없어서는 안 될 미스터리한 산초와 함께 말을 타고 가는 자기 자신만을 본 것이다.

위험해, 위험해, 러시아 농민들은 말했고, 위험해, 위험해, 제정 러시아의 부농들이 말했으며, 위험해, 위험해, 46선언의 서명자들이 말했고, 위험해, 위험해, 죽은 정교회 사제들이 말했으며, 위험해, 위험해, 이네사 아르망[48]의 죽은 영혼이 말했다. 하지만 이바노프는 뛰어난 청각의 소유자가 아니었고, 그래서 암운이

---

47 공산주의 청년 동맹을 일컫는다.
48 Inessa Armand(1874~1920). 프랑스 출신의 여성 혁명가로, 삶의 대부분을 러시아에서 보냈다. 레닌의 연인으로 알려져 있다.

다가오거나 곧 폭풍이 닥칠 거라는 사실을 미리 눈치챌 수 있는 능력을 지닌 사람이 아니었다. 이후 그는 칼럼니스트와 강연자로 평범하기 그지없는 시기를 보냈다. 사실대로 말하자면, 이 두 분야에서 놀라울 정도의 성공을 거두었다. 그에게 평범함 이상의 어떤 것도 요청하지 않았기 때문이다. 그런 후 그는 다시 모스크바의 방에 틀어박혀 무수히 많은 종이를 쌓아 두었고, 타자기의 리본을 바꾸었다. 그러고서 안스키를 찾기 시작했다. 아무리 늦어도 넉 달 안에 새 소설의 원고를 편집자에게 넘기고 싶었기 때문이다.

그 당시 안스키는 한 가지 라디오 프로그램을 계획하고 있었다. 유럽 전체와 시베리아 방방곡곡까지 취재해야 하는 것이었다. 그의 공책에 적힌 바에 따르면, 1930년에 트로츠키가 소련에서 추방되었다. 그러나 실제로는 1929년에 추방되었다는 점을 생각한다면, 이는 소련 언론의 투명성 부족 때문에 생긴 오류라고 말할 수 있다. 트로츠키의 추방으로 안스키의 사기는 떨어지기 시작했다. 1930년에 마야콥스키가 자살했다. 1930년에는 아무리 순진하고 바보 같은 사람이라도, 이미 10월 혁명이 실패했다는 것을 분명히 알 수 있었다.

그러나 이바노프는 다른 소설을 원했고, 안스키를 찾았다.

1932년에 이바노프는 새로운 소설을 발표했다. 제목은 〈정오〉였다. 1934년에는 〈새벽〉이라는 제목의 또 다른 소설을 출간했다. 이 두 소설은 외계인, 행성 간의 여행, 파격적인 시간 개념, 정기적으로 지구를 방문하는 둘 혹은 그 이상의 발전된 문명의 존재, 이런 문명들과 방랑하는 인물들의 싸움(종종 배신으로 인한 싸움과 폭력적인 싸움)이 많이 나타난다는 특징을 지녔다.

1935년에 이바노프의 작품이 서점에서 철수되었다. 며칠 후 공식 서한을 통해 이바노프는 당에서 축출되었다는 연락을 받았다. 안스키에 따르면, 이바노프는 침대에서 일어나지 못한 채 사흘을 보냈다. 침대 위에는 그의 소설 세 권이 놓여 있었고, 그는 계속해서 그것들을 읽고 또 읽으면서, 자기가 왜 당에서 축출되었는지 합리화할 근거를 찾았다. 그는 신음 소리를 냈고, 애처롭게 훌쩍였으며, 유년 시절의 기억으로 도망치려고 했지만, 아무 소용이 없었다. 그는 가슴이 찢어지는 슬픔 속에서 자기가 출판한 작품들을 어루만졌다. 그리고 가끔씩 일어나 창문으로 다가가서 거리를 하염없이 바라보며 몇 시간을 보냈다.

1936년에 첫 번째 대숙청 작업이 시작되었고 그는 체포되었다. 그리고 넉 달을 감옥에서 보냈고, 자기 앞에 제시된 모든 서류에 서명했다. 출옥했지만, 그와 친하게 지내던 예전의 문학 동료들은 그를 저주받은 사람인 듯 대했다. 그러자 그는 고리키에게 편지를 써서 자기를 위해 변호해 달라고 부탁했지만, 중병을 앓던 고리키는 그 편지에 답장하지 않았다. 그런 후 고리키는 세상을 떠났고, 이바노프는 장례식에 참석했다. 그곳에서 그를 본 어느 시인과 소설가, 그러니까 고리키 서클의 젊은 작가 둘이 다가오더니 부끄럽지도 않느냐고, 미친 것 아니냐고, 그가 장례식에 있다는 것만으로도 위대한 문인의 명성에 오점이자 모욕이 되는 줄 모르냐고 물었다.

「고리키는 내게 편지를 썼어요. 고리키는 내 소설을 좋아했어요. 내가 그분을 위해서 할 수 있는 최소한의 일이 이거예요.」이바노프가 대답했다.

그러자 시인이 말했다.「그분을 위해 당신이 최소한 할 수 있는 일은 스스로 목숨을 끊는 겁니다.」

「그래요, 나쁜 생각은 아닌 것 같군요. 당신 집의 창문에서 몸만 던지면 해결되는 문제니까요.」소설가가 덧붙였다.

「도대체 그게 무슨 말이지요?」이바노프가 훌쩍이며 말했다.

거의 무릎까지 내려오는 가죽 외투를 입은 여자가 그들에게 다가오더니 무슨 일이냐고 물었다.

「이 사람이 에프라임 이바노프입니다.」시인이 대답했다.

「그렇다면 더 말할 필요도 없겠네요. 내쫓아 버리세요.」여자가 말했다.

「난 떠날 수 없어요.」이바노프가 말했다. 그의 얼굴은 눈물로 축축하게 젖어 있었다.

「왜 떠날 수 없다는 거지요, 동지?」여자가 물었다.

「다리가 움직이길 거부하거든요. 한 발짝도 내디딜 수 없어요.」

잠시 여자는 그의 눈을 뚫어지게 쳐다보았다. 두 젊은 작가는 이바노프의 양팔을 꽉 붙잡았다. 이바노프의 모습은 처량하기 그지없었다. 그러자 마침내 젊은 여자는 그와 함께 묘지 밖으로 나가기로 했다. 거리로 나왔지만, 이바노프는 계속해서 혼자 힘으로 걸어갈 수 없었다. 그래서 여자는 그와 전차 정류장까지 함께 갔고, 그런 다음 함께 전차를 타기로 마음먹었다. 그때까지도 이바노프는 눈물을 멈추지 않았고, 언제라도 실신할 것 같았다. 이렇게 그녀는 몇 번이나 작별 인사를 미루었고, 그가 집의 계단을 올라가도록 도와주었고, 침실의 문을 열도록 도와주었으며, 침대에 눕도록 도와주었다. 이바노프가 눈물의 홍수 속에서 점점 기운을 잃으면서 헛소리를 하는 동안, 여자는 그의 서재를 살펴보았다. 그다지 인상적이지는 않았다. 그런데 그때 서재 문이 열리더니 안스키가 들어왔다.

그녀의 이름은 나쟈 유레니예바였고 열아홉 살이었다. 이바노프가 보드카 서너 잔을 마신 후 잠들자, 바로 그날 밤 그녀는 안스키와 사랑을 했다. 그들은 안스키의 집 침실에서 사랑을 나누었고, 그들을 본 사람이라면 마치 몇 시간 후에 죽을 사람들처럼 섹스를 했다고 말했을 것이다. 사실 나쟈 유레니예바는 1936년 당시 모스크바 여자 대부분이 하듯이 섹스를 했고, 보리스 안스키는 모든 희망을 잃은 상태에서 자신의 유일하고 진정한 사랑을 만난 사람처럼 섹스를 했다. 두 사람 중 누구도 죽음을 생각하지 않았고, 그것을 생각하려고 하지도 않았지만, 두 사람은 마치 심연의 언저리에 있는 것처럼 움직였고 뒤엉켰으며 이야기를 나누었다.

새벽 무렵에 그들은 잠들었다. 안스키는 정오가 조금 지나 잠에서 깨어났다.

722

이미 나쟈 유레니예바는 그곳에 없었다. 처음에 안스키는 절망감을 느꼈고, 그런 다음에는 두려움을 느꼈다. 그는 옷을 입고서 이바노프의 집으로 달려갔다. 이바노프에게 그 여자를 찾을 단서를 달라고 부탁하기 위해서였다. 이바노프는 편지를 쓰고 있었다. 난 이 문제를 분명하게 밝혀야 해. 이 골칫거리를 풀어야 해. 그래야만 목숨을 구할 수 있어. 그는 말했다. 안스키는 도대체 무슨 문제를 말하느냐고 물었다. 빌어먹을 SF 소설이야, 이바노프는 있는 힘을 다해 소리쳤다. 마치 맹수의 발톱처럼 하늘을 갈기갈기 찢어 버릴 것 같은 절규였지만, 그렇다고 해서 안스키나 이바노프의 진짜 적들에게 해를 끼칠 수 있는 발톱은 아니었다. 오히려 그것은 와락 덤벼든 뒤에 헬륨 풍선처럼 방 안을 떠다니다가 바람이 빠져 바닥으로 떨어져서 아무것도 아닌 존재로 또다시 돌아가는 발톱 같았다. 다시 말하면, 그 어수선하고 난잡한 방에서 무슨 빌어먹을 짓을 하는지, 테이블 앞에 앉은 늙은이가 누구인지, 헝클어진 머리로 서 있는 젊은이는 누구인지 스스로에게 묻는, 자기의식적인 발톱 혹은 동물, 날카로운 발톱을 지닌 동물이었다.

「맙소사, 내가 소리를 지르고 말았어.」 이바노프가 말했다.

그러고서 두 사람은 젊은 여자 나쟈 혹은 나데샤나 나디우슈카, 또는 나디우슈키나에 관해 말하기 시작했다. 이바노프는 본격적으로 말해 주기 전에, 두 사람이 섹스를 했는지 알고 싶어 했다. 그러고서 그들이 얼마나 오랫동안 섹스를 했는지 알고 싶어 했다. 그런 다음에는 나디우슈카가 노련했는지 아닌지 알고 싶어 했다. 그리고 그녀가 어떤 자세를 좋아했는지도 알고 싶어 했다. 안스키가 전혀 주저하지 않고 모든 질문에 답해 주자, 이바노프는 감정적인 방향으로 나아갔다. 빌어먹을 염병한 젊은 것들, 더러운 젊은 계집년, 정말 더러운 돼지 커플이군. 아, 사랑이야. 그는 말했다. 감정적인 측면은 그가 상상할 수 있을 뿐 직접 손을 댈 수는 없는 영역이었고, 그래서 그가 벌거벗었음을 알게 만들었다. 그곳 책상 앞에 벌거벗은 채 앉았다는 뜻은 아니었다. 실제로는 목욕 가운인지 나이트가운인지 붉은색 가운, 좀 더 정확하게 말하자면 옷깃에 〈러시아 공산당〉의 약자를 새긴 가운을 입고, 강연회에서 만나기는 했지만 작품은 읽어 본 적이 없는 동성애적 성향인 어느 프랑스 작가가 선물한 실크 스카프를 목에 두르고 있었다. 그는 수사적 의미로 벌거벗은 채, 즉 정치, 문학, 경제를 비롯한 모든 전선에서 벌거벗은 채였다. 이런 사실을 의식하자, 그는 다시 슬픔과 우울함에 빠져들었다.

「내가 보기에 나쟈 유레니예바는 학생이거나 젊은 시인이야. 날 몹시 증오하지. 고리키의 장례식에서 그녀를 만났어. 그녀와 두 흉악범이 날 그곳에서 쫓아냈어. 나쁜 여자는 아니야. 다른 두 사람도 마찬가지야. 틀림없이 훌륭한 공산주의자이며, 마음 착한 소련 사람일 거야. 내 말을 믿어. 난 그들을 이해해.」

그러고서 이바노프는 안스키에게 가까이 오라고 몸짓을 했다.

「그들이 좋지 않은 일에 종사해서 내 목숨을 마음대로 할 수 있는 빌어먹을 놈들이었다면, 아마 바로 그곳에서 내게 총을 쐈을 거야. 그런 뒤 내 시체를 끌고 가서 공동묘지의 아무 빈 구멍에나 처넣었겠지.」

이바노프의 숨에서는 보드카와 하수구 냄새가 났다. 썩어 가는 것에서 풍기는 진하고 불쾌한 냄새였다. 오후 4시에 석양이 질 무렵, 썩어 가는 풀잎에서 수증기가 솟아올라 어두운 창문을 완전히 뒤덮던 늪지 근처의 빈집들을 떠오르게 하는 악취였다. 모든 게 멈춘 공포 영화 같아. 그런 영화에서는 이미 패배했다는 것을 알기 때문에 모든 게 멈춰 있거든. 안스키는 생각했다.

그러나 이바노프는 아, 사랑이야 하고 말했고, 안스키도 자기 말투로 아, 사랑이야 하고 말했다. 그래서 이후 며칠 동안 그는 지칠 줄 모르고 나쟈 유레니예바를 찾았고, 마침내 찾아냈다. 그녀는 긴 가죽 재킷을 입은 채 모스크바 대학의 어느 강당에 앉아 있었다. 고아, 자발적인 고아처럼 보였다. 그녀는 잘난 체하는 꼴불견이나 바보 같은 작자의 감동적인 말, 혹은 시나 운율을 지닌 허섭스레기 같은 말을 듣고 있었다. 그 꼴불견은 왼손에 어리석은 글이 적힌 원고를 들고 관객을 뚫어지게 바라보면서 읊어 댔다. 그는 가끔씩 연극을 하듯이 불필요한 몸짓을 하며 흘끗흘끗 원고를 바라보았는데, 그의 기억력이 훌륭하다는 것은 여실했기에 쓸데없는 행동이었다.

나쟈 유레니예바는 안스키를 보았고, 몰래 자리에서 일어나 엉터리 소련 시인이 철강 산업에 관한 시를 서슴지 않고 읊던 강당에서 나왔다. 그 시인은 너무나 무감각하고 미련하며 신경질적이고 기운 없으며 젠체해서, 마치 멕시코의 서정시인, 그러니까 사실상 라틴 아메리카 시인, 즉 지지러지면서도 우쭐대는 그런 가련한 존재 같았다. 그리고 그 시인은 라틴 아메리카 시인들이 자기 자신, 자기 나이, 자기의 타자성에 관해 말할 때처럼 게으르고 거만하며 무식하게 말했다. 그녀는 모스크바 거리로 나왔고, 안스키는 그녀의 뒤를 따랐다. 그는 그녀에게 접근하지 못한 채 약 5미터 간격을 두고 뒤따라갔다. 그 거리는 시간이 지나고 산책이 길어지면서 더욱 짧아졌다. 안스키는 카지미르 말레비치가 창조한 절대주의[49]와 1920년 11월 5일에 비텝스크에서 〈5차원은 이미 확립되었다〉라고 말한 독립 선언문의 첫 번째 교리를 그때처럼 기쁜 마음으로 제대로 이해한 적이 없었다.

1937년에 이바노프는 체포되었다.

그는 다시 오랫동안 신문을 받았고, 이후 햇빛 한 줄기도 들어오지 않는 어두운 감방에 수감되었고, 세인에게 잊히고 말았다. 그를 신문한 사람은 문학이 무엇인지 눈곱만큼도 몰랐다. 그의 주요 관심사는 이바노프가 트로츠키를 추종하던 반대 세력과 모임을 가졌는지 알아내는 것이었다.

감옥에 갇혀 있는 동안 이바노프는 쥐와 친구가 되었고, 그 쥐에게 니키타라는 이름을 붙여 주었다. 밤이 되어 쥐가 모습을 드러내면, 이바노프는 쥐와 오랫동안 대화를 나누었다. 익히 추정할 수 있듯이, 그들은 문학에 관해 말하지 않았고,

49 기하학적 추상주의 예술 운동.

정치에 관해서는 더욱 말하지 않았다. 그저 자신들의 어린 시절에 관해서만 대화를 나누었다. 이바노프는 쥐에게 그가 때때로 생각하던 어머니와 형제들에 관한 이야기를 들려주었지만, 아버지에 관해서는 말하려고 하지 않았다. 한편 쥐는 들릴락 말락 한 러시아어로 모스크바의 하수도를 비롯하여, 퇴적물에 핀 꽃이나 아니면 불가해한 인광 현상 때문에 항상 별이 떠 있는 하수도 안의 하늘에 관해 말했다. 또한 자기 어머니의 따스함과 자기 자매들의 이유 없는 나쁜 짓, 이런 못된 장난 때문에 터져 나오는 커다란 웃음에 관해 말했다. 심지어 아직도 그런 장난을 떠올리면서 쥐는 좁다란 얼굴에 환한 미소를 띠곤 했다. 가끔씩 이바노프는 절망감에 사로잡혀 한쪽 뺨을 한쪽 손바닥에 기대고서, 니키타에게 자신들의 운명이 어떻게 될 것인지 묻기도 했다.

그러면 쥐는 양쪽 눈 모두에 슬프고 당황한 기색을 띠며 그를 쳐다보았다. 그 시선은 이바노프에게 가련한 쥐가 자기보다 더 순진하고 죄 없다는 것을 알게 해주었다. 감옥에 갇힌 지 일주일이 지나자, 그러니까 이바노프에게는 1년보다도 더 길게 느껴지던 일주일이 지나자, 그는 다시 신문을 받았고, 아무도 구타하지 않았는데도 여러 서류와 종이에 서명했다. 그러고는 자신의 감방으로 돌아가지 못했다. 그는 안마당으로 곧장 끌려 나갔고, 그곳에서 누군가가 그의 목덜미에 총알을 발사했다. 그리고 그의 시체는 트럭 짐칸에 실렸다.

이바노프가 죽은 후부터 안스키의 공책은 갈수록 혼란스러워진다. 겉으로 보기에 전혀 연관성이 없이 아무렇게나 적은 것 같았다. 하지만 그런 혼돈 속에서 라이터는 하나의 구조와 일종의 질서를 발견했다. 그는 작가들에 관해 말한다. 그는 〈생명력 있는〉이란 말이 무엇을 의미하는지 설명하지 않지만, 그야말로 생명력 있는 작가들이란 사회 최하층과 최고층에서 나온다고 말한다. 프롤레타리아 작가와 부르주아 작가는 그저 장식적인 인물에 불과하다고 지적한다. 그는 섹스에 관해 말한다. 사드와 러시아의 미스터리한 인물인 라스푸틴 사제에 관해 말한다. 라스푸틴은 17세기에 살았으며, 드비나강과 페초라강 사이를 포함한 지역에서 행한 그룹 섹스에 관해 책을 여러 권 남겼는데, 거기에는 삽화들이 함께 실려 있다.

단지 섹스뿐일까? 오로지 섹스뿐일까? 안스키는 원고 가장자리에 써놓은 주석에서 거듭 질문을 던진다. 그는 자기 부모에 관해 말한다. 되블린에 관해 말한다. 동성애와 발기 불능에 관해 말한다. 섹스로 가득한 아메리카 대륙이야 하고 그는 말한다. 그는 레닌의 성생활을 비웃는다. 모스크바의 마약 중독자들에 관해 말한다. 병자들에 관해 말한다. 아이들 살해범에 관해 말한다. 플라비우스 요세푸스에 관해 말한다. 그 역사가에 관한 그의 말은 우수에 젖어 있지만, 그런 우수는 위장일 수도 있다. 그런데 안스키는 누구도 자기 공책을 읽지 않을 것임을 알았는데 왜 위장하는 것일까? (하느님 앞에 있을 때 그는 겸허한 태도로 하느님을 대한다. 하느님은 결코 그처럼 캄차카반도에서 추위와 배고픔을 겪으면서

725

방황하지 않기 때문이다.) 그는 혁명을 일으켰으나 이제는, 그러니까 아마도 이 원고가 작성된 1939년에는 파리처럼 쓰러지던 젊은 러시아의 유대인 청년들에 관해 말한다. 그는 제2모스크바 재판[50] 이후인 1937년에 살해된 유리 피아타코프에 관해 말한다. 그는 라이터가 평생 처음 들어 본 사람들의 이름을 언급한다. 그러고서 몇 페이지 뒤에 다시 그들을 언급한다. 마치 그 자신이 그들을 잊을까 두려워하는 것 같다. 이름들, 이름들, 이름들만 나온다. 혁명을 한 이름들, 바로 자신들이 일으킨 혁명의 희생자가 된 사람들의 이름이다. 그러나 그것은 동일하지 않고 다른 혁명이다. 그것은 꿈이 아니라, 꿈의 눈꺼풀 뒤에 숨은 악몽이다.

그는 레프 보리소비치 카메네프[51]에 관해 말한다. 다른 많은 사람들과 함께 그를 언급하지만, 라이터는 그 사람들도 모른다. 그리고 모스크바에서 여러 집을 돌아다닌 이야기를 한다. 아마도 그를 도와주는 친구들의 집일 것이다. 그리고 안스키는 그들이 피해를 입지 않도록 한다. 이를테면 이름 대신 숫자를 사용한다든지 해서. 오늘은 5의 집에 있었다. 거기서 차를 마셨고, 우리는 밤늦게까지 대화했다. 그런 다음 그곳에서 나와 눈 덮인 보도를 걸어갔다. 아니면 이렇게 말하기도 한다. 오늘은 9와 함께 있었다. 그는 내게 7에 관해 말했고, 그런 다음 질병에 관해, 그리고 암과 싸우기 위해 신부를 찾는 게 좋을지 좋지 않을지에 관해 두서없이 말하기 시작했다. 또는 이렇게 적는다. 오늘 오후 지하철역에서 13을 보았다. 내가 거기 있다는 것을 눈치채지 못하도록, 나는 앉아 꾸벅꾸벅 졸면서 지하철 여러 대를 그냥 보냈다. 13은 옆 벤치에서 책을 읽었다. 투명 인간에 관한 책이었다. 열차가 도착하자 그는 자리에서 일어났고, 지하철은 사람들로 가득했지만 책을 덮지 않은 채 그대로 올라탔다. 그리고 이렇게도 말한다. 우리의 눈이 마주쳤다. 뱀과 섹스를 하는 것과 마찬가지였다.

그는 자기 자신을 전혀 딱하게 생각하지 않는다.

안스키의 공책에는 1527년에 태어나 1593년에 죽은 이탈리아 화가의 이름이 나온다. 주세페 혹은 요세프 또는 요세포, 그리고 요세푸스 아르침볼도, 혹은 아르침볼디 또는 아르침볼두스라는 화가다.[52] 라이터는 그 사람의 그림을 보기 훨씬 이전에 그 이름을 처음으로 읽는다. 하루 스물네 시간 동안 도망치기 위해 한시도 틈이 없기에, 따분해하는 안스키의 모습을 상상하기는 힘들지만, 그는 이렇게 공책에 적는다. 슬프거나 따분할 때, 나는 주세페 아르침볼도를 생각한다. 그러면 어느 늪지 옆에서 보내는 봄날의 아침이 아무도 감지하지 못하게 앞으로

50 1930년대에 스탈린이 자행한 일련의 대숙청 작업들 중 하나로, 1937년 1월 30일에 17인을 대상으로 행해 졌다.

51 Lev Borisovich Kamenev(1883~1936). 소련의 정치가. 10월 혁명에 참가한 후 공산당 간부로 활약하다가 스탈린과 대립하여 제명되었으며, 1934년에 키로프 암살 사건에 연루되어 1936년에 처형되었다.

52 Giuseppe Arcimboldo(1527?~1593). 이탈리아 출신으로, 프라하에서 궁정 화가로 활동했다. 동물과 식물, 사물 등으로 사람의 머리를 묘사한 환상화 「여름」, 「겨울」, 「물」, 「불」 등으로 유명하다.

나아가면서 호숫가나 갈대숲에서 솟아오르는 안개를 점차 걷히게 만들듯이, 슬픔과 지루함도 서서히 사라진다. 또한 안스키가 혁명 예술가의 모범으로 간주하는 귀스타브 쿠르베[53]에 관한 주석도 있다. 예를 들어 그는 몇몇 소련 화가가 쿠르베에 대해 지닌 이원론적 개념을 비웃는다. 그는 쿠르베의 「모임에서 돌아옴」이라는 그림을 상상하려고 한다. 이 그림은 술 취한 신부들과 고위 성직자들을 그렸는데, 만국 박람회와 낙선전에서도 전시를 거부당했다. 안스키의 관점에서는 거부당한 사람이나 거부한 사람 모두에게 수치스러운 일이었다. 그가 보기에 「모임에서 돌아옴」의 운명은 필연적이고 시적일 뿐만 아니라 재미있는 이야깃거리도 제공했다. 어느 부유한 가톨릭 신자가 이 그림을 구입하여, 집으로 돌아가자마자 불태워 버리기 때문이다.

젊은 병사 라이터는 눈을 괴롭히면서 동시에 〈눈을 뜨게 만드는〉 눈물을 흘리며 다음 대목을 읽는다. 〈모임에서 돌아옴〉이라는 제목이 붙은 그림은 재가 되어 파리의 하늘뿐만 아니라, 모스크바의 하늘과 로마의 하늘, 그리고 베를린의 하늘도 떠다닌다. 안스키는 쿠르베의 「화가의 작업실」에 관해 말한다. 그는 그림 한쪽 구석에서 책을 읽는, 시를 대표하는 보들레르라는 인물에 관해 말한다. 그는 쿠르베와 보들레르, 쿠르베와 도미에,[54] 쿠르베와 쥘 발레스[55]의 우정에 관해 말한다. 예술가 쿠르베와 정치인 프루동의 우정에 관해 말하고 프루동의 사리 깊은 의견을 꿩과 비교한다. 예술과 관련하여 말하자면, 권력을 지닌 모든 정치인은 펄쩍 뛰면 산을 짓밟을 수 있는 엄청나게 큰 꿩과 같지만, 권력이 없는 모든 정치인은 조그만 마을 신부, 즉 보잘것없는 꿩에 불과하다는 것이다.

그는 1848년 혁명 시절의 쿠르베를 상상하고, 그런 다음 파리 코뮌에서 그를 본다. 예술가와 문인 대부분은 파리 코뮌 정권에 참여하지 않음으로써 글자 그대로 존재감을 드러냈다. 그러나 쿠르베는 그렇지 않았다. 쿠르베는 적극적으로 참여했고, 진압된 후에 체포당해서 생트펠라지 감옥에 수감되었고, 그곳에서 정물화를 그리는 데 전념했다. 국가가 그에게 부여한 혐의 중 하나는 대중을 선동하여 방돔 광장의 탑을 파괴하려고 했다는 것이다. 그러나 이 점에 관해 안스키는 자신 있게 말하지 않는다. 아니, 제대로 기억을 못 하거나 아니면 그냥 소문으로만 들은 것 같다. 방돔 광장의 나폴레옹 기념비인지, 방돔 광장의 수수하고 평범한 기념 동상인지, 방돔 광장의 방돔 탑인지 분명하게 밝히지 않는다.

어쨌거나 나폴레옹 3세가 몰락한 후 쿠르베는 파리의 기념비들을 보호하는 책임을 맡았다. 이것은 의심할 여지 없이 이후에 일어난 사건을 볼 때 역사에 길이 남을 농담으로 간주되어야 한다. 그러나 프랑스는 당시 농담이나 할 상황이

53 Gustave Courbet(1819~1877). 프랑스의 화가. 19세기 프랑스 회화의 이상화(理想化)나 낭만주의적 공상 표현을 배격하고 사실주의를 견지하였다.

54 Honoré Daumier(1808~1879). 프랑스의 화가이자 판화가. 정치 풍자 석판화로 명성을 얻었으며 명암을 기조로 한 유화를 많이 그렸다.

55 Jules Vallès(1832~1885). 프랑스의 소설가이자 언론인. 나폴레옹 3세의 제정(帝政)에 반대하였으며, 「거리」, 「민중의 외침」을 발행했다.

아니었고, 그는 모든 재산을 압류당한다. 쿠르베는 스위스로 향한다. 1877년 그곳에서 쉰여덟 살에 세상을 떠난다. 그다음 몇 줄은 이디시어로 적혔는데, 라이터는 그 대목을 거의 이해하지 못한다. 그는 괴로움이나 슬픔의 표현일 것이라고 추측한다. 그러고서 안스키는 옆길로 새서 쿠르베의 몇몇 그림에 대해 사색한다. 「안녕하세요, 쿠르베 씨」라는 그림을 보면서, 어느 영화, 그러니까 목가적으로 시작하여 점차 공포 영화로 변하는 어느 작품의 시작 부분을 연상한다. 「센강 가의 젊은 여자들」은 안스키에게 스파이들이나 조난 선원들의 짧은 휴식을 떠오르게 한다. 안스키는 다른 행성의 스파이들이라고 말하기도 한다. 그리고 다른 육체들보다 더 빨리 지쳐 버리는 육체들이라고 말하기도 한다. 또한 질병들, 질병의 전염이라고 말하기도 한다. 마찬가지로 자진해서 확고한 태도를 취하려는 자세라고 말하기도 한다. 그런데 어디서 확고한 결심을 그대로 고수하는 법을 배울 수 있을까 하고 묻는다. 그게 어떤 학교나 대학이지? 그는 묻는다. 그리고 공장과 황량한 거리, 사창가와 감옥에 관해 말한다. 또한 미지의 대학에 관해서도 언급한다. 그리고 역시 센강은 흐르고 또 흐르고 또 흘러가는 동안, 그런 창녀들의 소름 끼치는 얼굴들은 앵그르[56]나 들라크루아[57]의 붓에서 나온 가장 아름다운 여인이나 꿈보다 더욱 아름답다고 말한다.

그런 다음 혼란스러운 메모가 등장한다. 가령 모스크바를 떠나는 기차 시간표, 크렘린궁 위로 수직으로 떨어지는 희뿌연 정오의 햇빛, 죽은 사람이 남긴 마지막 말, 3부작 소설의 뒤표지 등이다. 그는 이 3부작의 제목들을 〈진정한 새벽〉, 〈진정한 황혼〉, 〈황혼의 떨림〉이라고 적어 놓는다. 이런 제목이 붙었다면 이바노프의 이름, 그러니까 〈태피스트리의 얼음 줄기〉라는 이름으로 출간한 마지막 소설 세 권의 구조와 줄거리는 더욱더 우아함을, 아니 더욱더 품위를 지닐 수 있었을 것이다. 그렇다 하더라도, 아마도 이바노프는 이 3부작 소설을 비호하려고 하지 않았을 것이다. 아니, 그렇지 않을 수도 있었다. 내가 그를 잘못 판단했을 수도 있다. 내가 지닌 모든 정보에 바탕을 두면, 그는 내 이름을 밝히지 않았다. 너무나 쉽게 털어놓을 수 있었을 때에도, 자기가 이 세 작품의 작가가 아니라고 말하는 게 훨씬 유리했을 때에도, 그는 내 이름을 불지 않았다. 안스키는 이렇게 생각하며 적는다. 그러나 그것만은 하지 않았다. 그는 고문관들이 불라는 것을 모두 불었다. 오래된 친구들, 새로 사귄 친구들, 극작가들, 시인들과 소설가들의 이름을 모두 불었지만, 나에 관해서는 한 마디도 하지 않았다. 끝까지 이 사기의 공범이 되어 준 것이다.

우리가 보르네오에서 있었다면 아주 훌륭한 커플이 되었을 것이다. 안스키는 빈정대듯이 쓴다. 그러고서 이바노프가 오래전에 들려준 우스갯소리를 떠올린다.

---

56 Jean-Auguste-Dominique Ingres(1780~1867). 19세기 프랑스 신고전파의 대표적 화가. 역사화, 나체화, 초 상화에 뛰어났다

57 Eugène Delacroix(1798~1863). 19세기 프랑스 낭만파의 대표적인 화가. 신화, 문학, 역사 등을 제재로 취하 여 방대한 수의 작품을 남겼다. 후대의 인상파, 신인상파, 상징파 따위에 큰 영향을 주었다.

당시 이바노프가 일하던 잡지사 사무실에서 파티가 열렸을 때 들은 농담이다. 얼마 전에 모스크바로 귀환한 소련 인류학자 그룹을 축하하기 위한 비공식 파티였다. 반은 농담이고 반은 진담인 그 우스갯소리는 보르네오섬이 배경이었다. 프랑스 과학자 그룹이 보르네오의 험준한 밀림 지역으로 들어갔다. 며칠을 걸은 끝에 프랑스 사람들은 어느 강의 수원지에 도착했고, 강을 건넌 뒤 더욱 울창하고 깊은 숲속에서 실질적으로 석기 시대에 산다고 할 수 있는 원주민 부락을 발견했다. 남부 지방 사람들처럼 구레나룻이 수북하고 체구가 크고 뚱뚱한 소련 인류학자는 프랑스 사람들이 가장 먼저 생각한 것은 당연히 원주민들이 식인종인지, 아니면 식인종일 수도 있는지였다고 설명했다. 그리고 프랑스 사람들은 처음부터 자신들의 안전을 도모하고 어떤 실수도 피하려고, 해안가 원주민들이 사용하던 여러 언어를 사용하고 너무나도 분명한 몸짓을 하면서 그들이 인육을 먹느냐고 물었다.

원주민들은 그들의 질문을 알아듣고서 단호하게 그렇지 않다고 대답했다. 그러자 프랑스 사람들은 그들이 무엇을 먹는지에 관심을 보였다. 자신들의 관점에서 본다면, 동물성 단백질이 결여된 식단은 일종의 재앙이었기 때문이다. 그런 질문을 받자, 원주민들은 사냥을 하지만 그다지 많이 하는 것은 아니라고 대답했다. 하지만 반면에 그들은 특정 나무줄기의 고갱이를 다양한 형태로 조리하여 먹는다고 알려 주었다. 의심 많은 프랑스 사람들은 그 나무를 직접 살펴보고는 동물성 단백질의 훌륭한 대안 작물임을 알았다. 원주민들의 나머지 식단은 숲에서 나는 광범위한 과일과 뿌리와 구근으로 이루어졌다. 원주민들은 아무것도 심지 않았다. 숲이 주고자 하는 것은 곧 그들에게 주어질 것이고, 숲이 그들에게 주기에 적당하지 않다고 여기는 것은 영원히 금지될 것이라고 믿었기 때문이다. 그들은 생태계와 완전히 공존하며 살았다. 그들은 짓고 있던 자그마한 오두막의 바닥으로 쓰려고 나무 몇 그루의 껍질을 벗겼지만, 사실상 그것은 나무들이 병들지 않도록 하는 행동이었다. 그들의 삶은 쓰레기 수거인의 삶과 흡사했다. 그들은 숲의 청소부였다. 그러나 그들의 언어는 모스크바나 파리의 청소부들처럼 품위 없지 않았고, 몸집이 크지도 않았으며, 근육질의 상체를 지니지도 않았고, 그 사람들, 그러니까 빌어먹을 임차인의 시선도 갖지 않았다. 그들은 키가 작았고 몸도 호리호리했으며, 새처럼 정다운 목소리로 말했고 이방인들을 건드리려고 하지 않았으며, 그들의 시간 개념은 프랑스인들이 지닌 시간 개념과 아무런 관련이 없었다. 아마도 이런 특징 때문에, 그러니까 다른 시간 개념 때문에 재앙이라는 생각을 하게 된 것 같다고 짙은 구레나룻을 지닌 소련 인류학자는 말했다. 그들과 함께 닷새를 보내자, 프랑스 인류학자들은 이제 원주민들이 자기들을 믿으며, 자기들은 그들의 동료나 동지 혹은 좋은 친구와 같다고 여겼고, 원주민들의 언어와 관습을 탐구하기로 마음먹었기 때문이다. 그제야 그들은 원주민들이 프랑스 사람이건 원주민 부락 사람이건 간에 누군가를 건드릴 때 얼굴을 쳐다보지 않는다는 사실을 깨달았다. 그리고 가령 아버지가 아들을 어루만질 때는 항상 다른 쪽을 쳐다보려고 애쓰며, 어느 여자아이가 어머니의 무릎 안에 웅크릴 때면 어머니는 사방을 둘레둘레 쳐다보거나 하늘을 바라보며, 여자아이가 어느 정도 철이 들면 바닥을 내려다본다는 것도 알았다. 그리고 구근을 캐려고 함께 나가는 친구들은 서로 얼굴을, 그러니까 눈을 쳐다보지만, 행운의 날이 끝난 다음 서로 손으로 어깨를 툭툭 치더라도 두 사람은 얼굴을 돌려 시선을 마주치지 않는다는 것도 알았다. 또한 프랑스 인류학자들은 원주민들이 손을 흔들 때면 길 한쪽에 서며, 오른손잡이라면 오른손을 왼팔 겨드랑이 아래로 가져가 그 손을 흐느적거리거나 약간만 주먹을 쥐며, 왼손잡이라면 왼손을 오른팔 겨드랑이 아래로 가져간다는 것을 알았다. 소련 인류학자가 입이 찢어져라 크게 벌리고서 큰 소리로 말한 바에 따르면, 어느 프랑스 인류학자가 자기들, 그러니까 저지대 너머에서 온 사람들, 바다 너머의 사람들, 해가 지는 쪽 너머 사람들이 어떻게 인사하는지 보여 주겠다고 마음먹었다. 그는 몸짓을 통해, 혹은 다른 프랑스 인류학자를 파트너로 삼아서, 파리에서 인사하는 법을 보여 주었다. 두 손을 서로 잡거나, 두 손을 서로 움직이거나 아니면 서로 흔드는 법, 무감각하거나 다정하거나 놀란 표정을 짓는 법, 눈으로 다른 사람들의 시선을 솔직하게 쳐다보는 법 등을 보여 주었다. 그리고 동시에 입술을 움직여 〈안녕하세요, 주프르 씨〉, 〈안녕하세요, 들로름 씨〉, 〈안녕하세요, 쿠르베 씨(분명한 사실이지만, 사실 라이터는 안스키의 공책을 읽으면서, 거기에는 어떤 쿠르베 씨도 없으며, 있다면 불온한 우연의 일치일 것이라고 여겼다)〉라고 말하는 모습도 보여 주었다. 원주민들은 그런 무언극을 기꺼운 마음으로 쳐다보았고, 몇몇은 입술에 미소를 띠기도 했고, 다른 사람들은 동정심의 우물에 빠진 것처럼 차분하게, 그리고 그들 방식대로 공손하고 관대하게 바라보았다. 어쨌거나 마침내 그 인류학자는 그들에게 가르쳐 준 인사법을 시험해 보았다.

구레나룻을 기른 소련 인류학자에 따르면, 이 일은 조그만 마을에서 일어났다. 마을이라고는 하지만, 밀림에 아무렇게나 숨겨진 오두막 몇 채일 뿐이었다. 프랑스 인류학자는 어느 원주민에게 다가가서 손을 내밀었다. 원주민은 온순하게 시선을 다른 곳으로 돌렸고, 오른손을 왼쪽 겨드랑이로 가져갔다. 그러나 그때 프랑스인은 그를 놀라게 하고는 자기 손으로 상대의 손을 잡아당겼다. 그러자 그의 몸도 따라왔다. 프랑스 사람은 손을 세게 잡고는 팔을 흔들었다. 그리고 기쁘고 놀란 척하면서 말했다.

「안녕하세요, 원주민 씨.」

그는 원주민의 손을 놓지 않았고, 그의 눈을 쳐다보려고 했다. 그러고서 미소 지으면서 하얀 이를 보여 주었다. 그는 계속 손을 놓지 않았고, 심지어 왼손으로 원주민의 어깨를 툭툭 치면서, 정말로 행복하고 기쁜 것처럼 안녕하세요, 원주민 씨라고 다시 말했다. 그러자 원주민은 공포의 비명을 질렀고, 그런 비명 이후에 무슨 말을 했다. 하지만 프랑스 인류학자들과 그들의 안내자는 그 말을 알아들을 수 없었다. 그 말이 끝나자 다른 원주민이 아직도 첫째 원주민의 손을 놓지 않은, 학자연하는 인류학자에게 덤벼들어, 돌로 그 프랑스 사람의 두개골을 깨버렸다. 그제야 그는 손을 놓았다.

결과는 다음과 같았다. 원주민들은 일제히 일어나 공격을 가했고, 프랑스 사람들은 죽은 동료를 놔두고서 급히 강 건너편으로 물러나야만 했다. 그들은 물러나면서 원주민들과 싸웠고, 결국 원주민 측에서도 사망자가 한 명 생겼다. 오랫동안 산에서, 그리고 이후에는 보르네오의 해안 마을에 있는 술집에서 그 인류학자들은 도대체 왜 그토록 평화로운 부족이 갑자기 폭력적이고 두려운 부족으로 변하게 되었는지 알아내려고 머리를 쥐어짰다. 이런저런 생각 끝에 그들은 건전하고 전적으로 순수한 악수에 〈습격당한〉 혹은 〈모욕당한〉 원주민이 내뱉은 말에 핵심이 있다는 결론에 이르렀다. 문제의 그 말은 〈다이이〉라는 단어였는데, 그것은 식인자 혹은 불가능성을 의미했다. 그러나 또한 그것은 다른 의미도 지녔는데, 그중 하나는 〈나를 강간하는 놈〉이었다. 비명을 지른 후 그 말을 하면, 〈내 항문을 강간하는 놈〉이라는 의미였거나 그런 의미를 지닐 수 있었다. 다시 말하면, 〈내 엉덩이를 강간하고서 내 육체를 먹어 버리는 식인자〉라는 의미일 수 있었다. 또한 〈나를 건드리고(혹은 나를 강간하고) 내 영혼을 먹어 치우기 위해 내 눈을 쳐다보는 놈〉이라는 의미도 지닐 수 있었다. 분명한 것은 프랑스 인류학자들은 해안에서 잠시 휴식을 취한 후 다시 산으로 올라갔지만, 이후 원주민들을 다시는 보지 못했다는 사실이다.

거의 절망감에 사로잡혀 어찌할 수 없게 되자, 안스키는 아르침볼도에게 돌아갔다. 그는 아르침볼도의 그림을 떠올리길 좋아했다. 화가의 삶에 관해서는 모르거나 거의 모르는 척했다. 분명한 사실은 그의 삶이 쿠르베처럼 계속된 격동 속에 있지는 않았다는 것이다. 그러나 아르침볼도의 캔버스에서 안스키는 무언가를 발견했다. 더 나은 말을 찾을 수 없었기에, 안스키는 그것을 〈단순함〉이라고 정의 내렸다. 아르침볼도의 작품에 관해 연구한 많은 학자들과 해석자들이 그다지 좋아하지 않을 통명(通名)이었다.

밀라노 화가의 기법은 의인화한 기쁨이었다. 겉모습의 끝이었다. 인간이 생기기 이전의 아르카디아[58]였다. 물론 모두가 그런 것은 아니었다. 예를 들어 「구운 고기」가 그렇다. 위아래로 뒤집을 수도 있는 이 그림은 원래 제대로 걸면 고기를 굽는 커다란 쇠 접시처럼 보인다. 거기에는 토끼와 새끼 돼지가 있고, 여자나 10대 남자의 것으로 보이는 손 두 개가 보인다. 이 손은 고기가 식지 않도록 다른 접시로 덮으려고 하고 있다. 그런데 반대로 걸어 놓으면, 갑옷과 투구를 걸친 병사의 흉상을 보여 준다. 병사의 얼굴에는 행복하고 대담하면서 이가 몇 개 빠진 미소가 새겨져 있다. 그것은 당신을 쳐다보는 늙은 용병의 소름 끼치는 미소이기도 하다. 그리고 그의 시선은 미소보다 더 잔혹하다. 마치 당신이 의심조차 하지

---

58 그리스의 펠로폰네소스 지방에 위치한 고원 지대. 서양의 목가적 이상향으로 여겨진다.

못했던 당신에 대해서도 아는 것 같고 공포의 그림 같기도 하다고 안스키는
적는다.「법조인」(조그만 사냥감 여러 개로 만들어진 머리와 책으로 이루어진 몸을
지닌 변호사 혹은 고위 공무원) 역시 공포의 그림으로 여긴다. 그러나 사계절에
관한 그림들은 순수한 기쁨 자체였다. 모든 것 안에 모든 게 있어. 안스키는 적는다.
아르침볼도는 단 하나의 교훈만 얻은 것처럼, 이 교훈이 어떤 것보다 중요했을
것이었다.

　　여기서 안스키는 화가의 생애에 대한 관심이 부족하지 않다는 듯이, 1516년에
레오나르도 다 빈치가 밀라노를 떠났을 때 자신의 공책과 그림 몇 점을 제자인
베르나르디노 루이니에게 남겨 주는데, 시간이 흘러 루이니 아들의 친구였던 젊은
아르침볼도가 아마도 그 그림들과 공책들을 참고하여 공부한 것 같다고 쓴다.
안스키는 이렇게 적는다. 슬프거나 의기소침할 때, 나는 눈을 감고 아르침볼도의
그림을 생각한다. 그러면 슬픔과 우울함은 마치 그것들보다 더 강한 바람, 박하
향내를 풍기는 바람이 이내 모스크바 거리에 불어오듯이 자취를 감추고 만다.

　　그런 후 그의 도주에 대한 무질서하고 산만한 글이 등장한다. 몇몇 친구, 좀 더
구체적으로 말하면 두 친구와 한 여자는 자살의 이점과 단점에 관해 말하면서 온
밤을 보낸다. 자살에 관한 대화를 하다가 멈추는 사이사이에, 그들은 최근에
실종된, 잘 알려진 시인(사실 이미 살해된 시인)의 성생활과 그의 아내에 관한
대화도 한다. 아크메이즘[59] 시인과 그의 아내는 가난하게 살면서 끊임없는 모욕을
받았다. 가난과 고독 속에서 부부는 아주 단순한 게임을 만들어 낸다. 그건 바로
섹스 게임이다. 시인의 아내는 다른 남자들과 성행위를 한다. 그러나 다른
시인들과 섹스를 하지는 않는다. 시인과 그의 아내가 블랙리스트에 들어 있어서,
다른 시인들은 마치 그들이 나병 환자라도 되는 것처럼 피했기 때문이다. 여자는
매우 아름답다. 안스키의 원고에는 밤새 대화를 나누는 세 친구도 동의한다고 적혀
있다. 그들 셋은 그녀를 알거나, 언젠가 그녀를 만난 적 있는 사람들이다. 그 여자는
아름답기 그지없다. 그리고 너무나 인상적이다. 또한 너무나 깊이 사랑에 빠져
있다. 시인 역시 다른 여자들과 성행위를 한다. 여자 시인들이 아니고, 다른
시인들의 아내들이나 누이들도 아니다. 문제의 아크메이즘 시인은 걸어다니는
독이고, 그래서 모두가 그를 피한다. 게다가 그는 멋지다고도 말할 수 없다. 그렇다,
멋지다고는 절대 말할 수 없다. 오히려 못생겼다고 하는 편이 낫다. 그러나 시인은
지하철에서 알게 되거나 아니면 어느 가게에서 줄을 섰다가 알게 되는 여자
노동자들과 섹스를 한다. 추남, 추남이지만, 그는 상냥하며, 벨벳처럼 매끄럽고
부드러운 언어를 구사한다.

　　친구들은 웃는다. 시인은 기억력이 무척 좋아서 가장 슬픈 시를 읊을 수 있다.
젊은 여자들과 그리 젊지 않은 여자 노동자들은 그의 시를 들으면 눈물을 쏟는다.
그러고서 그녀들은 침대로 간다. 시인의 아내는 너무나 아름다워 구태여 좋은

　　59 니콜라이 구밀료프와 세르게이 고로데츠키가 주도하여 1910년에 출현한 일시적인 러시아의 시파로, 간결성
과 명확성을 지닌 시어를 요구한다.

기억력을 지닐 필요가 없지만, 그녀의 기억력은 시인의 기억력보다 훨씬 더 비범하다. 비교가 안 될 정도로 훨씬 더 뛰어나다. 그녀는 노동자들이나 휴가 중인 선원들, 또는 자신들의 삶과 기운을 어떻게 해야 할지 모르는, 체구가 큰 홀아비 십장들과 침대로 간다. 이런 남자들은 믿을 수 없이 아름다운 여자의 갑작스러운 출현을 기적이라고 생각한다. 또한 그들은 그룹 섹스를 한다. 시인과 그의 아내, 그리고 다른 여자로 이루어지거나, 혹은 시인과 그의 아내와 다른 남자로 이루어진다. 일반적으로 세 사람이 그룹 섹스를 하지만, 가끔씩은 네 사람, 혹은 다섯 사람이 그룹 섹스를 하기도 한다. 종종 예감에 인도되어 그들은 위풍당당하게 각자의 연인을 소개하고, 그 연인들은 일주일 후에 서로 사랑에 빠지지만, 결코 다시 만나지 않는다. 그들은 결코 이런 프롤레타리아의 조그만 섹스 파티에 참가하지 않는다. 아니, 참가할 수도 있지만, 그것에 관해서는 아무도 모른다. 어쨌거나 이런 모든 것은 시인이 체포되고 이제 더는 그에 관해 아무것도 알지 못할 때, 그러니까 그가 살해되자 끝나고 만다.

그런 다음 친구들은 자살을 비롯하여 자살의 이점과 단점에 관해 다시 이야기한다. 해가 뜨자 그들 중 하나인 안스키는 정보원의 충고대로 집을 나서고 아무런 서류도 없이 모스크바를 떠난다. 그런 다음 경치가 등장한다. 유리를 통해 본 경치, 산산이 부서진 경치다. 그리고 포장되지 않은 흙길과 이름 없는 시골 역이 나온다. 그곳에 안톤 마카렌코[60]의 책에서 도망친 젊은 방랑자들이 모인다. 그곳에는 곱사등의 젊은이들과 콧물을 줄줄 흘리는 감기에 걸린 젊은이들이 있다. 또한 개울과 딱딱한 빵, 실패한 도둑질이 등장한다. 안스키는 도둑을 맞지 않지만, 어떻게 그런 도둑질을 피했는지에 관해서는 말하지 않는다. 마지막으로 코스테키노 마을이 나온다. 그리고 밤이 된다. 또한 그의 귀에 익은 바람 소리도 들린다. 안스키의 어머니는 문을 열어 주지만, 그가 누구인지 알아보지 못한다.

원고의 마지막 글은 아주 짧다. 그 마을에 도착하고 몇 달이 지난 후, 마치 다른 세상으로 곤두박질치려고 그가 도착하기를 기다렸다는 듯 그의 아버지가 세상을 떠났다. 어머니는 장례식을 준비한다. 밤이 되어 모두가 잠들면, 안스키는 묘지로 몰래 가서 한참 동안 아버지 무덤 옆에서 이런저런 생각을 했다. 낮이 되면 다락방에서, 그러니까 깜깜한 방에서 머리까지 이불을 뒤집어쓰고 잤다. 밤이 되면 아래층으로 내려와 그의 어머니가 자는 침대 옆 화덕 불빛 아래서 책을 읽었다. 마지막 글 중 하나에서 그는 우주의 무질서를 언급하면서, 그런 혼돈만이 우리를 생각하게 만든다고 말한다. 다른 글에서 그는 우주가 죽고 시간과 공간이 그와 함께 죽으면 어떻게 될 것인지 자문한다. 영(零), 즉 무(無)만 남는다. 그러나 이런 생각을 하면서 그는 웃는다. 모든 해답 뒤에는 하나의 질문이 숨어 있다. 안스키는 코스테키노의 농부들이 말하는 것을 떠올린다. 논의의 여지가 없는 해답 뒤에는

---

60 Anton Makarenko(1888~1939). 소련의 교육자. 10월 혁명 후 부랑아나 미성년 범법자의 교육에서 시작하여 집단주의 교육에 의한 실천적 교육을 주장했다.

더욱 복잡한 문제가 숨어 있다. 하지만 그 복잡함은 그에게 웃음을 선사한다. 가끔씩 그의 어머니는 그가 마치 열 살 먹은 아이처럼 다락방에서 혼자 킥킥거리며 웃는 소리를 듣는다. 안스키는 평행 우주를 생각한다. 그즈음에 히틀러는 폴란드를 침공하고 제2차 세계 대전이 시작된다. 바르샤바가 함락되고, 파리가 함락되며, 소련이 공격을 받는다. 단지 혼돈 속에서만 우리는 이해될 수 있다. 어느 날 밤 안스키는 하늘이 커다란 피의 바다라는 꿈을 꾼다. 원고의 마지막 페이지에서 그는 게릴라와 합류할 수 있는 지도를 스케치한다.

이제 벽난로이자 화덕 뒤에 있는, 단 한 사람이 숨을 만한 공간에 관해 설명할 일이 남았다. 누가 만들었을까? 누가 그곳에 숨었을까?

한참 숙고한 끝에 라이터는 안스키의 아버지가 그것을 만들었다고 생각을 굳힌다. 아마도 그 은신처는 안스키가 마을로 돌아오기 전에 만들었을 것이다. 또한 아들이 돌아온 후 만들었을 가능성도 충분하다. 그리고 사실 이것이 더 논리적이다. 아들이 돌아와서야 비로소 그의 부모는 안스키가 국가의 적이라는 사실을 알았기 때문이다. 그러나 라이터는 은신처가 서두르지 않고 천천히, 그리고 장인의 솜씨로 만들어졌을 것이라고 상상했다. 그리고 안스키가 돌아오기 훨씬 전에 구상해 두었을 것이라고 직감했다. 이것은 안스키의 아버지에게 예언자 혹은 광인의 분위기를 선사하기에 충분했다. 또한 라이터는 누구도 은신처를 사용하지 않았다는 결론에 이르렀다.

물론 공산당 관리들이 그곳에 찾아왔을 것이라는 사실을 배제하지 않았다. 그들은 안스키의 흔적을 찾아 농가를 샅샅이 뒤졌을 것이며, 그들이 찾아올 때마다 안스키는 화덕 안에 숨었을 것이다. 라이터는 이것이 충분히 가능하다고 여겼다. 아니, 거의 확신했다. 그러나 결정적인 순간에, 그러니까 아인자츠그루페 C의 파견대가 도착했을 때는 아무도 그곳에 숨지 않았다. 심지어 안스키의 어머니조차 그랬다. 그는 아들의 공책을 숨길 안전한 장소를 찾는 어머니 모습을 상상했다. 그리고 그녀가 코스테키노의 다른 유대인들과 함께 독일군의 처형이 기다리는 곳이자 우리에게로, 즉 죽음을 향해 나아오는 모습을 상상했다.

또한 그는 꿈속에서 안스키를 보았다. 그가 이름 없는 사람이 되어 밤에 들판으로 걷는 모습, 서쪽을 향해 발걸음을 옮기는 모습, 또한 총에 맞아 죽는 모습을 보았다.

며칠 동안 라이터는 안스키에게 총을 쏜 사람이 자기였다고 생각했다. 밤마다 악몽을 꾸었고, 그래서 잠에서 깨어나 울음을 터뜨리곤 했다. 가끔씩 가만히 침대에 웅크리고 마을 위로 눈이 떨어지는 소리를 들었다. 그는 이제 더는 자살을 생각하지 않았다. 자기 자신이 죽었다고 믿었기 때문이다. 아침이 되면 무엇보다 먼저 안스키의 공책을 아무 페이지나 펼쳐서 읽었다. 그리고 어떤 때는 눈 덮인 숲으로 오랫동안 산책하면서, 우크라이나 사람들이 께느른한 독일인 두 명의 지시에 따라 일하던 옛 솝호스까지 가곤 했다.

먹을 것을 찾아 마을 중앙 건물로 갈 때면, 라이터는 마치 다른 행성에 있는 것
같은 느낌을 받았다. 그곳에는 항상 화덕에 불이 켜져 있고, 커다란 수프 솥 두 개가
걸려 있었다. 그리고 그 솥에서 나온 수증기는 1층을 가득 채웠는데, 거기에서는
양배추와 담배 냄새가 풍겼다. 그의 동료들은 셔츠 바람이거나 상의를 입지 않고
있었다. 라이터는 엉덩이가 얼어붙기 시작할 때까지 눈 위에 앉아 있곤 하던 숲이
더 마음에 들었다. 그는 불을 지피고 화덕 앞에 앉아 안스키의 공책을 읽고 또 읽던
농가를 더 좋아했다. 가끔씩 그는 눈을 들었고, 마치 그곳에서 수줍고 다정한
분위기를 발산하는 어느 그림자가 자기를 바라보는 것처럼 화덕 내부를
바라보았다. 그러면 기쁨의 오한으로 온몸이 부들부들 떨렸다. 종종 그는 자기가
안스키의 가족과 산다고 상상했다. 안스키의 어머니와 아버지, 그리고 시베리아의
길을 거닐던 젊은 안스키를 보았고, 결국 자기 눈을 가리면서 그런 상상을 끝내곤
했다. 화덕의 불이 어둠 속에서 빛나는 조그만 깜부기불로 바뀔 때면, 극도로
조심스럽게 따뜻해진 은신처로 들어갔으며, 새벽 추위에 잠을 깰 때까지 그곳에
머물곤 했다.

어느 날 밤 그는 크림반도로 돌아가는 꿈을 꾸었다. 정확하게 어딘지는 기억할
수 없었지만, 좌우간 크림반도였다. 그는 여기저기 간헐천처럼 모락모락
솟아오르는 연기구름 속에서 총을 쏘았다. 그러고서 걷기 시작했고, 죽은 붉은
군대 병사를 발견했다. 엎드린 그 병사는 아직도 손에 무기를 굳게 쥐고 있었다.
시체를 돌려 얼굴을 보려고 허리를 숙이면서, 그는 다른 많은 때와 마찬가지로 그
시체가 안스키의 얼굴을 갖지 않았을까 두려웠다. 죽은 병사의 재킷을 잡는 순간
그는 생각했다. 아니야, 아니야, 난 이 무게를 짊어지고 싶지 않아. 그걸 원하지
않아. 난 안스키가 살아 있기를 원해. 그가 죽지 않았기를 바라. 그를 죽인 사람이
되고 싶지 않아. 고의적이 아니고 우연이라도 나도 모르게 그렇게 하고 싶지 않아.
그는 생각했다. 그때 놀랍다기보다는 오히려 안심할 수 있는 일이 일어났다. 그
시체가 자기 얼굴을 지녔다는 사실을 안 것이다. 그날 아침에 이 꿈에서 깨어나자,
그는 가장 먼저 이렇게 말했다.

「내가 아니었어, 천만다행이야.」

1942년 여름이 시작되자 누군가가 코스테키노에 병사들이 있다는 사실을
기억해 냈고, 라이터는 소속 사단으로 복귀했다. 그는 크림반도에 있었다.
우크라이나의 케르치에 있었다. 쿠반강 변과 크라스노다르의 거리에 있었다.
캅카스산맥을 지나 부덴놉스크까지 여행했고, 소속 대대와 함께 칼무크 스텝
지대를 가로질렀다. 재킷 아래로는, 그러니까 광인의 의상과 병사의 군복 사이로는
항상 안스키의 공책을 지니고 다녔다. 그는 먼지를 삼켰고, 어떤 적군도 보지
못했지만, 빌케와 크루제와 렘케 하사는 보았다. 물론 그들을 알아보기란 쉬운
일이 아니었다. 그들의 얼굴뿐만 아니라 목소리도 바뀌었기 때문이다. 예를 들어

빌케는 방언으로만 이야기했고, 그래서 라이터를 제외한 누구도 그의 말을 이해하지 못했다. 또한 크루제는 목소리가 바뀌어서 오래전에 고환이 제거된 사람처럼 말했다. 그리고 렘케 하사는 이제 아주 드문 경우에만 고함을 질렀고, 대부분은 자기 부하들에게 중얼거리듯이 말했다. 마치 피곤하거나 아니면 너무나 먼 거리를 돌아다녀서 졸린 것 같았다. 어쨌거나 렘케 하사는 그들이 투압세로 향하는 진로를 열려고 헛되이 노력하는 동안 중상을 입었고, 그래서 부블리츠 하사로 대체되었다. 가을이 왔고 진흙과 바람의 시절이 되었다. 가을 이후 러시아 병사들은 반격을 가했다.

이제는 11군이 아니라 17군에 속한 라이터의 사단은 엘리스타에서 프롤레타르스카야로 후퇴했고, 이후 마니치강을 따라서 로스토프로 올라갔다. 이후 서쪽으로, 즉 미우스강까지 후퇴했고, 그곳에서 전열을 가다듬었다. 1943년 여름이 되었고, 러시아 병사들은 공격을 재개했으며, 라이터의 사단은 다시 후퇴했다. 후퇴를 할 때마다 살아 있는 병사들의 수는 줄어 갔다. 크루제는 전사했다. 부블리츠 하사도 전사했다. 용감무쌍한 포스는 우선 하사로 진급했다가 이후 대위로 다시 진급했다. 포스의 지휘를 받으며 전사자의 수는 일주일도 안 되어 두 배로 늘어났다.

라이터는 전사자들을 마치 판매 중인 토지나 농장 혹은 농가를 보듯이 물끄러미 바라보았고, 전사자들의 주머니를 뒤져서 먹을 것이 있는지 살펴보는 습관을 갖게 되었다. 빌케도 똑같이 했지만, 조용히 그런 일을 하는 대신, 프로이센 병사들은 자위를 하지만 자살을 하지 않아 하고 흥얼거리면서 콧노래를 부르곤 했다. 대대의 몇몇 동료가 그들에게 흡혈귀라는 별명을 붙여 주었다. 라이터는 그런 것에 그다지 개의치 않았다. 휴식 시간이 되면 그는 빵 한 조각과 재킷 아래에 둔 안스키의 공책을 꺼내 읽기 시작했다. 종종 빌케는 그의 옆에 앉았고, 얼마 후에 잠들곤 했다. 언젠가 그는 라이터에게 그가 그 공책을 썼느냐고 물었다. 라이터는 마치 그 질문이 너무나 어리석어서 대답할 가치도 없다는 듯 그를 쳐다보았다. 빌케는 다시 그가 그 공책을 썼느냐고 질문했다. 라이터는 빌케가 잠들었으며 꿈속에서 말한다고 생각했다. 그의 눈은 반쯤 감겼고, 면도를 하지 않아 텁수룩한 수염과 광대뼈, 그리고 턱이 얼굴에서 툭 튀어나오려고 하는 것 같았다.

「어느 친구가 썼어.」 라이터가 말했다.

「죽은 친구겠군.」 빌케가 잠결에 말했다.

「대략 그렇다고 볼 수 있어.」 라이터는 이렇게 말하고서 계속 공책을 읽었다.

라이터는 대포 소리를 들으면서 잠드는 것을 좋아했다. 빌케 역시 너무 오래 지속되는 침묵을 참지 못했고, 눈을 감기 전에 콧노래를 흥얼거렸다. 반대로 포스 대위는 잠을 잘 때면 항상 귀를 막았고, 눈을 뜨거나 불침번을 서거나 전쟁에 다시 적응하는 데 애를 먹었다. 가끔씩 그를 깨우려면 마구 흔들어야 했고, 그러면 그는 젠장, 무슨 일이야 하고 투덜대면서 어둠 속에서 아무렇게나 주먹을 날렸다. 하지만 그는 훈장들을 받았다. 언젠가 라이터와 빌케는 그와 함께 사단 사령부까지 함께 갔다. 거기서 폰 베렌베르크 장군이 독일 육군 병사가 받을 수 있는 최고 훈장을 그의 가슴에 손수 걸어 주었다. 그날은 포스에게 행복한 날이었지만, 당시 연대보다도 더 적은 병력을 지녔던 79사단에게는 그렇지 않았다. 그날 오후 라이터와 빌케는 트럭 옆에서 소시지를 먹고 있었다. 그때 소련군이 그들의 진지를 공격해 와서 포스와 그들 두 사람은 즉시 전투 대열로 돌아가야만 했다. 그들의 저항은 그리 오래가지 못했고, 또다시 후퇴해야만 했다. 후퇴하는 동안 연대는 대대 규모로 축소되었는데, 병사들 대부분은 정신 병원에서 도망친 광인들처럼 보였다.

며칠에 걸쳐 그들은 있는 힘을 다해 서쪽으로 행군하면서, 중대나 소대의 대열을 유지했다. 그러니까 되는대로 중대나 소대를 형성하거나 해체한 것이다.

라이터는 혼자 떠났다. 가끔씩 그는 소련 비행 대대가 지나가는 것을 보았다. 때때로 1분 전까지만 해도 눈이 부시도록 새파랗던 하늘이 흐려지면서 갑자기 폭풍우를 퍼부었고, 그런 폭풍우는 몇 시간씩 지속되었다. 언덕에서 그는 동쪽으로 이동하는 독일 탱크 행렬을 보았다. 그것들은 마치 외계 문명의 관처럼 보였다.

그는 밤에 걸으면서 이동했다. 낮에는 최선을 다해 숨을 곳을 찾아 안스키의 공책을 읽고 잠을 잤다. 또한 자기 주변에서 커져 가는 것이나 불타는 것을 보기도 했다. 이따금씩 발트해의 해초를 떠올리면서 빙긋이 웃었다. 그리고 어떤 때는 여동생을 생각하면서 역시 웃었다. 가족에 대한 소식을 들은 지 이미 오래였다. 아버지는 그에게 단 한 번도 편지를 쓰지 않았고, 라이터는 그가 글을 아주 잘 쓸 줄 몰라서 그랬을 것이라고 생각했다. 반면에 어머니는 편지를 썼다. 어머니의 편지에 무슨 내용이 담겨 있었을까? 라이터는 이미 그걸 기억할 수 없었다. 아주 긴 편지가 아니었는데도, 어머니가 무슨 말을 했는지 하나도 떠올릴 수 없었다. 기억나는 것이라고는 어머니의 글씨가 아주 크고 삐뚤삐뚤했으며, 문법이 엉망진창이었고, 꾸밈없이 솔직했다는 사실이었다. 어머니들은 절대 편지를 쓰지 말아야 해. 그는 생각했다. 그와 달리 여동생이 쓴 편지들은 완벽하게 기억했고, 그는 풀숲에 몸을 숨기고 엎드린 채 얼굴에 환한 미소를 지었으며, 그렇게 서서히 잠들었다. 편지에서 동생은 자기와 마을에 관한 일, 학교에 관한 일이나 그녀가 입던 옷이나 그에 관한 이야기를 늘어놓았다.

오빠는 거인이야. 여동생 로테는 말하곤 했다. 처음에 라이터는 이 말에 다소 당황했다. 그러나 나중에는 어린 여자아이에게, 로테처럼 달콤하고 감수성이 예민한 어린 여자아이에게 자기처럼 키가 큰 사람은 거인처럼 보였을 것이라고 생각했다. 오빠의 발걸음이 숲속에서 울려. 로테는 편지에서 말했다. 들판에서 일하던 사람들이 오빠 발소리를 들어. 어두운 방 안에 숨은 사람들은 오빠 발소리를 듣고 있어. 히틀러 유겐트[61]의 젊은이들이 오빠 발소리를 듣고, 마을 입구에 오빠를 마중하러 나가고 있어. 모든 게 행복해. 오빠는 살아 있어. 독일은 살아 있어. 이런 말들을 했다.

61 히틀러 청소년단. 독일 청소년들에게 나치의 이데올로기를 교육시키기 위해 설립되었다.

어느 날 어떻게 된 건지도 모르게 라이터는 코스테키노로 돌아가게 되었다. 마을에는 이미 독일군이 남아 있지 않았다. 숍호스는 텅 비었고, 단지 농가 몇 채에서 영양실조에 걸리고 두려움에 떨던 몇몇 노인만이 머리를 내밀고서, 손짓으로 독일군은 마을에서 일하던 기술자들과 우크라이나 젊은이들을 이미 모두 안전한 곳으로 피난시켰다고 알려 주었다. 그날 라이터는 안스키의 농가에서 잠을 잤는데, 자기 집에 돌아온 것보다도 더 안락하고 편안해했다. 그는 화덕에 불을 지피고 옷을 입은 채 침대에 드러누웠다. 그러나 즉시 잠을 이룰 수는 없었다. 그는 안스키가 원고에서 말하던 겉모습들에 관해 생각하기 시작했고, 자기 자신에 관해서도 생각했다. 평생 처음으로 자기가 자유인이라고 느꼈다. 비록 제대로 먹지 못해 허약한 상태였지만, 자유와 자주권을 향한 이런 충동을 가능한 한 연장할 기운이 있다고 느꼈다. 하지만 그런 모든 게 겉모습에 불과할지도 모른다는 가능성 때문에 근심했다. 겉모습은 현실을 점유하는 힘이야. 심지어 가장 극단적이고 꿈과 경계에 있는 현실까지도 점령하는 힘이야. 그는 생각했다. 겉모습은 기억을 정돈하고 앞뒤 사건을 정리하는 방식처럼 사람들의 영혼을 비롯해 사람들의 행동과 의지, 그리고 고통 속에서 살았다. 그것은 생산업자들의 거실과 암흑가에서 증식되었다. 규정을 공포했고, 자기 스스로의 규정을 뒤흔들었으며(피비린내 나는 반항일 수도 있었지만, 그렇다고 해서 겉모습이 아닌 것은 아니었다), 새로운 규정을 발표했다.

국가 사회주의는 겉모습으로 지배되는 절대 왕국이었다. 그는 생각했다. 일반적으로 사랑한다는 것은 또 다른 겉모습이야. 하지만 로테에 대한 내 사랑은 겉모습이 아니야. 로테는 내 여동생이고 어리며 나를 거인이라고 믿어. 하지만 사랑, 통상적인 사랑, 아침 식사와 저녁 식사를 하고 질투와 돈과 슬픔으로 점철된 부부의 사랑은 연극에 불과해. 다시 말하면, 겉모습이야. 젊음은 힘의 겉모습이고 사랑은 평화의 겉모습이야. 젊음이나 힘이나 사랑이나 평화는 내게 주어질 수 있는 것들이 아니야. 그는 한숨을 쉬며 중얼거렸다. 나는 그런 선물을 받을 자격이 없어. 단지 안스키의 방황만이 겉모습이 아니야. 14년에 걸친 안스키의 삶만이 겉모습이 아니야. 안스키는 평생 철저하게 미완성 상태로 살았어. 그것은 혁명, 진정한 유일한 혁명은 미완성이기 때문이야. 그는 생각했다. 그런 뒤 잠이 들었고, 꿈을 꾸지 않았다. 그리고 다음 날 그는 숲으로 가서 벽난로이자 화덕에 넣을 나뭇가지를 찾았으며, 마을로 돌아오자 호기심에 사로잡혀 1942년 겨울에 독일 병사들이 살던 건물로 들어갔는데, 그 건물 내부는 버려진 채 허물어지고 있었다. 솥도 없고 쌀자루도 없으며 담요도 없고 벽난로에 불도 없었으며, 창문은 깨졌고 겉창은 흔들거렸으며, 더럽기 짝이 없던 바닥에는 커다란 진흙인지 똥인지 모를 얼룩이 묻어 있었다. 실수로 그것을 밟으면 군화 밑창에 달라붙곤 했다. 한쪽 벽에는 어느 병사가 숯으로 〈하일 히틀러〉라고 써놓았고, 다른 벽에는 일종의 연애편지가 있었다. 위층에서는 누군가가 벽과 천장에 코스테키노에서 살던 독일 병사들의 일상생활을 그림으로 그리면서 지루함을 달랬다. 한쪽 구석에는 숲에서 나무를 가져오거나 새를 사냥하는 독일 병사 다섯 명이 그려져 있었다. 모자를 보고 그들이 누구인지 쉽게 알 수 있었다. 그리고 다른 쪽 구석에는 두 병사가 섹스를 하고 양팔에 붕대를 감은 제삼자는 나무 뒤에 숨어 그들을 지켜보는 그림이 있었다. 또 다른 구석에는 저녁 식사를 마친 후 누워서 잠든 병사 넷과 그들 옆에는 개 뼈로 추정되는 것이 그려져 있었다. 마지막 구석에는 금색 수염을 길게 기른 라이터가 안스키 가족의 농가 창문을 바라보는 모습이 있었고, 농가 밖으로는 코끼리와 기린과 코뿔소, 그리고 오리가 줄지어 행진하는 모습도 있었다. 그걸 프레스코라고 부를 수 있을지는 모르지만, 좌우간 이 프레스코화의 한가운데에는 포장된 광장이 있었다. 코스테키노에는 결코 존재하지 않는 상상의 광장이었다. 그곳은 머리카락이 쭈뼛쭈뼛 선 여자들이나 그런 여자들의 환영으로 북적댔는데, 여자들은 울부짖으며 이리저리 오갔고, 독일 병사 두 명은 우크라이나 젊은이들로 이루어진 작업반을 감시했다. 그 젊은이들은 돌로 된 기념비를 세웠지만, 그게 어떤 모습인지는 아직 알 수 없었다.

　　그림들은 조잡하고 유치했고, 르네상스 이전의 원근법을 사용했다. 하지만 각각의 요소들은 이 그림이 무엇을 풍자하는지 추측할 수 있도록 구성되었고, 따라서 첫눈에 보이는 것보다 훨씬 훌륭했다. 숨겨진 대작이라고 말할 수도 있을 정도였다. 안스키의 농가로 돌아온 라이터는 화가의 재능이 보통이 아니지만, 1942년 겨울을 코스테키노에서 보낸 나머지 독일인들처럼 미쳐 버렸다고 생각했다. 또한 자기가 뜻하지 않게 벽화에 모습을 드러낸 것에 관해 생각했다. 그는 화가가 틀림없이 자신을 미친 사람이라고 믿었으리라고 결론 내렸다. 코끼리가 이끌던 행렬 맨 마지막에 있는 오리는 그렇게 추측하도록 하기에 충분했다. 그는 그 시절에 자기가 아직 목소리를 되찾지 못했다는 사실을 떠올렸다. 그리고 또한 그 시절에 안스키의 공책을 끊임없이 읽고 또 읽으면서 단어 하나하나를 모두 외웠으며, 종종 행복감처럼 보이기도 하고 또 어떤 때는 하늘처럼 광활한 죄책감처럼 보이던 이상한 느낌을 받았다는 사실을 기억했다. 그리고 자기가 그런 행복감과 죄책감을 받아들였으며, 심지어 어떤 밤에는 어떤 것이 더 무게가 나가는지 비교했고, 그런 이상한 그의 계산은 행복감으로 최종 결론을 맺었음을 떠올렸다. 그러나 그것은 다른 종류의 행복감, 즉 그를 무자비하게 갈가리 찢어 버리는 행복감이었고, 라이터에게는 행복이 아니라 그저 라이터일 뿐이었다.

　　어느 날 밤, 그러니까 코스테키노에 도착한 지 사흘이 지난 후, 그는 러시아인들이 마을로 들이닥치는 꿈을 꾸었다. 그는 그들에게서 도망치기 위해 개울물, 그러니까 〈달콤한 샘〉으로 뛰어들었고, 달콤한 샘을 헤엄쳐서 드니프로강에 도착했는데, 드니프로, 좀 더 정확하게 말하면 드니프로강 변은 러시아인들로 가득했다. 왼쪽 강변뿐만 아니라 오른쪽 강변도 마찬가지였다. 그들은 그가 강 한가운데에서 나오는 것을 보자 모두 깔깔거리고 웃으면서 그를 향해 총을 쏘았다. 사격을 받자 그는 강물로 잠수했고, 강물에 몸을 맡기고

떠내려가도록 놔두었고, 단지 공기를 약간 들이마시기 위해서만 수면으로
나왔다가 다시 들어가는 꿈을 꾸었다. 이렇게 몇 킬로미터를 강을 타고 흘러갔다.
가끔씩은 3분, 4분, 혹은 5분 동안이나 숨을 참았다. 세계 기록이었다. 강물은 그를
러시아인들이 있는 곳에서 멀리 데려갔지만, 그러고 나서 라이터는 계속 물속에
있었고, 수면으로 나와 숨을 쉬고는 다시 밑으로 들어갔다. 강바닥은 마치 돌로
포장한 도로와 같았다. 가끔씩 그는 작고 하얀 물고기 떼를 보았고, 또한 종종 이미
살점이 붙어 있지 않은 시체들, 그러니까 뼈만 앙상한 시체들과 마주쳤다. 강물에
점점이 흩어진 그 뼈들은 독일인의 것일 수도 있었고 러시아 사람들의 것일 수도
있었다. 그게 누구의 뼈인지 정확하게 말할 수는 없었다. 옷이 이미 썩었고, 강물이
그들을 하류로 끌어가고 있었기 때문이다. 그리고 라이터의 꿈에서 그 역시 강물에
휩쓸려 하류로 내려갔고, 이따금, 특히 밤에는 휴식을 취하거나 아마도 5분 정도
잠을 잘 수 있도록 수면으로 나와 죽은 사람처럼 둥둥 떠갔다. 그러는 동안 강물은
끊임없이 그를 품에 안고 남쪽으로 흘러갔다. 태양이 뜨면 라이터는 다시 물속으로
들어가 잠수했고, 드니프로의 젤라틴 같은 바닥으로 돌아갔다. 그렇게 여러 날이
흘렀고, 가끔씩 도시 근처를 지나면서 도시의 불빛을 보았으며, 불빛이 없을
경우에는 모호한 소리를 들었다. 마치 가구가 달그락달그락거리는 소리 같았다.
마치 병든 사람들이 가구의 위치를 바꾸는 소리 같았다. 그는 가끔씩 군용 부교
아래로 지나갔고, 밤에는 병사들의 얼어붙은 그림자, 그러니까 물결치는 수면 위로
투영되는 군인들의 그림자들을 보았다. 그리고 어느 날 아침 마침내 드니프로강은
흑해로 흘러들었고, 강은 그곳에서 더는 강으로 존재하지 않거나 바다로 바뀌었다.
라이터는 한 번도 학생이었던 적이 없었지만, 방학이 절정에 달할 때 기진맥진할
정도로 수영을 한 후 아찔한 마음으로 모래사장에 드러누워 단지 공포를 느끼며
깨닫는 학생처럼, 후들후들 떨리는 발길로 강변 혹은 해변으로 다가갔다. 그러면서
해변 혹은 강변에 앉아 거대하고 광활한 흑해를 바라보았다. 재킷 안에 넣어
다니던 안스키의 공책은 일종의 연한 덩어리가 되었다. 그의 옷이나 피부에 붙어
있던 공책의 반은 잉크가 영원히 지워졌고, 또 다른 반은 은은한 파도 아래
떠다니는 미립자가 되었다.

  그 순간 라이터는 잠에서 깨어났고 가능한 한 급히 코스테키노를 떠나기로
마음먹었다. 그는 조용히 옷을 입고 몇 가지 안 되는 소지품을 챙겼다. 램프에 불을
켜지도 않았고, 화덕의 불을 휘젓지도 않았다. 그날 자기가 얼마나 걸어가야
하는지 생각했다. 농가를 떠나기 전에 정성을 다해 안스키의 공책을 화덕 속
은신처에 다시 놓아두었다. 이제는 다른 사람이 이걸 발견하겠지. 그는 생각했다.
그러고서 문을 열었고, 아주 조심스럽게 문을 닫고서 성큼성큼 그 마을에서
벗어났다.

  며칠 후 그는 자기 사단에 속한 어느 부대를 만났고, 다시 참고 인내하면서
후퇴하는 단조로운 생활로 돌아갔다. 그러다가 그들은 페르보마이스크 서쪽에

위치한 부크에서 소련군에게 참패했고, 79사단의 나머지 병력은 303사단의 일부로 흡수되었다. 1944년에 그들이 발뒤꿈치까지 바짝 뒤따르는 러시아 수송 여단에 쫓겨 이야시로 향하는 동안, 라이터와 그의 대대에 속한 다른 병사들은 정오의 하늘로 솟아오르는 파란 먼지구름을 보았다. 그러고서 고함 소리와 아주 희미한 노랫소리를 들었고, 잠시 후 라이터는 쌍안경을 통해 루마니아 병사 한 무리가 마치 악마에 홀리거나 두려움에 사로잡힌 듯 전속력으로 채소밭을 가로지르는 장면을 보았다. 그 병사들은 라이터의 사단이 후퇴하던 대로와 평행으로 난 흙길로 들어갔다.

그들에게는 시간이 많지 않았다. 러시아 군인들이 언제라도 그곳에 도착할 수 있었기 때문이다. 그러나 라이터와 그의 동료 몇몇은 무슨 일이 일어났는지 알아보러 가기로 했다. 그들은 망루로 사용하던 언덕을 내려가 기관총이 설치된 차량을 타고서 두 길 사이에 있던 관목 지역을 가로질렀다. 루마니아의 시골 성처럼 생긴 것이 보였다. 창문은 닫혀 있었고, 포장된 안뜰은 마구간까지 이어졌다. 그러고서 그들은 개활지로 나갔다. 그곳에서는 아직도 루마니아의 낙오병들이 주사위 놀이를 하거나 혹은 성에서 가져온 그림들과 가구들을 그들이 끌고 갈 마차에 싣고 있었다. 개활지 끝에는 어두운색 니스를 칠한 커다란 나무 조각으로 만든 십자가가 있었다. 아마도 그 성의 널따란 홀에서 뜯어낸 널빤지인 것 같았다. 누런 흙에 박힌 십자가에는 벌거벗은 사람이 한 명 매달려 있었다. 독일어를 약간 할 줄 아는 루마니아 사람들은 그들에게 거기서 무엇을 하느냐고 물었다. 독일 병사들은 러시아군에게서 도망치고 있다고 대답했다. 곧 여기에 도착할 것이오. 루마니아 낙오병들은 말했다.

「저게 뭘 의미하는 것이지요?」 어느 독일인이 십자가에 못 박힌 사람을 가리키며 물었다.

「우리 부대의 장군이오.」 루마니아 사람들은 이렇게 대답하면서, 자신들의 전리품을 마차에 급히 실었다.

「탈영할 작정인가요?」 어느 독일인이 물었다.

「그렇소. 어젯밤에 3군단이 탈영하기로 했소.」 어느 루마니아 병사가 대답했다.

독일인들은 서로 얼굴을 쳐다보았다. 루마니아 병사들에게 총을 쏴야 할지, 아니면 그들과 함께 탈영해야 할지 모르는 것 같았다.

「그럼 이제 어디로 갈 생각이지요?」 독일인들이 물었다.

「서쪽으로, 우리의 집이 있는 곳으로 갈 거요.」 몇몇 루마니아 군인이 대답했다.

「잘 생각하고 행동하는 것이지요?」

「우리의 길을 가로막는다면 누구든지 제거할 것이오.」 루마니아 병사들이 말했다.

마치 그들의 말을 재확인하려는 것처럼, 대부분이 총을 번쩍 들었다. 심지어 대놓고 독일인들을 향해 총을 겨눈 사람도 있었다. 순간적으로 두 그룹이 서로 총격을 가할 것처럼 보였다. 바로 그때 라이터는 차에서 내렸고, 루마니아

병사들과 독일 군인들의 행동에 아무런 관심도 보이지 않으면서 십자가와
십자가에 못 박힌 사람을 향해 걷기 시작했다. 그 사람은 아마도 전날 밤에
개머리판으로 코를 맞았는지 얼굴에 피가 말라붙어 있었다. 그리고 눈은 시퍼렇게
멍들었고, 입술은 퉁퉁 부었다. 그런 상태였지만, 라이터는 그가 누구인지 즉시
알아보았다. 엔트레스쿠 장군이었다. 카르파티아산맥의 성에서 폰 춤페 여남작과
잠자리를 함께했고, 그와 빌케가 비밀 통로에서 몰래 훔쳐본 바로 그 사람이었다.
그의 옷은 아마도 그가 살아 있을 때 갈기갈기 찢긴 것 같았다. 그는 승마 장화를
제외하곤 완전히 벌거벗은 상태였다. 엔트레스쿠의 성기, 즉 라이터와 빌케가 당시
추산한 바에 따르면 발기했을 때 거의 30센티미터에 달하는 자랑스러운 음경은 해
질 녘의 바람에 힘없이 흔들거렸다. 십자가 발치에는 엔트레스쿠 장군이 손님들을
흥겹게 만들어 주던 불꽃놀이용 폭죽 상자가 있었다. 화약이 젖었거나 아니면
소용없는 폭죽들임이 분명했다. 폭발하면서 기껏해야 작은 파란색 먼지구름만
일으켰고, 그 구름은 이내 하늘로 올라가 사라져 버렸기 때문이다. 라이터 뒤에
있던 어느 독일 병사가 엔트레스쿠 장군의 남성다운 생식기에 관해 언급했다.
그러자 몇몇 루마니아 병사가 웃었고, 몇몇은 빨리 갔고 몇몇은 조금 천천히
갔다는 차이는 있지만, 모두가 십자가로 다가갔다. 마치 십자가가 갑자기 자력을
회복하여 그들을 끌어들인 것 같았다.

　총들은 이제 누구도 겨냥하지 않았고, 병사들은 마치 농기구처럼, 혹은 심연의
언저리를 따라 행진하는 데 피로한 농부들처럼 총을 들고 있었다. 그들은 러시아
군인들이 곧 도착할 것이라는 사실을 알았고, 러시아군을 두려워했다. 그러나
누구도 마지막으로 엔트레스쿠 장군의 십자가로 다가가겠다는 유혹만은 떨쳐 버릴
수 없었다.

　「어떤 사람이었지요?」 어느 독일인이 물었지만, 그는 대답을 듣건 말건 전혀
중요치 않다는 것을 알고 있었다.

　「나쁜 사람은 아니었소.」 어느 루마니아 병사가 말했다.

　그러자 모두가 생각에 잠겼다. 몇몇은 고개를 숙였고, 몇몇은 멍한 눈으로
장군을 보았다. 누구도 어떻게 그를 죽였는지 물어볼 생각을 하지 못했다. 아마도
그를 몽둥이로 후려쳐서 바닥에 쓰러뜨리고 계속해서 때렸을 터였다. 십자가는
피로 검게 물들었고, 거미처럼 어두운 그 얼룩은 누런 땅까지 이르렀다. 아무도
그를 십자가에서 떼어 내려놓으라는 말을 할 생각도 하지 못했다.

　「이 사람 같은 예를 또 찾아내려면 시간이 꽤 걸릴 것 같군요.」 어느 독일인이
말했다.

　루마니아 사람들은 그의 말을 이해하지 못했다. 라이터는 엔트레스쿠의
얼굴을 유심히 살펴보았다. 눈을 감았지만 아주 크게 뜨고 있다는 인상을 풍겼다.
커다란 은색 못이 그의 손을 나무에 고정시켰다. 손마다 못이 세 개씩 박혀 있었다.
양발은 굵은 대장장이용 못으로 박혔다. 라이터의 왼쪽에 있는 아주 젊은 루마니아
병사가 기도했다. 너무 커다란 군복을 걸친 그 청년은 아무리 많아도 열다섯 살

이상은 되어 보이지 않았다. 라이터는 그에게 그 사유지에 다른 사람이 더
있었느냐고 물었다. 그러자 오직 그들만 있었다고, 3군단, 아니 3군단의 나머지
병력은 사흘 전에 리타츠역에 도착했다고 대답했다. 그리고 장군은 서쪽에서 좀 더
안전한 장소를 찾는 대신 그의 성으로 오기로 결심했는데, 성은 텅 비어 있었다고
덧붙였다. 하인도 없었고 잡아먹을 수 있는 산 동물도 한 마리 없었다. 이틀 동안
장군은 자기 침실에 틀어박혀서 나오려고 하지 않았다. 병사들은 집 안을
배회했고, 그러다가 포도주 저장 창고를 발견했다. 그들은 창고 문을 부숴 버렸다.
몇몇 장교가 양심의 가책으로 주저했지만, 이내 모두가 술에 취하기 시작했다.
그날 밤 3군단의 절반이 탈영했다. 남은 병사들은 자유 의지로 남은 것이지, 강요에
의한 게 아니었다. 그들이 그곳에 머무른 것은 엔트레스쿠 장군을 사랑했기
때문이었다. 혹은 그와 비슷한 이유 때문이었다. 몇몇은 인근 마을로 약탈을 하러
나가서 돌아오지 않았다. 다른 사람들은 안뜰에서 장군에게 다시 지휘봉을
잡으라고, 그들이 어떻게 해야 할지 결정하라고 소리쳤다. 그러나 장군은 계속
자기 침실에 처박혀 있었고, 누구에게도 문을 열어 주지 않았다. 술에 취한 어느 날
밤에 병사들은 그의 침실 문을 부쉈다. 엔트레스쿠 장군은 촛대와 양초로 둘러싸인
채 1인용 소파에 앉아 사진첩을 응시하고 있었다. 그때 바로 눈앞에 보이는 일이
일어났다. 처음에 엔트레스쿠는 말채찍을 휘두르면서 자신을 방어했다. 그러나
병사들은 배고픔과 두려움에 미쳐 있었기 때문에, 그를 죽인 후에 십자가에 못
박았다.

「이토록 커다란 십자가를 만들려면 아주 힘들었겠소.」 라이터가 말했다.

「장군을 죽이기 전에 만들었소. 우리가 왜 그랬는지 모르겠소. 하지만 술에
취하기도 전에 우리는 십자가를 만들었소.」 어느 루마니아 병사가 대답했다.

그러고서 루마니아 병사들은 다시 자신들의 전리품을 실었고, 몇몇 독일
군인은 그들을 도와주었으며, 다른 사람들은 포도주 저장 창고에 술이 남았는가
하고 집 주변을 둘러보았다. 그래서 십자가에 못 박힌 사람은 다시 혼자가 되었다.
그곳을 떠나기 전에 라이터는, 항상 장군과 함께 다녔고 아마도 그의 부관으로
일했을 포페스쿠라는 사람을 아느냐고 물었다.

「아, 포페스쿠 대위 말이군요.」 어느 루마니아 병사가 고개를 끄덕이며 말했다.
그의 말투는 마치 〈오리너구리platypus 대위〉라고 말하는 듯했다. 「그 사람은
지금쯤 부쿠레슈티에 있을 것이오.」

그들은 흙길에 먼지구름을 일으키며 잡목이 우거진 땅 쪽을 향해서 멀어졌고,
그러는 동안 라이터는 검은 새들이 개활지 위로, 그러니까 엔트레스쿠 장군이
전쟁의 추이를 지켜보던 곳 위로 날아다니는 모습을 보았다고 생각했다. 기관총
옆에 앉아 가던 어느 독일 병사는 웃으면서, 러시아 군인들이 십자가에 못 박힌 그
사람을 보면 무슨 생각을 할 것 같냐고 말했다. 그 질문에 대답한 사람은 아무도
없었다.

패배에 패배를 거듭한 끝에 마침내 라이터는 독일로 돌아왔다. 1945년 5월, 그의 나이 스물다섯 살 때였다. 그 전에 그는 숲에 숨어 두 달을 보낸 후 미군 병사들에게 항복했고, 안스바흐 외곽에 위치한 포로수용소에 수감되었다. 그곳에서 정말 오랜만에 샤워를 했다. 그곳 음식은 양호했다.

전쟁 포로의 반은 흑인 미군 병사들이 지은 막사에서 잤다. 그리고 나머지 반은 커다란 야전 텐트에서 잤다. 이틀마다 포로수용소로 손님들이 찾아왔다. 그들은 철저하게 알파벳 순서대로 포로들의 서류를 점검했다. 맨 처음 그들은 야외에 테이블을 설치했고, 포로들은 한 사람씩 그곳으로 불려가 그들의 질문에 대답했다. 그런 다음 흑인 병사들은 몇몇 독일 군인의 도움을 받아 침실 세 개가 구비된 특별 막사를 설치했다. 이제 포로들은 이 막사 앞에 줄을 섰다. 라이터는 그 수용소에 아는 사람이 한 명도 없었다. 79사단과 이후 303사단의 동료들은 죽었거나 러시아군의 포로가 되었고, 또는 라이터처럼 탈영했기 때문이다. 사단의 남은 병력이 보호령에 있는 플젠으로 향하는 바로 그때, 혼란스러운 틈을 타서 라이터는 무리에서 떨어져 나와 혼자 걸어갔다. 안스바흐의 포로수용소에서 그는 누구와도 어울리지 않으려고 노력했다. 몇몇 포로는 오후만 되면 노래를 불렀다. 감시 초소에서 흑인들은 그들을 쳐다보면서 웃었다. 하지만 누구도 노래 가사를 알아듣지 못하는 게 너무나 분명했기 때문에, 소등할 때까지 노래를 부르도록 놔두었다. 다른 사람들은 팔짱을 낀 채 수용소 한쪽 끝에서 반대쪽 끝으로 거닐면서, 아주 진기하고 특별한 주제에 관해 토론했다. 이내 소련군과 연합국 사이에 적대 관계가 형성될 것이라는 말이 떠돌았다. 그리고 히틀러가 죽은 상황에 대한 추측도 난무했다. 또한 그들은 배고픔에 관해 이야기했고, 감자 수확이 어떻게 다시 독일을 재앙에서 구할 것인지에 관한 이야기도 나누었다.

라이터의 야전 침대 옆에서는 쉰 살쯤 되는 남자가 잠을 잤다. 국민 돌격대[62]로 활동한 용사였다. 그 사람은 수염을 자라게 놔두었고, 그의 독일어는 마치 주변에서 일어나는 어떤 일도 그에게 영향을 끼치지 못하는 듯 부드럽고 온화했다. 낮에는 과거 국민 돌격대에서 활동한 또 다른 옛 전사 둘과 종종 대화를 나누었다. 그들은 그와 함께 산책하고 식사했다. 그러나 라이터는 가끔씩 그가 혼자 있는 것을 보았다. 그는 자기 주머니에서 아무 종이나 꺼내 연필로 무언가를 끄적이고는 아주 조심스럽게 그 종이를 보관했다. 언젠가 한번 라이터는 잠자리에 들기 전에 무엇을 쓰느냐고 물었고, 그는 자기 생각을 글로 남기려 한다고 대답했다. 그런데 그게 전혀 쉬운 일이 아니라고 그는 덧붙였다. 라이터는 더는 아무것도 묻지 않았지만, 그때부터 국민 돌격대의 옛 용사는 항상 밤에, 그리고 항상 잠들기 전에 아무 핑계나 대서 라이터와 몇 마디를 주고받았다. 그가 말한 바에 따르면, 그의 아내는 퀴스트린 출신의 러시아 군인들이 퀴스트린을 점령했을 때 세상을 떠났다. 그러나 그는 누구에게도 적개심을 품지 않았다. 전쟁은 전쟁이야, 전쟁이 끝나면

---

62 히틀러의 명령으로 제2차 세계 대전 중인 1944년 10월에 독일에서 조직된 민병대로, 국민 척탄병이라고도 불린다.

서로 용서하고 다시 시작하는 게 가장 좋아 하고 말하곤 했다.

　　　어떻게 시작하죠? 라이터는 물었다. 영에서 다시 시작하는 거야. 즐겁고 기쁘게, 상상력을 갖고 시작해야 해. 그는 차분한 독일어로 속삭였다. 그 사람 이름은 첼러였는데, 몸은 야위고 성격은 소심했다. 국민 돌격대 출신 옛 용사 둘과 함께 수용소를 거니는 그의 모습은 대단한 기품을 발산했다. 아마도 그의 동반자들과 대조를 이루었기 때문인 것 같았다. 어느 날 밤 라이터는 그에게 가족이 있느냐고 물었다.

　　　「아내가 있어.」 첼러가 대답했다.

　　　「하지만 당신 아내는 죽었잖아요?」 라이터가 말했다.

　　　「아들과 딸이 하나씩 있었어. 하지만 그 애들도 죽었어. 아들은 쿠르스크 동부 전투에서, 그리고 딸은 함부르크가 폭격당하는 동안 죽었어.」 그가 속삭였다.

　　　「다른 친척은 없어요?」 라이터가 물었다.

　　　「손자 하나와 손녀 하나가 있어. 쌍둥이야. 하지만 그 아이들 역시 내 딸이 죽은 바로 그 폭격 때 세상을 떠났어.」

　　　「맙소사!」

　　　「사위도 죽었지. 하지만 폭격을 받았을 때가 아니라, 며칠 후에 죽었어. 자기 아이들과 아내가 죽자 슬픔을 견디지 못한 거야.」

　　　「정말 유감이네요.」 라이터가 말했다.

　　　「쥐약을 먹고 자살했어. 죽기 전 사흘 동안 가장 끔찍한 고통을 겪으며 신음했어.」 첼러가 어둠 속에서 속삭였다.

　　　라이터는 이제 뭐라고 말해야 할지 몰랐다. 그건 잠이 쏟아졌기 때문이기도 했다. 그가 마지막으로 들은 것은 전쟁은 전쟁이야, 모든 걸 잊는 게 차라리 나아, 모두, 모든 걸, 하고 말하는 첼러의 목소리였다. 사실 첼러는 부러울 정도로 침착한 사람이었다. 하지만 이런 차분함도 깨질 때가 있었는데, 새로 죄수들이 나타나거나 혹은 막사 안에서 포로를 한 명씩 차례로 신문하는 방문객들이 돌아올 때면 그랬다. 석 달 후 성(姓)이 Q와 R과 S로 시작하는 사람들의 순서가 되었고, 라이터는 군인들과 사복을 입은 몇몇 사람과 이야기할 수 있었다. 그들은 라이터에게 정면과 측면을 향해 서라고 점잖게 요구한 다음, 아마도 사진으로 가득했을 파일 두 개를 뒤적거렸다. 그러더니 사복을 입은 방문객이 전쟁 동안에 무엇을 했느냐고 물었고, 라이터는 자기가 79사단과 함께 루마니아에 주둔했고, 그 이후 러시아에 주둔하면서 그곳에서 여러 번 부상을 당했다는 이야기를 해야만 했다.

　　　군 조사관들과 민간 조사관들이 그의 상처를 보고자 해서, 그는 옷을 벗어 상처를 보여 주어야 했다. 베를린 억양의 독일어로 말하던 어느 민간 조사관이 포로수용소의 음식은 괜찮으냐고 물었다. 라이터는 왕처럼 먹고 있다고 말했고, 그 질문을 던진 조사관이 나머지 사람들에게 통역을 해주자, 모두가 웃음을 터뜨렸다.

　　　「미국 음식이 마음에 드나요?」 어느 군 조사관이 물었다.

민간 조사관이 질문을 통역해 주었고, 라이터는 말했다.

「미국 고기는 세상에서 가장 훌륭합니다.」

모두가 다시 웃었다.

「당신 말이 맞소. 하지만 당신이 먹는 고기는 미국 고기가 아니라 개들이 먹는 음식이지요.」군 조사관이 말했다.

민간 통역관(이번에는 그 말을 통역해 주지 않았다)과 몇몇 군인은 바닥에서 떼굴떼굴 구를 정도로 웃음을 터뜨렸다. 그때 흑인 병사가 걱정스러운 표정을 지으며 문 앞에 모습을 드러냈고, 포로와 문제가 생겼느냐고 물었다. 그러자 그들은 흑인 병사에게 문을 닫고 가라고 명령하면서, 아무 문제도 없으며, 자기들은 농담을 하고 있었다고 말했다. 그리고 나서 한 조사관이 담뱃갑을 꺼내 라이터에게 담배 한 개비를 주었다. 나중에 피우겠어요. 라이터는 말하고서 귀 뒤에 담배를 찔러 놓았다. 그러자 군인들은 갑자기 심각한 표정을 짓더니, 라이터가 그들에게 제공하는 자료를 받아 적기 시작했다. 그가 태어난 장소와 연도, 부모의 이름, 부모의 주소, 그리고 최소한 두 명의 가족이나 친구 주소 등등을 적었다.

그날 밤 첼러는 조사를 받는 동안 무슨 질문을 하더냐고 물었고, 라이터는 모든 걸 말해 주었다. 네가 언제 군에 입대했는지 물었어? 예. 네 징집 사무소가 어디에 있었는지 물었어? 예. 몇 사단에서 복무했는지 물어봐? 예. 사진이 있었어? 예. 그 사진을 봤어? 아뇨. 사적인 질문이 끝나자 첼러는 담요로 얼굴을 덮었고, 자는 듯했다. 그러나 잠시 후 라이터는 어둠 속에서 투덜대는 소리를 들었다.

일주일 후 다시 조사관들이 찾아왔다. 이번에는 포로수용소로 조사관 두 명만 왔고, 포로들을 줄 세우지 않았으며 신문하지도 않았다. 그들은 죄수들에게 정렬하도록 지시했고, 흑인 병사들이 포로 대열 사이를 지나가면서 거기서 약 열 명에게 대열에서 나오라고 명령하고는 트럭 두 대가 있는 데로 데려갔다. 그리고는 그들에게 수갑을 채운 후 트럭에 태웠다. 수용소장은 그 죄수들은 전범 혐의가 있다고 말하고는, 해산하여 각자의 일상 행동으로 돌아가라고 명령했다. 일주일이 지난 뒤 방문객들이 다시 돌아와 T와 U와 V 자로 성이 시작하는 사람들 조사에 전념하자, 첼러는 정말로 초조해했다. 그의 달콤한 억양은 변함이 없었지만, 말과 말투는 바뀌었다. 입술에서 말이 앞다투어 나왔고, 밤에도 끊임없이 중얼거렸다. 그는 마치 통제할 수 없는 이유, 즉 자신이 거의 이해할 수 없는 이유에 내몰린 것처럼 빠르게 말했다. 그는 라이터를 향해 고개를 쭉 뺐으며, 한쪽 팔꿈치를 괴고서 속삭이고 슬퍼하며 화려한 장면들을 상상하기 시작했다. 그 장면들은 어두운 정육면체들이 서로 합쳐지고 포개진 것처럼 혼란스러운 그림을 이루었다.

그러나 낮이 되면 달라졌다. 첼러는 다시 기품을 찾았고 예의 바르게 행동했다. 비록 국민 돌격대의 옛 동료들을 제외한 누구와도 어울리지 않았지만, 거의 모든 사람이 그를 존경했고, 그를 점잖은 사람이라고 여겼다. 그러나 야밤에 그의 자세한 설명을 참고 들어야만 하는 라이터가 보기에 첼러의 얼굴은 점점

망가져 가고 있었다. 마치 내면에서 완전히 상반된 힘들이 무자비한 전투를
전개하는 것 같았다. 그런데 무슨 힘이었을까? 라이터는 알지 못했지만, 두 힘은
광기라는 단 하나의 근원에서 유래한다는 것을 직관했다. 어느 날 밤 첼러는 자기
이름이 첼러Zeller가 아니라 자머Sammer라고 말했으며, 그래서 다음번 방문 때
알파벳 순서대로 호출하는 조사관들에게 출두할 필요가 없고, 그게 사리에
맞는다고 지적했다.

그날 밤 라이터는 잠을 자지 않았다. 보름달은 양말로 만든 여과지를 통과하는
뜨거운 커피처럼 야전 텐트의 천을 관통했다.

「내 이름은 레오 자머야. 내가 너에게 들려준 몇 가지 중에서 어떤 것은
사실이고, 또 어떤 건 그렇지 않아.」 가짜 첼러는 마치 온몸이 가려운 듯이 야전
침대에서 몸을 들썩였다. 「내 이름 들어 본 적 있어?」

「아니요.」 라이터가 대답했다.

「하기야 자네가 들어 봤을 이유가 없지. 난 지금도 그렇지만 과거에도 유명한
사람은 아니었으니까. 하지만 자네가 집에서 멀리 떨어져 있는 동안, 내 이름은
마치 악성 종양처럼 커졌고, 이제는 전혀 생각지도 못한 서류에까지 등장하고
있어.」 자머는 달콤한 독일어로 갈수록 빠르게 말했다. 「물론 나는 국민 돌격대에서
활동한 적이 없어. 하지만 싸우기는 했어. 내가 싸우지 않았다고는 믿지 않았으면
좋겠어. 태생이 훌륭한 모든 독일인처럼 싸웠어. 그러나 다른 전투 현장에서
복무했어. 그러니까 군인들이 싸우는 전쟁터가 아니라, 정치적, 경제적 싸움터에
있었어. 다행히도 내 아내는 죽지 않았어.」 그는 한참 침묵을 지킨 후 덧붙였다. 그
시간에 라이터와 그는 새의 날개나 발톱처럼 야전 텐트를 휘감는 달빛을
지켜보았다. 「내 아들은 죽었어. 그건 사실이야. 불쌍한 아들놈. 운동과 독서를
좋아하던 똑똑한 청년이었어. 더 바랄 게 없는 아들이었지. 진지했고 운동도
잘했고 책을 좋아했어. 쿠르스크에서 죽었어. 당시 나는 독일 제국에 노동자를
제공하는 임무를 띤 기관의 부소장이었어. 그 기관의 주요 사무실들은 폴란드
총독부에서 불과 몇 킬로미터밖에 떨어지지 않은 마을에 있었지.

내 아들이 죽었다는 소식을 듣자, 나는 전쟁을 더는 믿지 않았어. 설상가상 내
아내는 정신적으로 온전하지 않다는 신호를 보이기 시작했어. 나는 누구도 나 같은
상황에 처하길 바라지 않아. 내가 가장 증오하는 적이라 하더라도! 아들은
한창나이에 죽었고, 아내는 계속 편두통을 앓았고, 내가 하는 일은 최대의 노력과
집중력을 요구했어. 그러나 나의 조직적인 성격과 집요함 덕분에 훌륭하게 일을
처리할 수 있었어. 그 결과 나는 내가 근무하던 국가 기관의 소장으로 임명되었지.
하룻밤 사이에 일이 세 배나 불어났어. 이제는 노동력을 독일 공장에 보내는
것뿐만 아니라, 그 폴란드 지역의 관료 체제가 제 기능을 다하도록 책임져야만
했거든. 항상 비가 내리는 지역이었어. 그 슬픈 벽지의 땅을 우리는 독일처럼
만들려고 애썼어. 그곳에서는 하루하루가 회색이었고, 땅은 엄청나게 큰 검댕

얼룩으로 뒤덮인 것 같았으며, 아무도 문명인답게 즐기지 못했어. 그 결과 열 살밖에 되지 않은 아이들조차 알코올 중독에 빠졌어. 상상이 돼? 불쌍한 아이들. 하지만 그 아이들은 거칠었어. 내가 이미 말한 것처럼 아이들이 좋아하는 것은 그저 술뿐이었어. 그리고 축구도 좋아했어.

가끔씩 나는 내 사무실 창문에서 아이들을 쳐다보았지. 아이들은 거리에서 누더기로 만든 공을 찼어. 아이들이 달리고 껑충껑충 뛰는 모습은 정말로 애처로웠어. 술 때문에 계속 넘어지거나 너무나 쉬운 골도 실수하기 일쑤였지. 어쨌건 더는 이런 이야기로 지겹게 만들고 싶진 않아. 이런 축구 경기들은 항상 주먹질로 끝나곤 했거든. 아니면 발길질로 끝나기도 했어. 또는 상대방 선수들의 머리에 빈 맥주병을 깨뜨리곤 했어. 나는 창문에서 모든 걸 바라보았지만, 어떻게 해야 할지 몰랐어. 오 하느님, 저런 재앙을 어떻게 종식시켜야 할까요? 저 죄 없는 아이들의 상황이 어떻게 해야 나아질까요? 나는 생각했어.

솔직하게 말하겠어. 나는 고독했어. 아주 고독했어. 말할 수 없이 고독했어. 아내는 도움이 되지 못했어. 그 불쌍한 여자가 어둠에 잠긴 방에서 나오는 건 오로지 내게 무릎을 꿇고서 자기를 독일로, 바이에른으로 돌아가 자기 여동생과 함께 있게 해달라고 애원할 때뿐이었어. 내 아들은 죽었어. 딸은 결혼해서 행복하게, 내 문제에는 아무런 관심도 보이지 않고서 뮌헨에 살았어. 업무는 갈수록 쌓였고, 동료들은 갈수록 짜증을 냈어. 독일의 뜻대로 전쟁이 진행되지 않았지만, 난 이미 그런 것에 관심이 없었어. 아들을 잃어버린 사람이 어떻게 전쟁에 관심을 보일 수 있겠어? 한마디로 말하자면, 내 삶은 계속된 검은 구름 아래로 펼쳐졌어.

그때 새로운 지시를 받았어. 그리스에서 오는 유대인 무리를 나더러 책임지라는 것이었지. 그래, 난 그들이 그리스에서 왔다고 생각해. 헝가리 출신 유대인이거나 크로아티아 출신 유대인일 수도 있어. 하지만 난 그렇다고 생각하지 않아. 크로아티아 사람들은 자기 나라의 유대인들을 죽였거든. 세르비아 출신 유대인이었을지도 몰라. 하지만 그들이 그리스 출신 유대인이라고 생각하도록 해. 그들을 내게 보낸 거야! 나는 그들을 맞이할 준비가 전혀 되어 있지 않았어. 아무런 예고도 없이 너무 갑작스럽게 지시가 내려왔기 때문이야. 내가 일하던 곳은 민간 기관이었어. 군사 기관이나 친위대에 속한 기관이 아니었어. 그래서 그 문제에 관한 전문가가 없었어. 나는 그저 외국 노동자들을 독일 제국의 공장으로 보내는 일만 했어. 그런 내가 그 유대인들을 어떻게 해야 하지? 어쨌거나 명령을 이행해야 한다고 생각했고, 어느 날 아침 기차역으로 가서 그들을 기다렸어. 그 마을 경찰 책임자와 그때 당장 소집할 수 있었던 모든 경찰관과 함께 그곳으로 갔지. 그리스에서 오던 기차는 대피 철로에 멈추었어. 어느 장교가 유대인 5백 명을 데려왔다고 확인해 주면서 몇몇 서류에 서명을 하라고 했어. 남자들과 여자들, 그리고 어린아이들이었지. 나는 서명했어. 그리고 열차에 다가갔어. 도저히 참을 수 없는 냄새가 풍겼어. 나는 어떤 열차 칸도 열지 말라고 지시했어. 이건 전염병으로 확산될 수도 있어 하고 생각했어. 그러고서 내 친구에게 전화를 걸었고, 그는 헤움노 근처의 유대인 수용소를 이끌던 사람과 연결시켜 주었어. 나는 문제를 설명하고서, 유대인들을 어떻게 해야 하느냐고 물었어. 내가 일하던 그 폴란드 마을에는 유대인이 없으며, 오로지 희미한 햇빛을 받으며 하루 종일을 보내는, 술에 취한 아이들과 여자들과 노인네들뿐이라고 말해야 했어. 헤움노 수용소 책임자는 자기도 매일 해결해야 할 문제가 산적해 있다면서, 이틀 후에 다시 전화를 걸라고 말했어. 물론 나는 그의 말을 믿지 않았지.

나는 그에게 고맙다고 말하고서 전화를 끊었어. 다시 대피 철로로 갔어. 장교와 열차 기관사가 날 기다렸어. 난 그들에게 아침을 사주었어. 커피와 소시지, 그리고 달걀부침과 따뜻한 빵이었지. 그들은 돼지처럼 게걸스럽게 먹어 치웠어. 하지만 난 아니었어. 다른 걸 생각하느라 여념이 없었거든. 그들은 기차에서 유대인들을 내리게 해야 하며, 자기들은 바로 그날 밤 유럽 남부로 돌아오라는 지시를 받았다고 말했어. 장교는 호송병들과 함께 그들이 내리도록 도와줄 테니, 대신 기차역 직원들을 시켜 열차를 청소해 달라고 말했지.

우리는 작업을 시작했어. 열차 덮개가 열리자 악취가 풍겨 나왔어. 심지어 역 화장실을 청소하던 여자조차도 이맛살을 찌푸렸어. 여행 중에 유대인 여덟 명이 죽었어. 장교는 생존자들에게 줄을 서라고 지시했어. 그들은 얼굴색이 영 좋지 않았어. 나는 그들을 버려진 무두질 공장으로 데려가라고 명령했어. 그러고는 내 직원에게 빵집으로 가서 그곳에 있는 빵을 모두 구입해 유대인들에게 나눠 주라고 말했어. 빵값은 내 이름으로 달아 놓도록 해, 하지만 어서 서둘러 하고 말했어. 그러고 나서는 다른 급한 문제를 처리하려고 사무실로 돌아갔어. 정오쯤에 그리스에서 온 기차가 마을을 떠난다는 연락을 받았어. 내 사무실 창문에서 술에 취한 아이들의 축구 경기를 내다보았어. 그런데 순간적으로 나 역시 과도하게 취해 있다는 생각이 머리를 스쳤어.

나는 좀 더 지속적으로 유대인을 배치할 방법을 고민하면서 나머지 아침 시간을 보냈어. 그때 내 비서 하나가 그들에게 일을 시키라고 제안했어. 독일에서 말이야? 난 물었어. 아니요, 여기에서 말입니다. 그가 대답했어. 그리 나쁜 생각은 아니었어. 나는 유대인 약 쉰 명에게 빗자루를 주고, 열 명씩 다섯 그룹을 만들어 이 유령 마을을 청소하라고 지시했어. 그러고서 난 그날의 주요 업무로 돌아갔어. 독일 제국의 몇몇 공장에서는 인부가 최소한 2천 명은 필요했고, 폴란드 총독부에서도 마찬가지로 가용 인력을 보내 달라는 서한을 보내왔거든. 나는 전화를 여러 통 했어. 그리고 유대인 인력 5백 명이 있다고 말했지만, 그들은 폴란드 사람이나 이탈리아 전쟁 포로를 원했어.

이탈리아 전쟁 포로라고? 나는 그때까지 이탈리아 전쟁 포로는 단 한 명도 본 적이 없었어. 내 손에 있던 폴란드 사람들은 이미 모두 보낸 상태였어. 반드시 필요한 인력만 남았지. 그래서 다시 헤움노 수용소로 전화를 걸었고, 내가 데리고 있는 그리스 유대인들에게 관심이 없느냐고 다시 물었어.

〈당신에게 그들을 보냈다면, 이유가 있을 겁니다. 당신이 그들을 책임져야 합니다.〉 금속성의 카랑카랑한 목소리가 대답했어.

〈하지만 난 유대인 수용소를 운영하는 사람이 아닙니다. 그리고 그런 일을 하는 데 필요한 경험도 없습니다.〉내가 말했어.

〈당신이 그들의 책임자입니다. 혹시 의문 사항이 있으면, 그들을 당신에게 보낸 사람에게 물어보십시오.〉그 목소리가 대답했어.

〈알겠습니다. 그런데 그들을 내게 보낸 사람은 아마도 그리스에 있을 겁니다.〉 나는 대답했어.

〈그렇다면 베를린에 있는 그리스 담당 부서에 물어보십시오.〉

현명한 대답이었어. 나는 고맙다고 하고서 전화를 끊었어. 나는 잠시 생각에 잠겨 베를린에 전화하는 게 좋을지 헤아려 보았어. 이내 거리에 유대인 청소 부대가 모습을 드러냈어. 술 취한 아이들은 축구 경기를 멈추고 보도로 올라갔고, 거기서 마치 신기한 동물이나 되는 듯이 그들을 쳐다보았어. 처음에 유대인들은 고개를 숙이고 바닥을 내려다보면서 성실하게 거리를 쓸었어. 마을 경찰이 그들을 감시했어. 그런데 잠시 후 어느 유대인이 고개를 들었어. 10대 청소년에 불과했어. 그는 아이들과 어느 깡패 아이의 장화 아래에 가만히 멈추어 있는 축구공을 보았어. 잠시 나는 그들이 축구를 시작할 것이라고, 유대인 청소부들과 아이 술꾼들이 경기를 시작할 것이라고 생각했어. 하지만 경찰은 본연의 임무가 무엇인지 잘 알았고, 잠시 후 유대인 청소 부대는 거리에서 모습을 감추었어. 그리고 아이들은 축구를 핑계로 또 거리를 차지했어.

나는 다시 내 업무에 파묻혔어. 내가 감독하던 지역과 최종 목적지인 라이프치히 사이의 어느 지점에서 사라져 버린 감자 선적 문제였어. 나는 그 문제를 조사하라고 지시했어. 절대 트럭 운전사들을 믿지 않았거든. 그리고 또한 적색 근대와 관련된 일도 해야만 했어. 그리고 당근과 관련된 일과 대용 커피의 문제와 관련된 일도 했어. 나는 읍장을 불러오라고 명령했어. 그때 비서 하나가 종이를 가져왔어. 거기에는 감자가 트럭이 아니라 철도를 통해 내가 관리하는 지역을 떠났다고 적혀 있었어. 감자는 말이나 소 혹은 노새가 끄는 마차, 아니면 그 지역 농부들의 운송 수단을 통해 기차역에 도착했어. 하지만 트럭에 실려 오지는 않았어. 화물 선적 영수증 사본이 있었지만, 그건 이미 분실된 상태였어. 사본을 찾아내. 나는 지시했어. 다른 비서가 읍장이 아파서 자리에 누워 있다는 소식을 갖고 도착했어.

〈많이 아픈 건가?〉내가 물었어.

〈감기입니다.〉비서가 대답했어.

〈그럼 일어나서 당장 이리로 오라고 해.〉내가 말했어.

혼자 남자, 나는 커튼을 내리고서 자리에 누운 불쌍한 내 아내를 생각했어. 그 생각을 하자 갑자기 불안해져서 사무실 한쪽에서 다른 쪽으로 오가기 시작했어. 가만히 있으면, 뇌졸중이 일어날 위험이 있었거든. 그때 유대인 청소 부대가 상당히 깨끗해진 거리로 다시 모습을 드러내는 것을 보았어. 갑자기 시간이 반복된다는 느낌에 옴짝달싹할 수 없었지.

하지만 다행히도 그들은 거리를 청소하던 바로 그 유대인들이 아니라 다른 사람들이었어. 문제는 그들이 너무나 흡사하게 보였다는 거였지. 그러나 그들을 감시하던 경찰은 달랐어. 첫 번째 경찰은 마르고 키가 컸으며, 아주 꼿꼿한 자세로 걸었어. 두 번째 경찰은 뚱뚱하고 키가 작았으며, 게다가 예순 살 정도 되었는데, 10년은 더 나이 들어 보였어. 의심의 여지 없이 축구 경기를 하던 폴란드 아이들은 나와 똑같이 느꼈고, 그래서 다시 보도로 올라가 유대인들이 지나가게 해주었어. 한 아이가 그들에게 뭐라고 말했어. 창문에 바짝 붙어 있던 나는 아이가 유대인들에게 욕을 한다고 추측했어. 그래서 창문을 열어 경찰을 불렀어.

〈메네르트 씨.〉 나는 위에서 그를 불렀어. 〈메네르트 씨.〉

처음에 경찰은 누가 어디서 자기를 부르는지 몰랐어. 당황스러워하면서 고개를 이리저리 돌렸지. 그러자 술 취한 아이들이 깔깔대며 웃었어.

〈여기 위요, 메네르트 씨. 여기 위요.〉

마침내 그는 나를 보았고, 차려 자세로 섰어. 유대인들은 작업을 멈추고 기다렸어. 술 취한 아이들 모두가 창문을 바라보았어.

〈저 빌어먹을 어린것들이 내 일꾼들에게 욕을 하면, 총으로 쏴버려요, 메네르트 씨.〉 나는 모두가 들을 수 있도록 큰 소리로 말했어.

〈잘 알겠습니다, 소장님.〉 메네르트 씨가 말했어.

〈내 말 똑똑히 들었나요?〉 나는 소리쳤어.

〈예, 완벽하게 들었습니다.〉

〈마음대로 쏴도 좋습니다. 마음대로 쏘세요. 잘 알았나요, 메네르트 씨?〉

〈예, 분명하게 명심하겠습니다, 소장님.〉

그러고는 창문을 닫고 다시 내가 하던 일로 돌아왔어. 5분도 채 지나지 않았을 때였어. 선전부의 회람을 꼼꼼하게 살펴보는데 비서 하나가 사무실로 들어오더니, 유대인들에게 빵을 나눠 주었지만, 모두에게 돌아가지는 않았다고 전했어. 그리고 배급을 지켜보면서 두 사람이 죽었다는 것을 알았다고 했어. 유대인 두 명이 죽었다고? 얼떨떨한 표정으로 나는 말했어. 하지만 열차에서 내린 사람들은 모두 자기 발로 걸어서 내렸잖아! 비서는 어깨를 으쓱했어. 그러더니 죽었습니다 하고 재차 말했어.

〈좋아, 좋아, 지금 우리는 참으로 이상한 시절을 살고 있으니까. 그렇다고 생각하지 않나?〉 내가 물었어.

〈두 늙은이입니다. 더 정확하게 말하자면, 남자 노인 한 명과 여자 노인 한 명입니다.〉 내 비서가 말했어.

〈그럼 빵은?〉 내가 다시 물었어.

〈모두에게 돌아갈 분량이 아니었습니다.〉 비서가 말했어.

〈그렇게 되도록 해야만 해.〉 내가 말했어.

〈노력해 보겠습니다. 하지만 오늘은 불가능합니다. 내일이나 되어야 합니다.〉
비서가 말했어.

그의 말투를 듣자, 몹시 못마땅했어. 나는 그에게 손을 흔들면서 나가라고
지시했어. 내 업무에 다시 정신을 집중하려고 했지만, 그럴 수가 없었어. 그래서
창문으로 다가갔지. 술 취한 아이들은 이미 그곳에 없었어. 나는 나가서 산책을
하기로 마음먹었어. 시원한 공기를 마시면 마음이 차분해지고 몸도 좋아지니까.
물론 불 켜진 벽난로와 여러 시간을 보낼 수 있는 훌륭한 책이 기다리는 우리
집으로 가고 싶은 마음이 간절했지. 사무실에서 나가기 전에 비서에게 급한 일이
있으면, 기차역의 바로 찾아오라고 말했어. 거리로 나가 모퉁이를 돌자마자 읍장과
마주쳤어. 나를 만나러 찾아오던 티펠키르시 읍장이었지. 그는 외투를 입고 있었어.
목도리를 거의 코까지 감쌌고, 스웨터를 여러 장 껴입어 턱없이 불룩해 보였어.
그는 열이 40도나 올라가는 바람에 일찍 올 수 없었다고 설명했어.

엄살 부리지 마요. 나는 걸음을 멈추지 않고 그에게 말했어. 의사에게
물어보십시오. 그가 내 뒤에서 대답했어. 기차역에 도착해서 여러 농민을 만났어.
그들은 동쪽에서 오는, 그러니까 총독부 관할 지역에서 오는 지방 열차가
도착하기를 기다리고 있었지. 기차가 한 시간 연착입니다. 그들이 알려 주었어.
모두가 좋지 않은 소식이었어. 티펠키르시 읍장과 나는 커피를 마시면서
유대인들에 관해 대화했어. 나도 이미 들어서 알고 있습니다. 티펠키르시 읍장은
말하면서, 양손으로 커피 잔을 잡았어. 그의 손은 핏줄이 가로지르는 게 보일
정도로 아주 희고 보드라웠어.

잠시 나는 그리스도의 손을 생각했어. 그림으로 그릴 만한 손이었어. 그런
다음 우리가 어떻게 해야 하느냐고 물었어. 되돌려 보내야 합니다. 티펠키르시
읍장은 대답했지. 코에서는 콧물이 떨어졌어. 나는 손가락으로 그걸 가리켰어.
코를 푸십시오. 내가 말했어. 그는 아, 미안합니다 하더니, 외투 주머니를 뒤적거려
하얀 손수건을 꺼냈어. 아주 컸지만 그리 깨끗하지는 않았어.

〈어떻게 되돌려 보내지요? 이용할 수 있는 기차가 있나요? 그리고 설사 그런
기차가 있다고 하더라도, 좀 더 생산적인 일에 사용하는 게 좋지 않을까요?〉 나는
물었어.

읍장은 일련의 기침을 하더니 어깨를 으쓱했어.

〈그럼 그들을 노동에 투입하십시오.〉 그가 말했어.

〈누가 그들에게 먹을 것을 주지요? 읍사무소에서 줄 건가요? 아닙니다,
티펠키르시 읍장님. 모든 가능성을 검토했는데, 해답은 단지 하나입니다. 그들을
다른 기관으로 이송하는 겁니다.〉

〈임시 조치로 우리 지역에 사는 농민에게 각각 유대인 두 명씩을 할당한다면,
좋은 생각이 아닐까요? 적어도 우리가 그들을 어떻게 해야 할지 결정할 때까지
말입니다.〉 티펠키르시 읍장이 말했어.

나는 그의 눈을 쳐다보면서 목소리를 낮추었어.

〈그건 법에 위배된다는 사실을 당신도 잘 알 겁니다.〉

〈그래요.〉 그가 다시 말했어. 〈나도 알아요. 그리고 소장님도 그걸 압니다. 그러나 우리 상황은 그다지 좋지 않기 때문에 그들의 도움이 우리에게 해가 되지는 않을 겁니다. 그리고 농부들이 불평하리라고도 생각하지 않습니다〉

〈안 됩니다. 그런 건 생각하지도 마십시오.〉 내가 말했어.

그러나 난 그걸 생각했고, 그러자 깊고 어두운 수렁에 빠지게 되었어. 어디서 오는 빛이었는지는 모르겠지만, 거기서는 빛에 비친 내 아들의 얼굴, 죽음과 삶 사이를 오가면서 깜빡거리는 얼굴만 보였어.

나는 티펠키르시 씨가 이를 딱딱 부딪치는 소리에 깨어났어. 몸이 좋지 않나요? 그에게 물었어. 그는 대답하려는 몸짓을 했지만 그럴 수가 없었어. 잠시 후 그는 정신을 잃고 말았어. 바에서 나는 사무실에 전화를 걸어 자동차를 보내라고 지시했지. 내 비서 하나가 베를린에 있는 그리스 담당 부서와 통화했는데, 이 문제에 관해 그들은 하등의 책임도 지지 않으려 했다고 말해 주었어. 자동차가 도착하자 나는 바의 주인과 어느 농부와 함께 티펠키르시 씨를 자동차에 태웠어. 그리고 운전사에게 그를 집에 내려 주고 다시 역으로 돌아오라고 지시했어. 그러는 동안 나는 벽난로 옆에서 주사위 게임을 했지. 에스토니아에서 이주한 어느 농민이 모든 판을 이겼어. 그의 세 아들이 앞에 있었는데, 그는 이길 때마다 뭐라고 말했어. 내가 듣기에 그 말은 아주 이상했고, 심지어 불가사의하기까지 했어. 행운과 죽음은 함께 간다는 말이었어. 그는 슬프고 처량한 표정을 지었어. 마치 나머지 사람들이 그를 불쌍히 여겨야 한다는 것 같았지.

내가 보기에 그는 마을에서 아주 인기가 좋은 사람 같았어. 특히 폴란드 여자들 가운데서 그런 것 같았지. 그 여자들은 이미 다 자라서 멀리서 사는 세 아들을 둔 홀아비를 두려워할 이유가 없었거든. 내가 아는 한에는 그냥 평범한 노인네였어. 하지만 일반적인 농부들과 달리 구두쇠는 아니었어. 가끔 그는 폴란드 여자들이 자기 농장에서 하룻밤을 지내는 대가로 먹을 것이나 입을 것을 조금씩 선사하곤 했어. 전형적인 돈 후안, 그러니까 난봉꾼이었어. 잠시 후 주사위 게임이 모두 끝나자, 나는 그곳에 있던 사람들과 작별하고서 내 사무실로 돌아왔어.

다시 헤움노로 전화를 걸었지만, 이번에는 통화를 할 수 없었어. 한 비서가 베를린의 그리스 담당 관리가 총독부의 나치 친위대 사령부에 전화를 걸어 보라고 제안했다고 말해 주었어. 하지만 그건 어리석기 짝이 없는 조언이었어. 농장과 촌락을 포함한 우리 마을과 그 근교 지역은 총독부에서 불과 몇 킬로미터밖에 떨어져 있지 않았지만, 실제 행정적으로는 독일 관구에 속했기 때문이야. 그렇다면 어떻게 해야지? 나는 그날 이미 충분히 유대인과 관련된 일을 했다고 결론을 내렸고, 다른 일에 관심을 기울였어.

집으로 가기 전에 역에서 전화가 걸려왔어. 아직도 기차가 도착하지 않았던 거야. 차분히 기다리시오. 난 지시했어. 그러나 내심 기차가 결코 오지 않을 것임을 알았어. 집으로 가는 도중에 눈이 내리기 시작했어.

다음 날 일찍 일어나 아침 식사를 하러 마을 클럽에 갔어. 모든 테이블이 텅비어 있었어. 잠시 후 머리를 빗고 면도를 하고 단정하게 옷을 차려입은 비서 둘이 그곳에 도착했고, 전날 밤 유대인 두 명이 죽었다고 새로운 소식을 전해 주었어. 왜 죽은 거지? 난 물었어. 그들도 사인을 몰랐어. 단지 죽었다는 사실만 알았지. 이번에는 두 노인네가 아니라 젊은 여자와 여덟 살 정도 된 그녀의 아들이었어.

좌절한 나머지 난 고개를 숙이고서 어둡고 잔잔한 내 커피의 표면을 잠시 뚫어지게 바라보았어. 아마 추워서 죽었을 거야. 지난밤에 눈이 내렸잖아. 난 말했어. 그럴 수도 있습니다. 비서들은 대답했지. 난 모든 게 내 주변으로 핑핑 돌아가는 것 같은 느낌을 받았어.

〈가서 그 숙소를 살펴보세.〉나는 말했어.

〈무슨 숙소 말입니까?〉비서들은 화들짝 놀랐어.

〈유대인들 숙소 말이야.〉나는 이미 자리에서 일어나 출구 쪽으로 걸으면서 말했어.

내가 상상했듯이 낡은 무두질 공장은 최악의 상태였어. 심지어 그들을 감시하던 경찰들조차 투덜댔어. 한 비서가 경찰들은 밤에 추위를 견뎌야 했으며, 교대 시간도 엄격하게 지켜지지 않는다고 말했어. 나는 교대 문제를 경찰 지서장과 해결하고, 그들에게 담요를 갖다주라고 지시했어. 물론 유대인들에게도 담요를 갖다주라고 했지. 비서는 모든 유대인에게 돌아갈 담요를 구하기란 보통 어려운 일이 아니라고 대답했어. 나는 노력해 보라고, 적어도 유대인들의 반이라도 담요를 덮고 자는 모습을 보고 싶다고 말했어.

〈그럼 나머지 반은요?〉비서가 말했어.

〈유대인들에게 동료애가 있다면, 자기 담요를 다른 사람과 함께 덮겠지. 그렇지 않다면, 그건 우리가 신경 쓸 문제가 아니야. 난 더는 아무것도 해줄 수 없어.〉내가 말했어.

사무실로 돌아온 나는 마을의 거리가 어느 때보다도 깨끗하게 빛난다는 것을 알았어. 그날의 나머지 시간은 평상시처럼 흘러갔지. 그런데 밤에 바르샤바에서 걸려온 전화 한 통을 받았어. 유대인 담당 사무실에서 걸려온 전화였는데, 그때까지는 그런 조직이 존재하는지조차 몰랐어. 10대임이 분명한 어느 목소리가 정말로 내가 그리스 유대인 5백 명을 관리하느냐고 물었어. 나는 그렇다고 말하고서, 그들이 도착한다는 것을 아무도 미리 알려 주지 않아서 어떻게 해야 할지 모르겠다고 덧붙였지.

〈착오가 있었던 것 같습니다.〉그 목소리가 말했어.

〈그런 것 같군요.〉나는 말하고서 입을 다물었어.

침묵은 한참 동안 이어졌어.

〈그 기차는 아우슈비츠에 그들을 내려놔야 했습니다. 아니, 그럴 거라고 생각합니다. 하지만 나도 잘 모르겠습니다. 잠시만 기다리십시오.〉젊은이의 목소리가 말했어.

10분 동안 나는 전화기를 귀에 대고 서 있었어. 그렇게 기다리는데, 한 비서가 서류를 가지고 나타나서 서명을 해달라고 했어. 그리고 다른 비서가 우리 지역의 우유 생산이 형편없다는 메모를 가지고 왔고, 또 다른 비서가 뭐라고 말하려 했지만, 나는 조용히 하라고 지시했고, 그는 말해야 할 것을 종이에 썼어. 라이프치히에서 감자를 훔친 사람들은 바로 감자를 재배한 사람들이라는 말이었어. 그 감자는 막 그 지역에 정착해 모범적인 행동을 보이려고 애쓰던 사람들에 의해 독일 농장에서 재배된 것이었기에, 나는 무척 놀랄 수밖에 없었지.

어떤 방법으로? 나는 바로 그 종이에 썼어. 잘 모르겠습니다. 하지만 아마도 선적 서류를 위조한 것 같습니다. 비서는 내 질문 아래에 썼어.

그래, 처음은 아닐 거야. 하지만 내 농민들은 아닐 거야. 난 생각했어. 그런데 심지어 그들이 죄를 범했다면 어떻게 해야 하나? 모두 감옥에 처넣어야 하나? 그렇게 한다고 내가 얻을 수 있는 게 뭐지? 토지가 그냥 버려지도록 놔두어야 하나? 벌금을 내게 해서 지금보다 더 가난하게 만들어야 하나? 그렇게 할 수는 없다고 결심했어. 더 조사해 보게. 나는 그의 글 아래에 썼어. 그러고서 잘했네, 하고 적었지.

비서는 내게 미소 짓더니 한 손을 들었고, 마치 〈하일 히틀러〉라고 말하듯 입술을 움직였어. 그러고서 까치발로 사무실을 나갔지. 그때 10대 젊은이의 목소리가 물었어.

〈아직 안 끊었습니까?〉

〈그래요, 아직 전화기를 들고 있어요.〉

〈상황이 상황이니만큼, 우리는 유대인들을 데려오라고 보낼 수송 차량이 없습니다. 행정적으로 그들은 북부 슐레지엔에 속합니다. 나는 내 상관들과 이야기했고, 우리는 최선의 방법이자 가장 쉬운 방법은 당신이 그들 문제를 해결하고 처리하는 것이라는 데 의견의 일치를 보았습니다.〉

나는 대답하지 않았어.

〈내 말 알아들었습니까?〉 바르샤바에서 젊은이의 목소리가 말했어.

〈그래요, 알아들었어요.〉 나는 말했지.

〈그렇다면 해결된 것이지요, 그렇죠?〉

〈그래요.〉 나는 말했어. 〈하지만 서면으로 그 지시를 받았으면 좋겠군요.〉 나는 덧붙였어. 전화선 반대편에서 깔깔대며 웃는 소리를 들었어. 내 아들의 웃음소리일 수도 있어 하고 생각했지. 시골의 오후, 송어로 가득한 푸른 강, 손으로 꺾은 꽃과 풀 냄새를 떠올리게 하는 웃음소리였어.

〈고지식한 소리 좀 작작 하세요.〉 젊은이의 목소리가 전혀 거만 떨지 않으면서 말했어. 〈이런 지시는 절대 서면으로 내리지 않아요.〉

그날 밤 잠을 이룰 수 없었어. 나는 그들이 위험을 감수하면서 그리스 유대인들을 제거하라고 요구하는 것임을 알았지. 다음 날 아침 사무실에서 읍장과 소방대장, 그리고 경찰 지서장과 참전 용사 협회장에게 전화를 걸어 마을 클럽에서 만나자고 약속했어. 소방대장은 암말 한 마리가 새끼를 낳으려 하기 때문에 올 수 없다고 말했지만, 난 주사위 놀이를 하자는 게 아니라 훨씬 급한 일 때문이라고 말했어. 그는 무슨 문제인지 알고 싶어 했어. 만나면 알게 될 겁니다. 나는 말했지.

내가 클럽에 도착했을 때는 이미 모두가 그곳에 있었어. 어느 테이블에 모여서 나이 먹은 웨이터의 농담을 듣고 있었지. 테이블 위에는 오븐에서 갓 나온 따뜻한 빵과 버터, 그리고 잼이 놓여 있었어. 나를 보자 웨이터는 입을 다물었어. 그는 키가 작고 빼빼 마른 늙은 사람이었어. 나는 빈 의자에 앉아서 커피를 가져다 달라고 말했어. 그가 커피를 가져오자 가달라고 부탁했지. 그런 다음 나머지 사람들에게 우리가 어떤 상황에 처했는지 간단하게 설명했어.

소방대장은 즉시 유대인들을 수용할 수 있는 포로수용소 소장에게 전화를 걸어야만 한다고 했어. 나는 이미 헤움노 수용소 책임자와 통화했다고 말했지. 그러자 소방대장은 내 말을 가로막더니 북부 슐레지엔 수용소와 접촉해야만 한다고 말했어. 잠시 우리는 그 방향으로 논의했어. 모두 자기가 누구누구의 친구라면서 아는 사람들이 있었어. 나는 그들이 말하게 놔두고서 차분하게 내 커피를 마시고는, 빵을 반으로 잘라서 버터를 바른 다음 입에 넣었어. 그러고서 나머지 반쪽은 잼을 발라서 먹었지. 전쟁 이전에 마시던 커피와는 달랐지만, 그래도 괜찮은 편이었어. 아침 식사를 마치자 나는 모든 가능성을 염두에 두었으며, 그리스 유대인들을 처리하라는 단호한 지시가 있었다고 말했지. 문제는 어떻게 처리하느냐는 겁니다. 혹시 좋은 생각 없습니까? 그들에게 질문했어.

그곳에 모인 사람들은 서로 시선을 교환했지만, 아무도 대답하지 않았어. 불편하기 그지없는 침묵을 깨기 위해 난 읍장에게 감기는 어떠냐고 물었어. 이번 겨울을 넘기지 못할 거라고 생각합니다. 그는 말했어. 우리 모두는 웃음을 터뜨리면서 읍장이 농담을 한다고 생각했지만, 사실 그는 진심으로 말한 거였어. 그러고서 우리는 농장의 일과 개천 때문에 생긴 두 농장의 경계 문제에 관해 말했어. 하룻밤 사이에 불가해하게 약 10미터 정도가 일시적으로 변했는데, 누구도 그런 현상에 대한 설득력 있는 설명을 해줄 수 없었어. 그 10미터가 바로 빌어먹을 개천을 중심으로 경계를 이루던 두 농장의 재산권에 영향을 끼친 거야. 또한 사라진 감자들의 선적에 관한 조사가 어떻게 진행되었느냐는 질문이 나오더군. 나는 그 문제는 그다지 중요하지 않다고 대답했어. 곧 감자들이 모습을 드러낼 겁니다. 난 말했지.

오전 중간쯤 나는 사무실로 돌아갔고, 폴란드 아이들은 이미 술에 취해 축구를 하고 있었어.

나는 어떤 결정도 내리지 못한 채 이틀을 보냈어. 더 죽은 유대인은 없었어. 그리고 한 비서는 유대인들로 원예 분대 셋을 만들었고, 청소 분대 다섯을 조직했어. 각각의 분대는 유대인 열 명으로 구성되었고, 마을 광장들을 말끔하게 치운 것 이외에도 도로변에 있는 좁고 긴 땅을 청소했어. 폴란드 사람들이 한 번도 경작하지 않은 땅이었어. 시간도 없고 인력도 부족해서 우리가 경작할 수 없었던 곳이었어. 내가 기억하는 바로는 거의 아무 일도 없었어.

커다란 권태감이 나를 덮쳤어. 밤이 되어 집에 도착하면 나는 부엌에서 추워 덜덜 떨면서 혼자 저녁을 먹었어. 그리고 하얀 벽의 아무 지점이나 하염없이 쳐다보았지. 이제는 쿠르스크에서 죽은 내 아들조차 생각하지 않았고, 라디오를 틀어 뉴스를 듣지도 않았으며, 경음악을 듣지도 않았어. 아침이 되면 기차역 바에서 주사위 놀이를 했고, 시간을 죽이기 위해 그곳에 모인 농부들의 음란한 농담을 들었지만, 난 그 농담을 거의 이해할 수 없었어. 그렇게 한가하게 이틀을 보냈어. 마치 꿈같은 나날이었어. 난 다시 이틀을 더 그렇게 보내기로 마음먹었어.

하지만 일은 쌓여만 갔고, 어느 날 아침 더는 그 문제를 계속 회피할 수는 없다는 사실을 깨달았어. 나는 경찰 지서장을 호출했어. 그리고 그 문제를 다룰 유휴 병력이 얼마나 있느냐고 물었어. 그는 상황에 따라 달라지지만, 즉시 여덟 명 정도는 제공할 수 있다고 말했어.

〈그러면 그들을 어떻게 할 겁니까?〉 내 비서가 물었어.

〈지금 당장 해결하겠어.〉 나는 말했어.

나는 경찰 지서장에게 사무실에서 나가도 좋지만, 항상 내 사무실과 연락을 취하도록 하라고 지시했어. 그러고서 내 비서들을 따라 밖으로 나갔고, 우리 모두는 내 자동차에 탔지. 운전사는 우리를 마을 근교로 데려갔어. 한 시간 동안 우리는 비포장도로와 오래된 마찻길을 둘러보았어. 몇몇 부분에는 아직도 눈이 그대로 남아 있었어. 나는 이상적으로 보이던 농장 몇 군데에서 발길을 멈추고 농장주들과 이야기했지만, 모두가 핑계를 대면서 반대했어.

나는 이 사람들을 너무 잘 대해 주었어. 하지만 이제는 무자비해져야 할 시간이야. 마음속으로 나 자신에게 말했어. 하지만 무자비하고 강압적인 것은 내 성격과 맞지 않아. 마을에서 약 15킬로미터 떨어진 곳에 움푹 팬 지역이 있었어. 내 비서 한 사람이 그곳을 알았어. 우리는 그곳을 보러 갔어. 그리 나쁘지는 않았어. 멀리 떨어진 지역이었고, 소나무가 빽빽하게 우거졌으며, 흙도 시커먼 곳이었어. 구멍 아래쪽은 다육질 잎사귀를 지닌 잡초들로 뒤덮여 있었어. 비서 말로는, 봄에 사람들이 토끼를 잡으러 오곤 하는 곳이었어. 그 장소는 도로에서 멀리 떨어져 있지 않았어. 우리가 마을로 돌아왔을 때, 이미 나는 내가 무엇을 해야 하는지 결정한 상태였어.

다음 날 아침 경찰 지서장을 만나러 직접 그의 집으로 찾아갔어. 내 사무실 앞 보도에 경찰 여덟 명이 모였어. 거기에 우리 직원 네 명(비서 한 명, 운전사, 사무원 두 명)과 그저 참여하고 싶은 마음에 그곳에 있던 농부 두 명이 자진해서 합류했어. 나는 그들에게 신속히 행동하고 사무실로 돌아와 어떤 일이 일어났는지 보고하라고 지시했어. 그들이 떠났을 때에도 해는 아직 떠오르기 전이었어.

오후 5시에 경찰 지서장과 비서가 돌아왔어. 피곤해 보였어. 그들은 계획한 대로 모두 이루어졌다고 말했어. 그들은 낡은 무두질 공장으로 갔고, 청소 분대 둘을 데리고 마을에서 나갔어. 그들은 15킬로미터를 걸어갔어. 그리고 도로에서

벗어나 피곤한 발걸음으로 우묵한 곳으로 향했어. 그러고 나서 그곳에서
일어나야만 할 일이 일어났어. 혼란스러웠나? 그들이 우왕좌왕했나? 나는 물었어.
조금 그랬습니다. 두 사람은 부루퉁하게 대답했고, 나는 그 문제에 관해 더 깊이
물어보지 않았어.

다음 날 아침에도 동일한 작업이 반복되었어. 단지 약간만 변화가 있었을
뿐이야. 자원자 두 명 대신 자원자 다섯 명이 동원되었고, 경찰 세 명은 전날의
업무에 참여하지 않은 다른 세 명으로 대체되었지. 우리 직원들 중에서도 변화가
있었어. 나는 다른 비서를 보냈고, 사무원은 한 명도 보내지 않았어. 하지만
운전사는 계속 그 파견대에 남아 있었어.

이른 오후에 다른 청소 분대 둘이 사라졌고, 그날 밤에 나는 우묵한 장소로
가지 않았던 비서와 소방대장을 보내 그리스 유대인들로 청소 분대 넷을 새로
조직하라고 지시했어. 땅거미가 지기 전에 나는 현장을 둘러보러 갔어. 그런데
사고, 아니 사고 비슷한 게 생겼고, 도로에서 벗어났어. 난 운전사가 평소보다 훨씬
더 초조해한다는 것을 금방 알아챘어. 왜 그러느냐고 물었지. 솔직해 말해도
괜찮네. 그에게 말했어.

〈이유를 모르겠습니다, 소장님. 몸이 이상해요. 아마 잠을 제대로 못 자서 그런
것 같습니다.〉 그가 대답했어.

〈잠을 못 자나?〉 나는 물었어.

〈힘듭니다, 소장님. 정말 힘듭니다. 하느님은 제가 자려고 무진 애를 쓴다는 걸
아십니다. 하지만 좀처럼 잠을 이룰 수 없습니다.〉

나는 전혀 걱정할 필요가 없을 것이라고 그에게 약속했어. 그러자 그는
자동차를 다시 도로로 올라가게 하고서 계속 몰았어. 그 장소에 도착하자, 나는
손전등을 들고서 유령 같은 길로 들어갔어. 동물들이 우묵한 곳을 에워싼 지역에서
갑자기 물러간 것 같았어. 그 순간부터 그곳은 벌레들의 왕국이 되었을 거라고
생각했지. 운전사는 약간 언짢은 표정을 지으면서 마지못해 내 뒤를 따라왔어.
나는 그의 휘파람 소리를 들었고, 그에게 조용히 하라고 말했어. 얼핏 보니 그
우묵한 곳은 처음 보았을 때와 똑같았어.

〈구덩이는?〉 내가 물었어.

〈저쪽입니다.〉 운전사는 대답하면서 손가락으로 그 지역의 한쪽 끝을
가리켰어.

나는 더 자세히 살펴보고 싶지 않아서 그냥 집으로 돌아왔어. 다음 날 정신
위생 문제로 내가 반드시 매일 교체하라고 요구한 자원자들은 자신들의 일로
돌아갔어. 주말이 되자 청소 분대 여덟 개가 사라졌어. 그러니까 유대인 여든 명이
없어진 거지. 하지만 일요일 휴식 후에 새로운 문제가 생겼어. 사람들이 힘들다며
그 일을 기피한 거야. 어느 순간 여섯 명에 달했던 농장의 자원자들은 단 한 명으로
줄어들어 있었어. 마을 경찰들은 너무나 신경이 곤두서서 초조하다고 투덜댔어.
나는 그들을 재촉하려고 했지만, 정말로 그들이 한계에 도달했다는 것을 알았어.

우리 사무실 사람들 역시 그 작업을 능동적으로 수행하려고 하지 않거나 갑자기 병에 걸려 버렸어. 그리고 어느 날 아침 면도를 하다가 난 내 건강도 풍전등화와 같다는 걸 깨달았어.

하지만 난 그들에게 마지막 노력을 기울여 달라고 부탁했어. 그날 아침 상당히 지체한 후 그들은 청소 분대 둘을 우묵한 지역으로 데려갔어. 그들을 기다리는 동안 난 일을 제대로 할 수 없었어. 일하려고 애썼지만, 그럴 수가 없었지. 저녁 6시가 되어 어두컴컴해졌을 때에야 비로소 그들은 돌아왔어. 나는 그들이 거리에서 노래 부르는 소리를 들었고, 서로 작별 인사 나누는 소리를 들었어. 그러자 대부분이 술에 취했음을 알았지. 그런 그들을 비난할 수는 없었어.

경찰 지서장과 내 비서 한 명, 그리고 운전사가 사무실로 올라왔어. 나는 그곳에서 가장 불길한 예감에 사로잡혀 그들을 기다렸어. 운전사는 문 옆에 서 있었고, 나머지는 앉았다는 기억이 나. 그들이 말을 하지 않아도, 내가 부여한 업무가 얼마나 그들을 기진맥진하게 만드는지 알 수 있었어. 무언가를 해야 하겠군요. 나는 그들에게 말했어.

그날 밤 나는 집에서 잠을 자지 않았어. 아무 말 없이 마을을 한 바퀴 둘러보았어. 운전사는 운전을 하면서, 내가 선물한 담배를 피웠어. 어느 순간 나도 모르게 난 담요를 두른 채 자동차 뒷좌석에서 잠들어 버렸어. 그리고 내 아들이 전진! 쉬지 않고 전진! 하고 외치는 꿈을 꾸었어.

뻐근한 몸으로 잠에서 깼어. 읍장의 집 앞에 발걸음을 멈췄을 때는 새벽 3시였어. 처음에는 문을 손으로 가볍게 두드렸지만, 아무도 열어 주지 않았어. 그래서 문을 거의 부숴 버릴 태세로 발길질을 해댔어. 비틀거리는 발소리가 들려왔어. 읍장이었어. 누구죠? 그가 물었는데, 바로 그 순간 난 마치 족제비 목소리 같다고 상상했지. 그날 우리는 새벽이 밝아 올 때까지 이야기했어. 월요일이 되자, 마을 밖으로 청소 분대를 데려가는 대신 경찰은 축구하던 아이들이 나타나길 기다렸어. 그리고 모두 열다섯 명을 내게 데려왔지.

나는 아이들을 읍사무소로 데려가게 했고, 비서들과 운전사와 함께 그곳으로 향했어. 끔찍할 정도로 창백하고 너무나 비쩍 마르고 너무나 축구와 술을 필요로 하던 그 아이들을 보자, 나는 동정을 느끼지 않을 수 없었어. 그곳에 꼼짝하지 않고 서 있는 그 아이들은 아이들이라기보다는 아이들의 해골 같았어. 마치 버려진 스케치, 혹은 의지와 뼈만 지닌 아이들 같았어.

나는 아이들 모두에게 포도주뿐만 아니라 빵과 소시지도 주겠다고 말했어. 아이들은 아무 반응도 보이지 않았어. 그래서 포도주와 음식을 주겠다고 다시 말했고, 아마도 식구들에게 가져갈 수 있을 정도로 푸짐할 것이라고 덧붙였지. 나는 아이들의 침묵을 긍정적 대답으로 해석했고, 아이들을 트럭에 태워 우묵한 장소로 데려갔어. 경찰 다섯 명이 소총 열 정과 기관총 한 정을 싣고 아이들과 함께 갔어. 보고받은 바에 따르면, 항상 제대로 작동하지 않는 기관총이었어. 그런 다음 계속 국가의 돈을 훔친 죄로 고발하겠다고 위협하면서 무장 농민 네 명을 나머지 경찰과 함께 강제로 일하도록 시켰어. 나는 그들에게 청소 분대 셋을 모두 우묵한 지역으로 이동시키라고 지시했어. 또한 그날은 이유를 불문하고 어떤 유대인도 오래된 무두질 공장에서 나오지 못하게 하라고 명령했어.

오후 2시경 유대인들을 우묵한 장소로 데려갔던 경찰들이 돌아왔어. 그들 모두 기차역 바에서 점심을 먹었고, 3시경에는 다른 유대인 서른 명을 호송하면서 다시 우묵한 곳으로 향했어. 밤 10시에 모두가, 즉 호송자들과 술 취한 아이들, 그리고 아이들을 데리고 가서 무기 사용법을 가르쳐 준 경찰들이 돌아왔어.

모두 성공적으로 끝났습니다. 아이들은 열심히 일했고, 쳐다보고 싶은 아이들은 쳐다보았고, 그렇지 않은 아이들은 그곳에서 떠났다가 모든 게 끝난 후에 다시 돌아왔습니다. 한 비서가 말해 주었어. 다음 날 나는 유대인들에게 운송 수단 부족으로 소규모 그룹별로 이송이 이루어지고 있으며, 그들 모두가 체류할 수 있는 적절한 설비를 갖춘 노동 수용소로 가게 될 거라는 소문을 퍼뜨리라고 지시했지. 그러고서 폴란드 어머니들과 이야기했어. 그녀들을 안심시키는 일은 그다지 힘들지 않았어. 그리고 나는 내 사무실에서 각각 스무 명으로 이루어진 그룹 두 개를 우묵한 지역으로 이송하는 작업을 지켜보았어.

그러나 눈이 내리기 시작할 무렵 또 다른 문제가 불거졌어. 한 비서의 말로는, 움푹 팬 지역에 새로운 묘지를 팔 방법이 없었어. 나는 그런 일은 있을 수 없다고 말했어. 어쨌거나 문제는 묘지를 파는 방법에 있었어. 우묵한 지역에 수직보다는 수평으로, 그다지 깊지 않게 팠던 거야. 나는 그룹을 하나 조직해서 바로 그날 문제를 해결하기로 마음먹었어. 내린 눈 때문에 유대인들의 흔적은 모두 지워졌어. 우리는 다시 파기 시작했어. 잠시 후 바르츠라는 늙은 농부가 거기에 무언가가 있다고 소리치는 걸 들었어. 난 그걸 보러 갔어. 그랬어. 거기에 뭔가가 있었어.

〈계속 팔까요?〉 바르츠가 물었어.

〈바보 같은 소리 하지 마시오.〉 나는 그에게 대답했어. 〈다시 모두 덮으시오. 있던 대로 해놓으시오.〉

누군가가 무언가를 발견할 때마다, 나는 똑같은 말을 되풀이했어. 그냥 놔두고 덮으시오, 다른 장소로 가서 땅을 파시오, 무언가를 발견하려는 게 아니라 발견하지 않으려는 거라는 사실을 명심하시오, 하고. 그러나 내가 이끌고 간 사람들은 모두 차례로 무언가를 발견했어. 내 비서가 말한 대로 실제로 우묵한 지역의 바닥에는 남은 공간이 하나도 없는 것 같았어.

하지만 마침내 내 고집은 승리를 거두었어. 우리는 빈 장소 한 곳을 발견했고, 거기에 일꾼들을 모두 투입해 작업하도록 했어. 나는 그들에게 깊이 파라고, 항상 아래로만 파라고, 아직 더 깊게 파라고 말했지. 마치 우리가 지옥에 도달하기 위해 땅을 파는 것 같았어. 그리고 구덩이가 수영장처럼 넓어지도록 신경을 기울이기도 했어. 그날 밤 손전등 불빛의 도움을 받아 우리는 작업을 끝낼 수 있었고, 그러고서 그곳을 떠났어. 다음 날 날씨가 좋지 않은 바람에 우리는 단지 유대인 스무 명만 우묵한 지역으로 데려갈 수밖에 없었어. 아이들은 어느 때보다 술에 취해 있었지.

몇몇은 제대로 서 있을 수도 없었고, 다른 아이들은 돌아오는 도중에 토했어. 트럭은 내 사무실에서 그리 멀지 않은 마을 중앙 광장에 아이들을 내려주었어. 많은 아이들은 서로 껴안은 채 노대의 처마 아래 그대로 서 있었고, 그러는 동안 눈은 쉬지 않고 내렸어. 아이들은 술 취한 축구 경기를 꿈꾸었어.

다음 날 아침 아이들 다섯은 전형적인 폐렴 증세를 보였고, 다소 차이는 있었지만 나머지 아이들도 일을 하러 가지 못할 정도로 허약한 상태였어. 경찰 지서장에게 아이들을 우리 인원으로 대체하라고 지시하자, 처음에 그는 내켜하지 않았지만, 결국 내 지시에 승복했어. 그날 오후 유대인 여덟 명이 처리되었어. 내가 보기에는 너무 하찮은 숫자였고, 그래서 그런 생각을 알려 주었지. 여덟 명이었습니다. 하지만 마치 8백 명인 것처럼 보였습니다. 경찰 지서장은 대답했어. 나는 그의 눈을 쳐다보고서 그게 무슨 뜻인지 이해했지.

난 그에게 폴란드 아이들이 회복될 때까지 기다리자고 말했어. 그러나 우리를 뒤쫓는 불행은 아무리 애를 쓴다 할지라도 우리를 가만히 놔두지 않을 태세였어. 폴란드 아이들 두 명이 고열에 시달리면서 폐렴으로 죽었어. 마을 의사 말로는, 고열로 신음하면서 그 아이들은 눈 위에서 벌어지는 축구 경기와 축구공과 선수들이 사라지는 하얀 구멍을 보았어. 애도의 표시로 나는 두 아이의 어머니들에게 훈제 베이컨 약간과 감자와 당근이 담긴 바구니 하나를 보냈어. 그러고는 기다렸어. 내리는 눈을 하염없이 바라보았어. 그리고 내 몸이 얼도록 놔두었어. 어느 날 아침 나는 우묵한 곳으로 갔어. 그곳의 눈은 부드러웠어. 말할 수 없이 부드러웠어. 잠시 커다란 접시에 담은 크림 위로 걷는 것 같은 느낌을 받았어. 우묵한 지역 언저리에 도착해서 아래를 보자, 나는 자연이 자신의 일을 마쳤다는 것을 깨달았어. 정말 훌륭하기 짝이 없는 작업이었어. 어떤 흔적도 볼 수 없었어. 단지 눈만 보였어. 그러고서 날씨가 좋아지자 술 취한 아이들 부대는 다시 일하러 돌아왔어.

난 그들에게 장광설을 늘어놓았지. 그들이 아주 훌륭하게 과업을 수행하고 있으며, 이제 그들의 가족은 더 많은 음식과 기회를 갖게 되었다고 말했어. 아이들은 나를 쳐다보았지만 아무 말도 하지 않았어. 하지만 그들의 몸짓에서 작업에 대한 열의 부족과 무관심을 감지할 수 있었지. 나는 아이들이 거리에서 술을 마시며 축구 하기를 더 좋아한다는 걸 잘 알았어. 한편 기차역의 바에서는 모든 사람이 하나같이 러시아군이 얼마나 가까이 진군했는지에 관한 주제만 입에 올렸어. 몇몇은 바르샤바가 어느 순간에라도 함락될 수 있다고 말했지. 속삭이듯이 말했어. 하지만 난 그런 속삭임을 들었고, 나 역시 그 소식을 속삭였어. 불길한 징조였어.

어느 날 오후 아이들이 술을 너무나 많이 마셔서 눈 위에 차례차례 쓰러졌다는 보고를 받았어. 나는 책임자들을 나무랐어. 그들은 내가 말하는 의미를 제대로 이해하지 못하는 것 같았어. 어쨌건 그건 중요한 게 아니었어. 어느 날 나는 얼마나 많은 유대인이 남았느냐고 물었어. 30분 후에 한 비서가 종이 한 장을 건네주었어.

모든 게 자세히 설명된 도표를 그려 둔 거더군. 남쪽에서 기차를 타고 도착한 유대인 5백 명, 여행 중에 죽은 유대인 수, 낡은 무두질 공장에서 체류 중에 죽은 수, 우리가 처리한 수, 술 취한 아이들이 처리한 수 등등이 적혀 있었어. 아직도 유대인이 1백 명 이상 남아 있었어. 그리고 모두가, 그러니까 내 휘하의 경찰들과 자원 봉사 대원들을 비롯해 폴란드 아이들 모두가 지칠 대로 지쳐 있었어.

어떻게 해야 할까? 우리에게는 너무 과도한 작업이었어. 사람이 너무 오랫동안 참고 해내기에는 너무나 힘든 업무들이 있어. 나는 사무실 창문에서 장밋빛으로 줄무늬 지고 시궁창의 진흙으로 얼룩진 지평선을 바라보면서 나 자신에게 속삭였어. 적어도 내게는 참을 수 없을 정도로 힘든 일이었어. 최선을 다했지만, 더는 참고 견딜 수 없었어. 내 경찰들도 마찬가지였어. 열다섯 명, 그 정도면 기꺼이 할 수 있어. 서른 명, 그 정도만 되어도 괜찮아. 하지만 쉰 명이 넘으면 속이 뒤집어지고 머리가 빙빙 돌며, 불면과 악몽에 시달리게 돼.

나는 작업을 중지시켰어. 아이들은 거리에서 다시 축구를 즐겼어. 경찰은 평상시 업무로 복귀했어. 농부들은 자신들의 농장으로 되돌아갔어. 바깥의 누구도 유대인들에게 관심을 보이지 않았고, 그래서 나는 다시 청소 부대를 조직해 일하게 시켰어. 그리고 스무 명이 안 되는 인력에게는 농장 일을 시키면서, 그들의 신변 안전을 농장주들에게 책임지게 했어.

어느 날 밤 난 잠자리에서 나와야 했어. 내게 긴급 전화가 와 있다는 거야. 한 번도 통화한 적이 없는 북부 갈리시아의 관리였어. 그는 내 지역에서 독일인 소개(疏開)를 준비하라고 말했어.

〈기차가 없는데, 어떻게 그들 모두를 소개합니까?〉 내가 물었어.

〈그건 당신이 해결해야 할 문제입니다.〉 관리가 말했어.

전화를 끊기 전에 유대인 그룹이 내 휘하에 있는데, 그들을 어떻게 해야 합니까 하고 물었어. 그는 대답하지 않았어. 전화가 끊겼든지, 아니면 나와 같은 다른 사람에게 전화를 걸어야 했든지, 혹은 유대인은 전혀 그의 관심 밖인 것 같았어. 새벽 4시였어. 다시 침대로 갔지만, 잠을 청할 수 없었어. 난 아내에게 우리가 떠나야 한다고 말했고, 그런 다음 읍장과 경찰 지서장에게 전갈을 보냈어. 사무실에 도착하자, 난 그들이 잠을 제대로 자지 못했다는 걸 알았어. 두 사람 모두 겁을 집어먹고 있었어.

나는 그들을 안심시켰어. 그리고 신속하게 행동하면 아무도 위험하지 않을 거라고 말했어. 우리는 우리 사람들에게 일을 시켰어. 첫새벽 햇살이 비치기 전에, 이미 첫 피난민들이 서쪽으로 출발했어. 나는 끝까지 남았어. 마을에서 하루 낮과 밤을 더 보냈지. 멀리서 대포 소리가 들려왔어. 나는 유대인들을 보러 갔어. 경찰 지서장이 증인이야. 난 그들에게 떠나라고 말했어. 그런 다음 그들을 감시하던 경찰 둘을 데려갔고, 유대인들을 낡은 무두질 공장에 될 대로 되라는 듯이 남겨 두었어. 난 그게 자유라고 생각해.

내 운전사는 독일군 병사 몇 명이 멈추지 않고 지나가는 것을 보았다고 했어.

762

나는 사무실로 올라갔지만, 거기서 무엇을 찾으려는 것인지 제대로 몰랐지. 전날 밤 나는 소파에서 몇 시간을 잤고, 불태워야만 할 것을 모두 소각했어. 마을의 거리는 텅 비었지만, 몇몇 창문 뒤로는 폴란드 여자들이 있다는 것을 짐작할 수 있었어. 나는 계단을 내려가서 차에 올라타고는 떠났어.」 자머는 라이터에게 말했다.

나는 공정한 관리자였어. 내 본능에 이끌려 착한 일을 했고, 전쟁의 성쇠에 따라 하는 수 없이 나쁜 일도 했어. 그랬는데 이제 술 취한 폴란드 아이들은 소리 내어 내가 그들의 어린 시절을 망쳐 놓았다고 말해. 자머는 라이터에게 말했다. 내가? 내가 그들의 어린 시절을 망가뜨렸다고? 그들의 어린 시절을 망쳐 버린 건 바로 술이야! 축구가 바로 그들의 어린 시절을 망가뜨린 거야! 게을러터지고 무능하며 아무 생각 없는 그 어머니들이 아이들의 어린 시절을 파멸시킨 거야! 내가 아니란 말이야!

「내 자리에 다른 사람이 있었다면…….」 자머가 라이터에게 말했다. 「아마도 자기 손으로 그 유대인들을 모두 죽였을 거야. 하지만 난 그렇게 하지 않았어. 그건 내 본성이 아니야.」

자머와 포로수용소에서 항상 오랫동안 산책하던 사람들 중 하나는 경찰 지서장이었다. 다른 사람은 소방대장이었다. 어느 날 밤에 자머가 말해 준 바에 따르면, 읍장은 전쟁이 끝나고 얼마 후 폐렴으로 죽었다. 운전사는 자동차가 완전히 고장 나서 멈추어 버리자 어느 사거리에서 모습을 감췄다.

가끔씩 오후에 라이터는 멀리서 자머를 지켜보았고, 자머 역시 곁눈질로 그를 응시한다는 것을 알았다. 그러나 그 시선에는 절망과 불안, 또한 두려움과 불신이 드러나 있었다.

「우리 행동과 말 중에는 나중에 진심으로 후회하게 되는 것들이 있지.」 어느 날 두 사람이 아침 식사를 하려고 줄을 선 동안 자머가 말했다.

그리고 어느 날에는 이렇게 말했다.

「미국 경찰이 돌아와 나를 신문하면, 틀림없이 나를 체포해서 공개적으로 망신을 시킬 거라고 확신해.」

자머가 라이터와 말할 때면, 경찰 지서장과 소방대장은 그들에게서 몇 미터 떨어진 한쪽 구석에 서 있었다. 마치 옛 상관의 일에 쓸데없이 간섭하고 싶지 않은 것 같았다. 어느 날 아침 야전 텐트와 화장실 사이 중간쯤에서 자머의 시체가 발견되었다. 누군가 그를 목 졸라 죽인 것이었다. 미국인들은 라이터를 포함해 죄수 열 명쯤을 신문했다. 라이터는 그날 밤 이상한 소리를 전혀 듣지 못했다고 진술했다. 시체는 안스바흐 공동묘지로 옮겨져 일반 묘지에 묻혀 버렸다.

포로수용소에서 나오자, 라이터는 쾰른으로 향했다. 그는 그곳 역 근처에 있는 허름한 막사에서 살았고, 이후에는 기갑 사단에서 퇴역한 군인과 지하 방을 함께 썼다. 그 군인은 얼굴 반 정도에 화상을 입은 조용한 사람이었는데, 아무것도 먹지 않은 채 며칠을 보낼 수도 있었다. 그리고 신문사에서 일했다고 말하는 다른 사람도 함께 살았는데, 그는 노병과 달리 말이 많고 다정했다.

기갑 부대에서 싸운 병사는 서른 살이나 서른다섯 살 정도 되었고, 기자로 일했다는 사람은 쉰 살가량이었다. 그러나 가끔씩 두 사람은 어린아이 같았다. 전쟁 동안 기자는 동부 전선뿐만 아니라 서부 전선에서 독일 기갑 부대의 영웅적인 삶을 묘사하는 일련의 기사를 썼다. 그는 그 기사 스크랩을 아직도 보관했는데, 과묵한 기갑 부대 용사는 기사를 읽으며 고개를 끄덕이곤 했다. 그리고 가끔씩 입을 열어 이렇게 말했다.

「오토, 당신은 기갑 부대원의 삶이 무엇인지 핵심을 포착했어요.」

기자는 겸손하게 어깨를 으쓱하면서 이렇게 대답했다.

「구스타프, 내가 받은 가장 큰 상은 바로 기갑 부대원인 자네일세. 내가 틀리지 않았다고 확인해 주니 말일세.」

「오토, 당신은 한 가지 실수도 범하지 않았어요.」 기갑 부대원은 대답했다.

「고맙네, 그렇게 말해 줘서, 구스타프.」 기자가 말했다.

두 사람은 종종 도시 쓰레기 청소를 하거나 쓰레기 더미 아래서 찾아낸 것들을 팔곤 했다. 날씨가 좋으면 두 사람은 교외로 나갔고, 라이터는 한 주나 두 주 동안 혼자 지하 방을 사용했다. 쾰른에 도착한 후 처음 며칠 동안 그는 자기 마을로 돌아갈 기차표를 구하려고 안간힘을 썼다. 그런 다음 일자리를 구했다. 미국과 영국 병사들을 주요 고객으로 삼는 술집의 문지기였다. 병사들은 팁을 푸짐하게 주었고, 그는 병사들을 위해 약간씩 덤으로 일을 해주었다. 가령 특정 지역의 아파트를 찾아 주거나 아니면 여자들을 소개시켜 주거나 암시장에서 일하는 사람들과 접촉시켜 주는 일이었다. 그렇게 그는 쾰른에 머물게 되었다.

낮에는 글을 쓰고 읽었다. 글 쓰는 건 쉬웠다. 단지 공책과 연필만 있으면 충분했기 때문이다. 읽는 일은 약간 더 어려웠다. 공공 도서관은 여전히 폐쇄된 상태였고, 그가 찾아갈 수 있었던 몇 개 안 되는 서점(그것도 대부분 이동 서점)의 책값은 터무니없었기 때문이다. 그렇더라도 라이터는 책을 읽었고, 그의 주변에 있는 모든 사람도 책을 읽었다. 마치 독일인들은 독서와 음식에만 관심을 갖는 것 같았다. 그건 사실이 아니었지만, 가끔씩 그렇게 보일 때도 있었다. 특히 쾰른에서는 그랬다.

반면에 섹스에 대한 관심은 놀라울 정도로 줄어들었다라고 라이터는 적었다. 마치 전쟁이 남자들의 테스토스테론과 페로몬, 그리고 욕망을 모두 고갈시키는 바람에 이제는 누구도 섹스하기를 원하지 않는 것 같았다. 라이터의 견해에 따르면, 오로지 창녀들만 섹스를 했다. 그들의 직업이었기 때문이다. 그리고 점령군과 데이트한 여자도 몇 있지만, 심지어 그녀들의 욕망도 사실상 다른 것을 감추고 있었다. 바로 순진함의 연극, 얼어붙은 도살장, 고독한 거리와 영화관이었다. 그가 보던 여자들은 끔찍한 악몽에서 갓 깨어난 어린 소녀들 같았다.

어느 날 밤, 슈펭글러 거리에 있는 술집 입구를 지키는 동안, 어둠 속에서 한 여자 목소리가 그의 이름을 불렀다. 라이터는 주변을 둘레둘레 쳐다보았지만, 아무도 보지 못했다. 그래서 가끔씩 이상하고도 이해할 수 없는 유머 감각을 과시하던 창녀들 중 하나일 것이라고 생각했다. 그런데 그의 이름을 다시 들었을 때 그는 술집을 자주 드나들던 여자의 목소리가 아님을 알았고, 그 목소리에게 원하는 게 뭐냐고 물었다.

「그저 당신에게 인사하고 싶었어요.」 목소리가 말했다.

그는 흔들리는 그림자를 보았고, 성큼성큼 두 걸음을 내디뎌 거리를 건너가 맞은편 보도에 섰다. 그리고 목소리 주인공의 팔을 붙잡고서 빛이 있는 곳으로 끌고 갔다. 그가 그녀에게 뭘 원하느냐고 묻자, 그녀는 자기가 그의 여자 친구였다고 대답했다. 그녀는 솔직하게 말해서 그가 자기를 알아보지 못해 슬펐다고 했다.

「내가 아주 추해 보이는 게 분명해요. 하지만 당신이 아직 독일 병사라면, 그런 생각을 숨기려고 애쓸 거예요.」 그녀가 말했다.

라이터는 그녀를 주의 깊게 쳐다보았다. 그러나 아무리 노력을 기울여도 알아볼 수 없었다.

「전쟁은 기억 상실증과 깊은 관계가 있나 보네요.」 여자가 말하면서 설명했다.

「기억 상실증이란 누군가가 기억을 잃어버리고 아무것도 기억하지 못하는 증상이에요. 자기 이름뿐만 아니라 애인의 이름조차도.」

그러고는 이렇게 덧붙였다.

「또한 선택적 기억 상실증도 존재해요. 모든 것을 기억하거나 혹은 모든 것을 기억한다고 믿는데, 단지 한 가지만, 즉 그 사람의 인생에서 중요한 것을 잊어버리는 현상이지요.」

난 이 여자를 알아. 라이터는 그녀가 말하는 것을 들으면서 생각했다. 하지만 어디서, 그리고 어떤 상황에서 그녀를 알게 되었는지 도저히 기억할 수 없었다. 그래서 차분하게 기억을 떠올리기로 마음먹고서 그녀에게 뭐라도 마시지 않겠느냐고 물었다. 여자는 술집 문을 쳐다보았고, 잠시 생각하더니 그의 초대를 받아들였다. 그들은 입구 복도 근처에 놓인 테이블에 앉아 차를 마셨다. 차를 갖고 온 웨이트리스는 라이터에게 그 여자아이가 누구냐고 물었다.

「내 애인이에요.」 라이터가 말했다.

미지의 여자가 웨이트리스에게 미소 짓고서 고개를 끄덕였다.

「아주 상냥한 여자네요.」 웨이트리스가 말했다.

「게다가 아주 부지런하고 열심히 일하지요.」 미지의 여자가 말했다.

웨이트리스는 얼굴을 찌푸리면서 입술을 삐죽거렸다. 마치 주도적이고 적극적인 여자인 모양이야 하고 말하는 것 같았다. 그녀는 다음에 봐요 하고 말하더니 자리를 떴다. 잠시 후 라이터는 검은 가죽 재킷의 목 칼라를 세우고는 다시 문으로 갔다. 이미 사람들이 도착하기 시작한 것이다. 이름을 숨긴 여자는 테이블에 잠자코 앉아서 간혹 책 몇 페이지를 읽기도 했지만, 대부분은 그 술집을 가득 채운 남자들과 여자들을 바라보며 시간을 보냈다. 얼마 후 찻잔을 가져다준 여자가 그녀의 팔을 잡더니, 그 테이블을 손님에게 주어야 한다고 설명하면서 거리로 데리고 나갔다. 이름을 숨긴 여자는 다정하게 웨이트리스에게 작별의 말을 했지만, 웨이트리스는 아무 대답도 하지 않았다. 라이터는 미국 병사 둘과 말하고 있었고, 여자는 그에게 다가가 귀찮게 하지 않았다. 대신 거리를 건너 근처 집 입구에 자리를 잡았고, 그곳에서 잠시 술집 문에서 일어나는 분주한 움직임을 지켜보았다.

일하는 동안 라이터는 곁눈질로 맞은편 집 현관을 쳐다보았고, 가끔씩 어둠 속에서 자기를 쳐다보는 검은 고양이의 반짝거리는 눈 두 개를 보고 있다고 생각했다. 할 일이 줄어들자, 그는 현관으로 들어가 그녀를 부르려고 했지만, 이름을 알지 못한다는 걸 깨달았다. 성냥의 도움을 받아 그는 구석에서 자고 있는 그녀를 발견했다. 손가락 사이에서 성냥이 타는 동안, 무릎을 꿇고 잠시 잠든 그녀의 얼굴을 지켜보았다. 그제야 그는 기억했다.

그녀가 깨어났을 때에도 라이터는 계속 그녀 곁을 지키고 있었다. 그러나 현관은 희미하게나마 여성적 분위기를 풍기는 침실로 바뀌어 있었다. 벽에는 예술가 사진들이 붙었고, 서랍장 위에는 다양한 인형들과 곰 인형이 놓여 있었다. 그와 대조적으로 바닥에는 위스키 상자와 포도주병이 수북이 쌓여 있었다. 초록색 누비이불이 그녀의 목까지 덮여 있었다. 그녀의 신발은 벗겨진 상태였다. 그녀는 너무나 기분이 좋아서 다시 눈을 감았다. 그러나 그때 라이터의 목소리를 들었다. 너는 후고 할더가 살던 아파트에 있던 여자아이야. 그의 목소리가 말했다. 그녀는 눈을 뜨지 않은 채 고개를 끄덕였다.

「이름은 기억나지 않아.」 라이터가 말했다.

그녀는 한쪽으로 몸을 돌려 그에게 등을 보여 주면서 말했다.

「당신은 끔찍할 정도의 기억력을 지녔네요. 내 이름은 잉게보르크 바우어예요.」

「잉게보르크 바우어.」 라이터는 마치 그 두 단어에 자신의 운명이 포함된 것처럼 이름을 되뇌었다.

그러고서 그녀는 다시 잠들었고, 잠에서 깨어났을 때는 혼자였다.

그날 아침 라이터와 함께 파괴된 도시 주변을 거니는 동안, 잉게보르크 바우어는 자기가 모르는 사람 몇 명과 함께 기차역 근처 건물에서 살았다고 말했다. 그녀의 아버지는 폭격 공습 동안 숨을 거두었다. 어머니와 자매들은 베를린이 러시아군에게 포위되기 전에 그 도시에서 도망쳤다. 처음에 그들은 시골에, 그러니까 어느 외삼촌의 집에 있었지만, 생각하던 것과 달리 시골에는 먹을 것이 없었고 여자아이들은 친척 아저씨나 사촌들에게 강간당하기 일쑤였다. 잉게보르크 바우어의 말로는, 숲은 시골 사람들이 도시에서 온 사람들을 도둑질하고 강간하고 죽인 다음 묻어 버린 묘지로 가득했다.

「너도 강간당했어?」라이터가 물었다.

아니었다. 그녀는 강간당하지 않았지만, 여동생 하나가 외사촌에게 강간을 당했다. 강간한 사람은 열세 살짜리 소년으로 히틀러 유겐트에 들어가 영웅처럼 죽고 싶어 했다. 그래서 그녀의 어머니는 계속 도망치기로 결심했고, 그들은 헤센주에 있는 베스터발트 지역의 조그만 도시로 떠났다. 바로 그녀의 어머니가 태어난 도시였다. 그곳의 삶은 따분하고 동시에 아주 이상했어요. 잉게보르크 바우어는 라이터에게 말했다. 그 도시의 많은 사람이 군대에 징집되었고, 도시 자체도 공중 폭격을 세 번이나 당했다. 비록 황폐해질 정도의 폭격은 아니었지만, 어쨌거나 폭격은 폭격이었다. 그런데도 그곳 주민들은 마치 전쟁이 일어나지 않은 것처럼 살았다. 그녀의 어머니는 맥줏집에 일자리를 구했고, 딸들은 사무실 보조원이나 공장의 부족 인력을 보충하거나 심부름을 해주면서 간헐적으로 일했다. 심지어 가끔씩 어린 동생들은 학교에 갈 시간도 있었다.

계속 부산스럽게 살았지만, 삶은 따분했다. 평화가 오자 잉게보르크는 더는 참을 수 없었고, 그래서 어느 날 아침 어머니와 어린 동생들이 집에 없는 틈을 이용해 쾰른으로 와버렸다.

「난 확신했어요.」그녀는 라이터에게 말했다. 「여기서 당신을 만나거나, 당신과 아주 비슷한 사람을 만날 거라고.」

그들이 공원에서 키스를 한 이후, 즉 후고 할더를 찾아다니는 라이터에게 그녀가 아스테카 왕국 사람들의 이야기를 들려준 이후, 대략적으로 일어난 일은 그랬다. 물론 라이터는 자기가 잉게보르크를 알았을 때는 그녀가 미치지 않았을지 모르지만, 이미 그 순간에는 미쳐 있다는 사실을 금방 깨달았다. 그리고 또한 병들었거나 아마도 배고픔에 시달리기에 그런 모습일지 모른다는 사실도 눈치챘다.

그는 잉게보르크를 지하 창고로 데려가 함께 살았다. 하지만 그녀가 기침을 몹시 했고 폐에 문제가 있는 듯 보였기 때문에, 새로운 주거지를 찾았다. 그리고 반쯤 허물어진 빌딩의 다락방을 구했다. 엘리베이터도 없고, 층계의 몇몇 구간은 온전치 않았다. 계단은 사용자들의 무게를 이기지 못해 점차 주저앉았고, 빈 공간으로 입을 벌린 구멍들이 숭숭 뚫려서 건물 내부의 모습이나 폭탄의 흔적을 보거나 추측할 수 있었다. 그러나 그들은 그곳에서 아무런 문제도 없이 살 수 있었다. 잉게보르크의 몸무게는 기껏해야 49킬로그램이었고, 라이터는 키가 컸지만 비쩍 말랐고 앙상했기에, 계단은 그들의 몸무게를 완벽히 견뎌 낼 수 있었다. 그러나 다른 세입자들의 경우는 그렇지 않았다. 주둔군을 위해 일하던, 자그맣고 다정한 브란덴부르크 사람은 2층과 3층 사이에 있는 구멍으로 떨어져 목이 부러졌다. 브란덴부르크 사람은 잉게보르크에게 다정하고 관심 넘치는 인사를 건넸고, 그럴 때마다 단춧구멍에 달고 다니던 꽃을 그녀에게 선물하곤 했다.

밤이 되면 일하러 가기 전에, 라이터는 잉게보르크에게 부족한 것이 하나라도 있는지 점검했다. 그렇지 않으면 그녀가 촛불 단 한 개를 들고 계단을 밝히면서 거리로 내려와야만 했기 때문이다. 물론 마음속으로는 잉게보르크뿐만 아니라 자기에게도 부족한 것이 너무나 많기 때문에, 그런 예방책은 처음부터 무의미하다는 사실을 알았다. 처음에 그들은 섹스가 배제된 관계를 유지했다. 잉게보르크가 너무나 허약한 상태였고, 그녀가 유일하게 원하는 것은 말하는 것이었기 때문이다. 그리고 혼자 있고, 초가 충분하다면 책을 읽고자 했기 때문이다. 가끔씩 라이터는 술집에서 일하던 여자들과 섹스를 했다. 그것은 열정으로 가득한 만남이 아니라, 오히려 정반대였다. 그들은 마치 축구에 관해 말하듯이 섹스를 했고, 어떤 때는 심지어 담배를 피우고 미국 껌을 씹으면서 섹스를 하기도 했다. 미국 껌을 씹는 건 당시 유행이 되기 시작했고, 긴장을 가라앉히는 데도 좋았기 때문에, 껌을 씹으며 그런 식으로 비정하게 섹스를 하는 것이었다. 그러나 사실 비정함과는 상당한 거리가 있었고, 오히려 객관적이라고 보는 편이 더 나았다. 마치 도살장에서처럼 모든 게 벌거벗겨질 뿐, 나머지는 마치 용납할 수 없는 연극이라고 여기는 것 같았다.

술집에 일하러 들어가기 전에 라이터는 다른 여자아이들과 잠자리를 했다. 퀼른이나 졸링겐의 기차역, 혹은 렘샤이트나 부퍼탈 출신 여공들이거나 시골 여자아이들이었다. 그 여자들은 건강해 보이는 남자라면 항상 좋아했고, 남자들이 자기의 입에 사정하기를 원했다. 가끔씩 오후에 잉게보르크는 라이터에게 그의 모험에 관해 이야기해 달라고 졸랐다. 그녀는 라이터의 성 경험을 〈모험〉이라고 불렀다. 그러면 라이터는 담배에 불을 붙이면서 이야기를 들려주었다.

「졸링겐의 그 여자아이들은 정액에 비타민이 있다고 믿어요.」잉게보르크가 말했다. 「당신이 섹스를 한 퀼른역의 여자아이들도 마찬가지예요. 나는 그들을 아주 잘 알아요.」잉게보르크가 말했다. 「나는 잠시 퀼른역에서 방황하며 지냈고, 그녀들과 이야기를 했으며, 그녀들처럼 행동했어요.」

「너도 정액이 건강에 좋을 거라 생각하고서 모르는 사람들의 그걸 빨았다는 거야?」라이터가 물었다.

「나 역시 그랬어요.」잉게보르크가 말했다. 「건강한 외모를 지닌 남자라면, 그러니까 암이나 매독으로 썩어 간다는 인상만 주지 않으면 그렇게 했어요.」잉게보르크가 말했다. 「기차역을 배회하던 시골 여자아이들, 여공들, 집에서 도망쳤거나 갈 곳이 없던 미친 여자들, 우리 모두는 정액이 아주 훌륭한 영양소라고 믿었어요. 모든 종류의 비타민을 지닌 진액이라고, 감기에 걸리지 않는 최고의 방법이라고 믿었어요.」잉게보르크가 말했다. 「몇몇 밤에는 잠들기 전에 퀼른역 한쪽 구석에 움츠린 채, 이런 생각, 이런 황당한 생각을 가장 먼저 한 시골 여자아이가 누구일까 생각했어요. 그런데 몇몇 유명하고 존경받는 의사들도 매일 정액을 복용하면 빈혈을 치료할 수 있다고 말하지요.」잉게보르크가 말했다.

「그러나 나는 시골 여자아이를, 바로 이런 생각을 경험적 연역에 의해 떠올린
절망에 빠진 여자를 생각했어요. 모든 게 폐허가 되어 버린 모습을 응시하면서 말
없는 도시에서 갈피를 잡지 못한 채, 자기 자신에게 그것이 자기가 꿈꾸던 도시의
모습이라고 말하는 시골 여자아이를 상상했어요. 얼굴에 웃음을 지은 채 부지런히
일하고, 도움을 청하는 모든 사람을 도와주면서, 모든 걸 궁금해하고, 거리와
광장을 돌아다니면서 자기가 마음속으로 항상 살고자 원하던 도시의 윤곽을
재건하는 시골 여자아이를 상상했어요. 또한 그런 밤 동안 아무 병이나 걸려서,
너무 천천히 진행되어 고통을 주지도, 너무 빠르게 진행되지도 않는 그런 병에
걸려서 죽은 시골 여자아이를 상상했어요. 적절한 기간 동안 지속된 죽음,
그러니까 남자의 음경을 빠는 걸 멈추고 자기 자신의 유충 속으로, 자기 자신의
슬픔 속으로 물러날 정도로 충분한 시간을 가질 수 있는 죽음을 생각했어요.」
　　「그런데 왜 동시에 많은 여자아이가 아니라 한 여자아이가 그런 생각을
떠올렸으리라고 생각하는 거지?」라이터가 물었다. 「왜 한 여자아이가 그런 생각을
했을 거라고, 그것도 시골 여자아이가 그랬을 거라고 믿는 거지? 왜 그런 식으로
공짜로 자기 것을 빨게 한 교활한 작자의 짓이라고 생각하지 않는 거지?」

　　어느 날 아침 라이터와 잉게보르크는 섹스를 했다. 여자아이는 고열에
시달렸고, 라이터는 잠옷 아래에 있는 그녀의 다리를 보고 평생 본 적이 없는 가장
아름다운 다리라고 생각했다. 잉게보르크는 막 스무 살이 되었고, 라이터는
스물여섯이었다. 그때부터 그들은 매일 섹스를 했다. 라이터는 창문 옆에 앉아서
하는 걸 좋아했다. 그는 잉게보르크가 자기 위에 앉아서 서로 눈을 마주 보거나
쾰른의 폐허를 쳐다보면서 사랑하는 것을 좋아했다. 잉게보르크는 침대에서 하는
걸 좋아했다. 그곳에서 그녀는 울면서 몸부림쳤고, 라이터를 내 사랑, 내 연인, 내
왕자, 내 멋쟁이라고 부르며 라이터의 앙상한 어깨에 다리를 올려놓고서 예닐곱 번
도달했다. 라이터는 그런 말을 들으면 당황해서 얼굴을 붉혔다. 그런 표현이
너무나 유치하게 들린 데다 그 시기에 그는 유치함과 감상주의, 그리고 온화함과
가식적 표현, 과도하게 아름다운 말이나 인위적인 말, 달콤한 말과 전쟁을
선포했었기 때문이다. 하지만 그는 아무 말도 하지 않았다. 잉게보르크의 눈에서
흘끗 본, 어떤 쾌감도 완전히 지워 버릴 수 없었던 절망감이 그를 꼼짝도 하지
못하게 만들었기 때문이다. 그, 즉 라이터는 마치 덫에 걸린 생쥐 같았다.
　　물론 그들은 항상 웃곤 했다. 하지만 항상 똑같은 것에 함께 웃은 것은
아니었다. 예를 들면, 라이터는 이웃집 브란덴부르크 사람이 계단의 구멍에 빠져
떨어지자 몹시 재미있어했다. 하지만 잉게보르크는 브란덴부르크 사람이 착하며,
항상 입술에서 다정한 말이 솟아 나오고, 게다가 자기는 그가 선물해 주던 꽃을
절대로 잊을 수 없다고 말했다. 그러자 라이터는 착하고 멋진 사람을 믿지 말아야
한다고 경고했다. 그는 그런 사람 대부분이 광장에 목을 매달아야만 하는
전범이라고 말했으며, 잉게보르크는 그 모습을 상상하면서 몸을 떨었고, 매일 꽃을

구입해서 단춧구멍에 꽂는 사람이 어떻게 전범이 될 수 있는지에 대해 의문을
품었다.

　　반대로 잉게보르크에게 기쁨을 주는 것은 좀 더 추상적인 것들과 추상적인
상황이었다. 종종 잉게보르크는 습기 때문에 다락방의 벽에 생기는 그림을 보고
웃었다. 회반죽이나 치장 벽토에서 그녀는 터널 같은 곳에서 나오는 트럭의 긴
행렬을 보았고, 아무런 이유도 없이 그것을 시간의 터널이라고 부르곤 했다. 또
어떤 때는 종종 다락방으로 들어오는 바퀴벌레들을 보고 웃기도 했다. 그리고 가장
높은 건물의 검게 변한 나무 지붕에 앉아 쾰른을 지켜보는 새들을 보고 웃었다.
이따금씩 심지어 자기 병명을 듣고도 웃었다. 그녀는 의사 둘을 찾아갔는데,
그들은 신경 질환과 폐병 사이의 중간이라고 모호하게 진단하면서 이름 없는
질병이라고 말했고, 그녀는 그 말을 듣고서 깔깔거리며 웃은 것이다. 두 의사
중에서 한 사람은 라이터가 일하던 술집의 단골손님이었고, 다른 한 사람은
머리카락과 수염이 허옇고 우렁찬 연극 조의 목소리를 지닌 늙은이였다. 이
노인네를 찾아갈 때마다 라이터는 술병으로, 그러니까 한 번 진료를 받을 때마다
술 한 병으로 그 값을 치렀는데, 라이터가 보기에 그는 아마도 전범인 것 같았다.

　　어쨌거나 그들은 많은 시간을 함께 보냈다. 가끔씩 아무 주제나 골라서
말하기도 했다. 종종 라이터는 책상에 앉아 계피 색깔 표지가 달린 공책에 첫 번째
소설을 썼고 잉게보르크는 침대에 드러누워 책을 읽었다. 집 안 청소와 장보기는
보통 라이터의 몫이었고, 잉게보르크는 요리를 담당했다. 사실 그녀의 요리 솜씨는
아주 훌륭했다. 식후의 대화는 이상야릇해서, 때로는 기나긴 독백이나 방백, 혹은
고백이 되곤 했다.

　　그들은 책과 시(잉게보르크는 라이터에게 왜 시를 쓰지 않느냐고 물었고,
라이터는 어떤 문체를 띠건 모든 시는 소설 속에 포함되었거나 포함될 수 있다고
대답했다), 그리고 섹스(그들은 가능한 모든 형태로 사랑을 했다. 아니, 그렇게
믿었다. 그리고 새로운 방법에 관한 이론을 세웠지만, 단지 거기서 죽음만
발견했다)와 죽음에 관해 대화했다. 죽음이라는 늙은 쭈그렁 할멈이 모습을 드러낼
때면, 일반적으로 그들은 이미 저녁 식사를 마치고서 대화가 활기를 잃어 갈
때였다. 그럴 때면 라이터는 위대한 프로이센의 영주처럼 거만하게 앉아 담배에
불을 붙인 상태였고, 잉게보르크는 나무 손잡이가 달린, 칼날 짧은 과도로 사과를
깎곤 했다.

　　그들의 목소리 역시 거의 속삭이듯이 작아져 있었다. 언젠가 잉게보르크는
그에게 누군가를 죽인 적이 있느냐고 물었다. 잠깐 생각한 후 라이터는 그렇다고
대답했다. 그러자 잉게보르크는 잠시, 하지만 평소보다 더 오랫동안 그를 뚫어지게
쳐다보았다. 그의 가냘픈 입술과 움푹 튀어나온 광대뼈를 따라 올라오는 담배
연기, 그리고 그의 파란 눈과 그리 깨끗하지 않고 아마도 자를 필요가 있었던 금색
머리카락, 10대 시골 소년 같은 귀, 그리고 귀와는 대조적으로 고귀한 모양으로
우뚝 솟은 코, 거미가 기어 올라가는 것 같은 그의 이마를 쳐다보았다. 몇 초 전만

하더라도 그녀는 라이터가 전쟁 동안에 누군가를, 이름도 모르는 누군가를 죽였으리라고 생각했을 것이다. 그러나 그를 쳐다본 후 그녀는 그가 다른 것을 언급한다는 확신을 가졌다. 그녀는 누구를 죽였느냐고 물었다.

「독일인이야.」라이터가 대답했다.

끊임없이 터무니없는 상상을 떠올리는 잉게보르크의 정신 속에서 떠오르는 라이터의 희생자는 베를린에 있는 그녀의 집에서 살던 후고 할더뿐이었다. 그걸 묻자 라이터는 웃었다. 아니었다. 아니었다. 후고 할더는 그의 친구였다. 그러자 두 사람은 한참 동안 침묵을 지켰고, 남은 음식들은 식탁 위에서 얼어붙는 것처럼 보였다. 마침내 잉게보르크가 후회하느냐고 물었고, 라이터는 한 손으로 아무것이나 의미할 수 있는 몸짓을 했다. 그러고서 말했다.

「아니야.」

긴 간격을 두고서 그는 덧붙였다. 어떤 때는 그렇다고, 어떤 때는 아니라고 말했다.

「아는 사람이었어요?」잉게보르크가 속삭였다.

「누구?」라이터는 마치 잠에서 방금 깬 사람처럼 물었다.

「당신이 죽인 사람 말이에요.」

「응. 그렇다고 말할 수 있어. 수많은 밤 동안 내 옆에서 잤거든. 쉬지 않고 말했어.」라이터가 말했다.

「여자였어요?」잉게보르크가 기운 없는 목소리로 물었다.

「아니야, 여자가 아니었어.」라이터는 이렇게 대답하면서 웃었다.「남자였어.」

잉게보르크 역시 웃었다. 그런 다음 그녀는 여자들을 죽인 남자에게 매력을 느끼는 몇몇 여자에 관해 말하기 시작했다. 가령 창녀들이나 극단적인 사랑을 할 수 있는 여자들 사이에서 여자 살인범들이 누리는 특권에 관해 말했다. 라이터는 그런 여자들은 히스테리 환자들이라고 생각했다. 하지만 잉게보르크는 그런 부류의 여자들을 안다면서, 그들은 단지 노름꾼, 그러니까 새벽에 자살로 삶을 마감하는 카드 노름꾼들과 대략 동일하다고 생각했다. 혹은 갱단이나 중국 놈들만 드나드는, 뒷골목에 처박힌 호텔이나 싸구려 하숙집 방에서 자살로 인생을 마감하는 상습 경마 도박자들과 같다고 생각했다.

「가끔씩 말이에요, 우리가 섹스를 할 때 당신이 내 목을 잡으면, 난 당신이 여자 살인범이라고 생각하기도 해요.」잉게보르크가 말했다.

「여자는 절대로 죽이지 않았어. 그렇게 하겠다고 생각해 본 적도 없어.」라이터가 말했다.

그들은 일주일이 지나서야 그 일에 대한 이야기를 다시 화제로 삼았다.

라이터는 미국 경찰과 아마도 독일 경찰이 자신을 찾고 있거나 아니면 그의 이름이 용의자 명단에 올랐을 수도 있다고 말했다. 내가 죽인 작자의 이름은 자머야, 유대인 살해범이야. 그는 말했다. 그렇다면 당신은 아무 죄도 저지르지

않았어요. 그녀는 이렇게 말하려고 했지만, 라이터는 그녀가 그 말을 하도록
놔두지 않았다.

「모든 게 포로수용소에서 일어났어. 자머가 나를 누구라고 생각했는지는 몰라.
하지만 그는 내게 쉴 새 없이 이야기를 들려주었어. 그는 몹시 초조해했어. 미국
경찰이 신문할 예정이었거든. 예방책으로 그는 자기 이름을 바꾸고는 자기를
첼러라고 불렀어. 하지만 난 미국 경찰이 자머를 찾고 있었다고 생각하지 않아.
첼러를 찾지도 않았을 거야. 미국인들에게 첼러와 자머는 어떤 혐의도 없는 두
독일 시민에 불과했거든. 미국인들은 어느 정도 고위직에 있던 전범들을 찾고
있었어. 가령 아우슈비츠 같은 죽음의 수용소 관리들, 나치 친위대 장교들, 당의
거물들 따위였어. 자머는 그다지 중요하지 않은 관리에 불과했어. 그들은 날
조사했어. 그에 관해 무엇을 아느냐고, 그가 다른 포로들과 뒤섞여 있는 적에 관해
내게 말했느냐고 물었어. 나는 아무것도 모른다고, 자머는 쿠르스크에서 죽은 자기
아들과 아내의 편두통에 관해서만 말했다고 대답했어. 그들은 내 손을 쳐다보았어.
그들은 젊은 경찰이었고, 전쟁 포로수용소에서 시간을 허비하고 싶어 하지 않았어.
그러나 내 말을 완전히 믿지는 않았어. 그들은 내 이름을 공책에 적었고, 다시 나를
신문했어. 내가 나치 당원이었는지, 나치 당원들을 많이 아는지, 우리 가족은 무슨
일에 종사했는지, 우리 가족이 어디에 사는지 등을 물었어. 나는 솔직하게
대답하려고 노력했고, 분명하게 대답했어. 그리고 그들에게 우리 부모를 찾고
싶으니 도와 달라고 부탁했어. 그런 다음 수용소는 비워졌고 새로운 전쟁 포로들이
도착했어. 나는 석방되지 않고 계속 갇혀 있었어. 어느 동료가 내게 그곳 수용소
군인들은 그저 경비하고 감시하는 시늉만 하는 거라고 말해 주었어. 검둥이
병사들은 머릿속으로 다른 걸 생각했고, 대부분 우리에게 관심을 보이지 않았어.
어느 날 아침 포로를 이송하는 동안 나는 몰래 그들 사이에 끼었고, 아무런 문제
없이 수용소에서 빠져나올 수 있었어.

잠시 나는 여러 도시를 배회했어. 코블렌츠[63]에도 있었어. 그리고 채굴을
재개하던 광산에서도 일했어. 먹을 게 충분하지 않았기 때문에 배고픔을 참고
견뎌야 했지. 난 자머의 유령이 그림자처럼 내게 달라붙었다는 인상을 받았어.
나도 이름을 바꿔야겠다는 생각을 했어. 마침내 쾰른에 도착했고, 그때부터 내게
일어날 수 있는 모든 일이 이미 일어났으며, 자머의 더럽고 썩은 망령에
쫓겨다니는 건 쓸데없는 일이라고 생각했어. 언젠가 한번 체포된 적이 있어.
술집에서 격투를 벌인 후였어. 헌병이 도착했고, 우리 몇 명을 경찰서로 데려갔어.
그리고 파일에서 내 이름을 찾았지만, 아무것도 발견하지 못하자 그냥 석방시켜
주었지.

그즈음에 나는 술집에서 담배와 꽃을 파는 어느 노파를 알게 되었어. 가끔씩
그녀에게 담배 한 개비나 두 개비를 샀고, 그녀가 술집에 들어가는 걸 전혀 문제
삼지 않았어. 노파는 자기가 전쟁 동안에 점쟁이였다고 말했어. 어느 날 밤 그녀는

---

63 독일 서부, 라인강과 모젤강이 만나는 곳에 있는 상업 도시. 철도, 수운 교통의 중심지.

내게 집까지 데려다 달라고 부탁했어. 그녀는 레기나 거리에 살았어. 커다란 아파트였지만 잡동사니들로 가득해서 제대로 걸어다닐 수 없었어. 어느 방은 마치 옷 가게의 안쪽 방처럼 보였어. 이제 다 이야기해 줄게. 도착하자, 그녀는 술잔 두 개에 술을 따랐고, 테이블에 앉아 카드를 꺼냈어. 당신의 운수를 알려 주겠어요 하고 말했지. 거기에는 책이 가득 든 상자가 몇 개 있었어. 나는 노발리스 전집과 프리드리히 헤벨의 『유디트』를 집은 기억이 나. 그 책들을 살펴보는 동안 노파는 내가 한 사람을 죽였다는 따위의 말을 했어. 내가 네게 들려준 것과 동일한 이야기였어.

〈난 군인이었어요.〉 내가 말했어.

〈전쟁터에서 당신은 여러 번 죽을 고비를 넘겼다고 여기 씌어 있어요. 하지만 당신은 누구도 죽이지 않았어요. 그건 아주 훌륭한 일이에요.〉 노파가 말했어.

그렇게 분명하게 드러나는 걸까 하고 난 생각했어. 내가 살인자라는 게 그토록 분명하게 드러날까? 물론 난 살인자라고 느끼지 않았지.

〈이름을 바꾸는 게 좋을 것 같네요. 내 말 들어요. 난 나치 친위대의 많은 거물급 인사들의 점쟁이였고, 그래서 내가 어떤 말을 하는지 잘 알아요. 영국 탐정 소설의 전형적인 어리석음을 범하지 마세요.〉 노파가 말했어.

〈그게 무슨 말이죠?〉 내가 물었어.

〈영국 탐정 소설에 관해 말하고 있어요. 우선 미국 탐정 소설을 전염시켰고, 그런 다음에는 프랑스와 독일과 스위스 탐정 소설을 전염시킨 영국 탐정 소설의 고질적인 실수를 말하는 거예요.〉

〈어떤 우를 범했다는 거죠?〉 내가 질문했어.

〈일종의 신조지요. 살인범은 항상 범죄 현장으로 되돌아온다는 말로 요약할 수 있는 믿음이지요.〉 노파가 대답했어.

나는 웃었어.

〈웃지 마요. 내 말을 귀담아들어요. 나는 진정으로 당신을 높이 평가하는, 몇 안 되는 퀼른 사람이에요.〉 노파가 말했어.

나는 웃음을 멈추었어. 그리고 『유디트』와 노발리스의 작품들을 내게 팔라고 말했어.

〈원한다면 가져도 좋아요. 나를 만나러 올 때마다 두 권씩 가져가도록 해요. 하지만 지금은 문학보다 훨씬 중요한 것에 관심을 기울이도록 해요. 개명할 필요가 있어요. 그리고 절대로 범죄 현장으로 돌아가지 마요. 그 사슬을 깨뜨려야 해요. 내 말 알아듣겠어요?〉 노파가 말했어.

〈약간은 알겠어요.〉 나는 말했어. 하지만 내가 너무나 즐거워하면서 정말로 이해한 것은 책을 가져도 좋다는 말뿐이었어.

그러고서 노파는 우리 어머니가 아직 살아 계시며, 매일 밤 나를 생각하고, 내 여동생도 살아 있으며, 매일 아침과 저녁과 밤에 내 꿈을 꾼다고 말했어. 그러면서 나의 큰 걸음, 그러니까 거인의 보폭 같은 나의 큰 걸음이 내 여동생의 머릿속에서 울려 퍼지고 있다고 덧붙였어. 우리 아버지에 관해서는 아무 말도 하지 않았어.

그때 새벽이 밝아 오기 시작했고, 노파는 말했어.

〈종달새가 노래하는 소리를 들었어요.〉

그러고서 내게 방으로 따라오라고 했어. 옷으로 가득했는데, 마치 넝마주이의 방 같았어. 그녀는 수많은 옷을 뒤적거리더니 마침내 검은 가죽 코트를 들고 의기양양하게 모습을 드러내면서 말했어.

〈이 코트는 당신 거예요. 이 옷의 주인이 죽은 이후 지금까지 내내 당신을 기다렸어요.〉

난 코트를 받아 들고서 입어 보았어. 정말이지 나를 위해 만든 옷처럼 딱 맞았어.」

후에 라이터는 코트의 주인이 누구였느냐고 노파에게 물었지만, 이 점에 관해 노파의 대답은 모호했고 모순되었다.

언젠가 한번은 게슈타포 요원의 것이었다고 말했지만, 어떤 때는 강제 수용소에서 죽은, 공산주의자였던 자기 애인의 옷이었다고 알려 주었다. 심지어 코트의 주인은 영국 첩자였는데, 1941년에 쾰른 근처로 낙하산을 타고 내려온 최초이자 유일한 영국 첩자였다고 말하기도 했다. 그러면서 그녀는 그가 쾰른 시민들이 미래에 반란을 일으키도록 답사 임무를 띠었는데, 그의 말을 들을 기회가 있던 쾰른 시민들로서는 도저히 믿을 수 없는 계획이었다고 지적했다. 당시 쾰른 사람들을 비롯해 유럽 전역의 사람들은 영국이 전쟁에서 지고 있다고 여겼기 때문이다. 그러나 노파에 따르면, 그 첩자는 영국인이 아니라 스코틀랜드 사람이었다. 아무도 그의 말을 귀담아듣지 않았다. 특히 그와 알게 된 몇몇 사람이 그가 술 마시는 모습을 보았을 때는 더욱 그랬다(그는 술이 엄청나게 센 사람이었지만 마치 카자흐 기병처럼 술을 마셨다. 즉, 게슴츠레 눈을 뜨고 여자들의 다리를 흘끗흘끗 쳐다보았지만, 어느 정도 논리적으로 이야기했고 일종의 냉정한 우아함을 유지했다. 그래서 그와 만난 쾰른의 정직한 반파시스트 시민들은 그것이 대담하고 씩씩한 성격의 증거라고만 생각했다. 그런 자질은 그를 더욱 매력적으로 보이게 만들었다). 어쨌거나 1941년은 아직 그렇게 할 시간이 무르익지 않은 때였다.

늙은 점쟁이가 라이터에게 이야기해 준 바로는, 그녀는 그 영국 첩자를 딱 두 번 만났다. 처음 만났을 때는 자기 집에 그를 머물게 해주고서 카드점을 쳐주었다. 행운이 그의 편에 있었다. 두 번째이자 마지막으로 만났을 때 그녀는 그에게 옷과 서류를 제공해 주었다. 그 영국 사람 혹은 스코틀랜드 사람이 영국으로 돌아가려고 했기 때문이다. 바로 그때 그 첩자는 자기 가죽 코트를 그녀에게 남겼다. 하지만 노파가 첩자에 관해 말하거나 듣고자 하지 않을 때도 종종 있었다. 그러면서 그녀는 꿈이라고, 몽상이자 실체 없는 환상이라고, 절망에 빠진 노파의 공상이라고 말하곤 했다. 그러면 그녀는 그 가죽 코트는 게슈타포 요원, 1944년 말과 1945년

초에 쾰른이라는 고상한 도시에 세력(〈세력〉이라는 것은 말하자면 그렇다는 것이다)을 결집하던 탈영병들을 추적하여 짓밟아 버리던 사람의 것이었다는 말을 되풀이했다.

　　그때 잉게보르크의 건강이 악화되었고, 한 영국인 의사는 라이터에게 이 여자아이, 예쁘고 사랑스러우며 애교 넘치는 여자아이가 아마도 두세 달 이상 살지 못할 것이라고 진단하고서, 라이터를 쳐다보았다. 라이터는 아무 말도 하지 않은 채 울음을 터뜨렸다. 그러나 사실 영국인 의사는 라이터를 쳐다본 것이 아니라, 그의 멋진 검은 가죽 코트를 응시하면서 모피업자나 피혁공의 눈으로 평가하고 있었다. 라이터가 계속 눈물을 흘리는 동안, 마침내 영국인 의사는 코트를 어디서 구입했느냐고 물었다. 내가 어디서 샀느냐고요, 뭘 말이죠? 아, 코트 말이군요. 베를린에서 샀어요. 라이터는 거짓말을 했다. 전쟁이 일어나기 전에 〈한과 푀르스터〉라는 가게에서 구입했다고 말했다. 그러자 의사는 한과 푀르스터 모피업자나 그들의 후계자들은 아마도 〈메이슨과 쿠퍼〉 가죽 코트에서 영감을 받았을 것이라고 지적했다. 그러면서 이들은 맨체스터의 가죽 코트 제조업자들인데, 역시 런던에도 지점을 두었고, 1938년에 라이터가 입은 것과 똑같은 코트를 만들었는데, 소매도 동일하고 단추 개수도 동일하다고 알려 주었다. 그러자 라이터는 어깨를 으쓱하는 것으로 대답하고는 뺨에 흐르던 눈물을 가죽 코트 소매로 닦았다. 의사는 감동한 나머지 한 발짝 앞으로 내딛더니 그의 어깨에 한 손을 올려놓고서 자기 역시 라이터의 코트와 똑같은 가죽 코트가 있다고, 차이가 있다면 자기 코트는 메이슨과 쿠퍼의 제품이지만, 라이터의 것은 한과 푀르스터의 제품이라고, 그러나 촉감은 동일하다고 말했다. 그리고 라이터에게 자기 말을 그대로 믿어도 좋다고, 자기는 검은색 가죽 코트 애호가이며 전문가라고 덧붙이면서, 두 코트는 동일하다고, 이 옷은 메이슨과 쿠퍼가 1938년에 그 코트를 만들기 위해 사용한 가죽과 같은 가죽을 쓴 것 같다고 지적했고, 그 코트는 진정한 예술품이라고, 다시는 제작할 수 없는 예술품이라고 평가했다. 그러면서 메이슨과 쿠퍼는 아직도 영업 중이지만, 자기가 알기로는 메이슨 씨가 전쟁 기간에 폭격을 받는 동안 세상을 떠났다고 알려 주면서, 폭탄에 맞아 죽은 게 아니라, 방공호까지 달려갈 수도 없거나 아니면 공습 경보 소리, 혹은 폭탄 터지는 소리나 건물이 파괴되는 소리를 참아 낼 수도 없을 정도로 약한 심장 때문이었다고, 아니면 아마도 울부짖는 사이렌 소리를 참을 수 없었을지도 모른다고 서둘러 설명했다. 누가 알겠어요, 분명한 것은 메이슨 씨가 심장 발작을 일으켰고, 그 순간부터 메이슨과 쿠퍼의 경영은 약간 악화되었지만, 그것은 생산성 분야가 아니라 품질 때문이었지요. 아니, 어쩌면 질적인 면이라고 말하는 건 좀 과장된 말일지도 몰라요. 다소 결벽증적인 반응일지 모른다는 말이에요. 의사는 말했다. 메이슨과 쿠퍼의 품질은 과거에도 그랬고 앞으로도 나무랄 데 없을 것이기 때문이지요. 이런 표현이 적절한지는 모르겠지만 가죽 코트의 새 모델에 대한 마음가짐이나 세밀한 작업이 결여되었다는 게 아니라, 가죽 코트를 진정한 장인의 작품으로, 즉 역사와 함께 걸어가지만 또한 역사를 거슬러 가는 예술품으로 만드는 무형의 것이 약간 악화되었다는 것이지요. 내가 제대로 설명했는지 모르겠군요. 의사는 덧붙였다. 그러자 라이터는 코트를 벗어 그의 손에 쥐어 주고는, 얼마든지 살펴보십시오 하고 말하면서 동시에 진료실에 있던 두 의자 중 하나에 앉아서 계속 눈물을 흘렸다. 의사는 코트를 손에 든 채 그대로 있었고, 그제야 비로소 가죽 코트의 꿈에서 깨어나는 것 같았다. 그는 몇 마디 격려의 말, 혹은 격려의 문장을 형성하려고 몸부림치던 몇 단어만 간신히 말할 수 있었다. 그러나 그는 어떤 말도 라이터의 고통과 슬픔을 달래 줄 수 있을 것이라고는 생각하지 않았다. 그는 라이터의 어깨에 코트를 걸쳐 주고서, 그 코트, 쾰른 홍등가의 술집에서 일하는 문지기의 코트가 자기의 것과 똑같다고 다시 생각했다. 심지어 순간적으로 그게 자기 가죽 코트였다고, 단지 약간만 더 낡았을 뿐이라고, 자기 가죽 코트가 런던 거리에 있는 옷장에서 나왔고, 그에게, 즉 주인에게, 방탕한 생활을 즐기던 영국 군의관에게, 친구가 가난하거나 적어도 친구의 친구가 가난할 경우에 무료로 치료해 주던 의사에게 보이려는 단 하나의 목적을 가지고 영국 해협을 건너 프랑스 북부로 왔다고 생각하기도 했다. 그리고 순간적으로 울고 있는 독일 청년이 자기에게 거짓말을 했다고, 한과 푀르스터에서 코트를 구입한 것이 아니라, 그 검은 가죽 코트는 메이슨과 쿠퍼의 진품이며, 런던의 메이슨과 쿠퍼에서 구입한 것이라고 생각하기도 했다. 어쨌거나 의사는 너무나 특별한 촉감을 지녔고 너무나 쾌적하며 너무나 친숙한 코트를 울고 있는 라이터가 입도록 도와주면서, 인생은 근본적으로 미스터리야 하고 마음속으로 되뇌었다.

이후 석 달 동안 라이터는 거의 모든 자유 시간을 잉게보르크와 함께 보내려고 노력했다. 그는 암시장에서 과일과 채소를 샀다. 그리고 그녀가 읽을 책을 찾았다. 그는 요리했고, 두 사람이 함께 쓰던 다락방을 청소했다. 의학 서적을 읽었고, 온갖 종류의 약품을 구했다. 어느 날 아침 잉게보르크의 두 여동생과 어머니가 집에 모습을 드러냈다. 어머니는 말수가 적고 몸가짐도 올발랐지만, 열여덟 살, 열여섯 살 두 동생은 오로지 밖으로 나가 도시의 가장 재미있는 것들을 볼 생각만 했다. 어느 날 라이터는 그들에게 쾰른에서 가장 흥미로운 곳은 바로 자기 다락방이라고 말했고, 잉게보르크의 여동생들은 웃음을 터뜨렸다. 그러자 잉게보르크와 함께 있을 때만 웃던 라이터도 미소를 지었다. 어느 날 밤 그는 잉게보르크의 여동생들을 자기가 일하는 곳으로 데려갔다. 열여덟 살 난 힐데는 술집을 드나드는 창녀들을 오만불손하게 쳐다보았지만, 그날 밤 젊은 미군 중위 둘과 함께 나갔고 다음 날 늦게야 돌아왔다. 그 시간에 그녀의 어머니는 딸이 돌아오지 않자 라이터에게 뚜쟁이 역할을 했다면서 비난하고 있었다.

한편 잉게보르크의 질병은 그녀의 성욕을 돋우었지만, 다락방은 자그마했고, 모두가 한방에서 잤기에, 라이터는 아침 5~6시에 집에 도착해 잉게보르크가 섹스를 하자고 조르더라도 욕망을 억제해야만 했다. 그가 그녀의 어머니는 귀머거리가 아니기 때문에 거의 확실하게 그들이 사랑하는 소리를 들을 것이라고 설명하려 애쓸 때면, 잉게보르크는 화를 내면서 이제는 자기를 사랑하지 않는 게 분명하다고 말하곤 했다. 어느 날 오후 열여섯 살 난 막내딸 그레테는 라이터와 함께 산산이 부서진 동네로 산책을 나가서 자기 언니가 베를린에서 여러 정신과 의사와 신경과 의사를 찾아갔는데, 그들 모두 언니가 미쳤다고 진단했다고 알려 주었다.

라이터는 그녀를 쳐다보았다. 잉게보르크와 비슷했지만, 더 통통하고 더 키가 컸다. 사실 그녀는 너무나 컸고, 너무나 튼튼해서 마치 창던지기 선수처럼 보였다.

「우리 아버지는 나치였어요. 잉게보르크도 마찬가지였어요. 그 당시에는 나치였어요. 물어보세요. 그녀는 히틀러 유겐트의 단원이었어요.」여동생이 말했다.

「그러니까 네 의견으로는 그녀가 미쳤다는 거야?」라이터가 물었다.

「미쳐도 보통 미친 게 아니에요.」여동생이 대답했다.

얼마 후 힐데는 라이터에게 그레테가 그를 사랑하기 시작했다고 알려 주었다.

「그러니까 네 생각으로는 그레테가 나를 사랑한단 말이지?」

「미칠 정도로 사랑에 빠졌어요.」힐데가 눈알을 굴리며 말했다.

「참 재미있는 일이군.」라이터가 말했다.

어느 날 동틀 녘이었다. 라이터는 조용히 집에 도착해 잠을 자던 네 여자 중 누구도 깨우지 않으려고 노력하면서 침대 안으로 들어가 잉게보르크의 따스한 육체에 자기 몸을 갖다 댔다. 그러자 즉시 잉게보르크가 고열에 시달린다는 것을 알았고, 그의 눈에는 눈물이 가득 고였다. 그는 토할 것 같았지만, 너무나 천천히 구역질을 느낀 나머지 그 느낌이 완전히 불쾌하지는 않았다.

그때 그는 잉게보르크의 손이 자기 불알을 잡고서 쓰다듬는다는 것을 알았고, 그러자 손으로 잉게보르크의 잠옷을 허리춤까지 올리고서 그녀의 클리토리스를 찾고는 그녀의 그것을 애무하기 시작하면서, 다른 것들, 그러니까 진척시키던 자기 소설과 프로이센의 바다, 러시아의 바다, 크림반도의 해변 깊숙한 곳에 사는 다정한 괴물을 생각했다. 그 순간 그는 잉게보르크의 손을 느꼈다. 두 손가락이 그녀의 음부 안으로 들어갔고, 바로 그 손가락들로 자기 엉덩이의 입구를 촉촉하게 적셨다. 그러더니 당장 자기 안으로 들어오라고, 지체하지 말고 즉시 자기 항문으로 들어오라고 부탁했다. 아니, 명령했다. 라이터는 깊이 생각하지도 않았고 자기의 행동이 어떤 결과를 초래할지 숙고하지도 않은 채 그렇게 했다. 항문 섹스를 하면 잉게보르크가 어떻게 반응할지 그는 너무나 잘 알았지만, 그날 밤 거의 그의 충동은 잠든 남자의 충동과 같았고, 그래서 아무것도 예측하지 못한 채 그저 순간에만 순응했다. 그렇게 두 사람이 섹스를 하는 동안 잉게보르크는 신음 소리를 냈고, 그는 한쪽 구석에서 그림자가 아니라 고양이 눈 두 개가 떠오르는 것을 보았다. 그 두 눈은 떠오르더니 어둠 속을 떠돌았다. 그런 다음 또 다른 두 눈이 떠오르더니 어둠 속에 자리를 잡았다. 그는 잉게보르크가 미친 것 같은 목소리로 잠이나 자라고 눈들에게 명령하는 소리를 들었다. 그때 라이터는 자기 아내의 육체가 땀을 흘리며, 자기 역시 땀을 흘린다는 것을 알았고, 그게 열병을 치료하는 데 좋은 방법일지도 모른다고 생각했다. 그는 눈을 감고서 왼손으로 잉게보르크의 음부를 계속 애무했다. 눈을 뜨자 그는 고양이 눈 다섯 쌍이 어둠 속을 떠다니는 걸 보았고, 그게 자기가 꿈을 꾸고 있다는 분명한 신호라고 생각했다. 눈 세 쌍, 그러니까 두 여동생의 눈과 잉게보르크 어머니의 눈이라면 어느 정도 이치에 닿았지만, 눈이 다섯 쌍이라는 건 시간적, 공간적으로 전혀 이해할 수 없는 현상이었기 때문이다. 물론 두 여동생이 그날 밤 각각 애인을 데려왔다면 모르겠지만, 그것 역시 가능성의 영역 밖이었고 실현 가능한 일도 아니었으며 설득력 있는 것도 아니었다.

다음 날 잉게보르크는 몹시 불쾌해져 있었다. 여동생들과 어머니의 모든 행동과 말이 그녀를 화나게 만드는 것처럼 보였다. 그때 이후부터 너무나 긴장된 상황이 전개되는 바람에 그녀는 책을 읽을 수 없었고 그도 제대로 글을 쓸 수 없었다. 가끔씩 라이터는 잉게보르크가 힐데를 질투한다는 인상을 받았다. 하지만 그녀가 질투해야 할 여동생은 그레테였다. 가끔씩 일하러 나가기 전에 라이터는 다락방 창문에서 힐데와 데이트를 즐기는 두 장교를 보았다. 그들은 그녀의 이름을 소리 높여 부르면서 집 앞 보도에서 휘파람을 불곤 했다. 한 번 이상 그는 힐데와 함께 계단을 내려가 조심하라고 충고했다. 하지만 힐데는 전혀 근심스럽지 않은 표정으로 대답했다.

「날 어떻게 할 수 있겠어요? 내게 폭탄을 투하할 수 있나요?」

그러면서 그녀는 웃었고, 라이터 역시 그 대답을 듣고 웃지 않을 수 없었다.

「기껏해야 당신이 잉게보르크에게 하는 걸 내게 하겠지요.」 힐데는 언젠가 그렇게 말했고, 라이터는 한참 동안 대답을 곱씹었다.

내가 잉게보르크에게 하는 것이라고? 그는 생각했다. 하지만 잉게보르크와 섹스하는 것 이외에 그가 한 게 무엇일까?

마침내 어느 날 잉게보르크의 어머니와 여동생들은 어머니의 고향이자 이전에 잠시 정착했던 베스터발트로 돌아가기로 결정했고, 라이터와 잉게보르크는 다시 단둘이 남게 되었다. 이제 우리는 마음 편히 사랑을 나눌 수 있어요. 잉게보르크가 말했다. 라이터는 그녀를 쳐다보았다. 잉게보르크는 이미 일어나서 집 안을 약간 정리하고 있었다. 잠옷은 아이보리 색깔이었고, 길고 앙상한 그녀의 발 역시 거의 아이보리색을 띠었다. 그날 이후 그녀의 건강은 눈에 띌 정도로 호전되었고, 영국인 의사가 예고한 운명의 날이 되었을 때, 그녀는 어느 때보다도 건강한 상태였다.

얼마 후 그녀는 옷 수선 가게에서 일하기 시작했다. 옛날 옷을 새로운 옷으로 만들어 주고, 유행이 지난 옷을 유행에 맞는 옷으로 고쳐 주는 곳이었다. 수선 가게에는 재봉틀이 겨우 세 대 있었지만, 주인의 비상한 수완 덕분에 사업은 번창했다. 주인은 적극적이고 제3차 세계 대전이 아무리 늦어도 1950년이면

778

시작될 것이라고 확신하던 염세적인 여자였다. 처음에 잉게보르크는 라브 부인이 만들어 준 도안에 따라 천 조각을 꿰매는 일을 했다. 그러나 얼마 후 조그만 가게에 일이 넘치자, 그녀는 여성복 가게들을 찾아다니면서 주문을 받고서 수선된 옷을 건네주는 일을 했다.

그즈음에 라이터는 첫 번째 소설을 마쳤다. 그는 작품의 제목을 〈뤼디케〉라고 붙이고서 타자기를 빌려 줄 사람을 찾아 쾰른의 뒷골목을 돌아다녀야 했다. 아는 사람에게, 그러니까 그의 이름이 한스 라이터라는 것을 아는 사람에게 타자기를 빌리거나 임대하지 않겠다고 마음먹었기 때문이다. 마침내 그는 낡은 프랑스제 타자기를 소유한 어느 노인을 찾아냈다. 노인은 타자기를 임대해 주는 사람이 아니었지만, 작가들에게는 예외를 적용했다.

노인은 상당히 높은 금액을 요구했고, 그래서 처음에 라이터는 더 찾아보는 게 좋지 않을까 생각했지만, 먼지도 하나 없고 활자판의 모든 글자가 종이에 흔적을 남길 수 있도록 완벽한 상태로 보존된 타자기를 보자, 그 액수를 지불하는 사치를 하기로 마음먹었다. 노인은 선불을 요구했다. 바로 그날 밤에 라이터는 술집 여자아이들에게 돈을 빌려 달라고 부탁했고 돈을 빌릴 수 있었다. 다음 날 그는 노인의 집으로 가서 돈을 보여 주었다. 그러자 노인은 책상에서 장부를 꺼내더니 이름이 무엇이냐고 물었다. 라이터는 머리에 가장 먼저 떠오른 이름을 말했다.

「베노 폰 아르킴볼디입니다.」

노인은 그의 눈을 쳐다보았고, 자기에게 장난치지 말라면서 진짜 이름이 무엇이냐고 물었다.

「내 이름은 베노 폰 아르킴볼디입니다. 농담이라고 생각하신다면, 그냥 가겠습니다.」 라이터가 말했다.

잠시 두 사람은 아무 말 없이 그대로 있었다. 노인의 눈은 진한 갈색이었지만, 사무실이 어두운 탓에 검은색처럼 보였다. 아르킴볼디의 눈은 파란색이었고, 노인은 젊은 시인의 눈이라고, 피로에 지치고 혹사당해 붉게 충혈된 눈이지만 어쨌든 젊은이의 눈이라고 생각했다. 노인은 오래전부터 순수라는 것을 믿지 않았지만, 그의 눈만은 어느 정도 순수하다고 여겼다.

「이 나라는 말이네.」 노인은 아마도 그날 오후 아르킴볼디가 된 라이터에게 말했다. 「순수와 의지라는 이름으로 여러 나라를 심연의 구렁텅이로 던져 버리려고 했다오. 자네도 알겠지만, 난 순수함과 의지는 순전히 허튼소리라고 생각해. 내 말을 잘 듣도록 하게. 순수와 의지 덕분에 우리 모두는, 우리 각자는 모두 하나도 빠짐없이 겁쟁이와 흉악범이 되어 버렸어. 어쨌건 겁쟁이와 흉악범은 동일한 것이지만 말이네. 이제 우리는 울고 슬퍼하면서 이렇게 말하지. 우리는 몰랐어요! 우리는 깨닫지 못했단 말이에요! 나치들이 그런 거예요! 우리는 결코 그런 일을 하지 않았을 겁니다! 우리는 어떻게 하소연하는지 안다네. 우리는 어떻게 해야 동정을 유발하는지 알지. 남들이 우리를 가엽게 여기고 용서해 준다면, 우리는 비웃음당하는 따위는 개의치 않지. 기억 상실이라는 기나긴 연휴를 시작할 시간은 충분히 있을 거야. 내가 말하고자 하는 게 무슨 의미인지 알겠나, 젊은이?」

「알겠습니다.」 아르킴볼디가 대답했다.

「나도 작가였다오.」 노인이 말했다.

「하지만 그만두었다네. 이 타자기는 우리 아버지가 내게 선물한 걸세. 다정하고 교양 있는 우리 아버지는 아흔세 살까지 살았지. 본질적으로 착한 사람이었어. 말할 필요도 없지만 그는 진보를 믿는 사람이었네. 불쌍한 우리 아버지. 진보를 믿었고, 물론 인간의 본질은 선하다는 걸 믿었지. 나 역시 인간은 본질적으로 착하다고 믿지만, 그건 아무런 의미도 없다네. 살인자들도 마음은 착하지. 우리 독일인들은 그걸 아주 잘 안다네. 나는 살인자와 술을 마시면서 밤을 지새울 수 있고, 아마도 두 사람은 태양이 떠오르는 걸 지켜보면서 노래를 부르거나 베토벤의 음악을 흥얼거릴 수도 있을 걸세. 그리고 살인자는 내 어깨에 얼굴을 기대고 흐느낄 수도 있지. 자연스러운 거야. 살인자가 된다는 건 쉬운 일이 아니야. 자네와 난 그걸 아주 잘 아네. 전혀 쉬운 일이 아니야. 순수와 의지, 의지와 순수를 요구하는 일이거든. 수정처럼 맑은 순수함과 강철처럼 굳은 의지 말일세. 심지어 난 살인자의 어깨에 기대어 울기 시작하면서 〈형제〉나 〈친구〉 혹은 〈불행을 함께하는 동지〉 따위의 달콤한 말도 속삭일 수 있어. 그 순간 살인자는 착한 사람이야. 본질적으로 착하기 때문이지. 그리고 난 바보야. 본질적으로 바보이기 때문이야. 그리고 우리 두 사람은 감상적이야. 그건 우리의 문화가 주체할 수 없이 감상적인 경향을 보이기 때문이지. 하지만 그런 행위가 끝나고 내가 혼자 남으면, 살인자는 내 방 창문을 열고 간호사처럼 까치발로 들어와서 내 목을 잘라 피가 한 방울도 남지 않게 할 수도 있어.

불쌍한 우리 아버지. 난 작가였어. 작가였다네. 하지만 게으르고 욕심 많은 내 머리는 내 창자들을 먹어 치웠어. 내 프로메테우스의 독수리 혹은 내 독수리의 프로메테우스였던 거지. 어느 날 난 잡지와 신문에 아주 훌륭한 글을 싣거나, 심지어 인쇄된 종이가 아깝지 않을 책을 출판하게 될 수 있다는 사실을 알았어. 그러나 역시 우리가 걸작이라고 부르는 것에는 결코 다가갈 수도, 만들 수 없다는 사실도 알았지. 자네는 내게 문학은 걸작으로만 이루어지는 것이 아니라, 이류 작품이라고 불리는 것으로도 구성된다고 말할 걸세. 나 역시 그렇게 믿었어. 문학은 광활한 숲이고 걸작은 호수나 아주 큰 나무, 혹은 이상하기 그지없는 나무야. 또는 아주 사랑스럽고 생생한 꽃이거나 숨겨진 동굴이 될 수도 있어. 하지만 숲 역시 평범한 나무와 풀, 웅덩이와 기생 식물들, 버섯과 자그마한 야생화들로 이루어지지. 난 잘못 생각했어. 사실상 이류 작품이란 존재하지 않거든. 그러니까 내 말은 이류 작품의 저자는 개똥이나 말똥이로 불리지 않는다는 거야. 개똥이나 말똥이는 존재해. 이것에 대해서는 의심의 여지가 없어. 그들은 고생하고 애써 일하며 잡지와 신문에 글을 싣지. 가끔씩은 심지어 인쇄된 종이가 아깝지 않은 책을 출판하기도 해. 그러나 자네가 주의 깊게 살펴본다면, 그런 책들이나 그런 글들은 〈그들이 쓴 게 아니라는 걸〉 알게 될 걸세.

모든 이류 작품에는 비밀 저자가 있어. 이 비밀 저자는 너무나 자명하게도 걸작을 쓴 작가지. 그럼 이류 작품을 누가 썼을까? 겉보기에는 이류 작가가 쓴 것이지. 이 불쌍한 작가의 아내는 그걸 증언해 줄 수 있어. 그녀는 자기 남편이 책상에 앉아 백지 위로 몸을 숙이고 의자에서 몸을 들썩이면서 종이 위로 펜을 휘갈기는 모습을 보았거든. 그러나 그녀가 본 것은 바깥 부분에 불과해. 문학의 껍데기만 본 것이지. 겉모습일 뿐이야.」늙은 과거의 작가가 아르킴볼디에게 말했고, 아르킴볼디는 안스키를 떠올렸다.

「실제로 이류 작품을 쓰는 사람은 걸작 작가의 지시만을 받아쓰는 비밀 작가라네. 우리의 훌륭한 장인은 글을 쓰네. 그는 글을 쓰는 데 몰두하고 점차로 종이에 훌륭하거나 형편없이 구체화하지. 그가 눈치채지 못하게 그의 아내는 그를 지켜봐. 정말로 글을 쓰는 사람은 바로 그야. 하지만 그의 아내가 방사선 같은 투시력을 갖고 있다면, 아마도 문학 창작의 연습 과정이 아니라 최면 치료 과정을 지켜본다는 것을 알았을 거야. 앉아서 글을 쓰는 사람의 내면에는 〈아무것〉도 없어. 그러니까 그에 관한 건 아무것도 없다는 거지. 그 불쌍한 사람은 차라리 책을 읽는 게 나아. 독서는 살아 있다는 행복이나 기쁨 또는 슬픔이네. 그러나 무엇보다도 지식과 질문이네. 반면에 글쓰기는 거의 대부분 무의미하고 허탈한 작업이지. 글을 쓰는 사람의 내장에는 〈아무것도 없다〉는 말이네. 내 말은 어느 순간 그의 아내가 알아볼 만한 것은 정말이지 아무것도 없다는 거지. 즉, 그는 구술한 것을 받아쓰는 사람처럼 쓴다는 말이야. 점잖고 품위 있으며 적절한 그의 소설이나 시집은 가련하고 불행한 사람이 생각하듯이 문체나 의지의 연습이 아니라, 〈숨김과 은폐〉를 연습한 결과로 탄생하는 거야. 그래서 그토록 많은 책과 사랑스러운 많은 소나무가 있는 걸세. 정말로 중요한 책을 사악한 시선에서 보호하기 위해서지. 그런 책은 우리의 불행으로 점철된 저주받은 동굴, 겨울에 피는 마법의 꽃이야.

은유를 사용해서 미안하네. 가끔씩 난 흥분하면 낭만적이 된다네. 하지만 잘 들어 보게. 걸작이 아닌 모든 작품을 어떻게 말해야 할지 모르겠지만, 그것들은 폭넓은 위장의 일부야. 자네는 군인이었을 거라고 생각하는데, 그래서 내가 무슨 말을 하는지 잘 알 걸세. 걸작이 아닌 모든 작품은 대포의 밥, 그러니까 억지로 발걸음을 옮기는 보병이며, 희생되어야 하는 부분일세. 그것은 다양한 방법으로 걸작의 밑그림을 흉내 내기 때문이야. 이런 사실을 깨달은 뒤 나는 글쓰기를 그만두었네. 그러나 아직도 내 마음은 계속해서 움직이고 있어. 사실대로 말하면, 글을 멈추자 내 마음은 더욱 잘 움직였어. 난 나 자신에게 물었다네. 왜 걸작이란 숨겨져야 하는 걸까? 어떤 이상한 힘이 걸작을 비밀과 미스터리를 향해 이끄는 것일까?

나는 이미 글쓰기란 무용지물이라는 사실을 아네. 아니, 조금 더 정확하게 말하면, 걸작을 쓸 준비가 되었을 경우에만 가치가 있지. 작가들 대부분은 착각하거나 놀이를 하는 것이지. 아마 착각하는 것과 놀이하는 건 동일한 걸지도 몰라. 그건 동전의 양면일 수도 있거든. 사실 우리는 결코 어린아이 상태에서 벗어나지 못해. 종기와 부풀어 오른 혈관, 종양과 검버섯으로 뒤덮인 끔찍한 아이지만 그래도 아이거든. 다시 말하면, 결코 삶에 대한 집착을 포기하지 않는다는 거야. 그건 우리가 삶이기 때문이야. 또한 우리는 연극이다, 혹은 우리는 음악이다 하고 말할 수도 있어. 마찬가지로 작가들 중에서 글쓰기를 포기하는 사람은 얼마 되지 않아. 우리는 우리 자신이 불멸이라고 믿는 놀이를 하지. 그러면서 우리의 작품은 너무 관대하게 평가하고 남의 작품들은 항상 잘못 평가하면서, 스스로 착각에 빠져. 작가들은 노벨상 시상식장에서 만나 하고 말하지. 그건 마치 지옥에서 만나 하고 말하는 것과 동일하다네.

언젠가 미국의 액션 영화를 보았어. 어느 장면에서 탐정은 악당을 죽여. 그런데 운명의 총탄을 발사하기 전에 그는 이렇게 말해. 지옥에서 만나자고. 그는 놀이를 하는 거야. 탐정은 놀이를 하면서 스스로 착각하는 거야. 악당은 죽기 조금 전에 탐정을 쳐다보며 욕을 퍼부어. 그 역시 놀이를 하는 것이고 착각하는 거지. 물론 악당의 놀이와 착각의 영역은 거의 절대적인 영(零)으로 한정되어 있어. 그건 다음 장면에서 그가 죽을 것이기 때문이야. 영화감독 역시 놀이를 하는 거지. 시나리오 작가도 마찬가지야. 노벨상 시상식에서 만나. 우리는 역사를 만들었어. 작가들은 말해. 그러면 독일 국민은 우리에게 고마워할 거야. 영웅적인 전투는 앞으로 올 세대들에게 영원히 기억되지. 불멸의 사랑도 마찬가지야. 대리석에 쓰인 이름도 똑같아. 뮤즈들의 시간도 마찬가지야. 심지어 겉으로 보기에 순진하기 그지없는 〈그리스 산문의 메아리〉라는 문구도 모두 놀이이며 잘못된 생각이야.

놀이와 착각은 이류 작가들의 눈가리개이자 충동이야. 또한 미래에 행복할 것이라는 약속이기도 하지. 그것은 현기증 날 정도의 속도로 커져 가는 숲이야. 누구도, 심지어 학술원조차도 제지할 수 없는 숲이지. 학술원은 숲이 문제없이 자라도록 신경 쓰고, 기업가들과 파렴치한들의 온상인 대학, 그리고 정부 기관과 후원자들, 문화 협회들과 시의 변호인들도 마찬가지야. 그들 모두는 숲이 무성해져서 숨겨야 할 것들을 숨기도록 거들지. 그들 모두는 숲이 번식시켜야 할 것을 번식시키도록 도와. 그런 과정이 불가피하기 때문이야. 하지만 누구도 숲이 무엇을 번식시키는지, 숲이 무엇을 희미하게 비추는지 밝히지 못해.

자네는 표절이라고 이야기하겠지? 그래, 표절이라고 할 수 있어. 모든 이류 작품, 즉 이류 작가의 펜에서 나온 모든 작품은 걸작의 표절이 될 수밖에 없다는 의미에서 말이네. 차이가 약간 있다면 여기에서 우리는 〈인가된 표절〉에 관해 말하는 거지. 표절은 위장과 같고, 위장은 얼룩덜룩한 무대와 같으며, 그런 무대는 쉽게 드러날 속임과 같으며, 그런 속임은 우리를 결국 공허함으로 이끌지.

간단하게 말해서, 가장 좋은 건 경험이라네. 난 자네가 도서관에 끊임없이 드나들면서 경험을 얻을 수는 없을 거라고 말하지 않겠네. 하지만 도서관보다 실제 경험이 더 중요하다네. 흔히 말하는 것처럼 경험은 학문의 어머니지. 나는 젊었을 때, 그러니까 문학계에서 출세하겠다고 생각했을 때, 위대한 작가를 알게 되었어. 아마도 걸작 한 편을 쓴 위대한 작가였어. 그러나 내가 보기에 그가 쓴 것은 그 단

한 편의 걸작이 전부였지.

　그의 이름이 무엇인지는 밝히지 않겠네. 내가 그 이름을 말해 준다고 하더라도
자네에게는 그다지 도움이 되지 않을 것이기 때문이네. 그리고 이 이야기에서 그
이름을 반드시 알아야 필요도 없네. 그가 독일인이며 어느 날 강연을 하려고
쾰른으로 왔다는 사실만 알아도 충분하다네. 그는 우리 도시의 대학에서 세 번
강연했는데, 물론 나는 한 번도 빠지지 않고 참석했지. 마지막 강연에서 나는 맨
앞줄에 앉았네. 사실 그는 첫 번째 강연과 두 번째 강연에서 말한 것들을 반복했고,
그래서 그의 말을 듣기보다는 다른 것들을 자세하게 관찰하는 데 관심을 기울였어.
가령 그의 손을 보았어. 앙상하면서도 강인한 손이었지. 그리고 그의 목은
칠면조의 목이나 깃털 빠진 수탉의 목과 유사한 노인의 목이었고, 광대뼈는
슬라브족과 약간 비슷했으며, 입술에는 생기가 없었지. 면도칼로 잘라도 피 한
방울 나오지 않을 거라고 확신할 수 있는 그런 입술이었어. 그의 관자놀이는
격렬하게 요동치는 바다처럼 회색이었어. 특히 그의 눈은 진한 색깔이었는데,
머리를 가볍게 움직일 때면 가끔씩 끝없는 터널, 그러니까 붕괴되기 일보 직전인,
버려진 두 터널과 흡사했어.

　물론 강연이 끝나자 그는 지역 인사들에게 둘러싸였고, 나는 그와 악수를 할
수도, 내가 그를 얼마나 존경하는지 말할 수도 없었어. 시간이 흘렀어. 이 작가는
죽었고, 당연한 소리지만 나는 계속 그의 작품을 읽고 또 읽었어. 그리고 내가
문학을 그만두겠다고 결정한 날이 되었지. 난 문학을 포기했어. 이것은 내게 깊은
정신적 상처가 아니라 오히려 해방감을 주었어. 우리 사이니까 솔직하게
털어놓는데, 그건 마치 동정을 잃어버리는 것과 같았다네. 문학을 그만둔다는 것,
글쓰기를 포기하고 오로지 읽기만 한다는 것, 그것은 말할 수 없이 커다란
안도감을 선사했어.

　그러나 그건 또 다른 이야기일세. 그것에 관해서는 자네가 타자기를 돌려줄 때
말하도록 하지. 하지만 이 위대한 작가가 우리 도시를 방문했다는 기억은 내
머리에서 떠나지 않았어. 그러는 동안 나는 광학 기계 공장에서 일하기 시작했어.
난 잘 살았네. 총각이었고 돈도 있었으며, 매주 영화관과 극장, 전시회에 갔고, 또한
영어와 프랑스어를 공부했으며, 서점에 가서 내가 읽고 싶은 책들을 샀다네.

　편안한 삶을 살았다네. 하지만 위대한 작가가 방문했다는 기억은 내 머리를
떠나지 않았어. 그런데 더 큰 문제는 갑자기 내가 세 번째 강연만 기억한다는 것을
깨달았다는 거야. 나는 오로지 작가의 얼굴만 떠올렸어. 마치 내게 무언가를
말하려고 했지만 결국 아무 말도 하지 못한 얼굴 같았지. 그런데 왜 그런 것일까?
어느 날 이 이야기와 상관없는 이유로 나는 친구 의사와 함께 대학의 시체
보관소에 갔네. 자네가 그런 곳에 가봤다고 생각하지 않아. 시체 보관소는
지하실에 있었고, 아주 긴 방이었어. 벽에는 하얀 타일이 붙어 있고 천장은 나무로
만들어졌지. 시체 보관소 한가운데에는 조그만 계단식 강의실이 있었는데, 그곳이
바로 부검과 해부를 비롯해 과학적 잔학 행위가 이루어지는 장소였네. 그곳에는

또한 작은 사무실이 두 개 있었어. 하나는 법의학 학장실이었고, 다른 하나는 교수실이었지. 그리고 양쪽 끝에는 시체들을 보관하는 냉동실이 있었어. 빈민들의 시체나 아니면 싸구려 여인숙에서 죽음을 맞은 불법 체류자들의 시체였지.

그 시기에 나는 이런 시설에 관심을 보였다네. 의심할 여지 없이 섬뜩하고 소름 끼치는 관심이었지. 내 의사 친구는 다정하게도 그곳의 모든 것을 일일이 설명해 주었고, 심지어 우리는 그날의 마지막 부검도 지켜보았지. 그러고서 내 친구는 학장실로 들어갔고, 나는 혼자 복도에 남아 그를 기다렸네. 그러는 동안 학생들이 떠났고, 해 질 무렵의 무기력 상태가 독가스처럼 문 밑으로 스며들었어. 10분쯤 기다렸을 때 나는 무슨 소리를 들었는데, 그 소리가 시체 보관소에서 나온다는 사실을 알고 화들짝 놀랐어. 자네에게 자신 있게 말하는데, 그 시기에는 그런 소리를 들으면 누구든 겁을 집어먹었어. 하지만 난 결코 겁쟁이가 아니었고, 그래서 소리가 나는 곳으로 갔다네.

문을 열자 차가운 공기가 내 얼굴을 가득 뒤덮었어. 시체 보관소 안쪽 간이침대 옆에서 어느 남자가 시체를 넣기 위해 냉동실 문 하나를 열려 하고 있었지. 하지만 아무리 안간힘을 써도 문제의 냉동실 문은 꼼짝도 하지 않았어. 시체 보관소 문가에서 움직이지 않은 채, 나는 도움이 필요하냐고 물었지. 남자가 벌떡 일어섰어. 아주 키가 컸어. 그는 나를 쳐다보았어. 내가 보기에는 자포자기의 표정이었어. 아마도 그의 시선에 담긴 그런 절망감에 깊은 인상을 받은 나머지 용기를 내서 그에게 다가간 것 같아. 시체들을 지나면서 나는 마음을 가라앉히기 위해 담배에 불을 붙였고, 그의 옆에 다다르자 무엇보다도 먼저 그에게 다른 담배를 내밀었다네. 아마도 존재하지도 않는 동지애를 억지로 쥐어짜기 위해서였던 것 같네.

시체 보관소의 직원은 그제야 나를 쳐다보았지. 마치 내가 시간을 뒤로 거슬러 간 것 같았어. 그의 눈은 내가 순례자처럼 독실하게 열심히 참석한 쾰른에서 열린 강연의 위대한 작가 눈과 똑같았다네. 자네에게 솔직히 말하자면, 심지어 잠시 이런 생각을 했다네. 그러니까 바로 그 순간 내가 미쳐 가고 있다고. 그런데 시체 보관소 직원의 목소리를 듣고서 이런 공포 상태에서 빠져나왔어. 사실 그의 목소리는 위대한 작가의 따스한 목소리와 하나도 닮은 데가 없었어. 그는 말했지. 이곳에서는 담배를 피우면 안 된다고.

나는 무슨 대답을 해야 할지 몰랐어. 그러자 그는 담배가 죽은 자들에게 해롭다고 덧붙였네. 나는 웃었지. 그러자 그는 연기가 보존 과정에 영향을 끼친다면서 부연 설명을 했지. 나는 애매한 몸짓을 했네. 그는 마지막으로 시도했어. 몇몇 여과기에 관해 말했고, 습기에 대해 말했으며, 〈순수〉라는 말을 했어. 나는 다시 담배를 권했고, 그는 체념한 표정으로 자기는 담배를 피우지 않는다고 알려 주었지. 나는 그에게 그곳에서 오랫동안 일했느냐고 물었네. 그는 약간 날카로운 목소리로 무심한 말투를 사용하면서 1914년 전쟁이 발발하기 훨씬 이전부터 대학에서 일했다고 대답했네.

〈그때부터 여태까지 시체 보관소에서 일했나요?〉 그에게 물었지.

〈다른 곳에서는 일해 보지 않았어요.〉 그가 대답했네.

〈참으로 이상해요. 하지만 당신 얼굴, 특히 당신의 눈을 볼 때마다, 나는 위대한 독일 작가의 눈을 떠올려요.〉 여기서 그 작가의 이름을 말했다네.

〈그 이름은 들어 본 적이 없어요.〉 그의 대답이었다네.

예전이었다면 이런 대답에 몹시 분노했을 걸세. 그러나 하느님 덕분에 나는 새로운 삶을 살고 있었어. 나는 시체 보관소에서 일하면 틀림없이 인간의 운명에 대해 적절한 사고, 적어도 독창적인 사색을 하게 될 것이라고 말했어. 그러자 그는 내가 그를 비웃는다는 듯, 혹은 내가 프랑스어로 말한다는 듯 나를 쳐다보았네. 나는 포기하지 않고 계속 말했어. 시체 보관소 전체를 품을 것처럼 팔을 활짝 벌리면서, 그곳 환경은 인생이 얼마나 짧은지, 인간의 운명이 얼마나 불가해한 것인지, 속세의 다툼이 얼마나 부질없는 짓인지 숙고하기에 어느 정도 이상적인 장소라고 말했네.

나는 공포에 사로잡혀 몸서리치면서, 갑자기 그가 마치 위대한 독일 작가인 것처럼 그에게 말하고 있으며, 이것이 바로 결코 이루어지지 않은 우리의 대화라는 사실을 깨달았다네. 시간이 별로 없어요. 그는 말했지. 나는 다시 그의 눈을 바라보았어. 의심의 여지가 없었네. 내 우상의 눈과 똑같았어. 그리고 〈시간이 별로 없어요〉라는 그의 대답도 마찬가지였네. 그 대답이 얼마나 많은 문을 열어 주었는지 아나? 그 대답 이후 얼마나 많은 길이 갑자기 환하게 눈앞에 나타났는지 아나?

시간이 별로 없어요, 난 시체들을 올리고 내려야 해요. 시간이 많지 않아요, 난 숨을 쉬어야 하고 먹어야 하며 마셔야 하고 잠을 자야 해요. 시간이 많지 않아요, 난 톱니바퀴 맞물리듯이 움직여야 해요. 시간이 많지 않아요, 난 정신없이 살아야 해요. 시간이 많지 않아요, 난 지금 죽어 가요. 자네도 짐작하겠지만, 나는 더는 질문을 하지 않았어. 나는 냉동 칸을 열도록 도와주었네. 그가 시체를 안에 넣는 것도 도와주고 싶었지만, 그런 일에는 너무나 서툴렀고, 결국 시체를 덮은 시트가 흘러내렸네. 나는 시체의 얼굴을 보았고, 눈을 감고서 고개를 숙이고는 그가 편안하게 일하도록 놔두었지.

그곳에서 나왔을 때, 내 친구는 시체 보관소의 문가에서 조용히 나를 지켜보고 있었어. 아무 일 없었지? 그는 내게 물었다네. 난 대답할 수 없었지. 아니, 어떻게 대답해야 할지 몰랐어. 아마도 괜찮은 건 하나도 없어 하고 대답한 것 같네. 그러나 내가 말하고자 했던 바는 그게 아니었어.」

차 한 잔을 마시고 아르킴볼디가 그와 작별하기 전에, 타자기를 빌려 준 노인은 이렇게 말했다.

「예수는 걸작이야. 도둑놈들은 이류 작품이야. 왜 그들이 거기에 있는지 아는가? 몇몇 순진한 영혼이 믿듯이 십자가에 못 박는 이야기를 만들기 위해서가 아니라, 그걸 숨기기 위해서라네.」

타자기를 빌려 줄 누군가를 찾아서 도시를 수없이 헤매고 다니던 중에, 그는 다락방으로 이사하기 전 지하 방을 함께 썼던 두 룸펜을 우연히 만났다.

겉으로 보기에 함께 불행을 나눈 옛 동료들은 그다지 바뀐 게 없었다. 늙은 기자는 퀼른의 새로운 신문사에서 일자리를 구하려고 노력했지만, 나치 전력이 있다는 이유로 취업을 거부당했다. 역경의 시기가 길어지면서 그의 명랑하고 착한 성품은 점점 사라졌고, 나이로 인한 질병이 고개를 쳐들기 시작했다. 반면 기갑 부대 퇴역 병사는 이제 모터사이클 수리 가게에서 일했고, 이미 공산당에 가입한 상태였다.

두 사람이 함께 지하 방에 있을 때, 그들은 쉬지 않고 싸웠다. 기갑 부대 병사는 나치 투사이며 겁쟁이라면서 노기자를 비난했다. 그러면 노기자는 무릎을 꿇고서 그렇다고, 자기가 겁쟁이인 것은 맞지만, 결코 나치는 아니었다고, 자기는 진정한 나치가 아니었다고 소리 높여 맹세했다. 우리는 그들이 불러 주는 대로 썼어. 해고되지 않으려면 그들이 불러 주는 대로 써야만 했어. 노기자는 애처롭게 흐느껴 울었지만, 기갑 부대 퇴역 병사의 마음은 전혀 움직이지 않았다. 그는 그런 비난뿐만 아니라, 자기와 자기 동료들이 고장 나고 불타는 탱크 안에서 목숨을 걸고 싸우는 동안, 그 기자를 비롯한 다른 기자들은 뻔뻔스럽게 선전용 거짓말 기사나 써대면서, 기갑 부대원들과 기갑 부대원들의 어머니, 심지어 기갑 부대원 애인들의 감정은 완전히 무시했다고 덧붙였다.

「그래서 당신을 절대 용서할 수 없어요, 오토.」 그가 말했다.

「하지만 그건 내 잘못이 아니야.」 기자가 흐느꼈다.

「울어요, 실컷 울어요.」 기갑 부대원은 말했다.

「우리는 시를 지으려고 시도했어. 시간이 흐르게 놔두려고 애썼어. 살아서 앞으로 무엇이 올지 보고자 노력했어.」 기자가 말했다.

「이 더러운 돼지야, 당신은 이미 무엇이 왔는지 봤어!」 기갑 부대원이 대답했다.

가끔씩 기자는 자살에 관해 말하곤 했다.

「다른 해결책은 없다네.」 아르킴볼디가 그들을 찾아갔을 때, 기자는 그에게 말했다. 「기자로서 내 생명은 끝났어. 공장 노동자로 일할 수 있는 가능성은 전혀 없어. 그리고 내 과거 때문에 지방 정부 공무원으로 일할 수도 없어. 제대로 할 수 있는 일이 없어서 자유업 종사자로 일할 수도 없어. 그런데 왜 내가 이런 고통을 질질 끌고 다녀야 하지?」

「사회에 대한 빚을 갚고 당신의 거짓말에 대해 속죄하기 위해서예요.」 책상에 앉아 있던 기갑 부대 퇴역 군인이 소리쳤다. 그는 신문을 읽는 데 온 정신을 쏟는 척했지만, 사실은 그들의 대화를 엿들었던 것이다.

「자넨 지금 자네가 무슨 말을 하는지도 몰라, 구스타프. 네게 입이 마르도록 말한 것처럼, 나의 유일한 죄는 겁쟁이였다는 거야. 그리고 지금 그것 때문에 값비싼 대가를 치르고 있어.」 기자가 대답했다.

「더 비싼 대가를 치러야 해요, 오토. 더 비싼 대가를.」

그들을 방문하는 동안 아르킴볼디는 기자에게 아마 다른 도시로 간다면 운명이 바뀔 수도 있다고, 그러니 쾰른보다 덜 황폐해진 도시로, 누구도 그를 모르는 더 조그만 도시로 가라고 제안했다. 기자는 그런 가능성을 한 번도 생각해 본 적이 없었지만, 그 순간 이후부터 진지하게 고려하기 시작했다.

아르킴볼디는 20일에 걸쳐 소설 원고를 타이핑했다. 그는 먹지를 대고서 사본을 만들었고, 다시 문을 열기 시작한 공공 도서관에서 원고를 보낼 출판사 이름 두 개를 찾았다. 오랫동안 자세히 조사한 끝에, 그가 좋아한 많은 책을 출판한 출판사들은 이미 오래전부터 존재하지 않는다는 것을 알았다. 몇몇 출판사는 경제적 문제로 파산했거나 아니면 소유주의 무관심이나 갈수록 줄어드는 관심 때문에 문을 닫았다. 그리고 어떤 출판사들은 나치에 의해 강제로 폐쇄되었거나 아니면 편집인들이 감금되었기 때문에 문을 닫았고, 또 어떤 출판사들은 연합군의 폭격을 받아 사라져 버렸다.

그를 잘 알고 그가 글을 쓴다는 것을 아는 어느 도서관 여사서는 도움이 필요하냐고 물었고, 아르킴볼디는 아직 활동 중인 문학 출판사를 찾는다고 말했다. 여사서는 자기가 도와줄 수 있다고 했다. 잠시 그녀는 몇몇 서류를 뒤적거리더니 전화를 걸었다. 그 일이 끝나자 그녀는 아르킴볼디에게 출판사 목록을 스무 개 정도 건네주었다. 그가 자기 소설을 타이핑하느라고 투자한 날의 숫자와 일치했다. 틀림없이 길조였다. 그러나 문제는 그가 원본 하나와 사본 하나만 갖고 있으며, 따라서 두 출판사만 골라야 했다는 점이었다. 그날 밤 술집 문 앞에 서서 그는 가끔씩 그 종이를 꺼내 살펴보았다. 그때처럼 출판사들의 이름이 그토록 아름답고 고귀하며 약속과 희망으로 가득하다고 생각해 본 적은 없었다. 그러나 신중하게 행동하고 열정에 휩쓸리지 않기로 마음먹었다. 그는 원본을 쾰른의 어느 출판사에 손수 넘겨 주었다. 이 출판사는 원고를 수락하지 않을 경우 아르킴볼디가 직접 원고를 찾아와 즉시 다른 출판사에 보낼 수 있다는 이점을 갖고 있었다. 먹지를 대고 만든 사본은 함부르크의 출판사로 보냈다. 그 출판사는 1933년까지 독일 좌파의 책들을 출판했지만, 나치 정부는 그 출판사를 폐쇄했을 뿐만 아니라, 출판인인 야코프 부비스를 포로수용소로 보내려고 했다. 그러나 부비스 씨는 한발 앞서서 망명길을 선택했고, 재앙을 피할 수 있었다.

원본과 사본을 발송하고 한 달 후 쾰른의 출판사는 그의 소설 『뤼디케』는 우수한 작품임을 부정할 수 없지만 유감스럽게도 자신들의 출판 계획에는 포함되지 않는다는 답장을 보내왔다. 그렇지만 다음 소설을 쓰면 반드시 원고를 보내 달라는 말을 덧붙였다. 그는 그런 일이 있었다는 것을 잉게보르크에게 말하고 싶지 않았고, 바로 그날 자신의 원고를 찾으러 갔다. 그러나 그 작업은 여러 시간이 소요되었다. 출판사의 누구도 원고가 어디에 있는지 알지 못하는 것 같았고, 아르킴볼디는 원고를 되찾지 않고는 절대로 가지 않겠다는 확고한 의지를 보여 주었기 때문이다. 다음 날 그는 직접 쾰른의 다른 출판사로 원고를 가져갔지만, 그 출판사 역시 약 한 달 반 후에 첫 번째 출판사의 편지와 대동소이한 내용으로 답장을 보내왔다. 수식어가 더 많고, 다음번 소설에서 더 나은 행운이 깃들길 바란다는 말이 덧붙어 있을 따름이었다.

이제 쾰른에는 단 하나의 출판사만 남아 있었다. 가끔씩 소설이나 시 혹은 역사책을 출간하기는 하지만, 출판 목록의 대부분은 적절한 정원 관리나 올바른 응급 처치 방법, 혹은 파괴된 주택의 벽돌 재사용법 같은 실용서가 차지하는 곳이었다. 출판사 이름은 〈고문(顧問)〉이었고, 지난 두 출판사와 달리 이번에는 출판인이 직접 맞이하면서 원고를 받았다. 출판인이 아르킴볼디에게 지적했듯이, 직원들이 없어서가 아니었다. 출판사에는 적어도 다섯 명이 일했기 때문이다. 그건 출판인이 그의 출판사에서 책을 출간하고 싶어 하는 작가들의 얼굴을 보고자 했기 때문이었다. 아르킴볼디가 기억하는 것처럼, 그들의 대화는 이상하기 짝이 없었다. 출판인은 폭력배의 얼굴을 하고 있었다. 아르킴볼디보다 불과 몇 살 많은 젊은 사람이었고, 아주 근사하고 멋진 양복을 입었지만 그에게는 약간 작은 듯했다. 마치 아무도 모르게 하룻밤 사이에 10킬로그램이 는 사람 같았다.

전쟁 동안 그는 낙하산 부대에서 근무했다. 그러나 낙하산을 타고 뛰어내리고 싶은 마음이 없었던 것은 아니지만 실제로 그런 적은 한 번도 없다고 서둘러 설명했다. 그의 병적 기록에는 여러 전투 지역의 전투, 특히 이탈리아와 노르망디 전투 참가가 포함되어 있었다. 그는 자기가 미국 공군의 융단 폭격을 경험했다고 자신 있게 말했다. 그리고 그런 공격에서 어떻게 살아남았는지 비밀을 안다고 주장했다. 아르킴볼디는 동부 전선에서 모든 전투를 수행했기 때문에 융단 폭격이 무엇을 의미하는지 몰랐고, 그래서 그는 이런 사실을 말해 주었다. 출판인의 이름은 미하엘 비트너였지만, 친구들이 미키 마우스의 〈미키〉로 부르는 것을 더 좋아했다. 그는 융단 폭격이란 수많은 적기가, 정말로 엄청난 숫자의 적기가 전선의 특정 지역, 즉 사전에 명시된 지역에 풀 한 포기도 남지 않도록 폭탄을 투하하는 것이라고 설명했다.

「알아듣게 설명했는지 모르겠네요, 베노.」그는 아르킴볼디의 눈을 뚫어지게 바라보면서 말했다.

「완벽하게 알아들었습니다, 미키.」아르킴볼디는 이렇게 말하면서, 동시에 문제의 그 작자는 짜증나는 인간일 뿐만 아니라 우스꽝스러운 사람, 즉 자신들이 역사의 결정적 순간에 있었다고 확신하는 자기 현시적이고 가련한 바보라고 생각했다. 그러면서 아르킴볼디는 그저 하찮은 창녀에 불과한 역사는 결정적인 순간을 가지고 있지 않으며, 그저 순간들, 즉 극악무도함 속에서 서로 경쟁하는 짧은 막간의 번식이라는 것은 이미 널리 알려진 사실이야 하고 생각했다.

그러나 미키 비트너, 너무나 멋지지만 자기에게 작은 옷을 입은 가련하고 천박한 작자는 융단 폭격이 병사들에게 어떤 영향을 끼치는지 설명하고 자기가 그런 폭격과 싸우기 위해 고안한 체제를 말해 주고 싶어 했다. 바로 소음이다. 무엇보다도 소음이다. 병사는 참호에 있거나 혹은 허름하게 요새화한 위치에 있다가 이내 소음을 듣는다. 비행기 소리다. 그러나 그것은 전투기나 전폭기의 소리가 아니다. 이렇게 말할 수 있을지는 모르겠지만, 전투기나 전폭기 소리는 빠르며, 낮게 날아가는 소리다. 그와 달리 융단 폭격 소리는 하늘 가장 높은 곳에서 나오는, 으르렁거리는 듯 컬컬하고 불길한 소리로, 전혀 좋지 않은 것만 알려 준다. 마치 폭풍이 다가와서 구름이 서로 부딪치는 것 같지만, 문제는 구름도 없고 폭풍도 없다는 것이다. 물론 병사가 눈을 든다. 처음에는 아무것도 보지 못한다. 포병이 눈을 든다. 아무것도 보지 못한다. 기관총 사수, 박격포병, 정찰병이 눈을 들지만 아무것도 보지 못한다. 장갑차 운전병이나 탱크 사수도 눈을 들지만 아무것도 보지 못한다. 그러나 예방책으로 운전사는 간선 도로에서 벗어나 샛길로 장갑차를 몬다. 그리고 나무 밑에 세우거나 혹은 위장용 방수포를 덮는다. 그러자마자 첫 비행기들이 나타난다.

병사들은 비행기들을 쳐다본다. 병사들은 그 많은 비행기들이 후방에 있는 도시를 폭격하기 위해 날아간다고 믿는다. 이를테면 어느 도시나 교각 혹은 철로가 목표일 것이라고 생각한다. 많다. 너무나 많아서 하늘이 어두워질 정도다. 하지만 틀림없이 그들의 목표물은 독일의 산업 지역일 것이다. 그런데 놀랍게도 비행기들은 폭탄을 투하하고, 폭탄은 특정한 영역 안에 떨어진다. 첫 번째 폭격 다음에 두 번째 폭격이 이어진다. 소음이 귀를 먹먹하게 할 정도로 커진다. 폭탄이 떨어지고 땅에는 구멍이 팬다. 숲은 불탄다. 노르망디의 주요 참호이자 엄폐물인 수풀들이 모습을 감추기 시작한다. 모든 산울타리가 산산조각 난다. 테라스는 무너진다. 많은 병사들이 순간적으로 귀머거리가 된다. 몇몇 병사는 그것을 참지 못해 마구 달리기 시작한다. 그 순간 이미 선정된 구역에 세 번째로 비행기들이 폭탄을 쏟아붓는다. 얼핏 불가능해 보이지만, 소음은 더욱 커진다. 소음이라고 부르는 편이 차라리 낫다. 아마도 굉음, 노호, 외침, 망치 소리, 날카로운 비명, 신들의 고함 소리라고 부를 수도 있을 것이다. 그러나 소음은 단순한 단어면서 이름 없는 것을 묘사하는 데 그럭저럭 도움이 된다. 기관총 사수가 죽는다. 그의 시체 위로 다른 폭탄이 수직으로 떨어진다. 그의 뼈와 살 조각들이 사방으로 흩어지고, 불과 30초 후에 다시 다른 폭탄을 맞아 가루가 된다. 박격포병은 증발된다. 장갑차 운전병은 시동을 걸고 움직이면서 좀 더 나은 엄폐물을 찾으려고 하지만, 가는 도중에 폭탄 한 발을 맞고, 그런 다음 다시 두 발을 맞는다. 장갑차와 운전병은 도로 한복판에서 고철덩이 같기도 하고 용암처럼 보이기도 하는 단 하나의 형체 없는 것이 되고 만다. 그런 다음 네 번째와 다섯 번째 폭격이 이어진다. 모든 게 불탄다. 그곳은 노르망디가 아니라 달처럼 보인다. 폭격기들이 사전에 지정된 지역에 대한 폭격을 모두 끝내면, 단 한 마리의 새 소리도 들리지 않는다.

사실상 어떤 폭탄도 떨어지지 않은 인근 지역에서조차, 그리고 박살 난 사단들의 좌우에서도 단 한 마리의 새소리도 들리지 않는다.

그때 적군이 나타난다. 그들에게도 연기가 솟아오르고 구덩이가 군데군데 팬 잿빛 영토로 들어가는 건 공포스러운 경험이다. 때때로 심하게 요동친 땅에서 광인의 눈을 지닌 독일 병사가 일어난다. 몇몇 사람이 눈물을 흘리며 항복한다. 다른 사람들, 그러니까 낙하산 부대원들, 독일군 고참병들, 몇몇 나치 친위대 보병 대대 병사들은 화기를 발사하면서 지휘선을 회복하려 하며 적의 진격을 저지하려고 한다. 그런 병사들 중 몇몇, 즉 가장 불굴의 용사들은 술을 마셨다는 표시를 너무나 분명하게 드러낸다. 이들 중에는 낙하산 부대원 미키 비트너도 포함되어 있다. 어떤 폭격도 참아 내는 그의 처방은 바로 이것이기 때문이다. 네덜란드의 독주 슈납스를 마시거나 코냑을 마시거나 브랜디를 마시거나 그라파를 마시거나 위스키를 마시거나, 아무튼 아무 독주나 마시는 것이다. 심지어 다른 술이 없다면 포도주도 괜찮다. 이렇게 해서 소음에서 피하거나 아니면 소음을 머릿속의 욱신욱신 쑤시는 통증과 빙빙 도는 현기증과 뒤섞이게 만든다.

그런 다음 미키 비트너는 아르킴볼디의 소설이 무엇에 관한 것인지, 그리고 그게 그의 첫 번째 소설인지 아니면 이미 문학 작품을 출간했는지 알고 싶어 했다. 아르킴볼디는 자신의 첫 소설이라고 말하고서 대략적으로 줄거리를 이야기해 주었다. 가능성이 보입니다. 비트너는 말했다. 그리고 나서 즉시, 금년에는 출판할 수 없을 겁니다 하고 덧붙이고는, 물론 선인세에 대해서는 말할 필요도 없을 거라고 지적했다. 그리고 나중에 인세는 판매 가격의 5퍼센트를 주겠습니다, 이건 아주 공정한 겁니다 하고 분명하게 계약 조건을 제시했다. 그러고서 그는 이제 독일에서는 예전처럼 책을 읽지 않으며, 좀 더 실용적인 것들이 대세인데, 이런 것에 관해 생각해 봐야 한다고 지적했다. 그러자 아르킴볼디는 이 작자가 그저 말하기 위해 말하는 것이며, 아마도 모든 낙하산 부대의 염병할 놈들, 그러니까 쿠르트 슈투덴트[64]의 개자식들은 말하기 위해서 말하며, 이것은 오로지 자신들의 목소리를 듣고 아직 누구도 그들을 교수형에 처하지 않았다는 사실을 확인하기 위해서라는 것을 확신했다.

며칠 동안 아르킴볼디는 독일이 진정으로 필요로 하는 것은 내전이라고 생각했다.

그는 문학에 대해서는 분명히 문외한인 비트너가 자기 소설을 출판하지 않을 것이라고 믿었다. 그는 초조했고 식욕을 잃어버렸다. 책을 거의 읽지 않았으며, 그가 읽은 몇 안 되는 것조차 그를 혼란스럽게 만든 나머지 책을 펼쳐 읽기 시작한 지 얼마 안 되어 덮어야만 했다. 몸은 부들부들 떨리기 시작했고, 거리로 나가

---

64 Kurt Student(1890~1978). 제1차 세계 대전 때 동부 전선에서 싸운 독일 공군 장군. 제2차 세계 대전 때는 낙하산 부대 사령관으로 임명되었다.

무작정 걷고 싶은 억제할 수 없는 욕망을 경험했다. 섹스하는 것, 그것만은 했다. 하지만 가끔씩 섹스하는 도중에 다른 행성으로, 즉 눈 덮인 행성으로 가서 안스키의 공책을 떠올리곤 했다.

「어디에 있어요?」 그런 일이 벌어지면 잉게보르크는 그에게 묻곤 했다.

그가 사랑하는 여인의 목소리조차 아주 멀리서 들리는 것 같았다. 부정적이건 긍정적이건 아무런 답장도 받지 못한 채 두 달이 지나자, 아르킴볼디는 출판사로 가서 미키 비트너와 이야기하게 해달라고 부탁했다. 비서는 비트너 씨가 이제는 생활 필수품 수출입 사업에 종사하며, 출판사에 나오는 경우는 아주 드물고, 비록 그가 그곳에 출근하는 경우는 거의 없지만 아직 출판사 사장이라고 말했다. 집요하게 요구한 끝에 아르킴볼디는 비트너의 새 사무실 주소를 손에 넣었다. 쾰른의 변두리에 있는 곳이었다. 비트너가 새로 사업을 벌이는 사무실은 19세기의 오래된 공장들뿐만 아니라 밀봉한 나무 상자들이 수북이 쌓인 동네에 있었다. 하지만 비트너는 거기에도 없었다.

대신 그곳에는 낙하산 부대 병사로 복무했던 세 사람과 은색으로 머리카락을 물들인 여비서 한 명이 있었다. 낙하산병들은 미키 비트너가 그 순간 안트베르펜에서 바나나 선적 거래를 체결하고 있다고 알려 주었다. 그러더니 모두가 웃음을 터뜨렸고, 아르킴볼디는 그들이 바나나에 관해 웃은 것이지 자기를 보고 웃은 게 아니라는 사실을 잠시 후에 깨달았다. 그런 다음 낙하산병들은 영화에 대해 말하기 시작했다. 여비서를 비롯해 그들은 모두 영화 팬이었다. 그들은 아르킴볼디에게 어느 전선에 있었으며 어느 병과에서 복무했느냐고 물었고, 아르킴볼디는 동부 전선에, 자기는 항상 동부 전선에 있었으며, 경보병으로 복무했지만, 전쟁이 끝나기 몇 년 전부터 노새나 말은 단 한 마리도 보지 못했다고 대답했다. 한편 낙하산병들은 항상 서부 전선에, 즉 이탈리아와 프랑스에서 싸웠고, 그중 한 명은 크레타섬에서 전투를 했다. 그들은 서부 전선의 참전 용사답게 세계주의적 분위기를 띠었다. 룰렛 노름꾼이자 밤새 홍청거리는 난봉꾼이며 훌륭한 포도주를 제대로 음미할 줄 아는 사람의 분위기였다. 또한 사창가에 들어가 창녀들의 이름을 부르며 인사하는 사람의 분위기였다. 동부 전선 참전 용사 대부분이 보여 주는 것과 전혀 다른 분위기였다. 동부 전선 참전 용사들은 살아 있는 죽은 사람들, 좀비들, 묘지의 주민들, 눈이나 입은 없지만 불알이 있는 병사들이야. 아르킴볼디는 생각했다. 음경, 즉 성욕은 유감스럽게도 인간이 마지막으로 잃어버리는 것이다. 사실 그건 가장 먼저 잃어버려야 하지만, 현실은 그렇지 않다. 인간은 마지막 숨을 거둘 때까지 교접하고 교접하며, 서로 교접한다. 사실 교접하는 것과 서로 교접하는 것은 매한가지다. 가령 시체 더미 아래에 갇혀 버린 어느 병사가 그렇다. 그는 그곳에, 그러니까 시체와 눈 더미 아래에 군용 삽으로 조그만 굴을 팠고, 시간을 보내기 위해 자기 몸에 손을 대서 갈수록 과감하게 용두질을 했다. 첫 순간의 두려움과 놀라움이 사라지자 남은 것이라고는 죽음과 지루함에 대한 두려움뿐이었고, 지루하고 따분한 시간을 죽이기 위해 자위를 시작한 것이다. 처음에는 시골 여자아이나 어린 여자 목동을 유혹하기 시작할 때처럼 소심했지만, 갈수록 과감해졌고, 마침내는 자기 자신이 완전히 만족하도록 훌륭하게 해냈다. 그렇게 그는 시체와 눈 더미 아래의 좁은 굴에 갇혀 보름을 보내면서 식사를 했고 자기의 욕망을 충족시켰다. 이런 욕망은 그를 허약하게 만들기는커녕 오히려 영양을 공급한 것처럼 보이게 했다. 마치 문제의 병사가 자신의 정액을 먹거나 미친 후에 새롭게 제정신으로 돌아갈 수 있는 잊어버린 출구를 발견한 것 같았다. 독일군이 반격을 가해 그를 발견할 때까지 그렇게 살아남았다. 여기에 아주 흥미로운 정보가 있어. 아르킴볼디는 생각했다. 악취 풍기는 시체 더미와 눈 더미에서 그를 구조한 어느 독일군이 문제의 병사에게서 이상한 냄새가 난다고 말했기 때문이다. 다시 말하면 그 병사는 더러운 냄새나 똥 냄새, 혹은 오줌 냄새를 풍긴 것도 아니고, 썩은 냄새나 구더기가 들끓는 고기 냄새를 풍긴 게 아니었다. 사실 생존자는 〈좋은〉 냄새를 풍겼고, 냄새는 강했겠지만 어쨌든 〈좋은〉 냄새였다. 싸구려 향수나 헝가리인들의 향수 혹은 집시들의 향수처럼 은은하게 요구르트 향내가 나고 아마도 초목 냄새를 약간 풍기는 좋은 냄새였을 터다. 그러나 물론 지배적인 냄새는 요구르트나 초목 냄새가 아니라 다른 냄새였다. 그곳에 있던 모든 병사, 즉 후방으로 이송하거나 아니면 기독교식으로 장례를 치르기 위해 시체를 삽으로 뜨던 사람들을 모두 놀라게 한 냄새였다. 바로 모세가 홍해에서 그랬듯이 물을 가르는 냄새였다. 간신히 설 수 있을 정도의 기운만 남은 문제의 병사가 지나갈 수 있도록 해준 냄새였던 것이다. 그런데 어디로 가게 해주었을까? 누가 그걸 알겠냐마는, 틀림없이 전선에서 멀리 떨어진 후방이나 아니면 조국의 정신 병원이었을 것이다.

낙하산병들은 나쁜 사람들이 아니었다. 그들은 아르킴볼디에게 바로 그날 밤에 해결해야만 하는 일을 함께 하자고 권했다. 아르킴볼디는 그 일이 몇 시에 끝나느냐고 물었다. 술집의 일자리를 잃고 싶지 않기 때문이다. 낙하산병들은 밤 11시면 끝날 것이라고 자신 있게 말했다. 그들은 기차역 근처 술집에서 밤 8시에 만나기로 했고, 작별하기 전에 여비서는 그에게 한쪽 눈을 끔뻑였다.

술집 이름은 〈노란 나이팅게일〉이었다. 낙하산병들이 그곳에 모습을 드러냈을 때, 아르킴볼디의 관심을 가장 먼저 사로잡은 것은 모두 그가 입은 것과 매우 흡사한 검은색 가죽 코트를 입었다는 사실이었다. 휴대용 미군 난로를 가득 실은 화물 객차 한 량의 일부를 하역하는 작업이었다. 화물 객차 옆 외딴 철로 근처에서 그들은 어느 미국인을 만났고, 미국인은 우선 그들에게 어느 정도 액수의 돈을 요구하고는 마지막 지폐까지 꼼꼼하게 세었다. 그런 다음 이해력이 부족한 아이들에게 익히 알려진 금지 사항을 반복하는 사람처럼, 단지 그 화차에서만 짐을 내려야지 다른 화차에 손을 대면 안 되며, 그 화차에서도 오로지 PK라고 표시된 상자들만 내려야 한다고 알려 주었다.

그는 영어로 말했고, 낙하산병들 중 하나가 영어로 걱정하지 말라고 대답했다.

그러고서 미국인은 어둠 속으로 사라졌고, 다른 낙하산병이 소형 화물 트럭을 몰고 왔다. 트럭의 불은 모두 꺼져 있었다. 그들은 화차 자물쇠를 부수고서 일하기 시작했다. 한 시간 후 이미 작업을 완료했고, 두 낙하산병은 트럭 운전석으로 들어갔으며, 아르킴볼디와 다른 낙하산병은 상자들을 싣고 남은 좁디좁은 트럭 짐칸에 자리를 마련했다. 그들은 뒷거리로 차를 몰았다. 몇몇 거리에는 가로등도 없었다. 그렇게 그들은 미키 비트너의 사무실이 있던 교외 지역에 도착했다. 그곳에서는 여비서가 따뜻한 커피를 담은 보온병과 위스키 한 병을 들고 그들을 기다렸다. 모든 상자를 트럭에서 내린 뒤 그들은 사무실로 올라갔고, 우데트[65] 장군에 관해 이야기하기 시작했다. 커피에 위스키를 타면서 낙하산병들은 역사적 사건들을 회상했다. 이 경우에는 남자들의 회상이기도 했는데, 그런 회상은 환멸의 미소를 동반했다. 마치 난 이미 세상 모든 걸 보았어, 그러니 넌 날 속이거나 놀릴 수 없어, 난 인간의 본성을 모두 알아, 의지가 끝없이 충돌하는 것도 알고, 내 역사적 기억은 전사(戰史)에 기록되어 있어 하고 말하는 것과 다름없었다. 그렇게 그들은 우데트라는 인물, 즉 장군이자 괴링[66]이 퍼뜨린 중상모략 때문에 자살로 삶을 마감한 독일 공군의 일인자에 관한 기억을 떠올리기 시작했다.

아르킴볼디는 우데트가 누구인지 잘 몰랐지만, 누구냐고 묻지 않았다. 다른 이름들처럼 어디선가 들어 본 이름이었지만, 그게 전부였다. 낙하산병 둘은 단 한 번 우데트를 만난 적이 있었고, 열렬한 찬사를 곁들여 그에 관해 평했다.

「나치 독일 공군에서 최고로 훌륭한 사람 중 하나였어.」

다른 낙하산병은 그들의 말을 들으면서 고개를 갸우뚱거렸다. 자기 동료들이 주장하는 것을 완전히 믿지 못하겠다는 표정이었지만, 그렇다고 반박할 자세도 아니었다. 아르킴볼디는 공포에 질려 그들의 말을 들었다. 제2차 세계 대전 동안에는 자살을 할 충분하고도 남을 만한 이유가 있다고 확신했지만, 괴링 같은 인간쓰레기의 잡담 때문에 그랬다고는 도저히 믿을 수 없었기 때문이다.

「그래서 우데트라는 사람은 괴링이 모임에서 한 잡담 때문에 자살했단 말인가요? 그러니까 죽음의 수용소나 전선에서의 대학살 혹은 도시 방화 때문이 아니라 괴링이 그를 무능력자라고 불러서 자살했단 말인가요?」 그가 물었다.

세 낙하산병은 마치 처음 보는 사람처럼 그를 쳐다보았지만, 아주 놀랍다는 표정은 아니었다.

「아마 괴링의 말이 맞았던 것 같습니다.」 아르킴볼디는 위스키를 조금 더 따르면서 말했다. 그러고서 비서가 커피를 더 따라 주려고 하자 손등으로 잔을 덮었다. 「우데트는 본래 무능력자였을 겁니다.」 그는 다시 말했다. 「우데트는 정말로 어리석고 걸핏하면 초조해하는 사람이었을지도 모릅니다.」 그는 덧붙였다. 「아마도 우데트는 호모였을 겁니다. 히틀러에게 비역질을 하도록 허락한 거의 모든

65 Ernst Udet(1896~1941). 독일의 군인. 제1차 세계 대전 당시 최고의 조종사였으며 독일 공군 재건의 주역.

66 Hermann Göring(1893~1946). 나치당의 초기 멤버이자 게슈타포 창설자. 제2차 세계 대전이 끝난 후 뉘른베르크 재판에서 사형을 선고받았고, 형 집행 직전에 자살했다.

독일인과 마찬가지로요.」 그는 지적했다.

「당신은 오스트리아 사람이오?」 한 낙하산병이 물었다.

「아니에요, 독일인입니다. 나 역시 독일 사람입니다.」 아르킴볼디가 말했다.

잠시 세 낙하산병은 침묵을 지켰다. 마치 그를 죽여야 할지 아니면 몽둥이찜질하는 것으로 만족해야 할지 묻는 것 같았다. 아르킴볼디는 너무나 확신했다. 아르킴볼디는 때때로 그들에게 분노의 눈길을 던졌고, 그 시선에서는 수많은 것을 읽을 수 있었지만 두려움만은 볼 수 없었다. 그러자 폭력으로 응징하겠다는 그들의 결심도 점점 사그라졌다.

「지불해.」 한 낙하산병이 여비서에게 말했다.

여비서는 자리에서 일어나더니 철제 캐비닛을 열었다. 그 아래에는 조그만 금고가 있었다. 아르킴볼디의 손에 쥐여 준 돈은 슈펭글러 거리 술집에서 받는 월급의 반에 해당했다. 아르킴볼디는 돈을 가죽 코트 안주머니에 넣었고, 그러는 동안 낙하산병들은 초조하게 그를 지켜보았다. 아마도 그곳에 권총이나 아니면 적어도 칼이 들었을 거라고 확신하는 듯했다. 그러고서 그는 위스키병을 찾았지만, 찾을 수 없었다. 그는 위스키가 어디에 있느냐고 물었다. 치웠어요. 여비서가 말했다. 그러면서 이미 충분히 마셨어요, 청년 하고 덧붙였다. 청년이라는 말을 듣자 아르킴볼디는 몹시 마음에 들었지만, 그래도 술을 더 달라고 요구했다.

「마지막 한 잔만 마시고 여기서 꺼져. 우리는 해야 할 일이 있거든.」 한 낙하산병이 말했다.

아르킴볼디는 고개를 끄덕였다. 여비서는 길쭉한 잔에 위스키를 따라 그에게 주었다. 아르킴볼디는 천천히 마시면서 술을 음미했고, 그것 역시 밀수품일 거라고 추측했다. 그러고서 자리에서 일어났고, 낙하산병 둘이 그를 현관까지 배웅해 주었다. 밖은 어두웠지만, 그는 자기가 어디로 가야 하는지 잘 알았다. 하지만 비틀거리면서 그 동네 거리에 점점이 흩어진 구덩이와 웅덩이로 발을 내딛지 않을 수 없었다.

이틀 후 아르킴볼디는 다시 미키 비트너의 출판사를 찾아갔고, 지난번에 그를 맞이한 바로 그 여비서가 알아보고는 원고를 찾았다고 알려 주었다. 비트너 씨는 사무실에 있었다. 비서는 비트너 씨를 만나고 싶으냐고 물었다.

「그가 날 만나고 싶어 합니까?」 아르킴볼디가 물었다.

「그럴 거예요.」 여비서가 대답했다.

아마도 비트너 씨가 자기 소설을 출판하고자 할지도 모른다는 생각이 잠시 그의 머리에 스쳤다. 아니면 자기 수출입 사업에 관련된 일자리를 주려고 그를 만나고 싶어 하는 것인지도 몰랐다. 그러나 아르킴볼디는 그를 만나면 아마도 그의 코를 부숴 버려야 할 것이라고 생각했고, 결국 만나고 싶지 않다고 말했다.

「행운을 빕니다.」 여비서가 말했다.

「고마워요.」 아르킴볼디가 대답했다.

그는 되찾은 원고를 뮌헨의 어느 출판사에 보냈다. 우체국에서 집으로 돌아오면서, 그는 그 기간 내내 거의 아무것도 쓰지 못했음을 갑자기 깨달았다. 섹스를 끝낸 후 그런 사실을 잉게보르크에게 말했다.

「정말 시간 낭비였어요.」 그녀가 말했다.

「어떻게 그런 일이 일어날 수 있었는지 나도 모르겠어.」 그가 말했다.

그날 밤 술집 문 앞에서 일하는 동안, 그는 두 가지 속도를 지닌 시간을 생각하면서 즐거운 시간을 보냈다. 하나는 아주 느리게 흘러가는, 사람들과 물건들의 움직임을 거의 감지할 수 없는 시간이었다. 그리고 다른 하나는 아주 빠르고, 모든 게, 심지어 비활성 물체도 번쩍번쩍 빛날 정도로 속도를 지닌 시간이었다. 첫 번째 것은 〈천국〉이라고 불렸고, 두 번째 것은 〈지옥〉이라고 불렸다. 아르킴볼디의 유일한 희망은 둘 중 어느 곳에서도 살지 않는 것이었다.

일주일 후 그는 함부르크에서 편지 한 통을 받았다. 편지를 쓴 사람은 위대한 편집인인 부비스 씨였다. 편지에서 그는 『뤼디케』에 관해 과찬의 말을 늘어놓았다. 과장하지 않고 말하자면 행간 사이로 그런 과찬을 짐작할 수 있었다. 자기가 그 작품을 출판하는 데 관심이 있다고 밝혔다. 그리고 물론 그건 베노 폰 아르킴볼디 씨가 아직도 출판인을 찾지 못했을 경우에 그렇다면서, 이미 찾았다면 몹시 유감이라고, 그의 소설은 가치가 없지 않으며 어떤 의미에서는 독창적이었다고도 적었다. 또한 부비스 씨는 어쨌든 매우 관심을 가지고 그 작품을 읽었으며, 의심할 여지 없이 모험을 해볼 수 있는 소설이라고 느꼈다고 밝혔다. 그러면서 독일에서의 출판업 자체가 그다지 좋지 않은 상황에 있기에 제안할 수 있는 선인세는 어느 정도라고 말하면서, 자기도 그게 말도 안 되는 액수라는 것을 알며, 15년 전만 하더라도 절대 제안하지 않았을 액수지만, 대신 모든 정성을 다해 책을 만들 것을 보장하며, 독일뿐만 아니라 오스트리아와 스위스의 모든 훌륭한 서점에 배포하겠고, 그곳에서 부비스의 이름을 단 책들은 민주적 서점 주인들에게 기억되고 존중받고, 자부심 강하며 양질을 추구하는 출판의 상징이라고 지적했다.

그런 글을 마친 후 부비스 씨는 다정한 작별의 말을 하면서, 언젠가 함부르크로 오면 서슴지 말고 자기를 찾으라고 부탁했다. 또한 출판사의 간단한 리플릿을 동봉했다. 싸구려 종이였지만 아주 예쁜 서체로 인쇄되어 있었다. 리플릿은 훌륭한 서적 두 권이 곧 출판될 것이라고 예고했는데, 한 권은 되블린의 책이었고, 다른 한 권은 하인리히 만의 에세이 모음집이었다.

아르킴볼디가 편지를 보여 주자, 잉게보르크는 깜짝 놀랐다. 그도 그럴 것이 그녀는 누가 베노 폰 아르킴볼디인지 몰랐기 때문이다.

「물론 나지, 나야.」 아르킴볼디가 말했다.

「왜 이름을 바꿨어요?」 그녀가 이유를 알고 싶어 했다.

잠시 생각한 후 아르킴볼디는 안전 문제 때문이라고 대답했다.

「미국인들이 나를 찾을지도 모르거든. 아마 미국과 독일 경찰이 이것저것
종합해서 결론을 내렸을 거야.」

「전범을 살해했다는 이유로요?」잉게보르크가 물었다.

「사법 당국은 보는 눈이 없이 마구잡이거든.」아르킴볼디가 상기시켜 주었다.

「자기들에게 도움이 될 때만 마구잡이지요. 자머의 더러운 누더기를 공공연히
드러낸다고 그들에게 무슨 이익이 되지요? 아무에게도 도움이 되지 않아요!」
잉게보르크가 말했다.

「그건 결코 알 수 없어. 어쨌거나 내게는 라이터라는 이름을 사람들이
잊어버리는 게 가장 확실해.」아르킴볼디가 말했다.

잉게보르크는 놀란 표정으로 그를 바라보았다.

「당신은 거짓말을 하고 있어요.」

「아니야, 거짓말하는 게 아니야.」아르킴볼디가 말했고, 잉게보르크는 그의
말을 믿었지만, 나중에, 그러니까 그가 일하러 가기 전에 아주 환한 미소를
지으면서 말했다.

「당신은 유명하게 될 거라고 확신하는군요!」

그 순간까지 아르킴볼디는 명성에 대해 생각해 본 적이 없었다. 히틀러는
유명한 사람이었다. 괴링도 유명했다. 하지만 그가 사랑했거나 향수를 느끼며
기억하는 사람들은 유명하지 않았고, 단지 몇 가지 부족한 면을 채워 주는
사람들이었다. 되블린은 위안이 되는 사람이었다. 안스키는 힘이 되어 주었다.
잉게보르크는 그에게 기쁨을 선사해 주었다. 실종된 후고 할더는 낙천성과 재미를
주었다. 아무 소식도 없는 여동생은 라이터 자신의 순진함을 보여 주었다. 물론
그들은 다른 것들을 주기도 했다. 심지어 가끔씩은 그에게 부족한 모든 것이
합쳐진 사람들이기도 했지만, 기만과 거짓말에 바탕을 둔 명성을 누리지는 않았다.
야심과 출세욕에 사로잡힌 사람들도 아니었다. 게다가 명성은 줄어드는 경향이
있었다. 명성으로 끝나는 모든 것과 명성에서 비롯되는 모든 것은 불가피하게
줄어들 수밖에 없었다. 명성의 메시지는 아름답지도 않았고 매력적이지도 않았다.
명성과 문학은 화해 불가능한 적이었다.

그날 하루 종일 그는 왜 자기가 이름을 바꾸었는지 생각했다. 술집에서 모든
사람은 그의 이름이 한스 라이터라는 걸 알고 있었다. 쾰른에서 아는 사람들은
그가 한스 라이터라는 사실을 알았다. 경찰이 마침내 자머의 살인범으로 그의 뒤를
쫓기로 결심했다면, 라이터라는 이름으로 남겨 놓은 흔적과 단서는 너무도 많았다.
그런데 왜 필명을 만든 것일까? 아마도 잉게보르크의 말이 맞을지 몰라.
아르킴볼디는 생각했다. 아마도 마음속으로 나는 유명하게 될 것이라고 확신하고,
이름을 바꾸면서 미래의 확실한 보장을 위한 첫 번째 준비를 하는 걸 거야. 그러나
아마도 이런 모든 게 다른 걸 의미할지 몰라. 아마도, 아마도, 아마도……. 그는
생각했다.

부비스 씨의 편지를 받은 다음 날, 아르킴볼디는 그에게 답장을 써서, 자기 소설은 어떤 출판사와도 출판을 약속하지 않았으며, 부비스 씨가 제안한 선인세는 만족스럽다고 분명하게 밝혔다.

얼마 후 부비스 씨의 편지가 도착했고, 거기서 부비스 씨는 그를 함부르크로 초대하면서, 개인적으로 만나고 싶으며, 계약서에 서명하는 작업을 진행하고 싶다고 말했다. 요즘 같은 시기에 나는 독일의 우편을 믿지 않습니다. 익히 널리 알려진 독일 우편의 정확성과 확실성을 믿지 않습니다. 그리고 최근에, 특히 영국에서 돌아온 이후 나는 우리 출판사에서 책을 출간하는 모든 작가를 직접 만나는 습관을 갖게 되었습니다. 부비스 씨는 썼다.

1933년 이전에, 나는 많은 유망한 젊은 독일 작가의 작품들을 출판했습니다. 그는 설명했다. 그리고 1940년에는 런던의 호텔에서 외롭게 머물면서, 내가 처음으로 출판해 준 작가들 중에서 몇 명이나 나치 당원이 되었고, 몇 명이나 나치 친위대원이 되었으며, 몇 명이나 광포한 반유대인 신문에 글을 실었으며, 몇 명이나 나치 관료 체제에서 경력을 쌓았는지 계산하면서 따분한 시간을 보냈습니다. 그 결과를 보자 나는 거의 자살하고 싶었습니다. 부비스 씨는 썼다.

자살하는 대신 나는 나 자신에게 따귀를 때렸습니다. 그때 갑자기 호텔의 불이 꺼졌습니다. 나는 계속해서 나 자신을 저주하면서 때렸습니다. 나를 본 사람이라면 누구라도 내가 미쳤다고 생각했을 겁니다. 갑자기 숨이 막혔고, 난 창문을 열었습니다. 그때 내 앞에 전쟁이라는 어마어마한 야간 연극이 펼쳐졌습니다. 나는 런던이 폭격당하는 모습을 지켜보았습니다. 폭탄은 강 근처에 떨어졌지만, 밤에는 마치 호텔에서 불과 몇 미터 떨어지지 않은 곳에 투하되는 것 같았습니다. 스포트라이트 불빛이 하늘을 종횡으로 가로질렀습니다. 폭탄 소리는 갈수록 커졌습니다. 가끔씩 조그만 폭발 소리와 방공 기구 위의 섬광으로 독일 공군 비행기가 명중되었다는 걸 알았습니다. 물론 그렇지 않을 수도 있었지요. 나는 공포와 전율에 휩싸였지만, 계속해서 내 얼굴을 때리며 나 자신에게 욕을 퍼부었습니다. 빌어먹을 놈, 염병할 자식, 멍청한 놈, 얼간이, 바보라고 말입니다. 당신이 보는 것처럼 그건 오히려 어린애나 늙은이들이 퍼붓는 욕이었습니다.

그런데 누군가가 내 방문을 두드렸습니다. 아주 젊은 아일랜드 사환이었습니다. 순간적으로 광기가 발작하면서, 나는 그의 얼굴에서 제임스 조이스를 봤다고 생각했습니다. 정말 웃기는 일이었습니다.

「덧문을 닫는 게 좋아요.」 그가 말했어요.

「뭐라고요?」 나는 홍당무처럼 빨개져서 물었어요.

「블라인드 말이에요, 선생님. 그리고 얼른 아래로 내려오세요.」

나는 그가 내게 지하실로 내려오라고 지시하고 있음을 알았습니다.

「잠깐만 기다려요.」 나는 그에게 말하고서, 팁으로 지폐 한 장을 쥐여 주었어요.

「정말 고맙습니다, 선생님.」 그는 이렇게 말하고서 그곳을 떠났어요. 「하지만 얼른 지하실로 내려오세요.」

「먼저 가도록 해요. 곧 따라갈게요.」 난 대답했지요.

그가 떠나자 나는 다시 창문을 열고서 강 부둣가의 불길을 응시했고, 눈물을 흘리기 시작했습니다. 그때 내가 죽은 목숨이었다가 간발의 차이로 목숨을 구했다고 생각했기 때문입니다.

그래서 아르킴볼디는 직장에 휴가를 요청했고, 함부르크행 기차에 몸을 실었다.

부비스 씨의 출판사는 1933년까지 사용했던 바로 그 건물에 있었다. 양옆의 두 건물은 폭탄을 맞아 무너졌다. 맞은편 보도에 있던 몇몇 건물도 마찬가지였다. 출판사의 직원 몇 명은 부비스 씨가 손수 그 도시의 공중 폭격을 지휘했다고, 아니면 적어도 그 동네의 공중 폭격을 지휘했다고 말했다. 물론 그가 없을 때 그런 말을 했다. 아르킴볼디가 부비스 씨를 만났을 때, 그는 일흔네 살이었고, 종종 병든 사람, 성격이 고약한 사람, 구두쇠이자 아무것도 믿지 않는 사람, 문학에 거의 관심이 없거나 전혀 관심이 없는 장사치라는 인상을 풍겼다. 하지만 실제로는 전혀 그렇지 않았다. 부비스 씨는 부럽기 그지없을 정도의 건강을 누리거나 그런 것처럼 보였고, 결코 병에 걸리지 않았으며, 어떤 일에도 언제든지 기꺼이 미소를 지을 준비가 되었고, 어린아이처럼 항상 사람을 의심하지 않았으며, 직원들에게 후한 월급을 지급할 수는 없었지만 구두쇠는 아니었다.

모든 걸 도맡아 하는 부비스 씨 이외에도 출판사에는 교열을 담당하는 편집 직원과 홍보 업무를 겸하는 경리 직원, 때때로 편집 직원과 경리 직원을 거들어 주던 비서, 건물 지하실에 있는 창고에는 거의 가지 않던 창고 관리 직원이 있었다. 부비스 씨는 건물 지하실을 계속해서 수리해야만 했다. 빗물로 바닥이 흥건하게 젖는 일이 잦았고, 창고 직원의 설명에 따르면, 어떤 때는 지하수가 바닥에 올라와 책을 망가뜨리고 그곳에서 일하는 사람의 건강을 위협했기 때문이다.

이 네 직원 이외에도 출판사에는 아주 점잖아 보이는 여자가 있었다. 대략 부비스 씨와 비슷한 나이거나 조금 많은 것 같았다. 1933년까지 출판사에서 일한 마리아네 고틀리브 부인으로, 출판사에서 가장 충성스러운 직원이었다. 너무나 충성스러운 나머지, 사람들 말로는 그녀가 자동차를 운전해서 부비스 씨 부부를 네덜란드 국경까지 데려갔는데, 그곳 국경 경찰은 자동차를 검문했지만 아무것도 발견하지 못했고, 그래서 그들은 암스테르담까지 자동차를 타고 갈 수 있었다.

그런데 부비스와 그의 아내는 어떻게 무사히 국경 초소를 통과할 수 있었을까? 아무도 알지 못했다. 그러나 그 이야기의 모든 판본에서 그 공적은 고틀리브 부인에게 있었다.

부비스가 1945년 9월에 함부르크로 돌아왔을 때, 고틀리브 부인은 절대적 빈곤 속에 살고 있었다. 당시 이미 아내와 사별한 부비스는 그녀를 자기 집으로 데려와 함께 살았다. 고틀리브 부인은 조금씩 회복되었다. 가장 먼저, 제정신을 되찾았다. 어느 날 그녀는 부비스를 보았고, 그가 자신의 옛 상사임을 알아보았지만, 아무 말도 하지 않았다. 당시 정치 분야에서 일하던 부비스는 시청에서 돌아오자 저녁 식사가 차려져 있고, 식탁 옆에서 고틀리브 부인이 기다리는 것을 보았다. 그날 저녁은 부비스 부인의 망명과 죽음을 회상하면서 끝났고, 런던의 유대인 묘지에 외롭게 있는 그녀의 무덤을 떠올리면서 눈물이 강을 이루었지만, 부비스와 고틀리브 부인에게는 행복한 밤이었다.

그런 다음 고틀리브 부인은 약간 건강을 되찾았다. 그러자 그녀는 공원이 내려다보이는 조그만 아파트로 이사할 수 있었다. 공원은 전쟁으로 모두 파괴되었지만 자연의 힘으로 봄에는 다시 푸른색을 되찾았다. 자연은 인간의 행위에 대부분 무관심하지요. 그렇게 생각하지 않아요? 부비스가 회의적으로 말했다. 그는 자립하고자 하는 고틀리브 부인의 열망을 존중했지만, 그런 생각에 동의하지는 않았다. 얼마 후 그녀는 일자리를 찾고 싶으니 도와 달라고 부탁했다. 아무것도 하지 않은 채 그냥 있을 수는 없는 여자였던 것이다. 그러자 부비스는 그녀를 자기 비서로 채용했다. 고틀리브 부인 또한 악몽이나 지옥 같은 시간을 보냈지만 그런 것에 대해서는 결코 입도 뻥긋하지 않았다. 그리고 아무런 이유도 없이 갑자기 건강이 악화되어 병에 걸리기도 했지만, 그럴 때마다 마찬가지로 빠르게 회복하곤 했다. 어떤 때는 정신 질환에 시달리기도 했다. 이따금 부비스는 영국 당국과 면담을 해야 할 경우가 있었는데, 고틀리브 부인은 그를 약속 장소의 반대편 끝으로 보내기도 했다. 그리고 함부르크 시청에서 일하고자 하는 위선적이고 회개하지 않은 나치들과 약속을 잡기도 했다. 또는 사무실에서 잠을 자면서 마치 불쾌한 꿈을 꾸는 것처럼 이마를 기록 장부에 대고는 고개를 흔들기도 했다.

이런 이유로 부비스 씨는 그녀를 출판사에서 나와 함부르크 문서 보관소에서 일하게 해주었다. 그곳에서 고틀리브 부인은 책과 서류 뭉치 들, 그러니까 종이들과 씨름해야 하며, 그런 일은 그녀가 아주 익숙하게 할 것이라고 부비스 씨는 생각했다. 어쨌거나 별난 행동이 좀 더 융통성 있게 수용될 수 있는 문서 보관소에서도 고틀리브 부인은 계속해서 가끔씩은 야릇하고 상식을 벗어난 행동을 했고, 어떤 때는 아주 모범적으로 행동했다. 또한 부비스를 계속 찾아와 여러 시간 머물면서 그가 잠잘 시간을 빼앗기도 했다. 혹시 자기가 그곳에 있으면서 무슨 도움이 되지 않을까 생각했기 때문이었다. 마침내 부비스 씨는 정치와 시청 일에 넌덜머리를 내면서 자신이 독일로 돌아온 이유에 모든 노력을 경주하기로 마음먹었다. 바로 출판사를 부활시키는 일이었다.

종종 사람들이 왜 돌아왔느냐고 물으면, 그는 타키투스를 인용했다. 〈사납고 헤아릴 수 없는 바다의 위험 이외에도, 게르마니아 사람이 아니라면 누가 아시아나 아프리카 혹은 이탈리아를 버리고 게르마니아로 떠나려고 할까? 척박한 땅과 혹독한 기후, 사는 사람과 바라보는 사람 모두 슬프기 짝이 없는 그곳으로.〉 그의 말을 들은 사람들은 고개를 끄덕이거나 미소를 짓고는, 부비스는 우리 사람이라고, 부비스는 우리를 잊지 않았다고, 부비스는 우리에게 원한이 없다고 자기들끼리 속삭였다. 몇몇 사람은 그의 등을 가볍게 쳤지만 그 인용문이 무슨 의미인지 아무것도 이해하지 못했다. 어떤 사람들은 괴로운 표정을 지으면서 그 말에는 많은 진실이 담겨 있다고 지적했다. 그러면서 타키투스는 위대한 사람이지요, 그리고 우리의 착한 부비스도 위대한 사람이에요, 우리와는 차원이 달라요! 하고 말했다.

분명한 사실은 부비스가 고대 로마 작가를 인용했을 때는 쓰인 말을 글자 그대로의 의미로만 소극적으로 이해했다는 것이다. 영국 해협을 가로지르는 여행을 할 때면 부비스는 항상 두려움에 사로잡혔다. 그는 배를 타면 멀미를 하고 토했으며, 대부분 선실에 틀어박혀 있었다. 그래서 타키투스가 사납고 헤아릴 수 없는 바다를 언급했을 때는 다른 바다, 그러니까 발트해나 북해를 의미했지만, 부비스는 항상 영국 해협을 가로지르는 여행을 생각했고, 보통은 그 여행이 얼마나 자기의 예민한 배 속과 건강을 망가뜨리는지 헤아렸다. 마찬가지로 타키투스가 이탈리아를 떠나는 것을 말하는 대목에서 부비스는 미국, 좀 더 구체적으로 뉴욕을 생각했다. 뉴욕의 대형 출판사에서 상당한 월급을 주겠으니 함께 일하자는 제안을 몇 번 받았기 때문이다. 그리고 타키투스가 아시아와 아프리카를 말하는 대목에서 부비스는 갓 건국한 이스라엘을 떠올렸다. 그곳에 그가 다시 만나고 싶어 하는 오랜 친구들이 산다는 것 이외에도, 그는 자기가 그곳에서 많은 일을 할 수 있다고 확신했다. 물론 출판 분야에서였다.

그러나 그는 〈게르마니아로 떠나려고 할까? 척박한 땅과 혹독한 기후, 사는 사람과 바라보는 사람 모두 슬프기 짝이 없는 그곳으로〉라는 말을 골랐다. 왜 그랬을까? 그의 조국이기 때문이 아니었다. 그는 자신이 독일 사람이라고 느꼈지만, 국민적 자부심을 경멸했다. 바로 그것이 5천만 명 이상이나 되는 사람을 죽였다고 생각했기 때문이다. 그가 그 대목을 고른 것은 독일은 그의 출판사의 고향, 혹은 그가 출판사에 관해 갖고 있던 생각, 즉 독일 출판사의 고향이었기 때문이다. 함부르크에 본사를 두고, 도서 주문 방식을 통해 독일 전역의 오래된 서점들과 연결망을 가진 출판사 말이다. 그는 그 오래된 서점의 몇몇 주인과 개인적으로 알았고, 출장을 갈 때면 서점 한쪽 구석에 앉아 그들과 차나 커피를 마시면서, 너무 어려운 시절이라면서 끊임없이 불평을 늘어놓았다. 그리고 일반인들이 책에 무관심하다고 슬퍼했으며, 중간 상인과 종이 판매상을 유감스럽게 여겼고, 책을 읽지 않는 국가의 미래를 마음 아파했다. 그렇게 그들은 비스킷을 조금씩 먹거나 혹은 건포도를 넣은 독일식 과자를 먹으면서 아주 즐거운 시간을 보냈다. 그러다가 마침내 부비스 씨는 자리에서 일어나 늙은 서적상과, 가령 이절론의 서적상과 악수를 하고서 보훔으로 갔다. 부비스 출판사의 책을 유물처럼 보관하던 보훔의 늙은 서적상을 찾아간 것이다. 물론 그것은 판매하는 유물이었고, 1930년이나 1927년에 출판된 책들이었다. 법에 따르면, 그러니까 슈바르츠발트 법에 따르면 아무리 늦어도 1935년에는 소각되어야만 했을 책들이었지만, 늙은 서적상은 순전히 책에 대한 사랑 때문에 그 책들을 숨겨 놓는 편을 택했다. 부비스는 그것이 어떤 행동인지 이해했고(그런 책들의 작가를 포함해

불과 몇 사람만 그 의미를 이해할 수 있었을 것이다), 문학의 한계를 초월한
몸짓으로 감사를 표했다. 그건 바로 정직한 사업가의 몸짓, 아마도 유럽이
태동했을 때부터의 비밀을 소유한 상인의 몸짓, 그러니까 신화였거나 신화를 향해
문을 여는 몸짓을 한 것이다. 물론 그 신화의 두 중심 기둥은 서적상과
출판인이었지, 예측 불가능한 행동이나 유령처럼 헤아릴 수 없는 감정에 종속된
작가가 아니었다. 그것은 서적상과 출판인, 그리고 플랑드르파의 화가가 스케치한
길고 구불거리는 길이었다.

　　부비스 씨가 이내 정치에 염증을 내고 자기 출판사를 다시 여는 데 전념한
것은 그다지 이상한 일이 아니었다. 실질적으로 그가 정말로 관심을 보인 것은
책을 인쇄하고 판매하는 모험적인 사업이었다.
　　그러나 그즈음에, 즉 사법 당국이 반환한 그 건물을 다시 개관하기 조금 전에,
부비스 씨는 미국인 거주 지역인 만하임에서 서른 살이 약간 넘은 젊은 여자
난민을 만났다. 훌륭한 집안 출신이었고, 남다르게 아름다웠다. 부비스 씨는
바람둥이로 이름 있는 사람이 아니었지만 두 사람은 연인이 되었다. 그들이 어떻게
그렇게 되었는지 아는 사람은 아무도 없었다. 그는 이런 관계로 인해 놀랄 정도로
바뀌었다. 그렇지 않아도 나이에 비해 보통 이상이었던 그의 정력은 세 배로
늘어났다. 살고자 하는 그의 욕망은 어떤 때보다도 더 강렬했다. 그는 자신의
새로운 출판 사업(하지만 부비스는 〈새로운 사업〉이라고 말하는 사람이 있으면,
그렇지 않다고 고쳐 주었다. 그에게는 예전과 동일한 오래된 출판사였고, 불가피한
사정으로 한참 동안 중단되었다가 다시 모습을 드러낸 것에 불과했기 때문이다)이
성공할 것이라고 굳게 믿었고, 그런 확신은 전염성이 강했다.
　　출판사의 개업식에는 함부르크의 모든 관리들과 예술가들과 정치인들이
초청되었다. 또한 책을 사랑하는 영국 관리 대표단(하지만 유감스럽게도 그들
대부분은 탐정 소설이나 조지 시대의 여우 사냥 소설, 혹은 우표 수집 소설
애호가들이었다)도 초청했으며, 독일 언론뿐만 아니라 프랑스와 영국, 네덜란드와
스위스 언론을 비롯해 미국 언론도 초청했다. 그는 그녀를 다정하게 애인이라고
불렀고, 공개적으로 소개했다. 여자가 처음으로 소개되자, 모든 사람은 그들을
존중하면서도 당혹감을 숨기지 못했다. 바로 40~50대의, 지적인 면모를 지닌
여자를 기대했기 때문이다. 몇몇 사람은 부비스 가족의 전통대로 유대인 여자일
것이라고 믿었고, 어떤 사람들은 경험적으로 판단하면서 단지 부비스 씨의 농담에
불과할 것이라고 생각했다. 그가 실제로 농담을 좋아하는 사람이기 때문이었다.
그러나 그들의 관계는 진지했고, 그 사실은 개업 파티에서 분명하게 드러났다.
여자는 유대인이 아니었고 1백 퍼센트 아리아인이었다. 또한 나이도 40대가
아니라 30대 초반이었고, 실제 모습은 기껏해야 스물일곱 살을 넘지 않아 보였다.
두 달 후 부비스 씨의 장난 혹은 사소한 농담은 이미 정해진 일이 되었다. 그가
훌륭하게 모든 절차를 갖추고서 도시의 모든 명사가 참석한 가운데 재건축 중이던

유서 깊은 시청 한가운데서 결혼식을 올렸던 것이다. 함부르크 시장이 몸소 주례를 선 잊지 못할 결혼식이었는데, 거기서 시장은 그 기회를 이용해 부비스에게 아첨을 하면서, 그를 돌아온 탕아이자 모범 시민이라고 선언했다.

아르킴볼디가 함부르크에 도착했을 때 출판사는 비록 부비스 씨가 설정한 두 번째 목표(첫 번째 목표는 종이 부족 현상을 해결하고 독일 전역으로, 부비스 씨가 알고 있는 전후에 살아남은 서점 여덟 군데에 보내는 것이었다)에는 아직 이르지 못했지만, 그래도 어느 정도 꾸준한 속도로 나아갔고, 출판사의 주인이자 유능한 출판인은 만족하면서 동시에 피곤해하고 있었다.

독일에 작가들이 출현하기 시작했고, 부비스 씨는 그들에게 관심을 보였다. 그러나 사실대로 말하자면 그 수는 그리 많지 않았다. 출판을 시작한 초기 시절에 알게 된 독일 작가들과 그는 아주 훌륭한 관계를 맺었지만, 새로운 작가들은 그들 수준에서 한참 떨어져 있었다. 하지만 몇몇 신진 작가의 작품은 그리 나쁘지 않았다. 그러나 그들 속에서 새로운 되블린이나 새로운 무질[67] 혹은 새로운 카프카(부비스 씨는 미소를 띠었지만 아주 슬픈 시선으로, 새로운 카프카가 나타난다면 나는 몸을 부들부들 떨 거야 하고 말했다), 또는 새로운 토마스 만 같은 작가들은 보이지 않았다. 아니면 부비스 씨가 스스로 인정하는 것처럼 그런 사람들을 알아볼 능력이 없었기 때문일 수도 있었다. 아무튼 이런 훌륭한 작가들의 도서 목록은 부비스 출판사의 고갈되지 않는 자산이었다. 그러나 또한 새로운 작가들, 즉 독일 문학의 고갈되지 않는 샘물도 부비스 씨의 면전에 모습을 드러내기 시작했다. 그리고 프랑스 문학 작품과 영문학 작품도 번역되었다. 나치 때문에 닥쳐 온 지성계의 기나긴 가뭄이 끝난 그즈음에는 번역서를 찾는 애독자들이 생겼고, 번역서를 출간하면 성공이 보장되거나 적어도 출판사가 손해를 보지 않을 정도의 수입을 올릴 수 있었다.

어쨌거나 부비스의 작업은 현기증 날 정도의 속도는 아니었지만 꾸준하게 이루어졌다. 그래서 아르킴볼디는 출판사에 도착했을 때, 가장 먼저 부비스 씨가 너무나 바쁜 나머지 자기를 만나지 않을지도 모른다고 생각했다. 그러나 부비스 씨는 10분 정도 기다리게 한 다음 그를 사무실로 들어오게 했다. 아르킴볼디가 결코 잊지 못할 사무실이었다. 책장 선반에는 빈 곳이 하나도 없었고, 바닥에는 책들과 원고들이 수북이 쌓여 있었다. 그 더미들이 너무나 불안정한 모습이어서 마치 아케이드를 이룬 것 같았다. 전쟁과 부정부패에도 불구하고 풍요롭고 멋진 세상을 반영하는 혼돈 같았다. 그곳은 아르킴볼디가 진정으로 읽고자 하던 멋진 책들이 소장된 도서관이었다. 부비스 씨에게 친필 서명을 해준 위대한 작가들의 초판본, 다른 출판사들이 다시 독일에서 유통시키기 시작한 퇴폐 예술 서적들, 프랑스와 영국에서 출판된 책들, 뉴욕과 보스턴과 샌프란시스코에서 발행된

67 Robert Musil(1880~1942). 오스트리아의 소설가. 분석적이고 섬세한 필치로 인간의 정신과 행위의 분열, 현실과 비현실의 이중성을 내포한 세계를 그렸다.

페이퍼백을 비롯해, 신화적 명성의 미국 잡지들도 있었다. 무일푼인 젊은
작가에게는 보물과 다름없는, 부유함을 한껏 뽐내며 자랑하는 그런 잡지들은
부비스의 사무실을 알리 바바의 동굴과 비슷하게 만들었다.

또한 아르킴볼디는 부비스 씨가 통상적인 자기소개를 마친 후 던진 첫 번째
질문도 잊을 수 없었다.

「당신의 진짜 이름이 무엇입니까? 물론 당신 이름은 그게 아니겠지요?」

「그게 내 이름입니다.」 아르킴볼디가 대답했다.

그러자 부비스가 말을 받았다.

「내가 영국에서 보낸 시절 혹은 그 세월 때문에 내가 바보가 되었다고
생각합니까? 그런 이름을 가진 사람은 아무도 없습니다. 베노 폰 아르킴볼디.
처음에 베노라는 이름을 듣고 고개를 갸우뚱거렸습니다.」

「왜 그렇죠?」 아르킴볼디는 알고 싶었다.

「모르십니까? 정말 모르십니까?」

「맹세컨대, 정말 모릅니다.」 아르킴볼디가 말했다.

「베니토 무솔리니 때문이지요! 설마 그 이름과 당신 이름의 유사성을 모르는
건 아니겠죠?」

그 순간 아르킴볼디는 함부르크로 여행하느라 시간과 돈을 낭비했다고
생각했고, 바로 그날 밤 함부르크-쾰른 야간열차를 타고 여행하는 자기 모습을
머릿속으로 그렸다. 다행히도 다음 날 아침이면 집에 도착할 수 있었다.

「난 베니토 후아레스 때문에 베노라고 붙인 겁니다.」 아르킴볼디가 말했다.
「아마 베니토 후아레스가 누구인지 알 겁니다.」

부비스는 미소를 지었다.

「베니토 후아레스라…….」 부비스는 계속 미소를 지으면서 중얼거렸다.
「베니토 후아레스 때문에 그랬단 말이지요?」 그는 약간 더 큰 목소리로 물었다.

아르킴볼디는 고개를 끄덕였다.

「당신이 성 베네딕토를 기리는 의미에서 그랬다고 말할 거라고
생각했습니다.」

「난 그 성인이 누군지 모릅니다.」 아르킴볼디가 말했다.

「반면에 나는 베네딕토 성인 세 명을 모두 알지요.」 부비스가 말했다. 「9세기에
베네딕토 종단을 개혁한 아니아네의 베네딕토가 있습니다. 그리고 누르시아의
베네딕토도 있습니다. 6세기에 자기 이름을 딴 수도회를 창설한 사람입니다. 그는
〈유럽의 아버지〉라고도 알려져 있지요. 너무나 위험천만한 칭호라고 생각하지
않습니까? 팔레르모의 베네딕토는 검둥이, 흑인이라 〈무어족〉이라고 불렸지요.
그는 16세기에 시칠리아에서 태어나고 죽었으며, 프란체스코 교단에 속했지요. 세
사람 중에서 누가 마음에 드십니까?」

「베니토 후아레스입니다.」 아르킴볼디가 말했다.

「그럼 아르킴볼디라는 성(姓)은 무엇이죠? 당신 가족 모두가 그런 성을

사용하지는 않겠죠?」

「내 성은 바로 그것입니다.」 아르킴볼디는 이렇게 말하면서 성질 고약한 이 왜소한 남자를 대화 도중에 놔두고서 작별 인사도 하지 않고 나와 버리겠다고 생각했다.

「그런 이름을 가진 사람은 아무도 없습니다.」 부비스는 울적한 표정을 지으며 말했다. 「내 생각에는 당신이 주세페 아르침볼도를 기리기 때문에 그 성을 사용했습니다. 그런데 〈폰〉은 도대체 어디서 온 겁니까? 베노가 베노 아르킴볼디로도 만족하지 않는 것일까요? 베노는 자기가 독일 출신임을 분명히 밝히고 싶어 하는 겁니까? 당신은 독일 어느 지방 출신이지요?」

「난 프로이센 사람입니다.」 아르킴볼디는 이렇게 말하면서 자리에서 일어나 그곳을 떠나려고 했다.

「잠깐만 기다릴 수 없나요? 당신 호텔로 가기 전에 내 아내를 만나 보면 좋겠군요.」 부비스가 투덜댔다.

「난 어떤 호텔로도 가지 않습니다. 쾰른으로 돌아갈 겁니다. 부탁이니 내 원고를 돌려주십시오.」 아르킴볼디가 말했다.

부비스는 다시 미소를 지었다.

「그럴 시간은 충분히 있을 겁니다.」

그러고서 그는 벨을 눌렀고, 문이 열리기 전에 마지막으로 그에게 질문을 던졌다.

「정말로 당신의 진짜 이름을 내게 말해 주고 싶지 않습니까?」

「내 이름은 베노 〈폰〉 아르킴볼디입니다.」 아르킴볼디는 그의 눈을 똑바로 쳐다보면서 말했다.

부비스는 양손을 벌리더니, 마치 박수를 치듯이 다시 맞잡았다. 하지만 아무 소리도 내지 않았다. 그때 여비서가 문틈으로 머리를 내밀었다.

「이분을 부비스 부인의 사무실로 데려가게.」 부비스 씨가 말했다.

아르킴볼디는 여비서를 쳐다봤다. 금발이었고 웨이브 진 머리였다. 아르킴볼디가 다시 부비스를 쳐다봤을 때, 그는 이미 원고를 읽는 데 온 정신을 쏟고 있었다. 그는 여비서를 따라갔다. 부비스 부인의 사무실은 긴 복도 끝에 있었다. 여비서는 손마디로 문을 두드렸고, 답을 기다리지도 않은 채 문을 열고 이렇게 말했다. 아나 부인, 아르킴볼디 씨가 여기 있어요. 그러자 어느 목소리가 들어오라고 지시했다. 여비서는 그의 팔을 잡더니 안으로 살며시 밀었고, 그에게 미소를 짓고는 그곳을 떠났다. 아나 부비스 부인은 실질적으로 텅 빈 책상(무엇보다도 부비스 씨의 책상과 비교하면 그랬다) 너머에 앉아서 그를 기다렸다. 책상 위에는 재떨이 하나와 영국 담배 한 갑, 황금 라이터와 프랑스어 책 한 권만 놓여 있었다. 세월이 흘렀지만 아르킴볼디는 그녀를 즉시 알아보았다. 여남작 폰 춤페였다. 하지만 그는 그곳에 그대로 서 있었고, 적어도 그 순간만은 아무 말도 하지 않겠다고 마음먹었다. 여남작은 안경을 벗었다. 아르킴볼디가 기억하는 바로는, 전에는 쓰지 않던 것이었다. 여남작은 부드러운 눈길로 그를 쳐다보았다. 마치 자기가 읽거나 생각하던 것에서 헤어 나오기 힘든 것 같았다. 또는 어쩌면 그게 그녀의 평소 눈길인지도 몰랐다.

「베노 폰 아르킴볼디세요?」 그녀가 말했다.

아르킴볼디는 고개를 끄덕였다. 잠시 여남작은 아무 말도 하지 않은 채, 그의 얼굴만 뚫어지게 쳐다보았다.

「피곤하네요. 잠시 산책을 나가는 게 어때요? 그러면서 커피 한잔 마시도록 해요.」 그녀가 말했다.

「좋습니다.」 아르킴볼디가 대답했다.

건물의 어두운 계단을 내려가는 동안, 여남작은 다정한 말투로 그가 누구인지 알아보았으며, 그 역시 자기를 알아보았으리라 확신한다고 말했다.

「즉시 알아봤습니다, 남작님.」 아르킴볼디가 말했다.

「하지만 세월이 많이 흘렀어요.」 폰 춤페 여남작이 말했다. 「그리고 나도 바뀌었어요.」

「외모는 그렇지 않아요, 남작님.」 그녀 뒤에서 아르킴볼디가 말했다.

「하지만 당신 이름은 기억나지 않아요. 당신은 우리 하녀의 아들이었어요. 그건 기억나요. 당신 어머니는 숲속의 집에서 일했지만, 당신 이름은 기억이 나질 않네요.」 여남작이 말했다.

아르킴볼디는 여남작이 오래된 별장을 언급하는 방식이 너무 재미있다고 생각했다. 숲속의 집은 인형의 집이나 오두막집 또는 은신처처럼 들렸다. 마치 시간의 흐름과는 상관없이 안락하고 아무것도 손상되지 않은 채 자발적이고 상상적인 어린 시절에 그대로 남아 있는 장소 같았다.

「이제 내 이름은 베노 폰 아르킴볼디입니다, 남작님.」 아르킴볼디가 말했다.

「좋아요. 아주 우아한 이름을 골랐군요. 약간 조화를 이루지 못해 귀에 거슬리긴 하지만, 의심의 여지 없이 우아한 이름이에요.」 여남작이 말했다.

그들이 산책하는 동안 아르킴볼디가 볼 수 있었던 것처럼, 함부르크의 몇몇 거리는 가장 많은 피해를 입은 쾰른의 몇몇 거리보다도 더 심한 상태였다. 하지만 그는 함부르크 사람들이 더 열심히 재건 작업에 전념한다는 인상을 받았다. 그들이 걸어가는 동안, 여남작은 농땡이 부리는 여학생처럼 명랑했다. 아르킴볼디는 어깨에 자기 여행 가방을 메고 있었다. 두 사람은 카르파티아산맥에서 마지막으로 만난 이후 각자에게 일어난 일을 이야기했다. 아르킴볼디는 그녀에게 전쟁에 관해 말했지만, 자세한 이야기는 들려주지 않았다. 그는 크림반도에 관해, 쿠반강과 소련의 커다란 강에 관해 말했고, 말을 할 수 없는 상태로 보낸 겨울을 비롯해 몇 달의 삶에 관해 말했다. 그는 막연하게 안스키를 떠올렸지만, 그 이름을 입에 올리지는 않았다.

한편 여남작은 아르킴볼디가 강제로 떠나야만 했던 여행과 균형을 맞추기 위해, 자기가 어떤 여행을 했는지 들려주었다. 모두 그녀가 원해서 자발적으로 이루어진 여행이었고, 따라서 행복한 여행이었다. 그녀는 불가리아와 튀르키예, 그리고 몬테네그로로 이국적인 여행을 했으며, 이탈리아와 스페인과 포르투갈에서는 독일 대사관의 영접을 받았다. 그녀는 가끔씩 그 시기에 경험한 쾌락의 시간에 대해 뉘우치려고 노력하지만, 지적으로, 아니 좀 더 적절하게 말하자면 도덕적으로 그런 도피주의적 행동을 거부하려고 하면 할수록, 그것들을 더욱 떠올리면서 쾌감에 몸을 떠는 게 사실이라고 말했다.

「무슨 말인지 알겠어요? 내 말을 이해할 수 있겠어요?」 그들이 동화에나 나옴 직한 어느 커피숍에서 카푸치노와 조각 케이크를 먹는 동안 그녀가 물었다. 그들은 강과 부드럽게 굽이치는 초록색 언덕이 내다보이는 커다란 창문 옆에 앉아 있었다.

그러나 아르킴볼디는 그녀의 말을 이해한다거나 아니면 이해하지 못한다고 말하는 대신, 루마니아 장군인 엔트레스쿠에게 무슨 일이 일어났는지 아느냐고 물었다. 전혀 몰라요. 여남작이 대답했다.

「난 알아요. 원하신다면 말해 줄 수 있어요.」 아르킴볼디가 말했다.

「추측건대, 그에 관해 전혀 좋은 말을 해줄 것 같지는 않네요. 내 말이 틀렸나요?」 여남작이 말했다.

「잘 모르겠어요.」 아르킴볼디가 시인했다. 「어떻게 보느냐에 따라 아주 나쁠 수도 있고, 그리 나쁘지 않을 수도 있어요.」

「그렇다면 당신이 그를 봤다는 말이군요, 그렇죠?」 여남작이 강물을 쳐다보면서 속삭였다. 그 순간 강에는 배 두 척이 지나가고 있었다. 한 척은 바다를 향했고, 다른 한 척은 내륙으로 갔다.

「그래요, 봤어요.」 아르킴볼디가 말했다.

「그렇다면 아직 말해 주지 마세요. 그럴 시간은 충분히 있을 거예요.」 여남작이 부탁했다.

커피숍의 웨이터가 택시를 불렀다. 여남작은 호텔 이름을 말했다. 프런트에는 베노 폰 아르킴볼디의 이름으로 객실이 예약이 되어 있었다. 두 사람은 짐꾼을 따라 방으로 올라갔다. 놀랍게도 아르킴볼디는 어느 가구 위에 있는 라디오를 보았다.

「짐을 풀도록 해요. 그리고 조금 단장하세요. 오늘 밤 내 남편과 함께 저녁 식사를 할 거예요.」 여남작이 말했다.

아르킴볼디가 옷장 안에 양말 한 켤레, 셔츠 한 벌, 그리고 팬티 한 장을 넣는 동안, 여남작은 라디오 주파수를 맞추어 재즈를 틀었다. 아르킴볼디는 욕실로 들어갔고, 면도를 하고 머리에 물을 적시고는 머리를 빗었다. 욕실에서 나왔을 때, 나이트 테이블의 램프를 제외하고는 방 안의 모든 불이 꺼져 있었다. 여남작은 그에게 옷을 벗고 침대로 들어가라고 지시했다. 거기에서 목까지 이불을 덮은 채 그는 피로로 인해 노곤하고 즐거운 느낌을 받으면서, 침실에 서 있는 여남작을 보았다. 그녀는 검은 속옷 하나만 달랑 걸친 채 다이얼을 이리저리 돌리더니 고전 음악 방송을 찾았다.

그는 함부르크에 모두 합쳐 사흘 동안 체류했다. 그리고 두 번에 걸쳐 부비스 씨와 저녁 식사를 했다. 한 번은 자기 자신에 관해 말했고, 또 다른 한 번은 유명 편집인의 몇몇 친구를 만났고, 자기가 어리석은 말을 내뱉을지도 모른다는 두려움에 사로잡혀 거의 입을 열지 않았다. 적어도 함부르크에 있는 부비스 씨의 측근 그룹에는 어떤 작가도 없었다. 은행가, 몰락한 귀족, 이제는 17세기 화가들에 관한 논문만 쓰는 어느 화가와 프랑스어 번역가가 그의 측근 그룹이었다. 그들 모두는 문화에 관해 몹시 관심을 보였고, 모두가 똑똑했다. 하지만 작가는 한 명도 없었다.

그렇지만 아르킴볼디는 거의 입을 열지 않았다.

그를 대하는 부비스 씨의 행동은 놀라울 정도로 바뀌었다. 아르킴볼디는 결국은 그의 이름을 알게 된 여남작의 중재 때문이라고 여겼다. 두 사람이 섹스하는 동안 그는 침대에서 자기의 진짜 이름을 말했으며 여남작은 그에게 이름이 뭔지 다시 물을 필요가 없었다. 한편, 엔트레스쿠 장군에게 무슨 일이 있었는지 말해 달라고 했을 때 그녀의 태도는 이상하면서도 동시에 밝았다. 아르킴볼디가 루마니아 장군이 퇴각 도중 자신의 병사들 손에 죽었으며, 병사들이 몽둥이질을 해서 그를 십자가에 못 박았다고 이야기하자, 마치 제2차 세계 대전엔 십자가에 못 박혀 죽는 일이 매일 볼 수 있는 일상인 것처럼, 여남작은 그가 바라본 십자가에서 엔트레스쿠 장군이 벌거벗었는지 아니면 군복을 입었는지에 관해서만 물어보았다. 아르킴볼디는 어느 점에서 보나 그는 벌거벗었지만, 사실 군복 조각들이 그때까지도 그의 몸에 붙어 있었다고 대답했다. 그러면서 곧이어 그곳에 도착한 러시아 병사들은 그 옷 조각만으로도 루마니아 병사들이 남겨 준 선물이 장군이라는 것을 어렵지 않게 알 수 있었다고 덧붙였다. 하지만 또한 러시아 병사들이 눈으로 직접 루마니아 장군의 커다란 음경을 확인할 수 있을 정도로 충분히 벌거벗었다고 지적했다. 그러나 아르킴볼디는 의심할 여지 없이 엔트레스쿠 장군의 음경은 엄청난 놀라움을 선사한 하나의 예였다고 말했다. 그는 벌거벗은 몇몇 루마니아 병사를 보았는데, 그들의 음경 크기도 전혀 다르지 않았던 것이다. 즉, 독일인의 크기와 거의 똑같았던 것이다. 반면에 몽둥이질을 당한 후 십자가에 못 박힌 까닭에 축 늘어지고 멍든 엔트레스쿠 장군의 음경은 일반인들, 그러니까 루마니아 사람들이나 독일 사람들, 혹은 아무런 예나 들자면 프랑스인들의 음경보다 두 배 혹은 세 배나 컸다고 밝혔다.

이 말을 한 후, 아르킴볼디는 입을 다물었고, 여남작은 용감한 장군이 그런 죽음을 못마땅해하지는 않았을 것이라고 말했다. 그러고서 엔트레스쿠는 전쟁터에서 훌륭한 장군으로 명성이 자자했지만, 실제로 전략가로서나 전술가로서는 실패자였다고 덧붙였다. 반면 애인으로서는 그녀가 상대한 누구보다도 훌륭했다고 설명했다.

「음경이 컸기 때문이 아니에요.」 여남작은 침대에서 자기 옆에 누운 아르킴볼디가 잘못 생각하지 않도록 분명하게 말했다. 「그건 일종의 동물로 변신하는 그의 자질 때문이었어요. 말할 때는 까마귀보다 더 재미있고 재치가 있었으며, 침대에서는 쥐가오리가 되었거든요.」

그 말을 듣자 아르킴볼디는 엔트레스쿠가 카르파티아산맥의 성에 수행원들과 잠시 체류하는 동안에 많은 것을 지켜볼 수는 없었지만, 까마귀는 그의 비서일 거라고, 그러니까 포페스쿠라는 사람일 거라고 대답했다. 그러자 여남작은 즉시 그렇지 않다고 부정했다. 그녀는 포페스쿠가 단지 앵무새에 불과하다고, 사자 뒤로 날아다니는 앵무새였다고 말했다. 그러고서 엔트레스쿠가 발톱 없는 사자, 혹은 발톱이 있더라도 사용할 준비가 되어 있지 않은 사자거나, 누군가를 물어뜯을 송곳니가 없는 사자였다고 지적했다. 다시 말하면, 스스로의 운명, 즉 운명이나 운명에 대한 개념을 우스꽝스럽게 보여 주는 사람, 혹은 어느 정도 바이런의 운명이거나 운명에 대한 개념의 메아리라고 덧붙였다. 아르킴볼디는 공공 도서관을 드나들던 시절에 우연히 바이런의 작품을 읽었다. 그는 그 시인과 가증스러운 엔트레스쿠 장군을 전혀 비교할 수 없다고, 심지어 메아리도 아니라고 생각했다. 그러면서 운명이라는 개념은 개인의 운명(빌어먹을 개인의 운명)과 분리될 수 없으며, 두 개는 근본적으로 동일한 것이라고 덧붙여 말했다. 즉, 운명이란 필연적이 될 때에야 비로소 붙잡을 수 있는 것이며, 각자가 자신에 대해 가지고 있는 운명의 개념이라고 설명했다.

그러자 여남작은 미소를 지으며, 아르킴볼디는 엔트레스쿠와 섹스를 결코 하지 않은 게 분명하다고 대꾸했다. 그 말을 듣자 아르킴볼디는 그렇다고, 그는 엔트레스쿠와 침대로 간 적이 없지만, 장군의 유명한 밀회를 한 번 목격한 증인이라고 털어놓았다.

「나와 하는 걸 봤군요.」 여남작이 말했다.

「당신 생각대로예요.」 아르킴볼디는 처음으로 격의 없는 말투를 사용했다.

「그럼 당신은 어디에 있었죠?」 여남작이 물었다.

「비밀의 방에 있었어요.」 아르킴볼디가 말했다.

그러자 여남작은 너무나 깔깔거리고 웃어 댔다. 웃음을 멈추지 못한 나머지 숨을 헐떡거리면서 베노 폰 아르킴볼디라는 필명으로 불리기로 결정한 것이 그다지 놀랍지 않다고 말했다. 아르킴볼디는 그녀의 말이 무슨 뜻인지 이해하지 못했지만, 기꺼이 그 지적을 받아들이고는, 그녀와 함께 웃기 시작했다.

그렇게 아주 유익하게 사흘을 보내고서, 아르킴볼디는 사람들이 통로에서까지 잠을 자는 야간열차를 타고 쾰른으로 돌아왔다. 다시 다락방에 있게 되자, 그는 잉게보르크에게 함부르크에서 가져온 멋진 소식을 들려주었다. 그들은 그 소식을 함께 나누면서 너무나 기쁨으로 충만하여 노래를 부르고 춤을 추기 시작했다. 펄쩍펄쩍 뛰는 바람에 방바닥이 무너질지 모른다는 걱정도 하지 않았다. 그러고서 섹스를 했고, 아르킴볼디는 출판사와 부비스 씨, 부비스 부인이 어땠는지 이야기해 주었다. 또한 우타라는 편집 직원에 관해서 말하면서 그녀는 고트홀트 에프라임 레싱[68]의 문법적 오류를 고칠 수 있는 능력의 소유자인데, 작가로서의 레싱을 너무도 경멸하지만 리히텐베르크[69]에 대해서는 그렇지 않다고, 그를 너무나도 좋아한다고 설명했다. 또한 아니타라는 경리 직원이자 홍보 책임자는 실질적으로 독일에 사는 작가들을 모두 알지만, 오직 프랑스 문학만 좋아하며, 마르타라는 비서는 문헌학을 공부했으며, 그가 관심을 보인 출판사의 책 몇 권을 주었다고 말했다. 또한 라이너 마리아라는 창고 직원은 젊지만, 이미 표현주의와 상징주의, 그리고 데카당파의 시인으로 활동한 적이 있었다고 알려 주었다.

또한 그녀에게 부비스 씨의 친구들과 부비스 씨의 작가 목록에 관해서도 말했다. 아르킴볼디가 말을 끝낼 때마다 잉게보르크와 그는 마치 웃지 않고는 견딜 수 없는 이야기를 서로 들려주듯이 깔깔거리고 웃었다. 그러고서 아르킴볼디는 본격적으로 두 번째 작품을 쓰기 시작했고, 채 석 달이 되기도 전에 끝마쳤다.

『뤼디케』가 아직 출간되지도 않았을 때, 부비스 씨는 〈무한한 장미〉라는 제목의 원고를 받았고, 이틀 밤에 걸쳐 그 작품을 읽었다. 작품을 모두 읽자 그는 너무나도 흥분하여 아내를 깨우고는, 아르킴볼디라는 사람의 새 작품을 출간해야만 한다고 말했다.

「좋아요?」 눈을 제대로 뜨지도 못하고 침대에서 일어나지도 않은 채 여남작이 물었다.

「좋은 정도가 아니라 훌륭해요.」 부비스는 방 안을 어슬렁거리면서 말했다.

그러고서 계속 방 안을 오가면서 유럽과 그리스 신화에 관해, 그리고 어딘지 모르게 탐정 수사와 같은 것에 관해 말하기 시작했지만, 여남작은 다시 잠의 세계로 빠져들면서 그의 말에 제대로 귀를 기울이지 않았다.

나머지 밤 시간 내내 불면에 시달리면서도 그 시간을 최대한 이용할 줄 알았던 부비스는 다른 원고를 읽으려고 했다. 그는 회계 장부를 점검하려 했으며, 배급업자에게 편지를 쓰려고 했지만, 모두가 허사였다. 새벽의 첫 햇살이 비치자, 그는 다시 아내를 깨웠고, 자기가 출판사의 대표가 아니더라도, 그러니까 자기가 죽을 경우를 지칭하는 완곡한 표현을 사용하고는, 그녀에게 아르킴볼디라는 작가를 버리지 않겠다고 약속해 달라고 부탁했다.

「어떤 의미에서 버린다는 거죠?」 아직도 잠에서 깨어나지 못한 채 여남작이 물었다.

부비스는 잠시 머뭇거리고는 대답했다.

「우리가 그를 지켜야 한다는 말이에요.」 그가 말했다.

그리고 잠시 후 이렇게 덧붙였다.

「그의 작품을 출간하는 출판인으로서 가능한 한 그를 보호해야 한다는

---

68 Gotthold Ephraim Lessing(1729~1781). 독일의 극작가, 평론가, 계몽주의 사상가.

69 Georg Christoph Lichtenberg(1742~1799). 독일의 물리학자이자 계몽주의 사상가.

거예요.」

폰 춤페 여남작은 마지막 말을 듣지 않았다. 다시 잠들어 버린 것이다. 잠시 부비스는 그녀의 얼굴을 쳐다보았다. 라파엘 전파(前派)의 그림과 유사했다. 그러고서 침대 발치에서 일어나 실내복을 입은 채 부엌으로 가서 양파피클을 넣은 치즈샌드위치를 만들었다. 그가 영국에 체류할 때 망명 중인 오스트리아 작가에게서 배운 조리법이었다.

「이렇게 만들기 간단한 샌드위치인데도 원기를 북돋우기에 충분하지요.」 오스트리아 작가는 이렇게 말했다.

의심할 여지 없이 간단했다. 먹음직스러웠고 색다른 맛이었다. 하지만 전혀 원기를 북돋우지는 않아. 이런 음식을 참아 내려면 강철로 만든 위를 가져야 해. 부비스 씨는 생각했다. 그러고 나서 그는 거실로 가서 아침의 희끄무레한 햇빛이 들어오도록 커튼을 걷었다. 원기를 북돋운다고, 원기를 북돋운다고, 원기를 북돋운다고. 부비스 씨는 생각하면서, 무심코 샌드위치를 물어뜯었다. 식초에 담근 양파를 넣은 치즈샌드위치보다 더 기운을 줄 수 있는 게 필요해. 그런데 어디서 찾아야지? 어디서 찾아야 하나? 그리고 그걸 찾으면 어떻게 해야 할까? 그는 생각했다. 그 순간 뒷문이 열리는 소리를 들었고, 눈을 감은 채 매일 아침 오는 식모의 차분한 발소리를 들었다. 그렇게 오랫동안 있을 수도 있었다. 마치 석상처럼. 그러나 그렇게 있는 대신 그는 샌드위치를 식탁에 놓고서 자기 침실로 향했다. 그리고 옷을 갈아입고는 다시 새날의 일정을 시작했다.

『뤼디케』는 긍정적인 서평 두 편과 부정적인 서평 한 편을 받았고, 초판은 모두 3백 권이 판매되었다. 다섯 달 후에 출간된 『무한한 장미』는 긍정적인 서평 한 편과 부정적인 서평 세 편을 받았고, 205부가 팔렸다. 그랬기에 어떤 편집인이라도 아르킴볼디의 세 번째 작품을 출판하려고 하지 않았을 테지만, 부비스는 세 번째 작품을 출간하는 모험을 감행하려고 했을 뿐만 아니라 네 번째, 다섯 번째를 비롯해 그가 이후에 쓸 모든 작품도 출간할 작정이었다. 그렇게 아르킴볼디는 훌륭한 출판인의 확실한 지원을 받았다.

그 기간에 아르킴볼디의 경제 상황은 조금, 정말로 아주 조금 나아졌다. 쾰른 문화 센터의 지원으로 그 도시의 커다란 서점 두 곳에서 그의 낭독회가 개최되었다. 서점 주인들은 말할 필요도 없이 부비스 씨를 개인적으로 알았다. 한편 낭독회는 그다지 큰 관심을 불러일으키지 못했다. 첫 번째 서점에서 작가는 자기 소설 『뤼디케』에서 발췌한 부분을 읽었다. 낭독회에는 잉게보르크를 포함해 모두 열다섯 명이 참석했지만, 낭독이 끝나자 세 사람만이 그의 작품을 구입했다. 두 번째 낭독회가 열린 서점에는 또다시 잉게보르크를 포함해서 모두 아홉 명이 참석했고, 낭독회가 끝날 무렵에는 단지 세 사람만 남아 있었다. 다행히 낭독회장이 작았기 때문에 정신적 타격은 그리 크지 않았다. 물론 세 사람 중에는 잉게보르크도 끼어 있었는데, 그녀는 나중에 자기도 어느 순간에는 낭독회장을 떠나야겠다는 마음이 들었다고 고백했다.

또한 쾰른 문화 센터는 갓 설립되어 갈피를 잡지 못하던 니더작센 문화 위원회의 협조로 일련의 강연과 낭독회를 조직했다. 그것은 약간 화려하고 요란하게 올덴부르크에서 시작했다. 그리고 이후 곧바로 여러 소도시와 마을로 이어졌지만, 개최 장소는 갈수록 작고 황폐한, 외진 마을로 축소되었다. 어떤 작가도 가려고 하지 않는 장소들이었던 것이다. 그런 순회 강연과 낭독회는 프리슬란트의 작은 어촌 마을에서 끝을 맺었다. 그런데 그곳에서 아르킴볼디는 전혀 예상치 못하게 많은 관객과 만나게 되었다. 그리고 강연과 낭독회가 끝나기 전에 자리를 뜬 사람도 거의 없었다.

아르킴볼디의 글쓰기, 즉 창작 과정이나 혹은 이런 과정이 평화롭게 전개되던 일상적 삶은 힘을 얻었다. 적절한 용어가 없는 바람에 그냥 〈자신감〉이라고 부를 수밖에 없는 그런 힘이었다. 물론 이런 자신감은 의심이 끝났다는 의미는 아니었으며 작가가 자기 작품이 어느 정도 가치를 지녔다고 믿는 것과는 더욱 거리가 있었다. 그러나 아르킴볼디는 세 칸으로 구성된 문학관(〈관(觀)〉이란 단어 역시 너무 거창하다)을 지니고 있었는데, 세 칸은 아주 교묘하게 서로 연결되었다. 첫째 칸에는 그가 읽고 또 읽었으며, 그가 가장 좋아하는 작가 중 하나인 되블린의 작품이나 카프카의 전집처럼 훌륭하고 고상하며 가끔씩은 엄청나다고 여기던 책들이 있었다. 두 번째 칸에는 아류 작가들, 즉 그가 〈무리〉라고 부르던 작가들의 작품이 있었다. 그는 이들을 주로 자기의 적이라고 여겼다. 세 번째 칸에는 자신의 책들과 미래의 책들에 관한 계획이 들었다. 그는 이것을 놀이로 보았고, 또한 사업으로 보았다. 글을 쓰면서 느끼는 쾌감, 즉 범인을 발견하기 이전에 탐정이 느끼는 느낌과 비슷한 쾌감이라는 점에서 놀이였고, 자기 책들이 출판되면서 비록 얼마 안 되는 돈이긴 하지만 술집 문지기로서의 벌이를 두둑하게 만드는 데 기여한다는 점에서 사업이었다.

물론 그는 술집 문지기 일을 그만두지 않았다. 부분적으로는 그 일에 익숙해졌기 때문이기도 했지만, 문지기 일이 글 쓰는 일과 완전한 짝을 이루기 때문이기도 했다. 세 번째 소설인 『가죽 가면』을 끝내자, 아르킴볼디에게 타자기를 빌려 주었고 『무한한 장미』 한 권을 선사받기도 한 노인네는 아주 합리적인 가격에 타자기를 팔겠다고 제안했다. 의심할 여지 없이 과거의 작가에게는, 특히 이제는 거의 누구도 타자기를 빌리지 않는다는 사실을 염두에 둔다면, 비교적 〈합리적인〉 가격이었다. 아르킴볼디는 그런 제안에 유혹을 받았지만, 그에게는 아직 사치와 다름없었다. 그래서 며칠간 곰곰이 생각해 보고 계산을 해본 다음 그는 부비스 씨에게 편지를 썼고, 처음으로 아직 시작하지도 않은 책에 대한 선인세를 요구했다. 물론 편지에 왜 그 돈이 필요한지 설명했고, 여섯 달 내로 다음 작품의 원고를 건네주겠다고 엄숙하게 약속했다.

부비스는 전혀 예상치 못하게 그에게 답했다. 어느 날 아침 쾰른의 올리베티 타자기 지점의 배달 직원들이 반짝반짝 빛나는 새 타자기를 건네준 것이다.

아르킴볼디가 해야 할 일은 수령증에 서명하는 것뿐이었다. 이틀 후 그에게 출판사 비서가 보낸 편지가 도착했다. 비서는 사장의 지시에 따라 그의 이름으로 타자기를 구매했다고 알렸다. 비서가 말하는 바로는, 타자기는 출판사의 선물이었다. 며칠 동안 아르킴볼디는 행복에 겨워 어쩔 줄 몰랐다. 출판사 사람들이 나를 믿어. 그는 큰 소리로 중얼거렸다. 그러는 동안 다른 사람들도 조용히 그의 곁을 지나거나 혼잣말을 두런거렸다. 그해 겨울에 쾰른에서 흔히 볼 수 있었던 모습이다.

『가죽 가면』은 모두 96부가 팔렸군. 이건 많은 숫자가 아니야. 부비스는 회계 장부를 살펴보면서 체념하듯 혼잣말을 되뇌었다. 그러나 그렇다고 아르킴볼디에 대한 출판사의 지원이 줄어든 것은 아니었다. 반대로 그 시기에 부비스는 프랑크푸르트로 여행을 해야 했고, 그곳에 머무는 기회를 이용해 어느 날 마인츠로 가서 문학 비평가 로타어 융게를 찾아갔다. 그는 마인츠 근교에, 그러니까 숲과 언덕 근처의 아담한 집에 살았다. 새소리가 들리는 작은 집이었다. 부비스는 마치 믿지 못할 것을 본 사람 같았다. 여보, 심지어 새소리도 들려요. 그는 눈을 휘둥그렇게 뜨고 찢어질 것처럼 환한 미소를 지으며 여남작 폰 춤페에게 말했다. 마치 마인츠의 변두리에서 숲과 노래하는 새들의 부락을 발견하리라고는 전혀 예상치 못한 것 같았다. 로타어 융게의 집은 이층집이었다. 벽에는 회반죽을 칠했으며, 크기는 동화에나 나옴 직할 정도였다. 그러니까 작은 집이었다. 어두운 초콜릿 조각 같은 대들보가 걸린 하얀 초콜릿 색깔의 작은 집은 작은 정원으로 둘러싸여 있었다. 정원의 꽃들은 마치 오려 낸 종이 그림 같았고, 잔디는 정확하고 세밀한 손길로 다듬어진 모습이었다. 정원의 좁은 자갈길은 발밑에서 우두둑우두둑 소리를 냈고, 길을 걸어갈 때면 그 소리에 신경이 곤두서곤 했다. 모두가 자와 컴퍼스로 잰 듯이 정확하게 배열되었어요. 부비스는 돼지 머리 모양의 노커가 달린, 단단한 나무로 만든 문을 두드리기 전에 여남작에게 숨을 죽인 채 말했다.

문학 비평가 로타어 융게는 손수 문을 열어 주었다. 물론 그는 그들을 기다렸고, 부비스 씨와 여남작은 식탁에 훈제 고기를 얹은 과자가 놓인 걸 보았다. 그 지방 특산물이었다. 그리고 술병 두 개도 놓여 있었다. 비평가의 키는 최소한 1미터 90센티미터였으며, 머리를 부딪힐지도 모른다는 듯 조심스럽게 집 안을 걸어다녔다. 뚱뚱하지 않았지만, 그렇다고 홀쭉하지도 않았다. 그는 정말로 친한 상황이 아니면 절대 넥타이를 풀지 않는 하이델베르크 대학 교수들처럼 옷을 입었다. 잠시 애피타이저를 음미하는 동안, 그들은 현재 독일 문학에 관해 토론했다. 로타어 융게가 폭탄이나 지뢰의 뇌관을 제거하는 사람처럼 조심스럽게 움직이던 영역이었다. 그때 마인츠 출신의 젊은 작가가 아내와 함께 도착했다. 그리고 융게가 서평을 게재하는 프랑크푸르트의 신문에서 함께 활동하는 다른 문학 비평가도 도착했다. 그들은 토끼고기스튜를 먹었다. 마인츠 작가의 아내는 식사 도중에 단 한 번만 입을 열었다. 여남작에게 걸치고 있는 옷을 어디에서 구입했느냐고 묻기 위해서였다. 파리예요. 여남작은 퉁명스럽게 대답했고, 그러자 작가의 아내는 더는 아무 말도 하지 않았다. 그때부터 그녀의 얼굴은 마인츠시가 세워질 때부터 그날까지 겪은 무례와 모욕의 연설문 또는 비망록으로 변했다. 그녀의 샐쭉거림 혹은 찌푸린 얼굴은 남편에 대한 철저한 분노와 유치한 증오 사이를 빛의 속도로 오갔다. 그녀의 마음속에서 남편은 식탁에 앉은 하찮고 야비한 모든 사람을 대표했고, 그걸 눈치채지 못한 사람은 없었다. 그러나 다른 문학 비평가인 빌리만은 그렇지 않았다. 그의 전공은 철학이었고, 따라서 철학 서적 서평을 썼는데, 그의 희망은 언젠가 철학 서적을 출판하는 것이었다. 말하자면 그는 세 가지 관심사를 가진 탓에, 그곳에서, 특히 여자 손님의 얼굴 혹은 마음에서 무슨 일이 일어나는지 제대로 간파하지 못했다.

식사가 끝나자 그들은 거실로 돌아와 커피나 차를 마셨다. 부비스는 그런 불쾌한 인형의 집에 더는 있고 싶지 않았다. 그래서 융게에게 밖으로 나가고 싶다고 말했고, 융게는 흔쾌히 동의했다. 부비스는 그 순간을 이용해 그를 뒤뜰로 데려갔다. 앞뜰과 마찬가지로 아주 정성스럽게 다듬었지만, 앞뜰보다 더 크다는 이점이 있었다. 그곳에서는 원하기만 한다면 외곽 동네를 둘러싼 숲을 정확하고 자세하게 바라볼 수 있었다. 그들은 무엇보다 먼저 비평가의 글에 관해 말했다. 그는 부비스의 출판사에서 책을 출판하고 싶어 안달하는 사람이었다. 부비스는 모호하게 그 가능성을 언급했고, 몇 달 전부터 새로운 시리즈를 만들려는 생각을 하고 있다고 말했지만, 어떤 종류인지는 밝히지 않았다. 그러고서 두 사람은 다시 새로운 작가들에 관해 논의했다. 뮌헨과 쾰른과 프랑크푸르트에 있는 부비스의 동료들과 부비스가 출판하는 작가들이었다. 또한 취리히나 베른에 확고하게 자리를 잡은 출판사들과 빈에서 다시 모습을 드러내던 출판사에 관해 말하는 것도 잊지 않았다. 마침내 부비스는 무심한 척, 가령 아르킴볼디에 관해서는 어떻게 생각하느냐고 물었다. 집 안에 있을 때처럼 정원에서도 조심스럽게 걷던 로타어 융게는 처음에 어깨만 으쓱했다.

「그의 작품을 읽었습니까?」 부비스가 물었다.

융게는 대답하지 않았다. 그는 고개를 숙이고서 어떻게 대답해야 할지 생각했다. 마치 잔디를 쳐다보거나 아니면 찬미하는 데 모든 정신을 쏟는 것 같았다. 그들이 숲과 정원의 경계로 다가감에 따라 정원은 점점 지저분해졌다. 떨어진 잎사귀나 잔가지, 심지어는 벌레도 갈수록 많아졌다.

「읽지 않았다면 그렇다고 말해 주십시오. 그러면 그가 출간한 책을 모두 보내 드리겠습니다.」 부비스가 말했다.

「읽었습니다.」 융게가 시인했다.

「어떤 생각을 하셨습니까?」 나이 든 편집인은 이렇게 묻고는 참나무 근처에서 발길을 멈추었다. 그 나무는 그곳에 있으면서 위협적인 어조로 이렇게 말하는 것 같았다. 〈여기서 융게의 왕국은 끝나고 수목의 공화국이 시작된다.〉 융게는 몇 발짝 더 가더니 역시 발길을 멈추고서 고개를 약간 숙였다. 마치 정원의

나뭇가지가 얼마 없는 그의 머리카락을 뒤죽박죽으로 만들어 놓을지 모른다고
두려워하는 것 같았다.

　「모르겠습니다, 모르겠습니다.」 그가 조그만 소리로 중얼거렸다.

　그러고서 이해할 수 없이 얼굴을 찡그렸고, 그래서 마인츠 출신 작가의 아내와
다소 비슷해 보였다. 그러자 부비스는 두 사람이 남매가 틀림없다고, 그래야만
작가와 그의 아내가 식사 때 함께 있었던 이유가 비로소 설명된다고 생각했다.
또한 두 사람이 연인일 가능성도 배제할 수 없다고 부비스는 생각했다. 보통
연인들은 서로 닮아 가는데, 미소와 생각과 관점 등 모든 사람이 죽을 때까지
짊어지고 살아야 할 겉치레 장식품이 그래. 마치 사람들 중에서 가장 꾀가 많다는
시시포스가 짊어져야 했던 돌처럼 말이야. 시시포스, 그래 시시포스야.
아이올로스와 에나레테의 아들이며, 코린토스, 옛 이름은 에피레인 도시를 창건한
시시포스야. 착한 시시포스는 자기의 특징인 민첩한 육체와 지성을 이용해 그
도시를 행복한 악행의 보금자리로 만들었어. 그는 돌고 도는 운명을 체스의 문제
혹은 풀어야 할 탐정 소설로 볼 정도로 똑똑했지. 그는 웃음과 농담, 조롱과 우롱,
빈정거림과 비아냥거림, 못된 장난과 교활함, 눈속임과 허풍, 비꼬기와 냉소,
놀림과 야유에 천부적인 기질이 있었고, 그래서 도둑이 되었어. 그러니까 그곳을
지나는 수많은 여행자의 소유물을 강탈했고, 심지어는 이웃 사람인
아우톨리코스의 물건까지도 훔쳤어. 아우톨리코스 역시 도둑질과 사기로 유명한
사람이었지. 아마도 시시포스는 도둑의 물건을 훔치는 사람은 1백 년 동안 용서를
받는다는 막연한 기대로 그렇게 한 것 같아. 그리고 동시에 아우톨리코스의 딸
안티클레이아에게 반했어. 안티클레이아는 아주 아름다웠고 먹음직스러운
여자였거든. 하지만 안티클레이아에게는 공식 애인이 있었어. 다시 말하자면
라에르테스라는, 나중에 유명해지는 남자와 결혼을 약속한 몸이었어. 하지만
시시포스는 조금도 물러서지 않았지. 시시포스는 그녀 아버지인 도둑
아우톨리코스의 도움을 받았거든. 시시포스에 대한 그의 존경심은 마치
객관적이고 정직한 예술가가 자기보다 나은 재능을 지닌 다른 예술가를 존경할
때처럼 부쩍 커져 있었어. 신의를 존중하는 아우톨리코스는 라에르테스에게 한
약속을 충실히 지켰다고 말할 수 있지만, 자기 딸을 사랑한 나머지 그녀에게 돈을
물 쓰듯 하던 시시포스를 나쁘게 받아들이지 않았으며, 미래에 사위가 될 수도
있는 그를 경멸하거나 비아냥거리지도 않았다는 것 역시 사실이야. 어쨌거나
마침내 아우톨리코스의 딸은 라에르테스와 결혼했지. 아니, 그랬다고들 말하고
있어. 하지만 그건 시시포스에게 한 번이나 두 번 몸을 준 다음이었어. 아니, 다섯
번이나 여섯 번이 될지도 몰라. 심지어 열 번이나 열다섯 번이 될 가능성도 있어.
그건 항상 아우톨리코스와 짜고 한 것이었어. 아우톨리코스는 자기 이웃이 딸에게
씨앗을 심어 주길 바랐거든. 그러면 시시포스처럼 영리하고 교활한 손자를 얻을 수
있을 테니까. 그리고 이렇게 사랑을 나누다가 안티클레이아는 임신을 했고, 아홉
달 후에 이제는 라에르테스의 아내가 된 몸으로 아들을 낳게 돼. 그 아이는

시시포스의 아들이었는데, 오디세우스 혹은 율리시스라고 불리지. 실제로 그는
아버지처럼 너무나 영리하고 교활한 사람이었어. 시시포스는 자기 아들을 한 번도
생각하거나 걱정하지 않았고, 계속해서 자기의 삶만을 추구하며 살았어.
무절제하고 파티와 쾌락으로 점철된 삶이었어. 그런 삶을 살다가 메로페와
결혼했는데, 그녀는 플레이아데스성단에서 가장 빛이 희미한 별이야. 그녀가
죽어야만 하는 인간과, 그것도 빌어먹을 인간이자 염병할 도둑놈이며 무절제한
삶의 노예인 파렴치한 불량배와 결혼했기 때문이지. 그는 방탕한 삶에 정신을
팔다가, 자기 형제의 딸인 티로를 유혹했어. 그가 티로를 좋아했기 때문도
아니었고, 티로가 섹시했기 때문도 아니었어. 시시포스가 자기 형제를 미워했고,
해를 끼치고자 했기 때문이었어. 그래서 죽은 후에 그는 지옥에서 언덕 꼭대기까지
바위를 밀어 올려야 하는 형벌을 받게 되었어. 그런데 바위는 정상에 올라가면
다시 아래로 굴러떨어졌고, 그러면 시시포스는 또 밑에서부터 돌을 굴려 언덕 위로
올려야 했고, 그러면 거기서 바위는 다시 아래로 굴러 내려왔어. 이렇게 영원히
반복되었던 거야. 하지만 이것은 시시포스가 범한 죄나 잘못에 비해 지나치게
잔혹한 형벌이었어. 그래서 사람들은 그걸 제우스의 복수라고 말하지. 전해 오는
말로는, 언젠가 제우스는 자기가 납치한 처녀와 함께 코린토스를 지났는데, 그
누구보다도 약삭빠르고 꾀가 많은 시시포스는 기회를 놓치지 않았어. 처녀의
아버지 아소포스는 필사적으로 자기 딸을 찾고 있었어. 그를 만나자 시시포스는
그의 딸을 납치한 장본인을 가르쳐 주겠다고 제안했지. 하지만 한 가지 조건이
있었는데, 바로 코린토스에 샘물이 솟아오르도록 해달라는 것이었지. 이런 말을
듣자 아소포스는 시시포스가 나쁜 시민이 아니거나 아니면 몹시 갈증을 느끼고
있다고 생각하고서 시시포스의 제안을 수락했고, 맑은 샘물이 솟아나도록
해주었어. 그러자 시시포스는 납치범이 제우스라고 고자질했고, 몹시 화가 난
제우스는 바로 그 사실 때문에 타나토스, 즉 죽음의 신을 보내 그를 하데스의
집으로 데려가려고 했지만, 타나토스는 시시포스의 상대가 되긴 역부족이었어.
시시포스는 꾀와 유머 감각을 한껏 발휘해 교묘하게 타나토스를 결박하고서
토굴에 가두었지. 그런 위업을 이룰 수 있는 사람은 몇 명 되지 않아. 정말로 극히
적은 수의 사람만 할 수 있는 위대한 업적이었어. 그는 오랫동안 타나토스를
토굴에 가두었고, 그 기간에 지상에서는 어떤 사람도 죽지 않았어. 인간들이 죽지
않고서 죽음의 고통에서 해방되어 산 황금 시절이었어. 이제 남아도는 게
시간이었기 때문이야. 아마도 이것이 민주제의 특징일 거야. 남아도는 시간, 과잉
시간, 책을 읽을 수 있는 시간, 생각할 수 있는 시간을 갖게 된 거지. 마침내
제우스는 손수 개입해야 했고, 타나토스는 풀려났어. 그리고 시시포스는 죽은 거야.
　　그러나 융게가 인상을 찌푸린 것과 시시포스는 아무런 관련도 없어. 부비스는
생각했다. 오히려 불쾌하기 그지없는 안면의 틱 현상, 그래 그다지 불쾌하지는
않지만, 그렇다고 보기 좋은 건 아니야. 부비스는 생각했다. 그, 즉 부비스는 이미
다른 독일 지식인들에게서도 이런 현상을 눈치챘다. 전쟁이 끝난 후 몇몇 지식인의

정신적 충격이 이런 식으로 표출되었거나, 아니면 전쟁 동안 참을 수 없는 긴장 속에서 살아서인지, 전쟁이 끝나자 이런 이상하고 무해한 후유증을 갖게 된 것 같았다.

「아르킴볼디에 대해 어떻게 생각하십니까?」부비스가 다시 물었다.

융게의 얼굴은 마치 언덕 뒤로 점점 부풀어 오르는 석양처럼 붉어지더니, 숲 속의 상록수 잎사귀들처럼 초록색으로 변했다.

「흠.」그가 말했다. 「흠.」그러고 나서 그의 시선은 작은 집을 향했다. 마치 거기에서 영감이나 설득력 있는 말 혹은 그를 도와줄 수 있는 무엇이라도 오기를 바라는 것 같았다. 「솔직하게 말하겠습니다.」그가 말했다. 그러고서 덧붙였다. 「솔직하게 말해서, 내 의견은, 아니라고…….」그리고 마침내 이렇게 말을 맺었다. 「내가 무슨 말을 해야 하지요?」

「아무 말이나 해보십시오. 독자로서의 당신 의견, 그리고 비평가로서의 당신 의견을 말해 주십시오.」부비스가 말했다.

「좋습니다.」융게가 다시 입을 열었다. 「난 그의 작품을 읽었습니다. 이건 사실입니다.」

두 사람은 미소를 지었다.

「하지만 내가 보기에는…….」그가 말을 이었다. 「작가인 것 같지는 않습니다. 다시 말하면, 그는 독일인입니다. 이건 부정할 수 없습니다. 그의 글은 독일의 것입니다. 투박하지만 독일의 것입니다. 그러니까 내 말은 유럽 작가처럼 보이지 않는다는 겁니다.」

「그럼 혹시 미국 작가처럼 보입니까?」부비스가 물었다. 그 당시 그는 포크너의 소설 세 편의 저작권을 구입하려는 생각을 품고 있었다.

「아닙니다, 미국 작가도 아닙니다. 오히려 아프리카 작가 같습니다.」융게가 말했다. 그러고서 나뭇가지 아래서 다시 얼굴을 찌푸렸다. 「아니, 아시아 작가 같다고 말하는 게 더 적절할 것 같습니다.」비평가는 작은 소리로 중얼거렸다.

「아시아의 어느 지역입니까?」부비스가 질문했다.

「그건 잘 모르겠습니다. 인도차이나, 말레이시아, 그리고 아무리 잘 봐주어도 페르시아 작가 같습니다.」융게가 대답했다.

「아, 페르시아 문학.」부비스가 말했다. 그는 사실 페르시아 문학에 관해서는 아무것도 몰랐다.

「말레이시아 작가, 말레이시아 작가 같습니다.」융게가 말했다.

그런 다음 두 사람은 출판사의 다른 작가들에 관해 이야기했다. 비평가는 그들에게 더 많은 관심을 보였고 더 좋게 평가했다. 두 사람은 붉은 하늘이 보이는 정원으로 되돌아왔다. 잠시 후 부비스와 여남작은 얼굴에 미소를 띠고 다정한 말을 나눈 다음, 그곳에 있는 사람들과 작별했다. 식사 참석자들은 길로 나와 부비스의 자동차가 첫 번째 커브를 돌아 시야에서 사라질 때까지 손을 흔들었다.

그날 밤 부비스는 융게의 체구와 그의 작은 집이 너무 어울리지 않는다고 놀란 척하면서 말하고는, 프랑크푸르트의 호텔 침대로 들어가기 전에 여남작에게 비평가는 아르킴볼디의 책을 그다지 탐탁지 않게 생각한다고 알려 주었다.

「그게 중요한가요?」 여남작이 물었다. 그녀는 독립성을 완전히 유지하면서도 자기 나름의 방식으로 편집인을 사랑했고, 그의 의견을 매우 존중했다.

「사람에 따라 달라요.」 부비스는 팬티만 걸친 채 창가에 서서 말했다. 그는 커튼의 좁은 틈으로 밖의 어둠을 바라보았다. 「사실 우리에게는 그리 중요하지 않아요. 반면에 아르킴볼디에게는 아주 중요해요.」

여남작은 뭐라고 대답했다. 그러나 부비스 씨는 이미 그녀의 말을 듣고 있지 않았다. 밖은 모두 어두워, 하고 생각하고서 약간 커튼을 걸었다. 정말 아주 약간만 커튼 틈을 벌렸다. 아무것도 보이지 않았다. 단지 그의 얼굴, 즉 부비스 씨의 얼굴만이 갈수록 예리해지고 주름졌고, 어둠은 갈수록 짙어졌다.

아르킴볼디의 네 번째 작품이 출판사에 도착하는 데는 그리 오랜 시간이 걸리지 않았다. 제목은 〈유럽의 강〉이었다. 그 책은 단 하나의 강, 그러니까 드니프로강에 관해서만 말하고 있었다. 말하자면, 드니프로강이 책의 주인공이었고, 거기서 언급된 나머지 강들은 합창 대원들이었다. 부비스 씨는 사무실에서 그 작품을 단숨에 읽었고, 출판사의 모든 직원은 그가 그 책을 읽으면서 터뜨린 웃음소리를 들었다. 이번에 그가 아르킴볼디에게 보낸 선인세는 과거에 지불한 어떤 선인세보다 많았다. 어느 정도였냐 하면, 비서인 마르타가 쾰른으로 수표를 보내기 전에 부비스 씨의 사무실로 들어와 수표를 보여 주면서, 숫자가 정확하냐고 그에게 한 번도 아니고 두 번이나 물었다. 그러자 부비스 씨는 그렇다고, 액수가 맞는다고 대답했다. 혼자 있게 된 그는 맞으면 어떻고 틀리면 어때, 어차피 숫자이긴 마찬가지인데 하고 생각했다. 숫자는 항상 어림수야. 올바른 숫자란 존재하지 않아. 단지 나치들과 기초 수학 선생님들만 올바른 숫자를 믿어. 단지 당파심이 강한 사람들과 피라미드를 세운 미친 작자들, 세리들(하느님, 그들을 없애 주소서!), 숫자 점으로 사람의 운명을 거의 공짜로 읽어 주던 사람들만이 올바른 숫자를 믿었어. 반대로 과학자들은 모든 숫자는 어림짐작이라는 것을 알았어. 위대한 물리학자들과 위대한 수학자들, 위대한 화학자들과 편집인들은 우리가 항상 어둠 속에서 이동한다는 사실을 알았어.

그즈음에 잉게보르크는 정기 건강 검진을 하다가 폐 질환에 걸렸다는 진단을 받았다. 처음에 잉게보르크는 아르킴볼디에게 아무 말도 하지 않고서, 그다지 똑똑하지 않은 의사가 처방해 준 알약을 불규칙적으로 먹기만 했다. 기침을 하면서 피를 토하기 시작하자, 아르킴볼디는 그녀를 영국인 의사 진료실로 데려갔고, 의사는 즉시 그녀를 폐 질환 전문의인 독일 의사에게 보냈다. 독일 의사는 그녀에게 폐결핵에 걸렸다고 말했다. 전후 독일에서 아주 흔하게 볼 수 있는 질병이었다.

『유럽의 강』의 인세로 아르킴볼디는 전문가의 지시에 따라 켐프텐으로 옮겼다. 바이에른주의 알프스에 있는 지역이었다. 그곳 기후는 차갑고 건조했기에 잉게보르크를 치료하는 데 도움이 될 것이라고 생각한 것이다. 잉게보르크는 직장에 병가를 냈고, 아르킴볼디는 술집 문지기 일을 그만두었다. 그러나 잉게보르크의 건강은 그다지 나아지지 않았다. 하지만 켐프텐에서 그들은 함께 행복한 나날들을 보냈다.

잉게보르크는 폐결핵을 두려워하지 않았다. 그 질병 때문에 죽지는 않을 거라는 확신이 있었던 것이다. 아르킴볼디는 그곳으로 타자기를 가져갔고, 한 달 동안 매일 여덟 장씩을 써서 다섯 번째 책을 마치고는, 제목을 〈비푸르카리아 비푸르카타〉라고 붙였다. 제목에서 분명하게 나타나듯, 줄거리는 해초에 관한 것이었다. 아르킴볼디는 이 작품을 쓰는 데 대부분 하루에 세 시간 이상을 전념하지 않았지만, 가끔씩은 네 시간 정도 작업하는 경우도 있었다. 이 책에 관해서 잉게보르크가 가장 놀란 것은 책을 쓰는 속도였다. 다시 말하면, 아르킴볼디가 얼마나 능숙하게 타자기를 다루는지에 대해 놀란 것이다. 그는 노련한 타자수처럼 능숙했고, 마치 잉게보르크가 어렸을 때 만난 비서 도로테아 부인이 환생한 것 같았다. 잉게보르크는 언젠가 아버지를 따라서 그가 일하던 베를린 사무실로 갔었는데, 왜 따라갔는지 기억하지는 못했지만, 바로 거기서 도로테아 부인을 만났다.

잉게보르크는 아르킴볼디에게 그 사무실에는 비서들이 끝도 없는 줄을 이루었다고 말해 주었다. 비서들은 아주 길고 좁은 방에서 쉬지 않고 타이핑을 했다. 초록색 셔츠와 짧은 밤색 바지를 입은 심부름하는 청년들은 끊임없이 동분서주했다. 그 청년들은 쉴 새 없이 여기저기로 오가면서 종이를 갖다주거나 혹은 각 비서 옆에 있던 은색 쟁반에서 깨끗하게 타이핑한 서류들을 회수했다. 각각의 비서들이 서로 다른 서류를 타이핑했지만, 잉게보르크는 아르킴볼디에게 모든 타자기에서 나는 소리가 마치 동일한 내용을 동일한 속도로 쓰는 것처럼 하나의 소리를 냈다고 말했다. 하지만 단 한 대만 그렇지 않았다.

잉게보르크는 책상이 네 줄로 늘어섰고, 각 책상에는 비서가 앉아 있었다고 설명했다. 그리고 네 줄을 관장하는 책상, 즉 네 줄 앞에 책상이 한 개 있었는데, 마치 감독관의 책상 같아 보이지만, 그 책상에 앉는 비서는 감독관이 아니라 그냥 가장 나이 많은 비서, 그러니까 그 사무실이나 그 정부 부서에서 가장 오래 근무한 비서였다고 말했다. 그러면서 그녀의 아버지가 데려간 곳이 공공 기관의 건물이었으며, 아마도 아버지가 그곳에서 일한 것 같다고 덧붙였다.

그녀와 그녀의 아버지는 사무실로 들어갔다. 그녀는 소리에 매료되어 들어갔고, 아버지는 호기심을 충족시켜 주려고, 아니면 아마도 놀라게 해주려고 그곳으로 들어간 것 같았다. 그때 가장 중요한 책상, 즉 감독관 책상(그러나 감독관 책상이 아니었어요. 그 점은 분명하게 밝히겠어요. 잉게보르크는 말했다)은 텅 비었고, 사무실에는 비서들만 빠른 속도로 타이핑하고 있었다. 짧은 바지와 무릎까지 올라오는 양말을 신은 10대 청년들은 줄 사이의 통로를 뛰어다녔다. 또한 사무실 반대쪽 끝에, 그러니까 비서들의 등 뒤쪽 높은 천장에는 커다란 그림이 걸려 있었다. 목가적인 풍경을 쳐다보는 히틀러를 그린 그림이었다. 히틀러의 턱과 귀와 머리 타래는 다소 미래주의적 경향을 보여 주었지만, 무엇보다도 그것은 라파엘 전파의 히틀러였다. 그녀의 아버지 말로는, 천장에 걸린 전등은 하루 스물네 시간 항상 켜져 있었다. 사무실 한쪽 끝에서 반대편 끝까지 늘어선 채광창들의 유리는 더러웠고, 그래서 그곳으로 들어오는 햇빛은 너무나 약해 타이핑을 하는 데 도움이 되지 않을 뿐만 아니라, 어떤 것에도 소용이 없었다. 사실상 아무짝에도 쓸모없는 햇빛이었다. 단지 그냥 그곳에 있기 위한 용도였으며, 사무실과 건물 밖에는 하늘이 있으며, 아마도 사람들과 집들이 있다는 것을 떠올리도록 하기 위해서만 소용이 있는 것 같았다. 바로 그 순간, 그러니까 잉게보르크와 그녀의 아버지가 한쪽 줄 끝까지 갔다가 이미 뒤로 돌아서 올 때, 가장 큰 출입구로 도로테아 부인이 들어왔다. 체구가 왜소한 늙은 여자였고, 검은 옷을 입었으며, 건물 밖의 추위를 견디기에 그다지 적당하지 않은 슬리퍼를 신었다. 하얀 머리카락은 끈으로 묶었다. 그녀는 자기 책상에 앉더니 고개를 숙였다. 마치 자기와 타자수들 이외에는 아무도 없다는 것 같았다. 그 순간 타자수들은 한목소리로 안녕하세요, 도로테아 부인 하고 인사했다. 모두 동시에 말했지만, 도로테아 부인을 쳐다보지도 않았고, 잠깐 타이핑을 멈추지도 않았다. 잉게보르크는 그런 장면이 도저히 믿기지 않았다. 믿을 수 없을 정도로 아름다운 장면인지, 아니면 믿을 수 없을 정도로 잔인한 장면인지 알 수가 없었다. 분명한 것은 이구동성의 인사가 끝난 후, 어린 소녀 잉게보르크는 마치 벼락을 맞은 듯이 가만히 있었다는 사실이었다. 아니, 마침내 그녀가 성찬식과 성사와 화려한 장관이 실제로 이루어지는 진짜 교회에 있는 듯한 인상을 받았다. 아스테카 왕국 사람들이 희생자에게서 꺼낸 심장처럼 아파하면서 고동치는 진짜 사원에 있는 것 같았다. 너무나 격렬한 느낌이었기에 어린 소녀 잉게보르크는 그대로 가만히 있었을 뿐만 아니라, 마치 자기 심장이 제물로 바쳐지지 않고 그대로 있는지 확인하려는 듯 손을 가슴으로 가져갔다. 바로 그 순간 도로테아 부인은 천 장갑을 벗었고, 타자수들을 쳐다보지 않은 채 자기의 반투명한 손을 구부렸다. 그러고서 자기 옆에 있던 서류인지 원고인지 알 수 없는 것에 눈을 고정시키고서 타이핑을 시작했다.

바로 그때 나는 음악이 어떤 것에든 존재할 수 있다는 사실을 알았어요. 잉게보르크는 아르킴볼디에게 말했다. 도로테아 부인의 타이핑은 너무나 빠르고 너무나 특별했다. 한마디로 대단한 타이핑 실력이었다. 그래서 타자수들 60명 이상이 동시에 일하면서 내는 소음이나 소리 혹은 장단이 잘 맞는 가락에도 불구하고, 가장 나이 많은 비서의 타자기에서 나오는 음악 소리는 사무실 동료들이 내는 집단 작품보다 훨씬 더 뛰어났다. 다른 여비서들을 억누르는 소리가 아니라, 오히려 그들과 화음을 이루고 그들을 인도하며 즐겁게 장난쳤다. 어떤 때는 채광창까지 이르는 것 같았고, 또 어떤 때는 바닥 높이에서 굽이치면서, 짧은 바지를 입은 청년들과 방문객들의 발목을 어루만지는 것 같았다. 심지어 가끔씩 속도를 줄이는 호사를 부리기도 했고, 그러면 도로테아 부인의 타자기는 심장처럼, 그러니까 안개와 혼돈 속에서 고동치는 커다란 심장처럼 보이기도 했다. 그러나 이런 순간은 그다지 많지 않았다. 도로테아 부인은 속도를 좋아했고, 그녀의 타이핑은 나머지 다른 사람들보다 항상 앞서갔다. 마치 아주 어두운 밀림 한가운데로 길을 여는 것 같았다. 아주 어둡고 어두운 곳으로 말이에요 하고 잉게보르크는 덧붙였다.

부비스 씨는 『비푸르카리아 비푸르카타』가 마음에 들지 않았고, 그래서 그 작품을 끝까지 읽지도 못했다. 물론 그는 로타어 융게 같은 바보는 아마도 이런 종류를 좋아할 것이라고 생각하면서, 출판하기로 결정했다.

그러나 인쇄소에 보내기 전에 그는 원고를 여남작에게 건네주었고, 솔직한 의견을 말해 달라고 부탁했다. 이틀 후 여남작은 졸려서 참을 수가 없었으며, 네 페이지 이상 넘어갈 수 없었다고 말했고, 부비스 씨는 그 의견에 반대하지 않았다. 하지만 어쨌거나 그는 사랑하는 아내의 문학적 평가를 전혀 신뢰하지 않았다. 『비푸르카리아 비푸르카타』의 계약서를 보내고 얼마 후, 그는 아르킴볼디의 편지를 받았다. 거기에서 아르킴볼디는 부비스 씨가 지급하고자 한 액수에 전혀 동의하지 않는다는 의견을 밝혔다. 혼자 강의 어귀가 내다보이는 식당에서 식사를 하면서, 한 시간 동안 그는 아르킴볼디의 편지에 어떻게 답장해야 할 것인지 생각했다. 그 편지를 처음 읽었을 때 그는 분노를 느꼈다. 그런 다음 그 편지는 그를 웃게 만들었다. 그리고 마지막으로는 슬픔을 느꼈다. 부분적으로는 강 때문이었다. 그날의 그 순간 강물은 오래된 황금빛, 그러니까 금박을 씌운 것 같은 색을 띠었고, 강이나 배, 혹은 언덕이나 작은 나무 숲 모두 부서져 가루가 되어 각자 스스로의 길을 가려는 듯, 즉 상이한 시간과 상이한 공간을 향해 나아가려는 듯 보였던 것이다.

그대로 남는 건 하나도 없어. 우리와 오랫동안 남아 있는 건 아무것도 없어. 부비스는 중얼거렸다. 편지에서 아르킴볼디는 적어도 그가 『유럽의 강』으로 받은 선인세와 동일한 액수를 받고 싶다고 말했다. 그래, 곰곰이 생각해 보면 일리가 있는 말이야. 부비스 씨는 생각했다. 내가 지겹고 따분하다고 생각하는 소설이라도 나쁜 작품이라는 의미는 아니야. 단지 내가 많이 팔 수 없을 것이며, 따라서 내 창고의 많은 공간을 차지하리라는 사실만을 의미해. 다음 날 그는 아르킴볼디에게 『유럽의 강』의 선인세로 보낸 액수보다 조금 더 많은 돈을 송금했다.

켐프텐에 처음 체류한 때로부터 8개월이 지난 후 잉게보르크와 아르킴볼디는 다시 그곳으로 돌아왔지만, 이번에 마을은 처음처럼 아름다워 보이지 않았다. 그래서 이틀이 지나자 두 사람은 몹시 신경이 날카로워졌고, 그래서 달구지를 타고 그곳을 떠나 산 위 마을로 향했다.

오스트리아 국경과 아주 가까이 있는 그 마을에 거주하는 사람은 스무 명도 안 되었다. 그곳에서 그들은 낙농업을 하면서 혼자 사는 어느 농부에게서 방 하나를 빌렸다. 전쟁 동안에 두 아들을 잃은 농부였다. 한 명은 러시아에서, 다른 한 명은 헝가리에서 세상을 떠났고, 그의 말에 따르면, 그의 아내는 슬픔을 견디지 못해 숨을 거두었다. 그러나 마을 사람들은 문제의 농부가 아내를 벼랑 밑으로 밀어버렸다고 말했다.

농부의 이름은 프리츠 로이베였고, 손님들과 함께 산다는 사실에 행복해하는 것 같았다. 그러나 잉게보르크가 기침을 하면서 피를 토한다는 사실을 알고는 몹시 걱정했다. 폐결핵이 매우 전염성 높은 질병이라고 생각한 것이다. 어쨌건 그들은 서로 자주 만나지 않았다. 밤에 소들을 데리고 돌아오면, 로이베는 자기와 두 손님이 이틀 정도 먹을 분량의 수프를 커다란 솥에 끓였다. 그 집 창고뿐만 아니라 부엌에도 온갖 종류의 치즈와 마른 고기가 있었고, 그들은 배가 고프거나 원할 때면 언제든지 그것들을 먹을 수 있었다. 그들이 먹던 빵은 크고 둥근 덩어리로 2~3킬로그램이나 나갔다. 농부는 마을의 어느 여자에게 빵을 사기도 했고, 어느 마을을 지나거나 아니면 켐프텐으로 내려가게 되면 그곳에서 빵을 구입해 가져왔다.

종종 농부는 브랜디 술병을 땄고, 잉게보르크와 아르킴볼디와 늦게까지 이야기하면서 대도시에 관해 묻곤 했다. 그에게는 주민이 3만 명이 넘게 사는 곳이면 모두 대도시였다. 잉게보르크는 가끔씩 심술궂게 대답했고, 그러면 그는 인상을 쓰곤 했다. 이런 저녁 모임이 끝날 때면 로이베는 술병에 코르크 마개를 다시 막고 식탁을 정리했다. 그리고 자러 가기 전에 어떤 것도 시골의 삶과는 비교되지 않는다고 말하곤 했다. 그 무렵 잉게보르크와 아르킴볼디는 마치 무언가를 예감한 것처럼 쉬지 않고 섹스를 했다. 로이베에게 빌린 어두운 방 안에서도 했고, 로이베가 일하러 나가면 거실과 벽난로 옆에서도 섹스를 했다. 켐프텐에 있던 며칠 동안에도 그들은 주로 섹스를 하면서 시간을 보냈다. 어느 날 밤 로이베와 마을 사람들이 자는 동안에 외양간에서, 그러니까 소들 사이에서도 섹스를 했다. 아침에 잠에서 깰 때면, 그들은 마치 전쟁터에서 갓 돌아온 사람들처럼 보였다. 두 사람의 몸은 여러 곳이 멍들었고, 눈 밑에는 커다란 다크서클이 새겨져 있곤 했다. 로이베는 다크서클이 도시에서 건강하지 못한 삶을 사는 사람들의 전형이라고 말하곤 했다.

기운을 되찾으려고 그들은 버터를 바른 검은 빵을 먹었고, 커다란 사발에 뜨거운 우유를 담아서 마셨다. 어느 날 밤 잉게보르크는 오랫동안 기침을 한 후에 농부에게 아내가 어떻게 죽었느냐고 물었다. 슬픔을 이기지 못했어요. 로이베는 평소대로 대답했다.

「이상해요. 마을에서 당신이 그녀를 죽였다는 소리를 들었어요.」
잉게보르크가 말했다.

사람들이 뭐라고 떠드는지 잘 알았기에 로이베는 전혀 놀랍지 않다는 표정을 지었다.

「내가 아내를 죽였다면, 난 지금쯤 감옥에 있을 거예요. 모든 살인범, 심지어 타당한 이유로 죽인 사람들도 얼마 지나지 않아 감옥에 가게 되지요.」그가 말했다.

「난 그렇게 생각하지 않아요. 살인하는 사람들은 많아요. 특히 아내를 죽인 남자들이 결코 감옥에 가지 않는 경우도 꽤 있어요.」잉게보르크가 말했다.

로이베는 웃었다.

「그건 소설에서나 볼 수 있는 일이에요.」그가 말했다.

「당신이 소설을 읽는지 몰랐어요.」잉게보르크가 대답했다.

「젊었을 때는 읽었지요. 그 당시에는 우리 부모님이 살아 계셨기 때문에, 아무런 문제 없이 시간을 보낼 수 있었어요. 그런데 내가 아내를 어떻게 죽였다고들 말하나요?」로이베는 한참 침묵을 지킨 다음 이렇게 물었다. 그가 침묵을 지키는 동안 벽난로에서 장작이 탁탁거리며 타는 소리만 들려왔다.

「벼랑에서 밀어 버렸다고 해요.」잉게보르크가 말했다.

「어떤 벼랑이죠?」로이베가 물었다. 그는 갈수록 그런 대화를 즐기고 있었다.

「몰라요.」잉게보르크가 대답했다.

「여기에는 벼랑이 많아요, 부인.」로이베가 말했다. 「〈길 잃은 양〉벼랑도 있고, 〈꽃〉벼랑도 있어요. 그리고 항상 어둠에 잠겨 있기 때문에 〈어둠〉벼랑이라는 곳도 있고, 〈십자가의 아이들〉이라는 벼랑도 있어요. 또한 〈악마〉벼랑도 있고, 〈성모〉벼랑도 있어요. 〈성 베르나르〉벼랑도 있고, 〈평석〉벼랑도 있어요. 여기에서 국경 초소까지는 벼랑이 1백 개 이상 있어요.」

「모르겠어요. 아무 벼랑에서나 밀었겠죠.」잉게보르크가 말했다.

「아니에요, 아무 벼랑이라는 말은 맞지 않아요. 구체적인 벼랑이 되어야 해요. 내가 아무 벼랑에서나 아내를 밀어서 죽였다면, 그건 내가 죽이지 않았을 거라는 말과 같아요. 아무 곳이나가 아니라 특정한 벼랑이 되어야 해요.」로이베가 반복해서 말했다. 그리고 다시 한참 침묵을 지킨 다음 말했다. 「무엇보다도 어떤 골짜기들은 해빙기가 되면 강바닥으로 변해 그곳에 버려졌거나 아니면 떨어진 모든 걸, 혹은 누군가가 숨기려고 한 모든 걸 계곡으로 휩쓸어 가기 때문이에요. 떨어진 개들, 길 잃은 송아지들, 나뭇조각들 등등.」로이베는 거의 들리지 않는 목소리로 말했다. 「그런데 동네 사람들이 또 뭐라고 말하던가요?」그는 잠시 후에 이렇게 물었다.

「그게 전부예요.」잉게보르크는 그의 눈을 쳐다보면서 말했다.

「거짓말하는 거예요. 그들은 거짓말을 하면서 입을 다물어요. 훨씬 더 많은 것을 말할 수 있지만, 거짓말하면서 입을 다물어요. 짐승 같은 존재들이에요. 그렇게 생각하지 않아요?」로이베가 말했다.

「아니에요, 그런 인상은 받지 못했어요.」잉게보르크가 대답했다. 사실 그녀는 불과 마을 사람 몇 명하고만 대화를 나누었고, 모두가 자신들의 일에 너무나 바빴기 때문에 이방인과 시간을 허비하려고 하지 않았다.

「그런데 말이에요. 그들이 내 삶에 관해 당신에게 알려 줄 시간은 있었나 보군요.」로이베가 말했다.

「아주 피상적으로만 알려 주었어요.」잉게보르크가 말했다. 그러더니 요란하면서도 씁쓸한 웃음을 터뜨렸고, 그러고 나서 다시 한번 기침을 했다.

그녀의 기침 소리를 듣는 동안 로이베는 눈을 감았다.

그녀가 입에서 손수건을 떼자, 완전히 활짝 핀 커다란 장미 같은 피 얼룩이 묻어 있었다.

그날 밤 섹스를 하고서 잉게보르크는 마을에서 나가 산길을 따라 걸어갔다. 하얀 눈이 보름달 달빛을 반사하는 것 같았다. 잉게보르크는 가장 두꺼운 스웨터와 재킷을 입었고, 부츠를 신고서 양털 모자를 썼다. 바람도 불지 않고 추위도 그다지 심하지 않아 견딜 수 있을 정도였다. 첫 번째 커브를 돌자 마을이 시야에서 사라졌고, 길게 늘어선 소나무들과 산들만 눈에 들어왔다. 밤이 되자 산들은 두 배나 많아진 것 같았고, 모두가 속세의 야심이라고는 하나도 없는 수녀처럼 하얬다.

10분 후 아르킴볼디는 깜짝 놀라 잠에서 깼고, 잉게보르크가 침대에 없다는 사실을 깨달았다. 그는 부랴부랴 옷을 입고서 욕실과 부엌, 그리고 거실에서 그녀를 찾았고, 그런 다음 로이베를 깨우러 갔다. 로이베가 잠에 곯아떨어져 있어서 아르킴볼디는 여러 번 그를 흔들어야만 했다. 마침내 농부는 한쪽 눈을 뜨더니 두려움에 사로잡힌 채 그를 쳐다보았다.

「나예요. 아내가 사라졌어요.」아르킴볼디가 말했다.

「그럼 찾으러 나가요.」로이베가 말했다.

아르킴볼디는 그를 세게 끌어당겼고, 그 바람에 농부의 잠옷이 찢어질 뻔했다.

「어디서부터 시작해야 할지 모르겠어요.」아르킴볼디가 말했다.

그러고서 그는 다시 침실로 올라갔고, 장화를 신고 재킷을 걸쳤다. 아래로 내려오자 로이베가 보였다. 그의 머리카락은 헝클어졌지만, 옷을 입고 있어서 밖으로 나가는 데는 아무런 지장이 없었다. 마을 중앙에 도착하자, 로이베는 아르킴볼디에게 손전등을 주면서 각자 흩어져서 찾는 게 좋을 것 같다고 말했다. 아르킴볼디는 산길을 잡았고, 로이베는 계곡을 향해 내려가기 시작했다.

산길의 커브에 도착했을 때, 아르킴볼디는 어떤 외침을 들었다고 생각했다. 발길을 멈추었다. 외침 소리는 반복되었다. 골짜기 아래서 들려오는 것 같았고, 아르킴볼디는 그것이 로이베의 목소리라는 걸 알았다. 계곡을 향해 걸어가면서 잉게보르크의 이름을 소리 높여 외치기 시작했던 것이다. 다시는 잉게보르크를 볼 수 없을 거야. 아르킴볼디는 추위에 몸을 떨면서 생각했다. 급하게 서두르는 바람에 장갑을 끼고 목도리를 두르는 걸 잊어버린 것이다. 국경 초소 방향으로 올라감에 따라 손과 얼굴이 꽁꽁 얼어붙어서 이제 더는 아무런 감각도 느껴지지 않았다. 그래서 가끔씩 발길을 멈추고서 손에 입김을 불거나 손을 비볐고, 얼굴을 꼬집어 보기도 했지만, 아무 소용이 없었다.

로이베의 외침은 갈수록 뜸해지더니 마침내 아무 소리도 들리지 않았다. 순간적으로 그는 혼란스러웠고 잉게보르크가 길가에 앉아 한쪽으로 깊게 팬 벼랑을 쳐다보는 모습을 봤다고 생각했다. 하지만 가까이 다가가자, 그게 바위이거나 강풍에 꺾여 버린 조그만 소나무라는 것을 알았다. 산길을 가는 도중에 손전등은 꺼져 버렸고, 마음 같아서는 눈 덮인 비탈에 던져 버리고 싶었지만, 재킷 주머니에 넣었다. 게다가 보름달이 길을 비추었기 때문에 구태여 손전등을 사용할 필요도 없었다. 그의 머릿속에는 자살을 했거나 사고를 당했을지 모른다는 생각이 맴돌았다. 그는 길에서 나와 눈이 얼마나 단단한지 확인했다. 어떤 부분에서는 눈이 무릎까지 왔고, 다른 부분, 즉 절벽에 가장 가까운 부분은 허리까지 빠졌다. 그는 아무것도 눈여겨보지 않은 채 하염없이 걷는 잉게보르크를 상상했다. 그녀가 벼랑으로 다가가다가 발을 헛디뎌 떨어지는 모습을 머릿속으로 그렸다. 그도 마찬가지로 벼랑 언저리로 갔다. 하지만 달빛은 길만 환하게 비추었을 뿐, 벼랑 아래는 계속 어둠에 잠겨 있었다. 희미한 형상과 윤곽만을 예측할 수 있는 무정형의 어둠이었다.

그는 도로로 되돌아와서 계속 올라갔다. 어느 순간 자기가 땀을 흘린다는 것을 알았다. 땀은 땀구멍에서 따뜻하게 나왔지만 갑자기 차가운 막이 되었고, 동시에 다시 따뜻한 땀 때문에 녹았고……. 어쨌거나 이제는 춥지 않았다. 국경 초소에 도착하기 조금 전에, 그는 잉게보르크를 보았다. 그녀는 나무 옆에 서서 하늘을 뚫어지게 바라보고 있었다. 잉게보르크의 목과 턱, 그리고 뺨은 마치 하얀 광기가 서린 듯이 빛났다. 그는 그녀에게 뛰어가서 껴안았다.

「여기서 뭐 하는 거지요?」 잉게보르크가 그에게 물었다.

「두려웠어.」 아르킴볼디가 대답했다.

잉게보르크의 얼굴은 얼음 조각처럼 차가웠다. 그는 그녀가 팔에서 빠져나올 때까지 그녀의 볼에 입을 맞추었다.

「별을 봐요, 한스.」 그녀가 말했다.

아르킴볼디는 그녀의 말을 따랐다. 하늘은 별들로 가득했다. 켐프텐의 밤에 본 것보다 훨씬 많았고, 쾰른의 맑은 밤에 볼 수 있는 것과는 비교할 수 없이 많았다. 아주 예쁜 하늘이야, 여보. 아르킴볼디는 말했고, 잉게보르크의 손을 잡아 마을 쪽으로 데려가려고 했지만, 그녀는 마치 놀이를 하는 것처럼 나뭇가지를 꽉 붙잡고서 가지 않으려고 용을 썼다.

「우리가 어디에 있는지 알아요, 한스?」 그녀는 웃으면서 말했다. 하지만 아르킴볼디는 그 웃음이 얼음 폭포 같다고 생각했다.

「산에 있지.」 그는 손을 놓지 않고 말하면서, 다시 그녀를 안으려 했지만 소용이 없었다.

「우리는 산에 있어요. 하지만 우리는 과거로 둘러싸인 장소에 있기도 해요. 저 모든 별을 봐요. 당신은 똑똑하지만, 아마도 내 말을 이해하지 못할 거예요.」 잉게보르크가 말했다.

「뭘 이해해야 하는 거지?」 아르킴볼디가 물었다.

「별들을 봐요.」 잉게보르크가 말했다.

그는 눈을 들었다. 정말로 많은 별이 있었다. 그러고서 다시 잉게보르크를 쳐다보았고, 어깨를 으쓱했다.

「난 그다지 똑똑하지 않아. 그건 당신도 알아.」

「저 별빛은 모두 죽은 거예요.」 잉게보르크가 말했다. 「저 별빛은 모두 몇억 년 전에 출발한 거예요. 그건 과거예요. 이제 알겠어요? 저 별빛이 출발했을 때 우리는 존재하지 않았고, 이 땅에 살아 있는 생명체도 없었고, 심지어는 이 땅도 존재하지 않았어요. 저 별빛은 오래전에 출발한 거예요, 알겠어요? 과거예요. 우리는 과거에 둘러싸여 있어요. 이제 더는 존재하지 않거나 기억이나 추측 속에서만 존재하는 것이 지금 저기에 있는 거예요. 바로 우리 위에서 산과 눈을 비추고, 우리에게는 그걸 막을 수 있는 방법이 하나도 없어요.」

「오래된 책도 과거야. 1789년에 쓰고 출간한 책은 과거야. 그 작가는 이제 존재하지 않고, 그 책을 인쇄한 사람도 존재하지 않으며, 그 책의 첫 독자들도 존재하지 않고, 그 책이 쓰인 시기도 존재하지 않아. 하지만 책, 그 책의 초판본은 아직 여기에 있어. 아스테카 왕국 사람들의 피라미드처럼 말이야.」 아르킴볼디가 설명했다.

「나는 초판본과 피라미드를 증오해요. 또한 피에 굶주린 아스테카 왕국 사람들도 싫어해요. 하지만 별빛은 현기증이 나게 만들어요. 마구 울고 싶게 만들어요.」 이렇게 말하는 잉게보르크의 눈은 미친 것처럼 축축이 젖어 있었다.

그러고서 그녀는 아르킴볼디에게 자기를 붙잡지 말라는 몸짓을 하고는 국경 초소를 향해 걷기 시작했다. 그곳은 나무로 지은 2층짜리 오두막집이었고, 굴뚝에서는 가느다란 검은 연기가 깃털 모양으로 솟아 나와 밤하늘에 흩어졌다. 장대에 달린 표지판이 그곳이 국경임을 알려 주었다.

오두막 옆에는 벽이 없는 헛간이 있었는데, 그곳에 조그만 화물차가 서 있었다. 조금 열린 2층 창의 덧문으로 촛불의 희미한 빛이 새어 나왔다. 그것 이외에는 어떤 불빛도 찾아볼 수 없었다.

「우리에게 따뜻한 걸 줄 수 있는지 보러 가는 게 좋겠어.」 아르킴볼디는 이렇게 말하고서 문을 두드렸다.

아무도 대답하지 않았다. 그러자 이번에는 더 세게 다시 두드렸다. 국경 초소는 텅 빈 것 같았다. 현관에서 몇 발짝 떨어진 곳에서 그를 기다리던 잉게보르크는 이미 양손을 가슴 위로 포개고 있었다. 그녀의 얼굴은 너무나 창백한 나머지 눈과 같은 색깔을 띠었다. 아르킴볼디는 오두막 주변을 한 바퀴 빙 돌았다. 뒤쪽에서, 그러니까 장작더미 옆에서 크기가 상당한 개집을 보았지만, 그 안에 개는 한 마리도 없었다. 현관으로 되돌아왔을 때에도, 잉게보르크는 계속 선 채로 별들을 바라보고 있었다.

「초소 경비병들이 떠난 것 같아.」 아르킴볼디가 말했다.

「빛이 있어요.」 잉게보르크는 그를 쳐다보지 않고서 대답했고, 아르킴볼디는 그녀가 별빛을 말하는 것인지, 아니면 2층의 불빛을 말하는 것인지 알 수가 없었다.

「창문 하나를 부숴야겠어.」 그가 말했다.

그는 바닥에서 단단한 것을 찾았지만, 아무것도 발견할 수 없었다. 그래서 나무 겉창을 젖히고는 팔꿈치로 쳐서 유리창 하나를 부쉈다. 그런 다음 조심스럽게 손으로 유리 조각을 제거하고는 창문을 열었다.

그가 안으로 살그머니 들어가는 동안, 진하고 견디기 어려운 냄새가 코를 찔렀다. 벽난로에서 나오는 희미한 불꽃을 제외하고는 오두막 안의 모든 것이 어둠에 잠겼다. 벽난로 옆 1인용 소파에서 그는 초소 경비병을 보았다. 제복 단추는 풀려 있었고, 눈은 감은 채였다. 마치 자는 것 같았지만, 그는 자는 게 아니라 죽은 것이었다. 1층 어느 방에서는 야전 침대에 누운 다른 경비병을 발견했다. 그 병사의 머리카락은 하얬고, 하얀 내복과 하얀색 트렁크 팬티를 입고 있었다.

바깥에서 본, 촛불이 타고 있는 2층 방에는 아무도 없었다. 그 방에는 침대 한 개와 테이블 한 개, 그리고 책 여러 권이 꽂힌 조그만 책장 하나만 있었다. 책 대부분은 서부 소설이었다. 약간 서두르면서도 조심스럽게 아르킴볼디는 빗자루와 신문을 찾았고, 그런 다음 자기가 깨뜨린 유리 조각을 쓸어서 신문지에 올려놓았다. 그리고 즉시 유리가 없는 창문을 통해 밖으로 떨어뜨렸다. 그렇게 그는 죽은 사람 중 하나가 오두막 밖에서가 아니라 안에서 유리창을 깨뜨린 것처럼 위장했다. 그러고서 아무것도 건드리지 않은 채 밖으로 나와 잉게보르크를 껴안았다. 그렇게 껴안은 채 두 사람은 마을로 돌아왔다. 그러는 동안 우주의 모든 과거가 그들의 머리 위로 떨어지고 있었다.

다음 날 잉게보르크는 침대에서 일어날 수 없었다. 열이 40도까지 올라갔고, 저녁에는 헛소리를 하기 시작했다. 정오 무렵 그녀가 자는 동안 아르킴볼디는 자기 방 창문에서 앰뷸런스 한 대가 국경 초소를 향해 가는 것을 보았다. 잠시 후 경찰차 한 대가 지나갔고, 약 세 시간 후 앰뷸런스가 시체들을 싣고 켐프텐 방향으로 내려갔다. 하지만 경찰차는 거의 해가 질 무렵인 6시에나 모습을 드러냈다. 그리고 마을로 들어와 멈추었고, 경찰들이 몇몇 주민과 이야기했다.

아마도 로이베가 잘 말해 준 탓인지, 경찰은 그들을 성가시게 하지 않았다. 저녁 무렵 잉게보르크는 헛소리를 내뱉기 시작했고, 바로 그날 밤 그들은 그녀를 켐프텐 병원으로 데려갔다. 로이베는 함께 가지 않았지만, 다음 날 아침 아르킴볼디는 병원 입구 옆 복도에서 담배를 피우다가 그가 나타나는 것을 보았다. 그는 아주 오래되고 낡았지만 비교적 점잖게 보이는 순모 재킷을 입었고, 넥타이를 매고 손으로 만든 것 같은 거칠고 조악한 장화를 신었다.

그들은 몇 분 동안 대화를 나누었다. 로이베는 마을의 누구도 잉게보르크가 밤에 집에서 나갔던 것을 모르며, 누군가가 물어보더라도 아무 말도 하지 않는 게 좋을 것 같다고 아르킴볼디에게 충고했다. 그런 다음 환자(그가 〈환자〉라고 말했다)가 적절한 치료를 받았느냐고 물었다. 물론 그가 질문한 말투로 보건대 그러지 않을 이유가 없다고 생각하는 게 분명했다. 그러고는 병원 음식은 어땠는지, 그녀가 좋은 약을 받았는지 물어보더니, 갑자기 병원을 떠났다. 떠나기 전에 아무 말도 없이 아르킴볼디의 손에 싸구려 종이로 포장한 상자를 쥐여 주었다. 그 안에는 커다란 치즈 조각과 빵, 그리고 그들이 매일 밤 그의 집에서 먹던 말린 고기 두 종류가 들어 있었다.

아르킴볼디는 배가 고프지 않았다. 그리고 치즈와 말린 고기를 보자 토하고 싶은 강렬한 욕망을 느꼈다. 하지만 음식을 버리고 싶지는 않았고, 그래서 결국 잉게보르크의 침대 옆 작은 탁자 서랍에 보관해 놓았다. 밤이 되자 잉게보르크는 다시 헛소리를 했고 아르킴볼디를 알아보지도 못했다. 새벽에는 피를 토했고, 엑스레이를 찍기 위해 데려가려는데, 자기를 혼자 놔두지 말라고, 그곳처럼 초라하고 볼품없는 병원에서 죽게 놔두지 말라고 소리쳤다. 절대 그렇게 하지 않을게. 아르킴볼디는 복도에서 약속했다. 여자 간호사들은 잉게보르크가 몸부림치던 간이침대를 가지고 어디론가 사라졌다. 사흘 후 고열이 가라앉기 시작했다. 그러나 더 두드러지게 나타난 것은 잉게보르크의 기분이 바뀌었다는 점이다.

그녀는 아르킴볼디에게 거의 말을 하지 않았다. 말을 할 때는 자기를 그곳에서 데리고 나가 달라고 요구하기 위해서였다. 바로 그 병실에는 폐 질환을 앓는 다른 여자 환자가 두 명 있었다. 이내 그들은 도저히 화해할 수 없는 철천지원수가 되었다. 잉게보르크 말로는, 이들이 그녀가 베를린 출신이라는 이유로 질투했다. 나흘 후 여자 간호사들은 잉게보르크에게 넌더리를 냈으며, 어느 의사는 부드러운 머리카락을 어깨 아래로 늘어뜨리고서 침대에 꼼짝도 하지 않고 앉아 있는 그녀를 마치 복수의 여신 네메시스가 환생했다는 듯 쳐다보았다. 퇴원하기 하루 전에 로이베가 다시 병원에 모습을 보였다.

그는 병실로 들어와 잉게보르크에게 질문을 두어 개 던졌다. 그러고는 며칠 전 아르킴볼디에게 준 것과 똑같은 상자를 건네주었다. 나머지 시간 내내 그는 움직이지도 않고 말도 하지 않은 채 의자에 앉아서, 수시로 다른 여자 환자들과 그들을 찾아온 방문객들에게 호기심 어린 시선을 던졌다. 병실을 떠나면서 그는 아르킴볼디에게 단둘이 하고 싶은 이야기가 있다고 했다. 하지만 아르킴볼디는 로이베와 말하고 싶은 생각이 없었고, 그래서 병원 식당으로 가는 대신 복도에서 발길을 멈추었다. 좀 더 은밀하고 비밀스러운 장소에서 말할 수 있기를 기대하던 로이베는 당황한 표정을 숨기지 못했다.

「말해 주고 싶은 게 있어요.」 농부가 말했다. 「당신 부인의 말이 맞다고 말해 주고 싶었어요. 난 아내를 죽였어요. 그리고 벼랑에서 밀어 버렸지요. 〈성모〉 벼랑이었어요. 사실 이제는 잘 기억이 나질 않아요. 아니면 〈꽃〉 벼랑이었던 것 같아요. 어쨌건 그녀를 벼랑에서 밀었고, 그녀의 몸이 떨어지는 걸 봤어요. 바위 돌출부에 부딪쳐 엉망이 되었어요. 그런 다음 나는 눈을 떴고 그녀를 찾았어요. 저 아래에 있었지요. 평평한 돌 위에 붉은 얼룩이 새겨져 있었어요. 한참 동안 그 얼룩을 쳐다봤어요. 그러고서 내려갔고, 시체를 어깨에 메고서 올라왔어요. 하지만 시체는 거의 무게가 나가지 않았어요. 마치 나뭇가지 다발을 갖고 올라오는 것 같은 느낌이었지요. 나는 뒷문을 통해 집으로 들어왔어요. 날 본 사람은 아무도 없었어요. 나는 그녀를 정성스럽게 닦고서 새 옷을 입히고는 눕혔어요. 그녀의 뼈가 모두 부러져 있다는 사실을 눈치채지 못할 사람이 있었겠어요? 나는 죽었다고 말했지요. 어떻게 죽은 거죠? 사람들은 물었어요. 슬픔으로 죽었어요. 난 말했어요. 슬픔으로 죽으면, 마치 뼈가 모두 부러지고 온몸에 멍이 들고 머리가 깨진 것 같아요. 그게 바로 슬픔이에요. 난 하룻밤 내내 작업해서 관을 짰고, 다음 날 그녀를 묻었어요. 그리고 켐프텐에서 필요한 서류를 처리했어요. 관리들이 정상이라고 생각했다고는 말하지 않겠어요. 그들은 뭔가 수상쩍어했어요. 난 그들의 얼굴에서 그런 표정을 봤어요. 그러나 그들은 아무 말도 하지 않았고, 사망했다고 기록해 주었어요. 그러고서 나는 마을로 돌아와 계속 살았지요. 줄곧 홀몸으로.」그는 한참을 쉰 다음 중얼거렸다. 「마땅히 그래야만 했겠죠.」

「그런데 왜 이런 이야기를 들려주죠?」아르킴볼디가 물었다.

「당신 부인 잉게보르크에게 이야기해 주라고요. 당신 부인이 이 사실을 알았으면 해요. 그녀 때문에 당신에게 이 이야기를 들려주는 거예요. 그녀도 알 수 있도록 말이에요. 이제 이해했나요?」

「알았어요. 이야기를 해주겠어요.」아르킴볼디가 말했다.

퇴원한 그들은 기차를 타고 쾰른으로 돌아갔지만, 겨우 사흘 정도만 머물 수 있었다. 아르킴볼디는 잉게보르크에게 그녀 어머니를 만나러 가겠느냐고 물었다. 잉게보르크는 자기 어머니나 여동생들을 다시 만날 계획이 전혀 없다고 대답했다. 여행하고 싶어요. 그녀는 말했다. 다음 날 잉게보르크는 여권 발급에 필요한 서류를 제출했고, 아르킴볼디는 친구들을 통해 돈을 약간 구했다. 우선 그들은 오스트리아로 갔고, 그런 다음 스위스로 갔으며, 스위스에서 이탈리아로 갔다. 두 방랑자처럼 베네치아와 밀라노를 방문했고, 두 도시 사이에 있는 베로나에 멈추어 셰익스피어가 잠을 잤다는 하숙집에 묵었다. 그리고 셰익스피어가 식사를 했다는 작은 음식점에서 식사했는데, 이제 그 식당은 〈셰익스피어 식당〉이라고 불렸다. 또한 셰익스피어가 명상을 하거나 교구 신부와 체스를 두기 위해 가곤 하던 교회에도 가보았다. 셰익스피어가 체스를 둔 것은 두 사람과 마찬가지로 이탈리아어를 하지 못했기 때문이었다. 체스를 두는 데는 이탈리아어나 영어, 혹은 독일어나 심지어 러시아어를 알아야 할 필요가 없었기 때문이다.

베로나에는 그다지 볼 것이 많지 않았기에, 그들은 밀라노와 베네치아를 연결하는 철로를 따라 늘어선 브레시아와 파도바와 비센차를 비롯해 다른 도시들을 여행했고 만토바와 볼로냐에 머물렀으며, 피사에 사흘 동안 체류하면서 미친 듯이 섹스를 했다. 그리고 엘바섬 맞은편에 있는 체치나와 피옴비노에서 수영을 했고, 그런 다음 피렌체에 들렀다가 로마로 들어갔다.

그럼 그들은 어떻게 먹고살았을까? 아마도 슈펭글러 거리의 술집 문지기로 일하면서 많은 것을 배운 아르킴볼디가 좀도둑질을 했을 수도 있었다. 사실 미국 여행자들을 털기는 쉬웠다. 이탈리아 사람들을 터는 것은 아주 약간 더 어려운 일이었다. 아니면 아마도 아르킴볼디가 출판사에 또 다른 작품의 선인세를 부탁했고 출판사에서 그 돈을 보내 주었거나, 아니면 폰 춤페 여남작이 옛 하인의 아내를 알고 싶은 궁금증을 견디지 못해 손수 그 돈을 건네주었을 수도 있었다.

어쨌거나 여남작과는 공공 장소에서 만났다. 거기에는 아르킴볼디 혼자만 모습을 드러냈다. 그는 맥주를 한 잔 마셨고 돈을 받은 다음, 고맙다고 말하고서 떠났다. 아니, 그것은 여남작이 세니갈리아의 성에서 남편에게 장문의 편지를 쓰며 설명한 내용이었다. 그녀는 세니갈리아에서 일광욕을 하면서 피부를 햇볕에 그을리고 바다에서 오랫동안 수영을 하면서 보름을 보냈다. 잉게보르크와 아르킴볼디는 바다에서 수영을 하지 않았다. 그들은 다음 생에 환생할 때까지 그걸 미루어 놓았다. 여름이 지나가면서 잉게보르크의 건강은 갈수록 악화되었고, 산마을로 돌아가거나 병원에 다시 입원하는 것은 논의할 필요도 없이 거부되었다. 9월 초에 그들은 로마에 체류했다. 두 사람 모두 노란 사막 색깔이거나 노란 모래 언덕 색깔인 짧은 바지를 입었다. 마치 초기 기독교인들의 카타콤에서 길을 잃은 독일 아프리카 군단[70]의 유령들 같았다. 근처 하수구에서 불규칙적으로 떨어지는 물소리와 잉게보르크의 기침 소리만 들리는 황량한 지하 묘지였다.

하지만 이내 그들은 피렌체로 갔고, 거기서 걷거나 히치하이크를 하면서 아드리아해로 향했다. 그때 폰 춤페 여남작은 밀라노 출판인 협회의 초대 손님 자격으로 밀라노에 체류하고 있었다. 그녀는 모든 면에서 로마네스크 양식 성당과 너무나도 흡사한 카페테리아에서 부비스에게 편지를 써서 자기를 초대한 사람들에 관한 소식을 전해 주었다. 거기서 그들이 부비스와 그곳에 함께 있기를 바랐다고 전했고, 특히 자기가 방금 전에 알게 된 토리노의 몇몇 출판인에 관해 쓰면서, 성격이 활발한 어느 늙은 편집인은 항상 부비스의 이름을 입에 올리면서 그를 〈의형제〉라고 불렀고, 아주 잘생긴 좌파 성향의 젊은 편집인은 출판인들 역시 세상을 바꾸는 데 공헌해야 하며 그렇게 하지 않을 이유가 없다고 말했다고 전해 주었다. 또한 그 시기에 계속 여러 파티에 참석하면서 여남작은 몇몇 이탈리아 작가를 알게 되었다. 몇몇은 번역할 만한 작품을 발표한 사람들이었다. 물론 여남작은 이탈리아어를 읽을 수 있었지만, 자신의 일과 때문에 독서를 할 시간은 없었다.

매일 밤 파티가 열렸고 그녀는 그곳에 가야만 했다. 공식 파티가 없을 때는 주최 측에서 그녀를 초대했다. 가끔씩 그들은 차량 네다섯 대로 행렬을 이루어 밀라노를 벗어나 가르다 호반의 바르돌리노라는 마을로 갔다. 누군가의 별장이 그곳에 있었다. 종종 새벽까지 그들 모두는 피곤하면서도 행복한 표정으로 데센차노의 작은 식당에서 춤을 추었다. 흥청망청 떠드는 소리에 이끌려 밤을

---

70 제2차 세계 대전 당시 지중해 연안의 이탈리아령 리비아에 파견된 독일군 부대의 명칭.

새운(혹은 방금 일어난) 마을 사람들은 그런 그들을 멍하니 쳐다보았다.

그러던 어느 날 아침 그녀는 부비스의 전보를 받았다. 아르킴볼디의 아내가 아드리아해의 외딴 마을에서 숨을 거두었다는 소식이었다. 사망 이유도 제대로 모른 채, 여남작은 마치 자기 여동생이 죽은 것처럼 눈물을 펑펑 쏟았고, 바로 그날 주최 측에 밀라노를 떠나 그 외딴 마을로 간다고 알려 주었다. 그녀는 기차를 타야 하는지, 아니면 버스나 택시를 타야 하는지도 제대로 몰랐다. 문제의 마을은 이탈리아 여행 안내서에 나와 있지 않았던 것이다. 좌파 성향인 토리노의 젊은 편집인이 자기 차로 데려다주겠다고 자원했고, 그와 몇 번 사랑놀음을 즐긴 여남작이 너무나도 다정한 말로 고마움을 표현한 나머지, 그 편집인은 몸 둘 바를 몰랐다.

여행은 그들이 지나가는 곳의 경치에 따라 갈수록 과장되고 전염성이 강해지는, 이탈리아어로 노래하는 애가나 비가가 되었다. 마침내 그들은 그 불가사의한 마을에 도착했다. 여행 중에 여남작의 가족뿐만 아니라 편집인 가족의 죽은 식구들, 그리고 그들이 알지도 못하게 세상을 떠난 친구들의 끝없는 목록을 살펴본 탓에 그들은 완전히 지쳐 있었다. 그러나 아직도 아내를 잃은 독일인이 어디에 있는지 물어볼 기운만은 남아 있었다. 그물을 수선하면서 뱃널 사이 틈을 뱃밥으로 막느라고 정신이 없던 무뚝뚝한 마을 사람들은 실제로 어느 독일인 부부가 며칠 전에 도착했지만, 얼마 후에 여자가 물에 빠져 죽었기 때문에 남자는 혼자 떠났다고 말해 주었다.

그 남자가 어디로 갔을까? 마을 사람들은 그의 행선지를 전혀 몰랐다. 여남작과 편집인은 마을 신부에게 물어보았지만, 그 역시 아무것도 알지 못했다. 또한 무덤 파는 사람이 누구였느냐고 물었지만, 그는 그들이 이미 들은 말을 호칭 기도처럼 반복했다. 즉, 신부는 독일인이 얼마 전에 그곳을 떠났으며 독일인 여자는 물에 빠져 죽었고 시체가 발견되지 않았기 때문에 마을 묘지에 묻히지 못했다고 말했다.

오후에 그 마을을 떠나기 전에 여남작은 그 지역이 한눈에 내려다보이는 산으로 올라가자고 우겼다. 그녀는 꾸불거리는 암황색 오솔길을 보았다. 그 길은 작은 납빛 숲속으로 사라졌다. 숲은 비를 맞아 부풀어 오른 풍선처럼 보였다. 그리고 그녀는 올리브나무와 반점들로 뒤덮인 언덕을 보았다. 그 반점들은 이상할 정도로 천천히 움직였다. 그녀는 이 세상 것이기는 하지만 참고 견딜 수 없다고 생각했다.

오랫동안 아르킴볼디에 관해 아무런 소식도 알 수 없었다. 아무도 기대하지 않은 『유럽의 강』은 꾸준히 팔렸고, 2쇄를 찍게 되었다. 얼마 후 『가죽 가면』에도 동일한 일이 일어났다. 그의 이름은 새로운 독일 소설에 관한 평론 두 편에 등장했다. 그러나 항상 지나가듯이 언급되었다. 평론을 쓴 평론가는 그런 평가가 어떤 의미가 있는지 완전히 확신하지 못하는 것 같았다. 몇몇 젊은이가 그의 작품을 읽었다. 하지만 그건 별 볼 일 없는 독서였고, 대학생들의 변덕에 불과했다.

　그가 사라진 지 4년 만에, 부비스는 함부르크에서 〈유산〉이라는 제목을 단 두툼한 원고 뭉치를 받았다. 5백 페이지가 넘는 소설이었는데, 사선을 그어 지운 곳과 추가한 부분, 그리고 길면서도 때로는 읽을 수 없는 각주가 달려 있었다.
　소포를 발송한 곳은 베네치아였다. 원고와 함께 동봉한 짧은 편지에 아르킴볼디는 그곳에서 정원사로 일한다고 적었다. 부비스는 농담이라고 생각했다. 그는 누가 정원사로 일하든지, 어떤 이탈리아 도시에서든지, 다소 힘들더라도 일자리를 찾을 수 있지만, 베네치아에서만은 그렇지 않다고 생각한 것이다. 어쨌건 편집인은 속히 답장을 썼다. 바로 그날 그는 선인세를 얼마나 원하는지 물으면서, 지난 4년간 아주 조금씩 쌓인 그의 돈을 보내야 하니 적어도 확실한 주소는 보내 달라고 요청했다. 아르킴볼디의 답장은 더욱 간단했다. 그는 베네치아의 카나레조 지역에 있는 주소만 달랑 보내고는, 12월 말이 가까워 온다는 사실을 염두에 두고서 부비스와 그의 아내에게 행복한 새해를 기원한다는 의례적인 말로 작별 인사를 했다.
　전 유럽이 아주 추운 시절을 보내던 그 시기에 부비스는 〈유산〉의 원고를 읽었다. 작품은 혼란스러웠지만, 마지막에는 매우 만족스러운 인상을 받았다. 아르킴볼디의 작품은 편집인이 기대하던 모든 것에 부응했다. 그런데 그가 무엇을 기대했을까? 부비스 자신도 몰랐고, 알려고 하지도 않았다. 분명한 것은 아르킴볼디의 꾸준한 작품 활동에 대한 기대는 아니었다. 그건 엉터리 작가라도 충분히 할 수 있었다. 또한 스토리텔링 능력에 관한 것도 아니었다. 『무한한 장미』가 출간된 이후 그런 능력은 의심의 여지가 없었기 때문이다. 그리고 새로운 피를 동맥 경화증에 걸린 독일어에 수혈할 능력을 바라는 것도 아니었다. 부비스의 평가에 따르면, 그건 두 시인과 소설가 서너 명이 하고 있는 일인데, 거기에 이미 아르킴볼디도 들어 있기 때문이었다. 그런 게 아니었다. 그렇다면 무엇이었을까? 부비스는 그걸 느끼기는 했지만, 정확하게 알지는 못했다. 그리고 모른다고 해도 전혀 문제가 되지 않았다. 여러 가지 이유 중에서도 아마 그걸 알면 문제가 시작되기 때문이었다. 그는 편집인이었고, 분명한 것은 하느님의 길은 누구도 풀 수 없는 미스터리라는 사실이었다.

　여남작은 그즈음에 애인이 있던 이탈리아에 있었기 때문에, 부비스는 그녀에게 전화를 걸어서 아르킴볼디를 찾아가 달라고 부탁했다.
　마음 같아서는 기꺼이 자기가 직접 그렇게 하고 싶었지만, 세월은 헛되이 흘러간 게 아니었다. 부비스는 과거에 오랫동안 그래 온 것과 달리 이제 더는 여행할 기운이 없었다. 그래서 여남작이 어느 날 아침 베네치아에 모습을 드러냈다. 그녀는 자기보다 약간 연하인 루마니아 기술자와 함께 있었다. 근사하고 호리호리하며, 구릿빛 피부를 지닌 사람이었다. 사람들이 어떤 때는 그를 건축가라고 불렸고, 또 어떤 때는 박사라고 불렸다. 그러나 그는 그냥 기술자였다. 토목 기술자였다. 그리고 모라비아[71]의 열렬한 애독자였다. 그는 여남작을 모라비아에게 소개시켜 준 적이 있었다. 모라비아의 널찍한 아파트에서 개최되는 저녁 모임에 그녀를 데려갔던 것이다. 밤이 되어 탐조등 몇십 개가 켜지면, 그의 아파트에서는 원형 광장의 유적, 아니 아마도 사원이거나 무덤처럼 보이는 것을 볼 수 있었다. 불빛을 받으면 그 형상은 불분명해지거나 모호해졌다. 모라비아의 손님들은 소설가의 넓은 테라스에서 웃거나 아니면 거의 눈물을 흘리면서 그것들을 바라보곤 했다. 그 소설가는 여남작에게 깊은 인상을 주지 못했다. 아니, 적어도 그 애인이 기대하던 것만큼 여남작은 커다란 인상을 받지 못했다. 그녀의 애인에게 모라비아는 황금처럼 빛나는 글을 쓰는 작가였다. 그러나 여남작은 이후 며칠에 걸쳐 끊임없이 그를 생각했다. 특히 남편의 편지를 받고 모라비아의 열혈 독자인 기술자와 함께 겨울의 베네치아로 여행하는 동안에 그렇게 했다. 베네치아에 도착하자 그들은 다니엘리 호텔에 방을 잡았다. 여남작은 샤워를 하고 옷을 갈아입고서 아침 식사를 하지 않은 채 사랑스러운 머리카락을 휘날리면서 말할 수 없는 성급함에 사로잡혀 그곳에서 나왔다.

아르킴볼디의 주소는 카나레조 지역의 투를로나 거리였다. 여남작은 그 거리가 기차역에서 그다지 멀지 않을 것이라고, 그렇지 않다면 틴토레토[72]가 평생 동안 작업한 마돈나 델 로르토 교회에서 그다지 멀리 떨어져 있지 않을 것이라고 정확하게 추측했다. 그래서 그녀는 산차카리아에서 수상 버스를 탔고, 생각에 잠겨 대운하를 따라갔으며, 그런 다음 역 앞에서 내려 걸으면서 물어보기 시작했다. 그러는 동안 그녀는 매력적이었던 모라비아의 눈을 생각했고, 아르킴볼디의 눈을 생각하다가 갑자기 이제 더는 그의 눈이 기억나지 않는다는 사실을 깨달았다. 또한 그녀는 두 사람의 삶, 즉 모라비아의 삶과 아르킴볼디의 삶이 너무나 대조적이라고 생각했다. 한 사람은 부르주아였고 현명했으며 현실에 맞게 살았고, 자기 자신이 아니라 청중을 위해 시간에 제한받지 않는 미묘하고 난해한 농담을 거침없이 했다. 그와 비교해 보면, 다른 한 사람은 본질적으로 하류 계층의 룸펜이었고, 독일의 야만인이었으며, 부비스가 말한 것처럼 끊임없이 불타오르는 예술가였다. 그는 모라비아의 집 테라스에서 그 경치, 즉 빛으로 뒤덮인 유적을 절대 보지 않을 사람이었으며, 모라비아 집에서 음반도 절대 듣지 않을 사람이었고, 친구들과 시인들, 영화인들과 번역가들과 학생들, 그리고 귀족들과 마르크스주의자들과 밤에 산책을 나가지도 않을 사람이었다. 반면에 모라비아는 그렇게 하면서 항상 다정한 말과 재기 넘치는 의견, 즉, 적절한 평을 할 만반의 준비가 되어 있었다. 그러나 아르킴볼디는 자기 자신과 기나긴 방백을 해. 여남작은 생각하면서 리스타

---

71 Alberto Moravia(1907~1990). 이탈리아의 소설가. 날카로운 현실주의적 작풍과 심리주의로 현대 자본주의 사회의 모순을 뛰어나게 그려 냈다.

72 Tintoretto(1518?~1594). 이탈리아의 화가. 본명은 야코포 로부스티이며 베네치아파에 속한다. 작품으로 「성 마가의 기적」, 「그리스도의 강탄」 등이 유명하다.

디 스파냐부터 산제레미아 광장까지 걸었고, 그런 다음 굴리에 다리를 건너 계단 몇 개를 내려가 폰다멘타 페스카리아로 갔다. 러시아 땅에서, 음탕한 여자 악령이 가득한 지옥에서 방랑하는 하녀의 아들 혹은 맨발의 병사가 중얼거리는 알아들을 수 없는 혼잣말이야 하고 여남작은 생각했다. 그러자 아무런 이유도 없이 젊은 시절에 베를린에서 본 몇몇 사람, 특히 시골에서 올라온 식모 아이들이 어린 소년과 항문 섹스를 즐기던 사람들을 음탕한 여자 악령이라고 불렀다는 사실을 떠올렸다. 그녀는 식모 아이들, 아주 커다란 눈을 둥그렇게 뜨고서 괜히 놀란 표정을 짓던 여자아이들, 가족을 떠나 부자 동네의 대저택으로 온 어린 식모들, 하루를 더 연명하기 위해 긴 혼잣말을 중얼거리던 여자아이들을 머릿속으로 그렸다.

그런데 아르킴볼디는 정말로 자기 자신과 혼잣말을 했을까? 여남작은 생각하면서, 게토 베키오 거리로 들어갔다. 아니면 다른 사람이 있는 곳에서 혼잣말을 하는 것일까? 그렇다면 그 다른 사람은 누구일까? 죽은 사람일까? 독일의 악마일까? 아르킴볼디가 프로이센에 있는 그녀의 별장에서 일할 때 발견한 괴물일까? 소년 아르킴볼디가 자기 어머니와 함께 일하러 왔을 때 지하실에 살던 괴물일까? 폰 춤페 남작 가문 소유의 숲에 숨어 있던 괴물일까? 토탄 지대의 유령일까? 어촌 마을들을 연결하는 울퉁불퉁한 도로를 따라 펼쳐진, 바위투성이 해변에 사는 영혼일까?

전부 허튼소리야. 여남작은 생각했다. 그녀는 유령이나 귀신 혹은 이데올로기 따위를 결코 믿지 않았다. 오로지 자기 육체와 다른 사람의 육체만 믿었다. 그렇게 그녀는 게토 누오보 광장을 가로질렀고, 그런 다음에는 다리를 건너 폰다멘타 델리 오르메시니까지 걸어갔다. 거기서 왼쪽으로 돌아 투를로나 거리에 도착했다. 낡은 집들과 알츠하이머병에 걸린 늙은 환자들처럼 서로가 서로를 지탱해 주는 건물들, 난잡하게 늘어선 집들과 미로 같은 복도들이 있었다. 희미한 목소리, 아주 점잖게 질문하고 답하는 걱정스러운 목소리만 들리는 복도였다. 그렇게 그녀는 아르킴볼디가 사는 건물 앞에 이르렀다. 그는 거리에서나 건물 안에서도 도대체 몇 층인지, 3층인지 4층인지, 아니면 3층과 4층 사이인지 정확하게 알 수 없는 집에 살았다.

아르킴볼디가 문을 열었다. 긴 머리카락이 엉킨 데다 수염이 목을 온통 덮고 있었다. 그는 양털 스웨터와 흙으로 더러워진 바지를 입고 있었다. 물과 돌만이 있는 베네치아에서는 아주 보기 드문 광경이었다. 그는 그녀를 즉시 알아보았고, 집 안으로 들어오면서 여남작은 옛 하인의 콧구멍이 벌름거린다는 것을 알았다. 마치 그녀의 냄새를 맡으려는 것 같았다. 집은 석고판으로 나뉜 작은 방 두 개와 역시 조그맣고 설치한 지 얼마 되지 않은 화장실 하나로 이루어졌다. 그 집의 유일한 창문은 식당 겸 부엌으로 사용되는 방에 나 있었는데, 그곳에서는 리오 델라 센사로 흘러 들어가는 운하가 내다보였다. 집 내부는 진한 자주색이었지만, 아르킴볼디의 침대와 옷이 있는 두 번째 방은 이미 검은색으로 바뀌고 있었다.

촌티 나는 검은색이야. 여남작은 생각했다.

　　그날과 그다음 날 그들은 무엇을 했을까? 아마도 대화를 나누고 섹스를 했을 것이다. 아마 대화보다는 섹스가 주를 이루었을 터다. 분명한 것은 여남작이 함께 온 토목 기술자가 걱정하는데도 밤에 다니엘리 호텔로 돌아가지 않았다는 사실이다. 그 기술자는 베네치아에서 일어난 불가사의한 실종에 관해 이야기하는 소설을 읽었다. 그 소설들은 특히 여자 관광객들, 육욕에 넘어간 여자들, 베네치아 뚜쟁이들의 애욕 때문에 최면에 걸린 여자들, 같은 벽 안에서 소유주의 정식 아내들과 함께 사는 여자 노예들, 사투리로 이야기하고 채소와 생선을 사기 위해서만 그 소굴에서 나가는 수염 달린 뚱뚱한 여자들, 네안데르탈 남자와 결혼한 크로마뇽 여자들, 침대에 묶인 채 유령이 오기만을 기다리는, 옥스퍼드에서 교육받았거나 스위스 기숙 학교에서 공부한 여자 노예들에 관해 이야기했다.

　　그러나 분명한 것은 여남작이 그날 밤 호텔로 돌아가지 않았고, 기술자는 다니엘리 호텔의 바에서 조용히 술에 취했으며 경찰에 신고하지도 않았다는 것이다. 자기가 바보 취급당할지도 모른다고 두려워했기 때문이기도 했고, 독일 애인이 아무것도 요구하지 않고 묻지도 않은 채 항상 마음 내키는 대로 하는 영혼의 소유자라는 것을 직감했기 때문이기도 했다. 그날 밤에는 어떤 유령도 없었다. 하지만 여남작은 질문을 던졌다. 그리 많은 질문은 아니었다. 그리고 그녀도 아르킴볼디의 질문들에 기꺼이 대답할 자세가 되어 있음을 보여 주었다.

　　그는 정말 정원사로 일했고, 그들은 그의 일에 관해 이야기를 나누었다. 그는 베네치아시의 얼마 안 되지만 잘 보존된 공원에서 일하거나 특정 개인이나 법률 회사 집안 정원에서 일하기도 했다. 저택의 높은 담 너머에 있던 이런 정원들은 간혹 아주 화려했다. 그런 다음 그들은 다시 섹스를 했다. 그러고서 베네치아가 얼마나 추운지에 관해 이야기했다. 아르킴볼디는 담요로 몸을 둘둘 말아서 추위를 피한다고 말했다. 그런 다음 두 사람은 오랫동안 키스를 했다. 여남작은 그에게 여자와 잠자리를 하지 않은 지 얼마나 되었느냐는 질문을 하지 않는 편을 택했다. 그러면서 부비스가 출판하고 있으며 베네치아를 정기적으로 찾아오는 몇몇 미국 작가에 관해 말했지만, 아르킴볼디는 그런 작가들의 작품을 하나도 알지 못했고 읽은 적도 없었다. 그런 다음에는 여남작의 실종된 사촌, 즉 불행한 운명을 맞은 후고 할더에 관해 이야기했고, 마침내 아르킴볼디가 찾아낸 그의 가족에 관해 이야기를 나누었다.

　　여남작이 어디서 가족을 찾았고, 어떤 상황에서, 그리고 어떻게 찾았느냐고 물어보려는 순간, 아르킴볼디는 침대에서 일어나더니, 들어 보세요 하고 말했다. 여남작은 들으려고 애를 썼지만, 아무것도 듣지 못했다. 단지 침묵만이, 절대적인 침묵만이 있을 뿐이었다. 그때 아르킴볼디는 바로 이겁니다. 침묵입니다. 침묵의 소리를 듣고 있나요 하고 말했다. 여남작은 침묵은 들을 수 없다고, 단지 소리만 들리는 것이라고 말하려 했지만, 너무 아는 체하는 것 같아서 아무 말도 하지 않았다. 그러자 벌거벗은 아르킴볼디는 창가로 다가가 창문을 열고 상반신을 밖으로 내밀었다. 마치 운하로 몸을 던지려는 것 같았다. 그러나 그의 의도는 그런 게 아니었다. 상체를 다시 방 안으로 들여놓더니 여남작에게 가까이 와서 쳐다보라고 말했다. 여남작은 그처럼 벌거벗은 채 일어나 창문으로 다가갔고, 베네치아에 어떻게 눈이 내리는지 보았다.

아르킴볼디가 부비스의 출판사를 마지막으로 찾아온 것은 『유산』의 교정쇄를 편집 직원과 함께 검토하고 원래 원고에 1백 페이지 정도를 덧붙이기 위해서였다. 그때 그는 부비스를 마지막으로 만났다. 부비스는 아르킴볼디의 다른 소설 네 권을 출간하고 나서, 몇 년 후 숨을 거두었다. 또한 그가 적어도 함부르크에서 여남작을 본 것 역시 그때가 마지막이었다.

그 무렵 부비스는 동독 작가들과 서독 작가들의 전면적이고 종종 아무런 결과도 없는 논쟁에 휘말려 있었다. 낮에는 그의 사무실에 들르는 지식인들을 만났고, 쇄도하는 편지들과 전보들을 읽었다. 밤에는 급한 전화가 걸려왔지만, 그 통화들은 대개 아무 내용도 없었다. 출판사는 몹시 분주하게 열심히 움직이는 분위기를 내뿜었다. 하지만 가끔씩 모든 게 멈추었다. 그러면 편집 직원은 자기와 아르킴볼디가 마실 커피를 만들었고, 책의 디자인을 맡은 신출내기 여직원에게는 차를 타주었다. 이 시기에 출판사는 규모가 상당해졌고, 직원 수도 불어나 있었다. 그리고 가까운 책상에서는 스위스 청년이 때때로 일했다. 함부르크에서 그가 도대체 어떻게 사는지 아는 사람은 아무도 없었다. 여남작은 사무실 밖으로 나가기 일쑤였고, 홍보 책임자도 마찬가지였으며, 가끔씩 비서도 그랬다. 모두가 이런저런 것에 관해, 가령 그들이 본 최근 개봉 영화나 배우 더크 보가드에 관해 말했다. 그럴 때면 회계 직원이 나타났고, 심지어 마리아네 고틀리브 부인도 편집 직원들이 일하던 커다란 사무실에 들르면서 환한 미소를 짓곤 했다. 시끄러운 웃음소리가 나면, 심지어 부비스 씨도 손에 찻잔을 들고서 그곳에 나타났다. 직원들은 더크 보가드에 관해서뿐만 아니라, 정치와 함부르크의 새로운 관리들이 저지른 더러운 사건들에 관해서도 말했다. 혹은 몇몇 작가에 관해 말하기도 했다. 그러면서 그들은 윤리가 무엇인지도 모르는 작가들이며, 미소를 지으면서 스스로 표절자라 인정하는 작가들이었고, 웃는 가면 뒤로 두려움과 분노가 뒤섞인 얼굴을 숨기는 사람들이라고 지적하곤 했다. 사실 그런 작가들은 〈아무〉 명성이라도 얻으려고 집착했고, 명성을 얻으면 후대에도, 〈어떤〉 후대에도 불후하리라고 확신했다. 어떤 후대라는 말에 출판사의 편집 직원들과 다른 직원들은 웃음을 터뜨렸고, 심지어 부비스도 체념한 것 같은 미소를 짓곤 했다. 후대라는 말이 앞줄에 앉은 사람들만 들을 수 있는 풍자 희극 속의 가벼운 농담에 불과하다는 사실을 그들보다 더 잘 아는 사람은 없었기 때문이다. 그런 다음 그들은 〈글쓰기의 오류〉에 관해 이야기했다. 많은 오류의 예는 오래전에 파리에서 출간되었으며 〈실수 박물관〉이라는 너무나도 적절한 제목이 붙은 책에 수록되어 있었다. 또한 글쓰기 오류의 사냥꾼이라는 막스 젠겐이 편집한 다른 책들에서도 찾아볼 수 있었다.

그러고서 말이 나온 김에 행동으로 옮겨서 편집 직원들은 이내 책을 집었다.
그것은 프랑스어판 『실수 박물관』도 아니었고 젠겐의 책도 아니었다.
아르킴볼디는 그 책 제목이 무엇인지 볼 수 없었다. 직원들은 주옥같은 충고들
가운데 고른 내용을 큰 소리로 읽었다.

〈불쌍한 마리아! 다가오는 말의 발소리를 느낄 때마다, 그녀는 그게 나라고
확신해.〉『랑세 신부의 일생』, 샤토브리앙.

〈파도가 삼켜 버린 선박의 승무원들은 남자 스물다섯 명이었다. 그들은
가난을 선고받은 과부 수백 명을 남겨 놓았다.〉『떠다니는 감옥』, 가스통 르루.

〈하느님의 연민으로 태양은 다시 폴란드를 밝히리라.〉『대홍수』,
시엔키에비치.

〈자, 가자! 하고 페테르는 눈물을 닦기 위해 모자를 찾았다.〉『루르드』, 졸라.

〈공작은 앞서가던 수행원들의 뒤에서 모습을 드러냈다.〉『방앗간 소식』,
알퐁스 도데.

〈앙리는 등 뒤로 뒷짐을 지고 정원을 거닐면서 친구의 소설을 읽었다.〉
『운명의 날』, 로니.

〈한 눈으로는 읽고, 다른 한 눈으로는 글을 썼다.〉『라인강 둑에서』, 아우바크.

〈시체는 조용히 부검을 기다렸다.〉『행운아』, 옥타브 푀예.

〈빌헬름은 심장이 숨 쉬는 것 이외의 다른 것에도 도움이 될 수 있으리라고는
생각하지 않았다.〉『죽음』, 아르기바체프.

〈이 명예의 칼은 내 인생에서 가장 아름다운 날[日]이다.〉『예술가의 명예』,
옥타브 푀예.

〈이제 잘 볼 수가 없어요 하고 불쌍한 눈먼 여자가 말했다.〉『베아트릭스』,
발자크.

〈머리를 자른 후 그를 산 채로 묻었다.〉『몽고메르의 죽음』, 앙리 츠베당.

〈그의 손은 뱀의 손처럼 차가웠다.〉퐁송 뒤 테라유. 여기서는 글쓰기의
오류를 범한 것이 어느 책인지 구체적인 출처를 밝히지 않았다.

막스 젠겐이 수집한 것들 중에서는 다음과 같은 내용이 눈에 띄는데, 어느
작품이며 어느 작가인지는 밝히지 않았다.

〈시체는 자기를 에워싼 사람들을 비난하듯이 쳐다보았다.〉

〈흉탄에 맞아 죽은 사람이 무엇을 할 수 있을까?〉

〈도시 근처에는 항상 외로운 곰 떼가 거닐었다.〉

〈불행히도 결혼식은 보름 늦춰졌고, 그 기간에 신부는 대위와 도망쳐서 여덟
아이를 낳았다.〉

〈사나흘간의 여행은 그들에게 매일의 일상이었다.〉

그런 다음 평이 나왔다. 예를 들어 스위스 청년은 샤토브리앙의 구절이 완전히
뜻밖이라고 밝혔다. 무엇보다도 그 구절에서는 언외의 의미로 성적인 것이
감지되기 때문이었다.

「매우 성적이지.」여남작이 말했다.

「샤토브리앙이라는 점을 염두에 둔다면 정말로 믿을 수 없어요.」편집 직원이 말했다.

「그래요, 분명하게 말을 언급하니까요.」스위스 청년이 지적했다.

「불쌍한 마리아!」홍보 책임자는 이렇게 말하면서 끝을 맺었다.

그런 다음 그들은 로니의 『운명의 날』에 나오는 앙리에 관해 말했다. 부비스에 따르면, 그 작품은 입체파 소설이었다. 혹은 디자이너 말로는, 불안한 행동이자 독서 행위에 걸맞은 가장 적절한 표현이었다. 그것은 앙리가 뒷짐을 지고 책을 읽을 뿐만 아니라, 또한 정원을 거닐기 때문이었다. 스위스 청년에 따르면, 그건 종종 즐겁고 유쾌한 행위였다. 그런데 그는 그곳 참석자들 중에서 가끔씩 걸으면서 책을 읽은 유일한 사람이었다.

「아니면 이럴 가능성도 있어요.」편집 직원이 말했다. 「앙리는 손에 책을 들지 않고 읽을 수 있는 장치를 발명했을 수도 있어요.」

「하지만 어떻게 페이지를 넘기지?」여남작이 물었다.

「아주 간단해요.」스위스 청년이 대답했다. 「입으로 조그만 나뭇가지나 금속 막대를 움직이면 되지요. 물론 그건 독서용 장치의 일부겠지요. 그 장치는 아마도 접을 수 있는 쟁반 모양일 거예요. 또한 발명자 앙리는 객관적인 사람의 부류에 속하며 어느 친구가 쓴 책을 읽고 있다는 점을 명심해야 해요. 그가 느끼는 압박감이 엄청나다는 의미지요. 그 친구는 소설이 앙리의 마음에 들었는지 안 들었는지 알고 싶어 할 테고, 아주 마음에 들었는지 아닌지 알고 싶어 할 테고, 마음에 들었다면 앙리가 그의 소설을 명작이라고 여기는지 아닌지 알고 싶어 할 거예요. 그리고 앙리가 명작 같다고 인정하면, 자신이 프랑스 문학의 위대한 작품 중 하나를 쓴 것인지 아닌지 물어볼 테고, 그렇게 불쌍한 앙리의 인내심이 고갈될 때까지 자꾸만 캐물을 거예요. 게다가 분명히 앙리에게는 그 우스꽝스러운 장치를 목에 걸고 정원을 이리저리 거니는 것보다 더 중요하고 좋은 일이 있을 거예요.」

「어쨌거나 그 구절은 말이에요…… 앙리는 자기가 읽고 있는 것을 좋아하지 않는다는 의미예요. 그는 걱정하고 있어요. 친구의 책이 좋지 않을까 봐 두렵고, 너무나도 분명한 사실, 즉 친구가 쓰레기 같은 작품을 썼다는 사실을 인정하지 않으려 하고 있어요.」홍보 책임자가 말했다.

「어떻게 그걸 유추할 수 있죠?」편집 직원이 알고 싶어 했다.

「로니가 우리에게 그를 보여 주는 방식 때문이지요. 뒷짐을 지고 있다는 것, 그건 걱정과 몰두를 의미하지요. 그리고 걸음을 멈추지 않고 서서 읽는다는 것, 그것은 이미 이루어진 사실을 거부한다는 것, 즉 동요하는 것이지요.」

「하지만 독서용 장치를 이용하는 행위가 그나마 그의 불안감을 덜어 주고 있어요.」디자이너가 말했다.

그런 다음 그들은 도데에 관해 말했다. 부비스의 말로는 그의 문장은 글쓰기의 오류를 보여 주는 예가 아니라 작가의 유머 감각을 보여 주는 것이었다. 옥타브 퇴예(1821, 생로~1890, 파리)는 당대의 베스트셀러 작가로, 사실주의와 자연주의 소설의 적이었고, 그의 작품들은 가장 통탄할 만한 망각이자 가장 당연한 망각 속에 빠져 버렸다. 그 작가의 『행운아』에 나오는 〈시체는 조용히 부검을 기다렸다〉라는 대목의 오류에 관해, 스위스 청년은 어느 정도 작품의 운명을 예시해 준다고 말했다.

「퇴예라는 작가는 프랑스어의 〈퇴유통feuilleton〉[73]이라는 단어와 아무런 관계가 없나요?」 마리아네 고틀리브 노부인이 물었다. 「내 기억으로는, 그 단어는 특정 신문의 문학 부록과 그 신문에 게재된 연재 소설을 의미하는 것 같아요.」

「아마도 동일한 걸 겁니다.」 스위스 청년이 불가해하게 대답했다.

「퇴유통이란 말은 연재 소설의 왕자라는 퇴예에서 유래한 게 분명해요.」 부비스는 완전히 그런 사실을 확신하지는 못했지만, 틀림없다는 척하면서 말했다.

「하지만 내 마음에 더 드는 문장은 아우바크의 것이에요.」 편집 직원이 자기 의견을 밝혔다.

「아우바크라는 사람은 분명히 독일인이에요.」 비서가 말했다.

「그래요, 그 문구는 멋져요. 〈한 눈으로는 읽고, 다른 한 눈으로는 글을 썼다〉라는 건 괴테의 전기에 딱 들어맞는 말이에요.」 스위스 청년이 말했다.

「함부로 괴테를 입에 올리지 마요.」 홍보 책임자가 지적했다.

「아우바크라는 사람은 프랑스 사람도 될 수 있어요.」 오랫동안 프랑스에서 산 편집 직원이 말했다.

「아니면 스위스 사람일 수도 있겠지요.」 여남작이 말했다.

「〈그의 손은 뱀의 손처럼 차가웠다〉라는 말에 대해서는 어떻게 생각하죠?」 회계 직원이 물었다.

「난 〈머리를 자른 후 그를 산 채로 묻었다〉라는 앙리 츠베당의 말이 더 좋아요.」 스위스 청년이 말했다.

「그 말에는 어느 정도의 논리가 있어요.」 편집 직원이 말했다. 「우선 그의 머리를 자르지요. 그렇게 한 사람들은 희생자가 죽었다고 생각하고, 그래서 급히 시체를 처리하려고 하지요. 그들은 무덤을 파서 그 안에 시체를 던져 넣고는 흙으로 덮어요. 그러나 희생자는 죽지 않았어요. 단두대로 목을 자른 게 아니었거든요. 머리가 잘렸다는 말은 이 경우 남자의 목을 베려 했거나 여자의 목을 베려 했다는 의미일 수 있어요. 희생자가 남자라고 가정해 보지요. 사람들이 그의 목을 자르려고 합니다. 피가 엄청나게 나오지요. 희생자는 의식을 잃습니다. 그를 공격한 사람들은 그가 죽었다고 여깁니다. 잠시 후 희생자는 깨어나지요. 흙 때문에 피가 멈추었어요. 그는 산 채로 묻힌 거예요. 자, 됐지요, 이게 전부예요. 자, 이치에 맞지 않나요?」 편집 직원이 말했다.

「아니에요, 그렇지 않아요.」 홍보 책임자가 말했다.

「그래요, 상당히 억지스러운 이야기지요.」 편집 직원이 인정했다.

[73] 신문의 문예란.

「그래도 어느 정도는 이치에 맞아요. 역사는 아주 특별한 경우로 가득하거든요.」마리아네 고틀리브가 지적했다.

「하지만 이건 억지예요. 나를 위로하고 격려해 주실 필요는 없어요, 마리아네 부인.」편집 직원이 말했다.

「내가 보기에는 어느 정도 이치에 맞는 것 같아요. 하지만 내 마음에 가장 드는 말은 그게 아니에요.」웃음을 멈출 수 없었던 아르킴볼디가 말했다.

「어떤 게 가장 마음에 들지요?」부비스가 물었다.

「발자크의 말이에요.」아르킴볼디가 대답했다.

「아, 그래요, 정말 멋진 말이지요.」편집 직원이 덧붙였다.

그러자 스위스 청년이 그 대목을 읊었다.

「〈이제 잘 볼 수가 없어요 하고 불쌍한 눈먼 여자가 말했다.〉」

『유산』 이후 부비스에게 건네준 원고는 『성 토마』였다. 이것은 나치 체제의 위대한 작가에 대한 전기를 쓴 전기 작가에 대한 출처가 분명하지 않은 전기였다. 몇몇 비평가는 작품 속에서 에른스트 윙거의 초상을 보고자 했지만, 주인공은 분명히 윙거가 아니었다. 말하자면 허구적인 인물이었다. 부비스가 아는 바로는, 그 시기에 아르킴볼디는 여전히 베네치아에 살았고, 아마도 계속해서 정원사로 일하는 것 같았다. 그러나 선인세와 그의 편집인이 정기적으로 보내 주던 수표를 가지고도 그는 전업 작가로서 글만 쓰며 살 수 있었다.

그러나 다음 원고는 그리스의 어느 섬에서, 그러니까 이카리아라는 섬에서 도착했다. 그곳에서 아르킴볼디는 바다를 등진 바위투성이 언덕 한가운데 있는 조그만 집을 빌렸다. 시시포스의 마지막 장면 같아. 부비스는 생각했다. 그리고 평소처럼, 원고가 도착했으며 그 원고를 읽었다고 통지하는 편지에서 그런 생각을 아르킴볼디에게 말해 주었다. 그리고 또한 세 가지 지불 형식을 제안하면서, 아르킴볼디에게 가장 좋은 것을 고르라고 했다.

부비스는 아르킴볼디의 답장을 받고 놀랐다. 그 편지에서 아르킴볼디는 시시포스가 죽었으나 합법적인 계략을 이용해 지옥에서 도망쳤다고 말했다. 그의 생각에 따르면, 제우스가 타나토스를 자유의 몸으로 만들기 전에, 시시포스는 죽음의 신이 무엇보다도 가장 먼저 자기를 찾아오리라는 사실을 알고서, 아내에게 장례식을 치르지 말라고 부탁했다. 그래서 그가 지옥에 도착하자 하데스는 그를 꾸짖었고, 지옥의 모든 힘 있는 신들은 하늘, 혹은 지옥의 둥근 천장을 향해 소리를 질렀으며, 자신들의 머리를 쥐어뜯으면서 모욕을 당한 것처럼 느꼈다. 그러나 시시포스는 그건 자기 잘못이 아니라 아내의 잘못이라고 지적하면서, 지상으로 돌아가 아내를 벌주도록 허락해 달라고 요청했다.

하데스는 그 요청을 진지하게 검토했다. 시시포스의 제안은 이치에 맞았다. 그래서 그를 조건부로 석방해 주었다. 조건이란 오로지 사나흘 정도만 지상에 머물 수 있다는 것이었다. 그 정도면 시시포스가 정당하게 복수를 하고 조금 늦긴

했지만 적절한 장례식을 시작하기에 충분한 시간이라고 생각한 것이다. 물론
시시포스는 장례식을 치르고자 하지 않았고, 지상으로 돌아가 아주 늙을 때까지
행복하게 살았다. 무엇보다도 그는 지구에서 가장 꾀가 많은 사람이었기에, 그의
육체가 늙어 못쓰게 되고 나서야 비로소 지옥으로 되돌아갔다.

　몇몇 사람에 따르면 바위의 형벌은 오로지 한 가지 목적만을 지녔다.
시시포스를 항상 바쁘게 만들어 그가 새로운 책략을 꾸밀 시간을 주지 않으려는
것이었다. 그러나 전혀 생각지도 않은 순간에 시시포스는 무언가를 궁리해 낼
테고, 다시 지상으로 올라갈 것입니다. 아르킴볼디는 이렇게 편지를 끝냈다.

　이카리아에서 부비스에게 보낸 소설의 제목은 〈눈먼 여인〉이었다. 익히
추측할 수 있듯이, 그 작품은 자기 눈이 멀었다는 것을 모르는 눈먼 여인과
자신들에게 통찰력이 있다는 사실을 모르는 몇몇 통찰력 있는 탐정에 관한
것이었다. 그리고 머지않아 섬에서 함부르크로 다른 원고들이 도착했다.『흑해』는
희곡이거나 희곡의 형태로 쓰인 소설로, 새벽이 밝아 오기 몇 시간 전에 흑해가
대서양과 대화를 나누는 작품이었다.『레타이아』는 노골적인 성과 관련된
소설이었다. 거기서 그는 제3제국의 독일을 배경으로 자기가 여신들보다 더
아름답다고 생각하고 마침내 남편 올레노스와 함께 석상으로 변하는 레타이아의
이야기를 서술한다. 이 소설은 포르노 소설로 분류되었지만 소송에서 이겼고, 이후
아르킴볼디의 작품 중에서 처음으로 5쇄를 찍은 작품이 되었다.『복권 판매인』은
뉴욕에서 복권을 파는 독일 상이용사의 삶을 다루었다. 그리고『아버지』는
사이코패스 살인범인 아버지의 행동을 아들이 회상하는 내용이었다. 이 소설은
아들이 스무 살이었던 1938년에 시작하여, 1948년에 불가해하게 끝난다.

　그는 이카리아에서 잠시 살았다. 그 뒤에는 아모르고스섬에서 살았다. 이후
산토리니섬에서 살았고, 그런 다음에는 시프노스섬, 시로스섬, 그리고
미코노스섬에서 살았다. 그러고는 낙소스섬 근처에 있는, 그가 〈대학살〉 혹은
〈초자아〉라고 이름 붙인 아주 조그만 섬에서 살았다. 이어서 그는 섬을 떠나
뭍으로 돌아왔다. 그 무렵 그는 포도와 올리브 열매, 그러니까 맛이나 딱딱한
정도가 흙덩어리 같은 크고 마른 올리브 열매를 먹었다. 흰 치즈와 포도잎에 둘둘
말아서 파는 산양유치즈도 사서 먹었다. 그 산양유치즈 냄새는 반경 3백 미터
떨어진 곳에서도 맡을 수 있었다. 그는 포도주에 적셔 부드럽게 만들어야 할
정도로 아주 딱딱한 검은 빵을 먹었다. 그리고 생선과 토마토를 먹었다. 무화과
열매도 먹었고, 우물에서 길어 올린 물을 마셨다. 그는 군대에서 물을 가득 채워
사용하던 것과 같은 기름통과 양동이를 가지고 있었다. 그는 수영을 했지만, 해초
소년은 이미 죽어 있었다. 그러나 수영 솜씨는 훌륭했다. 가끔 잠수했다. 또한
잡목으로 뒤덮인 언덕 비탈에 혼자 앉아서 해가 질 때까지 혹은 새벽이 밝아 올
때까지 그대로 있기도 했다. 그는 생각하면서 그렇게 있었다고 말했지만, 사실

아무것도 생각하지 않았다.

섬에서 육지로 옮긴 후에, 그는 메솔롱기의 테라스에서 독일 신문을 읽다가 부비스가 죽었다는 사실을 알게 되었다.

타나토스는 자기 손바닥처럼 훤히 알던 도시 함부르크에 도착했다. 그러는 동안 부비스는 사무실에서 드레스덴의 젊은 작가가 쓴 책을 읽고 있었다. 너무 심하게 재미있어서 그는 웃음으로 몸을 떨었다. 출판사 홍보 책임자의 말로는, 그의 웃음소리는 로비와 회계 사무실, 편집실과 회의실, 그리고 열람실과 화장실, 그리고 종종 주방과 식료품 저장실로 사용되던 방, 심지어 가장 멀리 떨어져 있던 사장 아내의 방에서도 들렸다.

그런데 갑자기 웃음소리가 멈추었다. 출판사의 모든 직원은 이런저런 이유로 시간을 정확하게 기억했다. 오전 11시 25분이었다. 잠시 후 비서가 부비스 씨의 사무실 문을 두드렸다. 아무도 대답하지 않았다. 그의 업무를 방해할지도 모른다는 생각에, 그녀는 더는 두드리지 않기로 결심했다. 잠시 후 그에게 전화를 돌리려고 했다. 부비스의 사무실에서는 아무도 수화기를 들지 않았다. 이번에는 중요한 전화였고, 그래서 비서는 여러 번 문을 두드린 후 열었다. 부비스는 바닥에 예술적으로 흩어진 책들 사이로 고꾸라져 죽은 채였다. 그러나 그의 얼굴에는 행복하다는 표정이 아로새겨져 있었다.

그의 시신은 화장했고, 유해는 알스터 호수에 뿌렸다. 홀로된 여남작은 출판사를 이끌어 나갔고, 출판사를 팔 생각이 전혀 없다고 천명했다. 드레스덴의 젊은 작가가 보낸 원고에 대해서는 아무 말도 하지 않았다. 그는 동독에서 이미 검열로 문제를 일으킨 전력이 있었다.

기사를 모두 읽자, 아르킴볼디는 기사 전체를 다시 한번 읽었고, 그런 다음 세 번째로 읽었다. 그러고는 후들후들 떨면서 자리에서 일어났고, 메솔롱기를 걷기 시작했다. 바이런의 기억으로 가득한 곳이었다. 마치 바이런이 메솔롱기에 체류하면서 이쪽저쪽으로, 여관에서 술집으로, 뒷골목에서 조그만 광장으로 거니는 것 이외의 다른 일은 하지 않은 듯했다. 그러나 그가 고열 때문에 움직일 수 없었다는 건 익히 알려진 사실이었다. 여기서 걸어다녔고 보았으며 주목한 주인공은 타나토스였다. 타나토스는 바이런을 찾으러 왔을 뿐만 아니라 여행도 했다. 그는 이 세상에서 가장 훌륭하고 위대한 여행자이기 때문이었다.

그러고서 아르킴볼디는 출판사로 애도가 담긴 카드를 보내는 것이 좋을까 생각했다. 심지어 카드에 쓸 말도 생각했다. 하지만 그런 모든 게 아무런 의미도 없다고 생각하고서 아무것도 쓰지 않았고, 아무것도 보내지 않았다.

부비스가 죽고 1년이 조금 넘었을 때, 출판사로 아르킴볼디의 마지막 소설 『귀환』의 원고가 도착했다. 그때 아르킴볼디는 다시 이탈리아에 살고 있었다.

여남작 폰 춤페는 그걸 읽고 싶지 않았다. 그래서 원고를 편집 직원에게 건네주고서 석 달 후에 출판하도록 준비하라고 일렀다.

그러고서 원고가 담긴 봉투에 적힌 발신인의 주소로 전보를 보냈고, 다음 날 밀라노로 향하는 비행기에 몸을 실었다. 공항에서 기차역으로 향한 그녀는 제때에 도착해 베네치아로 가는 열차를 탈 수 있었다. 저녁때 카나레조의 작은 식당에서 그녀는 아르킴볼디와 만났고, 그에게 새 소설에 대한 선인세와 이전 작품에 대한 인세를 수표로 지급했다.

상당한 액수였다. 그러나 아르킴볼디는 재킷 주머니에 대충 접어 넣고는 아무 말도 하지 않았다. 그런 다음 그들은 이야기하기 시작했다. 통밀을 넣은 베네치아식 정어리 요리를 먹었고, 백포도주 한 병을 마셨다. 자리에서 일어나서는 그들이 마지막 만남에서 즐긴, 눈 내린 겨울의 베네치아와는 사뭇 다른 베네치아를 걸었다. 여남작은 그 이후 그곳에 와보지 않았다고 털어놓았다.

「난 이곳에 얼마 전에 도착했어요.」 아르킴볼디가 말했다.

마치 말을 많이 할 필요가 없는 오래된 두 친구처럼 보였다. 가을이 시작되었고 날씨는 온화했다. 얇은 스웨터 하나만 걸쳐도 쌀쌀함을 충분히 이겨 낼 수 있었다. 여남작은 아르킴볼디가 아직도 카나레조에 사는지 알고 싶어 했다. 그래요, 하지만 투를로나 거리는 아니에요. 아르킴볼디는 대답했다.

그의 여러 가지 계획 중에 남쪽으로 떠날 계획도 있었다.

오랫동안 아르킴볼디의 근거, 그의 소유라고는 옷 몇 벌과 백지 5백 장, 그리고 그 당시 읽던 책 두세 권이 담긴 여행 가방과 부비스가 선물한 타자기가 다였다. 그는 여행 가방을 오른손에, 타자기는 왼손에 들고 다녔다. 그리고 옷이 조금 낡으면 버렸다. 책은 다 읽으면, 선물하거나 아니면 아무 테이블에나 두고 나왔다. 오랫동안 그는 컴퓨터를 사지 않았다. 가끔씩 컴퓨터를 파는 가게로 가서 판매원들에게 어떻게 작동하는지 물어보았다. 그러나 항상 마지막 순간에 저축한 돈을 가지고 머뭇거리는 농부들처럼 뒷걸음치곤 했다. 노트북 컴퓨터가 나와서야 비로소 그는 노트북을 한 대 구입했고, 얼마 후 능숙하게 사용하게 되었다. 노트북에 모뎀이 장착되어 나오자, 아르킴볼디는 낡은 노트북을 새 노트북으로 바꾸었고, 종종 인터넷에 접속해서 이상한 소식이나 이제 더는 기억나지 않는 이름들, 잊힌 사건들을 찾았다. 그럼 부비스가 선물한 타자기는 어떻게 했을까? 그는 벼랑으로 가서 그걸 바위 사이로 던져 버렸다!

어느 날 인터넷을 검색하다가, 아르킴볼디는 헤르메스 포페스쿠라는 남자의 소식을 발견했다. 곧 그가 엔트레스쿠 장군의 부관임을 확인할 수 있었다. 엔트레스쿠 장군은 루마니아 국경에서 독일군이 후퇴하면서 싸우던 1944년에 아르킴볼디가 지켜본, 십자가에 못 박힌 시체의 주인공이었다. 어느 미국 검색 엔진에서 그는 포페스쿠의 일대기를 찾았다. 포페스쿠는 전후에 프랑스로 이민을 갔다. 그리고 파리에서 루마니아 망명자 그룹을 자주 만났다. 특히 이런저런 이유로 센강 좌안에 살던 지식인들을 만났다. 그러나 포페스쿠 자신의 말로는, 그는 조금씩 이런 모든 게 부조리하다는 것을 깨달았다. 루마니아 사람들은 골수 반공주의자들이었고, 루마니아어로 글을 썼으며, 그들의 삶은 실패와 좌절의 운명을 띠었지만, 그런 운명은 종교와 섹스의 몇 줄기 희미한 불빛으로 겨우 비춰질 뿐이었다.

포페스쿠는 이내 실질적인 해결책을 찾았다. 솜씨 있는 행동(부조리로 점철된 행동)을 통해 그는 암흑가와 첩보 활동과 교회와 취업 허가가 뒤섞인 혼탁한 사업에 교묘하게 들어갔다. 그러자 돈이 물밀듯이 밀어닥쳤다. 한마디로 돈다발 세례를 받은 것이다. 그러나 그는 계속해서 일했다. 그는 밀입국한 루마니아 사람들 무리를 관리했다. 그리고 이후에는 헝가리와 체코 밀입국자들을 상대했다. 그런 다음에는 북아프리카 밀입국자들을 대상으로 일했다. 그는 가끔씩 유령처럼 가죽 코트를 입고서 그들의 오두막집으로 찾아갔다. 흑인들의 냄새를 맡으면 토할 것만 같았지만, 그래도 그는 그걸 좋아했다. 이 염병할 놈들은 진짜 남자들이야. 그는 말하곤 했다. 마음속으로 그는 그 냄새가 자기 외투와 실크 목도리에도 뱄기를 바랐다. 그는 아버지처럼 웃었다. 가끔씩은 울기도 했다. 그러나 폭력배들을 다룰 때는 달랐다. 수수한 차림이 그의 특징이었다. 반지나 목걸이를 비롯해 반짝거리는 어느 것도, 심지어 금이 조금이라도 반짝이는 것도 착용하지 않았다.

그는 돈을 벌었고, 그 후에 더 많은 돈을 벌었다. 루마니아 지식인들은 그를 만나러 와서 돈을 빌려 달라고 부탁했다. 그들은 아이들 우윳값, 임대료, 아내 백내장 수술 등에 돈이 필요했다. 포페스쿠는 마치 잠을 자며 꿈을 꾸는 것처럼 그들이 하는 말을 들었다. 그는 그들의 부탁을 모두 들어주었지만, 한 가지 조건을 붙였다. 그것은 루마니아어로 비난에 찬 장광설을 쓰지 말고 프랑스어로 그렇게 하라는 것이었다. 언젠가는 엔트레스쿠의 지휘를 받던 루마니아 4군단의 대위로 있다가 불구가 된 사람이 찾아왔다.

포페스쿠는 대위가 오는 것을 보자, 어린아이처럼 소파에서 소파로 이리저리 펄쩍펄쩍 뛰어다녔다. 그는 테이블 위로 올라가 카르파티아 지방의 민속춤을 추었다. 또 한쪽 구석에 소변을 보는 척하면서, 몇 방울을 똑똑 떨어뜨렸다. 카펫에서 야단법석을 떠는 짓만 하지 않았다. 불구인 대위는 그를 따라 하려고 했지만, 신체적 장애(그에게는 한쪽 다리와 한쪽 팔이 없었다)와 허약함(빈혈이었다) 때문에 그렇게 할 수가 없었다.

「아, 부쿠레슈티의 밤!」 포페스쿠가 말했다. 「아, 피테슈티의 아침! 아, 탈환한 클루지의 하늘! 아, 투르누세베린의 텅 빈 사무실들! 아, 바카우의 젖 짜는 여인들! 아, 콘스탄차의 과부들!」

그런 다음 그들은 팔짱을 끼고 포페스쿠의 아파트로 갔다. 국립 고등 미술 학교 근처에 있는 베르뇌유 거리였다. 그곳에서 그들은 더 이야기하고 더 술을

마셨으며, 불구인 대위는 영웅적이지만 불행으로 가득한 자신의 삶에 대해
자세하게 들려주었다. 마침내 포페스쿠는 눈물을 닦으면서 그의 말을 끊고는, 그
역시 십자가에 못 박힌 엔트레스쿠를 본 증인이었느냐고 물었다.

「그곳에 있었지요.」 상이군인이 말했다. 「우리는 러시아 탱크를 피해
도망쳤습니다. 대포라는 대포는 모두 잃어버렸고, 탄환도 부족한 상태였답니다.」

「탄환이 부족했군요.」 포페스쿠가 말했다. 「그런데 당신도 그곳에 있었나요?」

「그곳에 있었어요.」 불구가 된 대위가 말했다. 「누더기 옷을 입은 몇몇 군인의
지휘를 받으며 우리는 조국의 성스러운 땅에서 싸웠습니다. 그때 4군단은 사단
병력으로 축소되어 있었고, 병참 본부도 없었고, 정찰 부대도 없었으며, 군의관도
없었고 의무병도 없었습니다. 문명화한 전쟁을 떠올릴 수 있는 건 하나도
없었답니다. 단지 피로에 지친 사람들과 날이 갈수록 많아지는 미친 사람들의
부대만 있었지요.」

「미친 사람들로 이루어진 부대만 있었군요.」 포페스쿠가 말했다. 「그런데
당신은 거기에 있었나요?」

「바로 그곳에 있었지요.」 상이군인이 말했다. 「우리 모두는 우리의 엔트레스쿠
장군을 따랐습니다. 우리 모두는 그의 생각과 설교, 혹은 산이나 빛나는 동굴, 구름
한 점 없는 파란 하늘의 번개, 갑작스러운 번개, 다정한 말을 기다렸습니다.」

「그러니까 다정한 말을 기다렸군요.」 포페스쿠가 말했다. 「그런데 거기서
당신은 그런 다정한 말을 기다렸단 말입니까?」

「하늘에서 떨어지는 만나를 기다리는 사람들처럼 그랬답니다.」 불구가 된
대위가 말했다. 「나는 기다렸고, 대령들도 기다렸고, 그때까지 우리와 함께 있던
장군들도 기다렸고, 신참 중위들도 기다렸습니다. 그리고 미친 사람들도 그랬지요.
하사들과 미친 사람들도 그랬답니다. 30분 후에 탈영할 사람들도 그랬고, 이미
마른땅 위로 소총을 질질 끌면서 걸어가던 사람들도 그랬습니다. 자기가 서쪽으로
가는지 동쪽으로 가는지, 아니면 북쪽으로 가는지 남쪽으로 가는지도 제대로
모르고 떠난 사람들도 그랬지요. 또한 남아 있던 사람들은 유고 시나 어머니에게
보내는 편지, 그리고 다시는 보지 못할 애인들에게 눈물에 젖은 짧은 메모를 멋진
루마니아어로 썼습니다.」

「편지와 메모, 메모와 편지를 썼군요.」 포페스쿠가 말했다. 「그럼 당신도 그런
감상주의에 굴복했나요?」

「아니에요, 아니에요. 내겐 종이도 없었고, 펜도 없었습니다.」 불구가 된
대위가 말했다. 「내게는 의무가 있었습니다. 내 부하들을 지휘해야 했고, 그래서
뭔가를 해야만 했습니다. 하지만 뭘 어떻게 해야 할지는 잘 몰랐지요. 4군단은 별장
근처에 멈췄습니다. 별장이라기보다는 저택이었습니다. 나는 건강한 병사들을
외양간에, 병든 병사들을 마구간에 배치했답니다. 곡물 창고에는 미친 병사들을
수용했고, 그들의 광기가 단순한 광기를 넘을 때는 그곳을 불태워 버리도록 적절한
조치를 취했습니다. 그리고 우리 대령님과 만나 그 커다란 별장에는 먹을 것이

하나도 없다고 보고해야만 했지요. 그러자 대령님은 장군님에게 보고해야만 했고, 병든 장군님과 말해야만 했어요. 장군님은 계단을 올라가 저택 2층으로 가서 엔트레스쿠 장군에게 더는 견딜 수 없는 상황이며 이미 썩는 냄새가 나니, 막사를 거두고 서쪽으로 강행군하는 게 나을 것 같다고 알렸습니다. 그러나 엔트레스쿠 장군은 가끔은 문을 열어 주기도 했지만, 어떤 때는 대답조차 하지 않았습니다.」

「그러니까 어떤 때는 대답했고, 어떤 때는 그렇게 하지 않았다는 말이군요.」 포페스쿠가 말했다. 「그리고 당신은 이런 모든 일의 증인이란 말인가요?」

「눈으로 목격한 증인이라기보다는 귀로 들은 증인입니다.」 불구가 된 대위가 말했다. 「나와 4군단 3사단의 나머지 장교들은 멍한 상태였고, 놀라서 어쩔 줄 몰랐습니다. 몇몇은 눈물을 흘렸고, 다른 몇몇은 코딱지를 먹었으며, 어떤 사람들은 그동안의 모든 희생과 업적으로 볼 때 세상의 등불이 되어야 마땅한 루마니아가 잔인한 운명을 맞는다는 데 탄식을 금치 못했고, 또 몇몇은 자기 손톱을 뜯어 먹었습니다. 모두 사기가 저하되어 있었습니다. 낙담했지요. 의욕을 상실했어요. 그리고 마침내 예견된 일이 일어나고 말았습니다. 그 일을 보지는 못했습니다. 미친 작자들의 수가 제정신인 사람들보다 더 많아졌습니다. 그들은 곡물 창고에서 나왔지요. 몇몇 부사관은 십자가를 세우기 시작했습니다. 다닐레스쿠 장군은 이미 떠나고 없었어요. 지팡이를 짚고서, 여덟 사람과 함께 새벽녘에 한마디도 없이 북쪽으로 출발한 겁니다. 이런 모든 일이 일어났을 때 나는 저택 안에 있지 않았습니다. 주변에서 몇몇 병사와 함께 방어 진지를 구축하고 있었거든요. 물론 한 번도 사용하지 못한 진지들이었어요. 우리가 참호를 파다가 뼈를 발견했다는 사실을 기억합니다. 병든 소들입니다. 어느 병사가 말했습니다. 사람의 뼈입니다. 다른 병사가 지적했지요. 희생 제물로 바친 송아지들이에요. 처음의 병사가 다시 말했습니다. 아닙니다, 사람의 뼙니다. 계속 땅을 파도록 하라. 난 지시했지요. 그러나 우리가 땅을 파던 곳에서 또 다른 뼈들이 나타났습니다. 젠장, 도대체 무슨 일이야! 나는 화가 나서 소리쳤지요. 무슨 염병할 땅이 이래! 나는 큰 소리로 말했습니다. 병사들은 저택 주변에 참호 파는 일을 멈추었지요. 그때 우리는 시끌벅적한 소리를 들었습니다. 하지만 무슨 일인지 보러 갈 기운도 없었지요. 어느 병사가 아마도 동료들이 먹을 것을 찾아서 기뻐하는 소리일 것이라고 말했습니다. 혹은 포도주일지도 모른다고 말했지요. 그래요, 포도주였습니다. 지하 창고를 뒤졌는데, 거기에 모두가 마시기에 충분한 양의 포도주가 있었던 거지요. 나는 참호 중 하나에 앉아 해골을 살펴보았습니다. 그때 십자가를 보았지요. 미친 사람들이 거대한 십자가를 들고 저택의 뜰에서 줄지어 돌아다녔습니다. 저택이 공동묘지처럼 보인다고, 아마도 공동묘지였을지도 모르기 때문에 더는 참호를 팔 수 없다는 소식을 가지고 돌아갔을 때는 모든 게 이미 끝난 후였어요.」

「그러니까 모든 게 끝난 후였단 말이군요.」 포페스쿠가 말했다. 「십자가에 매달린 장군의 시체를 보았나요?」

「봤습니다.」상이군인이 말했다.「우리 모두가 봤습니다. 그러고서 마치 엔트레스쿠 장군이 어느 순간에라도 부활하여 그들의 행동을 처벌할지 모른다는 듯, 모두가 그곳을 떠나기 시작했습니다. 내가 떠나기 전에 역시 도망치던 독일군 순찰대가 도착했습니다. 그들은 러시아군이 우리에게서 불과 두 마을 떨어진 곳에 있다고 알려 주었고, 조금도 쉬지 않고 진격하고 있다고도 말해 주었습니다. 그런 다음 독일군은 떠났고, 잠시 후 우리도 우리의 길을 떠났습니다.」

이번에 포페스쿠는 아무 말도 하지 않았다.

두 사람은 잠시 아무 말도 하지 않았다. 마침내 포페스쿠는 부엌으로 가서 불구가 된 장교에게 스테이크를 만들어 주면서, 고기를 어떻게 익혀 주기 원하느냐고, 덜 익은 상태를 원하는지 아주 잘 익은 상태를 원하는지 물어보았다.

「중간 정도입니다.」불구의 몸이 된 대위가 말했다. 그는 계속해서 그 끔찍한 날의 기억에 사로잡혀 있었다.

포페스쿠는 그에게 약간 매운 소스가 가미된 커다란 스테이크를 갖다주고서, 고기를 잘게 썰어 주겠다고 말했다. 불구인 대위는 멍한 표정을 지으며 고맙다고 대답했다. 식사가 진행되는 동안 아무도 말하지 않았다. 포페스쿠는 잠시 자리를 비우면서, 전화를 걸어야 할 곳이 있다고 말했다. 그리고 그곳으로 돌아왔을 때 대위는 마지막 스테이크 조각을 씹고 있었다. 포페스쿠는 만족스럽다는 미소를 지었다. 대위는 한 손을 들어 이마로 가져갔다. 마치 무언가를 기억하고 싶거나 아니면 머리가 아픈 것 같았다.

「트림해도 괜찮아요, 괜찮아요. 그건 생리 현상이니까요.」포페스쿠가 말했다.

불구인 대위는 트림을 했다.

「이런 스테이크를 먹어 본 지 얼마나 되었지요?」포페스쿠가 물었다.

「몇 년은 족히 되었을 겁니다.」불구가 된 대위가 대답했다.

「영광의 맛이 납니까?」

「물론이지요.」불구가 된 대위가 말했다.「하지만 엔트레스쿠 장군에 관해 말하는 건 마치 오랫동안 빗장을 채워 둔 문을 여는 것과 같습니다.」

「속마음을 털어놓도록 하세요.」포페스쿠가 말했다.「동포들과 함께 있으니까요.」

그가 〈동포들〉이라고 복수로 말하자, 불구인 대위는 화들짝 놀라면서 문을 바라보았다. 그러나 방에는 두 사람만 있는 게 분명했다.

「음반을 틀어 줄게요.」포페스쿠가 말했다.「글루크의 음악은 어떠십니까?」

「그 음악가에 관해 들어 본 적이 없습니다.」불구의 대위가 말했다.

「그럼 바흐의 음악은 어떠십니까?」

「좋아요, 바흐는 좋습니다.」불구가 된 대위가 눈을 지그시 감으면서 대답했다.

다시 대위의 옆에 오자, 포페스쿠는 나폴레옹 코냑을 한 잔 따라 주었다.

「당신을 초조하게 만드는 게 있지요, 대위? 당신을 괴롭히는 게 있지요? 무언가 하고 싶은 이야기가 있지요? 내가 도와줄까요?」

846

대위는 입술을 살며시 벌리더니 다시 다물고서 고개를 좌우로 가로저었다.

「아무것도 필요하지 않아요.」

「아무것도, 아무것도, 아무것도.」 포페스쿠는 1인용 소파에 편안하게 등을 대고 앉으면서 대위의 말을 그대로 따라 했다.

「뼈들, 뼈들.」 불구인 대위가 중얼거렸다. 「왜 엔트레스쿠 장군은 주변이 뼈로 가득한 저택으로 우리를 데려간 것일까요?」

침묵이 흘렀다.

「아마도 그는 자기가 죽을 것을 알았기 때문에 그 집에서 죽고 싶었을 겁니다.」 포페스쿠가 말했다.

「우리가 땅을 파는 곳마다 뼈가 나왔습니다.」 상이군인이 말했다. 「저택 주변은 사람의 뼈로 그득했어요. 참호를 팔 때마다 여지없이 손뼈나 팔뼈, 혹은 해골이 나왔습니다. 도대체 어떤 곳이었습니까? 거기서 무슨 일이 있었던 겁니까? 왜 멀리서 봤을 때 미친 자들의 십자가가 깃발이 펄럭이듯 물결쳤던 겁니까?」

「착시 현상일 겁니다.」 포페스쿠가 대답했다.

「모르겠어요.」 불구의 대위가 말했다. 「피곤하네요.」

「그래요, 맞습니다. 몹시 피곤할 거예요, 대위. 눈을 감으십시오.」 포페스쿠가 말했지만, 대위의 눈은 이미 오래전부터 감겨 있었다.

「피곤합니다.」 그가 또다시 말했다.

「당신은 지금 친구들과 함께 있어요.」 포페스쿠가 말했다.

「기나긴 길이었습니다.」

포페스쿠는 조용히 고개를 끄덕였다.

그때 문이 열렸고, 헝가리 사람 두 명이 들어왔다. 포페스쿠는 그들을 쳐다보지도 않았다. 세 손가락, 그러니까 엄지손가락과 집게손가락과 가운뎃손가락을 입과 코에 아주 가까이 갖다 대고서 바흐의 음악에 리듬을 맞추고 있었다. 헝가리 사람들은 조용히 그 장면을 지켜보았고, 지시를 기다렸다. 대위는 잠들었다. 음반이 소리를 그치자 포페스쿠는 자리에서 일어나 까치발로 대위에게 가까이 갔다.

「염병할 개자식.」 그는 루마니아어로 말했다. 하지만 과격하다기보다는 다정하고 동정 어린 말투였다.

그는 손짓으로 헝가리 사람들에게 가까이 오라고 지시했다. 두 사람은 각자 양쪽으로 가더니 불구가 된 대위를 번쩍 들어 문으로 끌고 갔다. 대위는 더욱 심하게 코를 골았다. 그의 의족이 카펫 위로 떨어졌다. 헝가리 사람들은 그를 바닥에 눕히고 의족을 다시 나사로 고정하려고 했지만 헛수고였다.

「이런 쓸모없는 멍청이들!」 포페스쿠가 말했다. 「내가 하겠어.」

잠시 후 평생 그 일 이외에 다른 일은 하지 않은 것처럼 포페스쿠는 능수능란하게 다리를 제자리에 붙여 놓았고, 자신을 얻은 듯 내친김에 의수를 살펴보았다.

847

「도중에 아무것도 분실하지 않도록 조심해.」 그가 말했다.

「걱정 마십시오, 대장님.」 헝가리인 하나가 말했다.

「통상적으로 가던 장소로 데려갈까요?」

「아니다.」 포페스쿠가 말했다. 「이놈은 센강에 던져 버리는 편이 나을 것 같다. 물 밖으로 나오지 않도록 확실히 하도록 해.」

「당연하지요, 대장님.」 전에 말한 헝가리 사람이 대답하였다.

그때 불구인 대위가 오른쪽 눈을 뜨더니 쉰 목소리로 말했다.

「뼈들, 십자가들, 뼈들.」

다른 헝가리 사람이 부드럽게 그의 눈을 감겨 주었다.

「걱정하지 말게.」 포페스쿠가 웃었다. 「잠들었으니까.」

오랜 세월이 지나 그의 재산이 상당액 이상이 되었을 때, 포페스쿠는 중앙아메리카의 여배우 아순시온 레예스와 사랑에 빠졌다. 그는 보기 드문 미녀인 그녀와 결혼했다. 유럽 영화(프랑스 영화뿐만 아니라 이탈리아 영화와 스페인 영화)에서 아순시온 레예스의 경력은 얼마 되지 않았지만, 그녀가 주최하고 참석한 파티는 글자 그대로 셀 수 없이 많았다. 어느 날 아순시온은 이제 돈은 충분히 있으니 조국을 위해 무언가를 해달라고 요구했다. 처음에 포페스쿠는 아순시온이 루마니아를 지칭하는 줄 알았지만, 이내 온두라스에 관해 말한다는 사실을 깨달았다. 그래서 그해 크리스마스에 아내와 함께 온두라스의 수도 테구시갈파로 여행을 떠났다. 대조와 특이성을 좋아하던 포페스쿠는 그 도시가 서로 아주 다른 세 그룹 혹은 계급으로 나뉘어 있다고 생각했다. 이 세 그룹은 인구의 대부분을 구성하는 원주민들, 병자들, 그리고 권력을 휘두르는 소수이면서 백인들이라고 불리지만 실질적으로는 메스티소[74]인 사람들이었다.

모두가 다정했고, 열기와 식습관 혹은 식이 요법의 부족 때문에 망가진 사람들이었다. 또한 얼굴에 악몽의 표정을 띤 사람들이기도 했다.

사업 가능성은 충분했다. 그는 즉시 알았지만, 온두라스 사람들은, 심지어 하버드 대학에서 교육받은 사람들조차도 도둑 기질, 그것도 폭력을 수반한 도둑놈 기질을 지녔고, 그래서 처음에 가진 생각을 접으려고 했다. 그러나 아순시온 레예스가 너무나 조르는 바람에 그는 다음 해 크리스마스 때 두 번째로 여행을 했고, 그가 유일하게 신임하는 지도자들인 온두라스의 교회 당국자들과 만났다. 그들과 만나고 여러 주교와 테구시갈파의 대주교와 대화를 나누고 나서, 포페스쿠는 어느 경제 분야에 자본을 투자해야 할지 곰곰이 생각했다. 거기서 유일하게 기능하고 수익성이 있는 것은 이미 미국인들의 수중에 있었다. 그러나 어느 날 저녁 대통령과 영부인이 주최한 모임에서 아순시온은 멋진 생각을 떠올렸다. 테구시갈파에 파리와 같은 지하철이 있다면 멋있으리라는 단순한 생각이었다. 어떤 것에도 움츠리지 않고 가장 이상스러운 생각에서도 수익성을

74 라틴 아메리카의 백인과 원주민의 혼혈 인종.

추구할 능력을 지닌 포페스쿠는 온두라스 대통령의 눈을 뚫어지게 쳐다보았고, 자기가 그걸 건설할 수 있다고 말했다. 모두가 그 계획에 흥분했다. 포페스쿠는 그 일에 착수했고 돈을 벌었다. 그리고 대통령과 몇몇 각료와 비서는 더욱 많은 돈을 손에 쥐었다. 경제적으로 교회도 그리 나쁘지 않게 돈을 벌 수 있었다. 시멘트 공장 기공식이 있었고, 프랑스 회사와 미국 회사와 계약이 이루어졌다. 사망자 몇 명과 여러 실종자가 생겼다. 준비 작업은 15년 이상이 걸렸다. 포페스쿠는 아순시온 레예스와 행복의 참맛을 알게 되었지만, 이후 그런 행복을 잃어버리면서 두 사람은 이혼했다. 그러자 그는 테구시갈파의 지하철을 잊어버렸다. 그리고 파리의 어느 병원 안락한 침대에서 잠을 자다가 갑자기 사망했다.

아르킴볼디는 다른 독일 작가들을 거의 몰랐고 그들과 교제도 거의 하지 않았다. 여러 이유가 있지만, 특히 독일 작가들이 외국으로 갈 때 머물던 호텔들이 그가 머물던 호텔들이 아니었기 때문이다. 그러나 그는 유명한 프랑스 작가를 알게 되었다. 그보다 더 나이가 많았으며, 문학 에세이로 인정을 받고 이름이 알려진 사람이었다. 그는 유럽에서 사라진 모든 작가가 몸을 의탁하는 어느 집에 관해 말했다. 이 프랑스 작가 역시 사라진 작가였고, 따라서 근거 없이 함부로 말하는 것이 아니었다. 아르킴볼디는 작가와 함께 그 집을 찾아가기로 했다.

그들은 혼잣말을 중얼거리던 기사가 모는 털털거리는 택시를 타고 밤에 도착했다. 택시 기사는 혼잣말을 되뇌었고 벌받을 소리를 지껄였으며, 다시 똑같은 소리를 혼잣말로 중얼거렸고, 자기 자신에게 화를 냈다. 결국 아르킴볼디는 인내심을 잃고서, 그에게 운전하는 데만 정신을 쏟고 조용히 해달라고 말해야만 했다. 택시 기사의 독백을 전혀 개의치 않던 늙은 프랑스 작가는 아르킴볼디에게 부드럽게 나무라는 시선을 던졌다. 마치 기사가 기분 나빠 하지 않을까 두려워하는 것 같았다. 그가 마을에서 유일한 택시 기사였기 때문이다.

사라진 작가들이 사는 집은 나무와 꽃으로 가득한 커다란 정원으로 둘러싸여 있었다. 수영장이 하나 있었는데, 수영장 주변에는 흰색으로 칠한 철제 테이블과 파라솔, 그리고 접의자가 놓여 있었다. 뒤쪽에는 몇백 년 된 참나무 그늘 아래로 페탕크[75] 경기를 할 수 있는 공간이 있었다. 그들이 도착했을 때 사라진 작가들은 식당에서 저녁을 먹으면서 텔레비전을 시청하고 있었다. 그 시간에는 뉴스가 방영되었다. 작가들의 수는 많았고, 대부분 프랑스 사람들이었기에, 아르킴볼디는 다소 놀라지 않을 수 없었다. 프랑스에 그토록 사라진 작가들이 많다고는 상상도 하지 못했기 때문이다. 그러나 그의 관심을 가장 많이 불러일으킨 것은 여자들의 수였다. 많은 여자가 있었는데, 모두 나이가 지긋했다. 몇몇은 신경 써서 옷을 입었고, 심지어는 우아하게 차려입었다. 그러나 그 외의 여자들은 거의 방치된 상태임이 분명했다. 틀림없이 시인들이야. 아르킴볼디는 생각했다. 그 여자들은

75 6~10미터 떨어진 곳에 둔 지름 3센티미터 정도의 나무 공을 표적으로 삼아 두 조가 금속 공을 던져 가까이에 떨어진 수를 겨루는 경기.

때가 좔좔 흐르는 더러운 겉옷을 입고 슬리퍼를 신었다. 그리고 무릎까지 올라오는 양말을 신었고, 화장도 하지 않은 상태였으며, 때때로 흰 머리카락은 양털 모자 속에 쑤셔 넣어져 있었다. 틀림없이 그 여자들이 손수 짠 모자였다.

식탁에는 음식이 놓여 있었다. 적어도 이론적으로는 흰 제복을 입은 여종업원 두 명이 식탁에 음식을 갖다 놓았다. 그러나 사실 식당은 뷔페처럼 운영되었고, 작가들은 스스로 접시를 가져가 자기가 먹고 싶은 것을 담았다. 우리의 조그만 공동체가 어떻게 보입니까? 프랑스 에세이스트는 작은 소리로 웃으면서 물었다. 작은 소리로 말한 것은 바로 그 순간 식당 반대편 끝에서 어느 작가가 갑작스럽게 무언가로 발작하거나 발병하여 실신했는지 쓰러졌고, 두 여종업원이 그를 되살리려고 애를 쓰고 있었기 때문이다. 아르킴볼디는 아직 말하기에는 너무 이르다고 대답했다. 그러고는 빈 식탁을 찾았고, 그들의 그릇을 으깬 감자나 으깬 시금치처럼 보이는 것으로 채웠다. 그러고서 삶은 계란과 석쇠에 구운 스테이크도 함께 가져왔다. 마실 것으로는 진하고 흙 맛이 나는 그 지역 포도주를 작은 잔에 따랐다.

식당 끝에, 그러니까 쓰러진 작가 옆에는 이제 두 젊은이가 있었다. 하얀 옷을 입은 젊은 두 사람이었다. 또한 두 여종업원과 사라진 작가 무리 다섯 명이 동료가 의식을 회복하는 과정을 지켜보았다. 식사를 마친 후 에세이스트는 아르킴볼디를 프런트로 데려가 그 집에서 공식적으로 체류하도록 하려고 했지만, 프런트에 아무도 없었기 때문에 그들은 텔레비전이 있는 거실로 갔다. 그곳에는 사라진 여러 작가가 어느 아나운서 앞에서 꾸벅꾸벅 졸고 있었다. 그 아나운서는 프랑스 영화와 텔레비전의 유명한 배우들 사이에서 무엇이 유행하며 누가 연애를 하는지 말했는데, 대부분은 아르킴볼디가 그때까지 들어 본 적이 없는 이름이었다. 에세이스트는 그에게 침실을 보여 주었다. 싱글 침대 하나와 책상 하나, 텔레비전 한 대와 옷장 한 개, 조그만 냉장고 한 대와 샤워기가 있는 욕실 하나가 구비된 검소한 방이었다.

창문은 정원으로 나 있었는데, 정원에는 아직도 불이 켜져 있었다. 꽃과 젖은 풀 향내가 방 안으로 들어왔다. 멀리서 개 짖는 소리가 들려왔다. 아르킴볼디가 자기 방을 살펴보는 동안, 문지방을 넘어오지 않고 그대로 서 있던 에세이스트는 그에게 침실 열쇠를 건네주면서, 자기는 행복이란 애초에 존재하지 않는다고 믿는다고, 그래서 이곳에서 행복을 발견할 수는 없겠지만 조용함과 마음의 평화는 발견할 것이라고 자신 있게 말했다. 그런 다음 아르킴볼디는 1층에 있는 에세이스트의 방으로 내려갔다. 그에게 할당된 침실을 그대로 복사한 것 같았다. 가구와 크기뿐만 아니라, 살풍경한 정도도 똑같았다. 누구라도 에세이스트가 갓 도착했다고 말할 수 있을 거야. 아르킴볼디는 생각했다. 책도 없었고, 바닥에 널브러진 옷도 없었으며, 쓰레기도 없었고, 개인 물품도 없었다. 침대 옆 탁자 위 하얀 그릇에 놓인 사과 하나를 제외하면, 그의 침실과 다른 점이 하나도 없었다.

그의 생각을 읽은 것처럼, 에세이스트는 그의 눈을 쳐다보았다. 당혹하고 어찌할 바를 모르는 시선이었다. 그는 내가 무슨 생각을 하는 알아. 이제 그는 나와 똑같은 생각을 하고 있고, 그걸 이해하지 못해. 내가 이해하지 못하는 것처럼 말이야. 아르킴볼디는 생각했다. 실제로 당황이라기보다는, 오히려 두 사람의 시선은 슬픔에 젖어 있었다. 하얀 그릇에 사과가 있어. 아르킴볼디는 생각했다.

「저 사과는 밤에만 냄새를 풍기죠.」에세이스트가 말했다. 「불을 끄면, 랭보의 〈모음〉과 비슷한 향내가 나요. 그러나 결국 모든 것은 무너지지요. 모든 건 괴로움 속으로 무너져 내리기 마련입니다. 누군가를 감동시키는 힘은 고통에서 나온답니다.」

알겠습니다. 아르킴볼디는 대답했지만, 아무것도 이해하지 못했다. 그러고서 두 사람은 악수를 했고, 에세이스트는 문을 닫았다. 아직 잠이 오지 않았기 때문에(아르킴볼디는 종종 열여섯 시간 동안 깨지 않고 자기도 했지만, 대부분은 아주 조금만 잤다), 산책을 하면서 집의 여러 부분을 둘러보았다.

텔레비전이 있는 방에는 이제 사라진 작가 세 명만 남아 있었다. 모두가 깊이 잠들었다. 그리고 텔레비전 화면 속에 곧 살해될 것처럼 보이는 사람이 하나 있었다. 잠시 아르킴볼디는 영화를 보았지만, 이내 지루해하면서 텅 빈 식당으로 갔고, 그런 다음에는 여러 복도를 거닐다가 체육관 혹은 마사지실 같은 곳에 도착했다. 그곳에서는 하얀 셔츠에 하얀 바지를 입은 젊은이가 역기를 들면서 파자마를 입은 노인과 이야기하고 있었다. 그들은 그가 나타나자 흘낏 쳐다보고서, 그곳에 아무도 없다는 듯 계속 말했다. 역기를 들던 청년은 그 집 종업원 같았고, 파자마를 입은 늙은이는 사라졌다기보다는 오히려 잊혔다고 말하는 게 더 정확할 것 같은 소설가처럼 보였다. 형편없으며 운까지 따라 주지 않은, 그리고 아마도 시대를 잘못 만난 전형적인 프랑스 소설가의 모습이었다.

뒷문을 통해 집에서 나오면서 그는 나이 든 여자 둘을 보았다. 그들은 불 켜진 뒷문 한쪽 끝에 놓은 흔들의자에 함께 앉아 있었다. 한 여자가 달콤한 목소리로 노래하듯이 말했다. 마치 평평한 돌바닥 위로 흘러가는 시냇물 같았다. 다른 한 여자는 말없이 앉아서 페탕크 경기장 너머로 펼쳐진 어두운 숲을 바라보았다. 말하는 여자는 자기의 시에서 말할 수 없었던 수많은 것들을 말해 주고 싶어 하는 서정시인 같았다. 그리고 입을 다문 여자는 적절하지 못한 문장과 의미 없는 단어에 지친 유명한 소설가처럼 보였다. 말하는 여자는 어린이용은 아니지만 젊은 분위기를 풍기는 옷을 입고 있었다. 다른 여자는 싸구려 실내복에 스니커즈를 신고 청바지를 입고 있었다.

그는 프랑스어로 안녕하세요 하고 인사했고, 두 늙은 여자는 그를 보면서 웃었다. 마치 자기들 옆에 앉으라고 권하는 것 같았다. 그래서 아르킴볼디는 앉아도 되겠냐고 물을 필요도 없었다.

「우리 집에서 보내는 첫날 밤인가요?」젊게 옷을 입은 여자가 물었다.

그가 대답도 하기 전에, 침묵을 지키던 여자는 날씨가 좋아지고 있으며, 곧 그들 모두 반팔 셔츠를 입고 다녀야 할 것이라고 말했다. 아르킴볼디는 그렇다고 응수했다. 사춘기 소녀처럼 옷을 입은 여자가 빙긋 웃었다. 아마도 자기 옷을 생각하는 것 같았다. 그러더니 그에게 무슨 일을 하느냐고 물었다.

「난 소설가입니다.」 아르킴볼디가 말했다.

「하지만 당신은 프랑스 작가가 아니군요.」 과묵한 여자가 말했다.

「맞습니다. 독일 사람입니다.」

「바이에른 출신인가요?」 젊게 옷을 입은 여자가 알고 싶어 했다. 「언젠가 바이에른에 가보았는데, 마음에 쏙 들었어요. 모든 게 너무나 낭만적이에요.」 사춘기 소녀 같은 여자가 말했다.

「아니에요, 난 북부 출신입니다.」 아르킴볼디가 말했다.

젊게 옷을 입은 여자가 몸서리치는 시늉을 했다.

「나는 하노버에도 가봤어요. 당신은 어느 지역 출신이지요?」

「대략 그 근방입니다.」 아르킴볼디가 대답했다.

「그곳 음식은 도저히 먹을 수가 없어요.」 사춘기 복장을 한 여자가 말했다.

나중에 아르킴볼디는 그들이 무엇을 하는지 물었고, 젊게 옷을 입은 여자는 자기가 로데즈에서 미용사로 일하다가 결혼했는데, 남편과 아이들이 계속 일하게 놔두지 않았다고 말했다. 다른 여자는 재봉사였지만 자기 일에 대해 말하고 싶어 하지 않았다. 정말 이상한 여자들이야. 아르킴볼디는 생각했다. 두 여자와 헤어지자 그는 정원 안으로 들어가면서 갈수록 집과 멀어졌다. 다른 손님이 오기를 기다리는 듯 집에는 아직도 많은 불이 켜져 있었다. 아무런 방향이나 목적도 없이, 하지만 밤과 시골 냄새를 음미하며 걸으면서 입구에 도착했다. 잘 아귀가 맞지 않고 누구든 힘만 주면 열 수 있는 나무 대문이었다. 한쪽에서 에세이스트와 함께 왔을 때는 보지 못한 표지판을 발견했다. 표지판에는 그다지 크지 않은 시커먼 글자로 〈메르시에 병원, 요양소 — 신경 전문 센터〉라고 적혀 있었다. 그는 그다지 놀라지 않았지만 프랑스 에세이스트가 그를 정신 병원으로 데려왔다는 사실을 즉시 깨달았다. 잠시 후 그는 건물로 돌아가 계단을 올라가서 자기 침실에 도착했고, 가방과 노트북 컴퓨터를 들었다. 떠나기 전에 에세이스트를 만나고 싶었다. 문을 두드렸지만 아무도 대답하지 않자, 그는 방으로 들어갔다.

에세이스트는 깊은 잠에 빠져 있었다. 불은 모두 꺼졌지만, 창문에 친 커튼 틈 사이로 앞 현관의 불빛이 스며들었다. 침대는 거의 헝클어지지 않았다. 그의 모습은 마치 손수건에 싸인 담배 같았다. 너무 늙은 사람이야. 아르킴볼디는 생각했다. 그러고서 아무 소리도 내지 않고 에세이스트의 침실에서 나와 다시 정원을 가로질렀다. 그때 전속력으로 집 옆을 따라 달리더니 숲 언저리에 있는 나무줄기 뒤로 숨는, 흰 옷을 입은 사람을 보았다는 생각이 들었다.

병원을 나와 도로에 선 그는 비로소 속도를 줄이고 호흡을 정상으로 되돌리려고 했다. 비포장도로는 숲과 부드럽게 경사진 언덕을 가로질렀다. 때때로 갑자기 바람이 불어와 나뭇가지를 흔들고 그의 머리카락을 헝클어뜨렸다. 바람은 따스했다. 어느 지점에서 그는 다리를 건넜다. 마을 근처에 도착하자, 개들이 짖어 대기 시작했다. 역 앞 광장 근처에서 그는 자기를 병원까지 데려다준 택시를 보았다. 택시 기사는 없었는데, 아르킴볼디는 택시 옆을 지나며 뒷좌석에서 어렴풋한 덩어리를 보았다. 그것은 움직이면서 가끔씩 소리를 질렀다. 기차역 문은 열렸지만, 매표 창구는 아직 이용객들에게 개방되지 않았다. 그는 어느 벤치에서 북아프리카 사람 세 명을 보았다. 그들은 이야기를 나누면서 포도주를 마시고 있었다. 고개를 까딱여 그들과 서로 인사를 나눴고, 그러고 나서 아르킴볼디는 철길로 나왔다. 기차 두 량이 창고 옆에 서 있었다. 다시 역사 휴게실로 돌아갔더니, 북아프리카 사람 중 한 명은 이미 떠나고 없었다. 그는 반대편에 앉아서 매표 창구가 열리길 기다렸다. 그러고서 아무 곳이나 가는 표를 구입해 그 마을을 떠났다.

아르킴볼디의 성생활은 그가 살던 여러 도시의 창녀들과 잠자리하는 것으로 한정되었다. 몇몇 창녀는 그에게 돈을 받지 않았다. 처음에는 받았지만, 그다음에, 즉 아르킴볼디라는 인물이 사창가 풍경의 일부가 되기 시작하자 그녀들은 돈을 받지 않았다. 아니, 항상 돈을 요구한 것은 아니었다. 이것은 종종 폭력으로 해결되는 오해를 불러일으키기도 했다.

그렇게 지낸 세월 내내 아르킴볼디와 비교적 꾸준한 관계를 유지한 유일한 사람은 폰 춤페 여남작이었다. 일반적으로 두 사람은 서신을 통해 접촉했지만, 때때로 여남작이 아르킴볼디가 사는 도시나 마을에 모습을 드러냈고, 두 사람은 마치 이제는 말해 줄 비밀이 많지 않은 과거의 연인처럼 팔짱을 끼고서 오랫동안 산책했다. 그런 다음 아르킴볼디는 여남작을 호텔에 데려다주었다. 그녀는 마을이나 도시에서 가장 훌륭한 고급 호텔에 묵었다. 그리고 뺨에 키스를 하면서 헤어지거나, 아주 특별하게 우울한 날이면 포옹을 하면서 헤어지곤 했다. 다음 날 아침이 되면 여남작은 아르킴볼디가 깨어나 호텔로 그녀를 찾으러 오기 한참 전에, 그러니까 해가 뜨자마자 떠나곤 했다.

그들이 편지에서 주고받은 내용은 아주 달랐다. 여남작은 아주 나이를 많이 먹을 때까지 한 섹스에 관해, 그리고 갈수록 애처롭거나 야비해지는 연인들에 관해, 열여덟 살 때처럼 실컷 웃고 즐긴 파티에 관해 말했다. 당시의 독일과 유럽에서 유명한 인물들에 관해 말하기도 했지만, 아르킴볼디는 듣도 보도 못한 사람들이었다. 물론 아르킴볼디는 텔레비전을 보지 않았으며, 라디오도 듣지 않았고, 신문도 읽지 않았다. 그는 베를린 장벽이 무너진 날 베를린에 있었던 여남작의 편지 덕분에 그 장벽이 무너진 것을 알았다. 종종 감상에 젖어 여남작은 그에게 독일로 돌아오라고 부탁했다. 난 돌아왔어요. 아르킴볼디는 그녀에게 답장했다. 그렇다면 더 오래 머물렀으면 좋겠어요. 이제 당신은 유명해요. 기자 회견을 하는 것도 나쁘지 않을 거예요. 아마 당신에게는 조금 과한 부탁일지도 몰라요. 하지만 적어도 유명 신문의 문화 담당 기자와 독점 인터뷰 정도는 괜찮을 거예요. 그녀는 다시 편지를 보냈다. 그건 단지 내 최악의 악몽 속에서만 일어날 수 있는 일이에요 하고 아르킴볼디는 답장했다.

종종 그들은 성인(聖人)에 관해 말했다. 강도 높은 성생활을 영위한 몇몇 여자처럼 여남작은 신비적인 경향을 지녔기 때문이다. 그러나 상당히 순수한 그런 성향은 미학적으로, 혹은 중세의 제단 장식화와 판화 수집가로서의 열정을 통해 만족되었다. 그들은 1066년에 죽은 참회왕 에드워드에 관해 말했다. 그는 사도 요한에게 국왕의 반지를 예물로 봉헌했는데, 당연한 일이지만 몇 년 후 예루살렘 성지에서 돌아온 순례자를 통해 그것을 되돌려 받았다. 그들은 안티오키아의 무희였던 성녀 펠라지아 혹은 펠라기아에 관해 말했다. 그녀는 그리스도를 배우면서 여러 번 이름을 바꾸었고 남자 행세를 했으며 수많은 신분으로 가장했다. 마치 순간적인 명민함이나 광기에 사로잡힌 것처럼 그녀는 자기의 극장이 지중해 전체가 되고, 자신이 만든 미로와 같은 단 하나의 작품이 기독교라고 결정한 것 같았다.

세월이 흐르면서, 항상 손으로 쓰던 여남작의 글씨는 갈수록 비틀거렸다. 가끔씩 도저히 알아볼 수 없을 때도 있었다. 그럴 때면 아르킴볼디는 단지 몇 단어만 제대로 읽을 수 있었다. 문학상, 훈장, 수상, 후보와 같은 단어였다. 누구에게 주는 상일까? 그에게 주는 것일까, 아니면 여남작에게 주는 것일까? 그에게 수여하는 상이 분명했다. 여남작은 나름대로 극히 겸손했기 때문이다. 또한 작업, 쇄(刷), 출판사의 불빛과 같은 단어도 읽을 수 있었다. 그 불빛은 모든 직원이 퇴근하고 단지 그녀와 비서만 남았을 때 비치던 함부르크의 불빛이었다. 그 불빛의 도움으로 그녀는 계단을 내려가 장의차와 흡사한 차가 기다리는 거리까지 갈 수 있었다. 그러나 여남작은 항상 건강을 되찾았고, 거의 죽음에 임박한 이런 편지 이후에는 언제나 자메이카나 인도네시아 같은 곳에서 보낸 엽서가 도착하곤 했다. 그런 곳에서 여남작은 좀 덜 흔들린 안정된 필체로, 아르킴볼디가 지중해를 결코 떠난 적이 없다는 사실을 알면서도, 미국이나 아시아로 여행한 적이 있느냐고 물었다.

때때로 편지는 뜸해졌다. 자주 그랬듯이 아르킴볼디는 주소를 바꾸면 그녀에게 바뀐 발신자 주소가 적힌 편지를 보냈다. 가끔씩 밤에 그는 죽음을 생각하면서 갑자기 잠에서 깨었지만, 편지에서는 그런 이야기를 하지 않았다. 반면에 여남작은 아마도 그보다 더 나이가 많았기 때문인지, 종종 죽음에 관해 말했다. 그녀는 자기가 알던 죽은 사람, 그녀가 사랑했지만 이제는 한 더미의 뼈나 재에 불과한 죽은 사람들, 그녀가 알지 못했지만 너무나 알고 싶었고 팔에 안아 흔들어 주고 싶었으며 기르고 싶었던 죽은 어린아이들에 관해 말했다. 그런 순간에는 일반적으로 그녀가 미쳐 간다는 인상을 받을 수 있었지만, 아르킴볼디는 그녀의 정신이 멀쩡하며 솔직하고 정직하다는 것을 알았다. 사실 여남작이 거짓말을 하는 경우는 거의 없었다. 그녀가 흙길에 먼지구름을 일으키면서 친구들과 함께 가족의 시골 별장을 찾아오던 시기부터, 즉 무지하고 교만한 베를린 출신 여자의 황금 청춘 시절부터 그건 분명한 사실이었다. 그녀와 친구들이 웃으면서 차에서 내릴 때, 아르킴볼디는 멀리서, 즉 저택의 창문에서 그런 모습을 지켜보았다.

언젠가 그 시절을 떠올리면서, 그는 그녀에게 사촌 후고 할더에 관한 소식을 들은 적이 있느냐고 물었다. 여남작은 듣지 못했다고, 전쟁 이후로는 후고 할더에 관해 듣지 못했다고 대답했다. 잠시, 아니 아마도 단지 몇 시간 동안만 아르킴볼디는 자기가 정말로 후고 할더라는 생각에 빠져들었다. 또 어떤 때는 그의 책에 관해 이야기하면서, 여남작은 자기가 그의 책 중 어떤 것도 읽으려고 하지 않았는데 그가 쓰는 작품처럼 〈어렵거나〉 아니면 〈모호한〉 소설들을 거의 읽지 않기 때문이라고 솔직하게 털어놓았다. 게다가 세월이 흐르면서 이런 습관은 점점 더 굳어졌고, 일흔 살이 넘은 후 그녀의 독서 영역은 패션 잡지나 시사 잡지로 국한되었다. 아르킴볼디는 왜 읽지도 않으면서 계속 자기 책을 출판하느냐고 물었다. 어떤 대답이 나올지 익히 알았기 때문에, 그저 의례적인 질문에 불과했다. 그러자 여남작은 세 가지 이유가 있다면서, 첫째로 그의 작품이 훌륭하다는 것을 알고, 둘째는 부비스가 그녀에게 그러라고 말했으며, 셋째로 편집인들은 자기들이 출판하는 책을 실제로 거의 읽지 않는다고 설명했다.

이 지점에 이르렀으니, 부비스가 사망하자 여남작이 출판사를 계속 이끌어 갈 것이라고 생각한 사람은 얼마 되지 않았다는 사실을 지적해야만 한다. 사람들은 그녀가 출판사를 팔고 애인들을 사귀고 여행이나 하면서 세월을 보낼 것이라고 생각했다. 실제로 이 두 가지는 익히 알려진 그녀의 취미였다. 그러나 여남작은 출판사의 고삐를 잡고 이끌었으며, 출판사에서 출간하는 책들의 질도 전혀 떨어지지 않았다. 그녀는 자기가 어떻게 훌륭한 독자들에게 둘러싸일 수 있는지 알았고, 순전히 사업적인 측면에서도 예전에는 아무도 보지 못한 소질을 십분 발휘했기 때문이었다. 요약해서 말하자면, 부비스의 사업은 계속해서 커져 갔다. 종종 농담 반 진담 반으로 여남작은 아르킴볼디에게 그가 좀 더 젊었다면 자기 후계자로 지명했을 것이라고 말하곤 했다.

여남작이 여든 살이 되자, 함부르크의 문학 클럽에서는 후계자에 관한 질문이 정말로 심각하게 오갔다. 그녀가 죽으면 누가 부비스의 출판사를 맡을까? 누가 공식적으로 후계자로 지명될까? 여남작이 유서나 유언을 남겼을까? 누구에게 부비스의 재산을 물려줄까? 친척은 없었다. 여남작은 폰 춤페 가문의 마지막 생존자였다. 한편 부비스의 가족과 관련해서는 영국에서 죽은 첫 번째 아내를 포함시키지 않는다면, 나머지 그의 가족은 모두 강제 수용소에서 실종되었다. 부비스에게도 여남작에게도 아이가 없었다. 형제도 없었으며, 그즈음에는 이미 죽었을 가능성이 높은 후고 할더를 제외하면 사촌도 없었다. 그리고 후고 할더가 아이를 낳지 않았다면, 조카들도 없었다. 그런 이유로 여남작이 출판사를 제외한 모든 재산을 자선 단체에 물려줄 계획이며, 비정부 단체의 대표들이 마치 바티칸이나 독일 은행을 방문하듯이 근사하게 차려입고 그녀의 사무실을 찾아왔다는 말이 떠돌았다. 출판사를 물려받을 후계자 후보가 없는 것은 아니었다. 가장 많이 입에 오르내리던 사람은 스물다섯 살 난 청년이었다. 그의 얼굴은 토마스 만의 『베네치아에서의 죽음』에 등장하는 미소년 타치오와 흡사했고, 몸은 수영 선수 같았으며, 시인이었고, 괴팅겐 대학에서 조교수로 일했다. 여남작은 그를 출판사에서 출간되는 시집 시리즈의 책임 편집인으로 임명했다. 하지만 결국 이런 모든 것은 소문이라는 불투명하고 환영적인 차원으로 떠돌 뿐이었다.

「난 절대 죽지 않을 거예요. 아니면 아흔다섯 살에 죽을 거예요. 그건 절대 죽지 않는 거나 마찬가지거든요.」 언젠가 여남작은 아르킴볼디에게 말했다.

그들이 마지막으로 만난 곳은 이탈리아의 유령 같은 도시였다. 폰 춤페 여남작은 흰 모자를 쓰고 지팡이를 짚은 모습이었다. 그녀는 노벨 문학상에 관해 말했고, 또한 사라진 작가들에 관해 호되게 불평했다. 이런 습관이나 버릇 혹은 농담을 그녀는 유럽적이라기보다는 미국적이라고 믿었다. 아르킴볼디는 반팔 셔츠를 입었고, 귀가 먹고 있었기에 그녀의 말을 주의 깊게 귀담아들었다. 그러고서 그는 웃었다.

드디어 이제는 아르킴볼디의 여동생 로테 라이터에 관해 말할 순간이다.

로테는 1930년에 태어났고, 금발이었으며, 그녀의 오빠처럼 눈이 파랬지만, 그처럼 아주 키가 크지는 않았다. 아르킴볼디가 전쟁터로 갔을 때, 로테는 아홉 살이었고, 무엇보다도 오빠가 휴가를 받아 가슴에 훈장을 가득 달고 집으로 돌아오길 바랐다. 가끔씩 그녀는 꿈속에서 그의 소리를 들었다. 거인의 발소리였다. 독일군 중에서 가장 커다란 군화를 신은 커다란 발이었다. 너무나 큰 나머지 그를 위해 특별히 제작해야만 했던 군화였다. 그 발소리는 들판에 자국을 남기면서 웅덩이나 가시나무도 개의치 않은 채 성큼성큼 똑바로 걸어왔다. 바로 부모님과 그녀가 자던 집을 향해 왔다.

그녀는 잠에서 깰 때면 너무나 큰 슬픔을 느껴 울지 않으려고 온갖 노력을 다해야 했다. 어떤 때는 그녀 역시 전쟁터로 가는 꿈을 꾸었다. 오로지 전쟁터에서 총탄을 맞아 벌집이 되어 버린 오빠의 시체를 찾기 위해서였다. 그리고 어떤 때는 이런 꿈들을 부모님에게 이야기하곤 했다.

「단지 꿈이란다. 그런 꿈은 꾸지 말려무나, 내 귀여운 고양이야.」 애꾸 어머니가 말했다.

반대로 외다리 아버지는 그녀에게 세부적인 사항을 몇 가지 물어보곤 했다. 가령 죽은 병사들의 얼굴이 어땠는지, 그들이 어떤 상태로 있었는지, 잠을 자는 것 같았는지 따위였다. 그런 질문을 받으면 로테는 그렇다고, 정확하게 자는 것 같았다고 대답했고, 그러면 아버지는 고개를 가로저으면서 말하곤 했다. 그럼 죽은 게 아니란다, 내 딸 로테야. 죽은 병사들의 얼굴은 말이야, 어떻게 설명해야 할지 모르겠구나. 어쨌건 항상 더럽단다. 마치 하루 종일 힘들게 일하고서 일과가 끝난 후에도 얼굴을 씻을 시간이 없었던 사람의 얼굴 같단다.

그러나 꿈에서 그녀의 오빠는 항상 완전하게 깨끗한 얼굴로, 슬프지만 단호한 표정을 짓고 있었다. 마치 죽었지만 아직도 많은 것을 할 여력이 있는 사람 같았다. 마음속으로 로테는 오빠가 무엇이든 할 수 있는 사람이라고 생각했다. 그래서 항상 오빠의 발소리에 귀를 기울였다. 어느 날 마을을 찾아 집으로 올 거인의 발소리, 그녀가 기다리는 정원으로 다가와서 전쟁은 끝났고 그래서 영원히 집으로 돌아왔으며, 그 순간부터 모든 게 바뀔 거라고 말할 거인의 발소리였다. 그런데 정확하게 무엇이 바뀔까? 그것에 대해서 그녀는 알지 못했다.

한편 전쟁은 결코 끝나지 않았고, 오빠는 점차 뜸하게 찾아오더니 마침내 찾아오지도 않게 되었다. 어느 날 밤 어머니와 아버지는 그에 관해 이야기하기 시작했는데, 그녀가 잠에서 깨어나 침대에서 그들의 말을 듣는다는 사실을 몰랐다. 로테는 암갈색 담요를 코까지 덮고 있었고, 부모님은 마치 이미 아들이 죽었다는 듯이 그에 관해 말했다. 그러나 로테는 오빠가 죽지 않았다는 걸 알았다. 그녀는 이렇게 생각했기 때문이다. 거인들은 절대로 죽지 않아. 혹은 아주 늙을 때에만 비로소 죽어. 너무 늙어서 사람들은 거인이 죽어도 죽은 줄 몰라. 그들은 현관문 앞에 앉거나 나무 아래에 앉아 잠을 자기 시작해. 그때야 죽는 거야.

어느 날 그들은 자신들이 살던 마을을 떠나야만 했다. 그녀의 부모님 말로는, 전쟁이 다가오기 때문에, 그것만이 그들이 취할 수 있는 유일한 방법이었다. 로테는 전쟁이 다가오면 배부른 여자의 안에서 사는 태아처럼 전쟁 안에서 살던 오빠도 곧 도착해서 모습을 드러낼 것이라고 생각했다. 그래서 부모님이 자신을 데려가지 못하도록 숨었다. 한스가 그곳에 나타날 것이라고 확신한 것이다. 여러 시간 동안 부모님은 로테를 찾았고, 해 질 녘에야 비로소 외다리 아버지가 숲속에 숨은 그녀를 발견했다. 그는 따귀를 후려갈기고는 로테를 질질 끌고 갔다.

바다와 접한 서쪽을 향해 떠나는 동안, 그들은 두 부대의 병사들을 만났다. 로테는 그들에게 오빠를 아느냐고 큰 소리로 물었다. 첫 번째 부대를 이룬 사람들은 나이가 다양했다. 그녀 아버지 또래처럼 나이 든 사람들과 열다섯 살에 불과한 애송이 청년들까지 모두 포함되어 있었다. 그들 중 몇몇은 군복을 반만 입었으며, 누구든 자신들이 가는 장소로 가는 걸 탐탁지 않게 생각하는 것 같았다. 그러나 모두가 로테의 말에 점잖게 대답하면서, 그녀의 오빠를 알지도 못하고 보지도 못했다고 알려 주었다.

두 번째 부대는 유령들로 이루어져 있었다. 최근에 묘지에서 나온 시체들과 회색이나 녹청색 군복을 입고 철모를 쓴 요괴들이었다. 로테를 제외한 다른 사람의 눈에는 보이지 않는 존재들이었다. 로테가 다시 똑같은 질문을 던지자 몇몇 망령은 황송하게도 그렇다고 대답했다. 그를 소련 땅에서 보았는데, 겁쟁이처럼 도망쳤다고 말하기도 했고, 아니면 그가 드니프로강에서 수영하는 걸 보았는데, 얼마 후 물에 빠져 죽었으며 그건 너무나 당연한 일이었다고 말하기도 했다. 또한 그를 칼무크의 대초원에서 보았는데, 마치 목이 말라 죽겠다는 듯 물을 벌컥벌컥 마시고 있었다고 말하기도 했으며, 그가 헝가리의 숲에서 웅크리고 있는 것을 보았는데, 자기 총으로 자기에게 총을 쏴야 할지 망설였다고 말하기도 했다. 그리고 그를 어느 공동묘지 외곽에서 보았는데, 그 멍청하고 염병할 놈은 숲으로 들어갈 용기도 내지 못한 채 밤이 될 때까지 언저리만 빙빙 돌았고, 죽은 사람들의 친인척이 모두 떠나 묘지가 텅 비자 비로소 그 계집애 같은 놈은 빙빙 도는 걸 멈추고서 벽을 약간 기어올랐고, 징 박은 군화로 부서진 붉은 벽돌을 디디면서 벽 너머로 코를 내밀고 파란 눈으로 쳐다보았다고 말했다. 그러면서 유령들은 로테에게 벽 저쪽은 죽은 사람들이 묻힌 쪽이었으며, 그곳에는 그로테 가족과 크루제 가족, 나이츠케 가족과 쿤체 가족, 바르츠 가족과 빌케 가족, 렘케 가족과 노아크 가족이 묻혀 있고, 또한 신중한 라덴틴과 용감한 포스가 묻힌 곳이기도 했다고 설명했다. 그런 다음 유령들은 그가 용기를 내서 벽 꼭대기로 기어 올라갔고, 그의 긴 다리를 덜렁거리면서 그곳에 잠시 있었으며, 죽은 자들에게 혓바닥을 내밀고서 철모를 벗었고 양손으로 자기 관자놀이를 꾹 눌렀으며, 그러고 나서 눈을 감고 울부짖었다고 말했다. 살아 있는 사람들의 부대 뒤로 웃으면서 당당하게 행진하는 유령들이 들려준 이야기는 그랬다.

로테의 부모님은 마을의 다른 많은 사람들과 함께 뤼베크에 정착했다. 그러나 외다리 아버지는 러시아인들이 그곳까지 올 것이라고 말하고서는 가족을 데리고 계속 서쪽을 향해 걸어갔다. 그때 로테는 시간의 흐름을 잊어버렸다. 낮은 밤처럼 보였으며, 밤은 낮처럼 보였고, 가끔씩 낮과 밤은 어느 것과도 비슷해 보이지 않기도 했다. 그저 모든 게 눈부실 정도의 밝음과 폭발음의 연속일 뿐이었다.

어느 날 밤 로테는 라디오를 듣는 몇몇 그림자를 보았다. 한 그림자는 그녀의 아버지였다. 다른 그림자는 어머니였다. 그리고 또 다른 그림자들은 그녀가 보지 못한 눈과 코와 입을 가지고 있었다. 입은 당근 같았고, 입술은 벗겨져 있었다. 그리고 코는 젖은 감자 같았다. 그들은 모두 머리와 귀를 머릿수건과 담요로 덮었고, 라디오에서는 어느 남자의 목소리가 히틀러는 이제 더는 존재하지 않는다고, 즉 그는 이미 죽었다고 말했다. 그러나 존재하지 않는 것과 죽은 것은 서로 다른 거야 하고 로테는 생각했다. 그때까지도 그녀는 달거리를 시작하지 않았다. 그런데 그날 아침에 피가 나기 시작했고 그녀는 자기 몸 상태가 그다지 좋지 않다고 느꼈다. 애꾸 어머니는 그건 정상적인 거라고, 약간 늦고 빠름의 차이는 있을지언정 모든 여자가 겪는 현상이라고 말했다. 거인인 우리 오빠는 존재하지 않아. 하지만 그게 죽었다는 뜻은 아니야. 로테는 생각했다. 그림자들은 그녀가 그곳에 있다는 사실을 눈치채지 못했다. 몇몇 그림자가 한숨을 내쉬었다. 다른 그림자들은 울음을 터뜨렸다.

「나의 총통 각하, 나의 총통 각하.」그들은 목소리를 높이지 않고 울부짖었다. 마치 아직 달거리를 시작하지 않은 여자들 같았다.

그녀의 아버지는 울지 않았다. 그러나 어머니는 울었고, 유일하게 성한 눈에서 눈물이 흘러나왔다.

「이제는 존재하지 않아. 이젠 죽었어.」그림자들이 말했다.

「병사처럼 죽은 거야.」 어느 그림자가 말했다.

「이제는 존재하지 않아.」

그 뒤에 가족은 파더보른으로 떠났다. 애꾸 어머니의 남동생이 사는 곳이었다. 그러나 그곳에 도착해 보니, 피난민들이 그 집을 차지하고 있었다. 그들은 그냥 그곳에 머물렀다. 애꾸 여인 남동생의 흔적은 어디에서도 찾을 수가 없었다. 어느 이웃 사람은 자기가 크게 잘못 생각한 게 아니라면, 남동생을 다시는 볼 수 없을 것이라고 말했다. 잠시 그들은 영국인들이 주는 동냥으로 연명했다. 그러고서 외다리는 병에 걸려 세상을 떠났다. 그의 마지막 소망은 군대식으로 장례를 치러 자기를 고향에 묻어 달라는 것이었다. 애꾸와 로테는 그렇게 하겠다고, 알았다고 그렇게 하겠다고 대답했지만, 그의 유해는 파더보른의 일반 공동묘지에 던져졌다. 제대로 의식을 치를 시간이 없었다. 하지만 로테는 그때가 바로 의식을 치를 시간이며, 당당하게 행동할 시간이고, 사소한 것까지 관심을 기울여야 할 시간이 아닐까 생각했다.

피난민들은 떠났고, 애꾸 어머니는 남동생의 집을 차지했다. 로테는 일자리를 구했다. 나중에 그녀는 공부를 했다. 그러나 많이 한 것은 아니었다. 그녀는 직장으로 돌아갔다. 그리고 그만두었다. 다시 조금 더 공부했다. 그리고 훨씬 나은 다른 일자리를 구했다. 그러자 영원히 공부를 그만두었다. 애꾸는 애인을 만났다. 카이저 시대와 나치 통치 시절에 공무원으로 일했고, 전후 독일에서 다시 공무원이 된 늙은이였다.

「독일 공무원은 독일에서도 쉽게 찾아볼 수 없지.」 늙은이는 말했다.

그의 지성과 똑똑함과 교활함은 모두 그런 목적을 위해 사용되었다. 물론 그는 자기가 그렇게 살아남았다는 사실만으로도 자랑스럽게 생각했다. 그 무렵 애꾸는 이제는 소련 지역이 되어 버린 고향 마을로 다시는 돌아가고자 하지 않았다. 다시는 바다를 보고 싶어 하지 않았다. 심지어 전쟁 통에 잃어버린 아들의 운명을 알려고 많은 관심을 보이지도 않았다. 러시아 땅에 묻혔을 거야. 그녀는 냉정한 체념의 몸짓을 하며 말하곤 했다. 로테는 밖으로 나다니기 시작했다. 우선 영국인 병사와 데이트했다. 그러고서 그 병사가 다른 곳으로 발령을 받자, 파더보른의 다른 남자아이와 데이트를 즐겼다. 중산층인 그 아이의 가족은 아들이 금발의 경박한 여자아이와 사귀는 걸 탐탁하게 여기지 않았다. 그 시절에 로테는 세상에서 유행하던 모든 춤을 출 줄 알았기 때문이다. 그녀에게 중요한 것은 행복하게 사는 것과 그 남자아이였지, 남자아이의 가족이 아니었다. 두 사람은 계속 데이트를 했지만, 남자아이는 대학에서 공부하기 위해 그 마을을 떠났고, 그때부터 그들의 관계는 끝나 버렸다.

어느 날 밤 로테의 오빠가 나타났다. 부엌에서 옷을 다리던 로테가 그의 발소리를 느꼈다. 한스 오빠야. 그녀는 생각했다. 문을 두드리는 소리가 나자, 문을 열어 달려 나갔다. 그는 로테를 알아보지 못했다. 나중에 그녀에게 말한 바로는, 그녀가 이미 성숙한 여인이 되었기 때문이다. 그러나 그녀는 그에게 아무것도 물어볼 필요가 없었고, 한참 동안 그를 껴안았다. 그날 밤 그들은 새벽이 밝아 올 때까지 대화를 나누었고, 로테는 자기 옷뿐만 아니라 다른 모든 깨끗한 옷까지 다림질할 시간을 가질 수 있었다. 몇 시간이 지나자 아르킴볼디는 식탁에 머리를 기대고 잠들었고, 그의 어머니가 어깨를 건드렸을 때에야 비로소 잠에서 깨어났다.

이틀 후 그는 떠났고, 모든 게 정상으로 되돌아갔다. 그 당시 애꾸 어머니는 이미 공무원과 애인 사이가 아니었고, 어느 정비공과 사귀고 있었다. 그는 쾌활했고, 자신의 업소를 가지고 있었다. 그는 주둔군의 자동차들과 농부들과 파더보른의 공장 소유주들의 트럭을 수리해 주면서 꽤 괜찮게 살았다. 그가 말하는 것처럼, 그는 더 젊고 더 예쁜 여자를 만날 수 있었지만, 흡혈귀처럼 그의 피를 빨아먹는 여자가 아니라, 정직하고 근면하며 성실한 여자를 더 좋아했다. 그의 정비소는 컸고, 애꾸 어머니는 그에게 부탁하여 그곳에 로테의 일자리를 구해 주었지만, 로테는 그 일을 하려 하지 않았다. 그녀의 어머니가 정비공과 재혼하기 조금 전에 그녀는 정비소에서 베르너 하스라는 직원을 알게 되었다. 두 사람은 서로 좋아했고 다투는 적이 없었기 때문에, 이내 함께 데이트를 하러 나가기 시작했다. 우선 영화관에 드나들었고, 그런 다음에는 댄스홀에 다녔다.

어느 날 밤 로테는 침실 창문 밖으로 오빠가 나타나는 꿈을 꾸었다. 꿈에서 그는 왜 어머니가 재혼을 하려는 것이냐고 물었다. 몰라. 로테는 침대에서 대답했다. 넌 절대로 결혼하지 마. 그녀의 오빠는 말했다. 로테는 고개를 끄덕였고, 그러자 오빠는 모습을 감추었다. 창문은 성에로 뒤덮였고, 거인의 발소리만 울렸다. 그러나 그의 어머니가 재혼한 후 아르킴볼디가 파더보른을 찾았을 때, 로테는 베르너 하스를 그에게 소개했고, 두 사람은 서로 마음에 든 모양이었다.

어머니가 결혼하자, 두 사람은 정비공의 집으로 가서 살았다. 정비공은 아르킴볼디가 틀림없이 사기나 절도 혹은 밀수로 살아가는 악한일 것이라고 생각했다.

「1백 미터 떨어진 곳에서도 밀수꾼 냄새를 알아차릴 수 있어요.」정비공은 이렇게 말하곤 했다.

애꾸 어머니는 아무 말도 하지 않았다. 로테와 베르너 하스는 밀수꾼에 관해 말했다. 베르너의 말로는, 정비공이야말로 밀수꾼이었다. 그는 국경을 통해 부속품들을 밀수로 들여오며, 종종 자동차를 제대로 수리하지 않고서 수리되었다고 말하곤 했다. 로테는 베르너가 착하며 항상 누구에게라도 다정한 말을 해주는 사람이라고 생각했다. 그 무렵 로테는 베르너를 비롯해서 1930년이나 1931년경에 태어난 젊은이들은, 그녀를 포함해서 결코 행복하게 살지 못할 운명이라는 생각을 하게 되었다.

막역한 친구였던 베르너는 그녀의 말을 들으면서 아무 말도 하지 않았다. 두 사람은 함께 영화관으로 가서 미국 영화나 영국 영화를 보거나, 아니면 춤을 추러 갔다. 가끔씩 주말에는 야외로 나갔다. 베르너가 거의 망가진 모터사이클을 구입해 일하지 않는 시간에 손수 수리한 이후부터는 그렇게 했다. 이런 소풍을 가려고 로테는 검은 빵과 흰 빵으로 샌드위치를 만들었고 디저트를 조금 준비했다. 그리고 맥주도 가져갔지만, 세 병을 넘는 법은 없었다. 한편 베르너는 물로 수통을 채웠고, 가끔씩 사탕과 초콜릿을 가져왔다. 종종 걷고 숲속에서 식사를 한 후, 그들은 바닥에 담요를 펼치고서 손을 잡고 낮잠을 잤다.

야외에서 꾼 로테의 꿈은 혼란스럽고 어수선하기 짝이 없었다. 그녀는 죽은 다람쥐와 죽은 사슴, 죽은 토끼 꿈을 꾸었고, 이따금씩 빽빽한 숲속에서 멧돼지를 봤다고 생각하고서 아주 천천히 멧돼지에게 다가갔다. 그리고 나뭇가지를 걷어 내고 바닥에 쓰러져 죽음을 앞두고 신음하는 커다란 암컷 멧돼지를 보았고, 그 옆에서 수많은 멧돼지 새끼들이 죽어 있는 것을 보기도 했다. 이런 꿈을 꾸면 그녀는 화들짝 깨어났고, 자기 옆에서 편안하게 자는 베르너를 보고서야 비로소 마음의 평정을 되찾곤 했다. 한때 그녀는 채식주의자가 되겠다고 생각하기도 했다. 그러나 그 대신 담배를 피우는 습관을 갖게 되었다.

그 무렵 파더보른에서는 다른 독일 마을에서와 마찬가지로 여자들이 담배를 피우는 걸 흔히 볼 수 있었다. 그러나 산책을 하거나 출근하는 동안 거리에서 담배를 피우는 건, 적어도 파더보른에서는 그리 흔치 않은 일이었다. 로테는 공개적으로 담배를 피우는 여자들 중 하나였다. 그녀는 아침 첫 시간에 첫 담배에 불을 붙였고, 버스 정류장으로 걸어가는 동안 이미 그날의 두 번째 담배를 피웠다. 반면에 베르너는 담배를 피우지 않았다. 하지만 로테가 담배를 피워 보라고 줄기차게 권하자, 최선을 다해 그녀를 행복하게 해줄 요량으로 로테가 피우던 담배를 두어 번 빨았고, 담배 연기에 거의 질식해 죽을 뻔했다.

로테가 담배를 피우기 시작할 무렵, 베르너는 로테에게 결혼하자고 했다.

「생각해 봐야겠어요. 하루나 이틀이 아니라 여러 주나 여러 달이 필요해요.」 로테가 말했다.

베르너는 그녀가 필요한 만큼 얼마든지 시간을 가져도 좋다고 말했다. 그는 그녀와 결혼해서 평생을 살고 싶었고, 이런 문제에 대한 결정은 중요하다는 걸 잘 알았기 때문이다. 그 순간부터 로테와 베르너의 만남은 뜸해졌다. 베르너는 이런 사실을 눈치채고서, 로테에게 이제는 자기를 사랑하지 않느냐고 물었고, 그녀가 그와 결혼할지 말아야 할지 생각하고 있다고 대답하자, 그는 청혼한 것을 후회했다. 이제 그들은 예전처럼 정기적으로 야외로 놀러 나가지도 않았고, 영화관에 가지도 않았으며, 춤을 추러 외출하지도 않았다. 그즈음 로테는 얼마 전 그 도시에 설립된 파이프 공장에서 일하는 남자를 알게 되었고, 이 남자와 만나기 시작했다. 그는 기술자였고, 이름은 하인리히였으며, 도시 중심부에 있는 하숙집에서 살았다. 그의 진짜 집은 공장 본사가 위치한 뒤스부르크에 있었기 때문이다.

그와 데이트를 시작한 지 얼마 되지 않아, 하인리히는 자기가 유부남이며 아들이 하나 있지만, 아내를 사랑하지 않으며 이혼할 생각이라고 고백했다. 로테는 그가 유부남이라는 데에는 개의치 않았지만, 아들이 있다는 사실은 중대한 문제라고 여겼다. 그녀는 아이들을 무척 사랑했고, 비록 간접적이지만 그의 아이에게 해를 끼칠 수 있다는 생각을 하자 온몸에 소름이 돋았기 때문이다. 그렇지만 그들은 거의 두 달에 걸쳐 데이트를 했다. 가끔씩 로테는 베르너와도 이야기했고, 베르너는 그녀에게 새 남자 친구와 관계가 어떻게 진행되었느냐고 물었다. 그러면 로테는 아주 잘되고 있다고, 정상적이고 모범적으로 나아간다고 대답했다. 그러나 마침내 그녀는 하인리히가 결코 아내와 이혼하지 않으리라는 사실을 깨달았고, 그와의 관계를 끊어 버렸다. 하지만 때때로 그들은 영화관에 갔으며, 저녁을 먹으러 나가기도 했다.

어느 날 퇴근하면서 그녀는 거리에서 베르너를 보았다. 그는 모터사이클을 타고 그녀를 기다리고 있었다. 이번에 베르너는 결혼이나 사랑에 관해 말하지 않았고, 커피나 한잔 마시자고 한 후 집까지 데려다주겠다고만 했다. 점차 그들은 다시 데이트를 하기 시작했다. 그러자 자식이 없고, 베르너가 성실하고 열심히 일하는 사람이라면서 아끼던 정비공은 기뻐했다. 애꾸 어머니도 마찬가지였다. 어렸을 때부터 로테를 괴롭히던 악몽은 눈에 띌 정도로 줄어들었고, 마침내 더는 악몽을 꾸지 않게 되었을 뿐만 아니라, 어떤 꿈도 꾸지 않게 되었다.

「틀림없이 나는 모든 사람처럼 꿈을 꿔요. 하지만 다행히도 잠에서 깨어나면 아무것도 기억하지 못해요.」 그녀는 이렇게 말하곤 했다.

그녀가 베르너에게 이미 충분히 그의 청혼에 대해 생각했으며 결혼하기로 결정했다고 말하자, 그는 울음을 터뜨렸고, 말을 더듬으면서 평생 그 순간처럼 행복하게 느낀 적은 없다고 고백했다. 두 달 후 그들은 결혼식을 올렸다. 어느 식당의 마당에서 피로연이 열리는 동안 로테는 오빠를 떠올렸고, 그 순간 술을 너무 많이 마셔서인가 자기가 오빠를 결혼식에 초대했는지 안 했는지 확신하지 못했다.

그들은 라인강 변에 있는 조그만 온천장으로 신혼여행을 갔다 온 다음 각자의 일터로 돌아갔고, 삶은 예전과 정확하게 똑같이 계속되었다. 단칸방 집에서 베르너와 함께 사는 건 그다지 어려운 일이 아니었다. 그녀의 남편이 모든 일을 하면서 그녀를 행복하게 해주려고 애썼기 때문이다. 토요일마다 영화관에 갔고, 일요일에는 모터사이클을 타고 야외로 나가거나 춤추러 갔다. 주중에 베르너는 고되게 일했지만, 그녀를 도와 집안의 모든 잡일을 했다. 베르너가 할 줄 모르는 유일한 것은 요리였다. 월말이 되면 그는 로테에게 선물을 사주거나, 아니면 파더보른 중심가로 데려가서 신발 한 켤레를 고르거나 블라우스 혹은 스카프를 고르도록 해주었다. 집안에 돈이 부족하지 않도록 베르너는 정비소에서 초과 근무를 하거나, 아니면 가끔씩 정비공이 모르게 다른 일을 했다. 즉, 농부들의 트랙터나 콤바인을 수리해 주었는데, 농부들은 많은 돈을 지불하지는 않았지만, 대신 말린 고기나 고기, 심지어는 밀가루가 가득 든 자루들을 선물했다. 그래서 로테의 부엌은 창고처럼 보이기도 했고, 두 사람이 다른 전쟁이 벌어질 것에 대비하는 듯 보이기도 했다.

862

어느 날 병에 걸렸다는 어떤 징후도 보이지 않은 채, 갑자기 정비공이 세상을 떠났다. 그러자 베르너는 정비소를 물려받았다. 몇몇 친척이 나타났다. 먼 사촌들이 유산 중에서 자기들 몫을 달라고 요구했지만, 로테의 애꾸 어머니와 변호사들이 모든 걸 해결했고, 마침내 시골뜨기 사촌들은 돈 조금과 또 다른 것들을 얼마쯤 받고 그곳을 떠났다. 당시 베르너는 뚱뚱해져 있었고 머리가 빠지기 시작했다. 정비소 책임자가 되자 육체적인 일은 줄어들었지만, 책임감은 갈수록 커졌고, 그는 평소보다 더 과묵해졌다. 두 사람은 정비공이 살던 커다란 집으로 이사했다. 그러나 그 집은 정비소 바로 위였기 때문에 작업장과 가정의 경계가 희미해졌고, 베르너는 항상 자기가 일하고 있다는 느낌을 지울 수가 없었다.

마음속으로 그는 정비공이 죽지 않으면 좋았을 것이라고, 혹은 애꾸눈 장모가 다른 사람을 정비소 책임자로 지명했으면 좋았을 것이라고 생각했다. 물론 직원에서 주인으로 바뀌면서 그에 합당한 보상을 받았다. 그해 여름에 로테와 베르너는 파리에서 일주일을 보냈다. 그리고 로테가 여행을 너무나 좋아했기 때문에, 크리스마스 때는 애꾸눈 장모와 함께 콘스탄츠 호수로 갔다. 그 이외에도 파더보른으로 돌아오자 새로운 일이 일어났다. 처음으로 그들은 아이를 가지는 게 어떠냐는 대화를 나눴다. 두 사람 모두 부정적이었다. 비록 경제 사정은 눈에 띄게 호전되었지만, 냉전과 핵전쟁의 위험이 있기 때문이었다.

두 달 동안 그들은 아이를 갖게 될 경우의 책임감에 대해 건성으로 논의했다. 그런데 어느 날 아침에 식사를 하는 동안, 로테는 자기가 임신했으며 이제 더는 이렇다저렇다 말할 필요가 없다고 알려 주었다. 아기가 태어나기 전에 그들은 차를 한 대 구입했고, 일주일 이상 휴가를 보내면서 프랑스 남부와 스페인, 그리고 포르투갈을 여행했다. 집으로 돌아오는 길에 로테는 쾰른에 들르고 싶어 했고, 그들은 그녀가 가지고 있던 오빠의 유일한 주소로 찾아갔다.

아르킴볼디가 잉게보르크와 함께 지낸 다락방이 있던 곳에는 이미 새로운 아파트 건물이 솟았고, 그곳에 사는 누구도 키가 크고 비쩍 말랐으며 예전에 군인으로 복무했고 거인인 아르킴볼디의 신체적 특징과 맞는 젊은이를 기억하지 못했다.

집으로 돌아오는 길 중간까지 로테는 마치 골난 사람처럼 아무 말도 하지 않았다. 그들은 차를 세우고 식사를 하려고 도로변 식당으로 들어갔고, 그들이 본 도시에 관해 말하기 시작했다. 그러자 그녀의 기분은 눈에 띄게 나아졌다. 아이가 태어나기 석 달 전에 로테는 직장을 그만두었다. 아이는 4킬로그램이 넘었고, 의사들 말로는 태아가 거꾸로 있었다지만, 출산은 정상적으로, 그리고 빠른 시간에 이루어졌다. 마지막 순간에 태아가 위치를 바꾸어 머리를 아래로 향했고, 그래서 모든 게 순조롭게 이루어진 것 같았다.

그들은 로테의 외할아버지 이름을 따서 아이에게 클라우스라는 이름을 붙여 주었다. 어느 순간 로테는 오빠처럼 한스라는 이름을 붙여 주겠다는 생각도 했다. 사실 이름은 중요한 게 아니야, 중요한 건 사람이야. 로테는 생각했다. 처음부터

863

클라우스는 외할머니와 아버지의 응석받이가 되었지만, 아이가 가장 사랑한 사람은 로테였다. 로테는 가끔씩 아이를 쳐다보면서 마치 오빠의 축소판이라도 되는 듯, 오빠가 다시 태어난 것처럼 너무 닮은 점을 보았다. 그러자 그때까지 아주 길고 커다란 것을 항상 오빠와 연결시키던 그녀는 너무나 만족해했다.

클라우스가 두 살이 되었을 때 로테는 다시 아이를 가졌지만, 임신 4개월 때에 유산을 했다. 그로 인해 그녀의 몸은 다소 망가졌고, 그래서 더는 아이를 가질 수 없게 되었다. 클라우스의 어린 시절은 파더보른의 중산층에 속한 모든 아이와 똑같았다. 그는 다른 아이들과 축구하는 걸 좋아했지만, 학교에서는 농구를 했다. 언젠가 한번은 눈에 멍이 든 채 집으로 돌아왔다. 아이가 설명한 바로는, 학급 친구 하나가 할머니를 애꾸라고 놀렸고, 그래서 싸움이 벌어졌다. 공부에서는 그다지 뛰어난 학생이 아니었지만, 어떤 종류든 상관하지 않고 모든 기계를 몹시 좋아했고, 그래서 아버지의 정비공들이 일하는 모습을 지켜보면서 여러 시간을 보낼 수 있는 아이였다. 병에 걸린 적은 거의 없었지만, 일단 병에 걸리면 고열에 시달리면서 헛소리를 했고, 아무도 볼 수 없는 것을 보곤 했다.

열두 살이 되었을 때, 애꾸 할머니가 파더보른 병원에서 암으로 세상을 떠났다. 그녀는 계속해서 모르핀 주사를 맞았기 때문에, 클라우스가 할머니를 병문안 갈 때면, 그를 아르킴볼디와 혼동하고서 내 아들아 하고 불렀고, 프로이센의 고향 방언으로 그와 이야기하곤 했다. 때때로 그의 외다리 할아버지에 관해 말했고, 외다리 할아버지가 카이저의 통치 아래서 충실하게 봉사한 세월에 관해서도 이야기했다. 또한 1미터 90센티미터 이상인 사람만 들어갈 수 있었던 프로이센의 엘리트 연대에 합류할 수 있을 정도로 키가 크지 않아서 겪어야만 했던 슬픔에 관해서도 말해 주었다.

「키는 작았지만, 용기만은 드높았지. 그게 바로 네 아버지야.」 애꾸 할머니는 모르핀을 맞아 행복한 미소를 지으면서 말하곤 했다.

그때까지 누구도 클라우스에게 그의 외삼촌에 관해서 말해 주지 않았다. 할머니가 돌아가신 후, 클라우스는 로테에게 외삼촌에 대해 물었다. 사실 관심이 많았기 때문이 아니라, 너무나 슬픈 나머지 외삼촌에 관한 이야기를 들으면 슬픔이 조금이나마 가실 것이라고 생각했기 때문이었다. 로테는 오래전부터 오빠를 생각하지 않았고, 그래서 클라우스의 질문을 받자 다소 놀라지 않을 수 없었다. 그 무렵 로테와 베르너는 부동산업에 전념했다. 그들은 그 업종에 관해 아무것도 몰랐기 때문에 손해를 볼까 두려워했다. 그래서 로테의 대답은 모호했다. 외삼촌은 엄마보다 대략 열 살이 많으며, 그가 생활비를 버는 방식은 젊은 사람들에게 올바른 모델이 아니라는 따위의 말을 해주었다. 또한 오래전부터 그에 관한 소식을 듣지 못했는데, 그가 대지의 표면에서 사라졌기 때문이라는 등등의 말을 했다.

나중에 로테는 클라우스에게 자기가 어렸을 때는 오빠가 거인이라고 믿었으며, 어린 소녀들은 종종 그런 상상을 한다고 말해 주었다.

또 언젠가 클라우스는 아버지에게 외삼촌에 관해 물었다. 베르너는 아이의 외삼촌이 아주 다정하며, 아주 관찰력이 뛰어나고, 조용한 편이었다고 알려 주었다. 로테에게 들은 바로 그녀의 오빠는 항상 그랬던 것이 아니며, 전쟁 동안 대포와 박격포, 기관총 사격 때문에 과묵하게 되었다고 했지만 말이다. 클라우스가 자기가 외삼촌과 비슷하게 생겼느냐고 묻자, 로테는 그렇다고, 비슷하다고, 두 사람은 키가 크고 말랐지만, 클라우스는 오빠보다 훨씬 더 금발이라고, 그리고 아마도 눈의 파란색도 훨씬 더 맑은 것 같다고 대답했다. 그러자 클라우스는 질문을 멈추었고, 그들의 삶은 애꾸눈 할머니가 죽기 이전처럼 계속되었다.

로테와 베르너의 새로운 사업은 그들이 기대한 것과 달리 그다지 성공적이지 못했다. 그러나 손해를 본 것은 아니었다. 사실 부자가 되지는 못했지만, 어느 정도 돈은 벌었던 것이다. 정비소는 계속해서 완전하게 가동되었고, 누구도 정비소가 제대로 운영되지 않는다고는 말할 수 없었다.

열일곱 살이 되었을 때 클라우스는 경찰에 체포될 문제를 일으켰다. 그는 착한 학생이 아니었고, 부모는 그가 대학에 진학하지 못할 것이라고 여기면서 이미 포기하고 있었다. 그런데 열일곱 살 때 다른 두 친구와 함께 자동차 절도에 연루되었고, 이후 조그만 의약품 공장에서 노동자로 일하던 이탈리아 출신의 젊은 여자를 강간한 사건에 휘말렸다. 클라우스의 두 친구는 이미 성년이었기 때문에 교도소에서 일정 기간을 보냈다. 클라우스는 소년원으로 이감되어 넉 달을 보냈고, 그런 다음 부모님 집으로 돌아왔다. 소년원에 있는 동안 그는 수리 공장에서 일했고, 냉장고부터 믹서기에 이르기까지 온갖 종류의 가전제품 고치는 법을 배웠다. 집으로 돌아오자 그는 아버지 정비소에서 일했고, 잠시 동안은 아무 문제도 일으키지 않았다.

로테와 베르너는 이제 아들이 올바른 길로 돌아왔다고 서로 믿게 하려고 노력했다. 열여덟 살 때 클라우스는 빵집에서 일하는 여자아이와 사귀기 시작했지만, 두 사람의 관계는 석 달을 넘지 않았다. 로테의 생각으로는, 여자아이가 그다지 예쁘다고 볼 수 없기 때문이었다. 그때부터 그들은 클라우스의 어떤 여자 친구도 만나지 못했고, 그래서 클라우스에게 애인이 없거나, 아니면 그들이 알지 못하는 이유 때문에 그가 여자 친구를 집으로 데려오지 않는 것이라는 결론에 이르렀다. 그즈음에 클라우스는 술을 즐기기 시작했고, 작업 시간이 끝나면 항상 파더보른의 맥줏집으로 가서 정비소의 몇몇 젊은 직원과 술을 마셨다.

한 번 이상, 금요일인가 토요일 밤에 그는 말썽을 일으켰다. 그렇게 특별한 일은 아니었고, 그저 다른 청년들과 싸우고, 공공장소의 기물을 파손한 사건이었다. 베르너는 벌금을 내고서 그를 경찰서에서 꺼내 와야 했다. 어느 날 클라우스는 파더보른이 자기에게는 너무나 좁은 세상이라고 생각하고서 뮌헨으로 떠났다. 가끔씩 어머니에게 수신자 부담으로 전화를 걸었고, 두 사람은 사소하고 부자연스러운 대화를 나누었지만, 역설적으로 그런 대화를 한 다음에 로테는 어느 정도 마음을 놓을 수 있었다.

몇 달이 지나서야 로테는 다시 아들을 만날 수 있었다. 클라우스는 독일이나 유럽에는 미래가 없으며, 이제 자신의 운명을 시험해 볼 곳은 오로지 아메리카만 남았다고 말했다. 그는 돈을 얼마쯤만 모으면 그곳으로 떠나려고 생각하고 있었다. 몇 달 동안 정비소에서 일한 후 그는 항구 도시 킬에서 뉴욕을 향해 출항하는 독일 배를 탔다. 그가 파더보른을 떠나자 로테는 울음을 터뜨렸다. 그녀의 아들은 매우 키가 컸고 약한 사람처럼 보이지 않았지만, 그녀는 그래도 눈물을 흘렸다. 그가 새로운 대륙에서 행복하지 않을 것이며, 그곳 사람들은 그렇게 키가 크지 않으며 그토록 금발도 아니지만, 영리하고 사악한 생각을 품고 있으며, 사회의 쓰레기들이고 믿을 수 없는 존재들이었기 때문이다.

베르너는 그를 킬까지 자동차로 데려다 주었다. 파더보른으로 돌아오자 로테에게 배는 튼튼하고 훌륭하기에 침몰하지 않을 것이라고 말했고, 웨이터이자 임시 접시 닦이인 그의 직업은 전혀 위험하지 않다고 설명했다. 그러나 그 말도 로테를 안심시키지 못했다. 그녀는 〈고통을 연장하지 않기 위해〉 킬까지 함께 가지 않았다.

뉴욕에 내린 클라우스는 어머니에게 자유의 여신상이 담긴 엽서를 보냈다. 이 여자는 제 편입니다. 그는 뒷면에 썼다. 그 뒤 그에 대한 소식을 아무것도 듣지 못한 채 여러 달이 흘렀다. 그러고는 1년이 더 흘렀다. 이후 그들이 받은 또 다른 엽서에서, 클라우스는 미국 시민권을 신청했으며, 좋은 직장에서 일한다고 알려 주었다. 반송 주소는 조지아주의 메이컨이었고, 로테와 베르너는 각자 편지를 썼다. 그 편지는 그의 건강과 경제 상황, 미래의 계획에 관해 묻는 질문으로 가득했다. 하지만 클라우스는 그들의 편지에 답장하지 않았다.

시간이 흐르면서 로테와 베르너는 클라우스가 둥지를 떠나 잘 지낸다는 생각을 하곤 했다. 종종 로테는 그가 미국 여자와 결혼해서 햇빛이 잘 드는 미국 집에서 살고 텔레비전에서 방영되는 미국 영화에서 볼 수 있는 삶과 비슷한 생활을 영위할 것이라고 상상했다. 그러나 로테의 꿈속에서 클라우스의 미국 여자는 얼굴을 보여 주지 않았다. 그녀는 항상 미국 여자의 뒷모습만, 다시 말하면 그녀의 머리카락만 보았다. 클라우스의 머리카락보다 조금 덜 금색이었고, 어깨는 햇볕에 타서 까무잡잡했으며, 몸매는 날씬하고 꼿꼿했다. 그녀는 클라우스의 얼굴을 보았다. 그의 얼굴은 심각하거나 아니면 기대감에 부푼 표정이었지만, 그의 아내의 얼굴은 결코 볼 수 없었다. 그리고 아이들과 함께 있는 클라우스를 상상할 때도, 아이들 얼굴 역시 볼 수 없었다. 사실대로 말하면, 그녀는 클라우스 아이들의 뒷모습조차도 보지 못했다. 그녀는 아이들이 그곳에, 즉 어느 침실에 있다는 것을 알았지만, 모습은 결코 보지 못했고, 목소리도 결코 듣지 못했다. 그건 더욱 이상했다. 아이들이란 아주 오랫동안 조용히 있는 법이 거의 없기 때문이었다.

몇몇 밤에 로테는 클라우스에 관한 가상의 삶을 너무나 생각하고 상상하다가 잠들었고, 자기 아들을 꿈꾸기 시작했다. 그러면 집을 한 채 보았다. 미국 집이었지만 그녀는 그것을 미국 집이라고 여기지 않았다. 그 집으로 가까이 가면 지독한 냄새가 났다. 처음에는 불쾌했지만 곧 클라우스의 아내가 원주민 음식을 요리한다고 생각했다. 그러면 잠시 후에 그 냄새는 이국적인 냄새가 되었고, 심지어는 기분 좋은 냄새가 되기도 했다. 그런 다음에는 식탁에 앉아 있는 자신의 모습을 보았다. 식탁에는 물 주전자, 빈 그릇, 플라스틱 컵, 포크밖에 없었다. 하지만 그녀의 관심을 가장 사로잡는 부분은 누가 그녀에게 문을 열어 주었느냐는 것이었다. 아무리 머리를 쥐어짜도 기억을 되살리지 못했고, 그래서 괴로워했다.

그녀의 고통은 마치 칠판에서 분필이 내는 날카로운 마찰음과 흡사했다. 마치 어느 아이가 그런 마찰음을 내려고 일부러 칠판에 분필을 꽉꽉 눌러서 쓰는 것 같았다. 어쩌면 분필이 아니라 손톱일 수도 있었다. 어쩌면 손톱이 아니라 이일 수도 있었다. 시간이 지나면서 이런 악몽, 즉 그녀의 소위 클라우스 집의 악몽은 되풀이되는 꿈이 되었다. 가끔씩 아침이면 아침 식사를 준비하는 베르너를 도와주면서 그녀는 이렇게 말했다.

「악몽을 꾸었어요.」

「클라우스 집의 악몽?」 베르너는 물었다.

그러면 로테는 남편을 쳐다보지 않은 채 멍한 표정으로 고개를 끄덕였다. 마음속으로는 그녀뿐만 아니라 베르너도 클라우스가 언젠가 그들에게 와서 돈을 달라고 하길 바랐다. 그러나 그렇게 몇 년이 흘렀고, 클라우스는 미국에서 영원히 머무르기로 작정한 것 같았다.

「클라우스는 그런 애예요. 그 아이가 지금 알래스카에서 산다고 해도 그다지 놀랍지 않아요.」 베르너가 말했다.

어느 날 베르너는 병에 걸렸고, 의사들은 일을 그만두어야 한다고 충고했다. 경제적인 문제가 없었기 때문에 그는 가장 경험 많은 정비공에게 정비소를 맡겼고, 그와 로테는 여행을 하면서 세월을 보냈다. 그들은 크루즈를 타고 나일강을 여행했고, 예루살렘을 방문했으며, 렌터카를 타고 스페인 남부를 돌아다녔고, 피렌체와 로마와 베네치아를 관광했다. 그러나 그들이 가장 먼저 선택한 목적지는 미국이었다. 그들은 뉴욕을 방문했고, 그런 다음 조지아의 메이컨에 체류했으며, 클라우스가 살던 집이 흑인들의 슬럼가 근처 낡은 아파트였다는 것을 알고 몹시 슬퍼했다.

미국 여행을 하면서, 그리고 아마도 그들이 함께 본 많은 미국 영화 때문에, 최선의 방법은 탐정을 고용하는 것이라는 생각을 떠올렸다. 그래서 애틀랜타에 있는 어느 탐정을 찾아갔고, 자신들의 문제를 설명했다. 베르너는 영어를 약간 알았고, 탐정은 과거에 애틀랜타 경찰로 일한 사람으로 전혀 까다롭지 않았다. 그는 그들을 사무실에 놔두고서 영어-독일어 사전을 사러 나갔으며, 사무실로 뛰어서 되돌아오더니 아무 일도 없었다는 듯 다시 대화를 계속 이어 나갔다. 게다가 그는 수단을 가리지 않고 돈만 갈취하려는 사기꾼이 아니었다. 처음부터 그는 미국 시민으로 귀화한 지 오래된 독일인을 찾는 것은 덤불 속에서 바늘을 찾는 것과 마찬가지라고 알려 주었기 때문이다.

「아마 이름도 바꾸었을지 모릅니다.」 탐정이 말했다.

그러나 그들은 시도해 보고 싶었고, 그에게 한 달 치 수당을 지불했다. 탐정은 한 달 후에 수사 결과를 독일로 보내 주겠다고 약속했다. 한 달이 지나자 커다란 봉투가 파더보른에 도착했다. 거기서 탐정은 조목조목 비용을 열거했고, 수사가 어떻게 진전되는지 설명했다.

결론은 아무것도 없었다.

그는 클라우스를 알던 사람을 찾아냈다. 바로 클라우스가 살던 건물의 주인이었다. 그를 통해 클라우스에게 일자리를 준 다른 사람을 만났다. 그러나 클라우스는 애틀랜타를 떠날 때 두 사람 중 누구에게도 자기가 어디로 가려는지 말해 주지 않았다. 탐정은 또 다른 방법의 수사를 제안했지만, 그런 수사를 하기 위해서는 돈이 더 필요했다. 베르너와 로테는 그에게 수사 결과를 보내 주어 몹시 고맙다고 답장하면서, 적어도 이제는 그 수색 작업을 종결짓기로 마음먹었다.

몇 년 후 베르너는 심장병으로 사망했고, 로테는 홀몸이 되었다. 그녀와 같은 상황에 있는 여자라면 누구라도 아마 고개를 들기 힘들 정도로 곤혹스러워했을 테지만, 로테는 운명에 굴복하지 않았다. 팔짱을 끼고 멍하니 있는 대신, 그녀는 일상 활동을 두 배, 아니 세 배로 늘렸다. 그리고 수익성이 좋은 투자를 하고 정비소가 제대로 운영되도록 했을 뿐만 아니라, 남은 자산을 다른 사업에 투자하여 성공을 거두었다.

그녀의 일, 즉 과도한 업무가 그녀를 젊어지게 만든 것 같았다. 로테는 항상 모든 일에 간섭했고, 한시도 가만히 있는 법이 없었다. 몇몇 직원은 그녀를 미워하기까지 했지만, 그녀는 그런 것에 개의치 않았다. 휴가는 절대 7일이나 9일을 넘는 법이 없었고, 그 기간에는 이탈리아나 스페인의 따뜻한 기후를 찾았으며, 해변에서 일광욕을 하면서 베스트셀러들을 읽었다. 어쩌다가 우연히 알게 된 사람들과 함께 외출하기도 했지만, 대부분은 호텔에서 혼자 나와서 길을 건너 해변에 도착했고, 일하는 아이에게 돈을 집어 주고 해변용 접의자와 파라솔을 설치하도록 했다. 그곳에서 자기 가슴이 과거의 가슴이 아니라는 것에 개의치 않고 비키니의 윗도리를 벗거나 허리춤까지 끌어 내리고서 햇빛을 맞으며 잠을 잤다. 잠에서 깨어나면 파라솔을 돌려 자기가 있는 곳에 그늘이 지게 하고서 다시 책을 읽곤 했다. 가끔씩 해변에서 접의자와 파라솔을 빌려 준 아이가 가까이 오면, 로테는 돈을 쥐여 주고서 호텔에서 콜라를 넣은 럼주나 얼음을 많이 넣은 상그리아 술을 한 병 가져오도록 시켰다. 밤이 되면 이따금 호텔 테라스나 1층에 있는 디스코텍에 가기도 했다. 그곳은 그녀 또래의 독일인과 영국인과 네덜란드인이 주요 고객이었고, 그녀는 춤을 추는 커플들을 잠시 쳐다보거나 아니면 가끔씩 1960년대 초의 노래를 연주하는 악단의 음악을 듣곤 했다. 멀리서 보면 그녀는 얼굴이 예쁜 부인처럼 보였다. 즉, 약간 풍만하고 무관심하며 우아한 분위기를 풍기고 어딘지 모를 슬픔이 배어 있는 여자 같았다. 홀아비나 이혼남이 춤을 추자고 청하거나 해변으로 산책을 나가자고 할 때면, 그녀는 고맙지만 사양하겠다고 웃으면서 말했다. 그럴 때 가까이에서 보면, 그녀는 다시 시골

여자아이로 돌아갔고, 세련됨은 연기처럼 공중으로 사라졌으며, 단지 슬픔만이
남아 있었다.

1995년에 그녀는 멕시코의 산타테레사라는 곳에서 전보를 받았다. 그 전보는
클라우스가 감옥에 갇혔다는 사실을 전해 주었다. 전보를 보낸 사람은 빅토리아
산톨라야라는 여자로, 클라우스의 변호사였다. 로테는 너무나 충격을 받은 나머지
사무실에서 나와 위층으로 올라가 침대에 들어가 누워야만 했다. 물론 잠을 이룰
수 없었다. 클라우스는 살아 있었다. 그녀에게 중요한 것은 바로 그것이었다.
그녀는 전보로 답신을 보내면서 자기 전화번호를 알려 주었다. 그리고 나흘 후
수신자 부담 통화를 받겠느냐고 묻는 두 전화 교환수가 나누는 대화 속에서
그녀에게 영어로 말하는 어느 여자의 목소리를 들었다. 아주 천천히, 각 음절마다
또박또박 발음하는 영어였다. 그러나 그녀는 영어를 몰랐기 때문에 어떻게
발음하든지 이해하지 못하기는 마찬가지였다. 마침내 여자의 목소리는 서툰
독일어로 〈클라우스는 잘 있어요〉라고 말했다. 그리고 〈통역〉이라는 말을 들었다.
그리고 독일어처럼 들리거나 혹은 빅토리아 산톨라야가 독일어라고 생각하는 몇
마디를 더 들었지만, 로테는 무슨 말인지 알아들을 수 없었다. 그리고 빅토리아
산톨라야가 몇 번이나 영어로 불러 준 전화번호를 들었고, 종이에 적어 놓았다.
영어로 된 숫자를 알아듣는 것은 그다지 어려운 일이 아니었기 때문이다.

그날 로테는 일하지 않았다. 정비소에 영어를 아는 정비공이 한 명 이상
있었고, 그가 그녀를 도와줄 수도 있었지만, 그녀는 비서 양성 학교에 전화를 걸어
영어와 스페인어를 완벽하게 구사하는 여자아이를 채용하고 싶다고 말했다. 비서
양성 학교는 그녀가 찾는 사람이 한 명 있다고 대답했고, 언제부터 필요하냐고
물었다. 로테는 당장 필요하다고 대답했다. 세 시간 후 정비소에 스물다섯 살가량
된 아가씨가 모습을 드러냈다. 밝은 갈색의 곧은 머리카락을 지녔고, 청바지를
입었으며, 로테의 사무실로 올라오기 전에 몇몇 정비공과 농담을 주고받았다.

여자의 이름은 잉그리트였고, 로테는 자기 아들이 멕시코에 수감되어 있으며,
그의 멕시코 변호사와 이야기해야 하는데, 그 변호사는 오로지 영어와 스페인어만
안다고 설명했다. 로테는 말한 후에 모든 걸 다시 설명해야 할 것 같다고
생각했지만, 잉그리트는 똑똑한 여자였고, 그래서 그런 설명은 필요하지 않았다.
로테의 말이 끝나자 잉그리트는 시민 안내실로 전화를 걸어 멕시코와 몇 시간
시차가 나는지 물었다. 그러더니 여자 변호사에게 전화를 걸었고, 거의 15분 동안
스페인어로 대화를 나누었다. 그러면서 가끔씩 특정 용어를 분명하게 하기 위해
영어로 바꾸어 말했으며, 멈추지 않고 계속 수첩에 메모를 했다. 그리고 마침내
다시 전화하겠어요 하고 말하더니 전화를 끊었다.

로테는 책상에 앉아 있었다. 잉그리트가 통화를 마치자 그녀는 최악의 일이
일어날 것을 각오했다.

「클라우스는 지금 산타테레사에 수감되어 있습니다. 멕시코 북부의 도시로
미국과 국경을 이루는 곳입니다.」잉그리트가 말했다. 「그러나 지금 클라우스의

건강 상태는 매우 양호하며, 다친 데도 전혀 없습니다.」

　　로테가 왜 감옥에 갇힌 것이냐고 묻기 전에, 잉그리트는 그녀에게 커피나 차를 마시는 게 좋을 것 같다고 제안했다. 로테는 차를 두 잔 만들었다. 부엌에서 움직이면서, 그녀는 메모를 들여다보는 잉그리트를 주의 깊게 살펴보았다.

　　「여러 여자를 살해한 혐의로 기소되었습니다.」차를 두어 모금 마신 후 잉그리트가 말했다.

　　「클라우스는 절대로 그런 짓을 할 사람이 아니야.」로테가 말했다.

　　잉그리트는 고개를 끄덕였고, 그런 다음 이사벨 산톨라야라는 여자 변호사가 돈이 필요하다 했다고 말했다.

　　그날 밤 로테는 처음으로 오랫동안 자기 오빠에 관한 꿈을 꾸었다. 그녀는 짧은 바지를 입고 밀짚모자를 쓴 채 사막을 걷는 아르킴볼디를 보았다. 그의 주변은 온통 모래였다. 사구들이 끊임없이 이어지면서 지평선까지 펼쳐졌다. 그녀는 그에게 뭐라고 소리쳤다. 움직이지 말라고, 여기에서는 아무리 걸어도 어떤 곳으로도 가지 못해요 하고 말했다. 그러나 아르킴볼디는 마치 헤아릴 수 없고 냉담한 땅에서 영원히 자취를 감추고 싶은 사람처럼 갈수록 멀어졌다.

　　「헤아릴 수 없고 냉담한 곳이에요.」그녀는 그에게 말했다. 바로 그 순간에야 비로소 자기가 다시 어린 소녀가 되었다는 것을, 숲과 바다 사이에 있는 프로이센의 마을에 사는 어린 소녀가 되었다는 것을 깨달았다.

　　「아니야.」아르킴볼디가 말했다. 그는 그녀의 귀에 속삭이는 것 같았다. 「이 땅은 무엇보다도 따분하고 따분하고 따분한 곳이야. 따분하고 따분하고 따분한…….」

　　잠에서 깨어난 그녀는 1분도 더 지체하지 말고 즉시 멕시코로 떠나야 한다는 것을 알았다. 정오 무렵에 잉그리트가 정비소에 도착했다. 로테는 사무실 창문에서 그녀를 쳐다보았다. 평소처럼 사무실로 올라오기 전에 잉그리트는 정비공 두어 명과 실없는 소리를 주고받았다. 창문 때문에 희미하게 들리긴 했지만, 잉그리트의 웃음소리는 상큼했고 아무 걱정도 없는 것 같았다. 그러나 그녀 앞에 서면, 잉그리트는 훨씬 더 진지하게 행동했다. 여자 변호사에게 전화를 걸기 전에, 두 사람은 비스킷을 곁들여 차를 마셨다. 스물네 시간 전부터 로테는 아무것도 입에 대지 않았는데, 비스킷을 먹자 기분이 좋아졌다. 게다가 잉그리트가 함께 있자 더욱 기운이 났다. 잉그리트는 분별 있고 겸손한 여자였다. 그녀는 어느 순간에 농담을 해야 하고, 어느 순간에 진지해야 하는지 잘 알았다.

　　변호사에게 전화를 걸자, 로테는 잉그리트에게 자기가 직접 산타테레사로 가서 해결해야 할 문제를 모두 해결하겠다고 말하라고 지시했다. 마치 전화를 받는 바람에 잠에서 막 깨어난 것처럼 비몽사몽간인 듯한 여자 변호사는 잉그리트에게 주소를 두어 개 주었고, 그들은 전화를 끊었다. 그날 오후 로테는 자기 변호사를 찾아가서 상황을 설명했다. 그녀의 변호사는 전화를 두어 통 걸더니 그녀에게 조심하라고, 멕시코 변호사들은 믿을 수 없다고 말했다.

「나도 알아요.」로테가 자신 있게 말했다.

또한 그는 로테에게 해외에서 현금을 인출하는 가장 좋은 방법이 무엇인지 조언해 주었다. 밤에 그녀는 잉그리트의 집에 전화를 걸어 자기와 함께 멕시코로 가겠느냐고 물었다.

「물론 보수는 지급할 거야.」로테가 말했다.

「통역사로 가는 건가요?」잉그리트가 물었다.

「통역사, 번역사, 동반자 자격이야. 아무렇게나 불러도 좋아.」로테는 지르퉁하게 말했다.

「수락하겠어요.」잉그리트가 대답했다.

나흘 후 그들은 로스앤젤레스행 비행기에 몸을 실었다. 그곳에서 투손으로 가는 연결 비행기를 탔고, 투손에서 산타테레사까지는 렌터카를 이용했다. 클라우스를 만났을 때 그가 가장 먼저 한 말은 로테가 늙어 보인다는 것이었다. 그 말을 들은 로테는 당황해서 어찌할 바 몰랐다.

세월은 헛되이 흘러가는 게 아니야 하고 로테는 대답하고 싶었지만, 눈물이 그녀의 말을 가로막았다. 네 사람, 그러니까 그녀와 클라우스, 여자 변호사와 잉그리트는 벽과 바닥이 시멘트로 된 면회실에 있었다. 벽과 바닥은 습기로 얼룩졌다. 그 안에는 플라스틱 책상 한 개와 널빤지로 만든 긴 의자 두 개가 놓여 있었다. 나무 색깔을 띤 플라스틱 책상은 바닥에 나사로 고정되었고, 긴 의자 역시 바닥에 나사로 고정되어 있었다. 잉그리트와 여자 변호사와 로테는 같은 의자에 앉았고, 다른 한 의자에는 클라우스가 앉았다. 클라우스는 수갑을 차고서 면회실로 오지도 않았고, 학대당했다는 징후도 보이지 않았다. 로테는 마지막으로 보았을 때보다 아들이 살쪘다는 것을 알았다. 그러나 그건 이미 오래전 일이었고, 클라우스는 당시 청년에 불과했다. 여자 변호사가 그가 살해했다는 사람들의 목록을 열거하자, 로테는 사람들이 미쳤다고 생각했다. 그러면서 제정신이라면 누구도 그렇게 많은 여자를 죽이지 못해요 하고 말했다.

여자 변호사는 미소를 짓더니, 산타테레사에는 그런 사람이 있다고, 아마도 제정신이 아닐 그런 사람이 실제로 그런 일을 저질렀다고 알려 주었다.

변호사 사무실은 도시의 북부에 있었는데 그녀가 사는 아파트였다. 입구는 두 개였지만, 하나의 아파트에 사무실과 집이 함께 있었다. 단지 가벽 서너 개로 분리되었을 뿐이었다.

「나도 이런 곳에 살아요.」로테가 말했고, 변호사는 그게 무슨 말인지 이해하지 못했다. 그래서 잉그리트는 정비소와 정비소 위에 있는 아파트에 관해 나름대로 설명해 주어야 했다.

여자 변호사의 조언에 따라 그들은 산타테레사에서 가장 좋은 호텔에 투숙했다. 이름이 〈사구(砂丘) 호텔〉이었지만, 잉그리트가 알려 준 바로는 산타테레사에는 어떤 종류의 사구도 없었고, 반경 1백 킬로미터 내에도 사구는 전혀 없었다. 처음에 로테는 침실 두 개를 달라고 할 계획이었지만, 잉그리트는 방

하나만 잡자고, 그게 더 저렴하다고 그녀를 설득했다. 오래전부터 로테는 다른 사람과 함께 방을 쓴 적이 없었고, 그래서 처음 며칠 동안은 제대로 잠을 이룰 수 없었다. 시간을 보내기 위해 그녀는 소리를 죽이고 텔레비전을 틀었고, 침대에서 시청했다. 아마도 중요한 어떤 문제에 대해 사람들에게 말하고 몸짓하며 설득하려고 애를 쓰는 사람들이 나왔다.

밤에는 텔레비전으로 복음을 전파하는 프로그램이 많았다. 멕시코의 텔레비전 전도사들은 쉽게 구별되었다. 그들은 까무잡잡했고 땀을 많이 흘렸으며, 옷과 넥타이는 아마도 새것일지 모르지만 마치 중고 가게에서 빌린 것처럼 보였다. 그 이외의 특징도 있었다. 그들의 설교는 더 극적이었고 더 현란했으며, 관객의 참여가 더 많았다. 한편 청중은 마약에 중독되었고, 몹시 빈곤하고 불행한 것처럼 보였다. 미국 전도사들의 설교를 듣는 청중과는 달랐다. 그들 역시 형편없이 옷을 입었지만, 적어도 안정된 직업을 가진 사람들처럼 보였다.

아마도 이런 생각이 드는 건 단지 그들이 백인이기 때문일 거야. 아마도 몇몇은 독일인이나 네덜란드인의 후손일 것이고, 그래서 나와 더 가깝게 느껴지기 때문일 거야. 로테는 멕시코 국경에서 밤을 보내며 생각했다.

마침내 텔레비전을 끄지 않은 채 잠들면, 그녀는 오빠의 꿈을 꾸었다. 커다란 화산암 석판에 누더기를 걸친 채 도끼를 들고 앉아서 슬픈 눈으로 그녀를 바라보는 모습을 보았다. 아마 오빠는 죽었을 거야. 하지만 내 아들은 살아 있어. 로테는 꿈에서 생각했다.

둘째 날 클라우스를 만나자, 그녀는 담담한 말투를 유지하려고 애쓰면서 베르너가 한참 전에 세상을 떠났다고 이야기했다. 클라우스는 그녀의 말을 듣더니 얼굴 표정을 바꾸지 않은 채 고개를 끄덕였다. 좋은 분이셨어요. 그는 이렇게 말했지만 마치 감옥 동료에 관해 말하는 것처럼 거리를 두고 이야기했다.

셋째 날, 잉그리트가 면회실 한쪽 구석에서 조심스럽게 책을 읽는 동안, 클라우스는 외삼촌에 관해 물었다. 그가 어떻게 되었는지는 나도 몰라. 로테는 대답했다. 그러나 클라우스의 질문에 그녀는 무척 놀랐고, 하는 수 없이 산타테레사에 도착한 이후 그의 꿈을 꾸었다고 말해 주었다. 클라우스는 어떤 꿈이었는지 이야기해 달라고 졸랐다. 로테가 꿈 이야기를 들려주자, 클라우스는 자기도 오랫동안 외삼촌에 대한 꿈을 꾸었으며, 그 꿈들은 길몽이 아니었다고 솔직하게 로테에게 털어놓았다.

「어떤 종류의 꿈이었지?」 로테가 물었다.

「흉몽이었어요.」 클라우스가 말했다.

그러고서 그는 웃었고, 그들은 주제를 다른 것들로 옮겨 말하기 시작했다.

면회가 끝나면 로테와 잉그리트는 자동차를 타고 그 도시를 한 바퀴 돌았으며, 한번은 시장에 가서 원주민 공예품을 구입했다. 로테는 원주민 공예품들이 틀림없이 중국이나 태국에서 제조되었을 것이라고 자신 있게 말했지만, 잉그리트는 그것들을 마음에 들어 했고, 그래서 유약도 바르지 않고 색칠도 하지 않은 채 순수하게 점토로만 구워서 만든 조그만 인형을 세 개 구입했다. 아주 투박하고 아주 힘세어 보이는 세 인형은 아버지와 어머니, 아들의 모습이었다. 잉그리트는 인형들을 로테에게 선물하면서, 그녀에게 행운을 가져다줄 것이라고 말했다. 어느 날 아침 그들은 티후아나에 있는 독일 영사관으로 갔다. 자동차를 타고 가려고 했지만, 여자 변호사는 두 도시를 연결하는 비행기 편이 하루에 하나씩 있으니 비행기를 타고 가는 게 좋을 거라고 충고했다. 티후아나에서 그들은 관광 지역에 있는 호텔에 투숙했다. 로테의 의견으로는, 관광객처럼 보이지 않는 사람들이 가득하고 시끄러운 호텔이었다. 그리고 그날 아침 그녀는 독일 영사와 이야기하면서 자기 아들의 사건을 설명할 수 있었다. 로테가 생각하던 것과는 달리, 영사는 이미 모든 내용을 낱낱이 알았다. 영사가 그들에게 설명한 바에 따르면, 영사관의 관리가 클라우스를 면회하러 갔지만, 놀랍게도 여자 변호사는 단호하게 면회에 동행하기를 거부했다.

여자 변호사가 그 면회에 대해 알지 못했거나, 아니면 그때까지는 클라우스의 변호사가 아니었거나, 혹은 클라우스가 면회에 대해 그녀에게 말하지 않았을 가능성이 충분합니다. 영사는 말했다. 게다가 어느 점으로 보나 클라우스는 미국 시민이었고, 그래서 일련의 문제가 생겼습니다. 이런 경우 우리는 아주 조심스럽게 행동해야 합니다. 영사는 결론 지었다. 로테는 자기 아들이 무죄라고 주장했지만, 아무 소용이 없었다. 어쨌거나 영사관은 이 문제에 신경을 쓰고 있었고, 그래서 로테와 잉그리트는 좀 더 편한 마음으로 산타테레사에 돌아올 수 있었다.

마지막 이틀 동안 그들은 클라우스를 면회할 수도 없었고, 전화 통화를 할 수도 없었다. 여자 변호사는 교도소 내부 규정 때문에 면회가 허락되지 않는다고 말했다. 그러나 로테는 클라우스가 휴대 전화를 가지고 있고, 가끔씩 외부와 통화하면서 시간을 보낸다는 사실을 알았다. 하지만 난리를 피우고 싶지 않았고 변호사에게 이의를 제기하고 싶지도 않았다. 그녀는 도시를 둘러보면서 그 이틀을 보냈다. 그녀의 눈에 그 도시는 어느 곳보다도 혼란스러웠고, 관심을 불러일으킬 만한 어떤 것도 가지고 있지 못했다. 투손으로 떠나기 전에 로테는 호텔 객실에 틀어박혀 아들에게 장문의 편지를 썼다. 그리고 자기가 그곳을 떠난 후에 편지를 아들에게 건네주라고 변호사에게 부탁했다. 그녀는 잉그리트와 함께 관광지를 방문하는 사람처럼 클라우스가 산타테레사에서 살던 집의 외관을 둘러보러 갔다. 그녀는 마음에 드는 캘리포니아 스타일의 집이라고, 보기에는 괜찮은 집이라고 생각했다. 그러고서 클라우스가 시내 중심가에 열었다는 컴퓨터와 전자 제품 가게로 갔지만, 변호사가 알려 준 것처럼 가게는 닫혀 있었다. 클라우스의 소유였지만, 그는 자기가 재판을 받기 전에 석방될 것이라고 확신했고, 그래서 가게를 임대하려고 하지 않았기 때문이다.

독일로 돌아온 로테는 갑자기 자기가 예상한 것보다 여행이 훨씬 더 힘들었다는 사실을 깨달았다. 그녀는 사무실에 모습을 드러내지 않은 채 며칠간 침대에 있었지만, 전화벨이 울릴 때마다 혹시 멕시코에서 걸려온 전화가 아닐까

하는 마음으로 서둘러 전화를 받았다. 그 무렵 꾼 어느 꿈에서 아주 따스하고
사랑스러운 목소리가 귀엣말로 그녀의 아들이 정말로 산타테레사 여자들의
살인범일 수도 있다고 말해 주었다.

「그건 말도 안 되는 소리예요.」 그녀는 꿈에서 소리쳤고, 즉시 잠에서 깨어났다.

가끔씩 로테에게 전화를 건 사람은 잉그리트였다. 그들은 많은 대화를 나누지
않았다. 잉그리트는 그녀에게 건강이 어떤지 물어보았고, 클라우스 사건에 대한
최근 소식에 관심을 보였다. 언어 문제는 이메일을 교환하면서 해결되었다.
이메일을 받으면 로테는 정비공들 중 하나에게 번역해 달라고 부탁했던 것이다.
어느 날 오후 잉그리트는 선물을 가지고 그녀의 집을 찾아왔다. 독일어-스페인어
사전이었다. 그녀는 약간 과장되게 고마움을 표했지만, 마음속으로는 절대적으로
불필요한 선물이라고 확신했다. 그러나 얼마 후, 변호사가 준 클라우스 사건
파일에 있는 사진들을 보면서, 잉그리트가 선물한 사전을 집어서 몇몇 단어를 찾기
시작했다. 며칠 후, 적지 않게 놀라면서 그녀는 자기가 언어에 천부적인 자질이
있다는 것을 깨달았다.

1996년에 로테는 산타테레사를 다시 방문했고, 잉그리트에게 함께 가자고
부탁했다. 당시 잉그리트는 건축 사무실에서 일하는 청년과 사귀고 있었다. 하지만
그 청년은 건축가가 아니었다. 어느 날 밤 두 사람은 로테를 저녁 식사에 초대했다.
청년은 산타테레사에서 일어나고 있는 일에 몹시 관심을 보였고, 순간적으로
로테는 잉그리트가 애인과 함께 여행하려는 것은 아닐까 의심했다. 하지만
잉그리트는 그가 아직 자기 애인이 아니며, 그녀와 기꺼이 단둘이 가겠다고 말했다.

1996년에 열려야 했을 재판은 마침내 연기되었다. 로테와 잉그리트는
아흐레를 산타테레사에 머물렀고, 기회가 있을 때마다 클라우스를 찾아갔다.
그리고 그 도시를 자동차로 드라이브했고, 호텔 침실에 틀어박혀 텔레비전을
보았다. 가끔씩 밤에 잉그리트는 호텔 바에서 술을 한잔 마실 것이라거나 아니면
호텔 디스코텍에서 춤을 출 것이라고 알려 주었다. 그러면 로테는 혼자 남았고,
텔레비전 채널을 바꾸었다. 잉그리트는 항상 영어로 방영되는 프로그램을 튼 반면,
그녀는 멕시코 텔레비전 프로그램을 보고자 했기 때문이다. 그것이 자기 아들에게
다가갈 수 있는 방법 중 하나라고 생각한 것이다.

두 번에 걸쳐 잉그리트는 새벽 5시가 지나서야 객실로 돌아왔고, 그때마다
잠들지 않은 로테를 보았다. 그녀는 침대 발치나 1인용 소파에 앉아 텔레비전을
켜놓고 있었다. 잉그리트가 없던 어느 날 밤, 클라우스가 그녀에게 전화를 걸었다.
그때 로테의 머릿속으로 스쳐 지나간 첫 번째 생각은 클라우스가 사막 언저리에
있는 그 끔찍하고 가공스러운 감옥에서 도망쳤다는 것이었다. 클라우스는
정상적인, 아니 긴장을 누그러뜨린 말투와 어조로 어떻게 지내는지 물었고, 로테는
잘 지낸다고 대답했다. 그러고 나자 더는 무슨 말을 해야 할지 몰랐다. 자기 자신에
대한 통제력을 어느 정도 회복하고는, 그녀는 어디에서 전화를 거는 거냐고 물었다.

「감옥에서 걸어요.」 클라우스가 대답했다.

로테는 시계를 보았다.

「이 시간에 전화 통화를 허락한단 말이야?」 그녀가 물었다.

「나는 누구의 허락도 받지 않아요.」 클라우스는 이렇게 말하고서 웃었다. 「휴대 전화로 거는 거예요.」

로테는 클라우스가 휴대 전화를 갖고 있다던 여자 변호사의 말을 떠올렸다. 그리고 두 사람은 이런저런 것들에 관해 이야기했다. 그러다가 마침내 클라우스는 자기가 꿈을 꾸었다고 말했다. 그의 목소리는 무심하고 냉정한 어조에서 헤아리기 어려운 은밀한 목소리로 바뀌었다. 그러자 로테는 독일의 어느 배우가 시를 낭송하는 모습을 본 때를 떠올렸다. 어떤 시인지 제대로 기억이 나진 않았지만, 틀림없이 고전 작품이었다. 하지만 배우의 목소리는 결코 잊을 수 없었다.

「무슨 꿈을 꾸었지?」 로테가 물었다.

「모르세요?」 클라우스가 되물었다.

「응, 몰라.」 로테가 대답했다.

「그렇다면 이야기하지 않는 편이 나을 것 같아요.」 클라우스는 이렇게 말하고서 전화를 끊었다.

그러자 로테는 즉시 그에게 전화를 걸어 계속 말해야겠다는 충동을 느꼈지만, 이내 그의 전화번호를 모른다는 사실을 깨달았다. 그래서 잠시 머뭇거린 후, 그 시간에 전화를 걸면 실례라는 것을 알면서도 그의 변호사 빅토리아 산톨라야에게 전화를 걸었다. 마침내 여자 변호사가 전화를 받자, 로테는 독일어와 스페인어와 영어를 섞어서 클라우스의 전화번호를 알아야 한다고 설명했다. 긴 침묵을 지킨 후 변호사는 전화번호를 또박또박 불러 주었고, 로테가 정확하게 받아 적었는지 확인하고서 전화를 끊었다.

한편 그 〈긴 침묵〉은 로테에게 수많은 질문으로 가득 찬 것처럼 보였다. 여자 변호사가 클라우스의 전화번호를 적어 놓은 수첩을 찾으려고 수화기를 내려놓은 것이 아니라, 전화기 반대편에서 침묵을 지키고 있었기 때문이었다. 아마도 깊은 생각에 빠져 전화번호를 주어야 할지 말아야 할지 망설인 것 같았다. 어쨌거나 로테는 그 〈긴 침묵〉 속에서 그녀가 숨 쉬는 소리를 들었고, 그래서 두 가지 가능성 사이에서 고민하는 소리를 들었다고 말할 수 있었다. 그런 다음 로테는 클라우스의 휴대 전화로 전화를 걸었지만, 통화 중이었다. 그녀는 10분을 기다리고는 다시 전화를 걸었지만, 계속 통화 중이었다. 이 늦은 밤 시간에 클라우스는 도대체 누구와 그렇게 통화를 하는 것일까? 그녀는 생각했다.

다음 날 그녀는 클라우스를 면회하러 갔지만, 이런 이야기를 꺼내지 않고 아무것도 묻지 않는 편을 택했다. 한편 클라우스의 행동은 예전과 다름없이, 마치 자기가 감옥에 갇힌 사람이 아니라는 듯, 침착하고 냉정했다.

어쨌거나 두 번째로 멕시코를 방문하는 동안, 로테는 처음처럼 갈팡질팡하지는 않는다고 느꼈다. 종종 교도소에서 기다리는 동안, 그녀는 죄수들을 면회하러 온 다른 여자들과 대화를 나누었다. 그러면서 여자들이

남자아이나 여자아이를 데리고 왔을 때에는, 예쁜 아이네요 혹은 근사한
어린애네요 하고 스페인어로 말하는 법을 배웠다. 그리고 숄을 두르고 줄을 서서
체념한 표정으로 묵묵히 면회 시간이 시작되기를 기다리던 죄수들의 어머니나
할머니를 보면 〈착한 노인들〉 혹은 〈다정한 노인들〉이라고 스페인어로 말했다.
체류 사흘째 그녀는 손수 숄을 구입했다. 가끔씩 잉그리트와 변호사 뒤로 걸으면서
그녀는 눈물을 참을 수 없었는데, 그러면 숄은 얼굴을 가리고 남의 눈을 피하는 데
얼마쯤 도움을 주었다.

1997년에 로테는 다시 멕시코를 찾았지만, 이번에는 혼자 여행했다.
잉그리트가 좋은 직장을 얻어 함께 올 수 없었던 것이다. 로테는 이미 스페인어를
배우기 시작했고, 그녀의 스페인어는 예전보다 훨씬 나아진 상태였다. 여자
변호사와 전화로 이야기하는 데 무리가 없을 정도였다. 그녀는 무사히 멕시코까지
여행했다. 하지만 산타테레사에 도착하자마자, 빅토리아 산톨라야의 얼굴 표정을
보고, 그리고 변호사가 그녀를 과도하게 길게 포옹하자, 뭔가 이상한 일이
일어나고 있다는 것을 직감했다. 재판은 20일에 걸쳐 마치 꿈을 꾸듯이
진행되었고, 마침내 클라우스는 네 건의 살인 범죄에 유죄를 선고받았다.

그날 밤 여변호사는 호텔까지 그녀를 데려다 주었다. 호텔에 도착했지만,
변호사는 그곳을 떠나려는 어떤 표시도 보이지 않았다. 너무나 피곤한 나머지 얼른
침대로 들어가 잠을 청하고 싶었지만, 로테는 변호사가 할 말이 있는데 그걸
어떻게 해야 할지 모른다고 생각하고는, 술 한잔 하자면서 호텔 바로 초대했다. 두
사람은 커다란 창문이 있는 창가에 앉아 술을 마셨다. 가로수가 줄지어 선 커다란
대로로 지나가는 자동차들의 전조등을 바라보면서, 로테만큼이나 피곤해 보이던
여변호사는 스페인어로 욕을 퍼붓기 시작했다. 아니, 로테는 그녀가 그렇게 한다고
생각했다. 그러고는 아무것도 개의치 않은 채 엉엉 울기 시작했다. 이 여자는 우리
아들을 사랑해. 로테는 직감했다. 그녀가 산타테레사를 떠나기 전에, 빅토리아
산톨라야는 재판이 부정 행위로 가득하며, 아마도 무효 재판이 선언될 것이라고
말했다. 어쨌든 항소할 겁니다. 변호사는 단호하게 말했다. 사막으로 자동차를
운전해서 돌아오는 동안, 로테는 선고에 전혀 영향을 받지 않은 자기 아들과
변호사를 생각했다. 그리고 아주 이상하면서도 너무나 자연스럽게 두 사람이 멋진
커플이라고 생각했다.

1998년에 재판은 무효로 선언되었고, 두 번째 재판 날짜가 정해졌다. 어느 날
밤 파더보른에서 빅토리아 산톨라야와 전화로 이야기하다가, 그녀는
단도직입적으로 그녀와 자기 아들 사이에 변호사와 의뢰인의 관계 이외에 다른 게
있느냐고 물었다.

「그래요, 다른 게 있습니다.」 여변호사가 말했다.

「당신이 감당하기에 너무 힘든 게 아닌가요?」 로테가 물었다.

「그래도 당신보다는 덜합니다.」 빅토리아 산톨라야가 대답했다.

「잘 이해가 되지 않아요. 난 그의 어머니이지만, 당신은 선택할 자유가

있어요.」로테가 말했다.

「사랑 문제에서는 누구도 자유롭게 선택할 수 없어요.」빅토리아 산톨라야가 말했다.

「클라우스도 똑같이 생각하나요?」로테가 물었다.

「그와 잠자리를 하는 여자는 바로 나예요.」빅토리아 산톨라야가 무뚝뚝하게 말했다.

로테는 그녀가 무슨 말을 하는지 이해할 수 없었다. 그러나 나중에 멕시코에서는 독일과 마찬가지로 모든 죄수가 교도관 없이 아내나 파트너와 자유로운 면회 시간을 가질 수 있다는 사실을 떠올렸다. 그녀는 그와 관련된 텔레비전 프로그램을 본 적이 있었다. 죄수들이 아내와 함께 있던 감방은 참을 수 없을 정도로 구슬펐다. 여자들은 감방을 정돈하려고 정성을 다했지만, 꽃과 스카프로 할 수 있는 것은 고작해야 슬프고 비인간적인 방을 슬픈 싸구려 매음굴의 방으로 만드는 정도뿐이었다. 그나마 그것도 독일의 괜찮은 감방이라서 그럴 수 있는 거야. 로테는 생각했다. 과다한 인원이 수용되지 않고 깨끗하며 제 기능을 수행하는 감방이었다. 그녀는 산타테레사 교도소 같은 곳에서 아내가 방문하는 감방이 어떨지 상상조차 하고 싶지 않았다.

「당신이 내 아들을 위해 하는 행동은 경탄스럽다고 생각해요.」로테가 말했다.

「그건 아무것도 아니에요. 클라우스가 내게 주는 건 너무나 소중해서 돈으로 헤아릴 수 없어요.」변호사가 말했다.

그날 밤 자기 전에 그녀는 빅토리아 산톨라야와 클라우스를 생각했고, 독일이나 아니면 유럽의 어느 곳에라도 있는 두 사람을 상상했다. 그리고 부른 배를 안고 클라우스의 아들을 기다리는 빅토리아 산톨라야를 보았고, 그런 다음 마치 어린아이 같은 자세로 잠들었다.

1998년에 로테는 멕시코로 두 번 여행했고, 산타테레사에 모두 45일 동안 체류했다. 재판은 1999년으로 연기되었다. 그해 두 번째로 로스앤젤레스에서 비행기를 타고 투손에 도착했을 때, 렌터카 업체와 문제가 발생했다. 그녀의 나이 때문에 차를 빌려 주려 하지 않은 것이다.

「난 늙었지만 운전할 줄 알아요.」로테가 스페인어로 말했다. 「한 번도 염병할 사고를 낸 적이 없어요.」

이렇게 실랑이를 하면서 아침나절의 반을 보낸 후, 로테는 택시를 불렀고, 그 택시를 타고 산타테레사로 향했다. 택시 기사의 이름은 스티브 에르난데스였는데, 스페인어를 했다. 사막을 가로지르는 동안, 운전사는 무슨 이유로 멕시코에 가는 거냐고 물었다.

「아들을 만나러 가요.」로테가 말했다.

「다음에 오실 때는 말이에요. 아드님보고 투손으로 마중 나오라고 하세요. 이번처럼 여행하면 경비가 꽤 많이 들거든요.」택시 기사가 말했다.

「그럴 수만 있다면 얼마나 좋겠어요.」로테가 말했다.

1999년에 그녀는 다시 멕시코에 갔고, 이번에는 여변호사가 투손으로 그녀를 마중 나왔다. 그해는 로테에게 썩 좋은 해가 아니었다. 파더보른의 사업도 신통치 않았고, 그래서 정비소와 자기 집을 포함한 건물을 팔아야겠다고 심각하게 고려했다. 건강도 좋다고는 볼 수 없었다. 의사들은 그녀를 검사했지만 아무것도 찾아내지 못했다. 그러나 로테는 가끔씩 자기가 가장 쉽고 단순한 일조차도 할 수 없다고 느꼈다. 날씨가 나빠질 때마다 감기에 걸렸고, 며칠 동안 침대에서 보내야만 했다. 게다가 가끔씩 고열에 시달리기도 했다.

2000년에는 멕시코로 갈 수 없었지만 매주 변호사와 전화로 통화했고, 변호사는 클라우스와 관련된 최근 소식을 들려주었다. 전화로 이야기하지 않을 때에는 이메일로 서로 연락을 했고, 심지어 집에 팩스를 설치하고서 살해된 여자들 사건과 관련하여 드러난 새로운 자료들을 받았다. 멕시코로 여행하지 않은 그해에, 로테는 다음 해에는 여행할 수 있도록 의식적으로 건강해지려고 노력했다. 비타민을 먹었고, 물리 치료사를 고용했으며, 일주일에 한 번 중국 침술사를 찾아갔다. 신선한 과일과 샐러드로 특별한 식사를 계속했다. 그리고 육류 대신 어류를 먹었다.

2001년이 되자 그녀는 다시 멕시코로 여행할 수 있을 정도의 상태가 되었다. 하지만 온갖 노력을 기울였음에도 그녀의 건강은 예전과 같지 않았다. 앞으로 보게 되겠지만, 그녀의 정신 건강도 마찬가지였다.

프랑크푸르트 공항에서 로스앤젤레스로 가는 비행기를 기다리는 동안, 그녀는 서점으로 들어가 책 한 권과 잡지 두 권을 샀다. 좋은 독자라는 말이 무엇을 의미하든, 그녀는 결코 좋은 독자라고는 볼 수 없는 사람이었다. 어쩌다가 책을 살 때가 있었지만, 일반적으로 은퇴했거나 영화에 출연하지 않은 지 오래된 배우들이 쓴 책이거나, 아니면 유명한 사람들의 전기였다. 또는 겉으로 보기에는 아주 흥미로운 일화들이 가득할 것 같지만 실제로는 일화라고는 단 하나도 없는, 텔레비전 사회자들이 쓴 책이었다.

그러나 이번에는 실수로, 혹은 연결 비행기를 놓치지 않으려고 서두른 탓에, 그녀는 『밀림의 왕』이라는 책을 구입했다. 작가는 베노 폰 아르킴볼디였다. 150페이지가 넘지 않는 그 책은 외다리 아버지와 애꾸눈 어머니, 그리고 그들의 두 아이, 그러니까 수영을 좋아하던 아들과 벼랑까지 오빠를 졸졸 쫓아다니던 딸에 관해 이야기했다. 비행기가 대서양을 건너는 동안, 로테는 자기의 어린 시절을 읽고 있다는 사실을 깨닫고서 소스라치게 놀랐다.

작품의 문체는 이상했다. 글 자체는 분명했고 심지어 가끔씩은 너무나 투명했다. 이야기들이 차례로 전개되었지만, 어느 곳으로도 향하지 않았다. 단지 아이들과 부모, 동물들과 몇몇 이웃만이 그녀의 뇌리에 남아 있다가 마침내 자연만이 유일하게 남게 되었다. 하지만 그런 자연조차도 점차 끓는 가마 속으로 녹아들어 마침내 사라지고 말았다.

승객들이 자는 동안, 로테는 다시 그 소설을 읽었다. 자기 가족이나 집 혹은 이웃 사람들이나 조국에 관해 말하지 않는 부분은 건너뛰었고, 마침내 베노 폰 아르킴볼디라는 작가가 자기 오빠라는 사실은 의심의 여지가 없게 되었다. 물론 작가가 자기 오빠와 이야기를 나눴을 가능성도 배제할 수 없었지만, 로테는 즉시 그런 가능성을 떨쳐 버렸다. 그녀가 판단한 바로는, 그 책에는 그녀의 오빠가 결코 누구에도 말하지 않을 내용들이 들어 있었기 때문이다. 그녀는 왜 오빠가 모든 사람이 알도록 그런 것을 썼는지 계속 생각했다.

표지에는 작가의 사진이 실려 있지 않았다. 하지만 1920년이라고 작가가 태어난 해는 적혀 있었다. 그녀의 오빠가 태어난 해와 일치했다. 또한 그 출판사에서 출간된 작품 목록도 수록되어 있었다. 그리고 베노 폰 아르킴볼디의 작품은 12개국 언어로 번역되었고, 몇 년 전부터 노벨 문학상 후보라고 알리고 있었다. 로스앤젤레스에서 투손으로 가는 비행기 편을 기다리면서, 그녀는 아르킴볼디의 책을 더 찾아보았다. 하지만 공항 서점에는 외계인들, 납치당한 사람들, 미지와의 만남, 그리고 비행 접시와 관련된 책들만 있었다.

투손에서 그녀는 변호사를 기다렸고, 산타테레사로 가는 길에 두 사람은 클라우스 사건에 관해 대화를 나누었다. 여변호사의 말로는, 오래전부터 사건은 교착 상태에 있으며, 그것은 좋은 일이었다. 하지만 로테는 그녀의 말을 이해할 수 없었다. 교착 상태에 있다는 말은 좋지 않은 듯 들렸기 때문이다. 그러나 그에 관해 이러쿵저러쿵 말하지 않는 편을 택했고, 그저 경치만 감상했다. 차창은 열려 있었고, 사막의 공기, 그러니까 달콤하면서 따스한 공기가 들어왔다. 비행기 여행 후 로테에게 필요하던 게 바로 그런 공기였다.

그날 그녀는 교도소로 갔고, 어느 늙은 여자가 자기를 알아보고 너무나 기뻐했다.

「당신을 다시 보는 이 눈은 행복합니다, 부인.」 늙은 여자가 말했다.

「아, 몬치타, 잘 지내요?」 로테는 이렇게 인사하면서 그녀를 한참 동안 포옹했다.

「보시는 그대로예요. 아직도 평소와 마찬가지로 골고다 언덕에 있는 것처럼 슬프고 괴로워요.」 늙은 여자가 대답했다.

「아들은 아들이에요.」 로테는 말하면서 다시 그녀를 껴안았다.

클라우스는 평소와 마찬가지로 차갑고 쌀쌀했으며, 약간 더 마른 것 같았다. 하지만 예전처럼 강인했고, 열일곱 살 때부터 지녀 온 감지할 수 없을 정도의 오만한 태도도 동일했다. 그들은 사소한 것과 독일(비록 클라우스는 독일과 관련된 모든 것에 전혀 관심을 보이지 않는 듯했지만), 여행, 정비소의 상황에 관해 이야기했다. 그리고 여자 변호사가 교도소 관리와 이야기할 것이 있다면서 자리를 뜨자, 로테는 여행 중에 읽은 아르킴볼디의 책에 관해 이야기했다. 처음에 클라우스는 별 관심이 없는 것 같았지만, 로테가 가방에서 책을 꺼내 밑줄 친 부분을 읽기 시작하자 표정이 변했다.

「원한다면, 이 책을 빌려 줄게.」 로테가 말했다.

클라우스는 고개를 끄덕였고 즉시 책을 잡으려고 했지만, 로테는 손에서 책을 놓지 않았다.

「그 전에 적어 놓을 게 있어.」 이렇게 말하면서 그녀는 수첩을 꺼내 출판사 연락처를 적었다. 그러고서 책을 그에게 건네주었다.

그날 밤 로테는 호텔에서 오렌지주스와 비스킷을 먹고 멕시코 텔레비전에서 방영하는 몇몇 심야 프로그램을 보았다. 그렇게 새벽이 되자, 함부르크에 있는 부비스 출판사 사무실로 장거리 전화를 걸었다. 그러고서 사장님을 바꿔 달라고 했다.

「사장님 말인가요? 부비스 부인 말이지요? 하지만 아직 사무실에 나오지 않으셨습니다. 나중에 다시 걸어 주세요.」 비서가 말했다.

「알았어요. 나중에 다시 걸겠어요.」 로테가 말하고는 잠시 머뭇거린 후 덧붙였다. 「베노 폰 아르킴볼디의 여동생인 로테 하스가 전화했다고 전해 주세요.」

그러고는 전화를 끊었고, 프런트에 전화를 걸어 세 시간 후에 깨워 달라고 부탁했다. 옷을 벗지도 않고 그녀는 잠들었다. 그리고 복도에서 나는 소리를 들었다. 텔레비전은 계속 켜져 있었지만, 소리는 나오지 않았다. 그녀는 거인의 무덤이 있는 묘지를 꿈꾸었다. 묘석이 갈라지고 있었다. 거기서 거인의 손이 삐져나왔다. 그런 다음 다른 손이 나왔고, 그다음에는 머리가 나왔다. 흙이 잔뜩 묻은 기다란 금색 머리칼이었다. 그녀는 프런트에서 전화를 걸기 전에 잠에서 깨어났다. 그리고 텔레비전 소리를 다시 키웠고, 잠시 방 안을 어슬렁거리면서 아마추어 가수들이 등장하는 프로그램을 흘깃 쳐다보았다.

전화벨이 울리자 그녀는 직원에게 고맙다고 하고서 다시 함부르크로 전화를 걸었다. 앞서 통화한 바로 그 비서가 전화를 받았고, 사장님이 이미 도착했다고 알려 주었다. 로테는 잠시 기다렸다. 매우 교양 있는 듯한 여자의 목소리가 들렸다.

「사장님이세요?」 로테가 물었다. 「저는 베노 폰 아르킴볼디, 그러니까 한스 라이터의 여동생이에요.」 그녀는 이렇게 말하고서 입을 다물었다. 더는 무슨 말을 해야 할지 아무 생각도 나지 않았기 때문이다.

「괜찮으세요? 도움이 필요한가요? 제 비서는 당신이 멕시코에서 전화를 거는 거라고 말해 주었어요.」

「그래요, 멕시코에서 전화하는 거예요.」 로테는 간신히 울음을 참으며 말했다.

「멕시코에 사세요? 멕시코의 어디에서 전화를 하시는 건가요?」

「난 독일에 살아요, 부인. 파더보른에 살지요. 자동차 정비소와 다른 재산이 조금 있어요.」

「아, 알겠어요.」 사장이 말했다.

그제야 로테는 사장이 의견을 표현하는 방식이나 묻는 방식으로 볼 때, 아마도 자기보다 나이가 많은 여자라고, 다시 말하면 아주 늙은 여자라고 눈치챘지만, 어떻게 그걸 알게 되었는지는 그녀 자신도 잘 알 수 없었다.

그때 억눌렸던 감정이 터져 나왔다. 로테는 오빠를 만난 지 오래되었으며,

아들이 멕시코에 수감되어 있고, 남편은 죽었으며, 자기는 재혼을 하지 않았고, 필요성과 절박함 때문에 스페인어를 배웠으며, 아직도 이 언어로 고생하고 있고, 어머니는 세상을 떠났는데 아마도 오빠는 아직 그런 사실을 모를 것이며, 자동차 정비소를 팔려고 생각 중이고, 비행기에서 오빠의 작품을 읽었는데 너무나 놀라 거의 죽을 뻔했으며, 사막을 지나는 동안 오로지 오빠만을 생각했다고 말했다.

그러고서 로테는 미안하다고 말했고, 그 순간 자기가 울먹거린다는 사실을 알았다.

「파더보른에 언제 돌아올 생각인가요?」 그녀는 사장이 묻는 소리를 들었다.

그러고서 이렇게 말하는 소리도 들었다.

「주소를 알려 주세요.」

또한 이런 소리도 들었다.

「당신은 아주 금발에 창백한 여자아이였어요. 그리고 종종 당신 어머니는 당신을 데리고서 집으로 일하러 왔지요.」

로테는 생각했다. 어떤 집을 말하는 것일까? 어떻게 해야 기억해 낼 수 있을까? 그러나 곧바로 그녀는 마을의 몇몇 사람이 일하러 가던 유일한 집을 생각했다. 폰 춤페 남작의 별장이었다. 그 당시 그녀는 어머니와 함께 그곳으로 갔고, 어머니를 도와 먼지를 떨어내고 쓸고 촛대를 닦고 바닥에 왁스 칠을 하던 집을 기억했다. 그런데 그녀가 뭐라고 말하기도 전에 사장이 말했다.

「곧 당신 오빠의 소식을 듣길 바라요. 당신과 통화할 수 있어서 너무 즐거웠어요. 그럼 다음에 만나요.」

그러고는 전화를 끊었다. 하지만 로테는 전화기를 귀에 붙인 채 잠시 그대로 있었다. 그녀가 듣던 소리는 마치 심연의 소음 같았다. 심연으로 떨어질 때 듣는 소리 같았다.

어느 날 밤, 그러니까 독일로 돌아온 지 석 달이 지난 후 아르킴볼디가 나타났다.

로테는 잠옷을 입고 잠자리에 들려는 참이었다. 그때 초인종 소리가 났다. 그녀는 인터폰으로 누구냐고 물었다.

「나야.」 아르킴볼디가 말했다. 「네 오빠야.」

그날 밤 두 사람은 새벽까지 대화를 나누었다. 로테는 클라우스와 산타테레사에서 일어난 여자들의 죽음에 관해 말했다. 또한 클라우스의 꿈, 즉 그를 감옥에서 꺼내 줄 거인이 나타나던 꿈에 관해 말했다. 하지만 오빠는 이제 거인처럼 보이지 않아요. 그녀는 아르킴볼디에게 말했다.

「난 거인인 적이 없었어.」 아르킴볼디는 이렇게 말하면서 로테의 거실과 식당을 한 바퀴 둘러보았다. 그러고서 그의 책이 열두 권 이상 놓인 선반 옆에서 발길을 멈추었다.

「더는 뭘 어떻게 해야 할지 모르겠어요.」 로테가 긴 침묵을 지킨 후에 말했다. 「기운도 없어요. 아무것도 이해할 수 없고, 이해할 수 있는 얼마 안 되는 것마저 나를 두렵게 해요. 모든 게 무의미해요.」로테가 말했다.

「그냥 피곤한 거야.」그녀의 오빠가 말했다.

「늙고 피곤하지요. 손자들이 있었으면 좋겠어요.」로테가 말했다. 「오빠는 나보다 더 늙었어요.」로테가 다시 말했다. 「지금 몇 살이죠?」

「여든 살이 넘었어.」아르킴볼디가 대답했다.

「병에 걸릴까 두려워요.」로테가 말했다. 「오빠가 노벨 문학상을 탈 수 있다는 게 사실이에요?」로테가 말했다. 「난 클라우스가 죽을까 봐 두려워요. 그 애는 거만해요. 도대체 누구를 닮았는지 모르겠어요. 베르너는 그렇지 않았어요.」로테가 말했다. 「아버지와 오빠도 그렇지 않았어요. 그런데 왜 아버지에 관해 말할 때, 항상 외다리라고 부르는 거죠? 왜 엄마를 애꾸라고 부르는 거죠?」

「실제로 그랬기 때문이야.」아르킴볼디가 말했다. 「잊어버렸어?」

「가끔씩 잊어버려요.」로테가 말했다. 「감옥은 끔찍해요. 무서워요.」로테가 말했다. 「물론 조금만 지나면 그곳에 익숙해지지요. 병에 걸리는 것처럼 말이에요.」로테가 말했다. 「부비스 부인은 내게 아주 다정했어요. 그다지 많은 대화를 나누지 않았지만, 아주 다정했어요.」로테가 말했다. 「내가 그 여자를 알아요? 만난 적 있어요?」

「응.」아르킴볼디가 대답했다. 「하지만 넌 어렸고, 그래서 기억하지 못하는 거야.」

그러고서 손가락 끝으로 자기 책들을 건드렸다. 모든 종류가 그곳에 있었다. 하드 커버, 페이퍼백, 문고판 등등.

「이제는 기억나지 않는 게 너무 많아요.」로테가 말했다. 「좋은 것, 나쁜 것, 더욱 나쁜 것. 하지만 다정한 사람들만은 잊어버리지 않아요. 사장님은 아주 다정했어요.」로테가 말했다. 「하지만 내 아들은 멕시코 감옥에서 썩어 문드러지고 있어요. 누가 그 아이에게 관심을 갖겠어요? 내가 죽으면 누가 내 아들을 기억하지요?」로테가 말했다. 「내 아들에게는 아이들이 없어요. 친구도 없어요. 그 애에게는 아무것도 없어요.」로테가 말했다. 「저것 봐요, 벌써 새벽이 밝아 왔어요. 차나 커피, 아니면 물이라도 한잔 마실래요?」

아르킴볼디는 앉아서 다리를 쭉 뻗었다. 뼈에서 우두둑우두둑 소리가 났다.

「오빠가 이 모든 걸 처리해 줄 건가요?」

「맥주 한 잔 줘.」그가 말했다.

「맥주는 없어요.」로테가 말했다. 「오빠가 이런 모든 걸 처리해 줄 거예요?」

퓌르스트 퓌클러.

당신이 초콜릿, 바닐라와 딸기 아이스크림을 원한다면, 퓌르스트 퓌클러를 주문하라. 그러면 세 가지 맛이 담긴 아이스크림을 갖다주겠지만, 세 가지 아무 맛이 아니라, 정확하게 초콜릿과 바닐라, 딸기 맛이다. 그것이 바로 퓌르스트 퓌클러다.

아르킴볼디는 여동생을 놔두고 함부르크로 떠났다. 그곳에서 멕시코 직항 노선을 탈 생각이었다. 그러나 직항 편은 다음 날 아침에나 있었기 때문에, 한 번도 가보지 않은 공원으로 산책을 나갔다. 나무로 가득한 아주 커다란 공원이었다. 보도블록이 깔린 공원 길로 여자들은 아이들 손을 잡고 거닐었고, 젊은이들은 롤러스케이트를 탔으며, 가끔씩 학생들이 자전거를 타고 가기도 했다. 그는 바의 테라스에 앉았다. 바 자체가 있는 곳과는 상당히 떨어진 테라스였다. 마치 숲속 테라스라고 말할 수 있을 정도였다. 그러고서 읽기 시작했고, 샌드위치 하나와 맥주 한 잔을 주문했으며, 돈을 지불한 다음 다시 퓌르스트 퓌클러를 주문하고서 그 값을 치렀다. 테라스에서는 모든 게 선불이었기 때문이다.

한편 바로 그 테라스에는 세 테이블(주조한 쇠로 만들어 무겁고 우아하며 아마도 웬만해서는 훔쳐 가기 아주 어려울 것 같은 테이블들이었다) 너머로 다른 신사가 한 명 앉아 있었다. 아르킴볼디만큼 늙지는 않아도 나이가 지긋한 그 사람은, 잡지를 읽으면서 카푸치노를 홀짝홀짝 마셨다. 아르킴볼디가 아이스크림을 마저 먹으려는 순간, 그 신사는 아이스크림이 맛있었느냐고 물었다.

「그래요, 맛있었어요.」 아르킴볼디는 말하고서 빙긋이 미소를 지었다.

그런 다정한 미소에 이끌렸는지 아니면 용기를 냈는지, 신사는 자리에서 일어나 테이블 하나를 사이에 두고 앉았다.

「내 소개를 하겠습니다.」 그가 말했다. 「내 이름은 알렉산더 퓌르스트 퓌클러입니다. 글쎄 뭐라고 말해야 할지 모르겠는데, 이 아이스크림을 만든 사람은 내 선조입니다.」 그가 말했다. 「아주 똑똑한 퓌르스트 퓌클러였지요. 위대한 여행가였으며 견식 있는 사람이었고, 식물학과 원예를 무척 좋아한 사람이었습니다. 물론 그분은, 정말 이렇게 생각하셨는지는 모르겠지만, 자기가 쓰고 출간한 수많은 소책자 중 어떤 것을 통해 자기가 역사에 남을 수도 있을 거라고 생각하신 것이지요. 그분이 쓴 것은 대부분 여행기였습니다. 하지만 현대적 의미에서 정확하게 여행기라고 할 수 있는 책이 아니라, 오늘날까지도 매혹적인 조그만 책자들이랍니다. 음, 어떻게 말해야 할지 모르겠는데, 아주 통찰력이 있는 책자들이었지요. 그래요, 어쨌거나 통찰력이란 말로 표현할 수 있습니다. 그 소책자들을 보면 마치 그의 모든 여행의 최종 목표가 특정한 정원을 살펴보려는 것인 듯 보입니다. 때로는 잊힌 정원들, 즉 하느님의 손에 맡겨 놓고서 될 대로 되라는 식으로 버려진 정원들도 있답니다. 유명한 내 조상은 수많은 잡초 속에 방치된 그런 정원에서 어떻게 아름다움을 발견해야 하는지 알았답니다. 글쎄 뭐라고 해야 할까요, 그러니까 식물로 장식된 이야기가 대부분이지만, 그의 소책자들은 독창적이고 재기 넘치는 생각으로 가득했고, 거기서 우리는 당대의 유럽에 상당히 근접한 생각을 가질 수 있지요. 몹시 혼란스러운 유럽이었지요. 종종 그 폭풍은 가족의 성이 있는 강변까지 도달했답니다. 당신도 알겠지만, 그 성은 괴를리츠에 있었어요. 물론 내 선조는 그런 폭풍에 무관심하지 않았지요. 마찬가지로 부침, 그러니까 파란만장한 인간 조건에도 많은 관심을 보였습니다.

그래서 글을 쓰고 책을 출간한 것이지요. 그리고 나름대로는 겸손하면서도 세련된 독일어 산문 문체로 사회 부정에 대해 비판의 목소리를 냈지요. 그분은 육체가 죽으면 영혼이 어디로 가는지 따위에는 관심이 없었다고 생각합니다. 물론 그 주제에 대해서도 몇 페이지를 썼지만 말입니다. 그는 존엄성에 관심을 보였고, 식물에 관심을 드러냈어요. 행복에 대해서는 한마디도 하지 않았답니다. 아마도 그걸 철저히 개인적인 것으로, 아마도, 글쎄 뭐라고 말해야 할지 모르겠지만, 항상 불안정하거나 변하기 쉬운 것이라고 여긴 것 같아요. 그는 유머 감각이 아주 뛰어난 사람이었지만, 그가 쓴 책의 몇몇 대목은 이런 내 말과 너무나 모순되기도 한답니다. 그리고 성인이 아니고 용감한 사람도 아니었기에 후세를 생각했지요. 아마 이건 틀림없을 겁니다. 그리고 흉상이나 승마상, 그리고 어느 도서관에 영원히 보관될 서적도 생각했을 겁니다. 그러나 그가 결코 생각하지 못한 것은 세 가지 맛을 조화시킨 아이스크림에 자기 이름이 붙어 기억되리라는 사실이었지요. 이건 자신 있게 말할 수 있습니다. 어떻게 생각하세요?」

「뭘 생각해야 할지 모르겠네요.」 아르킴볼디가 말했다.

「이제는 아무도 식물학자 퓌르스트 퓌클러를 기억하지 않습니다. 모범적인 정원사로 그를 기억하는 사람은 아무도 없으며, 아무도 그가 쓴 책을 읽지도 않습니다. 그러나 인생의 어느 순간에는 모두가 퓌르스트 퓌클러를 먹어 본 적이 있지요. 특히나 봄과 가을에 아주 일품입니다.」

「왜 여름에는 그렇지 않은가요?」

「여름에는 좀 넌더리 나거든요. 여름에 가장 좋은 것은 우유로 만든 아이스크림이 아니라 물로 만든 얼음입니다.」

갑자기 공원에 불이 켜졌다. 그러나 그 전에 잠시 완전한 어둠에 잠겼다. 마치 누군가가 함부르크의 동네 위로 검은 담요를 던진 것 같았다.

아마도 일흔 살가량 된 듯한 그 신사는 한숨을 내쉬었다. 그러고서 이렇게 말했다.

「정말 미스터리한 유산이지요, 그렇죠?」

「그래요, 그래요, 정말 그렇네요.」 아르킴볼디는 이렇게 말하면서 자리에서 일어나 퓌르스트 퓌클러의 후손과 작별했다.

얼마 후 그는 공원에서 나갔고, 다음 날 아침 멕시코로 떠났다.

『2666』은 작가가 세상을 떠난 지 1년 이상이 지난 후에 유작으로 출간되었다.
따라서 독자의 손에 있는 작품이 로베르토 볼라뇨가 충분히 오래 살았다면
우리에게 주었을 작품과 어느 정도나 일치하는지 묻는 건 당연한 일이다. 나는
이런 의문에 대해 안심해도 좋다고 대답할 수 있다. 볼라뇨가 죽으면서 지금
상태로 남긴 이 소설은 그가 구상한 것과 매우 유사하기 때문이다. 볼라뇨가 조금
더 살았더라면 좀 더 오랫동안 이 책을 작업하면서 마무리했으리라는 데는 의심의
여지가 없다. 하지만 그 기간은 기껏해야 몇 달에 불과했을 터다. 그는 스스로 이
작품의 퇴고가 가까웠다고 밝혔고, 이미 이 작품을 끝내기 위해 설정해 두었던
기간을 한참 초과하고 있었다. 어쨌거나 이 소설은 토대만 구축된 것이 아니라
이미 완전한 건물을 세운 상태였다. 따라서 소설의 윤곽과 규모, 그리고 전체적인
내용은 그 어떤 경우에라도 지금의 모습과 그다지 다르지 않았을 것이다.

죽음이 임박하자 로베르토 볼라뇨가 『2666』의 장대한 계획을 5부에 걸맞은
다섯 권의 책으로 출간하기로 했다는 이야기가 나왔다. 분명한 것은 생애의 마지막
몇 달 동안 볼라뇨는 이런 생각을 주장했으며, 그는 갈수록 자기가 대략 초기의
계획대로 완성할 수 있으리라고 확신하지 못했다는 사실이다. 그러나 여기서 이런
계획에는 현실적인 고려가 개입되어 있었다는 것을 지적해야만 한다(덧붙여
말하자면 그런 현실적인 고려는 그의 장점이 아니다). 자기가 곧 죽을 가능성이
갈수록 커지자, 볼라뇨는 자기 편집인들뿐만 아니라 후손들에게도 방대하고 끝이
없으면서 심지어 완전히 끝내지도 못한 작품을 단 한 권으로 출간하는 것보다는,
짧거나 중간 길이의 단행본 다섯 권으로 출간하는 것이 좀 더 부담이 적고
경제적으로 이로울 것이라고 생각했다.

하지만 작품을 읽어 본 후, 한 권으로 출판하고자 한 원래의 구상으로
되돌아가는 게 낫다는 생각이 들었다. 비록 『2666』을 구성하는 다섯 부분은
독립적으로 읽힐 수 있지만, 많은 요소(반복적 모티프로 이루어진 교묘한 직물)를
공유할 뿐만 아니라, 의심할 바 없이 공통적인 의도와 목적에도 부합한다. 각각의
부분들을 포함하는, 상대적으로 〈열린〉 구조를 구태여 합리화하려고 애쓸 필요는
없다. 특히 이전 작품 『야만스러운 탐정들』을 고려하면 더욱 그렇다. 『야만스러운

탐정들』이 사후에 출판되었다면, 작품의 미완성 상태에 관한 갖가지 추측이 생겨나지 않았을까?

게다가 『2666』의 다섯 부분을 한 권으로 출판하려는 결정에는 다른 고려도 포함되어 있다(물론 이 작품의 독서에 관한 종합적인 틀이 설정되면, 이후 각각의 부분을 단행본으로 출간하여 이 작품의 열린 구조가 인정하고 심지어 추천도 하는 여러 조합을 허용할 작정이다). 훌륭한 단편소설의 저자이며 멋진 중편소설 몇 편의 작가인 볼라뇨는 『2666』의 저술을 시작하자 자기가 야심과 분량 면에서 『야만스러운 탐정들』을 훨씬 뛰어넘는 장대한 계획에 착수했다고 자랑했다. 『2666』의 엄청난 분량은 각 부분에 대해 작가가 지녔던 원래의 생각에서 분리될 수 없다. 또한 이 작품에 생명을 불어넣는 모험 정신과 총체성을 추구하는 무분별한 소망과도 불가분의 관계에 있다. 이 점에서 『2666』의 한 대목을 떠올릴 필요가 있다. 독서 애호가인 어느 약사와 대화를 나눈 후, 이 소설에 등장하는 주인공 중 하나인 아말피타노는 『모비 딕』이나 『소송』처럼 길고 야심적이며 대담한 작품들을 배제하고 짧고 분명한 소설(이 대목에서는 멜빌의 『필경사 바틀비』나 카프카의 『변신』 같은 작품을 예로 든다)이 갈수록 특권을 누리는 데 대해 노골적으로 실망의 빛을 감추지 않으면서 생각한다.

너무나 슬픈 역설이야. 아말피타노는 생각했다. 이제는 심지어 책을 좋아하는 약사조차도 위대하고 불완전하며 압도적인 작품들, 즉 미지의 세계 속에서 길을 열어 주는 작품들을 읽기 두려워해. 사람들은 위대한 스승들의 완벽한 연습 작품들만 골라서 읽고 있어. 마찬가지 이야기지만, 그들은 위대한 스승들이 연습 경기 하는 걸 보고 싶어 해. 하지만 위대한 스승들이 무언가와 맞서 싸울 때, 그러니까 피를 흘리며 치명적인 상처를 입고 악취를 풍기면서 우리 모두를 위협하고 두려움으로 사로잡는 것과 맞서 싸울 때는 전혀 관심을 보이지 않아.

이제는 제목에 관해 살펴볼 시간이다. 수수께끼 같은 숫자 2666 — 실제 연도 — 은 소실점으로 기능하고, 이 점을 중심으로 소설의 상이한 부분들이 정돈된다. 이 소실점이 없으면, 전체적인 관점은 균형을 잃으며 불완전해지고 중심을 잃고 떠다니게 된다.

『2666』과 관련된 많은 메모 중 하나에서 볼라뇨는 작품에서 〈숨겨진 중심〉의 존재를 지적한다. 이것은 소설의 〈물리적 중심〉이라고 여길 수 있는 것 아래에 숨겨져 있다. 그리고 그 물리적 중심이 멕시코와 미국의 국경에 위치한 후아레스시를 충실히 반영하는 산타테레사시라고 생각하는 건 일리가 있다. 궁극적으로 소설의 다섯 부는 모두 그곳으로 수렴된다. 그곳에서 일어난 범죄는 이 작품의 충격적인 배경을 구성한다(그리고 소설 속의 한 장면에서 어느 등장인물은 〈그곳에 세상의 비밀이 숨겨져 있다〉라고 말한다). 그렇다면 〈숨겨진 중심〉은 무엇일까? 그것은 소설 전체가 기초를 두는 날짜인 2666년을 지칭하는 것이 아닐까?

볼라뇨는 『2666』을 쓰는 데 인생의 마지막 몇 년을 몰두했다. 그러나 이 소설을 구상하고 설계한 것은 훨씬 이전이며, 이 작품에 대한 생각이 고동친다는 사실은 과거에 발표한 작가의 여러 작품, 특히 『야만스러운 탐정들』(1998)을 끝낸 이후에 출판된 작품들에서 감지되는데, 이 작품이 소노라 사막에서 끝나는 것은 우연이 아니다. 이런 고동치는 맥박을 철저하게 살펴볼 시간은 이후 올 터다. 지금은 설득력 있는 예를 하나 지적하는 것만으로 충분할 것이다. 그것은 바로 1999년에 발표한 『부적』이다. 그 소설을 다시 읽어 보면 2666년이라는 날짜가 가리키는 의미가 무엇인지 명백한 단서를 찾을 수 있다. 『부적』의 주인공이며 『야만스러운 탐정들』에 미리 등장했던 인물인 아욱실리오 라쿠투레는 어느 날 그녀가 어떻게 멕시코시티의 게레로 지역을 향해 걸어가던 아르투로 벨라노와 에르네스토 산 에피파니오를 쫓아갔는지 이야기한다. 두 사람은 〈남창들의 왕〉이라고 불리는 곳을 찾아 길을 간다.

나는 그들을 뒤쫓아 갔다. 그들이 경쾌한 걸음으로 부카렐리를 내려가 레포르마까지 걸어가는 것을 보았다. 또 파란불을 기다리지 않고 레포르마를 가로지르는 것을 보았다. 두 사람의 긴 머리카락이 흩날렸다. 그 시간에 레포르마에는 여분의 밤바람이 불고, 레포르마 거리는 투명한 관(管), 도시의 가상의 호흡을 발산하는 쐐기 모양의 허파로 탈바꿈하기 때문이다. 그 후 우리는 게레로 거리를 걷기 시작했다. 그들은 전보다 좀 더 천천히 걸었고 나는 좀 더 힘없이 걸었다. 그 시간의 게레로 거리는 무엇보다 공동묘지와 흡사하다. 그러나 1974년의 공동묘지도, 1968년의 공동묘지도, 또 1975년의 공동묘지도 아닌 2666년의 공동묘지처럼 보인다. 송장이나 아직 태어나지 않은 아이의 눈꺼풀 아래서 잊힌 공동묘지, 무언가를 망각하고 싶어 한 끝에 모든 것을 망각하게 된 한쪽 눈의 무심한 눈물 같다.

독자에게 제공되는 텍스트는 이 소설의 여러 〈부분〉의 마지막 판본에 해당한다. 볼라뇨는 자신의 작업 자료 중에서 어떤 것을 최종적으로 고려해야 할지 아주 분명하게 지적했다. 그렇지만 있을 수 있는 누락 부분을 보완하고 실수를 수정하기 위해서뿐만 아니라, 볼라뇨의 최종 의도에 관한 단서를 최대한 밝혀내기 위하여 그의 초고들을 재검토했다. 이런 면밀한 검토는 결과적으로 이 텍스트에 커다란 해결의 빛을 던지지는 못했지만, 최종 판본이나에 대한 의문의 여지는 거의 남지 않게 되었다.

볼라뇨는 성실하고 꼼꼼한 작가였다. 그는 작품을 쓸 때 항상 초고를 여러 개 썼고, 일반적으로 단숨에 글을 써 내려갔지만, 이후 정성 들여 다듬었다. 이런 점에서 『2666』의 최종 판본은 몇몇 예외를 제외하고는 아주 만족스러울 정도로

분명하고 깨끗한 수준을 보여 준다. 다시 말하면 심사숙고한 작품이다. 작가의
〈약점〉과 〈강박 관념〉을 다루는 데 일가견이 있는 편집인들 — 부지런하고 경험이
많으며 무엇보다도 작가와 공모자라고 말할 수 있는 — 과 함께 면밀히
살펴보았지만, 사소한 오류와 분명한 오탈자 몇 개를 교정하는 것이 고작이었다.

여기서 아마도 덧붙일 필요가 없을 말을 마지막으로 언급하고자 한다.
『2666』과 관련된 볼라뇨의 어느 메모에는 〈『2666』의 작가는 아르투로
벨라노다〉라는 한 줄이 적혀 있다. 그리고 다른 곳에는 〈『2666』의 끝을
위하여〉라는 메모와 함께 덧붙인 글이 있다. 〈친구들이여, 이것이 전부다. 난 모든
걸 해보았고, 모든 걸 경험했다. 기운이 있다면 울음을 터뜨릴 것이다. 이제
당신들에게 작별 인사를 한다. 아르투로 벨라노.〉

그럼 안녕.

2004년 9월
이그나시오 에체바리아

888

로베르토 볼라뇨의 미완성 유작인 『2666』은 현대 라틴 아메리카 문학에서 가장 중요한 작품 중의 하나로 평가받는다. 볼라뇨가 세상을 떠나고 1년이 지난 2004년에 출간된 이 소설은 〈메가 소설〉이라고 불릴 정도로 방대한 작품으로 복잡한 구조를 지닐 뿐만 아니라, 〈총체 소설〉에 대한 작가의 소망을 유감없이 보여 주는 작품이다. 그래서 이 작품을 분석하고 해석하는 것은 커다란 도전일 수밖에 없다. 『2666』은 출판되자마자 전 세계 독자들의 관심을 끌었다. 그것은 볼라뇨가 간 부전으로 세상을 떠나기 전에 혼신을 다해 쓴 마지막 소설이었고, 그런 이유로 독자들이 감정적으로 이끌렸기 때문일 수도 있다. 그러나 이런 작품의 외적 요인보다도 독자들이 『2666』에 관심을 집중한 까닭은 그가 이 작품이 1990년대와 2000년대에 세계의 이목을 끈 후아레스시의 범죄와 관계있다고 여러 차례 밝혔기 때문이었다.

　『2666』이 출간되자 스페인어권의 비평계는 한목소리로 이 작품이 대작이라고 평가했다. 그리고 영어로 번역되자 곧 미국의 베스트셀러 목록에 진입했고, 『타임』은 이 작품을 2008년 최고의 소설로 선정했으며, 미국 비평계는 권위 있는 전미 비평가 협회상을 수여하면서 이 작품을 기렸다. 볼라뇨의 절친한 친구인 아르헨티나 작가 로드리고 프레산Rodrigo Fresán은 〈이 작품에서 추구되고 이루어지고 있는 것은 총체 소설이다. 『2666』은 이 작가를 세르반테스, 스턴, 멜빌, 프루스트, 무질이나 핀천의 반열에 위치시킨다〉라고 지적하는데, 이 말은 전 세계에서 이 작품에 관해 일반적으로 생각하는 의견을 요약해 주고 있다.

　이런 극찬과 더불어 독자는 『2666』의 엄청난 분량에 압도된다. 그러나 이 작품을 읽는 순간부터 작품에 몰입하기 때문에, 기념비적 분량은 그다지 문제가 되지 않는다. 그래서 분량보다도 이 작품의 중심 주제가 모호하다는 사실과, 그런 모호함이 야기하는 효과에 압도된다. 의심의 여지 없이 『2666』은 로베르토 볼라뇨의 모든 작품 중에서 가장 비관적이고 절망적이다. 유대인 안스키의 일기에서 서술되는 19세기 말과 20세기 초의 범죄와 제2차 세계 대전의 홀로코스트는 20세기 말과 21세기 초의 미국과 멕시코의 국경으로 상징적으로 수렴되며, 1백 명이 넘는 여성 살해femicide로 재생산된다. 이렇게 볼라뇨는 죽은 사람들과 그들의 운명적인 비가를 쓰면서, 우리 시대의 어리석음과 〈우리 자신을 망가뜨리고 파괴하는 끝없이 다양한 형태들〉을 강력하게 고발하고 공격한다.

『2666』은 완전한 해석이나 설명을 추구할 수 없는 작품이다. 그래서 여기서는 『2666』에 나타나는 핵심 내용으로 보이는 산타테레사와 아르킴볼디, 수수께끼 같은 제목과 제사, 그리고 시간 구조라는 여섯 가지 측면을 통해 이 작품의 의미를 살펴보고자 한다. 하지만 이 작품은 근본적으로 모호하기 때문에 그 어떤 해석이나 비평도 결정적일 수 없다. 그러므로 독자들이 나름대로 이 작품을 해석하면서 그 모호함을 메워 나갈 때에야 비로소 이 작품은 더욱 풍요로워질 것이다.

작품에 관하여: 아르킴볼디와 산타테레사

『2666』은 5부로 이루어져 있으며, 각 부는 모두 멕시코 북부 국경 지대에서 자행된 여성 살해를 중심 주제로 삼는다. 얼핏 보면 다섯 부분은 서로 개별적이며 상이한 것 같지만, 여성 살해라는 주제를 통해 전체적으로 응집된다. 1부인 「비평가들에 관하여」는 전 세계 학회를 돌아다니며 주요 작가와 작품 들을 연구하고 토론하는 데 전념하는 유럽 학계와 문학 비평에 대한 패러디이다. 그러한 학술적 작업이 얼마나 공허한지를 아이러니한 어조로 밝히기도 하며, 라틴 아메리카의 혼돈과 서양의 이성적 사고의 충돌에 관해 이야기하기도 한다. 그러면서 문학 비평의 한계를 비롯해 세상을 해석하려는 인간의 어리석음과 세상의 현실에 본질적으로 내재한 혼돈을 보여 준다.

2부인 「아말피타노에 관하여」는 칠레 교수 오스카르 아말피타노에 관한 이야기이다. 그는 산타테레사 대학의 교수이며 베노 폰 아르킴볼디의 몇 안 되는 번역가 중의 하나이다. 그는 딸 로사와 함께 바르셀로나를 떠나 멕시코 북부 국경 지역에 정착한다. 그는 쇼펜하우어의 목소리를 듣는 정신 착란자이고, 뒷마당의 빨랫줄에 라파엘 디에스테의 『기하학 유언』을 걸어 놓으면서, 예술의 죽음에 대한 뒤샹의 생각을 암시한다. 2부는 독자를 멕시코 국경 지역의 산타테레사와 그곳에서 벌어지는 여성 살해라는 주제로 안내한다. 여기서 로사가 산타테레사에서 살해된 젊은 여자들 중의 하나가 될지도 모른다는 생각을 불러일으키면서 긴장감이 조성된다.

한편 3부 「페이트에 관하여」는 권투 경기를 취재하기 위해 산타테레사로 가는 아프리카계 미국인 기자 오스카 페이트의 이야기이다. 하지만 그는 권투 경기보다 산타테레사에서 일어나는 일련의 여성 살해 범죄 사건에 더욱 매료되고, 그 사건과 연관된 인물들을 조사하다가 아말피타노의 딸 로사를 만난다. 그리고 그녀와 함께 공포가 지배하는 그 장소를 벗어나고자 한다. 페이트는 산타테레사의 비밀을 파헤치고 유독한 일상의 가장 어두운 하수구, 즉 미국과 멕시코 국경의 어두운 이면을 파헤치면서, 제3세계 산업계의 르포르타주, 즉 멕시코의 현 상황을 보여 준다.

4부는 볼라뇨가 세상을 떠나기 전에 작업했던 부분이며, 『2666』에서 가장 많은 지면을 차지한다. 그래서 이 부분은 물리적이자 은유적으로 이 소설의 중심이라고 말할 수 있으며, 따라서 이 작품의 중심 주제인 여성 살해에 관해 가장 중요한 부분이기도 하다. 여기서는 다양한 형태의 악이 등장하면서, 멕시코의 산타테레사에서 벌어지고 있는 1백 명이 넘는 젊은 여성들의 살해 사건을 하나씩 기술한다. 그러나 정작 살해 장면은 나타나지 않고, 생명을 잃은 육체에 대한 법의학 보고서만 제공된다. 즉, 시체 발견 상황과 시체의 상태, 발견 장소, 법의학 검시관들의 소견이 이 부분의 특징을 이룬다. 볼라뇨는 이런 보고서를 통해 악의 무대를 보여 주며, 이 무대의 중심에 부정과 부패와 무관심이 자리 잡고 있으며, 진실을 외면하는 시민들 역시 이런 범죄의 공모자라는 것을 드러낸다.

5부「아르킴볼디에 관하여」는 한스 라이터의 일생에 관한 이야기이다. 그는 제2차 세계 대전에 참전했고, 유대인 작가 보리스 안스키의 일기를 발견한 후 작가가 되고자 결심하고서 자기 이름을 베노 폰 아르킴볼디로 바꾼다. 5부는 1부의 아르킴볼디 학자들이 정확하게 밝혀내지 못했던 자료들을 통해 아르킴볼디의 생애를 재구성한다. 따라서 4부까지 등장한 인물과 상황과 사건을 연결해 주는 역할을 하며, 그동안 철저히 베일에 가려져 있던 작가의 존재를 확인시켜 주는 구체적 자료와 사실을 제공한다. 5부이자 이 소설의 마지막 부분은 라이터/아르킴볼디가 여성 살해범으로 기소된 조카에 대해 알아보기 위해 멕시코로 떠나는 것으로 끝난다. 이것은 산타테레사에서 비밀스러운 작가의 행적을 뒤쫓던 1부의 유럽 학자들의 노력과 연결되면서, 작품이 순환 구조를 띠게 만든다.

『2666』의 각 부분은 독립성을 띠고 있기에, 여러 유형의 문체가 구사된다. 1부는 현학적인 언어로 화려하게 이루어져 있으며, 2부는 내면적이고 강박적이며 정신 이상적인 성향을 띤다. 그리고 3부는 탐정 소설의 어조와 리듬을 시도한다. 4부가 전개되면서 독자들은 법의학 보고서의 특징을 띤 간결하고 차가운 문체와 마주친다. 마지막인 5부에서 볼라뇨는 풍부한 묘사와 일탈적인 서술을 시도하면서 과도할 정도, 아니 헛소리에 가까울 정도에 이른다.

이제 『2666』이 미완성 유고라는 사실을 좀 더 깊이 생각해 봐야 할 때다. 과연 이 작품이 볼라뇨의 의도를 충분히 반영하고 있으며, 그가 애초에 구상한 구조대로 이루어져 있을까? 볼라뇨 문학 작품의 대리인인 이그나시오 에체바리아는 이렇게 말한다. 〈독자에게 제공되는 텍스트는 이 소설의 여러《부분》의 마지막 판본에 해당한다. 볼라뇨는 자신의 작업 자료 중에서 어떤 것을 최종적으로 고려해야 할지 아주 분명하게 지적했다. 그렇지만 있을 수 있는 누락 부분을 보완하고 실수를 수정하기 위해서뿐만 아니라, 볼라뇨의 최종 의도에 관한 단서를 최대한 밝혀내기 위하여 그의 초고들을 재검토했다. 이런 면밀한 검토는 결과적으로 이 텍스트에 커다란 해결의 빛을 던지지는 못했지만, 최종본이냐에 대한 의문의 여지는 거의 남지 않게 되었다.〉

에체바리아의 말대로 『2666』이 5부로 이루어져 있다는 사실을 그 누구도 의심하지 않았다. 볼라뇨는 향후 가족의 앞날을 걱정하여 자신의 편집인에게 이 작품을 다섯 권으로 출간해 달라고 부탁했다. 그러나 그의 가족과 편집인 호르헤 에랄데, 그리고 문학 작품 유언 집행인인 이그나시오 에체바리아는 5부를 한 권으로 출판하기로 결정했다. 그것은 작품 전체의 응집성을 존중하고, 로베르토 볼라뇨의 원래 소망이 한 권으로 출판하는 것이었다고 여겼기 때문이다.

그러나 2009년 초에 새로운 증거가 나타나면서 이 소설의 6부가 존재한다는 의견이 제시되었다. 바르셀로나의 일간지 『라 반과르디아La Vanguardia』의 2009년 3월 7일 자 문화면에서 조세프 마소트Josep Massot는 로베르토 볼라뇨가 남긴 수많은 공책과 수첩에서 두 편의 소설을 발견했다고 밝힌다. 『디오라마Diorama』와 『진짜 경찰의 무미건조함Los sinsabores del verdadero policía』이었다. 특히 두 번째 작품에 관해 마소트는 『야만스러운 탐정들』의 축소판이며 『2666』과 같은 선상에 있어서 6부라고 여겨질 수도 있는 내용이라고 지적했다. 『2666』에서 베노 폰 아르킴볼디 작품의 번역자인 아말피타노가 왜 바르셀로나를 떠나 〈권태의 사막 한가운데 있는 공포의 오아시스!〉인 산타테레사로 강의를 하러 갔는지 이유는 불분명하다. 하지만 발견된 원고는 그가 왜 바르셀로나에서 빠져나왔는지 알려주며, 이렇게 이 인물에 대한 많은 것을 밝혀 주면서 새로운 차원을 획득한다. 이런 자료는 『2666』이 미완성 작품이라는 사실을 고려할 때 매우 중요하다. 그것은 볼라뇨가 죽지 않았다면 『2666』의 결정적인 내용과 형식을 어떻게 했을까 다시 생각하게 만들기 때문이다.

산타테레사/후아레스시에 관하여: 공간의 중심

『2666』의 5부는 각각 독립성을 띠고 있으면서도 두 개의 중심축으로 연결된다. 첫째 축은 베노 폰 아르킴볼디라는 수수께끼 같은 인물을 중심으로 구성된다. 둘째 축은 멕시코와 미국의 국경 도시인 산타테레사에서 일어난 여성 살해로 이루어진다. 산타테레사는 가상의 공간이자 지옥의 도시이며, 『2666』의 영문판 뒤표지에 언급된 〈블랙홀〉이다. 즉, 5부에 걸친 모든 이야기와 인물들이 빨려 들어가 공(쏲)에 도달하는 장소이다. 이 블랙홀은 멕시코 역사, 보다 구체적으로 말하자면 후아레스시에서 실제로 일어난 여성 살해 사건에 바탕을 두고 있다. 그리고 이 작품에 등장하는 인물들은 불가해한 연쇄 살인 사건을 중심으로 통합된다.

이 작품의 모든 인물들은 각각 상이한 동기로 산타테레사에 도착한다. 문학 비평가들은 아르킴볼디를 찾기 위해 그곳으로 가며, 칠레 교수인 아말피타노는 산타테레사 대학에서 강의하기 위해, 미국 기자 오스카 페이트는 권투 경기를 취재하기 위해 그곳에 도착한다. 마지막으로 아르킴볼디는 연쇄 살인의 핵심 용의자로 기소되어 수감된 조카의 상태를 알아보기 위해 그곳으로 간다. 한편 산타테레사의 여성들은 자신이 다음 희생자가 될지도 모른다는 공포에 사로잡혀 살고 있는 무시무시한 현실의 증인이다. 그러면서 이 소설의 모든 이야기는 죽음과 부패로 얼룩진 저주받은 무대, 즉 산타테레사로 수렴된다. 이 도시는 등장인물들에게 이상한 매력을 선사한다. 산타테레사는 역사의 자석이며, 그 자력으로 인물들의 운명을 움직인다.

이 블랙홀은 독일 작가 베노 폰 아르킴볼디의 삶과 작품으로 구체화되는 문학이라는 축과 산타테레사에서 일어나는 범죄뿐만 아니라 제2차 세계 대전 이후의 묵시록적 세계관으로 표현되는 폭력이라는 축을 중심으로 돌아간다. 그렇게 볼라뇨는 유럽과 아메리카 대륙을 연결시키면서 폭력과 파괴의 역사를 구성한다. 이런 점에서 『2666』은 몰락하는 서양 문명에 대한 비판일 뿐만 아니라, 폭력의 부조리와 제도화에 관한 작품이기도 하다. 이런 폭력은 제2차 세계 대전의 경험뿐만 아니라 아마도 멕시코 정부와 경찰이 연루되어 있는 까닭에 멈추지 않고 지속적으로 일어나고 있는 여성 연쇄 살인으로 나타난다.

산타테레사는 경계의 도시이다. 산타테레사는 멕시코와 미국의 국경에 있는 도시이며, 현실과 허구의 경계에 있는 도시이다. 또한 『야만스러운 탐정들』에 등장하는 세사레아 티나헤로의 도시이며 베노 폰 아르킴볼디가 숨어 있는 곳이다. 동시에 산업의 중심지이며, 여자들에게 위험하고 위협적인 사막 한가운데의 공간이다. 그리고 권력층이 죄를 지어도 처벌받지 않고 대로를 활보하는 장소이며, 부패와 황금만능주의 제국이기도 하다. 또한 죽음과 부패의 자석으로 기능하면서, 마약 밀매업자, 한물간 권투 선수들, 범죄자들과 좀처럼 구별되지 않는 경찰들, 방향성을 잃은 연구자들과 정신이상자들을 끌어들이는 곳이다.

산타테레사가 멕시코와 미국의 국경 지대에 위치한 후아레스시의 문학적 재창조물이라는 것은 익히 알려진 사실이다. 볼라뇨는 후아레스시에서 인간의 파괴가 최고조에 이르고 있음을 보고, 지옥의 형상화에 관해 말한다. 〈[지옥은] 후아레스시 같다. 그곳은 우리의 저주이자 우리의 거울이다. 우리의 좌절에 대한 불안한 거울이며, 우리의 자유와 욕망에 대한 치욕적인 해석의 거울이다.〉 후아레스시/산타테레사는 클린턴 행정부가 체결했으며 1994년에 발효된 북미자유무역협정의 결과로 경제적 부흥이 일어난 국경 도시이다. 그러나 그런 경제 부흥 뒤에는 쓰레기와 찌꺼기가 있다. 산타테레사에서 그런 쓰레기는 가난과 상대적으로 낮은 신분인 멕시코의 노동자 계급이다. 대부분 그들, 특히 여성들은 자본주의 사회의 희생자이다.

5부에 걸쳐 소설이 전개되면서 산타테레사는 현실적이고 문학적인 차원으로 형상화된다. 현실적 차원은 멕시코에서 일어난 살인 범죄 보고서에 바탕을 두고 이루어지며, 문학적 차원은 허구적 인물들(작가, 기자, 변호사, 문학 연구자 들)이 접하게 되는 기괴한 현실(사막 한가운데의 거대한 산업 도시, 착취와 무처벌, 그리고 권력층의 부패가 만연한 공간)로 나타난다. 이런 산타테레사는 제1세계와 제3세계의 교차 지점이며, 사회적·경제적 부패와 부조리를 보여 주는 장소인 동시에 마약 밀매업자들의 주요 통로 중의 하나인 사악한 장소를 대표한다. 이렇게 이 도시는 인류 역사에서 좀처럼 찾아볼 수 없는 잔인무도한 범죄와 사악함을 상징한다.

마콘도가 라틴 아메리카의 기원을 서술하는 신화적 도시라면, 산타테레사는 라틴 아메리카의 종말을 이야기하는 도시이다. 가르시아 마르케스는 라틴 아메리카 현실의 신화를 창조했으며, 그 결과는 라틴 아메리카의 도시들을 마술로 가득한 곳으로, 마치 각각의 도시에 마콘도 같은 것이 있는 것처럼 보이게 만들었다. 그리고 무엇보다도 제1세계의 눈에 마술적 사실주의는 라틴 아메리카 국가들의 존재 방식이자 그들의 현실이 되었다. 반대로 볼라뇨는 현실의 신화적 해석과 완전히 멀어진다. 『2666』에서 아르킴볼디는 〈그저 하찮은 창녀에 불과한 역사는 결정적인 순간을 가지고 있지 않으며, 그저 순간들, 즉 극악무도함 속에서 서로 경쟁하는 짧은 막간의 번식〉이라고 지적한다. 만일 폭력이 역사의 원동력 중의 하나라면, 이것은 현실과 밀접하게 연결되어 있다. 그리고 불행하게도 『2666』의 폭력은 현실의 폭력이며, 볼라뇨는 이런 사실을 지나치지 않는다. 후아레스시의 죽음처럼 끔찍한 사실에 대해 신화적 해석을 할 수는 없다. 마콘도가 라틴 아메리카의 기원이라면, 산타테레사는 그 어떤 신화적 해석도 우스우며 무용지물이고 터무니없다는 것을 보여 준다.

아르킴볼디/아르침볼도에 관하여: 『2666』의 미학

이 소설에서 여성 살해와 홀로코스트를 통해 다뤄지는 악과 공포 그리고 잔인성과 폭력이 산타테레사라는 공간과 관련된다면, 아마도 이 작품의 미학은 아르킴볼디라는 이름과 연결되어 있는 듯하다. 아르킴볼디라는 작가 이름은 1부와 5부에서만 나타난다. 1부에서는 네 명의 유럽 학자이자 비평가들 ─ 장클로드 펠티에, 피에로 모리니, 마누엘 에스피노사, 리즈 노턴 ─ 을 통해 등장한다. 이 부분은 문학 비평가들의 학술적 삶을 패러디하면서, 그들 중 그 누구도 보지 못했고, 꽤 유명하고 작품도 많이 팔렸지만 수수께끼로 남아 있는 아르킴볼디 주위로 일종의 미스터리를 전개시킨다. 단지 그의 작품명과 그의 생애의 일부, 그리고 그의 작품과 독자들의 관계만 언급된다. 아르킴볼디에게 매료된 네 비평가는 유럽에서 그를 찾으려고 노력하고, 이후 그의 자취를 찾아 멕시코로 떠나 그가 머물고 있으리라고 추정되는 국경 도시 산타테레사로 향한다.

『2666』의 마지막 부분인 5부에는 아르킴볼디 ─ 본명은 한스 라이터 ─ 의 몇 가지 특징이 보다 명확하게 나타난다. 태어날 때부터 그는 독특했다. 〈1920년에 한스 라이터가 태어났다. 아이가 아니라 마치 해초처럼 보였다. 내가 알기로는, 카네티와 보르헤스, 너무나 다른 두 사람이, 바다가 바로 영국인들의 상징이거나 거울인 것과 마찬가지로, 숲은 독일인이 사는 지역의 메타포라고 말했다. 한스 라이터는 태어나는 순간부터 이런 법칙에서 벗어나 있었다.〉 이렇게 라이터는 어릴 적부터 예외였다. 그가 〈실제로 살고 먹으며 잠자고 논 곳은 해저였다〉는 화자의 말은 그가 살고 걸어야만 하는 이 세상의 법칙에 완전히 적응하지 못한 존재이며, 심연과 미지의 세계를 찾아다니고, 그렇게 세상에서 모습을 보이지 않는다는 것을 암시한다. 이런 특징은 볼라뇨의 문학관과 일치한다. 〈걸작 혹은 대문호란 (……) 다양한 독서가 가능할 뿐만 아니라, 당시까지 알려지지 않았던 지역으로 들어가고 문학이라는 나무를 풍요롭게(즉 빛을 비추고) 이후에 오는 사람들을 위해 길을 닦아 주는 작품이나 작가이다.〉 이렇게 심연과 미지라는 단어는 아르킴볼디와 연관되어 자주 등장하고, 이것은 볼라뇨의 문학 개념과도 일치한다. 이런 점에서 『2666』의 작중 인물 아말피타노의 말은 곱씹어 볼 필요가 있다.

이제는 심지어 책을 좋아하는 약사조차도 위대하고 불완전하며 압도적인 작품들, 즉 미지의 세계 속에서 길을 열어 주는 작품들을 읽기 두려워해. 사람들은 위대한 스승들의 완벽한 연습 작품들만 골라서 읽고 있어. 마찬가지 이야기지만, 그들은 위대한 스승들이 연습 경기 하는 걸 보고 싶어 해. 하지만 위대한 스승들이 무언가와 맞서 싸울 때, 그러니까 피를 흘리며 치명적인 상처를 입고 악취를 풍기면서 우리 모두를 위협하고 두려움으로 사로잡는 것과 맞서 싸울 때는 전혀 관심을 보이지 않아.

이후 라이터는 후고 할더를 통해 낭만주의 작가들, 즉 괴테와 실러, 횔덜린과 클라이스트를 알게 되면서 문학의 세계에 입문하고, 독일군으로 전쟁에 참가하여 부상을 입은 후 구소련의 코스테키노 마을에서 유대인 볼셰비키주의자 안스키의 공책을 발견한다. 그는 그 공책을 읽으며 더욱 독서에 대한 열정을 느낀다. 바로 그 공책에서 라이터는 이탈리아 매너리즘의 화가 주세페 아르침볼도(1527~1593)의 이름을 보게 되고, 작가가 되기로 결심하면서 그 이름에서 착안하여 자신의 필명을 아르킴볼디라고 짓는다. 이 화가와 그의 미학에 관해 안스키는 〈모든 것 안에 모든 게 있어〉라고 적으면서 〈아르침볼도는 단 하나의 교훈만 얻은 것처럼, 이 교훈이 그 어떤 것보다 중요했을 것이다〉라고 설명한다. 이 대목은 화가 아르침볼도를 직접적으로 언급하고 있으며, 동시에 화가와 작중 인물 아르킴볼디가 미학적으로 관계가 있음을 암시한다.

그렇다면 소설적 관점에서 화가 아르침볼도와 작중 인물 아르킴볼디와는 어떤 상징적 관계를 설정할 수 있을까? 『2666』은 이것에 관해 명확한 설명을 하지 않는다. 또한 작중 인물 아르킴볼디의 문학관도 나타나지 않으며, 그가 작품 쓰는 법을 배울 때 어떤 것을 배웠는지도 결코 언급되지 않는다. 그러나 『2666』의 5부에서는 간단하나마 아르침볼도의 작품을 설명하는 대목이 발견된다. 예를 들어 아르침볼도의 「구운 고기」가 그렇다. 그 그림을 똑바로 걸면 토끼와 새끼 돼지가 있는 커다란 쇠 접시와 고기가 식지 않도록 고기를 덮으려고 하는 손을 볼 수 있지만, 거꾸로 걸면 이 빠진 병사가 갑옷과 투구를 걸치고서 웃는 모습을 볼 수 있다. 이것은 걸작이란 다양한 의미를 지닌 작품이라는 볼라뇨의 생각을 반영한다. 하지만 안스키는 아르침볼도에서 〈모든 것 안에 모든 게 있다〉라는 의미를 발견할

수 있다고 말한다. 여기서 전체와 부분의 모습은 일시적이다. 이런 가정은
라이터의 삶에서 중심 사상이 되고, 이 작품의 기본 구조로 자리 잡는다. 즉,
독립적인 생명력을 지닌 부분들이 한데 모여 본질적으로 보다 큰 작품을 낳는다는
것이다.

두 작가, 즉 허구적 작가와 실제 화가의 작품은 볼라뇨의 『2666』과 유사하다.
겉으로 보기에는 서로 관련성이 없는 요소들을 결합하고 정돈하면서, 처음에는
괴상하게 보일 수 있는 것들을 가지고 보다 큰 전체의 부분을 형성하기 때문이다.
이 작품의 각 부분은 이런 방식으로 구성된다. 처음에 화자의 관심은 문학 비평의
한계를 지적하고 박식한 비평가들 주변에서 발견되는 존경심이나 신비성을
해체하려는 것처럼 보인다. 2부에서는 이런 패러디, 즉 지성의 탈신비화는
철학으로 확장되고, 3부와 4부에서는 세상의 본질을 해석하고 이해하는 것은
불가능하다는 사실이 문제화되면서, 세상에 대한 인간의 이해에 충격을 가한다.
한편 5부는 두 가지 생각을 향해 나아가는 것 같다. 하나는 문학 작품을 정말로
이해할 수 없다는 것, 즉 그 의미의 거대함을 포착할 수 없다는 것이고, 다른 하나는
세상이나 자기 자신에 관해 진정한 진실을 이해할 수 없다는 사실이다.

제사에 관하여: 저주받은 자들의 여행

『2666』는 제사로 보들레르의 〈권태의 사막 한가운데 있는 공포의
오아시스!〉를 인용하면서 사막을 언급한다. 의심할 여지 없이 이 공간은
산타테레사다. 볼라뇨가 자신의 여러 작품에서 인용하는 보들레르의 이 시구는
「여행」에 등장하며, 안토니오 마르티네스 사리온Antonio Martínez Sarrión의
번역본에서 인용한 것이다. 여기서 이 구절은 미지의 세계를 의미하며, 그를
기다리고 있는 것이 천국이건 지옥이건 그가 향해서 떠날 목적지는 미지의
것이라는 말이다.

여기에서 이 제사가 중요한 이유는 바로 『2666』의 독자가 멕시코의 사막
한가운데서 공포의 오아시스를 만나기 때문이다. 여성 연쇄 살해, 빈터에 버려진
시체, 각 사건을 상세하게 기록하는 중립적인 목소리, 이런 것들은 공포 앞에서 각
사건의 과정을 적절하게 기록하는 것 이외에는 출구가 없다는 인상을 준다. 여기서
〈한가운데〉라는 공간적 언급은 소설이 전개되는 방향을 예고한다. 볼라뇨는
이렇게 지적한다. 〈권태에서 벗어나기 위해, 분기점에서 도망치기 위해, 우리가
가지고 있지만 그다지 갖고 있지도 않은 유일한 것은 (……) 공포, 즉 악이다.
우리는 좀비나 거친 밀가루로 연명하는 노예처럼 살거나, 아니면 노예 주인이나
사악한 존재가 된다.〉

마치 악의 일상화라는 끔찍한 현상과 어떻게 맞서야 하는지 묻는 한나
아렌트Hannah Arendt의 질문에 대답이라도 하듯이, 『2666』은 일상화되고
평범해지는 악과 함께 살아간다는 것이 어떤 의미를 지니는지에 관심을 보인다.
그러면서 볼라뇨는 따분함과 공포가 세상에 거주하며, 서로 불가분의 관계로

연결되어 있다고 지적한다. 그것은『참을 수 없는 가우초』에 수록된「문학 + 병 = 병」이란 글에서 거의 강박적으로 나타나며, 그는 보들레르의 이 구절을 가리키며 〈근대인의 병을 표현하는 데 이보다 더 명확한 진단이 있을까요〉라고 말한다.

만일 볼라뇨가 현대인의 질병을 악이며 공포라고 표현하기 위해 보들레르를 인용한다면, 현대인은 누구일까? 여기서 현대인은 그 어떤 것보다도 이성을 선호하는 사람이라고 규정될 수 있다. 그런 현대인은 양차 세계 대전으로 병든 20세기를 살았던 사람이며, 인간보다는 시장과 이데올로기를 선택한 사람이다. 또한 과학과 예술에 엄격한 경계를 설정하고자 했던 사람이며, 몰락하는 귀족 사회와 부르주아 사회와 소부르주아 사회, 항상 가엾은 노동자 운동을 구체화하는 사람이다. 그러나 이런 사람은 또한 포스트모던이라고 이름 붙여졌고, 이제는 세상의 무자비함 앞에서 고독한 사람일 수도 있다. 즉, 불안정한 비정규직이며, 온갖 종류의 잡다한 일을 하는 사람이며, 글로벌 경제와 기술 중심주의의 이미지 아래서 살아가는 사람이다. 즉, 대중 매체와 마케팅의 제국 아래서 살아가는 사람이다.

또한 이 제사는 인간을 비난하는 세상에 대한 시선임을 보여 준다. 이것은 150년 전에 프랑스 시인이 인간을 규탄하면서 비난했던 것처럼 지금도 계속 그렇게 비난받고 있는 세상이다. 보들레르는『악의 꽃』에 수록된「돌이킬 수 없는 일」에서 이렇게 말한다. 〈나는 언젠가 보았다. 어느 신통치 않은 극장 안에서/오케스트라 우렁차게 울려 퍼질 때/선녀 하나 나타나 지옥처럼 캄캄한 하늘에/신기한 새벽의 불을 켜는 것을/나는 언젠가 보았다. 어느 신통치 않은 극장 안에서.〉여기서 신통치 않은 극장은 악이나 원한, 그리고 그로 인해 탄생되는 비극적인 삶이다.『2666』에서는 그것이 전쟁과 무의식, 대중 매체와 잘못된 영혼을 가진 20세기라는 연극이 바로 그런 신통치 않은 극장이 아닐까? 로베르토 볼라뇨의 시대에, 이 진부한 연극은 모든 나라에서 나타나며, 행위자들은 할리우드 스타일의 스타가 아니라, 익명의 존재들이다. 그들은 매일 그들이 사는 장소에서나 그들을 심연으로 이끄는 참을 수 없는 기나긴 여행의 길을 지배하는 폭력으로 매일 피를 흘리면서, 그런 곳에서 필사적으로 목숨을 구하려고 애쓴다.

볼라뇨는 이 제사가 나오는 시를 평하면서 이렇게 말한다. 〈보들레르 시의 승무원들이 떠나는 여행은 어느 정도 저주받은 자들의 여행과 흡사하다. 무엇을 발견하는지 무슨 일이 벌어지는지 보기 위해 나는 여행할 것이고, 나는 미지의 땅에서 길을 잃을 것이다. 그러나 먼저 나는 모든 것을 포기할 것이다. 그러니까 그것은 동일하다. 진정으로 여행하기 위해서 여행자들은 잃어버릴 것을 하나도 가지고 있지 말아야 하기 때문이다.〉『2666』의 작중 인물들은 이런 세계관 속에서, 즉 20세기의 사건들과 사람들로 각인된 거스를 수 없는 운명 속에서 움직이면서, 볼라뇨가 인용한 보들레르의 시구가 인간에 대한 비난이며 선고를 의미한다는 사실을 구체화한다.

제목에 관하여: 숨겨진 중심

여기서 수수께끼 같은 이 소설 제목의 숫자를 눈여겨볼 필요가 있다. 제목만으로는 이 이상한 숫자가 무엇을 다루는지 그 어떤 징후도 제공하지 않는다. 단서는 오직 작가의 다른 작품에서 발견된다. 첫 번째 단서는 『2666』처럼 산타테레사라는 허구적 도시를 언급하는 『야만스러운 탐정들』의 마지막 페이지에서 나타난다. 이 작품에서 1920년대 아방가르드 시 운동의 창립자인 세사레아 티나헤로는 바로 산타테레사에 있다. 1970년대 중반에 〈내장 사실주의〉를 다시 설립한 울리세스 리마와 아르투로 벨라노는 그녀를 찾지만 아무런 소득도 거두지 못한다. 찾는 도중에 그들은 세사레아의 친구였던 어느 교수와 만나고, 그때 『2666』 작품의 숫자와 유사한 숫자와 관해 말한다. 〈하지만 세사레아는 다가올 시대에 대해 말했고, 교사는 화제를 바꾸려고 그 시대가 어떤 시대이고 언제 올 것인지 물었다. 세사레아는 연도를 콕 찍어서 2600년경이라고 말했다. 2천6백몇 년이라고.〉 그런 다음 침묵이 흐를 뿐, 이 소설의 제목이 되는 숫자로 구체적으로 접근하지는 않는다. 유일하게 분명한 것은 그게 날짜이며, 앞으로 올 해라는 것이다.

볼라뇨의 작품에서 두 번째이자 마지막 단서는 『부적』에서 발견된다. 거기서 바로 『2666』의 의미를 밝혀 줄 수 있는 형태를 취한다. 〈나는 그들을 뒤쫓아 갔다. 그들이 경쾌한 걸음으로 부카렐리를 내려가 레포르마까지 걸어가는 것을 보았다. 또 파란불을 기다리지 않고 레포르마를 가로지르는 것을 보았다. 두 사람의 긴 머리카락이 흩날렸다. 그 시간에 레포르마에는 여분의 밤바람이 불고, 레포르마 거리는 투명한 관(管), 도시의 가상의 호흡을 발산하는 쐐기 모양의 허파로 탈바꿈하기 때문이다. 그 후 우리는 게레로 거리를 걷기 시작했다. 그들은 전보다 좀 더 천천히 걸었고 나는 좀 더 힘없이 걸었다. 그 시간의 게레로 거리는 무엇보다 공동묘지와 흡사하다. (······) 2666년의 공동묘지처럼 보인다. 송장이나 아직 태어나지 않은 아이의 눈꺼풀 아래서 잊힌 공동묘지, 무언가를 망각하고 싶어 한 끝에 모든 것을 망각하게 된 한쪽 눈의 무심한 눈물 같다.〉 여기서 2666은 아무런 이유도 없이 망각에 빠진 공동묘지의 해이다. 여기서 볼라뇨가 자신의 작품들 속에서 언급하는 2600과 2666 같은 숫자는 순수한 우연이나 자의적 반복을 넘어선다는 사실을 알 수 있다.

볼라뇨의 작품들에서 나타나는 숫자뿐만 아니라, 666과 1666의 의미도 알아볼 필요가 있다. 성경의 「요한 묵시록」은 〈바로 여기에 지혜가 필요합니다. 영리한 사람은 그 짐승을 가리키는 숫자를 풀이해 보십시오. 그 숫자는 사람의 이름을 표시하는 것으로 그 수는 육백육십육입니다〉(13:18)라고 말한다. 또한 1666년은 「요한 묵시록」을 해독한 일부 학자들이 재림이 이루어질 시기라고 여겼던 해였다. 그해는 샤베타이 체비가 유럽과 중동에서 많은 추종자를 거느리고 거짓 메시아가 되어 구원이 이루어질 것이라고 종말의 날짜로 선포한 해였다.

이런 숫자의 의미로 볼 때 2666은 종말론 혹은 악이나 야만성과 관련이 있음을 알 수 있다. 종말론의 진정한 의미는 이성과 그것이 이룬 철학 바깥에서 찾아진다. 다시 말하면, 종말론은 이성의 목적론적 역사론과 정반대이다. 즉, 이성적 사유와 그것 위에 구축된 체제들이 아닌 사고와 관련이 있다. 이것은 현실의 사악한 정치권력 구조가 합리적인 두뇌들이 고안한 여러 가지 변명으로 무장하고 있을 때, 그리고 문제 해결을 위한 합리적인 대화의 장 자체가 이미 주도적 권한을 가진 자들을 위해 불균등하게 조절되어 있을 때, 그리하여 진정으로 모든 것의 종말과 함께 새로운 판을 희구하는 것만이 해결책일 때, 바로 미지의 바깥을 엿보게 하는 일을 해준다.

이런 종말론적 사고나 악은 『2666』의 가장 중요한 주제이며 작품의 원동력, 혹은 절대적 주제라고 말할 수 있다. 다시 말하면, 악에 관해 글을 쓴다는 것, 그러니까 글쓰기 자체를 악이 되게 하는 것, 그것이 바로 볼라뇨 작품의 운명이다. 그것은 침묵 속의 어두움, 불안, 살인, 절대적이고 인간적인 악의 그늘 아래서 이루어진다. 아마 그것은 늙은 사탄의 새로운 글일 수도 있다.

그렇다면 이 작품에서 악은 어떤 기능을 수행할까? 『2666』의 등장인물 아말피타노는 이렇게 말한다. 〈인생은 수요와 공급, 혹은 공급과 수요라오. 모든 게 그것으로 요약될 수 있소. 하지만 그렇게는 살 수 없소. 역사는 공허의 쓰레기 구덩이로 계속해서 무너져 내리고 있소. 인간의 테이블이 역사의 쓰레기 구덩이로 무너지지 않으려면 세 번째 다리가 필요하오. 그러니 받아 적으시오. 방정식은 바로 공급+수요+마술이오. 그런데 마술이 무엇이오? 마술은 서사시이며 동시에 섹스고 디오니소스의 안개며 놀이요.〉 즉, 볼라뇨는 마술을 현대 사회의 소비주의 논리를 파괴하는 주요 요인으로 간주하면서 수요와 공급이 지배하는 자본주의 사회에서 소외 현상을 피하기 위한 또 다른 것을 도입할 필요가 있다고 여긴다. 바로 시장 논리를 넘어 인간의 경험을 확장하기 위해 필요한 것이고, 이것이 바로 이성적 사유와 그것이 구축한 체제를 파괴하는 요소이다. 여기서의 마술은 논리적 설명을 뛰어넘는 인간 내면의 악과 밀접한 관련이 있음을 알 수 있다.

『2666』에서 악은 죽음의 원칙이 아니라, 이성에게 가해지는 폭력과 불화의 원칙이다. 이 소설은 특정 시기나 특정 문화의 악과 싸우거나 몰아내려고 하지 않고, 이런 악의 유형을 배제하지도 않으며, 서양 문명에서 악이 나타나는 여러 양상을 넓게 살펴본다. 바로 이런 이유로 병적일 정도의 잔혹함, 위반, 집단적 야만성 등이 나타난다. 이와 같은 것은 수준 있는 글쓰기가 〈어둠으로 파고들 줄 알고, 허공을 향해 뛰어내릴 줄 알며, 문학은 근본적으로 위험한 직업이라는 것을 안다는 것이다. 절벽 언저리로 뛰어다니는 것, 즉 바닥이 보이지 않는 심연이 가로놓인 절벽 옆을 뛰어다니는 것이다〉라는 볼라뇨의 생각과도 관련된다. 인간의 어두운 지역으로 들어가야 한다는 이런 문학적 제안은 불가피하게 악의 모든 얼굴과 만나게 되는 동기이다.

시간 구조: 악의 반복과 순환

로베르토 볼라뇨는 마치 이 소설의 다섯 부분을 동심원으로 분배하는 것 같다. 볼라뇨는 가장 멀리 떨어진 원인 1부 「비평가들에 관하여」로 시작하여 2부 「아말피타노에 관하여」와 3부 「페이트에 관하여」를 거쳐 『2666』의 축이라고 말할 수 있는 4부 「범죄에 관하여」로 접근한다. 5부 「아르킴볼디에 관하여」에서 볼라뇨는 소설의 핵심에서 벗어나 멕시코와 산타테레사와 상관없는 새로운 원을 구성한다. 그러나 유럽과 한스 라이터의 유년 시절을 통해 작가는 또다시 멕시코로 나타나는 부동의 중심으로 접근한다. 이렇게 상상의 멕시코 도시는 소설의 모든 요소를 끌어당기는 자력처럼 작용한다. 이런 동심원적 구조는 『신곡』과 지하 세계의 원들로 여행하는 베르길리우스와 단테의 여행을 떠올리게 한다. 각각의 원은 지옥의 중심으로 가까워진다. 그곳은 바로 산타테레사/후아레스시이다. 『2666』의 각 부분은 서로 겹치고 대화하면서, 범죄로 점철된 현대 멕시코의 공포를 확인하고 강조한다.

이 작품의 시간 구조를 유심히 살펴보면, 1부와 2부와 3부, 그리고 5부는 모두 시간적으로 4부 이후에 일어난다는 것을 알 수 있다. 이 4부는 소설의 중심이며, 나머지 네 부분의 과거이다. 아르킴볼디를 찾아 멕시코로 여행을 떠나도록 유도하는 〈돼지〉와 비평가들의 만남, 아말피타노와 비평가들의 만남, 산타테레사에서 칠레 교수의 삶에 관한 이야기, 페이트의 산타테레사 여행과 아말피타노 딸 로사와의 만남, 로테와 아르킴볼디의 재회와 독일 작가의 멕시코 여행, 이 모든 것은 4부 이후에 발생한다. 여기서 4부가 1993년부터 1997년까지를 다루고 있고, 2부와 3부는 대략 2000년경으로 추정된다. 그리고 아르킴볼디가 멕시코로 떠나는 시기는 대략 2001년경으로 보이며, 1부에서 비평가들이 멕시코로 떠나는 시기는 2002년 정도, 혹은 아르킴볼디가 멕시코로 떠난 이후로 보인다.

그러나 볼라뇨는 시간적으로 모호하게 이 작품을 서술하기 때문에 이것은 어디까지나 하나의 가정이다. 여기서 제안하는 시간 순서는 소설에서 흔적을 살필 수 있는 얼마 안 되는 자료에 바탕을 둔다. 그럼 시간의 모호성에 관한 예를 들어보자. 1부에서 전문가들의 핵심적 순간은 분명하게 지적된다. 〈장클로드 펠티에는 1980년 파리에서 크리스마스를 보내던 시절에 베노 폰 아르킴볼디의 작품을 처음으로 읽었다〉와 〈1996년 말에 모리니는 악몽을 꾸었다〉가 대표적이다. 그러나 멕시코 여행을 떠나기 전에, 즉 비평가들이 로돌포 알라토레와 〈돼지〉를 만나게 되었을 때, 볼라뇨는 시간을 구체적으로 언급하지 않고 〈그즈음에〉, 〈툴루즈에서 열린 세미나에서〉 같은 모호한 암시를 사용한다.

2부와 3부에서도 마찬가지 현상이 일어난다. 오스카르 아말피타노와 그의 딸 로사는 페이트와 마찬가지로 불분명하고 모호하지만 동일한 시간에 살고 있다는 것을 확인할 수 있다. 2부와 3부는 실질적으로 시간 순서대로 배치되어 있으며, 1부는 시간적으로 2부와 3부 이후에 위치하는 것으로 보인다. 1부에는 아말피타노의 딸 로사에 대한 언급이 전혀 없는데, 이것으로 독자는 3부에서 일어나는 것처럼 그녀가 멕시코를 떠났다고 추측할 수 있다. 즉, 아말피타노는 그녀의 딸과 함께 살고 있고, 그의 딸은 페이트를 알게 된다. 그러자 아말피타노는 페이트에게 로사가 죽음의 위험에서 살지 않도록 그녀를 멕시코에서 데려가 달라고 부탁한다. 그리고 3부의 마지막에서 페이트는 교도소에서 클라우스 하스를 만났고, 아마도 로사와 함께 멕시코를 떠났을 것으로 추측된다. 그래서 1부에서 아말피타노가 유럽 교수들을 만났을 때, 그는 그 어느 때보다 외로웠고, 그의 행동은 더욱 이상했던 것이라고 가정할 수 있다.

5부에서도 시간적 모호함은 지속된다. 여기에서도 구체적이고 역사적인 날짜와 순간들이 지적되지만, 주인공은 시간이 멈춘 것 같은 모호한 분위기로 침잠한다. 그리고 그것을 읽는 독자는 마치 꿈과 주인공의 악몽으로 들어가는 것처럼 시간 없는 공간으로 빠져든다. 라이터의 어린 시절, 안스키의 일기의 세계에 몰입하는 긴 대목, 라이터와 잉게보르크, 특히 잉게보르크가 쇠약해져서 죽어 가는 동안 그들의 사랑과 열정과 광기, 그리고 마지막으로 주인공의 멕시코 여행이 서술된다. 이런 여행은 시간적으로 혼란스럽고 불확실한 분위기에서 움직인다.

이것을 정리해 보면, 5부의 중반부까지는 1920년부터 1993년까지를 서술하고, 4부는 1993년부터 1997년까지를 다루고 있다. 그리고 2부와 3부는 2000년경에 위치하며, 5부의 마지막 부분은 2001년경으로 추정된다. 그리고 1부는 2001년 이후로 보인다.

그렇다면 볼라뇨는 왜 이런 시간 구조를 사용했으며, 그 의도와 목표는 무엇일까? 이것은 매우 신중하게 생각된 구조라고 볼 수 있다. 볼라뇨는 멕시코의 여성 시인이며 소설가인 카르멘 보우요사Carmen Boullosa와의 인터뷰에서 이렇게 말한다. 〈이야기와 줄거리는 우연에서 탄생하며, 우연의 왕국에 속합니다. 즉, 혼돈과 무질서 혹은 《계시록적》이라고 불리는 영원히 불안하고 혼란스러운 영역에 속합니다. 반대로 형식은 지성과 지혜, 의지와 침묵, 그리고 죽음과 싸울 때 울리세스가 사용한 무기에 의해 지배됩니다.〉

이렇게 형식 혹은 시간 구조는 우연이 아니라고 볼 때, 『2666』의 독특한 시간 구조는 두 가지 방법으로 해석될 수 있다. 첫째는 날짜의 의도적 혼란과 부정확성, 그리고 모호함은 유사성과 지속성의 느낌을 만든다는 것이다. 실제로 제2차 세계 대전과 20세기 초의 안스키의 혼란스러운 삶, 그리고 산타테레사에서의 여성 살해 사건은 유사하면서 반복적이라고 볼라뇨는 말하는 것 같다. 동일한 야만성, 동일한 범죄 경향은 19세기, 20세기, 21세기에 여러 번 반복된다. 둘째는 이런 시간 구조에서 볼라뇨의 아주 심오한 사상, 즉 중요한 철학적 신념도 엿볼 수 있다는 사실이다. 그것은 인간이 전쟁과 범죄와 죽음이라는 동일한 역사를 반복하도록 선고받았으며, 이럴 경우 그의 운명은 결정되어 있다는 것이다.

볼라뇨에게 있을지도 모르는 이런 결정론은 그리스 비극의 숙명과는 다르지만, 인간의 의지를 말살시키고 인간을 숙명론의 순환으로 선고하는 외부적

힘이 있다는 생각을 공유하는 것처럼 보인다. 이런 관점에서 볼라뇨의 작품을 보면, 그의 작품을 지배하는 것은 사회 고발이 아니라, 대부분의 등장인물들의 운명을 타락시키고 파괴하며 괴멸시키는 익명의 불확정적인 힘이 존재하는 것임을 알게 된다. 어쨌거나 『2666』의 역사적 시간 속에서 범죄는 반복된다. 즉, 도시와 마을과 사람 들을 숙명론에서 해방시킬 진정한 변화가 없다는 사실만은 시대를 막론하고 전혀 변하지 않고 있다는 느낌을 자아낸다. 이 작품에서 시간적 모호성, 즉 공포의 반복이자 구체적인 시간의 실종은 죽음의 지속성과 영속성을 강화하고 강조하는 역할을 수행하고 있음을 알 수 있다.

송병선

1953년 출생 4월 28일 칠레의 산티아고에서 로베르토 볼라뇨 아발로스 태어남. 아버지 레온 볼라뇨는 아마추어 권투 선수이자 트럭 운전사였고, 어머니 빅토리아 아발로스는 수학 선생님이었음. 볼라뇨는 어린 시절 읽기 장애가 있었는데, 어머니는 시를 좋아하는 어린 아들이 좌절하지 않도록 용기를 북돋워 주었음. 볼라뇨는 가족과 함께 발파라이소, 킬푸에, 비냐델마르, 로스앙헬레스 등 칠레의 여러 도시에서 유년기를 보냈으며, 그중 로스앙헬레스에 가장 오래 거주하였음.

1968~1973년 15-20세 가족과 함께 멕시코의 멕시코시티로 이주함. 학교에 입학했으나 중퇴했고, 다시는 교실에 발을 들여놓지 않겠다고 굳게 결심함. 1968년 10월 멕시코시티 올림픽 개막 며칠 후, 이 도시를 뒤흔든 학생 소요와 경찰의 무력 진압 현장을 목격함. 이는 수백만의 학생이 학살되거나 투옥되었던 10월 2일 틀라텔롤코 대학살에 뒤따라 벌어진 사건이었음. 이러한 일련의 사태는 이후 볼라뇨의 작품, 특히 『야만스러운 탐정들Los detectives salvajes』과 『부적Amuleto』의 소재가 됨. 15세부터 시를 쓰기 시작했으며, 독서에 푹 빠져 생활함. 그는 서점 진열대에서 책을 훔쳐 읽으며 지식을 습득했고, 훗날 서점 직원들이 자기 손에 닿지 않는 곳에 몇몇 책을 꽂아 놓아 읽을 수 없었다고 원망하기도 함. 그는 자신이 독학을 한 것이 아니라 〈모든 것을 책에서 배웠다〉고 말함. 사춘기 말과 성년 초기를 멕시코에서 보냄. 이때를 멕시코에서 보낸 제1시기라고 할 수 있음.

1973년 20세 8월 아옌데 대통령의 사회주의 정부를 전복하려는 피노체트의 쿠데타(9월 11일)가 발발하기 전에 사회주의 건설에 참여하기 위해 칠레로 돌아와 아옌데의 사회주의 혁명을 지지하는 좌파 진영에 가담함. 쿠데타가 일어나자 콘셉시온 근처에서 체포되어 투옥되었으나, 마침 어릴 적 친구였던 간수의 도움으로 8일 만에 석방됨. 이 행적은 순전히 볼라뇨 자신의 진술에 의거한 것으로, 볼라뇨는 이 극적인 사건을 여러 작품에 다양한 형태로 서술하였음.

1974~1977년 21-24세 멕시코로 돌아와 아방가르드 문학 운동인 〈인프라레알리스모infrarrealismo〉를 주창함. 〈인프라레알리스모〉는 프랑스 다다이즘과 미국 비트 제너레이션의 영향을 받은 시 문학 운동으로, 볼라뇨가 친구인 시인 마리오 산티아고와 함께 결성하였으며 멕시코 시단의 기득권 세력을 비판하며 가난과 위험, 거리의 삶과 일상 언어에 눈을 돌리자고 주장한 반항적 운동임. 문학 기자와 교사로 일했으나 무엇보다도 시를 읽고 쓰는 데 집중함.

1975년 22세 브루노 몬타네와 함께 시집 『높이 나는 참새들Gorriones cogiendo altura』 출간.

1976년 23세 일곱 명의 다른 〈인프라레알리스모〉 시인들과 함께 산체스 산치스 출판사에서 시집 『뜨거운 새 Pájaro de calor』 출간. 그리고 같은 해 첫 단독 시집인 『사랑을 다시 만들어 내기Reinventar el amor』 출간. 이 시집은 한 편의 장시를 9개의 장으로 나누어 실은 얇은 책으로, 후안 파스코에가 지도하는 타예르 마르틴 페스카도르 시 아틀리에에서 출간되었음. 북아메리카 미술가 칼라 리피의 판화를 표지 그림으로 쓴 이 책은 225부만 인쇄하였음. 이때를 멕시코에서 보낸 제2시기라 할 수 있음.

1977년 <u>24세</u> 유럽으로 이주. 파리를 비롯해 유럽 여러 나라의 도시들을 여행한 후 스스로 〈세상에서 가장 아름다운 도시〉라고 경탄한 바르셀로나에 정착함. 이후 접시 닦이, 바텐더, 외판원, 캠핑장 야간 경비원, 쓰레기 청소부, 부두 노동자 등 온갖 직업에 종사하며 생계를 유지함. 그러면서도 계속 시를 씀.

1979년 <u>26세</u> 11인 공동 시집인『불의 무지개 아래 벌거벗은 소년들*Muchachos desnudos bajo el arcoiris de fuego*』출간.

1980년 <u>27세</u> 시를 계속 쓰면서 본격적으로 소설 집필에 전념하기 시작함.

1982년 <u>29세</u> 카탈루냐 출신 카롤리나 로페스와 결혼.

1984년 <u>31세</u> 안토니 가르시아 포르타와 함께 쓴 소설『모리슨의 제자가 조이스의 광신자에게 하는 충고*Consejos de un discípulo de Morrison a un fanático de Joyce*』를 출간, 스페인의 암비토 리테라리오 소설상 수상.

1986년 <u>33세</u> 카탈루냐 북동부 코스타브라바의 헤로나 근처의 블라네스라는 바닷가 소도시로 이사. 볼라뇨는 죽을 때까지 이 도시에서 살았음.

1990년 <u>37세</u> 아들 라우타로 태어남. 1990년대 초부터 볼라뇨는 자신의 시와 소설 들을 스페인의 다양한 지역 문학상에 출품하기 시작함. 그는 문학상을 받아 생계에 보탬이 되고 자신의 작품이 출판되기를 희망하였음.

1992년 <u>39세</u> 시집『미지의 대학의 조각들*Fragmentos de la universidad desconocida*』이 출간 이전 라파엘 모랄레스 시(詩) 문학상 수상. 치명적인 간 질환을 진단받음.

1993년 <u>40세</u> 소설『아이스링크*La pista de hielo*』출간, 스페인의 알칼라데에나레스시(市) 중편소설상을 수상. 시집『미지의 대학의 조각들』출간. 볼라뇨는 이때부터 본격적으로 문학계의 인정을 받기 시작함. 이때부터는 오직 글쓰기로만 생활비를 벌었다.

1994년 <u>41세</u> 소설『코끼리들의 오솔길*La senda de los elefantes*』출간, 스페인의 펠릭스 우라바옌 중편소설상 수상. 시집『낭만적인 개들*Los perros románticos*』이 출간 전 스페인의 이룬시(市) 문학상을 수상함.

1995년 <u>42세</u> 시집『낭만적인 개들』출간.

1996년 <u>43세</u> 가공의 작가들이 쓴 가짜 백과사전인 소설『아메리카의 나치 문학*La literatura nazi en América*』과『먼 별*Estrella distante*』출간. 이해부터 볼라뇨는 바르셀로나의 아나그라마 출판사와 인연을 맺고 대부분의 작품을 이곳에서 출간하기 시작함.

1997년 <u>44세</u> 단편집『전화*Llamadas telefónicas*』출간, 칠레의 산티아고시(市)상 수상. 이 소설집 맨 앞에 수록된 단편소설「센시니*Sensini*」도 같은 해 따로 단행본으로 출간됨. 대표작 중 하나로 꼽히는 방대한 분량의 소설『야만스러운 탐정들』이 출간되기 전에 스페인의 권위 있는 문학상인 에랄데 소설상을 수상함.

1998년 <u>45세</u> 『야만스러운 탐정들』출간. 이 소설은 동시대를 멋지게 그려 낸 한 편의 대서사시와 같은 장편소설로서, 뛰어난 철학적·문학적 성찰과 스릴러적인 요소, 파스티슈, 자서전의 성격이 혼재하는 독특한 작품이다. 소설의 두 주인공은 볼라뇨 자신의 분신이라 할 수 있는 아르투로 벨라노와, 볼라뇨의 친구로서 함께 인프라레알리스모 운동을 이끌었던 마리오 산티아고를 모델로 한 울리세스 리마이다. 울리세스 리마는 이후 다른 작품에도 등장함.『파울라』지로부터 소설 심사 위원 위촉을 받아 25년 만에 칠레를 방문함.

1999년 <u>46세</u> 『야만스러운 탐정들』로 〈라틴 아메리카의 노벨 문학상〉이라 불리는 베네수엘라의 로물로 가예고스상 수상. 소설『부적』과,『코끼리들의 오솔길』의 개정판인『팽 선생*Monsieur Pain*』출간. 오라 에스트라다는『부적』을 엄청난 걸작으로 평가했다.

2000년 <u>47세</u> 소설『칠레의 밤*Nocturno de Chile*』과 시집『셋*Tres*』출간. 볼라뇨는 자신의 짧은 소설 가운데 가장 완벽한 작품으로『칠레의 밤』을 꼽았다. 스페인의 주요 일간지인『엘 파이스El

País』와 『엘 문도El Mundo』에 칼럼 게재.

2001년 <u>48세</u> 단편집 『살인 창녀들Putas asesinas』 출간. 볼라뇨가 등장인물로 나오는 하비에르 세르카스Javier Cercas의 소설 『살라미나의 병사들Soldados de Salamina』도 출간됨. 이 소설에서 볼라뇨는 주인공이 소설을 완성하도록 도와주는 인물로 등장함. 2003년 영화로도 제작된 이 작품의 성공으로 볼라뇨는 스페인에서 유명해짐.

2002년 <u>49세</u> 실험적인 소설 『안트베르펜Amberes』과 『짧은 룸펜 소설Una novelita lumpen』 출간.

2003년 <u>50세</u> 사망하기 몇 주 전 세비야에서 열린 라틴 아메리카 작가 대회에 참가하여 만장일치로 새로운 라틴 아메리카 문학의 대변자로 추앙됨. 7월 15일 바르셀로나의 바예데에브론 병원에서 아내 카롤리나와 아들 라우타로, 딸 알렉산드라를 남긴 채 간 부전으로 숨을 거둠. 단편집 『참을 수 없는 가우초El gaucho insufrible』 사후 출간. 대표작 중 하나인 『2666』이 출간되기 전에 바르셀로나시(市)상을 수상함.

2004년 『참을 수 없는 가우초』가 칠레의 알타소르 소설상 수상. 필생의 역작 『2666』 출간, 스페인의 살람보상 수상. 1천 페이지가 넘는 어마어마한 분량의 이 작품은 볼라뇨가 죽을 때까지 손에서 놓지 않고 매달린 소설로, 가장 큰 야심작임. 처음에는 작가의 뜻에 따라 1년 간격으로 5년에 걸쳐 5부작으로 출판하려 했으나, 1권의 〈메가 소설〉로 출간됨.

2005년 『2666』이 칠레의 알타소르 소설상, 칠레의 산티아고시(市) 문학상 수상. 칼럼과 연설문, 인터뷰 등을 모은 『괄호 치고Entre paréntesis』 출간.

2007년 단편소설과 다른 글들을 모은 『악의 비밀El secreto del mal』과 시집 『미지의 대학La universidad desconocida』 출간. 『야만스러운 탐정들』 영어판 출간, 『뉴욕 타임스』 선정 〈2007년 최고의 책〉으로 꼽힘. 『먼 별』이 2007년 콜롬비아 잡지 『세마나』에서 선정한 〈25년간 출간된 스페인어권 100대 소설〉 14위에 오름.

2008년 『2666』의 영어판 출간, 평단과 독자 모두에게 호평을 받으며 대단한 인기를 누림. 전미 비평가 협회상 수상. 『뉴욕 타임스』와 『타임』 선정 〈2008년 최고의 책〉으로 꼽힘.

2009년 『2666』이 『타임스 리터러리 서플러먼트』, 『스펙테이터』, 『텔레그래프』, 『인디펜던트 온 선데이』, 『샌프란시스코 크로니클』, 『NRC 한델스블라트』 등 세계 각국의 유력지에서 〈2009년 최고의 책〉에 선정되었으며 『가디언』에서는 〈2000년대 최고의 책 50권〉으로 꼽힘. 스페인 유력지 『라 반과르디아』에서 선정한 〈2000년대 최고의 소설 50권〉 중 『2666』이 1위로 꼽힘.

2010년 소설 『제3제국El Tercer Reich』 출간.

2011년 소설 『진짜 경찰의 무미건조함Los sinsabores del verdadero policía』 출간. 현재 볼라뇨의 전작은 스페인을 비롯한 이탈리아, 독일, 프랑스, 네덜란드, 스웨덴, 핀란드, 그리스, 체코, 폴란드, 세르비아 등 유럽권 국가는 물론 미국과 영국 등 영어권 국가, 그리고 브라질, 튀르키예, 이스라엘, 일본에 이르기까지 번역, 출간되며 〈볼라뇨 전염병〉을 퍼뜨리고 있다.

옮긴이 **송병선** 송병선은 1962년 서울에서 태어났다. 한국외국어 대학교 스페인어과를 졸업하고 카로 이 쿠에르보 연구소에서 석사 학위를, 콜롬비아의 하베리아나 대학교에서 박사 학위를 받았다. 하베리아나 대학교와 콜롬비아 국립 대학교에서 전임 교수를 역임했으며, 현재 울산대학교 스페인·중남미학과 교수로 재직 중이다. 지은 책으로 『보르헤스의 미로에 빠지기』, 『영화 속의 문학 읽기』, 『라틴 아메리카 문학과 한국 전쟁』, 『〈붐 소설〉을 넘어서』 등이 있다. 옮긴 책으로 가브리엘 가르시아 마르케스의 『콜레라 시대의 사랑』, 마누엘 푸익의 『거미여인의 키스』, 호르헤 루이스 보르헤스의 『픽션들』, 『알레프』, 마리오 바르가스 요사의 『염소의 축제』, 『판탈레온과 특별 봉사대』 등이 있다.

2666

발행일	2023년 10월 10일 초판 1쇄
지은이	로베르토 볼라뇨
옮긴이	송병선
발행인	홍예빈 · 홍유진
발행처	주식회사 열린책들

경기도 파주시 문발로 253 파주출판도시
전화 031-955-4000 팩스 031-955-4004
www.openbooks.co.kr